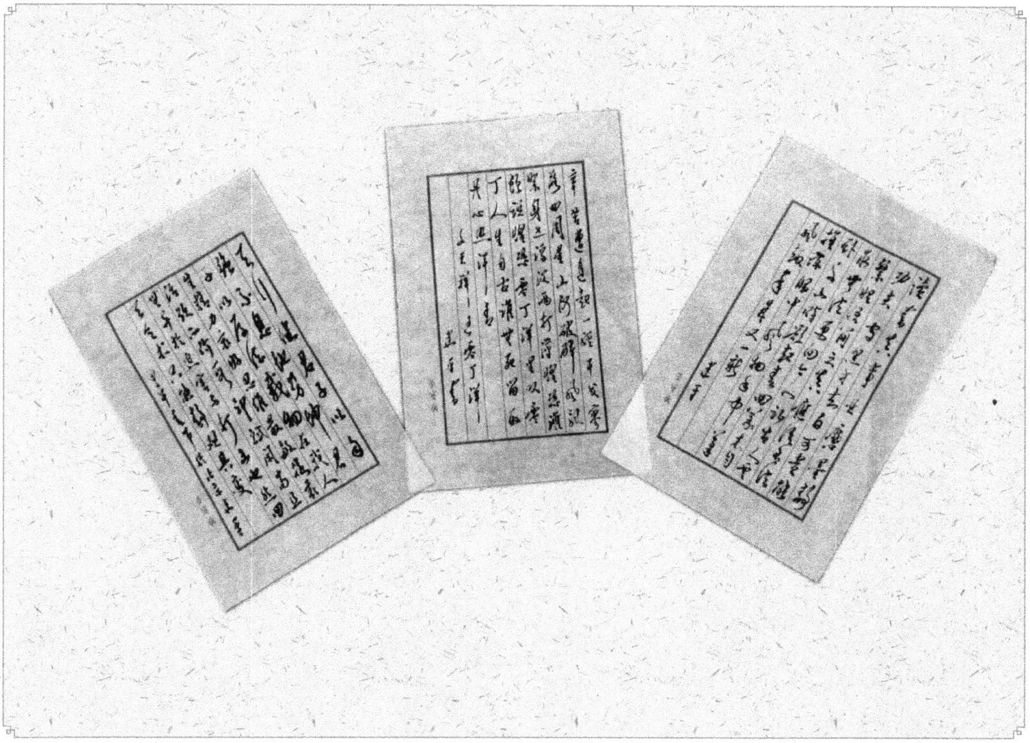

# 剑风疏雨

平凡◎著

中国言实出版社

**图书在版编目（CIP）数据**

斜风疏雨 / 平凡著 . -- 北京：中国言实出版社，2018.2

（平凡文学作品选）

ISBN 978-7-5171-2654-6

Ⅰ . ①斜… Ⅱ . ①平… Ⅲ . ①散文集－中国－当代 Ⅳ . ① I267

中国版本图书馆 CIP 数据核字（2018）第 015606 号

**出 版 人**：王昕朋
**总 监 制**：朱艳华
**责任编辑**：胡　明
**责任印制**：佟贵兆
**装帧设计**：水岸风创意文化

**出版发行**　中国言实出版社
地　址：北京市朝阳区北苑路 180 号加利大厦 5 号楼 105 室
邮　编：100101
编辑部：北京市海淀区北太平庄路甲 1 号
邮　编：100088
电　话：64924853（总编室）　64924716（发行部）
网　址：www.zgyscbs.cn
E-mail：zgyscbs@263.net

**经　　销**　新华书店
**印　　刷**　北京虎彩文化传播有限公司
**版　　次**　2018 年 8 月第 1 版　　2018 年 8 月第 1 次印刷
**规　　格**　710 毫米 ×1000 毫米　1/16　182.25 印张
**字　　数**　1500 千字
**定　　价**　598.00 元（全 8 册）　　ISBN 978-7-5171-2654-6

# 自序

《斜风疏雨》是我的第五本散文集。翻开里面的书稿，那一篇篇文章，那一件件往事，恍然如昨，数不清的记忆和感叹纷涌而来。无需相约，这种挥之不去的情结、气势一直环绕心底，烘托着我的良知与善念，以及无与伦比的纯美，给予我心灵的慰籍。

我曾在无数个夜晚，仰望星空，默默无语，似乎在寻找着什么，似乎想遗忘些什么。月色清澄，映照着首都流光溢彩的夜空和西山朦朦胧胧的倩影。斜雨疏风，吹动着我的思绪，待我安静下来，那些灵动的流思便化为或激情豪迈或缠绵伤感的文字，跃于纸上。来北京近 20 年了，无论如何风光抑或潦倒，都无法掌控岁月长河。在浩瀚的历史洪流中，一代代生命随着一个个世纪而流逝，一切荣辱浮沉、名利得失、金钱权贵、恩怨情仇，统统荡然无存。我看着身边所发生的一切，一种文化皈依感便油然而生。抖落历史的尘埃，去除现实的遮蔽，眼光流连在文化典籍里，步履量丈在斜风疏雨下、走过长城内外、黄河长江，深切体悟到历史人文的沉重与厚实。大约有十年的时间，我在繁重的工作之余，把多半精力放在自然、山水和人文上，以斜风为经，以疏雨为纬，渐次触摸着传统文化的根脉，那种穿越历史质朴的风华，旷远的高蹈，悲怆的激昂，悲悯的情怀，都给予我质感的刺激，让我进入一种纯粹的精神世界。

不论斜风也好，疏雨也罢，就我个人而言，我是带着历史的凝重走进首都来的，尽管我不断地蜕变，力图接近快节奏的都市生活和纷繁复杂的人际关系，可是我心灵深处依然顽固不化地牢记着自己所走过的曲折道路以及经历过的艰难困苦。于是，我的散文往往要回复到昨天的记忆里，用手中的笔去刻画那些隐藏在斜风疏雨中的激情与浪漫、悲凉与沉重。在都市的日子里，我用目光顺着生活的节奏去看待明天，再回过头来重读我曾经沐浴过的斜风疏雨，我想尽可能舍却那份悲凉，着意打扮出一个美好的昨天、今天乃至于明天，尽管世相变迁，人事匆匆，如梦幻泡影，如雾亦如电。

我写散文已经有不少年头了，从有梦的年代开始，从来没有人逼迫，我的写作纯乎顺性而为，留心每一座山，在乎每一泓水，点点滴滴，皆可入境。我喜欢自娱自乐，沉浸于自己营造的氛围当中。我历来相信人各有志，人各有梦。然而这志或梦有谁能觉？释迦在遥远的年代告诉我们“诸行无常”、“诸法空相”，而我们人类总是用有常的秩序安排自己的生活目标，舍此不成为人类。我们的追求是实实在在的毫不虚空的。虽然物欲、利欲、情欲、名欲等等会带给我们诸多累赘甚至重负，可我们总还是要执着地追求它。

在岁月的河流中穿行，灵魂的圣洁与宁静、精神的铸造与提炼，常常经受斜风疏雨的考问，雪月风花的撞击。可以说，《斜风疏雨》便是这种考问和撞击的结晶，本书所收辑的文章，大体可分为斜风疏雨、诗意点滴、四季之歌、怀古吟唱、逝者如斯、月亮之下、沉思默想、为心疗伤八个部分。从内容看，题材广泛，既体现了阅历的广度和深度，也体现了丰富的情感。行文尽可能立意新颖，言之有物，朴实生动，耐人寻味。少一点浮躁，多一份宁静；少一点庸俗，多一点儒雅。相对于躁杂的社会环境，斜风疏雨毕竟还有些自然的味道，那种田野纵横，那种鸡鸣狗吠，那种潺潺流水，那种潇潇细雨，自然都成了我的文学营养。这种从心灵流出来的文字，不掺杂半点的矫情造作，完全是本性的真实流露，是内心深处的自然吟唱。所谓“锦绣蕴蓄于胸中，激情跳跃于行间，才情奔流于笔端，哲思弥漫于文字”。

黑格尔在《美学》中提出“从史诗时代到散文时代”的命题，揭橥了社会从古典到现代的转换。世象纷披，人生华妙。当我从《半山闲云》《空谷流思》《竹雨松风》《鸿雁于飞》一路走向《斜风疏雨》，我也逐步从“赶路的人生”走向“散步的人生”，所谓无执、无为、无待、无已、无功、无名。《斜风疏雨》，或大言炎炎，或细语絮絮，寸楮片纸，感而后思，思而薄发，道不尽契阔死生，写不完风雨灯火。我相信，命运有沉有浮，但品位的追求应该是高尚的。无论岁月如何流转，沧桑如何演替，真诚与善良永远是我追求的人生境界。

2017 年盛夏于北京安定门外

# 目录

## 怀古吟唱



## 逝者如斯



## 月亮之下

## 沉思默想



## 为心疗伤

# 斜风疏雨

# 斜风疏雨

斜风疏雨，繁花纷飞，触动心口那一缕寂寞难谴的忧伤。

清晨起床，窗外一片迷茫。京城的雾霾，像不更事的孩儿，变着法儿轮番称强。这一次能见度更低，已经看不清前楼的模样。而此刻，还可以听到不远处放炮的声响。让我的心更加忧伤。这些人到底要把这个世界弄成什么样啊？

来北京的这些年。无力收拾和盘点心情。平常忙忙碌碌，早出晚归，似乎思绪总在跌宕，征途总是踉跄，结局总有异样。经历着愿望与失望，顽强地奔走与呼号，辛苦地面对与躲藏。看得见的容颜，摸不透的心伤，几乎每一次都是如此的痴迷和彷徨。

傍晚的一场雨，没有让污浊的空气变样，反倒尽呈险象。无奈只能局促在家里，或兴叹，或抓狂。想想有时独自游荡在灯火阑珊的长街，涌动的人群，喧闹的气象，似乎无关我的痛痒。寂寞是唯一的心情，如街灯斑驳的影子，零乱了四季。杜牧说十年一觉扬州梦，而我的梦又该有多长呢？那穿梭而过的雨丝，拾攫起曾经的丝丝温暖，触到了心底无尽的悲凉。错过花开一季，记忆里只剩下清冷与忧伤。

有时候，站在心灵的废墟上，回首来时路，蓦然发觉，过往的温馨片段，早已随风远逝。那些人、那些事，常常纷乱我的思绪，像风中的蒲公英一般飞扬。流年似水，迷离的神伤，被倔强的自己深深埋藏。

这些年来，收获的大都是物质的东西，却让精神遭受了太多的迷惘。无论自己如何伪装，也难以隐去眉宇间的那一抹惆怅。事情经历了太多，大事小事，从不曾刻意去想，却总是纠结在心灵深处，逝去的是时间的年轮，留下的却是永恒的怅惘。

回味，万寿路西街的春风秋雨，航天桥边的梦短夜长，打磨厂里的残羹冷炙，张家港的深情凝望，三里河畔的温馨岁月，体育场旁的局势动荡……太多的苦，微微的香，酸楚的泪，还有涩涩的迷茫，在过去与未来之间，看不清方向。

感伤，如同一个缠缠绵绵的风月场，苦涩不爽。锦瑟的心事，欲语还休，唯有诉之琴弦，终因凝咽不成曲调。不论如何尽心竭力，总是遇不上贴心的赞赏。没有心与心的交流，没有肝与胆的倾诉，没有神怡心旷。多少次，只好斜倚在栏杆上，遥望着星空和远方。

距离，心的距离，遥不可及却又莽莽苍苍。心痛，定格在记忆深处，对命运的臣服，成了这辈子难以忘怀的耻辱，或许就是对我当初天真的报偿。时常在想，如果能再回到从前，结局又会怎样？如何才能再回到从前，只好去问太平洋。人生没有后悔药啊。你得到的只有经验和教训，还有你一直苍老的容颜与感伤。这种距离，需要一盏青灯燃梦，捧一卷诗书行吟，在一种说不出来的情愫中，一种徐徐的心神，缓缓渗入你的脊髓，让沉吟穿痛寂寞，让身躯挺直脊梁。

不甘，不甘寂寞，不甘止步，不甘放弃……许许多多的不甘，离愁别绪纷纷袭来，拿得起便放不下。有时候，忽然觉得自己很失败。生活在别人意志的掌控之下，无法言说。就算把他们的话当作耳旁风，或者漠不关心，或者置之脑后，还是无法摆脱心中的委屈。看看身边，看看周遭，不想放弃，不想就此打住，不想善罢甘休。于是，执意挺身，大义凛然，揉碎了世俗的尘埃，任凭热血浸染市侩的规则，单打独斗，在一个个青面獠牙中血淋淋地突围出来，却已是头破血流，遍体鳞伤。此时此刻，才彻底懂得世俗的不凡，靠山的坚固，根脉的浑厚。世相凶险，红尘血泪。殷殷相望的风尘，在一幕幕的往事里掠过，把所有梦想裁剪得粉碎，只留下半阕秋词心赋，一袖清风悲怆。

或许那个遥远而温柔的春天，不只是藏在诗词里的，它甚至融化在每一眸清澈或浑浊的眼里。未云何雨，不霁何虹。有时，捡拾起一枚飞舞的落叶，那浓绿的色彩还没有完全褪尽，却又迎来一场更加严酷的风霜。人生苦短，什么都会随风飞扬。怀念也好，记忆也罢，它们都会慢慢地退场。当我们狠下心扭头离去的那一刻，身后无助的哭泣和撕心裂肺的痛楚，会让我们刹那间明白：很多事情，有太多的情不自禁和身不由己。不是所有的掌声都表示欢迎，不是所有的喝彩都表示热情，不是所有的膜拜都表达虔诚。

诚然，世间万物没有永久的辉煌，辉煌与失意总是交相更替。尘世间，一处缘尽，一处缘起，什么都会远去。雨不停，我们就静静地等着它下透；心不静，我们就把牵挂放下，默默地等时间把一切消亡。心路，有时迷离，有时澄澈，有时静谧，有时疯狂。无需慌乱，无需纠结，无需撕心裂肺，无需激情飞扬。收起目光，穿过荆棘，透过密林，或许就可以寻着一抹阳光。

斜风疏雨，过自己喜欢过的日子，活自己喜欢的活法。不羡慕别人，不卑贱自己，按自己的天性过日子。人生的真谛，说白了就是寻找一种属于自己的幸福。芸芸众生，执着地活着，追求爱情的甜蜜、婚姻的圆满、事业的成功，莫不是其间蕴含着人类的幸福。而幸福是灵魂的香味，没有物化形式，没有量化标准。卑鄙者可以有快感，无道者可以有满足，然而，他们都不会拥有真正的幸福。幸福与生命的形式无关。真正的悠闲属于那些把人格看得比事业更大，把灵魂看得比名利更紧要的人。

# 雨打风吹自飘零

人生一路走来，不论成功也好，失败也罢，很多时候都不是以个人的意志为转移的。不是你想怎样就怎样，更多的是随波逐流，任凭雨打风吹，或者就是“到老方知非力取，三分人事七分天”。

有时候，喜欢站在一棵大树下静静观察，看枝叶葳蕤，或者看落叶飘零。此时的淡定，一如月照空山竹影长的悠远。落叶飘零中，枯萎了生命的印记，春秋轮回改写着单调的寒流与苦夏。夕阳下，古道上，飞奔的马蹄声，那么清晰的想起，想起追随枭雄的过去。笑意随颠簸的列车逝去，想再度追随过去，只是灵魂回归了。前路，被死死挡住，不安，已阵阵袭来。只有委屈的泪水紧追着疲惫，流过四季。

当灵魂已承载不起那激动的瞬间，崩溃、坍塌、软弱和疲惫，被抽去筋的躯体，软绵绵落地，没多顾念一眼，就匆匆离去。往昔的天真与梦想，已如一掬清沙，在指缝间悄然流逝。曾那样小心翼翼、用满心的怜惜来珍重深藏的真，却终究没能抵过岁月的侵蚀，如飘零的落叶。

年过五十，欲话平生，最是愁人。倾心着漂泊的独白，踏着零碎的霜华，苍白的尘世，愤恨没有一处可以让我停歇的依靠。卷落的扉页，冰冷的天涯，繁华已经失去了原有的色彩，苍茫无依。曾经那么执着，执着到一句感叹足以刻骨铭心，执着到不甘于舍弃浮华，执着到不甘于舍弃美好，曾经那样固执，那样淡漠，沉沉浮浮，岁月的斑斑记忆，如今已没有选择的期待，只有似乎清心寡欲的归隐，远离喧嚣。

人人知道高处不胜寒，人人还要往高处爬。我问自己，何苦执着？游离的绝望，孤独在红尘的一角，在寂寞的漂浮里孤单。来时的路口，霜冷岁月，只有满地凄凉。我用心碎结束这一切的一切，悲也好，喜也罢，万千相思，到最后只剩下随风飘零，人情冷暖，皆伤自卑，短暂的人生数月，短暂的悲欢浅喜，哀伤了我的心。

# 两棵槐树

北京金融街，在金购与中国人寿广场之间、音乐喷泉的北侧，在用砖石围起的高台上，有两棵蓊蓊郁郁的老槐树。阳光下，阔大的树枝如手臂般伸向天空，清风吹过，沙沙作响，小鸟也应和着自由歌唱……

两棵老槐树相距 15 米左右。西侧偏南的这一棵，树干稍微向西倾斜，浓荫可以罩在西侧的马路上。它的树根部有一个不大的树洞，树冠由三个大树杈和若干小树杈组成，树盖大而浑圆，形同巨伞，浓荫蔽日。东侧这一棵，树身稍微向东倾斜，树干上有两个大树疤，有明显被修砍的痕迹，足见阅历不凡，饱经风霜。树冠则由七个大树杈和若干小树杈组成，树盖呈三角状。

两棵大榆树，不知确切树龄，猜想至少有百年历史。虽经千年风雨仍然老树勃发、生机盎然，具有沧桑的历史之美。这两棵古槐在金融街组成一道亮丽风景，不仅把金融街点缀得古色古香，也把附近的高楼大厦衬托得绚丽多彩。两棵老槐树显然成了金融街的独特风景，受到了应有的尊重，接受专门的围栏保护，可谓备极殊荣。

想想看，北京的老槐树的确太多了。无论是树龄之长，还是直径之大，这两棵槐树似乎都无法与它们相比。但是就金融街而言，这两棵老槐树可谓独一无二。想当初，元、明、清三朝的户部铸币金银坊均在此留有痕迹，自元代起这个地方就被称为“金城坊”。明、清两代更是金铺、银号遍布；至清末，户部银行亦设于此，后改称大清银行，民国元年时又改为中国银行。这两棵老槐树，可以说是默默地见证了这里的一切。两棵老槐树，春夏秋皆绿。初春，经历了一冬严寒，它的树叶比其他一些刚抽芽的树都要绿得深沉。这样的深沉，比杨柳的翠叶更青更凝重。当周围那些树爆出米粒般大的嫩芽时，这两棵老槐树不为所动，似乎观看秋月春风。当杏花、桃花、樱花粉墨登场，红火热闹之后，两棵老槐树不显山露水，几乎一夜之间，就由星星点点的一层浅黄，变成很大的一片浓绿了。铁干虬枝，阅尽人间春色，到了六七月份，朵朵槐花烂漫枝头，其鲜嫩如妙龄的少女，带着丝丝缕缕淡淡的清香，那清香，沁人心脾。顿时，我的血液沸腾了，整个内心都因槐花的绽放而灿烂起来。

爱人就在人寿广场上班。有时，我们会一起来到树下仔细观察。两棵老槐树风韵犹存，吸引了不少人到此留步。仰视古树，见虬枝盘绕，玉叶如翠，树影婆娑。观其干，虽千沟万壑，仍保有长者持重沉稳之神韵；望其冠，枝鲜叶繁，主干倒伏，似无根，然枝茂叶繁，整体看去，好似昂扬抖擞的龙首，欲拔地腾空，让人体味到生命的顽强，拼搏的艰辛。

每当音乐喷泉次第开启，两棵老槐树也随之翩翩起舞。此时，我踮起脚伸手摘下一片嫩叶，然后附身拾起一片落叶，将两片树叶捧在手心，翻来覆去地观察。那嫩叶纹理清晰，老叶纹理模糊。两片树叶，都是生命，却呈现出生命的不同结果。这让我明白，生命的代谢是任何物种都不可抗拒的。只不过，两棵老槐树相互扶持着，相互掩映着，互为风景，与岁月共舞，却一直生长在我心里。那摇曳的枝条是它们深情的拥抱，沙沙的声响是它们和谐的共鸣。

秋天，当大雁成群结队地从天空飞过。两棵巨大的老槐树依然茂盛。它们的树根深深地扎在土壤里。大地的爱是温存的，给了老槐树高大挺拔的身影。我看见两棵老槐树默默地凝视着对方，任秋风吹落思念。多情的落叶飞舞盘旋，不肯离去，最后重叠在一起，落到树下，和着风雨辗转成泥，化作相思，融入老树的血脉，日复一日，年复一年。

# 心与魂飞

清明节前夕，我要乘坐最早的航班赶回老家。慎终追远，年年都是如此。一大早，爱人驱车送我，到首都机场 T3 航站楼，刚好 7 点，8 点飞机起飞，一颗捆得紧紧的心，随雾霭一起升空，心与魂飞。

## 1

轻柔的风儿，拥着纷纷的花瓣跳舞。阴云密布，似乎有一丝一缕的小雨。

飞机在前行，我打开了随身携带的最新一期《新华文摘》。说来也巧，几篇文章，大都是追思与回忆，比如，余晓洁的《绝密忠诚》，是回忆氢弹功勋于敏院士的；许礼平的《我对沈崇的一次访谈》，是追忆北平大学生沈崇的，让我知道了漫画家丁聪与沈崇的关系；乔宗淮的《怀念我的母亲龚澎》，细述了母亲留下的宝贵财富；张典婉的《我们亲历太平轮的生命故事》，为我们打开了历史记忆的一扇窗口；马盛德的《怀念资华筠先生》，让我们知道了著名舞蹈表演艺术家背后不为人知的故事……

## 2

有人说，无水之山少了情韵，无山之水少了风骨；无日之月少了热烈，无月之日少了温柔；水因山不浊，山因水不枯；日因月不烈，月因日不晦。诚哉斯言。

读罢这些文章，我的心久久不能平静，尤其是在这个清明时节。多想扯一缕情丝做弦，抚一曲相思作歌，反复吟唱，凝成一缕刻骨铭心的思念。

我的父亲离开我们已经整整十八年了，每念及此，顿如悠远而缥缈的梦，荡漾在我的心田。飘飘而来的风啊，拂过了岁月斑驳的悄然与无奈，昔日的点滴接踵而至，无名的泪水倾泻而下，一切都是那么近又那么远，那么虚幻又那么遥远……

## 3

十八个寂静的寒暑春秋，今生今世，再也见不到自己的父亲，只能看着星辰从天边匆匆闪过。

父亲不在的这些年月，我们依然沿着生活的道路前行。因为生命的未知，才有了我们不断的求解欲望，因为有了生命的可悲，才有了人生对苦涩的诠释和体味。

生命旅途，我们只能看到自己的渺小，只能不断地告诫自己，属于你的原来并不属于你的，你的心会被掏空，你的心会飞出去。因为未知，我们会在生命的路上不停前进，不因为最终会失去，而放弃追求和祈祷，让心去飞，将忧伤带走，将迷惘带走。

## 4

分离长，割不断对父亲缠意绵绵的思念；相聚短，时时想念着养育之恩。

人生是一种历险，面对生命的荒原，我们需要披荆斩棘，开拓前行。

人生苦短，我们不能为一条藤的羁绊留步，也不要为一丛荆棘低头。所有的伤痛，都是成长的养料，走过去以后，路就会延长，天空就会更加广阔。千万不能把心系在手上而限制了放飞的高度。

十八年前那个春天，带走了你的笑容，还有你离开时匆忙的脚步，让我来不及多看一眼。如今，十八年以后，暖暖的春风依然抹不掉我内心的追思，繁花盛开的季节带不走我的孤寂。父亲啊，在这春暖花开的日子，是你再一次给我留下了独立思考的空间。

# 孤山一片情

四月，飘满花香的十渡孤山寨，披红戴绿，迎接我们的到来。

世间的山水看不够，身边的山水不寻常。当我们的脚步踏进北京房山孤山寨这片山水，我发现山可以青纯得如此曼妙，水可以清净得直入心底。

孤山寨啊，只有靠近你，我才知道，多少季节暗淡了时光，多少岁月错过了流年，多少烟雨隐藏了大爱，多少大山包容了你我。

## 1

孤山寨坐落在一个狭长的峡谷里，这里有神秘的山，神秘的水。

初升的太阳，温柔地照在拒马河上。河面上，游船点点；铁索桥上，游人攒动。不远处，还可听到船歌互答。

水轻轻地流淌着。漫步浮桥，陶醉于周边山水，有一些迷失自我。风刮过，山脚的轮廓次第清晰起来，云间的山道，宛若白蛇，蜿蜒盘旋着，有如天地之外。

那一排排镶嵌在山脚的屋舍和店铺，仿佛沉入海底。它们的背后，是拔地而起的峭壁。

云雾盘旋于半山之间，而山脚与山峰清晰如画，那层岩叠翠之间，由明到暗，由实到虚，由深到浅。朦胧之处，四面的大小孤山成了一种虚幻，如泼墨漫漶。此时，天地仿佛成了一纸空白，那般旷远，那般苍茫。

## 2

步入孤山寨，不仅可以听到清泉叮咚，还可以看到峡谷幽幽，奇峰嶙峋，万木丛生。走进孤山峡谷，两侧山峰林立，怪石嶙峋。越向里走，山势越加险峻，峡谷越加逼仄。

我们先朝着一线天的方向前行。 中间是山泉切割而成的河床，两侧是重叠的山峦。泉水潺潺，百鸟鸣唱，给山川平添几分静谧。桃花盛开，小草幽绿。听风声，思华年，在这里，烦躁的心可以得到些许安慰，任性的脾气也可以得到些许收敛。

静观每一片树叶，饱藏春天影像；身边每一句话语，凸显随心甜蜜。那自由流淌的溪水，让人激情澎湃。这景，这人，全都融入峡谷风光之中。孤山寨，虽被大山包围，却引来了八方旅客。

孤山寨，厚积薄发，包罗万象。其实，我们每个人心中，似乎都有一座孤山，层层叠叠，像一本书，章章节节，珍藏着一些人，一些事；像一首歌，冬去春来，吟唱着几多伤感，几多欢欣。

## 3

相传很久以前，孤山寨所在的地方是一片苦海。太行山绵延千里，林木荒疏，山寒水少，天地间常有一股不祥之兆。

山中有 72 个恶鬼在这一带骄横跋扈，争地扰民，弄得天无宁日，民不聊生，百姓们嫉怨愁苦，求告无门。

忽然有一天人们发现：对面山崖上空有一片祥瑞之气。原来观音云游四方途中，曾将净瓶中的圣泉之水在孤山寨内倾洒一滴，于是便有了花香草绿山灵水秀的奇观。自此以后，每日进山朝拜之人络绎不绝，孤山寨济世观音的名声也因此而传播千里。

于是乎，孤山寨有了春花，有了秋月，有了喧嚣，有了明媚。有了石中石。那些石中石，有的如丹凤朝阳，有的像醒狮怒眼，有的似孔雀开屏，有的如白龙身上的鳞片，充满怪异神奇。

在孤山寨，可以尽赏“风于林中动，虫在石间鸣，山出叠翠色，甘泉润琴声”之美景。其中千古河床、小孤山、一线天、石中石被称为孤山寨“四大”奇观。置身于此，沉湎于如图如画的景色，陶醉于如诗如歌的山水，让人乐而忘返。

## 4

沿古河床北侧山路拾级而上，经过坦克石，到达小孤山。再沿山腰羊肠小道上行几百米，猛抬头，只见巍然耸立的陡壁之中，裂开一条巨缝，两壁岩石直立，如刀削斧砍，这就是一线天。

一线天的形成，是因为雨水的渗入和溶蚀，在两壁岩石面上出现斑驳的沉积和侵蚀痕迹，如壁画，似崖刻，有的形如飞禽走兽，有的如树木花草，也有的似云霞如波涛，千姿百态美不胜收。

走过一线天，你会不由自主地发出惊叹。鬼斧神工，大千世界。然繁华三千，众生芸芸，谁可逃脱岁月如流的洗涤，谁可跳跃七情六欲的侵蚀？一线天也好，人世间也罢，天地悠悠，过客匆匆，光阴一旁，一左一右，时光总是以一种特定的节奏渐行渐远。我们只能期盼明天的生活会更美好。

## 5

从一线天下来，我们去看野人谷瀑布群。

瀑布群位于十渡风景区内，绵延数十里，沿路青峰夹岸，碧水倒影，相映成趣，山水一体，山光水色，青山流水，亦静亦动，时而野鸭浮于潭中，时而鱼儿翔于浅底，给人以虚幻，朦胧，至深至远的意境。

两岸山高壁陡，尽显瀑布之声。有的瀑布落差高达数十米，其跌荡之声如万鼓齐敲，万雷齐鸣，响彻山谷，震耳欲聋，催人激奋。在这里待上一会儿，就会觉得周身汗已落净，凉爽宜人。

顺着瀑布群前行，云淡之处，山如高墙，灰黑苍翠，如屏如嶂。这种直插青冥的雄姿远非南方的山脉可比，这种气势足以震慑着每一个驽钝的心灵。

那些瀑布汇集的溪水从岩层自上而下俯冲下来，溅起了半山的云雾，声如洪钟，气势壮观。

山色静美，一抹暖阳透过淡淡的雾色，轻轻地覆盖着那漫山的青翠。路，就在青山和溪水之间蜿蜒着，水很清澈，浅浅的水声伴着小小的浪花，缓缓向前流淌。

而此时，我就站在离瀑布不远的叠桥上，观瀑听涛，思绪也越来越幽远。纳兰容若有一首《饮水词》可以道尽我此刻的心情：“密意未曾休，密愿难酬，暗忆欢期真似梦，梦也须留。”

# 龙潭湖

湖，是大地的眼睛。

北京的湖有许多，盛名之下的有颐和园的昆明湖，北大的未名湖，西三环附近的莲花池、玉渊潭，城中心的中南海、北海、什刹海，城郊的还有雁栖湖、青龙湖等等，这些湖，千姿百态，各有各的美，各有各的传说，引领着人们的脚步。

炎炎夏日，沿着龙潭路，我们走进了平凡而有趣的龙潭湖。

## 1

左安门内的龙潭湖，闹中取静，它见证过北京城的历史。因为，它的泥土成为老北京城的砖墙，而取土以后形成的一个个大坑，则成为龙潭湖的雏形。

龙潭湖原为大明王朝修建外城时的砖窑所在，新中国成立后整修为东、中、西三个湖。据说比什刹海、后海、积水潭的总面积还大。湖名是大师梁思成亲自命名的。

龙潭湖，出身平凡而伟大。它把沧桑的历史剪成两段：一段是帝王的浅薄，以为城池可以固若金汤，江山可以长治久安，不曾想，大明王朝早已被雨打风吹去，而那坚固的城墙、城砖也早已不知去向。另一段是湖水的深邃，一泓湖水，倒映着一个个王朝的行将就木。湖水中浮躁的鱼儿，摆动着尾巴，不思历史的沉浮。

## 2

龙潭湖公园内，最有名的当属袁崇焕庙。

庙堂三间，坐西向东偏北。门额上有石匾，横书：袁督师庙。

门两侧为石刻对联，上联书：“其身世系中夏存亡千秋享庙死重泰山当时乃蒙大难。下联书：闻鼙鼓思东辽将帅一夫当关隐若敌国何处更得先生。上联款书：孔子二千四百六十八年丁巳（1917 年）九月。下联下款为：乡后学康有为撰并书。联匾均为康有为书。

袁崇焕（1584—1630 年），字元素，号自如，东莞石碣人。兵部尚书，获宁远、宁锦大捷。后来，崇祯皇帝中后金反间计，诬其通敌，崇祯三年（1630 年）被磔（千刀万剐）于北京西四。死后佘义士夜盗其尸，葬于广渠门内广东义园。

袁崇焕是中国历史上的大英雄，是明代末年毋庸置疑的军事天才。他曾千里奔袭救北京，身中数十箭血战广渠门，大败皇太极。然而不但无功，却因此被冤枉，走上不归路。留下遗诗：

一生事业总成空，
半世功名在梦中。
死后不愁无勇将，
忠魂依旧守辽东。

袁崇焕啊，你就这样静静地躺着，躺在龙潭湖的长堤上，躺在历史的风尘里。

此时此刻，一池涟漪，把湖水延伸。一只只水鸟，把坠落的情感高悬。它们是为沉睡的将军祈祷，还是为消逝的历史训诫？

## 3

作为一种汉族传统的民俗活动，比起其他的老庙会而言，龙潭湖庙会可谓是一支独秀。

据载，龙潭湖庙会已有三十几年的历史，但是它的春节气息并不逊色于其他的庙会。龙潭湖畔的民俗表演、花会、车展、书市，以及小吃一条街等内容都是经过精心设计的，使得整个庙会期间的活动都日日精彩而新颖。

## 4

龙潭湖，柔枝垂柳，婀娜点水，荷叶田田，歌舞升平。像唐诗一样隽永，像宋词一样轻灵。且看鸬鹚戏水，衔起湖心的一朵流云；且听豫剧一曲，如泣如诉，在这里成为永恒。

湖边有龙山，龙字碑林、百龙亭，古典建筑龙吟阁、龙形石雕和龙桥等。这些都是后人的杰作，老调新弹。

龙字石林，石碑林立，汇集了著名书法家229个龙字。字字龙飞凤舞。

站在龙亭之上，周遭一片静谧。俯身而看，龙潭湖犹如一条青龙腾跃在大地之上。那湖水，清澈见底，一片片枯叶飘落水中，激起一圈圈波纹，慢慢扩散、消失……

## 5

我们坐在岸边，隔水向南望去，那是北京城南有名的玉蜓桥。

感觉那桥的一端，颇像西湖的断桥，而那是向往人间幸福的白娘子心中最大的痛。玉蜓桥虽没有演绎出那种惊艳绝世的故事，但却勾画出一种古老与凄美。

静心凝眸，是湖岸的绿柳抚摸了历史的苍凉，还是梦的碎落碰触了相思的琴弦？风起处，是我触碰了岁月的神经，还是岁月知道了我全部的侠骨柔情？

# 阳春三月下疁城

阳春三月，万物复苏，柳绿花红，莺歌燕舞。我们就是在这个时候，来到嘉定的。

## 1. 古城嘉定

嘉定水乡，看上去就像一幅淡墨山水画，哪怕是不经意的一瞥，也会令人心动和神往。且不说柳绿桃红，草长莺飞，处处流动着妩媚与柔情，也不论水绕村流、人傍水居的平静和悠闲，单就那独具特色的一桥一船、一树一草以及高低错落、临水而居的人家，就足以让人浮想联翩。

嘉定是上海的一个区，这人所共知。但是，提到嘉定古城，知道的人就为数不多了。嘉定位于上海西北部，东与宝山、普陀两区接壤，西与江苏昆山市毗连，南襟吴淞江，与闵行、长宁、青浦三区相望；北依浏河，与江苏省太仓市为邻。

嘉定本是南宋皇帝宋宁宗的最后一个年号。将一个朝代年号冠名于一个地方，并不多见。南宋嘉定十年（1217 年）嘉定建县，是名副其实的江南历史文化名城，有“教化嘉定”的美称。

唐代，嘉定境内便设有疁城乡，故嘉定又称“疁城”。如今嘉定还有一张小报，名字叫《疁城文博》，颇有特色。嘉定这个地方是很有文化底蕴的，你可以从他的一些地名改变看出来。比如，原来的春申乡易名守信，临江乡易名依仁，安亭乡易名服礼，平乐乡易名循义，醋塘乡易名乐智。这“守信”、“依仁”、“服礼”、“循义”、“乐智”，皆有出处，皆有典故，没有文化底蕴的地方是绝对不会产生这样的名字的。

历史上的嘉定，是领先于上海的。作为县城，它的建筑是典型的江南水乡风格，前厅后堂，两边厢房，深宅大院。大院可以是三合院，也可以是四合院，中有天井，集天地之水源，藏人文之精华。门面清雅淡泊，似乎与邻家没有区别，但内里却是别有洞天。

据记载，北宋宣和年间，嘉定境内即有岁寒吟社。明嘉靖年间，归有光讲学安亭，从学者众。明万历天启年间，“嘉定四先生”——唐时升、娄坚、李流芳、程嘉燧的诗文书画很受追捧。明末清初，黄淳耀的“直言社”以及“疁城八子”、“嘉定六君子”等，均以诗文闻名。至清乾隆、嘉庆年间，则有一代大儒钱大昕、王鸣盛。

除此以外，始于明正德、嘉靖年间的嘉定竹刻，亦在清乾隆嘉庆年间进入盛期。王敬铭、张鹏翀、钱坫、程庭鹭等，均为清代著名书画家，名声在外。

漫步嘉定，宜观亦宜品，品之愈久，味愈浓郁。泊舟树下，便有绿叶相亲；移步桥头，便送夕阳西下；更何况渔舟唱晚，圆月初上，歌声隐约……春夏秋冬，晨昏雨晴，不管从哪一个角度去欣赏和品味，都有韵有味，如诗如画。

## 2. 州桥老街

三月的嘉定，清新温润，伴着清幽幽的细雨，打着雨伞走在弯弯曲曲的古巷内，踏着磨的发亮细腻的麻石；霏霏细雨滴落在石凹间，泛起点点涟漪；扶着根底布满青苔的白墙轻轻地走着。远处传来了悠扬的丝竹声声，曲调如埙，宛若天籁般纯净、空远，点破久远的相思。

我们下榻的嘉定宾馆，离州桥老街很近。出门左转，只见一个高大的牌坊将现代与传统分割得一清二楚。牌坊外面，是熙熙攘攘的商业街，牌坊内，全是青砖、黑瓦、飞檐、木窗，典型的江南明清建筑。地上铺设的，是厚厚的碎石，显示出年代的久远和历史文化的厚重，牌坊上书“州桥”二字。

嘉定州桥，乃嘉定之根，也是嘉定历史文化的发祥地。千步之内，汇聚了宋、元、明、清历代古塔、石街、老桥、旧庙、名园等古迹，人文浩荡。一路可观竹刻博物馆、陆俨少艺术院，并在十字河两岸观老街风情，品风味小吃，寻找江南古城文明的印迹。虽说江南的古镇都很类似，但没有过度的商业开发，基本上贴近本色的街道，让人感到老街有一种与乌镇、朱家角不同的感觉。

州桥原先叫登龙桥，在元代的时候，嘉定由县升州，所以人们就称呼该桥为州桥，但桥身上所刻的仍然是“登龙桥”三字。州桥由石头制成，横跨在练祈河上，呈南北走向。石桥两边都有台阶供行人拾级而上。每级台阶的高度很小。这样设计的理由很可能是为了照顾负重而行的农夫、樵夫和轿夫，也有可能是照顾外出行走的妇女。

沿北大街向前走了不到 10 米，一个小巷出现在眼前。小巷的右边首先是一个卖臭豆腐的店。边上有介绍“臭豆腐的由来”的一段文字。告诉你吃臭豆腐，吃的不仅是豆腐，还有历史和文化。记得当年在贵阳青岩古镇上遇到的臭豆腐店，它的招牌是“臭名远扬”，边上还有一副对联“一日食此臭豆腐，三月不知肉滋味”。没想到孔子当年在齐国听《韶》乐，三月不知道肉味，竟然与此惊人地相似。

在西门老街，还有一个“上林春书场”，指示牌上明明白白地标示着。很想进去喝一杯茶，坐在八仙桌边的大板凳上，听上一段评弹，那该多好。不管听得懂还是听不懂，似乎很风雅很神仙。据说这里的评弹艺术口语丰富，情节跌宕起伏。除了场内听众，还吸引了练祁河、项颈河上的过往船只，他们把船停泊在书场岸边，静听岸上说书声。

走过登龙桥，就是著名的法华塔了。法华塔原名金沙塔，建于宋朝，几经修建而得以保留。据说夕阳西下时，夕阳、余辉、宝塔、古镇、民居和练祁河构成了一幅美丽的图画，“金沙夕照”曾是嘉定著名的人文胜景。

塔一般总与寺院相伴，此处却无寺无庙。原来，古时嘉定的读书人科名衰微，于是有人便提议在横沥河与练祁河交汇处的街上建塔，取名法华，意即得到佛一样的智慧，用以激励读书人奋发进取。建塔之后，嘉定果然“科名鹊起”。

## 3. 名园碧潭

嘉定的风水宝地，可以一岛、一园、一潭、一浦、一寺来概括。

浏河岛位于嘉定区唐行镇，东临长江口，面积108公顷。岛上气候宜人，空气清新，花果飘香。经过10年的开发，形成银杏、桂花、罗汉松、香樟、广玉兰、腊梅、紫薇、水杉等林园20个。一年四季，遍地红花绿叶。岛上的别墅群，建筑新颖别致，与状元楼、潜研堂古今兼容，相映成趣。

古猗园，始建于明嘉靖年间。由明代嘉定竹刻家朱三松精心设计，以“十亩之园”的规模，遍植绿竹，内筑亭、台、楼、阁、榭、立柱、椽子、长廊上无不刻着千姿百态竹景，生动典雅。园名取《诗经》“绿竹猗猗”诗意。园中的明代建筑、楹联诗词、花石小路等形成主要园艺特色；不系舟、唐经幢、逸野堂、补阙亭、南厅等景点，积淀下独有的园林内涵。民间素有“苏州园林甲天下，嘐有南翔古猗园”的美誉。

汇龙潭于明代万历十六年（1588年）所建，自北向南有五条河流汇集而成，应奎山坐落潭中，绿水怀抱，宛如一颗明珠，自古有五龙抢珠之称，汇龙潭因此而得名。公园的北部景点相对集中，有碎玉泉、夕照亭、芭蕉小院、玉莲池等，错落有致，异常精巧。

秋霞浦是一座具有独特风格的明代园林，由明代龚氏园、沈氏园、金氏园和城隍庙合并而成，为上海五大古典园林之一。这里以清水池塘为中心，石山环绕，古木参天，造园艺术独特，分桃花潭、凝霞阁、清镜堂、邑庙等四个景区。桃花潭景区的池上草堂，有“一堂静对移时久，胜似西湖十里长”的赞誉。凝霞阁景区的“环翠轩”轩西有复廊式“碑廊”，上集明清碑刻17方。从西门入园，院内森桂轩的四周遍植桂树；轩南置明代遗物“三星石”，分别取名“福、禄、寿”；园内还有一“涉趣桥”，建于1921年。小桥连接曲径北岸，横跨幽泉清溪。如此灵巧古老的园林桥全国罕见，在上海亦堪称一绝。

吴兴寺始建于南朝梁天监十年（511年）。初建时，占地10余亩，分东西两院，东院崇福，西院永德。正中有大雄宝殿、大悲阁、文昌阁等建筑100余间。重建后，1995年5月正式对外开放，不仅为广大佛教信徒增加了宗教活动场所，也为广大观光游客增加了一处游览胜迹。

## 4. 嘉定孔庙

嘉定孔庙坐落在城中法华塔南首，始建于宋嘉定十二年（1219年），现存建筑虽仅原来的十分之六七，仍不失为目前国内比较完整的孔庙之一，有“吴中第一”之称。

这座孔庙由嘉定第一任知县高衍孙创建，称文宣王庙。庙左建儒学，额为化成堂。通道正中的“仰高”牌楼高约9米，四往重檐，建于明万历十四年（1586年）。沿牌楼有石雕柱，上面雄踞72只姿态各异的石狮子，象征孔子72贤徒。

与“仰高”牌楼在同一中轴线上的建筑，有棂星门、泮池桥、大成门、大成殿。大成殿是祭孔正殿，面阔五间，进深五间，重檐歇山，崇基石栏，庄严肃穆。

大成殿东的明伦堂，宽敞宏伟，是旧时“传道、受业、解惑”的场所。孔庙门前为东西甬道，甬道东西均有牌坊，名为育才坊和兴贤坊，面对孔庙大门的牌坊叫仰高坊。进门是潘池，再往前是大成门。大成门前有龟座7只，背负大石碑，记载着13世纪以来历代修建孔庙的情况。孔庙内设有“考场”，向游人介绍古代的科举制度。

嘉定孔庙现为中国科举博物馆，里面有五个展厅，分别介绍了科举制度产生的历史，以及科考的整个过程，以及很多状元进士的试卷。孔庙内介绍了很多经过科考，而后成名的士子，几乎隋唐以来的名人都提到了，里面有很多珍贵的历史资料。

## 5. 嘉定三朱

古时士人，于仕隐的同时，还追求一种“心无驰猎之劳，身无牵臂之役”的平顺和谐、雍容典雅的生活。

明代的江南竹刻艺术已达到全盛时期，发展为各具特色的两大流派，一派是以南京竹刻为代表的“金陵派”；一派是以上海嘉定竹刻为代表的

"嘉定派"。"嘉定派"中最有名的就是"嘉定三朱"。

"嘉定三朱"的基本风格，在明代就有评价，称其"花鸟规抚徐熙写意，人物山水在马、夏之间，画道以南宋正法，刻竹则多崇尚北宋。盖以刀代笔，为简老朴茂，逸趣横生"。就是说："嘉定三朱"的竹雕花鸟画，与五代时期著名画家徐熙的文人画一脉相承，注重"水墨"，而且多为粗笔写意，计有大写意、小写意，兼工带写等技法，颇能传达文人的高雅、"野逸"之气。

"嘉定三朱"的竹雕山水画，与南宋时期著名画家马远、夏圭为代表的画风相仿。马远的山水画一反北宋山水画全景式构图方法，画面重心偏于边角，"或峭峰直上而不见其顶，或绝壁直下而不见其脚，或近山参天，近景突出"，属于截取扼要部分的章法安排。夏圭的画作亦爱取一边一角，作"截景式"山水。所以，画史上有"马一角、夏半边"之称。

## 6. 人才辈出

来嘉定的人都认为这里的人文底蕴深厚。这种底蕴，不只有园林建筑的华美精细，还有这里的人才辈出。

自南宋建县以来，嘉定出过3位状元，192名进士。在这个榜单里，有太子的老师、学堂的教授、领兵的将帅、浪漫的文人，更有考据训诂的严谨宗师。

比如，孙元化（1581—1633），火炮专家。厉害的是他曾随徐光启和利玛窦合译古希腊数学著作《几何原本》（前6卷）。还有，他把当时在中国的11位外国传教士召集到嘉定，开了一次"天主教嘉定会议"，从此就有了中文"上帝"、"天主"的名称。

比如，浦安修（1918—1991），她青年时代参加了"一二·九"爱国学生运动，1936年加入了中国共产党。党中央为彭德怀同志平反后，她积极协助组织为彭德怀的冤案平反，做了大量工作。在她的主持下，整理成《彭德怀自述》一书。

比如，顾维钧（1888—1985），"职业外交家"。他是"民国三大美男子"，当过袁世凯的秘书，1919年他拒绝在巴黎和会上签字。

比如，陈冰夷（1916—2008），普希金的小说《暴风雪》、高尔基的散文诗《鹰之歌》都是他翻译的。

比如，黄辛白（1921—2008），当过教育部副部长，北大的副校长，而且他夫人是水利专家钱正英。

比如，归有光（1507—1571），一生大部分时间居住在嘉定安亭。他很会写文章，“嘉定四先生”都是他的学生。他在浙江长兴县当县长时，《西游记》的作者、67 岁的淮安人吴承恩是他的副县长。最牛的是，大文学家王世贞死了爹，也请他写“悼词”。

比如，钱大昕（1728—1804），史学家、汉学家。治学广博，经史百家，天算地舆，无所不通。考史之功为清代第一人。公推“一代儒宗”。尤精金石、小学、岁星纪年，善隶书，能画。著有《廿二史考异》《潜研堂文集》《十驾斋养新录》等。

比如，蔡尔康（1851—1921），他是第一个将“Marx”译为“马克思”的人。

比如，胡厥文（1895—1989），又名胡保，他开创了中国的职业教育。1945 年他发起组建了中国民主建国会。曾任上海市政协副主席、副市长，中华职业教育社代理事长、理事长等职。出版有《胡厥文诗词选》。

比如，陆俨少（1909—1993），又名砥，字宛若，斋号就新居、晚晴轩、万安草堂、穆如馆等。1927 年考入无锡美专学习国画，出版有《陆俨少自叙》《陆俨少画集》。他的画曾拍卖到六千多万美元。

比如，沈恩孚（1864—1949），参加过“公车上书”。胡厥文是他女婿，潘光旦是他外甥。

比如，沈逸千（1908—1944），自幼嗜画，致力于中西绘画的融合。先后为毛泽东、朱德、周恩来、邓颖超、林伯渠、邓小平、贺龙、冯玉祥、李宗仁、李济深、斯诺等人士画像。有《蒙察绥写生集》。

比如，周湘（1871—1933），他是光绪皇帝的画师，徐悲鸿是他的学生。戊戌变法失败后，赴欧学习西画。著有《周湘山水画谱》等。

# 一路白桦林

从拉布大林到根河，一路白桦林。

当大片的白桦呈现在我的眼前时，她那清丽俊逸、深沉秀美的身姿，在夏末初秋的色彩里，朦胧着一幅层次清晰的大写意，是一份宽远而倾瀚的纯美。她们就是这样成了我心驰神往的一种美丽和一种寄托。

在一片巨大的白桦林前面，司机把车停了下来。我们可以走近游览。静静地走在林中的栈桥上，心随着她碧绿低垂的叶子，在浅浅的岚风中舒展，然后面对一排排林林立立的树干，调焦、测光，瞬间的寂静、瞬间的安详，还有瞬间不可解说的心事，一下子就定格成了永恒。在这里，到处是白色的树干衬着绿叶，到处是一双双穿越时空、洞察世界的眼睛，深邃、宁静，天长日久地将世间的一切看在眼里。

然而，远远望去，你会感觉那些无数的“明眸”闪动着，时刻注视着周围的一切，又好像在等待远方情人的归来。据说每年四月份之后，白桦树“眼睛”里流出的汁液也被称为“情人的眼泪”。有人说：情侣若想白头到老，就在白桦树下许愿吧；如若一辈子相亲相爱，就用红色的布条蒙住白桦树的一只眼睛，那么情侣的眼里就只有你。

一路白桦，随车而行。渐次增多的白桦树或疏或密地分布在道路两旁的山野水畔。她们俨然是大地的主人。且不说从天边铺来的连绵起伏的草原，也不必说蓝天下那一群群膘肥体壮的牛羊，更不必说那流淌于呼伦贝尔草原的额尔古纳河，正是那茂密的白桦林，妆点了这富有诗意的秋色。

一路白桦林，让人悦目爽心。有人说白桦具有女人般的风情与美丽。我们姑且不论这个定义是否准确。试想，那碧绿的树冠与雪白修长的躯干之间，恣意而无拘无束地舒张着的美，还会有谁呢？大概唯有白桦树吧。白桦树那乡野村姑般的风韵与健美，让你无时无刻不感受着那种膨胀着生命朝气的律动，即使在秋色中也依然张扬着不羁的生命。只是这生命中更多地注入了北方的秉性。她们或三株五株一墩紧紧相抱，彼此连成一片；或临水斜倚，其娴静其文雅又如处子梳妆。她们喜爱阳光，却最能忍耐寒冷；她们热爱生活，也最能适应环境。据说白桦树大多生活在山的背阴坡，这不禁让我对她肃然起敬。能把温暖舒适的环境让给其他树种的，能独自安然面对寒冷而处之泰然的，只有她才堪称树中君子。

一路白桦林，会让我们渐渐失去审美。白桦树的确是极平常的，却又是不平凡的。说她平常，就因为她是当地人的当家树，即使褪去了华美的树冠，赤裸的躯体也为草原上的牧民撑起一方平安。从牧民的一日三餐到平日的驱寒取暖，那燃烧于熊熊炉火当中的，就是白桦树。即便在毁灭的青烟中，其灵魂和品格也会得到升华。我默默地注视着白桦林，听轻风摇动树叶的轻吟，看阳光下穿越白桦林的斑驳灿烂，同时也在寻找自然与灵魂之间的灵犀。在空灵而近似原始的苍穹下，我突然发现，有白桦的地方，便少有市井喧嚣与浮躁，在她们面前，人的心灵是可以得到净化的。

白桦林是心灵的港湾，因为，找到了白桦林，心灵就找到了归宿。看见那高大挺拔的白桦树，心会扑通扑通地剧烈跳动，只有把手放在她身上的时候，心才开始渐渐平静下来。只有偎在她的怀里，屏住呼吸，静静听那似远又近的涛声，仿佛母亲的呼唤一样，荡响在耳鼓里，才感到生命里离不开白桦林，离不开那时紧时慢的呼唤。

有一首俄罗斯民歌——《白桦树》，歌曲旋律优美而又哀婉，缠绵而又深沉，让人听过一次就无法释怀：

叶子从白桦树上落在肩膀，
它就像我一样地离开了生长的地方。
和你在故乡的路上坐一坐，
你要知道，我会回来，
不必忧伤……

# 山庄夜雨

山庄的雨，是悄悄下的。如果不是打开窗户，甚至不知道天在下雨。

思绪穿越了时空，仿佛又回到了年轻时。生命是一本太仓促的书，总以为翻不完，可在转眼间，故事就已过半。繁华易逝！曾经的情感，曾经的荣光，曾经的悲伤，伴着豪情，闪着泪光被储藏起来。

山庄夜雨。如果说雨下在白天，是天上落下的水；那么雨下在夜里，就是梦中的诗。

## 1

密密斜斜的雨，像缠绵的柔情，丝丝入心，绵延永恒。山庄听雨，随着淅淅沥沥的雨声，仿佛进入了一个怡淡的梦境，穿越时空的遥远。

五一，虽然一路拥堵，经过大约 5 个小时的颠簸劳顿，中午时分，我们来到了承德，来到了避暑山庄。

这一天的山庄，游人如织。我们从北面的万树园出发，依次经过水心榭、金山亭、上下湖、云山胜地、如意州、沧浪屿、烟雨楼，然后到丽正门旁边的万壑松风，再到山庄博物馆，多有疲倦，然后原路返回。

入夜，沿着武烈河畔一路向南，我们去找一家叫作巫山烤鱼的所在。到了，其情状十分不堪。然人生地不熟，不宜多走，只好将就。说不上什么味道。出来打车回到山庄。

此刻，正是古塔风铃声起，细雨蒙蒙而下。

## 2

隔窗听雨，雨声飘落，落在屋檐，落在窗台，落满眼眸，落进清冷的床沿。

承德这个地方，是与避暑山庄，与皇家文化分不开的。这让承德文化既带有贵族气质，又带有一份莫名的孤独感。记得20世纪80年代初期，正值我读大三。那是在6月下旬，我们20多名同学从赤峰实习结束，专程到承德，那是我们初游承德。

改革初期，贫困乃司空见惯，见怪不怪。满大街见不着几家饭馆，路上除了公交，没有出租车。饿了，我们就买包泡面充饥。累了，就在景点旁边的台阶上歇息。渴了，路边有卖5分钱的茶水。那时候的我们，年轻气盛，虽然忍饥挨饿，却恨不得在有限的时间内把山庄和外八庙都跑个遍，我们一伙连跑带颠地爬上了磬锤峰，游览了蛤蟆石。

当时一起游园爬山的那些同学，如今都步入知天命之年。有的多年没有联系，有的偶有面见，却不知说些什么。每念及此，颇为感慨。

## 3

一滴雨是一个故事。多少故事，从古到今的延续，一幕一幕的画面，自雨帘映射，或喜或悲，或歌或泣。缘何总是见风落泪，遇雨伤怀？

承德的名气是与一条名叫热河的河流紧紧连在一起的。它曾经是大清王朝的行宫，热河省的省会。民间常把承德与热河混着叫。想想我对这座小城的感受，除了前面大学实习时的那次旅游，还有参加工作以后于1987年秋天在这里出席的一次会议。

我们住在丽正门对面的山庄宾馆，那是当初承德为数不多的好宾馆。会议派发的证件，山庄可以随便出入，外八庙可以按计划游览。我们甚至可以深入城区街巷。那时的承德有两大部分组成：青砖黑瓦石阶老院高低街巷，那是百姓世代居住的地方；而宫墙殿阁大庙古寺红砖绿瓦，则是历史遗下的古迹。不过，无论是民宅还是古建，都被塞外的风雨浸打得残痕累累，一眼望去，无处不是岁月的沧桑。

有时，我们从山庄出来，走上一条叫武烈河的大坝上，初秋的太阳正亮，远山一片青翠，河边尽是碧绿的菜地。山庄的宫墙虽然残破，但仍能显出昔日的雄伟。我走着看着，大街上没有什么车辆，小巷里只有几个孩童的身影。城外的古庙多建在山坡上。或巍峨雄伟，或玲珑别致，伴着古松古槐，顶着蓝天白云，我静静地看着，觉得这里就应当是一座人间仙境无疑。

记得那天，也有雨，但却是蒙蒙的细雨，像诗一样的意韵，像画一样的唯妙，像歌一样的悠扬。我静思着那种美，很细，很纯。虽然城里的小巷也是邻里稠密，但却少有嘈杂。毕竟这是座塞外边城。没了往昔王朝笼罩下的光环，没有了省会的地位，她只能静静地安身于这片绿色的河谷中，与黎民百姓共度四季交替暑去寒来的漫长岁月。

## 4

这一次来山庄，距离上两次已近30年了。我从一个20多岁的青年，走向社会，成家立业，饱受了人世间的风风雨雨。

白天，我们参观了属于外八庙的普宁寺和小布达拉宫。走过山门里的钟鼓楼、大雄宝殿以及藏有世界最大木佛的大乘之阁。入夜，我们下榻的蒙古包酒店旁边，就是乾隆皇帝专门为其母亲修建的普佑寺，寺内的六和塔，飞檐上挂满风铃。风乍起，铃声响个不停。但那铃声绝不扰人，恰恰相反，它似遥远的问候，叩击着我的心扉。

据说，承德与其他城市截然不同，这儿是先有了避暑山庄，才渐渐形成了热河城。

热河城地处一片开阔的山谷中。一条大河——武烈河从中穿过，汇入滦河向南流去。山上多奇石美景，与山庄内外相映，极富天趣。热河城内，百年老屋久存，祖上盆罐传承。人们春来河畔垂钓，夏来柳阴乘凉，秋上常观明月，冬至墙根晒暖。日子虽然清贫，却有其自我安然的根由。加之居民多满族，说不上八旗子弟遗风，但慢节奏习性仍根深蒂固。四平八稳，“不着急”，成了常态。我们在一家农家乐就餐，不论顾客要求什么，店主人总是说：“不用着急。”

## 5

一场雨声，是一场心灵的告白，也是一场生命的坦言。这雨，有它独有的灵魂，演绎一段又一段春花秋实；而人，有着各不尽同的心声，诉说着一场又一场生离死别。

武烈河岸，岚烟堆满岸边杨柳，细细的雨下着，青青的草儿蔓延着，远远地可见磬锤峰的倩影。

天暗如黛。漫步山庄，静静的心，那样的恬然。随便从山庄的任意一扇门进去转转，或漫步在宫墙下的草木中，依然可以享受一份难得的恬静。

夜雨蒙蒙，这是春雨润物细无声的梦呓。山庄的夜雨是神秘的，随风潜入，夜涨碧池，像诗，像梦。

烟雨楼前，万壑松下，细雨宛若一层薄纱，似乎只可意会，眼一见梦便碎了。但你可以想象，夜雨中的山庄，是一片笼罩在黑暗中的琉璃世界，天地间挂起一副水晶珠帘，清冷，潮湿，水汽弥漫。

或许，小楼一夜听春雨，那窸窸窣窣的声响之中，蕴含了太多不可名状的情愫。曾记少年听雨歌楼上，红烛昏罗帐，怎奈如今听雨客栈中，只剩得孤雁叫西风。

或许，桃李春风一杯酒，江湖夜雨十年灯。这样的雨夜，是不能独酌的。那满堂花醉三千客的风光早已不在，一剑光寒十四州的凌厉也只剩下满身的疲惫，也罢，归去来兮，于雨夜独坐，听夜雨敲窗，品这一份生之隽永。

# 瀑布之声

瀑布，一抹绝特的风景。一般而言，地势越陡，水量越大，瀑布就越壮观。许多人赞美瀑布的美，而我却喜欢聆听瀑布的声音。那是山的爵士乐，水的奏鸣曲。是一种无拘无束、体现真性情的声音，也是一种自由自在、倾诉痛苦与欢乐的声音。

## 1

世象纷披，自然华妙。瀑布以水的恣肆，咏叹风月之情；或者以怒涛的汹涌，铺叙悲欢离合。它无为，无待，无已，无功，无名。或大言炎炎，或细语絮絮，道不尽契阔死生，涌不完风霜雨雪。叶圣陶老先生早年写过一首《瀑布》，描述了瀑布之声："还没看见瀑布，先听见瀑布的声音，好像叠叠的浪涌上岸滩，又像阵阵的风吹过松林…… "

瀑布之声，是大地的回响，是风的高歌。中国有许多著名的瀑布，像贵州的黄果树瀑布、安徽黄山的九龙瀑布、黑龙江牡丹江的吊水楼瀑布、浙江雁荡山的大龙湫瀑布、山东崂山的龙潭瀑布、云南的大叠水瀑布、广西西隆的冷水瀑布，等等，这些瀑布，均以其独特、壮美的气势，闻名海内外。不过，我独爱它们倾泻时那种不同的声音，那是真正的大地之声，像风一样歌唱。

黄果树瀑布，形象上不像庐山瀑布那样秀美，也不像大龙湫那般单刀直入。它从岩壁上直泻而下，此时的人们，仿佛置身于一座富丽堂皇的音乐宫殿，四围乐声奏鸣，耳边一片声浪，让你每一个细胞顿时便灌满了活力。"风飘律吕相和切，月傍关山几处明。"那种气势磅礴，那种呼啸轰鸣，那种水雾蒸腾，那种雄浑澎湃，激荡着澎湃的心。

吊水楼瀑布，当你仰视冲天的瀑布如雄鹰般俯冲而下，巨大的声音如狂狮怒吼，令人震耳欲聋。听吊水楼瀑布，最好在盛夏碧宇穹空的夜里，迎着它的面，或者走在它的上游岸边，或小憩，或冥想，或者干脆站在距离瀑布 3 米左右的地方，任飞泻的水流激情冲刷，涤荡心头的压抑，在绿树摇曳的婆娑里，让那动魄的瀑声摇撼心旌。“五音六律十三徽，龙吟鹤响思庖羲。一弹流水一弹月，水月风生松树枝”。

大叠水瀑布，南盘江水循崖下跌，跳过三迭岩石，以雷霆万钧之势，倾入崖底潭中，激起轰鸣，声震山谷。这里树木苍翠欲滴，蝴蝶纷飞，点点繁花掩映在浓荫之中。两边峭壁直立、气势壮观。峡谷溪流蜿蜒曲折，巨石千姿百态，有的像狮子，有的像乌龟。溪水清澈无比，不时变换着姿态，有时汇成急急的一股，有时又从台阶般的巨石上一涌而下。有如银涛直泻，万练垂空，水击岩石，若玉絮飞花，溅珠结雾，弥漫太空，化为蒙蒙细雨，飞撒在山野之间。听大叠水瀑布，如同听京戏西皮导板，开阔、悠扬、奔放。抑或听一曲二胡，婉转、悠扬。此时此刻，你可以将坠崖而下的飞瀑相拥在瞬间的迸裂里，然后在轰轰隆隆的跌落声中捕捉些许诗意。或者撷一枚树叶，在飞瀑震颤中感知飘零，然后把淡淡的清香装进心扉。如同孟郊诗云：“学道三十年，未免忧死生。闻弹一夜中，会尽天地情”。

## 2

许多瀑布，在轰动绝响中是需要我们仔细品味的。如同一曲交响，在追求整体效果时，有时可以聆听每一种乐器、每一个声部的变化。或粗犷，或细腻，嘈嘈切切，或者大珠小珠落玉盘。

兰溪瀑布，在四川眉山，总落差 1040 米。望着如此巨幅的瀑布，在水气弥漫的水帘下，可以触摸如丝细雨的浮游，也可以触碰凌空激荡的烟雾。随飞流直下的高亢铿锵，看瀑布气势恢宏，撼天动地，此时的瀑声，如牦牛奔腾咆哮，喧嚣酣畅。这是生命的奏鸣，这是壮丽的咏叹。“啾啾深众木，嗷嗷入孤城。坐觉盈心耳，翛然适楚情”。这样的声音中，似乎游荡着芸芸众生的声息，有独唱，也有合唱，在景象天成的境象里传递着鲜活生命的呼唤。

尼亚加拉大瀑布，不论是从加拿大一侧看，还是从美国一侧看，其壮美景色都颇受世人称道。我觉得从哪方面看并不重要，重要的是读懂它的声音。距离大瀑布数里之外，便可听巨大的轰鸣声。渐渐走近，来到瀑布前，听见隆隆水声，震天颤地，如雷过顶，山谷响应。

再看大瀑布，它从高崖顶上翻落下来，气势恢宏，若从天降，那巨量的水体轰然跌下，激起水雾阵阵，瀑下被笼罩得一片迷蒙。那声音，似乎从水牛城就可以听到了，雷霆万钧，山鸣谷应，震耳欲聋，无疑是一种千古绝唱。这里有春天的鸟语，比如维瓦尔第的《四季之春》，比如格什温的《蓝色狂想曲》，舒伯特的《鳟鱼五重奏》，贝多芬的《月光奏鸣曲》。这里有门德尔松的《乘着歌声的翅膀》，也有帕格尼尼的《主题变奏曲》……

岁月的风刀镌刻出岩石的陡峭，飞瀑的狂放，轰轰隆隆。此时此刻，我就站在瀑布旁边的护栏边，拥飞瀑的喧嚣在心海里，惆怅亘古的悠长世事。或者干脆让盘根错节的石树依偎在宝贵的生命里，把完美和精致的声音镶嵌在永恒的意境中。

## 3

不论是柴可夫斯基《如歌的行板》，还是德彪西的《月光曲》，不论是肖邦的《幻想即兴曲》，还是苏佩的《轻骑兵序曲》，都难以描摹瀑布的声音。对于非洲的维多利亚瀑布来说，尽管至今我还没有去过。但是它声音的奇特，已经吸引了我。有人说，它的声音就如同千万只大象、狮子、斑马大迁徙合成的交响。

这里，湍流怒涌，万雷轰鸣，动地惊天。溅起的白色水雾，有如片片白云和轻烟在空中缭绕，据说巨响和飞雾可远及 15 公里。当地人称“莫西阿托尼亚瀑布”，意思就是“雷霆翻滚的雨雾”。

在这里，既有行进的节奏，又有奔跑的形象，场面雄伟而壮观。一会儿是莫扎特的《小夜曲》，一会儿是施特劳斯的《蓝色多瑙河》。

在这里，高峡曲折，苍岩如剑，巨瀑翻银，疾流如奔，构成格外奇丽的自然景色。如果有机会，我一定会来到它的脚下，听它的翻滚呼啸，听它的裂岸轰鸣。

## 4

瀑布，也不全是雷霆万钧，万马奔腾。有时，却是大地的随声附和，是一种低吟，或者是大地的和声。

所有的瀑布从来都不愿站在聚光灯下，只是在背后吟唱。这种吟唱不只是曲高和寡，除了阳春白雪以外，还可以是下里巴人。

壶口瀑布，水涌入壶，水出壶中。欢腾雀跃，烈马奔腾。在这里，看水，开阔眼界；听水，动魄惊心。有时候，石水交融，石在水中，或水流覆石，水石交织，这激速流动产生的声音，攒动着空灵和纯净，如梦似幻，渐行渐远飘渺无踪，把深深的陶醉遗落在两石相拥的岩缝中。聆听壶口瀑布，更多的是一种悲怆，一种“风在吼，马在叫，黄河在咆哮”的历史画面。

## 5

一次旅程中，我听过亨德尔的《水上音乐》。那是一部管弦乐组曲，共有20首小曲。据说，细细聆听伊瓜苏瀑布，便会有这样的感觉。当然，一定要心静。

位于阿根廷和巴西边界上的伊瓜苏瀑布，是尼亚加拉瀑布宽度的4倍，比维多利亚瀑布还要宽很多。每年11月至翌年3月的雨季中，瀑布最大流量可达12750立方米/秒。在30公里外就能听到它的飞瀑声。

明月高悬的时候，便是听伊瓜苏瀑布高歌的最佳时机。可是，她的高歌，却要在寂静中用心聆听。月如钩，是浪漫之音；月如盘，是相思之乐。有人说它的声音更像心电，透过空旷，直击内心最柔弱的地方。

在这里，银练堕潭的奇美，水石相生的依恋，美女摇摆的雍容，还有石峰、石壁、石缝、石路，熙来攘往的项背相望，随瀑布腾跃妖娆的彩蝶，淙淙流水横无际涯，显示出一种杳然的沉静。

## 6

有人说，《春之歌》是门德尔松无言歌中最为著名的一首。该曲第一段为两个乐句，歌唱性的主题圆润而洒脱，富于弹性。以小行板的速度起伏于高声部，其他声部则在清澈的和声中作琵琶式的装饰伴奏，加上踏瓣音的运用，造成了纯朴而富有春色诗趣的意境。

安赫尔瀑布又称丘伦梅鲁瀑布，位于委内瑞拉玻利瓦尔州圭亚那高原的卡罗尼河支流丘伦河上。瀑布从平顶高原奥扬特普伊山直流而下，几乎未触及陡崖面，一泻到地，其落差达 979 米。

安赫尔瀑布以美国探险家安赫尔的名字命名。瀑布气势雄伟、景色壮观，飞流直下，珠飞玉溅，云雾蒸腾，山谷轰鸣。衬以两旁参天古树，嶙峋怪石，壮丽之外又添几分肃穆之美。听安赫尔瀑布，如同享受门德尔松《春之歌》。优美的音乐配上唯美的画面，不仅让人感受到春之美，而且可以达到视觉与听觉的双重享受。

德天瀑布位于广西壮族自治区崇左，气势磅礴、蔚为壮观，与紧邻的越南板约瀑布相连，号称亚洲第一、世界第四大跨国瀑布。清澈的归春河是左江的支流，也是中越边境的界河，德天瀑布则是它流经浦汤岛时的杰作。浩浩荡荡的归春河水，从北面奔涌而来，高崖三叠的浦汤岛，巍然耸峙，横阻江流，江水从高达 50 余米的山崖上跌宕而下，撞在坚石上，水花四溅，水雾迷蒙，远望似缟绢垂天，近观如飞珠溅玉，透过阳光的折射，五彩缤纷。

听德天瀑布，需要沿着归春河上游，由远及近来品味。这瀑布的旋律是宁静的、轻柔的，明朗的，像流水般悠悠，流过绿草甸，流过翠绿的树林，流过鸟儿栖息的农庄，流进充满了无限遐想的心田。走近瀑布的时候，那哗哗的水声，振荡河谷，也可以摇落心梦。此时此刻，你会感觉时光也渐渐慢了下来，悠远的琴声仿佛从天际传来，透着檀木的淡淡馨香，展现出一座座巍峨雄壮的山峦，气势磅礴，重重叠叠而又连绵不绝，如环绕山间的云雾，朦胧虚幻。或如一曲《高山流水》，声音时而浑厚有力，时而清幽渺茫，颇有“蝉噪林逾静，鸟鸣山更幽。此地动归念，长年悲倦游”的意境。

# 诗意点滴

# 诗意点滴

何谓诗意？这是长期以来困扰我的一个问题。为此，我曾经寻寻觅觅，反复咀嚼，反复品味。后来，终于感悟，觉得诗意就是灵魂深处的一丝感动、一些悲悯、一点纯真、一种美好。

如同陆机在《文赋》中说“观古今于须臾，抚四海于一瞬”，壮观的天地和辽远的时间，一起涌进人的心灵，此刻，我们的所有感动便是诗意，而把它表达出来的就是诗歌，所谓“笼天地于形内，挫万物于笔端”。

## 1

诗意是一种寄托。寄托是人们心中的一盏灯塔，是人生脆弱中的一根拐杖，是内心积累的一种爱。每个人都有一个属于自己的寄托，有了寄托就有一种目标，一种依靠，一种使命，一种力量。

小时候，我们跟着李白看“床前明月光”，跟着孟浩然背“春眠不觉晓”；长大以后，忙碌、烦恼纷至沓来，想安静，想放松时，便情不自禁地怀想起陶渊明的“采菊东篱下，悠然见南山”；日渐成熟，我们又生发了更多的心事、更复杂的焦虑、更深沉的忧伤，于是便会想起“问君能有几多愁，恰似一江春水向东流”；当年华老去的时候，或许会喟叹“流光容易把人抛，红了樱桃，绿了芭蕉”……

由此可见，诗意对于我们而言，不是点缀门面的装饰，更不是风花雪月的矫情，而是一种精神的寄托，甚至是生命本质的某种信仰。它蛰伏在心灵深处，如影随形。春花、夏蝉、秋叶、冬雪，在诗意之下，已转化成为一种意象，成为人们的寄托。王国维曾经说过：“一切景语，皆情语也。”一花一叶，一丘一壑，原本是安静的风景，在诗人眼中、心里、笔下，活跃起来，流动起来，寄托着人心诗情。

## 2

诗意是一种意境。意境是生活图景与思想感情的融合体。意生境，境生象外；意与境浑，境由意生。前面所说，有了寄托就足够了吗？还必须有意境。什么是意境呢？就是林语堂说的，“精神和自然融为一体”。景物与人心，一静一动，互相映衬、互相呼应乃至融合，主观情意和客观物境构成一个流动的空间，这种艺术境界就是意境，让人品味，让人沉湎。

王国维在《人间词话》中写道：“能写真景物、真感情者，谓之有境界，否则谓之无境界。”王国维先生特别推崇这个“真”字。这里的“真”，是一种性情，用林语堂先生的话说就是“一种悲天悯人的意识，使他们对大自然寄予无限的深情，并用一种艺术的眼光来看待人生”。

我们的眼睛看见风景，我们的心灵产生波动，我们将心灵的感动和天地万物的活动融为一体，从而更深刻地认识自己，唤醒自己，抵达最真实的自己。勇敢、坦率、真诚、天真，诗意使我们触摸到内心不敢作假的人性。

## 3

诗意是一种浪漫。浪漫，意为纵情；浪漫，富有诗意，充满幻想；浪漫的行为不是刻意追求所能得到的。这是一种很美好的心境，一种很美好的形象，只有对诗情画意敏感的人才能体会到。

岁月静好，流年辗转，我们依着诗意的馨香，将如水的情思，摇曳成浪漫。或者以一朵花的姿态，伫立成一世的风景，于指尖的光阴中，守望一场心与心的约定，携一份清风细雨的浪漫，让心中的季节，永远春暖花开。

浪漫纯乎是一种灵性的浮现。坐看庭前花开花落，笑看天空云卷云舒，悠闲地品着香茗，听着舒缓的音乐流淌，随意地翻阅唐诗宋词。或者站在岁月的肩头，聆听从远古传来的锦瑟绝唱，演绎索琴吟风的高雅，短笛赏月的古韵；或者独坐星空下，倾听岁月的风铃流泻出一串串音符，与身旁的古树的年轮一同旋转，在一方静夜中感受生活的美好，享受生活的诗意。

## 4

诗意是一种精神。精神是人的思维、意识、精力、活力，藏于心、传于目、显于行、用于事，无形也无色，无影业无踪。可以说，精神是灵魂的主宰、生活的信心、动力的源泉，成功的基石。诗意是一种美，是一种美的精神的闪烁，是自由的心灵在广阔世界飞翔时撞击出的美丽火花。只要生命存在，诗意就不会消失。

诗意的境界是追求自由的境界。海德格尔说，人诗意地栖居在大地之上。人是神的影子，人与动物的根本的区别是，人富有诗意，有自由选择的权利。诗意如一杯香茗，一池清水，一缕花香，让我们拂尽世俗尘埃，清静红尘纷扰，保持内心的和谐，在心灵的草原上放牧我们的精神，让理想生长成四季花开。

## 5

诗意是一种情怀。情怀是含有某种感情的心境。蓝天之美、白云之美、诗歌之美、自我之美，生命的博大裸露在这样的一个情境里，让生命完全与自然融为一体，以心灵的修炼而获得内在的空明、热烈，进而抵达光明。这是一层比一层幽深的情，一层比一层晶莹的景，情景交融，波澜变化，仪态万千，凸显蓬勃无尽的灵感气韵。可谓云山绵邈，广阔无边，涵盖天地。

## 6

诗意是一种智慧。诗意是直觉的智慧。诗和思（哲思）在本质上一致的。诗和哲学都是对宇宙和人生的一种整体的了悟，是殊途同归的。诗走的是意象的路，哲学走的是理念之路。最后都是要完成人对客观的了悟，都在不断地叩问宇宙是什么。

在物欲横流的社会里，唯物至上，精神衰败，于是诗意的生活成了理想的极限，似乎可望而不可及。哲人说得好，在物质丰富的时候千万不要亏待自己的精神，在生活急速变化的现实社会中，我们更要在平凡生活中寻找诗意。在这种情况下，诗意其实就是一种乐观积极向上的心态，恬淡悠然的情怀，一颗不以物喜，不以己悲，泰然处之，荣辱不惊的平常心，一种释怀、感恩、从容、淡定、豁达的人生态度。科技的发达，资讯的浩繁，并不能成为远离诗意的借口。

法国17世纪最具天才的数学家、物理学家、哲学家——布莱兹·帕斯卡尔（Blaise Pascal，1623—1662）曾说过：人应该诗意地活在这片土地上，这是人类的一种理想追求。有一首诗这样写道：诗人是世上唯一的君主，他的节杖可伸及最遥远的地方，当帝王变为尘土，诗人的感情却依然被人们缅怀，即便是在风沙弥漫的荒漠，他的诗也会长成一排翠绿的白杨。诗意是一种发现，甚至灵感并不是以语言形式呈现，我们在捕捉灵感的时候，诗意已有所丧失，因此凡是过多修饰与晦涩的形容都是对诗意的一种拒绝。

# 诗意新疆

在我所走过的地方，新疆无疑是一个最容易让人产生灵感、生长激情的所在，一个富有诗意的地方。

诗意的新疆，可以随着它的律动，引领我们走遍天山南北。

## 1

广阔的蓝天，奔腾的马群，层层叠叠的森林，大片的草场，这就是新疆。同样的蓝天、马群、草原、森林、河流，内蒙古、青海也有。但是新疆之大，其所处疆域、风光之独特，又是其他地方所不完全具备的。

汉字的“疆”，最形象最生动地概括了新疆。“弓”表示新疆边界线之长，有5000多公里；“土”说明新疆的面积辽阔，面积达166万平方公里，占全国面积的六分之一，比内蒙古多出50多万平方公里；三条横杠，代表新疆境内有东西走向的三座山脉：自南向北分别是昆仑山、天山、阿尔泰山；两个“田”代表山脉间的两个盆地：准噶尔盆地和塔里木盆地。

啊，怎一个“疆”字了得。它极其形象地概括了新疆的地理地貌。那些教地理的老师或者学地理的学生要引起注意了。

## 2

走进那拉提草原，山风吹过，林涛阵阵，冰雪融水，溪流哗哗。可以尽情享受着与俗世远离的安宁。白雪皑皑的山峰离我们近在咫尺。

绿如翡翠，红似玛瑙，紫若山岚……奶白、杏红、葡萄紫、荔枝红……一株树就是一片彩云飘落山涧。浅蓝、乳白、暗绿、幽蓝……草原是绿色的锦缎，花海是碎花地毯，毡房宛如流浪的云朵。牧人挥鞭，放牧着羊群，放牧着马群，也放牧着心情。

## 3

波马，昭苏，一个个富有诗意的名字。如果说昭苏在天边，波马就是在天外了。

波马是昭苏的边，伊犁的边，也是中国的边。

风掠过松树林子的梢头，林子上空便一处接一处地响起了铮铮的弦音。云杉和塔松都轻盈地摇曳起来，抚着天山的前麓。山麓草原一派鹅绿，温柔地微微起伏着，直到舒展在模糊的远处，又悄无声息地没入特克斯河的暮色。

顺着这片向下倾斜的鹅绿色草地走，心里满是奇异的喜悦。长风在天上，在松林梢尖悦耳地响着，那里颜色蓝蓝的。林子梢尖上次第漾流着一股尖锐的音响，像是琴上的弦被一根接一根地重重拨开。满眼的鹅黄嫩绿流溢着，沉重混沌地伸向前方的特克斯河谷。

我们眼睛太空阔，转着脖子也看不完这些蓝梢的松林、绿绿的前麓、浑浊的河谷。浓白的晚炊飘漾在河岸上，松树杆打成的木桥架在雪水河最窄的这个峭岸上，这就是波马。在上千里的辽阔视野里，除了雪山、松林、山麓草原、冰融的河水、涌来的白云之外，什么也没有了。

原野和波马以外的世界都静悄悄地低伏在一派暗蓝的暮霭中，绵绵远去的天山峰峦伏隐了，变成一长排峥嵘的雕塑来到这里，远处的青山渐渐清晰，原野被田野更替。一些马、一群牛、一坡羊，在那里漫步。

昭苏位于伊犁河上游特克斯河流域，特克斯—昭苏盆地西段。昭苏是汉朝乌孙古国的所在地，是汉武大帝歌赋中所盛赞“腾昆仑，历西极”的天马的故乡，自古就以盛产良马著称，马文化历史悠久，有进行各种传统和现代马术运动的得天独厚的优越条件。每年盛夏时节，牧场上绿草如茵，马壮羊肥，牧民们在劳动之余，成群结队自发地组织赛马活动。“姑娘追”，哈萨克语称“克孜库瓦尔”，它是哈萨克族青年们最喜爱的一种马上体育游戏，也是男女青年相互表白爱情的一种别致方式，常在喜庆时举行。有人说昭苏是离天堂最近的地方。七月的昭苏，一望无际的油菜花是她的宠儿。坡上下凝固着金黄的瀑布。此刻，那一方不小的曾以公主自居的薰衣草，成了陪衬。任谁，即便随意跑马也难走出这方领地。

天兰的屋顶白色的墙，典型的少数民族格调。竹篱、曲径，大树下一两头老牛悠闲地吃草。远处山色氤氲，库尔德宁草原郁绿一片。

落日熔金。夕阳似一个大号的追灯安放在天边，将金辉射向乔尔玛草原。林带披上了橘红霞彩，牧归尚早，牛羊依然悠闲地啃食着青草，马背上牧人凝成一个黑点。

## 4

赛里木湖，古称“净海”，位于中国新疆博尔塔拉州博乐市境内的北天山山脉中，紧邻伊犁州霍城县，是一个风光秀丽的高山冷水湖。

赛里木湖有着诸多称谓：因是大西洋的暖湿气流最后眷顾的地方，所以被称作大西洋最后一滴眼泪；赛里木湖古籍亦称天池。当地人称呼赛里木湖为三台海子，因清代在湖的东岸设有鄂勒著依图博木军台（即三台）而得名。赛里木湖古称“西方净海”，本地居民称之为“海西”。蒙古语称“赛里木淖尔”，意为“宁静的湖”。传说赛里木湖是由一对为爱殉情升天的年轻恋人的泪水汇集而成的，也被称为天池和乳海。

赛里木湖四周是倾斜低岸，水草丰美，为优良牧场。像一颗璀璨的蓝宝石高悬于西天山之间的断陷盆地中，湖中群山环绕，天水相映；隆冬季节赛里木湖瑞雪飞舞，银装素裹，雪涌水凝，葱萃的苍松与洁白的雪被交相辉映，构成一派北国林海雪原的壮阔景色；春夏季节，湖畔广阔的草地上，牧草如茵、黄花遍地、牛羊如云、牧歌悠悠、毡房点点、构成一幅充满诗情画意的古丝路画卷，可以使人们充分领略回归大自然的浪漫情怀与寒外独特的民族文化。赛湖长期以来还流传着湖怪、湖心风洞、旋涡与湖底磁场等传说，这给美丽的赛里木湖又蒙上了一层极富想象力的神秘面纱。

有人总结了“赛里木湖十景”，即“金缎镶边”、“科山观松”、“净海七彩”、“湖心情侣”、“激浪拥堤”、“绿海珍珠”、“乌孙古冢”、“富士东峙”、“赛湖跃金”和“松头雾瀑”。赛里木湖相信会是未来青年情侣结婚度假的一个绝佳圣地。赛里木湖，远山围拢着，森林守卫着，它睡得恬静、安然。

白云落在湖里，山成了宝石蓝。山坡草青青，野花烂漫。天鹅流连湖面，五颜六色的衣服扔在岸边。

## 5

天山是世界七大山系之一，位于地球上最大的一块陆地欧亚大陆腹地，天山东西横跨中国、哈萨克斯坦、吉尔吉斯斯坦和乌兹别克斯坦四国。天山是世界上最大的独立纬向山系，也是世界上距离海洋最远的山系和全球干旱地区最大的山系。

天池古称“瑶池”，位于阜康市境内的博格达峰下。走近天池，感觉天色暗了下来。宝石蓝的山脉，宝石蓝的湖水，仿佛走进了时光隧道，或者是灵霄宝殿。春风还在途中，她，似一位慵懒、贪睡的妇人还在梦里。她睡得那样轻，似乎，白云浮动，雪花飘落，都能把她惊醒。岸边，冷杉一身积雪也不敢抖落、拍打，就这样站着，站着守护着她。翻过一个山脊，天池，这个藏在深闺里的贵妇人，终于露出了她娇贵的面容。

太阳刚从山顶上来，雾霭还没有褪尽，天池像笼着一层轻纱，如睡眼惺忪的美人。这时，有一游艇从水面上掠过，掀起一带水花，把她从睡意中惊醒，涟漪便荡漾开来。远处的山光秃秃的，近处有几沓翠柏，冬天也还是绿的，没有别的树，给人一种荒凉和绿色叠加在一起的视觉效果。

## 6

戈壁滩，对我来说并不陌生。在内蒙古西部有大面积的戈壁滩。只不过，新疆的戈壁滩更加阔大。

汽车在戈壁滩上行驶，感觉最深的就是“荒凉”。然而，随着这种荒凉的逐渐加深和无限展开，心绪也慢慢地被它感染，逐渐惊悚起来。

放眼望去，尽是荒滩砾石。灰黑色的沙砾，白色的盐碱地，一条条干沟毫无生气地横卧在上面，远处的群山，寸草不生，赤裸裸地展现在苍穹下。看不见人，也看不见飞鸟，甚至看不见像样的树木和草。只在低洼处，偶有几株胡杨，倔强地挺立着；几丛骆驼草，在西北风中索瑟地摇动，向人昭示着生命的存在。

这是一种博大、粗狂、凝重、荒凉的美。唯有这种凝重和荒凉，才显示出大自然的超脱；唯有这种博大和粗狂，才显示出大自然的胸怀和魄力。一路过来，你不得不被它浩瀚无垠、粗犷豪放、荒古绝伦、顽强抗争的神韵所震撼。

## 7

吐鲁番是维吾尔语“低地”的意思。

吐鲁番盆地是全国地势最低的陆地，有些地方甚至比海平面还低。盆底的艾丁湖湖面低于海平面 154 米。

吐鲁番盆地属大陆荒漠性气候，干旱炎热，年降水量约 16 毫米，蒸发量却高达 3000 毫米。夏季气温四十多度，据说，中午的地面温度，最高达八九十度，可烤熟鸡蛋。因此这里自古有“火洲”之称。

炎夏，横亘于盆地北部的山峦，山上岩石裸露，赭色的砂岩，在烈日照射下，红光耀目，烟气蒸腾，远远望去，颇似熊熊燃烧的火山，故有“火焰山”之称。

吐鲁番葡萄沟，位于盆地中部，是火焰山西侧的一个峡谷，受天山山脉雪水的浇灌，便形成了绿州。吐鲁番盛产葡萄，是我国葡萄主要生产基地。总产量占全疆的一半多。

由于这里气温高，晴天多，日照时间长，昼夜温差大，气候干旱却地下水源丰富，因而特别适合葡萄生长，且含糖量高，堪称“世界葡萄园”。尤其是这里出产的无核白葡萄，皮薄，肉嫩，汁多，味美，营养丰富，素有“绿珍珠”之美称。

## 8

新疆的坎儿井水完全是来自天山的雪水。

每年，春暖花开后，天山融化的雪水，一部分从地面上流走，被称为径流；另一部分从地下流走，被称为潜流。坎儿井就是将潜流引出地面，进行灌溉。

一条坎儿井主要由竖井、地下暗渠、地上明渠和涝坝组成。其中暗渠工程最为艰巨，一般要在地下开凿几公里到几十公里不等的渠道。在开凿地下暗渠时，为了出土和通风，每隔二三十米打一眼竖井。据记载，古时人们就是从竖井下去，头顶油灯，用坎土曼向左右开挖，一节节地接通，再连接起来，成为地下暗渠。我们在坎洞中，见到再现古代少数民族人劳动的情景，就是这样一个场面。

坎儿井，它是被人们与长城、大运河一起并称的我国古代三项伟大工程之一。

## 9

新疆的原始森林很多。远看成片的云杉，满眼翠绿，总觉得它们很矮小，甚至联想起“婆娑”、“曼妙”一类的词语来，可当真正走进森林，站到那一棵棵树前，才领会到了什么是“挺拔”与“伟岸”。

很多树都要几个人合抱，很少有一个人伸展双臂就能将其圈住的。云杉树干遒劲笔直，直冲云霄，每根枝条都负势竞上，决不旁逸斜出，它的皮粗糙结实，显得厚重端庄。无需庸常的赏识，不要世俗的亲近，云杉呈现给我的是最原始的阳刚之美，它们是幽居深山的伟丈夫。

越往深处，密林越加静谧，偶尔一只小虫惊起，虫翅扇动空气发出的声音清晰可闻，而透过枝叶的缝隙漏过来的丝丝日光则更加增添了树林的幽暗。

在一些云杉稀疏的地方，地上还生长着成片的叫不出名儿的野花。花的馨香和着泥土的芬芳混合成的原始森林特有的气息，让我陶醉，让我沈迷。

## 10

喀纳斯湖，壮美的湖。

穿过密密的原始森林，沿着林中栈道，我们来到湖边。

夜色渐深，湖面上忽然起了大雾。月亮出于林表之上，升至两山之间，衬得山巅的积雪一片晶莹。整个露台悬于湖上，雾岚、月亮、冷杉和积雪仿佛伸手可触。

碧落清辉，湖山阒幽，唯有水流拍岸，翕然有声。我们几个人或品茗，或饮酒；或高谈阔论，或寂然而坐。良宵欢会，乐以忘寒。

## 11

在新疆各地行走，可以看到许多河流。比如布尔津河、额尔齐斯河、巴哈河、禾木河、喀纳斯河（布尔津河、巴哈河、禾木河、喀纳斯河都汇入额尔齐斯河最终流入北冰洋）以及三工河等内陆河，这些河流基本上是冰雪融水形成，虽然没有黄河长江的雄浑壮阔，但却多了清幽、宁静与别样的妩媚。

布尔津河，犹如一位蒙着面纱、体态婀娜、宁静娴淑的少妇，神秘而让人充满了想象。在布尔津县城到五彩滩这一段，仿佛是一阵风吹开了她面纱一角，虽然只窥见了她晶莹的颈项，秀美的下巴，凝脂般的半边脸颊，而不能见她的全貌，但已经被她清丽绝俗的容颜深深震撼。

坐在五彩滩前木板台阶上，凝望着她缓缓走来，蜿蜒曲折又似翩翩起舞，形容曼妙，韵致天然。河的一边，雅丹地貌的山岩呈五彩分布，宛若布尔津河炫舞时摆开的色彩斑斓的裙幅。河的对岸，树木滴翠，绿草如茵，倒映水中，摇曳多姿。

夕阳西下，天空中一群大雁飞过，眼前的景色更见灵动与生气。回眸一笑百媚生，六宫粉黛无颜色。陶醉在布尔津河畔，俗念俱消，宠辱皆忘，幸何如之。

禾木河，与布尔津河完全不一样的格调，禾木河更像是一位活泼欢快的哈萨克少女。她似乎是在崇山峻岭中呆得太久了，渴望看到外面纷繁的世界，急欲感受沿路不一样的精彩。于是，她奔放而来，倾泻而下，一路欢声笑语，一路载歌载舞。当遇到巨石阻截，她甚至会蹙起眉宇，娇嗔轻怒，然后绕石而过，扬长而去。那些原先峻拔峥嵘的石头，终究敌不过她的软磨硬缠，早已失却了棱角，乖乖躺在水中享受她经年的抚慰。

坐在河边圆溜溜的石头上，俯视清澈见底的河流，我将双手慢慢浸入水中，触摸她的肌肤，分享她的快乐，真切感受她的冰清玉洁……巧笑倩兮，美目盼兮。我溶化在禾木河美丽无邪、天真烂漫与活泼可爱的浪漫情怀中，久久不能自拔。

水赋予大地以灵性。新疆正因为有了那些如少女、如少妇、如母亲般的河流，才有了绿洲，有了生命，有了发展的希望。那些别具情趣的河流，流过我眼前，流进我心中，流淌在我的归程，也将流荡在我长久的记忆中……

## 13

对一个地方的思考，以及对一双眼睛的阅读，使我的思维开始走向更为广阔的领域。

我的朋友买买提，是个喀什的汉子。我们相处不多，却相知太多。一种情感的起源，必然有其独特的历史背景。而情感的最终走向，又有着必然的历史选择。我两次去喀什，都是他陪我去的。从他饱经沧桑的神态中，我依然感受到了跋涉的艰辛和不易。可是，他依然从喀什走向了乌鲁木齐，他选择的方向，就是他情感的走向。因为有真诚的拥抱，使生命的印记漫向了更加广阔的天地。我认识他多年了，他总是追赶着时间的脚步，像一个永不满足的探险者，漂泊四季，风雨无阻。多少次，我想从喀什河那永不见疲惫的身影中，找到他岁月的沧桑，发现他跋涉的艰辛。然而，我发现他并没有丝毫的疲惫和彷徨。

喀什，古称疏勒，地处欧亚大陆中部，中国西北部，新疆西南部。西部与塔吉克斯坦相连，西南与阿富汗国、巴基斯坦国接壤，周边邻近国家还有吉尔吉斯斯坦、乌兹别克斯坦、印度 3 个国家。喀什是维吾尔语“喀什噶尔”音译的简称，含义有“各色砖房”、“玉石集中之地”、“初创”等不同的解释。

这里有几千年的古老文明，有帅气的小伙和美丽的姑娘，有吃不完的西瓜和葡萄，有可口的烤包子和缸子肉，有世界仅存的高台建筑群。历史上，张骞曾令其副使从喀什出发，翻越帕米尔高原，将文明的信号传递到波斯湾一代；而唐玄奘来到喀什，为的是到印度那烂陀寺获取真经。

在喀什，马赫穆德·喀什噶尔，他的名字是很响亮的。这位十一世纪中国维吾尔族的语言学家，在十一世纪后半期编译了《突厥语大词典》。还有玉素甫·哈斯·哈吉甫，喀喇汗朝著名的维吾尔族诗人。还有阿曼尼莎罕，这位奇女子，她是中亚突厥许多著名诗人中的佼佼者，她的有关妇女和品德方面的作品《美德》、美学作品《心灵的协商》和抒情诗集《精美的诗篇》到现在依然引人注目。在这里还要提到的，就是香妃（伊帕尔罕），生于雍正十二年（1734年）九月十五日，阿里和卓之女。清高宗时被封为和贵人、容嫔、容妃。

在喀什，脚步落在长方形（预示前面无路）或六角形（预示前面有路）的地板砖上，看着每一户紧闭的木门联想，阳光照在圆型铜把手上，让它放出金色的光。微风吹动艾德莱斯绸门帘，那七彩交织的图案浮动在半空，如一面彩旗。小巷内蜿蜒曲折，阳光和阴影在这里交替出现。那些支撑泥墙的土坯，有的已经败坏，露出里面的细长悬空的麦草。喀什人不喜欢装饰斑驳泥墙，推开家门，脱了鞋子，走进地毯之上的客厅，却见壁龛内搁置着各式器皿，擦得锃亮，耀眼无比。对他们来说，乐器并非装点墙面。随手取下热瓦普、都塔尔、弹拨尔，随口唱起，一家人随意舞蹈，欢乐便开始随意流淌。可以感觉到，这是一种幽深的满足。

对喀什人来说，巴扎不单是集市、交易和买卖，更包含聚会、消遣、娱乐、玩耍的深意。巴扎是敞开的、流动的、松散的。和游客不同，本地人逛巴扎并不为买到什么，而只为碰到什么。碰到意外的朋友亲戚老乡，说起意外的往事趣事闲事。喀什的表面是城市化的，而其内里，依旧包裹着一颗完整的乡村之核。这让它的滋润是从里向外的。

## 14

乌鲁木齐，在古准噶尔蒙古语中，意为“优美的牧场”。

乌鲁木齐有著名的红山、鉴湖、阅微草堂等“八景”，市郊有南山风景区等旅游胜地。新疆古称西域，历史上乌鲁木齐就是古丝绸之路新北道上的重镇，东西方经济文化的交流中心，是西方文化和中国文化的荟萃之地，呈现出多元文化的特质，其特点是开放、热情、豪爽和奋进，颇具活力。

少数民族的服饰色泽艳丽、五彩缤纷，华丽堂皇，种类繁多。维吾尔族、哈萨克族等少数民族妇女爱着彩色连衣裙，戴鲜艳或洁白的头巾，喜爱耳环、耳坠、项链、手镯、戒指等装饰物，显得雍容华贵、仪态万方。男性爱穿绣花衬衫或袷袢等。维吾尔族男子还多喜欢在腰间系一条腰带。戴绣花帽几乎是大多数少数民族的共同爱好，但又随民族与地区不同而互有差异。

# 起舞弄清影

起舞弄清影。

年年中秋，岁岁月圆。苏子起舞，只能弄清影，何似在人间。而我呢？

秋风细雨，摇落一地醉花荫。花尽落，一地花瓣。素雅的清风，偎依在梦的怀里。几只麻雀，悬挂在枝头，它们不需要起舞，也不需要弄清影。

起舞弄清影，不是自恃清高，也不是自鸣得意。一腔心事，只能自言自语。或者，没有人听你倾诉，甚至你自己都不知道应该向谁倾诉。只能起舞弄清影，连对影成三人都不是。面对孤独，天上人间，原来都是一样的。当冷月挂在枝头，寂寞只能在空中守望。

起舞弄清影，可以静静谛听，可以慢慢倾诉。酸甜苦辣，冷暖自知。民间疾苦，世态炎凉，似乎觉得这才是现实。领导的和蔼可亲，同事的通情达理。你隔岸望水，思念如月，挽留那份执着的余温，却难以停留许久。在起舞弄清影的日子里，往事如烟。希冀，追寻，情到浓时心不悔，爱到深处人憔悴。昨夜花开又花落，确是缘去人又回。

起舞弄清影，需要借一缕清风，随风起舞。舞起舞落，浮沉立定。如同看惯了日出日落，听惯了一夜风雨，低吟浅唱着人生的落寞和繁华。一些人，一些事，都成过往。岁月荏苒，你的眼里依然锁着清愁，如挥之不去的云彩。浮生若梦，只好起舞弄清影。

# 生命的追问

生命一路走来，有的人一帆风顺，有的人一生贫病交加……

为什么会这样？或许很多人都在思考，或许不屑一顾。

总体上而言，我是一个逐梦人。曾经不加选择地接受所有既成的事实，而不需要任何措辞和借口。我不热情也不冰冷，不透明也不阴暗，不超前也不落后。我就处在本该属于自己的位置，无论面对高山还是平原，无论是面对瞬间还是永恒，我都安之若素。

50岁的我，不再关注怎样才能进入现实的视野，只带着清醒的期盼、澄明的喜悦来叩问身世之谜和命运之谜。但我未必能全然理解丰盈或缺失的生活。如今我不知道在追求什么，寻找什么，拥有什么，抛弃什么。身边那么多人，嘻嘻哈哈且喋喋不休，但我是个越走离目标越远的人，脚步显得解脱而平静，忘记了有关春天的诗句，只记得曾经的嘶喘、吆喝、咆哮、吼叫和呐喊。尽管我两手空空，却肩负着足够的寄托和温暖。

几乎每一个晴空，我都会发现斜阳在天空的一个角落里高挂，或许是岁月的午后，或许是人生的午后。我看见大雁整齐地飞着。曾经和谷物一起向田野献出真诚，那些不断复活的庄稼呀，总是替我们抵挡饥饿和寒冷。而我并没有真正懂得什么叫浪迹天涯。当猛然回头的时候，我才发现其实自己从未离开过心灵中的那块故土——沉甸甸的麦穗还在风中摇曳，传统的农人还在田地里劳作，羊群还在可以望得见的山坡上吃草，落满灰尘的镢头、锄头、犁杖和绳索，有时会让我倍感亲切。而眼前的天幕空空荡荡，看不见一片羽毛。多情的叶子和熟透的果子都在那里，而我却不止一次地被自己的思想打翻在地。我说不出一句话。

更多的时候，我难以一五一十地倾吐自己的心声，只能靠自己解释自己，自己说服自己，哪怕雾霭与山谷之间有过几多怨恨，我还是我。一座山被另一座山挡住去路，我确信荒原深处潜伏着无限的可能性。因为夜的颜色并不完全是黑色的，正如冬的温度不完全是寒冷的一样。在现实的河床上，我没有敏锐的思路，常常感到茫然和不知所措。黑暗中，多次沦为精神家园中孤独的流浪汉。感觉自己从一开始就是一个逃犯，我脱掉鞋子，埋没青春，熄灭火把，既不期盼，也不灰心，静看各种现象窗格子一样既清晰又模糊，既非常明确又难以完全被定位。星星在黯淡的时光中闪烁着，鸟雀在纷乱的草丛中鸣叫着，我在小胡同或大路口耽搁着。

天空怎样放牧云朵，我就怎样放牧自己。很多时候，我游走于真实和虚拟这两个世界之间。既不能服从自己，也不能改变自己，更不能满足或逾越自己，只能在自问自答中消极、被动、颓废、沉沦，进而衰退。仿佛我只是一个碰巧的过路人、旁观者，别人风风火火，轰轰烈烈，四处走动，我自己却无动于衷。岁月和人群都远去了，我透过花香和鸟鸣、泥土和根须来观察，他们到底去了哪里？

# 人生一首诗

诗化人生，其实就是诗意人生。

诗意的人生是饱含哲理的人生。风风雨雨，长句短句，窃窃私语，声声呼唤，用一行行精辟的文字，写就人生那浅显而又深刻的寓意。我们总是惊讶于“横看成岭侧成峰”的奇妙，困惑于“草色遥看近却无”的奥秘，欣喜于“飞流直下三千尺”的壮景，追寻着“飞入芦花看不见”的奇闻……

诗意的人生是富有韵味的人生。平平仄仄，仄仄平平，起起落落，浮浮沉沉，酸甜苦辣，五味杂陈。每一种味道，都是用生命之笔书写出的清雅或者激越，点点滴滴，耐人寻味。青春的年岁，进取的季节，坎坷的路途上，总有一排彷徨而又坚定的脚印，迈向那微微迷蒙的前程。书尽烂漫的童真，吟尽金色的年华，人生的长诗开启了新的章节……

诗意的人生是充满内涵的人生。如果说人生是一本厚重的辞典，那我们就是那最伟大的编书人，用毕生的经历为一个个辞藻作出完美的诠释。那一篇篇用生命写就的华章背后，有着一个个让你我动容的灵魂。怀着“赢得生前身后名”的雄心，守着“大庇天下寒士皆欢颜”的理想。志向仿佛是一盏明灯，将这人生的长诗照亮。童话世界的美好梦幻，成人世界的丰富充实，每一种人生都是那样的充满吸引力。“轻解罗裳，独上兰舟”的诗意生活；“采菊东篱下”的隐逸情调；“不破楼兰终不还”的忠义情怀……

诗意的人生是精彩的人生。从“先天下之忧而忧”到“西北望，射天狼”；从“家书抵万金”到“独钓寒江雪”“修身齐家治国平天下”，生活的重担被坚韧的身躯稳稳挑起，成为这一诗节中最靓丽的风景。经历过风风雨雨，长诗一字一句中都透露着沉稳的气息。离别时不会再

"执手相看泪眼"，而会想着"天涯若比邻"的亲密；受挫时不只是"白头搔更短"，更有"天生我材必有用"的自嘲；孤单时不会只想着要"对影成三人"，更会祷祝那"千里共婵娟"的祈盼……坚定的神情，稳重的步伐，出现在字里行间。更多的时候，是独倚栏栅，暗自呢喃，将那纹路中一丝丝，一缕缕的记忆徐徐展开，不断咀嚼回味。那或喜或悲、或番然了悟、或悔不当初的目光，仿佛重新湿润起来的枯泉，闪烁着迷人的神采，滋润着人生的长诗。

# 梦幻童年

童年就像蔓蔓青藤一样天真烂漫地生长。蓝天是梦幻的底色，嫩绿是纯真的素描。我们就这样无忧无虑地走过了所有的美好。

童年来得快，走得也快。仿佛刚刚还在咿呀学语，紧接着便是童真少年了。我们天真烂漫，恍如一首潺潺小诗，流淌着梦幻的纯真；抑或一首宛然的歌谣，溢满了欢声笑语。犹如在最美好的岁月里拍打着最动听的旋律。人生年轮紧扣童贞的门扉，立马便把孩提带到一个瑰丽的世界。

童年，有漫山遍野的花香，有两小无猜的欢悦。画在手上的表没有动，却带走了我们最好的时光。郎骑竹马来，绕床弄青梅。糖果甜蜜了童年，日记羞涩了暗恋，单车自由了脚步，少年飞扬了夏天。

回首童年，记忆的天空留下的只是掠空而过的大雁，随溪而流的童贞、随风飘散红花绿叶，或许还会有几滴似愁非愁的眼泪……全都成了不可追的纯真幻梦。

童年，天空永远是青蓝的，花儿散发的馨香，花瓣捉着衣襟，蜻蜓总是意外地来到我们身边，无止境地玩着捉迷藏的游戏。累了，躺在翠绿的草地上，闻着草和土的混合气息，抹一抹汗水，和玩伴相视而笑。

童年是一本书，每一页都记录着儿时的喜怒哀乐。童年是一杯茶，喝完后，嘴里还回味着甘甜。童年是一幅画，画里有我们五彩的生活。一只昆虫、一个玩具、一次发现、一场争执……微不足道却饱含着我们的快乐、梦想和追求。

童年是一棵开花的大树，是一片芳菲的草原。在那里，有白云插上了飞翔的翅膀，有清澈的溪流昼夜欢唱，有晶莹的朝露滋润草长，有美丽的彩蝶流连花香。正因为如此 ，少年时，我们才开始崇拜偶像；中老年时，我们才可以有低沉的吟唱。

童年是一条路，洒满雨露阳光。走过了，才知道没来得及好好欣赏。玩过了，才体会到其中的乐趣。哭过了，才领悟生活是一个个不断翻越的山顶；笑过了，才明白岁月留给我们的是一幕幕不再重来的光影，唯有心中的那一段美好可以在回忆里珍藏。

# 诗意角直

从角直归来，不断地回味，寻找它的诗意。

“角”字神奇，它的名字缘于独角神兽“角端”对这块水乡的光顾。

水是角直诗意的沃土，阳光是角直诗意的传说，绿色是角直诗意的蓬勃。

角直的小桥流水，是诗意角直的全部。

亭台楼阁，桥景水影，彰显诗意角直的独特。

一条条古街、一间间古房、一座座古石桥，流连着诗意的脚步。

“水巷小桥多，人家尽枕河”。黛瓦粉墙、木门木窗、青砖翘脊，泛起诗意角直的古香古色。

陆龟蒙、王韬、叶圣陶……一个人物就有一个故事，一个故事就是一段历史，一段历史就是一种诗意。“短衣匹马随李广，纸阁芦帘对孟光”。是什么让英雄退守桑田，蹉跎岁月？“万盛米行的河埠头，横七竖八停泊着乡村里出来的敞口船。里面装载的是新米，把船身压得很低……”

一座座古桥，静卧清波，独守一方时空。

静听流水淙淙，环顾小桥流水人家，不是一种诗意吗？

# 梦系燕园

一个人想要去的地方很多，有些地方从小就开始向往。中学时，我的梦想就是上北大。然而高考下来，却无缘实现，留下一辈子的遗憾。

大学毕业前夕，报考研究生，又想重圆旧梦，结果再次无缘。然而，后来却不意中因工作调动来到北京，来到了北大的身边。我不知道这是上帝的偏爱还是命运的安排，抑或鬼使神差。

来北京后，正好赶上我儿子上初中。一个双休日，我和爱人陪儿子来到北大。北大校园乃元明清三代王公贵族园林旧址，名曰燕园。园内湖光塔影，楼台亭阁；松柏苍苍，杨柳依依；碧草茵茵，荷叶田田。柳姿、塔影、湖韵，春风、桃李、门墙。真所谓山水开画境，弦歌立文心，洗春色之不尽，任书声之自来。

我们从燕园的西门进入。西门原是北大的正门，红色廊柱，红漆大门，金碧辉煌的琉璃瓦盖，古色古香。“北京大学”四个大字洒脱俊秀，遒劲有力。看到这几个字，我注视了良久，想起了当年，这几个字可是我几乎天天在课桌上描摹书写的呀。那种重复的书写，不只是练字，更是一种自我激励和自我鞭策。此刻，我有一些羞愧，有一些失落，只能在心底反复地书写它。

在燕园慢慢行走，有一种相见恨晚的感觉。而我却萌发一种冲动和渴望。我和爱人看着儿子，似乎有一种会意，有一种寄托，却又不想强加于他。

西门的里面是弯渠石桥，水池荷塘，碧树红楼，燕园的美丽和华贵就在眼前。未名湖是一定要看的。冰心曾说，未名湖及其园中房产，是燕京大学从当时陕西督军陈树藩手中买下来的。在未名湖畔漫步，曲径弯弯，古树森森，山环水抱，幽雅恬静，让你赏心悦目。湖水波平浪静，倒映着四周或沉静或流动的图画，不断变换着燕园独特的风景。

湖畔白塔，由美籍华人博氏仿北周时代的道州燃灯塔，为当时的一口深水井专门建造，被人称为博雅塔。博雅塔高大伟岸，倒影在未名湖上。白塔在湖畔沉思，湖水与白塔相伴，成为燕园一幅不可多得的静谧山水画。燕园的“三角地”，是北大人每天必经之地。那儿有一溜长长的宣传长廊，各种群众组织的声音都集中在这里，学生个人的奇谈怪想也张贴在这里，这里有北大人的狂想，有过他们的关切和呐喊。并且北大书店就在这里，一些学术性、专业性很强的著作在别的地方购买不到，在这里却能够让你不时会有惊喜。每次去燕园，我都要到书店转转，并买上几本自己喜欢的书，在阅读中感受北大深厚的学术空气，体会北大浓浓的热情。

走进燕园，似乎也变成北大的一分子，那些历史的过往纷至沓来。脚下的路曾有多少名人走过，大师云聚，新秀比肩。那些国学鸿儒，那些政治巨擘，那些文学泰斗，那些仁人志士，穿梭如云。北大离不开他们，他们也舍不得北大。

心为情动，歌为心声。爱人不知从什么地方得到一个题名“燕园情”的小本子，她舍不得用，给了我。我在上面看到了北大流行的一首名为《燕园情》的歌曲。歌词典雅凝重，曲调激昂深沉，实在是好歌。情系于此，特抄录如下：

红楼飞雪，一时英杰，先哲曾书写，爱国进步民主科学。忆昔长别，阳关千叠，狂歌曾竞夜，收拾山河待百年约。我们来自江南塞北，情系着城镇乡野；我们走向海角天涯，指点着三山五岳。我们今天东风桃李，用青春完成作业；我们明天巨木成林，让中华震惊世界。燕园情，千千结，问少年心事，眼底未名水，胸中黄河月。

# 临河啊临河

临河，黄河边上的一座县城。它临河而居，河两岸是八百里米粮川，沃野金川，绿树茵茵。我第一次来到这座城市大约是40年前的事情了。儿时的我还分不清什么是城市，只有乡村是我最熟悉的地方。

记得有一年春天，我和二姐第一次来到临河火车站，见到的是满路的沙子，路两侧的树长得齐齐整整，一棵挨着一棵，叶子油亮亮的，我第一次见到长得这么规整的杨树，不像我们乡里的沙枣树或者红柳那么随意、那么粗糙。就如同城里的女子与村里的女子，是那么的特点分明。在临河，路多且宽，人多且杂，好吃的东西多。而我们乡下则是风沙、荒凉。不过，临河街道上也有很多黄色尘土，跟我们乡村区别不大，似乎与美丽更搭不上界。

冥冥之中，注定我与这座城市有缘。初中毕业，眼睛近视，需要来这里配眼镜，就必须走进它，笔直的解放街，高大的百货大厦，我似乎很快喜欢上了这座城市，不但习惯了这里的干热、沙尘和火墙，而且喜欢这里的焖面、莜面和烩酸菜，更离不开这里大碗喝酒、大块吃肉、大嗓子吼歌中所弥漫的浓浓的人情和淳厚的民风。那时候父亲在这里工作，天天为生计奔忙。

后来上了大学，这座城市成了我的必经之地。临河——呼和浩特，呼和浩特——临河，西来东往不知有多少次。加之有同学就在这座城市住，渐渐地，开始关心这座城市的阴晴冷暖，惦记这座城市的四季变化。盼望着春天来了，河开了，排山倒海般的流凌从上游奔泻而来，圣洁的天鹅、野鸭从南方蹁跹而至，在黄河两岸欢歌嬉戏，飞起飞落……天鹅们飞走了，又盼望着冬天封河前天鹅们如约而至，与这座城市再次欢聚……盼望着五一快到了，这里依然一片肃杀，沙冬青却迎雪怒放，那灰突突的小叶子上怎么就会盛开出一团团一簇簇金黄金黄的花朵，这分明应该是这座城市的市花，象征着这座城市的精神……盼望着夏天来了，金灿灿的向日葵在城市周边次第盛开，把黄河岸边装扮成金色的海洋，牧归的羊群披着晚霞飘动在城郊结合部上……盼望着秋天，静坐黄河岸边看夕阳西下，把河面染红，任一盘红日慢慢落到河岸那边，看夕阳不但大漠月如钩，更有大漠落日圆……盼望着冬天，难得的大雪飘落在这座城市，把挂在树上的沙枣映得通红通红，才知道沙枣树不但是防风治沙的战士，沙枣还是众多野鸟过冬的美食……

后来，临河在一天天向郊外扩展，我看到，许多原生态的美正在无可奈何地消失，我在努力寻找和追忆这座城市开发前的影子。比如临河人的美食、临河人的说话、临河人的歌舞。噢，临河之小，却有如此之多忘不掉的美。

# 野三坡印象

山是永远的向往，水是永恒的眷恋。周末，我们决定到野三坡去。

野三坡，至今没有人准确说明它的来历。比如为什么是“野三坡”而非“野山坡”？简单地以上坡、中坡、下坡来定义，似乎又有些牵强。不过，于我而言，山水重在景色，至于名称则不必条分缕析。

## 1. 穿山越岭到三坡

我们出发时，北京阴云密布。据说雾霾污染已接近中度。所以，在这个当口出发，有一种逃离的意味。

我们沿着京石高速转京昆高速，再转环首都高速，一路风驰电掣。

路上，太行与燕山两大山脉，自西北向东南以扇形铺开。我们就在中间穿行，大山则表现出一副欢迎的姿态。路边，有月季花作伴，有丁香花迎送，向着那个奇花溢香、神秘莫测并且我们未曾见过的野三坡。

超载太多的欲望，所以才会快速奔跑。一路上，我们穿山越岭，穿过长长短短的山洞十余个。渐进涞水时，经过的隧洞更加富有特色，充满了梦幻色彩，犹如童话世界。啊，原来隧洞也可以做成这样，我有一些讶异。

涞水位于河北省中部偏西，太行山东麓北端，东界涿洲、高碑店，南与定兴、易县为邻，西与涞源、涿鹿、蔚县交界，北与北京市门头沟、房山相接。涞水是历史文化名城，建制 2200 余年，名胜古迹遍布城区及其周围，是北京西南景观群中一颗璀璨明珠。自明朝开始，涞水就是木雕、景泰蓝之乡，用料讲究、做工精细、富有古老东方艺术，享誉中外。而我们要去的野三坡，就在涞水境内。

野三坡，山连山，水连水，坡连坡。野鸭扑翅戏清水，虫鸣鸟叫好山河，好一派壮美景色。

## 2. 拒马河边听放歌

拒马河，是野三坡的灵魂。

拒马河水或深或浅，时缓时急，幽深处是浓浓的绿色，听不见水声；浅显处则清澈见底，水声潺潺。

当春风吹过九龙山，拒马河边妖娆的柳枝便开始摇曳，整个野三坡都在为这个季节的到来而欢歌。春风牵来朵朵白云，让鸟语花香充斥着野三坡的每一个角落。拒马河，在这一片欢腾中，静美地舒展着身姿，轻柔地梳理着如绸的发丝，笑望沿河正在启航的一只只竹排。竹排上，唱响的不仅是船工的号子，还有动人的歌。歌声嘹亮，悦耳动听。看上去，一切都是那样的和谐美好。此时的拒马河犹如一位怀春的少女，在春风中摆弄着它轻柔的发丝，呈现出雪莲般的纯洁。

拒马河两岸山峰林立，高矮次第，其色如黛。山脚下，拒马河则似一条巨龙，顺流而下。随着山势的愈加挺拔，头顶的天被支离成一方方，一块块。间或飘过的几朵云，衬着瓦蓝瓦蓝的天，投影在一汪碧水之中。

漫步岸堤，微风拂面，可见碧叶涟涟。莲下戏水的鱼儿划着轻浅的水痕，不知是羞涩还是害怕岸上一双双陌生的眼睛，它们或是傍在挺拔的叶茎边。或者干脆没入深水处。流年岁月里，是它们日夜陪伴拒马河流淌，拒马河的点滴变故，无不凝结它淡淡的荷香，并且守护着它与拒马河的世代情缘。

拒马河之夜，风是清的，月是园的，心是静的。徘徊河畔。一轮明月映在如镜的河面上。那些曾经的战戈杀伐，可在水畔成梦；那些有关的唐风宋雨，已经镌刻在山边的石壁上。当此之时，你会觉得，所谓千秋功名，不过是故事里的一阕绝唱；所谓苍茫羯鼓，不过是经夜的一场骤雨。这样的夜晚，忘却喧嚣的城市，忘却惋惜和失落，把心融化在月光里，把幸福和快乐挂在月牙上。

## 3. 百里峡中寻旧梦

海棠峪，十悬峡，蝎子沟，连在一起就是百里画廊。

百里峡，仰望，有壁立千仞、创刺青云之雄；俯瞰，有危崖绝壁、夹涧而立之险；侧看，有怪石嶙峋、千姿百态之奇；静观，有深邃曲折、移步换景之幽。

在百里峡，树是山的筋脉，水是山的魂魄。因为有了水，山更加灵动，更有情趣。从一线天，可见一座座高山危耸，斧劈般地向着白云深处钻去。

我曾经去过四川的宣汉，那里也有一处百里峡，山势比这里崎峻，河水比这里清澈，溶洞比这里还多，动物比这里珍稀，植物比这里罕见。那里也是山环水绕，深谷一线，峰丛入云。从名称上看，有百兽聚会、仙女岩、观音洞、南天门、二龙飞瀑、老黄山、犀牛望月、一线天、盘龙洞、雄鸡鸣天十大景观，既各具特色，自成一体，又交相辉映，互相烘托，构成300里峡谷完美和谐的整体。

与宣汉的百里峡相比，涞水的百里峡虽然没有那么绵长，显然比那里山势更加险要，更加挺拔壮美。不过，这里的峡口处“天下第一峡”几个字，确有王婆卖瓜之嫌，显然不知宣汉。同时也反映了目前旅游业之轻浮、虚妄现状。是啊，天南地北，大家都在称“第一”，似乎不是“第一”就不足以显示这个地方的绝特。

行走在“双崖依天立，万仞从地劈”的百里峡，无论是十悬峡的一弯一转，还是海棠峪的一坡一坎，展现在我们面前的，都是令人流连的绝美画境。峡谷两侧的奇岩怪石，刀削如画屏，蹲踞如怪兽，壁立如观音，悬垂如金针，均形成于亿万年前，令人惊叹。

## 4. 鱼谷洞见好山河

鱼谷洞是野三坡著名风景之一。它以奇泉怪洞著称。鱼谷洞长约1800米，共分五层，层层有景，景景奇特，洞中有洞，洞洞相连。洞底沉积大量泥土，为鱼谷洞增添一大特色，十分罕见。而且洞内空气寒凉。

照理说，这么冷的洞中，是不应该感觉热的。而我却汗水涔涔。为什么？我自己感觉不是累，而是缺氧。

这里的地质奇特，石花、云盆、鹅管等地质景观随处可见，而且以雄险奇幽为特点。这里的地势或上或下，或高或低，而且光线或明或暗。行走其中要特别小心，脚下要防止踩空，头顶要避免碰壁。洞中的石花、石幔、石柱、石椎和钟乳石，在光与影、灯与色的映衬下，或慈眉善目，或怒目狰狞，或盘坐莲花，或播洒甘霖，有的如同大鹏展翅，有的像猴子观海，有的似鸟，有的像兽。如若仙境，如梦如幻。

鱼谷洞名泉众多，有鱼谷泉、神鱼泉、神洞泉、神天泉，或以水取胜，或以奇观而知名。鱼谷泉自古以来水涌翻滚，长流不息。泉水清凉甘洌，每逢农历谷雨节前后，向外喷鱼。泉水中喷出的鱼为“多鳞铲颌鱼”，是一种年代古老的鱼种。据专家考证，它是一种野生鱼类，属鲤科，体侧扁褐色，腹圆白色，鳞细，上唇有极小的两对短须，下颌成新月形铲状，用于铲食生长在岩石表面的菌藻类生物。

## 5. 慕名攀登百草畔

百草畔，我们是慕名而来，却完全不知它是需要攀爬登临的。

一大早，我们从三坡镇驶向这里，中间需要经过一段盘山公路，景色迷人。如果没有高德地图导航，我们是很难找到这里的。

进入山门，满目青山迎面扑来。水声，叮咚作响；花香，阵阵袭来。但是寻声不见水，闻香不见花，一切都隐在浩瀚的绿色中。进入林荫，瞬间觉得十分凉爽。虽说山径崎岖螺旋而上，但暗香阵阵袭来，沁人心脾。

渐次登高，山风愈劲，带着凉意的山风把身上的黏意吹干，阳光透过繁茂的树叶钻下来，给石板路洒上了点点金光。走着走着，觉得一股凉意渐起，耳边一阵叮咚作响，指示牌标注，这里是“万年泉”。只见一股山泉顺着一道不见阳光的冰系渗下，形成很厚的冰块儿。属于冰川奇景，山表早已是春暖花开，而挂在凹谷峭壁上的冰瀑，躺在沟壑里的冰川，与春天对映着，引人注目。

百草畔，处处呈现生命的色彩，这里的林木品种繁多，这里的花草数不胜数。桦树，杨树，栎树，枫树，山核桃，山杏，山桃，杜鹃，野桑，紫荆，降龙木，野山竹，野香椿，臭椿树……那高大的顶端开白花的树，那高低适中开粉花的树，我们都叫不出它们的名字。树叶有圆的、椭圆的、尖的、锯齿形的、五角形的，琳琅满目。丁香花到处可见。爱人让我找一找五瓣丁香，我找了半天也没有找到。

在茂密的林间，鸟鸣不绝于耳。独唱，歌喉嘹亮；对唱，委婉动听。跳动枝间的精灵，飞在杈间的靓影，蜂飞蝶舞，流水叮咚，风摆枝叶，飒飒作响。这地方，便是清凉亭了。只见群山起伏云雾缭绕，高低错落黛青分明，村庄洒落在峡谷里，阳光照射在头顶上，熏风吹来凉热交加，好一派百草风光。

端坐清凉亭下，丝丝凉意，令人舒爽。回看山道之间，一片云海。此时，上来一对儿中年男女，也坐在我们不远处。那女人频发感慨，一句“这地方真好，死了埋在这里真爽”，令人忍俊不禁。那男的更胜一筹，说：“你埋在这里倒是挺爽，但是把别人可害苦了，来一趟可真难。”孤松傲然挺立，远处云卷云舒。说笑归说笑，前路还在脚下。登顶，云海还是一片混沌。我们决定就此下山，虽不尽兴，毕竟上了清凉亭。

## 7. 绿野仙中来做客

这次到野三坡，我们下榻绿野仙中酒店。不是说这里有多好，而是看中了它的名字。

由“绿野仙中”想到了《绿野仙踪》。姑且不论酒店的名字是否袭用《绿野仙踪》，单就这“绿野”二字，便可引人入胜。

清乾隆年间，喜欢谈鬼说怪的李百川在四处奔走、历经艰苦挫折的生活旅途中，花了九年时间，才写成了《绿野仙踪》。小说以神仙为外衣，以世情为内容，溶历史、英雄、传奇、神魔、世情诸类小说于一炉，以冷于冰修道收徒的线索贯串诸多人物故事，顺次展示了封建社会一幅幅生活画面，表现了这个时代纷繁复杂的社会生活与炎凉刻薄的世态人情。

应当说，小说作者在神仙外衣下，关注尘世，采取求是态度，把几种小说形式融合在一起，以一种新的方式寄托自己的人生理想。“绿野仙踪”，如诗一般缠绵。住在绿野仙中，虽然酒店档次不高，却有满心向往。不为近影，只为远方。从窗户望去，满眼的绿色山峦，雾气缭绕，腾云驾雾，确是人间仙境。

住在这里，时光温润，泛舟文字的海洋，倾听风儿绽放绿的静怡，蹁跹一缕思绪的柔肠，怀一份期许，于明媚中尽享九龙山的逶迤苍茫，浩叹拒马河的细水长流。一颗心静静地徜徉飘香的古韵，让一切因果随缘聚散。或者品茗一曲《绿野仙踪》，当所有的喧熙结束后，一切都将归于沉寂。是啊，诗意的美好是我一生的追求，远离物质，静止名利，幻想爱情，如闲云野鹤般，临水而眠，掩帘听雨，望远看风，挥毫而书，真好。

# 天籁

时移世易，晨钟暮鼓已经久远。岁月更迭，尘世的喧嚣已经遮盖了天籁。

一路走来，脚印还清晰地印在记忆的沙滩上。但是我们的耳朵，已经被各种噪音、杂音充斥，在所有以往都是寂静的地方，如今的噪音震耳欲聋，随处是刺耳又不和谐的声音。

心情浮躁的片刻，我想寻找一处旷野，坐在夕阳的余晖下，一抹晚霞，凝神闭目，开始聆听天籁之音。

在河套平原，明月初升，夜露初上，蛙声乍起，水渠畔，河沟里，田埂上，瞬间千呼百应，听取蛙声一片。仿佛天更蓝了，水更清了，四围的山色，也淡若墨影。蛙声把我的心再一次鸣亮。是啊，久违了的蛙声，让我很激动。世界仿佛不再存在，只有风摇树叶的声音。远望，层峦叠嶂中，升起一团袅袅腾腾的烽火狼烟。狼烟中，风吹起号角。那时我才明白，人的耳朵不是听天体，而是听取俗世的，所以人们说茫茫宇宙，寥廓无声。其实这宇宙天体，如此浩瀚，如此和谐，如此宁静，如此透明，如此神奇，它的声音就是天籁之音。

记不清谁说的了，“每一种声音都是一个小小的标记，是每一个地方最暖人的景点。”聆听天籁之音，的确有这样的感受。不是吗？在茶马古道，我听过驿路梨花那花瓣零落石阶的声音；在秀丽江南，我听过小桥流水旁，古宅内鸡鸣狗吠的声音；在大兴安岭，我听过春风的絮语，秋风的肃杀，夏雨的缠绵，冬雪的飘洒……天籁里，那翩然飞过一枚树叶的声音，有一种“金风细细，叶叶梧桐坠，绿酒初尝人易醉”的感觉；当我掬起被雨击碎的灯影，吸吮被雨滋润过的丝丝花香，应了那“莫听穿林打叶声，何妨吟啸且徐行”的空灵；鸟的啁啾，让人顿生“春无踪迹谁知，除非问取黄鹂。百啭无人能解，因风飞过蔷薇”的感悟；在塞外高原，一行雁声，几许苦闷，便有了“雁过也，正伤心，却是旧时相识”的喟叹。啊，人生，因缘而聚，因情而暖。世上之事，就是这样，该来的自然会来，不该来的盼也无用，求也无益。有缘，不推；无缘，不求。一切随缘，顺其自然。

记得有一年冬天，雪后捕鱼。沙沙的风起处，沙沙的雪花飞舞。我寻着声音，小心翼翼地踩着河冰，走进河床深处。原来这些声音都是从脚下冰窟窿的底下传出来的。暗流借着冰层的空隙成为共鸣的音箱，叮咚之声，似有旋律；远处的流水，则汩汩有声，若管弦低音，浑厚震动、美妙悦耳。驻足，凝神静听，声音回旋而振荡，如此曼妙。远听，这声音与风雪的声音交织，窸窸窣窣，把生动传达给心灵，把自己融入自然。

又一次，我们深入阿贵庙所处的峡谷，走着走着，分明感觉着峡谷就是一个绝好的琴腔，那些传递到崖壁上的梵音，又返过来投向对面的崖壁。山脚下的溪水独霸河谷，任意渲染，在峡谷中与梵音共鸣。我虽不谙声乐，但是我第一次听到了如此养心的歌，像春鸟婉转歌喉，似秋蝉震颤翼翅，我的身心受到了一种强烈的震撼。这歌声如清泉般闪烁浸体，似柔丝不绝绕耳。这分明是心灵与山水的和声。

那一年，我们在湘西，来到一个叫古丈县的地界。茶余饭后，当地领导安排了一场小型晚会，由苗族歌手演唱《蝉之歌》：

走进山间闻不到鸟儿鸣
只有蝉儿在哭娘亲
蝉儿哭娘在那秋天的枫树尖
枫尖蝉哭叹我青春老
得不到情郎真叫我伤心
静静听我模仿蝉儿鸣
还望大家来和声
我的声音虽不比蝉儿的声音好

生活却让我充满激情
歌唱我们的青春
歌唱我们的爱情……

这首歌，如泣如诉，婉转动听，无论听者是谁，都被深深打动，无疑是天籁之音。

有一年晚秋，我来到天山深处。空气分外清爽，细细的、绵绵的凉风轻轻地飘过天池，荡起一圈圈细碎的涟漪。此时的天池已经失去了夏日的风韵，秋的落寞袭满池水，有些泛绿，也减去了几分碧色，感受着“菡萏香消翠叶残”的清冷和苍凉，感受着生命的凋零与落败，一种哀婉、凄然、失落、惆怅的情感漫上心头。风雨过处，细密的雨丝飘落在湖边的树上，发出“沙沙”的雨声，再轻轻滴入水中，清澈如鼓，“留得残荷听雨声”，一种发自生命深处的感念油然而生。

我喜欢在这样的境界里独享其静，遥想着生命的沉寂与坚强，犹如慢慢品尝一杯玉液琼浆。风雨过后的天池，承载着生命流转的质感。在这悲凉的败落中，积蓄沉淀着生命的成熟，昭示着一种澎湃昂扬的气魄。天池无言，我亦无言。静心听雨，湖水也罢，雨声也罢，我在默默与自然对话，我的心由此收获了一片对生命流转的期待，也赢得了一片沉淀苍凉和感伤后的宁静。

# 寻找大漠孤烟

单车欲问边，属国过居延。征蓬出汉塞，归雁入胡天。大漠孤烟直，长河落日圆。萧关逢侯骑，都护在燕然。

——王维《使至塞上》

开元二十五年（737 年），河西节度副大使崔希逸战胜吐蕃，唐玄宗命王维以监察御史的身份出塞宣慰，察访军情。这实际是将王维排挤出了朝廷。这首诗就作于赴边途中。

“大漠孤烟直，长河落日圆”，极写大漠、长河的平坦空阔，从而描绘出一幅雄奇壮丽的塞外大自然的景色。其精工神奇之处，首先在于对塞外广袤无垠地区空间的高度艺术概括：“大漠”“长河”四字，力重万钧、雄浑硕博，是大笔涂抹，把这两个大自然形象概括得那么真实、自然、确切、鲜明，且简洁而又巧妙地使它们相辅相成，相得益彰。正因为“漠”之大，才见“河”之长；正由于“河”之长，方显“漠”之大。

小时候，每当讲到“大漠孤烟直，长河落日圆”的时候，老师总免不了赞叹一番。同时他说，王维所描述的，不是别处，就在我们这里。不信你们看看我们村西的沙漠，再看看我们前村的黄河。每当开春季节，沙漠上的龙卷风（旋风）直冲云霄，这不就是“大漠孤烟直”吗？每当夕阳西下的时候，你看看黄河，那一轮红日就在河面上，冉冉下落，不就是“长河落日圆”嘛。那时候，我们就是这样听着老师的讲述来理解这首诗的。只不过，那是老师的诠释，是一种图解。可惜的是，我们曾经亲眼所见的那些景物，现如今，大漠孤烟无处可循，长河落日也只是书中描绘了，倒是沙尘暴不时袭来，雾霾漫天，成了常见的现象。

《红楼梦》第四十八回里说：“‘大漠孤烟直，长河落日圆’。想来烟如何直？日自然是圆的。这‘直’字似无理，‘圆’字似太俗。合上书一想，倒象是见了这景的。要说再找两个字换这两个，竟再找不出两个字来。”这就是“诗的好处，有口里说不出来的意思，想去却是逼真的；又似乎无理的，想去竟是有理有情的。”这段话道出了这两句诗高超的艺术境界。这是一种纯文人的理解与描述。

诗之笔，描情状物，或雅淡或浓丽，或洒脱或缠绵，或雄浑或柔婉，或概括或细摹，或写实或夸张，各得其宜，皆可贵，唯以二者兼而有之，互为表里，相辅相成最为难能。王维这两句诗之所以成为状景名句，正因为它达到了二者兼备相谐的艺术境界。

大漠孤烟是可以入画的。苍莽的荒沙，雄沉的号角，在今天的我们只能意会。大漠孤烟是一种悲壮的美，在那种霜雪映铁甲，西风呜胡笛的悲凉场景下，有多少可歌可泣的故事值得我们回味。人到了华发如霜、消瘦如菊的垂暮之年，更会重温大漠孤烟的梦。因为那个梦让自己心疼得流泪。可是，厉风透骨只能使人扭头回避，不会让人弯腰。人无论缺少什么都可以，就是不能缺少风骨，缺少气节。

梦之所以会让人刻骨铭心，就因为它只是梦。没有梦的生命，是可悲的。但是，沉溺在梦中不愿醒来，也是可怜的。我们没有理由去说教别人不去做梦，更不能强迫自己不要做梦。有理想，有一个奋斗的目标，有一个追求。大漠是有灵魂的，大漠是有情感的，它更是有灵动和神韵的。

长河落日也是可以入画的。当狼烟四起，江山北望，外患入侵，边关告急。许多人便匆匆来到轮台故地，疏勒重镇，勇保国家，挽救山河。孤烟，升腾的同时，也升腾出许许多多的悲壮：落日、漠上、边关、残垣、黄沙漫漫、眼泪风干……华夏民族的历史恰恰从这种悲壮中演绎出风花雪月。

岁月有多长，孤烟就有多长。落日的孤烟，残阳如轮，夕照映血。没有风，戈壁的黄昏一片静谧。苍漠无垠，戈壁连绵；燧烟点燃，袅袅升腾；孤烟记载了烽火连天的战争岁月，迸溅着历史的神话，让我们的世界变得灿烂辉煌。

# 四季之歌

# 四季之歌

一年有四季，一生也有四季。四季的轮回流转，四季的周而复始，宛若一首歌，唱响在每一个人心里。

当冰封的烦躁从老树枝头冒出新绿，当春风踏着残雪从新苗上传出春意，春天便轻盈地向我们走来了。于是，在乍暖还寒的日子，人们迫不及待地推开挤满灰尘的小窗，晾晒着清冷的心情。桃花红，梨花白，杏花如雪，樱花溢彩，迎春花摇摆。卸载冬日的苍白，偎依在春天温暖的怀抱里，尽情地观看鸟儿欢跃、蜂蝶起舞，燕子呢喃，春雨淅沥。或者，漫步在姹紫嫣红的小径，尽情享受春风和畅，咀嚼空气中弥漫着的淡淡芳香。或者，放纵诗情，挥洒诗意，激情吟哦，真情赞美，展示生命萌动生机勃勃的春天。

北京的春天来得快，消逝得也快。和煦的春风刚刚走过，却是一片艳阳天。于是，大街小巷年轻漂亮的女子轻盈而来，翩然而去。她们花枝招展，缠着我们的心。池塘碧波荡漾，蝉儿枝头鸣唱，夏用火热的情怀，把人们的心事张扬。衣服减了再减，争抢绿荫的凉爽。炎热难当，借空调帮忙。没有胃口，偏爱清爽。无法入睡的夏夜，最是故事萌生的地方。

一场秋雨一场寒。秋风乍起，大地已是一片金黄。天高云淡，大雁南飞，萧萧落叶，令人神伤。好在有一轮皓皓的中秋月，让人在它的怀里忍不住怀想。还有各式各样的月饼，在真情传递中，散发着醉人的芳香。

秋风一次比一次凉，大地遮盖着白霜。疯狂流窜的西伯利亚寒流来了，秋蝉停止了鸣叫，人们开始穿上保暖的衣裳。于是，冬天开始登场。冬天把整个世界笼罩在灰蒙蒙的天空下，寒风抽打着大地裸露的躯体。寒冷延伸到每一个角落，抑制着生命的萌动和滋长，却孕育着又一个春天的翅膀……

# 一壶春色为谁香

一壶热茶，三春气象。眼瞅着，冰解了，雪化了，春就这么来了。它不矫情，不做作，大大方方，迎面而来，带着温暖，冒着地气，一壶春色油然而生。

一壶春色里，小鸟最懂春的讯息，它们从天上来，坐在屋檐下，电线上，叽叽喳喳，好像在开会，又好像是要参加隆重的典礼。各种花啊树啊，都充足了能量，迫不及待，或者含苞待放，或者抽芽吐蕊。挡也挡不住，一天一个样子。院子里，迎春花显然已经等不及了，随风抽动着枝椏，绽开满枝的黄花。玉兰的枝叶上，挂满待放的花骨朵儿，似乎就等着春的一声令下。

一壶春色里，杏花坐在那里，任风漫过身旁，快乐，随时都可以爆发。每一个花芽都急不可耐，整装待发，生怕贻误了时机。那些桃树、梨树，尽管表面看还是原来的模样。但是，何时出场，它们显然心中有数。那些杨柳、槐树，似乎还沉睡在冬天里，昨天那一声戛然而止的蝉声，仿佛还留在它们的梦里。

一壶春色里，处处呈现着年的气息。初春，尽管乍暖还寒。但是不管江山如何，总会有春暖花开，这是自然的道理。该走的都走了，该来的都来。一壶春色，就是为来者开启。不是吗，这一壶春色，正在蕴育一场盛大的春事。一抹浅黄，或一簇新绿，正在为春天增光添彩，即使是蒲公英，或者路边的小草，也在为太阳孕育着新诗。

一壶春色里，惯看秋月春风，让知天命之年也享受着一片春红。如此，与流年一起对酌过往，浅舞芳华。邂逅，不问花开过几重，落过几许。漫步草色青青里，只汲取一季葱茏，然后把它装帧成流年最美的风景。而琴声与笛声，不仅奏出青翠欲滴，也走出草长莺飞。内心的律动，更是写给三月的诗集和情书。或许，上帝会收到；或许，天仙会收到。但这些都不重要，重要的是可以用一壶春色，为人们描摹一程山清水秀，一片碧水蓝天。

一壶春色里，更加懂得真情与友谊。她们清清浅浅，不远不近，想起便有一种沁心的暖。即使世事经年，唯愿情怀依旧，宁静如初。在静默春光之中，静享山花烂漫，情深谊长。纵然心潮澎湃，也可以用一壶春色漫漶而来的香，拂过严冬的寒凉。

一壶春色里，不去计较人生的或顺或逆，或苦或甜，只求心有所依，内心平安。如此，生活简简单单，平平凡凡，有爱相伴。于是乎，那翩翩而来的不只有曾经的葱茏，还有清脆的鸟鸣虫叫。或者，拣拾一段春香，沿着自己想要去的方向；或者，选一处山清或者水秀，在那里尽情幽居。心中装满了阳光，自由自在去迎接那些有风有雨的日子。让那些失望的空白，尽可能让阳光填满。

一壶春色里，无须打捞往事，只让它们羽化成蝶。闲暇时，尽享那些水云间的浪漫；珍惜烟火中的偶然相遇，不论是在市井，还是在街头。让生活过得有缱绻、有馨香、有阵阵温暖。让心扉的记忆，盛放着所有的芳菲。

# 春风秋月三十年

## ——纪念大学毕业三十周年

几乎一转眼，大学毕业已经整整三十周年了。三十年后的如今，生命的路走过了半程，人生的目标基本明晰，不管是圆满，还是缺憾，不论是事业成功，还是事业未竟，都减少了拼争的锐气，开始放缓步履。风风雨雨，磕磕碰碰，经历三十年的奋争，饱尝了人世间各种各样的情感，值得怀念的，更多的是同窗真情。

### 1

古往今来，三十岁在人的一生中是一个重要节点。远在2500多年前，那位孔圣人就把人的而立之年定在三十岁。800多年前，一位三十多岁的名人志士岳飞，北望中原仰天长啸，一曲“满江红”抒发了“三十功名尘与土，八千里路云和月”的感叹。可见三十年意味着一个人的成熟，意味着成家和立业，事业有成。

1986年7月，同学们依依道别离，挥挥手牵走同窗四年的情和意；三十年后同学们故地来相聚，握握手带来人生岁月的悲与喜。三十年，弹指一挥间，一挥间里，时光流逝，星转斗移，物是人非。三十年，有人术业专攻，学业有成，桃李满园；三十年，有人志得意满，功成名就，昂首方遒指点；三十年，有人顺应时尚，畅游商海，勇立时代潮头。

三十年过去，中国社会飞跃发展。对我们来讲，毕业后的三十年虽然没有征战沙场的壮怀激烈，但也步入了中华腾飞的激情岁月。今天欢聚一起，举杯共贺三十年时，向母校向老师向同学汇报：“为祖国、为国家改革发展和现代化建设流过多少汗，回首往事心中应无愧。”

## 2

三十年平凡的工作，也许没有建功立业可言。却让同学们有了视功名如尘土的淡定。“水千条、山万座，我们曾走过”。同学们三十年的风云人生，所经、所历，远不是一句“八千里路云和月”能够说尽、道完。应该说我们虽然平凡，但今天也能站在母校老师同学面前，很有底气地说一声：无愧于母校老师的教诲，无悔于自己的人生，也能坦然地面对未来。

平凡的三十年，使同学们学会了用微笑诠释生活，以温润体味人性，也便有了从容前行的潇洒步伐。正因为有过去三十年汗水和艰辛的付出，相信对于今后的日子，每个人都能以微笑迎接，以微笑包容，以微笑送别，也能以微笑来纪念和珍藏。今天，同学们正当壮年，愿大家继续在各个行业里为母校增光添彩，为自己的人生注入青春，作出更大贡献。青山在，人未老，师生同学情正浓；岁月增，水长流，情怀依旧深。在这三十年毕业纪念的时刻，祝福同学，祝福老师，永远健康快乐，一帆风顺。

## 3

时光易逝，岁月无情。走过三十年的人生旅途之后，同学们之间已经产生了距离，这种距离不仅仅是空间上的；我们自己和自己也产生了距离，这种距离也不仅仅是时间上的。

生活已经使我们懂得：人生最宝贵的，不是金钱财富，不是权位桂冠，也不是花容月貌，而是友谊，那种纯真无邪的友谊。因此，不必慨叹岁月无情，也不必抱怨命运不公，最重要的是我们曾经有过美好的青春，曾经有过真诚的友谊，曾经有过脚踏实地的奋斗，曾经有过无怨无悔的人生。三十年时光荏苒，不变的，是我们依依相守的温暖。

三十年的光阴啊，可有着怎样的魔力。教学楼还是那个教学楼，却已翻了新墙；操场还是那个操场，也已修了跑道。我们的记忆就定格在那些发黄的旧照片里，带着我们的印记。借用现下年轻人的一句流行语：

“岁月是把杀猪刀，刀刀催人老。”是啊，我们都老了。

犹记，那是一个最坏的年代，那也是一个最好的年代。那时候，我们没有电扇空调，没有手机电脑，没有足够漂亮的衣服，没有丰富多彩的娱乐，单纯得一塌糊涂。还记得我们吃穿用度都是一再节省，还记得我们为了自己所不擅长的项目狠命苦练，即便是受了伤却也不能偷得一点儿懒，拄着拐杖咬着牙也必须坚持上课。

那时候的我们很苦，但那时候的我们也很幸福。恰同学少年，风华正茂。我们啊，正赶上了好时候。“文革”结束、改革开放、恢复高考、大学招生、毕业分配……我们堪称是一代幸运儿。正值青春，便也难掩胸中一腔热血，谁没有个抱负呢。可是人生之不如意十之八九。百般无奈时，也就唯有常想那一二。不过再苦再难，似乎总有一种力量一直在心底支持着我们，再苦再累，都不怕。

无论我们所从事的是什么职业，经历是坎坷或平淡，我们毕竟走过了三十年的风风雨雨。三十年的风霜雨雪，把我们这群意气风发的大姑娘、小伙子变成了两鬓斑白的大妈和大叔。岁月的沧桑，洗尽了我们青春的年华和天真浪漫，但洗不去我们心中那份深深的同学情谊。无论人生沉浮与贫贱富贵，我们的同学情谊，就像一杯醇厚的陈酿，越品味越浓，越品味越香。

# 夏末蝉歌

夏末秋初，蝉的叫声渐次低落，由起先一波高过一波的大合唱，二部轮唱，转为稀稀落落的单曲，然后是凄婉的咏叹，一声比一声低落。

分明可见树枝摇摆，藤蔓晃动，随着一丝丝风吹过，草地上，壕沟里，也能听到一些哀婉的蝉鸣。偶尔，窗台前的缝隙处会有几具蝉的尸体。细看，那蝉的身体已被蚂蚁拖着，有一些支离破碎。

夏末秋初，蝉儿们还有一项重要的工作务必完成。雄蝉鸣叫，引诱雌蝉来交配，然后产卵，完成一轮生命的旅程。那些小小的幼虫从卵里孵化出来，呆在树枝上，秋风把它吹到地面上，它们马上寻找柔软的土壤往下钻，钻到树根下，吸食树根的液汁过日子。据说，从幼虫到成虫要通过五次蜕皮，最后一次，是钻出地面蜕壳成虫。

自古，人们对蝉最感兴趣的莫过于它的鸣声。它为诗人墨客们所称颂，并以咏蝉来抒发高洁的情怀。的确，从百花齐放的春天，到绿叶凋零的秋天，蝉一直不知疲倦地用轻快而舒畅的调子，不用任何中、西乐器伴奏，为人们高唱一曲又一曲轻快的蝉歌，为大自然增添了浓厚的情意，难怪乎人们称它为“昆虫音乐家”“大自然的歌手”。

蝉歌，是他们的天然使命。不在这个季节歌唱，就再没有时间唱歌了。我知道，每一种生命的延续都是要付出代价的，过程是艰难的，蝉如此，人生也是如此。

# 秋游十八渡

不知多少次走进大山，也不知多少次亲临秀水。即使是北京的十渡，也去过几次。但是，除十渡以外，对其他渡乃至于十八渡，则是不甚了了。

关于十八渡，传说古代的拒马河水流很大，河上不能架桥，每拐一个大弯进一个村庄就有一个渡口，在一渡至十八渡40公里内共有十八个弯，也就有十八个渡口，十八渡也就由此而得名。而且十八渡各有其名，分别是一渡：石门慑水；二渡：剑壁平关；三渡：笋峰祈雨；四渡：仙峰朗月；五渡：叠翠听风；六渡：金滩日沐；七渡：旭日东升；八渡：鹭飞苍崖；九渡：笔架仙成；十渡：龙岩现佛；十一渡：碧塔溪映；十二渡：龙门放舟；十三渡：孤帆远影；十四渡：一障平天；十五渡：风杨晨涛；十六渡：桃渡夕照；十七渡：五行山峙；十八渡：三清合聚。

关于拒马河的源头，《水经注疏》十二卷这样记载："拒马水原名涞水，有二源，具发涞山，一出广昌县东泰山庙前古塔下：一出县南七山下，至城东南汇合。拒马河水质清澈，透明见底。河道九曲十八弯，素常平静温和，涓涓流淌。十八渡当中，尤以十渡自然风光著称，且文化底蕴也十分丰富。北魏郦道元在所著《水经注》中就有对十渡风光的描述。清乾隆皇帝数次游十渡，八次留有赞美十渡风光的诗作。

十渡历史文物古迹众多，还有极为罕见的地质奇观，比如惊险的孤山寨"一线天"，神奇的仙峰谷"飞来石"等等。特别是孤山寨，相传很久以前，幽州地区（今北京地区）是一片苦海。太行山绵延千里林木荒疏，山寒水少，天地间常有一股不祥之气。山中有72个恶魔在这一带骄横跋扈，争地扰民，弄得天无宁日，民不聊生，百姓嫉怨愁苦，求告无门。靠山，土地瘠薄，稼穑难收；靠水，河浅水浊，水少鱼稀。有一年久旱不雨，草木枯焦，村民愁眉不展难以度日，只好到山中采野果野菜度灾年。一天，七渡村一个青年农民在孤山寨的龙头岭发现甘甜清澈的泉水和郁郁葱葱的檀林，他急忙跑回村去叫来众乡亲。附近各村的百姓也闻讯前来，大家在这里顿觉心情舒畅。连续多日，每天都有成百上千的民众观看奇景。忽然有一天，人们发现：对面山崖上空有一片祥瑞之气，当旭日初临之时，云岚雾霭中似有观音菩萨显示法像。那观音慈善安详，左手执净瓶，右手拂杨柳枝，朝众人颔首微笑。山民见状喜出望外，立即俯身叩拜，求观音普降甘霖，护佑众生，降伏恶鬼。

原来观音云游四方途中曾将净瓶中圣泉之水在孤山寨内倾洒一滴，于是便有了花香草绿、山灵水秀的奇观。解除了这个地区百姓疾苦，使家庭美满和谐。自此以后，每日进山朝拜之人络绎不绝，孤山寨济世观音的名声也传播百里之遥。

那年农历六月四日，观音菩萨在龙头岭上的莲花宝座再显真身，倾洒净瓶甘露，轻拂杨柳枝，顿时驱散妖气，山明水秀。为降伏 72 个恶鬼，观音赐山前 18 个村的百姓都姓隗，意在恶鬼身侧加宝刀无数，以示威严震慑。如此，拒马河畔阴云扫尽，风光如画。村民为感激观音菩萨的保佑，每年农历六月十九日（观音成佛日）、九月十九日（观音出家日），从京都到西陵沿途香客往来不断。

我们从环京城高速下来，直接就到了十八渡。兀然间走进山的怀抱，看见碧水波澜，一种融入的感觉，一种被吸纳的灵动，一种发自内心的虔诚，由浅入深地沁漾出来。站在山之间，跨过沟与壑，行在水之畔，走在溪流边，山的博大清幽，水的浩瀚委婉，动与静的结合，大与小的伸缩，狂野与娟秀对比，各种神奇差参出现。

十八渡的山，看上去与桂林的山有些类似。我惊诧于自然的鬼斧神工，赞叹日月的修蚀定影，大山里裹着岁月，秀水间藏着历史。岁月无痕，但山水可做证，历史逝去，但山水可以留痕。大自然母亲，在精心打扮着自己的山水儿女，山水则依偎在母亲的怀抱里，对着苍穹之镜羞涩地看着自己的容颜。

从十八渡开始，依次是十七渡、十六渡、十五渡。我们车行缓慢。

岁月仿佛刻上了山水的年轮，看着万物的起起落落。我们在探寻着山水的神神秘秘，有多少已知与未知，都隐在雾霭苍茫的山水之中。人们把对山水的敬畏束之高阁地供奉，企盼神仙坐在高堂之上。而山水却以自己的庄严，以自己的无羁，以自己的奉献，伴随人们的青铜操戈，伴随人们的农耕文明，舟楫往来，与人们共生共存。想想看，舜帝封五岳，功德无量；秦皇汉武拜泰山，历史鉴赏；大禹治水，千古留名。走在山水之间，我们读着历史，品味着诗仙描绘的景致，仿佛走在沉重的历史上面。似乎，我们的脚印与秦皇汉武重叠了，我们的车辙重蹈了历史的车辙。

转眼到了十五渡附近，山上有一座寺庙。我们决定上去拜访。所谓山水间说脱尘，山水里道禅语。从古至今，有多少大德隐士在山水间遨游。看破红尘待时机，官场失落山内隐。山涤志，水清心，向大山倾诉，对绿水清吟。姜子牙诸葛孔明山水中大隐，竹林七贤山水畔清谈，更有对山抚琴筝鸣者，还有对水吹箫。山水间聚起了灵气，抒发了心中郁闷，山水间造就了多少志士贤人。徐霞客遍访华夏山水，写出山水奇书令后人景仰，陶渊明歌咏田园，妙笔生花成了一代宗师。山水同时造就了历朝历代的山水诗人。山水融进了笔墨，山水与人与历史同时被浩瀚的历史收藏咏颂。看来，只要用心，只要喜爱，在我们的周围，不出百里便有仙踪。走出家门，走出熙攘，走进山水，山水之间总含情。

从山上下来，走过十四渡、十三渡、十二渡、十一渡。山还是那么高，水还是那么长，只有后来的人们在续写着历史，在赞叹着先哲的功过。变的是生活在自然里的人们，不变的是山水永固。山水见证了历史的从始至终，虽然人们书写的历史很漫长，对山水只是一瞬。但是在山水面前，人们觉出了自己的渺小与短暂。历史在山水的怀抱里，只能上演鼎盛与兴衰、反思与无奈。只有走进山水方觉心旷神怡。那张扬、那飘逸、那厚重、那神奇、那幽静，伴随着高山仰止，伴随着惊涛骇浪，伴随着如诗如画，伴随着日出日落，伴随着虚幻飘渺，一切尽在山水的演变中。

转眼之间，十渡到了。远远地从车窗望去，云间的山道，宛若白蛇，蜿蜒盘旋着，如在天地之外。一排排镶嵌在山脚下的房舍，竟像是在海底一般。仿佛只要纵身一跳，便能潜进去，便能吐出一串串气泡来。那些房舍的背后，是拔地而起的峭壁。鬼斧神工之痕迹历历在目，层叠、远近。云雾盘旋于半山之间，而山脚与山峰竟清晰如画。层岩叠翠，由明到暗，由实到虚，由深到浅。朦胧之处，四面的群山成了一种虚像，如泼墨后晕染开的痕迹。天地成了一种空白，渺远，苍茫，唯有几座山峰兀自挺立。这是怎样的天堂？这是怎样的人间？从前观看山水画时，我曾为画家如此妙笔感慨不已！不想这造化之中竟有如此活生生的神奇！我不禁对夫人说，天地待我们不薄啊。云淡之处，明晰之间，山如高墙横亘于天地之间，灰黑苍翠，如屏如嶂。这种直插青冥的雄姿远非南方的山脉可比，这种气势足以震慑着每一个驽钝的心灵。是的，岩层裸露，自上而下，自高而低俯冲下来，竟宛如一匹浩大的瀑布倾泻于天地之间。而后，溅起了半山的云雾。

恋恋不舍从十渡出来，渐次经过九渡、八渡、七渡、六渡、五渡。车行拒马河畔，听着流水的歌唱，放眼是壁立千仞的雄峰秀岭，遥迄十数里，景色如画，这无疑是天上遗落在人间的又一处胜景。

五渡过后，大山渐渐趋缓。奔流不息的拒马河，像一头无拘无束的猛虎，不甘于太行山深处的寂寞与禁锢，腾跃而起，冲出深山。一会儿躲进山后，一会儿又绕到山前，一会儿躺在山根下，一会儿远离大山。是啊，河流孕育了生命，并不断滋润生命，涤荡一切尘埃。无论是宽阔，还是窄小，无论咆哮奔腾，还是清浅潺潺，只要还保留着河流原始的质朴和生命力，就会让灵魂向往。每念及此，我便心生呼啸，块垒顿消，仿佛自身便是一条奔腾的河流……

# 走过秋季

把一年四季走成山寒水瘦，百花沉寂，走到这里，便是秋季。

然而，秋高，不一定气爽。看一看北京的天空，雾霾不时侵扰。如此，我只能到小区楼下走走。看黄黄的树叶，看一簇簇的菊，静静地开在并不天高风急的秋天，姿态确实高雅。是啊，能够在滚滚红尘当中保持静雅高洁，就是一件难能可贵的事。

想想看，我们自己，每当利益攸关，或者遇到进退留转的问题时，总是为了利来，为了利往。或者按捺不住，蠢蠢欲动，就更觉得它们的高尚了。我不敢说自己如何如何，但是五十一过，便对好多事情，看淡了，也不想去高攀，不是看破红尘，不是不屑，也不是无足轻重，只是觉得已经风轻云淡。就好像穿过旧街深巷，不恋了；路过旧人往事，不念了。所有的过往，仿佛被一场场秋风吹得更加单薄了，只剩下浅淡的笑容。

每天还是要起早贪黑，准时地上班下班。对工作的要求，依然高标准。我自己也觉得似乎心老了。但，我还是庆幸，我的疯狂和任性没有丢失，我仍相信天理。所谓天作孽，犹可违；人作孽，不可活。

我的日子过得水一样平淡，风一样无拘。庆幸着，自己安静地走过每一个进退留转，尽管是别人的。不能说清风徐来，也不能说水波不兴。很多事，何必都要那么上心，那些痛苦和不愉快，没必要都装在自己的行囊中。

当然，走过秋天，我更喜欢简单，喜欢靠近阳光的日子，也喜欢风一样的自由，尽管雾霾沉沉，我依然渴望过一种青山净水的生活，与世无争，自在逍遥。多少事，残风暴雨过后，都归于平静，归于云淡风轻。那份清净和无争，洒脱与随意，都成了淡淡的一笑，就像清晨翠绿的那一抹草色，细碎的阳光中，自有她的味道。早先经常出入山林之间，草木花鸟，山水云雾，都是我的朋友。

坐在静静的秋天里，我翻看宋代诗人、画家郑思肖的画。郑思肖擅画兰花，所画兰花萧疏洒脱，简淡清幽。宋亡后，其所画兰花皆不画土，寓意疆土已失，家园不再，并与当时的好友，降元后的画家赵孟頫绝交。有当朝权贵慕名索画，郑思肖不但不给，还在一幅菊画中题诗云“花开不并百花丛，独立疏篱趣无穷。 宁可枝头抱香死，何曾吹落北风中”。菊花不与百花同时开放，独自立在疏疏落落的篱笆下，宁愿枯死枝头，也绝不被北风吹落。而他自己的品格气节也一如菊的凛然高洁，傲岸不屈。

喜欢秋天，其实是越来越喜欢安静。做着喜欢的事，踏着千山万水，去看约好的那些风景；或者做饭散步、读书听音乐。坐在秋天里，听秋叶沙沙，感知声音的美妙和奇特。原来安静而没有纷扰的秋天，可以这样好。是啊，那些远去的，都已经远去了；要来的，或许还在路上。现在的我，已经风清云净。

# 雪夜京城

甲午年的第一场雪，悄无声息地降落京城。一片白茫茫之中，好像整座城变得异常纯洁、十分干净。既不见老虎，也不见苍蝇。

我在一片纯白的城市里，感受着纯净清凉的风景。眉睫挂上晶莹，思绪千里驰骋。从莲花桥一直向东，再从建国门走向故宫。当光阴流转回还，往昔凝结的美丽融化在回眸的瞬间。长安街，一直飘着雪。剪不断的愁，霜白我的头发，沧桑着我的容颜。悠长的岁月里，我等山重水复，等叶落花开，等一轮明月。隔着漫天的飞雪，我看见，那漫长无期的等待中，我已经惯看春风秋月。

心上风景，延绵逶迤。多少次，我涌起诗意的心潮，悄悄向着远方，写下柔柔的冬之恋。看似每一年的飘雪无约而至，轻盈美丽，其实看雪的心境早已是物是人非，无法重叠。我知道雪是深意灵性的，冰清玉润、绵柔细软。曼妙飞舞的雪，让这个季节变得诗意、深情。光阴深处，落雪无语，委婉飘逸，纷纷扬扬地轻洒，仿佛时光的轻柔呓语，仿佛最美最动情的诉说。

喜欢这样漫步在白色世界，感受时光的素净安然，感受被裹在素白色彩中的干净清明。于我，这是情怀中最浪漫的事。想象自己是一片素白的雪花，以轻盈婉转的身姿，委婉地融入这清凉纯美的自然中，身心感染着丝丝沁凉的幽香，深情陶醉着。神思如烟飘然，不自主地随她去了梅花飘雪的三宫六院，使我留恋，忘了归程。

风灌楼宇，雪落京城。纷飞的雪花，来得急促，停得匆忙。落雪后的夜，我一人站在覆雪的楼顶，看银装素裹的城。人，一辈子都在省着、攒着、储蓄着，不论多抠，钱还是没存够。人，一辈子都在忍着、让着、怕着，不论多小心，还是得罪了不少人。我们，一辈子都在读着、写着、感悟着，不论多聪明，还是没少吃亏。人，一辈子都在觉醒中、成熟中、成长里，不论多淡定，遗憾还是有。回首看，几多挚友于心？几多金钱在手？几多真情在握？除了苍老的容颜，渐长的年龄，满腹的心酸，还有啥是真正属于你自己的？

暮雪残光，风尘淡逝。浮生若梦，烟花易冷，梦呓易坠。流星划落，许起此生宿愿。繁华三千，唯有一帘空梦。笑问谁是摆渡人，醉语何年缘再续。今夜的雪，绚丽了街，烂漫了梦。匆忙的跋涉中，我已忘记了欣赏沿途的美景，以至于错过了太多，失去了太多。雪地上残余的那些深浅不一的脚印，不知走向何方。

# 冬日暖阳

儿子从洛杉矶回来的这些天，北京虽是冬日，冷空气频频来袭，却是入冬以来少有的好空气。尽管林木萧条，风凄霜冻，而蓝天白云下，是一抹少有的冬日暖阳。

寒冬的脚步逐渐沉重。陪儿子看窗外的风抚过树枝，任花残叶落飘满地。对人对事，儿子是一个责任心很强的人，是一相识就难以忘怀的那种人。对儿子，我只有劝解。佛家说的生生世世的缘，无不在现实生活中验证着。缘有深浅，有定数，如果我们都珍惜了，也就无怨无悔；如果我们都努力了，也不用去惋惜。是你的，无需紧抓不放，它也会属于你，在乎你的人、爱你的人不会离开，走了也会回来。不必对不属于自己的缘分，伤心落泪，相信会有下一站的幸福在等你，相信你会遇到更有缘的人。

现实生活中，每个人都想微笑春风，没有人不想有一种雨露滋润的心情。但是，命运不会专门为你打造适合你的那一种心情，只能让自己学会去适应环境。生活不会因此不前，日月照样行走轮转。燕子是春的使者，寒冬是春的母亲。寒冬虽来，却从不改变大自然的幸福。冬夜沉寂，星星能看穿纷扰的心事，甚至内心的苦苦挣扎。天空的幸福是穿一身蓝；森林的幸福是披一身绿；阳光的幸福如钻石般耀眼。其实很多事情，说不清谁对谁错，很多遇见，说不清是早是迟。就像远处的山被烟雾笼罩，看不到森林和树木，安静得像那子夜的村庄，让人充满多少美丽的幻想。对生命的热忱，偶尔的沉重只能让人懂得学会去适应，去承受，让自己学会微笑寒风。所谓一山一水都美丽，前尘往事总关情。

学业应该打拼，生活需要调剂，向上的人生在有张有弛中，才能变得越来越流畅。海洋虽大也有耸立的岛屿，群山如林也有平湖如镜。登高望日，临风赏雪，不用刻意想是哪一天，心灵的火花被你不经意间点燃；不去努力探究是哪一瞬间，在人生的舞台闪亮登场。专注于当下，做好眼前的事情，明天的花朵，一定比今天绽放得更加娇艳。虽说，这世上，无非爱与恨，无非你和我，可冥冥中偏又多了许多的惊扰和无奈。有些缘分，看似唯美，实则凄冷。有些挚情，明明相爱，却终究要错过。许多的时候，真的并不是我们奢求太多。与相爱的人，执手日出，共赴日落，平淡地共赏四季炊烟，执手诗酒红颜的幸福。或许，是因为开始得太过美丽，所以结局就注定要凄然。世间的缘分，聚散早有定数。缘在则聚，缘尽则去，前世的因果早已注定了今生的结局。

面对冬日暖阳，我对儿子说，流年似水，光阴如梭。没有多余的时光让你忧伤，没有多余的空间给你存放愁绪。

# 冬月漫漫

我不喜欢冬天。因此，常常盼着冬天快点过去。然而，冬天总是不期而来，有时，它似乎总爱扭捏作态，恣意妄为，迟迟不肯离去。这让我好无奈。

人世间有很多无奈，只好不得已而求其次。虽然寒冷逼人，穿红裹素，难得自由，也要直面红尘，哪怕满世界都是肃杀。大自然的严峭，冷峻如刀，肆意地在人们的身体上、心灵里纵横切割。那种肃杀之气，直刺骨髓，驱之不去的寒意令你无可逃避。我常常记得，冬夜的凛冽中，枯瘦的树枝颤抖着悲鸣，风中的落叶瑟瑟啜泣，谁家窗子透出的星星点点的灯光摇曳着冬的温暖。更多的时候，那肆虐的冷风无情地摧残人的面颊，心事随风流浪在寒夜中。寒风弹痛了心弦，用心吹奏出来的依然是一阕惆怅和忧伤的寒冷曲。

这便是冬天留给我的印象，似乎总是一个肃杀的季节，荒瘠而凄凉。人们被厚重的衣服包裹着，忙碌地来来去去。小时候，饥寒交迫，望着冷月，更加凄苦。常常拽着母亲的衣袖，感觉前方的路是那样漫长。

在那饥寒交迫的年代，曾经沸腾的大地，一下子沉默起来，仿佛历经沧桑的汉子，青筋裸露，须眉皆白。我几乎是看着这样的景致，走过那段漫长的岁月的，历尽艰难，久久不能忘怀。直到后来，经历了更多的事情以后，我才知道，冬天不过是春天的前夜。冬天过去了，春天还会远吗?

这些年来，每当冬月，基本上每天都是早出晚归，早晚不见太阳。开着车，望着一弯月亮挂在墨蓝色的天空上，弯月四周散发着淡淡的辉晕，让我浑身透彻般寒凉。冬月漫漫，似乎隐约着一些什么，我难以确定。不过我依然相信，熬过了冬天，春天就来了。

# 老黄树园子

小时候，在我们村东头不远，有一片很大的树林，进去了就辨不清方向，能原道走出来也很难。因为它是早年走西口来此地的一位黄姓住户亲手培植营造的。虽然后来充了公，村民们还是给这片树林取名“老黄树园子”。

老黄树园子，给我留下了许多美好记忆。

听奶奶给我们讲，二十世纪五十年代初，林子里是有狼的，好多村民都见过狼，也听到夜半狼叫。不过，那时候的狼，与村民互不相扰，大家相安无事。

从五十年代末期，直到三年困难时期，有的村民开始到林子里狩猎，侵扰了狼的生活，于是村里便发生了狼吃羊的故事，乃至于谁家的婴儿被狼叼走的惨烈故事。村民们即刻行动起来，成立了打狼队。狼先是深挖洞，深藏树林子。后来，偌大一个树林子，居然没有狼了。不仅这个树林子没有狼，就连村子附近十里八乡都不见了狼的影子。

在我的记忆里，那是一片很大很大的林子。每年五一过后，老黄树园子便热闹起来，首先是那些高大的树木。榆钱间没有一丝的缝隙，碧绿，莹白，簇拥着；过两天，丁香花开了，米粒样的小小花朵，攒在一起，成了一大穗一大穗，一朵朵；之后，槐花也次第开放，温润如玉的花朵，清雅高贵。那矮一些的木本花卉也不肯示弱，在一个早晨，突然装扮整齐，绽放在你的眼前。

老黄树园子里面树很多很杂，但大都是平原上的寻常树种，像杨树、柳树、榆树、槐树、雾柳、红柳、杏树、沙枣树等等，没什么名贵树种。大的树也不是很多。印象中谁家的祖坟前都有一棵老槐树，树干需要两个十岁的孩子环抱，枝繁叶茂，蓊蓊郁郁，春末夏初开密密麻麻的小碎花，花败了结出肥大的槐角儿，里面的果实饱满，放上盐和花椒煮熟了很好吃，但因为栽植在坟前，便多了些神秘的色彩，而且树干分杈处有一大洞，幽深深的，孩子们之间谣传说里面住着树精，很少敢去攀爬，也不敢去摘。

树林里一年四季，都是比较寂静的。农忙时节，如果在树林边缘，可以听见村民劳作的声响。越往树林深处走，除了林间的各种声音，便什么也听不到了。每年暑假时，我们一群小孩子（不带女生）成了这里的常客。无论是晨光初绽的早晨，还是夕阳渐沉的傍晚，这里都成了我心灵放松的最佳去处。树林里，静谧、安详，空气湿润新鲜。知了，麻雀，喜鹊，燕子，还有蝉，成了大合唱的主角。喜鹊热衷于交谈，尽管嘶哑着嗓子。麻雀喜欢呼朋引伴，飞上飞下。燕子低低地飞掠，轻声呢喃。有时也会见到一些平常罕见的鸟儿，各种颜色，十分漂亮。她们的身影小巧、俏丽，在我的视线里倏忽闪过。她们是小树林里神秘的过客，鸣叫声也是很别致的，久久不去。我有时呆呆地看着她们，心存羡慕。

树林里的小草顶着明亮的露水，还有一些叫不出名字的小花点亮了她们的小灯盏，让小树林的色彩艳丽起来。三三两两的小蘑菇悄悄地冒出来，乳白的头上顶着泥土。成群的蜜蜂，忙碌起来；成群的蝴蝶，翩跹起来；不时还飞来不知名字的鸟：有长尾巴的，有腹羽是白色的，有背羽是绿色的……它们唱着跳着，呼朋引伴。站在园子里，穿花拂径，身轻如燕，不枯燥，也不烦躁。

深冬时节，树林里没了昔日的葱茏，树叶凋零殆尽，地面荒芜一片，干干净净的蓝色天空像一块硕大的布幔，遮盖住了整个林子的上空。枝枝丫丫横斜着的树干，静默成一幅剪影，夸张地宣泄着内心的彷徨。有时几只小鸟会嬉戏歌唱，打破了林子的寂静。在树的下方，早已被我踩出了一条清晰的小路，在几棵树木周围环绕。

一场冬雪过后，“大雪无垠天地空”，整个树林披上了银白色的盛装，天地裹纱铺絮，冰铠雪甲。树林里，那潺潺不息的小溪，早已隐去往日的身影；聪明的候鸟，早已举家南渡；众多的落叶植物，也都悄悄地脱去了艳丽的装扮……玉树琼枝，寒雪如碧，银装素裹，让整个树林充满疏朗遒劲、庄严肃穆的阳刚之美。

树林里也有一些坟墓，新坟老坟，里面睡着的都是村子里的老人。乡村的孩子，见惯了太多的生死。我熟悉的面孔一茬茬地老去，我不熟悉的面孔也一茬茬地变老。后来，一个人在树林里行走，感觉是怯怯的，心思是空茫的，整个身心好像穿了一件寂寞的外衣，只有两束呆滞的目光裸露在这树林的寂静里。

不过，老黄树园子给我最难忘的印象就是爬树。选准一棵大树，我们一起爬到树上玩。有能耐的男孩儿，可以爬到树枝最高端，小心翼翼地用力压弯树枝，然后利用树枝反弹飞身一跃，在接近另一棵树的那一瞬间，伸开双手，把另一棵树的树枝紧紧抱住。这样的动作我不敢。我只是在一旁静静地看着他们腾空翻卷。

回忆往事，感慨万千。如今，老黄树园子已经打上了岁月的印记，更加茂盛了。

# 永恒的画面

从我记事开始，一直到1997年3月31日，我与父亲聚少离多。我小的时候，父亲在外漂泊；父亲老了，我却在外打拼。即便如此，在我的记忆中，依然留有许多非常深刻的画面，历久弥新，父亲的音容笑貌总在眼前。

儿时的记忆不太确切。最早的印象里，父亲是我的大马，驮着我满地爬；父亲也是我的小火车，我坐在他的肚子上，他一阵颠簸，目的地就到了。并且他说到哪一站就哪一站，无需商量。更多的时候，我会在父亲身上爬上爬下。有了弟弟以后，只要父亲一进家门，我和弟弟会一遍又一遍地在他身边攀上爬下，嬉笑打闹。母亲或是洗衣，或是做饭，常常嗔怪父亲宠坏了我们。

父亲的怀抱，是温暖的怀抱，也是隐藏我们的地方。尤其是在北方寒冷的冬天，他常常会把我们藏在他那件藏蓝色的皮毛大氅的两襟之间，那里面有着银白的山羊毛，很软很温暖，藏满了我们与父亲的故事。有时，我们悄悄随着父亲的脚步移动。父亲像一位神奇的魔术师，出其不意地让我们出现在妈妈的面前。

听母亲说，父亲特别宠我，甚至有些溺爱。主要是因为我是第一个男孩子的缘故。在我之前，我前面已有三个姐姐，父亲一直期盼有一个儿子。我就这样在他的期盼中“应运而生”了。

小孩子爱吃糖果，三个姐姐嘴馋，父母多有限制。而对我，父亲则网开一面，完全满足我的需要。大概溺爱总是不好的，也总是要付出代价的，以至于一段时间以后，我的牙齿出现了问题，医生建议不许我多吃糖果。

小时候的每一个夏天，为了让我们穿上凉爽的背心，父亲会骑单车专程到城里为我们购买当时流行的的确凉汗衫。为了让我们安心学习，他总是把家务活悄悄地干完。当然，吃炖骨头的时候，他总会把大一点的骨头放在我们的碗里，让几个姐姐好生嫉妒。不过，父亲自有他的道理，男孩子要健壮，女孩子要苗条。

小时候，整个村子里只有我家有一辆飞鸽牌自行车，常常引来邻家孩子的羡慕。一有空闲，父亲常会把我们抱上自行车，自由自在地穿过黄昏的村巷，引来村民特别是邻家孩子的好奇。

我最爱看月光下父亲犁地的情景。父亲一手扶着犁把手，一手举着鞭子，口里喊着号令，犁牛似乎十分顺从父亲的指令，向前、向左、向右、回头，只见犁牛过后，一道又一道笔直的垄沟次地出现，散发着泥土的芳香。"倏"的一声，几只长翅膀的蝲蝲蛄从泥土飞出，向另一边的田野飞去，发出些许光亮。

当然，每当夏夜，父亲总有故事给我们讲。我稍长，能记住故事情节，而两个弟弟似乎从来不曾听完父亲的故事便酣然入梦了。一方面因为父亲的故事重复的多，不仅人物重复，情节也重复。另一方面由于弟弟们太小，玩了一天这时候的确累了，便顺势躺在父亲怀里。在我的童年记忆中，《武松打虎》和《孙悟空三打白骨精》，比《美人鱼》的印象更为深刻。

真正的"美人鱼"，是从父亲买的《安徒生童话》里读到的，那时候还不易买到这种图书，但父亲总会千方百计地帮我弄到。尤其是当我获得小学组作文比赛冠军时，他高兴地从朋友那里借回不少书籍。父亲不仅自己看书，还愿意把自己觉得精彩的段落念给母亲和我们听。

父亲爱读书，字也写得好。我们从小就看着他写，可以说是耳濡目染。他并没有系统地教我们，遇到得意之作或者我们有问题，他就会详细给我们讲解。比如，握笔讲究"指实掌虚"，如何悬腕。再比如，他倡导写字时要"眼观鼻，鼻观心"之类，当时我们似懂非懂。有时候，父亲会专门给我们买描红本子，把着我们的小手，一笔一画地描，不厌其烦。还经常鼓励我悟性高，写得好。甚至在春节时，放手让我给人家写对联，经受锻炼。应当说，我从父亲身上，除了学到许多好品质，在书法方面，也获益良多，以至于父亲去世之后，有好长一段时间，每当我提笔书写，隐约觉得父亲就在我的身边……

父亲爱看戏，有时会哼几句。不过都是秦腔、晋剧之类。有时他会拿着胡琴，坐在门口的台阶上自拉自唱。父亲也爱听广播，一大早起床后，就把收音机打开，由于传输信号不好，总是收不准台，收音机里发出吱里哇啦一通响，引来母亲一顿嗔怪。他就拍拍收音机，关上，自己一个人到村外散步去了。

在我的记忆中，父亲心里存不住事，遇到问题解决不了就发愁。不过睡一觉就好了，似乎所有问题就解决了。有时候，父亲脾气也不好，不顺心的时候也会发火。不过，只要发现他要发火的时候，我们就悄悄溜到一边去。事情过后，父亲有时候也自己调侃自己，给自己宽心，我记住的一句话是：“问题就是问题，不要把眼睛瞪起。眼睛瞪起，不解决问题。”

# 无奈的守候

岁月更迭，可以穿过一季又一季的悲伤，却穿不透一生的凄凉。

甲午年霜降这天早晨，岳母永远地走了。我站在爱人身旁，只听见她的哭泣。这几个月来，于她，只是一种痛苦而无奈的守候。

秋日里纷飞的落叶轻轻地跌落在脚下，悄悄从它身旁走过，带起的一阵轻风，纵使生命的尽头还是跌落，还是要尽力去飞翔。大概人生也是这样。

今年以来，频频传来岳母病危的消息。爱人少不了着急上火。只是远隔千里，又有公务缠身，几次正欲成行，又传来好转的迹象。常常，我看见爱人伫立窗前，久久地凝望，从草长莺飞，青山翠绿，到落英缤纷，满目萧条。我知道她心急如焚啊。还好，五一儿子从美国归来，端午节，我们全家前往红城探望。假期到了，我和儿子回京，爱人留下，守候在岳母身旁，约有半月。

那时候，岳母已经卧床，不过神智总体清醒，饮食无妨。但是毕竟，老人日渐消瘦，来日无多。那一段时间，爱人日夜守候，竭力尽孝。分明，这是一种望穿秋水的守候。在乌兰浩特蜿蜒的小路上，她在静静地寻思、寻梦、回忆，时而清晰，时而模糊。她在品味长大的烦恼、品味单纯慢慢腐烂、品味手足情义的淡漠、品味眼泪的倔强、品味酸涩的无奈、品味伤痛的无语、品味悲伤的孤独、品味忧伤的寂寞……尽管北山依旧，涓涓而动的归流河水依旧，却让她找不到回家的路。她多么希望时光停留，就在那相互交错深情凝望的刹那，定格今生无法重演的地久天长。

在精心守候的日子里，岳母与爱人交流最多的还是她的那些儿女，似乎没有哪一个让她满意。或者就聊些她熟悉的人，谁谁谁死了，谁谁谁又死了。有一些神神叨叨。以前岳母又抽烟又喝酒，如今这些都不能了。她身体越发消瘦，皮包骨头，只能躺在床上，不时给我爱人讲一些已经发生的、正在发生的和将要发生的死亡，目光是那么的悠远。

更多的时候，对爱人来说是一种无奈何的漫长守候。爱人说，你知道她在奔赴死亡，知道无法救助，你还得眼睁睁地看着她的生命一寸寸地从她的身体上消失。爱人说这种守候简直是一种谋杀。一天过去，一夜过去，又一天过去，缓慢的死亡对任何人都是煎熬，但你还得顺其自然。那时候，你眼睁睁看着她，先是胳膊不再动，然后是腿不再动，脾气不再暴躁，见人过来，还强颜一笑。让人内心更加凄婉。

国庆节，我和爱人再次回去探望。这一次，比端午的时候病情进一步恶化，岳母拒绝打针吃药。有好些时候，岳母都会犯一阵子糊涂。说一些让人不知就里的话。还有一个重大变化：她不再谈论死亡。躺在床上，她的话也越来越少。爱人不忍去打扰。只有等她想要说话了，才陪她聊一聊。很明显，这不是好兆头。从她决定不再进食开始，她似乎一直在扳着指头数日子。或许，她还有放心不下的人。国庆节以后，开始还愿意喝点粥，两天后，一颗米粒都不进，只喝稀汤；然后稀汤和牛奶也不喝，只喝白开水；很快连白开水也不愿大口喝，只能过一会儿喂一汤匙，润润喉舌。给她挂水打点滴更不答应，甚至连着针头一起拔了扔掉。不吃，不治，闭着眼数手指头，数得越来越慢。直到手指头不再数了。据外甥女雪娇说，岳母临终还睁着眼，真正的死不瞑目啊。雪娇是一位护士，老人多年来仰仗着她精心周到的护理。雪娇的话，应当没错。

岳母去世的当晚，我和爱人匆忙赶回去。爱人坚持要守灵。夜幕降临了，远处的罕山沉默了。殡仪馆里，岳母的棺木已经安放好。爱人奔波徒劳，终归追不上时光的脚步，愧疚没能见上最后一面。

多年来，我们习惯了等待，习惯了守望。单纯以为等待就会有希望到来。于是，在轮回中我们无法抗拒又回到了等待的原点。我不知道，我们还要等多久才能看到一种满意的人生答案。思念，很无力，那是因为我们看不到思念的结果。也许，思念无需结果，它只是证明在心里有个人曾经存在过。不管你愿不愿意接受现实，但是现在就是永远的存在。人生的路有时候连自己都说不清楚哪条是对的，哪条是错的。尽管我们内心有一份企盼，一种希望。

# 泰晤士河畔

在伦敦学习的那些天，有一个周末，打算去伦敦设计博物馆看看。一来是闲着无聊，二来也是因了儿子学设计的缘故。

有一位民企的老板愿意与我同行。我们查了地图以及行车路线，决定乘坐公交前往。人和人相处，有时候是看不透的。一路上，这位老板给我讲述了不少有关他在外旅行、出手阔绰的举动。看样子他不差钱的。不过，他也谈到了英镑与人民币的比价，一桩桩一件件，算得很清楚，比方那天他陪另一位老总打高尔夫花了150镑，那可是1500元人民币啊，好心痛。他讲得津津有味，欲罢不能。却让我对他的隔膜渐渐加重起来。很快，我们就来到了位于伦敦塔桥一侧，紧邻泰晤士河岸的艺术设计博物馆。

泰晤士河哺育了灿烂的英格兰文明。水域宽广的泰晤士河波光粼粼，水天一色；抬头望，伦敦塔桥、滑铁卢桥等举世闻名的高桥从顶端划过，仿佛走进了伦敦古老的历史长河中，典雅华丽。

伦敦的主要建筑物大多分布在泰晤士河的两岸，尤其是那些有着上百年，甚至三四百年历史的建筑，比如象征胜利意义的纳尔逊海军统帅雕像、葬有众多伟人的威斯敏斯特大教堂、具有文艺复兴风格的圣保罗大教堂、曾经见证过英国历史上黑暗时期的伦敦塔、桥面可以起降的伦敦塔桥等，每一幢建筑都称得上是艺术的杰作。

大名鼎鼎的设计博物馆，实际上只是坐落于塔桥附近的一座3层小白楼，如果不是特意关注，很有可能忽略它的存在。来到售票处，看到每人80英镑的门票，回头看那位老板却缩在远处。我说买票吧，老板说，啊呀，忘带零钱了，你帮我买吧。我也没有多想，就买了两张，给了他一张，我们就进了博物馆。

这是世界上第一家以设计命名和作为主题的博物馆。该博物馆与泰特美术馆、V&A 和其他重要博物馆简直没有可比性，那它到底凭什么可以称为“设计博物馆”呢？据说设计博物馆所在地区原本是一个码头，这个三层建筑原来是一座储藏香蕉的仓库，经过康兰设计集团的设计师们一番大改造之后，成为一座白色的颇具国际风范的现代建筑，并于 1989 年对外开放。除了专业人士和设计学子，也吸引了很多对创意有兴趣的普通人。建筑内部的导视系统设计得很有特色。

英国设计博物馆的使命是让每一个参观者都为杰出的设计而感到兴奋和激动。它因收藏和展示现代设计史和当代设计中最有影响力的设计作品，被誉为英国的设计文化拥有者并赢得了国际社会的称赞。设计博物馆不是政府经营的，所以必须依靠门票来维持运行经费。展览水准在业界有很高的口碑。不过，这里不只是展示艺术品，还展示和批量制造与商业有关的设计，例如工业设计、平面设计、室内设计、服装设计、摄影、建筑，甚至是电玩历史展等。而且，与一般博物馆不同的是，该博物馆并没有常设展，场地依照当时展览的规模大小及性质来划分。博物馆每期都是混合不同领域的展览。在不同的时间来看，会发现整个空间都会经过完全革新的设计，每次开展都仿佛进入了一个新的空间。博物馆每年都会进行世界范围内的设计评比，英国设计博物馆 “年度设计奖”（Designs of the Year）也被称为设计界的“奥斯卡”。

博物馆的二楼和三楼是主要的展览场所，一楼的一部分是售票窗口，以及与设计相关的书籍用品商店，另一部分则是咖啡厅。男女盥洗室也都在一楼。值得一提的是，由于盥洗室当初委托产品设计师马克·纽森设计，因此也意外地成为一个参观景点。在展览开幕前常常有开幕酒会，只要是博物馆的会员都会受邀参加。除了展览之外，设计博物馆也会举办一些和设计有关的讲座和课程。

因为我不懂设计，只是走马观花地看看。三层的展览，不到一个小时就看完了。老板显然对这个博物馆不感兴趣。等我出去的时候，我看见那位老板已经站在泰晤士河边拍照了……

望着波浪不兴的泰晤士河，我想，世间不是所有的付出和得到都成正比，只要自己坦然、问心无愧就好。世上不是所有的事情都只按照自己的意志发展，“物竞天择，适者生存”。大方也好，小气也罢，得到也好，失去也罢。人是这样，设计大概也是这样。

人生是多么奇妙啊，很多年前很多时候我们都在奢望未来给予我们很多的幸福，但我们却忘了原本的小小的满足，有了前途、金钱和爱情却再而三地错失，但在自我嘲弄的同时又巴望着将来遇到更好的景色……人，究竟是贪心的动物，永远不会知足而乐。

# 二黄河，故乡的河

“故乡的山，故乡的水，故乡有我童年的足迹……”

山是阴山，河是黄河。黄河与阴山，人所共知。但是提到二黄河，恐怕知道的人就不多了。

我的故乡，号称“塞北江南”。这里有一条人工开挖的河，因为它比黄河小，乡亲们叫它二黄河。它全长230公里，横贯八百里河套腹地。

每一次，当我站立在巍峨的阴山肩头，情不自禁地俯瞰着河套这块神奇土地的时候，那滚滚的二黄河，犹如一条腾飞的巨龙，由西向东，汹涌而来，澎湃而去。每一次，当我漫步在美丽的河套平原，无限深情地亲吻这块肥沃土地的时候，那一泓又一泓饱含甘甜乳汁的湖泊，滋润着我的心扉。

在这里，有蓝天白云，绿色山川；有千年不朽的胡杨，风姿绰约的红柳；有生机勃勃的芦苇荡，有成群飞翔的鸟儿；有千年传唱的“二人台”，有欢欣鼓舞的“扭秧歌”。歌声嘹亮，美酒飘香，经历了半个世纪风雨洗礼的二黄河，恰似一条金色的飘带，情趣盎然的流泻着，荡漾着，歌唱着，仿佛一部令人心旷神驰的交响诗，宛若一幅令人陶醉痴迷的水墨画。当我们沉浸在这如诗如画的田园风光时，不禁发自心底去赞颂它，歌唱它。

星垂沃野阔，月涌大河流。在故乡自由的天空之上，我像鸟儿一样，到过临河、陕坝、五原、磴口，走遍乌拉特草原。在故乡，星罗棋布的水网织起了千百年的繁华与匆忙。大概出于父亲曾经是河套水利事业的建设者的原因，我对河套水利开发的历史一直都有着浓厚的兴趣。河套的各条干渠、大小湖泊，我几乎都去过；河套的城区村镇、农区牧场，我都了如指掌。二黄河自西向东，自磴口到临河，自临河到五原，自五原到乌拉特前旗，弯弯曲曲，奔流而去。每每伫立河边，看两岸沃野，城区华灯，恍若梦里。

磴口，蒙古语还有一个名称叫“巴彦高勒”。新中国成立初期，这里是河套行政区首府所在地，是京银（北京到银川）铁路、包兰（包头到兰州）铁路的必经之地。磴口是二黄河的源头，处于乌兰布和沙漠东部边缘。左面是黄河，右面是沙漠，在小小的磴口县里，几条街道横平竖直，街上行人不多，二黄河在这里分流而下。漫步在解放闸的大桥上，安静得只剩下河水的涛声，似乎只有到了这个时候，你才能忘记那些烦闷和不快；也只有徜徉在青山绿水间，你才能放空并做回自己，就像这滔滔河水，浑厚、奔放、洒脱。

黄河和二黄河富庶了河套平原，成就了塞北江南。的确，八百里河套美如画。在我的记忆里，河套文化起步比较晚，最早的记忆正是汉代。秦直道、鸡鹿塞、五原郡、昭君出塞，苏武牧羊……在去阿贵庙的路上，我的思绪就已经漫漫漾开，穿过了宋词唐诗，穿过了魏晋风流。这横亘的阴山，荒凉的戈壁，零星的羊群，和狼烟四起的边关形成鲜明对比。黑板白印的岩画里，人物、动物、射箭的画面不断浮过我的脑海。那些移民实边的场面，那些边塞诗人的呐喊，穿梭于黄河阴山，他们的身影仿佛就在眼前。

当红柳和沙枣叶铺满了阴山脚下，当八百里河套丰收在望的时候，当清晨的阳光洒满了河套的各个村落，人们仍旧慵懒地活在自己的世界里。没有拥挤，也没有喧嚣，那么宁静，那么干净，那么自然，恰似二黄河畔的杨柳，屹立挺拔，透明纯粹。这里是中国边塞诗的圣地，多少文人墨客，多少戍边将士都留下了不朽的诗篇。

一片片沙枣林，一块块红柳地。夜雨后的乡村如纱似黛，土坯的民房，土坷垃的院墙，沧桑而又清贫，厚重而又土气。爷爷说，当年正是出于对这块土地的喜爱才选择留居在这里。

一条河，一片海子；一方水土，一村故事，组成我童年的记忆。记得有一年开春，正是黄河流凌的时候，我随父亲站在二黄河岸，脚下是缓缓涌动的河水，那些或大或小，或方或圆的冰块，晶莹透明，恰似一河浮动的莲花；太阳明晃晃地照射在河面上，散发出无数条耀眼的光束，又仿佛放逐的千万盏河灯。扭转头再看那欢快地歌唱着的河水，好似扑面而来。她以博大的胸怀亲近着我、拥抱着我；她以不可抗拒的力量融化着我、裹携着我，恍若溶进了母亲温暖的怀抱。那黄色的河水，带着泥土的芳香，熏着我、依偎着我、浸润着我；那哗哗流动的河水，使我热血沸腾，声声荡耳，阵阵沁心；那撼人的动感，让我神痴目眩，似幻似梦、欲飘欲仙。

不知多少次，伫立二黄河岸边，遐思万千。我已被二黄河的品格所征服，它仿佛不是一条河，而是故乡的一个灵魂，河套文化的一种积淀，一种文化的象征。凝望河水，会让我产生远甚于凝望丽人的秋水给内心带来的震撼。因为这条河永远都饱含着一种血性，激荡着一种情感。

# 怀古吟唱

# 怀古吟唱

当我登上泰山，当我来到黄帝陵，仰观天地之大，俯察品类之甚。抑或漫步在长城脚下，游历在异国他乡，总会得到一个暗示：你的祖先叫炎黄。

有一条大鱼，生活在北冥那个地方，化作一只巨鸟，在天地之间翱翔。巨鸟有如垂天般的翅膀，虽九万里亦可扶摇直上。

有一个怪异的青年名叫嵇康，他那一曲绝响，震荡着宽袍博带在风中飞扬，几千年过去，依旧余音绕梁。

有一个诗人云游四方，或是在月下徘徊、或是在高歌吟唱，长风吹开他的发带，长袍飘逸宛如仙人模样。

在寒冷的北方，有一支军队征战沙场，敌人都说，有岳家军在，我们打不了胜仗。可叹英雄遭忌，谗士高张，一缕忠魂终于消散在西湖之旁。

150 年前，一群褐发蓝眼的豺狼，带着尖船利炮，拆了我们的庙宇，毁了我们的殿堂。有一首歌，歌名叫《怀古今朝》，歌词是

白雪飘飘掩埋多少皇城古道
江水滔滔淘尽多少英雄杰豪
战马嘶叫踏破多少美景良宵
江山一抛只为博那红颜一笑
寒风啸啸带来多少雪雨霜刀
碧血滚滚染红多少金戈战袍
青山依旧谁能传下万世皇朝
你争我夺可闻天下黎民哀嚎

秦皇汉武如今谁领风骚
唐宗宋祖也成风云烟消
万顷江山多少断送一朝
唯余斜阳冷月断云残桥
贺兰山外一词唱到今朝
千古气节拥立万世不倒
只恨庙堂如今豺狼当道
一腔热血誓要染红江涛

是啊，我们不能懂得了民主自由，就忘了伦理纲常；我们不能拥有音乐神童，就不识角徵宫商；我们不能建起了高楼大厦，就容不下一块功德牌坊；我们不能穿着西服革履，就没了自己的衣裳……

# 怀 旧

怀旧，是对过往的一种回忆，一种回顾，一种缅怀。睹物思人，循物回想，那些故人、旧物、老屋抑或逝去的岁月，大都是最好的怀旧题材，因此而引发诸多思念和感慨，怀旧的使命也就基本实现了。

怀旧是一种心情。它是一种不以人的意志为转移的情绪。或者触景生情，或者凭栏怀古。所谓“看山则情满于山，观海则意溢于海”（刘勰）“观古今于须臾，抚四海于一瞬”（陆机）。不管什么时候，怀旧总能给人一种启迪、一种禅意。丽日蓝天，它使我们旷达；风清云淡，它使我们惬意；云遮雾罩，它使我们迷离。此刻，实乃“天地与我并生，而万物与我‘为一’”（庄子）当岁月的年轮从额头缓缓碾过，留下的是什么？为自己为他人，我们曾做过什么？或许，岁月是蓝天，经历是一群秋下的大雁，虽然远去，却在你的记忆里历久弥新。在你风烛残年的时候，品味这愈加香醇的沉淀，让你觉得没有虚度此生。

怀旧是一支镇痛剂。可以疗伤，抚慰生活带给人的煎熬。随着我们年龄的增长，曾经一度熟悉的人物，因时间的飞逝而无情湮灭，留下的只有心里的怅惘。怀旧能让人安静下来，让自己不再沉迷于纸醉金迷，不再醉心于尔虞我诈，看轻所有的烦恼，净化被污的心灵。它能涌起人们内心深处最真的感动，使我们感叹这似水流年，更好地把握现在，珍惜已经拥有的一切。不管是喜是悲，是苦是乐，可以让我们聊以自慰，更加珍重现有的时光。

怀旧是一首歌。歌声飘过，留存的依然是思念。古老的房子，空旷的街衢，熟悉的人，恍若梦中。心中割舍不下的是过去的年代，脑海中理还乱的是岁月的碰撞。这里有熟悉的房子，熟悉的面孔，甚至熟悉的味道。多么想靠近，却发现成长的身躯已挤不进童年的花园；苍老的心态已不理解年少时无染的言辞。为快乐的事情笑，为悲伤的事情忧，于是乎多了许多无奈，多了几分忧伤。淡淡的、涩涩的，犹如耳畔飘过的旋律，即使声音很远很轻，也能清晰地感觉到它的轻重快慢，因为这是心里的歌，歌里珍藏着一个故事，一个梦想，一段岁月。

# 端午节悼屈原

逢端午，悼屈原。蓦然觉得，能够把一个人、一个节日以及一种民族精神紧密揉合成一种文化，这在中国乃至于世界各国都是不多见的。

拨开历史的云烟，掸落岁月的尘埃，尽览前贤，屈原在中华民族历史上的地位是不容置疑的。屈原之所以值得怀念，不只是因为他是一位让中华儿女年年祭奠的先祖，主要在于他是中华精神的不朽篇章。

一人之精神，一国之魂魄。无论从哪个角度看，溯寻中国文化的源头，凝练民族精神，都不能无视屈原的存在。屈原志存高远，心系国家，竭力勤勉。他主张对内变法图强、对外联齐抗秦，一度使楚国富足强盛，实力雄厚，威震四方。他“明于治乱，娴于辞令”“接遇宾客，应对诸侯”，面对政治对手秦相张仪这样一个谋略家和纵横家，如此诡计多端、如此老谋深算的人，他心系国家，忽视了小人的力量。为了维护国家利益，他不惜牺牲个人前途甚至自己的生命。即使在遭贬放逐的路上，仍以“路漫漫其修远兮，吾将上下而求索”来自励，像一个战士，义无反顾。这种为国尽忠的信念，构成屈原精神的主体，渐渐凝成中华民族传统精神。

一人之情怀，万世之忠良。屈原身居庙堂而心忧天下，身居荒野却顾盼庙堂。他对楚怀王曾有深厚感情，一度几乎寄予了他所有的政治理想和事业追求；而又怒其不争、怨其不察、恨其不用、哀其不幸，悲叹昏聩之君误国、蛊惑之佞亡国，可谓爱恨交织。即使屡遭离间、屡受陷害而被疏远、流放，他仍然一步三回头，期盼君王的幡然醒悟和召回。屈原的忠君情结和爱民情怀并存，“长太息以掩涕兮，哀民生之多艰”，以民为本，敬天法祖体恤苍生，为民请命，对百姓充满深深的同情和哀怜。与此同时，屈原有着对美好事物的追求和高贵节操的坚守。“制芰荷以为衣兮，集芙蓉以为裳”“朝饮木兰之坠露兮，夕餐秋菊之落英”，这些葳蕤芬芳、烁金泛银的精美文字，像镜子一样照映着他那纯净的灵魂与高洁的思想境界。“举世皆浊我独清，众人皆醉我独醒”，表达了他洁身自好与清醒自重的秉持；“伏清白以死直兮，固前圣之所厚”，表达了他爱憎分明、刚正不阿的浩然正气。

一人之浩叹，千古之绝唱。屈原不仅展示了高超非凡的治国理政才干，而且展示了高度的文学成就。他创作的《离骚》《天问》《九歌》《九章》《招魂》，耸立起中国文学风光雄奇的巅峰。《离骚》被公认为中国古代文学史上篇幅最长、最具有浪漫主义色彩的政治抒情诗；《天问》以奇特的诘问形式、异常神奇丰富的想象力，一连向上苍提出170多个问题，借古喻今，叩问现实，质疑巫术的盛行，充满科学求索精神；在祭歌基础上提炼而成的《九歌》，结构精巧，斑斓绚丽，塑造了或优美妖娆或庄重典雅的云中君、湘君、湘夫人诸神形象，成为传世经典之作。屈原之后的中国文化人都聚集在这座高山之下，刨挖文学的泉眼和思想的深井。从此，中华民族的文脉里，弥漫了一种淡淡的忧思。

# 往事与怀想

总是在寂寞的时候，怀想那一段悠长的往事，那如诉如泣的孤独雨季，那丝丝缕缕的离愁别绪，那转瞬即逝的欢乐时光，常常在心海泛起。

对往事的怀想，我更愿意相信内心的感受，而不是别人怎么说或者书本上怎么说。口口相传的东西，往往走样。同样一个人一件事，不同人有不同的看法和描述，有时出入太大，脱离了本真。

## 1

脱离本真的事，时有发生。比如，某位领导过世了，大家不免追思。对他以及与他相关的事，每个人都知道一些，但角度不尽相同，感觉也不一样。

身边的人、共过事的人，深度接触和一般交往都是不一样的。在他活着的时候，对他的褒奖与嫉恨，多有事在，大有人在。爱他的人念念不忘，恨他的人咬牙切齿。在这方面似乎全凭感情用事。

## 2

我们常常会遇到这样一些人：他们往往很会做事，但是，只重目的，不计手段，更没有原则道义的制约。这样的人往往成功率很高。他们做事的动机不外乎自私，面窄却精力集中，善于走捷径，不像君子做事“畏天畏地畏圣人言”，又“忧谗惧讥”。魏徵在《十渐不克终疏》中说：“君子之怀，蹈仁义而弘大德；小人之性，好奸佞以为身谋”。

小人往往是不讲尊严的。若有求于人，往往恭行蜜语，感动得让人骨头都软，大多数人都抵抗不了，有的人反而感觉很受用，觉得他们可爱。如果领导是这种人，他又喜欢这样的人，这种叠加效应就更为明显。如此，则这个单位、部门的风气也便可想而知。

应当说，这些人的智商大都较高，攻击陷害人，找证据，掐头去尾，狠抓要点，不计其他，吹、拉、弹、唱，样样不在话下。吹，就是自我吹捧或吹捧要巴结讨好以谋利的人；拉，就是拉帮结派，搞利益同盟，排斥大多数或孤立正派人；弹，就是捕风捉影，无事生非，造谣中伤，挑拨离间，攻击陷害或暗算竞争；唱，就是唱高调，假大空，欺世盗名。

因此，正直的人一定要警惕。当然，这些人也常常是牢骚满腹。他们总觉得世界不公平，自己老吃亏，因为他们总想着怎样占便宜。他们常常是在意想不到的时候出现。反复无常，不走正道不循常规，奸诈诡秘，常常做出意想不到的坏事或给人意想不到的伤害。

## 3

不过，话又说回来，这些人身上并没有标签。

制度好，风气正，这些人就收敛一些，不敢轻举妄动；制度不好，风气不正，这些人就肆意嚣张，甚至好人也要跟着他们做坏事。唐代吴兢在《贞观政要·教戒太子诸王》中言："君子、小人本无常。行善事则为君子，行恶事则为小人"。

诚然，在无序的社会里，这伙人会支撑起一个产业。你看那火红的餐饮业、娱乐业、算命业以及连带的相关产业就知道了。

## 4

这年头谁都想做事，但做成的不多。要成事，有情怀容易，有胆识难。因为有胆识是要付出代价的。想想这么多年来的所作所为，可以说身心俱疲，伤痕累累。

世间之事，全力以赴者，其实有限。一则生也有涯，事也无涯，以有涯追无涯，必殆。二则事有轻重、有缓急，有值有不值，遇事知所拣择，清楚该聚焦何处，这是生命的一门功课。

人生短暂，过客匆匆，还真不能随意就搞什么宏大叙事。扣除那些真正要紧、非做不可的事情之外，某些不做无妨、做了反而有害之事，在允许的范围内，在不惹麻烦的前提下，甚至就该置若罔闻、假装忘记。如此一来，岂不皆大欢喜、功德无量?

# 西泠桥边悼曼殊

在西湖，有三座情人桥，为后人所赞颂。白蛇与许仙相会的叫断桥，梁山伯与祝英台化蝶故事的叫长桥。还有一座，却是一个人相守爱情的桥，它便是那座连接栖霞岭与孤山之间的西泠桥。

西泠桥是前往孤山、西泠印社、楼外楼，或者去白堤的必经之路。这座环形如月的石拱桥，又名西林桥。多少年来，在断桥、长桥、西泠桥三桥之间，人们更倾慕的是西泠桥。记得那日陪母亲游西湖，走到西泠桥，可见苏曼殊（1884—1918）之墓。恰与江南名妓苏小小墓南北相对。

苏曼殊以僧名风闻那个时代，集情僧、诗僧、画僧、革命僧于一体。1918 年，在经过三十五年的红尘孤旅之后，他为后人留下八个字：“一切有情，都无挂碍”，然后离开了人世，留下了无尽的感慨。

## 1

“吴山青，越山青，两岸青山相送迎。谁知离别情？君泪盈，妾泪盈，罗带同心结未成，江头潮已平。”杭州人林逋的《长相思》渲染了一幅情深意切的离别画面，读来总是心弦颤动。

苏曼殊十六岁出家，以一种无言的行为抗争其多舛的命运。他以半僧半俗的形象参加了革命党，而被世人称之为奇人，奇就奇在他那冷寂的面孔之下蕴藏了多彩的人生。一袭袈裟，一串念珠，一双芒鞋，一只盂钵，一身瘦骨，一怀愁绪。飘飘何所似？天地一沙鸥，这就是苏曼殊。

综括苏曼殊的一生，他踟蹰于十九世纪末的血雨暗夜，徘徊于二十世纪初的腥风长街。他命定是弱者中的强者，却又是强者中的弱者；他命定是诗杰，是情圣，是丹青妙手，是革命和尚，却又是断肠客，伤心人。参禅则意犹未定，避世则情犹未绝。他萍踪浪迹，四海为家，如此悲苦交煎之心，如此蒲柳弱质之体，却偏要向天涯更远处漂泊，漂泊……

## 2

西湖，烟雾茫茫，微波涟漪，静谧安然，蒙蒙中露出秀美的楼阁亭台，像晨起未妆的绝色女子，神情懒散，衣裙飘逸，长发悠悠，一脸妩媚，娇羞无比。四周群山，层峦叠嶂。西湖在群山环抱下，似长发女子项下奕奕闪光的珍珠，赏心悦目，精美绝伦。

八十六年风雨后，邂逅于西湖边，孤山下，他依然清癯如初，忧郁如初。未及叩问，未及攀谈，刹那间，他便如一叶薄薄的剪影随风飘逝了，只闻茫茫白水上传来琅琅诗声。

契阔死生君莫问，
行云流水一孤僧。
无端狂笑无端哭，
纵有欢肠已似冰。

苏曼殊烟花般灿烂而又短暂的一生，无论如何也绕不开他的身世谜团，一个至死也未能解开的心结。

苏曼殊的父亲苏杰生原籍广东香山县沥溪乡苏家巷，青年时期赴日本淘金，三十九岁时身任横滨英商万隆茶行买办。他还在国内捐有官职，算得上春风得意。苏杰生寡人好色，口袋里攒足了闲钱就忍不住要美美地享受一下齐人之福。妻子黄氏留在国内，鞭长莫及，在他身边侍奉的是两位姬妾，一位是日本女子河合仙，时年三十六岁，一位是中国女子大陈氏，时年十七岁。苏杰生意犹未尽，又将河合仙的胞妹、时年十九岁的河合若勾引失身，苏曼殊便是这场不伦之情珠胎暗结的产物。其后，河合若将私生子留给了姐姐抚养，然后嫁给了一位海军军官。

## 3

四岁时，苏曼殊随河合仙暂住东京。他天资颖秀，才华早露，“伏地绘狮子频伸状，栩栩欲活”。也就是在那年，一位过路的相士偶然见到双眸朗若流星的曼殊，忍不住驻足感叹道：“是儿高抗，当逃禅，否则，非寿征也。”天机乍泄，当时却无人会意。

苏杰生喜欢这个夙慧天成的儿子，乐得由他来延续苏家的香火，光耀苏家的门楣。六岁时，已改名为戬的曼殊随黄氏漂洋过海，回到广东香山沥溪老家，入读乡塾。他那病病歪歪的身子骨多少有些招架不住。何况身世成谜，平日里他没少受到族中子弟的奚落和排斥。曼殊天性敏感，内心的悲愤无处诉说，其痛苦可想而知。九岁时，苏杰生与河合仙关系破裂，曼殊在家族中的地位更是一落千丈。十二岁那年，他大病一场，却被当家的大陈氏弃置于又脏又破的柴房，饱尝饥渴之苦，险些一命呜呼。度过此劫后，曼殊决意逃离家庭。

人世是红火坑，佛门是清净地。这个简单的比较法怂恿他追随新会慧龙寺的赞初和尚一路化缘而去。赞初大师有相当的识力，他一眼看出苏家这孩子聪明过人，将来必定能成就一番慧业。于是他携曼殊前往广州长寿寺，让一个流浪的灵魂暂时找到了遮风挡雨的屋檐。然而好景不长，由于饥饿，曼殊偷食鸽肉，违犯了寺规，严厉的方丈不肯饶恕，下令将他逐出山门。

## 4

苏曼殊第二次出家是在1899年，十六岁上下。他初恋受挫，负气从日本回到广州，决意皈依莲座，永赞三宝，坚心事佛。

蒲涧寺方丈念他身世畸零，遂将他收为沙弥。然而曼殊情根未断，尘缘未了，所谓“出家”，脚在空门内，心在空门外，又岂能绝智灭欲？只不过来走一回过场。有位来自草堂寺的游方僧常见曼殊眉目之间堆砌愁惨之色，便问道：“披剃以来，奚为多忧生之叹耶？”曼殊回答：“今虽出家，以情求道，是以忧耳。”

好个“以情求道”，这不是缘木求鱼吗？他在蒲涧寺没待多久，便悄然离去，返回日本横滨。

## 5

苏曼殊第三次出家是在1904年1月4日。他在香港《中国日报》谋职未就，心灰意冷，便前往广东番禺县雷峰寺（一说为海云寺）落发为僧，具足三坛大戒，皈依了主张“我心即佛”的曹洞宗。这一次，他仍然不堪修行之苦，窃取已故师兄博经的度牒（僧人的身份证明和户口）后，即飘然回港。

1904年春，苏曼殊以玄奘、法显为榜样，万里投荒，去泰国曼谷朝圣，在玉佛寺拜乔悉摩长老为师研习梵文，为期不久，却大有收益。然后他又独身前往锡兰（斯里兰卡）菩提寺驻锡，开筵讲经，很受欢迎。初夏时，他途经越南回国，以当地烙疤的方式再度受戒。

## 6

1907年秋，苏曼殊与章太炎欲结伴西游，赴印度朝圣，深造佛学，终因资金短缺而未果。

苏曼殊在其笔记小说《岭海幽光录》中表彰明清换代之际抗节不挠、视死如归的义僧祖心，曾借题发挥：“嗟夫！圣人不作，大道失而求诸禅；忠臣孝子无多，大义失而求诸僧；春秋已亡，褒贬失而求诸诗。以禅为道，道之不幸也；以僧为忠臣孝子，士大夫之不幸也；以诗为春秋，史之不幸也……”他在致刘三的信中有这样的句子：“浊世昌披，非速引去，有呕血死耳。”苏曼殊为何要出家？这些话可以作为一部分注脚。

## 7

然而三师七证又如何？燃顶烙疤又怎样？苏曼殊终究做不到禅家强调的“不沾，不着，不滞，不昏，不染”。他的悲剧人生既由身世造成，由社会造成，也由性格造成。他任性，偏执，脆弱，悲观，恃才傲物，愤世嫉俗，落拓不羁。因此，虽誉满国中，遍交当时名士，却依然认定自己只是孤独的漂泊者，伶俜一人面对洪荒样的世界，满怀惊恐，无所适从。

他与异域诗魔拜伦有着许多惊人的相似之处：首先，两人均有伤及自尊的缺陷，拜伦跛足，而曼殊是私生子；其次，两人均具有自由不羁的叛逆精神，永不餍足的激情，沦肌浃髓的厌世感，且与旧道德格格不入；其三，两人均是多年漂泊异域，同样深爱着异邦的美女（拜伦爱雅典女郎，曼殊爱日本的百助枫子），同样是具有唐璜好色如狂的毛病，同样是用艺术创造力去平衡内心的风暴。但他们又有不同的特点：拜伦敢于释放内心的魔鬼，并有勇气与之周旋，他的浪漫是从肉欲到精神的双重浪漫，比唐璜更荒唐；曼殊则一心想与魔鬼媾和，在肉欲方面顶多打一打擦边球。这种七折八扣的东方式浪漫显然带有自惩和自虐的倾向。他在女友雪鸿所赠的《拜伦遗集》扉页上题写过这样一首诗：

秋风海上已黄昏，
独向遗篇吊拜伦。
词客飘零君与我，
可能异域为招魂。

曼殊与拜伦都是热爱自由、追求浪漫、崇尚革命的诗人。两人同样英年早逝，一个三十五岁，一个三十六岁。

## 8

苏曼殊的朋友圈子很大，多数是后来震荡了历史风云的人物：黄兴、宋教仁、章太炎、陶成章、邹容、陈天华、廖仲恺、何香凝、陈独秀、冯自由、章士钊、刘季平（即刘三）、何梅士、赵声、于右任、柳亚子、陈去病等。

章太炎有一句名言：“革命是补泻兼备的良药。”在乱世中，这副药能使各色人等为了不同的目的聚合在一起。1902 年，苏曼殊加入陈独秀领导的“以民族主义为宗旨，以破坏主义为目的”的“青年会”。1903

年春，由横滨侨商保送，苏曼殊从早稻田大学高等预科转学至成城军校。为了革命的需要，他学习陆军，与蔡锷为先后校友。

## 9

生逢艰难时世，苏曼殊决意将国家兴亡负于自己的肩膀。在成城军校，他天天舞刀弄枪，胡服骑射。适逢东北受强虏践踏，他遂毅然加入抗俄义勇队，立誓要血战沙场，马革裹尸还。

然而志士归国失路，勇士报效无门。清王朝太黑暗，太腐朽了。天柱将倾，四维欲绝，犹自酣沉于梦寐。苏曼殊热血未冷，他在孙中山与黄兴的麾下以笔为旗，以笔为枪，向黑暗势力发起强有力的挑战，恨不得一脚踹翻清王朝，一拳打倒袁世凯。虽是出家人，却以天下为怀，以苍生为念，以救国为职志，万死不顾一身。因此他成为名闻遐迩的“革命和尚”和“兵火头陀”。

苏曼殊视躯壳为蔑有，极富牺牲精神，见义即赴，无算计，无保留，难怪孙中山赞他“率真”。

蹈海鲁连不帝秦，
茫茫烟水著浮身。
国民孤愤英雄泪，
洒上鲛绡赠故人。

海天龙战血玄黄，
披发长歌览大荒。
易水萧萧人去也，
一天明月白如霜。

且看，两首七绝何其豪迈，何其壮烈，哪有一丝一毫枯涩沉闷的僧侣气息？

这是一个正确的选择。曼殊手无缚鸡之力，上马杀敌不行，下马草檄则是顶尖高手，他要反清，唯用挥动手中的诗笔、文笔、画笔和译笔。最初，苏曼殊为陈独秀的《国民日报》撰稿，将雨果的《悲惨世界》译为《惨社会》。奇就奇在他不愿受原著束缚，从第七回的后半回到十三回的前半回，他索性另起炉灶，自己塑造了一个革命侠士明男德，大骂皇帝是“独夫民贼”，公然蔑视“上帝”“神佛”“道德”“礼义”“天地”“圣人”。他主张无政府主义，土地、财产归穷苦的民众享有，对极力倡导无政府主义的美国女杰郭耳缦尤为推崇，特别翻译了她的传记。

## 10

苏曼殊的笔锋无比锐利，而且饱含激情，因此颇具感染力和批判力。且看他的杂文《呜呼广东人》的开篇：“吾悲来而血满襟，吾几握管而不能下矣！吾闻之：外国人与外省人说，中国不亡则已，一亡必亡于广东人手。”

这是何等斩截痛快的笔墨。一些广东人向英国人摇尾乞怜，给维多利亚纪念碑捐款颇为踊跃，对国内灾变却无动于衷，“便如秦人视越人的肥瘠”。苏曼殊深恶痛绝这种奴性。他除了凭仗译笔和文笔激浊扬清，还凭仗画笔除残去秽。他在《民报》副刊的美术版上发表了《猎狐图》《扑满图》《太平天国翼王夜啸图》等画作，无不喻意深刻，仿佛一支支响箭，径直射向昏庸无道的清王朝的脑门和胸膛。

## 11

然而，就是这样一位“革命和尚”，由于交友不慎，险些被不明真相的革命党人当作内奸暗杀了。1909 年夏，苏曼殊与好友刘三避暑于杭州白云庵禅院，意外收到一封匿名的恐吓信。大意是，革命党人早就看出苏曼殊形迹可疑，与叛徒刘师培、何震夫妇（他们都是替两江总督端方搜集革命党人情报的密探）瓜葛甚密，警告他若再敢与刘、何二人沆瀣一气，不加收敛，阎王殿上就会立刻多一个新鬼。

此事惊动了章太炎的大驾，他赶紧出面为苏曼殊辩诬。其词为：“香山苏元瑛子谷（苏曼殊在俗时又名元瑛，字子谷），独行之士，从不流俗……凡委琐功利之事，视之蔑如也。广东之士，儒有简朝亮，佛有苏元瑛，可谓厉高节、抗浮云者矣。……元瑛可诬，乾坤或几乎息矣。”后来大家才知道，这封令人迭足屏息的恐吓信是南社成员雷昭性所写，他怀疑曼殊与刘师培夫妇同流合污。

## 12

苏曼殊期望革命早日成功，心情过于迫切。眼看一次又一次武装起义连连喋血，一批又一批革命志士滔滔不归，他开始消沉，痛苦，绝望。他的性格太脆弱了，承受不住接踵而至的打击。

朋辈凋零（如邹容瘐死于上海西狱、陈天华自沉于东京大森湾），同志反目（如章太炎与孙中山失和），友人变节（如刘师培夫妇投逆），有见于此，他倍感惨然，愀然，且怃然。

至情至性的曼殊不能理解这个世界的残酷与阴暗。他再也看不下去这惨淡的人生和淋漓的鲜血。他要逃，要逃得远远的，逃进寂寂空门。

然而，国难方殷之际，何处又能找到可靠的心灵庇护所？更何况他是早就上了清廷通缉令的要犯，满街鹰犬，防不胜防。他天性喜欢信马由缰，独往独来，又如何受得了繁苛戒律的约束？清苦之至的修行生活，令他既生畏又生厌。于是他只好一而再、再而三地从红尘逃向庙宇，又从庙宇逃向红尘。他始终在逃避，却无逃于天地之间。依违于僧俗的生活，情与欲的反向拉拽，令他陷入更深的矛盾和苦闷。

天生的多情种子，天生的风流才子，别有伤心之处。“天生成佛我何能？幽梦无凭恨不胜。多谢刘三问消息，尚留微命作诗僧。”他毕竟不是百分之百的革命家，在铁血交飞的年代，他身上多有革命家所少有的脆弱性和哀悯之情，也不喜欢流血，无论哪种形式的流血他都不喜欢。在尘世与庙宇之间，是否另有一片乐土呢？曼殊一直在找，似乎就在朦胧的远方。最终，他犹如少不更事的孩子，天真地认为，温柔乡即是最快乐的栖息地，情禅便是最满意的宗教。

## 13

“多情却似总无情，惟觉樽前笑不成。”虽然怀揣佛门的度牒，但苏曼殊算不得究竟意义上的僧徒，即便倾尽寒山冰雪，也难消他火热的儿女情肠。

他对于“佛”自有与众不同的理解：多情即佛心。佛为何能看到众生万般皆苦？便因为佛陀也未免多情。在曼殊的心目中，诸佛固然可敬，但他最愿礼拜的却是被印度人称为“情爱尊天”的伽摩佛。然而，佛家的戒、定、慧与俗世的情、爱、欲形同冰炭，在其内心日夜不停地交锋，进则为欢场，退则为道场，孰是孰非？孰优孰劣？他进退两难，无法决断。

情爱，是曼殊一生中最好的风景，也是他一生中最大的隐痛。与他走得最近的女友和“情人”有雪鸿、静子、佩珊、金凤、百助枫子、张娟娟、花雪南等数人。于“情爱”二字，他比起俗世的常人来，一直都是太不完全，太不彻底。他渴望真爱，却又逃避激情。他割断了灵与肉之间最热切的呼应。

# 书

书是为人而存在的。正是由于人的需要，书才显示出无与伦比的价值。

对于一部好书，南宋诗人尤袤认为："饥读之以当肉，寒读之以当裘，孤寂读之以当友朋，幽忧读之以当金石琴瑟也。"明代画家陈继儒还有更新的感受："吾读未见书，如得良友；见已读书，如逢故人。"清代学者张潮的感受更为深刻："对渊博友如读异书，对风雅友如读名人诗文，对谨饬友如读圣贤经传，对滑稽友如阅传奇小说。"

以书为友，以友为书。人的感受和境界也在不断深化。西汉刘向慨叹："书犹药也，善读之可以医愚。"唐代诗人皮日休也发出了同样的感慨："书之于人也，譬乎药，善服有济，不善服反为害。"明人祁承云："个人好久不读书，便有尘俗生于胸，照镜则面目可憎，对人则语言乏味。"可见，好书不但医愚，亦可医俗。

明人宋懋澄以书比人，他以经书为老婆，以史传为小妾，以小说为奴婢，以孔氏和释氏（儒学和佛学）为宾客，而那些文赋则是他的情人。香港作家董桥先生更是把它发挥到了极致：字典之类的参考书是妻子，常在身边为宜，但是翻了一辈子也未必可以烂熟；诗词、小说只当是可以迷死人的艳遇，以后追忆起来，总是甜甜的；又长又深的学术著作是半老的女人，非打点十二分的精神不足以深解，有的当然还是有风韵的；至于政治评论、时事杂文等集子，却是现买现卖，不外是青楼上的姑娘，亲热一下也就完了，明天再看就不是那么回事了。这里当然也有他不妥帖的地方，不过其中的比喻却很值得我们深思。

# 砚

古谚云："笔之寿以日计，墨之寿以月计，纸之寿以年计，砚之寿以世计"。由此看来，"笔、墨、纸、砚"的排序大抵是按照使用寿命的顺序排列的，或许也是古人以砚为"文房四宝"之首的缘由。我感觉，砚不仅具有实用功能，而且还具有使人愉悦的审美功效。

砚，又称砚台、砚瓦、墨盘。在古代，砚是传统文人不可缺少的书写工具，有"以文为业砚为田"之说。砚以其"品性坚润，传万世而不朽，历万劫而如常，留千古而永存"之风范，备受历代文人和收藏爱好者的青睐。

砚是文房四宝之一。砚者，研也，是用来磨墨的。上古时用刀刻竹木、金石为文，是没有砚的；从周代开始，才有了用石墨磨汁作书的习惯，于是，砚就产生了。

据史料记载，砚的品种很多，有石砚、玉砚、玛瑙砚、水晶砚、琉璃砚、铁砚、化石砚、骨砚、木砚、纸砚、漆砚、陶砚、澄泥砚、瓷砚、瓦砚、砖砚、铜砚、锡砚、金银砚等。若归纳起来，大体可分为石砚、玉砚、陶瓷砚、金属砚四大类，其中又以石砚和陶砚最为重要。

中国之砚，最著名的当属"四大名砚"或"十大名砚"。四大名砚是：端砚、歙砚、洮砚、澄泥砚；十大名砚即广东端砚、安徽歙砚、山西澄泥砚、甘肃洮砚、山东红丝石砚、四川苴却砚、宁夏贺兰砚、贵州思州石砚、吉林省松花御砚、河北易水砚。

端砚取料于广东肇庆高要市东南端溪之烂柯山，因其"体重而轻，质刚而柔，摸之寂寞无纤响"。自唐代问世以来，便颇受文人学士青睐，加上纹理绮丽，各具名目，加工技艺亦愈纷繁，地位越来越高，故而升到我国石砚之首。李贺有诗曰："端州石工巧如神，踏天磨刀割紫云"。

歙砚料取于江西婺源县龙尾山一带溪涧中，故又称之为龙尾砚，其石坚润，抚之如肌，磨之有锋，涩水留笔，滑不拒墨，墨小易干，涤之立净。山西澄泥砚为陶砚，唐宋时已是贡品，其精于雕琢，泽若美玉，有储墨不耗、积墨不腐、冬不冻、夏不枯、虫不蛀的美誉。洮砚亦称洮河砚，取料于甘肃卓尼一带洮河深水处，因而石质细腻，肤理缜密，发墨而不损毫，磨面不光，呵气即湿。山东红丝石砚为鲁砚的代表，其质地嫩润，护毫发墨，色泽华缛，瑰丽多姿。四川苴却砚，石质温润如玉、嫩而不滑，叩之有铮铮金石声，抚之如婴孩肌肤般细腻温润，颜色以紫黑澄凝为最佳。宁夏贺兰砚采用贺兰石，天然形成深紫、绿两色，相互辉映，色彩鲜明，紫底绿彩，千姿百态。贵州思州石砚已有四千多年的历史，具有独特的民族风格和地方特色。吉林省松花御砚一直为宫廷专用，随着清朝覆灭，这一名贵砚石失传，直到 1979 年生产才得以恢复。河北易水古砚石质细腻，易于发墨，雕刻古朴，为各代书法家和收藏家所珍爱，并出现了前所未有的收藏热潮。

此外，还有燕子砚、砣矶砚、天坛砚、金星砚、黄石砚、金音石砚、盒龙池砚。燕子砚三叶虫约有百余种，形如燕子，蝙蝠飞翔，所以化石又名蝙蝠石、燕子石，用三叶虫化石制成的砚台，以我国山东莱芜出产的最好。砣矶砚，又名金星雪浪砚，石料呈青色，含金属粒，质地细中有锋，柔中有刚，成砚后色如漆，金星闪烁，雪浪翻涌，也出产于山东；天坛砚，产于河南省济源市王屋山天坛峰下的盘谷泉畔，色质细腻温润，坚而不脆，柔而不绵，色似琼瑶。金星砚，产于陶渊明的故里江西庐山西南麓驼岭，石质坚硬，刚而不脆，柔而不娇，石中散嵌着粟粒大的金星，贮水长年不涸。黄石砚，产于河南方城县的黄石山，质细腻，温润如玉，贮水不涸，易发墨，色艳可爱，声平有韵，以凤眼石和紫石为最珍贵。金音石砚，产于四川省石柱土家族自治县的凤凰乡砚台湾，是当地独有的一种岩石，石质刚如金，敲击时铿锵有声，金音石由此得名。漆砂砚，产于扬州，以木为胎，髹漆以生漆合配金刚沙，质轻下水不沉发墨而不损毫，装饰雕刻十分精美。龙池砚，最主要的特点是以雕饰龙的图案为主的一种工艺，产于福建三明将乐，因材质优良、构图精巧、制作精细、造型美观而久负盛名，用龙池砚磨出的墨，宜书宜画，成色明晰，书写流畅，不伤笔毫。龙池砚被誉为文房瑰宝，素有“闽砚精品”之称，也是我国著名古砚之一。一向深得书家画师、文人学士的钟爱，被历代文人雅士及当今书画名家视为砚中“珍品”。

古人对砚极为重视，凡获美石，必择良工因材施作。石材之形象、尺寸之大小、纹理之疏密、石眼之高低，都是考虑的因素。无论材质大小，加工务求精美，取名必致典雅。或取其端正方直，或就于随形质态，都能制作得体，宛如天然，既是一种形状，也有变化不同，如风字砚，就有垂裙风字、平底风字、附脚风字、琴足风字种种。

砚既是使用的书画工具，也是典雅的工艺美术品。作为文房中与人距离最近的工具，除了使用价值，它的艺术价值和欣赏价值也很高。大诗人苏东坡以爱砚出名，他为了得到一方心仪的佳砚，不惜以传家宝剑相易；宋代大书画家米芾更是爱砚如痴，撰有《砚史》一书，人称“米颠”。

# 欧洲之“堡”

在我去过的欧洲城堡中，主要有英国的温莎城堡、利兹城堡、爱丁堡，奥地利的萨尔茨堡、法国的圣米歇尔山城堡、德国的海德堡，还有卢森堡，这些城堡是一种文化象征，更是一种历史符号，虽然历经风雨，但在今天看来依然熠熠发光。

堡，是军事上防守用的建筑物，比如堡垒，地堡。“城堡”一词，可以泛指城池堡垒。城堡是欧洲中世纪的产物。在公元九世纪以前，欧洲从未出现过真正的城堡。后来，为争夺土地、粮食、牲畜、人口而不断爆发战争，密集的战争便导致了城堡的诞生，并且城堡修建得越来越大，越来越多。

从公元九世纪到十五世纪之间，数以千计的城堡遍布欧洲。据记载，公元1066年至1400年是兴建城堡的鼎盛时期，单就法国境内就有一万多座城堡。德国共有大小城堡一万四千多座，被称为城堡之国。世界十大最美城堡中德国就占居两座。

城堡的建筑风格，主要有罗马式与哥特式。罗马式又称罗马风，意思是指“罗马的影子”，流行于11—12世纪的西欧。罗马式建筑最主要的特征在于半圆形和从古罗马人那里继承下来的筒型拱顶，既坚固又有艺术性。还有圆形的塔楼、狭小的窗户、半圆形的拱门、低矮的圆屋顶、逐层挑出的门框等等，给人一种神秘幽暗之感。

哥特式建筑则给人一种向上升腾的感觉。整个建筑几乎没有墙壁，骨架主面之间是一个又高又大的窗子，内部骨架结构是垂直的线条和一个个尖顶，使人在心理上产生一种奇特的崇敬质感。哥特式城堡的精美，还在于其豪华的室内装饰——玻璃镶嵌窗和雕塑，这也是哥特式建筑的标志性特征。

在公元十一世纪，开始以石头代替泥土和木材来建筑城堡。建设在土堤上面的木制箭塔，改由大块的石头建造，这种防御工事被称为空壳要塞，后来发展为箭塔或要塞。一堵石墙会包围旧的板筑和要塞，并改由壕沟或护城河所环绕，另外再设置吊桥和闸门来防护城堡唯一的城门。最著名的基本要塞型城堡，是由征服者威廉所建造的伦敦塔。它最初是一幢方形的建筑，并被涂成白色以吸引注意，后来的国王们就以今天所看到的城墙和改良后的建筑来加强它的规模。

12 世纪，欧洲人在拜占庭工程师的协助下，在圣地盖了许多城堡。文艺复兴时期，由于王权的扩张，城堡开始衰落，许多地方开始废除城堡，以防成为叛乱者的依靠。在英国甚至掀起了摧毁城堡的运动。在火炮出现后，城堡逐渐被要塞所取代。文艺复兴以后，城堡被改建为生活奢靡的花园城堡，墙壁上的缝隙被拓宽为玻璃窗，并辅以华丽的巴洛克、洛可可内部装饰。

城堡主要由城墙、箭塔、城垛、壕沟、护城河和吊桥、闸门等几部分组成。

在天下太平时，只要少数的士兵就能够防卫城堡。在晚间，所有的吊桥都会被吊起，闸门会落下以紧闭门口。在攻城的威胁下，自然会需要更多的兵力去防卫城堡。当攻城者作出攻击，或企图排走护城河里的水，或填平壕沟时，就需要配置足够的弓兵和弩兵，从城墙上或箭塔上向攻城者射击。只要攻击能造成伤亡，就可打击攻城者的士气并降低其作战实力。如果能以投射武器开火，对攻城者做出沉重打击，更可能就此将敌人驱离。

如今的城堡，已经失去了它最基本的功能，成为人们观赏的一处处风景。让我们列举几个有名的城堡：

温莎城堡是现今世界上最大、最古老，且仍然被使用着的皇家御所。它坐落在泰晤士河岸边一个山头上，建于 1070 年，迄今已有近千年的历史。自十二世纪亨利一世在位起，900 年间，温莎城堡一直在英国王室的活动中起着重要的作用。温莎城堡的部分房间是王室的收藏室。城堡的许多部分也对公众开放，包括玛丽王后著名的娃娃房、圣乔治教堂、亚伯特纪念教堂等。

爱丁堡是一座黑色的古堡之城，整个城堡耸立在爱丁堡市的最高点——135 米高的城堡山上。站在城堡上可以俯瞰全城，就像是一处天然的要塞。爱丁堡城堡曾经是堡垒、王宫、军事要塞和国家监狱。因此防御就显得犹为重要。现在在古堡的城墙上，还能看到整整齐齐地安放着一个个乌黑的古炮，炮口和当年一样，一致地对着福思湾河，演绎着古时防御森严的紧张气氛。在莎士比亚名作《亨利五世》中，有一段耐人寻味的台词："古话说得很对：要是你想把法兰西战胜，那就先得收服苏格兰人。因为一旦英格兰那只猛鹰飞去觅食了，苏格兰那只鼬鼠就会偷偷跑来，到它那没谁保护的窠巢里偷吃它尊贵的蛋。"而爱丁堡在英格兰和苏格兰之间征战、联姻的漫长历史中，总是扮演一个中心角色。这也是为什么我们能在古老的城堡中看到那么多的大炮、城墙、战争纪念馆和战争博物馆。

犹如宝盒里的钻石，萨尔茨堡被迷人的绿色群山和蓝色阿尔卑斯山环绕。这醉人而浪漫的景色恰好是为世界最著名的爱情故事而准备的。好莱坞电影《音乐之声》就是在萨尔茨堡拍摄的。每年圣诞节前的几个星期，整个城市像一棵大的圣诞树，光彩照人。空气中蔓延着最著名的圣诞歌曲《平安夜》，而萨尔茨堡正是这首歌曲的起源地。

被称为世界第八大奇迹的圣米歇尔山城堡，位于法国芒什省一小岛。小岛呈圆锥形，由花岗石构成。圣米歇尔山被誉为"世界第八大奇迹"。人们整整忙活了八个世纪，将一块块沉重的花岗岩运过流沙，拉上山顶，才造就了这个奇迹。

# 西湖的桥

江南的桥，千姿百态。然而，唯有西湖的桥与众不同，它承载着一段又一段沉重的历史，传诵着一个又一个动人的传说，演绎着许多凄美而惆怅的故事，为旖旎的西湖平添了几分浪漫。

我以为，西湖的美，美就美在忧伤，美在想象，美在那一座座淡云微雨、柳丝飘拂的一座座石桥。位于西湖边上的长桥、断桥、西泠桥，桥桥传情，每一座桥都有一个古老、美丽而忧伤的爱情故事。

长桥，位于西湖东南角，与断桥斜依，像是一对患难知己，又仿佛彼此比试着谁的传奇故事更凄美动人。想当年梁祝从楼台相会到寒窗苦读，从草桥结拜到长桥饯别，俩人身同形影，难舍难分。

西湖畔，长桥上。夕阳西沉，梁山伯与祝英台同窗共读整三载，促膝并肩两无猜，十八相送情切切，谁知一别在楼台，楼台一别恨如海，泪染双翅身化彩蝶。有人惊叹，有人惋惜，长桥流水细无声，似为梁祝哽咽。英台纵身一跳，义无返顾，那一刹那，凡间的种种爱恨情愁，化作了西湖岸畔的烟雨蒙蒙。从此荒芜的红尘路上，不见十八相送，不见在万松书院求学时的郎才女貌。长桥上留下的那份真情，融入湖水，散入湖烟，长留天地之间。

长桥，弯曲的石桥。十八相送的诗意情节，千古传唱。万松书院旁的柳阴下，至今依然是青年男女定情的所在。花飞柳翠之时，蝴蝶自会成双，而翩飞的蝴蝶群里，哪一双才是梁祝？细雨蒙蒙中，多少旧爱新愁，如水流逝。人们只能泛舟湖面、漫步桥头，用感受、用想象来填补往事的空白。或者，从长桥上走过，就是在倾听那一段忧伤的传说。

仲春时节，莺飞草长，苏白两堤，桃柳夹岸。两边是水波潋滟，游船点点，远处是山色空蒙，青黛含翠。不知不觉，我们来到了雷峰塔下，断桥边上。

穿越时间的隧道，遥望断桥，我仿佛看到那个一袭白纱的女子，在西湖的细雨中，正款款向我们走来。一阵阵轻吟，一片片花絮，和着溅起的水花，撞击着我的心灵、洗涤着我的灵魂。

许仙与白娘子情定西湖岸，从一把油纸伞到相识相知相爱相许，坚贞的爱情感动了世间多少红男绿女。可怜白素贞只想在人世间做个平凡的女人，却是阻拦重重、压迫重重。记得越剧《白蛇传》中白娘子那催人泪下的唱段："西湖山水还依旧……看到断桥桥未断，我寸肠断，一片深情付东流！"无怪乎，断桥能和长桥、西泠桥并称西湖三大情人桥。直到真情感动了上苍的那一刻，雷峰塔倒掉了，有诗为证："俗民今日临断桥，寻找蛇仙走古道。可恨法海太无情，拆散鸳鸯水漫桥。"

如今的断桥边，水流缓缓，碧柳如烟。这是一个多情的雨天，我打着一把天堂伞，仔细地给母亲讲述许仙和白娘子的故事。忠贞与背叛，智慧与愚顽，压迫与反抗。青蛇与白蛇，盗仙草，水漫金山，状元祭塔……这样的故事情节，母亲大都熟悉。走在断桥上，便多了一些现实的感知。母亲特别赞许那句"百年修得同船渡，千年修得共枕眠"。

回头看，相思剥落的断桥，只有岁月的孤寂和沧桑。那被风吹走的，是坚贞的故事。此时，风声、雨声、花落的声音，正柔柔地向我们跑来。

西泠桥与长桥、断桥并称为西湖三大情人桥，位于西霞岭麓到孤山之间，是一座古色古香的环洞石拱桥，又名西林桥。古时，原为一处风景如画的渡口，古人诗画中的所谓"西村唤渡处"、"船向西泠佳处寻"，指的都是这里。

西泠桥，青灰的桥畔，旧事已缥缈无踪。

"妾乘油壁车，郎骑青骢马。何处结同心，西泠松柏下"。风尘女子与宰相公子，一见钟情，然而，苏小小的深情吟唱，无法得到与阮郁公子终成眷属的欢愉，只能换来门第不当的悲歌。"花须柳眼浑无赖，落絮游丝别有情"。而被苏小小周济过的鲍仁公子，也只能用一间小小的慕才亭，来纪念这位才艺俱优的绝代佳人。

自古以来，才女的天空总是乌云弥漫、风刀霜剑，留给后世的，只能是不尽的叹惋。或许，只有悲剧才可以拯救才女的命运，让她们在历史的冷漠中，依然保留淡淡的体温。后人复杂的眼光，叠映西湖的波光，透过几千年烟尘，能再现她们曾经娇俏而清高的容颜么?

清澈的阳光柔柔地倾泻在湖面，轻漾的水纹，撩拨着谁的心事？一叶小舟停泊在藕花深处，静看月圆花开，世海浮沉。此时，搁浅的，是它的岁月；寂寞的，又是谁的人生？那晶莹的露珠，是苏小小多情的泪么？华丽的画船载着苏小小手扶鸣琴从西泠桥下翩然划过，琴声飞上桥面。桥上衣袂飘飘的阮郁踮足凝望。

遥想当年柔情似水的一幕，苏小小与阮郁那一见倾心的爱情，西湖仿佛又添了一抹温馨的色彩。繁华如梦，流光易散。多少回灯花挑尽不成眠，多少次高楼望断人不见。她最终还是尝尽相思，错过了花好月圆的芬芳。

“吴山青，越山青。两岸青山相送迎，谁知离别情？君泪盈，妾泪盈。罗带同心结未成，江头潮已平。”杭州人林逋的《长相思》渲染了一幅情深意切的离别画面，读来总是心弦颤动。白娘子和许仙的断桥相会，梁山伯与祝英台的化蝶凄情，苏小小对阮郁的慕念成疾，这弥漫着悲情与哀怨的爱情故事，为西湖增添了不少神秘的色彩。“西湖山水还依旧，憔悴难对满眼秋，霜染丹枫寒林瘦，不堪回首忆旧游”读来令人荡气回肠。夜风中的长桥、断桥、西泠桥，推送着一波烟水。桥与水相接，水与桥相吻。

在西泠桥边，还有一位不得不提，他就是诗书画俱佳的苏曼殊。

西湖的桥，烟封雾锁，触波击浪，与那些蒙蒙中露出秀美的楼阁亭台一起，亦真亦幻，如入仙境。四周群山，层峦叠嶂，西湖的桥，因为有那么多的故事相伴，更加赏心悦目，精美绝伦。我们在湖边品着龙井茶，看着波光粼粼的西湖，一身的疲倦，让世俗躁动着的心境，顷刻间化为乌有，心情顿时为之放松。

如果说西湖是一幅天然的画卷，那么，西湖的桥便是这幅画的基本架构，而西湖的水，西湖的柳，西湖的烟，西湖的情，共同为这幅秀丽和凄美的画增光添彩，让这幅画更加波澜壮阔，更加奇妙无比。

# 磴口风物志

河套金秋，丽日蓝天，利用国庆假日，我再次专程前往磴口，对这里的风物人情有了更为深入的了解，对一些历史遗迹有了更为贴切的感受。

## 1

清朝官员郭鸿熙有一首《磴口春帆》：

春生磴口绿波多，
为挂清帆一叶过。
回忆赭湖风景好，
水云乡里听渔歌。

这首诗，对磴口的景色极尽称赞，在为数不多的磴口古诗词中占有一席地位。

光辉灿烂的河套文化和多彩的草原文明，让磴口承载着历史的厚重。在这里，既有极具考古价值、驰名中外的阴山岩画、秦汉长城，也有尘封久远的古汉墓群、古城遗址，还有阿贵庙等古庙宇，以及千百年来在河套大地演绎着蒙恬修长城、屯垦戍边，卫青、霍去病抗击匈奴、昭君出塞、文姬归汉等无数动人的史话。

我对磴口并不陌生，因为我的故乡“临河”就在它的比邻。

就字面本身，“磴”，石之阶之谓也。黄河流至磴口，呈南北流向。而磴口作为黄河有名的渡口，就在黄河西岸。本文前面所提及的《磴口春帆》，就是它极美的写照。由于黄河磴口段河槽坚硬，河水不易冲淘，而上层覆盖着松散的沙壤，易冲淘，随着水涨水落，久而久之便留下一级级台阶，磴口便因此而得名。

## 2

磴口具有厚重的历史，令人神往。

磴口县在巴彦淖尔最西端，虽然紧邻黄河，却有“一分平原，二分山，三分沙漠”之称。

据史料记载和出土文物考证，磴口早在原始社会就有人类活动。战国时赵武灵王胡服骑射，统领这块地盘，当时叫高阙山南九原西部地。

汉属朔方，下属10县，当时的窳浑、临戎、三封县，治所就在如今磴口这片区域。东汉末年，郡县并废，直到西晋，这里属于匈奴的游牧地。

随着朝代更迭，多次易手。赫连勃勃、博古律等，在这里跃马扬鞭；唐，宋、辽、金、西夏的军队在这里征战。民国定名磴口，演化至今。

## 3

陶土，石块，落红，远处疾飞的云雀……

阴山脚下，黄河岸边，一座古老的城垛默然神伤，随混浊的黄河逶迤而去。

从沙金套海过去，窳浑古城像一部厚厚的线装书。

窳浑古城，蒙语为保尔浩特，汉语称土城子，位于如今磴口县沙金套海苏木西南约三公里处，建于汉武帝元朔二年（前127年）。

该城呈不规则长方形，东西长，南北短。北与西北被沙漠覆盖，南墙中部有一缺口，约为城门。

如今，该城东墙北墙，残高1—2.5米。城中部略偏东处有一面积为10000平方米的台，探得文化层有1—3米深。文化层下层为汉代文物，较厚，出土过大量灰陶器和汉代建筑材料；中层为唐代文物，已出土文物有白瓷器物残片数种；上层为明、清文化层，较厚，有大量钧窑瓷残片，如青花瓷残片。在断垣残壁的表面有人曾经拣到铁链、三棱铜合金箭镞等物品。

## 4

鸟雀云集，市声渐息，微光在临戎古城上与过往烟波相遇，彼此谦让而出。

临戎古城遗址，属于国家级文物保护单位，位于磴口县补隆淖办事处河拐子村西。

据考证，临戎古城建于汉武帝元朔五年（前 124 年），是汉武帝建立的朔方郡郡址所在。该城呈长方形，城墙由黄土夯实筑成。古城的西北部及东北部还残留着 0.5—2 米高的土垣。城内已出土文物有：绳纹砖，瓦、罐、壶、瓮、盆等灰陶片，上面都带有绳纹、波浪、方格、斜方格等纹饰，此为汉代陶器的明显特征。

城中央偏西北方，有一座铁制作坊遗址，距遗址近千米的地段上布满铁器残片。还有极少灰陶片和红陶片，类似辽至西夏遗物。古城垣外的东南部，也有制铁作坊遗址，出土文物有箭头、戟、刀等残存物。

曾经的浴血奋战，血腥杀戮，斑驳的记忆脱落出一些断裂的黑斑，残片如存封的日月，光圈已黯然成黑洞，扣下隐隐暗疾。

## 5

高大挺拔的胡杨树，虬枝突兀，像裸露的臂膀，金黄的叶片在晚风的鸣吟中，不想就此收场。亦如长安城里的黄袍加身，金光熠熠，从失落的一场场游戏中嗅出风声鹤唳。

夜晚，月亮爬上了古城墙，用她素白的手，抚摸着古城墙上每一块沉默的砖。风声，更像个低声行吟的老人，从古城门里走出。凝眸静听之时，一曲凄凉的歌谣由远而近。思绪，顷刻之间灰飞烟灭。

三封古城遗址，亦称陶升井古城，位于磴口县原哈腾套海苏木约 5 公里处，建于汉武帝元狩二年（前 121 年）。

内城东南角和外城相近处 0.5 米深的土中，发现有文化层。遗址范围内有武帝和王莽时期的五株、大泉钱币等文物。

据载，1958 年 6—7 月，中国历史学家侯仁之、地理学家李宝田、考古学家俞伟超组成考察组，对窳浑、临戎，三封古城以及鸡鹿塞古城进行考证，确认是汉代古城。

## 6

鸡鹿塞残存的古城墙，如孤独的老者，从汉唐一直守候到今天，静静地在那里独自品茗蒙古高原残冬的萧条。

更多的时候，你会发现，其实城墙比权力似乎更顽固。它横卧在沧桑的阴山脚下，一次次惨遭磨难，又一次次躲过劫杀，保持自身巍峨不屈的姿态。

鸡鹿塞古城遗址位于磴口县沙金套海苏木巴音乌拉嘎查以北哈日格乃山口西的台地上。此城全用片麻岩牙和卵石砌成，筑于距沟底高约 19 米的山坡平台上，城呈正方形。

鸡鹿塞，是中国汉代通塞北之隘口。北依汉长城，东邻屠申泽，为汉代西北部门户，扼控穿越阳山之交通咽喉。西汉置塞，塞城临崖建筑，以石砌成，呈正方形，屹立于峡口西侧。

弓箭穿越的历程，其实就是教科书上点滴的墨迹。旌旗随风招展，像一幅幅翻过去的画卷，在时间停顿的刹那，才能辨认游动的轨迹。

那些将军和士兵成为白骨，化为灰烬，他们就在脚下的城墙根儿，在屠申泽附近的土地里被折磨着，怨恨着，呻吟着……

一些尘埃飘浮于空气中、史卷里，像是追逐着什么。

站在高高的遗址上，遥望茫茫荒野戈壁，那遗落在历史风烟中的古城遗址尚清晰可见，那累累黄土如起伏的山丘，掩映在荒草和树木之间。那坍塌了的古城墙遗留下的断壁残垣，被残阳雕刻成了形态各异的雕塑，或仰望着苍天，或叩问着大地。山风日夜不息地梳理着这些理不清的往事，而这些历史的问号却日渐模糊，日渐苍白。

## 7

“沁心瓜香飘万里，爽口味美甜如蜜”。华莱士的甜，是让人一辈子难忘的。

磴口是“华莱士”蜜瓜的主产区。“华莱士”逐渐成为磴口的特产。

华莱士蜜瓜外形美观，色泽金黄，软脆适度，香甜味美，集香蕉、苹果、鸭梨、蜜桃、玫瑰味于一体，瓜肉似翡翠、风味独特、醇香浓郁、入口绵甜，营养成份极其丰富，属瓜中之王享有“天下第一瓜”之美称。

华莱士瓜的起源，相传1940年代初，美国当时的农业部长华莱士先生（后任美国副总统）来我国西北地区访问，带来蜜瓜籽种作为赠品。兰州百姓将其与当地的铁蛋瓜、黄蛋瓜混种，成为一种香味独特的蜜瓜，人们将其命名为“华莱士”。1956年，巴盟盟长达理扎雅由兰州引进“华莱士”，在粮台乡双和成试种成功，以后大面积种植。

华莱士之所以成为磴口特产，是因为这里日照时间长，降雨量少，昼夜温差大。

## 8

杨家将是旷世英雄，他们的事迹是悲壮的。

杨家枪、青龙刀、竹节鞭、烧火棍……如一支支如椽的巨笔，在金戈铁马的边塞疆场自如挥洒，刻画下一册悲壮绝伦的卫国史诗。雁门关的风云，金沙滩的血雨，陈家谷视死如归的呐喊，托莲台忧国忧民的苦泪，荷叶坪石马栅内的厉兵秣马，白草口点将台上的猎猎战旗，洪羊洞可歌可泣的传奇，让人扼腕。

洪羊洞位于磴口县城西北110公里的狼山之中。其中东南山上有传说中的李陵碑，南有赵长城的烽火台，北有阿贵庙的古岩画。

相传，北宋杨继业撞碑后，遗骸被藏于洪羊洞中。杨继业托梦杨延昭，嘱其取回。杨延昭乃命孟良往取。焦赞耻不被命，乃瞒过杨延昭，暗随孟良。孟良至洪羊洞，正欲取骨，觉后有人声，黑暗中不辨人影，疑是番将，急以大斧砍之，焦赞竟死。孟良忽疑被砍者哀声不类番将，急将尸身抬出，于月光中细察之，则焦赞也。孟良念结义之情，悲痛引咎，誓不独生，乃以杨继业遗骨，付于老军，命其交付杨元帅，孟良即自刎。杨延昭闻耗，惊悼成疾，病势益重，与八贤王及母、妻诀别后，吐血而死。

洪羊洞壁上，凿有两个一米见方的神龛，木头镶边，里面各有塑像一尊，一为焦赞，一为孟良。

京剧《洪羊洞》取材于古典小说《杨家将演义》，又名《孟良盗骨》、《三星归位》。

洪羊洞共有五窟，为天然和人工造就而成，沿险径可攀缘至内。五洞名称分别为阿贵洞、达日额柯窑、额尔登珠窑、扎嘎生布窑和嘎日布窑，均为做佛事活动的地方。各洞之内都分别供有不同的神。

洞周围还有达日盖洞、加日格素洞、双布格日洞、老本亲洞。这些洞府与传说中的杨家将和后人编著的《杨家将演义》有密切关系。洪羊洞虽地处西北大漠，但它的一奇、二幽、三高、四险，却吸引了不少中外游人。

## 9

据记载，中国古代秦汉时期，在阴山脚下曾经有一处东西长约50公里的著名湖泊——“屠申泽”。由于不当耕垦、放牧、战乱破坏以及与之相邻北部阴山森林樵采而导致生态环境的不断恶化等因素，曾经辉煌一时的“屠申泽”，早已消失湮废。

黄河古称河水，据《水经注》记载，河水入套，南北分流，史称“南河”、“北河”。北河是主流，与南河分开后，流经现磴口县、杭锦后旗至狼山前，然后折向东流，并沿狼山流经杭锦后旗、临河、五原、乌拉特前旗，出西山嘴与南河汇流。而北河流经河套西部时，河水溢出，曾于山前形成一处大泊，即屠申泽。《水经注》云：“河水又北曲而为南河出焉。河水又迤西溢出窳浑县故城东……其水积而为屠申泽，泽东西一百二十里。”可见，当时的屠申泽在河套地区是何等的壮观。

相传古代河套依山带水、气候适宜，沃野千里，曾是鸡犬相闻，阡陌纵横的农垦区。秦汉时，狼山林木葱葱、满山翠绿，山前河水滔滔、沃野千里。到清代，北河河道渐行淤塞，流量逐渐减少，断流导致屠申泽的慢慢消失。如明人所说：“昔之河套，一寸一金；今之河套，黄沙漠漠。”到清代，包括狼山在内的整个阴山的原始森林已被砍伐殆尽，曾是林木繁茂、百兽出没的阴山，变成光山秃岭。

## 10

在磴口乌兰布和沙漠东北部，有一处原始湖泊，烟波浩淼，鸥鸟盘旋，翠苇摆荡，青山绿水，让人仿佛置身于大自然的绝美之境，这便是素有大漠明珠之称的纳林湖。

纳林湖距磴口县城40公里，湖泊呈不规则半月形，平均水深3.5米，最深处可达6米。是一处良好的鸟类繁殖地和迁徙地。湖中有大小岛屿十余处，其中最大的面积约150亩；八个游乐湾风光亮丽，景色诱人。白天鹅、黑天鹅、灰鹤、白鹭、灰鹭、鸿雁、雉鸡、野鸭等百余种候鸟在这里生长繁殖，黄河鲤鱼、草鱼、鲫鱼、鲢鱼、鲶鱼、武昌鱼及河蟹、河虾等水产品在周边地区享有盛名。

纳林湖南岸栽种千亩胡杨树，北岸是连绵起伏的沙丘。纳林湖恰似一颗璀璨的明珠镶嵌在乌兰布和沙漠之中。它与沙海驼影、大漠落日以及生机盎然的沙生植物和纵横灌区的田园风光共同构成了大西北的粗犷与恢弘。这里夏季空气清新，风光无限，春秋两季多种珍禽异鸟翩然而至，栖息在这波光潋滟、水天一色的湖面上，形成了大漠中的一大奇观。

磴口，从春帆白影到薄暮暝暝，从秋水浩荡到春水流凌，所有的华丽转身，不过云淡风轻。沙枣花开了，迎着初夏的风。

磴口，如黛远山，娉婷近树，烟雨黄河，让我思绪朦胧。或者，月色黯淡、星空寂寥，纤手弄云，清泪两行无痕。心，不知道在何时，已经溢满忧伤。是否，所有的繁华似锦，不过是过眼云烟，所有的海誓山盟，不过是擦肩而过，是否，在前行的路上，从来，我们都是孤独的人……

# 走过碑林

缘于对书法的偏爱，开始关注起碑林来。就这样一路走来，穿梭其中，恋恋不舍，以至于默默吟之，细细品之。

碑林，顾名思义就是碑石如林。严格意义上讲，碑林是在保存唐代石经的基础上发展起来的，其源头可追溯至唐代长安国子监的《石台孝经》和《开成石经》。正式创始人为北宋名臣吕大忠（陕西蓝田人）。

碑林藏品浩瀚，书法艺术卓越，文化内涵丰富，被誉为“东方文化的宝库”“书法艺术的渊薮”“汉唐石刻精品的殿堂”“世界最古的石刻书库”。碑林不仅是东方石质历史文化的宝库，更是书法艺术的宝库，享有“书法艺术故乡”的美誉。

在我国，除了大名鼎鼎的西安碑林之外，著名的碑林还有孔庙碑林、龙门石窟碑林、涪陵碑林、浯溪碑林、焦山碑林、药王山碑林、翰园碑林、千谷碑林以及邯郸碑林等。

## 1

一部五千年的中华文明史，也是一部“碑刻文化”的发展史。从三皇五帝的推位让国，到历代帝王的文治武功，从文臣武将的卓着功勋，到贤达烈女的高尚德行，刻满了千百年来大大小小的碑石，见证着我们这个古老民族坚韧的性格与厚重的文明。

位于西安三学街的西安碑林，于北宋元祐五年（1090年）始建，是为保存唐开成年间镌刻的《十三经》而建立的。以后历代都有增添，现有六个陈列室、六条游廊和一座碑亭。自汉迄清，这里荟萃各代名家手笔，逐渐形成一座宏伟的书法艺术宝库。

这里有唐代欧阳询、虞世南、褚遂良、李阳冰、颜真卿、柳公权、张旭、怀素、智永、李隆基、史维则等人的手笔刻石，有宋元明清的米芾、蔡京、赵佶、苏轼、赵孟頫、董其昌、林则徐等名家墨迹。有碑刻11700余块。碑头、碑侧、碑座上浮雕、线雕的各种花纹，成为美术工作者借鉴的蓝本。碑文内容保存了各种史料，是一座大型的石质书库。

回眸历史，有时真是惊人地相似。在不经意的相似中，许多叹为观止的文化现象便会应运而生。如果没有柳宗元的贬居柳州，哪有著名的《永州八记》；如果没有滕子京谪守巴陵郡，哪来范仲淹的《岳阳楼记》；如果没有吕大忠的由京官转任地方大员，哪里会有现在这样气势恢宏、珍贵无比的西安碑林。

几十年来，在书法这块宝地里徜徉的我，似乎一直在门外徘徊着。尽管去过西安碑林多次，但是每去一次，都有不同的感悟。每去一次，就有一次新的收获。那秀逸多姿的《曹全碑》苍劲有力的《元鉴墓志》气势生动的《兰亭序帖》刻石、笔力雄健的《颜氏家庙》碑、字字珠玑的《玄秘塔》碑，还有昭陵六骏……

仿佛置身于历史的海洋，倾听中华民族漫长的历史海浪，品味着她那浩瀚的文化，感悟着她那深邃的思想。

## 2

曲阜北依五岳之尊泰山，南瞻孔孟之乡邹城，东连滔滔奔流的泗水，西抵古之名城兖州。上古时候，三皇在此地开拓疆域，五帝在这里发展壮大。到了春秋时代，孔子创立儒学。

透过古朴马车的窗帘，望见孔庙就在眼前：苍松翠柏掩映，高大牌坊耸立；大殿金碧辉煌，香烟云雾缭绕。下了马车，进入大殿，心中涌起神圣的崇敬之情。

孔庙碑林就在孔庙内，集各代碑石2000多块。庙内碑刻上至两汉、下迄民国，真草隶篆，各家书法具备，巨者逾丈，小者不盈尺，有唐、宋、金、元、明、清、民国所立石碑53座，碑文多是祭孔、修庙的记录，除汉字外，还有满文和八思巴文，是我国大型碑林之一。

孔庙著名的汉代碑刻有汉五凤二年（公元前56年）刻石史晨碑、乙瑛碑、孔庙碑、礼器碑、孔谦碑、孔君墓碑、孔彪碑、孔褒碑、谒孔庙残碑等 17 块，汉碑集中存数，居全国首位。魏晋南北朝碑刻有黄初碑、贾使君碑、张猛龙碑、李仲璇碑、夫子庙碑等。孔子故宅西侧四角黄瓦方亭中立有乾隆御书《故宅井赞》碑，亦为艺术珍品。陈列室内还嵌有玉虹楼法帖石刻 584 块，其他各处有历代各种碑刻 1200 块以上。

孔庙碑林集雕刻、书法、文学、历史于一体，融实用性、观赏性、文献性于一身，在中国古代文化中占有重要地位。西周末年，当甲骨文消泯、金文衰微之际，古人便“以文勒石”，用刀笔赋予冰冷的石头以艺术的生命和历史的内涵，碑石开始成为文字的重要载体，到东汉开始兴盛。之后沐过唐宋的风雨，穿过明清的烟云，一直婉转到盛世的今朝。2000 多年来，它记录着历史沧桑的脚步，折射着文字嬗变的过程，承载着人类崇高的精神，展现着中国古代灿烂的书法艺术，最终形成独特的碑石文化。

## 3

“彦章打马上北坡，新坟更比旧坟多。新坟埋的汉光武，旧坟又埋汉萧何。青龙背上埋韩信，五丈原前埋诸葛”。古都洛阳，正如秦腔《苟家滩》所唱的那样。自周朝平王东迁，至石敬瑭灭后唐李从珂，先后有十三个朝代建都洛阳。洛阳的龙门石窟碑林，也是很著名的。

龙门石窟碑林与西安碑林、曲阜孔庙碑林并称为我国的三大碑刻艺术中心。龙门石窟中的历代造像题记多达 3600 余件，其中以“龙门二十品”最负盛名，是书法爱好者寻访的胜地。

龙门石窟中的很多佛像都刻有“造像记”，造像记的书法绝妙，特别是北魏书法遒劲有力，颇多变化。清中叶以后，有人在北魏造像记中选取“始平公”、“杨大眼”、“魏灵藏”、“孙秋公”等 20 种，拓本传布，这就是有名的“龙门二十品”。

漫步在伊河水畔的龙门石窟碑林，观光望景，徘徊驻足，景仰于一座座精雕细琢的石佛像前，佛祖有的粗狂豪放，有的雄健有力，有的姿态优美，有的仪容尊贵，有的和善开朗。他们形态各异，每一件石窟、石碑都有自己的风格，它们重重叠叠在一起，雄伟而庄严，给人一种不可侵犯的神圣威严。

## 4

说到西安碑林，大家并不陌生。但在重庆涪陵，同样有一根石梁，因其位于长江之中，随长江水位时隐时现，从古至今吸引了包括黄庭坚在内的大量文人骚客，在上面留下墨宝，因而被称为“水下碑林”。每当枯水季节，石梁便露出江面，形似白鹤，故称“白鹤梁”。

涪陵石刻始于唐代，历经数朝，延续至今已有1200多年的历史。石梁上有古今书法家和名人学士题刻163处，其中有水文价值的题刻108处，它们记录了唐以来72个年份长江枯水水位的历史资料，其书法、水文价值都很高。

在白鹤梁上的众多题刻中，除了石鱼之外，最吸引人的莫过于那只栩栩如生的仙鹤了。白鹤梁就是因为这只仙鹤而得名。相传，在北魏时，尔朱通微因不愿与篡夺皇位的族兄尔朱荣同流合污，于是弃家学道。道成后，自号尔朱真人，并自炼丹药进行贩卖。后来在合州（今合川）卖药时，因故意开高价而惹怒当时的太守。太守大怒，将尔朱通微囚笼抛江。但竹笼却没有立刻沉没，反而顺江而下，来到涪州江中的大石梁，被一位名叫白石的渔人用网捞起。捞起之时，尔朱通微依然在酣睡，渔人久呼不应，只好用击打磬的方式来唤醒他。后来，尔朱通微和渔人成为好友，白天渔人以打鱼为业，尔朱通微则继续修真炼丹。到了晚上，二人常常促膝长谈。有一天，尔朱通微取丹与白石佐酒畅饮，畅饮之时，且歌且舞，佯癫佯狂，大醉之后，二人乘白鹤而成仙。后人为纪念尔朱真人，便将那道大石梁命名为白鹤梁。

有一首诗，高度概括了白鹤梁这段掌故以及涪陵碑林的盛状：

巴国古都一奇观，
江底石鱼历代传。
天光水色千层浪，

云影帆踪万点烟。
文人名士留妙笔，
贵客佳宾展笑颜。
世界胜迹得保护，
伫看湍流逝前川。

## 5

一千多年以前，潇湘胜景之首的浯溪一定是寂寞的，尽管天上的月光是那样的柔和与多情，但月光下的湘江依然无声地流淌了数千年。

就在此时，一个赶着马车困顿疲倦而来的大唐文学家元结，却失意而惆怅地经过了这里，因为政见不一，他被贬往南蛮之地的道州担任刺史，或许还有更严峻更令人伤感的事情在等待着他，可是他却走进了浯溪这座寂寞的石山，并给后人留下了一片碑林。

浯溪碑林位于湖南祁阳城西南约 5 公里处，藏有历代碑刻 700 余块，至今尚存 400 余块，主要有季康、黄庭坚、袁滋、瞿令问、皇甫堤等名家的手迹刻石，其中最著名的要数被称为“摩崖三绝”的“大唐中兴颂碑”了。该碑的高、宽各为 4 米多，碑中有字长宽约 0.2 米，镌刻在高台绝壁上。碑文为元结在唐代上元年间所撰，全文为 180 字。碑书系颜真卿所写，笔畅墨酣，骨骼雄奇，后人曾对之有“鲁公遗墨此第一”的赞誉。

立于浯溪碑前，世间千年风起云涌，湘江滔滔依然如昨。白驹过隙，湮没多少英雄豪杰。瞻古人留刻，铭先人思想。不“曲圆奸媚”，应“忠直方正”，成就理想。观肃古人，抑仗今人；鉴史以镜，守业保疆；扫尽阴霾，万民景仰；浯溪安好，民生有望。

## 6

来到京口，来到焦山，便会想起辛弃疾的那首北固山怀古：

何处望神州？满眼风光北固楼。千古兴亡多少事？悠悠！不尽长江滚滚流。年少万兜鍪，坐断东南战未休。天下英雄谁敌手？曹刘！生子當如孙仲谋。（南乡子·京口北固山怀古）

焦山，一座屹立于扬子江中的石头小岛，隋唐时为长江面对大海的门户，犹如海门，固又有其名海门山。焦山岛上青山屹立，绿荫葱茏，河流清澈。焦山碑林就在这个江心岛上，有“江南第一碑林”之誉。

沿着岛上小径缓行，江风习习，青青竹林摇曳。观澜阁门前，碧波荡漾。文昌宫旁，兰亭朱阁，青松挺立，碧樟葱郁，淡竹秀叶，一块块碑石或耸立于碧苑，或镶嵌于白墙朱檐之下，其碑刻字体有如龙飞凤舞、游龙走蛇之草书；有如骏马奔腾，扬蹄激驶、气吞万里之雄势；有如劲风卷残云，横扫原野丛林之气魄。尤其园林中瘗鹤铭碑馆，据说其字可比宋朝大家王献之，精湛称奇。

焦山碑林现存历代碑刻400多块，其中尤以南梁名刻《瘗鹤铭》最令人神往。《瘗鹤铭》是六朝著名的摩崖石刻，刻在江苏镇江焦山断崖石上。瘗是埋葬之意，瘗鹤铭，即葬鹤的铭文。书家题名为上皇山樵，刻石年代历来众说不一。该碑铭为楷书摩崖，存90余字。其书法意态雍容，格调高雅，堪称逸品，被尊奉为“大字之祖”，是中国书法史上具有坐标意义的传世名迹，与《石门铭》齐名，被称为南北二铭。

南宋陆游《踏雪观瘗鹤铭题记》石刻真迹清晰瞩目。细细读来，其石刻字迹墨饱词丽，言简意骇，刀锋犀利，用笔圆润，书法提顿刚劲有力，笔锋雄浑，虽经千百年岁月风霜雨打，仍然镌刻清晰。

## 7

药王山碑林，位于陕西耀县药王山（原名碧玉山）。山上建有药王（古代医学家孙思邈）庙，庙前五通高大石碑上刻有孙思邈著《千金要方》内容，山上还有纪念孙思邈碑碣百余通。

药王山碑林傍崖临谷，雄踞于山巅，这里古柏森森，幽谧静寂，整座屋宇掩映于绿树丛中，一条石阶直上直下，通达其门，登临如行天梯，几近碧霄，颇带几分神秘色彩。

药王山碑林陈列的是北魏、西魏、北周、隋、唐遗像碑，皆系耀州区境内所搜集，数量之多，价值之高，知名国内外，是研究民族、宗教、风俗、书法的珍贵史料。

药王山碑林现藏北魏至隋唐时期的珍贵碑石 76 通，属国内馆藏魏碑最多之处。这些碑石为研究隋唐以前陕西关中地区宗教碑石史、民族迁移史、汉字演变史以及地方风土人情提供了实物佐证。

## 8

汴河蜿蜒映城，楼宇鳞次栉比。城外区小桥拱起，绿树清溪，朱栏青石，廊回路转……这里少了北方的粗犷，多了江南的水秀；城内区烟雨楼台，繁华浓艳。

翰园碑林是开封市供销社退休干部李公涛于 1985 年发起创建的中国第一块民办碑林，它以书法艺术为主，集诗、书、画、印之大成，是一座融碑刻艺术和古典建筑艺术为一体的艺术宝库。

翰园碑林占地 120 亩，现有碑刻 3500 余块，成为中国历史上第一座树碑量最多、观赏效果最好的碑林。碑林依照不同的表现内容和表现对象分设中心碑廊、现代碑廊、宋代碑廊、历代君王碑廊、绘画碑廊、篆刻碑廊、硬笔书法碑廊、少数民族文字书法碑廊等。

走进这雄浑的碑廊，犹如一下子踏进了遗存千年的书法艺术宝库。望着多彩纷呈的一块块碑刻，我一下子惊呆了。从碑刻的内容来看，多以中国古代诗词、歌赋、散文为主；从字体的分类来看，几乎囊括了中国书法艺术中的所有字体——甲骨文、篆书、楷书、隶书、行书、草书等等应有尽有；从书法艺术的风格来看，有的苍劲有力，有的大气磅礴，有的行云流水，有的秀丽隽永，令人目不暇接。

## 9

甘肃省天水市甘谷县，是丝绸之路要冲，自古就有“佛乡”之称。甘谷大地上不但拥有为数众多的佛教寺庙，而且还留存着大量的佛教遗迹。

佛造像碑作为崇佛信教做功德的一种主要形式，早在北朝时期就极为盛行。佛风鼎盛的甘谷，就保存有从十六国开始，历西魏、北周、隋唐直至明清时期精美的佛造像碑。收存在甘谷县磐安镇尉家磨村千佛寺里的千佛碑，就是一通从北朝时期流存下来的佛造像碑精品。

甘谷碑林，古朴、沉着、内敛、含蓄，每每遇见，都会令我肃然起敬，放慢脚步，或驻足凝望，或躬身抚摸，或品其韵味，或赏其风采。古人的文字，虽与我有语言上的隔膜，表达上的陌生，但在蓝天白云之下，青山绿水之间，静静地感受那些不同寻常的碑刻造像，轻轻地抚摸那些气韵生动的点横竖捺，都会让人有一种心旷神怡的感觉和浮想联翩的美妙。那些看似冰凉如铁、冷硬无情的石头，其实也有着生命的温度、情感的强度和历史的深度。一块块碑石，就是一页页凝固的历史，一面面人生的镜子，一方方人类神圣情感的载体。

甘谷历史悠久，人文荟萃。传说中的人文始祖伏羲在这里诞生，东来的秦人先祖首先在这里落脚。三国的鼓角，西夏的大纛，金人的马蹄，吐蕃的狼烟，一波连着一波，一浪接着一浪。与此同时，文化与文明的种子，也落地生根，开花结果。丝绸之路，璀璨的佛光，悠悠的驼铃，诗人的歌吟，独特的民风，让这片古老的土地，风情万种，摇曳生姿。

甘谷碑石，作为历史最忠诚的见证者、记录者，默不作声地记录下那些重要的历史事件、历史人物和历史时刻。它们散落在每个角落，从渭河两岸到南北两山，从佛塔古寺到城郊荒野，都存留过它们矜持而儒雅的身影。

如果说名胜寺庙碑表现的是甘谷的“地灵”，那么，功德纪事碑则彰显的就是甘谷的“人杰”了。甘谷自古文风鼎盛，人才辈出，足以勒石成文、传之百代的故里先贤，灿若星辰，皓如明月。孔子贤人石作蜀，汉平襄侯姜伯约，一代帝师巩建丰，陇右诗圣王心如，无不名贯古今，享誉华夏。矗立在甘谷大地上的《圣门石子故里碑》《重修汉平襄侯祠碑记》《巩建丰墓志铭》《王公家族规碑》等碑石，就像一颗颗高华的灵魂，守望着故乡的热土，激励着桑梓的后学。

甘谷碑石虽然数量并不宏富，但它却是中华民族碑石海洋中的一朵浪花，吟唱着岁月的故事。

## 10

邯郸历史悠久，文化灿烂。早在8000年前，这里就有人类繁衍生息，悠久的历史孕育了鸡泽毛遂文化、磁山文化、赵文化、女娲文化、北齐石窟文化、磁州窑文化、成语典故文化等十多项文化脉系，内涵博大精深，风格丰富多彩。

邯郸碑林位于七贤祠西侧，于1987年开始筹建，1991年正式对外开放。其占地二千七百多平方米，共藏碑四十四块。

全国最大的墓志铭——《何弘敬墓志铭》，就在邯郸碑林中。此志为我国已出土中最大的唐代墓志铭。

碑林，被称为凝固的史诗，历史的存根。历史已经远去，但碑石还在。那一通通沧桑的碑石，如一封封历史的存根，传承着文化，延续着文明，承载了太多的无法言喻的精美，也温暖着世人的眼眸和心怀。

# 逝者如斯

# 逝者如斯

逝者如斯，是岁月匆匆的脚步，生命的铅华随之悄悄退去，青春的梦想渐渐化为泡影。在如戏般的人生中，或忙于生计、或览古思今、或开怀畅饮、或暗夜沉吟、或长街徘徊，看花开花落、云卷云舒。

熙熙攘攘的人世中，蜉蝣般的生命于天地之间。无数的生生死死，让人们幡然醒悟，生命就是握着双拳来、摊开双手去的过程。成败得失、聚散荣辱、悲喜祸福，终必成空。正是在这个意义上，佛陀说色不异空，空不异色，色就是空，空就是色。

其实人的一生不会总是一帆风顺，也不会总是荆棘丛生。纵观古今，无数位高权重、声名显赫的人在落入囹圄或失去生命前慨然长叹：早知今日，何必当初！慨叹的内容根据个人遭遇的情况不尽相同，但有一点是相同的，那就是在失去自由和即将失去生命的时刻，他们多么留恋人间的春花秋月、灯红酒绿。那为什么很多后人总是重蹈覆辙？说到底就是为名为利，就是为了金钱，为了能在世上活得比别人好，不甘于寂寞和平凡。但如果处心积虑弄名弄利，食不甘味，寝不安宁，这样的生活又有何意义。

那么，人生应该如何？起码应当学会淡泊。别为升迁荣辱耿耿于怀，别为富贵清贫郁郁寡欢，别为聚散得失愁眉不展，别为功名利禄疲惫不堪。得意时切莫忘形，失意时切莫沮丧，世界很大又很小，人生漫长又渐短，学会拼博、还要学会放弃，学会欣赏、还要学会忘记。不以物喜，不以己悲，不为物累、不为欲伤，在从容与平凡中活出自己的别致与精彩。

# 清明的追忆

马年的清明临近，心情开始收紧。没有雨纷纷，没有欲断肠，只是望着一轮橘红的高阳端端贴在蓝天上。车子向乡间走去，我的心里突然泛起一丝丝说不出的迷茫和凄凉。所谓念至深深痛有绵绵，所谓思也缈缈情也长长。

算起来，父亲离开我们已经多年了。然而即使父亲在世时，与我们相聚的时间也并不很长。我们小时候，他在外地工作。为了工作，他很长时间才能回来一趟。我们总是日思夜盼着他的归来。有时候在村口，有时候就在我们放学的路上，见到父亲的车远远地铃铃而来，我们兄弟几个闻声而起，蜂拥而上，围拢着他，追伴着他。弟弟们甚至接过他的车，飞驰回家给妈妈报讯。那时的我们，是天真快乐、欢天喜地的；那时的父亲则是慈祥和蔼、尽享天伦的。多少美好的时光常常萦绕着我们，多少美好的记忆频频在心头泛起。

父亲和我们在一起的时光，的确让我珍惜难忘。在这种美好祥和的相处当中，更让我懂得，在这个世上，不仅父母不容易，我们每个人也都不是一帆风顺的。并且，我们依靠父母的抚养和帮助，渐渐成长。但是更多的时候，则全靠我们自己，无论痛苦、挫折、绝望、孤独和无助，都需要我们自己扛，靠的就是我们内心的力量。一个人内心能够忍受一切屈辱、冷漠、误会、孤独，那才是最丰满的力量，它的源泉就来自父母。

我常常记得，父亲是家里最严厉的角色。对我们儿女的过分调皮行为，他总是时常加以约束和责罚。而在这一点上，母亲总是扮演宽厚的角色。尽管如此，我们对于与父亲这种短暂的相聚总是十分愉悦和珍惜。不过，有的时候，我们犯点小错，他也横加指责，动不动就拉下脸狠狠训斥，这让我们很不高兴。觉得那个曾经手把手教我们写大字给我们大声讲故事的父亲不见了，那个曾经给我们唱歌为我们演奏扬琴的父亲不见了，那个曾经把我们扛在肩头或者带着我们在雪地里捕捉飞鸟、追杀野兔的父亲不见了。

有时候，在父亲向我们展示强权之后，我们总要向母亲哭诉。母亲却很难理解我们的固执。她常常对我们说，不要怪怨你们的父亲，其实所有家庭的父亲都是如此，都是要教育孩子的。母亲的话似乎开导了我，觉得父亲这样做似乎是天经地义的。所以在一些时候，就很少和父亲发生冲突，尽量避免和父亲发生顶撞。但是在内心深处，总有一丝丝怨气，只不过不露声色罢了。

在我刚上初中的那个春天，母亲到学校找我，不急不慌地告诉我——父亲病了，就住在离学校不远处的卫生院。记得那时候，父亲也就四十五六岁的样子。他患的是肺气肿，很严重，因为抢救及时，算是保住了生命。我等不及放学，飞驰到医院，看着父亲正在打吊针，看着他焦躁苦涩的面容，听着他烦躁急促的呼吸，我的心像似要碎了，我的话堵在了嗓子眼里，泪水不住地流。父亲知道是我，微微侧过身来，安慰我不要伤心，告诉我他没事儿，输输液吃点药就会好的。叮嘱我快回学校安心学习，不要耽误功课。还告诉我不要告诉另外两个上小学的弟弟，以免耽误他们。父亲，这就是父亲，我眼里严厉的父亲，他的心里时时刻刻装着我们，唯独没有他自己。

中学的时候，那是个艳阳高照的秋天。有一天早上，同宿舍的伙伴儿恶作剧，惹恼了地黄蜂。我不明就里，在宿舍窗前漱口，不经意间，被黄蜂蜇得满头满脸，眼睛也肿了，无法去上课。正在宿舍休息的时候，父亲来了。父子情深啊，父子心灵想通。想想看，那个时候是根本没有手机的。父亲根本不知道我会是这样一番情景。见了我，他不问情由，急忙带我到镇上的医院打针、吃药。我向他抱怨同学的恶劣，他笑着劝我宽大为怀，不必因此跟同学记仇。要知道，他骑一辆自行车，从家里到我们学校少说也有 40 多里地啊。他没有嗔怪我，更没有责怪我的同学，也没有向学校反映。父亲的宽大为怀，由此可见一斑。

有一年新年前夕，父亲到总局开会，中午聚餐。他知道我在学校生活很清苦。那时候我上高中，住校，伙食很差。父亲专程来学校找我，用他那辆生了锈的自行车，带着我到他们那里改善伙食。那一顿饭，我在那里很腼腆、很羞涩，而父亲看着我却很自在、很满足。这个片段，让我恒久难忘。真是不养儿不知道父母恩啊。后来我结婚生子，我才真正体会到了当时父亲的那种深情。正因为如此，这种记忆才可以恒久，这种思念才可以绵长，这种眼神才是那么的舒适和温暖，让我一生无法忘怀。父亲，那深邃的眼睛，额头的皱纹，大山般的胸怀，留给我们的不只是回忆，还有更多的人文情结，诸如我们按照他的指点来立德、立言、立身。

我考上大学的那一年，父亲依然在外地。知道我被大学录取了，他高兴极了，疯了似的连夜赶回家，浑身是汗水，脸色却很红润。他高兴他的儿子给他争了气，也算是光宗耀祖。非要母亲给他炒两个菜，他要喝几盅，高兴高兴。送我去车站的那一天，他站在公共汽车旁边，对我千叮咛万嘱咐。离别的那一刻，他依然站在那里向我挥手，直到眼泪模糊了我的视线……

离开故土上大学的四年里，我和父亲靠通信联系，我把学校的情况告诉他，他把家里的情况告诉我。字字如金，情深意重。虽然假期会重归故里，但每当重踏那块黄土地时，热泪总是如决堤的河水。每当再次离开他的时候，更是一步三回头，依依不舍。毕竟我是从这块黄土地里走出来的孩子，毕竟我是在这里土生土长的孩子。对父亲的感情以及对故土的感情自然也是不可言喻的。我觉得任何言语都不能表达我内心所想。

大学毕业以后，我留校工作，后来又调动工作。毕业以后的十年，成家立业，结婚生子，耗费了我大量的精力。这十年，我们只顾自己，很少想过父母。父母也常对我们说要好好奋斗。我十分自责，在这十年里，我没能尽孝。父母却从不在乎我的孝与不孝，他们觉得我已经很不容易了。我不由地感慨，至少有十年我梦中呼唤，至少有十件事我想对您倾诉。可现在的我会莫名地哭泣，当我想您的时候……

而后来更多的情况是，当我来到繁琐喧闹的省城，很长时间都不适应。我感觉生存在一个污浊的世界，唯有生养着我的那片净土仍然冰清玉洁。儿时，总梦想着有一天能飞出那块黄土地，永远不再回归。只可惜，儿时的我没有坚硬的翅膀。长大了，性格有了点叛逆，走出去的愿望也愈来愈强烈。也许是上天的恩赐，我终于走出了那块土地。刚出来时，幸福的快感充满了我的每一个细胞。但是久而久之，幸福慢慢消散，好奇的色调也逐渐褪去。心头却多了一种说不清道不明的思乡之愁。每当月明星稀的夜晚，望着窗外一地清凉的月色，总会有万般的无奈与归意。我终于明白了游子的苦闷与凄哀之情。呵，原来我始终都没有走出那块黄土地。我也永远不可能走出去，因为我早已把心留在了那里，因为那里有生我养我的父亲母亲。

在我定居青城的十年间，父亲也有一些时间来我这里，帮助我带孩子，或者到外面散散心。有时候，我们父子也在一起喝几杯，交交心。父亲受的是传统教育，我知道他是很想有生前身后名的，可惜生于一个变革的时代，处于一种紧张的生存状态之中，又有着满身的疾病，加之有着生活的重负，没有达到他自己人生的目标，终老于田园。但父亲能够穷尽自己的一切，奉养两位老人，供养过十一个他的弟弟妹妹，还养育了我们六个儿女。这一点，是我们那个小村落许多人不能做到的。父亲身上有一种高尚的道德修养和坚强的人格力量。只不过，父亲善良、单纯的心灵世界，永远跟不上中国社会的无穷变幻。

1997年的那个春天，父亲走完了他66岁的人生。父亲昏迷了5天后，走得很平静。那天，我似乎第一次静静地看着他的容貌，却再也听不见他的呼吸，再也听不见他的心跳，再也来不及谢谢他赠予我的所有美好。我知道人生风雨不少，父亲的教诲给我很多依靠。听他讲过去，听他话未来，听他打呼噜，听他放声笑。那一刻，忽然很想唤醒他，陪陪他去各地瞧瞧……父亲啊，你是我的宝，我一直都为您感动骄傲，即使梦想再累再煎熬，我仍然紧紧抓牢，真心执着，绝不放掉。父亲啊，您是我的宝，我一直为您感动骄傲，外面的世界再多纷扰，我依旧把纯真来拥抱……

父亲生前的生活情趣很浓，自己编鸟笼、编筷子笼、捏泥人。记得那些年的生活条件不好，他没有钱给我们买玩具，就带着我们用胶泥捏成各种玩具。父亲还爱好读书，爱好书法，喜欢音乐，表演秧歌，有时候在单位领着大家排练，元宵节领着队伍在街上表演。父亲还喜欢养花，家里盆盆罐罐不少。但可能由于土质和水质的关系，花长得并不是很精神。

父亲去世后的第三年，我奉调离开内蒙，来到了北京。想起了父亲，我曾写下了《清明的记忆》这首诗：

又是清明
我知道季节引领我们变化
耳边有风声
也有你的应答
也许回到故乡
才是最好的报答
事实上啊——却再也见不到你了
你已经长眠地下
时间累积
已经走过许许多多的春夏
回忆燃烧着寂寞
情感的喉咙已经嘶哑
多少次走近你
泪雨又唰唰
多少次离开你
还要回头看你住过的家
你曾说过会永远爱我
而你却中途把我们撇下
你曾说过要等孙子们长大

可你却再也不能陪他们玩耍
常记得那一次车窗外
以为你会说什么
你转过头不看我
我知道你掉泪了
又是清明
雨开始下了……

# 我曾经自言自语

大概在我由少年长到青年的很长一段时间里，我喜欢独自与内心对白，一个人自言自语。比如，我会随心所欲地创造语言环境，对天对地对花对草，对一切可以对话的物体。鼓励自己或者责罚自己；在散步时把自己的想法说给风、说给花草树木；在欣赏文学作品或观赏影片时，跟着主人公倾诉喜怒哀乐；在睡前或一觉醒来时，说说自己的憧憬，描绘自己的梦境。总之，可以在任何时候、任何情况下随心所欲地对自己说。我一直相信，自言自语是我那个时候成长进步的重要生活方式。

和自己的内心对话，是一件很有意思的事情。想想看，自己的内心最知己，和自己的志趣最相投，与自己的智慧最相当，对自己的过错最原谅，哪里能找得到这样知心的好朋友呢！的确，每个人的内心都是他一生最忠诚的朋友。从出生到现在，它一直都陪伴着你，从来就没离开过。当你还是个孩子，因为什么事委屈哭泣的时候，是谁让你擦干了眼泪？在你成长的过程中，每一次挫折，是谁安慰你，让你坚强地挺过去？

大部分的人总是从一个集体生活投身到另一个，比如住校、结婚、从军……总要服从许多规律，倾听许多声音。只有在一个人的时候，才听得到自己的声音。它会告诉你，这世界比你想象中宽阔，你的人生不会没有出口。你会发现自己有一双翅膀，不必经过任何人的同意就能飞。集体生活再怎么舒适，你也无法忘怀曾经单飞时的畅快。我喜欢漂泊也喜欢异乡的风景，对每一个没去过的地方都心存幻想。

人生的责任总是日益沉重，社会日益复杂，生活总是不易，不是想要怎样就会怎样。人生不如意十之八九。在不如意的时候，如何保持自己一份安静？很重要的，就在于内心对白，你会听到那个声音，或者赞扬，或者鼓励，或者批评。同时可以释放心灵的压力，不时给你把握航向，不时给你矫正偏差，引领你走向光明。

# 平安赏乐

12 月 24 日，是平安夜。北京的天好蓝，心情好极。是晚，偕同夫人、儿子来到国家大剧院，观赏《世界歌剧经典音乐会》。

身在北京，已有多年没进音乐殿堂了。这一次是我和爱人在儿子归国前就安排好的，目的是让我们的心能够在忙碌和喧嚣中有所沉静，权且是一种陶冶吧。所谓“乐者，德之华也”、“乐终而德尊”。席勒曾说：“道德的阶段，只有通过审美的阶段才能实现，美（包括音乐的美，也包括其他艺术的美）是造就完善人格的必经之路。”音乐之所以能够造就健全、美好的心灵，是由音乐所具有的艺术物质所决定的，因为真是艺术的生命，善是艺术的品格，美是艺术的本质，真正的音乐作品都是表现创作者对事、对人、对社会、对人生的美好情感和真知灼见的。

为防止堵车，我们一家人先在庆丰包子铺简单用餐，提前一个半小时便来到了国家大剧院。夜幕降临，大剧院门前火树银花，流光溢彩。晚上 7：30，音乐会在约翰·施特劳斯轻松欢乐的《蝙蝠》序曲中拉开帷幕。

本次音乐会阵容强大，中央歌剧院派出精兵强将，并邀请活跃在世界舞台的国外歌唱演员加盟。值得一提的是，这次音乐会邀请马克·吉布森执棒。据介绍，吉布森是一位全球杰出的指挥家与教育家。

欢快的序曲之后，紧接着演奏轻歌剧《蝙蝠》中的《笑之歌》，感觉幽默诙谐。约翰·施特劳斯是奥地利著名的作曲家、指挥家、小提琴家。其创作以《蓝色多瑙河》《维也纳森林的故事》《艺术家的生活》《春之声》和《安娜波尔卡》等一百二十余首维也纳圆舞曲著称，被后人冠以“圆舞曲之王”的头衔。他的圆舞曲独具特色，旋律酣畅，柔美动听，节奏自由，生机盎然，是每年维也纳新年音乐会的主要曲目。

随后，是《霍夫曼的故事》歌剧中可爱的奥林匹亚唱起《木偶之歌》。《霍夫曼的故事》，是奥芬巴哈唯一未完成的歌剧，后来由他的知己吉罗（1837—1892）把未完部分补笔后演出，并且是大获成功的作品，现在依旧在各地歌剧院上演不衰。紧接着是两首女高音独唱：《走在所有的道路上》和《姑娘的秋波》，分别取自歌剧《曼侬》和《唐帕斯夸勒》。

《曼侬》是根据18世纪浪漫主义小说的杰作——普列沃神父的小说《曼侬·莱斯科》改编，描写一位容貌美丽但脾气不好的姑娘曼侬择偶的曲折经历。全剧共分三幕，情节紧凑，跌宕起伏，充满了浪漫主义的悲剧色彩。

《唐帕斯夸勒》是多尼采蒂一部出色的喜歌剧，采用剧作家卡玛拉诺的脚本，于1842年完成。1843年1月，在巴黎的意大利歌剧院首演。相较于先前创作的几部以爱情为主题的悲剧，这出作品犹如爱情闹剧。

音乐会上半场最后两个曲目，是男高音独唱和歌剧《浮士德》选曲。其中《我发誓要找到她》选自歌剧《灰姑娘》。《灰姑娘》的故事在全世界广为流传，罗西尼的歌剧《灰姑娘》是世界歌剧史上不可多得的一部传世经典。罗西尼在温馨浪漫的童话蓝本中加入了批判现实、揭露人性丑态的桥段，使得全剧更具笑料和喜感，也更多了一份与现实生活的微妙联系。

《浮士德》为法国作曲家古诺所创作的五幕大歌剧，剧情根据德国大文豪歌德的悲剧《浮士德》第一部所改编。

中场休息过后，首先演奏的是音乐剧《西区故事》中的《序曲》《玛利亚》以及《我真美丽》。《西区故事》是以《罗密欧与朱丽叶》为蓝本创作的，两者之间有相当多的共同点，因而也被称为现代版的《罗密欧与朱丽叶》。

接下来，是两首女中音独唱。一首《残酷的命运》选自歌剧《阿尔及尔的意大利女郎》。这是一部意大利喜歌剧，由罗西尼作曲，罗西尼展示了无穷尽的作曲才华，时而华丽时而活泼的音乐，优美的曲调和明快的节奏令整部作品生气盎然，引人入胜。

另一首《听三角铁响叮当》，选自歌剧《卡门》。《卡门》是法国作曲家比才的最后一部歌剧，完成于1874年秋。该剧在比才死后才获得成功。美国女高音格拉汀·法拉的有声电影和查理·卓别林的一部无声电影更是扩大了歌剧的名声。它是当今世界上演率最高的一部歌剧。该剧主要塑造了一个相貌美丽而性格倔强的吉卜赛姑娘——烟厂女工卡门。她使军人班长唐·豪塞堕入情网，并舍弃了他在农村时的情人——温柔而善良的米卡爱拉。后来唐·豪塞因为放走了与女工们打架的她而被捕入狱，出狱后又加入了她所在的走私贩的行列。然而后来卡门又爱上了斗牛士埃斯卡米里奥，在人们为埃斯卡米里奥斗牛胜利而欢呼时，她却死在了唐·豪塞的匕首下。这部歌剧以合唱见长，剧中各种体裁和风格的合唱共有十多部。吉普赛女郎“卡门”在弗拉门戈中尽显风情，让音乐会高潮迭起。

然后，是一首男女生二重唱，名字叫《太阳，你好》，选自歌剧《齐格弗里德》，是由德国作曲家理查德·瓦格纳编剧并作曲的著名联篇乐剧。《齐格弗里德》无疑是最受作曲家青睐的一部，瓦格纳为这部歌剧作品赋予了无与伦比的英雄性，男主角齐格弗里德更是歌剧世界英雄角色的代名词。在英雄性被放大的同时，瓦格纳为这部歌剧谱写了优美但动机复杂的音乐，牧歌式的旋律中暗藏着复杂的音乐织体。

接下来是男高音独唱，一首《让我痛哭吧，残酷的命运》，选自歌剧《里纳尔多》，是由乔治·弗雷德里克·亨德尔创作的意大利歌剧，无论在18世纪还是今天，亨德尔的这部歌剧《里纳尔多》都是一部经久不衰的名作，亨德尔生前在英国伦敦就有50余场的上演纪录，现在仍然是标准歌剧的保留节目。另外一首《我心中有一个美妙的声音》，选自歌剧《塞维利亚的理发师》，与莫扎特的《费加罗的婚礼》共称为喜剧的双绝，成为世界歌剧史上永放光芒的不朽名作。男演员肖玛的演唱，让人感觉是一位女演员所唱。不过，节目单上注明他是“高男高音”，我的理解是比男高音还高吧。

音乐会大轴，是瓦格纳巨制《尼伯龙根的指环》中的《女武神》。一首叫《英勇的女武神》，另一首叫《女武神之翼》，把音乐会推向高潮。

# 执手相看泪眼

10月23号傍晚，我们抛开北京的雾霾，一路北上，走进乌兰浩特。大概是岳母去世的噩耗惊动了上苍，连老天也深感悲伤，红城的上空，彤云密布。

爱人的老同学到机场迎接。没有过多的客套，我们径直向殡仪馆驶去。车窗外是茫茫的秋色，阴沉的天际下，秋叶已经苍黄。那一枝一叶之间，满是柔美，满是眷恋，满是哀伤。

岳母的灵柩放在惠安堂，爱人哭喊着扑过去，声嘶力竭。我也泪眼蒙眬，傻傻地跟在后面。顿时，我心中的某个角落不经意间萌生阵阵酸楚。恍恍惚惚间，不知是谁给我系上孝带。直到我走出灵堂，方才看清一个个沉重的面孔。

入夜，我们住在同学家。睡梦中，我仿佛看见了似曾相识的小路上，那个喜欢开玩笑的、性情爽直的岳母，迈着徐缓的步伐向我走来，略带微笑的脸上写满了纯粹的爱，那是她第一次到呼和浩特，来照看她的外孙、我的儿子。那时我们还年轻，岳母也就50岁出头。儿子在岳母的精心照看下健康成长。遇到周末，我会骑车带着老人家到人民公园、满都海公园转转。老人家很知足，从不对我提出别的要求，更不对我挑三拣四。她就是这样的人，她把全部的爱都给了她的儿女们，从不考虑自己。有点小酒喝，有烟抽，不论品牌贵贱，似乎就心满意足了。记得那时候呼市出产一种散装白酒，叫“呼白”，每隔一段时间，我都要亲自骑车去酒厂打白酒。回来后，爱人炒几个小菜，我们就这样跟岳母推杯换盏。如此，我的酒量也有了明显提升。半年后，小姨子接近临产，岳母只能赶回去。记得那一天，也是在呼和浩特火车站，我为岳母送行。我送老人家上车，瞬间的嘱咐过后是紧紧地握手，我看着她泪水也在不知不觉间悄悄地滑落，是不舍还是对女儿不放心？不容我多想。我只觉得自己的心脏怦怦跳动着。执手相看泪眼，竟无语凝噎。

以后的那些年，孩子们一个个茁壮成长，岳母的体质却越来越不比从前。满脸的白癜风让她自信全消，怕人笑话也不愿意出远门。在家的她，酒越喝越频繁，烟越抽瘾越大。不过，老人家的心情总体上还是好的。只是有时候酒喝多了，便想起了英年早逝的二儿子，思儿心切，痛不欲生，无以自拔。但是随着时间的推移，悲伤渐渐减弱。岳父过世以后，在纷繁复杂的家庭纠葛当中，逢年过节见了岳母，老人家很不开怀。只可惜她身体每况愈下，出行不便，还柱起了拐杖。

近一两年，岳母年事已高，81 岁的寿命反映了她具有顽强的生命力。端午我们回来，她已卧床不起；国庆回来，她已不能自理。见此情景，我们深感老人家在世无多，爱人便先后两次回来陪床护理，勤勉尽孝。然而，毕竟岳母的生命已经到了尾声，干瘪的手指，瘦骨嶙峋的身体，以至于最后的不吃不喝，拒绝打针吃药。她自己也感觉到，留给她的时间不多了。于是，她把自己的钱物悄悄送给来探望她的人，直到身无分文。真的是赤条条来去无牵挂吗？

岳母是个坚强的女性，也是位富有爱心的母亲。年轻时带着六个儿女走过了一条条坎坷之路，越过了无数饥寒交迫的难关。最后一关，终于扛不住了。同时，岳母还是一个直言不讳的人。那一年春节，我回来看她，当地的领导知道后，也上门来看望她，说他们会常来看她，并祝愿她早日康复。老人家非但没有说什么感谢之类的话，反倒说了一句让人家很难为情的话："这地方像我这样的人多得是，你们能看得过来吗？不用了。"我还记得国庆期间，回京前我走到她病床前，告诉她坚持住，我会再回来看望她，岳母吃力地对我笑笑说"扛不住了，你们保重"。

这两天，我伫立在岳母灵前，看着岳母静静地躺在棺木里，让我无言。岳母啊，今生有缘能不期而遇，做你的姑爷，我知道这对我来说是一种难得的福分。茫茫人海，相遇的人几乎每天都有很多，但很多时候都是擦肩而过，有几人能不期而遇？天下的好儿女都在路上，他们从来不为自己的付出而满足，永远都觉得自己为老人做得不够；相反，所有的不肖子孙都是相似的，他们总是一事当前，先为自己算计，斤斤计较，锱铢必较，自己没出息，想方设法去榨取父母的钱财，还从不领情，不懂感恩。岳母啊，操劳了一辈子的您，在万劫不灭中跌倒又屡次坚强站立起来的您，终于油尽灯枯。敬爱的岳母安息吧。今日一别，便成永诀。唯一留给我的，是一生的眷恋，一世的情缘。

# 乙未清明寄哀思

岁月如梭，生命如歌。如梭，编织着我的记忆；如歌，演唱着我的心曲。

尽管父亲离开我们已经多年了，然而他在我们心中有如山涧流淌的溪水，在我们的血管里流淌，在我们肌肤里渗透。静下心来，我在想，这是为什么？慎终追远，我们有必要搞清楚父亲到底给我们留下了什么、我们今天应该怎样纪念他这样一些问题。

父亲有泰山压顶不弯腰的坚强毅力。在我心目中，父亲是一个有坚强毅力的人。尽管他只有小学文化，却可以干那些高中生、大学生干不了的工作。水情报告、测绘讯息、流量态势、河渠管理，他写的材料上档次、领导认可、群众公认。每年单位的对联、请柬、慰问信，几乎都是他的亲笔。为什么会这样，就因为父亲自知文化水平低，不甘落后，总是起早贪黑地勤学苦练。看得多了，写得多了，受表扬多了，自然风格独显，所谓功夫不负有心人。遇到急难险重的任务，他总是抢着干，从不挑三拣四，从不喊冤叫屈。无论是当干部，还是仓库保管，无论是在机关，还是在河渠，父亲总是一马当先，不畏艰难。即使退休后回乡务农，他依然风采依旧，自强不息。他的思维是很敏锐的，善于发现和总结，他一再告诫我们要开动脑筋，善于发现和解决问题。他经常和我们说，人活一世，必须动脑，不动脑子，什么事情也干不好。这是多么朴实的道理。应当说，父亲的坚强意志是在贫苦和艰辛中磨练出来的，父亲总是说，他能够在极其困难的情况下坚持下来，是因为他有坚定的信念，是乐观主义者。是啊，一辆半旧的自行车，一匹不驯的老骡子，一把锃亮的大铁锹，一条擦汗的白毛巾，伴随着他，记录着他的行踪。

父亲有宽厚仁爱能知足的博大情怀。父亲是一个感情特别丰富的人，但不会用过多语言表达，脸上总是带着仁慈的微笑，如果他不认同你的观点或不太高兴时，多半的表现是不说话，或者笑一笑了事。对同事、对朋友，总是满腔热忱，对亲戚、对家人，总是情深意重。对孙辈们更是关爱有加，在孙辈的记忆中，既使他们把房子闹翻了，他也没有一句重话，总是笑呵呵地看着他们，享受着他的天伦之乐。对日益改善的生活，他总是热情地赞美，总在夸党的政策好。对未来，总是充满了幸福的憧憬。即便遇到一些不如意，即便时有忧愁，但很快就能排解。他性情豁达、豪爽，特别爱看戏，一本古戏词能从头看到尾，许多知识都是从戏中学来的。在我的记忆中，父亲喜欢弹扬琴，戏唱得也很有韵味，字正腔圆。晚年，他靠一部半导体，听书学戏，一直到走完他生命的最后里程。他总能站在别人的角度考虑问题。他说凡事要将心比心，不能只从自己一方出发。对待别人的误会甚至责难，他总是一笑了之。他总是说，我又不贪图什么，没必要去解释，也没必要去辩解。他要我们深刻理解“相逢一笑泯恩仇”这句诗的内涵，他更喜欢谭嗣同“我自横刀向天笑，去留肝胆两昆仑”的豪迈。

父亲有远见卓识顾大局的宽阔胸襟。父亲是一个有远见的人，他有一句话：有书不读子孙愚。不管家里多么困难，他都会想方设法供我们兄弟姊妹六人读书。给我印象最深的是：父亲为了供我们读书，起早摸黑，骑车五六十里，将借来的钱给我们交学费。当生产队长的时候，为了全村人的生计，他暗中组织专业队开豆腐坊、跑运输、搞副业，壮大集体经济。村民的收入增加了，他的脸上也露出了幸福的微笑。为了推荐一名工农兵当大学生，他主动跑公社、跑县城，央求增加指标，直到那位后生如愿以偿。每次回到乡里，他都要对村干部讲述兴修水利、植树造林的好处，甚至积极参与到队伍中来。

父亲有勤劳俭朴不张扬的平凡本色。父亲的一生是勤劳俭朴的，在那个贫穷的年代，他是一家 12 个兄弟姐妹的长兄，他还养育了我们兄弟姊妹 6 人。为了孝敬老人，体恤弟弟妹妹，确保我们能吃饱穿暖，父亲不分白天和黑夜地劳作，晚上常常挑灯加工绑扫把，然后到集市上去出售，换回几个零钱补贴家庭开支，供我们上学。父亲用他的脊梁为我们铺平了人生的路。这样的切身感受，造就了他坚定的人生信念，并且这种信念融入了他的生命。父亲喜欢书法，喜欢一切美好的事物，却从不张扬。他非常喜欢儿孙绕膝的感觉，特别爱和子女们在一起享受家庭的温情。在我们眼中，父亲是最朴实、最普通的。

# 与老屋相约

清明节，再一次回到故乡，回到老屋。在这淡淡的春意里，我将斑斓的心事剪成碎片，倾心与老屋相约。

与老屋相约，就是恪守那个属于老屋与我的故事，守望一个不老的童话。老屋的杂草，已经被弟弟清理过。漫步老屋的院落，凌乱的草根七七八八露出地面，檐下的台阶，多年的砖块碎裂破旧。窗玻璃上、纱窗上，结了大大小小的蜂房，被我们兄弟捅落窗台。进入熟悉的房间，空中弥漫着淡淡的土腥味。老屋的容颜如旧日一般，只是墙角有些裂缝，就像老人面部的皱褶，饱经风霜。大概我们不在的时候，蜂蝶在这里嬉戏，风雨随意洗刷。老屋镇定从容，那一抹恬淡，仿若阅尽人世浮华，只余下一缕清明，遗世而独立。

与老屋相约，着一身素服，寻它而来，红柳在风中卷起三月的柔情，与沙枣的枝桠痴痴相缠。我静静地与老屋互相对视，不约而同而心有灵犀。老屋的墙壁依然那样洁白，门窗虽然变形，却依然苍劲有力。房间里依然氤氲着曾经的美好，地板上堆积着厚厚的灰尘，淡然讲述着过往。仿佛看见窗帘的倩影在风中舞动，我知道，老屋为的是让昔日的芬芳飘荡在我的视野中，好让我寻风而至。而今，我来了，来赴这一场约定。老屋告诉我，在那些我不在的日子里，她独步于村头，如乡土间的一粒微尘，而我，走过狂放浮躁的夏日，走过枫叶飘零的秋天，走过寒风萧瑟的冬日，终于，在这明媚而浪漫的时节，与老屋再度重逢。

与老屋相约，我的心房里溢满了温馨。这温馨足以让我忘却那长久等待的疲惫和幽怨。与老屋再度的重逢，我用长长短短的诗句收集着点点滴滴的的幸福，串文成珠，挂在老屋的檐下；与老屋再度的重逢，那无法叠加的欢乐如心中熊熊燃烧的火焰，跳跃在生命的五线谱上，踏着五彩的旋律飞舞，和着春风轻吟浅唱。老屋的容颜依旧，父母的容颜依旧，兄弟姐妹依然一方清纯，静享流年里的温婉时光。只求活在美好的童真里。

与老屋相约，为它打扮，为它梳妆，为它维护，为它荣光。如今，我就坐在熟悉的炕沿上，默默地为老屋描摹一幅生命之画，似乎整个村庄都在静静地谛听，云朵也在故乡的天空里微笑着。

# 出生地与伤心地

乌兰浩特，北国红城，这里是爱人的出生地，也是她刻骨铭心的伤心地。

十月，北风正紧，渐入深秋。沿着洮儿河岸慢慢行走，河水没有一点波浪，很平静地在那里蠕动，似乎可以看到罕山的倒影，似乎可以看见河底的砾石，偶然也会看到一簇簇水草在轻轻摇曳。河两岸，看不到丝毫温暖的景色。眼前，依然浮现岳父岳母的身影；耳边，依然有岳母的叮嘱在响起。

## 1

乌兰浩特，位于大兴安岭南麓，科尔沁草原边缘。一场大雪过后，万物均掩映在皑皑白雪之下，致使苍白的大地裸露出的斑斑伤痕得到修复，平坦而光滑。远看，只有两条黑线蜿蜒而汇，这两条黑线，就是现实中的洮儿河和归流河。只有雪原是洁白的，寒风不时地修饰着地表的积雪，时而掀起阵阵白色的雪浪，又随着风迅速飞向远方，狂风暴雪相互作用，把惧怕寒冷的人们驱赶进温暖的家园中。人们期待着风平浪静，期待着和煦的阳光。

阴冷的天气，风干燥得如一把刀。但绝不是二月春风。经过三年困难时期刚刚缓过劲来的东北小城乌兰浩特，此时正是冰雪满地，北风呼啸。

1963 年，爱人出生在乌兰浩特这座小县城里。出生时，前面已经有三个哥哥。父亲是工厂干部，母亲是工厂工人。再后来又有了一个妹妹和一个弟弟。在那个年代，家境并不好。好在那时家家如此，一家人相依为命，倒也不觉得有多少困难。

## 2

幸福的家庭都是相似的，不幸的家庭各有各的不幸。

岳父是一个正直无私的人。年幼时孤身一人从辽宁彰武闯入乌兰浩特，靠的就是诚实和正直。

不过，历经多次运动，没少受人打击陷害。他自已对我说过，他这一辈子，好事遇到的不多，倒霉的事情却大多都让他赶上了。

好在他婚前无亲无故，都是一个人扛着。我爱人打小从未见过爷爷奶奶等亲属。婚后，岳父有了家，孩子多，收入少，经常出差在外，落了岳母不少埋怨。直到“文革”以后，随着三个儿子参加工作，家境才渐渐好转起来。

## 3

北国的秋是富有特色的。秋的明媚，秋的高洁，秋的丰硕，秋的清新。似乎因为喜欢，连秋雨也是那么可爱，那么美好，那么迷人。秋，不是用眼睛去感受，你只要用心聆听，你就会读懂秋之神韵。

1982 年秋天，爱人考入大学，开始了艰辛的大学生活。一个月 20 元的生活费，已经让家里费了大劲儿。爱人自然是省吃俭用，勉强维持着生活。不过岳父的汇款总是很准时。好在当时的呼和浩特，物价也不算太贵，当时的财院，伙食还算比较好。

然而，这边刚刚消停一些，学习刚刚步入正轨，1984 年春节过后，爱人久病的二哥暴病而亡。一个活奔乱跳的年轻人突然就没了。消息传来，爱人无比悲痛。爱人的母亲顿入苦海，从此一蹶不振，身体每况愈下，甚至无法从中解脱。

稍后，爱人的二嫂带着孩子改嫁他人。天要下雨，娘要嫁人。这都是没法子的事。我的爱人不知所措，每天靠发奋读书来消解悲痛，打发日子。

## 4

夏天的色彩是金黄的，节奏急促而又热烈。这是一个热情而又丰富的季节。我喜欢北方的夏天，就像喜欢爱人一样。

1985 年暑假，我第一次随爱人去她们家，第一次见岳父岳母。岳父很正直，不怎么管事，话也很少。因为家里住不下，他经常住在单位，只是午餐和晚餐才回家。我们见面也大多在这样的时候。

东北的夏天，静静地来，又悄悄地去，染绿了大地，成熟了万物，留下了沉甸甸的希望。阳光是夏天最富有特色的意象，它带着浓情蜜意穿过长空，扑打着强有力的翅膀，用万丈光芒照射着横无际涯的广袤空间。

那时候岳父家住在胜利街 137 组 15 号，属于典型的棚户区，房间狭窄，院落较大。院里可以种植各种菜。岳母喜欢花，院子里栽种了不少花。各色花卉，迎风斗艳。

七月是小城最炎热的季节。按照岳母的安排，我们的任务是拜访亲戚。岳父孤身一人，没有什么亲戚，所以不需要我们拜访。我随爱人见过岳母的几家亲戚，也去看望了爱人的中学老师。很快，我们就返校了。

回校以后，最让爱人不放心的，还是她的母亲。岳母的情绪起伏不定，难以自控。中年丧子的打击，对岳母的打击异常沉重，难以解脱。没有人能劝得了她。

## 5

红城是四季分明的地方，冬天异常寒冷。岳母的病情也随着天气的寒冷而加重。从 1984 年到 1988 年，岳母的病情稍有好转，到 1988 年底，随着我儿子的降生，我们决定请岳母来呼市，一来是看外孙，二来可以转换一下环境，从丧子的悲痛中有所解脱。

岳母先后两次来我家。1989 年春天过后，她终于来到呼市，我去车站接她。在大半年时间里，抚育着外孙健康成长。含饴弄孙，也给老人带来了愉悦。加上我们对她的孝敬，她的身体状况有了明显好转，心态渐趋正常。老人开始惦念二女儿也即将于年底生产，念叨着要回去伺候月子。我和爱人也留不住她，就这样在国庆过后，便送老人回去了。再一次来我家，儿子已经两岁多了。直到儿子可以进幼儿园，岳母才回去。

## 6

那时候，我和爱人的经济状况也很差，工作压力大，每天 8 个工作时间点把我们箍得死死的。但是每到星期天，还是要尽我们所能，为老人改善伙食，为老人打酒，带老人逛公园。老人对我们也是满意的。对我提出的唯一期望，就是希望有机会关照她小儿子的学习和工作。

梦想就是现实生活中要去的一次远航。那时，我们都不知道自己的将来会怎么样。当时我在高校工作，对未来懵懵懂懂，却也是年少不知愁滋味，整天忙忙碌碌，相信明天会更好。

为了这个梦想，我走了很多年。多年的理想，对我来说，犹如黑暗处挂着的一盏明灯。那是一条充满了多么孤寂与彷徨的道路。无数的夜晚，我在午夜的寂寞中睡不了觉，或者寂寞的心因欲望而撩拨起了无限的虚空。

多少次，我走在异乡的道路上孤独寂寞，故乡在夜里飘曳沉浮。记得我曾经写下这样一首诗：

我被生活折腾得很乱
不知道春暖花开也不知道天高云淡
只是听从别人的呼唤
对于未来一筹莫展
盲目地遵从三点一线
没有人知道我的艰难
亦步亦趋
抓不住希望的风帆

梦想刮起一阵东风
憧憬满足于一日三餐
用灵魂的微光驱散黑暗
所有的苦闷和忧愁
在睡梦里翻转……

## 7

在那个时候，我很孤单，也很惧怕，不知道自己的未来在哪里，干脆就埋头干。不计较别人的说三道四，不顾忌别人的评头品足，一心做自己该做的事。高教研究，校外教学，指导毕业论文，每一样工作都做得风生水起。但是，对于家里的事情，对于兄弟姐妹的困难，则常常无能为力。

在那个时候，爱人的收入比我高。进出口公司，是当时的热门单位。她在那里做会计，确实很忙。并且，她又是一个要强的人，什么事情都想尽善尽美，所以就更忙了，加班加点是常事。出差的机会也比较多。我们两人就这样忙碌着。

## 8

萧索单调的冬季里，总是在盼望春天。盼望她的草长莺飞，丝绦拂堤；盼望她的千树琼花，碧波涟漪；盼望她的兰馨蕙草，润物如酥；盼望她的春色满园，落红如雨。

1991 年，我从高校调入区党委组织部。从那时开始，一直到 1999 年我到北京，生活改善自不待言。然而，1996 年初夏，岳父暴病而亡。爱人赶回奔丧时，没能见上最后一面，只能到墓地凭吊，徒留伤悲在红城……

## 9

岳母走了，走在这个肃杀的秋天，走在我们阵阵心痛之中；岳母走了，走得日夜兼程，迈开了她青云直上的脚步；岳母走了，走在辛劳了一辈子的忙碌当中。没有留下片言只语，也没有什么嘱咐，她走得那么悲壮，走得那么天地动容，尽管死不瞑目……

虽然早先已经知道她已经来日无多，然而噩耗传来的这一刻，我依然不愿相信，活生生一个人，就这样无声无息地走了，让人悲伤而痛心。那天早晨，我在办公室，那一刻，我木然地站在那里，好半天才想起须赶紧告诉爱人，我知道这对她来说无疑是晴天霹雳。然而我必须告诉她。电话通了，我被她的哭声淹没……

岳母走了，她不再经受病痛的煎熬，也不再享受着我们的呼喊。岳母的称呼从此消失在我的口中，只是心灵会因了这个称呼变得异常伤痛。尽管时常会痛彻心扉，然而我还是伤心地去忆起我的岳母，一遍遍地温习她那苦难的过往，认真地书写我的怀念与感恩。因为这是我永远不能忘却的。

## 10

从红城回到北京，爱人从此闭门养心，桌上的一杯水，窗外的几滴雨，都会让她落泪。她开始怀疑一切，昼夜交替，花开叶落，这些过去看来最简单不过的事情，如今都能进入她的心里，引起她的一番“为什么是这样而不是那样”的感叹。

她进而怀疑自己，为什么会有那样的过去和这样的现在，存在的意义在哪里？日思夜想，她找不到答案，思想混乱到极点。痛苦太多，疑惑太多，一种信仰远不足以使她得到拯救。

如今的乌兰浩特，罕山依然高耸，洮儿河、归流河依然在流。但是，生她养她、念兹在兹的岳父岳母都走了，曾经充满温馨、充满爱的家从此没了。啊，爱人说得对，乌兰浩特，爱人的出生地，也是她刺痛心扉的伤心地。

# 一支毛笔

这几天雾霾很重，到处是灰蒙蒙的景象，感觉空气忽然变得稀薄起来，让人有点缺氧的感觉。中午是打球的时间，场地却被占用，有些悻悻然。

回到桌前想写几个大字。随意拔出一支毛笔来，眼前一亮，啊，这支笔，多么熟悉的一支笔，非同寻常的一支笔。绝大多数毛笔都是竹杆，而这支却有洁白如玉的笔杆，上面还有发丝一般雕刻的“花香鸟语”图案，最上端还刻有“山鸟”二字。现在看，狼毫依然可辨，笔锋依然尖尖，笔杆依然笔直。而送我这支毛笔的人却离开我整整 20 多年了。

如今，毛笔只是一种手段性的工具，对它的去留人们不大在意。但是，端详着这支笔，我清楚记得，这是岳父给我的见面礼。那是在 1985 年夏天，我初见岳父，岳父得知我会写毛笔字，就把自己心仪的这支中楷毛笔送给了我。我也十分喜欢这支笔，一开始舍不得用，后来总使用它，而且写了无数的字。这些年，其他毛笔不知扔了多少支，唯有这支笔保存下来，并且一直插在我的笔筒里。

想想看，毛笔文化能够作为一个完整的世界存在数千年，它的美已经锻铸得极其灿烂辉煌。只要认识中国字，会写中国字，即便是现代人，也会被其中温煦的风景所吸引。吸引得深了，还会一步步登堂入室，成为它的一员。而练书法，其实也是在修炼自己的生命。写字的同时，无疑也是在吐露着自己的内心思想以及对人生的态度、观念和价值。岳丈大人，贫且志坚，清白做人，“一蓑烟雨任平生”。他当时送我这支笔作为见面礼，一定是颇有深意的。

实际上，我与岳父交往不多，印象最深的，可以用一支毛笔和一段旅程来概括。

一支笔，圆滑的身躯在光线的泽被下日益晶莹剔透，笔尖润而细小，看似不能承受一点压力。只有我知道，这看似不起眼的一支笔，那小小的笔尖承受了多少希望，那是岳父对我的希望。这支笔，陪伴我走过了最美的年华，从高校到党政机关，从青城来到了北京。一晃眼，这支笔陪伴着我已经整整30年了。我用它挥洒心中块垒，我用它抒发豪情壮志，然后呵护有加，每一次都把它洗得干干净净，每一次都把笔锋理得尖尖的，然后插入笔筒。正因如此，我的人生之路虽然坎坷却并不孤独寂寞。而岳父，却于1996年夏天过早地去世了。每念及此，不禁悲从中来。

摩挲着这支笔，我想起了与岳父的那一段旅程。那是在我毕业后的1987年暑假，我已经留校做了教师。那时候，我20多岁，岳父也就50岁出头。岳父从老远的东北赶到青城，要我陪他一起去我的老家河套。是啊，人家把闺女交给了我，无论如何也要去看看我们家，见见我的父母，看看这户人家到底怎么样。这也是人之常情。但是那时候交通不便，通信也不方便。为了陪岳父回家，无奈与当时的领导搞得很不愉快。现在想来，那人也太不近人情了，原因是学校领导在开学时有个重要讲话在我手上，他不放心，担心我因此会影响了领导的讲话。我向他反复说明，并保证没问题，他还是不肯放我走。因为那时候我们已经放了暑假，我又在假期，干脆就不搭理他了。

我那时是个刚刚毕业的学生娃，年轻气盛。我买了两张从青城到临河的火车票，也不懂得给岳父买一张卧铺票，当然也是真没有那么多钱，委屈了岳父，与我坐了整整一晚上的硬座。我也不会照顾岳父，一定累坏了岳父，但是岳父毫无怨言。当我问岳父累不累的时候，岳父只是笑呵呵地对我说这段路程不长，一点也不累。我们下了火车，乘坐汽车到了陕坝，然后又借用亲戚家的自行车，带着岳父到了城南的我家。

在我家的那几天，我的父母倾其所能，好吃好招待，我看见岳父很高兴。他与我父母有说有笑，其乐融融。有时，还让我带着他去村子里转转，到庄稼地去看看。很显然，岳父对我们这样的农村很喜欢，对这种自给自足的乡村生活很满意，特别是对我的父母也很有好感。返回青城的火车上，他对我说，把闺女交给我他是放心的。

岳父脾气耿直，嫉恶如仇。在工作中，凡是他认为不该办的事，谁打招呼也不行，他认为应该干的，压力再大也要干到底。这样一个犟脾气，使他吃够了苦头。一个副科级干部从二十多岁起一直干到五十多岁。因一件本不算问题的小事被下放农村进行劳动改造。家属跟着受苦，岳母多有埋怨。岳父退休后常常回忆自己走过的路，不禁喟然长叹："我就吃了脾气犟的亏"。

端详着岳父给我的这支毛笔，依然能感受到岳父那份真实和感动的情怀。岳父一生为人诚实，善良本分。一生过得很不容易，自幼孤苦，中年丧子，人生的所有挫折可以说他都经历过。生活极度贫困中好不容易拖曳着几个儿女成人，一辈子没有为自己享受过。他的一生，没有什么轰轰烈烈的事业，也没有什么显赫的地位，就是一个普普通通的人，一辈子操劳，一辈子辛苦。他为儿女该做的事都做到了。生活节俭成了他一生的习惯，坦荡一生，清高一世。

悠悠浩瀚人文，茫茫天地风骚。一管之力，破五岳，拔千钧；点滴之孕，生三元，发万物。这大概就是岳父送我这支笔的要义所在。窗外，漫天的雨让大地山林悲恸，呼呼的风在楼宇巷陌呜咽。岳父虽然没有给我们留下什么金银财宝，但是，这支笔，比金钱财富更重要，无疑是不可多得的宝贵财富。

# 沿着父亲的足迹

故乡，中秋。虽已风凉、叶落，然而，眼中的风景不减，心中的依恋依旧。

抬头凝视父亲的遗像，内心悸痛。啊，父亲离开我们20多年了。不经意间一个念头闪过，何不沿着父亲当年走过的道路，寻找他老人家的足迹？这一想法，得到普遍赞同。于是，带着母亲和兄弟们一起出发。

## 1

汽车在巴彦淖尔腹地一路南行，过临策铁路，大南渠，经河北店，八岱、黄羊古镇，再上110国道，沿途经过头道桥、补隆和协城这些乡村，然后沿着二黄河畔，来到了闻名中外的三盛公水利枢纽。

秋高气爽，河水浩荡。眺望西水东来，奔腾而去。脚下的路，也是父亲当年走过的路，慢慢延展开来；眼前的风景，也是父亲当年看过的风景，一幕幕疾驰而过。

我们从二黄河的节制闸前徐徐走过，然后伫立于浩渺的黄河岸边，倾听风与水的对话，仿佛可以捕捉到父亲熟悉的脚步声，由远及近，遥遥而至。或者倚着栏杆，双手托腮，痴痴望着这个巨大的水利枢纽，仿佛可以看到父亲正踩着五彩祥云，不期而来。

然而，风也罢，云也罢，流水也罢，涛声也罢，20多年就这么一如既往，来来去去，始终未能带来一点关于父亲的讯息。我知道，这或宽或窄的路面上，这九曲十八弯的黄河两岸，已经嵌满了父亲的足迹，数也数不过来，一眼看不到头啊。

沿着父亲的足迹，有一种声音占据我心灵的一角，缓缓地、盈盈地传动着，如一汪止水，轻轻漂去我内心的浮躁。似乎一切都存在，白天、黑夜、永恒和短暂的寂静。似乎一切又都不存在，仅仅是树丛灌木的呼吸，河水碎裂的幽响，清风飒飒的节拍，还有土地默默干裂、庄稼拔节的声音，那么空灵，那么悠远。

## 2

父亲的足迹遍布在河套大地。我和母亲、弟弟一起追忆着。似乎从阴山而下，沿着黄河，阡陌逶迤。是啊，我们大家心中都有一个故事，这故事都是跌宕起伏，婉转凄迷的。

父亲或许在云端，或许在远处。站在号称一闸的乌拉河、杨家河以及青惠渠的源头，伴着隆隆的水声，我似乎可以真切地听到父亲的话语。这话语伴着涛声，萦绕在我的耳畔，或远或近。

是啊，如果没有这浩浩汤汤的河水，如果没有这威严耸立的拦河闸，如果没有那来来去去的父亲的身影，我们的手里怎么会握着那一串久久不敢放开的往事？而沿着这蜿蜒曲折的河渠默默找寻，得到的恐怕只有深切的思念。

## 3

正午时分，我们来到三角城，来到了青惠渠管理所。父亲一生中大约有 10 年的时间在这里度过。

走进大门，进入洒满落叶的院落，心里竟然有些酸楚。

院子里的苹果梨挂满枝头，环形的步道整洁干净。无疑，我的脚下是父亲曾经反复踩踏过的道路和土地。而我现在就站在这方小小的留着他脚印的院子里。我不相信，但我就在这里。我看见父亲工作过的那间办公室还在，那间简陋的宿舍还在。睹物思人，我的目光在这里搜寻，在周边的房屋中流连。弟弟提议进里面看看，我不想惊动别人。于是我们环院子转了一圈，静静地想，默默地寻。似乎收获满满，似乎像雾像雨又像风。

20 多年了，从来没有想过，我们会陪着母亲来到这里；也从来没有想过，岁月的流驶会在神奇的生命中，繁衍出如此丰盈的憧憬；从来没有想过，时光的列车会在父亲的足迹上，叠加上我们的脚印。

## 4

我们沿着黄河防洪堤上的道路疾驰。

堤下是成片成片的河滩地和数不清的簇簇红柳，在西斜的金阳下光彩夺目。道路两旁站立的白杨树，依然英姿飒爽。在秋色中不失其肃然和庄重。沿着浑浊的河水徐行，可以放开思绪猜想它深流中的奥秘。远处，两只雪白的鹅，悠悠然飘在岸边。

我们驱车来到二闸，这也是父亲曾经工作过的地方。我们一起看二黄河的闸门高耸，听永济渠的流水嗡嗡……

父亲啊，我们是和你不期而遇吗？反正，你那棱角分明的脸，已悄然印入我的心田，你那和缓的呼唤，已深深植入我的脑海。见不到你的时候，我会不由自主地在心里描摹你的样子。河岸边，你曾经亲手栽种的那一棵棵杨柳的枝条已疯长成林。而每当面对黄河的时候，我又会手足无措，忐忑不安。

时间，要是能凝固能暂停那该多好。想想我们在一起的时候，那是一段多么清澈明静的日子。是你的无奈，还是宿命的恶手，将我们亲情分开。20 多年了，为了等待我们心中渴望已久的身影，我们曾关闭了所有的感动，无论是苦心找寻，还是梦中偶遇，那份美好都让人倍加珍惜。

## 5

秋风轻轻穿过黄河两岸，相遇的风花雪月，或真或假，迷乱了曾经。

父亲啊，黄济渠，黑济渠，园子渠，一线和二线公路上，布满了你的足迹。还有老屋、湖畔、羊肠小路，在这一次寻找足迹的旅程中，显得那么温馨，那么真挚。

岁月极美，在于它必然的流逝。春花，秋月，夏日，冬雪。有缘的人，无论相隔千万之遥，终会聚在一起。父亲啊，我不止一次地找寻，听着你慈爱的话语默默祈祷，看着你茁壮的大手为我指点迷津。

追寻，曾经在幽幽暗暗反反复复中追寻，才知道从从容容平平淡淡才是真。多少次，走南闯北，望明月，数星星，一直在默默追寻。今夜，夜深了，人静了，我依然沿着你走过的足迹回望。

尽管四周是那样的空寂，空寂得那样抒情，甚至像一篇童话。我知道，不管聆听还是寻觅，父亲的足迹已深深地印在了我的心中。这足迹，连成了线，开出了花，怀念的芬芳已经满枝桠，一条路，点点足迹，已经渲染成一幅画……

# 且以深情共此生

在每个人的生命里，都会有一个或几个特殊的人，或与你的故事有关，或与你的情感相连，或与你的岁月相牵。当岁月驾驭着人生向前延展，很多印痕都会漫漶开来，当初那些不期而遇的见面，那些刻骨铭心的关怀，那些谆谆暖心的教诲，那些登高望远的指引，那些拂柳堤岸的片段，那些青灯书窗的回忆，就会一幕一幕呈现在眼前。

## 1

一座校园，沐着熏风，清景无限；三位学子，荷着梦想，走在校园。一角一落的深情，一日一夕的成长，展成卷卷诗图，安静欣赏。

这是 20 世纪 60 年代初的师范学院中文系的一幕。如果说人生是一本书，那么大学生活便是这本书中最美丽的插页；如果说人生是一台戏，那么同窗共读便是这戏里最精彩的一幕。

那位姿态姣好，性格开朗的女同学，名字叫罗欣，是班里的文艺委员；那位中等个头、言行儒雅的男生名叫潘越，是班里的学习委员；那位面色清癯、高个的男生叫冯汉，是班里的党支部书记。他们无疑是学院的佼佼者，正在指点江山，激扬文字。

## 2

六月花香，清风拂面。校园飘舞着离别的气息，四年生活记录了他们的故事，而离别也正向他们走来。

一夜狂欢，醉酒当歌。一夜无眠，曲终人散。翌日的清晨，他们拎着各自的行李，踏上了远去的路。

岁月如歌，青春散场。往事被剪成一幅幅精美的图片，贴在脑海里，在时光的流动中反复播放。

挥手告别，冯汉回了故乡东北；本来家在首府的潘越被分配到西部区；只有罗欣一人留在了首府。

## 3

人生犹如一首歌，音调高低起伏，旋律抑扬顿挫；又仿佛一本书，写满了酸甜苦辣，记录着喜怒哀乐；亦像一局棋，布满了危险，也撒遍了机遇；恰似一条路，有山重水复的坎坷，也有柳暗花明的坦途；如同一条河，有时九曲回肠，有时一泻千里。

命运将无数巧合排列组合后，悄悄标贴在每一个人的身上。世间的存在也许就是迎合巧合的。有一天，你碰巧遇到一个人，举手投足之间，已成为一生的思念。尽管，那或许是须臾片刻的一场梦。梦不长，但也许永远都做不完。

我的故乡在西部。做梦也没有想到，我会与他们三人次第有了交集，并且感情深厚。遇上他们，或许是前世的修行，亦或许是今生今世有缘。我们在今世的缘分里，遇见彼此，从陌生到熟悉，到彼此亲密无间。

有时候，人生似乎有很多巧合，一切都是难以预料的。但是，当一个个巧合发生在同一个人身上时，那也许就是一种“缘”。缘者，心也，巍巍乎意在高山，洋洋乎意在流水。心心相映便产生了巧合。

## 4

那一年秋天，秋高气爽，天高云淡。我骑着自行车，带着生活用品和学习用具，揣着满怀的梦想，兴致勃勃地来到奋斗中学，来圆自己的高中梦。

班里五十多位同学来自河套大地的四面八方，大家日夜相处在操场边一间破旧的大教室里。在这个夏天热得要命，冬天弥漫着火炉烟气的空间里，欢声笑语阙如，“卧薪尝胆”普遍，大家憋着一股劲，就是决心要在来年的高考中打个翻身仗，好尽早离开这间教室，离开这块儿可爱而过于熟悉的土地。

在这个班上，遇到了我们敬爱的潘越老师。潘老师教我们语文。先生中等身材，声音洪亮。他的授课，大有居高临下、俯视全局之势，很能引人入胜。整整两年时间，潘老师与我们朝夕相处，见证了我们刻苦学习的全过程，见证了我们孜孜以求的青葱岁月。

潘老师对我的厚爱是处处可见的。我的每一篇作文，都经过潘老师的圈圈点点，那里有他简短的评论、点拨，既无居高临下，也无喧长护短。面对老师的夸奖，我当时很兴奋，却不敢沾沾自喜。我知道，那分明是对我的鼓励和鞭策。我的资质其实并不高，而潘老师真诚的夸奖足以使一个并非天才的头脑激发出巨大潜质。我觉得自己后来所获得的若许成绩，都是得益于潘老师的厚爱与关切。

对潘老师来说，一支支粉笔是他耕耘的沃土；三尺讲台，是他无私奉献的战场。多少年过去了，我始终感恩潘老师，给我前进的动力，给我飞翔的翅膀，给我指明了人生前行的方向，给我放眼世界的慧眼……

潘老师的爱，无私中透露着平凡，却又暗含着伟大。它像一股暖流，渗入我的心田；像一种呼唤，帮助我落寞的心灵找到回家的路；像一阵春风，给我无微不至的关怀。

## 5

人生，就是一趟长途旅行，而我们，就在这漫长的旅行中慢慢成长。

一位哲人说道：一趟长途旅行，意味着奇遇、巧合、不寻常的机缘、意外的收获、陌生而新鲜的人和景物。总之，意味着种种打破生活常规的偶然性和可能性。生活的多变与不可预知，给我们的人生道路抹上了一层层浓重而神秘的色彩。

又是一年秋天，我离开巴彦淖尔，坐了整整一天的火车，来到了大青山脚下的首府，开始了我的大学生活。在大学一年级，我遇到了教我们写作的罗欣老师。

那时候，罗老师在基础教学部任教，担任多个班级的写作教学。当时的她，也就 40 多岁的样子，身体好，显得富态而大方。

在人生路上历练曲直，翻越坎坷后，显得更加幽静淡然。就像饱满成熟的稻穗，丰满稳重却不张扬。经历生活磨难的她，不追风逐浪，波流茅靡，而是练就了那一份静观潮起又潮落的淡定沉稳和宠辱不惊的从容与知识女性的大气。

## 6

罗老师的课给我一种耳目一新的感受。她讲课声情并茂，妙趣横生。每一位学生上她的课，如鸟投林，如鱼得水。一堂课下来，无人不精神抖擞、意气风发。那一段时间，凡是她的课，我都听得很认真，并仔细地记笔记。课余，她与我聊起她的经历，她的家庭以及她的人生境况，让我感慨不已，肃然起敬。

罗老师的爱人年轻时便瘫痪卧床。罗老师对他始终不离不弃。平素的日子里，她一边伺候丈夫、抚育儿女，一边还要肩负繁重的教学任务。可以想像她生活的艰难。

然而，罗老师首先是一个要强的女人，有一种不服输的心态。凭着这种心态，她常年伺候爱人不厌烦。后来，儿子和女儿都上了大学，并且她自己连续多年获得学校和自治区优秀教师光荣称号。罗老师身教重于言教，不仅教书，更注重育人。她传递的是真心，真心对待内心的良知，真心善待渴求知识的学子，真心实践教育造福人才的光荣使命。真心是教师纯朴心灵的展示，是诚信文明的传播。真心诚意地关爱学生，并让学生感受到老师的喜爱，这种喜爱是对生命的尊重，而不是功利的诉求，是发自内心 ，而非虚伪地作秀。学生的成长不仅是知识、技能的积累，更重要的是精神和灵魂的发育、成熟和提升。

毕业以后，我留校任教，可以经常见到罗老师，也经常携夫人去看望罗老师。师生之间结下了深情厚谊。

## 7

还是一年秋天，我离开高校，考入区党委组织部。当时一起进入组织部的共有 13 人，被分配到部机关各处室，我留在了办公室。大约从此开始，组织部成了我的一个心结，每念及此，总有许多话说。

到组织部以后，第一次出差，是前往呼盟，对四大班子领导干部进行考核。

记得临行前，刚好见到了我的中学老师潘越。其时，他已担任中学党委书记。我说起要去呼盟出差，潘老师顺便说起了他有一位老同学，目前正担任呼盟书记。

十月的呼盟宾馆，残花败柳，满院的落叶呈现出一派萧条景象。大自然所有的光鲜美丽，都被这瑟瑟秋风消失殆尽。

那时候，呼盟改革开放试验区刚刚起步，百废待兴。冯汉同志为此付出了极大心血。从他所做的汇报当中，可以知道他的一些理念和发展思路。他的话，朴实而干练，没有铺排。他本人，严肃有余而少有笑颜。会后，下楼送他，顺便提起了他的同学潘越，他也只是莞尔一笑，并没有多么热忱。

## 8

从呼盟考核之后两年多时间，我们之间并无联系，只是在每年的两会期间偶尔见面。有一年，中央任命冯汉同志担任区党委常委、组织部长，成了我们的直接领导。

在冯部长主政的前两年，我一直在办公室负责文秘。后来，又担任办公室副主任、部长秘书。我与他一起走基层，到边关，东部调研，西部座谈，北京开会，区外观瞻，高校走访，企业党建，茶余饭后，路途攀谈。冯部长是一个通体透明的人，我从他身上，看到了一个共产党人应有的高风亮节，也学到了不少做人做事的高尚品质和宝贵经验。渐渐地，我开始收起任性倔强，学会了体贴担当。

几十年来，冯部长在我眼里所呈现的，永远是一副严肃、沉着、冷峻的神态，他说话声音很低，即使在不开心的时候，也没有高声说话。

到北京的这十多年来，我一直陷于各种事务，生活充满热闹，却找不到安然的氛围和心情。我们偶尔见面，总是匆匆寒暄，无暇诉说心中块垒……

潘老师、罗老师、冯部长，与我的种种机缘巧合，成了我生命历程中挥之不去的精彩篇章。人的一生当中，总会有一些人让你铭记在心，甚至永生难忘。有道是：弱水三千取一瓢，且以深情共余生。

# 一中忆往

天高云淡，枯黄的叶子从头顶飘然而落。这一天，我从二中转学进入位于陕坝镇的一中。一中，是指杭锦后旗第一中学，就是现在的奋斗中学。

转学自然不易，父亲为此费了很大心血。那时候，一中名声在外，高考升学率在巴盟名列前茅，能够进入一中，似乎就拿到了大学的入场券。

## 1

我在文科班，第一节课上的是地理课。老师叫吴振国，矮个，国字脸，大眼睛，山西口音。那天讲分区地理，讲到了两广物产，自然便提到了荔枝。那时候，我们都不知道有这样一种叫“荔枝”的水果。

为了加深印象，吴老师为我们讲了白居易的《荔枝图序》:“壳如红缯，膜如紫绡，瓤肉莹白如冰雪，浆液甘酸如醴酪”。讲到动情处，吴老师情不自禁，盛赞之下“啧啧”地流出了口水。而同学们却无动于衷，不能为他那生动的讲述而动容。因为我们既没有见过，也没有听说过，实在无法理解，无法接受。

不过，却无意中记住了一些与荔枝有关的诗句，比如“南州六月荔枝丹”（陈辉《荔枝》），“红云几万重”（邓肃《看荔枝》），“一骑红尘妃子笑，无人知是荔枝来”（杜牧《过华清宫绝句》）。并且由荔枝一物而记住了杨贵妃，记住了杜牧，记住了南越王赵佗，更记住了苏东坡那首著名的《食荔枝》:“罗浮山下四时春，卢橘杨梅次第新。日啖荔枝三百颗，不辞长作岭南人。”

## 2

过了几天，上历史课。那一天，外面风大，坐在教室里，依然可以听见教室门窗发出的吱吱声，那阵势，似乎要掀翻整个世界。

历史老师杨德明，中等身材，脸庞黝黑，说话声如洪钟。他女儿杨克勤，就在我们班上。后来考入首府一所学院，毕业后与同学赵彪林结婚。

印象最深的，是杨老师讲的太平天国农民运动。讲到太平天国农民起义为什么失败，杨老师分析了许多原因，比如，农民阶级自身的局限性，他们不是新的生产力和生产关系的代表，他们无法克服小生产者所固有的阶级局限性，因而无法从根本上提出正确的政治纲领和社会改革方案，无法克制和克服领导集团自身腐败现象的滋长，也无法长期保持领导集团的团结，这一切都大大削弱了太平天国的向心力和战斗力。另外，太平天国是以宗教来发动组织群众的，但是拜上帝教教义毕竟不是科学的思想理论，他不仅不能正确指导斗争，而且给农民战争带来了一定程度上的危害。讲到动情处，杨老师说："太平军手上有两杆枪：一杆红缨枪，一杆烟枪。"特别是烟枪，杨老师认为手持烟枪的军队，其失败是必然的，毫无疑问的。听了杨老师的分析，同学们都会心地笑了。

## 3

登台执教 40 年，当了 17 年班主任、12 年语文教研组长的潘涌老师，立身三尺讲台，教书育人，硕果累累。

改革开放以后，潘老师把全部身心都投入到教学上来。他不仅是一位语言艺术家，也是一位表演艺术家。他能发现语文的内在美，也能挖掘语文的外在美；他能传递语文美的过去，更能创造语文美的未来。课堂上，他不激不厉、不暴不弃、循循善诱，如一位平和中正的智者，引领着一群善良迷茫的青年，一同去追寻他们心中的梦想，一同去朝圣他们心中的圣贤；课堂外，他甘于寂寞，甘于清贫，一豆烛光，一杯淡茶，一卷青书，嫉恶如仇，严辞鞭挞。他胸藏万壑，心怀天下，释放出来的全是儒雅。他的言谈话语，他的演绎推理，他的潇洒板书，他的冷峻批语，无不闪烁着美的意蕴、美的律动、美的光芒。聆听潘老师的语文课，那是一种美的享受，那是一种浓烈而不艳俗的美，一种高雅而又可攀的两极相融的美！在我看来，这种美正是课堂教学文化的最好诠释。潘老师的语文课，给了我们聆听音乐的耳朵，给了我们欣赏绘画的头脑与眼睛，给了我们丰富的情感、智慧的心灵以及想象的翅膀。在潘老师的课上，没有烦琐的铺陈，没有空洞的说教，只有动之以情、晓之以理的启发。平和静淡的表象掩藏不住他温和宽容的性情，深沉冷静的性格掩盖不了他执着如火的热情。听潘老师的课，如春风化雨，点点滴滴，滋润心田，亦如一杯淡淡的清茶，在芬芳的氤氲里，漫漫沉醉。

有人问潘老师："你的人生哲学是什么？"他只说了十五个字："吃酸甜苦辣，走东西南北，读古今中外。"生活上，他要求不高，适应性强；工作上，他愿意走入社会，品尝世界；学习上，他苦读经典，博观厚积。他总是以平和的心态，简朴的要求，勤奋的精神，去应对纷繁复杂的社会。

## 4

数学老师何敬之，1957 年毕业于北京师范大学，远离故乡四川，扎根塞外河套，在一中历任数学教研组长，教导主任、副校长、副书记，为教育事业做出了突出贡献。他以其高尚的人格，高超的教育思想和教学艺术，卓越的教学成果，赢得了广大师生和社会的广泛认同和高度评价。尽管他给我们讲课的次数不多，但对我的启发和影响很深。在校时，我曾专门撰文抒发对何老师的赞颂和感激之情。

还有数学老师吴广耀，幽默风趣，他并不是我们班级的专任数学老师，听他的课也是偶然的几次，并且我从二中转学到此，因换了数学老师而有些不适应。但是吴老师的数学课，我却十分喜欢听。

记得那是一个雨天的下午，窗外下着细细密密的雨。整个天空像披上了一件厚重的外衣，让人感到十分郁闷。吴老师在讲台上却讲得津津有味，后排有些同学在下面窃窃私语。突然，听见吴老师说："×××，你来说，外面的雨滴总数是多少？”只见那位同学慢吞吞地站起来，支支吾吾不知回答什么好。吴老师脸上露出了笑容：“我现在讲的是概率，我以为你是在测算窗外雨滴的总数。”话音一落，全班哄堂大笑。我对老师那节课的印象极为深刻。

## 5

在一中的两年时间，我基本上是住校的。那时候，我们学生食堂在西南边的大操场旁边。打饭，是我们学习之外的一项任务。

常常记得，当时我们班的教室与食堂就隔着一条马路，饭菜的香味也会随着凛冽的寒风从教室的门缝中飘过来。快到开饭点儿，坐在后排的几个男生早已饿得肚子响，全然没有了听课的心思，只见他们有的不停地看着手表，有的用筷子轻敲着饭盆，有的支着耳朵盼望着下课的铃声，有的则用手拽住后门的把手，准备第一个冲出去打饭。

一待下课铃响，老师宣布下课，那几个同学便争先恐后地冲向食堂窗口。

想起那时的生活真是苦啊，吃上食堂的一顿肉烩菜便是改善生活了，而每盆菜都是有限量的，不能足额供应，来打饭晚的同学很可能就吃不上了。所以同学们在有大烩菜的这一天，打饭会异常踊跃，经常排很长的队，把打饭口围得水泄不通。为了维持秩序，坏脾气的食堂师傅经常拿着扫帚拍打着乱挤的同学们，迫使他们按秩序排队。

一中的岁月，如握在手中的流沙，从指缝间一点点滑落。风，如同舞动季节的羽翼，盘旋在时光的上空。记忆就像挂在窗户上的风铃，常常在耳边轻轻回响。

# 夜宿老屋

阑珊的节日灯火中，喧闹了一天的古城陕坝已经沉沉睡去。

对老屋的情感至深，决定夜晚回到老屋过夜。

从陕坝到老屋只有4公里。很多时候，我愿意步行前往。小南渠，三大股渠，三排干，流水已经不记得我，我还记得它们。丰产，中星，五星，三个村子已经变了模样，我还记得它们。路，从原来的羊肠小道、泥泞道路，变成了柏油路。我曾经上学的小学校，已经荒芜一片，再也看不出是学校了，却永远留在了我的记忆当中。

一路上，来往遇到的为数不多的老乡，我全不认识。老一辈的，大多已经沉睡在后沙壕的墓地里。年轻一些的，或者比我们小了一辈两辈的，全然不相识了。

我和弟弟放下行李，耳边偶然响起熟悉的旋律，那一刻竟然记不起曲调，像是父亲弹得不太熟练的扬琴声，又像是婉转的二胡声，不知不觉已经让我泪流满面。我并不感性，但也不是太过脆弱。那些走过的日子，动过的情，还是不能轻易放下。在院子里走了一圈，空空荡荡。而几十年以前，在这个院子里，我们都还是孩子，尽管在成长的路上跌跌撞撞，我们却从未忘记这里。父亲已经走了整整21年了，但是他的音容笑貌我们还记得，他的一举一动我们还记得。21年，又一代人已经谈婚论嫁了，而我们却阴阳两隔，只能在梦中相见。

火炕是现成的，在炉膛烧一把红柳枝，老屋很快就暖和起来，火炕不一会儿就热了。感觉很不错，还是小时候的味道。在炕上铺上席子，然后把随身携带的被褥打开，老屋很快便温馨起来，静谧得仿佛世界根本不存在。

躺在炕上，把灯熄灭。我们完全没有了睡意。你一句我一句，叙述着从前。寒风凛凛的时候，饥寒交迫的时候，上学的时候，放寒暑的时候，修理猪圈羊圈马圈的时候，割小麦的时候，和父母在一起的时候……

那时候我们小，家里很贫困。常常是衣不蔽体，食不果腹。那时的父母拉扯我们真的不容易。但是，父亲依然乐观，母亲依然镇定。我们兄弟姐妹6人，长幼有序，其乐融融。而如今，父亲去世了，母亲也上了年纪，兄弟姐妹都有了自己的家。大家的日子比起父母当时不知好了多少倍，但是，我们的快乐也不知差了多少倍。

其实，在社会上闯荡久了，受够了人情冷暖，见惯了世态炎凉，多想父母能一直陪伴着我们。就在老屋这个地方，我们在不远处开垦上半亩荒地，栽一片红柳，种上几枝葡萄，春来赏花，夏至乘凉，整日和父母在一起，煮一壶奶茶，哼一曲小调，繁华落尽时，躺下静静聆听老屋的宁静……

很多时候，我站在老屋的门扉回望，感慨着，时光总是匆匆，太匆匆。当我还在留恋春天的新绿，如火如荼的炎夏已经迫不及待地向我走来。季节的花红柳绿，姹紫嫣红，早已芬芳灿烂了生命，可是总有些风景，还没来得及欣赏，岁月已辗转了一程又一程。花开花落了一季又一季。我们之间的距离也渐行渐远了，就因为我们长大了吗？

老屋一夜，除了感叹，感动，还有感伤。时间都去哪了？是印刻在父母苍老的皱纹里，还是淹灭在孩子们的欢声笑语中？是消磨在柴米油盐的平淡中，还是流逝在我们或浓或淡的感悟里？或许，光阴的流沙，无论怎样抓，都会在指缝流淌，慢慢回首，那些执念，那些不舍，也不过是婉约了流年的一首歌。

有时候，我多想捻一指故乡的清风，行于田野陌上。我知道，如若心怀阳光，沧桑也是一种美丽；如若心怀慈悲，遗憾也是一种风景。生命的意义，不是追逐金钱名利，而是珍惜所有的过程。我们每个人都需要点燃一盏心灯，照亮自己前方的路，不要迷失在钱眼里。相信自己能走向一片光明，一片豁然开朗。

“风住尘香花已尽，物是人非事事休。”老屋一夜，往事早已白云苍狗。我们可以握住的是什么？流光的疏远，星空的辽阔。我们不可能停在昨天，也不可能回到过去，但是，只要我们明白，生命在一点点地消失，一点点地逝去，捉不住，放不掉。那么，我们可以期待和领悟的是什么？

# 月亮之下

# 月亮之下

喜欢有月的夜晚，喜欢坐在月亮之下。

月下疏影，满目空灵，碎竹迷离，斑驳倩影。池水涓涓细流，蛙声一片，不知何处传来回音。

起身徐徐而行，尘世古道曲曲。我行，月也行；我停，月也停。没有瑟瑟寒意，未邀友人观景，只我一个人。

或盘膝而坐，叹清风引来愁绪。若白发飘在两鬓，也不会深恨岁月无情。月儿皎洁如水色，无人对饮。想起一壶旧情，捧起一杯浊酒，对月一饮而尽。爱，不只是一场嬉戏；痛，也不只是一场流离。琴音瑟瑟，萧笛声声。月白风轻，浅唱低吟。不觉老泪纵横。

北雁飞过长空，耳边渐少蝉鸣。往事不可寻，金樽伴月明。无悔青春，临风梦醒。问苍天，柔情几许，换得今生。

一聚一散两相离，一悲一喜一画屏。

# 诗歌中的明月

明月，在我国文学艺术宝库中，如明镜高悬，大放异彩。

花开花落，月缺月圆，几多青春流逝壮志未酬的感叹、背井离乡思念亲人的愁怨、漫漫羁旅凄楚寂寞的无奈……

伴着一掬如水月色，在诗人笔下悄悄流淌。月如钩、如弦、如玉盘、如飞镜，月下的世界是一个充满诗情画意却又朴素自然纯净空明的世界。诗人爱月、吟月、读月，举杯邀明月，把酒问明月，上天揽明月，寄舟赊明月，诗人的生活情趣和月下的世界处于深度的和谐之中。

## 1

明月，首先是以其美好的形象赢得人们的喜爱，然后才会融入个人的感情。

“江天一色无纤尘，皎皎空中孤月轮”（张若虚《春江花月夜》），“可怜九月初三夜，露似珍珠月似弓”（白居易《暮江吟》），“月下飞天镜，云生结海楼”（李白《渡荆门送别》）都在描写月亮之静态美。“积云四卷天无河，清风吹空月舒波”（韩愈《八月十五夜赠张功曹》）则写出了月亮的动态美。

在上述这些诗句中，明月是如此的美好，与周围的人物、景物是那么的和谐。“野旷天低树，江清月近人”（孟浩然《宿建德江》）正是明月这种和谐优美的形象吸引着诗人不自觉地融入个人感情，从而使之成为具有多种意象的情感与形象的统一体。

## 2

月明与月阴，月圆与月缺，本是自然现象。但是在唐代诗人中，月作为愁绪的意象，构思也是很巧妙的。笔法空灵，想象丰富，抒情婉转，意趣含蕴，获得了不朽的艺术生命和惝恍迷离的艺术氛围。

诗人往往用明月营造的特定意境来衬托人物特定的心境。李白的“但见悲鸟号古木，雄飞雌从绕林间。又闻子规啼夜月，愁空山”（《蜀道难》），借月营造了一种凄凉的意境，用以衬托诗人理想不得实现的惆怅心境。

白居易的《琵琶行》“其间旦暮闻何物？杜鹃啼血猿哀鸣。春江花朝秋月夜，往往取酒还独倾”借秋月的自然优美反衬诗人遭贬后独居偏僻地带，寂寥、落寞的愁苦心情。“东船西舫悄无言，唯见江心秋月白”则借皎洁的月光洒在江面上形成的宁静优美的意境，衬托琵琶女精湛的演技在听众心中产生的震撼，引起的遐想。

杜甫的“星垂平野阔，月涌大江流”（《旅夜抒怀》），借辽阔的平野、浩荡的大江、灿烂的星月，渲染了一种雄浑阔大的景象，恰恰反衬出诗人暮年被迫离开成都后孤苦伶仃、颠沛流离的凄怆心情。

王维的“明月松间照，清泉石上流”（《山居秋暝》），向我们展示了一幅清新、明净、幽雅的自然画面，体现了诗人热爱自然的喜悦之情。

柳永的“今宵酒醒何处？杨柳岸晓风残月”借月的凄清，衬托友人离去后诗人痛苦的心情。

## 3

月是有情绪的，“月上柳梢”的缠绕，“晓风残月”的悲凉，“月照高楼”的孤寂，情到深处，月便自然与情爱相连了。尽管“人生无物比多情”、“无物似情浓”，但是，月仍然是一种表达情与爱的最佳寄寓和祝愿。

如谢庄的“隔千里兮共明月”（《月赋》）；孟郊的“别后唯所思，天涯共明月”（《古别怨》）。

张九龄的“海上生明月，天涯共此时”（《望月怀远》），表现出深挚的情与爱，化为“但愿人长久，千里共婵娟”的凄美祝愿。

无论是狂羁洒脱的李太白，情意绵绵的李义山，还是忧患郁抑的少陵野劳，都拒绝不了月光的见证，在月光的温抚下，还原出人的本真。一时骚客的失落，才子的多情，诗圣的千虑，都一一呈示在纤尘不染的月光下……

在爱情的情感世界里，唐人的情怀、渴念，甚为壮阔、更为空灵，情爱也甚是挚热、浓烈。“待月西厢下”的痴心迫切，“落月满屋梁”的空虚落寞，“月落星稀天欲明，孤灯未灭梦难成”的痴恋情深。

月光下的浩茫天穹，还是相思的成因和巨大空间。分别之后，“此时相望不相闻，愿逐月华流照君”，月光引起的情思萦绕着爱的惆怅和迷惘。“阶下清苔与红树，雨中寥落月中愁”（李商隐《端居》）。月明之夜，风雨之夕，情人“各在天一涯”，而且“鸿雁长飞光不度，鱼龙潜跃水成文”时，该又凭添几重愁苦！于是凄迷广皓的月下便成为无尽相思的时空：“楼上黄昏欲望休，玉梯横绝月如钩”（李商隐《代赠二首（其一）》），月所造就的相思意绪，李商隐就是一千次一万次，也道不完，“欲说还休”。

当然，时间也许会消磨和冲淡爱情。“同来望月人何在，风景依稀似去年”（赵暇《江楼感旧》）。那个相偎相依的月下倩影，哪里再可寻回？即若唤回，恐也不是彼时情怀了。好梦已去，往事如烟，空留丝丝缕缕的旧踪袅袅飘开在爱情失落的天际。若如此，在伊人已逝的情人眼里，只余下“行宫见月伤心色，夜雨闻铃肠断声”（白居易《长恨歌》）的苍凉萧瑟的景观。爱情在凄迷的月色、催人肠断的铃声的烘托下，更为凄婉欲绝。“伊人何在，烟水茫茫”，“情以何堪”？只好徒作“长恨绵绵无绝期”的黯然神伤。

## 4

早在唐代以前古诗人就有“关山三五月，客子忆秦川”（徐陵《关山月》）“关山夜月明，秋色照孤城”（王褒《关山月》）和“关山万里不可越，谁能坐对芳菲月”（卢思道《从军行》）的思愁绵绵。

唐诗也不甘落后。唐诗中有“陇头明月迥临关，陇上行人夜吹笛”（王维《陇头吟》）的啜泣诉说，有“中天悬明月，令严夜寂寥”（杜甫

《后出塞五首·其二》）的惨凄寂寥，有“可怜闺里月，长在汉家营”（沈全期《杂诗三首·其三》）的绵邈深沉，有“回乐烽前沙似雪，受降城外月如霜”（李益《夜上受降城闻笛》）的幽怨悲亢，有“更吹羌笛关山月，无那金闺万里愁”（王昌龄《从军行七首》）的悲凉凄婉。

同时，唐诗人又发展了边塞诗，特别是盛唐时期的诗人，赋予边塞诗更为博大的阔远、浑融、丰腴、完满的意境，给人一种激动和向往的艺术魅力。有“秦时明月汉时关，万里长征人未还”（王昌龄《出塞》）的雄浑苍茫，有高适“雪净胡天牧马还，月明羌笛戍楼间”（《塞上听吹笛》）的开朗壮阔，有李白“明月出天山，苍茫云海间”（《关山月》）的浩渺闲雅，有王昌龄“撩乱边愁听不尽，高高秋月照长城”（《从军行七首》）的雄心忧患。

明月作为一种语言形象，把环境点缀成了苍茫悲壮的边塞风情，也把边塞这个物理空间转化成了心理空间。

明月是可以跨越时空的隔绝。戍守边疆的征夫、苦待闺中的思妇，月是他们的一种寄托和幻念，千里相共，愿随孤月，流照亲人。诗人们利用这种情结自由地创造了月和边塞的相行相随相抚相慰的空间美，这方面的代表是沈如筠的《闺怨》：雁尽书难寄，愁多梦不成。愿随孤月影，流照伏波营。

在这里，诗人描绘了思妇的深思遐念和倾诉无人的隐恨，思妇“忧愁不能寝，揽衣起徘徊”（《明月何皎皎》），在“出户独彷徨”（同前）之中，举头唯见一轮孤月悬挂在天上。“此时相望不相闻，愿逐月华流照君”（张若虚《春江花月夜》），于是很自然地产生出“愿随孤月影，流照伏波营”的念头。

月是物质的，月是空间的，月还是文化的。从月水的浸润和滋养伸展下，诗人与那巨大深远的宇宙空间与边塞这样的独特性风景线不期而遇，一拍即合了！诗人“愿随孤月影”为的是什么？就是与月光相抚相慰的边塞意识。

## 5

由于月亮遥远莫测而产生的神秘感，很自然地也使它成为一种最终摆脱痛苦的希望。月光成了诱惑物，引导主人公通过失望的痛苦，走向既定的希望之路。

当物是人非之时，历经沧桑之后，抬头一望，那月亮还是原来的模样，依旧在高空俯瞰着下边的世界，这常会引起人们对宇宙永恒而人生有限的感慨。

刘禹锡的“山围故过周遭在，潮打空城寂寞回。淮水东边旧时月，夜深还过女墙来”（《石头城》），山川依然，曾经彻夜笙歌、春风吹送、欢乐无时的石头城，那六朝的繁华已经空无所有，只有当年从秦淮河东边升起的明月，如今仍照着这久已残破的古城。诗中融合了故国萧条、人生凄凉的深沉感伤。

李白的《梦游天姥吟留别》表现出对统治者极度的蔑视和决绝，对现实世界极度的失望，并坚持寻找理想中的世界：“我欲因之梦吴越，一夜飞度镜湖月”充分体现了诗人对理想世界的热切追求。其千古名句“俱怀逸兴壮思飞，欲上青天揽明月”更是诗人远大抱负的生动写照。“人生得意须尽欢，莫使金樽空对月”则体现了一种洒脱、狂放的人生态度。“江畔何人初见月，江月何年初照人？人生代代无穷已，江月年年只相似”（张若虚《春江花月夜》），“今人不见古时月，今月曾经照古人。古人今人若流水，共看明月皆如此”（李白《把酒问月》），“青女素娥俱耐冷，月中霜里斗婵娟”（李商隐《霜月》），寄寓着诗人在严酷混浊的现实里追求高洁、向往光明的殷切愿望。

# 孤 独

晚上做梦，梦见小时候背着书包上学的情景。那条上学的小道都被水淹没了，只能走大道。并且在大道上走的时候，不知不觉就只有我一个人了，感觉好孤独。

对于孤独，有人这样解释：孤是王者，独是独一无二，独一无二的王者必须永远接受孤独。他不需要接受任何人的认同，不需要任何人的怜悯，可以在很平静的环境下独行。也有人解释说，孤独并非是在自己心情压抑，或是失恋的时候出现的。那种感觉只是空虚和寂寞，称不上是孤独。孤独是一种状态，是一种圆融的状态，真正的孤独是高贵的。因此，孤独者都是思想者，当一个人孤独的时候，他的思想是自由的，他面对的是真正的自己，人类的思想一切都源与此处。

现实中只要有人聚集之处，就有孤独。心理学认为，人类是群居动物，对一个群体产生很强的热爱感情，进而产生了强烈的依赖性。当一个人被别人排除在外的时候，他就会因得不到心理的依赖感而出现不满足的情绪，这种迫切的满足感即为孤单的体现。

比利时有一部电影就叫《孤独》，它把镜头对准了那些生活在精神病院里有各种心理残疾的儿童们，抑郁，自闭，狂躁，妄想等各种精神疾病每天都折磨着他们，他们被隔离在有高高的铁丝网的围墙内，他们发病的时候会不停地用头撞墙，发出咚咚的声音，虽然墙上铺着很厚的海绵，但那声音依然让你无法忍受，或者哭泣紧张，或者来绕圈嚎叫。更难以想象的是他们眼中极度的惊恐和忧伤，他们每天听到的只有隔壁的咚咚声和外面的狂风暴雨，他们就在这间监狱般的医院里，一个人一个房间，孤独地“活”着。这是一部纪录片，一部能让人心碎的纪录片。

现实生活中，一路的漂泊，我们的孤独也一天天长大。为什么有的人不讲诚信，见利忘义？为什么真心的付出却得到欺诈的回报？为什么有的人急功近利？为什么有的人顺我者昌，逆我者亡？为什么要搞人身依附？……有时候，我怀着孤独，望着街上滚滚车流，望着小草、花、树木、河流，我惊讶地发现其实它们也很孤独。记不起是谁说的了，孤独与爱似乎是相联结的，无爱的心灵不会孤独，未曾体味过孤独的人也不可能懂得爱。正是由于怀着爱的希望，孤独才是可以忍受的。人不可能离群而居。因为走过你的路，因为苦过你的苦，所以悲伤着你的悲伤，幸福着你的幸福。

在拉美文学百余年的发展过程中，出现过许多不同的流派：智利诗人聂鲁达对人性的思考，委内瑞拉文学家卡斯帕斯对自然和谐美德的赞叹，都曾深深地感染过我。而哥伦比亚著名作家加西亚·马尔克斯，则以其对现实世界魔幻般的思索和诉说，开创了魔幻现实主义这一文学流派，而作者也因之获得了诺贝尔文学奖。《百年孤独》中用梦幻般的语言叙述了创业的艰辛，文明的出现，繁衍与生存，爱情与背叛，光荣与梦想，资本主义的产生，内战的爆发，垄断资本主义的进入，民主与共和之争等足以影响拉美的大事，却让他们集中发生在一个小小的名叫马贡多的乡村中。把布恩迪亚家的每个成员都深深地牵扯了进去。在故事的结尾时，家族的最后一个守护者奥雷良诺阅读了记载这个百年世家的命运的羊皮卷后说："这里面所有的一切，我都曾经看到过，也早已知！"作者正是借这个总结性的人物之口，表达了对拉丁美洲百年历史的看法，即近代拉美百余年的历史是重复的，拉美的发展和历史进程都停滞不前。

梭罗说过："一个正在思想或正在工作的人总是孤独的。上帝是孤独的，但是魔鬼就绝不会孤独；他看到许多同伙；他要拉帮结派。"我相信，既然孤独与爱同在，那么，我们在享受爱的同时，其实也是在享受孤独。只不过，对于那种急功近利者来说，他们的行为既亵渎了爱，又羞辱了孤独。

爱别无所求，只求成全自己。孤独别无所爱，只待融化自己。

# 夜 半

夜半醒来，无法再睡。看看表，3:50。算一算，正是儿子从洛杉矶起飞的时间。

大概心里惦记，便准时醒了。看微信，半小时前，儿子发了一张背包客的图片，行李就搁在身边。夜半，他不想打扰我们，而是以另外一种方式告诉我们他已经到了机场。离开我们三个半月，孩子很可能遇到不少事情，一定有很多话给我们说。同样，我也很想他。

起身看看窗外，灰蒙蒙一片，只有远处的灯火，高低明灭。正应了张继那句“月落乌啼霜满天，江枫渔火对愁眠”的景致。夜半，虽不在姑苏，虽不在客船，却也装满了对儿子的思念。孤寂弥漫着整个心灵，混乱的思绪，无法让我镇静，任思绪慢溢……

平时，少有“昼短苦夜长，何不秉烛游”的同伴，也没有李商隐“客散酒醒深夜后，更持红烛赏残花”的雅兴，却有一些“晓镜但愁云鬓改，夜吟应觉月光寒”的伤痛，以及“阶下青苔与红树，雨中寥落月中愁”的无奈。梦也好，醒也罢，缘聚缘散，唯有我忧伤寂寞在这热闹非凡里，执着于心中的那份追求。

空洞的夜半，心灵实在难以空洞地走过。夜半私语，一切因了热爱，思念便成了灾。时间总是在不知不觉中流逝，转眼，又到年底。仔细回味过往点滴，真是应验了那句“往事不堪回首”，太多太多的事情，只能深深埋藏在心底的最深处，得不到宣泄，是那样的压抑。一种无望的失落，过往就像指尖流逝的岁月一去不复返了。

夜半，顿然生发的惦念。13 个小时的飞行，儿子肯定很累啊。想到十几个小时我们又可以重逢，禁不住喜从中来，并且浸润着温暖的心田。此时，夜色愈发温柔起来，大概晨曦即将来临了。

# 月夜行走

腊月十五，好大的一轮月亮挂在天上。旁边轻雾缭绕，发出柔柔的白光。小区里每个角落都是亮亮的，一个人沿着小径行走，惬意而透亮。

迷人的月夜，有我迷离的目光，打量着月亮的清澈，仿佛置身于旷野，或者宁静的村庄。想起小时候，父母陪伴着我们，和我们一起数着星星，望着月亮。如水的月光，伴着村庄的灯火，恬静又安详。那个时候没有电灯，每当夏夜，我们特别喜欢温柔美丽的月亮。空旷的院子，弟弟依偎在妈妈的怀里，听着妈妈的故事睡着了，父亲将弟弟接过手，摇啊摇，一家人乘凉的画面，不知不觉刻在我心上。

今夜的月亮也如同儿时的月亮，但是天时人事都已经变化。曾经那个懵懂中唱着《我爱北京天安门》的孩子，后来真的来到了北京；曾经老有故事给我们讲的父亲已经离开我们多年了；曾经抱着孩子的母亲已经和小弟搬进了故乡的城里，兄弟姐妹四散各地，见一面也很不容易了。在如此美丽的今夜，尽管是一轮冷冷的冬月，尽管她有些冷漠，但是依然勾起了我对往事的回想。

人生易老天难老啊。以前总以为月亮不属于城市，只属于乡村，总以为城市的喧闹，掩盖了她的美丽和宁静，却原来她一直都在静静绽放着自己的美丽，惯看着人间的风云变幻和悲欢离合。

望着一轮明月，我选取不同的角度，想把她一一拍下来。忙碌过后，踏着月光下斑驳的树影，走了整整一个小时，有一种神秘的、远离人世的感觉。

当孤单成为一种习惯，我已懒得去想。我仰着头，看着天上的月，挺直了腰，从容而骄傲，我就这么一个人走着，一个人想着，无拘无束。

# 昆泰之夜

北京四月天，空中飘着白絮，丝丝缕缕。明天的会议在望京濒临五环的昆泰酒店举行。傍晚，入住 1929 房间。窗外细雨，远处有稀稀落落的灯。

整整十年了，无助也好，困顿也罢，人事相催，真的是山穷水尽了。向谁祈祷，向谁诉说？说来可笑又可悲。如今，白天的节奏带着心走，此刻的心绪愈加恍惚，有一些身心俱疲。一切似乎莫名，莫名的相遇，莫名的离散，莫名的笑容，莫名的烦闷，陪伴着这莫名孤寂的夜晚。

多年了，一颗赤子之心，不会乔装，不会掺假。不善圆滑处事，不愿文过饰非，不肯低三下四，不会说违心的话。总以为聚散自有天定，善恶是非分明，多行不义必自毙。所以不愿意主动，也没有必要主动。世事纷繁，组织无序，人格分裂，人性太贪。看透了世俗的琐事，也厌恶了那些尔虞我诈。说什么，给谁说？只好面对这静静的夜，无言以对。

原来的种种不堪，不愿重提。世事难料，于今有了更为深切的体认。莫听，莫看，只让一些思想，在孤独的夜晚学会站立，就如这昆泰酒店的名字，昆是昆仑，泰是泰山，泰是泰来，但愿否极泰来。毕竟十年了，有谁懂得我的苦，有谁知道我的心？虽然一时没有泰来，而我的门扉紧闭，早已锈蚀的心事，悄然风化在窗外绵绵的细雨里。

那些遥远的，依旧遥远。接下来的，也不足观。无奈无聊之际，忽然想起天意了。是啊，好多事情，不再强求，顺其自然最好。世界之大，总是追不上时光的脚步。好多事情得来不易，得到的，也终将逝去。因为风雨过去，留下的或许就是透明与理性。

外面起风了，风缓缓透过纱窗，飘到脸前透出丝丝的暖，擦去额头的汗水方才明白，原来这个夜晚也如我一般淡然。

夜风徐徐，略有微凉。日子过得忙碌又无序。时间就这样一点一点过去了。而我，就在这暗夜的洪流里一点一点醒来。

# 轻骑踏月不忍归

草原夜色美
琴曲悠扬笛声脆
晚风吹送天河的星啊
汇入毡房闪银辉……

每当听到《草原夜色美》这首歌，我就想起了草原，想起了身在草原的那些光辉岁月。

草原，苍茫，辽远。曾记在内蒙古工作的那些岁月，我的足迹几乎遍布每一个草原。自西向东，有沙丘环抱、驼行戈壁的阿拉善草原，有旷远苍凉、幽静悲壮的乌拉特草原，有鸣沙绝响、碧野漫漫的鄂尔多斯草原，有参差起伏、广漠无边的乌兰察布草原，有绿色如海、繁花似锦的锡林郭勒草原，有坨甸并存、水草风貌的科尔沁草原，还有号称世界三大草原之一，地域辽阔、风光旖旎的呼伦贝尔草原。后来，也曾去过青海的金银滩草原，新疆的那拉提草原，以及俄罗斯的西伯利亚草原。

走过草原，最难忘的还是草原的夜色。

最初读肖洛霍夫的《静静的顿河》和玛拉沁夫的《茫茫的草原》，对草原夜色有了一种令人神往的感觉。后来读屠格涅夫的《猎人笔记》、契诃夫的《草原》对草原夜色留下了深刻印象。尤其是契诃夫的《草原》中的那段关于孤独的描写：

每逢移不开自己的眼睛，久久地凝望着深邃的天空，那么不知什么缘故，思想和感情就会汇合成为一种孤独的感觉。人们开始感到一种无可补救的孤独，凡是平素感到接近和亲切的东西都变得无限疏远，没有价值了。那些千万年来一直在天空俯视大地的星星，那本身使人无法理解，同时又对人的短促生涯漠不关心的天空和暗影，当人跟它们面对面、极力想了解它们的意义的时候，却用它们的的沉默压迫人的灵魂，那种在坟墓里等着我们每个人的孤独，就来到人的心头，生活的实质就使人绝望，显得可怕了……

草原的夜色，来得自然，来得纯粹。它总是从广袤的青草间弥漫而起，然后托着一轮明月经天纬地。当暮色四合之际，不时有飞鸟越过夕阳的边缘，鸣叫着赶着归巢的路。此刻的草原，一个个牧人扬鞭策马，一群群牛羊回归营盘。牧马人是草原上最令男人骄傲的职业，因为马的活动范围大，牧马人要跟着马群到很远的地方。因此只有最高贵、最勇敢的牧民才可以胜任。

草原的夜很静很静，静得可以聆听到旷野的呼吸。看星月经天，感江河行地。此刻的草原很美，美在满天的星星伴着明月无尽的银辉，弹拨着夜幕下如缎如锦的轻雾，凝聚于花瓣、草叶之上，滚转成一颗颗圆润晶莹的珍珠。这样的夜色，没有“带月荷锄归”的脱俗，也没有“落日绣帘卷，亭下连空”的豪迈与无羁，似乎只有“夕阳西下几时回”的痴问。是啊，黄昏苦短，转眼即逝，而后却是漫漫长夜。夜至，愁者愁愈甚，悦者心自静。草原夜色似乎成为我人生的一段剪影。

蒙古包前，热情的牧民点起篝火，火舌从每一块木柴上应声起舞，噼噼剥剥的火星四溅，欢快的舞蹈让每个人都露出了童真的笑脸。人生所有的压力烦恼、情感纠结、忧愁困惑都随着火焰抛向夜空，不切实际的梦幻和空乏的思想也随篝火焚燃而去，消融在浩渺穹苍。

夜空里，悠悠传来的马头琴声，如诉如泣，似夜莺啼血、悲伤缠绵，或者悠扬的音调变成万马奔腾，穿越草原之夜。在广袤的草原，马头琴声才是真正的天籁之音，一张弓、两根弦，带你领略马背豪情、古塬梦想，让你淘涤岁月、净化心灵，伴随着美妙琴声，精神不再疲惫，心情不再苍老。

夜色里，也可以守着一团如荼的火焰，遥望腾格里塔拉的月光挥洒，仿佛又看见了茫茫原野里勒勒车刻下的一道道欢忧的履辙。那是一把琵琶，装满了江南的乡思、漠北的遥望，弹奏出深情激越的千古绝唱。

草原夜色美
九天明月总相随
晚风轻拂绿色的梦啊
牛羊如云落边陲……

月朗星稀，夜幕里那一轮明月告诉人们草原有无尽的功德。皎洁的月光下，群山巍峨。夜幕中的草原犹如凝结的大海宽广无垠，阵阵寒风掠过，旷野草地犹如狂风掀起的波澜，让寂寥的草原之夜有了脉动的生机。伫立旷野，任由一轮明月的洗礼，一袭清风的煎熬，踏足草原的铿锵，心里找不出一丝丝残风瘦马的伤感。

静谧的夜空，静谧的夜晚，仿佛天有多高远，地就有多辽阔。地有多辽远，天就有多苍茫。各种天籁之音，草原狼长嚎夜空，各种昆虫的声响，牛羊的反刍声，马的响鼻声，小草的拔节声，露珠坠落的声音，以及自己肚子里肠胃蠕动的声音。要知道，这些声音是平素听不到的。

这让我想起了《一平方英寸的寂静》的作者戈登·汉普顿所言：“人类的历史已经走到一个重要的时刻：如果我们要解决全球的环境危机，就必须永远改变现今的生活方式。我们比以往更需要爱护大地，而寂静正是我们与大地交流的重要管道。寂静其实是一种声音，也是许多许多种声音。寂静滋润着我们的本质，人类的本质，让我们明白自己是谁。”

是啊，在苍茫的历史长河中，有过成吉思汗的金戈铁马，奔向遥远的天边，留下一股尘烟，一道闪电，以及一首首苍劲而悲怆的歌谣；有过阿尔斯楞的眼神，以及无数美妙的传说。面对着草原夜色，不知多少次，我的心沉醉在歌谣里，我在思考，人之为人，我们应该怎样活着，一个民族应该怎样面对自然，面对地球，面对宇宙。

草原的夜，辽远而宁静。清澈的天空深蓝似海，那一轮圆月如剔透的龙珠，从地平线悠悠的升起。跨越时空，亿万光年，始终如一地把那份皎洁无私奉献给人间。草原的月无拘无束，任意泼洒着皎洁，一草一木，一山一石，都那样酣畅淋漓地披着月光，幽深的湖水，把整轮明月揽入怀中，荡起圈圈的涟漪。

草原夜色美
未举金杯人已醉
晚风唱着甜蜜的歌啊
轻骑踏月不忍归……

# 井冈山的月亮

井冈之夜，凉风习习，心思飞扬。一弯银钩之下，我不知道该如何面对这片红色沃土。尽管思想的叶落了，花也谢了，但留存的梦依旧在。站立在院子中央仰望，尽管无语，尽管沉静，但心却随着这如水的月光舞动，发出些许闪烁的光泽。

## 1

当蜿蜒的山路像一条藤蔓死死地缠着罗霄山一路前行，吉安只是沉默，唯有茨坪的风在耳语，到了，我再一次来到了井冈山。

中午，是一场大雨。雨过天晴，草木的绿，天空的湛蓝，以及云的纯白，让人洗心革面。挹翠湖、天街、博物馆、碑林、烈士陵园，整整一个下午，我们在忙碌中应接不暇地过去了。

红军在井冈山的斗争只有一年零三个月。但是在这里，他们走过山水，留下历史，令人感慨，让人感动。面对这片革命圣地，我的心醉在这里，人也醉在这里。

当傍晚的天边出现最后一抹霞光，山模糊了，路模糊了，山脚下的整个茨坪，如一艘泊在霞光里的古船。

## 2

月如钩，悄悄爬上茨坪的天空。月色顺着高大水杉的树杈如发丝般倾泻下来，拨动着我的心，让挹翠湖也开始袅娜漫漶起来。

“夜深静卧百虫绝，清月出岭光入扉。”茨坪虽小，却有一弯素月，朝云沐雨，将近百年了。

也许，世界上还没有哪座山像她这样，与一个民族、一个国家、一个政党、一支军队有着如此密切的联系。

而茨坪则是当年井冈山革命斗争的中心。曾是毛泽东、朱德、彭德怀、陈毅等人的常住地，也是红军军部所在地。游走在那一间间低矮潮湿的小屋里，看着那简陋的桌凳，陈旧的灯盏，模糊的视线里全是当年红军将领运筹帷幄的英姿。

月光下的茨坪，安静极了。目光远逸，心似银谷，把孤影搁置在深夜，思想随即澄明洁净起来。想一想，治一家原本很难，治一军一国更难，何况又是在血雨腥风的年代，更是令人肃然起敬。

即便如此，一代又一代人走过了井冈山的舞台。有人说，上井冈山光荣，下井冈山也光荣。上上下下，来来去去，江山代有才人出，各领风骚数十年。见多了狼烟升沉，看惯了秋月春风，一生辗转千万里，莫问成败重几许。得之坦然，失之淡然。

## 3

弯月高悬，暖风习习。自是落花早去叶儿茂盛的时节。端详历史的凡器尘俗，忍不住在月下轻叩而自艾自怜。

井冈山的月亮，非同一般。时间，在这里沉淀着记忆的铅华；阅历，在这里清理着无知的荒蛮。

在井冈山望月，是一种心情；在井冈山思月，则是一种期盼。多少次，床前的月光，在辗转难眠的寒夜中，轻抚入梦；多少次，高悬的明月，在来往的夜行中，驱散过独行的恐惧；又有多少次，月圆月缺，释放着灵感与豪情。

无论东南西北，无论春夏秋冬，井冈山的月亮，犹如一艘小船，载着星星之火，一路燎原。

这一夜，我的词语尤为贫乏。只能感怀井冈山“片云天共远，永夜月同孤”的妙曼意境，欣赏井冈山“明月松间照，清泉石上流”的绝妙佳景，或者爱慕井冈山“月皎疑非夜，林疏似更秋”的妙笔生花……

## 4

井冈山的月亮，清辉皎洁，繁星炫丽，神韵晶莹。夜幕衬托着她富有诗意的魂灵。尽管岁月轮回更替，尽管人事大浪淘沙，井冈山的这段历史，在走向共和国的历程中，留下不可磨灭的功勋。

一首《西江月》，一段未了情。“黄洋界上炮声隆，报道敌军宵遁”。这是一首井冈山黄洋界保卫战的赞歌，是一首抒写井冈山革命斗争的光辉史诗。虽然这次保卫战只是井冈山红军军事战争中的一次战斗，却具有十分典型的意义。

黄洋界保卫战，是整个井冈山斗争的一个缩影。是敌强我弱，敌众我寡的情势下，红军以少胜多、以弱胜强的典型战例。它同时昭告我们，在白色政权包围中，红色政权也一定能够发展壮大。

## 5

如琵琶轻弹，小调轻唱。笛声悠悠处，一舟轻渡湖中。湖水涟漪相牵，水上乐声相和，说不清是曲中音还是心中事。

弯弯的月亮，醉人地西悬，那样优雅静美。举目望月的时候，心中有一种说不出的滋味。

是啊，井冈山，一座英雄的山，令人敬仰，让人热血沸腾；井冈山，一座纯粹的山，净化人的灵魂，美化人的精神家园。

在这片兰竹、翠柏、杜鹃映衬的五百里井冈红土下，沉睡着为了祖国的解放，为了人民的安康，为了中华的振兴而抛头颅、洒热血的革命先烈们。他们静静地躺在这里，身躯化作泥土，汗水化作云霞，灵魂化作傲人的井冈山精神，发扬光大……

有多少梦，
粉饰了年华。
有多少人，
转身即无涯……

再见了，井冈山。月亮回到湖心，野鹤归于闲云。打哪儿来再回到哪儿去，一切本就是这么自然。本末不可倒置，真理不能扭曲。回到本真，我还是我。一切污泥浊水，杂念私心，只消一场夜雨，便可以洗刷得干干净净。

# 格局的联想

今晚的北京，明月高悬，整个夜空澄澈无比。此情此景，当属典型的大格局。

接近年根儿，街边的红灯笼率先挂了起来，由近及远。偶尔有夜归人，从小区门前的小路经过，声音则从月色里传过来，变得甚是清幽。满地的月光，令我的思索和遐想渐趋明朗。而一河的星光跳跃着向远方流去，越流越远。

月色、天光、景致，让我突然想到格局，有关自然的格局与人本身的格局。格，就是人格和格调；局，就是气度和胸怀。古代命相家蔡绦《铁围山丛谈》卷三写道：“而后操术者人人争谈格局之高，推富贵之由，徒足发贤者之一笑耳。”《金瓶梅词话》第二九回有：“审格局，决一世之荣枯；观气色，定行年之休咎。”足见格局之重要。

俗话说：善弈者谋势，不善弈者谋子。格局之所以不大，就在于只谋子不谋势。谋势就是定战略，有了战略，路再长，总有一天会走到；没有战略，走得越猛，死得越早。如今，置战略需求于不顾，希望用1分钱换来100元的效果，显然很难走出小的境界，因为占便宜本身就代表没有境界。死抠一城一池，从不抬头看天，东一榔头西一棒子，这样的情形可想而知。诚然，解决生存问题的确是第一位的。但是，生存问题属于战术问题，而发展问题属于战略问题，解决生存问题必须刀下见菜，但要搞定发展问题则需要细水长流。现实中，很多人都有短视心态，以为整一个亮点马上就能换回巨大的效益，于是一个活动搞下去看不到效果就马上停止。其实这种想法并不正确，因为品牌对于企业而言是一个长期工程和系统工程，既要有独特的个性，又需要系统的提炼及提升。

一个好汉三个帮，如果没有一批能征善战的下属为你冲锋陷阵，你自己再厉害，也难以成事。许多企业就面临这样的问题：优秀的人招不来，有出息的人留不住，剩下的看谁谁不顺眼，为什么会这样呢？员工愿不愿加盟公司、能加盟多久，与薪酬福利、团队氛围、学习提升、办事机制、成就感、归属感、生活现状等各种因素紧密相连。目前，大多数企业，薪酬福利都差不多，关键问题是：管理者只看重行政管理与业绩，有没有迟到早退，至于思想管理、技能管理、状态管理与团队氛围管理，丝毫没有这方面的意识，最后员工技能得不到提升，思想得不到引导，越干越没劲，只好走人了事。管理的表面化，最终导致员工素质同质化，做不大也就在情理之中了。很多管理者都患上了这样的毛病：事业不大架子大、本事不大脾气大，自以为是，傲气十足，结果很多的机会就这样丧失了。

社会有格局，别人有格局，自己也有格局。几个方面一致了，才是真格局、大格局。出生规定起点，选择决定方向，心态左右生活。有道是不怕起点低，就怕没追求；不怕走得慢，就怕走错路；不怕不如意，就怕想不通。与其羡慕别人，不如做好自己，肤浅的羡慕，无聊的攀比，笨拙的效仿，只会让自己整天活在他人的影子里面。盲目的攀比，不会带来快乐，只会带来烦恼。有人说得好，人生的幸福，一半要争，一半要随。争，不是与他人，而是与困苦。没有唾手可得的幸福，发愤图强，主动争取才能一步步接近幸福。随，不是随波逐流，而是知止而后安。争，人生少遗憾；随，知足者常乐。

天下最难的有两件事：一是把别人口袋里的钱放到自己的口袋里；二是把自己的观点和想法放到别人脑袋里。我们缺金钱，实际上缺的是与时俱进的观念。思维观念的固执、僵化、墨守成规，是贫穷的根源。观念的改变并未改变事物本身，改变的只是对事物的认识，但观念可以改变人，人可以改变现实。这也是大格局。

因为性格会影响人生。坏的习惯不抑制、修正，不良的习惯随时改变人生走向。人往往难以改变习惯，长期形成的习惯制约、阻碍你自己的发展空间。为此，需要不断地更新自己的观念，并且抛弃旧观念。正确的信念决定思维，超前思维决定心态，良好的心态决定行动。只有改变观念，敢于和命运抗争，才是人生的大格局。

有人说得好，思想有多远，你就能够走多远。阻挡你前进的不是高山大海，而往往是自己脚下一粒小小的沙粒。当你抓住一件东西总不放时，或许你永远只会拥有这件东西，如果肯放手，便获得了其他选择机会。只有改变思路，改变习惯，改变生活方式，敢于放弃过去的无知、愚昧、偏见，才能有大格局。

# 寻根

根者，血脉之源，生命所系。一个民族乃至一个人，都有属于自己的根系。它是魂，它是魄；它是文化，它是历史；它时而留存在我们脑海，时而激荡在我们心底；它让我们苦苦找寻，它让我们刻刻铭记。

寻根，最打动我心的，还是那首《绿叶对根的情意》：“不要问我到哪里去，我的心依着你。不要问我到哪里去，我的情牵着你。我是你的一片绿叶，我的根在你的土地。春风中告别了你，今天这方明天哪里?不要问我到哪里去，我的心依着你。不要问我到哪里去，我的情牵着你。无论我停在哪片云彩，我的眼总是投向你。如果我在风中歌唱，那歌声也是为着你。不要问我到哪里去，我的路上充满回忆。请你祝福我，我也祝福你。这是绿叶对根的情意。”

带着对根的这份情意，一段时间，我对根又了特别的关注。那些乔木或灌木的根乃至所有植物的根，我都感兴趣。甚至于沙漠中胡杨的、红柳的、梭梭的根，我也不放过。在这里，风在流浪，沙在流浪，河在流浪，路也在流浪，唯一坚定不移的是那些根。它给了我深深的震撼。地上的枝干只有小小的一簇，地下却是一个庞大的家族。它们抱紧大地，在黑暗中长期抗争。不论是参天乔木还是细弱的棘丛，其生命的每一点力量无不来自那些我们看不见的根。他们在与自然的抗争中，书写着永恒。

是根，就要扎根大地。大地，是根渴望的温暖；大地，是根寻找的至爱；大地，是根最终的归宿。童年时，每当杨花柳絮舞动的时节，爷爷和父亲就会说起他们的故乡，那是先祖从山西大槐树移民的古老故事。后来，循着先辈的指引，探究着先祖遗民与山西大槐树的关系。“问我祖先来何处，山西洪洞大槐树。问我老家在哪里，山西洪洞老鸹窝。”这首古老的歌谣，把我带回到元末明初。那时，帝王残酷统治，农民不断起义，造成人口剧减。中原呈现出“春燕回来无栖处，赤地千里少人烟”的凄惨景象。接着便是水灾，之后是危害较大的蝗灾。瘟疫也多次流行。我的祖先就是在这种背景下，开始了走西口的历程。故土难离，祖先离开洪洞时，人人悲伤，个个哭泣。他们拖儿带女，扶老携幼，肩挑箩筐；有的灌一桶霍泉水，有的撮一把洪洞土，有的藏几片槐树叶，三步一回头，五步一转身……当广济寺在视线中渐渐消失时，恰好还能看见耸立在广济寺旁的那株古槐。树上还有老鸹窝，高筑枝头。于是，这株古槐和老鸹窝的形象便牢牢印在祖先的心中，成为先祖惜别故土的标志。

当年大槐树下的老赵家，已经四散全国各地。我的先祖这一支，经山西至陕西再到内蒙古河套，已经繁衍了几十代，据说每建立一个村寨，他们都要在村头栽种一棵槐树。尽管如今他们的子孙也已遍布各地。然而，当他们在外疲倦时，就会想起故乡，想起村口的大槐树，这是他们代代传承的记忆，因为他们知道，这就是他们的根啊！

# 羁旅

人生如旅。长期客居在外，滞留他乡，或漂泊异地，或被贬赴任途中，或游历名山大川，无尽的思念和郁郁不得志之情就会肆意滋长。

君不见，“移舟泊烟渚，日暮客新愁。野旷天低树，江清月近人。”君不见，“皇皇三十载，书剑两无成，山水寻吴越，风尘厌洛京。”君不见，“月落乌啼霜满天，江枫渔火对愁眠。”君不见，“鸡声茅店月，人迹板桥霜。”还有陆游的：“壮岁京华羁旅，暮年湖海清狂。”周邦彦的“叹年来踪迹，似楚江暝宿，风灯零乱，少年羁旅”。

长河落日，大漠孤烟。荒凉的古漠里，牵一匹执着的野骆驼，在茫茫平沙间追寻我的梦想。烈日在头顶炙烤着我，流出的不是汗，是血，更是执着。不管梦想如何考验我，我都不会放弃执着的信仰和追求。很多时候，在拥有与失去之间，在梦想与现实的变幻的缝隙里，当我们的人生境遇在无数个擦肩而过的日子浸染后，自己已在生命的旅途中急驶了好远，似乎有些东西已遥不可及。曾经看到凋零的花朵，总是无耐地一笑，那些美好的事物注定开到颓废。时至今日，自己只能怀着一种留恋的情怀去品味那些已散落在流年记忆里的碎片。

其实，生命就是一段旅途，走过去却无法回头。岁月往前走，在每一个路口，几乎没有停留处。那些藏不住的流年已被悄然换去。结果，最美好的画面就是那些在人生旅途中忽略了的风景。有时候，不想长大，但面对这些在饭碗里、在笔尖下流逝的大把大把的日子，除了怀念，又能怎样呢？四季还是在轮回中流转，在我们昂首眺望与俯身静默的间隙中已忽略了许多许多。于是，我们学会了伤感，开始走向成熟。

多情的季节，在木槿花开的时候，抑或在月亮升起的时候，当生活中的快乐气息，吹拂着阳光下幸福的你我，我们盼望一个余晖淡淡的黄昏，或者牵手走过的那条小河。每个故事都是人生中的驿站，每个季节我们都无法留住。爱在左，情在右，随时播种，随时开花，踏着荆棘，不觉痛苦。也许，流逝的日子像一片片随风飘落的梧桐叶，在某个风起的夜里，忽地卷起落下，在热烈之后，留给心湖的，唯有漾起后还未散尽的涟漪。

人生羁旅，我们必须选择，不是思考如何走回去，而是如何走好脚下的路。因为人活在世上，我们会邂逅伤害、失落和悲悯，在颠沛流离中难免跌倒与碰壁。也许我们追求的目标不是那种超越自我的不平凡，或许我们会在追求的旅途中有过些许错误，但只要我们能坚持，能在跌倒后爬起的过程中蜕变，我们就不是弱者。

# 沉思默想

# 沉思默想

一场又一场秋雨，让秋的清冷给我带来冬的沉重。无法释怀的心境，与流逝的繁华一起，颓废着，荒凉着。仿佛这一季又一季辗转的流光，承载了太多太多的伤痛。

坐下来，沉思默想，想从如此纷乱的世事中理出些许头绪。然而，真的是剪不断，理还乱。明明白白合乎常理的东西，偏偏变成了不可能；明明白白的逆天行径，却大行其道。有人宽慰我说，不必太认真，人生不如意十之八九，只要有一二如意的事，也就可以了。想想也对，太阳也有照不到的地方。

然而，还是有许多事情让我沉思默想。沉思不只是一种寂寞，它是一种心境向另一种心境的延伸，是一种思绪与另一种思绪的对接。人生就像一列奔驰的列车，车窗外两侧的风景匆匆掠过，或清澈纯朴，或简陋粗鄙，或优美如画，而我们只是匆匆的过客，在行程中可以驻足，却无法永远停留。没有哪个人能真正拥有一切，真正拥有的，只是那些源自内心的，一点一滴的感受，或者干脆点说，就是沉思默想。美妙、伤感、快乐、忧郁，这些才真正属于你自己。

想想一个人一生当中，大概绝大多数时间都在沉思默想。除了吃饭穿衣，剩下的时间，几乎都是在沉思默想，即使睡觉的时间也在沉思默想，有的有意识，有的毫无知觉。并且，随着时间的推移和年龄的增长，理性逐渐占据了我们的思维，沉思默想更会占据很大的生活空间。似乎做任何事都要沉思，都要默想。缺少了一种激情，感情的成分越来越少，功利性却越来越强。岁月，带走的何止是青春呢？它带走的是最宝贵的激情与渴望。孤独寂寞的灵魂，必然造就沉思默想。

沉思默想，就是同在一个世界上，却在不同的窗口上，眺望着不同的人生，感触着生存的压迫。在喧闹中不娇纵，在寂寞中不背离。当匆匆流逝的岁月将一切变得云淡风轻，或者是烟消云散的时候，回过头想一想，曾经的痴迷，曾经的幻想，或许会会心一笑，或许还会心生留恋。此时，想拥有一份淡淡的悠悠的，带点落寞飘忽的感觉，不是十里飘香的杜康，而是沉思默想。

沉思默想，不是木讷柔弱，不是呆滞古板，不是虚幻沉迷。它是一种理性、一种思接千里的睿智，一种洞彻未来的远见。

# 仇视不如忘记

人生在世，总有一些人和事，让你感觉不爽。渐渐地，谅解之光熄灭，仇恨之火燎原。忍无可忍，咬牙切齿，怒发冲冠，嗤之以鼻，甚至于恶言相向，拳脚相加，势不两立，不共戴天……

仇视不如忘记。在岁月的长河里，缘聚缘散，如同潮起潮落。就在不经意的那一天，你曾经的好朋友，比如小时候两小无猜的玩伴，上学时的同窗挚友，工作后一个战壕里的战友，渐行渐远，就像手中的流沙。即使是曾经吵架闹别扭，感觉无法继续下去的仇人，也会渐行渐远。

青葱岁月里，初恋情人决绝转身说分手，有了伤痛，总会有一个人慢慢帮你抚平，分享你的绝望，安慰你，鼓励你，那个人是你的朋友。锦色华年里，和那个人起了争执，除了伤心还有难过，这时，总会有一个人会为你不平，为你义愤填膺。长长的一生中，一路走来，我们会遇到很多这样的朋友，同样也会遇到不少小人甚至敌人。有些朋友，走着走着就丢了。不是刻意的，也不是甘心的，可是在岁月中行走，总会因为这样的事情，或那样的事情，友情被搁置起来，被丢在岁月的深处。虽不会忘记，但却很少联系。

踌躇满志，人生得意时，在你身边分享的人是你的父亲，他为你高兴，为你欢欣，为你鼓掌。萎靡不振，人生低潮时，在你身边安慰你的人是你的母亲，她为你悲伤，为你难过，为你支撑着你的世界。岁月静好，琐碎平常的时光里，那个与你一起聊天，一起哭，一起笑，一起分享一个馒头的人，是你的兄弟姐妹。人生在世，每个人都会有亲人，那是一脉相承的血缘，有着血浓于水的亲情。这样的亲人不多，一辈子就那么几个，不能替补，也无可替代。

亲人也是一样，走着走着就丢了，因为生病，因为意外，因为不可预知的天灾人祸，始料不及地离去，然后永远地离开了。这世间就再也没有那个你最亲的人了。人生就是这样，我们总是在不停地拣拾一些东西，同时我们又在不停地失去一些东西。物质上的东西失掉了也就失掉了，也许没有那么可怕的，毕竟那不是支撑我们精神世界的最重要的组成部分。假若亲人和朋友失掉了，这世间就再也寻找不到了，人生若没有了亲情与友情的支撑，那是多么可怕的事情。快乐无人分享，痛苦无人安慰，冰冷到一点温度没有，生趣无多。

与其等到失掉后再后悔，还不如趁早珍惜，珍惜那些在一起的时光，珍惜那些互相温暖的岁月，珍惜那些心中有你的人。如果遇到仇人，应当如何面对呢？“忍”为当下第一功夫，《弟子规》说莫揭人短，不道人恶。唯有当下忍了，从内心里感恩忘怨，真正做到“恩欲报，怨欲忘；报怨短，报恩长”。

# 亲戚或余悲

这天，是北京近日以来少有的好天气。天格外蓝，阳光格外灿烂，空气格外清新。在八宝山东礼堂，参加了李建华的遗体告别仪式。年仅48岁的他，于4月23日凌晨走完了他的人生岁月。让所有关心爱护他的人措手不及。特别是留下了年幼的孩子和年轻的妻子。看到这对孤儿寡母泣涕涟涟的样子，真的让人痛心啊！然而，逝者已逝，活着的人又当如何？

亲戚或余悲，他人亦以歌。今天的主题是什么？无疑是送别死者李建华。那边厢，家属还在嚎啕悲苦，而这边厢，有些人却在大声喧哗，呵呵嬉笑，而且就在我们队列的不远处。他们肯定是死者的生前友好，今天来相送，做最后送别，却似乎无悲可谈。难道这就是朋友？这让我想起陶渊明于元嘉四年（427年）九月中旬给自己写的《挽歌诗》："亲戚或余悲，他人亦以歌。死去何所道，托体同山阿"。

"人命关天，死者为大"。国人把死放到了与天齐高的程度，可见死在个人乃至社会都是重大的事。至于死者为大，就是说在人死了的时候，他是最大最尊贵的。我想这是从生命的本质意义上说的。相比于真实的死，生这时候反而是虚幻的了。如果把死看成是人生的终点，那么对于依然活着的人，他自然是最大的，他生前的职位高低、年龄大小、功过是非已经没有太多的意义了。所以要说"死者为大"。此时此刻，谁又会和一个刚死去的人叫板比大小呢？即使是仇人，往往也觉得这时候仇家不应该予以计较了，对活着的人的最大处罚也不过是一死，既然他已经死了，还有报复的必要吗？人从一个活生生的人变成死尸，可以说已经没有多少生命意义了，完全可以看成是"物"的存在。

其实对死去的人进行纪念，其意义仍然是做给活人看的一种仪式，死尸不过是一个载体。只是人们不想在这个时候触及这个问题，毕竟“死者为大”，何必去犯那个忌讳呢？也毕竟时间短暂，就是为了活着的人你也不得不在祭奠的场合忍耐着遵规守矩。

生命无常，人因为怕死而敬畏神灵，即使是在科学技术飞速发展的今天，人们依然无法摆脱对死亡的恐惧。或许这是所有生命体都无法摆脱的。蝼蚁尚且贪生，何况万物之灵的人呢？所以死也一直是人类最深重最关注的命题。帝王将相们在生前就为了自己的死进行大肆的准备了，一些辉煌的建筑就和死亡有关，比如金字塔、始皇陵、十三陵之类。类似的心理老百姓也一样有，只是在形制和规模上无法和帝王相比罢了。但有一点却是相通的，那就是对死亡仪礼的注重。而这却是直接和人生前的身份地位密切相关的。从这个角度上说，在人一生的奋斗里程当中，其实也隐含着对自己死后的寄予。所以我们看到对于去世的人，除非特殊情况，他的葬礼一般都会按着他生前的身份和地位极尽铺张，这一方面是财力的体现，另一方面主要是他活着的后人要以此表现孝道。尽管人们好说死了孝顺不如活着时候多孝顺好，但这个仪式却是绝对不能马虎随意的。这里消极的一面是铺张浪费，但也有积极的一面就是给后人做一个榜样。

死者已矣，生者何堪。人死以后，一般人都在说死者的好话。在我看来，好也罢，歹也罢，人已不在，还是善意地说好吧。

鲁迅先生曾经说，“中国人的官瘾实在太深，汉重孝廉有埋儿刻木，宋重理学有高帽破靴，清重帖括而有‘且夫’‘然则’。总而言之：那魂灵就有做官——行官势，摆官腔，打官话。”（1926 年《学界的三魂》）慢慢地，应酬已成为他的习惯，一天不出去吃饭，会浑身不自在，就像毒瘾来了一样。去吃饭无非应酬喝酒，目的无非是做更大的官。因为，在他们看来，“不做官你什么都得听别人的，做了官别人就得听你的。”问题是，你即便做了官，也还要“什么都得听别人的”，这个“别人”就是比你更大的官，为了别人听你的多一些，自己听别人的少一些，就要拼命往向上爬，爬上金字塔的顶端。要说做官的人都想做到“一人之下，万人之上”的宰相，一点不假。

花开一季，人活一世。如是我想，还是乐天随缘一些好。冲动来自激情，平静来自修炼，别让外界浮躁了自己。环境好坏并不是苦乐的根源，真正的始作俑者是我们的心。

# 人品

人与人接触久了，必然要观察人品，然后才能研判到底要不要相处下去。事实上，在与人相处的过程中，如何判别人品，又是一件很难迅速厘清的事情。在社会上混迹的这些年中，我觉得有几个大的方面还是可以把握的。

现实中，人人都想证明自己是对的，父母是对的，老师也没错，老板更是英明。我们都见过夫妻大吵大闹，争的就是谁对谁错，但争议的问题本身往往被忽略掉了。

比方说，人们常常不肯认错，凡事都说是别人的错，认为自己总是对的。这样的人，我接触很多。不论是高官还是平民百姓，大都如此，以至于形成“领导任何时候都是对的”、“即使领导错了也是对的”观念。为什么会这样？因为权力社会和法治社会的最大区别就在于：在权力社会里，一个人会怕另一个人；而在法治社会里，一个人不用怕另一个人。

凡弱者被欺凌的地方，必有人站在一旁，沉默不语。因为他们怕。其实，不认错本身就是一个错。认错，自己不但不会少了什么，反而显得更有度量，学会认错是美好的，是一个大修行。这在人品当中是需要重点考量的一条。看看我们的邻居大和民族，也是死不认错的。

有人说，假如这个世界堕入黑暗，那么，吹灭最后一盏灯的，不是坏人的嚣张气焰，而是好人的忍气吞声。这话绝对在理。遇到是非，保持沉默，丧失原则，明哲保身，大概也是好多人的首选。但是，有的人做得太过分，凡事当前，只为自己考虑，根本不顾及别人的感受。有的人虽然也注意保身，却也能说一些公道话。这就显示出人品的不一样。

有人说，人的牙齿是硬的，舌头是软的，到了人生的最后，牙齿都掉光了，舌头却不会掉，所以柔软人生才能长久，硬反而吃亏。心地柔软，是人品的重要方面，世事练达，平和内敛，这样的人生才能活得更快乐、更长久。世间就是忍一口气，风平浪静，退一步海阔天空；忍，万事都能消除。有了快乐的忍，可以认清世间的好坏、善恶、是非。

人品方面，有人不愿意也不想与别人沟通，凡事我行我素，横行霸道，独断专行。这种人在我们身边很多，往往是一些掌权的人。他以为是强势，以为是有魄力，其实是人品差的表现。也是不善于与别人沟通的表现。

有人说人生像一只皮箱，需要的时候提起，不用就把它放下。应放下的时候，却不放下，就像拖着沉重的行李，无法自在。我们身边不少人不仅贪生怕死，而且特别贪恋权力和利益，贪得无厌，不知收敛。这样的人，在人品上是极差的。他们对人没有爱心，没有同情心。即使有一点哥们儿义气，也是局限于很小的范围。这样的人，他不懂得人生是一个修行的过程。

# 嘴的功用

人人都有一张嘴。嘴的作用可谓大乎，呼吸、吃饭、喝水、说话、唱歌、咏叹、呻吟、喊叫、朗诵、亲吻，都要用到嘴。在这些功用里面，都可以看到嘴的不可替代性。

嘴的呼吸功能，主要是协助和配合鼻子来完成的。鼻子无恙，呼吸顺畅，就不需要太多嘴的帮助。如果鼻子出了问题，嘴的功能就立刻突出出来，深呼短息，好不费力。如果总是大口喘息，那这个人就有毛病了，就得赶紧去医院诊治了。所以，嘴的呼吸功能是次要的、辅助的，切不可让嘴去担当重任。

饮食男女，关键在吃喝。狼吞虎咽，风卷残云，满头大汗，津津有味地吃，从天上吃到地下，从江河吃到海洋，水陆杂陈，纷至沓来，大有不吃到海枯石烂，山穷水尽，誓不住嘴的意思。“食不厌精，脍不厌细”。吃喝，是人与动物共有的本能，也是最基本的需要。不吃不喝，可以省了许多是非与麻烦，却少了无穷的享受与乐趣。所以，吃喝什么是可以选择的，不吃不喝是万万不可能的。然而，吃喝也会招致病从口入。如今许多食物，化肥农药过量，危害颇多。所以，因吃染病，已经屡见不鲜。

一张嘴巴，可以缄默，可以讷木少言，可以伶牙俐齿，可以巧舌如簧，可以喉深似海……人类的嘴巴，本应“言为心声”，但是，它让人抒发情感、表明观点的同时，也越来越趋向变异，与它的初衷渐行渐远。花言巧语，往往没有真情实感；声色俱厉，不一定就心术端正。“良言一句三冬暖，恶语伤人六月寒”。口出狂言，祸从口出，都是因为嘴巴；妖言惑众，恶语伤人，造谣诽谤，甚至污蔑陷害，也是因为嘴巴。

就是这张嘴巴，越来越让人捉摸不定。甜言蜜语是嘴，恶言相向也是嘴；情词恳切是嘴，薄情寡义也是嘴；善解人意是嘴，强词夺理也是嘴；通情达理是嘴，无理取闹也是嘴；答非所问是嘴，一语中的也是嘴；和稀泥是嘴，挑拨离间也是嘴；信誓旦旦是嘴，信口雌黄也是嘴；油腔滑调是嘴，耿介不阿也是嘴；胡言乱语是嘴，谨言慎行也是嘴；实话实说是嘴，无中生有也是嘴；阿谀奉承、巴结献媚是嘴，愤世嫉俗、嬉笑怒骂也是嘴……

好在一言兴邦、一言丧邦的时代已经一去不复返了。但若想要所有人的嘴巴都能吃饱吃好，必须关注民生；若想不再怨声载道、民怨沸腾，必须倾听百姓心声；若想长治久安，必须有绝大多数嘴巴能建言献策的民主氛围，才不会“万马齐喑究可哀”。

# 学太极

单位找来一位太极高手，要给员工们学太极拳。一开始，群起而响应，偌大个会议室都挤满了前来学太极的人。我也毫不犹豫地加入进来。

我们学的是陈氏太极拳，师傅姓李，他是河南农村来的。一开始，一招一式，亦步亦趋，我们大家觉得很新鲜，学得很用心。

严格意义上讲，这李师傅拳打得还不错，只是脾气不太好，见谁做错了动作，回头就让你单独重来，弄得人家很下不来台。要紧的不是脾气，是这脾气的后面，是人人都可能会有的一种支配欲。我不能忍受他日益膨胀的支配欲，八十八式只学到二十二式就离开了他。我猜他会把我看作一个虎头蛇尾的人，或是一个忘恩负义的人。我其实很在乎他的看法，因为这两种人我都不是。可我若是不离开，比背负他的看法还要难以忍受。

人就是这样，永远没有一个最好的选择，除非像其他学员那样，做一个心甘情愿任他支配的人。可谁又知道，那些学员果真就心甘情愿吗？我爱人坚定地站在了李师傅一边，她对我说，人家学费要得那么少，你又想学会了，还不让人家支配支配？爱人总喜欢两码事混在一起说，我明白她不是为李师傅，是为她自己，她就是个支配欲极强的人。我一次次地要离开家，就是为了逃离她的支配。

事实上，我只离开过两次家，且两次都没有离开过爱人的帮助，比如用她的车，比如求她办过事的人为我租到最称心如意的房子。为我租房子的人总是感到奇怪，你们这样的人，怎么可能只有一套住房呢？我就对他说，因为我们干净，我们没往家拿过一件不属于自个儿的东西。我说的一点不过分，爱人是个局级干部，归她支配的钱有一些，但她不贪，她只享受支配的过程。当然，我们的婚姻能维持到今天，绝不只是这一个冠冕堂皇的理由，她是个强势的人，因为强势我想离开她，可也因为强势我有些离不开她。她大约早就看出了我这一弱点，所以她一直不肯改变她面对我时的姿态。

夏末初秋，地面儿上有一片树叶，正在由东向西匆忙地飞过；两只蝴蝶在小杨树间呼扇着翅膀，引得几只飞虫嗡嗡嗡地跟随着它们；一群鸟儿忽啦啦从树上飞起，撞掉了叶上的雨滴，下起了一阵急雨；急雨惊动了柔弱的草们，它们摇晃着身子几乎都要倒下去了，可再次挺起身时，像是忽然长高了一截。我凝视着这一切，莫名地湿润了眼睛。

我让自个儿从肩到肘，从腰到胯，从腿到脚，一节节地放松，然后迈出左脚，平分乾坤……李师傅说，第一个动作至关重要，就像唱歌儿一样，头儿起得好，整首歌唱好就没问题了。可我认为，其他动作也同样重要。

太极拳是腿、胳膊乃至于身体画一个又一个的圆的过程。这些圆靠气和意贯穿着，或者说缠绕着，一个圆画不好，满盘皆输。画圆的话也是李师傅说的，不过他在强调第一个动作的时候，就似乎把画圆的话给忘掉了。我当然不可能当面反驳李师傅，但正因为不能当面反驳，我心里的感觉才愈来愈强烈。

在李师傅教太极拳的日子里，几乎每天我心里都在和他对抗，比如他总喜欢让做错动作的人重复错误的动作，引起大家的哄笑；还比如他总是要放音乐，以求得一致的节奏。在他站在队前为大家做示范的时候，我感到他身体的每个细胞都是张扬的，特别是他的肩膀，张扬得都要耸起来了。而太极拳讲的是松、沉、柔、慢。李师傅他当然也知道松、沉、柔、慢，可一做示范他就有点由不得自个儿了。

大约有一个星期，我离开了爱人，离开了李师傅，感觉真好！真正的气流由自己掌控，真正的意境在自己心里，只要自在、自由，残缺的二十二式也比八十八式好。我还可以不必每天把地吸得干干净净的了，我也不用做饭。爱人除了支配欲强还喜欢挑剔生活细节，让她的挑剔以及李师傅张扬的肩膀都见鬼去吧。

这一段时间，我在玉渊潭公园选了一块儿地方，开始自己练。第一个动作是起势，两臂向前方缓缓平举，然后两腿屈膝，两掌下按。这时候，李师傅总是说，心里想着气沉到了脚底，两只手就像按了个水里的气球一样。李师傅也许是对的，可我反感他那种真理在握的口气。因此我总也找不到气和气球的感觉。

我学太极拳时，更多地看到了“自在”，也因此更喜欢太极拳的画圆，大的小的，横的竖的，正的斜的，顺的逆的，内的外的，手画的脚画的，腰画的胯画的，心画的意画的……我自个儿执拗地认为，把圆画好了，太极拳自然也就打好了。可李师傅不这么认为，他的标准是他自个儿，一招一式只要跟他的一模一样就是好拳。其实公正地说，李师傅一开始对我还是很另眼相看的，他曾多次表示，我有希望成为他的好徒弟。我觉得李师傅对我还是不够了解，他以为只要拜他为师，我就会像其他的徒弟一样以他为中心画圆。因此我对李师傅的表示只能一笑了之。太极拳里的圆，是互为依存、交叉而又相对独立的，我想我不能没有自个儿的圆。

我按照自己的方式一式一式地做了下去。我惊喜地意识到，每一个动作的开始，其实就是画圆的开始了，腰脊，手间，胯下……简直有数不清的圆，这些圆形成了一招一式，或者说这一招一式成就了数不清的圆。圆们融合而又独立，纠缠而又各自显现，几乎就如同一个和谐的小世界一样了。这世界我从前可没有过如此细腻、深刻的体会，我感到自个儿的身体，自个儿的腰胯、手臂、腿脚，也像是灵活而又凝重了，就如同两侧的小杨树，树根牢牢地扎在地下，树枝则轻盈地随风摇荡……我想，幸亏有了一个人的机会，我的身体才愈来愈自在自如。有一刻，我几乎说不清是我在画圆，还是圆们在画我了……

一式一式地，我终于打到二十二式了。做完收势的动作，我正要在一侧的台阶上坐一会儿，却忽然发现，台阶上早已有人了。就见是一位老人，白发苍苍，身体是个半圆。不知为什么，面对老人，我忽然有一种在镜前的感觉。我有些害怕地避开老人的目光，更不敢答话，转身要走，却忽然听那老人说，你这二十二式，我全看了，学得不到位啊。

老人家且说且站立起来，继续对我说，太极拳讲究的是心平气和，靠的是绝对的耐心，在练习的过程中，不要追求快速进步，要慢慢来。因为追求快速进步，无非就是希望自己一次性能练更多的时间，从而希望结束练功的时间快点到来，这样的话，心就会急，一急就会乱。身体内的元气也会乱，从而身体会变得更容易累，这样的练功，往往没有效果。我仔细回忆，李师傅教我们，动作是快一些。我惊奇，这么快，我就受到李师傅的影响了？

老人家接着说，初学者跟师傅学，就是要严格按照师傅的套路来，不能有被支配感，你和师傅的关系，也是一个圆，要和谐统一。练功，就是不能想着自在，想着自在跟偷懒无二。

老先生继续说，太极就是以静制动，以柔克刚，刚柔相济，讲究的是整体观，内外合一、天人合一，看似没劲却处处有劲。太极在练功过程中，要求做到“动中处静，静中寓动”，摒弃杂念，精神内守，思想集中，虑淡思清，意注动作，气沉丹田。这样在忙碌的生活中，人才能通过练习太极获得恬淡宁静，借以转移大脑皮层的兴奋点，减少不良刺激，如此锻炼日久，定能聚精会神，增强身体免疫能力，使虚邪之气难以为害了。

听了老人一席话，我连忙给爱人打了一个电话，检讨了自己被支配的观点。并且说，我准备重新开始学太极拳了……

# 移 栽

有农村生活经验的人都知道移栽，就是将苗圃栽培的植物移到田间。常规措施如遮阴，带土球，移植后尽快栽植等措施不一而足。在乡下，这是一项重要的栽培技术，不是简单地移种，它需要土、肥、水、季节、密植、管理等各个方面的配合，才能使植物健壮生长。否则，不是半途夭折，便是生长不良，造成移种失败。

从植物移栽，想到人的成长，其实大体也是一致的。一个人的学习成长，需要具备一定的环境。教育、培养、管理、激励等是外因，个人勤奋、自强、执着、奋斗、超越是内因，两方面缺一不可。在万不得已的情况下，一般最好按照正常的规律运行，不会有什么大差错，人才的成长是健康且顺利的。但是，在很多情况之下，迫不得已，不能按照正常的途径走，需要“移栽”。一种是主动的，此处不留爷，自有留爷处；一种是被动的，或者上级调动，或者组织推荐。于是，环境发生了变化，一个人的成长便充满了变数。

熟悉的环境是成就人才的良好土壤，不能随意改换环境。如果是提拔，当一把手，环境改变不受影响；如果是副职，上面有人提携，成长也不受影响；如果是副职，上面没有人，成长进步举步维艰。

个人的成长经历中，有利于人才成长和发展的环境，具体表现在以下几个方面。

政策环境。领导的重视，是促进人才成长和发挥作用的重要条件。古人云“得民心者得天下”，我们可以说“成人才者成事业”。如何制定和实施有利于人才成长的政策，是各级领导干部必须认真思考与研究的问题。比如文化环境。人才的一个本质特征是创造性。鼓励人才成长和发展的文化环境，实际上就是鼓励创造的文化环境，这是一种自由的文化，是鼓励探索和试验的文化，是允许犯错误的文化。有利于人才成长的文化，一定是不以人废言、不以言废人的文化；一定是各有所长、各尽所能、人人皆可成才、绝不求全责备的文化；一定是尊重劳动、尊重知识、尊重人才、尊重创造的文化；一定是人们相互信任、和睦相处的文化。

制度环境。人才的成长，需要一定的制度条件作保障。这里所说的制度，包括人才的培养制度、选拔制度、评价制度、使用制度等。人才不能搞终身制，而应以品德、知识、能力和业绩等为主要衡量标准。如果我们的制度不能真正做到让所有的人都“能上能下”“能进能出”，那就不可能促进人才的不断涌现。所以，尽快建立和完善人才选拔机制、使用机制、退出机制，是落实人才强国战略的关键环节。

物质环境。人才的工作环境，是影响其工作效果的重要因素。技术手段是否便利，物质环境是否优越，基本的工作设施、生活条件是否具备，看似小事，实则影响不小。

待遇环境。对于创造性活动的最大奖励就是创造活动本身。但是，这并不意味着优秀人才就不在乎物质的奖励。实践证明，物质的鼓励和激励同样能增强创造的动力，能激发创新的热情，能促进创新的行为。因此，为优秀人才提供必要的物质待遇，是保证他们全力以赴为国家的发展和民族的振兴贡献毕生精力的必要手段。

# 半路上

人生在世，只是一段有去无回的路程。很多时候，人们大都行在半路上。记忆也好，感悟也罢。

## 1

当一个人一出世，旅行便开始了。

在时间上，一年一种变化，一岁一种景致。所谓年年岁岁花相似，岁岁年年各不同。来来去去，分分合合，雪月风花，爱恨情仇。

在空间上，三维俱在，八面风来，星转斗移。所谓人有悲欢离合，月有阴晴圆缺。时来运转，顺逆相克。魑魅魍魉，波谲云诡。

行走在半路上，有时候也是一种心情的释放，远离一个地方，然后奔赴另外一个地方。无论这个地方给你好与坏的感觉，不变的是，对于未知的风景，我们总抱着憧憬和好奇。

## 2

人生旅行可以满足我们种种的欲望。我们审视着每个地方不一样的节奏与表象，我们发现多年之后的老友现实与心理的变化，从而获得一种现实的平衡。旅行的意义，除了改变人的世界观，其实也打开了生活的另一扇窗口。可以给平淡无奇的生活开一道缝隙，这缝隙里有青草和花香的气息。

半路上，仅仅只是为了让自己的生活多一点偶然，打破一成不变的生活规律。平日里的各种压力，一天天累积在心底，终究会在一个合适的机会来临时，以一种近乎欢呼雀跃的姿态去迎接。无论是住新的酒店，还是坐一趟陌生的班机，想象自己的身影曾经在某个城市歇息过一晚，在某个地域的上空穿越。每个瞬间，我们的灵魂都可能会远离自我，而飘逸到世界的其他角落。

## 3

岁月让我们成长。成长在半路上，风卷过树林，留下落叶纷飞，阳光变换着强弱，演绎着四季的轮回。

一个春夏，一个故事，零落一段情。没有刻意记录着日子的消逝，亦没有好好珍惜大好的时光。只是当漫不经心地停下脚步时，才发现日子是何等匆匆。

成长的半路上，我们都是故事的主人。说生活是部乐曲，喜怒哀乐掺杂其间。有时候，我们会因为一时的成功而满怀喜悦，有时候我们会因为一时的失意而闷闷不乐。只是我们不知道，总会有人在默默地为我们承担，总会有人在悄无声息地与我们分享。

有时候，日子总是那么的单调，我们甚至会怀疑生活本身的含义。慢慢地，我们会发现，生活似乎发生了变化，现实的种种让我们有些不适应。肩上的担子似乎也重了。

并且，成长总是会付出代价的，因为过程总是艰辛的。没有谁的人生会是一条直线。有高潮，也有低谷。有些人能在高潮中奋勇直前、保持自我。有些人在低谷中畏畏缩缩、一蹶不振，慢慢沉入万劫不复的深渊，消融了自我。

生活中没有谁是强者，只有不畏强者，勇于攀登，最终才在芸芸大海中熠熠生辉。春天，感受阳光和雨露的滋润和恩赐。一个孕育百花的季节，百花争艳，花香四溢，一幅春暖融融的画面。但是有谁真正记住了百花朵朵娇人的妩媚和容颜。过惯了奢靡的生活，消磨了锐志和激情之后，是很难找到生活的方向，成就一番大业的。天将降大任于斯人也，必先苦其心志，劳其筋骨，饿其体肤，空乏其身。只有经历历练，方能在异常激烈的社会竞争中游刃有余。

## 4

生活的半路上，痛苦与幸福，在人生字典里是以一对反义词存在的。痛苦怎么会是幸福呢？但在人生里，痛苦与幸福也会有交集的时候。

美丽的蝴蝶，是蛹在经历过痛苦的成长蜕变后形成的。痛苦之后，蝴蝶拥有了飞舞的翅膀和美丽的色彩，是幸福；蹒跚学步的我们，有摔过，有碰过，之后我们学会了行走，是幸福；生命的每一次痛苦，都是蜕变，每一次蜕变，都是成长。我们褪去的是幼稚和无知，变得成熟而稳重，从而更加幸福。

青涩的青春岁月里，我们会懵懂，迷茫，但在每次痛过后，我们的心会变得更加强大。

有人说，失望有时候也是一种幸福，因为有所期待所以才会失望，因为有爱才会有所期待，所以纵使失望，也是一种幸福。

## 5

人生在半路上，我们背着行囊，站在人生的站台，眺望人间的灯火，世界的华丽姿彩。

人生在世不过百年光景，既比不上高山的险峻，也比不上大河的磅礴，与茫茫宇宙比起来更是渺小。可是能以一己之力撼动天地、造化风云的，也只有人而已。

在人生的路上，走一程，看一程，我看的是别人的风景，别人看的却是我的。风景不是面包，填不饱肚子，但是风景可以怡情，可以给我们以警示。于是便看看停停，停停看看，看海瑞是为了学会两袖清风；看勾践，是为了学会忍辱负重。这前人的风景，可以任我们看个够，有了兴致便可高谈阔论一番，直至尽兴而归；可是自己的风景，却是要一步步小心翼翼地走出来，一步走错，就可能满盘皆输；一步走错，就可能再也无法回头；有时候难免会走了岔路，那就可能坐失良机，等兜了一个大圈子回来发现自己仍然停留在原地。

行走在半路上，人生的风景真看不够，也许等到年纪大了以后可以回头看看过去的脚印，看看是不是绕了远路或是走错了巷子。然后有了兴致就高谈阔论一番，嬉笑怒骂间尽是苍凉。因为毕竟老了，过去年华似锦又能如何呢？还不是要重归黄土，带不走一切记忆，只是把自己的风景留给了后人。

# 背景与背影

闲来无事，翻阅朋友发来的一副对联。上联是：一个老板，两部手机，三餐不定，只为四季出单，拼得五脏俱损，六神无主，仍然七点起床，八点出发，晚上九点不返，十分辛苦。下联是：十年生意，九州跑遍，八面玲珑，忙得七窍流血，换得六神不宁，五体欠安，仍然四处奔波，三更不眠，只为两个铜板，一生拼搏。横批是：今年会更好。除了表明做老板不易，也对未来充满了期待。

对联不是主要的，引发我深思的是它的附言："献给自己拼搏，只有背影、没有背景的每一位为梦想奋斗的人。"背景与背影，只差三撇，何其相似乃尔，然而其包含的深意，却不能不让人喟叹。

背影，谁都知道。最有名的要数朱自清的《背影》，中学语文课本里的经典之作，让每一个学子深谙父亲的背影，我们无不为之动心、动容。背景则与背影不同。国人都知道，很多事情都是需要有背景的，比如时代背景、社会背景、历史背景、文化背景，甚至写文章都要反映一定的时代背景。没有背景，好多事情是断然办不成、行不通的。

如果说背影留给人的是感动，那么，背景给人的只是浩叹。背影是孤单的，形单影只，茕茕孑立，形影相吊，势必是日薄西山，气息奄奄。而背景就是一棵大树，大树下面好乘凉，树大招风。有了背景，画面自然好看，别人也不敢看轻你。

一个健康的社会，应当是让每个社会成员活得都有尊严，堂堂正正，体体面面，无需依附谁，也无需慨叹背影。应当让背景不再成为左右人们社会政治生活的利器和砝码，真正实现人人平等，体现公平正义。

# 踪 迹

浩浩广宇，人世间的一切都在变化，有存在就有消失。过去的永远过去，流逝的不会再来，留下的只有一些雪泥鸿爪。于是，踪迹的追寻便成为自然的事情了。然而，追寻的结果：失去的总是过去，把握不住的总是现在。

这一次，我又回到了老屋，院里布满了杂草，门上的油漆早已班驳。老屋，没有了从前的人来人往，失却了以往的庄重厚实。看着老屋尚在，父亲远去，兄弟姐妹四散。睹物思人，顿时鼻尖发酸，哽咽在喉。是啊，这里有过父母的教诲，有过兄弟的嬉戏，有过迷人的灯火，有过琅琅的书声。我不由得在院子里四处寻觅，然而，除了记忆中的一些蛛丝马迹，别的什么也找不到了。回想远离故乡的这些年，尽管住在大城市，却从未做过与城市有关的梦，所做的大都是与乡村和童年有关的梦。莫非在我的记忆里，是想留驻那个千里之外魂牵梦绕的故乡？

有道是莺花犹怕春光老，岂可叫人枉度春。姹紫嫣红、百花争艳的春天，会转眼在风雨中黯然逝去，“春无踪迹谁知？除非问取黄鹂。百啭无人能解，因风飞过蔷薇。”（黄庭坚）落红飘临，风雨如晦，春在何处？面对这一切，我禁不住感伤和悲凉起来了。

从农村到城市，我的愿景在芸芸众生里疯长。财富的光芒曾经灼伤了孱弱的贫困，它在趾高气扬的人们中间窜来窜去，闪着娇艳的色彩，侵蚀着多少灵魂。在财富行走过的地方，必然有许多恩恩冤冤，爱恨情仇，悲欢离合。结果是，财富如过眼烟云，它留下的踪迹总是与贫穷相伴。

曾经参观过许多的名胜古迹，凭吊遗迹，穿越时间隧道，想一想这块土地上曾经冠盖如云，人山人海，如今人迹却是杳如黄鹤，甚至连荒家也没有了。三皇五帝，金山银山，说不尽的风流人物如今化作了秋风烟雨，城角孤月。人过留名，雁过留声，其实大可不必过多在意它。古人《日日曲》中唱的好："日日日东上，日日日西没。任是神仙客，也须成朽骨。"

悠悠岁月，过客匆匆，人生扰扰。许多事情过去了，又有许多事情接踵而来。历史惊人相似，又是截然不同。对于自己来说是重大的事，对于他人则不然。而生命又不能预约。曾经许下的承诺现在毫无踪迹；曾经满腹的心事如今觅向何处？正应了那句："人是秋鸿来有信，事如春梦了无痕"。

# 回青城记

乍暖还寒的季节，我从北京回到阔别已久的青城，参加老同学儿子的婚礼。

深秋是冬的序曲。好像没有什么过渡，也没有什么预兆，在同样丽日蓝天的背景之下，天气就寒凉了。俨然一个警醒的誓言，让人在刹那间顿悟。

路边的草树，红黄相间，风以迅雷之势，凉意习习，剪痛人的肌肤。好在，这里有我的故事，有我的师长和同窗，即使再冷，心却是暖暖的。

## 1

飞机降落在白塔机场，天色已近黄昏。

濛濛的暮色下，风依然绵延着秋的萧瑟，包裹着冬的寒冷。沿着机场线入城，街道一片清冷。枝头的黄叶飘零，剩下的只是干枯的树杈和几片干瘪的树叶。人群稀落。

时光的手指翻阅着青春的画卷，诉说着过往的点点滴滴。思绪的花瓣似乎在这个季节也凋零了。只有一地的枯叶勾起了我柳绿花红的回忆，仿佛时光在那一刻再次定格。

曾经，四年大学生活在这里，十年工作生活也在这里。如今离开这里近二十年了，时光在变，内心却不变。有些记忆虽然遥远，有些印象却依然清晰。换句话说，喜欢的依旧喜欢，厌恶的依然厌恶。想见的还是那几个人，不想见的却无从提起。

回想免不了忧郁，免不了困惑，而我在这初冬的暮色里却恍然醒悟，天空尽管黑了，但大地仍在，青山流水仍各自演绎着各自的风采……心存一片净土，世间万物都有美的根蒂。人不能停留于过去，更不能梦幻于未来。

## 2

窗外的黄叶，在风中瑟瑟发抖；月光，在半空浮动。远处的灯火，越来越少，直到剩下一片漆色的苍茫。

乌兰察布路，新城东街，长乐宫，多么熟悉的地名和街巷。记得大学刚毕业的那段时间，我们常常在这一带行走。

此刻，将窗帘拉开一条缝隙，刚好明月悬眸、冷艳、空明。因为满窗清辉，这个夜的印象之于我仿佛只剩下了光明。月光如水，在思绪里流淌，弥漫了整个世界。听人说，盈月之夜，人的思绪是最饱满的，情感也最饱满的。

人生犹如一粒种子，生根发芽在某一片土壤，经历风雨在人世间成长，最终成为树的形象，沐浴阳光，炫耀着自己的繁茂。

同学见面，自然话多。而更多的则是聚在一起打牌，乌烟瘴气，他们却其乐无比。社会大舞台，人生小圈子。圈里圈外都需要经营。可是人们却总是经营不好。该收敛的时候放纵了，该进取的时候退缩了，该坚持的时候放弃了，同情了不该可怜的人，帮助了不该慈悲的人，得罪了决定自己运势的人，甚至失去了本该拥有的。

卑微固然卑微，寂寞当然寂寞。人生多磨难，命运多舛。但我总觉得，人生终究会有一种大平衡，自有天理公道，为你庇护。古希腊历史学家希罗多德说得好：上帝欲使其灭亡，必先使其疯狂。所有的一切，人在做天在看。天，就是良知。

## 3

深夜的呼和浩特虽然是沉静与凄寒的，但是这种特别意味却难免会给人内心深处以某种触动。

或许是积极的，或许是消极的，或许是愉快的，或许是伤感的，最终不像青春那样会随着时光的推移而流逝。就像枝叶虽然早已散落，树枝依然为它们守望着。

细数流年的风景，一些事，一些人，不期而遇。躲开尘世的喧嚣，静守一个人的时光，如此淡然，却又很难。

或许，在经历了世间的离合聚散，感受了人情的悲欢冷暖，安静已成了一种习惯。

喜欢上了墨，也就喜欢上了夜。只有在寂静的夜里，才能摒弃尘俗的嘈杂，给心一方净土，不去想红尘深处的情愁纷扰，在心底悄悄开出一朵清幽的莲。

## 4

月光如水，耳畔低回婉转的旋律。轻启记忆之门，细忆往事红尘。莫名的悸动在房间里中弥漫，如火的情愫在胸中涌动。

拾起心底那一抹绿，满眼已是昨日的风景。放飞缥缈思绪，翻腾起往昔的点滴，凄美的感伤，用文字温暖着自己。

一次次徘徊在熟悉的小路，用封闭的心灵去守护着小花小草，可是最终发现自己还是一无所有。

新人伴着庄严的婚礼进行曲，步入了婚姻的殿堂。台下，我观赏着整个过程。在音乐的渲染下，在绚烂的灯光里，此时此刻，女孩儿将要破茧化蝶完成一种质的转变，此刻的女人无疑是一生中最美的；男孩儿则多了一份责任多了一种担当，让男人的魅力更加完善。而做父母的，自然将完成人生的一个重任，让孩子们有了自己的家；亲朋好友送上最衷心的祝福，共同见证了一对新人的美好爱情。

“执子之手，与子偕老”是要付诸一生的真爱的。从此以后，曾经的花前月下、海誓山盟都将转化为平淡地过日子，两个人的世界将面临柴米油盐酱醋茶，还要体味甜蜜过后的酸甜苦辣，两个不同的家庭背景，加上生活习惯的差异，从此要在一起朝夕相处。久而久之产生摩擦是很正常的，相互理解、相互宽容才能让爱延续。婚后的日子能否开心幸福，要看一对新人的真心造化了……

再见了，塞外青城。来时，土默特相迎；走时，大青山相送，还多了一场有情有义的小雨。

# 为心疗伤

# 为心疗伤

生活中，谁都不可避免会受伤，也许是因为各种各样的困难和挫折，也许是因为各种各样的委屈和失望，也许是因为各种各样的误解和诽谤。面对这些，许多人不免会情绪低落，如果长此以往，情何以堪？必须学会为心疗伤。

为心疗伤，就是不为过去而悔恨，也不为挫折而彷徨。过去的已经过去，再怎么悔恨也无济于事，未来的可望而不可即，再怎么忧虑也会空生悲伤。关键在当下，把今天的事情办好。如果无法去改变别人的看法，能改变的便只有我们自己。坏的生活不在于别人的罪恶，而在于我们的心情变得恶劣。让生活变好的金钥匙不在别人手里，放弃我们的怨恨和叹息，美好生活就在当下。

为心疗伤，应当学会自己欣赏自己。这不是孤芳自赏，不是唯我独尊，不是自我陶醉，更不是固步自封。自己给自己信心，自己给自己愉快，自己给自己微笑，何愁没有人生的快乐呢？现实生活中，世俗的评论会扼杀个性，世俗的指点会让自己不知所措。为钱而钱会使自己六亲不认，为权而权会使自己胆大妄为，为名而名会使自己巧取强夺，真实的自我在刻意的追逐之中，会变成一张张碎片随风飘散。有些人常常因为忧虑过度，而导致自己精神失常，有些人却因为麻木不仁，造成自己对任何事情都无动于衷。如同艺术的世界里，没有一幅画是不被别人评价的；在现实的社会里，没有一个人是不被别人议论的。你沉默，别人会指责你“城府太深”；你健谈，有人又会指责你夸夸其谈；你赞美别人，有人会指责你别有用心；你善意批评，别人更会说三道四。

为心疗伤，就要学会放松，学会解脱自己。自己的伤痛自己最清楚，自己的哀怨自己最明白，自己的快乐自己最有感受。也许自己眼中的地狱，却是别人眼中的天堂；也许自己眼中的天堂，却是别人眼中的地狱。生活就是这般的滑稽，不要总怀疑春色在人家，关键在于自己心态的调整。盲目自大自尊，是骄傲无知的人生；一味自暴自弃，是消极悲观的人生。

# 落子无悔

“日月跳丸，光阴脱兔”，时光之河一泻千里，每个人有每个人的遭际。有的人会为一场突如其来的打击而一蹶不振，有的人会为一阵骤然而至的暴雨而抱怨不休；有的人会因为不经意间打破的一个茶杯而不开心……

生命，一瞬而已。痛苦，生命不会延长；欣喜，生命也不会缩短。生活永远是自己的，快乐也罢，开心也罢，不必让自己在郁闷中浪费时光。我们的情绪对现实真的没有太多的帮助，既然我们没办法去改变既定的现实，为什么不试着去改变自己的思想呢？其实，打击也是一种磨练，暴雨胜过交响乐，破杯声也远比萨克斯。

人生如棋，对手是我们遇到的困难。面对对手，有的人能预想十几步，乃至几十步之外，早早便做好了铺排；有的人却只看到了几步之外，甚至是走一步，算一步。与高手对招，常一步失策，满盘皆输。但是高手下棋，眼见进入残局后，却可能峰回路转，起死回生。有的人落子如飞，常于忙中出错；有的人考虑太多，难免捉襟见肘。有的人不走到最后关头，绝不认输；有的人稍见情势不妙，就弃子投降。所以说下棋的开局很重要，因为一盘棋，下起来总是棋子越下越少；而人生呢，也总是越来越短，于是早时落错了子，后来就要加倍苦恼地去疲于应付。而棋子却一个个地失去了，越是剩下的少，便越加要小心地下。赢，固然是漂亮；输，也要撑得久。毕竟输得少，才有些面子。而且，即使下错了子，也要做到足够的潇洒，因为，棋场上，只有落子无悔才是真丈夫。

人的一生中，最重要的往往就是关键的那几步。拿破仑滑铁卢惨遭失败，败就败在他手下的一名元帅对当时战事分析的一念之差。这名元帅只是迟疑了那么几分钟，没有将自己率领的预备队投入主战场。就是这几分钟，导致拿破仑滑铁卢惨遭失败。人生中，人们对机遇的把握往往也就在那一瞬间。很多人生重大抉择，究竟是坚持还是放弃，其成败得失都在那短短的一瞬间。甚至和死神或幸运之神擦肩而过，也就在那样的一瞬间，容不得丝毫的犹豫。

人，切莫自以为是，地球离开谁都会转。古往今来，恃才傲物的人都没有好下场。所以，再有才，也要大智若愚才好；再能干，也要时刻谦虚谨慎。人生活在这个世上，不可能都是一帆风顺的，或者遇到困难，或者遇到挫折，或者遇到变故，或者遇到不顺心的人和事，这些都是人生前进中的正常现象。在这条人生的路上，我们可以用欣赏江海湖泊、青山秀川的情怀去注视尘世间的是是非非；可以用仰望星河、远看瀚海的胸襟去处理生活中的形形色色；可以用面对四季交替的淡然来面对身边的一切。

生命是由一分一秒构筑起来的，人生也是由每个或喜或忧的事件拼凑起来的。每一件事在我们的人生历程中都弥足珍贵。每一次抉择，关键是要落子无悔。

# 惶 恐

惶恐是一种潜意识，所谓头顶三尺有神灵，所谓诚惶诚恐。

第一次惶恐，是6岁时看到自家粮仓里的麦子见底的时候，惶恐顿生。那时候物资缺乏，粮食首当其冲，没有粮食就没有生命。那时候，小小年纪，常记得每年粮食不够吃的情景。每年春天，父亲东借一点，西借一点，勉强度日。还有一年，村里私分粮食被人告发，结果还要退还，闹得家家怨气，人人愤恨。

紧接着，是父亲送我上小学，初次离开家，到学校去，一个个陌生的面孔。父亲转身离开的一刹那，我产生了惶恐。饥饿是有限的，而惶恐是没有极限的，它是粉碎人类个性最可怕的敌人。在那个时候，可以说我唯一不得不害怕的东西就是害怕本身——那是一种莫名其妙的、丧失理智的、毫无根据的惶恐。前方的路太凄迷，我在望着父亲的背影，直至渐渐消失。

1982年秋天，我考上了大学。喜悦刚刚散尽，今后一个人将如何生活在那里，我暗自惶恐。人活得太糊涂是可怜的，活得太清醒又是可怕的。好在世上多数人都是处于这两者之间。成长是一种惶恐。当我成长，当我懂事，必须面对大人世界里复杂得让人头痛的事情。我懂得以后自己要去面对这类事情。不过，我还是惶恐。大概成长这个东西的对面就是惶恐。它会让你慢慢丧失自己，慢慢远离原来的方向。然后时间和世事中的无奈与妥协把你打磨成另一个人。

1988年我娶妻生子，今后的生活怎么过，自己十分惶恐。一个人要从男孩转变为丈夫了，许多事情尽管想过了，但真的要来临要迎接的时候还是有点惶恐。做为一个儿子，可以无忧无虑，可做为一个丈夫，从此就会有一份更重的责任，想着怎样才是一个好丈夫、好父亲，不免有点诚惶诚恐。慢慢地，才知道，只要上对得起父母，下对得起子孙就行了。生命就是一个过程，父亲就是生命大船的掌舵人。

1999 年春天，只身一人来到北京，前途不明，几度惶恐。冰心说过：“如果你简单，这个世界就简单！”这不是唯心主义，而是表明了一种态度。人与人之间的交往关系，说其复杂也算复杂，否则也不会延伸发展成为一门学科。而对于我来说，实在难以理断那些无聊的人际关系。于是，当一部分人热衷于追求“复杂”的人际关系，把心思、精力用于编织“关系网”、揣摩领导“喜恶”时，我只能挥挥手，只能告别。追求一种简单正常的人际关系，去掉对上级的奴气、对同事的阴阳怪气、对下级的霸气、对群众的官气，总而言之，去掉虚伪浮华的面具，做真实完整的自己。

2003 年我的职业生涯出现变动，由此而衍生惶恐。那个时候真的很迷茫。迷茫到对自己产生了怀疑。加上“非典”，更加惶恐不安。2006 年春天，几天几夜睡不好觉。好像天变了，整个天空一片漆黑。一连串的问题纷至沓来，考问着我的自尊，考问着我的良心，也考问着我的未来。

这些年来，面对恐慌，有了一些认知。战胜恐慌，一是必须学会自我反省。恐慌是由于极度压抑产生的，事未见而臆断其有无。只有恐慌而手足无措。因此必须学会自我反省，把潜意识中引起恐慌的根本原因找出来。二是增强自信。自信是治愈恐慌的必要前提。一些没有自信的人，对自己完成和应付事物的能力是怀疑的，夸大自己失败的可能性，紧张和恐惧。要战胜恐慌就必须自信，减少自卑感。相信自己每增加一次自信，恐慌程度就会降低一点。增强自信，就可以最终驱逐恐慌。三是自我松弛。就是从紧张情绪中解脱出来。比如：你在精神稍微好的情况下，去想象种种可能的危险情景，让最弱的情景首先出现。慢慢便会想到任何危险情景的状态。此时恐慌就可以自然终止。

# 蛰 居

蛰居，就像动物冬眠一样长期躲在一个地方，不出头露面。因为蛰居，心像冬眠的虫子，不痛不痒，有一点点的麻木。空间被严重挤压，有时只能微弱地呼吸着，即使放风，即使漫步，依然感到内心的伤痛，静静的，寂寂的，不知道身在何方。

很多时候，一壶浓茶还在散发着缕缕的清香，细雨或者雪花在窗外轻轻飞舞着，一切似乎变得朦胧。轻轻啜饮，慢慢回味着曾经，在期待中守候下一个花开与花落。

蛰居，只身安外，红火热闹的场面掠过眼角，我忽略它们，它们也忽略我。我不知如何，是选择左还是选择右，我不懂得如何消磨。曾经盘算过，三年还是六年，如今已是接近六年的翻倍。在这里，大家各走各的路，似乎互不干扰。但是深层的东西似乎不言而喻，心知肚明。

心情也是这样，一个人的心情便可以算得上一座围城，围城没有通向里面的门。一座城就是一个独立的王国。身边的那些人，注定是只有在你的围城外徘徊或经过。他们想进来，可城却不容他们进去。而我情愿在我的王国里唱自己的独角戏，做自己的君主兼臣民。

蛰居，远离了那个龌龊的繁华喧嚣，远离名利与权力争斗的污染与浮躁。寄情四季风物，放歌阡陌田畴，读古今中外之书，观荣辱浮沉之事，笑谈于酒醇茗香之际。应当说已经很惬意了。但是内心并不安稳。不时有来自外部和内心的叩问，难道你就这样安心吗？每当这时，心中便波澜纵起，久久不能平静。因此，所谓蛰居，并非是自命清高，而是缘于无奈。

熟悉的地方看不到风景，并不是因为缺少风景，而实在是因为缺少审美的心态。因为太过熟悉，眼里激不起发现的灵感，即使身在仙境也不觉妙曼。总是固执地认为，风景在远方，诗意在别处。空间上的距离的确能成全人的某些天性——对于唾手可得的东西熟视无睹，不曾拥有的才享有被追逐被欣赏的魅力。很多时候爬山涉水移步远方，重要的并不在于要去哪里，而是离开此地，至于景色的美与不美，只是客观物象投射在每个人心境中的一种体验，也就是所谓的“景在心间、境由心生”吧。这恐怕是需要转变固有观念的一个重要方面。或许问题的症结也在这里。

诚然，住着高楼暖阁，坐着奥迪 A6，可谓衣食无忧，生活上还享受着各种待遇，但精神上常常感到疲惫不堪。有时感觉自己好像是关在华丽笼子里面的金丝雀，只能供人观赏，只能吟唱婉转动听的小夜曲讨人欢喜。有时急切地想脱离这个牢笼，却又找不到突破口。

时间是人生的土壤，你疏于打理，它便贫瘠；你精心照料，它便丰饶。紧握时间的人能收获串串果实，而如果让时间白白流走，生命就只会剩下一头白发和空空的双手。经过一段时间，开始逐渐从困倦中解脱开来，开始意识到必须进入这个群体，方可有所认识，有所体会。那时候，一方面用大量时间找相关干部谈话，掌握情况，当然这种情况绝大部分都不准确也不真实，但是毕竟是一种接触。另一方面，开始深入思考。我曾经在一本书的《自序》中说过，那些年，“白天在单位精心工作，晚上潜下心来读书。不论是盛夏，还是隆冬，记不清多少个夜晚，孤灯一盏，博而览之，引经据典，鉴古思今，心灵对话。偶有所得，优游命笔，撰写了一些短文，如此林林总总，形成不少篇目”。这完全可以概括那段时间我的所作所为。思想上开始转弯，行动上就有所进展。

据说，当年苏格拉底走在雅典的街头，他看到城市非常繁华，有精美的建筑和大量的钱财、珠宝，他对自己的弟子说：“我不想得到的东西是那么多啊！” 年轻的时候就读到了这个故事，但是没有引起警觉。现在我终于明白了，一个人的习惯在自己的一生中起着多么巨大的作用。

一个好的习惯可以引领着你走进天堂，一个恶劣的习惯能够把你引向地狱。这种习惯包括生活的习惯，也包括思维的习惯。而这一切，都是在悄无声息中进行的。这些年，诱惑距离我越来越远了。每天与宁静安详相对而坐，感觉所有的诱惑都不值得自己劳神。那些时候，夜已深，我还不肯睡去；天已亮，我还未曾醒来。自得其乐。以鸟的姿态在天空飞翔，看山的稳健，看水的灵动，看河流的奔放，看瀑布的热情。

# 笨嘴鹦鹉

唐诗人薛涛有一首写鹦鹉的诗:“陇西独自一孤身，飞去飞来上锦茵。都缘出语无方便，不得笼中再唤人。”

鹦鹉的种类繁多，形态各异，羽色艳丽。有华贵高雅的粉红凤头鹦鹉和葵花凤头鹦鹉、雄武多姿的金刚鹦鹉、涂了胭脂似的玄凤鸡尾鹦鹉、五彩缤纷的亚马孙鹦鹉、小巧玲珑的虎皮鹦鹉、姹紫嫣红的折衷鹦鹉、形状如鸽的非洲灰鹦鹉等。不过，我这里记述的则不是这些。我要说的是一对儿不知名的鹦鹉。那是我和妻子从鸟市上买来的两只鹦鹉。

一个人对于鸟的喜爱恐怕是与生俱来的。我儿子小时候就喜欢鸟，看到我们买回的这一对鹦鹉，他喜不胜收，还把鸟笼挂在阳台上，每天为它们换水、添食，忙个不亦乐乎。并且只要有空儿，就守候在鸟笼之下，静静地观察它们，细心地聆听它们的啼叫。

有一天，我清早起来，发现鸟笼底层有一些散落的羽毛。只见一只已经死亡，一只还在横杆上。我把这一情况告诉了妻子。儿子也赶忙跑过来，一副伤心、沮丧的样子。好在还有一只，我们依然精心地养护着它。但是，我们从未听到它学舌的声音，并且它啼叫的声音也很难听。因此我们管它叫“笨嘴鹦鹉”。

每天天不亮，这只笨嘴鹦鹉就叫声不断。有时，它用红嘴叼开鸟笼喂食的门，然后从笼门飞出来，飞得家里一片狼藉。为了防止它凌晨啼叫和飞出鸟笼，母亲想出一个办法，就是在鸟笼上蒙上一块布，这样也确实管用了几天。但是，过了一段时间，它依然早鸣，依然出笼乱飞。

大家对它的表现实在有些烦，但是爱鸟的本质不变。有一天早晨，伴随着鹦鹉的啼叫，我们都醒了。我对爱人说，你听，笨嘴鹦鹉在歌唱呢！爱人说，你尽胡扯，它叫得都不好听，怎么会唱歌呢？我说，它在唱一支忧郁的歌，你没听出来吗？爱人嫌我胡思乱想。我说，不如我们把它放飞吧。爱人显然不同意，估计孩子更不同意。

那是我从北京回来的一天，爱人上班去了，孩子上学去了，母亲去外边散步。我进屋的时候，看到笨嘴鹦鹉四处乱飞，我怎么抓都抓不到它，急得我一身大汗。这时正好它又飞到窗前，我趁它不注意，一把抓住了它。看着它，我想起了欧阳修的《画眉鸟》："百啭千声随意移，山花红紫树高低。始知锁向金笼听，不及林间自在啼。"这样，我打开了窗户，又仔细地端详了它一遍，在未征得妻儿同意的情况下，把这只笨嘴鹦鹉给放飞了。

我看着笨嘴鹦鹉飞得很欢快，它没有停下来，大概是朝着幸福飞去了。

# 让 步

我见过很多牛人，说话理直气壮，争锋相对，寸土必争。似乎在他们面前，我只能让步。我似乎有点窝囊。

然而，世上的事，往往并不一定非要争个你死我活、谁高谁低不可，因为冠军只有一个，胜者只有一个。只要你有足够的肚量和能力，你就是冠军。而某些时候，由于一些特殊的原因，明明有实力夺取胜利，偏偏做出让步，则更是“棋高一着”，更加令人敬佩。

清朝名臣左宗棠喜欢下棋，而且棋艺高超，少有敌手。有一次他微服出巡，在街上看到一位老者摆棋阵，并且在招牌上写着“天下第一棋手”。左宗棠觉得老人太过狂妄，立刻前去挑战，没有想到老人连出破绽，被左宗棠击败，并且左宗棠连胜三盘。左宗棠看到天下第一棋手都被自己打败了，心情非常高兴，志在必得，舍我其谁的自信心更加坚定。

接着左宗棠去新疆平乱出征了。他平乱胜利回来时又见老人，还是写着“天下第一棋手”，于是又和老人下棋。但是这次左宗棠竟然三战三败，被老人打得落花流水。第二天再去，仍然惨遭败北。这让左宗棠很迷惑，为何前后两重天？老人哪能在这么短的时间内进步如此地快呢？

老人笑着回答：“你虽然微服出巡，但我一看就知道你是左公。上次我知道你即将出征，所以让你赢棋，从而增强你必胜的信念，好为国家平乱立功。如今你已凯旋，我就不敢客气了。”

左宗棠听了感慨良久：这样看来，自己这次平乱成功还得感谢这位老人的“输棋”。另外自己官居高位、权倾朝廷，这里面其实还包含着很多“输棋”人的关爱、支持与让步。

在我们工作和生活中，常常要向领导让步，向同事让步，向下级让步，向父母让步，向孩子让步，向爱人让步，向对手让步……你做出了让步，并不代表你就是失败者，相反，你却从你的让步中赢得了环境的和平，关系的密切，感情的融洽，这比争一时之气，逞一时之能，是更大的胜利。

让步既是一种境界，同时也是一种智慧。俗语云："退一步，海阔天空；让三分，心平气和。"人生需要执着，但过分执着有时会使我们走进死胡同。从这个意义上说，不懂得让步，就无法进步。回旋的余地没有了，人生这盘棋就走死了。

# 当飞机起飞之后

4月24日，儿子从美国回来后，休整了4个月，今天要返回洛杉矶了。26岁的儿子，长得高大伟岸，为了自己选定的设计专业，依然在拼搏，辛苦归辛苦，倒也乐在其中。今天我和爱人都请了假，陪他吃了云海肴，然后直奔机场。办完托运手续，我们送他到闸口，他挥挥手，算是与我们道别，一下子消失在人海。

这一刻，对于倾听过岁月风声，苍老了年华的我来说，顿时有一种恻隐的伤感。

大约过了20分钟，我打去电话，儿子刚过安检，尚未登机。我要他登机后给我电话。而当他登机来电的时候，我们还在停车场的车子里。

下午2：00，飞机起飞了，我的心绪似乎也跟着飞了起来，想到什么就说什么，算是娓娓道来吧。

## 1

回首儿子这些年走过的足迹，那些深浅不一的脚印，一路之上的跌跌撞撞，起起落落，在我心里留下的都是一抹抹难以忘怀的剪影。

昨晚，也就是儿子出国前一天晚上，我把千言万语浓缩成五个方面十个字：学子、圈子、票子、女子、老子。既是提醒，也算忠告。儿子听，爱人不时插话，我们是饱含爱意，语重心长。儿子听进去多少，自然由他。作为家长，安顿和叮嘱他，是我们的天职。

儿子归国以来的4个月，刚回来时的新鲜、孝顺、勤勉，中间带学生的辛苦，以及我们之间配合的默契，到临走前情绪波动、懒散，甚至与父母冲撞。

时光飞逝，4个月很快过去了，我们谈论的很多，交心的很少。更多的时候，是他一个人静静地坐在电脑前忙，或者弹吉他，把声音弄得很响。我们不好打扰他，尽可能由着他。我们也不知道他到底遇到什么棘手的事，总感觉他有一种无名火，不仅燃烧着他自己，也殃及了我们。知道他走，我们只能猜，他不肯吐口。这让我很郁闷，以至于临走前的上午，因为养猫一事，又与他争执起来。但依然无果，他不说，我也不能强迫他。

## 2

其实，设计是比较难学的专业。儿子之所以喜欢，主要在于他有比较扎实的绘画功底。就是这一点点小爱好，引领着他的脚步。

当然，刚刚到洛杉矶的时候，也不是一帆风顺的。外语听力差，老师讲课不知所云，还有饮食习惯差异大，等等，他都经历过。可以说，求学的路上充满酸涩和辛苦。好在这个迷茫的过程并不很长，经过近半年的努力，儿子终于挺过来了。这真的很不容易，我发自心底为儿子庆幸。从儿子回来带学生的过程看，他的成果也的确是实实在在的。我常常为儿子而高兴，功夫不负有心人。

## 3

一个人如果心里总是有怨有恨，眼睛老是盯着他人的过错，耿耿于怀，愤愤不平，你怨人，人怨你，两相伤，没有赢家，都是生活的败者。找自己的不是，你恕人，人恕你，两相让，两欢喜，何乐而不为？找自己的不是，不但放开了他人，更主要的，是放开了自己，给自己的心灵减压，没有了负累，身心轻松，宁静，心情豁朗。

人与人，脾气不同，性格各异，胸襟、气度、修养更不相同。正所谓林子大了，什么鸟儿都有。如果真的有人对你很无礼，让你忍无可忍，你就可以用这句话劝慰自己，他是疯子，你又何必与一个疯子斤斤计较，睚眦必报呢？那可笑的不是疯子，而是你自己了。

如此，观念一转，天高地远。你想走到大山脚下，山不过来，你就过去，山不转水转，水不弯船弯，改变不了事情，就改变对事情的看法，换一个角度去思考，或者就会从山重水复到柳岸花明了。

## 4

不管外面的世界多喧嚣，也要坚守自己心灵的宁静，给灵魂释放一份安然，给自己寻找一份自由。

每当心烦的时候，可以找一个独处的空间，然后让自己的思绪随风飘荡，在喧嚣中暂且逃避一下现实。当灵魂承受不住生活的负载时，可以让自己的心灵寻找到一份暂时的安宁和平静。

人有时会假扮一副世外高人的摸样，其实不然，只是自己没有对自然真正发自内心的崇敬。没有一种对人生对世界的感激与欣赏，没有那种通透的理解，没有一颗善良易感的心，也没有最后的觉悟，更没有那种自然而然地流露出来的恬淡与超脱。

## 5

人生其实就是一场修行，修的就是一颗心。有些人，你深深记住，未必不是幸福。有些痛，淡淡看开，未必不是历练。坎坷路途，给身边一份温暖。生活，本就是体谅和理解，把快乐装在心中，静静融化，慢慢扩散。

宁静，并非是内心的平静，在某个闲暇的片刻，许多人也会让自己的心沉静，会对一段时间以来的生活做一个总结，进行一些思考，思考过后也会明白自己应该珍视和摒弃些东西，在瞬间明悟人生。

淡淡的生活，给我们带来了生活的真味。一个人最大的美德，不是你长得很漂亮，也不是你拥有很多的财富，很多的才能，人生最大的美德是慈悲。

## 6

人生的路，靠的是自己一步步取舍，真正能保护你的，是你自己的选择。人生本来就是由酸甜苦辣组成的，不可能一帆风顺，不必去强求什么，留给自己一点空白，平平淡淡才是真，在淡泊之中悟出人生的真谛。

属于你的，没人能拿走；能拿走的，都不属于你。不要为了任何人任何事折磨自己。在这多变的红尘世界，谁也不可能总是一帆风顺，人生十有八九都是不如意，无论处于何种境遇，最重要的是保持一颗平常心，随遇而安。

## 7

很多时候，简单的事，想深了，就复杂了；复杂的事，看淡了，就简单了；有些事，不能算是事；有些事，只能是笑笑；有些事，要用心去做。把握自己，调整心态，做人并且做事，做事方能成人。

一切烦恼，其实都是自寻烦恼。计较少了，快乐多了；压力少了，轻松多了；抱怨少了，舒心多了。自卑少了，自信多了；复杂少了，简单多了。人有器量便有快乐，人有修养便有气质，人有爱心便是善良，人若淡然便能从容。

## 8

人要拿得起，也要放得下。拿得起是生存，放得下是生活；拿得起是能力，放得下是智慧。有的人拿不起，也就无所谓放下；有的人拿得起，却放不下。拿不起，就会一事无成；放不下，就会疲惫不堪。人生外在的一切最终丝毫也带不走，晚放下不如早放下。

人的优雅关键是在于控制自己的情绪。生活应该向前看，只有把自己从过去中解放出来，你前面的脚下才有路。理解你的人，不需要解释；不理解你的人，不配你解释。人贵在大气，要学会对自己说，如果这样说能让你们满足，我愿意接受。并请相信，真正懂你的人，绝不会因为那些有的、没有的而否定你。

## 9

上天不给我们的，无论我们十指怎样紧扣，仍然走漏；给我们的，无论过去我怎么失手，都会回归。看懂一件事，长大了。看清一件事，开窍了。看破一件事，理性了。看透一件事，成熟了。看穿一件事，到头了。看淡一件事，放下了。

人生，失去的只是时间，获得的是价值、是永恒！

## 10

与其怨天尤人，不如静心修炼。人，相互搀扶才淡定从容；路，相伴而行才风景迷人；人，最美的时刻源于想起亲人朋友，最感动的时刻来自被亲人朋友想起！心中无缺叫富，被人需要叫贵。

走在熙熙攘攘的人群中，翻遍电话簿却始终没有拨出一个号码，这叫寂寞。孤独是一种状态，寂寞是一种心态。所谓寂寞，就是高山流水知音难觅的遗憾，就是栏杆拍遍弦断有谁听的寂寥。

世本是世，无须精心处世。人本是人，不必刻意做人。

## 11

福兮祸之所伏，祸兮福之所倚。大可不必太在意人生历程的潮涨潮落。只要悟透了其中的禅机，便会豁然开朗。生命也有保质期，想做的事该趁早去做。如果你只是把你的心愿慎重地供奉在心里，却未曾去履行，永远不会实现。

当一切美好回不来时，人习惯活在记忆里。于是，容易产生一种误区：害怕爱人忘不了初恋，潜意识希望对方必须忘掉。这是一种霸道，反而让自己更累。计较过去只会让你爱的人更想远离你！

## 12

万有引力定律告诉我们，吸引别人的最好方法是去充实自己。尽量简化你的生活，你会发现那些被挡住的风景，才是最适宜的人生。千万不要过于执着，而使自己背上沉重的包袱。

越在意，失去的就越多。人总会遇到挫折，会有低潮，会有不被人理解的时候，会有要低声下气的时候。这些时候恰恰是人生最关键的时候。在这样的时刻，需要耐心等待，满怀信心地去等待。相信，生活不会放弃你，命运不会抛弃你。

## 13

求人不如求己，真正能够解忧的，只有自己。不论顺利也好，坎坷也罢，生活中所有的遭遇我们都要淡然接受，做生活的强者，不做生活的逃兵。

人生就是这样，我们常常仰望，每每比较，仰望身边的众人，比较四周的他人。于仰望中我们感到了卑微，于比较中我们感到了差距。

## 14

人生的矛盾就是，一个人的时候害怕孤独，两个人时候害怕辜负。爱情看得太透彻，幸福就会太遥远。

如果你爱一个人，先要使自己百分百地值得他爱。至于他爱不爱你，那是他的事，你可以希望，但不必强求。你永远都不会知道，为你乱想的人是有多么爱你。

## 15

许多人，许多事，过去了，就让它成为风景。生活的阡陌中，不必让自己背负太多，淡淡听风，才会走得更轻松。岁月好似指间的沙子，在轻轻合拢时，沙漏划过皮肤，总会淡淡地疼。

记住该记住的，忘记该忘记的，改变能改变的，接受不能接受的。生命的精彩在于：把握现在，微笑向暖。学会瞭望，给自己一份坚定；学会回眸，拂去浮躁。风雨中，把头抬起；辉煌中，把心放低。

## 16

有一种承担，叫提得起，放得下；有一种负担，叫提得起，放不下。向前走，走过不属于自己的风景，潇洒，不是唯美而是心情；收获，不是沧桑而是淡定。因为爱，我们选择离开；因为恨，我们选择遗忘；因为痛，我们选择隐藏；因为还有梦，我们选择坚强。

# 老王二三事

老王是我同学。不过，在很长一段时间里，我们都不知道老王。也就是说，大学四年，只有三年的老王是实实在在的老王，起初那一年的老王被他自己或者被我们给虚幻了。

老王是乡下人，有满口的地方口音。他家到底住在什么地方，我也说不上。只有他们舍友和后来成了他老婆的人才清楚细节。不过这并不影响我们对老王的描述。

因为老王的普通话说得不好，所以老王在公众场合并不怎么说话，也不显山露水。上课，总是坐在教室靠后边的地方，尤其怵老师提问。就那么不声不响，普普通通。做事情显得笨手笨脚的，不过从来不惹事非。平时总那么微微笑着，耐心听别人说话。

我跟老王很少打交道，平时见面总是客客气气的。有时候我去他们宿舍，也不是专门去找他，说话也少。再加上有时周六日，这小子就跑回乡下老家了。

老王跟别人说话也不多，平时跟他接触最多的一个是小不点儿，因为个子矮，却是个话唠。再一个就是马达，平时总是佝偻着，只有测量身高时他才能站直了。马达经常跟老王和小不点儿一道走。

老王爱跟小不点儿开玩笑，上课下课总一起走。老王喜欢骂马达，因为马达骂他更起劲儿。马达为什么要骂老王呢？在宿舍里，马达勤快，老王懒，不讲卫生，东西随便放，鞋子随便扔。马达就看不上眼，就骂老王。老王被骂，依然我行我素，关键时还要回骂马达。马达实在拿他没有办法。有时候马达把老王骂急了，两个人就开始对峙，关键时，同宿舍的秋虎是和事佬，赶紧起来劝架，这边批评老王，那边批评马达，所以他们总能相安无事。四年下来，不但很少结怨，几个人似乎还成了朋友。

印象比较深的，有一次上英语课，当时上到第二节课，有几个睡着的，其中就有老王和马达。外语老师讲到一半，突然停了下来，说，“现在睡觉的我记着你们了，期末考试见。”老王听到后一愣，坐了起来。老师说，我刚说了期末见。老王一听，早知如此还不如睡呢。老王正嘟囔着，老师点他名让他站起来说。老王不知道说什么。老师就在黑板上写了一行英语句子让老王翻译成汉语。老王一时着急，满口的地方话说了出来。老师听不懂，全班同学哄堂大笑，一节课就这样在笑声中过去了。

老师索性不讲了，情绪平稳后和我们聊天，还讲了很多关于方言的笑话。

那次之后，我开始关注老王。我们关系渐渐近了起来。有时间我总爱和他聊天，老王会给我讲好多乡下的故事。这么讲来讲去，老王的普通话水平非但没有长进，反倒我们几乎都能听懂他的地方话了，真的是“入乡随俗”了。

老王有自己的喜好，平时喜欢现代诗。宿舍里偶然也模仿着写几句。写完也就随地扔掉了。马达不懂诗，捡起来看看，是长短句，以为就是诗了。于是就在满宿舍的同学中说老王写诗，这样老王是诗人的事就在全班传开了。就连班主任老师见了老王，也一个劲叫老王诗人。老王也不辩白，在外人看来，老王就以诗人自居。不过，我们从来也没有见过老王的诗。

闲暇的时候，老王喜欢练练胡琴。老王的二胡拉得总不在调上。老王倒不厌其烦，可同宿舍的秋虎却烦透了，感觉老王的琴声一弦一弦就好像拉在他的心上，让他坐卧不宁。倒不是感动，而是烦。于是就建议老王停下来。说老王啊老王，地摊上人家拉胡琴是要钱，你这是要我的命啊。老王听了，也就笑了，就不拉了，等宿舍舍友们出去再拉，依然我行我素。

老王的胡琴没有练出来。但总是那么有耐心地拉着。有一次班里搞活动，我私底下动员老王出个节目，拉拉胡琴，老王说，啊呀，千万不能，我拉，首先秋虎就得死，更不用提别人啦。到底，我也没有听到老王的琴声，也算是遗憾吧。

有一年期末考试后，老师突然传话让老王去他办公室。把老王吓了一跳。老王去了之后，老师把门一关就问：上学期挂过么？老王说挂了一科。老师说，那你这学期再挂就有可能留级了吧。老王不说话，老师把老王的卷子抽出来生气地说，你看看你这都答了些什么？这么简单怎么还不会？边说边又抽出一张高分卷子说，你看看人家这卷子，我就奇怪了，同样是上课，怎么差距这么大呢？你留个级就少一年机会，现在就业形势和以前不一样你知道吗？最后老师说，你自己反省一下，我上个厕所。老师咣一下关上了门，老王听到老师从外锁门的声音，看到办公桌上有两张卷子，一张是自己的，一张是高分卷子，旁边，还放着一支笔。

时间过得飞快，转眼，要毕业了，我们都在选论文题目。写论文就要用电脑，可老王的电脑被马达给弄坏了。老王没办法，只好打算买一台新的。老王跟马达说，再买个什么牌子什么配置的电脑好？谁知马达说，你爸妈的钱也不是大风刮来的，得了，反正那台电脑也是我给你弄坏的。这样吧，我出一半钱，咱买一台 IBM 的吧。第二天，马达就给老王带来了电脑，对老王说，这回好好用，好像那台电脑是老王自己整坏的。老王说，你的论文也一定要好好做，不是复制粘粘就可以完成的。到时候不要抄我的。马达说，一定。

老王用新电脑准备做论文的时候，宿舍里兴起玩一种网络游戏，连老王自己都不明白是为了什么，竟然对此着迷。马达劝他退出，要不论文写不完了。老王并没有听马达的。玩了两个月后，突然发现，离论文初审只剩一周了，于是各种复制，各种粘贴，各种嫁接。终于拼凑了一篇交了上去。而这期间马达也没有闲着，他把老王的论文一段一段地复制在自己的名下，除了名字不一样，剩下的都一样。

论文评审开始了。老师给老王发了条信息。说了很难听的话。老王再一次来到老师办公室，恨不得找个地缝钻进去，但老师叫他找把椅子坐。老王坐下后老师向他系统讲了一下论文应该怎么做，先给老王列了一张参考文献表，又给老王列了一个提纲。

二十天很快过去了，要答辩了，时间的紧迫、老王理解上的浅显，答辩副组长马老师问了几个关键的问题，老王都没答到点上。严谨的马老师说，你这个通不通过我要考虑一下，你先下去吧，下一名……

不通过就是需要二次答辩，老王知道问题的严峻性，他厚着脸找到老师，老师拿起电话就给马老师打了电话，老师相当谦卑和客气地说，马老师，您看我这有个学生，他要是二次答辩的话就不能及时去单位报到，让单位对他第一印象多不好，而且我是导师，有我的错。电话那边说什么老王不知道，老师又是一顿求。最后，老师痛苦地挂了电话。老师对老王说，他最难为情的，就是求人。

毕业前夕老王专门登门拜访老师，心里突突地跳。让老王没有想到的是，老师居然丝毫没有拒绝，而是跟老王有了一次促膝长谈。这样子让老王更加感到震惊。老师说，我不给你喂什么心灵鸡汤，我只想告诉你，如果将来你在事业上没什么发展，那么不要输在业务上，如果你业务也不精，那么千万不要输在不懂事上，记着。

老师的话，老王没有忘。不但没有忘，而是记在了心里。老王毕业后，去了某个机关，老师说是他的功劳，他的推荐。老王却并不这样认为。倒是有一件事，让老王欲言又止。有一次，老王带着新媳妇去看老师。老王和媳妇都是老师的弟子。不同的是这次媳妇怀孕了，挺着个肚子。见了老师，老师先是怪笑，然后大声说，老王啊老王，好端端的一个女生，看看让你给整的，啊呀，简直是面目全非……老王想骂，又不好意思。赶紧领着媳妇，溜之大吉。

老王在机关工作以后，刚开始很朴实、很低调，渐渐有了一些变化。一些同学觉着他开始牛起来。其实不是。老王其实一直很本分，他就是那么一个状态，不急不躁，不紧不慢，不了解他的人可能觉得他很傲，其实他很朴实。他不会溜须拍马，不会低三下四，不会装孙子。后来单位成立了一个平台公司，老王便毅然决然地从机关里出来，到那里做企业了。老王说这是他自己的选择，在这里不必求人。其实老王想的没错，以老王的性格，在机关的确难以发挥作用，我倒觉得老王的选择是对的。

# 断奶的滋味

似水流年。走在红尘中，推开一扇又一扇岁月的门窗，沿着记忆的脉络，婉约在流年的锦瑟里。一些人，一些事，剪不断，理还乱。然而，那些决绝，那些离愁，总是才下眉头，又上心头。

比如，谁都有母亲，谁都有断奶的时候。只不过，我是怎么断的奶，自己不知道，但是我亲眼所见，我弟弟10岁才断奶。那种对其他食物的极度反感，那种对母乳的恋恋不舍，乃至于上课时要跟班主任老师请假，理由就是要回家吃奶。足见弟弟对奶水的依恋，同时也说明母亲乳汁的甘甜以及断奶的艰难。

## 1

晨鸡初叫，群鸟争噪，哪个不去红尘闹？路遥遥，水迢迢，青山远隔梦难消。今日童颜明日老。山，依旧好；人，憔悴了。

大概在人的一生当中，会有多次断奶的时候。实质性的断奶，尽管不舍，然而终究是要断的，个中滋味不同，感受也不一样。而精神上的断奶，与物质上的断奶不同，滋味也就大不一样。

大学毕业后，留校任教。中规中矩的工作，自由自在的生活。虽然清贫，但是在那个时候大家都是如此，差别不大。我是个守规矩的人，严格意义上说，教学与研究工作比较适合我，我可以衣食无忧，优哉游哉。还可以校外兼课，赚些外快，贴补家用。

照理说，完全可以一直沿着这条路走下去，熬时间，评职称，当教授。就像我在此岸，可以一眼望到对岸的风景。

大约在校5年期满，1991年秋天，经过推荐、考试、考核等一系列复杂而细致的测试，在“有心栽花花不开，无心插柳柳成荫”的状态之下，我以综合成绩第一考入组织部。

那个时候，对组织部是朦朦胧胧的，对将要从事的工作也是朦朦胧胧的，对组织部这个环境一点也不熟悉。因此，真正要离开高校，便有了一种“断奶”的感觉。

尽管一开始，我就明白总有一天会离开，我知道我会不舍，我很脆弱，但我没想到自己会是如此的不堪。我对上班的办公室，所住的教师公寓，熟悉的校园，乃至于一起工作的同事，都有一种不舍的感觉。无人的时候，我都会情不自禁地想起，想起曾经废寝忘食的我们。他们似乎无处不在，如影随形。要离开他们了，我有一种莫名的无助，总是感觉少了些什么。原来我早已习惯了这样的环境，我对改变有了怀疑，这样的改变，到底为了什么？我像一个断了奶的孩子，尽量去寻找学校的缺点，为此我也付出了伤心、难过的代价。

## 2

三月，塞外青城雪花飘飘，在京城却是烟雨霏霏了。1999 年，我就是在这样的时刻，离开呼和浩特，来到了北京。

垂柳纤纤舒黛眉，倦鸟不知归。漫卷西窗月，问君几时回？廊门飞花度，谁人笛横吹！河山千万里，碧人软弱微。携手夕阳晚，迟暮影相随。这样的心境，于我是再贴切不过了。

在地方组织部的近 10 年时光，把我从一个阅历浅薄、涉世未深、不懂政治的青年引入渐趋成熟世故、老气横秋的中年。

平素，喜欢淡淡的纯音乐，心随着曲子游走，躲避着喧嚣的折磨。都说岁月如歌，可是哪一首是我的呢？静默得如同一幅画，安于平和，眼里没了景色。就像个断奶的孩子，有刺心的感觉。有时候想，到底怎么走上这样一条路，到底是谁把我引进门？说不清，道不明。

一条路走久了，就像抽烟，总会上瘾，有一些欲罢不能。习惯于服从，照着做，亦步亦趋，如同画中的女子，却不曾有过拂水听荷。只盼风吹来。有时候安静得就像一尊佛，仿佛心没了，昏昏地睡了几个世纪。

一个人的孤单是一种冰寒，落寞伴着伤感醉在了月缺月圆。有越多的时间，越觉得有人在故意刁难。

相遇是劫，是缘？弄疼了时间的庄严。空气中弥散着小雨滴，那是我流泪的眼。张家港，工体 1 号，成为徒然一念。

只有诚实善良，不会谎话胡言。也许这一次真的该走了。在大连，在广州，在三亚，我犹豫徘徊，最后还是决定要淡出他们的视线。

## 3

千帆过尽，那丰饶的空灵在何处落定。谁是我的药，疗我孤冷，寂寞。何处繁华笙歌落，半壶浊酒自清浊。一曲箫吟千年寂，禅若菩提花如泥。

踏上北二环的路，直向安定门外。莫多情，情伤己。莫念故，多别离。醉梦流萤，情之遗落，便去他乡。

安贞一曲，便是十年。这种路，没有这种走法。其中的落寞难耐，其中的孤寂彷徨，非一般人能够领会。或许是心太天真，让一切成为怀念的余温，不再上演诱惑的沉沦。不相信永恒的情深，荒芜的眼神是痛的呻吟。

十年，消磨意志，消磨热情。彼岸花开两相寻，一眼笃定的默认，却被堵截着一事无成。于是，开始沉睡，慢慢麻醉，不会再为谁而认真。三千风过不及目，半缕情丝裸无痕。常常，心在翻江倒海，身子只能两点一线。我本无求，因何百转成劫？没有泪落，只有寂寞燃烧纵火。梦里也是一种漂泊，没有花开见佛，却倍受折磨。

十年，如同一把锁，密码丢了。尽管季节会留下伤痕，也会带来新的涌动。花开了，无声无息。奶断了，不再奢望。我却依然在老地方，装作一切都没发生的模样，只是每次心疼的时候，清晰地看见云烟过往。或许这就是命吧，本身注定是这般模样。

# 后记

人生几十年，一幕一幕走过来。说话之间，读书十年，高校十年，机关十年，一切似乎云过天空。后来到了企业，失去了平常的生活节律，时感无聊，咸酸辣苦，移情于斜风疏雨。这本散文集，聊作闲情偶寄吧。

我一向以为，文字是来自心灵的音符，让我柔声吟唱，给我以心灵的力量，让生命摇曳多姿，精彩绽放，让岁月充满爱的芬芳。我始终相信，爱是生命中最美的语言，最美的文字。平坦的大道，曲折的小径，崎岖的山路，无垠的原野，是生活的旅程；灿烂的微笑，凄楚的哀怨，欣然的宁静，孤独的寂寞，是心花的一瓣。生活和心灵的交织，是人生旅途一程一程的驿站。并且伴着春花、夏风、秋月、冬雪，感触人世的炎凉冷暖，评判事情真伪恶善。在这本散文集里，没有鸿篇巨制，也没有今古奇观。很多时候，属于涓涓溪流，斜风疏雨。

记不清有多少次斜风疏雨的片段，不期而至的是跳跃的灵感。一阕低吟，离不开雪月风花；一笔沧桑，写不尽海角天涯。那些岁月都搁浅在记忆的旮旯，一点点腐蚀，一点点发酵，不言的情愫，灵心舞动，不是没有伤，也不是没有痛，或许经历的太多，心才渐渐学会了坚强，就像那漆黑的夜空，包容着万物，接纳着苍生。

所见、所闻、所知、所想，斜风疏雨的文字，如一缕清风、一丝细雨、一叶小草、一帘幽梦。

付梓之际，一不留神，已是满眼金灿灿的季节了。我站在秋天的边缘，站在景山之巅，远眺漫山落叶飘零，随意在指尖轻轻一弹，一种灵动的思维，就穿过了我的城市，我的秋天。

2017 年中秋于北京景山

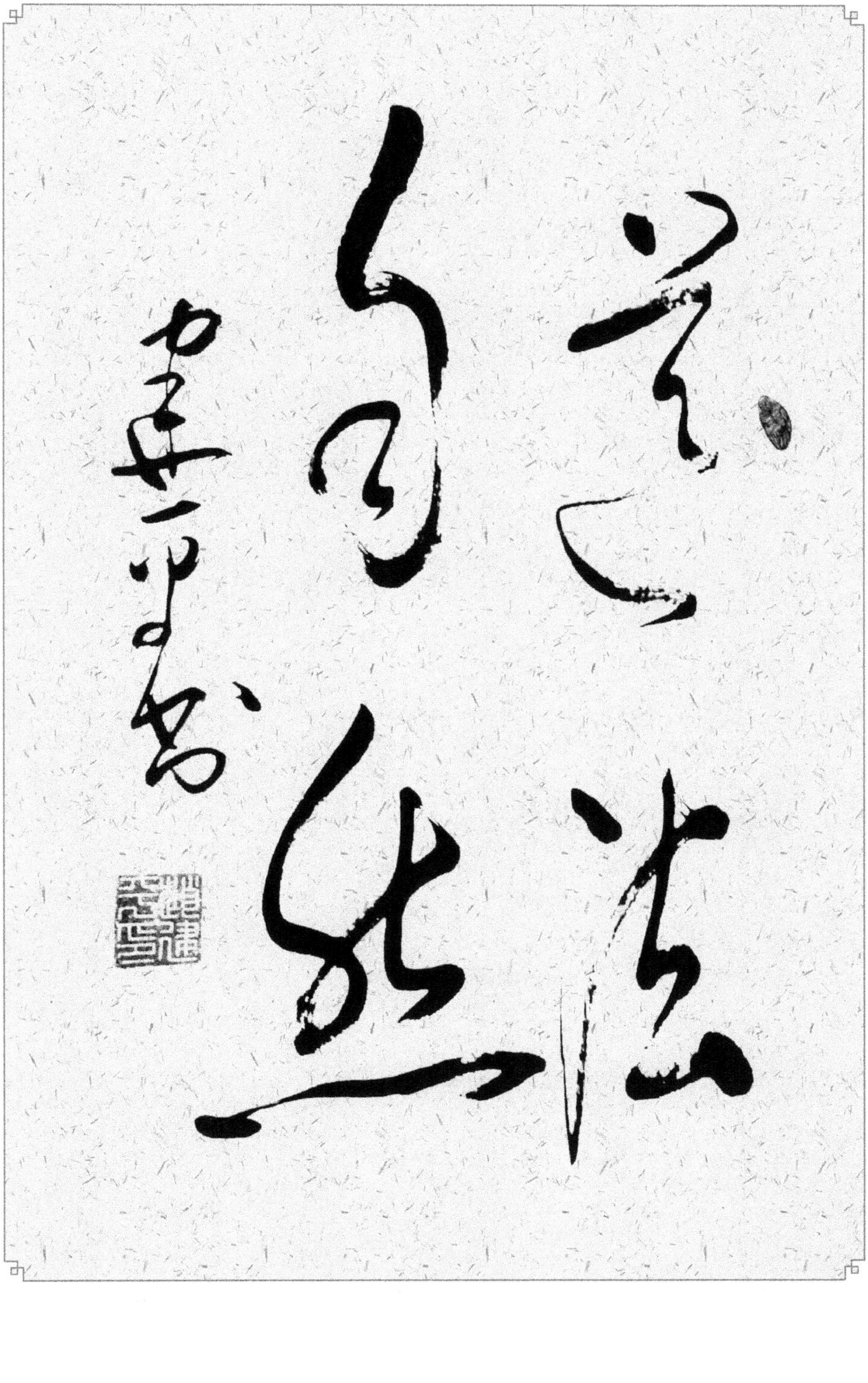
道法自然

# 书窗残雪

平凡◎著

中国言实出版社

**图书在版编目（CIP）数据**

书窗残雪 / 平凡著 . -- 北京：中国言实出版社，2018.2

（平凡文学作品选）

ISBN 978-7-5171-2654-6

Ⅰ . ①书… Ⅱ . ①平… Ⅲ . ①读书笔记－中国－现代 Ⅳ . ① G792

中国版本图书馆 CIP 数据核字（2018）第 015678 号

**出 版 人：**王昕朋
**总 监 制：**朱艳华
**责任编辑：**胡　明
**责任印制：**佟贵兆
**装帧设计：**水岸风创意文化

**出版发行**　中国言实出版社

地　址：北京市朝阳区北苑路 180 号加利大厦 5 号楼 105 室
邮　编：100101
编辑部：北京市海淀区北太平庄路甲 1 号
邮　编：100088
电　话：64924853（总编室）　64924716（发行部）
网　址：www.zgyscbs.cn
E-mail：zgyscbs@263.net

**经　　销**　新华书店
**印　　刷**　北京虎彩文化传播有限公司
**版　　次**　2018 年 8 月第 1 版　　2018 年 8 月第 1 次印刷
**规　　格**　710 毫米 ×1000 毫米　1/16　182.25 印张
**字　　数**　1500 千字
**定　　价**　598.00 元（全 8 册）　ISBN 978-7-5171-2654-6

# 自序

高尔基说：“书籍是人类进步的阶梯。”培根说：“史鉴使人明智，诗歌使人巧慧，数学使人精细，博物使人深沉，伦理之学使人庄重。”不论如何，用古人的话说——“开卷有益”。

读书是我的最爱。长期以来，我总是利用一切可以利用的时间去阅读。常常避开喧嚣扰攘的尘世，沏一杯香茗，迎一缕清风，弄一树花影，邀一弯明月，挑一盏明灯，静心品读。身外的世界便安静下来，一卷在手，一轮朝阳不觉便从书籍中冉冉升起。一本好书，也许就是一次生命的拓展。在藏书和读书的日子里，我感到了书的好，它拓宽了我的精神世界，开阔了我的视野，陶冶了我的情操，增长了我的见识。

清风吹月落，书声伴日升。少年时代的我在潜意识里就对书籍有一种特殊的感情。那时，教科书远远不能满足我强烈的读书欲望，因此，我常常四处觅得各种好书，读经史子集，择时于四季，时令与开卷，相宜相彰。我读书，最先是从韩柳古文唐宋八大家入门，随即有意于孔孟儒学，又涉猎古今史籍。墨学实非我所喜，然耗精费神于此亦复不少。不知者，抑或有所疑，常常孤搜冥索，甘苦自知。孔子曰：“十有五而志于学，三十而立，四十而不惑。”我在当时，或可依稀仿佛于孔子志学之年。我以为，读书的妙处和乐趣，就在于在或浓或淡中品出它的精妙所在。于是，在浮生半日的悠闲里，一杯清茶，一卷好书。一些书，茫无可入，且信且疑；一些书，有会于心，依偎往返。尤其是近年来，居夷处困，聊以度日，动心忍性之余，恍惚有悟，不知寒暑。一书一世界，一文一乾坤。在书林漫步，赏花撷英；看松柏吐绿，桃李飘香。抑或在人声寂静之处，晨光熹微之中，诵读名篇，赏读佳句，如同仰望昨夜的璀璨群星。

“忠端是始，犁洲是续，穷不忘买，乱不忘携，老不忘读，子子孙孙鉴我心曲。”这是明末黄宗羲在自己的藏书印上所作的宣誓明志。黄宗羲在其著述《丰南禺别传》中，对另一位读书人万卷楼主人丰坊极为推崇：“读书注目而视，瞳子尝堕眶外半寸，人有出其左右，不知也。”丰氏原为鄞县大姓，历代为官，丰坊承族门祖德，博学工文，尤精书法，尽鬻以购书法名帖，常夤夜不辍，心摹手追，故五体皆能，以至黄宗羲这样的大家也对其充满钦佩之情。

读书是读书人主动对未知领域去探索的行为，所谓“饥读之以当肉，寒读之以当裘，孤寂而读之以当友朋，幽忧而读之以当金石琴瑟也”。所谓“冬可以凝聚神思，夏可以伴度悠长，秋可以精深领悟，春可以横溢才情”。所谓“外物之味，久则可厌；读书之味，愈久愈深”。许多人读过鲁迅的《从百草园到三味书屋》。若问“三味”何焉？则知之者甚少。关于“三味”，古人有两种说法：一是对读书感受的比喻：“读经味如稻粱，读史味如肴馔，读诸子百家味如醯醢”，合称为“三味”；二是宋代李淑有一本《邯郸书目》，书中说：“诗书味之太羹，史为折俎，子为醯醢，是为三味。”这也是把书籍比作佳肴美味。鲁迅的老师寿镜吾先生的祖训是：布衣暖，菜根香，读书滋味长。这成为三味书屋的馆训。鲁迅读书的“三味书屋”，屋柱上有一副抱对，上联为：“至乐无声唯孝悌”，下联为：“太羹有味是诗书”。可见“三味书屋”中的“三味”用的就是这个意思。

年岁渐增，对书的感情亦与日俱增，书籍成了我生命中的太阳，带给我光明和温暖，同时也照亮了我的心灵。我从书籍中领悟到了应该如何剔除浮躁，消解人生的苦闷，并且获得了智慧和力量，学会了以平和，乐观的心态面对人生。应当说，读书的过程，就是修炼人格的过程，更是教化自己和修身养性的过程。

常常，卸下一天的疲惫，躲开耳旁的车水马龙，远离眼前的灯红酒绿，还有身边的人情世故。总喜欢在寂静的月夜，轻掩房门，靠倚透染月光的窗台，手捧一盏袅袅清茶——潜心读书。尽管人到中年，已过了知识增长的年轮。但是，读书的劲头依然。当然更多的是寻找精神上的快乐和安慰。

为什么活着？为谁活着？怎样活着？这些问题时常萦绕耳际。一道道生命的阻隔，让人百般无奈。唯有读书，可以让我们获得生命中的未知，使生命的底蕴渐渐丰厚。生命的历程多半就是坎坷的历程，就是逾越坎坷的过程。阅读中发现，每一条坎坷的生命历程中都有着笔迹墨痕的文化积淀。书籍改变了世界，读书丰富了人生。如此，读书便是一种人生感悟，一种心灵净化，一种意识升华。倘若我们把读书当作绵绵的春雨，默然吸之营养，生命便在悄然中丰腴了。袅袅的书香总会使我疲惫的灵魂更加充满生机，超然于世俗，融入山川与旷野之中，尽享那鸟语花香，山涧细流，天高云淡的高雅与清幽。有人说，书是千年酿的酒，万年开的花。在书中，人生只是一个疆域，唯有行者可以驰骋纵横。唯有书，将美丑浓缩于黑白之间；唯有书，将世事人生归真。读书，便是返璞归真。

我读书的范围较广，涵盖文学艺术、法律政治、历史地理、人物传记、自然科学，等等。只要有文字，文字又比较好，我就读得津津有味。至于那些精致清新的小品、散文、随笔，更让我沉醉其中。而且从很早开始，每读一本重要的书，都要做笔记，摘出精华，指出谬误，反复思考，写下心得。这本《书窗残雪》，就是我多年来所做读书笔记的汇集。平常每一次的阅读和写作，总能把我的心境带入一片宁静的天空，那里有我熟悉的快乐和感悟。每次烦心，我会沉浸在自己的世界里，畅快地读，淋漓地写；每次快乐，我神游于自己的世界里，独自地叹，顾自地笑。一路走来，邂逅了多少好书，研磨了多少观点。有些话，有些观点，只轻轻一瞥，便入脑海，刻在心灵深处，忘不了，抹不去；有些至理名言，朝夕相处，常念常新；有些情感，沉在心底，默默珍藏。

徘徊在阅读的时光里，将所有的感悟化为一段段清浅的文字，装点岁月，寄托灵魂。该铭记的，录入笔记。让生命如一泓清泉，静静流淌，无论是坎坷还是平坦，坚持用坚定的脚步走过；无论是欢乐还是忧伤，自觉用平常心去对待；无论得到还是失去，都能用坦然的心去面对。

《书窗残雪》就是给自己觅一个角落，安放心灵；给自己找一个理由，绽放笑容。

作者

2018 年春节于洛杉矶帕萨迪纳

# 目录

# 书 香

书是香的。长久以来，我深以为然。

“书墨凝香香袭人，学蝶绕花品书香”。每当我打开书本的时候，都能闻到一股淡淡的书香。无论雨疏风骤，无论物是人非，我拥着书，书拥着我，彼此微笑着对视，直至酣然入眠。书中有我的气息我的梦；我的梦也弥漫在书香里……

书，熏染着我成长。我的每一根神经无不是在书香的浸泡中长大。它充实着、感染着一个无知的孩子。久而久之，只要看到了书或是类似书，我就有一种迷恋花一样的情结，莫名地迷恋它们。薄薄的纸张承载着沉甸甸的思想，泛黄的书页弥合着时间划出的巨壑，一摞摞的书本压缩着人类的前世今生。先哲的光芒跨越百年千年的距离熠熠生辉，智慧的山脉曲折蜿蜒穿透时空。捧着一本书细细品读，寻一轮秦时明月，叹一声盛唐繁华，品一曲宋词婉约。听明月清泉笛声悠扬，十里荷塘语笑晏晏。思绪飘散，天上的智能星座闪烁，与那些不知名的神祇精灵对话，生命突然变得渺小，又突然变得伟大，书籍成了一种仪典，操持着我生命的盈亏缩涨。

“茶亦醉人何必酒，书能香我不须花”。流年似水，往事如烟，一代代的朝代更迭，一辈辈的先人消散，感谢书籍，让一些东西留存千百年依然能够栩栩如生，让我们有机会可以回忆祖祖辈辈的悲欢离合。自此，岁月不再苍白，生命不再单薄。偏爱唐诗宋词，喜欢那古典的忧郁和淡淡的哀伤，喜欢从中透出来的典雅朴素的气息。常常在一首旧诗词里辗转反侧，每每惊叹：那么简洁的语言怎么可以生出那么多或深邃或缠绵或飘逸的意象来！李白的浪漫豪迈，杜甫的雄浑苍凉，陶渊明的悠闲自在，苏东坡的洒脱奔放，李清照的凄美婉约……给了我至善至美的享受以及对文字的感悟，也常常让我有一种“惟有吟哦殊不倦，始知文字乐无穷”的沉醉。

常常，品读着那清丽的语句，流畅的文笔，就如饮一杯清茶，会觉得心情无比的舒缓，满室缭绕着一股甜香，久久不去。有时也会读出声来，抑扬顿挫间，心会随着作者的笔触一起走，走进那些风景，走过那些意境，也会走进一些情感的缠绵里……沉在其中，总会有一些感动，为一段情，一句话，甚至一个字。

书是一架梯子，能引导我们登上知识的殿堂；书又好比是一把钥匙，能开启心灵的智慧之窗。游弋书海，如同甘泉洗去了心头的负荷，如清风拂去了心灵的尘埃。走进书的世界，总觉得像晨练时在草坪上做深呼吸，身心得到淋漓尽致的洗礼；走进书的世界，可以足不出户行万里路，晓千家事，见识和领略各式各样的人生与风景；走进书的世界，可以像干瘪的海绵吸饱水份，让人生于潜移默化中不断充实，完美。

一本书，一杯茶，静静地读下去，可以仰观苍穹，可以俯瞰大地；可在大荒观赏长河落日，可在风中劝慰哭泣的蝴蝶。自由自在的灵魂，化作奔月的嫦娥。东江的水还大么？西山的雪还飘么？那反弹琵琶的飞天还在么？那静坐弹筝的女子还孤独么？自然把辉煌留给了历史，生命把诠释交给了岁月。

大漠荒烟，红尘滚滚，西风在古道中狂吼，古刹钟声在叩问沧桑。在书中，我看见了“滚滚长江东逝水，浪花淘尽英雄”的豪迈，我听到了“生当作人杰，死亦为鬼雄”的呐喊。曾不止一次与刘墉侃侃人生，与金庸畅谈天下英雄。书中自有黄金屋，那是言谈的笑料；书中自有千钟粟，那是饥者的呻吟；书中自有颜如玉，那是情种的自嘲。

好书是良师，是益友。面对一本好书，能学习吸收其中精华为上，若能战胜它、超越它，则是上之上者也。自然，好书可遇而不可求，所以遇到好书是一种缘分。无缘则已，有缘我就会好好把握，与之结伴同行，并成为自己生命不可或缺的一部分。

我并非出生在书香门第。然而我从小爱读书，书山有路勤为径；长大爱读书，世间烦恼自抛洒。春天的风，秋天的雨，会渐渐冷却那急噪的情绪；弯弯的小桥，潺潺的流水，可以慢慢松弛我紧绷的神经。不知不觉中，悠然南行，无论是春天的蝶恋花，夏天的雨霖铃，暑天的鹊桥仙，秋天的折桂令，冬天的声声慢，都给我带来一种美丽，拨动我情感的丝弦。让我细细品味，芬芳四溢，满口甘醇。

在书的世界里徜徉，犹如未出世的婴儿在母亲的肚子里一样，吸吮着源源不断的营养，感到心灵的满足；又似菩提树下的佛陀一般进入了浩瀚无边的澄净世界。书能给人知识，教给人怎样做人，文字意味深长、百读不厌，仔细品味、慢慢细嚼，能够慢慢从中了解与体会。文体风格中飘逸、灵动、自由、随意，就是读上百遍，也未必能够处处全读懂，所以古人教人多读是有道理的。

一抹书香，它让人不去想命里浮沉，不去想悲哀几何，不去想亦生亦梦。它是一道光、一个福音、一个暗示，在人们摈弃了身外的喧嚣，重归于沉静时，它才会缓缓地把高于生活的另一个世界的秘密之门打开。那轻轻掀开书页的手，也同时掀开了自己内心的洞口，将灵魂渐渐呈现，并在宁静、纯粹的词语间辨别出失落的姓名。

顺着书香，我们可以找到一个好归宿，一个好去处。在寂静的空间，无人的国度里，细细的品味一本好书犹如品尝一杯浓郁的咖啡，抿一口，缓缓地流入心田，沁人心脾。有时候，书又是列车外的一路风景，所到之处总能出乎意料。行走在陡岩峭壁间，那是峰回路转；行走在广阔的平原上，那是幽雅平静；行走在沙漠戈壁中，那是惊险刺激。

我以为，读书应该成为一个人必备的品位。

# 慢慢的长夜

## ——《长夜行》读后

窗外，半帘残月，透着朦胧的光晕，一缕花香，弥漫在清凉的空气里。

静夜无声，守望着永恒的寂寞。《长夜行》终于看到了最后一页。掩卷沉思，一份遐思，一份念想，一份柔情，在夜风里轻舞飞扬，飘然自若。

《长夜行》系统地揭露了20世纪初法国社会的主要问题：战争、殖民统治、按泰勒的管理制度进行组织的工业生产和市郊贫困的生活。作者塞利纳通过叙述者巴尔达米的经历，对等级制度、不平等现象、金钱的力量、各种价值观和理想化的倾向进行猛烈的抨击。他说："这个世界的真理就是死亡，要么死亡，要么撒谎。""有钱人的道德标准穷人做不到，不道德是穷人的必然结果。""得到钱的正常手段是卖一件东西，穷人只有出卖劳力和肉体。""穷人一生最担心的事情是如何活下去。""身上已经没有多少音乐，无法像舞蹈一样优美。""当你不再信任的时候，你就不必感到不好意思。"《长夜行》不时地蹦出这样深刻的思想，绝不为传统的文学习惯而故意遮掩见解。他知道，那些长夜苦旅中的感悟，不是一般人所能概括和觉悟的，那就干脆说出来吧。

《长夜行》于1932年出版，塞利纳时年38岁。80多年后，这仍然是一部大时代的作品，书中横跨战争开端结束，揭示殖民统治者陈旧观念及殖民化的强弩之末，预见工业革命开阔远景却隐含对人被物质异化的担忧，昭然两极分化的生存环境及生活状况。《长夜行》没有倒叙、复线、套盒等技巧性结构，可以说是一本流水账，更有人称之为流浪汉结构。正如此，我们在阅读的时候，不需要用精力来破解结构和含义的密码。那些足够鲜活的语言、足够震撼的激情、足够动人的见闻，足以完满表达小说意旨。

是啊，长夜漫漫，有一条河在流淌，一切鲜活的、苦难的、丑陋的，乃至整个人类社会都在河水中荡涤着、翻腾着……昨天是那样，今天依然，法国如此、美国如此，中国也不例外。应当说，《长夜行》，是一部构筑于自我经历的小说。塞利纳在1949年再版序言中说自己制造了过多的邪恶。热血沸腾的巴尔达米从一名医学生到龙骑兵，是游荡黑夜的开始。他亲历血肉横飞的场景及随时随地死亡的威胁在他的内心埋下阴影。绷紧的神经尽管能忍受生死边缘的游走，却忍受不了游戏场中射击棚的标靶带来的幻听幻视幻觉。巴尔达米恢复良好后登上前往非洲的布拉格通海军上将号，想到殖民地去脱胎换骨。空有其名的航船缩影了战后社会状况，输赢定论，人人疲惫且自危，不再信任公共秩序与道德标准，能够自保的除了距离，还有误解和敌视。这样一个孤立的环境中，谨小慎微且惶恐不安的巴尔达米不由自主又理所当然地成为众人的假想敌。命悬一线之后的化险为夷是这个懦夫巴尔达米利用了众人的恐惧，再诱发了他们的虚荣心，戏剧化地逃脱了作为祭品的献祭典礼。在非洲，巴尔达米的保护神收回了他的幸运符。他天性中本就缺乏利益获得者的狠毒、冰冷、荒淫无耻，对权力、金钱的欲望未及表露就被权贵、富翁视为排挤的对象；而种族、文明之间的差别更加剧了心理落差，他毫无殖民国国民的优越感。恐惧，甚至让他愿意用热度来掩盖自己的生活，或许，这是他在精神病院的心得：疾病状态下不用在乎什么，尤其是高热影响神志。昏昏沉沉，以被卖的方式逃出了非洲；清清楚楚，以被买的方式成为美国工业的奴隶。机械化的流水作业操作中，一枚固定的、有用的、合适的螺丝钉式的工人，唯一能够拥有的感觉是饥肠辘辘，谁见识过金属制品会思考，遑论智慧。愚蠢的乡下人巴尔达米在欣欣向荣的工业革命的开端就心生恐惧——人必须讨好机器，取消作为人的所有，变成物件。这种恐惧随着每个螺栓销钉的完成而逐渐加深，他深爱的女人看透了他的心思，但即使满怀温情也不能缓解这种恐惧。

当巴尔达米从美洲大陆回到欧洲大陆，在朗西这样的小社区，在同语言同文化同传统的同族人中，他依然恐惧：这帮丑恶的底层人，穷困潦倒，混吃等死，既无志向也无趣味，既麻木也不仁，在折磨别人也折磨自己中施虐也受虐；巴尔达米，一个落魄的底层行医者，究竟不是生死引导者；更何况恐惧自己行医却无力治疗、施救却不能挽回，恐惧那种救得了病、救不了命的无可奈何。从巴黎到图卢兹，流浪，短暂的稳定也是在流浪的基础上。恐惧的是希望，那蜕化变质的幸福、热情的谎话、装腔作势的振奋人心，并没有阻止他二进精神病院。曾经的疯子在帮助现在的疯子，谵妄、痴魔究竟有没有传染性？而狂乱、失衡的起源又是什么？除去战争、疾病两大永无止境的噩梦，所谓的正常人还会在什么面前崩溃？有些恐惧，表述困难，因为词不达意、笔不从心。应当说，巴尔达米在长久的夜行中迷失了方向，随着命运颠沛流离，与之相伴的唯有与生俱来的恐惧感。在死亡之前，人的恐惧和欲望同生共灭。长夜重叠，时间回流。天，终于亮了，但这只是另一场绝望的开始。

《长夜行》不仅文字肆意畅快，笔触粗野辛辣；描述方面刻薄又残酷，看似杂乱无章，跳跃时间、空间，其实内在有规有矩，情节虽不明朗，但毫不晦涩。这种完全不同于传统逐层场景展开、细节深入描绘的写作——如雨果——在传统的基础上，超越了传统。

# 书生气

生活中，常常会听到有关“书生气”的说法。

书生气，用来比喻看问题单纯幼稚，既有一种不可一世的傲气，又有一种迂腐死板的呆气。傲气加上呆气，似乎就成了书生气。范成大《次韵宗伟阅番乐》就有：“罢休诗社工夫淡，洗净书生气味酸”。

吴思的《潜规则》给中国的“书生气”下了很好的注脚。他说中国人实际上大都接受过两次教育：第一次是圣贤教育，其效果便是满口仁义道德；第二次是社会大染缸的教育，就是人间潜规则，其效果就是一肚子男盗女娼。按照这段话来推理，书生气实际上就是接受了第一次圣贤教育却没有能够很好地完成第二次潜规则教育的一类人。

在现实生活的困境中，一些读书人为了求生存，他们从一开始的理想主义，会渐渐地异化或分化。面对社会现实，一旦“顿悟”，就会很快迎合权势，出卖原则，学会逢迎与放弃，想方设法磨掉自己的棱角，与权贵同流合污或者沆瀣一气。当此时也，真理的价值、理性的力量，都会变得十分脆弱。在一个有封建残余的环境里，一些人对付书生根本不用吹灰之力。他们利用权势，可以翻手为云，覆手为雨，甚至置书生于死地。书生的放弃原则也好，同流合污也罢，其实都是一种自保。

当然，也总有一些读书人，他们不肯或者不愿变成世故圆滑的人。他们不愿曲意迎合，不肯同流合污，不肯向现实的邪恶妥协退让，不肯拿自己的良知原则与世俗利益作交换，因此他们常常有着像堂·吉诃德一样的精神人格。他们不知不觉成了不合群的一类，成了社会的弱势群体，他们的名字在欧洲叫阿尔贝特·史怀泽或者叫斯宾诺莎，在美国叫马丁·路德·金；在过去的中国叫陶行知、梁漱溟、朱自清等。在现在的中国则叫“书生气”，因而被世俗所嘲笑。

一旦成为这样的人，他们的政治前途便没有了，职业前途也没有了。

并且成为社会潜规则的愚弄对象。正因为如此，许多人说“有书生气的人是搞不了政治的。”对于潜规则与厚黑术，有书生气的人一般不太懂这些。

事实上，书生之心就是古人所说的士子之心，就是天下为公之心，追求不朽之心。书生气就是书生之心挥洒出来的浩然正气、狂狷之气，知道什么事儿必须做，更知道什么事儿坚决不做。如此，书生气必然与世俗有着太多不合卯、不对缝儿的地方，这是书生气的存在方式。

一个人被认为成熟与圆融，就是看其去除身上的书生气有多彻底。甚至连不读书或不会读书的人、根本不知道什么是书生气的人，都很排斥厌恶书生气。有人说，一部中国人的读书史，其实就是滋生涵养书生气、培养扶植书生气与排斥讥讽书生气、冷落打击书生气的历史。

人类社会的主流价值到了逐利时代，到了为利益而讲究妥协苟且的时代。人们羡慕奸鄙邪猾之徒的成功，耻笑清简厚朴之士的寂寞；临公义而噤声，见小利而喧夺；不以捍卫公器而自豪，反以沦为私奴而自甘……所谓卑贱愈甚，情商越高，为人所津津乐道、孜孜以求的所谓情商，俨然是书生气的对立面。

书生气意味着稚嫩和呆拙，但它并不缺少生气和朝气，有时还会有些狂气和意气。毛泽东说过“恰同学少年，风华正茂，书生意气，挥斥方遒”，可见他老人家当年对“书生气”还是持肯定态度的。凡“书生气”者，大都未谙世事而愤世嫉俗，心有热血又童言无忌，有责任感又不乏远见，眼光敏锐又难免偏激。他们不懂得握手言欢称兄道弟，不善于透过笑嘻嘻的面孔看到暗藏玄机，更不会看到正襟危坐、道貌岸然的“正人君子”所有的种种卑鄙。因此，书生气蕴含着朝气，生气，纯真气，是人类至贵的性情。

书生气虽有傲气和呆气，但它理应是理想社会的一种有益的价值取向。对书生气的包容态度，从一定程度上反映着一个社会的文明进步程度。可以这样讲，一个不包容书生气的社会，绝不是一个创新的社会，一个不包容书生的民族，必定是缺乏理想和创造力的民族。

# 无奈的选择

## ——《苏菲的选择》读后

美国犹太牧师库许纳说：我们对于死亡的恐惧，对于生命结束的恐惧，都不如害怕生命的无意义和微不足道来得深。那么，做什么样的选择才能让我们的生命没有遗憾？也许对绝大多数人来说，生命都是微不足道的。一生的努力奋斗得到的东西总有一天要失去，那么这与得到没得到又有什么区别呢？

《苏菲的选择》这部小说让我们在跌宕起伏的故事背后领悟到人性的复杂与尊严，让我们感受到人生的苦难与哀伤。“苏菲的选择”不仅是人们在极端境遇下的生死抉择，也是组成我们今天日常生活的无数选择的镜子。“生存还是毁灭，这是个问题”，毕竟我们对于生死、人生都有着说不完道不尽的迷茫，我们在困惑的人生中前行，而苏菲则在前行的人生中困惑……

本书的叙述者斯汀戈，一个不谙世事的南方年轻人，把我们带回到了1947年布鲁克林一栋公寓里。在这里，他遇见了内森，一个具有超凡魅力的犹太知识分子，以及苏菲，一个美丽非凡，脆弱的波兰天主教徒。斯汀戈目睹了他们之间的那种爱得死去活来、能彼此摧毁对方的奇妙关系。最后，他终于走到苏菲的心灵深处，看到了过去的黑暗经历：对波兰战前的回忆，集中营以及她可怕的秘密——她的选择。

读罢小说，也许我们始终无法释然，为何苏菲最终选择了内森而不是斯汀戈？因为一开始苏菲就把斯汀戈当做自己能够倾诉的好朋友，因为一开始把斯汀戈当做自己的“蓝颜知己”，因为一开始她就将斯汀戈定性成“真朋友”，当然后来也可能是“情人”，但是绝不可能是“丈夫”。不然，她是不会将自己的过去特别是悲惨的集中营生活等一切都告诉斯汀戈的。这就是知心朋友与丈夫的不同。她最后的选择是最正确的选择，也是她的宿命。

苏菲出生在波兰，二战前的二十年。她有一个极其反犹却又道貌岸然的教授父亲。也许这还不算可悲，但她懦弱的性格进一步浓化了她的可悲。战争中人已经不在是人，人性已消亡殆尽。可是天真的苏菲还在幻想，幻想一个慈爱的父亲，一个温柔的丈夫，一双娇美的小儿女，一个恬静的音乐家的梦。战争如泛滥的洪水，一夜之间猝然降临到每一个角落。苏菲在战争开始时就已经迷失了自我。当旧梦开始破碎，意识却止步不前。她想中立，但是这世界上的事情有多少允许她中立。“皮之不存，毛将焉附？”在战争的岁月里，不是成为英雄就是成为刀下鬼。她的懦弱决定了她悲剧的一生。少年时的逆来顺受，使她很不光彩地充当了罪恶的帮凶；战争开始的私欲，使她对一切漠然视之；集中营里的取舍，又无异于割肉补疮；对德国军官的媚态，只是自取羞辱。可是这有什么错？不管是出卖灵魂也好，不管是出卖肉体也罢，战争中任何人都已经无人性可言。迷失的不仅仅是人的本性，更有人的心灵。

战后，在美国她遇见了一个令她心仪的男人，那么多的缠绵悱恻，那么多的拳脚相加；有长者智者的循循善诱，又有尖酸刻薄者的讽刺和嘲弄。他们的爱不能说对与错，只能说长久否。因为从炼狱逃脱的人总会留下许多伤疤，心理上的，身体上的，这些深深的伤痛总有旧病复发的时候，那个时候，就不是苏菲想要选择与否了，而是必须无条件地选择。当忍耐已达到极限时，当心灵已经超载时，留给她的只有一条不归路。因此，她的选择是真正明智的选择，也是代表那个悲惨时代的一种解脱。

斯泰伦的笔调堪称惊绝，他想说的内容太多了，对纳粹暴敛行径的记录与控诉，对个人命运多舛的呈现，对一个人怎样面对抉择的回答。

斯泰伦平生写出了两部极具争议又深受好评的小说：一部是《苏菲的选择》，另一部是《奈特·透纳的自白》（讲述一名黑人奴隶反抗经历）。1979 年《苏菲的选择》一问世，就被《纽约时报》评为当年最畅销的小说，第二年便荣获美国国家图书奖，多年一直高居畅销书的前列。《苏菲的选择》为什么吸引了这么多的目光？就是因为这部小说让人们领悟到人性的复杂与尊严，感受到人生的苦难与哀伤。如今，《苏菲的选择》和《安妮日记》一样成为大屠杀文学的经典之作，在美国大学的课堂上作为必读书目广为讨论。还被蓝登书屋·现代文库评选为20世纪100部最佳英语小说，它甚至被推荐为一个州（弗吉尼亚州）公民的读物。2002年，斯泰伦被奥斯威辛犹太人中心基金会授予“正义的见证奖”，他说：“这是我取得了作为小说家理想中的成就的明证。”

# 书与剑

文武之道，一张一弛。

书是文人修身的营养来源，也是理想抱负的思想发源地，同样也是实现理想抱负的重要途径；剑本是力量的象征，是行侠仗义之物。书与剑的意象是古代文人内圣外王理想的具化。明代左光斗的“风云三尺剑，花鸟一床书”，便是很好的写照。

岁月悠悠，多少次捧读太史公的《史记》，仿佛抚摩着逝去的流光，遥遥地传来一声声绝响。其中那篇《刺客列传》，说尽了义士情怀，道尽了书剑恩仇。

不是吗？专诸置匕首于鱼腹之中；豫让拔剑三跃而击之；仗剑至韩，聂政直入，上阶刺杀侠累……专诸，豫让，聂政……像一幅惨烈悲壮的长条画卷，缓缓铺开，荡人心腑。

剑，是一种担当，也是一种责任。在柔柔弱弱的文人眼中，剑是一份灵动，一份飘逸。一般来说，文人多偏于幻想，对完美有着强烈的向往。文人多用剑来装扮自己，用剑去衬托心中的渴望。于是乎，屈原被发佩剑，行吟湖泽江畔，用一份“举世皆浊而我独清，众人皆醉而我独醒”来审视自己，乃至审视周遭的一切；李白“十五好剑术”，仗剑去国，辞亲远游，一首《侠客行》，将武士的风采描述得淋漓尽致；文武双全的辛弃疾，“醉里挑灯看剑，梦回吹角连营”，用一份文人的柔弱，担负起一份武士的使命。

剑是理性与血腥的组合，是杀戮与功绩的体现。而在充满不平与坎坷的岁月里，剑与武士的命运息息相关。剑不仅是一种借以实现梦想、完成理想的手段，还是一种驰骋纵横、成就大业的工具。“三十功名尘与土，八千里路云和月”。一个真正的武士就是在书与剑的摩擦中，发出耀眼的火花，震颤世人的耳目。

和平年代，文人将剑的血腥气静静地洗去，将剑转化为一种神韵、一种品质。剑得以昭彰的原因是它的武力与达到功业的实力，而不是剑内在的品质。不过，剑本身与艺术也有相通的地方。据说，晋代大书法家王羲之正是从观卫夫人舞剑而悟出了书法的真谛。千年已过，时至今日，剑早已将一泊如虹的秋水收起，深深藏匿于历史无尽的记忆里。只有在书中，还沉积着它的昨天。

# 《淮南子》

1988年是我大学毕业的第二年，任教之余，我开始研读《淮南子》，觉得它气魄宏大，思想深邃，文笔瑰丽。细细品读，欲罢不能。

《淮南子》（又名《淮南鸿烈》《刘安子》），是西汉淮南王刘安及其门客集体编写的一部哲学著作，也是我国思想史上划时代的学术巨著。高诱在序中指出："其旨近老子淡泊无为，蹈虚守静，出入经道。言其大也，则焘天载地；说其细也，则沦于无垠；及古今治乱存亡祸福、世间诡异瑰奇之事。其义著，其文富，物事之类无所不载。然其大较，归之于道。"

《淮南子》不是奉旨而作，先黄老而后六经，在系统提出宇宙生成论的同时，着意于探索其本质和内在规律。它是对先秦百家之学的独立反思，也是对西汉前期思想文化的概括总结。它集中了秦汉道家的思想理论成果，反映了西汉前期的世界观、人生观和社会理想，是我们研究先秦和秦汉思想文化的重要史料。

《淮南子》体系庞大而系统，集哲学、政治学、史学、伦理学、经济学、科学、军事等于一书，气魄宏阔。全书分内篇二十一卷，中篇八卷，外篇三十三卷，至今存世的只有内篇。认真品味，每一篇都是绝妙好文，如《原道训》《道应训》《俶真训》，阐发道义，提出了汉代最典型的宇宙生成论；如《天文训》《地形训》，是研究中国自然科学史的重要史料；比如，《览冥训》记录了汉代道家的人体生理学和养生学；再比如，《本经训》论圣道，《主术训》阐君术，《齐俗训》述民俗，等等。纵观全书，虽然各篇主题不同，思想倾向也有不少差异，但总体上以道家思想为经纬，形成一座智慧的宝库。比如它的包容精神、豁达风度、辩证思维、主体意识等，都具有顽强的生命力。梁启超说："《淮南鸿烈》为西汉道家言之渊府，其书博大而和有条贯，汉人著述中第一流也。"胡适说："道家集古代思想的大成，而淮南书又集道家的大成。"

《淮南子》在阐明哲理时，旁涉奇物异类、鬼神灵怪，保存了一部分神话材料，像"女娲补天""后羿射日""共工怒触不周山""嫦娥奔月""大禹治水""塞翁失马"等古代神话，主要靠本书得以流传。《淮南子》引用过的道家著作，见于《汉书·艺文志》的有《管子》《老子》《文子》《庄子》《列子》《黄帝四经》等。此外，郭店楚简中《太一生水》篇对《淮南子》也有明显影响。

《老子》是《淮南子》直接引用最多的典籍，《道应训》实际就是以历史故事、寓言传说等阐释《老子》的旨义，仅此一篇，涉及《老子》41章中的56处文字，它与《韩非子》的《解老》《喻老》一样，都是关于《老子》的较早注释，足见《淮南子》作者对《老子》的重视。《淮南子》所受《老子》的影响，最明显的是以道作为全书的宗旨，并对"道"做了更加详尽的描述和规定。《淮南子》引用《庄子》直接说明的只有一处，见于《道应训》："故《庄子》曰：'小年不及大年，小知不及大知。朝菌不知晦朔，蟪蛄不知春秋。'"这句出自《逍遥游》，只是次序略有不同。但是，其暗用《庄子》者触篇皆是。因为刘安对《庄子》是熟悉并深有研究的。

在宇宙观本体论方面，《淮南子》继承了先秦道家的思想，并加以唯物主义改造。《天文训》说："道始于虚霩""道始于一"，认为在天地未形之前，整个宇宙是个浑然一体、没有定型的"虚霩"，是个浑涵未分的"一"。《原道训》说："所谓无形者，一之谓也；所谓一者，无匹合于天下者也。卓然独立，块然独处，上通九天，下贯九野，圆不中规，方不中矩，大浑而如一。"把先秦道家"道生物"的观点，改造为"物有道"的观点，这是明确的唯物主义。在宇宙生成论方面，该书《天文训》指出："道始于一，一而不生，故分而阴阳。阴阳合和而万物生，故曰：一生二，二生三，三生万物。"并认为宇宙之气"清扬者薄靡而为天，重浊者凝滞而为地"，阳为日，阴为月，阴阳分化为四体，这是明确的宇宙构成论。

《淮南子》还对先秦道家"无为而治"的观点进行积极的改造和阐

释，明确指出：无为，不是无所作为，而是因势利导的主动行为。《修务训》中批评了“无为者，寂然无声，漠然不动，引之不来，推之不往”的消极无为论，指出历史上公认的“先圣”都是积极有为的，如神农氏教民“播种五谷”，发明医药，“一日而遇七十毒”；尧积极从事政治管理与社会教化，“西教沃民，东至黑齿，北抚幽都，南道交趾，放讙兜于崇山，窜三苗于三危，流共工于幽州，殛鲧于羽山”；舜“辟地树谷，南征三苗，道死苍梧”；禹栉风沐雨，“决江疏河，凿龙门，辟伊阙”；汤夙兴夜寐。勤于政务。这些古圣先王，一生致力于兴利除害，屡建奇功。“圣人忧民如此其明也，而称以‘无为’，岂不悖哉！”由此可知：“天子以下，至于庶人，四肢不动，思虑不用，事治求成者，未之育也！”该篇给“无为”以一种正确的解释，老子的无为绝不是无所作为，而是因势利导：“夫地势，水东流，人必事焉，然后水潦得谷行；禾稼春生，人必加工焉，故五谷得遂长。‘听其自流，得：之其自生，则鲧、禹之功不立，而后稷之智不用也。”这是《淮南子》关于客观规律性与主观能动性关系的正确说明。

《淮南子》继承并发展了先秦儒家“仁者爱人”的原始人道思想。《主术训》说：“国之所以存者，仁义是也。”又说：“遍知万物而不知人道，不可谓智；遍爱群生而不爱人类，不可谓仁。仁者爱其类也，智者不可惑也。”这一观念是来自先秦儒家而又高于先秦儒家的，特别是《淮南子》对“人道”“人类”概念的使用，在中国文化史上是有重要价值的。《淮南子》也主张以民为本。《氾论训》说：“治国有常，而利民为本。”《主术训》说：“食者，民之本也；民者，国之本也；国者，君之本也。”在此基础上，《泰族训》提出以仁义治国：“所谓仁者，爱人也；所谓知者，知人也，爱人则无虐刑矣。知人则无敌政矣。治由文理，则无悖谬之事矣。刑不侵滥，则无暴虐之行矣。”这可以视为对孔孟“德政”“仁政”学说的进一步弘扬。《淮南子》主张人性本善。《泰族训》认为“人之性有仁义之资”，这是对孟子思想的继承。

《淮南子》继承、发挥了商鞅、韩非的历史进化观念。提出社会生活是变迁的，法令制度也应当随时代变迁而更改，即令是“先王之制，不宜则废之”。《氾论训》说：“圣人制礼乐而不制于礼乐。治国有常，而利民为本。政教有经，而令行为上，苟利民主，不必法古；苟周于事，不必循旧。”又说：“法与时变，礼与俗化。衣服器械，各便其用。法度制令，各因其宜。故变古未可非，而循俗未足是也。”这些言论，从思想观点到具体言词，与商、韩是一脉贯通的。

# 《二十四诗品》

我国是诗的国度。几千年来，诗歌一直是我国文学的一种重要体裁。《尚书·虞书》:“诗言志，歌咏言，声依永，律和声。”《礼记·乐记》:“诗，言其志也；歌，咏其声也；舞，动其容也。三者本于心，然后乐器从之。”

在心为志，发言为诗。不仅作诗吟诗，还有对诗作的评论。在浩如烟海的诗论当中，司空图的《二十四诗品》无疑是一部不朽之作，即使今天看来，依然璀璨夺目。

司空图（837 年—908 年），字表圣，自号知非子，又号耐辱居士。河中虞乡人（今山西运城永济）。晚唐诗人、诗论家。祖籍临淮（今安徽泗县东南）。司空图主要成就在诗论《二十四诗品》。

《二十四诗品》是文艺批评百花园中的一朵奇葩。《二十四诗品》不仅仅是一部文学批评著作，它本身也是批评的文学作品——一组美丽的写景四言诗——用种种形象来比拟、烘托不同的诗意风格，在诗歌批评中建立了一种特殊的体裁。《二十四诗品》把诗歌的艺术表现手法分为雄浑、含蓄、清奇、自然、洗炼等二十四种风格，每格一品，每品用十二句形象化的四言韵语来比喻说明，对后世的文学批评和创作具有深刻的影响。

《二十四诗品》无疑是研读古代诗歌美学和诗歌理论的重要工具。也就是说，研究古代诗歌美学和诗歌理论，必须研读《二十四诗品》。在《二十四诗品》中，司空图以道家哲学为主要思想，以自然淡远为审美基础，囊括了诸多诗歌艺术风格和美学意境，对诗歌创作、评论与欣赏等方面有相当大的贡献，对中国文学史产生了极为深远的影响，研究中国文学批评史和中国美学史，都会把《二十四诗品》看作意境诠释的典范。

美国现代哲学家、美学家和文学批评家桑塔耶那说：“最伟大的诗人都是哲思的，诗像哲学一样，是人类感知世界的最高形式，同伟大的诗像哲学一样，是对宇宙间最深刻关系的把握。”正像庄周是一位诗的哲人一样，司空图则是一位富有哲思的诗人。《二十四诗品》是玄学理论与审美的有机结合。在《二十四诗品》中，他认为诗的意境必须表现宇宙的本体和生命，如“真体内充”“返虚入浑”（《雄浑》），“乘月返真”（《洗炼》），“是有真宰，与之沉浮”（《含蓄》），等等。其中的道、真、真宰等都是指宇宙的本体和生命，没有对它的把握，一切便无从谈起。与此同时，他强调诗人必须超越世俗的欲念、成见的干扰和束缚，使心灵处于虚静的状态，从而提升精神境界。如“心斋独忘”“涤除玄览”“素处以默，妙契机微”（《冲淡》），“体素储洁，乘月返真”（《洗炼》），“畸人乘真，手把芙蓉。泛彼浩劫，窅然空踪”（《高古》），“高人惠中，令色絪缊。御风蓬叶，泛彼无垠”（《飘逸》），揭示出深层的审美意蕴。“清人孙联奎《诗品臆说》认为，《诗品》以《雄浑》居首，以《流动》终篇，其有窥于尺地之道也。这是我们把握《诗品》主题与意旨的关键。

司空图的诗歌理论，强调“思与境偕”“象外之象”“景外之景”以及“韵外之致”“味外之旨”。《二十四诗品》的每一首都精美深邃，富于形象性、思辨性和哲理性。以精美简约的文字，构筑了恢宏的诗歌宇宙，展示了广袤的艺术时空。司空图以“比物取象，目击道存”的思维方式，将哲人对生命的体知，诗人对诗意的了悟，论者对诗思的省会三种心理活动统一起来，实现了审美过程中主体与客体的统一，理性与感性的统一，灵感与形象的融合，进而超越了经验世界而进入实在，达到了天人合一的境界。

《二十四诗品》在开创文艺批评形式方面具有广泛影响。模仿之作，清代有袁枚《续诗品》、顾翰《补诗品》，还有马荣祖的《文颂》、许奉恩的《文品》、魏谦升的《二十四赋品》、郭麐的《词品》等。这与钟嵘《诗品》以品评作家作品源流等为内容是不同的。《二十四诗品》中，不仅有各类风格论的阐释，而且蕴藏着创作方法的探索，还有诗人自身修养的指迷。刘勰在《文心雕龙》篇中说："云霞雕色，有逾画工之妙；草木贲华，无待锦匠之奇；夫岂外饰，盖自然耳。"《二十四诗品》在艺术风格理论上最大的贡献，在于将阳刚、阴柔两种基本风格美发展成为多种多样的风格美。

# 曹丕的《典论》

我是从大学开始看《典论》的，断断续续，看过多遍，每看一遍，都有新的收获。

曹丕的《典论》是中国最早的文学理论与批评著作，写于曹丕为魏太子时，文中要点有：

一是提出“建安七子”学说。对孔融、陈琳、王粲、徐干、阮瑀、应玚、刘桢的文风和得失进行深入评价。曹丕在典论中对“建安七子”进行评论，指出各人的长处与短处。遗憾的是，曹丕的《典论》在宋代亡佚，仅存《自叙》《论文》两篇较为完整。《典论·论文》论述了文学批评的态度、作家的个性与作品的风格、文体的区分、文学的价值等颇为重要的问题。所论的“文”是广义上的文章，也包括文学作品在内，涉及了文学批评中几个很重要的问题，在文学批评史上起了开风气的作用。鲁迅在《魏晋风度及文章与药及酒之关系》中称“他（曹丕）说诗赋不必寓教训，反对当时那些寓教训于诗赋的见解，用近代的文学眼光来看，曹丕的一个时代可说是‘文学的自觉时代’，或如近代所说是为艺术而艺术的一派”。

二是创立“文气”概念。提出“文以气为主，气之清浊有体，不可力强而致”。认为气质决定作品的风格。“文气”说遂由此发端，逐渐发展成中国古典文论中的一个重要范畴，对后代影响很大。作家的气质不同会导致作品的风格有异。指出有两种错误态度要不得：“贵远贱近，向声背实”，这就是尊古卑今的观点。他重新提出东汉桓谭的意见。“文人相轻”，是他自己的创见。曹丕从历史发展的角度指出文人互相贬损的弊习，分析了造成这种局面的原因。

三是肯定文学的历史价值。“盖文章，经国之大业，不朽之盛事”。儒家古有“三不朽”之说，其一为“立言”（见《左传》）。但这主要指政治与伦理方面的论著，与文学并无多少关系。曹丕所说“文章”，则包括诗、赋在内。曹丕这样说，就把文学提高到与传统经典相等的地位，这对文学的兴盛是具有历史意义的。

曹丕提出了“夫文本同而末异”的观点，说明各种文体既有共同的原则、共通的东西，又有具体的规则、不同的要求，所以既要研究其一般的规律，也要注意其不同的特征。曹丕抓住了“本”与“末’的关系来谈文体问题，有辩证的观点，同时也纠正了前人只限于本而不及其末的片面认识。后世之文体研究，如陆机《文赋》、挚虞《文章流别论》、李充《翰林论》、刘勰《文心雕龙》等，大略从此肇端。刘勰在评论曹丕的才情时说，“乐府清越，《典论》辨要”（《文心雕龙·才略篇》），以“辨要”二字概括《典论·论文》的特点，是非常准确的。

# 爱可敌时

## ——读《时间旅行者的妻子》

2014年6月6日北京大雨过后，6月7日，又迎来一个丽日蓝天。心情舒畅。

起床，收拾停当，独坐窗前，两扇窗户完全打开。凉风送爽，在明艳的阳光下捧读美国作家奥德丽·尼芬格的《时间旅行者的妻子》，让我沉浸在故事当中，与主人公一起穿越。

小说的脉络很清晰。因频繁的时光旅行，克莱尔不得不处于慌乱的等待中。在遇见亨利前，时光旅行为克莱尔带来了与亨利的提早相遇，一见钟情；在克莱尔20岁后的日子里，时光旅行随时带走她深爱的丈夫，思念的泪水荡涤着爱情。亨利和克莱尔都因为时光旅行陷入了各自的焦虑中。

如果说生命是一程旅途，那么，亨利和克莱尔的旅途充满了太多的波折。不是死亡，而是一次次生死未卜的离别。学会了珍惜每分每秒、随时随地地相爱。时间在爱情面前占足了上风，可以拆散一对对恋人，也可以成全一段段真爱。

当得知43岁的亨利被一颗来自1984年的来复枪子弹击中身亡后，克莱尔惯性般毅然选择了这次最长久的等待。2053年夏天的一个早晨，82岁的克莱尔终于等到了43岁的亨利。她绽放出满脸的欣喜，步履缓慢地向他走去。他把她拥入怀中。这一刹那，克莱尔一定会想起亨利临终前留给她的那封信，想起那封信的最后一句话："我爱你，永永远远。时间没有什么了不起。"

小说没有给出爱的理由，只给了我们等待的绝对理由：因为爱而等待。亨利与克莱尔无法回避"时间混乱症"对生活的影响，坦然地选择了面对爱情的态度。亨利学会了各种技巧应对未知世界的恐怖，尽量给克莱尔带回一个完整的自己。他甚至为了送克莱尔一个好的工作室，到未来世界中探求中奖彩票号码。克莱尔在亨利长久的消失后，仍断然拒绝她的追求者，用一生的等待将爱情延续。

在这里，生命旅程并不是我们通常认为的一道道等待解答的选择题，有时前一道题的选择意味着后一道题的别无选择。正如亨利和克莱尔选择了相爱，就不得不选择等待。但正是有些看似别无选择的选择，净化了爱情，让爱在时空迁移中得到永生。

是的，枯萎的不是生命，在顽强执拗的爱情前，是时间一夜间老去了。这又让我想起了《人鬼情未了》中男女主人公的缠绵爱意。相信吧，真爱是自由灵动的，它总可以轻巧地挣脱时间或者命运的罗网，带领相爱的双方在分离后重聚。

我们可能会为《时间旅行者的妻子》跌宕起伏的剧情而悲伤落泪，却并不承认这是一场真正的悲剧。因为正如我们相信亨利和克莱尔总能真爱长存，长存的真爱没有悲伤。生命的主轴注定是孤单的，我们所有人何尝不是在用我们一生的守望来等待下一次重逢呢？

# 财产申报考

一段时间以来，上上下下、大大小小的官员都在进行财产申报。具体操作时，有一套明细的表格，有一些严格的程序和步骤，还有一些谨慎的保密措施。看上去正儿八经的，感觉财产申报真的要正式开始上路了。

“官员财产申报制度”是一种防止官员贪污腐败的措施。国外成功的经验证明，它是反腐倡廉较为有效的制度保障。如果财产申报制度比较完善，将官员申报的财产对外公开，一旦有干部出现消费水平与正当收入严重不符的情况，相关部门就可以立即要求申报人作出解释。对组织来说，可以有效管理干部，对个人来说可以加强警示防范。看来，这无疑是一个好东西。于是乎，我开始对这项制度的渊源产生了兴趣，做了一些粗略的考证。

有人认为，财产申报最早起源于250多年前的瑞典。早在公元1766年，瑞典公民就有权查看从一般官员直到首相的纳税清单。这个制度一直被延续下来，并被世界许多国家借鉴，成为极具约束力的反腐机制。而且由于其反腐效果被众多国家所验证，所以至20世纪80年代后逐渐为大多数国家所采用。

一直以来，我对财产申报是瑞典的发明深信不疑。不过，近日重读《三国志》，尤其是读到《诸葛亮传》中的一段文字时，让我眼前一亮，并且彻底颠覆了以往对财产申报的认识。闲话少叙，让我们先看这段文字：

> 初，亮自表后主曰：“成都有桑八百株，薄田四十五顷，子弟衣食皆有余饶。至于臣在外任，无别调度，随身衣食，悉仰于官，不别治生，以长尺寸，若臣死之日，不使内有余帛，外有赢财，以负陛下。”及卒，如斯所言。

把这段文言文译成白话就是：诸葛亮主动向后主刘禅上奏表说："我在成都家里的财产，只有800棵桑树、45顷薄田供给子弟们穿衣吃饭，还略有富余。至于我在外做官，率军北伐，一切生活所需都是公家供给。我不会再经营别的生计、积蓄私产。到我下台直至死后，一定不会有多余的资金和财产，否则我就对不起陛下。"等诸葛亮死后，果然如他所说的那样。

这段文字，实际上就是诸葛亮向后主刘禅申报个人财产。这段话，分明就是财产申报啊！想想看，这可是在三国时期（公元220年—280年）啊。这要比瑞典的财产申报早1500年左右。

诸葛亮身为宰相，真正的一人之下、万人之上。实际上，在蜀国是他说了算。申报还是不申报，谁也不能把他怎么样。想想先主刘备的嘱托："若嗣子可辅，辅之；如其不才，君可自取。"阿斗岂敢管老诸葛的事？反观今天一些腐败分子，以廉政之名，行腐败之实；台上谈反腐倡廉，台下搞权钱交易；公开讲组织原则，私下里卖官鬻爵；表面对党忠诚，背后阳奉阴违；对组织制定的各种廉洁自律的制度，不是认认真真执行，实事求是地报告，而是欺上瞒下，蒙混过关，不放弃任何一次捞取钱财的机会。这些腐败分子是断然不会也不愿意搞财产申报的。

诸葛亮写下了流芳百世的《诫子书》，告诫儿子，"静以修身，俭以养德"，淡泊明志，宁静致远。30年后，邓艾率魏军攻蜀，兵至绵竹，诸葛瞻拒不接受邓艾的高官诱降，英勇战死，时年37岁。其子诸葛尚一同战死，时年16岁。这样的精神，有谁堪比？

我们知道，诸葛亮"受任于败军之际，奉命于危难之间"。蜀国国事，事无巨细，每必亲躬。他5次亲率大军，北伐曹魏，与曹魏短兵相接。马谡失街亭后，他引咎自责，上疏后主刘禅，"请自贬三等"，从此更兢兢业业、勤勉有加。诸葛亮弥留之际，留下遗嘱，要求把他的遗体安葬在汉中定军山，丧葬力求节俭简朴，依山造坟，不放任何陪葬品。诸葛亮以实际行动验证了自己"鞠躬尽瘁，死而后已"的诺言。

诸葛亮清正廉洁的思想品格，深受后人的敬仰和赞誉。《三国志》作者陈寿评诸葛亮："可谓识治之良才，管、萧之亚匹矣。"唐太宗李世民曾对宰相房玄龄说："汉魏以来，诸葛亮为丞相，亦甚平直。尝表废廖立、李严。立闻亮卒，泣曰：'吾其左衽矣！'严闻亮卒，发病而死。故陈寿称：'亮之为政，开诚心，布公道，尽忠益时者虽仇必赏，犯法怠慢者虽亲必罚。'卿等岂可不企慕及之？"（《贞观政要·第十六》）

抛开诸葛亮所受的时代局限性，客观地评价他的行为，能够不计个人得失，带头廉洁自律，自觉接受监督，公开透明，光风霁月，无私无畏，坦坦荡荡，的确是一种高尚的思想境界，值得人们学习和景仰。

# 虞世南《帝王略论》

从《帝王略论》一书到手，时断时续，几近半年多，终于在年底读完了。

掩卷遐思，唐太宗、虞世南君臣二人循着华夏历史娓娓道来，“览前王之得失”，借古论今，真知灼见，言犹在耳。

李世民是一位杰出的政治家，虞世南是李世民的谋臣之一。二人私谊甚笃，据说李世民做秦王时便有帝王之志。机务之暇，经常召世南共观经史，“商略古今”，品评历代帝王得失。三代以上有略无论；三代以下有略有论，重点谈兴亡之际君主，守文承平、无咎无誉君主不谈。世南把他和李世民间的交谈整理记录下来，便成了《帝王略论》一书。

《帝王略论》是中国史学史上较早的、且以问答体形式撰写的历史评论著作，生动活泼而又极富启发性。该书评述了上自夏禹，下至隋文帝的历代帝王的性格、品德、学识和贤愚得失，甚具卓识，可以说是目前所见中国较早的一部“君主论”。

虞世南在《帝王略论》序中借知微先生之口说，“治乱之迹，贤愚二贯”，“其明者可为轨范，昏者为鉴戒”，实际上总结历代帝王得失，借古讽今，关注现实，直接为太宗政治服务。

自古以来，中国知识分子身在书斋，心系庙堂，对政治具有强烈的使命感和参与意识，以拯救天下为己任。虞世南就是这样的人。他将自己的政治理念、治世方针，通过先代帝王之论展示出来，授予太宗。太宗接受了虞世南以史为鉴的思想，将世南治国理论付诸实行，二人一体，行往古所兴之道，对导致祸国亡天下的言行防微杜渐，终于达到了贞观之治。我们从太宗视之为师，遵其言而行事看，《帝王略论》实际是虞世南与太宗共同制定的贞观政治理论。

忘记谁说的了，“不为无益之事，何以遣有涯之生”。明白这一道理的人可谓得道，堪称智者。多数人恰恰相反，他们永远在为无益之事，永远不知生之有涯。而虞世南则相反，他已成为智者的智者。从这个角度说，虞世南将中国古代鉴戒史学发展到指导当朝政治，约束君主行为，《帝王略论》已成为贞观年间的施政纲领。

# 云在青天水在瓶

一个人自深圳飞北京，3 个小时的航程，枯燥而寂寞。随意翻阅《中国民航》，一个题目吸引了我，便是《云在青天水在瓶》。

“云在青天水在瓶”，说的是唐朝的李翱，韩愈的门生。在任朗州刺史时，有一次他亲自拜访药山惟俨禅师，禅师只顾看经，没理会李翱。李翱侍立多时，随从颇不耐烦，大声说：“太守在此！”惟俨仍然不应。李翱也沉不住气了，说：“真是见面不如闻名！”禅师这时回道：“太守，你怎么贵耳贱目呢？”李翱自知失言，连忙躬身致歉。李翱又问：“什么是道？”禅师用手指指天，又指指地，问：“懂了吗？”李翱说：“不懂。”禅师说：“云在青天水在瓶。”李翱当下有悟，并写下一偈：

练得身形似鹤形，
千株松下两函经。
我来问道无余说，
云在青天水在瓶。

“云在青天水在瓶”大道至简，妙不可言。道即是禅。在禅者眼里，看山是山，看水是水，一切都是那样自然。云，因其没有挂碍，没有羁绊，所以能够自由舒卷，任意飘游；水，因其没有定式，随时流动，所以能够因势利导，自在奔腾。白云悠悠，上善若水。云在青天，舒展自如；水在瓶中，变幻莫测。一个天上，一个地下，却是息息相关，本性相通。

难怪陶渊明身处乱世，曾以《桃花源记》表达对田园生活的向往。人在面临困境时，常希望有个避风港、有个桃花源，安慰痛苦的心灵。然而，问题还是要去面对，净土还需自己去建立。如何用智慧、耐心、毅力与行动，解决问题、获得安乐，是面临困境时的要务。

北京的雍和宫，里面的须弥山，是个模型。相传须弥山顶为三十三天，山腰有日月、四天王，山脚有七重金山、七重香水海。所以，在北海的北岸，乾隆皇帝在所建的琉璃牌楼上，题写了“须弥春”三个大字。面对着北海的一汪大水，乾隆觉得那是飘渺的东海蓬莱，抑或是须弥山下的香水海。我们许多人都曾从这里匆匆走过，却没有发觉这里的奥妙。

其实，人的境遇难以预料，世间本来就“无常”，有道是“人生不如意事常八九”。但人常因习以为常的生活或环境有了变动而起烦恼。烦恼不是来自于事情本身，而是来自于对事情的看法与观念。

冯友兰老先生的女儿宗璞写了一本书，书名就叫《云在青天水在瓶》，这本书从女儿的角度，讲述了世纪哲人冯友兰的生平事迹、哲学生涯、晚年生活以及女儿心目中的父亲形象，还有与父亲生活在一起的点点滴滴，对父亲的所思所想，一个个生活场景，一张张肖像，一页页书稿，还有传主的自述，他人的点评，还有图片说明，真挚感人。

回到我们的话题，“云在青天水在瓶”，青天本就有云，云本就在青天。瓶本身就是装水的，水在瓶中是很自然的。世间本来就有顺、逆境，本就是无常。假使能看清楚、觉悟及接受世间无常的事实，心就不会随着环境的变动而起伏，烦恼就减少了。然而，世事虽无常，但一切不离因果。认清无常，可以放下不必要的烦恼；体认因果，则可提起勇气、决心、毅力与耐心，从解决问题的因上去努力。

我曾多次去杭州，灵隐寺是必去的地方。几乎每一次去，都能听到导游讲飞来石的故事，讲“一动不如一静”“求人不如求己”的典故。“一动不如一静”“求人不如求己”，似乎浅显易懂，但是它们被如此妥帖地穿插在一个与佛教有关的故事里面，就特别意味深长。一切皆空，那就由着它缘聚缘散，不挂念，无挂碍，自由自在。如此这般，超然物外，让我们有了更为悠长的憧憬和更加持久的担当。

# 《阳关三叠》的词与曲

提起《阳关三叠》，爱好诗词的朋友们就会想起唐朝王维那首著名的诗——《送元二使安西》：

渭城朝雨浥轻尘，客舍轻轻柳色新。
劝君更尽一杯酒，西出阳关无故人。

《阳关三叠》是由诗歌而产生的琴曲，为中国十大古琴曲之一，也是我国古代音乐作品中难得的精品，千百年来被人们广为传唱。

这首乐曲产生于唐代，是根据著名诗人、音乐家王维的名篇《送元二使安西》谱写而成的。因为诗中有“渭城”“阳关”等地名，所以，又名《渭城曲》《阳关曲》。按唐《教坊记》记载，有《小秦王》曲，即《小秦王破阵乐》。渭城，位于古长安西北，唐人于此送客西行，唱《阳关曲》。故“阳关”也成为送友酬唱的代名词。

大约到了宋代，《阳关三叠》的曲谱便已失传了。目前所见的古曲《阳关三叠》则是由一首琴歌改编而成。最早载有《阳关三叠》琴歌的是明代弘治四年（1491 年）刊印的《浙音释字琴谱》，而目前流行的曲谱原载于明代《发明琴谱》（成书于 1530 年），后经改编载录于清代张鹤所编的《琴学入门》（成书于 1876 年）。新中国成立后，王震亚将其改编为混声合唱。《阳关三叠》的歌词，词句淡美，将原诗的意境剖析得清晰婉转，全曲共分三叠：

一叠：

清和节当春，渭城朝雨浥轻尘，客舍青青柳色新。劝君更尽一杯酒，西出阳关无故人！霜夜与霜晨。遄行，遄行，长途越渡关津，惆怅役此身。历苦辛，历苦辛，历历苦辛宜自珍，宜自珍。

二叠：

渭城朝雨浥轻尘，客舍青青柳色新。劝君更尽一杯酒，西出阳关无故人！依依顾恋不忍离，泪滴沾巾，无复相辅仁。感怀，感怀，思君十二时辰。参商各一垠，谁相因，谁相因，谁可相因。日驰神，日驰神。

三叠：

渭城朝雨浥轻尘，客舍青青柳色新。劝君更尽一杯酒，西出阳关无故人！芳草遍如茵。旨酒，旨酒，未饮心先已醇。载驰骃，载驰骃，何日言旋轩辚？能酌几多巡！千巡有尽，寸衷难泯，无尽的伤感。楚天湘水隔远滨，期早托鸿鳞。尺素巾，尺素巾，尺素频申如相亲，如相亲。

尾声：

噫！从今一别，两地相思入梦频，闻雁来宾。

以上三叠，谱式甚多，明田艺衡有《阳关三叠》图谱，大概有九式，现略具一二，供大家品玩。

一、正体

一叠：渭城朝雨浥轻尘，渭城朝雨浥轻尘，客舍青青柳色新。劝君更尽一杯酒，西出阳关无故人。

二叠：渭城朝雨浥轻尘，客舍青青柳色新。客舍青青柳色新。劝君更尽一杯酒，西出阳关无故人。

三叠：渭城朝雨浥轻尘，客舍青青柳色新。劝君更尽一杯酒，劝君更尽一杯酒，西出阳关无故人。

二、连环三叠

一叠：原词

二叠：西出阳关无故人。渭城朝雨浥轻尘，客舍青青柳色新。劝君更尽一杯酒，西出阳关无故人。

三叠：客舍青青柳色新。渭城朝雨浥轻尘，客舍青青柳色新。劝君更尽一杯酒，西出阳关无故人。

亦有阳关四叠、贯珠三叠等曲谱。这里主要说说一串珠三叠、飞花三叠合飞花滚三叠：

（1）一串珠三叠

渭城朝雨浥轻尘，朝雨浥轻尘，浥轻尘。客舍青青柳色新。青青柳色新，柳色新。劝君更尽一杯酒，更尽一杯酒，一杯酒。西出阳关无故人。阳关无故人，无故人。

（2）飞花三叠

一叠

渭城，渭城朝雨浥轻尘。客舍，客舍青青柳色新。劝君，劝君更尽一杯酒。西出，西出阳关无故人。

二叠

渭城朝雨，朝雨，朝雨浥轻尘。客舍青青，青青，青青柳色新。劝君更尽，更尽，更尽一杯酒。西出阳关，阳关，阳关无故人。

三叠

渭城朝雨浥轻尘。轻尘，轻尘，轻尘。客舍青青柳色新。色新，色新，色新。劝君更尽一杯酒。杯酒，杯酒，杯酒。西出阳关无故人。故人，故人，故人。

（3）飞花滚三叠

渭城朝雨，渭城朝雨，浥轻尘。浥轻尘。客舍青青，客舍青青，柳色新。柳色新。劝君更尽，劝君更尽，一杯酒，一杯酒。西出阳关，西出阳关，无故人。无故人。

# 公道自在说人心

人心，简单地说就是人的感觉与需求，是人的思想意识在人的灵魂形式上的体现。有人说，心情决定健康，心态决定命运，心理决定成败，心计决定谋略，心术决定人格，心境决定人品，人心齐、泰山移，等等，大概就是从人心这一角度展开的。

佛教把心称为心地、心田，以为心如大地，滋生万物，善善恶恶随缘而生，故以田、地相比喻。白居易《狂吟七言十四韵》写道："性海澄渟平少浪，心田洒扫净无尘。"说的是心净如水的境界。心，位于胸中方寸之地，故又称寸心、方寸，杜甫《偶题》诗曰："文章千古事，得失寸心知。"

看看中国字，好多都是与"心"分不开的。比如："田""心"为"思"，"相""心"为"想"，"非""心"为"悲"，等等。"心之官则思""从心所欲，不逾矩""乘物以游心""欲修其身者，先正其心"，一颗心是一种指向，一颗心是一种力量，一颗心是一种支撑，一颗心是一片天地。

人心向背决定国家的命运。明朝余继登《典故纪闻》卷四："顾自古国家未有不以勤而兴以怠而衰者，天命去留，人心向背，皆决于是。"人民是历史的创造者，人心比国家强制力更强大。所以，人心向背决定国家的命运。不仅如此，人心也是最强大的政治力量，人心向背决定历史的基本走势。"得民心者得天下，失民心者失天下"，这是千真万确的，绝不是民众的一厢情愿。而且越是在现代政治中，这种政治效用就越直接、越迅速、越鲜明。这是因为，政治的命运取决于政治力量对比，而人心向背就是最根本、最重要的政治力量对比。

政治不仅在人心里，而且还会外化为政治舆论、政治群体、政治组织、政治行动、政治暴力等外在的政治。最深刻的政治变化就是人心的悄然变化，而人心的政治变化又会转化为外在的政治变化。一旦人心向背外化为外在的政治力量对比，它就会表现为巨大的现实政治力量。任何政权，如果它赢得了大多数人的拥护和支持，它就是稳固的。反之，如果它为大多数人所反对，它就会走向衰亡。

人心不足蛇吞象。有两个典故。一个说，象是森林中的庞然大物，蛇却是一条细长的爬虫，肚皮很小，吞吃一只青蛙、老鼠什么的还差不多，而想一口吞下一只大象，则有点自不量力了。它的用意是告诫人们不要“人心不足”，而要“知足”。所以，有个成语叫“知足常乐”。另一个典故说，有一个小孩叫象，从小心地善良。有一天他用火柴盒收养了一条蛇。蛇渐渐长大，具有吞人的气势。但这条蛇并没有伤害象，仿佛它已经将象当成主人看待。有一天，象的母亲病倒，大夫说要用蛇胆才可令病情快速好传。正在象头痛烦恼之际，蛇张大口示意让象进去它的身体内切蛇胆。象进去了蛇的体内感受着蛇的疼痛将蛇胆切下，把妈妈的病治好。但贪心的母亲，还要象再去切蛇胆。结果象在切蛇胆时，蛇实在受不了，吞了一口口水，把象给吞了下去。伤心的蛇化作巨龙飞上天空……

人心叵测。出于《新唐书·尹愔传》：“吾门人多矣，尹子叵测也。”指人的心地不可探测，形容人心险恶。海纳百川，有容乃大。有哲人说，世界上比陆地大的是海洋，比海洋大的是天空，比天空大的是人心。足见人心之不可测。南宋陆九渊更直白地说：“宇宙便是吾心，吾心便是宇宙。”

人心不古。世风日下”与“人心不古”齐用，最早是慨叹社会上读书人气质变坏，有失淳朴善良而流于谲诈虚伪、心地不再像古人那么淳朴。早先所谓“士风日下、人心不古”写成“世风日下、人心不古”，涉及的范围就更大了，不过仔细想想，今人不崇尚古典，变得简洁明了，通俗易懂。情歌已成流行，放荡已成自然。人世间，少了悲天悯人之士，多了凡夫俗子之心。古人吟诗，今人谈钱；古人结的是山水知音，今人交的是酒肉朋友，所以千百年来天下已难遇君子之交，《广陵散》终成绝响。人心不古而人心难测，人心难测而世情凉薄。孟尝君的鸡鸣狗盗之徒尚未绝迹，而欺世盗名的已不仅仅只是李鬼之流了吧。

日久见人心。有一句成语叫做“路遥知马力，日久见人心”。说的是日子长了，就可以看出一个人的为人怎样。现实生活中，人与人相处，人与人的感情如果在短暂的日子，是看不出真假的，只有时间长了，在关键时刻，才能辨别真与伪。不要轻易相信在平常的日子里的亲亲热热，一团和气。因为那时，你可能对于他还有某种利用价值，他的某些事没有你的帮助，可能会无法办成，你可能会为他的升迁带来方便，或者为他聚敛财富带来帮助。而一旦你在他的眼里已没有了利用价值，或者你需要他施以帮助的时候，他就会果断地与你一刀两断，从此两不相干，你走你的独木桥，我走我的阳关道。而有的人，在你有困难的时候，需要帮助的时候，会向你伸出援助之手，助你一臂之力，帮你渡过难关。这样的人，才是你应该永远记住的人，终身可以与之相交的人。

公道自在人心。是说公正的道理自然存在于众人心里。人们心中有是非公正的衡量标准。老百姓对是非曲直自然知道得最清楚明白。于是乎，讨“公道”，一直是中国老百姓几千年来追求的心愿。所谓“路见不平，拔刀相助”，为的就是这个“公道”；梁山上的好汉打出“替天行道”的旗号，要“行”的也包涵这个“公道”。

# 空云似桂如兰

## ——再读《红楼梦》

枉自温柔和顺，
空云似桂如兰；
堪羡优伶有福，
谁知公子无缘。

这是《红楼梦》第5回对袭人的诗意评价。

袭人乃《红楼梦》着意刻画的一个人物。在贾府的生存空间中，她所有的心思就是如何控制宝玉，以便将来成为主人之妾。为了达到这个目的，袭人可谓用心良苦。

袭人，本姓花，原名珍珠，先做贾母之婢。“贾母因溺爱宝玉，恐宝玉之婢不中使，素日珍珠心地善良，遂与了宝玉”。

宝玉知其姓花，便从陆游诗句“花气袭人知骤暖，鹊声穿竹识新晴”中，取“花袭人”三字作为姓名。

具有鲜明奴才性格的袭人，忠于主人不打折扣。不过，“这袭人亦有些痴处，伏侍贾母时，心中只有一个贾母；如今伏侍宝玉，心中眼中又只有一个宝玉”（第3回）。为此，晴雯曾专门给她起了个绰号，叫“西洋花点子哈巴儿”，话虽尖刻，却很贴切。

袭人自然是一个美人坯子，姿容“似桂如兰”，性格“温柔和顺”，但十分工于心计。当宝玉在秦可卿房里梦游太虚幻境之时，被警幻仙子“秘授以云雨之事”，“袭人伸手与他系裤带时，不觉伸手至大腿处，只觉冰凉一片沾湿……袭人本是个聪明女子，年纪又比宝玉大两岁，近来也渐通人事，今见宝玉如此光景，心中便觉察一半了，不觉也羞的红涨了脸面，不敢再问”（第6回）。

但在回到怡红院后，趁着其他丫头不在，袭人非常利索地寻出衬裤给宝玉换上了，然后忍不住“含羞问道：‘你梦见什么故事了？是哪里流出来的那些脏东西？’”宝玉便毫无隐瞒地把“梦中之事”，以及“警幻所授云雨之情”一一告之袭人，“羞得袭人掩面伏身而笑”。“宝玉亦素喜袭人柔媚娇俏，遂强袭人同领警幻所训云雨之事。袭人素知贾母已将自己与了宝玉的，今便如此，亦不为越礼，遂与宝玉偷试了一回”（第6回）。

袭人非常爽快地应允宝玉，是有她的想法的，其一，她自认为迟早是宝玉的人，“不为越礼”；其二，因为与宝玉有了关系之后，对于宝玉来说毕竟是一种情感上的牵制与诱惑，“自此宝玉视袭人更比别个不同，袭人待宝玉更为尽心”（第6回）。俗话说“一夜夫妻百日恩”，这是一个老幼皆知的道理。袭人以肉体的代价，达到了对宝玉控制的目的。

袭人聪明至极，她深知宝玉的“任情恣性”，对所有的女性都充满着敬爱之意，虽然自己时刻守在身边，而宝玉心思不见得全在她的身上，便又开始了对宝玉心灵的控制。先是规劝，欲让宝玉把心思放在读书上，走仕途之路，这些必然会引起宝玉的反感。于是袭人“可巧有赎身之论，故先用骗词以探其情，以压其气，然后好下规箴”（第19回）。袭人假意说她家里明年要赎她回去，入情入理地说出许多必然可以获准离开贾府的理由，说得宝玉信以为真，泪流满面。然后袭人以此为契机，答应留下来，并提出了要宝玉依从的“三件事”。第一件，是忌口说那些生生死死的痴话；第二件，“作出个喜欢读书的样子来，也教老爷少生些气”，不去讥讽那些“读书上进的人”，“再不可毁僧谤道，调脂弄粉”；第三件，袭人称之为“更要紧的一件，再不许吃人嘴上擦的胭脂了，与那爱红的毛病儿”（第19回）。宝玉自然是点头应允。

袭人说的三件事中，第一件是应景的，第二和第三件才是核心。她规劝宝玉收敛那些异常言行，把心思放在读书上，目的在于期望宝玉能有一个好前程，同时也可以减少宝玉与众女子厮混的时间，以消除动摇她位置的危险因素。第三件，更是露骨，即杜绝宝玉与众女子过分亲昵，以使其不受诱惑和牵制。

宝玉之所以答应这些条件，并非出于对袭人的“情有独钟”，而是出于对一个女性世界的怜惜和呵护。因此，在同一个回目（第19回）中，宝玉去探黛玉，“黛玉因看见宝玉左边腮上有钮扣大小的一块血渍”，以为谁用指甲刮破的，宝玉说“不是刮的，只怕是才刚替他们淘漉胭脂膏子”时沾上去的。可见他并没有把袭人的约法三章放在心上。

袭人在控制宝玉的手段失效后，便把浑身解数用在对付宝玉的外部世界上。其一，她更有力地靠拢贾府的当权者，巩固自己的地位。极力讨好贾母、王夫人、凤姐、薛姨妈，就连这些当权者的下人，如鸳鸯、平儿等，都小心侍奉，曲意逢迎，以致都对她赞誉不已。王夫人就以种种方式确定了她“妾”的地位：“把我每月的月例二十两银子里，拿出二两银子一吊钱来，给袭人去。以后凡是有赵姨娘周姨娘的，都有袭人的。”后来袭人的母亲死了，回家守丧，临行时凤姐派车派人予以特别关照。这一切都表明她享受的是姨奶奶的待遇。其二，袭人自知不能当上宝玉正儿八经的夫人，充其量只能当个妾，但她这个妾的地位也是很容易被取代的。因为与袭人同样出身微贱且聪明漂亮的年轻女性比比皆是。因此，她不能不绷紧神经，时刻注视着“敌情”。她的惯常做法首先是忍让，晴雯发脾气，尖刻地讥刺她，她可以忍气吞声，不奋起反攻，以柔克刚。而在暗地里，却常向主人打“小报告”，使得晴雯、芳官、四儿等几个女孩子相继被逐离宝玉的身边。宝玉对袭人当然是有怀疑的：“咱们私自玩话，怎么也知道了，又没外人走风，这可奇怪了！”“怎么人人的不是，太太都知道了，单不挑你（袭人）和麝月秋纹来？”（第77回）在祭晴雯的《芙蓉诔》中，宝玉说“钳奴之口，讨岂从宽”，即是暗指袭人告密。袭人最厉害的一招，就是千方百计让宝玉和众姐妹隔绝开来，她对王夫人说：“虽说是姐妹们，到底是男女之分，日夜一处，起坐不方便，由不得叫人悬心。”其三，袭人自知是个“妾”的地位，那么选择什么样的人当宝玉的夫人，也是她甚为关心的事。在可作为宝玉夫人的候选人中，史湘云是不可能获得此殊荣的，只有黛玉和宝钗各有千秋。而袭人深知宝玉和黛玉彼此之间心气相通，肝胆相照，双方都渴望结成连理。而袭人却极害怕黛玉成为自己的“主母”，她不喜欢黛玉对爱情的极端排他性，如果黛玉成为宝玉的夫人，“卧榻之侧，岂容他人安睡”，谁都不可能从黛玉那里分走一杯羹；她不喜欢黛玉的尖刻和不宽容，唇枪舌剑，得理不饶人，若成为了一家人，她还怎么和黛玉相处？幸而袭人窥测到贾母和王夫人的心事，她们非常赏识宝钗，这一点与袭人的心思暗合，因为宝钗雍容大度，待人宽厚，她和她更容易相处。于是在暗地里，袭人成了一个“拥薛反林派”。

宝玉和宝钗结婚后，宝玉突然遁入空门，袭人的处境是相当尴尬的，她不能不听从王夫人、薛姨妈的安排，走一条出嫁的路。“如今太太硬作主张。若说我守着，又叫人说我不害臊，若是去了，实不是我的心愿”。因为，袭人作为妾的身份，并没有明媒正娶，拜天地入洞房而礼法化，那么她是没有资格为宝玉守节的；而真正要另嫁他人，心里又是一百个不情愿的。她只能“委委屈屈上轿而去”，最后嫁给了唱小旦的蒋玉菡。

# 卖官鬻爵

鬻，就是卖，指当权者出卖官职、爵位，聚敛财富，统治阶级靠出卖官职来搜刮财富，形容政治腐败。

中国的卖官鬻爵始于秦始皇四年（前 243 年），那年蝗灾大疫，皇府准许百姓交纳粟米千石者，进爵位一级。《史记·秦始皇纪》载：“十月庚寅，蝗虫从东方来，蔽天，天下疫，百姓纳粟千石，拜爵一级。”

在秦代爵重于官和“官、爵合一”。拥有许多权益，包括益田宅、给庶子、赐邑赐税、免除徭役、豢养家客、减刑抵罪、赎取奴隶等等。这明显比居官俸禄要优厚得多了。更重要的是“爵”依然被视为地位之根本。

汉承秦制，汉初军功爵拥有的特权和优待虽不及秦代，但仍具有实际价值。汉代的卖官鬻爵始于惠帝六年（前 189 年）：“令民得卖爵。”《汉书·惠帝本纪》载：“令民得卖爵”。

到了公元前 180 年，汉文帝刘恒即位，边塞粮食运输困难，他便采纳晁错的建议，以爵换粟，使天下入粟于边。《汉书·食货志上》载：“文帝从错之言，令民入粟于边，六百石，爵上造；（爵二级为上造，乘兵车也）；稍增至四千石，为五大夫；（九级官爵，与县令平起平坐，无须叩礼）万二千石，为大庶长（十八级高等官爵）各以多少级数有差。”

作为重农国家，汉的卖官鬻爵其实最根本的还是刺激农业生产。臣民们可以用粮食买爵，向朝廷缴纳的粮食越多，买的爵位就越高。汉文帝展开了全面的卖爵工作，卖爵多多并不心疼，只求刺激全国的粮食生产。汉文帝认为，爵位由他的口而出，而粮食则是由农民经过一年四季劳作后从地里生长出来的，“劳作”要比“口出”辛苦一万倍。国民们还可以用粮食赎罪。若人们犯了一般罪行，缴些粮食就可以豁免，用不着受刑或坐牢。老百姓还可以用粮食顶差役、顶赋税。文帝把粮食作为进入统治阶级的入伍券，作为国家的奖惩手段，大大刺激和推进了全国务农重农的积极性。

应该看到卖官鬻爵在当时恢复农业生产上起了积极的推动作用，并为国家积累了财富。然而，这样一来，赐爵制度也日趋轻滥。朝廷有所谓“大事”之时，一般都要赐民爵一级，吏爵则更多。除大规模赐爵外，又正式实行卖爵制度，出钱可以买爵，入粟可以买爵，用奴婢也可以买爵。入粟买爵的办法，使得爵位的泛滥成灾，军功爵制也失去了原来奖励军功的作用。

到汉武帝时期，与匈奴战争，朝廷需要一些鼓励政策来提高军队的战斗力。但因旧有爵制已滥，不为人们所重，故于元朔六年（前 123 年）又置武功爵，以宠战士。武功爵分十一等：一级造士，二级闲舆卫，三级良士，四级元戎士，五级官首，六级秉铎，七级千夫，八级乐卿，九级执戎，十级政戾庶长，十一级军卫。规定立功受爵的将士可以补吏，可以赎罪，功劳超等者，大者封侯，小者补郎，使受爵者得到实际利益。

说到卖官鬻爵，不能不提到封建政府的国家行为。自秦汉以来，在遇到财政危机的时候，或由于战争而军费告绌，或因为灾荒而财政拮据，历代政府都曾公开进行标价卖官，以换取足够的财政收入。这种做法发展到清代，形成了一种制度，时称“捐纳”，成为选官制度的一个组成部分。尽管是政府行为，尽管许多王朝在施行一段时间后即告停止，但这种做法仍然受到有识之士的指责，认为有损政府形象，且使一些有资财而无才能之辈充斥官场。

东汉灵帝时，宦官张让、赵忠怂恿灵帝卖官鬻爵，时任九卿的崔烈以 500 万钱买了司徒之位。唐代的王播以巨资贿赂宦官王守澄而登上相位。宋代的刘逵、余深、薛昂等人贿赂蔡京而得到超拔。明英宗时的宦官王振权倾天下，凡是想当官者，一律“攫金进见”。清初，买官卖官之风十分猖獗，时人称：“督学之门，形同商贾。”雍正时，四川知府程如丝以银 6.6 万两、金 900 两贿赂四川巡抚蔡珽，得以擢升为四川按察使。

在这众多的肮脏交易中，明代的严嵩可谓典型，他既以买官得以升迁，又以卖官聚敛钱财。史载，严嵩曾以“千辆资财，用以遗贵近”，终于当上了内阁首辅。其卖官，“官无大小，皆有定价”，如文官州判300两，吏部官售价最高，郎中、主事开价3000两，后又猛增至1.3万两。严嵩败落后，抄其家所得净金、金器重3.4万余两，净银、银器重203.9670万两，其他珍宝、字画、房地产不计其数。

封建政府为解决燃眉之急而卖官鬻爵，或许出于无奈，但它毕竟开启了标价卖官的恶劣先例，成为吏治腐败之源。其示范作用影响深远，那就是上行下效。正如《明史·李俊传》所言：“此以财贸官，彼以官鬻财。”

在中国封建社会，卖官鬻爵有一定的社会基础。做官是众多人的毕生追求。特别是科举制度建立后，封建帝王以功名利禄来吸引、笼络读书人，因此，追求功名是一种普遍的社会现象，做官几乎成了读书人的唯一出路。正如韩愈所言：“凡今之人，急名于官。”只有当了官，才能得到世人的重视，才能衣锦还乡，光宗耀祖。一些人在历经十年寒窗而又屡试不第的情况下，便会想方设法以其他途径入仕当官，而最便捷的方式就是跑官、买官，通过拉关系，走后门，进而贿赂当权者，以资财换取官位。在这种交易中，“贵者托以势，富者托以财，亲故托以情”，一旦门路打开，当官之路即成坦途。

官僚体制给卖官者提供了营私舞弊的空间和可能。历代对官员的选拔、考核、升迁都有明确的规定，由于官僚体制的问题，往往选官标准不一，选拔缺乏透明度，决策取决于长官意志，操作过程缺乏有效的监督，监察机制又不能真正起作用，而某些权臣只要取悦于皇帝，便可恣意妄行，一手遮天。这样，自然造成有令不行，有禁不止，使选官条例成为一纸空文，给权钱交易提供了可能。明清时，吏部官靠卖官发财，礼部官靠科举获利，已成为百官心照不宣之事。故时人总结这一现象，称为“因官致富”，可谓一语道破某些人将政治权力转化为经济财富的本质。

看重功名的社会风气也助长了卖官鬻爵的盛行。《水浒传》所说“世情看冷暖，人面逐高低”，反映了一种普遍的社会心态。唐代王镣《感事》诗所称："今日朱门者，曾恨朱门深。"尽管有人也曾憎恨朱门，而一旦有机会也要拼命跻身于朱门之列。特别是"一人得道，鸡犬升天"的社会现实，更使买官者有了强烈的欲望和动力。

卖官鬻爵的盛行造成了吏治的腐败。历史证明，凡是买官卖官猖獗之时，就是朝政腐败、政治黑暗的时期。大量买官者充斥官场，必然会产生一批贪官、赃官、庸官、糊涂官、酒肉官，以及一大批尸位素餐者。而且，买官者一旦履任，大都要搜刮百姓，巧取豪夺，搞得民不聊生。

卖官鬻爵的盛行带来了社会风气的败坏。严嵩以贿放官时，沈炼即指出："贿赂彰，风俗坏。"古语云："上邪下难正，众枉不可矫。"买官卖官的盛行，在社会上形成了一种根深蒂固的观念"有钱买得鬼推磨，无钱却教人顶缸。"最为可悲的是，在这种社会风气下，众人对丑恶现象表现出的麻木，正如明末清初计六奇所言："举世尽醉梦于其中而不醒矣！"

卖官鬻爵自出现之日起，就一直受到有识之士的鄙视和批判。崔烈在得意于买到司徒之位时，却遭到儿子崔钧的抨击，认为他令"天下失望"，崔烈不解，崔钧明确告之："论者嫌其铜臭！"《后汉书》记录了此言，成为对买官者的经典批判之语，一直为后世所引用。清代的陆陇其专门上疏批判卖官鬻爵之弊：一是使名节大坏，失国家养廉之意，买官之人，"不能发愤自励，则其志趋卑陋甘于污下"；二是买官之人越多，百姓受害愈深，故多一买官之人，"即多一害民之人"。严嵩倒台时，三法司定其罪状，第一项就是私下卖官，称："爵赏，国家之名器，乃敢鬻之以敛货于己。"其实，买官卖官是犯罪行为，这在封建社会也是人人皆知的，它只能是私下的肮脏交易。

# 独善其身与兼济天下

“穷则独善其身，达则兼济天下”。这句话出自《孟子·尽心上》。意思是“不得志时就洁身自好修养个人品德，得志时就使天下都能这样”。得志，就要造福于天下百姓。不得志，也要洁身自好，绝不与腐败势力同流合污。

“独善其身”就是要“穷不失义”，而绝不是去作“逍遥游”；是“修身见于世”，而绝不是道家所提倡的那种难得糊涂、玩世不恭。道家主张“顺其自然”，以“逍遥游”的态度对待世事，“不谴是非，以与世俗处”，把一切矛盾都化解为虚无，化解在庄生梦蝶、蝶梦庄生、似是而非、似非而是的玄谈中，这与“独善其身”绝不是一回事。

在专制现实中，往往是“得势则称王称霸，失势则奴颜婢膝”。口头上的理想主义，行为上的强权主义与犬儒主义。以至于两千多年下来，“独善其身”这个成语的所指已从孟子那里颇有些悲剧色彩的“穷不失义”者，变成了朱自清先生笔下喜剧色彩的“知其不可而不为的、独善其身的聪明人”。

自古仕途多诱惑，历来当官有坎坷。一辈子稳坐衙门、风平浪静者少；坎坎坷坷、几起几落者多；能功成身退、见好就收者更寡。原因何在？无非贪、痴二字。想想看，李斯位极丞相，又是秦皇亲家，以为可以永享荣华了，未能见好就收，终于偕儿子被赵高腰斩于市；飞将军李广，也因壮志未酬，求官心切而殒命；杨国忠倚仗权势，为所欲为，却先于杨玉环而成了马嵬坡下祭刀的鬼；李林甫死后被开了棺，取出口中含珠，剥去全身衣服，改用小棺埋了……相比之下，见好就收、功成身退者显出了几分收敛与睿智。他们待到年事已高，或功大位显、仕途艰危时，明智地选择退出，寿终正寝。司马相如、陶潜、贺之章、李泌之辈全都走了这条路。

仔细考察，你会发现，古代才华横溢的诗人、词人或才子在仕途上大多数是不顺利的，往往会碰到许多挫折或磨难，“不如意事常八九”，表现出一种人生艰难之叹，又含有一种淡淡的无可奈何之情。想想看，什么样的人才能成为诗人？往往是求仕不进、怀才不遇和仕途不畅的人。

中国古代的知识分子，大都在心灵深处烙上了儒家“穷则独善其身，达则兼济天下。”“修身、齐家、治国、平天下”的人生信条。理想、志向、抱负，他们认为只有进身仕宦才能得以实现。“读书破万卷”的最终目标，是要实现“治天下”的政治抱负。而中间却必经一个环节，那就是做官。这就形成了一根链条：读书——入仕——治国。这就是古代读书人的一厢情愿的苦苦追求。到现在基本格局没有改变。其实，做官与作诗（政治家和诗人）具有不相融性。“自古才命两相妨”几乎是一条定律。因为前者需要的是智谋，是手腕，是心机，是铁血，是要人“不识庐山真面目”。而后者需要的却是赤子之心，是真情涌动，是热血衷肠，是泪落青衫，是铭心刻骨，是浪漫天真，是无恶无邪。因此，那些天才的诗人一旦仕途无望，一旦怀才不遇，一旦遇阻受挫，从胸腔中激喷而出的佳句便往往具有经典的意义。

唐宋之前的屈原就作出了一个极好的榜样。“屈原放逐，乃赋离骚。”（司马迁《报任安书》）“吾令羲和弭节兮，望崦嵫而勿迫。路漫漫其修远兮，吾将上下而求索。”其政治理想和远大抱负未能实现。诗人只好在阵阵哀叹中自沉汨罗。而“路漫漫其修远兮，吾将上下而求索”两句则成为千百年来激励多少志士仁人取之不竭的精神动力。

在中国文学史上占有重要地位而又怀才不遇或仕途受挫，遭受排斥打击，其政治理想和政治抱负未能如愿的还有陈子昂、苏东坡、李白、杜甫、王安石、柳宗元等。李白《宣州谢朓楼饯别校书叔云》：“弃我去者，昨日之日不可留。乱我心者，今日之日多烦忧。长风万里送秋雁，对此可以酣高楼。蓬莱文章建安骨，中间小谢又清发。俱怀逸兴壮思飞，欲上青天揽明月。抽刀断水水更流，举杯消愁愁更愁。人生在世不得意，明朝散发弄扁舟。”又如《行路难》：“金樽美酒斗十千，玉盘珍羞值万钱。

停杯投箸不能食，拔剑四顾心茫然。欲渡黄河冰塞川，将登太行雪满山。闲来垂钓碧溪上，忽复乘舟梦日边。行路难，行路难，多歧路，今安在？长风破浪会有时，直挂云帆济沧海。”揭示了诗人在坎坷仕途上茫然失落的强烈痛苦。所谓“行路难“，也即是仕路的艰难。因为怀才不遇，因为总是感到不如意便只有寄希望于机遇了。求之不得，最后只能发出“安能摧眉折腰事权贵，使我不得开心颜”的浩叹。

杜甫的《旅夜书怀》：“细草微风岸，危樯独孤舟。星垂平野阔，月涌大江流。名岂文章著，官应老病休。飘飘何所似，天地一沙鸥。”写旅途风情，却更感伤老年多病，感伤其政治抱负未能施展，仍如四处飘零的沙鸥。

李商隐《登乐游原》：“向晚意不适，驱车登古原。夕阳无限好，只是近黄昏。”诗仅写薄暮无聊，借登眺以抒怀抱。眼看夕照微明，如天开图画；方吟赏不置，而无情夜色，已逐步逼人而来。“夕阳”仅是一个象征。当一入黄昏，万象将灭。它在描绘情景上就有如此多的曲折。而且它还包含着丰富深广的内容。可以说忧唐之衰、迟暮之感、沉论之痛，尽在其中。“百感茫茫，一时交集，谓之悲身世可，谓之忧时事亦可。”

中国古典诗歌的诗体形式纷繁复杂。大约言之，可划分为诗、词、曲。它们在社会历史文化的一定背景及文学发展的一定阶段上应运而生，并在不同的历史时期达到了自己辉煌的顶峰，涌现出灿若群星的杰出作家和千古流芳的精妙作品。诗歌要有生命力，就不得不变。正如王国维在《人间词话》所说：“四言敝而有楚辞，楚辞敝而有五言，五言敝而有七言，七言敝而有律绝，律绝敝而有词。盖文体通行既久，染指遂多，自成赠套。豪杰之士，亦难于其中自出新意，故遁而作它体，以自解脱。一切文体所以始盛终衰者，皆由于此。故谓文学后不如前，余未敢信。但就一体论，则此说固无以易也。”总之，无论从社会环境的变革还是从文学本身的发展来说，无论从作家创作才能的发挥还是从接受者审美趣味的变化来说，诗体形式的嬗变终究是不可避免的。“若无新变，不能代雄。”（萧子显《南齐书·文学专论》）但无论怎样变，作者胸中涌流出的情感却是始终的。“情感是诗的天性中的一个主要的活动因素；没有情感就没有诗人，也没有诗”（别林斯基论文学）。

“政治是一个荆棘丛生的领域。”（马克思语）。生就一颗赤子之心、性情率真的诗人一旦踏入进去，怎能不留下伤痕、泪痕与血痕？“平生不下泪，于此泣无穷。”（李白《江夏别宋之悌》）政治理想的无情破灭所带来的深哀巨痛，逼使诗人站在更高的、历史的、道德的、审美的境界上来俯视生活、剖析人生。同时也激活了诗人潜在的创作才能，故将所思所感以血书之。其沉雄慷慨、悲壮苍凉，尽染字里行间。

以上所举，仅是仕途失意或怀才不遇这一大类的几例。“诗言志、歌咏言。”有志而不得舒展，沉郁之情便集之肝胆，继而涌之笔端；加之才情横溢，于诗、于词，其意境高远，哲理深邃，故能拨人心弦，引起共鸣，千年流传。“境非独谓境也。怒哀乐，亦人心中之一境界。故能写真境物、真感情者，谓之有境界。否则无境界。”（王国维《人间词话》）

政治理想和社会现实之间的激烈冲撞，对古代清高傲世的读书人来讲，往往以理想的破灭而告终。学富五车、才高八斗又如何？于是，他们转而面向自己的内心世界，大悲，大痛，大苦，大怨，大愁充塞于胸，使他们不得不做更深层的思考，并将自己的遭遇同国家、民族的命运联结在一起，因而抑郁绕结，百感交集，流淌于笔下的诗文，或凄惋，或宏阔，或悲壮，或苍凉，无不有血有肉有骨有神，无不有情有意。意不晦，语不琢，仿佛是信手拈来，却令人顿感神味俱厚，情真理足，纯任自然。读书破万卷虽说未能使仕途通达，却使笔下的文字注定要流芳千古。这恐怕是他们所始料未及的。

若是李白、杜甫、苏轼、陈子昂等诗人都能一路青云直上，他们的官倒是做稳了、做大了，但诗歌却没有了。那我们的传统文化该是何等的苍白荒芜，我们又该是何等的贫血。这也表明，自然秉赋只有在艰苦的磨砺之中才能得到很好的生长和发展，离开了生活实践的打磨，再卓越的天赋能力也会消解和磨灭。

王国维在《人间词话·附录》云：境界有二：有诗人之境界，有常人之境界。诗人之境界，唯诗人能感之能写之，故读其诗者，亦高举远慕有遗世之意。而亦有得有不得，且得之者亦各有深浅焉。若夫悲欢离合、羁旅行役之感，常人皆能感之。而唯有诗人能写之。故其入于人者至深，而行于世也尤广。王国维总结得真好。看来，命中注定李太白们是不能入仕只能出仕了。“大家之作，其言情也必沁人心脾，其写景也必豁人耳目。其辞脱口而出，无矫揉妆饰之态。以其所见者真、所知者深也。”（《人间词话》）

文学是社会生活的反映。任何诗歌的产生都与当时的社会历史背景有着密切的关联。诗人所历经的社会生活和个人遭际，孕育了他们的诗歌。唐由初唐、盛唐、中唐而至晚唐，宋经北宋而至南宋；唐有安史之乱，宋有靖康之耻，国运由此而日见衰微，诗人们的政治抱负也如秋叶凋零。“无可奈何花落去，似曾相识燕归来。”“夕阳无限好，只是近黄昏。”当是哀叹自己时运不济。“落日熔金，暮云合璧，人在何处？”（李清照《永遇乐》）也无不充满了对旧都的怀念。这些都表明了文学与时代的关联性。

苏轼与杜甫一样都有远大的匡世济民的政治抱负，然又一样都仕途坎坷，备受艰辛。苏轼自小读书便立下了“奋厉有当世志”的抱负。在《沁园春·赴密州早行马上寄子由》一词中回顾当年，是何等的意气风发，是何等的自信：“有笔头千字，胸中万卷。致君尧舜，此事何难？”而现在，却身居远离京师的一个小城密州，一派萧条荒凉的景象。熙宁九年（1076年）的中秋，苏轼仰头看那一轮孤清冷月，竟勾出郁结于胸中多年的惆怅与忧思，挥笔写下了千古名篇《水调歌头·明月几时有》。想回朝廷“我欲乘风归去”，但又怕回朝廷“又恐琼楼玉宇，高处不胜寒”。那颗心就在痛苦的矛盾中受着煎熬。待到老年，苏轼回顾自己的一生，百感交集，不胜感慨。曾在一好友保存的东坡自画像上题诗一首：“心似已灰之木，身如不系之舟。问汝平生功业，黄州惠州儋州。”“三州”皆苏轼流放之地。他一生有三分之一的时间奔波于旅途，生活于被贬之所。抑郁之情，难以言表。

唐诗宋词中的深情苦调数不胜数，且如一条主线贯穿于仕途失意、怀才不遇、感怀时事、离情别怨之中。因为其政治理想、政治热忱、政治抱负未能得以实现，故下笔写诗填词，胸中郁郁之情便溢注其中；因为不能兼济天下，便自好独善其身，归隐山林，寄景抒情、感怀。进仕，对渴望施展抱负，对期盼实现理想，对渴求建功立业的古代知识分子来讲，是唯一可行的途径。而一旦受挫，人世的艰辛，生活的磨砺，江湖的险恶对他们而言，体会就更深，感受就最痛。一颗纯真的诗心就会被打磨得伤痕累累，于沧桑风雨中吟出的诗句，自是情深调苦。

贤者不遇，遇者不贤。人才被埋没、排斥、打击、压制的现象在中国古代社会尤为突出。在中国文学史上占有一席之地的诗人词人，大多数都人生坎坷、仕途不济。苦难的经历和丰富的生活阅历开阔了他们的视野、胸襟和境界，也丰富了他们的才思，炼铸了他们的情感，因而那些内涵深厚的名篇名句便具有了高度的概括性、深刻的哲理性和丰富的思想性。

# 管同其人

近读史书，发现管同。此人不一般，只可惜被掩埋在历史深处。

清朝自乾隆中期以后，吏治日渐废弛，官风日益败坏，其表现不仅仅是官员的营私枉法，更为普遍的是各级官员的怠惰偷安，因循塞责。许多官员为了博取名利，往往热衷于歌功颂德、粉饰太平。

清朝入关后的第五代皇帝嘉庆，与他的祖辈相比，算不上是一个雄才大略的皇帝。然而，在嘉庆初年整顿吏治过程中，其提倡的一些治政理念，却值得称道。他认为当时的官场，在地方，“政以贿成，人无远志，以疲软为仁慈，以玩愒为风雅，徒博宽大之名，以行徇庇之实”；在中央，“全身保位者多，为国除弊者少；苟且塞责者多，直言陈事者少”。其时嘉庆帝已36岁，对当时的吏治官风有着清醒的认识。他对直隶总督颜检说：“方今中外吏治，贪墨者少，疲玩者多。因循观望，大臣不肯实心……小官从而效尤，仅知自保身家。此实国家之隐忧，不可不加整顿。”

嘉庆帝亲政后，花大气力来转变官场疲玩矫饰之风，使一批实心任事的官员在嘉庆初政的兴利除弊中，发挥了积极作用，政局也有一定改观。但从整体上来说，官场风气并没有得到根本转变。

嘉庆十八年（1813年），两广总督蒋攸铦在奏报地方吏治情况时说：“臣观近日道、府、州、县，贪酷者少而萎靡者多。夫阘茸之酿患，与贪酷等。”可见，清朝惩治贪酷者难，转变官场的风气更难。

接下来，我们就可以说说我们题目中提到的管同其人了。

管同（1780年—1832年），字异之，江宁上元人。早年曾与梅曾亮、陈用光、邓廷桢、刘开等人从姚鼐肄业钟山书院，深为姚鼐赞许，称之为“得古人雄直气”，期以“为国一人物”。

管同“淹贯群言，好为湛深之思”，而性格“落落寡合”，仕途坎坷，直到道光五年（1825年）才被自己的同学陈用光取为举人，又因家庭贫穷，不得不寄居邓廷桢的安徽抚院六年，担任邓廷桢儿子的家庭教师。年五十二卒，著有《七经纪闻》《孟子年谱》《因寄轩文集》和《文中子考》《战国地理考》《皖水词存》等。

在学术上，管同秉承姚鼐师承，以倡导理学为己任。一生尽管仕途坎坷，但时时关注社会现实。对于蔓延数省、花费朝廷近九年时间、二亿两白银的川楚陕三省白莲教起义，他从一开始就给予关注，认真考察，积极为当事者出谋划策。他在《上方制军论平贼事宜书》中指出，百姓之所以起而反叛，就在于官府不关心其饥寒、冤屈，更不知道对百姓实行教化，以致其忠义观念淡薄，一遇事变便趁机以起。因此他建议说："今日之贼，不患其聚而患其流，今日之兵，不患其战而患其守。惟人心固而后守备坚，守备坚而后贼势败。公宜告三省长官，急讲民事，利民者行之，害民者去之，其官吏之殃民者急罪而罢之。"这种治乱先治官、除民之害的主张，无疑很有见地，也确实很深刻，他抓住了社会动乱的主要根源。

在《禁用洋货议》一文中，管同探讨了当时人们普遍抱怨的公私财力交困问题，以及与人们崇尚所谓"奇巧而无用"的舶来品之间的关系。在他看来，造成公私交困的原因，固然与人口急剧增加、风俗奢侈、官吏侵吞、富商大贾的盘剥有关，也与人们追求"奇巧而无用"的舶来品有关。他分析说："天下之财统此数，今上不在国，下不在民，此县贫而彼州不闻其富，若是者何与？曰：生齿日繁，淫侈愈甚，积于官吏，而兼并于大商，此国与民所以并困也。虽然，是固然矣，而犹有未尽。"所谓"未尽"者即是洋货的充斥，"洋货之于中国者，皆所谓奇巧而无用者也，而数十年来，天下靡靡然争言洋货，虽至贫者亦竭蹶而从时尚"。因此他主张"令有司严加厉禁，洋与吾商贾皆不可复通，其货之在吾中国者，一切皆焚毁不用，违者罪之，如是数年，而中国之财力纾矣"。尽管他禁绝中外贸易的主张，无疑反映了他思想观念的陈旧落后，但他关注现实问题的热情却是值得肯定的。

在《拟筹积贮书》一文中，管同探讨了当时京师粮食储备空虚问题。首先提出质疑："当乾隆中岁，京仓之粟陈陈相因，以数计之，盖可支二十余岁，乾隆之去今时既未远，加以数十年内未阙一州，未损一县，未加一官，未增一卒，何以曩者备二十岁而有余，今则仅支一年而不足？”在他认为，京师粮食储备空虚是寄生阶层急剧增加造成的，其一是王侯子孙的“愈衍愈众，至于今枝繁叶盛，盖其人已数倍于前”，从而使国家支出的恩米急剧增加；其二是“满兵尽人而养之”；三是“匠役无事而食者盖过重”。而解决办法，除满兵生计所关“无善计”外，匠役可以裁减，王侯子孙的俸禄可以适当减少，“爵则仍之，禄则减之”，其中贤能者可以派官差食官俸。恩米、匠米支出的减少，京师粮食储备自然就会逐渐恢复如前。管同提出的解决办法，后来都在实际中得到应用。

不仅如此，管同对现实问题的关注还表现在将思想批判的矛头指向当代政治制度本身。《永命》篇针对封建统治“天命论”批驳说：“国祚之修短孰为之？曰：数为之。数为之，则圣人何以动责君？曰：修短者数也，治则修，乱则短者，数也。数定于先，而理迁于后，未有政乱而其祚终修者，未有政治而其祚终短者。”也就是说，国家统治是否能长治久安，关键在于君主的是否贤明，并非由天命决定的。他进而认为：“三代以上君多贤圣，故人之权重于天。三代以下君少贤圣，故天之权重于人。天之大权莫加乎数，惟人君能以理胜焉。”这无疑是对封建专制君主尊贵地位的否定。

或是有感于对清代压制言官的不满，特别是对嘉庆初年言路的开而复禁，甚至对洪亮吉等人封章言事而遭严惩一事的不满，管同在《读〈吕氏春秋〉》一文中写下了这样的话：“秦虽暴，初不罪言者，故用其力卒以并天下”，“秦之事至恶不足道，然其并天下也，以能用人言，其失天下也，以不闻其过。秦固如此，后之有国家者，其亦知所鉴哉？”嘉庆十八年，林清、李文成起义发生，并一度攻入大内，震动朝野，被称为“从古未有之奇变”。事后嘉庆帝特作《因循疲玩论》《罪己诏》《致变之源说》《实心行政说》等文章总结原因、教育各级官员，并把官吏的“因循疲玩”作为致变的重要根源。

管同还特作《重修甘敬侯墓碑记跋》，对朝廷压制言论而导致官吏不关心政事问题进行讥讽。他说：时人“尝怪风俗莫敝于西晋，史称士大夫废职业尚浮诞，至南渡而其风不息。然一旦王敦作乱，则敬侯温太真辈露檄兴师，委躯命以赴天子之难，虽其功有就有不就，而忠义皆流千古已。后世士大夫无晋时清谈之弊，顾平时则闭口恐触忌讳，不幸小值寇警，有惶怖而莫知所出者矣，不知自视于晋人何如也？”其中“小值寇警，有惶怖而莫知所出”，则正是林清起义爆发时有关官员的窘态。

如果说《读〈吕氏春秋〉》等文对时政弊端还采取的是影射式的批评的话，他稍后所作的《拟言风俗书》，则是对清代专制政治制度的公开指责。他在文中明确指出：“明之时大臣专权，今则阁部督抚率不过奉行诏命，明之时言官争竞，今则给事、御史皆不得大有论列；明之时士多讲学，今则聚徒结社者渺焉无闻；明之时士持清议，今则一使事科举，而场屋策士之文及时政者皆不录。”以致“大臣无权而率以畏惧，台谏不争而习为缄默，门户之祸不作于时，而天下遂不言学问，清议之持无闻于下，而务科第、营货财，节义经纶之事漠然无与于己于人其身……国家之于明，则鉴其末流而矫之稍过矣，是以成为今日之风俗也”。文中，他还以三代政治变革的史实作为自己的立论根据，说：“三代圣王相继，其于前代皆有革有因，不力举而尽变之也。力举而尽变之，则于理不得其平，而更起他祸，何者？祸常出于所防，而敝每生于所矫。”专制政治发展到极端，势必走向其反面，这就是管同的结论。

该文甚至还针对嘉庆帝亲政之初开言路问题进行公开批评。嘉庆四年，嘉庆帝于亲政之初，为振刷朝政，特地下令开言路，允许臣民封章言事，然而当朝野开始议论政事时，嘉庆又担心其“徒滋烦扰”，便以“言无可采”为由禁止臣民随意议论政事。管同便针对此点批驳说：“言无可采，其故有二：一曰爵之太轻，故奇伟非常之士不至，一曰禁忌未皆除，故言者多瞻顾，依违不敢尽其说。今日者宜损益前令，令言官上书，士人对策及官僚之议乎政令者，上自君身，下及国制，皆直论而无所忌讳，愈憨愈直者愈加之荣，而阿附奉迎者，必加显戮。夫如是，则天下皆知上之不好谄，夫上之不好谄，则劲直敢为之气作；上不嗜利，则洁清自重之风起。”作为当时还是一个白丁士人的管同来说，如此言论，确实需要一番勇气。

管同认为："世事之颓，由于吏治；吏治之坏，根于士风；士风之衰，起于不知教化。"所以对作为社会表率的士人道德风尚的堕落关注尤多，先后写下《说士上》《说士下》和《士论》等多篇文章，探讨其中存在的问题。

在《说士上》中，管同指责说："今之士不外乎三等。上者为诗文，次者取科第，下者营货财。为诗文者，猎故人之辞华，而学圣希贤无其志也。取科第者，志一身之富贵，而尊主庇民、建功立业无其心也。至若营货财，则轻者兼商，重者兼吏，甚者导争讼、事欺诈，挟制官府，武断乡曲，民之畏之若虎狼毒螫。历观史传以来，士习之衰，未有甚于今日者也。"他分析其中的一个主要原因就是太多太滥，以致待遇不厚。说："论者悯焉。或曰教之无其具也，或曰养先于教，今士无以养，虽善教若之何？是二者皆得其一端，而未知其原本。今夫士之为物也，其名甚贵，而其品甚尊。其名贵则其实不得以多，其品尊则其选不可以滥。"

非但如此，朝廷对士人的管理政策也存在弊端，就是"为士之法，不可商，不可吏，不可争讼、欺诈、挟制官府、武断乡曲"，他指责说："然则为士者舍童子之师盖无可为之乎？童子之师一县至数千，有非士而为之者，有士为之而不足自给者，然则为士者将使闭门而冻饿乎？士固有守死之道，而圣王不以守死责人，且守死者可以得之贤人，而不可得之中材以下之人。"不仅如此，"今之诸生号称为士，而其实十九皆民耳，以民之实冒士之名，而使无恒产以自给，是以轻者兼商，重者兼吏，甚者导争讼、事欺诈、挟制官府、武断乡曲，放僻邪侈，一如孟子之论也"。

而另一方面，由于士人的实际地位等同于商贾负贩，也阻碍了那些注重名节的特立之士的入仕之路。"今以士之有类于商贾负贩，而谓用商贾负贩无异于用士，此士之所以终不出也。"总之，一句话，虽然国家养士之法至渥，而僧多粥少，自然免不了天下之士"犹汲汲营货财无所不为"。所以，要改变以上不良状况，就要压缩其人数，"寡取士，裁其额，远其期，使一学不过数十人，则士尊贵而其风必变，士风变，而益于国家者多矣"。

# 萨都剌

萨都剌，字天锡，号直斋，本答失蛮氏，生于冀宁代州。有人认为他是蒙古族，但也有人认为他是维吾尔族，还有人说他是回族。其祖思兰不花，父阿鲁赤，以武艺起家，受知于元世祖，后徙居雁门。

萨都剌的生年不详，有文献记载为公元 1272 年，也有人认为是公元 1300 年，还有人说是公元 1308 年。据载，他“诗才旷逸，楷书特工”，既能赋诗，又善书法。萨都剌的诗，描写景色十分亲切动人，如《上京即事》，“牛羊散漫落日下，野草生香乳酪甜。卷地朔风沙似雪，家家行帐下毡帘。”把塞外风光和北方少数民族的生活场景准确细致地描绘出来。

很多人都认为，萨都剌写词的成就，比诗更高。印象最深的是《念奴娇·登石头城》，突出表现了他的词风：

石头城上，望天低吴楚，眼空无物。指点六朝形胜地，唯有青山如壁。蔽日旌旗，连云樯橹，白骨纷如雪。一江南北，消磨多少豪杰。

寂寞避暑离宫，东风辇路，芳草年年发。落日无人松径里，鬼火高低明灭。歌舞樽前，繁华镜里，暗换青青发。伤心千古，秦淮一片明月。

上阕：写出了石头城空荡凄惨的境况，发出了世事变迁的慨叹。诗人由眼前的“望”起笔，登上高高的石头城，看到的是什么？是昔日六朝胜地的空旷和“无物”。一个“无物”蕴含了多少鲜为人知的悲惨过去，叫人怎能不抚今追昔。“蔽日旌旗，连云樯橹，白骨纷如雪。”这三句话以极富代表性的事物“旌旗”“樯橹”“白骨”，清晰鲜活地再现了历史上曾经接连不断的战争场面。但是不论怎样，历史都已过去，那些龙争虎斗的英雄豪杰也不可避免地被历史的洪流席卷而去，正如诗人所写的那样，“一江南北，消磨多少豪杰”。

下阕：写的是凄凉冷清的行宫，多少歌舞粉黛在这里送走了青春，耗尽了年华。“寂寞避暑离宫，东风辇路，芳草年年发。”往昔皇帝避暑的行宫，如今已是“东风辇路”荒草萋萋，早已没有了从前的富贵繁华。“避暑离宫”前边加上“寂寞”，写出了“离宫”已是人去楼空，空冷孤寂。“东风辇路，芳草年年发”，有力地衬托了行宫内院的孤寂与萧条。不仅如此，诗人还以“落日无人松径里，鬼火高低明灭”渲染行宫内院人事皆非的空冷、阴森气氛。而“歌舞樽前，繁华镜里，暗换青青发”，感慨有多少美丽如花的歌舞粉黛曾在这唱歌跳舞、推杯换盏、对镜施粉理鬓的享乐中耗费了时光年华，消磨了青春美丽。这应该是诗人对自己也是对世人青春易逝的警醒。“伤心千古，秦淮一片明月。”唐代诗人刘禹锡在《石头城》中有“淮水东边旧时月，夜深还过女墙来”的诗句。这里诗人用其借以说明淮河上明月依旧，六朝的繁华却早已消逝，可见伤感无限。

《满江红·金陵怀古》也是一首脍炙人口的怀古佳作：

六代豪华，春去也，更无消息。空怅望，山川形胜，已非畴昔。王谢堂前双燕子，乌衣巷口曾相识。听夜深，寂寞打孤城，春潮急。

思往事，愁如织。怀故国，空陈迹。但荒烟衰草，乱鸦斜日。玉树歌残秋露冷，胭脂井坏寒螀泣。到如今，只有蒋山青，秦淮碧。

秦淮河一直是那样美丽，不管人事兴衰，它总是可以那样风情万种。难怪明末诗人顾梦游即使在明亡后重游秦淮，依然有“杨柳风千树，笙歌月一船”这样清丽的句子；难怪朱自清和俞平伯在那样战乱纷呈的年代，怀着那么浓的愁绪去写秦淮河，笔下仍然流出醉人的风韵来，那

《桨声灯影里的秦淮河》，如诗如梦。

萨都剌的这首《满江红》词，意境深沉，感情浓烈，抒情写景，遣词用句，都达到很高的境界。从对山光水色的描写中，我们不难看出，作者抒发了无限的感慨，强调了人事与自然的对立，在对立中寻求永恒。繁华富贵的人事如过眼烟云，稍纵即逝，然而青山长在，碧水长流，不会随着时间磨灭。

萨都剌晚年寓居武林，“每风日晴好，辄肩一杖，挂瓢笠，踏芒桥，凡深岩邃壑，无不穷其幽胜，兴至则发为诗歌”，过着寻觅幽胜，十分恬静的生活。他安于贫穷，不愿有所苟取。“心求安乐少思钱，无辱无荣本自然；春日赏花惟嗜酒，冬天踏雪旋添绵。”就表达了他的这种志趣。

# 学书悟道

## 1

茶以禅道，墨以笔道，书以论道，画随心道，道法自然。

道是一个很玄空、很虚幻的词，但如今用之广泛却不深明其义。《说文解字》中对“道”作出释义：“道，所行道也。从辶，从首，一达谓之道。”从此可以看出，“道”在文字形体上可分为“首”和“辶”两部分。

“首”在古语中即“头”，这里代表的是所考察的客观对象，也是存在于自然中被作为分析对象的本体。“辶”则表示运动。运动就包含了时空之间的转变，而对于相同的本体与本质相似的客观对象，在运动中无一不贯穿着内在的相似点。物理学中称之为“运动的客观规律”，它普遍存在与世间，无时无刻不在引导着人类、社会、自然。

## 2

既然“道”是普遍存在的，那它究竟主导着什么？有人说，艺术多变，但其理可一。不管是艺术创作还是临摹，就算能做到形体上的完美，也无法追求触及心神吻合。这是因为艺术的“道”实为艺术之大纲，乃出自一辙，而每个人的心“道”实属不同，心“道”之异才会引发神韵之异。

书法作为艺术之一，“道”与书法的联系又如何？书法乃有形之画而非画，有韵之诗而非诗，有调之乐而非乐。所谓“道法自然”。

书法所属的“道”实则是自然之法，将天地人三者融于一体，取天地之精华，托人之神笔，写下大千世界之绝妙作。不过做出此举实属不易，因为书法不光要吸取自然之道，而且人之道也必须要达到一定境界，才能将天地精华取而用之。

## 3

研究书法之道，必须研究为人之道。人之道有五：

其一，“水滴石穿，锲而不舍”。没有一个人天生就拥有超凡脱俗的技艺，就算是天生在某方面就有天赋或灵感的人，若没有被挖掘出来，终究仍被埋没；若从小就受到精心的培育，虽然在进度或成就上会高人一等，但是不经过或经不起常年累月的学习以及练习，也是没有用的。只有能勤于练习、反复思索、坐得稳沉得住的人，才能在过程中积累、在积累中学习、在学习中成长、在成长中领悟，最后训练出超凡的技艺。

其二，“心如止水，泰然自若”。世间太多的名利，影响到书法创作者的探索。书法是人性的试金石，也是人性的培养皿。书法之至高境界，亦是圣人之境界。老子在《道德经》中说：“功遂身退，天之道……功成事遂，百姓皆谓‘我自然。’”他告诉我们，人生之道无非是追求自由、幸福、健康、长寿之道，既然已大功告成，又何必再另寻名利？过分强求名利，则有逆天道，说不定会自取灭亡。因此走圣人之道，亦是走自然之道，则能顺其自然，返朴归真；走常人之道，则只是强求外在的名利，自毁前程。其实，名、利等身外之物，相较于人性、人生而言，又是多么微不足道，但又是必不可少的。这又告诫我们，实则有，虚则无，要培养正确的人生价值观，能够准确地辨析虚实。我们就不会被世俗所打扰，就能够静得下心来，无论外界的变动有多大，内心仍平缓、沉着，心如明镜，安若泰山。

其三，“否极泰来，明察秋毫”。要在书法这门艺术上创造登峰造极的境界，自然需要一双能洞穿规律、内心，甚至命运的眼睛。《大学》中提到：“知止而后能定，定而后能静，静而后能安，安而后能虑，虑而后能得。物有本末，事有终始，知所先后，则近道矣。”这是一条总结出来的客观规律，仅仅只是与“道”接近，但是在我们看来似乎已全然得道。这是因为我们的眼睛并没有到达能洞穿规律的境界。若是能步入如此境界，便能了如指掌。对于临帖者而言，临摹时亦可神形俱像，拟态而摹字，不仅有助于技艺的提高，还能够感悟真谛，升华心灵。

其四，“成竹在胸，落笔豁然”。当学书到一定境界的时候，就得学会创作。书法创作是离开字帖，将自身的内心情感以自己的书风表现出来的书法形式，它既要展现书家自身的书法技巧与内心情感，也不能违背古往今来的“书道”而产生。但对于部分善临摹者而言，创作可能就会有些难度了，因为他们容易被帖给禁锢住，虽有自身技巧的展露，但内蕴仍是照搬照抄。而有些书家则无法将创作进行到底，并不是他们黔驴技穷，而是因为他们在创作前并未有过构思与酝酿。东晋的王羲之在《题卫夫人〈笔阵图〉》中说：“夫欲书者，先干研墨，凝神静思……意在笔前，然后作字。”做到心中有字，笔下有神，才可将创作进行得完美，有神有韵而不失风雅。

其五，“心神俱灭而再生，天人共生而合一”。当学书者的内在修养已兼备恒心（人之道其一）、平常心（人之道其二）、敏感心（人之道其三）与豁达心（人之道其四）时，即修身到了很高的境界。此时，学书者应当将自己的内在修养与自身融合为一体，提升自身的整体素质，把人性的一面激发，让心灵得到净化，再去感受自然之“道”，就会顿时豁然开朗。

## 4

在学书之道上，既可以学艺，又可以磨练品行。老子告诉我们：“天之道，利而不害；圣人之道，为而不争。”我们要寻圣人之道，遵自然之道，不断升华自身的世界观，人生观与价值观，感悟“道”之所生，“道”之所终，以自身浩浩然的一股“气”，搭起书法与“道”之间的桥梁，自然能在书法中看出意的灵动之气，这才是书法的归宿——书法之“无为”。

书法可以修身养性，同时也需要耐力。因为没有耐力，写出来的书法作品就像一群找不到方向的蚂蚁七扭八歪，而耐心地去写却写得方方正正，漂亮整洁，所以我们在写书法的时候要有耐力。书法是一种教育，教会了我们写字的时候需要有耐力。不仅要有耐力，还要注意细节。比如笔顺出错，没有笔锋，直来直去……都是一些写字的细节问题。有些人，虽然在写书法的时候很有耐力，可是却没有想到写书法的细节，这样的话写出来的字就会给人一种不一样的感觉，而采用细节去写字，一眼望去就会觉得特别舒服。一笔一划，加上恰当的笔锋，写出来的字就会非常漂亮，有了这个技能，就会有更高的评价。

## 5

在书法方面，古人曾在《三昧歌》中有这样的总结：“执笔之法，实指虚掌。运笔之法，意在笔先。八法立势，永字精研。一字体态，侧倚取妍。仰覆向背，开合折旋。垂缩留放，肥瘦方圆。书分篆隶，锋别正偏。藏风聚气，结构绾牵。习与俱化，心手悠然。凡兹三昧，参透幽玄。苟非知者，不可以传。”

这些历史经验，我们要传承参考，但亦不可拘泥、一成不变，要接受其精华，也要与时俱进，不断探索、得出自己新的见解。

从历来各大书家书写的要领来看，最基本的有所谓身法、手法、笔法、字法、章法、心法、学法等几个方面。当然，这也不是死公式，不可教条地去领会。

## 6

读书破万卷，下笔如有神。书法之道乃会于心者。《文论》尝云：“深识书者，惟观神采，不见字形。”窃以为此语不能尽得书法之妙也。少一“情”字，情寄于笔，落而咏之，虽随手而写，然法度自存，是为神品，非可复制！练字之道，勤固须持也，不悟也无成。正所谓“读书破万卷，下笔如有神”之“破”，“行成于思”之“思”，黛玉之谓香菱之“揣磨”也。

单纯的苦练很难达到一个高的境界，或者具有“匠气”、为写好字而练字，世间万物均从无法变有法，再从有法演变为无法才是高境界，世人常说的“先走进去，再走出来”就是这个道理。如果只能进去走脱不开也不是前人所希望的，能先走进去再走出来，才能达成自己的风格。在自己的风格上想再提高就必须注重从字外功上综合提高，才有利于特长发挥。古今书画家一直注重字外功的修炼，但如何有效的提高是大家应该探讨的核心。

## 7

书法是给别人看的，且文化层次的不同，角度的不同，均有不同的理解与看法。从大众的角度去考虑风格的变化是否可行，风格会随着人的年龄增长和知识、阅历增长而产生变化。把大师的作品特别是相隔数年的作品放在一起比较不难发现其变化，原因很简单，就是知识在增长、审美在改变，越变越成熟，百变不离其宗，变的原因还是思想，并非熟能生巧，就是国画家们所说的“搜尽奇峰打草稿”，台上十分钟台下十年功。

艺术和技术有所不同，技术可以孰能生巧而艺术则不然，艺术必须融入知识、思想、认识，甚至是文学、哲学等等。大凡成功的书画大师胸中都有倒不完的货，可谓五花八门，关系甚密。

## 8

一种艺术的沉淀，是具有开拓生命意识的审美表现。书法这种思维性的艺术创作，笔势具有决定性的意义。康有为在《广艺舟双楫》中阐述：“古人论书，以势为先。”取势之法是作者在创作中用笔的轻重徐疾，及其所构字形的穿插节奏，融入作者自我的情韵意趣，使作品达到浩瀚雄健，纵横跌宕，具有“意到”的审美效果。故此，其势举足轻重。势之得为上，势之失为下。

常言道：聚墨成点，聚点成画，聚画成形。表现于笔墨之外的神韵之美，是集作者性格、学识、修养、审美于一体。有时信笔涂写，率性而为，不计拙工；有时则精心构思，反复琢磨修改；有时则意境高雅，大胆落墨之作，所呈现出书法形质之外的言外之意，且赋予作品极强的生命力，并蕴涵着作者不凡的气度和情感宣泄的艺术风采。张怀瓘《书议》所云之言足可说明此意：“夫翰墨及文章至妙者，皆有深意以见其志……智则无涯，法固不定。且以风神骨气者居上，妍美功用者居下。”

## 9

自古不谋万世者，不足谋一时；不谋全局者，不足谋一域。此言也可作为检验书家的尺度之法。书作章法布白守黑的陈式，引领着通篇气脉的流动起伏，寓情寄意，甚至奇趣乃出。而这种可视形象上的构图空间，其内在的规律法度必须恪守遵循。

孙过庭《书谱》言之：一点成一字之规，一字乃终篇之准。而作品中的一字乃通领全篇布局中的内容形式、题款印章、书体风格等，应与作者创作时的心境和谐一致，方能显得画面气韵生动，疏密有度，收放自如。

## 10

书法艺术之美通于易理，妙合自然。抽象的点线形式蕴含着无数客观具象的神妙玄机。

唐张怀瓘在《书断》中说："案古文者，黄帝史苍颉所造也。颉……仰观奎星圆曲之势，俯察龟文鸟迹之象，博采众美，合而为字，是曰古文。"汉字的创造不一定是一时一人所为而成，应该是随着社会的发展，文明的进步，众人不断总结修改完善，逐渐形成的规范。但是汉字的始创方法之一以类象形"博采众美"，是不容置疑的。因此，宇宙万物生存运动之规律与汉字的形成书写有着本源性的契合。

李阳冰说："吾于天地山川，得方圆流峙之常，于日月星辰，得经纬昭回之度，于云霞草木，得霏布滋蔓之容……"钟繇则说："笔迹者界也，流美者人也……见万类皆象之，点如山颓，擿如雨骤，纤如细毫，轻如云雾。去若鸣凤之游云汉，来若游女之入花林。"

所有这些描述都说明一个道理，即世界万物是书法艺术的本源，书法艺术的构成之理是书者对万殊之象心灵感悟的意态转换。自然万象千姿百态，千变万化，绚丽多姿，蕴含着玄妙的哲理性、丰富性、可变性和融合性，可谓天地之大美。

那么天地之美在于何处呢？老子说："万物负阴而抱阳，冲气以为和。”董仲舒说：“天地之行，美也……就其和也，阳者天之宽也，阴者地之急也，中者天之用也，和者天之功也，举天地之道而美于和。”在古人看来，天地之大美来源于和，“致中和天地位焉，万物育焉”，“和实生物”。在一定意义上讲美就是和，和则产生美。既然书法艺术是“秉阴阳而动静，体万物以成形”囊括万殊之美的抽象形式，那么其审美取向便自然而然地把“天人合一”“道法自然”的和谐之美作为最高追求目标。以此观之，书法之美源于自然之美，书法之道美于和。

和谐之美表现在书法艺术上不是同质的相加，而是异质的相谐。物生有两的对立统一观历来是辩证论书的逻辑起点。书法艺术是一个充满多种对立因素有机统一的和谐世界。

书法艺术之美就在于变化中求统一，在统一中求变化。孙过庭在《书谱》中说：“至若数画并施，其形各异，众点并列，为体互乖。一点成一字之规，一字乃终篇之准。违而不犯，和而不同；留不常迟，遣不恒疾；带燥方润，将浓遂枯”。他这里讲的“违”即是差异和矛盾,“不犯”就是不超越法度，“和”就是统一和谐。“和而不同”即是在统一体中存在着多样性、对立性和差异性。如在用笔上的提按、方圆、疾涩；结体上的欹正、主从、收放；章法上的虚实、向背、疏密等。正是这种多样性和对立性因素的书法语言的相克相生、相辅相成、相磨相荡，才形成了“绛树青琴，殊姿共艳；随珠和璧，异质同妍”的统一和谐之美。包世臣说：“古帖字体大小颇有相径庭者，如老翁携幼孙行，长短参差，而情意真挚，痛痒相关。”

袁昂在评价王羲之书法时说:“王右军书如谢家子弟，纵复不端正者，爽爽有一种风气。”包世臣的“老翁携幼孙行”和袁昂的“谢家子弟，纵复不端正者”，都是用“人喻”的方法形象地说明了书法作品中呼应顾盼、错落有致的辩证统一关系。说明了字与字之间，行与行之间，“如树木之枝叶扶疏，而彼此相让，如流水之沦漪杂见，而先后相承”。至于爽爽有一种风气，便是“目送归鸿，手挥五弦”的魏晋风流，充满了潇洒飘逸自然和谐之美。

## 11

兵无常阵，学无常体。变化和合的审美观是书法艺术追求和谐之美的重要组成部分。在书法创作过程中通过通权达变，才能出神入化，才有精气神。如执而不化，板而不变，就如禅家参死句，了无生机可言。

然而，书法艺术又是法度与自由的统一，共性与个性的结合。不能否定传统讲创新，离开共性讲个性，超越法度求变化。应该是夸而有节，变而有度，饰而不巫，奇而得法。苏轼把它总结为“出新意于法度之中，寄妙理于豪放之外”。这就是适中。

项穆在《书法雅言》中讲：“中也者，无过不及是也；和也者，无乖无戾是也。然固中不废和，和亦不可离中，如礼节乐和，本然之体也。”这种书法主张正是儒家中庸思想在书法创作中的体现。

## 12

一幅好的书法作品应该是工而不板，奇而不怪，文而不野，雅而不俗，畅而不滑，稳而不僵。正像方孝孺评颜鲁公书“正而不拘，庄而不险，从容法度之中，而有闲雅自得之趣”。

古人说：“言，心声也，书，心画也。”书法作品表露出来的意韵和美感是书者的心灵迹化。书者的学养气质，功力技艺，审美取向、情感心绪等都可以一寓于书，通过点画线条的律动折射于外。

因此，要求书法作品实现中和之美，首先书法作者在心灵上要有一个淡定自若、自然和谐的精神世界。不断提高自身的道德文化修养，保持平和的心理状态，师法自然，化象为意，面对传统入古出新，孜孜以求，锲而不舍。这样创作出的书法作品才能含文包质，形神兼备，既得造化之功，又发灵台之意，充满自然和谐之美。

# 再读《悲惨世界》

2014年2月底，各大影院上映新版的《悲惨世界》，于是便利用春节这段时间，找出小说，重新展读。算是一种唤醒，抑或是一种回忆。

记得初看小说，那是在高中一年级的暑期。一套上中下三册的《悲惨世界》，尽管对书中许多的巴黎街景描写不甚了了，但是对故事情节和那些人物的内心刻画却印象深刻。

《悲惨世界》是一部闻名中外的世界名著，它把社会中人性的种种改变尽收眼底，每一个场景，无不栩栩如生，每一个形象又是那么鲜明突出，无疑是现实主义与浪漫主义结合的典范，一幅辉煌的画卷。

书中，有外省偏僻的小城，有滨海的新兴工业城镇；有可怖的法庭，有黑暗的监狱；有巴黎悲惨的贫民窟，有阴暗的修道院；有恐怖的坟场，有郊区寒怆的客店；有保皇派的沙龙，有资产阶级的家庭；有大学生聚集的拉丁区，有惨厉绝伦的滑铁卢战场；有战火纷飞的街垒，还有藏污纳垢的下水道……在这样一个黑暗不公的社会里，却有一个始终与丑恶势力相抗衡的人——冉·阿让。

《悲惨世界》有一句名言：比草原更宽广的是海洋，比海洋更宽广的是天空，比天空更宽广的是爱。这句话几乎人人都知道。但是人们不一定知道这句话的出处。

想到这句话，我们便想到了爱。每个人都有爱。但有的人只爱自己，爱自己所拥有的一切。有的人的爱，却给了世上所有可怜的人、贫穷的人、值得同情的人、值得尊敬的人的。冉·阿让就是一个这样的人。他曾经是个被人嫌弃鄙夷，凶残孤独，心中没有爱的逃亡者；他曾经是一个拥有无数财产的市长，可他却把绝大多数的钱都捐给了慈善机构和穷人。曾经的他是恶魔的化身；而后来的他，就像一顶保护伞，一个正义的化身。是什么力量促使他去关爱那么多毫无血缘关系的人？答案就是爱。

冉·阿让，小说的主角，出生在一个贫农的家里。他是个苦役犯，在牢里度过了十九年。他仇视法律，不再相信任何人，并要对社会进行报复，性格也变得凶狠而孤僻。然而就在冉·阿让放弃这个社会的时候，宽大为怀的主教伸出慷慨的援助之手，是他重新燃起了冉·阿让心中那团快要熄灭的希望之火，使他彻底悔悟，从此弃恶从善，开始新的生活。

爱，让他渐渐改变。当他身为市长，冒着可能被认出来的危险救下了被压在车下的老人时；当他在法庭公然承认自己就是冉·阿让，救下了那位与他毫无血缘关系却被别人冤枉的人时；当他不惜再一次越狱，救出了妓女的女儿珂赛特，并用毕生的精力把她当作自己女儿一样细心地照顾时，每一个人都被深深地震撼了。与当时黑暗、丑恶的社会现象相对应的，竟是一颗如此善良、无私的心；以及那么高尚的道德品质。为了使一些陌生人不受到伤害，他竟然一次次地铤而走险，甚至甘愿付出自己的生命。

信仰、诚信、爱，是一个精神上的生物链。想想看，这样一条生物链的缺失，对我们是多么的可怕。我们小时候，父母爱我们，便有明确的对错标准。每当兄弟姐妹打架，有父母裁判，因为我们相信父母是公正的，会公正解决我们之间的纠纷。上学的时候，同学间闹矛盾，有老师裁判，因为我们相信老师会一视同仁，会公正解决我们之间的纠纷。工作以后，同事间产生矛盾，有领导裁判，因为我们相信领导会坚持原则，会公正解决我们之间的纠纷。尽管其间也会有偏三向四、亲亲疏疏的现象发生，但就主流而言，我们依然会相信家长、老师、领导。

“只有爱，才能消灭世界上的一切不幸。”这是《悲惨世界》的作者维克多·雨果想告诉我们的。虽然我们的爱没有冉·阿让那样伟大，但在现实生活中，平凡的爱也是随处可见的。还记得当你沮丧不已时那温暖的怀抱，当你激动万分时那热情的击掌，当你愤怒难堪时那理解的目光，当你骄傲自满时那严厉的皱眉……还记得那温暖的语言，友善的微笑，温柔的目光和那轻柔的抚慰……是的，爱，或是一句亲切的问候，或是严厉的责骂，或是人们之间的互帮互助，爱或许还是一个微小的动作……没有偏见，保持灵魂的纯净，以如此内心坦荡，毫无私心，毫无戒备的出自人道主义仁爱的真诚去对人，有什么做不到的呢？

世间的一切不幸，雨果统称为苦难。因饥饿偷面包而成为苦役犯的冉·阿让、因穷困堕落为娼妓的芳汀、童年受苦的珂赛特、老年生活无计的马伯夫、巴黎流浪儿伽弗洛什，以及甘为司法鹰犬而最终投河的沙威、沿着邪恶的道路走向毁灭的德纳第，这些全是代表性的人物，他们所经受的苦难，无论是物质的、贫困的、还是精神的堕落，全是社会的原因造成的。

雨果作为人类生存状况和命运的思考者，能够全方位地考察这些因果关系，以未来的名义去批判社会的历史和现状，以人类生存的名义去批判一切异己力量，从而表现了人类历史发展中的永恒性矛盾。正是在这个意义上，《悲惨世界》已成为世界文学巨著中一个不朽的丰碑。

# 从子产不毁乡校说起

子产不毁乡校，出自《左传·襄公三十一年》。原文如下：

> 郑人游于乡校，以论执政。然明谓子产曰："毁乡校，何如？"子产曰；"何为？夫人朝夕退而游焉，以议执政之善否。其善者，吾则行之；其恶者，吾则改之。是吾师也，若之何毁之？我闻忠善以损怨，不闻作威以防怨。岂不遽止？然犹防川也：大决所犯，伤人必多，吾不克救也；不如小决使道，不如吾闻而药之也。"然明曰："蔑也今而后知吾子之信可事也。小人实不才。若果行此，其郑国实赖之，岂唯二三臣？"
>
> 仲尼闻是语也，曰："以是观之，人谓子产不仁，吾不信也。"

这段话的大意是说，郑国人到乡校休闲聚会，议论执政者施政措施的好坏。郑国大夫然明对子产说："把乡校毁了，怎么样？"子产说："为什么毁掉？人们早晚干完活儿来到这里聚一下，议论一下施政措施的好坏。他们喜欢的，我们就推行；他们不满意的，我们就改正。这是我们的老师。为什么要毁掉它呢？我听说尽力做好事以减少怨恨，没听说过依权仗势来防止怨恨的。难道很快制止这些议论不容易吗？然而那样做就像堵塞河流一样：河水大决口造成的损害，伤害的人必然很多，我是挽救不了的；不如开个小口导流，听取这些议论后把它当作治病的良药。"然明说："我从现在起才知道您确实可以成大事。我确实没有才能。如果真的这样做，恐怕郑国真的就有了依靠，岂止是有利于我们这些臣子！"孔子听到了这番话以后说："照此看来，人们说子产不行仁政，我是不相信的。"

子产（？—前522年）春秋时政治家。姬姓，公孙氏，名侨，字子产，又字子美。他是郑穆公的孙子，公子发（子国）的儿子。他比孔子大30多岁，是老子同时代的人物。郑简公十二年（前554年），郑人立子产为卿。他执政23年，声誉不比老子、孔子差。他在位时，实行过一系列政治改革，承认私田的合法性，向土地私有者征收军赋；铸刑书于鼎，为我国最早的成文法律。他主张保留“乡校”、听取“国人”意见，善于因才任使，仁厚慈爱、轻财重德、爱民重民，执政期间采用“宽猛相济”的治国方略，在政治上颇多建树，将郑国治理得秩序井然。被清朝的王源推许为“春秋第一人”。

不管怎么说，在中国传统等级制度下能开一个口子让老百姓无所顾忌、畅所欲言地议论统治者，是需要很大的气魄和开阔的胸襟的。能做到这一点，在几千年的传统社会的确是难能可贵的。不管什么样的话题，平民百姓中横挑鼻子竖挑眼、鸡蛋里面挑骨头的人，毕竟是少数，而大多数人的心目中都有相对公平的衡量尺度，他们眼睛盯住的是统治者的施政实绩，而不是统治者的夸夸其谈。可以打个比方，老百姓的评论，是统治者所作所为的无情的镜子。统治者可以用高压手段迫使百姓保持沉默，却无法使人们不在心里估价，也无法左右人心的向背。所以，沉默并不意味着顺从；相反，沉默中蕴含着可怕的力量。正因为如此，千百年来，子产不毁乡校，成为人们口口相传的佳话。

唐代政治家、文学家韩愈对子产的所作所为大加赞赏，写下了《子产不毁乡校颂》一文：

> 我思古人，伊郑之侨。以礼相国，人未安其教；游于乡之校，众口嚣嚣。或谓子产：“毁乡校则止。”曰：“何患焉？可以成美。夫岂多言，亦各其志：善也吾行，不善吾避；维善维否，我于此视。川不可防，言不可弭。下塞上聋，邦其倾矣。”既乡校不毁，而郑国以理。
>
> 在周之兴，养老乞言；及其已衰，谤者使监。成败之迹，昭哉可观。

维是子产，执政之式。维其不遇，化止一国。诚率此道，相天下君；交畅旁达，施及无垠，于虖！四海所以不理，有君无臣。谁其嗣之？

韩愈在这篇文章中说，我崇敬的古人，第一个就是郑国的子产。我以为，在韩愈的笔下写子产，其实也是在写韩愈心目中的贤相。韩愈身处唐朝中期，正处在由盛至衰的转折点，万户衣冠拜冕旒的黄金时代早已逝去，而西风凋碧树的晚唐时代即将来临，一个有着巨大的社会责任感的封建知识分子，在这个时代关口，定有不少悲凉的沧桑之感。

在韩愈理想的封建政治关系中，贤相应如子产一般，疏通天下的民情，下情上达，使为政有利于民生，如此则天下可治。也许在对贤相的期许中，韩愈心目中还有元和时的宰相裴度的影子吧？然而，在封建社会的政治体制下，韩愈的理想注定了是空想而已。韩愈也只能生发“我思古人”的怅惘。

历史的经验证明，健全的政治，不能只靠个别的圣君贤相，而要靠健全的政治法律制度，以保证人民群众可以批评议论执政者及其作为，社会上各方面的不同意见也都能及时反映出来，以便使人们通过实践、试验和比较，寻求好的执政措施。否则就会如韩愈在诗中所说的“下塞上聋，邦其倾矣！”

# “人之为人”断想

天天都在与人打交道，在打交道的过程当中，你会发现，不是所有具有人的长相的人，都可以称为人的。于是便产生了人何以为人的问题。并且这的确是个重要问题。

## 1

或许有人会说，“人何以为人？”一撇一捺即是“人”；“人”是最高级的动物；“人”是有思维有思想的高级动物等。这些结论，看似正确，但不够精准。因为人不能离开社会而独立生存。而且，人与自然、社会是息息相关的。否则，人就会失去生存的环境和应有的人生意义。

19 世纪德国哲学家费尔巴哈有一段名言：“人是从自然界中发展来的，但是仅仅是从自然界中走出来的还不是人，人是人的产物，是文化和历史的产物。”

“人何以为人？”是否可以理解为，人是生活在自然、社会环境中的最高级动物，以适应环境而生存为准则。

## 2

有人说：同情心是人与兽类区别的开端，是人类应有的道德本性。没有同情，人就不能称之为人；也有人说，善良是区分好人与坏人的最初界限，是否善良，是人与非人的分水岭。

有人说，黑社会的人就都坏吗？有一句话说得好，“看得出是坏人的，肯定不是真正的坏人。”恰如台湾相声《蒋先生，你干什么》里所说的：“真正的坏人外表是完全看不出来的。仪表堂堂，说话头头是道，人面广、关系好、交际手腕高，随时随地把‘法律’两个字挂在嘴巴上。我所做的一切都是合法的，所以我可以弄法、玩法。”

孔子强调“君子去仁，恶乎成名？君子无终食之间违仁，造次必于是，颠沛必于是”。孔孟所揭橥的“仁”，就是我们人类高级心灵所固有的道德德性。

## 3

人要想成为人，就要学会学习、学会思考、学会创造，学会处理一切与自然、社会有关的问题，不能失去人本来所具有的人性化的良知特征。不仅如此，还要为人厚道，保持人原本的“性本善”，学会关心人、爱惜人，更不能没有浓浓的亲情和友情。

毋庸置疑，我们所处的时代多姿多彩，注重个性发展，竞争异常激烈。但是也有一种倾向，就是有的人过分看重自己的利益，争名于朝，争利于市；有的人为追名逐利而针锋相对，个别人甚至不择手段地损人利己。这些人不仅对“广厦千间夜眠八尺、粮田万顷日食三升”这一至理名言置若罔闻，而且对“让一步云消雾散，退一步海阔天空”这一为人之道嗤之以鼻。

## 4

人区别于动物的标志是：懂道理，明事理，有无私奉献精神，向往美好未来并为此而不懈努力。如果一个人不懂道理，不明事理，没有无私奉献精神，对美好未来不感兴趣并不为此而努力，那么，这样的人与动物无异。

中外哲人都认为，同情是人与兽区别的开端，是人类全部道德的基础。没有同情，人就不是人。人是怎么沦为兽的？就是从同情心的麻木和死灭开始的。由此下去，可以干一切坏事，成为法西斯，成为恐怖主义者。美好的心灵是幸福的真正源泉，精神的快乐远远高于肉体的快乐。那些从来不谙思考、阅读、独处、艺术欣赏、精神创造等心灵快乐的人，简直乏人可言。

人要有做人的尊严，要有做人的基本原则，在任何情况下都不可违背。如果违背，就意味着不把自己当人了。一些人不知尊严为何物，不把别人当人，横行霸道，任意欺凌和侮辱，而根源正在于他没有把自己当人，事实上已经毫无人性。人的灵魂应该是高贵的，人应该做精神贵族。

## 5

三教修行，修法不同。宗旨相同，路径不同，目的相同。修身养性，明心见性，根基都是做人。道家无为而治，清静身心，终将无为而无不为；佛教四大皆空，六度修行，顿悟佛性，发愿普渡众生，消灭人间痛苦；儒家克己复礼、成仁取义，然后治国安邦、道济天下。

常言道“是非只为多开口，烦恼皆因强出头”。一个人只有心存敬畏和保持谦下，才能有清醒的头脑，才能获得理性的支持，也才能赢得人们的好感和帮助，才会不断进步和取得成绩。

达·芬奇说：“微少的知识使人骄傲，丰富的知识使人谦逊。”一个人，心可以激昂，但是行动却应该低调。要低调做人，踏实做事；要远离狂妄，告别自私。

## 6

回到主题，人何以为人？

首先，做一个有信仰的人。毛泽东说过“自信人生二百年，会当击水三千里”。拿破仑也曾经说过“不想当将军的士兵，不是好士兵”。这些名言告诉我们，做人应该有信仰，应该有信心。信仰是引导人们走向成功的航灯，自信是达到人生顶峰的动力。美好的前途来自于自强、自立、自信，不达目的不罢休。成功的道路得靠自己闯，做人有困惑，做事有困境，世上没有一帆风顺的事，只有坚强不倒的信心与毅力。

第二，做一个善良的人。“人之初，性本善”。所谓善良，无非就是拥有一颗大爱心、同情心，不害人、不坑人、不骗人。有了善良的品性，就有真心爱父母、爱他人、爱自然的基础和可能。一个善良的人，就像一盏明灯，既照亮了周遭的人，也温暖了自己，善良无须灌输和强迫，只会相互感染和传播。善良是人性光辉中最温暖、最美丽、最让人感动的一缕。人生不一定人人都很成功，不一定人人都能成为英雄豪杰，但一定要善良仁慈。即使你能赚到很多钱，但只有善良能让你一辈子安稳快乐。善良是和谐、美好之道，心中充满慈悲善良，才能感动、温暖人间。没有善良，就不可能有内心的平和，就不可能有世界的祥和与美好。一个微笑，一个简单的动作，一句发自内心的问候，并不难做到，却可能因此帮助别人走出困境。

第三，做一个乐观的人。人到世间，不是为苦恼而来，所以不能天天板着面孔，整日忧愁、悲伤、苦恼、失意，这样的人生没有乐趣。世上没有绝对幸福的人，只有不肯快乐的心。这世界像一面镜子，你对它笑，它也对你笑；你对它哭，它也对你哭；你心平气和，它就还你一个心平气和；你气势汹汹，它也还你一个横眉冷对。乐听赞美，不喜他人的批评，心欲名利，这种心态只会像锁链一样囚住自己。只有超越它们，才可体验自在与快乐。拥有一颗快乐之心，见到的就是一个值得欢欣的世界。心中满是忧伤，见到的只是一个充满悲哀的世界。与其对不能得到的耿耿于怀，倒不如对你已经拥有的满足感恩。快乐不在心外寻求，只能在心内寻得。存好心，做好人，乐观向上，这样就能站成一座丰碑，走出一道亮丽的风景。

第四，做一个宽容的人。海纳百川，靠的是宽容的心。做人做事，心胸不可太狭隘。尺有所短，寸有所长，金无足赤，人无完人。赏识别人的优点，包容别人的不足，靠的是有爱人之心，有容人之量。为你的仇敌而怒火中烧，烧伤的只能是你自己。忍不下一口气，就恶言相向，忍受不了他人的春分得意，就嫉妒诬陷，这样的人生只能昏暗无光。人间的是非、善恶、喜乐，世道的好坏、冷热、荣宠，要放宽肚皮，坦然接受，路才会越走越宽。宽容不是懦弱，而是一种忍辱负重的大智大勇，是敢担当、懂融通。为他人着想，更是为自己铺路。宽容不是纵容，晓之以理，动之以情，考虑的是别人的自尊和承受度。善待别人，等于就是善待自己。无论生活受到怎样的伤害，不必忿忿不平、耿耿于怀、怀恨在心。学会忘记，忘记是对自己的最好保护。学会感恩，感谢生活给你磨砺的机会。心灵充满阳光，生活自然充满灿烂。

第五，做一个实在的人。踏踏实实做人，实实在在办事，把双手插在口袋里的人，永远爬不上成功的梯子。多一些努力，便多一些成功的机会，天道酬勤，不要光耍嘴皮子，不要好逸恶劳，勤字当头，苍天不负有心人，尽心尽力、尽职尽责，才能成就大事业。从不获胜的人很少失败，从不攀登的人很少跌跤。要想知道成功的滋味，就得敢闯敢干，少言多行。决而不断，断而不行，必然贻误时机。小事不想做，大事必然做不了。对工作拈轻怕重，好高骛远，很难成就一番事业。先扫一屋，才能扫天下。要从自我做起，从现在做起，从小事小节做起，从点滴细节做起。做老实人，讲老实话，干老实事，这才是长久和根本。

第六，做一个智慧的人。有知识不等于有智慧。知识积存得再多，若没有智慧加以应用，知识就失掉了价值。知识是静态的，人有了知识，还应该明白如何正确地将所掌握的知识在实践中加以应用。没有智慧，充其量不过是一本记载着知识的书。智慧是头脑的智能，是一种洞察力和判断力。有勇气能改变可以改变的事情，有胸怀能接受不可改变的事情，而有智慧却能分辨出何时能改变，何时不能改变，知道什么时候“为”，什么时候“不为”。知道你在做什么事，知道热爱做什么样的事，知道能把什么事做成什么样，这就是智慧。只有方向，而没有智慧，方向本身是没有意义的。智慧有时就是一种权衡和折中，用中庸拒绝极端，用理智分析情景，用务实发挥影响，用冷静掌控抉择，用自觉端正态度，用学习积累经验，用勇气放弃包袱，这就是智慧显现。对弱者，光关心不够，要帮助；对下属，光公正不够，要善良；对别人的失误，光原谅不够，要忘记；对自己的未来，光梦想不够，要行动。空才能生慧，学才能生智，心宁智生，智生事才成。

第七，做一个正直的人。做人要正直、做事要正派，堂堂正正。公公正正，才是立身之本、处世之基。人正不怕影斜，脚正不怕鞋歪，身正心安魂梦稳。品行端正，做人才有底气，做事才会硬气。心底无私天地宽，表里如一襟怀广。襟怀坦荡，光明磊落，就会赢得他人的信赖与尊敬。己不正，何以正人？正直的人不谋私，不贪利，不文过饰非，不偷奸耍滑，不阿谀奉承，不溜须拍马，不阳奉阴违，平等待人，公正处事。说话有根有据，有一说一，有二说二，该说的就说，该做的就做，说的都是真话，做的都是正事。心术不正、故弄玄虚、口是心非，用心计，耍手腕，当面一套，背后一套，台上说君子言，台下行小人事，谈何主持公道，伸张正义？

第八，做一个谨慎的人。所谓智在于治大，慎在于畏小。所谓恭为德首，慎乃行基。就是说，谨慎是“不糊涂”的基础。一个处事谨慎的人，必然是头脑清醒的人，必然在大是大非面前不糊涂。人生在世，有招来灾祸的言语，有招来耻辱的行为。要建功立业，当然要格外谨慎。低调做人，虚心做事，慎而思之，勤而行之。远虑在先，就能近处无危。处顺境飘飘然，洋洋得意，遭挫折就怨天尤人，牢骚满腹，必定难成大器。“常在河边走，就是不湿鞋”看的是你的功力和定力，低下头的时候，也要学会抬头看看天。静观默察，心如止水，谦虚谨慎，则事易成。

# 海昏侯

历史是真实的，它以天地为纸、时间为笔、万物为墨，书写出一部经典传奇。海昏侯墓，就是这部经典传奇的动人一页。

据报道，江西省博物馆近年来一度出现了多年罕见的壮观场面，前来参观“海昏侯墓考古发掘成果展”的观众，将这座建筑面积达3.5万平方米的博物馆围得水泄不通，每天参观的人数都超过一万人。

随着南昌海昏侯墓葬的发掘，不仅引起人们对发掘文物的热情，也引发了人们对海昏侯所处那段历史的关注。

## 1

殷墟的甲骨文描摹过商朝的辉煌，塞北的丝绸之路走出了汉朝的盛世，而唐诗宋词元曲与明清小说更是承载了中华上下五千年的历史。时至今日，历史仍在延续，传奇依旧在书写。海昏侯墓的发掘，让我们沿着时间坐标所指引的方向，携带着沧桑岁月流向历史的起点。

2007年年底，在南昌市青云谱地区连续发掘数座古墓，出土的木简、墓砖上相继出现了“海昏”二字。当年12月，一座六朝时期大型墓室中，“豫章国海昏县”几个字出现在该古墓后室门口的三块墓砖上。一时间，“海昏”成为了南昌市街头巷尾热议的话题。

“海昏”二字，“海”古人习惯认为湖就是海，而此处的海，是指鄱阳湖；昏，是黄昏时日落西边，代表西方。海昏，就是鄱阳湖西岸的意思。

据清朝《一统志》和《江西新建县县志》记载，海昏国的原址就在现南昌市新建县昌邑乡游塘村，当地居民仍然称之为“昌邑王城”。王城为方形，地面平坦。原有东南西北四座城门。虽然经过2000年的沧桑变化，昌邑王城的概貌至今依稀可辨。原来的城墙基础还在，城中央高而平坦的土堆应该是王宫的旧址。

## 2

热议中的海昏侯墓，位于南昌市新建区观西村东南方向的墩墩山，地处鄱阳湖畔。

墩墩山，名为“山”，实则就是一个大土包。据考证，墓葬之所以2000年来保存比较完好，是因为南北朝时期，鄱阳湖水南侵，将整个海昏县淹没水中。而历史上几次大地震又使墓室坍塌，被地下水淹没。盗墓者难以得逞。

按照《南昌西汉海昏侯墓园平面图》，墓园内共有9座墓葬。除了侯夫人墓葬被盗以外，其余保存完好。

## 3

追溯历史，仰望天空，世世代代的风流人物又在何方？数英雄，论成败，一切皆成往事烟云，随风而逝，不变的是英雄的胆魄心魂带给后人无穷的震撼。

海昏侯墓葬，从2011年开始考古发掘至今，共出土了一万多件文物，其中有简牍、编钟、编磬、雁鱼灯、孔子屏风，还有10余吨五铢钱。

专家如此评价这座大墓，说海昏侯墓葬是考古学史上的重大发现，对于研究西汉历史具有重要价值，其重要意义堪比长沙马王堆、广州南越王墓。

对于海昏侯及其所属的“紫禁城城址和铁河古墓群”，南昌已经开始申报世界文化遗产，并且正在研究在这里建立一座遗址博物馆。

海昏侯的人生轨迹，让我感觉到，人生就是一朵花开的际遇，一个人能醉在百花深处，也能退到风烟俱净，饮下曾用深情酿下的苦酒。而时间会抹平一切，再涂上温暖的颜色，别过秋水长天，走向素雪纷飞。

## 4

人生在世，王侯将相，厚禄美人，鲜花掌声，确实令人向往。多少人为之倾倒，有的甚至付出了一生的心血。殊不知，随着时间的推移，在人生的长河里大浪淘沙，到头来也许只是过眼云烟。

清代诗人黄正澄有一首《慨口》：

城漫移昌邑，侯空据海昏。
繁华都已矣，博陆可仅存。

这首诗所咏叹的就是第一代海昏侯刘贺。

## 5

汉家天下，有如流水无声，花落无影。而2000年明月依旧，山水轮回，留不住风轻云淡。

说到刘贺，我们需要多费些文字，并且先从汉武帝说起。

据史籍记载，汉武帝共有6个儿子。分别是：

（1）长子刘据（前128年—前91年），汉武帝刘彻嫡长子，因生母为卫皇后，故称卫太子。

（2）次子齐怀王刘闳（？—前110年），生母为赵地的王夫人。元狩六年（前117年），刘闳受封齐王，元封元年（前110年）去世。因其年少无子，封国被除。去世后谥号为“怀”，即齐怀王。

（3）三子燕剌王刘旦（？—前80年），母李姬。元狩六年（前117年），被册封为燕王。太子刘据死后，刘旦谋求太子之位，上书请求进京宿卫，武帝大怒，削去其封国的三个县，立幼子刘弗陵为太子。

（4）四子广陵厉王刘胥（？—前54年），母李姬。元狩六年（前117年），被封为广陵王（与刘闳、刘旦同日封王）。

（5）五子昌邑哀王刘髆（？—前88年），汉武帝与李夫人所生之子，贰师将军李广利的外甥。天汉四年（前97年），受封昌邑王。后元元年（前88年）正月，刘髆去世，谥号哀，其子刘贺继承王位。当过27天皇帝。这个曾经当过27天皇帝的昌邑王，就是本文重点要叙述的首任海昏侯。

（6）六子汉昭帝刘弗陵（前94年—前74年），母亲是赵婕妤（钩弋夫人），汉昭帝继位时年仅8岁，在霍光、金日磾、桑弘羊等辅政下，沿袭武帝后期政策，与民休息，加强北方戍防。

## 6

揽月凄凄声无语，弦弦瑟瑟不成音。忆往昔，凌云壮志冲天；看今朝，百步落魄人生。寥寥落落、凄凄惨惨。

从前面汉武帝的子嗣情况看，刘贺是汉武帝第五子刘髆的儿子，也就是汉武帝的孙子。

汉朝受封地建都昌邑的皇室成员，有父子两人。父亲刘髆史称昌邑哀王。其子刘贺即汉废帝，是汉朝第9任皇帝，也是汉朝历史上在位时间最短的皇帝，在位仅有27天。刘贺5岁袭父爵为昌邑王。

汉昭帝于公元前74年四月病卒无后。霍光迎刘贺继位，年19岁。27天后因荒淫无度、不保社稷而被废去，依旧回故地巨野做昌邑王。元康三年（前63年）被废为海昏侯，移居豫章国（今江西南昌），并最终客死他乡，史称昌邑王或汉废帝。

《汉书·霍光金日磾传》记载：“（刘贺）受玺以来二十七日，使者旁午，持节诏诸官署征发，凡千一百二十七事。”刘贺仅在位27日，是汉族政权史上在位时间较为短暂的皇帝，仅次于在位仅26日的南宋正安帝（即元懿太子赵旉，赵构之子）。

世事沧桑，经年流转，那前世的抱负、爱恨，又到了谁的身边？淡看飞花柳絮，四季如风，似水流年，谁去铭记？滚滚红尘间，数得见的是那清辉中的零星笑语，数不见的却是那流离风尘中的声声叹息。

刘贺被贬江西永修县一带做了“海昏侯”。在这个侯国里，他又艰难地生活了四年，郁郁去世。

## 7

红尘滚滚尘埃定，事世沧桑尽无情。

刘贺有三子：分别是刘充国、刘奉亲、刘代宗。

刘贺去世后，本应由长子刘充国继承爵位，但刘充国还未来得及受封就死了，不久刘奉亲也死了。朝廷认为这是天意要绝昌邑王族，便废除了海昏侯国。

直到公元前 48 年汉元帝即位，才又封刘贺的儿子刘代宗为海昏侯。此即海昏釐侯（也作海昏僖侯）。

海昏釐侯刘代宗传位给儿子海昏原侯刘保世，刘保世传位给儿子刘会邑。

王莽（新朝建兴帝）代汉时，海昏侯国被废除，刘保世被削藩贬为庶民。

后来刘秀重建大汉王朝，恢复刘氏天下，刘会邑又被恢复为海昏侯。

东汉以后，海昏侯家族情况不详。但昌邑王家族后裔，主要分布在今江西地区。

写到这里，仿佛穿过岁月幽深的长廊，通过海昏侯墓，让我们再一次见证了中华文明的雄浑与绚烂，让我们再一次捧读这部东方鸿著的博大精深，让我们再一次看到这一段传承、这一段岁月，波澜壮阔，刻骨铭心。

如此看来，风华绝代，不过是一指流沙；苍桑岁月，终究归于一段年华。生命中再辉煌的成功也会匆匆成为过往，再精彩的演出也会谢幕，再深刻的记忆也会随着时间而淡忘。

# 《扬州画舫录》

烟花三月，正是草长莺飞的时刻，扬州河畔的柳絮开始飞舞，宛如漫天的雪，飘洒在夹岸的桃花之中，美得仿佛是瑶池仙境。这是扬州最热闹的时候，河上泛舟的官宦家眷，笑声不绝，再和着丝竹管弦之声，真个是一幅繁华盛世的景色。

在这样的时节，捧读《扬州画舫录》，当是一件惬意可欣的事情。

《扬州画舫录》是李斗历时30年写就的扬州奇书，被尊为迄今为止最权威最全面的扬州百科全书，也是朱自清先生备为推崇的明清笔记体奇书。他说："扬州从隋炀帝以来，是诗人文士所称道的地方……特别是没去过扬州而有念过唐诗的人，在他心里，扬州真像蜃楼海市一般美丽；他若念过《扬州画舫录》一类书，那更了不得了。"

《扬州画舫录》内容极广，涵盖城池水系沿革、山川园林、寺观庙坛、市肆文物，备载风物掌故。李斗于乾隆二十九年（1764年）开始为《扬州画舫录》搜集资料，于乾隆六十年（1795年）成书刊行，前后历时三十余年。全书以地为经，以人物记事为纬，共分18卷。

李斗（1749年—1817年），清代戏曲家，字北有，号艾塘（一作艾堂），江苏仪征人。乾隆十四年（1749年）生，嘉庆二十二年（1817年）三月卒。博通文史兼通戏曲、诗歌、音律、数学。作有传奇《岁星记》和《奇酸记》。又有《艾塘曲录》《艾塘乐府》1卷、《永抱堂诗集》8卷、《扬州画舫录》18卷及《防风馆诗》。其所作《扬州书舫录》中有不少戏曲、曲艺史料，对研究我国17、18世纪的戏曲、曲艺提供了颇有价值的资料。所写的诗歌甚多，均收入《永报堂诗集》与《防风馆诗》。

清袁枚如此评价："艾塘李君，檠檠有才，操觚记之。上自仙宸帝所，下至篱落储胥；旁及酒楼茶肆、胡虫奇姐之观，鞠戈流跄之戏。都知录事之家，莫不科别其条，了如指掌。于牙牌二十四景之外，更加详尽。真足传玩一时，舄奕千载——及得此书（《扬州画舫录》），卧而观之，方知闲居展卷，胜于骑鹤来游也。”清王昶也有如是评价：“艾塘衿情既胜，诗笔亦佳。尝作《扬州画舫录》十八卷，山水园林，胜流佳话，多见其中。虽雅郑杂陈，而风流旖旎，使读者如在绿扬城郭、二分明月间然。”

《扬州画舫录》作为扬州文化的一个坐标，描绘的是一个广义的画舫，通过对帝王、官僚、文士、平民、倡优、工匠、乞丐、园林、街巷、琴棋、书画、武林、医家等众生态的记录，将一座城市的风情文化定格成最鲜活的历史样本。奇就奇在它的目光不仅着眼于主流社会、上流社会、精英社会，其视野几乎遍及一座城市的上上下下各个阶层。后来的《吴门画舫录》《吴门画舫续录》《秦淮画舫录》与《画舫余谈》均学步于《扬州画舫录》。它们关注清中期的文人冶游韵事，将笔墨集中于青楼倡伎身上，同时也反映了江南一带的城市面貌、风土人情，也是研究清代江南文化的重要材料。除了这些书以外，受到《扬州画舫录》影响的还有《清嘉录》《桐桥倚棹录》等笔记。

# 事如春梦了无痕

## ——《浮生六记》断想

一生之中，六个故事，贯穿于《浮生六记》当中。记得初读这本书，是我刚来北京的时候。如今十多年过去了，没做成什么大事，浪得浮生。于是想起苏东坡《正月二十日与潘郭二生出郊寻春忽记去年是日同至女王城作诗乃和前韵》："东风未肯入东门，走马还寻去岁村。人似秋鸿来有信，事如春梦了无痕。"不禁感叹，人过中年，人事看遍，秋月春风，了无痕迹。

### 1

《庄子·刻意》："其生若浮，其死若休。"以人生在世，虚浮不定，因称人生为"浮生"。中唐李涉《题鹤林寺僧舍》："终日昏昏醉梦间，忽闻春尽强登山。因过竹院逢僧话，又（一作偷）得浮生半日闲。"李白《春夜宴从弟桃李园序》："夫天地者，万物之逆旅也；光阴者，百代之过客也。而浮生若梦，为欢几何？"唐白居易《诗偈》："特入空门问苦空，敢将禅事问禅翁。为当梦是浮生事？为复浮生是梦中。"唐李群玉《自遣》："翻覆升沉百岁中，前途一半已成空。浮生暂寄梦中梦，世事如闻风里风。"

和谐，是人生最理想的一极；悲剧，则是命运最现实的一极。在《浮生六记》里，我惊叹于沈复的幸福与不幸。喜与悲，互补在《浮生六记》里面，如同一枚钱币的两面……

沧海桑田，瞭望万物已平静无息。笑叹浮华一生，如晨曦睡梦。

### 2

《浮生六记》是清朝长洲人沈复著于嘉庆十三年（1808 年）的自传

体散文。以作者夫妇生活为主线，叙述了平凡而又充满情趣的居家生活和浪游各地的所见所闻。作者继宋代李清照《金石录后序》及明代归有光《项脊轩志》之后，在《浮生六记》中以较长的篇幅记述了夫妇间的家庭生活。这在中国古代文学作品中实属稀见。

## 3

沈复（1763 年—1825 年），字三白，号梅逸，清乾隆二十八年生于长洲（今江苏苏州）。清代文学家。他出身于幕僚家庭，没有参加过科举考试，曾以卖画维持生计。乾隆四十二年（1777 年）随父亲到浙江绍兴求学。乾隆四十九年（1784 年），乾隆皇帝巡江南，沈复随父亲恭迎圣驾。后来到苏州从事酒业。他与妻子陈芸感情甚好，因遭家庭变故，夫妻曾旅居外地，历经坎坷。妻子死后，他去四川充当幕僚。

有记载表明，沈复少年随父游宦读书，奉父命习幕，曾在安徽绩溪、上海青浦、江苏扬州、湖北荆州、山东莱阳等地做幕僚。中年经商。平时好游山水，工诗善画，长于散文。除《浮生六记》外，诗稿散佚，仅存《望海》《雨中游山》及题画诗数首。

古今中外的一切文化内部，爱情明显地是一种充溢着生命之力的超越性因素。在沈复之前二百年，汤显祖就已深觉情与理的对立，痛感自己生在一个灭才情的“有法”之天下，而非“有情”之天下。所谓“情有者，理必无！理有者，情必无！”（《寄达观》）相形之下，沈复无意摆出一副向凡庸世界挑战的激越姿态。然而，通过这一部难得的自传，确实使人见到了一对真正至情不伪的夫妻。

沈复是真正的才子，他不拘于功名利禄，不事科举，一生贫寒颠沛，却不乏真性情，他能吟诗作对，善插花剪树，喜游历天下，工于书画，重信重义。他的文笔不经雕琢，只是将生活中的一点一滴娓娓道来，惹人艳羡的夫妻感情、恩爱夫妻不到头的悲痛、世事蹉跎的漂泊生活，只不过平铺直叙，没有跌宕起伏，没有悬念丛生，却能深深吸引每一个看书的人。

## 4

2005年秋，平遥人彭令在南京朝天宫“鬼市”上淘到一本名为《记事珠》的手抄本。经专家鉴定，确认是清代文学家沈复失传已久的《浮生六记》中的第五卷初稿《海国志》。主要记述了大清使团途经钓鱼岛出使琉球国的见闻。内容包括有描写使团入琉球时琉球国迎接礼仪、册封琉球国王的过程；记述琉球国历史和地理状况、国王宫室与大臣的居所、国中使用的钱币、该国的刑罚、粮食、动物、酒类、民居、“女集场”、寺庙、冠服、交际礼仪以及语言文字等诸多内容，其中不乏奇风异俗，包罗万象。

## 5

需要特别注意的是，书中描述嘉庆十三年（1808年），朝廷下旨册封琉球国王，派遣太史齐鲲为正使、侍御费锡章为副使，沈复作为太史的“司笔砚”也一同前往。

书中记载：“嘉庆十三年，有旨册封琉球国王……十三日辰刻，见钓鱼台，形如笔架。遥祭黑水沟，遂叩祷于天后……十四日早，隐隐见姑米山，入琉球界矣……”这是有关钓鱼台（即钓鱼岛）较早的文字记载。

## 6

在中国文学史上，描写情爱的诗文很多，但大多或写宫廷艳史，或写权势礼法淫威下的爱情悲剧，或写风尘知己及少男少女之间的缠绵，很少涉及夫妻之情。

陈寅恪别具慧眼地指出：“吾国文学，自来以礼法顾忌之故，不敢多言男女间关系，而于正式男女关系如夫妇者，尤少涉及。盖闺房燕昵之情意，家庭米盐之琐屑，大抵不列于篇章，惟以笼统之词，概括言之而已。此后来沈三白《浮生六记》之《闺房记乐》，所以为例外创作。”

# 从《绝妙好词》说起

文字好不好，仁者见仁，智者见智。宋代周密编了一本《绝妙好词》，选了诸家词人的数百余首作品，以清丽婉约、精巧优美、醇雅清空为标杆。自古以来赢得好评。

由《绝妙好词》使我联想到成语“绝妙好辞”，这个成语出自南朝宋刘义庆《世说新语·捷悟》：“魏武尝过曹娥碑下，杨修从。碑背上见题作‘黄绢幼妇，外孙齑臼’八字。魏武谓修曰：‘解不？’答曰：‘解。’魏武曰：‘卿未可言，待我思之。’行三十里。魏武乃曰：‘吾已得。’令修别记所知。修曰：‘黄绢，色丝也，于字为绝。幼妇，少女也，于字为妙。外孙，女子也，于字为好。齑臼，受辛也，于字为辞。所谓绝妙好辞也。’”后用以指极其美妙的文辞。

据考证，测字起源于东汉蔡邕。蔡邕避乱江东，一日在上虞见曹娥碑文写得极佳，就在碑阴刻上“黄绢幼妇外孙齑臼”八个大字，于是便有了曹杨的上述对话，也就有了“绝妙好辞”的来历。

其实，测字并没有一套严格的步骤，只是见机行事罢了。传明太祖朱元璋死后，他的儿子朱棣以“清君侧”为名发动“靖难之役”于建文四年（1402年）六月从金川门攻进南京，都城陷落，宫中大火，惠帝不知下落。一天，朱棣去夫子庙微服出行，碰见一测字先生，就想测个字，朱棣手里正拿着一条帛巾擦汗，随手写了个“帛”字。测字先生一看立即跪下称罪，朱棣问他何故，先生说：“帛字，皇头帝脚，必非凡人。”朱棣回宫后即位称帝，改年号为“永乐”。当时，围观人群中有一人也用“帛”字求测，测字先生说：“帛字，拆开是白巾，白巾为孝服，你家中有人去世了。”果然，这位小年青的父亲刚去世。可见在实际测字过程中，具体的测字方法因人而异、因事而异。

纪晓岚测字倒没有听说过，不过他能诗作文，更有绝妙好辞。某次，乾隆出联：两碟豆。纪答：一瓯油。乾隆改口说是：两蝶斗。纪随即说：一鸥游。乾隆又说：林间两蝶斗。纪答：水上一鸥游。乾隆皇帝开心大笑。某日，纪上朝，乾隆见他面有病色，说他心中有事。纪说我有何事？乾隆说：我猜你“十口心事，思家、思民、思社稷”。这上联奇妙，十分难对：第一句前面三个字组成“思”字，后面再把“思”字重复三遍，表达了一个完整的意思，又符合当时情景，可称绝对。纪晓岚当即对道：“寸身言谢，谢天、谢地、谢君主。”此下联更妙，第一句用“寸身言”组成一个“谢”字，后面也同样将“谢”字重复三遍，并且在应对的同时表达了君臣之礼。

重庆江津问经堂有一联绝妙，是钟耘纺所题。上联是：自愧无文，敢曰黄娟幼妇外孙齑臼。下联是：君如步武，何须吴郡大老倚闾满盈。堂名“问经”，当然是读书人求教之地了。故而上联开头就代请教者作自我表白，“无文”，则难以理解“绝妙好辞”的典故和才思了。恭谦有礼，知不足而愿学，是读书人本色。下联设身处地提出主张：有心上进，“步武”前贤，循径登堂，就该读书明理，不能“问道于盲”。这里“无文”“步武”对仗；要求努力识文断句明大义，“每事问”，细大不捐。启人思维，岂止文字游戏。

至于“吴郡大老倚闾满盈”，出自《镜花缘》第十七回，说的是多九公在黑齿国女学馆谈论反切和经典大大受窘的故事。两位姑娘讥笑他：“若以本题而论，岂非吴郡大老倚闾满盈么？”秀才唐敖听了甚是不解。回去思考多时，才悟出：“按反切而论，‘吴郡’是个‘问’，‘大老’是个‘道’，‘倚闾’是个‘于’，‘满盈’是个‘盲’。”于是，“问道于盲”便出来了。

集现成语句组合为联，贵在天成，堪称绝对。纵然声律有不协之处，读者也视为白璧微瑕。何况二语寓意深刻，教育学人无比精研绝妙好辞，善于请教，切不可教导无方，愧对先贤。

# 主角和配角

人生如戏，总有主角和配角。

最近阅读台湾作家云易的《主角之书》。这部小说的篇幅不算长，只有六卷，每卷大约七八万字。小说描写非常细腻，张弛有度，时缓时疾。让我最感兴趣的是书中的主角与配角，由此生发了对这个问题的一些感想。

从历史和空间情况看，人生从上演到落幕只不过是白驹过隙的瞬间。在这一过程当中，似乎谁也没有能力完全导演和掌控自己的人生，更没有能力去决定自己到底是主角还是配角。

在这样的情况之下，人们把决定自己命运的导演托付给上帝（上天），认为上帝（上天）把几十亿人导演的井然有序，无疑是一个伟大的艺术家。他会每天给你安排与你一路同行或者擦肩而过的人：会在你生命中的不同阶段安排不同的朋友：会在不同的环境给你安置不同的困难：会时时给你制造值得你开心或不开心的事：会给你安排爱你的人和最终陪你一起落幕的人……

应当说，就你自己来说，你无疑是唯一的主角，别人则是你的配角。他们会因为你的快乐而快乐，会有人关心你，会有人帮助你，会有人把你看得比自己还重要。当然也会有人不喜欢你，时不时地为你添堵，设置困难，甚至与你不共戴天。当然，他们也会随着时间的改变而改变，不停地有人进入或退出，但永远不会改变你的主角这样一个角色。

诚然，在人群当中，你永远都不可能是所有人的主角。就是说，在一个人群当中，你或许是主角，或许充当别人的配角。你也会是别人一路同行或擦肩而过的配角；你也会是别人不同阶段的不同朋友；你也会成为别人不同环境里的风景；你也会去真诚地关心别人，为别人付出一切；你也会因为别人的不快乐而不快乐；你也会有自己爱的人，你也会有自己恨的人；你也会把别人看得比自己重要，你也会不停地更换着你的主角，不停地退出别人的生命又不停地去在别人生命里上演。

更多的时候，你会一边充当着一些人的主角，一边在充当着另一些人的配角。在你的配角和主角还没有出现之前，你完全不知道他们是谁。你毫无选择，就像上帝把你降落在哪个家庭，你完全没有能力知道更没有能力去改变。你也永远不知道自己的一生何时落幕。很无奈，只有当别人出现时，你才会知道这个人将会是你的主角还是配角。当然你也会将你的主角转换成你的配角，也可以将你的配角转换成你的主角。我们都在为自己只是别人的配角而难过的时候，却不知别人同样因为自己不能成为你的主角而伤心。你在为别人伤心的时候，同样也会有人为你伤心。

然而，人生这出大戏，主角只有一个。配角可以和配角一起上演一生，主角和配角也可以上演一生，可是两个主角在一块似乎就违反了常理。当然也许主角可以转化配角，配角也可以转化为主角，这出大戏或许是妙不可言的。

谁都想当主角，正如拿破仑那句名言："不想当元帅的士兵不是好士兵。"主角是中心，是灵魂，是众星捧月，是万绿丛中一点红。地位显赫，耀眼夺目，具有更多展示自我的机会，赢得更多的喝彩和掌声，所以人们互相角逐。但是，主角需要更多更长时间的准备，付出的也更多，通往主角的路是一条艰辛而漫长的荆棘之路。

如果每一个人都想当主角，然而真正的主角却永远是"关键少数"。当然，没有几个人能够成为让全世界都敬仰的主角。每一个人能拥有的只有一个舞台而已，唯一不同的只是舞台的大小罢了。因此，能当主角，就责无旁贷；不能当主角，就甘当配角；既不能当主角，又不能当配角，那就做一个老老实实的观众吧。

有时候，观众可以清楚地感觉到配角会比主角表现得更好，不然那些影视作品颁奖典礼就不会有最佳配角这个奖项了。应当说，很多实力派的主角都是从配角做起的，有的甚至是从跑龙套做起的。他们就像越王勾践一样长时间卧薪尝胆，等待反败为胜的机会到来。机会等待有准备的人。因此，很多配角都是因为出演了一部作品，给观众留下深刻印象之后，才得到导演的赏识，得到出演主角的机会。没有人一生下来就是大明星，但即使是扮演再普通的小角色，你也要用心把他演得最出色。

“人上一百，形形色色”。各人的先天条件和后天努力不同，因此有的适合做主角，有的适合演配角，如能各得其所，自然最好。而一旦由于种种原因出现“错位”，也该心平气和，坦然以对。因为，做主角固然好，当配角也没什么不好，只要努力，一样能演出精彩来。

谁都希望自己在生活的角色中出演主角，因为主角比较显眼，比较风光，比较容易受到重视。但是，无论做什么事情，光有主角不行，还要有许多配角，只想当主角，不想当配角，不仅会把工作搞得一团糟，团结也难以搞好。主角和配角，只是工作分工的不同，没有地位的尊卑。

作配角的时候，不要只是羡慕主角而自己什么都不去做。把当主角作为自己的最终目标，为了这个目标竭尽全力。就算最后仍然当不了主角，也已经成为一个强大的人了。红花和绿叶应当是个整体，有绿叶的陪衬，才能彰显红花的美丽。如果只有红花，而没有绿叶，必然是光秃秃，孤零零，没有生机，减色不少，失去美感。可见，绿叶这个配角，并非可有可无。

因此，主角和配角是相对而言的，上一段你是配角，下一段很可能你就是主角，配角是主角的基础，永远是主角的开始。当一个人以配角的形式出现时，应以一个良好的心态，正确面对，努力拼搏，勤奋好学，为下一次角色的转变做好准备。

“人生重要的不是所处的位置，而是所朝的方向。”一个人无论是置身戏里人生还是现实社会，最重要的不是你扮演了哪个角色，而是你能否在所扮演的角色中成功塑造形象、塑造自我。

# 良心断想

复旦大学教授杨泽波的《论良心》，界定了良心的概念，分析了良心的特点，得出了良心是社会生活和理性思维相结合的“伦理心境”。读后深有启发。

## 1

做人要有良心。这是起码的标准。

尤维纳利斯说：良心就像用一根无形的鞭子，在随时随地抽打我们，充当我们的刽子手。说明良心首先是一种对于道德责任和道德义务的认知。一个“有良心”的人，实际上就是一个对自己应当做什么和不应当做什么有理性和明确的自我觉悟的人。

“良心”（conscience）是一个古老的伦理概念，属于道德哲学的研究范畴。《孟子》中将恻隐、羞恶、恭敬、是非之心称之为良心，主张人应当注意找回被流放的良心。朱熹则将良心视为宰制人心的“道心”。王阳明将良心看作澄澄朗朗的“本心”。英文中的“conscience”来源于拉丁文的“conscire”，意即“知道”，以后引申为“知行合一”，就有了“按良心办事”的意思。在弗洛伊德的心理学中，良心就是“超我”制约“自我”人格命令的一部分。

良心是一种道德心理现象。它不仅给人以内在的权威和标准来裁决自身的对错，从而阻止人去有意做恶或劝导人积极为善，而且促使人对自己过去的所作所为进一步深刻反省、从而强化自己的责任意识或悔过要求。

## 2

一切逃不过良心的眼睛。

良心的自我发现：要么从自己既有的作为中获得精神的快慰，要么对自己过去的所作所为悔恨交加，以致觉得自己的一切都逃不过良心的眼睛。

世上之所以有道德生活，最终要归因于良心：做好事不求别人的赞赏而只求无愧于心，这是道德生活的最高境界；做错事能扪心自问并深感内疚，这是塑造有德之人的第一步；做坏事竟心安理得而不觉得受良心的谴责，则这属于只有靠严厉的惩处才能纠偏的行为。

良心并且只有良心，才能救道德于堕落。

## 3

良心以公正与仁慈为基本准则。

良心是历史的、具体的、社会的范畴，是一定社会生活和社会关系的反映，是人们在实践过程中逐渐形成的，不是与生俱来的，因而也没有所谓抽象的良心。

良心对于人们的行为具有判断、指导和监督的作用。西塞罗《论辩集》说“对于道德实践来说，最好的观众就是人们自己的良心。”

在中国，良心一词最早见于《孟子·告子上》，意为仁义之心，包含恻隐、羞耻、恭敬等情感。是人们在履行对他人和社会的义务过程中形成的道德责任感和自我评价能力。

良心以公正与仁慈为基本准则，又对公正与仁慈原则的落实有支持作用。良心就是要使人爱其所爱，恨其所恨，具有是非感与正义感，具有“恻隐之心”。良心可以视为公正、仁慈原则等等的内化。

良心不仅包容正义感，也含有仁慈的驱动存在。良心是对道德义务的内心体认。所以义务是主体良心体认的对象而非良心本身。良心具有强烈的主观性质。一旦义务转化为良心，则义务对人的要求就可望得到真正的落实。

## 4

天地良心。

弗里德里希·包尔生说：“履行善就意味着履行义务，而我们的义务看来并不符合自然的意志，因此在义务和爱好之间就有一种冲突。在行动之前，义务的情感反对爱好，它作为阻止物而活动；在行动之后，如果爱好在行动中胜过了义务的情感，义务就做出谴责。对于我们本性中这种反对爱好和在责任和义务的情感中表现自己的东西，我们称之为良心。”

包尔生还指出：“确实没有人会相信：一个民族，倘若它完全缺乏我们称之为风俗和良心的东西，缺乏个人在其中通过审慎和畏惧控制自己行为的东西，能够支持哪怕一天以上。”

苏霍姆林斯基则说：“压抑自己良心的声音，这是很危险的事情。如果你养成一种对某件事情毫不在乎的习惯，那你很快就会对任何事情也都满不在乎。”

所以，良心无论对社会的健康发展还是对个体的道德生活都有极大的意义。

## 5

良心三要素：认知、情感、意向。

一个“有良心”的人，实际上就是一个对自己应当做什么和不应当做什么有理性和明确的自我觉悟的人。马克思说：“理性把我们的良心牢附在它的身上。”良心也只有凭借对道德责任和义务的内化的认知，才能对人的行为作出评价和调控。

从某种意义上可以说，良心主要是一种情感体验。良心的自我评价和调控之所以有效，在作用方式上讲，就是它凭借的主要是情感武器。当主体选择一种合乎良心的行为时，主体获得一种欣慰、自豪和愉快的积极的心理愉悦感受；相反，当他的行动违背自己的良心时，则会产生一种不安、自责、愧疚的消极情感体验。同理，当主体遇到一种合乎人性和道德的事情时，他会发自内心地予以赞许、敬佩和羡慕等；相反则会产生鄙夷、轻蔑和厌恶的情感。积极和消极的情感体验是良心的重要组成部分。

有了一定的道德责任的认知和情感，就必然会对行为起心理的动机引导作用。许多人正是凭借着这种所谓的“天理良心”的体认克服艰难险阻去努力践行道德的。不过，良心结构中的“意”，首先是“意向”的“意”，其次才是“意志”的“意”。这是因为许多情况下良心只表现意向而不表现为意志，或者只有意向而没有意志的参与。而且，良心所具有的意志成分具有较大的自由特性，与那些由纯粹外力产生的强制性的意志力有明显的感受上的差异。

## 6

良心发现。

达尔文在《人类的由来》中曾经描述过一个动物的故事：一只正抚养幼崽的母犬看到主人准备去打猎时犹豫了一会儿，最后还是溜到自己的孩子那里去了。然后在主人回来时，它作出种种惭愧的表示，非常热情地去迎接他。达尔文认为，这是动物的本能和某种习惯性的气质之间的斗争。母犬的行为是一个获得性的习惯和天生的原始冲动之间冲突的结果。动物的这种获得性的习惯正是人的义务感、忏悔等等产生的源头。

人的良心显然也是一种获得性的心理现象。由父母、教师、社会生活圈、法律、宗教等等的权威使个人在习俗中长大，并根据社会的普遍意志调整、形成自己的个人意志——这就是所谓的良心。

生活理想是道德义务和良心之所以能够给主体带来神圣性的内在源泉。“天良”，“天”对“良”有佐证和核准的作用。所以在良心的形成或修养过程中，信仰因素的作用是不可或缺的。

## 7

良苦用心。

对于道德实践来说，最好的观众就是人们自己的良心。用中国传统的伦理语言来说，良心最易使人“慎独”。《礼记·中庸》中说“莫见乎隐，莫显乎微。故君子慎其独也”。

良心作用的特色之一是使人无处遁形。比较一下良心的这种内在和深入的制约与许多外在的制约手段（比如法制）和勉强的义务要求的区别，就不难看出，良心的作用是最有效的。

良心的作用的彻底性还表现在其作用的时间维度上，亦即，良心对人的调节表现在行动之前、之中和之后。在行为发生之前，良心的作用表现为对动机的发动、评判和监督。人的行动除了客观条件的制约之外，最主要的是条件和主体的动机。

良心使主体产生必须做某事的动机。同时，良心还会产生对于动机的监督和评判。对于合乎道德的行为动机，良心予以肯定；对于违背道德准则的冲动，则产生抑制和否定的作用。在行动之中，良心作用的表现是针对行为来进行监督和调节的。

良心不断对个体的行动进行监察，对合乎道德标准的情感、意志和行为方式予以支持、鼓励。相反，则予以制止、调整，对一些情感、行为上的偏私，良心则及时提醒，要求主体予以纠正。

俗语中说的“良心的发现”，就是这个意思。在行为结束之后，良心仍然会起作用。对于履行了良心所首肯的道德义务的行为，良心使主体感到欣慰、满足和自豪；对没有能够按照道德法则行事或效果不佳的行为，良心让主体感到不安、惭愧、内疚甚至悔恨。

## 8

良心就是善心、仁义之心。

百姓褒贬评价一事一人，往往不说思想、品格、情操、精神如何，而是说良心如何。譬如斥责一个人，便说没良心、昧良心、丧良心、不讲良心、良心过不去、要受良心谴责、良心让狗吃了之类。一言以蔽之，一个良心，便将一个人的善恶、好坏区而分之了。这也告诉我们，良心是判定一个人如何的起码的大众标尺。

不过，对于良心，确实又不像字面理解的那样简单，它有着更深层的生理上的因素。所以古人将良心谓之本然之善心、仁义之心。

## 9

凭着良心为官，好官也；昧着良心为官，坏官也。

有人将“贪官”分为三类：贪渎、权奸、酷吏。认为贪官的特点是物欲横流、鱼肉百姓、凶残暴虐，表现形式为贪、腐、恶。如果仅仅用贪财来概括贪官的类型有失偏颇。

好官、坏官，衡量标准不过“良心”二字。凭着良心为官，好官也；昧着良心为官，坏官也。好官坏官是对为官者品行的一种价值判断。这种评判以良心为依托，以德行操守为准绳。

其实，平庸与人的资质相关，未见得是德行欠缺所致。好的吏制无疑会将英才选拔出来。这意味着为官者应当是清正廉明的。然而，即便如此，也并不能保证所选官吏个个都是精英，资质平庸者仍为数不少。

# 钱穆论人生

用两周时间，读完了钱穆的《人生十论》。

钱穆以历史的深度、文化的视野，阐扬中国传统儒家伦理人生，构建自己的人生哲学思想。他认为“文化就是人生”，中国儒家文化强调“人生一切皆空，惟有立德不空”，人生的价值与意义应该归于人的“德性”之圆满上，从而达到人生的最高境界——“安乐”的艺术人生。

中国文化博大精深。国人的人生态度有其自身特点，人们信奉的是儒家圣贤的淑世精神。而人有生必有死，通过死，人生达到了永生与不朽——“德性”之不朽。这种人生才是完美的人生，才是最幸福的人生。钱穆人生哲学是“切己体察”“虚心涵泳”之学，虽有“杂凑”，“漫无条理”，但也有一以贯之的思想，此即以比较中西文化异同来论人生。

钱穆的人生思想给我们指示了一个很好的方向，对我们思索建构什么样的生活方式、建构什么样的人生，才能走向个人的完美和幸福以及社会的完美与和谐，具有重要的意义。

第一是生活。就是衣食住行，意义和价值仅在于维持和保养我们的生命。食，和尚的素食和山珍海味没有区别；衣，普通布衣和进口衣服没有区别；住，诸葛亮的草庐和汤臣一品没有区别；行，老子的毛驴和现在的劳斯莱斯基本无区别。

第二是行为。就是修身齐家治国平天下。修身，就是有所为，有所不为，在这个行为上面人人平等；齐家，做到父慈子孝，兄友弟恭，夫妇好合；治国平天下，是终极事业，国家天下也是一个大家，因此治国平天下但必须以修身齐家为基础。

第三是归宿。人生的归宿在人性，一切行为都要符合我们的天性，如能圆满天性，人生自会安乐。这样做，心里才安。其实，人生最真切的，莫过于每一个人自己内心的知觉。知觉开始，便是生命开始。知觉存在，便是生命存在。知觉终了，便是生命终了。

人与人之间的生活，主要是一种情感的生活。人类要向自身找同情，只有情感的人生，才是真切的人生。喜怒哀乐爱恶欲，其最真切的发现，只在人与人之间。其最真切的运用，亦在人与人之间。有人说，艺术人生是爱美的，科学人生是求知的，文学人生则是求真的。

艺术与科学，虽不是一种物质生活，但终是人类心灵向物质方面的一种追求与闯进。文学人生之对象则为人类之自身。人将在人群中生活，将在别人身上发现他自己，又将在别人身上寄放他自己。若没有别人，一个人孤零零在世，一切生活终将无意义、无价值。

# 拿得起与放得下

《格言联璧》是清代学者山阴金先生集先贤警策身心之语句、垂后人之良范的一部作品。

该书按儒家《大学》《中庸》之道，以“诚意”“正心”“格物”“致知”“修身”“齐家”“治国”“平天下”等主要内容为框架，收集有关这些内容的至理格言，按当时人的阅读习惯分为八类，从个人、家庭到社会、国家，凡所应有，无所不有。作者的用意在于以金科玉律之言，作暮鼓晨钟之警，即用圣贤先哲的至理格言来鞭策启迪童蒙，让人从小懂得做人的道理，树立远大的人生志向，努力进取，长大以后成为于国于家有用的人。

一册在手，揣摩研读，细心体会，觉得该书说理之切、举事之赅、择辞之精、成篇之简，皆萃古今。比如书中所言“天地间真滋味，惟静者能尝得出。天地间真机括，惟静者能看得透”，可谓至理。比如，“气忌盛，心忌满，才忌露”，意切情真。再比如，“世俗烦恼处，要耐得下。世事纷忧处，要闲得下。胸怀牵缠处，要割得下。境地浓艳处，要淡得下。意气忿怒处，要降得下。”还比如，“大事难事看担当，逆境顺境看襟度。临喜临怒看涵养，群行群止看识见。”面临大事与难事，可看出一个人的责任；处顺境逆境，可看出一个人的胸襟气度；遇喜事怒事，看一个人的涵养；与同辈相处，可看一个人的见识。说得好。

俗话说：“拿得起，放得下。”其实真正做到却不那么容易。

拿得起，放得下的人，往往遇人能宽容，遇事想得开，善于爱人，平等相待。这种人一般心态健康，少有烦恼。如果我们做不了伟人、巨人、能人、出人头地的人，就做这样的人好了。

拿得起，放得下，往往能屈能伸，知进知退，能够经得起挫折失败。你看，韩信当初忍受胯下之辱，功成名就之后，全然忘却了这件事。这气度，这襟怀，怎一个“大度”了得。

拿得起，放得下，往往胸襟开阔，宽宏大量，得之淡然，失之泰然，不计较一城一池的得失。其实人生在世，总是有得有失。既然得失难测，祸福不常，不妨达观洒脱一番。晋潘岳在《西征赋》中夸刘邦“非徒聪明神武，豁达大度而已。”

拿得起放得下的人，往往为人宽厚，与人为善，不以物喜，不以己悲。

# 品味人生

路遥的《人生》，是他而立之年的一部奠基作品，也是当代文学宝库中一部具有开拓性的力作。《人生》的成就，在于作者对人的社会价值和人生意义的深刻思考。

细细品味人生，品茗个中的味道，可谓悠长隽永。

人生是一段旅程，在旅行中遇到的每一个人，每一件事与每一个美丽景色，都有可能成为一生中难忘的风景。一路走来，我们无法预测将会迎接什么样的风景，前进的脚步却始终不能停下，因为时间不允许我们停留，只有在前进中不断学会选择，学会体会，学会欣赏，学会总结。

人们对人生的总结可谓多矣。人生三通：通人情，通世故，通礼仪。人生三情：亲情、友情、爱情。人生的三大悲哀：遇良师不学，遇良友不交，遇良机不握。人生三原则：实力、思维、机遇。人生三不斗：不与君子斗名，不与小人斗利，不与天地斗巧。人生三不争：不与上级争锋，不与同级争宠，不与下级争功。人生三修练：看得透想得开，拿得起放得下，立得正行得稳。人生三不要：不要拿别人的错误来惩罚自己，不要拿自己的错误来惩罚别人，不要拿自己的错误来惩罚自己。等等，似乎都有道理。

著名女作家冰心的人生“三要素”：“人的一生应该像一朵花，不论男人和女人，花有色、香、味，人有才、情、趣。三者缺一不可。”胡适先生的人生“三味药”：“问题丹”“兴趣散”和“信心汤”。法国著名作家巴尔扎克的人生“三暗礁”：自满、自高自大和轻信。画家丰子恺的人生“三鼎足”：圆满人格像是一个鼎，真、善、美好比鼎的三个足。对于一个人而言，美是皮肉，善是经脉，真是骨骼，这三者共同撑起一个“大写的人”。

近代学者王国维的人生“三种境界”：“独上高楼，望尽天涯路”；“衣带渐宽终不悔，为伊消得人憔悴”；“众里寻她千百度，蓦然回首，那人却在灯火阑珊处”。

人生旅行的起点不能选择，终点也不能阻止出现，过程就在我们自己脚下。自出生那一刻起，人生旅程就慢慢开始了。没有一条路没有风雨没有坎坷，也没有一条路始终是只有黑暗没有光亮。不管是阳光灿烂还是风雨交加，在时间的流逝中都将成为旅程的回忆，并且既然选择了就得走下去。要想走的好，只有随时保持足够的信心和勇气，寻找更多更美的风景。

美丽缤纷的风景，就像人生的幸福快乐，能够将生命点亮，进一步丰富人生的美好记忆。而崎岖泥泞的阻碍，就像人生的困惑悲伤，会让前进的脚步更加沉重，同时也磨砺意志，积累经验，使人能更好地迈开下一步。旅行不会因为美丽的风景就终止，再华丽绚烂也只是经过。如果想在此停留，就会错过更多更好的风景。同样，不管多么可怕的风雨，也不会影响整个旅程，坚持前进的脚步，相信不久就会迎来彩虹。用欣赏风景的心情迈开每一步，将阳光或是风雨都收进背后的行囊，人生的旅程定会丰富精彩。

不同的心情，也会看到不同的风景。再美的风景，如果没有好的心情，就不能感受到其中的韵味。再糟糕的风景，只要有乐观的态度去面对，那么困难也会成为锻炼的机会。

在人生的旅行中，走过的路都将成为背后的风景，不能回头不能停留，就不如享受每一刻的感觉、欣赏每一处的风景。当我们想要欣赏左边的群山，就要放弃右边的平原；要想欣赏右边的大海，就得放弃左边的小溪。有得必有失，这是大自然永恒的规律，我们要懂得放弃，放弃从另一个角度讲或许是一种成功。但是我们要懂得珍惜自己现在拥有的。陶醉于群山时，不要想着平原；沉迷于小溪时，不要还惦恋着大海。在人生这趟旅行中，我们会得到很多很多，我们也会失去很多很多。但是我们不会为我们的失去而后悔。因为曾经拥有过，我们无愧于今生。

当然，在人生的旅行中也离不开旅伴和朋友。朋友是我们站在窗前欣赏冬日飘零的雪花时手中捧着的一盏热茶；朋友是我们走在夏日大雨滂沱时手里撑着的一把雨伞；朋友是春日来临时吹开我们心中郁闷的那一丝春风；朋友是收获季节里我们陶醉在秋日私语中的那杯美酒。

人生短短几十年，如流星一闪而过。你将会遇到你一生所要遇到的人，经历一生所必须经历的事。其中有很多的人只是暂时和你同路，和你一起度过一段时间。同时一定会有一个人和你坐在一起，从认识到熟悉到决定和你一起旅行。愿意和你一起享受旅途的快乐，一起分担旅途的艰辛。一起旅行的人当中，有好人也有坏人。要是做了坏事，就得受到惩罚；好人总会有好报的。你对周围的人微笑，周围的人会回报你无数的微笑。反之也一样，就像佛教说的种什么因，得什么果。所以我们需要懂得和周围的人好好相处，懂得欣赏沿途的风景。同时为了让旅途变得愉快，还得学会为大家做点什么。这就是人生。

人生没有彻头彻尾的失败，也没有百分百的成功。回首往事，多少事想做而未做。面对未来，还有很多事准备去做。正如此，我们对生活便有了更多的期许，我们期待成功期待美好。一切经历漫长岁月过滤而沉淀于记忆深处的东西，都有它特别值得品味的审美价值。所以当我们经受磨难、艰辛、坎坷的时候，坚信这只是过程，很快就会过去；当你享受美满时要清醒，这也不会是永恒，需要作好转换场景的准备。

保持一份平和，一份清醒，可以身居闹市而自辟宁静，固守自我而品尝喧嚣，在人生无论长或短的旅程中，全然切断时间的概念，享受悠闲，享受过程。

# 人为什么活着

稻盛和夫的《人为什么活着》，我看了多遍，也进行过反复思考。这样一位成功的企业家，又这么有思想，世上不多见。难怪得到季羡林先生的盛赞："根据我七八十年来的观察，既是企业家又是哲学家，一身而二任的人，简直如凤毛麟角，有之自稻盛和夫先生始。"

稻盛和夫是日本著名的企业思想家，其创立的"敬天爱人"的经营哲学，汲取了佛家文化的营养，在日本经济界、经营理论界影响颇深。作者用浅显易懂的语言，从宇宙、心智、欲望、人类的本性、人生的考验、苦恼与憎恨、共生与竞争等多个维度深入探讨了"人为什么活着"这一哲学的基本命题，并由此展现了深刻的人生与经营智慧，揭示了企业永续经营、基业长青的奥秘所在。

人为什么要活着？这无疑是一个常谈常新的问题。

每一个人，随着年龄的增长，随着阅历的增多，对这个问题的思考也会越来越多。有一次，儿子主动问起这个问题，我们父子俩还进行了一些讨论。后来，我把当时的思考以邮件形式发给他。我想或许可以对他有所启发。

中国有句古话叫"知人者智，自知者明"，知道什么东西适合自己，什么事情能做，什么事情不能做。通过自身擅长的事情，达到目的，取得成功；通过吸取别人的经验教训，避免不擅长的事情，远离错误和不幸。所以，人为什么而活着，是一定要搞清楚的问题。当你处于顺境时，你不太在意这个问题。而当你处于逆境的时候，尤其是年岁增长的时候，你就会经常思考这样的问题。

事实上，关于这个问题，多少年、多少代，人们都没有停止对这个问题的探索与思考。别的不说，先看宗教。基督教信仰上帝，认为人与生俱来就有原罪，只有上帝才能拯救；佛教虽然不承认有创造万物的神，却认为佛主可以保佑，需要今生修度自身，来生普渡众生。

说实在话，我是一个无神论者，不懂宗教。尽管看了《圣经》，也看过一些佛教教义，但是对宗教基本上处于一种启蒙状态。因为儒释道三家各有自己的道理，我一直不知道哪家说得对。所以至今莫衷一是。

每当遇到挫折的时候，人为什么而活着？这个问题便萦绕心头。到底是为什么？是财富吗？为什么有的人不贪恋财富呢？是权力吗？为什么有的人不贪恋权力地位呢？是为了传宗接代吗？为什么有的人愿意做丁克呢？是自然规律吗？为什么有的人会胎死腹中，有的人会英年早逝，有的人却能享得高寿呢？或者是为了自己而活着吗？那为什么有人把自己毕生献给了社会，献给了人民？是为了亲人和朋友而活着吗？那为什么有人骨肉相残，为什么总有白发人送黑发人？是为了祖国而活着吗？为什么有人愿意背弃自己的祖国而加入他国国籍呢？是为了信仰而活着吗？为什么总有人一直在背叛着组织的信仰？是为了他人而活着吗？为什么我们总看到我们的百姓受苦受难呢？

面对如此多的问题，人为什么而活着？的确不是可以轻易解答的问题。还是看看先贤们怎么说吧。

第一种观点：为活着而活着。人们常说，人生如梦，转眼就是百年。当一个人临近生命的终点时，回顾一生所经历的种种事情就如同做梦一般。这个时候你会感叹原来生命是如此的短暂，似乎“神马都是浮云”。其实人活百岁必有一死，长短又有什么区别呢？所以，人生本没意义，所谓的意义不过是人类自己强加的。这是从最根本、最宏观的方面来看人生。

第二种观点：为自己而活着。所谓“人不为己，天诛地灭”。人活着在本质上都是为了自己。想想看，为何我们要学习？为了自己有个好出路，更好地适应社会，人活着就是为了用自己的生命改变别人的生活，用自己的生命进程改变社会进程，活着遭罪是为了能在高兴时大声地笑。如果你觉得生活没意思的话，活着就算是为了别人而活着，为父母，为妻子儿女，为兄弟朋友。每个人都有他的人生轨迹也就都有他自己的理解，用一句老套的话说：生活要积极。人生在世无论受多大苦、多大累，只要还活着，未来就会回报你。

第三种观点：为他人而活着。有人说，我活着，是为了家人，特别是爱我的家人。爸爸妈妈那么辛苦，为我们省吃俭用。如果，我们死了，爸爸妈妈有多伤心，为了爸爸妈妈，就算日子再困苦，也要顶着。为了他们，我们要努力奋斗，给他们过上幸福安逸的日子。或许，放在世界的角度，我们是渺小的，但是，在父母心里，我们是他们的一片天。没有天，你想想，他们该怎么活啊。

但是，说穿了，还是为了自己。为了不让父母伤心以减轻自己的愧疚感；为了拥有成就感；为了探索世界的秘密满足自己的好奇心；为了减轻孤独感；为了有人可以交流、互助，为了和他们一起分享以得到快乐和满足；为了满足自己的生理需要，为了有人可以互相依靠的安全感、幸福感。

每个人活着在本质上都是为了自己。因为活着，你需要的快乐就可以创造。为了父母，为了前途，为了快乐，为了幸福，为了对社会有贡献，为了让别人得到幸福……所谓："活着就是希望。"人不能过于悲观，用愉快的眼光看世界，用知足的心态对待自己，你就能体验到活着的意义。

第四种观点：为感受阳光和快乐而活着。虽然生命并不完全属于自己，但是，命运是完全掌握在自己手上的。活着为了感受阳光和黑暗，感受生活的酸甜苦辣。这是一个死人所无法感受到的，也是活人与死人相比的一个优势。因为活着，就会有期盼，有企望，有自己想要的东西，有现在还不知道而将来可能拥有的东西。因此，活着就有希望。

第五种观点：为爱而活着。只要有爱，就有爱的责任。因为懂爱，才深感责任重大。所以，当我们背负着爱的责任前行的时候，生活就不再迷茫，人性就不再迷失。因为有爱，我们的生活才更加精彩。人类之爱不外乎有父母之爱、兄妹之爱、敬畏之爱、本能之爱、本我之爱、泛爱之爱六种。不同的爱有不同的责任和使命，有不同的表现形式，有不同的作用与功能。而个体在成长过程中，由于先天、后天因素的干扰，每个人不可能都能准确地学习到各种不同的爱，所以，由于途径有限，导致每个个体爱的技能、爱的形式、爱的品位、爱的质量、爱的范围均有所不同。因此，形成了我们现实生活中的每一个鲜活的个体特性。

由于爱的差异性的存在，人类社会才变得如此复杂多变。根源就在于对爱的理解程度不同，才导致意识领域种种对抗的发生。现行的任何理论观点、政策制度、宗教信仰之间，都存在严重的分歧。所以，人活在这个世上的唯一理由就是爱（爱情、亲情、友情）。

想想看，人这一生是为了什么而活着？从父母给予我们生命的那一刻起，我们从哭泣开始了新的历程。此后，有了记忆，有了更多的喜怒哀乐。在走向以死亡为终点的路途中，会有不同的经历并产生不同程度的情感变化。在路途中，有的人也许是两手空空，走得自在；有的人也许满负行囊，疲惫不堪；有的人也许会结伴而行，有的人却可能孤独前行……虽然这样，我们到达终点后，却还是要一个人走，空空地走，所谓“赤条条来去无牵挂”。

也许，我们应该去享受路途中的快乐，但快乐不是商品可以用金钱去换取，它就是这么一种不受金钱控制的感受。没有钱时，我们会以为有了钱，一切都会有的。然而实际上心灵并没有因为金钱的增多而增多了快乐的成分。人，总是因为不知足才失去了太多珍贵的东西。不知足，正在于我们并不知道那可能是一生中最为美好的时光。当它失去时，永远都遗憾于心。知道遗憾，说明我们已明白美好，怕就怕失去时还不知道。

有时候我想，宇宙无边无际，时间无始无终。我们每一个人都是在无边无际和无始无终的特定时空交来到人间。从一定意义上说，人类在我们这个地球上的诞生是必然的，而我们每个人在这个地球上的出生却是必然中的偶然。我们每个个体生命能够作为地球的万灵之长的一分子，在茫茫宇宙中我们在这个地球上生活百年左右，这本身就很值得庆幸、骄傲和珍惜。谁想到这一点，就是一位乐观主义者。

但是，仅弄清这一点还远远不够。人活着是一种形式，人为什么而活着、怎样活着才是内容。弄清人为什么而活着、怎样活着才有意义和价值，才更为重要。要弄清人为什么而活着，还应厘清什么是人，即弄清我们现实的人是从哪里来，处于何种状态，会往哪里去，在这世上的百年间应该怎样生活，做些什么，留下点什么。

首先，人是自然界演化到一定历史阶段的物质运动的特殊形态的产物。人是万灵之长，与其他所有动物不同，决不仅仅是为了满足吃好、睡好等生理需要，它能逐步地认知并能动地改造世界。正因为人是唯一由于劳动而摆脱纯粹动物状态的“类”的存在，所以，我们一定要以劳动为荣。当然，随着时代的发展进步，劳动的外延也在不断扩大。只有以劳动为荣，每个人乃至于整个人类，才能不断进步和发展。人活着，决不能以不违纪不违法为追求，而应有更高的精神追求，不只是想着自己，还要为他人着想，更要为社会做贡献。

第二，人总是存在于一定的时空中。每个人都有自己特定合理的需求与利益，每个人通过自己力所能及的劳动和整个社会尽可能地帮助使这些必要的需求得以满足。但人类社会有着人类生存发展的共同利益，需要一个良好的生态环境。而我们现在看到的却是为了攫取巨额财富或享受奢靡生活，在拼命地掠夺资源、破坏环境。这就是典型的损人利己。

第三，人类文明是历史的产物，是代代传承的结果。当代人不能仅把自己当作具体、现实的人，而把前辈当作抽象、虚幻的人，否则就会陷入历史虚无主义。没有先辈的浴血奋斗、艰苦创业，就没有我们今天的幸福生活和继续创业的物质基础。所以，我们要尊重历史，珍惜前人给我们所创造、积累的物质和精神财富，决不能“崽卖爷田不心痛”。另一方面，我们当代人也决不能仅把自己当作具体、现实的人，而把子孙后代当作抽象、虚幻的人，这会淡化可持续发展的理念，断了子孙的路。

人有善恶之分，甚至在一个人的身上既有善又有恶的表现。但这都不是人的本质或天性，而是一定的社会关系的反映或体现。所以，我个人既不主张性本恶，也不主张性本善。我个人认为，人至少可以分为三种：第一种人很自私，“一事当先，先替自己打算”。第二种人可能常怀公心，经常考虑国家、人民、民族的命运，但在公私发生冲突之时，有时可能把个人利益放在第一位。第三种人当公与私发生矛盾时，公永远是第一位的。从这种意义上讲，他们是大公无私的。社会生活当中，往往第二种人占多数。

具体到我们自己，在明确了人为什么而活着的问题以后，我觉得，首先应当有远大的志向、宽阔的胸襟；其次要敢于担当责任，阳光而有激情；第三是能够做到自尊、自爱、自信、自强、自立，苦学多思，坚韧不拔，顽强拼搏。第四是有社会正义与良知，而不仅仅是社会不良现象的漠视者、旁观者或简单批评者；第五是有乐观积极的人生态度，愿意聆听和接受别人的意见，不断调整和改进自己的实践方向；第六是有集体意识和互助合作精神，而不是封闭自己，沉默寡言，孤陋寡闻或孤芳自赏。

# 诗　韵

## 1

诗人在诗词中用韵，叫做押韵。诗韵是和谐而有节奏的。

一首诗，一段情缘；一首诗，一个韵律。

的确，诗是需要韵的，就好比英雄与美人、绿叶与鲜花、草原与骏马；就好比春对夏、秋对冬、暮鼓对晨钟；就好比云对雨、雪对风、晚照对晴空。

## 2

从《诗经》到唐诗宋词，差不多没有不押韵的。民歌也没有不押韵的。在北方戏曲中，韵又叫辙，合辙押韵。一首诗有没有韵，是一般人都可以觉察出来的。

所谓押韵，就是把同韵的两个或更多的字放在同一位置上。一般总是把韵放在句尾，所以又叫“韵脚”。

做诗所依据的韵书，一般指《平水韵》，平、上、去、入四声一共106韵。韵头不同而韵相同的字如干、满、南、叹可以互相押韵，这些互相押韵的字放在同样的位置上就构成诗韵。

任何诗歌都要求押韵，古今中外概莫能外，所不同者，对于押韵的限制，只是多与少、严与宽的不同而已。这也是诗歌同其它文学体裁的最大分别。

## 3

诗韵，可以把你引入树影摇曳的梦境里，看着时间风化距离，把一支远去的歌变成镜前的一片飞花，逐渐散去。

诗韵，可以把陌上阡头的野禾吹绿，让人忘记烦恼的痕迹，重拾欣喜的芬芳，满世界都缀满了萌芽的音乐。

诗韵，可以钻进冬日残阳里，把瘦成一树银辉的下弦月抖落一地……

## 4

诗韵，是一朵通往寂寞的云。云里凸现出一条幽深的蹊径，霜草苍苍，虫声切切。

诗韵，可以引吭高歌，可以信步低吟，峭厉的西风、渐渐的细雨，便是韵律的舞动。烟雨楼台、烛光艳影，望断飞雁、古道西风，便是韵律的声音。

诗韵，为游目骋怀，蓝天倏地变得湛然空明；诗韵，驻步仰望，翠绿中的画眉喁喁私语，还有园中的新葩嫩蕊，终将会伴随韵律绽放。

诗韵，携着一帘红晕，揽月幽然入梦，定格出素艳的湖山风韵。是谁，挥毫泼洒书一纸墨香？是谁，拨弄一曲心弦？或者，拾捡一瓣馨香，醉透清风？抑或捕捉一剪诗情，墨染卷轴？

## 5

诗韵，是一张网。每当黑夜张开思念的翅膀，朦胧了我的心事，美丽着我的渴望，拂去了我的忧伤，倚窗而立，凝眸眺望，那平静宽旷、波光粼粼的湖面上，悠悠荡漾着的点点帆船，不正是在我心灵中栖息且又模糊得渐渐远去的记忆么？

诗韵，是一个梦。岁月远逝，往事的踪迹已在脑海里渐渐模糊，但记忆深处的点点滴滴，至今难忘。梦在遥处，追溯依稀随风远逝的流金岁月，梦的思绪被发黄的年代隔膜阻断之后，那曾经过往的自己的影子以及童年的些许逸事轶韵，已于宁静和喧嚣的对话中踌躇蹒跚地走进历史的册页。

诗韵，是一只飞鸟。一只奇异玄妙的心灵之鸟，去追寻那依稀随风远逝的意境、意韵，追寻于恍惚缥缈中坠入憔悴绿野的那瓣芳香。潮潮汐汐，唯有往事的记忆化做往事的礁盘，在守候着梦之船的靠岸。

## 6

诗韵是鲜活的。在每一个诗韵里，如烟的往事一幕幕地历历在目，曾经的观感一层层展开，就连那曾经邂逅的乡间小路，清泉流水，鸟语花香，袅袅炊烟，夜空中悬挂着弯弯的月牙，稚嫩纯洁的童孩，过家家的滑稽情景此地重现。大江南北，长城内外，阴山脚下，黄河岸边，田埂之上，土堤之下，或近或远，层层叠叠。只是于那恍惚的遥远里又分明看见了自己的影子。

诗韵，是一种即将蔓延的绿意和许久积聚的干渴的期盼，总以默默而投入一种纠缠的倾诉。烟水蒙蒙，独自散落在这丝雨之中，即使水泽边的小石子和尚未返青的荒草也当解风情，感悟自然的讯息，生动出蠢蠢的梦想和实在的生意。雨滴或落迹或流逝，或跳跃或释化，幻化了似水柔情的韵致，做了风情万千的纤舞，迷醉了浑黑得深厚的天地。湿透了饱蘸笔墨的纸，也把文学挥洒得淋漓尽致。

# 士风与名节

世风日下，人们似乎都不大讲究什么“士风”或者“名节”，也不怎么关心这些细枝末节。“士风”如何？“名节”怎样？与我何干？尤其在只求效率不讲效果、只求利益不讲原则、只求实惠不讲名节的环境。

“士风”最初是一个褒义词，用来评价一个社会或者一个人的特点。如《晋书》七十一卷《熊远传》：“祖翘，尝为石崇苍头，而性廉直，有士风。”《旧五代史》五十八卷《赵光允传》说李琪“虽文学高，倾险无士风”。九十六卷《郑受益传》：“家袭清俭，深有士风。”到宋代，“士风”就转变为一个中性名词。宋仁宗初年，晏殊认为“举人作讼，以觊覆考，颇亏士风”。《朱子语类》六十二卷：“今日士风如此，何时是太平？”宋理宗宝祐时，监察御史陈大方说：“士风日薄，文场多弊。”

“名节”一词见于《汉书》七十二卷《龚胜、龚实传》：“二人相友，并著名节。”《三国志》二十一卷《陈琳传》载魏文帝书：“观古今文人，类不护细行，鲜能以名节自立，而伟长（徐干）独怀文抱质，恬淡寡欲，有箕山之志，可谓彬彬君子矣。”唐朝张九龄说：“时议无高无下，惟论得与不得，自然清议不立，名节不修。”李德裕《臣子论》说：“士之有志气而思富贵者，必能建功业；有志气而轻爵禄者，必能立名节。”

士是一种人格，一种精神，一种骨血刚烈的作风。翻开中国史，处处可以看到士的足迹。春秋战国的士，属于社会地位较高的一个阶层。他们高贵、自由、忠诚、坚韧。士的高贵是人格的高贵，士可杀，不可辱。士的自由，是不拘泥于陈规陋习，奋发图强，除旧布新。天行健，君子当自强不息。士的忠诚，是轻生死而重大义，宁为玉碎，不为瓦全。士风，就是这样的风气在社会传扬。

名节，即名誉、气节、操守。重名节、轻利欲，是中华民族的传统美德。许多志士仁人崇尚名节，视名节高于生命。孔子的“名利于我如浮云”；孟子的“富贵不能淫，贫贱不能移，威武不能屈”，讲的都是为人要重名节。汉代的桓宽在《盐铁论》中说，“贤士徇名，贪夫死利”。意思是：道德高尚的人为名节而死，贪婪的人为私利而亡。三国时东吴的陆绩，官任郁林郡太守，处事慎独，注重名节，为政清廉。他任满后经海道坐船返归故里，因实在没有可以运回家乡的东西，又怕船太轻，抗不住海上风浪的颠簸，只好请船夫搬来一块石头压在船头。陆绩回乡后，心生感念，便请人将这块石头运回宅院，并书“郁林石”三字镌刻其上。明朝弘治九年，监察御史樊祉把这块巨石移入城内官衙中，取名“廉石”，作为百官之戒。

比较而言，历朝中最强调名节或气节者是东汉和宋朝。东汉士人强调“以天下风教是非为己任”。东汉的好士风不仅对当时，即使对后世也产生影响。唐朝柳冕说：“后汉尚章句，师其传习，故其人守名节。”李绛说：“后汉末，名节骨鲠忠正儒雅之臣，尽心匡国，尽节忧时，而宦官小人，憎嫉正道，同为构陷，目为党人，遂起党锢之狱，以成亡国之祸。”《四朝闻见录》乙集《王竹西驳论黄潜善汪伯彦》评论被宋高宗杀害的太学生陈东说：“自知顷即受戮，略无惨戚战栗之意，盖东汉人物也。”强调他是“东汉人物”。

关于宋朝的士风和大多数士大夫的表现，《朱子语类》一百二十九卷说，“至范文正方厉廉耻，振作士气”。范仲淹对天水一朝士大夫名节观的发展和振作，产生了重大的影响。他有两句很有名的格言，一是人们熟知的“先天下之忧而忧，后天下之乐而乐”，二是“作官公罪不可无，私罪不可有”。政治上不怕受罪，而个人操守，则务求清白。相比较而言，现在这样的人的确是越来越少了。

士风和名节在今天依然要大加提倡，弘扬传承。从一定意义上讲，它们是与热爱中华、坚持正义、不图名利的高尚品质紧密联系的，是一种克己为人、自强不息、奋力拼搏的伟大精神。

# 天作孽与人作孽

《孟子·公孙丑上》有一段话，孟子曰：“仁则荣，不仁则辱。今恶辱而居不仁，是犹恶湿而居下也。如恶之，莫如贵德而尊士。贤者在位，能者在职，国家闲暇。及是时，明其政刑，虽大国必畏之矣。诗云：‘迨天之未阴雨，彻彼桑土，绸缪牖户。今此下民，或敢侮予！’孔子曰：‘为此诗者，其知道乎！’能治其国家，谁敢侮之！今国家闲暇，及是时，般乐怠敖，是自求祸也。祸福无不自己求之者。诗云：‘永言配命。自求多福。’太甲曰：‘天作孽，犹可违；自作孽，不可活。’此之谓也。”

把这段话翻译成现代汉语，孟子说：“诸侯卿相如果实行仁政，就会得到荣耀；如果实行不仁之政，就会遭受屈辱。如今这些人，非常厌恶屈辱，但仍然处于不仁之境地，这正好比一方面厌恶潮湿，一方面又自处于低洼之地一样。假若真的厌恶屈辱，最好是以德为贵而尊敬士人，使有德行的人居于相当的官位，有才能的人担任一定的职务；国家无内忧外患，趁这个时候修明政治、法典，纵使强大的邻国也一定会畏服它了。《诗经·豳风·鸱鸮》上说：‘趁着雨没下来云没起，桑树根上剥些皮，门儿窗儿都得修理。下面的人们，谁敢把我欺！’孔子说：‘做这篇诗得懂得道理呀！能够治理他的国家，谁敢侮辱他呢？’如今国家没有内忧外患，人们追求享乐，怠惰游玩，这等于自找祸害。祸害或者幸福没有不是自己找来的。《诗经·大雅·文王》上又说：‘我们永远要与天命相配行事，则福禄就会自己来。’《太甲》也说过：‘天降的灾害还可以躲避，自作的罪孽，逃也逃不了。’正是这个意思。”

这和佛所说的善恶有报的思想是一致的。心怀恶念，就会做恶事，终得恶果；心怀善念去行善，就会积德，善人终会有善报。须知，善恶只在一念间，害人之心不可有。一个人如果总是费尽心机想着怎样去陷害别人，他生活得必然不快乐。越是想陷害别人，越是不能得逞，到后来只能是害人不成反害己。古人讲：天作孽犹可违，自作孽不可活。

君子、小人，其实区别就在一念思量。何为君子，何为小人。行善者，君子也；行恶者，小人也。一念思量，在于己身，君子坦荡荡，小人长戚戚。君子与小人，非他人之所指，而为己之度量。唯心无愧，唯眠以安，此为君子；唯心有愧，唯眠以窘，此为小人。

纵览古今，方知世事多磨。所谓君子，言于平民坊间，所谓小人，也亦如此。一言一行，足以毁君子，就小人。圣人孔子，言务农乃鄙陋之习；贤君刘秀，行除近臣之法。因一言失则，一行失策，自为小人。

人生数十载，几度为君子，几度为小人，徘徊于灵魂的巅峰与谷底，总是那么迅疾，一念思量的所指，在于面对与逃避。很少有人能有宁为玉碎不为瓦全的气魄，却有很多人置身于苟延残喘之中。

思虑周全，乃生存之根本，一着不慎，全盘皆输。君子与小人，一念思量，棋局竞逐。君子求财，取之有道；小人渔利，舍之志义。

虽说世间万物，冥冥中自有定数，然而，无一不与人有关，在思量中挣扎，然后决定是君子还是小人。一切，都是自己所为，行进的轨迹，也由自己创造。

总见人云：勿以小人之心，度君子之腹，即已认定他人为小人，自己又何来君子之腹。行君子之义，实属不易，日夜思君子，且不如做一个平常人。君子与小人，没有界线。君子一念，即可成小人，小人悔悟，即可成君子。区分君子与小人的，是自己。为君子之所为，乃为君子，思小人之所思，乃为小人。

做人不能太自私，不能为了一己的快乐，而不顾他人的感受，侵犯别人的利益。这样只能引得人神共愤。——多行不义，必自毙也。

# 读史札记

## 1.《史记》第一梦：武丁缘梦得傅说

这个故事源自《史记·殷本纪》：帝小乙崩，子帝武丁立。帝武丁即位，思复兴殷，而未得其佐。三年不言，政事决定于冢宰，以观国风。武丁夜梦得圣人，名曰说。以梦所见视群臣百吏，皆非也。于是乃使百工营求之野，得说于傅险中。是时说为胥靡，筑于傅险。见于武丁，武丁曰是也。得而与之语，果圣人，举以为相，殷国大治。故遂以傅险姓之，号曰傅说。

这个故事记述的是殷王武丁以梦求得贤臣傅说，使得国家大治的“千秋大梦”。

从历史记载来看，商朝最出名的王是奠定基业的商汤、迁都的盘庚、灭国的商纣王，武丁还在其次。但在政治上，武丁的影响是非常大的。武丁（殷高宗）是盘庚的侄儿，是个志在千里的大王。他一上台，就立志解决很大的政治危机，中兴大商，恢复诸侯来朝的盛况。但是，左右的大臣是庸碌之人，没有“先天下之忧而忧，后天下之乐而乐”的思想觉悟，没有值得信赖的人。有一天晚上，武丁竟然梦见一个叫“说”的“圣人”。

唐代孔颖达《尚书正义》引述西晋皇甫谧的一段记载，与《史记》中记述略有不同，说殷高宗武丁梦见上天赐予他一位贤人，这个人穿着奴隶的衣服，说自己姓傅名说，正在做苦役。武丁醒来以后想：“傅者，相也。说者，悦也。天下当有傅我而悦民者哉！”他认为这是个好兆头，预示着自己将要得到一位治理天下的好帮手。天亮以后，他就把这个梦原原本本地告诉了百官。但百官中没有一个人相信。武丁就详细画出了梦中人的形象，派人拿着图像到天下遍寻，终于在傅岩这个地方找到了傅说。武丁把他比作磨刀的磨石、渡河的舟楫、济大旱的霖雨，希望他和同僚匡正自己，依从先王，追随成汤，来安定天下的人民。

后来，傅说辅佐武丁，大力改革政治，使殷国大治，武丁一朝，成为商代后期的极盛时期。

威尔逊说得好：人类因梦想而伟大，所有的成功者都是大梦想家。在冬夜的火堆旁，在阴天的雨雾中，梦想着未来。有些人让梦想悄然绝灭，有些人则细心培育、维护，直到它安然度过困境，迎来光明和希望，而光明和希望总是降临在那些真心相信梦想一定成真的人身上。

是啊，即使梦想模糊，潜伏在我们心底，只要我们的心境得到宁静，梦想就会成为现实。

## 2. 伍子胥与钱塘湖

伍子胥（前559年—前484年），春秋末期吴国大夫、军事家，名员，字子胥，本是楚国人。

伍子胥之父伍奢为楚平王子建太傅，因受费无忌谗害，和其长子伍尚一同被楚平王杀害。伍子胥从楚国逃到吴国，成为吴王阖闾重臣，是姑苏城的营造者，至今苏州有胥门。公元前506年，伍子胥协同孙武带兵攻入楚都，伍子胥掘楚平王墓，鞭尸三百，以报父兄之仇。吴国倚重伍子胥等人之谋，西破强楚，北败徐、鲁、齐，成为诸侯一霸。

浙江民间有个传说，钱塘江原本总是风平浪静的。伍子胥冤死后，钱塘江便出现波涛汹涌的大潮。相传伍子胥临死前告诉儿子两件事：一是死后将他眼睛挖出来悬挂在都城的南门上，他要亲眼看着越国的大军灭亡吴国；二是用鲇鱼皮把尸体包裹好投到钱塘江，他要每天早晚亲眼看着吴国的灭亡。伍子胥死后，他的满腔怨气催动钱塘江水，奔如闪电，声如雷鸣，潮头之上，隐约可见乘坐着素车白马的伍子胥。因此，沿江各地为了免受自然灾害，建立了不少纪念伍子胥的庙。这样的伍公庙，今天在杭州、宁海还有很多。

想想看，伍子胥当初对吴国如此忠心耿耿，最后却落了个漂死钱塘江的悲惨下场。如果吴王夫差能够重用伍子胥，那么吴国就可能继续保持巩固诸侯霸主的地位。所以，治理国家、发现和使用人才，实在是太重要了。

## 3. 人彘

彘，豕也，即猪。

人彘是指把人变成猪的一种酷刑。就是把四肢剁掉，挖出眼睛，用铜注入耳朵，使其失聪（或熏聋），用喑药灌进喉咙割去舌头，破坏声带，使其不能言语。然后扔到厕所里，有的还要割去鼻子，剃光头发，剃尽眉发（不只是把眉毛和头发剃光，还包括眼睫毛），然后抹一种药，破坏毛囊，毛囊脱落后不再生长，永不再长毛发，然后一根根拔掉，有的嫌累，就一起拔掉，如果有皮掉下来了，刽子手就会被人嗤之以鼻，甚至丢饭碗子，也有在行刑过程中就死了的。没死的，就被放在厕所里做成了人彘。最出名的是汉朝的吕太后将戚夫人做成了人彘，还安排了专人“照顾”，然后丢弃在厕所中任其痛苦死去。

历史上，这是吕后独家发明用来对付戚夫人的一种酷刑。汉朝建立后，吕雉被立为皇后。吕后所生的刘盈被立为太子。此时，吕后已经年老色衰，刘邦喜欢年轻貌美的戚夫人。而刘盈性格懦弱，才华平庸，让刘邦很失望。刘邦喜欢戚夫人所生的赵王如意，甚至一度打算废掉太子，立赵王如意为太子。吕后非常害怕，为保住儿子的地位，请教张良。张良献计，请出刘邦向往已久的商山四皓辅佐太子。刘邦后来放弃了废太子的主张。但是吕后由此而对戚夫人和赵王如意恨之入骨。刘邦死后，吕后把戚夫人抓起来，施行了“人彘”酷刑。

从“人彘”酷刑可以看出，人的异化与变形，古已有之，今日亦然，发生在别的时代的悲剧，也许就是我们今天的悲剧。人的兽性与奴性，亘古不变。

## 4. 跋扈将军

跋扈将军，指的是东汉外戚出身的权臣梁冀。

梁冀（？—159 年），字伯卓。梁冀是中国历史上十大奸臣（庆父、赵高、梁冀、董卓、来俊臣、李林甫、秦桧、严嵩、魏忠贤、和珅）之一。

梁冀这个人，史书描述他的外貌丑陋，耸着像鹞鹰似的双肩，生着豺狼般凶光直射的双眼，自幼过惯了纨绔子弟的生活，嗜饮酒，爱女色，擅赌博，几乎三教九流所能做的各种斗鸡走狗、骋马射箭的娱乐游戏，他均会。

梁冀出身世家大族，先祖时曾协助汉光武帝刘秀建立东汉，其父亲为梁商。梁冀有一妹，是汉顺帝的皇后。永和元年（136 年）梁冀成为河南尹。汉顺帝时因皇后的关系，梁商成为辅政的大将军，梁氏一族左右国政。141 年梁冀代父亲成为大将军。顺帝死后，2 岁的冲帝即位不久就去世，梁太后（即梁冀之妹）立 8 岁的质帝。因质帝当面称梁冀为“跋扈将军”，次年即被他毒杀，另立 15 岁的桓帝。此后他更加专擅朝政，结党营私，且大封梁氏一门为侯为官。

汉质帝刘缵年纪虽小，十分聪明伶俐。他对梁冀的骄狂蛮横非常不满，常常有所表露。有一次他在朝堂上看着梁冀不可一世的样子，就当着文武百官的面，指着梁冀恨恨地说：“你真是个跋扈将军！”梁冀听了，又气又怕，不久就用毒药偷偷把质帝毒死了。

到延熹二年（159 年），梁太后逝世，早对梁冀专权乱政不满的桓帝，借宦官单超、徐璜、具瑗、左悺、唐衡等五人之力杀死梁冀，其全族一并被杀。

《后汉书》的作者范晔曾说：后人要想安邦治国，就应该究其终始强弱之变，以明鉴戒也。我觉得尤其应该从跋扈将军身上，深刻总结教训。

## 5. 元嘉之治

历史上的元嘉之治，是指宋武帝至宋文帝出现的东晋南朝国力最为强盛的历史时期。

宋武帝刘裕在执政时期制度多所改革。官制方面，他削弱东宫官属、加强皇宫禁卫，设立御史中丞专道制度，取消郡县官入仕年限、缩短其任期，将服亲相临制度扩大化、制度化。政区方面，他分割荆、扬，复立南兖、兖和南豫三州。统治政策方面，他抑制宗室、重用近臣。经济方面，他推行土断，奖励养马，限制封山占水，改铸钱币，设立台使。但他执政时期也大肆搜刮民脂民膏，大兴土木，奢侈无度。

宋武帝刘裕死后，长子刘义符即位，两年后，被辅政大臣徐羡之、傅亮、谢晦因嬉戏失德杀刘义符，立刘裕三子宜都王刘义隆，史称宋文帝。其年号为元嘉，元嘉之治由此得名。

宋文帝继续实行刘裕的治国方略，在东晋义熙土断的基础上清理户籍，下令免除百姓欠政府的“通租宿债”，又实行劝学、兴农、招贤等一系列措施，使百姓得以休养生息，社会生产有所发展，经济文化日趋繁荣，由是“三十年间，氓庶蕃息，奉上供徭，止于岁赋。晨出暮归，自事而已”“民有所系，吏无苟得。家给人足，即事虽难，转死沟渠，于时可免。凡百户之乡，有市之邑，谣舞蹈，触处成群，盖宋世之极盛也”（《宋书·良吏传序》）。

除此之外，元嘉文学在中国文学史上也值得大书特书，有谢灵运、刘义庆、鲍照、陶渊明等，可谓群星灿烂。

“元嘉体”之名始见于宋代严羽《沧浪诗话》，用以概括谢灵运、颜延之和鲍照的诗风。这三位诗人在注重描绘山川景物，讲究辞藻的华丽和对仗的工整方面有互相类似之处。《文心雕龙·明诗》中说，“宋初文咏，体有因革，庄老告退，而山水方滋，俪采百字之偶，争价一句之奇。情必极貌以写物，辞必穷力而追新，此近世之所竞也”，主要就是这三位诗人之作。

但是，“元嘉体”诗人的风格也各有特点。谢灵运擅长写山水诗，以辞藻富赡，善于描写自然景物著称；颜延之以侍宴、应制之作居多，其特点是典雅、凝炼，但往往雕琢过甚，用典过多，虽亦有写景之句，常有“雕缋满眼”之弊；鲍照作品以乐府诗为最有名，反映社会现实的深度远胜颜、谢。乐府以外的一些诗则较重辞藻，与颜、谢相近，其特点是以奇险取胜。这三位诗人对齐梁诗人都有一定的影响。

还有，我们所熟悉的辛弃疾的《永遇乐·京口北固亭怀古》里面就有“元嘉草草，封狼居胥，赢得仓皇北顾”。刘义隆好大喜功，元嘉年间仓促北伐，却反而让北魏国主拓跋焘抓住机会，以骑兵集团南下，兵抵长江北岸而返，重创宋军。狼居胥山，在今蒙古境内。公元前 119 年（汉武帝元狩四年）霍去病远征匈奴，歼敌七万余，封狼居胥山而还。

## 6. 玉树后庭花

“后庭花”，本是一种花的名，这种花生长在江南，因多是在庭院中栽培，故称“后庭花”。

后庭花花朵有红白两色，其中开白花的，盛开之时使树冠如玉一样美丽，故又有“玉树后庭花”之称。

《后庭花》又叫《玉树后庭花》，以花为曲名，本来是乐府民歌中一种情歌的曲子。南北朝陈朝最后那个皇帝陈后主陈叔宝填上了新词：

丽宇芳林对高阁，新妆艳质本倾城。
映户凝娇乍不进，出帷含态笑相迎。
妖姬脸似花含露，玉树流光照后庭。
花开花落不长久，落红满地归寂中。

陈叔宝穷奢极欲，沉湎声色，是一个典型的昏君。当时，北方强大的隋朝时时准备渡江南下，陈后主已经面临着灭顶之灾，可他却整天与宠妾张贵妃、孔贵人饮酒嬉戏，作诗唱和。陈后主不是一个称职的皇帝，但是他在辞赋上却有很高的造诣，创作出了很多辞情并茂的好作品。从《玉树后庭花》这首诗就可以看得出来。

陈后主的好日子就像这玉树后庭花一样短暂，前后不足七年（582年—589 年）。隋兵进入建康（今南京），陈后主被俘，后病死于洛阳。后来，《玉树后庭花》遂被称为“亡国之音”。于是便有了杜牧的《泊秦淮》：

烟笼寒水月笼沙，夜泊秦淮近酒家。
商女不知亡国恨，隔江犹唱《后庭花》。

## 7. 明月耀长安

斛律光，字明月，为北齐著名将领，主持西部边防。他精于骑射，当时人称射雕都督。他领兵打仗，从不滥杀无辜，爱兵如子，号令简明，深得将士拥戴。对待朝廷大事也是竭忠尽智。

有一次，北齐皇帝宴请大臣，皇帝说，今天这酒喝得太高兴了。斛律光却说，关西地区尚未平定，皇上有什么值得高兴的？我们应当派遣十万大军，横扫西部边陲，让朝廷百官无忧无虑，士兵解甲归田。这才值得高兴。皇帝于是对群臣们说，明月此刻胸怀此志，忧国如家，恐怕众位爱卿难以望其项背吧。

由于斛律光精于用兵，北周军队又恨又怕，于是用离间计，秘密派人到北齐首都散布“高山（北齐）不推自崩，斛树（斛律光）不扶自竖”，以及“百升飞上天，明月（斛律光）耀长安”等谣言，说斛律光要背叛朝廷，自己做皇帝。皇帝本就对手握重兵的斛律光不太放心，于是便找了个借口，把斛律光这个国家的中流砥柱给杀了。

## 8. 润笔

黄庭坚：“管城子无食肉相，孔方兄有绝交书。”似乎弄笔杆的人与好日子是没什么缘分的。

其实，古人也有类似今天稿费的东西，叫“润笔”。李德林在北齐为官时，以文采闻名天下。他草拟的讨伐北周的檄文，被周武帝惊叹为“天上人”。北周高层认为，能得到李德林这样的人，“胜于麒麟、凤凰远矣”。北齐人也称赞说：“李德林治理国家的才能，堪与贾谊、晁错相提并论；文章才华不亚于司马相如、萧子云。”

隋朝初年，李德林将自己的新作《霸朝集》送给隋文帝。隋文帝当晚一口气看完，第二天一早，就迫不及待地召见李德林，对李德林说：“自古以来，帝王成就大业，必然有世外高人的帮助。寡人昨晚拜读《霸朝集》，才知道还存在上天感应一说。只恨昨晚的夜太长了，不能尽快地见到先生。”

《隋书·郑译传》载，有一天大臣郑译请求还乡养病，隋文帝在醴泉宫召见了他。当即令李德林马上草拟诏书，赐郑译为沛国公、上柱国。皇上的医生在一旁开玩笑说：“毛笔太干了，无法书写诏书。”言外之意是说郑译应该慰劳一下李德林。郑译心领神会，笑着说：“我出朝为官，随身只带着皇上的意旨和手杖一把，皇上没有赏赐我一文钱吧，我拿什么来润你们的毛笔？”隋文帝听后，大笑不已。

据考证，后来的润笔来源大致上可分为两大类，一类是由官家支付，一类由民间支付。

在现代社会，向诗文书画的作者支付稿酬，无论是这笔钱的支付者还是接受者，都建立在市场经济价值规律的基础上。而润笔则并不完全如此。润笔的概念从最初的情感涵义渐渐淡化，到商业涵义渐渐凸现，最终实现与现代稿费观念完全重合，这无疑是个相当漫长的过程。

# 从《影响力》谈心理

罗伯特·B. 西奥迪尼是（Robert B. Cialdini）是全球知名的说服术与影响力研究权威。他分别于北卡罗莱纳大学、哥伦比亚大学取得博士与博士后学位，投入说服与顺从行为研究逾3年。目前是亚利桑那州立大学心理学系教授。

最近，我集中一段时间，看了他的《影响力》。书中，西奥迪尼博士为我们解释了为什么有些人极具说服力，而人们总是容易上当受骗。隐藏在冲动地顺从他人行为背后的6大心理秘笈，正是这一切的根源。那些劝说高手们，总是熟练地运用它们，让人们就范。

人心并非深不可测，人的相貌、表情、言行举止里均蕴含着心理、情感的密码，心理是大脑对客观现实的主观反映。心理现象人皆有之，它是宇宙中最复杂的现象之一，从古至今为人们所关注。

意识是心理发展的最高层次，只有人才有意识。心理现象又可分为两大类，即心理过程和人格。认知、情绪、情感和意志是以过程的形式存在的，它们都要经历发生、发展和消失的不同阶段，所以属于心理过程。

人格也称个性，是指一个人区别于他人的，在不同环境中一贯表现出来的，相对稳定的影响人的外显和行为模式的心理特征的总和。包括需要、动机、能力、气质、性格等。在一定意义上，人格不是独立存在的，而是通过心理过程表现出来的。

如果看到一个漂亮的鸟笼挂在房间最显眼的地方，过不了几天，主人一定会做出下面两个选择之一：要不把鸟笼扔掉，要不买一只鸟回来放在鸟笼里。为什么么会这样呢？其实过程很简单，设想你是房间的主人，只要有人走进房间，看到鸟笼，就会问你："鸟呢？是不是死了？"当你回答："我从来都没有养过鸟。"人们会问："那么，你要一个鸟笼干什么？”最后你不得不在两个选择中二选一。因为这比无休止的解释要容易得多。鸟笼逻辑很简单：人们大多数时候是采取惯性思维的。可见在生活和工作中培养逻辑思维是多么的重要。

生活中，我们还会遇到这样的情形，一栋房子如果窗户破了，没人去修补，隔不久，其他的窗户也会莫名其妙被人打破；一面墙，如果出现一些涂鸦没有清洗掉，很快墙上就会布满了乱七八糟、不堪入目的东西。一个很干净的地方，人会不好意思丢垃圾，但是一旦地上有垃圾出现之后，人就会毫不犹疑地抛撒，丝毫不觉羞愧。其实，任何坏事，如果在开始时没有阻拦，形成风气，改也改不掉，就好像河堤，一个小缺口没有及时修补，就可以崩坝，造成千百万倍的损失。

我们会看到机构臃肿，人浮于事，相互扯皮，效率低下的现象。其实，英国著名历史学家诺斯古德·帕金森通过长期调查研究，写出一本名叫《帕金森定律》的书。他在书中阐述了机构人员膨胀的原因及后果。

一个不称职的官员，可能有三条出路：第一是申请退职，把位子让给能干的人；第二是让一位能干的人来协助自己工作；第三是任用两个水平比自己更低的人当助手。第一条路是万万走不得的，因为那样会丧失许多权利；第二条路也不能走，因为那个能干的人会成为自己的对手；看来只有第三条路最适宜。于是，两个平庸的助手分担了他的工作，他自己则高高在上发号施令，他们不会对自己的权利构成威胁。两个助手既然无能，他们就上行下效，再为自己找两个更加无能的助手。如此类推，就形成了一个机构臃肿，人浮于事，相互扯皮，效率低下的领导体系，老百姓称其为“武大郎开店”。

在人际交往中，人身上表现出的某一方面的特征，掩盖了其他特征，从而造成人际认知的障碍。这就是所谓的晕轮效应。俄国著名的大文豪普希金曾因晕轮效应的作用吃了大苦头。他狂热地爱上了被称为“莫斯科第一美人”的娜坦丽，并且和她结了婚。娜坦丽容貌惊人，但与普希金志不同道不合。当普希金每次把写好的诗读给她听时。她总是捂着耳朵说：“不要听！不要听！”相反，她总是要普希金陪她游乐，出席一些豪华的晚会、舞会，普希金为此丢下创作，弄得债台高筑，最后还为她决斗而死，使一颗文学巨星过早地陨落。

在普希金看来，一个漂亮的女人也必然有非凡的智慧和高贵的品格，然而事实并非如此。在日常生活中，“晕轮效应”往往在悄悄地影响着我们对别人的认知和评价。比如有的老年人对青年人的个别缺点，或衣着打扮、生活习惯看不顺眼，就认为他们一定没出息；有的青年人由于倾慕朋友的某一可爱之处，就会把他看得处处可爱，真所谓“一俊遮百丑”，“情人眼里出西施”。这种以偏概全的主观心理臆测的错误在于：第一，它容易抓住事物的个别特征，习惯以个别推及一般。第二，它把并无内在联系的一些个性或外貌特征联系在一起，断言有这种特征必然会有另一种特征。第三，说好就全都肯定，说坏就全部否定，这是一种受主观偏见支配的绝对化倾向。

20世纪20年代，美国研究人员在芝加哥西方电力公司霍桑工厂进行的工作条件、社会因素和生产效益关系实验中发现了实验者效应，称为霍桑效应。实验的第一阶段是从1924年11月开始的工作条件和生产效益的关系，设为实验组和控制组。结果不管增加或控制照明度，实验组产量都上升，而且照明度不变的控制组产量也增加。另外，他们还试验了工资报酬、工间休息时间、每日工作长度和每周工作天数等因素，也看不出这些工作条件对生产效益有何直接影响。第二阶段的试验从1927年4月至1929年6月，是由美国哈佛大学教授梅奥领导的，着重研究社会因素与生产效率的关系，结果发现生产效率的提高主要是由于被实验者在精神方面发生了巨大的变化。参加试验的工人被置于专门的实验室并由研究人员领导，其社会状况发生了变化，受到各方面的关注，从而形成了参与试验的感觉，觉得自己是公司中重要的一部分，从而使工人从社会角度方面被激励，促进产量上升。

霍桑效应告诉我们，当同学或自己受到公众的关注或注视时，学习和交往的效率就会大大增加。因此，我们在日常生活中要学会与他人友好相处，明白什么样的行为才是同学和老师所接受和赞赏的，我们只有在生活和学习中不断地增加自己的良好行为，才可能受到更多人的关注和赞赏。

心理学研究证明，很多证人提供的证词都不太准确，或者说是具有个人倾向性，带着个人的观点和意识。事实上，证人对他们的证词的信心并不能决定他们证词的准确性，这一研究结果令人感到惊讶。

人们对于自己在一般知识上的优势与弱势有自知之明。因此，倾向于修改他们对于信心量表的测验结果。一般知识是一个数据库，在个体之间是共享的，它有公认的正确答案。例如，人们会知道自己在体育问题上是否比别人更好或更差一点。但是，目击的事件不受这种自知之明的影响。例如，从总体上讲，他们不大可能知道自己比别人在记忆事件中的参与者头发颜色方面更好或更差。

美国心理学家罗森塔尔等人于1968年做过一个著名实验。他们到一所小学，在一至六年级各选三个班的儿童进行煞有介事的“预测未来发展的测验”，然后实验者将认为有“优异发展可能”的学生名单通知教师。其实，这个名单并不是根据测验结果确定的，而是随机抽取的。它是以“权威性的谎言”暗示教师，从而调动了教师对名单上的学生的某种期待心理。8个月后，再次智能测验的结果发现，名单上的学生的成绩普遍提高，教师也给了他们良好的品行评语。这个实验取得了奇迹般的效果，人们把这种通过教师对学生心理的潜移默化的影响，从而使学生取得教师所期望的进步的现象，称为“罗森塔尔效应”，习惯上也称为皮格马利翁效应（皮格马利翁是古希腊神话中的塞浦路斯国王，他对一尊少女塑像产生爱慕之情，他的热望最终使这尊雕像变为一个真人，两人相爱结合）。

教育实践也表明：如果教师喜爱某些学生，对他们会抱有较高期望。经过一段时间，学生感受到教师的关怀、爱护和鼓励，常常以积极态度对待老师、对待学习以及对待自己的行为。学生更加自尊、自信、自爱、自强，诱发出一种积极向上的激情。这些学生常常会取得老师所期望的进步。相反，那些受到老师忽视、歧视的学生，久而久之会从教师的言谈、举止、表情中感受到教师的“偏心”，也会以消极的态度对待老师、对待自己的学习，不理会或拒绝听从老师的要求。

# 心淡方知妙

恬淡，就是不追名逐利。《东观汉记·郑均传》中就有“淡泊无欲，清静自守”的说法。秦观也写过“故人淡泊出天性，鹪鹩巢林一枝足”（《送蔡子襄用蔡子俊韵》）的诗句。

浓与淡，本是不同的感觉，也是仁者见仁智者见智的。所谓萝卜白菜各有所爱。人生走到最后，都要回归于淡雅、朴素和简单，而中间那一段繁华喧闹的过程，只不过是为平淡的结局写下浓墨重彩的一笔。

淡的解释主要有三种：一是物理解释，指含有的盐分少，跟“咸”相反；二是化学解释，指所含某种成分少，稀薄，跟“浓”相反；三是人性化解释，指不热心，态度冷。从这个意义上讲，淡是一种感觉。

人上了一定岁数，经过流离颠沛，尝过酸甜苦辣，受过人情冷暖，看过世态炎凉，渐渐地懂得平凡才是真，把什么东西都看淡了。所谓“心淡方知妙，意到不求工”。欢欣也好，悲伤也罢，经历过后，便觉得云淡了，风轻了，安静了。

淡，或许不能给人以外在的辉煌，却能使人有内在的超越。心淡，可以平淡对得失，冷眼向繁华。心淡的人，在畅达时不张狂，挫折时不失落，不献媚于权势，不屈从于金钱，坦坦荡荡，从从容容地活着。

人越是淡薄，精神越是自由。淡泊使人轻松，内心常生出快乐。淡泊，是人对世事的一种旁观心态。淡泊之下，可以看到，灯红酒绿下面心灵的苍白，可以看到欢声笑语背后难言的孤独，可以窥见豪华奢侈包裹着的精神贫穷，可以窥见辉煌灿烂背后深深的空虚。淡泊，使人保持了赤子之心，感情纯正，该爱的敢爱，该恨的敢恨。

落花无言，人淡如菊。淡泊的心态，犹如李易安笔下的黄花，哀而不伤，愁苦之中蕴涵着辛勤和美丽，它的颜色虽与世人心中的颜色不同，却总能显出奇异的光彩。如是，淡泊是谢绝繁华，回归简朴的生活情趣，是摆脱束缚、逍遥舒展的美好境界，是纷纭世事中对自我品位的坚守，是淡化物欲后对人生更加热爱的情感。

现实生活中，一些人把个人的得失看得太重，而且都认为自己的烦恼完全来自于他人的错误，却没有人去真正反省自己的缺点或过失。要知道，人的欲望是永远没有止境的，一个人如果不能看透生命的本质，至死也离不开欲望，一生也摆脱不了烦恼，因为命运往往在满足了一个人的欲望的同时，又塞给他一个更难满足的新的欲望。只有那些走上返璞归真之路的修炼人，才能彻底放下名利之心，永远脱离人世间的烦恼。

心淡人自乐，懂得了这个简单的道理，就能远离烦恼，度过自由自在的人生。即使贵为皇帝，虽然他得到了至高无上的权力，也仍然有很多满足不了的欲望。那么，作为无权无势的平民百姓，如果不懂得主动放弃，欲望可能会更多。有欲望而不能满足必然心生烦恼。

相传，唐肃宗为心中的各种烦恼所困，遂拜南阳的慧忠禅师为“国师”，希望他能为自己排忧解难。有一天，肃宗问禅师：“朕如何才能得到佛法？”慧忠回答说：“佛在自己心中，他人无法给予。陛下看到殿外空中的那一片彩云了吗？能不能让侍卫把它摘下来放在大殿里？”肃宗无奈地答道：“当然不能。”慧忠又感叹说：“世人求佛，有的人为了让佛祖保佑求得功名，有的人为了求财富、求福寿，有的人为了摆脱心灵的责问，真正为了修佛而求佛的能有几个？”肃宗听后又问禅师：“怎样才能拥有佛的法身？”慧忠答道：“欲望让陛下有这样的想法。不思静修，把生命浪费在这种无意义的空想上，几十年醉死梦生下来之后，到头来不过是腐尸与白骸而已，何苦呢？”“哦。如何能不烦恼不忧愁呢？”肃宗退而求次的问道。慧忠爽朗地回答说：“不烦恼的人，看自己很清楚，即使一心向佛，也决不会自认是清静佛身，仍然经常自我反省。只有烦恼的人才整日想摆脱烦恼。修行的过程是心地明朗的过程，无法让别人替代。放弃自身的欲望，放弃一切想得到的东西，其实你得到的将是整个世界。”

时光易老，我们已经做了太多无谓的挣扎，太多荒唐的事情，太多盲目的决定，而错过了太多本来的幸福，太多安静的生活，太多理性的选择。从现在开始，我们要认真把痛苦的过往都忘记，再用心把错过的都弥补回来。也许有人会说，这是一个丰盈饱满华丽诱人的时代，太多的诱惑勾引着你的欲望，让醉者更醉，醒者更醒，也考验折磨着既想醉拥又想保持清醒的那一部分人。放眼观世界，有钱未必真幸福，显赫常常也自卑。一个物质富足的人，其实拥有了世间许多的华丽享受，却常常感到精神空虚落寞。一个物质贫瘠的人，所得到的只是生活刚刚的温饱，他却有种满足的快乐。得此失彼，失彼得此，十全十美的事情就没有，不同的起点，不同的终点，环境不同，心态不同，历程不同，所悟出的道理也是不同的。

“欲将西湖比西子，淡妆浓抹总相宜”。也许我们更应该将远志封存起来，用闲逸的大自然山水蓄养，于杯盏中自在把玩。看一场春雨，杨柳依依，我心飞翔，水彩写意，行云流水。听一场春雷，抒发心中的春意。看一树的蓓蕾，从绽放到落英缤纷。不为诗意，不为风雅，不为高深的禅定，只为将日子过得如一汪清泉般的淡雅悠闲。

# 心 海

《庄子·田子方》中有这样的句子："夫哀莫大于心死，而人死亦次之。"生命的结束带来的悲哀还不及"心死"。

心是人的生命原动力。心是一片海，每一片海里，都有动听的歌。

畅游心海，放飞心情，让它去追寻梦的故乡。没有了顾忌，没有了多虑，有"海阔凭鱼跃"的欢快和愉悦，有潮起潮落的波澜和壮阔。携丝丝海风，伴层层海浪，观千帆竟发，悟百舸争流。在激情奔涌的感动中，倾心体味真的洒脱、纯的精美、专的执着。或者拥着浓浓的真情，携着不变的信念，追逐澎湃的浪峰。情随信念提升，心随浪峰涌动……

畅游心海，感悟蓝天白云的旷远和辽阔；放飞思绪，让心去找寻梦的天堂。没有了禁锢，没有了束缚，有"天高任鸟飞"的自由和洒脱，有碧空万里的浩瀚和广袤。携一缕春风，披一抹阳光，赏万紫千红，嗅鸟语花香。在清净悠远中，开怀畅饮善的甘泉、美的醇酿、爱的甘露。或者伴着淡淡的酒香，和着舒缓的音乐，踏着轻快的舞步，情随音乐流动，心随脚步起舞……

畅游心海，方能体味美妙的人生。吃饭是为了活着，但活着不是为了吃饭。匆匆的脚步，忙碌的身影，是为活着，但更是为生活。二者的不同在于，一为饱食终日，一为执着追求真心生活。司马迁"隐忍苟活"，他不只为活着；屈原"被发行吟"，他是为执着；陶渊明"不为五斗米折腰"，他的心灵向往没有羁绊；朱自清不领"救济粮"，他的民族自尊心得以昭显。他们的人生都在向后人昭示真正的生活。

追求真正的生活，不是追求虚无。我们不是尼采，不会成为十足的精神狂；我们也不是阿Q，不追求自轻自贱的心理满足。雨果说，比大地更广阔的是天空，比天空更广阔的是人的心灵。广阔的心灵就是宇宙。我们不是太阳，但心海里有太阳；我们不是宇宙，但心海就是一个宇宙。

爱和追求在这个宇宙中永恒。经过了许多风，沐过了许多雨，走过了许多路，历过了许多事。畅游心海，得到了平静，练就了宽容，懂得了体味，感悟了真诚。茫茫心海，浪翻浪滚；心海茫茫，潮起潮涌。

人生或许是悲哀的，因为你把悲哀当成了饭吃，当成了你的不幸，把它们一股脑地全塞进了心海里；人生或许是茫然的，因为你把茫然当成了习惯，当成了你的追求，把它们当成是肥料，一个劲儿地扔到了花园里。这或许不是你的错，因为你错的太多了，把错当成了无谓了。

风起云尽消，星夜雨归途。倾听自己的心海，心海会告诉你，你还是你，只是你封闭了原有的自己；感受来自心海的声音，心海会告诉你，昨日的你还是你，只是无味的放弃让你失去了自我；在那不知名的心海深处，有一个朦胧的花园，在花园里有一佝偻的背影，他不停地用他那无力的双手在拯救着自己的花儿，而你呢？当你对着自己那荒废已久的心之花园时，心海会告诉你，拿起锄头吧，那是你自己的，也是唯一一份自己拥有的纯真。

三界唯心，万法唯识。一切善恶，皆出自心。自心修善，令身安乐；自心造恶，令身受苦。心是身主，身是心用。

# 招　数

《菜根谭谋略全本》是明代还初道人洪应明收集编著的一部论述修养、人生、处世、出世的语录体文集。这本书以宽阔的视野和思维方式，在每个谋略基础上都加上了标题，并结合古今中外比较有影响的事例对原文进行了更为精辟、深刻的延伸。书中所涉及的计谋和策略不仅在战争中起着至关重要的作用，而且对人们的生活、学习和工作也有很重要的影响。因为灵活的思维方式和智慧的处事方法能使人们生活得更加从容和自信。更好、更灵活地运用它们，是成功的关键。

招，本指武术上的动作。比喻办法、手段。有办法就是有招；没招了，就是没办法了。比如别人要你办件事，你办不了，你就没招了。

好办法就是好招，否则有可能就是损招。极好的招叫绝妙好招，绝招。这在生活中常常可以见到听到。有的人遇到什么困难都有办法，那么他就有招数；而有的人只要遇到一丁点困难就束手无策，毫无半点招数。还有一些人，总是想出一些阴损的损害别人的办法，那就是损招。我们常常听到的一些招数，比如背水一战、黔驴技穷、图穷匕见、孤注一掷……猫有猫道，狗有狗道，各有各的招数。

中国历史上有一些非常经典的招数。曲逆侯陈平、留侯张良都是汉高祖刘邦智囊团中顶尖儿的人物。很多人都熟知汉初三杰，萧何，张良和韩信，未免忽视了这位奇招百出的陈平。

范增是追随项羽叔父项梁起兵的老臣。项羽的手下猛将如林，但真正有战略头脑的谋士似乎只有范增一人。当年鸿门宴上范增几度发难，几乎致刘邦于死地，想必刘邦恨他入骨吧。离间这位被项羽尊称亚父的能人，的确相当有难度，但难不倒陈平。一次项羽的使者来访，陈平找人故意十分热诚地接待。大鱼大肉之下，又加上美女歌舞助兴，使者也被感动得一塌糊涂，当然也会礼节性地说出代楚霸王项羽向诸位感谢的话来。谁知招待人员就此突然翻脸，撤下珍馐美女，换上粗茶淡饭，当着使者的面说，我们还以为你是是亚父范增派来的呢。使者回去把这件事一五一十向项羽作了禀报，头脑简单的项羽就此丧失了对范增的信任。后来范增几次直言相谏，更是惹得霸王不高兴，终于被扫地出门。范增一死，项羽全无招数，末日也就不远了。

陈平有好多招数，但他明白自己的计策阴险刻毒，也很少宣之于口。著名的白登之围，刘邦被数十万匈奴大军所困，全赖陈平的一则秘计解围。史书对这则秘计多有猜测，但谁也不知道真正是什么。

如果在中国离间史上非要排出个第一名，那么论计策之流畅，心肠之恶毒，非得王猛的“金刀计”不可，何况他要离间的人都决非等闲之辈，一个是大秦天王苻坚，一位是后燕的皇帝慕容垂。

王猛在前秦当丞相的时候，当时天下三分，前秦控制关中地区，潼关以东是慕容氏的燕国，长江流域（包括荆州、益州、扬州等地）是东晋的地盘。这三方都有名冠一时的豪杰，前秦一方有被苻坚视作诸葛再世的王猛。王猛的施政方略与诸葛亮治蜀时相仿，也无愧他的名字，走得是刚猛严苛的法家之路，而他的功业相比六出岐山而徒劳的诸葛亮，那是高得太多。正是在他的统领下，前秦攻灭了慕容燕国，统一了整个北方。

东晋其时则有留下千古名言“既不能流芳后世，不足复遗臭万载”的超级枭雄桓温和魏晋风度的集大成者、一代名士谢安。燕国方面有慕容家族的国之干臣慕容垂，天龙八部中的复辟狂慕容博父子拿出来的族谱中固然是写满了密密麻麻的名字，但慕容垂应该是他们最为敬仰的一位先祖。枋头一战，纵横不可一世的桓温被年青的慕容垂的骑兵打得大败亏输，桓温赖以起家的精兵几乎损失殆尽，弄得后来想篡位时都未免底气不足。这一段历史，将星闪烁，能人辈出，各方的角力在著名的淝水之战中达到高潮，并以出乎所有人意料的方式落幕，精彩程度实在不下《三国演义》。

当时慕容垂英雄了得，不免为太傅慕容评和太后可足浑氏所忌。二人联合起来整慕容垂，手法狠毒。如用巫蛊案处死了他深爱的王妃段氏，慕容垂忍无可忍，终于率领全家投奔关中苻坚。其实以慕容垂的英名加才智，发动叛乱做掉这两个政敌易如反掌，只是他不忍心同族相残，宁可自己出走。其实他这一走，几乎和灭了燕国没什么分别。

前秦的皇帝苻坚在中国历史上的诸多皇帝中，以心胸宽广而论，算的上是第一。对于这位大名鼎鼎的慕容垂举家来投，高兴得几乎是倒履相迎。苻坚的这般盛情，慕容垂虽然感动得一塌糊涂，王猛看在眼里难免不是滋味，万般忌妒之下，遂生了除掉慕容垂的念头。但是苻坚用人不疑，慕容垂精明干练，离间他们谈何容易？平心而论，王猛一生为政为人，除了这件事以外，都扛得起“光明磊落”四个大字，只是这种人物一旦施起计来，也是恶毒无比，比起燕国慕容垂的政敌们则是高明得太多。

王猛唯一可利用的资源就是慕容垂新附，他的家族人心尚不稳。于是在他率军征伐燕国的时候，向苻坚请求以慕容垂最喜欢的长子慕容令出任参军。出发的前一夜，慕容垂设宴饯行，当然有心让王猛在军中多照顾他的儿子。王猛和他一起喝酒谈心，席间喝到高处便激动起来，拉着慕容垂的手要和他结拜兄弟。慕容垂到底是鲜卑胡人，论心机深沉哪里及得上汉人王猛，眼花耳热后也是指天划地，约为兄弟。王猛顺势说：“我此次远走，兄弟却无什么东西可以睹物思人，未免遗憾。”并送给慕容垂自己生平最爱的一方镇纸以兹纪念，慕容垂大为感动，想也不想就解下自己的家传宝刀送给王猛。得了这柄金刀，王猛开始了第二步行动。在大军开拔到洛阳的时候，王猛招来了帐下一个叫金熙的小卒，重金收买，让他跑到慕容令的帐中出示金刀，并假传他父亲的话说：“你我父子之所以投奔秦国，无非是避祸而已。如今王猛心胸狭隘，数次想排挤我们，而苻坚表面上对我们礼让有加，但其心实在难测。估计我们父子仍然难免一死。古人尚云，狐死首丘，况且最近听说燕国皇帝于我们走后颇有悔意。我现在已经在逃亡的路上了，你不走更待何时？事起仓促，来不及写信，特派人传口信，以金刀为证。”慕容令听后，又惊又疑，慕容垂赠王猛金刀的事情他并没有听说，而父亲企图二次叛逃却丝毫没有征兆，但这位来传话的金熙曾经在慕容垂府中打过下手，又有金刀为证，言之凿凿，不由得他不信。当时慕容令急得六神无主，又根本无法与千里之外的老爹取得联系，思前想后，还是连夜投奔燕国。

王猛等他一逃，马上急表上告朝廷，慕容垂闻讯，当真是祸从天降，连辩解也不敢辩解，仓促出逃，结果在蓝田被追兵赶上，押回长安。慕容垂自忖必死，谁知苻坚宽容千古第一的帽子真的不是白戴的，他立刻赦免了慕容垂，安慰道，你儿子心存故国，本身就无可厚非，我只是为他遗憾而已，更不会牵连到你们这些人。老天照应，慕容垂躲过了这一劫，而他的儿子慕容令就惨了，跑到燕国境内，却发现老爸根本没来，顿时天旋地转，昏倒在地，燕国对他这个莫名其妙的二次叛徒当然心存芥蒂，干脆流放到遥远的沙城。慕容令仍不甘心，在沙城组织旧部企图第三次反叛，却被当地官员抓住就地正法。

王猛此计虽然最终没有要了慕容垂的命，但还是葬送了慕容垂的身后希望所在——他最优秀的儿子慕容令。慕容令在沙城组织一帮乌合之众和燕国官军作最后徒劳抵抗的时候，一定还没想明白到底是谁把他害得这么惨，慕容垂后来终于再造燕国（史称后燕）坐上龙椅的时候，一定一边因后继无人而痛惜“太子”慕容令的无谓身亡，一边只怕仍为王猛的毒计而感到不寒而栗。

世人眼中智者的最高境界，大抵不仅在生前威风八面，算无遗策，而是有能力在自己身死之后稳控局势。

翻开《三国演义》，无论是蜀汉的最高智慧象征诸葛亮，还是魏方谋臣之冠，死后曹操流涕长叹“哀哉奉孝，痛哉奉孝，惜哉奉孝”的“三哉”郭嘉郭奉孝都是精通此术。诸葛孔明病逝五丈原之前，对后事进行了精心的安排，不仅留下了“死诸葛吓走活仲达”的千古佳话狠狠调戏了一把老对手司马懿，还借马岱之手诛除了野心甚大的魏延，一举奠定了蜀汉此后几十年安定的政治局面。郭奉孝的死前遗计定辽东，借公孙渊之手杀了袁绍两个千里相投的儿子袁尚、袁谭，也堪称反间史上的经典之作。

另一个死后逞威的经典案例应该算是战国著名的说客，身佩六国相印的苏秦。苏秦不仅嘴皮功夫了得，其权术之精，识见之远，心计之深，也是一般人远所不及的。他在赵国当相国的时候，经常在赵王面前吹嘘，只要有他在，秦国即使再强大十倍也占不到赵国的便宜。话音未落，就传来了秦王试图对赵国用兵的消息，苏秦臊的老脸通红，但这也难不倒他。他找来了昔日的同学，才能不下于他的张仪，说是和他共享富贵，却故意百般冷落蔑视，像仆人一般使唤。张仪也是心高气傲之人，一怒之下铁心和苏秦作对，负气跑到了秦国，穷困潦倒之余却意外得到一个人的大笔接济，并经他引见得见秦惠王，一番策论说得秦王心服口服，拜为上卿。那个接济他的人此时表明身份，说自己是苏秦的门客，苏先生他这么对你无非是为了激发你的上进心，您今后在秦国手握大权，千万不要忘了他的大恩哪。张仪感激的涕泪俱下，奋尽生平之力鼓动秦王不要去攻赵，转而拿魏国撒气，终于一举取得魏国的河西之地，秦赵两家皆大欢喜，和平长达十五年之久。

此后齐魏两国合兵攻赵，苏秦的六国合纵抗秦的规划彻底泡汤，实在不好意思继续在赵国混下去，于是跑到北方的燕国。燕易王对这个偶像级的明星崇拜得不得了，立时委以大权。苏秦在燕国玩得的确过火，居然和燕王的寡妇老妈私通。此等奇耻大辱的消息传到了燕王的耳朵里，他却浑然不当回事，反而对苏秦更加礼敬。旁人对苏秦的惊天艳福和通天权势羡慕得口水直流，纷纷跑到他府上祝贺。苏秦何等洞悉世故人心，摇头苦笑道，燕王不过是忌惮他老妈和自己联手的强大势力而不敢妄动而已，他老妈在世还勉强罩得住自己，只要一朝归西，燕王只怕第一个就不会放过自己。于是他亲自去见燕王，说自己有办法反间毁掉燕国最痛恨的仇敌齐国。燕王连连称善。苏秦紧跟着建议，您不妨找合适的理由把我赶出燕国，我去投奔齐国，作为内奸，我自然有办法把他们国家整垮。第二天，燕王就当众斥骂苏秦色胆包天，兼怀贰心，将他逐出宫去。

苏秦委屈地举家南下出走齐国，齐宣王像中了大奖一般高兴地把他奉为上宾。宣王死后，他鼓动齐湣王厚葬他老父，葬礼花费之巨，空前绝后，又教会他狂搞面子工程，大兴土木，整个齐国果然被收拾地得焕然一新。齐湣王心旷神怡，接受万国朝贺爽到极点之余，只怕也没注意到好端端的东方大国就此被搞得国败人穷，民生凋敝，他对苏秦的封赏同时也厚得无以复加。先前齐王身边几个靠谄媚拍马混饭吃的佞臣眼见进口了一个更狠的，竟然后来居上，嫉妒的双眼冒血，重金聘请刺客趁苏秦不备将其刺成重伤，混战中凶手逃之夭夭。

苏秦躺倒在床，情知自己伤重不治，一面叹惋平生纵横天下，无所不能，今日居然在阴沟翻船，世事忒也难料。一面开始苦心安排自己的身后事宜。等到齐王风风火火地跑来探病的时候，他拼尽最后一口气道，我反正是活不了了，不如废物利用，您宣告天下，说我是燕国的奸细，此行的目的就是颠覆齐国，选个热闹的日子在大街上把我五马分尸，并把我的家人统统赶回燕国，想必刺客也好，主谋也好，参与者也好，包括那些稍微知情的人都会迫不及待跳出来讨赏，到时您把他们统统诛除为我报仇便是。

齐王含泪应允，依着苏秦的最后一计完美利落地替他报了仇。燕王闻说苏秦惨死于齐，也是唏嘘不已，以前的芥蒂固然是一笔勾销，又念及他反间的奇计伟业，于燕国的大恩，对他的家人极尽优渥抚恤自不必多说。没过多久，苏秦确系燕国间谍的消息终于坐实，齐王羞恼万分，命人再把苏秦从地下掘起来当众鞭尸，意犹未尽，想宰他全家发泄的时候才猛然记起自己早就把他们礼送入燕，只能徒唤奈何。苏秦虽死相难看，齐国也被他玩得根基动摇，后来终于被名将乐毅率燕国军队攻打得险些亡国。

苏秦一生行事诡异，机诈难测，视天下为无物，玩弄战国七雄于股掌之中，最后却堂而皇之地进了燕国的忠烈祠，诚如西汉邹阳的那篇传世美文《狱中上梁王书》中总结的那样，“苏秦不信于天下，而为燕尾生”，实在让人跌破眼镜。邹阳先生固执地认为那是燕王知人至深，待人至诚，从而感动了这位九世滑头的缘故。实则不然，燕王本身就不是省油的灯，他的那套收买几个轻生重义的愣头青如专诸、聂政这些刺客是绰绰有余，却怎么可能感动得了奸狡如狐的苏秦？苏秦这么安排，一方面是引那些胆大无脑的凶手自动现身，那些敢买凶杀自己的人势力绝对不小，毕竟自己又只是个客卿，而且民怨甚大，天知道负责调查此案的齐国法司会不会卖力，抑或干脆找些替罪羊胡乱一杀了事，同时此举也是为家人铺好后路，自己也稍微洗刷一下谋国不忠的恶名，另一方面，他竭力显示对燕国的忠心也无非是讨燕王老母的欢心罢了。他狡狯一世，最后只怕是动了真情，情之累人，当真一至如斯。

先秦人物，大多个性张扬，率性敢为，虎虎生风，却甚少有后世主辱臣死，忠君爱国的道德理念。苏秦、张仪这些无耻黑心的纵横家如是，豢养着万千门客野心勃勃的战国四公子如是，仅感怀知遇之恩就刺杀本国元首、重臣的刺客专诸、聂政如是，一边哀叹着“日暮途远，吾故倒行而逆施”，一边为报家仇而荒唐到亲率敌国大军攻灭自己祖国的“楚奸”伍子胥亦如是。

# 最好时代与最坏时代

英国大文豪狄更斯的《双城记》开篇说："这是一个最好的时代，这是一个最坏的时代；这是一个讲信用的时代，又是一个欺骗的时代；这是一个光明的时代，又是一个黑暗的时代；这是光明的季节，这是黑暗的季节；这是希望之春，这是失望之冬。"

这个时代的好与坏怎么说都不夸张，怎么讲都不过分。是的，这确实是一个快餐时代，人们都在消费着速食爱情。这确实是一个精神荒芜的年代，人们都在逃避崇高、物化精神。有人说，人类永远会有糟糕的儿童期和糨糊一样的青春期。人类的信息传递，经历了数千年，从烽火台、驿站到飞鸽传书，从骡马、汽车、轮船到飞机传递，从电报、电话、手机到网络可视即时通信。这一切似乎来得太快，来得太猛烈。

市场经济时代，所有社会关系都发生了变化。个人有了自我选择的空间，摆脱了一切原始关系的束缚，人与人之间互相承担的东西不一样了，而且都可以通过物与物的关系，通过获得货币和消费货币来调节。当亲情、友情都货币化之后，理论上已无需这种联系。过去我们说在家靠父母，出门靠朋友。现在只要有货币，在任意一个城市都可以生活得很好。这是好事还是坏事，只能用相对立的两个判断来形容，只能用两种相反的判断，因为原有的关系分崩离析了。但是一个道德体系死了，仍然会生活在人们的潜意识里，仍然活在人们的道德谴责中。至于说新的道德，西方几次返回基督教。中国以前有宗族、家庭和单位来维系人际关系，现在情况大有改变。凯恩斯早就说过，我们有对付普遍贫穷的经验，却没有对付普遍富裕的经验。人类永久的烦恼是不可能解决的，矛盾无处不在。旧矛盾解决了，新矛盾出现了。任何一个时代都充满着希望与失望，正义和邪恶，欢乐与悲哀，光明和阴暗，所以我们不由得感慨，狄更斯准确地概括了任何时代投射在人们心头的影子，因而我们永远都可以说："这是最好的时代，这是最坏的时代。"

不论如何，许多人觉得这似乎是一个江河日下的时代。哲学史家杜兰特这样说过："信仰不在，希望不在，这就是我们时代的症状。让我们悲观的并不是大规模的战争，更无关乎近些年来的经济衰退，不是我们的房子空了，也不是我们的国库空了，空了的是我们的心灵，我们已经进入精神枯竭和绝望的年代，仿佛回到当初需要基督诞生的时候。"

于是便想到历史，让人想起了朱明王朝，它承平既久，歌舞升平，已经走过多年辉煌的历程。它衰朽不堪，达官显贵们醉生梦死，腐败透顶，并且开始走下坡路。远远望过去，它就像一枚熟透至烂的苹果，从头到脚散发着腐朽的味道。这是一个嫉妒奢靡的时代，也是一个风雨飘摇的时代。所有的奢华在这时已经达到顶点，所有的矛盾在这里蓄势待发。整个社会在淫靡与溃烂中挣扎。人们开始把眼光从高在天上的神身上转移，从高不可攀的大明皇帝人身上转移开，开始真正关注其自身的命运，自身的自由，自身的发展。不知道是福还是祸？

打开互联网，关于时代的话题，实在是太多了。这是一个一半的人以正确的方法做错事的时代，一半的人以错误的方法做对事的时代。一个感觉什么都不够的时代：一只手机不够、一份薪水不够、一位情人不够、一辆车子不够、一栋房子不够……我们对外面的世界过度需求，对每天的自己过度使用。这个时代的问题是：以前的人承认世界的中心在别的地方，现在的人，认为自己就是世界的中心。在今天这个时代，大多数的思想是一种抄袭，大多数的生活是一种模仿，大多数的感情是一种廉价，大多数的幸福是一种交换。世上没有永久的快乐，也没有永久的痛苦，大部分的我们都只是处在这两者之间。到底是这个世界每天在找我们每个人的麻烦？还是我们每天在找这个世界麻烦？

回到现实中来，读了一辈子书，70% 是没有用的；一部高档手机，

70%的功能是没用的；一款高档轿车，70%的速度是多余的；一幢豪华别墅，70%的面积是空闲的；一堆职员，70% 是混饭吃的；一所大学里，70%教授是扯淡的；一大堆社会活动，70%是无聊的；一屋子衣物用品，70%是闲置的；一辈子挣钱再多，70%是留给别人花的……

所有这些观点，似乎各有精彩之处，似乎各有其偏颇。

# 做人的品位

有一本书叫《品位决定地位》，作者孙郡锴，不知何许人也。不过，他对品位的理解有独到之处。他说，品位不是与生俱来的，而是后天自我提升的一种人生层次，自我成就的一种生活状态，自我涵养的一种心灵砥砺，自我超脱的一种品格修炼。

孙郡锴进一步说，品位就存在于我们日常生活和工作一点一滴的细节当中，它就是你对生活的理解，就是你对工作的认识，就是你对待人生的态度。无论是挑选一件衣服的品牌，还是选择一种职业、一个伴侣，或日常所恪守的一种生活方式、一种工作习惯，你的品位都在起着关键性的作用。由此引发我对品位的思考。

品位是一种生活状态的取向，是一点一滴、天长日久的生活养成。品位不完全依靠金钱财物堆砌，也不完全依靠权力地位影响，而是生活的累积与修炼在岁月的流逝中沉淀下来的精华。

诚然，在一定情况下，品位与财富、地位有关，但一个人对财富和地位的追求，并不一定就是有品位的体现，更不能说对财富和地位的追求就是对品位的追求。财富和地位能带给人享乐和快感，却不一定能带给人有品位的生活。除了必要的物质条件以外，有品位的生活必须更加注重有较高的个人修养。

四季变换，在自然的怀抱里，我们可以完美地领略春花的绚丽、夏日的浓烈、秋色的清幽、冬雪的晶莹。如此，品位是一种状态，一种自然而然的、无法渗入任何人主观成分的天然状态，一种带有审慎细致的人生定位。品位是优雅的，像温水，像清风；品位是鲜明的，像鲜花，像标志；品位是无声的，可以潜移默化，可以耳濡目染。我们可以从繁杂的事务中抽身出来，回到了自我。你可以独自一人垂钓于清溪之畔，沉淀一份静如止水般的心境；你可以闲看庭前花开花谢，漫随天上云卷云舒，品味世事无常，人生苦短；你还可以独自近观沧海，傲视群山，与大自然深度零距离地沟通，感觉自我的存在与渺小；你更可以深夜挑灯信手浏览群书，沉浸于古往今来大师们的杰作，跨越千年与不朽灵魂神秘地对话。

一个人的品位，不是与生俱来的，而是一种经过长时间的真真切切的锻炼，辛辛苦苦的磨炼，扎扎实实的锤炼，认认真真的修炼，才能具有的优秀品质。它与环境、经历、知识、修养是分不开的。只有有意识的培养良好的修养，积累丰富的知识，才能充实自己的内心世界，表现出高尚的思想、高贵的品质、高雅的品位。比如，一个男人，体态可以不太魁梧，仪表可以不堂堂，但是有一样是断然不能或缺的，那便是他那内在的涵养和外在的气质。这种气质便是人格的魅力，便是层次，便是品位，便是男人最基本的、最核心的、最灵魂的、最人性的东西。

一个男人的品位显示了他的魅力、风采、美妙，它是逼你后退的高山，是将你倾没的骇浪。这样的人，散发着浓浓的男人味，折射出了男人的本色和光芒，他们用阅历磨练自己，用知识丰富自己，从困难中寻求成功，从工作中寻求责任，从学习中充实自己，从淡定中走向成熟。有品位的男人，犹如一首平凡而悠扬的歌，优美的旋律飘荡，浸润了女人生命的每一个季节。有品位的男人，犹如一杯醇美的烈酒，细细品味，我们才能读懂其真正的内涵，才能回味其沁人的芳香。有品位的男人，可以不像比尔·盖茨那样富有；可以不像潘安那样英俊帅气；可以不浪漫，但是要温情；可以不豪爽，但是要大气；可以不细腻，但是要雅致。有品位的男人，犹如一杯浓茶，飘着怡人的茶香，轻呷一口，顿觉满口的香味，弥散到全身的每一处神经，感觉是如此的惬意和舒畅。

一个女人，不一定漂亮，但一定要有品位，有品位的女人才是最美丽的女人。我们说有品位的女人是美丽的女人。这里所说的美丽并不只是外表的漂亮，而主要是心灵的美。即使没有漂亮的外表，人们看上去也会赏心悦目；即便是貌不惊人，也没有车载斗量的财富和显赫高贵的地位，人们仍会向她投来景仰的目光。因为她们了解自己，知道什么东西适合自己，甚至能匠心独运地用个人品位传达出内心的善良、丰富与成熟。她或许先天并不漂亮，但她气韵高雅，善良温柔，贤淑迷人，学识渊博，多才多艺，技压群芳，像一杯醇厚的葡萄酒，令人微醺薄醉。

有品位的女人是善良的女人。善良是最原始的天性，善良的女人待人友善，不摆高姿态，容易亲近，有着友善的做人和良好的生活的准则。善良的女人不计较得失，没有报复心，用一个平常的心理来看待世界，用一个理智的头脑来思索人生，用一个淡雅的心态来对待生活。

有品位的女人是智慧的女人。智慧是人最重要的东西，智慧的女人懂得做人处事的真谛，经得起花花世界的诱惑而不会随波逐流，明白家庭、朋友、事业之间的关系。智慧的女人爱好广泛，喜欢读书和学习新的事物，注重自身的内涵修养。懂得把爱的阳光撒向大地。

有品位的女人是淡雅的女人。淡雅并非妖娆，淡雅是女人最真实的美丽。淡雅的女人不喜欢浓装艳抹，喜欢清水芙蓉的自然美，虽不是天生丽质，但有着洁净的脸庞和干练的气质；淡雅的女人从来不会炫耀自己那份美，她们只想还原人性的本真，没有一定的生活情趣和艺术修养，是长不出那种独特的气质的。

有品位的女人是健康的女人。身心的健康是人最需要的财富。健康的女人有着良好的、积极向上的心态，随时保持乐观的人生态度。健康的女人勇于面对人生困难挫折，有着顽强的斗志和毅力。健康的体质是现代生活中不可缺少的财富，所以要保护好自己的身体，多爱惜自己。无论心灵还是身体，健康才能透出真正的美。

有品位的女人是成熟的女人。成熟的女人并不是只会任性撒娇的小女孩儿，成熟是女人最理性的标志。成熟的女人不仅有成熟的身体，更应该有成熟的心灵，大多数的女人很感性，还有的女人矫揉造作，这种女人一般不用理性的目光看社会，不用理性的头脑思索人生，依赖思想较严重，缺乏独立性。成熟的女人一般都能够独立撑起一个家庭，即使没有男人照顾，也可以把自己的家园建设得很美好。内心成熟的女人遇事一般不冲动，自制力强且善于分析问题和解决问题，浑身散发出来的气息很女人味，像个熟透、香甜的红苹果很受男人喜爱。所以成熟的女人才拥有真正的魅力和高雅的品位。

有品位的女人是典雅的女人。典雅是让人肃然起敬，令人崇拜的，是值得欣赏的。一个有韵味的女人，是幽雅的，是经久不衰的，是老少皆宜的。而一个有女人味的女人，才是文雅的、正宗的、地道的女人。闻香识女人，有品位的至情至性女人都有着自己独有的味道，得体的衣着、脱俗的气质、机智的谈吐、温雅的举止，这一切当然都源于深厚的文化内涵。她们不会在公共场合哗众取宠，能和丈夫交流情感、工作、能和孩子分享童趣、快乐。她们犹如一杯清香醇茶耐人寻味。有品位的女人用爱心滋润男人，用柔情感化男人，用智慧渗透男人，用微笑熔化男人，用爱情激励男人，用魅力冲击男人，用高雅的品位享受人生。

有品位的人，善良宽容，有爱心，有责任感，有同情心，有正义感，有尊严感。有品位的人，机智幽默，沉稳而不失风度。有品位的人，勇敢刚毅，做事执着，心怀坦荡，洒脱豪放。有品位的人，个性鲜明，坦坦荡荡，独立自主，意志刚强，淡定自信。与有品位的人相伴，可以让你保持心灵的平和，如清风拂面，如细雨润心。

有品位的人可以让灰暗的天空熠熠生辉；可以让贫瘠的土壤绿意葱茏；可以让破旧的花架繁华似锦；可以让烦杂的人生淡定从容。低调做人也是一种品位。有这样一副对联，上联是：做杂事、兼杂学、学杂家、杂七杂八尤有趣。下联是：先爬行、后爬坡、再爬山、爬来爬去终登顶。横批是：低调做人。对联妙趣横生，哲理道出了低调做人的真谛。因此，低调做人是一种生存的大智，是做人的一种美德。

每个人都有每个人的活法，不能一概强求。有低调的人就有高调的人的存在，否则不成辩证法。我的活法就是低调做人，低调生活。因此，我懂得：才高而不自诩，位高而不自傲。生活中，时常听到有这样的评价：某某人很有品位，某某人品位不高；某某人没有品位。做人有品位，实质上是做人讲文明。

文明，是人类社会的一种进步状态。这种状态，与“野蛮”相对，与“粗俗”相反，与“低趣”相离；这种状态，走向是“文雅”，取向是“善美”，志向是“高尚”。

做人有品位，道德居其先。道德，不是抽象的空洞物，而是实在的具体物。古人称德有其五，取名“五德”，且文武有别。文者，其“盛德”为孔子在《论语·学而》中倡导的“夫子温、良、恭、俭、让”；武者，其“德备”为孙子在《孙子兵法·计篇》中推崇的“将者，智、信、仁、勇、严”。无论是文是武，只有“五德”俱全，才可能做到精、神、魂、魄、意五气朝元。

做人有品位，善美最动人。毫无疑问，在生活中，动人心者，莫先乎情。善，是情的集大成者，不仅表现在智为民所用，利为民所谋，而且表现在想民之所想，急民之所急。美，是善的孪生妹，不仅表现在举止优雅，谈吐文雅，而且表现在乐于成人之美，善于推己及人。善与美，根在“真”。无真难以善，更难以美。假感情、假许愿、假数据等，无论做得如何炉火纯青、美妙动人，甚至千遍万遍、千呼万唤，也难以动人之心，获其喝彩。

做人有品位，不在声高气粗，而在细微行动；不在抛头露面，而在埋头做事；不在自我表扬，而在群众口碑。一句话，品位是实干出来的，而不是表演出来的。至此，忽然想起《晋书·宋纤传》中那个隐居不仕的宋纤。当时的太守马岌曾多次造访他而均不得见。马岌感叹道：“名可闻而身不可见，德可仰而形不可睹。今而后知先生人中之龙也。”“人中龙”，这是何等贴切的比喻。

# 安徒生

因《心脏的传出神经》（1883 年）《主要消化腺机能讲义》（1897 年）获得诺贝尔生理学和医学奖的巴甫洛夫说：“在对童年的追忆中，我们可以找到科学发现的原初素质和爱的深刻秘密。”一位诗人也说：“一句进入童年脑海的诗句，抵得上成人后阅读的十本巨著。”诚哉斯言。对于我来说，提到汉斯·克里斯蒂安·安徒生，就会心潮澎湃。

安徒生以他的创作成果影响了我们这一代人，并且还将继续影响一代又一代人。他的作品风格和认识世界的眼光，对我们依然产生影响。从安徒生身上，我们不仅看到了文学改变命运、影响世界的力量，而且还感受到一种不断进取、百折不挠的光彩和魅力。

安徒生是我们孩提起就熟悉的名字。从《卖火柴的小女孩》《皇帝的新装》到《小美人鱼》《丑小鸭》，我们几乎耳熟能详。据说，安徒生的名字第一次传入中国是在 1913 年，当时的译名叫“安兑尔然”。周作人在《童话略论》中介绍道：“今欧士人为童话唯丹麦安兑尔然为最工……”安徒生童话第一次被译成中文是在 1914 年。刘半农在《中华小说界》发表了翻译改写的作品《洋迷小楼》，即《皇帝的新装》。从 1953 年人民文学出版社陆续出版叶君健翻译的《安徒生童话集》开始，安徒生真正对中国产生了深刻影响。

安徒生曾对朋友说：“我用我的一切感情和思想来写童话，同时我也没有忘记成年人。我在为孩子写故事的时候，我永远记得他们的父母也在旁边，我也得给他们写点东西，让他们想想。”正因为如此，安徒生的童话，不仅孩子们喜欢，大人们也喜欢。并且，安徒生的作品中，不仅有想象之美，而且有哲学的思考和历史的观察，更有人生的悲欣况味和喜悦。安徒生说：“人生就是一个童话。充满了流浪的艰辛和执着追求的曲折。我的一生居无定所，我的心灵漂泊无依，童话是我流浪一生的阿拉丁神灯！”确实，安徒生早年生活坎坷，直到晚年，鞋匠出身依然是他终身抹不掉的阴影。据说列夫·托尔斯泰花费了10年时间解读安徒生的作品，最终只有两个字——孤独。

安徒生不仅是一个童话作家，他一生还创作了1000余首诗歌，40部戏剧，8部长篇游记，3部自传。他是以丹麦现代生活为题材写长篇小说的第一人，他的游记也是至今仍为丹麦人喜爱的经典作品。此外，他还有大量的绘画、剪纸作品。

# 半部《论语》治天下

“半部《论语》治天下”，典出宋代罗大经《鹤林玉露》卷七：宋初宰相赵普，人言所读仅只《论语》而已。太宗赵匡义因此问他。他说：“臣平生所知，诚不出此，昔以其半辅太祖（赵匡胤）定天下，今欲以其半辅陛下致太平。”

“半部《论语》治天下”的典故，最早出自于南宋朱熹（1130年—1200年）谢世之后，首先是一个叫林駉（具体生卒年未详）的人所撰《古今源流至论》前集卷八《儒吏》所记：“赵普，一代勋臣也，东征西讨，无不如意，求其所学，自《论语》之外无余业。”据说赵普所学的书籍，除了《论语》之外，没有别的了。在这段话下面，有个小注，写着这样的话：“赵普曰：《论语》二十篇，吾以一半佐太祖定天下。”

赵普，字则平，北宋政治家。后梁龙德二年（922年）生于幽州蓟县（今北京城东南），后唐末年，相继迁居常州（今河北省正定县）、洛阳（今河南省洛阳）。普智谋多。

赵普是宋朝的开国功臣，后被封为许国公，他曾两次担任宰相。人们议论说，在做了中书令时（相当于丞相或宰相）所读的书只有一部《论语》。他还不无得意地对赵匡胤说：“我一生所懂得的道理，的确没有超出《论语》所告诉我的道理。过去我以半部《论语》辅佐太祖夺取天下，今天我还打算以另半部《论语》辅佐陛下您求得天下太平。”从此，“半部《论语》治天下”这句颇有意思的话也就更有影响力了。

不管过去人们如何去理解“半部《论语》治天下”这句话，现在看来，这句话最起码可以告诉我们：不管你当了多大的官，学习始终都不能松懈；对于经典的著作，特别是对改造自己世界观、对工作生活做人有帮助的书，不能浅尝辄止，囫囵吞枣，而应终身去读。

《论语》成书于战国初期。因秦始皇焚书坑儒，到西汉时期仅有口头传授及从孔子住宅夹壁中所得的本子，计有鲁人口头传授的《鲁论语》20篇，齐人口头传授的《齐论语》22篇。还有从孔子住宅夹壁中发现的《古论语》21篇。西汉末年，帝师张禹精治《论语》，并根据《鲁论语》，参照《齐论语》，另成一论，称为《张侯论》。东汉末年，郑玄以《张侯论》为依据，参考《齐论语》《古论语》，作《论语注》，是为今本《论语》。《齐论语》《古论语》不久亡佚。现存《论语》共20篇，492章，其中记录孔子与弟子及时人谈论之语约444章，记孔门弟子相互谈论之语48章。

《论语》是儒家文化的源头，其清明刚健的入世精神、中行敦厚的人文之美，深深浸入中国人的心魂血脉。原典形式貌似松散，实则一以贯之，可谓“半部《论语》治天下”，字字珠玉启人心。但是，五四运动以后，《论语》作为封建文化的象征被列为批判否定的对象。尔后虽有新儒学的研究与萌生，但在中国民主革命的大背景下，儒家文化在中国并未形成新的气候。时代的发展，社会的前进，不能不使人们重新选择新生的思想文化，这就形成了马克思主义在中国的传播以及社会主义新文化的诞生与发展的局面。然而，严峻的事实是，一个新型的社会，特别是当它步入正常发展轨道的时候，不能不对自己的民族精神及传统文化进行重新反思，这是任何一个社会在其自身发展过程中所不能忽视的重要环节。

# 此恨绵绵

白居易《长恨歌》："天长地久有时尽，此恨绵绵无绝期。"

古诗词里的漫天愁绪，细细观来，有"为赋新词强说愁"，有"恨不相逢未嫁时"，有"此恨何时已"，有"纤云弄巧，飞星传恨，银汉迢迢暗渡"……这些"恨"，有的遗憾后悔，有的失意惆怅，有的矫情夸张，有的落寞悲伤，有的畏惧抱怨，诸如此类，不一而足。但总是"此恨绵绵无绝期"，真个是"人生长恨水长东"。

岁月终是让人感觉无奈，不因自己的豁达而改变。苏轼在乌台诗案后一如惊鸿"拣尽寒枝不肯栖，寂寞沙洲冷"。历史其实有那么一抹惊鸿之影，优雅地绽放过，他固执地坚持过自己的信念，不因有恨而有片刻的苟合与逢迎。正如他之于自己的结发之妻，纵然后来又有许多情愫产生，但终究无人能替。因此，有恨无人省，是每一个人都避免不了的孤寂和遗憾。有些恨，必定要用一辈子去品尝和体味，即便贵胄王孙也不可幸免。

纵观纳兰一生，爱一生，恨一生，惆怅一生，寂寞一生。"满目山河空念远，不如怜取眼前人。"天妒英才，他终于因才折寿。如若他只是个凡俗的才子，为着衣食富贵功名利禄而忙碌，会免多少遗恨。也不会在那么早就夭亡，留下几多感叹和唏嘘。恨得久了，就成了毒，如若想释怀，迎接他的，要么出家，要么早亡。贾宝玉选择了前者，而容若，是后者。

世间所有人与我们的关系，不外乎朋友和小人。朋友往往不多，小人可能不少。并且，小人可能就在你熟识的人里面。对于小人，我们会切齿痛恨，此恨绵绵。但是，仅仅是恨，又能解决什么问题呢？

智利女诗人米斯特拉尔有几句诗："哀乐中年，我悟出这一真理 / 它像花朵那么清丽 / 生活有麦穗的金黄甜美 / 恨是过眼云烟，爱才广阔无垠。"去恨存爱，不再结仇。关于仇，字典解释说："乃二人相对之义。

仇则势难两立。”

势难两立，则意味着你死我活的斗争，意味着血腥的杀戮和报复。所以《语言大典》说：“复仇，即对仇人进行报复。”复仇或报仇，实际上就是血腥和野蛮的象征。由于其无理性的行为指向，往往给社会带来极大破坏。此恨绵绵，不是鱼死，就是网破，不是你死，就是我活。

其实人生本身就是一场搏杀。过关斩将，左右冲杀，艰难突围，攻城略地，有失败、有沮丧、有悲观、有迷茫，更有时，是在斗智斗勇，讨价还价，妥协退让，争利与让利。一人、一团体、一单位、一国家，莫不如此。爱恨情仇，相互掺杂，没有绝对的爱，也没有绝对的恨。在金庸小说里，仇，尤其是杀父之仇，已成为他构建其武侠世界的核心要素。袁承志的父亲袁崇焕被刚愎自用的崇祯所杀，袁承志为此切齿腐心；杨过的父亲杨康在偷袭黄蓉时中毒身亡，杨过为此涕泗横流；商剑鸣滥杀无辜被胡一刀诛杀，其子商宝震长大成人后，得知胡一刀已死，致使他报仇无望而哀哭不已；张无忌的父母被不明真相的正道人士所逼而自杀，更使意在行侠的张无忌有仇难报，罢剑长叹……如此种种“杀父之仇”，虽起因不同，情状有异，结果有别，但“仇”的本质一样。

我们常说要亲君子、远小人，其实小人是最难防范的。小人无处不在、无时不有、无孔不入、防不胜防；飘忽不定，捉摸不透，难以感知；只琢磨人，不琢磨事；专图名利，不讲廉耻。有人为了个人利益而多次过河拆桥，背后捅刀。现实中，不乏这样的案例。德为君子所独有，才为君子小人所共有。小人之才往往胜于君子。君子讷直，小人献媚；君子笨拙，小人伶俐；君子耻于言功，小人巧于迎合。俗话说明枪易躲暗箭难防，君子败就败在小人身上。所以，只要不是大的原则问题，不是欺人太甚，能忍则忍，能让则让。让小人的过程，也是修炼自己的过程，成就君子的过程。所谓“能容小人是大人，能培薄德是厚德”。

很多时候，面对小人，面对仇恨我们总是把它当种子一样种在心里，无休无止，报复他人的同时也伤害了自己。而一报还一报，一人做事一人当，不牵连，不波及，让它像花儿一样开在哪里就谢在哪里，这才是一种境界。生活需要我们在宽宏大量中演绎人生，识破小人，不再此恨绵绵。

# 《宣和书谱》

宋徽宗酷爱艺术，在位时成立翰林书画院，即当时的宫廷画院，将画家的地位提升到中国历史上最高的位置，以诗词做题目、以画作为科举升官的考试方法。如题目为“山中藏古寺”，许多人画深山寺院飞檐，但获得第一名的没有画任何房屋，只画了一个和尚在山溪挑水；另题为“踏花归去马蹄香”，获得第一名的没有画任何花卉，只画了一人骑马，有蝴蝶飞绕马蹄间。凡此种种，极大地刺激了中国画意境的发展。

他组织编辑《宣和书谱》《宣和画谱》《宣和博古录》等著名美术史书籍，对研究美术史有相当大的贡献。在中国书法史中，《宣和书谱》无疑是一部重要典籍，为我们展示了一幅波大精深、精美绝伦的书法佳作。

《宣和书谱》是北宋徽宗宣和年间由官方主持编撰的宫廷所藏历代法书墨迹，全书 20 卷，包括 197 人的 1344 件作品，按帝王及书体分类设卷。每种书体前有叙论，述及各种书体的渊源和发展，依次为书法家小传、评论，最后列御府所藏作品目录。体例精善，评论精审，资料丰富。

《四库全书提要》以为：“宋人之书，终于蔡京、蔡卞、米芾，殆即三人所定欤？”并以为：“芾、京、卞书法皆工，芾尤善于辨别，均为用其所长。故宣和之政无一可观，而赏鉴则为独绝。”还引录蔡絛《铁围山丛谈》语说明这一点。《丛谈》称：“所见内府书目，唐人用硬黄临二王，至三千八百余幅，颜鲁公墨迹至八百余幅。大凡欧、虞、褚、薛及唐名臣李太白、白乐天等书字，不可胜记。独两人则有数矣，至二王《破姜》《洛神》诸帖，真迹殆绝。盖亦伪多焉。”这说明徽宗内府所藏墨迹，赝品充斥。然经米芾辨别鉴定，“今书所载，王羲之帖仅二百四十有二，王献之帖仅八十有九，颜真卿帖仅二十有八。盖其著于录者，亦精为汰简，鱼目之混罕矣”。

宋徽宗书画皆工，他自然清楚御府书画收藏甚富但又赝品充斥，若无在行的书画家进行鉴别，对书画家进行精当的品评，要撰此两书则是完全不可能的。

《宣和书谱》为米芾立传就谈到这一点说：“崇宁间四方承平，百揆时序，典章礼乐灿然一新，独以书画未有杰然超出前古者。独膺简在，遂除书画两学博士，颇厌士论。芾亦欣然就职，自以为己任。”正是在米芾任职书画博士期间，《宣和书谱》《宣和画谱》两书撰写完成。蔡絛《铁围山丛谈》说：“崇宁初命宋乔年值御前书画所，乔年后罢去，继以米芾辈，迨至末年，上方所藏率至千计。吾以宣和癸卯岁常得见其目。”这里的“末年”，即“宣和癸卯岁”。蔡絛乃蔡京子，他于这一年“常得见其目”，《四库全书提要》认为所指即“书画二谱”，“盖即就其目排比成书欤”。

蔡京、蔡卞也是进行“审定”的重要作者。京、卞皆工书，京又为徽宗所倚重，因此书画二谱交由京审定，是很自然的。卞乃京弟，王安石女婿，又以善文章著称，哲宗时托以绍述，徽宗时虽有贬降，后又擢知枢密院，位不谓不尊，因此让其参与“二谱”的“审定”，也是可能的。

读《宣和书谱》中王安石、蔡京二人小传，谓安石与神宗是“圣贤相遇，千载一时，其功业昭昭”；对蔡京更是通篇谀颂之词，谓其“前后三人相位，寅亮燮理，秉国之钧，实维阿衡，民所瞻仰，至于决大事建大议人所不能措意者，笑谈之间恢恢乎其有余矣”，谓其书“笔力遒劲，巍巍若巨鳌之载昆仑，翩翩如大鹏之翻溟海，识与不识，见者莫不耸动，斯亦一时之壮观也”。这使人想到，两传若不出于京、卞二人之手，也会经二人过目。

徽宗朝不用“元祐党人”，此《宣和书谱》亦不录“元祐党”书家。如苏轼、黄庭坚、文彦博、司马光这样的名家，特别是苏黄还是“宋四大家”中两大家，亦不见著录。此不是因内府无他们的书迹，相反，徽宗还学过黄庭坚的书法，令米芾进呈过黄书的《千字文》。由此推断，《宣和书谱》的内容和体例一定是京、卞二人参与“审定”所致。

# 王羲之《书论》

书法，是一种深奥微妙的技艺，如果不是学识渊博通达且有大志之人，是学不到手的。大抵作书必须用心思索，王羲之看到李斯等人论笔势的文章，及钟繇的书法，很有功力，他担心子孙后代不能记取，故作《书论》。

书法，贵在平正安稳。首先要会用笔，有偃有仰，有敧有侧有斜，或大或小，或长或短。大凡写一字，或类似篆籀，或类似鹄头；或有如散隶，或近似八分；或者如虫食木叶，或者如水中蝌蚪；或者如壮士佩剑一样雄健有力，或者如妇女一样婉媚纤丽。

书写要先构筑筋力，然后才可装束，必须注意安详温雅，疏容相间。作点画须悬手，作横画收笔时要先下按，然后拖笔出锋。每写一字，要有多种笔意：有的横画似八分，下笔又如篆籀；有的竖画如深林乔木，屈折之画又如钢钩有力；有的落笔尖如枯秆，竖画收笔细如针芒；有的转侧之势如飞鸟坠空而下，有的棱侧之形如流水转弯激来。一字中，纵横笔画要相关联；一行中，上下之间要连气通声，最要紧的是注意存筋骨藏锋毫，隐灭笔锋毫端的痕迹。用尖笔须落锋浑然天成，不使毫露显得漂浮怯弱，用新笔要俊朗出众如有神明，不必过分计较一点一画的瑕疵。每写一个字都要吸收各种书体的笔法。写整幅字，要每个字都各有笔意，切忌相互雷同。纸质柔软的，用硬毫，纸质硬的，则用软毫。强弱不当就会导致笔法蹉跌，失势不合。

凡作书贵在沉稳庄静，立意在动笔之前，写字在动笔之后，未写之前，构思就已成熟了。但下笔仍然不要着急，这是为什么呢？笔是将军，所以须要谨慎稳重。心要急不宜迟缓，为什么呢？心是箭锋，箭发出去不要迟缓，迟缓则中物不深。字有缓急，那么，在一字中，缓急又体现在那里呢？如“乌”字，下笔一点，就要点得急，接下去的横直笔就要缓慢，最后一钩出锋也要迅疾有力，这种急与缓的安排，也正是为了体现“乌”字的体势形态。每逢作书要多迟少急，多曲少直，多藏少出，多起少伏，这才是书法。如果纵笔急忙牵引束裹，乍看好像是书法作品，久一回味就感觉毫无笔力了。用笔着墨方面，不要超过十分之三，免得浸墨太深使毫弱无力。墨要和松节一道研磨，越是耐磨的墨越好。

如果说《九势》（蔡邕著）的自然观还只是单纯直面自然，并没有结合人心因素来论述书法，那么《笔论》（蔡邕著）中的论述则把书法说成了是人借以抒情的媒介，强调了人的作用，是人把自然之物赋予了人的生命和情感，才使得文字符号系统成为容纳并表现书家情感的艺术形式。而王羲之与他们相比，则多了一些以自然为内容的风神雅韵，无论是王羲之的兰亭流觞，支道林的放鹤养马，还是陶渊明的东篱采菊，都是在日常生活中追求万物生灵美的神韵，是人生纯真的诗化，这是中国文人的自然选择。

书法艺术可以表现自然中的突出特征，比实际的自然更清楚、更完全。与绘画相比，书法并不在意象物之形，所谓的象形文字是对自然的描绘，也是高度概括的符号系统。或者说是经过提炼的自然，正是因为有了人心与自然的结合，书法艺术在履行实用功能的同时也会在点划之间体现一个人的思想情感、文化取向，甚至一个时代的风俗雅趣。如晋宋意蕴、唐朝的法度、明清的情趣。由此可以肯定，人类对艺术本质的追问与探索，对人生与自然关系的理解与认识都贯穿于整个书法史。

# 从“许由不受帝”想到的

《庄子·逍遥游》记载，尧让天下于许由，曰：“日月出矣，而爝（火炬，火把）火不息，其于光也，不亦难乎！时雨降矣，而犹浸灌，其于泽也，不亦劳乎！夫子立而天下治，而我犹尸（古代代表死者受祭祀的活人）之，吾自视缺然。请致天下。”许由曰：“子治天下，天下既已治也，而我犹代子，吾将为名乎？名者，实之宾也，吾将为宾乎？鹪鹩巢于深林，不过一枝；偃鼠饮河，不过满腹。归休乎君，予无所用天下为！庖人虽不治庖，尸祝不越樽俎而代之矣。”

由此，许由极受古人的推崇。史载：“许由，上古之高士，字武仲，据义履方，隐于沛泽。尧以天下让之，不受，遁耕于中岳颍水之阳，箕山之下。尧又欲召为九州长，葬箕山之巅。”由此观之，许由的确是一位高士，并且是一个很有德行又很倔强的“怪人”。你看，尧让他为帝他不干，又叫他去做“九州长”，他还是不干。一听说让他当官，他似乎怕玷污了自己，便跑到颍河去把耳朵里的“脏话”洗掉。

有官不当，躲进深山老林去种地，古今中外实属罕见。试想，当帝王是何等的尊贵、何等的风光：衣锦绣、食甘脂、行车舆、居琼楼，三宫六院、嫔妾盈前，一呼百诺，为所欲为。这样的美差到哪里去找？或许有人会说，莫非许由的脑子出了问题？其实不是。许由非但不疯不傻，而且也未必真有那么“高尚”。

近读《韩非子》中的《五蠹》，终于找到了原因所在。原来，在三皇五帝时代，所谓的帝王不过是一个氏族长，其职责不仅要管本氏族的人与事，还要亲自参加生产劳动。因为当时还处于原始氏族社会，生产力水平低，产品几乎没有剩余，每个人都得自食其力。比如传说中的神农氏，他发明并率先种水稻，算是一名农业专家；禹治水，率众十三年在外，三过家门而不入，导之于流，终使治水成功，造福于民，算是一水利专家；尧帝更是一介平民，他住的是茅草屋，吃的是粗黍、野菜之类，夏天穿的是粗麻布衣，冬天则披鹿皮。没有华贵的日用品，家具和食物用具都是用石头做的——像这样既要管事又要吃苦受累，对自己个人没有一点“好处”的官，谁愿意做呢？

不过，许由的“高明”所在，正是他有自知之明。也许他吃不了那分苦；也许他觉得能力有限，力不从心，管不了或者管不好众人的事。并且自己也不是什么农业或水利专家，无一技之长。所以卷而怀之，隐居深山，过那种自由自在的清闲生活。可以设想一下，假如让许由当后世封建时代的专制皇帝，或者有实权、享清福的郡守督抚，不知他干不干。他还会跑到颍水河边去洗耳朵吗？

所以，问题的关键不在许由想不想、愿不愿做官称帝，而是要看做什么样的官，当什么样的帝。在无特权的原始社会，当官与老百姓的地位和待遇并无二致，做官不用争抢，靠的是众人推选，选上了，就要为老百姓办事。事情办成了，就如同尧、舜、禹那样伟大，为人民千古称颂；办不成或把事情办砸了，就得追究、问责，甚至像鲧那样被杀于羽山之下。所以，对这样的官，有些人辞让未必是高士圣贤。以后，到了奴隶社会、封建社会，凡是对君王顶礼膜拜，为当官而趋之若鹜的，多半是因为有了特权，是荣华富贵使然。

然而，不论什么时代，老百姓都喜欢原始社会如平民那样的官，都希望做官的都能带头心系群众、服务人民，真抓实干、务求实效，廉洁从政。

# 从《培根论变更》说开去

喜欢培根的哲思与文采，所以对《培根论说文集》就多有研读。最近读《培根论变更》，感慨良多。

让我们先来看一段："一切事物的幼儿在最初的时候都不好看，一切的变更也都是如此，变更者事件之幼儿也。虽如此，犹如初创业者总比后嗣为强，最初的先例（如果是好的）也是不常易以模仿的。"

接下来，让我们再看一段："每一种药无疑地都是一种创新之事，不愿用新药的人就得预备着害新病；盖时间乃最大的革新家也。并且，假如时间会自然地使事物颓败，而智谋与言论又不能使其改良，其结局将不堪设想了。"

读罢掩卷，感从中来。不是吗？改革的起始阶段，确如"幼儿在最初的时候"未具朝气，褒贬有之，成功与失败的可能俱在，而且没有可资模仿的先例。但是，形势所迫，又不能等，也等不起，怎么办？还得改，必须用"新药"。否则，徒使时光流逝，那结果就不堪设想了。

当然，在改革中，必然会遇到习惯势力的阻挠，也必然会遇到既得利益的干扰。因为"新的事物，虽有用，可是与旧事物不融洽，所以会引起纠纷"，"有所改革，就必有所损坏"。的确如此。要想把任何事情都办得十全十美，是不可能的。应当看到，改革中出现一些偏差，并不可怕，可以摸着石头过河，逐步完善。

《礼记·大传》："立权度量，考文章，改正朔，易服色，殊徽号，异器械，别衣服，此其所得与民变革者也。"宋代曾巩《自福州召判太常寺上殿札子》云："变革因循，号令必信，使海内观听，莫不震动。"一个人、一个组织、一个国家、一个民族，欲取得成功，必须与时代同步。要在环境欲变未变之时，见微波而知必有暗流，闻弦歌而知其雅意，处晦而观明，处静而观动。方是智者之所为。假若对时代变迁视而不见，混混沌沌，必将被时代抛弃。

# 从鲁迅先生论改革谈起

鲁迅一生对于中国的现状，特别是对于传统文化留给国人的精神根性和心理痼疾，始终怀有深深的警醒与忧患。正是从这个意义讲，鲁迅是现代中国精神和文化领域锲而不舍、卓有建树的改革家。他提出的许多改革理念，因植根于社会和民族心理的纵深地带，站在了那个时代的前沿，并呼应着历史的脉动与大势，所以一直堪称渊赡超拔，深邃透辟，迄今不乏镜鉴价值。

鲁迅指出："什么是路？就是从没有路的地方践踏出来的，从只有荆棘的地方开辟出来的。""倘若先前并无刻意师法的东西，就只好自己来开创。"这话令人深思。

社会主义怎么搞？现代化之路怎么来开创？这在马克思主义经典著作中很难找到答案。那么，唯一的办法，就是改革。这种改革，不再是因循别人，不再照搬别人，而是要走一条中国特色的社会主义现代化之路。这条路肯定布满艰辛，但是，"即使艰难，也还要做；愈艰难，就愈要做。改革，是向来没有一帆风顺的，冷笑家的赞成，是在见了成效之后……""孩子初学步的第一步，在成人看来，的确是幼稚、危险，不成样子，或者简直是可笑的。但无论怎样的愚妇人，却总以恳切的希望的心，看他跨出这第一步去，决不会因为他的走法幼稚，怕要阻碍阔人的路线而逼死他，也决不至于将他禁在床上，使他躺着研究到能够飞跑时再下地。"想想看，鲁迅的比喻是多么的形象。

在社会改革和文化批判问题上，鲁迅一向持有自觉的认识和坚定的态度。作为日益败落的旧式官宦家庭的后人，在"从小康人家而坠入困顿"的"途路"中，他不仅看清了世态炎凉和人情冷暖，而且发现了宗法社会的荒谬、虚伪和封建礼教的残酷、"吃人"。为此，他在"铁屋子"里发出了改革的呐喊，主张国人"扫荡废物，以造成一个使新生命得能诞生的机运”。

然而，鲁迅的改革主张，不仅仅是基于自己的生命感受和经验世界，它更是鲁迅“走异路，逃异地，去寻求别样的人生”的理性收获。他立足宏大的国际背景，放出比较的眼光，客观而睿智地打量和评述中外国情与状况。正如他在《摩罗诗力说》中所说：“意者欲扬宗邦之真大，首在审己，亦必知人，比较既周，爰生自觉。”显然，这种既“审己”又“知人”的双向考量，使鲁迅异常清晰地省察了万马齐喑、“一切硬化”的中国现状，与世界大势之间日益加大的反差与距离，同时愈发深刻地认识到，在“无声的中国”，清除痼弊、变革现实的必要性和迫切性。

在鲁迅看来，中国的改革之难，主要表现在两个方面：一是就观念层面而言，许多人习惯于按部就班，墨守成规，不愿认同、更不愿参与改革。即所谓“旧染既深，辄以习惯之目光观察一切，凡所然否，谬解为多，此所为呼维新既二十年，而新声迄不起于中国也”。二是从社会现象来看，许多领域的改革常常多曲折，每驳杂，易反复，爱走回头路。用《中国小说的历史变迁》中的话说就是：“人类的历史是进化的，那么，中国当然不会在例外。但看中国进化的情形，却有两种特别的现象：一种是新的来了好久之后而旧的又恢复过来，即是反复；一种是新的来了好久而旧的并不废去，即是羼杂。然而就并不进化么？那也不然，只是比较的慢，使我们性急的人，有一日三秋之感罢了。”

对改革的困难，鲁迅有着敏锐的省察和清醒的认识。他在《无声的中国》里指出：“中国人的性情是总喜欢调和、折中的。譬如你说，这屋子太暗，须在这里开一个窗，大家一定不允许的。但如果你主张拆掉屋顶，他们就会来调和，愿意开窗了。没有更激烈的主张，他们总连平和的改革也不肯行。”这确实道出了改革之所以艰难沉滞的深层原因。

1918 年 8 月 20 日，鲁迅在致许寿裳的信中这样写道：“盖国之观念，其愚亦与省界相类。若以人类为着眼点，则中国若改良，固足为人类进步之验（以如此国而尚能改良故）；若其灭亡，亦是人类向上之验，缘如此国人竟不能生存，正是人类进步之故也。大约将来人道主义终当胜利，中国虽不改进，欲为奴隶，而他人更不欲用奴隶；则虽渴想请安，亦是不得主顾，只能诧傺而死。”

上面这段话虽是朋友间的纸上交流，但字里行间却传递出鲁迅的重要识见：当世界历史进入现代社会，一个国家和民族以怎样的状态生存与绵延，已不单单取决于他们自身的惯性、意愿和喜好；而是必须以人类方向和世界潮流为参照、为坐标，并通过调整和改进自身而与之相对话、相合拍、相适应。否则，抱残守缺，依然故我，这个国家和民族终将没有栖身之地。

如今的各方面改革，正在往前推。问题肯定不少，关键不是坐而论道，而是要抓紧研究和解决问题。既不能好大喜功，不切实际，也不能固步自封，不求甚解。

# 打招呼

《卡耐基人际关系学》，是一部风靡全球近100年的成功励志教程，它以超人的智慧、严谨的思维，在道德、精神和行为准则上指导着万千读者。

打招呼是关系学中的一个重要方面。中国人比较注重打招呼。上至大人物，下至老百姓，都有打招呼的习惯。可以说，打招呼成了我们这个礼仪之邦的人之常情和行为习惯。如果不打招呼，就会被人说道一番，有时甚至牵涉到人品问题。所以，绝不可小觑。

记得我儿子小时候最不愿意与人打招呼。有时，见到叔叔阿姨，也不吱声，不愿主动去问好。事后我问他为什么，他却给我们提出了问题：你们大人见面，为什么非得强迫我们去和人家打招呼，他们和我有什么相干？是啊，为什么？除了说为了让人家觉得你是好孩子、有礼貌的孩子。可还有什么，我茫然以对。看来，大人和小孩子对打招呼的认识是不尽相同的。

在大人看来，打招呼是必不可少的，不可省略的事情。别的不说，每当招生时节，不少有考生的家庭，都在忙着找关系、“打招呼”，为确定落实具体学校和专业而最后一搏。凭着考生实实在在的考分难道就进不了想上的学校或专业？一定要家长不辞劳苦绞尽脑汁去找关系走后门？对于那些没有关系的孩子，难道就只能输在这一机会并不均等的起跑线上吗？有一位家长对我说：“我亲眼看到同事的孩子由于没有打招呼，被三选二的差额选掉，这是合理合法摆得上台面的理由，谁也说不出什么。为了确保一万，还是得托人打招呼。”

“打招呼”，本是一句平常之语。但是在现实生活当中渐渐变质。如今，有些人干什么事情都得打招呼，认为不打招呼就是傻子、聋子、瞎子。于是，在小圈子中，“打招呼”泛滥成灾，凸现了“官本位”的盘根错节。上级官员脑袋里的“官本位”，就是颐指气使，在自己的一方地面上一手遮天；下级官员脑袋里的“官本位”，就是对上司言听计从，上司让他干什么就干什么，不敢说一个“不”字。在“官本位”面前，政策原则甚至党纪国法都形同虚设。一些上级官员评价下属，标准往往不是是否为百姓做了多少实事，却是看下属听不听“打招呼”。听“招呼”就视为心腹亲信，不听“招呼”者，就视为异类。一些下级官员，对群众呼声可以置若罔闻，闻上司“招呼”则奉若圣旨。更有一些人，脑子里琢磨的是如何投上司所好，讨上司欢心，甚至上司还没“打招呼”就主动投怀送抱。我们从大量违法犯罪案件中可以发现，很多案件首先就是从打招呼开始的。违法违纪的“打招呼”不仅害了自己，也害了下级。

其实，官员手里的权力是人民赋予的，应该为人民谋利益，不能为自己谋私利。如果放任自己的私欲，权力就会像脱缰的野马。“打招呼”成为习性，就会离犯罪越来越近。

# 胆大与胆小

有一本书叫《胆量决定财富》。作者记不得了。内容是说，胆量不光是一种良好的态度，也是每一个成功者共有的特质。什么事情你一旦畏惧，就会总是畏惧。如果你一旦勇敢地开始行动，通常就能坚持到底。所谓富在险中求，凡事敢于行动，就已是成功了一半。

英国哲学家培根这样说过："如果问在人生中最重要的才能是什么？那么回答则是：第一，无所畏惧；第二，无所畏惧；第三，还是无所畏惧。"勇敢就是成功者必备的素质。只有那些自信、做事从不畏缩，富有冒险精神的人，才能成就伟大的事业；而"胆小鬼"却只能和机会擦肩而过。

"撑死胆大的，吓死胆小的"，这是一句口头禅。反映的是社会规则的紊乱以及恃强凌弱的一种社会状态。不过，人都有趋利避害的本能，越聪明的人越懂得自保。胆小的往往是聪明的。之所以胆小，往往是因为他知道太多。任弼时一生有三怕：一怕工作少，二怕麻烦人，三怕用钱多，为此而受到人民群众的衷心爱戴。而时下被查出来的贪官，东窗事发前则一怕鬼神，二怕情妇，三怕小偷，唯独不怕的是党纪国法。当然，他们最终得到的只能是党纪国法的严惩。

人无胆不可立身，但用胆的取向又决定着事业、人生的成败。"胆"往往离不开"识"，唯头脑冷静，思想正确，把胆用于正义正道，不入旁门左道，胆大而心细，干事而干净，勤政又廉洁，在党纪国法面前常怀畏惧之心；在为民办事方面胆子要越来越大，办法要越来越多，则国家幸甚，人民幸甚。

现实生活中，人们为了不让集体的利益受到损失和侵害，在工作中慎用职权、照章办事。虽然办事的朋友埋怨，周围的同事挖苦，甚至自己的家人也时不时地叨咕，可是，正是这些"胆小"、敢于坚持原则的人在尽职尽责地充当着集体利益的“保护神”。其实，他们的胆量并不小，当遇到集体利益受分割时，他们忘掉了亲情，忘掉了地位，放弃了唾手可得的金钱，甚至不惜以生命作代价，勇敢地站出来与不法行为作斗争，换来的是集体利益的保全，换来的是广大群众的称赞。

《老子》说：统治者有三宝：“一曰慈，二曰俭，三曰不敢为天下先”。这“不敢为天下先”就是在不合公理、有违公务、违背民意的事情上“不敢”。共产党人为了人民的利益而敢为天下先的同时，还要时时检查自己与党的先进性要求还有多远，始终保持清醒头脑和进取之心，在非分之权、非分之财、非分之事面前“不敢为”，这既是对党和人民事业负责，也是对自己负责，做这样的“胆小”者，没有什么不好。

# 敬事养正

“敬事”，有两种解释，一是谨慎处事。《逸周书·谥法》：“敬事供上曰恭。”朱右曾校释：“敬事，不懈于位。”《论语·学而》：“敬事而信，节用而爱人，使民以时。”清朱燕《北窗呓语》：“持躬植品，敬事慎言。”一是指恭敬奉事。《尚书·立政》：“以敬事上帝，立民长伯。”《史记·五帝纪》：“取地之财而节用之，抚教万民而利诲之，历日月而迎送之，明鬼神而敬事之。”汉王粲《出妇赋》：“竦余身兮敬事，理中馈兮恪勤。”晋葛洪《抱朴子·勤求》：“帝王之贵，犹自卑降以敬事之。”《东周列国志》第一百七回：“因盖聂游踪未定，一时不能勾来到。太子丹知荆轲是个豪杰，旦暮敬事，不敢催促。”

养正，涵养正道。孔颖达疏：“能以蒙昧隐默自养正道，乃成至圣之功。”“养正”，语出《易经·蒙卦》：“蒙以养正，圣功也。”意为将蒙昧状态的孩童培养成中正之德，是造就圣人的成功之路。

中国古代教育的主要目的就是完成一个人的人格培养，把人格的培养当成教育最重要的大事。从蒙昧无知的稚龄时期开始，完成对个人的人格培养，是合于天道的神圣的事业。唐李邕《春赋》：“散归闲之邵父，隐养正之姜牙。”明王守仁《传习录》卷中：“毋辄因时俗之言，改废其绳墨，庶成蒙以养正之功矣。”

事实上，“童蒙养正”的思想来源于《易经》。《易经·序卦传》：“蒙者，蒙也，物之稚也”，指出“蒙”是事物在幼稚阶段的状态。事物刚开始的时候，肯定会有迷蒙，儿童生长规律亦然。“童蒙”即指幼儿阶段，因此古人把幼儿教育称作“蒙学”，对刚开始的教育叫“启蒙教育”。由此开始，人的一生当中，要经历六个重要的阶段，即“胎婴养虚”“幼儿养性”“少年养正”“青年养志”“成人养德”“老年养福”。

蒙以养正，一语道出了教育的至高目标——养正教育。教育要慎始，开始的方向，是人生最重要的课程，决定了人生的方向。《易》云："元者，善之长也。"何为善？《道德经》云："水善利万物而不争。"利万物而不争则为善，教人向善，以养正气。"正"者，止于一也。道为一，止于一，即是合于道。止于一是个"正"字，即合于道为正。

《大学》里讲，"所谓修身在正其心者，身有所忿懥，则不得其正；有所恐惧，则不得其正；有所好乐，则不得其正；有所忧患，则不得其正"。心不正了，身也不能修了。这个好乐是贪；忿懥是嗔，发脾气、恼怒，这是嗔恨；恐惧忧患是愚痴。贪嗔痴这三毒烦恼，使得心"不得其正"，身也不得其修，不能修身就不能齐家，也不能治国，天下也就不能太平了。所以《大学》认为，能够格物、致知、诚意、正心，就能够修身、齐家、治国、平天下。

# 人生的归属

冰心的《谈生命》发表于1947年的《京沪周刊》上。《京沪周刊》是份小而冷僻的综合性刊物。其时作者时值中年。发表后便遗落50多年，任何选本都未曾选入，直至1999年才重新被有识者找出来，如同发现了一颗隔世重见天日的瑰丽明珠。

现实生活中，我们每个人，曾经拥有梦想，拥有追求，拥有渴望，拥有期待。然而这些想拥有的东西最终却要诚服于归属之下。随着时间的流逝，我们的归属感变得淡然或者莫名地丧失。并且，我们进而失去了许多东西，包括原始的天真、待人的真诚、彼此的信任……除了自己之外，其他的都被忽略掉。

人这一辈子，总是在一定范围内学习、工作或者生活。换句话说，不管你的状态如何，总需要有一个归属。比方说学习时，教室、宿舍、餐厅，三点一线，你就在这样的环境当中；比如说，不管你在哪里工作，总得有一个固定的单位，你就是这个单位的人；再比如，即使你没有工作了，你总会有一个家，一个所在，人人都得这样，概莫能外。

所谓物以类聚，人以群分。没有归属，在一个社会中是一件很尴尬的事情。有了归属，一辈子的悲喜，一辈子的荣辱，一辈子的平淡与激荡，就全部交代给这里，除非你离开这里另有选择，但只要你有选择有取舍，你总归要有一个归属，不可能游离在外。

当然，没有谁是为所在而生的，但无论如何，你得有一个所在，有一个归属。就这样把一辈子的光阴，完完整整、实实在在地交给了归属。在这里，无论你来时曾经多么光鲜亮丽，风流总被雨打风吹去，最终会将你变成一个老人，即使延迟退休，然后也免不了告老还家。这也是归属。

在一个地方久了，时不时会陷入一种情绪之中：痛苦不堪。痛，是因为一眼看不到头；苦，是因为一眼又看到了头；不堪，是明知痛苦，却无处可逃。看不到头，是生活除了重复就是重复，不咸不淡，毫无新鲜可言。看到了头，是一辈子的光阴就这样了，不死不活，再无改变可言。无处可逃的意思是，明明知道这个地方不是自己最好的归属，却还得像持久战一样死皮赖脸地待下去，把它待成最后的归属。

想想，人生不过如此。不论你混得高位，或者平平庸庸，都得在得与失之间进退两难，在荣与辱之间忍气吞声，在脸色与角色之间委曲求全。这样的人，一般都正直善良，眼里容不下沙子，看不惯小人，见不得卑鄙之事，却也容易瞻前顾后，畏首畏尾。最后，卑鄙是卑鄙者的通行证，高贵却成了高贵者的墓志铭。

有时候，本欲主动出击，利弊权衡过后，退让了。本想据理力争，忖度形势过后，放手了。然而，心中又分明不甘。于是，一次次将希望沉到谷底，一次次把苦涩埋在心头。几多挣扎，最后都演变成了自我折磨。骂一阵，笑一阵，爆发一阵，冷静一阵，怨愤一阵，宽慰一阵，一阵在胸腔，一阵在九霄，一阵英雄气长，一阵英雄气短，但长阵更短阵，无处觅归程。

然而，更苦的地方还在于，无论挣扎到多累多痛，始终不愿让别人看出来。表面上，还得装作强大，迎来送往，欢声笑语，泰然自若。只等喧闹散后，暗夜里，唯一颗破碎的心，唯一个悲怆的自己，彼此形影相吊。

我们在归属中成长，我们在归属中进退。最肥美的单位，是油水足；最舒心的单位，是人事简单。会不会有这样一家单位，两全其美，既油水足，又人事简单呢？答案是：没有。因为，它违背了两个原则：一是有利益必纷争原则，二是人性贪婪原则。大凡油水肥美的地方，周围总会埋伏着无数的欲望，而欲望丛生的地方，不会有优雅和谦让。或许，待在一个清贫的单位，是美的。至少，你会活得简单。此间，没有尔虞我诈，没有勾心斗角，没有争名夺利，没有得宠失宠，没有欺侮霸占，什么都没有，除了几个干巴工资，几个干巴人，一缕清风，几轮朗月，没有大风光，却有大自在。但是这样的地方，也实在难找。

常常，我们会发现，有的人一辈子喜欢窝在清贫的单位过生活，要的就是这个清净和轻松。这个世界上，有一批这样清风朗月的人，他们心底是朴素的，只要能养家糊口，绝不多生一丝贪婪。他们有诗一样的内心，养个花，种个草，侍弄一只蛐蛐儿，便也觉得得到了人生的全部。但是不可否认，我们也会见到这样的人，他们天生喜欢在利益之间周旋，在上司面前献媚，然后玩阴的，要横的，左右逢源，两面三刀。哪个单位里，都会有几个得志的小人。当然了，阴暗的东西在成全他们的同时，也终将毁了他们。道理很简单，在利益那里，总会有一种阴暗吃掉另一种阴暗。在这个问题上，没有双赢，只有两败俱伤。

生而孤独，历而艰辛。精彩只在你生活的瞬间，一花一世界，一木一春秋。舍弃季节的羁绊，心境自有天地。拈花一笑，佛言虚空，若花无心，自成美丽。蓦然回首，来来往往，留留去去，而独我毅然。原来世界如我，我亦世界。

# 诗歌的尊严

尊严是指人和具有人性特征的事物，拥有应有的权利，并且这些权利被其他人和具有人性特征的事物所尊重。简而言之，尊严就是权利和人格被尊重。《荀子·致士》："尊严而惮，可以为师。"董仲舒《春秋繁露·立元神》："贤者备股肱，则君尊严而国安。"司马光《进〈孝经指解〉札子》："体貌尊严，举止安重。"桑塔亚那也说过："诗人的想象力支配现实的程度，说到底，是衡量他的价值和尊严的精确尺度。"

喜欢诗，工作之余写诗。其中的乐趣自不待言。当然这个过程有时是十分艰辛的。"二句三年得，一吟双泪流。""知我者为我心忧，不知我者谓我何求。"这是写诗人自身的状态，与别人无关。

不过，时常也会有一些人，自觉不自觉地对诗歌或者诗人发表评论，话说得轻巧，大都是一种不屑或是鄙夷的神情。当然，不排除诗界鱼龙混杂、良莠不齐，"劣币"逐了"良币"。也不排除不少人喜欢实用，觉得诗词不值分文，宛若无病呻吟。

我们的社会在追求物质方面下功夫太深，而在精神方面却今不如古或者止步不前。满以为解决了物质问题，精神方面的问题便迎刃而解，却不知物质的问题解决了，守着一大堆物质财富，精神却萎靡不振，以致于徒唤"贫穷得只有金钱了"，着实可悲。

有人说得好，诗歌是个没用的东西。就像天上的月亮，饿了又不能当大饼吃。可是如果天上一直没有月亮，黑夜就真的一点意思也没有了。所以，诗歌又是个好东西，并且美好的有点莫名其妙。可是你看月亮，哪怕瘦成一弯，也要努力放射，照亮黑夜，却怎么也捂不热黑夜的身子和灵魂。从这个意义上说，诗歌是个孤独的东西。

我觉得这种说法是比较有趣的。孤独的东西是有力量的，诗歌仿佛成了宗教，把我们从凡俗的世间抽离，引领我们潜入另外一个前所未有的世界。因此，诗歌其实就是黑夜里的火把，它引领着我们的灵魂。如此，便应证了那句话：世界令我们心怀卑微，诗歌让我们心存高贵。

诗歌的尊严表现在它始终站在心灵的前沿，不屈服各种恶意的打压和贬低，因为诗歌从来都不是弱者。诗歌，是由头脑的某种特别而美妙的状态带来的，这种状态被称为灵感。我们需要诗歌，首先是因为它能使我们超越经验主义的环境之网，构成我们日常生活的新天地。诗歌将我们提升到常规之上。这种飞升，通过创造性作品，赋予它完美的形式和更大的智性，它的力量才得到完美体现。就像火炬从一只手传递到另一只手一样。

“诗”这个神圣的汉字，在西周的时候才出现，从甲骨文中尚未见到“诗”字，但是，参阅东汉许慎的《说文解字·言部》说：“诗，志也。”学者杨树达在《说诗》一文中认为“诗”字“从言寺声”，古文字则“从言之声”，“言之”就是“言志”，“寺”字亦从“之”声，“之、志、寺”古音相同，从言寺之“诗”，就是言志。

当然，在碎片化阅读时代，似乎已经没有“诗歌事业”可言了。从出版和传播而言，除了那些已经累积了赫赫名声的极少数诗人获得了荣光、利益之外，更多的诗人却长久地踩着荆棘。多年来诗歌不仅被认为没有“读者”，而且诗歌自身的生态也在日益恶化。这是事实。但是，大部分诗人要想赢回尊严只有一件事可做，那就是必须写出“好诗”。而“好诗”的标准就是具有历史的重要性和美学的发现性以及对自我精神癖性的效忠。这样的好诗既是高蹈的又是及物的，既是面向整体的时代精神大势又是关注自我内心的浩叹。这些诗人个性以及诗歌趣味的差别也很大，但是他们没有因此而凌空蹈虚或自我沉溺，而是不断修筑着属于自己的精神谱系，同时将双脚紧紧地扣在接通此岸和彼岸、历史与现实、精神与生活的那座“桥梁”上。

一首好诗，是一道迷人的风景，在浩如烟海的文学作品中风姿绰约、暗香盈袖而又傲然独立。它是我们所渴求的生活为了无与伦比的现实的到来而发出的呼唤；它是一种无比强大且又能与自然对话的能力，它是一种对隐秘内心最真切最痛苦的关注，它使孤独的个人为自己说不出的痛苦找到了名词和定义。

诗歌作品与生俱来的对时代现实、家国命运的高度介入后的最忠实的记述能力，有一种扎根生存状态、呈现悲悯本性的道德力量，它拔出了深深扎进我们肉体里无法拔出的自责和痛苦。在这个日益喧嚣的时代，诗歌依然在为读者提供一片心灵的家园和皈依的净土，依然是一个语言营造的、可以信赖的、宗教式的心灵归属。

我以为，一个真正严肃的写作者如果对外在世界的苦难与沧桑麻木不仁、无动于衷，缺少对生命本质和家国命运的逼视与承担，而仅仅是停留在表象的滑动中，其写作的意义令人怀疑。在当下，越来越多的诗人沉溺于把自己塑造成一位抒情歌手，而我更愿意他们成为一名勇士，能够抓住生命中更长久的、尖锐的痛感，让读者有铁丝穿过心脏的痛和乌云压过头顶的重，让读者有豁然开朗之感，有深深哭泣的愿望和长久沉默的震撼。

# 心中的明月

## ——读《王阳明全集》

清风徐来，沁人心脾。帘外，一轮明月悬挂书窗；案头，三卷本的《王阳明全集》摆在那里。屈指算来，从研读开始到今宵读毕，足有半载。半年来，展读至佳句，欣喜若狂；研磨到奥处，辗转反侧。

心之官则思。古人以为心是思维器官，所以把思想的器官、感情等都归于心。道，就是心。心，生出万物，所谓的物质世界；生出意识，所谓精神世界。有，是心欲令其有；无，是心欲令其无。

无论佛祖、耶稣、还是老子，都告诫我们，要清净自家心，看好自家心，洗浴自家心。人居六合，心相五行，欲晓一生，辨形察性。“吾心自有光明月，千古团圆永无缺。”此心光明了，世界便一同光明起来。无论身处何时何地，没有人能替你看顾你的内心。王阳明临终有一句名言：“此心光明，亦复何言！”

许多人竭尽全力攫取财富，却不清楚自己的生活何以越来越迷惘纠结，日甚一日地充满挫折与焦虑，没有安全感和存在感。最好的救赎之道是把习惯向外追逐的目光收回来，关注放逐已久的心灵。如同王阳明所言：“身之主宰便是心，心之所发便是意，意之本体便是知，意之所在便是物。”心是身体和万物的主宰，当心灵安定下来，不为外物所动时，本身所具备的巨大智慧便会显露出来。

王阳明曾对弟子说：“人胸中各有个圣人，只自信不及，都自埋倒了。”强调以高度自信的姿态屹立于世间。良知人人都有，是一种不假外力的内在力量，怎样做，最可靠的还是听从自己的内心。熟悉乔布斯的人都知道他曾去印度修行，也曾想去日本学禅。一位大师对他说，修行就在日常的生活和工作中，乔布斯于是决定留在美国并开创苹果公司。在谈及自己的成功时，乔布斯一直强调“跟随自己的内心”。

王阳明的一生，也是意志坚定、坚持自我、特立独行的一生。在朱子学一统天下的时代，王阳明提出“知行合一”说，给当时的人们带来了巨大的冲击。人们不能理解其本意，惊讶者有之，非难和指责者层出不穷。王阳明曾经这样形容自己的处境：“危栈断我前，猛虎尾我后，倒崖落我左，绝壑临我右。我足复荆榛，雨雪更纷骤……”到了嘉靖元年（1522 年），王阳明已经是平定藩王之乱的大功臣，却依然遭受其他官员的攻击。当年进士考试由礼部负责出题，策问题中涉及心学，出题人暗中希望考生指责王阳明。可见王阳明的处境之艰难。尽管如此，王阳明在压抑自我、反省己过之后，坚信自己的学说精确、明澈。“吾自南京已前，尚有‘乡愿’（出自《论语·阳货》）意思。在今只信良知真是真非处，更无掩藏回护，做得‘狂者’（出自《论语·子路》）。使天下尽说我行不掩言，吾亦只依良知行。”

王阳明认为：“无善无恶是心之体，有善有恶是意之动，知善知恶是良知，为善去恶是格物。”既然知道了善恶，就应该在事上磨练，“格物致知”，不断为善去恶，“发动处有不善，就将这不善的念克倒了，须要彻根彻底，不使那一念不善潜伏在胸中”。格除各种浮思闲虑的干扰，让心从偏颇失控的不正常的状态，回归到不偏不倚的“中和境界”。

对个人来说，“破除心中贼”，破除心中的贪念、邪恶、嫉妒等，变得饱满圆融、至善至诚，既是个人更高层次的需求，又能让心灵更安定，心情更快乐。对于团体如企业来说，将善恶放在得失之上，将长远利益、社会和谐和员工幸福放在短期利润、破坏环境和血汗工厂之上，才能彻底摆脱投机市侩的阴影，成为真正改变世界的巨人。

正德十五年（1520 年），退居杭州数月的王阳明回到赣州，立刻进行了一场大阅兵，教导兵卒作战。当时，江彬派人打探了王阳明的动静。认识王阳明的人都担心，这样的行为会刺激到皇帝身边那些想让王阳明马失前蹄的奸佞小人，其门人陈九川也为此担忧，出言劝谏。王阳明说道：“吾在此与童子歌诗习礼，有何可疑？”并作《啾啾吟》（《王文成公全书》卷二十）一诗：

知者不惑仁不忧，君胡戚戚眉双愁？
信步行来皆坦道，凭天判下非人谋。
用之则行舍即休，此身浩荡浮虚舟。
丈夫落落掀天地，岂顾束缚如穷囚！
千金之珠弹鸟雀，掘土何烦用镯镂？
君不见东家老翁防虎患，虎夜入室衔其头？
西家儿童不识虎，执竿驱虎如驱牛。
痴人惩噎遂废食，愚者畏溺先自投。
人生达命自洒落，忧谗避毁徒啾啾！

正德十六年（1521年），朝廷因王阳明平定了宸濠之乱，封其为新建伯。追封王家三代及其妻室，并赐诰券令其传给子孙后代，可谓大荣耀。王阳明上《辞封爵普恩赏以彰国典疏》（《王文成公全书》卷十三），辞让新建伯这一爵位，却未被批准。后来，王阳明再次上疏请求辞退封爵时，巡按江西监察御史程启宪与户科给事毛玉，在宰辅杨廷和的授意之下，提交上疏，弹劾王阳明。

当时王阳明的高徒陆元静任刑部主事，愤慨地提笔写下《辨忠谗以定国是疏》，疏中上疏末尾写道："今建不世之功，而遭不明之谤，天理人心安在哉！""天理人心安在哉"这句话在文中出现了四次，可知陆元静有多么激愤。

但是，王阳明听说此事后，写《与陆元静（二）》（《王文成公全书》卷五）给陆元静，劝他不要上疏。在这封书信中，王阳明首先对陆元静的辩护表示深深的谢意，然后写道，应该以谦虚为宗旨，自我反省，警戒卖弄辩解之词。王阳明在晚年告诫门人说："人生大病，只是一傲字。"在遇到事情时，他比喻为于激流中逆水行舟的小船，并没有放开"自己的舵柄"。这里的"舵柄"，指的就是"良知"。王阳明确信，只要有了舵柄，那么不管遇到再强的风浪，小船都不会被浪涛打翻。（"近来信得致良知三字，真圣门正法眼藏。往年尚疑未尽，今自多事以来，只此良知无不具足。譬之操舟得舵，平澜浅濑，无不如意，虽遇颠风逆浪，舵柄在手，可免没溺之患矣。”）

王阳明被贬，去龙场驿途中又遇追杀。逃过大难，却清风海阔，不见一丝怨尤。在武夷山一野寺中，他题下《泛海》一诗：“险夷原不滞胸中，何异浮云过太空。夜静海涛三万里，月明飞锡下天风。”大意是：我根本就不在乎是顺境还是逆境，所有这一切都跟天空中的浮云一样，风一来，就被吹走了。月夜，我在静静的大海上泛舟三万里，那种痛快的感觉和我驾着锡杖、乘着天风，从高山之巅疾驰而下的感觉一样。

在强烈的贪欲激荡下，人们忘了敬畏。一切事败，多出于轻慢，一切轻慢皆是少了敬畏。敬畏一种事物的本真和天性，敬畏自然法则，敬畏活泼泼的新生命，就不会伤害到我们的身心。

现代人因为受父母、学校以及社会的种种影响与约束，而忘记了自己的本心。阳明心学，可以让我们通过“听本心”而摆脱各种体系和机制的束缚而获得自由。王阳明所有的思想都不是一般读书人的坐而论道，而是在跌宕的人生中悟到的真理。故王阳明说：“某于此良知之说，从百死千难中得来，不得已与人一口说尽，只恐学者得之，容易作一种光景玩弄，不实落用功，负此知耳。”“廷杖四十，万里流放贵州龙场驿，舍生忘死平定朱辰濠叛乱，只手扶起明社稷，这是生活中的‘百死千难’，情感和思想在困厄抑郁的剧烈矛盾中不断突进，这是精神上的‘百死千难’。”（韩毓海）这“百死千难”便是实践。

王阳明的著名思想“知行合一”说：“知是行的主意，行是知的工夫。知是行之始，行是知之成。”“知而不行，只是未知。”“行之明觉精察处，便是知。知之真切笃实处，便是行。若行而不能精察明觉，便是冥行，便是‘学而不思则罔’，所以必须说个知。知而不能真切笃实，便是妄想，便是‘思而不学则殆’，所以必须说个行。元来只是一个工夫。”

“知行合一”说的中心是“行”，而不是“知”，这是一种实践主义的思想。所谓的“行”，并不是与“知”对应的“行”，也不是局限于具体的实践行动。

# 得意与失意

喜欢读钱穆的书。他的《现代中国学术论衡》《湖上闲思录》《中国史学名著》《中国思想通俗讲话》等书放在床头，临睡前总要翻翻。《中国历代政治得失》全书分五讲，其中四讲分别从政府组织、选举、经济、兵役四个方面论述汉、唐、宋、明诸朝代的政治制度及其得失，书中对于清朝政治制度的论述，体例与前四个朝代有所不同，特别强调其“部族统治”的特点。引发我的深思。

人生在世，常在得意与失意间转换。得意时便是“春风得意马蹄疾”，便是“洋洋得意”；失意时便是“门前冷落车马稀”，便是心气浮躁、怨天尤人，“念天地之悠悠，独怆然而涕下！”

人在旅途，得意与失意常常并辔而行，并且得意于青云，失意于穷途，得意则忘形，失意则生怨。唐元和中，白居易出守杭州，因慕鸟巢禅师之名，入山拜访。鸟巢禅师住在树上。白居易在树下说：“师傅，您住得这么高，太危险了。”禅师在树上说：“太守大人，您的危险更甚于我啊！”白居易问：“弟子位镇江山，怎么会有危险呢？”禅师说：“官场中的荣辱得失、利害是非太多，加上这个充满危机的社会，如同熊熊大火，积薪相交。你在其中，或得意于青云，或失意于穷途。得意则忘形，失意则生怨，难免党同伐异，怨恨憎恚，喜怒哀乐，机心算计。种种烦恼，无息之时。又苦又累，怎么会不危险呢？”白居易肃然起敬，问：“请师傅指点，什么是佛法大意？”禅师说：“诸恶莫作，众善奉行。”白居易不觉笑道：“这是三岁小孩也知道的道理。”禅师说：“三岁小孩虽然能知道，可是八十岁老翁却做不到。”一盆冷水泼下来，让白居易一直凉到心。

白居易一想：是啊，知道的未必能行，行了的未必做到。学佛多年，不能身体力行，有什么用处呢？得意是人生途中幸运的绿灯，而失意是人生途中难免的碰撞。得意如同海面上的浪花或是泡沫。失意则是山涧里的粉尘或燧石。得意时最看不清的是自己，而失意时最能看清的一定是自己。

人的一生，总是在得意与失意之中度过的，就像大江大河中航行的一叶小舟，总会有顺风顺水的时候，也免不了顶风逆水。诚如曾国藩所言："天下有非望之福，亦有非望之祸。小人不知祸福之相倚伏也，则侥幸以为尝。是故失意之事，恒生于其所得意，惟其见利而不见害，知存而不知亡也。"

的确，人生不如意事常八九。人的一生必须承受一连串的挫折、失望、打击和失败，才能静下心来，品味人生，找到真正的自我。杜鲁门曾经是一名失败的成衣商，日后却成为美国的总统。如果没有失意的磨练，那是断然不可能的。人们所谓的失败和打击，换个角度看，却会是我们发掘更多的机会，得到更大的快乐，领悟更深远的人生真谛。

所以，人生最大的苦恼，不在于自己拥有太少，而在于向往太多。向往本身不是坏事，但是向往得太多，而自己又无法实现，就会构成长久的失望与不满。托尔斯泰说过："欲望越小，人生就越幸福。"贪婪的人，总是想得到更多的东西，却把现在所有的都失掉了。其实，我们每个人所拥有的财物，无论是位子、房子、车子、票子、女子……无论是有形的还是无形的，没有一样是真正属于我们自己的，这些东西只是暂时归属于我们而已。

约瑟夫·艾迪逊曾经说过："真正的幸福往往以痛苦、沮丧和失望的面目出现；只要我们保持心灵的平静，就能看到柳暗花明。"因此，得意也罢，失意也好，都是人生的过程。如果我们的眼界再广阔一些，可能就会想到，宇宙之辽阔，时间之流失，个人之无奈。个人的力量与无际的时空相比，实在是太渺小了，因怀才不遇而耿耿于怀是一种患得患失的心态。一个人得意也罢，失意也罢，只要对自己的能力有正确的估量，就不会太在意自己的得和失。更何况，不管你有多大能耐，都不可能改变历史的进程。

# 德薄·知小·力弱

用人是个大事情。好的决策和战略如果用人不当，就会导致失败或流产。《孙子兵法·势篇》说："故善战者，求之于势，不责于人，故能择人而任势。任势者，其战人也，如转木石。"是说善于作战的人，求作战的有利势态，不苛求下属，重要的是选择合适的人才去利用这种有利势态，造就一个把圆木从高山上滚下那样的不可抵挡的势来。《荀子·劝学篇》中说："登高而招，臂非加长也，而见者远；顺风而呼，声非加疾也，而闻者彰。假舆马者，非利足也，而致千里；假舟楫者，非能水也，而绝江河。君子生非异也，善假于物也。"讲的也是同一道理——"择人而任势"。

德高、知大、力巨，是用人之宝。战国时期，齐威王与魏惠王在一次围猎中发生了争论，魏王问："齐国有宝贝吗？"齐王说没有。魏王说："我国国土虽小，却有直径一寸大的珍珠十颗。每颗可照亮前后十二辆车。齐国是大国，怎么会没有珍宝呢？"齐王说："我认定的珍宝概念同你不一样。我有个大臣叫檀子，派他守南城，楚国人不敢入侵；我有个臣子叫盼子，派他守官塘，赵国人就不敢到黄河来打渔，我有个官吏叫黔夫，派他守徐州，燕国人对着徐州北门给他跪拜，我有个臣子叫钟首，叫他防盗防贼，百姓可以路不拾遗，夜不闭户。像这样的珍宝，其光泽可远照千里，何止亮十二辆车子呢？"这则故事说明人才的重要，不可随随便便用人，更不可选用那些德薄、知小、力弱的人，这是当局者用人时需要慎之又慎的，否则就要招致祸患啊。

但是，现实中人们往往出现了用人不当的现象。孔子曰："德薄而位尊，知小而谋大，力小而任重，鲜不及矣。"这段话出自《易经·系辞下》。意思是说，德行卑微但是位置却很尊崇，智慧渺小而需要谋划的事情却很重大，力量弱小但担负的责任却很艰巨，很少有不带来祸患的。

# 《文心雕龙》的历史传承

刘勰的《文心雕龙》，奠定了他在中国文学批评史上的地位。《文心雕龙》是中国文学理论批评史上第一部有严密体系的、“体大而虑周”（章学诚《文史通义·诗话篇》）的文学理论专著。全书以孔子美学思想为基础，兼采道家，认为道是文学的本源，圣人是文人学习的楷模，“经书”是文章的典范。把作家创作个性的形成归结为“才”“气”“学”“习”四个方面。

《文心雕龙》系统论述了文学的形式和内容、继承和革新的关系，又在探索研究文学创作构思的过程中，强调了艺术思维活动的具体形象性这一基本特征，并初步提出了艺术创作中的形象思维问题；对文学的艺术本质及其特征有较自觉的认识，开研究文学形象思维的先河。

刘勰认为，文学的发展变化，终归要受到时代及社会政治生活的影响。他在《时序》篇中说“文变染乎世情，兴废系乎时序”，并在《时序》《通变》《才略》诸篇里，从上古至两晋结合历代政治风尚的变化和时代特点来探索文学盛衰的原因，品评作家作品。比如他说建安文学“梗概而多气”的风貌，是由于“世积乱离，风衰俗怨”而形成；东晋玄言诗泛滥，是由于当时“贵玄”的社会风尚所决定，不仅注意到了社会政治对文学发展的决定影响，也注意到了文学演变的继承关系。

清代的著名史学家章学诚，把《文心雕龙》《诗品》视为文学理论批评史上的双璧。他说：“《诗品》之于论诗，《文心雕龙》之于论文，皆专门名家，勒为成书之祖也。《文心雕龙》体大而虑周，《诗品》思深而意远。盖《文心雕龙》笼罩群言，而《诗品》从六艺，溯流别也，论诗论文而知溯流别，则可以探源经籍而进窥天地之纯，古人之大体矣。”明确地提出了《诗品》和《文心雕龙》在我国文学理论史上具有的重要地位和价值。在这两部著作中都有大量的关于建安文学的论述。而《文心雕龙》《诗品》中这些关于建安文学的评论对后世产生了深远的影响，成为文学史上的定评。

刘勰对建安文学进行了总体概括，称："暨建安之初，五言腾踊，文帝陈思，纵辔以骋节；王徐应刘，望路而争驱；并怜风月，狎池苑，述恩荣，叙酣宴，慷慨以任气，磊落以使才；造怀指事，不求纤密之巧，驱辞逐貌，唯取昭晰之能：此其所同也。"《时序》篇中提到建安文学的总体特征："观其时文，雅好慷慨""梗概而多气也"。并指出其形成的原因，是由于"世积乱离，风衰俗怨，并志深而笔长"。《诗品序》中钟嵘也谈到："降及建安，曹公父子笃好斯文，平原兄弟郁为文栋，刘桢、王粲为其羽翼。次有攀龙托凤，自致于属车者，盖将百计。彬彬之盛，大备于时矣。"

"风骨"是中国文学批评史上的一个重要的概念，风骨一词最早大量运用于魏、晋、南朝时的人物评论，大体上"风"偏重指精神气质，"骨"偏重于指骨格形态，二者密不可分，合而为一为风骨。后引用到书画理论和文学评论之中。《文心雕龙》中专论"风骨"，罗宗强说："风骨论是刘勰最激动人心而又最扑朔迷离的理论命题，也是他的理论的最出色成就之一。"刘勰的《文心雕龙·风骨》中精炼地对"风骨"进行了概括："怊怅述情，必始乎风；沉吟铺辞，莫先于骨。故辞之待骨，如体之树骸；情之含风，犹形之包气。结言端直，则文骨成焉；意气骏爽，则文风清焉。"他认为如果辞藻太繁复了，而没有飞动之势，不生动，那么辞采就不鲜明，声调也萎弱无力，"故练于骨者，析辞必精；深乎风者，述情必显"。

# 文　心

遍阅《文心雕龙》，一方面为刘勰的神思所感动。另一方面，开始深入思考“文心”。所谓“文心”就是“为文之用心”。任何时代，要想文脉永存，必须有像样的文心。

伟大的作品，传世的作品，令我们高山仰止的作品，以及那些令我们敬畏的作品，通常会在读者的想象空间里构成一个完整的世界。当我们徜徉其间，无论经度的时差，还是纬度的温差，都不存在了，甚至，连细微的缺失，偶尔的疏漏都可以忽略不计。因为好的作品总是超越时空，超越自我，横跨千古。这里面，就有好的文心在内。看看吧，那些中外传世经典，那一部不是这样呢？

文心，说到底是文人的正直之气、道义之心。面对社会上的所有人与事，无论是好事或坏事、喜事或悲事、盛世或乱世，文人永远都不会无动于衷，他们或大喜或大悲，或大笑或大哭，心随情动，或引吭高歌，或拍案而起，感同身受，着意抒发。“大风起兮云飞扬”“路漫漫兮修远兮”“先天下之忧而忧，后天下之乐而乐”“数风流人物，还看今朝”……都是一片文心使然。

有什么样的文心，就有什么样的文脉。中国的文字、文章、文功、文采等等，本身就有中华民族的独特个性。它的能量、美感也与其他民族不同。单是中国的文字，仅字体就有隶、草、正、篆之分。没有纯正的文心，文脉的传承必定是不可能的。

文心，说穿了就是没有太多的目的性，功利性的文字活动。因为文学的发生，乃是一种超越庸俗目的的一种精神现象。大凡文人，都会逢喜则笑，遇悲则哀，罹忧则愁，见邪则疾。文学就是形诸于文字的泪与笑、怒与骂。文脉的产生与发展，缘于人们抒发情感和叙述经验的迫切需要，缘于与他人进行心灵沟通和精神对话的渴望。比如说，见了书就想读，见到纸和笔就想写，面对有功力的字体就想模仿，见到有深意的词语就想抄写，见到有美感的句子或者段落就想背诵，满足的是写作的快感，别的什么都不去想。

所以，文心就是作者面对世界的难以自已的言说。因为只有把自己的经验和思想表达出来，才能克服内心的苦闷和焦虑，才能恢复内心的宁静与和谐。

# 陆机与《文赋》

西晋著名文学家、书法家陆机为孙吴丞相陆逊之孙、大司马陆抗第四子，与其弟陆云合称“二陆”，又与顾荣、陆云并称“洛阳三俊”。

陆机作文音律谐美，讲求对偶，典故很多，开创了骈文的先河。为了加强诗歌铺陈排比的描写功能，他将辞赋的句式用于诗歌，丰富了诗歌的表现手法。在他的诗中，山水描写成分大量增加，排偶之句用于描写山姿水态，为谢灵运、谢朓诸人的山水诗起了先导的作用。

在曹丕《典论·论文》之后七十年，陆机的《文赋》问世了。《文赋》是以骈赋的形式撰写的关于文学创作的论文。如果说曹丕《论文》（仅800余字）是“文学的自觉时代”的标志，那么陆机《文赋》则显示出“文学的自觉时代”之成熟。这两篇文章堪称中国文学的理论史上双峰并峙的姐妹篇，创造了两个“第一”：《论文》是中国文学史上第一篇较系统的文学理论专著；《文赋》是我国文学史上第一篇完整地、系统地全面论述创作的文学理论作品。

自从南朝梁昭明太子萧统将《文赋》收进了《昭明文选》，成为读书人的范本，从此被历代封建文人所诵读。从唐代到清代，很多学者对《文赋》作了校勘、诠释。陆机《文赋》的杰出贡献，主要表现在以下方面：

一是对文体分类的重大创新。陆机《文赋》在曹丕《典论·论文》四科八体的基础上作了创新，提出十体说，就是诗、赋、碑、诔、铭、箴、颂、论、奏、说，这是一个创新；其次是把公文类文体置于最末，把诗、赋类文体提到前两位，说明陆机对诗、赋这类纯文学文体的重视。

二是首创了“诗缘情”学说。自从《尚书·舜典》“诗言志，歌永言，声依永，律和声”以后，孔子强调了“诗言志”的观点。《毛诗·序》说：“诗者，志之所之也，在心为志，发言为诗。情动于中而形于言，言之不足故嗟叹之，嗟叹之不足故永歌之，永歌之不足，不知手之舞之，足之蹈之也。”这些论述中，“志”和“情”是分离的。两汉到魏，作者都遵奉儒家的这一文学理论。《文赋》的突破在于把“诗言志”的社会功能向前推进了一步，强调了文学创作未被重视的“诗缘情”的社会审美功能，那就是“诗缘情而绮丽”，不但强调了诗歌的抒情功能，而且提出“颐情志于坟典”，把诗歌的抒情功能和孔子的“言志”功能珠联璧合，揉合起来。第一次明确地告诉人们，诗歌包括文学创作，就是作家主观心灵的自然流露，完善了文学创作的社会功能。

三是创造了“主体论”。陆机认为：“理扶直以立干，文垂条而结繁”。文章就像树，“理”是文章的主干，“理”一定要“直”，理直则气壮；而“文”的各种技巧和手法呢，就是“理”这棵树的主干“垂”下来的“枝条”，“枝条”也应该很繁盛。这一观点被学术界称为《文赋》的主体论，文学创作一定要把握“理”这个主体，而且这主体要“直”，不论从事何种文体的创作，主体是不可或缺的，这主体也就是主题。这一论点对此后的文学创作研究有重大指导意义。唐杜牧称“意（主体）犹帅也”。王若虚说“意犹帅也，无帅之兵，谓之乌合”，就是对《文赋》“理扶直以立干”的拓展。

四是强调文学创作的形象思维。“其始也，皆收听反听，耽思傍讯，精骛八极，心游万仞”，“收视反听”即对外界不听不看，听而无闻，视而无见——投入；“耽思傍讯”，即专心致志研究思考，四面出击拓展思路；“精骛八极”即思想像烈马一样在四野奔腾；“心游万仞”即心思在广阔的空间遨游。形象地概括出文学创作的形象思维的重要性。尤其是他那“遵四时以叹逝，瞻万物而思纷。悲落叶于劲秋，喜柔条于云春。心懔懔以怀霜，志眇眇而临云”，这些描绘大自然的佳句，为其后陶渊明、谢灵运等山水田园诗的兴起，打下了理论基础。

《文心雕龙·杂文》篇特别推崇陆机的《文赋》，认为：“唯士衡运思，理新文敏，而裁章置句，广于旧篇，岂慕朱仲四寸之珰乎！夫文小易周，思闲可赡。足使义明而词净，事圆而音泽，磊磊自转，可称珠耳。”唐太宗李世民更是对陆机高度评价：“古人云：‘虽楚有才，晋实用之。’观夫陆机、陆云，实荆、衡之杞梓，挺圭璋于秀实，驰英华于早年，风鉴澄爽，神情俊迈。文藻宏丽，独步当时；言论慷慨，冠乎终古。高词迥映，如朗月之悬光；叠意回舒，若重岩之积秀。千条析理，则电坼霜开；一绪连文，则珠流璧合。其词深而雅，其义博而显，故足远超枚、马，高蹑王、刘，百代文宗，一人而已。”

陆机善书法，其章草作品《平复帖》是中国古代存世最早的名人法书真迹，也是历史上第一件流传有序的法帖墨迹，有“法帖之祖”的美誉，被评为九大“镇国之宝”。

# 浩然正气

天地有正气，往来无古今；一身正气，两袖清风，这些都是提倡正气的，引领着民族的浩然正气与昂扬锐气。

“浩然之气”这个词，一般用来形容一种刚正宏大的精神，这是中国古代著名思想家孟子创造的一个词语，是一个富有创新思维的哲学概念。

荆柯刺秦王的故事，张扬的是“风萧萧兮易水寒，壮士一去兮不复还”的大气凛然。当秦国的千军万马正朝向关东大肆挞伐，践踏着多少肥沃的土地，杀戮着无数孱弱的民众时，荆轲义无反顾地前往那暴君的宫殿，想用自己的意志和力量去制服凶残。虽然最终失败了，然而这种悲壮的精神，却卷起了阵阵狂飙，越过漫长的历史，叩击着多少人的胸膛。杀身成仁，舍生取义，这穿越空间和时间的声音，永远在呼唤着人们。

当然，现实中不可能人人都仗义执剑，去拼搏和厮杀的。不过这种慷慨献身的精神境界，肯定是人人都必须具备的。只有在心坎里蕴藏着这样的凛然正气，当面对暴虐的欺凌、贪婪的掠夺和淫佚的泛滥时，才能够勇敢地去加以谴责和制止。倘若没有这样的坚持正义，就会成为十足的苟活。我常常想起在荆轲去世六百多年后出生的陶潜，他是多么想有所作为，渴望着“刑天舞干戚”这样英勇和顽强的精神，然而他置身的仕途实在太肮脏和黑暗了，无法再混迹下去，却又不敢像荆轲那样抗争和搏斗，只好痛苦地选择了一条逃匿和隐遁的路。表面上似乎是在度过悠闲和飘逸的生活，唱出了“采菊东篱下”和“飞鸟相与还”这些千古传颂的佳句，然而没有勇气作出一番事业的痛楚，肯定会常常咬啮自己的心灵。如此动情地讴歌着荆轲，不正是痛悼自己无法献身于人世的极大悲哀吗？他所吟唱的“此人虽已没，千载有余情”，不正是一种无限的憧憬和向往吗？

巾帼英雄秋瑾，也曾经歌唱过荆轲的“殿前一击虽不中，已夺专制魔王魄”，充满了多么豪迈的胆魄和磅礴的气概。正是荆轲那种一往无前的精神，激励着她去投身革命和从容就义。人们常常用妩媚、温柔、娇嫩和弱小这些字眼，去形容世间的女子，可是每当想起了蔑视酷刑和斩首的秋瑾，总会感到惭愧。回顾我几十年平庸的生涯，虽然也曾经满腔热血，想与黑暗抗争，想去追求光明，可是在多少回面临荒谬和不义时，却总是沉默，多么沉重而又微茫的苟活啊！我想象着如果陶潜能够有机缘碰见秋瑾的话，心里肯定会比我更激动得难以自持，因为他是敢于诚挚地审判自己灵魂的诗人。可以这样说，如果一个人阅读或听说了荆轲的故事，却依旧无动于衷，还纵容自己沉溺在无聊、卑琐和屈辱的日子里面，却并不痛下决心去改弦易辙的话，那就确实是一种卑俗和可怕的苟活。

纵观古今，中华民族的文明史就是一部正义战胜邪恶的历史。“富贵不能淫，威武不能屈，贫贱不能移”，体现了我们祖先的凛然正气；在长达几千年的历史苍穹，屈原、岳飞、文天祥、林则徐等英雄义士，无一不是我们民族的正气之魂；多少仁人志士都把“鞠躬尽瘁，死而后已”作为人生的最大追求；“先天下之忧而忧，后天下之乐而乐”“苟利国家生死以，岂因祸福避趋之”，充满了高昂激越的浩然正气；“人生自古谁无死，留取丹心照汗青”，更是惊天地、泣鬼神，千古传诵……

# 抚剑长吟纵豪情

## ——参观秋瑾故居有感

在绍兴秋瑾故居参观，看到了秋瑾的名作《剑歌》，我沉思良久。

“炎帝世系伤中绝，芒芒国恨何时雪？世无平权只强权，话到兴亡眦欲裂。千金市得宝剑来，公理不恃恃赤铁。死生一事付鸿毛，人生到此方英杰。饥时欲啖仇人头，渴时欲饮匈奴血。侠骨棱嶒傲九州，不信太刚刚则折。血染斑斑已化碧，汉王诛暴由三尺。五胡乱晋南北分，衣冠文弱难辞责。君不见剑气棱棱贯斗牛？胸中了了旧恩仇？锋芒未露已惊世，养晦京华几度秋。一匣深藏不露锋，知音落落世难逢。空山一夜惊风雨，跃跃沉吟欲化龙。宝光闪闪惊四座，九天白日暗无色。按剑相顾读史书，书中误国多奸贼。中原忽化牧羊场，咄咄腥风吹禹域。除却干将与莫邪，世界伊谁开暗黑。斩尽妖魔百鬼藏，澄清天下本天职。他年成败利钝不计较，但恃铁血主义报祖国。”

在风雷激荡的清末，震铄一时的鉴湖女侠秋瑾的声名，是与近代史上一系列重大事件缩系在一起的。而在这些历史事件的背后，跃动着秋瑾及那一代人的愿望和探求、选择和困惑、夤缘时会的亢奋和英雄失路的悲凉、乍惊乍喜的歌哭和风雨无常的忧叹……

流年轮转而去。在21世纪之初，人们禁不住发问，难道流动终古的岁月之水，真的能将那些搏风击浪、倚天长啸的动人身影，荡涤如浮沤么？在秋瑾的故居，我们终于可以找回自信。入得“和畅堂”，顿然感到有一股浩然正气在厅堂升腾，继而回旋于客堂、餐室、卧室和以天井衔结的五进院落，它足以净化灵魂迷茫和意志薄弱者，使人知所愧怍而奋然雄起。“和畅堂”的第三、四进，原为秋瑾的母亲和兄长所住，现已辟为秋瑾史迹陈列室。虽说以时间为载体的历史具有一次性和不可重复性，经由后人保留下的都是化石，最生动最有魅力的是当时的情态。注目着史痕斑驳的件件遗物，仍能于静默中感受到那颗“洒去犹能化碧涛”的侠心跳荡，感受到岁月剥蚀下人性永在的万种风情。于是，记忆中鉴湖女侠的著名诗句又在心壁上回响：“莫道女子非英物，夜夜龙泉壁上鸣”诗中涌动的是一种生命的力度、激情的外射。这是倚天长剑的自傲，是侠骨峥嵘的期许。

秋瑾（1875 年—1907 年），原名秋闺瑾，字璇卿，后改名竞雄，又称鉴湖女侠，祖籍浙江山阴（今绍兴市），出生于福建厦门。性豪侠，习文练武，喜男装。清光绪二十年（1894 年），其父秋寿南任湘乡县督销总办时，将她许配给今双峰县荷叶乡绅王廷钧为妻。光绪二十二年（1896 年），秋与王结婚。王廷钧在湘潭开设“义源当铺”，秋瑾的大部分时间住在湘潭，也常回到婆家。这年秋天，她第一次回到神冲，当着许多道喜的亲友朗诵自作的《杞人忧》：“幽燕烽火几时收，闻道中洋战未休。膝室空怀忧国恨，谁将巾帼易兜鍪。”以表忧国忧民之心，受到当地人们的敬重。光绪二十六年（1900 年），王廷钧纳资为户部主事，秋瑾随夫赴京。不久，因为八国联军入京之战乱，又回到家乡荷叶。次年在这里生下第二个孩子王灿芝（女）。光绪二十九年（1903 年），王廷钧再次去京复职，秋瑾携女儿一同前往。翌年，毅然冲破封建家庭的束缚，自费东渡日本留学，先入日语讲习所，继入青山实践女校。在日期间，她积极参加留日学生的革命活动，与陈撷芬发起共爱会，和刘道一等组织十人会，创办《白话报》，参加洪门天地会，受封为“白纸扇”（军师）。光绪三十一年（1905 年）归国。春夏间，经徐锡麟介绍加入光复会。七月，再赴日本，加入同盟会，被推为评议部评议员和浙江主盟人，翌年归国，在上海创办中国公学。不久，任教于浔溪女校。同年秋冬间，为筹措创办《中国女报》经费，回到荷叶婆家，在夫家取得一笔经费，并和家人诀别，声明脱离家庭关系。是年十二月（1907 年 1 月），《中国女报》创刊，她撰文宣传妇女解放主张。

我们从秋瑾的经历中可以看出，她虽出身于大家闺秀，却尚侠好义，尤慕汉代名侠郭解朱家的为人。十几岁时便擅长骑马击剑。及长，她取字竞雄，别号鉴湖女侠。平素好着男装，穿官式皂靴，绝无脂粉习气。

所作诗文，不脱侠风剑气，英迈雄奇。她尝谓：“身不得，男儿列，心却比，男儿烈。”足见这位巾帼不让须眉的女侠胆识。投身革命后，她抱定必死之志，誓以青春的生命，一洗女界之羞。

但是，我们必须看到，在遍地腥膻、苍黄翻覆的近代中国，每一个秉有济世热肠的近代知识分子，都难免会在骤起骤落、瞬息万变的时代大潮中产生严重的挫折感；这种挫折感的长期延续，往往会使人变得颓丧、消沉。而秋瑾的可贵之处，就在于她亲历了无数次挫折之后，仍充满着“抚剑长吟”的强烈豪情。她义无反顾地登上了舍身成仁的凄壮祭坛，成为不让须眉、享祀千秋的巾帼英雄。

# 读史与悟道

近读台湾文学大师林清玄《菩提十书》，其中有对历史的幡然感悟，有对人世的沉重思考，有对生活的深邃探索，更有对生命的崇高敬畏。读罢唏嘘。

清代由阮元主持校刻的《十三经注疏》，是文史研究工作者经常要查检的书。内容博大，在悠久的中华文明进程中，对我国的传统文化产生了巨大影响，并且长期根植于人们的思想意识和社会生活观念中。

最近一段时间，我又阅读了法国历史学家，被誉为20世纪最伟大的历史学家之一的费尔南·布罗代尔的《论历史》，全书分为三个部分：一是历史的时间。二是历史学和其他人文科学的对话。三是历史写作与现实的关系。布罗代尔提出，历史学家应该穿透政治事件的历史表层，揭示那些隐蔽在下面的、影响集体存在的力量。他把历史的时间区分为地理时间、社会时间和个体时间，进而表述为长时段、中时段和短时段。长时段思想深刻改变了历史学的面貌。

历史是一座取之不尽、用之不竭的精神富矿，真正去着手探查，里面的文章可就多了。正所谓“一部二十四史不知从何说起”。

读史是为什么？不是觉着好玩儿，也不是故作高深，而是要悟道的。或者说，就是要从中读出点道理来。而史书卷帙浩繁，面对它们，仔细研读，你会发现，人生是需要“归零”的。每过一段时间，都要将过去“清零”，让自己重新开始。社会、历史本身也是一个清零的过程。想想看，历史上那些叱咤风云的人物，有几个人们会想起。俱往矣。

相传波斯王即位时，要史官为他编写一部完整的世界史。几年过后，史书编成了，多达六千卷。年纪已经不轻的皇帝，日夜操劳国事，一直抽不出时间看，没办法，只好让史官加以缩写。经过几年刻苦劳作，缩编的史书完成了，而皇帝已经老迈不堪，连阅读缩写本的精力也没有了，便要史官作进一步压缩。可是，没等编成，他就已经生命垂危。史官赶到御榻前，对波斯王说，过去我们把世界史看得太复杂了。其实，说来十分简单，不过是一句话："他们生了，受了苦，死了。"这九个字，"他们"是人，"生了，受了苦，死了"是事。

事是风云人是月。历史以人物为中心，历史是人的实践活动在时间中的展开。是人创造并书写了历史。光照简册的万千事件，诚然可以说是轰轰烈烈，空古绝今，惊天动地，撼人心魄。可是，又有哪一桩不是人的作为呢？人的思想，人的实践，亦即人的精神存在与物质存在，是一切史实中最基础的事实。可以说，历史的张力、魅力与生命力，无一不与人物紧相联。

在历史当中，人是出发点与落脚点。人的存在意义、人的命运、人为什么活、怎样活，向来都是史家关注的焦点。著名历史学家钱穆先生多次强调，"历史讲人事，人事该以人为主，事为副。没有人怎会有事？""历史存在依人不依事，而人则是永可以存在的。"又说："思想要有事实表现，事背后要有人，如果没有了人，制度思想理论都是空的。""因此我来讲历史人物，特地希望我们要看重人，拿人来做榜样，做我们一个新的刺激。"其实，也不单是历史学，在关注人生、人性，关怀人的命运方面，整个人文学科都是相通的：哲学思索命运，历史揭示命运，文学表达命运——无往而非人，人是目的，人是核心。

读史，主要是要读人，而读人重在通心。"未通古人之心，焉知古代之史？"读史通心，才可望消除精神障蔽与时空界隔，进入历史深处，直抵古人心源，进行生命与生命的对话。读史原是一种今人与古人的灵魂撞击、心灵对接、生命叩问。既是今人对于古人的叩访、审视、勘核，反过来也是逝者对于现今还活着的人的灵魂的拷问。每个读史的人只要深入到人性的深处、灵魂的底层，加以省察、比证、对照，恐怕就不会感到那么超然与轻松。

读史通心，就是要把历史人物放在历史情境中去进行查核。南宋思想家吕祖谦有言："观史如身在其中，见事之利害，时之祸患，必掩卷自思，使我遇此等事，当作何处之。"钱锺书先生说，读史要"遥体人情，悬想时事，设身局中，潜心腔内，忖之度之，以揣以摩”。同时，通心还强调感同身受，理解前人。苛责前人，率意做出评判，要比感同身受地理解前人容易得多。而换位思考，理解前人，却是不可或缺的。明末清初的文学家李渔说过：“凡读古人之书，论前人之事者，盖当略其迹而原其心。”法国年鉴学派的著名史学家马克·布洛赫在《历史学家的技艺》一书中也曾指出：“长期以来，史学家像阎王殿里的判官，对已死的人任情褒贬。这种态度能够满足人们内心的欲望”，而“理解才是历史研究的指路明灯”。其实，“我们对自己、对当今世界也未必十分有把握，难道就这么有把握为前辈判断是非善恶吗”？

人活在世上，凡事都要看开点，看远点，看淡点，心胸要豁达些、大度些。要舍得放弃，正确对待你的失去。因为失去可能是一种生活的福音，它预示着另一种获得。大舍大得，小舍小得，不舍不得。大度即是谈吐大方得体，处事自然和谐，生活态度平和，不急躁，不懈怠。所谓“技在手，能在身，思在脑，从容过生活。三千年读史，不外功名利禄；九万里悟道，终归诗酒田园”。

# 桑弘羊与《盐铁论》

上大学期间，我用很长一段时间研读《盐铁论》。对西汉历史特别是对桑弘羊的经济思想有了更为深入的了解。

## 1

桑弘羊是个极富传奇色彩的人物，少年时代，他就“以心计”而不用筹码进行运算而享有盛名。

十三岁担任侍中，开始在汉武帝身边工作。

三十三岁时，与东郭咸阳、孔仅“三人言利析秋毫”，对经济问题分析十分深刻，从而得到了汉武帝的信任。到公元前 115 年，孔仅升为大农令，桑弘羊接替他担任大农丞，掌管会计事务。

公元前 110 年，桑弘羊成为搜粟都尉，同时兼任大农令，掌管全国的租税财政。汉武帝末年任御史大夫（相当于副丞相），仍兼管财政，一直到汉昭帝元凤元年（公元前 80 年）被杀为止。

## 2

桑弘羊的经济思想以及他协助汉武帝妥善处理财政问题几十年，和他的家庭与故乡有很大关系。

洛阳是周朝政治重镇，周公征服殷人后，把俘虏的殷人以“顽民”的称号安置居住在洛阳。这些人不能参与政治活动，因而多数就去经商。到了战国时期，经商已经成为洛阳人的重要职业。一些人经商致富后，就参与了政治活动。像有名的苏秦、白圭、师史、贾谊等政治家和商人，都是洛阳人。

桑弘羊的家庭一定是洛阳很富有的大商人。在那个年代，当了侍中，就可以经常出入禁中，接近皇帝。桑弘羊作为商人的儿子，在十三岁的时候，他家就给他花钱买了个侍中。

汉武帝时，为了培养一批忠于自己的得力官吏，选拔了很多有才干的青年在他的身边作侍中。像孔安国、朱买臣、卫青、霍去病、霍光、桑弘羊这些文武大臣，都当过他的侍中。汉武帝的这些侍中，并不仅仅是帮助他做点身边的琐事，还要商量一些军国大事。遇有意见与大臣不合时，还常常让他们出面与大臣们进行辩论。如汉武帝元朔三年（前126年），汉武帝为了抗击匈奴的侵扰，决定在河套筑朔方城，御史大夫公孙弘多次上书反对，汉武帝就让侍中朱买臣等人与公孙弘辩论，说服了公孙弘，使他转变为筑朔方城的积极支持者。

桑弘羊在当侍中期间，参加了很多汉武帝制定军国大事的讨论，他了解了汉武帝的为人和抱负，自己也深受汉武帝思想的影响。

## 3

桑弘羊的历史贡献主要表现在以下几个方面：

第一，实行币制改革。汉朝初年，国家对钱币的铸造采取放任政策。当时不但钱的大小、轻重不一，钱币的重量与实际重量相差悬殊，因而盗铸风气盛行，影响了货币的正常流通，造成了通货膨胀。到了汉文帝五年（前175年），政府撤除了禁止私人铸钱的命令，放任大家自由铸钱，因而币制更加混乱。一些豪强和大商人，常常在铜内杂入铅、铁，铸大批的劣钱来谋取暴利。政府虽然一再禁止和打击，但因为有利可图，而且铸钱者又多是一些有权有势的人物，所以并不能制止私铸的大量劣钱混入市场，破坏社会的正常经济秩序。

为了改变这种状况，桑弘羊向汉武帝提出了改革意见：一是取消郡国铸钱的权力，由中央政府指定掌管上林苑的水衡都尉下属钟官、技巧、辨铜三官分别负责鼓铸、刻范和原料；二是郡国把所铸的旧钱销毁，把铜送到中央；三是废除过去铸的一切钱币，以上林三官铸的五铢钱作为全国唯一通行的货币。汉武帝采纳了桑弘羊的意见。

应当说，币制改革是成功的。从此以后基本上制止了私铸劣币的流通，从而不但增加了国家的财政收入，而且稳定了市场和流通，起到了巩固西汉统治的作用。

这次币制改革也是中国历史上第一次将铸币权完全收归中央政府的一次举措。它最终将汉朝的币制稳定下来，使五铢钱成为质量稳定的钱币，一直流通至隋朝七百余年而通行不废。这与桑弘羊的经济思想是分不开的。

第二，实行盐铁官营。桑弘羊担任治粟都尉兼领大司农之后，在原有的基础上对盐铁问题进行了整顿。他选派了得力的大农部丞数十人，分头到各郡国，在整顿原有盐铁官的基础上，新增加了一批盐铁官。

据《汉书·地理志》记载，全国二十七郡有盐官共三十六处，铁官在四十郡中有四十八处。在东北远至辽宁的盖县，西南至云南的安宁，西北达内蒙的河套西北，南抵广州，东南到浙江的海盐。其分布之广，规模之大，都是空前的。盐的生产，是由政府招民自备资金，盐官供给煮盐的工具和粮食，在盐官的监督下将煮成的盐全部售给国家。然后由国家出售给人民，个人不得私售。这是一种由公私联合经营生产，由国家统一购销的办法。

铁的生产，是在郡国出铁处设铁官进行生产，不出铁者置小铁官负责销售，其生产和销售完全由国家进行控制。因为铁的冶炼不但技术比煮盐要复杂得多，而且成本和规模也要大，所以它主要采取国家经营的方式。

盐铁的官营，从增加政府的财政收入、打击地方豪强的势力，以及发挥某些大规模生产协作的优点上来说，是起了积极作用的。

第三，试行均输法。元鼎二年（前 115 年）桑弘羊为大农丞时，就开始试行均输法。就是各郡国上交中央的贡品，一律按照当地的市价，折合成当地出产的产品，交纳国家后，由均输官统一调运到缺乏这些产品的地区出售。这样不但各郡国再也不用为了贡物而派人四处采购物品，而中央政府却借货物的地区差价，从中获得了很大利润。

显然，均输法对中央和地方政府都有利，也减轻了百姓的负担，打击了商人的暴利。但是在均输法开始实行的时候，由于盐铁这两项重要的货物还把持在孔仅的手中，所以均输法还难以全面地铺开实行。

当桑弘羊代理大农令后，一方面由于均输法试行了五年，已积累了一定的经验；另一方面盐铁等一切财经大权，这时都已掌握在桑弘羊的手中，因而他开始在全国普遍推行均输法。他在向各郡国派出盐铁官的同时，也派出了均输官，由于盐铁是均输的两大重要物资，所以某些地方均输官可能是由盐铁官兼任的。因为这些均输盐铁官，都是由大农部丞十人统一管理。

均输法在全国推行之后，货物的流通渠道比较畅通了，国家在全国各地征的贡赋，通过均输官源源不断地运到首都和边疆地区，因而大大地加强了汉武帝对外斗争的经济实力。

第四，实行平准法。平准法是桑弘羊为了配合均输盐铁政策而实行的另一项经济改革。过去，西汉中央政府各部门所需的物资，都是由各部门自行采购。由于各部门采购的货物多而又比较集中，为了按时完成采购任务，各部门的官员之间互相争购，因而哄抬了首都的物价。这不但对人民生活有影响，也使国家吃了亏，商人得了暴利。

为了解决这个问题，桑弘羊在算缗告缗和盐铁均输政策实行后，由于国家手中已掌握了大量的物资，有经济实力可以控制首都的物价，在此基础上，他又创立了平准法。通过国家掌握的由大农诸官和各地输进的货物以及工官制造的产品，在首都市场上贵卖贱买，以稳定首都的市场物价。中央各个机关采购物资，也就可以从平准官那里以平价购到所需的东西。

平准法的创立，不但解决了均输官运到京师的多余货物的出售，也解决了政府一些部门对货物的采购，沟通了政府各部门之间货物的供求，减少市场物价的波动，打击了投机倒把的商人。无论从封建政府的利益，还是对人民群众，平准法的实行都是有利的。

盐铁、平准、均输，这是桑弘羊整理和改革财政经济的三大支柱。在汉武帝好大喜功、连年对外进行大规模战争的情况下，国家的财政开支急剧增加。桑弘羊此时担任封建国家的主要财政负责人，他能在不太多地增加农民赋税负担的情况下，满足汉武帝浩繁的财政需求，这确实是一大功劳。所以他一直受到汉武帝的信任和支持。

## 4

汉昭帝始元六年（前 81 年），杜延年向霍光建议："现在年景不好，一些农民还流落在外乡，应该恢复孝文帝时的政局，提倡节俭，对下宽和，争取百姓的支持。"霍光同意了他的意见，就让各郡国推举贤良文学之士六十多人，集中到首都开会，讨论民间有什么疾苦，国家应该采取什么措施。这次会议，被后世成为"盐铁会议"。

贤良是已经取得功名的儒生，文学是在某种学问上有一定成就的名士，他们都不是国家的官吏，而属于民间的知名人士。参加这次会议的六十多名贤良文学中，留下姓名的有茂陵唐生、鲁国万生、汝南朱子伯、中山刘子雍、九江祝生等。

丞相田千秋是这次会议的主持人，但他发言不多，只是在双方辩论激烈的时候，讲一些折中调解的话。政府方面的主要发言人，是御史大夫桑弘羊，他共发言一百一十四次。参加会议的还有丞相府的属官丞相史和御史大夫的属官御史，他们是作为田千秋和桑弘羊的助手参加的，但在会上御史也发言十九次，丞相史发言十五次。

这次会议分两个阶段进行，前一个阶段是正式的讨论会；会议结束之后，贤良文学要返回郡国时，他们向丞相和御史大夫辞行，因为前一段讨论激烈，言犹未尽，所以在辞行的时候，又接着进行了辩论，这可以算是非正式的讨论会。

盐铁会议讨论的问题涉及面很广，有政治问题如应重刑罚还是重德教，有军事问题如抗击匈奴好还是与之和亲对，更多的是汉武帝所施行的盐铁、均输、酒榷、币制、算缗告缗等一系列财政经济政策。汉宣帝时汝南人桓宽根据当时会议的记录，整理成《盐铁论》一书。

## 5

在盐铁会议上，以桑弘羊为代表的政府一方，与以贤良文学为代表的民间一方，辩论得非常激烈，它实际上是对汉武帝时期推行的各项政策进行总的评估。

桑弘羊代表了全面肯定汉武帝轮台诏以前各项政策，并希望继续推行这一政策的一方意见。而贤良文学则代表了否定汉武帝轮台诏以前的各项政策，要求加以全面地估价和修改。霍光没有出席这次会议，但他对这次会议是重视的。他显然不同意桑弘羊的意见，这从他当政之后所施行的政策看，他是按汉武帝轮台诏的精神进行的。这就是他和桑弘羊在政见上的分歧所在。但是霍光也不完全赞同贤良文学全面否定汉武帝政策的看法，他没有接受贤良文学要求全部罢除盐铁、均输等官营事业的建议，而只是罢去郡国酒榷和关内铁官；他也没有采纳贤良文学主张对匈奴实行感化政策，放弃防御和抵抗，仍然加强了边防建设。

但是，霍光通过这次会议，利用贤良文学的激进情绪，批评和打击了自己的政治对手。所以，这次会议从政治上来说，是有利于霍光而不利于桑弘羊的。

从桑弘羊与贤良文学争论的三个问题来看，贤良文学全盘否定汉武帝的一系列政策，这显然是极端和片面的，即使汉武帝晚年在发布轮台诏之后，在政策上已经有极大的变化，但也不能根据轮台诏以后变化了的形势，来全面否定轮台诏以前的措施。所以，他们的意见不但桑弘羊不能接受，汉武帝的那一批重臣包括霍光在内，也不可能接受。桑弘羊站出来全面批驳了贤良文学们的意见，充分肯定汉武帝执行的一系列政策的正确性，这是完全可以理解的。

应该看到，贤良文学毕竟来自基层，他们虽然并不了解农民的疾苦，但是却知道一些汉武帝时期好大喜功的政策给民间造成的危害，所以他们的意见也反映了群众的一些呼声。这些正是汉武帝发布轮台诏的原因。

从桑弘羊来说，他一直在汉武帝身边，是汉武帝执行的财经政策的主要决策者，他对这些政策给封建国家带来的好处有深切体会，但对给人民造成的危害，却很少了解。所以他在汉武帝发布轮台诏之后，仍然不认识过去政策在社会上激起的矛盾，而一味坚持汉武帝过去的方针.这是他思想落后于形势的表现。所以他在盐铁会议上，常常被贤良文学们质问得哑口结舌，无言可对，也就不足为奇了。

6

孙中山先生曾以“国饶民足，而利国家”来评价桑弘羊的杰出贡献。桑弘羊是辅佐汉武帝建立功业的能臣，也是我国封建社会一位杰出的理财家。他所提出的“开本末之途”这种农业与手工业并重的经济思想，在我国古代经济思想史上独树一帜，可谓具有卓识。他所筹划、主持的各项财政经济改革措施，不但在汉武帝完成其巩固统一、加强集权的功业中立下了大功；而且对后世也有重大的影响。比如王安石变法中的均输法、市易法就是脱胎于桑弘羊设置的均输、平准；历代以来实行的专卖政策也是出自他的盐铁官营之法。所以他是我国封建社会一位有深远影响的历史人物。

# 由“座右铭”想到的

“座右铭”，顾名思义就是置于座位右侧，用来提醒、警示、激励自己的几个字或一段话。一般要言简意赅，隽永深邃，充满哲理。它的形式多种多样，主要有铭、箴、诫、训等文体，内容涉及处世、励志、养性、居官、治学、家教等各个层面。

相传自黄帝的《金人铭》创立座右铭以来，佳作迭出。《文选·崔瑗〈座右铭〉》吕延济题注：“瑗兄璋为人所杀，瑗遂手刃其仇，亡命，蒙赦而出，作此铭以自戒，尝置座右，故曰座右铭也。”之后，历代官吏、儒士往往通过撰写座右铭以表达自己对修身处世的感悟和体会，几千年绵延不绝。

比如，清人闫若璩集古语而成座右铭“一物不知，以为深耻；遭人而问，少有宁日”，表达了勤学不倦的精神。林则徐将“制怒”二字作为座右铭，以诫勉自己要从容冷静。蒲松龄在自己压书的铜条上刻了座右铭：“有志者事竟成，破釜沉舟，百二秦关终属楚；苦心人天不负，卧薪尝胆，三千越甲可吞吴。”以此激励自己，不达目的决不罢休。鲁迅先生小时候曾经迟到一次，他在自己的课桌上刻了一个“早”字，这可说是最短最精炼的座右铭。周恩来的座右铭：“与有肝胆人共事，从无字句处读书。”表达了他年轻时代的抱负。徐特立的座右铭：“有关国家书常读，无益身心事莫为。”

有些前人的诗文警句被后人作为座右铭，如《儒林外史》中的句子：“读书好，耕田好，学好便好；创业难，守成难，知难不难。”如《红楼梦》中的句子：“世事洞明皆学问，人情练达即文章。”

我国著名教育家黄炎培，生前给他儿子黄大能写了这样的座右铭：“理必求真，事必求是；言必守信，行必踏实；事闲勿荒，事繁勿慌；有言必信，无欲则刚；如若春风，肃若秋霜；取象于钱，外圆内方。”他告诫儿子，做人一定要追求真理，不被纷杂的邪说所诱惑，以至误入歧途。凡事首先要探求其内在的客观规律性，按客观实际去做。讲话应当守信用，行动应踏踏实实，不轻浮。闲时，最易养成慵懒的恶习，要警策自己，抓住时间，勤奋用功，切莫荒疏了学习。忙时，易生焦急的情绪，因冲动而会做出缺少理性的事来，一定要冷静沉着，切忌慌忙。说话算数别人就会相信，没有私欲就会变得刚正，理直气壮。他要求儿子对待同志和蔼可亲，像春风一样暖人；对坏人坏事像秋霜一样凌厉。在原则是非上，应该爱憎分明，不可模棱两可。要求儿子外表随和，内里严正，养成谦虚谨慎的作风，不要锋芒毕露，盛气凌人。

谢觉哉有个女儿，聪颖好学，才思敏捷过人，成绩优异。为防止她滋生骄娇二气。谢老特意填写了一阕《减字木兰花》：“骄娇二气，骄则自暴娇则弃，好像幽灵，遇着空子钻上身。划清界限，两军阵前对立面。时时检查，自己不能再有它。”谢老循循善诱，语重心长。词中精辟地分析了骄娇二气的危害，并着重强调了“二气”的顽固性，要求女儿拿出古人“吾一日三省吾身”的精神，时时检查，与它们划清界限，以求不断进步，体现了老一辈革命家对后辈的殷切希望。

# 杨升庵与“滚滚长江东逝水”

《临江仙·滚滚长江东逝水》，是明代文学家杨慎所作《廿一史弹词》的第三段——《说秦汉》的开场词，全篇咏史，借叙述历史兴亡抒发人生感慨，豪放中有含蓄，高亢中有深沉。基调慷慨悲壮，意味无穷，折射出高远的意境和深邃的人生哲理。读来令人荡气回肠，平添万千感慨。

杨慎（1488 年—1559 年），字用修，号升庵，四川新都县人。于正德六年（1511 年）24 岁时中状元，官授翰林院修撰，翰林学士。嘉靖年间，因受“大礼议”事件牵连，受廷杖并贬至云南永昌卫（今云南保山）。在云南期间，他获得了充裕的时间博览群书，精研文史诸学，著作达四百余种。在大理还结识白族著名学者李元阳，二人投契颇深，共同游览了云南诸地名胜，留下大量的咏唱诗作。上面提到的脍炙人口的《临江仙》，就写于这一时期。

杨慎对文、词、赋、散曲、杂剧、弹词，都有涉猎，存诗约 2300 首，所写的内容极为广泛。因他居滇30余年，所以“思乡”“怀归”之诗，所占比重很大。他在被谪滇时，妻子黄娥伴送到江陵话别，所作的《江陵别内》表现别情思绪，深挚凄婉。《宿金沙江》描写往返川滇途中的感慨：“岂意飘零瘴海头，嘉陵回首转悠悠。江声月色那堪说，肠断金沙万里楼。”以今昔行旅思情相对，衬出离愁的痛苦。

在杨慎看来，历史上匆匆来去的“千古风流人物”，宛如巨浪淘沙，消逝净尽。他从纵观历史、思量世事中，发现了一个令人无奈的事实：“是非成败转头空。”青山、夕阳，象征自然界和茫茫宇宙的恒在与悠远；而万千成败是非，转瞬间烟消云散，与历史长河相比，实在显得非常渺小与短暂。词人的这番感慨，不仅根植于历史，更多地还来自个人的切身体验。“白发渔樵”是名利场外之人，他们俯瞰千古兴亡、冷对是非成败、闲看秋月春风。任凭世事纷纭，千般变幻，却兀自在一旁衔杯把酒，酌古量今，笑谈那些帝王将相、英雄豪杰拼死拼活、咬住不放的种种可悲可悯、堪叹堪怜之事。一副超然物外、从容潇洒的风姿，跃然纸上。

酒浊神清，意浓词淡。既然“是非成败”都如同过眼烟云，就不必耿耿于怀、斤斤计较；不如寄情山水，托趣渔樵，与秋月春风为伴，自在自得。作者平生抱负未展，横遭政治打击。他看透了朝廷的腐败，不愿屈从、阿附权贵，宁肯终老边荒而保持自己的节操。因此他以与知己相逢为乐事，把历代兴亡作为谈资笑料以助酒兴，表现出鄙夷世俗、淡泊洒脱的情怀。应当说，无论过去、当下还是未来，追逐名利似乎总是一些人的生存方式，然而名缰利锁又往往令人痛苦不堪，难以自拔。

诚然，大多传世之作都源于作者血泪交迸的生命体验。除了杨升庵，又有谁能够具备这样深刻的人生感悟呢？杨升庵活了七十二岁，竟有一半时间是在蛮荒谪戍中度过的。昔日的鲜花着锦、烈火烹油般的荣华富贵，瞬间化为乌有，由权力的巅峰跌入幽暗的谷底。这种政治上的大起大落，对于他的打击，无疑是致命的。杨升庵还曾填写过一首《调寄南乡子》的词：“携酒上吟亭，满目江山列画屏。赚得英雄头似雪，功名。虎啸龙吟几战争。一枕梦魂惊，落叶西风别换声。谁弱谁强多罢手，伤情。打入渔樵话里听。”寓意与《临江仙》大体相同。可以说，这类词作，既是词人惨淡心境的真实写照，也是他赖以求得自我解脱，从一个方面放弃自己，又从另一方面获得自己的一种价值取向。作为一代哲人，他从庄子那里悟解了人生之道，认识到在人生道路上，不如意十之八九，尽可漠视那些荣辱、穷通、是非、得失，从而克服心理上的诸般障碍，做到弛张莫拘，舒卷无碍。正是这种旷达的人生态度，帮助他度过了漫长、凄苦的谪戍生涯。这一切，对于处于同样困境中的人们来说，确实可以饱受启迪，深获教益。

杨慎一生刻苦学习，勤于著述，是有明一代著名的博学家。他不仅对经、史、诗、文、词曲、音韵、金石、书画无所不通，而且对天文、地理、生物、医学等也有很深的造诣。如他任翰林时，正德皇帝朱厚照问钦天监及众翰林：“星有注张，又作汪张，是何星也？”众张口结舌，无以对答，独杨慎从容对曰“柳星也”，并历举《周礼》《史记》《汉书》等文献资料加以说明。他预修《武宗实录》，事必直书，不为尊者讳。他在长期流放中，仍然“好学穷理，老而弥笃”（《明史·杨慎传》。在云南永昌边塞荒凉地区，尽管图书资料奇缺，升庵仍嗜书成癖，“书无所不览”，经常对人说：“资性不足恃，日新德业，当自学问中来。”（《明史·何孟春传》）他认为要“知天下”，一是依靠“躬阅”，从亲身经历中获得知识；二是依靠“载籍”，从别的记载和书籍中取得。因此，他不仅刻苦读书，手不释卷；而且每到一处，就对当地风俗民情进行调查了解，努力学习当地民族语言，从亲身经历与实践中丰富自己的知识。他以被逐罪臣的身份，仅凭自己苦学、实践、记忆，在滇南时就写出了不少笔记、选本以及许多注释性书籍。如《南诏野史》《云南通志》《云南山川志》《南中志》《滇载记》《记古滇说》等书。

后人对杨慎多有评价。李贽在《续焚书》中说：“升庵先生固是才学卓越，人品俊伟，然得弟读之，益光彩焕发，流光百世也。岷江不出人则已，一出人则为李谪仙、苏坡仙、杨戌仙，为唐代、宋代并我朝特出，可怪也哉！”李贽评论：“余是以窃附景仰之私……俨然如游其门，蹑而从之。”（《读《升庵集》）近现代学者陈寅恪说：“杨用修为人，才高学博，有明一代，罕有其匹。”

# 漫话英雄

何谓“英雄”？不同的人心目中会有不同的英雄。在我的心目中，英雄应当是集才能、智慧、胆气、良知于一身，心系百姓、不畏强权强暴的人。

威尔·杜兰特在《历史中的英雄》里说：“一个民主社会，对于英雄人物必须永远加以提防。”而在卡莱尔的《英雄与英雄崇拜》一书中则认为，如果没有那种“足够伟大的人”，有“足够的聪明智慧”的人来成为英雄，那么时代的崩溃无可挽回，时代也不能被拯救。他特别指出，在东方专制大国里，人们对英雄往往有最深刻的体会，在“无信仰的时代”，英雄最容易产生。而这个时代“立刻就会变成革命的时代，每个人都可以看见很多急剧的、可哀的衰微和毁灭”，英雄的出现至少停止了继续堕落。

回顾历史，我们更多感受到的则是“滚滚长江东逝水，浪花淘尽英雄”。

英雄，产生于各种剧烈冲突的核心地带，他们所面临的危险和承受的压力，千万倍于常人，他们的身世遭际是很难安全舒泰的，焦灼，忧愤，悲怆，痛苦，误解，冤屈，冷遇，敌视，无一不像剑戟般指向他们。他们处境之艰难是可想而知的，结局之悲怆也是可想而知的。正因为如此，英雄才可歌可泣，英雄才可赞可叹。

英雄，大都是金子般沉埋于沙石之中的孤独之人。堪称文化英雄的孔子，周游列国，四处碰壁，几度面临生死关头，何止是孤独啊，甚至只能发出“道不行，乘桴浮于海”的哀叹，但“半部《论语》治天下”，则彰显了孔子一言兴邦的价值；“文起八代之衰”的韩愈，谏迎佛骨，捍卫孔仁孟义，举朝诺诺，唯其谔谔，此乃真英雄也；苏东坡被贬天涯海角，依然不肯改变自己的初衷；辛弃疾登建安赏心亭，感叹“把吴钩看了，阑干拍遍，无人会，登临意”，显然，他是英雄的孤独。这些人，不忍坐视庸人误国，不忍坐视哀鸿遍野，不忍坐视文化败落，虽然他们的努力很难得到广泛的理解和认同。但是，不孤独又何以成为英雄呢？

英雄，他们的功业往往功败垂成。岳飞抗金，誓与诸将直捣黄龙府而痛饮，然而他的赫赫战功终究敌不过朝中的议和派。宋高宗赵构怕就怕岳飞迎回二帝（徽宗和钦宗），一位是他的父亲，一位是他的兄长，父兄若是回来了，他的御座也就不保了。加上秦桧这个金国的头号卧底，更不愿看到岳飞收复失地，所以，赵构和秦桧都要杀岳飞，岳飞就不得不死。

另一位，史可法抗清，受到的掣肘更大，所处的形势更糟，他英勇殉国，之后便是扬州七日、嘉定三屠，血流漂杵，尸积如山。后人读历史，难免会奢想，英雄若能得志，一切该多好啊。整个世界肯定要安全得多，光明得多，幸福得多。但历史永远不会使我们满足和愉快。

英雄，他们的末路多半悲凉，甚至惨绝人寰。王子比干抨击商纣王的暴政，结果被活生生地剖出心脏；前面所述岳飞死于风波亭，长子岳云也被杀害；袁崇焕被诬为通敌，遭到凌迟，身上的肉被刽子手一片片割下，围观者则将这些肉片抢吃一光；谭嗣同甘心为变法流血，任由刽子手宰割；秋瑾的鲜血却被那些麻木的国民视为治痨病的灵药，蘸了白花花的馒头……

看看，英雄似乎都有一条无法逾越的末路，在某些“聪明人”看来，他们都是一群不折不扣的傻瓜，只会以卵击石，只会与虎谋皮，结局悲惨乃是自找的。然而一个民族如果没有这样明知征途有艰险，越是艰险越向前、明知不可为而为之的“傻子”，全是一群驯顺的“聪明人”，那这个民族也就迟早会毁于这样的“聪明”手中。

英雄，他们是更正直、更勇毅、更有抱负的人，虽然他们也具备常人的七情六欲，但他们身上没有常人的卑怯和苟且，没有常人的营谋和算计，他们一旦认准目标，则“苟利国家生死以，岂因祸福避趋之”，决不给自己预留后路。也许他们不算聪明，但绝对智慧，一个民族如果拥有这样的儿女，才有荣光，才有希望。

# 官　癮

癮，是指特别深的不良嗜好，泛指浓厚的兴趣。癮有多种，有烟癮、酒癮、赌癮、网癮、毒癮、色癮，还有本文提到的官癮，等等。

关于官癮，鲁迅在《华盖集续编·学界的三魂》中说：“中国人的官癮实在深，汉重孝廉而有埋儿刻木，宋重理学而有高帽破靴，清重帖括而有‘且夫’、‘然则’。总而言之：那魂灵就在做官——行官势，摆官腔，打官话。”蒋子龙《乔厂长上任记》：“官癮大小不取决于年龄。事实是当过官的比没当过官的权力欲和官癮也许更大些。”

何为“官癮”？就是沉迷于官位不能自拔，凡事凭职位高低看成就，以职位高低论英雄。官场的做派与习惯已经深入到他们的骨髓里，成为日常生活里的一部分，甚至成为生命表现的一部分。若是不当官了，就简直不知道应该怎样去活，就像鱼儿离开了水一样。很多官员在位的时候都有许多成就感，自豪地认为这个干部是他提拔的，这桥是他建的，那路是他修的，等到自己退位时突然发现老百姓很快就忘记了他们的这些成就。他们不想被遗忘，想被历史记住，于是徒唤奈何。

时时想做官，刻刻求升迁。这是官癮的集中表现之一。谋取升迁捷径，是官癮者思考最多的问题。为此，有的跑官要官，有的拉帮结派，有的亲情拉拢，有的大搞政绩工程，为自己升迁“添砖加瓦”，只要能达到升迁目的，可谓绞尽脑汁，不择手段。经常是“只见奠基，不见竣工；只见剪彩，不见效益；只见投入，不见产出；只见投资，不见收效”，拍脑袋创意、拍胸脯决策、拍屁股走人的现象到处可见。

官气浓浓，贪欲沉沉。这是官癮的集中表现之二。有官癮者必生官僚之气。他们野心勃勃、雄心渺渺。当官似乎就意味着掌权，一旦掌权，立马威风八面、高高在上，热衷于开会讲话、剪彩应酬，做什么事都力求报纸有字、电视有影、广播有声。这是官癮者的外表。再看看官癮者的内心，为官不久，必怀贪欲之念。似乎当官就意味着发财，有些干部把当官掌权作为生财之道，终身为之奋斗，用来跑官要官的投入说成是政治投资，而待自己真正一朝“得意”，就大肆敛财，而且心安理得，把其比喻成资金“回笼”。

不择手段，寡廉鲜耻。这是官瘾的集中表现之三。凡是野心家，必定是阴谋家，为了向上爬，他们可以不择手段，可以寡廉鲜耻，可以残害无辜，可以出卖灵魂。有人阴险毒辣、投机钻营，所谓擅长玩“阴”的。有人蛮横无赖、一副流氓嘴脸，升官之日起，他的脑袋便开始膨胀，眼睛逐渐向额头上偏移，就像狗眼看人低一样。一旦升迁，过去平视甚至仰视的对象，一律改为俯视了。

置服务群众于千里之外，到基层调研只图表面效应。这是官瘾的集中表现之四。对于“官瘾”者来说，在追求升官发财的道路上，把服务群众作为招牌和口号，到基层调研也只是浮于表面，热衷于听汇报、作指示，即使搞一些扶贫帮困、慰问走访等活动，也大有做秀之嫌，本是为个人树形象，却说是上级有要求。

众所周知，烟瘾伤体、伤肺；毒瘾摧体、毁志。而官瘾从来都是朝三暮四，从来都是欲壑难填，从来都不会踏踏实实做人、做事。并且官瘾越大就越无法满足现状，官瘾越大就越会伺机钻营，越会上蹿下跳，最终为世俗所尊，为君子所弃，为小人所拍。

如果说烟瘾、酒瘾、毒瘾、赌瘾、网瘾所带来的危害是损害自己的身体、家庭，那么“官瘾”则影响党风政风，损害群众利益，破坏的是党和国家的形象、损害的是人民群众的利益。

# 官员的道德能见度

《官员的道德》是2012年北京大学出版社出版的图书，作者是李建华。作者从身份伦理的角度来研究官德。从社会成员的分层及其作用来看，官德是社会道德活动的主体；从社会道德的层次来看，官德是社会的主体性道德。只有把官德建设作为道德建设的主体性工程，才能从根本上实现从上至下的平等的道德规约。否则，道德建设只会成为只对下、不对上或只对民、不对官的管制百姓的专制手段和精神枷锁。

古人云："意诚而后心正，心正而后身修，身修而后家齐，家齐而后国治，国治而后天下平。"这是说"心正身修"的重要，对于官员来说尤其如此，而且官德事关政治诚信。许多腐败案件中，落马官员都有共同点：表面装得很光鲜，其实很贪婪，生活很腐败，做人品格自我粉碎、官德底线自我击穿。而"贪欲"往往先从"欲"上点燃，因为"性之贪"通常不像"钱之贪"那样一起步就犯罪。

媒体发现，苏树林早在当上大庆石油管理局局长后，陆陆续续有人反映他在用人和安排亲属工作上有些问题。在苏树林主政福建期间，苏树林的一位亲属被安排在一家石油央企的子公司任职，担任该央企和福建省国资合资成立的能源公司总经理。现在我们回过头来，再重读苏树林发表的那篇《正家风是干部的必修课》，收获的绝不仅仅是一点点喜感，却具有极其苦涩的讽刺意味。

外部对官德的约束，重要路径之一，就是增进官德能见度。害怕什么，什么就是制约手段。否则，仅仅是"内部掌握"，公众还一直以为他"德高望重"呢。可见提高官德"能见度"，是对在位官员德行的有效监督与巨大制约。

德治先治官，治官须从严。对官员的道德观察、道德监督，是一种预警，是严治的起步。法律约束是外来的，道德约束也不限于自我约束，可以是组织的诫勉、处分及社会监督、曝光。如今中央加强对官员的道德监督，并纳入评议考核范畴，这是好事。有的地方曾出台“不孝者不可为官”的规定，也是有益尝试，如今已非“忠孝不能两全”的年代，对父母的态度，可见官德一二。重要的是，对官德的约束须持之以恒，因为生活贯穿人生每一天，官员生活又太过“丰富多彩”，要求其始终做到“生活正派，情趣健康，讲操守，重品行，注重培养健康的生活情趣，保持高尚的精神追求”，实在不易，没有外部的预警约束肯定是不够的。

防止官员与大款富豪拉拉扯扯、与道德法律推推搡搡，就离不开“能见度”。不把政府“装进透明的笼子”监管，官员就容易把情妇“拥进黑暗的被窝”。为此，当务之急是尽快想方设法提高官员的各种能见度。比如进一步提高官员的社会道德和社会交往能见度、子女就业能见度，及至条件成熟的时候提高官员的家庭财产能见度。这样，官员的性情、品格、能力甚至他的“朋友圈”就会真实地展现在百姓面前，老百姓对其的评判就会更准确、更到位，随之而来的“监督”，难度也就小多了。这样倒逼的压力，才会让官员即使在不具备道德自觉的情况下，也不敢随便与大款拉拉扯扯，不敢纵容身边人和家里人胡作非为。

# 说管理

被誉为现代管理学之父的德鲁克，我们熟知的作品有《公司的概念》《管理实践》《卓有成效的管理者》《创新与企业家精神》《21 世纪的管理挑战》等，他的作品被翻译成 30 多种文字，传播 130 多个国家。

无论是英特尔公司创始人安迪·格鲁夫，微软前董事长比尔·盖茨，还是通用电气公司前 CEO 杰克·韦尔奇，他们都是德鲁克著作的忠实读者，更是德鲁克管理思想的实践者。不仅是商界，德鲁克还为多届美国总统担任顾问。2002 年，时任美国总统布什为 93 岁高龄的德鲁克颁发了总统自由勋章，这是美国公民所能得到的最高荣誉。正因为如此，有人说，假如世界上果真有所谓大师中的大师，那个人的名字，必定是彼得·德鲁克。

凡是有人的地方，就需要有管理。人们常说："没有规矩不成方圆。"其实管理也是这样，要是没有了管理，真不知道这世界会变成怎样。

有人群的地方需要管理。因为人多了矛盾自然就多。而解决矛盾的过程，其实就是管理的过程。

管理是顺天理、顺人性的。它不能动辄就开除，就辞退，就停薪，就压制；管理应是温暖的、体贴的，唯有深受信赖，员工才能满怀忠诚。有人错误地认为管理就是发号施令，于是乎，一朝权在手，便把令来行，居高临下、颐指气使，非但矛盾得不到解决，反而引起更大的矛盾冲突。

管理是需要宽容、需要理解的。需要管理者与被管理者双方相互理解。尤其是作为管理者，更要善于让人表达不同的观点和意见，要善于自制、勇于忍让、推己及人、学会换位思考。使大家尽可能多地坐在一起，相互交流，相互沟通，在平等交流中碰撞出新的思想火花，在沟通中取得新的思想共识。

管理是需要智慧、需要艺术的。管理的智慧，体现在依理据实、想

象未来上，体现在认清问题、抢抓机遇、大力创新上。同时，还要善于运用艺术的手法，把问题处理好，将矛盾解决掉。就是说，仅有“思想”还不够，还要有“艺术”，与时共进、堵塞漏洞，提高效率。因为好的管理总是在大政方针指引下，把细节的发掘确认，做细做优。所谓细节决定成败就是这个道理。

# 话说“圈子”

张健鹏、陈亚明的《圈子》，内容浅显易懂，深入浅出，与其说是一本政治类的圈子营造图书，不如说是透过历代典型人物圈子来读史。

作者认为，从秦汉到明清两千年间，官场上形成了一套基本的游戏规则。只要登上这个舞台，就必须遵守它，否则，就无法表演下去。这不是小层次上的圈子、山头、派系，而是大格局下的规则、条件、基础。许多政治人物的命运，其实是由这些因素决定的。从这个意义上讲，这本书无疑是一本展示中国古代圈子艺术和古代官员的基本功课。

在古代政治系统中，“圈子”是一个非常重要的关键词。圈子一说，于百姓而言只是个生活范围的概念，但在政治系统中，却是一个官员安身立命的本钱。一个官员置身于这个系统中，或主动自觉加入一个圈子，或无意识地卷入一个派系，或纯粹是被别人当做是某某的“人”，多多少少都会被归类和贴标签。一个圈子就是一股政治势力，要想完全置身事外，其结果很可能就是被边缘化：上边没有人照顾你，下边也不会有人追随你，孤家寡人一个。既成不了气候，也就难以施展自己的抱负。

对圈子的研究和经营，可以说是古代政治官员最重要的基本功之一。小人物要选好圈子，设法投靠加入，并逐渐在其中提升自己的地位；大人物要组建经营好自己的圈子，上下其手，形成自己的资本和势力；皇帝则要平衡好各种圈子：让其共存并竞争，但不能容忍其中一支势力太大而威胁到自己的地位。

时下，人们都希望社会生活能够在客观、公正的轨道上运行。然而，用义气代替原则、用关系代替法律、用感情代替政策的事情也不少，使得人们失去了对法治的信赖，一些人更是抹杀了是非原则，扭曲了民意，污染了社会。这一切，似乎都与“圈子”有关。

人们似乎都生活在大大小小的“圈子”当中。比如，新闻界有记者圈子，电影界有演员圈子，体育界有运动员圈子，等等。社会上的五行八作各有自己的圈子。这是由于社会分工、工作性质的关系自然而然形成的，似乎无可厚非。这里所说的“圈子”，则是在正常的社会关系之外所建立的用于打通各种关节、疏通各种关系，以此来达到个人或小集团利益的团伙。

圈子的形成，表面上看是有亲情、友情、交情甚至是恩情联系在一起的关系网。对于圈子内的人，呼朋引类，官官相护；而对圈子外的人，则视为异己，排斥打击。圈子中，上有头，中有小集团，下有基础。狗苟蝇营，权力共享，利益共沾，一损俱损，一荣俱荣。每当到了关键时刻，他们相互照应，层层保护。圈子盘根错节，既是关系网，又是保护网。在一个单位，如若圈子中人占了上风，则健康的同志关系就被庸俗了，低级趣味的市侩作风就开始盛行。他们对亲近自己的所谓“熟人”，能鞍前马后效劳办事的所谓“能人”，处在重要位置上的所谓“要人”，有点影响的所谓“名人”，以及所谓有背景的人或自己亲近之人，往往在亲情与党性、友情与政策、恩情与原则之间，丧失公心，丧失党性。而一些正直的人，处于圈子的旋涡中，想干点正事、干点事业，根本干不成。面对这些圈子尤如面对一堵堵墙、一道道沟、一个个陷阱。尽管你小心翼翼，轻手轻脚地走路，一不留神，说不定就踩着了某个圈子的哪根筋，伤了哪根神经，得罪了哪尊神，非给你果子吃不可。

“圈子”产生的原因固然很多，但是最主要的是一些人把市场经济中的等价交换原则移植到党内、官场来，利用权力、职务之便，搞权钱交易。加之一些人喜爱搞摩擦，习惯于树对立面，他们心胸狭窄，嫉贤妒能，阳奉阴违，口是心非，心术不正，拉拉扯扯，嘀嘀咕咕，吹吹拍拍……痛苦在于，凡是有人群的地方就有这类人，正直的人是无法绕开他们的。

从一个个的“圈子”现象，也可以看出人们的生活状态，那便是无助无奈，无所依托。在“圈子”中尽管热闹非凡，却无论怎样也掩饰不住繁华背后的孤寂。事实上，人是惧怕孤独的，因此就要寻求形形色色的“圈子”来加以庇护，但是，不论什么样的圈子，最终无法摆脱孤独的人生之本性。

# 会馆文化

由东方出版中心出版、厦门大学教授王日根所著的《中国会馆史》，通过广泛搜求海内外现存的会馆志、笔记手札等资料，运用社会学、文化学等学科的理论与方法，把会馆置于中国传统社会政治、经济、文化变迁的大环境中，全面考察了会馆发展演进过程及其兴盛的背景，深入分析了会馆的社会功能和文化内涵，进而全方位、多层次地阐述和论证了会馆的历史地位。

会馆可谓中华文化所独有。以前各地都有驻京会馆，成为京师久盛不衰的风景线。

没有人知道北京到底有多少外地会馆。1950年有300多所，功能主要有：联络乡谊，沟通信息，互助互帮，扶贫救急，寄存钱物。应当说，它们给京城人的就业、消费、物流做出极大贡献。这是就好的方面而言。就不好的方面讲，它是各种腐败产生的最佳土壤，是藏污纳垢之所。

正如作者所言，会馆的存在是由于封建时代信息不通，地方主义和山头主义盛行，加上向来皇帝希望外藩封疆官吏不和，所以同乡之间容易建立信任。再加上以前国语不通，乡音不仅亲切，更易于交流。在外谁要骗了同乡，传到家乡，他就声名扫地。无论是私房话还是私房钱，放在会馆总会觉得安全。另一方面，北京的会馆多设在南城，因为这里集中了许多性工作者，为久离家眷的单身文人官员提供服务。在名利无情、官场昏暗的封建时代，会馆往往带有人间难得之亲情。每逢佳节或庆典，同乡中人，上至一品、下至白丁，欢聚一堂，飞觥走斝，无疑是离乡之人最大的快事。在这种情况下，会馆文化便形成了。

# 假朋友与真敌人

斯坦福大学教授张少书的《朋友还是敌人？》一书，首开对冷战时代中美苏三角关系的系统梳理，在看似僵硬的美国对华政策表象背后，那些复杂的动机和工于心计的算计，对于我们今天了解和认识美国的政策仍具有启发和教益，也因此引发了我对朋友与敌人的一些联想。

毛泽东曾经说过："谁是我们的敌人？谁是我们的朋友？这个问题是革命的首要问题。"在这个革命的首要问题上，有时候我们未必很清楚。

人生在世，如果分不清敌友，很可能这一辈子就很糊涂。所谓患难见真情，烈火见真金。朋友，是你高兴时想见的人，烦恼时想找的人，得到对方帮助时不用说谢谢的人，打扰了不用说对不起的人，高升了不必改变称呼的人。君子之交淡如水。他会在你最失落的时候拉你一把，让你不会陷入泥塘中而不能自拔。他会在你开心的时候陪你开怀畅饮，分享你所有的快乐。他会在你痛苦的时候送来温暖，伴你渡过难关。他可以和你一起打着伞在雨中漫步，可以一起在海边沙滩上打滚儿，可以一起沉溺于某种音乐遐思，可以一起徘徊于书海畅游，有悲伤可以陪你一起掉眼泪，有欢乐和你一起笑。他和你不一定要门当户对，但一定要同舟共济。不一定要形影不离，但一定要惺惺相惜。不一定要锦上添花，但一定要雪中送炭。不一定要天天见面，但一定要彼此放在心里。

有朋友存在，就可能存在敌人。人是善变的动物，是敌是友全看我们自己处世的原则。求同存异不失为一种很好的原则。过分强调志同道合也未必是一件好事。一般来说，朋友不可或缺，同样敌人也必不可少。有人曾说，帮助我们成长的永远是我们的敌人。因为有了对手，我们或小心翼翼，如履薄冰，或相互追赶，共同进步。

客观地说，我们不愿自己有"敌人"，从每个人内心的感情来说，现实生活不是战争年代，现实环境更不是你死我活的政治较量。但是，理智地想一想，有阳光，就会有黑暗，在欢声笑语中也有可能存在着“不经意”的哀叹。无论是朋友，还是敌人，在很多情形下其实是一种“利益”的选择。物以类聚，人以群分。在现实生活中，选择怎样的人做朋友，其实就是选择了什么样的人生之路。

丘吉尔说过，没有永远的朋友，也没有永远的敌人，只有永远的利益。人与人之间都是既对立，又相互依赖。你与最要好的朋友之间，也有对立面，与敌人之间也有依赖面。处理人际关系，就要看彼此是依赖面大，还是对立面大，抓矛盾的主要方面。依赖面大，两人就是朋友；对立面大，两人就是对手。更有人采用利益相关系数来衡量，朋友就是利益相关系数大于零，敌人就是利益相关系数小于零。

其实，真正的友情是一种很自然的感觉，每个人都存在于周围的人群中，大家相互依赖，相互尊重。虽然平时会因为性格差异的原因难免会有些磕磕碰碰，但是矛盾过去之后，仍然是朋友。所谓敌人，不过是那些迫使我们自己变得强大的人。看一个人的心术，看他的眼神；看一个人的身价，看他的对手；看一个人的底牌，看他的朋友。想永远拥有许多真心的朋友，但深知这是不可能的。离散聚合，应顺其自然，不必勉强。属于我的朋友，会向我走来，不属于我的朋友，留也留不住。好友如衣食，如日月，如自己的影子，当孤独时，无论相隔千里万里，好友都会如期而至，那时即便是默默相对，不说一句话，感受也是雨露的滋润，心静如水，心海如云。

如是，我们应该珍惜身边的每一份友情，无论它是不是已经过去，无论它会不会有将来。也许不会天长地久，也许会淡忘，也许会疏远，但却从来都不应该遗忘。

# 理智与情感

英国女作家简·奥斯汀的小说《理智与情感》，我看过多遍。最近又观看了根据这部小说改编的同名电影，将埃诺莉和玛丽安娜两姐妹的情感与理智的矛盾立体化地展示出来。

所有有生命的物质都具有情感。大至人与人之间的生死与共，小到昆虫之间的触角传递，甚至落叶大树彼此的难以割舍，还有许多花花草草，都有点点滴滴的情感流露。作为一个人，很重要的一个特点就是具有人性，而人性就有情感在内。所有的人都有相同的情感，我们都能感受到快乐、幸福、恐惧、悲伤甚至气愤、失望。使我们各不相同的原因是我们每个人对待这些情感有不同的方式和对策。

情感是与生俱来的。但与生俱来的东西又往往是盲目和冲动的。所以，人类之所以是人类，又培养了理智。理智面对人“欲”而坐怀不乱；理智面对仇杀、疯狂、怨恨而头脑清醒；理智面对惊心动魄而面不改色。正是因为情感和理智，人类的生离死别，才如过眼烟云。

人是情感与理智的动物，离开了情感，没有喜怒哀乐，世界到处是行尸走肉；离开了理智，单凭好恶行事，连世界都将不存在。安身立命，当然二者缺一不可，如何拿捏分寸却是个较大的考验。现实生活中，我们常常会发现这样的现象，比如，许多专业人员，他们在用别人的钱投资时，无所畏惧并能够赚到更多的钱。而当他们用自己的钱投资时，赔钱的恐惧就会非常强烈，最终他们还是赔了钱。原因何在？就是因为他们在用自己的钱投资时，他们是用情感而不是理智在思考。

生活中，我们免不了理智与情感的角逐，不管哪方胜出，不管事态的发展怎样印证我们当时的决定，都很难说哪个更正确，哪个更合乎情理。这是永恒的矛盾，人类对于感情，既怀着“天若有情天亦老”的凄凉，又带着“人间自有真情在”的希冀。

一生致力于非洲国家医疗服务事业、1952年诺贝尔和平奖获得者阿尔贝特·史怀哲在《敬畏生命》中指出："今日，隐瞒在欺骗之后的暴行，正威胁着全世界，造成空前烦闷的气氛。虽然如此，我仍然确信真理、友好、仁爱、和气与善良是超越一切暴行的力量。只要有人充分地思考，并实践仁爱和真理，世界将属于他。现世的一切暴力都有其自然段限制，早晚会产生和它同等或者超越它的对抗性暴力。可是善良所发挥的作用却是单纯而持续不断的。"这里面，暴行是情感的力量；真理、友好、仁爱、和气与善良是理智的力量。

情感是使心灵沉湎于梦幻的开始，而理智则是所有冲动、激烈、狂暴和野蛮的终结。理智是包括了情而又凌驾于其上的控制者，是无所绊牵的物件。欲望是无限的，而理智则是来制止无限的。人做的很多后悔的事，都是情感上的一念之差所引发的，可见情感是具有波动性的。这种波动影响了我们理性的思考和分析，干扰了我们清晰的鉴别和判断。当我们不可避免地拥有了情感，当情感不可避免地放纵了我们时，我们用理智来把握生命的航向。

# 请吃与吃请

民以食为天，吃是文化、是学问、也是艺术。《唐鲁孙系列·中国吃》，便是唐鲁孙先生“吃文化”与“吃艺术”之集萃。这本书写的是中国人的吃，以及吃的深厚文化。除了谈吃，还谈酒与酒文化，谈喝茶，谈香烟。文中有一段与幽默大师林语堂先生一席谈话，精妙无比。

唐鲁孙是珍妃、瑾妃的堂侄孙。出身贵胄，自幼出入宫廷，对老北京传统、风俗、掌故及宫廷秘闻了如指掌；年轻时只身出外谋职，游遍全国各地，见多识广，又熟谙各地民俗风情。所以《唐鲁孙系列·中国吃》值得一读。

管仲说得好，仓廪实而知礼节，衣食足而知荣辱。加之国人的许多事情都是在饭桌上促成的，所以也就有了那么多吃请和请吃之事。

平日里，因为请吃的多了，所以吃请的也多。吃请的一多，正如钱锺书在《围城》中所说，请吃饭就如同播种子，今日请吃了一回，是为了来日收获更多回吃请。

别小看了请吃或吃请。它不只是简单的循环往复，里面有着太多的学问。吃请与请吃都很重要。历史上最著名的请吃与吃请当数鸿门宴，一餐饭改写了中国历史；最真诚的请吃是三国时刘安请刘备，因天下饥荒，刘安竟然杀妻取肉请刘备；最冤枉的请吃者当属吕伯奢，曹操误杀了吕伯奢全家，并说出一句：宁教我负天下人，休教天下人负我；最寒碜的请吃是韩信落难时，那名“洗衣妇”请韩信吃的糙米饭，让韩信功成名就后也难以忘怀。

在中国这样一个讲人情的社会里，人与人之间的亲近疏远就显得非常重要了。而人与人之间打交道则大多与吃饭连接起来。孟尝君食客三千，吕不韦则更多。他们天天请客吃饭，有他们自己的目的。只是今天的一些人比他们更加功利和直接罢了。因为现如今一些请客吃饭即使不是革命却真是工作；请别人吃饭，能请到别人吃饭，成了一种能力一种本事；吃别人请，更是一种礼贤下士或者赏赐。似乎不太需要考虑什么“吃人家的嘴短，拿人家的手短”。

一些请客的场面，似乎都有如此规律。请吃者与吃请者相聚，起初相互有点不熟悉，免不了要互相介绍，于是乎主持人满嘴都是溢美之辞，厅局成了省部，处座成了厅局，讲师成了教授，反正没有人详细追究。于是乎大家都成了领导、专家，人人便装出一副领导、专家的威严与矜持，握筷拿杯分寸得当、端庄高雅。随着几杯下肚，酒精燃烧了所有的神经细胞，大家都放松了许多。到了酒酣耳热，更是了得，大家纷纷摘下初来时的面具，头发乱了，领带松了，随意地剔着牙打着嗝放着屁，满口的胡言乱语，政治笑话、黄段子你方说罢我登场，原来的文质彬彬转眼成了流气十足。

现如今，有些人请吃与吃请是分档次的，“会请”的当然是花公家的钱请自己的客；“次之”为花别人的钱请自己的客；“再次之”为花自己的钱请自己的客。这几种请客者往往在买单时心态不一样的，但是面部表情绝对是一样的。

# 让一切不民主的制度死亡

一段时间以来，系统研读达尔的《论民主》、摩尔的《民主与专制的社会起源》、里夫斯的《美国民主的再考察》以及约翰·邓恩《民主的历程》，感觉颇有收获。

“自由”一词源于古希腊，原始含义是从奴役、束缚中解放出来，获得自主、自立、自思、自行、自觉、自裁，按自己的意愿做自己的事。

马克思对政治自由诠释是：“自由就是从事一切对别人没有害处的活动的权利。”“每个人的自由发展是一切人的自由发展的条件。”裴多菲的《自由诗》写道:“生命诚可贵，爱情价更高。若为自由故，二者皆可抛。”美国独立战争时期的帕特里克·亨利更是说出了“不自由，毋宁死”。

而“民主”，意为人民，以多数人决定，同时尊重个人与少数人的权利为原则。林肯提出“民有、民治、民享”。悉尼·胡克提出“政治平等和政治自由”。列宁把“完全的公开性和一切职务经过选举”看作是民主制的“两个必要条件”，并认为“没有公开性而来谈民主制是很可笑的”。毛泽东指出：“被束缚的个性如不得解放，就没有民主主义，也没有社会主义。”

应当说，自由民主是马克思主义的真谛。共产主义消灭剥削、消灭压迫，让人民翻身得解放，让人民当家作主，就是让人民自由民主。自由民主是人民解放的标准，人类文明的标志，世界公认的普世价值。自由民主是社会稳定和谐和平的基石。

高度自由民主，社会公正和谐，人民心情舒畅，团结和谐，很多矛盾就不会产生。高度民主自由，社会各界能够正常地交流协商，老百姓冤能伸、气能消，能够从根本上避免官逼民反的极端行为。自由民主是最大的创造力竞争力凝聚力生产力。人民有民主有自由有思想，才能充分发挥人民的积极性创造性和聪明智慧，才能促进社会发展进步。

我们都记得《团结就是力量》这首歌，歌中有一句是“向着法西斯蒂开火，让一切不民主的制度死亡”。这首歌经过几代人传唱，但是至今我们依然要问：不民主的制度到底死亡没有？或许它还未死去，其影响依然可见。

民主，既不是多数人的意志，也不是尊重少数人的意见。而是赋予每一个人平等的权利。每一个公民的自由权利，都是构成民主大厦的基石。“身贵在自由，国贵在民主”。民主是人类发展的必然之路，是人类发展的必然结果。

“让一切不民主的制度死亡”，绝不仅仅是一句唱词，而是一本反对不民主制度的宣言书。

# 人才须有慧眼识

司马光在《资治通鉴》中指出："夫才与德异，而世俗莫之能辨，通谓之贤，此其所以失人也。夫聪察强毅之谓才，正直中和之谓德。才者，德之资也；德者，才之帅也。云梦之竹，天下之劲也，然而不矫揉，不羽括，则不能以入坚；棠溪之金，天下之利也，然而不熔范，不砥砺，则不能以击强。是故才德全尽谓之圣人，才德兼亡谓之愚人，德胜才谓之君子，才胜德谓之小人。凡取人之术，苟不得圣人、君子而与之，与其得小人，不若得愚人。何则？君子挟才以为善，小人挟才以为恶。挟才以为善者，善无不至矣；挟才以为恶者，恶亦无不至矣。愚者虽欲为不善，智不能周，力不能胜，譬之乳狗搏人，人得而制之。小人智足以遂其奸，勇足以决其暴，是虎而翼者也，其为害岂不多哉！夫德者人之所严，而才者人之所爱。爱者易亲，严者易疏，是以察者多蔽于才而遗于德。自古昔以来，国之乱臣，家之败子，才有余而德不足，以至于颠覆者多矣……故为国为家者，苟能审于才德之分而知所先后，又何失人之足患哉！"

天上无数颗星星，如何把它们分辨出来，是很困难的。人才也一样。历史上，杰出人物之所以得行其志，或因机缘，或遇明主。韩信在楚，不被知名，后归刘邦，始得施才。同样，鲁肃如不遇孙权，"榻上策"就不可能诞生，鲁肃也将默默无闻。故有伯乐才识千里马，善用才者才识大才。所以说有大才的固然了不起，善用才的也了不起。戴维未被法拉第发现之时，只是戴维而已；陈景润未被华罗庚引荐之时，也仅仅是陈景润而已。正是因为有法氏、华氏的慧眼，科学界才闪烁出两颗璀璨的新星。

当然，珍宝、奇才也有被淹没的。卞和献宝曾被斥之为欺君罔上；韩信最初被讥为"胯下小儿"；廉颇虽有万夫不挡之勇，却被拒之于国门之外。这些人之所以未被重用，怀才不遇，都是因为那些君王没有慧眼。

# 人才与奴才

比尔·康纳狄、拉姆·查兰两人将他们无与伦比的经验和洞见总结出来，写成了《人才管理大师》一书，以突破性的观点告诉我们如何将企业带到一个新的高度。

人才与奴才，应当说都是才中之人，只是其个人表现与他人评价不一罢了。表面上看，人人都愿意做人才而不愿意作奴才。但是现实生活中，不少人都不知不觉中做了奴才，甚至连人才也做了奴才。这是为什么呢？

有人说，专制体制下，人才须先会做奴才。起家时用人才，守家时用奴才。仔细琢磨，似乎颇有道理。

据说有人当面给李鸿章提意见，指责他一味提拔乡党，老是喜欢用一些熟人。李鸿章很不以为然，不耐烦地反问，我不用人唯亲，难道你让我用人唯疏吗？

熊希龄组阁时，梁启超想做财政总长，意与熊氏共进退。谁知，袁世凯最后拿出的总长名单里，根本没有梁启超。在熊希龄力争下，才给了梁启超一个教育总长，但梁坚辞不就。熊希龄只好再次面陈。袁世凯不客气地说，梁启超办不好财政的，书生会说会写会饮酒会骂人，如此而已。熊希龄不同意，反驳道，梁启超著作等身，学问极大，你没试过，怎么就下这样的定论呢？袁世凯只好实话实说，梁启超文章写得越好，就越做不好。我去五国银行团借款，他是反对的。因为从道理上看，这种举措是不妥善的。可是我需要钱，没有钱怎么和南方打仗？一个财政总长，我让他去借钱，他不去，还跟我讲大道理，写文章批评我，说甲乙丙丁如何不该借，我要他何用？袁世凯作为一代枭雄，能在乱世中乘势而起，肯定不是个糊涂鬼。他知道他的车使什么样的马最合适。他用人并不是根据是非善恶，能为其服务才是唯一标准。听我的话，就用你；

不听我的话，就靠边站；要是闹别扭，就摆平你。后来赵秉钧在袁世凯指示下，暗杀了宋教仁就是个例子。

所以，有两句话最能说明问题。一句是不管你是什么人才，首先必须会做奴才；另一句是办公首先要办私。当不好奴才，人才的价值就实现不了；记不住、办不好上司的私事，就得不到充分的信任。有人说，赵匡胤杯酒释兵权，是对待人才最有良心的措施。朱元璋杀戮功臣，则彰显了对人才的残酷。野兔没了，猎狗就该煮了吃了。小鸟没了，弓箭就该库存起来了。敌国灭了，韩信这样不太听话的人才也就该杀了。善良又深明大义的岳母在岳飞背上刺上了“精忠报国”。但对宋高宗来说，“报国”固然需要，而“精忠”才是第一位的。岳家军日渐强大，捷报频传，祖上黄袍加身的事仿佛就在昨天，高宗只好把岳飞除掉，不怕一万，就怕万一呀。

人才被重视却往往不被重用，奴才被轻视却往往被重用。历史上最优秀的人才，往往不如奴才吃香，动辄就被排斥在圈子和体制之外，备遭冷落，说起来真让人感到凄凉。为什么统治者喜欢用人唯奴，这是个需要好好探讨的问题。在皇权体制下，所谓家国天下是一体的，公与私很难分得清清楚楚。选拔官吏的一个最重要标准是德才兼备。所谓德就是听话，所谓才就是有本事。有本事又听话，才是完美的“才”。

现实生活中，有本事的往往缺少奴气，而奴气重的往往本事不大。如何实现属下的奴气和本事的结合是个千年难题，尽管历代专制统治者一直抓耳挠腮，却一直找不到答案。其实，这本来就是一道错题。如果无法实现“人”和“奴”的结合，往往重“奴”而轻“才”。因为要治理国家，维护统治，必须得用“文武干济之才，廉正教悫之品”。但是，无论帝王还是官员，他们最亲近的大都是善于察言观色、溜须拍马的人物。这样的人往往能爱上司之所爱，急上司之所急，想上司之所想，为上司的事情屁颠屁颠地效劳，对上司的指示干脆利落地落实。奴才的言行举动使上司心花怒放，自然而然地就会成为上司心目中不可多得的人才。一旦某个岗位出现空缺，上司首先想到的就是他最信任和最喜欢的人。高俅不过是个破落户、小混混，还曾经因为教唆富家子弟赌博嫖娼，被人家的家长告了官，然后流放到外地，勒令他不准回京。就这样一个人，因为踢得一脚好球，哄得后备皇帝赵佶很高兴。赵佶当了皇帝以后，违背国家的用人制度，先给他在枢密院造了假档案，然后不到半年时间，就让这个踢球的奴仆坐直升机般升为殿帅府太尉，掌握了帝国的禁军指挥大权。

清末重臣曹振镛，红历三朝，死后入了贤良祠，《清史稿·曹振镛传》夸他“实心任事，外貌讷然”。他并非有什么政绩，无非是奉行“多磕头，少说话”的做官原则。这种人凭借十足的奴性、百般的奴相，极尽阿谀逢迎、趋炎附势、卑躬屈膝之能事，往往会获得一步登天的机会。

用人唯奴的现象，不仅在正统的官场里出现，连梁山这样的义军里也比比可见。宋江对李逵的宽容就是一例。宋江初见李逵时，又送银子，又请客喝酒，对他那鲁莽的行事一味微笑着任纵。你说需要银子还债，便给你银子还债；你说小盏吃酒不过瘾，便吩咐小二给你换大碗；看你吃鱼吃不饱，又专为你要了两斤肉，临别还送了五十两一锭大银。上了梁山后，李逵无数次藐视梁山的规矩，扯碎过圣旨，砍倒过大旗，破坏过招安，宋江都没有予以处罚。在宋江眼里，性情耿直的李逵对自己忠心耿耿，从某种意义上来讲，具有十足的奴才价值。在东京拜会李师师时，宋江曾介绍李逵：“这是家生的孩儿小李。”“家生的孩儿”深刻地表明了李逵与宋江的亲密关系。这样的评论是绝对不会用在武松、鲁智深身上的。而李逵也不辜负宋江的培养，在江州期间，嗜酒如命的李逵，居然在戴宗替蔡知府送信时，怕贪酒误了宋江饭食，便“真个不吃酒，早晚只在牢里伏侍，寸步不离”。上了梁山后，李逵一直冲锋在前，替宋江打江山。当宋江提出让位时，他总是第一个站出来反对，虽说有忤逆之意，但李逵的忠心却令宋江感动不已。

在一个组织当中，领导者喜欢用人唯奴，图个轻松愉快，可能没有料到这样做的严重后果。即使意识到了这种后果，也抱有侥幸心理。奴才们成事的本事没有，坏事的本事却不小。奴才借主人之势力掌了权，往往狐假虎威、为非作歹。唐朝皇帝一味纵容太监，最后太监集团势力膨胀，接连废杀了两任皇帝，控制了九个帝王；乾隆皇帝重用和珅，是导致大清帝国由盛转衰的重要因素之一。宋徽宗更是过分，直接把太监童贯封了王，并让他做了帝国军事负责人，童贯和踢球的奴才高俅太尉、写字的奴才蔡京太师一起，把北宋的大好河山送给了金人。现如今，很多单位刚刚走上正常的发展轨道，负责人往往就把七大姑八大姨安插在重要岗位，让那些听话的、会摇尾巴的人掌握要害部门，家族化大行其道，出事了，还不知道是怎么回事。任用奴才即使亡不了国，破不了产，也会使事业大受损害。

组织是社会的基本结构。每个人都生活在一定的组织当中。国家借助组织实现治理，个人依赖组织获得生存。梁山好汉上山的过程，是个人组织化的过程。梁山好汉们的成分非常复杂，可谓三教九流无所不包。这些人之所以放弃自身鲜明的个性，服服帖帖地站在“替天行道”的大旗下，跟着晁盖、宋江干事业，是缘于他们对梁山所提供资源的依赖。这里的资源是指个人或一个组织满足其他人或其他组织各方面需求的能力。当资源处于垄断地位时，组织成员的服从，更多的是为了换取自己在社会生活中所必需的、同时也只能从其组织和上司那里才能得到的短缺资源。也就是说，服从主要是以依赖为基础，服从主要是为了交换。吴用拉阮氏兄弟下水时，阮小五曾经对梁山上王伦等人的生活状态很羡慕。他的话说出了梁山上绝大部分人的心声，梁山可以提供给众英雄所渴望得到的资源。为了这种资源，正如阮小七所说的：“如果有识得我们的，任凭水里来火里去，能够过一天舒服日子，死了也是眉开眼笑的。”当然，并非所有的梁山好汉都是为了吃吃喝喝。宋江在说服关胜、呼延灼等降将集团归顺时，则是承诺将来要努力实现招安，博得个封妻荫子、报效国家。

在西方学者韦伯看来，所有的统治都可以区分为两种形式，一是依仗利益状况进行的统治，它以被统治者的利益需要为基础；二是强制性的统治，这种统治一般借助于机构或组织实现。在封建专制体制下，强制性的权力命令型统治和交换性的依仗利益型统治混为一体，从而在整个社会中形成了一种全面的、自下而上的依赖性向量和结构，即下级对上级的依赖，个人对组织的依赖。人们之所以对组织保持着依赖性关系，是因为可以通过这种依赖获取和占有组织提供的各种资源，人们甚至没有因为较强烈的相对剥夺感，而摆脱对组织的依赖关系。只要摆脱不了对组织垄断性资源的依赖，就必然会放弃对自身行为的自主性。而一旦获取了对组织的领导权，就意味着获得了分配资源的权力，从而与组织成员建立起人身依附关系，接受人们的顶礼膜拜。在这种情况下，作为代理人的领导者，往往不可避免地具有以个人意志代替集体意志，把公共组织当做个人私产的组织个人化倾向。

如果一个组织出现个人化现象，意味着这个组织发出了自杇的信号。组织个人化现象的实质，是个人力量大于组织力量，个人凌驾于组织之上，在解决问题时往往依赖于个人的权威、魅力、能力和英明，组织力量和集体意志表现出了严重的缺失。当我们陶醉于发展的车轮轰然前行的时候，我们千万不能忽略一句话：淡忘过去是一切失败发生的历史性症结。韦伯认为，“权力意味着在一种社会关系中，人们在具有反抗的情况下，仍然能够贯彻自己意志的任何一种机会，而不管这种机会是建立在什么样的基础之上”。在一个组织中，如果权力的产生和执行，不以人们的社会承认和拥护程度为前提，尤其是在多层组织内部，例如国家和社会，如果只借助对人事任免权的完全控制，形成所谓的“完全依赖性结构”，那么任何一个组织的当权者都能以集体的名义，拥有对各种机会和资源分配的权力，而这种权力往往只对自己和上级负责。一个没有下属制约的权力，一旦越轨和失范，将会给组织带来毁灭性打击。

古人云：“人才乃国之宝，奴才乃国之贼。”意思是说，人才是国家或事业的栋梁或开拓者，奴才是国家或事业的蛀虫或毁灭者。

# “若想富”的联想

《富爸爸穷爸爸》是一本畅销书，该书作者是罗伯特·清崎、莱希特。该书讲述了清崎有两个爸爸：“穷爸爸”是他的亲生父亲，一个高学历的教育官员；“富爸爸”是他好朋友的父亲，一个高中没毕业却善于投资理财的人。清崎以亲身经历的财富故事展示了“穷爸爸”和“富爸爸”截然不同的金钱观和财富观。穷人为钱工作，富人让钱为自己工作。

古人云：死生有命，富贵在天。然而在现实生活中，想要富贵的人却很多，他们甚至根本不相信老天。

穷人和富人，接受教育的目的大抵相同，都是想通过教育提升自己的社会地位，能当官自然好。所谓“书中自有颜如玉，书中自有黄金屋”，激励着一代代读书人为此消得人憔悴。求得富贵，绝不是一件容易的事情。譬如，远处有一堆珍宝，别人历尽艰险、开山辟路才把那珍宝给拿走了。你若再去走这样一条路，又能得到些什么呢？也许别人还会无意中给你留下些可以贩卖的渣滓，此外就不会再有什么了。已经有不少人知道，真正的成功需要有艰苦奋斗的品质、需要有冒险的精神、需要执着的开拓……

荀子说过：“欲富乎，忍耻矣，倾绝矣，绝故旧矣，与义分背矣。”意思是说，要想富，就不要脸、不要命、六亲不认、不顾仁义。这是正话反说。他其实是在告诫人们：要富贵，还要知道廉耻，懂得节制，还要有人情味，绝不可见利忘义。

# 商女不知亡国恨

朝代更替，胜者开国，败者亡国。太康失国，犬戎进京，秦灭六国，汉吞秦地，五胡乱华，蒙古灭宋，清军入关……从某种程度上说，都有亡国的成分。

烟笼寒水月笼沙，
夜泊秦淮近酒家。
商女不知亡国恨，
隔江犹唱后庭花。

自从唐朝杜牧游秦淮以来，“商女不知亡国恨”便成为男人们指责女人的口头禅。

最近看苗棣的《大明亡国史》，作者认为不论是同历朝历代的君主们相比，还是同明朝的列祖列宗们相比，崇祯帝都不能算是一个很差劲的皇帝。他好学勤政，严于律己，人也相当聪明干练，具有这样全面素质的帝王在中国数千年的历史上实在是并不多见的。但他生不逢时，正好赶在一个最不利于实施统治的时代登上了君临天下的宝座……作者进而认为，正是崇祯帝的积极进取加速了明王朝的灭亡。如果在明末天子宝座上的是一个比较昏聩无能的皇帝，比如万历或是天启那样的皇帝，明朝的国祚也许还能再苟延一段时间。

因积极振作而误国、亡国，最终还不得不把绳索套在自己的脖子上，这本身就是一个足以令人震惊的结局。

其实，除了母系社会以外，中国长期处于男人支配的社会。男人一直为小家、大家乃至整个社会负责，包括历史的责任、道德的责任。虽然女人跟男人一样也是人，但由于分工不同，在社会中发挥的作用也不同。男人总体上处于强势，而女人则处于劣势。这是无可争辩的事实。男人在对女人做出评价的时候，往往不屑一顾，免不了说些什么“头发长，见识短”“唯女子与小人难养也”“红颜祸水”之类，有时候甚至把自己的无能以至失败，统统归罪于女人，这样的例子实在太多了。

中国的历史由男性书写。纵观史书，俱是金戈铁马，雄姿英发。而对于女子，要么是寒夜桥上吹萧的玉人，要么便是冷月之下葬花的轻魂，几许凄婉，几许妙曼，女子可以入诗，可以入画，却入不了历史。于是乎，盛世的风华被长袖舞尽，帝国的兴亡由纤指拨出。于是乎，诸多红颜便如庐山的云霞一般，美则美矣，转眼即逝。

其实女人是很无辜的，男人的错误不是错误，而女人被逼良为娼就是千古罪人。女人至情至性，至真也至美。她们是历史所惧怕的，也是每一个男人所期待的。她们是苍劲史书中最纤细的一笔，若隐若现，轻轻冉冉，为此江山便显娇媚，壮士更添豪情。只是源于男权世界中的女子，王公贵族侵其身，文人学士审其德，既无肉体之自由，亦无灵魂之张扬。一句“商女不知亡国恨”已是千古定评。可诗人大概不曾想过，国家之兴亡，商女本无责。世界为男人掌权，男人操戈，成败兴亡，男人何以感慨“商女不知”？

中国历史上的统治之术有王道霸道之交互，历史上的相残则有暴力屠戮与道德谋杀之区分。帝王将相且无以保护其臣民，平民百姓包括商女又何以应为前朝殉葬？强者大多注重功利，欲主宰生存的权益。弱者往往关怀灵魂。然而中国人历来倾向于强者的专制权力而无视弱者的生存权利，故伦理准则总是按强者的意志制定。

中国人有帝王将相的历史，有起义造反的历史，又有为民主科学奋斗的历史，唯独鲜有弱者的历史。以中国文化之境况，由于个体的被忽略，群体的被夸大，强权的膨胀，弱者的萎缩，故本真的存在通常以人格形式向此敞开。“商女不知亡国恨”，只是男人的一种无奈，一种对女子的怪怨而已。

# 关于失算

在历史的长河中，生命的过程是短暂的；但是对于一个人来说，也许岁月又是漫长的。有的人说，人生即哲学，玄奥无穷；也有人说，人生是一种自我经营过程，需要认真打点和料理。要经营就要讲运算，讲效益，讲投入产出。因此，人生离不开加减乘除，人生就是数学运算。

人生在世，总是在追求。有的人勤奋工作，奋力拼搏为的是升职；有的人风里来雨里去，吃尽苦头，为的是增加财富；有的人“头悬梁、锥刺股”，发奋读书是为了提升素养；等等。这样看，人生是加法，加的过程，使人生更富有、更丰富多彩。一个进步的社会应该鼓励个人用自己的双手，增加人生的价值，增加人生的内涵，使人生物质世界和精神世界都更加富有和充实。只不过，不论在物质财富上还是在精神财富上，都需要提倡公平竞争。

人的生命有限，而欲望无穷。如此看来，学会辩证看待人生，看待得失是十分必要的。有时候，还要学会应用减法，否则，负担太重，人生不堪重负，往往事与愿违。人生应有所为，有所不为。华盛顿是美国的开国之父，他在第二届总统任期期满时，全国“劝进”之声四起，但他以无比坚定的意志坚持卸任，完成了人生的一次具有重要意义的减法，至今美国人民仍自豪于华盛顿为美国建立的制度。

人生的成功与否，与个人努力有关，更与机遇有关。在人生的关键时刻，一次努力能抵得上平时几次、几十次、几百次的努力，一年的奋斗能抵得上几年、十几年的、几十年的奋斗。这就是人生的乘法。比尔·盖茨在人生关键时刻选择了信息产业，这一选择为他日后的辉煌奠定了基础。

有一个著名的幸福公式：幸福程度＝目标实现值 ÷ 目标期望值。也就是说，在目标实现值一定的前提下，目标期望值越高，幸福程度越低，而期望值越低，幸福程度越高。平时我们所说的知足者常乐就是此意。因此，人生不能期望值过高，不能超出自身能力和条件，否则就会使人产生失败感、自卑感、失落感，步入自寻烦恼、和自己较劲的怪圈。

人生固然需要算计，然而，人非圣贤，每个人总有失算的时候。比如，引蛇出洞被蛇咬，关门捉贼被贼伤；狗急跳墙乱咬人，暗渡陈仓遇山崩；丢卒未曾保车，出奇未必制胜；趁火打劫惹火烧身，调虎离山猛虎伤人……

历史是一种吊诡的游戏，不会以短线来论英雄。在时间的皱褶中，当下看是机制绝伦的算盘，从时空的长河中展开来看，有时却变得愚不可及。有的人以精狠缠斗在政治战场上累积了武术胜绩，但最后却通盘皆输，身败名裂。

导致失算的内在因素有许多。从古到今千百次失算的事例中，我们可以总结出如下六条基本原因：一是对自己的能力估算过高，对别人的能力估算过低；二是对眼前有利度估计过高，对未来不利度估计过低；三是对变数估计过少，对问题估计得过于简单；四是对事情的成败估计过于复杂，对人性和变化估计过于简单；五是对可控性估计过高，对突发性估计过少；六是对全局的估算过高，对细节估计过少。

凡事不可过分，做到适可而止。追求自由、追求名利、追求知识、追求成功、追求富贵、追求享受，这些都没有错。但是世间的事情都有两面性，凡事都有一个度，都需要正确把握这个度。所谓物极必反。因此，适当地离开名利，不把金钱看得太重，不是什么坏事；清醒冷静地看待成败得失、升降浮沉，保持一颗宁静淡泊的平常心，也是日常生活中所必需的。古代官场黑暗，人人自危，功成身退只是寻求自保而已，不足为训。但“不贪为宝”这话却是至理名言。不贪包括不贪权、不贪财、不贪色等。纵观当今一些步入人生险滩的贪官们，大多贪权、贪财、贪色。结果，“机关算尽太聪明，反误了卿卿性命。”

# 思想的宫刑

提起司马迁，人们便会想到与他有关的两件事，一是《史记》，二是宫刑。可以说，在宫刑的人物史上，司马迁是非常重要的一位。

宫刑本来是用来驯服奴隶和俘虏的，后来才是用来惩罚和防范“性犯罪”的。但是，后来司马迁被宫刑，绝非他乱搞男女关系祸及后宫，而是因为他在思想上与汉武帝不一致并在言语上顶撞了汉武帝。从这个角度讲，人们把司马迁的宫刑，称之为“思想的宫刑”。

帝王要制约民众的行为容易，想钳制民众的思想却非常困难。生理上的宫刑对思想犯没有效果，统治者便转而寻求思想上的宫刑。“罢黜百家，独尊儒术”正符合汉武帝的需要，也符合以后各代帝王的需要。只是在宋以前，这种思想上的宫刑并不成熟。宋以后逐渐演化成了儒教，成为了一种阉割民族血性的利刃，而科举制度则成了这种思想宫刑的帮凶。于是，所有被精神阉割过的人，无论是被动还是主动都与工具没什么两样。

其实，“君要臣死，臣不得不死”。只不过，思想的宫刑，使得人性中只剩下了麻木。人性的麻木和尚武精神的丧失，证明了朱程理学灭人欲的思想宫刑阉割民族的成功。但其稳定社会稳定统治的作用远远小于它所带来的灾难性后果。人欲虽然有恶的一面，但也正是人类文明前进的原动力。

诸子百家的时代，是中华民族生命力最活泼旺盛最朝气蓬勃的时代。然而，自从被施以思想的宫刑，光芒从此趋于黯淡。两千年中，中国人的学术思想著作百分之九十都是对有限的几本经典的研究再研究，所谓学者专家思想家差不多都是在为那几本书做注解，甚或是为其中某一句某一字做考证，互相抄录，辗转引据，积成烟海，终至于皓首难穷。但从此，思想似乎统一了，天与人似乎合一了，任何异端想造反，无异于以卵击石。

# 《孙子兵法》与企业攻防谋略

时下，无数政治家、军事家和企业家皆把《孙子兵法》奉为经典，不少人都在精心研读《孙子兵法》。遗憾的是，企业家却对用兵作战的规律（战略和战术），知之不多。

用兵作战的规律，首先必须明确战略目标，要求做到“不战而胜”。兵法认为“夫用兵之法，全国为上，破国次之；全军为上，破军次之；全旅为上，破旅次之；全卒为上，破卒次之；全伍为上，破伍次之。是故百战百胜，非善之善者也；不战而屈人之兵，善之善者也。”孙子指出战争谋略的最高境界是“不战而胜”和“全胜而取。”

如何才能不战而胜呢？孙子进一步指出：“上兵伐谋，其次伐交，其次伐兵，其下攻城。攻城之法为不得已。”“故善用兵者，屈人之兵而非战也，拔人之城而非攻也，毁人之国而非久也，必以全争于天下，故兵不顿而利可全，此谋攻之法也。”

《孙子兵法》中不战而胜的战略目标，对当今企业战略目标中的产业决策很有启发意义。它启发企业经营者要注意产业边界的可变性，不要纠缠在一个特定产业中进行残酷竞争和价格战。决策时要通过价值创新创造企业间的战略差异，决策战略的最高境界是“不让竞争对手成为对手，而不是打败对手”。

《孙子兵法》首篇《计篇》开宗明义地指出：“兵者国之大事也。死生之地，存亡之道，不可不察也。”为此，要求战争指导者，战前首先要认真比较敌我双方各方面的情况，做到“未战而庙算胜”。如何才能做到呢？《孙子兵法》进一步指出要不惜重金使用间谍，以充分掌握敌情。出于慎战的考虑，孙子告诫战争指导者：“主不可怒而兴师，将不可愠而致战。”作战要有合理合法的根据。

企业的经营决策如同作战用兵，其前提不是对信息情报的全面收集。

而是否能及时收集到准确而有用的信息，这是决策的关键。企业经营实际上是以项目、营销、采购、库存、生产、产品调配为主线的物流，以订单、客户管理为主线的商流，以销售结算、财务数据报表为主线的资金流，以员工各项人事基本数据、员工进转退离等日常人事异动为主线的人流相互作用的结果。而企业的信息流是物流、资金流、商流、人流联系的纽带。因此，无论是企业决策还是日常经营，都要抓住信息情报这一关键。决策不但要掌握充分的内外信息，而且必须要有效分析，做到知己知彼。

《孙子兵法》有“先为不可胜”的防守反击思想。《孙子兵法》中说：“昔之善战者，先为不可胜，以待敌之可胜。不可胜在己，可胜在敌。”意思是说：“先设法创造有利的战场态势，使自己处于不可战胜的地位，然后等待敌人可以被我战胜的时机。要做到不可战胜，关键在于自己创造充分的条件；至于对手能否被我战胜，在于是否犯错出现可乘之机。”孙子认为：“故善战者，立于不败之地，而不失敌之败也。”兵法强调的“立于不败之地”是一种非常高明的说法，因为战略的目的是达到目标，如果能以最小的代价，获取最大的成果，即是最好的方式。在主动进攻之前，先要做好防御，立于不败之地，而后抓住打败对手的机会。要达到目标，并能把自己的损失减少到最低限度，一定要先站在一个稳固的基础之上，这也就是兵法中所说的“无死地”，这是战争的最高原则。

企业经营管理何尝不是如此呢？从防御策略开始，先为不可胜。企业防御主要包括以下几个基本点：控制现金流的平衡，防止组织失控，防止重大人事变动，应对突发危机事件。在此基础上完善法人治理结构，组建高效管理团队，建立现代企业制度，提高运营能力。企业经营要在先为不可胜的基础上，学会运动中进行战略转移，寻找“待敌之可胜”之机。当企业资源处于劣势，市场竞争的白热化使行业利润下降，市场前景不佳时，采用防御型战略；当企业资源处于劣势，但市场环境机会好时，采用巩固发展型战略；当企业有较强的资源优势，市场环境机会好时，采用进攻扩张型战略；当企业有较强的资源优势，市场竞争白热化使行业利润下降，市场前景不佳时，采用竞争转移型战略。

《孙子兵法》认为成功的要素是“道、天、地、将、法”。首先是“道”，然后一分为二是“天、地”；再把它合起来是“将”，再产生“法”。

（一）用兵者要为道。“道者，令民与上同意也，可与之死，可与之生，民弗诡也”。意思是说国君施行仁政，以恩信道义爱抚民众，则民众便与国君上下一致，同心同德，可以为国君出生入死，而不违抗。从经营管理来看，就是管理者与被管理者的目标要一致。以人为本，取得员工的支持，满足顾客需要，取得顾客的支持。得道多助，失道寡助。

（二）用兵者要知天。“天者，阴阳、寒暑、时制也”，意思是顺天时，因时制宜。就是要抓住市场机遇，顺应市场的变化，特别是对消费者偏好的变化要敏感。企业不仅要适应和利用自然环境的变化，还要适应和利用经济景气周期、产品生命周期、企业生命周期等经济规律，适应和影响政府的政策，创造环境。

（三）用兵者要知地。“地者，高下、远近、险易、广狭、死生也”，意思是说要知地利，因地制宜。要熟悉和掌握市场需求、市场容量、市场竞争的变化情况，根据自身的情况选择经营策略。

（四）用兵者要善于用将。“将者，智、信、仁、勇、严也”，意思是说要善于任用将领，即选用将领的标准是“智、信、仁、勇、严”。就是要做好用人决策。这五条用人标准对企业用人决策同样有借鉴价值。智，即专业知识，生活常识，人生阅历；信，即自信于己，施信于人，取信于民；仁，即体恤下属，以己推人，给人机会；勇，即勇于冒险，敢于说不，勇于认错；严，即严于律己，严格要求，赏罚分明。

（五）用兵者要知法。“法者，曲制、官道、主用也”，曲制是指军队的组织编制及组织运行方式，官道指职责分工，主用是指物资供应。就是要规划设计企业的组织运作方式、指挥系统，明确岗位职责与分工、激励与惩罚，使物流畅通。

# 抬头与低头

《读者》上一篇小文章《抬头与低头》，让人回味无穷。

“抬头，便看云；低头，便看路”，朴实无华，简单而明了，自然从容，难道不是人世间最大的智慧么？的确，只要有坚守，抬头和低头只不过是无足轻重的外在形式而已。难的，正是这份坚守。

抬头与低头，其实本是个人生活中的两种不同姿态，并不表明什么具体意义。然而，一旦进入社会生活，抬头与低头，就不那么简单了。

抬头能够看到星空，皎洁的明月，满天的繁星，巍峨的群山。抬头，可以领略世界的博大，感受自然的雄宏；抬头，可以更全面地总结眼前的成功，可以更深刻地汲取失败的教训；抬头，可以让目光更远大、目标更高远；抬头，可以积极迎挑战，可以极目纵豪情。“抬望眼，仰天长啸，壮怀激烈”，便是一番境界。

低头，是一种谦卑的表现；低头，是深沉的思考；低头，是做事的姿态。懂得低头的人，才知道抬头；知道抬头的人，也必须肯于低头。因为抬头确定的目标，必须低头完成；抬头看路是为了更好地低头拉车。

古人云，人在屋檐下，哪敢不低头。正因为如此，今天的人，低头多了，抬头少了；看近的多了，望远的少了；哈腰的时候多了，挺胸的时候少了；点头的多了，摇头的少了；东倒西歪的时候多了，挺拔威仪的时候少了；静的时候多了，动的时候少了；动心思的多了，动身子的少了；身上的赘肉多了，骨头见不着了；枕头越来越高了，梦想越来越矮了；床越来越软了，心思越来越硬了；脾气越来越大了，骨气越来越少了；忍气吞声的时候多了，扬眉吐气的时候少了……多少人，只顾着脚下的路，却很少抬头仰望高空。星空、白云、飞鸟，高山、大河、平川，似乎与他们无关。权贵面前，势力面前，诱惑面前，美色面前，利益面前，人们都习惯了弯腰。

抬头与低头，本就是一种自我毅力的坚持和一种为人处世的态度。“仰观宇宙之大，俯察品类之盛。”一俯一仰之间，已经学会了面对苦难时的抬头和面对成就时的低头。抬头与低头，本就是人生哲学。纵使前方坎坷遍布，也要学会踏遍荆棘，昂首迈向成功。纵使已成就在手，也要学会低头，学会谦逊，走向成熟。

# 也说“朋党之争”

党争，即朋党之争。党，指志同道合者结为团体，互为党人。所谓“朋党”，则专指为个人私利或小集团的利益相互勾结的同类。

“朋党”一词最早见于《荀子·臣道》：“朋党比周，以环主图私为务，是篡臣者也。”韩非的著作中也多次抨击朋党。可见朋党之事，由来已久。

最近反复看欧阳修的《朋党论》和雍正的《御制朋党论》，两相对比，特点鲜明。欧阳修不避朋党之嫌，提出君子有朋，小人无朋的说法，并把矛头引向帝王这边，朋党会不会作乱，在于你皇帝贤能不贤能，你能选贤用能，朋党反而有利于朝政，有利于江山社稷。而雍正在改革旧制中，深深感到上令难行，下面百般阻挠，手下抱团对抗。因此，雍正说欧阳修要是今天还活着，敢如此胡说八道，就难保小命。

在唐代宦官专权的日子里，朝廷官员反对宦官的，大都遭到排挤打击。一些依附宦官的朝官，又分成两个派别。两派官员互相倾轧，争斗不休，一直闹了几十年，历史上把这场政治斗争叫“朋党之争”。

据查，这场政治斗争是在唐宪宗在位时候开始的。有一年，长安举行考试，选拔能够直言敢谏的人才。在参加考试的人中，有两个下级官员，一个叫李宗闵，一个叫牛僧孺。两个人在考卷里批评了朝政。考官看了卷子，认为这两个人符合选拔的条件，就把他们推荐给唐宪宗。这件事让宰相李吉甫知道了。李吉甫是个士族出身的官员，他本来就瞧不起科举出身的官员，现在出身低微的李宗闵、牛僧孺居然敢批评朝政，揭了他的短处，更加生气。他在唐宪宗面前说，这两人被推荐，完全是因为跟试官有私人关系。唐宪宗听信了李吉甫的话，把几个试官降了职，李宗闵和牛僧孺也没有受到提拔。

李吉甫死后，他的儿子李德裕依靠他父亲的地位，做了翰林学士。

那时候，李宗闵也在朝做官。李德裕对李宗闵批评他父亲这件事，仍旧记恨在心。唐穆宗即位后，又举行进士考试。有两个大臣因为熟人应考，私下里托过考官，考官钱徽没卖他们的面子。正好李宗闵有个亲戚应考，被选中了。这些大臣就向唐穆宗告发钱徽徇私舞弊。唐穆宗问翰林学士，李德裕说真有这样的事。唐穆宗就把钱徽降了职，李宗闵也受到牵连，被贬谪到外地去。

李宗闵认为李德裕成心排挤他，把李德裕恨透了。牛僧孺当然同情李宗闵。打这以后，李宗闵、牛僧孺就跟一些科举出身的官员结成一派，李德裕也跟士族出身的官员结成一派，两下明争暗斗得厉害。到了唐文宗即位以后，李宗闵走了宦官的门路，当上了宰相。李宗闵向文宗推荐牛僧孺，也把他提为宰相。这两人一掌权，就合力打击李德裕，把李德裕调出京城，当西川（治所在今四川成都）节度使。那时候，西川附近有个吐蕃将领投降。李德裕趁机收复了一个重镇维州（治所在今四川理县）。这本来是李德裕立了一功。但是宰相牛僧孺却跟唐文宗说："收复一个维州，算不了什么；跟吐蕃搞坏关系，才不上算呢。"他要唐文宗下令叫李德裕把维州让还吐蕃，使李德裕气得要命。后来，有人告诉唐文宗，说退出维州城是失策，并且说这件事是牛僧孺排挤李德裕的手段。唐文宗挺懊悔，对牛僧孺也疏远了。

唐文宗本人也受宦官控制，没有一定的主见。一会儿用李德裕，一会儿用牛僧孺。一派掌了权，另一派就没好日子过。两派势力就像走马灯似地转换着，把朝政搞得十分混乱。唐文宗也闹不清谁是谁非，想起这件事直叹气，说："要平定河北容易，要除掉朝廷的朋党可真难啊。"

牛、李两派为了争权夺利，都讨宦官的好。李德裕做淮南节度使的时候，监军的宦官杨钦义被召回京城，大家传说杨钦义回去一定掌权。临走的时候，李德裕就办酒席宴请杨钦义，还送给他一份厚礼。杨钦义回去以后，就在皇帝面前竭力推荐李德裕。

到了唐武宗即位，李德裕果然当了宰相。他竭力排斥牛僧孺、李宗闵，把他们都贬谪到南方去。李德裕得了武宗信任，当了几年宰相，因为办事专断，遭到不少朝臣的怨恨。公元846年，唐武宗病死，宦官们立武宗的叔父李忱即位，就是唐宣宗。唐宣宗把武宗时期的大臣一概排斥，即位第一天，就撤了李德裕的宰相职务。过了一年，又把李德裕贬谪到崖州（今海南）。

就这样，闹了四十年的朋党之争终于收场，但是混乱的唐王朝已经闹得更加不可收拾了。

# 一厢情愿

英国巴斯大学进化机器人学研究员、伦敦大学国王学院哲学研究员，任教于西英格兰大学计算机、工程和数学科学学院的迪伦·埃文斯，有一部《解读情感》的著作。以跨学科的独特视角，从人类学、心理学、神经科学和人工智能等方面解读人类情感，可以引领人们体验一种别样的心灵之旅。

在情感方面，《理智与情感》不可不读。这是简·奥斯汀的第一部小说，故事情节围绕着两位女主人公的择偶活动展开，着力揭示了当时英国社会潮流中以婚配作为女子寻求经济保障、提高经济地位的恶习，以及重门第而不顾女子感情和做人权利的丑陋时尚。小说中的女主角均追求与男子思想感情的平等交流与沟通，要求社会地位上的平等权利，坚持独立观察、分析和选择男子的自由。在当时的英国，无异于反抗的呐喊。

说到情感，往往会涉及一厢情愿的问题。有一则典故说得很到位。有人到国都游逛，偶然看到美若仙女的公主，令他难以忘怀。回家以后就得了相思病，茶不思、饭不想，没多久，竟然卧病不起。亲友们纷纷前来探望，他告诉大家生病的原因，并且说："如果不能娶公主为妻，恐怕我会性命难保。"为了挽救他，亲友们假意许诺道："我们可以帮你，替你去向公主求婚。"听了这番话，这人病情果然好多了。过了几天，他向亲人打听求婚的结果，亲友们只好说："公主不同意嫁给你。"谁知他听了，竟高兴得笑了起来，说："这就好办了，只要我再进城一趟，她就答应了。"

很多事情，就因为一厢情愿，最后给办糟了。比如，如上所述，情感不能一厢情愿，否则就是单相思；再有，办事不能一厢情愿，否则只能费力不讨好；还有，说话不能一厢情愿，否则说者无心，听者有意。

所以，凡事不可一厢情愿。

诚然，一厢情愿的事情还是有很多。为什么？这是因为善良的人往往会一厢情愿，总想以自己的一片诚心去感动对方，结果事与愿违。理想主义，往往以一面之见或者一时一事作判断，全凭自我感觉，自我划定好人还是坏人，时间长了才发现自己的天真与错误，留下了许多深刻的教训。还有，一厢情愿还与迂腐、一根筋、认死理相关联，不能与时俱进。

柏拉图把人的心灵划分为三个部分，即理智、意志和情感，而真善美便是这三部分相对应的精神价值。真是理智的对象，善是意志的对象，美是情感的对象。

# 《永昌演义》读后

闲暇到深圳市图书馆旁边的书店转悠，忽然眼前一亮，看到了重庆出版社出版的《大顺帝李自成》一书，当即买下，就在书店里找了一角，静静地读下去。这本书，融入了作者丰富的阅历、博厚的学养、精湛的构思、更展现出奔放的激情。其诠释之有力，堪比史家；分析之精密，不亚于哲人。

明末李自成领导的农民起义，是中国历史上最著名的一次农民起义，它起自陕西，横扫中原，席卷大半个中国，前后经过16年曲折而艰苦的斗争，最后推翻了明王朝。这一历史事件在中华民族的历史上留下了深刻印记。

李自成同乡，陕西米脂人李健侯，循着这一事件的来龙去脉，写下了40回的《永昌演义》这本书，也就是我手头上的《大顺帝李自成》一书的原名。

李健侯立志为李自成写书，他潜心收集各种资料，参考了60多种古籍，以非常严肃的态度订正谬误，考证其真伪。李健侯的父亲为清末进士，在四川和绥德做过官，李健侯自幼随父亲在衙门读书，父亲死后曾游河北、山西各省。后来回米脂在县志局供职，同李鼎铭是同事。在此期间，他对明末农民起义领袖李自成产生了深深的景仰之情，他认为李自成"崛起草泽，战必胜，攻必克，10余年间覆明社稷，南面而王天下"，其业绩可与刘邦、朱元璋媲美，况其人不贪财、不好色，光明磊落，有古豪杰之风，是一位了不起的伟人。"窃叹吾乡有此不世之伟人，而竟听其事埋没，莫得搜考而表彰之，时时引以为憾。"（《永昌演义·自序》）

这本书叙事生动，文笔流畅，没有佶屈聱牙、故弄玄虚的弊病，读来令人深思。大概从2010年3月10日下午看起，一直到8月27日方看完。这中间又发生了许多大事，比如玉树大地震、舟曲泥石流，一本书看得断断续续。

读书是一种精神上的安慰，从某种程度上说，它似乎需要一种寂寞的境遇。由于寂寞，所以把书当作友人，在书中去寻找安慰。也正由于寂寞，没有纷繁人世的搅扰，所以能沉静在书中，获得澄明的享受。读《永昌演义》便是如此。

# 由“钱眼”想到的

早年读鲁褒的《钱神论》，深感它揭露社会弊端，讽刺世态人情，尽情挥洒，淋漓尽致。作品通过虚构的情节，推出司空公子和綦母先生两个假设的人物，以二人在京城邂逅为纽带，以其问答诘难的框架结构成篇。它的主旨不在以逻辑论证析明义理，诉诸理性思辨，而着力于描摹人情世态，抒发感慨，诉诸审美激情。《钱神论》以及稍早的阮籍的《大人先生传》、王沈的《释时论》，是魏晋文坛上最有光辉和生命力的优秀作品。

近读作家张锐强的《钱眼》一书，点点展露“败家子”的雄心壮志，细细诉说“钱鬼子”的商海传奇，既勾勒了一幅波澜壮阔的历史画面，又带您穿越时空，到达历史之纵深，体验惊心动魄的商海之旅。

钱，从金从戋。古者田器。后用于物资交换的器物。钱，现在是没有眼的，而古代却是有的，叫“钱眼”。

说到钱眼，就想起了相关的故事。其中，“钻钱眼”的故事最为生动。说的是南宋绍兴年间，张循王最爱钱，有一天皇宫里开宴会，一个演员扮成天象学家说道：“世上显贵的人必定和天象相应，用浑天仪看他，只能看见星，不能看见人。现在拿个铜钱来代替浑天仪，我给大家看看。”于是，皇帝最大，他说先看自己。天象学家说他是“帝王星”。又让看秦师垣，说是“水象星”；又让看韩蕲王，说是“将军星”；最后看张循王，说“看不见星”。大家十分诧异，纷纷要求仔细看看。天象学家说道：“始终看不见星，只看见张循王在钱眼里坐。”看到这，大家会失笑，即使在封建社会里那些爱钱不要脸的，也会被人嘲讽。

这种现象在国外也不乏其例。巴尔扎克笔下的葛朗台，就是一个被铜钱熏得失去理智，最后死在钱眼里的守财奴。他每与人商谈，买卖未成交，机敏的神经先要在钱眼里钻几个来回。在他看来，世界上没有一样东西不是为了金钱而存在的。直到死神临头，他还直愣愣地盯住金子，以命令式的口吻，对其独生女儿说：“把一切照顾得好好的，到那边来向我交账。”

马克思、恩格斯曾经指出：“资产阶级撕下了罩在家庭关系上的温情脉脉的面纱，把这种关系变成了金钱关系”“它使人和人之间除了赤裸裸的利害关系，除了冷酷无情的现金交易，就再也没有任何别的联系了”。

# 有感于“绝大多数”

《论美国的民主》是商务印书馆于1988年出版的图书，作者阿列克西·德·托克维尔。这部书分上、下两卷。上卷讲述美国政治制度及其产生的根源，分析美国民主的生命力、缺点和前途；下卷以美国为背景发挥托克维尔的政治哲学和政治社会学思想。

这部书的基本思想，在于承认贵族制度必然衰落和平等与民主的发展势不可挡。他说：“平等的逐渐发展，是事所必至，天意使然。这种发展具有的主要特征是：它是普遍的和持久的，它每时每刻都能摆脱人力的阻挠，所有的事和所有的人都在帮助它前进。”

托克维尔认为，民主社会和贵族社会相比有很大的不同。比如贵族社会的最大特点是身份的不平等，少数人拥有特权，可以有所作为，大多数人则受到阶级地位的限制，没有太大的作为，各个阶级之间的差异要远远多于共同之处。但在民主社会里，身份的平等使每个人都可以通过自己的努力改变地位，因而每个人更关心自己，这可能导致个人主义，个人对社会的关心可能会变少，等等。他说：“民主制度松弛了社会联系，但紧密了天然联系；它在使亲族接近的同时，却使公民彼此疏远了。”

我不想对托克维尔的民主理念进行评论，单就他分析和看待问题的方法做一些引申。唯物辩证法要求看待问题要一分为二，想问题、做决断，要看主流。不管是政治问题，还是社会问题，不管是经济问题，还是文化问题，都要抓住矛盾的主要方面。这无疑是一个重要的思想方法和工作方法。然而，现实生活中，这种方法往往被曲解，被滥用，突出表现在动辄用“绝大多数”这个问题上。

不是说不要“绝大多数”，也不是说不考虑“绝大多数”，而是没有调查，没有分析，动辄就用“绝大多数”来下定义、做判断。比如，分析宏观形势，研究国情民情；比如，研究经济问题，看待经济运行；再比如，判断干部队伍，研究组织建设；等等。出于不同的目的，强调绝大多数是好的，而对“极少数”，则视而不见，或轻描淡写。有时候，那“绝大多数”是怎么来的，“极少数”有时指哪些？给人一头雾水的感觉。

仰视蓝天，我们会看到朵朵白云，白云是客观事实，但毕竟是少数，主流是蓝天；回首大地，高山、河流、森林、草地，我们看到的是大自然，却对每个具体事物熟视无睹；芸芸众生，来来往往，我们看到的是熙熙攘攘、川流不息的人群，却很少去留意每个人的相貌与具体表现……

这就是主流与支流，矛盾的主要方面与次要方面。我们不能武断地下定义，也不能无视少数的存在。我们的社会太需要关注少数了。君不见，多数问题解决了，并不等于所有的问题都解决了。我们的社会歌舞升平，却也有呻吟作痛者；我们的社会充斥着形形色色的大款，却也存在一贫如洗者。因此，我们必须全面地看待所有的问题。一国、一政党、一团体，乃至一个人，在看待和处理问题时，既要看到绝大多数，也要看极少数。一句话，就是要全面地看待和处理问题，具体问题具体分析、具体解决，而不能笼而统之。

# 越位·错位·缺位

行政管理的鼻祖威尔逊，曾担任美国第28任总统。

他在《行政学研究》一书中指出，政府能够涉及和进行的工作很多，包括一切社会事务在内的各项工作，政府都有能力去涉足。但是威尔逊也意识到，政府的职能应该是有限的。对于政府的工作，应该强调“适当性”，即指凡公共事务该由政府管理，政府承担其他社会组织所不能承担的，即为“适当”。与此对应的是现代政府主张的“有限性”。

在现代政府治理中，主张用“有限性”来替代传统无限的全能政府管理模式。政府的主要职能是以发展经济、促进社会和谐、增进公众福利为主旨所进行的宏观调控、市场监管、社会管理和公共服务。这就要求政府解决“不适当”的问题，也即越位、错位、缺位问题。正如威尔逊书中所说“行政管理学的目的就在于把行政方法从经验性实践的混乱和浪费中拯救出来，并使它们深深植根于稳定的原理之上”。

如今，建立在上级部门科学决策基础上的各项管理活动，其质量和效率的好坏，直接来源于其执行力的高下。如何提高管理者的执行力，一个很重要的途径就是要科学强化管理者的定位意识，尽力消除管理错位、缺位和越位而带来的各方面问题。

越位是管理者对自身权限把握不准，时常越俎代庖，有时甚至超范围行使权力，盲目参与管理。这样不仅不利于整个组织系统密切配合，减弱了管理层的整体尽责意识，而且容易弱化管理者的领导力，还会打乱管理秩序，造成管理过程中交叉管理和重复管理，恶化管理环境。

错位是管理者的管理思维与上级的精神要求缺乏有机融合，个人管理理想与管理现实对接不好，管理中不善于抓住重点，对细节问题的纠缠重于对宏观问题的把握，不能很好地依据瞬息万变的管理环境，及时恰当做出科学判断，造成教条行事、错误实施。

缺位是管理者直面解决管理矛盾的能力下行，不注重对管理流程中的各个关键环节实施有效查验，抓细节的能力弱，缺乏超前防控意识，对所管理事务和领域的尽责意识和大局意识不够，走动管理、现场管理参与少，从而容易造成管理工作出现断档和盲区。

改革开放40年来，应当肯定地说，随着政府职能转向经济调节、市场监管、社会管理和公共服务，与社会主义市场经济体制相适应的行政管理体制已经初步形成。但是，与完善社会主义市场经济体制要求相比，这方面改革仍有不到位之处。越位、错位、缺位现象依然存在。从一定程度上说，与行政管理体制改革滞后有关系。因此，着力推进行政管理体制改革，是解决中国经济发展中突出问题的重要命题，也是实现国家治理体系与治理能力现代化的重要一环。

首先，要科学界定职责。不要再管那些不该管、管不了、管不好的事情，主要是履行好经济调节、市场监管、社会管理和公共服务职能。

其次，要创新管理方式。要进一步缩小行政审批范围，简化和规范行政审批程序，充分运用经济和法律手段实施行政管理；健全科学民主决策机制，完善重大事项集体决策、专家咨询、社会公示和听证以及决策失误责任追究制度，提高决策和执行的透明度。

第三，要完善组织架构。要探索建立慎决策、快执行、讲效率、负责任的行政运行架构和运行机制；充分利用现代交通通信发达、信息传导便捷的有利条件，精简管理层级，扩大管理半径。

第四，要全面推进依法行政。切实做到有权必有责、用权受监督、侵权须赔偿、违法要追究。

# 责　任

美国作家安布罗斯的《荣誉责任国家》一书，主要叙述了西点军校产生、发展的过程及其影响，以及在其发展过程中对西点军校有重大影响的各种人物。书中，作者把责任放在极为重要的地位，认为责任就是担当，就是付出。责任是分内应做的事情。也就是承担应当承担的任务，完成应当完成的使命，做好应当做好的工作。西点军校毕业生、五星上将、美国第34任总统艾森豪威尔曾为该书作序。

美国前总统林肯曾经说："每一个人都应该有这样的信心：人所能负的责任，我必能负；人所不能负的责任，我亦能负。如此，你才能磨炼自己，求得更高的知识而进入更高的境界。"

责任是一种使命，是一种与生俱来的伴随着每一个生命的使命。事实上，只有勇于承担责任的人，才有可能被赋予更多的使命。一个缺乏责任感的人，首先会失去社会对他的认可，失去别人对他的信任，甚至失去自身的立身之本。

责任体现忠诚。忠诚是一种职业的责任感，是一种对职业的忠诚，更是一种敬业精神。一旦养成对事业的忠诚，即使面对逆境，也会鼓足勇气；面对诱惑，也会不为所动。忠诚会驱使你克服艰难险阻，奔向成功。有人说，假如你非常热爱工作，那你的生活就是天堂；假如你非常讨厌工作，你的生活就是地狱。在每个人的生活中，有大部分时间是和工作联系在一起的。当你放弃了对社会的责任，也就背弃了你对自己所负使命的忠诚和信守。

责任胜于能力，这绝不是对能力的否定。在现实生活中，责任经常被忽视，人们总是片面地强调能力。一个员工能力强是件好事，但是，如果他不愿意付出，就不能为社会创造更多价值。而一个愿意为事业全身心付出的人，即使能力稍逊一筹，也能够创造出更大的价值来。

责任不是口号，是行动的源泉，当你确确实实地具备责任感，进而实践你的责任时，你会感到生活异常充实。固然，聪明、才智、学识、机缘等都是促成一个人成功的必要因素，但假如缺乏了责任，注定不会成功。

托尔斯泰说过："有无责任心，将决定生活、家庭、工作、学习成功与失败。"在当今社会，责任感已经成为人们普遍认可的重要的个人素质，对自己、对他人要有责任感，对集体、对国家以及对自然也要有责任感。

# 《贞观政要》的价值

在这个遍地故事、满目段子的时代，阅读《贞观政要》，可以翻检历史的皱褶，寻觅错误的根源，重创现实的陈规。无论从哪方面说，《贞观政要》都是很有价值的。它纵论治乱兴亡、利害得失，明白切要，可为我们借鉴。

“贞观之治”这个盛世局面究竟是怎样形成的？唐太宗君臣为此做了些什么？他们是怎么思考、怎么议论、怎么决策的？这两层含义的结合，使人们产生了对于这一段历史在情感上和认识上近乎渴望的那种历史性追念。《贞观政要》共 10 卷，40 篇；各卷篇数不等，但都围绕一个中心，每篇都有概括本篇的内容或主旨。《贞观政要》一书，正是在很大的程度上满足了后人的这种追念。这是《贞观政要》的内容和思想所具有的历史魅力。

《贞观政要》这部史书，作为一种精神产品，在漫长的历史年代中受到上自在位皇帝、下至普通士人的推崇、重视，以至研究、仿效。可见它的历史分量是很厚重的。现在，时代不同了，社会历史的内容也发生了根本变化，但人们从认识贞观之治与《贞观政要》的关系中，仍然可以获得许多启示。早在2000多年前，太史公司马迁就说过这样的话：“居今之世，志古之道，所以自镜也，未必尽同。帝王者各殊礼而异务，要以成功为统纪，岂可绲乎？”（《史纪·高祖功臣侯者年表序》）其大意是：后世的人们认识历史上的事情，是作为一面镜子来看待，古今情形有所不同，但其根本的目的都是为了获得成功，所以不要把古今混同起来。这话不仅适用于古人，也适用于今人。因此，今人读《贞观政要》，首先固然是为了更深刻地认识贞观之治盛兴的原因，其次则是通过《贞观政要》所提供的历史经验、历史智慧而探寻一些规律性的认识，并用以指导现实的历史运动和社会实践。

《贞观政要》确有许多地方值得我们探究和思考。譬如，唐太宗在即位后不久曾对大臣们说："朕谓乱离之后，风俗难移；比观百姓渐知廉耻，官民奉法，盗贼日稀，故知人无常俗，但政有治乱耳。是以为国之道，必须抚之以仁义，示之以威信，因人之心，去其苛刻，不作异端，自然安静。公等宜共行斯事也！"（《仁义》）这里说的"人无常俗""政有治乱""抚之以仁义，示之以威信"，是关系到实现政治稳定的信念和途径。

又如，唐太宗对魏徵说："自古侯王能保全者甚少，皆由生长富贵，好尚骄逸，多不解亲君子、远小人故尔。朕所有子弟欲使见前言往行，冀其以为规范。"于是命魏徵"录古来帝王子弟成败事，名为《自古诸侯王善恶录》，以赐诸王"。（《教戒太子诸王》）当然，诸王未必都能因此从善弃恶，但这种认识和做法却是必要的。

再如，唐太宗对大臣们说："为政之要，惟在得人，用非其才，必难致治。今所任用，必须以德行、学识为本。"谏议大夫回答道："人臣若无学业，不能识前言往行，岂堪大任。"唐太宗称是："信如卿言。"（《崇儒学》）用人以德行、学识为本，这是贞观朝君臣的共识。还有：魏徵所论"君之所以明者，兼听也；其所以暗者，偏信也。"（《君道》）魏徵回答唐太宗所问，认为守天下"甚难"，这是因为："观自古帝王，在于忧危之间，则任贤受谏，及至安乐，必怀宽怠，言事者惟令兢惧，日陵月替，以至危亡。圣人所以居安思危，正为此也。安而能惧，岂不为难？"（《政体》）

魏徵引用《礼记·曲礼》上的话阐明全面看待和评价一个人的原则说："《礼记》曰：'爱而知其恶，憎而知其善。'若憎而不知其善，则为善者必惧。爱而不知其恶，则为恶者实繁。"（《君臣鉴戒》）

以上这些，都是带有规律性或普遍性原则的认识，其内容可以随着社会历史的变化而变化，但其本质却不会过时，更应当让人们从中受到启迪。

# 志不可满　欲不可纵

《礼记》曰："傲不可长，欲不可纵，志不可满，乐不可极顶点。"这是对做人做事的最好警策。

曾国藩说："君子最大的过人之处，只是虚心而已。"谦恭自守，必然会大得人心；虚下自处，必然会受人尊敬。不用自己的智慧去对付他人的愚蠢，不以自己的贤能瞧不起他人的笨拙，不以自己的长处去克制人们的短处，这都是承载福禄的方法与道理。治骄傲就要用谦虚，治盈满就要用空虚，治狂妄就要用礼义。人有一分虚心，就会增加一分谦让；守住一分礼貌，就少一分狂态。

现如今，的确有许多人胸怀大志，在挑战极限、挥洒激情中，呈现着人性的强悍。什么能人，什么超人，似乎无所不在，无所不能，轰轰烈烈一番，争霸过后，一事无成，甚至一蹶不振。有的甚至走向了反面，学会了低眉顺眼地跟从，小心翼翼地规避，设法让自己安全地待在"长官意志"和"自知之明"中过日子。有的仪表堂堂，风采斐然，一遇事，骨子里的怯懦和不磊落想掩饰都掩饰不住。为了博得同情，为了自己的那张面子，往往可以不要自尊。

人要有志气，人要有欲望，都没有问题。只有把志气和欲望看作是一个过程，常加审视，并在实际生活中经常加以修正，才会成为你生命中一道亮丽的风景线。在志向和欲望面前，还要有不屈不挠、百折不回的勇气。但是，仅有这种勇气也是不够的。还要学会迂回，甚至是认输。当你深陷泥潭时，知道拔腿出泥潭，远离它。或许有人会说这太容易了，但是实际情况是，明知自己手中有一手臭牌，也不愿意舍弃；明知道这样做不会有好结果，却依然要倔强地进行下去。

实际上，完全可以不在一棵树上吊死，不在一条黑路上走下去，有时，不妨从原路返还，或许另辟蹊径，则会别有洞天。

# 朱元璋治国理政六题

历朝历代，如何治国理政，都是首要的问题。不仅皇帝关心，周围的朝臣们也十分注重。当然各自的目标不尽一致。孔子的周游列国，司马迁的《史记》，司马光的《资治通鉴》，等等，几乎都是有关治国理政的。

朱元璋从当上皇帝的那一天开始，就一直盘算如何巩固政权，永享国祚。立国之初，百废待兴，但重中之重的仍是这个问题。他首先杀掉宰相胡惟庸，并因此永远废除中书省，诏旨“自此有敢议设宰相者，杀无赦”。在朱元璋看来，宰相与皇帝只有一步之遥，最有可能觊觎皇帝宝座的，自然就是宰相了。废除宰相后，朱元璋自己亲自处理国政，用今天的公司管理结构来打比方，朱元璋是既当董事长，又当总经理。他甚至连副总经理都不设置，事必躬亲，因此很累。实在忙不过来，他便从翰林院中找来几个学士，凑起一个秘书班子，来帮助他做一些文件起草、典章搜寻的工作。

自废除宰相后，六部堂官都直接向朱元璋汇报工作。尽管这样，朱元璋仍害怕大权旁落，或者说担心六部堂官瞒上欺下，玩忽职守。因此，他又借鉴前朝的经验，创设与六部对应的吏、户、兵、礼、刑、工六科。对六部行稽核、纠察与弹劾之权。六科属言官之列，作用相当于今天的纪检干部。每科的领导人，称都给事中，官阶六品，都给事中之下，设给事，官阶七品或八品。所以说六科的干部，都属于中下层官员，但他们的权力却很大。终明一朝，因遭六科言官弹劾而被撤职的六部堂官不胜枚举。这是朱元璋创造的一套小官管大官的统治方法。实践检验，行之有效。

朱元璋的治国理政之道就是给实权的不给高位，给高位的不给实权，让其互相牵制。在朱元璋看来，历代灭国之祸，概括起来，不外乎来自女宠、宦官、外戚、权臣、藩镇、夷狄六个方面。所以，他提出了治国理政的六项措施：

> 汉无外戚阉宦之权，唐无藩镇夷狄之祸，国何能灭？朕观往古，深用为戒。然制之有道。若不惑于声色，严宫闱之禁，贵贱有体，恩不掩义，女宠之祸，何自而生？不牵于私爱，唯贤是用，苟于政典，裁之至公，外戚之祸，何由而作？阍寺便习，职在扫除，供给使令，不假以兵柄，则无宦寺之祸。上下相维，大小相制，防耳目之壅蔽，谨威福之下移，则无权臣之患。藩镇之设，本以卫民，使财归有司，兵必合符而调，岂有跋扈之忧？至于御夷狄，则修武备，谨边防，来则御之，去不穷追，岂有侵暴之虞？凡此数事，尝欲著书，使后世子孙以时观览，亦社稷无穷之利也。

以上，就是朱元璋所阐述的六个治国理政问题。朱元璋虽农民出身，当过和尚，但把他放在中国历代的皇帝系列中考量，绝对是一个有作为、有思想的开国之君。他认为治国要理好的六个问题，可谓抓住了要害。立国之初，由于朱元璋严于约束，女宠、宦官、外戚、藩镇等，形成不了势力。唯一有可能构成威胁的，就只能是权臣和夷狄了。对于夷狄，朱元璋或剿或抚，恩威并施，处理得虽不是恰到好处，但也没有大的过失。因此，在他的统治时期，边患始终没有对他的政权构成威胁。剩下的最后一个问题，就是权臣了。

众所周知，朱元璋为了巩固自己的统治而大肆屠戮功臣，就是为了铲除权臣。他提防权臣的方法就是“上下相维，大小相制，防耳目之壅蔽，谨威福之下移”。上下相维就是君守君道，臣守臣道，看似两方面都合道，实际上是要做大臣的对皇上愚忠。大小相制，就是小官管大官，防耳目之壅蔽，就是多设监察官员，让六科给事中监察六部，他亲自管束六科。明朝的监察官员除六科给事中外，尚有都察院御史以及大理寺的官员等，有的称言官，有的称宪臣。这部分官员的数目很大，大约占朝廷命官总数的三分之一。用这么多的监察官员来防止自己“耳目壅蔽”，朱元璋可谓煞费苦心。谨威福之下移，就是谨防权臣自专，与皇上分权，朱元璋始终对权臣保持着充分的警惕，多少权臣都被他诛灭或者罢黜。就连徐达、刘基这样谨慎的人，也因时时遭到他的猜忌而始终惊悚不已。

当然，聪明的朱元璋也看到，要想从根本上铲除权臣，除了制订一整套行之有效的监控方法之外，当皇帝的人，自己也必须常存忧患之心。他曾对皇太子朱标说：“自古帝王以天下为忧者，惟创业之君中兴之主及守成贤君能之。其寻常之君，不以天下为忧，反以天下为乐，国亡自此而始，何也？盖得国之初，天必授予有德者，然频履忧患而后得之，其得之也难。以祖宗忧天下之心为心，则能永受在命。苟生怠慢，危亡必至，可不谓哉？”

# 治国·治身·治心

近看清代精刻本《儒释道平心论》，共上下两册，元朝刘谧撰。该书讲述了作者的佛教立场，同时综合评论佛道儒三教的优劣。

有人说，儒学自汉代便被尊为庙堂之学，居于主流地位。但考察历史不难发现，儒学却一直未能完全到位。在某些方面甚至先天不足，不得不借助国产的道教和外来的佛教予以补充，形成儒、释、道并存并立的局面。这种观点是很有道理的。

通观儒释道三教，就个性而论，强者尊儒，智者信道，慧者崇佛。而一般情况下，对于人之一生而言，儒、释、道又可代表三种境界。血气方刚时，欲建功立业，一般都会以儒家信条为圭臬，发奋进取，自强不息。而遭遇挫折之后，气焰收敛，甚至心灰意懒，开始理解道家学说之可贵，逐渐重视修身养性，享受生命，以弥补失意的痛苦。而屡遭打击、万念俱灰之后，则往往避入空门，焚香吃斋，参禅打坐，体味万事皆空的境界，借以安慰自己的心灵。如果真正考察传统社会中大多数成员在一生中大多数时间内的信仰取向就会发现，道家和佛家的学说所起的作用绝不亚于儒家学说，只是因为统治者的力挺，儒学才得以占领意识形态的中心。但若无道、佛两家填补儒学留下的广阔的精神空间，儒学必定独木难支。

从古代文人的情况看，当他们儒家的政治理想不能实现的时候，或归隐山林，寄情山水，回到内心，寻求宁静。或放浪形骸，狂放不羁，遗世独立，追求精神上的独立和人格上的完整。苏轼一生经历比较坎坷，但是，他都能以一颗从容之心，处之泰然。他既有“大江东去浪淘尽”的豪迈，又有《赤壁赋》中的那种释怀。但是，他的佛学根底深厚，佛教对他的影响十分深刻。他的作品，既有明显的佛教痕迹，又有道家的飘逸，在超脱豪迈中凸显历史的意识和与世无争的思想。

中国向来是一个人文的国家，中国自生自长的宗教是道教，许多人把儒教也拉了进来，加上外来的佛教，就构成了儒、释、道三教。有人说三教合一，就是说三种宗教从道义上来说是相互统一的；也有人说，各有各的功用。南宋孝宗皇帝赵昚就持这种观点，他认为：“以佛治心，以道治身，以儒治世。”如果从三教的重点来说，不是没有道理。所以这种观点后来就被传诵下来了。

儒教能治国，这是说儒家的道理大多是治国的大道理，用它来治国，这是儒家本质的东西。从中国传统文化来讲，儒教大多宣扬的是治国的理念，什么治国、修身、平天下啊；什么大同世界啊，什么君子小人啊，等等。说的就是要追求一个什么样的社会，要变成一个什么样的国家。另外，还有历代各项制度也都根据儒教来制定。但这并不说明儒家没有治身、治心的功能。我们常常用儒家的伦理道德来修养身心。诸葛亮有句名言：“夫治国犹于治身，治身之道，务在养神，治国之道，务在举贤。”举贤可安邦兴国，养神能益寿延年。古人治国主要有三种方式：王道的统治采用教育的方法，霸道的统治采用威摄的手段，强权的统治采取强迫的办法。之所以要这样，各有各的原因，不能随便更换。春秋时齐国的名相管仲说：“圣人只能顺应时势而不能违背时势。聪明的人虽然善于谋划，但总不如顺应时代高明。”战国时的邹忌说：“一切政治文化都是用来匡正时弊、补救失误的。如果适合于当时当地的实际情况就运用它，一旦过时了就舍弃它。”

道教讲究修身，追求长生不死，养生，这是道家的特色。前面讲过，治身的道理是完全可以用到治国上去的。道家怎么产生养生的？就是取得我们身体里面的阴阳平衡。中医的一个根本核心就是平衡人身体里面的阴阳。如果国家各种势力不平衡，比如说国家两极分化了，那这个国家就麻烦了。我们也用自身的道理去理解，也包括道法自然、无为而治，是非常重要的思想。

养生之道以养神为本，神贵于形。这种思想在《文子》中十分突出。《下德》开篇即云：“治身，太上养神，其次养形。”又云：“天爱其精，地爱其平。”由重生治身而外推到尊生治国，从重视自己性命到重视百姓性命，不唯养己之生，而是扩大到养天下之生，一者治身，一者治国，二者得兼。

佛教治心，是因为佛教认为人的一切问题、烦恼、痛苦从哪儿来？就是从你心里面来的。人有贪心，嗔心，痴心。所以佛教里面很重要的一点就是要治心。治心的方法是不是可以同样用来养生，这没有问题。事由心生，境由心造。由此看来，治国、治身、治心是相通的，不是各管各的。只不过有所侧重罢了。但是在这里面，恐怕核心的东西是治心，其次治身，其次治国。

# 此心安处是吾乡

“此心安处是吾乡”，源自苏轼《定风波》一词。东坡有序曰：

王定国歌儿曰柔奴，姓宇文氏，眉目娟丽，善应对，家世住京师。定国南迁归，余问柔：“广南风土，应是不好？”柔对曰：“此心安处，便是吾乡。”因为缀词云。

常羡人间琢玉郎，天应乞与点酥娘。
自作清歌传皓齿，风起，雪飞炎海变清凉。
万里归来年愈少，微笑，笑时犹带岭梅香。
试问岭南应不好？却道：此心安处是吾乡。

“此心安处是吾乡”，七个字，道尽了柔奴的睿智豁达与宁静淡远。不知道这段历史，就不知“定国南迁归”背后的辛酸与凄凉。定国因受苏轼诗文案牵连，被放逐南蛮之地。柔奴虽是歌妓，但却一路相随，相伴左右历尽坚辛，重回京师，问来只一句作答：“此心安处，便是吾乡。”细细品味，这七个字说得真好，很有分量。无论城乡，无论顺逆，无论穷富，无论贵贱，只要有一个让自己心安的地方，那就是你幸福的根源所在，是安放你灵魂的精神故乡。

任是千里冰封，任是万里雪飘，此心安处是吾乡。爆竹声声里，我回到了故乡河套，与家人坐在一起包饺子，吃年夜饭。80多岁的老母喜气洋洋。心底的点点思乡之情在欢声笑语中渐渐淡去，新年的美好憧憬在句句祝福中徐徐展开。难怪海德格尔说：“诗人的天职是还乡。”其实，一般人的天职也是还乡。

有人说，人类不能没有故乡。没有精神故乡的人必将陷于虚无。人与植物其实没什么两样，都得扎根于大地，活得才够踏实，生命才能丰盈。根浮于水，就成了一叶漂萍。的确，老家，因了父母的存在，紧紧挽住了一颗游子的心。这个承载了我们童年梦想的地方，无论是冬日玩雪，还是夏夜乘凉，不大的庭院里，可看繁星点点，可听知了鸣唱。还有那牛郎织女的缠绵故事，有时让我们心花怒放，有时让我们充满想象……

当我很自然地从黄河之畔漂到燕山脚下，还未意识到根随水动，故乡在我行走的途中渐行渐远，渐渐模糊。或许那时，对这种迁徙可能是新奇的，充满期待的。年少时，向往城市，因为它离我的生活很遥远，很新鲜。当终于离开阴山，离开河套平原，离开我从小在那里长大的村落，来到呼和浩特，来到北京，我铆足了劲，立志要完成从乡下人到城里人的转变。多少年过去，似乎已经如愿，似乎一切都让人感到熟悉、温暖、自足、散淡与安宁。直到某一天，耳边飘过那首熟悉的《故乡的小河》，一下子触动了那根思乡的弦。猛然发觉，离开故土，我不过是一截剪切的枝，嫁接于异乡的植株，荣枯都取决于营养的外在补给。独在异乡为异客，多少有一点疲惫，有一点对家人的眷恋，有一点感物伤怀，思乡的愁绪也渐次蔓延开来，继而浓得化不开。故乡的召唤似乎就在那条小河之上，乡愁也始终在那里。

触摸前事，感叹时光流转。经过永定河，看它流动的那一刻，就如同看见自己从千里之外的河套流动到这里；经过北海公园，看见老人们在那里晨练，想起了年迈的父母，不知这会儿他们在做些什么？故乡啊，故乡，一事一物，一草一木，都叫人触景生情。终于明白，童年在哪里，根就在哪里，父母在哪里，哪里就是故乡！无论外面的世界如何精彩，风景如何迷人，而现在我只愿回到故乡，生我养我的故乡，那个阴山环绕着黄河蜿蜒着的故乡。

不知不觉间，离家在外已经 30 多年。回首 30 年，已经把异乡当成了故乡。一切缘于爱。只有爱，才能让人们鲜活起来，这里有你深爱的人，有你生命的延续，很快就成为第二故乡。其实，故乡也好，异乡也罢，全在于心安。心安了，才有爱。

# 活着与死亡

活着与死亡，是两种不同的状态。可谓动静分明，存亡有别。

海明威《老人与海》中的主人公原型于2002年去世，享年104岁。他的墓碑空置许久，多家网站寻求文字：“有一个人，他几乎什么都有，地位、荣誉、金钱、爱情。他是一个令世人非常羡慕的人。可是，在他获得诺贝尔奖后不久，却用猎枪结束了自己62岁的生命。而他的一位朋友——一个靠出海打鱼为生的渔夫，却悠然地颐养天年。请问为什么一个拥有一切的人选择了死亡，而一个一无所有的人却选择了活着？”

有人说，出生，是生命旅程的开始；死亡，是生命无法回避的终止。也有人曾这样说：“哪怕你穷得连一件衣服也没有了，也不要悲伤，因为你还有世界上最有价值的东西——生命。”而事实似乎并非如此。君不见多少人因为在情场、商场上的失利而沉沦，让自己的生命惨遭折磨，敢问有多少人能超脱这种境况成为真正的强者呢？

一年四季有无数个轮回，但生命仿佛就是那延绵不绝的江水，终归要投入大海的怀抱。生命只有一次，没有来生，只有今生。当一个活生生的生命突然间在你的面前消失时，你曾怎样想过？当一个疾病患者在生命的最后一刻向你道一声：“请珍爱生命！”你曾怎样想过？人的生命历程，短暂又漫长。生命的河流，总有许许多多的遗憾，总有许许多多不尽人意的缺失。

俗话讲，机不可失，时不再来。这些遗憾或多或少地留在人们的记忆里，或多或少地刻在人门的心目中，每当回忆起来，总有些失落感和悔恨或自责，不知不觉地陷入苦恼、烦恼、忧虑之中。细细想来，谁没有遗憾？谁能把每一件事都做得滴水不漏，包括工作、学习、生活，为父母、为子女、为朋友、为他人、为自己。过去的、失去的不论多与少，想是无用的，为之陷入痛苦更是得不偿失。应该多想想好事、愉快的事、舒心的事；多想想那些好朋友和家人；多想想不如自己的人。人人都想追求完美，其实这是不可能的。你做的一切事情都不可能尽善尽美，毫无缺陷，毫无遗憾。在遗憾面前，万万不可攀比，所谓“人比人活不成，毛驴比马骑不成”。

生命的意义何在？一个人活在世上，总会莫名其妙地产生孤独的感觉。为什么？因为我们都只是自己，不管是生育我们的爸爸妈妈，爱我的亲人或者非常要好的朋友，我们都只能感知自己的感知，别人的痛别人的乐我们都没办法知道。所以我们才会觉得孤独。因为自己只能是自己，我们不知道别人在做什么，不知道他为什么要这样做，不知道他做了这个会有什么感觉。

其实，我们都不是孤独的，我们不只是一个人。很多很多的人和物都与我们有关。如果我们都能满怀感激地对待每一个人、每一件事，这个社会就会变得更加美好。所以，把握现在，享受现在，才是最重要的。

生命总是在有缘与无缘之间相漂泊，总是在入世与出世间相徘徊，如夏花之绚烂，如秋叶之静美。生命的过程千万种，如铁钻，愈被打磨，愈能迸溅出璀璨的火花。只有经受住严冬的考验，才会有人生的春花秋实。

# 《史记》札记

## 1. 史家之极则

极则，就是最高准则。《景德传灯录·智洪大师》：“（僧）问如何是极则处？师曰：‘懊恼三春月，不及九秋光。’”明王守仁《大学问》：“曰至善者，明德、亲民之极则也。”郑振铎《插图本中国文学史》：“最早的重要的文人们，有所谓‘西昆体’诸家者，以追踪于李商隐、唐彦谦诸诗人之后为极则。”

赵翼在《廿二史札记》中说：“司马迁参酌古今，发凡起例，创为全史。本纪以序帝王，世家以记侯国，十表以系时事，八书以详制度，列传以专人物。然后一代君臣政事贤否得失，总汇于一篇之中。自此例一定，历代作史者，遂不能出其范围，信史家之极则也。”

## 2. 史家之绝唱，无韵之《离骚》

被鲁迅称为“史家之绝唱，无韵之《离骚》”的《史记》，记述了上自黄帝，下迄汉武帝三千年的历史演变。从地域上讲，它不仅记载了中原王朝的政治风云，而且首创民族史传，记载了我国一些少数民族的历史发展。更为可贵的是《史记》还放眼世界，记述了朝鲜及大宛、乌孙、康居、大月氏等汉朝周边一些国家的社会形态、人情风貌。从人物传记上讲，《史记》除了记述历朝帝王将相外，还包括农民起义者、学者、游侠、刺客、医生、商人、妇女等，覆盖社会的每一个阶层。的确是“史家之绝唱”。

另一方面，《史记》具有极高的文学成就。它开创了我国的传记文学的先河，创立了以描摹人物为中心的传记，司马迁摹写典型的历史人物，旨在“明是非，定犹豫，善善恶恶，贤贤贱不肖”，总结历史教训，揭露腐朽黑暗，针砭当世，为我国传记文学奠定了基础;《史记》的语言精湛，风格鲜明，形象传神，说理抒情，淋漓尽致，可谓“无韵之离骚”。

### 3.《史记》的历史评价

金圣叹把《史记》作为“六才子书”之一，评论《史记》序赞有90多篇。他在评《水浒传》《西厢记》中多次赞扬司马迁，发表了不少真知灼见。他说：“隐忍以就功名，为史公一生之心。”在评《屈原贾生列传》中说司马迁“借他二人生平，作我一片眼泪”。金圣叹可谓司马迁的知音。他对《史记》与小说关系的探讨独树一帜。“《水浒传》方法即从《史记》出来”，“《水浒传》一个人出来，分明是一篇列传”。清人张竹波更直言：“《金瓶梅》是一部《史记》。”可见《史记》对后世小说写作技巧的广泛影响。

钱谦益在《物斋有学集》中说：“司马氏以命世之才、旷代之识、高视千载，创立《史记》。”他认为司马迁创立的五体结构，成为历代史学家编史的样本，发凡起例之功“炳如日星矣”。章学诚在史学理论名著《文史通义》中说:“夫史迁绝学,《春秋》之后一人而已。”他认为《史记》一书“范围千古、牢笼百家”。司马迁有卓见绝识之能,《史记》有发凡创例之功。

鲁迅一生酷爱《史记》，在《汉文学史纲要》一书中有专篇介绍司马迁。鲁迅认为：“武帝时文人，赋莫若司马相如，文莫若司马迁。”司马迁写文章“不拘于史法，不囿于字句，发于情，肆于心而为文”。

翦伯赞说：“中国的历史学之成为一种独立的学问，是从西汉起，这种学问之开山祖师是大史学家司马迁。《史记》是中国历史学出发点上一座不朽的纪念碑。”他还说：“《史记》虽系纪传体，却是一部以社会为中心的历史。”司马迁“几乎注意到历史上社会之每一个阶层，每一个角落，每一方面的动态，而皆予以具体生动的描写。所以我以为，《史记》是中国第一部大规模的社会史”。郑振铎认为：自司马迁以来，便视历史为时代的百科全书，所以司马迁取的材料，范围极广，自政治以至经济，自战争以至学术，无不包括在内，其所网络的范围是极其广大的。

杜鹏程在《韩城市志》序中说："韩城素称文史之乡，是一座历史悠久的文化名城，世界历史文化名人司马迁的故里，一向文化较为发达。……历朝各代，名人辈出，其中以西汉时期伟大的史学家、文学家、思想家司马迁最为著名，其宏伟巨著《史记》闻名中外，影响深远。"

毛泽东在《为人民服务》文中说："人总是要死的，但死的意义有不同。中国古时候有个文学家叫做司马迁的说过：人固有一死，或重于泰山，或轻于鸿毛。为人民利益而死，就比泰山还重；替法西斯卖力，替剥削人民和压迫人民的人去死，就比鸿毛还轻。"毛泽东对司马迁很佩服，认为"司马迁览潇湘，泛西湖，历昆仑，周览名山大川，而其襟怀乃益广"。

### 4.《太史公自序》和《报任安书》

《太史公自序》是《史记》的最后一篇，是《史记》的总括，也是司马迁的自传。由三部分组成：第一部分历叙世系和家学渊源，并概括了作者前半生的经历；第二部分利用对话的形式，鲜明地表达了撰写《史记》的目的，是为了完成父亲临终前的嘱托，以《史记》上续孔子的《春秋》，并通过对历史人物的描绘、评价，来抒发作者心中的抑郁不平之气，表达他以古人身处逆境、发愤著书的事迹自励，终于在遭受宫刑之后，忍辱负重，完成了《史记》这部巨著；第三部分是《史记》一百三十篇的各篇小序。全序规模宏大，文气深沉浩瀚，是《史记》全书的纲领。

"《自序》高古庄重，其中精理微者，更奥衍宏深，一部《史记》精神命脉，俱见于此太史公出格文字。"（清代牛运震《史记评注》）它的文势有如百川汇海，万壑朝宗，令后世的学者赞叹不已。

《报任安书》是一篇感人的至情散文，是对封建专制的血泪控诉。司马迁用千回百转之笔，表达了自己的光明磊落之志、愤激不平之气和曲肠九回之情。辞气沉雄，情怀慷慨。

全文融议论、抒情、叙事于一体，文情并茂。叙事简括，都为议论铺垫，议论之中感情自现。"若九牛亡一毛，与蝼蚁何以异"，抒发了对社会不公的愤慨；"仆虽怯懦欲苟活，亦颇识去就之分矣，何至自沉溺缧绁之辱哉”，悲切郁闷，溢于言表；“肠一日而九回，居则忽忽若有所亡，出则不知其所往。每念斯耻，汗未尝不发背沾衣也”，如泣如诉，悲痛欲绝……富于抒情性的语言，将作者内心久积的痛苦与怨愤表现得淋漓尽致，如火山爆发，如江涛滚滚。

大量的铺排，增强了感情抒发的磅礴气势。如叙述腐刑的极辱，从“太上不辱先”以下，十个排比句，竟连用了八个“其次”，层层深入，一气贯下，最后逼出“最下腐刑极矣”。这类语句，有如一道道闸门，将司马迁心中深沉的悲愤越蓄越高，越蓄越急，最后喷涌而出，一泻千里，如排山倒海，撼天动地。

在《报任安书》中，司马迁通过富有特色的语言，真切地表达了激扬喷薄的愤激感情，表现出峻洁的人品和伟大的精神，可谓字字血泪，声声衷肠，气贯长虹，催人泪下。前人的评价，“感慨啸歌有燕赵烈士之风，忧愁幽思则又直与《离骚》对垒”，实在精辟。

## 5. 关于任安

任安，字少卿，西汉荥阳（今属河南郑州北）人。任安与司马迁是挚友。年轻时比较贫困，靠帮人推车来到长安。他认为武功县是右扶风西边的小县，没有豪强，容易出人头地，就留在那儿。起初替人做亭长下属的求盗、亭父。后来做了亭长，口碑很好，老少都认为他办事公平、记性超强。被任命为乡三老，又被举荐为亲民的官吏，出任三百石级别的县长。因为皇上巡幸出游陈设帷帐等用具没有办周全，被皇帝斥责罢免。后来任安做了大将军卫青的舍人，和田仁相会，二人同为卫青家臣，且身世相同，都是穷苦人家出身，志向远大，因而结为挚友。他俩没有钱财孝敬卫青的管家，管家就派他二人去饲养咬人的烈马。后来卫青带他二人去拜见平阳公主，公主的管家让他俩和奴婢坐在一起同席吃饭，他俩拔出刀子割断席子，和奴婢们分开来坐。公主的家人都很惊诧并讨厌他俩，却没有人敢呵斥一声。

后来适逢为人贤能的少府赵禹到大将军卫青府上招募郎官，卫青举荐了一百多人，赵禹一一拷问，只看重田仁和任安二人。并说：“只有这二人可以，其余没有可用之人。”赵禹走后，卫青看到他二人衣衫褴褛，很不高兴，叫他俩自备鞍马和新衣服。两人回答，家里贫穷，买不起那些东西。卫青发怒说：“你们就是因为贫穷才出来找工作，现在有了工作，怎么还愤愤不平？好像你俩对我有恩有德似的。”因为他俩是赵禹看中的人选，卫青只得造册上报皇上。武帝召见时，询问他俩的才能智谋，并让他俩相互品评高下。田仁说：“论敲击战鼓，鼓舞部属拼死战斗，我比不上任安。”任安说：“决断嫌疑，评判是非，鉴别、管理官吏，让百姓没有怨气，我不如田仁。”武帝大笑说：“好！”武帝让任安留京做了郎官，派田仁到黄河边上监护边塞的屯田谷物。当时河南太守是丞相石庆的亲属，河内太守是御史大夫杜周的子孙，三河太守几乎都是在朝显贵和三公的亲属，田仁依律把三河太守全部交给司法官判处死刑。田仁因办事干练，不畏权势，被汉武帝提拔为丞相长史，威震全国。任安先后历任郎官、太子少傅兼任宗正、益州刺史，北军监军。

征和二年（公元前91年）朝中发生巫蛊之祸，江充乘机诬陷戾太子（刘据），戾太子发兵诛杀江充等，与丞相刘屈氂军大战于长安。太子听从少傅石德的计策，派人诈称武帝使者，捕杀江充等人。武帝大怒，下令丞相率兵平叛。太子来到北军军营南门之外，站在车上，将护北军使者任安召出，颁与符节，命令任安发兵。但任安拜受符节后，却返回营中，闭门不出。太子带人离去，将长安四市的市民约数万人强行武装起来，到长乐宫西门外，正遇到丞相刘屈氂率领的军队，与丞相的军队激战五日，死者数万人。长安城有流言说太子谋反，所以人们不敢依附太子，而丞相一边的兵力却不断加强，最终，太子势孤力弱而兵败，唯有逃离长安。

当时田仁为丞相司直，主管城门把守，任安为北军监军护军，掌管禁卫军北军的调动指挥。戾太子兵败出逃时，田仁认为太子是皇上的骨肉至亲，不想卷进武帝父子之间的纷争，故意离开城门，将太子放走，守门官田仁放太子逃出长安，丞相刘屈氂要杀田仁，御史大夫暴胜之对丞相说：“司直为朝廷二千石大员，理应先行奏请，怎能擅自斩杀呢！”于是丞相将田仁释放。汉武帝听说后大发雷霆，将暴胜之逮捕治罪，责问他道："司直放走谋反的人，丞相杀他，是执行国家的法律，你为什么要擅加阻止？"暴胜之惶恐不安，自杀而死。武帝诏遣宗正刘长乐、执金吾刘敢奉策收皇后玺绶，皇后卫子夫选择了自杀。

戾太子事件平定后，武帝认为，任安是个圆滑世故的官吏，看到太子发兵谋反的事件出现，想坐观成败，看谁取胜就归附谁，对朝廷怀有二心，因此将任安与田仁一同腰斩。任安生前曾写信给司马迁，希望他"尽推贤进士之义"。直到任安获罪入狱临刑前，司马迁才写了一封著名的回信《报任安书》（又称《报任少卿书》）。

征和三年（公元前 90 年），此一冤案真相渐明，武帝感悟，下令诛杀江充家族；腰斩刘屈氂，其妻枭首。

# 消逝了的麦田守望者

## ——读塞林格《麦田里的守望者》

2009年最后的日子，塞林格走了。得到这个消息，我先是震惊，继而陷入深深的沉思。

对我来说，阅读是一件美好的事情。阅读所带来的兴奋和愉悦会占据我的全部身心，令我心旷神怡。塞林格的作品之于我，更是如此。一本《麦田里的守望者》，曾经陪伴着我度过了那段懵懂岁月。在我高考结束以后的那段时间，塞林格是我最痴迷的作家之一。后来，我把能寻觅到的他的所有作品都读了，包括他的短篇小说集《九故事》，中篇小说集《法兰妮与卓依》《抬高房梁，木匠们》《西摩：小传》，我至今无法解释我对塞林格的这一份钟爱，他能够直接渗入我的内心深处，也许是那种青春启迪和自由舒畅的语感深深地感染了我的缘故吧。

《麦田里的守望者》是塞林格唯一的一部长篇，虽然只有十几万字，却在美国社会上和文学界产生过巨大影响。1951年，这部小说一问世，立即引起轰动。主人公的经历和思想在青少年中引起强烈共鸣，受到读者，特别是大中学生的热烈追捧，纷纷模仿主人公霍尔顿的装束打扮，讲“霍尔顿式”的语言，因为这部小说道出了他们的心声，反映了他们的理想、苦闷和愿望。许多人认为它揭露了丑恶的现实，能使青少年增加对生活的认识，选择一条自爱的道路；也有人认为这是一本坏书，主人公读书不用功，还抽烟、酗酒、搞女人，满口粗活，张口就“他妈的”，因此提出应当被禁。“吹尽黄沙始到金”，经过30多年的验证，如今大多数中学和高等学校都把它列为课外读物，说明它是一本好书。

《麦田里的守望者》之所以能产生如此重大的影响，一个很重要的原因在于作者创造了一种新颖的艺术风格。作者以细腻深刻的笔法剖析了主人公的复杂心理，不仅抓住了他的理想与现实冲突这一心理加以分析，而且也紧紧抓住了青少年青春期的心理特点来表现主人公的善良纯真和荒诞放纵。小说中既用了“生活流”，也用了“意识流”，在语言的运用上，平铺直叙、不避琐碎、不讳隐私，使用了大量的口语和俚语，生动活泼，平易近人，达到了如闻其声、如见其人的效果，增加了作品的感染力，更能激起读者共鸣。

毋庸置疑，如今改革开放与市场经济的发展，一方面促进了物质和精神文明的全面进步，但另一方面，唯利是图、拜金主义、享乐主义等不良思想侵蚀着已然成为青少年乃至主流社会的价值取向。青少年健康成长的环境堪忧，成人世界的虚假与丑恶不断腐蚀着青少年的纯洁心灵。

诚然，儿童成长的麦田其实都应是纯洁的，都需要霍尔顿似的人来守望。但是塞林格已走，麦田里谁来继续守望？正如《麦田》的中文译者孙仲旭所说，《麦田》是一个奇迹，而塞林格只有一个。如今塞林格走了，还有谁能为后来人们守望他们心中的麦田？

# 近读札记

近一段时间，所读甚多。

## 1

《东莱博议》，这是一本对“春秋三传”有独到见解的著作，也成为后学学写论文的范本。

南宋吕祖谦，字伯恭，号东莱堂，曾任著作郎兼国史馆编修，著有《东莱左氏博议》，亦名《东莱博议》，凡 25 卷。以《左传》所载史实为题，发挥其政治、哲学、伦理之观点，文字淳朴精当，议论奇兀，常出人意表，深受当时及后世读者喜爱，因曾作为丽泽书院学生习作时的范文而广为流传。

该书文体是就论题大发一番议论之后，到末段点题，然后全篇也就结束。著作论述广泛，其中特别提到了“善未易明，理未易察”。这说明“善”是不容易明白的，“理”也是不容易弄清楚的。既然道理不能一下子探究清楚，那么如同一般的试验一样，出现错误便是无法完全避免的。

## 2

《夜雨秋灯录》，作者清代宣鼎（1832 年—1880 年），字瘦梅，安徽天长县人。工书画，以小说知名于世。

《夜雨秋灯录》共 8 卷 115 篇，是晚清笔记小说中的知名之作，前人评它“书奇事则可愕可惊，志畸行则如泣如诉，论民故则若嘲若讽，摹艳情则不即不离”。

《夜雨秋灯录》所述，多是神奇怪诞、扑朔迷离的故事，通过这些故事，作者反映社会现实，描摹人情世态，抒发人生感慨，传布劝善之道。展卷则佳境处处，目不暇接；掩卷则余音袅袅，神犹在兹。

光绪六年（1880年），又出《夜雨秋灯续录》，仍为8卷115篇。反映了普通老百姓的命运和清末动荡不安的社会状态。其中，有的抨击了封建礼教和婚姻制度，有的揭露黑暗吏治，讽刺时弊；有的歌颂豪侠。成就最高的是以男女爱情为题材的作品，包括《麻疯女邱丽玉》《邬生艳遇》《雪里红》等脍炙人口的名篇。宣鼎的《夜雨秋灯录》《夜雨秋灯续录》情节曲折，文笔丽而不绮。作者还每每于篇末赞语中，发出惊世骇俗之说，令人深思。

鲁迅先生在《中国小说史略》中说："《夜雨秋灯录》十六卷（光绪二十一年序），其笔致又纯为《聊斋》者流，一时传布颇广远。然所记载，则已狐鬼渐稀，而烟花粉黛之事盛。"对《夜雨秋灯录》作了客观评价。

## 3

《西青散记》作者史震林，字公度，号梧冈，别署瓠冈居士、华阳外史等。江苏金坛人。乾隆进士，官至淮安教谕。能诗文。著有《西青散记》《华阳散稿》等。

《西青散记》以其游学生活为主要表现内容，结构独特，人物鲜明，语言清雅，具有一定的审美价值，其中人物的真实性问题引起了历代学者的争议，值得研究。

史震林自幼聪慧，学习勤奋刻苦，不仅学问道德、诗词文章在乃父之上，且又精于书法绘画，善交文友，所以，在青年时代已是当地颇有名气的才子。可是，史震林的仕途却不太顺利，几番乡试，屡屡落第。史震林30岁那年，父亲去世后，他就把风烛残年的老母和刚出世的长子交给妻子宗鹤娘照顾，开始了长达10年的漫游生活。史震林曾向朋友表达自己的"人生大愿"："载异书，携美人，登名山，遍采歌咏以为一代风雅。"

史震林在他的写实笔记中，以贺双卿（同村周家刚娶的媳妇，一位貌美才高、德贞的女子）所吟诗词为主线，串连了一个精彩动人的故事，真实记录了贺双卿这位绝代佳人的才、色、情、德以及她凄惨的命运，从而使这位清代杰出女词人的生平事迹和诗词佳作长留人间。现代文学家郁达夫在其长兄郁曼陀的推荐下，读了《西青散记》，曾写下诗曰：“逸老梧冈大有情，一枝斑管泪纵横。《西青散记》闲来读，独替双卿抱不平。”并打算以贺双卿为题材，写小说《双卿记》，但终未写成。

雍正十三年（1735年）七月，史震林终于考中举人，这年他已44岁。乾隆二年（1737年）五月，京师会试，史震林与同邑于敏中、于文骏、冯秉彝三人同科高中进士榜。但是，这一喜讯对史震林来说，并没有实质性地改变他的生活地位。当时，官场已是僧多粥少，皇上只授予他广东高要知县。没过几年，史震林就以母亲年老需要侍奉为由，辞官回乡。至乾隆十二年（1747年），才改任淮安府学教授。由于他治学严谨、笃身励行、清贫廉洁，为诸生楷模，深得学子的尊敬和爱戴。

史震林品性清高、不愿随波逐流，乾隆二十年（1755年）就辞官回乡养老。告归后，他寓意林泉，娱心翰墨，丹青尤长树、石、兰、竹，以清秀为宗，不落前人窠臼。他书法亦精，中年之后临《曹全碑》，并参以自己的体会。据袁枚《随园诗话》记载：史震林不仅散文写得好，诗词亦颇有新意。所以史震林可谓诗词字画，无不超妙，人称“四绝”。他的文学著作除《西青散记》外，还有《华阳散稿》《游仙诗草》等，在清代文学史上有着一定地位。晚清时期，江苏长洲（今吴县）人王韬将史震林的几部文稿校订合编为《西青文略附》，并亲自题跋出版。这位王韬乃是中国近代史上赫赫有名的人物，他是早期维新派的代表、中国近代报刊的开拓者、《循环日报》的主编，也曾办过书局，《西青文略附》应该是他在书局工作时所出。

## 4

《陶庵梦忆》（共8卷）为明朝散文家张岱所著，也是张岱传世作品中最著名的一部。

张岱（1597年—1679年），字宗子，又字石公，号陶庵、蝶庵，山阴（今浙江绍兴市）人。他是仕宦世家子弟，前半生过着封建士大夫的风流浪漫生活，如他在自作《墓志铭》中说：“少为纨绔子弟，极爱繁华，好精舍，好美婢，好娈童，好鲜衣，好美食，好骏马，好华灯，好烟火，好梨园，好鼓吹，好古董，好花鸟，兼以茶淫橘虐，书蠹诗魔，劳碌半生，皆成梦幻。”这一切，他在晚年回忆往事的时候，还悔恨有加，自谴不已。他有较浓厚的佛家思想，但并非佛教的虔诚信徒；他生于诗书礼仪之家，思想却自由散漫。但他却有强烈的民族意识，清兵南下后，他深感国破家亡的沉痛和悲愤，“披发入山”，表示对清统治者的不满与抗议，尽管布衣素食，甚至到了“断炊”地步，也不后悔。抚今追昔，颇有“五十年来，总成一梦”之感。于是他以追忆的方式，记叙早年的见闻，写成《陶庵梦忆》《西湖梦寻》以及记录明代史事的《石匮书》，以寄托故国之思。

《陶庵梦忆》成书于甲申明亡（1644 年）之后，直至乾隆四十年（1775 年）才初版行世。其中所记大多是作者亲身经历过的杂事，将种种世相展现在人们面前，如茶楼酒肆、说书演戏、斗鸡养鸟、放灯迎神以及山水风景、工艺书画，等等，构成了明代社会生活的一幅风俗画卷，尤其可以说是江浙一带一幅绝妙的“清明上河图”。其中虽有贵族子弟的闲情逸致、浪漫生活，但更多的是社会生活和风俗人情的反映。

## 5

《西湖梦寻》是一部风格清新的小品散文，作者张岱。全书共 5 卷，通过追记往日西湖之胜，以寄亡明遗老故国哀思。

该书虽有袭用明田汝成《西湖游览志》旧文处，但作者在记录西湖胜景上自具慧眼，远远超过了《西湖游览志》，对杭州一带重要的山水景色、佛教寺院、先贤祭祠等进行了全方位的描述，按照总记、北路、西路、中路、南路、外景的空间顺序依次写来，把杭州的古与今展现在读者面前。

尤为重要的是，作者在每则记事之后选录先贤时人的诗文若干首（篇），更使山水增辉。这些诗文集中起来，就是一部西湖诗文选。

## 6

《夜航船》是张岱编撰的一部包罗万象的百科类书，成书后只有极少数抄本流传，许多读者都从《琅環文集》中读到非常精彩的《夜航船》序，却无从寻觅《夜航船》原书。直到 1987 年浙江古籍出版社推出了由刘耀林据宁波天一阁藏抄本整理、校注的《夜航船》，张岱这部著作才得以广泛流传，深受读者的欢迎，此时距它的成书已经 300 多年了。

# 困惑人生

钱穆所著的《人生十论》，读之犹如聆听先生的讲话，语气柔和平淡，循循善诱，将古今中外的典籍娓娓道来。

在《如何解脱人生之痛苦》里，先生一针见血指出："今试问人生何以有苦痛？殆缘人生本属有限。举其大者，人生有两大限：一为人我之限，一为生死之限。人生一切苦痛，则全从此两大限生。"接下来，先生对痛苦的起源、表现与解脱进行鞭辟入里的解析，让我们对生与死、痛与乐，乃至人生的意义有了更深的理解和感悟。我们可以看到，先生每每提出一个论题，他都会紧紧围绕中心旁征博引，从历史、宗教、中西方文化的角度作阐释，并且不轻易下结论，而是把结论留给读者去思索。

如今不少人工作浮躁，急功近利。表现在看书、学习注意力不集中，对外界事物的兴趣忽高忽低，设定的工作目标或高不可攀，或放弃追求，对下属或要求过分，或听之任之，对亲友不耐烦，对团队尤其是对上级经常抱怨牢骚，对待批评建议经常没有耐性，甚至反应过分激烈，老虎屁股摸不得，经常比过去、讲排场、慕虚荣，对自己过去的同学朋友羞于提起现在的职位或收入，内心经常将自己与认识不认识的佼佼者做不切实际的比较，比较之后往往更加自惭形秽、自怨自艾、自我放逐，严重者陷入重度抑郁症。

这些人生活没情趣、工作无效率，经常是心里着急行动却无力无效，就像人们梦中经常遇到的紧急情况：想跑迈不开腿，想动动不了，想说张不开嘴，人际关系不是冷漠就是紧张。但有很大一部分人在社会中挣扎着，抗争不过，就此消极麻木、一副万事皆休的架式。

原因何在？孔子曰："吾十有五而志于学，三十而立，四十而不惑，五十而知天命，六十而耳顺，七十而从心所欲，不逾矩。"就是他 15 岁开始做学问，30 岁立志（周游列国，布道受业），40 岁左右时学问习精，不再受外界诱惑而偏离方向。无论是学问不惑还是人生方向不惑，都不是现代意义上的“立业”层面。大家知道，所谓人生三立——立德、立功、立言。对于孔子来讲，立德算在 40 多岁后周游列国，50 多岁弟子 3000，贤人 72；立功是孔子在 68 岁归鲁被尊以“国老”之后；而立言呢，孔子在晚年修订六经，真正的立言不朽之作《论语》是在他去世后弟子们整理的。可见孔子的“立业”是很晚的。

一个人的一生，今天有今天的烦恼，明天又有明天的困惑。无论是贫贱或富贵，在内心深处都存在着想要超越世间物理束缚的内因，解脱客尘烦恼、放下一切心中的妄想负担。我想说的是，人们的梦想追求固然可以理解也值得尊重，但过于急于求成的心理是不切实际的、有害的。应当把梦想藏在心底，保持知足长乐、知天乐命又积极进取，相信付出总有回报。

# 鹅湖之会与鹅湖书院

书院是中国封建社会特有的教育机构，对我国封建社会后期学术文化的发展，人才的培养，曾起过巨大的推动作用。特别是宋、明时期盛行的“讲会”制度，成为书院讲学的重要方式，促进了我国学术文化的发展。鹅湖之会在我国哲学史、教育史、文学史上不仅是一件具有重要意义的历史事件，而且它所倡导的“探性理之要，询治道之源”的教育思想，成为中国教育发展史上一颗璀璨的明珠。

鹅湖之会发生在鹅湖寺。鹅湖寺在信州（今江西上饶）铅山县东北鹅湖山麓。铅山居江右上流，喉襟八闽，控带两浙。周围40余里，诸峰连绵，若狮、象、犀、猊，顶峰三峰揭秀，山中有瀑布山泉，山上有湖，多生莲荷。《钟灵讲院记》记载:“朱子趋朝，必由信州取道。故玉山之讲，鹅湖之会，道脉攸系，迹在此邦。”说的是朱熹归婺源祭扫祖坟，亦需由此通过，再乘船或陆行。

鹅湖寺因鹅湖山而得名。东晋时有龚姓者独居山间以湖养鹅，“其双鹅育子数百，羽翮成而去”，故称鹅湖。唐大历年间有大义禅师营建寺院于峰顶，朝廷以山名赐院，此时据说双鹅复回，而后复建院于山麓官道旁，禅师宗密尚居于此。五代时智孚禅师尝建塔寺旁，一座是峰顶寺，一座是山麓寺，后者于宋真宗年间先后赐名慈济、仁寿，俗称仍为鹅湖寺。宋庆历年间仁寿寺又大兴土木，曾巩、王琪各有《佛殿记》一篇记其事。可知其费资巨万，像金涂丹，富丽堂皇，香火极盛，作为游览之地诚然不错，而展开学术讨论则难免嘈杂。所以，朱熹鹅湖会后于次年致书吕祖谦时说：“但须得深僻去处”相会，“去岁鹅湖之集，今思之已非善地矣”。

南宋孝宗淳熙年间，鹅湖寺发生了震动学术界、影响数百年的两次鹅湖之会。

鹅湖之会发生在淳熙二年（1175年），集会的主要人物为朱熹、陆九渊、吕祖谦。全祖望在《同谷三先生书院记》中说："宋乾、淳以后，学派分而为三。朱学也，吕学也，陆学也，三家同时，兼补甚合。朱学以格物致知，陆学以明心，吕学则兼取其长，而复以中原文献之统润色之。"

吕祖谦与陆九渊有场屋之知，乾道八年（1172年）登进士第实为吕祖谦所拔识。吕、朱则早相友善。朱、陆虽不相识，却早有结交之意。乾道九年（1173年）吕祖谦致书朱熹时就谈到抚州人陆九龄与弟九渊有问道四方之意。朱熹回信时亦认为陆氏兄弟闻其名甚久，恨未识之。

淳熙二年（1175年），吕祖谦访朱熹于寒泉精舍，相与读周敦颐、张载、二程之书采六百余条编《近思录》。五月，吕祖谦见朱、陆平日操论有所不同，盼能有所折中，故借机遣人致信陆氏兄弟会于鹅湖寺。一方面是朱熹送吕祖谦北行越分水关抵鹅湖，另一方面是陆氏兄弟由金溪东行。于是，朱、吕、二陆相聚鹅湖，与会者尚有多人。《象山年谱》称："吕伯恭约先生与季兄复斋会朱元晦诸公于信之鹅湖寺。"又引朱亨道言："临川赵守景明邀刘子澄、赵景昭。"《吕程公年谱》则云："陆子静、陆子寿、刘子澄及浙江诸友皆会。"朱熹在《曹立之墓表》中也说："淳熙乙未岁，予送吕伯恭至信之鹅湖，而江西陆子寿及弟子静与刘子澄诸人皆来，相与讲其所闻，甚乐。"吕祖谦在《鉴行邦国书》中则云："复同出鹅湖，而陆及子澄诸兄皆集。"根据不同的记载，参与鹅湖之会的除朱熹、吕祖谦、陆氏兄弟四人之外，尚有刘子澄、赵景明、赵景昭、詹仪之、朱桴、朱泰卿、邹斌功等十多人。

鹅湖之会涉及问题很多，核心的问题是"论及教人"。《象山年谱》引朱泰卿的回忆："鹅湖之会，论及教人，元晦之意，欲令人泛观博览而后归之约。二陆之意，欲先发明人之本心而后使之博览。朱以陆之教人太简，陆以朱之教人为支离。此颇不合。先生更欲与元晦辩，以为尧舜之前何书可读？复斋止之。"赵、刘诸公恭听而已，鹅湖之会数日之间，虽然几经商榷，但各持己见，不合而罢。

对于鹅湖的这场争论，朱熹始终不能忘怀。这年底，他在《鉴张敬天》中说到："子寿兄弟气象甚好。其病却在尽费讲学而专务践履，却于践履之中要人提撕省察，悟得本心，此为病之大者。"

陆氏兄弟主张：先存心而以易简自高。朱熹则主张：先致知而后存心。这就是朱、陆道问学与尊德性的"门户之见"。

这种门户之见，是涉及朱、陆两家理学和心学的根本分歧。自北宋起，儒学就存在上面两种倾向，只不过一直处于不自觉的状态。程颐倾向于道问学，性即理说，程颢就倾向于尊德性，心即理论。然而他们兄弟二人谁也没有觉察出彼此之间的差异。直至鹅湖之会，这两种倾向才各自形成自己的壁垒，成为两大流派。这种自觉公开的分歧和门户之见的形成，恰好说明这是我国学术思维水平的一种飞跃，对教育史、哲学史来说，意义重大。

# 梁启超与谭嗣同

梁启超的《清代学术概论》，是我国第一部系统总结清代学术思想史的著作。全书涉及哲学、经学、史学、考古学、地理学、金石学、文献学、佛学、美术、诗歌、历法、数学、水利等学术领域，而贯之以时代思潮兴盛转承的主线，可谓气势磅礴，思路明晰，有如一气呵成，被后世研究者称为“近代学术史上的一件珍品”。

翻开《清代学术概论》，梁启超在开篇即言：“凡文化发展之国，其国民于一时期中，因环境之变迁，与夫心理之感召，不期而思想之进路，同趋于一方向，于是相与呼应汹涌，如潮然。始焉其势甚微，几莫之觉；浸假而涨——涨——涨，而达于满度；过时焉则落，以渐至于衰熄。凡‘思’非皆能成‘潮’，能成‘潮’者，则其‘思’必有相当之价值，而又适合于其时代之要求者也。凡‘时代’非皆有‘思潮’；有思潮之时代，必文化昂进之时代也。”

梁启超认为只有从时代思潮入手，才能真正把握住一时代学术思想的本质内容、流变规律和真实价值。这样一种崭新的学术史研究视野，使《清代学术概论》超越了以往的学术史著述，令人耳目一新。

谈到梁启超，自然就想起了谭嗣同。梁启超和谭嗣同是戊戌变法中的两位先驱。其中，梁是变法的主要发起者和领导人，并在变法失败后坚持和自己的维新式君主立宪制观点；谭则是变法的主要思想者和组织者，在变法失败后作为六君子之首英勇就义，唤起了人们爱国的热潮，点燃了日后革命的火种。无庸置疑，他们都为变法立下了汗马功劳。但是，他们两个人，结局却截然不同的。

公元 1898 年 8 月 28 日，北京宣武门菜市口那惊人的一幕，至今在人们心头留下了不灭的痕迹。刽子手刀落之后，六位戊戌志士人头落地，这里面就有谭嗣同。那么人们就会问：为什么被杀的没有梁启超呢？梁启超与谭嗣同为什么同呼变法，却走上了不同的道路呢？

在西太后决定发动政变之前，康、梁、谭等变法领导人都已从光绪的衣带密诏和民众的流言中得知了机密消息。光绪密劝他们“三日之内出逃”。康、梁雷厉风行，迅速逃往日本，准备往后卷土重来。谭嗣同在他们走时说：“不有行者，无以图将来；不有留者，无以酬圣主。”于是作为“留者”，他毅然留了下来。他坚决地说：“各国变法，无不从流血而成，今日中国未闻有因变法而流血者，此国之所以不昌也。有之，请自嗣同始。”

谭嗣同、梁启超曾经与康有为等人一起倡导变法，失败后，慈禧太后决意把这些人格杀勿论。而当时梁启超也曾规劝谭嗣同一起出逃，却被谭嗣同谢绝了。为了表示他的决心，他写下了《狱中题壁》：

望门投止思张俭，
忍死须臾待杜根。
我自横刀向天笑，
去留肝胆两昆仑。

即使在就义前，他还在对围观者高呼：“有心杀贼，无力回天。死得其所，快哉快哉！”

应当说，一个人为理想而生，是对这种理想的最好诠释；一个人为理想而死，是对这种理想的最好宣传。梁启超为理想而生，“留得青山在，不怕没柴烧”，不失为一种正当的选择。谭嗣同大义赴死，留给当世后世的是一身傲骨，也不失为一种正义的选择。

说到这里，让我们想起了许多古今中外的志士仁人，不也是把“死”来作为他们生命中最成功最壮烈的华章吗？的确，人除了有智慧以外，确实还需要有一股浩然正气。应当说，两种境界，各有各的选择，各有各的道理。去者和留下的都是光明磊落、肝胆相照，像昆仑山一样巍峨高大。

# 生怕情多累美人

大学刚刚毕业的时候，得到一本郁达夫的《沉沦》。这是一本被誉为“中国现代文学史上第一篇成功的中篇小说”。小说独特的自传体风格，很容易使人从他的作品中找到自己的影子。这是我对郁达夫先生最初的了解。

渐渐地，我开始关注有关郁达夫的所有介绍，才对这样一位特立独行的作家兼革命家有了较为深入的了解。出身于浙江富阳的郁达夫（1895 年—1945 年），自幼聪颖，曾留学日本，从研究经济学转而走上文学创作的道路。除小说《沉沦》外，他的散文、旧体诗词、文艺评论和杂文政论也都自成一家，而且不同凡响。

年轻的郁达夫，在文学创作的同时，积极参加各种反帝抗日组织，先后在上海、武汉、福州等地从事抗日救国宣传活动。1938 年底，郁达夫应邀赴新加坡办报并从事宣传抗日救亡活动，星洲沦陷后流亡至苏门答腊，因精通日语被迫做过日军翻译，其间利用职务之便暗中救助、保护了大量文化界流亡难友、爱国侨领和当地居民。1945 年 8 月 29 日，被日本宪兵残酷杀害，终年 49 岁。1952 年经中央人民政府批准，追认为革命烈士。夏衍曾说：“达夫是一个伟大的爱国者，爱国是他毕生的精神支柱。”

郁达夫是一个多情的才子，生活放荡不羁，在日本的时候就是个嫖客，回国从母命娶孙荃为妻，婚后不断爆出婚外恋，其中轰动一时的共有 3 次：一是在安庆时与妓女海棠的荒唐恋情，二是在北京与银娣的交往，三是 30 多岁时抛妻离子，追逐 19 岁的杭州名花王映霞。1927 年 1 月 28 日，郁达夫为了阻止王映霞嫁为人妇，给王写了一封情书，信中说：“我也不愿意打散这件喜事。可是王女士，人生只有一次的婚姻，结婚与情爱，有微妙的关系，但你须想想当你结婚年余之后，就不得不日日作家庭的主妇，或拖了小孩，袒胸哺乳等情形，我想你必能决定你现在所考虑的路。”

为了说服王映霞，郁达夫还极尽劝服的能事：“你情愿做一个家庭的奴隶吗？你还是情愿做一个自由的女王？你的生活尽可以独立，你的自由，绝不应该就这样的轻轻抛弃…… ”王映霞终于为郁达夫的一片痴情所感动，于1928年2月与郁达夫在西子湖畔大旅社举行婚礼，据说两人的婚事还轰动杭州全城。当时柳亚子并赠诗郁达夫，其中“富春江上神仙侣”一句传诵一时。

李伯清说，老婆不能太漂亮。此话有道理，郁达夫的漂亮老婆格外吸引人，军统头子戴笠就是郁达夫的情敌，戴笠与王映霞关系暧昧，情敌势大，郁达夫不得不易地发展。然而最后还是出事了，1936年，郁达夫南下福州做官，曾风闻自己的好友许绍棣“新借得一夫人”，却也并没有成为心事，直到传来具体消息后，才一再发信请王映霞来闽，却了无音信。于是，郁达夫作有《贺新郎》：

忧患余生矣！纵齐倾钱塘湖水，奇羞难洗。欲返江东无面目，曳尾涂中当死。耻说与，衡门墙茨。亲见桑中遗芍药，学青盲，假作痴聋耳。姑忍辱，毋多事。

匈奴未灭家何恃？且由他，莺莺燕燕，私欢弥子。留取吴钩拼大敌，宝剑岂能轻试？歼小丑，自然容易。别有戴天仇恨在，国倘亡，妻妾宁非妓？先逐寇，再驱雉。

王映霞走后，郁达夫非常懊悔，他曾在一首诗中写道：

大堤杨柳记依依，此去离多会自稀；
秋雨茂陵人独宿，凯风棘野雉双飞。
纵无七子为衷社，尚有三春各恋晖；
愁听灯前儿辈语，阿娘真个几时归。

郁达夫也曾希望以母子之情去打动王映霞，妄想她回心转意，重回他的怀抱，但是有多少爱可以重来呢？后来郁达夫在新加坡与广播电台工作的李筱英同居。稍后，战火迫近新加坡。郁达夫辗转逃到印尼，娶了华侨少女何丽有为妻。而王映霞回到重庆，在昔日相好戴笠帮助下出入高层，最终与钟贤道结婚。

多情的郁达夫还写下一首著名的《钓台题壁》：

不是樽前爱惜身，佯狂难免假成真，
曾因酒醉鞭名马，生怕情多累美人。
劫数东南天作孽，鸡鸣风雨海扬尘，
悲歌痛哭终何补，义士纷纷说帝秦。

# 世道人心

读海德格尔《人诗意地栖居》，内心在揣度，诗意地栖居，应该是一种什么样的生存状态呢？

仰望星空，凝视明月，泛波五湖，踏遍青山，这就是一种诗意。人与自然相亲，不必一定要居于宁静的山野，优雅的园林，只要有一颗热爱大自然的心灵，就可以诗意栖居于这个大地上。

栖居，当然也不是仅指居住，它的内涵就是生活。欣赏大自然就是生活的重要部分。背上行囊，越数重山，趟千条河，行万里路，溪泉处自有水声，树荫里自有鸟鸣，水穷处更有几片云起……

“九月里打雷，十月里雾，老父少子不相顾。”这是母亲经常说的一句话。的确，世道变了，人心也跟着变，变得父子不相顾，朋友不相惜，兄弟阋墙，邻里不睦，鸡飞狗叫，声名狼藉。

当今社会，竞争日愈激烈，功利和效用的趋向日愈加强，商业文化导向正在日愈加大刺激、撩拨人类本性中低层次的感官享乐和肤浅的虚荣追求，使得人们在物质的温饱以后，精神反而日愈失落，心灵反而日愈无家可归，内心日愈深陷苦恼、紧张、空虚和不安，甚至消极厌世，温饱以后如何关注精神和心灵的问题就变得十分的突出了。

有人说，人类对物欲的追求显然是无止境的，对此应当加以反省和节制。如果对人类追求物欲的满足不加以节制，任其无限发展，必将导致人类精神境界的堕落和人性的退化。最终人类将丧失了自己的本性而退化为动物，只不过比普通动物在获取衣食住行方面更有智慧和本领罢了。人类追求驾驭自然的手段和能力应当是无止境的，但这种追求绝对不属于追求物质享受，而是属于精神需求的一部分。这是一个很重要的区分。

小的时候，多么羡慕城里人，衣食无忧，出言吐语，似乎高人一等。

而我们在农村穷得实在太可怜了，城里人不屑地说："庄户人进城，手提洋瓶，四野麻林。"就是说庄户人进城，无非是打个酱油醋什么的，看看四周，什么都新鲜，眼花缭乱。其实不知道，城里人也不是什么都好，城里人也有城里人的难处和局限性。比方说吧，城里人吃的穿的用的，有很多就是农村提供的。城里人的孩子，父母上班以后，自己独个儿圈在家里，既孤单又无聊，不像乡里的孩子，村边就是山，山中就有水，遍地是庄稼，到处是花草，没有高楼林立，没有马路纵横，到处有活动的场地，到处有欢乐的笑声，鸡犬之声相闻，夜不闭户，道不拾遗。

我曾经想，宇宙之大，无奇不有，适者生存。城里人有城里的好处，乡村有乡村的快乐。古今中外，历朝历代，上上下下，尊贵卑贱，只不过，相安无事就可以了。用现在时髦一些的话讲究是和谐。只是，和谐往往是一种理想，人的发展，社会的走向，其实大体都是一样的。就如奔腾不息的河流，一会儿浩浩荡荡，一会儿平平静静，从这里穿过，从那里绕走，有许多直道，也有许多岔路，看你怎么选择。这选择，有时就像下赌注，真不知道是输是赢。

这些年里，看清了人情冷暖，饱尝了世态炎凉。常常想到那些"采菊东篱下，悠然见南山"的超然，想到了竹林七贤的放浪形骸，为什么他们要那样浪迹江湖，追逐山林，其实也是世道使然。是啊，山林里有真山真水的灵气，不见城里的矫饰虚荣，那些草木，那些鱼虫，往往引起故园情。因为那里没有势利，那里没有虚伪。

# 读《马丁·路德·金》

最近一段时间，我用差不多半个月的时间读完了美国作家南希·休柯尔的《马丁·路德·金》。

这部书的最大亮点在于向我们展示了马丁·路德·金的成长和发展过程。这位著名的美国民权运动领袖、1964年度诺贝尔和平奖获得者，先后组织了著名的蒙哥马利罢车运动、争取黑人工作机会和自由权的华盛顿游行，这是他人生的闪光点。想想看，没有这些大无畏的英雄气概，怎么来反对强权，怎么来抵制白人的歧视？

马丁·路德·金有一段话引起我的深思。他说："一个国家的繁荣，不取决于它的国库之殷实，不取决于它的城堡之坚固，也不取决于它的公共设施之华丽；而在于它的公民的文明素养，即在于人们所受的教育，人们的远见卓识和品格的高下。这才是真正的利害所在，真正的力量所在。"

1963年8月28日，20万美国人聚集于美国首都，为全体人民同享公正在林肯纪念堂和华盛顿纪念馆之间的林荫道上举行和平集会。在当天激动人心的演说中，马丁·路德·金《我有一个梦想》这篇演讲尤其扣人心弦。他用高昂雄辩的言语自觉地将宗教修辞与人们耳熟能详的爱国主义象征熔为一炉，表达了一种对理想世界的预言和振奋人心的观念。这篇演说词作为对民权运动目标的精辟阐述从此进入了美国语言和全民意识，成为了正义的呼声，唤起了更多热爱自由、热爱公正、热爱平等的人们为争取种族平等而奋起斗争的浪潮。

在39年短暂的一生中，马丁·路德·金为普天下的种族公正而奋斗，不仅限于美国。为了达到这个目标，他周游世界宣扬他提出的"友爱社区"的设想，号召根除种族主义这个世界性的邪恶。他强调："我们这个时代肩负着各种道德使命，我们面临的挑战之一即是以不可动摇的决心，努力在全世界扫除种族主义的最后残余。这种现象不仅仅存在于美国，其恶劣影响已超越国界的藩篱。”即使在他发表《我有一个梦想》演说的当天，在他以美国人民为特定对象发表讲话之时，马丁·路德·金也意识到当时的大游行及其传达的信息将对全世界产生影响。他说：“当电视把这次宏大集会的图像跨越国界和海洋传播到世界各地的时候，凡相信人类有能力自我改善的人都会得到某些启示，对人类的未来多增添一份信心。”

# 以史为鉴　以志为鉴

“治天下者以史为鉴，治郡国者以志为鉴”，这是我国历朝历代执政者崇尚的治国信条。自古以来，高明的政治家都把历史作为“求治之资”，历史也确实为他们的执政提供了重要参照。

## 1

关于“民惟邦本，本固邦宁”。这一思想最早见于《尚书》，后被历代统治阶级奉为圭臬。

用舟与水比喻统治者与被统治者关系的“载舟覆舟”说，虽然早在《孔子家语》《荀子》等典籍里就有记载，但真正使之入心入脑的，还是唐初君臣切磋治国之术的《贞观政要》。

贞观年间魏徵给李世民的论政奏折中引述，“荀卿子曰：‘君，舟也；民，水也。水以载舟，亦以覆舟。’孔子曰：‘鱼失水则死，水失鱼犹水也。’”李世民阅后茅塞顿开，悟出“天子者，有道则人推而为主，无道则人弃而不用”“为君之道必先存百姓”。由此可见，“民惟邦本”关键在民心向背。得民心者得天下，失民心者失天下。

清朝康熙年间，镇守古北口的总兵蔡元上书康熙帝，报告辖区内长城“倾塌甚多”，“请行修筑”。康熙帝批复：“秦筑长城以来，汉、唐、宋亦常修理，其时岂无边患？明末我太祖统大兵长驱直入，诸路瓦解，皆莫能当。可见守国之道，惟在修德安民。民心悦则邦本得，而边境自固，所谓‘众志成城’者是也。”

## 2

关于“居安思危，处治思乱”。这种忧患意识，对任何时代的执政者都是宵衣旰食、励精图治的警钟。

李世民即位之初，向魏徵垂询“治道”，魏徵回答：“自古失国之主，皆为居安忘危，处治忘乱，所以不能长久。”李世民对此深以为然。他不仅在执政期间“临深履薄”，而且在逝世前悉心撰写《帝范》，将“为君之道”传给太子李治。他回顾治天下如何“战战兢兢，若临深而驭朽，日慎一日，思善始而令终”。“临深而驭朽”，是形容执政好比用腐朽的绳索驾驭奔驰的马车颠簸在悬崖深涧边缘，稍有不慎，便会车毁人亡，有始无终。

明初，朱元璋也告诫当年追随他南征北战的将士们：“自古帝王，居安虑危，处治思乱。今天下初定，岂可通为以安而忘警戒！”

## 3

关于“自强不息，革故鼎新”。这一思想，源于《周易·乾封》说：“天行健，君子以自强不息。”《杂封》说：“革，去故也；鼎，取新也。”

“自强不息，革故鼎新”，这也是历代志士仁人的奋斗目标。为适应生产力发展的要求，变更或巩固一种社会制度，有时靠革命，有时靠改革，但更多的是靠改革。

在中国历史上，改革是层出不穷的。其中，有一种制度取代另一种制度的改革。如春秋战国时期各诸侯国由奴隶社会向封建社会转变的改革，以及后来历代少数民族政权由原始社会向奴隶社会或由奴隶社会向封建社会转变的改革。前者以秦国的商鞅变法为典型，后者以北魏孝文帝改革为典型。再就是封建社会末期由封建制度向资本主义制度转变的改革，以戊戌变法为代表。

另有一种是为巩固、完善一种社会制度的改革，如封建社会汉代的桑弘羊改制，宋代的王安石熙宁变法，明代的张居正改革等。这些改革无论成败，其得失都给后人留下了思索的空间。

## 4

关于崇俭戒奢，清正廉洁。此道历来为明君贤相、清官廉吏所执守，被奉为从政之本，为官之宝。

《汉书·文帝纪》：汉文帝“尝欲作露台，如匠计之，值百金。上曰：百金，中民十家之产，吾奉先帝宫室，常恐羞之，何以台为！”遂诏有司作罢。

明朝兵部侍郎于谦出任河南巡抚期间回京述职，随从提议带些土特产打点各方。于谦举袖笑曰：“吾惟有清风而已。”因以赋诗明志：“绢帕蘑菇与线香，本资民用反为殃。清风两袖朝天去，免得闾阎话短长。”

清朝顺治年间，叶方蔼官至吏部侍郎，掌管全国官吏的任免、考课、升降、调动，但从不以权谋私，死时“以板扉为卧榻，支以四瓮，布帐多补缀”，吊唁者无不为之动容。

《后汉书·杨震传》载，杨震调任荆州刺史，赴任途中路经昌邑，县令王密夜访，“怀金十斤”，声称“暮夜无知者”。杨震回答：“天知，神知，我知，子知。何谓无知？”王密无言以对，悄然退出。诸如此类，不胜枚举。

历代执政者的言行，尽管因时代和阶级的局限良莠互见，但“他山之石，可以攻玉”。当今各级领导干部如能用历史唯物主义加以筛选，披沙拣金，为我所用，就会襟怀无邪，志存高远，“深怀爱民之心，恪守为民之责，善谋富民之策，多办利民之事”，真正代表人民掌好权、用好权。

# 警钟长鸣

## ——读海明威《丧钟为谁而鸣》

今晚的月，皎洁而又圆润，静静的洒在窗前。我在捧读海明威的《丧钟为谁而鸣》，仿佛我已经融入这月光清辉中。“这永恒沉浸的宇宙令我的心灵战栗。”“在动物身上，我们看不见它们有半点倾向去为真理而寻求真理，为美丽而塑造美丽，为公义而推广公义，为圣洁而去敬奉那至圣者……”书中的文字与我脑海中的联想，一起交织，让我无限感慨。

《丧钟为谁而鸣》是海明威于1940创作的长篇小说，以美国人参加西班牙内战为题材，讲述的是美国青年罗伯特·乔丹在大学里教授西班牙语，对西班牙有深切感情。

在这部小说中，海明威发挥他独特的叙事艺术，以细致入微的动作描写、丰富多彩的对白，紧紧环绕着罗伯特·乔丹的行动，一气呵成地把这故事讲到底，同时插入了大段大段的内心独白及回忆，使这个主人公的形象非常丰满。比如，生与死的问题，爱情与职责的矛盾，道德伦理与严酷现实的矛盾交织在一起。所有这些问题，引起作者的沉思：是我们蜕变了，还是世界并不是我们原先想象的那样？世界上还有什么事情是比战争更坏的呢？这些问题含义深刻，表达了一种悲天悯人、推己及人的人生态度。王小波在《从Internet说起》一文中说：“海明威在《钟为谁鸣》（注：即《丧钟为谁而鸣》）说过这个意思：所有的人是一个整体，别人的不幸就是你的不幸。所以，不要问丧钟是为谁而鸣——它就是为你而鸣。”也就是说，整个人类是个命运共同体，别人的不幸就是你自己的不幸。

人类是动物的一部分，虽然号称高智商的动物，却摆脱不了动物好斗的本性，一般动物为食物而争，为领地而斗，虽然斗得残酷，然而斗得简单明了。人类的争斗可就不同了，人类坏就坏在智商高上，因为智商高，所以斗也斗得复杂，为金钱，为名利，为爱情，为地位，为领地，为七为八，为这为那，明里争暗里斗，角逐较量，甚至把智慧全部用上，把本钱全部押上，不决出个高低胜负誓不罢休。

好斗的潜意识让人类敏感乖觉，听人言心有所动，观人行疑神疑鬼，看在眼里，掂量在心上，揣摩提防，斟来酌去，思谋虑策，叫你寝食难安。久而久之，两败俱伤，乃至多败俱伤。因为付出太多，所以“为伊消得人憔悴”。个人是这样、群体也是这样。人一旦拥有各种财富之后，必然要死守自己的财富，于是这对于他的本身来说也是一种悲哀。并且这种悲哀比贫困更加悲哀。

《丧钟为谁而鸣》发人深省。我以为至少可以为我们提出以下警示：

首先，无穷无尽的欲望是产生悲哀的基本原因。人类无时无刻地想着自己想要的东西，为了获得更多更好的东西，于是就出现各种各样的竞争活动，而这些活动的出现必然导致你争我夺。于是，有快乐的，也有悲哀的，悲哀的一方就会痛定思痛，绝地反击，人类的悲哀就由此产生并可能循环往复。

其次，缺少忍耐节制是产生悲哀的根本原因。由于人类的生活环境，教育环境和遗传因素都不尽相同，因而造就人的个性也是完全不相同的，从而使人类的忍耐性也与其所生活的社会和自然环境的不同而不同。由于这一弱点，所以人类就会寸土必争，针锋相对。

第三，人类的贪婪是产生悲哀的自然原因。人类的贪婪性几乎在每个人的身上都可以找到痕迹。只不过是在有些人的身上表现明显些，而在另外的人身上表现模糊些而已，而就本质上来说是相同的。此外，人类的悲哀还表现在人类的竞争性和嫉妒心理之中。要竞争就会有胜利者和失败者，而失败者很明显比胜利者更加不幸，也更加不愉快，这种不快也许就是人类走向悲哀的主要原因。

# 孤独的守望

## ——梁鸿鹰《守望文学的天空》

守望，既是看守、期待，又是盼望、渴望。

守望，就是固守一份恬静的心情，寻找一片安宁的空间，把灵魂静静安放在一片以孤独为篱的精神家园。

生活中，我们可以守望一片天空、一座高山、一窗明月、一缕阳光；可以守望一树枝叶、一瓣桃花、一根嫩草，抑或一座小桥、一池碧波、一条小溪；可以守望旧时的朋友或是原来的自我，也可以守望平凡、成熟、淳朴甚至高尚。在守望中聚焦自己的情感和心灵，在守望中折射复杂的思虑和牵挂，在守望中再现人生的喜怒与哀乐。

生命需要守望者，就像森林需要护林人，灯塔需要守塔人。文学的天空，群星璀璨，熠熠生辉，同样需要忠实的守望者。

老同学鸿鹰的《守望文学的天空》，是一本“探究和守望文学”的文学评论集。多年来，他静静地伫立在文学的星空下，带着几分纯真，怀揣几分景仰，用心摩挲着大量的文学作品，用心关注着文学的动向，将自己的所思所悟，凝结成流云，编织成细雨，倾注在滚滚的文学洪流中。包括前言和后记在内的 3 辑近 60 篇文章，凝结着他儿时的天真与好奇、少年的想象与梦幻、青年的追求与憧憬、中年的思索与探求，体现出独立的个性和独立的人格，展示了严肃认真的责任意识和批评风格，闪烁着批评家睿智的思想光芒。

人类最原始的恐惧，来自于漫漫长夜。寒冷和黑暗把一切勇气与信心吞噬得尸骨无存，于是人类用火，用梦，用各种各样的东西安慰在黑暗中瑟瑟发抖的自己。然而总有一些英勇无畏的人，他们不甘在黑暗中闭上眼睛麻痹自己，他们选择在黑暗中守望星光。他们像稻草人守望麦田一样守望着自己的信仰，他们像向日葵一样守望并追随着生命的阳光，他们终于因为执着地守望而迎来了刺透黎明前黑暗的第一束晨光。鸿鹰大概就属于这样的人。

平素的鸿鹰，话语不多，却有独到的目光；没有宏旨高论，却有准确的判断与睿智的观点。我知道，文学让他投掷了大量的精力与想象。他领略着中国文学的浩渺烟波，他吮吸着文学的精神滋养，他折服着文学世界的宏大精妙，他品评着文学的动态与方向。为何如此这般地守望着文学的天空？鸿鹰自己回答："文学让我们想起生命的短暂，文学提醒我们宇宙的有限与无限，文学让我们想起在这个世界上，作为过客与羁旅者，我们是孤独的，文学也让我们想起自己是高贵的、聪慧的，因而也是无比幸运的。"的确，生命的意义永远应当是追求那些比生命更高，更远的东西，而不是看似忙碌实则肤浅地活着。

展读鸿鹰的这本书，也引发了我对文学天空的考量。现如今，中国有上百种文学刊物，诸多作家在从事纯文学创作，每年发表的长篇小说有上千部之多，可算是全世界的文学大国了……狄更斯说，这是最好的时代，也是最坏的时代。好的方面自不待言，单说不好的方面。当前中国文学作品多，精品少，表面上繁荣，骨子里空虚。大多数写手浮躁加急躁，只讲数量，不求质量，绝大多数作品实在难以恭维。在主流文学之外，还出现了非专业和民间化的写手；在传统文学之外，还出现了网络、博客、短信等新媒体文学。在文学的天空中，纷争不断，烽火连天，有时一个讨论不知不觉地变成了争议，争议又不可逆转地变成了口水战，常常使许多有意义的论战半途而终。事实上，创作愈是活跃，作品愈是繁杂，越是需要文学批评的跟进，听到文学批评的声音，但现实却是相反，文学批评在这些方面步子明显滞后，声音异常微弱。其实，正常的文学批评，不只针对创作发言，还可以针对出版经营者，通过批评影响文学出版和市场经营；还可以针对读者受众，通过批评以专门化的知识和理念引导读者。然而，目前这方面的工作严重欠缺，形单影只。另一方面，一篇优质的、健康的、有力的文学批评，总是建立在鉴赏阅读基础上的，是依靠精读细研文本为基础的，是直接面对作品文本这一公正的立场上说的。这样的文学批评才能理直气壮，才能明辨是非，才能无羁绊地深入到作品的内部探究和挖掘作品的价值和作用。然而，精读文本是一件需要投入大量时间和精力的艰苦工作，而且还需要有足够的耐心。在这方面，由于社会和市场的诱惑多多，许多批评者心浮气躁，浅尝辄止，很难潜下心来尽心竭力去研读大量作品，使得仅有的一些文学批评难以真正发挥应有的作用。而鸿鹰无疑是一个勇敢而睿智的守望者。多年来，他耐得住寂寞，经得起孤独，在做好本职工作之外，安心本分地研读了大量的文学作品，相当地难能可贵。他让我们看到，他敏锐的眼睛从文学天幕中捕捉到了一丝丝光亮。这一丝丝微弱光亮便足以点燃他智慧的火花。尽管时下文学批评的天空依旧暮霭沉沉愁云惨淡，但他已经打破了缄默，用细微而坚定的声音预言着晨光的到来。

守望文学的天空，我以为，守望的是守望者内心的宁静。就鸿鹰来说，他觉得“文学永远值得用生命去探究和守望”。我知道，灿烂的文学星空，最能震撼他的心。因为星空是慈爱的，给跋涉者以光明、给迷途者以方向、给苦难者以希望；星空是宁静的，大智无言、大美无言、大爱无言。守望文学星空，守望的其实是鸿鹰的梦。星空如画，星与月的色彩是无法比拟的；星空如诗，满天的星星是他的文字；星空如梦，幽幽的月光与星光总会把他带到一个神秘的梦幻世界。在这个欲望和灵魂都变得浮躁的时代，在无数清贫而充满梦想的日子里，文学的阳光从人类智慧的天空普照下来，将生命的悲壮与伟岸传递给他，将人生的迷茫和博大传递给他，将旅途的艰辛与曲折传递给他，让他饱含着生长的激情、深邃的思想和对明天的关爱。

鸿鹰对文学的守望无疑是孤独的，但这种守望却又是颇为伟大的。因了这种守望，为时空留下了伟大的时刻；因了这种守望，为心灵留下贵重的黄金。庄子山居水饮，临瀑垂钓，用自己的人格捍卫了尧舜时代的纯朴遗风。后人接过了庄子手中的权杖，继承看管这宝贵的原始森林。

李白秉承了他的逍遥自在，林逋学会了他的遁世无闻。因此，守望不等于停滞，即便生命已然成为灰烬，真理却经过一代又一代志愿者的努力被人类不断地认识和发现。科学家守望正确的自然规律，文学家守望心中那片神圣的水泽。正是这种守望，才孕育出多姿多彩的现代文明。

面对鸿鹰，我想对他说，坚持吧，守望不一定要求回报，因为守望本身就是人类最美丽的姿态。

# 金色麦田的守望

## ——写给张雁彬《温暖的金色麦穗》

朋友聚会的时候，雁彬送我一本书，名字叫《温暖的金色麦穗》。这是雁彬在2007年8月出版的日记体散文集。

晚上回到家，我几乎是一口气把它读完。合上书的时候，已经是凌晨2:30了。然而，“拾捡温暖的麦穗”“俯视生命的光芒”“生活美丽的颜色”“大青山上山丹花”“感知世界的清香”以及“生命飘香的根系”，如同飘舞的蜂蝶，依然在我面前晃动着。雁彬说，这本书要送给“尊重生命热爱生活的人们”，我相信我能理解他的心。

手捧着雁彬的书，我想起了塞林格的小说《麦田里的守望者》，也想起了小说中的主人——16岁的霍尔顿说过的一句话：“我只想当一个麦田里的守望者！”霍尔顿想象着在一大片麦田里，上千个小孩子在游戏，周围除了他没有一个大人。他就站在麦田边上的悬崖旁守望着，看哪个孩子朝悬崖奔过来就拦住他，不让他掉下悬崖……那么，雁彬呢？他要表述什么？其实他字里行间也隐藏着这样的深意，并且通过各种无形和有形的“麦田”来维系着我们的记忆和情感。麦田是一个意象，守望者是一个隐喻，我们都能感知它的存在。不是吗？

看花开花落，观月圆月缺。麦穗们热热闹闹地生长着，一任成熟的声音充斥田野。它们昂首挺胸，等待着颗粒的坚实和饱满，等待着汗水的交融和滑落。雁彬在金色的回忆里送给我们一抹微笑。他是一个孤独的守望者，守着一片金灿灿的麦田，模糊了年岁。那挥撒着光鲜亮丽的灵魂，化成了一弯温润的笑脸。诗人说，金色就是麦田守望者纳入生命的灵魂色调。麦香萦绕进守望者空虚的外衣里，也透渗进他的心里。曾经，一批新绿柔嫩的生命在这片空旷而寂寞的麦田里扎根，风吹雨打，形影不离，那是一份同苦共难的情谊。尽管微风吹乱了守望者的发丝，那被阳光晒白的发丝以及晒得惨白的笑容告诉他自己，守望者又回归寂寞，回忆着一片片纯粹的时光。那沉甸甸的情感，闪烁着金灿灿的光。于是我想，如果没有麦穗，这个社会就不会如此热烈和可爱；如果没有麦穗，金色的季节也就不会如此壮美和华章。所以心才落了底。守望者在与金色麦穗温情告别的岁月河流中，留下混浊的泪，挂上了一抹浅浅的微笑。也许低眉浅笑才是面对这无奈人生的最好姿态吧。

守望，演绎出一段往事，一片依恋，一份梦想。在茫茫无涯的金色麦田上，一茎茎透着诗的灵性和光泽的麦穗有序地站在一起，麦穗的锋芒指向蓝天，向世人昭示着顽强而朴素的真言。诗人艾青说过："为什么我的眼里常含着泪水？因为我对这土地爱得深沉。"守望，守望家园，守望生命，守望灵魂。我想，雁彬正是以他爱的深沉，用一支曲子奏鸣着金色的旋律，阐释着青春的萌发、生命的奋斗、友谊的华彩、真情的豪迈、事业的辉煌，以及成功的希望……

# 不甘寂静的溪流

## ——读张雁彬《恬静的溪流》

雁彬是一个善于思考的人，继《温暖的金色麦穗》之后，又出版了这本《恬静的溪流》。好像才收割了金色的麦子，又来到清灵灵的溪流边，好不叫人心旷神怡。

清粼粼的水，澄明如玉。碧绸滑净，玉缎素纡，丰沛充盈的水面下，潜隐着几分宁静；缓缓流淌的波色中，藏匿着几许诗意。这里，是漫长旅途的憩息地；这里，有点亮心头的红灯笼；这里，长着沙漠里的神话；这里，有割不断的痛……在这里，可以感知世界的清香；在这里，可以领悟生命的色彩与力量；在这里，可以观察人生的底色与质感；在这里，可以释放自己的梦想与芬芳……

我曾一度与雁彬是同行，荇藻为友，蓝天相依，光影溶漾里如鱼儿相拥着云儿嬉戏。亦如憨憨的天鹅，拨动着红掌，时而扑翅，间或耳语，悠然觅食，任由行人驻足，从容之色，丝毫不去。雁彬所在的地方，与我们广袤的河套平原不同。翻阅着雁彬的书，似乎是受他的影响，我愈来愈喜爱山地了，愈来愈留恋从山地汩汩流淌的山溪。就像山地里有着纵纵横横的沟道和形形色色花木一样。面对溪流，似乎雁彬的思路就开了，文笔就活了。我甚至觉得，雁彬的文笔生涯，乃至于他的整个生命，就在那个山溪里，虽然在茫茫苍苍的世界里，它只是细得那么可怜的一股水流。

我常常想：天上的雨落到地上，它来自云里。溪却是有源头的，它深深扎在岩石缝之中。人常说山是寂静的，几乎是死寂的，它却最有内涵，最有活力，永远在蕴积着感情。不信，你看看这小溪，就是从母亲山的怀抱里流淌出来的。或许，它是从石缝里一滴儿一滴儿渗出来的；或许，是从草地的根下一个泡儿一个泡儿冒出来的。但是，太阳晒不着它，狂风刮不跑它，天性是那么晶莹，气息是那么清新。它一出来，就显示出顽强的生命力，寻着自己的道路，开始远征。

渐渐地，它慢慢地大了起来，并且要走更远的道儿。它流过草地，流过竹林，流过石间，它要拜访所有的山林，叩问每一块石头，汇聚大大小小老老少少的亲戚朋友，于是成一碧清溪。轻风给了它柔情，鲜花给了它芳香，山林给了它翠绿，还有那多情的游鱼，那斑斓的卵石，也给它增添了美的色彩。它流着，流着，它要流到哪儿去呢？既然山给了它生命，它该是充实的，富有的。也许，它竟掀翻一坯污泥，拔脱了一丛腐根呢。那么，让它流去吧，山地这么大，这么复杂，只要它流，它肯探索，它就有自己的路子。夕阳碎撒万点金，灰鹤斜渡几丝痕。微微风儿轻吻，它嫣然恬淡，不语。浅浅的笑靥，无声地浸润着某些躁动的心灵。身畔世界，喧嚣而繁华，你静静欣赏，默默欢喜。它能瞬息万变，又可一成不变。虽能变幻无常，却最终选择了归于恒常。它淡然安详地寓居于世，以圣者的温柔、智慧和宽容，见证着时光流转，接纳着离合悲欢，一切都是那样和善、平静而自然。所谓“桃李无言，下自成蹊”。

更多的时候，不经意间，那些还在大地的子宫里躁动的生命，就在溪流的身边开始拨弄探头出土的琴弦，把一个荒寂已久的山野地带，写满了让人爱不释手的情话。让溪水默默的滋润吧，冬眠的青蛙终于伸了一下懒腰，睁开惺忪的睡眼，和着琴弦的节奏，加入没有指挥棒的重唱；鸟儿也嬉笑着跳跃于枝头，穿行于霞光，要把它的歌喉，在春风中沐浴；蝶儿翻飞，也许想和蜻蜓一样，站立在刚刚露出尖尖角的小荷上头……农人犁开遐想的梯田，深情地吐着有故事的烟圈，聆听篱笆墙里漫溢的山歌，莫非他的丘比特之箭，瞄准了热恋的漩涡？

我自认为和雁彬是好朋友，总想到他那个恬静的溪流旁边去看看。我想让阳光编织成田园诗话的篱笆，让两小无猜演绎成遮羞布的模样，让牛背上短笛清脆悠扬，让菜花丛中悄悄话此消彼长，让生命的火种在这里点燃，冻僵的梦境在这里温馨，生冷或者激越的感情在这里有了抛锚的滩头，坦荡或者崎岖的人生在这里有了重新起步的滋味。让遥远的牵挂代替咫尺天涯，让飘飞的云彩在蓝天之外散出天女之花，让牧童的遐思依然朦胧，让画廊一般的天空永远舞蹈漫天霓裳……

雁彬为他的书取名《恬静的溪流》，或许自有深意。然而，茫茫人海，面对溪流，人们更多的是不甘寂寞。恬静是一种意境，不敢寂静，是一种心态。生命里来往的人流就像涓涓而下的溪流，当流逝、离开成为一种必然，周围的一切便会自然掀起大的躁动……想想看，大家都是过客，没有一个人的脚步会自愿停驻，没有一份相伴可以恒平永久。对于路人，我们可以漠然擦肩而过；对于一面之缘，我们就要微笑送别；对同事、好友，我们则是惋惜别离；对知己、亲人，我们更是注目饮泪……还有，溪容万泉，它们没有猜疑妒嫉，没有尔虞我诈，没有论资排辈，没有高低贵贱，同心结成浩浩荡荡，顺着自然的旅途，不知疲劳，不计得失，义无反顾，奔向远方。你不愿离开土地而让锈斑染身。因此，你高兴在泥土中埋头苦干，不怕被淹没，不断进取。纵然，暗藏在土地里的顽石，将你的刃锋挫残，你也绝不后悔，还希望再度有人将你投入熔炉之中，又铸成一张锐利的犁铧……不管身在何处，都会找到自己的路，路总会有的。即使身处于绝境，巨石横竖，乱石堆挤，水大，就漫过去；水小，就潜流穿越，一曲又一曲的流水，沿着曲折的溪道向前，在峡谷中，流出了野性的风情。每一道水流都是诗歌，都是散曲，都是散文，都是小说。有抒情，有故事。谁说那些卵石不是流水放牧的生灵？

溪流淙淙，独木桥自横。空山寂寂，湿漉漉的栈道上罕见行人，只有一些晚落的树叶在行走。飘入溪中，陪伴流水去经历最后的风流。溪山是挚友，你中有我，我中有你，自古都是这样。互相关注，山不能陪伴同行，只能在永恒的地方目送；水也无法停留，经过山的身旁以浪花致意。这是最古老的知音，流动的是琴弦弹拨，一路的山峰是最忠实的倾听者。风过也，遍山的树叶拍出最响亮的掌声……

仁者乐山，智者乐水。恬静的溪流，或者，不甘寂静的溪流，总要流向远方。

# 亦真亦幻入梦来

## ——郎立兴《冰光与雪影》赏析

立兴先生来京，送我一册摄影集，名为《冰光与雪影》。逐页品鉴，一幅幅冰清玉洁，一帧帧银装素裹，晶莹剔透，洁白无瑕，光怪陆离，如梦如幻，好一个清奇的冰雪世界啊。

我与立兴相识多年。他是兄长，倒不是因为他年长我几岁，更主要的在于他在摄影艺术上颇有造诣。谈起摄影，他总是滔滔不绝，别有见地。我常常为他那独特的艺术视角而击节兴叹。这几十年来，他利用工作之余，虚怀放眼，直采灵性，潜心研究摄影，并深入严寒，聚焦冰雪，常有佳作。观其作品，清新、大气、淡雅、唯美，真可谓清凉幽远，诗意盎然，赏心悦目。

情融山水，意贯冰雪。这是《冰光与雪影》的一个显著特征。应当说，没有对山河自然的无限热爱，就不可能造就这样的艺术佳作。“世之奇伟，瑰怪，非常之观，常在于险远”。几十年来，立兴在繁忙的工作之余，走冰山，卧雪滩，攀铁塔，入深涧，风餐露宿，历尽艰险，用身心来感受每一处冰雪消融，用慧眼来捕捉每一个精彩瞬间，用镜头来记录每一刻气候变化。他踽踽独行，呼吁着关爱地球，呐喊着环境保护，记录了大量的冰雪风光。这份真诚，这份执着，来自于他对气候变化的倾心，来自于他对自然灾害的警醒，来自于他对人类福祉的关注。冰雪摄影不是冰雪的简单图解和说明，它要传达的正是作者对冰雪的一种认知和情感。我们常常说，好的作品是生活的艺术再现，它源于生活，高于生活。摄影家眼睛所摄入的是生活，经过思维升华，融入作者个人的情感以及素养，才能产生感人的艺术作品。正所谓“景以心摹，辞以情缀，思由境成”。

气象浩渺，亦真亦幻。这是《冰光与雪影》的又一个显著特征。我们知道，冰雪摄影的内容一般比较单调，又因环境恶劣，因此少有佳作。而立兴的作品，从宏观到微观，从具象到抽象，反映地域之辽阔，刻画意境之深远，都是他人所不及的。它的作品所反映的，既有名山大川，又有森林草原；既有严冬三九，更有料峭春寒与萧瑟深秋；既有独特的艺术创新，又有独到的人文关怀。综观整个作品，银雾茫茫、玉树银花，变幻莫测，在冰雪中让我们感受到了春之秀美、秋之灿烂、冬之激情。

光线游弋，意象朦胧。这是《冰光与雪影》的第三个显著特征。立兴的一些作品，似乎使用了印象派的一些手法。抽象朦胧的影像含有怀旧、想象、梦幻的视觉效果，不仅给人一种朦胧美，而且给人留下了许多想象空间。茫茫雪野，山石参差；冰河流凌，树棘空寥。其静谧旷渺，清凉绝尘，似入空禅，足以去躁养心。我以为，这种净洁清雅，实为作者心净如水，不染世俗名利纷争。唯其心净，方得艺术质地之纯净。心中了然无尘，手下才真气充盈，作品才干净纯真。古人所谓“冰雪聪明”“澡雪精神”，皆以雪为比鉴，隐喻精神之高洁。从李白的“白波九道流雪山”，到毛泽东的“山舞银蛇，原驰蜡象”，历代文人雅士皆以雪为天地大美。在红尘滚滚，物欲横流的俗世中，冰雪精神更是一剂济世良药，可清目静心。而物象之外，更给人一种深邃的哲学感悟。

看着立兴的冰雪摄影，让人仿佛置身于远离尘嚣的无边无际的冰雪世界之中，虽然那晶莹透澈的冰块绚烂多姿，你却感受不到任何娇媚；虽然那茫茫苍苍的白雪松软洁白，你却不会产生任何杂念，你感到的是一种超凡脱俗的神圣感，是一种冰清玉洁的纯净感，仿佛灵魂被净化了，心灵被升华了。的确，立兴先生的冰雪摄影可谓独树一帜，那卓然不群的画面，独立特行的语言，孤寂壮美的境界，给人传达出这样一种信息：当代中国摄影的变革正以新视野、新语言、新境界的方式进行着突破，让我们拭目以待。

# 冰雪动心　黑白造美

## ——郎立兴《冰雪摄影作品》赏析

郎立兴先生在他原有冰雪摄影作品的基础上，以黑白艺术形式表现出来，并出版了新的同名作品，着实令人耳目一新。

翻阅郎立兴的这册摄影作品，瞬间就被他黑白色调的作品中那厚重而深沉的情感所震撼，我不禁在心中感慨，这是怎样的一位摄影艺术家才能释放出如此扣人心弦、催人奋进的力量呢?

冰和雪本是密不可分的。通俗地说，冰和雪是一对孪生兄妹。冰的性格如其形态，是固执、倔强的。它可以封裹高耸入云的座座山峰，遮盖奔泻千里的条条江河，或者形成连绵的巨大冰山，游移在南北极湛蓝的大海上，任岁月的循环更迭，坦荡地展现着那种与生俱来的冷峻之美、刚毅之美；而雪的性格如其身姿，是和婉、柔顺的。它可以随风飘舞在清莹冷寂的辽阔苍穹，可以飘飘洒洒扑向银装素裹的广袤大地，任寒风的随心勾画，含蓄地流露着那种天性注定的妩媚之美、婉约之美。正是这对兄妹的携手同心、刚柔并济，才把我们的世界打扮得如此多娇。

某种自然现象往往可以酝酿出一种奇特的文化艺术。比如江河的激流、钱塘的潮汐、草原与森林、花鸟与鱼虫、冰光与雪影……千百年来，它们的迷人景致让无数人惊叹不已。人们在欣赏、赞叹之余，情不自禁地留下了许多伟大艺术作品。尤其是在黑白二元的空间布局和对比关系中，立兴先生注目于冰光雪影，为人们打造了一个雅致的黑白艺术长廊，那一桢桢、一件件独特的作品，就像一面旗帜，高扬在黑白摄影艺术世界。多年来，他游艺于冰雪之中，用心捕捉灵动之美。他的许多作品，尽管空白占据很大画面，主题只是其中一小点，但是由于景物的衬托，使画面虚实相生，疏密有致，通体淡雅，具有悠远的空灵之美和清新的韵味；有的作品，聚焦冰雪，画面质感强烈，他通过黑白影调在冰雪变化中的流动，自然描绘了这种律动中的美妙，让人们在精致的画面上感受到光与影的舞蹈；有的作品，通过冰雪的起伏和光影的变化，体现了自然本身所蕴含的韵律，这也是我所看到的以冰雪为主题的摄影作品里，用最少的元素符号和简洁的构图，把冰雪的韵味表达得淋漓尽致的不可多得的作品；还有的作品，黑白二色在冰雪的起伏当中，交相飞舞，那些细密清晰的黑色线条雕刻在冰雪上，作品紧紧抓住了光、线、形、影诸元素，那完美的空间布局和奇妙的黑白组合，给我们传递着大自然鬼斧神工的力量……

被《美国摄影杂志》评价为“也许是当今最多才多艺的摄影记者”的乔·麦克纳利说：“光线有色彩、色调、范围、感情、变化和音色，它可以让画面锐化或者柔和，可以改变画面的意义。作为一名摄影师，知道如何用光线书写非常重要。”历史上，黑白摄影曾是摄影师唯一可以选择的拍摄模式。而今彩色摄影被这个时代广泛运用，但仍不乏有许多摄影家执着于黑白摄影作品的艺术创作。它的持久魅力来自于鲜活生动的影像效果及其独特表达情感和渲染气氛的方式。遍观郎立兴的黑白摄影，没有了色彩的干扰，画面的线条、结构、光线等因素产生了更强烈更深刻的表现力。除此而外，更加突出了画面的故事性，摒弃了时间与色彩的干扰，相对于有色彩的作品来说，黑白两色更具有视觉冲击力。

摄影是无声的语言，摄影也是孤独的艺术。我知道，郎立兴先生是一个孤独而不寂寞的人。作为一个冰雪摄影家，他以长焦短距去记录冰雪奇观，持续捕捉独特的冰雪景象，长期沉浸在亦真亦幻的冰雪世界之中。他能够在冰光雪影中尽情享受着那份寂寞。通过他的作品，我们可以真切感受到他深入冰雪又超然于冰雪的自由与洒脱，沉静与睿智。

# 教从学中道艺[①] 语出文中真知

## ——读潘涌老师《语文教学艺术论》

潘老师的《语文教学艺术论》出版了，这是一件可喜可贺的事。看着潘老师从陕坝寄来的书，尤其是看到扉页上工整地写着让我“郢之”二字，说实话，“郢之”是绝不敢当的，写点读后感倒是学生的分内之事。

读老师的《语文教学艺术论》，那一行行、一句句，就如同重新坐回教室里，听他娓娓道来，倍感亲切。潘老师教了一辈子书，也读了一辈子书。他的书里，没有高深的理论，没有空洞的说教，无论是“教学论证”还是“教学修养”，无论是“教学随想”还是“教学摭谈”，无论是“序跋余论”还是“附录”，讲的都是实实在在的话语，举的都是实实在在的案例，教的都是实实在在的方法。这 30 多万字的一本书，用他老同窗张福勋先生的话说，便是“少时积勤，待老著述；垒垒札记，孜孜兀兀”。毫无疑问，这是一部饱含心血和智慧的力作，书中不仅有翔实的分析判断，更有缜密的逻辑推理，对于语文教学的改革与发展，不可估量。

古往今来，中外教育家形成一个共识：教学离不开艺术。只有艺术地把握教学，深入地研究教学艺术内涵，才能取得教学运作效果，才能更好地教书育人。马卡连柯[②]说：“教育是最辩证最灵活的一门科学，也是最复杂最多样化的一种艺术。”夸美纽斯[③]说：“教育人是艺术中的艺

① 道艺：技艺、艺术。语出《周礼・天官・宫正》：“会其什伍，而教之道艺”。

② 马卡连柯：安东・谢苗诺维奇・马卡连柯，1888 年生于生于苏联乌克兰苏维埃加盟共和国哈尔科夫省别洛波里城，苏联杰出的教育家、作家。

③ 夸美纽斯：夸美纽斯是 17 世纪捷克的伟大爱国者、教育改革家和教育理论家，是人类教育史上里程碑式的人物。

术，因为人是一切生物之中最复杂最神秘的。”卢梭[①]在《爱弥儿》一书中指出：“教学的艺术是使学生喜欢你所教的东西。”由此可见，艺术性是语文教学的活性因子，若不讲艺术性，教学就会变得呆板、乏味、缺乏生机。

然而世界上没有优质教学艺术的范式，专家的片言只语也毕竟是杯水车薪。只有耕耘在教育第一线，诸如于漪[②]的情感派，钱梦龙[③]的导读派，宁鸿彬[④]的思维派，魏书生[⑤]的管理派，洪镇涛[⑥]的语感派，等等，才能在长期教学实践中摸索出颇具特色的语文教学艺术。潘老师也是如此。

诚然，“艺术”二字说来轻松，真正践行和把握起来却并不容易。从我曾经从事大学教学的粗浅经验来看，能够上升到教学艺术，应当至少表现在两个层面上：一是以教学美的欣赏、表现、创造为立足点的层面。二是遵循教学规律，使教学情景、境界与方法形成和谐统一的层面。这两个层面互为遵循、互为表里、互相渗透，形成教学艺术之美的内在特

① 卢梭：让 – 雅克·卢梭，法国18世纪伟大的启蒙思想家、哲学家、教育家、文学家，18世纪法国大革命的思想先驱，杰出的民主政论家和浪漫主义文学流派的开创者，启蒙运动最卓越的代表人物之一。主要著作有《论人类不平等的起源和基础》《社会契约论》《爱弥儿》《忏悔录》《新爱洛伊丝》《植物学通信》等。

② 于漪：女，江苏镇江人。1929年2月7日生，毕业于镇江中学，1951年7月毕业于复旦大学教育系。长期从事中学语文教学，形成独特的教学风格。1978年被评为语文特级教师。代表作品：《于漪语文教育论集》《于漪文集》等。

③ 钱梦龙：中学语文界著名的特级教师。现任上海市民办桃李园实验学校校长，兼任语文教育艺术研究会会长。曾兼任教育部中小学教材审定委员会学科审查委员、人民教育出版社中学语文教材特约编审。

④ 宁鸿彬：男，1936年生，北京人。1955年北京师范学校毕业后先后在小学，中学工作。1965年北京电视大学中文系毕业。1976年调到北京第八十中学直至退休。1986年被评为特级教师。曾被选为北京市有突出贡献的专家，荣获全国教育系统劳动模范，北京市教育系统先进工作者，北京市劳动模范，优秀共产党员等荣誉称号。曾任北京市语文教学研究会副理事长等职。

⑤ 魏书生：男，汉族，1950年5月4日出生于河北省交河县。1968年参加工作，1974年加入中国共产党，当代著名教育改革家。全国劳动模范，全国中青年有突出贡献的专家，首届中国十大杰出青年等殊荣。退休前曾任盘锦市教育局局长、党委书记，现任中国高教学会学习科学分会会长，台州书生中学校长。

⑥ 洪镇涛：男，著名语文教育家、著名语文特级教师，华中师范大学硕士生导师，全国中学语文协会学术会员。创立语文教学本体论，中国六大语文教学流派之一的“学习语言语感教学派”的创派和代表人物。主持编写的《开明版中小学生语文实验课本》（全套68本）取得非常显著的成果，受到教育界的广泛欢迎。

征。艺术之所以为艺术，就是因为它能够以创美的过程和美感的形式带给创造者和观赏者以审美愉悦。达到这样的境界，就离不开创造性的教学谋划和创造性的教学行为。失去了这种审美愉悦，不管是创造抑或欣赏，都会失去美感。

潘老师是我非常敬重的特级教师。在他几十年教学生涯当中，不诱惑于事态。从我多年与他交往的情况看，他是一个具有宽容气度、严谨节操、淡泊情趣、高雅气质的人，他是一个真我、自律、宁静的人，他是一个敢于挑战自我、善于自省的人。他勤于读书，苦于学习，不满足于现状，不重复自己，不愧对人生，不厌倦知识。多年来，他以谦逊豁达的胸怀，学贯古今的渊博，精细平实的文风，春风化雨般的情怀，立足于三尺讲台，著称于九州杏坛。

语文教学艺术是崇高的艺术，它没有动听的音乐，没有斑斓的色彩，没有现场感的舞台，只能通过解读语文，把死的文字变成撼动人心的思想情感，依靠的是老师自身的综合素养。潘老师在其与他人合著的《语文教学艺术论》中，贯穿了他一贯的教学风格：温暖冷静，平和亲切，动之以情，晓之以理，给心灵以安定，给生活以信念，向学生展现他用美好邂逅的世界。潘老师在语文课堂教学中，能够把仪表美、教态美、导入美、语言美、提问美、结构美、板书美、节奏美、结尾美等综合形成教学美，从而产生无穷的教学魅力。沉甸甸的一本书，融历史、政治、风景、人生、故事为一体，简约与繁丰、含蓄与明快、朴实与华丽、缜密与疏放、典雅与俚俗、庄重与谐趣、豪放与柔婉、理智与情感，使该书呈现出厚重的文化底蕴。

“学高为师，身正为范”，作为一名教师，扎实的专业知识与技能，高尚的个人修养都是不可或缺的必要条件。教学实践活动是教学主体学生与教师双向互动的有机结合，其精髓就在于一个“爱”字，正如泰戈尔①所说：“爱是亘古长明的灯塔，它定睛望着风暴却兀不为动，爱就是

① 泰戈尔：拉宾德拉纳特·泰戈尔（1861—1941），印度诗人、文学家、社会活动家、哲学家和印度民族主义者。代表作有《吉檀迦利》《飞鸟集》《眼中沙》《四个人》《家庭与世界》《园丁集》《新月集》《最后的诗篇》《戈拉》《文明的危机》等。

充实了的生命，正如盛满了酒的酒杯。”著名教育家、文学家夏丏尊[①]先生在《爱的教育》中有段精辟论述：“教育上的水是什么？就是情，就是爱。教育没有了情爱，就成为无水之池，任你四方形也罢，圆形也罢，总逃不了一个空虚。”可以这样说，潘老师的爱，像一缕缕春风，温柔地吹绿了知识的荒原；潘老师的爱，似一阵阵细雨，甜蜜地滋润着学生的心田。爱，也是潘老师积几十年教学生涯所秉持的圭臬。

读潘老师《语文教学艺术论》感慨良多，不禁口占一首，聊表心迹：

岁月惊飞箭，白云远古城。
何如星汉远，相念有知音。
翼翼杏坛梦，乾乾艳阳红。
东来黄河水，浩荡寄深情。

① 夏丏尊：夏丏尊（1886—1946），浙江绍兴上虞人。名铸，字勉旃，后（1912 年）改字丏尊，号闷庵。文学家，语文学家，出版家和翻译家。

# 后记

如今的书多得像海一样。每次到书店，总感觉琳琅满目，嫣红姹紫，云蒸霞蔚，目不暇接。

有人说，读书犹如在大海里航行，能够荡涤浮躁的尘埃污秽，带来沁人心脾的清新之气，营造一种超凡脱俗的娴静氛围。

的确，读陶渊明的《饮酒》诗，体会“结庐在人境，而无车马喧”那种置身闹市却静若深潭的境界，更多地反映了作者高尚、清虚背后所具有的定力和毅力；读世界名著《巴黎圣母院》，让我们看到如此丑陋的卡西莫多却能够拥有善良美丽的心灵、淳朴真诚的品质、平静从容的气质和不卑不亢的风度，让我们在寻觅真善美的同时，去追求心灵的高尚与纯洁；读林语堂的《生活的艺术》以及古人流传于世的名言警句，让我们拥有诚实，舍弃虚伪，拥有踏实，舍弃浮躁，平静而坦然地度过每一个晨曦和每一个黄昏。

曾几何时，我们身在一个经济并不发达的国度，书籍曾经是令人仰望的。不管什么时候，在写字桌前坐下，扭亮台灯，翻开书本，似乎都在营造斯文，接近神圣。而如今，经济发展了，文化繁荣了，图书异彩纷呈了。不过，面对书海，即使定下移天心力，恐怕也难以读完所有的书，难免望书海而兴叹。

我以为，读书的目的是让自己找到生命存在的意义和价值，让自己过得更加充实和儒雅，让自己油然生发一种智慧去体验生命的快乐，并且能够让人分享。一本好书，需要细细体会，反复咀嚼。不过，有时候也会读到一些让人感到不舒服的文章，或者做作，或者伪饰，或者炫耀，或者老滑，或者跋扈，或者酸涩，或者嫉妒，不堪卒读，于是就要果断避开，就像人有多种活法一样。更多的时候，在读书的过程中，我在孤独中常常与世界、与自然、与人对话，将自己的思念与感伤、内心的快乐凄凉，以及生命中所不能承受但又必须承受的轻与重，都化作一腔热血、十分真诚，雨晴云梦、月明风袅，都留在了书本上。读书的过程中，有孤寂，有感慨，有联想，有兴叹，有感悟，有成长。正是在读书当中，我对自己的人生价值产生了深刻的思考。世事的风雨沧桑，草木的万千变化，个人的感悟，都收进了我的这本读书笔记里。我走进了一个更加宽广、温暖、亲切、开阔的人生境界。

诚然，我所读过的书远不止这些。书海茫茫，字潮滚滚，纸页喧嚣，墨色迷蒙。雨果说，一片树叶受到阳光照耀，它的背面一定是阴影，阳光越亮，阴影越深。雪白的纸，乌黑的字，生活格局的开放，书报市场的翻新，使各色社会情绪有了宣泄的机会和场所。白纸黑字不会只反射阳光，也传导阴影。把阳光和阴影加在一起，才是一个整体。需要让眼睛习惯杂色，让耳朵习惯异音，一切自己作主，看一点悦目的，吸几口新鲜的，尝几味可口的，稍感不适就轻步离去，多看看门外的风，天边的云……

《书窗残雪》书名，取自《小窗幽记》“竹风一阵，飘飏茶灶疏烟；梅月半湾，掩映书窗残雪”。景如禅境，心在景中。“读万卷书，行万里路”。《书窗残雪》，是读书的结晶，更是万里路的小小驿站，或者说是对以往岁月的一种怀念。

书山无路，学海无涯。读书永远在路上。付梓之际，衷心感谢中国言实出版社及王昕朋社长的鼎力相助。还有许多关心我爱护我的人，在此一表谢忱。

作者

2018 年 6 月于绍兴兰亭

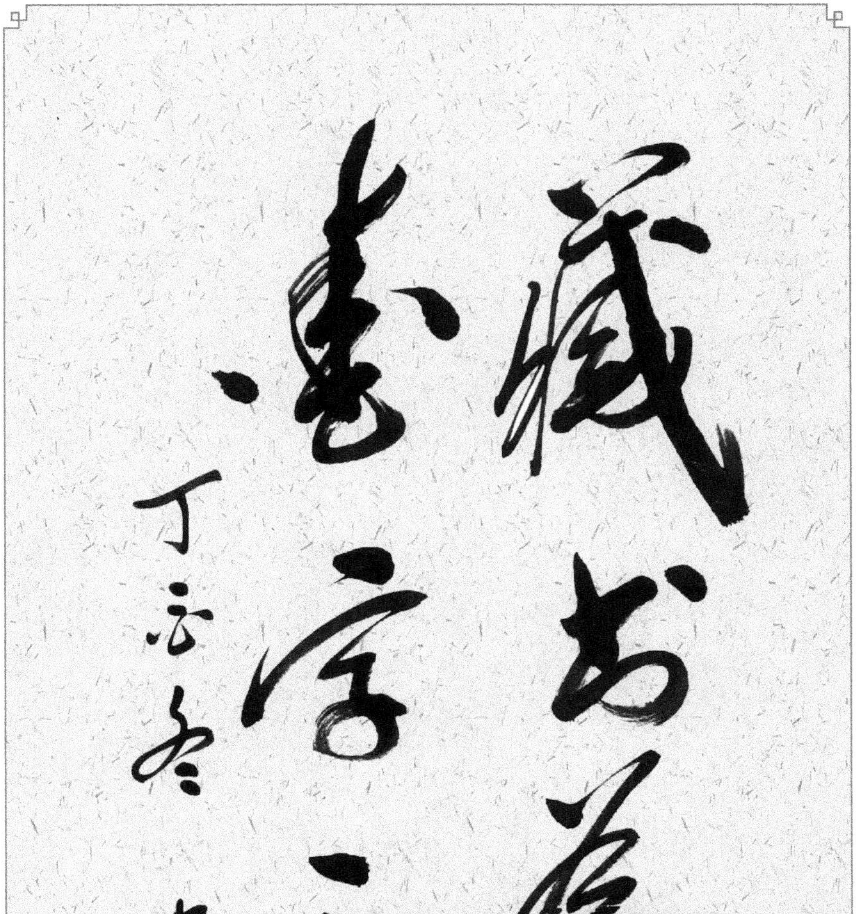

# 竹马松风

平凡⊙著

中国言实出版社

图书在版编目（CIP）数据

竹雨松风 / 平凡著 . -- 北京：中国言实出版社，2018.2

（平凡文学作品选）

ISBN 978-7-5171-2654-6

Ⅰ . ①竹… Ⅱ . ①平… Ⅲ . ①散文集 – 中国 – 当代 Ⅳ . ① I267

中国版本图书馆 CIP 数据核字（2018）第 015623 号

出 版 人：王昕朋
总 监 制：朱艳华
责任编辑：胡　明
责任印制：佟贵兆
装帧设计：水岸风创意文化

出版发行　中国言实出版社
地　址：北京市朝阳区北苑路 180 号加利大厦 5 号楼 105 室
邮　编：100101
编辑部：北京市海淀区北太平庄路甲 1 号
邮　编：100088
电　话：64924853（总编室）　64924716（发行部）
网　址：www.zgyscbs.cn
E-mail：zgyscbs@263.net

经　　销　新华书店
印　　刷　北京虎彩文化传播有限公司
版　　次　2018 年 8 月第 1 版　　2018 年 8 月第 1 次印刷
规　　格　710 毫米 ×1000 毫米　1/16　182.25 印张
字　　数　1500 千字
定　　价　598.00 元（全 8 册）　　ISBN 978-7-5171-2654-6

真正的救赎，并不是厮杀后的胜利，而是能在苦难之中找到生的力量和心的安宁。

——（法）阿尔贝·加缪

# 自序

春花秋月，夏雨冬雪。世象纷披，人生华妙。无论岁月如何流转，真诚与自然总是我心灵的追求。基于此，《竹雨松风》中所有的文字，都是我对自然和人生的思索和向往。

竹雨松风琴韵，茶烟梧月书声。一抱青山，两行苍松，松涛阵阵呼夏雨；长空白絮，远山斜阳，牧笛悠悠舞东风。在生命的隧道中穿行，或峰峦叠嶂，万壑争流；或松林莽莽，云海滔滔；或风暖竹海，琴令人醉。有道是“一剪行云入小楼，松风竹韵醉花舟。闲诗淡酒清清骨，惹得梅香墨意流”。

除了竹雨松风，这路上并非全是清风盈怀，雪光映心，也有一些或亮丽或黯淡的风景，必须看风尘、察雾烟，守护心灵，不垢灰尘。如此，看艳阳高照，江湖奔流，群山负磊，原野嵌稞；寻桃李含情，栀子含笑，秋菊纳凉，冬梅傲枝。须知所有的回望，都是探测精神和情感本源的一种方式。或大言炎炎，或细语絮絮，寸楮片纸，感而后思，思而薄发，道不尽契阔死生，写不完风雨灯火。诚如帕斯卡尔所言：“别把劳动认为只是耕耘物质收获的原野，它是能同时开拓我们心灵原野的尊贵锄头。无论如何，我们可以借劳动加强我们的心身，除尽蔓延在我们心田的各种邪恶野草。然后，把幸福和喜悦的种子撒在此地，四季茂盛，以至开花。”

启蒙河套，负笈青城，浪迹京华。而今马齿渐长，到了知天命而怀故旧的年纪。涉足文字，容易回到历史，回到把我养育成人的故土。每忆当年，清新依旧，温厚如初。暮霭晨钟的呼吸落归掌寸之间。曾经在无数个夜晚，望着明月朗星，默默无言，似乎在寻找着什么，又似乎什么也没有寻找。无数次从睡梦中醒来，回首窗外，只见月色清澄，映影着西山云霭。当几丝清新的风从田园吹来，那些灵动的思想，便化为文字，如同竹雨松风，花的声音，月的皎洁，让历史刻下旅痕，给岁月谱上神韵，情趣必然幽远，品行必然脱尘。

黄河悠悠，阴山苍苍。狂歌走马，心游四方。蓦然回首，数不清的记忆和慨叹纷涌心头。虽然说人生弹指一挥间，但是有一种挥之不去的情愫，时时刻刻萦绕心底。在这条人生的幽径上，无须相约，与生俱来的且本质相通的良知与善念，以及无与伦比的纯美，完全可以慰藉心灵。

2017 年初秋于普陀山

# 目录

# 竹雨松风度华年

清代名士傅山题太原晋祠云陶洞联，上联是：竹雨松风琴韵，下联是：茶烟梧月书声。横批是：竹雨松风。我常常把这副对联想象成这样的意境：潇潇竹雨，阵阵松风，调琴煮茗，赏月读书，陶情悦性。

记得初来北京那阵子，没有认真考虑这里是否天晴月朗，也没有真切想过这里是否竹雨松风，全然接受调令。谁曾想，先是沙尘暴肆虐京城，SARS令人胆战心惊。不几年工夫，雾霾更是频频来袭。只要没有风，天空便永远是雾蒙蒙的。大有“黑云压城城欲摧”之势。更多的时候，灯火霓虹，脚步匆匆，全然忘却了头上的这一抹天空。静夜里，不敢开窗，只好垂首凝神，一切都是这般的无奈。要想呼吸新鲜的空气，似乎只有等候一场大风。

今年春天，抖落一身疲惫，再上井冈山，终于可以放心地推开窗棂，尽情地领略竹雨松风了。连日来，沉醉在雨雾萧萧的竹林里，听雨的欢歌，透亮了双眸，明澈了心田。一片绿色，一帘幕雨，韵在雨中，情在曲中。再看那松林密布的地方，连绵起伏的山峦，纵横交错的沟壑，层层叠翠的松涛。在这里，生命的个体是微小的，生命的呐喊则是宏大的，涛声如歌如云，琴声如泣如诉，山鸣而谷应，风唱而松和。天籁声中，宁静而高远，深沉而轩昂，激荡着生命不息成长不止的魂魄。分明，这松涛就是最美的音符，景随风动，天随心动，神态必然平和，情趣必然高远，品行必然超脱。

如此，就不难想象人们为什么那样专注于竹雨松风了。记忆中最熟悉的，是杜甫的《竹》：“绿竹半含箨，新梢才出墙。色侵书帙晚，隐过酒罇凉。雨洗娟娟净，风吹细细香。但令无翦伐，会见拂云长。”刘长卿的五绝《弹琴》：“泠泠七弦上，静听松风寒；古调虽自爱，今人多不弹。”还有王维的诗句：“松风吹解带，山月照弹琴。”这些都是很传神的句子，让竹雨和松风，在山中回旋。生命的美好，在于它的过程而不是结果，不是每个人都能长命百岁地活着，在有限的生命里品味人生，才是每个人应当做的事情。只有酸甜苦辣都尝遍，才会独恋这一味寂寂清欢，所谓“行到水穷处，坐看云起时”。

荣格说：“往外张望的人在做梦，向内审视的人才是清醒的。”内与外，犹如这琴韵与书声，穿越时空，随风吟唱，仿佛近在咫尺。褪尽世间一缕铅华，空灵绝美，而幽幽地落进风里，吟吟如歌。还有那曼妙的舞姿，在我每一段文字里出现……

“春风杨柳一杯酒，江湖夜雨十年灯”。我常常以为，在时间的流逝里，生活的琐碎和枯燥，终会慢慢淡去。留下的，只有回眸，并深深地黏在生命的记忆里。回首往事，全是斑斓的光影，那绿叶上的水珠，便是思念的泪滴。时光带走了如烟往事，文字却洗不尽心灵的忧伤，陌上花开，红尘聚散。光阴，总在手指间静静流淌，一如蹉跎岁月里跌落的苍凉。

掬水月在手，弄花香满衣。泉的色彩，花的声音，月的皎洁，风的长吟，可以拨动心灵之弦，将离别愁绪化作袅袅仙音，行云流水的韵律，跌宕起伏的韵脚，轻轻叩击着心弦。竹雨化心语，松风成相思。如此，静静地看人生，慢慢地转回头，那些如花美眷的过往，总是会有丝丝缕缕的温热怅惘。

# 春色满园关不住

春天总是悄悄地走进花园的。

不知不觉，一朵又一朵梅花，伴随着雪花翩然而至。北风吹过，雪映红梅。梅花是在最枯萎最冷漠的季节，在人们最渴望温暖和生机的日子，把她蕴含了一生的美丽送给人间的。雪寒梅芳傲，花美品自高。那些红色的、黄色的花儿，静静地开放着，有的打着朵儿，像一粒粒彩色珠子；有的含苞待放，像一个个小铃铛；那绽放的花朵，像一口口倒悬的钟。此时，没有蜜蜂歌唱，没有蝴蝶伴舞，也缺少绿叶帮衬。但是，她们开得自信，开得淡定，“迎寒独自开”。

这时候，迎春花袅袅娜娜地登场了。“黄花翠蔓无人愿，浪得迎春世上名。”她那苗条的枝干伸展着，上面布满了黄色的花朵，清新而淡然，淑娴而典雅。簇簇黄花，引来了蜜蜂，也引来了蝴蝶。花园，因为迎春花的装点，开始生机盎然起来。

迎春花烂漫的时候，旁边的杏花已经耐不住寂寞了。“红花初绽雪花繁，重叠高低满小园。”那灿若云霞的杏花。粉的、白的，像浮云又像初雪，随风摇曳。杏花的花瓣都是单片的，花朵小而密，几乎看不到枝条的底色。花叶上，或许是哪位仙人用胭脂抹过似的，泛起的淡淡的红晕，仿佛新娘脸上的娇羞。

春天的花园中，樱花自然是必不可少的。樱花虽是日本国花，但却源自中国。这可以从许多文献资料中觅到她的点点芳踪。这位绚烂迷人的贵妇人，花繁艳丽，满树烂漫，如云似霞，蔚为壮观。李商隐诗中曾吟诵：“昨日雪如花，今日花如雪。山樱如美人，红颜易消歇。”樱花大多呈浅粉色，花蕊处，变成粉红。樱花的花瓣，五瓣的居多。间或有一两株纯白色的樱花，花瓣的白有些许通透的绿意，显得格外清丽。

桃花分明是花园的主角，桃花盛开，满树皆是，热情奔放。让人感到真正的风光旖旎，真正的春意盎然。置身桃树下，看着粉嘟嘟的桃花，闻着淡淡的幽香，不仅赏心悦目，而且令人如痴如醉。手捧桃花，心念桃花，说不出的缱绻缠绵。桃花，不似牡丹那般鲜红刺眼，却多了几分典雅；不似水仙那般清淡朴实，却多了几分妖艳。有道是“人面不知何处去，桃花依旧笑春风”。

北宋大诗人秦观有一首《行香子·树绕村庄》,“树绕村庄。水满陂塘。倚东风、豪兴徜徉。小园几许，收尽春光。有桃花红，李花白，菜花黄。远远围墙。隐隐茅堂。飏青旗、流水桥旁。偶然乘兴，步过东冈。正莺儿啼，燕儿舞，蝶儿忙。”道出了春色满园的景色。

桃花红，梨花白。在春天的花园里，一片片、一簇簇梨花层叠相依，含苞吐蕊，洁白如雪，飘飞似霞，花香怡人。置身梨树下，那盛开的梨花铺天盖地，真让人有一种进入仙境的感觉。细看花瓣白如凝脂，花蕊暗红，不觉间有清幽的香气沁人心脾。梨花素洁中更有一番清丽，一如素面朝天的女子。梨花的花朵虽不大，但满树的花朵绽放着，充满了绚烂和温馨。

春天是一个万物复苏的季节，春天的花园里不仅有这几种花，还有红色的三樱花、粉色的报春花、大红色的仙客来……鲜花朵朵，数不胜数，汇成了花的海洋。

罗素说：“美好的人生是为爱所激励，为知识所引导的人生。”让人想起那一树洁白的玉兰下，幼儿园的几位小朋友正争得面红耳赤。一个说：“春天从天上来。”一个说：“不对，春天从土地里来。”一个说：“春天从南方来。”一个说：“不对，春天从东边来。”又一个说：“春天从花骨朵里来。”一个说：“不对，春天从我小姨家来，我小姨家在春城。”阿姨听得乐了，心里说：“多可爱呀，这些花一样的孩子！春天不就写在他们的脸蛋儿上、眼睛里吗？”

# 癫狂柳絮随风舞

每年仲春，北京总会有一段杨花飞舞、柳絮满天的时节。

白色的柳絮，雪一般纷纷扬扬，无论宽阔的街道，还是逼仄的小巷，到处是她顽皮的身影，满眼都是她飞舞的天下。

望着满天飞絮，我有些不解：是谁赋予她这样的使命？又是谁促使她一路奔忙？她乘着风，张着翅膀，寻找着自己的归宿与方向。

有时，我会仔细观察。柳絮能从极小的硬壳中绽放出来，是谁给了她那么大的力量？她使出浑身解数，跳出褐色的包裹，自我蓬松，袒露出洁白轻盈的身姿，这洁白中又凝结着怎样的一份纯真？她没有棱角分明的体魄，只有细细的银丝，似有若无，是谁赋予她这份富有禅意的空灵？

也许她承载着柳的执念，向死而生，不惜随风飘扬，随波逐流。正因为如此，她才没有顾虑，也没有牵绊，就这么悠然地飘着，她可以任意抚摸着行人的身体，不论是少女还是老媪，不论是少年还是老翁。她就那么任性地在你的脸颊上亲吻着，在你的发梢上逗留着。或者干脆挂在你的睫毛上，粘在你的嘴角或鼻子边。然后在你不经意间，悄悄地飘落在草地上、花丛里。她们像顽皮的孩子，在缠着大人。她们又像自由的精灵，畅意地来往。即使落到地上，她们还会随风翻滚，打旋，跳跃，直至静默无声。

文学上，好多人把杨和柳合在一起，叫作杨柳。春天，树木尚未复苏，杨和柳已经抽条发芽了。“杨柳依依”“春风杨柳万千条”“隔溪杨柳弱袅袅，恰似十五少女腰”等等，都是对杨柳的描写。诗人们把杨和柳同春光相连，还把它比作婀娜的少女。

汉语中，“柳”是“留”的谐音，故而柳絮是文人墨客笔下伤情别离的代名词。不论是“无情最是台城柳”，还是“此夜曲中闻折柳，何人不起故园情”“杨柳岸，晓风残月”，杨柳总是与离别和相思难以割舍，再加上随风飘舞的柳絮，一川烟草，满城风絮，说不完的离愁别绪。漫天的柳絮就像人间斩不断的情思，缠绵纠葛出多少悲欢离合。不知是柳絮平添了离人的忧愁，还是离人徒增了柳絮的烦忧，越是春风和煦时节，越是柳絮满天，越是百花盛开的时节，越是多了一分离愁别绪。

也不知道为什么，柳絮也被用来比喻意志不坚定，随波逐流。杜甫的《漫兴·其五》就有：“肠断春江欲尽头，杖藜徐步立芳洲。癫狂柳絮随风舞，轻薄桃花逐水流。”柳絮随风飞舞，落花逐水漂流，这是暮春特有的景色，却勾起诗人的无限感伤。在诗人笔下，柳絮和桃花被人格化了，她们像一群势利之徒，对春天的流逝无动于衷，只知道跟风乱舞，随波逐流。这也正是诗人所以痛苦的原因。唐代才女薛涛在她的《柳絮》诗里写道：“二月杨花轻复微，春风摇荡惹人衣。他家本是无情物，一会南飞又北飞。”用柳絮的随风飘荡，来比喻随波逐流、没有主见的人，表达了对随波逐流者的厌恶。

其实，杨、柳有不少相似的地方。它们都有毛毛虫样的花序（葇荑花序），这种花序有雌雄之分，老熟时整个脱落，雌花序中的果实裂成两瓣，具有白色茸毛的种子就随风飘散出来。此外，杨柳都易栽易活，可进行无性繁殖，随便折一枝条插进泥土里，很容易生根发芽。但长期的无性繁殖，会使杨树的生命力逐渐削弱。因此，有时得用播种育苗，进行有性繁殖。

然而，无论如何繁殖，柳絮飞舞总是会给人们的健康生活带来许多不便。20 世纪 90 年代，北京已开始考虑治理杨柳飞絮这个问题。经过多年的摸索，总结出了几种办法：一是高位嫁接，把雌株的头砍掉，取雄株的穗嫁接。不过，这主要是针对柳树的，杨树是不可能高位嫁接的。二是用抑制剂，就是给树打针，今年打一针，明年飞絮就没了，这种做法单株治理效果比较好。三是在杨柳开花时，用高压水枪清洗。办法虽多，若要根治，显然是有难度的。

“杨柳青青着地垂，杨花漫漫搅天飞”。柳絮虽然给人们健康生活带来一些不适，却可以当一种自然风景来欣赏。柳絮满天本是一种自然现象，没有必要去违背自然规律去整治它。毕竟，杨花柳絮之后，一个蓊蓊郁郁的夏天就到了。

# 此物最相思

滴不尽相思血泪抛红豆，

开不完春柳春花满画楼，

睡不稳纱窗风雨黄昏后，

忘不了新愁与旧愁，

……

这首《红豆词》，是《红楼梦》第二十八回，贾宝玉在好友冯紫英家的酒宴上所唱的，无疑是一首爱情的颂歌。

在我的记忆中，最早的“红豆”概念，来自于王维的《红豆》诗。“愿君多采撷，此物最相思”。这是一首借咏物而寄相思的五绝，写相思之情，却全篇不离红豆，正用其相思子之名以关合相思之情。相思成疾，触目成伤。一首曲，一阕词，都能勾起人满腹的思念；一回首，一转身，都会让人迷失在记忆里。一颗颗红豆，让相思年年，年年相思，播撒在历史星空，种进了人们的心田。

红豆又名相思子。因了红豆的诗意，后来逐步知晓了与红豆相关的传说。相传，古时有位男子出征，其妻朝夕在大树下祈望。思念的泪水流干后，流出来的是粒粒鲜红的血滴。血滴化为红豆，红豆生根发芽，长成大树，然后结满了一树红豆，人们称之为相思豆。“红豆不堪看，满眼相思泪”，写满了爱的沉重；“玲珑粒子安红豆，入骨相思知不知”，写尽了爱的深情；“庭前种得相思树，落尽相思人未归”，写下了爱的愁苦；“红豆尚可尽，相思无已时”，描述了爱的恒久……

大自然赋予红豆的特质：质坚如钻、色艳如血、形似跳动的心脏，红而发亮，不蛀不腐，色泽晶莹而永不褪色。其外形及纹路，皆为“心”

字形，寓意心心相印。有人认为，红豆与玉一样，是有灵性的开运吉祥神物：定情时，送一串许过愿的相思豆，会求得爱情美满；婚嫁时，新娘佩带红豆手环或项链，象征心连心白头到老；结婚后，枕下各放六颗许过愿的相思豆，可保夫妻同心，百年好合。有了红豆作为相思寄托，则“两情若是长久时，又岂在朝朝暮暮”。

史料记载，昭明太子萧统曾亲手种植红豆树。并且留下一段太子与尼姑相爱的动人故事。当时梁武帝笃信佛教，有一次，萧统代父出家香山寺，一则回避宫廷斗争，二则潜心修编文选。当太子下山来到集市，偶见尼姑慧如才思敏慧，顿生爱慕之情，跟踪到草庵，就释家经义深淡而不舍，以后多次去草庵谈情说爱。然而，一个是太子，一个是尼姑，难成眷属，尼姑相思成疾而终。萧统忍痛含泪，亲手栽下两棵红豆，并将草庵题名“红豆庵”。黯然回京，一病不起，数月后薨逝。后来，两株红豆树并为一体，到元代曾一度衰败成枯树，到乾隆年间忽又在枯干上萌生新枝，生长至今。

南国有红豆，北国亦有红豆。只不过北国红豆，学名叫红豆越橘，主要分布在大兴安岭原始森林中。有一年夏天，我来到了莫尔道嘎国家森林公园的红豆坡，见到了北国红豆的风姿。

红豆坡以清松为盖、杜香为伴。作为南国红豆故事的续篇，曾几何时，也引发“北国红豆也相思”的佳话。当地人把红豆叫作“亚格达”。它褐茎绿叶，白花红果，由于果中含有丰富的营养物质，可入药，具有延缓衰老的功效，颇受人们的青睐。步入红豆坡，采一把红豆，酸甜可口；撸几片杜香叶，若闻香水。

又一年秋天，为探望德阳的一位老朋友，途径什邡。什邡是四川历史文化名城，曾因大禹的足迹而享有“禹迹仙乡”之美誉。相传战国时代著名水利工程专家李冰曾在此治水并仙逝于此。什邡还是汉代名将雍齿的受封之地，故什邡城又名雍城。什邡有一个师古镇，由原云西和民主两镇合并而成，因农学家张师古而得名。张师古，清代四川什邡人，尤精草书，著有农学专著《三农纪》，该书对农事的方方面面条分缕析，见解独到，被纳入《中国农业遗产集》，张师古死后葬于什邡师古村。

师古镇有一座因红豆树而得名的村落——红豆村。我亲眼所见这棵红豆树，树高 50 余米，树干之粗，需 4 人合抱，据说迄今已有 1200 余年的历史。

一颗永不褪色的小小红豆，让红豆树、红豆诗、红豆词、红豆曲、红豆歌，生生世世诉相思，无从停歇。

# 府河悠悠绕锦城

府河悠悠，浩浩渺渺，犹如一曲动人的歌谣。漫步河岸，可见河水清涟，鱼儿漫游。河两岸，有嫩绿色的油麦菜，金黄色的油菜花，还有亭亭而立的杨柳，宛若一幅画。

## 1

历史从来不走直道，它的弯曲也参差了河流的起伏。傍山而住，居水而安的成都先民，选择了河流的依靠，用沿河居住的文化照亮了成都发展的通途。

府河悠悠，碧波荡漾，豆绿的江面上倒映着天府繁华，让它见证了成都兴衰发展的历史。府河淙淙，一直守候着城市的记忆。城市的历史，就缠绵在河水的怀想里。

据史料记载，古时的成都平原，是一个水泽密布、水道乱流的潮湿盆地，且水患相当严重。蚕丛和鱼凫以来，应当说，像初步整治、局部整治这样的工程，从未停止过。最有成就的治水功臣有四位：

第一位当属古蜀开明国王鳖灵，正是他的引岷入沱排洪工程，使得平原出泽国，为古蜀先民定居成都，创造了先决条件。

第二次位大规模治水的是先秦的李冰。李冰疏浚三十六江，完成了举世瞩目的都江堰水利枢纽工程，沟通了天府之国直达荆楚和吴越的黄金水道，使秦王朝可以凭此而如愿以偿地实现“得蜀得楚，得楚得天下”的中国历史上第一次大一统。

第三位大规模治水的是西汉文翁。他担任蜀都郡守时，大力推广水稻种植，首扩灌渠系统，并引湔水和清白江连接，从此赋予都江堰水利工程以灌溉意义，推进和繁荣了四川盆地农业的大发展。

第四位大规模治水的是晚唐西川节度使高骈。他改两江双流为两江抱城，给成都留下了千年不变的独特城市景观。

治水造城，培育文明。四位功臣，功盖千秋。由是我想，每一条河都是上天的创造，每一条河都张扬着个性，记载着许多关于人类繁衍生息的细节。府河也不例外。

## 2

府河环绕着成都，早已改变了它固有的速度和气势，不再有从青城山、邛崃山顺流而下的那种波涛汹涌和铿锵激昂，有的只是它的宽厚悠扬和从容奔放。大街小巷，一切都是慢节奏的。行人的脚步是慢的，被风扬起的黄叶是慢的，就连人们说话的语速也是慢的。

成都，盛传“五丁开山”的神话，有无数的将士战死沙场，书写了悲怆的历史画卷，他们是寻求和平文化的先驱。抹去丰碑上的历史尘埃，你会清楚地看到他们的丰功伟绩。

如今，当你走在琴台路上，在那一块块铺路石上，似乎依稀可以看到司马相如和卓文君为追求自由爱情，冲破封建枷锁而私奔的脚印；琴台路上的那架古琴，仿佛仍然在演奏着《凤求凰》那低沉婉转的琴声。

武侯祠的英雄和智者们，义结金兰，仿佛还在那里运筹帷幄，决胜千里。还有扬雄，他在最艰苦的条件下，写下了《逐贫赋》《蜀都赋》《太玄》等宏伟巨著，“歇马独来寻故事，文章两汉愧扬雄”，这是人们对他的高度评价。

杜甫的草堂虽小，却涌出了盖世的华章。“致君尧舜上，再使风俗淳”，展现出宏伟博大的抱负，气吞山河；《三吏》《三别》，诉百姓心声，为百姓呼号，为人民呐喊。其作品不仅使成都的文化底蕴增厚，也为中华文化书写了光辉的一页。

望江楼上的薛涛，手执细笔，饱蘸缓缓流淌的锦江水，也饱蘸着她的情和泪，书写了一页页最精美的诗笺。她的才华和美名，让后人永世难忘。

金沙遗址，先人们的遗骨被风化了不知多少年，但是，却带不走他们的美好梦想。也许，鹤鸣山上的道士依然吟诵着先人留下的道法，而使道教文化发扬光大，如悠悠府河般川流不息。

伟大的人民作家巴金，不仅是大文豪，也曾经是战斗在反帝反封建前线的英勇战士。他写下了许多可歌可泣的文学巨著，立下了不朽的功勋。

有人说成都的宽窄巷子是富人的天堂，可是那里的一砖一瓦都是劳动者的智慧和汗水的结晶。当你漫步在宽窄巷子，旧成都的身影随处可见，那无疑是成都劳动者创造的文化遗产。

## 3

府河是成都的母亲河，千百年来源远流长，绵延不绝，孕育了成都的一方水土，也造就了蜀都历史文化。

府河是成都文化的摇篮，成都的兴衰发展，离不开府河的滋养。所以，我们不难理解成都人深情地把府河称为母亲河。

《华阳国志·蜀志》这样记述成都："蜀沃野千里，号为陆海""水旱从人，不知饥馑，时无荒年，天下谓之天府也"。

陈子昂在其《谏雅洲讨生羌书》中称"蜀为西南一都会，国家之宝库，天下珍货，聚出其中。又人富粟多，顺江而下，可以兼济中国"。

意大利威尼斯探险家马可·波罗在他的《马可·波罗游记·成都府》中如是写道："有一大川，经此大城，川中多鱼，川流甚深……水上船舶甚众，未闻未见者，必不信其有之也。商人运载商货往来上下游，世界之人无有能想象其甚者"。

## 4

每一条河流都有他自己的方向和轨迹，所有的河流都有一个共同的梦想，就是奔入大海。

府河，承载着成都乃至四川一段段辉煌抑或黯淡的历史情愫；府河，演绎着一篇篇短暂抑或漫长的文化篇章；府河，联系着一座座令人惊叹抑或醒目的建筑，成为城市发展的历史符号。

府河漫步，不知道自己是谁，未来去何方。逝者如斯，你会发现，其实所有的河流从来不理会河边站了谁，走过谁，它们都只是按着自己的方式静静流淌。

府河悠悠，更参透人生。与河流相比，人生的确无常。事业看淡了，不过是取舍；爱情看懂了，不过是聚散；生死看穿了，不过是离合。可是，能够做到如此轻松地看淡、看懂、看穿者又有几人呢？同时，所有的河流，都寓意了最为真切的时光。而在时光面前，人类都无法不老。与时光老去的还有回忆，还有生命里让人无比幸福的感知。一切都要像河流一样流逝，尽管人们内心充满了无比的留恋与不舍。

府河悠悠，于流转的光阴里，既流淌圣洁，又流淌美好，共同激起我们深藏在心湖的涟漪。

悠悠府河，一抹夕阳平铺在河面，既流淌阳光，也流淌温暖……

# 龙脉传家佑中华

有时候，独自暗想，中国俨然是一位绝代美人。你看它，青山为黛，绿水为眸，大地为裳，森林为发。并且孕育了一块古老而辽阔的大地，一份博大精深的文化。让人禁不住吟唱：神州广大，华夏一家。羲皇制礼，文史兴发，炎黄行道，龙脉传家。

是啊，爰有人类，即有中华。三皇五帝，补天女娲。结绳记事，仓颉功大。天文仰观，地理俯察。披荆斩棘，海角天涯。黄河滋养，长江润滑。盘古开天，万类同化。山顶洞中，半坡村下。尧舜禅让，仁典可查。大禹治水，弘义兴达。夏商周秦汉，万里长城今犹在；唐宋元明清，风云激荡大中华。九州一统，地域广大。制礼作乐，文武规划。嘉会友邦，仁爱布达。

文言表万象，水性虚而沦漪结；华章载大道，木体实而振萼花。赞《周易》、作《春秋》、创儒学、为民立极，天叫孔子集大成；倡仁爱、讲孝悌、肃纲常，杏坛春暖，仲尼秉烛照天下。道法自然，无为而治，教吾人生无烦扰；兼爱非攻，扶危济困，舍己为人做义侠。《史记》，通古今之变，成史家之绝唱；《离骚》，类万物之情，绽千古之奇葩。豪放浪漫李太白，黄河之水天上来；宏伟奇绝杜子美，茅屋秋风颂华夏。四大发明，引发世界变革；四大名著，展示人间词话。石雕木刻，泥塑彩陶；书法惊鸿，出神入化。北京心脏，铿锵有力：上海珠明，璀璨光华。长江天堑，日夜流淌甘甜乳汁；黄山云海，时刻演绎万千变化。

国门开放，港澳还家。青藏铁路，三峡大坝。嫦娥探月，航母叱咤。奥运圣火，情浓华夏。粤曲梆腔，京昆评弹，传先声古韵之典；影视传媒，诗文书画，育民主文明之花。

说不尽的千秋事，道不完的华夏情。千言万语一句话：天佑中华。

# 天道地德赋九州

我从小接受的教育便是敬天畏地。

敬天为父，敬地为母，非但是一种感恩之心，更是对自然的崇拜。比如，祭天的地方叫天坛，祭地的地方叫地坛。再比如，结婚时要先拜天地，再拜父母。因此可见，天地文化，在中国的文明史上占据着极其重要的地位。基于此，老子才说：人法地，地法天，天法道，道法自然。惟天行健，主离主聚；惟地育慈，载寿载昌。

天地者，万物之汇聚，世代之消长。出九州而成环宇，收海陆而无边疆。仰天得道，人在其中；立地成仙，物依其旁。

大风起兮云飞扬，彩云飘兮凤回翔。地载天覆，分剖今古，天虚地实，演绎玄黄。中国肇始，传盘古新开天地；华夏传奇，观后羿射于穹苍。孔孟思想，承载五千年岁月；老庄哲学，衍化千万代篇章。以礼为始，修厚德而言欢乐；以仁为终，炼博爱以述芬芳。

天地皇皇，玉宇苍苍。醉江南之秀美，爱北国之风光。绿柳醉春，烟花雨巷；山舞银蛇，原驰蜡象。如诗如画，梦入水乡；虎啸深山，林海苍莽。德汇天地，和泰阴阳。有道是“青山看不厌，流水趣何长”（唐·钱起《陪考功王员外城东池亭宴》）。河图僻畛，聚大千之慧力；洛书奥秘，涵九州之崇光。太极分明而静谧，三清和气而发祥。万类虚豁而容纳，五洲恒实而秘藏。悬日月，总纪纲；开云路，布琼浆。

完美极致的天堂，有谁真正去过？于是变成了人们的向往；漏洞百出的俗世，有谁真正离开？于是成就了人们的记忆。念人生之须臾，思岁月之沧桑。眼观世界，心忧四方。世上森罗象，心尺来丈量。私欲濒危，志消则意乱；清风两袖，鸿运而无疆。顺缘合德，立经纶以济物；义利同撷，得天地之共襄。时光匆匆，道不尽红尘往事；古今悠悠，留不住最美时光。

# 山水有清音

人类赖以生存的环境，离不开山水。山水者，自然之造化，宇宙之载体。崇山峻岭，层峦叠嶂。茫茫千里；大河奔腾，溪流婉转，山水相依。

山，得流水而活，因草木而蕤，笼烟云而秀，聚起伏而巍。水，托青山而柔，傍花卉而媚，泊小舟而静，临四季而随。山光物态，春夏之晖。迢迢水流走青山，皎皎新月映松枝。

天下之挺拔者，唯山莫属，故有奇伟丈夫之比；世上之柔美者，唯水称道，乃有水做女子之谓。“不识庐山真面目，只缘身在此山中”（苏轼），这是山的怀抱与气概；“飞流直下三千尺，疑是银河落九天”（李白），此乃水的恢宏与豪迈。

仁者乐山，知者乐水。云山苍苍，烟雨霏霏。世上无不虚之山，惟虚故高尔险峻；天下无不实之水，唯实故流而逶迤。山月江烟，铁笛数声，便成清爽；天风海涛，扁舟一叶，却是神奇。有时候，让我们过不去的不是眼前的高山，而是眼里的一粒沙。

溪响松声，清听自远；竹冠兰佩，物色芳菲。高山流水，清澈湍急，可见山脉绵亘；云鬟凝翠，蔽月盖日，可谓万态千姿。亭台掩映，偶来秀女娉婷；山高水长，云集花月之会。苍山奇伟，丛生松柏更迭；长桥跨越，感触嶙峋怪石。绿水悠悠，难赋人间胜境；烟姿淡淡，常忆蝶舞羽衣。道不尽山水好景，但付沉吟；挡不住世态炎凉，唯慕清溪。

高山厚重，通天拔地。流水激烈，顺势而为。鸟恋山林鸣深壑，鱼思故渊游清池。群山脉脉，涧底松风郁郁；一水盈盈，山腰竹雨离离。

不老青山，长存绿水。

# 万爱千恩百苦　疼我孰知父母①

谁人没有父母？谁人不解父母养育之恩？

父母者，人之本；儿女者，本之末。椿庭壮硕，萱堂娇柔；椿萱茂盛，枝叶繁荣。

父爱如山，母爱如水。一从儿女降人世，千金重担压爹娘。从此不分夜与昼，日日辛苦时时忙。从此不知饥与饱，只问儿女饭可香？七八岁上入学堂，准时接送冒风霜。不道辛酸不言苦，不图回报不张扬。儿有饥寒父母忧，儿有病恙爹娘慌。儿有委屈对娘诉，儿有难处爹来扛。

时光匆匆儿长大，爹娘不复旧模样。沟壑纵横写春秋，满头乌发尽染霜。老爹为家做栋梁，再苦再累不开腔。儿女无名娘不怪，思儿念女挂心肠。双重父母双重天，媳婿都当自生养。上贤下孝辈辈传，血脉相连永莫忘。

父爱之高，仰之若高高山冈。父亲，坚韧而纯朴，乐观而善良。父亲的爱，像一缕明媚的阳光，沐浴着我们成长。生活或许艰辛，命运或许无常。迷惘时，他是一束光，把你的前程照亮；痛苦时，他是一剂药，可以为你疗伤；胆小退缩时，他是一只有力的手掌，鼓舞你斗志昂扬；小有成绩后，他虽已白发苍苍，依然为你提醒警示，保驾护航。

母爱之阔，衡之如大海茫茫。母亲，细腻而周到，温柔而慈祥。母亲的爱，是儿时的摇篮曲，唤醒弯弯的月亮。人生或许不如意，道路或许不坦荡。困惑时，她是春天的燕子，给你带来希望；伤心时，她是夏天的雨露，给你到来芬芳；遭受委屈时，她是寒冬的一股暖流，让你心花怒放；掌声响起时，她虽然坐在下面，却含泪为你捧场。

父母是一棵连理大树，可以倚着他们沉思，可以倚着他们幻想。父

---

① 万爱千恩百苦　疼我孰知父母：出自明代吕得胜所著《小儿语》。

母是保护伞，父母是育婴房。父母是远航的帆，父母是避风的港。父母是一曲动人的歌，带着我们云游四方，用他们和谐的曲调，抚爱着我们幸福成长。

母亲是黄河，哺育儿女；父亲是长江，恩情绵长。父亲是太阳，光芒万丈；母亲是月亮，玉露琼浆。

记住，在这个世界上，那个永远对你好的，必定是你的爹娘。

# 青山万里一孤舟①

儿子出发的时候，满院的花都谢了。尽管儿子出国已经不是第一次了，但是离别的滋味依然让我极不自在。

办理完托运手续，离飞机起飞还有一段时间，我们到就近的咖啡厅坐下来，与儿子面面相觑。静坐于此，轻搅汤匙，沉默对视，无言以对，却有千言万语藏于杯底。这里有加不了方糖的苦，也有依依惜别的痛。

候机楼那沉闷的钟声，似乎要撞碎那抹残阳，也撞碎了我薄如蝉翼的心。视线的前方，也许是一颗执着而不舍的心，驮着沉重的双肩挎，还有比背包还要沉重的思绪，木木地走向闸口，转身向我们招手。

儿子第一次出国，我不在国内。我至今还记得，送走儿子的时候，爱人从手机上传来泣不成声的哭音。出国留学，是儿子的选择。照理说，无论是他本人还是我们做家长的，都有充分的心理准备。但是自出生以来，儿子一直和我们在一起，相濡以沫，这次要分开，而且需要很长一段时间。这又是我们所难以接受的。说归说，做归做，我们必须狠下心来，看着他独自离去。他有自己的人生，我们不可能永远陪着他。

那年夏天，年轻气盛的儿子，抱着求知的渴望，踏上了孤独而漫长的求学之路。远离了亲人，远离了故乡，看不见熟悉的景象，看不见熟悉的笑容，更听不到熟悉的声音，就像一叶浮萍飘荡在异国他乡。初到国外，兴奋的心情很快就被孤寂感打败，随之而来的生活压力和学习挫折，更让他觉得彷徨而消沉，甚至有放弃学业收拾包裹回家的冲动。让他最担心的是，不知道毕业后能干什么。等到他走出了学习的瓶颈，逐步熟悉了国外的生活，两年时间已经过去了。尽管儿子是个听话的孩子，

---

① 青山万里一孤舟：唐·刘长卿《重送裴郎中贬吉州》：猿啼客散暮江头，人自伤心水自流。同作逐臣君更远，青山万里一孤舟。

做事一向中规中矩，但是我们总是不放心他。

儿子出国的那些日子，也是我们想念他的日子。夜半梦醒，想着他是不是又熬夜了，车子开得是不是好。爱人的感情更盛，有时一个人怔怔地望着窗口而落泪。

难活不过人想人。更多的，我们总是在意念中想他，也是在安慰自己。我们想大声地告诉他所居住的城市，我们把自己当儿子交给了你们，租房的房东，你们要善待他，他一定会准时交上房租，不会打扰你们的生活；在学校，老师和同学，你们要善待他，他是一个肯听话、好相处的孩子，有时候你们听不懂他说话的意思，那是因为语言不同，你们要有点耐心；在路上，你们要照顾他，异国他乡，他的车技还有待提高……

有时候又想，为什么要同意孩子出国呢？不出国，我们一家三口在一起，天伦之乐，不也挺好吗？为什么要舍弃欢乐，让我们分享孤独的寂寞呢？

面对儿子的出国与归国，我们又总是说，儿子啊，出国在外，的确很难。但切莫攀比他人的幸福，抱怨自己如何的不如意。平凡的生活，需要一份心态的平和。要知道每个人都有不同之处，不要辜负了生命的行程，切莫在嫉妒和羡慕中迷失自我。世界上总有很多力所不及的事，没有人能一一摘取。每一天，都要给自己一个会心的微笑，给自己一个开心的理由。这个世界，不是所有的人都懂你，也不是所有的人都会疼你，时间会清晰很多事，也会让很多的背影模糊。人生是一程没有定律的跋涉，每一程风雨都有不同的风景融入生命，将时光打磨。赏春花，看秋韵，在旅途中演绎着生命的七彩斑斓。季节的交替将年轮叠加，岁月留下的道道印痕，深浅不一。简单一点，得失随缘，不慕虚荣，恬淡一份心境，使灵魂在一次次洗礼中越发透明。

“同作逐臣君更远，青山万里一孤舟”。旅途的孤寂，伴送你远去的只有万里青山。有时我在想，人生在世，历经沧桑。阴晴圆缺，聚散分离。凡此种种，算不算是心间至苦？为什么面对离别，心中总是无限酸楚，无尽忧伤？这一次送你，终于明白了：有一种目光，直到分手时，才知道是眷恋；有一种感觉，直到离别时，才明白是心痛；有一种心情，直到难眠时，才发现是思念；有一种缘分，直到梦醒时，才清楚是永恒。

# 浅斟低唱好家风

烟雨江南，雪漫塞北，西域风情，东流逝水。有时候，不论你走进江南小巷，还是漫步塞北小街，不经意间，你会看到“忠厚传家久，诗书继世长”的匾额或对联。细细品味这十个字，不免让人凝思。尽管房屋有些老旧，门楣有些斑驳，但字迹依然清晰。

从某种程度上来说，“忠厚”与“诗书”“耕读”与“传家”，是中国古人最理想的生活方式。古人渴望这种精神与生活共融的方式能够世代相传，也就把它作为家族兴旺发达的一种图腾符号了。耕田既事稼穑，又丰五谷，既养家糊口，又安身立命。读书则是既知诗书，又达礼义，既能自强不息又能厚德载物。透过历史来看，“耕读传家”便成为所有中国人共同的家风了。

宋代词人赵长卿有一首《浣溪沙》：“坐看销金暖帐中。羔儿酒美兽煤红。浅斟低唱好家风。爱客东君多解事，晚妆新与画眉峰。便须催唤出房栊。”

浅斟低唱好家风。一个社会有社会的风气，一个家族有家族的风气。好的家风是社会和谐的基础，也是所有成员立身做人的行为准则。如此才能代代相传，蔚然成风。在家风的传承上，从孟母三迁到岳母刺字，古往今来，各类训教之书琳琅满目：

周公旦《诫伯禽书》，告诫儿子牢记六项要求：德行宽裕却恭敬待人，土地广大却克勤克俭，禄位尊盛却谦卑自守，人众兵强却心怀敬畏，聪明睿智却总感觉愚钝无知，博闻强记却自觉浅陋；诸葛亮《诫子书》，教育儿子要“淡泊”自守，“宁静”自处，鼓励儿子勤学励志，从淡泊和宁静的自身修养上狠下功夫；唐太宗《诫皇属》，告诫后代，应当遵守道德规范，加强道德修养，掌握治国之道；颜之推《颜氏家训》，对自己立身、处世、为学经验的总结，从教子、兄弟、风操、勉学、养生等 20 个方面，对家族子孙提出了要求；司马光《训子孙文》，要求子孙以廉洁、俭朴培养优良品德，并阐述了怎样以家教来影响孩子的行为，而这些行为又会产生什么样的后果，这些的后果又会给整个家庭和家族带来怎样的影响；朱伯庐《朱子家训》，以“修身”“齐家”为宗旨，劝人要勤俭持家安分守己；袁采《袁氏世范》，从睦亲、处己、治家三个方面，纵论立身、处世、言行、交游之道；郑太和《郑氏规范》，从治家、教子、修身、处世等方面，对后人提出了严格要求；曾国藩《致子侄书》，主张勤俭持家，努力治学，睦邻友好，读书明理；李毓秀《弟子规》，列述弟子在家、出外、待人、接物与学习上应该恪守的守则规范。

上述这些家规或训诫，流传久远，影响深刻。其宣教内容主要是：淡泊名利、善良孝顺、贤惠温和、谦让恭敬、勤俭廉洁。其中，“孝悌为先务，本立而道生”“诸恶莫做，众善奉行”“勤俭持家”“耕读传世”“穷则独善其身，达则兼济天下”“见贤思齐”“海纳百川”等等，成为万世传颂的格言警句。正所谓：云山苍苍，江水泱泱；先祖之风，山高水长。

纵观历史，大凡品德高尚、事业辉煌者均出于家风好、家规正、家教严、家学深之门。他们在家庭孝敬父母，是好儿女；在学校勤学上进，是好学生；在社会，奉公守法，是好公民。不少家族，延续千余年，世有才俊涌现，代有贤达辈出，他们无疑是家族之幸、国家之幸、社会之幸。

南宋诗人陆游，积26条家训传戒后人，告诫后代：“仕宦不可常，不仕则农，无可憾也。但切不可迫于衣食，为市井小人事耳。戒之戒之。”

清代第一才子纪晓岚，家教甚严，对子女有“四戒”“四宜”的要求。四戒是：一戒晚起，二戒懒惰，三戒奢华，四戒骄傲。四宜是：一宜勤读，二宜敬师，三宜爱众，四宜慎食。“四戒”与“四宜”相辅相成，相得益彰。相互补充，相映生辉。既告诉了后人什么不该做，又告诉了后人应该怎么做。

民族英雄林则徐，曾写过一副对联传给后代：“子孙若如我，留财做什么？贤而多财，则损其志；子孙不如我，留钱做什么？愚而多财，益增其过。”

扬州八怪之一的郑板桥，52 岁时才有了一个儿子。虽晚年得子，但从不溺爱。传说 73 岁时，病危的他把儿子叫到床前，说想吃儿子亲手做的馒头。父命难违，儿子只得勉强答应，但没有亲力亲为。待他将馒头送到父亲床前，父亲早已断气。案头上有父亲的遗言：“流自己的汗，吃自己的饭，自己的事情自己干。靠天，靠地，靠祖宗，不算是好汉。”无独有偶，民国时期的思想家、教育家陶行知先生也曾这样说过：“滴自己的汗，吃自己的饭，自己的事情自己干。”他的这句话，激励着当时一大批年轻有为的青年志士，努力奋斗，坚持不懈，走向成功，不辱门风。

家风淳，则家族瓜瓞不绝；家风邪，则家族分崩离析。家风，看似无形，然则有力可感。家是国之基，国是家之合，营造良好的家风，是社会和国家的隆盛之措。

# 六十余年妄学诗

陆游写过一首《夜吟》：“六十余年妄学诗，功夫深处独心知。夜来一笑寒灯下，始是金丹换骨时。”诗人以自己六十余年之人生经历，告诫人们，不要把写诗的功夫限在“诗内”的文字上，而是把功夫下在“诗外”，正所谓“功夫在诗外”。

常常会听到许多人感叹，人生多风雨，道路总崎岖。面对生活，他们常常低首蹙眉，郁郁寡欢。其实，人生就是一种修行，只要披一肩清幽，沐一身阳光，携一缕淡墨诗意，便能一路踏歌，悠然而行。觉悟没有早晚，可以从任何可以开始的地方开始，从任何可以解脱的地方解脱。

德国诗人荷尔格林在《人，诗意地栖居》写道：“当生命充满艰辛/人或许会仰天倾诉：我就欲如此这般？/诚然。只要良善纯真尚与心灵同在/人就会不再尤怨地用神性度测自身/神莫测而不可知？神如苍天彰明昭著/我宁愿相信后者。神本人的尺规/劬劳功烈，然而诗意地/人栖居在大地上/我是否可以这般斗胆放言/那满缀星辰的夜影/要比称为神明影像的人/更为明澈洁纯？

六十余年妄学诗。我们不是第奥根尼或帕斯卡尔那样的哲学家，做不到彻底鄙弃物质享受，也不可能效仿哲人梭罗，只带着一把斧头、一本《圣经》和几包小麦、玉米种子，就去瓦尔登湖隐居两年，却可以像德国诗人荷尔德林所倡导的那样“诗意地栖居在大地之上”。

诗意地栖居，应当是一种美好的生存状态。仰望星空，凝视明月，泛波五湖，踏遍青山，必定是一种诗意。虽说人生有意外、有风浪、有险阻。天空难免有阴雨，尘世难免有沉浮，人生难免有失败，生命难免有不幸。也许，越过风浪，就会和风弄弦，一往无前，可以轻奏高山流水，亦可尽享丝竹雅韵。

浮生若梦，芳菲几许？抖落尘埃，把简单留给己。明白了红尘多变，才能一路淡定；懂得生命的不完美，才能珍惜生命。如此，任身边红尘喧嚣，总有云水禅心。在安之若素里，寻一处幽境，怀一份诗意。诗，所以感于心而寄于声也。声音不可少，言语不可少。有声无言谓之曲，有言无声谓之文。文曲和于一，始可徘徊诗之门户之下。

诗歌本身便是一种熟稔于山水田园的栖居。孔子在《论语·阳货》中说："小子何莫学夫诗。诗，可以兴，可以观，可以群，可以怨"。孔子所说的"兴观群怨"，说得便是诗的功能。纵然在满目枯草的季节，只要放松自己，以一份素简之心，浅笑向前，便可享受岁月如歌的律动，觅得美丽的风景。"世事我曾努力，成败不必在我"。无论人生怎样起起落落，都要走好自己的路，看自己的风景，唱自己的歌，描自己的画。若心有大爱，心存感恩，心怀希望，诗意必定与我们同行。

诗意引领着我们，任雾气升腾弥漫，走过小桥流水。斜风细雨中，与缭绕的诗意共融。变化的是白云悠悠千载，不变的是浓浓的诗意。或者守一方净土，春披一蓑烟雨，夏看十里荷花，秋赏三秋桂子，冬钓一江寒雪。正所谓人欲无求，便无忧。行到山穷处，坐看云起时。如此心境，无关悲喜，无关风月，只是一种超然的诗意回归。

"心境善，事事皆善；心境美，物物皆美"。给生活融入淡淡的诗意，就会在平凡中活出情趣，在平淡中品出真味。融入诗意的心情，亦是最美的心境。诗意地栖息在大地上，看似遥远，实则不远。纷繁生活，需要让淡然抚慰浮躁的心灵，需要在清风的吹拂下，在小鸟啁啾中找回生活的诗意。

# 立志读尽人间书

相传苏东坡年轻气盛，豪气冲天。曾自撰一联："识遍天下字；读尽人间书"。不料一位老者见了，拿出几本书以示请教。苏东坡接书一看，顿时就愣了，书上的字他一个都不认识。老者微微笑了笑，飘然而逝。苏东坡大受刺激，方悟学无止境，于是将对联改为："发奋识遍天下字；立志读尽人间书。"

书是人类进步的阶梯。上下五千年，古今千万代，无不浓缩于尺牍；四海五洲风，友邦异域情，几近囊括于卷帙。情感交流、知识获取、经验传承、相互往来，书乃最大媒介；圣哲经典、名家荟萃、人情风俗、奇闻逸事，书中尽显琳琅。

书是良药——汉代大学者刘向说："书犹药也，善读之可以医愚。"臧克家说："读过一本好书，像交了一个益友。"高尔基说："爱护书籍吧，它是知识的源泉。"十九世纪美国盲聋女作家凯勒说："一本新书像一艘船，带领着我们从狭隘的地方，驶向生活的无限广阔的海洋。"俄国科学家皮罗果夫说："一本好书就是一个好的社会，它能够陶冶人的感情与气质，使人高尚。"赫尔岑说："书——这是一代对另一代精神上的遗训，这是行将就木的老人对刚刚开始生活的青年人的中选，这是行将去休息的站岗人对走来接替他的岗位的站岗人的命令。"

书中自有黄金屋，书中自有颜如玉。这是对书的审美和认可，也是对书的肯定和渴望。然人有善恶，书有良莠。读书之人，须明辨是非，趋利避害。读书之要，择善而存。好书如良师益友，如与古人对话，恰似与哲人相守。此时，尘封的悟性开始渐渐活跃，灵魂仿佛逃离了世俗的纷争，回归淡泊与宁静。因此，书中横卧着整个过去的灵魂，它使人们成为宇宙的主人。我们无法改变生命的长度，却可以用书来拓展它的宽度和深度。

读书，乃人生一大乐事。它是生活中的一股清泉，滋润干涸的心灵；它是陶冶性情的熔炉，造就高雅的品位。手捧书卷，心有余香。乐而忘忧，乐而忘愁。一卷在手，回味隽永。凝神细品，滋润心田。轻轻推窗，云淡风轻的夜，采书香一缕，浅吟低唱。文字的美感，阅读的愉悦，引发生命的脉动，深邃的思考，智慧的启示，灵感的勃发。

立志读尽人间书。书在左右，芬芳盈口。书的雅致，书的灵透；书的睿智，书的普度。卓尔不群，超凡脱俗。开启智慧之窗，指引创新之路。反复品赏，回味不够。品读，生命的真意趣、大滋味；鉴赏，思想的大碰撞、大进步。从春花读到秋月，从夜雪初雯读到朝辉侵露。愚昧之人，一生行若暗夜；智慧之人，总有明灯相顾。穿透岁月的尘烟，浸润人们的心腹。一本书，一个心灵的朋友。它不说话，却无时无刻不与你的心灵对话；它不思索，却无时无刻不在催促着你的思索。

# 万世一系说文言

文言，是我们在学习语文的过程中必须接触到的。那个时候我们往往简单地称其为“古文”。虽说它也是我们的母语，但实际上我们是在学习白话的基础上对其进一步了解的。

文言文，或列列以集句，或滔滔而诗文。地跨万里，借文言而交往；事隔千秋，凭文言以留存。文言万千，各具眉眼；密布于浩典，散落于乾坤。同族共根，笔笔经络连远祖；延裔续胄，字字血脉接后昆。有人赞誉：析文言字义，似析蔗杆；品文言字音，如品香茗。津津有味，妙趣横生。既可摹万物，亦能化乾坤。文言者，启文明，贯古今，统山河，聚人心。诚哉斯言。

中国文字从象形文字到甲骨文、铭文、篆书、隶书，再到现在的简体字，万世一系。而古文大体上是指春秋战国及其以前古书上的文字。许慎在《说文解字·叙》中说：“周太史籀著大篆十五篇，与古文或异。”一般来说，古文主要是指《易经》《论语》《春秋》《尚书》《周礼》《吕氏春秋》《孝经》等等古书上的文字，并且是比较早的笔书文字。

推而言之，古文相对于“口头语言”——白话而言，属于文言文。文者花纹，言者“其为物也多姿，其为体也屡迁，其会意也尚巧，其遣词也贵妍。”深谷幽兰，芬芳依旧。

文言之美，美在音韵。平平仄仄，让悲愤、温婉、苍凉、欣喜的情愫在抑扬顿挫中流淌。在文言文体中，诗、词、歌、赋都是用来吟唱的，而歌唱吟咏之声又比阅读更能引发人们的情感共鸣。文言之美，美在结构。它雕栋画梁、错落有致、整体严密，讲究委婉铺垫、层层递进；文言之美，美在意味，如同千年美酒，其韵致耐人寻味。

文言文有三千年历史，千锤百炼，几经变革，成为国粹。写作成为中国士大夫看家功夫，仕途经济，安身立命，立言立德，留名青史，靠一笔一纸而已。杜陵文字之雄浑，昌黎文字之奥衍，山谷文字之傲兀，东坡文字之豪放，皆中国文化之瑰宝，千百年来为中国人所传颂。难怪蔡铸说："读《出师表》而不坠泪者，其人必不忠；读李令伯《陈情表》而不坠泪者，其人必不孝；读韩退之《祭十二郎文》而不坠泪者，其人必不友"（《蔡氏古文评注补正全集》卷六）。

文言文永远是中国文学的精华。它可以将繁复的意思抟为一语，尤极凝练，构成绝妙意象，而且不把欲言全盘托出，给读者留有丰富的想象空间。古文极虚极活，极沉极郁，极朦极胧，鬼神不能思，造化不能秘。所谓兴在象外、兴象超远。"笼天地于形内，挫万物于笔端"。（《文赋》）"属文之道，事出神思，感召无象，变化不穷。俱五声之音响，而出言异句；等万物之情状，而下笔殊形"（《南齐书·文学传论》）。

20 世纪初叶，一场新文化运动，"将脏水与孩子一起泼出去"，让文言文惨遭扫荡，人们以文言文为蠹，唯恐引火烧身。文言文被冷落，被遗弃，被荒芜，成为中国文学宴席上的残羹冷炙。偶见报端，却波澜不惊。文言文的这种悲惨结局与文言文本身剑走偏锋、钻进八股文死胡同固然有极大关系，但是文言文本身脱离民众，只用于官方、文人和文史的活动，同广大民众的语言基本上没有关系，却是最根本的原因。消灭了文言文，等于堵塞了中国人追求精神不朽的通道。

钱穆先生深为文言文的落寞而不平：中国文言与白话，即所谓语言与文字，有分别。亦可谓雅俗之分。此为中国传统文化中一特别之处，为其他民族所无。近代中国人盛倡白话通俗，对文言文古雅则深加鄙弃，把本该相通的两项，过分分别了，其流害今即可见。（《湖上闲思录·中国思想通俗讲话》广西师范大学出版社，2005 年版，P114—115）钱穆还从自然（道家的自己如此）、自由（孔子的"道之不行，我知之矣"）、人物（人品、品格）、心血（道统）、味道（情味）、方法（孟子曰：规矩，方圆之至矣）、平安（安贫乐道）、消化（通古今之变）、中和（喜怒哀乐之未发谓之中，发而皆中节谓之和）、事情（境遇）知识（知乃知其事，识乃明其理）、东西（太阳出于东没于西，故以东西谓人间事物）、运气（命运）、过失（改过迁善）、号令（人有名号必佳称）、职业

（职主外，业主内）、释包（兼容并包）、释兆（兆头）、释淑（微露迹象，如窈窕淑女）等方面，论述了文言文对于中国人的意义。

所幸的是文言文还没有全军覆没。中国文坛也并未达到满目铅灰不堪入目的程度，偶尔也可见到文采飞扬、读之怡神的鲜活文字。也就是说，文言文之命脉并未彻底断绝，而有些文言文残余（如“总而言之”“欲速则不达”等）早已深入人心，有不少成为成语，博大而精深，古今贯通，生命长驻，价值永恒。

# 坐看云起时①

平素，喜欢看云，也喜欢听许茹芸的那首歌——《如果云知道》：如果云知道，想你的夜慢慢熬。每个思念过一秒，每次呼喊过一秒。只觉得生命不停燃烧。如果云知道，逃不开纠缠的牢。每当心痛过一秒，每回哭醒过一秒。只剩下心在乞讨。你不会知道……

## 1

喜欢看蓝天白云，看云朵漂浮在湛蓝的苍穹。天是云的舞台，空阔而静谧；云是天的精灵，曼妙而飘逸。看着它们不断变动着情景，我常常会陷入沉思，或者展开无限遐想。

白云千载空悠悠。不过也能看到不同颜色的云，有时洁白如絮，有时乌黑如幕，有时五彩缤纷。从形状上看，有满布全天的层状云，有孤自游荡的积状云，有游离高处的卷层云，有鱼鳞一般的卷积云，有呈波浪状连成一片的高积云。

小时候，常常根据云的移动方向来预测阴晴，譬如农谚曰："云往东，一场空；云往西，淋死鸡；云往南，水推船；云往北，好晒衣"。还有："天上鱼鳞斑，晒谷不用翻""天上钩钩云，地上雨淋淋""黑云有雨，红云生风""乌云接日头，半月雨稠稠""早霞不出门，晚霞行千里"，等等。大人们，正是根据云的移动，来决定这一天可以做点什么。

地面上看云，有霞光漫天的朝云，有空灵缥缈的烟云，有夕阳殷红的残云，有汹涌激荡的乌云，有轻飘如纱的薄云。并且早中晚的景色各不相同。云影遮罩的地段，江河呈深黑色，阳光直射的地段，江河闪着

① 坐看云起时：出自王维《初至山中》：中岁颇好道，晚家南山陲。兴来每独往，胜事空自知。行到水穷处，坐看云起时。偶然值林叟，谈笑无还期。

金色的光芒。一座座村镇，就像漂浮在海上的绿岛似的。田野里一条条银渠纵横交错，山冈一道道凌空飞架的渡槽，把一个个山塘水库串联起来，仿佛银链串珍珠，佩戴在缤纷斑斓的大地。

早晨的云，带有铅色的浓郁，感觉上有一些迟钝。往往低垂在远处，或者绕在树林之上。此时，城市或者村镇，显得分外庄重，沉寂。并且在这种庄重和沉寂当中，潜藏着几缕光，从深沉的云朵中透出几分明艳。不一会儿，太阳便升起来了，阳光从厚重的云层中逸出，露出天蓝色的缝隙。然后，云层在光的推动下移位，变成一朵或一团。当然，云团的中心仍然是铅色的沉郁，而从中心向外则渐渐地凸显出白色。随着太阳努力挣脱云层，天空中的云团仿佛被稀释，变得轻薄透亮起来，如梦如幻……

白天的云，飘荡在瓦蓝的天空里。那一朵朵白云，如一朵朵雪莲花，白得晶莹纯粹。有时，高处的云朵紧贴蓝天缓缓而行，显得尊贵而凝重；低处的云朵从容飘逸，显得俏丽轻灵，好似一位身裹白纱的仙女，飘带随风。那轻盈的身影、活泼的姿态，更使人想起无忧无虑的少年，因为纯真，因为不谙世事而倍觉可爱。不知是蓝天浸染了白云，还是白云淡化了蓝天，形成一幅蓝天白云的绝美画卷，

黄昏的云，随着夕阳西下，光芒从云彩背后照过来，金碧辉煌。那镀了金边的流云，似钓翁、似村庄、似河流、似群山起伏、似万马奔腾、似百凤归巢、似猛狮怒吼……一切想象中的东西，都可以从天空上找到。仿佛一场神秘的令人叹为观止的艺术盛宴。

## 2

陆地上看云，我看到最低的云是西藏的云。

西藏山岳壮丽，江涛有声，巉崖无极，崔嵬接云，日夜东流。如此山川，如此高度，如此胸襟，当然该有朝云暮雨为伴。

在西藏，天空非常干净，那是一种纯净的蓝，蓝得叫人生疑。那些洁白的云朵闲云野鹤般地缠绕在山腰，仿佛一伸手便可以摘得到。西藏的云，是上天无尘的花朵。看西藏的云，是一种悠然的境界，也是一种

门庭若市而心静如水的超脱。

西藏的云是飘逸的。它们或徘徊在山峰之巅，轻吻山的额头，或徜徉在蓝天之上，任风轻抚它们的躯体，或优哉游哉，顽皮地轻拽着天空的衣角。西藏的云没有北方的云那样浓郁，摆出催人压顶之势，也不像南方的云那样纤柔，那样轻描淡写。西藏的云纯净得近乎透明，没有一丝的杂质，像高原上静若处子的湖，更像藏民的纯朴与自然。其他地方的云大都是成片出现的，前呼后拥，有时甚至有些咄咄逼人。而西藏的云则不然，它们总是厚厚的，连成片，汇成海，无边无际。而有时又独自成片或独自成团，悬在天边。它们厚实、神秘、凝重、祥和，让人没有压抑之感。

在西藏，无论走到哪里，天上飘的是云，峡谷里流的是云，湖面上辉映的是云。即便你停下来，眼前飘移的是云朵，身上盖的还是云朵。云挂在山上，像飘带。更多的，悬浮在草甸上，行进在牛羊间。它们常常与喜马拉雅山、念青唐古拉山巍峨的雪峰逶迤缠绕，相互呼应，千形万状，在碧蓝的苍穹上任意延展，仪态万千。有时，又像一团团棉絮浮在空中呈静止状态，一动不动仿佛大家闺秀，矜持而美丽，让人有杂念俱消之感。有人对我说，西藏的珠穆朗玛、南迦巴瓦等每一座雪峰都是一位神的化身，而凡人俗子想见到神的真容肯定是一件不容易的事。因为云是为雪山遮羞的。白天，它们就像洁白的哈达，将峰顶层层缠绕，偶尔让峰顶在人们面前闪现一下，给你一点儿希望。随后又紧紧将峰顶遮住。很多人费了九牛二虎之力到了珠峰脚下，可惜美丽的珠穆朗玛被云严严实实地遮裹住，无法见其真容，只好遗憾而归。也有运气、福气好的，不仅可以见到世界第一高峰的秀美身姿，而且还可以看到神奇的“旗云”。这在藏民的眼里可是一生修来的福分啊。

西藏也有云海，那是真正的云海。与西藏的云海相比，黄山的云海就显得小气多了。记得我们有一次从鲁朗到林芝，只见那山涧忽然涌起了大团大团的云，很快将山涧填满，让我们看到一片汪洋大海。不远处，几个高大的山峰成了海中小岛，蔚为壮观。

## 3

海上看云，首先看到的是海天一色。

云海相映是美丽的，不管它是平静，还是愤怒。平静的大海，带给我们的是恬静。当我们和它喃喃细语时，才会发现那无处不在的美。愤怒的大海，带给我们勇气和斗志。当我们和它一起呐喊时，唤起的是对美好的向往和憧憬。

记得有一年夏天，我们从格拉斯哥前往贝尔法斯特。轮船缓缓移动着，天上的云朵也跟随着一起移动。海水卷起一层层浪花，相互追逐着，尽情地在浩瀚的海面上跳跃着。风让云聚集在一起，又把它们驱散开去。大海却保持着自已蔚蓝的颜色，美丽而干净。那海上的大片白云，将大海遮挡呈斑驳状，阳光通过云缝投向大海，拉出道道射线，一下子就让大海变得婀娜多姿起来。

当晨霞轻露的时候，天上的云就如金色的羽蝉轻轻铺开，亦如白色的轻纱掩映着蓝天。太阳出海的时候，那些七彩的云霞，从遥远的大海深处积蓄，向我们的轮船飘来。渐渐走近了，小的洁白，犹如泡沫；大的寒光闪闪，如浮动在海上的冰山。它们与轮船擦肩而过，让海际与天空尽情缠绵。

当残霞映照，天暗下来，海暗下来。那漫天的彩云就变成了火烧云，给人一种心灵的震撼，一种思想的洗涤。环顾四周，万顷海水洗不掉岁月的颜色。云，有横的，有竖的，那勾边的云，落在我们的船边。此时，最迷人的是眼前的海水中，有红、黄、青、蓝，紫五色，妖艳无比，仿佛一种朦胧的情感，让观者如痴如醉。站在甲板上，披露迎风，海上的空气是腥咸潮湿的，将满腹的珍爱付于海水。让我想起了英国作家大卫·米切尔的小说《云图》。那云的飘动与激荡，时而光华灿烂，时而清灵如水，时而奔腾震海，变幻莫测又浑然天成。

## 4

在地面上看云，与在高空中看云，不可同日而语。地上看云是仰视，天上看云则是平视、俯视。地上看云，云是冷峻孤傲的，它总是离你远远的；天上看云，云是亲近和蔼的。大大小小、高高低低，那些云就在你的身边，你只不过就是和它们擦肩而过而已。

记得有一次从北京到深圳，随着里程的延伸，景色也次第变化，先后看到了云海、莽原、雪原、沙漠等不同景色，令人惊叹。

云海中，每一朵云仿佛都有独特的性格与感情，每一朵云似乎都有自己鲜活的生命。它们有的像群山、丘陵或奇峰怪石，有的像小桥流水，有的像从天而降的巨大瀑布，有的像低头吃草的一群群绵羊，有的像万匹雪白的骏马在狂奔，有的则像无数根洁白的羽毛斜插在天上。有时，它们迷蒙温润，像细纱、像帐幔，给人以轻柔湿滑之感，又极像少女纤手般水嫩。有时，它们又像丝绸、像锦缎，给人以清新素雅之感，犹如贵妇的风韵。

飞机穿行在万米高空，仿佛进入茫茫旷野。云越积越厚，越滚越大，如梦的轻纱演变成了臃肿的棉絮，重重叠叠，堆满整个天空。我们仿佛坐在越野车上，强大的气流让我们的车子产生剧烈颠簸。这时候，乘务员总要广播一下，安慰乘客几句。

有时候，随着厚厚的云团将光线挡住，我们会看到广袤无边的沙漠。我们就在这沙漠中快速穿行。沙漠高低起伏，座座沙丘相连，大漠的肌体是光洁的，呈鱼鳞状，如一条条美人鱼漂荡在海面。望着这些高高的沙丘，你会陡升出万丈豪情，想起远古，那悠远的驼铃仿佛从历史的深处传来，不绝于耳。

有时候，在无边的沙漠中，你会看到浓烟滚滚，沙尘飞扬。那蠢蠢欲动的旋风，招揽喋喋不休的沙粒，鼓噪朦朦胧胧的尘土，牵引纠缠不休的冷风呼啸而起，向着我们汹涌而来。欲望的黄沙和着虚伪的风，勾结在一起，肆虐着我们精神的绿洲。

有时候，我们似乎又走进了林海雪原。琼枝玉叶，粉装玉砌，峰谷鹰鸣，马嘶风啸，皓然一色，整个世界一片银白。茫茫雪野，阳光跳跃，雪路悠长蜿蜒。雪花给云杉穿上雪白的大衣，雪花给大地铺了一块长长的银白色地毯。有时，风绞着雪，团团片片，纷纷扬扬。有时，好像走进了极地，雪海苍茫。这里没有鸟语，没有花香，只有一片银光。

5

看云，是需要耐心细致的。云的变幻莫测，往往让云的奇观稍纵即逝。多年来，我有幸见到了许多奇特的云。

有一年我们在庐山看云海。锦绣谷是庐山险峻绝美之处。站在其上，纵目四望，轻拂于碧海蓝天之间。白云朵朵，如羊群徜徉，如白龙穿梭，更如仙女漫步，风情无限。较之锦绣谷，含鄱口的云海更加壮观。扶栏眺望，云海漫漫。浓厚的云如天公作画，恣意泼墨。浓云所至，一片邈远，云海中浮露出许多琼岛，云腾雾绕，宛若佛国仙乡。平视云层，可见漫无边际的云，如临于大海之滨，波起蜂拥，浪花飞溅，惊涛拍岸。不禁想起元稹的诗句："曾经沧海难为水，除却巫山不是云。"

有一年在敦煌，我们刚刚从月牙泉景区出来，回头看，绝美的景色出现了。这是变幻莫测的火烧云，晚霞似火，映红天边，烘托着金黄的夕阳，在火烧云的映衬下，那些亭台楼阁显得格外壮美。火烧云属于低云类，是大气变化的现象之一。它常出现在雷雨之后的日落时分。火烧云的出现，让整个月牙泉的天空像着了火一般。鸣沙山红了，房顶红了，人的脸、头发也红了。天上地下一片"火"海，红彤彤的，有"半江瑟瑟半江红"的意境。

有一次，在烟雨茫茫中，我们登上了峨眉山，并且有幸看到了"佛光"。当阳光从我们背后照射至浩荡无际的云海时，深厚的云层就把阳光反射回来，经浅层云层的衍射分化，形成了一个巨大的彩色光环。我们在金顶舍身岩上俯身下望，俨然看到五彩光环浮于云际，自己的身影置于光环之中，影随人移，颇为奇特。

黄山的"霞铺云"，也是十分奇特的景观。当阳光穿云而过，我们看到了被照亮的云海。不一会儿，翻滚的云海开始变成红色。朝霞映照在云海上，滚滚的云海穿上了彩色缤纷的舞衣，如万千舞者在翩翩起舞。

有一次，我们在内蒙古坝上草原，看到了罕见的幻日奇观。开始是太阳右边出现酷似彩虹的光带，十分钟后，太阳左边也对称出现了这样的光带，好似有三个太阳。专家解释，幻日是大气的一种光学现象。在天空出现的半透明薄云里面，有许多飘浮在空中的六角形柱状的冰晶体，偶尔它们会整整齐齐地垂直排列在空中。当太阳光射在这一根根六角形冰柱上，就会发生非常规律的折射现象。幻日一直被誉为吉祥之兆，也就顺理成章地引起来了一波又一波的观赏热潮。

还有一次，我们在洛杉矶，从亚凯迪亚赶往帕萨迪那驻地。夏季的傍晚，落日岚山，青山翠蓝。儿子开着车，突然对我说："老爸你看！"我抬头望去，只见眼前有一片硕大的光芒呈扇形从天而降，好似要封锁整个道路。而且，这个扇面还在不停地变幻着颜色。我便用儿子的手机，连续拍摄了数张，留下了美好而奇特的瞬间。

## 6

在一般人看来，云是再寻常不过的事物了。它因自然而生，也因自然而逝，似乎没有什么可以大书特书的。王摩诘"行到水穷处，坐看云起时"，却带有几份玄妙与哲思。李翱"练得身形似鹤形，千株松下两函经。我来问道无余说，云在青天水在瓶。"（《赠药山高僧惟俨（其一）》）云水禅心，看似无形却有形，不悲过去，非贪未来，心系当下，由此安详。《菜根谭》有这样一句话："宠辱不惊，闲看庭前花开花落；去留无意，漫游天外云卷云舒。"蕴含的意蕴和境界，令人心向往之。

不过，同样看云，却有不同的感觉：元好问"渺万里层云，千山暮雪，只影向谁去？"（《摸鱼儿·雁丘词·迈陂塘》）作者面对万里层云，驰骋丰富的想象，运用比喻、拟人等修辞手法，对大雁殉情而死的故事，展开了深入细致的描绘，再加以烘托，塑造了忠于爱情、生死相许的艺术形象，谱写了一曲凄婉缠绵，感人至深的爱情悲歌。

陶渊明"云无心以出岫，鸟倦飞而知还"（《归去来兮辞·并序》）。云朵无心出山，鸟儿倦飞知还。比喻作者无意出仕，厌倦官场而隐，表露了高洁的志趣和找到归宿的愉悦。

李白"云想衣裳花想容"（《清平调·其一》）。云彩都想有华丽的衣裳，花儿都想有娇美的容颜。见到云就联想到她的衣裳，见到花就联想到她的容貌，以云霞比衣服，以花比容貌，极言贵妃之美。

杜甫“片云天共远，永夜月同孤”（《江汉》）此为杜甫五十七岁时所作。当时杜甫离开夔州，辗转于湖北江陵、公安等地。他历经磨难，北归已经无望，且生活日益困窘。长期漂泊无定的状况让诗人感慨万千，于是他写下此诗。他所看到的片云孤月，实际上是用它们暗喻自己，把内在的感情融入外在的景物当中，感慨自己虽然四处飘零，但对国家的忠心却依然像孤月般皎洁，充分表现了诗人老而弥坚、壮心不已的心理状态。

白居易“云自无心水自闲”（《白云泉》）。白云随风飘荡，舒卷自如，无牵无挂；泉水淙淙潺流，自由奔泻，从容自得。诗人以云水的逍遥自由比喻恬淡的胸怀与闲适的心情，用泉水激起的自然波浪象征社会风浪，“兴发于此而义归于彼”，言浅旨远，意在象外，寄托深厚，理趣盎然。

王安石“不畏浮云遮望眼，只缘身在最高层”（《登飞来峰》）。欲成就大事业，最可怕者，莫甚于“浮云遮目”。作者写自己登临高处的感受，寄寓“站得高才能望得远”的哲理，表现了一个政治家拨云见日、高瞻远瞩的思想境界和豪迈气概。

黄庭坚“我欲穿花寻路，直入白云深处，浩气展虹霓”（《水调歌头·游览》）。词人想穿过桃花源，一直走向飘浮白云的山顶，一吐胸中浩然之气，化作虹霓。含蓄地表现了他对污浊的现实社会的不满以及不愿媚世求荣、与世同流合污的品德。

张先“云破月来花弄影”（《天仙子·水调数声持酒听》）。此为千古名句，由于“云破月”“花弄影”之“破”与“弄”，是将人的感情、动作移之于花月，表现出花月的精神、活力，故被王国维《人间词话》赞为：“着一‘弄’字而境界全出矣。”此词为张先临老伤春之作，作者慨叹年老位卑，前途渺茫之情与暮春之景有机地交融在一起，令人唏嘘。

# 无复神光发旧坛①

封土为坛，立誓为盟。这是古代祭祀神灵、祈求庇佑的特有形式。先人把他们对自然和神的感悟融入其中，升华到特有的理念，如宇宙、方位、阴阳、布局等，无不完美地体现于这些坛之中。

北京的祭坛是中国最集中的地方。主要是因为北京是帝国的首都，设立如此之多的祭坛，体现了历代帝王的宇宙观。所以，提起北京，人们就会想起那些大大小小的坛；想起历朝历代那些慷慨而悲壮的帝王将相；想起不同时节来自朝廷和市井的那些祭祀活动。面对旧坛故址，人们会借古思今，激情满怀。这也是丰厚的历史遗产赐予后人的宝贵财富。

前面说过，除用于祭祀外，坛也用于举行会盟、誓师、封禅、拜相、拜帅等重大仪式。后来逐渐成为中国封建社会最高统治者专用的祭祀建筑，规模由简而繁，体型随天、地等祭祀对象的特征而有圆有方，做法由土台逐步演变为砖石包砌。一直到清代，分布于北京城内外的坛有：天坛（圜丘坛）、地坛（方泽坛）、日坛（朝日坛）、月坛（夕月坛）、祈谷坛（天坛祈年殿）、社稷坛、先农坛、天神坛、地祇坛、太岁坛、先蚕坛等。其中天坛、地坛、日坛、月坛分别位于皇宫的南、北、东、西四郊。

一般来说，坛既然是祭祀建筑的主体，也是整组建筑群的总称。整个建筑群的组合，既要满足祭祀仪式的需要，又要严格遵循礼制。主体建筑四周一般要构筑一至二重低矮的围墙。墙外有殿宇，收藏神位、祭器。又设宰牲亭、水井、燎炉和外墙、外门。墙和外墙之间，密植松柏，气氛肃穆。有的坛内设斋宫，供皇帝祭祀前斋戒之用。

据史料记载，京城九坛始建于明永乐十八年（1420年）。社稷坛是

① 无复神光发旧坛：苏轼《富阳妙庭观董双成故宅发地得丹鼎覆以铜盘承》：鼎在耳二首人去山空鹤不归，丹亡鼎在世徒悲。可怜九转功成后，却把飞升乞内芝。琉璃击碎走金丹，无复神光发旧坛。时有世人来舐鼎，俗随鸡犬事刘安。

明代迁都北京所建的第一坛。社稷是封建时代国家的象征与代名词，反映了我国古代以农立国的社会性质。明清两朝历代皇帝于每年春秋第二个月的第一个戊日，都要祭祀社神与稷神。

同年，在正阳门南侧建起天地坛，配有日月、星辰、云雨、风雷四从坛，当时是天地日月等一起祭祀的。到了明嘉靖九年（1530年），才对诸神分郊祭祀，在天地坛（今祈年殿，又名祈谷坛）的南端建起圜丘坛（天坛），又有祭天台之称，于每年冬至日供皇帝祭天之用。地坛（方泽坛）建在安定门外，是明清皇帝每年夏至日祭祀土地神的场所。在朝阳门外建有朝日坛，用于春分日祭日。阜成门外所建夕月坛，为秋分日祭月。清乾隆十六年将祈谷坛改称祈年殿，并把大祀殿改名为大享殿，于每年正月的第一个辛日进行祭祀。所谓“恭祀上帝，以祈年谷”。

位于永定门内西侧的先农坛，建于永乐中，是祭祀神农氏之地。自清雍正二年起，皇帝于春季第二个月的亥日吉时，来此“弓行祀礼，亲御耒耜”。先农坛东北侧的太岁坛，建于明嘉靖十一年，因太岁是值岁之神，皇帝不仅每年正月上旬吉日和腊月末祭祀两次，而且在先农坛行躬耕礼之后，也要到这里拈香祭拜。

先蚕坛为明嘉靖年间建，原在安定门外，后迁至西苑东北角（今北海公园内）。每年春季第二个月的巳日吉日，皇后要来此祭祀并行躬行桑礼，以示对农副业生产的关怀与重视，有时遣妃代行礼。

北京的坛，在产生和发展过程中，也衍生出一些民间传说，有一些在流传中显然突破了传说体裁特点的限制，虽然也还保留着某些解释性的痕迹，却更像是幻想故事或生活故事。在清乾隆年间汪启淑所著的《水曹清暇录》里，就有关于天坛益母草的记载，清道光时麟庆著《鸿雪因缘图记》中，也有《天坛采药》一章。说明民间早就有关于益母草的种种传闻，逐渐被民众附会到天坛的传说中来了。再如天坛的甜水井的传说，也是有渊源来历的。清人王渔阳曾作诗：“京师土脉水甘泉，顾渚春芽枉费煎。只有天坛石甃好，清波一勺买千钱。”这里的“清波一勺买千钱”指的就是传说中天坛甜水井的水，说明天坛甜水井的传说，至少在清代就已广为流传。明人袁宏道咏天坛：仙苑桃花朵朵香，曾于天上看霓裳。刘郎老去风情减，闲把音容问太常。

如果说，帝王祭天是为了表现自己是天之元子，是受命于天的话，那么，他们在祭地之时，所要强调的是自己君临大地、统治万民的法统。因此，天坛建筑以突出天的至高无上为主，祭天者被放到了从属地位，而地坛建筑则不然。它虽然也要表现大地的雄浑与辽阔，但更要突出作为大地主人君王的威严。清代康熙皇帝在位 61 年，前 40 年中亲到地坛致祭 26 次，而后 21 年则全部由亲王、皇子代祭。在作家史铁生的笔下，地坛曾经是“一座废弃的古园”。他在《我与地坛》中写道：“许多年前旅游业还没有开展，园子荒芜冷落得如同一片野地，很少被人记起。”今天的地坛早已告别了寂静。平日里有许多人到园中锻炼、游览，在书市、春节庙会期间更是人潮涌动、热闹非凡。

北京社稷坛设有五色土台，它的东面是青土，南面是红土，西面是白土，北面是黑土，中间是黄土，意在代表我国辽阔多彩的土地，以示“普天之下，莫非王土”和江山永固。

日坛分为外坛和内坛。外坛墙体呈正方形，每一个转角都由一座棂星门镶嵌连接；内坛红墙绿瓦以圆形状，拱卫起最中央的祭台。秋天来临时，皇帝率文武大臣前来祭拜太阳神，浩荡的场面，雄奇的建筑，历史的魅力，在叩拜之间逐渐清晰起来。据说有一年诗人泰戈尔来华，有林徽因搀扶着在北京日坛讲演，旁边担任翻译的是徐志摩。文载：“林小姐人艳如花，和老诗人挟臂而行，加上长袍白面，郊荒岛瘦的徐志摩，犹如苍松竹梅的一幅三友图。”共同演绎了一段日坛佳话。

月坛的传说也不遑多让。相传朱元璋祖孙三代在夜间赏月，朱元璋命令儿孙作诗。儿子朱标作：“昨夜严滩失钓钩，何人移上碧云头？虽然未得团圆相，也有清光遍九州。”孙子朱允作：“谁将玉指甲，掐破碧天痕，影落江湖里，蛟龙未敢吞。”朱元璋听后，认为两人诗作不祥，果然朱标和朱允都未得善终。月坛的碑刻中并没有记录这两首诗，或许是传言不可尽信。苏轼有诗：“道人幽梦晓初还，已觉笙箫下月坛。风伯前驱清宿雾，祝融骖乘破朝寒。”此诗后来被题于月坛之中，直到今日，人们步入月坛，依然能够欣赏这首绝世华章。

# 人生到处知何似①

生活总是跌宕起伏。平素，上班下班，作文写诗，日子过得水波不兴。一旦破了规律，反倒觉得无所适从。

人生到了“艾耆之年”，对世事已经渐渐看淡。哪些事情可以做，哪些事情不去想，心中已经有了定数。这还称不上是孤独。孤是王者，独是独一。我一直以为，孤独是一种通达的状态、圆融的状态，真正的孤独者都是思想者，真正的孤独灵魂的放射，理性的落寞，也是思想的高度，人生的境界。雪莲绽放在缺氧的崇山峻岭上，那是一种高处不胜寒的孤独；梅花于风雪飞舞时烂漫，那是一种俏也不争春的孤独。叔本华说：“一个人只有在独处时才能成为自己。谁要是不爱独处，那他就不爱自由，因为一个人只有在独处时才是真正自由的。”严格意义上讲，我还不具备这样的高度与境界。不过，当我感到孤独的时候，自己的思想是自由的，我面对的是真正的自己。“君子敬孤独而慎幽微”。孤独是暗夜里的一盏心灯，凝望苍凉无垠的夜色，便没了痛苦，没了压抑，静静地品味着那份空旷辽阔和寂静清远。

一个人独处的时候，我能感觉到我的懦弱。有时候很羡慕“普罗米修斯”，他是一个敢于反抗强暴、不惜为人类幸福牺牲一切的英雄形象。他曾为人类盗取天火，触怒宙斯以后，他被锁在高加索山崖上，鹰食其肝脏，夜间伤口愈合，他忍受着折磨，坚毅不屈，最后获得解放。跟他相比，我差得太远。我只是受到一些冷落。真正的孤独者是不言孤独的。高处不胜寒但毕竟在高处。看不破世事却能看破世人。说到改变世界，有德的人总是被正义和传统束缚，往往是循规蹈矩。无德的人不避清规

---

① 人生到处知何似：出自苏轼《和子由渑池怀旧》：“人生到处知何似，应似飞鸿踏雪泥。泥上偶然留指爪，鸿飞那复计东西。老僧已死成新塔，坏壁无由见旧题。往日崎岖还记否，路长人困蹇驴嘶。”

戒律，甚至肆意践踏，结果世界因他们而改变。

人不能没有心灵的家园，灵魂不能没有追求。前几天我写了一首《迟来的觉悟》，诗中有这样几句："走过冬的冷峻，走进夏的欢喜/一场风，不懂阴晴变化的四季/真正读懂了父亲，却惺惺相惜/饱经风霜，已到了爷爷的年纪/看得见的乡愁，无法回收的故地/身体里流淌着，贫困交加的记忆/忠诚，是因为背叛的筹码不够大/正派，是因为受到的诱惑太密集/一切烦恼，其实都是种自虐游戏/一切问题，最终都是个时间问题/所谓成熟，都是在着意隐藏自己/所谓沧桑，都是内心流出的泪滴/个人的梦想，都被现实而破碎/宇宙中，其实人与蚂蚁毫无二致"。

既然人与蚂蚁毫无二致，来来去去，聚聚散散，短短数十年里，何必争名夺利？何必争风吃醋？日月闲闲，宇宙浩浩。明知我们无论走过多么漫长的岁月，最终都走向消亡；明知生命有欢乐，更有无尽的劳作和苦难，那我们何不潇洒走一回呢？

但是，不论怎么说，人生总是不如意的，会有很多遗憾。当官的羡慕经商的可以肆意挥霍；经商的羡慕当官的可以为所欲为。男人羡慕女人花枝招展，风情万种；女人羡慕男人玉树临风，挥斥方遒。文人羡慕武士的器宇轩昂，刀光剑影；武士羡慕文人的神情练达、渊博儒雅。人生实际上是在欲望和安家的旅行中渐渐消逝的。诚如德国作家黑塞所言："这边是眷恋在家安居，那边是思念永远在旅途中。这边是渴望孤独和修道院，那边是思慕爱和团体"。

贾平凹谈到读书的好处："譬如能识天地之大，能晓人生之难，有自知之明，有预料之先，不为苦而悲，不受宠而欢，寂寞时不寂寞，孤单时不孤单，所以绝权欲，弃浮华，潇洒达观，于嚣烦尘世而自尊自重自强自立不卑不畏不俗不谄。"这更是一种难以抵达的境界，恐怕绝大多数读书人是难以抵达的。

世界上的事，其实国事和家事大体相当。古人所谓的"修齐治平"，从修身齐家说起，是很有道理的。个人没有修为，家都治理不好，何以治天下？现实生活当中，我接触到好多人，都在为家庭琐事而烦恼。所谓"清官难断家务事"，纠缠不清的问题，说不清的道理，家家如此，户户如此，各有各的难处。温饱问题解决了，还有就业问题。就业问题解决了，还有孩子上学、老人赡养问题。除此而外，还有感情纠纷、财产分配等问题。剪不断，理还乱。在这当中，如果没有一个或几个人站出来，以大局为重，舍个人就全家，舍小家顾大家，那这个家庭便一定会走进一个死循环，恶性循环，环环相扣，代代相传，谁也无能为力去解决。“无解”，是所有这类家庭共同的答案。

天下之道，是与非而已。是为正，非为邪。欲得其是，必辨其非。但是家庭中的事情，尽管是非不断，却很难分清是非，太认真不对，不认真也不对。有时候是需要糊涂一点才对。你看到这个地方太热闹了，就赶紧找一个清静的地方去，不能凑热闹，不能火上浇油。老人的问题最好交给老人来解决，孩子们的问题，最好交给孩子们自己解决，不能乱掺和，越掺和越乱。人是有灵魂同时有身躯的皮囊。爱钱不可耻，但不能谁的钱都爱。

人生的纷扰中，我们克己、求是、摈非、学礼、奉公、守法，读书、做事。不管世事多么乱，是非多么曲折，首先我们要做一个好人，而且要一辈子做好人，当好官、办好事。好人必有好品相，好人必有好福报。善良，勤谨，放达，健康，心肝脾肺肾五脏干净，眼鼻耳口身五官端正。仰圣贤为基础，握仁义为楫舟，循诗书为路径，呼百姓为朋俦。所谓仰不愧于天，俯不怍于人。做人要做这样的人，让家人欢喜，朋友高兴，百姓满意。

怎么才能做到让家人欢喜，朋友高兴，百姓满意呢？一是要学会吃苦，二是要学会吃亏。吃苦受益，吃得苦中苦，方为人上人。吃亏是福，常吃亏必定是君子，贪便宜注定是小人。苦和亏，是一个人成长的必需品，成功的营养品，成名的奢侈品。除此之外，还要善于培养情商。情商比智商更重要。我们都知道爱情使人美好，恩情使人善良，激情使人灵秀。举凡父母的养育，老师的教诲，组织的培养，朋友的信任，群众的拥护，都应当作一种福报，思恩、谢恩、感恩、拜恩、报恩。滴水之恩，当涌泉以报。此外，还要施恩于人，加恩于人，开恩于人。做到多学以丰盈人生，勤思以理解人生，善谋以充实人生，能干以提升人生。

人生需要历练，历练不是埋头苦练，而是有目标的。首先是要提升忍耐力。成就一番事业，既要凭冲天干劲，又要靠长久耐力，不可能一蹴而就，立竿见影。更不能半途而废，事倍功半。第二种能力就是应变力，顺势而为则兴，逆势而动则废。因循守旧不足取，故步自封要不得，更遑论抱残守缺。第三种能力是洞察力，见微知著看得透，微言大义见实质，举一反三会类推，一针见血指要害，这是真本事。第四种能力是执行力，执行不走样，办事不含糊，贯彻不延误，落实不马虎。看准的事，决定的事，不打折扣，不讲条件，办利索，办圆满。对上不辱使命，对下不负众望。对一般人而言，有了这四种能力就足以应付人生中的问题了。如果想大有作为，还需要第五种能力，就是号召力，也就是组织能力和领导能力，通过组织的威望、个人的魅力，带动一个集体向前进。

诚然，家国之兴替，还需要每个人束身自爱。古往今来，有佳话，有教训，当效之戒之。钱财不是越多越好，知足最好，够用最好。财是个好东西，但君子爱财取之有道，得之有方，非分之念莫存，不义之财莫取。爱美之心，人皆有之。但不能好色淫色，自取其辱。遇事不能冲动，冲动是魔鬼，谨防血气之怒，要学会隐忍制怒，努力做到有度量，有涵养。权力是人民之所托，理当为民所用。应当慎用权力，不要争权、专权、弄权。当今社会，德之不修、学之不讲、同乎流俗、合乎污世，一定要重修养、存本色、持良知、明事理。正气凛然，邪气不入，依照情理办事，坚持把合法合情合理作为价值追求。凡事要权衡得失，该抓的抓得住，能放的放得下，不说大话空话，不玩虚情假意，莫以权势欺压人，莫在背后讥讽人。行得端、走得正、靠得住，看得远、想得透、谋得深。有诺必践，有责必担，诚实守信。不孝之人不可交，不可用。朋辈友爱，情同手足。不贪不腐，抱贞守素，不做无耻之事，不当无耻之徒。当天的事当天办，紧急的事马上办，能办的事尽快办。

人生当中，我们要时刻谨记：当你往上爬的时候要对别人好一点，因为你在下坡的时候也许会碰到他们。要知道很多时候，人们尊重的不是人，而是背景。千万不要怕被人看低了，看低了，还有露两手的机会。

看高了，就只有出丑的尴尬了。话说出去前你是话的主人，说出去之后你便成了话的奴隶。不要轻易把伤口揭开给不相干的人看，因为别人看是热闹，而痛的却是你自己。

有油水的地方常常最滑，即使爬起来却不易站稳。对比多了，欲壑就会扩张；攀比多了，心态常会失衡。有些炫耀，让你看到的是外表；有些掩饰，伴你读懂的却是心灵。

苏东坡诗云："人生到处知何似，应似飞鸿踏雪泥。泥上偶然留指爪，鸿飞那复计东西。"就是说人生所经历过的地方和所经历过的事情，像什么样子呢？该是像天上飞翔的鸿雁踩在积雪的地上；这雪地上因那偶然的机会，留下了脚爪的痕迹，可是鸿还得继续飞行，飞向何方，哪里还去考虑南北东西？这首诗非常生动而且深刻，所以后来便有了"雪泥鸿爪"这个成语，用来比喻往事遗留下来的痕迹。

一个人活在世上，生命，生存，生活，构成整个人生。每个人的一生，或多或少都会被繁华与喧嚣所影响，不可代替，不可复制，不可重新来过。所以，只要清醒就行，只要宁静就好，只要希望在心就好。

# 唯有书房旧时月①

说到书房，便一下子想起了作家杨振声的那篇《书房的窗子》。在这里，我们可以亲近清风与明月，可以领略晴日与碧空，可以眺望山光与水色，进而打通你与天然的界限。

书房，藏书之宝地，读书之良乡。坐看风云，气吞万象。与古贤对话，与今人谈访。有道是：读书读人读世界，论古论今论沧桑。

书房，文人之梦想，智慧之天堂。书柜要大，采光要强。窗外有水有竹，笔筒有圆有方。有书插架，一炉沉香，一张古琴，便是理想。书房里，或以文明志，或奇文暗赏；或以文自勉，或聊发痴狂。

书房，代表了文人的情趣和品位，汇集了主人的爱好与鉴赏。从某种程度上讲，书房是文人的圣地，是文人的脸庞。唐代诗人刘禹锡的《陋室铭》，是人人都谙熟于心的篇章。“可以调素琴、阅金经，无丝竹之乱耳，无案牍之劳形”。唐代萧项的《赠翁承赞漆林书堂诗》：“却对芸窗勤苦处，举头全是锦为衣。”宋人朱淑真的《书窗即事》：“花落春无语，春归鸟自啼。多情是蜂蝶，飞过粉墙西。”陆游的《喜晴》：“剩喜今朝有奇事，一窗晴日写黄庭”。金人冯延登《洮石砚》：“芸窗尽日无人到，坐看玄云吐翠微。”明代高濂《玉簪记·命试》：“绛桃春暖鱼龙变，向芸窗志绝韦编，功名一字总由天。”清人蒋士铨《桂林霜·家祭》：“芸窗相守，奋志诗书。”这样的书房，成为读书人的向往。

书不在多，读而有方。房不在大，纲举目张。抱朴守拙，万卷胸藏，好学深思胸襟阔；探赜索隐，释义钩沉，学贯东西胆识强。想当年，如饥似渴，不分中西，不辨古今，见书就买，读不择地，有书即房；看如

① 唯有书房旧时月：刘克庄《过季父新阡》：父兄俱映汉藜青，独老空山聚冻萤。生不肯扶灵寿杖，死堪上应少微星。向来枕膝传师学，末后悬棺合礼经。唯有书房旧时月，夜夜得得照疏棂。

今，藏不如读，读不如写，千册万卷，书叶飘香，杂写乱弹，济济一堂。袖手作文，品读学者风骨；瓣香书林，评论文人风尚。居陋室而抱书闲读，旅他乡以车舱为房。以床为桌，冷月照窗；风雨晨夕，试写新章。

书房，一个净化心灵的地方。在这里，捻一指清风入怀，摘一片绿叶细赏；拾一抹情思触动心灵，让清灵的空气凝滞住过往。在这里，让心剥落所有的浮华与喧嚣，在一窗温馨里去感知天与地的灿烂与辉煌……

# 读圣贤书　明古今事

倘若人的生命是一条河流，它蕴藉着混沌，凝聚着能量。一旦我们将自己的根没入其中，便逃脱不了对抗、挣扎、闪避，直至最终被浸没的结局。幸好，我们还有救命稻草——信仰，它将我们的灵魂从冰冷的河水中捞起，穿越幽暗的时间和空间，飞向温暖光明的彼岸。这种信仰的力量，来自于读书。于是，读书便成了我们重要的精神选择。

书，文字之载体。书，开卷而有益。黄帝垂衣，仓颉造字。依类象形谓之文，形声相益谓之字。简牍帛书，蒙恬制笔。逸思泻泉，含毫落纸。八方九州，教化所宜。帝王质文，世有损益。《诗》《书》《礼》《春秋》《易》。唯德动天，读书之士。书是灯，照亮了我们前进的路；书是桥，跨越了此岸与彼岸；书是帆，鼓动了人生的航船。

读书是一段心灵对话，让我们感受到书中的智慧，古人的生活，大地的沧桑，异域的风情，让我们尽收眼底。现实的世界退缩了，精神的世界放大了。读书是一段跨越时空的触摸和倾听。读书之旨，自知知耻，诚信敦厚。谦抑孝亲，慎独勇毅。温良恭俭，仁义札智。据于德，依于仁，游于艺；象天地，参物序，制人纪。金声玉振，日用不匮；一句话：读圣贤书，明古今事。

曾国藩说得好：“苟能发愤读书，则家塾可以读书，即旷野之地，热闹之场亦可读书，负薪牧豕，均无不可读书。苟不能发愤自立，则家塾不亦读书，即清静之乡，神仙之境皆不可读书。何必择地？何必择时？”夫惟宇宙茫茫，天地广袤，洋洋洒洒，浑然一体。有字之书有痕，无字之书无迹。有字之书狭隘，无字之书广义。有字之书是主观之思维，无字之书乃客观之真谛。有字无字，皆在一心，唯心识之，方可读之。穿越时空，遨游太极。心驰神往，古今同理。书山有路勤为径，学海无涯苦作舟。

须铭记：数百年旧家无非积德，第一件好事还是读书。

# 先生之风　山高水长①

中国有一个非常好的传统和习惯，就是景仰先生，尊重先生，并且历久不衰。

先生是社会的精英、国家的栋梁、人民的骄傲，也是国家的宝贵财富。历朝历代的先生，它们都有浓厚的家国情怀，有强烈的社会责任感，重道义、勇担当。一代又一代先生，为中国革命、建设、改革事业贡献出智慧和力量，建立了彪炳千古的历史功绩。

先生，从表面看不过是一种对老师的尊称，其实远不止此。先生不是简单地传道受业的老师，更是言传身教的楷模。先生用其坚硬的脊梁和牢不可摧的信念，为后学树立了榜样，建构了一块学术净土。纵然锦衣玉食，纸醉金迷，却始终动摇不了先生的志向。

德国哲学家费希特在《论学者的使命》中说：学者的真正使命在于“高度注视人类一般的实际发展进程，并经常促进这种发展进程”。对于先生来说，无论传授知识或是学术研究，讲究的是循序渐进，而非一步登天。尽管风气不正、学术浮躁、道德失范等不端行为屡有发生，学术活动逐步演变为追名逐利、掠夺科研资源的恶性竞争，有的甚至沽名钓誉、好大喜功，抑或是囫囵吞枣、生搬硬套，误人子弟，但是绝大多数先生都能够坚守本分，恪守职业道德，它们无愧于“先生”这一光荣称谓，树立了“先生”这一群体的光辉形象。

教育，国家之脉；先生，教育之纲。不有教育，无以昭古今；不有先生，无以图希望。教育盛，虽战乱频仍依然人才辈出；教育衰，纵四海歌舞升平却振兴无望。《礼记·大学》有云：“古之欲明明德于天下者，先治其国；欲治其国者，先齐其家；欲齐其家者，先修其身；欲修其身

① 先生之风，山高水长：出自范仲淹·《严先生祠堂记》。

者，先正其心；欲正其心者，先诚其意；欲诚其意者，先致其知，致知在格物。”无数先生不仅肩负着知识传承与发展的重任，也肩负着助力中华民族伟大复兴的重任。他们心怀忧国之心、不忘为民之志，想国家之所想、急国家之所急，积极投身于改革发展实践中去，他们的爱国情怀，令人赞叹。

先生，千年之敬语，万世之师表。先生，一生之称谓，一世之修为。师传得法之道，播扬万物之理；夜来烛炳高悬，推敲伏案教纲。三尺讲台，职业高尚。粉笔无声，黑板留芳。成就梦想，桃李芬芳。无论中国先生还是外国先生，无论大先生还是小先生，无论男先生还是女先生，甚至无论德先生还是赛先生，都在追求独立之精神，自由之思想。纵使江河日下入大坝，蓝天白云走黄沙，他们的名节依然高大；纵使学堂与私塾已远，戒尺与鞠躬不在，他们的品德依然芳华。

铁肩担道义，妙手著文章。在凝心聚力共谋伟大事业的征途中，先生肩负着铸就历史的责任。先生乃华夏之背影，教育为开悟之先锋。苍柏其人，楷模其行；呕心沥血，彰显赤诚。焚膏继晷，夙兴夜寐；通书达礼，滋润涵养。循循善诱，教堂之上；语重心长，星夜家访。见贤思齐，诲人不倦；爱意遍洒，桃李绽放。

一日为师，终身为父；师恩无限，大爱如空。邃密群科，闳放求真；甘做人梯，烛染长虹。杏坛葳蕤，文隽长弘；滋兰树蕙，润物无声。这就是先生。

先生，可以附身，可以仰望；先生，可以鞠躬，可以遥想。范仲淹有云：云山苍苍，江水泱泱，先生之风，山高水长。

# 黄河之水天上来

黄河是母亲河，就在我家门前流过。小的时候，我经常在河岸上游走。静静的黄河，时而奔涌，时而咆哮，时而唱着不知疲倦的歌。那个时候，时间过得很慢，慢得几乎有了一种停滞感。面对黄河，我熟视无睹，并没有觉得黄河有什么特殊之处。

后来，当我看了世界，走遍全国，见过大大小小的江河，才真正感悟了黄河的神奇与奥妙、黄河的博大与浑阔。我知道，是黄土地接纳了黄河、黄皮肤顺应了黄河。我懂得，古老的黄河，在中华儿女的心海里刻下了美丽的剪影，在中国的历史典籍中留下了一段段不朽的传说。

黄河之水，来自天上。千古黄河，势若龙骧。浓缩历史，尽阅沧桑。三皇五帝，遗泽播芳。晋陕鲁豫，初现微芒。渔猎耕牧，在水一方。夏商周朝，滨河建邦。六大都邑，尽显辉煌。万里丝路，盛世汉唐。

雄浑黄河，文化典藏。河图洛书，水韵泱泱。仓颉甲骨，殷墟安阳。易书诗经，笔墨流香。仁山智水，孔孟老庄。诗词曲赋，锦绣文章。书画同源，神采飞扬。歌舞戏曲，震撼八方。四大发明，举世无双。

辽阔黄河，山色湖光。一腔热血，九曲柔肠。不舍昼夜，勤劳奔忙。源头尾闾，湿地天堂。大漠孤烟，黄土苍凉。峰峡湖瀑，天然画廊。绿洲沃野，瓜果飘香。追思根祖槐树，祭奠陵寝帝王。建设“一带一路”，华夏万世恒昌。

# 人生自古谁无死

生死，本来是一种自然规律，谁也不能违抗的。但是在我们小的时候，谈生则欣欣然，谈死则讳莫如深，尤其大人们是坚决反对我们涉及这个问题的。记得在我们村子的西面，有一个叫“后沙壕”的地方，死去的人几乎都是在吹吹打打的唢呐声中被埋在那里。远远望去，一个个土丘。“纵使千年铁门槛，终须一个土馒头”“荒冢一堆草没了”。尤其到了清明时节，荒草萋萋，寒鸦鸣叫，行人断魂，不时可以听到呜咽声传来。每当这时，孩子们总是受了惊吓一般。到了夜晚，也不敢向那个地方张望，偶然回头，会见到“鬼火”闪烁，身上便生发丝丝凉意。

有人说过，人，生来孤独，死后亦孤独，中间在世间一晃几十年，便遇到许多过客。然后在这越理越乱的丝线中，投入那么多情感，产生了那么多爱恨情仇。生时聚与离，死时情已散。几乎每一个人，都是沿着习惯的齿轮，顺着生活的车辙向前走，生死轮回。

《周易》上说：原始无终，故知生死之说即无终之说也。无始之始，强名曰乾，即本来觉性——灵光；无终之终，强名彼岸，即无上涅槃——不生不死。人，所以生，在于此；所以不死，也在于此。若死而不知，能不随生而存，随死而亡，六道轮回，出没无期吗？

未知生，焉知死？这是孔子的说法；无中生有，有生于无，这是老子的观点。生死有命，富贵在天。或不可一世，或美艳一世，或富贵一世，或惨淡一生，或孤苦一生，或辛劳一生。终是尘归尘，土归土。尽管生者有夏花之灿烂，死者有秋叶之静美，但仍需不以物喜，不以己悲。

古人常讲：“死生之事大矣”，这是要求人们珍惜生命，关爱生命。生死只是一瞬，死亡是个过程，再坚强的人，在死亡面前都会无能为力地去抗争。死的人闭上眼一了百了，活的人还要打起精神活下去，在睹物思人时依然会悲从中来。这叫做人生苦短。即便如此，仍然有许多人选择死亡，难道他们不知道“死去元知万事空”的道理吗？难道他们真的相信有天国、有来世吗？

或许有人会说，生死犹如锁链，环环相扣，相继不断。躯体的变易就是生死易位，就像阴阳交替。佛教把时间抽象为一根细线，头尾连接起来就是一个圆，生死便是同一个点，而这一点的区别在于这个点会以什么状态来运行。所以，如何生得有价值，死得有意义，则完全取决于个体。如果行尸走肉，哪怕寿比南山，也如朽木与粪土；如果泽被他人，哪怕命如光闪，也似高山与大海。人们应当在意的，不是生命的长与短，而是生命的厚与薄。不是自己能够消耗多少，而是自己能够酿造多少。生之欢娱，死之哀伤，已成不变之道；生之有限，死之遗憾，自是千古之情。生的伟大，死的光荣；生而无憾，死得其所。“生当作人杰，死亦为鬼雄”，是豪杰的呼唤；“苟利国家生死以，岂因祸福避趋之”，是勇士的心音。

人生一世，苦度几十载春秋；生死两念，难舍百十斤皮肉。生当如庄周，我似蝴蝶，蝴蝶似我。死当如比丘，红尘随我，我随红尘。天地之间，存失有度；乾坤之内，生死无常。有度之年生无常之事，无常之人有度之年。人人可谈生死，个个难晓生死。生，习以为常。死，司空见惯。人固有一死，或重于泰山，或轻于鸿毛。

苏格拉底说：“每个人身上都有太阳，主要是如何让它发光”。当生命存在时，我们要意识到生命的有限性，珍惜生命中的每分每秒，珍惜亲情、友情、爱情、人情，尽可能地品尝人生的种种滋味，让生命中每一时段都充满内容，都有不可磨灭的印迹，都能凸显“生”的意义与价值。当死亡来临之际，没有了对死亡的恐惧和害怕，就会毫无恐惧，心安理得，从容应对。

# 花自飘零水自流①

有人说，人最无能为力的是对于命运的安排；人最游刃有余的是对命运的选择；人最责无旁贷的是对命运的守护。

命运是什么？说实在的，年轻的时候，根本就不相信命运，也没有关心过命运这回事。坚持要自己把握命运，做生活的强者。年龄渐长，特别是当现实一次又一次地击碎了豪言壮语，当自己的理想与现实的差距渐行渐远的时候，冥冥之中，开始相信命运。

人生似海，烟波浩渺，无边无际。在这浩瀚无边的人生海洋，时而波涛汹涌，时而风平浪静，时而险滩暗礁，时而波光粼粼。而命运就像一只船，行驶在人生的海洋里，并且装载了太多的悲欢离合与喜怒哀乐。或许为沿途的旖旎风光而沾沾自喜过、炫耀过，或许为沿途春夏秋冬的凄风苦雨而无奈过，叹息过。但最终的结局是一样的。命运所赋予我们不同的只是得到与付出的差别。“是喜是愁，浪里分不清欢笑悲忧。成功失败，浪里看不出有没有”。

命，乃天命；运为运数。命运，就是生命运行的脚步。“河出图，洛出书，圣人则之”，是天地自然的安排；“死生有命，富贵在天”，是先哲圣人的遗嘱。所谓“祸福无门，唯人自召；善恶之报，如影随形”；所谓“高低贵贱庶王家，三教九流万般殊”。命运来自人的生存状态，命运决定个人的行为、言语、性格、情绪；命运左右一生的成长、婚姻、子女、事业、财富。命决定了运，运是命的表现；运是命的过程，没有运也就没有命。无论命运给我们安排了怎样的一个身份与角色——主角或是配角、救世主或是受难者。这些都不是我们要倾心或懊恼的，我们需要关注的，是我们的角色与身份是否符合当下的所为。要知道，每个

① 花自飘零水自流：出自李清照《一剪梅》：红藕香残玉簟秋。轻解罗裳，独上兰舟。云中谁寄锦书来？雁字回时，月满西楼。花自飘零水自流。一种相思，两处闲愁。此情无计可消除，才下眉头，却上心头。

角色或是每个身份都有各自的痛苦与难处。

平静的湖面，练不出精湛的水手；安逸的生活，造不出时代的舵手。人在年轻和顺境的条件之下是不会相信命运的，所谓“我命由我不由天”。人在经历了人生起伏、摸爬滚打之后，才相信命该如此。命运是溺水之人紧抓的一根稻草，命运是夜行者的提灯探路，命运是尘埃落定时的一滴泪。当你走过一段艰难曲折的人生之路，你会发现，最使人疲惫的往往不是道路的遥远，而是你心中的无望；最使人颓废的往往不是前途的坎坷，而是你自信的缺失；最使人痛苦的往往不是生活的不幸，而是你希望的破灭；最使人绝望的往往不是挫折的打击，而是你心灵的死亡。人生好比一条长路，命运之神会为每条路都设置一些障碍，就看你如何面对这些障碍。或者迎风斗浪，扬帆远航；或者激流勇进，风雨同舟；或者急流勇退，苟且一生。在命运面前，很少有人敢去抵抗命运的威吓，扼住命运的喉咙。贝多芬便是一个如此坚定不移的人，尽管双耳失聪，却仍不放弃他在音乐道路上走下去的梦想。

亨利·米勒说：“我们谈论命运，似乎它是某种惩罚我们的东西，然而忘记了我们每日活着的时候都在创造命运。”当今社会，道德缺失，物欲横流。茫茫尘世，团团迷雾。有老壮而少衰，有先贫而后富。青春美女，却招愚蠢之夫；俊秀郎君，反配粗丑之妇。满腹文章，白发竟然不中；才疏学浅，少年及第人瞩。时遭不遇，只宜安贫守份；心若不欺，必然眉扬气吐。人生在世，富贵不可尽用，贫贱不可自欺，听由天地循环，始而复周。一句话，修善积德，无量福寿。

《阿甘正传》片尾有句话：“人生就如同一片轻盈的羽毛，终有落下的时候，而你应该鼓舞自己让它不断飘扬而上，向着新的高度超越自我”。在人生的大舞台中，无论是谁，都不可能永远是鲜花坦途，总会有荆棘坎坷，身处顺境时，我们居安思危，路才长久。身处逆境时，我们坚守希望，才能走出困境。无论怎样，我们都是自己生命的主角。如同那首歌：“浪奔，浪流，万里滔滔江水永不休。淘尽了世间事，混作滔滔一片潮流”……

# 请君莫奏前朝曲

我们这一代人，基本上是顺着改革开放这条路走过来的。既获取了改革开放带来的巨大红利，也看到了改革本身所产生的列变与阵痛。

唐朝诗人刘禹锡写过一首《杨柳枝》：“塞北梅花羌笛吹，淮南桂树小山词。请君莫奏前朝曲，听唱新翻杨柳枝。”非常形象地比喻了革故鼎新的必要性。一个人也好，一个单位、一个国家也好，面对社会积弊，改革是唯一出路，必须翻新“杨柳枝”。不改革，只会奏“前朝曲”，只能是死路一条。

改革者，除旧弊布新政之谓也。除旧布新，古今有别。古称变法，今曰改革，然其要旨当同宗同脉。春秋战国，先秦国势弱于关东列强，民不聊生，疆不保夕。秦孝公命商鞅变法，立志强国。商君“治世不一道，便国不法古”，“废井田，开阡陌”，黜“世卿世禄”，建“中央集权”，遂秦国兵革大强，诸侯畏惧，终成气候。此为一例。北宋神宗，国运萧条，啼饥号寒者众，殷农富贾者寡。王安石力排佞臣，绝命变法。“重青苗”，“兴水利”，“举教育”，国势渐兴。此又为一例。清室衰微，光绪执玺，百日维新，戊戌变法，“汰冗员，倡科学，废八股，练新军”，东山又萌再起之态。此再为一例然。综合起来看，古之变法，实乃统治集团变法，封建王朝帝室变法，最终获益者寡悦，蒙损者众怒，虽逞一时之盛，得一事之功，大都昙花一现，烟云过眼。最终，商鞅车裂，王安石罢官，光绪囚居瀛台，六君子引恨菜市口。何其痛哉！

韩非子说：“法与时转则治，治与世宜则有功”，此谓与时俱进也。大千世界，变乃绝对，不变乃相对，唯改革是千古不渝之主题。“循法之功，不足以高世，法古之学，不足以制今”，战国如是，今则愈甚。一位历史学家曾发出这样的感叹：中国古代的改革，是人类智慧所做的最惊心动魄的魔术，它能使一个侏儒变成一个巨人，把一个没落的民族变成一个蓬勃奋发的民族，把一个弱小的国家变成一个强大的国家。当然，改革必然要冲破思想藩篱、触动既得利益。无论早年的联产承包、物价闯关、工资闯关，还是如今的官员财产公示、垄断行业改革、事业单位改革，改革总是在争议乃至非议中前行的。既得利益者会用优势话语权阻挠改革，公众会带着挑剔的目光审视改革，一些人甚至还会以乌托邦思维苛求改革。对于改革者来说，既要认真听取民意，又要不为流言所动，既需要智慧和审慎，更要有勇气与担当。不能一出现不同声音，就戛然而止。为什么一些地方和单位的改革久议不决，一些部门的改革决而难行，一些领域的改革行而难破，莫不与此有关。

诚然，改革有风险，不改革风险更大。对于当前各地各部门千头万绪的改革来说，面对“躲不开、绕不过”的体制机制障碍，不少领导干部不思进取、不接地气、不抓落实、不敢担当。如果怕这怕那、趑趄不前，抱着“多一事不如少一事”的消极态度，甚至将问题矛盾击鼓传花，固然可以求得一时轻松、周全某些利益，但只能把问题拖延成历史问题，让危机跑在了改革前面，最终引发更多矛盾、酿成更大危机，甚至落入所谓“中等收入陷阱”。

我们特别要注意到，社会物质的丰富多彩与精神的赤贫，二者之间形成了巨大的反差。人们在尝到从西方社会引进的技术、管理和资金优势的甜头后，又不知不觉地把西方社会的代表个人私欲的价值观和某些垃圾文化一并咽进了肚子，导致了精神家园荒芜。

历史总是在经历一次又一次坎坷中稳步发展。改革也总是在破解一个又一个难题中阔步前行。中国的希望在于改革，出路也在于改革。没有改革，就没有今天发展的大好局面。应当看到，改革开放，贵在驱贫；扶贫开发，重在惠民。增收减负，沃土培根。丰衣足食，藏富于民。种田补贴，公粮不征。免费教育，人才纷呈。医保社保，老幼安宁。生态平衡，饮水卫生。科技入户，公路通村。田园如画，山林似屏。生活上质量，语言讲文明。应当说，这样的成绩，都是依靠改革和发展带来的，没有改革，或者停止了改革，我们终将前功尽弃，一事无成。

# 人生乐在相知心①

人生在世，从小到老，会遇见很多人。父母、兄弟、姐妹、发小、闺蜜、老师、同学、战友、同事、同乡、上司、部下、偶遇……除了亲情以外，你会发现好多人都擦肩而过了，能够成为知心朋友的极少极少。

古人云：恩德相结者，谓之知己；腹心相照者，谓之知心；声气相求者，谓之知音。并且还说，相逢莫过于相识，相识莫过于相知，相知莫过于知面，知面莫过于知己。王安石在一首诗中吟道："人生乐在相知心"。说明知己、知心乃至于知音的重要性。

人生难得一知己，千古之音最难觅。或许是阴差阳错南辕北辙，或许是信息错配咫尺天涯。也有人说，知己就是半个自己，如若自己是左脑，知己就是右脑，如果自己是左手，知己就是右手。如若缺少了另一半，思维就不可能正常运转，行动也就难以自如了。这当然是一种比喻。贴己之默契，完美之深交，此为良友。若管仲之遇鲍叔，子期之遇伯牙。

《列子·汤问》说俞伯牙善鼓琴，钟子期善听音。伯牙之所念，子期必得之。钟子期死。伯牙在子期的坟前，抚琴而哭，弹拨一曲《高山流水》，曲终，以刀断弦，仰天而叹："知己不在，我鼓琴为谁？"说毕，琴击祭台，琴破弦绝。如今人们常用"高山流水"来比喻知己或知音，出处就在于此。

鲁迅先生也十分看重知己。他曾经书赠瞿秋白的一副对联："人生得一知己足矣，斯世当以同怀视之。"此联堪称古今咏颂友谊之绝唱。人生

① 人生乐在相知心：出自王安石《明妃曲二首·其二》：明妃初嫁与胡儿，毡车百辆皆胡姬。含情欲语独无处，传与琵琶心自知。黄金杆拨春风手，弹看飞鸿劝胡酒。汉宫侍女暗垂泪，沙上行人却回首。汉恩自浅胡恩深，人生乐在相知心。可怜青冢已芜没，尚有哀弦留至今。

不可无知己。培根说，“人没有朋友是最纯粹最可怜的孤独。”朋友，你一生中可以遇到千百个，而一生中能够遇到一个知己就足够了。知己，不用美言华语，不用热情款待，只需让彼此进入彼此的心房，哪怕是一瞬的凝望，就已相惜相知。有的人近在咫尺，却是远在天涯。而知己即使相隔天涯，内心总是相偎相依。知己是你精神的驿站，知己是看到你跌倒，陪在你身边鼓励你的人，是在你骄傲的时候，忠言逆耳的人。知己不是老师，却犹如老师，在你彷徨不定时给你指点迷津。知己不是家人，却又胜似家人，在你深陷失意的泥沼不能自拔时救你于水火。知己不是你孤独彷徨需要人关怀时关怀你的那个人，而是那个你想不想让他关怀的那个人，因为他所给的不是怜悯，而是心痛。知己不是在你快乐高兴时为你高兴的那个人，而是你想不想让他和你一块分享快乐的那个人，因为他所给的不是喜悦，而是心安。

友不贵多，分聚离散，缘深缘浅；施恩不言，交不择地；来访不拒，遇不择时。得一人可托妻女，得一日可喻百年，得一语可开心窍，得一缘可益一生。以心取友，非关功名。意气相投，不沾私利。审其貌。闻其言，观其行。知其心，悟其性。有定论而后可交，此谓松兰梅竹之遇。所谓国器易得，良友难求。

莫愁前路无知己，天下谁人不识君。[①]不去想，昨天曾经的迷茫，如何印在今日的窗前。不去想，昨天的伤感，又被谁改写得支离破碎。一切，都在时光中风烟俱静，平静如初。每个人都有自己的缘，佛缘，人缘，善缘，恶缘，都是缘。只有珍惜自己的缘分，好好生活，才能得到幸福。

---

①莫愁前路无知己：出自高适的《别董大其一》：千里黄云白日曛，北风吹雁雪纷纷。莫愁前路无知己，天下谁人不识君。

# 看君终日常安卧①

我家养了一只猫，因为是雌猫，取名叫娜娜。严格说来，名字不是我们取的。那时候，儿子的同学要出国，无法豢养它。出于好奇的儿子，未经我们同意，便接回家里。一直等到他自己也要出国，养猫的任务方交给了我们。从那个时候起，娜娜就跟我们在一起了。屈指算来，已经有整整 4 个年头。

说实话，开始的时候，我并不喜欢娜娜。偶尔玩玩尚可，若是做一个合格的“铲屎官”，我极不情愿也不够格。并且也曾督促儿子想法把娜娜转给原主或他人。为这件事，我们父子还吵吵过。然而，娜娜毕竟是一个现实的存在，不以我的好恶为转移。我的爱人喜欢它，并且自告奋勇承担起了养猫的重任。

在一个家庭中，因为娜娜，我们的意见产生了分歧，那情境自然是不能调和的。然而，娜娜在与我们相处的过程中，似乎弥合了我们的分歧。娜娜长得漂亮，这一点我们都喜欢。娜娜爱干净，这是它的本性，无时无刻不在梳洗。你抱它摸它，它极不情愿，转身就舔舐个不停。它像老虎，有王者风范，凭着一切足以营造和谐环境的美德，如高尚、尊严、仁厚等等。它有威势，有力量，有勇气，但又有非自卫不用武力的双眼；它能战斗，异常警觉，从不主动攻击别人。作为爱好和平的君王，它善于与主人搞好关系，尤其是在它要食物的时候。它会用砂纸一样的舌头舔人，也会用它那灵活多变的尾巴扫人，直到达到目的为止。它常常立在窗前，看窗外的麻雀叽叽喳喳，看那些昆虫飞来飞去。它似乎很着急，在窗台上团团转、吱吱叫。

娜娜平素里总是躺着或坐着，有时瞳孔缩成一条线，眼睛半开，甚

① 看君终日常安卧：出自陆游《赠猫》：执鼠无功元不劾，一箪鱼饭以时来。看君终日常安卧，何事纷纷去又回？

至完全闭上。它会轻松地用前掌来洗脸，洗耳朵。躺下来的时候，全身往前伸展，或是全身蜷成一团。当它睡饱了，会前低后高地伸展前腿。然后直立站定，尾巴伸直，尾巴尖端轻轻地左右摇。头上仰，眯着眼。我们下班回家，进门的那一刻，它会四脚朝天，在地上翻滚。有客人来时，它会先探索来者意向如何，全身压低，尾巴卷起来，双耳后压，张嘴，露出犬牙，躲起来防范。它有锋利的爪子，这是它的盾牌，它以灵敏的嗅觉、超常的警觉，来对付猎物，但它从不主动招惹。它喜欢独处，在我见过的许多宠物当中，它总是保持着独有的干净和高雅，对自己的粪便总是埋了又埋，生怕露出什么蛛丝马迹。它与其说是以君主的身份保持洁癖，毋宁说是以朋友的身份标识高贵。而那些在马路边、树上、墙角随便撒尿的名狗，无论如何是不具有它的洁净的。它所希冀的只是宁静与自由。

娜娜的面目优雅，形状妍美，与它那种温和的天性正好相称。几乎每一天，当它看见主人回来，跑在你前面挡住你的路，绕来绕去地跑，一边叫。然后用头蹭那些桌脚椅脚，表示对主人的亲昵。慢慢地，我对娜娜产生了好感，看了也觉得顺眼。我发现大自然对于任何宠物都没有赋予娜娜这样多的高贵而柔和的优美，使我们意识到它创造物类竟能达到这样妍丽的程度。那俊秀的身段、圆润的形貌、优美的线条、皎洁的白色，传神的动作，忽而兴致勃发上蹿下跳，忽而安之若素，偏安于一角。总之，娜娜身上散发着我们欣赏优雅与妍美时所感到的那种舒畅，那种陶醉，一切都使人觉得它不同凡俗。

更多的时候，娜娜总是展现出它那雍容自在的样子，迈着猫步，那么轻便，那么自然，它一准是这世界T台上最美的模特儿。可不是吗，它的眼睛大大的，胡子闪闪的，身子长长的，胸脯挺挺的、圆圆的，步伐优美的，尾巴翘得高高的。老虎没有它这份淡定和优雅，模特儿没有它这样淡定和娴熟。

或许娜娜知道自己高贵，所以很自豪。有时，它仿佛故意摆出它的全部优点，就像是要博得人家赞美，引起人家注目似的。它懂得和人相处的距离。当主人心情愉悦的时候，你看看它，它也会偷偷地看看你，如果你没有继续注意它，它就会在那里继续小睡。如果你轻声唤“娜娜”一声，它有时会张大嘴打个呵欠，向你走来。有时它会跳下来爬到你的脚下或身上，用爪子挠你的脚，用身子蹭你的腿，还会撒娇似的轻声叫着，让你心生怜爱。几乎每天早上，它会悄悄来到床下，用爪子挠主人的脚，一边叫着，唤醒主人该起床了。然而有一天当主人的心情不太好得时候，它会以种种柔和、婉转、妍媚的动作，显出它的美色，施出它的娇态。当你不耐烦地推开它，它便有些惊恐，怏怏离去。

娜娜既有天生的美质，又有自由的美德。它无拘无束地生活在我们的身边，有时养尊处优，有时销声匿迹。如果它不能享受到足够的独立，它会拼命挣脱你，藏到被窝里，钻到沙发下，独自幽居。

娜娜除了喜欢孤独以外，由于好奇心驱使，有时也会犯错，比如把桌子上放置的瓶子、小碟等物件扒拉到地上摔碎。这时候，主人自然会很生气。娜娜就会做出一些呆萌乖巧的动作，求得主人的宽恕，尽可能把惩罚降得低一些。娜娜很馋，常常不知不觉地叼走了桌子上的鱼肉或面包，有时它会围着装满食物的箱子不停地叫，然后想尽办法要把它咬开。尤其是塑料食品袋，那是它的最爱。它会把袋子咬得像蜂盘一样。倘是狗这样做，往往会被主人痛打一顿，在嗷嗷的狂叫声中夺路而逃。但是娜娜却不会出现这样的尴尬，它会若无其事地在墙角睡觉。等你怒气冲冲地责罚它时，它仿佛是做错事的孩子，半闭着眼，头缩了缩，轻柔地对你叫上一声，你的怒气立刻便消失了，只好半气半恼地点着它的头说：“馋猫！”

娜娜对什么事情都有好奇心。爱人蘸着水在桌子上写毛笔字，它就凑过去，闻一闻，舔一舔，抬起头来，一副不解的样子。爱人写一个字，它就上去用小爪子抓一抓，它的捣乱让爱人忍俊不禁并且无法继续。稍不留神，娜娜把碗里的水全喝光了。

娜娜不怎么爱叫，叫声也不怎么好听。它的叫声有一些嘶哑，有一些浑浊。严格说来，那是一种哮喘声，十分像俗语所谓的“猫咒天”。听着这种音调，你会觉得十分凄惨。在它的鸣叫里，可以听得出一种有节奏、有曲折的凄婉。有人做了一个形象的比喻，说猫叫春是变奏进行曲，刚开始的时候像婴儿哭，细细长长，绵延不绝，这是在倾诉爱情。持续一会之后，进入中心乐章，凄厉的惨叫声在夜空中不绝于耳，十分瘆人。明朝志明和尚在《牛山十二屁》中写道：“春叫猫儿猫叫春，听它越叫越精神。老僧亦有猫儿意，不敢人前叫一声。”这志明和尚还是比较坦诚的，心事不藏着掖着，很有现代人的情怀。

# 难忘同窗情

人生如寄，遗失了几许年华？岁月迷离，错过了多少良机？在那些散佚着青春年少的繁华里，有过多少不舍与回忆？回眸碧云天，远望黄花地，多少人，多少事，在我们不经意间，匆匆来去。曾经，经过紧张的高考，我们来到了大青山脚下，汇聚在青城，共同组成一个班级。三十年过去，物还在，人非昨，忆往昔，叹流年。情之所至，倾吐为快。

作于2012年9月13日

壬申初秋，求学塞上；时维九月，三秋同赏。相聚青城，源自八方；四年共读，情深谊长。

峥嵘岁月，一起共度；意气相投，甘苦共尝。挥斥方遒，谈吐激昂；疑义相析，奇文共赏。或行吟于海拉尔东路，或结伴于八一市场。然岁月苦短，四载瞬逝；陌上折柳，东奔西忙。一朝相识，没齿不忘。

偶在梦中，忽现昔日模样。蓬勃朝气，柳影与花香；雄姿对英发，夏日伴新芳。奈世事之艰辛，叹日月之短长。多壮志未酬，虚度长阳。偶有相遇，念涉世之艰辛，笑年少之轻狂；慨人心之叵测，知同学之衷肠。紫芝眉宇，始现鱼尾；桃花粉面，渐显沧桑。然一举手，一投足，风采不忘。

相聚日，说子龙之经营艰难，话月新之练达潇洒；忆老王之沉稳憨厚，念小潘之古道热肠。老朱当老板，罗锋当厂长；知鹏、老大，堪称大哥大；老边、野牧，商海踏浪花。大姐、小妹，教书育人在南北；小葵、桂英，财经教学传佳话。其他诸位，或满腹经纶，或温文尔雅；或玉树临风，或风云叱咤。虽斗转星移，仍各有所长。道人生苦短，愿长寿健康。吟诗云：

浮沉岁月已如烟，白首相逢不自怜。
共室同窗思往日，抚肩把臂笑当前。
休将怨恨轻声念，独涉劫波巧护舷。
互敞心扉来一醉，金樽对月几回圆。

# 奎星灿灿昭文明①

文化，乃人类文明之积淀，可以感化人、教育人、鼓舞人，可以在潜移默化中规范和指引人们的言行。

中华文化，彪炳千古。上下五千年，无外乎道、释、儒；纵横八万里，融汇于画、诗、书。炎黄子孙，文化之传承；黄河长江，文化之渊薮。北京周口，燃起文化之火；九州大地，汇聚文明画图。仰韶文化，龙山文化，大汶口文化……文化之大观；仓颉造字、象形文字，楔形文字，文化之源流。《星经》观天文，《尚书》录远古；《诗经》三百篇，《道德》老子著。甲骨刻字，钟鼎铸文；青铜人像，十进计数。

中华文化，辉煌永驻。农耕文化，凶吉占卜；工业文化，天工巧夺。民族文化，龙飞凤舞；医药文化，精深难述。《易经》阐阴阳，风雅传丝路。伯牙弹琴，奏高山流水；李杜诗篇，传千家万户。《兰亭集序》，书苑传世；《女史箴图》，画坛珍璞。诗文化、歌文化、语言文化，色彩斑斓；茶文化、酒文化、饮食文化，无比丰富。

中华文化，流光闪烁。《孙子兵法》，军事宝典；《九章算术》，数学名著。《伤寒杂病论》，一代医圣典范；《神农本草经》，最早医学巨著。《农政全书》，尽述农学百般艺；《梦溪笔谈》，首论地磁寻矿术。《营造法式》，古代建筑学；《天工开物》，工业百科书。《西游记》里，降妖伏魔何等神奇；《红楼梦》中，儿女情长铭心刻骨。《三国演义》，再现天下分合；《聊斋志异》，重绘百态沉浮。

---

① 奎星灿灿昭文明：出自王禹偁《应制皇亲试贡士歌》：天王出震还海清，奎星灿灿昭文明。诏令郡国页多士，大张珠网罗群英。皇情孜孜终不倦，日斜犹御金銮殿。宫柳低笼三月烟，炉香飞入千人砚。麻衣皎皎光如雪，一一重瞳亲鉴别。孤寒得硌荷君恩，聚首唯言尽臣节。小臣踪迹本尘泥，登科曾赋御前题。屈指方经五六载，如今已上青云梯。位列谏官无一语，自问将何报明主。应制非才但泪垂，强作登歌歌舜禹。

中华文化，举世关注。羲皇制礼，文史开路；炎黄行道，龙脉庇佑。济济才俊，悠悠文渊；物华疆广，风淳民朴。浩浩奇观，泱泱国度；江山大统，神州永固。文明之国五洲仰息，礼仪之邦四海倾慕。礼义廉耻，须时时警醒；孝悌忠信，当代代固守。

# 平生一片心①

心之管则思。王阳明的“心学”，真正读懂弄通的不是很多。现实生活中，以貌取人或者以财富、权势取人，倒是不以为奇，或许有人会谴责这是势利眼，但是这的确是一种常态。因为只看重表面现象是最便捷最省事的。虽然不排除秀外慧中的人，但的确有不少人属于道貌岸然、人面兽心、口惠而实不至一类。

在佛教看来，心是指人的意识、精神和灵知。《楞严经》卷一：“汝之心灵，一切明了。”南朝梁沉约《佛记序》：“推极神道，原本心灵。”就人的心灵而言，它不是我们的头脑（在这里，头脑是大脑、小脑及脑干等结构的总称），也不是我们的心脏。但是它虽不是我们的肉体，却就在我们的头脑、心脏，在我们的每一寸肌肤里。

有人说，人类的心灵是一个场，是一个能量聚合中心。它是随着作为个体的生命的诞生而诞生的。心灵有属于它自己的成分以及属于它自己的功能，就如同头脑有它自己的成分与功能一样，但它们并不是同一个东西。心灵也不是通常我们所认为的那样是头脑的一种功能。并且，就如同肉体一样，心灵有着属于它自己的成长与发育的过程和规律，尽管在无数因素的影响下，它不一定能够成熟，所谓心智不全。

人活着，很大程度上是心灵存活的一种状态。人们常常罔顾心灵。事实上，心灵决定着一个人的成败。如同宗教信仰，人们的那份虔诚矢志不渝。如今，商家讲诚信，朋友讲诚心，情人讲诚意，何以如此呢？因为世风而下，鱼龙混杂，真假难辨，这些属于本心的东西才让人们大力提倡。提倡什么往往就缺少什么。如果每个人对规则、条律、伦理拥有本能的敬畏，在商言信、在职言公、在群言理、在情言忠，这世界才

① 平生一片心：出自孟浩然《送朱大入秦》：游人五陵去，宝剑值千金。分手脱相赠，平生一片心。

会回归到它本初的状态。当人们抱怨世界昏暗时，恰恰是自己内心蒙上了灰尘。有智慧的人，从来不活在别人的眼里，也不活在别人的嘴里。识自本心，见自本性，不起妄缘，无心无为，自由自在，动静自如，冷暖自知。

千百年来，老百姓正是凭着一颗善良的心灵，代代相传着有关“良心”与“良知”的道德信念。做人要讲“良心”，千万不要做“伤天害理”的事。正是“天地”所代表的“天理”的存在，才给“良心”提供了坚实厚重的法理基础。如果割断了人与天地之间宗教般的情感纽带与精神联系，“良心”也就失去了它赖以存在的物质基础。在日常生活中，我们随时可以发现“天地良心”的顽强生命力，感觉到它在普通百姓心目中的地位。所谓“天网恢恢，疏而不漏”；所谓“苍天在上”“天理昭昭”，说明了“天”依然是当今国人精神价值的重要取向。

当下，“为天地立心，为生民立命，为往圣继绝学，为天下开太平”的抱负和勇气，更多地被个人名利的热衷与追逐所替代。在他们心目中，圣人不再成为圣人，圣人的治世之道也不再为他们所乐道，正所谓“世道永存，人心不古”。

有人说，慈悲心的进步是一个社会的进步的精神动力。每一个社会都有弱者，远古开始弱肉强食，时代进步到今天仍然推崇大鱼吃小鱼，小鱼吃虾米。而真正的强是心灵的强，是海纳百川的气魄，是高山仰止的胸怀。每个人从呱呱坠地那天起，就注定了要走一条自己的路，有的很长，有的很短，有的成功，有的失败，有的大成大败千转百回。不管怎样的路，最后都尘归尘，土归土。生命的价值在于被别人需要，就如同金钱的价值在于使用一样。自然就是自然，并不关注价值。但在有些人看来，枝繁叶茂是价值所在，竹雨松风也是价值所在，落叶归根却并不是价值所在。

人是需要有慈悲心的，在力所能及的情况下尽可能地为别人多做善事，哪怕是微不足道的小事，也是生命价值的体现。所谓一念之慈，万物皆善；一心之慈，万物皆庆。心怀慈悲，是度人也是度己。宛若雪中送炭，在寒冷的季节给贫困的人送去温暖；慈悲之心，犹如绝处逢生，那是悬崖边上的一棵救命的稻草，让人们在绝望中得到重生。

一般来讲，人们内心的痛苦大部分来自于内心的畏惧、焦虑和不安。当然不排除会有其他因素，但大部分来自于一种莫名的疑惑或虚妄的期待。人们的内心大多处在这种忧虑不安的状态之中。所以，需要人们修习慈悲心。男人有了慈悲心，就会宅心仁厚、心地善良、凡事谦让、修列绅士风度；女人有了慈悲心，就能明心见性、知书达理、聪慧贤淑，呈现淑女风范。慈悲不仅是个人快乐的主因，更是对社会有益的重要成分。有了慈悲心，无论我们想什么、说什么、做什么，所有的行为都会帮助我们趋向于善行。不爱其亲爱他人者悖德，不敬其亲敬他人者悖礼，感恩之心源于孝。对人宽容，对己宽容。

列夫·托尔斯泰说过，没有单纯、善良和真实，就没有伟大。平凡如我，参加工作几十年来，做了他人繁华的看客。满目繁华过去，风平浪静以后，眼底里透出的不再是羡慕，只是一种淡定从容。因为懂得，所以慈悲。懂得自己真正需要什么，不强迫，不苛求。如此，便少了许多无端的苦痛。更因为人生毕竟是一场慈悲的行走，无论遇见谁都不是意外，友人从荒凉里走来，纵使如此，迟来的际遇总会把你带到正确的人身边。缘分二字总是出乎你的意料，你永远都不知道下一刻会遇见谁，并且以什么样的身份会上演一幕什么样戏剧。苦乐循环一脸常态，身知其苦，乐在其中，一个人只有深刻理解痛苦的真谛，才懂得幸福归来不易，才会更加丰盈每一天。纵使再薄情的人，最终也抵不过岁月的羽化，远离喧嚣繁华，在光阴枯荣中慈悲老去，生命裂缝更需要慈悲相安，每一个人，每一段路，每一卷故事，最终都会随着岁月，栖身在某个脉络里。

# 牧童遥指杏花村[①]

历史从农业文明中走来，留下了一座座村庄。

村庄，是远离都市繁华的一处幽静空间，这里有山川、河流、草原、田野、树林、人家，有一种黏稠得化不开的人情味儿，有一幅置身于唐诗宋词的水墨长卷。

## 1

在中国，绝大多数人都有一种村庄心结，即使是城里人，往上推个三辈五辈，几乎都是乡下人，他们的故乡就在村庄。

世界上没有一个国家的村落堪与我们的村庄相比。厚重的文化内涵，是无比珍贵和不可再生的文化遗产，也是中华文明生生不息的极为重要的传承载体。

村庄是人类栖息的地方，曾滋育过多少人温馨的梦乡，曾经丰润过多少人腾飞的翅膀。

## 2

村庄是大地的美人。

村庄是令人怀念的地方。村庄拥有山明水秀的环境，但是过往的一切都几乎随岁月的流逝而消失了，社会的演化，让祖先的一切迹象只留下一些老照片或者断壁残垣。尽管如此，我们依然可以搜寻到我们的先辈包括我们自己的一些蛛丝马迹。

村庄是生长希望的地方。在这里，春天花红柳绿，夏天蛙叫蝉鸣，秋天硕果累累，冬天白雪红梅。当然还会有小桥流水，小河潺潺，人欢马叫，鸡叫犬吠，到处是庄稼，遍地走牛羊的景象。

---

① 牧童遥指杏花村：出自杜牧的《清明》：清明时节雨纷纷，路上行人欲断魂。借问酒家何处有，牧童遥指杏花村。

## 3

在村庄里，你可以感受到庄稼蓬勃生长的气息，你可以体味到万物由荣到衰的节律，你能够脚踩大地，吸收日月精华。

当你漫步在小河边、树林里、村巷间，阳光、月色、水声、虫鸣、蛙鼓，你的确是在享受着上天给予你的一种恩赐。杨柳轻抚的温暖、小草舒展的腰肢、麦子成熟的气息、苞谷秆拔节的声音，你是被一种原始的氛围笼罩着、湿润着、渗透着、抚慰着，身心顿时一片澄澈。

深入村庄，或许农夫的命运会深深的刺痛你的神经，让你深情地怜缅。但同时，清新的空气，未被污染的河流，却能洗刷掉你身上世俗的尘埃。村庄是我们的生命之根，是我们的灵魂皈依之处。

如今的村庄不再古典，不再充满诗意，贫富悬殊的巨大落差，早已把村庄的人情味、把乡民们的淳朴厚道割裂得千疮百孔。但土地和庄稼犹在，唐诗宋词一样的月光犹在。而且，距离城市越远，这种古典的、美好的、朴素的乡情仍然动人心魄。

## 4

村庄聚落约起源于旧石器时代中期，随着人类文明的进步逐渐演化。在原始公社制度下，以氏族为单位的村庄聚落是纯粹的农业村社。

村庄属于土地，四周被山环抱着，云深雾绕，如桃源般美好。人们世世代代耕耘着，在这片黑色的土地上，种下了根，埋下了灵魂，书写着平凡人生。

一马平川的田野被分割成楚河汉界。广袤苍茫的稻子一茬一茬地戳在大地上。那一垄垄乌黑油亮的麦地就是一页页翻开的日历，诉说着千古不变的传说。城市或城市型聚落广泛发展，乡村聚落逐渐失去优势而成为聚落体系中的低层级部分。

村庄的根是土地，人们生在村庄的土地上，长在村庄的土地上，活在村庄的土地上，土地就是人们的精神支柱。世世代代的乡民，奔走在土地上，耕作在土地上，快乐痛苦都在土地上，说一句地道的方言，喝一杯地道的老酒，粗茶淡饭，最有泥土的味道，其实也是生命的味道。

村庄可以简化成一片民居，一句乡音，一声乳名的呼唤，在不经意间，唤醒一种久长的记忆与思索。乡村的泥土，是那样肥沃。那样的疏松、那样的滋润，随你怎样去拿捏，它就像一块肉饼，像一个面团，像一团幸福。

在村庄里，人虽然死了，他们的灵魂仍然在这片家园的上空飘荡着、守望着。山谷溪流，水落石出。鸟鸣山涧，空谷回音，旷野天低。日出而作，日落而息，是村民简单而固定的生活；求得温饱，是乡下人最大的需求。

## 5

经年不散的炊烟，是村庄最温情的印记。

斜风细雨，燕子在风雨中欢快地舞动着翅膀，时而低低地略过屋檐，时而跃上枝头，似在眺望，又仿佛在凝思，想来，它正在寻找着最好的归宿。

村民们说，燕子是恋家的鸟儿，秋天的时候，燕子会飞到南方暖和的地方过冬，等到春天，燕子就会飞回来，寻找到曾经的家，然后衔着春泥，再次筑起温暖的家，安居乐业。

一个小小的村落，就是他们世界的中心，距离村落很远的文明与距离村落很近的守旧，相互交替。世世代代最为痛苦也最为快乐的，就是不停地劳动，而最为烦恼的就是守旧与文明在这里激烈碰撞。当然，最为喜悦的就是粮谷满仓，子孙满堂。

“青箬笠，绿蓑衣，斜风细雨不须归。”淡妆浓抹是村庄最美的风景。农民高高地挽起裤脚，头上戴着一顶斗笠，迎着风雨，在田地中穿梭。农民的吆喝声、老牛的叫声、春水的潺潺声、燕子的低吟声、花开时细微的颤抖声，平平仄仄，酿成千年不变的曲调，奏响了村庄最为和谐的乐章。

纯朴的村庄，虽然没有城市霓虹灯下的繁荣和迷离，没有复杂的风景，只有太阳和月亮的自由神往。白天，白花花的阳光在街道上和村巷里窜来窜去，公平而无私地照耀着千家万户；夜晚，原生态的月光，温和而静谧地掠过各家各户的窗棂，润泽着村民甜美而悠长的梦。

## 6

每一个村庄都有一条小河绕村而过，带给人们五彩斑斓的童年时光。即使你后来远走高飞，离开了村庄，那条小河永远流淌在你的心间。

水是村庄的生气所在，是人们的希望所在。是水滋养、净洁着每一座村庄，也滋养和静化了人们的心灵。因此，水理所当然地受到村民的尊重、珍视乃至于虔诚的膜拜。

村庄作为村民起居的所在，不仅堆砌着驳杂的民间信仰和崇拜，也铺设着传统文化孕育出来精神追求和人格理想。

许多弯曲的村巷看似无理性无规则，她以柔和的线条勾露出悠长而不断变化的空间。这幽巷既深邃神秘，又缠绵温馨，仿佛拥抱的手势，又仿佛迎迓的神情。一座村庄便是一处隐居静思之地，可以使人修身养性，有如世外桃源。

每一个村庄都有一段历史，每一个家庭都有一个故事，每一个村子里的人都有自己的快乐和忧伤，每一个日子都是生命新的开始。

身在城里的人，无法读懂村庄的心事。某种意义上讲，村庄像一位鬓发斑白的老母亲，纵横交错的皱纹间，写着饱满的牵挂。她已经老的不能好好走路了，她就坐在磨得光滑的青石上，守候和等待，风掀起她苍白零乱而又稀疏的额发。可是无论岁月天翻地覆，她依旧是宽容而有耐力的，她贫瘠却又富有，从容而又热忱。

艾略特说："村庄是个人的归宿"。无数次梦回故乡，梦境中的村庄、麦田、老宅、菜园，无数次纵横于我的记忆深处，挥之不去。纵然童年的记忆撒落，在时光的间隙间停留，往日时光，依然重现。米勒说"村庄，对我来说存在着真正的人情和浓厚的诗意。"

"清明时节雨纷纷，路上行人欲断魂。借问酒家何处有，牧童遥指杏花村。"是的，在每个人的断魂深处，都有一个杏花村，那是我们苦苦追寻的精神家园。

# 双双白燕入祠堂①

无论在南国，还是在北方，我曾经无数次走进古村落，风景自是美好，但是给我留下深刻印记的，还是那些大大小小的祠堂。

在中国封建社会里，往往一个村落就生活着一个或者几个家族，他们往往要建立自己的家庙来祭祀祖先。这种家庙一般被称作“祠堂”。所以，祠堂又称宗祠，祠室。祠堂记录着家族的辉煌与传统，是家族的圣殿，也是民族悠久历史的象征。

祠堂是宗族血脉所系，也是宗族盛衰的标志。祠堂以宗族意志和情感为结构，并以其煌煌气派镇守着人心。中国古代是一个等级森严的社会，最能体现这种等级差距的是对祖先的祭祀上。因此历代帝王将相都将祠堂看作国家权利稳固的象征，统治人民的重要支柱。中国最大的祠堂当属皇帝家的太庙，其次是各诸侯，王公的宗庙，这是按照《周礼》的规定，一级一级下来，到了士大夫，还有资格建家庙，普通庶民就没资格建家庙，只能路祭。民间的祠堂是从西汉开始出现并逐渐兴起的，汉代祠堂是建筑在墓前的祭祀场所，祠堂多为石质，又称石室。此后数代由于等级制度的禁锢，有资格拥有祠堂的人依然寥寥无几。据考证，中国允许民间建立祠堂始于1536年，明代嘉靖皇帝允许民间“联宗立庙”诏令的颁布，民间建立祠堂终于获得了合法的地位。从此，祠堂与家谱一起成为家族最重要的象征。

祠堂是乡土的圣殿。在江西、安徽、河南、山东，乃至于山西的不少乡村，都有一些规模不等的祠堂存在。这些祠堂，既蕴涵着淳朴的传统内容，也沉淀着深厚的人文根基。我们甚至可以从这里寻找到人类前进的足迹。可以这样讲，祠堂是中国五千年文明历史文化的延伸。祠堂

① 双双白燕入祠堂：出自张萧远《句》：秦云寂寂僧还定，尽日无人鹿绕床。日暮风吹官渡柳，白鸦飞出石头墙。双双白燕入祠堂。

除了“崇宗祀祖”之外，也是族长行使族权的地方，凡族人违反族规，就要在这里被教育和受到处理，直至被驱逐出去。所以，祠堂也可以说是封建道德的法庭、家族的社交场所。有的宗祠还附设学校，族人子弟就在这里上学。正因为如此，祠堂一般都比民宅规模大、质量好，越有权势和财势的家族，他们的祠堂往往越讲究。高大的厅堂、精致的雕饰、上等的用材，成为这个家族光宗耀祖的一种象征。从这个意义上说，祠堂是一个家族心灵的外化。每一座村庄的先人，仿佛就在族人点燃香烛、顶礼膜拜的一刹那间，犹如灵魂附体，把他们的思想与情感寄托于后世。祖先的在天之灵是沿着缭绕的青烟飘然而至的，它降临在人们的心灵里。或许可以说，他们死后仿佛依然活着，负载着许多精神寄托后世。祖先的在天之灵是画像、是牌位，也是祠堂这庄严肃穆的空间。

祠堂是心灵的安居。祠堂，一个温馨的名字。它是聚合族人和祖先的场所，而香火是沟通人事和天堂的语言。祠堂让那些曾经被天灾人祸所困扰的人，得到了一种永恒的荫护；让那些为驳杂的民俗信仰所蛊惑的人，得到了一份坚实的维系。尽管现代文明正在以摧枯拉朽之势荡涤着生长在农耕文化土壤上的宗族意识，但是在冥冥之中，祖先依然居住在人们的心中，俯视和倾听着自己的后代。对后人来说，共同的祖先，是家族精神的一面旗帜，就像弥漫在村庄上空的炊烟，很轻易地呼唤人们对家乡的依恋；共同的血脉，是家族情感的河流，就像穿村而过的小溪，可以滋润人们干涸的心田，洗涤生活中的一切污垢。

祠堂是生命的桃花源。祠堂被誉为家族的精神家园，不仅因为祖先的灵魂驻守在这里，统摄着一个宗族的精神生活和心灵世界，不仅因为尊崇祖先的情感串联了全族上下的融会聚集，而且在于这种鲜明的精神指向，充分体现出长幼之序、尊卑之礼、男女之别、内外之分的宗法伦理观念。祠堂具有对称而均衡的布局，阔大而又简洁的空间，坚固并且严谨的结构，充满了庄严的气味，弥漫着浓重的宗族氛围。置身其中，心灵为之震撼，情绪为之感染。我曾经细心领略那些高大的祠堂，发现所有的祠堂都具有一种厚重的物质感，就像一位饱经风霜的老人独坐在古树下，目光迷离却又分外威严，或者像一位体格健壮的汉子，傲立于人群之中，即便神情平和，却透出一股凛然之气。皈依它们，就是皈依祖灵的感召，就是依附祖宗的力量。走进祠堂，一方方明亮依次从天井陷入幽暗，形成强烈的明暗对比。那星星点点的香火珠光，那闪闪烁烁的光晕，仿佛就是一种生命的真谛，温暖着人丁兴旺的祈愿。让平凡的生活有了理想的光彩，也让空虚的心灵有了信仰的力量。

庄严的祠堂有时也是温存的，当它眉飞色舞地炫耀着宗族的光彩时，当它情深意长地讲述着祖先的事迹时，当它顾虑重重地盘算着年成的丰歉时……一座祠堂，既是一面缅怀祖宗功名的纪念碑，也是一座表彰先人善行义举的功德碑。它默默无言却又铿锵有力。它用威严方正和慈悲温存感化着后人。庄严肃穆的祠堂，除了意在以其高大气派来炫耀宗族的力量以凝聚人心以外，在一定程度上，也是它刻意表达的辟邪意义所造成的。一方面，共同的趋利避害、避凶趋吉心理，势必渗透于作为宗族脸面的祠堂建筑，使它的表情变得更加冷峻和凛然，就好比枕戈待旦地镇守着村庄，镇守着人心，威慑着时刻在觊觎族人的灾难和凶险。另一方面，祠堂的门楼造型、飞檐翘角以及丰富的纹饰和绚丽的色彩，在满足人们审美需求的同时，通过隐喻和象征，传达人们避凶趋吉的心愿。

我们常常可以看到，在封闭的村庄旁边，一座祠堂和一座牌坊相依相傍，毕生厮守。这是多么耐人寻味的意象而又精警深刻的揭示啊。尽管所有的祠堂都不允许女性进入，可是女人出嫁了，就是嫁给祠堂的，就是嫁给祠堂里的香火的，甚至就是嫁给一道圣旨、一座牌坊的。如花的青春，那是她的嫁妆；如梦的人生，那是她的洞房。我们仰望牌坊，实际上就是眺望那些蓬勃的生命在祠堂的墙根下寂寞老去的过程；仰望牌坊，实际上就是缅怀那些只有姓氏没有名字的女人的亡灵。

每当走进蝙蝠和蜘蛛盘踞的老祠堂，尽管里面昏暗而凄清，阴冷而潮湿，我的心既伤感又兴奋。那大门立柱上的对联，犹如喋喋不休的叮嘱；那门面上的雕饰，是绵绵无尽的期盼；祠堂里面的神龛，依然发出一种迷离的光谱；供桌上残留的烛泪，仿佛是一种虔诚的泪滴；那些砖木仿佛有血肉的神经，似乎能够感受到它的体温，一种神圣的情感便油然而生。

然而，毕竟时过境迁，祖先崇拜正在成为历史。祈求祖灵庇佑的虔诚情感也将成为历史。宗族意识日渐稀薄，崇拜祖宗的心气也难免化作烟消云散状。毋庸讳言，社会的发展，时代的进步，观念的更新，让人们摒弃了太多太重的精神因袭，获得了个性的解放。与此同时，人们也为之而付出了一定的精神代价。今天，祠堂已成为人们追思先祖艰辛创业，发思古之幽情的旅游资源。比如祠堂的基本功能：尊祖敬宗，祠堂是纪念祖先的场所，可以弘扬祖先的爱国主义，艰苦创业的精神；寻根问祖，祠堂是接待来访，联络宗亲的场所，可以发挥民族团结，增强民族凝聚力的作用；道德教育，通过祠堂文化内涵，匾额、楹联、碑记，以及族规家训，如爱国、孝悌、敬业、诚信、友善、勤劳、俭朴等道德风尚，可以弘扬文明道德、和谐友好新风尚；陈列书画，可以增进宗亲邻里情谊；民俗陈列，可以收藏陈列旧宗谱、旧碑记、旧石器、旧家具、旧农具，成为新旧历史教育的重要场所。

# 槐花落尽柳荫清①

家门前的胡同，虽不是有名的胡同，却与其他胡同有着共同的特点，就是路两边全是槐树，浓荫蔽日。每天走在槐树下，眼前尽是鲜活的绿色，倍觉京城的好。

槐树是北京的市树，大街小巷到处都有。在宽阔的长安街两旁，在昔日煌煌的皇宫、王府门前，在四合院门口，凡是有树的地方，一定会有槐树的身影。

槐树的“槐”，一个“木”字加一个“鬼”字，注定是木中之精灵。槐树没有松树的傲然屹立，没有杉树的苍劲挺拔，没有桃李的绚丽多彩，没有杨柳的妩媚妖娆；槐树的身影算不上特别伟岸、挺拔。大多数槐树一看就知道背景深厚，沧桑而斑驳，甚至有雷劈过的痕迹。但是，任意一株槐树，只要有一丝生机，就会精神矍铄，显示出蓬勃旺盛的生命力。有人说这是北京人的写照，又让我忽然想到周口店的北京猿人。

在首都待久了，有时候我会觉得槐树是整个北京的生命。平素，你只要到胡同里去走走，看百年的门墩儿，看千年的瓦，用自己的眼和手，去感触时光之河中老槐树的斑驳光影以及陈年往事。七拐八拐，你甚至会看到几棵古老的大槐树，它们就那样默默无闻地站在那儿，一站就站了上千年。你不能不对它们肃然起敬。是啊，故宫里的大槐树还郁郁蓊蓊，可是那些号称“普天之下莫非王土；率土之滨，莫非王臣”的皇帝老儿都已经不见了踪影。老槐树见证了多少历史事件，可它们从不摆老资格，从不居功自傲、自以为是，总是守口如瓶，真的是“惯看秋月春风”啊。你看它们的树干，看它们繁茂的树冠，整整罩住了整个街道，

---

① 槐花落尽柳荫清：戴叔伦《送车参军江陵》：槐花落尽柳荫清，萧索凉天楚客情。海上旧山无的信，东门归路不堪行。身随幻境劳多事，迹学禅心厌有名。公子道存知不弃，欲依刘表住南荆。

甚至罩住了几家人的宅院。只有住在北京胡同的居民，才能真正感觉到槐树的古老沧桑和浓浓的生命气息。直到如今，当你徜徉在一条条老胡同里，在那些庇佑了几代人大槐树下面，人们摇着蒲扇乘凉、下象棋、遛鸟，或者海阔天空地侃大山。

槐花是由一朵朵洁白小花组成的花串，乍看，确实谈不上美，当她们有机地组合起来，相互之间既不争香也不争艳，欲开齐开、欲萎齐萎，和睦烘托，便形成了一个完整协调的集体，显示出了团结的力量。槐花的美，清纯而不妖艳，宛如小家碧玉。与桃李弄才，相互并艳；与芍药斗色，握手骈章。

每年农历五月，槐花儿开了。槐树的花朵小小的，一般是淡淡的绿色，或者是玉白色，据说也有粉红色和淡紫色的，但我没有见过。盛夏时节，密密匝匝的槐树花，一串接一串镶在错落伸展的枝丫间。风吹过，花蕊颤颤巍巍，吮吸在花上的蜜蜂不得不随花漂移，摇摇欲坠。一场风来，便是一场槐花雨。槐花一片片、一瓣瓣地在风中飞舞、飘洒。点点碎白，像雪花坠地。纷纷花雨，满地芳菲。那淡淡的清香，为夏日带来一丝浪漫、一缕凉意。

“蝉发一声时，槐花带两枝”①。足见蝉与槐花相映相协。每当蝉刚刚趴在槐树上，槐花就开了。蝉噪树逾静，鸟鸣花更香。槐花，枝含章，章章锦绣；花含蕊，蕊蕊添香。槐花的味道，淡而弥久。

---

①“蝉发一声时，槐花带两枝”：出自白居易《闻新蝉赠刘二十八》：蝉发一声时，槐花带两枝。只应催我老，兼遣报君知。白发生头速，青云入手迟。无过一杯酒，相劝数开眉。

# 千树万树梨花开①

梨花与雪，风马牛不相及。一句“千树万树梨花开”，让梨花与雪建立了密不可分的联系，用梨花指代雪，给雪赋予了新的生命。

梨花自古以来就受人喜爱。这是因为她的洁白如雪、沁人心脾，既给人以视觉的享受，又给人以味觉的感受。当梨花怒放之时，多多梨花就像含香之雪花，飘飘洒洒。苏东坡的《东兰梨花》：“梨花淡白柳深青，柳絮飞时花满城；惆怅东兰一株雪，人生看得几清明？”把梨花的盛景写得淋漓尽致，柳絮随风舞，梨花开满城；梨花似雪，雪化飘落又一年。他为梨花而感叹。

雪花是冬天的精灵。没有雪花的冬天显然是没有生气的。必须有那么几场雪，才能算得上一个合格的冬天。当然，雪花也会在春天飘来，那是它对春天的向往和恩赐。不过，如果是六月飞雪，那一定是为某种千古奇冤而泣。

古人把春游芳草地，夏赏绿荷池，秋饮黄菊酒，冬吟白雪诗，作为四季的雅趣。两千多年前，也是在大雪纷飞之时，谢安与侄儿、侄女相聚。望着满天飞舞的大雪，谢安脱口问道“白雪纷飞何所似”？侄女谢道韫以一句“未若柳絮因风起”成就了千古才名，那个据说还“博涉有逸才”的侄儿谢朗的“撒盐空中差何拟”则逊色多了。

皓洁迷苍山，飞雪染红梅。群山同缟，旷野俱白。莽莽荡荡，纷纷扬扬。望山河，山河平拓妖娆；看大地，大地景色如逶迤。极天宇而神游于水墨之间，阅四律而灵动于霓裳玉衣。

① 千树万树梨花开：出自岑参《白雪歌送武判官归京》：北风卷地白草折，胡天八月即飞雪。忽如一夜春风来，千树万树梨花开。散入珠帘湿罗幕，狐裘不暖锦衾薄。将军角弓不得控，都护铁衣冷犹著。瀚海阑干百丈冰，愁云惨淡万里凝。中军置酒饮归客，胡琴琵琶与羌笛。纷纷暮雪下辕门，风掣红旗冻不翻。轮台东门送君去，去时雪满天山路。

雪似梨花，梨花似雪。说的是二者合二为一。卢梅坡“有梅无雪不精神，有雪无梅俗了人”，说的是雪与梅花的结合。有人把雪花比作下嫁人间的仙女，也有人把它比作情人的眼泪。当雪花从挂满层层帷幕的天宫袅娜而来，漫天飞舞，天地万物都蒙上一层厚厚的白雪时，寂寥的冬季在雪的装扮下顿时变成一个美丽的童话世界。雪花飞舞，一时多少琼花玉树。正是“长天远树山山白，不辨梅花与柳花”。这银白的世界，过滤掉红尘的诱惑与烦恼，也洗涤了尘世的喧嚣。所谓“任他桃李争欢赏，不为繁华易素心。”

雪，代表着纯洁和无暇。大雪纷飞之夜，那个卖火柴的小女孩连最起码的温饱都失去的一瞬间，仍然保持着对美好情境的向往，这或许就是人性的本真所在；求知若渴的杨时，即便遇到鹅毛大雪，也甘愿在大雪中等待，演绎了一场“程门立雪”的真切故事；林冲风雪山神庙，陆虞候的一把火烧了草料场，而一场大雪却救了林冲，这是雪的灵性，雪的本真；许多年来，我一直为《音乐之声》中那首百唱不厌的《雪绒花》而陶醉——“雪绒花，雪绒花，清晨迎接我开放；小而白，洁又亮，向我快乐地摇摆……”

# 胡麻好种无人种

有一种油料植物名叫“胡麻”。在西北高寒干旱地区，没有人不知道的。胡麻开蓝色的花，每当花开季节，天地静默，到处是一片充满梦幻的蓝色。那是一种动人的蓝，纯洁的蓝，飞翔的蓝，宁静、庄严、完美，给人以灵感。

胡麻属于一年生草本植物，株高三尺左右，茎细长，多分枝，果粒呈圆形。《太平御览》说，汉征匈奴，开拓疆土，引进胡麻。《淮南子》说“汾水濛浊，而宜胡麻”。可以看出，胡麻从西域引入以后，先在山西北部种植。《本草纲目》说：“胡麻味甘，性平、无毒。主治伤中虚亏，补五脏，止心惊，增气力，长肌肉，长智力，利大小肠，耐寒暑，驱逐湿气、游风、头风。因为它能催生使胞衣尽快剥离，又补产后体虚疲乏，被人们称之为月子油。北宋诗人梅尧臣也在其《种胡麻》一诗中写道：“胡麻养气血，种以督儿曹”。据说三国时火烧赤壁，就是用松柴灌胡麻油，从上风放火，从而大破曹操连环船的。由此足见胡麻的功用。

种胡麻主要是为了榨油。一块块土地上，生长着绿油油的胡麻。细小的叶面上，总是挂满了晶莹的露珠，一株株胡麻仰望着蔚蓝色的天空。胡麻的茎不是很粗壮，却很执着。拔节、开花，蓝色的花瓣儿，淡黄的花蕊，显得有一些高贵典雅、风情万种，既有大家闺秀的文雅，又有小家碧玉的内敛。农民种下胡麻，便是种下了一片希望，种下了一种飘香的梦想。

胡麻有绿叶作底色，有淡蓝色的花作主题。绿与蓝，蜂飞蝶舞，相得益彰，共同构成一个浪漫而富有诗意的季节。有风吹来，蓝花的幽香在空气里弥漫，仿佛一首曼妙的乐曲。胡麻花开的季节，也是西北地区最美的季节。仿佛只有胡麻才可以把夏天装点得如此富有诗情画意。那成片的胡麻构成了蓝色的海洋。正是这片海洋，慰藉着百姓贫瘠的日子，浸润着祖辈单薄的梦想。

胡麻花凋谢后，一颗颗嫩绿的圆珠，逐渐变成金黄。一片片胡麻地又变成了金色的海洋。待到胡麻成熟，收割、扎捆、脱粒，然后拉到老油坊去榨油。记得二姨他们村就有一家，规模比较大，名字叫“高油坊”，小时候我们常去那里玩。老油坊一般采用杠杆原理榨油，油坊中最醒目的莫过于大杠杆，人们叫它为“油梁”。走进老油坊，热气腾腾，烟笼雾罩。烘焙炉上，炒熟的胡麻“哔啪”乱响，香气四溢，有时候整个村子都可以闻得到胡麻油的香味。炒熟的胡麻先要碾压成饼，放入油槽，然后几个壮实的汉子高举长柄石锤，在油饼上打楔子。一锤锤重重地撞击，声响地颤，那沉沉的响声传得很远很远。随着楔子的挤进，就可以看到油珠一颗颗流了出来，所有的油，从槽口淌出，就像雨后的檐水，缓缓滴落到储油池里。油汪汪的储油池，滋养着村民的生活，点亮了村民的希望。

胡麻多子，因而衍生出一些迷信来。并且说必须夫妻共同撒种，方能丰收。否则颗粒无收。《全唐诗》葛鸦儿怀良人有诗云：“蓬鬓荆钗世所稀，布裙犹是嫁时衣。胡麻好种无人种，正是归时底不归。”这里的“底不归”，就是竟不归。当时的人们相信，胡麻必须夫妻同种，才会有好收成，如果一人独自播种，就没有收成。夫不归家，妻我一人怎去种胡麻？盼夫归是真情，种胡麻是托词。诗人所述，表达一种思念之情。

胡麻全身是宝。胡麻油除食用外，还可药用，并且还是高级油漆、油墨的重要原料。油渣做成的油饼，也是优质的饲料。百姓们用它来喂猪、喂牛，能把猪和牛在较短的时间内喂得膘肥体壮，肉质鲜嫩，深受消费者欢迎。

我喜欢胡麻的花。胡麻的花很小很美。这样的美，美出了一种精神，美出了一种意境，美出了一种禅味。这种美，隐藏着一些不为人知的秘密。

胡麻花开花了
一年又一年
跌落在高原深处的蓝
留下儿时的记忆……

# 天下真花独牡丹

啊，牡丹，百花丛中最鲜艳；
啊，牡丹，众香国里最壮观。
有人说你娇媚，
娇媚的生命哪有这样丰满；
有人说你富贵，
哪知道你曾历尽贫寒。
啊，牡丹，哪知道你曾历尽贫寒……

每当提到牡丹，我就想起了这首《牡丹之歌》。

牡丹是一种传统花卉，原为野生植物，与荆棘无异，主要产于我国的青藏高原、黄河流域、巴山秦岭、山西的中条山、河南的伏牛山和邙山等地区，原始牡丹群落甚至可追溯到3000多年前。

春回大地，桃李满园的神州，牡丹总是静默于万花丛中，碧叶舒展，蓓蕾摇曳，朱唇轻启，好像入睡的倩女，不与众芳争宠。而不几天，她便以雍容华贵的身姿，鲜艳娇柔的气质，国色天香的品位，壮丽雄奇的神韵，主宰着春天了。

牡丹演绎出许多故事。唐代李白醉作清平乐，汤显祖的爱情剧《牡丹亭》，《聊斋志异》中的牡丹花妖，《醒世恒言》的牡丹仙子，《红楼梦》宝钗所服冷香丸，均表明历代对牡丹的珍爱。

“天下真花独牡丹”，这句诗出自《洛阳牡丹记》。欧阳修在洛阳作推官时，发现“洛阳之俗，大抵好花，春时，城中无贵皆插花。花开时，士庶况为遨游”。当时的洛阳城，无论民家，还是官院，遍植牡丹。欧阳修将洛阳牡丹的历史、栽培、品种以及风俗民情做了详尽的考察，写成了中国第一部牡丹专著《洛阳牡丹记》，并且颂扬了牡丹的典雅、高贵、雍容、华美，认为是其他花所无法比拟的，从而把牡丹放到了冠绝天下的地位。

牡丹素有“花中之王”的美誉。唐代刘禹锡诗云：“庭前芍药妖无格，池上芙蕖净少情。唯有牡丹真国色，花开时节动京城。”洛阳是“十三朝古都”，先后有夏、商、西周、东周、东汉等13个王朝在此建都。洛阳东傍嵩山，西依秦岭，南含伊阙，北靠邙山。自古就有“九州腹地，十省通衢，河山拱载，形势甲天下”之誉。洛阳得天独厚的地理位置为牡丹的繁衍生息提供了良好的自然条件，故有“洛阳地脉花最宜，牡丹尤为天下奇”之称。

《事物纪原》载：武后诏游上苑，百花俱开，牡丹独迟，遂贬于洛阳，故洛阳牡丹冠天下。明朝的小说家冯梦龙把这一故事写得栩栩如生：这牡丹乃花中之王，惟洛阳为天下第一。有姚黄、魏紫名色，一本价值五千。你道因何独盛于洛阳？只为昔日唐朝有个武则天皇后，于冬日之间，要游上苑，写出四句诏来，道：“明朝游上苑，火速报春知。花须连夜发，莫待晓风吹。”

武则天之诏，百花不敢违命，一夜发蕊开花。次日驾幸上苑，只见千红万紫，芳菲满目，单有牡丹花不肯奉承女主幸臣。武则天大怒，连根拔起了牡丹，用火烧焦之后，贬于洛阳。不料，经火一烧，牡丹反而开得红若烟云、亭亭玉立，十分壮观。美得秀韵多姿，美得雍容华贵，美得绚丽娇艳，美得惊世骇俗。我以为，洛阳牡丹显然是美人转世，她让女王生妒，虽然被逐出京城，也不愿甘拜下风，反而生长得更加娇艳。

“春来谁作韶华主，总领群芳是牡丹”。洛阳牡丹以其悠久的栽培历史和众多的品种、宏大的生产规模、丰富的野生资源、高超的栽培技艺、日臻完善的科学理论体系，形成了具有深邃内涵的牡丹文化。司马光有：“洛阳春日最繁华，红绿丛中十万家。”范成大有：“欲知同色天香句，须是倚栏烧烛看。”苏轼有：“雾雨不成点，映空疑有无。时于花上见，的皪走明珠。秀色洗红粉，晚香生雪肤。黄昏更萧瑟，英重欲相扶。”他的另一首《又和景文韵》：“牡丹松桧一时栽，嫩蕊商量细细开。试问碧间题字客，几人不为看花来。”直截了当地言明牡丹初开时的动人场面。牡丹千姿百态，艳冠群芳，独领风骚。红的榴萼梅腮，艳霞绮烂；白的雪貌冰姿，纯洁无瑕；粉的娇柔妩媚，纤妍可爱；紫的高标俊逸，浅笑生香；黄的雍容花贵，光彩照人；蓝的豪华艳丽，莹润射目。徜徉在美丽的烂漫春光里，贯于寻香弄绿的诗人骚客们，有几个不是为观赏绮丽的花海景色而来呢？

牡丹的美艳绝伦引起了众多咏词大师的垂目，其优美华章千古流芳。张孝祥的《诉衷情·牡丹》：“翠帷遮日，红烛通宵，与醉千场”；姜夔的《虞美人·赋牡丹》：“娉娉袅袅教谁惜。唯有当时蝴蝶、自飞来。”汪莘的《满庭芳·雨中再赋牡丹》：“云绕花屏，天横练带，画堂三月初三。斜风细雨，罗幕护轻寒。无数天香国色，枝枝带、洛浦嵩山。烧红烛，吞星隐日，光射九霞冠。仙宫，深几许，黄莺问道，紫燕窥帘。似太真姊妹，半醒微酣。须信生来富贵，何曾在、草舍茅庵。皇州近，扁舟载去，春色冠东南。”刘克庄的《六州歌头·客赠牡丹》：“奇尽群花色，浴才出，醒初解，千万态，娇无力困相扶。忆承平日，繁华事，修成谱，写成图。奇绝甚，欧公记，蔡公书。古来无。”吴泳的《柳梢青·孙园赏牡丹》：“元九不回，胡三不问，花说与谁。赖得东皇，调停春住，旬营花飞。庭前密打红围。想孙子、共来出奇。似凭丰神，谁人刚道，色比明妃。”元好问的《江城子·赋牡丹》：“姚家池馆魏家邻。上番春。姓名新。倾国倾城，为雨复为云。水北水南无别物，金屑粉，麝香尘。折枝图上看精神。见来频。画来真。办作黄徐，无负百年身。也待不来花下醉，嫌笑杀，洛阳人。”这些空前绝后的华美宋词，把牡丹的袅袅娜娜，天香国色，妃子娇容，尽数描写出来了，手法之高超，描绘之绝妙，叫人叹为观止。

牡丹，不愧被称为百花之首，在众多缤纷的春花之中，没有一种花能向牡丹那样绚丽、雍容华贵。牡丹，惊艳九州，王者风范。得天地之灵气，神韵非凡；集日月之精华，天香弥漫。

# 谁似浮云知进退①

人生旅途，几乎每个人都会遇到进退问题，只是大小、程度不同而已。有进有退。或者进退自如，或者进退维谷。

进退不只是人的本能，其他动物也有。进，“不到黄河心不死”“不到长城非好汉”，前进一小步，文明一大步，进一步峰回路转；退，知难而退，急流勇退，功成身退，退一步海阔天空。

进退是一种处世哲学，也是一种人生艺术。退时当思进，进时当思退。退中有进，进中含退。进的时候，不能一味高歌猛进；退的时候，也不能一退到底。今天的撤退，为的是明天能够前进。情场上、职场上、商场上、官场上，都要知所进退。所谓“箭欲远发，必弯强弓”“将欲取之，必先予之”。知进退，懂取舍，方能立于不败之地。而如何进，怎样退，要注意选择手段；何时进，何时退，要注意把握分寸。

生活中，说话、办事，也必须把握好进退原则。说话不能强词夺理，咄咄逼人，要给人留有回味的余地；做事不能倚强凌弱，把事做绝，不争强好胜，不强人所难，不自私自利，要兼顾别人，给自己留一条后路。为人处世，参透屈伸之道，自能进退得宜，无往不利。屈是柔，伸是刚。屈是能量的积聚，伸是积聚后的释放。屈是一种气度，更是一种魄力。伸后能屈，需要大智；屈后能伸，需要大勇。人生有起有伏，当能屈能伸，能进能退。

知进退，明得失，还要善取舍。在利益、面子、情感、台阶上，能够拿得起、放得下。不能一叶障目，不见泰山。要学会不屈不挠，甘于迂回退让。做到达则兼济天下，穷则独善其身。

---

① 谁似浮云知进退：出自李弥逊《蝶恋花·清晓天容争显晦》：“清晓天容争显晦。溪上群山，戢戢分驼背。谁似浮云知进退。疏林嫩日黄金碎。夜枕不眠憎鼠辈。困眼贪晴，拚被风烟醉。天意有情人不会。分明置我风波外。”

进退是生存之道，不进则退。所谓物竞天择，适者生存。“明知征途有艰险，越是艰险越向前”，固然可贵；“避开锋锐，迂回侧击”，也不愚痴。最好是，“要为前进寻条件，不为后退凑理由”。一味盲目追逐就会迷失方向。退是沉思者的港湾，停下来是蓄力待发。临渊羡鱼不如退而结网，留得青山在，不怕没柴烧。一网之思，一山之虑，胜过人间无数。进退之间，就是滚滚红尘，进退之间就是人生百味。进有度，退有则。如此，则“秋月春风一壶酒，一蓑一笠一钓钩”。

有时候，一味求进反而会变成一种贪婪，促使私欲无限膨胀，堆金积玉，争权夺利，这是变态的追逐，万万不可。什么事情都有定数，要适可而止，急流能退。有时候看似舍弃、是低头，实则是在保全自己的人格和操守。

从某种意义上说，人的一生就是竞争与调和的过程，人生的本质就是学会进退。起落沉浮，进退自如，才能把握好方向，才能找到自己的位置，才能安放自己的心灵。

# 酒意诗情谁与共①

中国人对酒、对诗都有一种特殊的感情。所谓三分酒意，七分诗情，合起来便是酒意诗情。

中国是一个酒的国度，关于酒的历史，源远流长。李白有“举杯邀明月”的大气，苏轼有“把酒问青天”的情怀。欧阳修有“酒逢知己千杯少”的豪迈，曹操有“对酒当歌人生几何”的苍凉。杜甫有“白日放歌须纵酒，青春作伴好还乡”的洒脱。酒可以助兴，可以解忧。难怪歌德会赞誉：“酒使人心欢愉，而欢愉正是所有美德之母。但若你饮了酒，一切后果加倍：加倍的率直、加倍的进取、加倍的活跃。”

酒当然也有它不好的一面。这里不再多言。酒壮怂人胆，而诗却不是随随便便就能做出来的。在我看来，诗是高雅的花朵，奇妙的精灵，语言艺术中最高的艺术。寥寥几行，款款数语，或石破天惊，或余音袅袅，各种情境便会浮现在你眼前。

诗与其他文学体裁的最大不同，就在于语言的凝练。柯勒律治给诗和散文分别下过定义：说诗是“文从字炼”；说散文是“文从字顺”。由此看来，在所有的文学作品当中，诗是最精练的语言。

诗是感情的渗透，是思想的火花，是理想的光辉，是智慧的结晶。它凝聚着汉字的灵魂，像一条潜龙，流动在华夏文明的历史长河中。古语有云：“腹有诗书气自华。”无论是古典的诗词歌赋，还是现代的新体诗歌，无不渗透着一个人的思想感情和人格魅力。欣赏一首好诗，其实就是在培养生活态度，寄托生活理想。李太白的“长风破浪会有时，直挂云帆济沧海”，激励了多少仁人志士。柳永的“衣带渐宽终不悔，为伊消得人憔悴”，表达了多少不凡的心声。从诗三百、离骚的源头，到乐府

① 酒意诗情谁与共：出自李清照《蝶恋花·暖雨晴风初破冻》：暖雨晴风初破冻，柳眼梅腮，已觉春心动。酒意诗情谁与共？泪融残粉花钿重。乍试夹衫金缕缝，山枕斜欹，枕损钗头凤。独抱浓愁无好梦，夜阑犹剪灯花弄。

民歌，再到瑰丽宏伟的唐诗宋词，以至现代的新诗、散文诗，诗人们以其幽微的洞察力、悲天悯人的情愫、妙笔生花的笔墨，显示出多彩的人文精神，不仅丰富了无数人的精神生活，镌刻出悠久的诗意中国，而且为人类文明增添了自然性情的真善美。

诗是流动的文字，让平凡的字符具有思想的灵性；诗是心灵的珍珠，让苦乐的生活凝聚成闪耀的精华；诗是映照灵魂的镜子，让真实的美丽展示在你我眼前；诗是人性结出的果实，让匆匆的过客品尝人生的百味。因此，诗不是随随便便就可以写出来的，诗人也不是什么人都可以充当的。一个良性社会，既不能无视诗的意义与价值，也不能瞧不起诗人，恶意讽刺挖苦他们，让他们失去生存的空间。

衡量诗人的标准主要是看作品的质量，而不是看他写了多少诗。有的人即便一生只写一二首诗，也能够名垂千古，如张若虚的《春江花月夜》，而有的人诗如藤萝，可回味的却很少。所谓“人间诗草无官税，江上狂徒有酒名”。如同庞大的官僚队伍，不少人号称硕士诗人、博士诗人，忝列诗坛，滥竽充数。陈丹青说，文凭是为了混饭，跟艺术没什么关系。

培根说：读史使人明智，读诗使人灵秀。我们不只应该学会读诗，更应该学会诗意地生活。在奔波的生命旅途中，让现实中的酸甜苦辣蜕变成一种诗意生活，没有必要刻意去远方。

# 岁月不待人①

岁月，通常用来指代时间，用来形容一段历史时期，也用来比喻一段生活经历，承载人们的情感。岁月，可以容纳人世间一切酸甜苦辣。

岁月，是心智由懵懂走向成熟的见证者，是人生由自然生存走向彰显生命价值的晴雨表，也是为人处事由毛躁走向沉稳的风向标。

曾经，总以为永恒的誓言，再也不会离散，总以为美丽的风景永远会定格在我们的记忆当中。却不曾想到，无法修改的时过境迁，终究还是物是人非。即便我们回望，在岁月中走走停停，过去的便永远回不来了。如此，岁月擦拭着我们过去的年少和轻狂。如同过去的风景，再转身的那一刹那，早已消失得无影无踪。

人生如寄，一切都是过客。没有谁会永远停留在岁月的苍穹里。不管你如何意气风发，也不管你如何平淡落寞，都将跌落在历史的尘埃中。有人说：“生命像一条河，左岸是我们无法忘却的回忆，右岸是我们值得紧握的璀璨年华，中间飞速流淌的是我们年年岁岁淡淡经历的欢悦与感伤。”所谓扬手是春，落手是秋。在这一扬一落之间，心中总会有种无言的痛——这是一种是被青春抛弃的无奈，是被岁月洗尽铅华的不舍。在这一扬一落之间，年轮已悄悄地为我们涂上了岁月的痕迹。

世上最留不住的是岁月，最经不起的是等待。一帘幽梦，风干成浅浅的诗行；一弯新月，悬挂在柳梢之上。岁月在轮回之中，让我们渐渐看清了世态的模样，那些沉淀的往昔，会清晰地呈现在我们眼前。有动人的节拍，也有残缺的苍白。所谓“江畔何人初见月，江月何年初照人，人生代代无穷已，江月年年望相似。”尽管昨天早已成为往事，但是那段岁月依然会历历在目。岁月就是用经历写的一本书，浸满悲欢离合。而

---

① 岁月不待人：出自陶渊明《杂诗其一》：盛年不重来，一日难再晨，及时当勉励，岁月不待人。

幸福是一种感受，沧桑是一种经历，淡泊是一种睿智，酸甜苦辣是人生的况味。岁月无情，不因等待而停留，不因相思而驻足，不因容颜憔悴而怜惜。

尼采有一句哲言“每一个不曾起舞的日子都是对生命的辜负”。普希金曾说，“假如生活失去了你，不要悲伤，不要心急，相信吧，快乐的日子就在眼前”。人的生命是有限的，我们虽然不能改变生命的宽度，但是我们可以试着去拓宽生命的广度。时光催老了岁月，或许一夜之间便白了头，弯了腰，掉了牙，无论怎样持续年轻的心，都改变不了容颜越发苍老的事实。但岁月在改变我们容颜的同时，也退去了我们的年少轻狂，沉淀了我们的浮躁不羁。

世上最公平的就是时间。无论贫富尊卑，在时间面前都没有讨价还价的余地。穷也好，富也好，得也好，失也好，一切都是过眼云烟。对于人生而言，最宝贵的不一定是财富，更应该是时间，我们的理想、事业、追求，都需要时间去规划和完成。从宇宙而论，时间没有始终；就人生而论，时间极其宝贵，不珍惜就等于浪费生命。我们懂得了岁月的宝贵，不论任何时候，都可以作为我们人生的起点。

# 明德信惟馨[1]

我从高校到党政部门工作，是经过严格的考试录用的。记得当时给我们出的试题当中，有一道题要求联系实际论述德与才的关系。我的答卷获得了高分，说明我对这个问题的论述受到了阅卷人的认同。

德与才，说起来容易，区分起来却比较难。现实生活中，在形形色色的人群当中，我们很难把某个人的德与才区分得一清二楚，只能是个粗略判断、大致评价。而且这种判断与评价往往会掺杂许多感性的成分，难免见仁见智。特别是在干部任用当中，要把真正德才兼备的人选拔出来，就更是难上加难。

在时间的流逝中，很多事物都会消逝。而几千年前的贤哲，或国亡不食新朝之粟，或心如磁石永指南方，他们始终坚守着自己的道德操守，矢志不渝，后人在他们的烛照中，可以感受到道德的芳香。所谓“明德信惟馨”。

人是要有道德的。道德之于人，如色彩之于绘画，没有色彩，固然也可以绘画；但有了色彩，则可使人物更生动、山川更壮美、花草更艳丽。所谓“黄芽白雪不难寻，达者须凭德行深”。从道家称为万经之首的《道德经》伊始，以致《太上感应篇》等，先贤圣哲们无不谆谆教导世人“欲修道先修德”。

孔子曰：“骥不称其力，称其德也”，意思是说，千里马称骥，并不是赞美它的气力，而是赞美它的道德。孔子用千里马做比喻，说明德和才对于一个人的重要，其中把德放在首位。同时，他还认为“为政以德，譬如北辰，居其所而众星拱之。”意思是说，以道德原则治理国家，就像北极星一样处在一定的位置，所有的星辰都会围绕着它。

---

① 明德信惟馨：出自褚亮《祭方丘乐章·顺和》：万物资以化，交泰属升平。易从业惟简，得一道斯宁。具仪光玉帛，送舞变咸英。黍稷良非贵，明德信惟馨。

史家统计，汉兴四百余年，人才层出不穷，与汉代“四科取士”的选官制度和用人标准关系极大。四科：一是德行高妙，志节清白；二是学通行修，经中博士；三是明达法令，足以决疑；四是刚毅多略，遭事不惑。德行高妙，才有了名垂青史的文景之治和光武中兴。唐太宗高超的用人之道，核心就是唯贤是用、德行为先。他说：“为政之要，唯在得人，用非其才，必难致治。今所任用，必须以德行、学识为本。”清朝康熙皇帝更是持“德重于才”论的代表人物，他强调“观人必先心术，次才学。心术不善，纵有才学何用？”可以说，选人用人在看重德和才的同时，更注重德。

诚然，强调德行，并不是不讲能力、才干。一个人为社会效力，实现人生价值的能力和手段，便是才，古有唯才是举，今有择优录取，都是看中才能。但是，对一个人而言，德是灵魂，是向导；才是能力，是工具。古人强调：“百行以德为首”，“道德不厚者，不可以使民”。宋代司马光在《资治通鉴》里提到智伯无德而亡时，写道：“智伯之亡也，才胜德也。夫才与德异，而世俗莫之能辨，通谓之贤，此其所以失人也。”

一般把“德”解释为“好的思想品质”，把“才”解释为“工作的才干和能力”，至于“有德无德”，“有才无才”，却难有客观的评价标准。所谓“有德无才”，“有才无德”的“有无”，其实是看德才是否匹配。有管理几百人单位的才能，却只有处理家庭关系的“德”谓之“有才无德”；能在几百人单位里以德服众，却只有管理家庭的才能谓之“有德无才”。

德与才是有一定联系的，德可以对才有所裨益，责任心、正义感、爱国心这些优秀的品德都可以让人加倍努力，提高能力，可以“生才”；而有才无德，则可能“才”越高，危害越大。纵观历史，有大才者必有大德，有大德者必有大才。反过来说，没有大德则难有大才，没有大才则难有大德。聪察强毅的人为才，中和正直的人为德。才为德之本，德是才之帅。

才德全尽谓之圣人，才德兼亡谓之愚人，德胜才谓之君子，才胜德谓之小人。德胜才，还是才胜德？自古以来，乱臣贼子，败家之子，才有余而德不足。明代学者归有光认为“天下之治，系乎人臣之有德，而才不与焉”。也就是说，天下的安危治乱在于各级官吏的德行，而不在其才能。清朝康熙皇帝虽然注重不拘一格选人才，但对于人才的标准，却要求得非常严格：“国家用人，当以德器为本，才艺为末，才德兼优为佳。”“才德兼优”的标准，在实践中很不容易做到。

历朝历代的大人物都声言要拯救道德，仪范天下，却心有余而力不足。为什么？因为在他们身上，道德瑕疵实在是太多了，做个反面教员绰绰有余。孔子曰：“政者，正也。子帅以正，孰敢不正？”又说：“其身正，不令而从；其身不正，虽令不从。”以往人们大多把它作为主张人治的力论，其实不然，孔子的这番话乃道德话语，其用意无非是激励那些执掌政柄的人，在道德上必须率先垂范，以身作则。

“德”是一个政治概念，它之所以是第一位的，主要是在于“德”的核心——政治立场、政治态度、理想情操、道德品质等在人的诸素质中，属于支配和主导的地位。“德”不是虚无缥缈的，它是具体的、实在的，直接决定着每一个人的价值取向和工作态度。一个人的才能究竟为谁所用，其对社会历史的作用是进步的还是反动的，这是由一个人的品德所决定的。诸葛亮辅佐刘备建立西蜀，成就三分天下的伟业，也与他匡扶汉室的人生志向紧密有关。陶渊明不为五斗米折腰，也是由其不满当时的黑暗统治所决定的。曾国藩曾把德喻之为水、喻之为根，把才喻之为波、喻之为枝，波澜的大小在于水之深浅，枝叶的盛衰在于根之荣枯。所谓“能剖心肝以奉至尊，忠至而智亦生焉；能苦筋骸以捍大患，勤至而勇亦生焉”，说的正是德影响和制约才的具备和发挥的道理。

古人云：“有德无才不足以堪大任，无德有才足以售其奸”。德与才，二者不可偏废。选什么人、用什么人是一个旗帜和导向的问题。不管是选人的人，还是被选用的人，都要堂堂正正做人，清清白白做官，踏踏实实办事，勤勤恳恳为民。

# 一草一花是爱根①

花草虫鱼，自然赋予。花开花落，春秋几度。陶冶情操，静度悠闲。凭花借草，达志言情。

杨柳岸，花草的故乡；伊甸园，花草的天堂。茫茫草原，山野深谷。红粉相依，碧绿簇拥。地丁花黄，昂首跳舞；月季吐红，闹将春意。有了花草就有了生机，有了花草就有了情趣。

千姿百态的花草，或热情似火，或幽怨深广，或娇羞可人，或粗犷如山，或幽雅芳香，或暗香浮动，或雅致绝俗，或高傲如霜，或平淡如水，或隐身世外，或甘居闹市，或坚贞不屈，或随遇而安。

人皆有情，花草亦有情。花中仙子，枝枝叶叶，饱含深意。兰草君子，牡丹富贵，争奇斗艳，赏心悦目。向日葵，蒲公英，合欢树，钟情于太阳；昙花，烟草花，夜来香，倾心于夜色。金鱼草待蜜蜂飞来才绽开花瓣；睡莲花一旦被采摘，花瓣就很快闭合；虞美人和水百合，在一起就会枝枯叶落。

寄情于花草，屈子钟情于兰草；陶渊明喜欢菊花；和靖视梅花为知己；濂溪笃爱莲花；李渔最爱水仙。“桃之夭夭，灼灼其华。”“采菊东篱下，悠然见南山。”“离离原上草，一岁一枯荣。”夸父逐日，化为桃林。英雄与美人意向的叠加，让人叹为观止；馥郁的丁香花成了爱情之花，满蕴着温柔，微带着忧愁，其坚贞不屈之精神，令人扼腕叹息。更有那纤尘不染栀子花称为“平民之花”“花园之花”。花草之美，在于自然美和象征寓意美的艺术组合。花草之情，在于人的审美之取向。

“一草一花是爱根”。花草赋予情感，枝叶足以传神。一如人类的品

---

①一草一花是爱根：出自弘一《书愤》：文采风流上座倾，眼中竖子遂成名。某山某不留奇迹，一草一花是爱根。休矣著书俟赤鸟，悄然挥记扇避青蝇。众生何用干霄哭，隐隐朝廷有笑声。

格。有时是爱神的化身，永远挥之不去；有时闪耀着母性的光芒，永栖心灵的港湾；有时散发着友谊的芬芳，点亮心中的烛光，把真善美无私奉献给全世界。这正是：飞花有语含春恨，落草无声失秋红。蓬山雨去蝴蝶梦，花草无言百世情。

# 虫声新透绿窗纱 ①

世间百态，万物麇集。百千物种，鱼虫难缺。

观沧海之辽阔，睹鱼龙之变化；当惊蛰之三春，见小虫之爬行。簌簌波涌，落落水翔；杳不可见，形无留赏。鱼者之大，鲲鹏展翅，扶摇直上九万里；虫者微小，踽踽独行，田间地头仅方寸。

观鱼，目若明月，鳞赛寒星，鳍如耸壁。身若昆仑之雄伟兮，尾做长云之纵横。左回右旋，行动有巨浪随身，震荡五岳；忽阴忽明，斗转而天动，山摇而海倾。簸晨昏，扇雷霆，忽九万而无踪。看虫，花斑竞秀，五彩缤纷。轻歌则耳畔交响，曼舞则眼前成云。自在兮八荒之间，遨游兮四海之半；忽腾覆以回转，则云开而雾散。

鱼翔浅底，引人驻足，花港观鱼，便是极好的景致。“自由得如一条鱼”，则是对自由的向往与赞美。小虫飞舞，讨人厌烦，观其外表，让人毛骨悚然。“宁做条龙，不做条虫”，则是人类自身的价值取向。鱼有千姿，虫有百态。鱼之世界，也不尽善尽美，大鱼吃小鱼，小鱼吃虾米，这是天然的法则。

夏天是虫子的世界。唐代诗人王维的《秋夜独坐》：雨中山果落，灯下草虫鸣。每当夏夜降临，葡萄架上，丝瓜棚下，爬满南瓜蔓的小径，到处都是虫鸣。在乡村的世界里，“稻花香里说丰年，听取蛙声一遍”，实在是太平常不过了。而乡村的孩子就是沐着这样的虫鸣长大的。虫鸣给了乡村孩子朴素而实在的童年，而劳作了一天的乡邻就是和着这样的虫鸣进入了一个又一个梦乡。

“高蝉多远韵，茂林有余音”。年年夏日，岁岁蝉歌。蝉是夏天的宠儿，据说蝉从幼虫变为鸣蝉，然后鸣叫七日就会死去。蝉族如传接力棒

---

① 虫声新透绿窗纱：出自刘方平《月夜》：更深月色半人家，北斗阑干南斗斜。今夜偏知春气暖，虫声新透绿窗纱。

一样，用生命续接夏天，蝉歌贯穿整个夏日。

虫子对人类的重要性是无法估量的。一些昆虫自身的产物，如蜂蜜、蚕丝、白蜡等是人类的食品及工业原料；昆虫又是2/3有花植物的花粉传播者；一些昆虫能分解大量的废物，把它们送回土壤完成物质循环；一些昆虫在维持某些动植物之间的平衡起着重要作用。另一方面，虫子也是人类生存的主要竞争者，它们毁掉人类大量的粮食及农产品，世界上每年至少有20%—30%的农产品被昆虫吃掉，它们破坏房屋建筑，传播多种人畜疾病，造成人畜死亡。总之，昆虫对人类的利害关系是十分密切的。

诚然，虫子并非乏善可陈，昆虫在生物圈中扮演着很重要的角色。蜜蜂采集的蜂蜜，也是人们喜欢的食品之一。在东南亚和南美的一些地方，昆虫本身就是当地人的食品。“春蚕到死丝方尽，蜡炬成灰泪始干”，则是对虫子最好的赞美。

# 烟迷金钱梦①

有一句话说：金钱不是万能的，没有金钱是万万不可能的。道出了金钱与人的关系。生活离不开钱的运转流通，它不仅紧密地维系着生产结构的推进与运转，也是人与人之间关系的纽带。我们一生都在它的交换方式中度过。

金钱，泛着金色的光芒。可以使黑的变白，丑的变美，卑贱变尊贵，懦夫变成勇士；可以使同族分裂，异族同盟。它是各国的通用语言，也是最好的礼物与奖赏；它使有钱人傲慢，使穷人粗暴；它为世人所追捧，又被世人所厌恶；它是灵魂的试金石，它又是夺命的刽子手；它无所定象，光怪陆离，今日金衣玉椟，明日知是何方？马卡连柯说：“金钱！金钱是人类所有发明中最近似恶魔的一种发明。因为金钱为培植伪善提供了丰腴的土壤，再没有任何东西比金钱上有更多的卑鄙和欺骗。”

金钱乃必须，生存不可缺。一分钱难倒英雄汉，说的是英雄的无奈；有钱能使鬼推磨，道的是金钱的神奇。世间唯有金钱，发展前途无量。因为有了金钱，人间多了梦想。世界文明，金钱是保障。

“天下熙熙，皆为利来；天下攘攘，皆为利往”。金钱至上，拜金主义的庸俗思想。为了它，有的人可以丢弃理想信念；为了它，有的人可以放弃人格尊严。甚或与黑心、狡猾、奸诈连接在一起，钱是命，命是钱，钱命相连。因为金钱，古有墨吏，今有贪官；因为金钱，大盗频出，内鬼难防；因为金钱，有的人铤而走险，杀人越货，有的人背信弃义，六亲不认；因为金钱，父子成仇，夫妻反目，手足相残，朋友相疑；因为金钱，有的人出卖原则，钱权交易。考场舞弊，买官卖官；因为金钱，有的人居无定所、食不果腹、衣不蔽体。

---

① 烟迷金钱梦：出自陈与义《曼陀罗花》：我圃殊不俗，翠蕤敷玉房。秋风不敢吹，谓是天上香。烟迷金钱梦，露醉木蕖妆。同时不同调，晓月照低昂。

金钱是一面镜子，在它面前，所有的包装和伪饰都现出真相。品德高尚的人，在它面前落落大方，魅力无穷。东汉杨震面对暗夜送金者说：“天知、地知、我知、你知，何谓无知”；洁身自好的人，在它面前清廉自在，光彩照人。春秋时代，子罕对献玉者说：“我以不贪为宝”；而那些意志薄弱的人，则爱钱如命，不择手段大肆攫取，贪污腐化。

在对待金钱的态度上，不同的人有着不同的世界观。信奉“金钱万能”，不择手段去攫取金钱的人，极有可能“丧生于钱财之中”；遵循“人为财死，鸟为食亡”的人，必将沦落为金钱的奴隶；明理的人说：君子爱财，取之有道；豁达的人说：金钱生不带来，死不带去，够用就行。诺贝尔曾说过：钱这个东西够用就行了，若是过多就会成为遏制人类才能的祸害。

金钱不是万能的。正如一位哲人所言：钱可以买到“药物”，但买不到“健康”；钱可以买到“书籍”，但买不到“智慧”；钱可以买到“服从”，但买不到“忠诚”；钱可以买到“躯体”，但买不到“灵魂”；钱可以买到“虚名”，但买不到“实学”；钱可以买到“小人之心”，但买不到“君子之腹”。

“烟迷金钱梦，露醉木蕖妆”。毋庸讳言，在商品社会，人们离不开钱，钱是有用的，是生活必需的。但是钱的用途也是有限的。君子爱财，取之有道；需钱而不慕钱，取钱而不掠钱；善待金钱，犹如善待自己。

# 是非名利有无间①

天下熙熙，皆为利来；天下攘攘，皆为利往。人的一生，或为功名，或为利益，二者合一，即为名利。

人生一世，草木一秋。追求正当的名利是必要的。名与利往往是孪生兄妹，由名带来利，名大则利多。名气不仅会带来现实利益，取得种种报酬。“一举成名天下闻”。但过度追名逐利，欺世盗名，见利忘义，则会丧失人性。于谦说：“名节重泰山，利欲轻鸿毛”。当名利如果像一条绳子一样捆住你的自由的时候，你就要考虑是否解开它，让身心得到充分的自由。一个人的名声来源是多方面的。可能来源于成就、道德、人格、财富，也可能来源于相貌、服饰、才能。官大是种名声，钱多也是一种名声，但二者不能兼容。或者“流芳百世”，或者“遗臭万年”。

荣名厚利，世所同竞。为名者上蹿下跳，逡巡觊觎；为利者无情无义，良善丢弃。得其名则成利，得其利则钓誉。名乃生利，利沽名出。功名利益置之身外，无名之名，无利之利，可称神思仙境。

从古到今，有谁看破名利？顾炎武说：“人生富贵驹过隙，唯有荣名寿金石。”辛弃疾说：“了却君王天下事，赢得生前身后名，可怜白发生”。名利就是荣誉，荣誉就是生命。名利二字，直教人生死相许。即使佛教看来，也只是说：六根清净方为道，退步原来是向前。

“草色人心相与闲，是非名利有无间”。淡泊名利，心如明镜，方能坐的正，行的端。淡泊名利了，就无须粉饰自已，恭维他人，巴结上司，笼络帮伙。不人云亦云，不随波逐流。能言他人不敢之言，做他人不敢

---

①是非名利有无间：出自杜牧《洛阳长句二首》：草色人心相与闲，是非名利有无间。桥横落照虹堪画，树锁千门鸟自还。芝盖不来云杳杳，仙舟何处水潺潺。君王谦让泥金事，苍翠空高万岁山。天汉东穿白玉京，日华浮动翠光生。桥边游女珮环委，波底上阳金碧明。月锁名园孤鹤唳，川酣秋梦凿龙声。连昌绣岭行宫在，玉辇何时父老迎。

做之事；淡泊名利了，就无须为蜗角功名、蝇头小利去煞费苦心，辛苦奔波，苟且钻营；淡泊名利了，就不为尘事所扰，不会脸厚心黑，猥琐自私；淡泊名利了，就会有“为一大事来”的胸襟和“不带半根草去”的气魄。

# 此情可待成追忆①

从某种角度看，人生便是等待。等待因其有所顾盼有所希冀而令人兴奋，而又因其不明了不确定而使人百无聊赖。不论如何，前行路上，正是由于那些或长或短的等待，才使人生充满希望和动力。

## 1

等待是人生的常态。人的一生中，总会有许多等待：等待孩子的长大，等待亲人的归来；等待厄运的过去；等待好运的到来；等待误会的解除，等待鲜花的盛开。

自然当中，黑夜在等待日出，禾苗在等待风雨；树在等待芽的萌动，芽在等待叶的舒展，叶在等待花的绽放，花在等待果的诞生，果在等待阳光的抚摸，阳光在等待秋天的收成……

人生不能没有等待，也不能缺少等待。没有等待的生活是苍白的，缺少等待的生活是苦涩的。烦躁的时候，等待宁静的来临；阴郁的时候，等待天空的晴朗；受伤的时候，等待伤口的愈合；忧伤的时候，等待快乐的时光；失望的时候，等待希望的降临；思念的时候，等待心灵的相约；分离的时候，等待重逢的时刻。由此看来，谁能没有等待，谁又能不要等待呢？

## 2

等待就是怀揣希望。或因为心中有爱，或因为心生怨恨；或因为一句誓言，或因为一句承诺。在默默地的等待中，缤纷如花的岁月，点缀一个个平淡的日子。有痛苦，也有期盼。等待让人生充满了柔情和憧憬，

① 此情可待成追忆：出自李商隐《锦瑟》：锦瑟无端五十弦，一弦一柱思华年。庄生晓梦迷蝴蝶，望帝春心托杜鹃。沧海月明珠有泪，蓝田日暖玉生烟。此情可待成追忆？只是当时已惘然。

等待让日子变得多彩多姿。

等待是一种美丽的坚持，面对你渴望得到的事物，不去刻意的奢求，不去过分的撷取，只需静静地等待，默默地坚持。是你的终究是你的，谁也抢不走。等待不仅是一种对机遇的把握，也是一种智慧与命运的较量。

等待是飞舞的落叶，等待是咬紧的牙关，等待是黎明前的黑暗，等待是蓦然回首的惊叹。

## 3

有时，等待是痛苦而漫长的。等待会让人坐立不安，也会让人彻夜难眠。等待是父母在村口的翘首期盼，等待是妻儿夕阳下的望眼欲穿。

等待，是倍受磨难也要坚持的行为："梧桐树，三更雨，不道离情正苦，一叶叶，一声声，空阶滴到明"；等待，是饱受孤独也要坚守的意志："衣带渐宽终不悔，为伊消得人憔悴"；等待，是美人迟暮帘卷西风的哀叹："宁可枝头抱香死，何曾吹落北风中"。

## 4

等待，不是消极颓废，而是整装蓄势；不是停滞不前，而是缜密思索，找寻最佳的路径和突破口。

没有熟透的果子是青涩的，未经吹打的心灵是稚嫩的。等待并非易事。急功近利者，难耐等待；头脑发热者，疏于等待；狭隘自私者，排斥等待；思想贫瘠者，无暇等待。姜子牙八十高龄遇文王，这种等待是意志的磨炼与考验。越王勾践卧薪尝胆，"十年生聚，十年教训"，一举成为春秋霸主；刘备戎马半生，寄人篱下，夺荆州，占巴蜀，终于三分天下有其一。

## 5

等待一个人，好似等待一条流动的河。

想念一个人的时候，等待是黑暗里唯一的光明。等待一个人的时候，思想在情感的道路上来回交错。

岁月经不起许久的等待，人生面对太多的无奈。

每个人都在人生的苦海摆渡，在等待中苍老了容颜。

等待有几分神秘，有几分憧憬，但它却最需要耐心。不是所有的等待都会如愿以偿，不是每一个等待都会时来运转。所以，等待的滋味往往并不好受。等待绝不是躺在椅子上闭目养神。等待是一种心情，是一种抛开枷锁，用新的眼光审视事物，体味生活的过程。这样的等待让我们学会放松，学会接受。

## 6

等待的过程是苦的，但结果一定是甜的。

不管等待的过程多么漫长，多么的孤寂，多么的难耐，多么的艰辛，都应该坚守，执着，期盼……

等待并不是无可奈何的被动的放弃。等待是在静观其变中审时度势，运筹帷幄，善于捕捉时机，有所为有所不为。

等待有时是充满仇恨的。它会让人咬牙切齿。

学会等待并不是一件很容易的事。等待必须有清醒的头脑，坚定的目标，宽广的胸怀。

## 7

等待是一种成熟。因为等待，多了一些气盛和浮躁，少了一些慎重与平和；因为等待，多了一些从容与大度，少了一些遗憾和无奈。

等待，不但是一种坚持，更是一种美丽。我们在漫长的等待中，迎来了春日，看到了姹紫嫣红的世界；在漫长的等待和耕耘中，尽享累累硕果的甜美……

生命中任何一个辉煌的顶点，无一不是在艰辛的付出和等待中获得的，在等待中成就了人生一个又一个的辉煌。

## 8

光阴清澈，倒映着往昔的影像。岁月浑浊，涂抹着途径的记忆。

等待因了离别，重逢因了等待。燕子衔泥、绿影微晃，在一川烟雨中重逢。

“此情可待成追忆？只是当时已惘然。”生命的过程就是一个等待的过程。不是所有的等待都能如愿以偿。要到达彼岸，要到达山巅去领略那里的风景，就要有一分耐心和淡然的心境。

只有在默默的等待中不期而遇，才会让人怦然心动。等待越漫长，愿望就越热烈。

# 暗香浮动月黄昏①

花中四君子，梅居榜首。所谓兰风梅骨。不与众卉争春，敢居百花之先，自古为人所称道。

正色凛凛，贞姿灿灿。这是梅花的神韵。有道是，梅之雅洁，众卉汗颜。千年不朽，生机勃焉。无华贵之造作兮，有碧洁之天然。存浩然之精气兮，留香魂于人寰。古今雅士，代代名贤，神牵梅魂，情系梅缘。梅妻鹤友，梅痴柳癫。昔有王冕，自号“梅仙”。植梅千株，画梅百卷。魂之所依，梅雪之间。把酒抚梅，陶醉怡然。暮校梅花谱，朝诵梅花篇。

独占寒冬，冰清玉洁。这是梅花的品格。当所有的花儿都因畏惧寒冷而退却时，梅花却在冰天雪地中独自盛开。或披金而挂银，或含露而欲眠，或横枝于寒窗外，或斜插于巉岩，或怒放于幽园里，或徜徉在小桥边。正所谓，瑶台仙姬谪凡尘，月里嫦娥降人间。驿外桥边老干横，绝壁崖前枝半悬。冰清玉洁品自高，铮铮铁骨傲苍天。

俏不争春，临寒吐艳。这是梅花的气节。梅花有梅香，“东风已有过来信，先返梅魂。”（宋·王灼）；梅花有梅格，“一春花信二十四，纵有此花无此格”（宋·陆游）；梅花有梅品，“诗老来知梅品在，更看绿叶与青枝。”（宋·苏轼）。“冰姿不怕雪霜侵，羞傍琼楼傍古岭。标格原因独立好，肯教富贵负初心。”（清·秋瑾），“万花敢向雪中出，一树独先天下春”，说得是梅花的傲岸不群。

“宝剑锋从磨砺出，梅花香自苦寒来”。作为“岁寒三友”之一的梅花，她以纯洁的品格，映照着人们的心灵，陶冶着人们的情操；她以

---

①暗香浮动月黄昏：出自林和靖《山园小梅》：众芳摇落独暄妍，占尽风情向小园。疏影横斜水清浅，暗香浮动月黄昏。霜禽欲下先偷眼，粉蝶如知合断魂。幸有微吟可相狎，不须擅板共金樽。

高洁、坚强、谦虚的气质，给人以奋发向上的激励；她以清雅俊逸的风度，为世人所赞美；她那冰肌玉骨、暗香浮动的特质，被喻为中华民族的精神。

“疏影横斜水清浅，暗香浮动月黄昏”。我喜欢梅花，不仅仅是因为她有“凌寒独自开”的坚韧，更欣赏她默默开放毫不炫耀的品格；不仅仅喜欢她无意争春的豁达，更喜欢她清丽超然，清雅脱俗的气质。我赞美梅花，不仅仅是因为她的美，是一种超凡绝俗的美，更赞美她的高洁、清纯、淡雅。她虽然没有荷花的挺直，没有牡丹的华贵；没有玉兰的娇艳，却有牡丹一样的豪放、菊花一样的俊逸、荷花一样的圣洁、玉兰一样的清香。

# 也宜春色也宜秋[1]

记不清在什么地方看到过这副对联：居高堂，植卉园，风骨仅存称君子；梅之后，竹之前，清新淡雅当属兰。”对兰花极尽称道和赞美。

兰花，十大名花之一，被誉为四君子之一。它又名芝兰、香草，属多年生草本植物，以叶秀花香著称。兰花不拘气候，不择地方，都可以生长。从沼泽地到悬崖峭壁，从热带雨林到风光秀美的草原，到处都有兰花繁育。兰，身为草而不甘平庸，体无骨却绝不靡弱，生于幽谷，从不自弃，这就是它蕙质兰心的雅洁。

兰生于山涧，长期受溪泉滋润。空谷幽兰，鸟来不惊，雨来淡然，烈日暴晒，不改其色。它简单平常，不羡山高，不嫉花美。室内兰花，馥郁幽香。生活在喧闹的城市中，与诗书做伴，与笔墨为友。

素心人对素心花，无欲人对无求草。越王勾践，首艺兰于渚山[2]；圣者仲尼，曾咏兰于归道[3]；楚卿屈子，辞赞兰蕙于《九歌》[4]；诗仙太白，嘉颂孤兰于墨毫[5]。

孔子曰：“芝兰生于深谷，不以无人而不芳；君子修道立德，不为穷困而改节。”他的琴曲《猗兰操》更是把兰花的风姿神韵表现得淋漓尽致。孔子爱兰，他曾对曾子曰：“吾死之后，则商也日益，赐也日损。”曾子曰：“何谓也？”子曰：“商也好与贤己者处，赐也好说不若己者。不知其

---

① 也宜春色也宜秋：出自无名氏《兰》：闻香喜识玉兰幽，雅洁清新韵欲流。入画入歌皆不愧，也宜春色也宜秋。

② 越王勾践，首艺兰于渚山：据传春秋末期，越王勾践就在浙江渚山种植兰花，成为有史以来我国艺兰第一人。

③ 据载孔子在归家路上，见到兰花独茂在幽谷间的情景，而发出了“兰当为王者香”的慨叹。

④ 楚国三闾大夫屈原在《九歌》里写下了“沅有芷兮澧有兰”“秋兰兮青青，绿叶兮紫茎”等赞美兰花的诗句。

⑤ 大诗人李白钟爱兰花，曾写下《孤兰》等诗篇赞美兰花。

子，视其父；不知其人，视其友；不知其君，视其所使；不识其地，视其草木。故日与善人居，如人芝兰之室，久而不闻其香，即与之化矣。与不善人居，如入鲍鱼之肆，久而不闻其臭，亦与之化矣。丹之所藏者赤，漆之所藏者黑，是以君子必慎其所处者焉。”

屈原爱兰，如醉如痴。他身上佩物只有幽兰。所谓兰遇屈原知心，屈原遇兰幸事。他在《离骚》《九歌》等诗篇中写道：“余滋兰九畹，树蕙百亩兮。浴兰汤兮沐芳，纫秋兰以为佩”，“户服艾以盈要兮，谓幽兰其不佩。”陶渊明《幽兰》：“幽兰生前庭，含薰待清风。清风脱然至，见别萧艾丛。”李白：“兰生不当户，别是闲庭草”。

兰，四季扬蕊，香远益清，世德留芳，品高惠中。有道是，叶叶含正气，枝枝傲炎冬，风姿寄高雅，馨香伴春风。静寂淡泊，甘居于溪岸崖畔；淑雅高洁，笑立于林海草丛。亭亭玉立，不因寒而委琐；脉脉贞守，非献媚以求荣。

# 虚心劲节是吾师[①]

有一年，我到四川宜宾，为的是看蜀南竹海。

在长宁与江安两县交界之处，有一片万顷竹海。我就走在一条条石砌的小径上，两旁楠竹遍布，高耸云天，遮天蔽日，名副其实是一条翠竹夹道的走廊。那些楠竹，粗壮高大，竹梢以下没有枝叶，更没有其他林木混杂其中，只有根根楠竹插在土地上，像是列队接受检阅，整齐庄严，显得特别纯粹，特别空旷。我仔细地观看这些竹子，不禁心潮汹涌。

亭亭翠竹，挺拔多姿，遭霜雪而不凋，历四时而常茂。更有“千磨万击还坚劲，任尔东西南北风”[②]的美誉。

竹有虚心，不傲不骄；情凝风雨，韵托风骚。破土力刚，年年雨后春笋；凌云壮志，节节向上争高。

竹叶扶疏，如剑如刀；欲裁云锦，气贯青霄。婀娜纤巧，翡翠琼瑶；其性耐寒，凌霜不凋；秋风飒飒，鸣笛和箫。

竹简记事，先以火烤；竹笔挥毫，翰墨香飘。竹艺精良，文章华藻；竹篱茅舍，田园春好。君子爱竹，七贤为要。板桥画竹，维扬声噪。诗圣[③]暮倚，情寄篁稍。诗魔[④]竹映，交横林涛。诗鬼[⑤]洒泪，意苦心骚。芒鞋竹枝，东坡轻徭。庐山竹影，豪吟圣朝。一枝斑竹，潇湘泪飘。相如[⑥]

---

① 虚心劲节是吾师：出自叶剑英《题竹》：彩笔凌云画溢思，虚心劲节是吾师；人生贵有胸中竹，经得艰难考验时。

② 千磨万击还坚劲，任尔东西南北风：出自郑板桥《竹石》：咬定青山不放松，立根原在破岩中。千磨万击还坚劲，任尔东西南北风。

③ 诗圣：指杜甫。

④ 诗魔：指白居易。

⑤ 诗鬼：指李贺。

⑥ 相如：指司马相如。

弹琴，萧史[①]吹箫。

翠竹青青，这是一种贴近生命的本原的状态，与山水风物更加和谐地融为一体，成为大自然的有机组成部分。苍翠欲滴的一片竹林，蓦然映入眼帘，那种感觉是豁然开朗的境界——青竹何森然，浓浓独曙前。出墙同淅沥，开户满婵娟。

新竹弄雨，点点滴滴。老竹摇风，铿然有声。居而有竹，则幽篁辉映；竹影婆娑，则满院清风。纤纤青竹，几分清纯惹人爱；幽幽竹篁，片片柔叶暖人心。

竹之菁菁，譬如人生。惜花有意，爱竹无心。拜倒钱权，无竹之节；玩物丧志，少竹之贞。苏轼“宁可食无肉，不可居无竹”。李贺“无情有恨何人见，露压烟啼千万枝”。范成大“船尾竹林遮县市，故人犹自立沙头。”竹的清高：“我自不开花，免撩蜂与蝶”；竹的刚正：“一朝红日出，依旧与天齐”；竹的自信：“凌霜竹箭傲雪梅，直与天地争春回”。

“彩笔凌云画溢思，虚心劲节是吾师”。虚心劲节是竹的最大特点。有一个成语叫“虚怀若谷”，虚，就是谦虚；怀，是指胸怀；谷即为山谷。谦虚的胸怀像山谷一样。虚怀，就是竹的精神。

① 萧史：传说中春秋时的人物，《乘龙快婿》（藤萍）中的男主角。汉朝刘向《列仙传·卷上·萧史》中说：萧史善吹箫，作凤鸣。秦穆公以女弄玉妻之，作凤楼，教弄玉吹箫，感凤来集，弄玉乘凤、萧史乘龙，夫妇同仙去。这段奇事，《东周列国志》上有“弄玉吹箫双跨凤，赵盾背秦立灵公”的详细记载。

# 此花开尽更无花①

菊花，以她特有的色调渲染了整个秋天。如果说，梅花揭开一年的序幕，那么，菊花则是一年的后记。

菊，或寄寓于篱下，或悠然于南山；奋发于酷夏、出身于微寒。“满城尽带黄金甲”，英雄为之壮胆；“此花开尽更无花”，雅士为之感叹。

菊之色，似雪之琼莹，金之皇黄，霞之绯婉，墨之浓艳。姿容百变，异卉千番，诗词之莫形，笔墨之难言。千姿万态，百花缭乱，十色五光，取舍为难。

菊之味，似梅之刚烈，如兰之柔雅，犹蔷薇之野艳，若丁香之愁婉。

菊之神，或若寒舟夜殇，或若笑傲歌狂，或若佳人痴愁，或若玲珑禅怅。心为之狂，神为之狂；心为之怅，神为之怅。

菊之韵，如江南丝竹，似秦钟燕筑，金陵郦歌，塞外羌鼓。剑花烟雨江南岸，诗酒琴茶赋菊花。

百花之中，秀色可餐者，唯菊也。菊花茶消暑解酒，菊花酒明目长寿，菊花粥清爽去燥，菊花肴荤中有素，菊花糕去火食疗，菊花羹治眩利肝。

菊花多姿，或精巧如扣，或相拥如球，或参差合围，或心似如钩……菊的世界里，别具一格，同中存异。有的一枝独放，有的满枝皆花，有的亭亭玉立，有的含羞惹人。在暮秋的寒凉里，它们擎起的是温情与暖意。

菊花有情，一生爱恋，只为秋开。它把最美的年华倾注于秋的最深处，风霜与共，依依相随，一往情深，注入秋的心怀。它爱秋，它爱秋

① 此花开尽更无花：出自元稹《菊花》：秋丛绕舍似陶家，遍绕篱边日渐斜。不是花中偏爱菊，此花开尽更无花。

的每一寸发肤，它用最深情的心开出最美的爱恋。

人淡如菊，是一种信念，也是一种处世哲学。其中未免有无奈的成分。“采菊东篱下，悠然见南山”，超脱出尘；“人比黄花瘦”，顾影自怜。内心的衷曲，唯有菊知，菊是他们的知音。人们从摇曳多姿的菊影里，似乎可以觅出诗人高洁的品格。

我喜欢菊花，不只是喜欢菊的清雅，让人在喧嚣的尘世里乐以忘忧，而且喜欢菊的傲骨，在临霜的深秋里，依然荣辱不惊，纷扰不争，我行我素，卓然于世，淡然从容。

# 桃花依旧笑春风①

有人说牡丹是“花中之王”，有人说君子兰是“花中仙子”，也有人说蜡梅是“花中强者”，那么桃花呢？

桃花，不像牡丹那样妩媚动人，也不像君子兰那样高雅名贵，更不像蜡梅那样迎寒怒放。但是，“桃红又是一年春”。桃花和春天紧紧地联系在一起。所谓“桃之夭夭，灼灼其华”。

桃花是俏也争春的花朵。每年春天，不待叶子生发，桃花便从枝干里挤了出来，生怕误了春事。小道边，石头后，都有桃花的影子，一脸灿烂地在阳光下微笑，在春风中摇曳。

桃树呈现出不同的姿态。横枝优雅，斜枝潇洒，曲枝婉约，直枝庄重，桃林深处，更是一派迷人的景色。有的粉蕾娇娇，莹洁无瑕。有的玉蕊楚楚，含露待放。含苞的娇艳欲滴，怒放的婀娜多姿。那一朵朵桃花，如梦如幻，那一团团欲燃的桃红，似火如焰。它们明媚地张扬在枝头，如同青春的笑靥。

当一阵微风拂过，花瓣悠然飘落，芬飞蝶舞。春笑桃林，春风爱恋着桃花，桃花在温馨的春风中凋落。尽管生命短暂，也要尽情地向世人展示其最靓丽、最娇媚的容颜。嫣然东家处子，莞尔南国佳人。流水宛转，落英缤纷。春色易题，每念南庄崔护；秋香难点，三笑北庵唐寅。告村酒载于兰舟，将追李白；闻俚歌踏于柳岸，怎别汪伦。桃有至情，而兼至性，宴桃园豪杰三结义，斩黄巾英雄首立功……

桃花是诗人营造意境的妙物。所谓“桃花潭水深千尺，不及汪伦送我情”，所谓“竹外桃花三两枝，春江水暖鸭先知”，所谓“桃红复含宿雨，柳绿更带轻烟”，所谓“人间四月芳菲尽，山寺桃花始盛开”。桃花，

---

① 桃花依旧笑春风。出自崔护的《题都城南庄》：去年今日此门中，人面桃花相映红。人面不知何处去，桃花依旧笑春风。

早已开在诗人的心间。

但凡开满桃花的地方，是自由、和平、富庶、美好、悠闲、温馨、和谐的幸福之乡。“桃花源”——陶渊明梦想寄托的地方；“桃花坞”——唐伯虎醉酒之后的幻象；“桃花扇”——孔尚任梦想破灭的碎片；“桃花岛”——金庸的梦想在香港流放；“桃文化”——是对“桃花”自然形态、唯美象征、深刻寓意、丰富内涵以及社会价值的诠释。

“人面不知何处去，桃花依旧笑春风”。或许因为桃花的争春和张扬，人们对桃花总怀有贬义。比如“桃色新闻”“桃花运”，等等。把桃花看作风流、负心、无情、薄命。质本娇美，花开何罪？人们对桃花的这种评价，自然带有个人的感情色彩，与桃花本身无关。

# 山城斜路杏花香①

杏花，春雨，江南，聚成一景；小桥，流水，人家，成为美谈。

杏花是春天最早开放的花朵之一，杏花开了，春天就来了。杏花爬出墙，舞起水袖，风情万种，要开就开个漫山遍野。而杏花的内心，始终充满羞涩。每开一朵，都开得很认真很纯粹。只为这一季的邂逅，杏花便倾尽一生的力量。仿佛春的今日非她莫属。

漫步在杏林间，一朵朵花蕾似点点胭脂涂抹枝头，盎然春意一下子弥漫开来。每一朵都是那样的纯洁，那样的鲜润，那样的娇嫩，让人不忍触碰。朵朵鲜花簇拥成串，晶莹而柔润，娴静而高雅。道白非真白，言红不若红，请君红白外，别眼看天工。这正是杨万里对杏花开放时的那种纯美意境的完美写照。那未开的花蕾，像酣睡的婴儿，甜甜地微笑着。那完全绽放的花朵，恰似一个个柔情似蜜的仙女，在微风中翩跹起舞……

杏花，乃轻愁淡喜之花，心绪缭乱之花，轻浮易谢之花，美人迟暮之花。春秋代序，时移世迭，花意顺变，吉喜频临。

杏花，不择良壤，不惧春寒。暗孕慢育，先花而后叶，忽如一夜春风来，幽香破苞铺天开。花谢犹如风吹雪，堆银叠玉满地白。柳叶吐绿，杏花粉红，相互辉映，色彩鲜明。花红柳绿摇春风，水边杏花更凝情。

“日日春光斗日光，山城斜路杏花香”。花开花落，花谢花开。罗隐的诗，颇具哲理：“暖气潜催次第春，梅花已谢杏花新。半开半落闲园里，何异荣枯世上人？”司空图的诗，寓意深沉：“寄花寄酒喜新开，左把花枝右把杯。欲问花枝与杯酒，故人何得不同来？”

---

① 山城斜路杏花香：出自李商隐《日日》：日日春光斗日光，山城斜路杏花香。几时心绪浑无事，得及游丝百尺长。

# 竹解心虚即我师①

花木之中，尤爱文竹。爱文竹，主要是爱她的清雅别致。于是，窗台上、茶几上，书桌上，都要摆上一盆。远观，近视，多生感慨。

文竹不像毛竹那样剑立刀悬，却有毛竹那种壮志凌云；文竹不似松柏那样苍劲挺拔，却似松柏那样的挺然屹立。看上去，文竹总是纤纤弱弱、文质彬彬、清清静静的，而且文弱得令人颇堪同情，纯净得叫人不思亵渎。

文竹总是一枝一枝地破土而出，然后一起向上长，一枝比一枝高，一枝比一枝飘逸。她的枝叶皆绿，没有丁点杂色，而且一年四季总是如此。她的枝很细，却可以托起大片的叶子。远观如一层层绿色的云，近看又似一片茂密的林。

恋文竹，便悬于书架，置于案头。晨来浇水，暮去关注。看她清高有节，层叠无数。她是花木之中的逸品，常有墨客品题；也是我心中的珍物，作为情感寄托。她遗世独立，秉承古风，栖身都市，君子风度。她的花，星星点点地装饰在绿色的叶片间，在文静淡雅中又增几多风韵。此乃低调与高格的统一、平凡与不俗的和谐。看似纤细文弱的文竹，实则是灵性十足的植物，它以一种特有的方式诠释着生命的力量。它不惧夏的酷暑，不畏冬的严寒，总是以一种坦然淡定的气质，坚定乐观的品格，装扮着我们的环境，愉悦着我们的身心。

一盆在前，心静如水。辛劳之余，倦怠之后，观赏文竹，如清风陶醉肺腑，似甘露滴入心田。扶纤纤细叶，品缕缕青烟，可以骋怀游目。节节脆枝，去尘嚣，“未出土时先有节”“百炼钢化作绕指柔”。茸茸嫩叶，

① 竹解心虚即我师：出自白居易《池上竹下作》：穿篱绕舍碧逶迤，十亩闲居半是池。食饱窗间新睡后，脚轻林下独行时。水能性淡为吾友，竹解心虚即我师。何必悠悠人世上，劳心费目觅亲知？

如鸟羽，若薄雾，绿意幽幽，秀气雅雅，世俗风中清心火。

“水能性淡为吾友，竹解心虚即我师”。文竹之雅，文乃其心，竹是其魄。文竹就是文雅之竹，文是淡泊，雅士风骨。重操守，宁静致远；有神韵，内涵丰富。柔中见刚，纵横间可得千里之势；拖丝引蔓，俯仰中可见云卷云舒。

# 待看千尺舞霜风①

苍松翠柏，巍然屹立，笑傲苍穹。枝如铁，杆如铜，蓬勃顽强，倔强峥嵘。正所谓，“岁寒乃知松柏之后凋也”。

松柏四季常青，即使冰雪严寒也不会失去原有的青翠。高大虬龙的树干，以巨人的姿态矗立在崇山峻岭之间，如绣针般细小的叶子，闪动着柔和的光芒。轻风吹拂的时候，片片松林泛起阵阵波涛，波澜壮阔。让我们不仅看到了她的唯美景致，也看到了它的沧桑。

松柏，不求华丽，不慕虚荣。云山风度，坚强秉性。临绿水之素波，布秀叶之葱青；应长风以鸣条，似丝竹之遗声；虽凝霜而挺干，近青春而秀荣。严霜的凌辱，冰雪的欺压，一次又一次，非但不能摧残它的意志，扭曲它的傲骨，反而使它更显英雄本色。“大雪压青松，青松挺且直，欲知松高洁，待到雪化时”。

松柏，特立独行，傲然屹立。在烟波飘渺的高山之巅，它像铁塔一样傲然屹立；在怪石嶙峋的峭壁之间，它像钢钉一般牢嵌石中。阳春三月，万物复苏，松柏不争新绿；夏日酷暑，草木无神，松柏依然挺拔；金秋十月，霜染红叶，松柏依然碧绿；寒冬腊月，北风萧萧，松柏傲雪迎风。

在我国的历史文化中，松、竹、梅号称“岁寒三友”，比喻它们不畏逆境、战胜困难的坚韧精神。松柏，生命的强者。吸天地之灵气，集日月之精华，滋养了一身肃穆高洁，生就一副傲骨，苦守一分执着，坚持一种信念。为了崇山峭壁上的一点生机，它选择忍耐；为了冰天雪地中的一丝绿色，它选择奉献。青松傲骨，不仅仅是高山仰止的民族气节和冰清玉洁的高贵品格，更是我们中华民族生生不息的奋斗精神。

---

①待看千尺舞霜风：出自苏轼《寄题刁景纯藏春坞》：白首归来种万松，待看千尺舞霜风。年抛造物陶甄外，春在先生杖屦中。杨柳长齐低户暗，樱桃烂熟滴阶红。何时却与徐元直，共访襄阳庞德公。

# 映日荷花别样红①

莲花，也称荷花、芙蓉、玉芝、灵草，又称芙蕖、菡萏、藕花、青莲，兼有水华、水旦、六月春等称谓。其能清凉解暑、止血治泻，人所共知；更可降火除寒、补身健胃，神奇功效。

朵朵莲花，轩然昂首；片片荷叶，傲物超然。王昌龄称道为青春意趣之花；孟郊比之为相思愁苦之花；孟浩然赞颂为清闲散淡之花；曹植有“览百卉之英茂，无斯花之独灵”；苏辙有“莲花生淤泥，净色比天女”；杨万里写下了“接天莲叶无穷碧，映日荷花别样红”；江淹留下了：“蕊金光而绝色，藕冰拆而玉清，载红莲以吐秀，披绛华以舒英”。

花中君子，水陆灵卉。仰承玉露，俯鉴青波，沐朝曦而明绚，映皓月而无邪。涉水而盈盈，御风而翩翩。出尘离染，秉殊质而化浊；含芳吐秀，披溽暑以舒英。伏魔荡浊，闻名于神典．质洁体轻，受爱于神仙。叶纯厚，花雅尊，根通直以立身，实甘硕而表心。天性喻于儒理，芳名留于诗文。

释迦牟尼出世，立于莲花之上；灵山会上拈花微笑，趋行一步一莲。比妙法以莲花，心是般若开；彰善行于天地，我思故我在。净植之灵根，空灵之色相，慈悲之胸怀，澄澈之心境。象征神圣，显现在六道轮回之中；象征清廉，“青莲”与“清廉”谐音；象征爱情，“芙蓉如面柳如眉”；象征和平，“荷”与“和”同声。莲生乾坤，聚气为神，蕴含无限，三教共尊。阅莲知廉，廉依莲生。清正风来兮，接天莲叶无穷碧；洁净花开兮，映日莲花别样红。

文人雅士，纷纷领略《荷塘月色》；骚人墨客，常常仰慕“出水芙蓉”。流途赋骚，屈子集荷做裳；隐居探理，濂溪说莲喻魂。大师张大

---

①映日荷花别样红：出自杨万里《晓出净慈寺送林子方》：毕竟西湖六月中，风光不与四时同；接天莲叶无穷碧，映日荷花别样红。

千，一片丹心浸“荷痴”。

莲花是集合了天地精华、水土情缘的尤物。她的娇美生命与人类的灵魂紧密相连。想想看，世界上又有哪一个人不爱莲花呢？叶叶莲花，无非般若；阵阵花香，皆是妙谛。

# 柳上斜阳红万缕①

在西北高原，有一种最普通、最常见的植物，就是红柳。红柳也叫柽柳，从内蒙古一直到新疆的辽阔地区，在一望无垠的茫茫戈壁滩上，红柳顽强地生长着、生长着。

红柳不拘环境，也不择土壤。抗旱、御寒、耐盐碱，是它的秉性；防风、固沙、战高温，是它的品格。它守得住清贫，耐得住寂寞，吸收着戈壁盐碱中的层层苦涩。狂风摧毁不了它的意志，霜雪冻结不了它的坚强。它们扎根于荒漠，护卫着身边的土地；它们伫立于旷野，抵御着烈日黄沙。它顽强、自信，我行我素；它宁静、自然，悠然自得。孟春时节，一株株一丛丛的红柳，宛如一团团巨大的火焰，燃烧在大地上，为世界平添了几分春意，几分生机。看到他们，你会得到战胜艰难困苦的鼓舞和激励，你会提升生存的信念和毅力。

红柳知足常乐，达观大度。它繁殖力强，很容易儿孙满堂。“三春柳”“西河柳”，是它应得的殊荣；“观音柳”和“菩萨树”，是它拥有的赞誉。它兼有大漠的品格和气质，从春到冬，绿枝红顶，一团团丹霞般的花穗，飘飘荡荡，无拘无束，在戈壁上绽放着。丛丛婀娜的红柳，簇簇火红的花絮，如同西天燃烧的晚霞，恰似瑶池旋舞的仙女，给荒凉展示充实的憧憬，向春天倾诉绵绵的情思。

多少次，仰望天空湛蓝湛蓝，思绪静止在飞动的白云上；多少回，聆听骆驼刺草与风的絮语，梦想在河西走廊上徘徊。沙石沉静，难寻丝绸之路上的骆铃声声；雄关耸立，望断大漠戈壁的繁华。唯有红柳，只要有水土相伴，它就会生根发芽，孕育出一株株生命，无声地呈献给大

---

①柳上斜阳红万缕：出自赵长卿《临江仙·柳上斜阳红万缕》：柳上斜阳红万缕，烘人满院荷香。晚凉初浴略梳妆。冠儿轻替枕，衫子染莺黄。蓄意新词轻缓唱，殷勤满捧瑶觞。醉乡日月得能长。仙源正闲散，伴我老高唐。

地一片绿意。生命的感受，在红柳的枝头绽放；黄沙的寂寞，在红柳的根部粉碎。回目凝视，一片片绿洲将在戈壁升起；湖水、村庄，绿树成荫，不再是海市蜃楼，丝绸之路，也不再是呻吟的孤旅。

红柳没有伟岸的身躯，没有婀娜的风韵，也没有甘甜的果实，却有着最执着的根蒂。它和戈壁紧紧相依。红柳是高原上生命的天使，是人类自强不息精神的写照和动力。

# 去年相见枣花开①

沙枣，别名桂香柳、香柳、银柳，生长在西北大地，摇曳在人们的心头。

沙枣，铁打的杆、银造的叶、金铸的花，惊雷、冰雹、风沙、浑不怕，一心给大漠披上瑰丽的彩霞。树身写满沧桑、虬根扎入大地。树干弯曲，化虚空为黄雾；枝条稠密，散穹宇以金霞。树皮褐红，光泽带刺。耐碱耐贫，抗旱固沙。东欣欣以伫立，西疾疾而落花。引兽聆而树下，飞禽落而叽喳。天化蓝以云聚，林掩碧而砾砂。

高原情韵，大漠风光。立于寂寂，甘于贫瘠。有时上不见飞鸟，下不见寸草。天鸟挂月，胡朔风萧。野狼嘀啼，霜雪难消。荒郊野、水渠旁、田畔头、宅院上，枣花黄中白，枣叶舞漫天。花不艳丽，黄斑点点；味道十足，幽香远飘。吹散到天边，吹进我心田。不为悦人，只求悦已，风沙蔽日、摇曳浪漫。

金秋时节，丹桂飘香。那一片又一片沙枣林，顷刻间浑然天成为一首歌，精美绝伦为一幅画。果实累累，诱人垂涎。湛蓝蓝的天，灰蒙蒙的绿，密匝匝的枣，红彤彤的脸。偷偷地打枣，悄悄地品鲜。果大肉多的确很酸涩；果小肉少的却又很香甜。浓而不俗，香而不媚。平和、自然、纯净、亲切。看你白云下美妙的身躯，圈阅了无法褪色的记忆；读你阳光明媚的风景，如同读我心中的诗篇。

① 去年相见枣花开：出自梅尧臣《送弟禹臣》：王都寓居树阴少，唯有墙隅两株枣。去年相见枣花开，今年相别棘实好。枣实未剥风莫吹，我鬓愁多似蓬葆。淮南到时何所逢，秋叶萧萧蟹应老。忆昔共归江上初，对饮芦洲月如缟。半夜鱼跳镜破光，万事牖然何足道。自此重经二十秋，不改青青岸旁草。

# 长安回望绣成堆①

向往长安，长安是一个遥远的理想；

走进长安，长安是一片动人的天地。

在一篇篇精美的诗文中，“长安一片月，万户捣衣声”（李白《子夜吴歌·秋歌》），那是一种相思和眷恋；“西北望长安，可怜无数山”（辛弃疾《菩萨蛮·书江西造口壁》），抒发深沉的之爱国情思；“总为浮云能蔽日，长安不见使人愁”（李白《登金陵凤凰台》），那是一种忧国之悲，离国之恨；“长安古道马迟迟，高柳乱蝉嘶”（柳永《少年游·长安古道马迟迟》），那是一种离乱之后的荒凉。

如果把长安比作一位老人，那么他就是娓娓地描述炎黄子孙求索奋进历史的长者；如果把长安比作一位少年，那么他就是神奇地注视中华民族一日千里的神童；如果把中华民族的文明史比作一出精彩的戏剧，那么至少有一半上演在长安。

长安是华夏文明的摇篮。生生不息的黄河，孕育了中华民族最灿烂的文化。自远古时起，长安就是一块适合人类栖息的天然沃土，并因地处黄河流域文明的中心而扮演了文明发祥地的重要角色。从公元前 11 世纪的西周起，历经秦汉、新莽、西晋、前赵、前秦、后秦、西魏、北周、隋唐等 12 个朝代，历经千年而成为中国历史上建都时间最长的城市。那数不清的博大韬略、风云叱咤的重大事件，几乎都发生在这里；那数不清的千古风流、慷慨英雄，几乎都在这里被雨打风吹去；周礼秦制，汉韵唐风，这里成了中国封建社会辉煌的顶点，飞旋起一道道世界罕见的文化长虹。

---

① 长安回望绣成堆：出自杜牧《过华清宫绝句三首》：长安回望绣成堆，山顶千门次第开。一骑红尘妃子笑，无人知是荔枝来。新丰绿树起黄埃，数骑渔阳探使回。霓裳一曲千峰上，舞破中原始下来。万国笙歌醉太平，倚天楼殿月分明。云中乱拍禄山舞，风过重峦下笑声。

长安不似金陵的紫气红尘和六朝金粉，不似洛阳的雍容富贵和纸醉金迷，也不似江南的缠绵悱恻和阴雨绵绵。长安，褪去时代的浮尘，高贵而不脱俗，典雅而又素朴，喧嚣而又静谧。

长安物华天宝，人杰地灵。悠久的历史，缔造了长安丰厚的文化遗产；独特的人文，铸就了独具禀赋的长安风采。当时间的风云缓缓掠过，那么多的危楼古刹，那么多的奇珍异宝，的确令人眼花缭乱。那六千年前半坡人的鱼纹陶器与精制骨针，那西周的甲骨文与青铜器，那被称为世界第八大奇观的兵马俑，还有那汉的浑然石刻，唐的华丽壁画，精美三彩、雁塔晨钟，明的巍巍城垣以及应接不暇的秦砖汉瓦，众说纷纭的历代帝王之陵。

周人的淳朴宽厚，秦人的勤劳勇武，汉人的开拓进取，唐人的聪颖好学，塑造了长安这座古城兼容并包的气魄与胸襟，于是张骞从这里铺出了一条丝路花雨，玄奘从这里踏上了取经的征程。

见到西安的朋友，他们总会自豪地对你说，长安是大地的圆点，中国的中心。长安的土地是中国最厚的黄土地，长安的城墙是世界上保存最完整的古城墙。长安长安，长治久安。从古至今，它没有被水淹过，也没有被地震毁坏过。日本鬼子那么凶，也没有打到长安。新中国选国都，据说差一点就选中了长安。瞧瞧吧，哪一个外国总统到中国来，不是去了北京上海就要来西安呢？到中国不来西安那就等于没真正来过中国。

长安是镶嵌在神州的一颗璀璨夺目的明珠。站立长安古城墙，我们仿佛看到了长安古城那高大的身影；伴随“一带一路”的倡议，我们依稀听到了长安古都那奋发的脚步。

长安，大唐的长安，梦中的长安，理想的长安。

# 标点符号话人生

人生有如一篇文章，离不开标点符号。生活就是文章的主题。每个人都在围绕这个主题，把聚与离、苦与乐、成与败、生与死，组成段落，标上标点。

## 1

人生路上，不可能一帆风顺，有挫折，有坎坷，需要我们停顿下来，思前想后，总结经验，查找不足，继续前行。

咿呀学语、上学、结婚、生子、就业、历练、担当、作为，一系列的人生旅程，巧妙地排列组合，让我们的人生变得更有意义、更有价值。

生命的顿号，就是人生走过的足迹。“人生到处知何似，应似飞鸿踏雪泥。泥上偶然留指爪，鸿飞那复计东西。”虽然不知道未来的人生到底如何，但生命的每一个顿号都会让我们的脚步更加脚踏实地。

## 2

消逝的过往，都已变成文字，喜悦、郁闷、唏嘘、感叹，一个个生命的逗号，将一个个人生的句子分开。让人生放慢脚步，去思索，去停顿，去整理。

生命中，没有永久的痛，没有过不去的坎儿，没有忘不掉的伤。情感总会消逝，恩怨终会遗忘。相信时间，相信自己，相信上善若水，相信天地良心。

一路上走走停停，且行且珍惜。一年年，一月月，一桩桩、一件件，多少往事历历在目，才下眉头，又上心头。岁月陪伴着人们，从少年走向老年。

于是，生命便留下了许多逗号，一段经历、一段感情、一段付出，无数个逗号的等待，只是为了最终那一个句号。

## 3

人生充满了太多的变数，需要分析，需要诠释，需要思考。

生命的冒号，意味着有无限的希望，无限的憧憬。

生命的冒号，或许是人生的愿望需要表达，或许是内心的苦闷需要倾诉，或许是成功的快乐需要分享，或许是成长的疑问需要诠释。

## 4

人生从青年走向中年，再由中年走向老年，走过的每一段路，完成的每一项工作，都会有一个小结，这便是人生的句号。

人生的每一个句号，都是对生命不同阶段的总结。或者披荆斩棘，或者亦步亦趋，或者一路高歌，或者一路艰辛。

每一个句号都在生命中游走，不管如何开始，也不管如何结束，生命的每一个句号都在告诉我们：人生没有回头路，精彩也好，平庸也罢，过去的都已经一去不复返了。

追求完美的人生，是每个人努力的方向。但是，愿望与现实总是存在着不小的差距，这是客观世界所决定的，不以人们主观意志为转移。人的一生，总是在不停地追求，探索，学习，向人生的巅峰攀登，从而实现自己的人生价值，为自己画上一个圆满的句号。

## 5

引号，似游弋的蝌蚪，像飞扬的音符。

人生的引号，用一种独特的方式，展示人生的精彩，纾解人生的苦闷，正视生活的艰辛，赞美生活的幸福。

人生的引号，或许是一段精辟的人生感悟，或许是一段深刻的人生体验。

现实生活中，有太多的情感需要表达，有太多的疑惑需要解答，有太多的智慧需要借鉴，有太多的教训需要总结。引号，与人生关系重大。

## 6

人生的括号，是谆谆教诲，是语重心长。

在人生的括号里，有劝慰，有告诫，有警示，有鼓励。有时像长者的叮咛，有时像智者的开导，反反复复，动之以情，晓之以理，虽然有一些絮叨，或者有些啰唆。

人生的括号用它的行动告诉我们，人生需要严谨认真的态度，也需要细致入微的说明。

## 7

许多人找不到人生的意义和价值，迷失了人生的方向。

我是谁？活着有什么意义？怎样的人生是有境界的、崇高的？人生有没有永恒的意义？……

人生的问号，就如同天真的孩子，总有问不完的问题。

人生的问号，就是不停地思考，不停地追问，问苍天、问大地、问世间万事万物。

## 8

人生一世，草木一秋，必然会百感交集。人生的感叹号，就是人生的喟叹，既有成功的喝彩，也有失败的回味，既有相聚的欢欣，又有离别的伤感。

人生的书名号，是人生的百宝箱，里面有未知的探索、有智慧的光芒、有理想的追求、有美好的憧憬。

除此而外，人生还是一串长长的省略号。面对荣誉、鲜花，面对财富、名利，需要省略，才能消弭浮躁、宁静淡泊；面对别人的误解和过错，需要省略，才能以宽阔的胸怀去容纳整个世界，快意人生。

# 天安门上太阳升

“我爱北京天安门，天安门上太阳升。伟大领袖毛主席，指引我们向前进。”

我们曾经就是唱着这首歌长大的。天安门是北京的象征，更是中国的象征。

小时候，天安门在我们的课本中，只能默默端详，细细描画，感觉天安门对我来说是可望而不可即的。上学后，看报纸，看到了开国大典，看到了毛主席登上天安门城楼的照片，感觉更加神圣。上大学以后，终于来到了天安门广场，登上了天安门城楼，激动的心情难以言表。再后来，没想到自己也成了一名北京市民，可以经常路过天安门了。

天安门始建公元 1417 年，建成于 1420 年，因完全仿建南京的承天门，故亦命名为承天门，以示“承天启运”、“受命于天”之意。1457 年 7 月，承天门城楼遭雷击起火被毁。8 年后，明宪宗下旨重修。重建后的承天门城楼由原来东西 5 间扩大为 9 间，牌坊式也改建成宫殿式。1644 年，李自成率领农民起义军攻占京城。一个多月后撤退时纵火，承天门毁于火中。史书记载，顺治帝进入北京时，承天门只剩下了光秃秃的 5 个城门洞，上半部的城楼已荡然无存。

1651 年，顺治帝下令重修承天门，并于建成后正式命名为“天安门”。“承天门”更名为“天安门”，既涵盖了“承天启运”的命名意旨，又纳入了“安邦治国、国泰民安”的思想，还有皇城的“地安门”“东安门”“西安门”3 个门，都突出了一个“安”字，以示外安内和。天安门是明清两代皇帝举行重要活动的场所之一，其中最为盛大的典礼就是“金凤颁诏”。天安门城楼最后一次“金凤颁诏”，是 1912 年 2 月 12 日宣统帝所颁布的退位诏书。清廷的退位，使天安门从此结束了皇家建筑的历史。

天安门，吮吸日月之精，暖沃中华。天安门，秉承乾坤之魂，誉满华夏。经风沐雨，阅人世之沧桑；察古观今，鉴秋实与春花。举首南望，国旗猎猎于广场；回眸北瞻，故宫森森帝王家。华表威严，肖像正挂；标语两幅，团结为佳。威威乎国旗之升起，欣欣然生机之勃发。

雄伟城楼，腾威武之神龙；潺潺金水，舞淑仪之凤鸾。宏伟庆典，星光璀璨。群贤登临，远瞩高瞻。八一方阵，赳赳而过；游行队伍，经受检阅。多少次风云际会，多少次力挽狂澜。请九天之虹彩，落凡尘之民间。

雄伟天安，国运更新。无墨千秋画，无弦万古琴。国力倍增，环球之眼看中华；人民富裕，身处盛世歌太平。壮哉天安，十里长街披云锦，和谐大梦，神州处处尽繁荣。

# 椰子腹中唯有书[①]

椰子属棕榈科植物，植株高大，乔木，茎粗壮，有环状叶痕，基部增粗，常有簇生小根。花序腋生，果腔含有椰子水。

小时候，我们在北方，根本没有见过椰子树，也没有吃过椰子。倒是没少听过关于椰子的故事。后来，对椰子的了解渐渐多了起来，才知道椰子树浑身是宝，雪白的椰肉味道香甜，椰子水是上好的饮料；椰子壳可做椰雕；椰棕麻绳是很好的建筑材料，椰根还可以治痢疾，等等。

中国的椰子大都集中在东南沿海，以广东和海南居多。我亲眼见过海南的落椰子。那是一种自然老熟的椰子，表皮已经不再是绿色，而是枯灰色。它往往在高高的椰子树上挂了好几个月，任凭风吹雨打。忽然来了一阵风，它便离开母体，直直地坠落到地面上来。这种落椰子既可以当种子用，水也可以喝，肉也可以吃。老熟的落椰子，倘若任由它躺在地上，过了两叁个月，便会有嫩苗从椰子顶部长出来，形成一棵新的椰苗。据说海边野生的椰树林，就是这么一代又一代地繁衍而成的。

南海汤汤，椰岛碧碧。椰林处处，伟岸飘逸。风吹雨来，椰香遍地。万绿园里，层峦叠翠；万泉河边，列岸逶迤；五指山上，婆娑峭拔；天涯海角，绿盖蔽日。

密密椰林，遍布海南。三亚湾、大东海、亚龙湾，椰林之胜；金鸡岭、鹿回头、南山寺，椰影为佳。更有银浪、白沙与青山交辉，椰林、红树与白鹭成趣。海口或三亚，椰林与山、海、河、城，浑然一体；宝岛大地，椰树与汉、黎、苗、回，亲如一家。

葱葱椰林，浓荫宜人。晨曦拥海潮如霞，晚霞映金沙似画。与鸟弋

---

① 椰子腹中唯有书：出自刘克庄《灵石日长老拂衣退院连帅陆尚书比之石霜小诗》：我结小庵犹舴艋，师抛大刹似蘧庐。菩提身外更无物，椰子腹中唯有书。不踏一芦堪去矣，许分半芋竟何如。元来又被寒翁引，径指坟山作退居。

鱼跃，与角梅斗艳。椰果琳琅、四季飘香。如碧椰果，累累硕大。饮海风，吸高阳，椰汁誉满华夏。源自然之恩惠，献甜蜜以真心；承地气之恩泽，奉蜜水以报答。谈生态，离不开椰树；论养生，椰果胜于茶。话旅游，东方夏威夷；居椰林，天然大氧吧。

“菩提身外更无物，椰子腹中唯有书”。心静智高，心和智博，心慈智深。高者俯瞰世界，仁者包容万物，深者耳顺人生，爱者笑看天下。

“椰子树的长影，掩不住我的情谊；明媚的月光，映照了我的心”。这正是，椰风海韵醉心脾，椰岛朗月伴繁花……

# 猿到夜深啼岳麓①

号称南岳七十二峰之一的岳麓山，群峦叠翠，古木参天，浓荫遍地，林壑幽美。这里不但拥有千年学府岳麓书院的书香，还有“停车坐爱枫林晚”的爱晚亭。千里慕名而来，不只是因为朱熹、王阳明、王夫之、曾国藩、左宗棠、梁启超等思想大家在这里做过山长讲过学，更因为程颐的“外物之味，久则可厌，读书之味，愈久愈深”对我的影响。

四大书院中，岳麓书院秉承了嵩山的“嵩阳书院”、庐山的“白鹿洞书院”及商丘的“应天书院”的一贯传统，并发扬光大。在钟灵毓秀的岳麓山下，在重檐飞角的爱晚亭傍，曾几何时，这里便是“甚林三百众，书院一千徒”的壮观景象，著名理学大师朱熹、张栻曾亲自在这里举持书院的执事与讲学。被人们称赞为“规模壮阔，丹雘炳焕，书声琅琅彻院外”。足见岳麓书院地位的显赫，难怪有人将这书院与当年孔老夫子讲学的“洙、泗”二水相提并论。

湖湘文化是中国文化史上的骄傲。“吾道南来原是濂溪一脉；大江东去无非湘水余波。”从北宋周敦颐把儒学哲学化，创立理学，为湖湘文化开山滥觞，再从南宋初年著名理学家张栻广集大成，一直到明末清初伟大的思想家王夫之的弘扬光大，湖湘文化逐步形成了风气先开、思想创新、人才荟萃、群星璀璨的辉煌局面。正如杨度所言：“若道中华国果亡，除非湖南人尽死”。

据说，在岳麓书院，最让湖南人自豪的有两副对联：一副是“惟楚有材，于斯为盛。”另一副是“纳于大麓，藏之名山。”前一副乃清代嘉庆年间山长袁曜与其门生张中阶合撰。上联出自《左传·襄公二十六

---

① 猿到夜深啼岳麓：出自杜荀鹤《冬末同友人泛潇湘》：残腊泛舟何处好，最多吟兴是潇湘。就船买得鱼偏美，踏雪沽来酒倍香。猿到夜深啼岳麓，雁知春近别衡阳。与君剩采江山景，裁取新诗入帝乡。

年》："虽楚有材，晋实用之。"下联源于《论语·泰伯》："唐虞之际，于斯为盛。"后一副，上联出自《尚书·舜典》："纳于大麓，烈风雷雨弗迷。"下联出自《史记·太史公自序》："藏之名山，副在京师，俟圣君子。"岳麓山的这两副对联可以说体现了一种重要的人才理念。人才需要遴选，需要培养，一边读书，一边还要接受风霜雨雪的考验。及时成才了，还要藏之名山，俟机而出，方能一鸣惊人。

自明代以降，岳麓书院培养了一大批杰出的人才，比如，思想家王夫之，"干国良臣"陶澍，教育家彭浚及贺长龄、贺熙龄兄弟，启蒙思想家魏源，学者、政治家曾国藩，军事家左宗棠，外交家郭嵩焘，维新运动干将唐才常、沈荩，国务总理熊希龄，著名教授杨昌济，革命军领袖蔡锷，革命家陈天华、蔡和森、邓中夏，语言学家杨树达、黎锦熙……尽管他们的性格与命运各不相同，他们的思想与理想也各不相同，但他们都从书院那扇小小的门里走出来，是岳麓书院造就了他们的天地情怀。

"猿到夜深啼岳麓，雁知春近别衡阳。"花飞洞庭，总怪岳麓风急；雨落潇湘，却道楚云多情。一江寒波，半山红枫。登石径之阶梯，念故人之遥遥。橘子洲头，看满江之舟楫；爱晚亭上，仰毛蔡之容貌。登台揽月，已是万家灯火；临风把酒，恰好壮志云霄。

# 晚风斜日不胜愁①

在我的记忆当中，永远忘不了小时候的一幕：一望无边的水面，中间有一条弯弯曲曲的小路穿过。路边有低矮的水草，天空中有鸣叫的水鸟。温柔的晚风吹来，我背着小书包，父亲牵着我的手，我们一起慢慢行走在这条小路上，走向挂在晚风中的家乡。

家乡，是一个水草丰美的地方，也是一个薯麦和瓜果飘香的地方。盛夏时节，一望无边的麦田、瓜田，散发着幽幽的清香，或者飘逸着泥土的味道，田野沟渠，可以听到青蛙和鸣虫的欢乐歌唱。那时候虽然物质贫乏，我们一家人在一起，其乐融融，无比快乐。那份独有的柔情、惬意的生活，令人回味，令人怀念。

每当夏夜，父亲总会把我们姐弟叫在一起，说一段书，讲一段故事。我们姐弟也会把刚刚学会的有趣故事讲给父母听。小院里，有爽朗的笑声，有鼓励的话语，还有耐心的诫勉。完完整整的一家人就这样乐在晚风里，醉在晚风里。

高考那年的暑假，我终于可以轻松地陪伴在父母身旁。白天帮父母做农活，到了夜晚，我们一起说丰年、话未来。那时的父母，正值盛年。但是姐姐们已经出嫁，欢乐的场面已经少有她们的参与。弟弟们虽然还在上学，也正值暑假。我们的生活一天天好了起来，父母再也不用为吃不饱穿不暖而发愁了，他们眉头舒展，幸福就在我们身边慢慢荡漾开来。晚风轻轻吹过，牛羊归圈，鸡鸭上架，房间里电灯一片通明。尽管夏日的小院比从前寂静了许多，可我猛然间还是有一种幸福的感动。但是用心去寻找，却什么也没有找到。不禁喟叹，我们已经由少年走向青年，那些童年的美好都成了回忆，成了夏夜我们谈论的重要话题。

---

① 晚风斜日不胜愁：出自冯延巳《浣溪沙》：醉忆春山独倚楼，远山回合暮云收。波间隐隐仞归舟。早是出门长带月，可堪分袂又经秋。晚风斜日不胜愁。

是啊，原来越是想紧紧抓住的东西，越是无法据为己有。比如似水的光阴，从不曾为我们而停留，任谁都无法测量，总是在我们最不经意的时刻，悄悄地来，匆匆地去。印证了玛格丽特·米切尔《飘》里的那句话：“所有随风而逝的都属于昨天的，所有历经风雨留下来的才是面向未来的”。

父亲过世的那一年夏天，我踩着细碎的夕阳，独自一人伫立在老屋的院子里，独自一人感受着晚风的清凉。那紧贴黄昏的晚风，抹去了夕阳的红晕，撕碎了晚霞的云翳，带着丝丝清凉与我耳鬓厮磨，带着缕缕清淡吹拂我裸露的肌肤，安抚我孤独而怅惘的心。

晚风，不经意间牵动我留恋的回首，轻拂我心底泛起的往事。在这寂静的晚风中，思念的泪水打湿了忧郁，纷乱了我的思绪。多情的晚风唤醒我忧郁的灯光。小院里，没有了欢声笑语，两个弟弟也都有了自己的家，分门另住。母亲跟随着我们。总以为自己的工作才是应该排到首要位置的；总认为生命里还有大把大把的时间留给父亲。好像，只要我把他放在那个永不会老去的故乡里，他就永远是那个不会老去的样子，永远是那个一心等我回家的健康硬朗的父亲。而此刻，我才深深地意识到：父母为我们建立的那个家没有了，姐妹兄弟四散而去，曾经凝聚的心分开了。空阔的小院显得更加寂静。我落寞于这样的宁静，不再执着于曾经的单纯与痴狂。

后来，我从草原边陲辗转来到京都。时间的轮轴，转动到京西三里河畔那个美丽的夏夜，我和爱人伴着轻轻的晚风，徜徉在玉渊潭。那个夏夜，晚风吹不散我透明的期待；那个夏夜，晚风催醒了我深藏许久的愿望；那个夏夜，晚风给我惊人的勇气。我毅然离开了曾经自以为是的地方，下了海，赤条条来去无牵挂。当我把自己的决定告诉爱人的时候，顿时，空气变得特别凝重，只有无知的晚风吹拂着河边的杨柳，在昏黄的路灯下，留下我们俩惨惨戚戚的背影。我们走在那条晚风吹拂下的小路，那一晚，少了我们爽朗的笑声。

人生何其短，岁月不饶人。要离开一个地方，总会留恋着它。机关，这里有青城的鸟鸣、万寿路的蝉噪、打磨厂的犬吠、定慧寺的钟声，天空里永远飘荡着我的阵阵欢笑、绿绿烦愁。在这里也有我真挚的友情，有我感念的恩人，有我金色的梦境，旷世的雄心。还有我不屈的挣扎和努力，更有我掷出去、返回来，往返投报的热情以及热情燃烧的疯狂。当然，还有很多很多，那些悄然逝去的日子，那些在一生中最可宝贵的朝朝暮暮。

在看似平安舒适的日子里，我的梦想被渐渐消磨掉，甚至被埋葬了。然而，梦想，无论我漂泊到天涯，抑或流浪到海角，常常感觉它用千万条绳索捆绑着我。即使走了一段路，回头看，我沉思追忆的还是它。风雨凄凉也好，日暮黄昏也罢，进退维谷也好，左右皆非也罢，空虚、枯寂，特别是在遭受了伤害的时候，我便得到很多的安慰。我怀念呼市巍然屹立的白塔，来来往往我都会看见它；我怀念党委大院那段残存的城墙，我曾经就住在它的脚下；我怀念万寿路的那处园子，我在那里度过了闲暇；我喜欢前门打磨厂的闹中取静，人生转折就在这里生发；我念着玉渊潭风景，上下班我曾在那里往返穿插；还有航天桥、东四十天和工体，我默默地说着悄悄话……说来你不信，连呼呼刮来的大风以及大风里卷着的黄沙，我都留恋。

然而，下海的日子自然是孤单的，单枪匹马地浪迹于商海，浪迹于只知追逐利益毫无底线的人群，心情的苦闷是别人无法理解的。与狼共舞，任人宰割。丛林法则摆在你的面前，要么走人，要么同流合污，二者必居其一。这样的处境，是我极为痛苦的。我下意识地哼唱起《为你我受冷风吹》这首歌来：

为你我受冷风吹，寂寞时候流眼泪。有人问我是与非说是与非，可是谁又真的关心谁。但愿我会就此放下往事忘了过去有多美，不盼缘尽仍留慈悲，虽然我曾经这样以为。我真的这样以为。

我开始试着放下，不再怀念过去有多美，也去试着不去想起那些忧伤往事。海中岁月，一转眼就是十多年啊。“十年生死两茫茫，不思量”。温柔的晚风吹着，吹灭了我心中所有的美好，也吹灭了我心中最后一丝希望。我怀疑过命运，责怪过自己，任何动人的语言都难以抚慰我受伤的心灵。

“可堪分袂又经秋，晚风斜日不胜愁”。时间消磨着转瞬即逝的昨日。所有的伤痛、所有的离愁，都敌不过岁月的打磨。是是非非，恩恩怨怨，都被雨打风吹去。

如今，夏夜的晚风再次轻轻掠过，月光映照的夜空一片银白。曾经有过交集的人，来来去去，要么老去，要么病逝，要么走远。来的来去的去，只有远处还可以听得到鸡鸣狗吠。

# 不废江河万古流①

江河是地球的血脉，江河是人类的命脉。

巍巍青山，藏着江河的源头。江河载着日月，缠绕着村庄蜿蜒而去。在瓦蓝的天空下，两岸爬满了桃树、梨树和枣树，一片又一片。春暖花开，桃花落红，梨花飘白，江河蚯蚓似的从神州大地奔腾而下，水面流淌着七彩的诗句，浅吟出人间的情愫。

江河的信念是：志在千里；江河的生命是：美在永恒；江河的梦想是：高在执着；江河的步履是：贵在奔涌；江河的憧憬是：向往东方；江河的秉性是：百折不挠；江河的灵魂是：一泻千里；江河的生命是：勇往直前。

滚滚江河，滔滔碧浪。川流不息，源远流长。横贯东西，激荡南北。

溪流潺潺，轻歌曼舞于高原；江河荡荡，大江东去于山冈。浊浪滔天，清流高唱。高峡平湖，碧波荡漾。野旷天高，千帆进扬。星垂平野，月涌大江。天远暮流，地卑野荒。黄河之水天上来，万涓溪流汇长江。

千古江山，风景如画，万里神州，风雨激荡。风萧萧，汉马黄河牧秋月；云漫漫，疲卒古渡啃雪霜。念往昔，一盏浊酒诔江月；看苍山，满目夕阳祭狂妄。落日映照浊流，马鸣帆影投荒；深秋霜染江水，大旗喧血苍茫。猿戾天高地阔，徘徊于暗流之间；鹤鸣地淼天窄，翱翔于激流之上。

看沧海横流，观钱江怒放。秋风片片帆影急，暮霭山山掀绿浪。江带寒山谱染雪，川横三峡急喧唱。青山不老，绿水长流。自古天堑截南北，而今通途跨大江。千帆进发共济沧海，百舸争流同显张扬。黄河晚

① 不废江河万古流：出自杜甫《戏为六绝句·其二》：王杨卢骆当时体，轻薄为文哂未休。尔曹身与名俱灭，不废江河万古流。

照，长江夕阳。处处风景如画，款款诗意奔放。

江河奔腾不息，人生宛如江河。源头是天真无瑕的童年，上游是风华正茂的少年，中游是血气方刚的青年，下游是历练老成的中年和老年。江河命定要穿过高原，最终要汇入蔚蓝色的大海。江河的痛苦，江河的希望，造就了江河的伟大。感慨之余，我不禁吟唱起了《江河万古流》[①]：

长江流，黄河流，
滔滔岁月无尽头。
天下兴亡多少事，
莽莽我神州。
情悠悠，思悠悠，
炎黄子孙志未酬。
中华自有雄魂在，
江河万古流。

①《江河万古流》：歌曲。苏叔阳作词，王立平作曲。

# 十年辛苦为中诚

2006年春天到中诚，十多年时光一晃而过。这十多年之于我，可谓铭心刻骨。其间的酸甜苦辣，历历在目。深深地嵌入我的生命。

景以心摹，思由境成，笔以意远，赋缘情生。情切于衷，事形于言。

忠者，尽心于人；诚者，不欺于己。忠诚者，乃为人行事之根本。国昌者，必有明君；乱世中，必见忠诚。忠之大者，达则兼济天下，穷则独善其身；忠之小者，交之必信，诺之必行；执子之手，与子偕老。

中诚信托，发轫于煤炭，立足于忠诚。草创时期，立仁树典。弘义创范。跋山涉水，斩棘披荆，烈风雷雨而弗迷；开疆拓土，风云激荡，五霸七雄展雄风。发展路上，恪守诚信，不畏整顿；稳扎稳打，步步推进；以忠诚为本，大化流行，万类咸章；以中诚为家，彩凤飞翔，巨龙腾空。忠诚于国家、忠诚于股东、忠诚于企业、忠诚于员工，一路风雨回眸处，万马嘶鸣侧耳听。

冉冉白云，夜半高遮千里月；澄澄碧水，宵中寒映一天星。斗转星移，十二度春秋如梦幻；寒来暑往，十二载岁月记沧桑。受人之托，代人理财；牢记嘱托，秉承使命。恪守承诺，合规经营；至诚至信，稳健审慎。抓机遇，迎挑战，诚开金石，信步天下；重教育，严制度，团结奋进，开拓创新。回归信托，立足主业；增资扩股，再踏征程。一个“中”字协万理，如获大宝；一个“诚”字生万机，破浪乘风。

看如今，新时代思想指路，科学发展高擎。解放思想，和谐发展；实事求是，与时俱进。技术比武、岗位练兵，提升员工素质；勇于变革，敢于创新，打造知名品牌。女子眉纤，额下现一挽新月；男儿气壮，胸中吐万丈豪情。遵纪守法，廉洁从业；攻坚克难，警钟长鸣。以人为本，企业文化展现新形象；集思广益，中诚家园陶冶真性情。永不僵化，永不停滞，无愧历史；抢抓机遇，乘势而上，再立新功。

# 白雁西风紫塞　皂雕落日黄沙①

敦煌，你是大漠孤烟中那个高高的沙丘，你是长河落日里那个风飘的玉箫。莫高窟下，鸣沙山边，浸透着百年来无尽的磨难，隐含着寂寥和漫长的思念。

敦煌，不愧为中华文明史上的骄傲，烽燧孤寂，长城残垣。月出天山风朔，雁落旷野鸣哀。沙吹万里无阻，人行数月无烟。

一千多年的历史，造就了四百多个洞窟、四万多平方米的壁画和两千余身彩塑，堪称中华文化宝库，堪称世界艺术宝库。

在这里，有北魏的浑厚拙朴，有隋唐的飘逸空灵，还有宋元的艰涩凝重。月牙晓澈，沉浮古今权贵；古董遍地，遗弃多少英雄。这一切，让人怀古思今，让人流连忘返。

是啊，在这个大漠烽火的丝绸古道上，敦煌历经风雨磨难，始终以悲怆、孤寂的眼神面对上苍。一幕幕飞沙走石的激烈征战，一曲曲凄婉哀怨的羌笛牧歌，给敦煌注入了充满哲理和雄浑的思想。

穿越文字的记载，那些遥远的声音和色彩渐渐清晰。大漠、丝路、骆驼、商人，都已经远去，只有明媚的龟兹乐依然在天空回响，像泉水一样荡漾在人的心田。

站在一幅幅绚丽的壁画前，不敢相信北周、西魏、隋或唐时期的艺术作品能够如此之近地呈现在眼前。那些脚踏云雾的佛神衣带飘荡，他们乘风而来，平静的面容上微笑像涟漪一样荡远，饱含着无限的爱和安详。艳丽的花朵四处飞撒，一幅幅充满人类精神幻想和憧憬的图画布满

① 白雁西风紫塞，皂雕落日黄沙：出自杨慎《敦煌乐》：角声吹彻梅花，胡云遥接秦霞。白雁西风紫塞，皂雕落日黄沙。汉使牧羊旌节，阏氏上马琵琶。梦里身回云阙，觉来泪满天涯。

洞壁，使它变成一个梦幻般的世界，一个存在于人间的美妙天堂。

敦煌，我看见飞天无处不在。她们在民间的山水间飞翔，她们在恢宏的歌舞里飞翔，他们在清冷的夜空中飞翔，她们是那么的随心所欲，那么的无拘无束，那么的歌舞升平，那么的祥云飘荡……

# 百川同归无异脉①

血有血脉，文有文脉。文明演化，历史风采。奔流不息，百川归海。相传留存，泽及四海。千古传承，继往开来。

文脉宝藏，源远流长。文脉精魂，神韵潜藏。天行健，君子以自强不息，此乃精神气质；地势坤，君子以厚德载物，本是哲学光芒。儒、释、道三家，汇集民族文化走向；真、善、美齐备，引领先进文化辉煌。“达者兼济天下，穷则独善其身”，众生平等的呼吁；“己所不欲，勿施于人”，人格操守的崇尚。仰韶文化、龙山文化，文明之光；河姆渡文化、大汶口文化，史载华章。一族创造，在异族之间传扬；个人杰作，入人类精品宝藏。

儒家文化，文脉之魂。敬天法祖，博大精深。敏而好学，温故知新。“敏而好学，不耻下问”，求知之方法；“知之为知之，不知为不知之”，学习之精神。“君子之交淡如水”，交友之境界；“来而不往非礼也”，处世之标准。以德治国，以人为本。以和为贵，仁者爱人。“正心、修身、齐家、治国、平天下”，由内而外；“老吾老以及人之老，幼吾幼以及人之幼”，推己及人。“出淤泥而不染，濯清涟而不妖”，精神傲骨；“苟利国家生死与，岂因祸福避趋之”，风范长存。

释家文化，静脉深流。家国情怀，明净清幽。出世入世，皆为虚幻；色空空色，内心悠悠。心不动，人不妄动，不动则不伤；心动，则人妄

---

①百川同归无异脉：出自文天祥《至温州》：晏岁着脚来东瓯，始觉坤轴东南浮。百川同归无异脉，有如天子朝诸侯。何年飞落两巨石，孤撑肮脏分江流。初疑炼失女娲手，又疑钓脱任公钩。冯夷海若不敢有，涌出精舍如莲舟。楼高百尺蜃吐气，塔耸双角龙昂头。蒲牢撞撞鼍坎坎，潮声滚滚风飕飕。沙高峰顶德门住，海门山上焦公留。长淮在望铁甕近，大浪不洗英雄愁。孰知隶古百粤地，今为礼乐衣冠州。池塘芳草年年绿，谢公胜事遗江楼。蓝田无颡蟾架夜，黄金作颗人家秋。客帆渺茫拂宸极，渔舠散漫轻凫鸥。丽天红日起初浴，五云扶上烟氛收。孤臣涕泗如此水，恨不从帝崆峒游。

动，伤其身痛其骨。一花一世界，一佛一如来，六道轮回；一花一世界，一叶一菩提，众生普度。

道家文化，动合无形。有无相生，难易相成；长短相形，高下相盈。“祸兮，福之所倚；福兮，祸之所伏”，人生旅途永远充满着变数，清静无为，小国寡民，生活前程永远没有预警。人法地，地法天，天法道，道法自然；居善地，心善渊，与善仁，夫唯不争。上善若水，宠辱不惊；大成若缺，大象无形。信言不美，美言不信；大盈若冲，其用不穷；大器晚成，大音希声。

文脉布道，薪火相传。明道示法，修史护典。文史典籍，卷帙浩繁。剑的锋利，斧的威严，早已尘封；牛的耕耘，马的腾跃，渐入画版。民族精神，不屈不挠；民族文化，融汇繁衍。一个个故事，一首首史诗，标注文化符号；一声声名歌，一支支古曲，引领文艺真传。王陵庙宇，朝代的印记；断碣残碑，历史的召唤。

“百川同归无异脉，有如天子朝诸侯”。沧海桑田，时移事变。正所谓：一脉文心传万代，千古不绝是真魂。中华文明没有中断，中华文脉没有枯竭。“野火烧不尽，春风吹又生”，志士仁人挺身而出，文明薪火永续相传。从老子、孔子、孙武、周公到屈原，从司马迁、建安七子到魏晋名贤，从李白、杜甫到朱熹、张载、二程、司马光、苏轼，从王夫之、顾炎武到曹雪芹、蒲松龄，从王国维、陈寅恪到鲁迅、郭沫若、巴金、老舍……文不离弃，史不绝书。正因为如此，让后人懂得了：爱生活，为了希望和明天；爱自由，它的价值超过鲜血；爱和平，像长城的每一块砖；爱友谊，像山涧里的潺潺流泉……

# 风吹雪落起冬声

常常会想起欧阳修的《秋声赋》，将无形的秋声转化为种种可见的视觉形象，急景流年，咀嚼默思。秋且如此，冬何以堪？由此联想到人生的冬天，不禁慨然。

寒风是冬的序曲。大雁南飞以后，风声便是冬季最强烈的信号。风在村巷中穿行，每个人都可以听得见它粗重的喘息声；风在大地上游走，发出嘹亮动人的声音。风从树林里穿过，似一群淘气的孩子吹着口哨在尽情地疯跑；风抖动芦苇荡，又似一大群数也数不清的鸟雀在激烈地争吵。轻柔时，它轻轻地撩拨着你；猛烈时，它将天地搅和成一团，夹带着沙土、落叶。瑟瑟寒风中拂动岁月的风铃，树上仅剩下孤叶悬在枝头，一股劲风吹过，枯叶飞离了枝头，在空中打着漩儿，缓缓飘落。这种声音，微弱而又清晰。

霜雪是冬的渲染。雪花片片，盈盈飘落，亲吻大地，冰凌晶莹剔透，垂挂古宅檐前。无语的苍穹，冰河入诗；苍劲的笔意，孤城画角。共同交织浸染出一幅冬之景。漫天皆白，层林尽染。那满山遍野的残枝断叶，已然挂满琼枝玉露。窗外，雪花在地上铺了一层又一层，有人从雪地走过，留下一串咯吱咯吱的声响和深深的脚印。那思想的河流，在时光与记忆的原野上，任意流淌，仿佛要将人的思绪引领到一个未知的世界。

寒冰是冬的凝结。在雪野的河面上、湖面上以至于马路上，冰光雪影。在那淡淡的阳光之下，人们滑冰滑雪，随处可以听到嬉戏热闹的声音。冰雪覆盖下的大地洁白而纯净，大家赴约而来，寻觅的眼眸投向纯净的天空。珍惜每一个微笑，收藏好每一份友情的感动。驱走一片寒意，逐去一丝苍凉，用吟诵和歌声装点着诗意的天空。雪雾中遮挡不住跃动的心音，一阕旷古的豪放，一曲凛冽的绝句，依旧铿锵着你的塞北，依旧婉约着你的江南。

寒流是冬的交响。每当西伯利亚冷空气席卷而来时，伴随它的就是急剧的降温。寒流的威猛，横扫落叶，席卷街巷。人们都穿上厚重的衣服，你可以听到寒风的嘶鸣声，衣服的摩擦声，小狗的狂叫声。为了抵挡严寒，人们升起了一团炉火，木柴在烈火里燃烧着，发出一阵劈劈啪啪的声音。圣诞老人快活地唱着圣诞歌：叮叮当，叮叮当，铃儿响叮当……圣诞歌声余音未落，新年钟声又将响起。此时的世界因这歌声而充满欢乐，因这歌声而充满温暖。所有失魂的沮丧，如泣的悲绝，变成一种悠悠长长的无奈，一种茫茫然然的失落。

# 廉慎传家政　流芳合古今①

廉者不贪，洁者不沾。廉洁乃为人之根本，清正是为官之标杆。古人云：礼义廉耻，国之四维。四维不张，国将灭亡。足见廉洁之重要，必须世代相传。常敲警世之钟，常洗心灵之垢，廉洁之花才能处处开遍。

社稷倾覆，祸起贪念；国运隆昌，功在清廉。廉以洁为本，正本溯源；政以德为重，防微杜渐。为官谨记，一丝一粟，官之名节；为人不忘，一厘一毫，民之气血。官多一分廉，民增万分福；官少一分贪，国运长久安。盗泉之水，渴饮污名节；嗟来之食，饥餐失尊严。抗严寒而立节，哲人喜竹；出淤泥而不染，君子爱莲。

纵观古今之清廉，国而忘家，公而忘私。昔有成龙养廉，以民服、官服、心服、口服而流芳万世；亦有包拯辞砚，弃之于河，河水为之清晏；海瑞拒鱼，悬臭于檐，献者为之耻；安石处事，一毫不取，口碑为之传。还有一钱太守刘宠，二不尚书景文，三汤巡抚汤斌，四知刺史杨震，五朝廉吏刘毅，似繁星高悬，星空璀璨；如春雨甘露，润泽清史；若云蒸霞蔚，启承万年。更有近世楷模，似皓月当空，普惠民心。人民总理周恩来，鞠躬尽瘁；清贫将领方志敏，忠魂惊天；为民书记焦裕禄，克勤克俭……

失节为腐，敛财为贪。见利忘义，弃正直之本性；徇私舞弊，失公道之尊严。贪腐之病，源于心存侥幸；贪腐之祸，根于欲壑难填。侥幸如油，浇之愈燃愈旺；欲望如火，洒之越烧越烈。自恃树大根深，百姓可欺；自信暗箱操作，人无可知。于是而前腐后贪，肆无忌惮；明索暗

① 廉慎传家政，流芳合古今：出自崔颢《澄水如鉴》：圣贤将立喻，上善贮情深。洁白依全德，澄清有片心。浇浮知不挠，滥浊固难侵。方寸悬高鉴，生涯讵陆沉。对泉能自诫，如镜静相临。廉慎传家政，流芳合古今。

夺，贪得无厌。卖官鬻爵常出现，贪财好色不少见。

公与私，可分人格之尊卑；廉与贪，立见品行之优劣。廉者自清，不汲汲于富贵，不戚戚于贫贱；廉者自安，得日日之安宁，存清白于人间。以清为本，清以自洁；以德为要，德则不私。钱财视如粪土，名利看若云烟；天地之正气，形之于日月山川；人间之正气，见之于公道而清廉。

# 青溪水木最清华①

## ——贺清华大学百年华诞

辛卯之春，水木争荣。百年华诞，群情沸腾。锦涛莅临，和平陪同。四海仰慕，八方览胜。少长咸集，执手共话；百年学堂，一展新容。

山光云影，京西形胜。一泓秀水，映荷塘月色；三亭幽阁，育芝兰清风。近揽西山之秀色，远接东溟以苍穹。紫荆和丁香同灿，淡泊风骨；水木与清华共生，繁荣盛昌。

学堂、月堂、大礼堂，堂堂诉说苍凉；断碑、联碑、烈士碑，碑碑百世传承。自强不息，厚德载物，独立精神，自由思想，秉持独特校训；中西荟萃，古今贯通，人文日新，文艺其从，牢记办学传统。正所谓理工艺商，悉登雅堂；经史子集，文风泱泱。

校风习习，桃李芬芳。师生济济，自由翱翔。文与行交修，德与言并重。兼容并包，个性显扬。赵元任、李济、陈岱孙、闻一多、曹禺、梁实秋、李健吾、夏鼐、杨绛、金岳霖、潘光旦、费孝通、徐仲舒、高亨、王力、姜亮夫、谢国桢、季羡林、吴晗、钱钟书、张荫麟、何炳棣、杨联升、李学勤、许国璋、王铁崖、英若诚、端木蕻良、胡乔木、乔冠华、于光远等，一个个灿若星辰；竺可桢、高士其、姜立夫、段学复、张子高、杨石先、叶企孙、周培源、钱三强、王淦昌、邓稼先、朱光亚、梁思成、杨廷宝、钱伟长、吴仲华、周光召、林宗棠、熊庆来、华罗庚、吴有训以及杨振宁、李政道、林家翘等，一尊尊国宝巨匠。

---

① 青溪水木最清华王士祯《秦淮杂诗》：青溪水木最清华，王谢乌衣六代夸。不奈更耐江总宅，寒烟已失段侯家。

此文是写给时为清华大学党委书记胡和平的。随文有信："和平：好。这是今年 5 月去英国前写的一篇赋，是看到你陪同锦涛总书记参加庆典时有感而写的。出国两月，回来后杂务缠身，没能及时发给你。现在给你，请拔冗评鉴。礼。建平 2011.12.7" 胡和平回复："建平：你好！《清华赋》收到，谢谢你的深情厚谊，很是感谢！祝好！胡和平。2011-12-07"

“春风化雨乐未央，行健不息须自强”。斗转星移，历尽春秋更迭；日月轮回，阅尽人间沧桑。忆从前，清华以德高望重而高尚；望未来，清华当兴邦爱国更辉煌。

# 扫除腻粉呈风骨

鲁迅先生曾经诗云："扫除腻粉呈风骨，褪却红衣学淡妆。"其中的"风骨"二字，值得全体中国人深思。

"风骨"一词，语出《晋书·赫连勃勃载记论》："然其器识高爽，风骨魁奇，姚兴睹之而醉心，宋祖闻之而动色。"意为顽强的风度和气质，也指文艺作品的风格和个性。

汉末建安时期文坛巨匠"三曹"（曹操、曹丕、曹植）"七子"（孔融、陈琳、王粲、徐干、阮瑀、应玚、刘桢）和女诗人蔡琰继承了汉乐府民歌的现实主义传统，普遍采用五言形式，以风骨遒劲而著称，并具有慷慨悲凉的阳刚之气，形成了文学史上"建安风骨"，被后人尊为典范。

魏晋风骨是建安风骨的继承与延续。魏晋是一个特立独行的时代，是一个真性情的时代，在历史的天空中熠熠闪光。想哭就哭，想笑就笑，想醉就醉。语言简练刚健，情感慷慨悲凉。无论是男子还是女子，他们率性自然，任性而为，活的真实，活的绚烂。让中国的历史因为他的存在而绚丽多姿。

"风骨"用来品评人物，是一种极高的赞誉。这种赞誉始于汉末，魏晋以后广泛流行。比如《宋书·武帝纪》称刘裕"风骨奇特"；《世说新语·赏誉门》刘孝标注引《晋安帝纪》称王羲之"风骨清举"；《南史·蔡撙传》称蔡撙"风骨鲠正"等。

梅兰竹菊，花中极品。人们之所以这样称誉它们，并不完全因为它们的形貌，而是因为它们的风骨。梁实秋先生曾这样吟咏它们：梅，剪雪裁冰，一身傲骨；兰，空谷幽香，孤芳自赏；竹，筛风弄月，潇洒一生；菊，凌霜自得，不趋炎热。它们的共同点都是"清华其外，淡泊其中，不做媚世之态"。

所谓是真名士自风流，由何晏、王弼到竹林七贤，至江左领袖王导、谢安，皆是清奇脱俗，所呈现的“烟云水气”、“风流自赏”的气度，为后世景仰。据说朝廷多次以吏部尚书请官王羲之，但均遭拒绝。也许，正是由于这种超迈脱俗才造就了那传奇的《兰亭集序》。而郑板桥，一生与竹相伴，“咬定青山不放松，立根原在破岩中。千磨万难还坚劲，任尔东南西北风”，体现了他在逆境中以顽强的生命力挺立于世的风骨。乾隆十七年，他被诬为借赈灾贪污舞弊的罪名，愤然弃官还乡，写下了“乌纱掷去不为官，囊橐萧萧两袖寒；写取一枝清瘦竹，秋风江上作鱼竿。”弃官不足惜，宁做一枝清瘦竹，足见其做人的风骨。还有傅斯年，抗战胜利后，大学复原时，本来是让它担任北大校长，他推荐了胡适，认为胡适更合适。当时胡适在美国一时回不来，他当代理校长，凡是敌伪时期在北大当教授的，他一个都不聘。冰火不相容，忠奸不两立。他说，要给胡先生当校长铺平道路，难事自己来做。这就是风骨，这就是担当。

古今的文人志士，“达则兼济天下，穷则独善其身”，以天下为己任，举世皆浊我独清。而现在的人呢？在物欲纵横的现代社会，“风骨”到哪里去了？多少人，为了一点蝇头小利，钩心斗角，见名就争，见利就夺，见上就谄，见下就踩，见钱就眼开，见根骨头就去抢。两相对比，让人时感温馨，时感痛楚。最让人可望而不可即的，是今人缺失了那种飘逸而刚烈的风骨。

为什么会缺失风骨？因为持续不断的一场又一场的政治运动，风骨已经被打断。有风骨的文人，知识分子、专家、精英，越来越少，风骨二字已为陈迹。这又是为什么？因为有风骨者屡遭挫折，有媚骨者大行其道。

诚然，从古到今，国人大都循着：“修身、齐家、治国、平天下”的道路踽踽前行，薪火相传而生生不息。士人入仕前，往往“身无半亩心忧天下，读书万卷神交古人”；入仕之后，往往“居庙堂之高，则忧其民，处江湖之远，则忧其君”。他们的忧国忧民，是以天下兴亡为己任的。

有风骨，必须营造良好的社会环境。让以天下为己任，让那些从不算计，从不与人斗，不向恶俗、媚俗低头，让从不奉迎、从不表演这样的人，受到尊重，受到重用。并以此为导向，坚决铲除媚俗风气存在的环境和土壤。

有风骨，必须大力弘扬正气。让有风骨的人，健康成长。要大力反对歪风邪气，为有风骨的同志铺平道路，让他们活得更加洒脱，活得更加慷慨，刚毅执着，百折不挠，在全社会回荡起一股阳刚正气。

有风骨，必须加强个人修养。要有曾经沧海的宽容，有厚积薄发的人生积淀。敢于担当，敢于作为，敢于用不良风气和不良现象做斗争。

这种风骨，从不仗势欺人、前倨后恭，也从不一心媚上，仰人鼻息。不为某种获得侵犯他人，在势利名禄的泥坑里，保持着灵魂的洁癖。每一个领导干部都应该做到即使穷途末路也不沦丧自尊，即使高官厚禄也不在原则问题上失守。如此，则国家幸甚、民族幸甚、社会幸甚、人民幸甚。

# 飞鸿戏海　舞鹤游天①

中国书法，国之魂魄，东方奇葩。肇始于甲骨之楔形、钟鼎之铭文、石鼓之雕刻，散见于纵逸之简牍、朴茂之帛书、雄健之魏碑，圆熟于婉通之秦篆、碑拓之汉隶、急就之章草。一点一划，彰显独体之文、合体之字、抽象之画；龙蛇起舞，竟成节奏之乐、无声之歌、有形之雅。

书者心画。手起时，如千里阵云、悬石坠下；若枯藤老树、鸾舞蛇爬。或雷霆万钧、千钧一发；或快剑斫阵、长枪快马；或逆水行舟、激流奔涌；或神龙摆尾、扶摇直上。时而顿挫有力、时而长短合度；时而悬针垂露、绝岸悬崖。笔落处，或重若崩云、或轻如蝉纱。《书谱》云："导之则泉注，顿之则山安；落落乎犹众星之列河汉，纤纤乎似初月之出天涯。"

书者博大。深不可测，高不可攀。或点画蕴藉、线断意连；或快似流星、疾如闪电。或知白守黑，宛如将军布阵，疏处可走马，密处不透风；或俯仰向背，恰似太极运行，虚实而相生，抽丝而剥茧。或参差错落、翰逸神飞；或逆入中行、轻提重按。或如仙女散花、壮士扼腕；或飞鸿戏海、舞鹤游天。或龙威虎振、剑拔弩张；或龙跳天门、虎卧凤阙。或如深山道士、神气清健；或如惊蛇入草、夏云多变。或如羚羊挂角、踏雪无痕；或如夏云奇峰、平沙落雁。

黑白一体。笔走龙蛇，刚柔相济。精微之巧、古朴之质，尽造中庸之道；圆融之智、旋律之韵，直趋和谐之美。端庄之楷、潇洒之行、恣肆之草，吞内外之法；名仕之雅、隐者之逸、帝王之范，吐气象神奇。

精气神韵。蛟龙得云雨，鹰隼出风尘。有书必有韵，有韵则有神。韵为外形，神为内质。呼之欲出，随笔而引。一幅在前，笔法跳越；点

① 飞鸿戏海，舞鹤游天：出自《法书要录卷二》："臣谓钟繇书意气密丽，若飞鸿戏海，舞鹤游天。"

画峻厚，意态深沉；庙堂气、山岳气、金石气、书卷气，气贯风云；惊天地、道阴阳、溯心志、述人生，万千意韵。一卷在手，感受心性之律动、水墨之交融。儒家之中庸，道家之无为，佛家之顿悟，兼备形神。

一点成一字之规，一字乃终篇之准。飞禽走兽、日月星辰，任意表达；喜怒哀乐、纵意忘情，跃然乾坤。抽象、具象、虚实、阴阳、黑白、刚柔，依法而行；意法、章法、字法、笔法、墨法、骨法，诸法相循。有冰上舞蹈、海中踏浪，有雄风雅趣、剑胆琴心。

书中蕴含智慧，法中体现性情。马克思说：“你如果想得到艺术享受，你本身就必须是一个有艺术修养的人。”字如其人。西汉文学家扬雄说：“故言，心声也，书，心画也。”苏轼在《唐氏六人书后》中说，书法“真如立，行如行，草如走”。他在《论书》中更进一步用人体构成五要素来比喻书法的构成和书法的五要素，他说：“书必有神、气、骨、肉、血，五者阙一，不为成书也。”东汉起，许慎在《说文解字》中，详细阐述了“六书”这个汉字构造原理：象形、指事、会意、形声、转注、假借。认为汉字之所以久盛不衰，独矗世界文字之林，超越时间与空间的限定，就是在不断传播中蕴含着中华民族的智慧，在不断演变中体现了中华民族的性情。

# 智慧宜从高见识①

智慧，就是对事物正确感悟以及正确的分析判断。人类产生智慧，人类依赖于智慧，而智慧又常常启迪着人类。

智慧是丰富经验盛开的花朵，是丰厚情感积淀的长河，是仁慈关爱堆聚的宝塔，是烂漫思想结出的硕果，是信念聚合生成的光芒。

智慧无处不在，无时不存。帕斯卡尔有过一个经典的警喻，他说人是一株有思想的芦苇，人的伟大和不朽之处在于人有智慧；大诗人荷马说，智慧的标志是审时度势之后再择机行事；斯宾诺沙说，人是越思考就越有智慧，而觉得自己很有智慧而停止学习与思考的人，最终会沦落成无知的；爱·扬格说，高官厚禄许会从天而降，金银财富许会不求自来，可是智慧非得我们自己去追求不可；雨果说，人的智慧掌握着三把钥匙：一把开启数字，一把开启字母，一把开启音符。数字代表着分析综合归纳演绎等逻辑思维，字母当然是代表着语言能力，而音符代表的是人类对美的感悟能力；池田大作说，智慧不仅是创造文化、获得幸福的原动力，同时也切不可忘记它又是产生破坏、把人推向悲惨和苦恼的深渊的原动力。

许多谚语也表达了对智慧的看法。阿富汗谚语说，智慧不是天公的恩赐，而是经验的结晶；西班牙谚语说，使人发光的不是衣上的珠宝，而是心灵深处的智慧。

生活离不开智慧，处世离不开智慧，爱情离不开智慧，成才离不开智慧。智慧是大脑和心灵的杰作。功过得失，是非成败，全都仰仗智慧的光芒。人类从落后到先进，从愚昧到文明，本身就是一部激荡的

① 智慧宜从高见识：出自宋太宗《逍遥咏》：济世勤行任百年，方知大道自昭宣。休夸争变黄金术，谁信空磨白玉穿。智慧宜从高见识，阴功及物最弥坚。是非达取此言语，宇宙常存隐圣贤。

智慧史。靠智慧，推动了人类社会的进步；靠智慧，促成了个人事业的成功。

智慧是火，点燃生命的激情；智慧是光，点亮人世的黑暗；智慧是水，浇灌人生的荒漠；智慧是风，吹开冰封的大地。在如诗如画的人生里，多少光阴从指缝间匆匆溜走，多少往事在微风中轻轻飘过，多少思绪在记忆的年轮上刻下深深的痕迹。再回首，与自己的心灵恳谈，智慧才是自我最深的心灵体现，它涉及一种本原的道德感。有了智慧，才能超越静观，透视苦难，洗尽铅华。

# 游子思故居①

阴山巍巍，黄河泱泱。平原壮丽，物产蕃昌。小村偏僻，家舍泥墙。父辈在此生息，兄弟养猪养羊。朴实无华之美，栅栏砾瓦之光。少年欢声，歌飞艰难之世；中年对视，韵起家国之邦。

遥想父亲援椽，搭建两居屋顶；母亲做饭，维系八口人生。名重乡里，偏多燕赵之豪气；胸怀万壑，几许晋宋之高风。年近六旬，始成巨制；时经三载，举家欢腾。

观夫故居一周，其院墙坚固，其门窗疏明。其屋顶苍老，其院落幽清。拥井泉而深秀，撷云翳之空灵。树拥村舍，水漫沙汀。鱼蛙泛碧，杳霭无声。历晨曦而波漾，经黄昏而烟生。石苍古以灰白，原为地设；木华滋而清润，自是天成。写翠微以传世，觉宇宙之无穷。

斯屋修成，以感父恩。复有绿草经秋，黄杨厄闰。叹人命之多舛，悲孝心以扬尘。两弟兄进城为公，好梦天成；三姐姐儿女成人，家道中兴。屋宇不忍凋零，保存当年旧貌；我身辗转，独在帝王之京。异地联想，长隔碧海；遥山同望，当慰素心。

于今故居已冷，老母雍容。情牵家园，意瞩神州。寄深情于慈父，兄弟联袂；期阖家之团圆，欢乐胜景。

于是歌曰：美德传乎家族，多添麟凤；长风驾于九州，耀祖荣宗。龙胄欢呼，承瑞露于域外；鸿祉共庆，布美声于家乡。

---

① 游子思故居：出自鲍照《登翻车岘诗》：高山绝云霓。深谷断无光。昼夜沦雾雨。冬夏结寒霜。淖坂既马领。碛路又羊肠。畏涂疑旅人。忌辙覆行箱。升岑望原陆。四眺极川梁。游子思故居。离客迟新乡。新知有客慰。追故游子伤。

# 物是人非事事休①

生命的立交桥上，看过南北西东。

时间走过，记忆的长廊里，往事如风。

红尘若梦，岁月匆匆。世界虽美，难自拥有。天有天的博大，地有地的空蒙，人有人的曾经。需要给自己一份安然的心境，一切顺其自然，在平和的心态中，迎接生活所给予我们的酸甜与苦辣，把忧愁和痛苦转化为人生路上一方风景。

岁月轮回中，春去秋来，一季浅秋换了一季暑热。方才还是春光烂漫、百花争艳、蜂蝶起舞的暖春，转眼间便进入了空气清凉、寒风拂面、百叶飘零的深秋。寒意丝丝，凉风阵阵，阅历已多，尝世味于蓼甘荼苦；差池不少，数浮踪于马去牛来。一鳞一爪，一声一泪。鸟已倦飞，留春不住奈春何啊？

云雾茫茫，世事沧桑。说不尽红尘眷恋，写不完儿女情长。朝代更迭，几度夕阳。酒色财气，利禄官场。轻吟浅唱，费尽思量。这正是，人生苦短梦悠悠，世事沧桑百味长。

雾迷迷，烟霭霭。数点栖鸦，一钩残月。秦城堞废鸟空啼，汉垒兵销烟自灭。拜月灵狐，眠烟石马，阅尽兴亡事。竖子英雄多少恨，一样残山剩水。如此，看淡了聚散，心持一份安然；看淡了风雨，心解一份释怀；看淡了得失，丢失一份纷扰；看淡了名利，增加一份轻松。岁月越老，人心越淡，这也许就是活着的真实味道。

人生漫漫，旅途上写满了相聚和别离。缘起缘落，聚散离合，从来都不是我们所能把握的。一叶扁舟终渡不过茫茫沧海。世事苍茫，在如

---

①物是人非事事休：出自李清照《武陵春》：风住尘香花已尽，日晚倦梳头。物是人非事事休，欲语泪先流。闻说双溪春尚好，也拟泛轻舟。只恐双溪舴艋舟，载不动许多愁。

流的尘世里，又有谁能参透生命中的玄机，真正做到放下一切，做到相逢时淡定，别离时从容，不惧流年的风雨，不染一丝尘埃？

世事茫茫，名利皆为虚设。无论是谁，都不可能一生得意，也不可能永远失意。时光流转，得失随缘。每一个人都是这个世界的过客。清人沈复在《浮生六记》中写道："世事茫茫，光阴有限，算来何必奔忙！人生碌碌，竞短论长，却不道荣枯有数，得失难量。看那秋风金谷，夜月乌江，阿房宫冷，铜雀台荒。荣华花上露，富贵草头霜。机关参透，万虑皆忘。夸什么龙楼凤阁，说什么利锁名缰。闲来静处，且将诗酒猖狂。唱一曲归来未晚，歌一调湖海茫茫。逢时遇景，拾翠寻芳，约几个知心密友，到野外溪旁。或琴棋适性，或曲水流觞，或说些善因果报，或论些今古兴亡。看花枝堆锦绣，听鸟语弄笙簧。一任他人情反复，世态炎凉。优游闲岁月，潇洒度时光。"

# 山河锦绣颂祖国

祖国是山，祖国是水；祖国是生命，祖国是母亲。

尧舜与孔孟，昭示着华夏浩浩的大德；唐宗与宋祖，演绎着神州浑浑的脉络。四书五经，春秋史记，航行着祖先的血液；天工开物，农政全书，映现着先辈的探索。圆周率，永远昭示着科学的进步；地动仪，永恒预言着祖国的蓬勃。长江长城，长白雪山，流传着汉唐神韵；黄山黄河，黄土高原，呈现着中华气魄。

曾经，金戈铁马，狼烟四起；曾经，灾难深重，几多坎坷。曾经，粉碎障碍，冲破封锁；曾经，群山起舞，大海扬波；穿越历史的长河，奏响胜利的凯歌。人欢马叫的土地，载歌载舞的江河。

祖国，我们从壶口的惊涛里，听到您经久不息的兴叹；我们在珠穆朗玛的雪海中，凝视您千年不变的求索。

祖国，伟大的祖国。前进的道路，从来没有像今天这样宽广；发展的视野，从来没有像今天这样辽阔。我们的人民，从来没有像今天这样自豪；我们的生活，从来没有像今天这样红火。祖国，您是东方的奇葩，您是东方的巨人；您是不朽的神话，您是无尽的欢歌。内强国力，外扬国威，三峡大坝，截断巫山云雨；神州系列，一展航天杰作。我们在东方明珠的塔顶上，感受傲视一切的雄浑与伟大；我们在兵马俑的坑道里，感悟历久弥坚的朝气与蓬勃。让举世瞩目的四大发明以自然的法则警醒，我们应该以怎样的航标在波涛汹涌的大海上掌握前进之舵；让滚滚黄河以独特的颜色昭示，我们应该以怎样的声音向世界述说。

祖国，如果我是一只小鸟，也要飞翔在你明丽的天空，为你唱起曲曲鹂歌；如果我是一粒种子，也要播种在你温暖的土地，为你捧出累累硕果；如果我是一朵小小的浪花，也要融进你广袤的胸怀，为你的繁荣富强四海扬波。

我爱我的祖国。

# 不尽长江滚滚来①

滚滚长江，逶迤苍茫。出山入海，日月同光。歌以咏之，慨当以慷。

水出雪域，蜿蜒东方。通天河清，雄鹰翱翔。金沙浪急，峡谷怒涛开虎步；玉树云飞，悬河泻瀑天梯长。石鼓清波漾。嘉陵连乌江。号子声声远，好酒阵阵香。

长江三峡，高坝横空驭雷电，神女平湖沐霞光。山高两岸险，水远九回肠。江流武汉，鹦鹉独听涛，龟蛇两相望。轻舟辞白帝，赤壁赋大江。黄鹤归来兮，白云亦悠扬。

鄱阳万顷而沙鸥徜徉，黄山千仞则松石奇藏。洪湖水，浪打浪。洞庭波，忧乐长。滕王映秋水，黄梅调清扬。城陵矶，燕子矶，姑苏浅唱，长江三角苏锡常；扬州梦，太湖美，运河轻舞，石头城下赋华章。无边东海生明月，万里长江浪打浪。

万里长江，浩浩荡荡。几千年来永不停息的滔滔江水，不知蕴含了多少故事、多少沧桑。一句“大江东去，浪淘尽，千古风流人物”，穿越了历史的风尘，揭橥了诸子百家文明的思想，洞穿了昨日的苦难与今日的辉煌。

面对长江，子在川上曰：“逝者如斯夫！不舍昼夜”；老子则说：“上善若水，水善利万物而不争”；身形憔悴的屈原，仰天长啸“举世混浊我独清，众人皆醉我独行”，泪洒汨罗江；衣袂飘飘的李白，持酒仰天放歌：“君不见黄河之水天上来，奔流倒海不复回”，并且浩叹“孤帆远影碧空尽，唯见长江天际流”；杜甫吟诵：“无边落木萧萧下，不尽长江

① 不尽长江滚滚来：出自杜甫《登高》：风急天高猿啸哀，渚清沙白鸟飞回。无边落木萧萧下，不尽长江滚滚来。万里悲秋常作客，百年多病独登台。艰难苦恨繁霜鬓，潦倒新停浊酒杯。

滚滚来”，意境雄浑，历来为人所称道；唐代诗人元稹的“曾经沧海难为水，除却巫山不是云”，赞叹长江巫山之美，那飘浮在十二峰上的白雾，是烟非烟，是云非云，富丽多彩；白居易的“日出江花红胜火，春来江水绿如蓝”，描摹江南景色的美好；张若虚在《春江花月夜》感悟“人生代代无穷已，江月年年只相似。不知江月待何人，但见长江送流水”。

长江，你是东方神州的流金岁月，你是华夏民族的诺亚方舟。你高昂的源头是昆仑的血脉；你奔腾的血脉充盈着中华文明绚丽的乐章。尽管有时激越，有时铿锵，你的步伐始终如一；尽管有时徘徊，有时忧伤，但你一直没有改变前进的方向。

# 古道迢迢人迹稀①

历史的车轮滚滚向前进，碾碎了多少前朝往事，留下了几多旷远曲直的古道。“长亭外，古道边，芳草碧连天……”一条条古道，令人回味，令人遐思。

## 1

有一年，我们循着茶马古道，从四川宜宾，进入云南昭通。我们走过的“五尺道”，无疑是云南通往四川和中原的咽喉要道，古时便有“蜀身毒道”之称。

我对“五尺道”的感知，是十分肤浅的。史料记载，“五尺道”是当年李冰父子从石壁上开凿出来的。古道上最有名的石门关，号称古道雄关，两侧的大山如两条青龙一般自上而下奔涌而来，关河之水一泻千里，狂傲不拘，惊涛拍岸，隆隆作响。

石门关两面绝壁千仞，形成峡谷，道路就此中断。由此看来，祖先们在此设关，也是理所应当的。这样的险境真可谓一夫当关，万夫莫开，让人不由地想起“蜀道难，难于上青天”的诗句。

“羊山古道行人少，也送行人老”②。想当年，马帮铃响，过客如织，盐贩子的川号子吼得山响，关河两岸是何等的繁华。而今天，在我的视野里，关河两岸的“五尺道”早已淹没在了乌蒙群山中，或与我们今天的小道或是公路重叠，变得面目全非。

---

① 古道迢迢人迹稀：出自陆游《归兴》：古道迢迢人迹稀，羸骖攲帽远村归。正看日暮羊牛下，又见月明乌鹊飞。僧院疏钟出林岫，渔家微火耿窗扉。闲游要是幽人事，草露从教湿短衣。

② 羊山古道行人少，也送行人老：出自晁补之《虞美人·原桑飞尽霜空杳》：原桑飞尽霜空杳。霜夜愁难晓。油灯野店怯黄昏。穷途不灭酒杯深。故人心。羊山古道行人少，也送行人老。一般别语重千金。明年过我小园林。话如今。

## 2

去宁夏，朋友推荐了一条古道，叫“海原古道”。

这条古道是丝绸之路北段的重要通道，在海原境内有100公里左右。途径李俊乡、红羊乡、树台乡、西安镇、干盐池。海原境内的山地多属黄土丘陵地貌，山不高，山顶也不尖，当地人管这种山叫“馒头山”。

由于走这种山路特别费劲，当地村民有一句绕口令：“馒头山，一条路，翻着走，累死驴”。回想起来，倒是很贴切。

海原古道，沿途古城宏伟，烽堡林立。其中西安镇至干盐池这段古道，历经千年依然保存完整，让人惊叹。

## 3

连接天山南部吐鲁番与北部吉木萨尔之间的天山古道，古时候叫车师古道，又称金岭古道。它是古丝绸之路上商旅和军队进入北疆的最便捷的通道，也是由南疆跨越东部天山进入北疆的要道。

有一年夏天，我走访了这条古道。

“高柳数行临古道，一藤红遍千枝杪”①。据说，走这条古道，比绕道乌鲁木齐缩短了近一半的路程。历史上古道上异常繁忙，它是安西都护府经吐鲁番，穿越天山到北庭都护府（吉木萨尔）的捷径。公元前72年，西汉政府为巩固边疆，出兵合击匈奴，从此翻越天山，天降神兵，平定了车师国。

历史上，车师古道同时又是天山南北的交易互市，连接南北疆物资运输的交通要道，对加强南北疆经济、文化的发展与交流合作起到了重要作用。

后来，随着交通业的发展，古道上行人基本断绝，沿途留下了堡垒遗址、峰燧、墓冢、草原石人等人文景观，还有石门、天桥、瀑布、温

---

① 高柳数行临古道，一藤红遍千枝杪：出自王国维《蝶恋花·谁道江南春事了》：谁道江南春事了，废苑朱藤，开尽无人到。高柳数行临古道，一藤红遍千枝杪。冉冉赤云将绿绕，回首林间，无限斜阳好。若是春归归合早，余春只揽人怀抱。

泉、奇花异草等自然景观，吸引了众多考古、探险旅游爱好者。

## 4

有一年去晋南，有人给我们介绍了一座山——转山。

转山是矗立在山西晋南三个县交汇地方的一座路标。因一山属三县：绛县、闻喜、垣曲，山顶有一块三角形的界碑，是三个县的分界点。转山下面的村子也因山得名叫做转山村。

过转山，有两条古道直通古老的垣曲县城。一条是绕着转山一路往前，直走三五里，便到了闻喜县的马家窑村，沿着路旁的十八河曲折绕行，又三五里便到垣曲县的上官，再下行就直通古道驿站皋落城。这条古道，过去是一条可供车撵行走的古道，陆路可通河南济源，水路可达偃师，是潞盐南运，跨过黄河，直通中原的重要通道。这条古道承载着太多的历史，太多的喧嚣，随着道路的拓宽改道，昔日繁华的古道印迹早已荡然无存，只留下一段凄凉的传说。

另一条古道，则是直穿转山这个古朴的小山村，沿着崎岖的小道，爬上高耸的转山，从拗口下去，就可直达垣曲的闫家池，再下去就是东西峰山、刘张、坡底等古老村落，直通垣曲北山一带。

时光如梭，岁月沧桑，这条淹没在山林中的村间古道，更多的是挑夫们在山路上穿梭，坡道上用厚重石板铺就的小道，历经多年风霜，虽早已弃置不用，但仍可辨别出不一样的痕迹。

## 5

在湖州，有一条陆羽古道。

陆羽是茶圣。这位唐代著名的茶学家一生嗜茶，精于茶道，在湖州留下了许多故事和足迹。

陆羽在二十多岁的时候离开故乡，几年之后便定居在湖州苕溪之畔，这里可谓是他的第二故乡。陆羽创造出一套完整的茶学、茶艺、茶道思想，并划时代地著述了《茶经》一书，由此形成了影响世界的中国茶文化。

他还以湖州为中心巡游天下，晚年又重回湖州，隐居终老，前后加起来在此生活了 37 年。而今天的妙西镇内的古道就是陆羽古道的所在地。

陆羽古道和丝绸之路、茶马古道等著名古道一样，是由许多条线路组成的一个庞大的系统。狭义的陆羽古道指与陆羽在世时生活、游历相关的线性遗存；广义的陆羽古道则指陆羽茶文化孕育、诞生、发展、传播、交流过程中所留下来的线性文化遗产，具有深厚的文化底蕴。

## 6

在婺源，分布着不少有数百年甚至千年历史的古驿道，它们交叉纵横、遍布全县，有相当一部分还保存完好，现在还依然发挥着交通的功能。

据当地专家考察，作为古时人们的交通要道的古道分布广泛，至今仍有 36 处保存较好的古道，总长度达数百公里。

“古道连绵走西京，紫阙落日浮云生”[①]。古驿道是当年徽州人经商外出的必经之路，这些驿道或者连接各个村庄，或者通往其他县城，道路在山谷中穿梭或沿崇山峻岭盘桓而上，所经之处集古村落、古桥、古亭、古庙为一体，自然山水与人文景观有机结合。古道西风，令人感慨。

## 7

浙江温州古道也很多，风格迥异。

在泰顺，由于山高地远的地理历史条件，至今保存较为完好的古道还有 27 条，近 300 公里。且大多建于明清时期，少量建于唐宋。

如今，这些古道虽再难现肩挑人扛的繁忙景象，但绝美的沿途自然风光，依旧吸引着游人来此漫步。

---

① 古道连绵走西京，紫阙落日浮云生：出自李白《灞陵行送别》：送君灞陵亭，灞水流浩浩。上有无花之古树，下有伤心之春草。我向秦人问路岐，云是王粲南登之古道。古道连绵走西京，紫阙落日浮云生。正当今夕断肠处，黄鹂愁绝不忍听。

“微云薄霭新晴后，小盖轻舆古道遥”①。这些古道纵横交错，多盘旋于山间溪流地带，以卵石、不规则块石砌筑铺成。沿途还留存许多茶亭、驿站等遗迹，不禁让人浮想联翩。

## 8

在浙江宁海岔路镇、桑洲镇、黄坛镇、跃龙街道，有一条古道叫徐霞客古道。

这条古道原为宁海至天台府的要道，约建于唐代，出宁海西门至晴岩洛廊，经枧头到黄坛白沙、屿岫岭，至梁皇，经岔路口至松门岭，再至大洛下至瑗百观山，上弥庵至冠峰、仰天湖。为了纪念徐霞客两次到宁海，改名“徐霞客古道”。

如今的古道，依然保持原貌的大约有数十公里，两侧多名胜古迹，成为人们寻古旅游的重要景观。

## 9

在江西大余县与广东省南雄市交界处，有一条保存最完整的古道，叫梅关古道。

古道大约建造于秦汉年间，现存部分全长约 8 公里，整齐地铺满了鹅卵石。道旁是繁茂的灌木丛，两侧山崖树木葱茏，层峦叠翠。这里不仅是广东省的赏梅圣地，更是红色革命遗迹。宋时，人们以砖砌路面，立关于岭上，署有“梅关”二字。关楼南北两面门楣嵌有石刻匾额，北门额书“南粤雄关”，南门额则是“岭南第一关”。

梅关是历史上南来北往的重要驿道，也是兵家必争之地。遥想当年，老一辈无产阶级革命家陈毅曾在粤赣边界的梅岭浴血奋战，留下了许多可歌可泣的革命史迹，并写下了《梅岭三章》和《赣南游击词》等脍炙人口的光辉诗篇。

---

① 出自陆游《早春出游》：微云薄霭新晴后，小盖轻舆古道遥。林杪幽禽初学啭，墙阴冻雪未全消。酒垆日暮收青旆，市步人归拥画桡。敧帽扪髯常半醉，逢人谁与话无憀？

## 10

千里太行，像一座屏障，阻隔了战争西进，也阻断了两侧交通。

据说，当年李白与好友从东都洛阳启程前往太原，是通过一条名为“太行陉”的孔道穿越了太行山。

“陉”者，山脉中断以成隘道的地方，说得更具体一些，就是山脉中被河流切割出的横谷。

南北朝郭缘生所著《述征记》曰：“太行山首始于河内，北至幽州，凡有八陉，是山凡中断皆曰陉”。

所谓太行八陉，由南至北分别是轵关陉、太行陉、白陉、滏口陉、井陉、飞狐陉、蒲阴陉、军都陉。

## 11

古代，连接内蒙古、山西与北京的重要通道，叫京西古道。这是北京以西包括门头沟在内的古村、古寺庙、古长城之间繁杂道路系统的总称，按照用途它大致分为商道、军道、香道三种类型。

京西古道距今有数千年的历史，它所蕴涵的厚重文化底蕴和灿烂的永定河流域文化叠聚成辉。古道以“西山大路”为主干线，连接着纵横南北的各条支线道路，其中的中道、南道、北道为其主要组成部分。

说了这么多古道，依然反映不了古道的全部，难免挂一漏万。

“烟横古道人行少，月堕荒村鬼哭哀。”[①] 古道，是远古的烽烟，是历史的痕迹，是诗意的源泉。西风、瘦马以及数不清的传奇故事，散落或留存在古道上，记录着那个时代政治、经济、文化的点点滴滴。凝视着古道，或者行走在古道上，我们可以深刻感受到时代的变迁和历史的足音……

---

① 烟横古道人行少，月堕荒村鬼哭哀：出自文天祥《越王台》：登临我向乱离来，落落千年一越台。春事暗随流水去，潮声空逐暮天回。烟横古道人行少，月堕荒村鬼哭哀。莫作楚囚愁绝看，旧家歌舞此衔杯。

# 高高秋月照长城①

长城对于很多人来说，并不陌生。但是，不是每个认识长城的人，都能真正了解长城的。

长城，像一条巨龙，越群山，经绝壁，穿草原，跨沙漠，起伏在崇山峻岭、黄河彼岸和渤海之滨。它西起嘉峪关，东到山海关，逶迤万里，景色壮丽。凡是到过长城的人无不惊叹它的磅礴气势、宏伟规模。

长城是一座稀世珍宝，也是非凡艺术的文物宝库，它象征着中华民族坚不可摧的意志和力量，是中华民族的骄傲，也是整个人类的骄傲。面对长城，不能不赞叹。

足踏燕山，长城北望。龙启东海，西接大漠，北拒蛮夷。关山迢递，雄关长鸣。后人瞻之，无不惊叹唏嘘。

想当初，征夫执仗于城下，寝食为筑；兵卫明灯于楼头，枕戈达旦。祀孟姜守夫魂归之冀望，弥夙边扬戈驰骋之纵横。五霸尘灰，七雄落帏；六合之危，四陌青锥。烽火连台，狼烟四起。卫青执马，剑指廊道；李广戍青，策马河套。如此反复，长城以北，终不见胡虏狼烟；长城以南，出现了太平盛世。于是乎，千里落叶，万里飞霜；虚沙动月，霜冷黄河。

长城蕴含了中华民族的坚韧、苦难和牺牲精神，从血雨腥风中走出来的中国人，早已走出了封闭和保守，走出了因封闭和保守带来的狭隘与苦闷，更加懂得众志成城的力量，更加具有开拓、进取与包容的胸襟。在穿越2000多年的时光里，我们体悟到了长城的雄浑与巍峨，看到了中华文明的价值与气度。

如今，长城犹在，国运昌祥。伫立长城，暖风当歌，金鼓为乐。华

① 高高秋月照长城：王昌龄《从军行》：琵琶起舞换新声，总是关山旧别情。撩乱边愁听不尽，高高秋月照长城。

灯闪耀，笙歌悠扬。然长城之城，总不若人心绸缪之枉故；千古风流，终依随流水东逝而湮灭。故法因人治而难驭，国因人祸而灭亡。人常忧国忧民而省身，方念太平盛世之祥和。夷外而不忘抚内，丞己以兼济天下。如此兴业，承前启后，以人为本，方可实现梦想。

# 金石不随波①

金石不是一种东西。古代以铜为金，一般分为礼器和乐器两大类，礼器以鼎为尊，乐器以钟为妙。石指碑碣，方石是碑，圆石是碣。如此，合为金石。有一种专门的学问就叫“金石学”。

金石学是我国传统文化中以古代铜器和石刻为主要研究对象的学问。其主要研究对象为前朝的铜器和碑石。广义上还包括竹简、甲骨、玉器、砖瓦、封泥、兵符、明器等一般文物。金石学在汉朝就已出现，但在宋朝和清朝最为发达。宋朝石鼓文的出土和清末甲骨文的发现是金石学的重要里程碑。

金石，常用以比喻事物的坚固、刚强和心志的坚定、忠贞。比如“锲而不舍，金石可镂”（荀子《劝学篇》）；比如，“相逢便金石，一别几春秋”（杨万里《程泰之尚书龙学挽词》）。

金石，有时也比喻不朽。比如，“而欲建金石之功，终传不绝之世”（陆贾《新语·至德》）；比如，“建永世之业，流金石之功”（曹植《与杨德祖书》）。

金石，还比喻诗文音调铿锵，文辞优美。比如，“铿锵发金石，幽眇感鬼神”（韩愈《荆州唱和诗序》）；比如，“赋诗数十篇，才思何阔朗。刻画宠金石，铿锵叶平上”（郑燮《题程羽宸黄山诗卷》）。

金石者，古朴典雅，品质高尚。蕴山川之美，凝日月之祥和。所谓金银铜铁，鸡血田黄。牛角象牙，琥珀瑭璜。刀锥起落，金鸣石响。精雕细刻，万千气象。金石印章，春秋首创。信物诺言，发轫滥觞。君颁政令，和睦友邦。授权任命，戍守边防。随身携带，祥瑞吉祥。

帝王为玺，平民称章。文人墨客，各爱所长。参展入室，跻身殿堂。

---

① 金石不随波：出自黄庭坚《颐轩诗六首》：金石不随波，松竹知岁寒。冥此芸芸境，回向自心观。

融于书画，相得益彰。各有奇妙，令人赞奖。方寸之间，雅俗共赏。匠心独运，奇思妙想。清逸隽秀，阴柔俊爽。醇厚古朴，雄楚豪放。出神入化，艺苑芬芳。意境神韵，无以名状。远古流风，世代鉴赏。

金石无言，内有灵光。金石品质，终身效仿。手抚心摹，发愤图强。有道是：读书但为养静气，行文自有金石声。

# 独怜幽草涧边生①

阳春三月天，莺飞草长时。阡陌上，小溪边，山崖下，破土而出的春草吐绿叠翠，描绘了大地，染遍了春意。

春草，年年衰落于秋冬，岁岁萌发在早春。那青黛的山坡，葱郁的草地，静静的河边，茫茫塞外，烟雨江南，都少不了春草。没有春草的春天，不是春天。

春草分明是春的使者，它给人带来融融暖意；春草分明是春的先锋，高擎着绿意的呐喊。也许正是春草的生长，才让我们感知光阴的流转。春草是冬眠转醒的第一个眼神，是春天给我们的第一次提醒。当大地挣脱了冬的绳索，当春草在大地上萌生，一个崭新的春天就走来了。

春草不择环境，不计得失。生在花园里也好，长在小路边也罢，即使在山野涧边，也会尽情地生发，从不抱怨自己出生的环境。

于是，我们看到历代诗人赞颂春草："离离原上草，一岁一枯荣。野火烧不尽，春风吹又生。""乱花渐欲迷人眼，浅草才能没马蹄。"（白居易）"离恨恰似春草，更行更远还生。"（李后主）"天街小雨润如酥，草色遥看近却无。"（韩愈）"燕草如碧丝，秦桑低绿枝。"（李白）"国破山河在，城春草木深。"（杜甫）"春入河边草，花开水上槎。"（欧阳修）"风前欲劝春光住，春在城南芳草路。"（辛弃疾）"朱雀桥边野草花，乌衣巷口夕阳斜。"（刘禹锡）"池塘生春草，园柳变鸣禽。"（谢灵运）

让我们合上书本，走向原野，实地体验一下春草的风采吧。她笑得是那样灿烂，把生命演绎的那样鲜活；她活得那样顽强，任凭牛羊的啃食，足底的践踏，野火的焚烧，无声地承受着所有的磨难；她虽不像树那般伟岸，也不如花那般芳香，从不和树一争高低，也不跟花去取宠，

---

① 独怜幽草涧边生：出自韦应物《滁州西涧》：独怜幽草涧边生，上有黄鹂深树鸣。春潮带雨晚来急，野渡无人舟自横。

只是默默奉献着自己的一片青绿。

春草朴实。远天飘暖气，边地聚青篱。莽莽而遍地被染，苍苍而不择土地。凛冽难阻地脉春涌，苦雾不抵春风得意。边郊浅绿，红袖寻芳之季节；满山素叶，诗家踏青之时机。没有花香，没有树高；无人知晓，无人在意。不羡慕兰桂之芳香，不追求牡丹之绚丽。

春草顽强。风催大地，雾挂柳衣。残星点点，牧童长笛。遥际水荇牵风，垂野绿色铺地。黄花染青浦，芳香飘天际。野火烧不尽，春风吹又来。暴雨袭来，抱紧大地的肌体；风沙肆虐，组成绿色的幔帏。生命，在冰雪严寒中孕育，又在酷暑燥热中生滋。

春草快乐。素面朝夕，安于现状。浑然天成，不施粉黛。烟笼轻雾，风光旖旎。殷殷于天涯海角，盎盎于南北东西。极天宇，纤纤细手重聚蔓延；阅岁律，朵朵小花摇摇依依。丽景在芳草之中成韵，清风在绿毡之中皈依。朝晖里，晨风为它们梳妆；夕阳下，晚霞为它们欣喜。

“独怜幽草涧边生，上有黄鹂深树鸣”。春草活在自己的世界里，无须人知亦无须人懂。她总是在晨风中轻舞，在月光下低唱，看惯了世间繁华与兴衰，阅尽了人世沧桑。在俗人眼里，春草遍地都是，毫无稀奇可言。她卑贱渺小到世人无视它的存在。世人忙于名利，只青睐鲜花的点缀，有谁试着了解春草顽强的生命？而对于春草来说，春萌秋枯，一生具足。人，从生到死，草，从绿到黄，都是一种相同的生命旅程。

# 风前欲劝春光住[①]

乍暖还寒，冰消雪融。一缕春光，数声蛙鸣。柳丝垂绿，鸟入花丛。桃李争春，雨霁呈虹。春光，有如一股向上的力量，让人憧憬，让人向往。看一树的绿色，闻满园的花香，立马就有了精气神。

在春光里，或云淡风轻，或丽日晴空。燕剪春江絮如烟，风推碧水舟水中。浅淡眉笔，细细勾勒早春图；萧疏风篦，缓缓梳理柳丝情。密密细雨，针针绣绿青山；卿卿鸳鸯，声声唱碎坚冰。河岸新绿，一线春从树梢起；枝头疏红，满坡香自蕊尖生。啊，好一派春。

春雷滚滚，万物唤醒；农人耕耘，禾谷方萌。檐高燕引雏，水暖鸭呼朋。雨润如油，禾青花黄吐新意；风煦似魅，柳绿桃红展新荣。春山如笑，一犁欣雨唱布谷；碧空似洗，满波凝脂枕云松。

酽酽春光，花动一山锦绣；漾漾晴波，风过满湖波涌。是啊，春天是有梦的季节。在这个春天的梦里，每个人都努力种下自己的梦想，播下希望的种子，收获春光无限的生机。

春光让人充满激情。阳光照耀，春风吹拂，春意浩荡，抵达梦想。如此春光，是力量的凝聚，是动力的源泉，是生命的炽热，是色彩的斑斓，是孕育的希望，是成熟的喜悦，是激情荡漾的生活。

人生易老，时不我待；壮士韶华，宏猷青春。冯唐已老雄心在，李广未封骁勇存。秋月春光，不教岁月蹉跎；寒来暑往，只争分秒光阴。草薰薰而流碧，光灿灿而烁金；抚流云兮志远，望归鸿兮心殷。登高而呼，风飒飒而振衣；俯躯而往，泉涓涓而濯尘。闻香云之揉素，抚玉光哉弄罄；望浩渺之无极，觉须臾兮有临。

---

① 风前欲劝春光住：出自辛弃疾《玉楼春》：风前欲劝春光住，春在城南芳草路。未随流落水边花，且作飘零泥上絮。镜中已觉星星误，人不负春春自负。梦回人远许多愁，只在梨花风雨处。

“风前欲劝春光住，春在城南芳草路”。春光乃春翠点点，春雨脉脉，千门布和，万户盈光。不负春光，当喜而前往，欢而共舞。每个人，都要在春光里寻找只属于自己的春暖花开，尽情拥抱着春天的每一寸肌肤，宣告着自我的蜕变与新生。

# 气质美如兰①

气质是一种心理感觉，也是一种个性特点。性格与行为组成气质的内有元素；姿态跟相貌与内有元素紧密相连。宋·张载《语录钞》有“为学大益，在自求变化气质”。有人考证，其为“气质”一词之源。

气质是神韵，如灯之有光，火之有焰。气质是美酒，历久弥香，入口淳甘。气质如水，静若池波，动如涟漪。如听涛声，如烟似岚。气质是春雨，润物细无声。气质是秋风，轻拂你的心。举手投足，彰显风华；一颦一笑，定格风景。一表人才，气度非凡；夭桃秾李，掷果潘安。如花似玉，沉鱼落雁；闭月羞花，肥环瘦燕。一句话：“气质美如兰，才华馥比仙”。

孔子将气质分为“狂”“中行”“狷”，认为“狂者进取，狷者有所不为”。“中行”则介乎两者之间。按阴阳五行学说，古医学也把人的某些心理差异与生理解剖特点相关联。罗曼·罗兰说：“气质之美与其说是来自内心的修养，不如说它是来自一种对美好事物的欣赏能力。这份欣赏能力就使一个人的言谈举止不同流俗。”

曾国藩说过，人之气质，由于天生，本难改变，唯读书可变。气质在社会中所表现的，是一个人从内到外的一种内在的人格魅力，继而让一个人内在的魅力得以升华蜕变。修养、品德、举止修为、待人接物；高雅、恬静、温文尔雅、豪放高远。气质并不需要自我标榜，而是需要长久修炼。

气质本身无好坏之分，气质类型也无优劣之选。然而，气质可以影

① 气质美如兰：出自曹雪芹《红楼梦十二曲——世难容》：气质美如兰，才华馥比仙。天生成孤僻人皆罕。你道是啖肉食腥膻，视绮罗俗厌；却不知好高人愈妒，过洁世同嫌。可叹这青灯古殿人将老，辜负了红粉朱楼春色阑，到头来依旧是风尘肮脏违心愿。好一似无瑕白玉遭泥陷，又何须王孙公子叹无缘？

响活动的效率，推进目标的实现。气质不能决定人们的行为，是因为人们可以自觉地去调节和转变。如此，每一种气质都有积极和消极两个方面。在某种情况下可能具有积极意义的东西，而在另一种情况下可能会向消极的方向转变。如胆汁质的人具有积极、热情的一面，也可发展成为任性、粗暴、易发脾气的一面；多血质的人情感丰富，工作能力强，易适应新的环境，但注意力不够集中、无恒心、兴趣容易变迁；抑郁质的人耐受能力差，感情比较细腻，观察力敏锐，容易感到疲倦。气质不能决定一个人活动的社会价值和成就的高低，却并不影响他们同样在人类社会活动中取得杰出的成就和贡献。

良好的气质，就在我们身上，或者就在我们眼前。人最闪亮最有魅力的东西，莫过于一张笑脸；恋爱中的女人最美丽，已成为至理名言；不要随便显露你的情绪，不要一有机会就唠叨你的不满；对习以为常的做事方法，要有改进或优化的意见；在众人争执不休时，不要没有主见；任何时候，不要有权力的傲慢和认识的偏见；在必须有人牺牲或奉献的时候，自己要敢于走在前面。

# 老年不似少年忙①

老年，是秋菊傲霜的绽放，是命运交响的乐章；老年，是生命里程的灿烂，是人生长河的夕阳。

老年，就是耳顺之年、花甲之年、从心之年、古稀之年；老年，就是悬车之年、杖围之年、朝枝之年、耄耋之年……回首望去，往事如烟。多少人和事，有的模糊，有的真切；多少苦和累，变成故事，留给昨天。多少爱与恨，引发回忆，恍若云烟；多少情与仇，相逢一笑，似水流年。

春夏秋冬，日出日落。日复一日，年复一年。光阴荏苒，弹指之间。青丝变白发，人生到老年。悲哉，已是风烛残年；喜哉，迎来第二春天。看法不同，思想迥然。退休去职，回归田园。无应酬之苦，无案牍之繁。无利益之冲突，无人际关系之难。无纪律之约束，无有领导者之管。时间充裕，可以了却夙愿。国家大事，网上浏览。开篇阅古，终日手不释卷；博览群书，明了世代之变。奋笔疾书，抒发个人情感。跃然纸上，便是诗文成篇。

人到老年，静雅清闲。养花种草，逸致情闲。无门前之车马，无喧嚣之庭院。芳草房前，海棠耀眼。鱼游缸中，池卧睡莲。悠游太极，气定神闲。把酒临风，三杯两盏。以茶论道，悉心品鉴。两军对弈，输赢无怨。看庭前花开花落，寒来暑往；望天空云卷云舒，任其变幻。书法绘画，丝竹管弦。垂钓滨湖，养性休闲。流连名胜，定格瞬间。

人到老年，夕阳红遍。一日三餐，饭软菜鲜。五谷杂粮，均不可偏。膏粱厚味，去之已远。心态平衡，不攀不恋。人生看透，笑看人间。仙风道骨，鹤发童颜。莫道桑榆晚，红霞尚满天。

---

①老年不似少年忙：出自苏辙《闰九月重九与父老小饮四绝》：尉佗城下两重阳，白酒黄鸡意自长。卯饮下床虚已散，老年不似少年忙。

# 中年哀乐托无题①

岁月的舟楫载着我们，几经风雨，几经坎坷，走向中年。

回眸走过的足迹，既有光阴飞逝的无奈，又有青春不再的难舍。顾盼之间，回眸是春，望眼是秋。乌飞蝉噤、红枯绿瘦，几许感慨上心头。

有人说，中年和正午有些相似：凝重、深邃、空旷，是生命曲线上的一个极点。站在这个极点上，来路一览无余，去路不再神秘，就像魔术师抖开的包袱。

上大学的时候，看谌容写的《人到中年》，感觉离我是那样的遥远。然而不知不觉，我也人到中年，爱人也跟我一样，在中年的河流上忙着捕捞。我们左手要拽着孩子，右手要搀着父母，还要受到岁月和生活的双重镂刻，整天忙碌。到乡野时憧憬都市，到了都市又怀念乡野。总是后悔自己错过了好些生活。也许过不了多久，如今还围着餐桌的父母将无踪可觅，自己的孩子很快也会远走高飞。正印证了那句话：当你退到了潮流的边缘，潮流反而成了不相干的背景。

人到中年，饱尝了生活的苦辣酸甜，阅览了时代的风雨沧桑，看惯了事业的潮涨潮落，读遍了世俗的缘来缘去。当皱纹偷偷爬上了额头，白发一年之间突发猛长。人到中年，牙开始坏了，眼开始花了，腰开始酸了，肩开始疼了，记忆开始衰退了，感觉开始迟钝了……生命已经流过了青春湍急的峡谷，来到了一片相对开阔的地方，变得从容清澈起来。“朝看花开满树红，暮看花落树还空。苦将花比人间事，花与人间事一同。”

人到中年，不再年少痴狂，不再为蝇头小利争得面红耳赤。懂得认真工作静心实践，在忙碌中找回精神的充实；懂得放松身心，在闲适中

① 中年哀乐托无题：出自钱钟书《秣陵杂诗》：中年哀乐托无题，想少情多近玉溪。一笑升天鸡犬事，甘随黄九堕泥犁。

赏玩人生的各种乐趣。人到中年，如秋高气爽，秋菊飘香，秋月皎洁。秋天是收获的季节，秋天的大地处处洋溢着成功的喜悦，处处散发着努力和回报的祝福，透过喜悦和祝福，让人体会到艰辛和汗水的意义，让生活更显丰满和韵味。

人到中年，岁月洗尽铅华，故事沉淀成回忆。不再喜欢热闹，更愿意怀着一颗淡然的心，去面对生活中的风风雨雨。一切都变得稳重，深沉。不再苛求他人如何，不再强制自己怎样。内心如一汪清泉静谧而从容。不以物喜，不以己悲。似云卷云舒一般淡然，如花开花谢一般随意。

# 深秋绝塞谁相忆①

故乡在北部边陲，有山有河，有草原有平川，有长城有边关，原本应该是有风雅的。但是，很长一段时间，我发现在众多文学作品中，少有土生土长的本地人的作品。《诗经》305 篇，有风有雅有颂，有“昔我往矣，杨柳依依；尽我来思，雨雪霏霏”的绝妙佳句，但是，这样的景色，并非我的故乡专属。

我的故乡在古代属于边塞是确定无疑的。所以边塞诗反映故乡的状况是理所当然的。一般认为，边塞诗初步发展于汉魏六朝时代，隋代开始兴盛，唐即进入发展的黄金时代。据统计，唐以前的边塞诗，现存不到二百首，而《全唐诗》中所收的边塞诗就达两千余首。但是在这两千多首诗中，没有一位是属于当地的诗人，着实让人遗憾。

照理说，我的故乡不缺文人。我曾见过思乡的汉子对着月光，拍着阑干，长吁短叹；即使是放羊的汉子，他们看着坡上的牛羊，甩着鞭子，唱着山曲儿；打工在外的，想起故乡的田园，怀念着自家的小院，泪眼里仿佛出现了龙钟的父老蹒跚行走的影子。无论是天南地北，无论是国际国内，人们始终惦记着一个花一般的故乡，那实际上就是生平理想的结晶，蕴在心头的诗情。不管这个异地的环境是多么残酷，不管对这个他乡的水土是多么的不服，都能够默默忍受。能够多情，也易于感伤。想想看，我这样的故乡人怎么会没有文人呢？

还是让我们回到唐朝。盛唐是边塞诗创作的鼎盛时期，涌现出一大批著名的边塞诗人，代表人有高适、王维、岑参、王昌龄、李颀等。高适的《燕歌行》、岑参的《白雪歌送武判官归京》《走马川行奉送封大夫出师西征》等七言长篇，代表了盛唐边塞诗雄浑、磅礴、豪放、浪漫、

① 深秋绝塞谁相忆：出自纳兰性德《采桑子・九日》：深秋绝塞谁相忆，木叶萧萧。乡路迢迢。六曲屏山和梦遥。佳时倍惜风光别，不为登高。只觉魂销。南雁归时更寂寥。

悲壮、瑰丽的美学风格。除此之外，盛唐大诗人李白、杜甫都写过边塞诗，这些边塞诗成为他们的代表作的一部分。比如，李白的《关山月》《塞下曲》《战城南》《北风行》等，杜甫的《兵车行》《前出塞九首》《后出塞六首》等。另外一些诗人也有边塞诗的名篇传世，如王昌龄的《出塞》《从军行》，王之涣的《出塞》王翰的《凉州词》。盛唐诗成为边塞诗创作的顶点。

从作者情况看，在最有名的边塞诗当中，有好大一部分是朝廷官员巡幸视察或者被贬谪到这里的落魄文人所为。《古诗十九首》有“胡马依北风，越鸟巢南枝”，离故乡最近，算是写我们故乡的；王维的“大漠孤烟直，黄河落日圆”，跟我们故乡的风景最相似。为了文化搭台、经贸唱戏，好多地方争来争去，从陕北、宁夏、甘肃，一直到新疆。

武威人李益，可以肯定他到过我的故乡。他的《塞下曲·其一）：“蕃州部落能结束，朝暮驰猎黄河曲。燕歌未断塞鸿飞，牧马群嘶边草绿。”让人一下子就会被那天地空阔、人欢马叫的壮丽图景吸引住。他在表现将士生活的满怀豪情和反映西北风光的壮丽动人方面，是比较突出的。这里的“蕃州部落”就是指驻守在我的故乡黄河河套（“黄河曲”）一带的边防部队。军中将士过着“岁岁金河复玉关，朝朝马策与刀环”的生活，十分艰苦，但又被磨炼得十分坚强骁勇。

那么，当地的文人都干什么去了？他们为什么会缺席？这让我感到很失望、很冷落。

且看边塞诗人的状况。边塞诗人大都是一群具有北方豪侠气概的天才型诗人。总体上看，他们的身世地位卑下。王昌龄、王之涣、李颀、常建，做官都是做到县尉即止。论其诗则光焰万丈，论其官则不过八品九品，在当时是极其微不足道的。尽管他们动辄以公侯卿相自许，抒发了大唐盛世所特有的气势，但是只有高适一人在“安史之乱”后因功封侯，其余诸人多担任一些微末官吏。贾谊说：“吾闻古之圣人，不居朝廷，必在卜医之中。”后世的英雄豪杰，又何尝不是如此？高渐离、朱亥隐于市屠，侯生、张耳抱关守门，后来都名扬天下，令有志之士击节扼腕。天宝八载，宋州刺史张九皋荐举高适应制举有道科，高适终于诗名半天下，黄绶翻在身，一举跃登龙门。

由此不难看出，为什么故乡当地文人没有文学作品留世？原因有三：

一是地位卑下，作品难以传播。想想看，连王昌龄、王之涣、李颀、常建这些人只做到县尉，当地人又能做什么官呢？

二是不思进取，没有吟诗作文的风气。故乡河套号称塞外江南，衣食无忧。承平日久，并且员位已满，官吏滞壅，当地人想要做官难上加难。加之农耕社会的百姓易于满足。所谓“三十亩地一头牛，老婆孩子热炕头”，小富即安，没有吟诗作文的积极性。虽然有人也参加科举考试，但仅把它看作是一种形式，一种智力标志。

三是吟诗作文皆下品，没有政府方面的引导。早先朝廷考试，考的虽是诗赋，选出来的却都是深明吏治的人物。这些人出将入相，具有很高的政治才能。到后来世风日下，浮华不实，口上说有青云之志，实际上缺乏才干，眼高手低。即以李白、杜甫二人而论，其诗歌上的成就举世瞩目，但论其政治才能，像李白的终日沉饮傲放，引足令大臣脱靴，有伤大雅，自然要遭斥退；杜甫性情褊躁傲诞，清狂龌龊无器度，自以为纯儒，而妻子不保，儿女至饿死。想想，连李杜这样的顶级诗人尚且如此，当地人就更不觉得诗人、文学家有什么了不得了。正应了司马迁那句话：“无岩处奇士之行而长贫贱，好语仁义，亦足羞也。”

# 一座高窟入梦来

从北京到敦煌，我们是与启明星一起上路的，并且还带着许多对敦煌的奇幻梦想。

莫高窟是堪与金字塔、斗兽场、山奇大塔齐名的地方，也是一个与比邻而居的楼兰古国齐名的所在。它因久远而神秘，因古老而迷离，因富有而深藏，因华美而矜持。它可以傲视异邦古迹，参透中国历史，其他古迹都不具有它这样的实力。

我不是第一次到敦煌莫高窟了，依然对它毕恭毕敬，依然小心翼翼，生怕我说话的声音过高惊动了大佛，生怕我走动的声响太大振落了壁画。

汽车在三危山脚下的旷野上行驶。戈壁苍茫，天边是一片殷红的山色。路边的树在摇，党河弯弯曲曲地流过这片神奇的土地。我们在轻轻摇晃中来到了莫高窟脚下。

莫高窟，俗称千佛洞，坐落在河西走廊西端的敦煌。它始建于十六国的前秦时期，历经十六国、北朝、隋、唐、五代、西夏、元等历代的兴建，形成巨大的规模，有洞窟 735 个，壁画 4.5 万平方米、泥质彩塑 2415 尊，是世界上现存规模最大、内容最丰富的佛教艺术圣地。望着再次重逢的莫高窟，我像无意中跌入一幅巨大的艺术宝库，失去了重心和方向，不免应接不暇，左顾右盼。

总的来看，莫高窟的所有洞窟艺术，大致可以分为两类：一是彩塑艺术。彩塑为敦煌艺术的主体。石窟开凿在砾岩上，除南北大像是依山而建的石胎泥塑外，其余多为木架结构。彩塑形式丰富多彩，有圆塑、浮塑、影塑、善业塑等。彩塑的题材之丰富和手艺之高超，堪称佛教彩塑博物馆。17 窟的唐代河西都统的肖像塑和塑像后绘有持杖近侍等，都惟妙惟肖，把塑像与壁画结为一体，为中国最早的高僧写实真像之一，具有很高的历史和艺术价值。二是壁画艺术。莫高窟壁画富丽多彩，有各种各样的佛经故事，山川景物，亭台楼阁等。建筑画、山水画、花卉图案、飞天佛像以及当时劳动人民生产生活的各种场面等，是十六国至清代1500多年的民俗风貌和历史变迁的艺术再现，可谓雄伟瑰丽。在大量的壁画艺术中，古代艺术家们在民族化的基础上，吸取了伊朗、印度、希腊等古代艺术之长，表现出不同的绘画风格，反映出中国封建社会政治、经济和文化状况，是中国古代美术史的光辉篇章。

我被眼前的一幕幕彩绘和壁画艺术惊呆了。我想，当年的鸣沙山在缔造莫高窟的时候，面对偌大一块儿画布，一定是毫不犹豫地挥舞着酣畅淋漓的大笔，一抹黄，一抹绿，一抹蓝，才给我们留下这一窟窟神奇而庄严的佛国胜境和飞天景象，留下这粗犷的美、自然的美、质朴的美。我陶醉于这样的美的境地，我甚至怀疑我是否在梦境中。

莫高窟营建的一千年历程，时值两汉以后长期分裂割据走向民族融合直至大唐鼎盛，又由巅峰而式微的这样一段历史时期。在此期间，正是中国艺术的程序、流派、门类、理论的形成与发展时期，也是佛教与佛教艺术传入后，建立和发展了中国的佛教理论与佛教宗派，佛教艺术成为中国美术艺术的重要门类，最终完成了中国化的时期。莫高窟的产生是必然的。

莫高窟，是绘画艺术的殿堂。莫高窟壁画中的人物画、山水画、动物画、装饰图案画，自成体系，数量众多，可成为独立的人物画史、山水画史、动物画史、装饰图案画史。特别是保存了中国宋代以前即10世纪以前如此丰富的人物画、山水画、动物画、装饰图案的实例，这是世界各国博物馆藏品中所未见的。

莫高窟，是音乐艺术的宝库。壁画中有音乐题材洞窟200多个，绘有众多乐队、乐伎及乐器，据统计不同类型乐队有500多组，吹、打、拉、弹各类乐器40余种，共4500多件。敦煌藏经洞文献中也有曲谱和其他音乐资料。丰富的音乐图像数据，展现了近千年连续不断的中国音乐文化发展变化的面貌。

莫高窟，是舞蹈艺术博物馆。大多数洞窟的壁画中几乎都有舞蹈形象。有反映社会生活、风俗习尚的舞乐场面和舞蹈形象，如西域乐舞、民间宴饮和嫁娶舞乐；有经变中反映的宫廷和贵族燕乐歌舞场景；有天宫仙界的舞蹈形象，如飞天的舞蹈形象，供养伎乐等。还有藏经洞保存的舞谱及相关资料。舞蹈艺术是无法保留的时空艺术，古代的舞蹈形象，现代人已知之甚少，就敦煌石窟舞蹈形象的珍藏而言，堪称舞蹈艺术的博物馆，保存了无数高超的舞蹈技巧和完美的舞蹈艺术形象，代表了各时代舞蹈发展的面貌及其发展历程。

莫高窟，是一部完美的建筑艺术史。敦煌壁画自十六国至西夏，描绘了成千成万座不同类型的建筑图画，有佛寺、城垣、宫殿、阙、草庵、穹庐、帐、帷、客栈、酒店、屠房、烽火台、桥梁、监狱、坟茔等等，这些建筑有以成院落布局的组群建筑，还有单体建筑。壁画中还留下了丰富的建筑部件和装饰，如斗拱、柱坊、门窗以及建筑施工图等。长达千年的建筑形象资料，展示了一部丰富的中国建筑史。

尽管国家对敦煌莫高窟采取了许多保护措施，但是还是有好多难以保护的成分。比如，一些色彩的消亡会在毫无准备的状态下发生。我发现，在美的营造的氛围当中，在我们追求和寻觅美的过程中，也会悄悄潜伏着消亡的危机。因此，保护还在继续，洞窟的开放还在减少。由此也给人们带来不少的遗憾。

有人说，莫高窟所有的壁画与雕像串联起来，就是一部中国历史的连环画。它的背后活跃着一个又一个王朝，刀剑换来的安宁，安宁中暗藏着刀剑。许多人在改朝换代中放弃了自己的生命，许多幸存下来的人在神像前得到安抚。变幻的是丝路上的商人、战士、流亡者、宗教人，不变的是那些石像……

写到这里，我想起了一首诗：

无数走过和留下的人
比不上沙砾的坚强
肉身消亡，信仰却终世高悬
那是莫高窟夜晚的星光……
不随云色暗，只待日光明①

① 不随云色暗，只待日光明：出自王维《愚公谷三首其二》：吾家愚谷裹，此谷本来平。虽则行无迹，还能响应声。不随云色暗，只待日光明。缘底名愚谷，都由愚所成。

# 放出阳光万丈开①

清·山阴金先生在《格言联璧》中写道：心中没有成见则处事公平，心中没有自我则光明正大。法国大作家雨果说：“爱美就是要求光明”。

一个人活在世上，一定要有阳光心态。阳光在心，求的是做事全力以赴，无愧于心。宽容忍让，善待世人。放得下功名利禄，看得开成败得失，得志时不骄横，失意时不气馁。

用阳光的心态看世界，则各有奇趣，楚楚风景。用阳光的心态品人生，则千姿百态，颇有滋味。心中常有感恩之意，眼里绝无可憎之人。红尘滚滚，独善其身，在坚持自己做人原则的同时，又能够海纳百川，容纳人世间的一切纷扰，于世事纷扰中独得一份自在。

不是谁都可以有一份阳光心态的。拥有阳光心态，需要定力，离不开修养。在世态炎凉中藏善储爱，在追名逐利中无私无畏。需要眼睛里面有美，心灵里面有爱，尘世间俗不可耐的东西，无法动摇他的心性。这种心性，不只来自太阳，也来自我们的品德。只要打开心门，就会接纳光明。这种光明，永远不为黑暗所遮盖。

在朗朗晴空下，人们很难看清迷人的星空，也很难看见四周的灯火；当夜幕降临的时候，却可以遍览点点繁星，尽赏万家灯火。古人说：“处逆境时，须用开拓法；处顺境时，要用收敛法。”这是处理人生种种问题时应有的态度和智能。只要我们心中有光，就能与有缘有情的人相互照亮；只要我们心有所爱，即使在最阴霾的日子，也会保持温暖、拥有欢笑。

---

① 放出阳光万丈开：出自汪应辰《与酒家沈生》：有客堂堂空两手，无人为借太阿来。与君上抉浮云破，放出阳光万丈开。

# 月光如水水如天①

长期在外的生活，让我偏爱月亮。一弯残月勾住了我的魂魄，在孤独寂寞中，总会想起故乡。“大漠沙如雪，燕山月似钩。”“举头望明月，低头思故乡。”

月亮，居云天之外，秀美雅之姿。长夜难耐，繁星相伴；桂花飘香，令人遐思。遂寄身于芸芸之外，忘情于诗书之中。月光是上苍派来的美妙天使。她游踪如缕，吐气如兰。辞空而落，舞步轻盈。那些有关嫦娥的传说，至今还让尘世的人们浮想联翩。

月光是琴键上跳动的音符。夜幕降临时，月光从天空的琴键上款款走来，舞动月白色轻纱的袖子，驱走了地球上无边的黑暗，留下漫天银辉。月光的姿容堪称风华绝代，有时像银钩，轻轻柔柔地挂在柳梢；有时像玉盘，亭亭玉立在天际。你漫步到天庭，越来越亮，山鸟看到你，歌声更加婉转。诗人看到你，写下了“月出惊山鸟，时鸣春涧中”，“举杯邀明月，对影成三人”，“明月几时有，把酒问青天”，“滟滟随波千万里，何处春江无月明”。

明代笔记《五杂组》：“人言八月望有月华，或言夜半，或言微雨后，或言不必八月，凡秋夜之望俱有之。或言其五彩鲜明，旁照数十丈，如金钱者百余道；或言但红云围绕之而已。”“传说将‘月华’藏到米缸里，大米会吃不完；藏到衣柜中，以后会有许多新衣服穿。”由此想起我们小时的童趣中秋，孩子们争相捧起月光，合拢双手去藏。来来回回捡月华，每个箱子柜子都放遍了。收藏月光，不仅是为了感受它那种暗夜落花般的凄美，也不仅是为了寻找一份浪漫的虚无，更不是为了让自己迷失在想象中，而是因为它有着希望的力量。手捧月亮的过程，不似眺望夕阳

① 月光如水水如天：出自代赵嘏的《江楼旧感·江楼感旧》：独上江楼思悄然，月光如水水如天。同来望月人何处？风景依稀似去年。

陨落的地平线那般，给人一种努力探寻后得不到任何结果的失落和无助。我们会觉得，夜空中的月亮就像是为我们绽开的一个出口，隐隐地透着来自另一个美好世界召唤的光芒，那是属于我们的一片光明。

月亮，毫无私心，明净透彻，坦坦荡荡。可谓君子。它照见了孤独与凄凉，它照见了我灵魂深处的黑与锈。月亮是博大的，它让在外漂泊的人有了家乡的依恋，它让流浪者有了瞬间的安心。花好月圆，她寓意着景致的唯美；闭月羞花，她涟漪着腼腆的姿容；风花雪月，她诠释着四季的风采；冰壶秋月，她彰显着心灵的纯净。

# 青春作伴好还乡①

谁都有过青春。没有青春的人生是不完美的青春。

青春，美丽的时光，如花般绽放；青春，坚强的意志，丰富的想象；青春，激荡的热情，璀璨的星光。

青春，散发出蓬勃朝气，流露着昂扬意志。青春如歌，激情澎湃。在燃烧的岁月里，有跃动的热情，有曼妙的旋律，有拼搏的汗水，有幸福的热泪。纵然有挫折和失败，也不会心灰意冷。命运有坎坷之时，生活有困顿忧伤。尽管世间万象，扑朔迷离，也要不断地反思、回味、总结、重启，学会怎样去把握、怎样去规避？处人生之惊涛，迎生活之骇浪。胜不骄，败不馁，踏千山，过万水，览山水于寰宇，立壮志在四方。

青春是一场奔跑。尽管不断地与时间比赛，青春终将要过去。时不我待，需要只争朝夕。直到有一天，当青春悄然溜走，你会发现，那些失去的，正是我们曾经所拥有的。春风在手，宇宙包藏。吟赏飞浪，云烟茫茫。花草争显生机，万物齐露花光。凝望雄鹰游云天，搏击晴空万里长。万水千山，挡不住青春的浩气；艰难险阻，磨不损凌云的志向。任重道远，路途崎岖，须振理想之翅膀；旭日冉冉，巨龙腾飞，谱写霞光千万丈。

青春是船，梦想是帆。搭乘青春之船，扬起梦想之帆，驶向理想的彼岸。拥有梦想的青春是快乐的，拥有梦想的青春是奋发的，拥有梦想的青春是无所畏惧的，拥有梦想的青春是所向无敌的。

青春不是童年，它告别了童年的纯真与幼稚，却保持了童真的希望

---

① 青春作伴好还乡：出自杜甫《闻官军收河南河北》：剑外忽传收蓟北，初闻涕泪满衣裳。却看妻子愁何在，漫卷诗书喜欲狂。白日放歌须纵酒，青春作伴好还乡。即从巴峡穿巫峡，便下襄阳向洛阳。

与梦想；青春不是中年，它尚未触及社会的神经，却给社会带来了必不可少的血液和营养；青春不是老年，它不是曾经沧海难为水，而是活力四射，满满的正能量。

“白日放歌须纵酒，青春作伴好还乡”。青春或许是一段爱恋，让我们流连忘返。放歌与纵酒，作伴与还乡，那些浪漫而又美好的画面，那些幻想而又幻灭的字眼，永远铭记在青春的日记上。

# 少年不识愁滋味①

曾经有过如花的少年，如花的少年值得回味。

那么，怎么来准确描摹我的少年呢？少年如一杯浓浓的咖啡，暖到你心窝；少年似一杯淡淡的茶，让你品味；少年像暴风雨的彩虹，炫丽无比；少年若晚霞后的余光，那么让人怀念。

那些少年不起眼的往事，回忆却是那样的绵长醇厚。第一次背起新书包上学，和别的小朋友撒花儿一样奔跑，那是最快乐的写照。写作业，做家务，挖野菜，放马、放羊，一次次志在必得的考试，满分的喜悦，永远是那样的甜美，并一直在我脑海里浮现。当然，生活里不只是美好，还有饥寒交迫，还有印在心灵里的委屈和烦恼。在年少的日子里，一次次风霜雨雪的打磨，一次次啼饥号寒的煎熬，把软弱的自己磨炼得像钢一样坚硬。

少年是人生中美好的年华，少年的梦是最美的梦。那时候没有任何忧虑，没有任何烦恼。蓝天，是我们想象的空间；夜空，总有许许多多的奥秘；大山，引发我们攀登的欲望；河流，让我们随着它一起奔走。我们想像鸟一样飞翔，我们像鱼一样四处游荡。我们希望每个家庭都那么和谐，我们期盼每一个孩子都有漂亮的衣裳。

少年，我们揣着温暖的欢乐，踏着率真的步伐，一天天追赶者朝阳到落日。我们坐在庭院里，看雨后的彩虹，那五彩缤纷的桥，一直通向了天的那一端，那一端又是什么样啊；我们折一枝杨柳，戴在头顶，我们也变成了春天；我们手捧着一颗糖果，轻轻放在舌尖上，甜蜜了整整一个童年。

---

①少年不识愁滋味：出自辛弃疾《丑奴儿·书博山道中壁》：少年不识愁滋味，爱上层楼。爱上层楼。为赋新词强说愁。而今识尽愁滋味，欲说还休。欲说还休。却道天凉好个秋。

在童年的世界里，无论快乐，还是伤心，总是那么简单而纯粹。明净的如雨后的天空，又如那原野上的清风，不染一丝尘埃。我们的思绪，漫过诸多往事，停留在记忆还未曾深刻的童年，如蝴蝶爱上的花，如清风伴着的月，如微撒的雨露，都是那么美好，那样天真无邪。

# 六盘山上高峰①

到宁夏固原，朋友提议去六盘山，我们欣然前往。

六盘山，山势雄伟，巍峨挺拔，山清水秀，历来就有“山高太华三千丈，险居秦关二百重”之誉，是华夏文明的摇篮之一。盘古开天地、伏羲降生、伏羲画八卦、伏羲女娲成婚、女娲抟土造人、女娲补天、神农氏炎帝诞生、魏征梦斩泾河龙、柳毅传书、鬼门关的故事，都与六盘山有关。

六盘本名不周山，又名陇山，至今美名天下传。它北衔大漠，南望秦岭，东襟阴山，西牵祁连。

一山横亘南北，天造屏障；三军来此汇合，地设圣殿。树木崔巍，萱草新鲜。紫气东来，百鸟欢天。民族和睦，文明悠远。携手黄河，背拒沙巅。百业昌盛，赫赫固原。

乾坤无极，河套蜿蜒。单于乘虚，牧马屯边。追求一统，蒙恬三十万大军，逐敌七百里，收河南地归秦；强秣后备，建制四十四城池，移民数十千，兴农牧业屯田。用险制塞，匡恢秦燕赵边墙；绵延万余里，点烽燧火戍边。兴水利，置官田，织桑衣，富家园。

贺兰几经兴废事，黄河哀叹空变迁。饮马黄河，铁弗抢先。拓跋马快，逐鹿中原。龙虎相争，氐氐称雄，苻坚投鞭断流，一世英明败淝水；熊罴列队，羯人晚成，石勒聚众起义，奴隶摇身到皇苑。虎跃龙骧，泙洛割裂，九州所以倾弊；壁坞林立，一统不灵，四海所以突变。玄宗南逃四川，从此吟唱长恨歌；李亨西来灵州，一朝登基坐龙盘。平定安史借胡兵，引狼入室；黄袍加身自成王，续写长编。

横空出世，一代天骄奋厥声威，贺兰山下六次铁蹄灰飞；人灭天助，

---

①六盘山上高峰：出自毛泽东《清平乐·六盘山》：天高云淡，望断南飞雁，不到长城非好汉，屈指行程二万。六盘山上高峰，红旗漫卷西风。今日长缨在手，何时缚住苍龙？

二百年辉煌命运凌迟，兴庆府内一夜城池火患。屠城三月烟不灭，安得枭雄睡六盘。无鸡鸣，无犬吠，鹞子老鹰高空旋；河水汤，大漠狂，堆土泠泠鬼翩跹。

星转斗移，青天不老；岁月不居，山河绵延。大潮引领，朔方涌动；惠风和畅，春满固原。政通人和，骎骎而上；塞上江南，黄河两岸。瓜果对坐迎宾客，枸杞上房观朝烟。六盘高峰，十几层盘山路一洞贯通，丝路弄情车龙欢。大漠浩瀚，一米方格锁住沙龙；人进沙退，百丈高烟囱刺破青天。

# 数家烟火自相依①

烟火就是炊烟。我以为，人世间最美丽的就是烟火。凡是有人的地方都离不开烟火。有了烟火，才有了灵性；没了烟火，就没了生机。

儿时，烟火袅袅升起的时候，预示着新的一天的开始。那时候我就想，到底是这烟火托起了朝阳，还是朝阳驱赶着烟火？不管怎么说，我眼前呈现的是父辈们用他们辛勤的汗水建设家园，而母亲们则用灵巧的双手为生活添彩，让烟火升起。

烟火是天然纯净的。尽管充满了牛粪马粪羊粪的味道，同时也和着小麦玉米高粱的清香，它窜出烟囱，绕过屋檐、穿在百花间、藏在雀羽下、暖在杨柳里，腾在半空中，以无声的语言告知人们，日子迟早会好起来的。而城里没有烟火，远隔了人与人之间的距离。

乡野的晚风里，袅娜着炊烟。这是存在我脑海中的一个永久画面。远山如黛，牧羊人正将羊群往家赶，他的身影西斜在一片金色的草地上。素面青衣的女子，系着围裙，站在一棵大树下翘首远望，似乎在等待着晚归的亲人。远处的阡陌上，有人卷着裤管，赤着脚丫，荷锄而归。篱笆墙的院子里，挽着发髻的女子坐在长条凳上说着话。炉灶不急不躁地煨着，柴火在锅底劈劈啪啪作响，锅里“滋滋”地冒着诱人的香气，炉边的猫在打着呼噜。两只肥猪躺在地上哼哼着。鸭子扑腾着一双翅膀，摇摇摆摆地从池塘里陆续上了岸，向家走来。鸡已经上架，狗吠的正狂……

一家小两口，柴米油盐酱醋茶占据了他们大部分生活，日子就这样过得琐碎而平淡。但是，他们知道，天底下所有的爱情最终都会趋向于

---

①数家烟火自相依：出自陆游《龟堂东窗戏弄笔墨偶得绝句》：老衰有验诗先退，勋业无心梦渐稀。浅浦小山孤绝处，数家烟火自相依。

平淡，趋向于烟火。生活，给予人的，有精彩，但更多的是平淡。如若不能安守这份平淡，你就不懂得人间烟火，就会迷失生活的航向。

这样说起来，烟火便是日子的见证，烟火便是生活的写照。烟火夹带了人性的美与人性的真。想来这人世间还没有谁能一辈子不沾染烟火，就连那低眉端坐在庙堂上，那超脱了凡尘的观世音菩萨，终究还是要在温润的人间烟火中，听取善男信女们的祈愿。所以，古人云：饮食男女，人之大欲存焉。食、色，性也。超凡脱俗，一般人做不到，做一对饮食男女才是人生的常态。长的是磨难，短的是人生。人生苦短，而烦恼尤多。来如花开，去如花萎。不食人间烟火，只能是人性孤僻，离群索居。

我以为，人生需要烟火，如果没有被烟火濡染，必然是人生的缺憾，至少是人生的残缺，生命由此少了一些根须，生活情趣由此便大打折扣，怀旧的主题因此而索然无味。懂得人间烟火，就是有一份喜欢的工作，有三餐可口的饭菜，有彼此会心的微笑，有一句温馨的问候。走过繁华，或寂然，或随意，不在意得与失、荣与辱，淡看流水，漠然落花。那些平淡如水的日子，或艰辛，或清欢，一杯小酒便可轻眠，一句问候也可安然。当心灵归于一份平淡和安静的时候，那袅袅的烟火才会从久远的记忆中重新升起。

“又见炊烟升起，暮色罩大地，想问阵阵炊烟，你要去哪里？夕阳有诗情黄昏有画意，诗情画意虽然美丽，我心中只有你。”是啊，若红尘是浪漫；烟火便是现实。那么，浪漫与现实之间，有一座桥，桥上的风景很美。浪漫也好，现实也罢，终究要从桥上走过，回归生活的烟火。

“浅浦小山孤绝处，数家烟火自相依”。人间烟火，写着大情大爱，是故乡温柔的炊烟。相信没有谁不记得故乡的烟火。烟火，早已被岁月印染成故乡的模样，被时光雕琢成温馨的童谣。

# 观云望雪走祁连

青海人说，青海湖是一位女子的明眸，而祁连山则是她的柳叶眉。准确与否，难以定论。不过，肯定带有个人的感情色彩。

走进河西走廊，登山眺望，或者沿着这条车辚辚、马萧萧的道路由东而西。我的追思里，有汉代名将霍去病突袭匈奴、夺得河西、“设四郡，据两关”，翻开了千里走廊崭新的一页；有隋炀帝御驾亲征，穿越祁连山击败吐谷浑，使青海首次纳入中原王朝版图；有文成公主从长安而来，途径日月山，前往西藏的人马剪影。如今，岁月的风掀起层层绿浪，历史的沧桑早已融化在这片土地上。当年的英雄也好，败将也罢，那些与之有关的历史人物早已烟消云散了。

走过祁连，观云望雪，不禁浮想联翩，默默吟诵起来。

巍巍祁连，茫茫戈壁。坐卧南北，横跨东西。挽高原而携青藏，镇塞外而连西域。

东边门户，塞上锁钥。千里疆域，万里烽燧。枕天山而瞰大漠，一线岩疆；跨鸾鸟而带伊吾，三边重地。大禹导弱水，老子青牛骑。周穆王乘八骏西巡，西王母立阳关迎启。千里祁连千里路，万里江山万里旗。霜晨迷雾，掩埋几许香骨，残阳映雪，冻僵多少马蹄。匹马从西而来，扬鞭与鸟争飞。万里秋风常为客，一年容易霜来急。

毡房点点，绿洲依依。战马嘶鸣，芳草萋萋。霍去病铁马雄风，横扫千里；匈奴人秋风败叶，偏安漠北。汉张骞出使西域，步履蹒跚，凿空拓荒；唐玄奘夜出阳关，数载跋涉，坚守之志。风和月见证，百折不回。马踏飞燕，嘶鸣冲天九霄；秦书汉简，千载破土问世。秋来花落尽，冬去又一回。看夕阳处处不同，尽是水墨图画；望阳关人人相识，忘却旅途归期。炊烟袅袅，胜却鼎食之家；牧羊归来，尽是人间笑意。

千年好酒，万年河西。夜光杯因诗得名，莫高窟佛光万里。水咽秦明散关，霜凋汉唐故地。短笛悠扬檐之下，谁言郁郁；长袖舒展韵之间，歌舞飞飞。青春数盏张掖，琵琶旋舞武威。敦煌把酒一盅，闲谈华夏青史。

明代陈棐诗曰：“马上望祁连，奇峰高插天。西走接嘉玉，凝素无青烟。对峰拱合黎，遥海瞰居延。四时积雪明，六月飞雪寒。”巍巍祁连，映千年积雪；蜿蜒河西，绕万里边陲。

# 燕山月似钩①

《史记·周本纪》正义引《括地志》:“燕山在幽州渔阳县东南六十里。徐才宗《国都城记》云:周武王封召公奭于燕,地在燕山之野,故国取名焉。”

燕山,西起洋河,东至山海关,北接坝上高原,七老图山、努鲁儿虎山,西南以关沟与太行山相隔,南侧为河北平原。我们平常所熟悉的喜峰口、古北口、黄花城、居庸关、东方口、独石口、张家口是燕山长城的重要关隘。

乾隆十六年,即公元1751年,正式钦定燕京八景:西山积雪、玉泉垂虹、卢沟晓月、居庸叠翠、金台夕照、蓟门飞雨、琼岛春阴、太液秋风。

古也燕山,今也燕山。雄关屹立,以壮边塞风云;长城据险,以防外敌侵犯。周鼎难继,群雄并起;燕人子丹,图穷匕见。燕山之侧,易水之畔;衰草离披,白衣白冠。金城万里,连接燕山;胡人勒马,望城兴叹。冷月独照,矛戈森然,铁甲寒光,高墙俨俨。张飞张翼德,丈八蛇矛,桃园有缘;诗鬼称李贺,如钩似雪,笔赋燕山。清军入关,定鼎燕京。长城抗战,志士驰驱南北;旷野厮杀,英雄转战西东。

如今时过境迁,曲终人散;风光如是,物色依然。今古生辉,烟雾茫茫漫野;朝夕放彩,云霞灿灿流年。迎来送往,曲折无非径路;此近彼远,幽雅孰胜燕山?骚人雅士,无非抒怀吊古;至人贵人,早已魂归宝山。人生如梦,苦辣酸甜。无欲成大美,无私高枕眠。登峰望远处,白云绕耳边。品京华四季,读燕山真传。望燕山之钩月,听华夏之美谈。

① 燕山月似钩:出自李贺《马》:大漠沙如雪,燕山月似钩。何当金络脑,快走踏清秋。

# 紫陌红尘拂面来①

红尘，指繁华的都市。班固在《西都赋》：“阗城溢郭，旁流百尘，红尘四合，烟云相连。”意思是说，热闹喧嚣的人流，扬起的尘土从四方合拢充满全城，尘土与烟云连在一起。”也有人说，李唐王朝的都城长安属于黄土地质，夕阳西下，车水马龙的街道上尘土飞扬，看上去是红色的，故有红尘之说。如此，“红尘”作“人世间”解，佛家指凡俗尘世。

岁月匆匆，红尘漫漫。成熟与厚重，兴衰与落寞，每个人都是尘世过客。时光零落，似水无痕，晨曦的清远，朝霞的灿烂，夕阳的绚丽，暮色的朦胧，都是大自然的馈赠。当然，人生苦短，物欲横溢，没有谁不为欲望驱使，没有谁不为生活奔波。真真假假，是是非非，起起落落，迷惑彷徨。走过了红尘岁月，饱尝了人间冷暖，瞬间绚丽，刹那芳华，都归于沧海桑田。

世事无常，想留的留不往，该放的放不开，许多的情怀思念无处寄托，诸多的情感遗憾无从表达。命运充满玄机禅意，无丛预测。烟雨易散，尘缘难断。不管风霜雨雪，曲径迂回，都是岁月里意韵深长，不可或缺的景致与陪衬。感悟生命中的每一处芬芳、每一米阳光、每一帘烟雨，用平和的心境，纯朴的心灵，去面对生活。应天顺时，安身立命。行也从容，笑也洒脱。闲看花开，静观花落，看淡一切，善待自己。

四季交替，红尘滚滚。每一条路，都有不一样的风景。不管是擦肩过客，还是红尘知己，都是一生一世的相遇。你不是云水间霓裳轻舞、餐风饮露的仙女，我亦不是浪迹天涯、采集云霞的男子。即使淡看了结局，却看不破经过，依旧习惯于孤单中迷失自我，碎影醉摇，独自徘徊。

---

① 紫陌红尘拂面来：出自刘禹锡《玄都观桃花》：紫陌红尘拂面来，无人不道看花回；玄都观里桃千树，尽是刘郎去后栽。

当故事成为曾经，内心的世界已变得满目疮痍。如果生命的旅程不是这么的惊心动魄，是否就能够平静安稳地度过一生？如果蹉跎的人生只是一段婉转的歌谣，那所有的旋律是不是只剩下悲欢与离合？

快乐而来，惆怅而去，晚风传送着无声的叹息。那天空染红的赤霞、那风中飘零的细雨，总会想起我淡淡的思念。世事沧桑落下铭记一生的伤痕，眼角眉梢刻下岁月风干的印记。该来的似乎都已经来了，该去的正在陆陆续续离去。我已经不再奢望，也不去痴心妄想。我本平凡，平凡者，就是平顺、安常、知足，平凡的一生就是平安知足的一生。一个社会格局的开创固然需要很多不凡人物的创造，但一个社会能持久安定维持文化的尊严与品格，则需要许多平凡人的默默奉献与牺牲。走过许多路，见过许多事，我发现世上最主流最主要的还是平凡，再伟大再显赫也要回归平凡，再高贵再华丽也要归于平淡，再隆重再热烈也要趋于平常。

坐忘尘世，看淡云烟，一颗早已洗净铅华的心，不再留恋任何繁华，似乎一切归于平静了。因为平凡，所以心态良好；因为平凡，所以心胸开阔；因为平凡，所以不去比攀。

“紫陌红尘拂面来，无人不道看花回”。在滚滚红尘中，选择平凡，就是选择真实，追求高雅而不是奢华，追求精致而不是时髦，在平凡的世界里过平凡的生活，平凡的人生。

# 无边风月锦囊间①

有一句话叫作“静心听曲而不谈风月，涵容悲喜而不越雷池”。这里的“风月”是用来形容爱情的，谦谦君子要注重心灵的交流和契合，分享悲喜，而不涉及欲望和感情。

风过无痕，月常变幻。风无散花意，花无逐风情，来去是风的自由，开谢是花的宿命。缘起为缘灭，缘灭又缘起。心若是在一起，再远的路程都不是距离。即便天之涯、地之角，山重水复，彼此的心中，始终有一份牵挂。心若相离，即便是朝夕相处，相濡以沫，两目相对，彼此无言，终归形同陌路。

红尘陌上，纷繁的往事在流年里滋长，众生是不甘寂寞的，宁愿在俗世中忙碌，也不愿坐下来，看一眼江山，品一首古韵。有多少人意气风发，踌躇满志，将一场逐梦的情怀，演绎成乱世浮华，将生命最初的美妙乐章，摈弃在名利的长河中，毫不足惜。成功也好，失败也罢，一概以权力、金钱作为单一的衡量，为只为附了风雅，徒了虚名。

佛家有言：“人生如身处荆棘之中，心不动，人不妄动，不动则不伤；心动则人妄动，伤其身痛其骨，于是体会到世间诸多痛苦”。茫茫俗世，荆棘遍地，一方面需要披荆斩棘，一方面需要有一颗澄明的心来对待生活，对待每一个人。若此，即使红尘繁复，时光乱云，也可以分清泾渭。

静水深流，淡泊的人大都是睿智而又清静的。读懂了红尘，洗净了铅华，磨掉了棱角，算是惯看了风月。淡若清风的心境不只山中的老僧才有。流年芬芳，风月成荒。走过了岁月就是走过了沧桑，沧桑的背后，

---

① 无边风月锦囊间：出自方回《送周府尹三首》：潇洒名州吏事门，公余应已尽跻攀。钟鱼寺寺藏深树，楼阁家家见好山。几许烟云藜杖外，无边风月锦囊间。俸钱节缩余多少，只买奇书数种还。

是时光的飞逝与岁月的无情。有许多人追求了一世功名，却在终结的时候恐慌。看惯了风月的人都会懂得取舍，在繁华的红尘中寻找一处山高水长。

“几许烟云藜杖外，无边风月锦囊间”。品读山水，感知风月。走过春夏的清晨，走过秋冬的黄昏，在自然与人文中找寻生命的真谛，拥有一份属于自己的风月。一切如我，我如一切。

# 普陀佛国独无双①

潮起潮落，谁在仰观时代风尚？

高山之上，谁在阅尽人世炎凉？

那渺渺的梵音，在低吟浅唱；那灵动的指尖，是菩提的芬芳。她有温婉的目光，她有莲花的绽放。烟雾缭绕的海天佛国，那是她的道场。

“海上有仙山，山在虚无缥缈间”，普陀山四面环海，风光旖旎，幽幻独特，被誉为“第一人间清净地”。这里金沙绵亘、白浪环绕，渔帆竞发，青峰翠峦、银涛金沙环绕着大批古刹精舍，构成了一幅幅绚丽多姿的画卷。

观音，就是观世音、观自在。观音所代表的大慈大悲、救苦救难、与人为善的信仰，是佛教文化与我国民俗文化的重要体现。在我国，逐步形成了比较知名的几大观音道场：一是素有“海天佛国”的普陀山；二是四川遂宁的广德寺、灵泉寺；三是广东东莞的观音山；四是河南平顶山的白雀寺。

普陀山作为观音道场初创于唐代。唐大中年间，有梵僧（又说西域僧）来此礼佛，传说在潮音洞目睹了观音。

自观音道场开创以来，观光者络绎不绝。史料记载，历朝名人雅士如陆游、董其昌等先后登山游历，留下了大量诗文碑刻。唐宋元明清五朝近 20 位帝王为祈求国泰民安，特遣内侍携重礼专程来此朝拜。晋代著名道人葛洪精通神仙修道之术，曾游历此山。葛洪井，水色湛碧，沁人肺腑，渗水涓涓，昼夜不息，相传为葛洪当年炼丹所凿。宋袁燮诗《葛仙丹井》云：“竹屋虚明卧古松，葛仙丹井留遗踪。日长无事同僧话，指

① 普陀佛国独无双：出自康有为《七律·普陀山颂》：普陀佛国独无双，碧海金沙映石幢。姑子羞惭舟上待，观音婉转谢东洋。二龟听法参禅道，三寺传经醒世氓。古刹千年香不断，江山万代永和祥。

点云边三四峰。”清沈树兰诗《葛洪井》云：“句容家世忆仙翁，鹤驭翩翩驻碧空。独有余丹留井底，甘泉普济洛迦东。”

普陀山观音菩萨的意思为“由高处向下观看之君王”。按照有的说法，观音菩萨的祖籍在印度。据《法华经大施品授记品》记载：很久以前，在佛的世界里，有一位太子叫不绚。他发愿救苦救难，普度众生。佛祖称他为观世音。然而，中国的善男信女始终认为观音菩萨是中国的佛，观音菩萨生来就是女儿身，她曾在舟山的桃花岛白雀寺出家，在洛迦山修炼，南海普陀山才是观音菩萨真正的家。

普陀山与五台山、峨眉山、九华山合称为我国四大佛教名山。观音菩萨为何修得一颗慈悲的心，就是因为她具有“大慈与一切众生乐，大悲与一切众生苦”的德行。其法旨是促进社会和谐，促进人类和睦，让每个人都具有观音菩萨的自在、智慧和慈悲。而唯有每个人都带着一颗慈悲的灵魂行走，社会才会和谐，世界才会和平。

予观普陀胜境，苍松巍巍，古柏盘盘。芳岚出岫，馨霭萦涧。浩浩乎龙楼麟宇，汤汤兮星塔月舍。飞天云客，仙旅禅踪；侣鱼虾而眷九州，友麋鹿而朝圣境。白莲盈露而皎皓，瑶草凝珠而精晶。路漫漫，心拳拳，真的是“一心清净，万相庄严”。

“普陀佛国独无双，碧海金沙映石幢”。我们每个人都要对自己的内心进行检索，心之所向，心之所系。有时候，我们似乎做不了自己的主，好像前世注定，又好像今生宿缘。欲罢不能，情海孽天。然而，渡尽劫波之后，我已不再是从前的我，心也不是从前的心，繁华只是可笑的陪衬而已。

# 万顷慈悲照五台

五台山，五座峰台，五朵莲花，注定是为佛盛开。

夕阳西坠，霞光泛金，我从京都而来。一处明净的风景，需要你匆匆赶赴；一段似水的韶光，不能将之淡然辜负。就这样一路逶迤行走，行走在世间明媚的风光里。

五台山，佛教圣地，可溯唐宋至今朝。白马东来，五顶竞呈吉兆。历代高僧，凭此山深结法缘；各朝君王，临净地弘传天道。名流纷至题咏，硕学史册典诰。千余年间，梵音悠扬；五柱天垂，法脉彰昭。齐聚八方奇珍，叹为稀有；妙藏五行气象，信以戒条。

南台锦绣，仙花万类，宛若世外别园；北台叶斗，峻极凌威，正是擎天柱脚；东台望海，晓观旭日，朝阳喷薄而出；西台挂月，夕眺日落，晚霞彤映妖娆；中台翠岩，高祠威肃，经幡扶摇，更觉玄妙。文殊道场，般若之表征，智慧之导师；华严胜境，接根之引善，造化之玄奥。

站在高处，回望五台山，那煌煌的盛唐在历史迷雾中早已消散。尽管如今的五台山，没有大唐的繁盛，却依旧山寺林立，僧侣如云。在这山清水凉的风景中，听僧众们轻轻吟唱，看南来北往的善男信女，还有那么多的庙宇森然屹立，那么多的香火粲然熠熠。抬眉远眺，月亮已经升起，还有群山之间那轮冉冉西沉的红日，不禁感叹生命的此消彼长。

五台山的奇峰灵崖随处皆是，自然的奇丽会将你的思想漂洗得风情万种。而每一处峰回路转，却是一道柳暗花明。还有那厚重的历史底蕴，深刻的佛学禅理，又让我震撼不已。

# 输赢须待局终头①

从小，不论是来自学校抑或家长，我们普遍受到这样的教育：要坚忍不拔、宁死不屈、成仁取义、舍生忘死、永不言败、百折不挠、前仆后继、视死如归，不要输在起跑线上。“胜者为王，败者为寇”，说到底，就是以成败论英雄。这是我们的生存导向，也是我们的生活氛围。

循着这样的生活逻辑，人们都特别看重输赢。求学，输者名落孙山、无精打采，赢者金榜题名、扬眉吐气；工作，输者贩夫走卒、穷困潦倒，赢者有权有势、官运亨通；事业，输者门庭冷落、形影相吊、赢者财大气粗、门庭若市；家庭，输者家徒四壁、妻离子散，赢者高宅深院、妻儿成群。

诚然，人要生存，就免不了竞争；只要竞争，就免不了输赢。竞争和输赢，便是优胜劣汰，促进社会发展。谁都想成功，但并非人人如愿。有哲人说，人生有两种悲剧：一种是没有得到心里想要的东西；另一种是得到了。有时虽然在这方面成功了，得到了许多，但在另一个方面却失去了很多。许多人都走过这样一条人生轨迹：磨炼使你坚强，悲伤使你保持人性，幸福令你开心，希望令你欢欣。

人生在世，没有必要凡事都争个输赢。与亲人争，你或许赢了，却输掉了亲情；与爱人争，或许你赢了，却输掉了爱情；与朋友争，或许你赢了，却输掉了友情。最后的结局是：赢了就是输了，输了就是赢了。

如果能够辩证地看问题，其实人生本来就没有什么输赢。失中有得，得中有失。在金钱或财富上赢了，却输掉了情谊和人性；在金钱和财富

① 输赢须待局终头：出自白居易《放言五首·并序》：仕途倚伏都无定，尘网牵缠卒未休。祸福回还车转毂，荣枯反复手藏钩。龟灵未免刳肠患，马失应无折足忧。不信君看弈棋者，输赢须待局终头。

上输了，却赢得了良知和道德。决定输赢的是人品、处世方式以及实现目标的行动等多种因素。没有永远的赢家，也没有永远的输家，正如太阳不会总正午，天空总会有阴晴一样。凡事都有其发生、发展、消亡的自然规律。站在山顶和站在山脚下的两个人，虽然地位不同，但在对方眼里，都是同样的渺小。不要总是拿鄙视的眼光看别人，弱势的也许会变为强势；贫穷的也许会变为富裕；辉煌的也可能跌落谷底。

现实生活中，不认输的人比比皆是。凡事咄咄逼人、横行霸道的人大有人在。这固然有它赖以产生的土壤。争执时，唾沫横飞、强词夺理，非辩论到自己成为胜利的一方不可，甚至连五官都扭曲得丑陋无比也不在乎。但是终究不会被接受。纵使表面上赢了一点点，最终只能会输得更惨。

很多时候，我们都会遇到输赢的争论或者评价。人生总有输赢，那些走过的日子，总是很清晰地在岁月里回放。输过的日子，注定很煎熬，但是不管怎么也无法挽回曾经输过的事实。其实，好的人生未必多风光，也未必非要大风大浪或者顺风顺水，但总是要把属于自己的光芒绽放出来，从而经得起天长日久的品味。于是，以良善对阴险、以微笑对愤怒，以无心对诡计，以视而不见对虎视眈眈，似乎已经成为一种人生姿态。

人生，其实没有输赢，只有感悟。

历史，其实没有成败，只有过程。

# 峨眉山月半轮秋[①]

峨眉山，身居蜀国，名震九州。南临青衣，北缘大渡。东壤川西，西延天府。山势雄伟，帘如飞瀑。云海林涛，鸟鸣深谷。

峨眉山早在春秋战国就闻名于世。峨眉山名，见于西周。据晋代常璩《华阳国志蜀志》：“杜宇以褒斜（今陕西汉中）为前门，熊耳（今四川青神县境内）、灵关（今四川雅安芦山县西北）为后户，玉垒（今四川都江堰市境内）、峨眉（今四川峨眉山市境内）为城郭。”晋左思《蜀都赋》：“引二江之双流，抗峨眉之重阻。”

作为“佛门圣地”的峨眉山，千百年来得以闻名，除了佛法的宣扬，佛徒信众的礼拜，历来与名人学士、墨客骚人的咏赞、记述和传播有着密切关系。诗人李白、苏东坡等留下不少赞美峨眉山的诗篇。

金秋时节，登上峨眉山，佛光汇聚山峦，溪流蜿于涧石。赞美乎，感怀乎，惊讶乎，慨叹不已。日出云海，佛光圣灯；重峦迭嶂，风爽泉清。山势之娉婷兮，峰若蛾眉，秋水之窈窕兮，碧野苍翠。远眺诸峰之竞秀，近视乱石之排空。峰峦银裹，桴槎红拥。鹦啼彩御，雨澈恢宏峨眉；鹤僻霞空，云光缭绕红尘。云海厚润，沟壑纵横；绮云凌空，长虹陌恒。赏春华之闲意，品山水之清幽；忆落叶之残韵，触白雪之精灵。覆蔽荫之青山，滋潺湲之涵水。偕江河兮以亲芳泽，揽山岳兮以尊独圣。

峨眉山，一山有四季，十里不同风。圣积晚钟，罗峰晴云。丹妍黛青锦绣，黑白两江互枕。大坪霁雪，幽峭空凌峰孤；象池月夜，萧瑟风敛云真。九老仙府，岔洞交错凹凸；金顶祥光，人间青蛇如龙。

“峨眉山月半轮秋，影入平羌江水流。”纵览地之博、山之众、天之

---

① 峨眉山月半轮秋：出自李白《峨眉山月歌》：峨眉山月半轮秋，影入平羌江水流。夜发清溪向三峡，思君不见下渝州。

高，则知人世之浮沉、方家大义之境地。为了逃避生活的喧嚣，摆脱人生的烦恼，千千万万的人在寻求宁静。有的远离城市和人群，跑到荒山野林或孤岛；有的深居简出，躲进小家成一统，更有的到宗教境界中去寻心灵的宁静。宁静源于心，它的敌人也源于心。嫉妒之心、功利之心、贪婪之心、骄傲之心和野心，欲壑难填，贪得无厌，终日被欲望搅得心神不安，躁动不已。怎么办？只能在浊世里修炼，用一颗禅定的心，任聚散别离，任生命无常。然后，把平凡的日子过成精彩，把沉重的生活变成轻松。

# 遥望九华峰①

佛教文化的影响是巨大的。新罗国的王子金乔觉和九华山在中国几乎家喻户晓。尤其是“地藏菩萨”，让九华山成为中国四大佛教名山之一，并以“莲花佛国”而名闻天下。

九华山，古称九子山。日出、云海、佛光、雾凇、峰峦叠翠，云腾雾涌，流泉飞瀑，谷幽潭深，自然风光与佛教气氛融为一体，倾倒万千众生。

九华山，西北隔长江、天柱而望，东南越太平、黄山同瞻。天以日月为纲，地以山川为羡；山拥地藏而名立，佛借九华而灵显。庇佑众生，身居四大佛山之列；名播寰宇，荣膺百胜天地之间。仰视九华，云雾散之群岳；俯瞰数崖，风光飘之诸山。地藏佛寺经幽，金刚禅洞梁宽。极目远眺，长江隐隐卧滔；凭心近听，黄山奕奕伏悬。

山之雄名，始于佛缘；峰之霸势，源乎宝殿。立巨梁，扬旗幡；建大栋，撑九天。书题“地藏大愿”、墨赐“肉身宝殿”；北刻“神光异彩”，南镶“磐石常安”。佛园和寺庙同辉，圣僧与游客共勉。阳明崖刻，荆公诗篇。萧统忘忧而因乐，太白雅致而为闲。福共奇秀，滔滔之尽揽，惠同风流，依依之常瞻。古刹林立，香烟拂拂绕崖；乔木参天，神光皎皎齐天。心灵佛定，境为空明；目极月升，身归大梵。

“昔在九江上，遥望九华峰”。有人说，黄山是一幅泼墨而成的画，秋浦是一首历史吟哦而成的诗，而九华山，则是一片空灵的禅境。九华不仅仅是一座山，她是峰与寺的共舞，是人与佛的对望，是禅与诗的协奏。在这样的境况之中，佛光呈祥，存天地之慧智；莲花显瑞，保黎民之康安。悲允虚心，佛悯人胜于天；喜解善身，僧辅士愉之廉。一柱香火，成之祈愿。十鼓金钟，壮我福田。

---

① 遥望九华峰：出自李白《望九华赠青阳韦仲堪》：昔在九江上，遥望九华峰。天河挂绿水，秀出九芙蓉。我欲一挥手，谁人可相从。君为东道主，于此卧云松。

# 古人学问无遗力①

生活中，有人茶余饭后谈古论今，被认为很有学问；有人讲起话来引经据典，被夸奖为很有学问；有人判断事物条分缕析，被推举为学问颇深。其实，这些说法虽然都有一定道理，但并不全面。

学问，是知识，是技能，是对实践的认识，是对认识的升华。而且，有多少行当，就有多少学问。基于此，崇尚名人可以，但不可认为名人的话就是名言，以至爱屋及乌，言听计从。必须弄清，成名者是在哪一个行当、哪一种领域上成的名，这种成名之学问是否放之四海而皆准，从而来决定自己的取舍，选自己的路径。鲁迅先生说："学问都各有用处，要定什么是头等还很难"。

譬如，农民种地，同样一块地，有的多打粮，有的闹粮荒；工人做工，有的能把产品做成精品，有的则把产品搞成废品；商人经商，有的生意红火有钱赚，有的生意萧条把门关；就连捡破烂，有的能捡成"百万富翁"，甚至捡成"破烂王"，有的则捡得很艰辛，甚至混不下去。这一切都说明，三百六十行，行行有学问。学问分行当，隔行如隔山。

来自实践的知识，为经验知识。来自生活的学问，为生活常识。有人说，常识长了，会成为科学；经验多了，会升为理论。科学无疑是求真，理论无疑是求是。譬如，在农业经济时，有了学问，使人的关注点在土地与人员之上。毕竟，有地，不可以言贫；有人，不可以言弱。在工业经济时，学问会使关注点变为机器设备、原材料与能源之上。无先进的机器设备，加工不出大批量先进适用的产品；无原材料，天下第一巧妇也做不出一桌好饭菜；无能源，机器设备就形同废铁，原材料就会形同废品。到了知识经济时，学问自然而然地会使关注点变为以网络、

① 古人学问无遗力：出自陆游《冬夜读书示子聿》：古人学问无遗力，少壮工夫老始成。纸上得来终觉浅，绝知此事要躬行。

大数据、多媒体为主要标志的信息产业。因为在这个时代，只有这种以知识为基础的高科技创新、传播和应用，才是经济发展的主要动力。

古诗云：“黄金未是宝，学问胜珍珠。丈夫无伎艺，虚活一世人。”学问之所以胜珍珠，就在于学问中所蕴含的真知灼见。它符合实际，有深厚的现实土壤；它与时共进，有明显的时代特质；它管用有效，有很强的功利效果。

“博学之，审问之，慎思之，明辨之，笃行之。”（《礼记·中庸》）这是为学的几个阶段。“博学之”，就是要广泛猎取，培养旺盛的好奇心。“博”还意味着博大和宽容。唯有博大和宽容，才能兼容并包，使为学具有世界眼光和开放胸襟，做到“海纳百川、有容乃大”，进而“泛爱众，而亲仁”。“审问之”为第二阶段，有所不明就要追问到底。“慎思之”，是第三阶段，问过以后还要通过自己的思考来仔细考察、分析，否则所学不能为所用。“明辨之”，是第四阶段。学是越辨越明的，不辨，则所谓“博学”就会鱼龙混杂，真伪难辨，良莠不分。“笃行之”，是最后阶段，就是既然学有所得，就要努力践行，做到“知行合一”。“笃”有忠贞不渝，踏踏实实，一心一意，坚持不懈之意。只有明确的目标、坚定意志的人，才能真正做到“笃行”。

“古人学问无遗力，少壮工夫老始成”。既要刻苦读书，又要注意实践，在实践中求得真知。非学无以质疑，非问无以广识。学离不开思与想，问同样也离不开思与想。在实践中求得真知，就是要大胆去闯、大胆去试、大胆去干，才有可能对所学的知识有更深的感受、更深的理解。要使学问深，就要孜孜而勤之，夙夜以勉之，命尽日中而不释，饥寒围困而不废，用时时的解剖自我、查找不足、知过改过，来攀登知识的高峰。

# 儒雅风流独一时①

儒雅是男士的专用词。在一个良好的国度，不论男女老少都喜欢儒雅的男人。能够被人称为儒雅，那这个男人一定具有非凡的品位和格调。一个良性社会，需要大批儒雅之士。

男士有多种类型，有智慧型的，有幽默型的，有豪放型的，也有精细型的。相比较而言，唯有儒雅型的男士更令人赞赏。儒雅不是装腔作势、故作高深，不是掉书袋、乱矫情。儒雅是骨子里的东西，真正儒雅的人，一举手一投足，就能自然体现出来，无须刻意表现。

儒雅是心灵的一面镜子，是风范的高标。周恩来，国人心目中的儒雅男士。他睿智的思维，翩翩的风度，幽默的谈吐，给世人留下了难以磨灭的印象。在中国古代，斗酒诗百篇的李太白、出口成章的曹子建、才思敏捷的苏东坡，都曾让人无限神往。军旅儒将，古有秉烛夜读《春秋》的关云长，“雄姿英发，羽扇纶巾，谈笑间樯橹灰飞烟灭”的周公瑾；今有“弯弓射日到江南，终夜喧呼敌胆寒”的陈毅元帅，“自信挥戈能退日，河山依旧战旗红”的朱总司令，等等。

再看当今某些男士，无视公德，大声喧哗。随地吐痰，不讲秩序。坐没坐相，站没站相。穿着随便，不修边幅。举止猥琐，行为鲁莽。说话咄咄逼人，盛气凌人。不守时间，不讲信用。不敬老，不爱幼，等等，不一而足。

男士的儒雅如同女人的妩媚一样，并不是一朝一夕就可以修炼出来的。没有内涵，本事再大也儒雅不起来。冷面峻色的酷，满心的倔强，拒人千里的冷，都不是儒雅。而儒雅的人，哪怕生性木讷，哪怕面带羞怯，心头也是嘹亮明净的。腹中的温和，风剪剪，情脉脉，笃笃而行时，

① 儒雅风流独一时：出自陈襄《简如晦》：登阁始闻公府荐，出幡俄拥使旌随。无人不说南徐守，儒雅风流独一时。

翩翩出风度。

儒雅男士是智慧的男人。他们有头脑，能思考，求知欲强烈，喜爱读书，有独到见解，能举一反三，融会贯通。娓娓道来，引经据典。这种男士非常执着、坚定，对事业锲而不舍，不实现目标不罢休。他们知道谦让女子，知道女士优先。

儒雅的男士对人生有深刻的感悟。他们不世故、不虚伪、不矫情、不颓废，有绅士风度。他们衣着讲究，衣服不一定都是名牌，但很合身、很干净，优雅而有品位。他们有宽容的胸怀、悲悯的情怀。看惯了人情世故，更加珍惜人生，热爱生活。

儒雅的男士具有乐观向上的心态。他虽然不是官员，但他对工作满腔热忱；他不必有太多钱，但他对家庭高度负责；他关心他人，总是给予热情的帮助，尤其是对于弱者和女性，更表现出一种大度，一份宽容。

儒雅的男士大多为饱学之士。其素养之深厚，情感之细腻，爱心之深沉，往往为听者动心。儒雅，既是生活的积累，更是人生的态度。一个社会如果多些儒雅之士，对于提高社会的文明程度，净化社会风气，无疑是大有裨益的。

# 听取蛙声一片①

我以为，大千世界，最美的是田园，最丰硕的也是田园。

田园如此美丽与丰硕，我们应当走向田园、回归田园、感受田园。那鸡犬相闻、阡陌纵横的立体画面，那绿树成荫，人欢马叫的农家生活，那山清水秀、空气清新的田园风光，不仅是归隐人的梦想，也是现代人的向往。

田园就是一首美丽的诗篇。在这首诗篇里，透着生活的气息，凝结着甜蜜的梦想，展示着幸福的情境。田园，是一望无际的牧场或麦田，还有一棵棵百年的老树。老树下，有悠闲的马打着响鼻，有卧着的牛正在反刍，还有懒散的羊群正在散步。田园的尽头也有青山和湖泊。远山如黛，为田园竖起了背景。蔚蓝的天空倒映在碧绿的湖水里，芦苇丛丛，随风摇曳。天上有鸟儿盘旋，叫声啁啾。顺着鸟儿飞去的方向，一条条小径通往农家小院，传来围在栅栏里的狗叫或猪叫声。

多少次从田园走过，看这里的天、水、远山、霞光、农舍、内心便晴朗明净起来。湛蓝的天，洁白的云，醉人的绿草，金黄的葵花和麦浪，火红的高粱。哪一样都让人动心。尤其是在秋天，在这个丰收的季节，满满的瓜果飘香。农家小院三三两两，四平八稳地坐落在大地上，他们的大门，连着田园，连着远方的天。

这些错落的农舍，虽然破旧却不失古朴，断壁残垣却有着历史的厚重。红墙碧瓦，或者白墙黛瓦。一眼望去，没有几家农舍的风格和色调是相同的，相同的只有朴实无华。祖祖辈辈，他们面朝黄土背朝天，为生活而奔忙。农舍窗口上吊挂着玉米、大蒜和红辣椒，还有羊皮、兔皮

---

① 听取蛙声一片：出自辛弃疾的《西江月·夜行黄沙道中》：明月别枝惊鹊，清风半夜鸣蝉。稻花香里说丰年，听取蛙声一片。七八个星天外，两三点雨山前。旧时茅店社林边，路转溪桥忽见。

以及腊肉，充满着生活的味道。

最使人心旷神怡的还是田园的宁静。鸟鸣，蛙唱，谷物的幽香。水面倒影的夕阳，纷飞的树叶。山光水色，让人浮想。千载文明，传乡风之淳朴；百里沃土，享绿茶之清香。有朋自远方来，浊酒一壶，瓜肴素羹，交杯推盏，谈笑风生，点论春秋之文章，话五千年之沧桑。

# 从前的日色变得慢

木心先生写过一首《从前慢》：

记得早先少年时 / 大家诚诚恳恳 / 说一句是一句
清早上火车站 / 长街黑暗无行人 / 卖豆浆的小店冒着热气
从前的日色变得慢 / 车，马，邮件都慢 / 一生只够爱一个人
从前的锁也好看 / 钥匙精美有样子 / 你锁了，人家就懂了

木心的这首小诗，让人怀旧。我还记得，林语堂在《生活的艺术》中也写过“让我和草木为友，和土壤相亲，我便已觉得心满意足；我的灵魂很舒服地在泥土里蠕动，觉得很快乐。”

岁月是一场无休止的旅行，人生总有看不完的风景。一路上，有过顺境，也会有逆境。或许有悲，或许有喜。无论多少风雨，青山常在，绿水长流。即使是路边的野花，依然在风中摇曳，不为谁开，不为谁落。所以，没有什么时不我待的。

有人说，古往今来，人类高贵的头，从来没有在自然法则前昂起过，这是宿命。的确，在时间的河流中，走过万水千山，淌过循环四季，人们好像时时在追赶，总有忙不完的事，做不完的活。有时候居然忘了春天的花开，忘了夏天的葱茏，忘了秋天的硕果，忘了冬天的寒冷。

在追逐时间的比赛当中，人们容易短视，急功近利，锱铢必较，寸土不让，睚眦必报，难以从容应对生活。有的生性冲动，鲁莽行事，一味追求快速度、快节奏，急于求成。苏格拉底所说：“让每一天在探讨与美好有关的话题中度过，与此同时审视自己以及他人，那真是人类所能做到的最棒的事情了。”

要做到这样，就需要慢下来。要知道在生活的快节奏里，我们已经

失去了太多的美好，只有慢下来，我们才能让自己融入大自然，与山水为伴，放飞心灵，享受美好，寻求生活的真趣。或者，将情愁藏起，品味一盏清茶，看那蓝天中飞翔的鸟儿，赏一季繁茂的花，还有一地的草香，聆听一下时间的节拍。

慢下来，才发现所有的匆匆都是因为时光；慢下来，才发现原来自己早已经改变了当初的模样；慢下来，才能回复昨日的记忆；慢下来，才发现即使离开了自己，太阳依然是太阳，月亮依然是月亮；慢下来，才发现一切都是那么简单，生活并不完全像自己想象的那样。

清人张潮所著《幽梦影》有云“人莫乐于闲，非无所事事之谓也。闲则能读书，闲则能游名山，闲则能叫益友，闲则能饮酒，闲则能著书，天下之乐，莫大于是。”人有了闲时间，才能放慢生活节奏；有了闲心情，才能从内心出发，享受生活的美好。正所谓“人闲桂花落，夜静春山空，月出惊山鸟，时鸣春涧中。”

# 千门万户曈曈日①

我有一个美丽的愿望，
长大以后能播种太阳。
播种一颗一颗就够了，
会结出许多的许多的太阳……

《种太阳》这首儿歌，表达了少年儿童要使世界变得更加温暖、明亮的美好愿望。

太阳——一个多么温暖的名字，代表着光明，代表着力量，主宰着万物的生命，是人们心中的希望。

当皑皑的白雪笼罩着大地，当厚厚的冰霜冻结着生灵，当灰暗的天空窒息着心中的希望，人们是多么渴望，渴望阳光金色的利剑劈开厚厚的层云，渴望太阳无上的神力震破窒封的黑暗，渴望太阳澎湃的热情点燃人们心中的希望。

每天清晨，太阳出来了，用滚滚的春雷唤醒蛰伏的大地，用习习的春风拂开冰封的河流，用融融的春日消去人们心头的寒冷。如此，人们才有了麦浪滚滚的期盼，有了桃花春水的浪漫，有了姹紫嫣红的憧憬。啊，太阳，你是如此的伟大，你是如此的高尚。

我想起了远古，上古奇书《山海经》讲述了夸父逐日的传说，相传在黄帝时代，部落首领想要把太阳摘下，夸父于是开始逐日，和太阳赛跑，在口渴时喝干了黄河、渭水之后，在奔于大泽路途中渴死，手杖化作桃林，身躯化作夸父山。夸父逐日的故事，反映了中国古代先民战胜自然的愿望。此外，还有后羿射日的故事，说当初天上有十个太阳，被

① 千门万户曈曈日：出自王安石的《元日》：爆竹声中一岁除，春风送暖入屠苏。千门万户曈曈日，总把新桃换旧符。

后羿射掉了九个，剩下一个留给了我们。从此，一轮燃烧的太阳，一队跳着图腾的先民。当然，太阳的故事里还有盘古有夸父有不死鸟，列子说孔圣人同小孩一起“辩日”，太阳离我们很远但很亲近。

太阳，你是否看见凡·高的为你作的画？你是否听见海子为你作的诗？在学堂里，你成了地理课的参照物。孩子们都会背“前北后南左西右东”。你高高地站在空旷的天幕上，像当年那十字架上耶稣的尊容。日出而作日落而息，成了几千年炎黄子孙的生活法则。

“一代过去，一代又来，地却永远长存。日头出来，日头落下。急归所出之地。风往南刮，又向北转，不住的旋转，而且返回转行原道。一江一河都往海里流，海却不满。一江一河从何处流，仍归还何处。”①我们每个人在悠悠的岁月长河中，曾经有过美丽的憧憬与向往，道路坎坷多舛，有时让我们迷失方向。苦难是幸福的伪装，美丽是智慧的附庸，不要过于苛求那些表面的洒脱，只要我们不曾倒下，我们就永远站在明天的起跑线上。在坎坷磨难当中，我早已磨平了自己的棱角，不再为一点小事伤心动气，学会以一种中庸的心态面对，不求有功，但求无过，安安心心，简简单单，宽恕自己，相信太阳明天依然会升起。

---

① 引自《圣经传道书》，第一章第四到第七节。“日头出来”四字在圣经英译本中作“The sun also ariseth”。

# 花蔓抖擞龙蛇动①

舞者，以手舞之；蹈者，以足蹈之。所谓手舞足蹈。

华夏舞蹈，兴发古老。龙凤之图腾，傩巫之侵扰。夏乐颂禹，商舞祈祷。秦舞娴雅，楚舞曼妙。汉承风韵，舞袖折腰。戚夫人婀娜天伎，赵飞燕翔云缠绕。《春莺啭》，飞鸟起；《破阵乐》，执戟举；《绿腰》入画夜宴，《代面》尽显高潮。迎春《观音》，白衣合掌；《狮舞》广传，神州闪耀。《安塞腰鼓》，气势雄壮；《太平鼓舞》，威震王朝。《凤阳花鼓》，边舞边唱；《执巴鼓舞》，异常美妙。维吾尔族《手鼓》，壮瑶《铜钹》；瓦族《木鼓》，娜娜袅袅。童男玉女，空中嬉翔；纳西《东巴》，矫健美好；满族《莽舞》，蹈厉激昂；傣族《蝴蝶》，缥缥缈缈。藏族《弦子》，翩翩曼放；民族舞蹈，巨大瑰宝。

水袖轻拂，莺语回廊；兰花指绕，款款艳香。仙姿百态，柔情千样。凌波之洛神，飞天之仙子；醉酒之贵妃，舞剑之姬裳。青衣佳丽，红粉淡妆，出神入化，妩媚风光，云掩之明月，雾隐之叠嶂。

舞蹈，手臂的宗教；舞蹈，脚步的诗歌。可载乐舞理论，可见厅堂殿阁。所谓“情动于中而行于言，言之不足故嗟叹之；嗟叹之不足故咏歌之；咏歌之不足，不知手之舞之足之蹈之也。”蕴藏爱恨情仇，包含喜怒哀乐。古典舞、现代舞，古今大观；芭蕾舞、民族舞，舞伴情歌。机械舞、肚皮舞，风味独特。

---

① 花蔓抖擞龙蛇动：出自白居易《骠国乐》：骠国乐，骠国乐，出自大海西南角。雍羌之子舒陀，来献南音奉正朔。德宗立仗御紫庭，黈纩不塞为尔听。玉螺一吹椎髻耸，铜鼓一击文身踊。珠缨炫转星宿摇，花鬘抖擞龙蛇动。曲终王子启圣人，臣父愿为唐外臣。左右欢呼何翕习，至尊德广之所及。须臾百辟诣阁门，俯伏拜表贺至尊。伏见骠人献新乐，请书国史传子孙。时有击壤老农父，暗测君心闲独语。闻君政化甚圣明，欲感人心致太平。感人在近不在远，太平由实非由声。观身理国国可济，君如心兮民如体。体生疾苦心憯凄，民得和平君恺悌。贞元之民若未安，骠乐虽闻君不叹。贞元之民苟无病，骠乐不来君亦圣。骠乐骠乐徒喧喧，不如闻此刍荛言。

“珠缨炫转星宿摇，花鬘抖薮龙蛇动”。肢体语言，传递身心健康；肢体艺术，展示健美生活。足蹈则进退蹬踢，手舞则上下腾挪。上翻下转，翻转伸缩灵巧；前进后退，蹬踢盘桓自若。头颈伸缩，或如鹅如鸭，或如鹏如凤；身手飞旋，或似马似猿，或似鹰似鹤。霓裳羽衣，春江花月夜；金枝玉叶，长虹似卧波。

# 一往情深深几许①

人生当中，总是要承接太多的恩情：父母的养育之恩、老师的教育之恩、领导的关怀之恩、朋友的关心之恩、同事的相助之恩，晚辈的赡养之恩，等等。所谓恩重如山，需要我们时刻都有一颗感恩的心。

感恩，首先是一种生活态度。感恩并不仅仅只是为了报恩，有些恩情，或许我们永远无以为报。唯有真诚地、发自内心地去感激，去铭记，并且能够伸出报答之手，才是感恩。

感恩是一种优良品行。感恩的人，从不为自己强调理由，从不为自己开脱责任。他们会感谢生活赋予的一切，懂得“羊羔跪乳，乌鸦反哺”，常念“犬有湿草之恩，马有垂缰之义”。面对来自别人的责怪，毫不沮丧，开始重新审视自己，解剖自己，提高自己；面对绊倒他的人，不去责怪，而是感激羁绊给了一个停下来的机会，重新站稳脚跟，不忘初心，继续前进；面对欺骗，不是愤怒，不是痛恨，而是感激这种欺骗增强了自己的智慧；面对蔑视自己的人，感激蔑视让自己觉醒，找回一个真正的自我；面对遗弃你的人，感激他们给了你享受孤寂、品味孤独的机会。

感恩更是生活的大智慧。感恩可以消解内心所有积怨，可以涤荡世间一切尘埃。用一颗感恩的心来体验生活，你会发现不一样的人生。因此，不要因为冬天的寒冷而失去对春天的希望，感谢上苍，是因为有了四季的轮回。拥有了一颗感恩的心，你就没有了埋怨，没有了嫉妒，没有了愤愤不平，你也就有了一颗从容淡然的心。

英国作家威廉·梅克比斯·萨克雷说：“如果一个人身受大恩而后来

① 一往情深深几许：出自纳兰性德的《蝶恋花·出塞》：今古河山无定据。画角声中，牧马频来去。满目荒凉谁可语？西风吹老丹枫树。从前幽怨应无数。铁马金戈，青冢黄昏路。一往情深深几许？深山夕照深秋雨。

又和恩人反目的话，他要顾全自己的体面，一定比不相干的陌路人更加恶毒，他要证实对方罪过才能解释自己的无情无义。”不懂得感恩的人是可悲的。在我们生活的周围，不论是谁，只要曾经在我们生命里出现过，给过我们帮助，给过我们恩惠，哪怕是微不足道的，只要对我们有帮助，我们就应当心存感恩。当别人犯错时，学会宽恕他们。

学会了感恩，才知道宽容；学会了感恩，才知道付出；懂得了感恩，才知道回报；懂得了感恩，才知道知足。

有一首歌唱得好：“感恩的心，感谢有你，伴我一生让我有勇气做我自己。感恩的心，感谢命运，花开花落我一样会珍惜……”

# 家书抵万金①

“洛阳城里见秋风，欲作家书意万重”“往来一万三千里，写得家书空满纸”“家书千里异乡来，携子傍牛慢展开”。千百年来，家书都是思亲寄情、连接亲友的纽带。

一封封家书，比如《狱中家书》《诫子书》《曾国藩家书》《傅雷家书》等等，既充分反映了中华传统美德，又映照出高尚的生活情操、优良的德行，以及真切的爱国热情，蕴含着丰富的文化内涵。用家书告事议事、诉情寄情，是一种很真切、很温暖、很亲密的交流方式。

一纸家书，数十言或不足千言，却承载着亲友之间深厚的亲情和友情。

拉开岁月的帷幕，思念犹如埋在土里的种子，经过风吹雨润，经过才下眉头、又上心头的挂念，纵然天遥地远，依然用思念的心绳连接。尽管山隐隐、水迢迢，依然能够穿山越岭，跨河跨海，架设起一道无形的桥梁。

20 世纪 50 年代初期，父亲离家到千里之外的通辽学习。与他的父母联系的唯一方式就是写信。在那一灯如豆的宁静夜晚，提笔若见人的喜悦与亲切；发自肺腑的牵挂与问询，都寄托在父亲小小的笔尖上，所有的情感都融入字里行间之中。

一封信一般要走十天半月。来信收到了，真有见字如面的亲切。而爷爷奶奶不识字，需要找村里的读书人念给他们听。

见字如面，父母好吗？很想很想你们了，家里好吗？勿要牵挂，我在外面一切很好，放心啊……

① 家书抵万金：出自杜甫《春望》：国破山河在，城春草木深。感时花溅泪，恨别鸟惊心。烽火连三月，家书抵万金。白头搔更短，浑欲不胜簪。

爷爷奶奶听到这里，一颗悬着的心顷刻就放下了。他们知道，远隔千里的儿子一切安好，而且同样在思念着他们。

我上大学的时候，学校与故乡山水远隔。我与父母联系的方式依然是书信。一般半月一封，或者一月一封。父亲写信大都给我讲述家里的近况。我写信主要是汇报我的读书情况。当然，更多的是要生活费，尽管那时的学费和生活费不高，却也是父母的一项重要负担。我们父子之间的通信，四年间接近有 70 封。我把父亲给我的信如宝物一般全部保留着。

后来父亲走了，我对父亲的思念自然生长在褪了色的光阴里。每次拉开书柜的抽屉，那幽深的角落里，沉睡着父亲给我的信。偶尔撇开周遭琐事，几度与它咫尺观望，不禁默默叹息，有时甚至可以感觉到自己的心跳和战栗。

我知道，这一叠尘封了 30 多年的家书，这是父亲生前给我留下的唯一墨宝。那端正遒劲的笔迹，一笔一画不仅深深地印刻在稿纸上，也深深地印刻在我的脑海里。父亲的信开头总是一句：见字如面。我便仿佛看见父亲那张沟壑纵横般沧桑的脸，就在这些信纸后面向我微笑着。每一个字，便也都笑着，像一朵朵灿烂的玉兰花。横竖撇捺，每一笔都浸注着他的关爱和呵护。尽管信纸上沾上了尘埃，信笺也有些泛黄，但那清晰的字迹早已跃进我的眼底，仿佛父亲深邃的目光，在默默地注视着我。

父亲的书信，像一首无言的诗，更像一根连接父子情感的红线。这些书信里既包含着无数的情和爱，也倾注着父亲对我的教诲与期盼。

看着父亲的书信，就像守望一场似水年华的旧梦，花开了又落，落了又开，时光的轮回如同秋千一般在我的心头荡来荡去，泪水禁不住扑簌簌流了下来。

儿子上大学去了异国他乡。思念是必不可免的。不过，我们之间联络的方式却发生了翻天覆地的变化。

书信，已经退出了舞台，被短信、E-mail、微信等方式所取代。起初，对我来说有些不适应，而对儿子来说，他适应得很快。这种变化，一方面证实了科技信息的飞速发展。另一方面，也适应了这个时代的节奏。

不可否认，现代通讯在不断改变着我们的生活，让时间缩短，让空间不再。应当说，这种发展是我们的幸事。事实上，遗忘家书的是我们自己，而我们所遗忘的不仅仅是家书。我以为，我们在遗忘“家书”中丢失的不但是一种情怀，一种珍贵的艺术，还丢失了对家人、对朋友的那份醇厚的情感。

如今，阅览书信成了我的爱好。记得清华大学举办了一次家书展览，我欣然前往。望着那一封封家书，信纸上的字迹或娟秀挺拔、或狷介狂放、或稚嫩朴素，凝结着写信人的多少情感。

读这些家书，有长辈对晚辈的殷切期望，有朋友相知相解的牵挂，有游子对故乡亲人的思念，有情人间刻骨铭心的相思，有诀别时恋恋不舍的话语……读家书，是对情感记忆的一种缅怀，也是对那份永恒情感的体验。它的魅力绝对是电话、手机、电脑这些现代设备所无法比拟的。

是啊，家书不仅是一个信封、一张信纸、一张邮票，而是一片恩情、一段友情、一段眷恋。或喜或悲，或问候或忠告，或叮咛与唠叨，或安慰与鼓励，或期盼与牵念，或挚爱与相思。字字句句，令人心动。家书不但蕴含着亲情、友情、爱情，而且集文学、美学、书法、集邮于一体。让人怀念它的纯真，怀念它的醇厚，怀念它的期盼，怀念它的温存。再三吟诵，沉吟至今。

如今的家书，大多默默深藏在角落里，安静地回忆着辉煌的曾经。

家书，曾经给我们带来多少温暖。每每谈起家书，我们就会想起那锈迹斑斑的绿皮车，静静地守在被遗弃的小站；那一个个邮递员穿街走巷的身影，还有那经久不息的车铃声；还有那伫立在大街小巷，迎着每个朝阳和晚霞的绿色邮筒……

# 云想衣裳花想容①

衣裳，上为衣，下为裳。

服饰的讲究，最初不是因为漂亮与否，而是权力地位的象征。

比如“天子狐白，诸侯狐黄，大夫狐苍，士大夫羔”，这是朝廷对穿着裘皮的明确规定，可谓等级森严，层次分明。到了明朝，一品至五品的官服皆为紫色，以帽冠区别官员官阶大小。朱元璋坐定江山，制定了“一品玉带，二品花犀，三品金花，四品素金，五品银花，六七品素银，八九品乌角”的详细规定，并以赐赏朝臣袍带为奖励。可见，官员的衣裳必须依照国家大法执行。

从某种意义上说，一部人类服饰史，其实就是一部感性化了的人类文化发展史。服饰观念的背后包含着思想、文化、历史、时代、心理、审美等诸多印痕。近代以来，西装东渐。梁实秋在《衣裳》一文中谈到：“西装是有一定标准的。譬如，做裤子的材料要厚，可是我看见过有人在光天化日之下穿夏布西装裤，光线透穿，真是骇人！衣服的颜色要朴素沉重。可是我见过著名自诩讲究穿衣裳的男子们，他们穿的是色彩刺目的宽格大条的材料，颜色惊人的衬衣，如火如荼的领结，那样子只有在外国杂耍场的台上才偶然看得见。大概西装破烂，固然不雅，但若崭新而俗恶则更不可当。所谓洋场恶少，其气味最下。”梁先生对不当的西装颇有微词。

张爱玲在《童言无忌·穿》说：“服饰色彩的调和是一件大有讲究的事。西洋色彩中有‘对照’与‘和谐’两条规矩。用粗浅的看法，对照便是红与绿，和谐便是绿与绿。殊不知两种不同的绿，其冲突倾轧是非常显著的；两种绿越是只推扳一点点，看了越使人不安。红绿对照，有一

① 云想衣裳花想容：出自李白的《清平调·其一》：云想衣裳花想容，春风拂槛露华浓。若非群玉山头见，会向瑶台月下逢。

种可喜的刺激性。可是太直率的对照，大红大绿，就像圣诞树似的，缺少回味。中国人从前也注重明朗的对照。有两句儿歌：‘红配绿，看不足；红配紫，一泡屎’”。张爱玲讲究西装要注重搭配，即所谓的“搭配”与“和谐”。

莎士比亚有一句名言：“衣裳常常显示人品”。当服饰成为时尚，服装不仅仅是服装，它也是一种意识形态。有人说，从一个国家领导人的服装也许可以看出一个社会的开放程度，信言不假。但服饰美终究是女人的专利，“以云霓为裳，以羽毛作衣”“绿兮衣兮，绿衣黄裳”。她们可以穿得色彩缤纷，花枝招展。她们交领右衽，广袖风扬，无缨结扣，飘逸流畅。她们长衫褙子，深衣裙裳，不再遮羞蔽体，追求个性张扬。思路不受禁锢，随心自如收放。“婷婷袅袅，锦簇花攒，端的有裂石停云之音，霓裳羽衣之妙”。

“云想衣裳花想容，春风拂槛露华浓”。衣裳，揽一份诗意，缀一缕春风，留一份端庄。一张一弛，飘飘洒洒，摒除俗气烦冗；浓浓淡淡，相得益彰。

# 只留清气满乾坤①

气，是中国文化独具特色的重要内容。它既是哲学的，又是艺术的。政治、宗教、文化，乃至于文学、书法、绘画、音乐、舞蹈、医学、养生、建筑，甚至围棋，无不与“气”有关。

宗教上，道教的“阴阳二气”，佛教的“守意养气”，儒教的所谓“浩然之气”，都与“气”有着千丝万缕的联系；文学艺术上，讲究“气脉不断”“金石气”“书卷气”“气魄”“气势”“气韵”等等，共同构成了中国文化的基调；在医学养生上，“气”不仅是一种自然现象，也是一种生理现象；在建筑上，左有流水，谓之青龙，右有长道，谓之白虎，前有池塘，谓之朱雀，后有玄武，最为贵地，无论何种地形地貌，负阴抱阳成围合之势，聚之有气，藏之有能；在围棋上，讲究“长气”与“短气”，“知白守黑”，等等。可以说，明白了中国“气”文化，才能步入中国文化的玄门。

气的范畴和含义极广，既包括生理的呼吸之气、血气，又包含道德伦理的义气、志气、浩然之气。气既属于物质，又属于精神，既属于生理，又属于心理，既可以用来解释世界，又可以用来解释人的精神。

气是有形的，有时又是无形的，变化无常的。人生在世，无论从事什么职业，都需要有气度和气魄。如果没有气度或缺乏气度，只能是碌碌无为。大凡有大成就者，都与大气息息相关。气度往往在最短的时间内能让别人对你臣服或者藐视。大气，是气度的最高点，就是要有宽大的胸襟，深厚的涵养，见识广博，勇于担当。所谓大事难事看担当，逆境顺境看襟度，临喜临怒看涵养，群行群止看见识。

气度是一种力量，是一种大智大勇的完美结合。既要有敢为天下先

---

① 只留清气满乾坤：出自王冕《墨梅》：我家洗砚池边树，朵朵花开淡墨痕。不要人夸好颜色，只留清气满乾坤。

的勇气和胆略，又要有开拓进取，不断创新，顺应时代潮流的智谋。如若不然，总是为些不大不小的琐事争来斗去，为了不咸不淡的流言费心劳神，就难以干成正事。

气度决定了一个人的高度，也决定了一个人的宽度。除了充实知识和才艺外，还需要充实修养和品格。无数的成功人士，气度非凡，能将忍字奉为人生圭臬，并且是忍的大赢家，所谓忍者无敌。刘邦一忍得天下，项羽一怒失天下。守本克欲，不心浮气躁。从这个意义上说，气度是忍让的艺术。

“不要人夸好颜色，只留清气满乾坤”。烟花易冷，世事无常。我们荡涤不尽乌烟瘴气，但我们可以保留和弘扬我们民族的缕缕清风正气。诸如蔡元培的宽容热情、梅贻琦的廉洁自律、丰子恺的言而有信、胡适的大善隐身、叶企孙的默默壮烈，我们从他们身上，可以看到深沉的家国情怀、不屈的民族气节、崇高的道德操守等等，这是我们中华民族得以前行的元气和真气；我们从章太炎和沈启无两种“谢本师”，可以看出做人的品位，从李敖对胡适的佩服，看君子好名，取之有道，从文学之外的巴金看大师级人物的人格魅力，这是我们中华民族特立独行的硬气和骨气；我们从独立之精神、自由之思想，回看老学人的不苟且，刚正不阿的学术人格，这是我们中华民族昂扬进取的底气和锐气；我们从大师风范、名人情操，可以看到他们身上有血有肉、有缺点、有个性光辉形象，这是我们中华民族浓浓的人间烟火气；我们从鲁迅、林徽因、胡适、罗隆基等杰出人物的身上，可以看到世界上永远只有吃五谷杂粮的人，不存在十全十美的神，这也反映了我们中华民族还具有无伤大雅的孩子气和世俗气，充盈的血气和非凡的才气。这是我们中华民族得以发展进步的精魂。

气是宇宙万物之根本，也是中国书法的灵魂和生命。书法的创造，不仅要表现书法家内在的生命活力、精神气概、人生境界、才情气质、情感和心理的律动外，而且要去契合宇宙大化的根源之气，与自然节奏同呼吸、共飞舞，让艺术的生命、人的生命和宇宙的生命和着同一旋律轻吟浅唱。

清笪重光说："气之舒展在撇捺，脉络不断在游丝"。在一幅书法作品中，行与行、字与字不是独立存在的，都有着紧密的联系，是由一个字一个词的个体组成的，康有为曾说：书若人然，须备筋骨血肉，血浓骨老，筋藏肉莹，加之姿态奇逸，可谓美矣！可见书法与人一样，同样是鲜活的有机体，字里行间应表现出丰盈的筋骨血肉，表现出气韵的通畅，给观者以遐想和共鸣。这就是气的微妙之处——笔断意连。

清代梁同书说：写字要有气，气从熟中来，有气则有势，势在字行间。

# 落霞与孤鹜齐飞

白天的喧嚣，随着落霞的出现，慢慢消失在黄昏里。

落霞映红了西天的苍茫。那渲染天际的殷红，流去曾经的辉煌。那转瞬若逝的炫丽，如同刹那间的永恒，就像我心底依依眷恋的美好一样。

“落霞与孤鹜齐飞，秋水共长天一色”，语出唐代王勃的《滕王阁序》，作者以“落霞”“孤鹜”“秋水”和“长天”四个景象，勾勒出一幅宁静致远的画面，历来被奉为写景的精妙之句。

默念着王勃的诗句，我曾经仔细地打量过落霞的模样。它分明是印象派画家手中随意涂抹的大红油彩，抹红了半个天空，而夕阳就躲藏在它的身后，慢慢收拢外泄的光芒。

落红不是无情物，落霞也不是无情物。落霞漫天，霞光映红天际的一瞬，让人默默无语，注视着远方，看炫丽的霞光包围着一切，不禁使人生发时光易逝、生命短暂的浩叹。再看落霞，山顶如炽焰，半山如黛玉。落霞如流光溢彩的溶液倾泻而出，流淌在黛色的西山上辉煌着残缺的云幕；又像酒醉的神笔马良，挥动着如椽之笔，画出斑驳的霞光、滴血的残阳、万马奔腾的情状。

落霞的灿烂，是一首时光渐远的吟唱，也是一席繁华盛宴的出场。那殷红的霞光，摇动着轻轻流走的过去。过去的美好，已经成为永恒的记忆；刹那的感动，还在温馨着心底的感伤。落日熔金，暮云合璧。清漪徐来，白雾横江。落霞茫茫，化苍山之茫然，染流雾之素光。

孤鹜逐霞，白鹭成行。忽雾带箫声而来，其声莽莽苍苍。橘红色的云彩镶上了金色的亮边，一片浩瀚的芦苇被涂上了耀眼的色彩，诡异而神秘。落霞之下的湖水波光艳影，流金溢彩。大雁扑闪着翅膀掠过雨花石般的天空，倩影投映在清澈的湖泊里。它们是纯粹的原野之鸟，生长在如烟似雾的梦里水乡。大地静默，仿佛在等待着什么。远远近近的田野和荒草簇拥的小路，迎着炫目的落日，弯曲在地平线上。此时此刻，仿佛可以看到杏花春雨的江南，铁马秋风的塞北；仿佛可以听到如泣如诉的埙曲，清丽婉转的笛声。

随着时间的推移，太阳的余晖渐渐收敛，落霞由橘黄变成橘红，它的范围慢慢洇了开来，以至于整个西天都红透了。一片硕大的红彤彤的幕布铺展在天际，一点点下坠，色彩愈加浓重。远处的树影变成镶着金边的深色剪影。落霞中的云化作马，化作龙，化作形态不一的各种物状。颜色从大红、暗红、紫红、浅红慢慢向淡灰，浅灰，深灰过度。当深灰夹杂着黑色的夜幕悄悄爬上来的时候，回望正空，已是繁星点点……

# 郁郁葱葱佳气浮

闲暇读词，感觉王安石《南乡子·自古帝王州》颇有深意。

“自古帝王州，郁郁葱葱佳气浮。四百年来成一梦，堪愁。晋代衣冠成古丘。绕水恣行游。上尽层楼更上楼。往事悠悠君莫问，回头。槛外长江空自流。”

词的上阕怀古，盛赞六朝古都金陵的繁华；下阕写登楼览胜，抒发流年似水的惆怅。作者以金陵为题来咏史述怀，把六朝兴盛与衰亡的历史看作是人生“一梦”。看似消极，实则隐含孤寂之感和忧国忧民、悲愤沉痛的心情。

历史上的帝都，深墙大院，楼阁深宫，朦胧绰约，似近实远。总是让人感觉森严壁垒、神秘莫测的。北京作为明清帝都，也会让人有同样的感觉。最大的感觉，就是大气，或者说霸气。有了这样的理念，北京建的越来越大，从内城到六环，环环外延，以至于周边的省区市几乎变成了它的郊区。

北京，大部分时候，让人感觉它只是一个城市的名字，就像南京，就像西安。然而却有一种超乎城市之外的东西，在吸引着四面八方的人，吸引着五花八门的人。天安门广场的阔大，故宫的深藏，天坛和地坛的铺排，中轴路的气势，乃至于奥林匹克公园，都是以大著称，让人领略阔大。大手法、大手笔，坦荡而直接，不似其他都城那么小里小气。如王安忆所说，北京是“让人面对着大而自识其小，面对着无涯自识其有限。它培养着人们的崇拜与敬仰的感情，也培养人们的自谦自卑”。

走在北京街头，满耳都是喧嚣，满眼都是如潮的人流和车辆。生活在这样拥挤的城市，四周全是陌生人，不需要抬头，不需要专注，不需要担心会碰上什么熟人，或许会有一些落寞，但是北京就是如此。没来北京的时候，我曾经有过向往。无论如何，经历了漫长岁月沧桑和风雨洗礼而走过来的北京，毕竟留下了大量珍贵的文化遗产，不仅有典雅辉煌的建筑、神采奕奕的雕像和精湛的艺术品，还有长达几百年、见证了北京全部历史如今依然生机勃勃的老松柏、老槐树。我曾经羡慕北京人，特别是在皇城根下居住的那些北京人。据说，明朝开国功臣中有许多都是朱元璋的同乡，他们来自淮西，出身寒苦，后来饱尝胜利果实，拖儿带女来到了北京，论功领赏。想想看，这些能征善战、功高震主的开国勋戚，自幼羁身戎幕，出入卒伍之间，一意血战疆场，没有接受知识文化、研习经史的条件，但一跃成了北京人。遥想洪武当年，金碧辉煌的皇陵、帝都，该是何等壮观，何等气派。可世事变迁，所有这些都被雨打风吹去了，难以找到当初的痕迹。

时移事易，属于机缘巧合，后来我也来到了北京。我徜徉在北京一条条老胡同里，看百年的门墩儿，千年的瓦，用眼和手去感触时光之河中的沉沙，连沧桑的老槐树也忙着抖动枝叶，漏给我斑斑点点的陈年往事，更别说活生生的庭院和流传了多年的京韵了。著名的八大胡同，熟悉北京城的人都知道，这里是当初老北京花街柳巷的代称，从苏三到赛金花到小凤仙，她们都曾经在这一条条的狭窄小巷中留下了足迹，恍惚间，那一张张美丽而含蓄的面庞就在尘埃与斜阳中向着人们微笑呢。

我曾经去过周口店，看北京猿人。我也几次去潭柘寺，看香火。北京曾经是金中都、元大都，还是幽雍十六州的一部分。我去过房山十渡，看河水潺潺淙淙。我步行到卢沟桥，看宛平城，看卢沟晓月。所有这些，都可以看出北京的大气和权威。

北京的四合院，如今虽然有些破败，但是在早年，它是达官显贵的象征，不是谁都可以住进四合院的。就四合院本身而言，它坐北朝南、正襟危坐，并且等级分明、偏正分明、主次有别。据说，北京人的参政议政能力是其他地区难以比拟的。他们抑扬顿挫的京腔已经过数朝数代的锤炼，他们的俏皮话也显得那么自然，出口成章，即使骂人也骂得“文明”。

北京是个“不知足”的城市，人们处在其中，工农商学兵，你总会看到比自己强大的人。论做官，没有比北京的官大的；论有钱，没有比北京的商人更有钱的。别的地方当然也有有钱人，但是和北京的有钱人相比，还是差了一截。当然，中国人是好面子的，人们都有不知足的心态，永远觉得自己过得不够好，总是欲与他人试比高。比的结果，首先会吓一跳，然后会不停地努力，夹着尾巴做人，知道了强中自有强中手。这就是北京。

# 一生心有水云知①

人心很重要，引来古今中外许多大家的关注。别的不说，仅儒释道三家，对心的判断就入情入理。儒家曰：心之管则思；释家言：境由心造；道家云，道就是心。他们都把心放在至高的位置，视为引领人们获得生命高度的重要器官。

人不能无心。没有心的人，被诗人艾略特戏为“空心人”，就是指那些精神生活极度无聊、空虚、焦虑的人。

一个人的心可以很大很大，大到囊括四海，包容宇内。比如，以天下为己任的范仲淹，先天下之忧而忧，后天下之乐而乐。反过来，一个人的心也可能很小，小到既不能容人也不能容物。如同有人形容的“小心眼”，只有针眼儿那么大。心太小了，人就变得猥琐。

农田会荒芜，心田也会荒芜。农田不长庄稼，就会长杂草和荆棘。如果杂草、荆棘占据了心田，心田就荒芜了，甚至会变成心的荒漠。心之荒漠，是自私、冷酷、野蛮、非人性的寄生地。这样的人，心被扭曲了，人就不是人了。

心不高，难成大器。凡成大器者，必心高。想当初，刘邦见到秦始皇出游说：“嗟呼，大丈夫当如是！”于是，刘邦由小小亭长，一跃成为一统宇内、开创大汉八百年基业的皇帝。但是，心太高了，也不完全是好事，甚至会成为悲剧。凡悲剧，都因为心太高。比如逐日的夸父、填海的精卫，都是因为心太高，高于现实之上，远远超过了自己的能力。

心既是快乐之源，又是苦痛之根。佛说：“人生如处荆棘丛中，心不动，则身不动，不动则不伤；如心动，则人妄动，动则伤其身痛其骨。”

---

① 一生心有水云知：出自曹勋《和李判院宿松隐见贻》：未论琢句比玄晖，余事犹思学退之。数亩园荒松菊在，一生心有水云知。时平岂暇寻三窟，事际何能出六奇。幸有松篁隐幽筑，所欣鹤驭到时时。

心不动为静。心静了，就会发现我们随时可以感悟“晴空一鹤排云上，便引诗情到碧霄”的自然意境，可以拥有“行到水穷处，坐看云起时”的优雅情趣，可以达到“回首向来萧瑟处，归去，也无风雨也无晴”的超然心境。

现实生活中，乐观的人总能在生活的有限中走出无限来。因为他们更善于在绝望之处看到希望，在不可能中捕捉可能。希望看似渺茫，却潜伏在了时间深处。人生的好多转机，不是等不到，而是被错过。有时，消极想法太盛，会绑架我们的意志。先入为主的暗示，会让我们在否定自己时，愈发地理直气壮，愈发地不留余地。如果你习惯于站在庭院里吹风，不妨踩着木梯爬上屋顶。不仅是因为屋顶的风更大、更凉爽，重要的是，你会眼界突然一开，看到庭院里看不到的风景。只可惜，好多人没等裁判吹哨，自己就判定自己违规了，一辈子都没给过自己登上屋顶的机会。他们被心底的院落囚禁得太久太深。人生的明媚，他们自然就无缘看到。

其实，许多地方往往不是人到不了，而是心到不了。只能在方寸之地回旋的人生，一定是跟在了别人的后面。一条路，当被前人走绝，自己也只有重复的份儿。比如书法，前人已经写到了极致，后人无法突破，便只好另辟他途了。虽然写得不好看，却说写得有“特点”。实惠的生活哲学，往往都是挑选“能”的事去想去做。这样看似规避了风险，却同样堵死了通往人生广阔天地的路。

人生如锁，心是钥匙。心之所至，境之所达。人的一生，很多时候都在开锁。而身上的这把钥匙，往往就决定了你的人生。因为生活是扑朔迷离的，它给你一些，也拿走一些，让你快乐一阵，也让你痛苦一阵，它的奇妙之处就在于，看似不动声色，却让每个人都过得不尽相同。

# 梦觉关中善恶关①

去潭柘寺，不经意看到一副对联：地藏王无缘不见众过，阎罗王铁面不恕恶人。铁面无私，惩恶扬善，以此来警诫人们消除恶念、回头是岸，颇有点警示味道。每年有不少人来此朝拜，应当有所心动吧。不论如何，不恕恶人，是所有正直的国人所共有的心愿。

一个人不但自己生存，也让别人生存，就是善；如果一个人只考虑自己的生存，不让别人生存，则是恶。这应当是判断善恶的基本标准。一般来说，残忍、凶狠、霸道、强暴、毒辣、丧心病狂，被认为是恶人的基本特征。爱争好斗、见利忘义、虚伪诳骗、搬弄是非、言语恶毒、花言巧语、贪恋财物、喜形于色、不辨是非、自以为是，被认为是恶人的基本情形。

也许遇人不淑，遇到的好人凤毛麟角，遇到的恶人不可计数。为博出头，或为求名利，不少人就像发了狂，他们不择手段，陷害忠良，处处给你下套……为非作歹的结果，你会发现，坏人大都是恶人，这是确定无疑的。在恶人身上，普遍具有这样的特质：自私，冷酷，残忍，没有同情心，从不考虑别人；易冲动，无良知，自以为是，不会反省认错，有自毁和自虐行为；感情淡漠，敏感脆弱，缺乏自尊，神情软弱，不负责任，行为多具破坏性；监守自盗，偷鸡摸狗，欺诈陷害，品质恶劣。

诚然，恶人身上是没有标签的，如同一切有毒的动植物一样，他们并不知道自己是恶的。人生充满了造作，生活犹如看戏。相互倾轧，钩心斗角，似乎成了常态，看到的，不再是真实的感情，而是身心的疲累。繁华散尽，一个人蜷缩在空间的一角时，所有的事物虚幻得比泡沫还要

---

① 梦觉关中善恶关：出自陈普《大学·三关》：致知格物最为难，梦觉关中善恶关。若得二关俱过了，方成人在两仪间。

虚假，只有真实的烦恼、真实的厌倦。

我们崇尚圣人，提倡做君子，至少做个常人，不做小人，更不能当蠢人。为什么有的恶人在欺负别人的同时还要给人讲大道理，摆出一副卫道士的架势，装出一副教育别人的模样？这些人，他们有着比魔更魔，比鬼更鬼的嘴脸。让人时刻不会忘记他们邪恶到极致的模样，他们把话说绝，把事做绝，冠恶行以美名，或冠善行以恶名。简直是无恶不作，比比皆是。

“致知格物最为难，梦觉关中善恶关”。有欲望便会有贪念，“世上无如人欲险，几人到此误平生。”要知道，是你的就是你的，不是你的，抢过来最终还是要还回去的，“吃了还要吐出来”。因此，贪婪是恶的根源。不要总是盯着碗里看着锅里，你想要，但不能用不正当手段获取。所谓君子爱财，取之有道。做一个好人，就是要流自己的汗，吃自己的饭，享自己的福，不去狂想，不去妄想。否则，邪恶成癖，贪婪成性，触犯了法律，牢狱之灾迟早会等着你。

# 无可奈何花落去①

巴尔扎克说："苦难是人生的导师"。我想说，无奈也是人生的导师。

韶华易逝，留也留不住；岁月流转，无法停下来；容颜不在，每个人终将老去；花开花落，停不下它的脚步。所有这些，都是人生的无奈。

无奈，是人生的常态。人生不如意事常八九。人的一生，总是有太多的无奈。人们贪恋官位，当官也的确能给人带来许多好处，一人之下万人之上，一人得道鸡犬升天，颐指气使，门庭若市。但是，官位再显赫，终有退出那一天。

人们贪恋钱财，钱财也的确是个好东西。莎士比亚在1607年写成的悲剧《雅典的泰门》里有过生动的描述。剧中的泰门看着黄澄澄、金灿灿的金子发出这样一段有名的独白："这东西，只这一点点儿，就可以使黑的变成白的，丑的变成美的，错的变成对的，老人变成少年，懦夫变成勇士。这黄色的奴隶可以使异教联盟，同宗分裂……"那位为了寻找黄金，冒险渡海发现了美洲新大陆的哥伦布就曾断言：只要有了黄金，要把灵魂送到天堂，也是可以做得到的。"钱能转祸为福，因败为成，危者得安，死者得生。性命长短，相禄贵贱，皆在乎钱，天何与焉？天有所短，钱有所长。四时行焉，百物生焉，钱不如天；达穷开塞，赈贫济乏，天不如钱"。

但是，金钱绝不是万能的。钱能买到舒适，但买不到崇高；钱能买到权势，但买不到威望；钱能买到书籍，但买不到智慧；钱能买到珍珠，但买不到美；钱能买到服从，但买不到忠诚；钱能买到医疗，但买不到健康；钱能买到奢侈品，但买不到文化……因此，无奈是人生的常态，

---

①无可奈何花落去：出自晏殊《浣溪沙·一曲新词酒一杯》春恨词：一曲新词酒一杯，去年天气旧亭台。夕阳西下几时回？无可奈何花落去，似曾相识燕归来。小园香径独徘徊。

顺意仅仅占很少的份额而已，所以要倍加珍惜。

时间的脚步匆匆，该来的总会来，该去的无法挽留。人生如此，只有道声无奈。身边有多少苦楚和无奈。在这样的情况下，身上的棱角渐渐被磨平了，心中的渴望渐渐被失望所取代，于是学会用微笑去掩饰内心的苦楚，用沉默去埋藏心中的愤怒。面对一张张并不喜欢的面孔，说一些口是心非、言不由衷的话，不动声色地装饰着自己的伪装。

人生有多少期待，就有多少无奈。古人云：人到无求品自高，人到无念便安闲。然而，人非草木，不可能无欲无求。白驹过隙的岁月，带走了云烟，却带不走落寞；匆匆逝去的青春，留下了如花般的影像，却失去了青涩的年华。或许一路兼程的脚步，却辜负了前程；披荆斩棘的奋斗，却换来波澜不惊的平庸；一心一意的真诚，却得来冷酷无情的嘲讽。

世态炎凉，昨天还近在咫尺，今天已分道扬镳，再也回不去了。看开的未必看透，今天看淡未必明天看清。人生没有回头路，也没有所谓的再见，不缺德，才能有尊严，且行且珍惜，别没有底线。懂得取舍，学会原谅，拿得起，放得下。给别人希望，也是给自己修行。

人活一世，面对无奈不能因循守旧，故步自封。要在无奈中捕捉突围的机会。知道躲避什么人，防备什么事。如同歌德所说："你若要喜欢自己的价值，你就要为社会创造价值。"不能总是以别人的言语来判断，不能总是以别人的标准来做取舍。路是自己走的，梦是自己写的，风景也是自己画的，别用担心来衡量，别用无知来权衡。不论如何，一辈子当中，总有些期待不能如愿，总有些渴望不能实现，多少在乎，与自己无缘，多少现实，留在无奈心间。

"无可奈何花落去，似曾相识燕归来"。人生一世，可悲甚至可怕的是自己给自己无端的找了许多无奈，让自己经常生活在一种永远逃不出的压抑氛围中，生活在自己制造的桎梏中。人生的路究竟是漫长还是短暂，每个人的感觉是不一样的。莎士比亚说："黑暗无论怎样悠长，白昼总会到来。"说漫长，充其量不过百年；说短暂，匆匆而过。不管漫长还是短暂，最好是让人生少点无奈，少点不必要的烦恼和忧愁。

# 黄河阴山唱故乡①

阴山形胜，河渠纷呈。平川沃野，五谷丰登。壮哉河套，边陲闻名。

故乡，居内蒙古之西北，处阴山之要冲。拥八百里河川，享万千重民风。东踞乌拉山，绵延纵横；西依贺兰山，崔嵬峥嵘。北临戈壁，塞外风情；南望黄河，碧水入云。

溯太古洪荒，女娲炼石补天惶。河套智人，横空出世，名冠周仰。恐龙遗骨，阴山岩画，四海名扬。夏荤粥，商戎狄，赵武灵王，胡服骑射，改制兴邦。蒙恬屯垦，国运得煌。来河套也，睹天地似水乳交融，观日月同海隅跃升，倾添包容宇宙之想。

登阴山也，瞰群山如众兽交语，览众蜚类巨虬匍行，瞬得君临万物之梦。沐春风和煦，阅绿树葱茏，闻百鸟争鸣，历霁月光风。

悠悠河套，历史绵长。枕阴山之雄嶂，揽长河之浩荡。秦直古道，万千古象，述说古今嬗变；鸡鹿关塞，残垣断壁，演绎世事沧桑。大峡谷底，书写久远人文；人根峰上，领略春秋风尚。长城逶迤，镇锁远山；羌管悠悠，铁马汤汤。长河大漠，有民稼穑；引水灌溉，沟渠成网。边塞诗情，遗存万世；胡汉烽火，点亮四方。吕布挥戟，遗恨冯唐；鸿儒俊彦，翰墨遗香。文脉厚深，毓秀钟灵；宝藏富集，粮油恒丰。玛瑙湖、天柱峰、梦幻峡谷，云蒸霞蔚，层峦叠嶂；大桦背、纳林湖、乌梁素海，林莽葳蕤，鸢飞鱼翔。

巍巍阴山，光耀北方。高阙塞、鸡鹿塞、光禄塞，汉武三捷溃匈攘。苏武牧羊，文姬归汉，昭君出塞，万古流芳。吟道元水经，咏太白绝句，

① 黄河阴山唱故乡：这里的故乡是指内蒙古巴彦淖尔，俗称八百里后套。背倚阴山，黄河穿行腹地。

北地烽烟出诗囊。冯玉祥北伐，傅作义抗日，檄奸御侮载朝纲。

盛世河套，鸿运大昌。改革开放，百业吉祥。内引外联，再续华章。沐春风，浴文明，雄风再起；启宏图，开伟业，百变城乡；赋长歌以颂，赞福海无量。

# 两河逶迤醉兴安[①]

绿色净土，红色摇篮。金色粮仓，冰雪神泉。景色大美，唯有兴安。

大美兴安，祖国北端。背倚兴安岭余脉，物丰林茂；身融科尔沁草原，水碧花繁。洮儿河畔，尝游弋东胡、鲜卑强驽骏马；兴安岭头，曾遍燃松漠、室韦篝火炊烟。长城界壕，筑起大金北方屏障；圣旨金牌，镌刻蒙元文化前沿。成吉思汗分封之地，科尔沁蒙古繁衍生息世世代代；中华版图北方一隅，盟部旗王公统治绵延岁岁年年。王爷家庙钟鼓悠悠，香烟缭绕，焚烧着奴隶们膏脂血汗；日伪衙门枪声阵阵，镣铐声声，考验了好儿女义胆侠肝。

大美兴安，美丽画卷。自然风光如诗如画；人文景观色彩斑斓。晴空万里，白云蓝天。成吉思汗神庙巍峨肃穆；“五一会址”让人流连忘返。阿尔山天池奇泉氤氲；代钦塔拉草原枫叶流丹。图牧吉湖泽大鸨嬉戏；科尔沁湿地鹳鹤翩翩。

大美兴安，朝思暮念。心连兴安，根在草原。察尔森水库烟波浩渺，科尔沁湿地草长莺飞，图牧吉引水鸟翔集，五角枫连香山血脉，西哲里木十旗盟会，蒙格罕山摩崖题记，扎旗神山香火不断。玫瑰峰、杜鹃湖、石塘林、天池山，三潭峡、驼峰岭、五里泉，金界壕、葛根庙、老头山……更有歌乡舞海，羔羊肥甘；毋庸奶茶醇酒，游人自酣。

乳香飘荡，牧歌悠远。走遍了山山水水，美不过辽阔的草原。听遍了四海歌声，还是牧歌最动人。我是父亲心爱的骏马，永远爱恋着草原。无论在哪里，我的根在草原……

---

① 两河逶迤醉兴安：两河，这里指流经兴安盟首府乌兰浩特的洮儿河和归流河。兴安，这里指兴安盟。

# 呼伦贝尔大草原

呼伦贝尔，天堂草原。倚松嫩平原以虎踞，枕大兴安岭而龙盘。山野苍茫，桦樟参天。野花绣地，牛羊点点。达赉湖烟波浩渺，兴安岭义薄云天。山川形胜，人物画卷。烈马扬鬃，拓跋鲜卑开大业，倚天亮剑，蒙古帝国肇蒙元。

扎赉诺尔，上溯万年。比及秦汉，匈奴犯边。关塞月冷，羌笛笳怨。霍去病两度北征，鲜卑人三次南迁。五胡十六国，厥有四燕。于是乃呼伦秣马，贝尔濯剑，横槊叱咤，饮马中原。建朝北魏，凿窟龙门。嘎仙祝文，勒碑纪传。又铁木真出，沉深勇略，智勇绝冠。奋十世余烈，攻城野战。征塔塔尔，灭克烈，下乃蛮，统一蒙古。而后飙鬃昂天，剑锋凛寒，铁骑横扫，席卷东南。不世之功，仰止高山。明成祖五犁蒙疆，国祚始定；清圣祖畋猎木兰，乃靖边关。

呼伦贝尔，气象万千。山衔水而如玉簪，水浩渺而似云烟；树浓荫而花团簇，草葳蕤以积绣毯。天高远而似庐毡，云淡淡以如霓仙。水千折而如银链，湖万顷而如玉盘。驰草原以寥廓，接天地以无边。

呼伦贝尔，丰厚物产。黄花枸杞，白蘑红杉。五泉山林，辉河水源。波光粼粼，万鹤翅展。滟滟霞光，耿耿星汉。茫茫雪域，千松翠含。踏骑观雪，林海雪原。银河星落，纷纷旋旋。幕天席地，素裹银天。

呼伦贝尔，全国生态首善之地，人间最美天堂草原。民俗风情，蔚为大观。呼麦野韵，天籁音旋。引吭高歌，响遏云天。声韵悠长，巴尔虎长调王后故里，“吉祥三宝”，大江南北妇孺欢颜。

呼伦贝尔，五千历年。民族自治，开创纪元。七十华年，沧桑巨变。三少民族，弃猎封山；三次跨越，换了人间。华夏神州，盛世再现。继往开来，登高望远。

# 读书本意在元元①

游览徽州西递宏村，一些楹联表现出很高的文化品位，让人印象深刻。比如，“几百年人家无非积善，第一等好事只是读书”，“读书好营商好效好便好；创业难守成难知难不难”，“二字箴言惟勤惟俭；两条正路曰读曰耕”，“绵世泽，无如为善；大家声，还是读书”，“嚼诗书其味无穷；敦孝悌此乐何极”，“万世家风惟孝弟；百年世业在读书”，“欲高门第须为善；要好儿孙必读书”，“书作良田何必嫌无厚产；仁为安宅由来自有亨衢”，“未担天下事，且读古人书”，“友天下士，读古人书”。诸如此类，比比皆是。

读书的重要，人们似乎都懂得一些。但是怎么读书？没有定法。孔明有“独观其大略”，陶渊明有“好读书而不求甚解”，朱熹有“为有源头活水来”，顾炎武有“经世致用”。每个人读书的方法都不一样。但有一点是一致的，就是要专心致志，然后才能幡然醒悟，訇然洞开。

司马迁说：“文王拘而演《周易》；仲尼厄而作《春秋》；屈原放逐，乃赋《离骚》；左丘失明，厥有《国语》；孙子膑脚，兵法修列；不韦迁蜀，世传《吕览》；韩非囚秦，《说难》《孤愤》；诗三百篇，大抵贤圣发愤之所为作也。”贤圣发愤之作，愤懑郁中，才华外发。视其文也，温温如也；诵其声也，锵锵然也。若悟彻天地，功参造化，摇荡性情，感诸性灵，循径而入，与时偕行。没有学不懂的。

读书之难，一是难在全其天性，保其赤心。世之杰出超拔之士，都有一颗灵光熠熠的赤子之心。汉之张良、董仲舒，唐之李白、李泌，宋之程颢、陆九渊，明之王阳明、徐渭，清之曾国藩，魏源，皆有全其天性发明本心之能，学问事业，辄能得门径而入，故可功成，以至于不朽。

---

①读书本意在元元：出自陆游的《读书》：归志宁无五亩园，读书本意在元元。灯前目力虽非昔，犹课蝇头二万言。

二是难在门径，不得要领。虽青春作赋，皓首穷经，终难登堂入室。古今之学问，有体有用，有经有权，世人多已困于本心不明，加之为学日益支离琐碎，学问之体尚不明了，学问之用何堪道哉？终日辛劳，兀兀穷年，却惘然而无所得，得门径者寥若晨星。三是难在精纯。人固有资质禀赋之异。才者水也，识者舟也，能者航也，水深方可载舟，舟良方可远航，才识集于一身，运用之妙，存乎一心。可学道悟心，寻门径而成大业。唯精唯微，胸有丘壑，触类旁通，始成大家气象。

“归志宁无五亩园，读书本意在元元”。陆游读书，是要为天下百姓谋福祉。对于一般人，读书的目的是什么？仁者见仁，智者见智。我以为，读书最主要的就是要学习前人的经验，总结以往的教训，少走弯路或不走弯路，少犯错误或不犯错误。读书不仅使人对自身进行思考，而且还会激发一种悲悯情怀，让人胸襟变得开阔，让人心中找到了历史参照，吸取教训，更好地探索社会，优化人生。

# 万物之本源　诸生之根菀

无论是盘古开天地，还是上帝造人，中外神话都说明了一个道理：人类离不开土地，土地是人类的生命之源，是人类的母亲。一二三四五，金木水火土。唯土，才是生命之本；唯土，才是万物所依。《管子》曰："地者，万物之本源，诸生之根菀也"。

有人说，天若无土，就不能覆盖大地；地若无土，就难以培育生机；人若无土，就不能自然繁衍；木若无土，有失栽培之力；火若无土，不能映照四方；金若无土，难施锋锐之气；水若无土，不能凭借地势。足见土地的极端重要性。

中学时读秦牧的《土地》，印象最深的是晋国公子重耳在亡命途中的那段故事。在重耳的心目中，土地代表着上天不可思议的赏赐，代表了财富和权力。所以，他可以"跪下地来，叩头谢过上苍，然后郑重地捧起土块，放到车上"。秦牧万般感慨："土地的长度和面积计算单位可以用丈，用公里，有亩，用公顷，然而在含有国土的意义的时候，它的计算单位应该用一寸、一撮来衡量。因为它代表一个国家的主权，一寸土都决不容侵犯，一撮土都是珍宝"。

没有土地，便没有人的魂魄。所以《周易》曰："地势坤，君子以厚德载物；天行健，君子以自强不息。"大地的气势，厚实和顺，君子应增厚美德，雍容华贵。天空的运行，刚强劲健，相应于此。君子处世，应像天一样，自我力求进步，永不停息。

"有地成霸业，无地难为家"。中国人在悠悠的往事中，难以忘怀的总是土地。许许多多的中国人，在黄土地上和白云一起飘荡，同秋蝉一齐高唱，熟知春种、夏耘、秋收、冬藏，了解农村的艰苦、农业的艰巨、农民的艰难，由此发愤图强，立志改变自己的命运。

人与土地的这种关系，意味着人类社会每一次重大变革，都与土地息息相关。就中国而言，我们的前辈曾为土地进行过无数次的探索和实验。从均贫富到“耕者有其田”；从孙中山的平均地权思想，到梁漱溟、黄炎培等人的乡村建设实验；从土地改革到农民运动；从农业合作社到人民公社；从“三自一包”到“家庭联产承包”，从新农村建设到城市化，每一次涉及农业、农村、农民的所有制的变革，都与土地紧密关联。在960万平方公里辽阔的土地上，有过麦浪滚滚，有过稻菽飘香，也有过洪水泛滥，猛兽横行；有过花香鸟语，天清气朗，也有过疾风骤雨，剑影刀光。当一切归于平静，沉默的依然是土地，泰然的依然是土地，依托的还是土地。土地是思乡的补药，土地是漂泊的皈依，土地是人类长久的牵挂，土地是人生永恒的记忆。

中国是一个农业国度，只要上数几辈，祖先都是农民。他们对土地的深厚情感，简直难以想象。那被岁月压弯了的脊背，那被农活弯曲了的手指，那被躬耕疼痛了的腰身，那与土地共同生长的衰老，还有那被日月漂染了的白发，抖动在炎热的麦浪里，呻吟在金色的秋风中。彤红的高粱，灿黄的谷穗，沉实得玉米。还有农民与土地，共同演绎一个丰硕的秋天。

# 万法寻源归一寺[①]

我喜欢北京那些虽然老去却依然存在的东西。比如四合院、相声说书、糖葫芦、大碗茶，喜欢北京幽深逼仄的胡同以及树丛中斑驳陆离的阳光。还有那庇佑了几代人的参天茂密的大槐树，还有胡同里人摇着蒲扇在大树底下乘凉、下象棋、提笼遛鸟、玩鸣虫的人们。

在北京城南，牛街的知名度很高。这里号称“穆斯林精神中心”。北京人没有人不知道牛街，但知道法源寺的并不是很多。我也不例外。要不是前些年读李敖的《北京法源寺》，我是断然不会关注并参访这个地方的。

## 1

历史孕育了人文，它能和时间抗衡，把法源寺延续下来。让它成为往昔的迹象，当代的鉴戒，后世的教训。

初来北京的那些年，对老北京充满了新奇。每逢周日，我和爱人总是会披着晨曦，润着晨露，走进古城。或者干脆骑车绕着二环浏览，在北京老城区寻寻觅觅。

记得 2002 年，李敖的《北京法源寺》出版，我一口气把它读完。李敖以“详人所略，略人所详”的独特叙述方式，再现了中国近代最黑暗时代一批文化思想巨人寻找救国之路的心灵历程。他借书中人物之口讲述了自己对善良与虚伪，死事与死君等问题的看法，凸显了近百年来有抱负的知识分子崇高的思想境界。

据李敖考证，参与戊戌变法的谭嗣同，刑前曾到法源寺一游。戊戌变法那一段刀光剑影的历史，如今已经成为一朵过眼烟云。

---

① 万法寻源归一寺：出自寒江雪《七律·过法源寺》：人间几欲脱樊笼，且避喧嚣在此中。执念何凭终了了，机心虚妄具空空。原无剃度求明戒，乃得皈依寄悯忠。万法寻源归一寺，悟参春夏与秋冬。

当然，《北京法源寺》，无疑是了解法源寺及其发展演变的重要窗口。但是，仅仅凭此作为依据，显然是不够的。

## 2

人们习惯于将历史比作长河，大概就是因为历史的更迭转换恰如滔滔奔流的河水。无论是惊涛拍岸，还是涓涓细流，最终都将归于平静，甚至悄然而逝，了无痕迹。世界上没有哪座城市能够长盛不衰，永葆辉煌。法源寺也是这样。

竹径幽幽，清风掠影。丁香淡淡，沁人心脾。花木深处，禅房梵音。

法源寺坐北朝南，位于宣武南城教子胡同一侧。

法源寺的构建布局，采用中轴对称格局，由南往北依次有山门、钟鼓楼、天王殿，大雄宝殿，悯忠台、净业堂、无量殿、大悲坛、藏经阁，大遍觉堂、东西廊庑等，共七进六院。

法源寺大门的匾额，据说是依从柳公权的碑帖集字而成。

很难想象，在周围高楼林立的包围中，会有这样一处静谧安详的古刹。

法源寺的产生与发展，大体脉络是：贞观十九年（645 年），唐太宗自幽州征高丽，不克而返。为悼念亡殁将士，敕建“悯忠寺”未成。女皇武则天追感先帝之志，接手继续建造。安史之乱时，一度改称“顺天寺”，平乱后恢复“悯忠寺”。辽清宁三年（1057 年），幽州大地震时，悯忠寺被毁。辽咸雍六年（1070 年）奉诏修复后又改称“大悯忠寺”，形成今天的规模和格局。明朝正统二年（1437 年），寺僧相熔法师募资进行修葺，易名为“崇福寺”。清朝，朝廷崇戒律，在此设戒坛。雍正十二年（1734 年），该寺被定为律宗寺庙，传戒法事，并正式更改为“法源寺”。

## 3

法源寺，承载着一段段悲怆抑或黯淡的复杂情愫；法源寺，演绎着一篇篇短暂抑或漫长的历史篇章；法源寺，残留着一幕幕令人刺眼抑或醒目的传奇缩影。法源寺不仅仅代表着一个朝代的历史符号，更具有深刻的文化意义。

“悯忠寺”为什么改名“法源寺”？这要从律宗说起。

律宗是唐代道宣创立的一个佛教宗派。道宣创立的律宗学说，主要是“心识戒体论”。所谓“戒体”，指弟子从师受戒时，授受的做法，在心理上构成一种防非止恶习的功能。意思是千条万条戒律、刑律，都是“流”，内心存诚才是“源”。

正因为如此，该寺才被定为律宗寺庙，传戒法事。乾隆皇帝曾在寺内写下了“最古燕京寺，由来称悯忠”的诗句。

法源寺，意思就是“法海真源”。

## 4

暗淡了刀光剑影，远去了鼓角争鸣。

法源寺见证了中国历史上许多重大事件。

法源寺的原名“悯忠寺”，本来是为纪念死难将士而建的。长达51年的建庙历史，本身就令人喟叹。

安史之乱，安禄山、史思明的好多密谋、争斗、残杀都与法源寺有不少的关系。

据说宋钦宗赵桓被金兵俘虏北上，就曾囚居在这里。元二十六年（1289年）。宋遗臣榭枋得抗元失败，遁隐建宁（今福建省建瓯市）唐石山中，后被元军所俘，押至大都（北京），拒不降元，也在此寺绝食身亡。

清戊戌六君子被杀后，谭嗣同等人的尸体也曾停放于法源寺。

## 5

台湾诗人痖弦曾说：“世界上唯一能对抗时间的，对我来说，大概只有诗了。”对于一个法源寺而言，恐怕也是如此。也许，越平和的心态越能承载厚重的历史。正是因为能够抛开历史的沉重与凝滞，法源寺才会在一次次被湮没之后重新复活，历尽磨难而生生不息。

说到法源寺，不可不提的是那满庭院的丁香。

每到四月，院中的丁香便紫雾般在暖春中绽放，与寺中高可参天的古槐，墙角石盆中含蕊吐香的兰草，丁香树下悠闲跑动的放生动物，共同构筑出一派世外桃源的清幽景象。

法源寺内的丁香树，据传为明代种植。每年花开时到寺内吟诗作赋者甚多，渐渐形成了“丁香诗会”。诗会始于明代，至清代极盛，清代大儒纪晓岚、洪亮吉、龚自珍、林则徐和名噪一时的宣南诗社，都在法源寺留下过诗句。

1924 年 4 月 26 日，印度大文豪泰戈尔在徐志摩、林徽因、梁思成等陪同下，到法源寺赏丁香。

时值初夏，丁香盛开。当时泰戈尔、徐志摩、林徽因在寺内留下了一张合影，被当世流传，称为“岁寒三友”。林徽因清馨淡雅若“梅”，泰戈尔沧桑坚韧似“松”，徐志摩清癯飘逸如“竹”。

据记载，当天几百株丁香怒放，泰戈尔心情大好。夜幕时分，大家请泰戈尔回城。老诗人执拗不愿离去。于是徐志摩陪泰戈尔留下。夜深时，泰戈尔放下手中的瓷杯，低低吟唱，留下了美妙诗篇：你把我的心纠缠在一百条爱的绞索里 / 为什么用这么多的绳索来把它捆起 / 每时每刻和每个回合 / 你都用你的诡计把我的心窃去 / 而你却什么也不曾给予 / 你躲在你那美的富裕里纵声大笑 / 而我则独自哀哀哭泣。

# 如今水远山长①

在我和世界之间
你是画框，是窗口
是开满野花的田园
你是呼吸，是床头
是陪伴星星的夜晚
——北岛《一束》

人这一辈子，总是沿着一定的轨迹前行，有难以割舍的寻觅，也有挥之不去的眷恋。寻觅和眷恋，交汇成一种记忆，你无法找到把它忘却的借口，也无法找出作罢的理由。这种寻觅和眷恋，其实就是一种刻骨铭心的牵挂。京包线，这条从北京到包头的铁路线，它是我生命中的一条重要轨迹，即使相隔千里，依然相恋相依。因为我的人生我的时光就是在旅行的欲望和安家的愿望之间慢慢消失的。在这条铁路线上，听过燕山的细雨，看过恒山的飘雪，数过草原的星星，望过大漠的月亮……

## 1

每一次登上列车，现实的世界很快便退缩了，想象的世界马上便放大起来。

几十年来，我时常往返于京包线之间。一头连着我的故乡，一头连着首都北京。纵然山环水绕，依然惺惺相惜；即使夕发朝至，依然寻寻觅觅。在这条铁路线上，走过多少缘聚缘散，也遇到多少悲欢离合。我

① 如今水远山长：出自辛弃疾《临江仙·手拈黄花》：手拈黄花无意绪，等闲行尽回廊。卷帘芳桂散余香。枯荷难睡鸭，疏雨暗池塘。忆得旧时携手处，如今水远山长。罗巾浥泪别残妆。旧欢新梦里，闲处却思量。

常常想，欲望使我们似乎一切都看透，却未必一切都想透。它使我们有行动的愉悦，却难以使我们有沉思的机缘。它使我们像春草一般向外拓展，却不能使我们向内收敛。于是孤独便应运而生了。

马尔克斯说：“寂寞是造化对群居者的诅咒，孤独才是寂寞的唯一出口。孤独的意味，绝不是像长满霉菌的湿淋淋的墙，不是指向脆弱而酸惨的境况，而是一种自知又自信的笃定。”应当说，行走于京包线之间，孤独是自然而然的事，至于是不是自知又自信，则很难确定。

京包线全长八百多公里。起点北京站，终点包头站。旧称京绥铁路、平绥铁路。京包铁路从北京经河北张家口、山西大同、内蒙古的集宁与呼和浩特，终点到包头。京包线是一条通向中国西北地区的铁路干线。沿线经过冀北山地、张北高原、大同盆地，最后到达河套平原。它既是一条煤炭外运线，又是一条与蒙古、俄罗斯联邦相通的国际线的一部分。

如果自东而西沿线西行，首都的繁盛自不待言。列车过燕山，穿长城，绕水库，越妫河，长驱直入，景色万千。远看，千里燕山，曲曲折折，起起伏伏，重重叠叠，莽莽苍苍，像一条巨大的蟒蛇，绵亘在华北平原的北部。挺拔秀丽的燕山山脉，又像是北方少数民族的淑女佳丽，她们手挽手在高原和平原的相接处翩跹起舞。万里长城在燕山上蜿蜒，蛇行斗折，隐隐约约，断断续续。

当灿烂的夕阳映照在燕山山坳的时候，低矮处的燕山便像情窦未开的少女，稚嫩而质朴。那红扑扑的脸庞上，有一层粉盈盈的绒毛，就如同特意把夕阳的光抹在脸上似的，那是一层淡淡的红装，仿佛在夕阳西下后，马上要去与自己那位白马王子约会似的。这约会天天如此，周而复始，却并不厌倦。你看，那山间的小径正在夕阳下静静地等待着情侣的脚步，路边的油松也在夕阳下放出青绿的光芒。鸟雀都在寻找着自己的巢穴，松鼠也急匆匆地抱着松子溜回自己的洞穴里去了。山坳里的丛林格外静谧，一切都在为燕山少女的恋爱创造着最佳的境地。

## 2

德国作家黑塞写过一篇名叫《红房子》的文章，他渴望永驻这个理想的栖息地，却总是摇摆不定，“这边是眷恋在安家居，那边是思念永远在旅途中。这边是渴望孤独和修道院，那边是思慕爱和团体。”这些一次次的希望与失望，伴随着我们一路前行。

京包线蜿蜒曲折，经过的地方，到处是河流山峦，遍地是沟壑纵横。列车或隐藏于森林，或穿行于隧洞。从沙城、下花园、宣化、张家口，一直到大同，沿途分布着古长城遗址、桦皮岭、野狐岭、张北草原等众多人文、生态和地质旅游资源，景观奇峻，展现出一幅幅壮美绝伦的画卷。

从延庆出北京，不远便是沙城。这里群山起伏，层峦叠嶂。沙城是怀来的县城，东距北京100多公里。历史上的沙城，起初只是几户姓雷的人家组成的小村落，叫“雷家堡”。到元代也不过是几十户的小村庄。随着明朝“移民屯田”政策的推行，山西洪洞等县的百姓移到这里。村子有所扩大，筑起了东、中、西三座城堡，改名为“沙城堡”。民国时叫“沙城镇”。“沙城”就是这样而来的。

沙城境内有官厅水库，湖面宽广、山清水秀、碧波荡漾、月光泛舟。列车经过这里，可以看山头吐月，银盘乍涌。刹那间，清光四射，天空皎洁，似乎列车与铁轨的撞击声也归于宁静，四野无声，乘客无不悄然。直到列车离开湖面，才兴阑人散，归卧就寝。此时，月光依然逼近窗来，助我孤独。维思“天地者万物之逆旅”。是啊，人生本来如寄，恰如刘克庄所言：“客里似家家似寄”。

沙城被国家有关部门命名为“中国葡萄之乡”和“中国葡萄酒之乡”，以长城葡萄酒为龙头的葡萄酒、葡萄原酒加工企业发展迅猛。“长城”干白、干红多次在国际上获奖，和天津的“王朝”、烟台的“张裕”呈三足鼎立之势。沙城的鸡鸣驿在全国留存的驿站中当属规模最大。

过了沙城，便是宣化。宣化府号称北京城西的第一座府城，人称“京西第一府”。由明代都御使罗享信所撰的《宣化新城之记》碑文这样描述：“宣府古幽州属地，秦上谷郡，元宣德府，星野当析木之次，入尾一度，壤土沃衍，四山明秀，洋河经其南，柳川出其北，古今斯为巨镇，恒宿重兵以控御北狄。”宣化古城经历了太多的沧桑。“一抓一把历史，一靠一身长城"，是人们对古城的赞誉。据说"上谷郡"是宣化载入史册最古老最响亮的名字，号称人类祖先的东方故乡。早在二百多万年前，人类就开始在这块土地上生活。在它东南40公里处的涿鹿，黄帝和炎帝部落之间曾展开阪泉、涿鹿大战，从而融合发祥了中华文明。

离开宣化不远，就到了下花园。历史上的辽宋对峙，是下花园发展的鼎盛时期。据《辽史》记载，辽国萧太后、辽圣宗耶律隆绪觊觎大宋江山，多次南巡，驾幸此地，当看到这里险要的地势和优美的风景后，出于窥测天下的需要，在此大兴土木，建立了历史上赫赫有名的上、中、下三座皇家御花园，用来休闲和处理军国大事，"下花园"由此得名。后来，明英宗、清圣祖等历代帝王都曾亲临下花园，由此可见下花园的繁盛。而今我从下花园经过，只能以目送情了，可以想象它给我送来的一路芬芳，也许有朝一日我会来到这里，旅途和远方在心灵中属于我，我心中有它们的图像。

列车到了张家口，一般会多停留一些时间。张家口历史悠久，据说早在原始社会末期，黄帝部落联盟与蚩尤战于涿野之郡，而邑涿鹿之阿。轩辕黄帝是华夏民族的文明始祖，是炎黄文化的杰出代表，他的勇敢、智慧和功绩，五千年来，世代不衰。这里的黄帝城，是中华民族的精神家园。走近她，你就会感悟到，中华民族的伟大精神为什么会千年不泯。张家口因自古依托三省（冀、京、晋）一坝（坝上草原，蒙古草原），其文化中自然少不了三省文化的烙印。河北梆子，山西梆子，京剧，相声等在张家口也有相当的发展和传承。

列车一路穿行，千回百转、曲曲弯弯、忽上忽下。深邃而宽广，苍茫而辽阔。远山在阳光的照射和白云的遮挡下形成绿色、黛色、深蓝、浅蓝、金色、紫色，层峦叠嶂、无穷无尽。犹如一条蛟龙，盘踞于群山峻岭之巅。

这里是蓝天白云的故乡，蓝天与之相接，白云与之呼应。白云在蓝色的大海里游荡，相拥着、牵系着，走近又走远。列车随着坡道，一会冲向蓝天，好像用手就能摸着白云，一会又从云中坠落，犹如一条巨大的蟒蛇窜动。河边、山巅、岩石上、幽谷里，各种颜色、各种芳香的树木杂处一堂，茁壮生长，高耸入云。列车两侧，犹如草的海洋，花的世界。夏花如梦，秋意如歌，大地似锦。正在抽穗的莜麦盈蓝含绿，胡麻的蓝花点点，油菜花和葵花黄灿灿的，还有许多叫不上名的各色野花，共同绽放出斑斓与绚丽。

列车离开河北不久，就进入了山西大同。大同地理环境处于南下阴山、东来燕山、北上吕梁山、太行山北方四大山脉的交叉通道。大同古称云中、平城，这里是“北魏帝都”“辽金京华”“明清重镇”。大同，当古老的气息和异域般的塞外风情在此交汇之时，大同的面纱便被逐渐揭开，从北魏时期气势恢宏的云冈石窟到辽金时期的华严寺和善化寺，从神秘而佛道儒交融的悬空寺再到至今仍仙气缭绕的道教名山恒山，这座塞外之城将多民族的文化完美地杂糅到自己的血液中，造出了一个新的却毫无违和的“大同”。

## 3

背上行囊，思绪漫过胸膛。每一次过了大同，我就会有一种回到家乡的感觉。车来车去，人来人往，不管身在何方，始终都没有淡忘这块儿养育我多年成长的地方，这里有我挚爱的河东父老，有我心爱的老师同学，更有我慈祥的爹娘。

大同西北，山外有山，并且断断续续，或焉似有，或焉似无。我站立在车窗边，品览不尽的青山绿水，又如同展读马远夏圭的山水横幅，让我俯仰天地，呼吸晨昏。是啊，一个人踽踽独行的路上，终会有银线飞火的景致，那意外的狂喜，是命运优渥的补偿。在太阳之下，独立对抗的渺小自我，与磅礴背景的反差愈发强烈，也愈发充满力量，就像冯至诗歌所言“我们准备着深深地领受 / 那些意想不到的奇迹 / 在漫长的岁月里忽然有 / 彗星的出现，狂风乍起。”那是生而为人的尊严和伟大。

当铁轨穿过一个个山洞，列车便进入一望无际的草原，绿色的波浪一浪接一浪，在天际同蓝天连成一片。牛羊在广阔无垠的草原上漫游。这里，就是我美丽富饶的家乡了。从丰镇、集宁、呼和浩特、包头、一直到巴彦淖尔，一路上全是回家的感觉，回家的欣喜，当然也有一些莫名的怅惘。

丰镇地处河北、山西、内蒙古三省区交界处，素有“塞外古镇、商贸客栈”之称。我想起来上大学时吃过一位同学的丰镇月饼，那酥软、那香甜，的确是令人回味的。而如今买了再多的丰镇月饼，却再也吃不出那样的滋味。月饼成了一种怀念，而此时的丰镇，正值夜晚，所有的山影黑沉沉都睡了，远远近近，零零落落的街灯全部睡了，只留下一阵阵火车的汽笛声，随轨而来，鸣笛而去，那撼人的节奏震动着我的心锦。

法国十八至十九世纪作家、政治家、外交家夏多布里昂说：“每个旅行者身上都拖带着一个世界。”而拖带着一个世界去旅行，就是暂时卸下因袭的重负，赢得一点点喘息的时间，去亲近那些失落世界。如此，我发现，列车在不同的地方有着不同的进程。我感觉京包线既是新的，又是旧的。说它是旧的，是从历史的角度，我的父亲走过，我多次走过。说它是新的，是从眼前的风物来讲，毕竟在这条线的两侧，发生了日新月异的变化。

是啊，这无坚不摧的时间，绵延不尽的时间，磨平了一切棱角，拆除了一切藩篱，解除了一切禁锢，僭越了一切法则。不同的时间，不同的地点开始碰撞，一些看起来互不关联的事件，在这条铁路线上相互接触、彼此交错，突然结晶为某种纪念物，让我们超越个体的生命史和狭隘的视野，而遭遇到更高的智慧，把握到更高的真实。故乡今夜思千里，霜鬓明朝又一年。再次回到故乡时，竟发现走过的脚印清晰而又明朗。遥望过去，却是那般的艰难。

北方的山没有女性的阴柔，但却是苍莽、壮美、实实在在的汉子。而集宁，就在这汉子粗壮的臂膀下。集宁位于内蒙古中部，阴山山脉灰腾梁南麓。东距首都北京300多公里，西距首府呼和浩特130公里，北通蒙古、俄罗斯，是进入蒙古、俄罗斯和欧洲市场的重要通道，也是自治区东进西出、北开南联的交汇点和“桥头堡”，更是连接华北、东北、西北三大经济区的交通枢纽。

苍黄的夕阳沉睡，惨淡的幽月苏醒。静止的空间，凉风凄凄。铁轨旁的秃树挣扎在黄昏里，沉沉郁郁的黑紧紧地拴着它的躯干。我站在窗前，轻轻抚过那些树木，有一种说不出的滋味。

呼和浩特是一座具有400多年历史的塞外名城，有着悠久的历史和光辉灿烂的文化。呼市旧称归绥，原为绥远省省会，蒙绥合并后，自治区首府由乌兰浩特迁入呼和浩特。呼和浩特是蒙古语，意为“青色的城”。在呼和浩特，我有四年的读书经历，十四年的工作经历。我的青春年华就是在这里度过的。我对这座城市充满了深情。列车来来去去，我在这里走走停停。“夕阳河边走，举目望苍穹，袅袅炊烟飘来了思乡愁，多少回朝夕晨暮思念着你，清清河水是我流淌的泪……”曾经年少轻狂的我，总想离开故乡的束缚，去很远很远的地方，因为那里有年轻的梦想。走过无数的山山水水，经历了无数的风风雨雨，饱尝了酸甜苦辣，才发觉最温暖的还是那炊烟袅袅的故乡。爱过方知情重，醉后方知酒浓，也只有游子才能体会出故乡的温暖。

每个人都有一个或几个童话般完美精致的梦，总在不断追寻，以至不惜舟车劳顿，跋涉千里之外，只为追求那些梦寐已久的风景。但是当梦想真正从高高的神坛走入现实，就会蜕掉那层华丽的面纱，变得极为平实普通。于是，在风起的日子，笑看落花；在雪舞的时节，举杯邀月。生命中，必定有很多是我们无力去改变的，也必定有很多是我们所无力去挽留的。就像这列火车，有些人，必定会到站离开。铁路两侧，山高水长，远处的风景很美丽，而近处的风景，亦同样的旖旎。

包头是连接华北和西北的重要枢纽，是中国大陆铁路交通枢纽城市之一，是沟通北方草原游牧文化与中原农耕文化之间的交通要冲，更是孕育500年晋商繁荣的摇篮。早在公元前307年，赵武灵王在包头地区设九原郡。包头是蒙古语“包克图”的谐音，意为“有鹿的地方”，所以又有“鹿城”之称。中原文化与北边文化，农耕文化与游牧文化，晋陕文化与草原文化在这里交融、交错、交流，形成了包头丰富多彩、特色鲜明的移民文化。

包头，是我生命中的一处驿站，不知有多少次经过它，曾在这里逗留，曾在这里游览，曾在这里短暂工作。我有不少同学，一辈子就在这里生活着。他们有凄风苦雨中的最初人生，有言之不尽的成年辛酸，带血的羽毛一次次飘落，蹒跚跋涉着苦涩的生命。然而，生活总是给人太多的启示，给人太多的制约。烦恼，牵挂，伤痛，疾病一如魔魅般挥之不去。所以，才放不下佛说的空性，道家的无为，儒家的忠孝。青春年少的青涩冲动，经年的拼搏漂浮，从而让人生有了许许多多的故事，许许多多的传奇。虽不曾跌宕起伏，却也波澜迂回。

## 4

在每个人的心底，都镌刻着自己心中的远方。一脉脉高山，一弯弯碧水，一座座城池，一个个村庄，陪伴着我们在时光中行走，遇见、告别，又遇见，又告别，一次次旅行在生活中上演，一幕幕场景在眼前播放。滚滚红尘。走过一程又一程，充实了心灵深处的所有渴望。

多少次，我从故乡巴彦淖尔出发，又从远方回到故乡，总有一番感慨。在这条路上，常常用欣赏江河湖海、高山大川的情怀去看待尘世间的是是非非，用仰望星空、远看碧海的胸襟去处理生活中的形形色色，用面对四季交替的淡然来面对身边的纷扰。风景的美丽与否，全在路上。未必非得要“一览众山小”。其实，山顶的风景未必是最美丽的风景。人生没有规定必须要攀爬的高度，也没有规定必须所要达到的宽度。

“巴彦淖尔”系蒙古语，意为“富饶的湖泊”，被誉为“塞上江南，黄河明珠，北方新城，西部热土”。战国时，赵国云中郡管辖达到阴山南，林胡、楼烦等民族游牧于阴山北。秦九原郡范围达到阴山南。汉武帝设五原、朔方二郡。朔方郡管辖十个县，包括朔方、广牧、沃野、临河、临戎、三封、窳浑、呼遒、渠搜、大城、修都，其中临河县、沃野县在今临河区境内，临戎、三封、窳浑县在今磴口县境内。

从京包线启程，或者从京包线回归，路上经历过人间的悲喜剧，经历了我童颜无忌的快速消失，也享受过青春年华含苞待放的馨香瑞丽，感受过人到中年的种种不解与苦闷，更有过走入知天命的无奈和叹息。一路上，我是匆匆的过客，也是归心似箭的主子。

在巴彦淖尔，我喜欢眺望黄河和它的两岸。我熟悉八百里河套明净的蓝天，我喜欢绵延千里的阴山。尽管别的地方也有明媚的天空和壮丽的山川，但故乡的天空更加活跃、更加亲切、更加蕴蓄。它像人的眼睛，懂得微笑、愤慨、悲伤和欢乐。阴山脚下，有大片的草地，有成群的牛羊。黄河岸边，有一望无际的麦浪。善良的百姓长年累月生活在这里，任风儿吹拂他们的长衫，任烈日照晒他们的脸庞。经过风雨、霜雪、烟雾和烈日的磨炼，他们变得好像寺庙里的罗汉。他们都是我的父老乡亲，见到他们，就使我忆起了我的童年时光。是他们，教会了我思考，敦促我不断进取。

行走在故乡的路上，田野里麦苗儿在低低吟唱，禾垄间玉米叶儿在嗞嗞生长。高压输电线腾空飞架，蜿蜒着向村里延伸而去，修长的铝线恰似我扯不断的缕缕乡思。重复着我曾经留下的无数个脚印，感受着回家的欢愉和温馨。行走在故乡的路上，纵然人生之路有千万条，可唯有这条回家的路才直通我的心脏。踏着热烘烘的泥土路回家，粗布衣服粗布鞋，在深深浅浅的土坡上走，心里才觉得无比的踏实与舒坦。尽管东篱荒芜已久，红柳已然苍老……

## 5

生命的每一次破碎，都是脚步的重新飞扬。而内心的每一次潮涌，都是破碎的理想在诉说。

泥土厚重的故乡，唢呐把爱情送上花轿，一路喜气洋洋。我熟稔的那朵炊烟，依然袅袅而上。家门前，苍老的母亲，还在抬手张望。

我行进在京包线上，大地，袒露着粗犷的脊梁，而我，则常常隐忍着心伤。有时风打在脸上，痛在我的心底，一缕思乡的惆怅，系挂在我的心房。脑海里总有一座岁月侵蚀的老房子，还有两位风烛残年的爹娘。春寒料峭的风里，依稀看到父母的身影摇曳在黄沙漫天的麦田里；烈日炎炎的夏季，我仿佛看见父母的身影穿梭在蒸笼般的青纱帐。乃至于每一次和父母在一起，没有太多华丽的语言，也没有柔情蜜意的缠绵，只有一颗滚烫的心，一双深情的眼，一句默默的祝福。

沿着京包线走向远方，那是一种梦想。它在我心里点亮了一盏灯，点燃了希望。当我实现了一个梦想，又有了下一个。梦想越来越大，离家越来越遥远。有时候我在想，生活应该就是由这些大大小小的梦想与希望串联起来的，所以才会前赴后继，勇往直前。为了梦想，曾经的年少轻狂，曾经的冲动梦想，便应运而生了。为了梦想，那些数不清的被汗水洗刷的白昼，无数个黑夜颠簸的旅程，让肩膀上的包袱越来越沉重。鞋子深深的把路面的大雪踩实，留下一串清晰的脚印，像是路标一样指向遥远的未来。

巴恩斯的小说《终结的感觉》里有一个说法：人生的赌场上，你输一场，又输一场，再输一场，损失不是简单的加法或减法，而是乘法。失败的感觉是不断相乘的结果。我对这句话不尽苟同。人生不能以输赢论，每个人的一生必定要经受岁月的打磨，在山重水复的流年里走过，在被灰尘的摩擦中赋予一个又一个的标签，被无数的时光洗礼出璀璨的记忆。这中间，可以享受成功的喜悦，也可以分享失败的经历，泪水或者汗水都曾经在脸庞上流淌。

从某种意义上说，人生就是由一场又一场的旅行组成的。旅行的目的不在于旅行的目的地，而在于旅行过程中收获的心情。每一次，当我坐着绿皮火车行进在京包线上，穿越无数的隧道，隔着窗户拍下舍不得的白云，在碧绿的草地上摇旗呐喊，在豪迈的山川之巅放声高歌，在苍茫的湖泊中缓缓驶过，数不清的风景勾勒出一幅幅明媚的风景画。在旅途中，我会发现愈来愈接近那个真实的自己，也会渐渐看清世界本来的样子。

当然，京包线也助长了我的渴望，似乎走向远方才能让生活更加辉煌。就像一个身穿银白色盔甲的骑士一样去披荆斩棘，像一个展翅的海燕一样会扇着锋利的翅膀去搏击风浪，像一个对明天抱有信念的智者一样去寻找遥远的苍穹，在渺无人烟的土地上拾起末世的苍雪。

## 6

背上行囊，就是过客，放下包袱，就找到了故乡。在京包线上，我也这么想。

在生活中旅行，我们应当有所观察、有所思考、有所比较、有所总结、有所备忘。平凡而又不平凡的世界里，我们是不是应该尝试着做一个旅行的过客，去探索，去寻找，去挖掘生命中于我们有益的成分。一个人总要选择一条未知的道路前行，行走可以看清内心深处真正需要的东西到底是什么。寻寻觅觅的心情，磕磕绊绊的路径，所有这些以梦为马的日子，都会在经年之后成为内心深处最美的风景。

当大自然赋予我们生命躯体，我们就被推到了人生的路上。学步之时的颤颤悠悠，成年之后的大步流星，披荆斩棘的奔忙，汗水与泪水、失望与希望，都一股脑儿地倾泻在这条“路上”。不论是豪情万丈的歌唱，还是屡战屡败的喟叹，好男儿总要走向远方。

在路上，不必担心善良会被恶意替代，本真会遭遇虚妄的重创；在路上，不必忧虑丑陋会被无知迷信，正义将会迷失方向。天地自有公允，人间自有沧桑。在大美大善面前，丑陋自有其丑陋的秘密，卑鄙亦自有其卑鄙的取向，它们会让美丽更为珍贵，让灵魂更加高尚。

走向远方是为了让生命更辉煌
不料却走在崎岖不平的路上
行装里背着梦更背着思想
从少年到青年，从晨曦走到夕阳……

# 故山终日望书回[①]

孤独是一种无法与他人进行正常的思想交流而产生的苦闷，是一种得不到他人对自己内心深入的理解而产生的困惑。好多人都会感觉孤独，不独老年人。

母亲从小生活在一个大家庭，跟父亲结婚以后，也是在一个大家庭中生活。即使后来她和父亲带着我们姐弟六人独立成家，一家八口，也算是一个大家庭。过惯了人多热闹的日子，母亲最害怕的就是孤独。然而，孤独偏偏找上了她。父亲在66岁时撒手人寰，不辞而别。我们姐弟六人需要上班养家糊口，不能天天守候在她身边。

父亲刚去世的那些年，母亲身体好，我不想让她固定在一个地方，而是在我们姐弟几家轮流居住。那时候她的孙儿孙女还小，母亲陪伴着他们，甚至能给他们洗衣做饭，孩子们自然欢欣，母亲也不觉得孤单。

我在地方工作的那些年，母亲跟我的时间相对比较多。那时候，首府离故乡不远，母亲想我或者我想母亲，便很快接母亲过来。母亲闲不住，主动承担起给我们买菜做饭的重任。每逢周末，我都要抽出时间带母亲到公园转转。有一次，我们刚到公园，同学来了要聚会，我们就让母亲带着我儿子在公园玩，我和爱人去迎接同学。那天下午，我们回到家，门口蹲着儿子，很沮丧的样子。问奶奶去了哪里，儿子说找不见奶奶了，以为奶奶回家了，就顺路往家走，结果回到家却不见奶奶回来。儿子还小，不能责怪他；母亲丢了，我很焦急。安顿好儿子，我赶紧骑车直奔公园。

母亲在公园找不到孙子，也是心急如焚。那时候没有手机，母亲实

① 故山终日望书回：出自刘沧《晚秋野望》：秋尽郊原情自哀，菊花寂寞晚仍开。高风疏叶带霜落，一雁寒声背水来。荒垒几年经战后，故山终日望书回。归途休问从前事，独唱劳歌醉数杯。

在没辙了，只能回家找我们。那时候公园离家大约 4 公里，母亲硬是步行回去。我们赶到公园，一边广播寻人，一边四处寻找。折腾到天黑。等我们回到家，母亲也到家了。母亲一个劲儿向我们解释，自责没有看管好孙子，显得焦虑而不安。我们劝慰着母亲，安抚着儿子。虽说有惊无险，也是需要我们今后注意的。

我佩服母亲，她没读过书，不会计算，可是，每到过年时，我们姐妹兄弟都能穿上母亲亲手做的衣服。记得小时候，每到冬至过后，母亲就去供销社为我们挑选不同花色的布料。母亲说，买布料回来自己做衣服比买成衣要省很多钱。母亲总是利用晚上休息时间，为我们量身裁衣，然后，在昏暗的灯光下，一针一线地缝制。我一直没弄明白，母亲从未学习过裁缝，也不认识字，更不会用笔记下我们的身高尺寸，那她是用什么方法裁制出我们的衣服呢？我们穿着她做出来的衣服，不长不短，不宽不窄，非常合身。而且，母亲还会独出心裁，在姐姐们的花衣服上缝上蝴蝶结或各色花朵。邻居们看到了，都在夸母亲的手艺。我知道，我们衣服上的每一针每一线，都密密麻麻地缝着母亲浓浓的爱，不仅给予我们贫寒岁月的温暖，也绚丽了我们那段天真无邪的童年。那细密的针脚，像一排排整齐的琴键，时常在我的梦里弹奏出，唯有我才能听得懂那优美的乐章。

我到北京工作以后，母亲来过多次，每次几个月、半年不等。母亲虽然年事渐高，却人老心不老。她生活节俭，朴素的衣服，粗布的围裙，每一天都是干干净净的。头发总是梳理得整整齐齐，看起来端庄大方。母亲特勤快，天天有她干不完的活。另外，不知从何时起，母亲开始锻炼，天天坚持走路，很少间断。她本人有固定的时间表。每天早晨七点钟起床，在院子里走八九圈。然后，再做简易的体操，练到身上出汗为止。

母亲为人随和，很快就结交了不少好朋友。不像我们每天上班，楼上楼下、左邻右舍，不仅不认识，而且老死不相往来。有时候，我跟她遛弯，凡有小孩经过，她总要上去和人家搭讪一番，而且抚摸之类的亲昵动作也是必不可少的，弄得人家家长不知所以赶紧让孩子叫老奶奶。

这时候，母亲总会对我说："谁谁家的孩子也这么大了，长相也像，个头相仿。"实际我知道，母亲是喜欢小孩的，我们几家的孩子她都带过，可谓居功至伟。几十年从来都是爱心泉涌，亲情泛滥，只怕爱不够。现如今人家一个个都已长大成人，要么没时间，要么离得远，母亲经常念叨，变不了的依然是这份爱的情怀，所以见着小孩就想亲昵，我能理解。

不知什么时候，母亲开始变得有些唠叨。几十年讲过的故事，每一次再讲时，都像第一次那么认真。我知道，我听到的不只是她重复了多少遍的过往，还分明看到了她那满头银发中逝去了的流年。她的背影带着孤独和寂寞，也带着高大和慈祥。一双炯炯有神的眼睛里，装满了太多不为人知，有尘世的悲欢离合，有世态炎凉的人情世故。平常和母亲在一起，我喜欢把母亲讲的故事记录下来。我专门找了一个本子，分门别类地记录着。母亲也不厌其烦，津津有味地给我讲述着，有时候发现我不记了，她会停下来，问我是不是重复了，然后觉察自己唠叨了。我就对母亲说，没关系，继续说，我爱听。有时候，我会顺着一个脉络追问母亲，母亲就使劲想，使劲回忆，实在想不起来了，母亲也会叹息，唉，这脑子，没记住。我写过一篇《听妈妈讲过去的故事》，基本上就是按照母亲的讲述写成的。

母亲孤寂，喜欢看电视。新闻联播和天气预报是每天必看的。看新闻联播，母亲能知道不少国家大事，认识不少国家领导人。看天气预报，重点不在天气变化，而在于天气预报的地方，比如，大姐在哪个地方，她就关心哪个地方，二姐在哪座城市，她就关心哪座城市。哪个地方有她的亲人，我在哪里出差，都是她关心的内容。至于其他节目，她不怎么关心。爱看电视剧，也能记住故事情节，喜欢反复看。比如前一天晚上看了，第二天上午继续看，不厌其烦。当然，电视剧也是她的催眠剂，不知不觉看累了，她就睡着了。等我们换台或者要关机的时候，她会说不要换、不要关，正看着哩。

母亲回去以后，每次电话里，不外乎两方面内容：一是教育我要勤俭持家、不慕奢华、厉行节约，常思贪欲之害、常弃非分之想、常怀律己之心，做到不义之利不沾，不明之利不取，分外之利不拿。二是三番五次地问我，“今年过年回来不？”虽然离过年的时间还很远，但母亲总这样问我。我知道母亲孤独。我何尝不想待在母亲的身旁呢？所以我非常理解母亲，长年累月地见不到儿子的面，她内心的焦虑是何等强烈啊。

起先，我与母亲约定每个星期打一次电话。近年来，改为每两天一次。尽管如此，母亲也会把电话打给我，然后说不是她故意打的，是她看手机屏幕时，不小心滑出去的。她在电话中跟我商量，说她没什么事，要不就把电话挂了？借着母亲的电话，我就再多跟她寒暄几句。过后，我总禁不住叹息，我知道，母亲太孤独了。

最近几年，母亲来我这里，我发现80多岁的母亲体力大不如前，走路明显比以前慢了许多。每天早上醒来，我都要先过去向母亲请安。请安不是主要的，我是担心母亲的高血压，担心母亲有事。只要母亲跟我搭话，我悬着的心就落地了。

人这一辈子，究竟活到多大年龄才算老，可能谁也说不清楚。每个人心中，都有一个自己的标准，都期望自己的生命，像爬满墙壁的藤蔓一样，向着阳光的方向，无限地延伸着。这个世界，没有什么比母亲更值得我去爱；这个世界，也没有什么比母亲更伟大的。不过，我得承认，母亲毕竟上岁数了。她双手的关节已经变形，脸上身上布满了老年斑。额头上的皱纹，把岁月的沧桑刻画得淋漓尽致。那花白的头发，在阳光下显得格外耀眼。那不再平滑光洁的脸上，轮廓分明，依稀可以看出母亲曾经的风采。

丝丝白发儿女债，道道皱纹岁月痕。母亲，你头上的白发是我们的愧疚，你脸上的皱纹是我们成长的印记。母亲，你不仅给了我们生命，而且教会了我们人生的真谛。

母亲，我孤独的母亲。

# 西南半壁看宜宾

“三江汇流处，茶马古道旁。”这是对宜宾的写照。宜宾，不显赫，不张扬，却占据了西南半壁，引起了我的几多向往。

丙申中秋，秋的风，秋的夜，我们经泸州来到宜宾，开启了短促而充实的宜宾之旅，李庄的厚重，兴文的深邃，长宁的青翠，高县的人文，向家坝的气势，翠屏山的逶迤，五粮液的醇香，随着大江涛声，中秋细雨，一并溶入我的履历。

## 1

飞机降落泸州，迎接我们的是一阵细雨。雨后的太阳，朦胧地挂在长江对面的山坡上，远山郁郁葱葱，近水波光粼粼，层层翠绿映入眼底。

金沙，从雪岭而来；岷水，经青衣而至，汇合为长江。

我们沿江而上，直奔李庄。李庄是万里长江第一城——宜宾的南大门，世人知晓不多。然而，人不知而不愠，不亦君子乎？

的确，李庄恰似一位谦谦君子，平淡温润而书卷气十足。一条条小巷沉默着延伸。青石板上，完好的明清建筑，使人有种时间和空间的错落感。这本用石头雕刻的书，承载了李庄作为抗战期间的那段历史。梁思成和林徽因在这里走过，童第周、傅斯年、李济、吴定良、董作宾在这里走过，还有英国著名学者“中国通”李约瑟博士和美国学者费正清都在这里走过……战争的烽火给予了小街辉煌的一瞬，让它成为“民族精神的涵养地和传统文化的折射点。

伫立街头，道路两旁绿树成荫，片片绿叶翩跹起舞。抬眼望去，有富有明清建筑特点的庙宇、殿堂、楼台、古戏楼、古街道、古民居；有浓重宗教色彩的慧光寺、玉佛寺、南华宫、文昌宫、东岳庙；有家族传承的张家祠堂、罗家祠堂、肖家院民居等；有被建筑大师梁思成先生称为“梁柱结构之优，颇足傲于当世之作”的“旋螺殿”，与“魁星阁”“百鹤窗”“九龙碑”，等等。这里没有灯红酒绿，没有莺歌燕舞，更没有市井喧嚣的浮光尘影。

李庄，高贵中透着单纯，静穆中显出伟大。想想看，抗战时人口三千的李庄，慷慨接纳了来自祖国各地的大师学者上万人，同时也接纳了众多的文教机构。在这里，可以领略抗战文化，可以品味建筑风格，可以搜寻名人足迹，可以皈依宗教精神，可以咀嚼当地小吃，也可以在斑驳树荫的清凉里，想象那个动荡年代里的不同人心。

乱世的动荡，风尘的飘零，俗世的烦扰，掩不住它的风流。李庄的历史功绩，无须大书特书。单就它能让中国知识分子在烽火连天的形势下可以在这里放下一张“宁静的书桌”，就是无量功德。是啊，中国文化的根脉，在某种程度上，是依赖于中国的乡绅地主阶层，才得以薪传不朽的。没有乡绅文化的中国，尤其是广袤的农业文明空间，将成为一片废墟——不仅仅是建筑或群落意义上的废墟，而是人们心灵或灵魂意义上的废墟。

李庄犹如一位饱经风霜的长者，在别人需要的时候能够真情体恤，倾囊相助；在如常的岁月里，从不居功自傲，寻求酬报。在别人显赫发达的时候，默默地居于一隅，不改平凡的本色，好像这个世界什么也没有发生过。

## 2

清晨，从翠屏山下来，沿着高速公路直达兴文。

公路两侧，层峦叠嶂的山峰若隐若现，像一幅水墨画。天和山连成一片，天显得那么低，水显得那么静。只有一簇一簇的竹林，随风而过。

蜀南的季节，就是这样周而复始地变换角色。或春意盎然，或热情似火，或金黄凝重，或庄严肃穆。南广河岸边的杨柳摇曳曼舞，丹桂芬芳馥郁，把唯美的秋色涂抹在静幽的兴文石海。

奇异的石群，异峰竞秀，腾缠蔓绕。有的像石猴在奔跑中嬉戏打闹；有的像石熊迈着沉重而坚实的步伐向我们走来；有的像羊群一样悠闲吃草；有的像长啸的猎豹，活灵活现，惟妙惟肖。有“群猴下山”“石宅门”“石海螺”“石铜鼓”等。据说如果遇上心术正的人，石铜鼓就会发出声音。否则石铜鼓就不会发出声音。很显然，我们都听到了石铜鼓发出的嘭嘭声。

石海的世界如同童话。那山峰上独立着两根石柱，正是猪八戒背媳妇，滑稽可笑，栩栩如生。那号称“天下第一漏斗”，据说比美国“阿里西波”大两倍。漏斗气势雄伟，深盆暗底，翠竹绿树，怪石林立，坐盆观天，圆天遥遥。那神秘莫测的天泉洞，是石花、石孔、石笋、石柱、石幔、石瀑布、石梯田的纷呈世界，重镶迭嵌，千姿万态，似仙阙楼台，若瑶池胜景，如海市蜃楼，令人目不暇接。

洞内流光溢彩，五个大厅，气势雄宏。很难想象，这里曾经是僰人部落的天下。也很难相信，诸葛亮七擒孟获曾经到过这个地方。

站在天泉洞口回望，漫漫 20 里的洞中历程，走过的是心情，留下的是对大自然鬼斧神工的惊叹。有人说，人生总是在内外兼修中成长。外在的成长往往由社会来评判，由时代、环境、机遇等所决定；而内在的成长是生命的感悟、体验和积累，可以由自身的努力和历程所决定。兴文石海，无疑在生命的感悟体验和积累方面，给我留下了思考空间。

## 3

告别石海，一路向北，便是长宁竹海了。一路上是难得的好天气，加上品尝了远近闻名的红桥“猪儿粑”，让心情也陡然向好。

在中国历史文化当中，竹，占有十分重要的地位。竹，如诗如画，似酒似歌。据说当年舜帝南巡，死于苍梧。两个爱妃娥皇、女英，明知夫君已去，仍千里奔丧，双双坠于湘江。她们悲恸的身姿化为婆娑摇曳的竹竿，泪水便化为“斑竹泪”。

蜀南竹海，是各种竹子的大荟萃。这些竹子姿态万千，各有妙趣。如粉箪竹，通身粉白，好似冰肌玉骨的亭亭少女；人面竹，在接近根部的竹竿上重重叠叠地布满奇节，就像一张张人的面孔；佛肚竹的节间光滑凸出，犹如笑罗汉的便便大腹。还有质地坚韧的方竹，躯干高大的鸡爪竹，飘逸潇洒的凤尾竹，文雅娟秀的观音竹……它们各逞丰姿，而又和谐相处，或互抱成丛，或交织成廊，或夹成浓荫幽径……人们把这幽篁如海，情趣无穷的园林，誉为"长宁竹海"。有一种唤作"慈竹"的竹子，纷纷细雨中，更显得圆润剔透，娇翠欲滴，一摆一动，送万种风情，现百般诱惑。

中国人爱竹，赋予了竹的灵性。竹干空空，隐清白浩然之气；竹节鼓鼓，显孤傲不屈之节；竹叶沙沙，涤无尽浮华红尘；竹林柔柔，卷春花秋月之意。陷身竹海，你会发觉，唐代的"竹溪六逸"、西晋的"竹林七贤"，已经深深地印在中国文学的字里行间。竹雨是女人的泪，竹风是男人的诗，加在一起，旋回起伏，抑扬顿挫，任你遐想。

在长宁竹海中行走，灵台清澈，明心见性，清风掠过，气血舒张，那浩浩荡荡的清气，使人触觉到弃绝杂念的禅境，这禅境，是古往今来多少儒生佛子追求的境界。

在万树丛中，论气势，看阵仗，说意志，比坚韧，唯我竹君。

有人说，听雨是一种享受。而在竹海听雨则更是一种超凡脱俗、回归自然的享受。听雨之时，尘嚣远去，俗烦淡然，心轻梦净，物我两忘，那份只有雨趣而无淋漓之感的畅快，让我平添了许多感悟。

## 4

在中国地图上，找到了南广河，便自然会找到高县。

高县，就在距离竹海不远的地方。这个享有"乌蒙西下三千里，僰道南来第一城"美誉的县城，山川秀丽，物华天宝，地灵人杰。

在历史遗迹上，保存着千年五尺道遗址石门关和凌云关，留存着享誉川南的千年古刹流米寺、川南古建筑的典范可久王氏庄园和爱国主义教育基地李硕勋故居。

有什么样的山水，就有什么样的人文。无论是罗场镇南华街的阳翰笙故居，还是庆符镇南广河畔的李硕勋纪念馆，我们都可以看到红岩山的影子，可以听到南广河的流水。一方水土养一方人，看到红岩山，看到南广河，你便会真正领略这个地方的风水是多么重要了。

高县土火锅，是生长在这里的“古僰人”用黑水畔的沙泥制作出砂锅，煮上土特产，名为“大汇菜”，取“大汇财”“大发财”之意。每年入秋到次年清明，无论是家人团聚，还是宴请宾客，火锅都是宴席中必不可少的主菜。家的味道，家的气息都融会在这锅菜里了。

而产于沙河镇的沙河豆腐，也有数百年的历史。由于独特的水质和制作工艺，使之具有皮绵肉嫩、色泽纯净的特点。据说沙河豆腐可烹制近百种美味菜肴，其“豆腐全席”更是名不虚传。

不是每个人都可以出生在高县，也不是每个人都能从土火锅和豆腐宴中尝出它独特的味道的。

## 5

烟雨蒙蒙中，我们从高县到宜宾的中途，参观了向家坝水利枢纽工程。

远远望去，雨中的向家坝水电站，像两面对称的扇状竖琴。它位于云南水富与四川省交界的金沙江下游河段上，左岸是巍巍乌蒙南来云南水富新城，右岸是远景缥缈中浮现的宜宾风光。这里距水富市区仅 500 米，是金沙江水电基地最后一级水电站，这座水电站是中国第三大水电站，世界第五大水电站，也是西电东送骨干电源点。这里有世界规模最大的沉井群，也有国内规模最大的人工砂石系统。

向家坝水电站是金沙江水电基地中唯一修建升船机的大坝，其升船机规模与三峡相当，属世界最大单体升船机，船舶翻坝效率远超三峡五级船闸，千吨级船舶过坝只需 15 分钟时间，比三峡船闸 5 小时的平均过坝时间还快，可谓是兵贵神速。

江河，从来都是孕育人类文明的温床。向家坝水电站用江河资源改变了翠屏山的历史，也用电力资源造福了中国。向家坝水电站是经济实力的象征，乃至于许多人看过之后都会慨叹：没有强大的国家，就不可能有这样宏伟的工程。

## 6

回到宜宾市区，雨停了，天亮了，我们决定先到五粮液酒厂参观。

酒都位于金沙江和岷江交汇处，以五粮液系列酒生产为主业，还有塑胶加工、药业、印务、包装、外贸、果酒、伏特加酒、矿泉水、运输、饲料、养殖等相配套的多元化的现代企业。享有“花园公司”的美誉。

酒文化在这里被赋予了新的内涵。精心规划的厂区、独具匠心的雕塑、现代气魄的建筑、四季常青的花木构筑起极富特色的五粮液企业文化。集团内也有很多有名的景观：有全国最高的企业形象雕塑——奋进塔，有全国规模最大的酒文化博览馆，有气势恢宏的鹏程广场，有厂内文化公园酒圣山。

五粮液采天地之灵气，汇江河之脉流，融五谷之精华，纳人和之风情，把天地人的完美结合酿制成醇香的美酒，是一种真正意义上的天人合一。

有研究表明，五粮液的酒文化是中国酒文化的代表，五种粮食的聚合，是五行的平衡，也是阴阳的中和。五粮液以五谷酿造，最能充分体现中医“五行中和”之精髓。喝酒的最高境界就是“和”，五粮液的“和”文化是中国酒文化的精魂。

酒都，酒城，酒文化，酒世界。五粮液无愧于这样的称号。

## 7

翠屏山与真武山毗连，山上森林茂密，山前有宽阔的石级，蜿蜒曲折，迎接四方，直达山巅。两旁绿树扶疏，藤萝缠绕，繁花飘香。

极目远望，著名的“叙府三塔”：鹫州塔、白塔、黑塔鼎足而立，一览无遗。山上花径曲折，藤蔓绕枝，池沼亭榭，错落有致。

仿照东晋书法家王羲之兰亭集会流觞曲水的意境，黄庭坚利用这峡谷的地形和天然泉水，修建了900多年来遐迩闻名的流杯池。保持其天然的山水景致是文人造园崇尚自然的山水理念。流杯池内，从谷底到崖壁顶，蜿蜒台阶而上，几个平台错落其间，时而宽敞平缓，时而临崖高悬，这样的美景是黄庭坚在领会自然美的规律上进行的艺术再创造。

从宋至今，流杯池周围摩岩石壁上留下了黄庭坚、杨升庵等历代名人雅士所留书法石刻100余通，琳琅满目，美不胜收。景区内还有涪翁楼、涪溪、涪翁洞、山谷小憩像、味谏轩、荔红亭、妙墨亭、茗香楼、景园、吊黄楼等景点。

诗化锁江石，涪翁书法放翁咏；笔造流杯池，骚客唱和迁客修。黄山谷在宜宾三年左右，他在这里写下了《苦笋赋》《荔枝录颂》等名篇，影响很大。昔人把他与唐代著名诗人杜甫相媲美，将他们的塑像并绘于宜宾之东的“二老阁”。另辟“妙墨亭”，专门陈列黄庭坚真迹。南宋著名诗人陆游、范成大当年来到宜宾时，都曾写诗纪念。

宋人方信儒诗云：坳石天然印油流，飞觞寂寞几春秋。山阴千古夸陈迹，此地何人记旧游。

## 8

真武山古建筑群，是宜宾的骄傲。这里雕梁画栋，生机盎然。

古建筑群依山取势，屹立岷江岸畔，错落有势。四周古木参天，诗情画意，宛若仙境。古建筑中，玄祖殿建于明万历二年（1574年），殿前有清建木石结构如意斗拱牌坊；祖师殿建于明万历九年（1581年），殿前架石桥曰“谒仙桥”。望不楼亦建于明万历九年；无量殿建于明代，清康熙十二年（1673年）重修，殿后为郁姑台，其上曾建有遇仙楼，今楼毁台存；斗姆宫建于明万历四十六年（1618年），清代曾予培修，由前、中、后三殿构成；三府宫建于清道光年间；文昌宫三重大殿始建于明隆庆（1567年）；地姆宫建于清代。

真武殿门口有一副对联，上书“三目洞观天下事，一鞭惊醒梦中人”。在真武山顶，远山，近水，薄烟，一览无余。似乎可以领悟到乐山与乐水的心灵密码。

繁华有繁华的好处，偏僻有偏僻的益处。如此庞大的建筑群，历经千年而得以完整保存，正是有赖于宜宾之天时地利，有赖于这里多年没有战乱。真武山体现了宜宾的高度，长江水体现了宜宾的纯度。

# 江畔何人初见月①

季节的流年里，时光如水而过。

天上月圆，人间月半。伫立于三江汇合处，今夜无眠。

叙州成为故事，戎州成为掌故，僰州已成历史。西南半壁，半壁西南。大观楼空留过往，真武山道骨仙风。只有酒香弥漫，从酒圣山漫过全城。秋风摇落了长宁竹海的黄叶，岁月褪去兴文石海的背影，留下来的是一抹残阳的浅薄……

漫步江岸，望月是自然而然的事。云里或是雾里，天上或是水中，没有言语的交流，见与不见，月亮就在那里，我们只是她直射的某个点。风移树影，月色斑斓。似乎万事万物本有自在的光明。

顺着江岸，见过李庄。或是沿着南广河畔参观戏剧家阳翰笙的故居以及李硕勋纪念馆。月亮经天，江河行地。中间是多少代人的渴望、挣扎、奋斗和悲欢。或许，尝尽百味人生，才会明白世间冷暖；或许，经历岁月枯荣，才能见证凋零与繁茂的变迁；或许，见过雨雪风霜，才能领略漂泊羁旅；或许，常见月好花菲，才知道怎样修补心地。

世道轮回，人来人往，新老交替。江水有声，月色无痕。向家坝上，烟雨朦胧，大坝亦朦胧。金沙水拍，只有树能听见，云能看见。或许树把月的倾诉，刻成年轮；云把月的浪漫，裁成朦胧。月亮陪伴了我们一辈子，我们在路上，月亮也在路上；我们在山顶，月亮也在山顶；我们在江边，月亮则在水中；我们回到家里，月亮正好在家门上空逡巡。

是啊，我们每个人心中都有一片月，那是独一无二的。天上的月便是我们心中的月。我思故我在，它的美，或许只有自己能懂。

世事沧桑了许多柔和的眼神，月光寂寥了童稚的笑脸。过去还是现

---

① 江畔何人初见月：出自张若虚《春江花月夜》：江畔何人初见月，江月何年初照人？人生代代无穷已，江月年年只相似。

在，轻愁还是淡恨，不能不让人思虑万千。

月白风清，一轮在天。八月十五良宵夜，人间万众抬望眼。曾经企图攀缘生活的小溪逆流而上，找寻所有的踪迹，终是无迹可寻。

月亮升起的时候，我还在思念的路上，那是一条莽莽苍苍的阡陌之旅，有万千翠绿的枝叶茂盛，和着行走的风，不只是纸墨花笺。

“静对古书寻乐趣，闲观云物会天机。”居于尘世，静观云物，眺望月华，自当领悟云月带给我们的那份宁静和悠远，淡泊和智慧。我们当然欣赏那种金戈铁马的壮怀激烈，但是，我们同样需要有一份智者的胸怀来慰藉心灵。

# 后记

2017年7月18日，英国《金融时报》用很大篇幅报道了简·奥斯汀。因为这一天是她的忌日。这位以《傲慢与偏见》《理智与情感》《曼斯菲尔德庄园》《爱玛》和《劝导》等流传最广的世界著名小说家，越来越受到世人的关注。英国如此宣传她，无疑是为了让更多人认识并理解她在文学史上的重大意义。

就在同一天，我也看到另一则惊人的消息：台湾诚品书店创始人吴清友去世，享年68岁。68岁谢世，似乎太年轻了些。不过对生死看淡的吴清友来说，哪一天走，他似乎都不在意。记得2015年诚品书店苏州新店开门前，诚品招募会员，设计了三个问题：你未来的书名是什么？你的书中希望人们记住的金句是什么？你最期待在诚品里发生的一件事是什么？我参与其中，并针对第一二两个问题，给出了《竹雨松风》和“在竹雨松风中领悟生活”的答案。并收到了成品的回函。如今近两年过去了，我的《竹雨松风》也写完了，付梓之际，想到诚品，想到简·奥斯汀，颇多感慨。

人生不是你想怎样就怎样，重要的事就在当下，要懂得珍惜。时空转换，让我从祖辈父辈身上看惯了贫穷的生命状态，懂得安分守己，诚实做人，老实做事。祖父和父亲的早逝，让我警醒，懂得了命运的多舛，生命的短暂，世事的无常。人世间有太多的现实悲喜剧，有太多的因果轮回，富贵与贫穷，显赫与卑微，聪明与愚钝，三十年河东三十年河西，几乎没有常态。看清楚这些，你会觉得一切偶然中存在着必然，关了一扇门又开了一扇窗，生了一场病又开了一剂药，走了一些人又来了一些人。我身边的很多人，他们成天神神叨叨，忙忙碌碌，神乎其神，好像做着天底下最重要的事，一刻也不能喘息。他们把大多数时间给了别人，把极少的时间留给了自己，静不下来，也坐不下来，一切自然之美，乃至于竹雨松风，似乎被他们视而不见，充耳不闻。许多人，他们一辈子最大的遗憾，莫过于轻易地放弃了不该放弃的而自以为果断，顽固地坚持了不该坚持的而自以为聪明。我为他们感到悲哀。

古罗马诗人奥维德说过："默默地一瞥里常常蕴藏着千言万语。"多少回，多少次，我迎着晚霞，踩着金风玉露，编织一场竹雨松风演化成的情思。我知道，秋天是一个温梦与思念的季节，叶青叶枯，花开花谢，我决意揽秋韵入怀，让橙色的秋，流过心梦。于是，我常常跋涉于生命的原野，迷茫、惆怅。或者逆着河流的方向，寻觅生命的境界。抑或翻越千山万水，走过黎明与黄昏，走过秋的萧瑟，冬的严寒。旅途上盛开的野花，只能美丽我的一程。疲惫的时候，望着竹雨松风，希望的种子发芽、开花、结果。我就这样行走着，哪怕所有的足迹在身后变成苍凉一片，而我仍把思想延伸到远方。

本书收录的文章，都是我行走的记忆，或吟花吟草、咏史咏物，或描风叙雨、感时伤事。我力求文字中多一些阳光和暖色，但时不时地也会拧出一些泪水来，显得有些沉重。我放飞着一个凡人的追求，在人世的纷纷扰扰中，有欢乐、有幸福，有消磨、有伤痛。我习惯于夜深人静时，独坐窗前，想想一天中所经历的心事，致使我失去了许多美丽的晨光。融融的阳光从窗的裂缝里射进来，我仍在做着酣梦。醒来，我会把自己的孤独种植在平静的日子里。疲惫中可以聆听悠扬的鸟鸣，或者看天上的朵朵流云。

即使梦散落在风里，我会在来年的春中发芽，继续摇曳在风中。我深信，有形的身体如同开放的花朵，而灵魂是百花中的舞蝶，自由自在，不受任何约束。

我常常怀念婆婆娑娑的杨柳，常常怀念淡淡袅袅的炊烟，心儿常在归途的路上寻觅，常听到父母亲切的呼唤。山隔不断，水剪不断。耳边传动的是一声声翠生生的话语，心中郁积的是一沓沓沉甸甸的乡情。独在异乡为异客，乡思便乘着这缥缥缈缈的月光飞走，穿过迷梦的烟水，飞到故乡那如诗如画的月色里。月儿朗朗，歌声朗朗，给我们的村庄一片柔柔的情。

鲁迅先生说："当我沉默着的时候，我觉得充实；我将开口，同时感到空虚。"我曾经在一本书中专门就我的笔名做过一些陈述。许多年过去，我依然那么认为。我喜欢平平常常，实实在在。走过许多路，看过许多事，我发现世界上最主流最主要的还是平凡。再伟大再显赫也要回归平凡，再高尚再华丽也要归于平淡，再隆重再热烈也要趋于平常。因为平凡，我心态良好；因为平凡，我心胸开阔；因为平凡，所以不去攀比；因为平凡，所以我尊重比自己强的人；因为平凡，所以我同情比自己弱的人。一切与人为善的词汇，很亲近地居住在我心灵的词典里。如果仔细翻阅，你就会发现，多少伟大高尚都是从平凡开始，多少高雅华贵都是从平凡起步。

平凡有道，行者无疆。世上没有比人更高的山，没有比脚更长的路。在我的眼里，待人不求回报，处事不必邀功。做事，喜欢精益求精；做人，上善若水，虚怀若谷；居家，尊老爱幼；交友，以诚相待，无微不至。在平凡的世界里，看尽人生百态，还原生命本真。名字可以平凡，生活可以贫穷，但是，我对生活的认知，对理想的追求，绝不因山高水长而却步。低头走路，抬头看天。选择平凡，便是选择真实。寻求高雅而不是奢华，追求精致而不是时髦，注重价值而不是价格。在平凡的世界里，过平凡的生活、平凡的人生，书写不平凡的人生。

平凡是我的本色。常记得，1986 年当我第一次品读刚刚出版的路遥的《平凡的世界》，感受是那样的深刻。其实，我们每个人，对于这个浩渺的世界来说，都是身份渺小的、脆弱的、微不足道的。说穿了，我们都是平凡的人。从另一个角度看，我们所处的这个世界也是平凡的。想想看，悲与欢、生与死、贫与富、世界的变化，这些对我们来说都是大事，但是对于历史长河来说，无非是些平凡事。所以，对于平凡，我素来都是这样认为的。

美国著名学者威尔·杜兰特说："心智的平衡，这曾经来自温和宗教信仰的东西已经消逝；科学已经从我们这儿取走了我们道德的超自然基石，整个世界看起来处于无序的个人主义中消耗着，这反映了我们的性格混乱碎片。我们再度面临困扰苏格拉底的那个问题：我们应如何找到一个自然的伦理，以取代已经停止影响人类行为的超自然的制裁呢？"杜兰特为我们开出的药方是："当生活变得苦涩，友谊从身边溜走，孩童也不再相伴我们左右，我们还可以与莎士比亚和歌德一起坐在桌边，和拉伯雷一起嘲笑世界，和济慈一起欣赏秋日的美丽。这是一些向我们奉献了最好事物的忠实朋友，他们从不要求回报，却永远等待我们的召唤。只要我们和他们一起行走片刻，静静聆听他们的讲述，我们的虚弱就可以治愈，我们也就能真正感受到相互理解之后内心的平静"。

阴阳潜移，春秋代序，在这个多变的世界，人类的行为和信仰越发难以捉摸。在我们所处的时代，农业向工业过渡，乡村向城镇变迁，城镇向都市更迭，一切事物都是新的和实验性的，似乎没有什么东西可以一成不变。

就我自己而言，长期躲在大伞里，怕外面的风雨，怕太阳的炽热，怕路途的坎坷，怕寒风的凛冽，怕黑夜的漫长，怕身心的疲惫，怕失败，怕出丑，怕这怕那，到最后，人就淹没在“怕”的海洋里了。后来，我终于勇敢地走了出来。我发现，人生真正的幸福在于内心时常荡漾起一股轻柔充盈的暖流。不管是阳光灿烂或是阴霾满天，只要有了这股暖流，有了这种竹雨松风的熏陶，即使在任何一个物欲横流的地方，都能不卑不亢，保持内心的祥和与平静。

《竹雨松风》即将付梓，我想起了《小窗自记》中的几句话：“峨眉山雪，山头万玉生寒；洞庭秋波，风外千秋呈娟。语言无味，臻至佳境，当使闻者神往，见着意倾。”写下《竹雨松风》的所有篇目，源于更真切地体悟到了自然的魅力与魔力。它会使人为之忘我。苏轼在《前赤壁赋》说：“且夫天地之间，物各有主，苟非吾之所有，虽一毫而莫取。惟江上之清风，与山间之明月，耳得之而为声，目遇之而成色，取之无禁，用之不竭，是造物者之无尽藏也，而吾与子之所共适。”现实世界忙忙碌碌的人们，应当置身美妙的自然中，尽享造物的神奇，使自己的心灵得到清静。

感谢《文艺报》总编梁鸿鹰先生，热情地将我推荐给中国言实出版社。蒙中国言实出版社王昕朋不弃，使得《竹雨松风》等书能顺利出版。

2017 年初秋于普陀山

鴻雁於飛肅肅其羽之子於征劬勞於野爰及矜人哀此鰥寡鴻雁於飛集於中澤之子於垣百堵皆作雖則劬勞其究安宅鴻雁於飛哀鳴嗷嗷維此哲人謂我劬勞維彼愚人謂我宣驕

詩經小雅甲午春建平書

# 鸿雁于飞

平凡 著

中国言实出版社

**图书在版编目（CIP）数据**

鸿雁于飞 / 平凡著 . -- 北京：中国言实出版社，2018.2

（平凡文学作品选）

ISBN 978-7-5171-2654-6

Ⅰ . ①鸿… Ⅱ . ①平… Ⅲ . ①散文集—中国—当代 Ⅳ . ① I267

中国版本图书馆 CIP 数据核字（2018）第 015622 号

**出 版 人：** 王昕朋

**总 监 制：** 朱艳华

**责任编辑：** 胡　明

**责任印制：** 佟贵兆

**装帧设计：** 水岸风创意文化

**出版发行**　中国言实出版社

地　址：北京市朝阳区北苑路 180 号加利大厦 5 号楼 105 室

邮　编：100101

编辑部：北京市海淀区北太平庄路甲 1 号

邮　编：100088

电　话：64924853（总编室）　64924716（发行部）

网　址：www.zgyscbs.cn

E-mail：zgyscbs@263.net

**经　　销**　新华书店

**印　　刷**　北京虎彩文化传播有限公司

**版　　次**　2018 年 8 月第 1 版　　2018 年 8 月第 1 次印刷

**规　　格**　710 毫米 ×1000 毫米　1/16　182.25 印张

**字　　数**　1500 千字

**定　　价**　598.00 元（全 8 册）　ISBN 978-7-5171-2654-6

# 自序

《诗经·小雅》有一首《鸿雁》："鸿雁于飞，肃肃其羽。之子于征，劬劳于野。爰及矜人，哀此鳏寡。鸿雁于飞，集于中泽。之子于垣，百堵皆作。虽则劬劳，其究安宅。鸿雁于飞，哀鸣嗷嗷。维此哲人，谓我劬劳。维彼愚人，谓我宣骄。"

鸿雁于飞，人生匆匆。君不见"高堂明镜悲白发，朝如青丝暮成雪"。蓦然回首，总会有数十年转眼一瞬的感触；漠漠尘寰，几人能见得沧海变桑田？滚滚烟云，谁又能挽留不散缱绻成永久？芸芸众生只不过是苍茫宇宙间匆匆过客，何况日月星辰亦不能永恒。

鸿雁于飞，走好人生。有些人在风雨飘摇中笑看风景，有些人在安乐窝里饮泣哀鸣，一切皆来自于心。爱恨情仇都会化为烟云，功名利禄终归一场虚空。生命的最后什么也带不走，只是一个过程，一种心情。走好人生，享受这个短暂的过程，淡看世俗纷扰，淡泊贪心妄念，脚踏实地，微笑人生，仰望一片璀璨天空。

鸿雁于飞，无愧我心。年轮可以苍老容颜，岁月可以平淡激情，曾经的轰轰烈烈也终会回归平淡。有些念轻轻放下，未必不是一种解脱；有些人慢慢遗忘，未必不是一种轻松；有些痛渐渐淡忘，未必不是一种睿智。身安，不如心安；路宽，不如心宽。佛说：众生无我，苦乐随缘，宿因所构，缘尽还无，何喜之有？ 得失随缘。

鸿雁于飞，参透人生。所有经历不过云烟一场。努力之后就无所谓失败，尽心之处，何必在意有多少拥有。风雨之中，生命无价，坚强不屈；安逸路上，怡情养性，寡欲清心。问心无愧就好，于世无憾就行。

鸿雁于飞，生命之旅。几十载倏忽飞逝，望中的流云彩霞，绿野平畴，似乎无多变化。于是，叹人生之须臾，羡大化之无穷。更多的时候，我把目光投注于山水、故园，想从中找回一些当年的陈迹。有时候，还未等我回过神来，血红的夕阳便已滚落到大山背后去了，天色渐渐暗沉下来，“蒹葭苍苍，白露为霜”。而我，也已经走到了知天命之年，望着鸿雁去了又来，万千景象尽收眼底，几多感慨跃上心头，飞逝的时光注定演绎飞逝的生命，回忆便成为追忆似水年华的一种心灵履约。

2017 年中秋于庐山

# 目录

# 阴山之魂

## 1

人有魂，山也有魂。让我魂牵梦萦的是阴山之魂。

阴山之魂，可以用马头琴、长调、爬山调、二人台来演绎，可以用国画、粉彩、油画、岩画来图解，可以用阿贵庙、蒙古包、鸡鹿塞、人根峰来诠释，可以用马队、牛羊、骆驼、勒勒车来表达……

阴山之魂，苍劲入云，仿佛一道利剑劈开阴翳，让你察觉到明媚的阳光；阴山之魂，沉着稳重，那云雾后的高额上，写满了沧桑的见证。

## 2

古人云："仁者乐山，智者乐水"。

水为动，无时无刻不在流动着，千变万化，永无止境；山为静，静若处子，安宁而含蓄，稳重而深沉，自始至终从未改变。

这动与静之间，彰显的是一种气魄、一种风度、一种品格、一种灵魂。

## 3

巍巍阴山，浩浩黄河。大川深谷，是你的包容；松涛流水，是你的风韵。

泉水放歌，松风阵阵。峰之高，涧之险、脉之长、谷之深、云之虚、佛之神，构成山之魂。伴日月之光华，念山水之无垠。风从山中走过，无法解密岩画的内容；雪在山上停息，读不懂岩画表达的意境。

一次又一次，我用目光一遍又一遍地抚摸着一幅幅灵动的图画，慷慨激昂，激情迸发。阴山啊，你岩石冷峻而又坚硬，岩画古老而又神秘。历史的漫长，磨掉了许多记忆，但思想的火花却得以永存。

## 4

很多时候，面对阴山，仿佛面对的是父亲。

父亲沉默着，背景苍茫。农具还在。铁锈，尘埃，蛛网遍布。锄头、镰刀，还有，写字的毛笔和那本卷边的笔记。

一页一页地翻开，再一页一页地合上。我的汗水淋漓，泪水也淋漓，流成了这黄土地的颜色。

阴山脚下的泥土，满载生命最深层的含义，是看不见的灵魂。那些哲理、寓意，足够我思索一生。

## 5

纵使斗转星移，沧海桑田，阴山总会以或挺拔，或峻峭，或连绵，或逶迤的身姿傲立于世。

而八百里河套依旧风姿不改，虽历经沧桑，依然用不同的色彩诠释岁月轮回的更替，给阴山以神秘莫测的浪漫和诗意，更用蕴藏于其间的资源给阴山以丰富和厚重的涵养。

有了山，有了水，有了奇花，有了异草，有了珍禽，有了人，便可以钟灵毓秀，便可以五谷丰登。

## 6

聆听山风。

月光下的岩石，绿韵闪闪。山冈上，远山站成一道风景。

让岩画的故事每天都可以捕捉到新鲜的气息。是谁的画笔，泼墨过多，湮满河套的绿？还有那条长路，指引着人们前行。

饱满的土地，硕大的麦粒，芬芳着男人的事业。整齐的瓜田，肥沃的菜园，滋润着女人的温存。

## 7

石头，是阴山中最坚实的岁月。

小溪中，石头的棱角被磨平，仿佛在说："山之柔"，练就山的品性。

阴山守着的是树的家园，守着长大成材的期盼。树回报山，常把家打扮得几分绿意，几分温馨。

成长的阴山，变成历史的丰碑。

遥望群山。起伏绵延的是理想，自由豁达的是牛羊。

在更远处，云雾，雨点，是阴山丰盈的秘密。

放羊的汉子，仿佛有山的灵性，让岁月的风骨在大山的脊梁上高歌猛进。

## 8

看山，还是山。看水，还是水。

俯瞰山的横枝曲蔓，随意穿插，倾听山的阴柔心韵，浅读山的浮动灵光。

清晨，阴山醉卧在太阳金色的酒杯里；夜晚，阴山迷醉在月亮银色的酒杯中。

冬天、夏天、秋天都过去了。春天，思想的阴山上，正在万物复苏。一粒粒青春的种子，生长着美好的希望。

# 河套春耕图

八百里河套平原，春耕是一幅波澜壮阔的立体画卷。

春耕的时序，大体集中在每年的春分至清明之间。

春耕的背景，是绵延起伏的阴山。西起磴口以北，东至乌拉山一线，在这幅巨大的画面当中，白桦、落叶松、油松、樟子松、青杨、山榆、山柳、松柏们郁郁葱葱；画眉、百灵、斑鸠、石鸡，百鸟欢歌；野驴、野马、狼、狍子、狐狸、野兔、青羊、盘羊，恣肆奔突，还有那一望无际的旱地牧场。

四月的河套，苍穹活泛起来了，田野涌动起来了，大地一片忙碌。窝了一冬的人们此时伸展开了紧缩的筋骨，呼出了冬日的浊气，爽快地吸着春日清新的空气，用舒畅的身心迎接春天的到来，开始播下一年的希望。只有这时候，父老乡亲的眼里才充满了丰收的希冀。

春耕的主图，是阡陌纵横的沟渠和一望无际的田野。田野之上，田埂为牛的运动划定了界线，土地在犁牛的作用下，敞开了内心的秘密，土坷垃开始崭露头角，麻雀与燕子画地为牢，在翻身的土坷垃上享受着春色，寻找着美食佳肴。农民是春耕的主角。他们准备好了籽种化肥、犁镂耙杖。他们拉土送肥，打堰平地，开沟挖渠。他们最懂得一年之计在于春，他们迈开昂扬的步伐，早出晚归劳作在田间。田野里，我们可以闻到农民汗水的味道，犁铧翻起新土的味道，沙尘在空中飞舞的味道，风卷起的牛粪和羊粪的味道，还有老乡吸旱烟的味道……

在春耕的画卷里，一根细长的鞭杆，飘摇在蓝盈盈的天空中，“啪”的一声，炸出一阵泥土的味儿来。所有的牛、马、驴、骡都加快了脚步。牛的脖子上，那一圈与皮肉相摩擦的木头，在经年累月的拖曳中，渐渐变得黑亮黑亮的，不知是汗还是血。几辈人的日子，深一脚、浅一脚，苦命地来，苦命地走，无论是人还是牲口，靠的就是如此负重的肩头。

望着这幅春耕图，我百感交集。杨巨源“绿柳才黄半未匀”的诗句，辛弃疾“新耕雨后落群鸦”的词句，曼妙心头。乌鸦等鸟儿，它们知道沃土新耕，是各种小生灵钻出泥土透气儿的好时机，它们在新翻过的田野里觅食，然后在村头的树上栖息，尽情感受春归自然的乐趣。当此之时，新犁过的土黄色田垄与蓝天青山相映成趣，耕牛在主人的吆喝下，拖着犁耙，吃力地在天际间往来耕作，春燕三三两两，在耕牛背上飞来飞去，像是鼓劲的啦啦队，又像是助阵的文艺兵。

几声春雷炸响，一场春雨就淅淅沥沥地落了下来，落得没有棱角，没有个性，绵绵软软、温温柔柔的，洒湿了地皮，淋湿了草芽。几只燕子尖叫着欢快地在细雨中随意飞翔。雨洒了一会儿，日头又出来了，蓝天在一块一块地扩大，白云在不断地萎缩，最后消失得没有了踪影。然后穹顶上出现了彩虹，罩住了村子，村子成了童话的世界，我们也就成了童话里的人物。老牛的长哞声，燕子的啾啾声，鸟儿的飞旋声，儿童的嬉耍吵闹声，此起彼伏。

俗话说：“春不种，秋不收。人哄地一天，地哄人一年。”瞧，乡亲们干得多卖力啊，那一双双结满老茧的手挥起锄头，拿起锹，“吭哧、吭哧”地整地、施肥、播种……勤勤恳恳地重复着黄土地的历史。他们把汗水洒在土地里，把喘息播在种子里，把对金秋最美好的期盼根植在希望的田野里。

# 河套忙种图

河套的芒种，是一幅人欢马叫的写意画。

“芒种芒种，样样都种”。在河套，芒种时节，八百里平原，到处是一派繁忙景象。

天刚蒙蒙亮，人们被鸡叫声唤醒，扛着锄头下地，小孩也模仿大人样，“童孙未解供耕织，也傍桑阴学种瓜”。村庄里，田野上，吆喝声，鸡叫声、猪狗的叫声，牲畜的叫声，汇成一曲交响，随着农家院里袅袅升起的炊烟，萦绕着、回荡着……

每到芒种前后，到处是抢种的战场。大面积种植的，用机械；小地块的，还需要人工。记得小时候初学种豆，笨拙得很，不是种的太深，就是把种子洒在外面。甚至还伤了手指、脚背。有时还没种完一笼，便觉得腰酸背痛，索性坐在地头大口喘气。而乡亲们却不是这样。只见他们垄沟均匀，手撒脚埋，动作麻利优雅。人家干，我坐着，情何以堪，还是赶紧起来，抓紧模仿……

河套的芒种，是一部书。一旦打开，处处浓墨重彩。大自然赋予河套人五谷丰稔，瓜果飘香，淳朴的河套汉子总是把土地视为父母。这边大豆刚种完，那边还要重胡麻、绿豆、谷子，频繁地犁地、施肥、作畦。乡亲们扬鞭摇耧，农活掀起了高潮。有人说，河套的芒种，是一支催人奋进的爬山调调，每一句山曲儿，唱出了农家的朴实和对丰收的希冀，就像乡村上空升起的袅袅炊烟，越升越高。

河套的芒种是大人们的杰作，他们个个都是大自然绘画的高手。那早先播下的种子，在夏天火辣辣的阳光烘烤下，纷纷长高、开花、挂果。那田里栽下的各类豆苗，眨眼间就长得青青的，正待扬花。还有那些高粱、玉米苗，没几天就长得高高的，有的还背上了“娃”；那西瓜藤，香瓜苗转眼间就开出了花，并结上了小小的瓜……

种瓜得瓜，种豆得豆。为了庄稼，需要除草，需要施肥，更需要庄稼人细心的呵护。父老乡亲一边劳作，一边看着这些宝贝，即使汗流满面，心里也充满了无比的欢乐。最懂得庄稼的村民这时更是心情舒畅，在轻轻吹拂的风中，尽情感受着劳动带来的快意，也感受着庄稼带给他们的欢愉与梦想。

# 河套秋收图

河套的秋收，是一幅喜气洋洋的丰收图。

走在秋天的河套平原，到处是一片丰收的景象。丰收的大地上，到处是人们欢快的笑声。

蓝蓝的天空中，几朵白云缓缓地游荡，让蔚蓝色的天空多了一些诗情画意。秋高气爽的原野上，黄河及其支流缓缓地从这幅美丽的画中走过，蜿蜒的河流莫非是舍不得这般美景，才七拐八绕的。金黄色的玉米，金黄色的稻谷，紫红色的高粱，色彩缤纷。苹果梨挂满了枝头，茄子、大辣椒压弯了枝条，正在向人们展示着它们的杰作。

秋色河套，微风拂面而过，让人没有了酷暑中的烦躁，剩下的只有说不出的舒畅和愉悦。站在高处或走在原野上，一切都让人感到那么亲切。抓紧收割、采摘、运送、储藏、销售、耕地、灌溉、保墒这一连串的事情，不得有丝毫懈怠。落叶铺金，金风送爽，田间小路上车水马龙，送甜菜的汽车、拖拉机、马车、驴车，熙熙攘攘。家家户户的院落里，人笑，鸡鸣、狗吠、猪哼、马嘶、五音纷呈；火红色的辣椒，金黄的谷子，碧绿的白菜，紫红的葡萄，雪白的大萝卜，五光十色，堆积如山。

庄子曰：“秋水时至，百川灌河，泾流之大，两溪渚崖之间，不辨牛马。”河套的秋水，更是奇妙壮观。秋浇漫灌，滚滚滔滔的黄河水被引入无垠的田间，日光一照，碧波万顷，粼粼波光。塞外极为少见的鸥鸟，还有万千成群的黄河鲤鱼，嬉戏云水间，如同唐诗里所云：“舍南舍北皆春水，但见群鸥日日来。”如若有幸在秋浇时到河套观秋水，你真会以为置身江南水乡，领略到的是一曲乐观明快的秋歌。

河套的秋夜，当一轮明月从东边升起。当月亮把一片银色洒向这片原野的时候，周围的一切又是那么的宁静。家家户户的庭院里，人们品尝完瓜果，再品尝着鲜美的河套鲤鱼，喝着河套王酒，把酒临风，天上的那轮明月也似乎不忍离去。

# 河套雪霁图

“南山雪乍晴，寒气转峥嵘。锁却闲门出，随他骏马行。”这是罗隐《雪霁》中的四句。

河套的冬天，大雪是一场盛宴。让大地万物披上了白色的盛装。旷野平川，在灰色的天空笼罩下，寒风阵阵。紧接着，雪悄然无声地来了，浩浩荡荡，横无际涯，密密麻麻，一场紧跟一场从天而降。紧一阵，疏一阵，交替着扑向大地。

雪霁后再看，沟洼平了，小路不见了，低矮的堆积物开始还有轮廓，慢慢地连轮廓也模糊了，只有耸立的有棱有角的建筑物依然保持着它的真相。最美的是雾凇雪挂。往往在一场大雪之后或者是头一天有雾的时候，第二天清晨便可见到凝霜挂雪、似烟似雾的玉树琼花，真是“忽如一夜春风来，千树万树梨花开”。

河套的雪很壮丽。远处冰肌玉骨的土岭上，树木像寒毛一样直立着。村庄高低错落，村边有成团的红柳枝，枝上有高高的喜鹊窝，褐色的大道小路弯弯曲曲，像一条河一样。远远看去，像一卷禅意十足的水墨画。那连绵起来的雪岭，如龙盘虎卧一般，独有一种静美的阵势。那村庄里刚踏出的蜿蜒小径，像一条黑蛇婉转而行。孩子们在雪地上撒欢儿，堆雪人打雪仗，或者跑到坡上打出溜滑儿。太阳出来以后，雪地如穿了金线的白缎子，衣着大红、水粉、碧绿的女子们在雪地上走来走去，远远看去，俨然一道比夏花秋叶还明艳的雪国风光。

河套的雪很轻灵。“胡天八月即飞雪”。塞北的雪天没有电闪雷鸣，只有风在不停地呼啸。雪花没有翅膀，但是，她们借助风会在天空中自由飞翔。那些明亮的轻盈的小精灵，她们在风中飘呀、荡呀、旋转呀、翻飞呀，萦绕着你的衣衫，滋润着你的面颊，映衬着你的身姿……

河套雪后的寒冷自不待言。然而雪中也有乐趣，往田野里走走，不时有一串串、一个个动物的脚印，在新鲜的雪地上特别清晰。人们闲来无事，可以捕猎大量的野兔和野鸡。然后，围在炕桌上，两瓶白酒，几盘下酒菜，品尝着、闲聊着……

外面零下二十多度，屋里零上二十几度。这时看窗外，白茫茫一片，真安静、真干净，活脱脱一个童话世界。

河套人爱雪。一方面，空气中的异味都被洁净如银的白雪清洗过滤了，清新的空气沁人心扉。你可以随意选择一个开阔地，舒展双臂仰望天空，美丽的雪花如洁白妙曼的梨花般自由自在地在风中飞翔飘舞，而你的目光可以执着地一直向高空延伸。另一方面，他们更知道“瑞雪兆丰年”。因为雪下得越厚，第二年的庄稼就越茁壮。如果说河套的雪是歌一般的女子，在冬天的大舞台上恣意地翩跹着，那么黄土地就更像一个强壮的汉子了，他在厚厚的雪被下酣睡了整整一个冬天之后，只待冰雪消融，正好献出一个蓬勃的春、茁壮的夏和丰硕的秋。

河套的雪花，冬天的精灵，冬天的舞者，冬天的主人。有了雪花的飞舞，掩盖了一年的痕迹，净化了一年的尘土。天空不再那么苍白，日子不再那么枯燥，大地也不再那么凌乱不堪，时间也不再那么漫长。脚步匆匆的雪花带着冬天主人的气息，带着泥土的芬芳，带着空气的香甜和温暖翩然而至，这是冬天送给河套的最好礼物。

# 夸河套

河套的山，河套的水，孕育了河套的田原风光。

遥望远方，阴山下，那里有我魂牵梦萦的故乡。

悠悠的二胡不知飘自夜的何方？吹得乡思一片凄凉。梦里那些熟悉的童伴依然微笑，醒来时却无法拾起满地月光。

多少回，留恋那片故乡的星空，眷恋那块故乡的土地，还有那条记忆深刻的羊肠小道。

清清的河水，绿绿的田野，瞻之在前，忽焉在后，恍似如影随形，却又若即若离。很多时候，恍惚间，分明看到了故乡袅袅升起的炊烟、悠然自得的老黄牛、寂静的村落和夕阳下摇曳的杨柳。枝头，蜜蜂儿唱，彩蝶儿舞；树下，菜花儿黄，麦苗儿绿；成双成对的紫燕，斜剪堤岸那一缕缕金钱儿似的垂柳，掠过河面，轻点碧波，追逐嬉戏；一群群的小鱼儿，在河渠里往来穿梭，悠然自得。

麦收时节，蜜瓜熟了，一咬一口蜜糖水；杏儿黄了，一碰一嘴甜杏浆。西瓜扯蔓了，村里走来订货商。一群小伙伴，光着屁股，下河捞鱼摸虾，逐波击浪。秋风送爽，高粱红，糜谷黄，白菜萝卜担挑、车装……

那家喻户晓的二人台，又说又唱，最能表述河套的特色：

“软溜溜的油糕胡麻油来炸，吃上磴口的花莱士，保管你就不想家。鲜红鲜红的枸杞，房圪顶顶上晒，想喝河套的二锅头，请你们沿着柏油马路，开上你那桑塔纳，搬上你那朋友，有说有笑，嘻嘻哈哈，一溜溜顺风到陕坝。

大佘太的葫芦西水道的瓜。圐圙补隆的烟叶子人人把它夸。乌梁素海的芦苇，一眼望不到边，金黄金黄的大鲤鱼，惊动了那呼市包头，临河陕坝，石嘴山宁夏，海勃湾乌达，十轮轮大卡车，一趟一趟拉。

黄圪生生的小米饭香万家，甜圪盈盈的黄河水抚育了咱。成垛成垛的葵花，场面上晒。圆圪丢丢的山药蛋，到了秋天，老婆儿和老汉，闺女儿和媳妇，二不溜小后生，开上你家的四轮车，马不停蹄地拉。

白圪生生的雪花粉全国美名扬，二狼山出的是白呀白山羊。金川啤酒，荣获名牌奖，如若不信你买上一件，到了晚上，桌桌摆上，啤酒喝上，猪头肉就上，好纸烟抽上，麻将你搓上，大红盖体伙盖上，你把你那小媳妇双手手搂上，热圪洞洞，绵不溜溜，一觉睡到大天亮。

# 滚滚二黄河

“故乡的山，故乡的水，故乡有我童年的足迹…… ”

这足迹，在阴山，在黄河。黄河与阴山，人所共知。但是知道“二黄河”的人恐怕就不多了。

滚滚二黄河，横贯八百里河套，造就了八百里河套米粮川。

每一次，当我站在巍峨的阴山肩头，情不自禁地俯瞰着河套这块神奇土地的时候，那滚滚的二黄河，犹如一条腾飞的巨龙，由西向东，汹涌而来，澎湃而去；每一次，当我漫步在美丽的河套平原，无限深情地亲吻这块肥沃土地的时候，那弯弯曲曲的二黄河，像一条丝带，缠绕在我的身边，撩拨着我的心扉。

星垂沃野阔，月涌大河流。在故乡自由的天空之上，我像鸟儿一样，到过临河、陕坝、五原、磴口，走遍乌拉特草原。大概出于父亲曾经是河套水利事业的一名建设者的缘故，我对黄河、二黄河一直都有着浓厚的兴趣。河套的各条干渠、大小湖泊，我几乎都去过。每每伫立河边，看两岸沃野，城区华灯，恍若梦里。

磴口，蒙古语还有一个名称叫“巴彦高勒”。新中国成立初期，这里曾经是河套行政区首府所在地。京银（北京到银川）铁路、包兰（包头到兰州）铁路的必经之地。磴口是二黄河的源头，处于乌兰布和沙漠东部边缘。左面是黄河，右面是沙漠，二黄河就在这里分流而下。多少次，漫步在解放闸的大桥上，安静得只剩下河水的涛声，似乎只有到了这个时候，我才能放空自己，静听这滔滔河水，看着它的浑厚、奔放、洒脱。

有人说，黄河和二黄河富庶了河套。的确，二黄河从这里漫漫漾开，沿着横亘的阴山，绕过荒凉的戈壁，呼唤着羊群马群，成就了塞北江南。很多时候，那黑板白印的岩画里，人物、动物、射箭的画面不断浮过我的脑海。那些移民戍边的场面，那些边塞诗人的呐喊，穿梭于黄河阴山，他们的身影纷纷从书本中走出来，仿佛就在我的眼前。

当红柳和沙枣叶铺满了阴山脚下，当八百里河套丰收在望，当清晨的阳光洒满了河套的各个村落的时候，人们仍旧慵懒地活在自己的世界里，没有拥挤，也没有喧嚣，那么宁静，那么干净，那么自然，恰似二黄河畔的杨柳，屹立挺拔，透明纯粹。这里是中国边塞诗的圣地，多少文人墨客，多少戍边将士都留下了不朽的诗篇。王维、高启、王昌龄，还有岳飞的满江红，多少回，那种博大的情怀不断涌上心头。

一片片沙枣林，一块块红柳地。夜雨后的乡村如纱似黛，土坯构建的民房，土坷垃垒砌的院墙，沧桑而又清贫，厚重而又土气。爷爷说，当年正是出于对这块土地的喜爱才选择留居在这里的。

一条河，一片海子，一方水土，一村故事，组成我童年的记忆。记得有一年开春，正是黄河流凌的时候，我随父亲站在二黄河岸，脚下是缓缓涌动的河水，那些或大或小、或方或圆的冰块，晶莹透明，恰似一河浮动的莲花。太阳明晃晃地照射在河面上，散发出无数条耀眼的光束，又仿佛放逐的千万盏河灯。扭转头再看那欢快歌唱着的河水，好似扑面而来，以博大的胸怀亲近着我、拥抱着我，以不可抗拒的力量融化着我、裹挟着我，恍若溶进了母亲温暖的怀抱。那黄色的河水，带着泥土的芳香，熏着我、依偎着我、浸润着我；那哗哗流动的河水，使我热血沸腾，声声盈耳，阵阵沁心，让我神痴目眩，似幻似梦。

多少次，伫立二黄河岸边，遐思万千。我已被二黄河的品格所征服。它仿佛不是一条河，而是故乡的一个灵魂，是河套文化的一种积淀。凝望河水，会让我产生巨大的震撼。因为这条河永远都饱含着一种血性，激荡着一种情感。如果说历经沧桑的黄河是一部二十四史，见证着中国古代的政治斗争和军事纷争，见证着中华民族的走向与足迹，那么二黄河则是一部地方志，它传承着黄河的一种精神，那是风萧萧兮易水寒的侠气，那是敢教日月换新天的胆略，那是气势磅礴的汉赋，那是胸怀天下的唐诗宋词，那是170万河套儿女亘古的精神家园。

# 园锁秋声

偏安于京西一隅的天门山森林公园，你可以想见它的不为人知。但于我已经足够。苟延残喘也好，闲情逸致也罢，扶着信仰，舔着伤痕，嚼着文字，努力站稳自己，祛除阴霾的侵袭以及各种侵扰。

世界广阔无垠，比世界更为广阔的是自己的内心。相信头上三尺有青天，相信一切存在的意义。无论如何，对美好的信仰没有改变，对简单的坚持没有改变，于是也避免了不必要的海浪与惊涛。

当初那种安排，给了我烈火与灰烬中的熔铸、锻造与萃取。其实，我的灵魂中一直有一种倔强的情愫、不屈的灵魂以及坚韧的意志。有时候我要感谢他们，此时，我并不心如止水，而是山高水长，浊浪排空，是长长的诗行。

秋声，金秋之声也。踏着金灿灿的谷浪，载着香气怡人的成熟，秋声轻盈、缓缓地从山林深处或者广袤的田野飘来，穿林渡水，穿枝度蔓，随风飘动、蔓延，回荡在金黄的灿烂中，散落在村村落落，地垄田沟。这声音拂过人们的脸膛，绽开了一张张喜获丰收的笑脸，醉了人们心中的欢畅。由秋声织成的五线谱在金秋中高歌着，将人们带入一个吟秋、咏秋的热浪之中。

秋声洋溢着高亢，嘹亮，迸发着激情四射，流淌着五彩缤纷，铺陈出一幅幅优美动人的图画。那金黄色的玉米，大豆，火红的高粱，金灿灿的稻谷，把丰收的声音交相辉映，交响出秋声的浓烈和火爆。深秋，一窗云雾，半帘烟雨，有点微凉。说是烟雨，却似烟非烟，似雨非雨，看得见，摸不着，朦胧着，缥缈着。

这样的时光，最宜读词，细细品读绝美词句，竟浑然忘我。如此意境，好不唯美。突然生出一念，良辰美景，何不独上高楼，寻找古词中的意境？极目远眺，只见远山含黛，河水飘烟，整个城市大半尽收眼底。于是携一缕云烟入画，纳半城山水入怀，此种心境，不悲不喜，却弥漫着淡淡的愁绪，如烟似雾。

# 夜宿喇叭沟门

北京怀柔与河北丰宁交界处的喇叭沟门，那里的满族村寨多，数得上名的有帽山村、胡营村、四道穴村、西府营村、中榆店村、下河北村、孙栅子村、北辛店村、苗营村、官帽山村、大甸子村、东岔村、对角沟门村、上台子村，大大小小 15 个行政村，46 个自然村。

这里不仅有深远的满族文化底蕴，更有大片的原始森林和次生林，白桦林、野猪林、杜鹃冰川、百丈崖、七仙女浴盆、汤池温泉等，无疑是旅游度假的好去处。正值秋天，我们专程前往，并夜宿喇叭沟门。

## 1

走进喇叭沟门，远远望去，漫山遍野的树叶一片火红，一片金黄。五角枫、橡树、落叶松、白桦树、山杨树，夹杂着其他五颜六色的树叶，蔚为壮观。

白天，我们看到了罕见的云海，看到了保留大量历史遗迹的凤凰台，还看到了绝无仅有的冰川，也看到了千亩白桦林、壁立千仞的百丈崖，特别是看到了具有奇功异效的长寿泉、爱泉、珍珠泉。它们是如此惹眼，令人不忍离去。

夕阳完全落下后，整个山野似乎成了鸟雀的天下，它们放肆地叫着、唱着，没有任何顾忌，哪怕我们冲着远处呼啸，也乱不了它们的节奏。它们才是山野的真正主人，而我们只是过客。

山坳里开始腾起暮霭，缭绕缠绵。还没走到山脚，月亮便一点点地从云烟中露出了脸。

夜晚，我们穿行在白桦林，凝视着伞状一样张开的树冠，还有树干上一只只奇异的“眼睛”，在月光下不再黄，不再黑，变成银色的，每一片叶子都像一片镜子，反射着月光，闪闪烁烁，摇摇欲坠，渐渐堆积在地面上。

偶尔传出鹧鸪鸟的叫声，把整个山村、田园、农舍、院落，啼鸣得格外宁静而幽蓝。

## 2

月儿在升高，山村、田园，整个安静下来。只有近处的农舍还可以隐约看见几只狗或几只猫，他们追逐着，嬉戏着。

月色下，牛已进圈，鸡已归窝，勤劳的村民们，还不停歇。直到“吃饭啦”的声音在凤凰山脚下传开。

山居优美。皎洁的月光下，你可以看到，那些院落以及那些农家星星点点地散落在山坡间，镶嵌在橡树和白桦树之间，疏疏离离，飘飘然然。

不论远眺还是近看，都泛着一绺一绺的银辉。屋下窗户里的灯，透着橘红的光，与外面银色的月光交织在一起，勾勒出梦幻般的剪影，在夜风中摇曳。

## 3

月光细细地从窗缝里挤了进来。妻已入睡。我悄悄穿上衣服，蹑手蹑脚地走出了屋门，坐在院落的台阶上。月亮斜挂在天空，凉爽的光柔和地照着院子。

院子里静静地站立着的一棵杏树，稀落的叶子墨染了似的，窸窸窣窣。院子周围的杨树，黑乎乎的像卫士一样整齐地包围着院落，使院子里有了许多安全感。

后院的牲口嚼草的声音和猪圈里的打鼾声，隐隐传入耳中，让我真切地感觉到农家院落的别样安详。

院落的大门用一根胳膊粗的木棒闩着。走出院子，眼前一下子开阔了起来。

村子四周，被高高低低的山峦包围着，这些山峦在月光下，婉若画家随意涂抹的一条条淡淡的水墨线条，似有规则却又无规则地互相搭配着。

那些紧紧相连的院落和那一排排杨柳树，则像浓墨泼成似的，模糊而又错落有致。在轻轻的夜风中，秋草的腥味儿和着秋果成熟的香味，飘然而至，令人心清神爽。

月光覆盖着整个村子，村庄像个酣睡的婴儿。偶尔传来谁家的一声狗吠，一声驴叫，抑或几声小儿啼哭。那远处的蛐蛐声，近处的青蛙声，或许就是唱给孩子的催眠曲。

## 4

夜，安静极了。没有风，没有云层，没有了白日的喧嚣。

无灯的暗夜仿佛回归原始之美，它隔断了世间的冗杂，只剩下莽莽乾坤和独一无二的自己。

此夜，不是朱自清走过的荷塘，也不是陶潜采菊的东篱。没有烦乱的思绪骚扰，只有惬意的空气和绝美的秋景。而月光加入进来，她是从云彩里走来的，脚步悠闲，明媚得让人伤感，更让人无由地浮想联翩。

而此时，有几句诗是要吟的，“我欲因之梦吴越，一夜飞渡镜湖月”“明月几时有，把酒问青天”“欲上青天揽明月”……不同的境遇，便有不同的感怀，然而月还是那轮月。在夜色中沉思与畅想，便能孕育出更多深邃的思想与超脱的情怀。

喇叭沟门的夜，很有山水田园的意境。它连着天、嵌着地、牵着情，好一幅靓美的夜月图。

# 别过秋

秋天来了，走了，别过。不眷恋，不留恋，相信走了秋，来了冬，那春天也就不远了。

不过，既然秋天陪我们一起走过，要与我们告别，总是要对它说些什么。

说些什么呢？有朋友说，这个秋天是一幅巨画，风是随意挥洒的墨笔，在辽阔的原野上，给我们描摹出丰收绚丽的色彩；也有朋友说，这个秋天是一本大书，秋阳是翻开的每一面书页，精美而多彩；秋月是书中的绚烂册页，典雅而庄重；而所有的丰收景色则是这本书的厚重标题。还有朋友说，这个秋天是一把琴，它在丰茂的大地上，为我们弹奏着金黄曼妙的旋律。

我不知道这样说可不可以，但我们所说的这些，绝不是给秋天下定义。秋天不是三言两语就可以概括的。更多的时候，我们应当走出书斋，去林中走走，到田野看看，这里应该比文字的定义更美。夕阳西下，那一抹余晖弥漫在远方，深情地望着这片古老而苍茫的大地，这就是秋；落叶坠了，那化作泥土的一瞬间，在同这个世界告别的那一刻，便是秋天。或者，一抹余阳下，一丛野草中，一把斜插在地的铁犁抑或一株高耸入云的老槐树的粗糙的皮肤的缝隙里，点点滴滴，便是秋。

不管怎样，秋天是收获的季节。这是谁也不会否认的。秋风中，人们开始打开每一个藏在秋天里的果实，将一片片丰收的喜悦藏进心里，任由那金黄色的风在一片片雪花般的落叶里悄然离去。感谢秋天！让我们的日子在它的怀抱中蔓延、滋长、升华。即便我们从事的是无效劳动，即便我们收获的是无果之花，在秋风的诗意里，或快乐或忧郁的心情，都具有浓浓的情韵。

如今，秋天就要离去了，我们牵着秋风，挽着秋雨，咀嚼着秋意，那是我们对秋深深的眷恋啊。我们，不因秋的离去而伤感，也不因冬的到来而恐惧。

我们，还会在明年的盛夏等你。

# 达赉湖

达赉湖，一个不很有名的湖，如碧玉般点缀在辽阔无边的呼伦贝尔草原上。

去呼伦贝尔之前，查阅相关资料，发现一则与达赉湖或者说与呼伦贝尔有关的故事，实际上却是呼伦湖和贝尔湖的来历。也可以说是“呼伦贝尔”的来历。

相传很久很久以前，草原上突遭风妖和沙魔的侵袭，狂风大作，黄沙蔽日，草原危在旦夕。百姓背井离乡。这时，天国派来了化名为呼伦和贝尔的一对天鹅，她们与魔鬼殊死搏斗，终于战胜了恶魔。为了防止悲剧不再发生，它们决定永久庇佑这里的草原，携手变成了呼伦湖和贝尔湖。辽阔的湖水挡住了风沙，滋润了大草原，孕育了多民族的文化，草原从此恢复了往日的生机……故事曲折生动，引发了我前往领略的冲动。

七月的一天，我们从满洲里出发，再次来到达赉湖。

车子刚到扎赉诺尔，达赉湖硕大的湖面就展现在我们眼前。天和水在很远的地方连接起来。天上一丝云也没有，水被天照出一丝白亮。风在水上滑动，淡淡的雾气一缕一缕地飘着，在四处弥漫。

来到湖岸，和煦的风传出一丝冰冰的清凉，携带着一股鱼腥气。一些鸟儿的鸣叫，或远或近地冲击着我的耳膜，有的一声长啸在水波上荡开去，拉得很远很远。最壮观的是白鹤，或者长羽临风，翩跹而来，或者长喙含云，吟哦而来，抑或长跖踏浪，高蹈而来。于是乎，漫天是惊心动魄的鹤舞与鹤鸣。辽阔明亮的湖面，跃动着千姿百态的鹤影，如仙子一般尊贵，似处子一样纯洁。

地球上，湖是最美的水态之一，她不像海洋深不可测，潮涨潮落，也不像大河劈山穿地，逐浪排空。吸纳了天地之精、日月之华的达赉湖，美得那么自然。从岸上看湖，山陷在湖里，云飘在湖面；从湖中看远处，远处的群山浑厚如黛，青草茵茵，无数的马群、羊群和牛群，点缀在草原上；目光回到湖面来，湖水清澈见底，天鹅不时向你游来。几只水鸟在一条破船的桅杆顶上打着趔趄，翅膀散开来，拍了几下，重新站稳，然后神气活现地站在那里，不时勾下头，啄一啄羽毛，静静地注视着我们。

达赉湖烟波浩渺、水草丰美，湖中有大量珍贵鱼类漫游，每年还有许多珍贵的鸟类栖息在这里，使得达赉湖的风景更加宜人。青山、碧水、草原与湖光山色交映出一幅美丽的山水图，每一棵树、每一片草、每一缕波光、每一朵云彩，仿佛都深得达赉湖的心性，自有一番别样的情致。有时，湖岸上放牛娃一声高亢的牛角号，由近而远地惊动了正在食草的马群和羊群，让它们尽情地在草原上驰骋，继而又由远而近地惊吓了湖里的鱼虾，让它们潜入深底。“溪涧听天籁，青山锁深眸，飞雪落幽潭，天湖秀翠楼。空山不见人，古道接远悠。”所有的文字都无法表达这份清幽，只能用贫乏的词语留给达赉湖一份记忆。

我们的船渐渐靠岸，身后留下一弯洁白如雪的弧线。夕阳西下，我看见金色的霞光缀满天空，撒落湖面。

我在达赉湖边坐了许久，看着划船的老人在面前经过，看着达赉湖的磅礴与大器，眼前的湖水漫漶成一首诗，渲染成一幅画，幻化成至善至美的灵性之光，那份平和，那缕恬淡，那份超然，的确让人心动。

是啊，大千世界，万事万物分明就是水中之船，而我们的心就是行船之水。达赉湖的水面，有无数游船驶过，留下过倒影，留下过人们的笑语欢歌，在时间和空间里，这都是一刹那的瞬息。这奇妙的美景是一种心境的融合。可人们终究还是要离去。然而，毕竟在山水映照下，我的心已圆美俱足，不垢不净，一片和谐。

# 邯郸怀古

最初关注邯郸，是从成语“邯郸学步”开始的。而决意要去邯郸，是因为邯郸的名气，它是历史文化名城、园林城市、成语典故之都和太极之乡。而最重要的，还在于它是赵国国都。所以，去邯郸，对于我这个姓赵的来说，在某种程度上更带有认祖归宗的意味。

## 1

2012 年 4 月 29 日傍晚，携爱人经过 5 个多小时的颠簸，来到了邯郸。

邯郸，承载了华夏民族太多的荣耀与辉煌，谱写了故国神州无数的华美篇章，孕育了恢宏灿烂的燕赵文化。

来到邯郸城下，无法按捺激动的心情，尤其是面对夕阳下高耸的丛台，金波灿灿的滏阳河，整齐的街道，高大的梧桐树。倾听这里的风声和水声，仿佛穿越历史时空，回到了两千多年前的邯郸古城。

徜徉在厚重的历史长卷里，每一片竹简都描摹着一段血雨腥风的历史画面，每一个成语都能牵引出一个异常鲜活的人文掌故。

## 2

邯郸一词，最早出现在《春秋谷梁传》。地名之由来，一般以《汉书·地理志》中三国时魏国人张晏的注释为源：“邯郸山，在东城下，单，尽也，城廓从邑，故加邑云。”意思是说，邯郸的地名源于邯郸山，在邯郸的东城下，有一座山，名叫邯山，单，是山脉的尽头，邯山至此而尽，因此得名邯单，因为城廓从邑，故单旁加邑（阝）而成为邯郸。“邯郸”二字作为地名，三千年沿用不改，是中国地名文化的一个特例。

## 3

邯郸城邑，肇始于商殷。

邯郸在春秋时代先属卫，后归晋。晋定公十二年（前500年），晋国正卿赵鞅（赵简子）已将邯郸纳入自己的势力范围。从此，邯郸便成了赵氏的世袭领地。

想当年，赵国国强兵盛，为东方六国之首，抗秦百年不衰。秦国东征，最强硬的敌人便是赵国。秦先败给赵奢，后败给李牧，公元前386年赵敬侯迁都于邯郸，长达158年为赵国都城。最后，一场长平之战，赵军40万大军被秦将白起坑杀，只留下240名年龄幼小的孩子，被遣回赵国以示秦威。公元前228年，秦将王翦破邯郸城，秦灭赵，一个东方强国从此消失。

其实，邯郸留下的赵国遗迹并不多。历史的风雨早已将这里的一切吹打得七零八落，它并不管这里曾经有多辉煌。除了赵王宫遗址、丛台以外，只有一些口口相传的成语。

## 4

走进邯郸，就走进了历史。

邯郸是一座满身可以引起回忆的城。走到哪里，都会让你想起古代，想起某位英雄。娲皇宫、响堂山石窟、黄粱梦吕仙祠、大乘玉佛寺、永年广府古城、邺城三台、弘济桥、赵王城、武华山、舍利塔、玉皇阁、赵王陵、朱山石刻、禅果寺、磁山文化遗址、黑龙洞风月关、兰陵王墓等等，如一幅幅历史长卷，尽显在人们的眼前。

邯郸城中街那条回车巷，传说就是蔺相如避让廉颇的胡同，并在此演绎了“负荆请罪”“将相和”等历史故事；在邯郸古老的沁河上，那座学步桥，即庄子在《秋水篇》里所描述的寿陵少年“邯郸学步”的地方；邯郸北郊那个黄粱梦村，产生了中国文化史上最著名的一个梦——“黄粱一梦”，所谓“富贵荣华五十秋，纵然一梦也风流”。卢生的“黄粱一梦”，便成了世上最著名的梦。

## 5

走进邯郸，就走进了赵文化的氛围，回到了祖先的身旁。

赵文化是华夏文化与北方草原游牧文化的交汇、融合和升华的结晶，集中反映了北方诸民族冲突与融合的过程。

赵文化滥觞于春秋，兴旺于战国，延续至两汉，在历史的长河中流淌至今，形成了自己独特的风韵。这里产生了发达的冶铁、制铜、制陶等手工业，形成了繁荣的城市商业贸易，孕育了荀子、公孙龙、慎到等一代学术大师，涌现出赵武灵王、秦始皇（赵政）、曹操、廉颇、蔺相如、李牧、赵奢、乐毅、毛遂、魏征等一批慷慨悲歌的英雄人物。

战国时期西门豹治邺而显名于世，东汉末年孕育出了文学史上璀璨的“建安文学”。著名的政治家、军事家和诗人曹操，在邺城聚集了以曹氏父子和建安七子为主体的“邺下文人集团”，辞赋慷慨，谈诗论文，开一代风格刚健、情调激越之文风，留下了大量的辞赋文论作品，在中国文化宝库中占有极其重要的地位。

汉末，一个名叫刘劭的邯郸人，慎终追远，写下了名噪一时的《赵都赋》，“尔乃都城万雉，百里周回，力衢交错，三门旁开，层楼疏阁，连栋接阶。峙华爵以甍，若翔凤之将飞。正殿俨其造天，朱棂赫以舒光。盘虬螭之蜿蜒，承雄虹之飞梁”。可谓热情洋溢，大气磅礴，荡气回肠。

## 6

走进邯郸，就走进了成语王国，那些储藏的成语语汇一下子活泛起来。

邯郸以其辉煌的历史、深厚的文化，凝聚成许许多多脍炙人口的成语典故。据不完全统计，由邯郸历史和相关史书中所滋生、蕴积、提炼出的具有邯郸地方特色或与邯郸有密切关系的成语典故达1500条之多，如“胡服骑射”“邯郸学步”“完璧归赵”“负荆请罪”“黄粱一梦”“毛遂自荐”“纸上谈兵”“一言九鼎”“围魏救赵”等，它们以言简意赅、精辟神妙、富于哲理、寓于情趣、耐人寻味而成为中国汉语言艺术中的一枝奇葩。

邯郸的成语典故，集中原与边塞之风韵，蕴文化与哲理之内涵，在华夏历史文化长廊中独树一帜，堪称国之瑰宝。

每个成语，都与邯郸相关。每个成语都是一种隐喻，形象而凝练地描绘出一座城、一个国的历史变迁以及它们的悲壮、风采与苍凉。

## 7

需要特别一提的是，邯郸的象征和标志——武灵丛台。

它位于市中心丛台公园内。《汉书》颜师古释文："连接非一，故名丛台。"古人曾用"天桥接汉若长虹，雪洞迷离如银海"的诗句，描绘丛台的壮观。相传它始建于赵武灵王时期（前 325—前 299 年），已有 2000 多年的历史，故称武灵丛台。

赵武灵王是中国第一个创建了骑兵的帝王，是战国时代著名的军事家与政治家，开创了中国军事变革的先河。战国时期，赵国本是一介小国，赵武灵王即位后，决心使国家强盛起来。当时北方少数民族被称为"胡人"，他们身着窄衣，以能征善战著称。武灵王遂让赵国上下都改穿胡服，勤练兵马。在赵武灵王的带领下，赵国开疆拓土，坚持改革，大展雄姿，灭中山，略胡地，扩地北至燕代，西至云中、九原，今包头市以北地带均属赵境。并深入险地亲探秦国情势，成为战国七雄之一，大有代秦统一天下之势。

改革者往往要付出生命的代价，秦国商鞅变革——车裂而死；楚国吴起改革——乱箭射杀；再后来，王安石、张居正、康有为等，这些改革者都没有好下场。赵武灵王提出改革时，群臣反对，但是赵武灵王获得了成功。维新变法的主角梁启超曾经赞誉赵武灵王，他说赵武灵王是黄帝之后中国第一伟人，假如赵武灵王活得长久些，战国一统之业，不在秦而在赵。可见赵武灵王的伟大。

## 8

历史上，多少文人墨客来到丛台，怀古吟今，万千感慨。相传，唐代大诗人都曾登台挥毫题诗，抒怀言志，留下了不少诗篇。李白“醉骑白花马，西走邯郸城。扬鞭动柳色，写鞚春风生。入郭登高楼，山川与云平。深宫翳绿草，万事伤人情。”这既是对赵武灵王的赞赏，也是对武灵丛台的真实写照。

如今，我们走过丛台，来到丛台北面的“七贤祠”，内塑春秋战国时代的韩厥、程婴、公孙杵臼、廉颇、蔺相如、赵奢、李牧七位名人塑像。他们都曾为赵国作过卓著功勋，被称为“三忠四贤”。他们的容姿虽已远逝，但在后人的心里却永远长存。

游走在邯郸的历史长卷里，满目的历史古迹，古典，庄严，肃穆，沧桑，让人禁不住浮想联翩。邯郸，背负着太多的光荣，太多的屈辱，太多的成语，太多的名词，太多的人文掌故，太多的腥风血雨。

如今的邯郸，在梦想着辉煌的未来，就像它曾经的辉煌。

# 风雨宁古塔

## 1

宁古塔在哪里?

宁古塔是个什么塔?

之前对宁古塔一知半解，并且只是在史书和影视作品中看到“宁古塔”这样的名词。到底宁古塔在哪里?宁古塔是个什么塔?却不甚了解。

## 2

风风雨雨造就了宁古塔。

具体地说，宁古塔为古地名，大约位于今黑龙江省牡丹江市一带，范围大概在图们江以北，乌苏里江以东，地靠日本海的地方。宁古塔是中国清代统治东北边疆的重镇，是清政府设在盛京（沈阳）以北统辖黑龙江、吉林广大地区的军事、政治和经济中心。

据说，宁古塔常年冰封。王家祯《研堂见闻杂录》称“宁古塔，在辽东极北，去京七八千里。其地重冰积雪，非复世界，中国人亦无至其地者。”吴兆骞在给其母的信中说：“宁古寒苦天下所无，自春初到四月中旬，大风如雷鸣电激咫尺皆迷，五月至七月阴雨接连，八月中旬即下大雪，九月初河水尽冻。雪才到地即成坚冰，一望千里皆茫茫白雪。”方拱干曾说：“人说黄泉路，若到了宁古塔，便有十个黄泉也不怕了！”

## 3

风风雨雨演绎了宁古塔。

宁古塔不是塔。之所以称为宁古塔，是因为满语称六为宁古，个为塔，所以宁古塔的意思是“六个”。相传清太祖努尔哈赤曾祖父福满所生的六个儿子（努尔哈赤的六个伯叔公）曾居此地，故称其地为宁古塔贝勒，简称宁古塔。清人称其：“南瞻长白，北绕龙江，允边城之雄区，壮金汤之帝里。”

## 4

风风雨雨渲染了宁古塔。

宁古塔是流放之地。

大约从顺治年间开始，宁古塔成了清廷流放人员的接收地，他们当中有抗清名将郑成功之父郑芝龙；文人金圣叹家属；著名诗人吴兆骞；思想家吕留良家属等等。他们的到来，传播了中原文化，使南北方人民的文化交流得以沟通。

同时，流民的涌入改变了当地以渔猎为生的原始生活方式，教他们种植稷、麦、粟、烟叶，采集人参和蜂蜜，使农业耕作得到发展。

## 5

风风雨雨描绘了宁古塔。

宁古塔，一个令人毛骨悚然的流放地。

流放，是一种仅次于死刑的刑罚。

作为古代中国对犯人的一种惩罚，流放的起源很早，《尚书》：“成汤伐桀，放于南巢”，夏桀可谓有史记载的最早遭到流放的人。秦汉时代流放逐渐形成体制。唐代以两千里作为流放起点，最高至三千里远，之后的朝代沿袭了这种规定。

中国人素有“安土重迁”思想，把流放作为仅次于死刑的刑罚，让犯人受尽折磨，客死他乡，以此作为惩罚，用心之毒。

## 6

风风雨雨锻造了宁古塔。

300 多年前的宁古塔，天寒地冻，人烟稀少，生存超乎寻常地艰难。

清朝统治者出于开发老家和惩罚犯人的目的，别有用心地选择了此地流放政治对手、农民起义者、叛乱者、文字狱案者、违纪犯规者。

他们不仅全家流放，甚至株连九族和邻里，几十、几百余人一起被押解到流放地，或者为奴，或者当差，能够免差者，大都原为官宦、文士。到了这里，无论什么人，原有的财产、功名，全成云烟。

除了那些不堪忍受苦难而逃跑、自杀、出家为僧者，流放者中也不乏与天地命运抗争的铁汉，他们不甘在惨嗟悲叹里沉沦，在这个生不如死的地方，化悲痛为力量，化腐朽为神奇，在苦难里坚韧不屈，积极有为。

## 7

风风雨雨吟诵着宁古塔。

文化人出生的方氏家族代代与东北流放地结缘，但又在不意间为那片土地播下了文教的种子，他们的生命之花也以异样的方式重新开放。

在宁古塔流放三年，方拱乾写成了《何陋居集》；晚年在扬州卖字为生、贫病交加之际，为纪念劫后余生，又将在宁古塔的见闻写成《绝域纪略》，成为宁古塔的第一部风物志；而其孙方登峄则著有《龙沙纪略》；这两部《纪略》为后人研究东北的风土人情提供了可贵的第一手资料。

## 8

风风雨雨历练了宁古塔。

杨越，明末秀才，因与南明抗清势力有牵连而被告发，遭清廷逮捕，全家被流放。

出关时，他用牛车带上了万卷书籍，包括《史记》《五经》《李太白全集》《历代古文选》等经典；然后，大力在当地传播文明，使人们学习文化、知书明礼。

杨越还积极传播南方农耕技术，教人们先进的耕作方法以及如何种植蔬菜，教大家用“破木为屋”来代替“掘地为屋”。宁古塔地区原来盛行物物交换，店铺很少。在杨越建议下，有了互市贸易场所，促进了商贸发展，培养了当地人初步的市场意识。

张缙彦，明朝最后一个兵部尚书，曾在清朝任工部右侍郎，但因朝廷党争受到牵连而被革职，后又因涉嫌文字狱而获罪流放。在终老宁古塔十二年的生涯里，他不仅教当地人农耕技术，还将亲身寻访宁古塔山川之所得写成《宁古塔山水记》。

在这部被称为黑龙江首部山水专志的著作里，他不仅为宁古塔山川命名，还详细描写了民风民俗，是后世研究三百多年前此地社会形态的宝贵资料。其散文《域外集》，以优美的文辞记述了流人开发宁古塔的史实。

吴兆骞，“江左三凤凰”之一，少年时便声震文坛的著名诗人，在南闱科场案中受到牵连，生性狂放、恃才傲物的他在复试中负气交白卷，结果，连同父母兄弟妻子一起被流放。

在宁古塔，因其杰出的诗文才华而成了诸将领的座上客，宁古塔将军巴海对他更是以礼相待，请到署中任书记，聘为家庭教师，教两个儿子读书。

吴兆骞与杨越等文人还在宁古塔这个文化蛮荒里开设“读书草堂”，利用从关内带来的文化典籍，对当地子弟进行教育。

二十几年的塞北风霜也成就了吴兆骞边塞诗人的美名，他从山海关到宁古塔一路创作的众多作品，在宁古塔文化史上留下了凝重的一笔。

## 9

风风雨雨警示着宁古塔。

宁古塔，这片绝域，原本是人间恶与毒的排泄地，是那些梦断仕途、魂别故里的流放者，赋予这个荒原以积极健康的新面貌，也是这块曾经让人生不如死的酸辛之地，以一种别样的方式给予那些勇者、强者以精神复苏的神奇力量，让他们在暴风雨后重现第二次生命的独特芳华。

宁古塔，这个灾难性的符号，在不经意间被强者锻造成一种特质的精神故乡。无怪乎当年流放者丁澎在去东北的道路上竟笑逐颜开，他因被那些先行者留在沿途墙壁上的诗才文气感动而欣喜于与这些被流放的才子们同伍、同游；也无怪乎回归不久便身患重病的吴兆骞在弥留之际，竟对着儿子幽幽怀念起在宁古塔的那些苦中作乐的、带着另类“诗意”的生活。

宁古塔，一个封建时代的特别监狱，却不意成了一种顶天立地的精神符号。

# 金鸡湖远眺

在人们的印象里，苏州的象征就是园林，官家的、私家的，各有气韵，各成风景，它们共同为文人墨客提供了觞咏品题、怡性适情的绝好场所，而湖水似乎显得有些例外、有些冷场。

近距离品味金鸡湖，是在2012初夏的一个晚上。当时我住在豪生大酒店的15层。与好友光俊相见之后，回到房间已是夜深人静。推窗透风，迎面便是烟波浩渺的金鸡湖。

弯弯的长岸拥抱着一泓静静的湖水，微风轻扬，一束束灯光贴在湖面上。我的心顿时与湖上的波纹一起跃动，时而引颈，时而依偎，像是厮守一场千年的盟约。湖水无情似有意，随着水波的轻漾，我们好像在湖岸绿树的倒影上作着漂泊的梦。

金鸡湖虽小，却比杭州西湖大。金鸡湖里的小岛，犹如一块块碧玉镶嵌在湖光山色之中，显得那样楚楚动人。尤其是在这样的夜里，光映湖面，湖水是那样皎洁柔美，宛如铺上了一条硕大的银毯，又如给金鸡湖披上了一层碎银。而此刻整个苏州都睡了，唯有我是醒着的。

金鸡湖景观分为湖滨大道、城市广场、水巷邻里、望湖角、金姬墩、文化水廊、玲珑湾、波心岛等。李公堤百年风华流光溢彩，时代广场华美亮相，使这里成为苏州夜生活的主要场所。金鸡湖的美，好像只有在晚上才能尽现出来。据了解，激光投影、水幕电影、艺术喷火与音乐喷泉是目前水景的最高表现形式。金鸡湖大型综合水景系统将四者有机结合，在总体风格上一改姑苏温山软水的轻柔，体现出一种大气、热情与豪放，蔚为壮观。

远远望去，湖面上灯火通明，远处的水上亭阁、岸边的香樟垂柳，全都被夏夜的斜风吹拂着，好像被若有若无的幻境所笼罩，满眼都是深深浅浅远远近近的绿。这湖水是清丽的，那样的湛蓝、透明；这湖水也是清高的，有些腼腆，总是羞涩地掩藏起娇柔的面容，让人产生一种“身不能至，心向往之”的冲动。湖面上，夜风荡开一湖的波纹，粼粼地泛着，好像湖中不安分的精灵。此时此刻，整个金鸡湖似乎默然凝固了，不需要任何的表达。只有那些草树，绿叶婆娑，那些粉船，船波弄影，撩拨起纷纷的畅想，仿佛从一卷又一卷的淡墨山水画中徐徐流走，不知人在梦中，还是梦在湖中。心跌到这油彩一般的湖水里，浸润、浓郁得再也化不开，生怕一点点的声响都会惊动这片无痕的梦境。

传说中的金鸡湖颇有神韵。春秋时期，勾践进贡西施之后，吴王夫差便只顾和西施在城西灵岩山姑苏台享乐游玩，不理朝政。夫差聪慧的女儿琼姬发现勾践别有用心，多次提醒父亲加以提防。可夫差非但没有听信女儿的话，反而受西施挑拨，把琼姬赶到苏州城东湖中的一个荒岛上“面湖思过”。后来，越国军队兵临姑苏城下，夫差为了保命，准备把女儿作为“礼物”送给勾践和亲。琼姬得知这个消息后，痛不欲生，跳湖自尽。后人为了纪念琼姬，便把这个湖泊叫作“琼姬湖”，把她所葬的地方称为“琼姬墩”。由于吴语中的“琼姬”念起来和“金鸡”的音韵相近，渐渐地，“琼姬湖”就被人们称为“金鸡湖”了……

仁者乐山，智者乐水。而我并非智士仁人，却时时向往着投入山水的怀抱，借以涤荡我在万丈红尘里沉浮起伏的身心。我常常想走近它看个分明，也想看清我自己，然而总是看不清也看不透，并且愈是靠近它的时候，愈有一种沧海桑田、听天由命的悲凉。

我想，有时候舍弃与放下都是一种解脱，只有似是而非之间，才是最好的境地。那逝去的流年沧桑，正如这汪金鸡湖水，多少悲欢离合，多少是非恩怨，多少儿女情长，都回报给天、云、世界，而它只是沉默地容纳泥沙、落叶、腐木，甚至于一切人间沧桑，倒映出美丽的天空、树木、飞鸟……

# 还乡曲

每个人都有自己的故乡。

每个人都有还乡的美好时光。

时光漫无声息地游走，记忆中许多美好的东西却藏在深处。偶然被恋旧的手一一翻出，便演绎出一个个动人的心曲。

## 1

故乡，是我心灵的家园。返回故乡就是返回本源。

自古以来，故乡给人们留下了太多的印记。无论人在旅途抑或在异乡，羌笛、秋声、鸟鸣或者美酒，都会引发思乡的情怀。高适的还乡，是“故乡今夜思千里，霜鬓明朝又一年”；王维的还乡，是“独在异乡为异客，每逢佳节倍思亲”；李白的还乡，是“此夜曲中闻折柳，何人不起故园情”；杜甫的还乡，是“白日放歌须纵酒，青春作伴好还乡”；陶渊明的还乡，是“舟遥遥以轻扬，风飘飘而吹衣”；柳宗元的还乡，是“若为化得身千亿，散上峰头望故乡”；范仲淹的还乡，是“浊酒一杯家万里，燕然未勒归无计”……

## 2

而我的还乡呢？

我的还乡，大都带有童年的印记。比如，溜进河沟里的捕鱼捉虾，翻过墙头东搜西找的捉迷藏，踮起脚尖踩在同伴身上抓屋檐下的鸟蛋，拿着棍子打枣的刺激，夏夜与几个伙伴瓜地匍匐的惊吓，还有家家户户门前鲜红的对联、窗花，以及从村口望去烟囱中飘出来的缕缕炊烟，氤氲在我的记忆中，勾起还乡的念头。

## 3

乡愁，是一种情感的依恋和怀念，里面有一种回忆带来的修饰和扭曲。

回忆不只是过往的情景和事物及经验在记忆中的浮现。很多时候，我会发现，捻着满额苍凉，一抬头，乡色盈满的天空却如此遥远。于是啜一口多氧的风，无数语言在心灵的憧憬中开出花来。

杨柳如老歌，拍着日渐丰腴的双肩。村口的池塘，还搁着那块沉不下去的明月。

乡愁是煮在酒里的一张脸。心事如阳光落在地上，就长出怀旧的花朵。我看见生命在废墟上破土，在老墙上寻找最早的房子，在草尖上探索最早的粮食。曾经的庭院，长满了红柳、枸杞和无名的蒿草，不再裸露松软的沙地。墙角的那几棵沙枣树，枯干的枝条像无数脚丫伸向天空。它们似乎早已经干枯了，从心灵到心灵，活成一曲不老的歌谣。站在孤独的院子里，想起了已故的父亲，好像他还能听懂我这凄婉的歌。

## 4

浓郁的乡土情感，是我还乡的动机；挚爱与伤感交织，是我还乡的心曲；温婉的批判，则是还乡中的思考与希冀。

还乡的旅途一方面唤醒了我的记忆，另一方面又在与过去的对比中，感叹美好的消失，继而让我流露出对命运不可知的种种伤感。

每一次还乡，都可以从左邻右舍体味到故乡的种种存在，许多东西早已幻化成一种精神符号，隐匿于灵魂的深处。所以，我似乎永远在感觉里行走，在记忆和现实中间，时间抹不去昨天的脚印，不管你愿意不愿意。

一支乡谣，就是一串感动。读一次是安慰，读两次还是安慰。

# 雪夜京城

甲午年的第一场雪，悄无声息地降落京城。一片白茫茫，让整座城变得异常纯洁。

我在一片纯白的都市里，感受着纯净清凉的风景。眉睫挂上晶莹，思绪千里驰骋。

从莲花桥一直向东，再从建国门走向故宫。长安街，一直飘着雪，如剪不断的愁，霜白了我的头发。当光阴流转回还，那冰清玉洁的美丽，融化在回眸的瞬间。隔着漫天的飞雪，我似乎看见了那些过往的春风秋月。

心上风景，延绵逶迤。多少次，我涌起诗意的心潮，悄悄向着远方，写下柔柔的冬之恋。看似每一年的飘雪如约而至，看雪的心境却早已变迁。我知道雪是深意灵性的，冰清玉润、绵柔细软。曼妙飞舞的雪，让这个季节变得诗意、深情。而落雪无语，委婉飘逸，纷纷扬扬，仿佛时光的轻柔呓语。

我喜欢这样漫步在白色世界，感受时光的素净安然。

暮雪残光，风尘淡逝。今夜的雪，绚丽了街，烂漫了梦。多少年了，匆忙的跋涉中，我已忘记了欣赏沿途的美景。雪地上残余的那些深浅不一的脚印，不知走向何方。

积雪盖地，也遮盖了每一处屋顶，绵延到每一条街巷。街灯之下，人们渐行渐远。路旁的树，早已是琼枝玉叶。而我，更是遍体鳞“霜”了。

# 一壶春色为谁香

眼瞅着，冰解了，雪化了，春就这么来了。它不矫情，不做作，大大方方，迎面而来，带着温暖，冒着地气，为我们呈现了一壶绝美春色。

一壶春色里，小鸟最懂春的讯息，它们从天上来，坐在屋檐下，电线上，叽叽喳喳，好像在开会，又好像是隆重的典礼。各种花啊树啊，都充足了能量，迫不及待，或者含苞待放，或者抽芽吐蕊。挡也挡不住，一天一个样子。院子里，迎春花显然已经等不及了，随风抽动着枝桠，绽开满枝的黄花。玉兰的枝叶上，挂满待放的花骨朵儿，似乎就等着春的一声令下。

一壶春色里，杏花坐在那里，任风漫过身畔，快乐，随时都可以爆发。每一个花芽都急不可耐，整装待发，生怕贻误了时机。那些桃树、梨树，尽管表面看还是原来的模样。但是，何时出场，它们显然心中有数。那些杨柳、槐树，似乎还沉睡在冬天里，昨天那一声戛然而止的蝉声，仿佛还留在它们的梦里。

一壶春色里，处处呈现着年的气息。初春，尽管乍暖还寒。但是不管江山如何，总会有春暖花开，这是自然的道理。该走的都走了，该来的都来。一壶春色，就是为来者开启。不是吗，这一壶春色，正在孕育一场盛大的春事。一抹浅黄，或一簇新绿，正在为春天流光溢彩，即使是蒲公英，或者路边的小草，也在为太阳孕育着新诗。

一壶春色里，惯看秋月春风，让知天命之年也享受着一片春红。如此，与流年一起对酌过往，浅舞芳华。邂逅，不问花开过几重，落过几许。漫步草色青青里，只汲取一季葱茏，然后把它装帧成流年最美的风景。而琴声与笛声，不仅奏出青翠欲滴，也走出草长莺飞。内心的律动，更是写给三月的情书。

一壶春色里，更加懂得真情与友谊。她们清清浅浅，不远不近，想起便有一种沁心的暖。即使世事经年，惟愿情怀依旧，宁静如初。在静默春光之中，静享山花烂漫，情深谊长。

一壶春色里，不去计较人生的或顺或逆，或苦或甜，只求心有所依，内心平安。如此，生活简简单单，平平凡凡，只要有爱相伴，心与心相伴，魂与魂相牵，则两情相悦。或者，拣拾一段春香，沿着自己想要去的方向；或者，选一处山清或者水秀，在那里尽情幽居，心中装满了阳光，自由自在去迎接那些有风有雨的日子。

一壶春色里，无须打捞往事，只让它们羽化成蝶。闲暇时，尽享那些水云间的浪漫，珍惜烟火中的偶然相遇，不论在市井，还是在街头。

# 回乡六记

故乡，时常出现在我的梦里。

说到故乡，在京的朋友总会问我如此惦念故乡的缘由。我说得很简单，谁不爱自己的故乡呢？但是如若推及思想深处，我以为这阴山脚下的八百里河套，就是一座寺庙，而我就是它虔诚修行的弟子。

故乡是最值得我修行和朝圣的地方。

## 日暮乡关

每一次回乡，总觉得有一些陌生，不是我健忘，而是记忆中的那个乡村渐渐消失了。尽管阴山还是那个阴山，黄河还是那条黄河，村庄还是那个村庄，但是，物是人非的感觉，总是让我怅然若失。

“日暮乡关何处是，烟波江上使人愁。”漂泊在外的人常常会生发对故乡的喟叹。这是一种对家园孜孜不倦的向往和眷恋。只是如今，对家园的向往早已是舍梦难求，而对故乡的眷恋，也早已被尘世的冷漠阻隔开来，只留下一些残存的碎片。

乡关何处？曾经的家在哪里？能让我休憩忘忧的地方在何方？自从父亲故去，村庄似乎只是一种概念，没有多少可以留恋的了。然而，几乎每一次回去，我都要带着弟兄们回村里，看看“赵家大院”，看看老房子。看了，便一身轻松，身上的块垒全消；看了，更清楚自己半斤八两，更加低调做人。

只是，回望整个村庄，曾经的村子，年少的玩伴，玩伴的长辈，几乎都不见了，尽管老房子还在，村口的那棵大树还在，通往村外的那条路还在，但是那些人、那些事都已经烟消云散了。或者只能隐没在我心灵深处，浮动在我的眼底，让我很酸涩。

## 母亲的话

如果说生命是一首悲欢交集的歌，那么我们便是那个唱歌的人。

人总有垂暮之年，满头的花发，那是母亲操劳的旁证；微弯的脊背，那是母亲辛苦的身影……

当下，追逐金钱的竞赛，从来没有像今天这样来势汹汹，对利益的张扬，也从未达到今天这样藐视道德法则的地步。比如有的手足兄弟，时常为一些小事龃龉，说穿了无非是为了一些蝇头小利。劝说，可解一时之惑，不解日常之交。大道理大家都懂，但做起事来就跑偏了。解决起来，不知道从何处下手。真正应了那句古话“清官难断家务事”。

不过，和母亲在一起交谈，八十高龄的母亲最担忧的却不是这些，他老人家关心的是化肥、农药、食品安全。她说，我们村子里那条曾经清澈见底、水流淙淙、鱼虾群群的小河，如今已是污水漫灌，杂草丛生，鱼虾绝种了。那些中毒的鱼啊虾啊，会痛苦地蹦到岸边，或者漂浮在水面。她说，这都是作孽啊！我以为，母亲的所思所想，似乎更高一筹。

母亲不放心我，她常对我说，历朝历代每个人，其实都在争取一个完满的人生，谁都想活得好一些。然而，世界上绝对没有完满的东西。你不信，太阳当空，马上就会偏西；月亮圆了，马上就会月亏。所以，有缺憾才是恒久，不完满才叫人生。肯低头，就永远不会碰头；肯让步，就永远不会退步。

母亲的这番话，朴实至极，含义深刻，够我享用一辈子。

## 智慧之光

母校——奋斗中学的大门紧闭。我们从学校门前穿行而过，直奔潘老师家去。

珍惜每一次与老师见面的机会。大年初二，我带着爱人去给潘老师拜年。餐桌上，伏特加酒，圣彼得堡的酒杯，英国红茶，日本糖果，所有这些都是潘老师为学生们精心准备的。

恩师老而好学。今年79岁，依然读书不止，每天保持3万字左右的阅读量，我们许多年轻人都自愧弗如。另外，许多老师，只是传道授业解惑，而潘老师传给我们的则是关于人生、关于存在、关于生活的大智慧。我铭记潘老师对我说的话，不论时代如何变迁，也不论潮流如何更新，关键要把握好自己。他总是谆谆告诫我们尊重传统，不要沉迷于物质，要守候好精神家园。越是困难的时候越要坚强，永远不放弃心中的理想。所谓“穷且益坚，不坠青云之志”，这是他对我们的一贯要求；“丹青不知老将至，富贵于我如浮云”，这是他一以贯之的高尚情操。

潘老师啊，你曾承载着多少莘莘学子的美梦，你曾创造过无法用价值估量的丰功；你曾担当过太阳底下最崇高的使命。您的品格，天地可鉴；您的秉性，日月悬明。

又是一年春好处，我们给您拜年，感念如山似海的恩师，纵使再多的言语，也道不尽对您的敬重之情，说不完对您深深的爱。

## 河套之春

流光溢彩的烟花，清脆响亮的鞭炮，昭示着又一个春节的到来。春风激荡起开心的欢笑，大红灯笼映现出点点暖意，空气中迷漫着温馨而热烈的气息。

请财神、选对联、买鞭炮、购年货……行色匆匆中，故乡的人们感受到了日子的芳香与忙碌，时间也在这盛大的节日里散发出沉淀已久的醇香。

餐桌丰盛，彰显着生活的富足与日子的精彩。亲人们相互拜年，互祝吉祥。我静静地体味着家的温馨，灵魂的皱纹在这最深最沉的时刻得以温柔地伸展。

红灯照，照出千家福；红烛摇，摇来好消息。亲情、乡情，甜醉了河套儿女，一声声祝福，祝给你万事如意。

这也是一个充满朝气的季节，所有的希望都在这里萌芽。春风柔柔地吹化了冰雪，吹散了薄雾。春天的歌声穿过叠嶂的尘世，唱醒了石缝中的小草、河边的树林。在春天里，拔节的不只是小草，也有我们的梦想。

## 年味渐远

年味儿是与春节相伴随的。

越是原始的地方，越是民风淳朴，遵循传统习俗，才能品出年味儿。北方的大炕，炕上一壶酒，围坐着父老亲朋、男女老幼，圆桌的距离拉近了情意，天南海北，共话一年好光景。这是一年中最舒适的时光。

印象中，在农村吃年夜饭，总是一大家人围坐在大圆桌前，上首坐着祖父母，儿孙轮流向二老敬酒、祝寿。但现在这种现象几乎很难看到了。

## 春节断想

年，是中国社会的轮回方式，终点、起点都是家，从家出发，又回归到家。

过年，这个代代传承的习俗，让一切都在亲情中融化。

所有的遇见都是笑脸，都是祝福，都是和谐。这就是社会的自我愈合能力，也是中华文明源远流长、历久弥新的密码之一。

# 牧场的黄昏

夏日午后，捧一卷古诗，坐在蒙古包旁边的勒勒车上，听近处的牛马欢叫，看远处的羊群走过草原。马头琴和牧歌萦绕在耳。心，轻嗅着青涩的草香，直向天幕，寻觅游牧的旧梦。

印象里，内蒙古草原的风光各异。西部的阿拉善草原、乌拉特草原，鄂尔多斯草原，以及乌兰察布草原，大部退化，大片的戈壁，长着低矮的草，还有马莲花，一直蔓延到阴山脚下；锡林郭勒大草原，是第一个草原自然保护区，在春暖花开的时节，一望无垠的草原上，到处都盛开着姹紫嫣红的花朵，马儿在草原上肆意的奔驰，成群的牛羊从身边浩浩荡荡地走过。躺在草地上，可以看见蔚蓝的天空和洁白的云朵；科尔沁大草原，集草原、湖泊为一体，相比于其他草原而言，具有独特的草原风光和蒙古族风情；呼伦贝尔草原则是世界上面积最大、草原质量最好的地方。地域辽阔，数百条交错的河流穿梭在一望无际的草原中，一直延伸到大兴安岭……

而今，我就仰卧在呼伦贝尔草原腹地，大兴安岭葱郁可望，草原广阔遥远，呼伦湖烟笼水绕，清清的湖水中，缓缓地流转着古老悠扬的旋律。

契阔往返，离别经年，那梦里的草原，依然是我精神的依附。那一望无际的牧场，那奔腾的马队，那云朵般的羊群，那星星点点的蒙古包，以及热闹的草原之夜，让我记忆犹新。在每一个思念草原的日子里，我总借一缕氤氲雾霭，触摸缥缈的梦境，把自己消弭于幽幽的马头琴或者长调当中，随着他们的曲调潜回草原…… 。

再一次辞别红尘的喧嚣，挽起一袖蒲公英的暗香，在悠远的元曲中浅吟低唱。翻看着元朝词人萨都剌的诗，深感他描写的景色十分亲切动人，如《上京即事》，“牛羊散漫落日下 / 野草生香乳酪甜 / 卷地朔风沙似雪／家家行帐下毡帘。”把塞外风光和北方少数民族的生活场景准确细致地描绘出来。他在《念奴娇·登石头城》里写道：“石头城上／望天低吴楚／眼空无物／指点六朝形胜地／唯有青山如壁……伤心千古／秦淮一片明月。”

是啊，走遍边关，查遍边塞诗，很少有当地的作者，许多诗人，大多命运多舛。很多时候，环境对人进行改造，以适应环境的要求。当然，岁月不住地转换着，以往多少英雄豪杰，都随着岁月的流逝一去不复返了。生活就是这样，有些人和事虽然值得回忆，值得留恋，但毕竟一日难再晨，生活不能总是沉浸在那些残缺的回忆里。

落日黄昏，草原上一派金光。轻风再起，声声低诉，一纸辞章，绽放了褪色的前缘，迷了一抹草原，达赉湖律动的波光，让历史变成了隔世的守望。

牧归了，近处的马，远处的羊，挥动的马鞭，响彻长空。当此之时，牧歌再起，穿透夕阳。蒙古包上，炊烟袅袅。断鸿声声，划过湖岸，碎了一波倒影，这浩渺的北国烟雨里，又添了一段新愁。不过，那婉转悠扬的马头琴和弦，漾开了湖上的涟漪，醉了草原之夜，也醉了我的心。

# 紫台的玉兰

初春的紫台，一切都在偷偷地孕育着生命。西门外的那几株玉兰也不例外。

每当我们在春寒料峭的风中行走的时候，在文园、武园、龙园，一朵朵淡黄色的迎春花便暗香涌动了。

一个凉风习习的清晨，不经意间，你会发现园子里一树树黄花儿，正咧开小嘴儿对你微笑呢。这时候，你就会觉得，春终于在我们深深浅浅的期盼中来到了。

春深不知人归处。园内草长，杂花生树，一派欣欣向荣的气象。它挣脱连日的雾霾，往你凝望的视角涌上目不暇接的风景。最引人注目的，当属西门那一株株白玉兰。

每当玉兰花开的时候，所有的枝条上都缀满了花朵。那细腻的乳白色花瓣，嫩黄的花蕊，挤挤挨挨地拥满了小树的每一个缝隙，仿佛是从树的骨子里开出来的，每一朵都是那么青春，那么阳光，那么骄傲地朝向蓝天。它们没有叶子的陪衬，耀眼地在早春的微风中抖动，尽情而又张扬地把生命绽放。用清清纯纯的一袭白，漠视着周围的萧条，呼唤着季节应该具有的热烈……

这几株白玉兰，的确有一些卓然不同。2009 年我第一次注意到它们时，是在一个夜晚，与家人散步。“看，多美的白花！”循着声音，驻足仰视，果然，大朵的白色花瓣缀满了整个树梢，无言向天，幽香萦回。第二天，我再次走近，只见白衣胜雪，玉树临风，的确风采绝伦。我沉浸于这样的美感中。

玉兰的气质是高雅的，其颜如玉，其味如兰。屈原在《离骚》中就有“朝饮木兰之坠露兮，夕餐菊之落英”的名句，颂其高贵芳洁，木兰作为玉兰的别称，说明玉兰其质若木，伟岸峻拔，是一般草本花不可比拟的。《木兰辞》中女扮男装的花木兰形象，正是寄托着这样的理想。至宋，《木兰花》《减字木兰花》等成为词牌名，词人们以此吟咏风物、感怀叙情。明人文征明就有一首《咏玉兰》："绰约新妆玉有辉，素娥千队雪成围，我知姑射真仙子，天遗霓裳试羽衣。"。

玉兰之美，不仅见于曼妙的诗文，更在于那冰清玉洁、花形硕大的玉兰花，映照的是人们纯净向上的人生姿态。每当我走到西门口，见到这几株玉兰花，浮躁的内心就会宁静下来。这几株玉兰花，在我的视野里不再若有若无，并且成为我仰望的高度，一季季的花开花落，洁白、挺拔、芬芳，还有什么比这些看似简单的字眼更意味深长的呢？

从附近张仪村赶来看花的一对中年夫妇，说起紫台的玉兰，有着道不尽的情感。他们喜爱玉兰，一直都在关注这几株玉兰花。他们说，经过一个冬天，玉兰在萧瑟中无声无息地孕育。阳春三月，可以惊喜地发现，每个枝头都会绽出毛茸茸的花蕾；渐渐地，绒朵由小变大、变得饱满，先是头部露出一个白点，然后一点一点地脱壳绽开。忽然有一天，你会惊奇地发现，那枯树枝头悄悄地开满了玉兰花，一朵、二朵……许许多多的花瓣聚集在一起，好像给每朵花穿上了一件白色的外套，像一群白衣仙女，皎洁清丽，散发出淡淡的微香。这对夫妇就这样不辞辛苦，反反复复，专程来看花，一直到花瓣渐渐飘零。

还有一位老大爷，年年都要从长辛店来这里，就是来采集辛夷给孙子治鼻炎用的。据史料记载，辛夷有散风寒的功效，可用于治鼻炎、降血压。传说，辛夷得名于一个美丽的故事。古有一秦举人（一说蜀举人）得了一种怪病，常常头痛头昏，流浓鼻涕，腥臭难闻。他四处求医问药，终无疗效。后得高人指点，来到一个夷族居住的地方，遇一鹤发童颜颇似仙人的老者，便向其求治。那老人见来者彬彬有礼，就笑道："这何难哉？"他轻轻松松地爬上那高大的乔木辛夷树上，采摘了几十朵紫红色的酷似笔椎的花蕾，然后下树交与来者，让其煮鸡蛋吃，每天一次，半月之后，秦举人病痊愈了。举人留下银两，拜谢老者，并特地带回种子，种在自家门前屋后，待其长大后结出花蕾，赠予病人治疗，无不见效。别人问此为何花？他一时答不上来。他想这是辛庆年间在夷人处获得的，便随口答道："这叫辛夷花。"辛夷于此成名。杜甫有诗道："辛夷始花亦已落，况我与子非壮年。街头酒价常苦贵，方外酒徒稀醉眠。速宜相就饮一斗，恰有三百青铜钱。"有人推断，杜甫晚年穷困多病，他很有可能食过辛夷花。

自古以来，中国文人雅士喜咏木兰辛夷，多有佳作。如王播："二十年前此院游，木兰花发院新修。如今再到经行处，树老无花僧白头。"此诗对辛夷老了无花多有叹息。又如张搏、陆龟蒙的合作诗："洞庭波浪渺无津，日日征帆送远人。（张搏）几度木兰船上望，不知元是此花身。"（陆龟蒙）古有"鲁班刻木兰舟"的传说。用木兰建造的船叫"兰舟"或"兰桡"，后"兰舟"成为船之美称。李时珍的《本草》载："木兰枝叶俱疏，其花内白外紫，亦有四季开者，深山生者尤大，可以为舟……"看来辛夷不仅为药，还可作舟，真乃大富大贵大功之树之花也。

# 老家的天空

天高云淡，丽日晴空，群鸟翱翔。这是老家的天空。

阴山莽莽，黄河汤汤，河渠纵横，散落村庄。山峦、田地、土院墙、土房，是我再熟悉不过的模样。还有空中“人”字形的大雁，咿咿呀呀从头顶飞过，我们仰望着天空，行走在放学的路上。悠闲、恬静，高高的田埂，弯曲的小径，感觉那条路是那么的悠长。

杨柳依依，麦苗葱葱，黄沙腾腾，蛙声阵阵。春风剪绿了田野，腾起了黄沙，热闹了田间地头。每当沙尘暴爆发，天空一片昏黄，如同黄昏的色彩，渲染了整个寰宇。几个小孩，穿着破旧的衣衫，背着书包，安心地笑着闹着，向自己家跑去。屋顶冒着炊烟，母亲大概已经准备晚饭了。这炊烟飘散在整个村庄的上空，袅袅婷婷的，引领着我的整个童年。

土路弯曲，电线飞架，小村静谧，明月高挂。告别了煤油灯，电的运用给老家的天空带来无限的温馨。天明即起，日落即睡，再也没有了；赶驴推磨，牛耕马拉，不多见了；特别重要的，书桌上的那盏煤油灯，只好下岗了。有精彩有平淡，有开心也有痛苦。电视的普及，一改老家几代人的沉闷，村庄的夜空更加明亮。

麦浪翻卷，瓜果飘香，丰收在望，人欢马叫。老家的 7 月，正是丰收的季节。天空日头正毒，而这时人们却不喜欢雨，宁肯挥汗如雨，也不要倾盆大雨。抢三夏，虎口夺粮。

天空净白，一丝风也没有。这也正是农民最辛苦的时候，他们在麦浪里挥镰，汗如雨下，浑身酸痛，甚至连一口水都喝不上。他们不惧怕这些，他们内心很甜美，因为它们看到了丰收的景象，他们觉得一年的劳作没有白费。正是这种希望，鼓舞着他们，激励着他们。

白雪飘飘，寒风猎猎，树木凋零，牛羊归圈。这里的云象无线的风筝，飘飘忽忽就不见了。黑夜，人们只欣赏明月与星辰，把云遗忘了。更多的时候，密密麻麻，全是星辰。瞩目天空，或蔚蓝如洗，或高远宁静。沧海桑田，天空经历了多少，可它既不骄不躁，也不妄自菲薄。一切都是过眼烟云，风雨之后依旧是彩虹。这就是老家天空的豁达之处。

地球分四季，太阳有远近，难忘的是老家的天空。老家的天空为什么这样宽厚豁达？无欲则刚，无欲则静，这就是天空的品格。有了这样的品格，天空才能如此淡定。

# 四月的河套

清明时节，再次回到塞外，回到八百里河套，回到我的故乡。

飞机上，看窗外的故乡，依然是天苍苍，野茫茫；马路上，看身边的故乡，依然是情切切，意惶惶。此时，耳边响起的是邓丽君的《小村之恋》：

> 弯弯的小河，青青的山冈，依偎着小村庄。蓝蓝的天空，阵阵的花香，怎不叫人为你向往。啊，问故乡，问故乡别来是否无恙。我时常时常地想念你，我愿意、我愿意回到你身旁，回到你身旁。美丽的村庄，美丽的风光，你常出现我的梦乡……

## 张望

四月的河套，阴晴无定，寒凉纷呈，常常是黄尘滚滚，地暗天昏。

弯弯长长的记忆里，我似乎憔悴了。不过，岁月虽然磨灭了我青春般的火焰，却永远抹不掉我对故乡的记忆。那悠扬的歌声，高古的边塞诗，飘忽在我心中。让我想起了清光绪帝特使、翰林院大学士王培棻在视察塞外时所写的那首《七笔勾》：

> 万里遨游，白日山河无尽头，山秃穷而陡，水恶虎狼吼。四月柳絮稠，山花无锦绣，狂风阵起哪辨昏与昼，因此上把万紫千红一笔勾。
>
> 窑洞茅屋，省上砖木措上土，夏日晒难透，阴雨更肯漏。土块砌墙头，灯油壁上流，掩藏臭气马粪与牛溲，因此上把雕梁画栋一笔勾。

塞外荒丘，土鞑回番族类稠，形容如猪狗，性心似马牛。嘻嘻推个球，哈哈拍会儿手，圣人传道此处偏遗漏，因此上把礼义廉耻一笔勾。

……

我以为《七笔勾》就是旧河套的写真。谁能想到《七笔勾》的旧事，并未成为历史。

太阳西斜的时候，晚霞渐渐转暗。远远望去，阴山笼罩在一片酱紫色的暮霭中。那些大大小小的村落，顷刻间被包围在淳朴无名的古老气氛中。这种乡村的美，依然令人陶醉。不过，现实中的这些乡村，正在匆匆忙忙地准备向城镇化方向迈进。我知道其实它们并不完全具备城镇化的条件，所以，看上去显得有些不伦不类，也许这也是发展中的进步吧。尽管如此，我依然感觉到若有所失，因为这让淳朴的乡村本身所具有的那种淳朴的姿态，随之消失殆尽了。

乡村的夜，恬静而安宁。没有渲啸，没有轰鸣，更没有城里灯火通明的不夜天。有的只是抬头能见点缀在深空的星星。小时候，以为乡间的小路通着远方，通向世界。现在才发现，乡村才是世界，才是世界的远方。

夜深人静的时候，故乡犹如一册诗书，让我痴痴地凝想，那穿越千年的天宇，如何总是那么缕缕难绝忧伤与苍凉？或者，故乡是一位铮铮的汉子，肩上的长戈在寒风里嘶嘶作响，它是你最忠实的伙伴吗？或是一位如花的姑娘？寒冷的大漠风，无情地撕扯着她的长发，那是春风里飘逸的柳丝吗？春风不度，她的歌声依然幽怨。

山的衣襟遮不住夜的苍茫，一缕笛音总能穿越心的荒凉……

## 怀想

走进熟悉而陌生的村庄，你就会知道这里是如此的寂寞。西来的风，南归的雁，鸡鸣狗吠，无论多么寒冷，无论多么寂寥，甚至于满眼荒芜，它依然故我，注视着你，注视着我，注视着千百年来的人世沧桑。

那纵横的河渠，一色干涩枯黄的土地，如同已然褪却青春色泽的黄脸婆，了无生息、百无聊赖地面对着它怀中的山川、天空、云朵、树木，还有那无数双枯涩的目光。

不过，四月的河套，虽不及江南来的那样朗润、鲜明、温婉、俏丽，却更有一番别致，一番寻味。就如一首苍凉、蕴藉、厚重的生命诗篇，耐人品读，耐人寻味。

在有晴无雨、乍暖还寒的时候，河水早就融化了，一汪一汪的冰水，在断流的河道上眨着媚眼，固执地守护着自己的家园。凉飕飕的风顺着河道袭来，在明净的水上撰写一首首抒情诗。可惜稿纸过于寒碜只能草就断章残句，贴在刚刚醒来的土地上，聊做春的序言。

风凉挡不住阳光的温暖，看看两岸柳树的枝条早已泛出清雅的鹅黄，柔软的长条在风中摇曳出丝丝柔情。迎着阳光发出耀眼银光的，是柳条上那粒粒的春消息。杨树一副不苟言笑的样子，枝条硬硬地指向苍茫的天空，保持自己一贯的矜持。可是枝头上钻出的嫩芽，却已暴露了它的春心。向阳的地方，青草已露出头来，正在用草绿绘一幅写意山水。

整个村庄，也在春的呼唤中欣欣然醒来。

## 新房

改革开放的大环境里，总有人在设计着历史、改变着历史，尽管你永远无法弄清那个具体的人到底是谁。但不管怎么变，在我的心里，它都不过是个标志而已。当见到村路两侧簇新的砖瓦房，就知道它在乡亲们心中的地位了。

小康村，一水儿的马脊梁屋顶，一水儿的红色砖墙，它区别于旧村落的所有土坯房，在野地中央拔地而起，就像童话里的世界。这深扎在乡村土地上的西洋景观，使你不得不相信现代文明向乡间推进的脚步。

这里，活跃着中国乡村体制中最末梢的神经。

在乡村，一个男人的终生理想是有个大房子，这不算守旧。然而，一个大房子已经装不下家里所有人的愿望；而一个女人的终生理想是不让另一个女人像自己这样成为土坷垃。然而，毕竟环境变了，在这什么都在改变，唯天高地远的空旷不变、寂寥漫长的日子不变的乡村，谁又能知道他们内心的皱褶里，会长出什么样的野草呢？

随便走进一处院子，青砖灰瓦，院墙高筑，它坐落在道路一侧的野地中央，被一片摇晃在风中的苞米秸隔着，远远看去，显得生机盎然。一院子的苞米，扒出来的堆在左侧，裸露出金黄色的米粒，还没扒出来的堆在右侧，就像一群等待飞翔的鸥鸟。看到它们，我备感亲切，童年时，只要到了秋天，就跟着秋收的大人，天天滚在苞米堆里，在那些从苞米身上扒下来的叶子下面，我听到过来自遥远世界最奇妙的声音。

只要你回到乡村，总能感受到生活中那些亘古不变的东西，这东西不是别的，是收获的喜悦。然而现在，在这个孤寂的院子里，我却难以感受到了。

乡村，似乎怎么都无法延伸年轻女子的希望，而这些乡村女子，但凡有一点本事，也要在进城打工之后，在城里嫁人。即使她们嫁了民工，不得不回乡安家，也绝不会回到生养她们的土地。她们会要求男方在县城或小镇买楼，过远离土地的城市人生活。

可以说，不干土地上的活儿，是新兴农民最大的面子。许多生了一个男孩的父母，他们终生最宏阔的理想，就是省吃俭用，到了儿子结婚年龄，一次性血本投入，在城里买楼。弄个楼，这是大部分乡村父母的理想，他们一代一代住在乡里，改革开放打通了城乡界限，这个理想就像兔子一样跳到了他们眼前。

## 婆媳

在乡村，婆媳是天敌，这是千年古训，婆婆由媳妇熬成，生儿育女建立家业的同时，也建立了一套自己的家庭秩序、生活习惯。姑娘变成媳妇，把根从娘家拔出，移植到新的土壤的同时，旧有的生活习惯受到挑战，新的梦想也受到限制。

然而这些年来，这个古训早已被计划生育政策所颠覆，一对夫妇只生一个孩儿，即使在乡村，第一个孩子是女孩还可以再生一个，那么也意味着一个农村家庭，再多也就只能有一个儿子。

现在三十五岁以内的人，大多都是独生子女，他们的父母大多都才六十岁左右，他们年富力强，根本不怕儿媳捣乱，如果不能把儿媳当成闺女来养，分家是一个绝对安全的选择。

生活疆域的狭窄、物质资源的贫乏，使她们的刚强不得不在虚妄的面子上凿出痕迹，就像啄木鸟在青绿的树上啄出深洞。

不断进出乡村，我知道这实在是太正常不过了。一对夫妇只生一个孩儿，这个孩儿就成了父母捧在掌心的心肝宝贝，即使有的家庭因为第一胎是个女孩又要了第二胎，勤劳的父母也要不惜代价倾身给予，如果家里生活贫穷，没有更多的物质给予，那么不让她干农活儿，就是做父母最大的给予了，尤其是女孩。

所谓贵养闺女贱养儿，这一观念也病毒一样在乡村蔓延。事实上，在我走过的许多村庄，很少能见到被父母贵养的女孩子。

## 姐夫

在村里，至今依然扎根在那里的还有大姐夫一家。

大姐夫本来是一个老三届高中毕业生，后来当了赤脚医生。按理说，他的思想不应该保守，他本来有条件改变自己的命运。可是我们面前的大姐夫是那么的守旧，他认为农民的身份永远不可能改变。他既不愿意随子女进城，也不愿意继续从医，而是甘愿把自己变成了一个纯而又纯的农民。

本来，大姐夫可以凭借自己的医术，在乡村行医，并且完全可以养家糊口。也完全可以把自己的五个子女带出来。可是，他似乎从未这么想过。如今，儿子离开家到了大城市勉强为生，四个女儿也都纷纷进了城，只有他们老两口还居住在村子里。

在一条短街的最里边，玉米和葵花秸秆围成的院落，鸡、狗、驴、羊、兔子，和睦相处。看见我们进来，它们便冲着我们而来，整个院子便成了一个动物王国。我看见大姐迎出来，她眼窝发乌，嘴唇上有一串亮晶晶的燎泡，好像正被一股无名火纠缠着。

日光在院子里一层层暗淡下去，房屋的窗玻璃上，透出一泓深不可测的黑影，而堂屋门洞是黑漆漆的底色，衬托着一群舞在半空的蚊蝇，使屋外展现在苞米堆上的生机顿时消逝殆尽，不但如此，一种让人胸口发紧的凄楚、苍凉、死寂，无遮无掩地挤压过来。

那个晚上，我翻来覆去无法入睡，一些场景和人物不断来到我的眼前。睡不着，就坐起来看着窗外，那里，月牙儿在远天高高地悬着。借着这流转的光，我一遍又一遍重复看到两个人：一个，是大姐夫的儿子，那个不曾说上太多话的人；一个，是大姐夫，静静地伫立在黑影里，就像一棵伫立在远方的树。

长夜无语，只有一团团梦幻一样的光在窗外飞速流转……

# 女儿红

来到绍兴，一定要品一品女儿红。

品之前，耳边响起了悦耳动听的《九九女儿红》：

摇起了乌篷船 / 顺水又顺风 / 你十八岁的脸上 / 象映日荷花别样红 / 穿过了青石巷 / 点起了红灯笼 / 你十八年的等待 / 是纯真的笑容 / 斟满了女儿红 / 情总是那样浓 / 十八里的长亭 / 再不必长相送 / 掀起你的红盖头 / 看满堂烛影摇红 / 十八年的相思 / 尽在不言中 / 九九女儿红 / 埋藏了十八个冬 / 九九女儿红 / 酿一个十八年的梦 / 九九女儿红 / 洒向那南北西东 / 九九女儿红 / 永远醉在我心中。

这首歌是陈少华演唱的。一首老歌，让我对女儿红有了更多的关注。

女儿红本是糯米酒的一种，产于浙江一带。关于女儿红的由来，有许多传说。较为可信的一种是，晋时东关（现在浙江上虞境内）有一裁缝，其妻孕，特酿好酒数坛以贺得子。谁知得女，裁缝气恼，埋酒于地下。十八年后，女儿长大，才貌双全，裁缝将女许与得意门徒。洞房花烛夜，起出埋藏十八年之陈酿宴宾朋，味甘洌，色橙红，席上骚人赞曰：“佳酿女儿红，育女似神童。”自此，会稽一带形成生女儿必酿“女儿红”的习俗。又因酒坛上有一些吉祥图画，人们又将“女儿红”称为“花雕”。

女儿红呈琥珀色，透明澄澈，赏心悦目。它是一种兼具甜、酸、苦、辛、鲜、涩六味于一体的美酒，具有澄、香、醇、柔、绵、爽的特点，而且随着时间的久远而更为浓烈。

在绍兴的那几天，我们天天都在品尝女儿红。追随着“女儿红”赐予的一泓酽酽的醉意，似乎看到王羲之“一觞一咏，畅叙幽情”的良辰美景；触摸到徐渭“放浪曲”的豪爽烈性；体味到陆游“船头一束书，船后一壶酒”的无限意趣以及“红酥手，黄藤酒，满城春色宫墙柳”的离愁别恨……

天生丽质的“女儿红”，千古宜人的液态琥珀，的确让千千万万的饮者动容。

九九女儿红
埋藏了十八个冬
九九女儿红
酿一个十八年的梦
九九女儿红
洒向那南北西东
九九女儿红
永远醉在我心中

# 深圳的魅力

相对于一个世界来说，一个人只是一粒尘埃。而对一个人来说，有时他自己可能便是整个世界。所谓至人无己，神人无功，圣人无名。

多少次去深圳，我惊叹于深南大道的宽阔，我盛赞帝王大厦的高峻，我游离于世界之窗的风景，但是我更加深刻地感到，北方的土太厚，山太高，风太大，梦太沉……

每一次来到深圳，如同多年未见的朋友，我可以仔细地端详它，尽情地审视它，审慎地聆听它，热情地拥抱它。

为什么“孔雀东南飞”？我发现了深圳的魅力所在。

任何一个人，在深圳可以无限伸展自己的抱负，尽情舒展自己的才华。这是因为，不断学习、不断超越自我，成了深圳人普遍的共识与追求。他们的工作、生活中有太多的问题需要自己去思考和面对，没有时间去伤感，深圳人不相信眼泪。

再有，深圳面临大海，连接港澳，位置固然重要。但是更重要的在于，深圳的活力在于它灵活的用人机制。内地好多地方很难理解这种“活力”的真正含义。由于人们的选择太少，路太窄，往往一个人的进步决定在某一人手中，想要有所作为相对很难。而在深圳总是有那么多的“诱惑”和机会出现在你面前，深圳人不看你的以前，只论你对现在和将来的表现。要想活得更好，就必须不断地学习，不断地把握机会 。

还有，深圳人个性鲜明。上班大家是同事，下班后各自回到不同区域的家，休息时间里可以很放松而无须关注别人的眼光，随意、洒脱、自信、健康。而在内地则有太多的束缚，大家工作休息在一个圈子里很可能一二十年甚至一辈子，你所有的一举一动都在大家的视野里，少了很多生活的乐趣。

# 神 木

祖籍神木，先祖故乡，悠悠的乡情，挂肚牵肠。

在陕西省北部，黄河中游，长城沿线，晋陕蒙三省交接的地方，便是我的祖籍神木了。

在陕北，人们都知道神木很大，面积7600多平方公里；人们都知道它历史悠久，早在四五千年前就有人类繁衍生息；人们都知道她开发较早，秦汉即有建制，或郡或县相沿，有明一朝开始，称神木县至今。

神木素有“严疆要塞”之称，为“南卫关中，北屏河套，左扼晋阳之险，右持灵夏之冲”的兵家必争之地，名垂青史的“杨家将”就源于此、始于此；神木还是著名的革命老区，为中国革命的胜利做出过积极贡献。

神木境内风景名胜众多，二郎山、杏花滩、杨家城、凯歌楼、红碱淖、明长城遗址、天台山等。

神木的发展迅猛，已初步形成以煤炭为龙头，建材、电力、化工为骨干的地方工业体系。包神铁路北达包头，神黄铁路东连山西朔州，直达黄骅港，神延铁路南达西安与陇海线交汇，经西康铁路通向西南。

神木，因为有煤和天然气，成为一片充满希望的热土，骤然富裕起来，神木人也一下子扬眉吐气起来，一改过去讨吃要饭的坏名声而屹立在黄土高原之上。

# 壮哉阴山

阴山是我故乡的山，是我从小见过最大的山。不过，在众多的名山大川中，阴山又是一座小山，甚至不被人们所知晓。但它却以特有的神奇和无比强大的雄浑气概震撼着人们。

阴山，横亘于内蒙古西部，向东没入河北，在内蒙古却是座大山。内蒙古最高峰呼和巴什格山峰（2364 米）就在我的家乡巴彦淖尔（蒙古语，意为美丽的沼泽地）境内。阴山中也有梦幻神奇，比如泉水，当地人盛赞它能治病，刚吃过羊肉，再喝泉水，绝不会闹肚子。再比如，丹霞地貌的艳艳红山，造就了更加神奇的人根峰和圣母洞，在这苍凉的阴山之中留存着生命的律动。

雄伟壮丽的阴山，历史上有众多的诗篇：“敕勒川，阴山下，天苍苍，野茫茫，风吹草低见牛羊。”“八月阴山雪满天，清光凝目眩生花，中州万古英雄气，也到阴山敕勒川。”闻名世界的阴山岩画，遍布阴山山脉，岩画“五虎图”世界闻名，它就在阴山的老虎沟。

近看阴山，赭黄少土的阴山，沟壑纵横，既有华山之美，又有泰山之雄。高低起伏，绵延不断。山沟山脊上，要么巨石峰峦，错落有致，要么浅草点缀，摇曳随风。那种神形韵致，俨然是宋代的山水画卷。以前我看宋代写意点染的山水，总以为古代画家缺少写实的精神，是随意点染的山水轴子。看到眼前阴山的神貌，终于找到了古画上营造山水的玄妙了。

有人说，阴山是苍茫、雄壮的，那雄浑超然的富有力度与深沉内涵的阳刚之美，与沙漠、戈壁、草原、田野相连，更显恢宏；也有人说，阴山是博大、宽容的，整个阴山少有冲入云霄的山峰，它们不争高低，浑然一体，平静和谐地共存着，即使是黄河这条势不可挡的巨龙，来到阴山脚下也只好乖乖地绕个弯，再缓缓东流。是啊，黄河从黄土高原西侧汹涌北上，直撞到高高的阴山，不得不咆哮着向南冲去，沿黄土高原东侧流过晋豫大地，转向东海。要不是阴山的阻拦，黄河会一直向北冲去，流过蒙古高原，那中国就不是现在的这般模样了。应当说，黄河就像一位刚烈女子，是阴山伸开双臂拥抱了她，感化了她。

“瀚海百重波，阴山千里雪”，阴山是一条自然长城，山北是蒙古游牧民族，山南是平原农耕民族，长期龙争虎斗，使阴山成为兵家必争之地。为了保卫阴山，阴山有多条长城横筑，赵、秦、汉、魏、金，迄今都已变成残墙瓦砾。阴山古塞高阙塞，是战国时赵武灵王修筑，位于阴山山脉狼山北口，是中国历史上著名的军事要塞。

不知是宗教选择了阴山，还是阴山选择了宗教，那一座座庙宇寺院点缀在阴山南麓，使宗教更加神秘，让阴山更加神奇。阴山有树木，常常不敢遮掩山石的苍劲；阴山也有溪水，往往未流淌出大山便渗入大地。

阴山脚下，是八百里河套平原。空旷、辽远，地面河渠纵横，百姓殷实富裕。一段时间，匈奴活跃于此，所谓“北有引弓强国，南有冠带之邦”。唐代诗人王昌龄的《出塞》诗：“秦时明月汉时关，万里长征人未还，但使龙城飞将在，不教胡马度阴山。”诗中描绘的就是阴山。所以，阴山应该是秦汉唐宋所谓的边塞之地，也是征人望月怀乡、折柳闻笛的所在。历史的沧桑与人事的兴废，都在阴山上下打上了深深的烙印。

八百里河套米粮川。黄河两岸，水草丰茂，葵花朵朵，蜀麦飘香。在河套平原，可以从干燥的空气里，总能闻到一种泥土的气息，一种滋润在肌肤上的味道。

# 重访景德镇

距第一次去景德镇，已有10年了。记得那次去时，正值7月，骄阳似火。我们先到婺源，后到景德镇，对瓷都的山水人文只有一些初步的了解。

而这一次却赶上雨天。雨中逛瓷都，也是一种独特的享受。景德镇是瓷器的故乡，这里将陶瓷与历史、文化、旅游、商贸、作坊、休闲、人居融合在一起，再现了千年昌南古镇的辉煌。有一句话叫作“认识中国从瓷器开始，收藏陶瓷从景德镇迈步”。说得多好。

## 1

景德镇作为陶瓷之都，无疑是中国的一种文化符号，名贯千古，誉驰寰宇。其瓷品以“白如玉，明如镜，薄如纸，声如磬”的独特风格，蜚声海内外。无论玲珑剔透、轻盈细致的套盘，还是圆圆胖胖、稚稚拙拙的碗盏，都是那样生动可爱、楚楚动人。

大凡喜爱陶瓷的人，没有不想去景德镇走一走的。再一次走进瓷都，一切都是那么的亲切，那么的熟悉。

景德镇给自己的广告语是：“一城诗画山水，千年魅力瓷都”。徜徉在诗画山水的景德镇，行走在魅力瓷都的陶瓷馆、博览区、陶瓷市场、三闾庙大街，各类瓷器让你目不暇接，不仅有承载着陶瓷历史文化遗存的古玩市场；还有景德镇百年陶瓷精品馆……在这里，让我想起了2011年夏天，当我置身伦敦大英博物馆的时候，在中国馆的瓷器展室停留了那么久。那里陈列了各个时期的中国瓷器，有宋代汝窑、元代龙泉窑、宋代龙泉窑、金代定窑白瓷、钧窑瓷器等等。想想看，它们大都产自这里、源自这里，让我好生感慨。据联合国教科文组织2006年披露，中国流失文物多达164万件（还不算各国私人藏有的10倍于这个数字的中国文物），被世界47家博物馆收藏，而大英博物馆是收藏中国流失文物最多的一家，竟达2.3万件。徜徉在这个世界上历史最悠久、规模最宏伟的博物馆，面对这些本来属于中国人的文物，心中的楚痛挥之不去。

## 2

景德镇四面环山，青罗玉带般的昌江自安徽祁门蜿蜒北来，擦城而过，遇城南的岚山西折而流向鄱阳湖。千年瓷都，不仅有千年的窑火和千年的遗址，更有留传千年的瓷器和蕴含在这些瓷器背后的动人传说。所谓“四面松山三面水：山水之间，鸟语花香；一城瓷器半城窑：窑炉内外，溢彩流光”。

昌江如带，岁月如河。走进瓷都，便走进了瓷的海洋。窑火千年的城市雕塑鲜红的耀眼。瓷艺所，昌南锦绣，陶艺阁随处可见。从生活用品到家居摆设，样样齐全。路边的灯杆是瓷制的，街边的花盆是瓷做的，人行道上的漂亮图案也是用碎瓷镶嵌的。那些专门经营瓷器的店铺比比皆是。于是，看瓷、赏瓷、品瓷，便成了一种消遣、一种享受。

在景德镇看瓷、赏瓷、品瓷，实际上就是在咀嚼一部千年中国史。在这里，一片瓷就是一段江湖，一座窑就是一册凝固的历史。陶瓷从汉代起家，唐代鼎盛。唐朝末年由于战乱致使能工巧匠逃至景德镇，从此景德镇成为陶瓷艺术的传承地。到北宋时正式将景德镇命名为瓷都。元、明、清三代在继承前人陶艺的基础上，不断升华，产生了不同的陶瓷艺术品。例如，元代的青花瓷、明代的白瓷、清代的粉彩等。更为重要的是，英文里的“china”，起源也来自这里。因为景德镇最初叫作新平镇，地处昌江南面，明末清初，英国人青睐“昌南”窑出产的瓷器，但念不准“昌南”的汉语发音，就读成了“china”。于是，瓷器成了中国文明的象征。外国人见到瓷器就想到中国，并且用一个“china”叫响了整个世界。

## 3

古瑶，环境幽美，不乏苏州园林的景致，树木高耸入云，植被葱茏毓秀。所谓“瑶里村落，明清遗风今犹在；古驿道边，枯藤老树又新簧。”不仅还原了古时作坊的场所和制作场景，而且每道工序都被单独罗列出来，且均由一位老艺师示范操作，拉坯、印坯、利坯，样样俱全，场面生动。

按属性划分，“窑”可分为官窑与民窑两类，官窑与民窑的不同在其外观与面积，皇家毕竟气派。但是，无论官窑还是民窑，也无论“窑”的外形有多么不同，它们只是一个“工房”，讲的是一个“炼”字。在每一款瓷器上，都流动着匠师艺人的灵魂，让人仿佛看见他们和高人悟道，听到他们在松风中歌唱，以及泥土的呢喃，火的舞蹈，水的笑逐。那随手渲染的狼毫勾勒，一片墨痕，现出荷叶、梅花、芙蓉、小鸟，青花如水墨般在瓷胎上游走，或浓或淡，泛着一片欲滴的苍翠。还有其中的山水、美人、书法以及朱红印章，都洋溢着无限的意蕴。

观赏景德镇瓷器，既可以让人眼界大开，又可以带来一种绝妙的享受。青花瓷，清雅，幽静，像一段寂寞的歌谣，藏身在深深院落里，等待那个懂它的人；秘色瓷，以春色作衫，一身青衣，像一面湖，静水深流，暗含诗意；粉彩瓷，艳而不俗，一壶清酒，一树桃花。

## 4

在景德镇，还可以看到江南唯一的五品县衙。这个在历史上被称为浮梁的地方，有白居易名诗为证：“商人重利轻别离，前月浮梁买茶去”。

当初我们走进县衙，从正门到仪门，经正堂进二堂，再入后堂，直至后花园，整个县衙错落有致，集办公、生活、娱乐于一体，规划有序，威严十足。县衙为五品级，足以见证浮梁在历史上的地位。衙旁有宋朝时期留存下来的百米红塔，登塔远眺，昌河如一条白练，穿行于山麓之间，不禁使人想起苏东坡、黄庭坚、佛印禅师三人乘一叶轻舟沿河漂流的情形。

传说佛印禅师世代业儒，自幼聪颖，三岁学论语，五岁诵诗三千首，及长而精通五经，风韵飘逸，乡里称他为“神童”。后为宗门的禅法大将，广开法席，受到僧俗二众的敬慕。宋神宗因为钦仰他的德风，赐给他高丽的磨衲（袈裟），赠号“佛印禅师”。后来，浮梁人也常以佛印为荣。

# 重回母校

岁月悠悠。不知不觉中，离开母校——奋斗中学，已经整整三十个春秋了。

不知是一种怀旧，还是一种感恩情结的缠绕。想回母校去看一看的心愿与日俱增。本打算母校 70 周年大庆回去，无奈公务在身不能前往，留下些许遗憾。

2012 年国庆期间，我从乌兰浩特回到陕坝，在弟弟的陪伴下，再次回到奋斗中学。

故地重游，校址犹在，但昔日简陋陈旧的门房、大礼堂、操场、教室、食堂、寝室，统统不见了踪影，映入眼帘的是高大、现代的教学楼；宽敞、空旷的体育场；整齐、洁净的学生食堂和公寓。整个校园绿树茵茵，楼台栉比，洋溢着一派现代、清新、活力、向上的气息。母校的确是变了，在我心里，感觉它变得似乎与我拉开了距离，感觉是那样的陌生。

我脑海里的校园不是这样，那时的母校比现在好得多、亲近得多了，尽管它已是三十年前的情境。站在这块曾经给了我知识和力量、理想和梦想的地方，真是心潮起伏，思绪万千。一种无法掩饰的激越，一种油然而生的慨叹，一种挥之不去的记忆把我带入对往事的追忆之中。

我在奋斗中学上高中，当时不叫奋斗中学，而是叫杭锦后旗第一中学。进入这所学校就意味着我的高中生涯将在这里结束，也意味着我的人生中有许多东西将在这个时段孕育、形成或定格。我们都知道这是一个承上启下的阶段，是人生当中的一个节点。是啊，我的青春曾在这里熊熊燃烧；我的信念曾在这里打造锻铸；我的理想曾在这里扬帆启航。这里是我理想之梦开启的地方，这里是我人生之旅迈步的起点。在漫漫人生的长路上，纵然有许许多多路过的人我已不曾记得，纵然有许许多多经过的事已随风而去，唯有母校却让我如此刻骨铭心。

是啊，我深深记得，1980 年的春节前夕。寒冬腊月，北风呼啸，小雪纷飞，冰冻三尺。父亲顶风冒雪送我来到这所学校。王忠老师，当时正在这里担任教务主任。父亲和他寒暄的时候，我细细打量着这里的一切。一排排的教室，蓝砖红瓦，整洁大方；安静的校园，树木成行；优雅的老师，仪态倨傲。就在父亲回去要和我分手的那一刻，我转身哭了。这泪水包含着惊喜，包含着激动，也包含着感恩。因为上高中的名额是很有限的；因为我的家庭还很贫困。我把母亲用一针一线缝补的衣被和一周用的白面、咸菜放在宿舍，找到了当时的班主任，就直接走进了教室，走进了梦寐以求的杭中……

奋中，我回来了。因为是假期，学校里的学生很少。有些学生在树荫下读书，有些则在操场上打球。我和弟弟穿过教学楼，径直来到大杨树旁边的校史室。因为是刚刚举办完校庆，还可以看得见里面陈列的物品。我看见校史室的牌名还是我的同班同学李志平亲自书写的，十分亲切。如今他已是内蒙古师大艺术学院院长，在书画界已经小有名气。

我骄傲地给弟弟叙说着，而我的脚步却在放慢，我的思绪却在放飞，我的目光正在搜索、在寻觅，寻觅我坐过的教室，寻觅我青春年少时的身影，寻觅我在这里曾经留下的足迹。我惊喜地发现，还留存的一段教室遗址。学校把它作为发展史的见证物。让我可以看到了这个久违了的教室。

这就是我的教室，是我和同学们的教室。我久久地趴在教室的窗台前，透过模糊的玻璃看进去，那墙壁、那讲台、那黑板依然如故，看上去是那么的熟悉，又是那么的亲切。发生在这个教室里的那些往事，在我脑海中依然历历在目，恍若昨天。我仿佛听到我们的歌声在教室里悠扬回荡；我仿佛看到老师们的演讲神采飞扬；我仿佛又聆听到一个个同学在心灵中“指点江山，激扬文字”的激越旋律……是啊！就是在这个教室里，我的一篇作文《校园的树》《河套的早晨》，受到了老师的褒奖，潘涌老师的精彩点评让它轰动全校。就是在这个教室里，我们全班 90 多人坐着同样的课桌，上着同样的课本，而三十年过后的今天，我们各自有了不同的人生。

时光就是那么无情地悄声逝去，岁月在弹指之间把我们推上了知天命之年。当我们在人生的长河中冲浪、搏击了几个沉浮之后，再度回到出发的地方时，回首看看，身后是用甜酸苦辣、欢笑泪水、成功失败铺筑的一条人生之路。虽然每个人的境况都不尽相同，但相同的是，每个人都在这条布满荆棘的人生道路上留下了步履匆匆的足迹。不管是春风得意、荣归故里也好，也不管是失败失意、遍体鳞伤也罢，大家都付出了努力和艰辛。我想，母校不会评判我们的功过是非，母校也不会以成败来亲疏她的学子。因为母校知道：天有风霜雨雪，月有阴晴圆缺，自然界如此，人生亦如此，人生不可能都那么阳光灿烂。

时间很快过去，又要离开奋中了。顿生感慨，就以一首《奋中赋》来答谢母校吧：

浩浩中华，学庠万千。唯我奋中，河套守边。依黄河之滔滔，倚阴山之芊芊。挽混沌于荒乱，开愚昧以智泉。寄父老之重托，寓祖国之厚怜。桃李满天下，才人辈出；学子遍九州，光耀星炫。

遥襟甫畅，逸兴神飞。锦绣奋中，绰约丰姿。华堂广厦，鳞次栉比。花草栽遍甬道，绿地环拥校园。路衢似暮雨初洗，一尘不染；苗圃犹朝霞映照，万彩斑斓。春景迷人夏风爽，秋色绮丽冬雪扬。天蓝云白兮，山青水碧；花红草绿兮，风和日丽。

夭夭桃李，灼灼其华，校园美景，如诗如画。阅览室，看遍中外名著，饱览宇宙翰墨；图书馆，阅尽古今风骚，领略名家经典；课堂之内，精聚神凝，眼亮心驰，聆听名师教诲；实践课上，手勤善思，谨严创新，亲感课外意趣。电脑房中，信息高速晓天下；体育馆里，兔起鹘落轻灵捷；田径场上，健步如飞高快强。师殷生勤，学有长进。竟知向学，厚德笃行。校歌校训，永承不忘。

# 重修故居赋

阴山巍巍，黄河泱泱。平原壮丽，物产蕃昌。小村偏僻，家舍泥墙。父辈在此生息，兄弟养猪养羊。朴实无华之美，栅栏砾瓦之光。少年欢声，歌飞艰难之世；中年对视，韵起家国之邦。

遥想父亲援椽，搭建两居屋顶；母亲做饭，维系八口人生。名重乡里，偏多燕赵之豪气；胸怀万壑，几许晋宋之高风。年近六旬，始成巨制；时经三载，举家欢腾。

观夫故居一周，其院墙坚固，其门窗疏明。其屋顶苍老，其院落幽清。拥井泉而深秀，撷云翳之空灵。树拥村舍，水漫沙汀。鱼蛙泛碧，杳霭无声。历晨曦而波漾，经黄昏而烟生。石苍古以灰白，原为地设；木华滋而清润，自是天成。写翠微以传世，觉宇宙之无穷。

斯屋修成，以感父恩。复有绿草经秋，黄杨厄闰。叹人命之多舛，悲孝心以扬尘。两弟兄进城为公，好梦天成；三姐姐儿女成人，家道中兴。屋宇不忍凋零，保存当年旧貌；我身辗转，独在帝王之京。异地联想，长隔碧海；遥山同望，当慰素心。

于今故居虽冷，老母雍容。情牵家园，意瞩国风。寄深情于慈父，兄弟联袂；期阖家之团圆，欢乐胜景。

于是歌曰：美德传乎家族，多添麟凤；长风驾于九州，耀祖荣宗。龙胄欢呼，承瑞露于域外；鸿祉共庆，布和美于家风。

# 木棉花暖鹧鸪飞

## 1

有幸到广西看德天瀑布，并且住在了老木棉酒店。忽然对木棉有了一种更为亲近的感觉。不禁想起了李商隐歌咏木棉的诗句：“今日致身歌舞地，木棉花暖鹧鸪飞。”

在诗人眼里，木棉是美好的、温暖的。只可惜我们这次只能看到树而看不见花。这完全是季节的缘故。

木棉，别名红棉，也有人叫它“英雄树”“攀枝花”“烽火树”等，是一种热带特有的著名观赏花卉。原产中国南部及澳洲等地，并且是广州、广西崇左、四川省攀枝花市以及台湾高雄、新竹两地的市花。来到崇左、德天，我们可以随处看见许多高高大大的木棉。

## 2

那一天，我们从南宁出发，一路的山影铺地，一路的碧水轻流。到崇左，过大新，来到了硕龙德天瀑布景区。一路上，无风，轻雾，细雨，给人一种缥缥缈缈的感觉。远望，群山叠翠，花草相随。景致移动，画廊迷离；近看，山回路转，夹坞成塘，溪木连天，堤篁拥翠。唐代大文豪韩愈把此景描绘成一位美女：“江作青罗带，山如碧玉簪”。信然若此。还有高大的木棉树、凤尾竹相伴，娇美的紫荆花、芸香竹作陪，真正的心旷神怡啊，仿佛桃花源再现。

仔细观察，你还会发现，尽管我们这些外来人忍不住惊叹，而当地人并不以为自己就是神仙。在他们眼里，德天就是德天，明仕田园就是明仕田园，没有别的。感叹的只有我们。

我们的车子驶过硕龙不远，绿荫中白光一闪，眼帘豁然大开。河道尽头，群山壁立，一抹瀑布自天而降，如一道巨屏，气势万千地横陈在绿色的崖壁上。我们沿着归春河畔的小路，迎着越来越响的轰鸣声，一步一步走近大瀑布。在我的印象中，中国的瀑布没有一处和它相同。黄果树瀑布落差比它高，却没有它那么阔大；九寨沟诺日郎瀑布宽则宽亦，却没有它这样雄浑浩荡；雁荡山的大龙湫只是一条龙在山中游动；黄山的人字瀑，和它相比犹如小溪面对江河；庐山瀑布曾经“疑是银河落九天”，如今只剩下了峭壁上的几道水痕，根本无法和它同日而语……

## 3

德天瀑布没有太多的人工雕琢，没有摩崖题刻，没有观瀑诗文，没有吟瀑对联，没有观瀑亭。只有天然。有人说，水最艳丽、最剔透是结冰的时候，最轻柔、最润滑是流淌的时候，最出神入化是被蒸发的时候，最惊心动魄是瀑布流淌的时候。而德天瀑布的一往无前、奋不顾身，不仅仅是一种壮烈，更是一种壮观。

我们一行人走上竹筏，长篙在河滩上轻轻一点，筏子便稳稳地滑到河中心。透过清澈的水波，能看到水底的岩石，水浅处石滩不时搁到筏底，水深处则墨绿一片，深不可测。水之大势，天造地设。此时再回头观瀑布，山陷深谷，石坠悬崖，水从绝壁之上喷涌而出，冲天怒吼。当此之时，雾起于底，云生于冠，道道白光从70多米的山头分三级层层落下。大小相间，层次错落。大的惊涛汹涌，势不可挡；小的委婉清丽，珠落玉溅，有大珠小珠落玉盘之感。自习观看，头上连接云霄，水瀑如花；脚下碧水深潭，暗流涌动。

德天瀑布就是这样成百年、上千年地流淌着、飞奔着，它喷洒着花香，携带着云朵，吸收着山脉和树木的菁华，那样的自由自在，那样的平静安详，那样的得天独厚。

## 4

竹筏来到瀑布下，此时的瀑布撞击河谷，顿时生成雨雾，诗意一般飘然洒落在人们的身上。而瀑布溅落的归春河，却是那样的清透，河彼岸的越南柳树竹林葱葱郁郁，此岸的木棉杜鹃高大挺拔，使得归春河如同一条花朵涌动的河流。

登临瀑布顶端，只见山石遍地，古树参天。归春河水从两侧绿树丛中潺潺流淌，兵分几路，扑向断崖。而不远处，一截残碑——著名的“53 号界碑”就伫立在那里。这是 1896 年清政府所立的界碑，无声无息地诉说着历史的沧桑。

而不远处，是一个集贸市场，杂乱的集市，嘈杂的人声，与德天瀑布形成鲜明对照。

## 5

入夜，我们下榻在离瀑布不远处的老木棉酒店。

万籁俱静，在这里，没有城市的喧嚣，没有刺眼的水泥森林，没有涌动的人潮，没有堵塞的车龙，只有木棉高耸，小河流水，牧笛炊烟。

进入老木棉，最让你陶醉的不是水，也不是房舍，而是树木。高大的木棉树，葱茏的凤尾竹，小叶紫檀，黄花梨等等一些未曾见过的树木。或粗或细，或高或低，或弯或直，恍若步入原始森林。

老木棉作为酒店的名字，一方面是因为在酒店前面确实有许多高高大大的木棉树。另一方面，是因为用这样的名字，可以唤醒我们更多的想象空间。老树的气息如此厚重，老树的花朵如此浓烈，我们便成为一个个不老的回忆承载者。

老木棉酒店注重在空间形象上营造一种天人合一的理念。酒店外观呈现 S 形，取自八卦的图案。附近那依山而建、傍水而立的村庄，干净而清静，清新而俊朗，如同国画的写意一样；那乡间质朴的风，让你闻得到久违的泥土气息；那袅袅飘起的炊烟，如同温柔的手臂一样，环绕着明净的山水，让你产生一种“卷帘晴对山，饮砚时见鸟”的古意。

## 6

在老木棉酒店，我再一次感悟了木棉的品格。在这里，满房都是木语，满窗都是风景。

木棉静静水静静，你会感到世界异常平静，心事也不会比水更多。酒店大堂的地板都是用老船木铺成的，房间里的摆设也都是实木的。酒店所有的家具都是原木的构造，古色古香。而且房间还有个非常隐蔽的小阳台，正对青山绿水，有一种身处世外桃源的感觉。当人人都在叹息人心不古的氛围当中，你来到这里抖抖衣襟，闻闻草香，看看落霞，静耳聆听，想知道什么是神仙过的日子？你必定会找到答案。

酒店后花园异常精致，流水潺潺，清澈透明，鱼虾可见，群花争艳，花香四溢，沁人心脾。

## 7

走出房间，远观酒店，灯光如星辰落地，让曾经疲倦的心瞬间宽松下来。每一个窗户都面对一片不同的风景。在老木棉，不同时代的光彩和纹路被巧妙地糅合进一个相通的空间里，相互辉映，纵横驰骋，白沙碧浪，红土烟尘，丘壑纵横，莺声燕啼，山重水复，柳暗花明。

住在老木棉，昼有昼的好，夜有夜的妙。太多的视线意犹未尽，太多的情感无从言表。不论你在何处，瀑布的水响犹在耳边，那干干净净的田园歌谣注定要穿透梦境。在这里，你可以亲水，可以发呆，可以尽情聆听水流的韵律。抑或，躺在老木棉舒适的大床上，伴着水声徐徐入眠。香草人心总有伴，是非名利有无间。能够抛开牵牵挂挂，能够抛开纷纷扰扰，在水畔聆听，在花中徜徉，在树下静思，在船上看夕阳，在桥上看日出，心归宁静，情归自然。

说实话，老木棉的美，皆因有德天瀑布。有归春河，有大黑河，一句话，皆因有水。水无常势，人生亦无常势。人若能像水一样一泻千里，有川流不息之恒，有容纳群鱼之度，有清澈明媚之情，岂不妙哉？

## 8

距离老木棉酒店不远，有一处田园景观——明仕田园。据说，著名的崇左百里画廊，从大新到硕龙，明仕是最经典的一段。如果说德天瀑布几乎浓缩了中国瀑布所有的品性与质感的话，那么，明仕田园便是一幅没有画框的山水画，而人便是画中的随意一笔。

明仕田园刻意保持着一种原生态的静谧与矜持，山映平湖，梯田绿水，苍山翠竹，民居水车，参差点缀在山野之间。这里山明水秀，俊朗清逸。农夫荷锄，牧童戏水，男女对歌，百鸟鸣啼。岸边，木棉高耸，芭蕉吐绿，白鹭曼舞，老牛闲卧。远处的农田绿衣柔美，山峰高低错落。山影倒影河面，清丽迷人。

荡舟于明仕河边，或者信步于田间，景迷人，人微醉。只想倚着青山，靠着翠竹，做一个甜美的梦。在这里，晨可观日出，暮可看晚霞。风吹树摇摆，竹影照人来。静夜赏明月，悠然得清闲。在这里，每一个山峰，每一座小桥，每一个村落，每一根凤尾竹，都会让你迸发无限想象，感悟人生真谛。

# 走过金上京

关于金上京，不仅在地图上查过，也在书本上读过；关于金上京的历史，不仅为之震撼过，也在岳飞的诗词上感受过。

这一次的龙江之行，可以直接来到金上京。当我站在遗址上，一种沧桑感油然而生。往事如烟，皇朝的更替，八百年前的烽火早已成为历史，而山河依旧在。难道是历史的风沙掩盖了曾经的辉煌？还是岁月的皱褶收回了往昔的美丽？让我五味杂陈。

## 1

朝代的更替在历史的舞台上不断上演，戏散了，一个王朝便黯然下场，几个数字便可以轻而易举地区分开他们上台和下台的时间，而一上一下之间，隐藏了多少悲欢离合，演绎了多少爱恨情仇。

金上京是大金国的早期都城，位于黑龙江省哈尔滨市阿城区白城村，如今距离哈尔滨也就半个多小时车程。它原为女真完颜部居地，俗称皇帝寨。金太宗时始建都城，称会宁府。天眷元年（1138 年），金熙宗命名上京。贞元元年（1153 年），海陵王迁都燕京（今北京）。

上京城以南城、北城、皇城三部分组成。城垣版筑，由护城河环卫。皇城规模依照北宋都城汴京，坐落于南城偏西处。金国的太祖完颜阿骨打、金太宗完颜吴乞买、金熙宗完颜合剌、海陵王完颜迪古乃，常驻于此三十八年之久，成为当时的政治和经济中心。所谓“金之源，满之源，东方巨龙一脉传；君不见，龙纹方砖同秦汉，大顶殿宇翘飞檐”。这，仿佛在诠释阿城这座“金源内地”的神秘与妩媚。

## 2

站在茫茫的原野上远眺，玉泉山脚下的阿什河，千百年来一直静静地流淌着。一片历史的残垣断壁就在身边，而这里就是那曾经驰骋华夏大地促成中华一统的金上京。此时此刻，我仿佛听到鼓角声声，战马嘶鸣。仿佛看见金戈铁马，扫荡神州。

女真族，曾经是一个多么响亮的名字。曾经，从辽河、太子河到浑河；从阿什河、拉林河到松花江；从乌苏里江、黑龙江到长白山、大小兴安岭；从贝加尔湖、库页岛到西伯利亚，到处布满了女真的足迹。他们在白山黑水之间的沃土上繁衍生息，他们是马背上的骄子，大森林里的精灵。

八百年前，古老的阿什河河畔诞生了一个伟大的儿子，他的名字叫完颜阿骨打。他是女真人的英雄，为了抵抗大辽国契丹人的野蛮统治，在这群山环抱的阿什河畔，他亲手点燃了熊熊篝火，召集了所有受压迫的女真人萨满，敲响了八角鼓，用他那与天地神灵沟通的舞蹈和咒语，召唤着天地、祖先和神灵。

女真人从此站起来了。他们磨刀霍霍、歃血为盟，高举起反抗的义旗，在这白山黑水之间纵横驰骋，金戈铁马，浴血奋战，建立了女真民族的第一个政权——大金，建都会宁府，命名金上京，就是今天的阿城。

## 3

想当年，契丹人雄起大漠与草原之间，大辽帝国挥挥洒洒风风火火的时代，白山黑水之间的女真人根本不被人们看重。一向偏安于林中草甸的女真人，本想渔猎农耕于黑龙江畔，无奈契丹野心勃勃，不断地攻城略地，把女真人向北方驱逐。

丧失了水草的女真人，奋起反抗，完颜阿骨打一声令下，女真人从此突出密林，开始了饮马长江的大征伐。一个羸弱的氏族如果不甘寂寞和忍受欺凌，它就注定会诞生出一个顶天立地的英雄人物。

金朝建立后，展开以辽五京为战略目标的灭辽之战。五京一下，大辽随即灭亡。金灭辽后，与北宋遂成敌国。金太宗完颜晟即位后，挟灭辽之威，很快席卷而南，于天会五年（1127 年）灭亡北宋。从此统一了包括黄河流域在内的广大北方地区，并与南宋长期对峙。金朝后期，统治集团极其腐朽，各民族起义风起云涌，同时又受到蒙古帝国（元帝国）军队的不断打击，终于亡国。

## 4

曾经的女真民族，不仅尚武善猎，还具有豪放的气质，更有开放的胸怀和无日不思进取的精神，创造了经济、建筑、军事等方面的诸多奇迹。

为了学习汉文化，他们不惜羁留宋朝的使臣，厚禄以奉；为了创造自己的文字，他们借鉴汉字和契丹字结构；为了铸造盖世无双的铜座龙，他们学习了汉族的龙文化。

据说，金代是世界上最早由中央银行发行纸币（交子）的国家。在游牧渔猎之中，创造出便于女性骑马的紧口脚蹬裤，比现代流行的整整早了 800 多年。他们酿造的豆酱、豆汁、豆浆，腌的酸菜等等，至今流传；他们的野外烤涮以及蒸馏酒的发明，泽被后世；他们发明了减柱法，建造了举世闻名的卢沟桥；他们还发明了滑道下水法和最早的破冰船、攻城用的“云梯”等等。

## 5

来到金上京博物馆，不知怎么，又想起了靖康之耻。

靖康之耻是中国历史上的大事件，发生于北宋皇帝宋钦宗靖康年间（1126—1127）。本来，1120 年，宋金两国结成海上之盟，议定金国进攻辽中京，而宋攻辽燕京，事成之后，幽云十六州归宋，其余国土归金。后来金兵攻破辽中京，宋军大败，燕京被金人所占，天祚帝被俘，辽国灭亡。

金灭辽之役严重暴露宋军的腐败。宋廷竟要求金人履行盟约，金人反指宋人没有履行攻打燕京的责任。宋廷则用岁币将幽云十六州买回。1123 年 7 月，前辽国将领、金平州（今河北卢龙）留守张觉以平州降宋，事败逃奔刚成为北宋燕山府的原辽燕京，金人以私纳叛金降将为由问罪。

北宋燕山府不得已斩了张觉，造成幽云十六州的汉人不满。

1125 年 8 月，金国以张觉事变为由，分东、西两路南下攻宋。东路由完颜宗望领军攻燕京。西路由完颜宗翰领军直扑太原。东路金兵破燕京，渡过黄河，南下汴京（今河南开封）。宋徽宗见势危，乃禅位于太子赵桓，赵桓在哭哭啼啼中登上皇位，是为宋钦宗。1126 年 1 月，宗翰率金兵东路军进至汴京城下，逼宋议和后撤军，金人要求五百万两黄金及五千万两银币，并割让中山、河间、太原三镇。同年八月，金军又两路攻宋；闰十一月，金两路军会师攻克汴京。宋钦宗亲自至金人军营议和，被金人拘禁。

靖康之变，导致北宋的灭亡，更深深刺痛了汉人的心，南宋大将岳飞在《满江红》中写道："靖康耻，犹未雪，臣子恨，何时灭！"……

斗转星移，八百年前的烽火早已成为历史。谁还记得那些耻，谁还记得那些恨？而那些耻与恨，早已被雨打风吹去了。

变幻的世界，更替的朝代，已经看清了人世的真面目，唯有人类，还在你争我夺，为名利而来，为名利而往，熙熙攘攘……

# 直隶总督府

## 1

保定就在京郊，直隶总督府就在保定。

以往对保定的了解，只是局限于“太监”“狗腿子”这样的名词，有一句顺口溜叫“京油子，卫嘴子，保定出的是狗腿子”。至于书本上关于保定八景（市阁凌霄、奎楼应宿、横翠朝晖、莲漪夏艳、东皋春雨、西刹秋涛、鸡水环清、狼峰竞秀）的描述，也只有想象的份儿。可惜现如今这些景色已经所剩无几。即使是本地人也知之不多，更不用说像我们这样孤陋寡闻的异乡人了。

保定是“北控三关、南达九省、地连四部、雄冠中州、都南屏翰、冀北干城”的京畿重地，有悠悠三千年城邑的都城。古时，裕华路两侧大慈阁高耸而立，奎星楼列于其中；总督府威严肃穆，莲花池春光旖旎；城外古寺钟声长鸣，歌馆楼台莺歌燕舞；东城之外更是花红柳绿、一望无际。且不说登高远眺狼峰竞秀，也不说西城古刹松涛起伏。单就横翠楼与朝霞交相辉映，巍然成景，就不能不想起清代内阁学士郭棻的诗句：“胜迹孤悬古泰州，楼名横翠意非浮。晴连海日楼添翠，雨逼朝烟翠拥楼”。

## 2

这一次去保定，重点参观了直隶总督府。这座建于明代的府衙是与北京故宫、山西霍州署衙、河南内乡县衙齐名的四大古衙。

直隶总督府是直隶省的最高军政机关，是我国现存唯一一座最完整的清代省级衙署。始建于明洪武年间。初为保定府署，永乐年间为大宁都司衙署。自清雍正八年（1730）直隶总督驻此，直到清亡后废止，历经 187 年，可谓是清王朝历史的缩影。据统计，从雍正二年（1724 年）李维钧首任直隶总督起，到宣统三年（1911 年）张镇芳署理直隶总督止，共产生直隶总督 75 人，99 任次，有的只任数月，任职 5 年以上的只有方观承、周元理、李鸿章、袁世凯等 10 余人。其中李鸿章任期最长，他 3 次受命，先后达 28 年之久。这种平均不到两年一任次的频繁更替，原因除病故、革职或降调外，还是清朝中央驾驭地方大吏的一种手段。因为朝廷唯恐地方官久居一地，结党营私，难以控制，认为适当调换可免于此弊。

实际上，直隶总督统辖的区域，远远大于今河北省的行政区划，尤其是在晚清，管辖区域伸展到内蒙古、山东、奉天、山西境内的一部分。随着外交、通商、海防事务的增多，清廷又增设了北洋通商大臣和南洋通商大臣，并规定直隶总督兼任北洋通商大臣。晚清兴办近代海军时，朝廷又命当时的直隶总督李鸿章负责筹建，可见直隶总督在晚清时期起着举足轻重的作用。

## 3

直隶总督署大门以外，清时曾建有辕门、照壁、旗杆、乐亭鼓亭、一对石狮、东西班房，以及西辕门外专供每日报时及拜发奏折之用的炮台等附属建筑。这些建筑如今虽大多不存，但其所组成的半封闭格局，以及造就的威严气氛，给人以森严神秘，望而生畏的感觉。

中路建筑坐落在督署的中轴线上，大门内的主要建筑自南而北依次有大门、仪门、戒石坊、大堂、二堂、内宅门、官邸、上房、后库以及仪门以北各堂院的厢房、耳房、回廊等附属建筑。

大门即总督署正门，坐北朝南，过道一间，左右门房各一间，位于 1 米多高的台基上。两根明柱、门槛及六扇棋盘式板门皆为黑色，含有“清正廉明”的寓意。大门上方正中悬一匾额，有“直隶总督部院”六个白底黑色扁宋大字，楹柱上挂有歌颂晚清直督业绩的对联。黑底金字，十分威严。

拾级而上进入督署大门，沿甬路往北即是仪门。自仪门沿甬路北去，便是总督署的大堂，又叫公堂、公厅、正厅，是整座衙署的中心主体建筑。它是以同治末年李鸿章任直督时为背景复原的，该堂是举行重大庆典活动的场所。大堂明柱上悬挂着醒目的抱柱联，其中有直隶总督李鸿章七十大寿时光绪皇帝及慈禧皇太后所赐的联匾，分别是：“圭卣恩荣方召望，鼎钟勋勋富文年”，横批：“钧衡笃枯”“栋梁华夏资良辅，带砺山河锡大年”，横批：“调鼎凝厘”。此外还有曾国藩任直隶总督时所写的对联：“长吏多从耕田凿井而来视民事须如家事；吾曹同讲补过尽忠之道凛心篇即是官箴”。大堂东西两侧的厢房，为吏、户、礼、兵、刑、工六科房，是署内书吏办公的地方。其对面的戒石坊为一座四柱三顶的木制牌坊。南面书有“公生明”三个红底金字；北面书有宋代书法家黄庭坚书写的官场箴规：“尔俸尔禄、民膏民脂、下民易虐、上天难欺。”总督升堂理事，抬眼能见此篇，以示警戒。

大堂外东西厢房是按清廷吏、户、礼、兵、刑、工六部规制下的办事机构，用以承接地方公务事宜。大堂外月台下有横跨甬道的木质“公生明”牌坊一座，此坊又叫“戒石坊”。有清一朝，各级衙署均设有牌坊，形制并无定制，大多为四柱无斗拱的简易结构。 直隶总督若坐堂理事，面对此坊，戒铭时时在目，便可告诫自己必当公正廉明。

大堂东西两侧天井北进穿便门即二堂院，二堂院布局严谨，四周廊庑相通，托檩、廊沿、门楣一手江南做法，雕工精细，是同治中期（1870 年后）李鸿章督直时从安徽调来能工巧匠一并修制的，如今保存完好。衙署二堂又称“退思堂”“思补堂”，有遇事深思熟虑，助其不足，及时补过之意。

## 4

三堂是总督的书房和签押房。为督署的内宅。为掩人耳目，前有花墙与二堂相隔，两侧各有一门沟通东西更道，仅靠中间带顶的直廊和内宅门相连，成为入内宅的必由之路。

四堂，正房面阔 5 间，左右耳房各 2 间，东西厢房各 3 间，建筑小巧，院落幽雅，与大堂、二堂院相比，犹如两个天地。上房是总督及内眷活动起居的地方，生活气息浓厚。院北正房供长辈居住，东西厢房则是晚辈的住处，并以回廊相连，成为署内宴息之所的核心部分。上房院住宅四周以房屋后墙、外墙及院内回廊多层包绕，对院外不开窗，封闭性强，可防风沙、噪音和外界干扰，加之庭院空间大、日光足，在院内栽植花木、陈设盆景，可构成安静舒适的居住环境。

## 5

漫步于已是人去府空的古衙，凝视已现老态但仍然矗立着的几棵古树，我沉思良久。

历经沧桑的直隶总督署，承载了 75 位总督的功过是非，积淀了丰富的历史内涵，成为清王朝政治、经济、军事、文化的缩影，可谓“一座总督衙署，半部清史写照。”

由此我想，一个人无论居位多高，权授几重，终究是生于天地之间的一个普通的人。执业的艰辛，用权的冷酷，官场的逢迎，成败的喜忧，或许不应仅仅是一个时空的转换与限定。而高堂的孝奉、妻室的窃语、儿孙的绕膝、民味的品咂，又是任何一个正常人生活中的不可或缺。

# 春日偶得

## 1

那枚红叶为什么飘落？片片雪花为什么飞扬？那是因为春天。你不觉得吗？

实际上，当你感知轻轻撩人的风，暖暖抚人的日，那便是春来了。此时，春水送走了陈腐，雪花融化成小河，童趣找到了收获，爱情唱起了欢歌，多好。

依稀的几丝春意，一路摇过寂静的山河；深山古寺的钟声里，飘来春光明媚的歌。九百六十万神州，冬眠的心绪在暖风中苏醒，希望的种子在沃土里发芽；春意已经吐蕊，春花已经婆娑，多美。

残雪消融，激活枯疏的草木。梅花万点，杏花无数，桃李轻抚，层层叠叠，与风共舞。那些鸟儿，片片流动的羽毛，删改着冬意，构思着春景。一声清丽的鸣叫，叫醒了休眠的青蛙；紫燕的尾翼轻摆，剪出了柔顺的春风。

## 2

草长莺飞的季节，我喜欢看风筝翔于湛蓝的天空；春日斜斜的夕阳里，我喜欢和朋友们手牵手漫步；春光姣好的周末，我喜欢与朋友们一块登山；春风沉醉的晚上，我喜欢独自品茗。

古人说：读诗词宜春，其机畅也。意思是说，在春天读诗词，因为可以彰显诗文的生机。于是，我拿起久未触碰的唐诗宋词，读自己喜欢的诗句。于是，我把“燕燕轻盈，莺莺娇软”，送给可爱的燕子；把“芳草碧色，萋萋遍南陌”，送给嫩绿的草芽儿；把“东城渐觉风光好”，送给和煦的风儿……

## 3

春天，是一只远行的鸟，她眷恋着知返的记忆。因此，眷恋春天，其实是眷恋心灵的绿洲。没有必要梦里寻春。花在哪里，春就在哪里；歌在哪里，春就在哪里。所谓“杏花未湿疏疏雨，杨柳初摇短短风”；所谓“百尺游丝争绕树，一群娇鸟共啼花”。

春天，是粗犷与典雅的抒情诗；春天，是庄严与浪漫的交响曲。

# 春雨·绿叶·杏花

春雨、绿叶、杏花，看上去很有关联。春风激活了万象生机，绿叶从冬的睡梦中苏醒，那春雨，正在滋润着绿叶、杏花乃至万物。彼此之间，既相互联系又相互协调，构成一幅和谐芬芳的画卷。

春雨轻轻地、轻轻地飘着，像游丝那样软，向牛毛那样密，在天空中忙忙碌碌地交织着，听不到雨滴洒落的声音，看不见拍打小溪的泡沫，那感觉，像是甘霖，滋润着大地的胸怀，也滋润着人们的心田。

那些绿油油的禾苗，尽情地饱受着春雨。鸟儿扑棱着翅膀，从一个树梢跳到另一个树梢。春雨顺着窗户滑下，犹如暗条摆动的窗帘，淡淡的雨雾，与窗台上的花相映衬，白的吐蕊，绿的抽芽，赤的飘香……

绿叶婀娜的地方，漂亮的姑娘的碎花雨伞之下，正在捧读朱自清的散文，或者徐志摩的诗，轻声地吟诵，款款的步伐，弥漫而至的是吴涤清的《春雨》：我听见那春雨 / 轻轻地敲着窗帘 / 它在一声声把我唤醒……到田野去吧 / 好乘季节快快播种……

斜斜的春雨过后，在绿叶婆娑的地方，一枝枝杏花探出头来，飞白洒粉，质朴得就像村姑一样，那是春的情愫。那种毫不雕饰的面孔，红得似火，炙热你的心灵。这春天，从头到脚都是新的。她生长着，花枝招展地摇摆着，引领着我们的脚步。

是啊，生命害怕单调甚于害怕死亡。一簇花、一只羊、一棵树，都是生命，他们需要春雨的润泽。于是，面对春雨，面对生命，你会怀有一种敬畏，或生发亲切之感，或体味美好人生。

# 二 梅

冬季似乎总是带着丝丝寒冷，恬静淡雅，悲凉缠绵，牵动了梅花飘香尽染的岁月流年。北飞的大雁，已结束了一季浓韵诗意的遥远漂泊，于一路风尘中栖息在梅花树枝上，温暖而安享。漫步田园土地，细听一首梅花盛开的乐曲，飘忽了过往心事的烦恼，引来了盈袖的暗香，也让我想起了我的表妹——二梅。

二梅，是我的姑表妹。虽与我同龄，只是比我小几个月。儿时我们总在一块玩儿，手拉手，嬉笑欢闹，其乐融融，有一点“总角之交，言笑晏晏”的味道。

那时候，二梅家与我家同乡不同村，相距 20 多里。我们大概六七岁，成天无忧无虑的。在几乎所有的姑表亲小伙伴当中，我们俩相处最好。在乡村这个广阔天地里，我们一起摘西红柿，悄悄地钻到村子里的瓜田里摸瓜，或者在秋天打沙枣，拔萝卜，或者在冬天的雪地里用筛子捕鸟。总之，爬墙上树，捕鱼抓虾，我们都尝试过。妈妈嫌我们调皮，在责怪我的同时，总戏说二梅是个“假小子”。有时候，我和村里别的男孩子玩的时候，她也自告奋勇参加，并且无拘无束。

后来我们都上学了，见面自然也就少了许多。只有在寒暑假的时候才能相见。记得有一年暑假，她来我家玩儿，远远的，我就看见她穿着当时极少见的海蓝色上衣，胸前还绣着黄色的花，微微低着头，长长的睫毛如花蕊轻轻颤动，径直向我走来。那时的我如顽童般粗粝，乍见这个变了样的小姑娘，如此安静娴雅，也情不自禁走过去与她打招呼，她送我玻璃纸，教我编织蝴蝶和小鸽子。我给她看我积攒下的带有花花绿绿各色封面的小人书，两人比赛着讲故事，她一口纯正的普通话，绘声绘色的生动演讲，使我常常自惭形秽。在这个精致清丽的小伙伴面前，我感到自己的粗俗与笨拙。可以说，她就是美的启蒙。

二梅的学习不如我好，但是它在表演方面有天赋。当时，普及样板戏，村村排演《智取威虎山》《白毛女》《红灯记》《沙家浜》等剧目。这下子二梅可派上了用场，她能歌善舞，还梳着一根油光水滑的大辫子，不用化妆，就是一个活脱脱的小铁梅。于是，她所在学校的文艺宣传队就吸收了她，还让她主演《红灯记》中的李铁梅和《白毛女》中的喜儿。二梅靓丽的扮相，甜美的嗓子，传神的表演，使她成了学校的名人。那时，只要二梅来我家，母亲就要她给我们表演几个选段，大家好不开心，当然也更加牢固了她在我心目中的形象。

有一次我们学区举行中小学文艺汇演。因为我在学校的文艺宣传队里也扮演一个老农的角色。不过，我演的是二人台，属于说唱艺术，与二梅演的样板戏差远了。我们就在简陋的舞台上见面了。免不了相互鼓励一番。不一会儿，她上场了，舞台上的她，辫子一甩，一句“打不尽豺狼不下战场”，把个小铁梅演得惟妙惟肖。我暗自思忖，这还是小时候跟我一起玩儿的那个小女孩儿吗？相比之下，我感到自己的平凡与庸常，老气横秋，同时也为有如此出色的小妹而骄傲。

可惜，二梅的出色表演并没有改变她失学的命运，她在初中毕业后没能继续上高中，原因很简单，因为家贫。再加上大姑父是个重男轻女的人，说什么也不让二梅上学了。于是二梅就回村务农。尽管学校的负责人多次到她家劝说，最终没有发挥丝毫作用。

我自然上了高中，有一年暑假，二梅来我家看我的父母。吃完晚饭，二梅急着要往回赶，我们留她不住，只好让我送她回家。我那时毕竟是“少年不识愁滋味”，走在乡间的小路上，忘记了二梅未卜的前途，忘记了她受伤的心情，却一个劲给他讲述学校里的事情，而她的手刹那间却变得冰凉冰凉。我猛然醒悟，打住了自己的话题，尽可能让她倾吐心中的苦闷与烦恼，我只是静静地倾听，像个小学生似的。

后来，我考上了大学，到了大城市；再后来，我大学毕业参加工作；再后来，我到了北京。就这样二三十年过去了，我们之间也断了音信，很少见到二梅，也很少听到有关她的消息。父亲去世十周年的时候，我回去，本想邀她相聚，可是二梅却没有来。我问与她熟悉的人，叙述的也不够明白，说她嫁给了一个同村的青年，有了孩子，后来搬到了县城，没有工作，好在家庭还比较和睦，生活将就过得去……

太多的回忆，温暖一份遥远的憧憬和希望。人生多少美丽的相遇重逢，绘就了温婉岁月的惊艳时光，若水穿越尘世，遗落在冬季寒风中的一份念想，只会随着花开花落的时光洒落一地的微凉。不过，我还是真心地为她祝福。

# 黄 昏

“夕阳无限好，只是近黄昏。”我不喜欢黄昏。

北京的夏天特别溽热，不愿意在屋子里呆着，傍晚到玉渊潭散步似乎成了惯例。

无疑是黄昏，我独自在玉渊潭周边慢行。微风夹裹着丝丝燥热吹拂脸庞。抬头望去，湖畔那些白杨、垂柳，新鲜亮眼，感觉又比从前茂密了许多。湖水平阔，波澜微荡，碎金潋滟。凝神片刻，猛然一阵惊悸。走过长堤，蓦然回眸，黑夜来临。

黄昏似乎紧连着黑夜。一瞬间的黄昏，一整夜的黑暗。黄昏有云，是绚烂的云，如潺潺流动的涟漪淌过，乃至于淌过人生的皱折，淌过岁月的颠沛，仿佛了然世事之外，载满了世间悲欢，把夕阳的余晖临摹在黄昏的画卷里。让我想起以前我带着母亲游园的往事。

记得那时正值暖春时节，我和母亲也是步行到这里。融融的阳光在我们身体穿梭萦绕，柔风徐徐掠过领口，掀动头发。我们走走停停。因为玉渊潭公园里各色人等俱全，观景、唱歌、健身、说书、唱京戏，拉三弦儿的都有，到处都是比较宽松随意的环境。母亲的兴致高昂，笑语不断，让我忘掉了忧愁，遗忘了时间的概念，直到很晚才和母亲回家……母亲来北京住了不到一年，就回乡下了。常常在单位打拼，思念母亲并不是很强烈。而此时想到母亲，则顿生忧郁。当我走过樱花园，记得曾在这里和母亲合影留念。于是，站在时空的落脚点眺望黄昏暮色，心绪更加黯然。

浅浅的夜色，是黄昏的底色，如此抽象风格，道出命题之深奥，也有一种不真实的苍凉。黄昏下的水面总是容易让人想起流逝。逝水不复西，在这样的光线下，想起的，都是那些再也回不来的好时光。如今，母亲老了，走不动了，能陪着她走路似乎也成为一种奢侈。是啊，黄昏是从什么时候开始的？这样微微想起时，也许你就成了那个走过乌衣巷口的才子。牵着马，看着阳光一点一点凋谢，像花朵一样渐渐老去。或者在某一株柳梢头，黄昏蓄含了许多胭脂的颜色。花影淡淡的投到窗上，你在屋内，光影交错，生生坐成一首首唐诗宋词。

夜风徘徊，想到该回家了。走出玉渊潭，街市便是灯火的海洋。三里河路上，枝叶稠密的槐树在华彩的霓虹灯下投映出斑斑的黑影，温柔的夜色缓缓流动，恣意闪烁。那些稀稀疏疏的路人穿着短袖，闲闲地散步。于是，所有这些相遇的面孔和身影都让我顿生怅然。有人说，时光能摧毁故事情节的外形，却带不走它所散发的气味和触觉。

与母亲分别已有半年多了，在离愁的日子里，我常常发出深情而低沉的独白，总在猜测此时的母亲在做什么。当我走近家门，推开窗户，只见夜幕蒙蒙，没有响雷，而雨却开始淅淅沥沥地下着……

# 回故乡

每当回想昔日流去的光阴，每当看着人生匆忙的脚步，我会不由自主地想起故乡。那里有如今渴望童年的天真，那里有挥之不去的回忆。

中国古诗歌当中，有许多描述思乡之情的：“日暮乡关何处是？烟波江上使人愁。”“近乡情更怯，不敢问来人。”“还顾望旧乡，长路漫浩浩。”“不知何处吹芦管，一夜征人尽望乡。”“未老莫还乡，还乡须断肠。”……

故乡两个字，对每个身处异地的人来说，是个多么敏感、多么令人振奋的词汇。故乡是人之根、人之本，鸟思故林，鱼思故渊，人思故乡。

都市的生活，繁忙而紧张。每天，匆忙的脚步追逐着匆忙的脚步，行驶的车轮重叠着行驶的车轮，急匆匆上班，忙碌碌回家， 谁也不觉得怪诞，好像生活原本就是这样。流逝的是时光，老去的是岁月。

我们每个人都有对故乡乃至于对家有不尽相同的感觉。故乡，对于每一个漂泊的在外的游子都是那样的魂牵梦绕，生计的疲于奔命，生活的千辛万苦，人情的炎凉稀薄，世故的变化叵测，每每遇到不尽人意事之时，对故土的思念就更为强烈。故乡，是父母唠叨的一番闲话，是爱的聚集与升华。“故乡的山，故乡的水，故乡有我幼年的足印。几度山花开，几度潮水平，以往的幻境依然在梦中。他乡也有情，他乡也有爱，我却常在梦里故乡行。”往往，一窗阑珊，一抹流韵，静立窗前，思绪缱绻，熟悉的旋律又一次生生敲疼了我的心。很多时候，漂泊的脚步随着经年带走了曾经，生活的忙碌或许可以把一些事物从生命的舞台拉得很远，惟有固存于心灵上的纯粹胶片，无论经过多少时光的打磨，终究褪不去最初的模样。

一个人生活在异乡行走，往往是一边走一边怀想，偶尔遇到一处老宅，一缕炊烟，一处与故乡草木相似的溪水，也会凝望良久，乃至泪眼迷离。或许，人会随着年龄的增长，越来越喜欢怀旧，而那种浓浓的真情，那种血脉相连的亲切，又是哪一个游子能够遗忘和摒弃的呢？月是故乡明，人是故乡亲啊。

更多的时候，在一抹月光下伫立，记忆中挥之不去的仍是那缕萦萦绕绕的炊烟，哪怕一茎草叶，一堆瓦砾，一汪溪水，一言乡音，都会成为慰藉灵魂的经典。

我是一个依恋故乡的人。如果生命中每一处走过都是一幅画卷，那么，故乡是我心中最美的风景。有一篇文章这样描述最幸福的事情，包括有一个可以回去的故乡，那里有老父母，有老房子，有小时候爬过的那棵树以及和自己一起爬过树的伙伴……在我的心目中，故乡和家有时候没有什么两样，因为故乡也叫家乡，回乡就是回家。晨曦中，我走出家门，哼着小曲驱车上路，身上依然带着家的气息；暮色里，听着《家是温馨的港湾》，愉悦的心绪，让我加快回家的脚步。回家，没有一丝的犹豫与做作，温馨在心里慢慢升腾。我知道，家里有爱人在等。

回故乡与回家，不仅是自己的家，还有远方父母的家。在心灵深处，那才是真正的家呀！每当大雪漫舞，灯笼高挂的腊月，便是我将要回远方老家的时刻。辞旧迎新的喜庆夹杂着爆竹的脆响，一同铺垫在父母望儿的路上。而在此时，我便会哼唱那首《常回家看看》。唱起它，我似乎看到了年迈的父母，连同老屋剥蚀落漆的门板，还有我永远难忘的快乐童年。

曾几何时，我们被似水流年冲淡了对故乡的眷恋，喧嚣的年代泯灭了儿时的归心似箭，连同那种与生俱来的情感，都已被奔波的脚步和日子的艰辛熨烫得平平整整。故乡的存在和双亲的牵肠挂肚仿佛被置换成山谷的风，只有在孤独或感觉不如意的寂夜里才会拂过心空，让念家与无助交融。这时，那种无以名状的伤感就会勾起久已搁浅的思念，任它踯躅而行，噬咬我无奈的心灵。于是，我会在歌声中静静地反思自己的过往，明白了人世间献给父母最好的礼物就是孝顺。

父母常说，有钱没钱回家过年。是啊，孝顺是不需要大把钞票和显赫地位来镶嵌的，它是那么的朴实和无法体察。往往在刷刷筷子、洗洗碗、捶捶后背、揉揉肩的一瞬，父母就可以领略到儿女的款款真情，那才是无法言传的幸福。其实，常回家看看，不仅仅是要我们常回家看看年迈的双亲，更重要的是让双亲看看我们。

当夕阳的余晖把我拉成长长的影子，我脚下站的地方却不是我的故乡，我会很沮丧。我知道，我的故乡在枝头，那里有蜂蝶戏舞，哪里有童年唱歌的知了；我的故乡在溪畔，那里有鱼虾穿梭，透着一股自然的清凉；我的故乡在阴山，那里花虫恋语，遗落了童伴的书包；我的故乡在黄河，那里有欢乐的波；我的故乡在父亲的背影、母亲的额头，那里爬满了盼儿归来的乡愁。

把所有的思念装进行囊
把所有的旅程省略成回乡
趁着明媚春光
趁着还有身体健康的爹娘
不要有丝毫的彷徨……

# 浦江夜色

多次到上海，多次看外滩，多次路过黄埔，相看两不厌，似乎看什么都是寻常的了。而这一次却不同，夜幕中的黄浦江，的确与众不同。

五月的天气过早地释放出盛夏的气息，空气里流动着燥热的气氛。我从嘈杂的酒场上出来，走过苏州河，来到浦江边。

滚滚长江，一泻东流，冲向大海，那是浦江铺就。黄浦江在 20 世纪三四十年代开始便名噪一时，一直没有冷落过。到处都是摩天高楼，到处都是霓虹闪烁。新天地、金茂大厦、东方明珠、豫园、城隍庙等等都是亮点，而浦江就像一艘巨轮，输送着历史，传递着时光，承载着过客，川流不息。

今夜，我沿着江边漫步，夜色如诗，景致如画，江声如歌，意境如梦。两岸的沧海桑田，城市的风云变幻，都深深融化在江水中。据说战国四公子之一的黄歇，也就是后来的春申君，泽被浦江，福满上海。一个“黄”字，一个“申”字，与浦江有关，也与上海有关，共同演绎着关于黄浦江一段动人的历史与传说。是啊，十里浦江，十里洋场，无数的英雄豪杰在这里此消彼长，无数的爱恨情仇在这里款款上演，唯有黄浦江涵盖、隐忍、吞吐着这一切，既反刍着斑驳的历史，又嬗变出灿烂的未来。

浦江夜色光怪陆离，浦江之水静静流淌。二者交相辉映，合成一幅幅波澜壮阔的画面。这画面，展示出改革开放以来浦东的沧桑巨变；这画面，折叠了中华民族曾经的万千悲苦。“万国建筑”与上海的情感几度复杂，“世博园”与世界的关系日益纠结。更让上海日益成为一道流动的风景、跳跃的画面，一个火树银花的不夜城。这里有小国寡民、坐井观天的悲哀，这里也有海纳百川、拥抱世界的情怀。

站在江边，凭水临风，看江面上驶过的船只，百舸争流；回到酒店，站在高楼，倚窗观望，浦江烟波浩渺，江风扑面。“十里华灯一望收，五彩高楼映江流”。浦江，那些曾经发生过的或者继续发生的世间万象；那些在历史的石缝中坚强长出的绿芽小草；那些坠入红尘深渊，希求精神安慰的呻吟，或者在悬崖边缘企图拉住一根生存的藤蔓而发生绝望的呼叫……华贵与低俗，富足与贫穷，儒雅与妖艳，全部交织在浦江的夜色中。

江水长流，生命有限。浦江懂得，我却看不懂。在无穷的岁月中，王朝更替只是过眼烟云，千秋功业也只是断碑残简。有人说，世上有味之事，包括诗、酒、哲学、爱情，往往无用。不过正是在吟无用之诗、醉无用之酒、读无用之书、钟无用之情当中，终于成就了一个个无用之人，却因此而让人活得有滋有味，其乐无穷。

# 情迷落霞沟

落霞，多有诗意的名字。

之前，听到落霞，我的第一反应，要么是天边真实的落霞，要么便是王勃那句“落霞与孤鹜齐飞，秋水共长天一色”的诗句。

当友人再次提到这个名字的时候，我的所有神经就被她抓紧了，再看了她的图片，决意此番一定要前往这个地方。

秋天注定是个多愁善感的季节，也是离愁别恨交相呼应的季节。迁客骚人，总喜欢在这个季节摆弄自己的文字，景致与菊花也备受青睐。诗词歌赋里，写出的是诗人的无奈，读出的是后人的赞叹。那天中午，我反复端详那些图片。下午，改变了行程，从昆明出发，直奔东川而去。

三个多小时的车程，虽然颠簸劳顿，心情却异常的好。要饱尝落霞沟诱人的绝色美景了，怎么能不激动呢？

落霞沟坐落在东川的一条普通的山沟里。当我们走过一个山坡，眼前的景色，即刻让我们震撼不已。真想不到一条山沟里竟然隐藏着如此的美丽，让人瞬间忘记了呼吸，又让人不得不感叹自然的伟大。

云南素有红土高原之称，而红土最集中、最典型、最具特色的当数落霞沟。这里东邻会泽，南接寻甸，西连禄劝，北与四川省会东县隔金沙江相望，一直被专家认为是全世界除巴西里约热内卢之外最有气势的红土地，而景象却要比巴西红土地更为壮美。放眼望去，山川和原野呈现出一片片暗红、紫红、砖红等不同的红色，方圆数百里大大小小的各个山头、山坡上，油菜花、洋芋花热烈地绽放，一层绿，一层白，一层红，一层金，鲜艳浓烈的色块一直铺向天边，看似漫不经心，却又形成如画般五彩缤纷的图案。远远看去，仿佛上天涂抹的色块，色彩斑斓炫目、艳丽饱满，有着优美的线条，又勾画得如此浓墨重彩。因为正值秋天。一部分红土地翻耕待种，另一部分红土地已经种上绿绿的青稞或小麦，云南特有的白色油菜花也已盛开，色彩丰富诱人。

据介绍，以花石头村为中心，方圆几十公里范围内全是红土地，已经开发的主要景点有：落霞沟、打马坎、七彩坡、锦绣园、乐谱凹、独树等。这些景点全部看完需要好几天，一些摄影爱好者在这里一般要住三五个晚上。很遗憾，由于工作的关系，我们在这里只住了一个晚上，一个白天。不过这已经够了。我把所有的热情都投入到这片土地，站着拍，卧着拍，跪着拍，趴着拍……恨不得把所有的美好景色都收藏在相机当中。与此同时，细细观察、研磨了这里的土地。原来，这种红土地布满了大大小小的鹅卵石，土地中存不住水，只能种些高寒抗旱、无须精心照料的作物，如玉米、荞麦、油菜、青稞、土豆等。这里人少地多，每户按人头能分到不同等级的土地 10—20 亩。有些土地离家很远，要走两个多小时呢。每家分到的土地又不是成片连在一起，而是按等级分散开来，因而庄稼也只能一块一块地种。这家种土豆、那家种玉米，或干脆休耕，轮流耕作大杂烩……在这种看似漫不经心、随意的种植方式下，才形成了这般五彩缤纷的图案。

拍红土地最好的季节是 9—12 月，此时，油菜、土豆、荞麦正陆续收获，冬小麦也正在发芽拔节。我们来的头天晚上下了雨，雨过天晴，红红的土地，蓝蓝的天空，白白的云彩，彩霞般的田野，那叫一个绝。此时的红土地，就像一块巨大的调色板，鲜艳浓烈的色块一直铺到云里、雾里、天边，是无法用言语形容的美丽。以花石头为中点，如果往东川方向，你可以尽情观看老龙树、落霞沟、月亮田的风采；如果往法者方向，你可以尽情观望锦绣园、七彩坡、打马坎的壮美；如果往昆明方向，你可以尽情领略乐谱凹、大丫口的景观。

我自己的感觉，红土景区中，最有特色的当属落霞沟。这里的红土地最为震撼。我们是下午 6 点多钟到这里的，此时的色彩尤其动人，因为它的名字就叫落霞沟。从高到低，层层叠叠，从山顶到坡地，红绿相间，煞是好看。宛若一首流淌着甜蜜的田园交响曲，一片绿色织就的祥和的人间乐土。

在落霞沟的那个夜晚，我独自走出房间，抬头望天，月朦胧星也朦胧。月色下我回首往事，一切的遗憾化做缕缕青烟混入苍穹。昏沉而迷茫的我，靠在因朦胧而无法映出人影的窗台。在这苍茫的夜色中，睁开我曾经自以为可以看破红尘的双眼，这才突然意识到：我的弱小，我的脆弱，我的迷茫。我知道，阴暗的世界里不存在天堂。这些年来，我很渴望摆脱迷茫，期待有人可以理解我情感的痴狂。然而，事与愿违，一切化为泡影。再看看脚下的落霞沟，我又想，这是怎样的一种缘分啊，没有方向没有归宿，莫名其妙地，我们就走到了这一方缘分的天空下，走到了这美丽的落霞沟来。所有时空的流动在这里销声匿迹，剩下的只有彼此的静谧与相依。

落霞沟，一个收藏美丽的地方。在这里，时光携着美丽前行，那些过往，如一片片花瓣，散落在我记忆的深处。有人说，来生太遥远，过好今生才不会后悔。来到落霞沟，让我再次明白，生命以简单快乐为妙，哪怕是一次开心的笑、一滴忧伤的泪、甚至是一个真诚的思念，都会那么坦然，那么光彩，那么壮观，那么惊艳。

# 漫步木渎

对于江南古镇，我并不陌生，不论是昆山的周庄，吴江的同里，苏州吴中的甪直，还是湖州的南浔，都有我寻访的足迹。

沈从文先生曾经说过这样一句话：我行过许多地方的桥，看过许多次的云，喝过许多种类的酒，却只爱过一个世界上最诗意的地方——江南。而在江南，在姑苏城外有一处“秀绝冠江南”的地方，那便是有着“江南第一园林古镇”之称的木渎。

木渎古镇位于苏州西郊灵岩山麓，依山而筑，傍水而居，其独特的格局为江南诸多古镇少有。有“吴中第一镇”之美誉。水乡古镇与苏州城同龄，迄今已有2500多年历史。相传春秋末年，吴王夫差为取悦美女西施，在灵岩山顶建馆娃宫，并增筑姑苏台，“三年聚材，五年乃成”，木材源源而至，竟堵塞了山下的河流港渎，“积木塞渎”，“木渎”由此得名。清人徐扬绘有一幅乾隆年间姑苏繁华风貌的《盛世滋生图》，其中木渎部分竟占全卷的二分之一，可见古镇的繁华。

进入古镇，即刻便有一种舒适感，一种古镇特有的新奇感。我们先在“木渎”码头上船，熟悉的乌篷船，船娘撑着船篙，一边划着橹，一边用吴侬软语清唱着小曲，小船在水面轻轻摇曳，波光粼粼，荡漾开来的，是一幅美丽的画面，让人陶醉其中。岸上杨柳依依，鸟鸣蝉噪。穿过那座古老的石桥，渐行渐远。同行的同志给船娘小费100元，执意不要，她说20元就好，足见民风之淳朴。

从虹饮山房上岸，一路浏览了严家花园，灵岩山馆、古松园、榜眼府第，盘隐草堂等等，为其深厚的文化蕴积、幽雅的园林环境、脍炙人口的历史传说所倾倒。

走进木渎，便走进了唐诗宋词的幽雅意境；穿越古镇，便穿越了

2500年的历史风云。那里的每一条河，每一座桥，每一座园林，都是一部历史。

虹饮山房是清乾隆年间江南著名私家园林，其“溪山风月之美，池亭花木之胜，”远胜过其他园林。乾隆六次下江南必到木渎虹饮山房，在此弃舟登岸，游园看戏；刘墉等随臣二度下榻于此并题字留篇，并且留下了一个又一个传奇而动人的故事。

严家花园，木础石质，典雅古朴；楠木直柱，圆润柔和；雕刻简洁疏朗，色调淡雅素净。“胜地四时浓荫里，洞天一派碧鲜中”。严家花园在植物花草的布局配置方面也独具特色，巧妙栽植四季花木，构成春夏秋冬四个各具特色的小景区。花木与建筑相互映衬，相得益彰。园中有书斋二处，以友于和海棠为名，尤其友于书屋，须经曲折长廊，过清荫居和静中观，方可蜿蜒而至。临窗可见一株高大的古广玉兰，为昔日园中胜景之见证，虽历经百年沧桑而蓊郁如故。严家花园乃乾隆的老师、中国最长寿的诗人沈德潜故居，后归木渎首富严国馨，园中布局疏密曲折，高下得宜，局部处理精巧雅致，幽深婉约，显示了营造者独具匠心的造园艺术，现代建筑学家刘敦桢、梁思成、童俊等人数次考察此园，倍加推崇。

榜眼府第在下塘街，为林则徐弟子、近代政论家冯桂芬故居。“江南三雕”（砖雕、木雕、石雕）为其主要特色。府第内亭、轩、廊、榭、桥和黄石假山散落其间，高低错落，绿树掩映，充满了诗情画意。出榜眼府第，转入南街，只见街巷深深，人家或临街或枕河，河上还有质朴无华的廊桥。之后，便进入古松园。古松园在山塘街，因园中有一株500多年的明代罗汉松而得名。我们发现园内的另一大特色，是以双层长廊把亭台楼阁连成一个整体。漫步其中，近看古松郁郁葱葱，远眺灵岩青山含黛。

看完了所有景点，沿着山塘街慢慢走，街的两侧是清一色的古色古香的砖木建筑，似乎每走一步，都能闻到木头特有的气息，古朴而醇厚。此时，真的心静如水，仿佛光阴也停止了，永恒成一种从容的心境。再看看街边的店铺，一家挨着一家，采芝斋，乾生缘，都在显著的位置摆放着粽子糖，枣泥麻饼，酥糕，甜点……

窄窄的一条街，熙熙攘攘。仿佛还可以看到历史发展的足迹，从唐宋，直到民国，诉说着各自的沧桑。

# 室韦的早晨

钟爱早晨，是因为喜欢早晨特有的新鲜空气。

然而，北京的早晨已经不敢恭维了。到了室韦，那里的空气在我心中占据了不一样的地位。

室韦是中俄边境的一个小镇。室韦的早晨，是宁静的早晨。当薄疏的晓雾被轻风驱散时，一轮新的朝阳，便从额尔古纳河面上托起。不一会儿，冉冉升腾到天光熹微的苍穹上了。对面的俄罗斯村庄里，寂静平和。只有铁皮屋顶反射着熠熠微光。简单的街面上，只有鸡犬的叫声，迎面走来的牵马人，形似俄罗斯人，马脖子上的铃铛铃铃作响。主人吆喝着骑马的生意。马打着响鼻，似乎配合着主人寻找着骑手。河岸上，三三两两的牧马人，牵引着马儿向前走，也有几匹散马，在河边静静地吃草。让你很难想象这里当初是成吉思汗的故乡，蒙古人的发源地。

室韦的早晨来得早，去得也早。不知不觉间，太阳像一个熊熊炽燃的火球，越燃越大、越燃越亮。很快，整个室韦都炫目璀璨地泛起了黄澄澄的金光，天地间顿时充满了盎然的生机与活力。大地舒舒服服地从沉睡中醒来了，河水似乎开始暴涨。天上的流云开始聚合。各家旅店门前开始人影攒动，卖早点的，做小买卖的，开始吆喝起来，还有大声啁啾鸣唱的欢跃小鸟儿。让你感觉早晨即将过去，新的一天开始了。寂寥了一夜的大街小巷，又渐渐开始有车行人现了，遥远的田野当中依稀飘浮着袅袅的炊烟……

室韦的早晨，有一种独有的闲适与轻松。吸纳了沁入心脾的清新空气之后，心情旋即会得到一种莫名的释然。说来神奇，这晨光啊，还真有着母亲般的温暖、恋人般的柔情，每每经她洗礼之后，就会畅然得到一种熨帖。一旁昂扬挺拔的白杨树在列队欢迎，茂密的大榆树和垂柳为我们擎起了舒爽怡然的荫凉。室韦虽小，但历史久远。据说早在隋、唐时期，蒙古室韦部落就曾在这里过着游牧渔猎为主的生活。

室韦的居民以俄罗斯传统的生活方式为特点，农庄、河畔、语言、风俗，到处都体现出浓浓的异域风情。让你尽情感受，尽情畅想。

# 须弥山遐思

许多年前，通过与老同学刘千的交谈，对须弥山有了一知半解，如今直奔而来，终于看到了它的容颜。

啊，须弥山，远远地望去，紫山碧树，关河悠远。佛光普度，仙气妙曼。似乎从大唐和北周起，这么多年，须弥山一直就在这里。于是，俯天瞰地，抚慰众生。静悟也好，顿悟也罢，受想行识，色香味触，静水深流。似乎唯有这山这水，以及遍布漫山的佛龛洞穴。

漫步须弥山巅，将万里浮云一眼洞开。大佛楼、无量殿，抬升着这里的禅意；飞来石、桃花洞，彰显着这里的神奇；圆光寺、相国寺，撩绕着岁月的香火；三清殿、玉皇阁，洋溢着远古的道骨仙风。我在这里瞻仰，我在这里寻觅，我在这里祈祷，我在这里回忆。看西风摇曳，听梵音袅袅。生命中的千山万水就在这里汇集，而绽放的花朵，开合有度，菩提的果实，呈现在空山。似乎它们在一起告诉我，那些藏在落叶下的脚印，暗示着多少艰辛。而生命旅途上的跋涉，意味着目标的坚定与信念的坚守。得意也好，失意也罢，到达也好，在途也罢，成功也好，失败也罢，我们都在用一生的时间在奔跑。在一滴花露中顿悟，在一片草叶间婉约，或者转身时又被自己撞倒，逆风前行，或者认命随缘，缘缘不断，白云飘飘，一了百了，色依然是色，空纵然是空。

须弥山，人间的宝山，佛界的乐土。走过世间所有的路，今生能够遇见你，让眼界大开，让精神一振。看寺口子河水缓缓，看山崖上紫砂粒粒，拣一块砾石握在手心，描摹着天下善举。或者干脆坐在菩提树下，默默不语，世间仅仅只是一场梦，没有谁能解梦，解梦的是风，嫩芽飞絮，春秋轮回。野鹤奔向闲云，我步入了你，用一朵莲花昭示着我们的来世，再用一生的时间奔向远方。尽管世道人心已变了千年，尽管世外的梅花一瓣瓣的恋旧，尽管嗓子落满了红尘，江河在琴弦上走调，今生来世，地球转了又转，观音菩萨依旧夜夜观心，我依然在“苦、集、灭、道”中寻求，爱依然，沉默并非是苦不堪言。

在须弥山上遐思，梦中漫天的星星都好像一朵朵莲花。桃花刚落，我就知道它死得过于荒唐，这佛光闪闪的高原，三步两步便是天堂，莲花下血比铁硬，哪一个祭日能够与复活相配呢？似乎所有的月亮都是弯的，所有的思念都是圆的，一声脆响，世事寸断，缘来花开，缘去花落，从此我便高枕青山，从一朵莲花到一座高山，谁又能越过那六字真言？一层薄梦，遮住了三生的艳阳天。有人出发，有人回家，牛羊误身世，梦中草色新。

在须弥山上遐思，满怀着无限的春意。梵音，白云，梦痕，静修止，动修观。莲花开了，满世界都是菩萨的微笑。天地无常，回头一望，佛便是我，我便是佛。禅就是诗，诗就是禅，诗意就是禅意。一颗心与一颗心一旦巧合，完整的人生要靠多少爱支撑眼下，用诗情画意来通透风情。如此，天就蓝了，草木变得大慈大悲，路过诸佛走向我，手中的鲜花更加鲜艳。

须弥山，一生都享用不完的山。谁都可以参禅悟道，所有的理念，比狮子的嚎叫还简单。而在茫茫人海中，在你来我往的过程中，一批批迎风烂醉，一批批圆融油滑，生生死死，往复轮回……

# 静静的阳宗海

阳宗海，明艳的海。在云南，她与滇池、抚仙湖、星云湖、杞麓湖一起，如同五颗璀璨夺目的星星，映照在昆明的东南。

## 1

有史料记载，阳宗海，古称“大泽”、奕休湖，明朝时又称明湖。南诏大理国时期设三十七部，明湖一带为强宗部，南宁宝祐四年（1256年）设强宗千户所。后强宗讹为阳宗。元代称阳宗为“大池”，池旁有温泉，故又名“汤池”。

阳宗海景色秀丽，碧波粼粼，湖水清澈，深碧如明镜。每遇晴空，云敛静影澄碧，渔歌互答，帆船往来宛若画图。

阳宗海烟波荡荡，渔舟隐隐。曾经看到过的山水画也不过如此，可走在眼前的飞鸟游鱼、倒映白云却是真的，似乎一切伸手可及，并且自己就是其中的一部分。这样的感觉，是神仙才有的感觉。

站在湖边，看轻舟出没，渔夫张网，总是那样自在。

## 2

阳宗海的美丽是倾城的。浩渺、惊艳、名贵。

从地域角度讲，她地跨澄江、呈贡、宜良三县之间，浩渺无边。

从神秘角度讲，历史上她从属大理国，见证了大理的风花雪月，且因大理国时强宗（阳宗）部落在这里居住而得名。

从形状角度讲，她形如一只巨履，两头宽，中部略窄，为高原断陷湖泊，湖岸平直，湖底凹凸不平，有岩洞暗礁，水色碧绿，湖内盛产著名的金线鱼。她的名贵大概就是从这里来的吧。

## 3

阳宗海的美是由里到外渐次展开的。

阳宗海自身，湖水呈现出斑斓的绿色，似黄龙的五花海，泛着翡翠般的光泽。颜色艳丽的小鱼在水下的珊瑚丛中静静伫立，犹如镶嵌在翡翠中的琥珀。及远，海水呈现浅蓝、墨兰，放眼望去，则是一片碧蓝。这浩渺无边的蓝，如同一汪幽梦，又似一个巨大的魔法，充满了诱惑，使人发呆，让人静穆，令人心醉。

湖面上波澜不惊，像柔曼的手指抚弄琴弦，演奏着诗一般的宁静。尤其是在午后，阳光在海面上碎成无数颗钻石，像银河里的星星跳进大海里欢快地洗澡。

在海的上空，几朵云也懒洋洋地悬着，宛如凝固的浪花，一动不动地享受着此刻的宁静，沉醉在一汪幽幽的蓝里。海期待着云，云是海思念的游子。

## 4

阳宗海的四周，山川秀美，景色宜人。

湖东南的龙泉寺，后依石壁，前瞰湖水，山腹涌出一泉，清澈明净。寺旁有古树一株，枝繁叶茂，树盖遮天。

南面的小屯村，相传为三国时随诸葛亮南征将领关索的屯兵之处，村人至今仍演唱古老的傩戏，俗称“关索戏”。

村西南报国寺后有7块巨石，天然排成北斗星状，人称“七星北斗”，附近的村子就叫“北斗村”。

每逢夏秋季节，登高俯瞰阳宗坝子，各村寨均清晰可见，唯有北斗村烟笼雾罩。一片茫茫。古人称此奇景为“斗村烟雨”。

## 5

在阳宗海的每一天，我都要早早起床，沿着湖岸徜徉。或者寻找好的角度拍照。

那天清晨，当我对着湖水聚焦之际，有两只小鸟已经飘落到岸边。它们就站在我的右侧，黑黑的眼睛，互相用嘴挑逗着对方，嬉闹着朝我走过来，不时歪着脖子朝我看，看了一会儿，互相叽咕了几声，又突然跃起，向海上飞去，划出一条美丽的弧线。前面的突然扎入水中，一个海底捞月重又飞起，一条活蹦乱跳的金线鱼已经衔在它的口中了，后面的迅速扑了上来，前面的将口中的小鱼递到后面的嘴里，一起欢叫着向前飞去。

有一天的傍晚，夕阳已西沉，蓝蓝的阳宗海愈加深邃起来，有薄雾在天边浮动，变得扑朔迷离。夕阳已经沉到地平线上了，漫天的云霞，湖面上浮起一层玫瑰色的雾霭，如同一首流动的抒情曲，水鸟舒展着美丽的翅膀，如同一个个音符在彩云和大海间缓缓地跳动，歌唱它们的友情和爱情。

望着这汪深邃的蓝色，我陷入了沉思，大自然为何要将海和天空塑造成蓝色，而不是其他的颜色？这亘古不变的蓝色何以具有魔力，她无声无息却总给人以无限的遐想而永不令人厌倦？这里面到底埋藏着什么秘密？湖的蓝与天的蓝融为一体，宁静、高远、温情、无形，像一个纯洁无瑕的女孩，给人以无限的遐想。

## 6

离开的那一天，我再次来到湖边。此刻，湖水依旧那么平静，但这平静里却蕴含着无穷的力量和奥秘，远远超越了我的想象。

在深深的湖水当中，似乎也有着与人类生活一样的情景，凶残与温顺、勇敢与软弱、友情与仇恨、亲情与无情、合作与对抗等等。但对于湖水来说，不论是善的还是恶的，都是湖的子女，湖对每一种生命都一样看待，显示了湖的包容性。正是由于这些对立面的存在，才维持了湖的生态平衡。湖水无言而自有序，适者生存、不适者被淘汰是她不变的法则。

静静的阳宗海，不仅是要看的，更是需要听的。无论是大风掀起的浪，还是微风泛起的涟漪，你都可以听到她的诉说。如果说阳宗海是一首歌，海水的声音便是激情浪漫的篇章。此时此刻，你会感到个人的失意和整个自然比起来太微小了，你忽然有一种心灵升华了的感觉。

# 驯 鹿

呼伦贝尔大草原，不仅是白云朵朵，不仅是兴安绿色，不仅有好山好水，还有珍稀动物——驯鹿。

驯鹿又名角鹿，是鹿科属下动物，约有17个亚种之多。我们在敖鲁古雅见到的便是其中的一种。驯鹿因生长着马头、鹿角、驴身、牛蹄的奇特而得俗名“四不像”。最大特征是不论雌雄均生茸角，又叫角鹿。驯鹿雌雄皆有角，角的分枝繁复是其外观重要而显著的特征。善于在山野沼泽、枝丫茂密的森林中穿行，且能驮运东西，被誉为“林海之舟”。

## 1

驯鹿主要分布于北半球的环北极地区，包括在欧亚大陆和北美洲北部及一些大型岛屿。它们并非人工驯养出来的，是纯粹野生的；而分布于北欧，主要由拉普人管理的驯鹿则属于大范围圈养的。在中国，驯鹿只见于大兴安岭东北部林区，鄂温克族使用驯鹿作为交通工具。

大约17000年前，在法国和西班牙，人们发现了驯鹿的考古遗物和岩洞壁画。人们便将这一时期称为“驯鹿年代”。如今，驯鹿年代在北极地区依然盛行，野生驯鹿有300万头，家养驯鹿也有200万头。对于土著居民而言，驯鹿就是他们文化、经济、社会和精神的基础。

据说土著驯鹿经济的转变始于17世纪，当时相互竞争的民族国家对土著人进行殖民，掠夺原住民的土地与资源。

驯鹿一般栖息在寒温带针叶林中，处于半野生状态。食物主要是石蕊，也吃问荆、蘑菇及木本植物的嫩枝叶。鄂温克人过着“逐石蕊而居”的游牧生活，不定期迁居，主要活动在大兴安岭北部的激流河、阿穆尔河、呼玛河、阿巴河一带。平时饲以食盐，夏季建栏熏蚊，在驯鹿产仔期间，帮助母鹿照顾幼仔，驱赶狼、熊等天敌。其余时间，驯鹿皆自由在林中采食。

驯鹿最惊人的举动，就是每年一次长达数百公里的大迁徙。春天一到，它们便离开自己越冬的亚北极地区的森林和草原，沿着几百年不变的路线往北进发。而且总是由雌鹿打头，雄鹿紧随其后，秩序井然，长驱直入，边走边吃，日夜兼程，沿途脱掉厚厚的冬装，而生出新的薄薄的夏衣，脱下的绒毛掉在地上，正好成了路标。就这样年复一年，不知道走了多少个世纪。并且驯鹿总是匀速前进，只有遇到狼群的惊扰或猎人的追赶，才会来一阵猛跑，发出惊天动地的巨响，扬起满天的尘土，打破草原的宁静，在本来沉寂无声的北极大地上展开一场生命的角逐。

## 2

驯鹿驯养过程相当复杂。在冰雪向北消退的过程中，全世界有 9 个国家近 30 个民族在饲养驯鹿，有 10 万人从事驯鹿养殖。驯鹿繁殖能力很强，雄鹿性成熟较晚。雌鹿 1.5 岁性成熟，个别发育好的当年即能参加繁殖。一直到 14 岁。每年 9 至 10 月为交配季节，来年 4 至 5 月份产仔。一般产 1 仔，偶有 2 仔者。哺乳期 165 至 180 天。驯鹿寿命可达 20 年。

关于驯鹿，还有一则流行的故事。说从前有一只驯鹿名叫鲁道夫，它是这个世界上唯一长着大红鼻子的驯鹿。人们很自然地叫它红鼻子驯鹿鲁道夫。鲁道夫为自己独一无二的鼻子感到非常难堪。其他的驯鹿都笑话它，就连自己的父母兄弟也因此被嘲笑。有一年的平安夜，圣诞老人正准备驾着四只健壮的驯鹿去给孩子们送礼物，这时，一场浓雾笼罩了大地，圣诞老人知道，在这样的天气里是无法找到任何烟囱的。突然，鲁道夫出现了，它的红鼻子显得比任何时候都亮。圣诞老人立刻意识到他的难题解决了。他把鲁道夫领到雪橇前，套上缰绳，然后自己坐了进去。他们出发了。鲁道夫驮着圣诞老人安全地到达了每一根烟囱。不论雨雪风霜，什么都难不倒鲁道夫，因为它的亮鼻子像灯塔一样穿透了迷雾。

## 3

目前，内蒙古敖鲁古雅鄂温克猎民是我国唯一饲养驯鹿的民族。2008年6月，敖鲁古雅鄂温克族乡5个驯鹿部落正式以“敖鲁古雅部落”名义加入国际驯鹿养殖者协会。加入协会后，“敖鲁古雅部落”在驯鹿项目规划、养殖技术等方面同其他会员国家实现资源共享，这标志着中国的驯鹿放养业发展正式与世界接轨。 2009年4月，在挪威卡特克诺市召开的第四届国际驯鹿养殖者代表大会上，“敖鲁古雅部落”获得第五届国际驯鹿养殖者代表大会主办权。

“敖鲁古雅”为鄂温克语译音，意为“杨树林茂盛的地方”。多年来，敖鲁古雅鄂温克族常年居住在密林深处，是我国唯一以驯鹿为主要生产、生活方式的少数民族，因此被称为“使鹿部落”。1965年，鄂温克猎民迁到敖鲁古雅河畔安家，成立敖鲁古雅鄂温克猎民乡，实现了定居。2003年，敖鲁古雅鄂温克猎民放下猎枪移民搬迁到根河市郊新址，被誉为“中国最后的狩猎部落”。他们没有文字，却通晓万物密语，追求灵魂与自然合一；他们敬畏自然，倡导生态平衡，并厚待着山林、河流和自然；他们是萨满教的信徒，崇拜和守护着自己的图腾；他们人数很少，仅剩243人，然而，正因为小，正因为他们生存方式的神秘与独特，同时也因为整个北极圈文化的共同性，使得他们的文化弥足珍贵。

2013年7月，以“人鹿自然——可持续发展”为主题的第五届国际驯鹿养殖者大会在敖鲁古雅鄂温克族乡召开。敖鲁古雅温克使鹿部落将与世界其他地区的驯鹿养殖者们相聚一起，进行广泛交流，使我国这一泛北极驯鹿文化在国内外得以推广。

# 夜之声

因为鼻疾，蛇年的春节刚过，便做了手术。安贞医院院长亲自操刀，大概是麻药的作用，丝毫没有感受到手术的痛苦。甚至还有一些昼夜颠倒的感觉。白天昏昏欲睡，夜晚头脑清醒。于是便有了夜之声的话题。

夜色浓重。没有月亮，也没有星星，病房外昏黑一片，只有由远及近的汽车的轰鸣声，如闷雷一般，轱辘在我的脑际，好像故意捉弄我一般，它们调皮地追逐着我，我正卧不是，侧卧也不行，总能听到这声音在一声紧似一声地轰动我的大脑，又如同大石头在地上滚动，巨大时，又像铁锹在水泥地上拉动一样刺耳。

我的病床边是加了床的，爱人就陪侍在跟前。疲惫了一天的她，先前还跟我说着话，紧接着便打起了呼噜，像拉锯，一声比一声急促，像切割着我的头。她旁边的加湿器也不闲着，咕嘟咕嘟，不停地冒着水泡，我感觉我要被水淹没了。还有氧气瓶，也不甘寂寞地掺和进来，我能听得到它吱吱的声音，从鼻子穿过耳际。不知道是它给我供给氧气，还是要把我身上的气体全部抽走。我处于一种惊恐万状之中。

偶然，会听到远处狗的叫声。好像是狗在争斗、追逐，群狗吼叫着。接着好像是隔壁病房的声音，好像一对男女在调情，在关键时分乱叫。这声音自然是很不好听，像是一只不安分的鸡，做了自己不该做的事情。而此时，似乎又听到墙角有窸窸窣窣的声音。是老鼠吗？不太可能。这可是 VIP 病房啊。但是分明在墙角，在窗台，在卫生间似乎都有响动。这声音是那样的绵软，像耳朵里钻进的棉球棒，胀胀的，搅动着我的心绪，让我夹杂着恐惧与不安。莫非真的是什么“空鼻症”？

我一直认为夜会给人以宁静与淡泊的感觉。多年以来，一个人行走的日子里，不知道为什么，我开始喜欢这夜的宁静。但是，今夜，我却感觉到恐慌。浅浅地，似乎听到了大海的涛声，一浪一浪袭来枕边。此刻的涛声，先似女中音般醇厚，海水中的霞，闪现着千邑般的浓情，浪似漫步，在云端，在天边，自在悠然，不息和百变丰富着大海的胸怀。紧接着，那浪一波一波卷来，我被波浪推卷着，没有了容身的地方。我开始赤脚追逐在海的欢快中。几只海鸥振翅起舞，翩翩悠然。而我只能望海兴叹。

正在这时候，远远地，传来了哭声。先是一男子瓮声瓮气的哭诉，紧接着众男女放声大哭。哭声由远及近，把我和熟睡的爱人都惊醒了。此时的窗外，似乎街灯明了，好像闪着无数的明星。但是哭声依旧凄惨，民间疾苦，声声在耳啊……

# 落子无悔

“日月跳丸，光阴脱兔”，时光之河一泻千里，每个人有每个人的遭际。痛苦，生命不会延长；欣喜，生命也不会缩短。既然没办法去改变既定的现实，为什么不试着去改变自己呢？人生如棋，棋手之间，赢了不必张狂，输了也该拿得起，放得下。最关键的，是要落子无悔。

棋盘小小，波诡云谲。下好一盘棋，既要总揽全局寸土必争，关键时刻又需有壮士断腕、舍城弃地的勇气和魄力；既要随机应变，来应付不断变化的局势，又需要保持固有的原则和立场，不迷失前进的方向；既要随缘而进，建功立业，又需顺势而退，明哲保身。

人生如棋，面对对手，有的人能预想十几步，乃至几十步之外，早早便做好了铺排；有的人却只看到了几步之外，甚至是走一步，算一步。与高手对招，常一步失策，满盘皆输。但是高手下棋，眼见进入残局后，却可能峰回路转，起死回生。有的人下棋落子如飞，但是常于忙中出错；有的人下棋因最初考虑得太多，弄得后来捉襟见肘。有的人下棋，不走到最后关头，绝不认输；有的人下棋，稍见情势不妙，就弃子投降。所以说下棋的开局很重要，因为一盘棋，下起来总是棋子越下越少；而人生呢，也总是越来越短，于是早时落错了子，后来就要加倍苦恼地去疲于应付。而棋子却一个个地去了，越是剩下的少，便越要小心地下。赢，固然是漂亮；输，也要撑得久。毕竟输得少，才有些面子。而且，即使下错了子，也要做到足够的潇洒，因为，棋场上，只有落子无悔才是真丈夫。而人生中，人生落子无悔，也是一个人人品、人格、道德修养的体现。

人生落子无悔，内涵极为丰富，学问大有讲究。落子无悔固然可敬，但最好还是不要去做令自己懊悔的事。如果你不知道计划未来，必是个很差的棋士；如果你没有参谋，必是个很孤单的棋士。如果你因为输不起，而想翻棋盘，早早向人生告别，也必是最傻的棋士。每一位棋士都要经常自问：你还有多少棋子？你已有多少收获？你是不是应该更小心地把所剩无几的棋子放在最佳的位置。

有人说得好，人的一生中，最重要的往往就是关键的那几步。或者说，人生如棋，最关键的也就是那几步棋啊。拿破仑滑铁卢惨遭失败，败就败在他手下的一名元帅对当时战事分析的一念之差。人生中，人们对机遇的把握往往也就在那一瞬间。很多人生重大抉择，究竟是坚持还是放弃，其成败得失都在那短短的一瞬间。甚至和死神或幸运之神擦肩而过，也就在那样的一瞬间，容不得丝毫的犹豫，关键是要落子无悔。

人生活在这个世上，不可能都是一帆风顺的，这是人生前进中的正常现象。在这条人生路上，可以用欣赏江海湖泊、青山秀川的情怀去注视尘世间的是是非非，可以用仰望星河、远看瀚海的胸襟去处理生活中的形形色色，可以用面对四季交替的淡然来面对身边的一切离与合、分与争。要知道，风景的美丽与否，不在于人为冠以的虚名和众人的鼓吹，而是在于我们每一个人的“内心”，只有我们的内心，才能真正认知它的美丽。

人，切莫自以为是，地球离开了谁都会转。古往今来，恃才傲物的人都没有好下场。所以，即便再能干，也一定要保持谦虚谨慎，做好自己的事情，最为关键的，还是要落子无悔。

# 玉 香

玉香是我初中同学。有时，有同学提起了她，让我一下子陷入回忆。

岁月如风，风过无痕；往事如梦，梦去成空。来不及听晨风温柔的依恋，来不及沐午后暖暖的光点，时光已悄悄地将天色放晚。推窗望远，巷陌如常，两三阵风作调，七八个影匆忙，颇感寂寞的我，竟忘了将心事收藏。

感喟岁月易暮，不禁回想起那段青涩的年华了。在那麦苗青青的田垄间，在那绿柳成行的水渠旁，在那流曲急湍的小河边，在那民风淳朴的小村庄，在那沙枣花飘香的春夏，在那红消翠减的清秋，是否依然飘拂着我们的琅琅书声？

随着四季的交替变化，我们一步步走向各自的未来。但是在那时候，我们都是豆蔻年华，不知道将来花落知多少，只记得青春的脚步和一个明净的下午，风朦胧着天空的每一朵云，悄悄地吹起她耳边的短发。远远地看见她慢慢离开校园。让我记住了那个单薄秀丽而忧伤的身影。是啊，纯真是人世间最美丽最动人的风景，是最美好最宝贵的精神境界，人们不断传颂的名著和歌谣之所以感人并流传久远，就因为其中的纯真。

记得玉香是小学毕业后进入我们班的。我们这所中学只有初中，没有高中，生源来自附近的几个村落。那时只知道玉香是从山西转过来的，家里比较贫困。其实贫困是那时候所有家庭的普遍现象，无论城市还是乡村，没有几家日子好过的。

那是在“文革”的末期。学校基本转入正常教学，但是支农劳动还是不少。无论是校园，还是在支农劳动之余，爱美的几个女生在采着野花，然后带回教室插在装有水的罐头瓶里。玉香似乎从不参与这些， 默默无闻地学习着，好像所有这些与她无关。

玉香是一个文静、瘦弱的女孩儿。细细的眉毛，细细的眼睛，白皙的皮肤，穿着一条蓝色的裤子和一件白色衬衣，说起话来，总是一幅羞涩的样子。那一年，玉香十四岁。十四岁的天空是湛蓝湛蓝的，时不时飘来朵朵白云，总能使人心中有无穷无尽的遐想。那时候我们都是班干部。接触的自然要比别的女生多一些。只不过，那时我们除了谈论学习之外却很少说话。在我的印象中，玉香是个安静的人，总是习惯静静地看着周边同学的嬉闹，不曾有过表情的波动。

渐渐地，在学习之外，我多少知道了她的一些“秘密”。她们家在离村较远的一个土坯房子里。她有一个姐姐。从小生活在贫困孤独中的她，所看到的是村子里人与人之间的冷漠。她习惯了把心封闭起来。尽管一个人的日子实在孤单，但至少不会受到伤害。她说这些的时候，我不知道如何去安慰她，只是希望她忘掉不快。

接下来的日子，她似乎变了，变得愿意和同学们在一起了，也知道笑了。或许是生命因岁月而彰显意义吧。初中毕业以后，我们一起被分配到离家比较远的二中。然而，到了二中以后，为迎接高考，学习任务日渐加重，我和她会面的机会渐渐减少。再后来，我转学回到陕坝。当我把这个消息告诉她的时候，她先是有些震惊，接着便是鼓励。离开的时候，我看到她在流泪。我笑她像个孩子，希望她能尽快转学，能够到城里好一些的学校就读。再后来，听说她已辍学，紧接着是结婚生子，我们之间，已经没有什么联系了……

不知不觉，岁月已走了许远。如今我们都是过了50岁的人了。年轮中经历过离合悲欢，却难以拒绝岁月在行程中飘零的过往。很多时候，回忆又渐渐在心底泛起，感慨绵长。

# 伦敦断想

## 1

伦敦之于我，第一个印象就是仪表堂堂。她像许多老妇人一样打扮得花枝招展、坦荡磊落。伦敦没有拆迁，所以90多岁的设计师可以指着那座教堂说：这是我爷、我爸或者我的设计。随处可以证明他们曾经创造了这个城市。

中国近百年的思潮是维新。“维”到今天，似乎新的就是好的，新就是有用，旧就是无用，害怕无用，似乎成为人们身边的一种常识。普天之下焕然一新，而且还在继续更新。古建筑大都拆掉了，到处是新的摩天大厦。老人日薄西山，似乎与保守、无用、累赘甚至反动同义。

## 2

在伦敦，老人依然活跃在沙龙、酒馆、剧院、教堂。他们不仅是爷爷奶奶，更是教师、顾问和高人。老人不是包袱，而是国家的活史书、精神容器、道德楷模、美食秘方，以及某种久经考验的生活品位。

伦敦有许多老人用品商店，不是凤毛麟角的一两家，不是老气横秋专为敷衍老人赚几个小钱的粗糙丑陋专卖店，而是老人的时装店、老人的日用器皿店、老人的手工皮鞋店、老人的雨伞店、老人喝下午茶的咖啡馆、老人的手杖店、老人的体育用品店，还有老人的首饰店。这些在摄政街和邦德街都可以看到。在中国，所有这些都很少，甚至没有。买不到是常态。市中心被青春靓丽者统治着，很难买到老人的用品。设计师们从来不为自己年迈的父母设计时装。

## 3

在伦敦，酒鬼有酒鬼的去处，流浪汉有流浪汉的蜗居，年轻人有年轻人的圣地，老人有老人的玩场。大家各美其美，相得益彰。而在我们国内的城市，与老人有关的世界基本上已经销声匿迹了，空巢老人越来越多，这些“老怪物”多数时候只能躲在公寓里守着一台电视机。伦敦的老人们可能还占些优势，英国女王，那位引领英国高品质生活时尚的老妇人，使得老人的地位也非同凡响，这种“顽固守旧”俨然内化为英国的民族性。在伦敦，举目皆是老房子、老街道，地铁也是老样子，完全感受不到现代气息。难怪中国游客会大失所望：英国怎么如此落后而陈旧。

## 4

我们经常可以看到这样的情形，在泰晤士河畔的某一个小咖啡馆里，跑堂的竟然是一位白发苍苍的爷爷，腰上拴着一个磨成了宝贝的牛皮夹。为年轻人端上一杯咖啡，并非耻辱，而是高档，老爷爷跑堂六十年，收杯摆碟的做工、风度已经是大师级的了。我盯着他腰上那个包浆深厚的皮夹子看，估计他为了做好这业务专门定制了一个与咖啡馆相称的牛皮夹子，也说不定有的咖啡客来此喝上一杯，就是为着瞟一眼这夹子的。

想想看，坐在泰晤士河畔，有一位终身热爱跑堂的大师为你端来咖啡，那不仅仅是享受，而是沉思：他一生有那么多跳槽的机会，有更好的工作可以赚更多的钱嘛，为什么顽固保守得像泰晤士河那样永不改道呢？

# 莫尔道嘎

“莫尔道嘎”，蒙古语意思就是“上马出发”。

关于莫尔道嘎的名字，有一个美丽的传说：公元1207年铁木真回室韦祭祖，路上生发狩猎之念，策马逐鹿至龙岩山顶。只见林海茫茫，云凝峰峦，霞光四射，一派吉祥。大汗此时豪气万丈，顿生统一蒙古的宏愿，于是一声巨吼：莫尔道嘎（骏马出征）！遂挥师西进，旗猎猎、马萧萧、征西辽、攻西夏、灭畏兀，终成大业。游人至此，无不驻足，观大汗雄姿，缅先人伟业，发奋进之豪情。

如今，莫尔道嘎已经发展成为一个边陲小镇。它坐落在被当地人称为母亲河的额尔古纳河畔。额尔古纳河以其丰厚的内涵与底蕴滋养着这片土地，哺育着游牧而来的民族，也染绿了连绵的群山与广袤的草原。于是草原上便涌起了云朵般的蒙古包与游移的牧群，大山便生长起了各种各样的树木，滋生了黄芪、山丁子、野葡萄，当然还有成片成片的含红吐翠的北国红豆。

我曾经多次造访过这座富有野性之美的小镇，可是每次停留的时间都不长。第一次走进那里，是怀着一份浪漫的心情去找寻北国红豆，感受着那片林海所显示的山川灵气的。静静地站在山坡上，解读山那边姿态万千的晚霞，聆听回荡在山谷的阵阵松涛与淙淙的山泉，轻嗅林海深处流淌过来的花香，心里有一种无法描述的轻松。而我眼前，便是一棵一棵绿色的草一样的东西，上面挂着几颗红玛瑙似的小圆果，这就是北国红豆，与南方相思林里的红豆同样富有诗情画意。轻轻摘一颗放进嘴里，甜中带酸，微有酒气，清清凉凉。

莫尔道嘎地处大兴安岭腹地，这里山披绿、岭叠翠、风含情、水流银。这里有保存完好的原始森林，河流密布，山峦起伏，一派世外桃源景象。享有“南有西双版纳，北有莫尔道嘎”的美誉。红豆坡、鹿道、偃松幽径、一目九岭、翠谷流云、赏九曲松风、林海听涛，都是极美的风景。

“红豆坡”因数百顷山坡上长满越橘（兴安红豆）而得名。步入红豆坡，满目苍翠、清香扑鼻。杜香林，疏密均匀、树干笔直、树冠葱茏。林地上长满红豆，褐茎绿叶、白花红果。

“鹿道”因有一条狍鹿下山喝水踩出的小道而得名。鹿道上下各有一株距今300年以上的高大樟子松，树干粗大奇特，在森林里大有鹤立鸡群之感，上下遥相呼应。坡下的树上长有状如钱币的巨大圆形松包，被称作“摇钱树”、坡上的树先被雷击而枯，后又因雷击而活。且生长得特别茂盛，被称作“大寿松”。

“一目九岭”处在山巅之上。登上观景台极目远眺，只见山连山、岭连岭，山外有山、岭外有岭，屈指数去，九重山横亘排出，一览无余，将大兴安岭的深邃与辽阔尽收眼底。

“翠谷流云”被誉为“兴安绝景”。三面高山相连，一面深谷绵延。顺林间小路攀登，回眸脚下深谷，山岭重重，浓荫如染，大自然所展现的雄浑气势摄人心魄。

莫尔道嘎森林公园有最具代表性的北国森林景观，保存有我国最后一片寒温带针叶原始林。公园内山峦起伏，古木参天，植被丰厚，溪流密布，处处展示着“幽、野、秀、新”的风采。这里的夏季景色宜人，林海、松风、蓝天、白云、林木的浓香、花草的芬芳沁人心肺；冬季冰峰、雪岭、严寒、雾凇，无疑是人们挑战极限磨炼意志的理想之地。

# 满洲里的月亮

生活中总有一些瞬间令人难忘，比如满洲里的月亮，还有那个深邃的夜晚。

到满洲里，本是我们此番呼伦贝尔行的其中一站。晚饭过后，已是华灯初上。我们住在香格里拉，那一晚，在夜的襁褓里，出壳了一个清亮亮、金灿灿的月亮。

月亮如盘，由低而高，挂在满洲里的上空，浸染着大地，幻化着苍穹，恬静，明澈，像一首沁凉如水的诗。

望着硕大的月亮，我一个人来到北湖边。北湖是一盆清水，水里是一轮满月。我走，月亮也跟着我走。湖光月影，有一种迷情于月下的浪漫。白天的一切苦累，已被采编成故事，不必再牵肠挂肚；昨日的所有辉煌，已被深深铭记，不必再细细讲述。借着满月，湖水激情流畅，像一曲美丽动听的音乐，充满了生机，显示出力量。暖风徐来，湖水静静，河堤上的杨柳垂下绿色的清凉，飘逸着缕缕芳香。

远处，大街上，车流如梭，人潮如涌。谁说只有太阳每天都是新的，其实月亮每天也都是新的。一轮新月挂在湖上，一轮新月映在湖里。水面上的雾气是永恒的主题，葱郁的树林在灯光和烟雾的交织中时隐时现，散漫着一阵阵特有的清香气味，随着时间慢慢的流逝，浓浓的雾气被风撕裂成一条条白色带状，在湖面上汇聚。那些不知名的树在林间晃动的树梢，枝头挂满的各种颜色的花朵，却不甘寂寞，拼命跻身展现着自我，似乎不甘心只是青翠中的点缀，在雾气中若隐若现。第一感觉把我推进了一种幻想中，仿佛被喜悦的心情埋藏了自己，只感觉自己就是那个破译了某种自然密码的智者。我想，汉赋“穷造化之精神，尽万类之变态，瑰丽窈冥，无可端倪”。用这景象来注释，的确是极好的。

我蹲下身来，轻抚着湖边的一石一草一滴浪花，采上一束野花捧在胸前，闻着那醉人的花香，欣赏着草丛里在微风中花瓣上闪动着露珠的野花，花朵格处艳丽。我屏气凝神望着湖面上的轻烟袅袅，身临其境，慢慢聆听月的歌唱，水的呻吟。旷远飘逸的心境油然而生。在迷离的雾气中，我沿着湖边漫步，无言的散步也是一种美，眼前潺潺的流水，头顶明媚的月亮，仿佛这是一幅立体的水墨画。

满洲里，从美的角度讲，算不上有多秀丽；从古老的角度上看，也谈不上多古朴。如果说风情，还真有那么一点；如果说美食，总觉俄式大餐，不一定能赶得上源远流长的中华美食。那么，这里究竟凭什么，让游人纷至沓来呢？因为它是边关，因为它独特的地理位置和独特的风土人情。满洲里，有古驿道从远方伸来，有额尔古纳河流过这里。隔国门相望，俄罗斯小镇不同寻常的落寞，演绎着落寞之中的异国情调。相比之下，这边的满洲里则极显鲜亮。无论从建筑上，还是从人文地理等方面，都有着一种超然的繁荣，尤其是在这明月高照的夜晚。

满洲里是个有中、俄、蒙、回等民族聚居的地方。晚上，街道上各种建筑霓虹灯闪闪发光，满街都是俄罗斯游客和双牌照的汽车，俄罗斯人开车过来在这里购物和做生意，或者过来游玩吃饭看节目，许多大型饭店夜总会里都有正宗的俄罗斯舞蹈和风情表演，有大街上走动和照相的，有美丽年轻的俄罗斯姑娘，也有俄罗斯大娘。

很长一段时间，我以为月亮属于乡村的，似乎与城市无关。然而，满洲里的月亮也很独特。夜色浩渺，月光如水，树木深然如岸，村庄如渔船，点点灯光如渔火，澄净的空气，无边的天籁，飞逝的流萤，清凉的心怀，让月光的柔情绵密起来。

满洲里的月亮，证明我的认识错了。月亮不仅属于乡村，也属于城市。城市的月亮照在城市的上空，少有树木的掩映和月上梢头，而且城市的风也是热燥燥的，但是人们心中的那种对美好的渴望却是比什么时候都来得剧烈、来的集中。天空是宁静的，城市的喧嚣和嘈杂不见了，也许在城市的意境中，生命的释放就是对收获的最好诠释。平静的外表，波动的心理，时光不再，只有月亮依然，从你读它，到它读你，天上人间，几多无语的记忆，深刻着点点碎片，无意识的往来反复，全是慢慢的岁月痕迹……

满洲里的月亮，是上天赐予满洲里夜晚的明亮，是点亮满洲里黑夜的一盏灯。星河隐没，苍凉连天，你看，月亮停留在那里由始至终没有一丝声音，月光如水一般清澈，静静地用它独有的柔和遍布整个呼伦贝尔大地，如泓、如水、如梦、如幻……

# 花儿的脚步

时间的脚步驱使着我们向前走，花儿的脚步也永不停息。

很多时候，我们生活在一种忙碌的状态中，我们甚至沉沦于这种忙碌的生活。不知道时间的脚步，也听不到花儿的脚步。曾经的河边嬉戏，捕鱼捉鸟真的已经成为历史，只能偶尔在我们的梦乡里飘荡。快速的工作节奏让我的生活不断地呻吟，但是忙碌的我们已经没有时间去聆听生活的呼唤。

有一天，在马路边等车，几朵花儿无意间闯进我的视线。在那片黄色的枯草中，几朵花儿在料峭的春寒中，随风摇摆，那么的与众不同，那么的鲜艳，这是春天的第一缕气息么？我惊讶于他们的顽强与倔强，更惊讶于我的冷漠，曾经多少次从那里经过，我却没发现那绽开的花儿。我开始关注起花儿，不管是家里的还是野外的，不管是栽培的还是自然生长的。渐渐地，我似乎听见了花儿的脚步。

在所有的花儿当中，步伐最快的当属梅花。立春过罢，梅花的花蕾就绽放了。当那娇嫩的花瓣从褐紫色的花萼中挣脱出来，在料峭的寒风中抖抖索索，那抖抖索索的声音，便是梅花的脚步。你会觉得，花儿开得突兀，出人意料，隐隐约约有一股暗香传来，缘香搜寻，或者“踏雪寻梅”，你会发现，梅花的脚步，不作势，不张扬，走在寂寞无人处，开在日落黄昏后。古人用“疏影横斜水清浅，暗香浮动月黄昏”来形容它，把它喻为清高、孤傲的化身，我以为一点都不过分。

伴着梅花的脚步，你会看到迎春花，岁月走到 3 月中旬，那一簇簇，一片片，黄灿灿的花儿，争抢着春风，绽放在路边，脚步快捷，不几天就转换成绿色了。所谓“迎春春还在，春来花难寻”。所以，你会看到古往今来文人墨客赞美迎春花的诗句极少，大概是她的脚步太快的缘故吧。文人们来不及仔细观赏，他就风驰电掣般地走远了。

当迎春花不经意地消失之后，接踵而来的便是杏花和桃花了。俗话说：“桃花开，杏花败”。杏花总要赶在桃花的前边。不过，桃花几乎是一个界限，凡在她之前开放的大都只有花，不见叶子。她之后，就出现叶芽儿。如梨花、苹果花、海棠花、梧桐花、楝子花，都是绿叶与花儿相互映衬。最初我不理解，为什么最先报春的往往是花，而不是叶子？论娇嫩，花儿不比叶子更娇嫩么？为什么叶子就那么懒，而花儿的脚步为什么那么急躁，那么迫不及待呢？后来终于明白，早开花是为了早结果，春华而秋实嘛。

伴随杏花和梅花的脚步，那路边河畔、山坡崖头，朦朦胧胧已现出一层微绿。大片的树林像被绿色熏了一下，又好似造物主以他那如椽的巨笔饱蘸淡淡的青绿，在树林梢头漫不经心地那么轻轻一抹。于是，大地苏醒了，万物复活了。喜鹊、斑鸠就来筑巢，杜鹃、黄鹂就来歌唱，浓浓的春意扑面而来。“碧玉妆成一树高，万条垂下绿丝绦。不知细叶谁裁出，二月春风似剪刀。”接下来，榆钱儿出来了，洋槐花也开了，空气中飘散着甜甜的蜜香。

月季花，雍容却不仗势，美得古典，笑得安静，稳稳地簇在一旁，坐等岁月静好。当杏花逝去，玉兰香消，迎春落尽，桃花失魂之后，就是缤纷多彩、花瓣重重的月季低调登场的时候了。北京的街道上，满是大朵的月季花，从初夏，到深秋，月月的花开，漫长的美丽，长久的芬芳。在众多吟诵月季的诗歌中，我比较喜欢的有两首：一首是朱淑真的《长春花》：“一枝才谢一枝妍，自是春工不与闲。纵使牡丹称绝艳，到头荣悴片时间。”最能体现月季的特色；另一首是清代扬州八怪之一的李鳝，以其画家的独特眼光和审美，写出了月季的神韵：“粉团如语启朱唇，常比春光解趣人。老眼独怜枝上刺，不教蜂蝶近花身。”为了褒奖她，我也凑过一首：“恰是美人懒床时，风流常在裹沙衣。娇颜映日含春暖，媚影临窗漱玉随。四季花开唯我解，八方落叶有谁知？文章不疗山水癖，身心每被野云羁。”

在所有的花儿当中，只有沙枣花的脚步是比较慢的。众花凋谢，只有她才懵懵懂懂地醒来。在大漠戈壁，一株株沙枣，秋天里它叶子落得最早，春天里它发芽又最迟，像个老态龙钟的老人。不趋时，不赶潮，不张扬，不凑热闹，到了该它开花的时候，它又尽量把花儿浓缩到最小，最不起眼，但花心儿的香甜却是极其浓郁，因而，招徕的蜜蜂也最多，用它酿造的蜂蜜也最甜。

花儿的脚步，不知不觉。当大大小小的树林子全绿了，油菜花黄了，小麦也长高了。燕子呢喃，鹧鸪声声，一阵斜风细雨，也就宣告春天的完结。花儿的脚步，也给我们带来许多启示。人在旅途，别把脚步迈得太快，别匆匆地来匆匆地去啊，这样，会错过旅途上许多美丽的风景。放慢匆匆的脚步吧，踏踏青绿的春草，听听夏夜的蛙鸣，看看雨后的彩虹，欣赏斑斓的秋野，烘烘冬天的暖炉。放慢匆匆的脚步吧，去海滩拾取贝壳，去草原聆听牧歌，去戈壁感受苍茫，去沙漠奇遇海市蜃楼。

从花儿的脚步中，我们似乎可以悟出，人在旅途，要顺其自然，随遇而安。途经每一个驿站，都要歇歇脚，与路人聊聊天，别让自己孤单寂寞，把自己的形象定格在秀美壮阔的风景里，把爽朗愉悦的笑声留在风中，回荡在历史的山谷沟壑。

# 镜泊秋意浓

从北京到牡丹江，我们是专门冲着镜泊湖而去的。

富饶的松辽平原，坦荡而开阔。天空抹着几块恬淡的云。金秋的夕阳照射在大地上，耕地裸露着黑土，它们与青纱帐一起伸向远方。秋意朦胧，平添了几分神秘与诡异。看着云霞慢慢由猩红变成了淡红，在夕阳完全沉没的时候，我们来到了久已向往的镜泊湖。

## 山色空蒙水悠悠

我们居住的地方叫抱月湾。秋夜朦胧，山影空蒙，拥抱着平平静静的湖水，仿佛可以感应人间温情的真情。房子陈旧，却可以开窗见水。一泓湖水，宛若亲情，紧紧抱住一弯明月。月意悠悠，坦然呈现出慈祥。月辉仿佛圣洁的音乐之潮，漫过夜穹，掠过我的心谷，那是一种久久弥漫的馨香。

碰巧了，这个晚上是七夕。望着明澈的月光，不忍关闭窗帘。枕着湖水入睡，因月的纯情而失眠。寒蝉凄切，对月而眠，想到了爱与生命。浩瀚银河，鹊桥暗度，纵阅千年爱之风雨，横看人间红尘万丈，年年岁岁，恩恩怨怨，轰轰烈烈，缠缠绵绵。

或许，天上人间，爱恨情仇，总是没完没了的话题。多少万年了，任云烟望断，任瑶台旧梦，月轮宛若一朵独放夜空的雪梅，直向人间挥洒冷香。而湖月映衬，月照湖心，水中望月，月轮又以动情的颜色入诗，有如在闷夜间植下一个沁凉的标点。柔如白绸，无疵无瑕。此乃洁净的世界。夜已深，我不知道自己是睡了，还是醉了。

第二天早上七点，远山次第清晰，晨雾渐渐退去，湖上的金光骤然亮起，波光粼粼。秋凉了，披一件衣裳，站在抱月楼的阳台眺望，我惊讶于镜泊的宁静之美。色彩浓郁的群山紧紧依偎着清澈的湖水。湖水掩映着秋的群山，山峦美丽的倒影在湖水波纹的幻境里轻摇。于是，满目的湖光秋色，水色山光。而这是在暗夜里所难以看到的。

是啊，生命就是个过程，或一帆风顺事事顺利，或举步维艰遍布荆棘。但是无论怎样，欢笑也好，忧伤也罢，白天也好，黑夜也罢，我们都要全力以赴。用我们的激情与勇气，去认真地对待生活。

## 峰回路转火山口

镜泊湖周围有许多已经喷发的火山口，寂静而神秘。我们的汽车就在火山石路面上崎岖蜿蜒。峰回路转，各种树木和花草次第而过，琳琅满目，如同十里画廊，异彩纷呈。

湖岸，群山环抱，峰峦起伏，湖水清澈，碧波荡漾。纤尘不染的绿，湛蓝如洗的天，洁白无瑕的云，增添了镜泊湖区独特的魅力。水在半山上，水上有半山。山在水的臂弯中，水在山的怀抱里。

远望，群山叠翠，碧水潆洄，绿叶扶风，鸟语花香；近看，峰峦叠起，石岛耸峙，清平如镜，倒影奇幻。镜泊湖的确不如西湖那样有名，不像太湖、洞庭那样浩瀚，但她却有九寨海子的清纯，有云南洱海的明媚。

## 飞瀑壁挂吊水楼

上午，我们登上望瀑亭，一帘瀑布悬挂在眼前。只见奔腾呼啸的湖水，以雷霆万钧之势，席卷着平滑的熔岩床面，从断层峭壁上喧嚣而下，响声震天，飞花泻玉，声闻十里。这是何等的壮美。

瀑布下是气洞塌陷再经剥蚀而形成的黑龙潭。潭水从这里泄出，又开启了牡丹江新一段河道。据说即使是严冬，潭壁挂满晶莹剔透的冰柱，潭水依然不冻，成为镜泊湖一道奇异的风景。而此刻，你会自然想起红罗女的传说，还有“七仙女月夜下镜泊”的故事。

伫立在镜泊湖畔，听瀑流轰鸣，溅玉迸珠。看阳光浩荡，虹霓飘飞，群峰叠翠。潭水浪花四溅，如浮云堆雪，白雾弥漫。又似银河倒泻，白练悬空，真有“乱石穿空，惊涛拍岸，卷起千堆雪”之势。真正是崖有苍莽古意，水有浩荡正气。大自然实在雄奇，让天外来风与流泻飞瀑纠缠在一起。

岁月以源于远古的舞姿，盛开一个漂亮的漩涡，在死亡中泛起再生的浪花。怒瀑一头扎下，或许扑进更强大的虚空，却无法再回头了，显得那样的毅然决然。

## 湖光山色惹人醉

有人说，镜泊之秋美在成熟，你可以从湖面吹拂的风里尽情嗅到收获的味道；也有人说，镜泊之秋美于沉静，经过春夏的绚丽蓬勃，镜泊湖呈现给你的是秋的静美。

我们来到镜泊湖，除了嗅到丰收的味道，看到秋的静美之外，还看到了秋雁南飞，给人一种思念和牵挂、分离和惆怅的婉约美。镜泊湖犹如一条摆动着的银色缎带，飘绕在蓊郁成荫的崇山峻岭。

秋意正浓，天空变得高远辽阔而湛蓝。泛舟湖上，游艇快速犁开平坦的湖面，留下一道白色的浪花。彩虹桥、毛公山、白石砬子、湖心岛、元首楼、竞相出现，龟山、老黑山、鹿苑岛扑面而来。真的是一程一景，景随船移。青山，碧水，游船，依山傍湖的疗养院，点缀在山上和水边。汉白玉的石雕红罗女亭亭玉立，一往情深地注视着一平如镜的湖区。船在动，山在移，雾在飘，醉了飞鸟，醉了游人，我们似乎全都沉浸在一种朦胧的梦境里。那瑶池失落的镜子，成为镜泊永久的印记。

湖虽老，传说不老。掬一捧神话，溅满一湖醉意。折一缕诗魂，滋润大块文章。围坐一锅炖鱼，人人津津有味。如果你沿着阳光的方向看去，那波平浪静的湖面，就像撒满了珍珠，金光熠熠。有时，湛蓝的湖水如同蓝宝石，剔透晶莹。而散落在湖畔山坳里的旅游景点，则造型各异，错落参差。

高高的山顶，毛公安卧在那里、那魁伟的身姿、宽阔的胸膛，如雕塑，似油画，惟妙惟肖。回头看，湖水蓝似海洋，可又比海洋蓝得纯净；蓝似天空，可又比天空蓝得深沉。

## 深林富氧润明珠

游览素有“绿色明珠”的火山森林公园，是我们第三天的旅程。

我们从抱月湾驱车60里，来到了这个天然氧吧。外面天很热，而森林里却凉意盎然。迎客椴、松拜佛、古韵临风。“坐景观天”，齐天亭，景色迷人。一块块火山石，纷乱而怪异，它们静静地伫立在那里，孤傲而冷寂，仿佛讳莫如深，成为另一种黑夜。

似乎星星早已流走，月亮早已逃离，永远没有光明。当人们走近时，领略和感知的，便是那灵肉被无情切割和挤压的残酷与神奇。火山石上，树木参天。它们忘却了烈焰的烧烤，或者习惯了吮吸火山石中富有的营养，蓊蓊郁郁。叶片时而静卧在大地，时而荡漾在空中，一片片地飘飞，又一片片地落下。没有春天的奔放，没有夏日的激情，有的只是更多的秋意。似乎无力隐瞒，似乎无从逃遁。

此时我想，人生一世，草木一秋。在这几十年的岁月里，或许我们每个人都有着对生命过程的感悟，每个人都会有让你铭心刻骨的人或事。有一种往事永远浮在水面，有一种感念永远驻扎心际，有一种疼痛永远无法舍弃。秋意渐浓，岁月的痕迹不经意间刻上面容；微风乍凉，心底必然泛起阵阵涟漪。佛为心，道为骨，儒为表，大度看世界；技在手，能在身，思在脑，从容过生活。三千年读史，不外功名利禄；九万里悟道，终归诗酒田园。不是吗。

## 八女投江扬正气

回北京的前一天，我们来到牡丹江市的支流乌斯浑河边上，集体瞻仰和凭吊了“八女投江”纪念碑。

仰望，八位英勇不屈的中华女儿，或昂首挺胸，或互相搀扶，或举枪向敌，视死如归，她们毅然决然地踏向滚滚波涛。雕塑下的大理石基座上镌刻着笔意凝重的纪念碑文，记载着抗日战争时期投江殉国的八位女英雄事迹。她们是东北抗日联军第2路军第5军妇女团的指导员冷云，班长胡秀芝、杨贵珍，战士郭桂琴、黄桂清、王惠民、李凤善和被服厂厂长安顺福。当时她们年龄最大的23岁，最小的13岁，这是中华民族不屈不挠、抵抗侵略的一个团队缩影；这是一曲中华儿女英勇无畏、献身祖国的民族正气歌；这更是一群巾帼英雄笑傲沙场、视死如归的英雄画卷。也许她们的名字我们许多人没有记住，但是她们的事迹却代代传颂、震撼和鼓舞着每一位国人。

瞻仰纪念碑，我们仿佛置身于顽强抗战的氛围当中。此时，风正在轻轻穿梭，水正在低语含波，揉碎了一江秋水和一颗颗寻觅的心。而阳光依旧灿烂，是行云流水般的潇洒从容，依然是饱经风霜的千般妩媚，万种风情。我独自在一边落泪，不知是情太浓，还是梦太真。

## 牡丹江边看风流

牡丹江不是因牡丹而命名，是满语“牡丹乌拉”的译音，意思就是弯曲的江。牡丹江发源于长白山主峰西侧，流经宁安、牡丹江市区、海林市、林口县，在伊兰县注入松花江。虽然久负盛名的牡丹江，自古以来就没有雍容华贵的牡丹开放，但却把牡丹的性格展示得淋漓尽致。

这里需要说的是，满族是中国最悠久的民族之一，历史上的靺鞨人、女真人都是满族人的祖先，他们在宋朝时建立金国，将宋徽宗父子俘虏。清朝时又皇权独揽，开创了封建社会最后一个鼎盛时期。因此，弯弯曲曲的牡丹江，实际上到处都流动着国色天香的影子。虽然江畔的柳树已经苍老，燕子不再在杨柳中穿行，但我们仿佛可以听见它们在带着暖气的远古阁楼里呢喃。

是啊，湛蓝的天空，淡淡的白云，奇峻的崖壁，连绵起伏的远山，似乎依然毫发无损，然而物还在，人已非。滚滚长江东逝水，浪花淘尽英雄。面对大自然如此精彩绝伦的杰作，既不需要娓娓动听的精彩解说，也不需要千古传奇的神话演绎，只需用自己一颗平静的心去面对、去惮悟。水至平则成镜，心至平则成静。秋意正浓，花落无声。有首幽默的歌曲，唱的就是牡丹江。让我们看看它的歌词：

到不了的都叫作远方
回不去的名字叫家乡
谁在门外唱那首牡丹江
我聆听感伤你声音悠扬
风铃摇晃清脆响
江边的小村庄午睡般安详
牡丹江弯了几个弯
小鱼儿甭上船咱们不稀罕
捞月亮张网补星光给爷爷下酒喝一碗家乡
牡丹江弯了几个弯
小虾米甭靠岸咱们没空装
捞月亮张网补星光给姥姥熬汤喝一碗家乡……

# 九寨之水

九寨归来，朋友问感觉何如。我不知从何说起，于是简而言之：九寨沟，就是“丫”字形的山谷、九个藏民村寨，连同奇丽的湖水、飞瀑，构成了令人心动的“童话世界”。

其实，如此描摹九寨，虽比较准确，但只是一些碎片式的概念，没有把九寨的特色完整表述出来。无论是长海、熊猫海、五花海、犀牛海、老虎海，还是卧龙海、双龙海、芦苇海、盆景海，抑或是树正瀑布、诺日朗瀑布乃至珍珠滩瀑布，仔细想想，最最让人魂牵梦萦的，最最动人心魄的，非九寨之水莫属。俗话说：“金打的九寨山，银链的九寨水”，我以为这是对九寨最巧妙、最准确的诠释。

九寨之水，千姿百态。神奇的九寨，水连着山，山连着水，瑰丽无边，多彩多姿。湖水深藏翠林之中，山的隽秀，林的茂盛，水的绚丽，呈现出宝蓝、墨绿、暗紫、翠碧、鹅黄等数十种色彩。而且不同的色泽在一起互不掺杂。湖水明艳夺目，五颜六色，那蓝，蓝得发冷、蓝得发稠、蓝得深沉；那绿，绿得迷人、绿得碧透、绿得宁静；那黄，黄得发热、黄得夸张，黄得醉人。从最高最深的“长海”往下，每个“海”都呈现出不同的丰姿。五彩池虽小，但色彩斑斓的让人惊艳；五花海内敛，却宛若孔雀在水中开屏；火花海湛蓝，阳光照耀在水面上，似有朵朵火花在燃烧；镜海没有一丝纤尘，一如晶莹剔透的明镜。在这里，晴空山色，云花草树，排列得惟妙惟肖。不同的构图，不同的色调，给人以心灵的震颤。此外，湖底还堆沉着大大小小的树木，枝丫横溢，平静地睡在水中，一如大海中美丽的珊瑚，任凭岁月蕴存情感，安详走向永恒，展示着生命的生生不息。

九寨之水，空灵碧透。如果说山是九寨的魂魄，那么水便是九寨的精灵。这里空谷悠悠，芳草青青。湖水静若处子，色若丹青。或清澈见底，或倒影连天。潺潺流水冲向河的交响，啁啾鸟语唤来山的和声。时而水面凝结，波澜不惊；时而时空停滞，一片清静。山郁郁葱葱，绿的彻底；水清清纯纯，美的惊人。小径栈桥不言，平湖翠林无语。从未见过如此清纯的水，也从未见过如此艳丽的水，一步一景，似乎每走一步，水的颜色都在随着你次第变化，即使从不同角度来欣赏，都会令人流连忘返。

九寨之水，雍容典雅。在这里，有厚实的山脊，有宽阔的胸襟，它们把日月星辰、沧海桑田融入自己的肌体；在这里，有娇媚的湖水，有绚烂的色泽，它们让童话世界、人间仙境回归云影岚光之中。百余个湖泊，个个古树环绕，奇花簇拥，宛如镶上了美丽的花边。飘飘如锦缎，雍容作永恒。它们浑然天成，风姿绰约，连玛瑙翠玉也都会黯然失色。或如银练似彩虹，或如珠玑似璞玉，让你分不清哪是天、哪是水，各种景观清澈明净，构成一幅浑然天成的山水云图，为你铺开一组“树在水中生、水在树中流、人在画中游”的神奇画卷。流连其间，心灵自然而然得到了净化，浮躁之心顿时烟消云散。

九寨之水，超凡脱俗。九寨的水，是诗意的水，源于大自然的造化。美的水，美的山，美的自然，给人一种返璞归真、超凡脱俗的感受。你看，从雪山、森林里流出来的溪水，注入高山湖泊，继而因山势陡峭而形成瀑布；瀑布又因山势平缓而形成溪流；溪流又注入下一级湖泊；湖泊中的水溢出再形成瀑布……这里的水，蓝得仿佛平铺着的蓝宝石，晃动着天上飘浮的白云，荡漾着山间茂盛的树林，裹挟着林间悦耳的鸟鸣，倒映着雄鹰飞翔的英姿，盛载着藏民神圣的祝福，在平静的水面上轻柔地滑过；这里的水，背倚雪山，笑看尘世，历经沧海，几分大器，几许包容，以一种穿透尘世浮华，笑对秋月春风的从容超然世外这里的水，暴雨之下不溃堤，久旱之中不干涸，傲然而自如。九寨就是这样以水作诗，撰写出一句又一句蓝色的诗行；九寨就是这样以水作画，描绘出一幅又一幅动人的画卷。

九寨之水，如梦如幻。在九寨，你不经意间便走入梦境。梦之美，美在那梦幻般的来去无形，一泓碧海静静地沉睡在群山环抱中，湖水蓝中泛着微绿，一尘不染。梦里，你可以挣脱时空的束缚，除却浮尘的饰掩，遁入不染尘俗的幻境，尽享那飘忽在天地间的纵情与奔放，领略变幻莫测的离奇。尽管时光短暂，却可以直入内心深处，留下深深的印痕。漫步山间林荫道上，或者走在水流淙淙，哗哗作响的栈道，留不下人们的脚步，却可以拽住人们的心音，让你辗转反侧，记忆犹新。

九寨之水，激情飞歌。来到九寨，你的心会立刻被九寨的山水所浸淫。那些从山中奔涌而出的流水，像奔放的少年，时而盘旋飞舞，气势磅礴，轰鸣作响；时而像羞涩的少女，缓步低行，轻移莲步，浅吟低唱，一路欢歌。水是清冽的，晶亮的，灵动的，极富个性的，它会给你赏心悦目的激情展示；水又是彩色的、绚烂的、激越的、极其澎湃的，它让你感受到美好的人生。从山上到山下，到处是一泓泓的湖水，眼中可以见到水光，耳中可以听到水响，小溪潺潺，瀑布汹涌。水的激荡，引发了心的激荡。人亢奋了，又激起水的亢奋。只见无数水花奔跑，雀跃，在旋转中腾空而起，化为一帘雄伟壮观的飞瀑。站在瀑布下，抬头仰望，满眼是一条条哈达般的水帘倾泻而下。此时，你可以走近它，让水珠溅湿你的衣着，让水雾亲吻你的脸颊，感受一种人和自然的和谐……

九寨的每一款水色，都能让来者物我两忘；每一处景致，都能使离人退祛喧嚣。水洗涤了人们的灵魂，也给了人们全新的感悟。想到这里，耳边又响起了荣中尔甲的歌声：

“在离天很近的地方，总有一双眼睛在守望，她有着森林绚丽的梦想，她有着大海碧波的光芒。到底是谁的呼唤，那样真真切切？到底是谁的心灵，那样寻寻觅觅？哦，神奇的九寨，哦，人间的天堂，你把那温情的灵光，洒遍山冈，你看那天下的人儿，深情向往……”

# 静静的呼兰河

来到哈尔滨，朋友建议我去一趟呼兰。于是，推掉所有的应酬，奔呼兰而去。

呼兰北依古道，南临冰城。四十分钟车程，呼兰河尽在眼前。

驻足呼兰河桥头，水波平静，鸟戏船鸣。堤岸上，绿柳成荫，高楼如林。静静的呼兰河，迎来多少远方宾客，送走多少词客骚人。想当初，萧红沿岸看水，抑或浅滩戏水，扑洒过多少童真。钓鱼台，历尽沧桑岁月；石公祠，见证历史云烟。或者行走于南北牌楼间，看商贾云集；或者走进东西城门里，观看呼兰春夏秋冬。听黄土山松涛之阵响，赏团山子龟头之灵光，览呼兰河泛舟之晚照，寻四望亭笛声之悠扬。少年萧红，意气风发，神采奕奕上学忙。

行走在呼兰河畔，兰河神韵，粼粼波光。润良田而丰饶，育英才而扬名。那个张廼莹，那个笔名悄吟、田娣的作家，一刻也没有忘记呼兰河。《呼兰河传》，道出萧红在暗夜里默想；《小城三月》，憧憬一份冲破封建世俗的爱的畅想：《天空的点缀》《失眠之夜》，写出了东北乡村小镇的闭塞与荒凉；《三个无聊人》《王阿嫂的死》，弥漫着忧郁和感伤的气息。她用女性独到的经验洞察历史，感悟人生，以女性细致的笔触，探求语言所不能抵达的隐秘之处，真可谓力透纸背，镂骨铭心。

为了反对包办婚姻，她毅然决然逃离家庭，困窘间向报社投稿，并因此结识萧军，两人相爱，并从此走上写作之路，两人一同完成散文集《商市街》。与鲁迅相识那一年，完成了长篇小说《生死场》。抗战时，应李公朴之邀到山西临汾，在民族革命大学任教。萧红出生在一个封建地主家庭，然而她却以柔弱多病的身躯面对整个世俗，在民族的灾难中，经历了反叛、觉醒和抗争的全过程，经历了一次次命运与苦难的顽强搏击……萧红的一生，是不向命运低头，在苦难中挣扎、抗争的一生。萧红的作品，是一篇篇叙事诗，是一幅幅风土画，是一首首凄婉的歌谣。

走进萧红纪念馆，一张张图片，再现了作家的容颜；一篇篇稿件，展示了作家的才华；一行行诗词，激荡着人们的脚步。岁月无语，落地成歌。生命的长河托载着千帆尽去，回首眺望，留下缕缕波光水影。静静的呼兰河，依旧涓涓向前流淌。在我来看，它依然是一本书，一本流动的画卷。因为萧红，是她为这条河注入了灵魂，河水中流淌着她曾经的温暖、困惑与爱憎。她期待着黎明的曙色，却永远葬身于黑暗之中；她憧憬着人间的温暖与爱意，却倍受凌辱与蹂躏；她向往着人生的辉煌，却终守着无边的寂寞。萧红，仅活了三十一个春秋。三十一年的生命，宛如流星划过天际，坠落成一颗晶亮的泪珠，注定颠沛流离，爱情曲折，命运坎坷，重重磨难。三十一年的生命，却以她炽热的生命之火，熔铸出了近百万字的作品，尤其以《生死场》《呼兰河传》等里程碑式的作品，在中国现代文学史上，留下了闪光的足迹。

走进萧红故居，旷远的天空白云缭绕，几只鸿雁在故居上空款款飞翔。萧红故居是一座典型的东北八旗式建筑。院子很大，分东西两部。东院是萧红自家人的住宅，正房后面是后花园，足有两个篮球场那么大。西院是库房和佃户们的住处，大概萧红笔下的团圆媳妇、王大姑娘就是住在这里的吧。正院当中，萧红的白色雕像安然端坐花坛之内。一条围巾，一袭白裙；左手执卷，右手托腮，若有所思，端庄凝重，怅惘的眼睛流露出淡淡的忧愁。这是寂寞的青春，多舛的命运在三十年代的萧红身上打下的深深烙印。我尽量把脚步放得轻些、慢些，以免惊动她沉重的思索。

时令正值秋天。从萧红故居出来，我让司机把车子停下来，我们再次来到呼兰河边。清澈的呼兰河水静静流淌，偶有落红飘零，已感几分凉意。河对岸是大片的沼泽地，光线黯淡，杂树丛生，微风摇曳中，几棵饱经风霜的老树铺下绿荫，发出岁月的絮语，给呼兰河畔增添了几丝凄清，几分萧瑟。

要离开呼兰河了，不免有许多伤感。回首望着静静的呼兰河，河水渐渐漫漶开来，太阳似乎也开始惶惑起来，我的心也开始收紧。缅怀萧红的一生，我们可以悟出一个人生哲理：人，由少到老，由生到死，谁也无法抗拒，然而，不论如何，要有精神。这种精神可以使人超过短暂的生理年龄走向精神生命的永恒。

# 柿树

北京的柿树很多，万寿路西街一所招待所院内，就有许多婆婆娑娑、高高大大的柿树。

就在我宿舍的窗口，一棵柿树满满当当地遮挡着，树上挂满了金黄的柿子。这表明秋天已经来了。

刚刚住在这里的时候，还是春天。记得那时的柿树，褐色的树干上才刚刚冒出些许新芽，喜鹊们登立枝头，对着我的窗口和我说话。我似乎明白它的语言，静静地面对它，好像在认真地聆听。注视着它，那种喜悦，那种期待，那种真诚，无法用言语表达。

仲春时节，柿树好像换了新装，树枝被树叶团团包围，似乎鸟儿也难以深入期间。不几天，柿花开了，凉风之下，露润之中，一夜间便泛起许多嫩红嫩粉的花，它是那样的娇媚，那样的令人惊讶。有时吃饭路过，我会专门来到树下，伸手采几朵，回来精心地夹在书中，仿佛是一种珍藏、一种寄托、一种安慰。再过几天，小雨落了，花儿褪了，花根上却凸出一个个绿绿的小精灵，宛若小孩子玩耍用的玻璃球，晶莹剔透。渐渐地，它由深绿变成浅绿，似葡萄又不像葡萄那样满满当当，而是一个个斜挂在枝头，绽放着笑靥。这时候，你再看那柿树，它是那么的富足与挺拔，那么的青翠与精巧。白杨不如它，梧桐比不过它。不是吗？此时的柿树，那是何等的骄傲，清风摇摆着它，如翩翩少女的舞；鸟儿拥抱着它，唱着婉转迷人的乐曲；斑驳的阳光照射着它，刻画在一个个硕大的柿子身上；荧荧的月光洒下，整个柿树宛如一座辉煌的宫殿。我被柿树的精彩而倾倒，不停地临摹，不停地画像，但是，无论如何也画不出我身临其境的那种感觉。

秋天到了，鸣蝉歇了，蝴蝶死了。柿树的碧叶翻卷成火红。西北风一起，放飞了满院的“红蝴蝶”，枝丫上只留下金黄的果实。此时，柿子如同从大幕走到前台，风姿绰约，那么的无所畏惧，那么的潇洒自如，那么的慷慨大度，少女比不过它，那些明星大腕也比不过它的气度与风采。

下雨了，一场秋雨一场寒。我凝神窗外高大的柿树，写下了这样的句子：

雨兼残叶下，
红蝶漫天飞；
坐看三秋尽，
此物最芳菲。

# 颂 月

明月悠悠照千秋，月光满地却不流。

人生易老月难老，弹指之间雪满头。

自从盘古开天地，那弯挂在苍穹的明月，就成为人类的长久仰望。她带给人们的，不只是光明，不只是安详，还有思念、憧憬和向往。

长空辽阔，苍苍茫茫。从冬到春，由春入夏，月夜默默，人头俯仰。月儿的圆圆缺缺，无法考量。面对明月，你会产生寂静、安静、幽静的感觉；你会寻寻觅觅，感觉逃离尘嚣；你会"把酒邀明月，对影成三人"；你会趋向神幻，隔离尘俗；你会人月相亲，月寄人生。

尘世沧桑，关山险恶。在漫漫长夜，最能体恤人文关怀的，莫过于明月。于是乎"冬月拨云相伴随，更怜风雪浸月身"；于是乎"习习清风明月夜，通宵共舞惜残年"；于是乎"我寄愁心于明月，随君直到夜郎西"；"今人不见古人月，今月曾经照古人；古人今人若流水，共看明月皆如此"。

诗人歌德的《对月》，把对明月的感情抒发到极致："你又把幽谷密林，注满了雾光。你又把我的心灵，再一次解放，你用慰藉的月光，照我的园邸，就像知友的眼光，怜我的遭际……"

人生命运多舛，生死祸福无常，惟有明月相寄。作为体现人与自然和谐的中秋节，在本质上更是思亲节，情人节。

天海是如此苍茫，天路是如此遥远。于是，人类要登月，人类要探月。不仅仅只是为了探秘，不仅仅只是为了证明人类非常伟大，不只是为了张扬与大自然争霸的雄心，更多的是为了求证科技远比月亮更有神话色彩。

# 桃花赞

自古以来，桃花便是春的象征。

阳春三月，不经意间，万紫千红的春天向我们走来，桃花盛开，芳菲烂漫，妩媚鲜丽。此时，才真正感觉到桃红柳绿、柳暗花明的味道。

桃花盛开的春日里，灿如锦绣，艳如红霞。这时，桃花宛如旷野中无处不在的岚霭，心悦诚服地诠释那部古老的经典，幻化成绝美的风景；蝴蝶在桃花瓣上飞舞，那是一首和谐的奏鸣曲。

桃花可谓品种繁多。且不说紫黑的“墨桃”，淡绿的“绿花桃”，红色的“鸳鸯桃”，单是那碧桃、日月桃、瑞仙桃、寿星桃、人面桃，就让人拍手叫绝，赏心悦目。

唐代诗人崔护的“人面不知何处去，桃花依旧笑春风”，描述的是人面桃的动人故事。

宋代词人秦观的“碧桃天上栽如露，不是凡花数”，这是对碧桃的高度赞美。

在古代，不仅普通百姓喜爱桃花，皇帝也对她情有独钟，“此花最能助娇态”，就是最好的写照。

我似乎找到了春天的答案。不是吗？春，分明是那桃萼上跳动的红，是那桃树上摇曳的绿。如果说春是向我们翻开的一本教科书，那么，桃花就是展现给我们的精美扉页，桃树，就是可供我们汲取的智慧。

# 走马草原

都说内蒙古是歌的故乡、歌的海洋。我以为内蒙古最可称道的还是草原。

内蒙古自西向东有阿拉善草原、乌拉特草原、乌兰察布草原、锡林郭勒草原、科尔沁草原、呼伦贝尔草原。只不过，如今只有锡林郭勒、科尔沁、呼伦贝尔三大草原尚存，其他已严重沙化。过度放牧和大面积开发，使得仅存的草原更加珍贵。

走马草原，从海拉尔到满洲里，一望无际的呼伦贝尔大草原，茫茫天地间，白云朵朵，额尔古纳河蜿蜒曲折，蒙古包撒落在河边，偶有马群和牛羊点缀。

草原上，连接海拉尔和满洲里的有两条通道，一条是铁道，还是伪满时期日本人修建的。开往满洲里的火车时髦得很，过去叫“滨洲线”。据说当年毛泽东出访苏联就是走的这条线。而如今这条线大都被中俄两国的大小商贩占据。一条就是高速公路。国内的人，大都乘坐汽车。满洲里是边境口岸，是内蒙古重要的开放城市，改革开放以来已经有了长足的发展，城市面貌大为改变，可谓洋气十足。眼前高速公路繁忙的境况，惊扰着草原。草原不再清静、幽寂；满洲里更是热烈、俏丽。

走马草原，从满洲里到达赉湖，再从达赉湖到海拉尔，展示着呼伦贝尔的情怀；从额尔古纳到牙克石，再从牙克石、鄂伦春以及嫩江边的莫力达瓦到扎兰屯，整个呼伦贝尔草原，多么像一首悠扬的蒙古长调啊！

走马草原，从科尔沁草原横跨兴安盟、哲里木，乃至赤峰全境。一路上，草原如画，波澜壮阔。阿尔山的温泉，库仑的风光，洮尔河的流水，通辽的热闹，阿鲁科尔的雪山，克鲁伦河的悲壮，红山文化还有宁城老窖……使人联想起母乳的温暖和丰足，这种女性般的温暖与丰足，正是科尔沁的生命。

走马草原，浩瀚无边。从东乌旗到西乌旗，从阿巴嘎到二连，到处充满草原的气息。“文革”时，知识青年到内蒙古，有一大批就来到了这里。锡林郭勒草原，是离北京最近的草原，这里的羊肉和奶制品大量运往北京。正因为如此，一些北京人就认为锡林郭勒的羊肉好吃。如今，随着地质勘探证明，这里将会成为内蒙古第二个鄂尔多斯。大开发是令人振奋的，但是，草原必将受到更大的破坏，令人担忧。

有人说草原柔美，有人说草原粗犷。说到这里，就想起了《我和草原有个约定》那首歌：

总想看到你的笑容，总想听到你的声音，总想住住你的毡房，总想捧起你的酒樽。我和草原有个约定……总想依偎在草原怀抱，就让那约定成为永恒……

# 无奈的消失

在我们的生活当中，那些陪伴我们的东西，顿然间消失得无影无踪，它让我们很无奈，又常常引起我们无尽的思恋，并为之扼腕叹息。

比如，那些曾经和我们朝夕相处的街坊邻居，随着商品房的出现，改变了数千年来邻里间互相熟悉、知根打底的格局，改变了那句“远亲不如近邻”的谚语。社会上广泛的信任缺失，使得自我防范这堵墙封住了睦邻这扇门，对自身隐私的注重，又进一步关上了长相往来这扇窗。

比如，在这个我们曾经所在的单位，团体对个人生活的方方面面曾有着巨大的控制力。从前，基本上生、老、病、死、衣、食、住、行全部都需要通过单位来解决；而其他的恋爱、结婚、离婚、生子、出游买票、探亲访友，也全部需要单位同意，或者是单位出具证明。生是单位的人，死是单位的鬼。但是，随着非公有制企业的大量增多，政府职能的转变，各项社会改革的实施，单位已经开始与人们的生活渐行渐远。而人与单位关系的疏远，事实上反映的正是我们这个时代个人与体制关系走向多元化的大趋势。

还比如，公交售票员的主要职能是维护车厢内的秩序，防止逃票者的出现。在人的所有行为都必须处于严格管理下的年代，这个职位的存在非常合乎逻辑。但是，无人售票车的出现，使得公交售票员这个名词也正在逐渐远去。效率的提高、成本意识的增强、主动买票的自觉、对人的充分信任，体现着社会文明程度的进步。

再比如，在改革开放之初，极少数农民通过各种努力勤劳致富，家庭年收入超过万元，“万元户”因此得名。在当时，全国人民普遍不富裕，万元户不仅在农村，在城市也是高收入群体。经过多年的经济高速增长，人民生活水平迅速提高，家家都成为万元户。万元户在失去原有的标杆作用后，已经成为历史。

还比如，20 世纪 80 年代初，国家为了缓解巨大的商品供需矛盾采用价格双轨制，利用计划内商品和计划外商品价格相差悬殊，进行倒买倒卖牟利的人被称为“倒爷”。这种行为以前被称为投机倒把。作为计划经济体制下的产物，随着市场经济的建立，经济水平的提高，市场产品的丰富，价格双轨制的消失，“倒爷”这个说法，也逐渐从人们生活中消失了。还比如，我们曾经享受的福利分房，随着建立住房分配货币化、住房供给商品化、社会化的住房新体制，也已经消失了。

还有，北京的“面的”曾经是微型面包的士车的简称，在 20 世纪 80 年代末 90 年代初，应着“以低档车辆、廉价车费满足市民需求”口号的出现，仅北京一地就拥有面的十万辆以上，在给市民提供巨大便利的同时，也给城市制造着严重的尾气污染。面的的消隐，湛蓝的天空开始似乎有了归期。

再有，过去我们用过的“大哥大”，因为价格的昂贵和使用费用的高昂，一度是身份的象征。随着关闭模拟移动电话网，“大哥大”也消失了。

曾几何时，打电话拜年取代传统的登门拜年还是社会的热点新闻，到现在又被短信、微信拜年所取代。拇指一按，新春的祝福就群发到所有亲朋好友的身边，更加快捷简便，只是程序化的批量操作后面，亲友间真诚的关注也日渐淡化了。

# 故乡的老歌

每个地方都有属于自己的老歌。

如果说生命是一支交响曲，精美绝伦于天地。那么，阴山，黄河、平原、大漠，本身就组合成为一曲故乡辽阔而壮美的赞歌。歌声幽远，奇光异射。

据说古代的诗歌，是可以唱的。因此，描写故乡所有的诗词歌赋，都可以算是故乡的老歌。

黄河从宁夏飘落而来，流经内蒙古巴彦淖尔，形成一个“几”字形的地方。这就是我的故乡。这个地方就称为后套。八百里大后套，沟渠纵横，灌溉便利，地灵人杰，物产丰富，自古被誉为“塞上谷仓”“塞上江南”。

自周朝起，匈奴人在此居住。残月凄清，笳声如诉。春秋时期，赵武灵王把版图延伸到阴山山脉，胡服骑射，长调飞扬。秦蒙恬率大军将匈奴逐出后套，设九原郡，胡云秦月，古风幽草。汉武帝派卫青击败匈奴楼烦、白羊二王，置朔方（今磴口县）五原（今五原县）二郡，汉宫秋乐，漫卷城墙。此后，历朝历代，民族融合，光先裕后，休养生息。这里逐渐成为岩画的长廊，瓜果的故乡，音乐的天堂。人人熟知的“敕勒川，阴山下，天似穹庐，笼盖四野。天苍苍，野茫茫，风吹草低见牛羊”这首《敕勒歌》，从此广为传唱。

翻开历史，歌颂故乡后套的老歌很多很多。抛开其他朝代的不说，单就唐朝，对于后套的描述就数不胜数。《水经注》：“长城之际，连山刺天，其山中断，两岸双阙”。这里所说的双阙，就是指如今故乡的乌拉山和狼山。

晋代诗人陆机以汉武帝出兵阴山反击匈奴的历史题材为背景，写出了“驱马陟阴山，山高马不前。往问阴山侯，劲虏在燕然”的诗句，反映了军旅生活的艰苦和出征将士立功报国的精神抱负。

南北朝诗人杨素的诗，尽写北地风光，描绘故乡风景：

白雪初下天山外，浮云直上五原间。
关山万里不可越，谁能坐对芳菲月。

王昌龄的《出塞》，最为脍炙人口：

秦时明月汉时关，万里长征人未还。
但使龙城飞将在，不教胡马度阴山。

唐朝温庭筠有一首《敕勒歌》，也是写故乡后套的：

敕勒金𬯀壁，阴山无岁华。
帐外风飘雪，营前月照沙。
羌儿吹玉管，胡姬踏金花。
却笑江南客，梅落不归家。

唐朝张敬忠的《边词》，直接歌咏五原：

五原春色归来迟，二月垂杨未挂丝。
即今河畔冰开日，正是长安花落时。

张敬忠是唐开元年中监察御史，以文史著称，后任平卢节度使。开元中兴，后套地区“引河水，开渠道，兴屯田”，已是一片繁荣景象。作者曾亲临巡视，面对五原春迟、北边荒寒的景象，心里所唤起的并不是沉重的叹息与忧伤，也不是身处穷荒绝域的孤寂与凄凉。这里是荒寒的，但荒寒中又寓有它所特具的辽阔与壮美；这里是孤寂的，但孤寂中又透露出边地的宁静和平，没有刀光剑影、烽火烟尘；这里的春天来得特别晚，但春天毕竟要降临。

唐诗人李益有一首《过五原胡儿饮马泉》，也是歌咏后套的：

绿杨著水草如烟，旧是胡儿饮马泉。
几处吹笳明月夜，何人倚剑白云天。
从来冻合关山路，今日分流汉使前。
莫遣行人照容鬓，恐惊憔悴入新年。

唐代五原县属盐州，这里是唐和吐蕃反复争夺的边缘地区。李益曾为幽州节度使刘济幕府，居边塞十余年。这首诗，是抒写诗人在春天经过收复后的五原时的复杂心情。

让我们再看看唐诗人卢象有一首诗，则是描写征战的场面：

家居五原上，征战是平生。
独负山西勇，谁当塞下名。
死生辽海战，雨雪蓟门行。
诸将封侯尽，论功独不成。
君家御沟上，垂柳夹朱门。
列鼎会中贵，鸣珂朝至尊。
死生在片议，穷达由一言。
须识苦寒士，莫矜狐白温。

我们还可以看到唐诗人张泌的《边上》：

戍楼吹角起征鸿，猎猎寒旌背晚风。
千里暮烟愁不尽，一川秋草恨无穷。
山河惨淡关城闭，人物萧条市井空。
只此旅魂招未得，更堪回首夕阳中。

故乡的老歌，名人迭出，曲调悠扬。大诗人李白、杜甫、白居易、卢纶、张籍等等，或加以描述，或引发感叹，篇篇家什，精美辞章。

李白 的《塞上曲三首》：

其一

大汉无中策，匈奴犯渭桥。

五原秋草绿，胡马一何骄。

其二

命将征西极，横行阴山侧。

燕支落汉家，妇女无花色。

其三

转战渡黄河，休兵乐事多。

萧条清万里，瀚海寂无波。

杜甫的《五排·喜闻官军已临贼境二十韵》，一场三叹：

路失羊肠险，云横雉尾高。

五原空壁垒，八水散风涛。

白居易的《城盐州》，广为流传：

城盐州，城盐州，城在五原原上头。

蕃东节度钵阐布，忽见新城当要路。

唐诗人储嗣宗的《随边使过五原》：

偶逐星车犯塞尘，故乡常恐到无因。

五原西去阳关道，日出平沙不见人。

另外，隋炀帝《纪辽东》二首，提到了五原：

前歌后舞振军威，饮至解戎衣。
判不徒行万里去，空道五原归。

北宋文天祥的《和中斋韵》，也提到了五原：

见说黄沙接五原，飘零只影向南辕。
江山有恨销人骨，风雨无情断客魂。

……

故乡的老歌，一支支将美好的旋律及不同的唱词永久流传，与伟大祖国的主旋律一起唱响。每一支老歌背后都有一段段动人的故事，逝去的苍凉与沉重，历久弥新，令人喟叹。

# 山城重庆

每一次去山城重庆，都有一个特定的理由。但不论是什么理由，都挡不住山城重庆那特殊的魅力。那鳞次栉比的高楼大厦，烟波浩渺的长江，杂乱繁忙的码头，高低错落的街道，吸引着我们的眼球，引领着我们的脚步，启发着我去观赏、去思考。

2011 年 4 月 25 日下午，再一次来到了重庆。这一次是从空中进入，可以鸟瞰山城的全景，对它的轮廓有了更全面的了解。天蓝，没有杂质；水浑，不见河底；车多，宛若蚂蚁；人多，激活记忆。感觉性的东西虽然不多，反而让人想起过往的岁月。

2004 年深秋那一次。车子从乐山下来，正赶上滂沱大雨。好在高速公路还可以继续前行。我让司机减速，等一会儿，或许大雨会渐渐减弱。随行的小魏也对司机叮嘱。如我所料，不到一刻钟，果真雨小了许多。我们继续向广安方向行进。

公路上灰蒙蒙一片，隐约可以看见莽莽苍苍的山和泛有白光的河。只是山从身边过，水向两边横。因为小魏曾经来过这里，不停地向我介绍两边的风景。反倒比生在成都的人事处长更加熟悉。巴蜀文化，文化巴蜀，离开了文化，巴蜀就失去了应有的特色。然而，山水依旧，人去楼空，只有看史书上那些记载，也不知经过多少增删。由此可见人生的不幸，那么多人依次上场、退场，只有朝代的更迭，具体的面目都化作朦胧。真正的月也朦胧，鸟也朦胧。

我们一路过成都，经南充，进达州，抵广安。此时已是下午两点多钟。广安是邓小平的故里，一路上已经看到不少广告介绍。走进广安，看到的是山清水秀的景象。经过几年的建设，广安已经大变样，小平的故居也大变样了。河在村间绕，屋在绿荫中。我们流连于小平故居，专注于小平纪念馆，漫步于小平园林，那些园林可都是标明中央和国家机关各单位名称的……广安的同志给我们介绍这些年家乡的巨大变化，流露出一份激动、一份喜悦、一份荣幸。这是完全可以理解的。一代伟人，能让全国人民都能从贫困落后中解放出来，其功也高，其德巨大。让广安变化好了，有何不可？广安的朋友理解我的话，那一夜，我很激动，他们也很激动，喝了很多酒。

这次走进山城的怀抱时，正是春天。岁月似乎就在转眼之间，让人有了转世的感念。纵观重庆，我能够感受最多的巴山绵延，渝水纵横，当置于山城的最高处，俯瞰山城全景，通常会有一种历史久远，文化深厚、岁月沉淀的沉重感。长期以来，重庆就是以这样一种形象刻印在我心中的。对于一个城市来说，历史是其精神的制高点，可以让人在仰望和追记中，寻找文化生命和风云际会的融合点，并且在人们感受今天的同时，能够面对昨天的故事。我想，这对于任何一个城市来说，就是它的城市精神和灵魂所在。

从夏禹王“三过其门而不入”的涂山旧痕，到国共两党众多名人名事遗址；从大宁河古悬棺真貌，到“上帝折鞭之处”的合川钓鱼城古战场；从享誉中外的大、小三峡、丰都鬼城，到中华石窟艺术魂宝的大足石刻；从天坑地缝、青龙瀑布、武隆天生桥、巫峡夏冰洞到神秘的四面山、金佛山、缙云山、仙女山、黄水森林公园等生态旅游区。可以说重庆对于一个行者来说，是个一生必须要到的城市之一。

在重庆，我除了喜欢眺望长江，看它奔流向东不复回的豪迈气势之外，更喜欢在这里探访曾经居住在此的名人故址。象在此间开始话剧创作、写出《四世同堂》的老舍、诗人何其芳、宋庆龄旧居，蒋介石与宋美龄在重庆的隐秘官邸，梁实秋的雅舍，冯玉祥旧址，陈独秀故居，还有周恩来、董必武、王若飞在重庆时的中共南方局和办事处等等。因为在这些充满了历史烟云的地方，会让人感受到曾经的历史和沧桑，让人在日历和记忆之中，寻找历史的文脉。

历史上，重庆除了众所周知的陪都，还曾是大夏国的国都。早在公元 1357 年，元末农民起义军明玉珍率军入川，占领重庆后称帝，国名就叫大夏国。从古代巴蔓子将军宁可断头也不让城池的刚烈信义，到重庆作为战时首都，以及红岩精神的英雄本色，从巴渝人一以贯之的耿直民风到让人咋舌的麻辣火锅……多少年过去了，朝代更迭，山河依旧。两条大江依然环抱的“半岛山城”，城在山中，山在城中，不仅凸现了山城的雄奇色彩，也展示了山城的万种风情。我感觉，重庆无论是在中国还是在世界范围内。都堪称是一座独具魅力的都市。

魅力重庆，美丽山城，已经成为重庆的广告语。有人形容重庆是林的海洋、花的世界、兽的王国、鸟的天堂。说它是春如海、夏如梦、秋如画、冬如玉的人间仙境。我以为这就是重庆的魅力所在。

# 激情跃动友谊关

友谊关是中国的名关。以前几次到广西都没有去过。这一次，想方设法一定要去看看。这种欲罢不能非得一看的激情，一是来自中学地理有关“镇南关大捷”的讲述，二是来自1979年对越自卫反击战的种种传说。尽管两者时间跨度较长，却都与这座关隘密切相关。

那天下午，我们是从德天瀑布下来直接前往的。两个小时车程，沿路的景色美不暇接。有关友谊关的故事多有听说。不知不觉中，友谊关到了。

友谊关位于广西凭祥市西南，322国道穿过友谊关城门，与越南公路相接，是通往越南的重要陆路通道和口岸。关楼左侧是左弼山城墙，右侧是右辅山城墙，犹如巨蟒分联两山之麓，气势磅礴。

关楼始建于汉，原名雍鸡关，又名大南关、界首关。明洪武元年名鸡陵关。永乐五年更名镇夷关；宣德年改名镇南关；1953年更名为睦南关，1965年正式命名为“友谊关”至今。拱门上方用汉白玉雕刻的“友谊关”三个刚劲有力的大字，是陈毅元帅的笔迹。

站在关楼眺望，仿佛看到了“镇南关大捷”的情景，心情一时难以平静。抛开了几千年的血雨腥风，轻轻地将岁月中的痛苦回忆抹去，倾听现代的风声。风吹过千年的城楼，夹着沙石敲打着遗落的战鼓。仿佛超越了时空，回到了凄美而悲壮的过去。遥想大清1884年8月，法国侵略军进犯越南北宁、谅山，以武力威胁中国，清政府对法宣战。然而，清军前线统帅潘鼎新望风而逃。法军进攻镇南关，尽管杨玉科率部英勇抗击，却伤亡惨重，镇南关陷落。法国侵略军炸毁镇南关。

在中华民族历史上，在那些干戈扰攘、征战频仍的岁月里，这雄关，巍然屹立于华夏南大门，山岭之间，咽喉要地，一次又一次地抵御着异族的入侵，捍卫着神圣祖国的尊严。这高耸云天的坚固的城墙上的一块块砖石，哪一处没洒上我们英雄的殷红热血？ 啊，雄关，它就是历史的见证人，它本身就是一个热血沸腾顶天立地的英雄好汉。

广西钦州人冯子材是当年的抗法名将。当1885年3月法军再次大举进犯镇南关的时候，冯子材抓住战机，在苏元春、王孝祺、陈嘉等将领的配合下，经过两天顽强激战，一举歼敌一千七百余名，生擒侵略者数百人，缴获一大批枪炮弹药。法军统师尼格里被击成重伤，另两名法军高级将领被生擒……镇南关大捷扭转了整个中法战局，是中国近代史抵抗外来侵略的一次伟大胜利。但是，昏愦懦弱的清政府，却把胜利的果实拱手让给法国，签订了《中法停战协定》及《中法简明条约》，又称《天津条约》，留下了耻辱的一页。

站在关楼上，金戈铁马如风卷残云地从我耳边袭来，鼓声擂动着大地，血雨倾染着崇山峻岭。喊杀声不断，兵刃声依旧……英灵们随风飘去，飘向另一个世界。时间到了1907年12月1日，伟大的民主革命先行者孙中山先生亲自领导的镇南关起义在金鸡山镇北炮台打响，经过与清军七昼夜血战，终因弹尽粮绝而被迫撤退。这次起义虽然失败了，但毕竟打击了腐朽、没落的清政府统治……1939年12月20日，侵华日军占领镇南关，烧毁关楼，将拓印的“镇南关”三个大字寄奉日本天皇请功。之后，又劫走“南疆重镇”石刻横额，镇南关再一次遭受侵略者的践踏……面对雄关，我想了许多。如今岁月流转，沧海桑田，唯有雄关屹立，山河永寂，传递着亘古不变的人间烟火、旷世传奇。

友谊关，这座古老雄伟的关楼，见证了中华民族不畏外来侵略，赢得解放并取得经济建设巨大成就的历史。如今，站立于群山之巅，放眼望去，满眼翠绿。看着脚下游人如织、商贸红火的友谊关，摸摸身旁锈迹斑斑、略显寂寞的古炮台，心态趋向平和、安宁，深感和平岁月来之不易，对未来的生活更加饱含激情、充满憧憬。

# 古镇陕坝

陕坝是一座古镇。

它北靠阴山，南临黄河，自古就是一个得天独厚的地方。

陕坝，是一座历史文化积蕴深厚的古镇。匈奴在这里跑马，鲜卑在这里驱驰，赵武灵王在这里建长城，北魏、大辽、从这里南下。这里厚土旷野，浩风烈烈。这里雪满弓刀，铁马冰河，鸡鹿塞、高阙塞、边塞烽火；秦直道，直达五原陕坝；阴山岩画，传承河套文明。在这里，随便某一块儿石头，都可能有不凡的历史见证，诉说着阴山脚下的土地和黄河两岸的天空。

说到陕坝的起源，相传最早的一位居民叫“善巴”。大约1874年前后，有一个取名“善巴”喇嘛住在后来叫陕坝的这个地方。有人考证“善巴”是藏语“强巴”“香巴”或“松巴”音译的串音。再加上善巴蒙汉皆通，见多识广，为人忠厚，办事公道，又乐于助人，于是，“善巴”的名字很快便流传四方，久而久之，以人名而得地名，“陕坝”代替了“善巴”。我以为，对陕坝的阐释，难免有臆测的成分，也难免有些牵强，但是从另一方面，也可以证明陕坝历史之古老，可以紧扣古镇之说。

陕坝这座闻名遐迩的古镇，给人以恬静的美感。我曾经见证过她的美丽。春季万物吐绿，生机无限；夏季遍地绿色，可比江南；秋季瓜果飘香，遍地金黄；冬季白雪皑皑，万类静寂。每一年，随着小麦、玉米、向日葵、西瓜等农作物的播种、发芽、生长，一马平川的陕坝周边充满着最朴素、最美丽的动态景色。

大约明清已降，陕坝已是个“民灶千余，阡陌交通”的大集镇了。镇区面积不大却古朴而清雅，蕴含着丝丝缕缕的边塞诗情与画意。园子渠如同一弯飘带，自东南而西北，环镇而过。漫步古镇街头，仰面可见北面的阴山，俯首可见镇边的河水，诚如画家所描绘的江南景致。

街老了，故事就多。漫步陕坝，那些过往的历史痕迹，一一凝结在街巷两旁。几步有一景，一景一故事。有边关征战，也有抗日烽火，让你想到了胡马，想到了王维，想到了吕布，想到了民国……千米长的古街，让千年来的文脉传承。

陕坝曾以爱国将领傅作义将军的长官司令部以及绥远省临时省会所在地而闻名，中山堂大街，大转盘，贯穿古镇南北。一路经历了明清的风，民国的雨，新中国的阳光，依旧保持着古旧的街巷和店铺，这或许是古镇文化的精魂与文脉。

奋斗中学和河套酒业堪称古镇的两张名片。奋斗中学坐落在古镇北面。1942 年，时任绥远省主席的傅作义先生在绥西河套地区指挥抗战期间，创建了私立奋斗中学。傅先生在建校之初，崇尚“德智体兼修，教学做合一”的教育思想。1952 年，私立奋斗中学改为公办，与普爱中学、陕坝师范合并改称“陕坝中学”。之后，先后更名，有“杭锦后旗中学”“杭锦后旗第一中学”等称谓。1989 年恢复“奋斗中学”校名。它是内蒙古自治区示范性中学、中国百强中学。遐迩闻名，桃李满天下，为国家乃至世界培育了许多优秀人才。

河套酒业坐落在古镇东面，创建于解放初期，逐渐成长为内蒙古酿酒行业的龙头。主导产品有“河套王”“河套老窖”为代表的浓香型白酒，以“河套陈藏”为代表的清香型白酒和以“御膳春”保健酒、“百吉纳”奶酒为代表的营养滋补型三大系列。具有“窖香幽雅、绵甜醇厚、谐调甘爽、味净香长”的独特风格。在呼和浩特，河套王是自治区政府接待用酒；在河套地区，则是婚丧嫁娶家家户户必备的白酒。商家认它，老百姓更认它。请人吃饭，桌上有没有河套王，成了这桌饭菜档次高低的一个重要标志。

我曾经是“杭锦后旗第一中学”的学生，所以对古镇陕坝有一种特殊的感情。每有机会回去，我都喜欢在古镇漫步。静观旧街小巷、青砖黛瓦、门窗上斑驳的油漆、檐阶下的青石条、沐浴着夕阳拉二胡的老人，听街巷里传出的闲适悠长的叫卖声……

随意走近一家饭馆，里面定有觥筹交错，猪肉烩菜、硬四盘、河套酿皮；随便晃进一家小店，店主就能跟你讲述创业的历史。走累了，随处都有茶韵悠长的小憩之处，或可品一杯浓郁香醇的奶茶。许多人千里迢迢慕名而来，只为醉在这千年的古镇里。

不过，在夜晚，陕坝的商业氛围并不是很浓厚，人气并非鼎旺。稀稀落落的老店，只有斑驳的门牌才显现着多年前的繁华。街边那些花圈店、寿衣店、香烛店是如此不合时宜地存在着，常为市民所诟病。尽管新开的一些餐馆、古玩店等为古街注入一股新的活力，但是依旧不能掩饰如今陕坝商业氛围的凋敝。如何让古镇陕坝焕发新的活力，重显以往的繁华？据说，当地政府正在谋划古镇的未来，相信有朝一日，古镇陕坝一定会有新的起色。相信不久的将来，传统文化会在这里复兴。

“野色更无山遮断，天光直与水相同”。社会如舟，风雨同行。谁都不能超越时光，漫步于时代门槛之外。陕坝也不例外。这座雄踞塞外的古镇，如今虽已沉入历史记忆，但其精神犹在，风韵犹在，基本格局犹在，我们期望它在新一轮城镇化的浪潮中，保持本色，更加充满生机和活力。

# 阿尔山之秋

阿尔山，一个简单朴素的名字，一个说不清道不明是乡村还是城市的地方。

2012 年中秋、国庆双节，我和爱人踏上了前往阿尔山的道路。汽车从乌兰浩特出发，经过大石寨、索伦、五岔沟，直达阿尔山。3 个多小时车程，我们被沿路的壮美秋色所陶醉。

阿尔山的四季都很美，但秋天最令人迷醉。尤其是十月的阿尔山，远山和草坡已经显现出深秋的灿烂，落叶松的叶子金光闪烁，各种低矮的灌木丛姹紫嫣红，俨然一幅浓墨重彩的天然画卷。

## 风景如画境若仙

金秋十月，是阿尔山最美丽的季节。随着气温下降，阿尔山秋意正浓，高山红装艳艳，森林金色漫漫。秋色中，你会充分享受人与自然的和谐。那一池池神水，时而幽蓝如海，时而静如凝脂；那湛蓝的溪水，时而飞瀑而下，时而一路狂欢；那宝格达山婀娜的白桦林，树干洁白，金叶婆娑，随风起舞；还有那草场上悠闲自在的牛羊，星星点点，装点在同样金色的牧场当中。此时，你会觉得草原和林海相接，大山与温泉共吻。你仿佛置身于人间仙境。

本来，阿尔山有许多美景，但是一些当地人看惯了、看腻了、也看厌了，全然看不出它的美。比如我们的司机，总认为我们来得不是时候，说阿尔山秋天最没意思，没有绿色，一片荒凉，没必要前往。并借口假期修路，不愿意带我们深入景区。我们看出了他的心思。其实阿尔山的景色之美是随着季节变换的，春夏秋冬各有特色。但是，司机的一番话，打消了我们的热情。于是乎著名的天池、三潭峡、杜鹃湖、石塘林、松叶湖、鹿鸣湖、樟松岭，与我们无缘。我们只去了阿尔山镇、五里河矿泉水产场地以及著名的玫瑰峰，并在路途上停车观景。这样，原打算两天的行程，我们一天就结束了。我很讨厌这样一位没有情调、没有热情的司机。不过，阿尔山一望无际的群山和草原像大海一样宽阔，行驶在茫茫草原，人的心胸也像大海般变得宽广。

此时我想，倘若人的心灵蒙了一层尘埃，或者有着某种剪不断、理还乱的苦恼和愁绪，那就不妨置身于阿尔山这片超凡脱俗的山水间，秋风会为你披一袭袈裟，安安静静地在草地坐一坐，山上走一走，聆听远处忽远忽近的天籁之音，眺望山中若隐若现的山峰倩影，于无声处，悄悄梳理自己紊乱的心情和思想。不知不觉中，仿佛会有一只无形的手，从你的身上卸掉一些什么。此刻，你的心灵就敞亮了，慧根就接通了，那种圆融通透、身轻欲举的感觉，便似仙非仙了。

## 壮美秋色惹人恋

有人说，阿尔山之美，是三分人文，七分天然。在这里，山高路远，水绕云天。大地苍茫，林木遍野。天是那么的蓝，云是那么的白，天地间的距离又是那么的近，色彩强烈对比，令人惊叹。

当你走进山坡上的树林中，大树参天，林荫蔽日。地下枯枝横卧，腐叶层叠，走在上面，如踩地毯。眼睛是享受美景的最好器官，相机是收藏美景的最好方式。然而，拾几片掉落的黄叶，捧一簇金黄的松针，夹在小本子里，抑或揣在衣服口袋里，也是一种美的珍藏。于是，让我想起那些隐秘而美妙的事物，譬如新娘，譬如旧梦，还有那些陈年老酒。或藏于红红的盖头，或藏于幽幽的秘境，或藏于深深的岁月。藏过之后，当她们带着几分羞涩，几分纯净，再从暗处款款走出来时，你就会惊讶于那种尘世少见的美。

## 山色莽苍玫瑰艳

阿尔山周围的山，植被保存完好，一个个呈浑圆状。当地人称为“豆包山”。山坡上挺拔的松树、杨树、桦树和灌木错落有致，树木大多都是金黄色的，也有独树一帜，是其他颜色点缀其中的，如画，但又如此真实。各种各样的树木和灌木伴生共长，红黄白绿紫，那么多的颜色天然组合在一起。宁静的山头上，看不到一个人影，在山上放眼望去，群山连绵。天边白云舒卷，心也随着飘荡。

最有意思的当数玫瑰峰了。这座山峰，被当地称为“红石砬子”。它是由花岗正长岩或红色砂岩组成，总体呈红褐色。因长期地壳抬升，经强烈的河流切割侵蚀和寒冻风化作用，形成峰岭嵯峨、险谷纵横的地貌景观，十几座陡峭的山峰参差错落，造型各异，巍峨壮观。每当夕阳西下，山峰色如绽放的玫瑰，玫瑰峰由此得名。

玫瑰峰下，是一条千年古道，它北通呼伦贝尔，南联乌兰浩特，西进锡林郭勒，历史上曾是呼伦贝尔草原联结北京的通道。古道沧桑，据说北方历史上有名的“诺门罕战争”发生时，伪兴安师就是从这条路上进入主战场的，并且有大量的战争物资从这条运输线运往战地。苏联红军进入我国东北的西线，也是这条道路。也有传说成吉思汗当年曾带领大军在玫瑰峰驻扎过，玫瑰峰是他的一个点将台，峰顶上有足迹状的大凹痕，便是成吉思汗的足迹。

玫瑰峰是象形峰，玫瑰峰的第一奇妙之处就在于此。石佛是象形峰最神奇的形象。除了石佛，还有仿佛被激怒而四蹄腾空桀骜不驯昂首而立的马头、神态各异簇拥在一起的猴群、硕大无比的石蘑菇、负物的蟾蜍、横空探出巨大头部的鬣蜥以及惟妙惟肖的玩具狗……从山下仰望玫瑰峰，形态各异、气象万千。山石有的像被甲的战将，有的像直播云霄的宝剑，有的像嘶鸣的战马。站在玫瑰峰前，让你感到历史的变迁与永恒。山峰无语，只有盘旋飞翔的鸽子哨发出清丽的鸣叫。

诗人伊德尔曾经慨叹玫瑰峰：“古今是关隘，曾有巨人来，雄伟玫瑰峰，可汗点将台。”

## 泉水清洌最甘甜

据说，阿尔山有76处泉眼，有温泉、冷泉、高山热泉。而五里泉的水非常甘甜。经鉴定为优质矿泉水，泉水无色无味、清澈透明、清凉爽口、沁人心脾。附近的乡民纷纷前来，把所有的容器盛满。

五里泉是阿尔山冷泉的代表，也是阿尔山疗养院养身矿泉水的水源，日涌出量可达1054吨，世界罕见，它因为距阿尔山市区5华里而得名，该泉水温6.3—6.8℃，常年不变，为地下水渗透汇聚于侏罗纪火山岩的断裂裂隙内，经长期地热与矿化作用，因压力差在有利部位出露地表而形成矿泉，属火山岩性矿泉水，阿尔山冷泉养身矿泉水为低矿化重碳酸钙型偏硅酸锶天然优质矿泉水，水中富含锂、硒、锶、镍、氧等35种对人体有益的微量元素。

阿尔山泡温泉是我们此行的一个重要目的，不过也因司机的影响放弃了。他说如今已经没有了原始的温泉，全都改造成装修的豪华温泉。这样，我们觉得泡温泉就没有什么意思了，只好打道回府。

## 河水常流四季鲜

玫瑰峰下的河就是著名的哈拉哈河。

它发源于摩天岭北坡，上源穿越火山熔岩地段，在茂密的林海中，曲曲弯弯向西流去。它先是注入贝尔湖，而后又转入呼伦湖。

哈拉哈河是一条不冻河，一年四季都在流淌，给沿岸平添了许多绝美景色。它汹涌澎湃地冲击着熔岩石，水花四溅，水声滔滔。有时像一个温柔的少女，妩媚、羞涩；有时又像一个稚气的孩子，顽皮、淘气；有时像一个无畏的少年，勇敢、向前。更多的时候，小河是那样恬静，清澈的宛如明镜一般。在晨雾中，河边倒映着红色的花、绿色的树，就像一幅美丽的画卷。忽而谁家早起的鸭子嘎嘎地在河里追逐游戏，才打破了这诗一般的静谧。有时小河是那样欢快，就像可爱的小伙子，哗哗地打着漩儿，到处是精神头儿。在晨风中，层层波浪随风而起，初升的太阳随波跳跃，映照在河岸边的光辉就像是仙女舞动的七彩绸。

# 香格里拉

洁白的云朵像纯洁的飘带，
青翠的山峦像泼墨的图画，
我走到雪山下，
看见一条大河潇潇洒洒，
香格里拉，
我的梦在这里开了花……

这是我当初离开香格里拉的时候，写下的一首诗。

香格里拉意为心中的日月，含义与中甸县古城藏语地名“尼旺宗”相一致。这一人间仙境位于云南西北部的滇、川、藏大三角区域，地处迪庆香格里拉腹心地带，从大理沿滇藏公路北行 315 公里，可达迪庆藏族自治州首府中甸县。中甸县藏语称为“建塘”，相传与巴塘、理塘均属藏王三个儿子的封地。据史书记载：唐代属吐蕃神州都督地，吐蕃曾以中甸为前沿据点，经营并控制南诏七十年之久。元代为宣政院直辖地，明中叶后属云南丽江军民府，清雍正二年（1724 年）设中甸厅，辖于云南省。

来到香格里拉，蓝色的天庭漂浮着随意的云朵，红色的土地上点缀着闲适的牛羊。英国作家希尔顿《消失的地平线》中曾经有过这样的描述：“那里群山环抱，远离尘嚣，美景如画，清泉密布，凡是在那里的人都可以青春不老。那个地方就是圣土香格里拉”。英国人描写香格里拉，把美景介绍给他们的国人，难免有夸张的成分。但是，对我来说，香格里拉不仅仅是一个地名，而是一种观念，在这个地平线没有消失之前，我希望用文字记录下这可能“消失的地平线”。

青山远屏隐隐，野花遍洒如星。在这里碰上了一位藏族少女，她阳光灿烂，给人一种健康、坚强、博大的感觉。藏族姑娘大多是双眼皮，但她却是单眼皮，神韵独特，有一种灵气。如果说秋天用阳光攒成，那她就是金色的、温暖的。她倚在浅褐色马上，远处有白的牦牛和葱翠的山，本身就是一幅天然的画卷。

香格里拉，“高山急峡雷霆斗，枯木苍藤日月昏”，虎跳峡以其磅礴的气势吸引着中外游人；“一线中分天作堑，两山峡斗石为门”，苍凉的茶马古道上，许多石门关及滇西奇观色仓大裂谷都以其绝妙的景致向游人敞开怀抱。 天生桥、白水台、纳帕海、碧塔海和哈巴雪山，清晰可见。

天生桥是大自然的雄浑力作。它高伟奇绝，世上极为罕见，叹为观止。白水台是自然形成的石灰阶梯状的水池组合，妙趣天成，有“仙人遗田”之称。纳帕海、碧塔海和哈巴雪山相映成趣，其神韵似九寨沟、黄龙寺，大有“相雄不相让”的气概。

香格里拉，有雪峰峡谷、林莽草原、湖泊和纯净的空气，成群的牛羊、庄严的庙宇、以善为怀的藏民，还有云南最广阔的牧场，草原千里，牧歌起处，风情醉人。中甸的锅庄、尼西的情舞、五境的热巴同属藏族舞蹈，但风格、形式迥异，或深沉凝重，或满洒飘逸，而热巴舞则热情奔放。

香格里拉，这个最接近天堂的地方，承载了多少人的梦幻和向往。走进香格里拉，感受沿途的风景，被大自然洗涤着烦杂的心灵，倾听自然地声音，青青草地，每一颗小草从稀松的土壤中挤出瘦小的身板，然后拼搏向上，尽情地生长。

走进香格里拉，感受这里的民房建筑，乡土人情，净净地享受阳光和雪山的赏赐，真正感受到了人与自然的和谐，体验 “天人合一”式的田园牧歌生活。

洁白的云朵像纯洁的飘带，
青翠的山峦像泼墨的图画，
我走到雪山下，
看见一条大河潇潇洒洒，
香格里拉，
我的梦在这里开了花……

# 梵净山

中国历来有“山不在高，有仙则灵”的说法。从历代帝王对泰山的封禅，就足以说明人类对山的崇拜和依恋。

哪里有山哪里就有庙宇道观，哪里有寺庙道观，哪里便有宗教的神秘气氛。根本原因在于当时社会的动荡，百姓生活的痛苦，加上佛教思想的影响，人们为了躲避苦难，潜心修行，所以中国的佛教寺庙，大多建在深山老林之中，从而使佛教与山结下了不解之缘。可以说，山哺育了中国文化，中国文化又丰富了山的内涵。

贵州梵净山，天下奇秀。山与庙的结合，水乳交润，相得益彰。

梵净山是武陵山脉的主峰，方圆八百里。据考证，古老的山体距今已有10亿—14亿年的历史。远远望去，苍莽起伏的梵净山，群山若怒涛骇云，众岭似巨兽飞奔。新金顶如龙吟于天，八千级台阶若龙身委地。

我们登山之时，正值上午八时，朝阳初艳，映照西矗之群山，碧空如洗，青山如濯；满山苍翠，难负稠酽，滴流成一涧玉液琼浆，溢流于石缝岩隙间，波光潋滟，流声争琮，清气隐微。掬而洗面，那一刻，远离的是耳际萦绕的人世喧嚣，荡涤的却是生活中堆积的繁杂燥热。在这贵州的天台上，梵音袅袅，净土幽幽。雾气升腾上来，盖住了远处山河的起伏，也盖住了近处迷乱的市声，岁月温婉，心性淡泊，就在四下里随处歇息。

从山脚到山顶，一步一步往上攀，越往上越陡峭，与《蜀道难》中“猿猱欲度愁攀援”相比，似有过之而无不及。登金顶，需身贴石壁，手扶铁索，仰面攀升。由于身临虚空，白云入怀，两目灌风，务必凝神静气，小心向上才是。

金顶之上，挥袖而成风，吐气而成云，“不敢高声语，恐惊天上人。”此时顾盼金顶，一分为二，中间是金刀峡，两峰对峙千年。释迦居左，弥勒归右。美好的自然山川与人文宗教结合，变得更有灵气。听天鸡鸣叫，放眼宇内，目极八荒，自然会敞开胸怀，吟哦吟诵。回头看群山，自己如在云端，那些不及金顶高的山都在脚下匍匐。再看看来时的那八千级石阶，目迎流云，雾罩八荒，隐隐约约，若游龙扶摇直上。闭目遐想，风云在身边聚会，雨雾在面前奔涌，真正的远离了天也远离了地。

游梵净名胜，不能不说高山石林中的蘑菇石、万卷书、红云金顶、云海林涛、梵净佛光、天仙桥、定心水。蘑菇石是梵净的象征，上重下轻的形态总是令人看了担心，可它屹立千万年，偏偏姿态飞扬，风雷莫动；万卷书，地质运动造册、风侵雨蚀成型，巨石被刻画成一层层石简，若经书卷卷，文心雕龙；红云涌动，天地见宽，青冥浩荡，霓为衣兮风为马，时而晴朗，时而雾雨，云海林涛、幻出佛影，佛光四射，普照金顶；天仙桥，横跨金刀峡，连接两庙宇，月朗风清夜，天仙桥上行。天线桥下，两庙之间，金刀峡悬壁处，潺潺流淌出一线清泉，就是传说中的定心水，长流不绝，清冽甘甜。

梵净山的飘逸和情韵还体现在他的生态系统。据说，梵净山一带有八十一条溪流在山中蜿蜒而行，灵动而秀美。有的从高崖飞下，薄如蝉翼，潺潺清唱；有的顺山沟峰回路转，激流迸溅，势不可挡；有的静若处子，作无声之流，川流不息……这条条溪水使绿意葱茏的梵净山获得了灵感，变得飘逸起来。山静水动，山青水白，一刚一柔，水土相滋，妙趣天成。在这里，可爱的金丝猴在林间跳跃，声如娃娃的大鲵在清流中游弋，形如鸽子的珙桐花在山野洁白开放，高雅脱凡的杜鹃花在高山傲居，美丽非凡……它们在梵净山活得快乐，过得自在，有了它们，梵净山才变得鲜活起来，神灵俊逸。

山不在高，有仙则灵。峰不在高，贵在有灵。梵净山有层层叠叠、异模异样、高高低低的峰，峰峰都可成为金顶，凤凰山、月镜山、饭甑山是可瞻的马首。细观梵净，“山”的形象了然在目。人的心中拥有了自己的山峰。拥有了自己的心灵山形，便有了奋发的动力与希望。

登梵净山，我惊叹于它的经典，它的绝妙。只觉得人生恍若一粒尘埃，渺小，脆弱。珍惜生命，珍惜人生，珍惜与你一路同行的人，珍惜世间万物。其实，爬山的过程不就如同我们的人生？山顶就像人生目标，在追求目标的过程中，有人凌云壮志，心中豪情万丈，一股脑儿地冲到山顶，不管其中的过程多么艰辛，也全然不顾，直到他们到达山顶，短暂的兴奋与愉悦感过后，便是满脑的空白，因为他们除了达到目标外，生命里再也没有留下任何东西。于是，空虚，悔恨便接踵而来；也有人曾经志向远大，然而，在实现目标的路上，不是被一时挫折所打败，停下前进的步伐，就是被半山腰的奇花异草所吸引，留恋不舍，最终湮没在后继者的潮流中。前者令人惋惜，后者让人怜悯。然而，很多时候，我们却不知不觉成为了这两种人中的一种，忘记了人生目标不过是旅程中的一个标杆。我们没必要因此而心浮气躁，急功近利，让自己伤痕累累。即使实现了目标，也无法永久快乐，更没必要因困难或诱惑漫无目的地在人生之海航行。

我们需要的是一张一弛的生活方式，在追求目标的过程中，享受着，欣赏着，成长着，给自己的紧张的心偶尔放放假，在这个时候，去回顾、去总结过去的路，制定更加完善的计划，然后，精神抖擞地踏上征程。

# 丹霞绝景

我先后三次去过丹霞山。其中两次去广东的仁化，一次去福建的鹰潭。

“丹霞”一词源自曹丕的《芙蓉池作诗》，“丹霞夹明月，华星出云间”，描绘的是天上的彩霞。在此之前，我对丹霞的了解均来自书本。

一般认为，有陡崖的红层地貌称为丹霞地貌。丹霞地貌主要分布在中国、美国西部、中欧和澳大利亚等地，尤以中国分布为最广。1928 年，矿床学家冯景兰等在粤北仁化发现丹霞地貌，并把形成丹霞地貌的红色沙砾岩层命名为丹霞层。2005 年，在《中国国家地理》杂志举办的“选美中国”活动中，评选出了“中国最美的七大丹霞”：第 1 名是广东韶关仁化的丹霞山；第 2 名是福建南平的；第 3 名是福建三明泰宁的大金湖；第 4 名是江西鹰潭的龙虎山；第 5 名是广西桂林资源县八角寨与湖南邵阳新宁县的崀山；第 6 名是甘肃张掖的丹霞地貌；第 7 名是贵州遵义赤水的丹霞地貌。

位于韶关仁化县境内的丹霞山，以赤壁丹崖为特色，为红砂岩峰林地带，属于喀斯特地貌，到处悬崖峭壁，碧水蜿蜒，景色奇特，有“仓渥如丹，灿若明霞”之誉。其以顶平、身陡、麓缓、岩石色赤裸露的地形特点而著称。它集雄、险、秀、幽于一身，并因阳元石和阴元石与男女生殖器官的极其形似而吸引了众人的目光。

进入阳元山景区，层层叠叠地呈现着五彩色泽，艳红、灿黄、墨绿、浓褐，中有凝脂般的晶莹白色纵横交错。绕过一段逶迤曲折的山道，一座大山迎面耸立，红岩丹色，刀削斧劈，崖壁寸草不生，巍峨山影直指蓝天。山巅之上，树林葱茏，一座六角亭点缀其中，如入仙界一般。山下，一根“石笋”拔地而起，一柱擎天，威风八面。这就是闻名遐迩的阳元石，其形状无论是头部、中间还是下部，与勃起的男根别无二致，甚至色泽、纹理与真实的男性生殖器的颜色、血管都极为神合形似，栩栩如生。专家考证，此石纯属天然所成，绝非人工雕琢，已有30万年历史，有“世界第一奇石”之称。有人说它深山中熬过寂寞岁月，风雨里消磨巫山云烟，炼成一尊昂然伟岸之躯，赤条条刺破青天。带着强劲饱满的张力一柱擎天30万年，屹立天地，笑看群山，坦然而又自然。人们驻足仰望，无不啧啧称奇。

出阳元山景区，左边就是坤元山，一阴一阳遥相呼应。坤元山长1300米，最高峰317米，其造型宛若一位横卧而酣睡的少女。头枕江流，鼻梁俊俏，酥臂轻柔，玉腿舒展，下颌、胸和腹等部位尽呈窈窕娉婷之态，活灵活现，栩栩如生，令人叫绝。

更为奇特的是阴元石。石前铺设了观赏平台，游人趋前，啧啧称奇。阴元石酷似女性的生殖器，石高10.3米，宽4.8米。形状、比例皆与女性的阴部相似，有人说简直就是放大了的女性生殖器。这是大自然刻意赐给丹霞人的幽默，让丹霞这个淳朴的地方处处闪烁着快乐的笑声。的确，阳元石足以令人惊叹不已了，而仅一水之隔的幽谷密林之中，又赫然出现一尊阴元石，吸天地之灵气，纳日月之精华，更是叫绝。阳元石和阴元石堪称“双绝”。此乃造化的力量，群山苍莽，奇峰突兀，雄伟隽秀，清幽诡秘啊。

# 麦 穗

麦穗，对于我们来说，的确没有什么可新奇的。但是麦穗的深意却无时无刻不在我们周遭蔓延。人类数千年的文明历史之所以如此精彩地延续，不能不喟叹麦穗的伟大和高尚。由此我们也就不难理解麦穗为什么被作为国徽乃至其他标志了。

## 1

我喜爱金色的麦穗。

在故乡七月笑歪了嘴的树梢的摆动下，金色的麦芒在风中相互摩擦，骄阳似火，麦子就熟了。

看着一束束金色的麦穗，在农夫们宽厚的胸膛前摇摆；一片片金色的麦穗，在农夫们甜美的心坎儿里荡漾。

麦穗，给我带来了太多的自然的恬静和安然，带来了丰收在望的自足和美满。它甚至像一位哲人，在默默吟诵着秘不可宣的禅语。农夫注视着麦穗，微笑写在他们脸上，甜美刻在他们心里。

## 2

麦穗是尊贵的，它使人想到米勒的名画《拾穗者》，让我感到在颗颗饱满的麦穗上正在闪烁着金色的思想。

记得儿时的故乡，每逢麦收时节，拂面的热风腾起，空气中飘浮着迷人的麦香。这时候，我和伙伴们会站在村东口，举目远眺骄阳朗照的麦田，只见地平线上风生水起，空气像亮晶晶的水波一样静静地流动，劳作的人们神仙般地在风水中款款游走，有一种空灵的曼妙之美。

记忆中的打麦场，滚动的碌碡，高扬的木锨，以及圆圆的馒头般的麦秸垛，已成为挥之不去的童年风景。

## 3

麦穗是多彩的。有人把它比喻成火焰，有人把它比喻成太阳，有人把它比喻成生命，还有人把它比喻成激情。那么，它到底是什么？

我想，不管它代表的是什么，至少有一点可以肯定：就是那些麦穗的基调是黄色的。黄色是一种暖色调，它可以在心情不好的时候，让人燃起希望与勇气，变成了对纯朴、宁静的精神家园与和谐美好的人类理想的向往与追求。于是，面对一棵棵饱满的麦穗，我展开了想象。想象它的坚毅，想象它的顽强，想象着它的成熟最终以自身的倒下来支撑起人类的站立，这是何等伟大和壮烈呀。我彻底被麦穗征服了。

## 4

在许多人眼里，麦子代表的是稚拙土气，就和那些憨厚老实的农民一样。但有谁又能真正想过，支撑自身不断挺起高贵的胸脯和头颅的，却是面粉，就是麦穗的精魂。

每念及此，我的目光充满了崇敬和景仰，在七月成熟的喜悦里，我放任着饱蘸阳光的色彩，调染着我内心的本真，感知着生命的成长，聆听着命运的花开，天空豁然开朗了，云很轻很白，天很高很蓝。风轻轻地拂过脸面，把湿热的气流冲淡。在这样的氛围里，人的内心自然便归于沉静，你会发现一切竟然有了了然于胸的豁达……

## 5

麦穗，金色的麦穗。人类生存的希望。

在阳光照耀的日子，我循着金黄的麦穗浮想。曾经，我流着泪水与

汗水，默默祈祷；曾经，我带着期盼和梦想，四处闯荡；曾经，我义无反顾地追逐着麦田茁壮成长。

在金色的麦田里，父亲、母亲凝结成我脑海中的一组雕像，他们不言不语，默默耕耘，希望和麦穗一天天成长。直到袅袅炊烟从村庄穿过，从父母亲的心事穿过，他们手搭凉棚，正在望着远方……

# 漫天飞雪

独自在雪地上坐着。我的头上，依然是纷纷扬扬飘飘洒洒的天空，真的是漫天飞雪一片白啊。

从没见过这样多的雪，在这样的一个天空中飘洒着。天空是舞动的白色，草地是银装的白色，我的身上，甚至眉毛胡子上都是白色的了。漫天飞雪中，我的思绪也伴着雪花儿飞舞。

我看见，地平线上笼罩着一层深色沉重的薄雾，各种干枯了的树杈按照它们的生长次序排列着，树叶和野草在雪的遮盖下呈现出别样的形态。看得见突出的是山，而河流结冰以后，冰雪遮盖着是感觉不出来的。我呆呆地站着，尽管有一些冷。我想，寂静和沉稳是自然界的本性，身处其中，自然就剔除了城市中那些浮躁的情绪。

面对漫天飞雪，我想起了儿时。儿时的冬天也有雪，只不过没有这般大，这么密。那时候，我们几个小伙伴儿常常在麦场的雪地里，用手把雪推向一边，清理出一块儿空地，然后洒上些许粮食，用拴着绳子的棍子把筛子支住，待到沙鸡或别的什么鸟儿进去觅食时，轻轻地把绳子一拽，鸟儿就被扣在筛子中了。这都是因为下雪给我们带来的快乐。不下雪，鸟儿绝不会这般执着地到筛子下觅食的。

记忆的天空中，冬天总是与雪连在一起的。而雪的到来又总是与寒假连在一起的。寒假一到，许多孩子就会纷纷飞出暖融融的屋子，汇集到雪最多的地方。各有各的高招，各有各的伎俩。有在雪地上作画的，当然是最稚嫩的那种；有堆雪人的，任凭自己的想象，各种造型都有；有你追我赶打雪仗、恶作剧的；还有用手抓着雪化雪水的……尽情地发挥，尽情地呼喊，尽情地歌舞，尽情地疯狂，不是到了吃饭的时候，大人们是不会招呼的。

今天的孩子是断然没有我们当初那份畅快的。不仅是气候变暖天空少雪的原因，还有人为的给孩子们加重负担的因素。并且，如今像我现在能在草原上享受这漫天的飞雪，也不是谁都可以做得到的。陪同我一起来的那两位兄长自然不理解我的这番举动，因为这雪天他们见得多了。我好不容易劝他们进了蒙古包，而我自己则独自向雪原深处走去，尽情享受着飞雪的洗礼。

雪花纷然而落，雪越下越大，远处的景物渐渐脱离了视线，似乎所有的四足动物都躲藏起来了，小鸟也休息了，周围几乎听不到什么声音，大自然轻而易举地实施了它的魔法，把人类行为的痕迹抹擦得干干净净。

# 两方石印

一个星期天，几位朋友来了雅兴，决定到琉璃厂逛逛。于是，我们打的，过和平门，直达琉璃厂。

其实，琉璃厂对我并不新鲜，隔长不短总是要光顾的。大多自取所需，买一些字帖之类，回家临摹、把玩。再就是买一些印制精美的上好宣纸信封，仿写一些帖子，放在那里怡神养性。而这一回，我则被两方石印所倾倒。

这两枚石印，万寿石材，等高，印的上方各有一个石狮雄踞其上，宛若雄狮怒吼。我想，我在万寿路居住，又有一对万寿石材的印章，真的是相映成趣。几位朋友见我对这对石印颇感兴趣，而老板娘却高价索要。他们示我眼色，拉我离开，并说前面还有。这样一来，老板娘着急了，价格也松动了，于是我以每枚400元的价格收了下来，兴致勃勃而归。

如今，这两方石印就放在我的案头，天天审视，更觉得与众不同。选几页好纸，反复印拓，喜悦在心，其乐融融。大凡人之所爱，并非都有刻意追求，有的时候一时兴起，豁然开朗，也有意想不到的意趣。

听风赏雨的日子里，我会手捧着两方石印，展一张宣纸，盈一抹诗意，小心翼翼地印拓，看着纸上的篆刻，感受石与墨的默契，品味印泥与宣纸的和谐，体味雨打窗棂的静美，让心静静地停泊，在缕缕书香里浸染。那温婉如水的情怀，渐渐融化成一份薄雾轻纱的念，透过我的笔墨，氤氲一抹无悔的眷恋。在清澈的眸光里，听风呢喃；在心的怡然中，书写豪放与缠绵。

弦月幽幽，竹笛轻奏。揽一轮明月，寻一季幽香，将两方石印放置在唐诗宋词中，用岁月做笺，谱一曲万丈豪情于字里行间。或者随着清风的低吟，和着花开的呓语，在字与纸的空白处渲染一怀情思。这一程山水，我只愿以一颗纤尘不染的心，将相惜的暖意藏于心底，与这两方石印相遇相知，相依相暖。

# 天津五大道

寒风吹过冰封的海河，斜阳透过稀疏的枝叶，我们一家从大沽炮台出发，来到了满眼繁华的五大道。

徜徉在五大道，儿子对这里的一切似乎提不起什么兴趣，只有我和爱人一路端详，心灵随着这里的寂静而安静下来。看这里的楼群，听这里的津腔，想这里的过往。

一般来说，五大道当初是指马场道、睦南道、大理道、常德道和重庆道。这里汇聚了英国、法国、西班牙、意大利等多个国家的建筑风格，二百多幢庭院楼阁各具特色，异域风情浓郁，优雅浪漫，复古精致。据说 20 世纪初，该地区是坑洼不平、水洼一片的窝棚区，划为英租界后，这些填坑建房的洋鬼子，也就成了天津最早的小洋楼的入住者。

说起小洋楼，北京、上海、深圳、厦门、武汉等地都有，但比较而言，天津的小洋楼却是现存最多、保存最好，而且最为集中又最为出名的。其中的一个重要原因，就是这里居住的人非同寻常。

据不完全统计，仅“五大道”地区，就曾居住过两任民国总统——徐世昌和曹锟；七任国务总理或代理国务总理——潘复、唐绍仪、顾维钧、张绍曾、颜惠庆、龚心湛和朱启衿。此外还有张作霖等十位各省督军、省市长等近代名人。著名教育家严修、张伯苓，著名医学家朱宪彝、方先之，著名实业家周学熙、李烛尘、宋棐卿；著名收藏家周叔韬、张叔诚、徐世章，著名爱国将领高树勋、鹿钟麟，美国第 31 任总统胡佛，英国 400 米跑奥运冠军李爱锐等均曾在此居住过。

俗话说百年历史看天津，而五大道就是中国近代史的一个缩影，是百年历史变迁的写照。在这里，还有周总理曾经上学的南开中学，还有南开大学和天津大学等等。

我们到这里时，已经是下午三点。斜阳西照，楼宇像在沉思。隐秘在树丛中的一座座红顶黄墙的西式洋楼，凝结着曾经承载的厚重历史。昔日的此处，也许是同样的老树斜阳，高官显贵乘着华车从这里粼粼而过。看那小楼中的灯红酒绿，似乎也在回想曾经的盛宴和喧嚣。百年前相同的小街和巷陌，哪里有平民的所在。不过，过往与如今，只是时间的不同，每个朝代都有达官贵人，都有平民百姓，都有高楼屋宇，都有破歌茅屋，时间不同，人物不同，而情理却是完全相同的。看一看这些昔日名门望族的住所，如今被形形色色的食府所取代，而街角更加隐蔽之处，那幽静而精巧的咖啡屋，慵懒的等候着闻香而至的顾客。

五大道，记载着过往的历史，凝结着曾经的喜悦与纷争。外观看，欧式的洋楼，既是一件件精美的艺术品，也是一段段懦弱心酸的屈辱。这里曾是中国最早期的租借地，欧洲的政客和商人们，在掠夺中华财富的同时，也在这里建起了具有欧洲各时期艺术风格的洋楼，教堂和公园。如今，这里除了一些较大规模或者重点保护的洋楼被辟作机关，宾馆和食府外，其他仍然被普通的百姓所居住。虽然这里已经失去了曾经的高贵身份，但她那典雅的气质依然丝毫不曾被风雨所抹去。或许是政治时势多变，或许是居住者身份特殊，或许是自建立的那天起就营造的氛围，五大道的建筑与其主人，都长期内敛自居，虽是独立门户，宅邸都不立名外传，只以门牌号作记。历史的纠葛，留在过往的长河里，风浪褪尽，浮出水面的，是牵人魂魄的思绪。低头是过去，抬头见繁华，这就是五大道，一座深处闹市区的寂静所在。

五大道是令人流连的，因着那典雅的气质；五大道是令人沉思的，因着那厚重的历史。在这里，心绪可以自由地在历史与现代之中穿越，五大道摈弃了曾经的华贵和曾经的屈辱，依然以其恬静的美丽而存在于都市，我们的人生又何尝不是如此？一个人也许成功，也许失意，但如果能够保持真我，随着时光的流逝，都会是人生最醇厚的积淀。不是吗？

在五大道，还有一处重要的所在——饮冰室。这是当年的主人梁任公——梁启超的居所。老楼因岁月侵蚀，梁木腐朽，已经落架重修过。早年读《饮冰室诗话》得知，“饮冰”一词，语出《庄子人间世》，说的是叶公子高出使齐国前与孔子的对话，子高以人臣受命于君，忧虑德行不足难以成事，或者事后无法全身而退。“今吾朝受命而夕饮冰，我其内热与？”自喻心焦如焚，欲饮冰以解内热。戊戌变法时，康有为和梁启超受命辅佐光绪皇帝，政变发生，梁启超出逃日本以后，自号饮冰室主人，以抒发“为人臣难以任之的”的孤愤。1929年，梁启超去世后，家境衰落，梁夫人王桂荃以两万银圆将这座楼卖给了津门富商郝莲舫，饮冰室也结束了其历史使命。如今，看看这楼，在想想那人，心里自有无限的怅惘。

# 十月黄山

十月的黄山，姹紫嫣红。

上山的前一天，山下大雨。而早晨我们上山，山上却是雪后初晴。面对皑皑白雪，秀丽黄山，我们雀跃欢呼。

十月的黄山，雪后的云海，别有一番景致。按地理分布，黄山可分为五个海域：莲花峰、天都峰以南为南海，也称前海，玉屏峰的文殊台就是观前海的最佳处，这里云遮雾绕，高低沉浮，“自然彩笔来天地，画出东南四五峰”；狮子峰、始信峰以北为北海，又称后海。狮子峰顶与清凉台，既是观海的绝佳处，也是观日出的极好所在，这里空气环流，瞬息万变，曙日初照，浮光跃金；白鹅岭东为东海，于东海门迎风伫立，可一览云海缥缈；丹霞峰、飞来峰西边为西海，排云亭是理想的观海景点，这里烟霞夕照，神为之移；光明顶前为天海，位于前、后、东、西四海中间，云雾从足底升起，云天一色，云雪皑皑。

我们在这里远眺，只见白雪堆放于山间，漫山遍野，白雪笼罩，蜡像原驰，上行下跃。还有漫天的云雾和层积云，随风飘移，时而上升，时而下坠，时而回旋，时而舒展，构成一幅奇特变化的云海大观。似海非海，意象万千。毫秒之间，景物不同。同一地点，瞬息万变。云海中的景物往往若隐若现，模模糊糊，虚虚实实，令观者捉摸不定，于是产生幽邃、神秘、玄妙之感，给人一种朦胧的美。峰石的实景和云海的虚景绝妙配合，一片烟水迷离之景，是诗情，是画意，是含而不露的含蓄美。给人留有驰骋想象的余地，能引起游人无限的冥想和遐思。这正是：“望中汹涌如惊涛，天风震撼大海潮。有峰高出惊涛上，宛然舟楫随波漾。”

想想看，世上种种纷争，或是为了财富，或是为了教义，不外乎利益之争和观念之争。我们身在其中，不免很看重。但是，我们平时斤斤计较于事情的对错，道理的多寡，感情的厚薄，在一位天神的眼里，这种认真必定是很可笑的，在单纯的生活中才饱含着人生的真谛。

十月的黄山松，在白雪的映衬下，颇有豪迈的气概。黄山松生长在黄山之巅，盘根于危岩峭壁之中，挺立于峰崖绝壑之上。以石为母，以云为乳的黄山松，如一支支神奇画笔，把五百里黄山抹上了生命的色彩。小松不盈尺，巨松高数丈，破石而生，或耸立挺拔，似擎天巨人；或翠枝舒展，如流水行云；或虬根盘结，如苍龙凌波；或矫健威武如猛虎归山。且不说那展翅欲飞的凤凰松，升腾跃动的麒麟松；也不说那轻歌低吟的竖琴松，缠绵亲昵的连理松。单是那漫山遍野普普通通的无名松，那漫天的白雪，就足以把黄山装点得妙不可言。

站在山顶，放眼望去，延绵数百里，千峰万壑，几乎“峰峰石骨峰峰松”。松雪相映，白翠浓密，干曲枝虬，千姿百态。或倚岸挺拔，或独立峰巅，或倒悬绝壁，或冠平如盖，或尖削似剑。有的循崖度壑，绕石而过；有的穿穴过缝，破石而出。忽悬、忽横、忽卧、忽起，真正的“无树非松，无石不松，无松不奇”。放眼山川，峰绝谷险，百状千形。

十月的黄山，景致与平素不同，感觉也不同以往。古有攀援者，云海上挽狂澜，佛光里悟禅机。今人总是匆匆忙忙，日程表排得满满的，似乎永远有做不完的事，几乎没有喘息的功夫。活的既不精彩，也不自在。何妨舍得且放下，唤醒梦里身外之身，携丘壑，友竹松，遍观人间山水，剪裁春夏秋冬？

# 北海与景山

一片海与一座山，不在别处，就在北京。海叫北海，山叫景山。

北海与景山，在中国可谓妇孺皆知。居住在北京的，自不待言。他们可以在这里划船、登高、散步、遛鸟、晨练、唱戏、朗诵、跳舞，甚至谈情说爱。外地有机会来北京的人，几乎没有不去这两个地方的。

一个地方，能够让许多人对她如此熟知与向往，说明了她的魅力所在。尤其是现在，到处是雷同的城镇，千篇一律的商厦，原野和村庄正在消逝，人们很难与山水亲近了。如此，则更显得这山水的珍贵。

这一次，正好赶上周末，我陪着母亲再次来到北海与景山。

北海在故宫的西北，景山在故宫的北面。北海是一处古代帝王宫苑，素有人间“仙山琼阁”之美誉。这片海，我们曾经在电影《祖国的花朵》里看见过，也曾经在《让我们荡起双桨》的歌声中听到过。“海面倒映着美丽的白塔 / 四周环绕着绿树红墙 / 小船儿轻轻漂荡在水中 / 迎面吹来凉爽的风……”

置身北海，岛上白塔高耸，殿阁参差；岛下碧波浩渺，游船如织。沿湖岸上，绿柳垂丝，百花织锦，亭台楼榭，掩映其中。整座园林充满了诗情画意。

站在北海的琼华岛上，一眼就可以望见东面不远处的景山。据说，这里曾经是一个小土丘。辽代营建瑶屿行宫（今北海公园琼华岛）时，又将余土堆积此处。金章宗在该地南侧建太宁宫，凿西华潭（今北海），在此地堆成小丘，建成皇家苑囿，称“北苑”。元世祖忽必烈营建大都，土丘一带正处大都城中心，皇宫的核心建筑延春阁以北，故被辟为专供皇帝游赏的“后苑”。将原有金代小丘称作“青山”，又称“镇山”。永乐年间，明成祖朱棣在北京大规模营建城池、宫殿和园林。依据“苍龙、白虎、朱雀、玄武，天之四灵，以正四方”之说，紫禁城之北乃是玄武之位，当有山。故将挖掘紫禁城筒子河和太液、南海的泥土堆积在“青山”，形成五座山峰，称“万岁山”。明初，朝廷在景山堆煤，因此该山又称“煤山”，又名“梓金山”。

北海与景山，相依偎而存在，他们共同为人们提供了一个可以安放心灵的场所。尽管它们都遭受了人世的风雨，经历了岁月的洗刷，并且尽管岁月的风刀霜剑把它销蚀得殆尽，而那些美丽的镜头却常存于人们心头。

漫步北海，只见苍松滴翠，奇卉芬芳。日影沉壁，月华开张。藏式白塔，辟云烟而延贮；春阴碑石，挂藤萝而永璋。画舫斋，抱绿而成一叶轻舟；濠濮涧，环水而见三面栖凰。天王殿禅净双修，承光殿玉佛独彰。小西天祝寿祈福，大玉海珠烁辉煌。正可谓九龙壁如飞欲破，五龙亭滋香澄祥。养情怡性静心斋，烹茶咏絮快雪堂。

而漫步景山，我们可能为“陟彼景山，松柏丸丸”之句而琢磨，可能为“御景”之地而景仰，也可能会联想起3000年前商朝的都城，但是唯有一个地方、一件事，让我们不能释然。这便是景山东麓，这便是观妙亭。马嵬坡因了杨贵妃之死而出名，景山却因朱由检的自缢而广为人知。这里原有一株向东倾斜的低矮老槐树，这是明崇祯朱由检自缢的地方。明末，李自成起义军于1644年3月攻入北京，崇祯3月19日逃到景山，自觉有愧于祖先基业，以腰带自尽于观妙亭下的歪脖槐树之上。十年动乱期间，老槐树被当作“四旧”砍掉，1981年在原址新移栽了一棵古槐。1996年，公园管理处将东城区建国门内北顺城街7号门前一株有一百五十多年树龄的古槐移植至老槐树原处，替代了1981年新移植的小槐树……

北海与景山，历代均有诗文评此处。《燕都杂咏》中有诗云：“巍巍万岁山，密密接烟树；中有望帝魂，悲啼不知处。”此外还有“万春亭上观皇城，金殿红墙淹游人。宫中深藏兴亡事，没有衰败哪有今。”还有“雄视古城意气如，巍峨白塔接空虚。梵声常与歌声和，人影未同佛影舒。舍利千年连极乐，风光二月异当初。 等闲证得菩提处，因果从来自毁誉。”

有人说，历史是无情的，数十年转一个圈子。百年轮回，可以改变个人的一生。历史重新走入轨道，而人生却不可以从头再来。从这个意义上说，历史的悲剧，牺牲掉的只是活生生的个人，而山水依旧，正如这北海与景山一样。

# 北京的白塔

以往只是出差时才偶尔路过白塔。到北京定居以后，却一次也没有去过。那天，走阜成门内大街，又经过白塔。由远及近，仰望它、注视它、凝视它，便有许多联想。

塔，象征佛之涅槃，因为佛的身骨舍利就供奉于塔中。白塔为藏式塔的一种。藏式塔又称“覆钵式塔”“水瓶塔”“喇嘛塔”。藏式塔有许多形制，如菩提塔、时轮塔、通卓佛塔、莲花合瓣塔、“如来八塔”等等。北京的白塔属于菩提塔。

北京有两座白塔。一是位于北海，另一是位于阜成门内大街。两座白塔的具体形制都属于最为常见的菩提塔，专为纪念释迦牟尼在菩提树下觉悟成道而建。北海白塔位于北海公园琼华岛之巅，建于清顺治八年（1651 年），砖石结构，塔内有木骨架支撑。造型秀丽，是北海公园的主要景观。

阜成门内大街的白塔，又叫妙应寺白塔，公元 1271 年。在马上征战数十年、刚刚建立王朝的元世祖忽必烈，为了给自己和这座即将定为都城的城郭寻找一个支点，徜徉于太液池四周，观山水、察星辰。亲自选在此处建造白塔。并请尼泊尔人阿尼哥设计建造。阿尼哥废寝忘食、夜以继日地工作，花费了将近九年的时间，终于在元朝统一中国的那一年（1279 年），让这座覆钵式大白塔矗立在大都，作为一份特殊的贺礼，献给了忽必烈。忽必烈大喜过望，当即命人从白塔向四面各射一箭，划出了一块面积达 16 万平方米的土地，下诏以白塔为中心，兴建一座“大圣寿万安寺”。阿尼哥也得到忽必烈的丰厚赏赐。

两座白塔，千年古刹，香烟袅袅，钟声悠悠，虚幻而缥缈，让我想起第一次到北海的情景。

那是 20 世纪末，领导行将退休，我陪同来京。会议结束的那天下午，我们来到北海。观九龙壁，看北海船影，不知不觉来到白塔之下。领导一路上兴致很高，谈古论今，自然就谈到宗教，谈到人生，也自然谈到关于白塔的许多故事。说到关键处，多有感慨。不禁吟唱起来：“人生本是逍遥境，心闲便是自在神”;“无色无香善若水，有空有物法如天”。领导还讲到了儒家、道家和佛家。所谓身体力行克己复礼；所谓以神养身，无为而治；所谓明心见性，见性成佛……我感觉那是从我担任秘书以来，领导对我讲得最深最透的一次。来京以后，每次经过北海，仰望白塔，总会想到领导。

也是在20世纪末，有一次陪我们到当时的中国银行总行调研，在中国银行的高楼上，可以清楚地看到白塔。祥云笼罩，香烟缭绕。一般而言，名刹古寺往往坐落在名山之上，而妙应寺却一反常态，独辟蹊径，耸立于平地之上。让人看不明白元世祖忽必烈的真正用意，也看不明白尼泊尔人阿尼哥设计的精到。红墙碧瓦，雕梁画栋。木鱼敲出了寺院古老历史的沧桑。暮鼓晨钟声里，山河依旧在，朝代几更迭。

妙应寺院落不大，倒也精致，殿、楼、塔、碑一应俱全，香烟袅袅，古树参天。大殿巍然耸立，几通“镇寺”古碑默默矗立，历经风雨，饱经沧桑，似乎沉湎于对千年往事的回忆之中。如果人生只是一段经历与回忆，那过客定是每段回忆中最绚丽的篇幅。生命中有许多过客，每个人心中都有着那么一段时光，一段让人思潮起伏心田酸楚却又倍感回味无尽咀嚼回思的过往。

那天我经过阜成门，往事如烟飘散，淡然于时光的流逝里，思索也是徒增伤感。走过、思过、感叹过，才豁然开朗。蓦然回首，那一段往昔竟然幼稚可笑的成分居多。面对白塔，我想起了那首儿歌《白石塔》：

层层白石搭白搭，
白塔层层高又大。
高高白塔入白云，
白云上面有白塔。

# 北京的冬天

我原本对冬天没有感情。小时候，那冰雪严寒冻伤了我的神经，以至于想到冬天就不寒而栗。尤其是从内蒙古严酷的冰雪世界来到北京，感觉北京暖和多了。于是乎不由得对北京的冬天产生了某些好感。

内蒙古的冬天，是冰的家园，雪的世界，到处冰光闪闪，白雪皑皑，一眼望去，雪雾弥漫，荒野迷离，一切都融化在这银色的世界里。或者，寒流袭来，朔风卷地，草木枯黄，周天寒彻，白天的最高气温在零下 15 度左右，夜间一般在零下 20 度，最冷的时候，甚至达到零下 40 度。所谓滴水成冰，呵气成冰。这个时候，即使你穿着皮帽皮衣，上面顷刻结满冰凌。

两相比较，北京的冬天要比内蒙古好得多了。在内蒙古，冬可以让你体会到什么是凛冽，什么是刺骨，什么是呼啸；什么是真正的冷艳之美，什么是真正的高傲之状。因为在寒风里，在飞雪中，冬天不会给你温暖，它只会让你饱受风寒雪冷之苦。然而，所有这些，在北京你是体会不到或者体会不深的。冬天不冷，能叫冬天吗？起码，不是真正意义上的冬天。要知道，正是冬天毫不留情的冷酷，造就了强者和弱者。你瞧，娇柔的名花异草褪去了娇媚，羞惭地枯萎在寒风里，而刚毅的蜡梅披上了红装，笑傲在飞雪中；自大的乔木被寒风掳去了绿叶，裸露着枯枝瑟瑟发抖，而默默的松柏则以一身绿装，与严冬抗衡……

北京的冬天，说冷不冷，说暖和也不够暖和。冷暖相间，让你感觉躯体麻木，甚至于有点无动于衷。不过，当你走出地铁，看到街景，你的想象力便开始无限延伸。

夕阳西下，漫步在长安街。在冬日的一抹暖阳里，天安门广场变成了一部红色和金色交织的幻想曲。它带有许多政治的色彩，总有许多人在寒风中观看升旗或者降旗。偶尔也可以看到衣着入时的摩登女郎出现在那里，或者穿过天安门走向故宫，或者钻过前门走向大栅栏儿，她们是那么的婀娜多姿，甚至和在三里屯的女郎一样性感和美丽。

每当瑞雪飘飘的时候，即使圣诞节未临，各个高楼大厦前便设置了高高的圣诞树，灯红柳绿。商场会所或酒肆歌台，那是富人的行在，他们把这里当作狂欢的场所。每当路过，总感觉这里不是北京，倒好像是伦敦、纽约或者巴黎。而此刻大多数北京人只能居家苦熬生活。不过，屌丝也有屌丝的快乐，他们可以来到户外领略雪后明朗的阳光，滚雪球、打雪仗，或者拍拍照什么的。他们讨厌官场的臭气熏天，也不喜欢富人的糜烂。他们以为富翁们所过的人为的、悖谬的生活，违背大自然的安排，毫无生气。还有不少人甚至要来到乡下，在那里尽享一片阳光和空气的清新。

一般而言，北京的冬天要好于春天，尽管北京的冬天会刮大风，但是不像春天那样总是与沙尘暴相伴随。尽管北京的雾霾不时暴发，也让人讨厌。但大风过后，必定是云开雾散，一片晴朗。当太阳拨开云雾，从东边缓缓升起，并在香山、玉泉山、西山披上闪烁发光的紫红色长袍坠落时，人们几乎无法忘记它那令人眩目的光芒。此刻，长安街、平安大道，乃至二环、三环、四环、五环、六环，都铺上了金色的地毯，迎接着熙来攘往的八方宾客。

北京的冬天，寒意点点。鸟儿依然可以脆鸣枝头，草木依然可以绿色不变。在颐和园、什刹海、玉渊潭，当湖面的白雪像璀璨的钻石在阳光下闪闪发光，或者当挂在树梢的冰凌组成神奇的连笔都无法描绘的水晶的花彩时，有什么东西比白雪更加美丽呢？雪舞动着优美的身姿飘过冰冷的建筑，或者穿过光秃秃的林木，掠过朦胧的铁窗，划出完美的曲线。轻轻伸出手，捧起一片又一片，让它感受你的温暖，化作清凉的水珠。此时，当一群小学生从我身边走过，他们的欢声笑语即刻回荡在耳边。

北京的冬天，有些寒意，也有些温暖。冬夜里，一件棉袄，一碗暖茶，一段童话，或者，一壶烈酒，一双溜冰鞋，一副滑雪板，一串儿冰糖葫芦，都可以引发深深的思念。更多的人则来到“东来顺”，来到“八先生”或者“小肥羊”，或者来到“草菁菁”，来到“羊坊涮羊肉店”，围着火锅欢聚一堂，共享丰盛而温暖的冬夜。

有人说，大多数人的快乐程度和他们决心要达到的快乐程度差不多。在北京，做到快乐无须付出许多。只要没有雾霾，尽可以走出家门，走出旅馆，走过几个街区，来到大观园，来到陶然亭，来到老舍茶馆，或者国家大剧院，赏析和领略这美好的冬天。

# 北京的秋天

在北京，立秋刚过，一场雨或者一阵凉风走过，秋天就不请自来了。天空开始高远，云彩渐渐疏朗，不似春天的反复和猛醒，不像夏天的强势和溽热，有的只有爽快与惬意。

北京的秋天，是一桌满汉全席，种类多样，口味独特，盛大而华贵。凭窗远眺，碧空如洗，西山宛若屏风，仿佛近在咫尺。此时，秋阳如虎，但蝉鸣渐弱；花团锦簇，却绿色转黄；层林尽染，却冷艳入心。无论你在颐和园，在昆明湖畔，抑或在潭柘寺，或者司马台长城，远望烟波浩渺，俯首荷叶田田，仰观殿宇巍峨，品味古道苍凉，感受历史雄浑，那疏影横斜，那衰草连天，间或有一丛红黄的鲜亮，或者银杏轻舞飞扬，在尽情领略这一桌饕餮盛宴，在愉悦满足的同时，心里不禁泛起一种淡淡的惆怅，难怪古人会有悲秋之情，“何处合成愁？离人心上秋”啊。

北京的秋天，是一杯酸梅汤，酸酸甜甜，沁人心脾。长空雁叫，婆娑的树枝上摇曳着成熟的果实，天空的白云中缠绕着鸽哨的回响。蜿蜒盘旋于崇山峻岭间的长城、神秘肃穆的天坛、拥山抱水的皇家园林颐和园、 鳞次栉比的高楼大厦、四通八达的宽广道路、新颖独特的奥运场馆以及在辉煌文化映衬下的城市景观，处处显露出北京的秋日风貌。有时，秋风浮动，窗外挂着淅淅沥沥的秋雨，雨丝涂抹着一道道美丽的弧线，编织成一张张秋网，牵出了多少离愁，网出了多少牵挂？

“人生好比河中水，只能流去不流回。”镜外的岁月，镜中的我，还有日渐稀疏的头发，岁月的沧桑和人生的艰辛刻在脸上，就像故宫的城垛和斑驳失色的山墙，成功与失败在秋风里同行，繁花与凋零在秋雨里成长。秋风萧萧，撕碎了过往；秋雨瑟瑟，揉碎着忧伤。站在窗前，任凭秋风的撕打、秋雨的缠绵，把昔日对酒当歌的场面淹没在长安街上。

北京的秋天，是六必居的酱菜，口感浓重，韵味悠长。整个秋日里，孕育着枝枝蔓蔓割不断的牵挂，滋生着丝丝缕缕剪不去的情丝。这是一个皇亲国戚与黎民百姓交织的所在，这是一个精英才俊与庸人闲客鱼龙混杂的地方。倚着窗户，听一听风铃的声音，或许意念悄然爬上心头，摇来了丝丝的涟漪，多希望，鱼传尺素云寄锦书啊！流转的时光，将我们的童话从纯净变得复杂，又将复杂沉淀为澄明。飒飒的风中，只要还有熟悉的一声呼唤，就会觉得红尘依然美好。于是梳理着自己的心情，盘点者自己的行装，在潇潇细雨中调整着自己的方向。

北京的秋天，是一曲京韵大鼓，京音纯正，刚劲铿锵。梨园旧梦，繁华摇曳，十万金花如梦里，重整河山待后生。总是清清爽爽。夜深沉，你可以近看陶然芦花，远看卢沟晓月；平明里，你可以坐拥一夕斜阳，观摩槐叶柳影，聆听西山的虫唱。或者泡一碗浓茶，在余音袅袅的京韵大鼓声中，浅怀低吟，或者暗自发呆，从槐树叶下细数那一丝一缕斑驳的月光。

北京的秋天，在更多的时候，是老舍茶馆里的那一壶清茶。百品不厌，回味无穷。春夏秋冬的变换，雷雨风霜的交替，喜怒哀乐的人生，苦辣酸甜的市井，在风清月白的茗品当中，任岁月的船桨划过心湖，任甜蜜的波纹在记忆中荡漾，让美丽的童谣与满天的星星一起，共舞一支欢乐的舞蹈。这时候，少了许多冲动和莽撞，多了许多成熟和睿智，有了荣辱不惊，静观花开花落的情怀，找到了灵魂惬意的栖身地，这便是人生的收获也是生命的馈赠，正如这北京秋天般的俊美与清爽。

# 大连随笔

## 1

大连周水子机场。人流匆匆，或三五成群，或形单影只，演绎着生活的精彩，世界的多姿。子夜时分，我在等待从深圳飞来的那个航班。思绪游荡在城市的夜空下。缓慢而轻柔，其实，我是在聆听自己的心语。

## 2

走上大连滨海大道，路在脚下延伸，没有尽头。路旁是琳琅满目的店铺以及来往的人群。逃不开夜色的诱惑，打开车窗，让海风扑面。闭上眼，在温柔的夜色中开启自由飞翔的心灵。

## 3

大工校园，静谧而安详。轻柔的风从密密的枝间穿过，抚摸我的脸。我们沿着校园的小径走了很远。仿佛回到了从前，绽放的刹那，找到了自己的花园。

今夜，充满星光；今夜，朦胧月色。青春依旧，我们的航船，已经靠岸。憔悴和思念已经熄火。多情的树叶徐徐飘落，律动着醉人的舒缓。晓情晚风，静静依偎，每一阵风过，看相互致意的松柏，我已懂得他们的语言。花瓣上的莹莹珠泪，是因为眷恋，还是因为恐惧而离开？

## 4

大连港，有艳阳熏风，有清波荡漾。荡漾着难言的渴望，寂静的棒槌岛，沉睡在港湾，头枕着波涛，浅吟低唱。

船上，犹如躺在柔软的草地上，深吸海水的盐香。望着天空海鸥的翅膀，没有合适的词语可以形容当时的心情、色彩以及来去的方向。水，与天一色，缓缓而去。哗哗的流水声清脆而又温柔，看不清水来自何处，又流向何方，只觉得这水像是在梦中流淌的一样。

山，远处一线，青墨曲折。模糊棱角的山脉远远近近地站着，重重叠叠，看不清它绵延向哪里。

## 5

大连的雨，很凉。几天的时间，我们就赶上一场。雨敲打着我手中的伞，梦想着把它交到你的手上。日夜为你祈祷，愿你平安。没有你的相伴，我只会笑纳孤苦与伶仃。雨可以淹没昨日的足迹，却仍然向着前方。让我一个人承担心痛的过往。

## 6

生活是一望无际的大海，人就是大海上的一叶小舟。

大海，偶有风平浪静；人，总有悲欢离愁。当无名的烦恼袭来，失意与彷徨触动每一根神经的时候，便燃烧出孤独寂寞，或是愤怒冲动。

人的面前，都有一条通向远方的路，崎岖却充满希望。

## 7

当生活的困扰袭来，丢下负荷吧，仰头遥望明丽、湛蓝的天空，让温柔的蓝色映入心田。就像儿时玩的疲倦了，找一块青青的、软软的草地躺下，任阳光在脸上跳跃，让微风拂过没有褶皱的心。

当层层的失意包围自己时，丢下烦躁吧，只要静静地体会、思考，也许，会明白很多很多。人生旅途上，最美、最真、最让人难忘的不是情人节火红的玫瑰，不是炎炎夏日般狂热的爱之承诺，而是如风化雨润物无声的微小细节。

## 8

人生是披雪的旅途，诗与诗铺成的绿茵，漫过白桦的青春，而今只剩下唐宋意境，狼烟和边声滑入琴瑟婉约，踏碎苏轼的明月。

抬眼望向窗外，夜色朦胧。窗口是黑的，门是紧锁的，房间是清凉的，轻轻打开房间里的灯，让那冷色调的灯光撒满屋内，照亮我的心。

夜，往深处游走，遍布世间的各种声音也越发好听，有秋虫的呢喃，有风的拂动，有花含苞开放，更有月下花儿的吟咏，仿若月光与这夜色一般无法剥离。

任岁月轻拂，任青春流转，任月色滋润，任流水净心，任想象驰骋。书读累了，倚窗眺望星空，盖着瓦的围墙向远处延伸，上面是白云蓝天和自由飞翔的鸟，让我的思绪向广大无垠的时空飘舞飞扬。

## 9

要离开大连了，我们决定去吃海鲜。本打算去星河湾，的哥建议我们到海边渔村，我们欣然前往。

冰心说道："爱在左，同情在右，走在生命的两旁，随时撒种，随时开花，将这一径长途，点缀得香花弥漫，使穿枝拂叶的行人，踏着荆棘，不觉得痛苦，有泪可落，却不是悲凉。"

30分钟车程，对视的目光，淡然而飘逸，心里总有淡淡的温馨，有一个声音在耳边响起，像是"平山阑栏倚晴空，山色有无中……"

思念的心情在心里翻滚。也许，岁月可以改变人的容貌，却改变不了一个人对另一个人的思念。夏日的气息，弥漫在空气里，沁人心脾。这爱情，这友情，再加上一份亲情，便一定可以使你的生命之树翠绿茂盛。

亲情是一种深度，友情是一种广度，而爱则是一种纯度。

飞机起飞了，一个飞向深圳，一个飞向北京。

# 消逝的村落

我时常怀念那些曾经晓雾飘逸，溪泉恣意的村落。许多年了，这村落在我生命的桃花源里历久弥新。

儿时的记忆里，还能够找到米仓的影子，外婆居住的村落。那是一片掩映在青砖绿瓦里的建筑，祠堂高高的门廊至今还矗立在我的梦寐里。当一年一度的春风吹过这片宁静的土地，这里的秩序正沉入一种“草木知春不久归，百般红紫斗芳菲”的意境。

我走在乡间的小路上，默默地寻觅着春天的踪影，村头的杨柳在暖暖的春风里轻摇着婀娜的身姿。我在米仓的春天里遥望，此起彼伏的鸡鸣犬吠声划破村庄的宁静，春水轻唱着欢快的谣曲流向远方，浑黄的河面上，有歌声隐约传来。

透过春天的门楣，我在米仓的剪影里读出了唐诗的韵味。你听，那布谷催春的声音循着田埂由远及近，一群叽叽喳喳的麻雀在枝头叫个不停。醒来的田野在一片苍茫的翠色里绵延起伏，形成一道绿色的长廊。走在这样的乡村，我的眼眸格外的明亮，眼前是大片大片的麦田，淡淡的清香在春天的原野里弥散。我俯下身子，轻轻抚摸着碧翠的麦叶，扯下一片在鼻尖嗅了一下，那绵延的香味带着丰年的味道，就像缭绕在我梦中的炊烟。

红柳村是爷爷居住的村落。在这里，童年的梦影扯出我大段大段记忆的碎片。那时的红柳村，天空格外的湛蓝，水围绕着村庄荡漾，村子里满是红柳。初升的太阳照在清凌凌的菜园。几片浮云，像是几团大朵大朵的棉花，在明净的天空里慢慢地飘飞。弯弯的沙枣树开满了黄色花朵，几只蜜蜂绕着嘤嘤地飞舞。田野里，耕作的农人大声吆喝着牲口，一遍又一遍地深翻着黄土地，忙碌的身影似乎看不出一丝的疲惫。

走在红柳村的春天里，我感到自己似乎与天地融合，头顶着厚重的眷恋，脚踏着浓浓的乡情，尽情地吸吮着来自乡间的和煦春风，沉醉其间，我看到一幅农耕文明的画面正在延伸。

曾几何时，这些美丽的村落都消逝了。再也找不到他们的踪影，只留在我的脑海里。我知道，这些消逝的村落是一本厚重的书，本来需要子孙后代细细品读方知其中的美妙所在。但遗憾的是，曾经近在咫尺的厚重的书，还来不及翻阅，就已经永远地消失了。在极速现代化、城镇化的过程中，很多传统村落都消失了。

乡村，这哺育我长大的一方乐土，这博大而绵延的世界，难道自此便永远消失了？

# 云汉苍茫　为谁心伤

大千世界，云汉苍茫。是谁，在那里长长叹息？是谁，在那里阵阵哀伤？

满以为，蒙上眼睛，就可以看不见这个世界；满以为，捂住耳朵，就可以听不到所有的哀鸣。很多时候，我们看不清自己，只因为我们把自己放在了一个错误的位置。就这样生活在一个地方，或者接触一些人，时间久了，就会觉得厌倦，就会有一种想要逃离的冲动。也许不是厌倦了这些人和事，只是缺少坚持下去的勇气。多少次，回忆把生活划成一个个大大小小的圈，我们在原地转了无数次，终究无法解脱，总是希望回到最初相识的地点。明明知道故事的结局，选择说出来抑或佯装不知道，却常常欲言又止。

我们常常会回顾人生的某个阶段，常常会想念一些人、一些事，岁月就在指尖不经意间悄悄地滑过了。形如枯槁的我，就像一棵站在秋天里的老槐树。也许理想是一部忧伤的童话，惟其遥远与虚幻。但是，我知道，放弃一个短暂的目标并不痛苦，放弃一个终身的目标那才是痛苦。若是有缘，时间空间都不是距离；若是无缘，总是相聚也无法合意。逃避不一定躲得过，面对不一定最难过。

人生如梦，岁月无情。蓦然回首，才发现人活着是一种心情。穷也好，富也好，得也好，失也好。一切都是过眼云烟。想想，不管昨天、今天、明天，能豁然开朗就是美好的一天。

时间无声无息地带走了纷至沓来的人群，卷走了一个个曾经属于我们的梦想。但它从不在世界的任何一个角落里停留，也不在心灵的羁绊前稍一驻足。无论经历了多少沧海桑田的变迁，穿梭在时光里的我们只能默默承受着，选择抗争或者选择麻木，只能如同涧底静止的石子，任时光如水自梦里流泻而过。

无情的岁月前，我们无从反抗，只能做岁月手中的木偶，任一条条线牵制着我们的躯壳。在时间的流水中，我们也许早已被冲走了，只能留下遗憾的脚印，但我们能挽回什么呢？那曾经绚烂过的美丽，在岁月的摧残下，如今早已逝去，却只留下残缺不全的记忆碎片。但是，麻木的背后究竟只是一种宿命，抑或是一张伪装面具呢？

近一段时间，北京的雾霾沉重。沉闷的空气好像在给人们诉说着它们的无助，正如我此刻此时的心境一般。所以在这个寒冷的季节里，愈发感受这许多的伤感和悲哀。亲眼见证着身边的污泥浊水，还有听到爱人对我叙述的种种。人们变得万般无奈，种种无奈与心伤。真的是有理无处诉啊。

天作孽犹可违，人作孽不可活。在这个尘世上，虽然有不少寒冷，不少黑暗，不少雾霾，但只要人与人之间多些信任，多些关爱，那么，就会增加许多阳光。

# 月圆月缺

又到了月圆时节。

据说今年中秋节的月亮，与以往年相比，看上去是最圆的。

诚然，从月出东山到月上中天，我仔细观察，尽管不时有阴云擦过，但那轮明月始终依然，圆而硕大。

月圆，如诗如画，悬挂于天边，俯视人间。时而，薄如轻纱的流云，淡然的飘过，朦胧了月的脸庞，朦胧了天的穹廓。时而，如水的月光倾泻，透过枝叶，洒在地上，投映出一个双手托腮的影子。

流年似水。岁月在转眼之间从指尖滑落，只留下手心的斑驳。惶恐的心，穿梭在寂静的夜里，听晚风在空中轻轻吟哦，感受树叶在风中飞舞。多想剪一束月光，为自己披上柔柔的温暖，陶醉在月圆的怀抱里啊。

人生不知道在追赶什么，寻找什么，就这样茫然的随波逐流。得到了，不一定开心，失去了，何必伤心难过。总是在月圆时，爱在心中酝酿，情在心中燃烧，往事踏着月光，随风飘至。多少次揽着温柔的月光，走在无垠的星空。用手编织了几许幽梦，醒来后才发现，月儿又缺了一角。

总喜欢静静地凝视那一轮圆月，想看穿它的心事。可是，始终无法在圆月无瑕的脸上，找到满意的答案。月圆，正如顺利的人生，仅仅是一幅幅精美绝伦的画，没有深度；月缺，正如人生浮沉，是一句句意境深远的诗，给人以启迪。

有时候，独坐一隅，静揽月光，想起漂泊的人生，如航行在颠簸的海洋，总有起起落落。正是月亮，那漆黑星空里的一盏明灯，时而圆滑，时而如钩，为我导航，给我启示。

# 人中行

每一个人都在人群中行走，每一个人都不可能离开社会独立而存在。不论你愿意还是不愿意，你都要与别人共事，所谓“跟好人，学好人；跟虎狼，学妖精；跟着巫婆学跳绳”。

科学家研究认为：“人是唯一能接受暗示的动物。”积极的暗示，会对人的情绪和生理状态产生良好的影响，激发人的内在潜能，发挥人的超常水平，使人进取，催人奋进。现实生活中，你和谁在一起的确很重要，甚至能改变你的人生轨迹，决定你的人生成败。和什么样的人在一起，就会有什么样的人生。积极的人像太阳，照到哪里哪里亮；消极的人像月亮，初一十五不一样。和勤奋的人在一起，你不会懒惰；和积极的人在一起，你不会消沉；与智者同行，你会不同凡响；与高人为伍，你能登上巅峰。态度决定一切。有什么态度，就有什么样的未来；性格决定命运。有怎样的性格，就有怎样的人生。

所以有人说，人生有三大幸运：上学时遇到好老师，工作时遇到一位好领导，成家时遇到一个好伴侣。有时一个甜美的笑容，一句温馨的问候，就能使你的人生与众不同，光彩照人。生活中最不幸的是：由于你身边缺乏积极进取的人，缺少远见卓识的人，使你的人生变得平平庸庸，黯然失色。有句话说得好，你是谁并不重要，重要的是你和谁在一起。古有“孟母三迁”，足以说明和谁在一起的确很重要。雄鹰在鸡窝里长大，就会失落飞翔的本领，怎能搏击长空，翱翔蓝天？野狼在羊群里成长，也会因“爱上羊”而丧失狼性，不可能叱咤风云，驰骋大地。你原本很优秀，由于周围那些消极的人影响了你，使你缺乏向上的动力而变得俗不可耐，如此平庸。

读好书，交高人，乃人生两大幸事。一个人的身份的高低，是由他周围的朋友决定的。朋友越多，意味着你的价值越高，对你的事业帮助越大。朋友是你一生不可缺的宝贵财富。因为朋友的激励和相助，你才会战无不胜，一往无前。人生的奥妙之处就在于与人相处，携手同行。生活的美好之处则在于送人玫瑰，手留余香。

人生就是这样。想和聪明的人在一起，你就得聪明；想和优秀的人在一起，你就得优秀。善于发现别人的优点，并把它转化成自己的长处，你就会成为聪明人；善于把握人生的机遇，并把它转化成自己的机遇，你就会成为优秀者。对他人的成功像对待自己的成功一样充满热情。学最好的别人，做最好的自己。

# 江河的拉链

我们曾经生长在美丽的河岸。

那些江河，或大或小，曲折蜿蜒，川流不息在我们的故园。

我们曾经贫穷地生长在山清水秀的故园，我们曾经多少次沿着河岸，走进我们的村庄，我们曾经无数次向别人夸耀，我的故乡就在依山傍河的某个地方……

然而，曾几何时，那些美丽河流渐渐地干枯了，有许多干脆不见了踪影。剩下的大江大河，也以各种名义，在它们身上修建了大桥、大坝。纵观一条条河流，上上下下的大桥大坝就像一条拉链，阻断了河流的正常走向，甚至出现许多断流的地方。不光是桥梁，因为河道渐渐变小，许多河面硬生生地让一段段堤坝给拦截了，原本活泛的河水，原本可以养殖一百多斤大鱼的水面，现在越来越死气沉沉了，除了偶然能见的小鱼，大鱼几乎绝迹。活水越来越被压缩了，变得毫无生气。还有为了 GDP 不顾一切的环境破坏，恶意排放，水面污染，造成的大面积的鱼类死亡。那些漂浮在水面上的鱼啊虾啊，令人痛心。此情此景，让我心中不禁涌起一种淡淡的哀愁。

河流是诗人眼中的歌唱。那是千百年的生灵的灵魂啊。如今，河流干枯了，河流消失了，故乡也找不到了，歌唱也没有了，那些诗人将情何以堪？我母亲说——即使是一条干枯的河流，也仍然是河流。即使永远不会有水流过的河道，我们仍然能记住这条河流。面对那些已经干涸的河流，我的心在哭泣。啊，在那里，再也听不到河水的声响了。只有在梦里，依然会有一些不明所以的声音在流淌……

在我们的意识里，河流一直被敬畏、被怀念。因为河流像母亲一样哺育了我们的生命。河流往往与故乡粘连在一起。我们说故乡在哪里，往往要说一座山、一条河，不管山有多高、河有多长。这是一个十分简单的事实。而对于每一个人来讲，谁也无法回避这个事实。两河流域是人类文明的摇篮，在那里创造了世界上第一种楔形文字，建造了第一座城市，编制了第一部法典，发明了第一个制陶器的陶轮，制定了第一个七天的周期，第一个阐述了上帝以七天创造世界和大洪水的神话。至今，幼发拉底河湍湍的河水，依然像从前一样从伊拉克境内的巴比伦城遗址旁流过。还有底格里斯河、刚果河、尼罗河、莱茵河、红海、地中海、亚马孙河、黄河……这些闻名遐迩的大河，从小到大都是以文字的形式诉诸我的记忆的。还有许许多多不知名的小河，虽然小，但它们在我们心中同样占据十分重要的地位。

是啊，江河，它们滋养了我们的生命，哺育了我们的生长。默默无闻，无私奉献。我们曾经熟视无睹，似乎觉得它们原本就应当那样流啊流，一直寂静地流淌，一切好像发生在天外。在我儿时的记忆里，位于村口的小河流是非常美妙的，孩子们用手组成一个个小喇叭。对着桥洞大声喊，然后发出一串串清脆的回音。

在我若即若离的印象中，河流曾经是那么的宽广和洁净。水底光滑的卵石，近岸金黄的流沙，缓缓地在河床蠕动，像岁月永远不老的恋歌。岸边水柳的影子密密地落进清幽的水面，投下一颗石子，立刻漾开层层涟漪。一低头，透镜里一张稚气的脸正对我憨憨地笑。河的尔雅和壮阔无时不煽动着少年搏浪的激情，好长时间我都把游泳竞技的目标定为从此岸到彼岸，以至于有一回竟大胆地用双肩托起年仅五岁的弟弟泅渡过河。性命虽然无忧，几口河水落肚却是对妄为的惩罚。

河流是城市风景。河流是大地的一种根脉，河流的水气，会让人的心灵清新和丰沛。人的心灵，自然就会升起鲜活的生机和灵气，会瞬间进入安泰和美丽的境界。而面对污浊的河水，很容易产生重大的生命缺失感，或陷入丧失家园的忧虑，很容易产生生命的漂泊感。亦很容易以精神的方式，遗弃置身的家园土地。或梦想远方，或面对大地之上的天空，产生飞翔的梦想。一位诗人说过：土地干旱了，心灵也一样焦渴；河里没水了，就像人丢失了灵魂。人与自然，息息相关。是啊，我们每天喝着河流的乳汁，可我们什么时候把河流当成自己的母亲河了？那些大大小小的河流，它们记得我们的乳名，镌刻着我们在岸边歪斜的小脚印，珍藏着我们的自由嬉戏。在被河水包裹着的赤身裸体的童年梦想里，给了我们最原始的力量与爱怜，知晓我们所有的苦难与快乐。

江河的拉链，阻断了河水，改变了自然生态，也改变了我们生活的自然模样，甚至于消灭了我们对故乡的记忆。我们应当呼吁：少一些拉链，多一些自然，让河水在我们的家园尽情地流淌吧。

# 金融街风采

无论是纽约的曼哈顿中心区，还是巴黎的拉德芳斯；无论是东京的新宿，还是香港的中环，任何一座引领时代的伟大城市背后，都会绽放一片拥有无限光芒的城市核心区域。这个所在，便是金融街。

## 1

拓荒牛，是华尔街的标志。

在华尔街入口的石碑上，刻着这样一个算数公式：

24 美元 ×370 年 =33 亿美元。

这说的是华尔街的第一笔交易，时间是 1609 年，荷兰人用 24 美元的饰物从当地印第安人手中买下了整个曼哈顿。

华尔街是纽约市曼哈顿区南部从百老汇路延伸到东河的一条大街道的名字，全长仅三分之一英里，宽仅 11 米，是英文“墙街”Wall Street 的音译。街道狭窄而短，从百老汇到东河仅有 7 个街段，却以“美国的金融中心”闻名于世。

这里集中了纽约证券交易所、美国证券交易所、投资银行、政府和市办的证券交易商、信托公司、联邦储备银行、各公用事业和保险公司的总部以及美国洛克菲勒、摩根等大财团开设的银行、保险、铁路、航运、采矿、制造业等大公司的总管理处，成为美国和世界的金融、证券交易的中心，一般常把华尔街作为垄断资本的代名词。

如今，“华尔街”一词现已超越这条街道本身，成为附近区域的代称，亦可指对整个美国经济具有影响力的金融市场。

## 2

在伦敦著名的圣保罗大教堂东侧，有一块被称为“一平方英里”

（Square Mile）的地方。这里楼群密布，街道狭窄，虽不像纽约曼哈顿那样高楼密集，但稳健、厚重的建筑风格和室内豪华、大气的装饰却有过之而无不及。

这里聚集着数以百计的银行及其他金融机构，被看作是华尔街在伦敦的翻版。这就是金融城。从金融城往东不远，是一个叫金丝雀码头（Canary Wharf）的地方。那儿面积不大，却矗立着数幢几十层的高楼。从楼顶上的 HSBC、Barclays、Citibank 等广告牌可以看出，这儿也是金融机构扎堆的地方，因此也被叫作金融城。与“一平方英里”不同的是，这儿的楼群都是近 20 年内建起来的，规划更新，设计也更现代化。因此有人把这儿称为“新金融城”，与“一平方英里”那边的“老金融城”遥相呼应。

在世人的眼里，伦敦是世界上最富历史传奇和现代情趣的城市之一。她不仅以其丰蕴的文化内涵、美丽的自然及人文景观吸引着来自全球各地的旅游者和留学研究人员，更以其深厚的金融基础、便利的交通、通讯和优越的金融经济政策吸引着世界各大金融机构在此聚集。

然而，这些金融机构和英国历史悠久的银行、证券交易所一起，生存在泰晤士河北岸一片面积仅 2.6 平方公里的土地上。在金融城中生存并非易事，率直与婉转、青涩与老辣、创新与保守、公平与效率、规模与品质，各种矛盾在这里和谐并存。

## 3

到法国的人一定要去拉德芳斯，这是巴黎首要的中心商务区，位于巴黎城西的上塞纳省，邻近塞纳河畔纳伊。在外人看来，似乎只是一堆光怪陆离的后现代主义建筑群，但在法国人眼中，它可是与华尔街和伦敦金融城比肩的“欧陆商业第一区”，象征着法兰西实力的另一张面孔。

拉德芳斯涵盖的市镇包括库尔贝瓦以及皮托和南泰尔的一部分。作为欧洲最完善的商务区，拉德芳斯是法国经济繁荣的象征。它拥有巴黎都会区最多的摩天大厦，除此之外地标建筑新凯旋门即坐落于此，办公场地约 300 万平方米，各类企业 1500 家。建区 50 年以来，拉德芳斯不再局限于商务领域的开拓，而是将工作居住休闲三者融合，环境优美的拉德芳斯也正在成为一个宜居区域。而85%的员工依靠公交上下班，亦证明了欧洲第一商务区交通方面的便利。设计师把拉德芳斯广场和新区的代表建筑——大拱门建造在象征着古老巴黎的凯旋门、香榭丽舍大道和协和广场的同一条中轴线上，让现代的巴黎和古老的巴黎遥相呼应，相映生辉。

经过十多年分阶段的建设，拉德芳斯区已是高楼林立，成为集办公、商务、购物、生活和休闲于一身的现代化城区。众多法国和欧美跨国公司、银行、大饭店纷纷在这里建起了自己的摩天大楼。面积超过10万平方米的“四季商业中心”“奥尚”超级市场、C&A商场等为人们提供了购物的便利。

## 4

东京新宿，是东京的金融街。

新宿区位于东京都中心区以西，距银座约8公里，是东京市内主要繁华区之一。20世纪50年代，随着日本经济高速发展，作为首都东京原都心即原商务中心区（CBD）的旧中心三区（千代田区、港区和中央区），已不适应形势需要。政府机关、大公司总部、全国性的经济管理机构和商业服务设施等高度集中，交通十分不便，建筑高度密集，人口稠密。

为控制、缓解中心区过分集中的状态，同时结合周边地区发展需要，1958年下半年东京都政府提出建设副都心（新宿、涩谷、池袋）的设想，并首先从新宿着手。

经过近30多年的建设，新宿副都心已经在东京都的西部形成。建成的商务区总用地面积16公顷，商业、办公及写字楼建筑面积为300多万平方米，并形成东京的一大景观，超高层建筑群（共有40栋大厦），其中不乏百米以上的摩天大楼。

为实现办公自动化所需的人均办公面积目标（15平方米/人），新宿还将计划建设新的超高层建筑，其中有8座百米以上的建筑。新宿副都心的经济、行政、商业、文化、信息等部门云集于商务区，金融保险业、不动产业、零售批发业、服务业成为新宿的主要行业，人口就业构成已接近东京都旧中心三区。

随着新宿副都心的开发建设，尤其是东京都部分政府办公机构的迁入，使副都心的魅力大增，各行业更加积极地涌入新宿，最为积极的当属金融业。仅以新宿站为中心，在半径7000米的范围内，就聚集了来自世界各地的两百家大型银行，新宿已成为日本“银行战争”的缩影。

## 5

蓝色的天空下，蔚蓝的海边，便是中环。

中环是香港中西区的一个地名，又称中区。

中环是香港的政治及商业中心。香港的心脏地带，很多银行、跨国金融机构及外国领事馆都设在中环。中环也是香港的摩天大厦最集中的地区，香港的政府总部、立法会大楼、终审法院，以及前港督府（现称礼宾府）都位于中环。中银大厦、怡和大厦就坐落在中环。

中环的景观是殖民时期的建筑与现代高科技大厦的混合体，大型的购物商场内则满是国际闻名的时装店。这里大厦如林，酒楼栉比，超级市场和摊贩市场并存，东、西文化兼蓄，被称为购物的天堂，旅游者的乐园。香港公园在中区的红棉道，面积有10万平方米，内有全港最大的观鸟园、温室、喷泉、餐厅、视觉艺术中心和圆形露天剧场等。香港公园内设有茶具文物馆，珍藏各式陶瓷茶壶、茶碗、托盘和水罐。香港植物公园位于香港公园的北面，充满着维多利亚时代的典型园林物色，其中包括一座赏心悦目的钱铸音乐台和林荫小径。园中有900多双雀鸟，约280个品种，包括吃粉红色饲料的朱鹭。园内哺乳动物包括美洲虎、金钱豹、袋鼠和世界上最大的一群红颊长臂猿。温室内种植各式花草。

## 6

在北京，也有一条金融街，被喻为“中国的华尔街”。

说起北京金融街，还有一段故事。早在公元1267年，元世祖忽必烈经过仔细勘察之后，根据《周礼·考工记》的规划原则兴建了元大都城。大都城内设 50 个坊，每个坊都建有各自的坊门。门楣之上标有福田坊、集庆坊、安富坊、凤池坊等坊名，规划完备，建筑齐整。

其中的金城坊，位于元大都城的西南角，意出《史记·秦本纪》:“关中之固，金城千里，子孙万事帝王之业也。”金城坊之北有雄伟秀丽的妙应寺白塔，南有金碧辉煌的都城隍庙。元、明之际及清代初期这里遍布银号、金坊，商贾富豪及皇亲国戚多在此地发迹生财，是繁华的商业区和金融中心。

金城坊地处明、清北京内城西南部，是一片古老的居民区，小巷纵横，地势低洼，其东侧的沟沿及太平桥大街原为城内的一条泄洪沟，从北至南直达南护城河。宁静的小巷中多为平房矮屋，也有几处轩敞的王府，如明代的武定侯、广宁伯等居住的府第，以及清代的顺承郡王府、德公府等，还有一些政府机关和专用场地，如巡按察院、提学察院、屯马察院，以及济州卫、藤牌营、养马营等。

民国元年，设在这里的大清银行改为中国银行，“其后大陆、金城、中国实业各银行，均先后设立于此，民国十年以前，各银行竟于是谋建筑，颇有作为银行街之想”。然而，在军阀混战中，金城坊逐渐败落，票号、金坊等转向前门及东城地区。自清代金城坊之名即已转为锦什坊。

日月演进，斗转星移。时间又过去了一百余年，在金城坊建立 700 多年后的公元 1992 年至 2005 年，在今日的西二环路东侧（原金城坊旧址之上）北起阜成门立交桥畔的中国银行大厦，南到复兴门立交桥东北侧的中国人民银行总行，全长 1700 余米、宽 600 余米的范围内传奇般地崛起了一条建筑面积 300 万平方米的具有浓郁民族风格和时代特色的现代化建筑群。这就是今天的北京金融街。

金融街已经发展成为中国的金融决策监管中心、资产管理中心、金融支付结算中心、金融信息中心。

## 7

除了北京金融街，上海、天津、广州、重庆等地，似乎也有各自的金融街。

早在1993年，上海市政府提出恢复昔日“远东华尔街”——外滩地区金融功能的规划，此消息传出后在国际金融界反响很大。此后，抢先来上海实地勘察的中外金融机构络绎不绝。早年曾在外滩从事金融业的海外投资者认为，外滩在国际金融圈中将重现往日风采。

为推动这一规划的实现，1993年以来，上海市专门成立了从事外滩金融街区房屋批租置换的上海市房屋置换公司。中国银行上海分行、中国交通银行总行、美国花旗银行、摩根银行、瑞士国家银行、法国里昂银行、东方汇理银行、香港银行等世界大银行纷纷在这里开花结果。

天津解放北路，在20世纪20年代就是有名的金融街，并被誉为“东方华尔街”。新世纪以来，百年金融街风采依旧，但更多的新金融街也吸引了世人目光，从友谊北路金融街到滨海新区于家堡金融区，金融机构纷纷入驻，天津金融业态不断迈上新层次。

在广州长堤，从修筑开始就与商业、金融有直接关系。123年前，张之洞为“防洪”“兴商务”而兴建广州长堤，将西关的繁富引向长堤；88年前，孙中山先生在沿江中路193号亲手创办中央银行时，长堤受清代一口通商以来的带动，“坊港纵横，货物如炽”，成为各国商贸业和洋行抢滩中国的滩头阵地。广州长堤自此便有“中国金融第一街”美誉。

随着经济的腾飞，中国各地更多的金融街，正如雨后春笋，遍及大江南北。

# 何处是归程

忙忙碌碌的时候，很少想到什么出发或者归程，只有在闲暇的时候，心静了，才开始思考这些问题。是啊，我们整天地忙碌，到底为了什么？到底在追求什么？我们的目标在哪里？是否可以抵达？等等。

有出发便有归程。归程不一定就是故乡。它可以是他乡，也可以是知音的相伴。只要心灵不再孤苦，精神有所栖宿，那么，这就是归程了。人生就是旅行，有无数次的离开与回归，然后无止境地循环着，辗转留恋，甚至有的只有开始，然后停留在远处，而起点只是珍藏在人的心灵深处。

有一种心酸的旅程叫流亡，有一种无助的人群叫流亡者。从一个陌生的地方到另一个陌生的地方，从一个苦雨寒夜辗转到另一个苦雨寒夜。流亡意味着离别自己的国家告别自己的故乡，流亡者意味着失去依靠脱离亲人。流亡者无论流亡到何处，唯一的归宿是远在千万里之外的家乡，他们只为心里的家乡而停留而短叹而长歌。他们也可能默默地把自己的身体埋葬在流亡途中，可他们定然会把那双不死的眼睛悬挂在蓝蓝的天空，充满眷恋情深地看着他们唯一的永不消散的家园，狐死首丘，彰显的是他们那不死的故乡情。

“人生到处知何似？应是飞鸿踏雪泥。泥上偶然留指抓，鸿飞哪复计东西。老僧已死成新塔，坏壁无由见旧题。往日崎岖还记否？路长人困蹇驴嘶”。这是苏东坡晚年的一首诗，意为人最终会像飞鸟一样在这个世界消失，而且他在世间留下的自我确证的印迹也会被时间无情地抹去。苏东坡的一生有多次的哲学转向，大抵和他仕途的失意、政治的挫折有关。他早年写了大量关于政治改革的策论和奏议文章，“奋厉有当世志”，对庄、老、佛禅均持排斥态度。但后来由于政见不为世用，而且夹在司马光和王安石两个政治集团间难以立足，这才意冷心灰之余放情山水寻找慰藉，但他真正达到对佛的觉悟还是在被贬黄州后。“收拾魂魄，退思伏念，求所以自新之方……有不可胜悔者。于是喟然叹道：道不足御气，性不足以胜气，不锄起本而颈其末，今虽改之，后必复作。盍归诚佛僧求一洗之？……一念之清，染污自落，表里自然，无所附丽。”从乌台诗案里死里逃生，深悟道家玩世的逍遥以避杀头之祸，要真正达到对生命的彻悟，还必须用佛家的弃世理论对一切现世的执着和不平来一个彻底的清空，即从老庄的万物齐一走向释世的万相空幻，从道家的放情自然走向佛家的身心皆空。

《楞严经》云：“纯情即堕，纯想即飞。” 禅宗诗曷云：“春有百花秋有月，夏有凉风冬有雪。若无闲事挂心头，便是人间好时节。”如果一体之心是一切好坏、美丑、善恶的最后决定因素，那么，人即使在污泥浊水中打滚，也可以保证生命的毫尘不染。以此为背景，不但苏东坡在此界与彼岸之间游移徘徊是可以理解的，甚至吃酒嫖妓、声色犬马似乎对他心性的清净都无大碍。他在黄州任团练副史时，曾下定决心“归成佛僧，求一洗之”，但这并没有使他免于被贬海南的命运。

人渴望彼岸，但人就其本质而言又是永远不能登临彼岸的；人渴望清空心灵，自创佛境，但总是要有所思有所想的。如果我们对天地、古今、虚实、此岸与彼岸、心性与自然透彻之悟，那么我们最终能够留给自己的也许只有无家可归的体验，或者说在这种经验中获得的一种人生况味和情调。这种况味和情调以生命的哀伤为基底，以“移家酒中住”式的清欢为基调，以物质顺应为立场，以“路长人困蹇驴嘶”为人生轨迹。

“人生天地之间，若白驹过隙，忽然而已”。这种生命的短暂意味着，个人对世相人生的认知总是有限的，要想更明智地生存于这个世界，就必须借助其他思想者的思想实现对人生的审查和洞见。于此，儒、释、道等诸种宗教就显示了存在的意义。但是，每一个个体，他的一次性生命又是重复的，他的当下生命体验又有着宗教不能涵盖的内容，这意味着任何预置的生命智慧必然存在巨大的局限。可以认为，在精神的探险中，中国文人这种立于哲学又出离哲学、安坐桥头又过河拆桥的否定精神，这种“拣尽寒枝不肯栖”的疏离倾向和对个体独一性的守护，是一种可怕的清醒，是铸成他们精神上无家可归、哲学上难于定于一尊的根由。

正所谓：“平林漠漠烟如织，寒山一带伤心碧。暝色入高楼，有人楼上愁。玉阶空伫立，宿鸟归飞急。何处是归程，长亭更短亭。”

# 延陵武进

庚辰四月，正值江南满目繁华的时节，我们来到了武进。

细雨拍打着瓦檐，姑娘唱起幽婉的歌，武进确实是块宝地，似乎灵魂可以在这里安稳的栖息。即使是灯火阑珊，人群散尽之时，也可细细揣摩出一种无限的魅力。

细雨过后，有和暖的夕阳，到了夜晚，还有轻轻抚慰你的月光。我想，武进这个地方，从芳香的河边，踏过石桥，面水而过，芙蓉千朵，定是个景色优美、人杰地灵的地方。

武进，古称延陵邑。春秋战国时期，为季札的封地。秦置延陵县，汉改毗陵，晋称晋陵，并分丹徒、曲阿以东地，另置武进县。其后不断分合演变。新中国成立后，先后属常州、苏州、镇江管辖。1983 年，专署常州市管辖。

武进自古人才荟萃。春秋时的季札，周游列国，是有名的政治家。南朝齐高帝、梁武帝皆为南兰陵人。梁武帝萧衍被称为“诗人皇帝”。昭明太子萧统则是我国历史上出类拔萃的文学家，他组织编纂的《昭明文选》，集秦汉以降诗文精华之大成，被誉为“总集之祖”，对后世文学有很大影响。宋代有文学家、教育家邹浩，明代有教育家谢应芳、唐顺之，以及由以张惠言为代表的“常州词派”，还有词人、史学家赵翼。李嘉宝的《官场现形记》，开创了清末谴责小说之先河。在近代，武进更是人才济济，群星璀璨。“常州三杰”：瞿秋白、张太雷、恽代英；抗日救国“七君子”中的李公朴、史良；红军电台创始人王诤；东北抗日联军著名将领冯仲云；外交活动家章汉夫、冯铉；医学家吴阶平；社科学家严家琪；法学家张志让；《辞源》著名编辑陆尔奎；我国第一个会计学家谢霖，以及大艺术家刘海粟和音乐家吴祖强……

在武进，我们还参观了神秘难测的“淹城遗址”。传说春秋时期，吴、楚、越三国争霸，吴王阖闾为防御楚国和越国的进攻，该城为周敬王六年（前514年）大臣伍子胥所筑，是古代军事要地。据勘察，淹城四周皆河围绕，城墙仅遗存西南半个城。城为长方形，纯用土筑。城的南面略偏东处有一洞口，可能是当时的门洞。此城形势险要，城后有胥山、濮射山、龙山作屏障；前方是南山，左边是太湖。山上有烽燧墩，进可攻，退可守。

大江东去，如诉如咽。点点灯火，疏远了淹城。黯淡了刀光剑影，远去了鼓角争鸣，留下了古朴的武进，也留下了神秘的淹城。

# 西安颂

向往西安，西安是一个遥远的理想；走进西安，西安是一片动人的天地。

如果把西安比作一位老人，那么他就是娓娓地描述中华儿女求索奋进历史的长者；如果把西安比作一位少年，那么他就是神奇地注视中华民族一日千里的神童；如果把中华民族的文明史比作一出精彩的戏剧，那么这出戏剧至少有一半是在这个历史舞台上演出的。

西安是华夏文明的摇篮。生生不息的黄河，孕育了中华民族最灿烂的文化。自远古时期起，西安就是一块适合人类栖息的天然沃土，并因地处黄河流域文明的中心而扮演了文明发祥地的重要角色。从公元前 11 世纪的西周起，历经秦汉、新莽、西晋、前赵、前秦、后秦、西魏、北周、隋唐等 12 个朝代，历时千年而成为中国历史上建都时间最长的城市。那些数不清的博大韬略、风云叱咤的重大事件都发生在这里；那些数不清的千古风流、慷慨英雄都在这里被雨打风吹去；周礼秦制，汉韵唐风，这里成了中国封建社会辉煌的顶点，飞旋起一道道世界罕见的文化长虹。

西安物华天宝，人杰地灵。悠久的历史，缔造了西安丰厚的文化遗产；独特的人文，铸就了独具禀赋的西安风采。当时间的风云缓缓掠过，那么多的危楼古刹，那么多的奇珍异宝，的确令人眼花缭乱。那六千年前半坡人的鱼纹陶器与精制骨针，那西周的甲骨文与青铜器，那被称为世界第八大奇观的兵马俑，还有汉的浑然石刻，唐的华丽壁画，精美三彩、雁塔晨钟，明的巍巍城垣以及众说纷纭的历代帝王之陵……周人的淳朴宽厚，秦人的勤劳勇武，汉人的开拓进取，唐人的聪颖好学，塑造了西安这座城市兼容并包的气魄与胸襟，于是张骞从这里铺出了一条花雨丝路，玄奘从这里踏上取经征程。

西安是镶嵌在神州大地的一颗璀璨夺目的明珠。站立西安古城墙，我们仿佛看到了西安古城那高大的身影；伴随西部开发的号角，我们依稀听到了西安古都那奋发的脚步。

# 息烽集中营

五月的贵州，草长莺飞，重峦叠嶂，满目苍翠。我们来到了贵阳市北郊七十二公里外的息烽县。

那一间间阴暗潮湿的监舍，一副副严刑拷打使用的刑具，一条条威逼利诱的标语，一件件烈士的遗物、一首首烈士慷慨激昂的遗诗，霎时间，我的心被这种阴冷的气氛所萦绕，也被烈士们的浩然正气所充盈。我在想，六十多年前的今天，美与丑、善与恶、真与伪、光明与黑暗、正义与反动，在这偏远山乡一个小小的舞台上，上演了一场何等腥风血雨的大戏啊。

曾经，带着《红岩》和《烈火中永生》的感动，我曾参观过重庆的白公馆和渣滓洞。如今，又来到了贵阳的息烽集中营。

息烽集中营，是当时军统所设三所秘密监狱中规模最大、管理最严、关押人员“级别”最高的一所。它四面崇山峻岭，古树参天。山里有湖，有洞，地形隐蔽险要。集中营本部设监狱八栋四十三间。监房按“忠孝仁爱，信义和平”八字命名。称为“忠斋”“孝斋”“仁斋”等等。“义斋”为女监狱。军统特务将重庆望龙门看守所称作“小学”，将重庆白公馆、渣滓洞监狱称作“中学”，将息烽集中营称为“大学”。“案情”重大的革命志士从“小学”转囚于“中学”，再进一步转囚于“大学”，特务们称之为“升学”。

据不完全统计，从1938年11月到1946年7月撤销，这里先后关押共产党人和进步人士1220多人，其中600多人被秘密杀害，400多人下落不明，幸存者不足100人。著名革命烈士罗世文、车耀先、许小轩、张露萍、黄显声及爱国人士马寅初、陈其尤等被关押在此。距集中营本部14公里的玄天洞，囚禁杨虎城将军与夫人谢葆贞、幼子杨拯中、幼女杨拯贵一家长达8年。1946年7月22日，息烽集中营撤销，仅剩72人转押重庆。有600多人被杀害或被折磨至死。还有人们所熟悉的“小萝头”宋振中，1940年起，他就随父母一起被捕，在息烽的铁窗中度过了童年。

走在息烽集中营里，随处可见军统特务留下的宣传标语：“迷津知返，回头是岸”“天堂地狱，惟人自择”等等。在一个木制立柱上面，一面写着：“无霹雳手段，不显菩萨心肠。”另一面写着：“长官看不到听不到想不到做不到的，我们要替长官看到听到想到做到。”

深达数百米的猫洞是一个天然溶洞，军统特务在这里营造了一个与世隔绝的人间地狱。这里除了刑讯室，还有一个水牢，犯人被扔在水里十天半个月，出来的时候已是全身腐烂，碰一下皮肉就往下掉。

据说，息烽集中营撤销的时候，军统特务把猫洞用新土全部填埋，企图掩盖罪行。但是近年来的发掘工作终于使这见不得人的一切暴露在光天化日之下。满地的头骨已经无可辩驳地证明了军统特务的罪行。罪证可以掩埋，但是历史的真相显然是无法掩埋的。

走出集中营，站在红色砂岩烈士群雕前，我的目光久久不愿离去，那是一种视觉的冲击，一种心灵的震撼，一种情感的压抑，一种沉重的喟叹……

# 香港记游

先后几次来香港，大多属于公务，时间上多有限制，不能尽兴。以为若是自由行，或许会更好。

寅虎年端午时节，带着儿子先到深圳与妻子汇合，准备开始港澳行。因为儿子是第一次到香港，所以我们的首发地自然是香港。早上 7 点多，一家人从香蜜湖上地铁到罗湖口岸，办理繁琐的入境手续。然后兑换港币，确定具体行程。两天的行程，计划第一天游览，第二天购物。

旅行的确是一件辛苦的事，且不说炎热蒸腾，暑气难当，大汗淋漓，单就人生地不熟，问路就很是麻烦。儿子感慨说，一个国家尚且彼此听不懂话，更不必说其他的了。好在妻子尚能听懂一点儿粤语，所以问路的事一般就交给她了。

经过排队等候，一家人终于进入香港境内。我们过旺角，经尖沙咀，到中环，直抵天平山顶。

太平山，俗称扯旗山，是香港岛之巅，也是俯瞰维多利亚港的最佳地点。白天和入夜的山顶风景各有不同。搭太平山的缆车是登顶赏景最好的办法。大约 8 分钟以后，我们来到凌霄阁的观景台，鸟瞰山下风光，可见层层叠叠的摩天高楼、享誉全球的维多利亚海港、清新宜人的翠绿山峦，甚至可远眺繁盛的九龙。只可惜那天云雾浓重，一片雾蒙蒙，山上云雾缭绕，我们没能观赏太多，并且又赶上下雨，只好下山了。

离开太平山，我们驱车到湾仔，去看香港会展中心。这是一座宏伟而兼具多功能的展览场地，坐落在商厦林立、繁华的商贸中心地带，其临海位置可俯瞰维多利亚港。我们先进入中心内部参观，在靠海的巨大窗户下小憩。然后到中心边上的金紫荆广场拍照。人多，是旅游的一大特色，香港也不例外。加上这里又曾经举办过回归仪式，人就更多了。之后我们来到海边，看对岸的九龙半岛，同样是高楼林立。

我们来到香港著名的商业区铜锣湾，逛时代广场。这里也是我们花费时间最多的地方。等我们走出时代广场，夜色渐渐浓了起来，各处的灯光也渐渐亮了，霓虹闪烁，真有点花花世界的感觉。想一想，我们该找一家酒店住下来。就在附近找到了南洋酒店，住在了28层，高高在上，可以看清香港的真面目。

维多利亚港湾地处香港岛与九龙半岛之间，这里港阔水深，是中国的第一大港，也是世界第三大海港，仅次于美国的旧金山和巴西的里约热内卢。据说当年英国占领这个海港时，正是维多利亚女王在位的时候。

维多利亚港两岸的夜景是世界知名的观光点之一，由于香港岛和九龙半岛高楼大厦密布，入夜后万家灯火，相互辉映。海港的夜色令人迷恋。华灯初上之际，当你投身于这夜的怀抱之中，泛舟海上，一种怡然自得之感油然而生。这华灯、绿水；这流云、星星；天上人间，竞相辉映，别具韵味。

# 瀛 洲

李白的《梦游天姥吟留别》:“海客谈瀛洲，烟涛微茫信难求……”其中的“瀛洲”在哪里?众说纷纭。

远古时代，中国帝王就神往于“海外仙山”的传说。战国时期，齐威王、齐宣王及燕昭王就曾分别派人入海寻访神话传说中的海外仙山，有人考证，现在的山东蓬莱，就是古时的“瀛洲”。

传说瀛洲在会稽海外70万里的地方，方圆4000里，上有神芝仙草。有高千丈的玉石山，叫青玉膏山，山中有泉水叫玉醴泉，泉水像酒一样，味道甘甜，喝几升就会醉，可以使人长生不老。瀛洲上有仙人，风俗类似吴地的人，地理风貌则和中原很像。

比较有倾向的说法是，韩国的济州岛是古时的“瀛洲”。传说秦始皇为使自己长生不老，派方士徐福东渡“瀛洲”采集仙草。徐福带领童男童女各500名来到“瀛洲”，他在海边的岩石上刻下了“朝天”两个字，如今这个地方就叫“北济州郡朝天邑朝天里”。后来，徐福登上了瀛洲山（现在的汉拿山）找到了不老草。徐福一行在下山途中，经过正房瀑布，惊叹于那里的美丽景色，便又在这里的岩壁上刻下了“徐福过之”四个字，如今这四个字还留在石壁上。徐福离开时，又留下了“向西回家”的话，尽管后来徐福没有回中国而是去了日本，但人们仍然把他离开时的那个渡口称作“西归浦”，西归浦市便因此而得名。这样说来，徐福到的这个“瀛洲”，应该是如今韩国的“济州岛”。

还有人考证，台湾是古时的“瀛洲”。

以上说法，到底孰是孰非?难以定论。不过，世事沧桑，过眼烟云，惟有青山不老，绿水长流。杜甫《梦李白》诗云;“千秋万岁名，寂寞身后事。”作为个体的人，绝大多数身后寂寞，湮灭不闻。作为人类群体共同创造的历史文化，包括文物遗迹、山水名胜却被永久地保存下来。所谓“英雄割据昔已矣，文采风流今犹存。”

# 长街风采

我见过世界上许多长街，它们或贯通东西，或连接南北，彰显一国风范，构成城市标志，凸现发达状况，引领时尚潮流，给我留下遐想的空间、对比的视角，甚至不可磨灭的印象。

法国的香榭丽舍大街，横贯法国巴黎的东西主干道。它东起协和广场，西至星形广场，全长1800米，最宽处约120米。香榭丽舍，在法文中意为田园乐土。这里原是一片低洼潮湿的空地。17世纪路易十四在位时，通过绿化造林，使之成为专供宫廷贵族游乐的禁区。后来由图勒里公园的东西轴线向西延伸，建成近1千米的林荫道。以后又加扩展，于1709年正式命名为香榭丽舍大街。大街附近有波旁宫、图勒里公园、卢浮宫、玛德琳娜大教堂、爱丽舍宫和市府大厦等，都是那么错落有致，那么意趣盎然。

美国的纽约第五大道，是纽约最繁华的街道，宛若纽约市的动脉，也是世界上独一无二的高档购物区。从洛克菲勒中心到第58街的路段上，布满了奢侈品商店，主顾们都是些肩搭名牌手袋、身穿名贵西装的富人，有的豪富则乘坐着林肯牌城市房车。尽管第五大道的地价比东京的银座还要高出许多，堪称世界第一地段，但还是有很多名牌企业设法把自己的分店开到第五大道。因为第五大道是他们向股东和潜在投资者展示品牌和实力的重要窗口。

德国的罗曼蒂克大道，是德国最长的大道。它连接着四个重要城市，以法兰克福为起点，经符兹堡、罗腾堡，直至德奥两国边境的福森。为了保存中世纪以来的盎然古意，罗曼蒂克大道不设铁路，只以公路串连。每天早上都有两班“罗曼蒂克大道巴士”行驶其间。

德国巴伐利亚州首府慕尼黑市，有一条马克西米廉大道，它是欧洲最时髦、最昂贵的一条大街，或者说是纽约第五大道的翻版。马克西米廉大道由于设计者别出心裁地在中段加了座街心花园，而成为欧洲的第一条绿色大道。在这条大道上，有欧洲最具田园风情的新古典主义广场，雄赳赳屹立着马克西米廉一世王子的骑马雕像。著名的“四季饭店”也坐落在这条大街上，它对面是德国仅存的新艺术小剧场，德国著名的剧作家兼导演布莱希特曾在此辛勤耕耘。大道西侧，是馆藏世界艺术珍品逾 30 万件的人类文化博物馆。

在美国洛杉矶的西北有一片不高的小山，叫好莱坞山，山下就是电影城好莱坞。好莱坞最有名的是好莱坞大街。在这条街上，有一条长不到一英里的星光大道。大道两边的人行便道的地面上，镶嵌着五星，五星上刻着明星的名字，如果明星是电影明星，在五星的中央就刻着摄影机，电视明星是电视，广播名嘴是麦克风，歌星自然是唱片的图案了。星光大道上共有一千多颗星，各种知名的文艺名人的名字基本上都能找到。星光大道两旁有很多纪念品商店，可以买到明星的签名照和音像作品。

国外的长街说了不少，其实最让人牵挂的，还是北京的长安街。长安街是北京的符号，也可以说是中国的符号。号称十里长街的长安街，高楼大厦林立，街道旁绿树浓荫，花团锦簇。夜晚，华灯耀眼，到处是火树银花，琼楼玉宇。长安街旁，有中南海、故宫、天安门、人民大会堂、王府井市场、北京饭店，以及新建的国贸大厦、国家大剧院、国家博物馆等著名的建筑。

十里长街，正在以前所未有的庄严、美丽和现代气息，展示着都市文明的独特风采。

# 赵州桥

如果把桥比作彩虹，那么，有一道彩虹牵手洨河两岸，让来来往往的人们踩着自己。从隋朝一路走来，走过了一千三百多个春秋。这道彩虹，便是赵州桥。

赵州桥，对我们来说并不陌生。早在我们上小学的时候，课本上就有关于赵州桥的介绍。只不过，那时对赵州桥的认识还太肤浅，只局限在书本上。很长时间过去后，大家对赵州桥的那点仅有的知识，也就忘记得差不多了。

古时候的赵州，就是现在河北的赵县。赵州有两座石桥，一座在城南，一座在城西。城南的大石桥，看去像长虹落波，壮丽雄伟。民间传说，这座大石桥是鲁班修的；城西的小石桥，像浮游在水面上的一条小白龙，活灵活现，传说这座小石桥是鲁班的妹妹鲁姜修的。

相传，鲁班和他的妹妹周游天下，走到赵州，一条白茫茫的洨河拦住了去路。河边上推车的、担担的、卖葱的、卖蒜的、骑马赶考的、拉驴赶会的，熙熙攘攘，争着过河进城。河里只有两只小船摆来渡去，半天也过不了几个人。鲁班看了，就问："你们怎么不在河上修座桥呢？"人们都说："这河宽、水又深、浪又急，谁敢修呀，打着灯笼，也找不着这样的能工巧匠！"鲁班听了心里一动，和妹妹鲁姜商量好，要为来往的行人修两座桥。于是，就神话般地有了这两座桥。《小放牛》的唱词写道："赵州石桥鲁班爷修，玉石的栏杆圣人留，张果老骑驴桥上走，柴王爷推车轧了一道沟。"

我们这次不是传说，也不是听说，而是真的来到赵州桥实地参观，原来那种概念化、图画式的东西又被激活了，眼前的赵州桥，是那样的朴实，又是那样的鲜活。

在河北赵县城南不远，有一个村庄，就以这座桥来命名，叫大石桥村。原来的一座桥梁，如今已划定为赵州桥公园。漫步在赵州桥，我们把学过的有关赵州桥的知识几乎都用上了。大石桥，李春造。所以，大家几乎都知道造桥人。

走近赵州桥，特别是踏上桥头，我们被这座桥厚重的历史和我们自己身上浓浓的民族自豪感浸泡着，不仅是震撼，还有赞叹。赵州桥结构独特，造型优美，自古就有“奇巧无固护，甲于天下”的美称。经过1000余年的风吹雨打，60多米长的赵州桥，现在看上去还是像传说中的那样。他所以能有如此的风韵，据导游介绍说，赵州桥的关键之处在于：一是它有独特的“敞肩拱”，既能减轻桥身自重，简化桥基，节省石料，又美观合理，便于宣泄洪水，减小水流阻力，增大桥身的稳固性。二是单孔桥身。它跨度大而弧形平缓，可以增加流水面积，减低桥的坡度，便于通行。三是桥拱采用纵向并列石砌建筑，每拱可独立站稳，便于单独修补。四是桥台基没有特殊设置，而是利用天然地基。

赵州桥还有许多神奇的传说。诸如“程大龙学艺建石桥”“鲁班造桥兵智斗仙人”等。还有，赵州桥还叫“安济桥”。为什么叫这样一个名字呢？传说，普陀山上有个和尚叫安济，他心地善良，积善积德。李春与他相识后，两人合计好，并请了许多能工巧匠，在洨河上建桥。桥建成以后，人们为纪念安济和尚赠银相助，就把这座桥叫作“安济桥”。

在赵州桥上，我们还可以看到传说中张果老的驴蹄印迹，还可以见到柴王爷推车压下的车道沟。时光把人们的服饰换了又换，流水把人们的记忆越流越远，可是那道诞生于隋朝的彩虹，却不仅映在一代代人们的眼里，更印在一代代人们的心上。

# 镇江行

小时候，心目中的镇江是水漫金山，是梁红玉金山击鼓，是抵御敌寇的血肉城池。长大后，背诵着辛弃疾的《永遇乐·京口北固亭怀古》，激发起不尽的遐想。2000年5月，我从南京出发，经茅山直抵镇江。

镇江，江南胜境，九省通衢；长江运河，二水和光。镇南北之漕运，接湖海之舟航。

镇江，周康封宜地，春秋称朱方；秦时名丹徒，战国号谷阳。为六朝之名邑，属三吴之中央。这里曾是三国时期周瑜赔了夫人又折兵的地方。

镇江，邻苏锡以望太湖，枕金陵而开长港。江山秀丽，风物偕畅；金焦北固，神虎踞冈。甘露寺，刘玄德设计娶佳偶；金山寺，白娘子水漫救情郎。二葛炼丹，捭阖千岁登仙；三茅悟道，山中百日飞翔。弘景归隐，持白云以对宣诏；宝志结庵，执金经而登庙堂。茅山仙境，道家第一福地洞天；宝华叠翠，律宗第一名山道场。范仲淹倡建清风桥，万家忧乐怀心；陆放翁三上京口，一腔热血衷肠。辛弃疾力主北伐，挑灯看剑；赵伯先魂返竹林，浩气绵长……这些，都是历史给镇江留下的印记。

镇江多愁，“何处望神州？满眼风光北固楼。千古兴亡多少事，悠悠不尽长江滚滚流”；镇江是器宇轩昂的，“斜阳草树，寻常巷陌，人道寄奴曾住，想当年，金戈铁马，气吞万里如虎”；镇江也是洒脱的，“把夭桃斫断，煞他风景；鹦哥煮熟，佐我杯羹。焚砚烧书，椎琴裂画，毁尽文章抹尽名”。

游镇江，最让我感兴趣的是焦山的碑林。这里有米芾、东坡、放翁的翰墨，龙飞蛇行，尤以南朝的《瘗鹤铭》为佳。

《瘗鹤铭》在中国书法史上有“大字之祖”之称。《瘗鹤铭》石刻署名为“华阳真逸撰，上皇山樵正书。”这是一篇哀悼家鹤的纪念文章，“瘞”即埋葬，内容虽不足道，但书法艺术成就极高。北宋黄庭坚认为“大字无过《瘞鹤铭》”“其胜乃不可貌”。《瘞鹤铭》之所以被推崇，是因为它是南朝书法气韵的代表，特别是篆书中锋用笔的渗入，加上风雨剥蚀的效果，增强了线条的雄健凝重及深沉的韵味。此刻拓本久传，名震海内。

登上焦山那条碎石铺就的小路，步过石缝中长出翠绿的青苔，我们就看到摩崖石刻上，陆游留下的踏雪观瘞鹤铭的短文：“陆务观、何德器、张玉仲、韩无咎，隆兴甲申闰月廿九日，踏雪观瘞鹤铭，置酒上方，烽火未息，望风樯战舰在烟霭间，慨然尽醉，薄晚，泛舟自甘露寺以归。明年二月壬午，圜禅师刻之石，务观书。”

历史给后人留下很多未解之谜，古人的思想和情操一直为今人所揣度。“千形万象竟还空，映水藏山片复重”，也正因能说清楚的事不多，这些名碑名帖才带着其浑厚浓郁的神秘气息。

# 焦山与瘗鹤铭

焦山，山峰高耸，天堑幽深，怪石嶙峋，花卉争妍，香色迎人。

每逢秋月，艳红的枫树，盛开的菊花，吸引着四方游客，赢得诗人的赞美：“焦山秋意浓，丹黄叶不同。霜枫盛春花，古刹展新容”。

焦山因东汉焦光隐居山中而得名。焦山是“京口三山”名胜之一，向以山水天成，古朴幽雅而闻名于世。其位于市区东北，岿然耸峙于扬子江心，与对岸象山夹江对峙。又因碧波环抱，林木蓊郁，绿草如茵，满山苍翠，宛然碧玉浮江。身临其境，确有“砥柱中流”之感。

焦山多禅寺精舍亭台楼阁。寺庵有定慧寺、别峰庵、自然庵、玉峰庵、香林庵、海云庵等十多个庵寺。郑板桥有诗云“静室焦山十五家，家家有竹有篱笆……”每个寺庙都有名僧，能诗词歌赋，善琴棋书画，清代禅僧几谷，六静和尚是著名的画家，鹤州是拓碑能手，都曾享名一时。郑板桥、柳亚子、康有为等人，曾在焦山攻读。焦山还办过佛学院，慕名来此朝佛受戒的学徒很多。因此，焦山有“文化山”之喻。

焦山藏有许多珍贵的文物和著名的古迹，摩崖石刻于世皆知，碑林墨宝之多，仅次于古都西安碑林，为江南第一大碑林。其中被称为“碑中之王”的《瘗鹤铭》碑为稀世之宝。笔法之妙为“书家冠冕”，极富有珍贵史料及书法艺术价值，故有“书法山”之称。

所谓“书法山”，最著名的是宝墨轩又名焦山碑林，从观澜阁穿小桥，过假山，便是掩映在银杏树下的宝墨轩。这里原是自然庵、香林庵、玉峰庵、海云庵的旧址。碑林内早先珍藏着历代碑刻四百多块，其中最著名的有东晋王羲之书《破邪论序》；唐颜真卿《题多宝塔五言诗》三十首，共四十四块；宋代名书画家米芾的“城市山林”横额；黄庭坚的《蓄狸说》；苏东坡《题文同墨竹跋》及《墨竹自题》；赵子昂小楷石刻二块；清成亲王书《归去来辞》七块，均为名家手笔。碑林中称为“碑中之王”

的，自然当属《瘗鹤铭》。

《瘗鹤铭》的文本较多，最早的为“唐人本”，现录于下：“鹤寿不知其纪，壬辰岁得于华亭，甲午岁化于朱方。天其未遂吾翔廖耶，奚夺于仙鹤之遽也？乃裹以玄黄之币，藏之兹山之下，故立石旌事篆铭不朽词曰：相比胎禽，仙家之真。山阴降迹，华表留名。真唯仿佛，事亦微冥。西竹法里，宰而岁辰。鸣语解化，浮丘去莘。左取曹国，右割荆门。后荡洪流，前固重扃。我欲无言，尔也何明。爰集真侣，瘗而作铭。宜直示之，惟将进宁。丹阳仙尉，江阴真宰立石。”

瘗鹤铭是保存价值极高的“二铭”之一，即南有镇江《瘗鹤铭》，北有洛阳《石门铭》。这“二铭”，我都亲见过。相传《瘗鹤铭》为东晋大书法家王羲之所书，他平生极爱养鹤。在他家门前有一“鹅池”，他常以池水洗笔，以鹅的优美舞姿丰富他的书法，故而他的字有“飘若浮云，矫若惊龙”之称。一日他到焦山游览，带来两只仙鹤，不料两只仙鹤却不幸夭折在焦山。王羲之十分悲伤，用黄绫裹了仙鹤埋在焦山的后山，遂在山岩上挥笔写下了著名的《瘗鹤铭》以示悼念。

瘗，就是埋的意思。瘗鹤铭表示的就是埋葬鹤的一篇铭文。后来就有人把王羲之这篇悼文雕刻在焦山西麓的岩壁上。瘗鹤铭因其书法绝妙，当即被镌刻在岩石上。后因岩石崩裂，坠入江中，长期受江水的冲击，风雨的侵蚀，以及不断被人凿取，到清朝康熙五十一年（1712 年），才由镇江知府陈鹏年派人从江中捞起五块残片，仅存不足百字，其中不全的有九个，但仍可见字体潇洒苍劲，别具一格，书法价值极高，确为稀世珍品。宋代著名书法家黄庭坚认为，大字无过《瘗鹤铭》。

不过，由于瘗鹤铭通篇都是道教口气，故多数学者考证，认为是南朝梁代道首陶弘景的手笔。因陶弘景在齐亡入梁后，隐居句容曲山（茅山），自称“华阳隐士”，晚号“华阳真逸”，世称“华阳真人”。他有驾鹤升天的最高理想境界，那么他当年为仙鹤立石旌，发出“天其未遂吾翔寥廓耶”的感叹，并“爰集真侣，瘗尔作铭”，与其身份是极为相称的。据说，由于乾隆当年登焦山观《瘗鹤铭》时，曾说此“非晋人不能”。由于皇帝开了金口，便盖棺定论了。

# 吴桥的杂技

我对吴桥的了解，应当说首先是从杂技开始的。

小时候，困难年代，村子里常常会来一些杂耍的人，打问起来才知道他们是吴桥人。于是就有一个粗范的概念，吴桥人就是耍杂技的人。

吴桥是个县级市。汉为安县、重平县、安陵县、脩县地。金大定二年（1162 年）将凌县吴桥镇设置吴桥县。吴桥是中国杂技艺术源地之一，是驰名中外的杂技马戏之乡。

了解一个地方的历史文化，最便捷的办法就是直接走进它的故乡。如今吴桥人已经成为一种群体文化的代表，专指居住在中国河北吴桥县的居民或祖籍是吴桥公民的总和或代号。所谓“上至九十九，下自刚会走，吴桥耍杂技，人人有一手”。吴桥人成为杂技人及中国杂技精神的代称。

吴桥位于河北省东南边缘，沧州地区南端。东与山东省宁津县、陵县毗连；南与山东省德州市为邻；西隔南运河与景县相望；北与东光县接壤。县府驻桑园镇。

2012 年五一期间，我们夫妻应朋友之约，在游览了邯郸之后，从保定出发，驱车百余公里，进入吴桥界，去参观“吴桥杂技大世界”。

平生第一次踏上吴桥这片热腾腾的土地，看到龙飞凤舞的“吴桥杂技大世界”招牌的时候，心情不免激动起来。

杂技源远流长，乡土气息浓厚。早在汉代，杂技艺术已在民间流传，小马厂村发掘的东魏时期（534—550 年）古墓壁画上已有各种杂技马术表演的画面。

吴桥杂技由来已久，传说，唐代书生纪晓堂两次进京赶考，因不善贿赂，中了进士，又被除名，一气之下，只身云游四海。这天，来至终南山下，正遇杂技之祖吕洞宾，便拜师学艺，学会了三百六十套戏法把戏。出师后，浪迹至吴桥，安居在一座道观里，收徒传艺。从此，师传徒、父传子、人人学，家家练，世代相传。

其实吴桥人喜爱杂技与他们过去的生活环境有关，吴桥县位于古黄河下游，西有大运河，东靠四女寺河，纵横河流占去大片土地，且土地盐碱瘠薄，水灾频繁，又是历兵战乱之地，人民生活苦不堪言。人们在走投无路的情况下，只好打个跟头，变套戏法，耍耍大刀，玩玩猴子、巴狗之类的小动物，浪迹江湖、卖艺糊口。

吴桥人对杂技有着特殊的爱好，无论在街头巷尾，还是田间麦场，甚至在饭桌前和土炕上，他们随时都会翻一串跟斗、叠几组罗汉、打几趟拳跤、变几套戏法魔术。有的孩子去商店粮站打油买醋把装满油和醋的瓶子置在小拇指上托着走，点滴不洒。下雨天一群群小学生将雨伞顶在鼻子尖上冒雨行走。

20 世纪，以吴桥籍孙风山为团长的“北京皇家大马戏班”和孙福有为团长的“中华大马戏团”享誉海内外。1954 年周恩来总理访问亚非欧十四国，每到一处接见华侨时，总有吴桥的杂技艺人，周总理欣喜地说：“吴桥不愧是杂技之乡。”。

1992 年，吴桥县政府与香港国旅合资兴建了杂技大世界。1993 年对游人开放，共建有江湖文化城、杂技宫、魔术宫、孙公祠、小泰山等十大景点。近几年，按照增内涵、拓外延、延长杂技旅游链的思路，不断加强杂技大世界新景点建设，陆续建设了滑稽动物园、民俗风情园、钓鱼湖、马戏游乐园、生命之火剧场。我们依次观看，感觉津津有味。不仅仅是惊险刺激，还有灵敏机智。

在吴桥大世界我们主要观看了七大怪：第一怪——王宝合的“俩手三球跟鬼赛”；第二怪——高福州的“白肚皮上切青菜”；第三怪——李印怀的“眼里扎出骨针来”；第四怪——何书森的“鼻奏唢呐震中外”；第五怪——魏春华的“千斤大缸蹬得快”；第六怪——郭树桐的“老鼠提水碾荞麦”；第七怪——李亮的“刀山爬到云霄外”。第八怪是廖鹏的“双手书法唱梅派”。那天只是看了他的书画，却没有听到他的梅派唱腔，也算是一个遗憾。

# 武隆的天坑与地缝

在重庆东南与贵州交界，有个叫武隆的地方。

这里拥有世界上规模最大的串珠式天生桥群，三座喀斯特天生桥，分布在同一峡谷内，桥间就是天坑，这在世界上绝对是独一无二的。

那一天，天气爽朗。电梯直下80米。到谷底，迎面便是一个巨大的洞。这就是天龙桥桥洞。它经历了山崩地裂，沧海桑田，自然形成这样的奇观。

桥中有洞，洞中生洞，壮丽而神奇。沿着石阶而下，终于下到地缝。

地缝里比较潮湿，沿途很多崖壁上有水滴往下滴。崖壁上的绿色植物，吸收着通过地缝投射下来的阳光，顽强地生长着。它不停息地进行光合作用，产生着氧气，让人心旷神怡。走出桥洞，就是天龙天坑。站在“坑底”，向上四望，拱孔高旷，壁立千仞，山崖四围，围出一片空间，与外界隔绝。山谷中的藤竹花草随意滋长，茂密丛生。这里还是电影“满城尽是黄金甲”的外景地之一，“天福驿站”犹在，并已成为天坑一景。墙体和砖块故意弄出的裂痕，布满苔藓的瓦顶长出的青草，深灰色的木柱窗棂，都透着年代的久远与沧桑。不禁感叹自然的强大与生命的短暂。

离开驿站往前，天坑腹部开阔起来，景色也大为不同。这里山崖更加陡峭，怪石嶙峋，山势险恶。天龙天坑的尾部，便是青龙桥。桥高281米，为三桥之最。桥洞形态随步而变，两边山体呈三面对峙，有力拔山兮气盖世之感。这里有多条地下暗河，流出地表形成潺潺小溪，飞泉流瀑，别有一番情趣。青龙桥外的神鹰天坑，要比天龙天坑小，景色也不及。而再往前迎面而来的黑龙桥，最不像桥，却颇有味道。沟里幽深昏暗，顶部岩石如黑龙蜿蜒。行走的道旁，有竹溪鹤鸣、玉龟出山、圣象戏水、罗汉苦修、一线天、孔雀开屏等景致，但令人印象最深的是银河飞瀑。在观景台看到的小溪挂，在这里竟是一抹瀑布从天而降，气势磅礴，水雾飞溅。

一般的天坑，都是经地下河冲刷，导致地面垮塌而成。武隆天坑群则不然，它完全由地表之上的三条溪流冲蚀形成，为世界上首次发现的冲蚀型天坑。更令人惊奇的是，天坑底部有两个巨大的溶洞，洞深达580米，总长达18公里。有外国专家在洞中又发现了一个直径达一百米以上的天坑。据专家估计，这两个洞是五个天坑的排水通道，最后形成地下山泉，涌流出地面。桥连坑，桥生桥，桥长洞，洞流泉，这是天上人间与地下宫殿的完美组合，达到了移步换景，触景生情的境界。

过“三桥夹两坑”约2公里，眼前豁然，这是一个山谷平湖，绿水盈盈，流水潺潺，高岩飞瀑，深草茂林，独峰孤石，悬崖绝壁，山的倒影，草的芬香，加上人语鸟鸣，构成一幅完美的自然山水图。

游览完天坑地缝，挥汗而出，我们来到神奇的芙蓉洞。洞内神秘莫测，洞景有五绝：“生命之源”“珊瑚瑶池”“巨幕飞瀑”“石花之王”“犬牙晶花池”，堪称世界岩溶洞穴中的极品。曾有中外专家称芙蓉洞是一座斑斓辉煌的地下艺术宫殿，一座内容丰实的洞穴科学博物馆。

走出芙蓉洞，我们来到仙女山，因为夜晚还要下榻仙女山大酒店。春夏之交的仙女山，被绿色包围着，满眼的碧草，像是铺了华美的地毯，登上山巅，俯瞰远方，一望无际的森林草原如玉如黛，纤尘不染的蓝天显露真颜，丝丝凉风伴着野花的芳香把烦躁统统带走……

# 婺源的春天

婺源是一个秀美的地方。

2012年4月25日，我再次来到婺源。

## 1

莺飞草长四月天。在婺源，青山、绿树、菜花、炊烟、瓦舍、人家，彰显出它的闲适与宁静；在婺源，山坡上，山谷里，古宅旁，每一处都属于油菜、杜鹃、桃花和梨花，大气而华贵；在婺源，心是被春风吹绿的，笑是被桃雨润放的，乃至于绵长悠远的山歌，清澈如水。

的确，婺源的乡村，有粉墙黛瓦的老屋，有漫山遍野的农田。当春天的雨水降落到婺源，雨后天晴，你可以闻得到泥土的清香和各种花儿的香气，让人感觉心灵得到了舒展，心情像阳光一样灿烂起来。

展臂迎风，闭目呼吸，那风那空气，会告诉你全部。你闻得到金色海洋般的油菜花田，你品得到一望无际的竹海松涛静静融入绿色的世界里。

## 2

婺源的美让人倾倒。远远看去，有如一幅精致的水墨画。江岭上，是层层叠叠的油菜，尽管过了花期，虽然少了金黄，还有那梨花的白色，桃花的红色。此外到处是嫩绿、黄绿、墨绿，春意盎然。

李坑是我们此行的第一站。车子停靠在村头，我们沿着村路，温柔的阳光洒在潺潺的小溪上。鸭子安静地觅食，溪边的农妇正在浣洗衣服，农夫赶着耕牛正在田野上，犁铧前行，卷起一垄垄红土，好一幅现实版的农耕图。大家的相机纷纷瞄准这一画面，咔嚓咔嚓，拍了很长时间。而村口的关帝庙烟火正旺，鞭炮声此起彼落，好似迎接我们的到来。

不一会儿，我们傍着村河，进入李坑。村庄依山傍河。河两岸是整齐划一的垂柳，河里是歪歪斜斜的小游船和缓缓游荡的鸭子，河边到处是商铺。这些对我们来说似乎已经司空见惯，不待停留。然后我们转入小巷，寻访古宅。可以看出，李坑官府宅地较多，并且至今仍然保留着明代崇祯年间广州知府余自怡的“官厅”，明代天启年间吏部尚书余懋衡的“天官上卿”，明代万历年间户部右侍郎、工部尚书余懋学的“尚书第”，清代顺治年间司马余维枢的“司马第”，清代道光年间茶商余显辉的“诒裕堂”。这些官宅的建筑结构比较复杂，每一物件都是匠心独运，让人不肯离开。

走出宅子，人流涌来，路不好走。只好沿着河边徐徐行进。于是就以这些古宅深巷为背景，不停地拍照。小桥流水，粉墙黛瓦，高耸的马头墙，幽静的庭院，肃穆的祠堂，悲凄的贞节牌坊……统统进入我们的画图。走入这个粉墙黛瓦的世界，总让人带着一丝恍惚而又似曾相识的记忆。就像所有到过婺源的人，迎面而来的是一份对老家抹不去的情结，仿佛前世在此驻留。而信步于磨得光滑的青石板小路上，尽情感受田园生活，在这个蕴涵无限生机的春天，体味着平静悠闲。

## 3

离开李坑，我们来到汪口。重点是参观被誉为“雕刻艺术宝库”的俞氏宗祠。宗祠位于千年古街又称官中和正街，依永川河岸而建。古街呈弯月形，全长600余米。沿街有鱼塘、酒坊、李家等十八条巷直通溪下商埠。因汪口是当时的水陵码头，故为货物集散地，明清时期其商业十分发达。有裕丰号杂货店、利和布店、同茂糕饼店、兆记米店、益春堂中药店和大通商行以及油、米等加工作坊，计有数十家之多。如今，当我们漫步古街，依然可以感到昔日之繁华。

陈旧的祠堂门前，老人和小孩在怡然自得地嬉戏。大门掩饰不住岁月的洗礼，土黄的颜面，仿佛门前老人那张饱经风桑的脸。同行的保险公司的俞总，快言快语，说想不到他们老祖宗还会留下这么一座宏大的祠堂 。

走进祠堂的山门，光阴瞬间轮回。门外是人间四月天，门内却是悠悠千年的历史。抚摩着祠堂的一根根楹柱，凝视高高在上的斗拱、脊吻、檐椽、雀替、柱础，观赏雕刻在房顶木梁、窗棂和门楣之上的细腻纤巧、精美绝伦的鸟兽花草和古代戏文图案，怀古之情油然而生。

封建时代的村落，森严的宗法制度和不可忤逆的族规以及严厉的祖训都在此维系。高台上雕刻得栩栩如生的飞龙、舞凤，呈现出不可侵犯的王者气派，神龛和牌位、太师椅无声地释放着余威。这一切摆设和一切布置都渲染和映衬着无形的统制观和道德观，形体和意识在此水乳交融。

宗祠木雕题材多样、工艺玲珑细腻，有双凤朝阳、万象更新、福如东海、双龙戏珠、福寿双全等精美图案百余组，刀法细腻，雕饰精巧，各种人物故事、花卉树木、亭台楼阁、飞鸟虫鱼惟妙惟肖，呼之欲出，令人叹为观止。

## 4

千年古镇江湾，是我们此行的第三站。尽管以前也来过，但那毕竟是个炎热的夏天，不比春天。进入江湾，青石街道旁巷门幽深，徽派建筑排列得错落有致。美人靠、马头墙、四水归堂的天井、八字外开的大宅门，精致气派。

江湾钟灵毓秀，文风炽盛。自宋至清，这里孕育了状元、进士与仕宦 38 人。有明代抗倭名将江一麟、宫廷太医江一道，清代朴学大师江永，民国教育家江谦等贤士。进入江湾感觉进入了迷宫，里面有很多条大概一米多宽的青石小巷。滕家巷是其中最有名的一条，墙上的每块砖上都凸现出一个“滕”字，似乎在向世人炫耀滕家曾经的富有和风光。有一扇只能容一人而过的灰白色的木质小门虚掩着。大有“小扣柴扉久不开”的意境。

## 5

离开江湾，我们来到此行的最后一站——晓起。

“古树高低屋，斜阳远近山。林梢烟似带，村外水如环。”

晓起有画里乡村的美称。在这里，我们看到了千年的古樟和徽派建筑。走在青石板路上，找寻着千年的遗迹，仿若大梦一场。这古老的徽派建筑虽都已改建成饭店、商铺。然而它所散发的古老气息依然。站在昏暗的老屋中，端详着那黄的发黑的木板，注释着那传统的木雕窗栏，看着天井中漏下来的光线，时空于片刻间交融穿越。

七转八绕，走出村子，就可以看到千年古樟。这里的一棵棵神木，都有千年的道行。也许是在唐朝？也许是在宋朝？也许是明朝，也许是清朝……这些古树被当地的乡民视为至宝。不少古树还有一些富有情趣的神话传说，或者伴随着一个个回肠荡气的故事。它们有的弯曲起伏，宛如强健的苍龙腾空而起；有的树干中空仅剩一层表皮，但依旧枝叶葱茏，充满了勃勃生机；有的树干粗大，枝繁叶茂，树冠如盖，显得相当的清高，昂首向天；有的则显得朴实平凡，三三两两集合成群，宛如和和美美的大家庭。尤其是村口的那株婆婆古樟，古樟的下面是汩汩流淌的小溪，古树与小溪互相映衬、互相烘托，形成了一幅独特的水墨画。

## 6

走进婺源，感受婺源，我觉得婺源是一片有灵性的土地。

如今，所有与这片土地相关的一切，都沉淀在一块块粗粝的青石板里，凝结在古巷如水的夜色中，流淌在静静的河水里。徜徉其中，让人感受到一股浓烈的人文气息。在这片钟灵毓秀的土地上，走出了一大批政治家、学者及文化大师。翻开历史细考，婺源真可谓书香肆意。历史上共出进士 552 人，历朝仕宦 2665 人，著作 3100 多部，其中 172 部入选《四库全书》。这里是大哲学家、教育家朱熹的故里，这里也是南宋武状元李知诚、清代著名的经学家、音韵学家江永及中国最早的铁道工程专家詹天佑的家乡。这一个个鲜活的生命，从婺源的陌上走来，而后进入了历史的舞台，他们就是婺源人的骄傲。

# 烟雨三清山

我们从景德镇出发时，正赶上滂沱大雨，原本 2 个小时的路程，我们走了 3 个小时。到金沙湾假日酒店时，依然雨势不减。本以为第二天会放晴，早上起来，还是淅淅沥沥的阴雨天气。

三清山是道教名山。这里是人间的仙境，生物的天堂。2005 年 12 月我们上山时，天晴气朗，可以真切看到三清山的容颜。而这一次上山，烟雨蒙蒙，整个三清山都被笼罩在烟雨之中。

我们穿着雨衣雨鞋从金沙索道上山。从索道上下来，能见度很低。山色朦胧。原有的景观什么也看不清，只好顺着山道前行。

三清山因玉京、玉虚、玉华“三峰峻拔，如三清列坐其巅”而得名。又以奇峰异石、虬松鹃花、泉瀑溶洞、云海神光、冰川遗迹、道教建筑及名贵动植物为景观特色。“遥见仙人彩云里，手把芙蓉朝玉京”，这是李白当年对三清山玉京峰的赞美。

三清山，因奇峰异石和许多传说沾上仙气。山千仞，崖千仞，岩侧为崖，峰墙直立，岩高而崖深，地之覆翻，海之沧桑。古誉“高凌云汉江南第一仙峰，清绝尘嚣天下无双福地”。烟雨中的三清山更显缥缈，更有韵味。我们就这么迷迷蒙蒙，就这么空空荡荡想象着三清山。雨淋湿了我们的心情，更多的时候，我们忘记了浑身的潮湿与寒冷，却清楚地记得一路清秀的山峰、嵝峋的石头、苍翠的苍松与平整的栈道。不过，雨雾观景虽然有些模糊，而雾中即景却别有一番情趣。我们行进过程中，雨时大时小，偶尔也有间歇。雨大时，透过雨帘看山，朦朦胧胧如一幅写意山水画，山峰含糊，轮廓却粗犷；雨小时，雾气飞袭弥漫山头，山峰或被盖脸或被遮腰，盖脸如犹抱琵琶更显其妩媚，遮腰则腰带飘忽尤感其隽秀；雨停时，山岩古树虬松碧净无染，格外清新，奇石任人遐想，翠峰则秀色可餐。难怪王安石这样评价：“每向小亭风月夜，更疑山水有精神”；现代散文家秦牧称三清山为“云雾的家乡，松石的画廊”。

沿着“一线天”石梯，我们拾级而上，沿线景色奇妙，美不暇接。太公钓鱼、狐狸啃鸡、仙猿秀峰、三龙出海、五屏迎旭、仙翁现阳、巨蟒出山、万笏朝天、天狗望月……座座山峰相聚，片片奇石相依，每座山峰都有一个传说，每片奇石都有一个神话。置身这奇峰异石中，我感觉到自己贴近了众山神，贴近了永恒的自然，倾听到天籁妙音，品读到天姿仙韵。风雨声中，整个人都变得超凡脱俗起来。

南清园是三清山自然景观最奇绝的景区之一。这里有司春女神、九龙戏凤、老道拜月、玉女开怀、花岛、秀峰、求丹台、浏霞台等。古木珍卉纷繁，古松临壁，方竹穿泉，金桂俯腰，杜鹃映山，梅花迎寒，吊兰含笑。行山遍览，花香鸟语，清新数里。幽谷深峡，曲径通幽，秀美洞天。雄伟的山岳、壮阔的云海，奇峰异石劲松花海，隐隐约约，模模糊糊，更觉神奇。

午饭之后，我们从西海岸返回。雨渐渐小了起来，景色也逐渐清晰起来。细雨蒙蒙中，只见一条栈道宛若玉带悬于云海之中。沿着栈道前行，一路可见绝崖峭壁，峻峰峭岩，逶迤数里。千姿百态的岩峰，远望如玲珑精巧的山水盆景。“石人负松”“送子观音”的惟妙惟肖，“双松探海”“空港回音”的神奇真切。若在西海港湾俯视，万丈深渊，怪石林立，其奇状险象摄人心魄。人们在感受岩峰险峻之余，无不惊叹大自然之鬼斧神工。山谷里的云海，在山风的推波助澜下，时而扑向山峰，时而跌入谷底。有时，一阵风吹过，白色的云雾在面前翻滚着，那些山峰则变成了礁石，比我见过的任何一片海，更加浩渺，更加神秘。

三清山之所以被道家视为仙山，它的美不是泰山那种傲视万物的雄壮，也不是华山自古一条道的险峻，是因为它离尘世越远，与大自然就越亲近，从而深深地吸引着人类迷茫的精神。这是人的本性：远离渺小，趋向永恒。比起大自然的鬼斧神工，几亿年的风卷残云一般的变化，人类社会所谓的伟大又算得了什么？而在饱览无数恢宏景观的群山面前，在那些生长千年的奇花苍松看来，云卷云舒，尽是平常。

# 那拉提草原

见过许多草原，那拉提草原的美是比较独特的。

那拉提草原位于新疆伊犁。“那拉提”是蒙古语，意思为“太阳升起的地方”。

## 1

传说在成吉思汗西征时，有一支蒙古军队由天山深处向伊犁进发，虽然此时正值春天，但山中却是风雪交加，饥饿和寒冷使这支军队疲惫不堪，几乎失去了继续前行的信心。

当他们历经艰难险阻翻过山岭后，眼前却是另外一番景象：繁花似锦的莽莽草原上泉眼密布，流水淙淙，仿佛进入了仙境。这时正好云开日出，一轮红日高悬，光芒四射，劳累的士兵们不由地大叫起来“那拉提，那拉提”，于是就留下了这个美丽的名字。

## 2

伊犁，曾经是林则徐发配边疆时居住过的地方，是中亚干旱大陆床上的一块湿地。这里气候独特，凉爽怡人，雨量充沛，绿意融融，物产丰饶，形成了多处独特的自然景观，素有“塞外江南”之美称。

伊犁还是新疆最大的薰衣草种植区域，有“薰衣草之乡”的称呼，那儿出产的伊帕尔汗薰衣草系列化妆品驰名中外。故有“不到新疆不知道祖国之大，不到伊犁不知道新疆之美”的说法。

那拉提草原所在的新源县，三面环山。巩乃斯河像一条腰带横系其间。草原的周围是西天山山脉，既有比较宽敞平坦的河谷盆地，又有周边连绵不断的丘陵，状似一个摇篮。这里山峦起伏，绿草如茵，山泉密布，溪流纵横，森林茂密，牲畜成群，自古以来就是巩乃斯草原的重要夏牧场。那拉提既有草原的辽阔，又有小溪的柔美；既有群山险峻、松涛阵阵的磅礴气势，又有绿草红花的娇艳、小家碧玉般的温婉。在新疆浩瀚无边的大沙漠中，那拉提草原犹如一块镶嵌在黄绸缎上的翡翠，格外耀眼。她用特有的质朴、不加雕琢的自然风貌，向全世界的人们展示出天山深处一幅恬静秀美的立体画卷。

## 3

在那拉提草原上，居住着热情好客、能歌善舞的天山儿女。他们喜欢逐水而居，经常迁徙。世界上搬家最多的民族就是哈萨克族，世界上走路最多的民族也是哈萨克族。他们至今仍保留着古朴的民俗风情和丰富的草原文化，一些大的草原集会常在这里举行，这也是那拉提旅游的一大看点。

那拉提草原素有“空中草原”和“鹿原”的美称，地处南北疆要道，约有240万亩草场，每年六月后，一望无际的草原，牧草茂盛，碧茵似锦，到处姹紫嫣红，将草原点缀得更加绚丽多姿，美丽迷人。这时大批量的牲畜陆续转入，成群结队的牛羊在草原上悠闲地散步、觅食，千万顶白色的毡房如繁星点缀在绿色的地毯上，不时飘出袅袅炊烟，与远处山峦中缭绕的云雾相掺相融，显得安静而祥和。

走进那拉提，树在云中插，云在树间绕，四面青山绿屏障，河流纵横水浅吟，拼成了一个引人入胜的风景长廊。在这里可以静观云海，欣赏朝阳和落日。可以策马扬鞭，在草原上尽情驰骋。站在公路上，远眺山峦起伏，绿茵般的草地托起如云的松林。近看巩乃斯河蜿蜒流过，河水清澈湍急，碰在岩石上，如珠玉散落，发出美妙的声音。蘑菇般哈萨克毡房错落有致的点缀在草地上、胡杨林中。有诗赞誉“三面青山列翠屏，腰围玉带河纵横”。

# 巴音布鲁克

巴音布鲁克，也许你熟悉，也许你陌生；也许你来过，也许你从未踏足。

巴音布鲁克，一个“泉源丰富”的地方。位于库尔勒市和静县的西北，伊犁谷底的东南，天山南麓盆地之中，为典型的草甸草原。

## 1

关于巴音布鲁克，有一段记载。清乾隆三十六年（1771 年），土尔扈特、和硕特等蒙古部落，在“东归英雄”渥巴锡的率领下，从俄国伏尔加河流域举义东归，清政府对归来的蒙古民众进行优渥抚待，并特赐水草肥美之地供他们游牧。乾隆三十七年（1772 年）春及三十八年（1773 年）夏，舒赫德奉乾隆帝之命，对土尔扈特部的牧地做了具体的安置。汗王（乾隆御赐）渥巴锡所属原来被安置在斋尔游牧，由于渥巴锡希望移地放牧，依据他的意愿，乾隆改赐气候适宜、水草丰美的珠勒都斯草原（今巴音布鲁克草原）给他。

巴音布鲁克是天山腹地优良的天然牧场，雪山峻岭下宽阔的川地、山坡上，尽是望不透的碧绿。一顶顶白色的毡包，一幢幢牧人的砖房，处处有羊群、马群、牛群在静静地食草。

## 2

走向巴音布鲁克，极目远望，无边的草原如绿色的海洋，一碧千里，浩浩荡荡。

这里的天格外的蓝，云分外的白，草格外的青，花格外的艳，天地之间充满了清新。偶尔，几只天鹅飞过，几声清脆的鸣啼，给我们带来无限惊喜。高远的雪峰银亮银亮。那帷幕似的雾帐前面，草色茵茵如绣，气息分外湿润，点点毡包像镌刻在绣毯上的浮雕，数不清的牛羊如撒在绿海上的珍珠，简直就是一幅天造地设的油画。那乳白色雾气该是草原牧人梦中的另一种哈达吧，牧人们每天把它献给雪山、草原，那是祝愿吉祥、祈愿幸福的神性表达吧。

草原对世代繁衍生息在这里的人们来说，绝不只是精神意义上的家园，也绝不只是产生蒙古民歌与长调的土壤。绿草覆盖着这片裸露的沙漠，它保持着水土，调剂着气候，保证大自然生态的平衡，繁殖着亿万牲灵，养育着千百万人民。

## 3

游走在巴音布鲁克草原，饱览她的美丽，感知她的艰辛。两百多年前，苦难的、又是英雄的土尔扈特人，从遥远的他乡付出巨大代价回归祖国，在这块广袤博大的草原上坚守着沧桑的岁月。

高寒的自然地域有诸多的生存约束，他们以毡包为室，牛粪为柴，生活单纯而简约。年年月月，他们放牧的是视若财产和生命的畜群。高原紫外线蹭黑了他们的皮肤，旷野风雪磨砺了他们的意志。虽然山远路长，难见繁华，但马头琴的音韵和长调，却是寂寥时天空回荡的呼唤。

## 4

著名的天鹅湖就坐落在巴音布鲁克草原上。

清晨来到湖畔，当远处的蒙古包袅袅炊烟的时候，大大小小的天鹅们，或休憩，或觅食，或展翅掠出湖面，飞过马背、羊群和蒙古包，在远方的山谷里盘旋。太阳升起的时候，雪山的倒影渐渐清晰起来，野鸭、百灵、云雀在湖面上掀起了热闹的“鸟语大合唱”。

天鹅睡觉的姿势卓尔不凡，它们将颈插于翅下，或卧于地面，或单腿立于草丛，或飘浮于水面。傍晚是天鹅觅食的高峰期。这时，天鹅们便在湖里跳起了精美绝伦的“水中芭蕾”。它们时而倒立，身体几乎垂直地伸入水面；时而捕捉漂浮的草茎，脖颈来回转动；时而蹲入草丛，搜寻细嫩的小草叶。天鹅颀长的脖颈使它拥有优雅的体态，觅食时，它的脖颈可任意弯曲扭动，划出一道道柔滑的弧线。

## 5

蜿蜒在巴音布鲁克草原的九曲十八弯，静静地滋养着这片土地。

骑马穿过奎克乌苏石林，再行三四十公里，就到了山高谷深、云雾笼罩的浩腾萨拉峡谷。在这条长不过10公里、宽不及半公里的峡谷中，有一个被人们称为“雪山银练”的浩腾萨拉高原瀑布。它飞泻而下，跌进深潭，银花四溅，水雾弥漫，声如雷鸣。盛夏时节，瀑布两旁，青松翠柏郁郁葱葱，百花争艳，甜香飘溢；雨霁雾散，彩虹当空，山明水秀，清新怡人。

在这样的美景中，策马奔腾，自有一番韵味。骑着宝马在草原漫步或飞驰，让草原上和煦的风轻抚脸庞抑或感受马背上的速度，是何等的洒脱。

而草原上最令人骄傲的是“土尔扈特人的翅膀”——焉耆马。焉耆马的身架紧凑适中，马头秀丽壮美，马眼炯炯有神，放射出一种龙的神威。马耳长立威风凛凛，鼻孔大有吞吐千里之势。据说古时的驿站，从新疆往北京传递消息，就是靠几十匹焉耆马接替传递。从此焉耆马闻名天下，称为龙驹。

# 根河水

在根河大地上一路走着，一路哼唱着我自编的这两句词：

“清清的根河水，闪耀着波光。就像祖先的血脉，在我胸中流淌。根河啊，你是我蓝色的梦乡。清清的根河水，护佑着牧场。你就像圣洁的哈达，在我梦中飘荡。根河啊，你是我生命的琼浆……”

根河，是蒙语“葛根高勒”的谐音，汉译“清澈透明的河”。在根河流域内，林草繁茂，植被良好，天然水质优良。在这里，蓝天白云飘，白鸟齐欢唱，有鱼翔之悠然，有野鸭之欢畅。夏花灿烂时，杜香铺盖山头，红豆伴随生长，百合娉婷旷野，萱草幽香荡谷，芍药花红……这分明是一幅恬然的风景，一份灵性升华的自在。陶醉在水的性情中，心灵会得到无比柔韧的抚慰。

根河之于呼伦贝尔，是一种历史的穿透，也是自然的镂凿。溪流、雨水、冰雪为它开道。它们由小到大，成了亘古而来的威武秀美的使者。流淌着源源不断的祥和，流淌着生命的至高元素……

巍巍兴安岭，湛蓝根河水，构成了独具特色的北国风光。根河的水，春来像深闺女子的宁静，清幽的神色带着桃花的粉艳、柳丝的鹅黄款款走来；盛夏又像蒙古、鄂温克汉子的粗犷，豁达的神态挂着松柏葱茏匆匆而至；深秋的根河，更像孩童的顽皮，泥黑的笑脸上相伴了林蛙的鸣唱、大雁的和声跳跃而过；寒冬的根河，更像寿星的沉静，沧桑的面容上簇拥着凝固的褶皱、飞来的霜雪静静而寐。让人不禁赞叹：浮云不共此山齐，雾霭苍苍望转迷。晓月暂飞高树里，秋河隔在数峰西。

大兴安岭生长着茂密的原始森林，一望无际，素有绿色宝库之称，也是祖国北部生态的天然屏障。蜿蜒的根河美丽而妖娆，梦幻般流淌在我的视野里。有时候，花丛柳间，小木屋映入眼帘。屋前两把摇椅，两杯清茶。简单又别致。春看杏花飞，夏听蝉鸣叫，秋数红豆果，冬踏雪寻梅。沿着弯弯曲曲的根河游转，漫无边际的森林，漫无边际的绿色，还有一直通往森林深处的公路。想想根河的壮阔，不由得对根河崇敬起来。

根河两岸，群山逶迤起伏，连绵不断，犹如一条条巨蟒迤逦。这里的风光与别处迥然不同，自然之景别有情趣，说它是诗，比诗更有韵味；说它是画，比画更难描摹。

走进根河，仿佛走进了世外桃源。湛蓝色的天宇像宝石一般明亮而柔和，有时万里晴空，有时云海苍茫。艳阳高照的时候，整个大地都沐浴在灿烂的阳光里。每一棵小草都流光溢彩，每一片树叶都耀眼生辉。原野恰似绿毯平铺，上面盛开着各种颜色的小花，一个个舒展着身姿，昂扬着笑脸，显得娇柔可爱。

远望，层峦叠嶂，山色朦胧，似翠似黛，如烟如雾，宛如虚无缥缈的仙境。近看，绿水环绕，玉带横陈，泛起鱼鳞般的波光，倒映出浮云的色彩和青山的倩影。天阔、山远、云白、水清，百媚千娇，沁人心脾。根河的河水清清，水浅处鹅卵石历历可数，鱼虾在水里穿梭，扇动那船桨似的鳍和尾，前后游弋，享受逍遥自在的神仙日子。累了，三个一群，五个一伙，在鹅卵石上歇息，交头接耳述说自己心中的秘密。坐在河边看着它，多么惬意。偶尔，一阵轻风袭过，群山震撼，万木摇动，浩瀚的林海顿时绿浪翻滚，松涛阵阵，其势真是动魄惊心。放晴的时候，或许还有一道七色彩虹从峰峦之间凌空而起，高高地插进云端里。

根河境内有鹿鸣山、月牙滩、脚印湖、一线天、凝翠山等景观，蔚然形成一座天然公园；还有原始森林景观区、汗马自然保护区和鸟兽保护区，可称得上“塞北西双版纳”。在根河还有一个令人神往的地方，那就是敖鲁古雅乡。被称为“驯鹿之乡”。这里居住着鄂温克族中唯一从事游猎生产、从未离开过森林怀抱的鄂温克猎民。桦皮船，“撮罗子”反映了独特的狩猎生活及古老的宗教和艺术。

根河河畔，俯视，碧水滔滔，听河水浅笑吟吟；仰目，晴空万里，白云朵朵飘。在千百年的呼唤里，根河不仅仅是一个亲切的名字，而是一部文明史的延续。

# 敖鲁古雅

敖鲁古雅，一个洋气而大雅的名字。

蒙古语的“敖鲁古雅”，意为杨树林生长茂盛的地方。

正是在杨树茂盛的时节，我们来到了敖鲁古雅。

敖鲁古雅鄂温克民族乡位于根河市最北部的敖鲁古雅河畔，是鄂温克族最远也是最神秘的一个支系居住的地方。这里林深草密，秋红春绿；这里云雾飘绕，鹿鸣狼嚎；这里水清石兀，山色空蒙；这里红豆越橘，香情缭绕……

神奇的敖鲁古雅，奇就奇在山多河多，奇就奇在山清水秀，奇就奇在原始古朴。与神奇的九寨沟相比，古朴、茂密、深邃的敖鲁古雅更胜一筹。只要一踏上这厚重肥瘐的土地，繁茂错落的森林就把你凝结为一颗晶莹剔透的露珠与原始的自然融为一体。在森林中你可以去寻找千年的梦幻，追溯古老神奇的游牧与狩猎生活，猎奇那刀耕火种的久远年代。

在敖鲁古雅，我们可以见到鄂温克猎民，他们世世代代穿行在大兴安岭的林海雪原，以驯鹿代步，靠游猎为生，生活简单古朴。在全世界24000多名鄂温克人中，他们是惟一仍合法过着半定居半游猎生活的一群人。“鄂温克”是民族自称，意为住在大森林里的人们。

在公元2000多年前，鄂温克猎民的祖先就居住在外贝加尔湖和贝加尔湖沿岸地区，唐代称此地为“鞠国”，清代称鄂温克猎民住地为“使鹿之邦”“产狐貂之地”。1658年，沙俄侵占清朝领地，鄂温克猎民被迫从列拿河迁到额尔古纳河右岸地区。他们的生产工具是燧石枪，逐渐演变为别力弹克枪、连珠枪、快枪。交通工具是驯鹿和雪橇，住的是冬不防寒、夏不遮雨的“撮罗子”。新中国成立后，特别是新世纪初，62户鄂温克猎民整体迁居到彩钢板盖顶集中供暖的现代居室，笔直的马路直通山里，摩托、汽车直达牧场，各种费用全部免费，昔日森林中的游牧民族过上了安居乐业的小康生活。

几千年来，驯鹿都是以原始森林的野生苔藓为食的野生动物，圈养谈何容易。但即使敖鲁古雅不搬迁，驯鹿同样面临着严重的生存危机。近年来，由于森林生态系统遭受破坏，驯鹿的食物来源越来越少，大兴安岭的驯鹿仅剩下700多头。因此，人工繁殖苔藓是当务之急。驯鹿跟梅花鹿不同，它不吃草，几天不管它，就会瘦弱。如果搬迁，它们就可能被饿死。

现代化的脚步打破了狩猎部落的寂静，敖鲁古雅鄂温克人把过去狩猎时使用的工具器皿制作成精巧的工艺品摆上了柜台，从过去简单的商品交换，变成了货币交易。随着滥捕乱杀的狩猎，野生动物逐渐稀少。他们意识到生物链圈的破坏，势必影响到自然环境的变迁，于是将以前的猎物制作成标本，作为保护动物的宣传品。他们自己也放下猎枪成为大山的守护者，动物的保护神。

生活方式是改变了，但敖鲁古雅鄂温克人的生产方式依然没变，淳朴的民风民俗依旧如初。有“林海之舟”美誉的驯鹿是敖鲁古雅鄂温克人的终身伴侣，是与他们融为一体的生灵。

驯鹿，鄂温克语称为“鄂伦”。毛呈灰褐色、白色、黑色、杂色等。尾巴较短，颈下有较长的垂毛 。雄鹿较高大，雌鹿较矮小，因为它的头似马而非马，角似鹿而非鹿、身似驴而非驴、蹄子似牛而又非牛，故名“四不像”。鹿科动物中，一般是公鹿有角，母鹿无角。唯独驯鹿与众不同，无论雌雄，头上都长着一对分枝很多的大茸角。

驯鹿生性温顺，不踢人不咬人，一般多由妇女饲养管理。饲养驯鹿比较方便，不用栏圈，不用喂草，只要将其散放在住地附近的山沟里，任其自由觅食。每当夜幕降临，驯鹿便三五成群地离开宿营地，到密林中寻食，天亮了便自动回来，白天不再离开。它的觅食能力极强，即使冬天大雪封山，它也能用宽大的前蹄扒开1米深的积雪寻吃苔藓。驯鹿喜欢吃盐，当主人要役使它时，只要敲击盐盒子，它就会应声而来。

鄂温克人非常疼爱自己的驯鹿，他们给每只驯鹿都取了名字，戴上木铃或铜铃，以便于寻找，不让孕鹿和幼鹿驮重东西，出汗时不让它们饮水，以免流产和得病。我国目前仅有驯鹿800多只，全在敖鲁古雅鄂温克民族乡境内的5个饲养场饲养，这种半放养半饲养的驯养方式是保存我国稀有驯鹿的主要手段。敖鲁古雅，这种现代和原始的结合，正是我们寻找和探索生态文明建设的典范。

高山仰望，天蓝风清，古木参天，鲜花盛开。神奇的敖鲁古雅这块绿色净土，还有230名勇敢的鄂温克人需要全中国人用心保护。让那汩汩山泉静谧地流淌吧，让那温顺的驯鹿在茂密的森林里更加自由吧。

# 花城漫议

“花城百花开，花开朋友来，鲜花伴美酒，欢聚一堂抒情怀……”几次到广州，我都会轻轻地吟唱这首歌。然而，花城给我的已不是鲜花与美酒，除了那衰落之后的静默，我看到了厚重的历史给予花城的哀愁。

花城，满城都是花。大街小巷，到处是花。真是“漫天锦绣连云开”，“喷云吹雾花无数”。提到花城，始作俑者应该是秦牧，他写了一篇文章，后来出了一本书，名字都叫《花城》。秦牧当年一花独放，红了不止半边天，花开不败。他的文章编入了大学、中学教材，几十年在电台定期播放。难得。说实话，要不是看了他写的《花城》，我们又怎么知道花城就是广州呢？有人说，秦牧为何红？就红在一切都是子虚乌有。古有千金难买相如赋，近有红得发紫秦牧文。秦牧的《花城》，带人们去三年灾害时期的“十里花街”，“徜徉在这个特别巨大的花海中”。秦牧的《花城》，写的不仅仅是广州的花城花海，秦牧自己也说了，要“反映时代的侧影”。不过，这一切都过去了。

留下的，是一个符号，花城。不过，花城人爱花不假。大街上老头儿们在看花，老妈妈在看花，青年人、小学生们也在看花。有人在花下喝茶，有人在花下弹琴，有人在花下下棋。一切都显得那么的平静，那么的从容。爱花的人有花的世界，花儿绚丽、花开了，便有这样一双双停留在花间的眼睛，顾盼着，凝眸着。这一双双眼睛的神色，不时透出惊喜和欣慰，也蕴藏着些许的嗟叹与惋惜。爱花的人，似乎生来与花结缘，随花为伴，四时流连在花丛里，醉卧在花梦中。

花城有饮茶的习惯。也是“食在广州”的一大特色。广州人所说的饮茶，实际上指的是上茶楼饮茶，不仅饮茶，还要吃点心，被视作一种交际的方式。广州的茶楼与茶馆的概念也不尽相同。它不但既供应茶水又供应点心，而且建筑规模宏大，富丽堂皇，是茶馆所不能比拟的。因此，广州人聚朋会友，洽谈生意，业余消遣，都乐于上茶楼。一壶浓茶几件美点，三三两两聚在一起，边吃边谈，既填饱了肚子、联络了感情，又交流了信息，甚至谈成了一桩生意，实在是一件惬意的事情。正因为如此，广州人把饮茶，又称“叹茶”。“叹”是广州的俗语，为享受之意。这也正是广州茶楼业历百年不衰的一个重要原因。我觉得，广州人喝茶，跟英国人喝下午茶有些相似。

恩宁路，被誉为“广州最美老街”。走在恩宁路上，路面起起伏伏，街道两旁不经意间就可以找到一座名人故居，或者路过一间地道的广州铜器店。路边还不时有悠闲走过的街坊大妈，瘦瘦的，步履矫健——岭南特有的市井生活气息扑面而来。粤剧梨园硕大的门上描画着两个门神。粤剧名伶薛觉先、马师曾、芳艳芬、张活游，随便挑一个都是一部活的粤剧史诗，他们都选择在这里落脚置业，带动了相当多的粤剧艺人在恩宁路聚居。除了戏剧之外，著名的金声电影院也在这里，当年放映的第一部电影《爱丽丝梦游记》曾轰动全城，李小龙祖居也藏身在一所小学校里，所有这些共同承载了很多广州人的往事与记忆。

花城里，有一所大学不能不提及，这就是中山大学。1924 年，在国共两党首度携手合作、国民革命风起云涌之际，世纪伟人孙中山先生高瞻远瞩，视“教育为神圣事业，人才为立国大本”，在广州亲手创办了一文一武两所学堂——国立广东大学和黄埔军校。国立广东大学就是现在中山大学的前身。中山大学校训“博学、审问、慎思、明辨、笃行”是孙中山亲笔提写的。校训训词原文出自儒家经书《中庸》，按《中庸》原意是指人具有“诚”之本性，只要按“至诚”之本性从事修身，透过学、问、思、辨、行五个环节，便可以把自己修养成“君子”。

提到中山大学，还要提及陈寅恪先生。陈先生并非广东人，但 1949 年定居岭南后，在广东写就了自己最为传奇的一页。其晚年穷十年之功完成的皇皇巨著《柳如是别传》，被视为其一生学术范式的总结。2009 年 11 月 12 日，中山大学 85 周年校庆日。当天上午，陈寅恪故居修缮开放。一楼大厅入门处，陈寅恪先生手拄拐杖的半身塑像，“打量”着这座小红楼的参观者。当天的新闻写道：木棉红花绸带凌空而降，木棉花瓣漫天飘舞。好不热闹。

而同样在花城的1961年，陈寅恪多年知交吴宓特地自重庆来到广州。看着这位鬓发苍苍的老友，陈寅恪在《赠吴雨僧》诗中预言了两人将从此永隔："问疾宁辞蜀道难，相逢握手泪汍澜。暮年一晤非容易，应作生离死别看。"1964年5月，陈寅恪晚年最知心的弟子蒋天枢南下谒见老师，陈向他托以"后事"，写下《赠蒋秉南序》一文。在这篇带有"遗嘱"性质的短文里，他悲叹自己"奄奄垂死，将就木矣"，但"默念平生固未尝侮食自矜，曲学阿世，似可告慰友朋"。只是他少时自期的理想，历史对他的冀望，原不只是如此，而是"追踪前贤……守先哲之遗范，托末契于后生"。如今，这一理想已"有如方丈蓬莱，渺不可即，徒寄之梦寐，存乎遐想而已"。他只能悲叹。

就在写那篇文章的时候，他那部耗费十年心力的巨著《柳如是别传》（《钱柳因缘诗笺证》）就要完成。稿竟之时，陈寅恪除了"刺刺不休，沾沾自喜"，也哀伤地想到项莲生"不为无益之事，何以遣有涯之生"的话。5年之后，他的"有涯之生"走到了尽头。1969年春节过完，他被赶出东南区一号楼，在中山大学西南区50号一处非常潮湿的平房中（陈寅恪女儿陈流求告诉记者："父母极怕潮湿"），迎来了生命的终结……

嗨，都过去了，还是说点高兴的。比如新建的海心沙，在花城，远远就能知道它的位置。海心沙若一只船，满载着广州的盛情，承载着羊城的欢笑在流光溢彩的珠江上扬帆起航。夜色下的广州华灯高照，小蛮腰璀璨耀眼。

# 离开张家港

“云层渐渐散开，阳光浓了起来。清晰看见尘埃，平常忽略存在。豁然明白，我们间有一些解不开。你对我是永远不好也不坏，不谈未来，悄悄这样离开…… ”

不知道这是谁的歌，但它却影响了我的心绪。尤其是对我这个即将要离开张家港的人。

此时的心不是止水，而是波澜迭起。3 个月时光，从我的手边不经意的泻过，尽管窗外已经历了花开花谢。

5 月 19 日晚上，我辗转反侧，惊动了轻吟的布谷鸟，吓飞了贪睡的灰喜鹊。窗外两棵高大的柿子树，懂得我的焦躁。此时，只有阮籍的《咏怀》，更能表达我的心情：“夜中不能寐，起坐弹鸣琴；薄帷鉴明月，清风照我襟。孤鸿号外野，翔鸟鸣北林；徘徊将何见，忧思独伤心。”

这次之所以没有买虹桥机场的票，就是想看一看浦东，尤其是从空中看浦东。张家港满足了我的心愿。空中客车飞得很平稳，在尽享了浦东美景之后，我闭上眼睛，沉静在黑暗中。恍惚又回到了张家港馨苑度假村……

柳树抽出了嫩绿的枝条，迎春花一片烂漫，还有浓艳的榆叶梅，妩媚的茶花，它们都不愿我的离去。但是，我必须离开了。90 多个日日夜夜，我舍家离子，付出了太多太多。离去，真的不甘心。或许我的黎明就在前方的点点星辰处，而我因为畏惧这短暂的黑暗，就放弃了对曙光的追求。明天也许天高气朗，也许阴雨连绵。但我已经别无选择，只有奋力地向前航行，迎风破浪……

人生长恨水常东。佛偈云：“寒时水结成冰，暖时融冰成水；迷时结性成心，悟时融心成性，心性本同，依迷悟而有所差别。”一切皆心使然……

人生很多时候需要自觉的放弃，因为世间还有太多美好的事物.对没有拥有的美好，我们一直在苦苦的向往和追求。为了获得，我们忙忙碌碌.其实自己真正需要的，往往要在经历许多年后才会明白。而对已经拥有的美好，我们又因常常得而复失。对万事万物，我们都不可能有绝对的把握。任何事情都有两面性，都有优劣之分。

# 三　明

三明是福建省的直辖市，位于武夷山与戴云山脉之间的闽西北山区。它是福建省新兴的工业城市和重点的“绿三角”旅游区。

去过三明的人都说，三明是一座钟灵毓秀的城市，是一个亿万客家人的心灵家园，是一方激情澎湃的红色沃土。

到了三明，客人会有一些比较详细的介绍。但是，为什么叫“三明”？却没有准确的说法。三明，春秋时先为吴地，后属越国。秦时属闽中郡，汉武帝时置东冶县，三国以后属建安郡，明代隶延平府、汀州府。公元1936年设立三元特别行政区；1940年从永安明溪、沙县辖区各划出一部分置三元县。1956年三元县与明溪县合并，各取冠首一字，成立三明县，这就是三明的来历。

但是，也有人不这么认为。佛教里面讲“三明六通”，莫非这“三明”就是从此而来？为此查阅了有关佛教典籍，还真的发现有“三明与六通，世间上福田”的说法。三明，即宿命明、天眼明、漏尽明；六通，即天眼通、天耳通、他心通、宿命通、神足通。漏尽通。《道法会元》卷一七二说：“北斗九宸，应化分精，而为九神也。九神者，天蓬、天任、天衡、天辅、天英、天内、天柱、天心、天禽也。谓顺支辰，总御阴阳，契合天地，主张造化，乘三明以应四时，随月建以定八节，历九宫也进退。”从这些方面可以看出，取“三明”这样的名字，是带有吉祥意向的。

三明是个小城市，辖永安市、三元区、梅列区、明溪、清流、宁化、大田、沙县、尤溪、将乐、泰宁、建宁等十二个市县。这里有被誉为“天下第一湖山”的泰宁金湖，还有号称“神仙洞府”的将乐玉华洞、宁化天鹅洞群、沙县七仙洞、明溪玉虚洞等等。三明市郊的格氏栲省级自然保护区，是世界上面积最大的格氏栲天然林，让中外学者叹为观止；

沙县萝卜岩楠木林和永安天宝岩分别被专家誉为“福建的西双版纳”和“天然的生物种质基因库”。

三明民风淳朴，至今仍保留着晋、汉、唐、宋以来丰富的古代民俗和饮食文化。民俗如舞龙、婚娶、庙会，饮食如鱼生、擂茶，极具地方特色，尽显古代遗风。还有闻名的“沙县”小吃：馄饨、烧卖、芋包、锅贴、泥鳅粉干、豆腐丸、米冻糕，数不甚数。还有韭菜包，它是客家名点之一，集山珍美味、营养丰富、味道鲜美、芳香扑鼻于一身，能使食者食而不厌、回味无穷。

三明还是重要的革命圣地。这里的宁化、清流、归化（后改为明溪），都是当年红军活动的重要场所。自1929年秋以来，毛泽东一直在上杭养病。由于红四军党内一些同志中存在着单纯军事观点等各种非无产阶级思想，在这一年6月，他被迫离开前敌委员会书记之职。7月，红四军先后进击闽中、粤东，均受挫。广大红军将士要求毛泽东重返红四军。于是，在11月毛泽东重返红四军工作。接着蒋介石纠集江西、福建、广东三省反革命武装对闽西苏区进行“三省会剿”。1930年1月，红四军分两批进行战略转移，一批由朱德率领，另一批由毛泽东率领。行军途中，恰值新年。毛泽东激情澎湃，写下了《如梦令·元旦》：“宁化、清流、归化，路隘林深苔滑。今日向何方，直指武夷山下。山下山下，风展红旗如画。”

如今，三明乃至福建的干部群众都会吟诵这首词。宁化、清流、归化，从地点名词一转，“路隘林深苔滑”。行军异常之艰苦。但是没有退路，诗人发出命令：“直指武夷山下。” 纵横驰骋，东征西战，昂扬的战斗意志，磅礴的英雄气概，都从这里表达出来了。读来朗朗上口，又颇感爽快宜人。“风展红旗如画”。这里，表面上只是写红旗，实际上则是歌颂军容之壮盛，军心之欢畅，这是热烈而又严整的场面；同时也表现出领袖对革命事业的坚强信心。

# 云横秦岭家何在

到秦岭，就会想起韩愈的那首《左迁至蓝关示侄孙湘》：

一封朝奏九重天，
夕贬潮阳路八千。
欲为圣明除弊事，
肯将衰朽惜残年！
云横秦岭家何在？
雪拥蓝关马不前。
知汝远来应有意，
好收吾骨瘴江边。

韩愈一生，以辟佛为已任。晚年上《论佛骨表》，力谏宪宗“迎佛骨入大内”，触犯“人主之怒”，几被定为死罪，经裴度等人说情，才由刑部侍郎贬为潮州刺史。

潮州在广东东部，距当时京师长安有八千里之遥，那路途的困顿是可想而知的。当韩愈到达离京师不远的蓝田县时，他的侄孙韩湘，赶来送行。韩愈此时，悲歌当哭，慷慨激昂地写下这首名篇。

秦岭是横贯中国中部的一座东西走向的山脉。西起甘肃省临潭县北部的白石山，向东经天水南部的麦积山进入陕西。然后，在陕西与河南交界处分为三支：北支为崤山，余脉沿黄河南岸向东延伸，通称邙山；中支为熊耳山；南支为伏牛山。

秦岭是黄河支流渭河与长江支流嘉陵江、汉水的分水岭。由于秦岭南北的温度、气候、地形呈现差异性，因而秦岭——淮河一线成了中国地理上最重要的南北分界线。

秦岭在中国山脉中，既不是最高的，也不是最大的，但它却占据了极其重要的位置。自西而东绵延1600多公里的秦岭，横亘在中国的两大母亲河黄河、长江之间，把中国分为南北两大部分。它身上流淌下来的涓涓乳汁，滋养了中国中心地区的广袤土地。它是摆在中国的大厅堂中的一道美丽的屏风，阻断了南来的雨，挡住了北来的风。五岳中的华山是它的儿子。它的每一条沟溪、每一道山梁，都隐藏着亘古以来人们难以知晓的秘密。它是一部上天造就的巨书，它的重重峰峦就像一页页生动的诗篇，组成一部厚重的诗卷。

为了穿越秦岭，古人修筑了多条古栈道，其中著名的有故道、陈仓道、褒斜道、傥骆道、子午道等。汉代人们就在秦岭南麓的褒河水边开凿了世界上第一个人工隧道——石门。从此中国人的南北往来方便了许多。

穿越秦岭，欣赏车窗外千姿百态的山景，看那潺潺流淌的清澈溪水，望着那倏忽飘舞的云雾，你会想，远处那层层叠叠的松柏密林，或许就是活泼可爱的金丝猴腾挪跳跃的乐土，那郁郁葱葱的青翠竹林，就是憨态可掬的大熊猫繁衍栖息的故乡；那苍苍莽莽的高山草甸就是勇武健硕的大羚牛生儿育女的家园；那飘飘荡荡的白云深处，就是东方宝石朱鹮自由翱翔的空间。

更多的时候，行走在层峦叠嶂、千沟万壑的秦岭，脑海中浮现的是一千多年前唐代诗人艰难跋涉的身影，耳边响起的是他们在艰辛的旅途中或慷慨激昂，或清新婉转，或哀怨悲凉的吟唱。

大千世界，芸芸众生，每一个人都有一个属于自己的家。这个家，总让远方的游子，历尽千难万险后，仍然念念不忘回家的路。无论你身在何方，心永远朝着家的方向，那里有给予你生命的父母，有陪你一路走来的兄弟姐妹，有相濡以沫的爱人，有活泼可爱的孩子，家是人心里永远最柔软，最甜蜜的地方。

唐朝的秦岭是个写满了诗歌的秦岭。蜀中才子求取功名、失宠官宦贬谪蛮荒、南北商贾货殖谋利、文臣武将走马上任、遭灾流民迁徙飘零往往都要翻越秦岭，走向他们人生的下一个重要驿站。也有人卜居秦岭北麓的终南山，或为了修身养性寻求一片清静的山水；或待价而沽、由终南捷径走入长安的官场。这些来来往往穿越驿道或结庐终南的人中，有许多就是名垂青史的伟大诗人，他们在秦岭中留下许多不朽的诗篇从李白的《蜀道难》到白居易的《长恨歌》，从王维的《辋川图》到山水田园诗派，面对秦岭，历代才子或挥笔豪放，书写秦岭的雄浑、奔放，或淡雅、内敛，挥洒自己对秦岭山水的感悟。

古代的诗人，描写自然景色，主调就是表现人跟自然这种和谐的关系。王维应该是特别的，李白也是这样，杜甫也是这样。恐怕这是中国古代文学当中，一种人跟自然，心、物能够达到和谐的融合，这是一个普遍的追求。

无论是白居易还是李白、王维，尽管他们熟知秦岭、喜爱山水，尽管他们思想活跃、落笔如神，毕竟他们生活在距今1600年前的唐代，当年诗人眼中的华清池、太白山以及辋川与今天的现状注定不同。对于现代人来说，全球化的文明进程和全球性的生态危机几乎是并驾齐驱地飞驰而来。与人类一样，具有庞大身躯并且一直默默无语的秦岭，同样承受着压力。

位于秦岭北麓的一座山原名叫石楼山，但今天的人们却习惯叫它楼观台。传说2500年前春秋时期的老子骑着青牛缓缓而来，就是在楼观台向世人讲授了他的著作《道德经》，从此这座海拔只有580米的山梁就成为令后人高山仰止的哲学之巅。楼观台也就取代了石楼山的名字而名扬天下。

老子在《道德经》里有这样一段话。道之尊，德之贵，夫莫之命而常自然。生而不有，为而不恃，长而不宰，是谓玄德。

大意是说“道”是这个宇宙万物衍生的根本规律，“德”是循道而行，之所以被尊重和崇尚，就在于“道”和“德”对万物生长繁殖顺其自然，不加干涉。

秦岭不仅是中国南北方的界山，而且还是南北方地理、气候、资源差异的缔造和分隔者。正因为它庞大而绵长的身躯阻断了南北气流，才有了南雨北雪、南船北马以及南方的阴柔与北方的豪放等等人文差异与文化的多样。秦岭也不仅仅是长江黄河的分水岭，它还是长江黄河最大支流，汉江和渭河的发源所在。是汉江和渭河把秦岭南北的色彩与气质引向了整个国家版图。从这个意义上可以说，秦岭又是南北方特性资源的集大成者，在中国境内的众多名山大川中，能够统揽南北方迥异风采于一身，所谓马头看桃花，马尾扫风雪的山脉唯有秦岭。像欧洲的阿尔卑斯山，美洲的落基山，中国的秦岭，并称地球的三姐妹。

秦岭文化的源头，可以追溯到我们中华民族刚生成时候的蓝田文化、仰韶文化、半坡文化。

# 美丽的心

在哈尔滨的俄罗斯商店里，我看到了一件精美的艺术品，看上去，是两只手合围的“心”形，下方还有金属做成的心形吊坠。造型简单，小巧玲珑，美丽不凡。我毫不犹豫地将它买下，纳入行囊。同行的朋友也想要，可惜仅此一个。

商店的老板告诉我，那是他去俄罗斯进货时，人家所做的三件，她全买了，自己留下一个，剩下两个放在商店出售。材料未必金贵，但是很有艺术品位。我私底下想，看来这女老板的艺术品位也不低啊。

心之官则思。捧着这样美丽的心上路，一定是惬意的。想想看，我们的生命，总是在冷暖交加中前行，尘世间有多少风花雪月的故事，就会有多少的离合悲欢；有多少相遇与别离，就会有多少缘聚缘散。人生一场繁华几多浮沉，我们一直在寻觅，寻觅那可以安放灵魂的素洁之地，可以安静的读书，安静的写字，安静的想念，安静的忘却。也许这样，就可以留驻那片心灵的桃花源，花影扶疏，修竹绕庭，让灵魂升华，让心灵归航。

把这样一件精美的艺术品摆在桌上，呈现在眼前，也是很养眼的。本来嘛，我们这个世上之所以纷杂，不是人太多，而是心太窄；不是路不平，而是心生怨。看着美丽的心，你就会深深懂得，不是所有的故事，都会有一个完美的结局；不是所有的相遇，都能在记忆的窗口留下永恒。一切的执念，一切的诺言，待经年回眸，或许，都会若云似烟。或许，学会放下，心才会自由……

心，是人体的发动机。人这一辈子，拼拼打打，风风雨雨，基本上就在忠心、信心、责任心、事业心的驱使下成长，在虚心、细心、慧心和感恩心之下进步，在虚荣心、宽容心、包容心之下前行。时光的长廊里，总会有一抹心香，在生命中安放，那是灵魂的相契，是心灵的相惜，是镌刻在岁月扉页上的深情缱绻。借来皎洁的月光，编一个花冠，将星星捻成指环，然后送给你，不要承诺，抛却伤感，只要相爱，不在佛前，只在心里。合欢不言，木兰不眠，沁了心的眉眼，我坐在月下，只是安静地想你，假如能有一张不老的如月般的纸，我会写下你的名字，还有故事，然后去轮回，关于结局，不闻不问。

从哈尔滨回来，我把这美丽的心放在电视柜上，细细地咀嚼它、品味它，愈加发觉这颗心与我的心十分接近。如是我想，一切美的创造者，正是有心的人。有美好心灵、细腻生活的人，永远不会是充满欲望与企图的人，他们会倾其一生去追求伟大与梦想。

# 听　水

水是极其平凡的。当初学习水的三态变化，老师用了那么多言辞来讲解，花了那么多功夫，听得孩子们云里雾里，却也没有搞明白水的真谛。

对水真正的观察和领悟，是雨后一次偶然的关注。那一天，雨来得急，下得猛，雨后，雨水一滴一滴从屋檐下跌落。落在花叶上，落在水池中，落在容器里，声音各不同。于是，我开始静静地听，满满地回味，心神越来越安定。

水性单纯，水珠澄明，水声杂而不乱。水触物首先显示它的柔劲，然后才释放声音。撞到石头发出的声音略尖锐，水的调门高时像水一下子涌到嗓子眼，欲出不能。水过绵软之地，如草地或沙滩时，声音近于无，宛若雪落黄河静无声，哽咽着却看不出难受。

听水听得多时，总想捕捉它的调门，但水时时变幻，飘忽不定，像风铃，音质清悦却无法调和，因为风本身就无法调和。自然界的水声太好听了，乐器怎能尽显其神韵。流水在音乐里用乐器独奏或合奏，主要是对听众意识的引导，是神似及意念的契合。对水声模拟最富想象力的本土乐器当属弦乐，古筝和六弦琴是鼻祖，叮咚铿锵，宛若一滴水蹦到脸上，让人一激灵。《高山流水》这支古曲在乐典里仍叫座，顷刻间让人身临其境。洋乐器，如钢琴，指间飞扬让音色变换更繁复，音律紧贴灵魂，意念完全被套住了，场面宏大、欲罢不能，江河湖海囊括其中。

老子说，上善若水。其实水最明白众生。一群蜜蜂停伫水边，密密麻麻，黄格子肚皮，像是褐色的毛毯上绣满了麻黄色的小花儿，背敛双翅，大腿上粘满花粉。它们莫不是也在饮用这滋润的水？

水的流动或滋润中写满善良。水与水感情最厚，手挽着手，到哪都相随。“流水无情”是臆断，不代表所有人都有这种想法。水一路小跑时，话说个不停，比人更显亲近。水跑起来不管不顾，拐弯抹角手一直牵着，比人类情侣真诚。水流湍急，接踵而至，知道前面的水等得着急。直到停下，才汇成一个水面。大小不说，静还是静，手依然挽着。

在大海中听水，是另外一种境界。耳朵没进水里，人世间一切声音都被海的深情休止了。耳边是那样空茫，只是偶尔出现一两声咕咕的鸟鸣，我不敢说这是深海的鱼儿约来了谁在向我们致敬。波浪充满催眠的抚爱，使我的身心异常熨帖和平静。我似乎听见身上所有的细胞都变成一只只风铃，随着海的律动在铮铮作响。我被海的灵魂赋予了安详，海的气息给予我沉静。不觉间，我也学着深沉起来，坦诚起来。利益覆盖下的虚伪及以往的浮躁和烦恼，都随着水的波澜到深海远行。波浪、潮水、船只、暴风雨和鱼儿的声音，难道不是都锁在满是水的环境里，正如我们的声音包容在空气的环境中一样。

听江河的水声，大江、大河，可以听到浩荡的水声，好像激越的和弦，那么粗犷，奔放，坚毅和从容，我竖起耳朵，仔细倾听，脑海涌动无限遐思。循水声而去，一条古朴典雅，清幽灵秀的小河又进入眼帘，两岸绿树葱茏，柔枝交错，亭台楼榭掩映其中。一座气势非凡的廊桥横跨在河面上，这是一座木质结构的古桥，步入桥廊，静立远眺，清凉的空气洇润着鼻翼，闭上眼睛，便感到了一种直抵心间的安宁。

而这水声，就来自脚下廊桥的桥墩之间，水流至此处，好像蓄足了力气的跳水运动员一样，四肢一缩，身子一纵，一个猛子扎了下去，桥墩之间便留下了一个神秘莫测的旋涡。我喜欢看水，更喜欢听水。我常想，水应该是有生命、思想和灵魂的，那滔滔不绝、变化万千的水声，也许是一种独特的语言。水，在用自己的方式，日夜不息地讲述着自己的过去和现在，同时也畅想着未来。

# 阴山深处

走进阴山深处，峡谷那么近，那么空。然而，山川那么杂乱，环境那么堪忧。

早知道我的老同学、好朋友子龙，离开他熟悉的啤酒制造行业，带领一干人走近阴山腹地，开铁矿、制铁粉，干得热火朝天。几次邀请我去看看，却一直没有时间前往。这一次，我专门抽出时间，从北京直飞包头。

离开雾霾遮盖的北京，一个小时的时间便飞达包头。天空纯净湛蓝，如水洗一般。白云纯得没有一点瑕疵，悠悠地飘着。接我的车子，很快把城市甩在身后，很快便驶进草原，那么恬静、辽阔。

傍晚的阴山，线条特别的柔，看上去有一种很自然的韵律。半弯月亮挂在天边，秋色渐渐凝重。薄薄的云雾自山的罅隙里流泻出来，缥缈空灵。雄鹰在蓝天翱翔，牛羊静静地吃草，马群悠闲。此时，不管你做什么，都是那么自然。

子龙的工厂就坐落在这里。它的东南方向是有名的大桦背景区，南面是白彦花，西面是乌梁素海，北面是金色的沙漠。大约一年前，他们还住在简易的工棚里，如今，现代化的厂房和办公区已经建成。厂房是蓝色的，办公区是白色的。第二天，我用大半天时间进入山区看平硐，还到接近大桦背的地方看风景，回来的路上，还参观了一段阴山岩画，最后参观了厂区和办公区。

真是三十年河东，三十年河西，一个人的发展轨迹不会一成不变，原本一路顺风顺水的子龙，谁曾想人到中年却跳槽到这里，无疑这是一种无奈的选择。想想我们大学四年，同一宿舍，同为上铺，头对头，情投意合。大学毕业以后，我留校，他分回原籍，一直在啤酒厂工作，从出纳、会计做起，晋任财务科长，一直到啤酒厂总经理。一路上磕磕绊绊，摸爬滚打，尝尽了酸甜苦辣。尽管如此，无论他本人还是我们，从未想过他会离开自己钟爱的事业。人生路上，总会有太多的变故，总会有太多的失意，真是世事沧桑啊！

子龙上午有会，派司机陪我参观。我们顺着小道一直往山里慢慢行驶，山两侧的植被已经被严重破坏，据说，这里方圆几十公里有 70 多家公司在开采。清晰可见许多选矿设备还在运转，排放的废矿石，直接顺山体而下，把原来美好的生态遮盖得严严实实。越往里走，越是触目惊心。大山被挖得支离破碎，千疮百孔。一辆辆大型翻斗车来回运作，工人们都在不停地忙碌着。装载几十吨铁矿石的大卡车源源不断驶出，不仅道路尘土飞扬，很多路面也被压烂，而且草原严重破坏，当地牧民怨声载道。

一路走来，我心情无比沉重。无心一一细看。下山，司机小石提议到附近的山上看岩画。岩画，顾名思义就是雕凿或绘画在岩石上的图像。它以古朴、粗犷、凝练的画风和丰富而独特的文化内涵，引起了人们的普遍关注。我们爬到山上，见大大小小的石头上，都是各种各样的动物图案。北方游牧民族的衣、食、住、行等各方面的生活，在岩画中都得到了充分体现。有他们狩猎、放牧、舞蹈、战争、交媾的场景。有各种动物图像，有的画面，充分发挥了作者的想象力，具有强烈的浪漫色彩。

从山上回厂区的路上，我想了许多。如果说人生是一块儿画板，那么我们就是自己最好的画家。对于子龙而言，尽管他定位于职业经理人角色，但是，选择创业，其实就选择了一种生活方式，选择了一种自我尊重。因而，探索和辛酸就注定会成为他永久的事业伴侣。由是想到人生，人生最大的庆典，莫过于心中的信仰和理性的大厦落成。而创业应该是一种生活态度的表现，选择创业能让人真正读懂放弃，而放弃的本质在于学会从容和明智。一如放弃平庸，放弃别处的安排，放弃别人的路。创业，给予人的本质，在于人生的一种创新。创业者不会把自己停留在任何一个句号上，因为他的土地不允许杂草丛生，他的青春不允许虚度年华。

那天中午，子龙在乌拉特前旗要参加一个婚礼，我也要到临河看母亲。于是，我们离开阴山，离开厂区，一路向西而去。

# 凤凰古城

来到凤凰城，是一个晚秋。

那时，秋风秋雨中，我们从长沙乘火车，经过湘西的邵阳、吉首，再乘车来到这个沈从文笔下的凤凰，来到这个黄永玉描摹过的凤凰。

凤凰实在是一个美丽的地方。它依山傍水，古城墙沿山蜿蜒而上，屋前是缓缓流淌的沱江，江的对面也有人家，高高低低，错落有致，古朴精妙。

一弯一弯的河水朝着这座叫着凤凰的小城缓缓而来。大坝挡不住它亲近这座小镇的决心。贪婪的沱江只想着把这个小镇的污垢带走，速度沉重而缓慢。当它一直流到南华山的脚下，传说很久以前南华山是凤凰腾飞的地方。在那个“出门靠走，通讯靠吼”的年代里，远行全仰仗着这弯河水，所以，准确地说，它并不是只驮走了这里的污垢，也驮着人们的希望和梦想，包括沈从文在内……

古城区里鳞次栉比的店面有蜡染作坊、银器铺子、卖牛角梳子的小店，当然，还有各式各样美丽的苗服。最多的就算是做姜糖的，整个街上空气里都飘着淡淡的姜香……

晚上，沿着江边散步，听水流声，看着江水里星星点点的许愿灯，淘着路边阿婆小摊上的各种小饰物，心里，是前所未有的满足。

凤凰是苗族的吉祥物，代表祥和。凤凰下面有十二只神鸟相对而视，左右对称，那景观特别震撼。刚上山的时候，看到很多题字，都是黄永玉老先生的亲笔，让我们在陶醉风景的同时，又能感受到一些艺术氛围。南华山的终点就是那几座亭台楼阁，属于吊脚楼，那是苗家的特色。来凤凰，当然不能错过吊脚楼。从跳沿到虹桥，一路欣赏着河对岸的吊脚楼，一路听着游船穿过下游时艄公的苗家山歌，的确是一道不错的风景，一种独特的享受。

清晨的凤凰，透着些许宁静，周围的气息好像凝固了，形成流水人家的水墨画卷。

心里不禁赞叹，凤凰真美！凤凰的美，是那种透着灵秀与文化沉淀的醇厚之美。或许，浮躁的心是体会不了凤凰古城的。

# 凤凰城再记

湘西的凤凰城是一座别具风情的古城，传说一对凤凰曾从这里拍翅而起，小城便留下一个美丽的名字。然而，我对小城的了解，大多源于沈从文及其作品。

秋天的凤凰城，气爽天高，草木葳蕤。沱江如酒，醉了高亢悠扬的船工号子；吊脚楼起舞，吸引了过往的行人。

走进凤凰城，漫步在平整无语的石板路上，望着那沉寂肃穆的古城墙，静静流淌的沱江水，看着擦肩而过的苗家汉子、多情湘女……啊，这就是沈从文笔下的边城。

眼前这弯沱水，在沈从文的小说里流淌了几十年，如今显然是瘦了，小了，然而水却没有断。不是吗？夏天河水旋转着他的呐喊；冬天河床冻结着他的坚强。河正中的那座桥，一直都架在他的背上，他的腰没弯，桥却早已更新换代。早些年，据说他从京城回乡，坐着小船尽情地漂了一回旧路，可那橹却再也摇不出儿时的乐趣了……沱水流走了多少时光，沈先生那清瘦的身影在流水中却越长越高。

太阳冷峻地挂在头顶。尽管我的脚步轻轻、心儿却是沉沉的。 通往沈家公馆的巷子太窄太深，我们七拐八弯，踩碎了苔藓，终于寻到了他的故居，看得见，创作出《边城》的那张大理石镶边的桌子还在，那把伴随他几十年的藤椅还在， 还有那床以及挂在床上的蚊帐，分明散发着他微微的体温，蕴藏着他一辈子翰墨的芬芳……

小街弯弯曲曲，四通八达，我们由着性子四处转着。街旁有仿古的幌子，有木头制的朴拙却大气的横匾，还有用大块的蜡染、扎染布作为招牌的。从这些不拘一格又脱俗高雅的招牌中，不难看出凤凰深厚的地域文化和凤凰人聪慧的群体气质。虽经漫长岁月的风剥雨蚀，凤凰古城仍完整地保留了明清时期形成的传统格局和历史风貌，随处可见明清风韵的染坊、银号、商铺、酒坊，还有身着民族服饰的摊贩散布其间，构成一幅悠远深长的湘西写意画。难怪旅居中国近60年的新西兰作家路易·艾黎把它称赞为“中国最美丽的小城”呢。

# 雁栖湖即景

立秋刚过，来到怀柔，来到了雁栖湖畔。

水环山，山抱水，天水一色。远山如黛，燕山在雾霾中若影若现，宛若披着薄薄的轻纱，圣洁而美丽。雁栖湖就充盈在它的脚下，山水相依。湖水静待如睡，群山、绿树与我一起陶醉。

湖畔，杨柳婆娑起舞，燕子在柳枝间穿行。远眺，湖水犹如翡翠，晶莹剔透。阳光柔美地照在湖面，微风吹皱湖水，湖面上波光粼粼，闪烁着，跳跃着，恍人眼。漫步在小道上，从湖边的这头走到那头，听得见自己细碎的脚步声。而脚步声又引来一浪高过一浪的蝉鸣。仿佛一步一步地走入了幻境。雁栖湖，我来了，你给我满湖仙境；我走过，你若一缕清风，吹开燕山一角，跌宕在梦幻般的湖景中。夏的热度不减，秋的凉意阙如，身上汗津津的，好想投入湖中，与湖水一起律动，冷却我对自然、对历史以及前世今生的那些浅意朦胧……

八月，秋老虎依然凶猛。行走在午后的光阴里，与湖水互动。细数流年过往，漫谈风土人情。路边的花香袭人，湖畔的腥气缭绕。老树新枝，西阳照水，无须惊天动地的壮举，也无须轰轰烈烈的话语，湖与我，我与湖，已经紧紧相连。云在湖心，湖在我心，那一朵飘逸的云水，随风荡漾。

身边，鸟语细细，水雾蒙蒙，幻化了天上人间的美丽。而我的脑海里，还是俗世中的那些恩恩怨怨，两相对比，想来可笑。很久了，似乎我已经习惯了这种生活，没有浪漫情愫，没有激情，平淡无奇。平淡不是完全没有绚烂的釉彩，或许它更能描绘我生命的英姿，是谁为我怜惜，是谁为我呵护，都是淡淡的说不清道不明的感觉，如同澎湃的湖水。

湖岸漫步，晓风残月，猜想或许彼岸繁花。自然界是这样，人生也是这样。花叶何寻，因果何知？都是缘分注定，都是浮华沧桑。人最悲哀的，并不是昨天失去得太多，而是沉浸于昨天的悲哀之中；人最愚蠢的，并不是没有发现眼前的陷阱，而是第二次又掉了进去；人最寂寞的，并不是想等的人还没有来，而是这个人已从心里走了出去。人越成熟越能领会，曾经很在乎的已经不值一提；心越成熟越明白，平淡最美，清欢最真。

顺着湖滨望去，蝶恋花丛，起舞多姿。如若十里长亭，那些翩翩舞姿，在思念间阡陌徘徊。泪眸潸潸，滴与孤独，同与寂寞，孤独共舞寂寞，前世擦肩，来生逢缘，思念在夜风中飞舞。梦醒时分，随风而逝，牵挂无言，相思无声。

# 崂山海韵

## 1

甲午盛夏，来到青岛。

从老火车站出来，沿着胶州湾一路向东，奔赴崂山。

雄伟的群山，奔腾的黄海，一望无际的海岸，盛满一方风韵；烈焰的阳光，金色的沙滩，穿梭的渔舟，演绎万种风情。

我们抓紧把行李放在房间，立即走向酒店附近的石老人海滩。

浪是海的诗行，用卷起的千堆雪，在蓝色的纸笺上，留下海的无暇，潮的欢畅。

风是浪的音符，从苍茫的波涛上掠过，激起鱼的腾跃，鸟的歌唱。

## 2

崂山，“海上第一名山”，秦皇汉武，都曾到此，种种神奇的传说和故事，至今流传。

崂山，道教圣地，著名的“九宫十八庵”，就在这里，道教传人张三丰曾在此修道。

而今我在崂山，到处可见突兀的山脊和奇峰异石、长涧幽洞，真可谓奇峰凌云，削壁依天。“山海奇观、道教名山”正是对这座海上仙山的写照。

晴空之下，崂山宛如海边上挂着的一道绝妙的山水屏风，那一个个此时已为白黄色的山峰，像一群容貌绝佳的女子，千娇百媚地依在了一起，淡淡的云雾像洁白的飘带，绕在她们的身边。那一条条山的纹理，那绵延的挺拔的气势，那点缀其上的秀林飞泉，如画家的匠心独运。

站在画前，我如饮酬醪，欲醉欲仙。看海岸，飞花点点，如蝶翩翩。

醉了流水，香了时光。紧闭的心扉，轻易就被这一袭暖轻轻打开。

而此刻，我才真正领会了青岛美，美在海，也美在山。而这山，便是崂山。

## 3

我们乘坐缆车，向崂山慢慢滑去。

树木在黄色的岩石表面顽强地爬出了巨幅画面，旖旎壮观，令人震撼。赏完山景，面朝大海，海天一色，有一种悬于浮云和海面之间的奇妙感觉，令人心醉。

最早知道崂山，还是小时候读蒲松龄的《崂山道士》，并被神奇莫测的道士法术所吸引。如今到了崂山，太清宫是一定要看的。

太清宫从初创到现在已经有两千多年的历史，几乎每朝每代都进行过修葺，至今还一直保留着宋代建筑的典型风格。庙宇主体分三官殿、三清殿、三皇殿三部分。

徜徉太清宫，古树名木，蓊蓊郁郁，殿宇深深，布局森然，袅袅的檀香四处弥漫，钟磬梵呗，高一声，低一声，悦耳清心。在这神秘氤氲的氛围里，恍兮惚兮，神思邈远。

## 4

蔚竹庵，蔚竹成林，苍松竟茂，怪石奇秀，涧溪成韵，泉水叮咚，清新幽静。

龙潭瀑布，汇集了八条溪水，聚成了一股激流，宛如一条玉龙，从悬崖之巅腾云驾雾呼啸而下。拟其形，取其声，观其色，颇为惊叹。

崂山最高峰名为巨峰，“云海奇观”“旭照奇观”“彩球奇观”是巨峰景物中的三大景观。还有九水十八潭、华楼山、太和山，都是景色奇美的所在。

站在明霞洞旁眺望，茫茫的大海在山的环抱下一览无余，亦梦亦仙，独有一番气象。这，也许是崂山神灵赏赐给我们的梦幻吧。

崂山在浩瀚的黄海之滨拔地而起，矗立于万顷碧波之中，其峰峦叠嶂之秀、沧海浸润之奇，为寰内群山之独有。在崂山看海，似乎永远也看不够。若是云散日开之时，群峰环列，碧波万顷，霞光异彩，蜃楼海市的壮丽景色便可一览无余。

## 5

大凡道家风骨，寻山总以幽奇竞秀为先；大凡佛门寺院，觅境总以尘寰之外、善缘之内为准。而文人贤儒，踏山则无奇不往、无险不游。因而，无论帝王将相之眷顾、道家佛界之垂青、文人墨客之流连、乃至普罗大众之朝拜，均源溯于此。

自古以来，历代文人名士络绎踏访，探胜寻幽，逸兴遄飞，更有僧行道随，结茅于斯，论道谈禅，吟赏烟霞。特别是由于历代帝王的赏识，著名道士的推崇，李白、苏东坡、文徵明、顾炎武、郑板桥、蒲松龄、康有为、郁达夫等等许多文人雅士纷纷慕名而来，写下了多彩壮丽的诗篇。

邱处机赞崂山之奇："五岳曾经四岳游，群山未必可相俦；只因天涯海角背，不得高名贯九州。"李白称道崂山："我昔东海上、崂山餐紫霞。"赵子昂有"挥毫绘成天然画、笔到穷处难寻源"的感叹，康有为有"神仙排云出、高台照金银"的仙境。

特别难忘的是巨峰山门的那副对联：

鳌崂独壮哉，海抱神山山抱海；
诸子俱来矣，贤传大道道传贤。

这副对联，道出了崂山神踪仙履之悠然、人文历史之浓厚。

崂山，一部千百年来吟读经久的山川文卷，读之弥久，味之弥深。

## 6

静看崂山，远望大海。我们在索道旁的一处茶馆小憩，品几盅崂山绿，清洌幽香，别有风味。

崂山有仙山之称。静静观察，仔细品味，崂山之“仙”，仙就仙在虚无缥缈的奇幻景观，仙就仙在道教文化的博大精深。试想，有碧波大海的滋润，有巍峨崂山的孕育，崂山何愁不仙，何愁不灵？毕竟，崂山因为有水而尽显通灵，大海也因了崂山的巍峨而显得更加壮阔。

这样一幅优美的画图中，你可以拈一指姹紫嫣红，挂在指尖，滴一滴清清露珠，浅润唇边，浅饮孤傲与眷恋。一笔淡墨，将红尘逐云的才情，写到极致。

再回到酒店，轻轻推开月下轩窗，一缕清风拂过面颊，定会惊碎你的思绪。伸手，掬起一捧月色柔和，轻柔风丝，拂柳曼舞如诗，低吟缱绻滑过双脸，溅起一泓清泪，氤氲了谁的相思？

今夜，月如旧，思念如旧。只是，风动、心动，散落一地的流光碎影。

## 7

浩浩渺渺、横无涯际的大海，碧水共长天一色；小岛星散，如翠髻、如青螺、若隐若现，海滨的礁石，犬牙交错，或苍，或赭，或褐，或垩，时有惊涛拍岸，时有千堆雪。

换个角度，从海上望崂山，峰峦突兀，云萦雾纡，险壑壁立，流泉飞瀑，松倚怪石，百态千姿，令人胸襟开合，气舒神爽。

崂山，既雄旷泓浩，又绮丽俊秀，难怪《齐记》云：“泰山虽云高、不如东海崂”。

## 8

道教法天象地，所强调和崇敬的是自然界的普遍的生命力。

在太清宫三官殿，我们见到最古的一株圆柏，传为三官殿创始人张廉夫初建此庙时所植，已有2100多年树龄，挺拔伟岸，生机盎然。

更奇的是，树上复生凌霄、盐肤二木，三树一体，凌霄正值花期，橙红色的花朵恣意绽放，在苍苍汉柏的树冠上增添了几许春意。

想想看，2100年，这是多么漫长的岁月啊，风刀霜剑，兵燹雷殛，历尽沧桑，这棵大树不仅巍然耸立，还默默收养了两个漂泊无依的游子。从大树身上，我看到了道教思想中的“好生之德”“有容乃大”的真义。

除此之外，还有一株名为“绛雪”的老山茶，青岛人叫耐冬，也是青岛的市树。树龄已近700年。据说是明代著名道士张三丰渡海从附近的长门岩岛上移植过来的。每当寒冬季节，满树绿叶滴翠，千花怒放，无比娇艳，犹如落下一层绛雪。

据说当年蒲松龄寓于此，日日与牡丹、山茶相对，触发灵思，孕育出优美神话故事《香玉》，文中白牡丹和红山茶变成美丽的女子，与一位书生谱写出一段缠缠绵绵的恋曲……

# 北京万寿寺

秋色氤氲的季节，沿着“清且涟漪”的昆玉河，我们来到了苏州桥和紫竹桥之间的万寿寺。

## 1

常常游离在梦的世界里，脚步疲惫，目光迷乱，却怎么也寻不到那梦里的芳踪。比如这万寿寺，来北京这么些年，我们才刚刚来到它的门前。

万寿寺声名在外，尽管熙来攘往的人们经常擦肩而过，但知道并在意它的人并不是很多。这让我有点莫名其妙，就如同早年读王小波的小说《万寿寺》一样，不知所云。是啊，西三环的车流滚滚，昆玉河的流水淙淙，民族大学的书声朗朗，几个方面搅和着，不知该如何欣赏，从何品味。

不过，我们远远地就看见了万寿寺的山门。它独树一帜，我行我素，尽管受尽了冷落，依然与周边的现代化建筑格格不入。你看它山门上面的尖尖翘角，其状若飞，富有禅意；下面的台阶上，洒满金叶，自有风情。过山门，不再香客盈门，不再烟雾缭绕，完全是一个静谧的世界。

## 2

多年来，我一直在思考艺术和人生之间难以切割的关系。人生如画，有时你是画者，有时你又是画中人。而万寿寺被强加的另一个名字，就是北京艺术博物馆。注视着吴作人先生那富有艺术气味的题字，在有所感悟的同时，又感觉有些匪夷所思，搞不明白这寺庙与艺术之间怎么会有如此交集，或许只是风云际会吧。

记得早些年，初来北京的时候，有朋友介绍说，北京艺术博物馆值得一去。说它收藏有各类古代艺术品近五万件，上起原始社会，下迄明清，蔚为大观。藏品还包括历代书法和绘画，皆为我之所好。

还有碑帖及名人书札，宫廷织绣、宫室瓷器、古代家具、历代钱币及玺印等。此外还有青铜器、玉石器、竹木牙角器、佛造像、鼻烟壶等，不胜枚举。还收藏了上自宋代下至民国的古籍图书十余万册。

只可惜，我们这次来，许多藏室大门紧闭，只有两个藏室可以一览，分别展出龙泉瓷器和陇西玉器，自然不够过瘾。我忍不住感叹，这所谓的艺术博物馆，名不副实，与那每人20元的门票，相去甚远。不免有一些乘兴而来，背兴而去的感觉。

这反映了北京所谓的艺术博物馆，没有发挥出真正的场馆效应。反观国外的博物馆，无论大英博物馆还是大都会博物馆，那种人潮麇集，络绎不绝，藏品琳琅满目，人们如饥似渴的场面，这里自然有些冷落。这占地三万亩的博物馆，物未尽其用，人未尽其责，藏品入冷宫，可惜了。

## 3

这感慨，感慨在无声无息的岁月里。本来，万寿寺历经明万历，清康熙、乾隆、光绪历朝的数次大规模翻建，早已形成了集寺庙，行宫，园林为一体的建筑群，被称为“京西小故宫”。当你步入寺内，就可以看到，它深庭广厦，琼楼玉宇，雕梁画栋。你会感叹它的精致宏丽。

当你在寺内徐行，它曲栏回廊，御书碑亭，青石假山，古道地宫，苍松翠柏，错落有致。你一定会联想并喟叹它当初的盛景。

特别是当你步入最后一进院落，一片假山，两株银杏，还有那用巴洛克风格建造的“西洋门”，更会让你耳目一新。

我要说，这种规制，似乎在圆明园中也可以看到。

## 4

晨钟暮鼓，梵音袅袅。《小窗幽记》有云：焚香煮茗，阅偈翻经；俗念都捐，尘心顿尽。

万寿寺，这座肃穆的皇家庙宇、佛教圣地、皇家寿宫，早已经风光不再。军管过，学校用过，闲置过。不知是谁的主意，1985 年被辟为艺术博物馆。

万寿寺留给人们的只有想象，或者从一些史料中揣摩它的人文轶事、历史掌故。

据说当年慈禧经常往来于颐和园与紫禁城之间，总要在万寿寺拈香礼佛，在西跨院行宫吃茶点。太监李莲英为了恭维慈禧，特意命人制作了一个面似慈禧的观音像，慈禧的“老佛爷”之名便由此而得。怪不得看过这尊观音以后，爱人连声说不像不像呢。

“十里青山行画里，双飞白鸟似江南”。万寿寺门前的昆玉河，如今依然有游船通过，据说路线与当年慈禧行走的一模一样。想当年，除慈禧外，只有阿哥、格格级别以上的人才可随驾乘船，游览景色。要知道，慈禧水道的秀美景色，当初的老百姓是根本无缘得见的。

## 5

岁月的沉积，让人们心生些许敬意。那是不经历千锤百炼永远达不到的厚重。

从万寿寺出来，看见旁边的路标上，赫然写着“法华寺”字样，不禁好奇。问身边的管理人员才知，这名叫“法华寺”的寺庙在北京共有四处，一是崇文门附近的法华寺，二是城北报房胡同的法华寺，三是香山法海寺后面的法华寺，还有就是魏公村民族大学内的法华寺。而路标上标注的，就是民族大学内的法华寺。

据说当年谭嗣同“密访袁世凯”，就在这里。只不过这座“法华寺”，早已挂牌为“海淀区重点文物保护单位”，成为该校幼儿园。让人不免产生时移势易、世事沧桑的叹息。

## 6

烟雨霏霏，六朝故都如梦；河上春柳，依旧烟笼长堤。

记得王小波以一句“一切都在无可挽回地走向庸俗”作为小说《万

寿寺》的结尾，那么此刻，当我参观完万寿寺之后，该做何感想呢？岁月在人事过后变成最美的伤口，沧桑是伤口上绽放的玫瑰，簇簇层层渲染着岁月的美丽。

一座寺庙，斑驳的历史，厚重的情感，总在不经意间让往事纷飞，忧伤落地。

万寿寺，那青石上的苍苔，废弃的殿堂，不再鸣响的永乐大钟，无不在无边的风月里演绎孤独和苍凉。又譬如人生，我们不可能不经历风雨，所以再美丽的容颜都会老去，再奢华的浪漫都会归于平淡……

# 在河一方

一条河，在故乡的家门口流过。从小，我们静守着这方热土，与河为伴，看河水潺潺东流。

村叫河套村，河叫二黄河。二黄河是一条人工开挖的河正式名称叫总干渠。只是因为它比黄河小，父老乡亲们就叫它二黄河。

河自西向东流淌，虽没有“乱石穿空，惊涛拍岸”的浩荡气势，没有“桨声灯影里的秦淮河”那般温婉柔弱，没有江南水乡“以舟行碧波上”那种泛舟的浪漫雅致，却实实在在地灌溉着八百里米粮川，敞开胸怀给两岸的村落注入活力，造福家乡 170 万人民。

小时候，经常到河里挑水吃，常常趔趄着跟在父亲后面，学他挑水的模样。那时候的河水是黄色的，需要很长时间才能澄清。这个时候的水，清清的、甜甜的。父母就用它来做饭洗衣。

二黄河是自流灌溉的。只要放开闸门，河水可以自由流淌到河套任何一片农田、任何一个村落。一年春夏秋三季浇灌着两岸的土地，也包括岸边的树木、林中的小鸟、田中的小草。

春天，冰雪消融，流水潺潺。虽然主河道的水是黄色的，但是岸边的水却是清澈的，不时可见鱼儿自由自在地游动，成片的黑黢黢蝌蚪在这里踏上生命的旅程。岸边，杨柳依依，草儿青青，芦苇悄悄长出嫩芽，野花处处散发着幽香。河岸边的田野里，则是春耕大忙景象，不时传来人的喊叫声、牛的哞哞声、狗的犬吠声、牧童的柳笛声。父老乡亲们在这里辛苦劳作，洒下汗水，播种着希望。

夏天，二黄河岸边，野花盛开，芦苇更加茂密。大姑娘、小媳妇，三五成群，或洗着头发，或洗着衣服。欢声笑语中，一件件衣服、花花绿绿地点缀在河岸的大树间。当春蝉抱着树木吟唱的时候时，那些光着屁股的半大小子，便成为河里的常客。他们从毒辣辣阳光暴晒的中午，到金阳铺满整条河流，甚至蛙声四起、萤火虫飞舞的夜晚。他们一直在水里游戏着，摸鱼、捞虾、在打闹追逐中自然而然地与二黄河融为一体，每个男孩子或多或少练就了游泳的本领。

秋天，河水暴涨，芦花如雪，蒲棒呈红。落满树叶的地面总会冒出许多小蘑菇，像小精灵召唤着每一个采蘑菇的眼神。在秋风中共同释放着成熟、自信。鱼肥，虾壮，还有河岸上红色的高粱，金黄的玉米，映衬着父老乡亲红扑扑的脸膛和笑容。

冬天，河面渐渐冰封。滑冰、玩陀螺是孩子们必需的体育活动。大人们，则在远处的冰面，砸开冰窟，洒下鱼食，落下渔网，然后轻提网绳，十几斤、几十斤的鲤鱼便拖上冰面来。

一个人，一株草，一棵树，在一条河的荣枯中荣枯。多少年了，二黄河就这样流着，流过我的梦境。它对我的影响，就是这样悄无声息。

二黄河，我心中的河。河岸边，还有我家的老屋。高大的院墙，阻隔了外界，也阻挡了喧嚣。院子里，红柳和枸杞茂密，几可等身。红柳的枝身已经很大，上面缀满了花蕾。带刺儿的枸杞叶下，结满了红果。

走进老屋，有阳光入窗，呈现一束光柱，斜落在老屋的墙上、地板上。陈积的灰尘，厚厚地刷在家具上。给人一种时间停止的感觉。因为我们离开以后，这房子好久不住人了。

离开二黄河、离开老屋这么多年了，我常年在青春的领域里翻爬，朝朝不见日，岁岁不知春。当我身处一种窘困的境况下，更会向往这在水一方的感觉。梦的力量吸引着我一直走向二黄河，河这边是流光，河那边是经年。我依然是我，世界却早已改变。

# 雪落黄河

回到故乡，犹如走进梦幻。黄河的水，复活了许多场景，我似乎可以分辨每一个画面，听到父亲那熟悉的脚步，从三盛公水利枢纽，到解放闸，二闸，从黄济渠、永济渠，到杨家河、乌拉河。河岸的浓荫里，到处是父亲的身影。

## 1

走过三盛公水利枢纽，左边看黄河，右边看二黄河，侧耳谛听，河水轰鸣，喧嚣而来。那滔天巨浪，似乎要吞噬掉两岸的树木。那些老树根被冲刷裸露，被浪头翻卷，或者被连根拔起，没入洪流，眨眼间便不见了踪影。岸边的砂石，被河水卷落，与树枝树根一起，消逝于波浪之中，黄水浊浪排空。

走进黄河岸，到处是丰收的庄稼。河水变成细细的一绺。水流静谧，隐匿在河床深处，逶迤东去。细心分辨，似乎有父亲的声息，西窗书法，南窗吟诗，诗风书韵里，浸染世事的风雨。

父亲与河水的感情太深，管水，治水，常常半月二十天跟当地百姓吃住在一起，了解水情水态，帮助当地百姓植树造林，保护水土。干旱的季节，父亲双手叉腰，眉头紧蹙，忧心如焚。每到汛期，沿河奔走，密切关注水患。每一条沟渠，每一片海子，都牵挂着他的心。他忧百姓所忧，乐百姓所乐，他成了沿河各地百姓的好朋友。

## 2

小时候，父亲常对我说，他看过一本《治水三字经》，那里面说："深淘滩，低作堰。六字旨，千秋鉴。挖河沙，堆堤岸……"

我常常看见父亲站在河边，目光凝重。他对我说，因势利导，因时制宜，不仅是治水，做人也需要如此。那时候，他讲得很专业，我却似懂非懂。但我知道，父亲一定是深有所思。

五月份，当麦田长成绿色的地毯，叠铺在河套平原。阳光张开大手，顺势一扬，点点金光撒进去，整块整块的翡翠，激荡着农人，他们如饥似渴，没日没夜地劳作在这里，你也为他们的好收成而欢欣。流火夏日，大忙季节，一片又一片金黄的麦田，他催促人们抓紧抢收，莫违农时。

而如今的黄河，更多的不是洪水，而是旱情。这旱情比猛虎更甚，纵观河套历史，庄稼缺水，大片农田荒芜，沙漠侵袭，这是父亲生前异常担忧的。

## 3

如今的黄河两岸，修建了沿黄公路。红柳的香，玉米的香，草木的香，还有远离城市的乡野味儿，让人神怡。

这是父亲当初始料未及的。

在临河到二闸之间，修建了湿地公园，同时也修建了一座黄河博物馆。白云之上，碧蓝无垠的苍穹之下，有这样一处博物馆，展示着黄河的今昔变迁。这里，我还看到了父亲熟识的领导和朋友的照片。我想，这件事情做得比较好，不仅呼应了黄河的心声，更反映了父亲一辈水利人的心声。

不过，也有让人喟叹的。比如三排干，远远的，就能闻到刺鼻的臭味儿。上游污染严重，制药厂、造纸厂、脱水菜厂，污水全部排进河道，沿岸的沙枣树、杨树，发黄发蔫，有的甚至干枯，过路的人只好捏着鼻子，两岸百姓怨声载道。

## 4

河套，是块儿多情的土地。

如今的河套大地上，做黄河文章，建生态农业，已经小有起色。走遍河套，好多旗县，引黄河水修建了不少湖泊。湖光水色，气象万千。

湖水环着农庄，日日潺潺，水色潋滟。月色下的湖岸，远离尘嚣，哇声清脆。不管父亲听见听不见，都在夜色里醉梦成墨色的海洋。

这个中秋，我和弟弟在陕坝的湖岸环湖而行。没想到，这个时节我们还可以随意挖到一大兜苦菜。而且，环湖的景色不错，芦苇脉脉，野鸭啁啾。鱼儿腾跃。下雨了，雨又夹着雪，雪落湖面无声，雪落黄河无声，但是我似乎又听到父亲的脚步声，踩踏开一岸清丽的水韵，让我吟咏着沧浪的河湖之水……

# 那时的沙枣花

上高中的最后半年，我寄居在表哥闲置的房子里。这房子离学校不远。每天出门，总要经过一段沙枣树围成的院落。端午节来临的时候，路边的沙枣树缀满了小巧玲珑的沙枣花。

沙枣花，由白变黄，银闪闪，金灿灿，仿若美人临镜梳妆，疑似少女淡扫蛾眉。而我如同一个阅尽花色的路人，一闪而过，似乎脑海里全是高考的信息，语文、数学、政治、史地、外语，一任它花开花落。

就在枣花芳香的日子里，有一天早晨，再次路经这里，看见沙枣树下一女子正驻足观望。她似乎也看见了我，只是那时我们彼此并不熟悉。不过我猜测伊一定是我们学校的。

那时候，我们都在奋斗中学补习。班里五十多位同学来自巴彦淖尔的四面八方，大家日夜相处在操场边一间破旧的大教室里。在这个夏天热得要命，冬天弥漫着火炉烟气的空间里，欢声笑语阙如，“卧薪尝胆”普遍，大家憋着一股劲，就是决心要在来年的高考中打个翻身仗，好尽早离开这间教室，离开这块可爱而过于熟悉的土地。伊并没有与我打招呼的意思，转身向前走去，一路从西二街到北二街，脚步深深浅浅，身影袅袅娜娜，似月季，深浅两般红；如海棠，妖娆全在欲开时；左拐，榴花开欲燃；右走，随风花送雨。十几分钟，在我脑海里，仿佛婉转了一页页的唐诗宋词。

一转眼，我们都参加了高考。考后我自然上了大学。但是听别的同学讲起，伊当年落榜了。我自然远离了那些枣花，也不知道它们是否绰约多姿。伊的故事太多，同学相聚，总免不了有关伊的素材，阳春白雪与下里巴人相伴，荤素搭配，但是我们之间并没有书信联系。

大学毕业以后，一个偶然的机会，听低年级的同学说起伊。同在一座城市，却并没有相见的冲动。碰巧一次中学老师聚会，我们才又一次坐在一起。那时，我们都已有家有业，见面只是客气地说笑，想起当初那一片沙枣花，感觉身体也变作花枝，开满愉悦的花，又隐隐有些不安。愉悦是因为伊一如既往的美，不安是自己的天真与无知。但是，伊知道我，我也知道她。伊俨然成为心底一道熟悉的风景，摇曳而旖旎。

时间仿佛过去很久，后来我从边城来到北京，而伊却辗转去了南国。或有见面，却从不过问细节。略去尘俗的牵绊，刻意的捆绑，散聚随缘。不必付出任何辛劳，也无须备足一份闲适的情怀。一如那一路远去的枣花，任伊如期怒放，或者随风而散。

不经意的相约与聚会，更多的是出于对孩子的培养，伊与我有了少许往来。但是，当初的枣花已经一朵不剩，对坐半天，也没能圆一份想象的锦簇粉呈。内心或有记挂，仅此而已。再就是每年春夏换季的时候，总有人惦记，一个电话或短信，温暖如初。如人所言，心若蓄满初见的美好，每一次重逢，都是春暖花开。

前年的端午，回故乡重走那段路，那一段沙枣树全不见了，取而代之的是一簇簇高楼大厦。走进校园，已经找不到任何当初的影子。校园里播放着《匆匆那年》。轻缓的旋律，温暾的清唱，更像是听一个故事。

# 后 园

一段时间以来，我悉心阅读张岱的《闲花帖》。看书里描写的各种奇花异草，间或勾起了我的情思，不禁想起乡下老屋后面的那个小园子。

小时候家住平房，房后原本荒野，是父亲用一个秋天的辛劳，开渠引水，筑坝围堰，然后在院子周边栽上红柳、沙枣，与房子连接起来，圈成一个完整的园子。这样我家的后园就初具规模了。

每年开春，父母在这里先是深耕晾晒，然后平整耧耙，一垄一垄地种上了一些时令蔬菜和一些花草。园子不大，却成了我们姐弟几个幸福的乐园。至今我还记得这里的沙枣花香，红柳的姿态，西红柿的妖艳，蜜瓜的香甜。树叶随风摆动，鸟儿啁啾，空气中飘散着微微的清香，真叫人陶醉呢。尤其是在雨后，雨水浇灌了干涸的泥土，冲刷了多日的灰尘，仔细观察那些花瓣，上面还会残留几粒水滴，晶莹剔透，美极了。

园子的野花里，我最钟爱的当属蒲公英了。蒲公英别名黄花地丁、婆婆丁、华花郎等。菊科多年生草本植物。头状花序，种子上有白色冠毛结成的绒球，花开后随风飘到新的地方就会孕育新生命。记得小时候最喜欢它了，风轻轻一吹，满园子里花絮飘飘。蒲公英具有清热解毒，利尿散结。治急性乳腺炎，淋巴腺炎，瘰疬，疔毒疮肿，急性结膜炎，感冒发热，急性扁桃体炎，急性支气管炎，胃炎，肝炎，胆囊炎，尿路感染的功能。《本草新编》记载：蒲公英，至贱而有大功，借世人不知用之。阳明之火，每至燎原，用白虎汤以泻火，未免太伤胃气。盖胃中之火盛，由于胃中士衰也，泻火而土愈衰矣。故用自虎汤以泻胃火，乃一时之极宜，而不可恃之为经久也。蒲公英亦泻胃火之药，但其气甚平，既能泻火，又不损土，可以长服久服而无碍。蒲公英花语是“无法停留的爱”。小时候我们每个夏天都要采集它，晒干它，辫起来，挂在屋檐下，等待一场无法停留的爱。

暑假，写完作业，或者干完家务，我们姐弟几个会在后园捉迷藏，藏到隐蔽处，找起来还真费周折。有时，为了逃避家务活，我悄悄趴在沙枣树上看书。父母和姐姐招呼我，我故意不吭声，回家后惹得姐姐们一通指责。有时候，我也会带着两个弟弟在园子里挖蝲蝲蛄、蚯蚓，然后再用它们捕鸟。即使烈日当头，我们从不睡午觉，惹得父母一阵训斥。但是稍有收敛，便又回到园子里。

不知有多少个晚上，我们来到后园里，静静聆听虫子的鸣叫，听花草叶子发出的簌簌声，或者听一两声犬吠，当此之时，姐姐们故意吓我们，喊着“有鬼”，吓得我们赶紧往家跑，气喘吁吁。父母就会责怪姐姐们，说根本就没有鬼。现在想来也是蛮有趣的。这一方后园，记得那会儿每次不开心，成了我们的快乐天地。我们常常把作业考试的烦恼都抛在脑后，享受片刻的宁静与欢愉，让我们的生活明媚起来。

冬日的后园，景象自然是有些萧索，园子里的一草一木，不似春夏的色彩，呈现出一种岑寂的底色。若是有白雪的覆盖，整个园子一片银装素裹，显得通灵透净起来。这时候，我们会清理出一块空地，支好筛子，当许多鸟儿聚集到筛子之下，触动了下面的支架，鸟儿就被扣在里面了。每当这个时候，我们便欢呼雀跃起来，抓紧收获。如今，几十年过去了，我是越发地想念后园的那些日子。那个小小园子，伴我走过十多年的童年岁月，陪我哭过，陪我笑过，见证了我的成长，留下我青春的印记。

# 小镇的春节

隆冬的京城，褪尽绚烂，在雾霾的肆虐下，只留下一抹黛色。

我像一个行僧，历经四季的明暗与风雨，离开京城，在飞机驶过的痕迹里，寻找着通往故乡的小径。小镇陕坝，是我曾经出发的地方。

## 1

陕坝小镇，园子渠自东南蜿蜒而来，再向西北曲折而去。早年的园子渠，在陕坝是个水旱码头，异常繁华，所谓“船头斫鲜细缕缕，船尾炊玉香浮浮”。如今已丝毫不见当初的痕迹。

不过，沿着园子渠堤岸前行不远，依然可以看出城乡的落差，以及由此造成的失衡与失落，乃至于失态与失语。即使你不是身在其中，也无法置身事外。

陕坝的交通十分便捷，一、二、三线公路从这里肇始，通往河套各地。向东，连接临河、五原、前旗、包头；向西，通往磴口、石嘴山、宁夏；向南，直面黄河；向北，则可穿越阴山。

只有在春节，故乡才会回归到它原来的样子。阴山如黛，晨霜素裹，灯笼摇曳，春联耀眼。浓郁的乡土气息，还是记忆中的样子，勾起我对往事的回忆。

小镇纵横两条主街，街边排列着一些店铺。格状的街区里，插满了一簇簇不尽规则的楼宇。汽车站、大转盘、东北大桥，成为瘦小街衢的一个个关节。沿着这些关节，东西南北几条瘦长的道路，慢慢掩映在没完没了的田野村庄里，空旷而静谧。也许，经过了大都市的繁华，才能体验到小镇的宁静与安详。

走进小镇，就像亲手打开一本画卷，上面的每一幅素描，似乎都有我青年时的印记。父母、老师、同学、亲友，印记中的故事，亦如小镇历史一样悠远，只因我曾经把自己的青葱岁月留在了这里。

在这里，有记忆中的晚霞与袅袅的炊烟，有琅琅书声与嬉戏的欢颜。尽管这里早已不属于我这个路上的行者，但我却总要在每年的岁尾，跟所有人一样，携妻带子，以匆匆的脚步，回到这里。

## 2

陕坝的人家过年，讲究的是一种平实，不张扬，不摆阔。小街小巷里飘荡的年味，就像文火煲出来的老汤，香气是慢慢弥散的，韵味悠长。

年关是一道不叩自开的雄关，雄峙在一代又一代人面前。在关口这边，日子依序伫立，列队迎候。而我却喜欢回眸往事。

分明，时间就是一台不知疲惫的机器。它不停地加工、筛选、遗弃着一些东西。而我也习惯地把一些东西辨别、品鉴、珍藏，或者干脆抛给时间。

每至年关，总有一缕失落在心头滋生蔓延。这种失落，主要源于脱离了故土，远离了家乡。往往，年与我的距离愈来愈近，而我对年的向往却愈来愈淡。

终古闲情归落照，一春幽梦逐游丝。

## 3

从外面回家，宛如归巢的倦鸟。

大红灯笼高高悬挂。家家户户的门楣，贴上红红火火的春联。

农贸市场依然热闹，鸡鸭鱼肉，土豆大葱，手工制作的豆腐粉条、皮冻酿皮，让小镇人气兴旺，喜庆绵延。

此时的陕坝，更像一位婀娜的女子，轻挽罗裳，含羞带媚，款款而至。她绚烂了丰盈的岁月，也丰盈了我荒芜的心。

此时我才明白，年关，实际上就是情感的回归，无论过去一年遇到多少开心的事或承载了多少苦痛，只要过了这一关，许多氤氲在生命里的故事就像绽放的烟花，纷纷在灿烂里遁去。

年关，是一年的终点，也是一年的起点，它寄托了人们沉甸甸的希望与憧憬。同时，也增添了游子们的思乡离愁。

而希望与憧憬，绝不是静止的存在，不是过年礼，更不是压岁钱，当然也不会是翩若惊鸿的幻觉和飘瞥难寻的魅影，为而必有，行而必至。

## 4

此去经年。陕坝，唯有不变的情思在滋生蔓延。

滚烫的火炕，软烂的肉香，红彤彤的脸蛋，如豆的煤油灯，油漉漉的嘴巴，这些美好的情景，成了我心中永远的画面。

于是，年的意境、年的欢乐、年的吉祥、年的喜庆，又深深地引起我的怀念。

那排山倒海连绵不息的爆竹的巨响，像倾盆的暴雨、像浓郁的雾气、像激烈的狂风。铺天盖地。大地在抖动，房屋在抖动，我无处藏匿的心也在激烈的震动。

我看见密集的烟火呼啸着冲击着深邃的夜空，我看见猴年的巨兽在顷刻间崩塌摧毁灰飞烟灭，我看见无边的烟火已经燃起了春天的火焰。

生命的绽放需要春的抚慰，也需要冬的磨砺，冰封的世界最终会被春节的绽放打破，冬天的休眠只是暂时的停歇，生长与发展才是陕坝永远的主题。

## 5

时光风干了时空的新韵，辞旧迎新的礼花飞满夜空。天上明亮的星光，地上璀璨的灯光，交织在一起，钩织出霓虹翩翩、彩虹飘飘、漫天锦绣的人间盛景。

看过万家灯火阑珊，度过除夕的夜晚，踩着窸窸窣窣的烟花爆竹的残壳剩皮，开始拜年。

风飘香，雪挂蜜，春联写满吉祥，酒杯充满富裕。一声声祝福，重拾昨天的记忆，饱含明天的希冀。

在这花期如约的春节，我发现自己从来没有逃离故乡的掌控，那是心灵的掌控，是我灵魂的疆界。

## 6

年年过春节，春节不只是红火热闹，更重要的是在启迪人生。

“千门万户曈曈日，总把新桃换旧符”。民间的辟邪风俗提醒我们，在危机四伏的大地上，平安是宝贵的，祥和是重要的，祈福者不可害人，趋利者不可损人，取信者不可骗人，执法者不可欺人。

历史终将尘封，古人终将泯灭，但绝不应该让所有的传承消失殆尽。浑浑噩噩是民族的宿仇，庸庸碌碌是家国的劲敌，惶惶惑惑是前行的病根。明白了这一点，才能知所自律，知所自省，知所自治，知所自新。

陕坝，是跳荡在节日上的音符，在时间的牵引下，让火红的情感，在燕子的报春声中走进心灵的原野，让所有的诗情画意在浓郁的音乐中美丽成千古不变的风景。

# 猴年的春节

生命的旅程，随着流逝的时光走过一季又一季。我站在窗前看夕阳，一直到把猴年的春节送走，才开始盘点自己的心绪。

## 1

生活普遍宽裕，衣食基本无虞。然而，眉宇紧簇的神态，多有不安的焦虑，以及对未来生活的担心，写在城市和乡村所有人的脸上。

内心的清静来源于内心的干净，不干净的内心无法真正清静。

在这声色犬马的世上，灵魂的焦灼，让段子体现得淋漓尽致：“信仰马列的失落，崇尚自由的焦虑，向左的痛苦，向右的也痛苦，信基督的痛苦，信孔子的也痛苦，信传统因果报应的人更是绝望……安身立命的道德找不到了，应该移植的制度踪迹不见，嫁接的道德体系缺少生命力，普通百姓朴素的报应观念也被摧毁，那份维系社会与人心的内在秩序正在崩盘。”

人们在诅咒别人的同时，也同样被别人诅咒。

## 2

生活本不苦，苦的是欲望过多；身心本无累，累的是背负太多。人们为自己的欲望所迷，欲望如尘埃，如污垢，沾满了明镜似的心，让心灵渐渐晦暗，失去了灵性。

多年的兄弟，亲如手足。多少年了，彼此欣赏，彼此懂得，彼此呵护，彼此鼓励，言语直通，不必矫揉造作，不必花言巧语。这样的相处无异是愉悦的，更是充实而又美好的。然而，忽然有一天，因为兄长的指教，引起兄弟的不悦，并且开始索要什么“尊严”。尊严，尊严何在？这么多年，你的每一个像模像样的日子，到底是谁给你的尊严？

那一刻，我感觉大片大片的黑云开始吞噬似血般得残阳，一丝丝的余晖也逐渐收起开始的锋芒，一切变得不再那么明晰，渐次模糊。黄昏的韵脚，已是日渐冰冷不再回来的回忆。

## 3

欲望是放大了野心的追求。求之不得便可翻脸不认人，就可以以各种丑陋狰狞、各种肆意滋长的猖獗来对待。这让我仿佛看到了父亲在世时，那些人的放纵与不羁，一个个活灵活现的嘴脸，如出一辙。

为丑恶辩护，本质上就是怙恶不悛。既然所有的结局，开始就已经料到。所有的惩罚，都是水到渠成的铺垫。在欲海里浮沉的人，个个都是亡命徒。为欲望亡命，是已经注定了的结局。

《简·爱》里有一句话浓缩了人生最根本的困境之一："我宁愿要快乐，而不是尊严"。至于面子，终会被虚荣所伤，但无论多深的伤，虚荣又是最好的创可贴。一方面怕别人看不到自己的好；另一方面又怕别人看穿自己的不好。而我，受尽的苍凉。

相逢一笑，其实很难。如今，互相寒暄又扯东扯西，甚至于"亡顾左右而言他"，再也找不到相同的话题，那些曾经拥有的和失去的，已化作一片鹅毛，漫漫飞扬；那些曾经铭记的，已化作泪水被轻拭而去，无影无踪。过去的可以归为平静，因为现在已一无所有。

## 4

人在最亲的人面前，才彻底没有防线。生命，流水一般，留不住的，随它去了，留得住的，收藏在哪里？追忆似水年华，惯看沧海桑田，承诺与誓言竟那么脆弱，甚至来不及聆听。

曾经说过的话，流过的泪，牵过的手，就在这个大年初二被冷冻了。如果能想想从前，想想自己如何有今天，或许不会这般鲁莽，这般无情。凡事当有度，做人应知足。曾经，你一言，我一语，我们之间无话不谈。现在，你不言，我不语，我们之间无话可谈。依赖浅了，隔离深了，慢慢地，沟通少了，距离长了……

# 春天的故事

寒冬的余威，敌不过春的暖昧，只好败下阵来，让位于春天。

春天，把那些不愿提起的思绪，难以忘怀的记忆，用风划过，用水泛起，让草呈现，让花渲染。站在春天的风雨桥上，一切过往，一段欣喜，似乎可以隐约看见，恻隐心际。

故乡，给我留下春天的印记；春天，又带着我回到故乡。呼市、包头，阿拉善，呼伦贝尔；陕坝、临河、磴口，五原、前旗、后旗；头道桥、二道桥、三道桥，召庙、沙海，蛮会、南渠，这些并不太出名的地名，由远及近，由近及远，却常常让我魂牵梦萦，难以忘记。这些曾给我生命的春天，如今依然给我带来春天的气息。

当然，最喜爱的，还是回到村里。一阙残垣，横在黄昏的村口。一弯河水，当村流过，唯有一座小石桥连接南北。炊烟渐起，风中回望，依稀可见我曾经潦草的青春年少。一座老屋，斑驳的墙壁，还有深深浅浅的杂草，把我的少年搁浅在这里。

村里的一道道篱笆墙，如今已改天换地。村东头的那眼水井，早已没有了踪迹。尽管田埂还是那段田埂，水渠还是那些水渠，场面还是那片场面，往来的行人都是陌生的。真的是“儿童相见不相识”，笑问我从何处来。小学同学的父母，如今在世的，鬓染霜，目光呆滞而苍茫。说起当初的事，一件比一件具体，甚至每一个细节。说到未来，他们会安静地坐在那里，闭上双眼，好像难以企及，难以想象。

鸟鸣，从村东传到村西。院落里，窗台边，屋檐下，枝桠间，麻雀三三两两，叽叽喳喳，似乎在破译着远方。放不下的心事，在满村子游走。满院子的红柳、枸杞、芦苇，可以放逐我愈长愈高的思念。

院子还是老院子，原来的主人却已经无法唤回。熟悉的声音，熟悉的面庞，熟悉的脚步，忽远又忽近。老门窗，老火炕，似乎远离了红尘。

铁大门矗立在那里，好像缄默不语的佛，留给我对他虔诚的凝视，固化了自己也固化了这料峭的春天。

夜色辽阔。风，翻开往事，旁逸斜出我的心事。捧着往日留存的月光，宛如聆听一首老歌穿越村里。爆竹声，无穷的焰火，震碎了岁月，染白了双鬓。

往事，都已经过去，不想再提起；感慨，是自己在都市的独白。扶窗，翻阅每个亲人的故事，似乎时时都在身边。不论在哪里，有爱，就不再孤单。

春天，再一次探进木格的窗，读着我桌上揉皱的心事。回忆，一段比一段凄美。黄河，澎湃依旧。阴山，蜿蜒而去。那一条曾经天天上学走过的羊肠小道，醉在了我心里。

四棵沙枣树，守在记忆的村口。目睹村里大大小小的故事，进进出出。小村的贫穷与富裕，喜怒哀乐，被枝叶摇进这片黄天厚土。

村外，一道残阳卧水，几多心事溢岸。惊蛰，春风，清明，谷雨，时光微凉，隔着远方。思念沉默，扯一帘幽梦，然后随风飘摇。

父亲，似乎永远睡着了，像一尊雕像。故事缄默太久，让一抹纤尘也无语。转身一行泪，我把夜关在了门外。等到正月十五月正圆时，我对着月亮说，忘记不该记起的琐事，记住不该忘记的细节。其实从前一直都不曾走远，包括那年春天离我们远去的父亲。

今宵酒醒何处，不必在意。广州的小蛮腰，深圳的地王大厦，上海的东方明珠，哈尔滨的冰雕，新疆的葡萄干，呼伦贝尔的林海雪原，西藏的林芝，广西的北海，这些天南地北的地名或物产，乃至海内外短信纷至沓来，荒芜的路上，生机再次勃发。曾经咽下的些许无奈，如今已长成茂盛的春天。

陪着母亲在院子里散步，母亲看见了探头的小草。给我讲述家在乡村的岁月。母亲那些在乡下的伙伴、朋友，大多作古，每念及此，母亲无限伤感。我故意引开话题，让母亲看树上的嫩芽。而树上的鸟雀，似乎明白我的意思，自由地制造着些许悠然与浪漫。

邀几个同学，登门给中学老师拜年。一壶沧桑，半盏收获。目光在心与心之间感应，转过身去，一行笔迹，穿透背影。用不太标准的土语方言，喟叹流逝的岁月。思绪纷飞。往事在雨中漫步。老师啊，您就是春风啊，为我们开启一个又一个生命的春天；您就是宝笈啊，为我们展开尘世的褶皱，让我们看清素颜的人生。

夜晚，顺着园子渠岸走去，青蛙未醒，没有鸟鸣，只有风声。月是故乡明，人是故乡亲。故乡的饭食与年节，似乎比北京更有味道，就是看星星和月亮，似乎也比北京的清新。月光下，穿过集贸市场，一个个商铺已经关门，但门前都有一圈旺火，红红火火，催生着一个个美好的春天。

# 春去春回来

林花谢了春红，太匆匆。其实，四季匆匆，人也匆匆。

春节一过，烟花明灭之后，在落寞中等候春来。春，不负众望，冲破重重阻碍，迈着轻盈的脚步向我们走来了。尽管脚步细碎、轻柔，但是她毕竟来了。

年少时，受够了严冬的凌辱，虔诚地期盼春天。那时候感觉冬天太长，太贪婪，太霸道，不仅冻僵了我的四肢，更麻木了我的心灵。于是，春天成了希望，春天成了幸福。在我幼小的春天里，天空清澈纯洁，草地一碧千里，远处的阴山犹如油画，这种色彩，深深印在我脑海里。

当然，也有等候春天的寂寥夜晚，我像一粒被吹落草丛的种子，在枯萎的狂野里做梦。寒风轻蔑地吹打着我的思想和灵魂，冰雪刺激我内心的每根神经，孤独漫过我身下的每寸土壤。我的双眸已被清冽的泪遮障，在疏星淡月的寒夜里祈祷。或者，面对封冻的黄河，领略一片死寂。

终于，冬天被春风吹走了。于是，就觉得有阳光的地方，便会有花香。有阳光和花香的日子，心怀一抹温度，不语，也是深情。我就在春天葱茏的日子里辗转。河边的垂柳，虽不光鲜，却已抽出嫩芽。整个世界已在若有若无间，闪现出一点缥缈的绿。“春风骋巧如剪刀，先裁杨柳后杏桃。”春天的到来，总能撩拨我的情思。似乎摆脱了冬的束缚，放飞了心情，看到了希望。

流年逝早，韶华别易。春去春回中，我们渐渐走向成熟。总期望春天可以长驻，却不曾想过，春来春又去。在春天离开的日子里，面对未知的明天，心依旧徘徊着彷徨。很长一段时间，不懂得生命是一条单行道，一经走过，便再也回不来了。而就在这个过程中，总有一些人要离开，也总有一些人加入进来，春去春来、离离合合中，似乎若有所失，似乎有所醒悟。

春水初生，春林初盛，春风十里。在春天里，总以为，春天适合奔赴一场万水千山的约会。遇见，便是温暖，即便山高水长，只要心中有期盼，终会抵达。惯看秋月春风，才知道人世间最美的穿越，是从一颗心到另一颗心；最美的情，是初心若雪的通透。再远的路，都挡不住思念的脚步。

是啊，天地间的生机盎然，总牵系着清风雨露；旅途上的笙歌缭绕，总交织着花飞蝶舞。终于明白，不远不近的惦记，是一种最美的情思；不即不离的陪伴，是一种最美的相约。如此，春去春回的过程中，有相守的温暖，有相念的感动，有相知的幸福，有相惜的美好。

# 放不下的故乡

古人有诗，“来时欢喜去时悲，空在人间走一回。不如不来也不去，也无欢喜也无悲。”诗的大意，在于奉劝人们放下，了无牵挂。从某种程度上讲，确实如此。但是，对故乡的情感，要让我放下，着实很难。

岁月的灯火都睡了，时光的脚步依然前行。

逢年过节，回故乡是必然的。每次回故乡，听说新修了马路，安装了自来水、进行了电网改造、医疗可以报销、年满60岁的老人每月可以领取津贴等等利好，真心为老乡们高兴。近年来，机关干部下乡，搞所谓“十个全覆盖”，从公路边上看，似乎面貌一新，叫人颇生欣喜。然而，欣喜之余，深入了解以后，所见所闻，又引来种种忧思，不禁悲从中来。

## 1

喧哗的打麦场上静寂了村人的疲惫，璀璨的星空装饰了农家的华灯。轻柔的风吹拂着星空的清丽，圆月安详地抚慰着夜的澄明。

时光纵横，迷蒙的双眼朦胧着故乡的坎坎沟沟，冲淡的记忆里留存着太多的怀念。

儿时的故乡，一穷二白，但是人们普遍敬天法地，崇拜祖宗。家境好一点的人家都有一本家谱。从小就开始启蒙《三字经》《弟子规》《明贤集》。稍长，开始读《四书》《五经》，耳濡目染，潜移默化。如此，家里的小事，全凭家长裁断。

遇到矛盾，家庭似乎就变成了法庭，请家族长辈出面主持公道，严格按照家法族规来执行，调解纠纷。有时候，长辈的一句话可以顶王法，很多的矛盾在家族内部都可以得到有效化解。因此，很长一段时间，乡村是宁静而和谐的。

## 2

村东头的那口满溢甘泉的老井，曾经广采日月精华，深汲乡土神奇。

记得那时，老井就像一个古稀老人，孤零零地端坐在村头，井栏壁上那零星点缀的积年青苔，彰显着动人的风采。

如今，老井不在，旁边已经没有了挑着水桶的男人，也不见端着脸盆洗衣服的女人，更看不到在这里喊着叫着要喝“井拔凉水”的孩子们。

记得小时候，每逢清明时节，“路上行人欲断魂”，村民三五成群，步行数里去祭拜祖宗，慎终追远，以慰藉内心的哀思。

如今清明依然在过，踏青春游却成了主旋律。祭拜的成分和色彩明显淡化了。儿孙们在祭拜时，有的不愿下跪，有的怕脏了衣服，有的有说有笑，丝毫不见沉痛的表情。尤其是80、90后新生代，主张个性自由，对父母长辈也不完全言听计从，长辈的威望似乎有名无实。

与此相伴随，一些家庭内部长幼无序，小的不服老的管教，往往为了一些蝇头小利或鸡毛蒜皮之事，婆媳、父子、妯娌、兄弟之间很容易就爆发摩擦，轻者吵闹，重者大打出手，特别是涉及钱财，事情办成了，皆大欢喜，遇事不成，心怀不满，反目成仇、兄弟手足相残的事情，时有发生。

## 3

如今的故乡，河两岸的野花依旧烂漫，但桥上行走的已不再是慢腾腾的老黄牛，水里再也见不着成群的鱼儿嬉戏潜游。

面对河流，如果说昔日的小河承载了我们儿时的欢乐，那么今日的小桥则承载着我们记忆的脆弱与怀念的单薄。

村口那棵经历百年风雨的老柳树，尽管依然绿得凝重，绿得从容，绿得浓郁，但是每一片树叶都无法透露出往昔的时光。

曾经的欢乐徘徊在故乡的浓雾里，不知不觉走近了那棵阔别多时的老柳树，轻抚着柳树那粗壮的身躯，惊奇地发现岁月的无情。

入夜，轻柔的月光抛洒在宁静的树枝上，似乎回到了树下嬉戏的童年。

# 祁连飞雪

那一年初冬，我们来到祁连山下，经武威、张掖，向酒泉、敦煌进发。

风大，雪飘。一路上，车子在河西走廊上飞驰。我的脑海里，装满了丝路花雨，沿着遥远的古道，寻找我梦中的大漠敦煌。

雪花纷飞的丝绸之路，向着夕阳延伸。耳边没有了鼓角争鸣，路边的峰燧，盛满了历史的苍茫，仿佛可以听到羌笛穿透千古的余音绕梁，或者在戈壁荒原哀怨悠扬。那里有大漠的冷月寒光，那里有乌孙人失散的牛羊，有月氏人的宝刀将夜空划亮，似乎可以望见浩瀚的沙海、如血的残阳，似乎不时传来烈马奔腾的轰响……

祁连山，飞雪悠扬，飘过疾驰的车窗。我仿佛看见一支剽悍的胡骑消失在流沙漫漫的前方。那里远离了草原和毡房，却有张骞出使西域的马队，还有马踏飞燕的嘶鸣传向四方。汉武的狼烟扬起旌旗遮日的豪壮，还有鸣沙山千年不绝的回响。那每一声吟唱，都是英雄泯血长笑的悲壮，浸透那月牙泉甘洌清澈的水塘。那每一个眼神，都曾凝视过扬鞭的牧人和破败的农庄。多少远行的商队，往来的使者，让阳关三叠成为千古绝唱。

祁连飞雪，落在嘉峪雄关上。多少故人更尽一杯酒，从此不见回故乡。站在汉长城古烽燧遗址上，仿佛还能听到一腔长风万里的呼啸。站在魏晋隋唐的古墓旁，仿佛还能看到边塞诗人面对雪山孤城的遥望。几度春秋风与火，穿过大漠莽莽。追踪远古消失的绿洲，凝望大漠不朽的胡杨。寻着崖壁上的佛光，仿佛看见风卷僧衣的乐僔和尚。在石壁上开凿了第一个洞窟，在穷荒中点燃了第一炷香。一代代虔诚的僧侣随他而来，创造出佛洞悬空的圣堂。

祁连飞雪，落在三危山上。莫高窟，这座千佛神奇的宝藏，在沙漠中沉睡了千年岁月的寒暑，剥蚀了多少绚丽的佛像。屈辱的年代，多少无价之宝流落他乡。尽管大漠如此苍凉，尽管丝绸之路如此漫长，而神秘的敦煌，那神奇的经书壁画，令人心驰神往。

祁连飞雪，携飞天一起漫舞。五千年的飞花，在岁月的尘烟中纷纷扬扬。依依传来的梵音，把鼓声敲击的春天隐埋在我的胸膛。把我的向往与激情沉醉在鸣沙山的崖壁上。

在这渺渺尘世间，有太多的情缘在不断地上演，只是祁连与飞雪的相遇，却注定只是一种无缘，注定只是一场无名分的浪漫。也许生命本就是两个不相干的人在演绎着一场陌生的戏，演得太逼真了受伤的只能会是自己。那些被夸张了的人生相遇，看起来的确是很美丽，可是当昔日里的深情被时光慢慢地催化之后，散落下的，也只不过是烟花绚烂之后所残留下的一抹余晖而已，温情散却后，往日的天真换取的也只不过是一个荒谬的可悲。

巍峨祁连在侧，迢迢路途粗犷。终于来到目的地了，星宿漫漫，雪霁敦煌。

是晚，湛蓝的夜空，寒风包裹在身旁。宾馆内，花开，圈住悲凉，暖暖的微笑，剪烛人间的西窗。那晚的时光，静静的碎了，变得情意阑珊。只是月色依旧，渲染如昔的敦煌。

# 一枚秋叶

十一月，依旧暖阳。北京钓鱼台东边，一株株高大的银杏，满目辉煌。在这里，听瑟瑟的风动，看片片的落叶离枝而去，无声无息地铺满大地，叠加成厚厚的金黄。

三里河路旁，车多人也多。踏在落叶铺满的树丛中、小径上，似乎北京所有的摄影艺术家都汇聚来了，长枪短炮，拉开阵势，各有各的角度，各有各的审美主张。我是门外汉，似乎只有我才是一个看落叶的人。

我随意捡拾一枚落叶，捧在手心，轻嗅它的味道。或者注视着头顶，看着一枚落叶凭借风的力量离开枝头，缓缓飘过，无声落地，与先前掉落者群聚，铺就一秋的璀璨。树干无奈地望着骨肉离去，更加肃然冷酷。秋叶们挤在一起，陪在季节的集结地，等待下一个轮回的安排。而我则在手捧的这枚秋叶背后，看见了它的纹络，清晰，明了，坦然，不畏惧任何变迁。我把它平铺在日记本上，写上寄语，制作成书签，夹在厚厚的书籍中，等待它风干成型。

每当打开书本，看着一枚落叶上赫然注明的年月日，可以吹皱我一片心湖。秋离索，心非昨，转眼，便是流年的离愁里，仿佛埋下苦涩的种子，每一颗都透着淡淡的伤感。心事被沉默包裹着，眼前的秋季，已没有了当年的诗话。多想把心融化在一枚秋叶的纹络中，清晰地记载初上枝头的嫩绿、长满枝桠的茂盛、成熟离枝的安然，以及化作春泥更护花的情怀。多想和许多叶子挤在一起，在春天中栽培理想，在夏季里共享繁华，在秋季中悄然隐退，一起荣辱与共，一起风高离索，一起碾做尘埃，一起盖着薄雪冬眠，一起腐烂。这样，就可以走过孤独，走过寂寞，走过许多与伤痛有关的情感。

一枚落叶，可以沸腾或冷涩人心的炽热与薄凉。时常打开看看，叶子完好，写上的时间还在，故事还在。没有秋风的日子，月亮高挂的时候，秋叶擎着厚重的思念，将美好的往事闪现在天空，伴随着星星数着美好的时光。每当秋风乍起，叶子就像听到优美的音乐，翩翩起舞。想想看，一棵树有无数的叶子，秋风要选择的也不只是一片秋叶，而是想拥有所有的秋叶。那勾魂的音符，把一片片秋叶迷住带走。叶子也曾辉煌，留下过青山美誉，见证过绿水长流。曾经在那高高的树枝上，骄傲地飘扬着自豪和潇洒，弥漫着娇嫩和温柔。而今在秋天的小路上孤独地品味着寂寞和失落，曾经拥有的已经成为历史，尘封在记忆深处。

多少次，望着远飞的大雁，心潮激荡。看着一片片金黄的树叶簇拥在枝头上，又开始连篇浮想。秋叶为什么呈现金黄？因为它要把曾有的绿韵默默隐藏。叶落归根，多一份淡泊，少一份利锁名缰；或许秋叶早就知道，自己的一生无论是辉煌还是平凡，都会迎来最后的时光。只不过是在风雨过后回归宁静，找到永恒的安详。落叶不是衰亡，也不是失落。人们不必为它们悲凉。正是落叶的飘洒飞舞，才飘出了漫天飞絮，正是落叶用自己生命的最后一点力量，在白茫茫的田野里铺上了一层厚实的希望。落叶是生命的浓缩。落叶虽小却浓缩了一个苍翠浓郁的世界，折射出生命的丰富多彩，写满了春、夏、秋的绝美风光。生在树上辉煌，死在树下灿烂。

一枚秋叶，我沿着你清晰的叶脉，走进你的世界，看到了你那透明的美，欲燃的红，让我对人生有了新的诠释。人生，何尝不是一场轰轰烈烈的秋叶，浅踏流年，撑过葱绿，走过繁华。最后，步入殷红金黄的秋日。在这深秋暮景中，安然地静倚着一抹斜阳，淡定地看着花开花落、云卷云舒。

# 天门山记

天门，神话传说中往往指天宫的门。《楚辞·九歌·大司命》：“广开兮天门，纷吾乘兮玄云。”《淮南子·原道训》：“昔者冯夷，大丙之御也……经纪山川，蹈腾昆仑，排阊阖，沦天门。”高诱注：“天门，上帝所居紫微宫门也。”

由此看来，天门就是天宫之门、皇宫之门。当然，道家也有把“人心”比作天门的。在此不做细论。

天门山，顾名思义，就是山上有“天门”的山。

我国境内号称“天门山”的山，大约有十多个。最有名的当属湖南张家界的天门山。此外还有安徽当涂的天门山，因李白的《望天门山》而名扬天下。

其余比较有名的还有湖北省天门市竟陵区的天门山，广西桂林的天门山，甘肃甘谷县的天门山，江西龙虎山的天门山，河北秦皇岛的天门山，辽宁大连的天门山，福建永泰的天门山等。

北京也有两座天门山，一座在密云，一座在门头沟。本文所说的天门山，就是指门头沟的天门山。

天门山与潭柘寺遥相辉映，与卧佛山紧密相连。具体地点就在潭柘寺镇南辛房村。该山其形如“门”，且山中石窟内壁有石刻“天门山”字样。

天门山方圆百里，山势雄伟、林海茫茫。这里佛教文化荟萃，自然景观万千，四季景色秀丽，奇峰异石，林谷幽深。这里独特的地质地貌和秀美的自然风光，可以让人领略春至野花漫山开、夏到虫鸟四方来、秋临凉风赏星月、冬降飘雪处处白的不同景致。这里有以望都峰、卧佛山、石窟洞为代表的奇石险峰景观；有以香雪弥天、松涛林海、椴林遗珍、明代银杏为代表的森林景观；有以窟窿山、天然古岩长城、白熊观日为代表的地貌景观；有以望都观日出、看云海、观佛光为代表的天象景观；有以八奇洞、双岩洞为代表的溶洞暗河景观；有以潭柘寺、广慧寺、天门石刻为代表的人文景观；还有以天门红叶、秀峰叠翠为代表的物候景观。

我们到来的时候，正值暮秋时节。按着旅游路线蛇行而上，远望，满山遍野，层林尽染，如团团火焰烈烈燃烧，似红衣少女翩翩起舞。山风吹过，红波蠕动，万叶婆娑，千娇百媚，让人遐思袅袅，心旌荡漾。

“西山红叶好，霜浓色愈浓。”霜降过后，满山遍野的红叶因品种、地域、温度、湿度的差异，呈献出黄红、粉红、猩红、紫红等不同色彩。

这红叶，远看似一片片燃烧的火海，映红天地，惊心动魄。近看那圆圆的叶子，像娃娃的笑脸。风一吹，哗啦啦地响，好像在歌唱生命的激情澎湃，顽强不屈。坐看，似乎让心凝成一池秋水；行观，又如把山水绘成一幅水墨，云卷云舒，叶红叶落，遮掩了沧桑，摇曳着琴瑟。峰回路转处，那赤红、酒红、深红色的叶片，似一只只蝴蝶，随风翻飞，翩然舞动，像一张张多情的笑靥，红颜如玉，回眸顾盼。

古往今来，无数骚人墨客留下诸多脍炙人口的红叶诗。杜甫的“含风翠壁孤云细，背日丹枫万木凋”，道出了经霜红叶更显艳丽的英姿；杨万里的“梧叶新黄柿叶红，更兼乌桕与丹枫”，描绘了如火如荼的山村秋景；王实甫的“西风紧，北雁南飞，晓来谁染枫林醉”，一个“醉”字，形象生动地展现了枫叶的风采；杜牧的《山行》：“远上寒山石径斜，白云生处有人家。停车坐爱枫林晚，霜叶红于二月花”。更为人们描绘了一幅云绕山峦，枫叶红火，夕阳和红枫相映成趣的晚秋画卷。

下午，风气起了，我们抓紧下山。路过村舍，看到门前屋后长满了柿树。有的树挂上还挂满了金黄的柿子，无疑也是一道靓丽的风景。

再往前看，整个村子，房前屋后，沟沟坎坎，一树树红彤彤的柿子，总是惹人口馋，给人亲近的感觉。那一片片橙黄、深红色的柿树叶，油光光亮闪闪，浑圆厚实，像一只只手掌，在霞光炊烟里，在夕阳暮色中，频频地向我们招手示意……

# 冬夜之窗

冬夜，漫长。

我喜欢伫立窗前，看各种溢彩流光。那或远或近的街灯，映照着街景，行是行，列是列，由近及远，随灯杆儿的不同而变换着光影，高低明灭。有流线型的，有抛物线型的，还有莲花型的，各式各样，花花绿绿。

那些街灯守护着街道，点亮了大街小巷。只是那些街道我并不完全熟悉。帝都的大街小巷、胡同那么多，我走过的只是少数，有的甚至从未走过。但是可以想见，那些街灯与周边的百姓一起成长，引导他们追寻不同的梦想，见证过许许多多平凡、动人、离奇的故事，它们就是那样恪尽职守，勤勉尽责，数十年如一日地在那里发光发热。但是，绝大多数人熟视无睹，似乎觉得理所应当。

夜愈深，窗外的灯光愈亮。它们由近及远渐次展开，烘托成一种暖暖的氛围。让人想到青春的暖意、人约黄昏的爱恋。青春年少，不识愁滋味。那个时候，没有目标，没有生活的压力，只有一片爱的海洋。马路上，路灯下，常常是情侣们相聚的地方。时间一分一秒在这里消逝，爱意的表达却往往词不达意。

而窗前目力所及的这片灯海，却没有了当年的景象，似乎只能怀旧。更多的反而让我引起一种莫名的淡漠与疏离。静下心来，细数着这些似曾相识的街灯，旧时熟悉的街道隐约重现，而眼前的街道似乎变得遥远。曾经照暖我身影的街灯、曾经为我遮掩阳光的街道不在了，岁月变得愈加暗淡。说实话，如今的街道更平整更宽阔，如今的街灯更高档更绚烂，但是我浑然不觉，甚至感觉变得麻木、心灵变得迟钝。在我心底，我还是觉得过去的好。在那些中小城市和狭窄的街道，我见证过多少悲欢离合、多少爱恨情仇，还有街灯边的贫困与伤逝、街灯下的聚散人生。曾经，我在那样的街灯下，情感像花蕊般绽放过，花开花落。如今人到中年，我才体会到青春期所追求的自由与惬意。经历岁月的磨砺，我的思想曾经被猛烈的阳光燃烧过，我的意志仿佛经过千锤百炼而成为粗壮的绳索，抗衡着生命中所遇到的各式各样的撞击，那些冲击迫使我变得沉默寡言，促使我由无声的抗争转为默默的行动。

俯视窗外的街道与灯光，瞻望着庙宇、宫殿、高楼、酒店、商场，还有那些无数的霓虹闪烁，我有一种莫名的淡漠与疏离，热闹是它们的，于我只有平静。

冬夜，在窗前看风景，身边没有任何声息，搜寻的眼光透过窗外，似乎一切都睡了，唯有我还在悄悄地浏览。黑夜笼罩了人世。凡间尘梦无数，似乎所有的纷争都随着夜的到来而归于沉寂。黑夜，掩了很多的过去，沉淀在冬月的寒风中。

# 夜　色

白天与黑夜，一半对一半。但就色彩而言，白天的清新明丽与夜晚的黑暗馄饨总是形成鲜明对比。不过，夜晚的色彩也不完全是黑暗与馄饨。夜色，有时是很迷人的。而且不同的人、不同的场景，对夜色的领悟与诠释都不尽相同。

## 1

月色如水，不论浓淡。当暮色开始降临，四野渐渐黑下来，远处的山峦、楼宇如同怪兽，近处的水榭、小树好似剪影，沉寂而空旷。城里的夜，自是霓虹闪烁。而山村的夜，虽有一些荒凉和恐怖，却也有些静谧而古朴。

夜色是一份真实不虚的安宁。它无须佯装，活脱脱地，快乐就是真实的快乐，忧伤就是真实的忧伤。在夜里，远离了白日喧嚣的浮躁和烦恼，心是平静的，心是安宁的；而一颗平静安宁的心，乘着夜色的翅膀就会慢慢飞起来，从平静飞向悠远，从安宁飞向欢愉。

## 2

在我们生活的每一天，告别了光彩照人的白昼，迎接你的必定是夜晚。所以，日落以后，一场黑色的拥围，像深不可测的漩流等待着你，或许你会害怕接近，却无法抗拒。

多年前，在大兴安岭秋季的一个宁静夜晚。在我们宿营的附近，一声鹿笛，发出的是一种与公鹿叫声相似的声音。不一会儿，母鹿以为配偶在嘶叫，片刻之后，它们陆陆续续在丛林深处出现。笛声悠扬，时断时续，并与后面尾随的公鹿一唱一和。猎人们如此这般，直到将鹿群引入他们设置的圈套方才停止。血腥的猎杀之后，猎人满载而归。亲身经历这样一个夜晚，让我既好奇又压抑。回到宿舍怎么也睡不着了……好在如今早已经禁猎了，但是，那个夜晚的记忆却深深地存储在我的脑海。

夜色总是追随在落日之后，那是一种喧嚣与宁静的过度。漆黑的夜里，有时我们呼唤的不是黎明，或许是一个人的名字。一个人的远方，一个人的城市，潜意识里总是缓缓流淌着一种属于灵魂的东西。而夜色里释放出来的味道，有快乐，有忧伤，有甜蜜，有惆怅。那是一种人生中不可或缺的味道。

## 3

谁都知道，夜是黑色的。即使有月亮与星星，依然改变不了它的主色调。不过，夜色也为灵魂铺开了一张柔软的白纸，可以在这张白纸上写诗、描画、释放心灵最美好的表达。

夜色点燃了文字，文字点燃了心香。身心投入在一种禅意的氛围里。黑夜，是为了让那些在现实中无缘相遇的人，在梦里相遇。诗情在它的夜幕下骚动，那最疼最美的一笔，永远写在心底。而我们在尘世里的兜兜转转，无非是为了一个心底的梦，无非是为了一份属于自己的缘。

## 4

一年有四季，人生有四季。四季中的夜色也各不相同。

春天的夜晚，星星经过春风的沐浴，一颗一颗分外明亮。月亮在一场春雨过后，被清洗得更加透亮。它抚摸着山川，包揽着大地。虽然乍暖还寒，虽然春寒料峭，但春天的夜晚总是呈现出一种暖色。

夏天的夜晚，被炽热的太阳烘烤了一整天的大地，入夜后开始散发过剩的能量，到处热烘烘。虽然如此燥热，但是，夏日的夜色是不能用热烈来形容的。倘若你仔细观察，夏天的夜总是灰蒙蒙的，在本是清秀的天空上，罩着一层朦胧，像涂抹了一层防晒霜。有时候，还会被一个类似灰色兔毛的围脖给圈起，一层一层地扩散着光晕。

秋天的夜色，月亮明亮，星星可数。没有春天的暖，也不像夏天的浊。都说秋高气爽，秋夜的天空则更高更爽。让人浑身上下都感觉舒服自在。我以为秋夜的色彩是四季中最为美好的色彩。怪不得古人把中秋节安排在这样一个季节里呢。

冬天的夜色，长夜漫漫。遥望万里星空，团团星云拥簇，凛冽月光飞渡，那星云和月色汇聚在一起，带着逼人的寒气上下翻卷，不仅搅得周天寒彻，且让你整个身心都凝冻成一坨冰。

## 5

夜色是温柔的。夜色的温柔，从宋时的春天就开始慢慢铺开，在草木间便可听到它发出的曼妙呼吸。

皓月当空，风从西边的一片云朵里逃去，贴向一阕词根，在悠长的吟咏中产生绵绵暖意。在这里，有黛眉纤指的女子，她的思绪越过夜的栅栏，在缕缕如风的箫声中，凝成如云般丝丝缕缕的相思。或者，一地花香在夜风中潜向梦境，闪烁的灯辉里，浅浅的心跳是寂寞时绽放的那一首首、一阙阙唐诗宋词。

仰望星空的，除了我，还有沉默的石头。风吹起灯红酒绿的幻觉，无限车马穿行在时空里。我提一盏宋词，从花开的夜色里，寻找一位走失千年的女子。前生只是传说，来生不得而知，想抓也抓不到。只有珍惜今生的每一天，才是紧紧握在心底的一份真实。因为真正的幸福无须围观，只需与一个人从容地看这个世界，捧起花开，送走日落。

看夜色也好，看人生也罢。前半程是看风景，后半程是看风景里的自己。时光在走，我们也在走。但愿我们和时光走得一样优雅，一样美丽，一样从容。

## 6

夜里，我看见那一弯宋朝的月光，被拂晓的风吹进一阕词里。露水打湿征人的衣裳，一条往世的船，载满秋日的蝉鸣。

望着一轮明月，我知道长亭秋月已刻进千年风尘，冷雨秋风已站在一首词中。再一阵风吹来，一行行泪滴穿越时空，由今天的人们去一页页翻阅。

不是吗？我们用长长的一生，记住一个人的声音，记住一个人的笑容，或许记住一个人的样子，都是因为把这个人真正的记挂在心上。那是一种别无所求的记挂，那是一种比月光还要纯洁的纯净。

我知道，写下的文字，不单单是辞藻堆砌，它是心情也是记忆，是走过也是回首，是追忆也是忘却，是曾经也是永远，是咫尺也是天涯……

## 7

上天给了我们夜色，却没有留给我们保留夜色的办法。我们要用人生路上经历的点滴，化成一簇簇温馨的火苗，来照亮生命之夜。生命必须燃烧着自己，才能知道自己真正的价值所在，才能知道自己的爱可以温暖感动别人。才能知道这个世界因为多了一个我，而更加的与众不同。

夜色里，住着荒凉，也住着诗意。夜色里的每一个景物，每一片绿叶，每一朵花，每一句蝉鸣，都释放着生命的热情。夜色里，总有一个人，藏在你的背后，总有一首诗，烙下了心灵的印记。

# 999 路车见闻

星期天，好蓝的天，风也不大，可以出去走走。

闲来无事，夫人联系了孔医堂。那里有一位朱大夫，推拿功夫了得。不过人家主要给小孩子瞧病。给我做推拿，算是扩大了营业范围。因为之前做过一次，感觉还好。所以，决定今天再去一次。

小区门口的大树下，就是公交站。999 路车是双层公交。这样的车，在伦敦已经很普遍，在北京却并不多见。之前在伦敦坐过多次双层公交，又舒适便捷，又可以观光。那时候，我们就乘坐着一辆辆大红色的公交，遍观伦敦城市美景，好不惬意。

不过，回国以后很少坐公交，偶然坐一次，行动上颇显笨拙。一出门，刚好 999 号车来了，连忙小跑，谁知拿出卡就刷，刷卡机毫无反应。细看，啊，我用的是家门卡。只好重新用公交卡再刷一次。刷完自觉好笑，自叹业务不熟啊。

上车以后，走到车厢尾部。那里有座位。只见前排座位上，有一位身穿墨绿色羽绒服的小媳妇。她抬头，我才看清面部。蘑菇头，目秀，眉清。她旁边是售票员席，上面坐着她的小姑娘，也就四五岁，小蘑菇头，胖嘟嘟的脸，细弯弯的眼睛，笑起来眯成两弯曲线。小蘑菇头正在和大蘑菇头玩虚拟的售票游戏。小蘑菇头显然就是售票员，台面上摆着许多小纸条，这些就是她的车票。她一个劲地喊着卖票了、卖票了，大蘑菇头就把几枚钢镚儿递给她，算是完成了一次交易。

母女俩正玩着游戏，见我坐在身后，小蘑菇头站立，伸手过来，非要我坐她的那个座位。还说，我们幼儿园老师说了，小朋友坐车要给老人让座。我为小蘑菇头的举动而感动，尽管她很机械。大蘑菇头转身看看我，对我说，不好意思，小孩子不懂事。回头又对孩子说，叔叔已经有座位就不让座了。小蘑菇头说：“不嘛，不嘛，我就是要给老人让座嘛。”我连声给小蘑菇头说谢谢，小蘑菇头方才作罢。小蘑菇头的让座，让我感觉孩子的天真，同时也意识到自己已经步入孩子眼中的老年人行列了，不禁悲从中来。另外，也深感如今的教育过于宽泛，脱离实际，离孩子太远。

我正在凝思，忽然听到前面吵吵起来。抬眼，只见一身材苗条，上身粉红色皮夹克的姑娘与另一位衣着豹纹貂皮领的姑娘吵将起来。那粉红姑娘一头柔顺的披肩发，后脑勺部位还扎着一个漂亮的黄色蝴蝶结。粉红姑娘指责豹纹姑娘不给老人让座，豹纹姑娘训斥粉红姑娘多管闲事。粉红姑娘说，我是本车乘务员，要求你让座是我的职责，不是多管闲事。再说了，这也是公共场所，尊老爱幼是传统美德，你怎么连这点道理都不懂。正说着，旁边站着的老太太，也就是刚上车时豹纹姑娘没给让座的那位大娘，她操着浓浓的山东话说：“姑娘，你们别吵吵了，俺也就几站地儿，你们坐吧，俺站着不累。”这时，粉红姑娘急了，说大娘啊，您错了，人家可是正儿八经的纯爷们。粉红姑娘说这句话的时候，我们才看清，尽管他穿着粉红上衣，留着披肩发，那下巴颏上却长着大大的喉结。他身边的大娘说，啊呀，对不起，是俺认错了，俺怎么看你就是个姑娘嘛。周围的人们于是哄堂大笑。这时，那豹纹姑娘反而不好意思站了起来，连忙给那位大娘让了座。大娘也没有再推辞。

汽车又到一站，上来一对儿爷孙。一上车，那圆头大眼的孙子就急急忙忙地脱外衣，还一个劲地说，爷爷，我太热了。那位爷爷说，根本就不热，不能脱，小心感冒。一边说一边再给孙子身上穿。孙子急了，干脆把外套扔给爷爷，自个儿跑到车前司机的旁边。回头还给爷爷扮了个鬼脸儿。爷爷抱着孙子的衣服没辙。只能一个劲嘟囔，嗨，这孩子，不听话，这感冒了可怎么办。高声喊，回来，回来。孙子就是不理他。

汽车继续前行，到二里沟南口，我该下车了。车未停稳，门刚开，一个小伙子抢先一步，跳下了车。只听见刚才那穿粉红色上衣我们误以为是女孩的乘务员喊着，刷卡，没刷卡！那小伙子头也不回就溜掉了。司机说，唉，今天又一个逃票的。

我来不及看热闹，赶紧刷了卡，下了车。

外面天色依然很蓝，树梢上还有几朵白云悠闲地飘浮着。几只麻雀叽叽喳喳地叫着，见我过来，连忙又飞走了。大街上车流滚滚。我顾不上看风景，急忙向孔医堂走去……

# 秋 夜

今夜，我独自坐在门廊的台阶上，看月亮，想心事，不知不觉被蚊子叮得惨不忍睹。而秋蝉凄厉的叫声让我心酸，那么凄苦、那么茫然，让我不知所措。

夜风轻轻摇着，直抵我内心的柔软。思绪的流淌切割着记忆的河床，缤纷的色彩渐渐转为黑白，画面的轮转，有谁在哼唱着离别的故事，有谁在痴迷地等待。此季为秋，此时是夜，欲语还休。

五十年来，一样的跋山涉水，一样的执着追求，关键的几步，有的人享受鼎力相助，便有了显赫得意的路途。我没有，我无助，只有看着人家光宗耀祖。我不平，我愤怒，却不知该向谁来倾诉。

此时夜深，此夜无眠。夜灯化不开的忧愁在心底蔓延，梦想对着岁月浅唱，孤寂挨着思绪团圆。

忆往事，伤心伤身，似不该沉沦。既然已成定局又何必执着执念。

寂静的夜里，想要放肆奔跑，却似乎有种将要窒息的感觉。听见风中传来的声音。灵魂有些悸动，依稀有种想哭的冲动，沉默变得异常沉重。

蝉声未歇，天空高远。平淡的生活，忙碌的节奏，伴着每一个日升月落。听风，看月。与花草相凝，与风月同行。不羡慕入眼的繁华，不贪恋阿谀的诱惑，以不骄不躁的心怀，收纳纷扰与安逸。

尘世喧哗，风起云涌，而皆不能左右我的心智。做平凡的人，心不乱，意不燥，一步一个脚印，走进时光中最美的风景。

# 五十弦

李商隐诗云：锦瑟无端五十弦，一弦一柱思华年。人生苦短，在自己行将老朽的时候，追思曾经的种种经历，不禁潸然。

人事迷茫之间，时光飞逝，自己虽然努力挣扎，却大多徒劳无功。于是便仰天长叹。时不我予，时不我待。

生命是一场宿命的缘。从起点到终点，从无到有，从有到无，虽注定灰飞烟灭，但是，纷繁的嚣尘，来过，爱过，痛过，便无邪地微笑了，故无悔。流年逝，芳华尽，几多惆怅，几多惘然，只因剪不断、理还乱。此情此景皆如梦，心动且意动，只为追寻这不解宿命的缘。人生最悲哀的事情，莫过于苦苦追求那些原本可以放弃的，却忽略了生命中那些最最宝贵的。人生难免会有迷茫，关键在于要明白自己从哪里来，要到哪里去。

五十岁，当繁华落尽时间破碎，在落败的残花前看见了一地忧伤。所有海誓山盟终不及命运的一夕，繁华尽头皆是残缺。谁为谁守望天涯？谁又为谁望断归路，又是谁为谁繁锦成花，散落成雨？我百思不得或似有所得。人生中大多数的痛苦不是别人给你造成的，而是自己跟自己过不去。实际上，每个人都会遭受两支箭的攻击：第一支是外界射向你的，它就是我们经常遇到的困难和挫折本身；第二支是自己射向自己的，它就是因困难和挫折而产生的负面情绪。

五十岁以前，我们时常仰望别人的欢乐，咀嚼自己的痛苦；仰望别人的幸福，舔舐自己的伤口；仰望别人的成就，郁积自己的平凡。于是，美丽总在别处，灰暗聚在心头。其实，你仰望别人的时候，也有人在仰望你。与其仰望，不如珍视。我们唯有感恩生活的赐予，感谢人生的丰足，芬芳的花朵才能长开不败。五十岁以后，才发现时间的渡口，我们皆是过客。无论我们怎样珍惜与挽留，抑或怎样荒废与抛弃，生命的田地终将是一片寂静荒芜，我们无力留下什么。看看身边人流如织，可真正驻足的又有多少？你就是再成功，光阴的橡皮也会慢慢擦去你的名字。在轮回之前最后许愿，是否有人用一分钟的等待，换得我一生的期许？踏过冰雪的轮回，怀揣一颗萌芽的心，以轻盈的脚步走向季节的葱茏，或者轻捻一叶花瓣，丰盈渐去的过往。

走过春夏，走过秋冬，人生只是一幅画卷，一路前行，一路涂抹，一路收藏。轻拾岁月留下的剪影，暗香依然饱满。绕过生命的悲喜，淡写陌上花开花落。经年走过，紧握一份感动，平淡中加深了情感的厚重。如果说人生的财富是知足，不为聚散而忧，不做时间的负担，心怀美好遍地花开，那么，心存宽容处处感恩，风起风停静默一份坦然，缘聚缘散留守一份温暖，不为天长地久的守候，只为初见时的那一份倾心。

如今，当我们打开心灵之窗让它爬满阳光、敞开心扉纳入生命的力量的时候，心意向暖，时光的枝桠就会开满灿烂；心存温情，岁月的藤条就多几分缠绵。往前一步是人生，退后一步也不全是晦暗，不滞留前行的步伐，不做无端的抱怨，暑往寒来一季又一季，不曾改变的是信念，花开花谢又一年。

更多的时候，我发现生命是蘸满岁月的芬芳涂写多彩的一段旅程。渐瘦的时光，留不住的是背影，铭记的却是感动。流年烟雨褶皱了青葱的面容，却收获了一路的丰盈。生活是一种姿态，面向阳光处处温暖，怀揣萌动处处春风。我们知道这旅程不能改，每一个足迹都是铭刻，每一个日出都是生命的赐予，都是新生力量的崛起。生存就是一种奔波，一种对美好的取悦，梦过千帆的懂得，风雨洗礼后的超越。因此，每一天我们都要以各自的方式生活着，为心中的理想奋斗。放手所有的不良情绪，用微笑留住生命的画面，走出一个无悔的人生。

锦瑟无端五十弦，一弦一柱思华年。水再浑浊，只要经历长久的沉淀，依然分外清澄；人再愚钝，只要施予足够的努力，一样能改写命运。不要抱怨出身不好，我们无法选择父母；不要愤懑起点太低，那只是我们站立的原点。人生是一场漫长的对抗，有些人笑在开始，有些人却赢在最终。命运不会偏爱谁，就看你能够追逐多久、坚持多久。我们都是天地的过客，很多人事，我们都做不了主。譬如离去的时间，譬如走散的人。“心”字三个点，没有一个点不在往外蹦。你越想抓牢的，往往是离开你最快的。

# 崖山备忘录

雷州湾东南海域中，坐落着数十万年前海底火山喷发形成的火山。崖山，就是其中的一座。

崖山，是一座历史的山，是一座不平凡的山。在中国历史上，从来没有哪一座山像崖山这样引人关注，它见证了南宋王朝的灭亡，由此导致了史学界所谓的“华夏陆沉”。因而，崖山在中国历史上富有极其特殊的意义。

出差广东，到新会，有人介绍新会八景：小鸟天堂、圭峰叠翠、叱石松涛、公坑雀花、象山秋月、葵湖春晓、银洲塔影、崖门览胜。提出去看崖山。八景当中，唯有崖门览胜没去过了。

仲春时分，天色阴沉，海风徐来，波浪层层。我们来到了崖山。

崖山位于新会之南。发源于阳江的潭江，自西向东流至江门新会，注入银洲湖，再沿银洲水道，经崖门入海。在岸边堆积的熔岩乱石之上，雾霭茫茫，水天一线，惊涛如诉。此时我想，如果没有当年的那场终极对决，崖山恐怕只是一个平平常常的小山，没有人会记住它。

浩瀚无边的湛蓝大海，一道道波浪不断涌来，撞击在岩石上，发出了天崩地裂的吼声，喷溅着雪白的泡沫。海的魂，以千年不变的姿态与胸怀，孕育着潮汐，激荡着历史。

公元 1279 年，这里爆发了中国古代一场著名的大战——宋元崖山海战。想当初，南宋的帷幕在钱塘江畔升起，在零丁洋上降落，目光洞穿，风云变幻，时光穿越，回到了 1279 年。

崖山海战，又称崖门战役、崖山之战、宋元崖门海战等，是 1279 年（南宋祥兴二年，元至元十六年）宋朝军队与元朝军队在崖山进行的大规模海战。崖山海战直接关系到南宋的存亡，因此也是宋元之间的决战。

早在1276年，元军在襄樊大破宋军之后，直逼南宋首都临安，朝廷求和不成，谢太后带5岁小皇帝宋恭帝及百官向元军投降。另一太后妃杨淑妃在几位不屈老臣的护卫下，带着儿子益王赵昰、广王赵昺出逃，史称“二王南迁”。南逃路上，又先后与陆秀夫、张世杰、文天祥等抗元大臣会合。在众人拥立下，刚满7岁的赵昰在福州登基，是为宋端宗，尊生母杨淑妃为杨太后。元军步步紧逼，福州不久沦陷，南宋小朝廷继续南逃。逃到广东雷州时，遇台风帝舟倾覆，端宗因落水染病，不久死去。7岁的弟弟赵昺继位，是为宋少帝。陆秀夫、张世杰等护卫少帝和杨太后逃到崖山，在此设立根据地，继续组织抗元。各地抗元军民，闻讯纷纷赶来，一时间，小小崖山聚集南宋军民20万之众。

历史永远不会忘记，1279年2月6日晚，风雨交加，宋元两军在珠江口西面的崖门银洲湖海面上进行了最后的存亡决战，海面被鲜血染红。南宋丞相陆秀夫身负小皇帝宋少帝投海殉国，大将军张世杰率残兵突围遇海上风暴倾覆而亡。南宋战败，就此亡国。近20万南宋军民或战死、或投海，壮烈殉国，以生命书写了一曲千古绝唱的正气之歌。

如今，巍峨的崖山之巅，孤燕哀啼，空谷回响；潭江之上，渡轮长鸣驶过，让人不禁感慨岁月沧桑。硝烟已散，英魂长在。漫步于今日崖山的仿建宋代行宫之内，慈元庙、大忠祠等纪念南宋英烈的建筑傲然挺立，当地依然流传着无数关于当年崖山海战、南宋英烈的动人传说，令人感动。

“崖山多忠魂，后先照千古。”崖山不仅仅是南宋王朝最后灭亡的遗恨之地，也是当时的汉人最后家国地，更是人们抒发爱国情怀之地。历代政要、名人墨客、平民百姓临崖凭吊、叹息、兴感、追怀。我们正好赶上新会古井镇在崖山祠纪念崖山海战，一群人神情肃穆，躬身行礼，祭奠崖山海战的殉难者。以文天祥、陆秀夫、张世杰为代表的忠臣义士，任凭沧海桑田，时代更迭，他们永被历史和人民铭记，千古流芳。正如蔡东藩《宋史通俗演义》最后结句诗：“一代沧桑洗不尽，幸存三烈尚流芳。”

站在崖山，领略大海风光，感到人类是那样的渺小。空中的海鸥在海面上展翅飞翔，搏击长空，有些耐人寻味。有人说，历史是过去的事实，但我更认为历史是过去与现在无终止的对话。这种对话中，我们可以产生一种深刻的忧患意识。社会变革中应该避免毁灭性的动荡，或者让进步与创新来代替动荡。

尘世的烽烟慢慢散去，只剩伶仃洋的惊涛拍岸。临别崖山，赋诗一首，以备存念：

别却崖山百感生，宋元海战若警钟。
犹听险浪悲南宋，似觉惊涛詈元凶。
十万君臣同赴死，一朝文武共浮萍。
海风横扫烟波过，朝代兴亡后世评。

# 惯看秋月春风

两本散文集即将付梓，编辑来电，需要起一个能够统领这两本书的名字。思来想去，想到了《三国演义》开篇那首词，就是杨慎的《临江仙·滚滚长江东逝水》，想起来其中两句“白发渔樵将渚上，惯看秋月春风”于是就冠以《秋月春风》四个字。

想一想自己走过的路，沟沟坎坎，起伏不平。纵然四季轮回，毕竟秋月春风。看破了一些事，也看淡了一些事，一边拥有，一边失去；一边选择，一边放弃。那么多的秋月春风，用“惯看”二字，还是比较贴切的。

秋月春风里，比如一些理想、愿景，最初是没有的，随着道路向前延伸，眼界开了，想法来了。环境造就了想法，于是开始对一些事情比较上心，渐渐有了某种感觉，而且还感觉良好，就以为可以沿着这条路走下去。恐怕好多人都是这样。不仅耳濡目染，而且好像被洗了脑，觉得未来非这条路莫属，自信满满。谁知沿着此路前行，前途并不光明，道路并不笔直。有暗道有陷阱，有深渊有薄冰。你是防不胜防、躲无可躲的。如果按照原来的初衷，继续往前，显然是很困难的。当然你可以留恋过往的美景，但是必须改道，必须开辟新的景观，因为人生就是一场没有彩排的演出，有没有掌声你都要前行。

生活在秋月春风当中，或许被人误解时，你会选择沉默，不想解释也无须解释。被人欺侮时，往往很难过，但不想辩解，相信清者自清，浊者自浊。相信德不配位，相信多行不义必自毙。

生活在秋月春风当中，不是所有的是非都可以厘清，也不是所有的付出都会有收获。很多时候，只能是无可奈何花落去，只能惯看花开花落，惯看人事纷纭，你来他去，走马灯一般。热热闹闹，弹冠相庆，或者灰头土脸，冷冷清清。十年之内，城头变幻大王旗。门前搬来了张三又换了李四，各有悲欢，或者几人欢乐几人愁。

惯看秋月春风，最终还是要走自己的路。天毕竟很大，地毕竟很阔，路也不止一条。没有必要跟他们凑热闹，也没有必要照着别人的地图找自己的征途。热闹都会过去，一手遮天也总有遮不住的时候，没有不散的筵席，也没有永久的乌云密布。无言的伤，刻骨的痛，承受过，忍受过，诅咒过，叹息过，渐渐成长。最后懂得总有些期待不能如愿，总有些渴望不能实现。不完满成了永久的遗憾。

人生的无奈，变成了惯看，就是眼睁睁看着风云变幻，你无可奈何。于是，希望，失望，欢乐，痛苦，相互交织着。或许，今日以为苦之事，却为明天回味之乐。静静地观望着每一个日子如流水般逝去，静静地观望着那些人自生自灭。

人生，或许就是这样。前方的路，尽管遥远，尽管颠簸，但脚步依然，追求依然，方向依然。年知天命，物是人非，烦忧勿扰。

# 而今迈步（断想）

## 1

两千年前，一位哲人面对奔流不息的河水，发出了一个千古喟叹：逝者如斯夫。

来去匆匆，我们又到了一年的开始。是啊，时光，留不住昨天；缘分，停不在初见。想到一些名字被淡忘，我们是否忘了珍惜。活着，当一些感情留在曾经，我们是否只剩下惋惜。岁月无声人有缘，人生相伴情在牵。别让等待的心，等到无望；别让想念的人，想到不想。人生能相遇，已是不易；心灵若相知，更要珍惜。

或者铭记：“雄关漫道真如铁，而今迈步从头越”。

或者高唱：“心若在，梦就在，天地之间还有真爱；看成败，人生豪迈，只不过从头再来……”

## 2

时光交替。新年来临。苍穹阔远，无涯天际。数风尘，翻日月，回首慨叹。人这一辈子，不管活成什么样子，都不要把责任推给别人，喜怒哀乐都是自己造成的。

生命是一种回声。你把最好的给予别人，就会从别人那里获得最好的。你帮助的人越多，你得到的也越多。你越吝啬，就越一无所有。多点淡然，少点虚荣，活得真实才能自在。人生就是一场修行，修的就是一颗心。

## 3

西北风刮起，终于驱散了雾霾，露出了晴天。于是，一丝微凉，一缕惆怅。我想，如果老天善待你，给了你优越的生活，千万不能收敛了自己的斗志；如果老天对你百般刁难，千万不要磨灭了你对自己的信心和奋勇向前的勇气。当你想要放弃了，一定要想一想那些睡得比你还晚、起得比你还早、跑得比你还卖力、天赋比你还高的人。有时候，当你走过一段艰难的路，或者看见石头缝隙里长出来的野草，你一定要学习它们的坚强。

学习如何坚强，要把握好7个度：在知识上，广博不敌深度；在思想上，敏锐不敌高度；在气质上，外貌不敌风度；在做人上，精明不敌气度；在做事上，速度不敌精度；在工作上，能力不敌态度；在交友上，较真不敌大度。

## 4

在这个世界上，我们会遇到很多人，即使远在千里万里，只要有缘，就会相遇。缘深缘浅，有的只是擦肩而过，有的成为你生命的一部分。有缘求得同船渡，无缘对面不相牵，一生能遇到挚爱的人，是一种幸福。

做人，无论如何不要丢掉善良；世界可以混乱，我们的内心不可以肮脏；有些话，能不说就沉默，把它藏在心里；有些伤，能不揭就放下，无声忘记它；有些事，可以看透，但不要看破；有些人，可以看穿，但不要戳穿，给别人留一个空间，给自己留一份尊严。

## 5

时光就是一粒沙，岁月就是沙漏。每一粒沙都离不开岁月的磨砺。

如果岁月是一块绸缎，那么时光就是一针一线。我们要学会用时光的巧手，绣出绸缎的风采。如此，我们要随着季节走向深处，摇曳在枝头的那些墨绿、浅黄、枫红，虽秋风起，也要用生命演绎一场繁花似锦。

时间可以验证谎言，揭露现实，淡化承诺。只要我们问心无愧，一切自有命运的安排。学会淡然一笑，该来的总会来，该去的总会去。

这个世界上，每个人都有自己的定位，每个人也都有自己的追求。选择适合自己的生活，便是真正的幸福。幸福的味道不是甜蜜而是平淡；

不是浓烈芬芳而是淡淡幽香。家庭不在贫富，贵在和睦温馨；生活不在显达，健康快乐就成；养生不在刻意，贵在自然顺心；锻炼不在朝夕，贵在持之以恒；作息不在早晚，贵在规律养成；朋友不在贵贱，知音胜过黄金。

## 6

一路上沟沟坎坎，一路上披荆斩棘，无论我们遭遇多大的痛苦，多大的灾难，都要把泪埋在心底，勇往直前走下去，这就是我们的人生。没有时间容许我们停留，没有时间容许我们骄傲，没有时间容许我们抱怨，也没有时间容许我们留恋昨天。

来来往往的人群，来来往往的生命穿行于其中，我们渺小到仅是沧海一粟。我们无法阻止时光前行的脚步，只能默默地走完仿佛早已注定的人生。

## 7

世界上的书可分两大类，一类宜深读，一类宜浅读。木心说，尼采的书宜深读，浅读，会骄傲，会妄自尊大；深读，知不足，会读出一个浅薄的自己来。罗兰的书宜浅读，深读，会迷失于空想；浅读，会营养雅趣。

千万不要质疑读书的意义。如果别人努力读书时，你在看无厘头的偶像剧；如果别人读书思考问题，你在跟人侃大山，那么以后，你也不要妒忌别人的成功与收获了，也不要抱怨自己一事无成。

## 8

人生之路上难免波折，却也多彩多姿，“不波折的人生，不是完美的人生”。若总是众星捧月般地被宠溺、赞赏，人生必然得不到成长，得不到升华。只有在一个个逆境的惊涛骇浪中实现跨越，才能铸就美好人生。

人生，逆境时要忍耐，懂得退让；顺境时，要宽容，懂得收敛。《易经》说："知进退存亡而不失其正者，其唯圣人乎。"知道进而不知道退，知道存却不知道亡，知道得到而不知道丧失，不能称为圣人。要想做成一件事，只有锐意进取，努力向前，如果畏畏缩缩，甚至懒惰，那就只能虚掷时光。

大智者必谦和，大善者必宽容，唯有小智者才咄咄逼人，小善者才斤斤计较。有大气象者，不讲排场；大才朴实无华，小才华而不实；大成者谦逊平和，小成者不可一世。真正高贵的人，面对强于己者不卑不亢，面对弱于己者平等视之。

## 9

国际象棋大师卡斯帕罗夫在与 IBM 公司国际象棋电脑"深蓝"的六局对抗赛中，以 2.5 对 3.5 败北。引发人们对人工智能的广泛热议。人们惊叹于人工智能的神奇计算速度和稳定状态。同时，也有人认为，同国际象棋相比，围棋更能代表人类智慧的高地，若想人工智能在诸如围棋领域称王，尚需时日。时光流转，2016 年 3 月，谷歌围棋人工智能 AlphaGo 先以 4:1 的较大优势战胜韩国顶尖棋手李世石九段。时隔一年，2017 年 5 月，改进后的 AlphaGo 又以 3:0 战胜中国棋手柯洁九段，后者输得心服口服，感叹：AlphaGo 就是围棋上帝。

科学技术的迅猛发展，真的可以替代人类吗？我以为，人生非仅求物质与外表的解决，还需要精神内心的满足。所以要提高人生，解决人生的问题，我们既需要科学，也需要信仰。科学只能增加人类物质的享受，但不能解决人生的基本问题：如人生的意义与目的，人生的来处与归宿等。而信仰却能改变人类的内心，并能增进灵性生活，解决永生问题。

# 后记

鸿雁又叫大雁，是我们家乡常见的一种侯鸟。每当秋天，树叶飘零，黄花遍地堆积，就会看见天空中排列整齐的鸿雁。它们呈“人”字型或“一”字型列队飞过我的故乡。王实甫《西厢记》:“碧云天，黄花地，西风紧，北雁南飞”，范仲淹《渔家傲·秋思》:“塞下秋来风景异，衡阳雁去无留意”，李清照《声声慢》:“雁过也，正伤心，却是旧时相识”。生动描述了秋风瑟瑟，鸿雁南飞的情景。“鸿雁，天空上，对对排成行。江水长，秋草黄，草原上琴声忧伤。鸿雁，向南方，飞过芦苇荡。天苍茫，雁何往，心中是北方家乡…… ”这首为人们所熟知的由呼斯楞演唱的《鸿雁》，就是对我故乡的生动写照。

鸿雁具有很强的方向感，到了季节，它们长途飞越几千公里也依然会迁徙到南方。鸿雁还有很强的组织性和忍耐性。其鸣也，响亮凄厉，方圆几公里都能听得到，并且能给予同伴以振奋和鼓舞，统一行动，互相照应，以防掉队。但人们听到其叫声，便会有一种肝肠寸断的悲凉。

鸿雁如此，人何以堪？人生总有失意离群的时候。或者是一个人在路上，天涯苦旅；或者独在异乡为异客，孤单寂寞；或者虽身处闹市，却精神苦闷；或者遭遇意外变故，身不由己，被迫偏离人生轨道；或者多愁善感……人生总有这样的时候，宛如长空中的一只孤雁。南宋词人张炎有一首写孤雁的词：“楚江空晚，怅离群万里，恍然惊散。自顾影、欲下寒塘，正沙净草枯，水平天远。写不成书，只寄得、相思一点。料因循误了，残毡拥雪，故人心眼。谁怜旅愁荏苒。谩长门夜悄，锦筝弹怨。想伴侣、犹宿芦花，也曾念春前，去程应转。暮雨相呼，怕蓦地、玉关重见。未羞他、双燕归来，画帘半卷”。（张炎词《解连环·孤雁》）。张炎借离群孤雁，抒发了他感同身受的家国之痛、漂泊之苦。词境伤感幽怨、凄婉动人。

多少年了，一次次看见天上的大雁北往又南来，心中也一次次触发感慨。于我而言，扬手是春，落手是秋，一扬一落之间，年轮已悄悄在脸上留下了淡淡的岁月印痕，平添了流年的风霜。

童年是梦，少年是歌，青年是诗，那么中年就是一部小说。鸿雁于飞，蓦然回首，人生累积了太多的阅历和感悟，身心盈满了太多的爱恨情仇，在相似的日月之间共度了人世沧桑，看尽繁华红尘。有时总以为时间会等待我们，容许我们从头再来，弥补人生的缺憾，岂不知鸿雁于飞，时光已一去不复返。

岁月在寂静中悄然变化，在幽幽暗暗里清醒，在反反复复中寻觅，在平平淡淡里成熟，在从从容容中渐去。纵然有太多的不舍、太多的眷恋，也只能将过往的繁华埋藏在心底。无人知晓的孤寂，只能自己慢慢吞噬。原谅了别人，就是放过了自己。惩罚了别人，就是折磨了自己。折磨自己，是因为把别人放在心里。流水落花，素年已经远去，锦时的记忆依然留在心间。相聚与离别，在岁月的沉淀中跳跃，又在跳跃的时光中沉淀。时过境迁，我们渐渐长大，迈向了成熟的殿堂，经了风雨，

# 后记

鸿雁又叫大雁，是我们家乡常见的一种候鸟。每当秋天，树叶飘零，黄花遍地堆积，就会看见天空中排列整齐的鸿雁。它们呈“人”字型或“一”字型列队飞过我的故乡。王实甫《西厢记》:“碧云天，黄花地，西风紧，北雁南飞”，范仲淹《渔家傲·秋思》:“塞下秋来风景异，衡阳雁去无留意”，李清照《声声慢》:“雁过也，正伤心，却是旧时相识”。生动描述了秋风瑟瑟，鸿雁南飞的情景。“鸿雁，天空上，对对排成行。江水长，秋草黄，草原上琴声忧伤。鸿雁，向南方，飞过芦苇荡。天苍茫，雁何往，心中是北方家乡…… ”这首为人们所熟知的由呼斯楞演唱的《鸿雁》，就是对我故乡的生动写照。

鸿雁具有很强的方向感，到了季节，它们长途飞越几千公里也依然会迁徙到南方。鸿雁还有很强的组织性和忍耐性。其鸣也，响亮凄厉，方圆几公里都能听得到，并且能给予同伴以振奋和鼓舞，统一行动，互相照应，以防掉队。但人们听到其叫声，便会有一种肝肠寸断的悲凉。

鸿雁如此，人何以堪？人生总有失意离群的时候。或者是一个人在路上，天涯苦旅；或者独在异乡为异客，孤单寂寞；或者虽身处闹市，却精神苦闷；或者遭遇意外变故，身不由己，被迫偏离人生轨道；或者多愁善感……人生总有这样的时候，宛如长空中的一只孤雁。南宋词人张炎有一首写孤雁的词：“楚江空晚，怅离群万里，恍然惊散。自顾影、欲下寒塘，正沙净草枯，水平天远。写不成书，只寄得、相思一点。料因循误了，残毡拥雪，故人心眼。谁怜旅愁荏苒。谩长门夜悄，锦筝弹怨。想伴侣、犹宿芦花，也曾念春前，去程应转。暮雨相呼，怕蓦地、玉关重见。未羞他、双燕归来，画帘半卷”。（张炎词《解连环·孤雁》）。张炎借离群孤雁，抒发了他感同身受的家国之痛、漂泊之苦。词境伤感幽怨、凄婉动人。

多少年了，一次次看见天上的大雁北往又南来，心中也一次次触发感慨。于我而言，扬手是春，落手是秋，一扬一落之间，年轮已悄悄在脸上留下了淡淡的岁月印痕，平添了流年的风霜。

童年是梦，少年是歌，青年是诗，那么中年就是一部小说。鸿雁于飞，蓦然回首，人生累积了太多的阅历和感悟，身心盈满了太多的爱恨情仇，在相似的日月之间共度了人世沧桑，看尽繁华红尘。有时总以为时间会等待我们，容许我们从头再来，弥补人生的缺憾，岂不知鸿雁于飞，时光已一去不复返。

岁月在寂静中悄然变化，在幽幽暗暗里清醒，在反反复复中寻觅，在平平淡淡里成熟，在从从容容中渐去。纵然有太多的不舍、太多的眷恋，也只能将过往的繁华埋藏在心底。无人知晓的孤寂，只能自己慢慢吞噬。原谅了别人，就是放过了自己。惩罚了别人，就是折磨了自己。折磨自己，是因为把别人放在心里。流水落花，素年已经远去，锦时的记忆依然留在心间。相聚与离别，在岁月的沉淀中跳跃，又在跳跃的时光中沉淀。时过境迁，我们渐渐长大，迈向了成熟的殿堂，经了风雨，见了彩虹，历了霜雪，闻见花香。

人到中年，一个悟字，浓缩了人生的千言万语，明白了高处不胜寒、无力挽狂澜的世事沧桑与无奈，于是在不知不觉中学会笑看世事繁华。淡定人生心态，不求不可取，不求不可得，随遇而安，诸事顺其自然。不再奢望浮华之梦。人到中年，才真正品味到：淡淡的生活很纯，淡淡的花很鲜，淡淡的天很高，淡淡的情很真，只是那么淡淡的一点。过去、现在、未来，人生的画卷便可轻轻描绘，绘出天，绘出地，绘出山，绘出水，绘出落下的泪，绘出开心的笑，随那淡淡的颜色，绘出人生的无怨无悔。直到百年以后，我们一一退出了生活，笑或泪浸过的人和事，聚散风逝，万古如斯。时间宽恕了一切，干净的云彩下面，春风吹拂，万物复苏，花开花落。在缱绻的记忆里，昔日的画面，不知道为何如此泛黄。望着盛开的花朵，一滴滴滚烫晶莹的泪珠总会滑过脸庞。人生啊，尽管鸿雁于飞，总是悲喜交加。相逢美好，离别也让人回味悠长。成功固然很好，失败也不见得就要悲戚。上善若水，从低处积淀，人生就会到达不同的高度。即使再跌倒，在不同的起点爬起来，然后一次次从头再来。

值此《鸿雁于飞》出版之际，真诚感谢中国言实出版社的鼎力支持，同时感谢所有关心爱护支持我的人们。

2017 年中秋于三清山

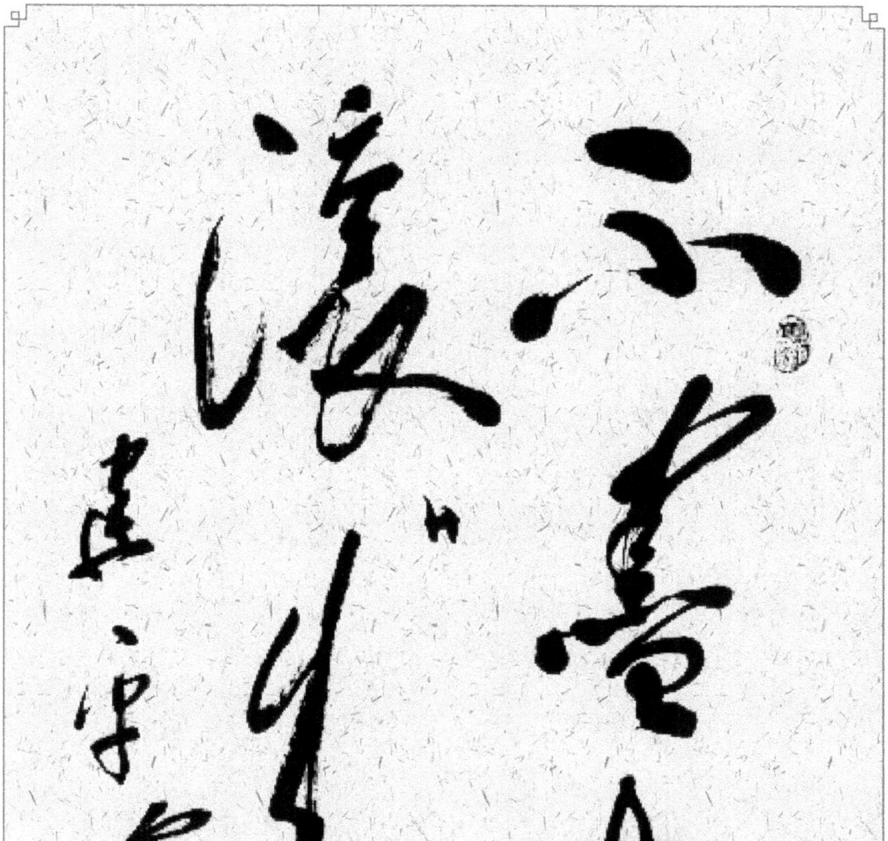

# 六州歌头

平凡⊙著

中国言实出版社

**图书在版编目（CIP）数据**

六州歌头 / 平凡著 . -- 北京：中国言实出版社，
2018.2
（平凡文学作品选）
ISBN 978-7-5171-2654-6

Ⅰ . ①六… Ⅱ . ①平… Ⅲ . ①词（文学）—作品集—中国—当代 Ⅳ . ① I227.8

中国版本图书馆 CIP 数据核字（2018）第 016013 号

**出 版 人：**王昕朋
**总 监 制：**朱艳华
**责任编辑：**胡　明
**责任印制：**佟贵兆
**装帧设计：**水岸风创意文化

**出版发行** 中国言实出版社
地　址：北京市朝阳区北苑路 180 号加利大厦 5 号楼 105 室
邮　编：100101
编辑部：北京市海淀区北太平庄路甲 1 号
邮　编：100088
电　话：64924853（总编室）　64924716（发行部）
网　址：www.zgyscbs.cn
E-mail：zgyscbs@263.net

**经　　销** 新华书店
**印　　刷** 北京虎彩文化传播有限公司
**版　　次** 2018 年 8 月第 1 版　　2018 年 8 月第 1 次印刷
**规　　格** 710 毫米 ×1000 毫米　1/16　182.25 印张
**字　　数** 1500 千字
**定　　价** 598.00 元（全 8 册）　ISBN 978-7-5171-2654-6

# 序 言

冯秦

词是一种最精美的文体。在古代文学的阆苑里，是一块芬芳绚丽的园地。它与唐诗争奇，同元曲斗艳，千姿百态，姹紫嫣红，闪烁着艺术的光辉，陶冶着人们的情操，给人们带来无穷乐趣。

著名历史学家、文学家、教育家缪钺先生云："盖词为中国文学体裁中之最精美者，幽约怨悱之思，非此不能达。"（缪钺《诗词散论》）饶宗颐先生云："华夏文体演进，至此而臻极致焉……文辞之变，斯其极矣。"（饶宗颐《词学理论综考・序》）可以这样说，词汇集了中国文学的一切优长，微言大义似春秋，兴发感动继风骚，辞句精美过诗文，音韵和谐臻极致，达到了尽善尽美的境地，具有其他文体所不具备的特质。李易安《词论》尝云："词别是一家，知之者少。"王国维《人间词话》云："词之为体，要眇宜修。能言诗之所不能言，而不能尽言诗之所能言，诗之景阔，词之言长。"诚哉斯言，词虽为诗余，却不同于诗。"词之特质，在乎取资于精美之事物，而造成要眇之意境。"（缪钺《论李义山诗》）

早在晋唐之时，诗人已崇尚设色淡雅的作品，这和画中之南派山水一样，一幅小品，闲散数笔，写出坡岸亭木，再着浅墨或花青色淡淡涂抹一带远山，诗味无穷。到了词中，作者就更注意详细审辨音色温味了，甚而精细到认真分析每一个词汇，所以近代词人、学者、维新派思想家文廷式在《云起轩自序》中感叹道："词至南宋而极盛……其用字，则风云月露红紫芬芳之外，如有戒律，不敢稍有出入焉。”词之为体，唯其精美之至，则所用之辞亦必择其最美妙者方称，于是可用之字词远不若诗之宽泛。倚声家历来唯美是求，字词、情意、音色、滋味，乃成此隽秀俊美之词体，为我中华民族文学中之最美。正如刘熙载所言：“词之为物，色、香、味宜无所不具。以色论之，有借色、有真色。借色每为俗情所艳，不知必先将借色洗尽而后真色见也。”（《艺概》卷四《词曲概》）

人若是心灵洒满光明，总是会襟怀坦荡。统观平凡诗词，无不明光可鉴。其率性所作，情则因景而生，感则缘事而发，章句无不出于性情，文字无不纳于自然，正所谓“心灵之舞，志趣天成”。

平凡生长的地方，北倚阴山，南临黄河，山光水色，景观怡然，自古被誉为“塞外江南”。而黄河横贯其境，人民生生不息。平凡受其哺育，得其灵气，发乎肺腑，流于笔端，当在情理之中。其以往所著《怀念黄河》《回眸阴山》《溪畔清风》等，不胜列举，皆可玩味。

古曰“文以载道”，今亦一脉相承。多年来，平凡正义在胸，热血燃身，见景生情，尽收笔下，遇所不幸，哀怜于心。其“烟尘密。雾迷离。最凄凄。草木皆垂泪。故园弃。有谁知。笙渺渺。琴弦易。尽伤悲。”（《六州歌头·故乡》）；“春愁若与夕阳约，唤醒离怀，唤醒离怀。旧画朱颜泪满腮。”（《采桑子·盼归》）；“思往事。惜恩长。诉衷肠。问天冥冥。问地凄凄。最让人伤。”（《诉衷情·送岳母》）。其爱憎分明，可见一斑。

平凡词作，既不失传统意象，又融入现代元素，将古今熔为一炉。揽其篇什，山光物态，风土人情，均见笔端。如：“梦后眉头高锁，酒醒泼墨书怀。去年烦愁不时来，盼春人独哀。鸿雁无人猜。风吹香山篝火，雪打故宫楼台。不知何处去等待，此情不更改，自当慷以慨。”（《临江仙·情》）；“曹营甲胄三千，展开了中原逐鹿。桃园结义，黄巾起义，神威吕布。故地重游，搜寻无迹，书中人物。奈乾坤顺转，江山易主，天注定，人随后。气吞山河牛斗，对长江、茫茫迷雾。求贤若渴，茅庐三顾，穷兵黩武。赤壁烽烟，荆州遗恨，魏曹吴蜀。怅悠悠千古，风云际会，浪花飞舞。”（《水龙吟·三国》）大气磅礴；“满月又阶前，喟叹流年。人生百味遍尝间。自古多情常郁郁，此意谁诠。花草满庭轩，不记缠绵。人人自有一方天。历尽沧桑終会悟，万事随缘。”（《浪淘沙·流年》）则别有味道。

平凡广泛吸收前人之精华，融会贯通，渐成个人风格。纵观其词作，既有豪放旷达之作（如“阴山巍峨，芳草已萋萋。天星坠。秋声寄。故人谁？任人非。”《六州歌头·故乡》），又有婉约蕴藉之篇（如“多情也见，薄情也见，尽是寻常景象。相思惟有梦相知，看银河、流光遍赏。随君无计，留君无计，只剩泪珠两行。秋鸿春燕往还时，鹊桥在、徒留惆怅。《鹊桥仙·七夕》）；既有大处落笔的雄浑之品（《水龙吟·三国》），又有精雕细刻的细腻之什（如《风入松·山居》）。

词屡传不衰的一个重要原因是它在声、情、韵三方面都富有一种独特的美。讲求词牌，注重平仄、对仗、韵律美，是其基本而又重要的原则。如何才能以旧的形式创造出新的意境，是倚声填词的一大关口。此外，词本身的音乐性，原本附属在词牌所固有的乐曲，而一旦当乐曲随着时代的演进离我们渐行渐远，那么词作语言本身的音乐性，就更加受到人们的关注和重视。再加上汉语本身复杂的发展和变迁，我们很难找到最初的这些词语的音韵原型。在这种情况下，平仄成为当下我们普遍的写作旧体词的依仗。在这种语言的历史跌宕变化之中，如何遵守词的规则，同时又尊重现代汉语的发展，就成为一个非常困难的问题。

毋庸讳言，作为业余词学爱好者，从专业的角度、从严格意义上来审视，平凡的某些作品，在平仄、押韵上，还有不少需要商榷的地方，有些词语在表达意境方面还有一些不足。但我们不必过分苛求。难能可贵的是，平凡的词作，反映了他的真情实感，在严格的词律之中自如地嵌入自己想要表达的意象和心声，随物赋形，达到了情景交融的艺术境界。

每与平凡谈哲学，论经史，悉能根究义理，贯串本原。间论时事，因及古代忠诚孝子，辄义动于色。以平凡之平和与坦荡、谦虚与勤奋、严谨与深入，其风格尚有发展余地，不可就此定论。但其诗词所追求的浓郁韵味、高雅情趣和诚挚情感，殊为可喜。爰书数言，以弁书前。

2018年春节于呼和浩特

# 自 序

夫人心不能无所感，有感不能无所寄，寄托不厚，感人不深，厚而不郁，感其所感，不能感其所不感。词有韵，而文无韵，词可按节循声，诗不能尽被管弦。

倚声之学，千有余年，作者代出。窃以声音之道，关乎性情，通乎造化。予年十之有五，初解为词。偶于学侣处见《白香词谱》《词宗》，假归过录，试填小令，语文老师表扬有加。1982 年高考过后，闲来无事，与同好者时相唱和。是时，得读潘慎、秋枫之《中华词律辞典》，略知词之源流正变。世纪之交，2000 年春夏，出游江、浙、秦、晋，豫，于宋明词作颇多博览，稍涉群书，遂亦稍稍摭拾词家遗掌。

年过五十，客居京城，怅触时事，辄借长短句为之发抒。凡当歌对酒，感事兴怀，皆肺腑流出。以至于时异境迁，积习不改，霜花腴之剩稿，念奴娇之过腔，连峰巉巉，中夜猿啸，复如清湘戛瑟，鱼沉雁起，孤月微明；其窅夐幽凄，则山鬼晨吟，琼妃暮泣，风鬟雨鬓，相对支离；不无累德之言。而平素，拈题选调，或涉猎虽广，虽不耐为，而颇有收益。

于是，将暇日寄意感兴之作，汇集于此，各种词牌皆有尝试，并按汉语拼音顺序排列，取名《六州歌头》，无意抗美昔贤，只以自镜而已。

作 者

2018 年仲夏于安定门外

# 目录

# 六州歌头·故乡

阴山巍峨，芳草已萋萋。天星坠[1]，秋声寄。故人谁？任人非。雪落随风汇。引新水，筑堤坝，杨柳岸，随舟系，见涟漪。打鼓鸣锣，动地歌声起，舞步轻移。看城乡剧变，百姓俱欢怡。水绕云移，不思归。

万花沉醉。夜无寐。杯盘碎。事如追。炉焰焰，烟尘密，雾迷离，最凄凄。草木皆垂泪。故园弃，有谁知？笙渺渺，琴弦易，尽伤悲。只有窗前皓月，依然挂、细柳寒枝。笑书生无用，感叹不胜兮。物是人非。

① 天星，这里指流星。

# 八声甘州·悼何伟[1]

题记：惊悉何伟大姐英年早逝。长歌当哭，濡毫染茧，为赋《八声甘州》，记同志之谊、姐弟之情。一字一句，皆为垂泪也。

望黄河万里，听西风、长逐水东流。有悲歌一曲，醉中喟叹，酒醒还愁。几度子规夜半，血泪并难收。折尽金城柳，莫系行舟。

不忍凭高西看，忆旧时行处，伴我兰州。叹来年春减，花与故人囚。只好填、素词一首，道心中、难舍意悠悠。君知否，此生心事，都付春秋。

---

① 何伟，女，时为甘肃省银监局纪委书记。

# 八声甘州·回望

看人生路远，却从来、皆为稻粱谋[①]。念京华日月，怀阴山雪，如梦难求。万事素无情绪，随意望沙丘。归意何须待，心绪还柔。

再到青城西北，又至儿时地，陕坝南头。与黄河谈心，彼此话春秋。未得见、当年故旧，才饮新酿又登楼。长天阔、几行归雁，字字风流。

---

① 稻粱谋：本指禽鸟寻觅食物。杜甫《同诸公登慈恩寺塔》："君看随阳雁，各有稻粱谋。"亦用作比喻人之谋求衣食和基本生活必须。龚自珍在《己亥杂诗》中《咏史·金粉东南十五州》里一名句："避席畏闻文字狱，著书都为稻粱谋。"这两句诗写出了清代一些知识分子的典型心情。清前期曾屡兴文字狱，大量知识分子因文字获罪被杀。在这种酷虐的专制统治下，大多数知识分子不敢参与集会，言行十分谨慎，唯恐被牵入文字狱中。他们著书立说，也只是为了自己的生计，弄口饭吃，不敢追求真理，直抒自己的见解。龚自珍是清代后期的一个有叛逆精神的思想家，对这种现象十分愤慨，因而有婉转之笔。

# 八声甘州·五十自述

忆青城、长夜伴书游[1]，无意上高楼。问当年情志，春闲昼永，异彩难留。万里夕阳垂地，回步玉移钩。琼映梅花暖，泪洒心头。

点检人间今古，听数声横笛，落雁沙州。看区区成败，蚁阵与蜂殴[2]。碧天长、白云无际，盼归期、驼影共沙鸥。凭栏处，山高路远，往事悠悠。

---

① 忆青城、长夜伴书游：青城，这里指内蒙古呼和浩特，其时作者正在此读书。

② 蚁阵与蜂殴，即蚁阵蜂衙，比喻人们追逐名利，像蚂蚁群集，蜂拥搏斗，不知疲倦。明·康海《中山狼》第一折有：“谁弱谁强排蚁阵，争甜争苦闹蜂衙。”

## 卜算子·菊花

水念小山溪，草恋清晨露。春雨秋风不自由，心曲凭谁诉。

无意傲严霜，一任香痕暮。不羡春光吐玉华[①]，岁岁秋阳沐。

① 玉华：最精美的玉。这里比喻才德。隋·卢思道《辽阳山寺愿文》有："六宫眷属，诸王昆弟，皆智慧庄严，玉华松茂。"

# 卜算子·行舟

生若一行舟[1]，死亦随风系。水涨船高向下移，出没波涛里。

潮落又潮生，今古常如此。冬去阳生又一春，四季风交替。

① “生若一行舟”取自陈独秀：“人生如逆水行舟，不进则退。”

# 采莲子·童年①

洌洌寒风十里长。身挎书包上学忙。
晚来牧马衣衫湿。手执银镰草满筐。

御到河边缓放缰。脱却一身臭衣裳。
戏水忘却蚊虫咬。不知马儿向何方。

---

① 这首词意在写放马的童趣，在放马的过程中，作者与小伙伴下水游泳，然后发现马儿不见了。

# 采桑子·盼归

春愁若与夕阳约，唤醒离怀，唤醒离怀。旧画朱颜泪满腮。

那时梅落晨风紧，花已全开，花已全开。中有伤春[1]一片霾。

---

① 伤春：所谓女子伤春、男子悲秋。女人有一颗敏感的心，看到春天的花儿落了，就知道春天就要过去了，便想到青春易逝而感到伤心。男子看到万木凋零，便会引发对人生的悲叹。“感时花溅泪，恨别鸟惊心”“泪眼问花花不语，乱红飞过秋千去”“一川烟雨，满船风絮，梅子黄时雨”，等等，都是对大自然的感伤。

## 采桑子·山庄

农家块块梯田[1]上，果满山岗。果满山岗，遍地金黄稻谷香。

家鸡秋雁夕阳唱，笑聚山庄，笑聚山庄，美好生活万代长。

---

①梯田：这里指贵州的加榜梯田，位于贵州从江县西部月亮山腹地的加榜乡东北面，是苗族人世世代代留下的杰作。

## 采桑子·“一带一路”

西行之路曾传唱，胜日寻芳。满目凄凉。纵有阳关亦断肠。

清廉九州风景好，紫燕双双。掠过敦煌，丝路雨花伴春光。

# 长命女·愿

除夕夜，美酒一盏歌一阕。再陈新三愿。

一愿阖家平安，二愿佳音早见，三愿如同梁上燕[1]，岁岁常相见。

① 梁上燕：大梁上的燕子。这里指夫妻双双如同绕梁而不离不弃的春燕。

# 长相思·读书

一帘云，一湖云，读尽奇书方入门，
阴山[1]花已纷。

晨钟新，暮烟新，行行箴言韵犹深，
长怀故园春。

---

① 阴山：蒙古语名为“达兰喀喇”，意思为“70 个黑山头”。内蒙古自治区中部山脉，东西走向，包括狼山、乌拉山、色尔腾山、大青山等，是中国北部东西向山脉和重要地理分界线。

# 长相思·溪口

五岭中，剡溪[①]青，睹物思人梦已空，云天几段情。

韶山冲，溪口村，民俗趋同味不同，神州两畔行。

---

① 剡溪：浙江省绍兴市嵊州境内主要河流，由南来的澄潭江和西来的长乐江会流而成。澄潭江俗称南江，因江底坡度较大，水势湍急，也称“雄江”；长乐江又叫西江，江底较平，水流缓和，称为“雌江”。洪水来时，两江泄合之后，中间夹有一条细长的银色带状水流，把雌雄两水隔开，南面浑浊而浪涌，北面清亮而波平，形成一江两流，中嵌银带，直到远处才融成一片，堪称奇观。剡溪至上虞与曹娥江相接。夹岸青山，溪水逶迤，历史上早有“剡溪九曲”胜景。沿溪古迹迭续，历代众多诗人学士或居或游，留下无数咏剡名篇及趣闻逸事。剡溪是嵊州的母亲河，历史悠久。早在唐代，众多文人墨客入剡揽胜，留下许多名诗佳句，形成了盛极一时的唐诗之路。李白曾这样写道：“湖月照我影，送我至剡溪”“竹色溪下绿，荷花镜里香”。施家岙是越剧诞生地，至今还保留着当年越剧名演员们学艺的古戏台。

# 长相思·行路

算行程，忆行程，走遍神州爱至诚，山声杂水声。

命难重，梦难重，水复山穷路不平，天低四海[1]鸣。

---

① 四海：这里泛指全国各地。《礼记·祭义》："夫孝置之而塞乎天地，溥之横四海。推而放诸东海而准，推而放诸西海而准，推而放诸南海而准，推而放诸北海而准。"

# 长相思·燕山

酒随斟，客随人，司马台[①]荒野草深，英雄何处寻。

再登临，莫登临，确是愁来不称心，燕山[②]暮雨沉。

---

①司马台：这里指北京司马台长城，位于北京密云北部古北口镇司马台村北，司马台长城是从明代沿用下来的名字。

②燕山：中国北部著名山脉之一，战略要地。西起白河，东至山海关，北接坝上高原，七老图山、努鲁儿虎山，西南以关沟与太行山相隔。南侧为河北平原。滦河切断此山，形成峡口——喜峰口，潮河切割形成古北口等，自古为南北交通孔道。为兵家必争之地。

## 朝中措·逝水

悠悠岁月已蹉跎，生命亦如梭。风程阻隔求索，此生谁为斟酌。

春风盛意，挫折频遇，困顿评说。山光不居①云水，死生一段长歌。

---

①不居：不占有。任其自然存在，不去占为己有。

# 朝中措·望西山

似晴又雨雨还晴，西山[1]更澄明。春上传来话语，到秋几欲成空。

白云小帽，对城寂寥，几度呻吟。四脚踏平福气，笑声走过安贞。

---

① 西山：这里指北京西山，是太行山的一条支脉，古称“太行山之首”，又称小清凉山。宛如腾蛟起蟒，从西方遥遥拱卫着北京城。因此，古人称之为“神京右臂”。

## 朝中错·流年

腊八时序借危栏①，未雪雾霾还。梦里江山如画，分明不在身边。

功名何在，文章未改，空叹流年。只好临云空望，半生辜负苍天。

① 危栏：危，高也。危栏，即高栏，唐李商隐《北楼》诗："此楼堪北望，轻命倚危栏。"宋陈鉴之《暮登蓬莱阁》诗："危栏散湮郁，已暮亦登临。"南宋大词人辛弃疾词《摸鱼儿》中有："休去倚危栏，斜阳正在，烟柳断肠处。"

## 春光好·原野

湖水漾，雨花明，步履轻。出浴鸳鸯[1]侧岸行，此情浓。

春水无波无浪，清明半雨半晴。红粉相随杨柳乱，几番风。

---

①鸳鸯：鸳指雄鸟，鸯指雌鸟，故鸳鸯属合成词。鸳鸯为中国著名的观赏鸟类，之所以被看成爱情的象征，是因为人们见到的鸳鸯都是出双入对的。作为经常出现在古代汉族神话传说和文学作品中的鸟类。人们常用鸳鸯来比喻爱情。

# 翠楼吟·长城

玉岭芳菲，城碟列谷，悠悠碧空滴翠。绿芽含嫩蕊，彩旗舞、危岩绝壁。双双情侣。岭上望居庸[1]，晴空万里。留天际，壁鲜坡粉，粲然沉醉。

雪霁，素裹银妆，遍野冰光影，蜡封千里。伴云随锦簇，向阳处、碎银飘坠。香魂暗忆。孟姜女[2]魂飞，鹧鸪队队。长城内，古关金锁，耐人回味。

---

①居庸：指居庸关，是京北长城沿线上的著名古关城，“天下九塞”之一，“太行八陉”之八，国家级文物保护单位。关城所在的峡谷，属太行余脉军都山地，西山夹峙，下有巨涧，悬崖峭壁，地形极为险要。居庸关与紫荆关、倒马关、固关并称明朝京西四大名关，其中居庸关、紫荆关、倒马关又称内三关。

②《孟姜女》：是中国古代汉族四大爱情传奇之一（其他三个分别是《牛郎织女》《梁山伯与祝英台》和《白蛇传》），千百年来一直以口头传承的方式在汉族民间广为流传。最早的传说可上溯到《左传》。孟姜女哭长城的传说流传甚广，其夫万喜良被魏王征召修筑长城（今卫辉与辉县交界的战国长城）劳累饥饿而死，埋于长城之下。孟姜女寻夫哭至卫辉池，感动天地，哭塌长城，露出丈夫尸骨。至今在卫辉池山乡歪脑村一带的山上还能见到据说是孟姜女哭塌长城的泪滴石。

# 大有·青岛海洋大学

绿树红墙，小窗斜径，忆当年、国立山大[①]。教学楼，还如当年夕阳下。栈桥[②]自连山茶树，览四处，《再别》[③]读罢。几度水至边城[④]，一船雁过华夏。

新月起，诗韵化。海水任漂流，故地如画。来往青岛，回首人间词话[⑤]。闻说济南霜菊，明湖畔，数枝斜挂。一幕幕，岁岁花前，令人流连惊诧。

---

① 山大：山大创建于清光绪二十七年（1901 年），初名山东大学堂， 一百多年来，这所誉满海内外的百年名校历经山东大学堂、国立青岛大学、国立山东大学、山东大学等历史发展时期，迁徙分合、春华秋实，成为中国现代大学教育的重要发祥地。校长杨振声（1890—1956）思想进步，富有远见，效法北京大学“兼容并包”“科学民主”的办学方针，广聘专家学者，闻一多、黄敬思、黄际遇、任之恭、傅鹰、沈从文、梁实秋、闻宥、游国恩、曾省、汤腾汉等著名学者均在校任教。

② 栈桥：青岛栈桥，始建于清光绪十八年（1892 年），是青岛最早的军事专用人工码头建筑，现在是青岛的重要标志性建筑物和著名风景游览点。桥南端筑半圆形防波堤，堤内建有民族风格的两层八角楼，名“回澜阁”，游人伫立阁旁，欣赏层层巨浪涌来，“飞阁回澜”被誉为“青岛十景”之一。

③《再别》：这里指徐志摩《再别康桥》。

④ 边城：本指沈从文的《边城》，这里是借用。

⑤ 人间词话：本指著名国学大师王国维的《人间词话》，这里是借用。

## 点绛唇·读书

近日读书，心头自有疑无数[1]。世情忖度，寥落无思路。

且叹人生，离乱常相顾。书虽旧，几经关注，不论今与古。

① 心头自有疑无数：疑，就是提出问题。质疑就是钻研问题。质疑读书法就是人们在读书时开动脑筋，独立思考，大胆提出问题。古人云：“学贵有疑。小疑则小进，大疑则大进。”

# 点绛唇·感时（二首）

**其一**

一字千金[①]，古来新人登极后。几招成秀，试来能得手。

把酒题诗，平仄还如旧。心知否，故国风瘦，河柳难猜透。

**其二**

我本无求，为何浪迹天涯遍。如今期盼，可堪成心愿。

常忆当年，港汉情非浅。思量见，大恩不远，人倚于航天[②]。

---

① 一字千金：出自《史记·吕不韦列传》："布咸阳市门，悬千金其上，延诸侯游士宾客有能增损一字者予千金。"意思是一个字值一千金。原指改动一个字赏赐千金，见后用来称赞诗文精妙，价值极高。也指书法作品的珍贵。金，秦时指的是黄铜。

② 航天：这里指北京航天桥。

## 点绛唇·森林

细雨空林，枝枝叶叶挽春梦。寡难敌众，猛虎皆出动。

寂寞空灵，今夜邀君共。桃花洞，鬼灯一拢，演绎沙悟净[1]。

---

①沙悟净：又叫沙僧、沙和尚，是中国古典小说《西游记》中的主要人物。他原是天庭中的卷帘大将，因失手打碎琉璃盏被贬下凡，盘踞在流沙河。成为唐僧徒弟之后与师傅，师兄孙悟空、猪八戒以及白龙马一起赴西天取经，经过九九八十一难后，功德圆满，被封为南无八宝金身罗汉菩萨。原著小说中，沙悟净使用的武器是降妖宝杖。

## 点绛唇·深秋

秋雨迷蒙，风启窗户琴书韵。四门无尽，独坐无人问。

壮志消沉，应是清闲恨。能安分，雨烟飘鬓，唱罢三叠韵[①]。

---

① 三叠韵：叠韵是词调增多异体变格的常用方法。将本调再重叠一遍，为一叠韵，重叠三遍，即为三叠韵。叠韵并不改变乐律与腔调，与转调、犯调、偷声、添声等不同。

## 点绛唇·玉渊春

潭①左新亭，玉蝶独慕樱花放。一湖同赏。绿鸟含烟唱。

往日情怀，犹作纷纷想，空惆怅。钓台②回望，几分春模样。

① 潭：这里指北京玉渊潭，1960 年定名为玉渊潭公园。玉渊潭公园每年春季举办的“樱花赏花会”国内知名，赏花人潮如融融春水涌动，成为京城早春特有的景致。

② 钓台：这里指北京钓鱼台。过去在北京有四处钓鱼台，即南钓鱼台、东钓鱼台、西钓鱼台、玉渊潭钓鱼台。

# 蝶恋花·船

好向桅杆抬望眼，海阔天空，一任风波卷。恍惚仙山如梦现，孤帆远影搜寻遍。

明月如冰来彼岸，辗转盘桓，犹记当初愿。回头故园春意暖，芳菲可愈心头恋。

## 蝶恋花·感赋

绝美青山天宝物，遗爱家乡。又跨雕鞍去，故友亲朋留不住，红柳[1]也是相思树。

何是东风风满路，狗苟蝇营，偏助蚊虫舞。腹有诗书难用度，浩叹人生无眷顾。

---

① 红柳：又名柽柳，多枝柽柳。红柳除饲用外，主要用于营造农田防护林和固沙林。

# 蝶恋花·南望

伫立安外风瑟瑟，望遍春愁，块垒[①]藏胸壑。草色烟光残水破，无言尽在人难测。

妄把清白同黄鹤，对酒当歌，无味亦无色。命运始知终不悔，为伊肯将彩虹没。

---

① 块垒，指郁积之物。比喻胸中郁结的愁闷或气愤。出自《世说新语·任诞》：王孝伯问王大："阮籍何如司马相如？"王大曰："阮籍胸中垒块，故需酒浇之。"阮籍心怀不平，经常饮酒浇愁。后来经常用这个词来指代有才华得不到施展，无可奈何，借酒消愁。

## 蝶恋花·青城

白塔[1]朦胧烟雨后，半抹残红，信是青山[2]瘦。人在归绥[3]谁对酒，惟将心愿织锦绣。

犹记当年赛汗路，荏苒光阴，世事能看透。一缕清风随两袖，倚栏独对江山赋。

---

① 白塔：位于呼和浩特市东郊 17 公里处的白塔村。原为辽代丰州古城内一座佛教寺院中的藏经塔。塔高 55.5 米，为八角七层楼阁式的砖木塔。整个塔体，结构严谨，浑然一体。正面嵌有篆书“万部华严经塔”石匾。塔身表面浮雕有精美的佛像、菩萨、金刚、力士像及蟠龙柱等。雕塑造型优美，栩栩如生。塔内壁上至今保存有金代石碑 6 块和历代游人用汉、契丹、女真、巴思八、蒙、藏等多种文字书写的题记 200 余条，翔实地记载了丰州城当时的城市建设、风土人情等历史情况。该塔是我国现存辽塔中最精美的一座。

② 青山：这里指大青山。属阴山山脉，东起呼和浩特大黑河上游谷地，西至包头昆都仑河。

③ 归绥：呼和浩特市的旧称。在清末民国时，该市由归化城与绥远城两座城市合并而成，故称归绥。

# 蝶恋花·万绿湖[①]

簇拥群山成万绿，往往来来，舟在湖心住。把酒听涛临日暮，清风动处云飞渡。

北望关山无异数，静看人间，世态凉与苦。莫笑苏子谪贬[②]冷，明年今日归何处？

---

① 万绿湖：又名新丰江水库。位于广东省河源市新港镇，是华南最大的人工湖。因四季皆绿，处处皆绿而得名。里面有 360 多个绿岛，总集雨面积约 5800 平方公里，森林大部分都是亚热带原始次生常绿阔叶林，动植物种类资源丰富，生态环境优美。万绿湖集“四美”于一湖。水域壮美：亲临其境，有如置身“山中海洋”。水质纯美：湖水来自青翠的山林，清澈、纯净、无污染，其水质好，桂花鱼、鲶鱼、鳝鱼都十分鲜嫩。水性恬美：一年四季湖水的水温几乎都是恒定，湖区基本不受台风影响，湖面少有风浪，总是显得那么恬静、安分。水色秀美：湖水颜色碧绿，由近到远逐渐转淡：墨绿、深绿、浅绿、淡绿……远望湖心，仿佛身在“绿色海洋”之中。

② 谪贬：宋哲宗时苏轼被贬谪岭南惠州，写下了《食荔枝》：“罗浮山下四时春，卢橘杨梅次第新。日啖荔枝三百颗，不辞长作岭南人”。

# 蝶恋花·雨花台①

雨花台前红日暖，个个英魂，化作红棉树。日月钟山②龙蟠数，行行热泪襟边注。

万里青芜河下柳，叹问新愁，怎奈年年有。面对中华门一处，依依梦里情无度。

---

① 雨花台：位于南京中华门南，是一座松柏环抱的秀丽山岗。从公元前 1147 年泰伯到这一带传礼授农算起，雨花台已有三千余年的历史，明清两代，景区内的“雨花说法”和“木末风高”分别被列为“金陵十八景”之一。雨花台是中国新民主主义革命的纪念圣地，是革命烈士殉难处，在这里遇难的共产党人和革命群众达 10 万之多。新中国成立后，党和政府决定在此兴建雨花台烈士陵园。

② 钟山位于南京东北郊，自古被誉为江南四大名山，因山顶常有紫云萦绕，又得名紫金山。有钟山龙蟠的美誉。钟山以“龙蟠”之势，屹立在扬子江畔，饮霞吞雾，历经千年而郁郁葱葱，纳十朝君王和英雄豪杰而松青柏翠，融多元文化和数种天工而卓然于众山之中，为“中华城中人文第一山”。

## 蝶恋花·月夜

夜来又施新花样，水复山重，把戏频来往。火热冰寒交相放，天涯咫尺成惆怅。

不意相逢成一堂，大厦花灯，事事空相向。寂寞从来遇暗访，月明正在安贞上。

## 蝶恋花·自嘲

此路难知几许远，总怨飞鸿[①]，不把征人恋。白纸题书书面面，凭君量取愁深浅。

两边花白朝暮卷，便是清廉，憔悴伤无限。梦里常觉好事近，晨风唤我从头练。

---

① 飞鸿：这里指音信。唐韩愈《祭窦司业文》：“自视雏鷇，望君飞鸿，四十馀年，事如梦中。”清末吴趼人小说《二十年目睹之怪现状》第二二回：“无端天外飞鸿到，传得家庭噩耗来。”

## 定风波·大寒

晚岁霾云比腊沉，暮冬寒流堪撩人。舞得深宫春欲晓，缭绕，邀来琼蕊落瑶琴[①]。

自古华都不寂寞，蹉跎，不如抱影觅山林。纵使清风犹未识，犹记，梅花为我鉴初心。

---

① 瑶琴：用玉装饰的琴。南朝·宋鲍照《拟古》诗之七："明镜尘匣中，瑶琴生网罗。"唐·王昌龄《和振上人秋夜怀士会》诗："瑶琴多远思，更为客中弹。"宋·何薳《春渚纪闻·古琴品说》："秦汉之间所制琴品，多饰以犀玉金彩，故有瑶琴、绿绮之号。"清·方文《石臼访韩元长》诗之四："珠树秋先折，瑶琴我独伤。"

# 东风第一枝·春天

柳叶如须，青芽若米，平生历练庶几。走千里阅四季，可存隐约梦呓。从容羁旅，都留在，伴花同系。却原来，纵有群芳，岂可忘情相许。

风疏影[①]，不明阅历。沙信致，染葱描翠。那时五瓣梅娘[②]，倚天唤来春意。朝风暮雨，多情意，万花飘坠。喜桃梨，岁岁相逢，碧瓦朱楼如隔世。

---

① 疏影：稀疏的枝影。宋·林逋《山园小梅》诗“疏影横斜水清浅，暗香浮动月黄昏。”

② 五瓣梅：又名长春花，为夹竹桃科长春花属植物。

## 东风第一枝·首都春

柳岸颐和[①]，花丛北海[②]，长街短巷春涌。风歌故宫红墙，云语天坛梦醒。门开紫荆，可曾识、前门新景。钓鱼台[③]，落雪红樱，桃李梅花三弄[④]。

步香尘，芳庭远径。伸素手，春色轻拢。车龙涌动六环，广厦纷呈幻境。流年倒影，美不过、花灯揽胜。盼只盼，国运昌盛，九州繁花盛景。

---

①颐和：指颐和园。中国清朝时期皇家园林，前身为清漪园，坐落在北京西郊，与圆明园毗邻。它是以昆明湖、万寿山为基址，以杭州西湖为蓝本，汲取江南园林的设计手法而建成的一座大型山水园林，也是保存最完整的一座皇家行宫御苑，被誉为“皇家园林博物馆”。

②北海：指北海公园。位于北京市中心区，在城内景山西侧，故宫的西北面，与中海、南海合称三海。属于中国古代皇家园林。这里原是辽、金、元所建离宫，明、清辟为帝王御苑，是中国现存最古老、最完整、最具综合性和代表性的皇家园林之一。

③钓鱼台：坐落于北京海淀区玉渊潭东侧的一处古代皇家园林及现代国宾馆建筑群。金代在此筑台迄今已有800余年。至清代，乾隆命疏浚玉渊潭并在此兴建行宫，收为皇家园林。1959年建为国宾馆。

④梅花三弄：本是笛曲或箫曲，后被改编为琴曲。“三弄”是指同一段曲调反复演奏三次。这种反复的处理旨在喻梅花在寒风中次第绽放的英姿、不曲不屈的个性和节节向上的气概。

# 多丽·大阅兵[1]

几十年，覆地翻天堪记。法西斯、促成抗日，一时烽火不止。九一八、事发满铁，又七七、枪炮凄厉。血洗南京，烟熏华北，怒指倭鬼，万人一脉。大刀舞、众情激愤，华夏共敌忾。青纱帐，游击战术，乘胜归来。

有翩若雄鹰体态，步行方队豪迈。逞英豪、女兵清丽，战车隆隆展风采。万羽盈空，云霓七色，和平歌舞九州起。阅兵后、感怀犹在，伤处不须盖。休辞醉，圆月好花，莫等闲待。

---

① 大阅兵：这里是指 2015 年 9 月 3 日天安门广场大阅兵。2015 年 9 月 3 日是我国首个法定“中国人民抗日战争胜利纪念日”，也是中国人民抗日战争暨世界反法西斯战争胜利 70 周年纪念日。2015 年 3 月，全国“两会”最终确认中国将在中国人民抗日战争暨世界反法西斯战争胜利 70 周年纪念日举行阅兵式（这是中国首次在 10 月 1 日国庆节以外的日子举行阅兵式）。本次大阅兵是新中国历史上第 15 次大阅兵，进入 21 世纪以来第二次大阅兵同时也是第一次在非国庆节举行的大阅兵。

## 风入松·北海赏菊

秋风瑟瑟送年华，摇曳乱枝桠。团城[1]不见茱萸盏，又分明、辜负黄花。休恨山岚水阔，只须梦里还家。

湖光日日老蒹葭，秋雁过白沙。浮云遮断蓬莱路，路迷离、难问仙槎。空采金英满袖，凭谁寄予天涯。

---

①团城：即北京北海团城。明清两代皇家园林。在故宫西北。团城至今已经有八百多年的历史。辽代时，因开挖湖泊堆积泥土日渐形成水中岛屿，原是太液池中的一个小屿。元代在其上增建仪天殿，明代重修，改名承光殿，并在岛屿周围加筑城墙，墙顶砌成城堞垛口，初步奠定了团城的规模。乾隆年间进行较大的修建，增建了玉瓮亭。金时，团城为御苑的一部分。团城因其俯视平面为圆环形，周围以城砖垒砌，成为一座带雉堞的砖城，俗称“团城”。

# 风入松·河套

都说河套[1]米粮川，天下不一般。章回史册寻常看，却登临、岩画阴山。吕布五原画戟，昭君胡地名传。

水流八百走河湾，飞燕又呢喃。飘香署麦金川外，这些年、逸动人寰。天若长情不老，名垂塞北江南。

① 河套：这里特指后套地区，即内蒙古巴彦淖尔市。“河套”一词由来已久。自元代起，“河套”一词越来越多地出现在各种书籍里，并有了较稳定的内涵，用来指贺兰山以东，狼山、大青山南，黄河沿岸地区。并以乌拉山为界，东为前套，西为后套。也有以黄河南、长城北地区为前套的，与河的北面的后套对称。清乾隆七年（1742 年），陈履中编辑的《河套志》木刻本问世。到 1949 年后，“河套”一词的外延逐步缩小，演变为仅指境内的河套地区，或以这一地区为中心的一个更大的范围。因而在 1954 年国家撤销了绥远省建制后，就批准了内蒙古自治区人民政府以“河套”命名境内一级行政区的申报，即改陕坝区为河套行政区。

# 风入松·宽沟即景

雁栖[1]秋映远山青，绿水盈空。野郊一片斜阳静，叹孤鸿、飘转人生。颜色浅深难住，月痕依旧冰清。

数声弦管给谁听？残梦难醒。问君何事催人老？花不语、余愿难平。满目苍茫辽廓，回归湖畔风情。

①雁栖：即雁栖湖，是位于北京市怀柔区北部北台上村的水库，拦截雁栖河，北临雄伟的万里长城，南偎一望无际的华北平原。雁栖湖水面宽阔，湖水清澈，每年春秋两季常有成群的大雁来湖中栖息，故而得名。2014 年亚太经合组织（APEC）峰会在这里举行。

## 风入松·媚俗

洋风洋雨诵洋文，奴性媚俗音。心滋腐草招摇去，一心想、脉脉情深。屡次殷情台前秀，三番鸟语愔愔。

红楼梦断又逢君，关注异国门，天良丧尽行诸恶，正当时、联手相亲。滏沆妖魔同气，家国一切浮尘。

# 风入松·鸟舞圣湖

## ——为摄影家葛玉修先生而作

湖歌鸟语壮年华，孤鹜伴烟霞。风餐露宿多艰险，看高原、裂谷悬崖。休问西山水阔，只拿好梦还家。

西皮[①]鸟类密如麻，飞落在平沙。遮天避日当空舞，舞翩翩、醉入蒹葭。一册[②]馨香在手，拳拳寸心如花。

---

① 西皮：这里是指青海湖鸟岛中的一个岛，名字叫“西皮”。

② 一册：这里指《葛玉修摄影作品集》。

## 风入松·山居

东山对面久长看，一座白云庵。烟霞却与天相伴，对清溪、何必观澜。爽气登临送目，春光可作野餐。

西园小径总盘桓，白雪落衣衫。前朝往事随流水①，一身沉、勿用多言。月影穿窗而过，新函置放身边。

① 前朝往事随流水：此句依据王安石《桂枝香·金陵怀古》："六朝旧事随流水"。

## 凤栖梧·常熟剑阁[①]

剑阁高耸城永固，灰瓦青砖，嵌入功名簿。四角楼台人无数。蛮夷大炮遗如故。

旷世英豪多末路，堪把终身，化作忠诚舞。载舟覆舟民做主，兴亡若水情难渡。

① 剑阁：这里指常熟剑阁，为明代侍御钱籍所建。剑阁位于虞山剑门奇石峭壁之上，面临尚湖。登阁居高临下，气势非凡，湖光山色，尽收眼底。因阁内题楹联“无边风月供嘲弄，有主江山属剪裁”而构成文字狱。1989 年重建，为四面歇山顶两层仿古建筑。

## 更漏子·负笈

柳丝丝，风细细，吹过学堂空寂。
书琅琅，乐声声，如今在梦中。

挖野菜，去拾柴，露华打湿衣衫。
天色晚，夜犹长。一盏油灯常亮。

## 更漏子·怀父

欲平心，先止泪，零落那时回忆。
闲卧处，不言时，痛惜唯我知。

情到此，梦于此，只是寻常相似。
情切切，意丝丝，坐拥月落时。

## 更漏子·盼

五更天，残月没，窗外明星滑过。
钟慢走，泪成河，秉烛书挽歌。

人落魄，心如漠，细雨斜风萧瑟。
盼只盼，柳婆娑，与您梦里说。

## 更漏子·七夕

鹊桥[1]边，牛渚[2]上，恨海情天相向。
承玉露，御金风，万年千岁同。

息止梭，停机杼，遥想彩云深处。
人咫尺，事关山，无聊独倚栏。

---

① 鹊桥：是古代汉族民间爱情故事中喜鹊搭成的桥。相传牛郎和织女被银河隔开，只允许每年的农历七月七日相见。为了让牛郎和织女能顺利相会。各地的喜鹊就会飞过来用大家的身体紧贴着搭成一座桥，此桥就叫作鹊桥，牛郎和织女便在这鹊桥上相会。

② 牛渚：为中国历史上一向为南北纷争、兵家必争之地。在今安徽马鞍山市采石镇。名缘于采石矶三元洞西南有一洞，深不可测。

# 古风·致冯老

工作开新面，久负廉洁身。去岁一席话，始悟见地深。君自呼伦出，有如贝尔云。明知山岳阔，苦寻草原魂。深谙封建锁，卓然傲乾坤。忧患惊叶落，心悲秋草纷。

心悲不是叹心寒，殷殷切切为民心。实绩考核用干部，组织工作春复春。人民政协新气象，一番变化一番新。如今人老不服老，躬耕小院更精神。

# 桂枝香·北岳

登临北岳①，正并州②晚秋，天气清冽。十里恒山似铁，数峰如勒。挥鞭牧归残阳里，背西风，寺悬空列③。彩旗云淡，云岗④再转，画图难测。

念往昔、繁华竞猎。叹城外楼头，悲恨相携。千古凭高到此，褒贬谩嗟。鲜卑旧事随流水，但寒烟芒草曳曳。至今乡野，羊倌哼唱，拓拔⑤遗乐。

---

① 北岳，即恒山，为道教主流全真派圣地，尹志平曾在此修炼，古称玄武山、崞山、高是山、紫岳。位于山西省大同市浑源县城南 10 公里处。该山与东岳泰山、西岳华山、南岳衡山、中岳嵩山并称为五岳。

② 并州：这里指山西。并州为古九州之一。相传禹治洪水，划分域内为九州，并州为其一。三国魏黄初元年（220 年）复置，领太原、上党、建兴、西河、雁门、乐平、新兴等七郡，仍治晋阳。西晋沿用，隋唐以后亦有并州，然其地屡有缩小。宋太平兴国四年（979 年）置并州于榆次，五月更名新并州，七年（982 年）移治唐明镇，嘉佑四年（1059 年）改名太原府，并州之名遂废。

③ 寺悬空列：这里意指悬空寺。悬空寺位于山西省大同市浑源县恒山金龙峡西侧翠屏峰的峭壁间，素有“悬空寺，半天高，三根马尾空中吊”的俚语，以如临深渊的险峻而著称。建成于 1400 年前北魏后期，是中国仅存的佛、道、儒三教合一的独特寺庙。悬空寺原来叫“玄空阁”，“玄”取自于中国传统宗教道教教理，“空”则来源于佛教的教理，后来改名为“悬空寺”，是因为整座寺院就像悬挂在悬崖之上，在汉语中，“悬”与“玄”同音，因此得名。

④ 云冈：这里指云冈石窟。

⑤ 拓跋：拓跋姓出自鲜卑族拓跋（又称托跋）部，为黄帝后裔有拓跋氏。相传黄帝有四妃，有二十五子，其中十二个儿子继承父姓姬姓，另外十三个儿子改为姬姓以外的姓。元妃西陵氏，为西陵氏女，号嫘祖，生子三人：昌意、玄嚣、龙苗。西陵氏所生长子昌意，降居若水，生子三人：长子名乾荒，乾荒生颛顼（高阳氏，五帝之一）；次子名安，居西土，其后裔为李氏；三子名悃，迁居北土。黄帝以土德之瑞称王。北土之人则谓“土”为“拓”，谓“后”为“跋”，故以“拓跋”为姓，称拓跋氏，意即黄帝土德后代，即后来北朝的鲜卑族拓拔氏部族。

# 桂枝香·秋雨

绵绵细雨，点点作秋声，被风吹碎。过往情仇，转眼已成雪霁。悠悠岁月无涯际，一分愁、三分憔悴。帝都心梦，梦飞恨切，夜凉鸿起。

又何苦、寻寻觅觅。负北平[①]春绿，怀柔[②]空翠。落叶西山，愁老几番尘世。从前不谙江湖味。说崇文[③]、意归西市。大兴[④]宿酒，卢沟晓月[⑤]，照人无寐。

---

① 北平：指北京。

② 怀柔：指北京怀柔。

③ 崇文：指北京崇文区，后并入东城区。

④ 大兴：指北京大兴。

⑤ 卢沟晓月：卢沟晓月是著名的燕京八景之一。卢沟桥在北京广安门外西南，横跨永定河上，古时乾隆皇帝曾在秋日路过卢沟桥，得此良辰美景，赋诗“半钩留照三秋淡，一练分波平镜明”于此，并题“卢沟晓月”，立碑于桥头。

# 桂枝香·校庆

重逢母校，正塞外初秋，相拥怀旧。祝词深沉凝练，最难挥就。征帆退去斜阳里，对长空，双泪如柱。天高云淡，半弯明月，尽绘蓝图。

忆往昔，韶华竟逐[1]。恨岁月白头，无由相处。回首凭高对此，漫嗟荣辱。廿载世事如流水，但寒心，身袭霜露。离愁别绪，依依挥手，再开新路。

---

①韶华竟逐：美好的时光竞相流逝。时间匆匆流逝，青春年华难以长久，有劝人珍惜光阴，把握青春之意。

## 桂枝香·忧思

金秋九九[①]，看浩大帝都，正襟危坐。桂子金菊丹枫，万花皆有。堆金叠玉辉煌处，望长安，彩珠凝露。礼花光柱，我来关注，心河暗涌，万言难诉。

忆往昔，风尘落幕。叹殿外城楼，层矗无数。怅望千里后套，暗伤回眸。依依杨柳频相顾，这飞鸿、俾我心妒。盛年无志，情牵儿子，敬唯国土。

① 九九：这里指重阳节。重阳之意源于《易经》，因为古老的《易经》中把“六”定为阴数，把“九”定为阳数，九月九日，日月并阳，两九相重，故而叫重阳，也叫重九。

## 海棠春·秋千

柳腰靓妹高低过，红映秋千院落。
追逐雁儿飞，惊悚人魂魄。

满街老少都惊愕，不忍频频觑著。
荡起一年春，莫嫌人追色。

## 好事近·观景

炎夏鹊儿啼，惊动满枝花落。数蝶追随而去，乱亭台楼宇。

休凭当年作从前，心梦不如昨。碧水苍山谁问，任心魂[1]漂过。

---

①心魂：心神，心灵。南朝·梁·江淹《杂体诗·效左思〈咏史〉》：“百年信荏苒，何用苦心魂！”宋·苏舜钦《和菱溪石歌》：“画图突兀亦颇怪，张之屋壁惊心魂。”清·顾贞观《贺新郎·寄吴汉槎宁古塔以词代书》词：“词赋从今须少作，留取心魂相守。”

# 好事近·听雨

夜暗雨来急，滚滚云翻霹雳。如注电声难断，浑不知南北。

凭窗静对一滴滴，雨霁新花立。道是无情却有，助西风脾气。

# 何满子·冬夜

赤夜无眠至晓，青城[1]一片晨昏。漠漠轻寒夹飞絮，窗前聚雪如银。更喜红梅怒放，催开遍野新春。

又是一年将去，往昔何处追寻。大雁归云鱼弋水，悠悠此梦难拼。日日围炉对话，觉来感悟频频。

---

[1] 青城：指呼和浩特。呼和浩特是蒙古语“青色的城”的意思。

# 荷叶杯·春华

记得那年春夏，深夜，初识宋词时。海棠绽放暗香随，携手在海西①。

共剪八一②残月，无邪，从此结心音。如今俱是一家人，相恋更无因。

---

① 海西：这里指呼和浩特市海拉尔西路。

② 八一：这里指呼和浩特市海拉尔西路旁边的八一市场。

# 贺圣朝·麦田

无边麦浪无穷绿，总随农人欲。一年收入半年愁，更四时风雨。

银镰挥舞，挥汗如雨。遍尝炎炎苦，扬鞭催马送公粮①，爱国情愫。

---

① 扬鞭催马送公粮：本是一首著名的笛子独奏曲。这里是借用。作者魏显忠于 1969 年 9 月在辽宁盘锦地区体验农村生活，参加秋收劳动时创作而成，乐曲以通俗的音乐语言热情地歌颂丰收后的农民，不忘支援国家建设，喜送丰收粮的热烈场面。马蹄击节，车轮吟唱，快乐的农夫扬鞭催马，把丰收的喜悦铺撒在运粮的小道上。

## 贺新郎·除夕

团聚由来久。更佳节、春联爆竹，笑谈依旧。海味鸡鸭兼好酒，一任频频祝福。焰火起、人人关注。目尽青天多怀古，叹人间、子欲留亲不就。谁伴我，此夕度。

五十一载风霜后。恨银丝、偷藏鬓后，嫩颜难住。醉里狂言随后冷，堪寄情诗百首。浑不管、拙词荒谬。欲弃尘俗归去也，到安贞、可堪有舟渡。风浩浩，一帆举[1]。

---

① 风浩浩，一帆举：此句缘唐代王湾《次北固山下》“潮平两岸阔，风正一帆悬”的诗句而感发。

# 贺新郎·高考

梦绕高考路，怅寒暑、三年寂寞，老少同苦。六月青烟芳草渡，笃志不忘诗书。落叶舞风高复下，小河流水卷云舒，况人生易老情难诉。十三中[①]、送儿走。

校园杨柳催残暑，什刹海[②]、疏星淡月，小舟初度。万千院校知何处？回家相对细语。雁不到、通知谁与？目尽青天怀今古，劝儿安、成败相尔汝？入工大，四年书。

---

① 十三中：这里指北京第十三中学，儿子高考考场就在十三中。

② 什刹海：位于北京西城区，毗邻中轴线。与中南海水域一脉相连，是北京内城唯一一处具有开阔水面的开放型景区，也是北京城内面积最大、风貌保存最完整的一片历史街区，在北京城规划建设史上占有独特的地位。俗称“后三海”。什刹海也写作“十刹海”，四周原有十座佛寺，故有此称。

## 贺新郎·崂山新韵

梦中乍来游青岛。把千年、崂山[1]清景，旧游相告。更问后来谁似我，我道：三清[2]君好。

有亦是，寒郊瘦岛。语罢看君长揖去，顿身轻、一叶如飞鸟。残梦醒，天刚晓。

---

①崂山：位于青岛市东部，古代又曾称牢山、劳山、鳌山等。它是山东半岛的主要山脉，崂山的主峰名为“巨峰”，又称“崂顶”，有着海上“第一名山”之称。当地有一句古语：“泰山虽云高，不如东海崂。”

②三清：即玉清、上清、太清，是道教最高尊神，太清之主乃道德天尊（太上老君），玉清之主为元始天尊，上清之主是灵宝天尊，是重要的汉族民间信仰之一。

## 画堂春·春风

丰台[1]二月踏春风，鹅黄嫩丫零星。桃梨随后雪莹莹，姿态娇盈。

莫道流莺晚住，休言草木无情。观怀几度泪千重，转瞬无踪。

① 丰台：指北京丰台区。

# 画堂春·大观楼[1]

熏风吹柳岸堤长，湖鸭不弃斜阳。
雕梁彩燕浣纱窗，尽揽风光。

宝筝宛若龙凤，轻扬翠幕兰装。长
联[2]绝代挂修廊，不尽思量。

① 大观楼：大观楼是中国四大名楼之一，始建于康熙年间，因其面临滇池，远望西山，尽揽湖光山色而得名。

② 长联：大观楼内有天下第一长联，作者孙髯翁。上联：五百里滇池，奔来眼底。披襟岸帻，喜茫茫空阔无边！看：东骧神骏，西翥灵仪，北走蜿蜒，南翔缟素。高人韵士，何妨选胜登临，趁蟹屿螺洲，梳裹就风鬟雾鬓；更苹 天苇地，点缀些翠羽丹霞。莫孤负：四围香稻，万顷晴沙，九夏芙蓉，三春杨柳。下联：数千年往事，注到心头。把酒凌虚，叹滚滚英雄谁在？想：汉习楼船，唐标铁柱，宋挥玉斧，元跨革囊。伟烈丰功，费尽移山心力，尽珠帘画栋，卷不及暮雨朝云；便断碣残碑，都付与苍烟落照。只赢得：几杵疏钟，半江渔火，两行秋雁，一枕清霜。

## 浣溪沙·变迁

一缕新春任芳菲，楼台沉寂蛛网围，
夕阳西下几人随？

无可挽留空寂寂，似曾陪送色微微，
雪花慢舞不思归。

# 浣溪沙·观海

云影波涛伴暗礁，海天空阔鸥喧嚣，潮来潮涌水迢迢。

欢乐频翻归港浪，烦忧付予送别桥。暮烟鸿断远山萧。

## 浣溪沙·回家

日冷风寒傍晚霞，三环车堵道上爬，星稀月落正还家。

车过西山林更密，玉渊潭外唱寒鸦，不知何处有春花。

## 浣溪沙·庙堂

千古江山一夜来，风情万种旧亭台，
法轮常转不须猜。

一面恩情成好韵，半途遗憾乱情怀。
沉浮进退几人裁？

## 浣溪沙·庙宇

欲罢不能苦诵经，讳愁无奈若悲情，
苦集灭道大悲生。

一卷金刚传般若，行识受想几成空。
千年古寺总香浓。

## 浣溪沙·致友人

世事风云雾转晴，是非功过总成空。
科学法治最难行。

也从高人做组工，清风两袖最从容。
风风雨雨度平生。

## 减字木兰花·悼岳母

情深意重，万籁萧萧天不静。玉宇霜天，泪雨纷纷四海连。

悲风流水，画出寥寥别离意。归去无眠，一夜音容在眼前。

## 减字木兰花·荷风

夕阳落罢，欲赏莲花西站[1]下。水碧花黄，银翼翩翩来往忙。

青莲朵朵，万紫千红红似火。岸上长空，邀月抒怀情更浓。

① 西站：指北京西客站，位于莲花池公园旁。

## 减字木兰花·旅行

天阑夜永，身下云深出魅影。尽扫尘霾，收罢春光入岁来。

小窗侧倚，身似浮云门似水。谁共流年？恰与诸山结梦缘。

## 减字木兰花·史记

炎黄纪传，充栋汗牛成喟叹。太史公书，字字玑珠胜画图。

史家绝唱[①]，忍辱含怨悲且壮。无韵离骚，旷古绝今不忍描。

---

① 史家绝唱：“史家之绝唱，无韵之离骚。”这是鲁迅对司马迁《史记》的评价。

# 减字木兰花·燕山即景

燕山策马，十六燕云[①]如梦画。此地相逢，百里秋声叶更红。

绿肥红瘦，一曲新词人已旧。自是冗员，曾向林下听响泉[②]。

---

① 十六燕云：指燕云十六州，又称幽云十六州。后晋清泰三年（936年）石敬瑭割让给契丹的十六州。燕云十六州是指幽州（今北京）、顺州（今北京顺义）、儒州（今北京延庆）、檀州（今北京密云）、蓟州（今天津蓟县）、涿州（今河北涿州）、瀛州（今河北河间）、莫州（今河北任丘北）、新州（今河北涿鹿）、妫州（今河北怀来）、武州（今河北宜化）、蔚州（今河北蔚县）、应州（今山西应县）、寰州（今山西朔州东）、朔州（今山西朔州）、云州（今山西大同）。

② 响泉：古琴名。唐·李绰《尚书故实》：“李汧公取桐孙之精者，杂缀为之，谓之百纳琴，用蜗壳为徽，其间三面尤绝异。通谓之响泉、韵磬，弦一上可十年不断。”王谠《唐语林·补遗二》：“李汧公镇宣武，好琴、书。自造琴，取新旧桐材扣之，合律者裁而胶缀。所蓄二琴殊绝，其名‘响泉’‘韵磬’者也。”苏轼《破琴》诗叙：“度数形名本偶然，破琴今有十三弦。此生若遇邢和璞，方信秦筝是响泉。”

## 江城子·边塞

孤雁飞落小镇东，湖面中，水不兴。村里烟囱，小屋映水中。小青年手挽起，小巷里，桃正红。

# 江城子·感赋

当年少壮不知寒，父身边，话清廉。曾把包拯、海瑞[①]比标杆。芳草断烟京北路，抛别泪，大青山。[②]

何能结得梦因缘，长江边，悄无言。怎奈醒来，忧愁荡云间。辗转年华空懊恼，天易见，见君难。

---

① 包拯、海瑞：包拯（999—1062），字希仁，庐州合肥（今安徽合肥肥东）人，北宋名臣。包拯廉洁公正、立朝刚毅，不附权贵，铁面无私，且英明决断，敢于替百姓申不平，故有“包青天”及“包公”之名，京师有“关节不到，有阎罗包老”之语。后世将他奉为神明崇拜，认为他是文曲星转世，由于民间传其黑面形象，亦被称为“包青天”。海瑞（1514—1587），字汝贤，号刚峰，海南琼山（今海口市）人。明朝著名清官。海瑞一生，经历了正德、嘉靖、隆庆、万历四朝。《明史》：瑞生平为学，以刚为主，因自号刚峰，天下称刚峰先生。尝言：“欲天下治安，必行井田。不得已而限田，又不得已而均税，尚可存古人遗意。”故自为县以至巡抚，所至力行清丈，颁一条鞭法。意主于利民，而行事不能无偏云。赞曰：海瑞秉刚劲之性，戆直自遂，盖可希风汉汲黯、宋包拯。苦节自厉，诚为人所难能。

② 大青山：指内蒙古大青山，就坐落在阴山山地中段，为阴山山脉的主要段落，它位于内蒙古中部包头市、呼和浩特市、乌兰察布市一线以北。

## 江城子·满洲里（二首）

### 其一

蓝天无际拥边城①，落霞明，北湖平。曾见国门、变换已五重②。二十五弦③弹不尽，空感慨，惜多情。

呼伦烟水照征程，展霓虹，为谁迎。唯有千行、泪流祭纯真。看罢一轮新月晚，千古恨，满洲浓。

### 其二

天涯何止此边关，北湖湾，水潺潺。值此归来，明月挂东山。一夜辗转思未得，荒径暗，水云闲。

问君何事引伤感，看云烟，想从前。湖海苍茫，千里照城关。纵有一杯聊自醉，休再问，鬓毛斑。

---

① 边城：这里指满洲里。

② 曾见国门、变换已五重：这里指满洲里的五代国门变化。第一代国门是 1727 年俄国国徽双鹰做标志的国门；第二代国门是 1920 年苏联制木门；第三代国门是 20 世纪 60 年代末在我方建的形似国门；第四代国门是 1988 年在我方修建了真正意义上的国门，是一幢高 30 米、宽 40 米的乳白色建筑。第五代国门是 2008 年新建的国门，气势宏伟。

③ 二十五弦：指代瑟这种乐器。瑟，古代弹弦乐器，共有二十五根弦。古瑟形制大体相同，瑟体多用整木斫成，瑟面稍隆起，体中空，体下嵌底板。瑟面首端有一长岳山，尾端有三个短岳山，尾端装有四个系弦的枘。首尾岳山外侧各有相对应的弦孔。另有木质瑟柱，施于弦下。

## 江城子·孟春

西湖渺渺日晖晖，鸟唧唧，浆轻移。好事逢春，心绪有谁知？梦里知恩图相报，人未许，最难息。

高香烧尽纸成灰，玉渊堤，稻香随。野味山珍，佳酿可适宜。步韵成诗拼一醉，船不语，笑人痴。

## 江城子·人世

梦中北去又南来，让风裁。浮誉飞名，总是放不开。自笑自卑还自语，一杯酒，随心怀。

忙碌才过觉春回，杏花美，梨花飞。财富权贵，远黛更崔嵬。攘攘熙熙利为岸，谁记得，一枝梅。

# 解佩令·兴安之春

残霜似雪，融冰如水，对兴安古柏奇松说。室韦根河[1]，大杨树[2]、猎民村落，正当时，蒙元[3]魂魄。

牛羊十里，长歌十里，共呼伦、贝尔[4]辽阔。壮美无边，真正是，把心留下。对长天，奉怀承祚[5]。

---

①室韦、根河：室韦又叫吉拉林，位于内蒙古自治区呼伦贝尔市额尔古纳市的北端，它依山傍水，镶嵌在大兴安岭北麓，额尔古纳河畔，与俄罗斯小镇奥洛契仅一河之隔。这里是蒙古族的发祥地。根河：是蒙语“葛根高勒”的谐音，意为“清澈透明的河”。根河市位于呼伦贝尔市的北部，是内蒙古自治区最北部的旗市之一。根河市地处呼伦贝尔盟东北部，大兴安岭北段西坡，它东以鄂伦春自治旗为邻，西与额尔古纳市接壤，南连牙克石市，北接黑龙江省漠河县、塔河县。

②大杨树：指杨树镇，属内蒙古呼伦贝尔市鄂伦春自治旗。“大杨树”一词为汉语。据史料记载和多方考证，一百多年前，杨树镇这个地方是一片空闲的开阔地。没有高大的树林，大部分是灌木丛生的小树和草甸子。但在甘河北岸的冲击平原上，却生长着两棵高大、茂盛的白杨树，直径约1米。当时有一些“安达”（经商做买卖的人）都以这两棵大杨树作为经商地点标记进行商品物资的交易；一些利用河流放木排和购买木材的汉族人偶尔路经此地，以此作为停排休息的地方。久而久之，便因此得名“大杨树”，并延续至今。

③蒙元：蒙古族的发源地。元朝由忽必烈于1271年所建。他的前身是成吉思汗所建立的大蒙古国。元朝的正式国号叫大元，取自于《易经·乾篇》的“大哉乾元，万物资始”这句话。其中大元中的“大”字并非类似大汉，大唐那样的尊称，因为统治者是蒙古人所以又叫蒙元或胡元。

④呼伦、贝尔：即呼伦贝尔。以境内呼伦湖和贝尔湖得名。

⑤奉怀承祚：敞开胸怀，承接大自然的雨露滋润。

# 锦缠道·高阙塞

红日东升，映照古城高阙[①]。水潺潺、断崖成岳。风描红柳狼山[②]阅，车到边关，恰与友人别。

为千古静宁，塞墙双列。依残垣、抬头望月。或坐禅、孤寂如云雀，酒催歌舞，醉饮清晨雪。

①高阙：指高阙塞，古地，战国属赵，乌拉山与狼山之间的缺口，在今内蒙古乌拉特后旗呼和温都尔镇（青山镇）向西的达巴图音苏木，夹在东侧的达巴图沟和西侧的查干沟的台地的断崖上。在古城和烽火台的西面，一个山沟的两侧各有一座暗红色山峰高高耸立，形似双阙，高阙塞可能据此而得名，进而推测古城北侧的方形小城为赵武灵王所筑之高阙，而南城应是汉代沿用时扩筑的城。《史记·匈奴列传》和《赵世家》上记载，在赵武灵王二十年（公元前306年）打败了林胡、楼烦，二十六年开发了燕、代、云中、九原这些地方。并修筑长城，东起于代（今河北张家口境内），经云中、九原（今内蒙包头市境内），西北折入阴山，至高阙为塞。

②狼山：位于中国内蒙古自治区西北部，属阴山山脉西段，东北—西南走向。南侧以断崖临河套平原，北侧倾斜较缓，逐渐过渡到巴彦淖尔高原，西端没入博克台沙漠，亚玛雷克沙漠及海里沙带之中。地处干旱大陆性气候地带，山上几乎无植被，属荒漠、荒漠草原类型。呼和巴什格坐落在狼山的中部，它东面和北面以陡坡形式临大坝沟，西南坡度较缓。呼和巴什格山峰是狼山的最高峰。

## 锦缠道·鸿雁

北雁南移，疏影瘦秋来此。最消魂，面前草地。红妆羞坐晴烟里。水映明眉，总有愁情倚。

月黑雁飞高，岁寒风起。向天涯，几番飘逸。赋别词、平仄难成意，雁声清远，向何方频寄。

# 锦缠道·樱花

沃雪堆云，沾满一身春意。玉渊潭、燕飞莺栖。琼魂翡魄香萦系。巧笑盈盈，步步芳菲倚。

岸边君慢行，美眉观兮，藉韶华、秀枝绮丽。聚奇葩、四月添锦翠，唯此为大，惹一番花事。

# 酒泉子·敦煌

长忆敦煌，依月傍山高窟①莽。飞天②壁上忘情游，心率难平抚。

千佛拜过双关③看，楼兰④分明在身畔。别来无意上高楼，羌笛⑤奏深秋。

---

① 高窟：莫高窟，俗称千佛洞，坐落在河西走廊西端的敦煌。它始建于十六国的前秦时期，历经北朝、隋、唐、五代、西夏、元等历代的兴建，形成巨大的规模，有洞窟 735 个，壁画 4.5 万平方米、泥质彩塑 2415 尊，是世界上现存规模最大、内容最丰富的佛教艺术地。与山西大同云岗石窟、河南洛阳龙门石窟、甘肃天水麦积山石窟称为中国四大石窟。

② 飞天：空中飞行的天神。唐藏《金光明经疏》云："外国呼神亦为天。" 飞天是敦煌莫高窟的名片，是敦煌艺术的标志。只要看到优美的飞天，人们就会想到敦煌莫高窟艺术。 敦煌莫高窟 492 个洞窟中，几乎窟窟画有飞天。

③ 双关：这里指阳关和玉门关。

④ 楼兰：楼兰是西域古国名，是中国西部的一个古代小国，国都楼兰城（遗址在今中国新疆罗布泊西北岸）。楼兰西南通且末、精绝、拘弥、于阗，北通车师，西北通焉耆，东当白龙堆，通敦煌，扼丝绸之路的要冲。国人属印欧人种，语言为印欧语系的吐火罗语。楼兰名称最早见于《史记》，曾经为丝绸之路必经之地，现只存遗迹，地处新疆巴音郭楞蒙古自治州若羌县北境，罗布泊的西北角、孔雀河道南岸。唐代诗人王昌龄的组诗《从军行七首》中的第四首："青海长云暗雪山， 孤城遥望玉门关。黄沙百战穿金甲，不破楼兰终不还。"

⑤ 羌笛：羌笛是我国古老的单簧气鸣乐器，已有 2000 多年历史，流行在四川北部阿坝藏羌自治州羌族居住之地。唐代王之涣《凉州词二首》其一："黄河远上白云间，一片孤城万仞山。羌笛何须怨杨柳，春风不度玉门关。"

## 浪淘沙·赤壁

空阔大江横，石壁相迎，曹军功败又垂成。天下三分成鼎立，几度峥嵘。

千载水流东，旧迹难凭，英雄千古落浮名。是非成败沉没处，只剩涛声。

## 浪淘沙·黄河

青藏雪茫茫，融化成汤。由清到浑几无双。九曲跃腾东到海，信马由缰。

红日照胡杨，大漠风光。咆哮千载祭国殇。壶底染烟生巨浪，地久天长。

# 浪淘沙·流年

满月[①]又阶前，喟叹流年。人生百味遍尝间。自古多情常郁郁，此意谁诠。

花草满庭轩，不记缠绵。人人自有一方天。历尽沧桑終会悟，万事随缘。

① 满月：也称望月，是指月和太阳的黄经差达到180度时的瞬间，一般在每月的15日。南朝宋何偃《月赋》："远日如鉴，满月如璧。"唐张谔《满月》诗："今夜明珠色，当满月拍摄随满月开"。

## 浪淘沙·永定河畔

雨后天晴好，杨柳轻摇。晚霞挂在西山坳。古往今来征战地，烟水迢迢。

登上园博桥①，目断塔梢②。夕阳无限妖娆。闲倚朱阑思昨梦，月华皎皎。

---

① 园博桥：指北京西五环通往园博园的一座桥。

② 塔梢：指园博园中永定塔的塔尖。

## 离亭燕·感赋

江山一统如画，行者向来潇洒。歌舞升平何处断，巧言虚报浮夸。丰收不增收，无奈对天作答。

厂房依然林立，工友下岗回家。多少辛苦遭逢事，尽入人间词话。怅望长安楼，寒日无言西下。

## 两同心·元宵

北京春晚，似入梨园。春秀路、渐无流水。天坛路、暗染香尘。声声唤，建外青帘[1]，安外人眠。

对酒且醉芳踪，莫话销魂。好性情、曾陪明月。乐滋味、最是黄昏。相思处，一盏汤圆，无限情深。

① 建外青帘：建外，指建国门外。青帘，借指酒家。宋·辛弃疾《鹧鸪天·春日即事题毛村酒炉》词：“多情白发春无奈，晚日青帘酒易赊。”明·徐渭《饮枇杷园》诗：“红葵古盌碧蛆沉，南市青帘买却斟。”清·方文《与张季昭同寓赠此》诗：“日暮河桥芳草合，尽容携手到青帘。”

# 临江仙·北海

独对斜阳白塔①下，不知冬夏春秋。团城何顾杞人忧。举头琼华岛②，挥笔阅古楼③。

美酒如歌盈双桨，玉海冷暖情柔。九龙壁前看行舟。一湖灯火起，两岸旅人游。

---

① 白塔：这里指北海白塔，建于清初顺治八年（1651 年），是一座藏式喇嘛塔。据建塔石碑记载，当时“有西域喇嘛者，欲以佛教阴赞皇猷，请立塔寺，寿国佑民”，得到皇帝的恩准，于是修建了永安寺和白塔。上圆下方，富有变化，为须弥山座式，塔顶设有宝盖、宝顶，并装饰有日、月及火焰花纹，以表示“佛法”象日、月那样光芒四射，永照大地。塔身正面有一盾形小龛，内塑红底黄字的藏文图案，含“吉祥如意”之意。此龛俗称“眼光门”，又叫“时轮金刚门”。1679 年该塔被地震所毁，次年重建。1976 年唐山地震波及北京，塔顶被损。在修复时，发现塔内主心木中藏有一个二寸见方的金漆盒子，盒盖绘有太极图，盒内藏有两“舍利”，证明此塔是一座舍利塔。该塔矗立于琼岛顶峰，绿荫拥簇，巍峨壮美，引人瞩目。

② 琼华岛：琼华岛位于北京市北海太液池南部。金代名琼华岛，元代为万寿山（或称万岁山）。清顺治八年（1651 年）于山顶建白塔，始称白塔山。琼华岛简称琼岛，因岛上建有白塔，故又俗称“白塔山”。琼华，意指华丽的美玉，以此命名，表示该岛是用美玉建成的仙境宝岛。

③ 阅古楼：坐落于琼岛西北侧的湖畔，建于乾隆十二年（1747 年），楼呈半圆形，玲珑俊雅。“阅古楼”三字为乾隆手书。楼内墙壁上，镶嵌着中国著名的《三希堂法帖》等石刻 495 方，共收集了从魏晋至明末 135 位著名书法家的 340 件楷书、行书、草书等作品，总计约十万字左右。

## 临江仙·感怀

鸣蝉阵阵竹影动，声声布谷甘甜。鉴真庙[①]侧水涟涟。扬子江彼岸，烟雨沙洲前。

汽渡沙通[②]风涌浪，双山岛[③]屿曾现。塘桥[④]妙语记心间。港城[⑤]非度假，三讲[⑥]正空前。

---

①鉴真庙：在张家港。鉴真（688—763），本姓淳于，今江苏扬州人。14岁出家为僧，22岁接受佛教律宗教义，曾寻游大唐长安、洛阳两京，传学佛法，后住扬州大明寺，寺宏戒律。唐·天宝元年（742年），鉴真应日本高僧荣叡、普照之邀东渡宏扬佛法，五次东渡均告失败，历经磨难。天宝十二载（753年）六十六岁高龄的鉴真从今天的张家港市鹿苑镇黄泗浦渡口第六次东渡扶桑，终于到达日本九州。1963年，适逢鉴真圆寂一千二百周年，中日两国人民在扬州当年鉴真宏法的大明寺内举行了隆重的纪念活动，并为鉴真纪念堂奠基，同时在当年鉴真第六次东渡启航处（今张家港市城东黄泗浦桥南侧），立一石制经幢，主体为六面柱，截面直径40厘米，高84厘米，正面刻有“古黄泗浦”四个正楷大字，两侧分刻有“唐鉴真和尚第六次东渡启航处”和“鉴真和尚逝世一千二百周年纪念委员会立”字样。1973年，鉴真纪念堂建成，郭沫若亲笔题写了“唐鉴真大和尚纪念碑”，赵朴初撰写了碑文。

②汽渡沙通：即通沙汽渡，地处南通市西郊的东港与和张家港市（原沙洲县）西界港，是204国道（烟台—上海）上唯一跨越长江的大型现代化汽车渡口。

③双山岛：双山岛又名仙人墩、石孔山。位于张家港市西北郊，张家港作业航道与长江主行道之间，全岛面积约16平方公里，四季分明，气候温和，日照充足，雨量充沛，无霜期长，为农业作物的生长提供了良好的条件，岛上河道成网，阡陌纵横，池塘密布，绿树成林，环境幽雅，空气清新，冬暖夏凉，是“长江三鲜”的主要产地。

④塘桥：张家港市塘桥镇，位于中国沿海和长江两大经济开发带交汇处，地处新兴港口城市张家港市的东南部，上海、南京、苏州、无锡、常州、南通等大中城市环列四周。

⑤港城：这里指张家港。

⑥三讲：这里指2000年春天在张家港开展的“讲学习讲政治讲正气”教育活动。

# 临江仙·观世事（二首）

**其一**

用得粗茶淡饭，闲来车马无忧。苍蝇老虎闹春秋，顷刻荣华落幕。

青史难留名姓，监狱关住罪囚。前朝往事让人愁，不必争先恐后。

**其二**

莫论达官显贵，何须浪漫风流。人生风雨几经秋，惯看山河依旧。

八字生辰宿命，平穷富贵自修。渐渐白了少年头，失败成功有数。

# 临江仙·黑城

弱水居延①沙漠化，祁连②愁对长空。繁华一去不留踪。阳关古曲③在，声断已随风。

明月不知人事改，今夕犹照黑城④。胡杨枯萎壮精神。匈奴哪里去，徒剩一空城。

---

① 弱水居延：弱水，古代神话，泛指传说中称险恶难渡的河海。《海内十洲记·凤麟洲》：“凤麟洲在西海之险而遥远的河流，常用“弱水三千，只取一瓢饮”表达对爱情专一。弱水也是中国黑河自金塔县的鼎新以下到额济纳旗湖西新村段的别称。居延：指居延海，是我国第二大内陆河黑河的尾闾湖。发源于祁连山深处的黑河，流经青海、甘肃、内蒙古三省区 800 余公里后，汇入巴丹吉林沙漠西北缘两片戈壁洼地，形成东、西两大湖泊，总称居延海。居延是匈奴语，《水经注》中将其译为弱水流沙，在汉代时曾称其为居延泽，魏晋时称之为西海，唐代起称之为居延海。王维也许是唐代大诗人中唯一到过居延，并在居延呆过一段时间的人。他关于居延的那首诗，不仅妇孺皆知，而且使居延这个地方流芳百世。《使至塞上》：单车欲问边，属国过居延。征蓬出汉塞，归雁入胡天。大漠孤烟直，长河落日圆。萧关逢候骑，都护在燕然。

② 祁连：指祁连山。于青海省东北部与甘肃省西部边境。由多条西北—东南走向的平行山脉和宽谷组成。因位于河西走廊南侧，又名南山。

③ 阳关古曲：指阳关三叠。又名《阳关曲》《渭城曲》，是根据唐代诗人王维的七言绝句《送元二使安西》谱写的一首著名的艺术歌曲。

④ 黑城：埋于流沙中的古城。位于内蒙古自治区西部的额济纳河流域。距额济纳旗府达兰可布东南 30 公里。城池已被流沙吞没。城系党项族所建之西夏国古都，名曰“亦集乃路”，党项语意为“黑水城”。额济纳河古称黑水河，额济纳一名即由亦集乃转译而来。元世祖忽必烈曾设亦集乃路并于西夏古城。现今城外仍有大片废弃耕地，其中田埂地垅，干、支渠及分水闸口仍依稀可辨。黑城平面为长方形，周长约 1 公里，东西两墙中部各开设城门，并加筑瓮城。现今城墙仍高耸地表达 10 多米。城墙西北角建有覆钵式喇嘛塔。城内原有街道及主要建筑布局尚依稀可辨。木构建筑柱头排列有序，出露于沙丘之上，城外西南方保存有外形较完整的伊斯兰古教堂。

# 临江仙·卢沟晓月

不问卢沟[①]飞镜满，先来桥上寻思。
人来人往两由之。凭栏迎皓月，光影染
金狮[②]。

奔月嫦娥皆是梦，此生不做情痴。
心旌满腹谁人知。吴刚兀自饮，醉里赴
瑶池。

---

① 卢沟：指卢沟桥。

② 金狮：这里指卢沟桥上的狮子，在灯光的照耀下，金光闪烁，宛如金狮。

# 临江仙·母亲

霜染青丝成白发，此生历尽沧桑。茹苦含辛为儿郎，如今八十载，小树已成梁。

每次临行别老母，感念河套家乡。此生难忘好时光，古今千百孝，字字九回肠。

# 临江仙·秦淮

环绕夫子旧路，波光映照年华。而今陪母坐游船[1]，好风吹我面，堂燕到谁家？

几度衣衫浸湿，桨声灯影桥斜。天街风景更繁华。垂杨空系马，流水泛鱼虾。

① 陪母坐游船：2014 年 5 月 16 日陪母亲游秦淮河。

# 临江仙·情

梦后眉头高锁，酒醒泼墨书怀。旧时烦愁不期来，盼春春已远，鸿雁费人猜。

风吹香山篝火，雪打故宫楼台。不知何处无尘埃，杏花疏影在，遥对月独白。

# 临江仙·书法

缕缕诗心随砚寄，翰花凝润辞章。舞毫泼墨字千行。纸中玩日月，人世阅沧桑。

笔下生辉情万丈，演绎秋乱春忙。一池新韵正飞扬。是非成世界，成败个中藏。

## 临江仙·滕王阁

鸥鸟入云秋水冷，淡烟似雾重重。当年盛事已留踪。长天成一色，似与孤鹜同。

蛱蝶一图今无考，知音可堪相逢。身边情侣亦欢容。日斜高阁侧，成败有无中。

## 临江仙·童趣

犹记儿时情一段，侧身辗转林间。已是天晚不知还，紫霞天边起，落日隐西山。

痴看流萤勤比划，顿触脑海波澜。唱罢一曲《小河弯》，相邀河汉里，手摇白桦船。

# 临江仙·闲居

夜幕沉沉高楼静，窗挂百尺垂藤。画屏误笔作飞蝇。一轮秋夜月，几点映天星。

万卷书中闲客览，等闲寒暑匆匆。春来日日暖风生，天台孙绰赋①，剑阁孟阳铭②。

① 孙绰赋：孙绰，字兴公，太原中都（今山西平遥西南）人，后迁会稽（今浙江绍兴），是东晋士族中很有影响的名士。孙绰文采，当时人称横绝一世。孙绰作为以玄理为题材创作玄言诗的一代文宗，在中国诗歌发展史上有着不可忽视的地位。有“掷地金声孙绰赋，回文锦字窦滔书”“天台孙绰赋，剑阁孟阳铭。”的称誉。

② 孟阳铭：张载，字孟阳，西晋文学家。晋武帝太康六年（285 年）张载到四川探望父亲，途经剑阁。此时间，晋国刚刚将三国归为一统，人心思治。张载因有感于剑阁地势险要，风光独特，便写下了《剑阁铭》。

# 临江仙·玉兰

温婉清幽频弄影，倩兮含笑多情。暗香如梦翠枝生。熏风兰下醉，几度戏黄莺。

白絮疑从琼宇降，尽显妖艳灵通。镜花水月总成空。一番珍重意，尽在不言中。

# 临江仙·致恩师

梦里庠门[1]何处觅，阴山脚下南寻。春来陕坝[2]荡烟尘。芬芳桃李苑，馥郁颂师恩。

一片冰心[3]盈瀚海，殷殷切切[4]诗文。丹青不老[5]抱天真。任凭潮涨落，其志比青云[6]。

---

① 庠门：指学校。

② 陕坝：指杭锦后旗奋斗中学所在地陕坝镇。

③ 一片冰心：语自王昌龄《芙蓉楼送辛渐》一诗中的“一片冰心在玉壶”。

④ 殷殷切切：指其情殷殷，其言切切。

⑤ 丹青不老：语自“丹青不知老将至，富贵于我如浮云”。

⑥ 其志比青云：语自“穷且益坚，不坠青云之志”。

## 临江仙·致同仁

四十余年弹指去，人间多少辉煌。平生细诉九回肠。衷心承一脉，几度历风霜。

衰败荣华无尽事，远行应觅归航。尘寰错落复流光。手足真意暖，何处话沧桑。

## 卖花声·读《元白诗笺证稿》

廊坊一夜书翻旧。寅恪元白证稿殊[1]。唐诗宋词系心头。可堪回首？清风能又？雾霾再扰新城暮。

玉环长恨[2]东流岸，慢捻琵琶[3]配管弦，先生终老在中山[4]。伤心难断，标立宏范，读书人引声长叹。

① 寅恪元白证稿殊：这里指陈寅恪先生所著《元白诗笺证稿》。

② 长恨：这里指白居易《长恨歌》。

③ 琵琶：这里指白居易《琵琶行》。

④ 先生终老在中山：先生指陈寅恪（1890—1969），江西省义宁州（今修水县）人，生于湖南长沙，中国现代历史学家、古典文学研究家、语言学家，中央研究院院士，通晓二十余种语言。1969 年 10 月 7 日逝世于广州中山大学。

# 卖花声·丽江

寒日照冰川，风顺云闲。千峰万壑
势岩岩，不见玉龙[①]真面目，勿论河山。

泪雨湿青衫，回首惨然。引壶酌酒
尚陶潜[②]，笑指画堂施锦帐，弯月钩纤。

---

① 玉龙：这里指玉龙雪山。

② 陶潜：陶渊明，又名潜，字元亮，号“五柳先生”，谥号“靖节先生世称”（死后由朋友刘宋著名诗人颜延之所谥），出身于没落仕宦家庭。晋世名渊明，入刘宋后改名潜。唐人避唐高祖讳，称陶深明或陶泉明。大约生于365年。曾任江州祭酒，建威参军，镇军参军，彭泽县令等，自做彭泽县令八十多天便弃职而去，从此归隐田园。他是中国第一位田园诗人。

## 满江红·长城

雄踞山川，岿然是、神州屏障。任风雨、斗拱日月，巍峨一方。茫茫景物千重远，悠悠沧桑十几行。更有那滴滴春秋泪，最感伤。

新潮起，卷八荒；雄关志，任跌宕。锁五岳雷霆，三江巨浪。龙马精神俱弘扬，山川万里好景象。为华夏显无限春色，今犹壮。

# 满江红·端午

五月端阳，千秋在、光辉岁月。天问处、楚辞吟哦，感伤趋烈。百舸争流龙竞赛，千秋万代人卓越。悼屈原、承继百千年，还悲切。

报国志，犹未卸。温橘颂，情难灭。叹离骚正唱，九歌韶乐。路漫漫兮修远兮，吾将上下而不懈。汨罗江、歌咏大中国，神州悦。

## 满江红·青岛总督府

静念中国，黄海畔、因时而起。楼还在，总督已去、光阴一洗。识路不须导游指，问名久换迎宾意。道飞扬、跋扈欲何如，皆过矣。

地随移，真堪耻。楼中人，谁指使？向青山问责，青岛何罪。割地莫哀终有回，问天不应无情已。且浮生、花月醉官场，堪无止？

# 满江红·天安门

金水桥头，谁道是、一轮月好。更普照、故宫金殿，紫荆华表。王者总缘骄奢误，贪官酷吏公心少。问史家、代代论输赢，观秋草。

溯往事，如水淼，皇宫在，人苍老。看灯火璀璨，鼓欢人笑。水榭瀛台空寂寞，红墙垂泪无情恼。望白鸽、队队绕城楼，长安笑。

# 满江红·天柱山

一柱①浮云，直竖起、满天山色。遥望处、浮图耸峙，皖公②城阙。燕子自飞神秘谷③，杨花闲度蓬莱④侧。慨潜河、皖水两条银⑤，无停歇。

乾隆⑥去，飞来绝。仙人去，难言悦。想李白观海，洞门⑦临雪。蝴蝶梦游千古恨，杜鹃啼罢三更月。最无情、鸿雁往来飞，音书缺。

---

① 一柱：这里指天柱山，又名潜山、皖山、皖公山（安徽省简称“皖”由此而来）、万岁山、万山等。为大别山山脉东延的一个组成部分（或称余脉）。

② 皖公：安徽省潜山县的历史人物，安徽之祖、春秋时期皖国的仁慈君主。

③ 神秘谷：为天柱山一大奇观，位于飞来峰下，号称花岗岩洞第一秘府，有“天柱一绝”之称。

④ 蓬莱：指蓬莱峰。蓬莱峰海拔 1350 米，南眺天池峰，北依天柱峰。

⑤ 潜河、皖水两条银：炼丹湖如同一面银光闪闪的镜子被潜河、皖水两条银链夹在中间。

⑥ 乾隆：传说清朝乾隆皇帝来到天柱山，并不相信这个飞来石是从九天之外飞来的。随口吟道：“飞来未必是飞来，定是世人胡乱猜……”话音未落，顿时电闪雷鸣，飞来峰上乌云盖日，飞来石隆隆作响，将要飞起……吓得乾隆皇帝赶紧改口道：“飞来一定是飞来，不是世人胡乱猜。既然飞来又飞去，何必当初要飞来。”言毕，天空一碧千里，祥云绕腾。飞来石也稳稳当当地盖在飞来峰顶。

⑦ 洞门：神秘谷神秘莫测，由洞穴和山谷构成，洞上有洞，洞下有洞，洞中有洞。白居易《题天柱峰》诗云：“天柱一峰擎日月，洞门千仞锁云雷。”

# 满江红·中秋

无依无托，无荣无辱、无烦无恼。对一轮，独歌独酌、独吟独笑。正值西山秋叶满，又兼圆月新光好。便慰聊，百岁拟如何，随他老。

知富贵，谁能保，知功业、何时了？算箪瓢金玉，所争多少。一瞬光阴何足道，但思行乐常不早。待春来、携酒对东风，眠芳草。

## 满路花·读心经

六根生六尘[1]，五蕴[2]本来空，休争人与事、枉浮生。贵贱贤愚，宫商调不同。百岁光阴里，虎斗龙争，浪花淘尽英雄。

世事一场梦，凡间几人懂，来时无一物、去时空。人生有限，贪念总无穷。不如随诗酒，像雾像雨像风。

---

① 六根生六尘：六根指六种感觉器官，或认识能力。眼、耳、鼻、舌、身、意。眼是视根，耳是听根，鼻是嗅根，舌是味根，身是触根，意是念虑之根。六尘：指色、声、香、味、触、法。

② 五蕴：五蕴分别是色蕴、受蕴、想蕴、行蕴、识蕴。在五蕴中，除了第一个色蕴是属物质性的事物现象之外，其余四蕴都属五蕴里的精神现象。五蕴实际上是佛教关于人体和其身心现象都是由哪些要素构成的理论。五蕴的“蕴”是梵文的音译，意义是积聚或者和合。佛教认为世间一切事物都是由五蕴和合而成，一人的生命个体也是由五蕴和合而成的。

## 满庭芳·故乡

风搅长空，霜飞平原，冷云常盖阴山。乱鸦声慢，烟霭有无间。气与寒威共凉，农家户、冰挂房檐。梅枝桠，纤纤秀色，疏影小围栏。

携手，同好景，窥檐望雪，呵手相欢。笑语里，都说瑞雪丰年。有个柴炉暖处，围夜话、不管宵残。不应醉，红灯照对，门外任清寒。

## 满庭芳·怡爽园

宿鸟鸣虫，怡爽园，境幽情浓。登高望，繁华簇锦，翠竹临窗。皓月楼台藏紫燕，熏风殿阁绕黄蜂。听夜半、娇莺啼恰恰，丝竹声。

风淡淡，雨蒙蒙，思英雄，浪淘尽。人间广寒宫，豪杰佳人。日暖亭中花易赏，雪寒瓦舍酒豪饮。惜韶光、朱门柳色新，画图中。

## 梅花引·思行

他人问我何时游，是身留？是心留？倘若可留，缘何锁眉头。风吹黄沙不忍睹，对苍天，冷清秋，花已瘦。寂寞难耐莫回首。

勿劝我，不停留。似梦非梦梦未有，心忧醉酒。大漠黄天，遮盖青山头。却道无人愁似我，今夜雪，若梅花，落未休。

# 摸鱼儿·问天

问苍天、玉皇何处，天宫织女如故？吴刚绝恋桂花酒，醒后不知天暮，真正苦。更漏尽、东西寻遍犹无主。嫦娥曼舞，对对又双双，白云深处，上下共可睹。

从头算、多少佳期曾误。山盟飘转迷雾。人间此恨年年住，依旧有痴儿女，行老路。全看破、绝情少意无穷数。牛郎不遇，不再有相逢，从前莫问，此后情难诉。

# 蓦山溪·黄河

黄河九曲，浩荡东流去。青藏雪花飘，野茫茫、烟岚如絮。归愁难却，一路若无拘。难再叙，不相遇，八面来风雨。

苍生几许，笑对江湖语。老骥卧槽头，诵吟罢、残阳情趣。奔流不止，万里好驰驱。壶口聚，东营履，海上扬帆曲。

## 蓦山溪·庐山

庐山曾见，花径东风暖。今日又重逢，向牯岭、天池一段。三叠瀑布，一望尽无言，仙人洞，御碑亭，相对成绝恋。

西林题壁，锦绣参差看。名句永流传，更那堪、山水长卷。桃花源里，道释同尊，雁幽远，月黄昏，往事声声慢。

## 蓦山溪·阅世

谨行半世，劳怨谁皆可。隘路崎岖久，只落得、诗囊一个。轻研碎墨，笔下泪成河，或是喜，或能贺，静看红尘堕。

明哲假痳，指鹿为马破。枯木亦生花，得名利、圆融相和。如何消瘦，吹雪惹冰弦，唐时雨，宋时风，休当梅似我。

## 木兰花·年关

年关[1]递进人心动。火树银花游天映。人生拾翠乐忘归，四处爆竹难有静。

行年过后观天命。已任青春游牧境。中堂月色正纯明，数朵梅花弄新影。

① 年关：指农历年底。旧时欠租、负债的人必须在这时清偿债务，过年像过关一样，所以称为年关。

# 木兰花·五大连池

龙疆遍地风光好，五大连池[1]第一骄。
火山口上晓云轻，寒凝洞[2]中论英豪。

浮生莫叹知音少，利禄功名堪一笑。
黑龙古酒对斜阳，却笑君王不早朝[3]。

---

① 五大连池：位于黑龙江省北部、黑河市西南部，1719 年至 1721 年间，火山喷发，熔岩阻塞白河河道，形成五个相互连接的湖泊，因而得名五大连池。

②寒凝洞：是五大连池的一处冰洞，这个溶洞是火山喷发的岩浆在流动过程中受冷空气的作用，表面凝固成硬壳，而下部的岩流仍继续流动，在后续岩浆补充不足的地方就形成了中空，受地下岛状冻土层低温影响，整个岩浆冷凝后就产生万古不化的熔岩冰洞。

③ 君王不早朝：白居易《长恨歌》有“春宵苦短日高起，从此君王不早朝”的诗句，这里是借用。

## 南歌子·牧野

牧野连芳草，夕阳对远村。几声长调惹白云，绿女红男、歌舞闹黄昏。

随看边城里，如开异域门。月光清泛故园魂，把酒与君听、莺语正芳心。

# 南歌子·秋兴（二首）

**其一**

旧梦携余怅，新愁伴暗伤。赋闲十载对南窗，无奈一池龟甲乱泥塘。

莫论流言短，休说妄语长。归来愉悦野云乡，醉送高天寒雁过廊坊。

**其二**

富贵求多子，官高盼命长。西来秋风染叶黄，喟叹红颜易老变徐娘。

往事难再守，前途勿归航。繁华过罢看平常，唯愿花开富贵满庭芳。

## 南柯子·边城即景

急雨刚来过，浓云晚上收。好酒便傍手扒肉。极目边城夕照映关楼[1]。

消尽人间暑，谱成一段秋。让情歌长调伴马头[2]。走遍呼伦贝尔醉满洲[3]。

---

① 边城：这里指满洲里；关楼：这里指满洲里国门。

② 马头：这里指马头琴。

③ 满洲：这里指满洲里。

## 南柯子·怀旧

十年辛苦远，操劳不还家。数声啼鸟怨年华，最是凄凉叹挣扎。

春雨收残月，夏风吹黄沙。颐和园畔问荷花，收拾行囊向天涯。

## 南乡子·怀父

何处去烦忧？独倚高楼满天搜。转眼已是春六载，悠悠。物是人非水空流。

辗转万里路，人到京华志未酬。天下英雄来聚首，何愁。山环水绕度春秋。

## 南乡子·即景

何处起烦忧？层楼逼仄倚环球。尽心竭力人依旧，悠悠。六载风雨泪空流。

且要观星斗，意在安贞看神州。古今英雄谁敌手，无有。笑看天下春与秋。

## 南乡子·清明

风袅袅，草凄凄，纸钱零落乌鸦啼。

远客近乡情更忆。思人夜，涕泪化作春秋史。

## 南乡子·秋

落叶满西山。一脉清泉落碧潭。红叶迎来又送往，荏苒。何处光阴把梦还。

潺潺在人间。丝管何须婉转传。此曲只能天上有，盘桓。独自归来半月谈。

## 南乡子·送别

送亲人，过小桥，笛声惊飞树上鸟。

挥手洒泪强作笑。别时曲，梦断犹记故园草。

# 南乡子·童年

长发为谁留？醉过春光醉过秋。燕子
呢喃伴风舞，回首。翩翩少年眼含羞。

长忆河边柳，吹尽喧嚣泪自流。旧时
池塘听夜雨，凝眸。为弄青梅垂下头。

## 念奴娇·春日

人生多好，苦无常、聚少离多烦恼。我我卿卿，都道是、弄孙含饴搂抱，夏雨斜风，杂花漫道，月半闲云妙，柳梢之下，引出千古情调。

应怜偏短浮生，等闲荒废了多情应笑。冉冉飞莹，回眸处、八面如晦风暴。历代纷呈，熙攘皆过客，此去缥缈。寻常如寄，断云飞送春晓。

# 念奴娇·逢春

出门一笑，问英雄谁是，行香临怀。独立无门，算只有、孤寂山头行客。绝境谁怜，十年自保，似与尘缘隔。遵循天地，不关风露霜雪。

应笑俗李粗桃，轻佻翻自得，招蜂引蝶。多似逢春闲弄影，如看一期新月。凤舞心残，龙飞翼断，波诡亦云谲。绿纯花好，莫让历史穿越。

# 念奴娇·金陵

大江空阔，忆往昔、秦淮万家灯火。龙盘虎踞[1]巷陌里，几度繁华可数。白下秦淮[2]，钟山风雨[3]，王谢乌衣路[4]。思人睹物，不堪言语评述。

乍看一水中分，若金城戴甲，蛟龙难阻。落日无痕，宴散后、谁解东坡心苦[5]。故地重游，桨声碎月，总有无声嘱。人非物是，大江依旧东顾。

---

① 龙盘虎踞：即虎踞龙盘，指南京。

② 白下：南京旧称白下。秦淮：即秦淮河。

③ 钟山风雨：引自毛泽东同志于 1949 年 4 月所写的诗《七律·人民解放军占领南京》中的“钟山风雨起苍黄，百万雄师过大江。”

④ 王谢乌衣路：王谢，六朝望族琅琊王氏与陈郡谢氏之合称，后成为显赫世家大族的代名词。晋永嘉之乱后，琅琊王氏和陈郡谢氏族人，从北方南迁至金陵，后因王谢两家之王导、谢安及其后继者们于江左五朝的权倾朝野、文采风流、功业显著而彪炳于史册，成就了后世家族无法企及的荣耀。为后人所嫉羡，故有“王谢”之合称。乌衣，指乌衣巷，是地处金陵南门朱雀桥附近，为东晋王导、谢安等世家巨族聚居之处。刘禹锡的《乌衣巷》：“朱雀桥边野草花，乌衣巷口夕阳斜。旧时王谢堂前燕，飞入寻常百姓家。”

⑤ 谁解东坡心苦：这里指苏东坡《念奴娇·金陵怀古》中所表达的深刻含义。

# 念奴娇·秦岭

巍巍秦岭，正安卧、千古长安之地。山跨南北分界处，七十二峪[①]幽谧。万树咸集，群花异卉，深谷飞泉赐。一山如画，神州多彩无际。

遥想汉武当年，有王母圣聚[②]。甘峪遗址[③]。圭峰寺[④]前，香袅袅、正仲庵忧戚[⑤]。笑问苍天，留繁华盛世，恰如人意。风和日丽，江山一脉谁系。

---

① 七十二峪：七十二峪位于秦岭的北坡。古人常常用七十二来形容数量多。历史上帝王将相把这里作为避暑狩猎之地，文人墨客把这里作为寻幽咏怀之处，僧侣隐士把这里作为修身养性之所，逃犯流民把这里作为避难存身之家。

② 王母圣聚：指西王母三月三蟠桃盛会。

③ 甘峪遗址：这励志甘峪莲花寨遗址。

④ 圭峰寺：千年古刹圭峰古寺座落于终南山北麓，东临祥峪，西邻高冠峪。

⑤ 仲淹忧戚：仲淹，指范仲淹。忧戚：指范仲淹“先天下之忧而忧，后天下之乐而乐。”

## 念奴娇·石头城下

石头城[1]破，若青天、坠了谁来擎住。六代高皇[2]情未了，割让燕云十六。辽马横骄，金刀纵裂，蒙古蹄如鼓。故宫崩角，苍然一幕尘土。

莫论万代千秋，惹春心不少，凄凉谁顾。怎对江南，残照下、芳草天涯路。月下横斜，两行浊泪守。隔江烟雨，谁人知悟，城头荒草无数。

---

①石头城：石头城是六朝古都南京的一处六朝时期的著名遗迹，遗址位于现清凉山一带。南京的别称“石头城”就来自于此。

②六代高皇：从三国的吴国开始近400年间，连续有六个朝代（吴、东晋、宋、齐、梁、陈）在南京建都，后人称南京为“六朝古都”。

# 女冠子·如梦

夜多梦长。正是焦急难挡。惊梦醒。仰视天花板，忧思日日长。

不知魂已牵，早已情飞扬。除却无边月，独自想。

# 破阵子·六出祁山

拥戴貔貅[①]为主，驱除魍魉[②]还家。落日余辉刀剑影，秋水寒霜羽扇[③]花。归来噪暮鸦。

骏马清晨嘶叫，长靴入夜蒙沙。直指祁山忧社稷，尽瘁鞠躬为蜀衙[④]。英雄犯斗槎[⑤]。

---

①貔貅：是中国古书记载和汉族民间神话传说的一种凶猛的瑞兽。貔貅有嘴无肛，能吞万物而不泄，只进不出、神通特异，故有招财进宝、吸纳四方之财的寓意，同时也有赶走邪气、带来好运的作用，为古代五大瑞兽之一（此外是龙、凤、龟、麒麟），被称为招财神兽。

②魍魉：是古代汉族神话传说中的山川精怪。一说为疫神，是颛顼之子所化。出自《孔子家语·辨物》等著作。

③羽扇：用鸟类羽毛作成的扇子，是一种古老的汉族传统工艺品。羽扇是扇子家族中最早出现的，已有2000多年历史。汉末盛行于江东，晋陆机傅咸有《羽扇赋》，传说蜀·诸葛亮、晋·顾荣皆有捉白羽扇指麾众军之事。其初扇羽用十，扇柄刻木象鸟骨，东晋后羽减为八，改为长柄。宋·苏轼《念奴娇·赤壁怀古》词："羽扇纶巾，谈笑间，樯橹灰飞烟灭。"

④蜀衙：指蜀国。

⑤犯斗槎：指游仙升天所乘的仙舟。唐·宋之问《鲁忠王挽词》之三："气有衝天剑，星无犯斗槎。"清·赵翼《夜坐》诗："浪说支机石，谁乘犯斗槎？"

## 菩萨蛮·麦浪

曾经易在花前醉。而今花落人憔悴。麦浪舞金川。鹧鸪声可怜。

有书无从寄。三夏西风细。家在大河边，愁随新月牵。

## 菩萨蛮·旗袍

依稀曾过往，淑女谁可赏。不见小蛮腰，时光如钝刀。

心香存一缕，留住江南雨。倩影更迷离，沉香浮此衣。

# 菩萨蛮·西楼

人情淡淡气如滞，青山一幕芳草地。常夜无厘头。独自上西楼。

曾同江岸立，泪印青衫湿。何日是良辰，痴情去感恩。

# 菩萨蛮·雍和宫

护城河里一泓水，旁边多少痴人会。南面望天安[1]，隐约得景山。

皇城遮不住，代代随风去。宫阙揽余愁，雍和闻蟾蜍。

① 天安：指天安门。

## 菩萨蛮·重逢

寒风舞墨涂岸柳，红梅绽放香盈袖。小雨送春来，流云细细裁。

暖阳斜已久，渡船犁花瘦。燕雀对春白，爱心无两猜。

# 普天乐·庄子

为谁忙？要遵命。名缰利锁，酒绿灯红。青山小径长，黄叶秋霜冷。

世事风云须看境，不饶人白发频生。钓鱼太公①，逍遥易经②，笑我愚蒙。

---

① 钓鱼太公：即姜太公钓鱼，愿者上钩。

②逍遥：指庄子的《逍遥游》。易经：易，改变；经，书籍。《易经》，现一般称《周易》是一本揭示变化的书，由六十四卦构成。《易经》是中国传统思想文化中自然哲学与人文实践的理论根源，是古代汉民族思想、智慧的结晶，被誉为“大道之源”，是古代帝王之学，政治家、军事家、商家的必修之术。

# 齐天乐·北京奥运

彩霞烂漫祥云护，莺花映红天幕。万户楼台，千重院落，礼炮声声如注。堆金叠玉，鸟巢展新容，凤鸣龙舞。画卷逶迤，此情可待入歌赋。

环球健儿汇聚，正驰骋赛场，喜讯频举。竞技同台，扬帆携手，叱咤风云无阻。新开纪录，似捷报频传，立方神助。奥运宏图，九州新韵谱。

## 齐天乐·送同窗

平生未感离愁苦，同窗四方难阻。三叠阳关，一杯浊酒，咫尺天涯常数。劝君莫醉，恐梦醒时分，无以温故。风卷残云，夜深草树在独舞。

明天定将上路，奈纷飞劳雁，如泣如诉。事务纷纭，心心念念，多少深情倾注。情关父母，更不忘家国，至今方悟。此去经年，亦朝朝暮暮。

## 绮罗香·晚秋

暮雨生寒，枝摇叶冷，又是晚秋时候。夜半星稀，鸟雀栖巢风住。落花街，寂寞难平。叹只叹，一无所有。看黄花零落枝头，雨欺霜染一身苦。

无由重饮月下酒，休问南辰北斗，乌飞兔走。咫尺天涯，去只去分何处。且痛饮，起舞尊前，却弹作，断霞尘雾。赠君明月满前川，让真心如故。

## 千秋岁·祖国

莺歌燕舞。红蕊金带露。强社稷，民为主。河清通海晏，大地春辽阔。中国梦，前程似锦繁华路。

试把花期数，浩荡春风驻。立壮志，豪情谱。山河同锦绣，大梦先觉处。凯歌奏，普天同庆诗与酒。

# 秦楼月·裁诗

云漫卷，新愁莫用旧愁敛。旧愁敛，清词丽句，任人裁剪。

酒酣思绪同天远，凭空捉住诗三千。诗三千，诗心在我，几重怀念。

# 沁园春·赤壁

浩渺西来，逶迤而去，霜染大江。念三国故事，枭雄乱世，豪强起义，中原板荡[①]。横槊曹操，孙刘携手，一夜东风看周郎[②]。真所谓，一樽江上月，千古心伤。

从来世事沧桑，有多少、英雄入篇章？阋墙多兄弟，争权夺利，成王败寇，演绎韶光。历览前贤[③]，重评帝恙[④]，难阻风月乱政纲。应铭记，顺民情民意，社稷安康。

---

①中原板荡：中原指我国中部，泛指天下；《板》《荡》《诗经》二篇名，写周厉王荒淫无道。后以比喻时局动荡危急。宋·岳飞《五岳祠盟题记》：“自中原板荡，夷狄交侵。”

②周郎：即周瑜（175—210），字公瑾，庐江舒城人，官至偏将军领南郡太守。

③历览前贤：指唐朝李商隐《咏史》中的名句：“历览前贤国与家，成由勤俭破由奢。”

④重评帝恙：重新评价历代帝王的过失。

# 沁园春·春雨

霜雪无形，春讯难寻，枯草摇动。望河东柳色，村边古树；西山庙宇，戈壁连空。地老天荒，惊雷阵阵，已是人间四月风。清明后，路边草未翠，只谙悲声。

丝柳掠过甘霖，又唤醒、乡愁频扰人。謦香入梦，缤纷盛景，月下朦胧。万紫千红。浸透青山，盈盈碧镜，暮风朝雨又一轮。双飞燕，剪斜风细雨，守望云中。

# 沁园春·浮生

历数平生，不在功名，几度徘徊。况山欢水笑，适逢岁稔，甘来苦去，路转峰开。满目轻浮，周遭焦躁，到老离开得月台①。真有幸，若唐尧再现，于我何裁。

行觞漫对聊斋。却道是、霜华两鬓白。叹当年噩梦，肝肠寸断，无由顾盼，冷落成灾。躲过危机，消磨壮志，一任罡风恶雨来。吾今晓、看人间功罪，皆是尘埃。

---

① 得月台：位于南京夫子庙旁边。此处取“近水楼台先得月”之意。

# 沁园春·河套

瑞雪翩翩，飘染家园，壮丽万千。况鸡鹿要塞[①]，阴山[②]渺渺，黄河来会，风起云天。婉转五原[③]，乌梁素海[④]，一碧如镜照百年。风光好，既闻名塞外[⑤]，几代绵延。

山中春意堪怜。但阿贵、庙前舞幡悬[⑥]。看梦传峡谷，奇观无限，蜂黄蝶粉，纳林湖边。阙塞难寻，狼烟已灭，古代神图[⑦]在眼前。黄河岸，寄一声祝愿，难说再见。

---

① 鸡鹿要塞：指鸡鹿塞，是阴山山脉西部的一处重要的军事据点，位于蹬口县哈腾套海苏木境内。

② 阴山：中国北部东西向山脉和重要地理分界线。横亘在内蒙古自治区中部及河北省最北部。古今有许多著名诗句描写此山，如南北朝著名民歌“敕勒川，阴山下，天似苍穹，笼盖四野。天苍苍，野茫茫，风吹草低见牛羊”；又如唐代诗人王昌龄的“但使龙城飞将在，不教胡马度阴山”等名句。

③ 五原：位于内蒙古自治区西部，河套平原腹地，隶属巴彦淖尔市。

④ 乌梁素海：位于内蒙古巴彦淖尔市乌拉特前旗境内、是黄河改道形成的河迹湖，中国八大淡水湖之一，素有“塞外明珠”之美誉。

⑤ 塞外：古代指长城以北的地区。也称塞北。包括内蒙古、甘肃、宁夏、河北等省、自治区的北部。

⑥ 阿贵庙：阿贵为蒙古语，意为“山洞”。在内蒙古有两个阿贵庙，一个位于鄂尔多斯市准旗境西南的纳日松镇，另一个在巴彦淖尔市磴口县境内。词中所指，即此处。

⑦ 神图：这里指阴山岩画。

# 沁园春·逐梦

百代朝廷。万数官僚，自古传承。叹人生若梦，忙忙碌碌，光阴如箭，聚散浮萍。身在城中，心灰意冷，岂为区区利与名。堪怜处，叹岁华迟暮[1]，狗苟蝇营[2]。

平生何辱何荣？且一任、德才与五行[3]。有鹰飞鹏奋，醉时还醒，朱颜用尽，白发生成。隐隐山川，岁月骎骎[4]，纵有高台常怯登。君知否，似鱼传尺素[5]，兰梦无凭[6]。

---

① 岁华迟暮：屈原《离骚》：“惟草木之零落兮，恐美人之迟暮。”意思是：自古以来即使再漂亮的美人也不得不感叹自己日趋衰老，即使功劳远大名满天下的志士也终有白头的一天。比喻时光终究会使人容颜老去，不复青春年华。

② 狗苟蝇营：出自唐·韩愈《送穷文》：“蝇营狗苟，驱去复返。”比喻为了名利不择手段，像苍蝇一样飞来飞去，像狗一样不知羞耻。

③ 五行：是中国自古以来道学的一种系统观，广泛地用于中医学、堪舆、命理、相术和占卜等方面。五行的意义包涵借着阴阳演变过程的五种基本动态：水（代表润下）、火（代表炎上）、金（代表收敛）、木（代表伸展）、土（代表中和）。中国古代哲学家用五行理论来说明世界万物的形成及其相互关系。

④ 岁月骎骎：马跑得很快。迅疾。《诗经·小雅·四牡》：“驾彼四骆，载骤骎骎。”三国魏·阮籍《咏怀八十二首》：“皋兰被径路，青骊逝骎骎。”

⑤ 鱼传尺素：成语，指传递书信。最早出自古乐府《饮马长城窟行》中“客从远方来，遗我双鲤鱼。呼儿烹鲤鱼，中有尺素书。”

⑥ 兰梦无凭：兰梦，好消息。相传春秋时郑文公妾燕姞梦天使赐兰，生子，取名为兰，后因以比喻妇人怀孕的征兆。陆游《沁园春》：“消魂处，是鱼笺不到，兰梦无凭。”

# 青玉案·浦江晚秋

荻花摇雪迷江渚。任秋水、朝天去。脚踏外滩思旧赋[1]。两行鸿雁，数声鸥鹭。不觉天将暮。

临窗旧梦情如故。回首繁华谁与度？柳岸秋风吹到否？菊开青浦，霜陪红树。江上潇潇度。

---

① 思旧赋：是魏晋时期文学家向秀创作的一篇赋。作者为追思好友嵇康和吕安所作，以“旷野之萧条”“旧居”“空庐”之景，寄托着物是人非的悲凉；以引《黍离》《麦秀》之诗，李斯受刑之事，隐约暗示朝代更迭带来的不公、不幸的遭遇。此文抚今追昔，忧从中来，痛惜之情，溢于言表。

# 清江引·廊坊四日

蝴蝶乱穿园内柳，雨过天晴后。

能消几日愁，又是伤心处，风吹古书天迟暮。

# 清平乐·贺兰山

林深石朴。山寺门联古。车过贺兰心似鼓。谁见仓央[1]行处。

神奇岩画回眸。几时面对风吼。六世喇嘛情愫，不知禅也仙乎。

---

① 仓央：这里指仓央嘉措（1683—1706），为第六世达赖喇嘛，门巴族人，西藏历史上著名的人物。1683年（藏历水猪年，康熙二十二年）生于西藏南部门隅纳拉山下宇松地区乌坚林村的一户农奴家庭，父亲扎西丹增，母亲次旺拉姆。家中世代信奉宁玛派佛教。1697年被当时的西藏摄政王第巴·桑结嘉措认定为五世达赖的转世灵童，同年在桑结嘉措的主持下在布达拉宫举行了坐床典礼。1705年被废。1716年前后，他来到现内蒙古阿拉善旗，从此在此地生活，先后担当了13座寺庙的住持，讲经说法，广结善缘，创下无穷的精妙业绩。1746年，64岁的仓央嘉措染病，圆寂贺兰山广宗寺。仓央嘉措是一位才华出众、富有文采的民歌诗人，写了很多细腻真挚的情歌。最为经典的拉萨藏文木刻版《仓央嘉措情歌》，词句优美，朴实生动，汇集了仓央嘉措60多首情诗，如今已被译成20多种文字，几乎传遍了全世界，他的诗歌已经超越民族、时空、国界，成为宝贵的文化遗产。其中最著名的是“曾虑多情损梵行，入山又恐别倾城。世间安得双全法，不负如来不负卿。”

## 清平乐·黄山

奇峰怪石，沧海龙行壁。大步迎松天咫尺，却见如椽巨笔。

莲花飞瀑光明，天都古木盈空。还记游仙霞客[①]，断言此岳绝伦。

---

①霞客：指徐霞客。黄山为三山五岳中三山之一，徐霞客曾两次游黄山，赞叹说：薄海内外，无如徽之黄山。登黄山，天下无山，观止矣！后人引申为“五岳归来不看山，黄山归来不看岳”。

## 庆泽春·兰亭

依韵行吟。流觞曲水[①]，一番青翠春深。半卷芭蕉[②]，锦屏香冷无心。龙飞凤舞黑白美，正兰亭集序[③]仅存。看层云，漫漶山阴。名震乾坤。

新风旧雨无穷尽，翠蛾轻敛纸，寂寞耕耘。老泪沾襟，临流更见纯真。钟情怕到相思处，愿临摹不意晨昏。一心心，念念曾今，笔墨成军。

---

①流觞曲水：即曲水流觞，是中国古代汉族民间流传的一种游戏。夏历的三月上巳日人们举行祓禊仪式之后，大家坐在河渠两旁，在上流放置酒杯，酒杯顺流而下，停在谁的面前，谁就取杯饮酒。这种游戏非常古老，王羲之诗云："羽觞随波泛"。

②半卷芭蕉：芭蕉常常触发人们愁苦的心绪，诗人们总喜欢让雨和芭蕉为伴。唐代诗人何扶："芭蕉半卷西池雨，日暮门前双白鸥。"

③兰亭集序：号称中国书法第一帖。《兰亭集序》又名《兰亭宴集序》《兰亭序》《临河序》《禊序》和《禊贴》。东晋穆帝永和九年（353年）三月三日，王羲之与谢安、孙绰等四十一位军政高官，在山阴（今浙江绍兴）兰亭"修禊"，会上各人做诗，王羲之为他们的诗写的序文手稿。《兰亭序》中记叙兰亭周围山水之美和聚会的欢乐之情，抒发作者对于生死无常的感慨。

## 鹊桥仙·七夕

多情也见，薄情也见，尽是寻常景象。相思惟有梦相知，看银河、流光遍赏。

随君无计，留君无计，只剩泪珠两行。秋鸿春燕往还时，鹊桥在、徒留怅惘。

## 鹊桥仙·文游台

流云天画，春随人意，鹊与谁来相会。文游台上喜相逢，却道是、寻寻觅觅。

梅花驿寄，鱼传尺素[①]，丝雨无边无息。凭栏再唤少年时，不堪想、何曾再忆。

①梅花驿寄，鱼传尺素：梅花驿寄，古代通过驿站请邮差寄送梅花，比喻向远方友人表达思念之情。典故出自三国陆凯《赠范晔》诗："折梅逢驿使，寄与陇头人。江南无所有，聊寄一枝春。"鱼传尺素：尺素，指书信。古代用绢帛书写，通常长一尺，因此称尺素。鱼传尺素，就是把书信藏在鱼腹中传递。此典故出自古乐府《饮马长城窟行》："客从远方来，遗我双鲤鱼。呼儿烹鲤鱼，中有尺素书。"

# 鹊桥仙·阴山

绵延千里，北国横亘，演绎风云壮举。胡服骑射[①]至阴山，又多少、凄风苦雨。

达官商贾，匈兵佳丽，更有和亲盛旅。神奇岩画[②]写天机，真正是、神仙赐与。

① 胡服骑射：赵武灵王是战国时赵国的一位奋发有为的国君，他为了抵御北方胡人的侵略，实行了“胡服骑射”的军事改革。就是穿胡人的服装，学习胡人骑马射箭的作战方法。

② 岩画：顾名思义就是雕凿或绘画在岩石上的图像。它以古朴、粗犷、凝炼的画风和丰富而独特的文化内涵，引起了国内外学术界的普遍关注。早在公元5世纪就被北魏地理学家郦道元所发现，并把它写进了《水经注》里：“河水又东北历石崖山西，去北地五百里，山石之上，自然有文，尽若虎马之状，粲然成著，类似图焉，故亦谓之画石山也。”内蒙古考古工作者就是按照《水经注》提供的线索，在西起阿拉善左旗，中经磴口县、潮格旗，东至乌拉特中后旗的东西长约300公里，南北宽40—70公里的阴山狼山地区发现了近万幅的岩画，其数量之多、内容之丰富、年代之悠久，令人叹为观止。

# 鹊桥仙·银川之夜

流光火树，银川此夜。光照同心中卫。黄沙肆虐搅长空，北塔下，湖清水碧。

老城托月，新楼遍地，谁在夏王宫里[①]？贺兰钟鼓又齐鸣，回头处，歌舞又起。

---

① 谁在夏王宫里：银川是西夏王宫所在地，如今王宫不在，只有西夏王陵。

## 鹊桥仙·银河

一弯月冷，两情难悦，面对银河怅惘。忧思幕幕堪谁同，冷面孔、无缘心上。

三千宠爱，死生遗恨，回首默默凝望。原来处处是风霜，莫伤感、多情一场。

## 鹊踏枝 · 观湖

谁道激情抛却久，每到风来，烦愁还如故。秋夜梦里常回溯，只觉人比黄花瘦。

湖中荡舟堤上游，不问苍天，潮涨潮又落。独立深处帆如旧，一弯新月过天幕。

## 鹊踏枝·庐山五老峰

如笔雄峰冲霄汉。美庐空蒙，紫雾正弥漫。片片红霞若锦缎，丝丝清风云鬓乱。

每把诚心对苍天。欲对峰巅，奈何与徒唤。万壑千峦林漫漶，露消翠叶莺婉转。

# 人月圆·赠友人

金凤玉露随春去，回首泪成霜。燕子呢喃，画屏云锁，相顾斜阳。

无意争春，清纯如故，默然长廊。浮云不定，扁舟暗渡，真水无香。

## 人月圆·中秋

曾经梦入儿时院，同赏一轮月。举头相望，广寒玉兔，千古人传。

千秋万代，文人墨客，不吝诗篇，红男绿女，浓情蜜意，月下花前。

# 如梦令·迁徙

道是南方不是。道是北方不是。南北与西东，都是神州兄弟。曾记，曾记，莫忘手足情意。

## 如梦令·怡爽园

时令正居炎夏，月下柳丝随发，小苑爽人心，更有梁雕栋画。栋画，栋画，点墨了无牵挂。

## 如梦令·赠友人

人似已圆孤月。心似丁香百结。不见谪仙人，辜负花开时节。愁绝，愁绝，山下落英如雪。

## 如梦令·自武汉至宜昌

傍晚同车上路，一觉已来荆楚。或曰是何处，却道莲化渡口。回首，回首，江上灯火无数。

# 阮郎归·官厅

西山老树对斜阳。河随永定[①]长。两山围绕水茫茫，京城如画堂。

天有岁，人增光。官厅[②]又一章。改天换地送凄凉，新风送故乡。

---

①永定：指永定河。

②官厅：指官厅水库，位于河北省张家口市怀来县和北京市延庆县界内，是新中国成立后建设的第一座大型水库。

## 阮郎归·龙潭湖

龙潭春色水中来，画舫暖气吹。几枝红杏向人开。晴云驱雾霾。

深院落，小楼台。流莺相对白。柳丝如发系渔排①。蒙童乐满腮。

---

① 渔排：鱼筏子，这里指湖上捕鱼的一只只小船。

# 塞儿令·上坟

临故园，洗石碑，伤心岁月如逝水，
物换星移，村在人非，今古一盘棋。

南柯梦断觉初回，北岸坟茔任风吹。
四围红柳绕，几处冷云低，谁，谁曾赋
别离。

## 山花子·樱花雨

杨柳丝丝水雾中，樱花纷落舞半空。
玉渊潭上盛新月，央视高塔照河东。

蝶化彩云云漫漫，蜂携花蜜入玉宫。
唯有痴痴双燕子，漫天翩翩剪春风。

## 山坡羊·卢沟怀古

长城逶迤，怀柔宣武，一弯晓月照卢沟。望门头，看平谷。

伤心明清故宫哭，宫阙万间都成文物。兴，百姓福，亡，百姓苦。

## 生查子·初恋

月钩弯若镰，写意天边雁。红豆太痴情，尽是相思愿。

捧读会计书，心有千千念。不必论情由，生死朝夕恋。

# 生查子·年夜

少年年夜时，家里灯如豆。老父强欢颜[①]，老母湿衣袖[②]。

今年年夜时，焰火盈天幕。不见去年人，入座情频诉。

① 老父强欢颜：老父亲常为生活所迫，愁颜不展。只有在过年的时候，才强做欢喜状。
② 老母湿衣袖：母亲常常为无米下锅而惆怅，常常为衣食之忧而哭泣。

# 生查子·送别

阴山烟雨收，天上星稀少，河月镜中明，别泪留衣角。

此一别，情未了，回首山邈邈。记得送我时，父母无言笑。

## 声声慢·夜雨

西台夜栖，夜半微凉，窗前水帘如碧。浮草微痕，枫叶卷红委地。空庭黯然成泣，浸萧寒、远寻无力。念所及，似烟波，飘渺漫无所忆。

一夜淅淅沥沥，未间隙，渐次清流成滴。弦断余音犹在，似曾相识。聆听子规细语，更心伤、岁华轻逝。罢罢罢，让平生、无愧天地。

# 十六字令·桥（三首）

（一）

桥，一片相思两岸消。频来去，不再受煎熬。

（二）

桥，彼此连通任逍遥。常屹立，风雨不飘摇。

（三）

桥，志向通衢八方交。须放眼，四海领风骚。

# 疏影·江月

春江细雨，草色烟照里，归梦何寄。夹岸桃花，满眼归帆，一点春心谁系。惊涛不睬船行意，问宋玉、情长何计。坐与行、何处寻题，收储一山苍翠。

春水归期不负，指红尘绿道，来去随意。晓月将沉，一阕离歌，疑似彩云无配。纷纷世事频飘逝，这滋味、不堪回忆。又怎禁、目断鸿飞，谁念历朝功绩。

## 疏影·清明

清风细细，柳色摇新曲，梦断谁继。此意凄凄，昨是今非，多情岁月难忆。梨花寂寞桃花系，看路上、寸心滴泪。静夜思、往事频移，最难剪相思意。

惆怅人生不测，话别陈五味[1]，梦疑成败。华彩高堂，毕露锋芒，只是风云际会。断魂恰遇纷纷雨，这次第、山寒云逸。真正地、有似疏影，雪爪梦痕空对。

① 杂五味：五味杂陈。

## 水调歌头·呼伦贝尔

夏日海拉尔，景色不寻常。京都酷暑难耐，独享此清凉。龙卷呼伦情雨，鹤洒根河义露。塞外水云乡[①]。看过千重绿，还有玉流觞。

观草原，看湿地，数牛羊。兴安内外，呼伦贝尔好风光。额尔古纳[②]风物，莫尔道嘎[③]高妙，敖鲁古雅[④]旁。白桦深林里，九岭[⑤]一同赏。

---

①水云乡：指水云弥漫、风景清幽的地方。多指隐者游居之地。宋·苏轼《南歌子·别润守许仲途》词："一时分散水云乡，惟有落花芳草断人肠。"宋·陆游《秋夜遣怀》诗："六年归卧水云乡，本自无闲可得忙。"

②额尔古纳：是蒙古语"捧呈、递献"之意。后又逐渐把它修饰为"奉献"之意。额尔古纳市是呼伦贝尔市的县级市，位于大兴安岭西北麓，呼伦贝尔草原北端，额尔古纳河右岸。

③莫尔道嘎：蒙古语，为"骏马出征"之意。莫尔道嘎国家森林公园，是国家林业局批准建立的内蒙古大兴安岭首家国家森林公园，也是目前国内面积最大的森林公园。

④敖鲁古雅：敖鲁古雅是鄂温克族居住的部落，位于呼伦贝尔市根河市最北部的敖鲁古雅河畔，根河市西郊，是鄂温克族最远也是最神秘的一个支系居住的地方。

⑤九岭：指"一目九岭"。地处莫尔道嘎国家森林公园山巅之上。登观景台极目远眺，大兴安岭的深邃与辽阔尽收眼底。在此观山，但见山连山，岭连岭；山外有山，岭外有岭。屈指数去，九重山横亘排出，一览无余，"一目九岭"因此而得名。

# 水调歌头·梅花

谁解梅花味？傲骨五十载。迎风斗雪无畏，暗香四方来。磊落光明本色，淡雅清风气概，凛冽傲霜开。冷艳归何处？节亮不须猜。

比春花，排月季，对洋槐。不怀自恋，万花谢落我独裁。瑞雪缤纷此夜，明月寒风面对，人世似留白。我辈真堪愧，草木也悲哀。

# 水调歌头·母校

得悉中学母校70周年校庆，感慨良多，拟《水调歌头》一首以纪之。

世事多迷幻，弹指七十弦。谁知各种滋味？问讯河与山①。不忘筚门褴褛，又见龙盘虎踞，几度苦与甘②。二载春秋雨，一忆话如前。

奋斗街，人非昨，空盘桓③。身居京华，遥想陕坝晴天④。当下年且五十，故地春花归梦，犹记八二年⑤。桃李芬芳处，今夜更无眠。

---

① 河与山：这里指黄河与阴山，它们共同见证了母校奋斗中学的发展。

② 几度苦与甘：指母校“栉风沐雨七十载，筚路蓝缕铸辉煌”的奋斗历程，其中的欢悦与艰辛，可喜可叹。

③ 空盘桓：指在校园徘徊，逗留。看到如今的校园，还有奋斗街上来来往往的人群，物还在，人非昨，怅然若失。

④ 遥想陕坝晴天：此处有两层意思，一是以北京的灰色天气与故园的晴好天气相对比，更加眷恋家乡的蓝天。二是对如今世风日下的一种指斥，更加怀念民风淳朴的故园。

⑤ 八二年：特指1982年高考前后即将离开母校的那段紧张而充实的日子。

## 水调歌头·如梦

恍如眼前事，今夜又重弹。频现音容笑貌，心绪起波澜。道是曾通款曲，或有相传机密，前路若征帆。醒来对清夜，冷月映窗寒。

人生愿，空辜负，恨愚蛮。十载瘦枝疏影，羸弱任人残。应愧风雨行客，不识此情炽烈，屡次问长天。莫叹春潮去，梦过也知还。

# 水调歌头·铜雀台

铜雀今何在，曹魏已成埃。走访邯郸故地，不见古三台①。朝代分分密密，岁月来来去去，聚散不须猜。问询苍天鹤，何日驾云来。

走临漳，吟汉赋，泪盈怀。杜鹃啼遍，独占八斗称仙才②。今有吹拉弹拨，古有诗经三百，词曲几人裁。月夜空寂寞，秋水荡竹排。

---

① 古三台：指金凤台、铜雀台、冰井台。位于河北邯郸临漳县西南。金凤台建于公元213年。据记载台高八丈，有屋宇185间。现存古台，尚有文昌阁等建筑及历代名碑。铜雀台位于金凤台北侧，原有金碧辉煌的建筑物。当年曹氏父子与“建安七子”登台赋诗，创建了风骨铮铮的“建安文学”。唐代诗人杜牧在“东风不与周郎便，铜雀春深锁二乔”的美好诗句中提到的“铜雀”便是铜雀台。冰井台在铜雀台北侧，明朝末年被洪水冲没。

② 仙才：指曹植（192—232）。曹植，字子建，沛国谯（今安徽省亳州市）人。三国曹魏著名文学家，建安文学代表人物。魏武帝曹操之子，魏文帝曹丕之弟，生前曾为陈王，去世后谥号“思”，因此又称陈思王。后人因他文学上的造诣而将他与曹操、曹丕合称为“三曹”，南朝宋文学家谢灵运更有“天下才有一石，曹子建独占八斗”的评价。清代王士祯尝论汉魏以来两千年间诗家堪称“仙才”者，曹植、李白、苏轼三人耳。

## 水调歌头·燕云怀古

岁月如光电，如梦五十秋。往来风雨行役，常为故国愁。曾住密云湖畔，极目燕山千里，隐隐是顺州①。日暮居庸②敛，归雁过河湖。

追蔚朔③，寻应儒④，走蓟幽⑤。功名难定，时运安得与人求。幸有残编万轴，且又夜长无事，怎恁不烦忧。孤愤⑥已题就，重九再登楼。

---

①顺州：今北京顺义。

②居庸：指居庸关。

③蔚朔：今河北蔚县和山西朔州。

④应儒：今山西应县和北京延庆。

⑤蓟幽：今天津蓟县和北京。

⑥孤愤：《韩非子》篇名。《史记·老子韩非列传》："（韩非）悲廉直不容于邪枉之臣，观往者得失之变，故作《孤愤》。"司马贞索隐："孤愤，愤孤直不容于时也。"后以"孤愤"谓因孤高嫉俗而产生的愤慨之情。

# 水调歌头·阴山怀古

明月出河畔，回首望阴山。长风万里飞度，白雪洒边关。远去可汗金帐，老了马援①铁骑，角逐西海湾。自古征战地，见有几人还。

白登道②，鸡鹿塞③，乘燕然④。君王天下，百代封土令人欢。无定河⑤边枯骨，闺阁梦中骚客，白刃抹愁颜。此夜朝堂里，高枕未能眠。

---

① 马援（前14—49）：字文渊，扶风茂陵（今陕西省兴平市窦马村）人。著名军事家，东汉开国功臣之一。新朝末年，天下大乱，马援为陇右军阀隗嚣的属下，甚得隗嚣的信任。后归顺光武帝刘秀，为刘秀统一天下立下了赫赫战功。天下统一之后，马援虽已年迈，但仍请缨东征西讨，西破羌人，南征交趾，官至伏波将军，因功封新息侯，被人尊称为“马伏波”。其老当益壮、马革裹尸的气概甚得后人的崇敬。后于讨伐五溪蛮时身染重病，不幸去世。因梁松诬陷，死后被刘秀收回新息侯印绶，直到汉章帝时才遣使追谥忠成。

② 白登道：属于大秦直道的一部分，白登道是汉代著名的大道，与西北的青海道齐名，位于代国，沿路有美女倾国倾城的传说。李白有“汉下白登道，胡窥青海湾”的诗句。

③ 鸡鹿塞：是中国汉代通塞北之隘口。位于今内蒙古自治区西部磴口县（巴彦高勒）西北，狼山西南段哈隆格乃峡谷南口。峡谷贯通阳山（今狼山）南北，谷底平坦。北依汉长城，东邻屠申泽，为汉代西北部门户，扼控穿越阳山之交通咽喉。西汉置塞。塞城临崖建筑，以石砌成，呈正方形，屹立于峡口西侧。

④ 燕然：古山名。即今蒙古人民共和国境内的杭爱山。东汉永元元年（89），车骑将军窦宪领兵出塞，大破北匈奴，登燕然山，刻石勒功，记汉威德。见《后汉书·窦宪传》注引汉·班固《序》：“遂逾涿邪，跨安侯，乘燕然，蹑冒顿之区落，焚老上之龙庭。”后泛指边塞。诗文中叙建立边功时，常引用之。还指汉·班固所撰《封燕然山铭》，亦泛指歌颂边功的诗文。

⑤ 无定河：黄河一级支流，位于中国陕西省北部，是陕西榆林地区最大的河流。它发源于定边县白于山北麓，上游叫红柳河，流经靖边新桥后称为无定河。全长491公里，流经定边、靖边、米脂、绥德和清涧县，由西北向东南注入黄河。

## 水调歌头·中国梦

远祖复兴梦，万代谱华章。宏图大业描绘，实干再兴邦。四海惊涛裂岸，八面来风鼓荡，启缆竞帆樯。万众齐争渡，海阔任巡航。

供给侧，强带路，设计忙。金戈铁马，张弓搭箭固海疆。打虎拍蝇威慑，治党从严气象，不任虎狼狂。圆梦建功业，携手勇担当。

# 水龙吟·三国

曹营兵甲三千，展开了中原逐鹿[①]。桃园结义[②]，黄巾起义[③]，神威吕布[④]。故地重游，搜寻无迹，书中人物。奈乾坤顺转，江山易主，天注定，人迟暮。

气吞山河牛斗[⑤]，对长江、茫茫迷雾。求贤若渴，茅庐三顾[⑥]，穷兵黩武。赤壁烽烟，荆州遗恨[⑦]，魏曹吴蜀。怅悠悠千古，风云际会，浪花飞舞。

---

① 中原逐鹿：即逐鹿中原。出自《史记·淮阴侯列传》："秦失其鹿，天下共逐之。"常比喻帝位、政权。指群雄并起，争夺天下。

② 桃园结义：桃园三结义最初是小说《三国演义》里记载的故事，述说当年刘备、关羽和张飞三位仁人志士，为了共同干一番大事业的目标，意气相投，言行相依，选在一个桃花盛开的季节，选在一个桃花绚烂的园林，举酒结义，对天盟誓，有难同当，有福同享，共同实现美好理想。

③ 黄巾起义：即黄巾之乱，指中国东汉晚期的农民战争。

④ 吕布：字奉先，汉族，东汉末年名将，汉末群雄之一，五原县人。

⑤ 牛斗：指牛宿和斗宿。

⑥ 茅庐三顾：即三顾茅庐。三顾茅庐是指中国东汉末年刘备三次到隆中（今湖北襄阳附近）诸葛亮住处请他出山辅佐自己的事件。

⑦ 荆州遗恨：江陵，又名荆州城。至汉朝起，江陵城长期作为荆州的治所而存在，故常以"荆州"专称江陵。赤壁之战后，荆州七个郡被刘备、曹操、孙权三家瓜分。刘备入蜀（四川），留关羽镇守占据的荆州五郡（南郡、长沙、零陵、桂阳、武陵），其中南郡是刘备向东吴借的。刘备得到蜀川后，将长沙、桂阳两郡还给了孙权（相当于还了南郡）。后来关羽出兵攻打曹操的襄樊地区，孙权派吕蒙乘虚偷袭荆州三郡（南郡、武陵、零陵），导致荆州三郡失陷。大意失荆州，现比喻因疏忽大意而导致失败或造成损失，有粗心大意、骄傲轻敌的意思。

# 水龙吟·台湾

台湾环岛巡游，徘徊阿里山高处。桃园消逝，高雄花落，莲花日暮。别酒嘉义[1]，瑞芳[2]将息，九份[3]归去。望烟波万顷，半天残月，几回首，离合苦。

可忆徐福[4]过海，郑和号、望安[5]苦旅。浮生如此，离多聚少，玉山[6]不遇。愁对西还，厦门水淡，金门风雨。更海陆两顾，金戈铁马，把团圆负。

---

①嘉义：嘉义位于中国台湾省西南部，地处嘉南平原北端，北回归线从此经过。嘉义市古名“诸罗山”，其名由来有二：一为“番语”社名之译音，荷兰人称之为 Tirosen 社，音近诸罗山社；一为取其东方“诸山罗列”之意。亦名桃城，因其古城形如桃而名，桃之尾尖，在今中央七彩喷水一带，市民惯称桃仔尾。

②瑞芳：即瑞芳区，是台湾新北市下的一个市辖区，位于新北市东部，左侧与基隆市相邻昔日以矿业繁一时。近年停采后发展出以矿业文化为中心的观光业。

③九份：位于台湾新北市瑞芳区，早期因为盛产金矿而兴盛，矿藏挖掘殆尽后从而没落。1990 年后，因电影《悲情城市》在九份取景，九份的独特旧式建筑、坡地以及风情，透过此片而吸引国内外的注目，也为此小镇重新带来生机，目前已经成为一个很受欢迎的观光景点。

④徐福：字君房，是秦朝著名方士、曾担任秦始皇的御医，出生于战国时期的齐国。秦始皇时期，徐福率领三千童男女自山东沿海东渡，足迹遍及台湾、韩国南部与日本一些地区，成为历史上中日韩文化交流的一段佳话，几千年来一直是人们研究和探讨的一个热门话题，至今已成为先秦史、秦汉史、中外关系史、航海史、民俗学、宗教学、考古学等综合性多学科研究，有极为重要性的学术价值。

⑤望安：望安岛位于澎湖列岛南部，是澎湖群岛的第四大岛，望安岛原名“网垵”，又名八罩屿，明永历十五年（1661 年），民族英雄郑成功决定东取台湾，从金门料罗湾出发，第二天清晨遥见八罩屿，因一路风平浪静，人舟平安，故改名“望安”。

⑥玉山：位于中国台湾省中部，北起三貂角，南接屏东平原（台湾南部的屏东县周围），绵延约 300 公里。主峰邻近地区崇山峻岭，溪谷深邃，天然植被随海拔之变化而异，由亚热带、温带以至寒带，林相次第变化，野生动物孳生，并具有清朝所建历史遗迹——八通关古道。

## 水仙子·清明

一声春雨一声风，九曲黄河九段情，人生归梦人生梦。

踏春花，将欲行，叹坟茔处处哀鸿。梦忆十年事，说来依旧新，泪眼蒙眬。

## 思帝乡·少年

伏后秋，汗滴盈满头。塞上谁家少年扶犁牛？

纵使耕耘稼穑何足忧。苦海勤为径，不言愁。

## 思远人·忆旧

红柳荻花春意晚，千里作行客。看阴云过尽，归鸿无信，何处寄离歌。

泪弹不尽临窗落，有弟来研墨。命笔写恩深，纵情何处，帘外已无色。

## 苏幕遮·草原

贝尔情，呼伦谊。长调悠扬，曼舞轻柔起。把酒临风说旧事。辽阔草原，胡马门前地。

饮奶茶，读秘史。几许闲情，百味难消逝。月落乌啼归梦呓。一马当先，身在满洲里。

# 苏幕遮·东坝郊野

过庄桥，桥畔路。塘里青荷，荷上秋风住。长径蝉鸣幽僻处，情趣园区，芦苇摇天幕。

碧桃疏，栾树聚。姹紫嫣红，引诱人深入。绿女红男来显酷，雁过京郊，常把游人妒。

## 苏幕遮·送同学

水相邀，山作伴。千里西来，回到黄河岸。爱酒杨雄混不管。天与邻翁，来慰离愁暖。

似惊鸿，飞又散。画舸横江，望断西山畔。地角天涯无近远。一阕清词，且颂阴山看。

## 诉衷情·花

春来花满小亭台，枝枝对窗开。主人醒，小风来，千朵映红腮。

瓣瓣恋香胎，不胜哀，离时念念心心婉，几徘徊。

# 诉衷情·送岳母（二首）

### 其一

清晨风过卷秋霜。来电报娘丧。京城痛悼离恨。嫌路远、泪成行。

思往事。惜恩长。诉衷肠。问天冥冥。问地凄凄。最让人伤。

### 其二

当年万事不强求，倔强也温柔。洮河梦断何处？凄苦问归流。

儿未老，鬓先秋，泪难休。此生谁料，心在罕山，身老谁忧。

## 诉衷情·为恩师祝寿

德为世重，寿以人尊。恩师潘涌生日，弟子倚声填词一首，诚颂先生福如东海，寿比南山。

喧天雅乐乐融融，欢悦在书城。延年鹤望颐奕，德昭也摇红。

频祝颂，饮千盅，诉衷情。功成名遂，岁月无居，人贵神明。

## 诉衷情·玉渊潭

诗书半卷枕晨昏，天色太迷人。闲来静卧潭下，愁绪了无痕。

临逝水，望浮云，寄真心。此时酌酒，樱绿荷红，谁谙红尘?

# 踏莎行·昆明湖

冰锁昆明[1]，寒凝苑柳。画廊[2]过罢梅开后。无端暮色裹石船[3]，只好玉带风桥[4]走。

仁寿[5]无尘，德和[6]如绣。排云[7]瑞雾笼星斗。佛香阁[8]暖谐趣[9]欢，玉澜[10]轻梦浓如酒。

① 昆明：指颐和园昆明湖。
② 画廊：指颐和园长廊。
③ 石船：指颐和园石舫。
④ 玉带：指颐和园玉带桥。
⑤ 仁寿：指颐和园仁寿殿。
⑥ 德和：指颐和园德和园。
⑦ 排云：颐和园排云殿。
⑧ 佛香阁：颐和园佛香阁。
⑨ 谐趣园：颐和园谐趣园。
⑩ 玉澜：指颐和园玉澜堂。

## 踏莎行·卢沟桥

大雨沉沉，卢沟渺渺，雄狮林立行人少。犹闻抗日炮声隆，梦魂隐隐为国报。

南北东西，家国正好，七七事变训常昭。一泓心梦壮河山，神州大地星光耀。

# 踏莎行·秋

龙行翠峰差，大美神州，叠彩飞霞曲径幽。诗韵翩翩心宇静，翰墨浓情写清秋。

红枫如绸，新月如钩，远湖近水烟雨楼。青山无墨千年画，江河有弦万古悠。

# 踏莎行·野趣

垂柳千枝，碧桃几树。雕轮宝马年年度。西山香客几时来，游人踏遍芳青处。

日日清歌，时时曼舞。长堤望断今和古。高原草色近何如，牧歌声声斜阳暮。

## 太常引·峨眉山

峨眉远望正嵯峨。吟诵古人多。凝翠若烟萝。问般若[1]、人生若何。

普贤道场[2]，华严三圣[3]，巴蜀敬佛陀。浮躁可消磨。吾欲诵、离骚九歌。

---

① 般若：般若，梵语 Prajna 的音译，意为智慧。

② 普贤道场：峨眉山是大峨山、二峨山、三峨山的总称，这里指普贤的道场。

③ 华严三圣：娑婆世界教化众生的释迦牟尼佛，左胁侍菩萨是以智慧闻名的文殊菩萨，右胁侍菩萨是以大行闻名的普贤菩萨，三者合称释迦三尊。在华严经中，文殊菩萨以智、普贤菩萨以行辅佐释迦牟尼佛的法身毗卢遮那佛（密宗言大日如来）。故“释迦三尊”又被称为“华严三圣”。

## 太常引·神十

一方诺亚[1]转星河，寰宇更灼灼。把酒问嫦娥：我神舰[2]、飞行若何？

星空浩渺，天宫万里，日夜总穿梭。阅万顷烟波。十五日、神州欢歌。

① 一方诺亚：指诺亚方舟。这里指神十宇宙飞船。

② 神舰：这里指神十宇宙飞船。

## 摊破浣溪沙·月坛

地坛天坛日月潭，西风愁起翠叶残。
明月落红已成径，意盘桓。

满眼风光遮望眼，小园怀月倚栏杆。
漫漫银河载不动，夜行船。

## 唐多令·萦怀

大雪盖河川，高低白雪滩。在他们、我们之间。故意阻隔成难关，旧世界，锁尘缘。

依韵数流年，心仪那一天。待重逢、尽说悲欢。梦里轻轻牵父手，几时还。

# 天净沙·阿拉善

胡杨，马队，兰花[①]。敖包[②]、篝火、
奶茶。风光如画，贺兰山下人家。

沙丘、苦豆[③]、朝霞。古城，戈壁，
胡笳[④]。琴声优雅，遍传多少嘎查[⑤]。

---

① 胡杨：落叶中型天然乔木，木质纤细柔软，树叶阔大清香。分布在内蒙古西部、新疆、甘肃、青海等地。兰花：这里指马兰花。

② 敖包：敖包是蒙古语，意为木、石、土堆。

③苦豆：即苦豆子，草本，或基部木质化成亚灌木状，枝被白色或淡灰白色长柔毛或贴伏柔毛。主要生于沙质土壤上，耐沙埋、抗风蚀，具有良好的沙生特点。

④ 胡笳：蒙古族边棱气鸣乐器。流行于内蒙古自治区、新疆维吾尔族自治区伊犁哈萨克自治州阿勒泰地区。

⑤ 嘎查：蒙古族的行政村。

# 天仙子·阿尔山

试问兴安春几许？花落半山西南麓[1]。鹿鸣湖[2]畔更伤情，凝目处，玫瑰[3]舞，望断北国千里路。

归雁一行知旧旅，塞上天池[4]何忍顾。缘来缘去两依依，三角[5]数，七仙[6]负，红豆不知在哪处。

---

① 西南麓：阿尔山市位于大兴安岭西南山麓，是兴安盟林区的政治、经济、文化中心。

② 鹿鸣湖：为阿尔山重要景点。原名三号沟泡子，为火山喷发的熔岩流在流动过程中堵塞哈拉哈河形成的湖泊。该湖湖面宽阔，湖水平静。

③ 玫瑰：这里指玫瑰峰。位于阿尔山市区北，是一处由10余座石峰组成的山石景区。

④ 天池：位于阿尔山东北的天池岭上。天池属于高位火山口湖，由火山喷发后积水而成。

⑤ 三角：指三角峰，位于哈拉哈河支流中蒙界河努木尔根河右岸。

⑥ 七仙：指七仙湖草原，位于阿尔山市东北75公里处，是呼伦贝尔草原的一部分。该处草原辽阔，牛羊成群，水草丰美。

## 天仙子·感时

反腐数年风不停，利剑高悬人未醒。虎惊蝇乱几伤身？临此境，观全景，避重就轻空自省。

八项规定头上顶，虚对实来花对影。唯观风向待天明，风不定，心难静，毒草恶花除务尽。

## 天仙子·欢宴

白玉为堂金作盏。美酒跟随满汉。夜夜笙歌对君弹，歌不断。人无憾。花月殷情春意满。

玉露金风灯影乱。对酒当歌人事换。西楼吹彻玉笙寒，风不定，人已远，暗夜长空谁怅叹。

## 调笑令·沉醉

沉醉，沉醉，面对此情谙寄。人生柳絮飘篷，苦雨凄风动情。情动，情动，满目繁华易冷。

# 望海潮·观钱塘

海中堆雪，江边潮涨，汇集八月钱塘。溅玉喷珠，龙腾虎跃，狂澜倒海翻江。水怒卷白霜。树弯绕堤岸，浪惹风狂。望处痴迷，漫天碧水浸斜阳。

今生谁见孙郎？任胡言乱语，伫立风樯。花老人间，天公无计。都说世事航。但梦随人远，心比山长。酒罢风停雨霁，朗月挂西窗。

## 望海潮·京城

雍和疏淡，故宫沉寂，时空暗换年华。壮阔长街，铜锣巷陌，团城月落平沙。望一幕蒹葭，正云影移动，百感交加。水下鱼翔，几番欢愉动人家。

长安月夜繁华。有琼楼玉宇，剧院如葩。鸟巢临空，承接奥运，难温钟鼓烟霞。小巷酒旗斜。但纵横极目，正殿高衙。无奈归心试问，海角与天涯。

# 望海潮·阴山怀古

阴山巍峙，黄河东逝。金川正是芳菲。燕舞龙飞，物华天宝，江南塞北谁知。还忆少年时。对溪涧驻马，岩画谈诗。一去经年，尽心竭力在京西。

相思远在天涯。跪朝阴山立，又锁愁眉。妙笔无言，李陵①下泪，却如鸿雁于飞。叹苏武②无为，塞外风萧瑟，寒透征衣。日月频繁交替，未想再皈依。

---

①李陵（前134年—前74年），字少卿，汉族，陇西成纪（今甘肃天水市秦安县）人。西汉名将，李广之孙。

②苏武（前140年—前60年），字子卿，汉族，杜陵（今陕西西安）人，代郡太守苏建之子。

# 望江东·送友人

题记：2014年4月23日，本是世界读书日，却难以逐读。打开网页，噩耗遽然呈现。李建华，如此好人，怎么也不能相信，就这样走了！盯着荧屏，半晌无语。此时此刻，与他相识相知的一幕幕往事涌上心头。遂将所思所感，汇成一首词。

夜半啼乌促断弦，清晨了云烟。缺多圆少奈何天，伤心泪、洒银监。

黑发功名，丹心纪检，京陕两相连。音容笑貌惜余欢。人已去，忆当年。

## 望江南·张家港

馨苑[1]佳，静坐月西斜。夜半橹声频自语，引来愁乱却如麻。南北若天涯。

肠断裂，回首更尴尬。每席大江寒玉枕，醒来何处醉窗花。和泪颂琵琶。

① 馨苑：这里指张家港馨苑度假村。

## 闻雀喜·看山

彩云飞，染绿一山白玉。数点桃梨玉中聚。花叶不沾泥。

鹊儿声声不已。人儿倚山独立。树下净洁铺钟乳，隔岸闻柳笛。

## 乌夜啼·夜雨

轻狂一夜风雷，显神威。大雨临窗如泻，作帘帏。

且喟叹，声声慢。太悲催。世事漫随流水，任驱驰。

## 乌夜啼·杂兴

长空黯淡如愁，欲何求。无奈沉沦安外，志难酬。

前无岸，后路断，使人忧。此乃旧愁新恨，锁眉头。

# 巫山一段云·大觉寺

一望空山远，松竹叠翠间。祥和宁静水声传，夜月映山岚。

茶好清香淡，飘然醉欲仙。莫言僧侣远尘寰，谁解此中禅？

# 巫山一段云·三峡

长江起大坝，铁闸锁碧流。水光山色神女楼，怀王梦已收。

中山早有意，润之复议周。而今坝立人俱往，千载思悠悠。

## 巫山一段云·山海关

万顷烟波碧，千寻夕照红。关旗[①]隐约在城东，龙头[②]老如童。

淡泊云笼月，霏微雨伴风。千帆夜泊浪声中。何处见真容。

① 关旗：指山海关城楼上的旗子。

② 龙头：指老龙头。老龙头坐落于河北省山海关城南4公里的渤海之滨。在这里可以尽览“长城万里跨龙头，纵目凭高更上楼，大风吹日云奔合，巨浪排空雪怒浮”的壮观美景。

# 巫山一段云·望北

日暮西山隐，夜静野马嘶。中天又见月徘徊，怅然梦难追。

春风将欲逝，天短唤不回。年年总看落花垂，情深似子规。

## 巫山一段云·西湖

画阁临流水，轻风弄酒旗。徐行花港柳依依，欲雨燕低飞。

岸上人如蚁，轻歌月落迟。三潭印月最痴迷，何必羡瑶池。

# 武陵春·说梦

人道周公可解梦，无梦为至人①。蝶梦庄周②难辨明，梦笔③怎生成？

伊若南柯④来梦里，黄粱⑤有谁惊。梦中胡蝶家万程，浑是月三更。

---

①无梦为至人：即“至人无梦”。中国的祖先却相信“至人无梦”。至人者，圣人也；意指圣人无妄念，所以不会做梦。

②蝶梦庄周：即庄周梦蝶。典出《庄子·齐物论》，它是战国时期道家学派主要代表人物庄子所提出的一个的哲学命题。在其中，庄子运用浪漫的想象力和美妙的文笔，通过对梦中变化为蝴蝶和梦醒后蝴蝶复化为己的事件的描述与探讨，提出了人不可能确切地区分真实与虚幻和生死物化的观点。虽然故事极其短小，但由于其渗透了庄子诗化哲学的精义，成为庄子诗化哲学的代表。也由于它包含了浪漫的思想情感和丰富的人生哲学思考，引发后世众多文人骚客的共鸣，成为他们经常吟咏的题目，而最著名的莫过于李商隐《锦瑟》“庄生晓梦迷蝴蝶，望帝春心托杜鹃”。

③梦笔：即梦笔生花。出自《南史·纪少瑜传》，纪少瑜幼年时，才华并不出众，但是他非常刻苦用功，他的诚心感动了文神，有一天晚上，他看书不知不觉地睡着了，梦见著名的文人把一支笔送给了他，并告诉他用这支笔能够写出最漂亮的文章。纪少瑜梦醒之后，果然在枕边发现一支非同寻常的毛笔。从此，纪少瑜的文章大有长进，终于成了一位著名的作家。纪少瑜是南朝有名的文士，他自幼专攻《六经》，善于谈吐，对答如流，深受当时读书人的钦佩，后来官至东京大学士。“梦笔生花”也写作“梦笔”，是用来表示才思日进的典故。张孝祥的《鹧鸪天》就有：“忆昔彤庭望日华，匆匆枯笔梦生花。”

④南柯：即南柯一梦。出自唐·李公佐《南柯太守传》，形容一场大梦，或比喻一场空欢喜。

⑤黄粱：即黄粱一梦，出自唐沈既济《枕中记》，卢生在邯郸旅店住宿，卢生入睡后做了一场享尽一生荣华富贵的好梦。醒来的时候小米饭还没有熟，因而大彻大悟，三生浮屠。后世说的“黄粱梦”或“邯郸梦”，都从此而出。之后一再被人续写改编，元朝马致远作《邯郸道省悟黄粱梦》，明朝汤显祖改编《邯郸记》，清代蒲松龄作《续黄粱》。成语流传至今，用来比喻荣华富贵如梦一场，短促而虚幻。

## 武陵春·苏州

玉露金风湖上去，回首看苏州。红叶黄花又一秋。何必怅离愁。

我在东湖山下住，松菊绕群楼。归看湖中碧幽幽。哪管留不留。

# 误桃源·感赋

岁月任风损，落叶自飘零。万事总归梦，乘年轻。

事业有成败，生命有灵通。一生受想行[①]，总成空。

---

① 受想行：即受想行识。佛教用语，“五蕴皆空”中“五蕴”中除了“色蕴”之后的四蕴。出自《般若波若蜜多心经》，故云“受想行识，亦复如是”。

## 误桃源·晚秋

萧瑟秋风起，落叶自飘零。古琴三两声，到深更。

苦菊香淡淡，凉夜月华生。冷暖皆世态，日东升。

## 西江月·大漠

明月君临戈壁，清风夜半山前。巍巍大漠若天边，策马徐行喟叹。

天路蜿蜒而去，沙尘腾跃长天。梦魂隐隐已经年，照见丹心一片。

## 西江月·大青山

做事光明坦荡，读书潜意专心。勤勉不负有心人，四载春秋发奋。

此刻离别山麓，何时再次登临？青山送我踏征程，勿负心中秉信。

# 西江月·人间

欺世盗名何用？诽桃谤李无凭。多行不义毁今生，铺路修桥长命。

露水显山浮躁，藏锋如拙圆融。红尘欲火乱升腾，功过谁来作证。

## 西江月·时光

一梦浮生未醒，三春过罢才惊。天高誓要绾长绳。系住流年盛景。

相信阴晴不定，也知岁月无情。若能四海变纯清。先要人心自净。

## 西江月·游船

缓缓游船载乐，悠悠湖水浮桥。红男绿女翠烟摇，白鹭蜻蜓舞蹈。

醉后不知酒味，醒来难顾拂晓。风情遗梦怎涂描。山色湖光正好。

## 西江月·赵州桥

月白风清时候，曾来御驾苍龙。洨河淡淡锁长虹，如入千秋梦境。

独自古桥漫步，鲁班似与同行。真心细语淡泊情，夜半乌啼霜冷。

## 惜分飞·感事

路转峰回风愈小。望断冷烟春晓。
一览河边草。阴山高处牛羊少。

古寺黄昏香缭绕。寂寞丝丝袅袅。
今夜歇山坳，马蹄踏过三春老。

## 相见欢·随想

暖风驱了春寒，急匆匆，无奈棉衣即去晚又穿。

伤心酒，让人醉，莫勾兑，自是人生如梦亦如醉。

## 潇湘神·胡杨

胡杨树，胡杨树，漠中郁郁忆当初。
旅人欲睹繁华景，胡笳声声诉中秋。

## 小曲·嗟人生

人生行藏有命，烟水无涯。观去雁，羡归鸦。半生行苦役，一夜鬓白花。东来客，西蜀道，且还家。

壶中日月，梦里烟霞。春易老，景难嘉。功名眉上锁，富贵眼前葩。三杯酒，一觉睡，一壶茶。

# 小重山·稻香湖

碧水荷风稻湖香。濛濛轻雾起，似秋凉。傍花无语伴池塘。凭栏处，笛如柳丝长。

俯身看莲房。莲心涩且苦，似离肠。凌波感伤最难忘。若蜂蝶，翩翩惹思量。

## 小重山·登阴山

塞外蓝天难见云。阴山青青草，也缤纷。雨余风软醉光阴。曈曈日，犹带一分春。

往事莫钩沉。身闲时序好，再登临。旧游何处不堪寻。登高处，惟有少年心。

## 行香子·过西山

一片流云，飘过晨昏。远天濛、水动波心。车行道右，树掠山根。过香山急，圆明吟，玉泉亲。

风景入画，络绎缤纷。碧云寺、另有乾坤。江山一梦，今古空名。但西山长，燕山暮，景山新。

## 行香子·《羚动湖畔》

——为葛玉修先生《羚动湖畔》而作

尖尖对角，默默情迁。亲眼见、生死边缘。看羚动湖畔[①]，听祁连山前。狼毒草[②]，哈尔盖[③]，两相牵。

布哈河[④]面，喜地欢天，踏征程、重任担肩。聚长焦短镜，拍风物三千。环湖走，汗如雨，爱无边。

---

① 羚动湖畔：即《羚动湖畔》，是葛玉修先生的一部摄影作品集。

② 狼毒草：狼毒草一般指钩吻，马钱科钩吻属植物。

③ 哈尔盖：即哈尔盖镇，位于青海刚察县县境南部。

④ 布哈河：布哈河是青海湖盆地最大的河流，源于天峻县沙果林那穆吉木岭，南东流，在天峻县纳日宗逐渐转南东东流，过天峻县城，在鸟岛附近注入青海湖。布哈河即种牦牛之河的意思。

# 行香子·景山望远

滚滚红尘，欲望缠身。都关注、命里乾坤。粗茶淡饭，莫拜金银。要倒空名，倒空利，倒空心。

凭山远望，景色翻新。日升落、恒律遵循。精神富贵，生态缤纷。便放得下，拿得起，笑得真。

## 行香子·诵读

寂寞长年，一纸花笺，吟春秋、万千思连。聚焦三遍，三教[1]齐全。回味《周易》，读《庄子》，诵《楞严》[2]。

阅《经籍籑诂》[3]，万目千篇。从来称、亘古圣贤。心心念念，相与缠绵。莫将此意，寻犒赏，换铜钱。

① 三教：这里指儒教、佛教、道教。

② 《楞严》：即《楞严经》，是佛教的一部极为重要的经典。

③ 《经籍籑诂》：是清阮元在浙江督学时请几十位文士集体编写的一部字书。

# 眼儿媚·絮语

言甜语蜜话温柔，句句写成愁。春风不解，秋风难叙，四季人忧。

巧言令色难为继，残梦绕层楼。两行浊泪，一帘幽梦，又上心头。

## 眼儿媚·致友人

过岁经年两样人。笃信与疑分。从前迷过，如今方悔，不再温存。

而今无限真诚也，何处堪消魂？多情为你，不看风月，走过黄昏。

## 宴清都·世界花卉大观园

蓝天阔、春风绿草树。湖傍楼倚，花团锦簇，游人留步。花开醉意频袭，五洲奇卉连天幕。厅堂汇、开开落落无数。

人闲更觉孤单，花开富贵，春吻朝露。温室太暖，镜片气结，汗流如注。凭谁为歌风月？栅栏锁、春园不语。叙佳期、不负重托，红朝翠暮。

## 扬州慢·瘦西湖

燕子催春，残垣藏玉，为人称道园林。听船中笑语，看河岸花心。五亭上、荷花不再，钓台犹见，鱼动波深。望桃柳长堤，行吟千古圣人。

小金山下，最难寻、谁作知音。正白塔斜阳，鸳鸯戏水，阆苑花神。若问历朝谁住，凫庄里、春日浮沉。道古桥风韵，一时泪眼沾襟。

## 谒金门·半生

春已半。触目此情无限。十二阑干闲倚遍。愁来浑不见。

好在风和日焰。输与纷飞劳燕。满院落花帘不卷。断肠人已远。

## 谒金门·观鸟

秋水碧，染绿一城诗意。西望玉泉龙隐弋。鸟飞迎落日。

数缕炊烟痕迹。一片霞光才逝。百鸟归巢人伫立。隔窗闻玉笛。

# 一萼红·什刹海

小庭春，有窗前老树，虬枝若深林。大雪清寒，尘霾泥雨，檐边飞过鸽音。走荒径、迎春点点，唤醒了、沉睡弃光阴。后海人家，玉桥古刹，络绎光临。

犹记旧时钟鼓，正冬云雪压，寂寞春痕。西风换色，残坠纷纷。湖畔低唱轻吟。岁寒了、无人共省。念前事、如宿杏花村。在望沉沉冷月，独立黄昏。

## 一剪梅·白帝城

一片真心待火烧。江上无桥，船上人潮。巫峡堪比蜀王[①]骄。风也飘飘，雨也潇潇。

演义三国昊帝[②]朝。刘备双雕[③]，诸葛多招[④]。水流花落把人抛。来了煎熬，去了风骚。

① 蜀王：中国古代著名王爵之一。这里特指刘禅（207—271）。

② 昊帝：即白帝，名少昊，又名玄嚣，是汉族神话中五方上帝之一的西方白帝之神，他最初建立的国度在山东省东海之滨的日照地区。

③ 刘备双雕：这里指刘备的左膀右臂关羽和张飞。

④ 诸葛多招：指诸葛亮足智多谋。

# 一剪梅·相思

一阵忧愁醉酒埋，今日相思，明日相思。如轮明月照窗来。心上忧怀，梦里无猜。

何日云帆漫漶开，祈祷神台，遇上阴霾。从今别后向天白。欲走长差，莫寄悲哀。

## 一剪梅·赠友人（二首）

### 其一

一簇新篁盛夏娇。枝干青高，碧叶垂条。宛如弯月用心描。千种妖娆，万般窈窕。

何日云头落玉桥。燕衔泥蒿，蜂采花娇。韶光流水让人老。玉树轻浇，月季霜包。

### 其二

云水飘飘大漠悠。放荡不休，有甚闲愁？登临偏爱一沙丘，去伪还优，到岸从头。

一任高德继续修，放下包袱，斩断离愁。逍遥过后去污油，好自绸缪，物外遨游。

# 一剪梅·致友人

无限风光有限愁。淡淡平湖，山绕云浮。山风吹浪不能游，酒在方舟，情满苏州。

已是霜花两鬓秋。目送飞鹄，此最难留。问君新赋几时收？莫用吴钩①，却看东流。

①吴钩：是春秋时期流行的一种弯刀，它以青铜铸成，是冷兵器里的典范，充满传奇色彩，后又被历代文人写入诗篇，成为驰骋疆场，励志报国的精神象征。在众多文学作品中，吴国的利器已经超越刀剑本身，上升成为一种骁勇善战、刚毅顽强的精神符号。李贺有“男儿何不带吴钩，收取关山五十州”的诗句。

## 一落索·蝉

蝉带秋声移离树。紧关窗户。秋风有意羞黄花，下几点、凄凉雨。

袅袅鸿雁离去。乱云深处。满山红叶为谁愁，写不尽，余情绪。

# 忆江南·江南

江南热，京口丹阳[①]过。阖闾曾夸沙洲好[②]，游来扬中鳄[③]，茅山道士[④]卧。

① 京口：镇江古称。丹阳：丹阳隶属江苏省镇江市，东邻常州市武进区、新北区，西接句容市、镇江市丹徒区，南与金坛市接壤，北接镇江新区，并与扬中市隔江相望，是一座具有悠久历史的文化古城。

②阖闾：指吴王阖闾，这里代指苏州。吴王阖闾（前537—前496），一作阖庐，姬姓，名光，又称公子光，吴王诸樊之子（《左传》《世本》作吴王余眛之子），春秋末期吴国君主，公元前514—公元前496年在位。沙洲：指张家港。

③ 扬中鳄：即扬子鳄或称作鼍，是中国特有的一种鳄鱼，是世界上最小的鳄鱼品种之一。它既是古老的，又是现存数量非常稀少、世界上濒临灭绝的爬行动物。因其生活在长江流域，故称“扬子鳄”。在扬子鳄身上，至今还可以找到早先恐龙类爬行动物的许多特征。所以，扬子鳄被称为“活化石”。

④ 茅山道士：茅山道士来源于道教的“茅山宗”一派。茅山宗是以茅山为祖庭而形成的道教派别。它宗承上清派，是上清派以茅山为发展中心的别称。它的实际开创者是陶弘景。茅山宗的弟子就被统称为茅山道士。

## 忆江南·吴侬

江南忆，最忆是吴侬。婉转清新如妙曲，罗裙蝉鬓正风生。数语可消魂。

# 忆秦娥·故乡

情难断。四方走遍回头看。回头看。扁舟一叶，远离河岸。

神游世界深深叹。举杯落泪声声慢。声声慢，倾情执手，泪流满面。

## 忆秦娥·梅花

平安夜。临窗初上西山月。西山月。此时捷报，远山红叶。

万花纷谢风犹烈。梅花自奉千枝雪。千枝雪。暗香幽远，冷意谁解。

# 忆秦娥·秦淮

金陵热。无妨暂做江南客。江南客。乌衣巷[①]外，柳拂心魄。

秦淮十里[②]杨花落。濛濛细草如烟弱。如烟弱。栈桥人散，月从天过。

①乌衣巷：乌衣巷位于南京市秦淮区秦淮河上文德桥旁的南岸，是中国最古老而著名的巷名，当时中国世家大族居住之地。

②秦淮十里：秦淮河在南京城内河段大约有十里左右，故称“十里秦淮”。

## 忆秦娥·秋

秋萧瑟。繁华过罢交情恶。交情恶，风摧乔木，霜飘花萼。

怜花惜玉真无测。人生四季青春落。青春落，智极为圣①，运筹帷幄②。

---

① 智极为圣：出自汤显祖《牡丹亭》：“智极成圣，情极成佛。”圣是现世的，佛是超脱的，强调智慧与情感。

② 运筹帷幄：筹，计谋、谋划；帷幄，古代军中帐幕。指拟定作战策略，引申为筹划、指挥。

## 忆秦娥·丝绸之路

寒风怨。西行浩叹边关月。边关月。
相逢同月，相知同劦[①]。

濒临大漠无宫阙，丝绸古道频飘雪。
频飘雪，阳关落照，楼兰风烈。

① 劦：用力不停。

## 忆秦娥·送别

观明月。每思离意情还切。情还切。人生聚散，阳关三阕。

悲欢爱恨千千诫，圆缺顺逆频频卸。频频卸。但求如愿，同观明月。

# 忆秦娥·送恩师（二首）

**其一**

从今起。人间天上阴阳里。阴阳里。碧空垂泪，共悲山水[①]。

等闲莫待真情逝。此行去便八千里。八千里。恋成云梦，爱成追忆。

**其二**

恩师谢[②]。校园目断伤心彻。伤心彻。青山[③]无语，黑河[④]无色。

可堪更立相思节。子规夜半犹啼血[⑤]。犹啼血。归绥城[⑥]里，凄风凉月。

---

① 共悲山水：即山水共悲，山水同悲。

② 恩师谢：恩师谢世。谢世，就是逝世、去世的意思。恩师，这里指罗慧英（1941 年 12 月 28 日—2016 年 8 月 3 日）老师。

③ 青山：这里指位于呼和浩特北部的大青山。

④ 黑河：这里指大黑河。发源于内蒙古卓资县境内的坝顶村，流经呼和浩特市近郊，于托克托县城附近注入黄河。

⑤ 子规夜半犹啼血：出自宋代诗人王令的《送春》："三月残花落更开，小檐日日燕飞来。子规夜半犹啼血，不信东风唤不回。"子规，杜鹃鸟。啼血：形容鸟类啼叫的悲苦，一般指杜鹃鸟的啼叫。诗人用子规夜半犹啼血，不信东风唤不回来表达竭尽全力留住美好时光的意思。

⑥ 归绥城：这里指呼和浩特。归绥是呼和浩特的旧称。

## 忆王孙·枫叶

秋风猎猎下香山。长与衰草衬衣衫。零落乡间亦斑斓。水潺潺，料得来年色亦然。

# 永遇乐·避暑山庄

承德故地，孤石云举①，武烈②清流浪涌。丽正门东，松风舞动，倚翠凝红③梦。绿波如意，金山翘首，惯看金砖瓦楞。论杯酒、怀柔四海，热河揽胜。

王侯将相，频来围猎，更有行宫快讯。普佑风清，梵音香火，祈祷长天命。漱芳斋里，水流云在④，难觅紫薇伤痛。却惆怅、人生冷暖，与谁共永。

---

① 孤云石举：这里指磬锤峰。磬锤峰见于文字记载已有1500年历史了，北魏地理学家郦道元在《水经注·濡水》中记载："濡水（今滦河）又东南流，武列水入焉，其水三派合……东南历石挺下。挺在层峦之上，孤石云举，临崖危峻，可高百余仞。牧守所经，命选练之士，弯弓弧矢，无能届其崇标者。"

② 武烈：指武烈河，滦河支流，古称武列水，《热河志》称其为热河。

③ 倚翠凝红：凝聚秀色。

④ 水流云在：为承德避暑山庄内一处著名景点，位于芳渚清流之北，与烟雨楼隔湖相望。为"康熙三十六景"最后一景，是一座重檐四角攒顶、四面出卷棚式抱厦的敞亭。

## 永遇乐·怀旧

遥想当年，阴山回望，黄河叮嘱。执手相牵，留连情愫，挥手难相顾。竹篱茅舍，衾单被冷，学子最难承受。雁声声、家书难寄，却望斜阳草树。

十年一梦，空吟长赋，谁解刘郎抱负？弃置平生，从头来过，暗叹天将暮。而今何在？安外一路，阅过风流无数。只需要、从容品味，平凡脚步。

# 永遇乐·黄山

万壑嶙峋，雄奇瑰丽，天下称秀。赣北庐山，岱宗伟岸，南岳①称雍寿。华山险峻，峨眉巍峨，雁荡闲云成岫。沐温泉、跻身云海，怪石逸景无数。

莲开似绽，天都千仞，九折瀑飞潭注。五十余年，倾心仰慕，志若长征路。白龙潭上，倒垂雪柱，正对黟山回首。拈花叶，随行少女，面如酌酒。

①南岳：指衡山，又名南山、寿岳，是中国五岳之一，位于衡阳市南岳区，旧时汉族民间广泛崇拜的神祇，即南岳衡山君神，道教主流全真派圣地。

## 永遇乐·静夜

雨过天晴，远山如黛，心事谁主?夜晚秋凉，身心欠暖，残叶当空舞。朱门酒肉，花灯丽影，却是让人钦慕。有谁知、黎民百姓，常因生计添堵。

去年今日，迁居一偶，芳草依然如故。一载漂流，年行三九，尝过人间苦。塞外无语，青城延误，零落有谁知否?空相对、繁华满目，此情堪诉。

# 永遇乐·鸟岛

风暖春山，露粘花叶，青海湖畔。水映垂杨，长空盛聚，鸟语欢歌传。谁家鸥鹭，声如弦管，且叫梦消情断。忆当时、鸬鹚灰雁，已成爱的家园。

人生易老，天高云淡，到此均成安然。鹿苑仙台，鱼翔水底，大美平湖看。西宁玉树，祁连慢转，地北天南鸿雁。须牢记、黄河九曲，几多喟叹。

## 永遇乐·息烽集中营

绿树青山，空窗牢狱，人在何处？戴笠狂言，晓轩刻字。情景知几幕？融融夏日，祥和天气，却是腥风血沐。吊英烈、心沉气重，应将历史重铸。

黔江故地，奔腾赤水，犹记乌江情愫。遵贵大道，通达四海，先辈勤开路。民安国泰，和谐华夏，到处莺歌燕舞。看息烽、寻常警示，后人莫负。

## 渔歌子·额济纳

毡帽山边大雁飞，连绵戈壁路如丝。
曾牧马、也驱驰。情歌似火醉成泥。

## 渔歌子·情

爱相随，缘荟萃，相依生死不离弃。
梦魂惊，更漏急，让他纷争沉寂。

讲情仇，评是非，是非成败转头已。
少年心，怀壮志，一路豪情不止。

# 渔家傲·草原

塞外秋来风景异。兴安落叶无留意。四面歌声长调美。人已醉，轻歌曼舞敖包会。

奶酒一杯家万里，飞鸿展翅游天际。肥壮牛羊行满地。曾思议，横刀立马弯弓废。

## 渔家傲·冬至

蓟北秋来风景异。燕山默默情难系。落雪纷纷天幕起。无止意，城乡处处呈寒意。

思绪万千愁万里，绵绵长恨陈无计。夜半梨花开满地。情不寐，荆棘踏遍无人迹。

## 渔家傲·海军

巨浪滔天风浩荡，扬帆出海情欢畅。战舰凌空豪语壮。谁曾忘，刀山火海都敢闯。

万里海疆航母上，风鹏正举功无量。守卫东南濒海望。频开创，心心念念齐向党。

## 渔家傲·红城

塞外红城连草树。秋风瑟瑟伤心处。岳母奄奄难眷顾。人已暮，斜阳梦断关山路。

群雁哀哀惊万户，洮河漫漫情难度。斜月清辉薄若雾。云遮住，云天梦海千年诉。

## 渔家傲·将欲行

大漠青山那堪顾，鸿雁传报心如鼓。魂梦不知归何处。青山麃，一行鸿雁天将暮。

却道路长人难度，杨柳摇曳春无数。万里鲲鹏空中舞。黑水埠，船行漫漫情难诉。

## 虞美人·北戴河

山海关下老龙头，万里长城首。还将明月比佳期。长在月圆时候盼人归。

一枝月季窗前放，偷得新模样。晚霞一抹照汪洋，多想这般颜色做衣裳？

## 虞美人·孤鸿

春花秋月随流水，爱恨诚如鬼。梦鸿音信总无真，却是一年飞雪又纷纷。

鸦啼影乱天将暮，又见沙尘舞。寂寥空阔月如钩，别有一番滋味在心头。

## 虞美人·菡萏[1]

骄阳酷暑何时了？赏藕人来早。乘风踏上彩云楼，可遇漫香仙子万人求。

冰清玉洁今犹在，风雨终难改。水边楼榭碧波流，又是一湖莲韵赋清幽。

---

① 菡萏：荷花的别称，又称莲花。

# 虞美人·河套秋

秋声阵阵飞鸿雁，霜落黄河堰。才将后套绘蓝图，喜看城乡村落倚平湖。

阴山脚下人欢畅，街景新气象。村村捷报纵豪情，瓜果粮油户户又丰登。

## 虞美人·河套之秋

金川碧浪八百里，塞外佳山水。年年都有好收成，马叫人欢喜庆到天明。

阴山飞过南行雁，撒落黄河面。欲将夙愿赋新诗，却道阴山无语月迟迟。

## 虞美人·牡丹

神都[1]花放何时有，四月纯情守。天香国色傲苍穹，更有古诗新曲赋丹青。

蜂飞蝶恋佳人笑，只是青春老。秋风洛浦傍石窟，再现一份洛书与河图[2]。

① 神都：这里指洛阳。

② 洛书与河图："洛书""河图"是华夏文化的源头。《易·系辞上》说："河出图，洛出书，圣人则之。"

## 虞美人·青岛之夏

霞光初照海宁路，水阔天穷处。栈桥一带最清凉，赠我八关春色一枝香。

旭照奇观崂山水，日暮沧波起。云寒夜静海潮平，独向东楼细数晓钟声。

## 虞美人·望月

悲欢离合常相伴，无月能常满。九秋风露饱含愁，万里长江东逝解烦忧。

浮生只道东山好，雪满南天道。江南看雾北方霾，长盼故园倾力送风来。

## 雨霖铃·盛夏

炎炎长夜，火烧花叶，酷热难却。鸣蝉阵阵聒噪，池塘尽绿，游船成列。冷水盈池昼卧，更淫雨狂泻。叹好梦、今夜成全，夜幕沉沉也清冽。

情人不待红烛灭。向坊间、小饮杯中液。珍珠木槿曾记，调笑令、倚声词解。美景良辰，浩瀚天野，问只问、谁可传情，漠上中秋节。

## 玉楼春·北京

长安路阔景山老，玉渊水暖春意闹。
莺歌燕舞钓鱼台，攘往熙来愁容少。

严霜掠过呈晚照，潋滟水波风光好。
梦回安外也逢春，且向南窗频祝祷。

# 玉楼春·感悟

往年糊口谋升斗，朱墨尘埃沾两袖。
黄粱梦断始归来，依旧琴书列左右。

而今藏取持螯手，林下独居闲散又。
问之何以待长年，寡欲少思成老朽。

## 玉楼春·远离

临别误把归期说，欲语还休先哽咽。人生谁不有情痴，此恨不关风和月。

离歌不愿翻新阕，曲曲能叫肠寸结。直须看尽大都花，能让当初心火灭。

# 玉漏迟·虚名

看红尘路上，寻求富贵、秉承高尚。全力攀缘，世事祸福相望。不似长生殿里，又不与、瑶池相向。常自况，虚名负我，半生惆怅。

一路困顿痴狂，叹岁月无情，暗消花巷。钟鼎山林，事事不曾轻放。四季秋虫夏雨，让梦想、随心游荡。独自笑，显贵又能怎样?

# 御街行·前门

前门初上悠悠望，大小巷，幽幽样。长安十里正辉煌，大栅栏前游赏。来时是夜，月华如练，挂在门楼上。

情肠不断成惆怅，打磨厂①，心作浪。残灯明灭夜还长，辗转孤眠难忘。闲愁永昼，凄凄惨惨，总把眉心傍。

---

①打磨厂：北京前门的一条街，东起崇文门外大街，西至北官园胡同，与西打磨厂街相连。此街形成于明朝。

## 鹧鸪天·安定门外

沦落安贞十几年，追云逐月梦难全。
并非愿做离群鸟，只是无缘遇圣贤。

愁似水，恨如山，怀揣梦想闯千关。
远离杂草冰峰上，注定余生爱雪莲。

# 鹧鸪天·北海

瀛岛身居紫荆城，经风历雨任西东。
轻舟不畏波涛涌，掌舵何防险象生。

诚养誉，善修行，千滴汗水一分功，
古今君子无愁事，荣辱全当一阵风。

## 鹧鸪天·春从天上来

一座青山映小池。夕烟轻散雨还滴。
不怕微霜来拂面，莫怪殷情去赋诗。

情默默，恨依依。红云斜映彩蝶飞。
和风细雨家何在，正是桃红橘绿时。

## 鹧鸪天·鸡鹿塞①

云断阴山月上方，雁行衰草怨边疆。
强弓胡马狼烟现，火伴红柳烤全羊。

居塞外，五原防。金戈铁马乱斜阳。
聆听古道三更雨，感知江河日月长。

① 鸡鹿塞：中国汉代通塞北之隘口，位于今内蒙古巴彦淖尔市磴口县西北，狼山西南段哈隆格乃峡谷南口。峡谷贯通狼山南北，谷底平坦。北依汉长城，东邻屠申泽。西汉置塞，临崖建筑，以石砌成，呈正方形，屹立于峡口西侧。今屠申泽已干涸，鸡鹿塞遗址尚存。

## 鹧鸪天·期盼

枯水高桥又一时，愁情难诉寸心知。
凄迷海淀飞云过，凛冽丰台侧畔移。

离别后，爱痴迷，门庭坐看鸟依依。
空床卧听西窗雨，谁在挑灯写旧词。

# 鹧鸪天·青岛雨夜

夜雨霏霏入岛城，霓虹灯影栈桥横。
惊涛汤汤船帆静，骇浪淘淘柳岸明。

窗缦落，梦难平，崂山一过路兼程。
大关怎系心中月，渔火难消故人情。

## 鹧鸪天·屈原

千里漂泊不顾身，清风两袖正披襟。
因霜庭叶摧花色，最恨贪财重利人。

天易老，惜光阴，何须杯酒长精神。
楚人谁懂灵均梦，长路还求爱至真。

## 鹧鸪天·香山

愁闷无端付醉乡，登山不上最荒唐。
闲人未解酬诗苦，后主才知是酒伤。

霜满径，月微光。香山何处可能忘。
愿随一场清明雨，身在皇城望家乡。

## 鹧鸪天·野趣

莫去随人莫求仙。不居尘市不居山。
水云况有平生趣，富贵何曾入法眼。

词共唱，酒须欢。一尊长向是荒原。
风流三尺犹难画，等闲写就碧云篇。

# 祝英台近·开封怀古

望东京[①]，端礼[②]上，秋色领霜降。八代皇都[③]，仗圣上威望，凤仪震动朝堂。清明河畔，堪谁画、菊香[④]初放。

杨家将，回眸杨府天波[⑤]，新朝颂无量。启拓封疆[⑥]，大梦又开场。此心莫道平凡，惜今博古，老传统，殷殷难忘。

---

① 东京：这里指开封。古称东京、汴京，为八朝古都 。

② 端礼：即御街，位于开封市中山路北段，是东京城南北中轴线上的一条通关大道。它从皇宫宣德门起向南经过里城朱雀门直到外城南熏门止长达十余里，是皇帝祭祖、举行南郊大礼和出宫游幸往返经过的主要道路，所以称其为“御街”，也称御路天街或宋端礼街。

③ 八代皇都：这里指开封。分别指夏、战国时期的魏，五代时期的后梁、后晋、后汉、后周、北宋和金，相继定都于此。

④ 菊香：这里指开封菊花的香味。开封享有“菊花之乡”等美誉。开封种植菊花源远流长，可以追溯到1600多年前的南北朝，唐宋时期就已经驰名全国明清尤盛绵延至今。“黄花遍圃中汴菊最有名。”清乾隆皇帝来开封赏菊时亲赋诗词留下“风叶梧青落，霜花菊百堆”的美句。在开封禹王台至今还留有乾隆的咏菊诗碑。每到秋季古城开封秋风送爽菊花飘香到处繁花似锦，蔚为壮观。

⑤ 杨府天波：即天波杨府。天波府是北宋抗辽名将杨业的府邸，位于北宋首都东京（今河南开封）城内西北隅天波门的金水河旁，故亦名“天波杨府”。

⑥ 启拓封疆：公元前8世纪春秋时期的郑庄公在今开封城南朱仙镇附近修筑储粮仓城取“启拓封疆”之意定名启封。汉初因避汉景帝刘启之名讳将启封更名为“开封”这便是“开封”的由来。

## 祝英台近·雁栖湖

雁飞翔，湖荡漾，花影涌成浪。傍晚红霞，渔舟到南港。有人把酒高歌，千杯如醉，满月下、顿生风凉。

正相望，别后几十年间，心魂黯离殇。河套西风，吹入我心脏。遥想千万叮咛，言犹盈耳，却难解、情从何放。

## 最高楼·回眸

那时心事，都藏春与秋。挖野菜、骑黄牛。书包斜挎田埂走，薄衫光脚坐瓜屋。几多红，几多绿，几多忧。

也曾想、黄河离情乱。又谁料、青山麻花板。天易老，梦难酬。旁人不解心中苦，路人不解欲何求。旧情怀，说不尽，忆还休。

## 最高楼·离别

那时情景，诉也堪人忧。还记得、安贞楼。华融工体长街处。往来常忆玉渊秋。几番风，几番雨，几番愁。

未曾料、行船桅已断。又谁料、同仁情已散。天易老，梦难休。天坛不解游人苦，地坛不解路人孤。旧情缘，说不尽，怎绸缪。

# 最高楼·展望

新世纪，春景在何时？大梦有谁知？千年夙愿蓝图绘，神州处处荡春雷。好家园，晴日照，暖风吹。

一座座、高山尊五岳，一道道、江河奔四野。高铁快，舰如飞。百年兴复春来到，改革发展放光辉。似莺啼，如话语，报春归。

## 醉花阴·长街夕照

赏柳寻花风雨后，月季娇容露。松柏伴京杨，松树国槐，十里长街秀。

银花火树宵如昼，重走长安路。大梦可成真，华夏腾飞，歌咏江山寿。

## 醉花阴·忆旧

枣树泥墙牛马圈，火炕青砖院。瓜菜半年粮，为度饥荒，四处搜寻遍。

长渠短堰自留田，远处阴山见。户户苦操劳，血汗涟涟，只盼丰年现。

## 醉花阴·杂感

冷至寒冬风瑟瑟，白雪安贞厚。元旦又新春，爱恨情仇，夜半思无数。

欣然把盏天坛后，似有高人助。莫怨苦如故，艳艳新花，开满长安路。

## 醉花阴·重九

北雁南飞秋水瘦，谁为重阳守。相送已经年，鬓染霜花，只为心凉透。

阳光总在阴云后，不与清风斗。旧梦困征人，虎落平川，任人驱驰走。

# 后 记

六州者，古代指伊、凉、甘、石、渭、氐六州，属于唐代西北州名，相当于今天的甘肃安西、武威、张掖、渭源以及四川的宣汉、茂县一带。

据说，六州皆自有歌曲，而且曲调多变，王维有《伊州歌》，张仲素有《渭州词》，王之涣有《凉州歌》，符载有《甘州歌》。因此缘故，有人把它总括起来，取词牌为《六州》或《六州歌头》，且以《六州歌头》为多，曲调悲壮，不与艳词同科。据说宋以来国家大典、大的祭祀活动都用这款曲子。程大昌《演繁露》云"《六州歌头》，本鼓吹曲也。近世好事者倚其声为吊古词，音调悲壮，又以古兴亡事实文之。闻其歌，使人慷慨，良不与艳词同科，诚可喜也。"岑参《六州歌头》诗云"西去轮胎万里余，也知音信日应疏。陇山鹦鹉能言语，为报家人数寄书。"

人生悄然行进到五十的份儿上，俨然正午的太阳，日照当头，向西倾斜，绝非晨曦了。悠悠岁月，过客匆匆，潮起潮落，生命的丰盈厚重或是浮浅轻薄，由谁堪载？由谁润色？自己还是命运？真是件让人不得不深思的事情。而与文字为侣，与诗词结伴，用精神的富有换取人生的厚重与踏实，也不失为一种命运旅程中的殷实。

人生兜兜转转过后，并不是每个人都能发现并找到自己生命的真谛所在，用文字的青春衬托生命的丰盈，于我而言，还算比较合适。

文学的归宿，诗词的底蕴，既来源于生活，又超越了生活，这是种让人慨叹的美。站在唐诗宋词的山脚，无意仰望。我之于词，说来只是起步，其实仰望更多一些，爱好促使自己行路无悔，在诗词的殿堂中，我或许可以找到久违的自己。

这本词集取名《六州歌头》，既不是为了音调悲壮，吟诵兴亡，也不是为了猎奇好古，附庸风雅。词集中收录的作品，大都是兴之所至，有感而为，定会有许多不当之处。有的作品和自己想要达到的高度还有很大距离。好在词无止境，或许前一个过程的结束正是下一个过程的开始。

付梓之际，诚邀 80 高龄的老领导冯秦先生作序。先生过于谦逊，复请他的老同学、同样 80 高龄的凌竹先生（王志民先生）。凌竹先生是中国唐代文学学会会员、中国韵文学会会员、中国诗经学会会员、内蒙古大学教授。据说凌竹老先生欣然应允，还审阅了我的部分作品，并提出了极为中肯的修改意见。继而，我按照老先生的意见，分别找了几位词学专家进一步对作品进行了审核。所谓杂花酿蜜，自成滋味，尽可能做到雅俗共赏，符合填词要求。颇为可惜的是，后来凌竹老先生因病住院，未能完成序作。作序的事情只能再次承蒙冯秦先生完成。为此，我深感愧疚，这本书给两位老先生增添了不该有的负担，让我于心不忍。为此，衷心感谢两位先生予我的真诚扶持，并真诚感谢中国言实出版社王昕朋社长的鼎力支持。

作者

2018 年五一于大连

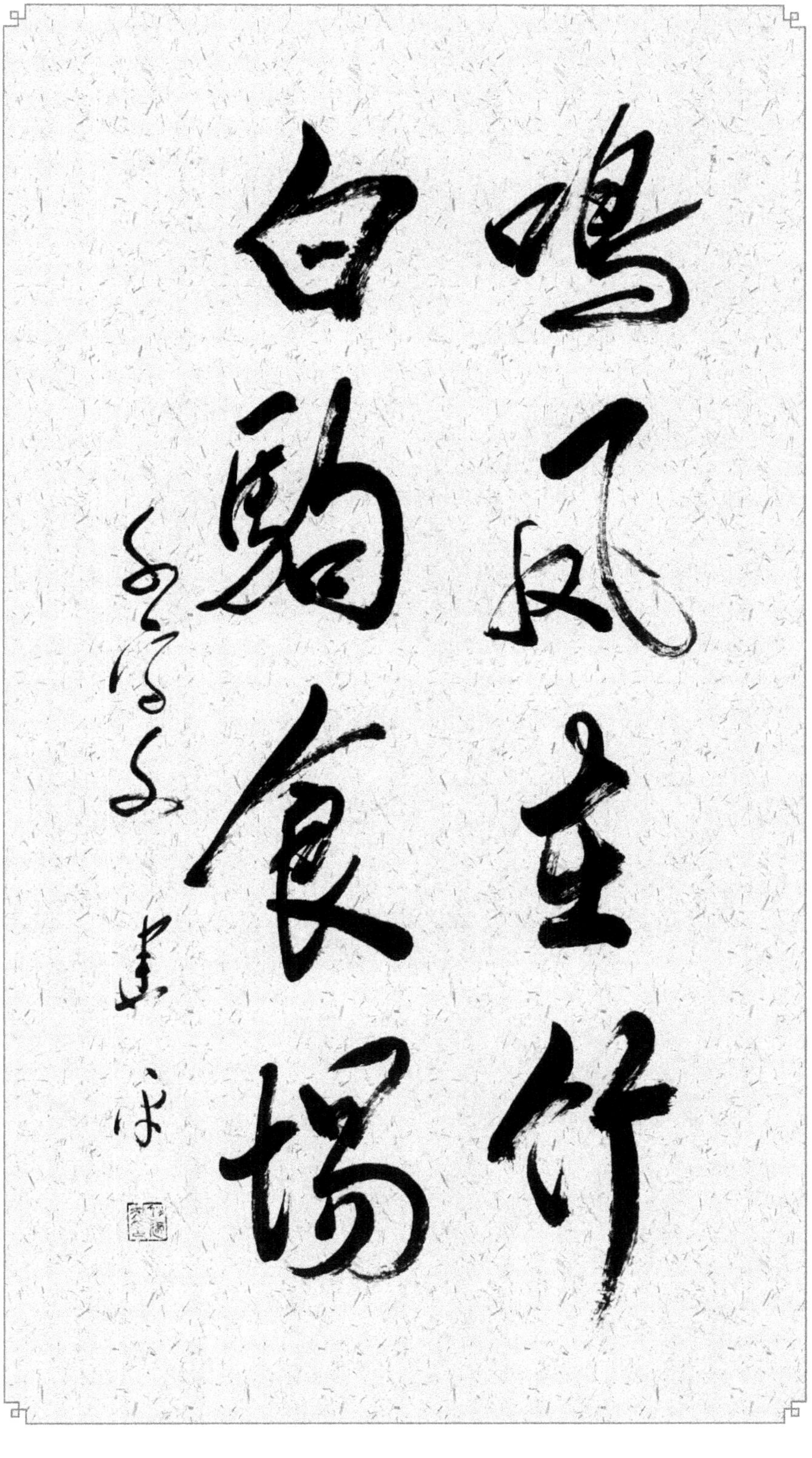
鸣凤在竹
白驹食场

# 田畔桑梓

平凡⊙著

中国言实出版社

**图书在版编目（CIP）数据**

回眸桑梓 / 平凡著 . -- 北京：中国言实出版社，2018.2
（平凡文学作品选）
ISBN 978-7-5171-2654-6

Ⅰ . ①回… Ⅱ . ①平… Ⅲ . ①散文集—中国—当代 Ⅳ . ① I267

中国版本图书馆 CIP 数据核字（2018）第 015624 号

**出 版 人：**王昕朋
**总 监 制：**朱艳华
**责任编辑：**胡　明
**责任印制：**佟贵兆
**装帧设计：**水岸风创意文化

**出版发行**　中国言实出版社
地　址：北京市朝阳区北苑路 180 号加利大厦 5 号楼 105 室
邮　编：100101
编辑部：北京市海淀区北太平庄路甲 1 号
邮　编：100088
电　话：64924853（总编室）　64924716（发行部）
网　址：www.zgyscbs.cn
E-mail：zgyscbs@263.net
**经　　销**　新华书店
**印　　刷**　北京虎彩文化传播有限公司
**版　　次**　2018 年 8 月第 1 版　　2018 年 8 月第 1 次印刷
**规　　格**　710 毫米 ×1000 毫米　1/16　182.25 印张
**字　　数**　1500 千字
**定　　价**　598.00 元（全 8 册）　　ISBN 978-7-5171-2654-6

正是我们已经忘却的东西，才使我们最确切地回忆起某些存在。

——（法）马塞尔·普鲁斯特

# 自序

维桑与梓，必恭敬止。

——《诗·小雅·小弁》

故乡是我的心结。

故乡是我人生的起点，它牵引着我的依恋，生发着我的幽怨。或许，“离愁渐远渐无穷，迢迢不断如春水”，经历时光的打磨，这个心结反而愈发紧密了。

哪一种欢乐能扫却心中淡淡的忧愁？哪一份恬静能沉淀内心的躁动？哪一泓清泉能抹平望不见的丝丝哀痛？思来想去，唯有故乡。那黄河之滨，阴山脚下，那河渠之处，那田间地头，似乎都铭刻着我童年的印记。

常常走在故乡湿漉漉的乡间小路上，看见农用车四处奔忙，家家户户的院落里成了堆放玉米和葵花的地方，成熟的清香在风中飘着，夹杂着泥土味，沁人心脾。一种说不清道不明的感觉在疯狂滋长，让人觉得温暖、清新，这就是我的故乡。

故乡是我妙曼的生发地，是我切切的心灵密码。在故乡的土地上行走，我心底油然涌起一股热流——柔柔地撞击着我的周身，那是我抒发思念、柔情、渴盼的地方。

故乡是我生长的地方，也是永远不舍的地方。在故乡的小路上，我曾经有过色彩斑斓的梦想。想当初，在这条路上，父母曾等待放学晚归的我，那种急切、那种关爱至今依然温暖、湿润着我的心。在这条路上，依然留存着父爱的气息，只可惜父亲已离我远去了，看到的只有他孤立的坟茔。在这条路上，走过儿时的伙伴，或者骑在牛背上一起放牧，或者一起挖苦菜、捡蘑菇，那种天真，那种浪漫，那种兴奋，永远定格在美丽的风景线上。

故乡就是命运，就是天意，就是一种盛满亲情的地方。这里有幸福，也有苦难；有成功，也有失败；有喜悦，也有泪水；有思念，也有希望……

故乡是我永久的不弃，是我回归的故土，是我真诚的渴盼与心灵的抵达。唯有真挚的心，才会珍惜故乡的阳光；唯有沧桑的感悟，才会拥有故乡的芬芳。卡夫卡说：“睡着的人知道自己在做梦，但无力挣脱梦境。”故乡正演绎着我亘古的遐想，美妙的眷恋；故乡演绎着我宁静的心曲，幸福的追求。在漂泊的岁月里，老去的是时间、年轮，不变的是固守在我心灵深处的故乡情，不变的是我永远的故乡爱。在我看来，故乡是一种回忆，一种缅怀，一种寄托，一块心结，一首永久的颂歌。

故乡情

太多太多的情给了你
你的风采是那样璀璨
太多太多的爱给了你
你的身姿是这样妙曼

母亲黄河怀抱着你
父亲阴山托举着你
河套王美酒滋润着你
阿贵庙香火庇佑着你

太多太多的风给了你
你的目光才那样深远
太多太多的雨给了你
你的身影才这样伟岸

遍地新绿锦绣着你
瓜果飘香烘托着你
阴山岩画神秘着你
人杰地灵蓬勃着你

2018 年 6 月于北京安贞

# 目录

# 一

泥上偶然留指爪，鸿飞那复计东西。

人生如水，时光穿梭，它走得快、留不住、追不回，真的是白驹过隙，逝者如斯。人人都说往事如烟，其实，记忆的碎片就是萦回在岁月间的烟云。

时间是个怪东西。乍看，时间之于人生的似乎是一目了然的。时间的流逝改变着人生的场景，时间的悠长衬托着人生的短暂。然而，时间又是一个千古之谜，我们无法理解它以瞬间的形式存在，因为瞬间就意味着向不存在转化，也无法理解它以永恒的形式存在，因为永恒就意味着超越了时间。我们甚至无法说清楚时间到底是什么。真的。年少时，总觉得时间好长好长，所以盼着能尽快长大。年过五十，特别是经历了人生的风风雨雨，饱受了世态的冷暖炎凉之后，更加懂得时光的弥足珍贵。

特别是在自己的人生旅程上，每一次大的迁徙，无论是工作还是生活抑或精神上，都是一次大的震荡。虽然生活条件得以改善，周边环境屡生变化，感受密密麻麻般增加，然而在震荡之后，随着新的工作的来临，杂事的增多，放飞了太多的思虑，流失了太多的累积。有时总想把这些东西一一过滤一下，归拢一下，把它记录下来，然而，不是忙于事务，就是心浮气躁，不能安下心来。倒不只是因为懒惰，更多的是环境的影响。于是，脸上的皱纹日日添增，大脑的沟回渐渐变浅，近期的记忆随风而逝，陈年的往事纷至沓来。

多少个深夜，我守在灯下，不甘心一天就此结束。然而，即使我通宵不眠，一天还是结束了。我没有任何办法能挽留住时间。我们永远不能占有时间，时间却掌握着我们的命运。在它宽大无边的手掌里，无所谓过去、现在、未来，我们的生与死，幸福与悲苦，似乎都被它掌控着。

有时，真不忍心让大好光阴付诸东流，思想火花飘然而逝啊。眼中的回忆，随着那一刻指尖的轻触，如奔腾的烈火浸入心底，点燃着纷繁思绪。狂风突起，在一个个寂静的夜晚。从此火焰疯狂地四散，没人能够阻止。于是，静静地，轻轻地，在空气中，我的思念飘荡起来，向着远方，一个充满忧郁色彩的地方。让思念穿越时空，经受岁月的洗礼；让相隔千山万水的柔情，经受风雨的见证。正因为如此，时间把种种妙趣赐给我，包括回忆、幻想、希望、遗忘……由于人生过于依赖时间，但时间本身又是不折不扣的虚无。所以，回忆是忧伤的，期待是迷惘的，激情混合着狂喜与绝望。

的确，年过五十，猛然回头，想一想自己这么多年来奔走忙碌，到底是为了什么，到底做了些什么，到底有哪些可值得回味的，有哪些可值得珍藏的或摈弃的，有哪些是值得总结的，思前想后，感慨良多。于是，拿起笔来，在一个个静静的暗夜里，把记忆中的一些东西归类于案。

## 二

故乡就在河套平原。从地图上看，它就是黄河流经内蒙古时，在阴山脚下拐弯的那个“几”字形顶端的地方。

黄河在这里大大方方地拐了一个弯儿，便恋恋不舍地向东流去。这块儿地方，就是河套平原。

在不了解的人看来，这里似乎总是与荒凉、遥远、新奇连在一起。其实不然，她有湛蓝碧清的天空，洁白无瑕的云朵，这里河渠纵横，良田万顷，资源丰厚，人民勤劳。许多诗词曲赋都有形象而生动的描述。

读过古诗词的都知道《敕勒歌》。比如那首：“敕勒川，阴山下，天似穹庐，笼盖四野。天苍苍，野茫茫，风吹草低见牛羊。”唐朝温庭筠也有一首《敕勒歌》：“敕勒金篑壁，阴山无岁华。帐外风飘雪，营前月照沙。羌儿吹玉管，胡姬踏锦花。却笑江南客，梅落不归家。”金人元好问的《敕勒歌》更是把河套描绘到了极致：“慷慨歌谣绝不传，穹庐一曲本天然；中州万古英雄气，也到阴山敕勒川。”……还有考古方面的“河套人”、神奇的“阴山岩画”、阿贵庙、古迹鸡鹿塞、乌梁素海以及风土人情和各类地方小吃，无不显示出故乡的真善美，无不讴歌着故乡的博大情。

著名的中药材“吕布红”枸杞，就盛产在河套。据史料记载，距今20多万年前，地处乌拉山黄河之滨的乌拉特草原就有人类活动的足迹。战国以来，这里一直是农耕民族与游牧民族争夺和繁衍之地。受黄河的滋养及其气候土壤条件的影响，此地盛产枸杞。据《药典》记载，枸杞性平味甘，有补肾益精、养肝明目之功效，素有药中玛瑙之称。有人考证，一代枭雄吕布就出生在今天的五原县。吕布故乡盛产的枸杞因吕布而得名，故曰“吕布红”……

# 三

河套的赵家，有一支从陕北神木迁徙而来。繁衍传承到我祖父一辈，仅有兄弟四人，而且散落河套各地。古谚中流传最广、影响最大的名句，大概莫过于“忠厚传家久，诗书继世长”了。从小我就听父亲时常说起祖父创业的艰难故事。

祖辈四人当中，老大在如今的中后旗什兰计，老二在杭后红星（蛮会），只有老三和老四在临河乌兰的红柳地。而老四就是我的祖父。

祖父与祖母成家之后，生七男五女。父亲一辈，名字按“海”字排列，依次叫海生、海云、海亮、海清、海愣（身体残疾，且又瘸又哑）、海林、海荣。

祖辈大都文不识丁，都在为地主做活，虽然他们也多少知道一点家族的概念，然苦于生计，只好各自为命，难以将整个家族聚合起来，也不可能为了家族命运而自觉去身体力行。至于忠孝传家继世之类，只能是一种理想和对晚辈的期望。

在现实生活中，“忠厚传家”作为一种道德标准和价值观念，成为一个家族处世待人的家规家训，在我们身边屡见不鲜。但是作为一种理想境界，说说容易，做起来却是很难很难的。一般而言，能做到五代已经是了不起的家族了。

父亲一辈，父亲是长子，后面有六个弟兄五个妹妹，可以想见父亲的责任有多重。且不说当时的社会背景。我参加工作三十年来，一直醉心于对家族传承的研究与实践，但是愈往前走，愈觉得艰难。因为，一个家族的兴盛，不完全在于人多，更需要有良好的家族渊源和家族传承基础，需要有长辈的组织扶持，中年一辈的智慧打拚，青少年一辈的辛勤努力，而且家中的女眷一定要聪慧伶俐，贤惠友善，睦邻友好，勤俭持家。这一切，缺一不可。首先，需要有良好的社会环境。其次，父母双方要有良好的学养与健康的体魄以及健全的心智。再次，要优生优育，同时还要有好的教育和良好的物质基础。把祖辈、父辈的精神和物质财富一代代传承下去，这不是一厢情愿的事。否则，祖先再怎么奋斗，如果“子孙视之不胜惜，举以予人，如弃草芥”，不学无术，好吃懒做，坐吃山空，再好的祖业也是断然不可传承的。正因为如此，才有“富不过三代”之说。

就以我们家来说，祖辈四人没有多少文化，给地主打长工做短工，哪里会有什么家族观念，房无一间、地无一垄，也不可能有家族传承。虽然所生子女众多，教育跟不上，常常是衣不蔽体，食不果腹，许多人只能为生计奔波，家族观念和家族传承根本无从谈起。这里面，父亲年轻时虽有深刻的家族观念，一心想把自己的兄弟姐妹拖出苦海。但是他的努力随着他因病退职的残酷现实而不得不终止。无奈，只能把希望寄托在我们这一代身上。

从一个家族传承比较好的情况来看，比如范仲淹所属的范氏家族，人家在四百多年间，出将入相，文人辈出，可以说群峰耸峙，且几乎所有族人均在当时或身后编纂过诗集或文集，更有一些同辈中出现多名诗人，形成一个个足以领一代风骚的诗人群体，这难道是偶然的吗？探究这一奇特的文化奇观，发掘这一家族诗教沿袭、蔚然成风的奥秘，是很有意义的。想想看，那真是国运与家事荣辱相伴，时局与诗笔悲喜相连。江东范氏的诗人们，一代代接踵前修，涵养浩气，椽笔饱蘸时代烟雨，诗眼凝望壮丽河山，以搓摩日月之魂魄，书忧国忧民之辞章，将那数百年间的沧桑巨变，汇聚于生命凝结的万首诗行。沿着诗人们一路吟唱所走过的道路，我们不仅可以看到一个家族的兴衰，更可以看到整个中华民族艰难跋涉、奋发前行的缩影。

父亲的接力棒传给了我，我自觉重任在肩。当时的境况是，三个姐姐均已嫁人，且家境均不是很好。两个弟弟辍学务农。面对这样的局面，让我实在不知从何处着手，从哪里发力。然而，我不能望而却步，更不能束手无策。在多方努力帮助下，一步一步往前走，这路走得很不容易。一方面涉及的人太多，另一方面难度太大。并且所有的事情，事无巨细，全由一个人操心费力，没有更好更直接的帮手，想起来都让人不寒而栗。

如此，经过多年的磨砺，几个家庭的孩子，除了个别身体不健全的，几乎都有了工作，而且有的还几次调整。这样的难事，让我应接不暇，喘不过气来。还是老父亲英明，去世前曾经专门对我嘱咐，语重心长。老人家感觉有了如此局面，作为长子的我已经做出了应有的贡献。用老人家自己的话说，还能怎么样呢？他们如果自己不行，那只能是造化太低，个人的原因，谁也没办法，只能靠他们自己了。你也应该多想想你自己。父亲的话，对我是很大的警醒和安慰。

我发现，在家族传承这件事上，我个人一厢情愿的比较多，理想化的东西比较普遍，不切实际的东西更多，为此妻子给我戴上一顶“农民领袖”的帽子。想一想也不无道理。对于家族成员来说，不爱学习，好吃懒做，却硬性地把他们安排在某一个位置，实在是可笑至极。有的家族成员，自己毫无造血功能，完全靠输血过日子。或者像算盘珠子，拨一下动一下，否则一点主观能动性也没有，还常常自命不凡。有的似乎觉得你能量大，于是事无巨细，都要不假思索地提出来让你帮助解决。而我在很多情况下不假思索地为他们解决问题。问题解决了自然高兴，解决不了，他们根本不从我的角度考虑，好日子他们过着，遇到问题就交给我，而他们在那里睡大觉，饱食终日，无所用心。有的连自己的生计都不考虑，宁可闲着，也不琢磨着今后的生活。为了这些，我多有批评，却不曾想他们非但不能善意接受，反而很不高兴，不近情理。这让我觉得，这样的家族成员，无论如何是难以培养、难以成长的。并且，这些人从来不愿意为他人着想，自私至极，毫无进取之心，就等着天上掉馅饼。这样的家族队伍怎么带？让我头疼，让我困惑。心中的梦幻猝然破灭，失望痛心，如同闻一多面对的那一沟《死水》。每思至此，不禁怅然而叹。

这些年来，我渐渐发现，家族的振兴，仅靠我一人无济于事。即使尽我平生所作，如果族人不配合，是不可改变家族命运的。为此我渐渐醒悟过来，与其做无用功，倒不如培育高洁的人格和深厚的学养，何必沉郁悲壮，雄浑恺切?

在封建社会，读书人要想获得“兼济天下”的晋身之阶，自然无法跳出“科举取士”的窠臼。在仕途经济与文人本色之间，往往会出现令人尴尬的两难选择。一边是枯燥乏味扼杀个性的八股文章，一边是淡泊名利远离官场的文人理想，这两者代表着两种不同的生活境界，也昭示着两种不同的人生选择。应当说，无论是自己的发展，还是家族的振兴，我都是一个并不成功的范例。由此，“不求闻达于乱世，也难造福于乡里”。

# 四

说到故乡，不能不说阴山。

阴山是横亘在河套平原上的一道天然屏障。

小时候，它是一个遥不可及的地方。我只能巴巴地望着它。有时候，独自坐在田埂上，痴痴地望着那绵延起伏的山峦，生发着许多遐想。其实，家和阴山相距不过50公里。即使这个距离，对那时的我来说，也只有想象。

在河套平原北望，清晨，它是云雾缭绕；黄昏，它是彩霞满天。雨中，它朦胧迷离；雨后，它澄碧如洗。这一幕幕，都成为我儿时的记忆。

上中学了，终于有了一辆自行车，终于可以走进阴山，把自己融进“图画”里。每年的“五一”，约上三五伙伴，沐浴着春的阳光，听着鸟儿的唱歌，伴着风儿的琴音，欢歌笑语溅落在路上。就连树叶也在诉说我们成长的喜悦，山溪也在表达着我们流淌的快乐。我们走鸡鹿塞，我们进阿贵庙，我们到硫铁矿，我们看阴山岩画，我们静赏山中的野花，我们追逐着黄羊和野鸡……山里的景色，是如此让人迷醉。渴了，捧一捧山涧水；饿了，扒一口冷馒头；累了，找一块平整的地方，安安静静地躺下来，在风儿温柔的亲吻里，细细倾听山的呓语。我们是如此痴迷着阴山，爱恋着阴山。

大学寒假，雪后的冬日，我们来到阴山。真正的北国风光，真正的千里冰封，银装素裹。我们用山中的木头和树枝搭建起一座房子，群山环抱着，薄雪覆盖着，我们在那里谈天说地。尤其是我们可以与阴山厮守相伴，对山的爱恋和痴迷，让我们好不快乐。

再往后，到过许多的名山大川，但是唯有故乡的阴山，永远存放在我的心底。那一片青山、一抹岩画，与日月风雨为伴，与山花清溪为邻，自由自在地徜徉在我的梦里。

# 五

阴山有许多山峰，远远近近、大大小小，它们总是以各种姿态矗立在我们面前。

父亲则是另一座山峰。

小时候，面对他，我只有仰望的分儿，他的言谈举止，他的所作所为，他的高大无比，他的英勇雄奇，让我高不可攀。

山无坦途。不论这样的山还是那样的山。学习是一座山，工作是一座山，交际是一座山。随之而来的孤独、失落、寂寞、敏感、嫉恨、任性、歧视、抑郁、悲愤、气馁，也都是一座座无形的山峰。它们伫立在父亲面前。父亲说，如果失去了生活的勇气和自信，这些可怕的山就会接踵而至，连绵不断地阻挡在面前，让你举步维艰。父亲还说，善于爬山的人从不怕山有多高，路有多险，必须向着既定的目标奋勇前进，不犹豫，不气馁，不退缩。

父亲是一座最富情感的山峰。穿越他苦难的历史隧道，你会发现，作为村中少年，作为有为青年，作为孝顺长子，作为令人敬重的父亲，正是以他平凡朴素的人生履历、高尚的人格魅力引领着我们踏过苦难，走向未来。

父亲是山，要养育山上的一草一木、一沙一石，坚强的脊梁要能顶得住雨雪风霜的捶打。天地之间，他撑起了一片天空，让绿色在他的肌骨上繁衍。父亲是家庭的支柱，靠着父亲那山一样的坚强脊梁，肩挑着岁月，脚踩着艰辛，手托着全家的希望，腰系着全家的幸福。不管生活条件多么艰苦，父亲总是有办法，从未向困难低过头，自强不息、坚忍不拔，犹如一部永不停转的机器，不知疲倦地为改变生活面貌而日夜操劳。父亲像山一样撑起了这个门户，像山一样扛起这沉重的家，渡过一个又一个难关，才使这个家得以喘息，得以延续，得以兴旺。

回顾父亲的一生，他也曾有一个不安分的灵魂，也曾有一颗牢骚满腹的心灵，总是思忖着脱贫致富的大道。不信神，不信邪，无论是从私塾出走，还是负箧前行。沐浴着阴山遒劲的寒风，明媚的阳光，呼吸河套自由的思想，富饶的养分。做人，有一颗真诚炽热、豁达大度的胸怀；做事，有一种雷厉风行、立竿见影的风格。神思飞扬在料峭的寒夜，希冀生发在八百里河套平原。

端详父亲这座山峰，上面凿刻着“朴实厚道”的无私，“家族振兴”的理想，“世道艰难”的感叹。这里，宛若一本厚重的经典：承载了一个先人挑战的梦想，萌芽、抽枝、拔节……沙尘来了，叶子撞击出掌声；暴雨来了，根须抓紧信念。就这样，在河套水利的基业上，汗水与艰辛合成坚韧，挺拔成擎天的姿势。为什么与父亲一样的父老乡亲经年累月的辛劳竟换来食不果腹？为什么偌大的“中华民国”竟被列强蹂躏得千疮百孔奄奄一息？就着油灯，父亲在想；借着星光，父亲还在想。

端详父亲这座山峰，找不到徒有虚名，找不到高谈阔论。在饥寒交迫中拖儿带女，在贫病交加中义无反顾。从陕坝到临河，从磴口、五原到前旗，再从前旗回到偏僻乡村。父亲以巍巍的血肉之躯驱动着家族的车轮。阴山见证过父亲的忙碌，黄河铭记着父亲的身影。

世界最高峰叫珠穆朗玛，那是自然的山。中国最富情感的一座山是父亲的山。父爱如山，山是父亲人格最完美的体现。山是仁爱而博大的，横亘于时空之间，磊落坦荡。没有山的自然缺少一种巍峨，山是大自然对生命的尊重。父亲那宽厚的肩膀，强健的手臂，坚强的脊梁，不屈的性格，是我们心中永远屹立的山峰。

# 六

提到父亲，必然要说说母亲。于是便信马由缰，把能想到的与母亲有关的一些事情，一股脑儿写出来。

母亲是个平凡的人。母亲没有什么文化，主要是家境贫寒，没有人供她读书。母亲十六岁便嫁给了我的父亲，为的是父亲家能提供的一石三斗糜子。这是我们乡下当时最主要的粮食。

母亲虽然没有文化，但是她最怕别人说她没文化。记得她为了这件事，没少和父亲争吵。有一次，家里来了不少父亲的同事，谈话间，父亲不经意说了一句“没文化的人还不如猪”。别人无心，可母亲听了这句话，悄悄走出家门，一个人在墙角伤心落泪。我那时少不更事，劝母亲不哭，母亲止住哭，却叫我一定好好读书。

母亲说，她小时候家里穷。重男轻女的观念，我姥爷也不可能免俗，连我的舅舅们都没有办法上学，更何况她呢？她想实现读书的愿望是根本不可能的。不过，我从来没有听母亲责怪她的父母，这一方面说明母亲认命，另一方面说明母亲的宽怀。

母亲 16 岁出嫁到我们赵家，满以为生活会好一些，可到了赵家才知道，赵家人口更多，生活更穷。想想看，父亲兄弟姐妹 12 个，有好几个叔叔、姑姑几乎是我大姐、二姐、三姐的同龄人。也就是说，母亲生孩子的时候，奶奶也在生。我后来才知道爷爷奶奶为什么给父亲起名“海生”了。在他们看来，似乎多子多福，然而现实生活却恰恰相反。沉重的生活负担，使得母亲没有享受到赵家长子媳妇应有的尊荣，反而吃了更多的苦。并且最令人难以想象的是，有几个叔叔、姑姑竟然吃过母亲的奶水。我原先不理解我们乡下有句话叫作“老嫂倍母”，后来我终于明白了。

母亲和父亲结婚后，父亲在土改时便参加了工作。父亲读过几年私塾，大致相当于小学的程度。所以十里八乡的人们几乎都知道父亲。父亲常常在外工作，母亲在家与公婆生活在一起，受尽了委屈。比如做饭，单就擀面一项，就让母亲吃不消，擀得她手指红肿；再比如洗衣服，那么多人的脏衣服，她一个人不知需要淘洗多少遍。不仅如此，每当晚上，什么切猪菜、煮猪食的家务活都要她来完成。她还要承担起缝衣做饭、补鞋纳底的手工活。好在母亲心灵手巧，做事扎实，别人也挑不出太多的毛病。后来，母亲每每向我们说起这些时，依然还是那么委屈。

前面说过，母亲没有文化，正因为如此，母亲更加懂得知识的可贵。新中国成立初期，村里举办识字班，母亲偷偷去参加，也认识了不少字。要不是没有文化的爷爷奶奶的阻挠，很可能母亲也会是一个文化人。奶奶甚至对母亲说："女人家识字有什么用，不识字也照样生儿育女。"每当提起这件事，母亲是那样的无奈。也因为如此，母亲非常喜欢有文化的人，凡事尽量让着父亲，尽量不给父亲添乱，并且常常教育我们兄弟姐妹要勤奋读书。虽然她不太懂得读书的大道理，但是她知道儿女要出息，就必须从好好读书开始。看到我们学习好，她也很高兴，常常情不自禁地向亲戚们夸耀。

父亲去世后，母亲来我们家住过一段时间，儿子那时正在上小学三年级，看到儿子写字，母亲也跟着学，儿子不耐烦地教起了奶奶，要求奶奶一个字写一行。这样的学习负担母亲怎能吃得消，于是完不成作业的她，总要受到我儿子的批评。我和爱人看到这种情况，一边劝儿子不要为难奶奶。儿子却说，也让奶奶知道我学习有多苦。我们劝母亲，何必这么自讨苦吃。如此，母亲和儿子才算相安无事。不过，每当看到电视上出现的字，母亲依然会问。有时甚至还拿她不认识又说不准确的字来考我们，常常让我们忍俊不禁。

其实，我知道母亲人老心不老。她看不起现在的孩子在学习上那么畏难。她常说他们身在福中不知福。遇到家务活，母亲争着抢着干，生怕别人说她吃闲饭。母亲就是这样一个人，一辈子含辛茹苦，一辈子自强不息。

# 七

母亲有许多愿望。这些愿望有大的、小的，眼前的、长远的，已经实现的和正在努力实现的，所有这些愿望，成为母亲生活的全部和行动的指南。

上学求知，是母亲年幼时最大的愿望。显然，出生在20世纪30年代的母亲，那时候饥寒交迫，衣不蔽体，食不果腹，想上学成为一个读书人，几近于空想。但是，母亲的求知欲很强，对知识的渴望超过了对食物的想象。村社墙上的标语，街道旗帜上的汉字，像魔一样吸引着母亲。以至于后来的那些识字班，读书班，成了母亲最想去的地方。

尽管由于种种限制，母亲识字并不多，但是已经基本满足了她的愿望。在她的心目中，读书人是高尚的，以至于能找个读书人作为对象，也成为她的理想。就这样，父亲这个当初只有小学文化程度的人，便成为母亲期许的人。母亲特别崇拜读书人。有了自己的儿女，她总是对父亲说，不管怎样苦、怎样累，都要培养儿女读书，让他们将来有出人头地之日，这是她最大的心愿。

很多时候，母亲为结识父亲这样一个读书人而感到骄傲。年老了，母亲依然想成就自己的愿望，向子女们学，向孙子们学，字写了一篇又一篇，一个大本子，写满了母亲的字。尽管她当时是记住了，但是过后就忘记了。学得快，忘得也快。但是，学习的劲头依然很足。

让儿女们吃饱穿暖，是她的又一个强烈愿望。20世纪六七十年代，吃不饱、穿不暖，物质匮乏，是困扰母亲最大的难题。比起母亲所受的苦，我们这一代几乎无苦可言。当时的八口之家全靠父亲每月那几十元钱的工资来维持生计。一家人的吃穿用，老是捉襟见肘，常常是吃了上顿没有下顿，动不动就揭不开锅。最含辛茹苦的还是母亲，我们姐弟六个，吃饭穿衣，一粥一饭，一针一线，全靠母亲的一双手，夏夜冬辰，夙兴夜寐，不停地操持，不停地劳作，不停地缝补，为我们的生活编织着希望。通常，母亲宁可自己忍饥受冻，受苦受累，也要想尽办法为儿女们张罗。

六七十年代，全家人的衣服都是母亲自己做的。劳动之余，母亲经常为我们缝补或改做衣服。晚上，就着昏暗的灯光，母亲还经常为生产队的人和周围的亲戚朋友做衣服。小时候，每天晚上母亲操作缝纫机的声音就是我们的催眠曲，母亲劳作的身影就是我梦中不变的风景。

那些年里，母亲总是憧憬着能为儿女准备食物和衣服。从来没有喊过一声累，叫过一声苦，她总是苦苦地撑着，病了，舍不得花钱买药。母亲的那双手，为我们擦亮了无数个黎明，飘香了数不尽的早晨与黄昏，款待了我们饥肠辘辘的胃。母亲的那双手，缝补着我们的衣服，缝补着生活的琐碎，也缝补着孩子们远离家乡的路。这条路，漫长，艰难，荆棘遍布。母亲用她的手，在那条路上平沟、除草、播种。母亲的那双手，种过庄稼，拉过板车，为我们擦过眼泪，为我们托起每天的太阳……在母亲的心里，如果可以，她愿意用她的那双手，为我们摘下天上的星辰。

能够住进自己盖的新房，是改革开放初期母亲的一个强烈愿望。父亲常年在外工作，母亲带领我们住在乡下。那间房子，是用泥土坷垃垒成的，窗户是用纸糊的，风吹日晒，窗户纸被蜜蜂蛀成蜂窝一样的小孔，走风漏气。夏天屋顶经常漏雨，冬天则是异常寒冷。母亲受够了。她憧憬着有一天能够住进宽敞明亮的砖瓦房里。也是赶上了改革开放的好时候，1983 年，母亲在几位出嫁了的姐姐的帮助下，终于说服父亲，把原来的房子推到，在此基础上盖起了新砖房。此时此刻，母亲别提有多高兴了，她说她终于可以扬眉吐气了，终于可以不再遭受酷热严寒的侵袭了。

能够成为城市人，是母亲的一大梦想。严格意义上说，母亲曾经是有城市户口的。只是因为父亲退职，带着全家人回到乡下，一家人的城市户口便注销了。为此，母亲抱怨了父亲一辈子，也可以说一生都没有原谅过父亲。因为当初父亲要回乡之时，母亲是坚决反对的。尽管后来父亲也后悔过。母亲随父亲回到乡下很长的时间里，吃了许多苦，受了许多累。所以，母亲白天在田地里干活，晚上在梦里就回到了从前。她想再次成为城市人，成为公家人。但是，这个梦想终究是梦想。

母亲常常梦见自己是个城里人，上班下班；但是更常见的梦，却依然在田间地头，锄地、收割、挖渠、打堰、平地、施肥、种瓜、种豆……她在梦里都不想做这些，但是偏偏会梦见这些事，还有一起做工的那些农家姐妹。如今岁数大了，尽管也进了城，尽管过着城里人的生活，可母亲却依然为自己不是城市户口而沮丧，几次三番和我说到自己的身份问题，我也要弟弟想过解决办法，但是他们觉得就是个名声，又要花钱，实在有些不值得，于是便向母亲解释，母亲表面上同意，但内心里总是疙疙瘩瘩的，还在为自己不是城市户口而烦恼。

希望儿女们日子过得都好，也是母亲的一大愿望。是的，天下的母亲，无一不盼望自己的儿女好，因为这些儿女是她的作品，是她的成果，她要对自己的作品和成果负最大限度的责任。在她的一生中，儿女是她的焦点，是她的唯一，是她的期盼，是她的全部，无论在什么时候，母亲都可以为儿女忍受饥饿，承受灾难，背负屈辱。这就是一个母亲的全部。

父亲去世以后，我们兄弟姐妹的生活都发生了翻天覆地的变化。母亲很欣慰。只有大姐和三姐，母亲还不太放心。听说三姐病了，母亲不顾自己已是80岁高龄，前往几千公里之外的二连浩特，专程去看了她的三闺女，临走时还留下了她省吃俭用积攒下来的几百块钱。对于母亲而言，她不盼望自己发达，但她总是希望儿女们发达；她不奢求自己荣耀，但她一定是盼望着儿女们能够荣耀。儿女们发达了，荣耀了，作为母亲，她又总是羞于要求儿女们奉养。希望儿女们都平安，都幸福。这是她一生的期盼。因此，母亲总是在默默地奉献而不求任何回报。

# 八

20世纪60年代初，在内蒙古河套，巴盟乌拉特前旗西山嘴，一个生命降生了。

西山嘴，那座平房的东屋，母亲说她第一眼看到的是一个皮肤黝黑的男婴，这就是我。前面几个都是丫头，这个黝黑的儿子的到来，父母高兴，全家人充满了喜悦。

其时，父亲在水利局工作。为了期盼儿子一生的顺遂，父亲为我取乳名为“平平”，就是希望一生都能平安顺遂。平平的降临，让一向愁苦的母亲舒展了眉梢，也让祖父祖母如释重负。

那时候，我们居住的地方算是个小镇，生活稍微比乡下好一点。但是我的到来，着实又给家庭增添了不少负担。但是父母亲不以为然。他们总是笑眯眯地抚摸着这个胖儿子。我自己也很乖，常常被母亲随便安置在土炕的一角。一动不动，蜷在那里，平常得像只小猫、小狗。是啊，平平这个名字起得好，一切都太平凡了，像那黄河上的柳絮儿，像那阴山脚下的石头子儿，没什么稀奇。

后来，当我走过许多路，看过许多事，我发现世界上最主流最主要的还是平凡。再伟大再显赫也要回归平凡，再高尚再华丽也要归于平淡，再隆重再热烈也要趋于平常。因为平凡，我心态良好；因为平凡，我心胸开阔；因为平凡，所以不去攀比；因为平凡，所以我尊重比自己强的人；因为平凡，所以我同情比自己弱的人。一切与人为善的词汇，很亲近地居住在我心灵的词典里。如果仔细翻阅，你就会发现，多少伟大高尚都是从平凡开始，多少高雅华贵都是从平凡起步。

平凡有道，行者无疆。世上没有比人更高的山，没有比脚更长的路。在我的眼里，待人不求回报，处事不必邀功。做事，喜欢精益求精；做人，上善若水，虚怀若谷；居家，尊老爱幼；交友，以诚相待，无微不至。在平凡的世界里，看尽人生百态，还原生命本真。名字可以平凡，生活可以贫穷，但是，我对生活的认知，对理想的追求，绝不因山高水长而却步。低头走路，抬头看天。选择平凡，便是选择真实。寻求高雅而不是奢华，追求精致而不是时髦，注重价值而不是价格。在平凡的世界里，过平凡的生活、平凡的人生，书写一个个不平凡的事迹。

平凡是我的本色。常记得，1986 年当我第一次品读刚刚出版的路遥的《平凡的世界》，感受是那样的深刻。其实，我们每个人，对于这个浩渺的世界来说，都是身份渺小的、脆弱的、微不足道的。说穿了，我们都是平凡的人。从另一个角度看，我们所处的这个世界也是平凡的。想想看，悲与欢、生与死、贫与富、世界的变化，这些对我们来说都是大事，但是对于历史长河来说，无非是些平凡事。所以，对于平凡，我素来都是这样认为的。

那时候，父亲到东北通辽水利学校学习去了。母亲精心侍弄她的第一个男孩。因管理得当，奶质好，我胖乎乎的，又黑又壮，很招左邻右舍老少喜爱。懂事后，乖，听话，少言语，说话害羞。经常给大人取烟点火，给母亲看门抱柴，捶背穿针。学龄前，父亲抽空教了不少字，我都学会了；还教我多首唐诗，我倒背如流，引来姐姐们的嫉妒。我们家仅有的一个红油躺柜，被我用小刀刻得满是字痕。邻家盖了新房，墙皮未干，我用沙枣刺给它刻上流行的语录。父亲单位的人们说我“书法”好，建议好好培养。母亲高兴，也不停地夸她的儿子。

西山嘴这个地方，六九春阳，绵绵和风。黄河边上浮起一层细软，水是碧绫，沙是素缟。最悦目的是那长堤岸柳，轻烟薄雾一般逶迤而去，尽管还没有鹅黄嫩绿，却似一道柔软的屏障，给水和人以协调，给沙和土以界分。水流西向东，人畜南北走，两岸是百亩良田。当地人听惯了小麦拔节有声，看惯了菜花蕾黄点点。每一年清明过后，年轻的母亲常常会带着我还有三个姐姐，在这里挖野菜，赏风景。

早先，西山嘴似乎有过一派青翠风光的，所谓冬有冬景，夏有夏色。后来，先是林木被砍，继之坟墓遭刨。农田开出来了，种玉米、种谷子、种大豆、种高粱。这在一段饥馑的岁月里，委实起了很大作用。

黄河在这里，它流经磴口、杭后、临河、五原、前旗，过包头、呼市，然后南下，再进入山西、陕西。有时候，我们深入乌拉山的深处，夏天，可以看见洪水巨流飞瀑；冬日，可以看到冰川倒悬，都是绝佳的风景。只可惜那时候我还小，不懂得吟诗作画。

早先水脉旺时，乌梁素海的舟楫船帆还可以远远望见。附近有庙堂一座，古柏二株，当地人珍爱至深，视若祖庭。只可惜今日不存。北面不远就是乌拉山，山上夏天绿树成荫，冬天白雪遮盖。却没有看见文人学士来此观景吟哦。若是正月赛鼓乐，元宵闹龙灯，这里又是二人台交流会场。其时，憋闷了一年的庄稼人，闹起灯火来那是相当的疯狂。许多农民在这里席地而坐，一壶砖茶、一袋旱烟，看戏说古经，常作彻夜聊。话题最多的或许不是戏，却是鬼和狼。可怜我们这些黄毛稚童，只好蜷缩在大人身边，捂着耳朵听狼，闭着眼睛见鬼，深更半夜，胆战心惊。

那时候，贫穷是普遍现象，家里有一盘火炕，上面只有竹席，根本不知道铺着褥子睡觉是啥滋味。溜光席，夏天好说，冬天却难熬。冷，只得烧炕；炕洞里塞满红柳，那是母亲起早摸黑从河滩捡来的。有时候风不顺，火未燎起，黑烟满屋。这时，父亲便开始了强烈的咳嗽，并且一边咳嗽，一边骂人。而母亲这边却是淌不干的眼泪。

# 九

除了饥饿，总体而言，我的童年是美好的，虽说不上是金色年华，但可以说是无忧年华。

对我而言，童年的记忆大都已经模糊，但那青青的阴山，奔涌的黄河，平展展的平原，绿油油的庄稼，浓浓的乡土人情，还有儿时一起摸爬滚打的那些小伙伴儿，以及那两间矮矮的土坯房总在我心中巍然耸立，在记忆中永远消失不掉。

记忆中，村里的月亮是最美的月亮。月光能改变最常见的景色，化庸俗为优美。零星散布的农舍屋顶斜月生辉。有时，薄雾初起，夜空转凉。站在村头，可见迷雾四散，直下河谷，阵阵水汽像长长的龙须，无声无息地慢慢伸向河流。那些缠结在一起的荆棘、一棵棵沙枣、一簇簇红柳、一截截枯树，都幻化成吓人的野兽模样。田地里牛群缓缓移动，看起来好像海中怪物，笨重地在打滚嬉戏。雾跟随着牛群后面盘绕，不久又静止下来，在月光下呈现出白茫茫一片。

在村子的后面，后来开挖了一条比较大的排水渠，当地叫“三排干”，有人说这是“文革”期间造福后套的一件善事；也有人说这是对后套水土环境的最大破坏。我们不去评论。水利部门讲，它是按照总排干、二排干这样的顺序排列下来的。且不说这排干对人们到底有多少益处，单就这条水沟给我们童年生活带来的乐趣，就叫人永久难忘。

小时候，我们几乎每天都要在这里摸鱼捉虾，在这里打闹嬉戏。我所会的那点游泳技巧，便是在这条排水渠里练出来的。我喜爱这条水沟，喜爱它春天的涟漪，夏日的清爽，秋天的深邃，冬天的冰花。依稀记得，每当雨水季节，我总是很兴奋，总是天刚亮就跑到沟边，看它卷起细浪、奔涌向前的景象。随着岁月的流逝，这条水沟已经成了我回忆中不可或缺的一部分。那碧蓝碧蓝的流水，河床上斑斓的石子和绒毯般的青苔，以及水中大大小小的游鱼总是深深地吸引着我们。有时候，独自一人跑去钓鱼，钓鱼竿是现成的树枝，鱼钩则是把母亲的缝衣针用火烫红然后弯钩制作成的，常常因钓不到鱼而深深懊悔。不过，有时候一次竟然可以钓一大盆小鱼，晚上美美地吃上一顿，那味道真是鲜美，只可惜以后再也尝不到这样的味道了。

暑假，村里需要我们去放牛、放马。常记得盛夏的黄昏，夕阳将河滩的青草镀上了一层金子。晚风习习，阵阵野花野草的香气在空气中弥漫。没膝的蒿草间，一头瘦弱的老黄牛鼓着滚圆的大肚子，一摇一摆地走着，涉过一道浅浅的河水，踩过一片细软的沙滩，朝着家的方向，悠然走去……

麦子收了，我们常常把马、牛往刚刚收过的麦田里一放，便去采摘野果或者到附近去偷瓜了，曾有一次为了那诱人的野果的幽香，不知不觉到了太阳西沉，却发现牛、马不见了，急得我们哇哇直哭。忽然，听到父亲的喊叫声，原来是我家的那头牛早已顺着原路回家了。父亲没见到我回家，便到麦田来找我，我跟着父亲回家，手中还捧着一大堆野果子不放。

每当秋天到来，伙伴们便成群结队地在玉米地里穿梭，拿着自制的木枪，做着伏击的游戏。一路上冲呀、杀呀、忙得不可开交。或者穿梭于林间，响声惊动了小鸟。我们个个幻想着将来当个战士，也好驰骋于沙场。有时玩累了随手掰断一根玉米秆儿，剔去皮，你一口我一口，刚刚还是热战的敌手，马上就变成了共餐的战友。放学回家，都喜欢从小路绕道，为的是可以路过有豌豆和香瓜的那块地，或者有黄瓜和胡萝卜的那亩田，或者有野杏和沙枣的那片林子。

冬天，每年都能酣畅淋漓地下几场棉絮般的大雪。雪纷纷扬扬从天而降。连续几天几夜的大雪，封了路，几乎能把树枝压断。冻上十天半月。每家每户的房檐上都结有冰凌，最长的有近一米，上粗下尖，像一把闪亮的宝剑，我们喜欢把冰凌掰下来，握在手里挥舞着，英勇无比。很多时候，下雪恰好赶在过年的时候，麻雀找不到食物，我们就在院子里用小木棍支起一个木盆或者筛子，在地上撒上小米，木棍上系一根绳子牵在手里，等到麻雀进来吃食时，猛地一拉绳子，麻雀就被扣在盆里，每次捕捉到时，我们都很快乐。有时一天能捕十几只，把麻雀闷死后去毛，放到火炉里烤，烤得黑乎乎的，啃得也是满嘴黑乎乎的，其实也吃不到什么肉，只是嚼着特香特脆，最主要的是捕捉的过程，那真是其乐无穷。

每到放学，回家后把书包往凳子上一甩，饭都顾不上吃就往外跑，大家聚在一起，按照策划好的路线出发。要知道，被抓住那是要挨打的。打仗玩腻了，便在麦垛间捉迷藏，一堆堆的麦垛子，像一座座的小山，五六个伙伴便在场里闹翻天。伙伴们钻进麦垛里，不时偷偷地伸出一个个小脑袋来，一句“我藏好了”，却暴露了自己，捉到了还不肯认输，还要重来。我于是藏进麦垛的中间，一声不吭，任凭伙伴们把一个个麦垛子掀翻了天，就这样玩到夜幕降临才罢休。

故乡碧蓝碧蓝的银河，像一条绸带，飘动在房屋的上空。每当夜幕降临，我们都要坐在一起数星星。那蹦跳的星光像无数眨动的眼睛。引领我们的联想，投入我们的追求。还有牛郎织女的故事，嫦娥玉兔的故事，让我们梦绕魂牵。

感觉最苦的是挖野菜和拾柴了。村前不远的树林里长满了柴草。有时候，姐姐会拉着我们一起去拾柴，我年龄太小，刀也拿不动，一次竟砍在了自己的手指上，鲜血直流，吓得姐姐再也不敢叫我去砍柴了。但是随着我渐渐地长大，砍柴的水平竟然超过了姐姐。

儿时，对小人书的喜爱到了痴迷的程度。那时候，一放学就往学校不远的供销社钻，在一本本小人书面前流连忘返，恨不得一下子都买到手。小人书几毛钱不等，虽然便宜，但由于家境不是很好，父母又极少给零花钱，我们就收集废铁、麻绳头、碎玻璃等，去卖破烂换钱，攒了很长时间，可以买几本小人书了，那个高兴劲简直别提了。每次抱着小人书，里面的各种人物和故事情节总能深深地打动我，看到高兴处，会忍不住哈哈大笑；看到伤心处，会唉声叹气。一本小人书有时会看上好几遍，总舍不得把它放下，每次都因为看小人书回家晚了而被妈妈批评。渐渐地看小人书已不能满足自己的愿望，我想到了收集小人书，几年下来，我的小人书已经有了几百本，整整装了一大箱子，《关汉卿》《东周列国故事》《侦探福尔摩斯》等都成了我最心爱的藏书。一张薄纸，一幅简图，几行小字，一页页融汇着一个个动人的故事。那一本一本的小人书，伴我度过了美好的童年。

小时候，穿戴总是旧的，而且大都是姐姐们穿过再给我们翻新的。食宿也没有什么变化，虽有许多憧憬，但是在现在的孩子们看来，都是微不足道的。记不清父母如何管我们，大概他们根本管不过来。正因为如此，那时候的我们是非常自由的。最珍贵的是课本，虽然比不上现在学生课本那样精致，却是我们心中最为得意的东西。新课本只有新学期才发，所以大家都期待着开学的那一天。每当新书到手，我们都十分兴奋，会用心给它包上封皮。然后，一边新奇地翻看，一边闻着新书特有的油印味儿，心中有一种对新生活充满希望的感觉。课本中有一些插图是黑白的，我们就用蜡笔或水彩给它涂上颜色。那时候功课不多，上学的时间少，作业也不多，每天做完作业，还要帮家里做点家务，干点儿农活，绝大多数时间就是漫无边际地玩儿，虽然见识不如现在的孩子那么广，但学习负担不重，能见到的书本极少，学习上有一股子如饥似渴的劲头。

# 十

我有两个弟弟，大弟叫光，小弟叫华。

学龄前，两个弟弟天真可爱，无忧无虑。大弟脸色黝黑，穿一件破布衫，下身光着，爱哭，常常抚着窗台，无缘无故地号啕大哭；小弟胖胖的，白白的，很可爱，圆圆的肚子，给人好想咬一口的感觉。他头戴一顶小红帽，总是惦记着吃奶，妈妈是他最大的救星。作为哥哥的我，对他们二人总是无可奈何，任他们欢天喜地，或者哭天抢地。

尽管那时生活贫困、艰难，但是我们却没有什么不一样的感觉。因为家家户户都是如此，挨饿受冻是平常事，各家各户没有什么两样。所以我们感觉很幸福，并且生活在爱的世界里。我们随着父母下地种瓜，种豆，或者一起去放马，放羊，一起挖野菜割青草，一起拉麦秸拾麦穗，一起收拾猪圈，羊圈，甚至一起顶嘴骂架。有三个姐姐呵护着我们，感觉生活是那样漫长而甜蜜。

炎热的夏天，父母会给我们吃西瓜，虽说一年就这么一季可以吃到西瓜，但我们已经心满意足了。我们吃西瓜，不是用刀切，而是抱起来往地上摔，两个弟弟用手抓着吃，吃得稀里哗啦，满脸、满手、满肚子，甚至衣服上都是流淌的瓜汁。吃饱了，他们就躺在田埂上晒太阳，无忧无虑，自由自在。

每到冬天，我们会围坐在火炉旁，在炉盖儿上烤豆子，在炉膛里烤土豆。春秋时节，是我们自由的时光。我们可以尽情奔跑，自由歌唱。觉得每一天都过得很开心。

生活过得很快，转眼间我们踏入了学堂，拿起了课本，对一切充满了好奇，感觉一切是那么清新自然。大弟比小弟高一个年级。自然就比小弟见识多，书本用牛皮纸包得好好的，作业整整齐齐，字迹工工整整，是老师表扬的好学生。小弟明显贪玩，往往上课的中间就要向老师请假，说是要回家吃奶，引得老师和同学哄堂大笑。

那时，我们都在同一所学校里，回家一起写作业。一张小饭桌也是我们的小书桌，几个人挤不下，我们就争抢，谁先回来谁占领，其他人就在窗台或者柜盖上写。那时没有电灯，一盏小小的煤油灯，照亮了作业本，也点亮了我们渴求知识的心。

如果放学早，我们还要背着箩筐挖野菜、割青草，或者干脆拉着马或者骡子到田埂上放养。尽管有蚊虫的叮咬，我们依然其乐无穷。常常是筐里装着满满的野菜，或者把它们成捆地搭在牲口背上。小弟贪玩，不好好干活，却有一些小滑头，他的筐里总是虚虚笼笼的，实际上里面的东西不多，惹得大弟一阵指责。但是天色已晚，我们也无可奈何。于是一起打着口哨，踏着夕阳回家。这时候，姐姐们已经给我们熬好了绿豆粥。夜晚，我们常常在父母的夸奖、笑声中进入梦乡。

那时候，没有什么好玩的。农村的孩子，更多的是野性。夏天，村后的三排干就成了我们快乐的天堂。我们在那里摸鱼抓虾，或者在那里嬉戏，中午是从来不睡觉的。水里玩累了，就到岸上的沙滩上晒太阳，全身晒得黑黝黝的。每当这时，大弟总是最最活跃的一分子，他跑得快，鱼抓得稳。一会儿在这里出现，一会儿在那里出现。一次，当他正站在三排干桥上的时候，村里刘家的傻子一下子把他推下桥头，要不是大人发现得早，大弟就没命了。此后，还有多次险情出现在他身上，可谓多灾多难。由此人们给他取了个绰号——“受害者”，似乎并不夸张。

大概总是受害的缘故，渐渐地，大弟变成了一个少于言谈、心细如麻的人，甚至有些小心翼翼。生活上过于节俭，小气吝啬。他的自尊心会强得有点匪夷所思，甚至有几分畸形和病态。感觉自己比其他人都强，就是生不逢时。一个时时想着他人如何看待和评价自己的人，他的人生负荷怎么能不超重，他的精神坐标怎么能不失衡?

小弟表面上看大大咧咧，却总是比别人多个心眼儿。在我的记忆中，他总是那样憨厚地笑着。他头脑够用，就是学习上不怎么认真。回家写作业，一道题一道题地翻看，说这个题也好做，那个题也好做，结果考试的时候粗心大意，总是容易出错。每当人们问他在班级里的学习情况，他总是说：“比起那些躺着的，我还坐着；比起那些坐着的，我还站着。”反正是不认输。

整个小学、初中，我们就这样长大了。穷人的孩子早当家。弟弟们也开始渐渐懂得父母辛勤劳作之苦，知道父母的艰辛，所以我们从小就不会在外边闯祸，经常帮家里干活。父母希望我们好好上学，以后要有出息，两个弟弟的学习在班级里都不错，我们共同憧憬着美好的未来。

# 十一

那时候，母亲总有做不完的针线活。为了减轻她的负担，父亲通过关系，为母亲购置了一台上海牌缝纫机。

那虽然是一台普普通通的缝纫机，但它记载着母亲勤劳善良的许多故事，装扮着我们童年的生活，也见证着我们的成长并为我们留下难忘的回忆。

如今，这台缝纫机的机头已经不再光亮如初，传动皮带艰涩。岁月已经把它打磨得有些粗糙，铁制的压角和底盘已经磨出许多划痕。不过，台板上的木纹依然清晰光洁，似乎无声地诉说着那些逝去的岁月。

想想看，三十年前，缝纫机还属于高档的生活用具，可望而不可即。我们全家 8 口人，外加父亲家的几十口人，还有村里的左邻右舍，拆洗缝补衣服，成了母亲除了田地劳作以外最大的工作。大量的手工劳作，让母亲起早贪黑，含辛茹苦。365 天，一针针，一线线，凝结着母亲太多的辛劳与汗水，也凝结着母亲太多的爱心与希望。

面对这种状况，父亲实在看不下去了。他劝母亲尽量推掉这些活计。但这不是解决问题的好办法，凭母亲的为人，对于亲戚朋友，乡里乡亲，她是不好推辞的。于是乎，我们全家开始省吃俭用，终于有一天，父亲托人买回一台上海牌缝纫机。

面对这台闪闪发亮的缝纫机，母亲喜出望外，我们姐弟们也一起欢呼雀跃，我们知道，这下子母亲终于可以从大量的手工劳作中解脱出来了。我们为母亲庆祝。

有了缝纫机以后，工作效率明显提高了，但是，母亲的工作量却一点也没有减少，甚至比以前更忙了。最初的时候，母亲不会裁剪。她总是先让人做好衣服的纸样，画在布上剪出衣服的形状，然后再踩着缝纫机一路欢歌，为人们做出漂亮的衣裳。

母亲心灵手巧，很快就从拆旧衣服的过程当中学会了裁剪。渐渐地，母亲裁剪技术开始熟稔起来，更多的时候，她已经不用纸样，就能为我们姐弟和乡邻们裁出合适的衣裳，我知道那是爱的目光，爱的丈量。因为有了母亲用心缝制的书包，我们姐弟每天都会蹦蹦跳跳地去上学；因为有了母亲精心裁制的花衬衫，姐姐们总是引来同伴们的羡慕；因为有了母亲为我们缝制的合体的短衣、短裤、连衣裙，我们的夏天总是比别人更清凉。那种凉快、那种惬意，已经深藏在我们的青春里，珍藏在我们的记忆深处，内心流动着母亲那绵绵无尽的爱。

常记得，这台缝纫机是那样的忙碌，它忙碌着冬夏，也忙碌着春秋。尤其是在过年的时候，母亲总是夜以继日，起早贪黑，为我们姐弟、为亲朋好友、为左邻右舍而忙碌着。不论大人小孩，母亲裁剪出来的衣服都很合身。于是，十里八乡的村民们也都慕名而来。我们家里常常是人来人往，门庭若市，衣服布料成堆。母亲却乐此不疲，不厌其烦。常常是笑脸相迎，笑脸相送，无偿地赶制衣服，为此还引来父亲的责备。母亲知道父亲是为她好，但只要有时间，她还是默默无闻地让这台缝纫机隆隆旋转。就这样，我们姐弟常常听着它动人的声音入眠，枕着期盼，枕着希望。而母亲则用一针一线，缝制着寄托，缝制着希望。我知道，每一件缝好的衣服，上面都有母亲爱的针角，爱的期待。

我还记得，当母亲不用缝纫机的时候，我们可以将机身收进台子里面去，于是，它就变成了一个漂亮的书桌。我们就可以画画、写作业。有时候做功课累了，也会悄悄拉开抽屉，翻里面的东西玩一玩，其实，也就是一些零零碎碎的拉链、扣子什么的，但却有着小小的寻宝的感觉。更多的时候，也会偷偷把机身抬出来， 把梭子卸掉，疯狂地蹬着它旋转。或者穿好线，拿几块碎布，走直线，把它们缝制在一起。不知不觉，我也学会了蹬缝纫机。母亲发现后，不但没有责备我，从此以后，遇到一些简单的缝纫活，还会交给我来完成。这样也能为母亲腾出一些休息的时间，我心里自然高兴。

后来，由于商品经济的发展，服装的批量化、产业化，市场上的服装不但款式多样而且价廉物美，母亲那台缝纫机也就逐渐失去了往日的光彩。随着母亲年龄的增大，这台缝纫机逐渐走下了历史舞台。但是后来几次搬家，母亲总是千叮咛万嘱咐，舍不得将它丢掉。我知道，在母亲心里，缝纫机不但给她减轻了负累，也给我们全家带来了惊喜和欢乐，在我们和村民邻里间架设了一道靓丽的彩虹。

# 十二

故乡的山山水水、人文地理，风土人情，时刻记挂在我的心头。

美丽的平原，纵横的河渠，独特的饮食，淳朴的民风，不仅孕育了河套风景，而且汇集着无限的历史精粹和文化。

在河套，不论你是当地人还是外地人，不论你是老年人或者年轻人，当你听一听《夸河套》《家乡的小河》，你都会心驰神往，激情豪迈。那是一种感情的真实流露，那是一种激情的真切道白。只要有机会，我每年总要回去几次，用眼睛去打量她，用鼻孔去分辨她，用舌尖去品咂她，用皮肤去触摸她，用心灵去感应她……

## 二黄河

二黄河，故乡的河。它是一条从古老黄河引出的河，贯穿河套全境。它普普通通，但是没有人不知道它的名字；它绵延不断，没有人不知道它从何处流起。它永远流淌在我的梦里。

二黄河有着许许多多的美好景色。但是，让我无法忘怀的，是它的春天。当严冬远去，二月的春风犁破河面的冰凌，晨雾慢慢腾起的时候，河面上便传来了“哗哗”的流水声，那是成群结伴的村妇，披着朦胧的月色，来到河边取水的声音。村里的人，多数是喝着河里的水长大的。村姑们天天挑水，夏日取水易，冬日取水难。唯有这春天，凿冰取水时最富有诗意。

她们站到河边，弓着身子，寻找着合适的位置。薄冰初破，水一涌而出，那是她们最为喜悦的时候。尽管春姑娘还没有给小河收起羞涩的面纱，村姑们的取水声与“嘎嘎”鸣叫的野鸭声交响着，演奏着动听的老河晨曲，传遍了二黄河上下……

当太阳冉冉升起，大河上下清水一碧，那夹岸的杨柳，婆娑着自己的身姿。那些斑驳的光，如镶嵌的宝石，似梦幻的星星，招引着人们的视线。清风扑面，河面上无数的光斑凝结成一条条银线，宛如夜空的流星，转瞬即逝。

春风拂面，缕缕炊烟越过河面，宛若渺茫的歌声。河的对岸，是村里的几百亩良田，田野上，有施肥的人们，还有人在平整土地，更有老者端着大烟袋，倾吐着烟圈。

## 阴山岩画

阴山岩画，一个伟大的壮举。

我一直都在纳闷，在那绵延300多公里的大山中，如此之多的岩画是怎么运作完成的。它招徕了多少能工巧匠，耗费了多少人财物力？这样浩繁的工程，需要几代人甚至几十代人的艰辛努力啊。我至今搞不清弄不明先民们为什么要这般孜孜以求。

最早记录岩画的是北魏地理学家郦道元。他在《水经注》中写道："河水又东，北历石崖山西，去北地五百里，山石之上，自然有文，尽若虎马之状，粲然成著，类似图焉，故亦谓之画石山也。""河水自临河区东经阴山南，东流经石迹阜西，是阜破石之文，悉有鹿马之迹，故纳斯称焉。"可见，在北魏那个年代，这里的岩画就已经规模宏大，令人惊叹了。

古老苍茫的阴山，的确是一座珍藏河套先民艺术作品的宝库。我多次到这里参观，让我惊讶，促我扼腕。在东自海流图盆地西到狼山西端近三百公里的大山中，布满了大小程度不同的岩画点，著名的有乌中旗境内的几公海勒斯太、地里哈日、胶得尼沟、韩乌拉口等；乌后旗境内的红山口、大坝沟、滴水沟、巴日沟等；磴口县境内的格尔敖包沟、巴音乌拉台地、默勒贺图沟、乌斯台沟、布墩毛德沟等；乌前旗境内的小佘太马鬃山以及中蒙边境的鬼谷等。所有的岩画都雕刻在悬崖峭壁、沟底岩盘或者山顶巨石上，有些是用石器工具磨刻的，有些是用铜器、铁器工具敲凿的，虽经千百年风吹日晒，雷电侵袭，大部分岩画至今仍保存完好。面对这些岩画，你难以想象，那是一种多么宏大的场面。

阴山岩画创作题材非常广泛，以动物画最为常见。它们或引颈长鸣，或回首凝望，或慢步缓行，或四蹄腾跃，或含怒欲斗，或相互亲吻，形象逼真，栩栩如生，反映了古代阴山“草木茂盛，多禽兽”的生态环境，同时，也有描写狩猎、畜牧场面的作品以及众多的神灵图像，诸如骑士、射击、格斗、战争、居所、车辆、工具、文字、舞蹈、风景等。每一幅都是精心设计，每一幅都不是率意而为，幅幅精彩，件件耐人寻味，形成了一帧帧多彩的民族画卷。

## 鸡鹿塞

鸡鹿塞，这是古代进出阴山的一个重要关隘，位于今磴口县西北的狼山西南段哈隆格乃峡谷南口。北依汉长城，东邻屠申泽。

关于屠申泽，需要多说几句。它原本是阴山脚下一处东西长约50公里的著名湖泊。黄河古称河水，《水经注》载，河水入套，南北分流，史称“南河”“北河”，自战国秦汉直到清初以来，南河是支流（即现今之河道），由今磴口县哈腾套海林场以北一带的黄河分流之后，向东流去。北河是主流，与南河分开后，流经现磴口县、杭锦后旗至狼山前，然后折向东流，并沿狼山流经临河、五原、乌拉特前旗，出西山嘴与南河汇流。北河流经河套西部时，河水溢出，曾于山前形成一处大泊，即屠申泽。

古代河套依山带水、气候适宜，沃野千里，曾是鸡犬相闻，阡陌纵横的汉代垦区。秦汉时，狼山林木葱葱、满山翠绿，山前河水滔滔、沃野千里。

战国时期，赵武灵王于阴山南麓修筑长城，使阴山茂密的原始森林首次遭到破坏。两汉时期，为抵御匈奴，汉王朝在阴山南北修城筑塞、屯垦戍边，出于军事、生产及生活需要，大规模垦荒和砍伐阴山森林，时间长达二百余年，使这一带的大片草原和阴山林木再次遭受破坏，而且其开发垦区一旦被放弃，耕地全部荒芜，大片土地由于缺乏植被覆盖而裸露在外，在长期的风蚀作用下，地表土被吹裂，沉沙泛起，久而久之形成土壤沙化。

北魏时，阴山森林常被采伐，如《魏书·世祖太武帝本纪》云“乃迁就阴山伐木，大造工具。”

唐朝为防御突厥，也仿照秦汉在阴山河套屯垦戍边，同样在这一带砍伐森林、放火烧荒、开垦土地，促使阴山森林资源不断减少，大片草原即原生植被已在大规模的垦殖中遭到破坏，山南草原迅速沙化。金代汪古部戍守阴山及垦殖山南期间，也将大片草原和森林破坏。

蒙古崛起后，连年征伐西夏、金、宋等，北方烽火连天、战乱不止、居民逃散，使阴山以南的大片土地荒芜，沙化进一步扩大。明代，军队不断出塞烧荒，又使阴山林木和大片草原受到破坏，生态更加恶化。如明人所说：“昔之河套，一寸一金；今之河套，黄沙漠漠。”

到清代，包括狼山在内的整个阴山的原始森林已被砍伐殆尽，曾是林木繁茂、百兽出没的阴山，变成光山秃岭。随着阴山森林植被的消失和原生态植被的破坏，加剧了山洪暴发和水土流失，并在山前形成大量山洪淤积，北河在山洪淤积和流沙阻塞下，水量不断减小，淤塞造成其于清道光中叶断流。如此，屠申泽由于失去水源的补给也随之消失。它的名字也越来越陌生。

据载，西汉置鸡鹿塞，塞城临崖建筑，以石砌成，呈正方形，屹立于峡口西侧。史料上说得很明白，西汉甘露三年（公元前51年），匈奴呼韩邪单于朝汉，二月单于归，汉派骑兵护送出鸡鹿塞，并诏高昌侯董忠等留卫。东汉永元元年（公元89年），汉将窦宪、耿秉率精骑八千出塞，进击北匈奴。这些历史风云，早已被雨打风吹去。如今，屠申泽已经干涸，鸡鹿塞遗址尚存，只留下一堆堆碎石。不过，即使只看这些碎石遗址，依然可以想见当年这座关隘的险峻。

如今在临河城里，可以看到巨大的面粉广告牌，鸡鹿塞已经变成一种商品品牌被广而告之。而鸡鹿塞原址，却失去了当初那种雄关气势，少有人问津。

登上鸡鹿塞遗址，举目四望，北面崇山峻岭，巍峨壮观；山前空旷坦荡，平川倾斜，让你惊叹于古人的好眼力。而鸡鹿塞以东，谷口开阔，了无遮拦，过往车马行人，一览无遗，极易扼守。鸡鹿塞东墙最为险要，壁立如仞，高达 25 米，筑墙材料尽为天然片石。石缝间以泥土塞垫。墙外垒砌整齐。因长年风雨剥蚀，如今墙顶多处坍塌。墙内乱石间，随处可见汉代碎砖残瓦。

## 阿贵庙

阿贵庙是磴口县沙金套海苏木境内一座红教喇嘛寺庙。

阿贵为蒙古语，意为“山洞”。阿贵庙建于清光绪三年（1877 年），藏名为“拉西任布·嘎定林阿贵”，清朝改为“宗乘寺”。

阿贵庙是典型的藏式建筑。殿内供奉释迦牟尼像。陪殿内供有红教派本尊达不仁和生象。据说，阿贵庙是我国西北地区最大的“红教”庙宇，也是内蒙古唯一的红教喇嘛活动场所。

阿贵庙依山隔水而建。山上青峦叠翠，清溪泻玉；寺前清流缘漪，碧波荡漾；周围山花缤纷，芳香醉人，绿树成荫，百鸟和鸣，一派天然风水宝地。

阿贵庙周围还有不少附属建设物：五个奇特的天然岩洞阿贵洞、扎嘎生布窑、达日额柯窑、额尔登珠窑和桑布嘎日布窑，均为做佛事的地方。有“一奇、二幽、三高、四险”的佳境。多年来，它以其宏伟壮丽的建筑，美好的传说和仙境般的自然环境，吸引了无数宗教僧侣、游人和考古学者。

## 乌梁素海

乌梁素海是全国八大淡水湖之一，素有“塞外明珠”之美誉。

乌梁素海，蒙古语意为杨树湖。此地原是生长杨树的低洼地，并有一段古北河遗留下来的河迹湖，面积不过 20 公顷，后因山洪和河套灌区退水汇集于此，形成了乌梁素海。

这里碧波荡漾，苇丛如诗如画，百鸟啼鸣婉转，是鸟的世界、鱼的乐园。据统计，有近 200 种鸟类和 20 多种鱼类繁衍生息。远看湖面，黑压压一片，像是塘上残留的荷蒂。走近了才看清，原来都是鸟儿。黑色的是野鸭，白色的是白鹤，杂色的竟是鸳鸯。在这里，不仅可以探索珍禽候鸟的活动奥秘，还可以领略北国湖光山色，体验乌拉特草原风情。

除了飞鸟，还有湖面上飘来的《夸河套》，歌声是发自内心的，是一种真情道白。

## 绿色田园

在河套，到处是绿色的田野。

这里是玉米的海洋，葵花的海洋，各种农作物的海洋。它们纵横阡陌，浩浩荡荡，从山脚下一直绵延到河边，只给城镇、村庄、河渠留下一点位置。到处是醉人的绿。一碧万顷的绿色铺开绿绸般的绒毯，与遥远的地平线挽手相连。绿得那么纯粹，绿得那么旷远，我喜欢这绿色的田园，这是我生命的领地，它常常带给我感动。白云飘过高远的蓝天，阳光亲吻绿色的旷野，河水流过青翠的农田……

多少次，漫步在这绿色的田野之上，往昔的河水已不见踪迹，冷风掠过我心，也掠过了一切。小时候，最爱与小伙伴在绿色的田野间奔跑玩耍，追逐打闹。偶尔独自一人静静地躺在漫无边际的草地上，贪婪地吮吸着从青草下散发出的泥土芳香，感受着满眼的绿色。

## 金色麦穗

故乡除了绿色，还有金色麦穗。麦穗对于我们来说，的确没有什么可新奇的。但是麦穗的深意却无时无刻不在我的周遭蔓延。

我喜爱金色的麦穗。在故乡七月笑歪了嘴的树梢的摆动下，金色的麦芒在风中相互摩擦，点燃了骄阳，麦子熟了。

看着一束束金色的麦穗，在父老乡亲宽厚的胸膛前摇摆；一片片金色的麦穗，在他们甜美的心坎儿里荡漾。麦穗，给我带来了太多的回归自然的恬静和安然，带来了丰收在望的自足和美满。它甚至像一位哲人，在默默吟诵着秘不可宣的禅语。乡亲们注视着麦穗，微笑写在他们脸上，甜美刻在他们心里。

麦穗是尊贵的，它使人想到米勒的名画《拾穗者》，让我感到麦穗上正在闪烁着金色的思想。

记得儿时的故乡，每逢麦收时节，拂面的热风腾起，空气中飘浮着迷人的麦香。这时候，我会站在村东口，举目远眺骄阳朗照的麦田，只见地平线上风生水起，空气像亮晶晶的水波一样静静地流动，劳作的人们神仙般地款款游走，有一种空灵的曼妙之美。记忆中的打麦场，滚动的碌碡，高扬的木锨，以及圆圆的馒头般的麦秸垛，已成为童年风景。

麦穗是多彩的。有人把它比喻成火焰，有人把它比喻成太阳，有人把它比喻成生命，还有人把它比喻成激情。不管它代表的是什么，至少有一点可以肯定：就是那些麦穗的基调是黄色的。黄色是一种暖色调，它可以在人心情不好的时候，让人燃起希望与勇气，变成了对纯朴、宁静的精神家园与和谐美好的人类理想的向往与追求。于是，面对饱满的麦穗，我展开了想象。想象它的坚毅，想象它的顽强，想象着它的成熟，最终以自身的倒下来支撑起人类的站立，这是何等的伟大和壮烈呀。

在许多人眼里，麦子代表的是稚拙土气，就和那些憨厚老实的农民一样。但有谁又能认真想过，支撑自身不断挺起高贵的胸脯和头颅的，却是面粉，就是麦穗的精魂。于是，我的目光充满了崇敬和景仰。在七月成熟的喜悦里，我放任着饱蘸阳光的色彩，调染着我内心的本真，感知着生命的成长，聆听着命运的花开。

在阳光照耀的日子，多少次，我义无反顾地追逐着麦田，我循着金黄的麦穗浮想。我流着泪水与汗水，默默祈祷；我带着期盼和梦想，四处闯荡。

在金色的麦田里，父亲、母亲凝结成我脑海中的一组雕像，他们默默耕耘，希望和麦穗一天天成长。直到袅袅炊烟从村庄穿过，从父母亲的心事穿过，他们手搭凉棚，正在望着远方……

## 瓜棚

在家乡绿色的田园上，为了照看瓜苗和瓜果不被侵害，总要在地头搭建一个瓜棚，人们便住在这里。

几乎每一年，从瓜苗破土，直到摘叶、捏岔、浇水、逮虫，小孩子们都要尾随着父母，把所有的事情经历一遍。正所谓“童孙未解供耕织，也傍桑田学种瓜”。我们焦急地期盼着瓜的长大，那一个个黄瓜、香瓜、西瓜便是我们心中的希望。

夏秋时节，瓜棚的夜晚是迷人的。不仅可以随意地吃上几块西瓜，更可以睡在月明星稀的野地里，聆听轻微的风吹草动或者蟋蟀的吟唱。在这样的氛围里，时而捕捉渠里的青蛙和小鱼，时而躺在父亲的臂弯里数星星。有时候，圆圆的月亮挂在中天，瓜地里顿时铺上一层银光。此时，星月朗朗，和风习习，瓜棚里弥漫着丰收的喜悦。有时候，夜深人静，一旦有偷瓜贼的声响，我们便可以看见父亲提着马灯高高低低的身影，间或引来几声狗吠，在暗夜里传向远方。待到晨曦初露，烟岚挂上林梢，新的一天又开始了。

麦子黄梢，瓜要熟了。满地的香瓜，清香四溢，招引着大人小孩，也招惹着许许多多的蝴蝶、蜜蜂，甚至蚊蝇。那些或像篮球或像枕头般大的西瓜，从碧翠的叶缝袒露出丰满的笑脸，散发出沁人肺腑的清香，勾吊着人们的欲望，在夜色中显得更加硕大。

## 河套雪

河套的雪，永远在我的记忆中，在我的梦境里。

小时候，当我仰望阴山，顶着霜雪去上学的时候，那些路边的景物匆匆而过，身边的诵读声敲打着耳鼓。

“千山鸟飞绝，万径人踪灭，孤舟蓑笠翁，独钓寒江雪”。那时虽然不知道诗人到底在渲染一种什么样的意境，却也在费神地揣摩，那是一种小孩子的想象，既诚恳又逼真。

那时候，不知道雪为什么要下，也不知道雪对百姓到底意味着什么。只是听老人们说什么“瑞雪兆丰年”之类的话。觉得雪还是不错的。只是一下雪，就冷得够呛。

每当冬天来临，就盼着下雪。打雪仗、堆雪人，自不待言，更期盼的是明年能有一个好光景。所以，雪成了我们的一种愿景。当一场茫茫大雪覆盖了大地的时候，我们会欢天喜地地到远处疯玩。雪白极了，树是白色的，墙也是白色的，像一匹白布，上面一个皱褶也没有。只有一些小鸟是黑色的，像黑色的珍珠缀在白布上。我们不忍心把这匹白布踩出印痕来，默默前行，那样小心翼翼。

雪原之上，有如雨的马蹄，如雷的呼喊。猎猎风中的树枝，随着袅袅炊烟飘来飘去。有时，我们踉踉跄跄地在冰河上行走，脚是站住了，却分明听到自己牙齿打战的声音，鼻子一定是冻红了。呵一口热气到手掌，捂住双耳才定下心来睁眼。回望整个雪原，层层叠叠，直伸天际。远近次第的村落，尽收眼底，田野上一片白茫茫，在晚霞的照射下蒸腾着白色的雾气。

天色已晚，家长都在呼唤自家的孩子。谁也不能想象，我们都是那么自觉，紧张有序地向各自的家门走去。而在我们身后的雪地上，却留下了一串串长长的足迹。

## 蒙古包

如果说草原是我心中一片绿色的梦；那么，蒙古包就是我梦中一幅绝美的画。它漫漶在遥远的天边，萦绕在思念的牧歌里。

河套北部，阴山南麓，是辽阔的草原。草原上，蒙古包星星点点。我凝望过它袅袅升起的炊烟，品味过它甘甜醇厚的奶酒，吟唱过它绵厚粗犷的长调，体验过它纵马驰骋的草原。

蒙古包，是我出发的起点，是我长久的依恋。这里有甜蜜，这里有温暖，这里有歌声，这里有美酒。在这里，主客都盘腿坐下，谁都有礼貌，谁都感到亲热，大盘儿的手扒肉，大碗儿的马奶酒，举杯，祝愿，开心而豪爽。酒足饭饱，小伙子们走出蒙古包，套马、摔跤；姑娘们跳起了安代舞，舞的舞，唱的唱，一直到篝火熄灭。在这里，可以彻底放开心怀，去畅想人世间的一切。

蒙古包是草原的精灵，也是草原的希望。它是一处处绿色澎湃的王国，即使是寒风凛冽的冬季，仿佛那厚厚的白雪也掩埋不住蒙古包的温暖。那香喷喷的奶茶，飘出毡房，飘在人们的心间。每逢夏季，在蒙古包附近，湖水蓝莹莹碧清清，头顶飞鸟盘旋，岸边绿色葱茏，水中群鱼跳跃，远山面目清新。身临其境，仿佛走进洁净清凉的世界，使人遥想自然界的神奇奥妙。如果赶上一个雨后的清晨，站立湖岸，轻风拂面，极目远眺，天水一色。此刻，那万马奔腾的原野，古老的勒勒车，让你在天苍苍，野茫茫，风吹草低见牛羊的诗意中又领略一份静美与和谐。

从蒙古包远远望去，弯曲的轶道，墨绿的草甸，娇花奇石的崖沟，更让你感觉到草原的多姿多彩。更远的地方，漫卷的白云似乎静浮在头顶，一片片，一朵朵，离你是那样的近，似乎伸手可及；成群的牛羊沿坡缓行，趴在接云连天的山崖间；崖沟上下绿草碧连，黄花满眼。花不大却很美，姿态轻盈，绽放恣意，随风飘来的是阵阵清香。花的风采犹如草原上的姑娘，你尽可大方地欣赏，因为她们的性格，也是朴素，无羁，热情奔放。听吧，溪水在褐色的岩石间汩汩流淌，牛羊的叫声让你生发好奇的遐想。瞧吧，又一片大朵的云彩游了过来，这时再看那崖上，一片羊群半片云天，羊群好似和白云相连，宛如银河飞泻一练千尺的玉瀑。风卷云来，云来雨落。雷雨过后，草翠欲滴。

入夜的蒙古包更加精美。湛蓝的夜空如洗，明亮的星星在穹台上对你多情眨眼。寂静的草原流萤飞舞，清风歌唱，散落的蒙古包亮出灯火，烤全羊的浓香让你无法摆脱夜晚美味的诱惑。听琴声婉转出牧人的欢乐，随长调悠扬来品味古老岁月的绵长。一堆篝火燃烧起年轻人的心，跳啊，唱啊，舞步踏碎了青春的烦恼忧伤……

# 十三

河套，是我永远的眷恋。

登上阴山这个坚实的屏障看河套，她似水中月、雾中花；隔着黄河看，她如从昆仑雪山走来的飘飘仙女，梨花带雨，芬芳了多少人的心田。

是啊，总有那么巍峨的山，总有那么多情的水，总有那么亮丽的女子，凸显在人杰地灵的河套；总有那么多的风，总有那么多的雾，总有那么多的心事，牵挂在阡陌纵横的故园；总有那么蓝蓝的天空，总有那么多情的佳丽，总有那么跌宕起伏的故事，流传在民风淳朴的故园里。

河套，就像春天里的一棵垂柳，飘逸而又娇柔；就像夏季里一支麦穗，亭亭玉立；牧童的短笛，吹出一条条清清的河渠，田埂上飘着鲜花朵朵；还有美丽的蜻蜓，在我梦的地平线上，飞来飞去。三盛公流走的是爱情的诗行，留下了遍布田野的红豆、绿豆；乌梁素海积淀了太多的期盼，游弋着肥硕的草鱼和鲤鱼。还有河套老窖，雪花粉，以及大佘太的葫芦，积水道的瓜，磴口的花莱士……浇湿了多少游子的梦。

这就是河套。纵横的河渠，像一条条白丝带那样修长飘逸；交织的公路，连接着一个个瓜蔓一样的家园。

# 十四

别来相思无限期。欲说相思，要见终无计。拟写相思持送伊，如何尽得相思意。眼底相思心里事，纵把相思，写尽凭谁寄。多少相思都做泪，一齐泪损相思字。

石孝友《蝶恋花》

河套的山，河套的水，孕育河套的田原风光。

遥望远方，阴山下，那里就是我魂牵梦萦的故乡。

悠悠的二胡不知飘自夜的何方？吹得乡思一片凄凉。梦里那些熟悉的童伴依然微笑，醒来时却无法拾起满地月光。留恋那片故乡的星空，眷恋那片故乡的泥土，还有那条记忆深刻的羊肠小道。

清清的河水，绿绿的田野，瞻之在前，忽焉在后，恍似如影随形，却又若即若离。很多的时候，恍惚间，看到了故乡袅袅升起的炊烟，悠然自得的老黄牛，那寂静的村落和夕阳下摇曳的杨柳。枝头，蜜蜂歌唱，彩蝶飞舞；树下，菜花儿黄，麦苗儿绿；成双成对的紫燕，斜剪堤岸那一缕缕金钱儿似的垂柳，掠过河面，轻点碧波，追逐嬉戏；一群群的小鱼儿，在河边一堆堆圆圆的鹅卵石间，往来穿梭，悠然自得。

麦收时节，蜜瓜熟了，一咬一口蜜糖水；杏儿黄了，一碰一嘴甜杏浆。西瓜扯蔓了，村里走来订货商。一群小伙伴，光着屁股，下河捞鱼摸虾，逐波击浪。秋风送爽，高粱红，糜谷黄，白菜萝卜，担挑车装……

那家喻户晓的二人台，又说又唱，最能表述河套特色的，还是那曲调悠扬、优美动听的《夸河套》：

软溜溜的油糕胡麻油来炸，吃上磴口的花莱士，保管你就不想家。鲜红鲜红的枸杞，房圪顶顶上晒，想喝河套的二锅头，请你们沿着柏油马路，开上你那桑塔纳，搬上你那朋友，有说有笑，嘻嘻哈哈，一溜溜顺风到陕坝。

黄圪生生的小米饭，香万家，甜圪茵茵的黄河水，抚育了咱。成垛成垛的葵花，场面上晒。圆圪丢丢的山药蛋，到了秋天，老婆儿和老汉，闺女儿和媳妇，二不溜小后生，开上你家的四轮车，马不停蹄地拉。

白圪乳乳的雪花粉，全国美名扬。二狼山出的是白山羊，金川啤酒，荣获名牌奖，如若不信你买上一件，到了晚上，桌桌摆上，啤酒喝上，猪头肉就上，好纸烟抽上，麻将你搓上，大红盖体伙盖上，你把你那小媳妇双手手搂上，热圪洞洞，绵不溜溜，一觉睡到大天亮。

# 十五

在我的记忆中，有一个地名不能忘记。那就是乌兰淖尔，祖辈从陕北来到这里并长期定居。

乌兰淖尔，蒙语的意思是红色的沼泽地。因为是沼泽地，因为盛产红柳，远远望去，红色遮盖了这里的一切。在我幼小的心灵里，似乎从来没有哪个地方让我看到触手可及的蓝天和云朵，从来没有哪个地方让我感到如此辽阔和高远，从来没有哪个地方让我感到如此贫穷和困苦，也从来没有那个地方让我感受民风的纯朴和厚道。

乌兰淖尔，我住过泥土垒就的土屋，坷垃砌成的院落；我走过乡村泥泞的小道，爬过树，捕过鸟，追过野兔子；我见过阡陌纵横的田地和星罗棋布的沟渠。这里留下我童年饥饿的记忆，衣衫褴褛的印记，还有天真无邪的笑容。这里有我难忘的伙伴，有我一起长大的兄弟姐妹，还有父老乡亲贫病交加的耕耘……我不是这里的土著居民，但我从来没觉得这里与我有什么疏离或生分，我钟爱这里富有特色的美食和瓜果，烩菜、焖面、蜜瓜、豌豆；我喜欢这里分明的四季，春的妩媚，夏的凉爽，秋的恬淡，冬的炽烈。假如你春天来到这里，它的分明让你猝不及防，从来没有哪个地方，一个季节的距离，隔绝开了两种温度的差距。它和冬天基本没有什么过渡，仿佛一夜之间就姹紫嫣红了，漫天飞舞的明媚，让你心也会飞翔，有着去远方的冲动。一种温暖在指尖萌发，这微弱的暖，逐渐蔓延开来。阳光的滋味，春花的清香，绿草的淡雅，麦田的波浪……

春天的乌兰淖尔，天空突然舒展开来，乡间的路变得更加悠远，仿佛不经意间就看见远处的山峦和草原。平均 300 多天的好空气，海拔 1200 米的高度，所有的雾霭和阴郁全部吹散了。这时的乌兰淖尔像个清丽的女子，活泼而动感十足。透过洁净的窗，只要一抬头就可以看见清澈的蓝天。这时候的乌兰淖尔最适合郊游，站在任意一处高地，坐在风里，沐浴在日光里也是一种享受，或者约几个朋友去乡里行走，风里都是隐隐的湿气和草发芽的香味。路边的杨柳和沙枣树，苍茫如旷野，独坐在树下，是一种禅悟。你可以与无边旷野对话，可以坐在村口的磨坊前看苍生，残垣断壁，贫瘠落后而且宽厚祥和、从容清静，正好符合一份平静，也能孕育悲情的诗怀。

夏天的乌兰淖尔，屋檐上荡漾着云朵，天空蓝得像海。平均20度左右的盛夏，清凉而不阴郁，明艳而不炽烈。假如夏天你来到这里，娴静、原始、空灵，散发出一种与众不同的韵味，仿佛行走在20世纪70年代。在这里，没有人行色匆匆，没有车堵难行，也看不到一张打拼的脸，每个人的脸上都写着淡定、从容，甚至惬意。这里的人们既有山西人的聪明，也有陕西人的朴实，还有蒙古人的豪爽。他热情的邀约直接把你请到他家的炕头，一首漫瀚调或者蒙古酒歌就穿窗而出，挽留和热情随着一股凉风飘过。遇到熟悉的人，他会热情地杵你一拳，大声表达，这是我的铁把子。这一切的一切都是那么和谐而惬意，闲适而悠然，触动了心灵深处那根最温柔的弦，一股莫名的感动刹那间流遍全身，触摸着我内心的灵魂。

有人说，在乌兰淖尔，你看到的是原始与纯朴，农民的辛苦甚至灰头土脸，没有小市民情结。在乌兰淖尔，最值钱的东西就是凉爽，最不值钱的东西就是时光。没有什么世俗，一切都是憨厚，一切都还带着泥土的芳香和田园的淳朴。在这样干净温情的地方，什么也不用想，什么也不用做，悠闲地、慢条斯理地从一处阴凉倒到另一处阴凉闲聊，耍5毛钱的扑克，或者你可以揣度谁曾经一个亿的身价。谁借给谁一个亿，就凭一句承诺，说不定你就会被这种情义所感动。乌兰淖尔的夏，平凡淡定，清风徐来，你给的清凉，将明媚的时光，越过手指的长度，融在我的掌心里。我喜欢这样的夏，坐屋顶上或者河渠畔，看落日苍茫，遥不可及的妩媚，让人遐想丰富。我想，一个会分享的人，永远不会把人生塞得太满。谁说中国的夏都在燥热中度过，谁说中国的心都在浮躁中前行，其实，我们只要一片凉爽，放缓自己的脚步，忘却那些负义和离去，只需要坐在落日里，看云卷云舒足以慰藉自己的心灵。有时候每个人的内心就是一座城，倘若我们能摆正这个倒影，完全可以颠倒整个世界。而夏的清新和脱俗如最美丽的青衣，水袖一拂地，满是那风华绝代的身影。这里的清凉与繁华的大都市格格不入，站在这里的夏天，只需要带着一颗安静的心，静静地欣赏，慢慢地体会她身上蕴藏的美好和惊喜。在这里，因为少了一些拥挤而多了一些亲切。你总能在村口遇到一位老相识，进而痛快淋漓吐纳尘封许久的记忆；你总能在某个村庄，独处一刻毫无搅扰的沉思，而绝对悄然地夸张自己的心境，直到夜阑俱寂。

乌兰淖尔的秋天来得比什么地方都早，来不及准备，某一个早晨醒来，就看到满地的树叶。这时候，你可以到田里秋收，掰玉米，挖几个萝卜土豆，或者摘一些苹果梨。这时候，阳光开始温和，风却让人沧桑，就连家门口的狗，也放慢了奔跑的脚步。天空虽然还是那么湛蓝，总觉得过于辽远。南飞的雁群排列得整整齐齐，一声雁叫，就叫碎了侠骨柔肠。遍野的秋意蔓延开来，沧桑，遒劲，清癯，引领着我们，惊醒了沉沦的梦境。

乌兰淖尔的冬天，像武侠里的萧峰，有着异域的风情和边塞的惆怅，冷峻但不失柔肠，清冽却充满绵延。遍地皆白，平静的水面，凄清的湖边，早已没有了孤独的垂钓人。安静来得比什么时候都声势浩大。这时候，人们开始冬藏，杀猪宰鸡，准备迎接春节了。而春节是这里一年当中最欢乐幸福的时节，最好的美味，最好的美食，都要在这时节享用……

# 十六

每个人都有自己的村庄，无论是实物的空间，还是心灵的梦想，都与这个村庄有着千丝万缕的联系。即便现在，最让我难以忘怀的，是童年的村庄。

那是一个自然村，坐落在美丽富饶的河套平原上。沃野千里，沟渠纵横，杨柳婆娑。具体地说，它北距陕坝只有 4 公里，南到磴口 60 公里。它的东、北、西三面均属杭锦后旗管辖，从这个村子一直往南，便是临河的辖区了。如果从地图上寻找这个村子，那是不可能找到的。

不知道祖辈为什么选择这么个地方作为休养生息的处所。反正打我从记事开始，我们家就一直在这里居住。直到我上大学离开它，那是好长的一段时间。

记忆中的村庄，全然不是如今的模样。那时，整个村庄被一条十字马路隔成大小不等的四片。村东有一口水井，这是全村人的活命所在。或许，有了井，家才有了依靠，人生才有了住址。由此我想到了“市井”的由来。无井则无宅、无市、无城。当然，村子的中心地带还有一眼水井，因为水比较咸，基本上就成为牲畜的专用井了。记得，每一天的早晚，水井周围，成为全村人相聚的地方，许多消息就从这里发布，或是从这里开始流传，好不热闹。因为打水是需要排队等候的，所以后边的人就凑到一起说东道西，而小孩子们就在旁边玩耍打闹。

穷人的孩子早当家，我在 12—13 岁的时候，也参加到打水的行列，成了实实在在的当事人，一直到各家各户的院子里都安装了手压式水井，打水的队伍才自行解散。自然，那口水井也就消失了，被人们淡忘了。不过，已经是改革开放以后的事情了。

村子东头的两户人家，一家姓李，一家姓刘。记得姓李的一家，他们的父亲叫李亮。家有五个儿子，四个女儿。儿子各有大名，但是我们从不那么称谓。我们是从李大、李二那样依此类推的。自然，李五总和我们一起玩，当然，比我们大一些的李三、李四也常常参加进来。小时候淘气，我们根据他们弟兄的特点，编了个顺口溜：“受苦李大，常李二，乏李三，红头李四，干李五。”因为李大是长子，什么苦活累活都需要他干，所以叫“受苦李大”；李二读书多，经常有歪理，说话总爱占上风，是个常有理，所以叫“常李二”；李三身体瘦弱，干活不出力，而且总是很疲乏，所以叫“乏李三”；李四这个比较好理解，因为他是个赤红脸，所以就叫“红头李四”；李五精瘦，我们村里常常把瘦说成“干”，所以管李五就叫“干李五”。只有干李五和我是同学，人比较聪明，但是学习没有恒心。他嘴不好，小时候没少和我打架。记得有一次，他惹恼了我，被我狠狠揍了一顿，我气急之下把他的书包撕了个稀烂。他就提着破书包找到我家，直到妈妈一针一线给他缝好，他才作罢。从那以后，我很少理他，因为我觉得那样做会给妈妈惹事，太对不起妈妈了。

李姓一家的北边是刘家。刘家也有五个儿子。老大好像不在我们村里。老二挨着李家住。老二家有四个女儿，小名分别是“花儿”“改桃”“小女子”“四女子”。后来他们家抱养了一个儿子，叫刘顺。细说起来故事就多了，所以就此打住。刘家老三是个光棍汉，给村子里放羊。老四也是一个光棍，住在我家西边。刘四西边便是刘五，叫刘文祥，当过村里的会计。老四为人恶毒，我在小时候，常常被他欺侮，我对他印象极坏。

刘家二儿子的房后，就是黄家。黄家有两兄弟，名字叫黄大宝、黄大玉。他们都是从甘肃民勤迁徙来的，就住在我家房前。黄大宝喜欢喝酒，打从记事起，见他总是醉醺醺的。黄大玉是村里为数不多的共产党员，当过村长。他们两家的孩子比我们家的孩子小一些，和我们一起玩儿的有双泉、建民等。黄家的西边是郝家，户主是郝占魁，妻子叫贾明兰。郝占魁好赌，贾明兰则是村里少有的漂亮女人。他家有个儿子叫郝宽，女儿叫郝继。郝家的西边，就是魏家。南边的叫魏五虎，他家有四个儿子，两个姑娘。老四有点瘸，我们小时候常在一起上学。他家的屋后是魏毛兰，丈夫是倒插门的，小名叫蛐蛐。魏家的西侧是杜家。老大叫杜玉林，是我们村里少有的文化人，当过老师，人称杜老师，会写一手漂亮的毛笔字，我小时候，经常看他写的字。他有三个儿子，长子叫杜明志，次子叫杜顺志，三儿子当兵牺牲了。三个姑娘分别是凤英、巧英、莲英，当他们嫁人之后，我们再没有见过面。杜家的西边，是李家，家长叫李玉文，是个从山西文水逃出来的地主，是我们村的种瓜能手，即使是在“文化大革命”铲除一切封资修土壤的情况下，他在自家的园子里也能种出好瓜，并且闻名于十里八乡。他家有四个儿子，三个姑娘。老大叫李忠林，后来死于车祸；老二李忠奇，精于世故；老三李忠彪，爱看书，能说会道，人称“三咬难”，却常有惊人之语。老四叫李忠鳌，是我的同学，人聪明，爱骄傲，考学多年，一直没能遂愿。我们村最西边，是闫家。家长叫闫根富，类似钱广式的人物。家有一儿二女，记得小时候他家的日子比较宽裕。他儿子后来成了我的大姐夫，当过赤脚医生，略懂医术，是村里唯一的老三届高中毕业生。

我们家住在村子的北边。房后是两户姓魏的弟兄，一位是老大，好吹牛，人称“呵掌柜”；另一位是村里的种田高手，很圆滑。后来他成了我们赵家的亲戚，因他与我六叔是“连桥”。

记得小时候，我们家住的是泥土屋，并排两间。我们住在东边的一间，西边做了凉房。我们住的那间，锅台连着炕，家里除了一个红躺柜、一个大水缸，别无他物，真的是一贫如洗。炕上是竹席，全家人挤在一铺炕上，属于吃不饱、穿不暖的家境。记得直到二姐出嫁时，才把西边的凉房门堵死，然后将房子改成了套间，可以两个屋子住人了。就是这个土房子，伴随我走过了 10 多个春秋。每到夏天，整个院子一片泥泞；到了秋冬，往往鼠患成灾。我家的屋后，是父亲开辟的一个长满杂草的园子，还栽了四棵沙枣树和一些红柳，沙枣树年年果实累累，成了那时我们解决饥饿的一个宝贝，我们爬上爬下，尽情采摘，有时划破了衣服，惹得妈妈一顿唠叨……

村子的北面，就是一条引水渠，我们叫“三排干”，专门用于排除盐碱的。这是我们小时候尽情游玩的地方，我们在这里捕鱼捉虾，感受着无尽的欢乐。

这就是我童年的村庄。从考上大学以后，我渐渐地与这个村庄疏远了。虽然有时候也回去，也只是一带而过。到了 1997 年春天，随着父亲的去世，就再也没有在村里居住过。如今，虽然村容村貌有一些改变，但是在我心里，印象最深的依然是我童年的村庄。

# 十七

三排干，是一条排水渠，是故乡专门用来排除盐碱、改善耕地土壤的。自从有了三排干，排干一侧的公路便可四通八达，排干两岸绿树成行，成为故乡一景。

碧草青青白云走，炊烟袅袅排干游。孩童院中戏，鸡叫狗也吼。绿柳映茅舍，乡间品老酒。这是故乡的景色。那时的我，无忧无虑，享尽了天赐清福。至今，三排干——淳朴的故乡水景，仍然历历在目。

## 1

老屋就在三排干南岸不远的地方。

以往，河套百姓习惯于深淌漫灌，造成地下水位上升，加之阴山洪水的渗透以及乌加河道淤积，造成河套平原有灌无排、盐碱化、农作物无法生长的严峻局面。

父亲是搞水利的。他常对我们说："什么事情都不能用到极限，深淌漫灌，已经付出了代价。水利是这样，其他事情也是这样。"

为了排盐碱，河套人终于想出一个办法，就是以水治水，通过深挖排干，降低水位，把盐碱排出去。

1975—1976年，属于"文革"后期，勤劳勇敢的河套儿女战天斗地，浩浩荡荡地掀起了这场轰轰烈烈的挖排干突击战。

数九寒天，冰天雪地，在没有国家任何投资、没有机械设备的情况下，河套儿女们自力更生，艰苦奋斗，他们自带工具，自带口粮，自带行李，自带煤油灯，风餐露宿，头顶日月，脚踏泥浆，肩挑背扛，夜以继日，在大干快上的口号下，终于挖开了这条排水渠。

可以这样讲，三排干，是勤劳勇敢的河套儿女舍生忘死用雷管炸药炸出来的，是可歌可泣的河套儿女用锹头蘸上血水汗水挖出来的。

## 2

开挖三排干那年冬天，天气冷得厉害。起先，雾似的毛毛小雨轻飘飘洒在枯草上、小路上和树叶上，点点丝丝有如密密的蜘蛛网。北风一吹，便成薄薄一层脆冰，脚一踩或是手指轻轻一戳，就会碎落。

天空灰暗地压得很低，风呼啸着。细雨渐停，开始落起碎盐似的砂雪来，碰碰磕磕地满村满野。站在屋外看天，自天空远降凡尘的雪粒们竟蹦跳得老高，有的弹落于地，有的竟穿过房檐的缝隙，钻进人家屋子里去了。

到黄昏，果真下起了鹅毛雪。始而稀稀飘着有棱有角的雪屑，不久竟是大片大片的白得耀眼的雪花了。满世界都是密密麻麻的雪花飞舞，不知哪里是天，哪里是地。人站在屋檐下观看，觉得自己也跟着旋转起来。树叶和房顶都戴了结实浑厚的白帽，而树枝则微微低着头。人们都紧闭了屋门，围着亮堂堂的炉火。

即便如此，我的父亲、三个姐姐无一例外亲身经历了三排干的开挖。我也亲眼看到了开挖的一幕。

开挖三排干，蓝图是特别美好的。想想看，寒冬腊月，滴水成冰的季节，一条从西北而来，然后向东南而去的三排干，将我童年的小村庄一把揽在怀中。开春以后，又像母亲撩起衣衫给孩子喂奶，家乡的小麦、谷子、玉米、葵花、高粱以及瓜果蔬菜，摆脱了盐碱的侵害，重新获得了生机，开始成片成片地生长，自流灌溉，排碱排涝，绿油油一望无边，让河套儿女看到了金灿灿的希望。

尽管开挖排干听起来很美，但是我们那时候还小，还不太懂事。那年冬天，村里来了一群外村的民工，都是大小伙子、大姑娘。他们抄着甘肃民勤口音、河北口音、山西口音和陕西口音。有六七个民工被安置在我们家的西厢房。这些民工都是为挖三排干而来的。

那些日子，民工们白天很苦，有的手被磨出了血泡，有的挑担挑出了血痕，下工回来时一个个像霜打的茄子蔫不拉叽的，可等到吃了晚饭，拉起胡琴唱起歌，个个都精神饱满，又好像打了鸡血似的。

民工中不乏文艺人才，他们不仅嗓音天然混成，无雕饰，而且人人都能哼上几句地方小戏。每天夜晚，西厢房里可红火了。有拉二胡的，有唱二人台的，也有光着膀子靠近火炉子洗脸擦背的。我们这些小孩子们一听西屋的胡琴声响了，便再也坐不住了，三步并作两步跑过去凑热闹、看红火，懵懵懂懂的孩子们掌声不断，笑声不绝。

## 3

冬至过了，天气一天比一天冷。

我们的心也像这冷冬一样格外冰冷。天，阴沉沉的，冷风挟着冰雨从脸颊嗖嗖而过，落叶无声地躺在路旁的角落里，树枝儿瑟瑟发抖低咽着，踩着湿湿的冰雪路，一阵一阵的寒气袭来，人们抓紧裹紧了厚重的棉袄。

经过一个冬春的苦战，三排干终于挖成了，湍湍的流水，滋润着故乡的广袤土地。

转眼来到夏天，三排干两岸满眼都是绿油油的。

细雨无声，排干两岸小草风长。浅浅的，嫩嫩的，转眼之间已成了绿色的地毯。一群群牛羊，忘情享受着珍馐大餐。我们这些牧童在软软的草间，吹起蒲公英的小伞。纯真而浪漫的心，随着天上棉花糖似的白云自由地舒展，延伸，直到广袤无际的天涯。

田间蜂蝶匆忙，野花朵朵灿烂。粗壮的藜蒿，纤细的车前子，送来阵阵幽香。大小蓟盛开着粉白色小花，脆脆的秸秆喂得鱼儿肥肥的。清汪汪的水底，青蛙有唱不完的歌。飞鸟掠过水面，在涟漪上亮开喉咙，似与青蛙合唱，圆润而悠扬。

而在艳阳的中午，大人们都午休了，我们这些孩子们就不约而同、蹑手蹑脚推开家门，三五成群，向三排干进发，去“耍水”（游泳）。我很小就学会了游泳，从这一点来看，三排干功不可没。

夏日的渠岸很热闹。光着屁股的我们厮混在水中，抓着淤泥，把别人染得只剩下一眨一眨的眼睛。你追我赶，打起泥仗。玩够了再跳入水中，溅起的水花冲开了刺猬一样的头发，脱去了干裂泥土糊住的身体，露出了白白的胳膊，大腿和红苹果的两腮。有的小伙伴还能从数米高的三排干桥墩上跳下去，一口气能憋五分钟。

河边上笔直的窜天杨，伟岸挺拔。风起时，哗哗作响。

三排干里有鱼、草，还有小虾。夏秋之际，村里要在排干里“沤麻”，就是把麻一层层放在水里，上面压上重物，让麻完全浸泡在水中。这样浸泡过的麻，可以很轻松地从麻秆上剥下，然后用它来编成麻袋和绳子。

沤麻的时候，也是我们捉鱼的好时候。只见大量的鱼在水面上张大嘴巴呼吸。这时候，我们用箩筐就可以捞到很多鱼。大多是半斤至一斤之间的“板瓜子”（黄河鲤鱼）。

秋天，是我们玩“偷瓜”游戏的好季节。排干南面，有一片很大的瓜地，我们村的种瓜能手、以前的地主李玉文在看守着。我们一帮八九岁的孩子，凑在一起，拿了口袋，脱了衣服，向对岸游去，摘了满满一袋瓜以后，被他发现，一群孩子拽着口袋角，将瓜拖下水，凭借水的浮力，将瓜拉向北岸，然后便坐在岸上吃将起来，直吃得满脸都是瓜瓤和瓜籽。吃完以后，担心回到家里被大人打骂，便脱掉衣服，钻进水中，玩到天黑。

记得有一次，我们几个小伙伴又去偷瓜，刚刚游过排干，却不知李玉文老头已经抄了我们的后路，出现在我们放衣服的地方，将我们的衣服悉数拿走，分别交到了我们父母的手上。那是我们最尴尬的事情了。赤身不敢回家，在排干里泡了一下午，等到天黑才悄悄溜回家，少不了一顿痛打痛骂。

## 4

儿时的记忆总是美好的，三排干在我心中的分量曾一度很重。长大了，才知道那只是一条排水渠。围绕着三排干，也想起了一些零散记忆。

每年秋天，当地里的粮食收了，上了场面。生产队里喂牛的老汉就赶上十几头牛往三排干里走。磨磨蹭蹭一直到了天黑，才在岸上的一处空地上把牛聚起来，三五头一拢拴在树下，牛就在树下吃草。然后，找来一些树枝子，给自己搭了一个窝棚。他要一直等到天亮，再把牛赶回去。老汉常说，人不得外财不富，马不食夜草不肥。我们问他：你这牛天天吃夜草怎么就不肥呢？他眨眨眼，回答不上来。

不过，三排干倒是的确给村民的生活带来了种种变化。一是农田的盐碱化明显减轻，以往深度盐碱的土地寸草不生，现在可以种庄稼了。二是村民们在夏天有了洗澡的地方。男人有男人的地段，女人有女人的地段，各不相扰。日出而作、日落而息的村民，一天劳作，不约而同逢在渠边，掬一捧排干水，洗去一身的疲惫。三是村民的用水更加方便，栽树、和泥、洗衣服，可以随便取水。

更多的时候，站在三排干，眼前是一弯明镜似的碧水，岸上的路更宽了，村民拉土送肥、春种秋收，更觉方便。

## 5

阴山隐隐，渠水清浅。清清流淌的三排干，浸润着父亲的心事。

春鸟鸣渠水，花开迎新岁。春回大地，万物更新，处处生机，处处新绿。岸上花开，蜂歌蝶舞，处处甜美，处处芬芳。好一派春景。那河岸裸露着的泥土，被水一块一块冲塌，发出轰隆轰隆的声响。岸边，水草还微微乏着青，那悠悠然的羊倌儿，正赶着羊群儿，走在乡间的小路上。

父亲常年在外工作，与三排干真正地联系在一起大概是在他退休以后。三排干成了他拉土、拾柴乃至于锻炼身体的地方。每天早晨，父亲从家出发，经过三排干桥，然后来到后沙壕。那里是墓地，也是红柳最为集中的地方。

父亲的锻炼身体与众不同，他不是空着手，而是每次必有收获，空手去，回来时总是背着一背红柳枝，放到房子后面的柴堆上。退休后的那些年，直到病逝，几乎天天如此。他说有了这些烧柴，就可以节约不少买煤钱。他还常常赶着马车，把这些烧柴送往陕坝城里，那里有他的小儿子三虎一家。

应当说，两个弟弟同时结婚的时候，也是父母最最艰难的时候。三排干无疑见证了他们的艰难。

那时候一排房属于两户，每户都是一居室一厨房。且不说设计不合理，关键是他们一成家，父母就没地方住了。父母把正房让给他们俩，而他们自己却住在又矮又暗的南凉房，真是可怜天下父母心啊！

记得那个暑假我回去以后，也随父母住在那里。房子不通风，炎热难当。这且不说，母亲还要一日三餐伺候两个弟媳，十分辛苦。那一年冬天，南凉房实在无法居住，父母无奈搬到村里进城打工的一户魏姓人家，房子虽然也不太好，但总比南凉房好多了。就这样过了一个春节以后，弟弟三虎也觉得总这样不是办法，率先搬进陕坝城里。这样父母才重又回到了自己的住处。

有一年，快过春节的时候，父亲赶着马车到陕坝买年货。过了三排干，经过正番圪蛋（村名），很快就进城了。等他买好东西出来，却发现马车不见了。可以想见父亲是多么焦急。他向门口几个小伙子打听，人家随意给他指了个方向，父亲就急匆匆追赶去了。他非但没有找到马车，返回来的时候，买好的年货也早已不知去向。父亲真是心急火燎啊。于是，到广播站登寻物启事，万幸的是找回了马车，但是年货只好重新买了，让母亲好一顿埋怨。

又有一年开春，父亲从三排干边走过，发现水边有响动的水花。近前一看，是一条将近一米长的大鲶鱼。当时他手里只有一把铁锹。说时迟那时快，一锹落下，大鲶鱼被打蒙了。父亲于是只身下水，把鱼捞了上来。那条鱼可真大啊，我们亲眼所见，父亲把鱼背回来的时候，家里的大水槽都放不下。这件事，成了父亲的奇遇，他经常给我们讲他抓鱼的故事，让我们久久难忘。

还有一年，冬天下大雪，父亲出去放羊。他把羊赶到三排干上。这里有草有水。只要等到傍晚去接回就可以了。可谁知等他傍晚来到三排干一数，没见到那头老山羊，于是满排干地找，结果还是没找到。他觉得回到家里没法交代，就坐在三排干上默默地等，天黑了，母亲让弟弟把他叫回去了。对于老山羊的失踪，大家猜测没准是被什么人给吃了，有的说是狼，但是，谁都没有真凭实据，究竟是咋回事没人说得清楚。过了些日子，人们渐渐地也就把那件事忘却了，而父亲再也不去那里放羊了。

父亲在世的那些年，每年的春节我都要回去跟他们一起过。每一次回家，父亲总是早早地爬上房顶，远远地张望，盼着我回去。他说只要上房瞭一瞭，心里就踏实下来。一天要折腾好几回。那时候没有手机，屋里也没有电话，不像现在可以随时通话的。每次从房上下来，回屋躺在炕上，就眯起眼睛想自己的心事，或者跟母亲念叨儿子回来以后，怎么把年过好。母亲总是劝他，年好过，日子难过，孩子们都懂，关键是一家人团圆最重要。

三虎进城以后，父亲力劝老二利利也进城。那时候，家里还种着几亩地。父亲实在受够了，不想干了。我也同意父亲的想法。可母亲另有考虑，坚持再种两年。结果，当利利有能力进城的时候，父亲已经去世了。父亲没有实现他的愿望，我心里一直很酸楚……

如今的三排干，依然有水在流淌。只不过年久失修，塌方处处，芦苇纵横，已经看不出当年的模样。但是，每次回故乡，我都愿意到那里去走走，去看看。那里有父亲的影子，那里有父亲的足迹。父亲的坟茔就在三排干北侧的高地上。我知道，缓缓流淌的三排干，似乎记着父亲的梦，蜿蜒而去的三排干，似乎也留存着我的记忆。

更多的时候，只要有机会回乡，我就会来到三排干。风，轻轻拂面。看那渠水泛光，尽显涟漪。两岸花草，渠堤绿柳，青山月影，水中缓流。小渠旁，田野间，蛙声起，鸡飞狗叫，此起彼伏。宛若水墨丹青，犹如弦乐和鸣。除此之外，便是寂静。

此时，回首往事，我心中的三排干，似一首古老的歌谣，飘至我曾经的梦中；似一曲经典的弦乐，盘旋在我今日的怀里……

# 十八

每一个人的记忆深处，都珍藏着一座桥。

木心先生说：“桥，远远望去便有坚定淡漠的使命感”。吴冠中先生写《桥之美》，说的是桥的线条、色彩、刚柔的协调。古人有“水从碧玉环中过，人在苍龙背上行”的诗意。民歌有 “死没良心黄河水，隔断多少有情人”，这是由对爱的失落转化为对河的诅咒。传说中的鹊桥会，没有对银河的怨恨，只有对桥的期盼。没有诅咒，只有眼泪。

我记忆深处的那座桥，名字叫三排干桥。严格意义上说，三排干上面有很多座桥，我这里说的三排干桥，只是其中普普通通的一座，却是我小时候见过的最宽最大的桥。

## 1

那时候，家乡父老响应政府的号令，男女齐出动，“早战起五更，晚战满天星”，忍饥挨饿，肩挑手挖，于是乎大排干、二排干……七排干、八排干，一条条排干星罗棋布，遍布河套大地。

我们村子的后面的这条排干，就叫三排干。

三排干自东南而来，向西北而去。将整个村子的土地分成两半，连接处便是三排干桥。

三排干桥是一座三孔小石桥。记得刚刚建成时，桥两侧都有钢筋护栏。护栏的水泥柱上，写着毛主席语录，有“农业学大寨，工业学大庆”“水利是农业的命脉”等字样。桥两头，如同缩简版的南京长江大桥，上面有三面红旗，富有那个时代的政治特色。

小时候，远远望去，三排干像一条长龙逶迤在我们村后。20 多米宽的河床，还有从河里挖出的淤泥堆积在两岸，形成两岸各 10 多米宽的旱台，上面种植着杨树和柳树，当然也可以行车走路。河面上，有一簇一簇的水草，随风摇曳。水流清澈，不时可以看见成群的小鱼游过。青蛙的合唱，随着我们的到来，戛然而止。几只受惊的蜥蜴向岸边的沙子里乱爬。

一年四季，我们都要从这座桥上穿过。春天，小石桥如一道彩虹，静静地卧在碧波荡漾的河面上；夏天，它像一条玉带，系在流畅的河水腰间；秋天，两岸的树叶回绿转黄，凋落在柔软的河床上，如同万舟竞发；冬天，河水结冰，三排干桥孤零零地伫立在那里，轮廓分明。

在我的童年里，父母牵着我们的手，多次往返在小桥之上，看过春暖花开，看过绵绵细雨，看过迎来送往，看过婚丧嫁娶。岁月漫漫，赵家的子孙一茬又一茬，人易老，桥还在，落寞的夕阳渐渐收敛起光辉，悬在天边。桥头上，有两只归鸟，寂寞地扇动着翅膀……

## 2

在我的记忆中，三排干桥横跨在岁月的河流上，俯听流水淙淙，仰看日月星辰，承载着所有村民的脚步，谦卑地迎来送往。任时光渐渐流逝，让桥洞下穿过的习习凉风，抚慰岁月的苍茫。

我喜欢在没有喧嚣的三排干桥边漫步。就这样走过去又走回来，从少年走向中年。三排干桥，抚慰了多少游子回家的脚步，它是否知道，游子对家乡的情感，比桥下的流水还要深长。

记得三排干桥建成通车时，村民们是把它当作一件大事来看待的。记忆中村民们的大事有三件，一件是实行家庭联产承包，一件是全村通电，结束了煤油灯的历史。第三件就是三排干桥的建成通车。那一天，三排干桥两边的引桥上，悬挂着大红标语，桥两侧的栏杆上，挂满了彩带，就连下面的桥墩上，也贴上了福字。村民们敲锣打鼓，燃放鞭炮，像过年一样红火。我们村所在的乌兰公社党委书记刘尚杰也来了，还发表了热情洋溢的讲话。那时候我不知道，这位刘书记正是我中学同学刘千的亲叔叔。

早先，桥南桥北附近没有人居住，不像现在都盖满了房子。从我们家往北看，空阔无人，只有三排干桥兀立在那儿。

记忆中，村里一位姓刘的老光棍，一早一晚总要赶着羊群从桥上经过。每次看到，他总是那么冷漠，翻着白眼，呼哧呼哧喘着粗气的样子，有点瘆人。他手中的羊铲和羊鞭举得高高的，熟练地、稳稳当当地把羊群赶过桥面。那时的羊很瘦，瘦骨嶙峋的大脑袋像安装在四根棍儿上，眼睛深陷。羊倌儿也是如此。他看上去很凶恶，咧着的嘴里可以看见被磨损得残缺不全的黄色牙齿。他对羊很凶狠，我们亲眼见他把一只调皮的羊打得头破血流，那鲜红的血就顺着羊的嘴边涔涔流下。他对我们小孩子也是一脸凶相，动辄就用羊鞭抽打我们。或许他早已把怜悯和同情从自己的心中驱赶得一干二净。所以，每次我们从他的羊群边走过，都会胆战心惊，就像见了凶神恶煞一般，赶紧溜掉。

还有我三叔，我们有时在桥上对面走过，我们跟他打招呼，他分明听见了，却故意不搭理我们，甚至脸上连一点表情都没有。他穿着簇新的黑布棉裤褂，衣裳上面的袢扣很密，大约有十几个，从上到下整齐地排成好几排，很有点十八世纪欧洲贵族服饰的味道。他从我们面前走过，有一种傲慢的气势。不过我们都知道这种气势不单单是冲我们来的。所以，对于这种轻蔑我已经习以为常。因为桥是必须要过的，我们不是为了见他这副模样才过桥的。

说到过桥，我总是兴致勃勃，过了三排干桥，就离我们学校不远了。同样，过了三排干桥，我们家就在眼前了。

## 3

早先，三排干桥以北全是荒地，不像现在到处是良田。说明三排干排除盐碱的功用还是很明显的。

父亲是一名水利干部。他从城里回到农村的那些年，正赶上三年困难时期，种田的农民把收获的粮食都卖给国家了，自己却吃不饱饭。

为了解决一家人的吃饭问题，父亲开荒种地，起早摸黑，废寝忘食，一车又一车，一镢又一镢，一锨又一锨，用大约一个月的工夫打造出了几亩地。种上小麦、玉米、白菜。间苗、锄草、浇灌、收获，每一个环节都倾注着父亲的汗水，也凝结着他的希望。他没有抱怨，面朝黄土背朝天，任汗水肆意流淌，衣服湿透了贴在身上也不觉得难受。他面带微笑，仿佛看见了妻儿老小幸福的笑脸。

想想看，一个带病之躯，一个在城里工作的人，这些苦活累活，他是如何承受的。我想，唯有三排干桥，记住了他的起早贪黑，记录了他的寒来暑往。

三排干桥西北方向，原来是一片沼泽，很宽很长，水多的时候，就是一片湖泊。村民们叫“后沙濠”。因为有人在里面游泳，淹死了，村民们又把它改称为“死人濠”。

不过，我专门问过父亲，为什么叫“死人濠”。父亲的解释，除了人们通行的说法，还增加了一层传奇色彩。说当年日本人的先头部队端着三八大盖，已经来到这里。傅作义将军的五原战役，歼灭了敌人的有生力量，闯入“后沙濠”的这小股日本兵，也被傅作义的军队就地歼灭了。后来水面下落的时候，有人挖红柳根，在泥淖里挖出了几支步枪，都是三八大盖，证实了“后沙濠”“死人壕”里死去的有日本兵。足见“死人壕”是名副其实的。

三排干开挖的时候，将“后沙濠”拦腰挖断。靠南侧的那部分水边，成了村里的坟地，村里死去的人绝大多数埋在那里。到现在还能看见一个又一个小土丘。三排干北侧的那部分后来被村民们改造成农田。

父亲退休的那些年，“后沙濠”已经见不到水了。猛然间长出了无数的红柳，一簇一簇，满地都是。每年秋冬，父亲都要到那里砍红柳，拉回来作烧柴。时间长了，院子里堆满了红柳树枝。生火做饭自然方便。村民们都夸赞父亲勤快。

再后来，日子好过了，父亲不再去砍红柳。每天早晚他都要穿过三排干桥散步。而不少村民也都走过三排干桥，到“后沙濠”去开荒种地。我回家看到的“后沙濠”，不再是湖泊，不再是红柳，而是茂密的玉米和葵花。

## 4

有好几年，我回去后都要陪着父亲走过三排干桥去散步。

记得有一年春节，我们父子俩沿着三排干往西去看望居住在姑姑家的奶奶。一路上说了不少话。

路过爷爷的坟地，磕头烧纸过后我问父亲，爷爷去世这么多年有何感想。父亲说，起初是怀念，老想着一个鲜活的生命说没就没了。再后来就不这样想了。父亲是一个达观的人，他回过头来对我说，人不能过分沉湎于往事，也不能生活在回忆当中，不能生活在对美好往昔的怀念或对去世的亲人的哀念之中。一个人应当把心思放在未来，放到需要自己去做点什么的事情上。人们总认为自己过去的情感要比现在强烈得多，头脑也比现在敏锐。假如真的如此，就该忘掉它。说到这里，父亲加重了语气，他说生死就这么回事。“我死了以后，你们就把我火化了，骨灰随便撒了就行。”我嗔怪父亲，好时八节的，说这种话。父亲笑了，说平平你不要难过，生死是规律，真的没什么。经历了人世悲欢的老人，害怕死亡就有些可怜且可耻了。父亲爱看书，他还引用了罗素的一句话，他说，每一个人的生活都应该像河水一样——开始是细小的，被限制在狭窄的两岸之间，然后热烈地冲过巨石，滑下瀑布。渐渐地，河道变宽了，河岸扩展了，河水流得更平稳了。最后，河水流入了海洋，不再有明显的间断和停顿，而后便毫无痛苦地摆脱了自身的存在。

只可惜，那时候，我并没有太在意父亲的话，也没有在意父亲的衰老。

然而，父亲一语成谶，就在那年春天，他阖然离世。父亲去世以后，我们没有遵从父亲的遗愿，而是按照母亲的要求，把他埋在了三排干桥边的一处高地上。

如今的墓地，郁郁蓊蓊。陪伴父亲的除了这些红柳，还有三排干淙淙的水声。

## 5

三排干桥，曾经是父母送我迎我的地方。如今，只有我孤单一人匆匆离去，或者匆匆归来。

三排干桥，一座跨越我记忆河流的桥。它给我有趣的童年抹上了一层绚丽的色彩。后来，上学住校，时有离开，却终有归来，三排干桥都是我回村的必经之地。

尽管岁月的车轮带走了我的童年，但是每当我再次走向三排干桥时，依然会泛起点点惆怅的涟漪。

父亲过世后，母亲随我们到了城里，回村的时候明显少了。但是只要有机会回去，我都要去看看三排干桥，看看老屋，看看父亲的墓地。

我常常伫立桥头，痴痴地俯瞰桥下的流水。或者呆呆地远望巍巍的阴山。老屋、田野、水渠、红柳、沙枣树，早晨里的鸣鸡，暮霭里的吠犬，河渠里的蛙声。还有那乘着微风翻飞的燕子，以及踏着炊烟归来的羊群，构成一幅绝美的图画，挂在我心里，装饰在我的脑际。

沙枣花开了，红柳花谢了，三排干桥犹在，桥下的流水还在。可是，随着一家家的婚丧嫁娶，三排干桥迎来了新人，送走了老人，村里的新房盖起了不少，“后沙濠”的土堆也增加了许多。我父亲的7个弟兄，如今只剩下老六和老七。

或许，三排干桥能够准确地记录着时序的更替。或许，桥的这头是出行，桥的那头是归来；桥的这头是送行，桥的那头是盼望；桥的这头是春，桥的那头便是秋了。而我，却变成了“儿童相见不相识，笑问客从何处来”。

时间永是流逝，村巷依旧太平。平平常常的一座三排干桥，本算不上什么。只不过，如今的三排干桥，显得有些破破烂烂，桥两侧的护栏，早已不见了踪影，而三排干更是变成了一条臭水沟。

据说，污水是从城里的工厂排出的，沿着三排干行走，阵阵恶臭扑鼻而来，颜色如墨。我们知道，水是人类生存和发展的必要条件，是其他任何物质都无法替代的资源，没有水的安全，就没有人的健康。

要金山银山，更要绿水青山。可是在这里，污染环境的事件还在不断上演。到底谁之过？唯愿当地政府能够认真履职，正视民意，倾听群众呼声，切实行动，还村民一个美丽的家园。

# 十九

黄河，在我看来，是一条最富有人情、最富有灵感、最富有诗意的河。

小时候，常随母亲去黄河边洗衣裳。黄色的主河道，河水滚滚，宛如黄龙。岸边的拐弯处，河水潺湲，泥沙沉积，水草茂盛，鱼翔浅底，水反而是清的。大人们在上游洗衣服，不远不近，摆开了阵势。我们这些孩子们则在下游玩水，游累了，就在岸边捕鱼捉虾，好大一块区域，成了我们的乐园。当母亲把一件件衣服漂洗得干干净净，呼唤我们回家的时候，我们已经把抓到的鱼用树枝穿起来，一手一串，尽管有蚊虫叮咬，我们都会乐呵呵地随着母亲回到家里。

暑假，更多的时候，我常常会坐在岸边高处的草地上，望着远处田野上辛勤劳作的乡亲，望着眼前这一湾黄河，想着它究竟从哪里流过来，又将会流向何方。 这个问题困惑了我许久，直到学了地理课，才知道了答案。我很是兴奋和激动，如果我沿着黄河岸边出发，是不是就可以抵达大海？

青春年少的心，热切地渴望着出发，渴望着抵达。可是究竟要走多远和多久，才能抵达大海呢？没有人告诉我答案。曾经折了纸船，看它满载着希望徐徐启航，可它很快被风吹翻了，被水洇湿了，然后渐渐淹没。我也曾将那些摘下的花瓣抛洒向水中，那一片片粉红、金黄被流水轻轻托着，漂着，直到我再也看不见它们的影踪，或许它们能漂到很远的地方吧，我的心却生出一种莫名而悠长的伤感。我还曾沿着河岸，和伙伴们比赛着奔跑，终是疲惫又失望地归来。于是，总想幻生出一双透明的羽翼，在天空之下，河流之上，静静地飞翔，追逐黄河到大海。

后来，很长一段时间，在我成长和历练的过程中，奔跑和飞翔已然成了我的一种常有的姿态。从黄河岸边出发以后，我明白了黄河温柔平缓地流淌，那样平和，宁静与安详。如果不能像鸟儿那样飞翔，那就化作岸边的一株杨柳或者一丛狗尾草吧，站成永恒守望的姿态。于是，在课堂上，我思忖着我的梦想；在工作中，我放飞着我的夙愿，我脚踏实地地工作，勤勤恳恳地付出，健健康康地成长，从乡村走到城市，从城市走到首府，从首府走到首都。终于有一天，我来到了辽阔无边的大海。

经历了世间种种之后，终于明白，原来我与黄河不能分开。每一次来到黄河岸边，我总会发现许多美丽的光阴：春天的早晨，在河畔的鸟语花香中尽情谛听和呼吸；夏天的黄昏，在清凉的水波里游弋；秋天的夜晚，在河畔的小径拾一地银色的月光；冬天的午后，在柳树下的扫开积雪放上粮食喂鸟。快乐的时候，向着河水低吟浅唱；痛苦的时候，看着河水泪流。更多的时候，是静默地坐着，与黄河凝神相望。

还有什么会比黄河更绵长，更恒久，更丰富，更深邃的呢？黄河哺育了多少中华儿女，黄河流域孕育了华夏文明，黄帝、孔子，一朝朝，一代代，汇成历史的黄河；一天天，一年年，汇成岁月的黄河；圣贤，先知，哲人，大师，智者，构建思想的黄河；童年，少年，青年，中年，老年，走过人生的黄河。

黄河，我从你岸边出发，再回到你的身边。上善若水，知止乃厚朴，通畅便绝佳。黄河啊，你是我生命的河流，你让我梦想启程，你给我心灵依托，你赐我思想灵感，你让我激荡魂魄。

黄河岸边，我享受着“风送水声来枕畔，月移山影到窗前”的生活。

# 二十

红柳地，是我家乡那个村子的名字。

因为盛产红柳，纵横遍野，盛名久赋，于是乎便以红柳地而得名。当时的盛况，听父母讲述过。那时的红柳林里，绿草茵茵，野花遍地，还不时有野兔窜过。就是那些寒冷漫长的冬天，也是靠着烧红柳取暖度过的。

后来有很长一段时间，开荒种田，砍伐、焚烧，到了我上学的时候，已经极少看见红柳了。我们所能看到的，则是白茫茫的盐碱滩横亘在故乡的苍穹下。

尽管时间会冲淡记忆，将那些思念搁浅、风干。但有些事，即使经过流年洗涤，它只会褪色，却永远不能被忘却。

## 1

红柳地不大，有几十户人家，有几百亩良田。

村里多亲人。祖辈的，父辈的，平辈的，侄辈的，孙辈的，像一根藤上的瓜，串在村里的角角落落。根连藤，藤牵根。于是，村里大多数人就成了亲戚。

我喜欢回村的感觉，像一片树叶回归森林。这一片叶像一朵云，来去自由。回村了，亲人嘘寒问暖，离开了，只管悄悄地离开。

每年春夏，一片片绿荫环绕着村子。我们的村庄成了绿色的海洋。笔直入云的白杨，娇小叶片的榆树，蓊蓊郁郁的沙枣树，把村庄打扮成不同的模样。常记得，鹅黄的杨柳牵来春天，碧绿的麦田撑开夏天，金黄的玉米挂住秋天，一场大雪把村庄悄悄地藏在冬天。“狗吠深巷中，鸡鸣桑树巅”。更有布谷、斑鸠、麻雀，把村庄当成表演的舞台。气势恢宏的合唱，让整个村庄喧闹起来。

上小学的时候，我们每天都要从村子出发，沿着弯曲的小路，翻过三排干和几道沟渠。

那时的沟渠里总是有水，闪着粼粼的波光，吸引着我们去凫水。

小路边、地垄上，长满了各种野花野草。当然也有苦菜、田苣、蒲公英、车前子等等。放学后，背着箩筐挖苦菜，那是我们必须要做的事情。

旁边的后沙壕，因为地势低洼，盛满了水，周边生长了些许红柳。粗硬的根植进盐碱板结的泥土，红枝坚韧峭拔，绿绿的叶抖擞迎风。夏、秋两季是红柳花开的时节，一簇簇、一丛丛，似锦如霞。茫茫的盐碱滩上，绿而淡紫的红柳带给村野不曾有过的少女飘逸。

这里冬天是一片冰雪，其余时间则是一片汪洋。

## 2

顺着后沙壕东侧的道路，是一条出村的土路。

沿着这条路一直往北，可达正番圪蛋。当地方言，圪蛋就是一片高地，圪卜则是一片洼地。再远一点，就可以直接到达县城陕坝了。

那时候的镇番圪蛋是一个村庄，村民基本上都是从甘肃民勤县迁徙而来的。当地人称呼民勤人就叫镇番人，镇番人多了形成一个村，叫镇番圪蛋。

为什么叫镇番人？说起来是明朝的事。明洪武二十九年（1396 年），朝廷在这里设镇番卫，清雍正二年（1724 年）将此处改为镇番县。民勤如今是武威市下辖县，民国十七年（1928 年），县域以“俗朴风醇，人民勤劳”而得名。说起民勤，历史悠久，早在 2800 多年以前，这里就有人类生息繁衍，创造了“沙井文化”。这里，地处河西走廊，春秋时属秦和西戎，三国时被马超、韩遂占据，亦称关西。西汉武帝时，在县境置武威县、宣威县，后又置武威郡。前凉除置宣威县外，收祖厉流民在武威县附近置祖厉县，曾经作为五胡十六国之一的前凉、后凉的首都，原名盖臧，为匈奴所筑，后音讹为姑臧。一般认为就是现在的民勤县。北魏置襄武县及武安郡。唐初置明威府、明威戍。唐大足元年（701 年），于县东北置白亭军，后降为白亭守捉。明洪武中，置临河卫。民勤素有“人居长城之外，文在诸夏之先”的美称，历史上“文运之盛甲于河西”，是全省文化之乡和教育名县。

民勤东邻腾格里大沙漠，北接内蒙古巴丹吉林沙漠，西连祁连山，是黄土高原上的一片美丽的绿洲，也是古丝绸之路的必经之地。只是后来逐步被沙漠侵袭，生态严重恶化，百姓无法生存，大量迁徙。据说河套地区就迁来民勤人 30 多万。

民勤人的生存能力很强。据说苏武牧羊的故事就发生在民勤已经干枯的北海边。有句话叫作：“民勤无天下人，天下有民勤人。”一是说民勤之艰苦，外乡人望而生畏，不肯前来安营扎寨；二是说民勤人肯吃苦，敢于外出闯荡。

在民勤，常常可以见到这样的画面：一个农民，一匹骆驼，一辆小板车，在泥沙的路上缓缓走着，落日将他们的影子拉得很长很长。那张裸露的脸和手尽管是黑黑的，但是那转动的眼珠却是充满渴望的。

## 3

每当春天，我们都要穿过正番圪蛋这个村庄去上学，那是很费劲的一件事。

这里盐碱化严重，地面翻浆，水汪汪一片。要走过去就得小心，不小心就会陷入很深的泥浆里。我胆小，常常会舍近求远，从很远的地方绕开它。

不过，这个村子里有我一位小学老师，名字叫杨德寿，是个老牌师范生。那时候他给我们教语文，课教得好，我们都愿意跟他学。只是杨老师一直很辛苦，他的爱人就在这个村子里。他在教书之外，还要种地，生活一直过得不容易。上学那阵子，秋收的时候，我们都要主动到他们家的农田里帮着做一些力所能及的活。我敬佩杨老师的为人，敬佩他对爱人的不离不弃，敬佩他用阳光的人性来启迪我们，用温润的心血浇灌着我们。

## 4

我们的小学校就在三大股桥的北侧。

校园很大，这是相对于我们红柳地这个村子来说的。想想，我们的校园比我们村的场面大了很多。学校的大门是朝东开的，正对着旁边的公路。

学校的大铁门，相比较我们村里最普通的土坷垃墙、树枝栅栏已经是很气派了。大铁门漆的是蓝色，像大海的颜色，像天空的颜色，也许那是我最初梦幻的开始吧，海的气息，蔚蓝的天空，成了我梦的底色。

我们学校的教室是用砖头建成的，院墙则是无数青褐的乱石片堆垒着。只是如今已经见不到它们的影踪了，或许只能看见它们的遗址。不过，院墙的地基还在，依然是那样规直、平整，门道的墙角，还依旧呈直角线，很清晰，看上去很亲切。

现在看上去，学校的院子里已经荒草丛生，有的教室的门上挂着生锈的铁锁，有的墙倒屋塌。要知道，这里曾经是我们童年的欢乐世界，智慧的天堂。我们在这里留下了人生最难忘的故事。即使在冬天，冰天雪地，大家都在这里上课，冻得不行，老师就组织大家统一行动，集体搓搓手、跺跺脚，教室的窗户上，总有温暖的阳光照进来，照亮了我们的心，开启了我们的心智。

教室的南面是一个很大的操场，没有塑胶跑道没有绿茵草地，只是一片空旷的泥土地，间或有一些生命力顽强的杂草点缀着，散发着生命的气息。而操场上总是很热闹，有玩自己用废旧的自行车内胎剪成的皮筋的，有玩抓石子的，有玩玻璃球的，有玩老鹰抓小鸡的，尘土飞扬的操场上总是回荡着稚嫩的笑声。

那时候，大南渠的两岸以及三大股桥南北的公路两侧，长满了沙枣树。每年端午节前后，沙枣花开了。娇小金黄的沙枣花羞涩地躲藏在茂密的银灰色的枝叶间。它的周围，风是香风，路是砂石路，整个天地间回旋的是沁人心脾的浓郁和芬芳。

我们上学、放学，从沙枣花下徐徐而过，可见一朵朵嫩黄的花朵挂满枝头，如片片浓淡相间的黄色锦缎。一阵阵的清香总是让我们流连忘返。姐姐们喜爱沙枣花，有时候，还要让我们折几枝带回家，插在盛满水的玻璃瓶子里，满屋子的清香，好几天都不会散去。

后来我升中学、上大学，离开故乡四十多年。历经了四十多年风雨，学校已经成了荒草林中的塌墙破院。但是，那些院墙、大门，有的还依然那样“坚守”着，似乎在眺望着游子的归来。

## 5

红柳地，没有了红柳便没有风景。

如今，阡陌纵横的田野上，散落着破旧的村落，土坷垃垒砌成墙。而当年，虽然比现在还要贫困，但人们的精神状态远比现在要好。

水是生命之源。水井是村人、畜禽的生存保障。吃饭，要水；饮用，要水；洗刷，要水；畜禽，要饮水；花木蔬菜，要浇水；砌墙修房子，土木建筑，更离不了水。

记得村东头有一眼水井。这是全村人、畜的生命所系，马虎不得。

有了井，挑水，成为我们永不磨灭的记忆。一副扁担两只水桶，从父母的肩上，渐次传递给大姐、二姐、三姐、我，还有两个弟弟。挑着水，饿着肚皮，肩膀上似有千斤重担。我常鼓励弟弟要勇敢，要坚持，弟弟默不作声，只是憨笑。就这样我们会一桶一桶地把厨房里的水缸盛满。

因为有井，人们结束了游牧生活；因为有井，家才有了固定居所，人生才有了住址。我常常觉得那时好，山可以随便登，佛可以随便拜，桥可以随便过，水可以随便喝，空气可以随便吸，所有这些东西都是免费的。多一份免费，自然便多一份自由，少一份生存的压力。

有时候，放学后去挑水，路过邻居家，赶上人家正在饭点，好心的老奶奶知道我正是长身体的时候，常常会端着一碗饭，把我拦住，非得让我吃了再挑。那一碗金色的黄米饭，成了我永不褪色的记忆。

水井，是我内心深处饱蓄泪水的眸子，只要岁月的风轻轻一吹，就要流出泪来。

## 6

村委会在整个村子的中心位置，包括牲畜棚圈，很长的一排。后面就是一个硕大平坦的场面。场面上堆放着麦秸、玉米秸，高高的，像小山一样。我们常在那里玩。大人们担心我们把麦垛烧着了，一旦发现，总要把我们驱赶得远远的。

那时候，吃不饱饭，我们一群小伙伴就会钻到牲口圈去偷吃马料，马料基本上都是把玉米和大豆煮成半生不熟的样子。我们大把大把地把豆子装在自己小小的衣服兜里。然后钻到麦垛中偷吃。半生不熟的豆子，吃到肚子里是会胀气的，一个个小伙伴们，那屁放得就像是在比赛，惹来笑声不断。

有时候，我们还会到磨坊去玩，或者专心看着骡子拉着磨盘在磨道上转悠。我们有时也帮着大人把米或者面粉装进袋子里。那个时候，父母是幸福的，我们也是快乐的。

那时候的磨坊是丰收和幸福的象征。磨坊的忙碌，表示有了粮食需要加工。磨坊的兴旺，是全村兴旺发达的最强音。但是现在的磨坊没有了，剩下的只是用过的半扇磨盘，被村人垒进了猪圈、厕所、院墙。

每次回到村里，我常常会沿着村间小道，走走停停，尽可能找到隐于时光深处、水边渠畔的那些磨盘，似乎要从它们身上，找回久远的曾经。

## 7

有时我想，故乡，其实根本不需要地址和空间，它是有容颜和记忆的，也是有年轮和故事的，它只需要岁月依据、视觉感应、细节支撑就足够了。

在我的记忆当中，饥饿，就是记忆目录当中排在最前面的一个。

那是一个饥饿的年代。饥饿，对于任何生灵都是一种悲哀、一种折磨。那个年代的饥饿的程度，是锥心刺骨的。它的难堪、难耐、难忍和无奈，很难用一两句话来概括。

记忆中的主食多是玉米面的饼子或窝窝头。每年开春，村东那棵大榆树的树叶、榆钱，总是被捋得干干净净。记得打小就跟着大人到田野里挖野菜，所以当地什么野菜能吃，什么野菜不能吃，从小我们就知道。

在饥饿的年代里，最苦的就是父母，他们为了养家糊口，就那么忍受着生命极限的考验，保持着做人的基本人格，而且还顽强地活着，活得没有怨言。他们就像红柳和沙枣一样，任风霜雨雪残酷无情地吹打，也从没有见它们低过头。

在物质极度贫乏的岁月里，食物被人们当作神赐予的礼物一样顶礼膜拜。记得小时候吃饭时，每次父母都会把碗舔得干干净净，对不小心掉在地上的食物会立即捡起来把土一吹就塞进嘴里，同时也教育我们要珍惜食物，绝不允许浪费和糟蹋粮食。

## 8

那一年寒假，生活实在难以为继，父亲给二姐和我找了一份苦力活——拉石料。我理解父亲，他也是不得已而为之。

我们要在包兰线蓿亥车站附近，把那里的石头装在平板车上，然后顺着铁道，拉着车，卸到父亲工作单位的二闸。一个土石方，只给很少的钱。尽管如此，总比没有钱强啊。

一开始，我和二姐还信心满满，但那毕竟是一项重体力活。不仅仅要装卸，还要拉着重车爬坡走 2—3 公里。衣服磨破了，鞋子磨破了。大多数时候，二姐心疼我，总是自己驾车。有时候，我可怜二姐，也逞能驾辕拉过几次。要知道，二姐那时也就十八九岁，我也只有十二三岁，那种强苦力，真的吃不消。再加上我们经常饥饿，身体相当孱弱，结果，十多天以后，我突然生病了，气管发炎。父亲很着急，抓紧给我看病，打针输液。稍好，便护送我们回家了。

为了这件事，父亲觉得很愧疚，后来总说不应该让我们干这样的活。可我们知道，父亲孤身在外，省吃俭用，他也很不容易啊。但有三分奈何，他怎么可能让我们姐弟俩来干这样的重体力活呢？人生之万千艰难困苦，那时我已经尝到了一二。

## 9

村里的田地，被三排干拦腰切开，分成南北两半。北面只有排干岸边人工栽培的一片树林。南面，爷爷家的东侧是一个树园子。还有就是离村子很远，在村子的东南方向有一大片林地，我们叫它老黄树园子。

树多的地方鸟就多。小时候，我们常常在这些地方用铁夹子捕鸟。这些鸟，有麻雀，羽毛灰褐色，不易存活。还有山鸡，个头比较大。还有脖子下面是红色或者蓝色的鸟，看上去很美。再有，一种很凶悍的鸟，嘴有鹰钩，目光犀利，我们管这种鸟叫“虎卜郎”。这种鸟喜欢吃蝲蛄，我们就从地下把蝲蛄挖出来，拴到铁夹子上。然后，把它们放在离树较远的地方。我们则撤退到更远的田埂旁。远远地注视着鸟斜刺刺冲向铁夹子，发出“唧唧唧”的叫声。我们便飞跑过去，小心地把夹子中的鸟取下来。一不小心，就会被鸟叨破手。当我们把鸟牢牢地握住，然后再在它的脖子上拴上一根绳子的时候，小伙伴们就欢呼跳跃起来，那种成功的雀跃，长久萦回在我的脑海。

而如今，那些渠畔的树木不见了，沿途是大片的麦田、玉米地。却不知道什么时候，红柳大量繁殖起来。枝柯繁密，荫翳如盖，老皮皴裂，枝柯间甚至架着一只很大的鸟巢。父亲在世的时候，每天都要出去拾捡红柳作烧柴，以至于我家后院到如今依然有一堆红柳的干枝，看到它们，我就不由得想起了我那可怜的老父亲。

## 10

我们住了多年的老房子，如今也空寂在那里。院子里长满了红柳、枸杞和蒺藜。为了保护它，我们采取了一些办法，给它加固了院墙。三弟还专门把院子里的杂草做了清理。

每一次回到故乡，我都要找时间回去看看老房子，情愿待在院子里。我是个恋旧的人。旧是一种感情，老房子伴随着我的童年、少年，它替我们遮风挡雨三十余载，如今被岁月侵蚀得斑驳陆离，好几处地方开始漏雨，可我还是喜欢它的朴素、简约、沉静、睿智，装满久远的故事。

每次看到老房子，我的心里就有了一种比较、一种平和，一种温暖。是啊，不管我们走了多远，这里，才是我们的出发地。

## 11

有一种痛，总是寻着间隙在我脑海中弥漫，有如藤蔓般地爬满了我的身心。

父亲的墓地坐落在三排干北侧的一块高地上。

墓地北面，可以清楚地看见阴山，三排干从它的前面缓缓流过。近瞰流水，远眺阴山，山色苍茫，长风浩荡。墓地周围，到处都是红柳树。可以看得见纷飞的蝴蝶，听得见低一句高一声的蛙鸣……

山之巅，水之边，劳动、欢歌……又一个春天到了，远处的乡亲已经开始了耕作。昔我往矣，杨柳依依；今我来思，雨雪霏霏。转眼，父亲离开我们已经有20多年了，而他老人家的音容笑貌却并没有走远。

诚然，人们以几近相同的过程来到这个世界上，却可能以不同的方式逝去，最终回归自然。所有人生开头是一样，结尾也是一样的，只是期间有着生物、精神活动诸如探索、希望、努力和奋斗，艰辛、痛苦、幸福和悲戚的过程。没有人不在乎死亡，人们都希冀永生。可是，自然规律是不能抗拒的，没有永恒，也没有永生。

## 12

村子里，还住着我的大姐、大姐夫。如今他们都是60多岁的人了。

乡间的道路，不是沙尘弥漫，就是一片泥泞。他们家的房子，泛黄的墙壁，剥落的墙皮，只有房顶上的炊烟，院墙下的一棵老树，或者檐前的一丛打碗碗花，充满了生命的绿意。

房子的前面，是广阔的田野，浑厚的黄土。大姐和大姐夫在这里养老育幼。艰苦的生计，对生的渴求，与命运的抗争，伴随了他们一辈子。如今老了，儿女们都出去了，他们哪里也不想去了。星星和月亮，就是陪伴他们的灯。

好在，这里的红柳越来越茂盛，这里的天空越来越蓝，这里的白云，白得没有一丝杂质，你会觉得它才是真正的云彩。

村庄还是这个村庄。厚重粗朴，宁静悠长。似乎一切都已改变，似乎一切又未曾改变。白色的太阳下，一阵薄薄的清风拂过，几家屋檐下的三只麻雀，翻卷着羽毛，懒懒地鸣叫出几声寂寞和冷清。

此刻，我就站在三排干桥头上，春风猎猎地吹来，我的童年也曾有过这样吹来的风。只是在北京，我再也领略不到这样清洁舒爽的风了。

# 二十一

童年是什么？是树上的蝉，是水中的蛙，是牧笛的短歌，是寻找的迷藏……

不过，童年最值得回忆的是儿时的伙伴。

一声呼唤，儿时的伙伴，仿佛又回到梦中的故乡。

儿时的伙伴，还记得一起遥望深邃星空的日子吗？两小无猜、亲密无间的日子，陪伴我走过了美丽的童年；还记得我们手牵手站在风中歌唱的情景，那是最无忧最纯真的年华。

轻轻打开记忆的门窗，再次回到童年。那挺拔坚韧的杨柳，那清香四溢的沙枣花，还有那河渠纵横、整齐划一的田野，是儿时最清晰的画面；那静谧的操场，书声琅琅的校园，清脆悦耳的铃声，是儿时最美好的向往。

儿时的伙伴，我们在放学路上叽叽喳喳，回家扔下书包就朝外奔。于是，屋后的打麦场在寂静了一天后沸腾了，在那飞扬的尘土中，裹着我们的呐喊、争斗与笑声。女孩子们一改往日的文静，可以肆无忌惮地吼叫，也可以蹦跳如常，尤其在跳皮筋的时候，更能显现她们的特质。当月亮爬上树梢，家人呼唤声声，我们的喧哗却依旧弥漫在村子的上空，与那袅袅炊烟相绕而上。

二叔家的成哥，是个机灵勇敢的孩子王，和我们一起捉迷藏，黑暗中我害怕地叫着成哥，成哥以绝对的男子汉的模样对我说："别怕，这里有我！"

胖乎乎的小弟，我们亲切地管他叫三虎。这个直到上学还要向老师请假回家吃奶的家伙，天生就乐观，好像从来就没有什么可令他发愁的事情。在那高高的黄土堆上，我教他学会了写自己的名字。我们一起捡柴、拾粪，他时常跟随着我，不离左右，从不惹人烦。常记得给他掏耳朵的日子，我把火柴棍塞进他的耳朵里，他疼得流眼泪还让我继续给他掏。

二女子，那个小伙伴中穿得最好、成绩最差、最爱吵架的女生。得理不饶人。不过，自从我姐嫁给他哥，见面时仍会淡淡一笑打招呼，只是那笑容里面已找不到多少喜悦和亲切的成分。

李五，那个精瘦的家伙，那个爱惹是生非的家伙。经常和伙伴们吵嘴、打架。但是，无论我们怎样争吵和冷战，我们总有雨过天晴的时候，还是会笑着在一起度过属于我们的日子，这小子后来死于非命。

李丑，是个颇有心计的家伙，为了掩护犯错误的他，我曾经把老师写给他爸让我代转的字条扔进了垃圾箱。可是最后还是被老师发现了，我们一起被训斥却相视而笑。关于李丑，稍后将展开细说。

王蛇，独生子，机灵鬼，他可以上树掏鸟蛋，可以把一个指头塞进泥洞抠出河里的泥鳅，可以用自制的弹弓打鸟，可以一个猛子扎进河里摸出岸边泥淖里的鲫鱼……

儿时的伙伴，正是因为有了他们，那段童年时光永远充斥着无尽的回忆和永久的快乐。穿梭在人生的记忆里回望，那一张张熟悉温暖的笑脸始终不曾模糊、不曾消失。

童年，永远留在了那片无人注意的河套平原上，我们的笑声永远停留在那空空荡荡的操场和那一扇扇曾经透着昏黄灯光的教室里。

# 二十二

前面提到的李丑，小名丑丑，是我儿时的伙伴。在那个异常贫困异常沉闷的年代里，我们一起见证着“文化大革命”的风风雨雨。

李丑名叫李中鳌。除了在学校里，平时我们都叫他丑丑或李丑。李丑出身地主家庭，父母经常挨批斗，严重影响了他的学习和前途，以至于天资聪慧的他，并没有沿着学习的道路走下去，至今仍然居住在家乡的小村子里。

小时候，我们都能友好相处。学校里，我们都是好学生。每次考试我们都争先恐后，提前交卷。并且我的分数总是全班第一，总要比他高几分。李丑争强好胜，从不善罢甘休。只不过他的最大弱点是爱骄傲。一骄傲就马虎，所以，明明该做对并且蛮有把握的题，他一骄傲就做错了。或者为了提前交卷，漏做了题。结果成绩总是不理想。为此，同学们就开始不叫他官名了，直接叫他“李骄傲”。尽管如此，李丑却会对同伴们说，他学得活泛，别人学得死板，说他的智力比其他人强。这是在学校里。放学以后，我们是好伙伴，割草、积肥、拾麦穗，或者放马、追野兔、掏家雀，我们几乎都在一起。不同的是，李丑是娃娃王，在同伴中有号召力，很会拉一帮，打一帮，有些小伙伴认知力差，也喜欢听他的指使，他们会主动听他指挥，他指到哪里，就打到哪里。比如蓄意欺侮某个女生，故意找茬欺侮某个同学，或者给老师起外号，呼啦啦出去，呼啦啦回来。只有我比较独立，有自己的判断，不怎么听他的。他在学校里不能把我怎么样，回到村里，他就暗地鼓动小伙伴们蓄意孤立我。

假期，是我们最为自在的时候。大人无暇管我们，李丑就更加肆无忌惮。专门带着一伙少年，到邻村寻衅滋事，偷人家的瓜，拔人家的萝卜，祸害人家的庄稼。被人家发现了，就与人家的同龄男孩打架斗殴，有时候也会胆大包天地与几个比我们高出半头的青年大打出手。每逢激战之时，李丑就会怂恿其他伙伴冲出去，打先锋，而他自己则以躲躲闪闪的方式在不远处观望。他说自己是总指挥，要求其他人听他的。当他发现局势不对，尤其是发现人家的家长出现时，他便率先一个人逃跑了。所以，每次失败，挨打挨揍的总是别人，面对一个个头破血流的同伴，他却在那里指手画脚，说这个不行那个不对，唯有他最高明。

邻村有个同学叫王蛇，最看不过他。有一次李丑带一伙人与他们滋事，把邻村同学打得抱头鼠窜，就在他们全面溃败之时，王蛇出现了，只见他手挥菜刀，满脸鲜血，冲杀出来。这个满脸鲜血的家伙，一副赴汤蹈火准备英勇牺牲的模样，中国有句俗语：软的怕硬的，硬的怕横的，横的怕不要命的。李丑这一帮人见状，落魄而逃，绝尘而去。那些刚才还在抱头鼠窜的邻村孩子，立刻狐假虎威，也喊叫着追赶上去。从那以后，李丑真正领略了王蛇的厉害。李丑一伙人再也不敢公开欺侮邻村孩子了。长大后我问王蛇，你那天怎么把自己弄得血流满面，谁曾想王蛇的回答很干脆：那天我家杀猪了，脸上抹的全是猪血……

王蛇成名以后，和我成了好朋友。李丑对我更加无奈。不过，李丑的手下，也培养出一个怪才，外号叫“如来”。这位同学的父母有一天和邻居争吵，大概是怀疑邻居偷了他们家几个玉米棒子这样的小事。随着争吵的不断激烈，两户人家动手打了起来。如来也加入进去了，选择了最弱的一个对手，他伸出右拳，对准邻居家漂亮女儿丰满的胸脯打去。在那个年代，一次对少女乳房的瞬间触及，可以改变一个人。因为我们成长在一个极端的年代，打架斗殴时，可以胆大妄为，渴望女性真实的肉体时，反而战战兢兢。

李丑早熟。曾经有一次，他用粉笔悄悄在我们教室的黑板上写下“爱情”两个字。这是一个大家心领神会可是从未使用过的两个字。班上的好多女孩子，看见这两个字不仅脸红心跳，而且谁也不敢上去把它擦掉。还有更出奇的，我们的班主任是一位年轻女教师，尚未结婚，上课以后，看到这两个字也很难为情，最不可理解的是，整个一堂课，她都在仔细盘问这两个字到底谁写的，有一点逼供的意思，同学们大都不知道，有的虽然知道是李丑写的，又不敢说出来，怕得罪李丑。

一连好几天，班主任老师都在追查。只可惜功亏一篑。这件事惊动了别的班级。那些同学暗藏朝圣似的心态，面带批判者的表情，叫嚷“抓流氓”的口号，纷纷趴在我们班的门窗边观看，乱混混的。班主任老师也有点下不来台，先后将我们班所有男生的作文本收缴上去核对字迹，最终没有发现“嫌疑人”，只好不了了之。李丑也算是躲过一劫。

李丑的故事还有许多。我们上中学的时候，正好是“文化大革命”后期，当时的男生和女生之间是不说话的，虽然非常想说话，可是不敢说，就是爱慕对方，也只能偷偷地用眼睛看看而已。李丑胆大，有时会悄悄给自己中意的女生写纸条，比如要送给对方一块橡皮一支铅笔之类，来传达爱的信息。接到纸条的女生立刻明白那小子想干什么，女生普遍的反应是紧张和害怕，假如纸条一旦曝光，女生就会深感羞愧，好像是她自己做错了什么似的。在今天，中学生谈情说爱早已在心理上合法化，在舆论上公开化，而在那时则是一件完全不可思议的事情。

如今，李丑已经像我一样，是50多岁的人了。他有一儿一女，且早已成家，都在城里。有一次回村遇见李丑，他正在赶着马车。秋收大忙季节，不好耽误他。看上去，他的面相比较老。见到我，有一点点客气，有一点点羞涩。问到生计，他说在村里比上不足比下有余……

# 二十三

知青，是一个在特殊时代由特殊政治环境缔造的特殊人群，或者说是一个特殊名词。

由于那时候我们村的条件比较好，所以很长一段时间，并没有接纳下乡知青。直到“文化大革命”后期，村里才来了一位男知青。原本上面说要来好多知青的，村里为此专门为他们盖了一排新房子。尽管是土木结构，但毕竟是新的。那一排簇新整洁的平房，那一扇扇明镜一般的玻璃窗户，引起了全村男女的广泛关注。

知青到来之前，村里专门安排人把屋子收拾得干干净净，用村长的话说，就是生怕委屈了城里的娃娃。收拾停当以后，全村人一心期盼这些城里的娃娃来，可结果只来了一个，这让村里人多少有些失望。

我那时正在上小学五年级。对知青的到来也感新奇。放学回到村里，就赶紧和弟弟们一起去看。尽管早先我们也知道一些知青的传闻，说他们不认真出工，成群结队到处窜，沿途偷“社员”家的鸡，用鼠药毒狗，偷蔬菜水果，甚至连远未成熟的瓜果也不放过；还有说他们男女勾肩搭背，不拘礼法，下河洗澡脱得一丝不挂；还有说他们一年到头不洗衣服，换下的脏衣服随便堆在屋里，下次换衣时，就从脏衣服堆里去翻拣……总之，人们感觉他们就是一群怪物，叫“知识青年”倒不如干脆叫“无知青年”，这样更恰当。面对这样的一些传闻，我们真想知道真正的知青是什么样子。

我和弟弟来到知青住的房子时，屋子里挤满了人，男男女女，说说笑笑，好不热闹。中间一个高挑、白净、清瘦的男子正在忙前忙后。我们根本挤不进去。只听见村长说这知青叫王力生，17 岁，刚刚在城里高中毕业。住的问题解决了，吃的问题就每家每户轮流转。这样也便于尽快熟悉村民。希望村里人多关照。我在外边听着，希望他能够早一天来到我们家。

这一天终于要来临了。前一天晚上，母亲让我们兄弟先去知青那里打个招呼。一进入知青住的院子，一阵优美而低沉的口琴声就飞进了耳中。我们轻缓地走到窗前，看见王力生独自坐在方桌边，鼓着脸颊，旁若无人、聚精会神地吹奏着。那支曲子我熟悉，是朝鲜电影的插曲。“有位年轻的姑娘送战士去打仗”……我们听了一遍又一遍，好像我们不是来打招呼而是专门来听曲子的。回家后母亲问起我们，我们才如梦方醒，又赶紧跑去把第二天在我们家吃饭的事情告诉了王力生。

这个知青的出现，让我们封闭的乡村百姓开了眼界，也让我们这些孩童有了一个好的去处。王力生在我们家吃过饭以后，我们晚上有事没事常往他那里跑。学唱歌，听故事。在他那里，我们学会了好多在课堂里学不来的歌曲。我的弟弟后来成了王力生的朋友，他走到哪里，弟弟就跟到哪里。并且弟弟学歌也快，于是一支新歌，我们很快就可以传唱起来。

知青王力生后来很快就回城了，他的模样也渐渐淡忘了，但是他的歌，我们记住了。老实说来，那时农村并不缺乏劳动力，但知青的到来，作为文化载体的功绩不可磨灭。他们的拼搏精神对于后代，是一种激励。

英国历史学家汤因比说，安逸对于文明的发展是不利的。知青少小离家奔生存，用稚嫩的生命“战天斗地”，用汗水、泪水、鲜血谱写壮丽青春的过程，孕育了知青文化。别的不说，单就他们当时所传唱的那些歌曲，像《卖花姑娘》《少女之心》等，这些朴实通俗、非常生活化的歌曲，虽然直白，但优美动听，韵味十足，是对人生际遇的咏叹，也是对心灵的自我抚慰。他们弥补了那个时代农村文化生活极度贫乏的缺陷。

除此之外，知青还带来了我们从未见过的城里人的生活观念与方式，成为我们村里年轻人模仿的活样板。首先模仿的是服饰、发型和口语，再到价值观念、思维方式，尤其对改变男女授受不亲，起到了耳濡目染、潜移默化的作用。人们从看不惯的稀奇，到跟着身体力行，再群起跟风中跨越，在逐渐看惯中质变，最终战胜了传统，树起了新风。

# 二十四

印象当中，故乡的冬天最难熬。

每年入冬以后，日子一天比一天寒冷。来自西北的寒流，一阵阵爆发，如同不断拉动的巨大风箱，随着节奏的加快，天空变得更为肃杀。

有时候，天是铅灰色的，在印象里大都比较苍茫深远。灰白的太阳奋力拨开云层之后，已经柔弱无力了。光线轻轻飘落在身上，宛如病恹恹妇人的手。

田野的庄稼早已收割，几只寒雀瑟瑟地站在枝丫上，凄切地叫着，风把麻雀的羽毛吹开又合上。它们可怜巴巴地晃着脑袋觅食。一旦发现幸存的谷粒，好像哥伦布发现了新大陆。山岭上岩石裸露着，风把浮土揭下再揉碎，满天空抛洒。往日的萋萋芳草，如今又瘪又黄，随风摇曳。

尽管天气寒冷，孩子们却不偷懒。伸手不见五指的清晨，就被大人催促起床上学，寒风从袖口、领子、衣缝里灌进去，冷得直打哆嗦。土路冻得坚硬如铁，踩上去把脚震得发痛。学校就在旷野上，看上去像陈旧的画。教室的窗上糊着简陋的麻纸，随风作响。老师写字的手冻僵了，同学的钢笔水冻结了，于是，老师就叫大家一起有节奏地跺脚，用劲越大声音越大，渐渐地，寒冷减少了。上课期间，不时也可以听到隔壁教室里传来的踏步声。

每当下雪的时候，那纷纷扬扬的大雪，满天满世界地飘着，笼罩了我们的学校，将山遮住了，将河填满了，将房屋刷白了。远远望去，那六角形的精灵，挥挥洒洒，无穷无尽，无休无止。

故乡的冬天难熬。不过故乡的土炕最难忘。

在河套，土炕是谁都知道的。那个时候，这里的家家户户，几乎都没有床，土炕就是一家老小的床。小小的房间，土炕占去了一半，一铺土炕，既是客厅，又是厨房，又是卧室。

土炕护佑着我的童年。那时候，我们姐弟放学回家，几乎都是在土炕上度过。我们在这里吃饭，在这里睡觉，在这里学习，在这里打闹。土炕上，我们的餐桌就是书桌。饭后，我们围着桌子写作业，父亲在一边读书，母亲则常常在旁边缝补衣裳。昏暗的油灯下，一家人都有自己的所为。尽管那时的物质生活极度匮乏，一家人几乎都是衣衫褴褛，并且有时真的饥肠辘辘，但是我们都能够积极向上，大家都在憧憬着过上好日子。没有怨言，没有责怪，有的只是奋发和欢畅。

土炕是我们的栖息地，土炕也是我们的幸福花。那时候，我们最最期盼的是有客人到家。舅舅、姨姨给我们带来了糖果；叔叔、姑姑给我们带来了蜜瓜。我们欢乐地度过一个个春秋，迎接着一个个冬夏。看到亲戚和父母盘腿围坐在炕上，相互寒暄，唠着家常。我们的心里也乐开了花。等到母亲呼唤“吃饭了”的时候，我们会看到最好吃的油烙饼炒鸡蛋，家里用这道饭菜招待着客人，也改善着我们的生活。这时候，一铺土炕，成了美好生活的享受，也成了维系亲情的所在。

土炕开发着我们的梦想。寒冬腊月，院子里太冷，这样，一铺土炕就成了我们畅想天空的地方。姐弟们围坐在窗前，透过窗棂，寻找着星光。在这里，我们细数着星星，什么北斗星，什么牛郎织女星，整个一条银河，引领着我们的想象。有时，父亲给我们布置着额外的作业，让我们写一写窗外的月光，我们经过一番观察，经过一番思考，写出来的东西各具特色。最有意思的是小弟，他想走到月亮之上，抓住那只玉兔，再看看嫦娥那美丽的衣裳。

土炕触发着我的感伤。长大后，从乡下走向城里，我们逐渐离开了土炕，甚至彻底告别了土炕。如今，不管什么高级的床，功能只有睡觉，再不具有土炕那种亲和，那么让人联想。尽管房间和空间越来越大，却没有了土炕的快乐与风光，它让我们永远失去了那种宁静与温馨的情愫以及对未来生活追求的那种理想的翅膀。这时候，多想再看看土炕。但是，当我再看到它的时候，心里却充满无限的感伤……

# 二十五

对于现如今的孩子们来说，不懂得饥饿的含义，也不知道为什么会产生饥荒。但是对于我们这些60后来说，饥饿却是切切实实抹擦不掉的痛苦记忆，甚至于至今依然心有余悸。

人世间的真理很多，不断地启迪着凡夫俗子，古今中外的贤哲大德，都以自己的学说教化世人。可是，说一千，道一万，吃饱饭是硬道理。“人是铁，饭是钢，一顿不吃饿得慌”。普通百姓，尤其是远离城市喧嚣的农民，他们以各自的方言土语，揭示着这个颠扑不破的真理。

人们常说的三年困难时期，指的就是从1959年至1961年期间全国性的粮食短缺和饥荒。其实，我记忆中的饥荒何止这3年，可以一直延续到1978年以前。所以，在我的印象里，饥荒是漫长、黑暗而又难以熬煎的岁月。那时缺吃少穿，人们穿的衣裤补丁摞补丁，但只要洗得干净，就没人笑话；没有吃的，每天饿得肚皮贴背、头晕眼花，那滋味可不好受喔。这种日子时时刻刻伴随着我们，煎熬着我们，折磨着我们，激发着我们的想象，鼓动着我们的期待，让我们对未来寄予了太多的憧憬。

永远不会忘记，在那饥寒交迫的日子里，父母的盘算，父母的惆怅，父母的艰难。为了养育我们姐弟六人，他们吃尽了人间苦，受尽了世上罪。五黄六月，青黄不接，漫长的夜晚，凄苦的寒春，是父母最最难熬的日子。为了活命，母亲总是想尽一切办法弄来吃的东西，只要能填饱肚子就行，根本不知道下一顿从哪里来。

很多时候，几乎什么粮食都没有了，偶然有点面汤，稀得能照见人影，这种艰难的境况一直持续了多年。开春后，麦麸、谷糠、高粱秆磨成面，都成为填饱肚皮的食品。到地里挖野菜成为各家各户的头等大事，什么苦菜、灰菜、地边采、岌岌牙、猪耳朵菜、柳树芽、榆钱，几乎都吃遍了。我曾看见饿极了的老汉看到一只蚂蚱飞过，就赶快用鞭子打下来，然后抓住就吃掉了。村里的榆树都成了光杆。夏天，学校组织我们到野地里去捋柳叶和沙枣花。由于长时间吃不饱，缺乏营养，许多人都得了浮肿病，有的不能走路不能干活只能躺着。饿极无奈，村里许多妇女深更半夜摸到邻村的地里去偷摘豌豆或者土豆、香瓜等。那些年，肚子饿，想吃东西，是男女老少惶惶不可终日的渴望，小偷小摸都是司空见惯的事。夜晚饿极了，我们有时就把酸菜缸里的烂腌菜抓出来冲开水喝。

饥荒迫使社会形势有所松动，大食堂解散后，村里给每家每户分了一点自留地，自留地的收获都归己，除此之外，还默许在干完公家的农活之后照顾自留地，饿怕了的人们于是看到了希望，积极性空前高涨。还有任务承包，超额有奖。于是父亲起早贪黑，不分白天晚上死命地干。超额完成任务，村长却要赖不兑现。那些日子，可把父亲气坏了，加上常年的劳累，积劳成疾，患上了严重的肺气肿。

每当夏收和秋收之后，拾麦溜秋也成为一景，这时妇女孩子成了主力军，前边公家麦子刚拉走，地里和路边就充满了捡拾的人，自己村子的捡完了，再结伴到几里甚至十几里地的外村去捡，甚或还会趁人不备朝人家的麦堆上摸捞一把，一季跑下来，一人能捡到十几斤或几十斤的麦子。秋天，队里的萝卜、土豆挖过后，妇女孩子们总会争抢着用铲子或小锄再翻挖一遍，偶有收获，大喜过望，人们极其珍惜一切可食之物。

由于饥饿经常伴随着人们，自然而然，人们对食物就有了耐饿的说法。“三十里的莜麦，四十里的糕，十里的荞面饿断腰”。在交通不方便的过去，人们出门赶路往往是徒步，普通人半天能走三四十里路。就是说在食物抗饿方面，糕第一，莜面第二，荞面最不抵事。与此同时，在烹调方法上有耐吃的说法，好不容易有顿面条吃，但由于白面有限，只能吃合锅面，不能吃干捞面，这样汤汤水水，能多吃一顿，这就叫耐吃。其实饥荒年月里，窝窝头要是能吃饱，就已经谢天谢地了……

时间可以抹平一切，那些缺吃少穿的日子终于离我们而去了。但是，有时回过头来想想过去，那些没有色彩的日子也会变得灿烂起来。

# 二十六

临河，是家乡的重镇。

在过去，临河这座城，其实称不上真正的城，充其量也就是一个小镇。

小时候听大人讲，早些时候我们所居住的那个村子，因为红柳比较多，因此人们称之为红柳地，村子也因名而来，叫红柳地村。据说，最早来这里定居的是一户魏姓的人家，因为排行老四，加上这个村子的地势相对较高，所以村名又叫“魏四圪旦”。当初爷爷从陕北来到这里时，就是给魏四扛长工的。新中国成立后，这个村子经历了土改，由初级社到高级社，直至人民公社。

这个村子不大，有几十户人家。我记事的时候，虽然红柳还有一些，但是名字已经改了，具体什么时候改的，谁也说不清。

我们家一直不在临河，而是它下面的一个偏远的村子。30 年多前，我还住在临河的乡下。那时候，觉得能去临河是一件了不起的大事。所以，有时候在梦里才能见到临河，并且只能称得上梦中的临河。在物质生活极度匮乏的 20 世纪六七十年代，吃、穿、用这些东西的获得，让人对临河有一种虔诚的向往，好像到了那里，就可以很容易地获得。我确实做过一个梦，梦见我走在临河的街道上，那里有好多好多的人，熙来攘往。商店里有好多吃的穿的，我可以随便享用，正当我捧着一衣襟的苹果准备给弟弟的时候，梦醒了，什么也没有了，真不愿意回到现实中来啊。

“临河”一词的出现，是以一地的方位来命名一级行政建制的，因此，它是一个行政建制名，不是一个自然实体名，后来才逐渐有了地名的含义。在相当长的一段时间，临河是没有城的。因为临河的居民极少“土著”，早年沿黄河和靠近阴山地带，住着自汉代即来此游牧的蒙古族后裔，此外多属“移民”，以山西和陕北一带人居多，另有被称为“西人”的宁夏人，还有被称为“东川人”的土默特人，再就是被称为“梁外人”的鄂尔多斯人。

1929 年民国政府在临河建立移垦事务所，又移来一些山东人，后来东北军中也有一些人流落于此……这些被统称为“侉子人”。1961 年前后，又多了许多从甘肃逃荒来的民勤人。早些年人们来此落脚，选个地势较高的地方搭个“茅棚”，这地方被称为圪旦，住了张家叫张家圪旦，住了王家叫王家圪旦，后来有个较大村子住了来自中国十一个省的人，就叫十一省圪旦。如果哪家住的地方较低，就叫“圪巴”或“圪卜”。

临河自西汉元朔二年（公元前 127 年）设县，至东汉废。在明末清初以前，临河地区人迹稀少，到处是“天苍苍，野茫茫”的荒原景象。后来内地连年灾荒，加上官逼民反，迫使山西、陕西、山东、河北、河南的“口里人”不断流落到临河，在这里开垦土地，从事农耕，使临河地区逐渐变成农业区。到 1925 年设县时，考虑到本地历史，于是就采用了西汉时的县名。

1949 年 9 月 19 日，临河和平解放，1950 年隶属陕坝专员公署，1954 年隶属河套行政区，1958 年隶属巴彦淖尔盟。1984 年 11 月 22 日，经国务院批准临河撤县设市。

看临河地图，从黄河北岸，至阴山脚下，南北较长，东西较窄，宛若一片桑叶自然铺开。当你乘飞机从高空俯瞰，那交错分布的渠道，恰似这桑叶的叶脉，其间铺展着农田，点缀着村庄、湖泊、林带、果园、沙丘……这片土地真是美极了。当你回到地面，再详细地解读临河、感受临河，就会惊叹这片土地的美好。这里不仅有美丽的风光，还有醇厚的民风和独具魅力的文化，再行探究，还有着光荣的革命历史。新中国成立以后，临河才有了城的雏形，那便是两条东西与南北交叉的十字街。

第一次去临河，我已经是少年。父亲领着我配眼镜那次，让我领略了临河的风采。

临河的所在地叫解放镇。据说，这地方最早有一户姓强的人家开油坊，叫强家油坊，定为县城后，人口渐增，但直到二十世纪三十年代初，还只是一眼从东看到西的一条街，周围有些散乱的土房。六十年代初，临河区医院盖起两层楼，被称为“医院大楼”，是临河最早的楼房，引得好多人前去观看。七十年代初，巴彦淖尔盟委和公署迁到这里，才逐步形成了日渐繁华的胜利路和新华街。

而今临河，城区人口已近25万，新建的小区一个比一个漂亮，楼房设计一栋比一栋别致，每年去一趟，都让你感到楼房更多更高了，公园、广场更整洁了，夜晚灯光更绚丽多彩了。农村也早已不再是“坷垃垒墙土坯房”，而是家家“前栽柳，后栽杨，玻璃窗子砖瓦房”。只不过，那时的故乡，虽然贫瘠，但遍地是野草、荆棘和树木，所以那时的内心是从容的，因为老天给你预备了无数的柴薪。

临河人的生活习俗也各不相同，比如饮食，早年间这里的“西人”和甘肃人喜吃面食也善做面食，比如拉面、面筋、酿皮子等等，当属他们的专利；山西河曲人做的酸饭、酸粥最好吃，“侉子人”则爱吃鱼汤泡米饭……河套烩菜，不知是哪家的专利，“大集体”时有言：“分红一块，蒸饼烩菜，分红一块六，酸菜烩猪肉”，是当时农民的“小康”。如今烩菜成了整个河套人喜欢的家常菜，而且在各大饭店登堂入室，倍受青睐。这说明了饮食文化在不断地相互影响和融合。

多少年来，蒙古族文化、西域文化、中原文化等等，在这里相互影响、渗透、融合，形成了如今独具魅力的临河文化，或者叫河套文化。那么，河套文化的内涵究竟是什么，你只有亲临这里才能感悟到。逢年过节，你可以参加酒会，听听酒歌、山曲儿，或到书法、绘画和奇石荟萃的七彩街走走，再到文化广场去跳跳舞或听听“打坐腔”，再交几个临河的男女朋友，自会有所领略。

或许，你还会见到街巷里表演着二人台，大街上的高跷队。最是那土得掉渣的土话里，如果依音写出来，竟然是文言文中的极典雅的词语，口中没味不说没味，说“寡”，天要黑的时候，叫“黑将来”；太阳下山的时候，叫“阳婆落”，等等。你随便走进一条巷的任何一户人家，或者是工人、小职员、个体商贩，他们的客厅大都悬挂了装裱考究的字画。男人们崇尚的是黑与白的色调，女人们则喜欢穿大红大绿的衣裳，质朴大方，悲喜分明。他们少以言辞，多以行动；喜欢沉默，善于思考；崇拜的是智慧，鄙夷的是油滑。

这就是临河城，这就是我心目中印象最深刻的城。

# 二十七

在我的心中，永远磨灭不掉的是黄河情结。

黄河之于我，如同我对父亲的敬重。这话似乎有些夸大其词。然而，父亲长期在水利部门工作，并毕其一生，那的确是我的黄河情结。说明白点就是，爱父亲才爱黄河；爱黄河是缘于对父亲的爱。

父亲一生在做水利工作。黄河边留下他无数的足迹。他为河套的水利事业倾注了一生的精力，用他自己的话说，就是“看着黄河水都亲啊！”

小时候就听父亲讲过无数的黄河故事，什么黄河百害唯富一套，黄河上的船工故事等等。那时虽然少不更事，但也是看着黄河水流进了一块块儿农田，禾苗绿了，粮食丰收了，瓜果飘香了……真切地感受到了黄河的神奇。后来，又随父亲到三盛公水利枢纽工程参观，更真切地感受到了黄河的桀骜不驯。

走进黄河，举目三盛公水利枢纽工程，滔滔黄河逶迤而来，曼延而下，接收大自然赋予他的色泽，进行着对古老文明和现代生活的陶冶和提炼。看到这里，不禁慨叹，这才是大气魄、大手笔。我感到此时的黄河，那是用一种远古的语言在倾吐着对华夏儿女的滋养；那是一种写意的笔调，描绘着神州大地的图画。黄河，分明是用她那宽阔的胸怀激荡着中华民族历史的嬗变与聚合、承袭与拒绝、豪迈与深沉、昌盛与衰败。她傲视天下，真的是与日月同辉啊。

父亲曾经说，这是一种英雄豪迈，这是一种大气磅礴。做人，也要有这样的胸襟与胆略，也要有这样的质朴与风格。

# 二十八

前面说过，水是河套的命脉，是父亲穷尽一生为之奉献的事业。

总括父亲的一生，就是为河套水利操心费力、日夜奔波的一生。

父亲关心河套水利。他从20世纪50年代初期投身水利事业起，就十分关注河套水利事业发展。从父亲对我们的讲述中，让我粗略了解了一些河套水利的开发历史。

秦始皇三十二年（公元前215年），大将蒙恬发兵30万北击匈奴，收复河套。为了安定边疆，秦在河套地区设置了九原郡，迁徙3万户至此垦殖，从此河套地区开始利用河水灌溉，这是河套水利的兴起。

汉朝，汉武帝即位后，于元朔二年（公元前127年），派大将军卫青、李息大伐匈奴，“匈奴远遁，而漠南无王庭”。于是将秦九原郡分设为五原、朔方两郡地。为了发展五原、朔方的农垦水利事业，于当年夏，招募10万农民到五原、朔方开荒种地。此后，经过几次大规模的移民实边，为开发农田，兴修水利提供了必要的劳力，整修或新建了不少灌溉渠系。到了西汉王朝最后的半个多世纪，“朔方无复兵马之踪六十余年”，促进了河套地区人口的繁衍和农田水利事业的发展。

北魏、隋唐，北魏政权重视兴修农田水利，从包头到河套一带，修了不少水渠。

唐朝，因连年用兵，为了解决军粮问题，利用士卒就地开垦。河套地区是唐朝军队屯垦的重点地区，为了屯垦实边，这里至少开挖了三条渠道。由于唐朝重视河套地区的水利开发，军队屯田收到了很好的效益，河套地区的农业水利也得到了进一步开发。

清朝，清道光、咸丰、同治至光绪末年，在广阔的河套平原上展开了众多地商竞相开渠的活动，到光绪十七年（1891年）王同春开挖永和渠（沙河渠）止，在河套正式形成八大干渠，即历史上有名的永济（缠金）、刚济（刚目）、丰济（中和）、沙河（永和）、义和、通济（短辫子河渠）、长济（长胜）和塔布渠。另外，在此期间，还由黄河上直接开口，挖了31道小干渠。总之，在道光之后，就河套而言，水利开发形势发展很快，形成大小干渠40道，大者灌溉千顷以上，小者灌溉几十顷至百顷以上。

民国，可以分为阎锡山和傅作义管理两个时期。1931年，“九一八”事变后，晋绥公署主任阎锡山，看到日寇侵略的野心和全国人民抗日高昂的激情，提出“屯垦西北，造产救国”的主张，其目的是为抗日储备物资。1932年，屯垦队先后进入河套地区，首先着手进行水利建设工程规划。到1935年的4年中，新挖和清淤较大的干支渠30余条，渠身总长410余里，总投资达73700余元。新开挖的干支渠13条。在五原和乌前旗境内有：川惠渠、华惠渠、柯惠渠、威远渠、摇头娃渠5条。在临河境内有百川渠、义惠渠、寿轩渠、光惠渠、诗惠渠、清惠渠、润惠渠7条。五原和乌前旗境内的有三合公、鸭子图、巴汉和硕、平官、陈五、赵东旺、贾三仁、王蝉生、威远南渠、杨福来、改兰淖、多罗合、福盛隆、乃马岱、丰济支渠15条渠。临河和杭后境内有乐善堂渠、杨家河边渠、老谢渠、乐城渠、骆鸿儒渠、大南渠、杨贵渠、西大渠8条。在乌加河以北的刘蛇圪堵的乌拉壕，修建了一座120丈长的大坝，提高了乌拉壕的水位，方便了灌溉，进一步改善和提高了河套水利灌溉效益。

1939年冬至1940年3月，傅作义抗日，包头、绥西、五原三大战役之后，傅作义一方面屯垦戍边，成立军垦农场，一方面动员军工兴修水利。据李竭忠著述的《略述傅作义将军的为人》一书中写道“抗战期间在河套地区的10万部队，就是10万水利大军。军工所修渠道，宽15公尺以上的干渠达1700里，三公尺以上的支渠超过10000里”。1940—1941年，傅作义提出“治军与治水并重”的口号，他把“治水”与“治军”提到并重的位置，兴修水利发展农业生产，解决军民的吃饭问题。为了集中指挥军工开发河套水利，傅作义在长官部成立了水利指挥部，由作战军事首长担任总指挥，由绥西水利局长王文景担任副总指挥，王文景在各级水利部门的参与下，制定了《后套水利修整方案》，并以命令下达部队，于 1943 年全面完成……

父亲热爱河套水利。他从参加工作开始，除了 1962 年身体不适有一段时间离开水利以外，一生都在为河套水利事业而忙碌。他的足迹和汗水几乎遍布了河套的每一处涵闸、每一个堤坝、每一条沟渠。

中华人民共和国成立以来，河套水利事业成绩巨大。政府坚持不懈地大搞水利建设。在 50 多年中，河套灌区先后掀起了三次大规模的水利建设高潮。在每一次高潮当中，父亲都是一名平凡的参与者与实践者。

父亲给我讲过，从 20 世纪 50 年代至 60 年代初，为第一次大规模的水利建设。重点是保灌工程建设。1950 年修筑了黄河防洪堤和黄扬闸（后改名解放闸）工程。1961 年建成了黄河三盛公枢纽工程和黄河左岸总干渠（二黄河），基本上疏通了干渠、分干渠引水系统，形成了灌水渠系网的基本框架。1959 年，黄河三盛公水利枢纽及总干渠工程的修建，完全改变了河套灌区落后的多口自流引水旧貌，彻底解决了困扰河套灌区多年的防洪抗旱问题，从而使得河套农业、河套经济从此走上了稳步发展的康庄大道。

从 20 世纪 60 年代中期到 20 世纪 70 年代末，河套进行了第二次大规模的水利建设。重点是排水骨干工程建设。1965 年疏通了总排干，之后又相继开挖了二排干、三排干等 10 条干沟和排水分干沟。1975 年又对总排干沟进行了扩建，至此，河套灌区的排水骨干系统基本形成。

从 20 世纪 80 年代末到 1995 年，河套进行了第三次大规模的水利建设。重点是河套灌区灌排配套和田间配套工程建设。1988 年，经国务院批准，利用世行贷款 6000 万美元，连同国内匹配资金和群众集资，进行灌区配套工程建设。工程项目的范围是："南北两条线、东西两大片"。南北两条线即对南边总干渠的整治、总干渠电站跌水加固和北边总排干沟扩建、新建红圪卜扬水站并改造旧站；东西两大片即完善灌区 3、4、7、8、9 排域和义通排域、西沙西大黄大排域、西乐排域等 8 个排域灌排网。

通过三次大规模的水利建设，展示了河套灌区水利建设的持续发展、不断巩固提高、逐步走向成熟和完善的过程。这个过程，是对河套灌区水利建设的蓝图规划和具体设计的一个充实、完善的过程，也是对水利事业的地位和作用的认识不断深化、不断提高的过程，更是对河套灌区的水利建设由旧灌区到新的现代化灌区转变的过程。同时，也是河套水利文化不断升华发展的过程。

水利事业的大发展在河套大地树立了丰碑，为当地社会经济发展作出了巨大贡献。这其中也包含了我父亲这样一位普普通通的水利工作者的执着奉献。

# 二十九

因母亲的生日，我对二月二有着特殊的感情，所以，二月二对我来说，便成为双重的节日了。

小时候，大人教我们“二月二龙抬头”的顺口溜，这一天在人们心中的位置很重要。在我们乡下，过年，其实是从腊月初八就正式开始了，直到二月初二才算真正结束。对百姓而言，二月初二，是苍龙“登天”之日，俗称“龙抬头”。

在古代神格谱系中，龙是掌管降雨的神仙，降雨的多少直接关系到一年庄稼的丰歉。因此，为了求得龙神行云布雨，二月初二这天往往要在龙神庙前摆供，举行隆重的祭拜仪式，同时唱大戏以娱神。小时候，妈妈常常对我们警戒，诸如此日家中切忌动针线，说是怕伤着龙眼，招灾惹祸；切忌担水，说这天晚上龙要出来活动，不能到河边或井边担水，以免惊龙，招致旱灾；还说这一天忌讳盖房打夯，以免伤了龙头；再者，忌讳磨面，认为磨面会榨到龙头，不吉利。俗话说“磨为虎，碾为龙”，有石磨的人家，这天是要将磨支起上扇，方便“龙抬头升天”的。

不过，在我的记忆中，这一天往往很热闹。除祭祀龙神外，还要举行多种活动，诸如舞龙、剃龙头、戴龙尾、开笔等。所谓“舞龙”，就是几家人家合伙制作一条龙，二月二这天上街舞龙庆祝，期望新的一年在龙的荫护下再获丰收。所谓“剃龙头”，就是在二月二这天理发。为儿童理发，叫剃“喜头”，借龙抬头之吉时，保佑孩童健康成长，长大后出人头地。小时候，父亲总要在这一天为我们兄弟理发。尽管理得不好，我们也乐此不疲。大人在这一天也要理发，为的是辞旧迎新，希望带来好运。此外，这一天还要让孩子们开笔写字，取龙抬头之吉兆，希望孩子长大后识文断字……

如前所述，二月初二常在惊蛰前后，百虫萌动，疾病易生，虫害也是庄稼的天敌，因此人们引龙伏虫，希望借龙威来镇伏百虫，以保佑人畜平安，五谷丰登。引龙伏虫的活动也有很多，最有特点是撒灰。撒灰十分讲究，多选用草木灰，人们自家门口以草木灰撒一条龙到河边，再用谷糠撒一条龙引到家，意为送走懒（青）龙、引来钱（黄）龙，保佑人财两旺；从临街大门外一直撒到厨房灶间，并绕水缸一圈，叫作“引钱龙”；将草木灰撒于门口，拦门辟灾；将草木灰撒于墙脚，呈龙蛇状，以招福祥、避虫害。

为了纳吉，二月二这天的食物也总是与“龙”有关，面条不叫“面条”，称作“龙须面”；水饺称作“龙角”；米饭称作“龙子”；煎饼烙成龙鳞状，称作“龙鳞饼”；面条、馄饨一块煮叫作“龙拿珠”；吃猪头称作“食龙头”；吃葱饼叫作“撕龙皮”。一切均取与龙有关的象征与寓意，寄托着人们生存的希望。

我考证过，二月二之所以称为龙抬头节，其实与古代天象有关。旧时人们将黄道附近的星象划分为二十八组，表示日月星辰在天空中的位置，俗称“二十八宿”。“二十八宿”按照东西南北四个方向划分为四大组，产生“四象”：东方苍龙，西方白虎，南方朱雀，北方玄武。“二十八宿”中的角、亢、氐、房、心、尾、箕七宿组成一个龙形星象，人们称它为东方苍龙，其中角宿代表龙角，亢宿代表龙的咽喉，氐宿代表龙爪，心宿代表龙的心脏，尾宿和箕宿代表龙尾。《说文》中有龙“能幽能明，能细能巨，能短能长，春分而登天，秋分而潜渊”的记载，实际上说的是东方苍龙星象的变化。而每年的二月初二晚上，苍龙星宿开始从东方露头，角宿，代表龙角，开始从东方地平线上显现，大约一个钟头后，亢宿，即龙的咽喉，升至地平线以上，接近子夜时分，氐宿，即龙爪也出现了。这就是“龙抬头”的过程。之后，每天的“龙抬头”日期，均约提前一点，经过一个多月时间，整个“龙头”就“抬”起来了。后来，这天也被赋予多重含义和寄托，衍化成“龙抬头节”。

有人说，二月二龙抬头的形成，与自然地理环境有关。二月二龙抬头节，主要流行于北方。由于北方地区常年干旱少雨，地表水资源短缺，而赖以生存的农业生产又离不开水，病虫害的侵袭也是庄稼的一大心患，因此，人们求雨和消灭虫患的心理便折射到日常信仰当中，二月二龙抬头节对人们而言也就显得格外重要。人们想依靠对龙的崇拜驱凶纳吉，寄托人们对美好生活的向往。

# 三十

1962年父亲较为感性地做出一个决定，就是因病辞职回乡。我不明白，父亲在单位好好的，而且基本上度过了三年困难时期，为什么要退职回乡？

后来多次问过父亲。父亲固然有多种解答，或者难言以对，但是我能够理解他。比方说工作中遇到的不顺，比方说三年困难时期的煎熬，但是最根本的，那是因为父亲是一个孝子，他一门心思想着他的父母，想着他的兄弟姐妹。我知道他的责任意识和忧患意识。但是父亲的决定无疑是考虑不周全的，他高估了自己的能量，高估了兄弟团结的力量，低估了农村的贫瘠与艰苦，低估了农村的险恶环境，以为靠着自己的本事，就可以挽救那个濒危的家庭。父亲的这个错误，让他抱憾终身，只有我最理解他。

对父亲的决定，当时母亲是坚决反对的，可一个弱女子，在那个庞大的家族面前，声音是那么的微弱，她甚至只能委屈求全，随着父亲带着孩子回到了乡下。前方的路，是险滩，是暗礁，是虎狼，她一概不知，但是她知道农村的贫苦，知道封建礼教的凶险。

父母带着三个姐姐回到乡下不几年，随着为数不多的那点退职费的花费殆尽，父母的苦难开始了。在一个大家庭中，如果不具备坚实的经济支柱，没有源源不断的资金来源以及和睦亲善的家族文化，这样的大家庭是难以持久的。没有办法，父母只好分出来单独过。在农村，刚刚单独过日子，要啥没啥，缺吃少穿，加之母亲后来又生了两个弟弟，困难可想而知。我真不知道父母是怎么把我们6个姐弟抚养成人的。

生活的苦难让父母遍了个尝。好在我们姐弟6人后来都健康地长大了。只是3个姐姐永远留在了农村，继续承受像父母那样的艰难生活。后来三姐一家到了二连浩特，依然生活在城市的最边缘。从总体上看，我们的生活日见好转。到父亲 1997 年去世时，仅我们这一家，又发展成了二十多口的大户人家，兄弟、妯娌、满堂子孙。小矛盾，大和睦。春节相聚，饭要大锅煮，菜要几大盆，兄弟、妯娌轮流上阵，母亲当着总调度。吃饭、穿戴，最小的优先。妯娌间有了意见，弟兄各自追究自家的。所以，尽管有好吃懒做的，有偷懒贪嘴的。但是一家人总体上是和睦的。孩子们懂规矩，兄弟们不阋墙，算是老幼有序，教养并重。

# 三十一

从我开始记事起，煤油灯就一直陪伴着我，一起走过了我的童年和少年。我永远记得，那一盏花纹玻璃的油灯，平稳的底座，浑圆的肚子里装满煤油，灯口是一根粗粗的灯芯，一旦用火柴把它点燃，就会照亮黑暗。因此，它是我们家最常用的照明工具。

如豆的灯光，颤抖着我童年的一颗颗希望。它在我的梦中闪烁，摇晃着泪眼迷离的悲伤。灯光照出长长的人影，拖着长长的问号，游走在斑驳的土墙上，如飘舞的披风，同我的命运一起跌宕。

记得那时的父母正值壮年，白天给生产队劳动，天黑了才回家。当一身疲惫的母亲把饭菜端上桌的时候，就是掌灯的时候了。每当这个时候，家里所有的人都要围过来。昏黄的灯光下，一派热气腾腾的景象，虽然当时生活极为贫困，但一家人围在一起有说有笑、有尊有让的，总是有说不完的高兴和满足。

当母亲把锅碗洗刷完，父亲已经把收音机调到了最大音量，招呼我们姐弟一起收听《岳飞传》《杨家将》，或者就是那八个样板戏。一边听着，一边哄着我们玩。那时两个弟弟还小，一会儿骑在父亲的脖子上，一会儿又踩在父亲的肚子上，反正偌大的一盘炕就任他们折腾了。在昏黄的灯光下，经常会听到母亲在外屋里喊父亲，“轻一点，别把孩子碰着……”

印象最深的，是那昏黄的灯光下母亲纳鞋底的样子。全家人的鞋子都是母亲一针一线亲手做的。记得在一本厚厚的大书中，母亲夹进去许多大大小小的“鞋样儿”，而且经常看到她把那些没用的破布用糨糊糊在木板上，干透后揭下来照着鞋样儿剪好。也有很多时候，当我一觉醒来时，依然看到母亲在昏黄的灯光下，一针一线，聚精会神地忙碌着，无论是我们身上的衣服破了，还是袜子破了，母亲绝对不会让它们破着过夜的。日子总是被母亲的针线缝补得近于完美。

我上学以后，那油灯闪烁的火苗，冒着长长的黑烟，把读书写字的我长久地罩在灯下。最难忘的就是当我从温暖的梦中被母亲轻轻唤醒的时候，母亲早就把热气腾腾的早饭摆了上来。为了能让饭菜凉得快一些，母亲总是在一旁不停地用筷子在碗里搅着，还轻轻呵着气。淡淡的灯光下，满是母亲关切的目光。它点亮的不仅仅是全家人的生活，也同样点亮了一段岁月。

在那漫长的暗夜里，昏黄的油灯也曾是我的温暖的安慰。那时候，灯光是家中有人的标志，夜晚回家，只要看到窗户上辉映的那团光芒，心里一下子就充满了安全感和幸福感：我的父亲母亲在家呢，那是爸爸的灯光，妈妈的灯光！我知道，只要我们没有到家，哪怕再晚，父母亲的灯也一直亮着。我们到家了，母亲先张罗着让我吃饭，然后我就开始写作业，或温习课文，而母亲则在灯下做着她的针线。灯光是暗黄色的，微微飘忽。这团和谐的光色里，包裹的是全家人的衣食之源，包裹的是母亲望子成龙的期待。

多年以后，当我尽阅人间的沧桑坎坷，当我身心疲惫地蓦然回首时，我的故乡，我父亲母亲的那盏灯光还是那么清晰地亮在我的眼前，温暖着我困惑的心灵……

# 三十二

我的小学，一开始是在村里仅有的一所小学上的。这所学校就在我们村子的西南边。

上学总是要穿过村子，沿着田间小路，经过一些纵横交错的水渠，连跑带颠，足足需要30分钟。我就在这个学校稀里糊涂上了一年，尽管在家里就能把姐姐们学过的课文背得滚瓜烂熟，作业也非常认真，可学校管理太差，都不知道有多少学生，我在班里不大爱说话，也自然而然成了被老师忽略的对象。父亲看到这种情况，毅然决定让我停止在这里上学。正好姑姑、姐姐们也觉得这里的教学不好，于是，我们一起重新开始到村子北面的三完小，在那里开始了真正的读书生涯。

三完小，是早些时候杭锦后旗的一所完全小学。那时，姐姐们已经是四五年级的学生了。我上的那个班，班主任老师姓崔，北京知青，名字记不得了。她给我留下印象最深的就是那一课："我国有七亿人口，工人阶级是领导阶级……"这是毛主席语录，对我们来说，在当时是重要的课文，直至今日，她那标准的普通话依然萦回在我的脑际。大概是因为我的学习成绩好，所以小学连续5年，我都是班里的班长。遗憾的是，我没有成为"红小兵"。

说起来很可笑，倒不是我不积极，不要求进步，而是当时没有正式申请。为什么不申请？原来，同村和我一个班的一位同学，家庭出身是地主，也不只是因为家庭出身的缘故，这小子脑子聪明，工于心计，善于拉帮结伙，是个"孩子王"。当时，有不少孩子在他面前都很驯服，可谓言听计从。就是他明确提出成为红小兵不好，扬言谁要是成为红小兵谁就是王八蛋。那时候年龄小，分不清是非，害怕成了王八蛋，所以也不敢抗拒，就盲目地听从了那小子的话，结果可想而知。红小兵的名单中便自然没有了我。

对于我没有申请，班主任老师很生气也很不理解，放学后留下我单独谈话，我才战战兢兢向老师道明原委。老师谈完话，我痛痛快快地哭了一场。因为那时的红小兵就相当于如今的少先队员啊。

崔老师戴一副深度近视眼镜，思路清晰，口齿清楚，待人平和。因为她已在当地结婚，有夫有子，所以后来很晚才回到北京。由于是北京知青，无论衣着穿戴，还是言谈话语，都让我们这些乡下孩子大开眼界，感到耳目一新。除此以外，好像再没有给我留下什么更深的印象。当时在我们班里，有一位女生名字叫朱玉霞，是同班朱巧莲的堂姐，是我的同桌。在班里，我是班长，她是副班长。她的学习很好，人也很聪明，只是老爱流鼻涕。时间不长，她就随父亲调动工作转学了。

我小学同学还有李德生、李冬、李正、杨在荣、祁玉玲、朱亮山、马维荣……对了，就是这个马维荣，记得他很淘很坏，十分残忍，我在小学打过的唯一一架，可能就是和他打的。他能把癞蛤蟆捕捉到手里，在腿上拴上绳子，专门提到班里吓唬女生，然后用废弃的医用注射器抽水，往蛤蟆身上注射，把蛤蟆的肚子撑得大大的，直到撑死，他还津津乐道。有的同学觉得好玩儿，有的是助纣为虐，虽然说是少儿的所作所为，而我则深恶痛绝。

小学二年级的班主任老师姓李，大概没有教什么课，加上时间短，所以我对她的印象不深，以至连她的名字都没有记下来。接替她的是一位名叫杨德寿的老师，师范毕业，就住在我们村子北面不远。他衣着简朴，精神不振。不过性情温和，教学有方。印象中好像他管不住学生，并且他家住农村，家里还有地，一边教学，一边务农，的确叫他很为难。而我们小学生也帮不了他。但是，每当看到他，我就不由地生发些许怜悯与同情。

三年级，我们班上来了一位新老师，名字叫段培兰，一开始教我们语文，衣着朴素，关心学生。她的家就住在学校附近，对我关心有加。后来才知道她是我的一位远房姐姐。她的丈夫是我们这个学区的校长。我记得她有四个孩子，大儿子参军了，二儿子还小，我们上学的时候，他还在玩耍，女儿比我们低两个年级。段老师执教严格，处事公道，有一次，班里两兄弟合伙欺负他人，却诬告是别人欺负他们。段老师抓住这件事，先是做了认真调查，查明原因，然后狠狠地批评了他们，并在班会上展开讨论，要求同学间团结友爱。这件事教育了大家。在教学中，她给我们倾注了太多的关心和爱，批改作业是那么认真，关心同学也是那么细致入微。

还有数学老师祁成逯，也是我印象中的一位好老师。由于他的肚子比较大，同学们给他取一绰号“祁大肚”。他的教学方式生动形象，灵活多样，教学效果明显。记得三四年级的时候，每当数学考试结束后，他就让我们四年级学习好的同学去做五年级的试题。有几次，他还直接派我参加了五年级的考试，我取得了好成绩，让那些大同学对我刮目相看。祁老师引以为荣。老师的赏识，更加激发了我的学习动力，无论在班级里还是在全校，我的学习成绩总是名列前茅。

的确，那时候生活条件异常艰苦，每天一日三餐填不饱肚皮，只要是可吃的东西就想吃，从而也就练就了好胃口，从不挑三拣四，实际上也容不得你挑三拣四。学习条件异常简陋，用的常常是短铅笔头，小手抓不住了，再套一个小金属套照样使，橡皮舍不得用，写错了，往往就用手指头去擦，小手往往是黑黑的，什么圆珠笔呀、钢笔呀，那时是我们的奢望。但是，我们在学习上如饥似渴，孜孜以求，精神上非常充实，非常快乐。

一年一度的春季学区运动会，更是让我们期盼与难忘。三年级、四年级这段时间，我们是在段老师带领下顺利走过来的，在我的记忆里，这段时间也是我人生中最幸福的一段时光。

四年级的时候，我受过一次大的委屈。当时的音乐老师是赵月英。在一次音乐课上，第一节课我的笔记还记得好好的，可是第二节课，笔记本却不翼而飞。后来知道是同学的恶作剧，把我的笔记本给藏起来了。可在那天，赵老师却发了火，把没有笔记本的同学都轰出教室，罚站。要知道这对于我来说是多么大的屈辱啊，为此我痛哭一场。尽管赵老师后来跟我道歉，说她不了解情况。但是我依然感觉很委屈。

赵老师后来调入中学，继续教我们音乐课。她人长得好，会写美术字，只是不苟言笑，被老师们称为“冷美人”。

不知不觉进入五年级，因为是毕业班，学校把科任老师做了调整。语文老师叫赵明明，数学老师由校长关刘保直接兼任。还有几位副课老师的名字都忘却了。这一年，有两件事不能忘怀。一件是评选学区三好学生，因为我一直是班里的班长，学习成绩一直在全校名列前茅，可是这次却没有被评上。而评选上的则是二年级的一位小同学。后来才知道他爸爸是学区的教导主任。这件事在全校师生当中议论很久，反响也很大，也是第一次使我懂得了世事的不公。另一件事情，有一次下课后，同学们去玩耍，班里最淘气的一位同学偷偷给我的同桌凳子上安放了一枚铁钉子。上课的时候，我的同桌大声哭喊，惊动了全班，也惊动了老师。老师过来问她，她说是被钉子扎了。于是，老师在全班开始大审查，我自然是被怀疑的重点对象之一。结果，谁也没有承认。后来，在班主任老师的逼迫下，终于有人承认了，才解除了对我的怀疑。这件事很快就过去了，全学区小学升初中的考试也开始了。我们班除了几位家庭特别困难的同学不能上学外，其他同学都升入了初中。

# 三十三

我们的小村庄，叫红柳村，是一个十分平凡的村落。特别是在冬天，静得出奇，早上九点了，人们才起床做饭，村里才有了生动的气息。寒假里，我们一大早起来，看村北的三排干，看村巷里的狗。有的小伙伴都还在睡懒觉，可树上的麻雀却起得早。

大概从小学一年级开始，我的功课门门好，人缘也好，深得老师们的宠爱。我爱看书，爱看电影，就是那种露天电影，不管远近都要随大人去，后来还在学校剧团饰演角色，扮演的是知青下乡路上遇到的一位老农，一大把胡子的形象。我口齿流利，同学们都夸我演得好。但是，学习从没误过。每天早早去学校，先背书，书背熟了，便在教室门前打扫卫生。

上课时，教室里冷，同学们冻得流鼻啼。一到下课，大家跺着脚奔出去，我们有自己的取暖方法，找向阳背风的墙角，大家相互挤着，可以憋了气，架起胳膊，让一排人的冲力把自己抬起来。这样，一个轮回下来，脚也热了，手也热了，身上说不准还要冒汗呢。只是这种取暖方法特别费衣服，少不了挨母亲的指责。

我最爱听故事。而三舅是个说书的高手，他能把成本成本的大书刻在自己的脑子里，说书时有板有眼，声情并茂，《杨家将》《薛仁贵征西》《三国演义》《水浒传》等等，故事都很长，大多数要从立夏说到立秋。我是他最忠实的崇拜者，拿烟取火，端茶倒水，并且常常缩在三舅的膝盖下，一直等到三舅说完书为止。

我心灵嘴笨，可身体发育也慢，比起同龄人来，总要低上一头呢。所以和同学打架，常常吃亏。上体育课是最发愁的，沙坑跳不远，篮球抢不着，只有一旁去看女孩儿家玩石子，跳房子。年龄稍大，看女孩玩也不好意思了，只好一个人坐着，默默地呆想。

有时，地缝里一只蚂蚁，柳叶上一只蜂蜜，喇叭花上出现虫眼，向日葵上翻飞彩蝶，都会引起我的好奇，并寻着根儿去看。有时，想得痴迷，竟连吃饭睡觉都忘了。特别是天上的月亮，还有月亮跟前的星星，常常勾起我旷远的遐想。大约就在这个时候，我开始变得孤僻，性格也更加内向起来。

小学高年级，每逢寒暑二假，拾柴是我的主要营生。背上扣个大箩头，手里拿着铲子，领着弟弟，便在村庄周围的渠堰、河堤、坡根、坟丛寻找，那里有老树根，或者干枝、枯老叶、枯树皮。我们用铲背捶，用棍子砸，赶黑回去，箩筐满满，弟兄三人要可着气力抬呢。

长大以后，主动担起了挑水的任务。以往，水井在村东头，离家有一里远，挑水的事主要是三个姐姐承担着。后来就变成了我。看着儿子能挑水，能拾柴火，灶下不愁烧火，母亲便自然高兴。我们将拾来的柴放在房檐下，堆得整整齐齐，大头朝外，齐愣愣一堵白墙，常惹得邻家羡慕。

# 三十四

我有三个舅舅，大舅、二舅早逝，我未曾见过，三舅是母亲最爱的兄弟，是父亲在世时最信赖的人，也是我小时候最敬佩的人。

小时候，三舅年轻潇洒，人长得标致，说话有号召力，办事有见地、有套路，在我眼里，三舅是说书人，三舅是豪饮者，三舅是救世主，三舅是智多星，三舅是擎天柱，三舅是定盘星，三舅是及时雨，三舅是指明灯。

## 1

三舅是个说书人。

说书是一种非常古老的曲艺，大约起源于宋代，流行于北方，一般只说不唱，如宋的讲史、元的平话，以及现代评书等。

三舅是母亲兄弟姐妹 6 人中最小的弟弟。小时候家贫，没能上学。但是三舅异常聪慧，记忆力超强。自幼通过耳濡目染，无师自通，说书有板有眼，有模有样。听母亲讲，大约 14 岁开始，三舅先在小伙伴儿中间讲说，一鸣惊人。后来许多大人也加入听书的队伍，三舅不慌不忙，说得头头是道，条分缕析，生动形象，赢得了许多听众的称赞。只是三舅后来没能以说书为业。

三舅说书，一回一章，全凭记忆。母亲说，你三舅若是上点学，识点字，那绝对是前途无量，可惜啊。

还好，外公会编织地毯，三舅跟着风里来雨里去，在包头、五原、磴口、银川等地，擀毡织毯之外，茶余饭后，三舅也为大家说书。初出茅庐的三舅，硬是凭自己的真功夫，打出了名号，《杨家将》《三打祝家庄》，烂熟于心，脍炙人口。

小时候，每当三舅来到我们村子，村里的大人小孩坐了一整院，还有墙头上趴着听的。只见三舅摇头晃脑，指手画脚，嬉笑怒骂，表情夸张，时而扮男，时而扮女。说到高潮时，场内不时爆发出哄堂大笑，整个院落沉浸在一片欢乐之中。说到悲苦时，三舅的声音也变得嘶哑，如泣如诉，声泪俱下，人们被他感染，也情不自禁，悲从中来，泪流满面。

那时候，我常常坐在人堆里，听三舅说书。前面往往加一段打招呼的话，然后才开正本。如《五女兴唐传》《薛仁贵征西》等，常常听得我如痴如醉，仿佛身临其境，久久不愿离去。比如讲到《三英战吕布》一回，他说道："关云长温酒斩了华雄，他手捻着长髯微合着二目走进大帐，腾咕噜噜噜，把华雄的首级扔在了帐内。"这几句话被他说得波澜起伏，我想着想着就起鸡皮疙瘩。三舅在细节的处理上也十分细腻，让人充分感受到三英战吕布的铁马金戈，也可以体味到走麦城的悲凉。

只可惜，后来三舅被生活所迫，中断了说书。但是在我的心里，三舅永远是个说书的高手。

## 2

三舅是豪饮者。

印象中，三舅是属于豪饮一类的。海量，酒神，这些头衔，三舅当之无愧。

越是人多的场面，三舅的兴致越高，酒量越大。但是，我们从来没有见过三舅醉酒的时候。

在后套，酒文化深厚。尤其在农村，几乎无酒不成宴。逢年过节，婚丧嫁娶，走亲访友，找人办事，都要设宴喝酒。

三舅是海量，大家是公认的。如此，他常常是每个酒场的酒司令，指挥有方，善于调动各方面积极性。同时，他以身作则，从不偷奸耍滑。否则大家哪肯服他。十里八乡，人们都知道三舅的酒量。酒场上他既能身先士卒，更会穿针引线，进可"保证重点"，退则"发动内战"，指挥若定，优化组合，推波助澜。直喝得四方来宾忘却了时间、忘却了空间。

酒场上的三舅，豪言壮语而言之在理，纵横捭阖而掌控有度。亲戚们娶媳妇、娉闺女，婚丧嫁娶，都愿意让三舅主持场面，三舅会把各方面照顾得服服帖帖，保管没有任何差错，对方也挑不出任何毛病。这样，就自然而然赢得了乡亲们的爱戴和尊重。

## 3

三舅是擎天柱。

在我心目中，三舅不仅能管好自己的孩子，三亲六故的家长里短，还有村内村外十里八乡的事情。只要三舅出面，问题就会得到很好的解决。

世界上最广阔的是大海，比大海还广阔的是天空，比天空还广阔的是人的胸怀。三舅的胸怀比天高，比地阔。

三舅十六七岁的时候，外公、外婆相继去世。随后，二舅帮人家盖房子，墙倒人亡，二舅妈改嫁，留有一子给了三舅。紧接着，大舅双目失明，继而大舅、大舅妈相继去世，又留下一子给三舅。这段时间，是三舅人生最艰难的一段时间。三舅每每说起，语调开始变得沉重，眼眶里便盈满泪花。

说三舅胸怀的宽广，来源于两个因素，一个是能容，包容一切；一个是能忍，忍让一切。“骤然临之而不惊，无故加之而不怒”。尤其是在异常艰难困苦的年代里，三舅将两位兄长留下的孩子视如己出，抚养长大，供他们吃穿，供他们上学，还要照顾自己的6个孩子。大舅、二舅留下的两个孩子顺利长大成人，后来都参军入伍，都有了很好的前途，这固然有他们个人的努力，但是与三舅无私的抚育是分不开的。

不少人问三舅，何以对两位兄长的孩子那般关爱？三舅的话很朴实，就是两个字——“责任”。是啊，责任让人坚强，责任让人勇敢，责任也让人无私奉献。

“文革”当中，有人整公社书记，说那位书记只管种地，不搞政治斗争。三舅所在的村子，正是那位书记包片儿，就是联系点。造反派找到了三舅，本想从三舅那里搞到一些材料。谁知三舅提到的都是那位书记如何帮助村民搞农田水利基本建设，发展集体经济的事情。三舅说，农村不能老是没日没夜地搞什么阶级斗争，成天那么搞，没有人种田，那农民们吃啥喝啥？造反派大怒，说三舅与那位书记是一伙，都是走资派。结果，三舅也被抓了起来，不写出深刻检查就不放出来。那段时间，我的父母都心急如焚，却又无法解救。三舅始终坚持自己的立场，绝不为了自己而说别人坏话。最后，造反派拿他也没有办法，只好把他放了。

后来我们问起三舅，当初为什么一定要坚持到底？就不怕造反派关着你不放吗？三舅哈哈一笑，首先，咱不能整人，整人的人自己也没有好下场。更何况，我觉得人家书记做得对，干的是正事。而他们是不务正业。其次，咱就是一个贫下中农，本来就吃不饱穿不暖，他们把我关起来，有吃有喝，虽然吃不好，总比村里没吃的强。量他们也不会把我关长了，他们耗不起。

## 4

三舅是智多星。

三舅遇事不慌不忙。三舅看问题，总有他的独到之处。一般人只看到问题的表面或某一个方面，三舅则是从全局看问题，寻找其规律性。三舅常说的一句话就是：得意时，不必彻夜狂欢；失落时，无需寻死觅活。面对别人的夸赞和外来的诱惑，保持清醒的头脑，付诸一笑；面对朋友的背弃，希望的破灭，也不会有过多的痛苦。

三舅十分善于原谅别人无心的过错，尊重他人的意见，不会为一点点的不快耿耿于怀，也从不和他人斤斤计较，自寻烦恼。他总是用自己的豁达和宽容，取得别人的认同。同时，三舅又能在喧哗的人群中保持清醒的头脑，清楚地认识自己，客观地评价他人。父亲有时候问三舅怎么才能做到这样。三舅说不出太多的道理，他只是说，只有放下浮躁，才能取得心的平和。只有时间和经验的累积，才能取代浮躁。

从容淡定，说起来容易做起来难。当从容淡定挂在嘴边的时候，其实是最惊慌和烦躁的时候。古人云，从容于心，淡定于行。从容不一定成竹在胸，也不一定稳操胜券，从容就是不慌不忙，有条不紊。而淡定是一种镇定，同时也是一种信念。希望越渺茫，追求的信念越坚定，这才是淡定。

日常生活中，三舅往往遇事不急不躁，知道有主见而不沉溺于主观，奋发努力而不发蛮力，刚毅果敢而不刚愎自用，常知足而又常知不足。正因为如此，他遇事沉稳又果断，老练却又不轻率。常常展示出对人对事不急不躁、不温不火，亲而有度、顺而有持的风格。三舅在处理问题的时候，总是区分不同情况，分清轻重缓急，急中生智。做起事来井井有条，完成后的效果也是不同凡响。

## 5

三舅是及时雨。

及时雨是指在农作物急需有水的时候下的雨，比喻在关键时刻能解救危难的人或事。记得有一年春天闹饥荒，我家好几天没米下锅了，忽然间三舅来了，从怀里掏出一个小口袋，里面竟是四五斤小米。应当说，这几斤小米救了我们全家的命，所以父母长久不忘。

记得有一年，我要从二道桥进杭中，那时是需要托门子走关系的。可我们没有这方面的关系。这件事愁坏了父亲，情急之下，他去找三舅。三舅二话没说，放下家里的农活，骑车到城里，找到了曾在他们乡里当过书记后来到旗里当官的领导。没想到这位领导还真给三舅面子，告诉三舅说我明天就可以去上学了。三舅高兴极了，直奔我家。父亲面对三舅的喜讯，高兴得不知说什么好。

三舅乐善好施是出了名的，不仅是亲戚朋友，即使其他村民有困难，三舅从来是当仁不让地给予帮助，十里八乡有困难的人，也得到过他的很多帮助。“文革”后期，村里面赌博成风，不少人甚至村干部也沾染上这种习气，农闲时坐下来不是打麻将就是玩扑克。赌博是万恶之源，一些村民赌输了，家庭不和，甚至妻离子散。三舅看在眼里，急在心上，决定在全村开展禁赌活动，要求村干部带头禁赌，不主动参与，不为赌博提供活动场所，发动全村村民加强举报监督，有效地遏制了赌博活动的蔓延，赢得了村民的交口称赞。

## 6

三舅是指明灯。

在我的人生道路上，如果说有一个人起到了极为重要的作用，那就是三舅。三舅对我说过的话有很多，印象最为深刻的有这样一些：每个人在年轻的时候都是有理想的，不论是高高在上的皇帝还是平凡得不能再平凡的农民。理想可以大如苍松，迎严寒傲霜雪，屹立在巍峨的山巅，也可以小如野草，枝叶埋在土里，根脉却伸向大地。人最怕的就是没有理想。

参加工作以后，与三舅聚少离多。见面以后，除了寒暄，三舅总会有一些叮嘱。三舅说，如果一个人有了自己的追求，有了相当的人生阅历，那么，他就会逐渐认识到自己在这个世界上的位置。世界无限广阔，诱惑永无止境。然而，属于每一个人的终究是有限的。你既要保持开放的心态，又要善于找到最适合你自己的领域。谈到成功，三舅说，成功不是衡量人生价值的最高标准，比成功更重要的是一个人要拥有内在的丰富，有自己的真性情和真兴趣，有自己真正喜欢做的事。一个人无论怎样超凡脱俗，总是要过日常生活的，而日常生活又总是平凡的。能够真正享受日常生活并不是一件容易的事。谈到友谊，三舅说，凡是顶着友谊名义的利益之交，最后没有不破裂的。多年以后，品味三舅的话，平凡朴实，言简意赅，振聋发聩。

如今的三舅已年逾古稀，满头鹤发。回乡探望他，和他聊一些工作生活中的所见所闻，他总是细心倾听，偶尔插话几句，鲜见提醒和溢美之词。也许在他看来，我这个没有什么本事、遇事淡定的外甥，似乎已经能够在这个纷繁复杂的世界里立身处世了。

# 三十五

从十二岁那年的暑假开始，我就可以帮助家人做一些力所能及的事情了。

放过羊。手拿羊鞭、背着羊铲，每天要走二三十里路。天明赶早出发，直到日薄西山才归来。羊倌是个懒汉，遇到掉队的羊，就让我去追。他常常骂骂咧咧，有时不高兴了，还用鞭子抽我。打得我胳臂上腿上都是紫红的棱子。我心里恨他，但敢怒不敢言，还担心回家后被母亲训斥。

放过马。童年时代，正处于“文革”后期，农村是大集体，实行工分制。每年的暑假，生产队都会把集体喂养的牲口分到各家各户，由小孩子放养，这既可以赚工分又可以让小孩子们有事可做。记得我放养的是一匹枣红马，性情比较温和。它身上的棕毛被我梳理得光亮光亮的。每天天不亮，我就会牵着它到水渠边吃水草。刚开始手握着缰绳不敢松手，怕一不留神马会跑掉。渐渐发现，马是很通人性的，我们很快就有了默契，我可以吹口哨来指挥它的行动，有时把缰绳盘在马脖子上，任其自由觅食。此时，我就可以找个阴凉的地方，和其他小朋友玩耍。或者爬爬树，看谁爬得最高，要么，干脆躺下睡觉。到了该回家吃饭的时候，几声口哨，马儿就会顺着声音来到跟前，我抚摸马头，轻轻地拍它几下，马儿便乖乖地跟着我走。或者，一路驰骋，回到村里。

如果说放羊放马很苦很累，那割草却是别有滋味。青草难割，我身子又沉，人家割得快，我手慢，不会搂镰。那时给生产队割草是要过秤记分的。我割草虽少，但比较瓷实。村里收草除皮，不管捆子大小一律论斤，这样对我比较合适。别的孩子，喜欢把草蓬起来，显得很多，进村时看起来气派。可我不，偏偏用脚踏，往往我的一捆草，上了秤，比他们的更有分量。

庄稼人户，互相帮工也是少不了的。东家盖房，西户打场，都要多一些人手。我们家，父亲在外，母亲又拖着我弟弟，给村人帮工只有我和姐姐去。我人小力单，吃饭虽少不了两个馒头，可做活添不上大力。给人家帮活，人家都拉碾子、拖碌碡，我只能做一些力所能及的。好在乡里人看重情义，来个娃娃便来了一户人家的脸面，主人照样心里踏实……

# 三十六

我一直喜欢那首歌："又见炊烟升起，暮色罩大地 。想问阵阵炊烟，你要去哪里 ？ 夕阳有诗情，黄昏有画意 。诗情画意虽然美丽，我心中只有你 …… "

有人说，炊烟是一种朴素的计时方式；有人说，炊烟是种在屋顶上的精神庄稼；有人说，炊烟是围着锅台转的娘对野孩子的柔声呼唤……

炊烟是乡村的文化符号，是故乡最古老的信息代码， 更是乡村独有的亮丽风景。有了炊烟，便有了生机和活力；有了炊烟， 便有了乡村的丰饶与富足。

炊烟就是人烟。历史在炊烟的升腾中走过沧桑，村庄在炊烟的浓淡疏密中完成嬗变。

炊烟随风走、跟云移。它，就像一层层薄纱、一条条飘带、一缕缕雾霭在无垠的天宇扭动、徘徊。那四迸的激情，是无可阻挡的。它更像一个衣袖飘飘娇羞诱人的仙子，舞动着婀娜的身姿，跳出人间最优美的舞蹈。

炊烟是房屋上升起的云朵，是烧柴或者烧炭化成的幽魂。它们经过了火光的历练，一旦从烟囱中脱颖而出，就带着超凡脱俗的气质，飘渺在人间。

炊烟是乡村生活的展示，炊烟是人们生存的希望，更是乡村不老的旗帜。有了炊烟，便有了一日三餐的温饱生活，日子会过得红红火火。有了炊烟，人们的生活就有了依托，生命就有了信心和希望。如若断了炊烟，也就断了生计。所以，正是袅袅炊烟，把清纯，质朴的农家生活升腾得红红火火，打造得有滋有味，炊烟由此也成为召唤乡民的号角。看到炊烟，就知道家里已生火做饭；看到炊烟，孩子便可以听到母亲的呼唤。

炊烟是故乡的组成部分。无风时，它摇曳直上，和天上的云丝融合；有风时，它缓缓舒卷，把村子轻轻地抚摸。作为身在异乡的游子，每每回望遥远的故乡，村庄的上空总是升腾着几缕乳白而温暖的炊烟。袅袅的炊烟里，有母亲的呼唤，有父亲洪钟般的声音。不知多少年了，诗意而摇曳的炊烟，就这样默默地化解着我无限的乡愁。很难想象，没有炊烟的故乡会是什么样的。

# 三十七

除了炊烟，我也喜欢绿野。那是我生命的领地，常常带给我无限的感动。

白云飘过高远的蓝天，阳光亲吻绿色的旷野，河水流过青翠的农田……漫步在绿野之上，往昔的河水少有踪迹，冷风掠过我心，也掠过了一切。

满世间的绿，清新、自然、飘逸、温馨。绿色诗情，让生命绽放出生机，花儿次第开放，梨花白雪，桃花红雪，樱花纷飞。一片春光，将暖入怀；一弯溪水，将尘埃洁净；一袭花香，将思念风干；一声筝弦，将情愫唤醒；一支笔墨，采集生命唯美片段。我把一颗玲珑心，变成风，化成雨，织成两行流动的诗句，一行，飘向梦里故乡；一行，飘向远方，是你精彩了我的生命，给我一个依靠，就让我留一片澄净的心湖，为你铺设一段美好的场景。春色满园里都是你的气息，我陷入了一个无止境的牵念中，将你化成一朵祥云，飘荡天空。

小时候，最爱与小伙伴在绿色的田野间奔跑玩耍，追逐打闹。偶尔独自一人静静地躺在草地上，贪婪地吮吸着青草散发的芳香，感受着满眼的绿色，那种感觉想起来依然会使人心醉。后来有了孩子，有时带着孩子来到田野，或散步或挖野菜，不经意间看着块块绿地，我的心又飞回到那个令我魂牵梦绕的地方。我知道，从我离开它的那一刻起，我的心便永远留在了那个地方。

曾经漫步的田野今在何方？阴霾蔽日，我们已无法寻觅。我不知道这世界还有什么值得去看。直到那年，春雨绵绵地滋润着那片绿色的田野，也浇灌着我纯真的心。在细雨蒙蒙的日子，我们牵着手踏过那片绿色的草地，生命的希望在相互的视野里不断扩大，我们静静地听着彼此的心跳。我还深深地记得，那年，我们踏在那块土地上是如此快乐。如今，那片绿色的田野似乎已经定格在那里，不论春夏秋冬，始终都是绿意盎然。

# 三十八

阴山是我故乡的山，是我从小见过最大的山。

不过，在众多的名山大川中，阴山又是一座小山，甚至不被人们所知晓。但它却以特有的神奇和无比强大的雄浑，震撼着我的心。

雄伟壮丽的阴山，历史上有众多的诗篇赞美："敕勒川，阴山下，天苍苍，野茫茫，风吹草低见牛羊""八月阴山雪满天，清光凝目眩生花，中州万古英雄气，也到阴山敕勒川"。闻名世界的阴山岩画，遍布阴山山脉，岩画"五虎图"世界闻名，就在阴山的老虎沟。

阴山，横亘于内蒙古西部。内蒙古最高峰呼和巴什格山峰（2364米）就在我的家乡巴彦淖尔境内。阴山神奇，魔法神泉，刚吃过羊肉，生喝这里的泉水，也不会闹肚子。丹霞地貌的艳艳红山，造就了更加神奇的人根峰和圣母洞，在这苍凉的阴山之中，造化神奇。

近看阴山，赭黄少土的阴山，沟壑纵横，既有华山之险，又有泰山之雄。高低起伏，绵延不断。山沟山脊上，要么巨石峰峦，错落有致，要么山石上浅草稀稀疏疏地点缀，那种神形韵致，俨然是宋代的山水画卷。以前我看宋代写意点染的山水，总是以为古代画家缺少写实的精神，是随意点染铺展的山水轴子，且比例不匀称。看着阴山的神韵，终于找到了古画上所营造山水的秘诀了。

阴山是苍茫、雄壮的，那雄浑超然的富有力度与深沉内涵的阳刚之美，与沙漠、戈壁、草原、田野相连，更显恢宏。也有人说，阴山是博大、宽容的，整个阴山不争高低、贵贱，浑然一体平静和谐地共存着，即使是黄河这条势不可挡的巨龙，来到阴山脚下也只好礼让地绕个弯，再缓缓东流。

有人说得好，黄河从黄土高原西侧汹涌北上，直撞到高高的阴山，不得不咆哮向南冲去，沿黄土高原东侧流过晋豫大地，转向东海。要不是阴山的阻拦，黄河会一直向北冲去，流过蒙古高原，不知流向何方，那中国就不是现在这个样子了。更有人说，黄河是一个围绕黄土高原转的刚烈女子，缺乏女人的温柔，然而阴山却抵住了她，永远拥抱着她。

“瀚海百重波，阴山千里雪”。阴山是一条自然长城，山北是蒙古游牧民族，山南是中原农耕民族，长期龙争虎斗，使阴山成为兵家必争之地。为了保卫阴山，阴山有多条长城横筑，赵、秦、汉、魏、金，都有长城修筑。但是，迄今都已成为墙残瓦砾。阴山古塞高阙塞，是战国时赵武灵王修筑，位于阴山山脉狼山北口，是中国历史上著名的军事要塞。

不敢说是宗教选择了阴山，还是阴山选择了宗教，反正有座座庙宇寺院点缀在阴山南麓，使宗教更加神秘，阴山更加神奇。阴山有树木，常常不敢遮掩山石的苍劲；阴山也有溪水，往往未流淌出大山便渗入大地。

阴山脚下，是八百里河套平原。空旷、辽远，地面河渠纵横，百姓殷实富裕。一段时间，匈奴活跃于此，所谓“北有引弓强国，南有冠带之邦”。唐代诗人王昌龄的《出塞》诗：“秦时明月汉时关，万里长征人未还，但使龙城飞将在，不教胡马度阴山。”诗中描绘的就是阴山。所以，阴山应该是秦汉唐宋所谓的边塞之地，也是征人望月怀乡，折柳闻笛的所在。历史的沧桑与人事的兴废，都在阴山上下打上了深深的烙印。

八百里河套米粮川。黄河两岸，水草丰茂，葵花朵朵，黍麦飘香。

在河套平原，可以从干燥的空气里，闻到一种河流的气息，感受到一种滋润在肌肤上流动。自流灌溉，沟沟渠渠，农家小院，殷殷实实。有一首《阴山情》写得好：

曾经是嶙峋莽原
如今是气象万千
碧波化作点点羊群
黄河托起麦浪无边
阴山岩画述说远古神奇
马头琴唱出生活的甜蜜
乌拉特草原是花的原野
八百里河套是五彩圣地
……

# 三十九

黄河，滚滚东流，孕育了中华民族古老灿烂的文明。黄河众多的支流，分分合合，交织成网，滋润着中华大地。

在阴山南麓，黄河北侧，有一条河，横贯八百里河套平原。这条河叫二黄河。

二黄河，顾名思义，来自于黄河，仅次于黄河。它在黄河磴口县开口，自西向东纵贯巴彦淖尔全境，是一条人工开挖的河流。想想看，在1959—1961年困难时期，人工开挖如此大河，其劳苦艰辛程度，实为后人难以想象。

在如此艰苦卓绝的环境下开挖出来的二黄河，无疑是一个伟大的壮举。我时常为家乡父老的这一壮举而感到骄傲和自豪。

二黄河，家乡的河，人民的河。它背靠阴山，从磴口三盛公水利枢纽出发，汹涌澎湃，一路向东，似一条金黄色的飘带蜿蜒而来，滋润八百里河套，养育180万河套儿女，体现真正的物华天宝和人杰地灵。

在我心中，二黄河总是在静静地流着。

静静的二黄河，细碎的浪花击打着富庶的两岸，岸边的杨柳见证着河套的发展与繁荣。把磴口、陕坝、临河、五原、乌拉特前旗的城乡村托得如此宏大秀美。

在二黄河流经的这片土地上，有太多的人文故事，太多的悲欢离合，太多的苦难辉煌，太多的动人传说。如今，大思路谋划着大发展，大手笔带动着大跨越，就在这片阳光下的风华里，渲染着时代华章。

静静的二黄河，一只只白鹭的啁啾，在水面留下悠长的水波。河水流过田野，将无数村落串联成晶莹剔透的珍珠。二黄河，一路上悠悠浅浅，飘散着令人神清气爽、耳聪目明的奶茶香、酒香和蜜瓜香，然后缭绕着雄风飒飒的历史烟云，传诵着气壮山河的铁血悲歌。在我感情的天地里汹涌澎湃、潮起潮落……

静静的二黄河，留下了我的足迹。少年的我，时常顺着细流脉脉的河岸漫步，我的脑海里，常常有“小舟撑出柳荫来”“杨柳岸边话桑麻”“农家腊酒醉春风”“廊桥亭台赏秋月”等诗句。我喜欢黄昏里那一抹静静的夕阳，轻洒的余晖血染般落在河面上。西去的夕阳里，云彩分明是作最后的挽留，写照着一日的心情，如缓缓舒展的画卷，呈现着我的追忆。这里有我们居住的村庄，这里有我的父老乡亲，面对浑厚的河水，我站在夕阳的前面，用心去挽留，用情去品味，用真诚去诠释对故乡的怀念。

静静的二黄河，从阴山的身边走过，从河套的天地间穿越，也从我的梦呓里掠过。它把一腔热忱奉献给父老乡亲，从不做作，从不虚荣，从不沽名钓誉，总是把丽日的赞美送给阳光，把夜晚的美好送给月华，把美好的寄托送给梦境，只求静静地走过。它流溢着孤傲的丰华，在人们的目光里，走着、行着；在一处最寂美的风景里，化作月上柳梢，入人心、放晨曦、静如画图。

静静的二黄河，微风细浪，给人轻轻的温柔。心，就在这诗意中陶醉。穿过八百里河套，头顶是明晃晃的月亮，脚下是绿茵茵的农田。一朵朵葵花张开笑脸，一畦畦瓜田捧出甜蜜，泥沙冲积而成的片片水渚上，生长着一些老树杂草，树呈青绿，草显金黄。那些高昂了头的大雁和一些不知名的水鸟，便在这青黄之间悠闲觅食……“鹜落霜洲，雁横烟渚，分明画出秋色。”

啊，静静的二黄河，不停歇地流着，伴着日子的每一次新生，成就着岁岁年年的四季轮回，也见证着河套大地每一次的变革。或许当我们在经历了太多的迷惘与痛楚之后，才能领悟到时光的真实内涵，诠释时间的含义，读懂它每一次的倏然飞逝。听时光流逝的声音，若是用心，便能从生活的某一空间去理会它的本真。

# 四十

儿时，有一段时间，从我们居住的黄河北岸到南岸去，没有路，只能坐摆渡。我跟着妈妈不知往返过多少次。

河水汤汤，尽管一眼可望对岸，但船行起来，也得半个小时四十分钟。往来的船就那么两只，而来往的船客却有许多。于是，只有增加摆渡的次数。如此，一段光阴，架于两岸，大家都在翘首遥望那位摆渡人。

我清楚地记得，摆渡人是一位老爷爷，他总是不紧不慢，乘着薄雾，从迷漫着露水的晨曦中走来，顺着既定的航线，远远地走来走去。老爷爷穷其一生，做了一生的摆渡人，似乎船是他的远方，也是他唯一的爱人。他的孤苦，他的冷清都被荡在桨下，没有人看得出，也没有人愿意花时间去想为什么他会这么喜欢摆渡。

当春风吹绿河边的杨柳，妖娆的柳枝拂开黄河惺忪的睡眼，整个大地都在为这个季节的到来欢腾了。鸟语花香充诉着每一个角落，春风牵来朵朵白云，白云连着催春的风筝，一切都是那么和谐美好。黄河就在这欢腾中静美着身姿，梳理着轻柔如绸的绵长发丝，一朵朵涟漪激荡着正在启航的渡船。在一片暖阳眼里，春天是怀里蠢蠢欲动的莲藕，是轻痒着指尖的水下精灵，是相依相伴的河柳，是岸边正在盛开的娇嫩花草。

早上，阴山在理镜梳妆，树林里鸟儿啁啾，河岸的金阳像刚刚沐浴出来的少女，拖着及天的裙裾，把一天的鲜活全都舞了出来。老爷爷甩着手臂，肩搭毛巾，走向岸边。解开粗大的缆绳，然后扬起，船如振翅的白鹤，瞬时挣脱，飞了出去。船上的人，有走亲访友的，有上集市卖货购物的，有厌烦了村子宁静想出去凑热闹的。离了岸的人，活脱如鸟，欢欣着力争要飞到有梦的地方。转身而去的人们依然不忘回头告知老爷爷回来的大致时间，让他别太早收工。俨然这老爷爷就是掌管他们外出活动的总指挥。

中午时分，艳阳高悬，满河金光闪烁，百树倒映河面，流光如珠。来往的人渐少，老爷爷于是缚绳，回到岸边的大树下，打个盹，喝口茶。“野渡无人舟自横”，来人不见老爷爷，放开喉咙大喊：“摆渡、摆渡，过河去了！”老爷爷听得声来，扔下茶杯，肩搭毛巾，纵身跃上船来。然后把毛巾往水中一漂，抓起，稍微拧干再度搭在肩上，寻得顺流处挪出一只手来，擦一把汗，另一只手继续摇着桨向河心荡去。桨舞得微波不兴，坐在里面稳稳当当看着身旁的青荇急驰而过。游鱼耍着细石，细石折射天空，飞叶揉影，柔波叠翠，世间的万水千山在一刻间凝成了一幅画。

渡船一路驶过，后面划出条条曲线。曲线中有不断跃起的鱼儿。莫非鱼儿也想跟随船上人去赴一场人间的清欢与美宴，还是它们向往着岸上的丽景，想与芳草繁花叙叙旧，或者聊聊它们水中无聊透顶的生活？

不知不觉，船桨把两岸的光阴荡远，傍晚临近，回归的人一一涌了过来。渔歌唱晚，樵夫应答。夕阳斜沉，船客上岸。于是，稀稀落落的硬币在罐子中叮当作响。每天的收入，老爷爷疏于计数，一向大意且大度。上了船的人想给多少给多少，一切随意。给少的他不会计较。不给的他也不强求。过意不去的总会在下次渡船时捎一把蔬菜或果物之类送他，碰上丰年或是过节的日子，有些村民时常还会送些米面给他。

春花秋月，光阴远逝，不知他把多少人渡到生活的彼岸，却把自己始终留在寂寞当中。星光斑斓的夜晚，他该升起炊烟给自己做一顿可口的饭菜，把小屋营造得暖和些。而陪伴他的炊烟，许是最懂得欣赏他寡居一生的唯一舞者，因为他们都是暗夜中不畏寂寞的。

如今，岁月老了，船也老了，河面上架起了铁索斜拉桥，摆渡老爷爷那熟悉的身影，永远定格在时间的河流中。

想想人生的旅程，不也是如同摆渡一样，我们在情感的航船上上下下，不同的航船有不同的摆渡手，互相填补那些无人知晓的孤独。

一只船，两只桨
便能划入摆渡人的梦乡
渡口的对岸
永远是船儿的方向
简单的循环
更新着希望
摆渡晨曦
迎来一枚朝阳
摆渡黄昏
送走一片霞光
头枕波涛
是为了一次夜航
与人便利
手就持有余香
在默默中等候
在日复一日中送往
把一份操守
在平凡中镀亮

# 四十一

小时候，对过年有一种特殊的期待。如今，年依然在过，而情景却与以往大不相同。

说起来，现在的年味是愈来愈淡了。于是有人说，年似方便面一般的快餐，虽可填饱肚皮，却是寡而无味。之所以这么说，是因为在我们的记忆当中，年是新旧更新，年是一元复始，年是承前启后，年是烟花爆竹，年是穿新衣、戴新帽。总之，年是用人情味连缀、用喜庆累积成的。当我们远离乡村，走向城市，年味就渐行渐远了。

记得小时候，千门万户除旧布新，左邻右舍喧扰忙碌，把年的气氛烘托得愈来愈热。对于小孩子们来说，春节大都是在假期，写完了寒假作业，就等着过年了。而大人们无论有多少工作，都必须在除夕前完工，赊欠的旧账也是不能过年的。大概是让所有的忙碌都沉积于年底吧。不过，在我的记忆中，母亲和姐姐们似乎永远赶不上进度，她们总是洗洗涮涮，总有打理不完的家务，包括年夜饭，的确没有什么闲空儿。不过，所有的扫除、裁剪、针线活儿，都必须在大年前完成。到了这个时候，父亲写春联，我们帮助贴在墙上，全家老小都换上了新衣服，在鞭炮声中迎接新年。

年糕是必须配备的。常记得在那寒冷的冬季，父母挥汗如雨地赶制年糕。那金黄色的年糕，滑软而不腻，芳香馥郁。后来以至如今再吃年糕，全没有当初那种味道了。

再后来，父亲去世，母亲逢年就说，年味儿淡了，人情味儿也寡了，大概这就是世道变迁吧。

# 四十二

1976年3月，河套平原乍暖还寒时节，我升入了初中，开始了新的读书生活。

“文化大革命”末期，学校大刀阔斧地进行课程改革和课堂教学改革。从学制、课程、教材、教法以及学生的选拔方面，对原教育体系动了大手术。

所谓“课改”，一是缩短学制，小学由六年缩到五年，初中、高中分别由三年制缩回到两年；二是以实用为基础，打乱原教材体系，缩编教材；三是宣布开门办学，以社会作为大课堂，学生要学工、学农、学军，批判资产阶级。学校办工厂、办农场，鼓励学生参加体力劳动，培养动手能力和劳动技能；四是废止注入式的教学方法，提倡启发式的教学方法。

在这样的教育体制下，两年的初中学习生活，简直乏善可陈。我们大多是支农劳动，很少有真正意义上的学习。经常是手拿锄头、铁锹、镰刀，很少动笔。我们傻乎乎地跟着学校转，家长却万分揪心。

当知了停止了鸣叫，当大雁结队南飞，当树叶萧萧落下，当一切停止了活动，这时北国的秋天早已在大地上奔跑。风来了，那是秋天的欢笑；树叶落了，那是秋天奔跑的足迹；雨朦胧，那是秋天淋漓的汗水。它在一刻不停地奔跑，奔跑。

大约9月底，夜晚已是很凉了。一天晚上，我忽然看见放在饭桌边上的煤油灯开始摇晃，接着外面吵闹了起来，隔壁邻居有很多人跑了出来，说地震了。一阵带着惊奇与怀疑的议论之后，小小的村庄复又趋于平静。

接着，学校停课，我们天天住在搭起的临时帐篷里。除了学习地震的成因，还有地震来时的自我保护，也知道了地震来临前大自然的一些反常现象。也就是从那时候起，在一段时间里，我们开始专注于大自然，包括一株植物的飘摇，一只山羊的奔跑，一只蠕动的蛇，还有一眼涌动中的井水，因为我们都想成为地震来临的第一个发现者。但是，地震却再没有发生。

到了 10 月，我们还没有完全从地震的阴影中缓过神来，传来了粉碎“四人帮”的消息。“热烈欢呼粉碎‘四人帮’的伟大胜利！”这些标语口号，充满了校园。

不久以后，我们才开始了正常的学校生活。

零落一地的黄叶，犹如一只只蝴蝶，正追逐着风，与风嬉戏。走过这铺满落叶的小径，我感受到的不是一种与时间擦肩而过的伤感与无奈，而是一种新生的力量。这些敢于放弃生命的叶子，大概已看尽了春花秋月的岁月轮回，含着依恋之情，也载着感恩的心，只因“化作春泥的梦”，怡然走向生命的尽头。这一切还只是开始，我感到这种伟大奉献自我的力量正在滋生着，我仿佛听见它们缓缓渗入黄泥，孕育新的希冀，新的生命。

大概总是女老师比较多的缘故吧，初一，我们的语文老师兼班主任赵老师是女的，数学老师窦永兰也是女的。我在初一就加入了共青团，担任班里的班长、团支部书记，一直到初中毕业。而且，我担任学校板报组组长，只要由我来出板报，那肯定是全校最好的。当然我在这方面下的功夫也比较多。当时有一位美术老师袁继中，对我比较赏识，对我的指导也较大。

语文老师赵老师是四川人，师范毕业，给我留下的印象也比较深。不过她只教了一年。那时，我的作文总是受到老师的表扬。当然，这些作文，大都是与形势配合。之所以被老师肯定，大概是我的作文在文法上是不错的，在内容上也能反映当时实际的缘故吧。我自己觉得乏善可陈。

数学老师窦永兰，在我当时看来，她年轻、春风满面、精力旺盛。我们经常在上学或放学的路上能见到她。因为她总是骑一辆自行车上下班，家也是农村的。有时她还会用自行车载我一段，谈谈数学或者班里的事情。她比较喜欢我，主要原因是我的学习比较好。那时，有些应用题她也有不会的，就找我来做。当然她并不说她不会，而是采取考试的办法让我做，结果我能很快解答出来，这使她十分高兴。然后在全班讲解。不过她在教学上还是比较尽心的，学生的作业每天都有50多本，她都要认真批改，从不懈怠。

这里应当说明的是，那时候我们的教学刚刚恢复，毕竟是农村中学，英语、物理、化学这些课程都没有开。即使是语文、数学这些主干课程，也没有按时学完。初中二年级的时候，已经恢复了高考。大家都开始比较重视学习了。考试也越来越多了，不少同学开始挑灯夜战。快要放暑假了，上面来了通知，要求初二入初三必须实行全旗统考。

应当说，我们的老师总体上还是尽心尽责的。比如，我们后来的数学老师刘世英，教学有方。一些重要内容，他重点讲；对于一些相关性的内容，他就让我到讲台上给同学们讲，既锻炼了我，又使同学们加深了学习印象，并且使我的分析问题和解决问题的能力显著增强。可以说，我对数学最有好感、灵性最多的时候大概就在这段时间，以至于不少同学都感觉我有点像老师了。的确，一位好老师，他可以最充分地调动学生的积极性，通过动之以情、晓之以理的生动教学，真正培养学生的能力，释放学生的能量，为学生此后的学习、工作奠定基础。还有一位语文老师姓李，名字记不得了。这位老师对我最大的关怀就是在全班同学去支农的时候，他会把我单独留在教室，帮助他批改作业。在当时我不太理解他，直到上了高中，我才真正理解了老师的用心良苦。还有一位语文老师，之前是教体育的，他朗诵课文很有质感。那时，我们大都不讲普通话，可从他来了以后，班里开始比较注重课文的朗诵。每次全校开会，我总是代表班级上台发言。我的朗诵基础就是在这个时候打下的。

说到中学时的老师，还有一位老师叫李延续，记得是教我们音乐的，起初对我倒是很好。大概那时候年纪小的缘故，别的同学给他起绰号，我们也跟着叫，结果，此事被人告密。于是，这位老师就认为我是主谋，对我误解颇深。其实我一直想跟老师说说这件事，但是考虑再三，直到我离校，也没能去把这件事跟老师解释清楚。由此我想，许多事情、许多问题一定要解决在萌芽状态，该说的尽早说，该解决的尽量早解决，千万不能等，否则就没有机会了。

初中，是我们最为快乐的时期。那时我们虽然贫穷，可我们心地明亮而单纯，天天都有一种春天般喜悦的心境，我们对未来怀有美好的想象，既研究和讨论学习，也畅想明天。我们常年轻盈地踏进春天，送走秋天，我们喜欢家乡那鹅鸭戏柳，草长莺飞，田野里绿意盈目的景象。是啊，那耕耘泥土的潮湿气息，在清脆的牛鞭声中滋润着我们的肺腑。那时我就想，或许是第一道犁就犁出了春的气息、夏秋的希望。每当接过父母充满汗渍的衣服时，心中总是充满对父辈的敬重和对养育我们这片土地的由衷膜拜。

# 四十三

中学时代，最幽深的印象，莫过于老师。而课余之外最深切的印象却是黑板报。我在这里沉思默想，精心布局，辛勤挥洒，激情演绎，留下了许许多多的回忆。

刚从小学进入初中，开学伊始，班主任老师就把我叫到她的办公室里，要求我在正常学习之外，办好黑板报。仅此而已，至于如何设计，刊登些什么内容，出版周期等等，一概由我定夺。我知道，有八个班级要轮流办报，而且马上就该我们班主办了。

那时候的黑板报，只要反映当时的政治形势就好，教育为无产阶级政治服务嘛。所以要说简单也很简单，一般用美术字写几条政治标语就够了。但是，有些假大空的东西基本没有什么人浏览。所以，我觉得不能把黑板报办成这个样子。为了办好黑板报，我下了很多功夫。比如，整个版面的布局，图文的设计，内容的分配，色彩的搭配，字体的变化，稿件的编排，专栏的组合等等，花费了我大量心血。

一般来说，班里的同学只能帮助我打打下手，擦擦黑板，搬搬桌椅板凳，或者我站在高处，帮我递一下板报工具而已。剩下来所有的活计，几乎都是我自己的事。

由于我主办的黑板报很有特色，后来学校干脆把所有的黑板报全部交由我来完成。这样，工作量就更大了。为了办好每一期的黑板报，我克服了许多其他同学难以想象的困难。一般情况下，每周六下午的课后，我们就搬着长条桌，拿着一把一丈长的大木尺、一个黑板擦、一盒彩色粉笔，来到黑板前。把近期国家大事、老师和同学们比较关心的一些学习问题，以及学校安排的任务等等，分门别类地加以组合编排、用不同颜色的粉笔一篇一篇地布局，再在空白处补画一些图案，最后在四周画上彩边，这一期黑板报就算是编辑完了。

春暖花开，我们顶着风沙；夏雨淫风，我们冒着烈日；秋高气爽，汗水湿透衣衫；冬雪飘洒，我们皴裂手指。往往，春天里，同学们都在自习，我却被风沙吹眯双眼；夏日里，同学们都去午睡，我却在这里汗流浃背；秋天里，同学们都去玩耍，我却在这里舞动着各色粉笔；冬天里，同学们暖在教室，而我还在用冻得有些僵硬的手指写写画画。有时，我刚刚出完一期黑板报，一场雨会把它淋得稀里哗啦，我的眼泪也像雨一样唰唰流下……办一期板报，真的让我劳思费神，腰酸背痛，灰头土脸。但是，功夫没有白费。一期板报下来，图文并茂，内容丰富，结构新颖，博得了全校师生交口称赞。以至于很多年过去以后，依然会时常怀念这段办板报的经历。

黑板报大大活跃和丰富了单调的校园生活，增长了同学们的知识，拓展了同学们的视野，成为校园一道靓丽的风景线。每当课余时间，许多老师和同学蜂拥前来，仔细观看，研摩品评，赞不绝口。每当这时，我的心里总是美滋滋的。

初中即将毕业的那段时间，“文革”结束，高考开始，我们的板报积极配合学校教学，更多地刊载一些时事政治、数理化试题解答以及文史知识，受到了所有老师和同学的欢迎。往往，一期黑板报还没出好，边上早已围来了许多观看的人群。如此，每次出黑板报就成了我课余最大的乐事。各种颜色的搭配，可以调制出不同的色彩，我们美化了黑板报，也美化了校园的环境，同时也美化了同学们的心灵。

黑板报，是我曾经的舞台，青春的激情在这里尽情挥洒；黑板报，是我抒情的处女地，文学梦想在这里翩然放飞；黑板报，是一道亮丽的风景线，未来的美好前景，在我面前渐渐展开……

# 四十四

20世纪80年代初，我考上了二中。离家40里，自己要背着口粮去，在学校搭集体伙食，住通铺，一星期回家一次。

从家到学校，骑自行车需要两个多小时。常常，我一边走，一边观景想心事，时不时要跌跤。然后，如梦初醒，爬起来继续赶路。春冬季节，寒冷难挡，如果遇上沙尘暴，整个人灰头土脸，车子无法骑，只能推着前行。有时候，手冻僵了，脚冻麻木了，就停下来搓搓手、跺跺脚，然后再走，自然吃了不少苦。

最好的季节是暮春和秋天，一路上可以看到蔓延的绿色，可以闻到瓜果的飘香，可以领略金秋的美景。这时候，可以一边蹬着自行车，一边唱着歌，向着学校或者村里飞驰。难熬的是夏天，烈日炎炎，酷暑当头，不动都是一身汗水，更不用说骑着车走两个多小时了。然而，为了上学，不得不斗严寒、冒酷暑；为了回家，再苦再累，也心甘情愿。

在二中这段时间，生活不那么清苦，主食是玉米面和糜子米饭，加上每个星期都有母亲给的白面烙饼，学习动力颇足。最爱写作文、解方程，不喜欢化学、几何。其实，已经偏科了，语文老师布置作文，别人一星期写一篇，我一星期可以写好几篇。那时候，语文老师给我特权，我可以帮助他批改其他同学的作文。

我自小在村里就小有名气，从来不张牙舞爪，却特爱胡思乱想。因为心性孤独，知心朋友不多。从来没主动打过人，也不会骂人。有一年春天，家里养的几只羊不知什么原因死了。母亲看着死去的羊羔落泪，我也跟着哭。

寒暑假，我爱读书。但是，家里、村里能找到的书都读了，还托父亲到处借。村里有一个“右派”，我知道他的皮箱里有不少书。时间长了，我经常到他那里，就跟他熟了。有时候，我把家里的好吃的带给他，他看我老实，又喜欢读书，就悄悄把书借给我，再三叮嘱我不让别人知道，甚至不让家长知道。我严守承诺，如饥似渴地读了不少书，这些书都是当时根本见不到的所谓“封资修”一类。读了这些书，我的视野更加宽广，兴趣倍增，开始对文学世界产生了朦胧的兴趣。

一段时间，还跟着父亲苦练毛笔字。同时，偷偷背诵唐宋诗词，背熟了，就工工整整写在一个小本子上，细心揣摩。

# 四十五

杭锦后旗一中，就是现在的奋斗中学。当时是自治区的重点中学。要想进这所中学是很难的。

那时候，我在二中高中的课程还没有学完。但是为了进入杭中，我还是毅然决然地放弃了二中正常的学习。于1981年秋天开始读杭中的补习班。这对我来说，也是一次难得的机会。

在补习班的各门课程里，我最钟情于语文课了。潘老师的语文课，如一幅国画，有着“精致格局”，讲究整体的布局和格调。启课、结课，细节、承接、文本、拓展，都很精美别致。潘老师的语文课，如一首交响乐，有着“和谐情韵”，讲究旋律、节奏、共鸣的和谐。这是师与生的和谐，人与文的和谐，情与理的和谐，导与放的和谐，思与悟的和谐，知与行的和谐……课堂上，潘老师善于创设平等、宽松、民主、和谐的学习环境，让学生感觉到这个环境是宽松的、愉悦的、安全的，师生之间可以展开平等的对话。在一个接纳的、支持性的、宽容性的课堂氛围中，师生都能够释放自己，分享彼此最真实的情感和思想，产生共鸣。这样的语文课，的确是一种享受。潘老师的语文课，让我们在精致而完美的世界中遨游，通过师生的情感共鸣达到一定的审美高度，给学生以美的享受，智慧的启迪。

潘老师的语文课，一如辽阔的大海，有着“开放胸襟”。海纳百川，有容乃大。语文课应像大海一样，向学科开放、向生活开放、向心灵开放、向经典开放、向时代和未来开放。同时，语文课还像大海一样包容，包容思想的质疑，包容学习的错误，包容对话的异见，包容成长中的一切反叛和迷茫。潘老师的语文课，在动之以情、晓之以理的过程当中，抚去了我们心灵的灰尘，让我们学会以一颗善感的心去感悟人生，启迪我们由青涩的毛毛虫蜕变为成熟的蝴蝶，学会以冷静而理智的头脑去思索人生。

那时候，我对文言文也感兴趣，不仅抄录老师对课文中的生词、典故的解释，还自觉地记录老师讲解中附带谈到的一些小故事与文人掌故，也开始尝试做更加系统的读书笔记。一次老师在课堂上顺便引用古籍的话，说的是古人治理国家有不同的方式，有的偏重于仁，有的偏重于法，于是就有“唐尧曰，宥之三；皋陶曰，杀之三”的记载，由于印象深刻，所以我至今还背得出来。

老师在课堂上偶尔讲到李煜的词、沈复的《浮生六记》和王国维的《人间词话》，我都设法去买来阅读。像李煜的作品书店里买不到，我就利用暑假到图书馆借来手抄。我很欣赏《浮生六记》哀婉细腻的笔调，李后主词的清丽、明快以及个人和家国忧伤相互融合的风格。但是，对《人间词话》则常常似懂非懂。

自然，在古文方面还学到了其他不少优美的篇章。中学语文也激发与培养了我的审美能力，特别是对于人生的态度。小说、散文的大量阅读，丰富了我的审美。当我接触某种生活现象，马上就能用文学的眼光打量它，评价它，也就是说，这时人生感性化了，审美化了。进入这种状态，就可以自由地进行写作，虽然这种能力还很稚嫩，但已开始形成雏形。

也许，对于现在的中学生来说，语文课似乎是不值一提的，不就是多识几个字，听听故事，如何欣赏一些作品，阅读理解，情景写作，命题作文，学会表达自己的意识吗？这自然都是对的。但是对于我来说，20 世纪 80 年代的中学语文课，却是与我一生的爱好和命运连在一起的。所以一谈起中学语文学习，就会生发一种特殊的亲切感。

就在进入杭中那年的秋天，学校组织参加全盟中学作文竞赛，我以一篇《校园的树》，获得比赛一等奖。第二年春天，我参加了全国中学生作文竞赛，获得二等奖。那时候，学校的广播，每天都会播诵我的作文，这对我是莫大的鼓舞。

# 四十六

我一直认为，语文是一门属于心灵、属于精神的学科，它在承载工具任务的同时，还要演绎风花雪月的美丽。语文课上，师生一起享受“风吹草低见牛羊”的诗意；感受“云淡风轻话沧桑”的风雅；饱尝世事变迁、人情冷暖、嬉笑怒骂的丰富情感；领受每一个花开的黎明，霞落的黄昏……

人的一生当中，能够遇到一位好的语文老师，那真是你一生的荣幸。他会让你明达心智，让你愉悦性情，在思想的天空里自由翱翔。

我的中学语文老师潘涌，生于1937年，祖籍山西省左云县。1963年，他带着万丈豪情，离开内蒙古师范学院中文系，只身一人来到阴山脚下、黄河岸边的河套平原。从此，他始终与中学教育相伴，为抚育无数河套儿女，花费了太多的心血。他的付出也换来了丰硕成果，桃李满天下对他来说，一点也不为过。他以他的奋斗和执着，赢得广大师生的赞誉和尊重，他不仅是奋斗中学的特级教师，而且还是全国中学语文教学研究会会员，全国古典文学研究会会员。直到后来，尽管他退休了，依然关心着教育事业，依然在默默奉献着自己的光和热。

潘老师在三尺讲台上，赐我睿智，教我良善，诫我真诚，用他满腔的热情和丰厚的知识，拓展着我们的想象，丰富着我们的思想，缤纷着我们的生活。

潘老师不仅是一位语言艺术家，也是一位表演艺术家。他能发现语文的外在美，也能挖掘语文的内在美；他能传递语文美的过去，更能创造语文美的未来。课堂上，他不激不厉、不暴不弃、循循善诱，如一位平和中正的智者，引领着一群善良迷茫的青年，一同去追寻他们心中的梦想，一同去朝圣他们心中的圣贤；课堂外，他甘于寂寞，甘于清贫，一豆烛光，一杯淡茶，一卷书，疾恶如仇，严词鞭挞。他胸藏万壑，心怀天下，释放出来的全是儒雅。他的言谈话语，他的演绎推理，他的潇洒板书，他的冷峻批语，无不闪烁着美的意蕴、美的律动、美的光芒。聆听潘老师的语文课，那是一种美的享受，那是一种浓烈而不艳俗的美，一种高雅而又可攀的两极相融的美。在我看来，这种美正是课堂教学文化的最好诠释。

杭中的学生，大家最爱听潘老师的语文课。潘老师的语文课，给了我们聆听音乐的耳朵，给了我们欣赏绘画的头脑与眼睛，给了我们丰富的情感，智慧的心灵以及想象的翅膀。在潘老师的课上，没有烦琐的铺陈，没有空洞的说教，只有动之以情、晓之以理的启发。我们的潘老师，平和静淡的外表掩藏不住他温和宽容的性情，深沉冷静的性格掩盖不了他执着如火的热情。听潘老师的课，如春风化雨，点点滴滴，滋润心田，亦如一杯淡淡的清茶，在芬芳的氤氲里，漫漫沉醉。谢谢您，潘老师。是您，让我们置身于塞外的大漠，在夕阳的金黄中，感受“长河落日圆”的情怀；是您，让我们登上齐鲁的泰山，在云雾飘绕中，感受“一览众山小”的豪情；是您，和我们一起夜泊秦淮，在桨声灯影中，领略“烟笼寒水月笼沙”的美景；是您，和我们坐在故乡的明月下，体会“稻花香里说丰年”的喜悦……

潘老师，我们的好老师。我永远记得，他那威严的目光，他那正直的身板儿，还有他那梳理得规规矩矩的头发。还有，他的普通话虽不十分标准却能长期坚持，他的衣服虽不昂贵却很净洁，他的课堂虽然严肃却并不死板，他的评语虽不华丽却语重心长。当一批又一批新生进校时，潘老师喜出望外；当一批又一批毕业生离校时，潘老师又有一点恋恋不舍。当学生考上如意的大学，潘老师为他们骄傲；当考生落榜时，潘老师鼓励他们养精蓄锐，重上战场……

我们的潘老师，“名利于我如浮云”。他淡泊平和的表情如一泓平静的秋水。只有当我们尊敬地称呼他的时候，他的脸上才会泛起淡淡的涟漪。多年来，他一边教学，一边阅读了大量的学术专著。在我的印象中，他最大的爱好就是读书，而且笔耕不辍。曾经，他为我们整理过 8 万多字的综合参考资料；曾经，他亲自编写了 40 多万字的教学参考资料；曾经，他写出了 20 多本读书笔记；曾经，他发表了大量的研究论文。《中学语文课本勘误质疑 500 例》《中学语文课本资料荟萃》《历年高考语文试题题型分类研究》《阅读教学三题》《传授知识发展致力培育能力》《关于语文教学改革之我见》《回文诗琐谈》《炼字——读诗词笔记》《谈“书”》《中学语文课本疑义举例》《论元人杂剧中的包公形象》《马斯洛娃为什么没有在聂赫留道夫的忏悔中复活》……卷帙浩繁，涉略广泛，并且在全国引起了关注。

我们永远不会忘记潘老师，那个潜心教学，教书育人的典范。对学生，他总是爱而不护，教而不训，严以督促；对自己，他总是敏于治学，严于执教，谦逊谨慎。他倡导的“立体语文教学法”，强调语文教学无时不有，无处不在，要求学生时时处处学习语文；他主张把语文课堂引入课堂之外，再由课外引回课内；他提倡多向思维，鼓励求异精神，倡导教学相长，甚至允许学生否定老师的观点；他善于发现学生的每一个闪光点，并勇于承认和纠正自己的教学失误；他注重智力开发，主张探赜索隐，反对死记硬背，提倡愉快学习；他的教学不模拟他人，不重复自己，主张“法”自我出，不拘一格，许多师生都夸赞他是“学者型”教师。

潘老师，曾经引领我们畅游在浩渺文学殿堂的潘老师，不只是就教学而教学，而是通过教学来启迪人生，让我们受益匪浅。困难时，他用李白的诗告诉我们：“长风破浪会有时，直挂云帆济沧海”；孤独时，他用王勃的话启迪我们：“海内存知己，天涯若比邻”；疲惫时，他让我们品味“采菊东篱下，悠然见南山”的闲适；误解中，他出示孔子的语录：“人不知而不愠，不亦君子乎”。更重要的，他常常要求我们要“先天下之忧而忧，后天下之乐而乐”，勉励我们“路漫漫其修远兮，吾将上下而求索”……

# 四十七

高中时代一幕幕的场景，就像一张张绚烂的剪贴画，串连成一部内容丰富的电影，播放着我的快乐和忧伤，也记录着我的青春和过往。

每天清晨，东方鱼肚白呈现，我们已正襟危坐在教室里，如饥似渴。白天，语文、数学、历史、地理、英语……走马灯般轮番上演，恩师们的谆谆教诲，不绝于耳。我们吟咏着屈原的《离骚》，浅唱着《谁是最可爱的人》，憧憬在陈景润的《哥德巴赫猜想》里，沉醉在朱自清的《荷塘月色》下。夜幕降临，教室亮如白昼，我们依然静静地苦思冥想。晚自习以后，我们涌向宿舍。一间大筒子屋，靠墙摆着两排木床，二十多人挤在一起。冬季来临的时候，宿舍地中央，矗立着高高的火炉子。这是我们唯一的取暖设施。夜深人静，难敌夏日蚊虫之叮咬，不耐严冬寒风之侵袭。每天的一日三餐，是雷打不动的苞米面窝头，伴着一碗清水煮白菜。没有你喜欢不喜欢，没有你爱吃不爱吃，只有狼吞虎咽。清晰记得，为了周末的一顿改善，为了那个大大的白面馒头，我们排着长长的队伍，争先恐后。

那时的老师，是何等的敬业。艰苦的环境，未曾听到他们一声抱怨。微薄的薪酬，未曾听过他们丝毫不满。一年四季，寒来暑往，他们依旧是春蚕吐丝，红烛泣血，默默耕耘。难忘校园后面的那一片小树林，我们常常漫步在林荫小路，披着透过树荫斑驳洒在我们身上的细碎阳光。心存片刻宁静，舒展惬意满天。至今犹在回味那一刻的美好，那一刻的幸福。初夏，我们躺在园子渠边软软的绿草地上，暖暖的阳光温柔地照在脸上、照在身上，暖在心上。

高一的时候，生活是蓝色的，美好而又透明，如同薄荷的清香。第一次班会，班主任要求下，各位同学扭捏羞涩的介绍，如若一粒粒种子，埋下了 3 年拼搏的希望。高二的时候，生活是绿色的，青春拔节生长，旺盛得像正在生长的树，梦想也一点点接近现实。跟老师讨论问题时，看见他脸上满意的微笑，浑身增添了无尽的力量。高三的时候，生活变成白色。我们冷静了下来，明白自己与未来究竟有多远，并要为此做出努力：加油加油再加油。所有与这个决定相关联的一切都可能会变化，包括我们的友谊。所有生活的色彩都在高三退去了，原本吵吵闹闹的教室突然间寂静得有些让人紧张。剩下的日子目标很明确，过程也很简单，做题做题再做题，考试考试再考试。无边试题萧萧下，不尽卷子滚滚来……

啊，高中时代的每一件事大都记忆犹新。我还记得我们的宿舍和教室，清静而圣洁；还记得入学第一节英语课的自我介绍，矜持而腼腆；还记得 35 周年校庆朗诵会上同学的朗诵，那是我为同学们作的朗诵词；还记得忙里偷闲，在园子渠畔大声背诵史地；还记得老师们那些经典的语句，充满了睿智；还记得同学们暗地里给老师起的外号，幽默而滑稽；还记得那些荒唐的、搞笑的、忧郁的、飞扬的、愤怒的、喜悦的、无比快乐的时光。

1982 年 7 月，我高中毕业了，一段纯真的青春从此告别了，一段年少轻狂的岁月结束了……

# 四十八

提到中学，便想起了我的那些中学同学。

杨浩，风流倜傥，聪明帅气。喜欢哼小曲，唱唱歌，是不少女生关注的对象。杨浩和我比较投缘，我们很多时候都在一起，学习、讨论、散步。我们亲如兄弟。有一段时间，他会告诉我他恋爱了，分手了，又和好了。我和他一起欣喜，一起忧伤。

石和平，嘴大，喜欢夸夸其谈，爱讲《三国》《水浒》。每讲必有一句开场白：“老不读《三国》，少不学《水浒》。”一次讲到武松夜闯黄泥岗，正忘乎所以、高声唱吟时，有同学问，为什么武大郎矮、武松高？他稍加愣神，便脸露诧异：“如此简单，还用问？武松哥俩是同父异母兄弟！武大郎是前娘生的，武松是后母养的！”同学嗫嚅，颔首挠脑，作顿悟状。

李志海，爱吃蚕豆。吃起蚕豆来，马上眉飞色舞，心旷神怡。别人想吃，他就学孔乙己之状，“多乎哉，不多也”，引得同学大笑。课间，同学们聚在一起树下纳凉，谈起哪个班级的女生出脱水灵，津津有味，兴致正浓时，他那里大嚼蚕豆，“咯嘣”脆响，引得大家注目观望。

陈在，痴迷楚河汉界，逢战忘却腹中饥饿。只要有人下象棋，那座上博弈者必然有他。他下棋不论对手棋艺是否精湛，只要你乐意跟他下，他全然奉陪到底，直杀得天昏地暗。有细心人做过观察，没有一局棋是他主动提出休战的。常常是端坐不动，不思茶饭。

秋虎，小个子，大眼睛，看上去聪明精干。说到秋虎，自然要多说几句。秋虎自幼家贫，父早逝，其母含辛茹苦把他们几个弟兄拉扯大。我去过秋虎的家，那是一间低矮的小屋，一铺炕连着灶台，占据了屋内很大的空间。四周的墙壁上，零零散散张贴着秋虎的画。秋虎就是在这间小屋里长大，他的绘画天赋也是在这里萌芽生长。那时候，我家在农村，他家在县城。只不过那时的县城与农村没有太大的差别，即使在语言上也相同，都是讲一样的方言土语。这样，我们的来往就多一些，他到过我们家，我在学校的时候，也常常去他家。我喜欢文学和书法，他喜欢画画。我们之间还是有许多共同语言的，加上秋虎是个热心人，经常力所能及地帮助我们。有时，我会凝神观看他作画。当时的他，画艺并不老练，却有独到之处。加之他有恒心，不厌其烦，那些废书、废报纸上，到处是他画的花鸟虫鱼。有时，我写毛笔字，他也凑过来。那时我们都是十几岁的孩子，天真无邪，大家都喜欢秋虎，都知道他是个“画家”。而秋虎也自得其乐，只要说起画画，他就打开了话匣子，说个没完，似乎远比语文、数学，物理、化学这些课程重要。

秋虎不是个安静的人，也不是一个能闲得住的人。喜欢大声议论，喜欢夸夸其谈。无论在课上课下，都是如此。只要是大声喧哗的地方，肯定有他。为此，常被老师批评。有时，主要是下午，我们也带着篮球去操场玩。西边的最后一抹光亮洒在操场上，建筑物留下了大片的阴影，校园显得十分静谧。而秋虎似乎从来没有如此安静过，他幻想用拳头解决世界上所有的问题。他是李小龙的追随者，随时可能摆出打架的姿态，嘴里发出哇哇怪叫。当然他不一定想打谁，而是他从那种动作和叫声中得到了某种快慰。

中学毕业，高考过后，秋虎考上了内蒙古师范大学中文系。据说，得到录取的消息，秋虎赶忙去给我们班主任老师报告。老师先是为他祝贺，接着说了一句话：怎么你反倒考入了中文系？秋虎听了老师的话，一直耿耿于怀。

秋虎大学毕业后，留校专门讲授书画艺术。不几年，他不仅绘画有长进，书法也有斩获。

如今的秋虎很洒脱。北京的朋友聊起他，都说他书作不辍，酒量增加。尤其是他的酒后书法更是非同小可。只可惜我没有见到他的作品。

也有人说他沉湎歌厅酒肆，写意人生，我也不觉得奇怪。我想，这么多年历练，秋虎一定有他自己对生活的感受，有一种适合他自己的独特的生活方式，并且这方式里面饱含了他的梦想、他的努力、他的希望、他的追求。

# 四十九

1982 年秋天，我考上了大学。

雁叫声声，雁阵变换着队列向南飞去；泛黄的秋叶随风飞舞，一片片写满了我对大学的憧憬。

## 1

1982 年高考过后，我不得不接受一个严酷现实，就是被内蒙古财经学院录取。这个结果令我沮丧了很长一段时间，称得上是遭遇人生的第一次“沉重打击”。

渐渐地，我开始有些觉悟：这世界并不会让人事事如愿。尤其是对我这样一个一直顺风顺水的宠儿来说，这点打击也未必是一件痛苦的事。

当然沮丧并不总在继续。不过这种沮丧的情绪在当时长时间笼罩在我的心头。就那么成天在家待着，不想见老师，也不想见同学。渐渐地，我开始宽慰自己：没办法，命运给了你一盘不想吃的菜，你不吃就得饿着，还是勉强去吃吧。

## 2

大学的专业是工业会计。那时我真不知道工业会计是干吗的，也不知道学了工业会计能干吗。因为那时候我从没想过文学之外的事，虽然我在高一时就开始写散文写诗歌，高二还在一个作业本的背面写了整整一本子诗。我只是喜欢写，写散文和诗跟会计到底有什么关系呢？

我的中学老师对我很同情。不过他对录取我的大学和专业也不理解，不免为我感到惋惜。以至于别的同学炫耀考取了某某大学中文系，老师并不以为然，却总是为我打抱不平。

我父母对我所学的专业更是不了解。那时候人们对会计的印象一点都不好，总觉得跟他们熟悉的会计是一回事，秃头，戴副眼镜，很奸猾很会算计人的样子。用四年时间学这样一个专业肯定划不来。不过，他们为照顾我的情绪，从不在我面前评论。

离开学的时间不远了，容不得我有别的想法。妈妈已经开始帮我收拾行李了，三姐送了我一个大皮箱，父亲给我生活费时，嘱咐我千万别在嘴头上克扣自己，说穷家富路，还有，要舍得买书……

## 3

心的世界，因为这一年的秋，尽管悠然飘着一枚枚金黄的秋叶，流淌着一涧清冽流溪，盛满着秋的情意，但是在我心里，依然有些萧瑟。

是啊，我踩空了高考的独木桥，在自己理想的梦中走失，没了春天绚丽的花朵与夏天丰沛的雨水，只背负了秋天的成熟。

我默许了我的大学，虽然残破，毕竟有梦。

1982 年 9 月 13 日，我从临河坐了一整天的绿皮火车赶去呼和浩特。夜晚到了车站，出站口有老生迎接。汽车拐个大弯，钻过京包线立交桥，向墨黑色的大青山驶去。

不过没有去大青山，而是在海拉尔东路左拐，到了麻花板，马路南边，赫然挂着“内蒙古财经学院”的标牌。我们没有在这里下车。汽车向右拐，进入路北的一处院落，大客车停在了一栋六层高的宿舍楼门前。

车刚刚停稳，大家鱼贯而下。车旁的男女老生纷涌而上，接过我们的行李，引领着我们走向已是灯火阑珊的宿舍。

## 4

我对我的大学没有好奇，也没有过多的期望。对我来说，仿佛是高中生活结束了，我必须得到另外一个学校继续待几年。如此而已。而我根本不知道我要干什么。对学会计，我一点心理准备都没有。

第二天一早醒来，我们下楼。展现在我们面前的场景，不免让我有点诧异甚至心寒。学校不大，不比我们中学强多少。宿舍楼固然是新的，但是，院子里石头瓦砾，除了有一条东西走向的水泥路以外，很是杂乱。

我们所在的生活区在海拉尔路北侧，这里面主要有宿舍、食堂、行政办公楼。路南是教学区，教学楼、图书馆、操场等都在这边。哈，洗澡的地方也在这边，男生一三五，女生二四六。

从宿舍到教学楼，必须横穿那条海拉尔路。那可是一条让人惊心动魄的马路，我们过马路时，都有点提心吊胆。据说也曾有学生横穿马路时被汽车碰撞的事故。

好在大学四年的生活是自由而散漫的，没有了老师时时刻刻期许的目光，只能靠自己选择要走的路。没有了忙乱的恐慌，因为恐慌有时也算是一种充实。而空虚中的迷茫却是令人生畏的东西，就像喉中的鱼刺。

痛苦而烦躁。我的大学生活，让我失去了以前的狂热与朝气，更多地趋向于安静与沉思。

## 5

看似平淡无奇的四年，看似什么也没学到的四年，看似茫然虚度的四年，其实在这其中我们所经历的，有意或无意的经历，都能成为今后生活道路的珍贵收藏。

如果用颜色来比喻，那么，大一的生活是橙色的。有太多新生活扑面而来，新鲜而灿烂，热情而紧张。橙色的记忆里，有第一次见到知名教授的激动，第一次加入社团组织的好奇，第一次考试的紧张，还有第一次谈恋爱的羞涩……

大二的生活是绿色的，青春在这里拔节生长，旺盛得像正在生长的树，梦想也一点点放大并接近现实。看问题不再那么偏激，说话开始顾及别人的感受。我们已经熟悉校园附近任何一处书店、影院或者美食。

大三的生活变成蓝色。我们冷静了下来，明白自己离未来究竟有多远，并要为此做出抉择：考研还是工作。所有与这个决定相关联的一切都可能会有些变化，包括我们的爱情——没经历过风雨的爱情。

大四的生活是一层薄薄的灰色。在各种选择里彷徨，每一个人都忙忙碌碌，仿佛一首未完成的诗，匆匆开始又匆匆告别。那灰色里，却有一些记忆闪闪发亮。

大学四年，这些彩色的岁月凝成水晶，闪烁着美好。在忙碌的日子里，它们是我们的资本，也是我们的慰藉。但是很快，那些腼腆的、荒唐的、搞笑的、忧郁的、飞扬的、愤怒的、喜悦的、无比快乐的时光一去不返，而那种放肆的幸福，我想以后也不会再有了。各奔前程的路上，我会用心记住每个人的样子，记得那些青春的写意，因为那里有我生命中最美好的回忆和永恒的怀念。

诚然，大学并不仅仅传授专业知识，它带给学生更多的是对人生潜移默化的理解，让我们认识并看清这个世界。或许，走出校门，就要飞往更加广阔的天空，纵然有狂风暴雨、电闪雷鸣，可我们都需要经历这些，才能飞得更高更远。

雁叫声声，雁阵变换着队列向南飞去；泛黄的秋叶随风飞舞，一片片写满了我对大学的怀念。

# 五十

上大学，赴青城，是我第一次出远门。

从来都觉得远方很神秘，就像奔跑中的风景，你眺望远方，远方很远，但是当你抵达的时候，那种感觉却让你恍然若失。

时光是这样平淡，平淡改变了时光中的你我，有的甚至面目全非。面对大学这个熟悉而又未知的概念，突然让我和它直接面对，茫然和不适困扰着我。特别是远离了父母的关怀和往日的朋友，似乎大学离我真的有一段路。

这是内蒙古独一无二的一所高等财经院校。一般人真的难以想象，在那蓝蓝的天空，清清的湖水，碧绿的草地，洁白的羊群，成群的马队中间，怎么会有这样一所大学？其实，它不在草原，也不在绿地，它就坐落在呼和浩特北郊，不为人所知。

上大学之前，对大学也有过憧憬，想象着大学会有多么多么美好。大概是有关大学的读物太多，读得多了，幻想也就跟着多了起来，期望大于现实，以至于真正进入大学校园，才感到不过尔尔。

大学所学的课程，大体近 30 门，但是让我感兴趣的极少。上课也不够专心，经常是老师在讲台上讲，我在下面读其他方面的书。可想而知，老师讲的那些东西，味同嚼蜡，难以吸引人。因为那时上课是要点名的，不敢逃课。我的外语基础很差，大学又是从头开始，有一些兴趣，但压力不大。大学一二年级，我整天徜徉在书海里，除了学校那个不大的图书馆，学校附近还有一个海拉尔书店，基本上能够满足我的阅读需要。学校每月 17 元的助学金，帮了我的大忙，那时的书很便宜，我的大部分藏书，包括集邮，都是从那时开始的。因为吃得便宜，住得无忧，这四年几乎是无忧无虑地度过的。

回想起来，令我倍感庆幸的事是，我的读书生涯就开始于这段时间。经历着人生最为关键的“自我发现”期，且不说当年的“文化热”“美学热”，如何像无形的兴奋剂弥漫在空中，波及着我们的校园，激荡着我们这些“有志于学”的青年人，使我们个个心醉神迷，乐而忘返。仅就我自己而言，那个时代对我最大的馈赠之一，就是与书结下了非同一般的缘分。当时的我，怀着一颗虔诚的心，像探访圣殿那样，在平凡俗常的世界里，寻找赖以超凡脱俗的书籍。我常常神游在西方思想家、文学家营造的精神世界里，看着窗外的日光由明转暗，那暮色降临、华灯初上的夜色，让我心中洋溢着一种无法言状的陶醉感。更多的时候，我悠游于文学与哲学的浩瀚天地。古今中外的名著一概不拒，尽情翻阅。最令我神往的是19世纪初至20世纪中叶德国文化圈内产生的那一颗颗璀璨明星：浪漫的如弗·施莱格尔与诺瓦利斯，高古的如歌德与荷尔德林，桀骜的如叔本华和尼采，玄远的如里尔克，沉郁的如海德格尔，丰赡的如伽达默尔，这些哲学家，洋溢着诗人的灵性与激情，这些诗人，流露出哲学家的哲理与深邃。让我徜徉在他们所营造的境界里。

总的说来，大一的时候，太多的新生活扑面而来，新鲜而灿烂，热情而紧张。记忆里，有第一次见到知名教授的激动，第一次加入社团的好奇，第一次考试的紧张。我们的脸上洋溢的是纯真、稚嫩、欣喜的笑容，心里却又有几分胆怯和恐惧。最生动的记忆，笼罩着20世纪80年代第一个中秋夜的月光。第一次联欢会是在入校十几天后举办的，班里同学相互间还不熟悉，加上环境生疏，乡愁侵袭，开始时表现得局促不安。随着节目的展开，青春的热情被点燃了，开心的笑容挂上每张稚气未脱的脸庞。节目中间，老师关灯片刻，让大家赏月。一轮满月高高镶嵌在碧蓝的夜空，银色的光辉洒满教室前面的操场，飘浮在对面墙壁爬山虎密密麻麻的枝叶上。这时，录音机里也流淌出了如水的乐声，记不得是《彩云追月》还是《春江花月夜》。一个高年级的同学高声朗诵辛弃疾的词：“可怜今夕月，向何处，去悠悠？是别有人间，那边才见，光景东头？”月光，音乐，水果的芳香，尚未褪去。踏入高等学府的自豪感，正在增长的对未来模糊的憧憬和确凿的信心，所有这一切，融合成一种新鲜、曼妙的情况，一种如诗如梦的感觉。

大学生活极其清苦，我唯一时髦的床上用品是一块蓝色塑料布。白天，将被子叠成极小的方块，上面用枕巾遮了，那塑料布就齐齐地搭在床沿，既掩了褥子床单的粗糙简陋，又给人以洁净的感觉。春秋好对付，难熬的是冬夏。呼市的冬夜常要冷到零下三十多度，学生宿舍暖气不好，宿舍里冷得结冰，门缝窗缝就整夜有朔风呼啸。半夜里被冷醒了，索性起床，大喝开水，然后将衣服裹紧，再将被子披上，缩得猴儿一般，捂着手电筒读书。炎夏，炎热、蚊子咬，却没有蚊帐，于是蚊子全集中到身上来大吃大喝，所幸那时年轻血气旺，还算平安无事。

从 1982 年苦熬到 1986 年。身外之物索求得很少，可知识及修养收获得却很多，让我得到很大修炼。回首想想，时间过得好快，它真的如流水一般流逝，让我们来不及怀念和珍惜。那时候，我们有一点点失落，有一点点庆幸，有一点点喟叹……

更重要的，我的大学，还收获了一份爱情。

大学生活给予了我很多，也让我成熟了好多。对问题的看法渐渐趋于客观和全面。以前，总是为一次挫折而苦恼，为一件小事而饮恨，为一次拥有而欢呼，为一次胜利而欣喜。所有的忧乐都写在脸上。而大学过后，往往快乐中夹杂着忧愁，平淡中掺杂着惊喜。我开始主动参加各种活动，开始意识到朋友、校友的重要。随着时间的推移，渐渐增加了不同的人生色彩……

回忆大学生活，确实是一段理想主义的圆舞曲。一群不谙世事的孩子，把汗流浃背的思考、夜色中赶往阅览室的匆匆脚步以及面红耳赤的辩论和海阔天空的漫谈，都留在了这里。这里还有美如画面的晨读，舞会上的陶醉和浪漫，金秋登高的豪情……

记不清谁说的了，“美丽是不美丽所赐的；浪漫是不浪漫所赐的”。对于我来说，美丽与浪漫，曾经那么深切地刻画在我的心头，那便是我的大学生活。

当离别拉开窗帘，当回忆睡在胸前，要说再见真的很伤感，只有好梦依旧香甜。当蜻蜓不再飞翔，当蝴蝶不再流浪，我的心已告别青苹果，只有爱依旧灿烂。

1986 年的盛夏，毕业分配，我留校任教。

# 五十一

暑假回到家乡，感觉家乡的景色好多了。

晚风送来缕缕麦香，河渠里的蛙声与树上的蝉声形成了交响。我和老同学四虎走在乡间的小路上，饶有兴致地吟诵着王维的《杂诗》：

君自故乡来，
应知故乡事。
来日绮窗前，
寒梅着花未？

在这段弯弯的、弯弯的小路上，我油然想起了我们的中学时代。

记得我们刚上学的时候，正值十年动乱时期。那时，农村上学可真难啊。要交学费，买本和笔，花挺多挺多的钱呢。但父母还是勒紧腰带，用攥出汗的钱供养我们。到了初中、高中，读书的人更是寥寥无几。我和四虎算是幸运的，但我们得到离家20多公里的地方去读书。

那时的学习条件太艰苦。夏天还好过，下雨披件布衫，戴个草帽就可以了。顶多是衣服淋透了，用体温烘一天就干了。不过，那湿衣服紧贴在身上的感觉实在不好受。这些对我们来说都不可怕，就是有一件事让人担心，下大雨的时候，村口的河水暴涨，哗啦啦冲着我们流过。上学晚了，那是会挨批的。那也没办法，我们急得在河边来回打转，只有等好心的大人来把我们一个个带过河。过了河，道声谢，于是飞跑……

到了冬天，尤其是在大雪纷飞、寒风刺骨的日子，我们的手冻僵了，有时候肿得老高。到学校后，身上出汗了，教室里四面透风，砭人肌骨，鸡皮疙瘩麻麻地泛起，浑身瘙痒，也都顾不得了。最艰苦的是生火用的炉子，遇上天气不好，风向不对，炉子里的烟窜出来，熏得人咳嗽流泪。要写字的时候，笔胆里的墨水冻成冰块，又生怕老师的课讲过去，于是，不停地哈气融化它，可写字的时候，手也不听使唤，有时一着急，还要掉泪，倒不是怕难，而是着急啊。

中午，我们到教室外跺跺脚，晒晒太阳，暖融融的，真好受，感觉那么幸福。有时候，找几根火柴棒，把带来的窝头烤着吃，香，挺香呢！是啊，全家人都省吃俭用，我们怎么能不用功，我们吃的这点苦又能算得了什么。

到了晚上，家里虽然有电灯，停电却是家常便饭。不得已，只好求助于煤油灯。每天早晨起床，鼻孔上自然会有几撇黑黑的小胡子，怪不得人家见了我都笑呢。我有一顶兔皮小帽，还不小心让煤油灯给烧了一个洞，我好心疼，哭了一夜。要知道，那可是姐姐花了几夜的功夫，在煤油灯下亲手为我缝制的。

每年春秋季节，那是我们最喜欢的时候。不知有多少个早晨，我们在树林里背课文，背定义、公式什么的，伴着鸟唱，伴着蛙声，吞着鲜冷的空气，那时多么爽快啊。有时望着日出读英语，害羞，却也是大声地，回音伴着晨雾不断飘来，我们仿佛进入了一个新的境界。

那时候，我们学校的老师也很卖力，可他们能力毕竟有限。学历最高的也就师范毕业。是啊，哪个堂堂的大学生会愿意到我们这里来呢？因此，有些问题我们就师生共同研究，商讨。记得有一次，四虎在课堂上还否定了老师的一个证题呢。老师表扬了他，同学们都很佩服他。努力，大家一起努力啊！后来，只有我和四虎考入了县里的中学，再后来，我们又一同考上了大学……

我和四虎走在乡间的小路上看着周围的环境。我想，改革开放，农村变了样。不过，农业还很落后，农村还很艰苦，农民还很穷，教学条件还很简陋，农村上学的路还很长很长……我把心事告诉了四虎，四虎颇有同感：“我们一定要发奋读书，多学本领，将来回乡改变面貌。”

他边说边看着我。我们俩会心地笑了，笑声是那么的浑厚，那么的辽远。

# 五十二

还是上大学后的一个寒假，当我乘车驱驰在家乡的田野上，望着沃野平畴的河套平原，听着乡亲们的言谈话语，禁不住轻吟：“此夜曲中闻折柳，何人不起故园情。”这是李白的诗句，也最能代表我此刻的心情。

汽车在奔驰，迎面而来的各种车辆，形形色色，一派繁荣景象。这要比改革之初好多了。人们再也不用为乘不上车而着急了。

再看田野，即使是冬天也没有一点萧条的景象，只见一座座白色的塑料大棚如雨后春笋般出现，熠熠发光。在城郊的公路边，各种货摊都有，菜市、马市、牛羊市，品种齐全。这也是前所未有的。公路边看得见的村子里，一排排新房上，如蜘蛛般的电视天线，向人们诉说着新村的变化。

到家了，大姐家的两个小姑娘呼喊着迎来，父母、姐弟都从家门迎了出来，嘘寒问暖。父亲说：“我们一切都准备好了，就等着你回家过年了。你看，这房子是新盖的，粮食比每年都要多，前两天，我还专门到城里买了一台黑白电视，连年画我也买好了，就差对联等着你回来写。”父亲的高兴溢于言表。母亲还在一边洗涮着，两只手搓着围裙，一脸的笑容。孩子们叽叽喳喳，好不热闹。

看着眼前的场景，一下子让我想起了从前。20世纪70年代后期，家里贫困极了，屋子里除了一个大水缸和几床破被以外，没有什么东西。墙角布满了鼠洞，家中吃了上顿没有下顿。大姐出嫁时，根本就没有什么嫁妆，这让愁苦的妈妈掉了不少泪。我们的学习就更不用说了，一张小桌，既是饭桌，又是写字桌，一盏煤油灯，姐弟几个围着它，我们的脸、鼻孔，常常都是黑黢黢的。有时妈妈要缝补衣服，就得让给妈妈……

就在我沉思的时候，大姐和姐夫来了。大姐夫算是个文化人，激动地说：“如今的政策就是好哇，这是真正的富民之路啊！”他的话，让我心里有了一丝暖意。

年前的几天，我到各家亲戚走了走，大家说，日子都比以前好过了，饭也能吃饱了，李大爷诙谐地说：“现在是顿顿面，早上面，中午面。”刘老五家的日子更不赖，靠着他年轻时在农校学的那些养鸡技术，成了养鸡专业户，鸡多，蛋也多，每天忙得在城乡跑来跑去，可心里却是美滋滋的。大家说村子里最富的，还要数我的小学同学二喜，这小子聪敏、勤快，倒买倒卖，时间不长就成了十里八乡知名的有钱人。他家的房子是村子里最早的楼房，彩电也是全村最大的。他给我说：“就这样政策保持不变，咱家乡一定会有大变化。这不，最近我正考虑咱们村未来五年的发展规划呢。二喜说的话，我信。因为他已经是我们村的村干部了，有思路、有本事，我也相信他能说到做到。他笑着指给我看他们家大门上的春联：“党指富民路，民怀爱国心”，横批就一个字：“喜”。他还笑着说，这个“喜”可不只是我二喜，它可包括好多“喜”呢。听他这么说，我也笑了……

# 五十三

暑假回到故乡，天天在田间地头转悠，心情好得像盛开的葵花。看着那些农作物，仿佛都是艺术的杰作，让人美不胜收。

你看那一垄一垄的小麦，齐齐整整，生机勃勃，那是染给大地的油画。

你看那一穗一穗的玉米，金光灿灿，那是伸向天边的素描。

你看那一畦一畦的菜地，简直就是一菜地的画，一菜地的诗。

不是吗？那片红萝卜，它们把肥硕的嫣红几乎全部隐没在土里，只留下朴实的绿缨儿对着太阳微笑；如果说红萝卜是谦谦君子，那么，白萝卜就是憨直的壮汉，站在那里裸露无遗。你再看看那些莱花们，摇摇曳曳，婀娜多姿，她们将乳白的果实隐在肥壮的根叶中，恰似一个羞答答的孕妇。

村里人做着工，但是嘴却不闲着，地头离得再远，也不误他们说话，既有科学技术，更有家长里短。小伙子们赶着马车，在忙着运送化肥，村姑们坐在马车上，嘻嘻哈哈……

河渠边，那是牛羊的天下，远远地就能听到它们的叫声。那些未上学的小孩们，也随着爸妈来到地头，虽然做不了太多，却也给人一种“童孙未解供耕织，也傍桑田学种瓜”的感觉。

# 五十四

随意打开一本影集，那张我们带着儿子在清华园的照片一下子呈现在眼前。看见的是清华园，却让我不由得想起了我所经历过的那些大大小小的校园。

## 1

最初的校园其实是不能称为校园的。河套平原上，一个自然的村落，几排简陋的教室后面，是一个阔大的长满灌木和杂草的地方，一条排水渠横穿而过。冬天，水多的时候，这里会形成天然的滑冰场，也是我们这些小学生最喜欢玩的地方。印象中，寒风如刀，迎面扑来，这里却是静悄悄的，雪下了厚厚的一层，像遮盖着柔软的棉絮一般。灌木向四面八方伸展着白色的枝干。我们踏着吱吱作响的冰在尽情嬉戏，我们在这里捕鸟，在这里砸开冰窟捉鱼……

远远地，可以看见教室的烟囱里冒出的蓝烟缭绕升起。在冰雪天玩耍，呼喊声与树条上的冰雪撞击，其乐融融。那时的校园是我印象中最纯净的校园，我们在那里感受着清纯的空气，心旷神怡。这里，也留下了童年许多美好的回忆。

## 2

满地是蒲公英，满地是红柳，满地是马莲花，这是中学的校园。

奋斗中学的校园像个大花园。它的魅力是大家都称道的，青青瓦舍和青春的憧憬联系在一起，益发充满了诗意。在这里读书的每个人都会有和这个校园相联系的梦和记忆。尽管它因人而异，有幸福的欢愉，有辛酸的印记，也有青春般的遗憾和愧疚。青年时代那种虚幻和夸张的抱负，因为高考，热情受到冷却，幻想落于地面。紧张的学习生活，感觉依然并不遥远，恩师的风采以及治学精神依然在感染着我。

奋斗中学的 3 年，严肃的思考、知识的切磋、友谊的真纯，甚至失魂落魄的考试，充实着我的记忆。

从校园门口到求实广场，从操场到礼堂，关于中国前途和命运、关于民主和自由的辩论，在课堂、在宿舍、在食堂、在广场上激烈地进行，留下了我们的足迹和梦想。那些富有进取的思想，在那个迷蒙的时代发出了动人的微光。作为时代的骄傲，它体现奋中师生最敏感、也最有锐气的品质。

## 3

大学的校园出乎我的想象。

实际上，从严格意义上讲，它不够大学的资格。校园分为南北两块儿，北面是办公、生活区，南边是教学区和操场。中间是一条马路，没有过街天桥，学生横穿马路，常常有交通事故发生。

大学生活充满了梦想，有不眠的沉思，还有轻率的许诺，天真的轻信。告别青春，告别单纯，从此心甘情愿地跋涉于知识的长路上。也许就在此时，忧患与我们同在，节日的狂欢，天真的虔诚，随着无可弥补的缺憾而远逝。

可以说，这个校园与我们青春的希望与失望相连。改革开放的春潮在这里荡漾，满都海的波光与新华广场上长鸣的钟声，麻花板的早春与赛马场的激昂，一种柔美与雄健的组合，一种弦诵之声与慷慨激昂的情调的组合；一种勤奋的天真与热情的参与意识的组合，急匆匆的脚步，总在思考的眉宇，定格在大学的风景里。

这里的学者，尽管学识还不够丰博，名气还不够大，却也撑起了一片天空。这里没有荷塘垂柳，没有江南烟景，只有晦涩的说教，只有激情的演讲；这里没有闲散愚顽，没有矫揉造作，只有思想的传承，只有灵魂的塑造。似乎今日的精英便是明日的栋梁，今日的思考便是明日的奉献。青春曼妙的男女进入校园，青春的精魂便点燃起理想的火炬……

校园，这是生长纯真的所在，这是点燃爱情的地方，这是造就理想的熔炉，也是成就梦想的园地。

# 五十五

提到校园，就想起了老师。

老师是人类灵魂的工程师。在我成长的道路上，由一个咿呀学语、不谙世事的蒙童，到国家工作人员，父母的养育自不待言，老师的哺育使我终生难忘。

古人云："爱人者，人恒爱之；敬人者，人恒敬之。"学海无涯，恩师相伴。我的这些老师，有循循善诱的启蒙师，有情理交融的仁慈师，有高傲清雅的威严师……有他们一路相伴，便有了取之不尽、用之不竭的营养。

记得我的第一位老师叫安秀莲，小学文化。人虽不漂亮，却也和蔼。她家就在我们村的南边。那时的我，学习上的事不用家长操心。那时我们的书桌就是个泥台子，坐的是木制板凳。泥台子需要经常用家里带来的米汤抹擦，越擦越亮。作业对我而言从来不是什么问题，总感到玩儿的时间比学习的时间长多了。安老师教了我们不到一年，可能是力不从心，就不教我们了。随后，我们转到教学条件比较好的另一所学校——五星小学。

在小学的那些日子，我的学习很棒，一直担任班长。那时的父母对我们的学习根本不用操心。学校的校长叫关刘保。我们的班主任是位北京女知青，名叫崔中贤。教了我们三个月，印象最深的还是她的满口京腔。三个月后，就不知道她的去向了。紧接着，是一位男教师叫杨德寿。他是一位师范毕业生，为人正派，教学严谨，对学生充满爱心。印象最深的是，他在放学后还要种地。

小学四年级上半年，迎来了一位女老师叫段培兰，段老师是我们的班主任，教我们语文。记得那时的学习条件太艰苦，冬天教室里冷得要命，生火炉子都不太管用。那时，段老师对我很关爱，让我坐在紧挨着火炉的地方。我头戴一顶军用棉帽子，一次上自习课的时候，不小心帽檐儿被烟筒烧着了，引得同学大笑。那个年代，我们的生活异常贫穷，帽子烧了回家是要挨批的。放学回家，母亲看见了，却意外地没有批评我，只是让我今后多注意。其实他们不知道，那时候，我已经开始近视了。

数学老师祁成逯，教学有方。四年级的时候，他组织我们同五年级的同学一起做题。我对五年级的题一点也不生怵，并且在这次考试中考了满分，许多五年级的学生都没有考到我这样的成绩。他十分高兴，鼓励我加倍努力。大概我的数学兴趣就是那时奠定的吧。后来高考恢复的那一年，他考取了内蒙古师范学院数学系。从那以后，再也没有见过他。

初中阶段对我有影响的老师有这样几位：一位是语文老师赵雅英，一位是语文兼体育老师李果善，还有一位叫窦永兰，教数学的。赵老师的阅读分析讲得相当精彩；李老师的朗诵全校出名；窦老师的数学课，注重引导和启发，课堂活跃。这几位老师给我留下了深刻印象，只可惜，上大学以后，再没有和他们见过面。

杭中的潘涌老师，前面已经说过。还有一位数学老师，名叫何敬之，他为人谦和，亲切可敬，把数学教到了出神入化的境地，就连一度对数学失去兴趣的我，似乎又来了精神头，在他的帮助启发下，我的高考数学成绩也不错。

杭中的老师还有古文老师李翔鹤，政治老师赵雅芝等，他们也都是我非常敬佩的。

大学老师印象较深的有两位：一位是教基础课的罗慧英，罗老师一辈子与一位躺在病床上的丈夫相伴，她在教学之外，把很大一部分精力都用在了伺候丈夫上，而且无怨无悔，这体现了罗老师的品格高尚。罗老师不仅给我们讲文学，还给我们讲人生，教育我们树立积极的人生观，让我受益匪浅。还有一位让我难忘的，名字叫杨燕绥。她给我们讲中共党史，那时的她可谓风华正茂，辛勤敬业。后来，她调入北京计划劳动管理学院。1986 年又调入中国人民大学法学研究所，1994—1998

年，在比利时根特大学法学院毕业，成为比利时根特大学法学院社会学博士。目前是清华大学公共管理学院教授。

大学，还有一位恩师，叫宝音满达夫，蒙古族。认识恩师的时候，他正担任我们系的党总支书记。老师经常嘘寒问暖，关心我们的学习和生活。他亲切，和蔼，为我们指点迷津。

后来到了北京，与恩师分别多年，但是我们经常关注老师的消息，丝毫没有忘记那份浓厚的情谊。有时候出差，只要有时间，我们总要安排时间和老师坐一坐，叙叙旧。

恩师不是演员，却吸引着学子饥渴的目光；不是歌唱家，却让知识的歌声响彻四方；不是雕塑家，却塑造着我们的灵魂……在恩师面前，我永远是一个需要启蒙的孩子，而师恩是“真的种子，善的信使，美的旗帜”。

# 五十六

上大学最大的感受，是学校有自己的图书馆。图书馆虽然不算大，藏书不算多，但对我来说已经足够。因为之前在杭中，图书馆只几间房，连校舍也谈不上，完全没有读书的环境。进了财院，我才进入了一个新天地。

平常，来图书馆的人不多。不像夜晚，好些高年级男女在这里窃窃私语谈恋爱。这里有木制的长书台，有各种绿色小盆栽，午后还有阳光穿过窗口，一束一束打在书架上。初入校时，常常愿意一个人坐在一个角落里安静看书，直到图书馆关门。

图书馆到底有多少藏书，我当时是没有概念的，反正它是当时我遇到的最大的图书馆，书多到我读不完。那时候读书很随性，喜欢什么就读什么，但读得较多的，是以下几类：

第一类是中国文学，包括现代的鲁迅、沈从文、周作人、朱自清，也包括古代的陶渊明、李白、柳宗元、李煜、苏东坡、辛弃疾、柳永、李清照等。我喜欢这些作家，首先是和当时的学习有关。因此会细读大批古典和现代文学作品。另一个原因，是在我的学习当中，经常引用许多古诗词，我很自然就被吸引过去，愈读愈着迷，一路寻幽下去。陶渊明的《归去来兮辞》，李白的《将进酒》，王维的《山居秋暝》，苏轼的《水调歌头》和《记承天寺夜游》，柳永的《雨霖铃》，或是沈从文的《边城》和周作人的《风的话》，都对我有过很深的影响。我发觉，这些作品一旦进入我的生命，就会成为我的情感和审美结构的一部分。

第二类是台湾当代文学，尤其是小说和散文。琼瑶、白先勇、琦君、三毛、余光中、陈之藩、张晓风、黄春明、司马中原等，都是借来就读，读完如果喜欢，我就会找来同一作者的其他著作。为什么我会如此着迷台湾作家，却对大受其他同学欢迎的香港作家如倪匡、亦舒、李碧华等提不起兴趣，是我一直的困惑。我猜度，主要是因为台湾现代文学整体呈现出来的那份人文关怀和生命情调，以及挥之不去的乡愁，是我潜意识里深深认同的。我到现在仍依稀记得，当年读琦君的《三更有梦书当枕》和《千里怀人月在峰》，又或是张晓风编的《亲亲》和《蜜蜜》时，那份无法言说的感动。在那个世界，有温柔敦厚，有关怀，有爱。而那个世界，与我真实生活的世界，很远。如此远却又如此美好。直到现在，我仍然很感激这些台湾作家，是他们的作品，滋润了我初入大学时彷徨无助的心灵。

最后一类是历史和哲学。钱穆先生的《国史大纲》和《中国历代政治得失》是我必读的，还有蒋梦麟的《西潮》。记忆所及，除了浏览过罗素的《哲学问题》和一些存在主义概论之类，同时也杂乱地读了不少和时政相关的东西，包括《争鸣》和《九十年代》杂志上的文章。

除了图书馆，要想找书读，另一途径是去书店。我去得最多的，是学校附近位于海拉尔东路和呼伦贝尔路交汇处的一家小书店。这家书店，主要售卖文史哲书，书种多且新。每逢周末，我总要过去，选好几本书，然后站在一角看，看完不买，主要是没有钱买。书店店员自然不喜欢我这类顾客。所以我有时也很识趣，例如读了半小时，做个记号，将书放回书架，以便下次来了再读。

逛书店和泡图书馆，是两种截然不同的阅读体验。书店是变化的、流动的、活泼的，每星期都有新书上架，人在其中，和其他读者挤在极狭小的空间拼命吸吮新知，茫然不知时间过去，现在想起也颇觉怀念。如今三十多年过去，忆起这些旧事，渐渐意识到，后来我所走的路和所过的生活，都和这些读书经验密不可分。

大学书本上读到的东西，大部分我已忘却，但这些完全不为什么而读的课外书，却早已融入我的生命，丰盈了我的思想和情感，并在无数困顿寂寞的日子给我力量和希望。

# 五十七

1986年7月，大学四年结束了。

毕业了，学校里人去楼空。

一个暑假过后，到9月开学的时候，我已经搬进单身教师宿舍。当我从宿舍楼下来，楼下那排茁壮的杨树依旧绿叶满枝头，理发店、小卖铺、打印店等依然生意兴隆。而来往的行人却增加了不少新面孔。此时此刻，想到我的那些同班同学，便有一种“沉思往事立残阳，当时只道是寻常”的感慨。

是啊，毕业，就像一个大大的句号，从此，我们告别了一段纯真的青春，一段年少轻狂的岁月，一个充满幻想的时代……

回想毕业前的那些日子，时间若流沙，悄悄逝去。想挽留，一伸手，有限的时光却在指间悄然溜走，毕业答辩，散伙筵席，举手话别，各奔东西……一切似乎都预想得到，一切又走得太快太无奈。

走过四年，似乎又回到了起点。突然觉得，四年的同窗、身边的朋友，如星光下的夜晚，每一个都温柔如风。未来就像天空中一朵飘忽不定的云彩，而我们，从毕业这一天起，便开始了漫长的追逐云彩的旅程。明天是美好的，路途却可能是崎岖的，但无论如何，我们都有一份弥足珍贵的回忆，一种割舍不掉的友情，一段终生难忘的经历。

有人说，种下一颗种子，可以孕育绿的浓荫；编织一个梦想，可以彩绘未来的远景。一个小小的愿望，会是改变自己和改变别人的力量；一个小小的信念，会是一种永恒的坚持与承诺。生命的本质，真的是充满无限的可能。

说实话，我本来没想当老师，更没想要当大学老师。可是，1986年大学毕业以后，我留校任教。有人说，教师是一种编织人类梦想的工程。一个好教师，可以彩绘自己和别人的生涯。所以，从事教育工作，是一次丰富的人生旅程。我原以为我会按照这样的路子走下去。

留校以后，我教过大一的会计学原理，教过大二的工业会计，教过大三的财务管理和大四的经济活动分析。有一段时间，还给学生讲过财经职业道德。那时候，干部培训班比较多，他们的年龄比较大，基础比较差，接受能力比较强，学习比较刻苦。我的学生大都长我十多岁。但是，我和他们能够平等相处，好多学生后来都成了好朋友。

在大学教书五年，在那片单纯和自由的天地里，我开始尽情展示自己的才华。在那段短暂的学术生涯中，我和同事一起创造了学校的两个第一：一是组建了高等教育研究室，使得学校的教学研究在学界有了一些名声；二是在财务理论与实践的结合上进行了深入研究。

当时，高教研究很热门，是在全国高等教育迅猛发展的背景下设立并开展工作的。成立伊始，当时的院党委书记、院长就来我们只有 4 位同志的高教研究室指导工作。他们说，高教研究是学院的决策咨询以及高等教育理论与实践研究的综合学术机构，大致介绍了九项主要功能，比如，对涉及全院改革发展稳定工作的一些重大理论课题与实践课题进行调研论证；对学院发展战略规划进行基础性调研论证，为制定学院中长期发展战略规划提供理论支持和对策建议；对影响学院全局发展的专项改革方案以及有战略意义的重大项目进行多方案比较研究，为决策提供咨询参考意见；对学院重大决策的实施和管理机制运行中出现的突出问题进行调研，并提出对策建议等等。听了领导的要求，虽然对高教研究的工作任务明确了，但是，深感责任重大，对如何开展这项工作，还是有一些顾虑。

随后的五年当中，身在高教研究室，实际工作却与高教研究工作相距甚远。我的主要工作实际上变成了学院领导的秘书，根据领导的意图，经常撰写讲话稿、论文。“笔杆子”的名声渐渐传播开来。领导外出开会，必定要带着我。记得最有影响也让我最引以为豪的是一篇《论民族地区高等教育在经济社会发展中的影响》的论文，参加了全区高教研究论坛，获得了一等奖。

除了高教研究之外，我侧身教学实践，给大学新生上过德育课，更多的是财务管理和经济活动分析。这两门专业课几乎是我的长项，我讲得轻松，学生们学得起劲。

在短暂的教学生涯里，我不断钻研，对教师的含义有了更深刻的认识。每次站在讲台上，面对几十双渴求知识、纯洁的眼睛，我就会感到“老师”这两个字的重量。在这由知识、情感、理想、信念汇成的三尺讲台，教师的一举一动将会影响这些孩子的一生。因此，我深深懂得，什么是为人师表，在教学工作中如何努力进取，不断学习，不断地用新的知识充实自己，让自身的知识与时俱进，不断创新。只有这样，才能做一名合格的教师。在讲台上，我成了孩子们眼中的百科全书，可以从他们身上体会到最温暖的春风和情感，体会到世上最真最纯的友爱。因此，站在讲台上，我就会产生一种无言的神圣与庄严。这样甘愿吃苦，乐于奉献，不断进取的教师精神，铸成了我淡泊名利，超然物外的气度。

有句话说得好，不是工作适应你，而是你去适应工作，尤其是在教学实践当中，我有了更加切身的体验。那些年，我每天都是以饱满的热情，积极主动的态度去学习，去工作，去迎接挑战。并且直到现在，我时常以自己曾经是一名教师而自豪。

# 五十八

每个人都渴望有个温暖的家。如果说家是身体休憩的场所，是灵魂停泊的港湾。那么，妻子便是家的代名词。

大学毕业以后，1988 年春天，我结婚了。结婚以后，生活困窘，工作忙碌。妻子回家后总是不停地忙碌着，闲余时间，还要给家里的老少织毛衣。在我的印象中，好长一段时间，妻子基本上不施粉黛。我借此鼓励她天生丽质。所以，她的衣服也不太讲究，能省就省，能将就就将就。不过，那个时候，我们对未来充满憧憬。

婚后好长一段时间，我在学校里是个大忙人。到 1988 年 11 月 18 日，儿子出生。我们开始了另外一种不一样的生活。

谁都有初为人父母的那一天。而这一天对我们来说，似乎根本没有做好准备。

那是在 1988 年暮秋时节，天气渐渐转寒。塞外青城的树叶已经飘零，街道上一片肃杀。道路两旁摆满了大白菜，冬储已经开始了。那时候，我每天骑着岳母送我的一辆红旗牌自行车，往返于学校和家之间。家住新城东街，学校在海拉尔东路，跑一趟大概需要半个小时左右。那时年轻，不觉得累。加上爱人又有了孩子，高兴，感觉浑身都是劲。

其时爱人已有 7 个月身孕，属于高龄产妇。本来应当倍加注意，但是我们无知，不懂得护理。记得有一个星期天，爱人闲不住，也学邻居储大葱、腌酸菜，整整忙碌了一个上午，甚至忘记了自己是个孕妇。就在那天下午，爱人发现羊水破了，而我们却不知问题的严重性。好在那天我骑自行车带她及时去了离家不远的妇幼保健站。那里的医生有经验，告诉我们赶紧到妇幼保健医院去。诊断，输液，住院，我的心里才有了恐惧的感觉，担心母子出事。

爱人住院以后，我更加紧张起来，先后给双方父母报告情况，抓紧求援。那时没有手机，打电话也不方便。家里接电后，母亲和弟弟从老家赶来，我算有了帮手。那几天，又要上班，又要做饭。饭做好了再用厚毛巾包好送到医院，整天忙得不亦乐乎。

我分别向学校和爱人单位请假。记得就在请假的那天下午，当我急匆匆赶到产房时，爱人告诉我，由于羊水流失过多危及胎儿生命，医生建议尽快手术。她已做好了手术准备，就等着我来签字了。

签字的当口，当我面对那么多风险条款时，我紧张到了极点。这可是大小两条人命啊！我感到紧张而无助。好在爱人还显得淡定从容，鼓励我抓紧签了字。

1988 年 11 月 18 日下午 4 点 10 分，儿子降生了。当医生抱着襁褓中的儿子走到久久守候在手术室大门外的我和弟弟的面前，告诉我们母子平安时，我禁不住激动地跳了起来。但是，随后医生又告诉我，由于孩子不足月、体质弱，必须先在保育箱中放几天。

儿子是经过剖腹产来到这个世界的。我永远不会忘记，我是怀着怎样一份忐忑而又焦灼的心情在手术书上签字的，又是怎样紧张兮兮地在手术室外守候的。人生中也许有许多等待，但在产房外的等待无疑是最揪心的一种。我不断地看着手表，那秒针的移动，仿佛就是我自己的心跳，又仿佛在等待一种判决。

当听到医生喊我的名字时，我的心快要从胸口跑出来了。她告诉我，你老婆生的是个男孩。那时我觉得那位医生真的好慈祥。我看着襁褓中儿子紫红的小脸，又激动又紧张。尤其是当我看着医生抱着儿子远去的身影，泪水顿时夺眶而出……

儿子的到来是令人欣喜的，却也叫我更加茫然不知所措。真的，在此之前，的确知道我们是有孩子了，但有了孩子到底怎么迎接他，怎么喂养，怎么呵护，却没有盘算过。虽然我知道这是一次大的转变，但说实在话，没有想到这件事会来得这么快。真的，如何做爸爸妈妈，我们的确没有准备好。

记得那时的医院尚不能母婴同室，只见七八个孩子居于一室，十分拥挤，也十分嘈杂，这更增加了我的不知所措。但是，初为人父的喜悦可以把这些抛在脑后。产后的那些日子，需要家属陪床。有母亲伺候爱人，让我安心许多。我的作用除了熬夜，便是在医院和家之间往返。只是在喂奶的时候，我才显得多余，于是就出去，到楼下闲逛。看街头高悬的路灯，听行人匆匆的脚步，信马由缰。身边虽寒风凛冽，心头却温暖如春。

孩子是爸爸妈妈合写的一本奇妙的书，他的诞生像一轮诗意的太阳。儿子出生那年的农历正好是龙年。喜得龙子的温暖和鼓舞，让我们的人生也似乎染上了美丽的色彩。对小生命的养育是妙不可言的一种体验，每次听到他有力的哭声，就知道他在召唤了，想他是渴了，饿了还是尿了。在不知所措中显出一份忙乱和笨拙。渐渐地，似乎他的一哭一笑都那么可爱，交流和成长的每一个新征兆都叫人惊喜不已。

更多的时候，我会坐在他的小床边，怔怔地看他，真是百看不厌，他的小脸蛋闪着洁净的光辉，那双乌黑澄澈的小眼睛，一会儿变成妩媚的月牙，掠过若有若无的笑意，一会儿又睁大久久凝望着空中某处，目光执着而又超然。这一刻，会让你淡忘了做父亲所有的压力与劳累而沉醉在他那神秘的想象中。

“养儿才知父母恩”。没有生儿育女的人，不可能知道父母的爱有多痴。初为人父，我才真正体会了为人父母的不易。成了父亲后，我才真正知道，在父母眼里，孩子的小小身体是无价之宝，每一个细微变化都会牵动心扉。

# 五十九

“人过三十天过午”，到 1993 年，我已经 30 岁了。虽然在感觉上没有什么大的变化，然而在心理上已经觉得不年轻了。

的确，当年轮刻上 30 道岁月痕迹的时候，就少了一份天真，多了一份成熟；少了一点幻想，多了一点实际。

想多少英雄豪杰，30 岁就大气磅礴，卓尔不凡；看多少仁人志士，30 岁就指点江山，激扬文字。于是，对自己来说，30 岁就是进取，就是奋斗。30 岁前积累了一些经验，掌握了一定知识，这正是养兵千日、用兵一时之际，开始启动真正的人生。于是便扯起希望的风帆，抓紧启程。因为我知道，只有拼搏，才会获得成功；只有播种，才会有收获；只有追求，才会有堂堂正正的人生。

然而，无情岁月增中减，有味诗书苦处甜。三十而立，明明知道战胜不了世界就应当战胜自己，成不了名人就得甘当凡人。于是乎，对各种知识或技能就要多掌握一点。聚沙成塔，尽可能稳固，关注的东西就慢慢收敛，开始专注于一两件乐心的事情，防止由于才具的分散，欲望的扩张，难以走向成熟。

30 岁，是人生的十字路口；30 岁，也是人生的分水岭。在这个关键的时候，应该审时度势。30 年已经过去了，无论它以何种面目伴随我们，都要和它挥手作别，因为曾经不应当再成为我们前行的负担。放下过去，是为了在未来捡起更多。尽管 30 岁一晃而来，来得有些令我措手不及。可它却真的来了，任你如何阻挠也无济于事。30 岁，一个不再年轻的阶段，我们可能是丈夫，可能是父亲，但一定也是个儿子。承上启下也好，中流砥柱也罢，茫茫人海淹没的不只是我们的身影，还有我们的颠簸劳顿。30 岁，于我而言，只是结束了一个成功或者失败后的又一轮开始。

一位作家说：给不断攀升的人生留一些空白，无疑是睿智的精神境界。表面看松散而空白，其实他得到了心灵的安闲。

# 六十

1991 年 9 月，我调离大学，进入区党委机关，一去就是十年。

组织部是党委的职能部门，负责组织干部工作。带着略显稚嫩的表情，我进入了组织部这个大家庭。初来乍到，一切都是那么陌生，陌生的业务，陌生的面孔；一切又是那么新鲜，新鲜的风景，新鲜的事物。当时的心情，既憧憬又忐忑，憧憬的是我可以以更高的平台，更宽广的视野去接触基层，去领略机关的工作作风。忐忑的是对即将从事的工作缺乏了解，不知能否胜任。虽然以前有所了解，但只是停留在表面上。依稀记得办公室的三位主任在跟我介绍部机关和处室情况时，让我诚惶诚恐，我甚至对自己将要从事的工作产生过些许迷茫。退一步又觉得自己只是个小角色，无关大局。

在组织部的十年当中，大部分时间在办公室，后来有几年在研究室。办公室的工作急、难、烦、重，尽管工作中存在很多困难，但我并不气馁、不畏惧，摆正态度，对自己接手不熟悉的工作，主动向领导请教，汲取他们的成功经验。同时，充分利用各种媒体、文件材料积累业务知识，提高办事能力。各种讲话、各种文稿，应接不暇。加班加点，挑灯夜战，都是经常的。面对繁杂的文字材料，有紧张、有充实、有付出、有收获。从最基本的编发组工简报、组工通讯开始，逐步承担部领导的讲话、年度工作要点和年度总结以及其他部室的专门材料，上报材料和信息实现了零的突破。三年半以后，担任办公室副主任，领导秘书。又三年，转任研究室副主任，主任。时年 31 岁，是部机关最年轻的正处级干部。到 1999 年 3 月，借调中组部“三讲”教育办公室。

在组织部，我受到了良好的历练和熏陶，以至于过去几十年都忘不了。忘不了部长严肃认真的面容，忘不了处长的言传身教，忘不了同事们一起走过的日日夜夜。

# 六十一

1997 年春天，父亲去世了，永远离开了我们。

父亲的去世，对我打击很大，悲痛侵扰着我，以至于很长一段时间，我觉得天空阴沉沉的，有一些喘不过气来。如同六朝文人江淹在《泣赋》中所言："心蒙蒙兮恍惚，魄漫漫兮西东"。止不住的情思和无情的现实剧烈地冲撞，徒劳无奈只剩下唏嘘悲鸣和深沉回忆。

## 1

春节刚过，我们一家从临河老家回到呼市不久，有一天上午，我正带队进行干部考核，突然间收到了父亲病危的消息。那一刻，从脖子到背脊，我的汗毛一排排、一道道、一阵阵地耸立起来。这是真的吗？一个月前，我们还在一起，就是分别的时候，父亲还拉着我的手，说天气暖和的时候，他和母亲要到我家的。那时候，父亲看上去一点毛病也没有，怎么一下子就会病危了呢？对于弟弟的电话，我将信将疑。同时，也与家乡的同学联系，寻求着抢救的一切办法。

## 2

提到 1997 年，似乎又让我回到了那年春节的欢乐气氛当中。春节前，我们一家按照父母的要求，回临河老家过年。那个春节过得吉庆祥和。除夕上午，我还陪父亲给爷爷上坟。

那一天天气很好，一路上，父亲的话并不多，这是父亲的习惯。但是有一句话让我回味与震惊。他说："人这一辈子其实很无奈，就这么一辈人给上辈人烧纸，有什么用呢？如果我死了以后，你们就把我火化了，也不用这么麻烦。"后来我仔细琢磨，父亲的这句话似乎不是平白无故这么说的，不单单是感慨，他一定是有所指或者有所悟吧。只是我们当时没有理会。

那一天，我们还一起去看望了奶奶，然后回家吃饭。好像父亲的一切都很正常，没有看出与以往有什么不同。整个春节，过得平平静静，只记得年三十晚上，很晚了，父亲还不愿休息，听我们一起说唱。不过，有一个印象长久定格在我的脑海，就是父亲坐在沙发上，似睡非睡的样子，看上去像一尊雕像。

我清楚地看到，当时父亲的眼神里有层层阴霾。他就在我的面前，可是他似乎并不在那里，他看上去若有所思，他的眼神似乎在关注着什么，像是对着神秘而遥远的某个地方。但不论是什么，我将永远无法得知。那一刻，让我感到一丝丝的忧伤。那一年，让我经历了另一种成长，我发觉自己对父亲知道的太少太少了。以至于父亲去世后，我一遍又一遍地阅读父亲给我写的那些书信，仿佛在追寻父亲留给我和这个世界的密码。

春节过后，我们要回去上班。汽车来接我们一家，我还对父亲说着安慰的话，叫他不必为家里的事情担忧，好好保养身体，日子会慢慢好起来的。并请他和母亲在天气暖和的时候到我们家。父亲笑着，答应得很爽快。

车子启动了，我摇下车窗，只见父亲站在那里向我们挥手。然后，我别过头去，不要周遭的人看见我控制不住的眼泪。这倒不是我有什么先知先觉，而是我多年来离家的一种习惯，似乎每一次离家都有这样的感觉。

## 3

心目中，最依恋父亲的年代，是我上中学的时候。虽然要住校，但是每个星期都要从学校到家往返一次。那时只有一个休息日，就是周日，周六还要上课。每到周六中午，我们连饭都不想吃了，骑着自行车风驰电掣地往家赶。20 多公里的路，恨不得一下子就飞回去。

记得有一天早上，我被地黄蜂蜇了，整个面部都肿胀起来，像一个面人一样。因为无法上课，我一个人在寝室里躺着。心里很委屈。朦朦胧胧中，我看见父亲来了。见到父亲的那一刻，我好像见到了救星一般。父亲的目光深邃而温暖，他惊奇我为什么不去医院看一看，但并没有责怪我。赶紧领着我到学校附近的医院，打了针，用了药，还给了我零用钱，安顿我回宿舍以后，又一个人骑车去单位。要知道那里离他所在的单位还有 20 多里的路程啊。

我目送着吃力蹬车的父亲，哭了。

## 4

在我幼小的记忆里，父亲是一个喜欢谈笑的人。不论是他的同事，还是邻居家的孩子，父亲都喜欢和他们交谈。但是长期生活的重担似乎让他喘不过气来，有时候，他也会沉默寡言。

父亲知识面广，知道的东西很多。并且还写得一手好字。钢笔、毛笔字都很好。那时，家里的墙上除了父亲喜爱的年画，就是他写的毛主席诗词和语录了。印象最深的就是毛泽东的两首词：《念奴娇》和《水调歌头》。家里来了客人，都夸父亲写得好。

至于父亲的其他作品，竟无多少印象。我无法相信记忆可以这样如冰块消融，却清楚地感到唯有父亲会有这样的品格。那时可是吃不饱穿不暖的年代，每年开春的季节，也是家中最艰难的季节，“揭不开锅”是父亲常说的话，深深地印刻在我的脑海。没有办法，父亲只好去借，总不能把大家饿死。好在那时多数家庭都是这样，不至于叫人瞧不起。

让我惊奇的是，父亲能在那样的环境之中，依然保持着乐观，依然保持着一种良好的精神境界。这是最为难得的。那时候，父亲那一篇又一篇书法，打动了我的心，开启了我少年的眼界。我常常偷偷模仿着父亲的一笔一画，似乎进入了一个变幻莫测的书法世界。

## 5

20 世纪 60 年代初，父亲辞去公职回到了老家临河。整个 20 世纪 60—70 年代，是父亲一生中最为黑暗、最为困苦的年代。父亲就是在极度辛劳和贫困中度过了这样的年代。

说到父亲的辞职，有三个方面的原因。一个是工作方面的，屡有不顺，让父亲很难堪，一气之下，提出辞职。二是身体方面的，父亲当时患上一种叫作“神经官能症”的疾病，久治不愈，病痛的折磨，让父亲提出了辞职的请求。但是据母亲说，这只是一种借口。因为这种病并没有影响父亲当时的工作，他依然可以上班，饮食上也没有太多问题。三是最主要的原因，就是父亲所在的大家庭。这一点是永远回避不了的。父亲生长在一个兄弟姐妹 12 人的大家庭，他又是长子。20 世纪 60 年代初，不仅对于家庭，就是对整个国家而言，都是困难的年月。可想而知，一个拥有 12 个兄弟姐妹的大家庭的生活状况。作为长子的父亲，深知这个大家庭的艰难。虽然自己也有家业，生活照样艰难，但还是想尽一切办法贴补他的家人。面对这几重困难，父亲提出辞职就可想而知了。因为当时如果辞职会有一笔不菲的退职金。父亲显然没有想太多，加上爷爷也在催促他，几个兄弟也巴望着他回来，使得父亲终于无视母亲的反对，痛下决心，辞去了公职。暂时的困难的确是度过去了，等着他的却是长期的艰难困苦。这是父亲最不愿意看到的，但是，后悔已经来不及了。以至事情过去多少年，每念及此，父亲都很痛心。

## 6

说实话，作为儿子的我，对父亲的了解并不深，以至于有时为一些问题而发生争执。其实，在父亲严肃而忧愁的面容后面，竟然隐藏着难以置信的天性质朴。

记得 1984 年寒假，也是在春节前夕，那时候家里的境况开始好转，父亲想买一台电视机。那时的电视机可是缺货。并且一台 14 英寸的电视机需要 1000 多块钱。父亲只身去了临河，却买回一台别人用过的二手电视机，其实只比柜台上的新电视机便宜 200 块钱左右。但是父亲经不起别人可怜的劝说，为了节省 200 元，竟然买了一台旧的，并且质量上也有问题。这让母亲唠叨了好长时间。

还有一件事，有一次父亲上街采购，在一家门市部门前，看到一个衣衫破旧的青年人向他要钱，他问也不问就给了人家 10 元钱。自己却饿着肚子回家。其实要钱的却是城里有名的好吃懒做的年轻人，好多人都知道。

有一次，父亲买了一车东西。好像还想买点什么。正在这时，几个年轻人过来，说是帮助父亲看着马车，父亲就又进去买别的东西。结果等他出来的时候，四顾茫然，马车和车上的东西都不见了。后来，通过电视寻物，找回了马车，东西却难以找回了。为此，母亲多有责怪。

我听到这些故事，什么也没有说。东西是身外之物，只要父母身体好就可以了。同时告诉在家乡的弟弟们，再不能让父母独自上街购物了。

## 7

写了以上这么多，似乎还有很多没有说。综观父亲的一生，可谓历尽了坎坷蹉跎，看遍了虚伪倾轧，备尝了人生的艰难悲辛。想到父亲，我常常有一种“宵辗转而不寐，骤长叹以达晨”的感觉。

其实，生命本身并没有意义，它只不过是一个不断探索、追寻与体验的过程。生命有其不能承受之轻，也有其不能承受之重。当生命个体在命运和历史的洪流中，处处显得不能承受之时，这种重也变成了轻，轻得如那漫天飞扬的羽毛，划过浩然长空，赋予了苍然暮色，把一个个的生命都化作漫天而来的滚滚红尘，独自凄凉人不问。

正因为如此，人生要看淡繁华，经得起风雨，耐得住寂寞。如此看来，面对这来去匆匆的一生，我们所能做的就是把心态放平，来坦然地承受一切成败得失、兴衰荣辱与爱恨情仇。

# 六十二

父亲去世以后，我写过一篇《沙尘之下的记忆》。

那一年的沙尘暴来势迅猛，滚滚黄沙铺天盖地，骚扰着我的心。

1997 年春节过后，我刚刚回到呼市不久，那天我们正在考核干部。从窗户望去，外面昏天黑地，心里顿生一种不可名状的感觉。特别是听了一些干部的意见，心情愈加沉重。而就在这时，有人进来说有我的电话。谈话暂时中断。电话是弟弟打来的，声音有些颤抖，说今天早上，父亲突然不省人事，只有呼吸，不能说话，不能行动。我告诉说要想办法抓紧送医院。接完电话，我马上回到办公室，继续谈话，装作若无其事的样子，但是心里十分焦急。

终于谈完话，我急速回到家。不巧的是我忘记了爱人今天已出差，儿子放学在家，大姐家的 3 个孩子刚来。整整一个中午，我急切地挂遍了我在临河、陕坝所有同学的电话，请求他们的帮助。好不容易等到下午上班，我和部长请假，当时只有一位副部长在，他责成办公室给我派了一辆车，二话没说，我们就带着大姐的 3 个孩子向巴盟方向驶去。

车子在急速行驶。驾车的刘师傅已经 40 多岁，他知道我内心有多么焦急。一路上我们很少说话。车里闷得慌，打开车窗，外面又是浓烈的沙尘，而且视线也不好，我们只好关窗忍受。路边的房屋和田野一带而过，可我心里却觉得依然很慢，很慢，脑海中还浮现着父亲的身影。

父亲那年 66 岁，还没有过生日。春节时，我带着妻儿回家，父亲可高兴了，忙着跑前跑后。每天早早起床，喂牲口、扫院子，看上去精神蛮好的。但是闲下来，有时目光呆滞，嗜睡。我以为这是老年人的缘故，没有往病情上考虑，足见当时我是多么的粗心。

父亲中等身材，微胖。年轻时，他身体特好。喜欢打篮球。就是临退休的那几年，也是经常骑自行车在单位和家中往返，一趟就有 50 多公里。后来的他，头发有点谢顶，面色苍老。

父亲喜欢小孩子，孩子们也离不开他。我们在一起时，别提多高兴了。但是他从不挂在嘴上。他对生死看得开，记得除夕那天，我陪他去给爷爷上坟，他突然对我们兄弟俩说："人死了埋入黄土，然后让后人去烧纸钱，纯粹多此一举。我死了以后，你们就把我火化了，作为肥料，还给土地。"我和弟弟一时瞠目结舌，不知说什么好。过了好一会儿，我们才嗔怪他，说他大过年的说这种话不吉利。父亲却笑了，他说没想到你们年轻人还这么迷信。

春节过后，那是一个较为晴朗的下午，天边映出瓦蓝色的春光。在回呼市之前，我提议给他们照相。孩子们顿时高兴得满院子跑，又喊又叫。家里的白狗汪汪叫着，连屋顶上的几只麻雀也飞过来叽叽喳喳，好不热闹。父亲坐在院子的破旧板凳上，神情专注。有单独照，也有合影，我们照了许多照片，直到掌灯时分才回到家里。

第二天，接我们的车子来了，我们一家人上车时，父母送出去老远。我对父亲说："等天气暖和了，地种下去了，来呼市吧。"父亲说："估计五一前后吧。"他还告诫我："出门在外，凡事要想得开，遇到解决不了的问题，要尽量往宽处想。有空多给家写信。"车子启动了，与家人告别，远远地，我依然看见父母亲站立在风中，晃动着苍老的手臂……

"嘟嘟"，汽车的喇叭声惊动了我的思绪，不知不觉，汽车已驶入临河市区了。盟医院在市区的东郊，我们径直赶到了医院，我直奔父亲的病房。

我清楚地记得，父亲的病房有三张床。父亲在临窗的那张床上。我被父亲的模样惊呆了。只见他的床边放着氧气瓶，鼻孔里插着氧气管，身子下边还挂着导尿管，还有高高挂着的输液管，病床边守着我的兄弟姐妹，父亲张大嘴困难地呼吸着。我顾不上跟他们打招呼，疾步走到床前，大声呼唤着父亲，紧紧地抓着父亲的手。我看见父亲迷蒙的双眼，见到我，眼角涌出滴滴眼泪，父亲的一只手胡乱地在我的身上抚摸着，却一句话也说不出来。我克制着自己的情绪，满心都在流泪啊！病房里的人也都在屏住呼吸。我恨病魔，它是那么的残忍，在父亲处于危难时刻，我们竟然听不到他痛苦的呻吟。

弟弟给我说，父亲那天一大早还出门锻炼，大约9点多回家，母亲做饭，父亲坐在沙发上等。母亲突然看见父亲从沙发上往下溜，感觉情况不妙，赶紧喊弟弟来，喊当过赤脚医生的大姐夫来。起初，他还能说话，让大家忙自己的事情去，说没有事。但是不久，先是失语，后是小便失禁，右肢不能动弹。当过医生的大姐夫知道父亲可能患了脑梗死，让大家把父亲的身体放平，等待急救车的到来。

医院CT结果证明，大姐夫的结论是正确的，并且是大面积脑梗死。弟弟还说，父亲目前的病情相对稳定，让我先回村里，这里有他们，让我明天再过来。这时，组织部的领导来了，临河的书记也来了，我们简短说了几句，我就叫上司机，直奔我们村里。

妈妈大概听到了汽车声，急切地在家门口迎接我。她看上去很焦急，显然前一晚没有休息好，眼角布满了血丝。我和母亲没有寒暄，先安排刘师傅休息，然后母亲边做饭，边跟我聊了起来。

母亲说，你父亲这几年明显老了，但我没有想到他会这么脆弱。母亲还说，你父亲这几年越来越怕干活了，做什么都犯愁。老给我说他活不了几年了。母亲说着说着，已经泣不成声。我赶紧安慰几句。母亲说要到外面抱柴火，要我看着点炉灶。等母亲把烧柴抱回来，我找了个空走出门外。我沿着老屋走了一圈，泪眼蒙眬中似乎随处可以看见父亲的踪影。我顿生万般伤感，心里一下子空了，下意识中似乎有一种不良的预兆，鼻子再度发酸，眼泪哗哗外涌，哭音释放出来。

母亲循声找到我，她边哭边安慰我，劝我不要伤心，说父亲会渐渐好起来的。听了母亲的话，我立即转为安定。是啊，父亲不是还在医院治疗吗？父亲会回来的，一定会的。于是，我和母亲手牵着手回到屋子里。招呼大家吃饭。饭后，我怕母亲着急，赶紧收拾东西返回临河。

三月的河套，春寒料峭。我和母亲在车上很少说话。我的心里如同刀割。到了医院里，父亲还没见好转，依然喘着粗气。我安排姐弟们休息，我和母亲留下来照料父亲。随后，我又去找医生，想听听他们对父亲病情的看法。谁知医生却悄悄对我说，这样的病情，预计不会有什么转机。我提出可否转院，他们认为那样会更糟，担心中途就出问题。医生建议我抓紧准备料理后事吧。这句话，无异于晴空霹雳，让我五雷轰顶。我不敢相信父亲的病就这么没有希望，豆大的眼泪一粒粒翻滚下来，跌落到医生的处方上，医生与我一样悲悯。我感觉有点儿支撑不住自己了……

接连五天，父亲的病情没有丝毫见好。我紧紧守卫在父亲的病床旁，不敢离开一步。第五天的下午，父亲的呼吸似乎有一点平稳，脚趾也有一点动作。我们都心生欢喜，以为父亲会出现奇迹。可谁曾想，到了晚上，呼吸再度急促。这时，医生再度单独叫我，告诉我父亲恐怕不行了，准备后事吧。

我从医生办公室出来，鼻子酸楚，弟弟见状，陪我进入走廊，我们俩失声痛哭。稍加镇定，我们走回病房，把二姐叫出来，告诉了这一情况。二姐明白了，赶忙跑去商场给父亲买衣裳。就在那个晚上，准确说是在凌晨 2 点多，父亲医治无效，离我们而去……

当晚，我把父亲病故的消息告诉了相关的朋友和亲戚，他们前前后后都赶来了。我同医院商量，要了一辆救护车，悄悄地把父亲送回家。尽管我们村里有乡俗，人死了不能再回村，可母亲坚持这么做。我们兄弟姐妹一路呼唤着父亲回到家。

天将欲晓。随着大姐的一声长哭，整个村子醒来了，乡亲们醒来了。大家很快从四面八方赶来。妈妈无声地哭泣着，我们全家哭泣着，悲痛抛洒在遥远的空中，天空的浓云密布，饱含着人间的离情别绪。凉飕飕的沙尘暴剥啄着我的脸，剜割在我的心上。等到三姐和我爱人从呼市回来，我们才将父亲入殓。我曾建议将父亲火化，这是父亲生前的愿望，但是我拗不过长辈的意见，只好入乡随俗了，但是丧事从俭。

那一年，沙尘漫天翻滚，永远记在我心底。父亲就那么走了，永远地走了。离开了父亲，我的心灵受了重创，长久处在剧痛当中。

人去心空，往事随岁月一样飘远了，像梦一样融化成一片空蒙，散淡难辨，恍若隔世。

时光如攥在手里的沙尘，经历了生离死别，虽然烟消云散，但是它永远割不断我哀婉曲折、回肠九转的亲情。

# 六十三

1997年9月6日，接到母校通知，邀请回校纪念母校建校五十五周年。那时候，我的工作很忙，不好脱身，只能给母校写一封信。想了半天，取名《遥寄母校一片情》，就给潘老师发出了。现在把这封信照录如下：

今年9月10日，在教师节这个神圣的节日，母校将举办奋斗中学成立五十五周年校庆大典，作为莘莘学子之一的我，连日来激情荡漾，感慨良多。

十五年前，我怀着依依惜别的心情，别杭中，上呼和，辞别了朝夕相处的师长，踏上了人生新的征程；十五年来，历经冬的磨砺，春的播种，夏的耕耘，尚未有秋的收获，如今已是而立将至不惑之年。然而十五年前在母校的童真之趣、同窗之谊，特别是师生之情，至今历历在目，回味无穷……

从1942年到1997年，岁月流逝，人事变迁，五十五年的光辉历程，母校饱经沧桑，始终秉持“奋斗”的宗旨，以教为乐，以学为荣；教学相长，钟秀毓灵；敦品励学，尊师爱生；开拓创新，奋斗前进，为祖国培养了大批有用之才，为国家、为民族作出了重大贡献，有道是“桃李满天下，学子遍神州”。

家乡的小米孕育了我们的朴实；母校的甘霖养育了我们的学识，凭借这样的精神动力，我们进社会，闯世界，各有所为。我常常为母校为祖国培育了大批人才而高兴，为母校五十多年来所取得的成绩而骄傲和自豪。无论我走到哪里，总听得见那萦绕于耳畔的琅琅书声；无论我离开母校多远，总忘不了恩师的教诲谆谆，我们与母校紧相连哟，我们和母校一荣俱荣……

丁丑金秋，母校良节。我想，遍布四面八方的校友，届时定会云集母校，师生校友握手一叙，促膝同欢，弦歌一曲，共饮一杯，共呈爱校之心，共献兴校之计。相信通过这次庆典，定会为古城陕坝增色，为振兴奋中，造福桑梓添彩。为此，特赋短诗一首、楹联一副，聊表对母校师生的心意。

短诗一首是：

学子云集，
袖舞笛飞，
歌如画校园，
颂如诗岁月，
情系奋中五十载。
园丁奋起，
笔耕墨耘，
倾一腔热血，
绘满园春色，
胸怀河套八百里。

楹联一副是：

五十五载敬业喜育桃李功垂河套，
三万余众学子苦读冬夏香溢神州。

横批：

艰苦奋斗，再创辉煌

愿母校继续高扬“奋斗”旗帜，在奋斗中再展宏图！
预祝母校五十五周年校庆大典圆满成功！

# 六十四

1999 年春节，也就是父亲去世 2 周年的时候，我再次来到父亲的墓前。

家乡的习俗，逢年过节，儿女们从四面八方归来，年三十那天，是必须上坟给故人烧纸钱的。这天上午，我们姐弟一起赶赴父亲的墓地。

父亲的墓地坐落在我们村子的西北、靠近小河边的一块高地上。河里长满了鱼草和芦苇。从墓地北眺，可以清晰地看见巍峨的阴山。所以，父亲的墓地也算作“背山面河，高踞远望”了。我不懂得风水，不过，青山不老，绿水长流，毕竟是一种好的迹象。并且，墓地周围长满了簇簇红柳，一年比一年茂盛。

记得当初父亲去世后，选择墓地费了很多周折。事情的起源，是一个堂弟首先给我提出来的。当时，我们的祖坟在一处乱坟岗，与村子里其他人家的坟地搅和在一起。堂弟给我建议，能否乘此机会，另立新墓地。这需要把祖父的坟先迁过来。经过与几个兄弟，尤其是与母亲、三舅的商量，他们几乎都同意这一主张。只是要牵动祖父的坟，还需要几位叔父的同意。我抓紧与他们联系，在不需要他们花销的前提下，他们一致同意了。事情进展得比较顺利，这样，父亲的墓地也就定下来了。并且，几天后，父亲就安葬在这里。

如今，我们就跪在父亲的墓前。连儿子赵桦也模仿我们的样子，给故去的爷爷斟酒、烧纸钱。

# 六十五

1999 年 3 月，我奉调进京。

人生轨迹的变化，有必然，也有偶然。我从来没有想过到北京工作。有一位老师曾经对我说过，我有可能去北京。我至今不知道老师是猜测还是随便那么一说。只不过，这件事的确被老师言中。

在我们的记忆中，我们对老一代的言传身教总是不以为然，甚至在很多地方是排斥的。这种排斥不仅是源于情绪，而且来自理性。随着年龄的增长，回忆从老一辈那里听到的许多教诲，才会惊讶地发现，他们所说的大都是对的。并且，当一个人有了相当的阅历，思维会走向严整，这时才会发现，人不能以新潮欺世，更不能以时髦欺祖。

当世界即将跨入 21 世纪的时候，我辞别内蒙古，踏上了赴京之路。这种人生路上的变化，是我所始料未及的。

回首在内蒙古工作的近 20 年时光，走过的道路很不平坦，取得的成绩来之不易。这 20 年，我秉承父辈的美德与厚望，勤奋学习，奋发向上，摸爬滚打，以一种异乎寻常的精神和毅力，克服了种种羁绊、磨难和考验，终于蹚出一条路子来，真不容易啊。

北京，伟大祖国的首都。儿时，曾引起我多少美丽的向往。多少次，想要去好好看看北京，看看天安门和中南海，美美地逛几天。北海、景山、颐和园，长城、天坛、十三陵……可是，当我真正来到北京，和周围的同事相比，他们思想的睿智，处事的老道，自己望尘莫及。他们是高山上的大树，自己是山涧里的小草；他们是燃烧在中天的红日，自己却是伏在天边的寒星……这悬殊的落差，在我心里激起了巨大的波澜，一种追赶和比赛的竞技心理促使我把自己置身在冷静的天平上。渐渐地，无心去热闹场合露面，来时的洋洋自得一扫而空。甚至来不及庆祝调京的欢乐，又一下子陷入了极度的迷惘之中。

# 六十六

初来北京的两年，我蛰居在前门打磨厂附近。那时的工作常常加班加点，我早出晚归，成了一位前门夜行人。

前门，一座孤零零的城门楼子，在北京一片片钢筋水泥的现代建筑中，守望着遥远的风景。有时，它就像被剪除了羽翼的鸟，定格在人们的视野中，那忧郁的神情，宛如历史的回眸。幸好，远处的天安门还在，近处的老火车站还在，还有我。

前门是最富表情的历史面孔，也可以说是北京的重要标志之一。前几年北京的高考，以“北京的符号”作为命题，不知孩子们想没有想到前门。前门给了我太深的感情，每天晚上，我都要经过这里。我注视着它，它守望着我，我们虽然擦肩而行，但是，它要比那些匆匆的陌生人更了解我的心，并且给了我实实在在的依托和映衬。

小时候，说起北京城，只能翻开书，看看课本上的天安门。我们曾经唱过“我爱北京天安门，天安门上太阳升”，但是，北京到底什么样，天安门到底什么样，前门到底什么样？说不清，道不明。如今，近距离地凝视着它，却有了一种复杂的感情。我夜晚经过前门，月光照耀着前门楼子，也照耀着我。而此刻，我不在意大栅栏的华灯初上，不在意全聚德的宾客盈门，不在意鲜鱼口的小贩叫卖，不在意珠市口的摩肩接踵。我有我的心事要想，我的事情要做，因为我不知道自己将走向哪里，我没有太多的闲情观赏风景。

前门的夜晚，像流淌着一条思念的河，缠绕着我的目光，穿过这个夜晚，只有我的心在行走。可我不知道，有多少难眠的晚上，我彳亍在十字路口，寻找着绽放的春天，心中能弥漫着春光。然而，好长时间，我倒像一枚飘摇的树叶，被雨水冲刷得面目全非。我甚至无法告别孤独和封闭，我不知道究竟有多少花是在春天开放的，只是想着它们应该都会选择这个季节，就好像玫瑰似乎从来都只香消于情人的手中一样，什么都只是为了点缀这个世界而已，我也一样。热闹是他们的，我只有孤独，只有落寞。曾经以为，忘掉忧愁就像掸落身上的尘埃，可以不留痕迹。现实并非如此。我只是不想颓废，不想被世俗所同化，哪怕至少能够找到心灵的些许慰藉，抓住解脱的绳索。

前门的月夜是诡谲的，命运的月夜也是诡谲的。有人说红色是前途，白色是命运，蓝色是颠覆。霓虹闪烁的月夜中，我只看到前门依然高大。在独行的时候，月影依然朦胧，树影依然婆娑，不知是吹皱了一腔愁绪，还是宁静了一片心湖……

# 六十七

来北京以后，先在中组部、中央金融工委、银监会系统工作。到如今，已近20年了。居夷处困，动心忍性的处境与感觉，只有自己最清楚。

回想起来，20世纪90年代，是一个重要节点，上个周期完成，下个周期开始。中国进一步改革开放，对香港恢复行使主权，美国9·11，中东战争，亚洲金融危机……我就是在这样的情势下，离开了高校，进入了政界。对我个人而言，20世纪的最后10年，就好比一夜之间，又像是几个世代，来不及回顾，来不及回味，一个劲儿地向前。后来到北京总算立定脚跟，不仅有了稳定的收入，而且一度时间得尽先机。当然仕途之路也就戛然而止了。有时候忽然间恍惚起来了，有时候不知道自己身在何处。

在北京的这些年，占据了我人生最成熟最有力的一段时光。光影流动的岁月，春去秋来的天空，有我的梦想，当然也有责任与担当。生活的苦痛，常常会扮演一种不速之客的角色，不请自到，不知不觉间让人感到一种彻骨的冰冷和无尽的黑暗。很多时候，觉得可以改变自己，3年、6年、9年，似乎有一种计划，有一种约定，有一种期许。但是，最终发现自己无力去改变。以前认为自己无所不能，如今却陷入极端的卑微当中，感觉束手无策，望洋兴叹。有些痛苦来得突然，如同一阵骤雨，让人猝不及防。屈服于精神上的痛苦，会无比沮丧。在暗夜中感到十分忧郁，在恐惧中感到战栗，在倦怠麻木冷漠中感到焦虑。但是，更多的时候，承受了痛苦，就会变得无比坚强。

20年忙忙碌碌地为事业尽力，为生计奔波，回头看却一事无成。有些想要做的事情，似乎才刚刚开始，就已经力不从心了。有些不想做的事情，却总也推不掉。看得见的和看不见的，让人莫名忧伤，心里说不出究竟是如何的一种痛楚。日子依旧，而心力已经憔悴。走着自己的路，想着过去的事，悲悯着自己。那些轻飘飘的旧时光，早已不再是一种回望，而是一种不可承受之重。

一年又一年，光阴似箭，人生苦短。走在北京快节奏的工作琴键上，自然会感觉有些忙乱。不过这并不要紧。对我来说，工作严谨，恪守规则，已成为一种习惯。最难熬难耐的，是规则以外的事情。当然，也不能因为岁月不饶人，就分秒必争或者守株待兔，甘愿让曾经的豪气在磕磕碰碰中随岁月的侵蚀消失殆尽。面对一路的风景，往往不需扬鞭自奋蹄。始终相信，在路的那端，在河的彼岸，一定会有目标在等我。所以，无论是万寿路的灯火，还是灵境胡同的晨曦，无论是航天桥的等候，还是打磨厂胡同的夜游，无论是工体西路的跋涉，还是安定门外的执着，似乎一直都在路上，而且似乎这是注定我要行走的一条路。

有过收获，有过苦涩，有过屈辱，有过落寞。尽管许多人都生活在同一座城市当中，来回穿梭在繁华和黑暗里，但是大家都行走在无尽的时光中，翻转着光阴似箭的黑夜与白昼。时而聚会，可以看见熟悉的面孔；时而寂寞，也会想起某些记忆中的人。目标已渐行渐远，内心时有留恋，却只能嫣然一笑，或置之不理。说不清的风云际会，道不尽的苦辣酸甜。从一路高歌猛进、起起伏伏的旋律中，渐渐走向平淡。当然，除了幸福和痛苦，渐入平淡，也是一种生活的理想。因为承受平淡，同样需要一份坚韧和耐心，在平淡的生活中，需要承受淡淡的孤寂与失落，承受挥之不去的枯燥与沉寂，还要承受遥遥无期的等待与无奈。当我们终于学会心平气和地去承受时，那么，我们的人生就达到了一定的高度。

20 年当中，闲情书笔，及时记录去过的地方，走过的城市，生发的感悟。准确地说，似乎人生也变得更加丰富，经历也更加宽泛。即便流逝的时光将记忆重写，也无法抹去这些痕迹，以至于这么多年过去了，我依然记得，那个冬雪漫飞的夜空，还有那条孤立无助的长街。就算再寂寞和孤独，也坚持要把它走完。当困难在求助中失联，当脆弱找不到坚强，唯有心中的信念，可以凭借它去寻找未知的方向。

而今，再度回顾这些年，有些可笑，有些可惜，有些可悲，也有些可叹。只是，笑的再也没有当初那么天真了，可惜昨天走得太远、时间太匆匆，该珍惜的没有珍惜，该抓住的没有抓住。更多的是叹息，就是成长中的疼痛，酸甜，在漫长岁月的经纶里五味陈杂。

在北京这些年，我感觉活着就是一种心态，当你心无旁骛，淡看人生苦痛，淡泊名利，心态积极而平衡，有所求而有所不求，有所为而有所不为，不用刻意掩饰自己，不用势利逢迎他人，不用做伪君子，做一个真真正正的自我。如此这般，人生就算再失意，也会坦坦荡荡，真真切切，平平静静，快快乐乐。

诚然，风平浪静、波涛汹涌，细水长流、大起大落，都是自然规律。世间万事都是相辅相成，有得必有失，盛极而衰。人们渴望财富，殊不知厚德才能载物，没有宽厚的胸怀和仁义的道德做支撑，所得到的财富只能给自己带来灾难。所谓命里有时终须有，命里无时莫强求。人生在世一切是定数，勉强不得。

在北京这些年，走过了一季又一季的荏苒，只能伴着风吹来的方向，来寻找去时的远方。生命的真谛源于跋山涉水的探索，思绪的纯美来自于自然的韵味。渐渐明白，人生无常，世事难料。有些情感，不是以天长地久来衡量的；有些念想，不是用来固守执着期盼的。如花美眷，敌不过似水流年；心若磐石，也敌不过过眼云烟。于是，只好退而求其次，寻一处幽静，觅一方平淡，沉睡在那一世安枕流离的伤痛，氤氲于唐诗宋词，汉赋元曲，走过平凡人生，回归自然本真。

作家马德说，在生命的旅途上，烦恼不过是一个个过客。过客的意思是，你可遇见千人，狰狞也好，凶恶也罢，它侵入你，却不占有你，只影响你的心情指数，却不左右你的人生轨迹。也许，会让你迷惘一阵子，纠结一阵子，甚至恶心一阵子，然后，化风，化水，化烟云，四散了去。最终，过尽千帆，沧海无痕。

# 六十八

2003年春天，金融工委撤销。在当时，不仅是我一个人，许多人都有一种世事无常、前途未卜的感觉。不论如何，岁月的波浪在后面推移，我们只有不断向前，向前。

生活的纸上总有错误与失败，走过了十字路口，转弯，再到下一个十字路口，又转弯。想要重新拾起，却发现遗失的总是最弥足珍贵的，就像手握一捧沙，越想握紧，沙越会从手指间极快地溜走。

有人说，庸才制造逆境，人才摆脱逆境。逆境的出现和消失往往都是人为制造的。大凡杰出人物，他们的成功总是从扭转逆境开始的。这样看来，逆境，似乎并不是一件坏事。逆境首先是一幅雄浑的风景。试想，没有了逆境这个风景，就不足以构成一幅壮美的画卷。我们常说顺境可以用来发展事业，逆境可以用来磨炼意志。常常处于顺境之中，只能是具有一种色彩，而有了逆境，则会增添更多的色彩。司马迁在《报任安书》中有一段非常深刻的论述："古者富而名摩灭，不可胜记，唯倜傥非常之人称焉。盖文王拘而演《周易》；仲尼厄而作《春秋》；屈原放逐，乃赋《离骚》；左丘失明，厥有《国语》……《诗》三百篇，此皆圣贤发愤之所为作也。"

诚然，机构改革，遇到了，你就要积极面对。消极等待是不智的，反而会把无从换回的光阴又搭了进去。人生有限，我们应当捉摸如何尽快走出逆境。所以，对待逆境要有一种正确的态度。伟大与渺小，卓绝与平庸，深刻与浮浅，往往取决于你身处逆境时的人生态度。谁不愿意有顺境？但是，一旦你身处逆境，怎么办？总在怨天尤人，那肯定是不行的，也是不现实的。因此我们必须正视逆境。

选择了目标，要有实践的勇气；面对生活，要有接受挑战的勇气；遇到挫折，要有跌倒了再爬起来的勇气；身处逆境，要有能纵横自如的勇气；遭受贫困，要有以清高支持匮乏的勇气；有所作为，要有克服诸多生活中限制自己障碍的勇气；置身大千世界，要有抗拒任何诱惑的勇气；对于不情之请，要有说不的勇气。说到底，就是要有突破自我限制的勇气、控制自己情绪的勇气、承认自己错误的勇气、不怕尝试的勇气。而这种勇气，来自内心对真理的执着，来自对美好生活的向往，来自自身更高的境界，来自各种压力的逼迫。

# 六十九

来北京以后，儿子12岁那年，我给他写了一封信。

儿子，你已经12岁了，依然稚气，依然淘气。成人都会说自己在小的时候是多么的乖巧，认为如今的孩子太稚气，太娇气。可谁又能证明得了呢？

12岁是人生的初步转折。老人们讲，12岁叫圆生，按照属相，每12年为一轮，大概正好转了一轮吧。在你成为少年的前夜，有些话是要说一说的。

儿子，当你的脚惊奇地踏在地上，蹬足劲儿往前迈一步，我的兴奋便自你的脚下溢出，那简直是暖透了爸爸妈妈的心啊。你踩着兴奋，再迈一步，小手紧张地握着我们的手。那时，你只有那么一点点，是我和你妈妈陪你走过了懵懂的“学步”阶段。在大人们看来，已经不再觉得走路会有什么乐趣，只知道我们的脚步更多的时候达不到自己希望的终点；我们已经在一条漫长的路上踩出了层层老茧，却有时怀疑自己为什么这样走。看着你往前迈步，有惊险，有喜悦。而我们自己，深一脚，浅一脚，往往不知道走向何方，于是有迷茫，又有困倦。儿子啊，我们手领你迈出人生第一步，你却用你孩子的心，让我们引发了对走路的一番感慨。

儿子，在你咿呀学语的时候，我指着大地的“手脚”说：绿树；我指着阳光的“笑靥”说：红花。你学着我，闪着明亮的眼睛。然后，我早已忘记了教你的这些。我们抱着你在院子里玩儿，你看见雨后的一弯浅水，兴奋地叫“大海”。我们惊愕，原来这正是我们在图片上教你的那个大海，但是此“大海”，非彼“大海”，让我们知道了教育的误区。

我们还常常带着你去公园，你追逐着小鸟乍飞乍落的倩影，兴高采烈，及至它飞入草丛，忽然听到你说：“春去花还在，人来鸟不惊”，我感到一丝惊讶，又感到无限的兴奋，原来诗人与儿童的想象力是如此相似，难怪有人说：“诗人是人类的儿童”。

儿子，12 岁的你，无邪、无伪，那么纯真，那么活泼，这是人世间最为珍贵的。想到我们这些成人，往往在善意尚存的人间却包裹着羞涩的心灵，我们的心又有一些发紧，其实我们更需要放飞自由的心灵……

# 七十

2004年6月21日下午，我持着儿子学校发给的门票，参加了在北京复兴门广播剧场的成人典礼仪式。典礼仪式可谓简洁而隆重。礼堂上方正中悬挂着大红横幅“北京三十五中初中毕业典礼”，营造出一种庄重而又喜庆的气氛。

典礼开始，先是学生三年校园生活的回放，接着，校长宣布毕业生名单，而后所有毕业生到主席台与老师握手，一起向老师表示衷心感谢。简短的文艺节目与典礼仪式穿插进行。一桩桩往事，一幕幕真情，一个个故事，一道道风景，一次次回忆，一阵阵掌声，一曲曲恋歌，一回回感动……整整3年，多少往事又重现在我和孩子们面前。是啊，3年，虽然时间不长，但是在一个人的学习生涯中，的确是不可忘怀的。

看到这一切，我们25年前高唱《毕业歌》的情形恍若昨天。那时，我们和现在的孩子一样年轻，我们在穷乡僻壤的村子里刻苦学习，也在为离别母校和同学而伤感。那时，我们一样有青春朝气，无拘无束，异想天开。然而，现如今，儿时的同伴都在哪里？儿时的壮志又在何处？而当年的那些梦想到底实现了多少？连我们自己也说不清。想一想当初那个面黄肌瘦、衣衫褴褛的我，再看看孩子们的今天，不禁潸然……

典礼依然在进行。那是同学们《献给母校的歌》，娓娓道来，情真意切；那是童声合唱《每当走过老师的窗前》，那么熟悉，那么久远。所有的同学都引吭高歌《共青团员之歌》，那是一种豪迈，那是一种气魄。啊，3年，整整3年，我们看着孩子们一天天成长。学习的确是艰苦的，那一千多个陪着孩子学习的日日夜夜，看着孩子那些似乎永远写不完的作业，看着孩子的眼睛越来越近视，我们心急如焚；看着那一张张写满字符的作业本和考试卷以及取得的好成绩，我们欣喜兴奋。看着孩子一天天成长进步，虽然那张脸依然稚气，尽管他们对许多知识依然还似懂非懂，我们已经欢喜在心。

参加完儿子的毕业典礼，我的确有些激动。再过两天，就要中考了，我给儿子写了两句话：等待意味着挥霍，投入才是最好的创造。因为初中毕业只是人生的一个小小的逗号，不可自满，也不可陶醉，今后的路依然很长。我祝愿儿子中考取得圆满成功！

因为你是我的一番祈祷
我不能到处把你絮叨
因为你是我的一支歌
我唱你不能太久太多……

# 七十一

2004年7月，儿子考入高中。入学前，要参加军训。军训期间，学校要求家长给儿子写一封信。下面是我们写给儿子的一封信。

亲爱的赵桦：

金色的秋天，是丰收的季节。在这个美好的季节，你以优异成绩考取了高中，走进人生一个崭新的天地。我们为你祝福。

古人云："天将降大任于斯人也，必先苦其心智，劳其筋骨，饿其体肤……"学校在开学之初，特意安排这次军训，用意大概若此。这几天，我们和你一起忙碌，为你准备背包，为你准备行李。8月23日早晨，我们目送你穿着军装，带着行李，昂首走进学校。那一刻，我们真的为你高兴，为你骄傲。

这是你第一次接受真正的军人生活，体验军人的酸甜苦辣。这次军训对你来说，是一次新的起点，也是一次新的挑战。在军训中，你可能会晒黑皮肤，还可能会流淌汗水，并且，离开父母，过着军营式的生活，你可能还会遇到许多预想不到的困难，这些都需要你自己来克服。这对于你而言的确是太难了。但是，军训毕竟是短暂的，而军人严格训练，铁的纪律却是永恒的。想一想，对你来说还是有好处的。试想，一个人的意志如果没有经过艰苦的砥砺，就不会以一个强者的姿态站起来，就不会懂得奋斗的乐趣，不会理解成功的艰辛，甚至不会明白人生真正的幸福。所以，不管遇到什么困难，我们都希望你能够勇敢地挺过去。相信你有这个勇气，有这个能力。我们希望你，对于军训中的困难，不但不要惧怕逃避，还要敢于张开双臂以拥抱的姿势去迎接，以沐浴的姿态去感受，因为磨炼实在是成就不凡人生的甘霖。能够用心去感受磨炼，才能在未来激烈的竞争中游刃有余。

亲爱的桦，我们也曾经如此青春年少，神采飞扬。军营的神奇魔力曾经吸引过我们，但是由于当时的环境，我们没有你这样的机会。我们感到，军训是一个艰辛的人生历练之路，它需要有顽强的意志和勇于实践的精神。有道是热情如火焰，没有燃料便会熄灭；才华似年华，如不握紧即会飞逝。希望你好好珍惜这次机会。因为未来的发展，还需要你积累和掌握太多的东西才能厚积薄发，包括这些单调的军事训练，如同为你的翅膀添上一片片羽毛，终有一天羽翼丰满时，你将能自由翱翔于天际，我们甚至比你更希望看到这一天。希望你把这次军训作为起点，将军人的作风在学习中发扬光大，为自己将来更好地为国家做贡献打下良好的基础。

赵桦，夜已深，想对你说的话还有很多。考虑到29号军训结束时我们还要去接你，这封信就写到这里吧。祝你愉快，军训取得圆满成功！

爸爸、妈妈

2004年8月24日深夜于家中

# 七十二

在一个单位待久了，总要离开。

离开，还是靠近？经常会遇到这样的问题。从某种意义上讲，人生就是一个不断离开与不断靠近的过程。所以，当我们在不喜欢一个单位或一个人的时候，一定要有一个明智的选择、明确的决断，决定回避或者离开。好，我们就留下，不能赖着不走；坏，我们就离开，毅然决然，易地而处，何必深陷泥沼之中，糟蹋自己的年华和幸福呢？因此，离开与靠近是一门很大的学问。有很多人在面对问题的时候，本该离开却选择靠近，本该靠近的却又选择离开，所以这样的人生路途必定是跌跌撞撞痛苦不堪。

对于我来说，告别是自然的。离开，没有留恋，也没有惋惜，有的只是更深的忘却。其实每个人都有人生的转折点。谈到我自己的转折，连我自己也不清楚为什么或怎么样。如同我现在，身在海边，昨夜却梦到了雨。雨下得瓢泼随意，似乎无迹而来，又将无迹而去。那路面上积水渐渐深了，空中的水汽也氤氲成一片，使得我有点窒息的感觉，心里一片茫然。

有好多次，我自己也曾盘算过。从我的境况看，较之以往仿佛有了一个根本性的变化。的确，在新的岁月铺展开来，我拥有了以前不曾所有的一切，但是我随时保留着感恩之心。这些都在延续着我生命的本相。有时是一个漫长的期待，它会在记忆中演变成瞬间，有时却只是一个刹那中的纠结。这样剧烈的情绪波动带来了心里的痛觉，我原本以为这些东西已经消失，但是现在，它们仍然盘踞在那儿。我的变革便是从这里开始。在这样的情境里浸泡着，像一个迷路的人在寻找归途。这归途中会有什么事情发生，我不知道，但我知道的是，又一段生命过去了，我像一只正在破茧而出的虫，必须在日落之前返回到那日常时空的序列里去。

人生便是这样一个奇怪的旅途。应当说这些日子里发生的一切事情都是安静的，素常的，没有表面的波澜，只有潜伏的汹涌的光。我承认自己正处在十字路口，究竟往哪里走却由不得我自己。这才是人生最大的痛。有时候我庆幸自己走到了今天这一步，因为岁月犹如大江东去，我如何能够不明白，在我这样走过来的时候，那忧伤的事物细部充盈，而我又能够暗自承担，比之以往，我已经进步了多少呢？至于其他的，在生活的覆盖下又披上了各色的外衣，它们从出发到抵达的时间很漫长又很短暂。有时在梦境里，重复千万遍人间世象，开辟无限制的魔幻时空，都不是我自己所能主导的。

转折的速度远远超出我的预计，在我审视自己的时候，并没有任何外力能够给予我一定的借鉴。我是在人生的反复中才渐渐明了，但接下来的事情依然使我迷惑困顿。尽管我对自己未来的探索从来没有停止过。但是站在十字路口向前张望，能够获得这种奇妙的感觉：仿佛在弹指一挥中，我们就如此急速地长成。我在心里为将来的事情操持，为生活中小小的获得表现出欢欣，这一切对我来说都是非常鲜明的改变。

不管让我转变的意图是善意的，还是恶意的，相信上苍会庇佑我。

# 七十三

人生是一段单行道的旅程，不可回复。但正是路途上的那些遗憾使我们的人生充满了想象与魅力，使我们在这一旅途中频频回眸，又频频嗟叹与回味。

往事并不如烟，没有往事的生命没有意义，也没有了长度与厚度，那渐去渐远的美丽人事应是永存于心的高贵的精神财富，我们应该好好珍藏。曾几何时，在不知不觉当中，我所抱持的希望消失了，消失得无影无踪。困惑，迷惘，失意，无所适从，看不清方向，到哪里去寻找希望？曾经的梦想，那么绚丽，那么完美，那么华彩，那么堂皇。一路走来，意气风发，像一个甜美的梦，梦醒时分，已经失落在沙滩上，行走在岔路上。道路上布满了荆棘，充满了险恶，还有坎坷与陷阱，如临深渊，如履薄冰，小心翼翼，不知路在何方。

没有希望，只有无边的烦恼，无限的惆怅。独自漫步在林间小道，无心观赏路旁景色。听不见一点儿声音，让原本孤寂的心更加孤单。太多无奈，太多惆怅，太多痛苦，将我紧紧困住其中，不让我有半点挣扎。曾经向往的世界把我摧残得遍体鳞伤，把我从前的憧憬、快乐洗刷得片瓦不留。现实的残酷袭击着我，沉重的包袱压得我喘不过气来。曾经的无忧、快乐、幼稚，都被成长的岁月熔成无助、悲哀、伤感，再也找不回曾经的自我了，我开始怀疑一切，再不会轻易相信什么。

没有希望，时光如水般静静流淌，生活在日复一日的消逝中渐渐显出苍白，平静的生活是光明的，却也是阴暗的。失望可以夺走我们的财物，摧毁我们的家园，压弯我们的脊梁，蹂躏我们的意志，甚至将我们的思想禁锢在黑暗的恐惧中，但只要我们活着，思想就会像在黑暗的泥土中挣扎的小草一样，固执地推开所有的阻碍去寻找光明。

渐渐发现，希望是人类精神的天马，是物质的犁铧。我们必须找回希望。不论贫穷还是富有，高尚或者低俗，只要你活着，生命还在延续，希望就不会消亡。需要我们有顽强的意志，坚定的信念，以及不屈不挠的精神，我们要忍受轻薄的嘲弄，或者高傲的鄙视，我们要抵御不被人理解的孤独或者寄人篱下的落魄，搭起一道通向美好人生的阶梯，这阶梯虽然虚无，却也真真实实地存在于我们的心里。

我的老师告诉我，一切终将过去。是啊，我们每个人都只是时间村落里的匆匆过客，一生几十年在时间的长河里稍纵即逝。我们的日子经不起浪费，过好每一天，充实每一天，让自己今天做的事成为自己和别人明天的美好回忆，这样的生活才是有意义的生活，这样的生命才是有价值的生命。也许，过去的那些美好人事永远不可复制了，想起这一切，心湖里总是泛起阵阵苦楚的涟漪。但是，亲朋好友在一起的笑语与快乐已定格在记忆里，成为我们生命中最有价值的一部分。就是今天，我们朋友间难忘的聚会和分别，日后又成为往事，成为我们生命溪流中的浪花，将不断地被我们回忆和说起，从而丰富生命的内涵与意义。

岁月悠悠，年华逝水，回想生命的历程，虽然它赋予我们的并不都是诗情画意，但回想起以往那些不寻常的日子，那些此生都难以忘却的人事，真是让人激动与感奋，那真是我生命组歌中一曲曲最美好的华章。

# 七十四

2007年清明，正好是父亲去世十周年。我写下了一篇文章《十年的回忆》。

十年，过得好快啊。以前，总以为我们的父亲在人生旅途中会一直伴随着我们。可谁曾想到，他却在某个车站下了车，留下了我们，孤独无助。父亲的情，父亲的爱，以及他那不可替代的陪伴，我们似乎再也无法寻找。

父亲在十年前去世了。的确，我们姐妹兄弟谁也没有想到他会走得那么急，于我更是始料未及啊。1997年春节，我们一家回去陪伴父母过节，正月初十我们要走时，父亲把我们送了好远。当时我还对他说，要他五一的时候到呼市呢。他高兴地答应了。有谁能够想到，父亲既不吸烟，也不饮酒，那么好端端一个人，那么健壮的身体，却在他六十六岁的时候，让心脑血管疾病遽然夺去了生命。虽然我在他住院的当天便从呼和浩特匆忙赶回，却眼睁睁地毫无办法，医生们也是回天乏术，无奈在第五天深夜，他永远地离开了我们。

往事如烟。而烟并没有随风飘散，它丝丝缕缕，腾入云霄，织锦长空，让人浩叹人世沧桑；或者酿成细雨，汇为甘霖，泽被后人，润苏万物。真的，父亲去世十年了，所有的那些往事，非但没有受到流光的剥蚀，反而经过岁月的洗礼，荡去了浮翳，拂去了尘埃，凸显出纹理，清晰了脉络，让人回味无穷。

在已有三个女孩子的家庭里，我的到来，无疑给全家带来了快乐，父亲自不待言。不过在我懂事之前，父亲给我留下的是一副威严的印象。母亲一向勤劳、善良，加之孩子又那么多，对我更是网开一面。因为我们家实行的是层级管理，父母管大姐，大姐管二姐，依此类推。这样，到了我这里，管理的力度明显减弱了，而我的自由度却明显加大了，基本上没有什么管束。可以说，从童年到青年，大部分时间我是个比较“自由”的人，但也因此养成了我很强的自主性和独立性。

话虽如此，但是从懂事开始，我就觉得父亲是我所见到的最伟大的人。他十二岁小学未毕业就进城给人家当伙计，也就是做提茶倒水的活计。他能够从中领悟到好多名堂，从而博得老板的赏识；他参加四清工作队，工作认真细致，成绩显著；他从事水利工作，刻苦钻研，业务娴熟；他参加农田水利建设，组织有序，协调有方；他在运动场上，生龙活虎，势不可挡……

农家子弟向来忠厚，做人处事朴实无华。靠着这种吃苦耐劳、踏实肯干的近乎原始的姿态，加上主雇又是个好主雇，父亲在几无依靠的县城里初步站住了脚跟。后来之所以没有干下去，据说是我的爷爷去看了一下情况，发现吃住都不好，并且家里也缺少劳力，就劝父亲回乡下了。这一回不要紧，父亲却拿起了给地主放牛的鞭子，一直到新中国成立、参加工作才作罢。有一次，父亲在放牛的时候，看书看得入了迷，却不小心让人把一头小牛给偷走了。这还得了，地主的管家见到父亲，不容分说就是一巴掌，打得父亲眼冒金花。很多年以后，父亲一提到这件事就对我说，管家的一巴掌，使他受了欺侮，不过这一巴掌倒也打醒了他，使他知道了责任的重大，做人做事应当尽职尽责。

父亲参加工作后，先是参加四清工作队，然后参加土地改革，后来进入水利局，除了1962年精简回乡那几年以外，几乎在这个系统整整干了一辈子。

父亲好学，其勤奋与耐力也是值得我们称道的。他坚持勤能补拙。他头脑中的知识可以说大部分是靠自修得来的。他的那些同事都夸他的文笔好，单位的各样文书他都擅长，而且做事严谨，有条不紊。我参加工作以后，父亲经常给我写信，他行文诚恳、清楚、畅通，文采斐然。他的笔力苍劲，字体刚柔相济，可与书法家相提并论，是我一直都深为自豪的。

父亲为人和善，爱和小孩子戏说。所以很多小孩子也愿意到我家来玩耍。我是一个内向的人，打小就喜欢看书，喜欢独自一个人学习，所以和同伴们就相处得比较少。在这一点上，父亲并没有责备我。有空的时候，他也看看我写的作业，看到老师的批语，他就高兴地点点头，不再说什么了。

有好长一段时间，父亲在离家很远的地方工作，我们聚少离多，放学后总盼着父亲能从远远的地方骑车而来。而父亲似乎也总不让我们失望，父亲下车，推着自行车跟我们有说有笑地一起回家。那时，是我们父子对谈的大好机会。老父幼子谈形势，说学习，问寒问暖，如影随形。尤其是在我参加工作以后，每次回家，父子俩论世事，说前途，使我对父亲有难以形容的亲近感和依赖感。不仅是我，就是我的那些兄弟姐妹，甚至侄子外甥，与父亲在一起总是有说有笑，欢聚一堂。

父亲为人正派，耿直硬派。这从他一生所经历的大事小情都可以看得出来。土改时，他严格遵守政策，严格按照政策办事，依靠贫雇农，团结中农，放手发动群众，积极开展宣传教育，敢于与违反政策规定的人论是非，保证了党的方针政策的贯彻执行；四清时，对他人随心所欲，甚至背离政策另搞一套的做法，他看不惯，坚决反对，敢于提出自己的意见，亮明自己的观点。他甚至对同行的工作队员说，农村太艰苦了，农民太贫困了。我们的工作目的就是要引导农村的发展，促进农民的富裕。父亲常常对我说，做人要讲良心，做事要有公心，办事要尽可能耐心和细心。这几句话深深地影响着我。父亲去世后，我在机关工作中，尽可能地践行，只要是我所做的工作或者力所能及的，就尽量体现出来。现如今，每当灯前夜读，要休息时，想着父亲的话，疲倦之身又开始振作起来。

父亲自己说，他一生没有做过什么惊天动地的大事，但在细微的生活小事当中，我们发现了他的许多过人之处。父亲爱着这个家，为了给母亲看病，他学会了针灸；为了养育儿女，他忍受着农村非常艰苦的劳动；他当过小职员，担任过生产队的队长，甚至仓库保管员等等，对人对事，他都是满腔热忱，单位的老同事、老部下，农村的老农民，左邻右舍，老老少少，上上下下，几乎都说他的好。他去世的时候，好多人从很远的地方赶来。

父亲走了整整十年了，哀悼父亲，是为了缅怀他的恩德。如今我们的妈妈生活得很好，我们兄弟姐妹也没有令父亲失望，父亲啊，您安息吧，您的谆谆告诫，我们会永远牢记；您的音容笑貌，我们会时刻怀念。

以下是我为父亲写的祭文：

祭父文

丁亥年农历二月十八哀子建平兄弟谨具鲜花清醴叩祭于父亲大人灵前曰：

呜呼

阴山郁郁 黄河泱泱 八百河套 培育贤良
薪传世代 子嗣其昌 十里八乡 百姓颂扬
我父劬劳 穷乡僻壤 四方劫难 人世凄凉
所生六子 生计迷茫 三餐不继 衣衫无双
清贫自持 独立无帮 晨昏雨夜 潜心抚养
负笈求学 幽梦终偿 终身水利 河渠无恙
改革开放 福泽流长 仁义为本 首重纲常
讲信修睦 邻里流芳 家齐身修 赖此显彰
衣食可足 其乐未央 为人耿直 宽宏大量
仁义礼智 忠信云长 马融降帐 李贺锦囊
御车黍豆 习射纪昌 言犹在耳 回味断肠
我与姐弟 相议相商 思深情切 漫漫无疆
人生苦短 天命有常 十年哀思 默默情伤
恭敬叩首 肃立坟堂 我怜我父 呼号难挡
一朝搬迁 立志图强 我悲我父 不能共享
家族兴旺 乐业安康 我思我父 山高水长

哀哉

尚飨

# 七十五

高考，是大学招生的手段；高考，是十二年寒暑苦读的学子进入大学深造的独木桥；高考，是人生的分水岭。虽然读书不是唯一的出路，但是，提干要文凭，升职要文凭，进入国家机关工作要文凭，登大雅之堂要文凭，评论一个人的品位和素质也是看文凭……是这些制度，是这些潜规则把高考镀上了一层严峻的色彩。

2007 年 6 月 7—8 日，儿子参加高考。考点设在恭王府附近的北京 13 中。

高考，牵动了学子父母的心，填满了父母所有的牵绊。6 号上午，我和爱人带着儿子前往考点，只是到了校门口就被阻止了，这样，所谓的熟悉考场就成了空话，因为你根本见不到考场是什么样子。无奈，我们只是在门口站了一会儿，便转身离开了。

那几天的北京，骄阳似火。于是想到在学校附近给儿子订个房间，可以免去往返劳顿和酷暑。然而，事不凑巧，距离学校最近、条件也比较好的齐鲁饭店客满，再往西，只有北海饭店，但是条件比较差。不过，考虑到时间就两天，只好将就了。然而饭店的管理太差，餐饮更差。第一天中午的那条松鼠鱼，味道之差，成了我们抹不去的记忆。

不管怎么说，高考是收获的时节，是圆梦的时刻。孩子们在求学的历程中，历尽了艰辛，耐住了寂寞，付出了汗水，也浸透了心血。多少个夜晚，孩子们熬灯苦读；多少个风霜雪夜，孩子们踽踽独行；多少个节假日，孩子们仍然拼命背诵。虽然他们有时候任性，但他们能够为自己的梦想而勇敢拼搏，筑梦的过程注定艰辛，成功的玫瑰花上也许沾满泪滴。儿子，加油，坚强地走完你们学业青春这关键一里路，走过这段崎岖山路，前面的旖旎风光在等着你们。

虽然高考对孩子们而言非常重要，但高考并不是人生发展的终点，它只是人生转折的一个拐点。未来前进的道路依然还很漫长。高考拿到理想的高分固然可喜可贺，但不是考上清华北大就万事大吉，任何一所大学都能造就时代的精英。因此，我告诫孩子，不必背负过重的高考负担，要轻装上阵，从容不迫，才能发挥出自己的最好水平，做好每个考题，不必去想最后的结果。希望孩子在考场一切顺利，发挥正常。

两天的高考结束了，看到儿子疲倦的身影，着实有点心痛。可是，所有参加高考的孩子都是这样。不过，看得出，儿子的这次高考，发挥还算正常。

高考录取通知书来了，儿子考入北方工业大学。

# 七十六

2006年春天，我开始了人生路上的又一次转折。

人生旅途，分支无数。每走一步，都需要做出艰难的选择。没有谁会事先知道，哪一条是死胡同，哪一条通向光明。向左走还是向右走。没有经验，没有向导，没有提示，没有路标，没有彩排，也没有重演，一切都要依靠自己的智慧和勇气。

因为莫测，所以充满了挑战；因为无知，所以更显豪迈。正由于压力与挑战并存，诱惑与机遇同在，人生才如此波澜壮阔。人生，不可能完美无缺，不可能一帆风顺，难免会有磕磕绊绊、步履蹒跚的时候。

一直以来，习惯了小心翼翼，诚惶诚恐，精心于脚下的每一步，却忽略了前方的路，将自己置身于惆怅的迷茫季节，于是必须转折。转折，方知百味苦涩，才晓人生真谛。回想当初，执拗倔强驱驶的直线人生，大雨滂沱，却以为挺一挺就会过去，经历了风雨就能见到彩虹。最后，依然是千疮百孔，身心俱惫。成功与失败交替出现在人生路上。泰戈尔说过，“天空不曾留下鸟儿飞过的痕迹，但我已飞过。”对于随时都可能光顾的失败与挫折，只有平和的心态才能将其化作虚有，该舍弃的就该勇敢放弃。

任何一个转折都是一个新的契机，一个新的机遇，一个个转折堆砌出生活的多彩。任何一个转折都是一次对生命的考验，一次与命运的较量。或许，不能一味地埋怨空气的沉闷，只要跑起来就会有清风。或许，曾经稚嫩的我们容易陷入消沉，但无论怎样，需要我们揾干委屈的泪水，尘封悬空的记忆。风也飘飘，雨也潇潇，兴许人生只有经历转折，才能在浴火重生中划过那一生都为之震撼的美丽。

孔子说：“不曰如之何如之何者，吾未如之何也已矣！”这句话似乎可以解释中国先哲们对生活所持有的理念。不知不觉间，无奈的抉择使我飘到了人生的又一个风口浪尖，眼前是一层薄纱抑或是一层烟雾，看不清也不明白，想挣脱又无法抓住。

其实，转折似乎是必然的。一段时间，总有那么一种预感，感觉像夜雾。“夜雾，悄悄偷袭着大地，看不见一个人影，街灯分外凄清，没有月亮，也没有一片落叶叹息。寂寞心，等待天明”这是费翔唱的《回忆》中的歌词。夜雾如此，只不过“是我离别的时候”已经到来了。

回想这么多年来辛辛苦苦、勤勤恳恳地工作，真的是尽心尽力，尽职尽责了。不得不承认，曾经的忙碌当中，已经丧失了一些东西，自我早已不是真正的自我，正如庄子在一个美妙的比喻里所讲的那只鸟一样。一场游戏一场梦。老子说得好：“善为士者不武；善战者不怒；善胜敌者不与；善用人者为之下。是谓不争之德，是谓用人之力，是谓配天古之极。”“江海所以能为百谷王者，以其善下之，故能为百谷王。”

人们常说，人生就是一条长路，每经过一个路口都会是经历一次转折。此时此刻，我就站在安贞桥上，茫然与彷徨使我的心如蝶翼般颤动。

谚曰：“大海里没有礁石不起浪花，生活中经不起挫折成不了强者。”

# 七十七

父亲走了，老屋空了，无日可忘，是为心丧。

——题记 2009.10.31

每一个从乡村走向都市的人，几乎都有一个如梦如幻的村庄记忆，也有一个深深的“老屋”情结。它们包裹着我们的童年、少年乃至青年时光，还浸润着我们这些游子的根系。即使记忆中的村庄和老屋渐渐被新房代替，但是老屋的影像一直贮存在我们心里。

每一次回乡见到老屋，总有一种酸楚的感觉。

我以老屋为傲。老屋其实不老，只住过三代人，不过三四十年的光景。屋里的年轻人一代代离它远去，老屋就这样默默地注视着它的伙伴，无一声叹息。

每一年的清明回去总要看老屋，重拾旧日时光，走进老屋背后废弃的园子，红柳茂密，荒草萋萋。看着它们我心潮起伏，开始如数家珍地盘点老屋的历史。

有时候，抚摸着老红柳那粗糙的树皮，思绪像树的年轮一圈圈地旋转着。红柳不是很高，儿时的我们总是在它身上爬上爬下，在它的脚下穿来穿去。春天编花环，夏天躺在上面休憩。我们问妈妈红柳为什么长得这么矮，妈妈说，小树苗无人打理就容易长歪，也长不高，人也一样。我们似懂非懂，依然玩得不亦乐乎却很少折红柳枝了……

有时候，回想起儿时老屋的早晨。当清晨第一缕阳光爬上窗户，农闲的乡亲们才揉开蒙眬的睡眼，打开羊圈、鸡圈，随它们去觅食，然后洗手做饭。伴着鸡鸣、狗吠、羊咩，乡村热闹起来了。老屋周围栽满了树，夏天绿荫一片，也是鸟儿的天堂。农忙时，乡亲们牵着牛从田里回来把牛拴在树上，拽上几把野草放在老牛面前，任由老牛咀嚼……如今，注视着没有了炊烟的老屋，心里有些发酸。

老屋是 1983 年父母一手盖起来的。

老屋有齐腰的青砖，土墙，木门，孤庭独院，远离邻舍。当初，父母为什么会把老屋建在这么僻静的地方，我说不清楚。古语说：地善即苗茂，宅吉即人荣。家中的生活一天比一天好，三个姐姐出嫁，我考上大学，两个弟弟也找到了工作，日子开始红火起来……

老屋有两间正房，从平整屋场到拉运砖石，从伐木取材到担土夯墙，从起梁架屋到整修院落，父母亲常常是起早摸黑，付出了巨大心血。在这里，我度过了悠长而安静的岁月，直到我上了大学。这里有我的欢笑、向往、泪水、哀愁、贫穷的呐喊以及饥饿的无奈，它们与老屋昏暗的光线，纷飞的灰尘血肉相连，在我的记忆里生根，发芽，开出一朵难舍的花。

老屋，给我留下美好的记忆。早春东风吹，炊烟袅袅。春燕栖梁上，窠里雏燕啾啾，母燕飞舞以食，好不繁忙。六月屋前沙枣花香，蜂飞蝶舞，熙然和祥。夏夜，蝉鸣高树，人在梦乡。秋收，作物丰收，玉米、高粱、大豆，一筐一筐晒到房上。隆冬大风寒，雪拥门槛，丽阳出，雪融檐下，冰凌尺许，粲然若水晶，以棍击之，砉然而落，惹得雀飞鸡叫……再后来，我们兄弟姐妹结婚生子，直到父亲的离世，两个弟弟都搬往县城，老屋就空寂在这里。

这些年，老屋日益衰老，墙皮脱落，墙面开裂，屋顶漏雨。看了叫人揪心。于是，多次产生了维修老屋的念头。已丑春，我把这一想法与故乡的朋友和盘托出，朋友也愿意帮忙，这样，我让弟弟对老屋进行了维护，从墙里墙外包括院子、院墙，进行了修建。如今，老屋维修即将完成，可喜可贺。我想，这不仅仅是对老屋的维护，也是对我们心灵的一次安慰。

20 多年的风雨交加、潜移默化，老屋虽老，依然兀自挺立，每每成为我们回乡的终点。这样的老屋，无论多么老，都是那样的亲切随意，那样的魂牵梦绕。相依相生，不离不弃。

# 七十八

2008年深秋，我把家从三里河搬到了紫台。安定下来之后，我在书房静静地收拾物品。

那是一个温暖的午后。一个人，静倚窗前。看窗外的阳光，一点点在书桌上移动。窗框是紫色的，阳光也透着淡淡的紫色。远远看去，如梦如幻。不知过了多久，天渐渐暗了下来，我倚在窗前，守着自己的一帘幽梦。

想着自己的过去，从乡下到呼市，从呼市到北京，独身一人，可谓煎熬辗转，千难万险。好不容易住进三里河，房子不大，母亲来了只能住在客厅。那时丝毫没有想过自己购买住房。每念及此，愁绪满腔。后来，手头宽裕起来，冥冥中选择了紫台，空间变大了，离单位却远了。眺望窗外灯火，想着当初的抉择，似乎淡去了烦恼和喧嚣，任千丝万缕的心雨飘过窗扉。

随意找出一本书，拭去上面的尘埃。展开书笺，把字里的新痕旧梦轻轻拾起，心底的声音，就是笔下的痕迹。月上西窗的时候，悄然洒下满院的银白，如雨，清凉；如霜，淡雅。此时远望天际，依稀可以看到星依浅黛，柔雾沉觞的幽静。我携着柔美的诗句，静倚在梦想织成的巢中，良久良久。

我为自己泡了一杯茶，看着袅袅的茶烟缓缓飘散，如霜落无影，水过无痕。也许，我可以在朦胧的茶烟里，回想自己的前世今生，把梦揉碎在茶香里。古人云："茶亦醉人何必酒，书能香我不须花。"我的心似乎也醉了。醉梦中，我梦见披上霞的羽翼，去看苍穹有多远，去看云海有多深。或做一个水乡寄旅的过客，用唐颜宋彩，写出最浪漫的过往。往事如烟不可追，唯有梦想易伤，伤了心头缠绵的思绪，也伤了心底悠然的回忆。

月色永远是依旧的，千载月横人已变，年年月色尽如期。这些年来，太多的情，困住了痴情多情的人；太多的怨，写出了朦胧婉约的曲。月依旧，梦成空？任心上的痴情，望穿千里的秋水；任平生的幽怨，刻穿万载的坚冰。风吟恨，留的是痛；人吟恨，泣的是血。子规啼月谁知恨？

下意识地打开窗，柔和的晚风吹散了窗外的薄雾，把今夜这一帘幽梦洗涤得清澈而明净。此时，仰望长空，也许月亮上已经洒落下纷然的花絮，也许，此时可以做一个恬静的梦，亦如花絮与萤火染成的布景。站在自己编织的暖巢中，看窗外的月，我回忆起了童年，回忆起了与父母在一起的快乐时光……

# 七十九

很久以前，就想着给自己的书房取个合适的名字，却一直没有确定。直到有一天吟诵《诗经》小雅中的《鹿鸣》，才下决心把它定了下来，我的书房也就有了“鹿鸣斋”的雅号。

在给书斋取名的过程中，让我对书斋有了更深入的关注。

书斋是读书的房间，也是藏书、写书的地方。书斋的起源，大体是在春秋时期。那时候诸子百家大兴私人讲学之风，讲学之处，白天作为课堂，夜晚就成了他们读书的地方。所以，也可以说是最初的书斋吧。经过汉、三国、两晋、南北朝、隋唐、元明清，书斋得到了发展和完善，成了文人墨客的重要居所。并且，随着社会经济的发展，书斋的地位越来越重要，逐步成为文化传承、个性创造、人与自然和谐的结合体。明代学者高濂《高子书斋说》，不仅详细介绍了书斋的格局，而且详细阐述了书斋中人与自然和谐的各种因素，不可不读。

我国历代文人雅士都很讲究书斋的命名，或以言志，或以自勉，或以寄情，或以明愿。比如，汉代文学家扬雄的书斋叫“玄亭”；唐代刘禹锡的书房叫“陋室”；书法家怀素，经常用院子中的芭蕉叶子代替纸张来练习书法，将其书斋命名为“绿天庵”；南宋诗人陆游，晚年取“老而学犹秉烛夜游”，把自己的书斋命名为“老学斋”；明代文徵明的书房叫“玉磬山房”，徐文长的叫“湘管斋”，唐伯虎的叫“六如居士”，汤显祖的叫“清远道人”，毛晋由于藏书丰厚，书斋取名“汲古阁”，文学家张溥，为增强记忆，每读文章就公正抄一遍，边抄边诵，然后投入炉火，反复六七次，终于背诵如流，于是将其书斋命名为“七焚庵”；清代龚自珍的叫“定庵”，何绍基的叫“不洗砚斋”，刘鹗的叫“抱残守缺斋”，史学家黄遵羲博览群书，为文惜字如金，他的书斋取名为“惜字斋”，众所周知的蒲松龄喜欢情人岛书斋闲谈，他的书斋叫“聊斋”；近代梁启超的叫“饮冰室”，吴昌硕的叫“缶庐”“石人才室”；现代朱自清的叫“犹贤博弈斋”，闻一多青年时求学于外，暑假两月返回故里，他的书房取名“二月庐”，柳亚子的叫“弈楼”，梁实秋的叫“雅斋”，冯友兰的叫“三松堂”，丰子恺的叫“缘缘堂”，梅兰芳的叫“梅花诗屋”，叶圣陶的叫“未厌居”，齐白石的叫“寄萍堂”，孙犁的叫“耕堂”，姚雪垠的叫“无止境斋”，语言学家王力，著作等身，好汉代专著，也有精美的小品，于是把自己的书房取名为“龙虫并雕斋”。由此可见，书斋在人们社会生活中的重要地位和作用。

书房于我而言，最惬意的是晚上。寂寂深夜，沏一杯香茗，听一曲《春江花月夜》，在清淡的芬芳和曼妙的音乐中，渐渐消除了一天的疲惫。更多的时候，我喜欢端坐在书桌旁，走进大师的精神世界，和书中的精魂相会晤，谈文化，论哲理，话人生，使自己的思想进入一个高尚的境界。当然，有些时候，也喜欢打开电脑，悠游在网络文学的百花园中，那片片阙阙的真挚纯美，那章章节节的沈博绝丽，仿若一朵朵娇艳的花，又似一坛坛醇绵的酒，让我倾倒迷醉在它的芳醇里。书读多了，看久了，有时也会用稚拙的笔墨，记下生活的酸甜苦辣，人生的悲欢离合，以及对纷扰人事的感悟。

# 八十

独在异乡为异客。

行走在异乡的路上，走过了各式各样的桥。有心惊肉跳的独木桥，颠簸摇晃的铁索桥，风烛残年的白石桥，古色古香的独木桥，清幽淡雅的排竹桥，气势磅礴的立交桥，腾空飞跃的跨海大桥，风情浪漫的廊桥……

一座桥，一道风景；一座桥，一种心情。而故乡的桥，是架在我心中的桥，是连结家乡与他乡的桥。

故乡的桥，勾起了我对往事的回忆。

## 1

在我们村子的北侧，三排干穿行而过，上面有一座桥，就叫三排干桥。或许三排干有多座桥，但是对我印象最深的是这座桥。

桥是钢筋混凝土制的，如长虹卧波，卧在三排干上。桥的两边起初都有护栏，走在桥上就觉得很踏实。后来却被无良的人偷偷拆走了。排干两岸长着郁郁葱葱的杨柳，美丽的倩影长长地倒映在水面，把水也染成碧绿的了。三排干桥，安静，悠闲，担负着联系桥南桥北的交通重任。

小时候，一提起三排干桥，心里就很自豪，因为村子里只有这么一座有名的大桥。儿时的夏日，庄稼茂盛，变成了幽深的青纱帐。地面上暖暖的地气冉冉蒸腾。晌午，头上火辣辣的太阳烘烤着，晒得头皮都麻了。于是，小伙伴们就跑到桥边玩耍。一个个晒得黑黝黝的，大家三下两下就脱光了衣服，跳进了水里，排干里顿时像开了锅，水花飞溅。

那时候，三排干里的水总是清澈的，水里有小鱼、小虾，小蝌蚪，还有一些叫不上名字的水生物。年龄小一点的孩子，会用一个透明的广口玻璃罐头瓶来诱捕小鱼。虽然鱼小，但是煎出来的味道却特别鲜美。秋天，岸边长满了水草，芦苇和蒲草也很旺盛，一支支蒲棒伸出水面，正所谓“满目莲媛看不尽，红绿映衬总相宜”。野鸭成双结对，或悠然戏水，或交颈卿卿，间或贴着水面捕捉鱼虾。

## 2

故乡的另一座桥，叫三大股桥。它位于我们学校南边的大南渠上。

渠两岸，是高大的沙枣树，站在桥上眺望，水自东边来，浩浩汤汤，沙鸟远落，绿野平畴。那景色，常令我流连忘返。

最有趣的，还数几个弟弟，包括叔伯弟弟，酷热难当之际，他们情不自禁地脱光了衣服，一丝不挂地跳入水里。可怜的女生们最不愿看到这一幕，她们只能捂着眼睛往前跑。

常常，我会守护着弟弟们的衣服和书包，顺着岸边漫漫往前走。看着他们在缓缓流动的水中肆意潇洒，或者一个猛子扎入水里。我盯不住，而远处，他们已经露出水面，掬水抹一把脸，向我招手。或者快速向我游来，挥手戏水，溅起的朵朵水珠犹如他们绽放的心花。

## 3

故乡有一条杨家河，在容纳百川的版图上，微小得没有痕迹，但在河套地区，它的名字却享誉阴山南北。

据说，杨家河由杨满仓、杨米仓祖孙三代开挖。杨家河从黄河出口，一路向北，蜿蜒而去。杨家河上，有三座桥：依次是头道桥、二道桥和三道桥。三座桥，形成三个集镇，体现了靠水而居的真意。

说实话，这三座桥，我唯独没有见过头道桥。头道桥，是杨家河上的第一座桥。如今头道桥变成了一个镇。境内地势平坦，土壤肥沃，灌排配套，得天独厚的地理条件促生了奶牛、肉羊、蔬菜、苹果梨、制种业的发展。小时候，大姨一家就在头道桥附近居住。头道桥附近有个地方，是当初傅作义麾下的“四连营盘”。母亲给我说，她 6 岁的时候，随她的母亲从陕北出发，过黄河，走西口，便来到了这个地方。后来，父亲在三角城清惠管理所工作，离头道桥也很近。或许是与头道桥有缘吧，我同班的两位中学同学，也在头道桥居住。

二道桥是杨家河上的第二座桥。南与头道桥镇毗邻，北与三道桥镇接壤。我中学有一段时间在二道桥读书。所以对二道桥最熟悉，一早一晚，常常到学校西边的二道桥边去看水，看渠水从桥下穿行而过。不是灌溉的时候，水流清澈见底，水底的一簇簇水草漂浮在那里，守望着这片天空和土地。桥下几米开外有一排石墩，河水不紧不慢地从此处流过，也流走了我难忘的青葱岁月……

三道桥，我也去过，并且亲自在桥上走过。如今的三道桥，也是一个镇。据说三百年前有人家，二百年前成镇，一百年前成为米仓县。可见它的历史悠久。

陕坝镇的东北方向，有一座桥叫东北大桥。桥下是自东南向西北流动的园子渠。园子渠本来是一个水陆码头，秦汉典籍中便有记载。当时位于陕坝以东 2.5 公里。清末成为水运码头以后，成为后套 6 个主要码头之一。抗日战争期间，陕坝作为绥西重镇，这里航运发达，舟楫林立，最多可停泊 300 多船只。可见当时陕坝的繁荣。1934 年，当时的绥西农垦办要修一条从陕坝到五原的公路，公路经过园子渠，位置就在陕坝的东北方向，所以人们把这座桥叫作“东北大桥”。由此向东，大约离陕坝 18 里、25 里的地方，也有两座桥，分别叫“十八里桥”和“二十五里桥”。

从陕坝到临河，必须要经过马道桥。这座桥建于永济渠之上。据说这座桥建于 1952 年。当时的主要交通工具是马车，所以叫作“马道桥”。也有人说，从陕坝到临河，只要一过这座桥，临河就马上到了，有“马到成功”之义。小时候，父亲带我们去临河，经过这座桥的时候，总会给我们介绍这座桥的来历以及修建时的盛况。如今，这座桥还在，却物是人非了，让我多有伤感。

故乡的桥有很多，大大小小，林林总总，印刻在我的脑海里。不论我走到哪里，总是忘不了故乡的桥。每一次回故乡，我总会站在任意一座桥上，望着那温润的流水，入诗入画，隐隐迢迢……

# 八十一

人生如梦。有时想一想过往，那些人，那些事，恍如昨天。那些街坊邻居，那些老师同学，那些亲朋好友，几十年过去，有的难以打探他们的下落，有的天各一方。

母亲从故乡来，说到家乡那些熟悉的老者，那些长辈一个一个地死去。母亲说得很平静，却也不时喟叹人生苦短。

说到生死，我想起了童话《獾的礼物》，在一个白雪茫茫的冬日，獾走进洞穴，点燃炉火，写好给朋友的信，坐在摇椅上安详睡去。春天临近，大家怀念獾留下的永恒礼物，悲伤最终如雪一样融化。鼹鼠在融融春日爬上最后一次看到獾的山坡，轻轻地说："獾，谢谢你。"在这个故事里，"死"这件事好似白雪覆盖下一个温暖的储藏，静候春天的到来。

其实，生死本如四时流转，若能"安时而处顺"，人生也堪称日日好时节。遗憾的是，死者的才情、精神、品德、境界甚至于仇恨并不能直接打包接力传递给后人，每个人都得从头开始，慢慢养成，能否赶上和超越前辈，勤勉尽力固然重要，却很大程度上取决于命运之神的翻云覆雨。关于这个问题，曾经与儿子讨论过。人类的遗传，不应该只是身体、相貌的传宗接代，而应当把知识、才情、品德乃至能力一并传递下去。这样既可以减少不必要的重复和浪费。从某种意义上说，这样的传递，也可能进一步加速人类的文明进程。

诚然，现实并非如此。人生苦短，人的所有际遇都从"生之有限"生发而来，生而忘死，或者贪生怕死，都是人的本能。多少大智慧、大才能、大决断、大计划，皆因死而中断。这实在是人生的宿命。

生能俯仰无愧，死则浩然天壤。生死如梦，别梦依稀，对于我们来说，恐怕最为重要的还是要做好当下的事情。

# 八十二

甲午初夏，我陪母亲下江南，终于把夙愿变成了现实。

其实这并不是什么惊天动地的事，不需要大书特书。但是我发现，一个好的设想，如果不付诸行动，再美好的心愿都只能是说说而已。

## 1

陪母亲下江南是我多年的愿望，但是迟迟没有实现。总是把陪母亲出游让位于工作。知道自古“忠孝不能两全”，似乎觉得这是再正常不过的事了。但是，父亲的突然去世，让我发现，当我们因为工作、生活的诸多原因忽视了自己身边的亲人，当我们感叹岁月无情、时光飞逝的时候，却没有想到，那个给我们生命、给了我们世界上最无私的母爱的人，也在一天天地变老，她的腿脚不再灵便、思维已经开始迟钝，会反复和你唠叨不知道已经说过多少遍的话题。

春节过后，二月二是母亲生日。之前，母亲突发高血压，引发脑梗，呕吐不止，好在抢救及时，没有生命危险。清明的时候，我专程回去探望，并想随后带母亲出游。回去后看到，尽管恢复得不错，但是老人家明显比以前衰老了，路走得更慢了。于是，我和母亲商量，推迟此次出行。但是，此情此景，默默提醒我，必须抓紧一切机会。

回京以后，我开始设计行程。有必要指出的是，兄弟光俊，无疑是这次旅行最有力的推手，几次北京的聚会，前前后后，精心策划，先后协商，亲自编排行程，让我对此行更有信心、更有紧迫感。我想，兄弟之情，不是一幕短暂的烟火，而是一幅真心的画卷；兄弟之意，不是一段长久的相识，而是一份交心的相知。最终，我们确定了在五一之后的行程：北京—杭州—上海—苏州—扬州—南京—北京，从 5 月 9 日到 16 日，共 8 天时间，陪母亲下江南。

## 2

行程决定以后，我带着儿子、侄子，陪着我的母亲，一行 4 人从北京先到杭州。

早上八点半，我们乘坐高铁，离开雾霾遮日的北京，过天津，进河北，一路风驰电掣，很快就到了济南。终于可以看到蓝色的天空。母亲精神状态好，一路上有说有笑。我让她看风景，每经一站，结合地名，我都要给她讲这些城镇的历史故事。故事中，好多都是《三国》故事，讲曹操、孙权、刘备、诸葛亮，好些故事母亲也听说过，再加上这些历史地名，母亲似乎很感兴趣。火车过了徐州、扬州，母亲看到了浩渺无际的长江。她饶有兴致地观看，更加感兴趣的是江南的那些民居，看到路边不远处错落有致的楼房，好多都是二层、三层的，她羡慕江南农村的生活好，说我们北方农民什么时候才能盖得起这样的楼房。

火车过了无锡、苏州、嘉兴，好一派江南风光。一蓑雨，一潭碧，一种若梦若画的感觉。从车窗向外看，江南的雨是细细的、柔柔的。母亲说，江南的雨比北方的雨轻柔，不像北方的雨，呼天抢地，夹杂风沙，倾盆而下那么猛烈。我感觉江南的雨的确多了些稠润与轻逸，又似乎多了些多情与空灵。那是一种柔得让你心疼的感觉，任由内心何等强硬的人，都会被这份温柔悄无声息地浸润，不由自主地生出些温软的情愫来。

江南，注定是多情的。细雨绵绵中，杭州到了。

## 3

我们投宿的新东坡宾馆就在西湖边上。

母亲有中午休息的习惯，再加上近 6 个小时的颠簸劳顿，母亲需要休息。饭后，我们把母亲送回房间。然后，带着儿子和侄子，来到西湖。此时，雨停了。

正是春夏之交，湖水满满荡荡，断桥时隐时现，湖上一片空蒙。远处，一痕起伏蜿蜒的山峰，若有若无，错错落落，碎云流岚多变幻。

湖岸，乌篷船上，一袭蓝色碎花衣的阿嫂，一声清脆的唱腔，心，便在惬意中随船驶进了湖心。微醺的眼，半醉的情。小桥，流水，梦。一缕风，一心诗。此时此刻，婉约的何止是“水是眼波横，山是眉峰聚”。浪漫的何止是“谁知江南无醉意，笑看春风十里香”。心中剩的，恐怕只有“不羡鸳鸯不羡仙”了。

儿子来过杭州，而侄子则是第一次。漫步湖边，我给他俩讲述西湖，讲述范蠡和西施，讲述白居易和苏东坡。轻触千年古韵，历数唐宋风雨。历史，仿佛一幅画卷，在一抹氤氲中渐行渐远。“春风十里扬州路，卷上珠帘总不如”，烟柳西湖，用一湖柔情，沉淀了多少脂粉多少墨迹。用一蓑烟雨，遗落了多少悲情多少叹息。似乎每一阵风过，都会送来旖旎的花香，让人感叹繁华如烟；似乎每一道桨声，都会搅起阵阵涟漪，让人沉醉诗情画意……

## 4

下午三点，我们回酒店带着母亲来到西湖。

西湖，一幅柔美的画，一坛陈年的酒，一阕婉约的词。就这样呈现在母亲眼前。我给母亲说西湖的故事，指着远处的雷峰塔，给他叙述许仙和白娘子。我注视着母亲的表情。老人家很兴奋，看着一泓湖水，也生发着感慨。

听了我关于西湖的好多故事以后，母亲说，西湖不是湖，西湖是一片海，是有灵魂的一片海。我感到很惊奇，问母亲为什么会有这样的想法？母亲说，你想想，像你说的，人们之所以把西湖比喻成天堂，是有道理的。来杭州游西湖，实际上是在这里寻找一种归宿。

我觉得母亲的感受很深刻也很独特，八十多岁的老人，与我儿子、侄子的感受是完全不同的。是啊，正如陶渊明有南山，梭罗有瓦尔登湖，白居易、苏东坡有西湖一样。当然，他们不仅为后人留下了白堤、苏堤，也留下了“到岸请君回首望，蓬莱宫在海中央”一类的精神财富。这样，在山与水排列组合形成的令人惊叹的自然之上，西湖又多了一层文化的积淀，而且这种积淀一代代传承下来，绵延不绝。自然的完美与伟大，彰显人类的困顿与悲哀。

傍晚的天，落霞满布，红彤彤的，似害羞的小姑娘的脸。

晚上，朋友老施执意请客，在杭州一处海鲜馆迎接母亲的到来。海鲜馆在老街深处，那里种满了丁香和剑兰，还有几簇洁白的蔷薇和玫瑰，同样娇艳动人。

是夜，老施陪着我们，煮一壶清茗，喝几杯老酒，与母亲闲谈，甚为欢愉。

## 5

灰瓦白墙，飞檐林立，雨水打过的小窗，透着檀香木雕刻的花纹，古朴的图腾，流露出岁月的沧桑，这是杭州民居的特色。

各种时鲜美味，鱼虾鲜笋，虾爆鳝面，小笼包子，春卷，鲜肉汤团，什锦八宝饭，艾青团子，鲜肉粽，杭式月饼，薄荷糕，水晶糕，茯苓膏，肉骨头粥，糯米麻糍，猪油玫瑰年糕……这是杭州小吃的特色。

赏着百花，闻着鸟鸣，别有一番风味。湖水氤氲成风，暖暖的，绵绵的。那绿韵轻拂风的韵致，划出一条优美的曲线。杭州是我们此行的首站。所谓“上有天堂，下有苏杭”。天堂只能靠想象，而苏杭则是看得见摸得着的。母亲辛劳一生，能够在人间天堂亲身体验，自然是一件赏心乐事。

我们乘车环湖观光，花港观鱼，看雷峰塔，品西湖龙井，或者漫步长堤，或者干脆坐在湖滨的长椅上，就这样淡淡地静赏着杭州，静赏着西湖。

我对母亲说，西湖是一年四季的西湖，不同的季节，不同的景观，会有不同的心境。比如说，春天是“苏堤春晓”“花港观鱼”的西湖；夏天是“柳浪闻莺”“曲院风荷”的西湖；秋天是“平湖秋月”“三潭印月”的西湖；冬天是“断桥残雪”“雷峰夕照”的西湖。

母亲笑着说，看来我们需要每个季节来一次西湖了。

## 6

母亲跟侄子说，离开杭州她有些舍不得。但是，烟雨蒙蒙之中，我们还是恋恋不舍地从湖岸出发，乘坐高铁前往上海。朋友泽民的鼎力帮助，让我们的上海之行丰满而有趣。

我们就住在汉口路的上海外滩花园酒店。这是一座建于 20 世纪 30 年代的哥特式建筑，高雅古朴，温馨庄重。这里离外滩只有 300 米，几分钟就可抵达。

入住第一天晚上，泽民老弟安排了丰盛的晚宴。饭后，母亲累了，我带着儿子、侄儿前往外滩。

夜晚的外滩很美，黄浦江波光粼粼，灯光则让东方明珠和各类高大建筑变得晶莹剔透。加上一丝丝细雨，又增加了些许浪漫。

黄浦江两岸，红的，绿的，黄的，紫的，灯火灿然，交相辉映。灯影摇曳波浪，让一池碎金晃动，催一河繁星璀璨。东方明珠高耸入云，它将十一个大小不一、高低错落的球体从蔚蓝的空中串联到如茵的草地上，两个巨大的球体与塔下的上海国际会议中心的那个球体，构成了“大珠小珠落玉盘”的艺术效果，颇有诗情画意。双辉大厦、外滩万国建筑群等大楼矗立着，霓虹灯广告图案若隐若现，溢光流彩，交织成一幅五彩缤纷的画图。

但是，说实话，我更喜欢白天的外滩。最喜欢的是沿着那些建筑一幢一幢地逛过去。那些鳞次栉比的建筑，粗粗的柱子，让人看了心中肃然起敬。

## 7

从上海到苏州，高铁只需要 40 分钟。一路上，母亲的兴致很高，倒是儿子一副疲惫的神情。

游外滩的那天晚上，下雨，儿子被雨淋了。一晚上相安无事。只是第二天一早，急性肠胃炎发作，既吐又泻。我和母亲又掐又按摩，侄子用热水给他洗脚。折腾了一上午，到了中午时分终于有明显好转。

退房，陪着母亲游外滩。母亲沿着黄浦江边观赏，看东方明珠，看各类摩天大厦，惊叹不已。然后回头看外滩万国建筑群，愈发感慨。说她这辈子托儿孙福，真是开了眼界。

儿子状态不佳，只能躺在长条椅上晒太阳。不过谢天谢地，总归有了明显好转。

参观外滩之后，侄子提出要到离外滩600多米的肯德基坐坐，谁知走了1800米也没有找到。却耽误了行程，等我们赶到上海站的时候，我们要坐的那列高铁已经开走了。不过，儿子与侄子表现不错，先后跑去换票和改签，甚是辛苦。这是我们此行的花絮，按下不表。

## 8

傍晚时分，我们来到了苏州。

唐杜荀鹤的《送人游吴》:“君到姑苏见，人家尽枕河。古宫闲地少，水巷小桥多。夜市卖菱藕，春船载绮罗。遥知未眠月，乡思在渔歌。”把苏州的境况做了完满的描述。

晚上，光俊接风，完满的盛宴。然后安排我们入住新落成的洲际大酒店。

苏州是座园林之城，网师园、拙政园、留园，不一而足。每个园林都是一本历史书，上面满是历史的印痕。我们只能有选择地看了苏州的园林和老街。

走进拙政园，母亲就夸赞拙政园的美，她说走到哪里都是一幅画。那些亭台楼阁，有高的也有矮的，有中式风格的也有欧式风格的。母亲最喜欢的是一座两层楼房，瓦是黑色的，墙是白色的，窗户很有趣，每一个窗口都是六边形的。母亲随导游指点，问这问那，走累了就坐下来歇歇。虽是初夏，亭子里还可以感觉到一股凉爽的风。

东园与中园用一座长廊相隔，进了中园，可以看到这里池塘面积占了一半，以水为主，景色自然，高低错落的建筑，主次分明。站在廊中向西望去，一座千米之外的高塔仿佛置身于园林之中，导游介绍说这座塔叫北寺塔，也是苏州的一个代表作。让母亲更感奇妙的是院中的借景设计，虽不在园中，但似在园中，真是凝聚了设计的精粹。

母亲的状态很好，很有兴致。转眼我们来到中园的四座古亭，它们遥相呼应，据说春天可观杜鹃，夏天可看荷花，秋天可赏金橘，冬天可赏梅花，四季皆可在亭中欣赏园中的美景。母亲说，要是我们四季都能来看看，那该多好。

进入西园，主要建筑为三十六鸳鸯馆，这里是当时园主人宴请宾客和听戏的场所，厅内陈设考究。由室内透过蓝色玻璃窗观看室外景色犹如置身于白雪皑皑的园林中。西园是园林中比较隐蔽的地方，太湖假山，百年紫藤、蔷薇随处可见。

母亲深深佩服苏州人，她说，他们把房屋建造在水上，与水为伴，真了不起。

## 9

从拙政园出来，接近中午时分。驱车不远，来到苏州的一条老街。街边就是河水，水里有乌篷船，来来去去。街上的游人不多，街景则是典型的小桥流水。

我们陪着母亲一路走，一路看，来到一家苏州老餐馆。

午饭过后，安排母亲酒店休息。下午看了太湖，游了西山。

西山世称洞庭西山，古称夫椒山，包山，西洞庭，林屋山，是太湖东南部的一个岛屿，由全长4300多米的太湖大桥与太湖国家旅游度假区相连。西山四季分明，温暖湿润，盛产碧螺春，以及枇杷，杨梅，银杏，板栗，青梅，柑橘等花果。

西山的景观可概括为西山十景：消夏渔歌、毛公积雪、玄阳稻浪、角里梨云、西湖夕照、鸡笼梅雪、龙渚归帆、缥缈晴岚、林屋晚烟、石公秋月，以及新近开发的横山群岛。

母亲对我说，以前只是听一首歌——《太湖美》，没想到，眼前的太湖更美。

## 10

离开苏州，我们一路北上，过太湖，跨长江，来到了扬州——典型的下扬州。

“青山隐隐水迢迢，秋尽江南草未凋。二十四桥明月夜，玉人何处教吹箫。”

怀着对杜牧这首诗词的喜爱，我给母亲讲述有关扬州和瘦西湖，一直到了扬州国宾馆。

其实，若论园林之盛，扬州不如苏州；若比湖山风物，扬州又不如杭州；若再说歌舞升平艳帜高张，扬州似乎又逊于金陵南京。然而，扬州却有它独特而神秘的迷人之处。

“垂杨不断接残芜，雁齿虹桥俨画图。也是销金一锅子，故应唤作瘦西湖。”历代诗人喜爱把瘦西湖比作清秀婀娜的少女，而区别于妩媚丰腴的杭州西湖。瘦西湖的美在于蜿蜒曲折，古朴多姿，湖面时宽时窄，两岸林木扶疏，串以四桥烟雨、玲珑花界、湖滨长廊等众多景点，或伸入湖中，或架于波面，或建于山上，或曲径通幽，湖光山色，清绝深邃。

我们漫步于瘦西湖畔，空气清朗怡人，堤边的柳树似绿雾般柔媚，加之桃树、山茶、石榴、杜鹃等花树陪伴，更觉舒卷飘逸，窈窕多姿，俨然走进了一幅天然秀美的国画长卷，一个变幻莫测的梦里江南。此时不远处的湖面竟然传来几声隐隐蛙鸣，带给人一份惊喜和亲切。“两堤花柳全依水，一路楼台直到山。”

小金山不过是个馒头似的小土堆，少了登高望远的意趣，却丝毫不减其超拔芸芸众生的高度。徐园内遍植荷花，景色宜人；听鹂馆构造精致，陈设古雅；五亭桥好像湖的一根腰带，黄瓦朱柱，典雅秀丽。遥想当年康熙、乾隆二帝在此巡游时，不知场面该是何等的壮观。

行走在历代文人墨客、帝王将相走过的瘦西湖，仿佛走进了一本沉甸甸的史书，站在册页的字里行间，目光穿越千年，依稀看到他们一个个迎面走来。随着李白“故人西辞黄鹤楼，烟花三月下扬州”的一声咏唱，千百年来，无数诗家便把扬州视作一幅曼妙鲜丽的图画，穿过春花秋月，来到令他们魂牵梦绕的扬州。这里的一草一木，一尘一土，都成了他们诗词雅韵中一个个幽幽难诉复又击节慨叹的音符。如今，他们走了，生命的活体虽然消失殆尽，精神的风貌却在诗文中永恒。而扬州也不曾忘记他们，一道道人文地标，一处处名胜古迹，都在默默地诉说过去，静静地向往未来。

我们在瘦西湖逗留了整整一个下午，依然意犹未尽。母亲对我说，古时候的人似乎比现代人会活，你看看你们现在忙这忙那，你看看那些古人好像都在游山玩水，比你们潇洒多了。

## 11

钟山，是南京的骄傲，是南京的圣地。

钟山以“龙蟠”之势，屹立在扬子江畔，饮霞吞雾，历经千年而郁郁葱葱，纳十朝君王和英雄豪杰而松青柏翠，融多元文化和数种天工而卓然于众山之中，囊六朝文化、明朝文化、民国文化、山水城林文化、生态休闲文化、佛教文化于一山之中。

钟山风物，当以孙中山先生的陵墓及其附属纪念建筑群为最。中山陵，位于紫金山中茅山的南坡，前临平畴万里，后拥苍崖千丈，由我国著名建筑师吕彦直设计，融汇中国古代与西方建筑的精华，庄严简朴，别创新格。

从扬州到南京途中，我们决定参观中山陵。爬了一段，母亲累了，我陪她休息，让儿子和侄子务必爬上去。年轻人腿脚快，大约一个小时工夫，他们已从山上下来。这样，我们就直接前往夫子庙附近的国信状元楼大酒店。

游走夫子庙，品味秦淮人家。游览蟾园和老门东，船行十里秦淮，听评弹轻吟浅唱，历史的画卷在徐徐展开。

数度到南京，深切感受到了这座历史文化名城的深厚底蕴：明城墙、明孝陵、中山陵、总统府、梅园新村、夫子庙、桨声灯影的秦淮河，唯有这一次是陪同母亲前来，感觉自然不同。

秦淮河边的夫子庙是当年祭拜孔子的，江南的第一大科举考场便在它旁边的江南贡院。江南贡院现在保留了一部分当年陈设，在贡院里有很多秀才们考试的雕塑，形象地表现出当年的考试场景。

我给母亲说，江南贡院，实际上就是古时候的考场。

母亲跟我开玩笑说，就是让全江南的才子都集合在秦淮河边上，有了才子还要有佳人。我说对啊，你看秦淮八艳不就在这河边上出现了，董小宛、陈园园、李香君、柳如是等等。才子佳人隔河相望，对月相思，谱写了一篇又一篇动人的爱情诗章，留下一个又一个的传奇故事。

事后，我问母亲游历南京的感觉。母亲的回答意味深长。她说，南京，北京，都曾是皇帝住过的地方。南京是一个让人怀旧的城市，徜徉十里秦淮，吟起杜牧的“夜泊秦淮近酒家”，更有李煜的“一江春水向东流”。古老的历史贯穿了南京的始终，而支撑其后的是灿烂的文化。水是南京的生命，赋予了这座古城以灵气和生机。无论是明朝皇宫后花园的玄武湖，还是张汝南盛赞的“江南好，到此莫须愁”的莫愁湖，水都是如此的明静。尽管世事变迁，人事沧桑，可山水依旧，依然可以清透地让人看见历史的痕迹。当然，最负盛名的当属秦淮河，也因为这十里秦淮的绵延，让这个古城带上了一层抹不去的脂粉气，就像徘徊在秦淮河上的歌女，落入红尘，却依旧有着一份铮铮铁骨，如撕掉桃花扇的李香君。

秦淮河是历代文人骚客不惜洒墨的地方，最经典的是杜牧的《泊秦淮》：“烟笼寒水月笼纱，夜泊秦淮近酒家。商女不知亡国恨，隔江犹唱后庭花。”还有朱自清和俞平泊的《桨声灯影里的秦淮河》，虽篇名同却是完全不同的风格。画舫纵横，笛韵悠扬，胡琴哀唱的秦淮河总是能激起人凄婉的情怀。

南京很有王气和霸气，古城积累了厚重的历史，历史的痕迹随处可见，辉煌与哀伤俯首皆是。庞大的明朝皇城早已消失，只有古城墙的残垣，屹立在午朝门公园的石碑上，诉说着往日的辉煌；朱元璋的皇陵也只有无声的石像傲视着百年的沧桑；中山陵拾级而上的石阶则显示着对一个伟人的敬仰……

## 12

江南的山，江南的水，江南的烟雨，都是牵动人心的水墨。

母亲自然对江南充满了好奇和讶异。他对我说，江南是多情的女子。是啊，梨花带雨，青山依着绿水，绿水傍着青山，远望，就是青蓝蓝的一片，分不清哪里是山，哪里是天。儿子对我说，江南是白衣飘飘的男子，潇洒飘逸，不染纤尘，让人一见倾心。想想，那是怎样的绝世独立啊。江南没有“疏影横斜水清浅，暗香浮动月黄昏”的雅致，但它有独特的清秀婉约，是缠绵的清词，让人不自觉地沉醉。“水中月，镜中花，袅袅炊烟浓牵挂，放不下，江南烟雨如画。”或许是心中有太多的情感无处释放，而江南就是一个最适合安放自我的地方。

从南京回北京的火车上，我问母亲这一次下江南的感受，母亲对我说，这一辈子，去了苏杭，看了江南，看了大上海，真正是开了眼界了。除了高兴以外，就是感觉有些体力不足，比如中山陵就没有上去。听了母亲的话，我的心里有些酸楚。六十多年了，她的目光何曾离开过儿女呢？她的心又有哪一刻不是在挂念着我们呢？她为我们做了那么多，我们享受着她的爱，自觉心安理得，而作为儿女，我们何曾为母亲考虑过什么呢？

我默默祈祷，母亲，希望您能老得慢一些，再慢一些，好让我有机会再带您到处走一走，看一看，让儿女的步履陪着您走过春夏，走过秋冬，走到更远更远的地方……

# 八十三

在北京，只要有空闲的时候，我总要去航天桥走走，看桥上桥下来来往往的车流，看华融大厦、紫玉大厦翘迎四方来客，仿佛又回到刚来北京的那段时光。

北京的春天，温和的阳光似丝绸般柔软地倾泻下来，让人惬意地沐浴在它的怀里。玉渊潭像一面镜子平放在航天桥东侧，淡淡的花香从这里飘过航天桥，然后散开。我们像一群蝴蝶热闹地蹁跹追逐，从前门打磨厂出发沿着前三门大街到莲花桥右转，经过公主坟，便来到航天桥旁边的华融大厦了。那时候，我们就这样往返，不论丽日蓝天，还是丝雨飘飘，天天如此。感觉航天桥便是我们的旅程归宿，或者展开思绪文耕笔种，或者携带着一帘清梦进入夜乡。

人有些时候总是被一些不必要的麻烦困扰着，一旦走出痛苦的藩篱，心情便开朗了。但是，倘若心窗没有打开，就会一落千丈。那时候，我刚刚从内蒙古过来，但北京于我并不陌生，领导于我关怀有加，还有美好的前景可以期许，心情好极，劲头十足。偶然，尤其是在下班以后，独倚窗前，看航天桥一侧，天光渐渐昏沉下来，滚滚车流南来北往，红红的一片。只有我站在这里，孤独得有些心悸。于是乎，不再看、不再想，抓紧把领导布置在以后时段才需要完成的任务提前拿下，不为光阴所动，不为繁华所迫。

夜深了，一个人夹着公文包，从三楼下来，悄无声息地消失在满街的灯红酒绿之外。凝望着朦胧夜空，感觉偌大个北京，一栋一栋的高楼大厦不知几许？我是谁，可以完全忽略不计。于是乎，心底便涌起些许的伤感。想想，自觉滑稽好笑。回到打磨厂，倒头便睡。

的确，每一天都有做不完的工作，而我们的工作又关乎整个金融系统的利益，马虎不得。我们知道领导的信任，组织的重托，压力大，动力也足。没有什么人抱怨，没有什么人计较。多少年过去了，我始终觉得，在书记的带领下，那是一个很有战斗力的团队，让我们心甘情愿地付出。至今，我对那一段时光难以忘却。那几年的每一天，似乎有一缕情愫悄然漾出心灵，我们知道心灵的河岸是怎样的一处风景，尽管我们懂得如花的岁月行走在纷扰喧嚣的尘世间，但我们总是不想失去最初的自己，不管男女老少，大家齐心协力，淡然地对待生命中的繁华和落寞，寂寥和空落。像飞翔的飞鸟，也像花间的蜂蝶，简单而随性。

但是我们也隐隐约约地觉得，这样的日子不会长久，好些事情都是不以人的意旨为转移的。记得那一年的五月，微醺的阳光轻轻地晕开一抹心念，我站在华融大厦的长廊，向航天桥做短促的告别。因为，办公地点要搬迁。从航天桥到工体北路，尽管都在城中心，但那是一段很长的路程。回眸，似乎刚刚与航天桥擦肩；驻足，已经离航天桥很远。那几年与我们朝夕相处的华融大厦，似乎舍不得我们远离；那曾经让我们漫步其中的玉渊潭，似乎也泛起细腻温婉的心思。几分曼妙，几分温润，宛如素砚古色在心间曼妙着，间或透出些许伤感和凄婉。红尘之中，喜欢一个人或者一个地方是说不出理由的，也许就是情深的一眸，顷刻间便让思绪如蝶满天飞舞，或许就是给予的一句不经意的关怀，便给了心灵一种无与伦比的心情与心境。而我知道，有些喜欢终是生命中一场镜花水月，这样的喜欢或许也只能是一份喜欢罢了。灵魂深处于我，或者于他，只能用一声无奈的叹息，穿越这悠长悠长的时光，在斑斓的内心世界缥缈、缭绕……

在工委的两年，同样匆忙于一袭斑驳的时光里。时光荏苒，岁月依旧，心路上携着生命中悄然而来的那份眷恋，总惦记着再回到航天桥，哪怕只看一眼。虽然往昔那一幕幕缱绻相依相暖的画面，想起，会有几许苍凉、几许落寂，沁入心底也宛如是触碰在指尖的，似冬雪的那一番清澈和忧伤。然而，就是在浅淡的岁月里让我懂得，无论曾经在生命中是最重要的或者是轻浅的，都会在时间的沙漏中，默默地来、暗暗地去，只是，心里总是有一些忧伤裹在记忆里，不经意间想起便泛起一片氤氲水雾，随风轻轻漾开一怀涟漪。

记不清多少次从西门进入玉渊潭，望着航天桥，望着华融大厦，久久地不忍离去。每一次，总要告诫自己，不要再伤感，要尽情享受那阳光下樱花烂漫、桃红柳绿的惬意。总是劝慰自己，不要被这些暗淡的心绪，荒凉了自己。仔细想想，那些曾经，那些离去，不也给予了我一些美丽和温暖吗？在岁月的长河里，时光的最深处，给自己留下一番别样快乐和一份别样的人生韵味。纵然，那一些人一些事还在眼前，那航天桥、华融大厦依然矗立，就让那些曾经埋在心底吧。

还记得工委的第一个迎新春晚会，还记得工委的第一次七一演出，还记得李大钊墓地的那一次集体凭吊。缘，唯妙、唯巧；情，唯锦瑟、唯忧伤。岁月，在缤纷中流转，在清宁中走散。航天桥啊，是你倾注了我满心的眷恋，是你牵动了我的心弦，是你充实了我心灵空渺的角落，是你让我离开后也没有丢失信念。

# 八十四

来北京以后，很长一段时间，我家就在三里河。

三里河，在玉渊潭以东。所谓“三里”，是指由此处距金中都北城墙三里远。三里河这个地名，距今已有800多年的历史。据载，1153年，金朝皇帝完颜亮将国都由上京会宁府迁至今北京地区，命名为“中都大兴府”。如今北京市的大兴区，就是由金朝的大兴府传承而来。当时，金中都的皇宫在今广安门桥至白纸坊桥一带。北城墙，在今羊坊店会城门、西客站一线。那时候，金中都所需粮食物资要经运河从南方运至通州，但由通州转运至金中都的水路却不通畅。为了补充水源，1171年在西山开凿金口，引卢沟河（清朝康熙时改称永定河）水注入金中都北城墙外的护城河，欲使之流往通州。而三里河就是当时引水河道中的一段。附近的钓鱼台和玉渊潭，也都是金朝遗留的古迹。

家住三里河的那些年，日子过得平平淡淡，如同三里河水一样，水波不兴。有一段时间，我在航天桥附近办公，上下班都要穿过玉渊潭公园，然后沿着三里河走一段。那段日子是悠闲轻松的。我特别喜欢春夏之交的三里河。清凌凌的河水随着春风荡漾，河两岸的大片槐树便到了开花的季节。远远望去，如白云一般。河面上，一朵朵随风凋零的小花随着河流静静地流淌，就像一个个绮丽的梦。沿河踱步，赏花、看草、观景，悠然自得。有时候，伫立木樨地桥头，展眼望去，弯曲的三里河逶迤而来，安逸静谧，使人很难想象它曾经桀骜不驯的那段历史。河岸一片葱绿，春风轻拂，阳光和煦。有时，站在堤岸之上，看阳光丝丝缕缕地洒落在水草丛生的河床，慢慢沉入遥远的记忆。想起所有的过往岁月，思考着那个亘古不变的永恒命题。人来到世上是否注定就要经受磨难，是否必须完成由生至死的轮回。假如，今天我站在河的此岸，明天我要不要前往河的彼岸？当此岸以痛苦的方式给了我灵魂的重压，那么，彼岸会不会给我永久的幸福？起点，终点，日出而作，日落而息。其实，虚幻的梦境是人生最幸福的生活，那些在尘世中难以实现的愿望都可以在绮丽的梦中得以满足。

我也喜欢秋天的三里河。一弯冷月悬挂在墨蓝色的天幕上，给飘飞着落叶的三里河以美妙的夜色。一条玉带般的河流，在白雾游丝般的月光中流淌。迷人的月光透过轻云的遮盖，遍洒在明亮的河面上，秋，那特有的空气，弥漫着河的湿润芬芳。秋天的三里河，有曲调破弦而出，从绝望焚灼的心中迸来。河上的星光月影婆娑起舞，像两只蝴蝶的追逐，带着秋风的清香，飞过朦胧神秘的天空。我慌乱的心，听不出哪是流水声，哪是琴声。我痴情地陶醉在这温暖的乐音中。河上的飞鸟，翩跹着梦一样的双翅，河里的鱼儿欢畅地穿行在墨绿色的水草中。我宁静地望着金秋丰富完美的景象，在狂喜的收获季节里，把一支清新流畅的恋歌，融进了劳苦耕作的音箱里，微笑着期待着播种的春天。

我喜欢夕阳西下时的三里河。除了汽车马达声以外，天地间一片静穆。寂静的河面上布满霞光。斜阳沉沉，暮霭笼罩着三里河，还有一个迈着碎步的我。多年了，脚下坚硬的泥土上是厚厚的落叶，踩上去毫无声息，如我的灵魂和所有的心情。有时候，耳边仿佛响起细密雨声，河床渐渐有了流水的声响，水流愈来愈大，漫过枯草，无数游鱼欢快地跳动。

# 八十五

生命一路走来，有的人一帆风顺，有的人中途夭折，有的人一生贫病交加……为什么会这样？或许很多人都在思考，或许不屑一顾。

总体上而言，我是一个逐梦人。曾经不加选择地接受所有既成的事实而不需要任何措辞和借口，我不热情也不冰冷，我不透明也不阴暗，我不超前也不落后，我就处在本该属于自己的位置，无论面对高山还是面对平原，无论是面对瞬间还是永恒，我都安之若素。

50 岁的我，不再关注怎样才能进入现实的视野，只带着清醒的期盼、澄明的喜悦来叩问身世之谜和命运之谜。但我未必能全然理解丰盈或缺失的生活。如今我不知道在追求什么，寻找什么，拥有什么，抛弃什么。对面或身边那么多人，嘻嘻哈哈且喋喋不休，但我是个越走离目标越远的人，脚步显得解脱而平静，忘记了有关春天的诗句，只记得曾经的嘶喘、吆喝、咆哮、吼叫和呐喊。尽管我两手空空，却肩负着足够的寄托和温暖。

几乎每一个晴空，我会发现斜阳在天空的一个角落里高挂，或许是岁月的午后，或许是人生的午后。我看见大雁整齐地飞着。曾经和谷物一起向田野献出真诚，那些不断复活的庄稼呀，总是替我们抵挡饥饿和寒冷。而我并没有真正懂得什么叫浪迹天涯。当猛然回头的时候，我才发现其实自己从未离开过心灵中的那块故土——沉甸甸的麦穗还在风中摇曳，传统的农人还在田地里劳作，羊群还在可以望得见的山坡上吃草，落满灰尘的镢头、锄头、犁杖和绳索，有时会让我倍感亲切。而眼前的天幕空空荡荡，看不见一片羽毛。多情的叶子和熟透的果子都在那里，而我却不止一次地被自己的思想打翻在地。我说不出一句话。

更多的时候，我难以一五一十地倾吐自己的心声，只能靠自己解释自己，自己说服自己，哪怕雾霭与山谷之间有过几多怨恨，我还是我。

一座山被另一座山挡住去路，我确信荒原深处潜伏着无限的可能性。因为夜的颜色并不完全是黑色的，正如冬的温度不完全是寒冷的一样。在现实的河床上，我没有敏锐的思路，常常感到茫然和不知所措。黑暗中，多次沦为精神家园中孤独的流浪汉。感觉自己从一开始就是一个逃犯，我脱掉鞋子，埋没青春，熄灭火把，既不期盼，也不灰心，静看各种现象窗格子一样既清晰又模糊，既非常明确又难以完全被定位。星星在黯淡的时光中闪烁着，鸟雀在纷乱的草丛中鸣叫着，我在小胡同或大路口被徘徊着。

天空怎样放牧云朵，我就怎样放牧羊群。很多时候，我游走于真实和虚拟这两个世界之间。既不能服从自己，也不能改变自己，更不能满足或逾越自己，只能在自问自答中消极、被动、颓废、沉沦，进而衰退。仿佛我只是一个碰巧的过路人、旁观者，别人风风火火，轰轰烈烈，四处走动，甚至于兴风作浪，我自己却无动于衷。岁月和人群都远去了，我透过花香和鸟鸣、泥土和根须来观察，我到底应该在哪里?

# 八十六

## 1

生活犹如秋水，平静而寡淡。

顺着水岸行走，我孤独的身影浮在水面，被波光拉成细长条，在那里扭曲着。让我多次想起庄子的《秋水篇》：

“秋水时至，百川灌河。泾流之大，两涘渚崖之间，不辨牛马。”那意思无外乎自然是伟大的，生命是有限而短暂的。

## 2

过了 50，一下子松懈起来。站在浩浩汤汤的水边上，看烟波浩渺，真正的落霞与孤鹜齐飞，秋水共长天一色。

什么感慨，什么愤怒，什么恨怨，什么情仇，都不好意思轻易出口，完全变得渺小起来。审视着如此一幅画，一幅宁静致远的画，内心充满天地间生机的涌动。

那些作威作福者终将走下历史舞台，相信忍气吞声终有喜笑颜开的时候。不以物喜，不以己悲，常怀感天敬地之心，自然春暖花开。

## 3

多少次，静静地走在环贸中心的广场上，看三环的车流，听安外大街的声响。

有时天色渐渐暗了，广场上腾起淡淡的迷雾，像窈窕女子的裙纱，人便如同徘徊在梦境中一般。我佩服那些跳街舞的和健身的老头老太太，他们春夏秋冬，风雨无阻，默契地配合，好像生命本该如此。

只是声音有些大，会不会扰民？不太清楚。偶见大姑娘小媳妇们也来凑热闹。我只是担心在家写作业的学生娃。

## 4

不肯放弃的等待，在秋水的堤岸边，迎风而立，飘逸的长衫是苍白的脆弱，禁闭的双唇是不肯轻易开启的锁，把沉重记在心里，把悲愤刻在生命的最深处。

如今，紧锁的眉头成了新常态。深不见底的忧郁，一个人的路，走得好辛苦。那首唐诗宋词，早已揉碎在心，那张面孔早已塑成雕像，而不背弃的是一份坚强的意念。也许没有海枯石烂，没有天长地久，却有过眼烟云的悲凉和永不舒展的惆怅。

如此的处境，必须小心谨慎。注意一言一行。该说什么，不该说什么。一切可以开始，一切又都在结束。不过什么时候都要考虑周全，不可轻举妄动。端坐在那里，我仔细琢磨应对措施。因为只要你缄默，人家一吵吵，别人就会跟着把矛头一齐对准你。到那个时候，你就是有十张嘴也无济于事。所以，你必须公开说明，让大家知道真相。这样做，既挡住了别人的猜忌，也防止了一盆污水泼将过来，一石二鸟。

## 5

灯光是数不尽的眼睛。坐在那把椅子上，望着头顶的灯，握着你并不喜欢的手，说着连自己都感觉别扭的言不由衷的那些话，端着的酒杯，除了象征性的碰杯以外，一点实质意义都没有。好像在黑夜的孤单里诉说着什么，内心凉了又凉，怎么也唤不回温热的感觉。

年年岁岁，望穿秋水，也望断黄昏。青春的容颜渐渐消逝，却无悔无怨。亲近、密切往来是人家的事，自然与我无关。又是庆生，又是喜宴。南国冬日暖暖，有朋千里来相会。我不知所云。

## 6

望穿秋水，望不穿天涯。这是我的悲凉。

静静地坐在沙发上，我在回想。时光好漫长。踩着泛黄的记忆，在岁月的落叶中寻找，几多感伤。心思跟着匆匆的脚步，能否等来春天？

我是谁，谁是我？思绪如风，从四面八方涌来，起于春潮，止于秋水。风，触摸着我的呼吸，撩拨着我的心跳，我从那粒希望种子的萌发、鲜花的盛开、果实的摇摆中捕捉风的情切意真。

记忆如风，吹开心声。鹰翅上滑落的叮咛，那是谁深情的眼睛？月光上流泻的柔情，那是谁真诚的笑容？我御风前行，穿过多少黄昏和黎明，何时才能抵达幸福的森林。风对我说，前世，我是一枝芦苇，独一方瘠土，生命孱弱却飞絮飘扬。纤纤的花瓣是我的一抹微笑，有一份清高，有一份寂寞，我摇曳着单纯与清淡的身姿，吟唱着一首清欢的歌。

## 7

经过多次失败，我依然痴迷。常常沉醉在荷的风韵里，让我有一种恍若隔世的感觉，走不出梦的意境。

寂静的夜晚，觅得一脉清凉，衍生出一泓淡泊的星河。我把心、把爱放进去，开成一朵荷，亭亭玉立。风起的时候，丝丝，缕缕，柔软心房。抖落心上的尘土，拾掇起一瓣瓣清香，我仿佛要又一次出场。

走上前台，脸上挂着沉默的泪光。那些晶莹的记忆，再一次被阳光照亮。我知道，那一颗属于自己的心灯，像一座灯塔，俨然指引着航向。然而我清楚，毕竟留给我的机会不多了。我的目光开始迷离而温情，连呼吸也似乎带着朴素的清香，凝练成一条悠长悠长的秋水。

梦想重回大漠，云烟浸染大漠红柳的清丽，朝霞催开长河鹰翔的雄姿。寂寂长风抖落一身烟尘，将恍惚的时光寄存在长河的梦中。那一袭青衫、儒雅俊逸的身影是李白还是王维？行走在边塞，是谁，一路拣拾着明明灭灭的光阴？空旷沙漠，汹涌长河，红日落尽，新月初升。

故乡，是我脆弱时最温暖的依靠，总是在我最忧伤时让我看到那一片璀璨的星光。蓝蓝的天，白白的云，黄黄的沙，红红的柳，融入谁的画意诗情？我想，一只描绘云彩的手，就是一颗爱心的表达。我在海边，爱是一叶轻舟。我到沙漠，爱是一泓湖泊。

8

多少年来，我的回忆总是满沾忧伤。那胡杨上冰清的露珠，是我的眼泪吗？繁华如梦，岁月如风。多少回灯花挑尽不成眠，把苍白的语言洒在黄河，把干瘪的诗篇系在阴山，让苍凉沙漠温暖。

记忆的桥段里，那些美好走进我生命时，我用尽全力把每一朵花都叫醒，让它们姹紫嫣红。那一日，天很蓝，云很淡，风很轻。一叶知春来，一朝花落去。我把美好放在秋水中作画，画心，画骨，画情，那是我用春天的花开为生命敬献的一生牵挂……

# 八十七

窗外，阳光和煦
透着一种融融的暖意
而我，依然屹立在窗前
不言，也不语……

我常常临窗缄默，看自然风光，看人世沧桑。比如，看一朵花，从含苞到盛放，从盛放到荼靡，不喧，不嚣。风来，款款轻舞；雨去，独自飘零。更多的时候，它们不悲，不喜。我不知道这样的安静需要有怎样的心境，才会达到一树花香，一树暖意。只是深信，那一树的盛放，是一种对生命静美的诠释，亦是对光阴馈赠的感谢。它们各有各的风韵，各有各的景致。临窗，这里有温暖的阳光，有调皮的清风，还有匆匆而过的路人，各种宠物，次第而过，蛮有情趣，并且牵动着我的心。

喜欢临窗，看江南山水，看十里花香。回眸，生动一段经年的过往，或者用一颗无悔的真心泡一壶淡定，让岁月沧桑成无痕。樱花深处，不见旧时人，不闻旧时语。那些姹紫嫣红的记忆，已静默成一袭琉璃素白，在岁月的枝头摇曳。未来的路，那么远，只好依岁月的温度，安然而行。看着，心生美好；读着，身有暖意。临窗守望，无须旅行，无须背负行李，便可满载而归，收获的是眼前的风景。

临窗守望中，可以折叠心事。一页页，一行行，于是在一个人的清闲世界里，就可以获得一帘挚爱。此时，你不必面对世俗的眼光，只享受那一时的平和安宁。那些令人心旷神怡的句子，如诗如画。思潮滚滚，不需要章节，全都是自然流露，清新淳朴。而远去的风声，没有归期。思念，在寂寥的时光里长成一树风铃，与流年，浅唱低吟。红尘深处，风开花落，染香了时光。

我欣然着每一个日出，全心感悟；我释然每一个日落，尽心聆听。抖落世俗的尘埃，还原生命的本真，任寒风吹过依然向阳，让落红散尽依然湿润。以一颗感恩、无尘的心，来对待生活中的所有。

很多时候，驻足窗前，想想缘来缘去缘如水，梦散梦醒梦成空。看看来来去去的人们，刚分离时还是恋恋不舍，过了一段时间再见，便剩下微笑和点头，偶尔还有三两声问候，然后一个向左，一个向右，再过一些时候，或许对面相逢，却只是擦肩而过，成为路人。兜兜转转，历尽繁华，看过生死无常，其实每个人到了最后，都只是一抹风景。于是告诉自己，再难的事，总会过去。再苦的日子，总会熬过。

临窗，眼眸处的季节静静流淌。人生百态，或轰轰烈烈，或细水长流，心中若有桃花源，何处不是水云间。有时候，一本书，就是一个下午，不悲不喜，顺其自然，那些往来的风景，就在眼前流过。瓣瓣心语，只是流年里的路过。终有一天，会被时光染尽斑白。晶莹我，剔透你。窗外的世界是繁杂，能守住屋内清宁的人，定是了不起的。即使心里总会有长满荒草的那一天，也能适时地修剪，更懂得怎样去打理维护。

人生，既是生死难猜，平凡如你我，又何必去背负太多莫须有的东西呢？于是乎，让心平静，将铭心的过往置于掌心，看时光，点点晕开流年的暖，走过生命的每一段精彩。

# 八十八

故乡，会时常出现在我的梦里。

说到故乡，身边的朋友总会问我如此惦念故乡的缘由。我说得很简单，“月是故乡明，人是故乡亲”，谁不爱自己的故乡呢？但是如若推及思想深处，我以为这阴山脚下的八百里河套，就是一座寺庙，而我就是它虔诚修行的弟子。故乡是最值得我修行和朝圣的地方。

## 日暮乡关

每一次回乡，总觉得有一些陌生，不是我健忘，而是记忆中的那个乡村渐渐消失了。尽管阴山还是那个阴山，黄河还是那条黄河，村庄还是那个村庄，但是，物是人非的感觉，总是让我怅然若失。

“日暮乡关何处是，烟波江上使人愁。”漂泊在外的人常常会生发对故乡的喟叹。这是一种对故乡孜孜不倦的向往和眷恋。只是如今，对故乡的向往早已是舍梦难求，而对故乡的眷恋，也早已被尘世的冷漠阻隔开来，只留下一些残存的碎片。

乡关何处？曾经的家在哪里？能让我休憩忘忧的地方在何方？自从父亲故去，村庄似乎只是一种概念，没有多少可以留恋的了。然而，几乎每一次回去，我都要带着弟兄回村里，看看“赵家大院”，看看老房子。看了，便一身轻松，身上的块垒全消；看了，更清楚自己半斤八两，更加低调做人。

只是，回望整个村庄，曾经的村子，年少的玩伴，玩伴的长辈，几乎都不见了，尽管老房子还在，村口的那棵大树还在，通往村外的那条路还在，但是那些人、那些事都已经烟消云散了。或者只能隐没在我心灵深处，浮动在我的眼底，让我很酸涩。

## 母亲的叮嘱

如果说生命是一首悲欢交集的歌，那么我便是那个唱歌的人。

人总有垂暮之年，满头的华发，那是母亲操劳的旁证；微弯的脊背，是母亲辛苦的身影……母亲是山，给我们最厚实的依靠；母亲是海，给我们最深厚的滋养。

和母亲在一起交谈，母亲最担忧的还是化肥、农药、食品安全。她说，曾经那条清澈见底、水流淙淙、鱼虾群群的三排干，如今已是污水漫灌，杂草丛生，鱼虾绝种了。那些中毒的鱼啊虾啊，会痛苦地蹦到岸边，或者猝死漂浮在水面。她说，这都是作孽啊。我以为，母亲的所思所想，似乎比我的同辈更高一筹。

母亲不放心我，她常对我说，历朝历代每个人，其实都在争取一个完满的人生，谁都想活得好一些。然而，世界上绝对没有完满的东西。你不信，太阳当空，马上就会偏西；月亮圆了，马上就会月亏。所以，有缺憾才是恒久，不完满才叫人生。肯低头，就永远不会碰头；肯让步，就永远不会退步。母亲的这番话，朴实至极。

## 智慧之光

母校——奋斗中学的大门紧闭。

我们从学校门前穿行而过，直奔潘老师家。

珍惜每一次与老师见面的机会。大年初二，我带着爱人去给潘老师拜年。餐桌上，伏特加酒、圣彼得堡的酒杯、英国红茶、日本糖果，所有这些都是潘老师为学生们精心准备的。

恩师老而好学，如今年且 80，依然读书不止，每天保持 3 万字左右的阅读量，我们许多人都难以做到。另外，许多老师，只是传道受业解惑，而潘老师传给我们的则是关于人生、关于存在、关于生活的大智慧。我常记潘老师对我说的话，不论时代如何变化，也不论潮流如何更新，关键要把握好自己。他总是谆谆告诫我们尊重传统，不要沉迷于物质文化，要守候好精神家园。越是困难的时候越要坚强，永远不放弃心中的理想。“穷且益坚，不坠青云之志”，这是他对我们的一贯要求，“丹青不知老将至，富贵于我如浮云”，这是他一以贯之的高尚情操。

潘老师啊，您的品格，天地可鉴；您的秉性，日月悬明。你承载着多少莘莘学子的美梦，你创造的是无法用价值估量的丰功；你担当的是太阳底下最崇高的使命。

又是一年春好处，我们给您拜年，感念如山似海的恩师，纵使再多的言语，也道不尽对您的敬重之情，说不完对您深深的爱。

## 河套之春

流光溢彩的烟花，清脆响亮的鞭炮，昭示着又一个春节的到来。春风激荡起开心的欢笑，大红灯笼映现出点点暖意，空气中迷漫着温馨而热烈的气息。

请财神、选对联、买鞭炮、购年货……行色匆匆中，故乡的人们感受到了日子的芳香与忙碌，时间也在这盛大的节日里散发出沉淀已久的醇香。

餐桌满满，谱写着深深的期盼与祝福。亲人们相互依靠，互赠快乐，静静体味着家的温馨，灵魂的皱纹在这最深最沉的时刻得以温柔地伸展。幸福的感觉就这样点点滴滴地渗透到了人们的心里。红灯照，照出千家福；红烛摇，摇来好消息。亲情、乡情，甜醉了河套儿女，一声声祝福，送给你万事如意。

这是一个充满朝气的季节，所有的希望都在这里萌芽。春风柔柔地吹化了冰雪，吹散了薄雾。春天的歌声穿过叠幛的尘世，唱醒了石缝中的小草、河边的树林。在春天里，拔节的不只是小草，也有我们的梦想；在春天里，成长的不只是禾苗，也包括我们的感悟。啊，我仿佛见到了春天：远处的阴山连绵起伏，变得苍绿了；近处的黄河开始解冻，河水冲刷着冰凌，澎湃汹涌。田野上，麦苗青青，一望无边，仿佛绿色的波浪……

## 年味渐远

年味儿是与春天相伴随对。

越是原始的地方，越是民风淳朴，遵循传统习俗，才能品出年味儿。北方的大炕，炕上一壶酒，围坐着父老亲朋男女老幼，圆桌的距离拉近了情意，吃的喝的天南海北，共话一年好风景。这是一年中最舒适的时光。

家家团圆。在人们的印象中，在农村吃年夜饭，总是一大家人围坐在大圆桌前，上首坐着祖父母，儿孙轮流向二老敬酒、祝寿。但现在这种现象在我们家再也看不到了。

# 八十九

不知不觉进入50岁，感觉时光老了。不仅时光老了，而且留给自己的所有机会也几乎打折了，没有期盼，无可炫耀，没有标新立异，只有删繁就简。

过简约的日子，不再喜欢凑热闹，更不在意别人的脸色，喜欢静静的环境，喜欢闲散地读书，喜欢清晨的鸟喧，喜欢傍晚的蛙鸣。时光流转，恍惚间，爱恨情愁，顷刻间烟尘散尽，仿佛又回到了洁净清美的少年。

过简约的日子，就是把名利看淡，把输赢看淡，平静的日子里，与纷扰无关，与羁绊无关，像池中的残荷，静听嘀嘀嗒嗒的雨声。

删繁就简，不爱聚众，不在乎别人说三道四，只愿意躲在僻静的角落，捧一本《六朝赋》，或者捧一本诗，轻声地吟，默默地读，眉宇间便有了蚀骨的清凉，心灵深处便漾起阵阵涟漪。或临窗，写一帖畅意行草，作一幅随心泼墨，此刻，心是清宁的，抬眼望，尽管雾霾沉重，依然可以想见悠悠的云，闲适自由，自心海飘过。

一门心思去做自己热爱的事，譬如可以放松身心去一个遥远的地方，观赏那神往已久的风景。或者专注于春花烂漫、夏日新雨、金秋落叶以及冬日雪花。此时你会蓦然发现，当初的那些努力，是完全值得的。尽管收获不多，也不后悔。而当下的欲求越来越少，也是因为你经见的太多，经历的太多，所谓惯看秋月春风。

尽量把复杂的事变成简单的事。不再人云亦云，不再违心讨好，不再刻意恭维。不求人，不屈就妥协，无需逢迎谄媚。这不是消极，也不是无奈，而是心力已经丰厚，心智渐渐完全的表现。读书，倾心于那些有真思想、真滋味的文字；交友，平平淡淡，因为愈是情感深厚的人，愈不会过分展露表白，淡淡处之，默然感知，更多的言语已属多余。观人生百态，人情冷暖，世态炎凉，独自打点着自己的岁月，独自斟酌着清欢，简单，自然，远离那些扭捏作态，喧嚣浊流。将花开花落、云卷云舒，都看作人生的一场缘来缘往。更多的时候，喜欢去郊野，与路边的草木说话。草木单纯，没有人心的芜杂，你看，那些新绿叶片载着满满的自信，吸纳阳光的暖，汲取月色的美。最爱的，还是它那颗纯净不染的心。或者撑一把小伞，去菜圃采一把青青豆角，割一缕鲜嫩绿韭，回家，烹煮一锅生活真味，琐碎的日子里，也焕发出缕缕新意。

最主要的，是拥有一颗素真之心。梁实秋说：寂寞，是一种清福。听虫声四起，看凉月满天。不懂我的人，以为我在刻意找寻浪漫。懂我的人，知我从中汲取了多少安静与欢喜。卸下一身包袱，安静地活在自己的心灵世界里。亲山水，近自然，钟情笔墨，将自己打理成一处淡淡的风景。

# 九十

故乡是一个云淡风轻的地方。

如今人在他乡，往往会想起故乡，尤其是在云淡风轻的时候。

我的童年就在故乡度过，所有活动的空间都没有超出故乡的边界。

小时候，虽然故乡给我留下的最大印象就是贫困。我所耳熟能详的文化就是说唱。当然大多数是素的，也有荤的。不过在那时我一点也听不懂，只是跟着大人们傻笑。故乡最让我费解的就是许多人家的门上都要贴什么“忠厚传家久，诗书济世长”之类的对联，说句实在话，这些是连他们自已都根本不懂的句子。不过，父亲上过私塾，能识文断字，是村里为数不多的文化人。那些门联，大多数都出自父亲之手。

故乡虽然贫困，但它有一望无际的田野。尤其是在蝴蝶翩飞的时候，真的美极了。我喜欢故乡平展展的麦田，我喜欢故乡纵横阡陌的沟渠。在那里，葵花朵朵，蜜瓜飘香。小鱼畅游，蜜蜂繁忙。这里曾为我打开生活的书页，这里曾为我写下对未来的梦想。我在这里读小学、中学，快乐过、幸福过，也留下许多的忧伤。我爱故乡炎炎的夏日，丰实的秋黄。在皑皑的严冬，穿着妈妈缝制的棉衣，把许多故事写在融融的炉火旁……

参加工作后，有很长一段时间，我习惯于独坐屏幕前的日子，常常会想起故乡，闭上双眼静静地冥想故乡的模样。我揣摩故乡，更加懂得父亲当初为什么要毅然决然辞去工作，回到贫穷的故乡。在这穷乡僻壤，处处流淌着真情。

望故乡，想故乡，这是怎样的一种落寞的相守。我不知道怎样才能将故乡的一切珍藏。有道是，浓浓情，拳拳意，且把明月当胸臆，密密月华似流水，但愿流进我故乡。

故乡啊，那里深埋着我的父亲，在云淡风轻的日子里，请清风捎去我的祝福，拜明月带上我的问候，送你一丝风儿，献你一缕月儿，风月无边，人间有情。这便是我无尽的怅惘。

为表达我对故乡和亲人的思念，接下来展示在大家面前的，就是平日里写下的一些心情随笔与生活断章。

## 八百里河套

从洪荒远古的年代起，浑浊的黄河水就在这里缓缓地流淌。在黄河的岸边，巍峨的阴山连绵蜿蜒。美丽的八百里河套，分明就是一幅徐徐展开的历史画卷。

啊！八百里河套。连接着大漠边关的八百里河套，埋藏着边关征战的八百里河套，生长着许多传奇故事的八百里河套，吟诵着许多边塞歌谣的八百里河套，吼唱着高调二人台的八百里河套，游荡着成群牛羊的八百里河套，弥漫着瓜果清香的八百里河套，品尝着猪肉烩酸菜的八百里河套，承载着几代人梦想不断腾飞的八百里河套啊，是生我养我的一方沃土。

八百里河套，是我日夜思念的梦中家园。黄河远处的那一抹斜阳，似乎还高挂在风雨之后的天空；河渠岸边的那一挂杨柳，依依惜别在诗情浸透的黄昏。敕勒川，阴山下，天似穹庐，笼盖四野。天苍苍，野茫茫，风吹草低见牛羊。已经成为人们心中亘古不变的动人画卷。胡笳的节拍，已经成为一帘清幽的寒梦；脱落的阴山岩画，已经沐浴了太多的风风雨雨；临河、杭后、五原、磴口，以及前中后旗的长街小巷里，有谁不知道那真正的“吕布红”“杨家将”？

八百里河套啊，你浓缩着八百年的苦难和辛酸，你舒展着八百里的富足和梦幻。站在奔涌的黄河边，我的双脚常在历史的深处沦陷。举目眺望，多少故事洇湿在岁月的烟雨中？多少爱与恨似乎已经荡然无存？唯有小学校的钟声，依旧在我的耳边近了又远，远了又近……

许多年前，我在八百里河套的一间土屋中诞生，又在八百里河套的黄土院落中一天天长大。我熟悉八百里河套的每一个城市和村落；我熟悉八百里河套的每一条道路和沟渠；我熟悉八百里河套的每一亩农田和湖泊；我熟悉八百里河套的每一个风俗和习惯；我熟悉八百里河套的每一句民歌和方言……

八百里河套，是我生命最初的起点和摇篮。滔滔的黄河水，给了我流淌的血液；巍巍的阴山，给了我强健的骨骼。啊！八百里河套，我知道，我的生命注定是属于你的。属于你的贫瘠和辽阔、属于你的淳朴和古老、属于你的美丽和富饶。

啊！八百里河套，我魂牵梦萦的八百里河套。

## 心系河套

河套，我心中的河套，我魂牵梦绕的河套。她不需要磨光打亮，也不需要红绸银饰。她沾满了大西北的黄沙，裸露着野性和率真，让我的心灵之弦总在为她颤动。

河套，心中的河套，魂牵梦绕的河套。当日月从田野上升起，当星辰从阴山上坠落，当所有的河渠充满了水，当所有的场面堆满了粮，河套，这个简洁明快的形象，就轰轰烈烈地奔突在我的心中。她所表现出的筋骨比阴山更加伟岸，她所表现出的热情比“河套王”更加浓烈，她所表现出的信念比钢铁更加坚强。

不问苍天，不问眉眼，就问这一道道的河渠，就问这一道道的田陇。那井井有条的姿势，守卫着自己的信念和尊严，从不忧伤和畏惧，让我领略着先祖的永恒跋涉，让我领略先辈的坎坷耕耘。迎风于路边的沙枣花，在那仿古的枝叶上，拥抱了鲜活的曙色。

谁家兄弟的心愿，开出了满地的葵花？谁家妹子的泪水，悬挂在镰刀上？行云流水，是一行行大雁；牧笛声声，是一群群牛羊。和风习习的日子，是毛驴脖子上的铃铛，飞出去的是二人台、爬山调，留下来的是金色的麦场、运送的公粮。我感恩河套的土坯房，这储满母性温馨的屋子，养育了多少硬铮铮的汉子，养育了多少情切切的女子，这里没有一丝的怯弱和懈怠，这里没有一丝的犹疑和彷徨，只有爱以及对生活的憧憬。

河套，你是一个强悍的生命，你是一块可歌的土地；河套，你是写满了艰辛的生命，你是讴歌开拓进取的乐章。这里有人民的深恩，这里有百姓的宽厚，这里有乡亲们的纯朴。心系河套，灵魂不灭。这块辽阔的平原，让我所有的文字，因这独特的环境而充沛，让我所有的喟叹，因这古老的地域而张扬……

心系河套，就是要在我父亲的阴山下，在我亲娘的黄河旁，怀着一腔虔诚，对着已经远去的祖宗，对着厚重而神奇的这块土地，抒发一种刻骨铭心的赞美。

## 对联的回忆

如今过年，感觉是平平淡淡。不需要年画，不需要新衣，不需要爆竹，不需要期盼好吃的，也不怎么贴对联了。但是，在我的脑海里，永远记得过年贴对联那是一件好大的事。

父亲是十里八乡少有的读书人，也是乡亲们公认的书法家。平时看不出来，可是一到快过年的那些天，父亲的优势就明显起来。那些天，院子里总是人来人往，门庭若市。来求父亲写对联的人络绎不绝。不仅是父亲，还包括我们兄弟姐妹们，手忙脚乱。

那些日子，父亲一大早挑水回来，我们姐妹兄弟几个已经把炉子生好，把茶壶架上了。父亲见我们起得早，总会笑着在我们头上抚摸一下。母亲对父亲说，今年早点动手，争取大年二十九就能把对联写完。因为每年只要铺开了摊子，大年三十的中午，父亲都不能罢手。于是，父亲就招呼我们赶快准备纸墨，先把自家的写完。我们已经把要准备的都准备好了。炕桌上放着笔洗，笔洗里倒足了墨汁，墨汁里浸泡着毛笔，大红纸很快就裁好了，就等着父亲挥毫泼墨……

记得有一年，工作运行到这个时候，父亲却突然对我们说，你们都已经长大了，今年的对子就你们写吧。大弟搓搓手，做个鬼脸儿，小弟挠挠耳朵憨厚地笑笑。父亲看着我说，你是老大，你怎么样？我似乎胸有成竹。父亲笑着说，这样的话，我就单等着过年了。大弟说，如果对联能拿钢笔写，我就写。父亲说，为啥不学毛笔？我像你们这么大时，都拿毛笔给人写状子了。大弟说，那时没有钢笔嘛。父亲说，也有，可是你爷爷不让用，老师也不让用。即使用了，那写出来的效果也不好。小弟说，那么现在呢，现在老师咋让用？父亲说，现在的人都图个快么。不过，用钢笔写对联还没有听说过。父亲见弟弟们站在地上不停地搓手，就让他们先到炕上暖着。可是两个弟弟都说不冷。说着，大弟给炉子里添了一块炭。小弟歪着头噘着嘴从炉眼里往进吹气，吹得炭火叭叭响。于是我脱鞋上炕，开始挥毫书写，父亲一边喝茶，一边看着我写。两个弟弟移动着镇尺配合着我。很快，第一副“天增岁月人增寿，春满乾坤福满门”就写好了。父亲欣赏地看了一眼，鼓励我说写得不错，让我放开写，随意写。两个弟弟已经把对联接过，顺墙放到地上。

打从我记事起，全村的对联都是父亲写，年三十也要写。别人家都在吃年饭了，我们才忙着贴对联。每次母亲都很有意见。那年我们决定早早地动手，争取过个早年。当大弟接过“春满乾坤福满门”往地上放时，小弟抢先说，“向阳门第春常在，积善之家庆有余。”意思是让我写下一副。父亲高兴地说，三虎出息了，去年写的对联，今年还记着，上学肯定是个好学生。三虎是小弟的小名。大弟对三虎说，除了这个对子，你还记得哪一句？小弟想了想说，还有“三阳开泰从地起”。大弟问，下一句呢？小弟咬了咬嘴唇，没有想起来。是个啥呢？刚才还记着呢。大弟说，算了吧，刚才还记着呢，咋就忘了。小弟说，就是嘛，刚才还记着呢，都怪腊八吃了糊心饭。大弟说，那是迷信，咱们都吃了，可是我咋记着呢？小弟说，那你说是啥？“五福临门自天来”，大弟拨算盘珠子似的飞快地说了出来。

这时，我哎哟了一声，提着笔看着对联。父亲就知道我把字写错了。看时，果然把“在”写成了“来”。大弟念了一遍“向阳门第春常来”，说，可以的。父亲没有肯定，也没有反对。又看了一会儿，说，通是通，可是别扭。小弟说，只要通了就行。父亲说，不行，别人看了要笑话的，尤其是村里的杜老师。两个弟弟对我说，哥，要不等一会儿把它送给别人家。父亲说，那不行，咋能把一个错对联送给别人家呢？于是我又重写了一副。写完，父亲才叮嘱我要专心，要节约红纸。我突然觉得这不单单是写对联，就不再多说话，只是专心地写完每一个字。

等到刚刚把我家的对联写完，村里的老少爷们儿就鱼贯而入。他们手里拿着红纸，都来让父亲写对联来了。于是，我们父子就一起给他们写。人越来越多，屋里坐不下了，就蹲在院子里。父亲让母亲把旱烟放到院里，把火炉也端到院里。今天没有工夫招呼你们啊。大家说，你把毛笔招呼好就行。有的说，你把今年写红了。父亲就笑。有的说，你儿子写的也不赖。父亲说，他还小。于是就写得更加起劲，好像大家的好日子就在他的笔头上，点金是金，点银是银似的。写成的对联地上放不下了，墙边挂不下了，就放到院里。不多时，就是一院的红。我们能够感觉到，满院的春和福像刚开的锅一样热气腾腾，像白面馒头一样在霭霭雾气里时隐时现。大家看着满院红彤彤的对联有说有笑，简直幸福得要爆炸了。

等给他们写完，天就快黑了。人们陆续把对联拿走，家里渐渐安静下来。父亲放下笔，坐在炕头抽烟，抽得十分狠，就像是一头渴急了的牛一猛子扎进泉里喝水。抽了一会儿，父亲问，谁家的对联还没有写？大弟掐着指头算了算，说，全写完了。父亲说，现在干啥呢？大弟说，别家的都贴好了。大弟说这话时，小弟跑到院里把火炉抱进屋内，又添了几块炭，埋了头拼命吹火，屁股一撅一撅的，不一会儿就吹开了一壶茶。

此时，母亲已经把糨糊熬好。父亲见状，把一摞对联搭在肩上，端了锅提了高凳子走了出去。贴对联讲究要从大门开始向里贴。不一会儿，整个门脸儿哗地一下红了起来。我们看了看父亲的脸，父亲的脸红彤彤的；父亲看我们的脸，也是红彤彤的。我那时候想，这也许就是年的颜色吧……

夜色落下来时，一家人坐在炕上给灯笼贴花。姐姐们要贴“喜鹊戏梅”“五谷丰登”和“百鸟朝凤”。可是弟弟们不喜欢，他们想贴的要么是“武松打虎”，要么就是“吕布战秦琼”，还有什么猫狗鼠兔等等。灯光一打，喜鹊就真在梅上叫起来，把姐姐们的心都叫碎了。而猫狗鼠兔则像是刚刚睡醒，要往两个弟弟的怀里扑。于是，整个院子也活了起来，刹那间便充满了年的味道……

## 搀扶

转眼之间，我看见母亲已经步履蹒跚。

尽管母亲不服老，天天锻炼不间断，在我们小区的院子里散步，今天五圈，明天八圈， 但是，我明显感觉母亲的步伐大不如前。有时候，有空陪着母亲散步，她自然很高兴。但是路程稍长一些，她就感到很吃力。让我想起我小的时候，母亲搀扶着我往前走，可走着走着，我就想停下来，不走了。喊累，耍赖，让母亲抱着。

于是，每当一起出门，我就会主动挽着她的胳臂，随着她徐徐前行。母亲不愿我搀扶她，试图推开我。爱人和孩子有时也不很理解我，他们在前面轻手利脚地往前走，全然不顾我的感受。我看着母亲吃力行走的样子，心里不是滋味，还是要搀扶她，为了快点赶路，她也不好再拒绝。

在商场，凡是乘坐滚梯的时候，也是我最担心的时候。商场、地铁这些滚梯的所在，成了母亲的惧怕。以至于很多时候母亲主动提出不去这些地方。让我的心里更不是滋味。有一次从木樨地上地铁，到前门出站上滚梯，母亲非常惧怕，整个身体都倾斜在我身上，我担忧千万别让母亲受伤，于是战战兢兢前行，提心吊胆出站。而母亲又是一个性情随和、喜欢热闹的人，什么地方我们要去，她也都想跟着去，而我又不好拒绝。这让我想起儿子上高中的时候，有一年我让儿子陪着母亲坐地铁去前门的情景，至今还捏着一把冷汗。那时候儿子说我还不信。我一直以为母亲身体硬朗，而当我亲自陪同以后，才知道母亲的确大不如前了，我心中的母亲已经不再所向无敌，尽管母亲不服老。后来，我们带她出门，不论去哪里，有意识地，能坐车就尽量坐车，有滚梯的地方，尽量不让母亲去。不只是母亲自己害怕，我们也担心。

在我心中，那个无所不能、勤勉勇敢、任劳任怨的母亲已经走向老年，尤其是在父亲去世后的这些年头。当我蹒跚学步的时候，是在母亲的搀扶下我才一天天健康长大；少年的我，依靠父母、老师的搀扶，我走过幼稚、走过偏狭，走进知识的宝库；风华正茂的我需要搀扶，师长、同学、朋友帮助我抓住理性，剔除浅薄，追逐真理，逐步走向成熟；而立不惑的我依然需要搀扶，领导、哲人帮衬着我开始明辨是非，看淡名利，深思潮起潮落、云卷云舒；如今的我离不开搀扶，因为生命中我们需要同社会风雨同舟，相濡以沫。

搀扶着母亲前行，我在想，搀扶着，就是最浪漫的事，就是“和你一起慢慢变老”，搀扶着，就是“所以悲伤着你的悲伤，幸福着你的幸福”。是啊，我们在父母长辈的搀扶下慢慢长大，那是舐犊情深的一种责任；夕阳下恋人手挽手漫步，那是守候一生的约定；每每失意时，总有朋友的关切与惦念，那是海枯石烂的友谊；一方有难，八方相助，那是天底下最无私的默默祝福，绵绵心意。不知从何时开始，我们已放开那双教会我们站立、走路、奔跑的双手；又不知从何时开始，那双曾经搀扶我们的双手也需要我的搀扶。岁月像细沙在指缝间悄然流逝，让我想起诗人叶芝的那首《当你老了》，“当你老了，头发白了，睡意沉……”

## 白发亲娘

每一个伟大的母亲都是一首唱不完的歌，没有谁的爱可以与母爱相比。“娘啊娘啊白发亲娘，儿在天涯你在故乡……”每当听到这首歌，我便感动得热泪盈眶。

是啊，游子客他乡，最想是亲娘。田地间，父亲播下的希望一天天走向成熟；小道上，母亲用针线缝纳的布鞋在我们脚下飞扬。我们一路的小跑，肆意着农家的温馨，忘却了饥肠辘辘，大手牵着小手，一路抚平浅草遮不住的坎坷和大树压不倒的疯狂……

啊，我的白发亲娘。年轻的你，也曾是十里八乡的骄傲，也曾是亭亭而立的玉柳。岁月更迭，时事匆忙，那些不肯流浪的柳絮一年年积在你的发间，慢慢地定格为永远的风景；艰难困苦，岁月沧桑，曾经的一头乌发，如今已洗尽铅华，浸染秋霜。为了相夫教子，为了哺育我们兄弟姐妹，你风里来雨里去，像燕子般衔泥，垒窝，筑巢，成就了我们家庭和事业的辉煌。你为我们操心费力，你为我们遮风挡雨，你那一根根白发，就是一次次生活磨难的见证，你那一缕缕鬓霜，就是一滴滴艰辛汗水的昭彰。

我的白发亲娘，你的白发映照着老家屋檐下的残阳；你那粗糙弯曲的手指，粘连着岁月遗留的老腿。多想把人生的琐事放逐，踏着原野的风走向你翘首的槐树下。你频频招手，似在为我荡平风浪。你的白发搭起了人生的绿荫，让我的脚步更加坚定和坦荡。你的大爱，引领着我人生的方向。你的吩咐，护佑着我不再迷航。

啊，我的白发亲娘。漆黑的夜晚，有你的童谣陪伴；饥饿的时候，有你的粗茶淡饭。多少次走进魂牵梦萦的老屋，思绪沿着故乡的尘土飞翔；多少回漫步沙砾铺就的院子，回忆顺着红柳的枝杈轻扬。你的一缕缕炊烟，温馨了灰蒙蒙的天穹；你那一番番叮嘱，丰富了沉甸甸的向往。

我的亲娘，我的白发亲娘。你挥舞着双臂驱赶着黑暗的梦魇，贫困的家才有了温暖；你操劳的手撑起一片天空，儿女们才拥有了一条条大道的康庄。你满怀的希望在心底里构建，消弭了旅途的艰辛；你蹒跚的脚步越过了冰河的险滩，点亮了家的希望。儿女的成长，染白了你曾经的黑发；生活的重担，衰老了你曾经的青春。我愧疚，我把一个春天湮没了，却给了你一个凄恻的冬天；我懂得，你把万千苦难嚼碎了，却给了我享用不尽的宝藏。

我的白发亲娘，多想抚平你脸上纵生的皱纹，多想为您苍凉的人生增添一轮光亮。可是在忙忙碌碌的日子里，我思考的问题越来越多，而离开你却越来越远；我的薪水越来越多，而与你交流的机会却越来越少。我知道，你不求回报，你饮尽的是苦难，你留下的是甜美；我清楚，你承受着磨难，你享受着坦荡。

我的亲娘，我苍白的话语，不能倾诉你的恩德；我浅薄的诗行，难以为你赋词咏曲。只好，我只好把苍白的语言掩饰，把华丽的装饰埋藏，真切地喊一声：我的亲娘。

## 火柴盒的记忆

火柴盒，一个小小的生活用具。在我们的生活当中，却留下了许多抹不掉的印记。

火柴盒，是我们童年生活的希望。小时候，在物质极度匮乏的年代，我们的生活离不开它。当时的火柴，是人们日常生活必不可少的物品。并且我们必须节约使用它。一包火柴，就是我们一年的全部生活写照。一日三餐，生火做饭，引火的就是火柴。那时候，父母亲要把火柴盒放在最保密的地方。让我们小孩子不可能轻易触及。每天的早午晚，每当火柴点燃的时候，也是我们兄弟姐妹最欢乐的时候，它预示着我们又要有饭吃了。到了晚上，点灯是一件必须做的事情。神奇的火种，曾经点亮了我们的整个童年。

火柴盒，让我们增长了见识。火柴盒的画面繁多，小时候，我们在火柴盒上看过《鸡毛信》《白毛女》等故事，还有伟人的肖像，也有风景秀丽的山川河流。我们知道了村庄以外的许多景象。常常，一盒火柴用完后，我们就把火柴盒外层有画的这面裁下来，对折撕成两半，然后把它保存起来。那时候，教室里，操场上，甚至上学放学的路上，都能看到三五成群的玩伴玩着这火柴画片。有时收集到一些少见的火柴画片，还能在同伴之间显摆显摆，在投来羡慕的目光里总有一种洋洋得意的神情。

火柴盒，让我们追本溯源。对火柴盒的依赖和喜爱，让我们渐渐对火柴的起源产生了兴趣。第一种说法，说最早的火柴是起源于中国，北宋人陶谷的《清异录》中记载，那时人们已经学会用一种涂上硫黄的杉木条引火，之后通过马可·波罗传入欧洲。另一种说法，说火柴出现于古罗马时期，当时的商人将木柴浸泡在硫黄中，作为一种取火工具出售。1826 年，英国的沃克利用树胶和水制成了膏状的硫化锑和氯化钾，涂在火柴梗上并夹在砂纸上拉动便产生火，这就是后来一度被中国人称为“洋火”的现代火柴。

我国自己生产火柴是从 1894 年开始的。那时湖北省建立了两家官商合办的火柴公司——聚昌和盛冒。因受到舶来品的排挤，我国火柴工业一直处于奄奄一息之中。新中国成立以后。我国火柴工业突飞猛进，“洋火”的名字也被送进了历史的博物馆。随着现代科学技术的发展，人们使用的点火工具早已经超越了火柴这种点火方式。现代化的点火设备普遍采用了电子打火的方式，我们经常使用的点火工具也成了各式各样的气体打火机。采用电石打火或者电子打火，火柴也完成了它的历史使命。

## 望故乡

人在世上行走，在时间中漫步，无可奈何地迷失在自己的行动中。我们无法把故乡的风景带到异乡，也无法把童年的彩霞带到今天。人到中年，深深感到故乡是岁月带不走的，愈加冲洗愈加鲜明，它始终活在我的记忆中。

夜深人静，每当我从睡梦中醒来或闲暇静思，常常会想到故乡。思念那简朴的稀疏村落、苍郁的沙枣白杨、绿色的玉米麦田，还有那绵延不绝的阴山，纵横交错的河渠。每念及此，我就会想，时间不是从我身边流过的东西，它就是我的生命啊。想想看，那些离我而去的不是日历上的一个个日子，完全是我生命中的岁月。岁月流光，我不但无法找回逝去的韶华，也无法找回从前的我。

我深信，只有故乡的雨露，才是滋润我心田的花朵；只有故乡的山水，才能烫平我饱经沧桑的皱纹；只有故乡的港湾，才是我希冀停泊的码头。我总是盼望，有一天回到故乡，去饱览山河的雄姿，聆听故土的乡音，亲吻那肥沃的泥土，沐浴河套的清风。

是啊，人到了一定年纪，总是怀念故乡，总是觉得儿时吃过的东西最香甜，儿时听过的歌曲最美妙，儿时见过的风景最秀美。你可以找到那些吃的、歌曲、风景，却再也品尝不到原来的味道，再也找不回原来的感觉，再也体会不到原来的景色。于是在回忆的引导之下，重游故地，寻访旧友，企图找回当年的感觉。然而转来转去，却全是徒劳。于是喟叹，与时光一起消逝的不仅是我们的童年和青春，而且连同当年的老人、村舍、树木、甚至天空都无法寻找，其中也包括我们曾经的爱与忧愁、感觉和心情。

每一次回到故乡，每一次走进原来的老屋，我都要久久徘徊。窗子依然是蓝色的窗框，虽然只留下斑驳的色彩；土炕还是那盘土炕，虽然已经人去炕空；院墙依然是那个土坷垃院墙，虽然已经断壁残垣；水井依然是那个手压式水井，虽然已经闲置不用；仓房依然是那个低矮的仓房，虽然已经尘封蛛网，乡邻还是那些乡邻，虽然相识的已经不多……但是，总会觉得这里有我最熟悉的面孔和影子。

从我上大学离开故乡到现在，到过许多地方，有过许多遭遇，可是，都没有这一切来得亲切，来得自然。这时候，我又不相信时间能带走一切。我所逝去的年华，那些最珍贵的童年和青春岁月，必定以某种方式保存在这里。只是在很长时间，在我们匆忙打拼的那些岁月，遗忘了这个藏宝的地点。经过很长时间，你才会发现，这是一间心灵的密室啊。

很多时候，我们总是生活在眼前，忙碌着外在的事务，把逝去的记忆杂乱堆积在这里，我们却似乎无所适从，找不到开启的密码。在这个日益匆忙的世界上，人们愈来愈没有工夫和心境去怀旧了。人心如同躁动的激流，只想朝前赶，不想回头看。可是，如果忘掉源头，我们如何去矫正航向？如果不知道从哪里来，又如何知道向哪里去？

再一次与故乡拥抱，只为了追逐那个未醒的春梦。冬天的一场雨，下到深处就凝成雪；夏天的一阵风，吹到近处就掀热浪。近处是一种距离，远处是一种模糊。哦，太近或太远，都会使人心驰神迷，唯有熬人的相思没有距离。

故乡近在眼前，静心审视它，悟出一生的匆匆。那穿插而过的光线，就带着时间的碎末。一盏灯，一段岁月，一个尘封的抽屉，淡淡地开启着缥缈的旋律。心不再忧郁，不再飘零。逝去的情感，不论痛苦还是欢乐，无论他们一度如何使我激动不宁，隔开久远的时间再看，都是美好的。其实，痛苦和欢乐的差别并不像当初想象的那么大。欢乐的回忆夹着忧伤，痛苦的追念掺着甜蜜，二者同样令人惆怅。

清明时节，故乡的小草开始发芽，翠柳欣赏着清脆的鸟鸣。田间，犁铧，黄牛，吆喝声，一同走进了画面。燕随云儿远，田野伴回声。坦荡辽阔皆沃野，暖阳春色意渐浓。故乡，又将演奏出一季姹紫嫣红……

这景象，一半映入我眼帘，一半刻在我心里。

## 故乡怀旧

许多年来，故乡总是走进我的梦里，魂牵梦绕般地挥之不去。于是我常觉得自己很想家，想得很重很重，那份长长的情结，连着我的心，我的血肉，让我用年华铺垫着那份不了的爱和真情。

走进老屋，又走进那个时空。立柜上的老闹钟，还是那个老样子，只是时间已经定格；盛满灰尘的土炕，还是那个土炕，只是颜色更加苍老；墙角的那些沙发，还是那么亲切，只是有些破损；镜框中的照片，还是那些人物，只是有些发黄。只有院子里杂草丛生，麻雀低飞，依然显示出生机。

这些年，究竟是故乡背叛了我们还是我们背叛了故乡？

上学时候听歌里唱“回不去的地方叫作家乡，去不了的地方叫作远方”，还琢磨着家乡怎么可能回不去，而远方怎么可能去不了呢？最尴尬的是，在乡村找不到出路的时，你来到城市；在城市举步维艰时，你又试图退回乡村。来来回回，两头不靠。梦想逐渐消失，意念却更深了。

苏东坡词里写过：万里归来颜愈少，微笑，笑时犹带岭梅香。试问岭南应不好？却道：此心安处是吾乡。虽然词是赞美好友的小妾。不过最后一句倒是时时让漂泊的人念念不忘。

此心安处是吾乡。游子念念不忘。故乡是避风港，是逃离或回归的地方，那里是情感寄托，是内心的最后一座堡垒。是啊，世界是这样现实，每次的冒险，每次的靠近，每次的不知所措，似乎都在慢慢靠近最温柔的故乡，不是地理概念，是情感的皈依。哪里可以心安，哪里就是你的故乡。

故乡最美的是盛夏。东风和煦，草长莺飞，墨黑的燕子带着剪刀尾一倏而过，像一道黑色的闪电。地上是竞相斗艳的花儿了，小路旁，荒野上，抑或是那田里的某个小土坡上，盛开的那些不知名的花，开得烂漫无拘，开得浓浓烈烈，却芬芳着一片天地。我们常常率性地躺在花地里，闻着幽香，淡淡的，闭上眼睛，有时真的会酿一个甜甜蜜蜜的梦呢。

故乡的月亮最圆。青辉朗朗，把一个梦想写在天幕，美的情感，亘古不变。多少次，时间滚动成一个环，世界浓缩成一个圆。我们站在小小的窗口，仰望月色朦胧，仰望那月色中唐诗和宋词的风韵。我们站在蓝蓝的苍穹，让月亮俯视着我们，俯视着传统与现代的蜕变。望月，属于快乐，也属于惆怅，一首李白华丽的诗，一阕苏轼深情的词，便成千古绝唱，雕塑成无与伦比的婵娟。

故乡那金色的黄土，涓涓不息的河水，袅袅炊烟的村落，还有门前沉着的老井，无数次在我脑海里飘过。我忘不掉麦田里嫣红的晚霞，村落里飘舞的飞雪，瓜地里弥漫的清香，还有喊我乳名的父老乡亲，以及那些一起摔跤打架的伙伴。

更多的时候，我们穿过苍翠欲滴的麦田和菜地，就到了清且涟漪的排干边。没有洪水、没有波浪、没有沙滩，我们尽情地戏水，水花飞溅，你逃我追，摸爬滚打。那是一种极为自然纯粹的快乐。直到个个成了泥猴，连耳朵眼儿里也进了沙子，听到大人接连不断的叫声，匆匆忙忙在河水中洗一下，拿起岸边的衣裤， 边走边穿，恋恋不舍地离开河滩。

记忆中故乡的河渠那么多、那么长，多得以至于没有相应的名字，长得以至于没有停息的尽头，它们只是默默地用自己跳动的脉搏去诠释存在的价值。没有源头便没有远流，没有根须就没有绿叶，没有这样被心不断抚摸的故乡，就没有心灵的依存。

多少次梦里回故乡，思念打湿了通往故乡的路；多少次夜里望月亮，情感牵引着回归的脚步。魂牵梦萦的故乡啊，让我做春天里的一缕风吧，可以不停地回旋在故乡秀美的山山水水之中；让我做夏夜里的一片云吧，可以时刻飘游在故乡朗朗的星月之间；让我做秋雨中的一叶落枫吧，我会用一生的情怀扑向故乡温暖的怀抱；让我做冬季里檐下的冰锥吧，尽情地融化在故乡慈祥的眉梢里……

飞机起飞的那一刻，故乡的村落渐渐远去，母亲河渐渐与炊烟交织在一起。只有我的情，还游荡在故乡的空中。

## 碾子与石磨

现在的年轻人，即使是生长在农村的，大都不知道碾子与石磨了。因为这些物件大多已经被闲置或者废弃。之所以要为它们写下一笔，是因为它们曾经确实是村民们必不可少的生活用具。

如果说繁华的都市彰显的是一种红尘迷离的喧嚣，名山大川勾勒出一种自然瑰丽的风景，民俗村落保持着一种醇厚朴实的风情写真，那么在那些民俗村落里随意散落的石碾和石磨便是另一种无言而深沉的景致了。这些偶尔散落在村居间的石碾、石磨沉寂着，诉说着一个村子昔日的美好，见证着村民们的生息。承载了一个村子历史的沧桑。

如今再回到原来的村子，昔日的土坯房鲜有人住了，人们大都迁移到整齐划一的新居，石碾和石磨成了农家乐的装饰品。昔日要用来生活的石碾石磨自然也就被电磨代替了，和那些被遗弃的土坯房一样，只能默默沉淀着曾经的历史，诉说着淳朴的乡情。在我的记忆中，碾子与石磨，伴随着冬去春来、花落花开的岁月，演绎着偏僻乡村漫长而幽静的历史。

北方大部分地区麦黍等粮食脱壳、去皮时必须使用碾子。碾子由碾台、碾盘、碾滚和碾架等组成。碾盘中心设竖轴，连碾架，架中装碾滚子，给牲口套上套簧，戴上“蒙眼”，由一根木棍衔接套簧与磨盘，驱使牲口沿着磨道环形拉动。

与碾子比较，石磨的历史更加久远。最初叫硙，汉代才叫作磨。用于把米、麦、豆等粮食加工成粉。磨是用两块有一定厚度的扁圆柱形的石头制成的磨扇。下扇中间装有一个短的立轴，用耐磨的铁制成，上扇中间有一个相应的空套，两扇相合以后，下扇固定，上扇可以绕轴转动。两扇相对的一面，留有一个空膛，叫磨膛，膛的外周制成一起一伏的磨齿。上扇有磨眼。磨面的时候，谷物通过磨眼流入磨膛，均匀地分布在四周，被磨成粉末，从夹缝中流到磨盘上，过罗筛去麸皮就得到面粉。可以说，乡下人的日子，就是从磨眼慢慢地流进去，被磨得细细碎碎的，从两扇磨盘间原汁原味地流淌出来。

碾子和石磨，早先是靠人推的。后来主要靠驴拉磨。那个时候，我记得驴总是被蒙上双眼套在拉杆上。驴听话而老实，无论大人小孩，只要一声吆喝便会转起来，不紧不慢。淘气的毛驴时不时地偷吃一口粮食，人就用笤帚把子照着驴屁股狠狠地抽一下，打起一股烟尘。毛驴却不在意，摇晃着尾巴得意地嚼着偷来的粮食。

我记得，我们村里的碾子，那青石锻打的碾盘直径有近两米，上面凿出由浅到深的石槽，像一幅有规则的画。我也记得我们村里的老磨坊，向阳的一面开一扇窗户，木格子镶嵌成斜纹图案的窗棂上糊着粗糙的麻纸。麻纸厚实而柔软，能遮风挡寒，却也遮挡住了阳光，即使是在晴朗的冬日，阳光将窗户纸晒得发烫，磨道里依旧显得昏暗。就在这样昏暗的环境之下，人和驴不紧不慢地围着碾子和磨台转，一年年下来，碾子和石磨边的地面明显低了，像一条羊肠小路，也许正是因了这个缘故，老家的人不叫它磨坊，而是叫磨道。只不过，日复一日的“长途跋涉”，其实只是在方寸之间徘徊。也许，那被蒙着的驴眼睛里看到的，是一条永远没有尽头的道。

碾子与石磨，无疑是祖先人工开物的一种重大发明，在乡下它是倍受先辈们推崇的。因为碾子围绕着碾轴转动，不仅碾出了先辈们一道道酸甜苦辣、岁月轮回的风景，也碾出了一圈圈满足人间烟火的精美图画，进而也让村民的生命在吱吱扭扭的声调中繁衍丛生。

村民们对碾子和石磨是很有感情的。他们甚至给自己的孩子取名碾子或石磨。在他们看来，自然的力量比人大，他们相信人是永远改变不了自然的。正因为如此，乡下人的日子是被摊在碾盘上，让碾轱辘压得细细薄薄的，拉伸延长着。或者说，乡下人的日子就是围绕着碾子和石磨被人被牲口踩踏出来的圆圆的磨道，磨出黑夜与白天。世上有许多人，如同碾子和石磨，经历沧桑，为人忽略，在苦难中度过一生。

也许碾子与石磨不太值得我们去怀念，可是，与那个时代相濡以沫的村民们对它们的记忆却是非常鲜活的。一般而言，碾子不是家家必备的，一般一个村落只有一两个，它们都是公有财物。碾子大多露天置放，不过它不是随意安放的。选址，是碾子落脚的首要环节。按星宿说法，碾子属于白虎星下界，必须选在方便、干净、避风、向阳、不“克人”的地方。而石磨总是安放在磨坊里。

碾子边，磨坊里，除了加工粮食以外，常常是村民喜欢汇聚的地方，也是他们自然畅吐、诉说，甚至传播小道消息和家长里短的地方。农闲时节，大姑娘、小媳妇们更喜欢坐在碾台上、磨道边，搓麻绳、纳鞋底、哄孩子、张家长李家短。或蛐蛐咕咕，或叽叽喳喳，或放声浪笑。所以，这里总是笑泪同奏，是乡音同曲的丛生地和聚散地，甚至于那些鸡呀狗啊，也跑来凑热闹，寻觅它们的吃食。因此，这里总是人欢马叫，鸡飞狗跳，热闹成一团。尤其是那一曲曲动听、逗哏、婉伤的故事，在人们心中飘飘洒洒，遥遥远远……只是，20 世纪 80 年代中期，碾台拆除了，磨盘不见了，它们被现代化机械替代了，在人们的眼里消逝了。

常常，我会抚摸着那些写满沧桑落满故事的碾子和石磨，似乎触摸到一份久违的亲切与快乐，寻找到一种旧时的痕迹和影子，在一次次的回望驻足中，它们在我的心灵深处搭建起一方永不落幕的舞台，与之相关的人和事，与之相连的景与情，伴随着渐老华年，一次次回放上演。我知道，我已经融入了那片土地，想起它们，就有一种朝圣般的心情与想象，那些快乐的记忆，犹如生命里一缕散不去的暗香。

## 怀念老房子

怀念老房子，如同怀念一首老歌。

在红尘滚滚的都市里，在车水马龙的大街上，我的嗓音凝重低沉，就像一声呼吸裹挟着灶火的暖意。每一次回到故乡，来到老房子跟前，都有不同的感想。老房子庇护了我的父母，荫育了我们。房间里那些熟悉的摆设和家当，伴随着我们的成长。那些烟熏火燎的墙壁，见证过我们的些许渴望。

儿时的老房子就是我们的天堂。老房子的前面是一块很大的空地，暮春漫着沙枣花香，夏夜盛满清亮的月光，金秋堆满丰收的庄稼，隆冬追赶鸟儿的翅膀。记得那一个个晴朗的晚上，窗户纸里透进水银般的月光，父亲拉着胡琴，母亲做着针线活，锅里煮着猪菜，房子横梁上挂着几串干瘪的老玉米，吸引着老鼠在墙角吱吱叫。这时候的老房子往往酝酿着古典的诗意，也繁衍生息着生命的韵律。有时，父亲仰起头，数着一根一根的椽子，给我们讲述它们的来历以及有关老房子的零星故事。那时候，家徒四壁的老房子，让我们感到那么的空旷和神秘。

再后来，老房子成了我美好的驱之不散的回忆。老房子陪伴我度过了童年、少年和青年的大部分时光。那时虽然生活拮据，但我们没有太多的奢望，生活得平淡而充实。在这里我懂得了敬畏，学会了忍让，读遍了其他孩子不愿看的小人书和小说。

老房子给我心灵镌刻下深深一道印记。印象中的老房子，总是静静地卧在村子的北边，它的墙皮脱落了，屋顶漏雨了。即使这样，由于我们弟兄姊妹多，拖累重，也来不及修缮，我们与老房子一起经历过令人忧伤的风风雨雨。直到改革开放后，才盖起了新房。一弯新月下，老树新枝，疏影斑驳，秋虫夏蝉，如泣如歌。住进了新房子，渐渐忘记了老房子。似乎曾经的鸡鸣狗吠，曾经的夜半灯光，曾经的悲泣酣梦，都像厨房上空的炊烟一样渐飘渐远了。并且随着时间的推移和我们的成长，渐渐地，原来的新房子也变成了现在的老房子。等我再回到故乡，一切却恍如昨日。只见房顶上零乱地长着一些叫不出名字的杂草，时常会飞来些麻雀叽叽喳喳地在上面啄来啄去。微风一吹，杂草摇摇摆摆。当我再度用双手推开老房子那扇门时，我才意识到这里早已空无一人。悠长纯净的门声没有了，扫帚划过黄土地面时的沙沙声也听不见了，搓玉米时玉米相碰的簌簌声消失了，再也听不到父母对我们的呼唤，再也听不见鸡鸭的鸣叫。有时候，绕着老房子走上一圈，心里有些许说不出的酸楚和感伤。

轻轻推开
那扇被岁月锈蚀的铁门
思绪挂在脸上
情感在脑海激荡
那熟悉的长满杂草的院子
储存着我儿时的期盼
那炎炎的阳光
挤走了我的悲伤
静悄悄的老房子
激活了我的向往
……

## 从陕坝到北京

陕坝在阴山脚下，黄河“几”字形的北边。

陕坝与北京相距几千里。几千里的路上，父亲走过，变成了当时整个小镇称颂的故事。然后是我，千里跃进，侧身北京，实现了几代人前所未有的梦想。

父亲年轻时曾在内蒙古东部的通辽上学，北京是必经之地。父亲告诉过我，那时到北京，他要先从陕坝坐牛车到包头，然后再坐三天三夜的火车，进入北京城。北京所有的景点，他们都是步行前往的。那是自然的北京，革命化的北京，走到哪里都不需要提心吊胆。虽然吃不饱穿不暖，但到处是赏心悦目的场景。

北京给父亲的人生之路增添了光彩，受到了同事和家人的瞩目。那几千里的行程，深深印刻在父亲的脑海里。到我去北京工作的时候，有了公路，铁路大提速，还有高速公路，这是父亲他们想都不敢想的事情。他们那时去北京，买票就十分困难，要头一天从陕坝赶去临河，坐牛车去包头后，还要成夜在车站排队购票。那时的天气非常寒冷，一路上，寒风像无数的刀子在空中舞，即使把棉帽子的两个帽耳拉下来死死地系着，哈出的热气也立马会变成霜，于是帽檐是白的，眉毛也是白的。加上饥饿，头就发昏。但是心中只有一个信念，就是盼着早点到北京。

我大学三年级第一次去北京的时候，这种情况已经大为好转。公路是经过改造了的，但我很少走。在呼市参加工作以后，陪领导往返多次，但大多数坐火车。1999 年我到北京工作以后，大多数坐飞机。后来，听说铁路改成了复线。再后来，又有了京藏、京新高速公路。那可是八车道的路面呀，就从陕坝后面穿过。每到黄昏，铁路上火车隆隆，高速路上车流不息。从北京到陕坝，9 个小时就可以到达。

2008 年，当地政府开始在临河到五原的中间地段修机场， 2010 年 10 月通航。从北京到陕坝，满打满算一个半小时就够了。以前，从北京回陕坝，感觉很长的路，万不得已就不回去了，临河的机场建好了，我会随时从北京回陕坝的。或许头天晚上我给母亲打电话说回去，第二天上午，就可以和母亲一起吃上可心的饭菜了。

在好长一段时间里，我总认为北京越来越大，像一张大嘴，吞吸着方圆几百公里的财富和人才，而乡下，像我的老家陕坝，却越来越小。但随着高速路的相继建成，城乡拉近了，它带走了陕坝的好多土特产，又带来了价廉物美的货物给陕坝。“西贝莜面”“河套王”“金川啤酒”“河套华莱士”“河套雪花粉”等等，在北京就可以品尝。而在陕坝，小洋楼一幢一幢盖了，有汽车的人家也多了，甚至荒废了十几年的那条老街重新翻建，一套房价由原来的几万元猛增到几十万元。而我，则是更勤地从北京到陕坝，从陕坝到北京……

## 游子

“天边飘来故乡的云，有个声音在向我呼唤。归来吧，归来吧，浪迹天涯的游子…… ”这是费翔的《故乡的云》。

许多个早晨，当我醒来看见窗外的天空，那些浮云遮蔽着日头，让我不时打着寒噤，也让我想起了自己的父亲母亲，似乎我永远没有离开他们。

小时候，村庄方圆十里外是个什么情景，自己丝毫不很清醒。只有沿着熟悉的田间小路上学放学。后来，当我站在县城的街头，遥望生养我的村子时，我才开始听到自己内心的思念。再后来，上大学，远走他乡，思念又加重了几分。此后许多年里，我把自己的思绪压缩成包，随我辗转，随我前行。有时我看到树木从岩壁里长出来，叶茂根深。那样繁盛的生长，平添了我许多自信。我时常记得那泥土的味道，还有父母期盼的双眼，异乡的风，一次又一次吹过游子的心。

大多数人，都不明白村子里的生活。那些写下来的记忆，又多少失去了本真。为了寻找本真，有时，我沿着三里河向前走着，误以为这里便是我期望的家园。但我在这里的存在在别人看来也是无所谓的。这里多我一个不多，少我一个不少。熟悉的人寥寥无几，因此当我觉得困倦上来时就有一阵冲动，想要在岸边小憩一会儿。环目四顾，似乎所有的人又都不在了。我掩饰着心里的安详和骄傲，转眼俯视着身边的丛草。那草虽已枯萎，却看起来那么亲近。我的话似乎它们也能听得懂。

在秋日长长的午后，当我坐在窗口，那些岁月都成了似曾相识的部分。直到黄昏来临，才会有另外的事物穿梭来到，打破这简单的平衡。似乎再也不会有刚刚过去的那些光阴了，它们过于单调寂寥，迫使我一次次地进入到那些回望当中，随时随地，与自己或别人相遇。有时会看到脆弱的自己，随着时间的动荡经过那游移的日子。

因为前方有障碍物，它阻拦着我通往顺利的旅途。我常常进行着这样的工作，意图把一切对构成难度的前提解决掉。在守望中，有些东西慢慢变得清晰起来。在温和的黄昏中，似乎有一双明净的眼神作导引，使我与未来缓缓接近。庸常岁月已经赋予我足够的忍受力，以至于我的生活如此坚定而认真。因为四下里看去，每个人都步履匆匆，我似乎已被抛在他们身后。而我自己追赶的脚步不停，即使在黑夜里，也不会有真正的静止。

倘若做一些稀奇古怪的梦，那梦境生疏而使自己吃惊，那么，在大梦初醒的凌晨，我们还会强化这样的意识：那曙光中依旧带着冬季的森冷。并且随着节令渐深，年底渐渐近了，天色融融，并无更多寒冷，反是春天已在招摇，眼瞅着就来到了。

## 手术小记

癸未年由夏入秋时节，鼻患疾病，用了许多药都无济于事，呼吸困难，折腾的我无法正常生活和工作，于是便入住北京医院，实施手术。

那是一个星期四的中午，躺在床上已经长时间没有进食的我，被一位女医生叫醒，被要求尽快大小便。我知道，他们之前就已经告诉过我，这是临战的再动员。我在卫生间故意消磨了一会儿，然后跟着那位医生走向手术室。手术室在11楼，我住在9楼，虽说已经到了这样的地步，然而心里依然在打鼓，走起路来有气无力。正好看到走廊上方的时间牌上的时间是11:41。总算走到手术室门口，一眼看到幽暗的手术室里，床上正躺着一位大概还没有醒过来的光着身子的病人，让人心生丝丝凉意。正在迟疑间，那位带路的医生说：“就在这里。你在门口稍候。”我在门口的一个凳子上随意坐下。心里忐忑不安，却听到里面传来一阵霍霍的磨刀声和剪子的响动声。尽管自己还在告诫自己要坚强要冷静，反正死猪不怕热水烫，可是这些声响却怎么也无法让我安静下来，我感觉周身寒战。

就这样等了20分钟，听到一个女医生轻松地呼喊，进来吧！我知道是在叫我，便应声走了进去。先是脱掉鞋和上衣，然后爬上手术床，仰面躺在床上，任其摆布，又像被捆绑起来似的。就这样又过了十几分钟，我熟悉的麻醉师和要给我实施手术的耳鼻喉科的黄主任先后走了进来，向我示意。麻醉师拿过一个像氧气面罩一样的东西，扣在我面部，教我大口呼吸，然后数数，1、2、3……麻药的作用，不一会儿，我什么也不知道了。

也不知过了多久，就好像睡了个长觉，猛醒，头脑清凉。然而刹那间，所有的信息又充斥其间。听到的第一个声音就是麻醉师对我说：“黄主任来看你了。”我的眼睛无法睁开，只是下意识地用右手，像战士那样给黄主任行了个军礼。我心里也感到很滑稽，因为我没有当过兵。护士推我出手术室的门，我听到门外等候已久的妻子说：“出来了！”那熟悉的声音，使我即刻泪如泉涌，似乎受了莫大的委屈，终于有了可以倾诉的对象似的。我知道自己的神志还是清醒的，看来这一劫是可以逃过来的。

接下来，是连续3天的持续疼痛。整个脑袋就像要爆炸了。真不敢想象，这种痛与死亡又有什么区别。头好像发生了异位，不像是长在自己身上；浑身没有一处舒服的地方；腰疼得要断了，感觉黑夜太长，白天也太长；不愿听到什么声音，甚至连说话的声音也不愿听到；知道不断有人来看我，我却无力与他们招呼；心里乱极了，烦躁极了，痛苦极了。只有妻子一遍又一遍地给我擦去饱含瘀血的浓痰，一次又一次地给我用热毛巾热敷。我只是张着大口呼吸与呻吟。我暗忖，如果早知道如此痛苦，绝对不会做这个手术的。我痛苦，她辛苦，又花了那么多钱，这是何苦呢！

三天过去了，太阳也出来了，疼痛缓解了许多，呼吸开始比较轻松起来，心情开始豁朗开来。

## 四棵沙枣树

在我很小很小的时候，父亲就在我家后院并排栽种了四棵沙枣树。虽然在盐碱地中生长，但它们的生长发育还是很快的。到我上小学的时候，它们已经开始开花结果了。

四棵树，挺立在屋子后面，很高很挺拔。可以说，我是嗅着它的花香、看着它们长大的。父亲喜欢植树。在我的印象里，他在门前屋后栽了不少树。但为什么只有这四棵沙枣树给我的印象最深呢？原因在于柳树、杨树、果树都不宜成活，往往一年半载就死掉了。大概是盐碱化太高又缺乏水分的缘故吧，只有沙枣树耐盐碱又抗旱。所以它们生长得郁郁葱葱。每当五一前后，沙枣树花开，香飘十里。

我是个幸运的人。四棵树给了我童年的整个世界。春天，吹面不寒杨柳风，我们看着紫棕色的树干上发出的嫩芽，欣喜若狂，像是发现了生命的奥秘。我们密切关注着嫩芽渐渐长出的椭圆形的叶子。那是淡淡的绿色，上面有一层白色的膜，就像磨过砂似的，那么典雅，那么传神。春夏之交的早晨，当我打开窗子，沙枣花的香味扑面而来。淡黄色的沙枣花把鸟儿也招来了，它们叽叽喳喳，在四棵树之间穿梭，完全可以称得上是花香鸟语。我在树下静静地背书，感觉美妙极了。到了秋天，沙枣树结满了果实，红红的，黄黄的，把过路的小孩子也引来了，小孩儿们爬到树上摘果实，树叶便沙沙地响起来……

后来，我上了初中、高中，虽然离家远了，依然惦记着这四棵沙枣树。每逢寒暑假，我都要悄悄地来到树下，我与四棵树相互注视着，感到一丝远离的负疚，而树的胸怀却永远是宽容的，似乎那么善解人意。我把我的不快和委屈尽情地向树倾诉，树叶沙沙，似乎也听懂了我的语言。

再后来，我上了大学，参加了工作，到了呼和浩特，到了北京。栽树的主人——我的父亲，去世了，而四棵沙枣树也枯萎了，想起四棵沙枣树，便想起了我的父亲，所以我对它们的思念越来越浓。

现如今，生活在高楼林立的丛林中，周边的树木虽然也有，却绝不能与我和四棵沙枣树的感情相比。我看不见四棵沙枣树，我的生活中没有四棵沙枣树，这着实让我迷茫。但有时在睡梦中，我依然可以清晰地看到那四棵沙枣树，依然是那样郁郁蓊蓊。

## 酸粥

酸粥，酸酸的，甜甜的，酸里透香，甜里含酸，它是我小时候最爱吃的饭食，也是我们那里家家户户都会做的。其所以受到人们的青睐，除了它本身香醇的一面外，还具有一般米饭不具有的营养价值，主要是易于消化，增强食欲。更为奇特的是，凡是吃酸粥的人，往往唇红齿白，皮肤细嫩。

酸粥的制作很简单，只需把糜米放入罐子里发酵，便可成为酸浆，可以连续几天食用都不坏。用酸浆加米酒可以熬成酸粥。家乡人无论是春种，还是秋收，总离不开它。并且，大凡在河套平原生活过的人们，都对酸粥有一种说不出的眷恋。尽管在外工作多年，仍然忘不了酸粥的醇香。我每次回去，亲戚总要做一点给我吃。对我来说，它比珍馐美酒还好。

酸粥是怎么发明的，不得而知。只知道，它的历史与河套人的命运紧密相连，体现着河套人生活变化的轨迹。据说，在很久以前，有一农妇，有一次她家剩下的米饭无法保存，就把它放在罐子里，加一点水，等着下一顿吃。结果家里来了客人，就忘记吃了。等过了几天想起，满以为饭馊了。但是当她打开罐子的时候，奇迹出现了，罐子里的饭非但没有变质，反而有一种酸酸的、香香的气味冒出来。她尝试着加了一点新米进去，等熬出来，粥也是酸的，不但她自己爱喝，家人也爱喝，乃至整村的人都爱喝。这样一传十，十传百，十里八乡就开始喝起了酸粥。在旧社会，能否吃上酸粥，家里有几个酸罐罐，成了家境好坏的标志。甚至婚丧嫁娶，也要以此炫耀。现如今，人们的生活水平提高了，酸粥也就自然而然淡出了生活舞台。

如今，生活变得日益富裕，饮食变得丰富多彩，更加显得酸粥的珍贵。我每次回乡都要和村里人说，千万不要让酸粥灭绝，应当让它走进千家万户。因为酸粥好喝，酸粥的历史难忘。我们还要让酸粥在改善我们饮食的同时，让子孙们在喝酸粥的过程中，永远记得祖先创业的艰难。

## 回家

都市的生活，繁忙而紧张。每天，匆忙的脚步追逐着匆忙的脚步，行驶的车轮重叠着行驶的车轮，急匆匆上班，忙碌碌回家， 谁也不觉得怪诞，好像生活原本就是这样。

我们每个人都有对家不尽相同的感觉。在有的人心中，家是妻子为你倒上的一杯热茶，是孩子提着问题请你解答，是父母唠叨的一番闲话，是爱的聚集与升华，一句话，家是心灵的床，是真诚和智慧的迸发。在有的人心中，家是情感的羁绊，是生活的暗淡，是污秽的驿站，一句话，家就是拖累，是逃离的期盼。正是因为如此，有人恋家，有人恶家。恋家的人每天都要回家，恶家的人当然也要回家，只不过是逃离了这个家门，走进另一个家门罢了。所以，不论如何，回家依然是所有人的生活取向。

我是一个恋家的人。晨曦中，我走出家门，哼着小曲驱车上路，身上依然带着家的气息；暮色里，听着《家是温馨的港湾》，愉悦的心绪，让我加快回家的脚步。回家，没有一丝的犹豫与做作，温馨在心里慢慢升腾。我知道，家里有爱人在等。

回家，不仅是自己的家，还有远方父母的家。在心灵深处，那才是真正的家呀。每当大雪曼舞，灯笼高挂的腊月，便是我启程走向远方老家的时刻。辞旧迎新的喜庆夹杂着爆竹的脆响，一同铺垫在父母望儿的路上。而在此时，我便会哼唱那首《常回家看看》。唱起它，我似乎看到了年迈的父母，连同老屋剥蚀落漆的门板，还有我永远难忘的快乐童年。

曾几何时，我被似水的流年冲淡了对家的眷恋。家的存在和双亲的牵肠挂肚仿佛被置换成山谷的风，只有在孤独或感觉不如意的寂夜里才会拂过心空，让念家与无助交融。这时，那种无以名状的伤感就会勾起久已搁浅的思念，任它踟蹰而行，噬咬我无奈的心灵。于是，我会在《常回家看看》的歌声中静静地反思自己的过往，明白了人世间献给父母最好的礼物就是孝顺。

父母常说，有钱没钱回家过年。是啊，孝顺是不需要大把钞票和显赫地位来镶嵌的，它是那么的朴实和无法体察。往往在刷刷筷子、洗洗碗、捶捶后背、揉揉肩的一瞬，父母就可以领略到儿女的真情，那才是无法言传的幸福。

其实，常回家看看，不仅仅是要我们常回家看看年迈的双亲，更重要的是让双亲看看我们，晚年的老人比我们更注重亲情的浓烈，更懂得亲情的价值。儿女常回家，就是老人的日思夜盼，老人可以舍弃许多年轻人梦寐以求的东西，但他们绝不会割舍一丝舐犊之情，因为那里面有他们一生含辛茹苦的等待。

## 柿树

北京的柿树很多，在万寿路招待所院内，就有许多婆婆娑娑、高高大大的柿树。

在我那间宿舍的窗口，一棵柿树满满当当地遮挡着，树上挂满了金黄的柿子。这表明新的秋天已经来了。

我刚刚住在这里的时候，还是春天。记得那时的柿树，褐色的树干上才刚刚冒出些许新芽，喜鹊们登立枝头，对着我的窗口和我说话。我似乎明白它的语言，静静地面对它，好像在认真地聆听。注视着它，那种喜悦，那种期待，那种真诚，又好像无法用言语表达。

仲春时节，柿树好像换了新装，树枝被树叶团团包围，似乎鸟儿也难以深入期间。不几天，柿花开了，凉风之下，露润之中，一夜间便泛起许多嫩红嫩粉的花，它是那样娇媚，那样令人惊讶。有时吃饭路过，我会专门来到树下，伸手采几朵，回来精心地夹在书中，仿佛是一种珍藏，一种寄托，一种安慰。再过几天，小雨落了，花儿褪了，花根上却凸出一个个绿绿的小精灵，宛若小孩子玩耍用的玻璃球。渐渐地，它由深绿变成浅绿，似葡萄又不像葡萄那样滴里嘟噜、满满当当，而是一个个斜挂在枝头，绽放着笑靥。这时候，你再看那柿树，它是那么富足与挺拔，那么青翠与精巧。白杨不如它，梧桐比不过它。此时的柿树，那是何等的骄傲，清风摇摆着它，如翩翩少女的舞；鸟儿拥抱着它，唱着婉转迷人的乐曲；斑驳的阳光照射着它，刻画在一个个硕大的柿子身上；月光洒下，整个柿树宛如一座辉煌的宫殿。我被这宫殿的精彩而倾倒，不停地临摹，但是，无论如何也画不出我身临其境的那种感觉。

秋天到了，鸣蝉歇了，蝴蝶死了。柿树的碧叶翻卷成火红。西北风一起，放飞了满院的“红蝴蝶”，枝丫上只留下金黄的果实，此时，柿子如同从大幕走到前台，风姿绰约，无所畏惧，潇洒自如，慷慨大度，少女比不过它，那些明星大腕也比不过它的气度与风采。

## 怀念故土

怀念故土，常常怀念那一丝婆婆娑娑的杨柳，常常怀念那一缕淡淡袅袅的炊烟，心儿常在归途的路上寻觅，常听到父母亲切的呼唤……

怀念故土，是每一个游子共同的情愫。山隔不断，水剪不断。一把黄土，塑成千万个你我。耳边传动的是一声声脆生生的话语，心中郁积的是一沓沓沉甸甸的乡情。

独在异乡为异客，每逢佳节倍思亲。望着一轮明月，乡思便乘着这缥缥缈缈的月光飞走，穿过迷蒙的烟水，飞到故乡那如诗如画的月色里，回到了亲人身边。握着父亲的大手，听着妈妈的吟唱，和兄弟姐妹一起，庆祝秋天的丰收。整个村庄沸腾了，流金溢彩，成了不夜村，孩子们满村子嬉笑，我也成了他们中的一员。

月儿朗朗，歌声琅琅，给我们的村庄一片柔柔的情。其实，我们正在故乡的怀抱里做着香甜的梦呢……

## 班庆

2006 年 20 年班庆之际，我写下一首小诗，也算是一种纪念吧：

雪花的纷飞
牵动着 20 年漂泊而灿烂的梦
20 个流转的寒暑
舞动着快乐和感伤的风
晶莹的岁月
凝结着我们的真情
温暖着我们的人生
即使在萧瑟的回忆里
因为彼此
成就了一生的风景
啊，20 年
你是我前行的光标
闪烁着明亮的灯
20 年过后
我们继续结伴
永不休止地攀登
……

## 给儿子的一封信

亲爱的儿子：

岁月的列车行进到2006年末，时光的隧道回应着2007年的钟声。冬日的雪花，伴你告别了梦幻的童年；春天的脚步，随你穿行在烂漫的花季。带着欢声和笑语，带着憧憬和希冀，你终于豪迈地跨入了青年时代，迈进了成人的行列。在这个神圣的时刻，作为父母，我们诚挚地为你的成长而喝彩！

18岁是自立的标志。雏鹰只有离开温暖的窝巢，才能放飞翅膀，搏击风云；马驹儿只有离开舒适的棚圈，才能扬起铁蹄，驰骋万里。对你来说，只有逐渐离开父母的呵护、老师的引领，才能踏上征程，磨砺心志，锻炼筋骨，拥抱社会，实现自我，开创人生宏伟的篇章。

18岁是成熟的标志。古往今来多少仁人志士，多少英雄豪杰，在18岁的时候，就建立了叱咤风云、惊天动地的伟业。西汉时的贾谊，18岁就成为当时著名的政治家、文学家，我们今天依然诵读着他那千古名篇《过秦论》；敬爱的周总理，18岁时东渡日本，写下了“面壁十年图破壁，难酬蹈海亦英雄”的诗句，表明为祖国、为民族而奋斗的壮志和心声。

18岁是责任的标志。18岁，人生的履历将翻开新的一页。你们将告别童稚、天真和依赖，将书写理想、责任和奉献。成人意味着美好和欢乐，更意味着责任和奋斗。当你们举起右手，向祖国、向党和人民发出成人的誓言的时候，就意味着从此你们不再是一个需要被监护和照顾的孩子了，而是以一个共和国公民的名义，去享受法律所赋予的全部权利，去承担法律所要求的全部义务。这是人生的责任，也是时代的责任。每一个人不懈的努力和追求正是我们民族、国家乃至整个人类得以延续和进步的根本。因此，希望你更加努力地学习，汲取人类丰富的智慧营养，塑造高尚的灵魂和健美的体魄，并以自己的学识、才华、刚毅和自信，去实现那不悔的承诺，去创造那属于伟大事业的成功与光荣。

相信你会用智慧、意志和肩膀，支撑起自己、家庭和社会的重任，真正做到无悔于青春，无愧于时代，无悔于人生。

18个春夏秋冬，18载岁月轮回，时间就像一本不停翻过的相册，记录着你18年来生命中的每一个瞬间。18年前，爸爸妈妈带你来到这个世界上，从蹒跚学步到咿呀学语，无不浸透着父母爱的雨露；从天真烂漫的少年花季到青春流淌的岁月，无不充溢着父母爱的辛劳和汗水。18年的艰辛、劳苦和付出，18年的快乐、幸福与自豪，都将成为我们心中永远的珍藏，正是你，让我们的人生更加灿烂，正是你，让我们的生命更加精彩。

亲爱的桦儿，在你跨入成人行列的这一庄严时刻，切不可忘记曾经培育你的学校和老师，正是他们用无私博大的爱心，教书育人的崇高灵魂，滋润了你的豆蔻情怀，放飞了你的远大理想，孕育了你的心灵，使你得到茁壮成长。

如果说成长是一条奔腾不息的河流，你就是那劈波斩浪的航船；如果说成长是一片浩瀚无垠的大海，你就是那坚强不屈的水手；如果说成长是高耸入云的大山，你就是那矢志不渝的攀登者；如果说成长是一片辽阔蔚蓝的天空，你就是那搏击长空的雄鹰……

亲爱的赵桦，张开你青春的臂膀，去拥抱美好的明天吧；铺开你青春的画卷，去书写绚丽的人生吧。我们期待着，祖国期待着！

愿你的前程繁华似锦。

爸爸、妈妈

2006年12月18日

## 前事不忘

回首是春，俯首是秋，生命的旋律在春秋演绎；日月经天，江河行地，历史的车轮在无休止地转动。如果我们把现在比作前身，那么历史就是背后。如此说来，背后是那么的雄浑，那么的博大。

背后留给我们代代传承的精神财富。屈原苦苦行吟于江边，面对不公与屈辱，毅然投身于汨罗江中；李白“安能摧眉折腰事权贵，使我不得开心颜”，彰显的是一种潇洒、豪放的精神；谭嗣同“我自横刀向天笑，去留肝胆两昆仑”，抒发的是一种大气凛然的英雄气概；鲁迅弃医从文，为正义挥舞着刀枪和匕首；朱自清“宁可饿死，也不吃美国的救济粮”，高扬了一种铮铮铁骨般的民族气节。

背后留给我们代代传承的文化艺术。有“大江东去，浪淘尽，千古风流人物”的豪放，有“杨柳岸，晓风残月”的婉约；有琴瑟琵琶，笙笛唢呐，鼓乐声声；有吴道子的工笔，有齐白石的水墨；还有《周易》《春秋》《史记》……这一切，构成了我们民族文化的壮美奇葩。

背后留给我们代代传承的浩然正气。纵观历史，中华民族的文明史就是一部正义战胜邪恶的历史。“富贵不能淫，威武不能屈，贫贱不能移”，体现了我们祖先的凛然正气；在长达几千年的历史苍穹，无数民族英雄，无一不是我们民族的正气之魂；多少仁人志士都把“鞠躬尽瘁，死而后已”作为人生的座右铭。“先天下之忧而忧，后天下之乐而乐”“苟利国家生死以，岂因祸福避趋之”，充满了高昂激越的浩然正气；“人生自古谁无死，留取丹心照汗青”，更是惊天地、泣鬼神，千古传诵……

背后的故事太多太深沉。在历史的天空中，每颗星都有自己的灿烂，每个人都有自己的位置，每朵花都有其独特的色彩，每缕清风都给我们送来凉爽，每滴甘露都在润泽我们的心田。了解背后，把握未来，记住我们的使命，传承文明的责任落在我们的双肩。我们只有牢记背后的辉煌，才能将闪烁的火炬传给明天，才能将无尽的希望带给明天。

## 打麦场

杏儿黄了，蜜瓜熟了，一望无际的麦田，在烈日的蒸腾下变成金黄。人们开始磨镰修叉，整理麦场。

麦田上空有云，聚拢来，四散去。朵朵的云，好像是不动的，又仿佛流动着。随着镰刀的上下翻飞、随着收割机的乘风破浪，麦子纷纷倒下，像一群玩累的孩子，舒舒服服地躺在麦田里。蜻蜓扇动着透明的翅膀，自由自在地飞。蚂蚁惊慌失措地寻找群居的家。夕阳从西边斜斜照过来，河水倚在麦田边，微风吹起淡淡的涟漪，麦香便溢满了整个村庄。

粮食短缺时代，麦收时节是农民一年中的盛大节日，“农家少闲月，七月人倍忙，夜来南风起，小麦覆垅黄”。蚕老一时，麦熟一晌，昨天还略微挂黄的麦穗，一夜热风，就会熟透。龙口夺粮，谁也不敢大意。大家都知道，又一个黄金季节来临了。此时，家家户户齐上阵，男女老少都登场。一个麦季下来，男的直不起腰，女的上不得床。累啊。

很快，人们由麦地转移到打麦场。那些日子，一捆一捆的麦子在麦场上垒成一座一座的小山，许多孩子手脚并用爬上去，站在高处摇摇晃晃。人们随便找个麦穗，吹出麦粒咬一咬，咯嘣一声响，就知道可以打场了。打场是农村一年之中最热闹、最忙碌的时候。正午的打麦场上，七八盘磙子一齐上，辊轴磨着磙子吱溜溜响。打场的人左手牵着缰绳，右手举一把长鞭，不时地在空中甩几个响鞭。会唱歌的，那高亢的歌声也随着磙子的旋转荡漾在整个村庄。那是最让农人心醉的音乐。

“摊场”“翻场”“压场”，当松散、干脆的麦秸被重力轧薄，人们再一次将它们翻起，接着又被轧薄。麦粒纷纷蹦出。挑开最上面覆盖的一层麦秸，微黄饱满的麦粒铺满了场地。如果说播种锄耧灌溉收割是一个过程，那么撵打扬场便是最后的完美总结。所谓“春种一粒粟，秋收万颗籽”，就是通过木锨一起一落的播扬来实现的。扬场的人们前后错落，逆着风向侧斜排开，然后把它们堆起来，等着风起，木锨扬起，半空绽开一朵花，颗颗小麦唰唰坠落，穰秸土屑飘落而下。你一锨我一锨，左一锨右一锨，呼呼地抛上去，沙沙地落下来，霎时间，扬出一个大大的椭球形的麦堆，那金光闪闪的麦粒，看着就让人舒服。队长拿出一个粮印，“赵记”小心翼翼盖在每一座粮堆上，不同部位都要盖。夕阳余晖之下，字迹分外鲜明。孩子们赤着脚颠颠地跑着，一会儿爬上麦秸垛，一会儿跑到场外边，有唱的有跳的，有翻跟头倒立的，有玩猫逮老鼠的，乐得忘了吃饭。

最惬意的就是晚上“看场”了。夜静悄悄的。星星一颗一颗，像刻在天上一样。空旷寂静的麦场，四周是堆积成山丘一样的麦堆，夜色中显得静秘安详。晚风习习，小虫低吟，树叶婆娑，麦香四溢。尽管白天累得腰酸腿疼，晚上只要往打麦场里一躺，顿觉心旷神怡，人们可以尽情享受这大自然的恩赐。

打麦场，是儿时为我留下的一个悠远而温馨的梦。

## 相逢是首歌

相逢是首歌，分别是明天的路，思念是生命的火……

三十年的风风雨雨，可以改变地位，可以改变身份，可以改变容颜，却永远无法改变同学的情谊。

沿着校园熟悉的小路，曾记否，1982年那个金色的秋天，生命的果实已经沉甸甸地挂在了枝头，我们满怀对未来的憧憬，带着青春的热情，沾着泥土的芳香，唱着金色的歌，相识在这里。那时候，或者心怀期许，或者懵懵懂懂，或者心愿不遂，或者身不由己，但是不管如何，我们都来到了大青山脚下，来到了呼和浩特，来到了我们入学通知书上注明的那个学校。在那里度过了我们人生当中最清贫、最单纯，也是最美好的校园生涯。

四年的大学生活，我们梦想过，激动过，无知过，尴尬过，迷惘过。因为有你，因为有我，才使我们的生活开始变得美好而快乐。相逢是首歌，上铺下铺，朝夕相处，四年紧张的学习与生活，由不得我们过多描摹和思索。八一街，麻花板，气象大楼，海拉尔路……多么熟悉的名字，多么简陋的校舍。传统的教室，简易的书桌。38名同学，16位女生，排排入座。工业会计，庞杂而艰涩；财务管理，实用而深刻；经济活动分析，深邃而广博……所有这些，回忆与怀念，就这样在光影穿梭间蔓延成一种情愫，一下子把我们置于那个遥远的、不曾再与我们相遇的年代。似乎陌生，又似乎激情闪烁，镶嵌着我们如梦如幻的生活。

怀念，也许我们怀念的并不是时光，而是那无从寻回的气息。人世间充满各种各样的情谊，唯有同学情至纯至真。它像玉壶冰心，似银色月光。没有名利的杂质，没有物欲的浊流，只有共同走过的一段黄金岁月。回首往事，人间冷暖，世态炎凉，官场风云，商海沉浮，甜酸苦辣，悲欢离合，让人感觉踏实的、难以割舍的，还是浓浓的同学情。想当初，我们兴趣相投也罢，心有灵犀也罢，红颜知己也罢，两情相悦也罢，能够把我们紧紧地维系在一起的，依然是同学情。乃至于后来我们无论走到哪里，都会想起几个熟悉的名字，喜怒哀乐，总会有几个同学诉说衷肠。

三十年前的相逢，的确给我们的人生带来莫大的友谊，莫大的动力，莫大的欢乐，莫大的激励。三十年以后的再次相逢，我们之间，没有高低贵贱之分，没有成功失败之分；有的，只是热情的握手；有的，只是真诚的理解；有的，只是深深的祝福……让我们忘掉自己的身份，忘掉自己的年龄，忘掉现实的许许多多。把你和我当作一个小小的音符，让相逢来组合最美好的音乐，共同歌唱昨天难忘的岁月，歌唱明天美好的期待，歌唱生活的多彩多姿。

相识是缘，相遇是缘，相逢也是缘。三十年，在人生的路上，我们共同成长，我们共同经历，我们共同潇洒，我们共同成熟，一路伴随岁月的脚步去行走，渐渐理解了人生的意义，慢慢懂得了生命的价值，也逐渐明白了生活的真正目的。在生命的旅途中，我们感动每一次缘的靠近。一个短信，一句问候，一点关怀、一次体谅，甚至于一些独到精辟的观点，一段温馨感人的留言，一张清新朴实的照片，都会传递我们的真情，打动我们的心灵。让我们感慨缘分的美丽，感动友情的温馨。孤独的时候，仰望天空，我会想起你们，寂寞的时刻，低头不语，我会想起你们；伤心的时候，忧伤泪流，我会想起你们；快乐的时候，开怀大笑，我会想起你们……于是，生命中的感动牵系在我们的情谊中，心灵间的思念牵挂在我们的情谊中。

相逢是首歌，歌手是你与我。人生路上，有心相伴，我们就不会寂寞。无论未来如何，让我们记取相遇的温馨和美好，享受相逢带来的欣喜和沉醉。相逢是首歌，或缠绵悱恻，或激情喷涌，或低吟浅唱，或放声高歌。让那优美的旋律、生动的歌词，情不自禁地拨动我们的心弦，将我们的思绪缓缓地植入歌声的意境，荡漾起我们心中的碧波。

人生苦短，聚散有常。也许你我还有很多肺腑之言没有说完就泪洒眼帘，抑或彼此还有许多心中夙愿没有兑现就挥手再见。春花秋月，金风玉露，曾有的美好不会随时间减退。我们始终坚信，世上存在着真情；我们毫不怀疑，人间会有真诚。纵使歌罢爱罢，繁花落尽，我们也要把美好珍藏心底。离别的路上，依然有我为你深情祝福，纵情高歌。

《水调歌头·财院卅年回眸》：

风云多变幻，
弹指三十年。
谁解个中滋味？
唯有大青山。
曾经筚路蓝缕，
又见虎踞龙盘，
几多苦与甘。
四载春夏雨，
一帘幽梦卷。

海东路，
人非昨，
空怅然。
身在京华，
遥想青城绥远。
而今年且五十，
故园梅花归梦，
犹记壬戌年。
更名重起步，
星光更璀璨。

## 蟒山忆往

再一次来到蟒山是在甲午年深秋。天明显凉了，太阳下得快极了，光线一软，人们就开始往凤山温泉度假村跑。偌大个度假村，人很少，迎宾楼、宴宾楼、悦宾楼，显得空空荡荡，只有温泉乐园里，有不少人头攒动。

据说当初十三陵选址，左青龙、右白虎。左青龙就指蟒山，蟒山又因其依山傍水，状如怀抱而被崇祯选为陵寝之地，却因李自成破京师自缢而死草草掩于思陵。再后来蟒山在国家建设、义务植树大潮下愈来愈美。所谓“松柏浮云千秋画，青山绿水万古音”，可见一斑。

蟒山一直是中央国家机关义务植树基地，1983 年、1984 年老一辈国家领导人先后两次来蟒山植树，他们亲手栽植的白皮松、油松等，已经拔地而起，绿意盎然。

记得我第一次来蟒山是在 2001 年夏天。当时我刚到北京工作，单位组织活动，我是为数不多的几个爬上天池的人。那时的同伴们来自天南地北，大家汇聚在一个新的单位，没有挤兑打压，没有结派拉帮，有的是满腔热忱，有的是团结互助。以至于过了好多年，大家每提及此，都在感怀那时的年轻，一心向上，同事间少有间隙，值得留恋。

那一次，我们从山下起步。只见蟒山环抱的山脚平台上，坐落着一尊面目慈善的弥勒大佛，据说它是我国北方地区最大的石佛。这座大佛由著名雕塑家赵树桐设计，招募了 80 名石匠花了一年时间才完工。石佛前 5000 平方米的草坪上，还伫立着十二生肖雕塑，栩栩如生。

那天上午，我们从大佛处拾级而上，二十余步后，右转，沿蜿蜒的石板路继续前行。右侧是藤萝连蔓的一座座甬廊小亭，树深荫翳，树影斑驳。丛林中时不时传出红男绿女的嬉闹和欢笑，使夏日的蟒山变得越发清幽。

穿越悠长、平坦的甬道，转入蛇行的小径，山路变得陡峭起来。但这种陡峭却没有登览东岳泰山的那种感觉，惊心动魄的胆寒，魂飞魄散的震撼，似乎与我无缘，然而，那种久违的无边无际的迷醉却渐渐浸漫了我的整个身心。

凤凰阁立于山顶，静穆而婉约地隐没在蟒山之巅。我们到达之前，已经有三五人率先上山，悠闲地聊着天南地北的过往，起伏不定的山路上不时走过几个行色匆匆的攀登者。我们也不示弱，快步攀登上去，径直走向天池。天池上有好多鸟，在水面上游弋。

游历了天池，从天池一边下望，只见一条狭长的小道直通山下。细看，山下是影影绰绰的村落，缠缠绵绵，朦朦胧胧。村庄连着袅袅娜娜的炊烟，炊烟连着清澈潺湲的溪流，溪流连着烟波浩渺的十三陵水库，伸向远方……

转身下山，右侧有一平坦去处，但见杂花生树，绿草如茵。坐在草丛间，抬头望着蓝天白云，心中漾着如烟似雾的情意，迷迷醉醉，柔柔净净。这时的蟒山俨然一位多情的少女，诉说着那些有关爱情的美丽传说。

下山之后，我们伫立在石佛脚下，仰观弥勒大佛喜笑颜开，自然随和的超拔气象。"大肚能容，容天下难容之事；开口便笑，笑天下可笑之人"仿佛万事皆可安然放下，烦恼俱忘。只是我那时只身来到北京，妻儿还在呼和浩特，心有牵挂，只是品味，并没有禅化到物我两忘的境界。

这一次到蟒山，距离上次已经过了十多年。石佛依旧在，而当年的那些同伴，有的故去，有的离职，有的走向新的岗位，有的渐行渐远。而如今的我已经青春不再，也无心逞强，只是静静地攀爬，静静地观看。

回度假村的过程中，我把视线再次转入苍茫的蟒山，脑海中忽然飘逸出无数令人沉醉的传说，雀桥上的脉脉含情，风雨中依然屹立千年的望夫石，撑着雨伞徘徊在断桥上的许仙，双栖双飞的蝴蝶梁祝……真的是蟒山依旧是，几度夕阳红啊。

## 诗意的阴山

阴山，是故乡的山。这里有我的祖先在这里开荒种田，这里有我的父老乡亲休养生息。

阴山，诗意的山。正是父亲的阴山，母亲的黄河，才造就了它的山光水韵，风土人情。

①

阴山，具象的阴山。

阴山，最早见于2000多年前司马迁的《史记·匈奴列传》：“（赵武灵王）北破林胡、楼烦。筑长城自代并阴山下，至高阙为塞。而置云中、雁门、代郡。”时在赵武灵王二十六年（公元前300年）。这里首次出现了阴山的名称，也是阴山之名首次亮相于历史舞台。

阴山，似莽莽巨龙横亘在黄河“几”字的顶端，东西绵延1200余公里，成为我国内外流域重要分界线，也是农耕区域和游牧区域的重要分界线。

而我的故乡，就在阴山和黄河之间所形成的八百里农耕区域。这就是通常人们所说的“后套”。

②

阴山，现实的阴山。

说阴山，离不开后套。

后套是河套的重要组成部分。通常所说的“河套”，源自平原地区河道发育的一种常见现象：当河道弯曲达到一定程度之后，往往会在曲流河段凸出部分的两端之间，冲刷开一条径直的新河道，在地理学上称之为“裁弯取直”。

据说，战国秦汉时期，黄河正处于裁弯取直之后两条河道并行的发育阶段。由于黄河的正式名称是“河”或“河水”，当时人称南面新生成的这条径直河道为“南河”，原来的旧河道为“北河”。由于这条旧河道，相对于新生成的径直河道，弯曲犹如绳套，所以俗称“河套”。

据研究，从秦汉时期起，直到明代后期，在河套地区，一直是以北河为干流，以南河为支流。

现在一般所说的“河套地区”，正是历史上的“北河”与“南河”之间这一地带。由于黄河在宁夏、内蒙古、山西几省区邻接地区的大转弯河段，过去也以其形如绳套而被称为“河套”，相对而言，后者称为“大套”，前者又称为“后套”。

“北河”残留的河道，贯穿于今内蒙古杭锦后旗、临河区、五原县和乌拉特前旗等地，后来名为乌加河（又作五加河、五家河等），在现今的地图上，也被标注为“总排干沟”。这是因为清末广泛开发河套水利之后，乌加河“常受上游诸渠之水，转输于下游诸渠，盖总干云”。现在乌拉特前旗境内的湖泊“乌梁素海”，则是“北河”故道上残留下来的牛轭湖。

③

阴山，动荡的阴山。

历史上阴山作为中原王朝和北方游牧民族政权的天然屏障，一直是双方争夺的焦点，秦汉和匈奴、北魏和柔然、隋唐和突厥之争都以阴山为主战场。而在诗人的笔下，吟咏阴山的诗作也就自然而然地充满了慷慨悲凉、肃杀凄伤的边塞气息。

在《饮马长城窟》这一汉乐府旧题下，晋代诗人陆机以汉武帝出兵阴山反击匈奴的历史题材为背景，写出了“驱马陟阴山，山高马不前。往问阴山侯，劲虏在燕然”的诗句，反映了军旅生活的艰苦和出征将士立功报国的精神抱负。

唐太宗李世民半生戎马未离鞍、征鞭直指过阴山。他在《饮马长城窟行》这一诗题下咏道：“瀚海百重波，阴山千里雪”“塞沙连骑迹，朔吹断边声”“扬麾氛雾静，纪石功名立”，真切描摹了塞外壮阔的自然景象，表现出帝王诗人一统天下的雄才大略。

④

阴山，边塞的阴山。

《出塞》《入塞》《塞下》诸曲，当是古代诗人吟咏的乐府旧题主题曲。

隋朝开国功臣、诗人杨素在《出塞》诗中咏道：“树寒偏易古，草衰恒不春。交河明月夜，阴山苦雾辰”。隋朝另一位诗人虞世基在和杨素的《出塞》诗中写道：“穷秋塞草腓，塞外胡尘飞。征兵广武至，候骑阴山归。”两诗抒写了边塞的征戍生活，正是隋王朝和突厥阴山争夺战在诗歌中的真实反映。

唐朝国威远布，诗歌繁荣，边塞诗卓尔不群，自成一派，阴山诗代有佳作传世。秦韬玉《塞下》诗云："到处人皆著战袍，麾旗风紧马蹄劳。黑山霜重弓添硬，青冢沙平月更高。大野几重开雪岭，长河无限旧云涛。凤林关外皆唐土，何日陈兵戍不毛。"栖白《边思》诗云："西北黄云暮，声声画角愁。阴山一夜雨，白草四郊秋。乱雁鸣寒渡，飞沙入废楼。何时番色尽，此地见芳洲？"雍陶在《赠金河戍客》诗中写道："惯猎金河路，曾逢雪不迷。射雕青冢北，走马黑山西。戍远旌幡少，年深帐幕低。酬恩须尽敌，休说梦中闺。"另有无名氏之《胡笳曲》云："月明星稀霜满野，毡车夜宿阴山下。汉家自失李将军，单于公然来牧马。"感慨时无良将，边防不修，为忧时忧国之作。

唐人边塞诗作当以盛唐边塞诗人王昌龄《出塞》："秦时明月汉时关，万里长征人未还。但使龙城飞将在，不教胡马度阴山"为最。此诗是作者最负盛名的诗篇，被后人推崇为唐人七绝压卷之作。上述这些诗作给后人留下了唐代阴山地区边地风光的真实记录。

⑤

阴山，奇险的阴山。

北宋诗人、集贤院学士刘敞出使辽朝经阴山时所作《阴山》一诗，为人们展示了宋辽时阴山的奇险和行路之艰难。诗云："阴山天下险，鸟道上棱层。抱石千年树，悬崖万丈冰。悲歌愁倚剑，侧步怯扶绳。更觉长安远，朝光午未升。"

辽中京留守赵延寿有《北廷感赋》一诗描述契丹族冬捺钵于阴山的情景："黄沙风卷半空抛，云重阴山雪满郊。探水人回移帐就，射雕箭落著弓抄。鸟逢霜果饥还啄，马渡冰河渴自跑。占得高原肥草地，夜深生火折林梢。"

金元时期，阴山称天山，并且设有净州天山县，元代诗人、文学家马祖常先祖即为净州天山县人。

元初，辽贵族后裔耶律楚材受到成吉思汗和窝阔台重用，在朝中任事近 30 年，官至中书令，是一位杰出的少数民族政治家和诗人，他曾经数次过往天山，为后人留下不少有关天山的优美诗篇。如"憩马居延酒半醺，寂寥寒馆变春温。未能鹏翼腾溟海，不得鸿音过雁门。千里云烟青冢暗，一天风雪黑山昏，天涯幸遇知音士，子细论文共一尊”（《过天山周敬之席上和人韵》）。“说与沙城刘子春，湛然垂老酷思君。同游青冢秋将尽，共饮天山酒半醺。茧纸题诗熟炼字，毡庐谈道细论文。五年回首真如梦，衰草寒烟正断魂”（《寄移剌子春》）。其他如“青冢路遥人去少，黑山寒重雁来多”“朝云雁唳天山外，残日猿悲黑水滨”“瀚海路难人去少，天山雪重雁飞稀”“一鞭羸弱渡天山，偶到云川暂解鞍”等，亦堪称吟咏阴山之佳句。

元朝翰林学士王恽有咏元帝秋猎之作云：“千里阴山骑四周，休夸西伯渭滨游。今年较猎饶常岁，一色天狼四十头。”由引可见，元代阴山仍然是帝王狩猎的重要场所。

⑥

阴山，征战的阴山。

明朝，阴山已经成为口外之地，朝廷鞭长莫及，诗人咏阴山之作较少，有明神宗时吏部侍郎冯琦咏《三娘子画像》诗值得一读。该诗用寥寥数笔勾勒出阴山下蒙古族娘子军飒爽英姿的壮美画面，赞扬三娘子维护民族友好关系的超凡举措。诗云：“红妆一队阴山下，乱点酡酥醉朔野。塞外争传娘子军，边头不牧乌孙马”。

清康熙二十七年（公元 1688 年），举人钱良择随内大臣索额图出使俄罗斯，经归化城（今呼和浩特市）作《登归化城纳凉望阴山》：“远衬孤城叠翠浮，大荒形胜此山留。半天高截来鸿路，万古寒凝战士愁。对面石欹蹲怪兽，荡胸云出奋潜虬。斜阳屏障苍茫里，有客披襟独倚楼。”写尽阴山的险峻。

清代诗人余正酉有《出塞绝句》二首，状写阴山风光和临边游感，也可一读：“朔风猎猎透征衣，枯草惊沙卷地飞。去去天山吊青冢，此行端只为明妃。”“大漠天低四野园，黄沙千里绝人烟。此生梦断封侯想，也到阴山敕勒川。”

⑦

阴山，诗意的阴山。

历史上的阴山并非经常处在烽火连天、刀光剑影的战云笼罩之下，诗人吟咏的对象也并非总是和荒凉、凄苦、哀怨交织在一起，各民族和平相处始终是历史的主旋律，歌咏和平安宁的边塞诗作也不在少数。

脍炙人口的北朝民歌《敕勒歌》曰：“敕勒川，阴山下。天似穹庐，笼盖四野。天苍苍，野茫茫。风吹草低见牛羊。”这首民歌用白描手法，出色描绘出阴山脚下苍茫辽阔的草原上水草丰美、牛羊遍野的一派和谐景象。

后人对此民歌评价极高，金代诗人元好问论此民歌曰：“慷慨歌谣绝不传，穹庐一曲本天然。中州万古英雄气，也到阴山敕勒川。”

清代著名诗人沈德潜评价为：“莽莽而来，自然高古”。清新明快、不事雕琢的《敕勒歌》，的确是历代诗人吟咏阴山之极品之作，千百年来，一股英雄之气始终经久不息地回旋激荡在阴山和阴山的诗篇中。

## 沙枣树下

小时候，我们的小学校在邻村，上学，放学，总要经过一段公路，约一公里长，路边都是沙枣树。春天的时候，一路枣花香；秋天的时候，果实累累，一片金黄。

那个时候，公路显得很宽敞。路面上汽车很少。除了偶然过去的几辆大卡车外，便是一些农用小四轮或者慢悠悠的马车、驴车。大卡车在我们身边扬起一片尘土，然后绝尘而去，引起我们一阵痛骂。

沙枣树有抗旱，抗风沙，耐盐碱，耐贫瘠等特点。属落叶乔木，树干无刺，枝条有刺，呈红棕色。幼枝密被银白色鳞片，老时脱落，呈栗褐色。树叶银白色，花瓣为金黄色。果实为椭圆形，粉红色或深红色，果肉粉质，乳白或淡黄色。我们有时爬到树上，隐约可见学校的烟囱。公路旁边，紧挨沙枣树一侧，有一条长满芦苇的水渠，常有鱼儿腾跃，蝶舞莺飞。

一般初次见到沙枣树的人，大都不喜欢它，因为它没有柳树的婀娜，没有杨树的高大，也没有榆树的葱绿。它的树干长的虬枝盘结，裂纹横生，叶子的一面是淡淡的几乎发白的绿，一面是银色的，形似柳叶般的尖鞘。猛一看，沙枣树就像一个顶着一头白发的历经沧桑的老人。

它的花开得非常小。它的果子——沙枣，也不惹人爱，很涩，不太甜，沙沙的感觉，吃的人不小心还会被它噎着。但是，不管怎么看，沙枣树总给人一种干旱，苍凉的感觉。

上学的时候，我们一般无暇顾及这些风景。沙枣树下，我们一路小跑赶赴学校。这时的沙枣树很威严，它像公路的灵魂，紧紧守护着这条公路，也紧紧守护着我们，风雨无阻。除了暑假和寒假，只要上学，我们都要从沙枣树下走过。沙枣树是我们的守护神，一直护送我们走向小学毕业。

沙枣花盛开的时节，树上开着的细碎的小黄花，像一串串小风铃，公路边、学校里，甚至操场上，到处是沁人心脾的沙枣花香，这花香在空气中弥漫开来，飘到很远很远的地方。尽管沙枣花小的很不起眼，但香味悠远，且有一种甜润的感觉，总是给人以淡然清雅。沙枣花虽然没有牡丹花那么富贵，没有菊花那么高傲，没有梅花那么俏丽，但在我幼小的心灵里，沙枣花却是世上最美最香的花。

我们与沙枣树最紧密的交往，大多是在深秋时节，放学以后。不过，也时常有同学逃课，他们能在沙枣树上待上大半天，然后等到我们放学以后，再跟我们一起回家。否则，父母知道了，必然是一顿痛打。我亲眼所见一同学因打沙枣而逃学被家长痛打的场面。但是，绝大多数同学，都是把上学放在首位，打沙枣是放学以后的事。只要放学铃声一响，便撒丫子一般跑向沙枣树。

红红的沙枣，灿灿的沙枣，把芬芳绽放在秋天高处的沙枣，是我们那个饥荒年代最好的食品。似乎拥有一枚沙枣，就拥有了一份财富。在我们心里，沙枣是一种蓬勃，是一种葱茏。沙枣是一种青春，一种热望。沙枣是一种诉说，一种展示。

当秋风吹落沙枣的叶子，满树都是清香，蜜蜂在上面飞来飞去，小麻雀在枝头上喳喳地叫着。一般情况下，男生总是一马当先，早早地趴在树上用一根枝条打，女生们在树下捡。一边打，一边吃，一边吃，一边捡。沙枣飘散着秋天的芬芳，沙枣树温暖着秋天的气息。

我清楚地记得，有一次我们的收获颇丰，女生说书包装不下的时候，突然一阵风似的来了两个小伙子，冲着树下的女生跑过去，抢过书包，夺路而逃。女生们叫喊成一片。这时候，所有的男生快速从树上跳了下来，向两个劫匪追去。我们人多势众，两个劫匪在劫难逃，很快就被我们抓住了。我们夺回书包，一顿猛打猛揍，两个劫匪苦苦求饶。原来他们是县城里的混混，以为村里的孩子好欺侮，却打错了算盘。我们警告他们下不为例，两个劫匪惊魂落魄，落荒而去。

那时候，我们男女生之间是不怎么说话的。即使在课堂上，课桌中间都要划一条边界线，不可逾越。只有在打沙枣的时候，我们才走到一起，说上几句话。当我们打了满满一书包沙枣，踩着厚厚的浅绿色叶子时，脚下传来沙沙的声音，有点苍凉的味道。

沙枣是平凡的，就像大西北的白杨，静静地生长在风沙弥漫的地方。沙枣又是实在的，树枝上长满了刺儿，一不小心就会被扎伤。不过，一粒沙枣，就是一份光芒。小小的沙枣，自是一个小小的世界。回味往昔，那丝青涩，总能在瞬间让人春风荡漾。

## 大桦背的秋天

故乡的一山一河——阴山与黄河，造就了不老的河套文化。打小，我们尽享这一山一河的恩泽，并以此为自豪。而大桦背，就是值得我们骄傲和自豪的一处景观。

大桦背位于乌拉特前旗白彦花镇境内，南靠 110 国道和包兰铁路，临近黄河；西接乌梁素海，北傍乌拉特草原，东与钢城包头毗连。据说，大桦背是因山背面多生桦树而得名。又因其险峻与华山相媲美，故又得名“小华山”。

大桦背也是阴山余脉乌拉山的第一高峰，海拔 2322 米。这里有 70 多条沟，林木葱茏，泉水潺潺，可以看见青羊、狍子、狐狸、野鸡、石鸡等动物。

进入大桦背主要有四条线路，乌不拉沟、达拉盖沟、温都尔沟和美丽更沟。这四条线路各有特色，其中乌不拉沟的道路最为宽敞，也是最近的。进入大桦背，我们依次参观了“南剑门”“玉壶峰”“南天观音佛”“神门”“大桦背一览台”“铁木兔沟”以及东乌不浪沟古树和溪流瀑布等。

秋日的大桦背，红叶满山，野果飘香；秀丽的白桦像初浴的少女，袅袅婷婷；遒劲的松柏依山傍水，各自成趣；甘甜的泉水，晶莹碧澈；各种花草和名贵药材竞相滋生。登上大桦背之巅，顿觉天高地阔，心旷神怡。草原钢城包头尽收眼底；乌梁素海宛如明镜；九曲黄河如丝如带；明安川苍茫浩瀚，沃野千里。

大桦背近处，群山拥翠，峰峦叠嶂，满目青黛。大好河山令人陶醉。五指山，它形似人的五个手指；人脑包（敖包），遥望貌似若干人像；玉兔峰，好像双兔并排坐立；食指峰，极像人的食指直立；双鹰峰，好像两只雄鹰俯瞰深涧；最大的瀑布人们称它为“天河”，流水落差达50米，宽10米，从半山石壁上飞流直下，像一条白色玉带。此时此地，会顿生“飞流直下三千尺，疑是银河落九天”的感觉；瀑布下最大的潭为碧月潭，长约10米，宽8米，潭清水秀，周围鲜花盛开，身处此地有一种融入仙境的感觉。“南剑门”的“雄”，“玉壶峰”的“奇”，“神门”的“险”，“铁木兔沟”的“秀”，东乌不浪沟的“幽”，大桦背山顶的“旷”，凸显了大桦背的基本特征。

深谷幽兰，其香清远。优美的大桦背，层林尽染，烟云缭绕，恍若仙境。此时此刻，在这秋色烂漫的时节，尽享这优山美地，仿佛找到了一片心灵的栖息地。

## 秋风萧萧悼岳母

风，夹杂着尘烟，伴随落叶缓缓地落至窗前，凉凉的秋意夹杂着苦涩和感伤。眼前，是历尽艰辛、油尽灯残的岳母。2014年国庆期间回去看她，已经几天水米不打牙了。无助，是她的病状，似乎谁也想不出拯救她的好办法；无奈，是我们的窘迫，眼瞅着她渐渐衰弱却束手无策。

长夜呜咽天地悲。就在10月23日早晨7:40，岳母的生命停止了，享年81岁。生前，她对自己的一生做了评价：活得悲催，死得憋屈。且不说她说的是否准确，但是也多少描摹了她的人生轨迹。

记得我们初次见面，50岁的她，已疾病缠身，病病歪歪，直到去世，她一直在苦海中熬煎。在她的脑海里，几乎有很大一片是苦水。如今，多少悲苦，多少离愁，终成一抹水痕送她远走，离开了她含辛茹苦养大的儿女，离开了这个世界，走完了她生命中饱经沧桑的81个春秋，走完了她充满艰辛困苦的人生历程。

岳母去世前，已经瘦骨嶙峋，皮包骨头，就那么煎熬着。在生命即将枯萎的那些日子，我看见岳母是十分痛苦的。因为，她必须接受死神以病魔的方式一丝一丝抽走她的生命这个残酷的现实。而且，这个过程比较漫长，一直持续了好几年。有好几次，死神几乎要提前带走她的生命，岳母硬是挺过来了。

岳母通情达理，看淡生死，不愿意去医院，她说住院就是乱花钱。所以，她一直拒绝去医院就医，就那么自己扛着。她是实实在在为儿女们操心，为儿女们着想。好在外甥女是护士，护理得很周到。老人家对她的一片爱心没有白费……

此时此刻，我伫立在岳母的灵前，千次万次，她老人家的形象就在我眼中，也在我心中。我频频回顾着过往的一切，灵前的菊花一朵一朵连成我眼中的哀愁。

秋叶枯，秋叶黄，秋叶落悲伤；秋夜长，秋夜凉，哀思记心上；秋月光，秋月苍，愁云在天上。落寞了秋天，淡然了秋情，那是我在喃喃自语；沉寂了秋野，轻吟了秋诗，那是我在默默忧伤。敬爱的岳母安息吧。长歌当哭，痛定思痛。此时此刻，万语千言，汇成一副挽联：

持家则有耐力，教子则无愧心，一生简朴不让洮河功业

为儿女任操磨，于善恶能明辨，半生辛劳当领红城声名

深秋的罕山，风绕霜叶，夜色朦胧；奔腾的洮儿河和归流河，哀婉

流转，水岸呜咽。太多的失意和悲哀在我心间纠缠而过，让我怀疑这是一个春天唤不醒的地方。夜幕在山风中渐渐沉默，大地依旧如往昔的深沉。我在眺望找寻，那岁月吹过耳畔的踪迹，一只淡远的飞鸟，写意了岁月的风景。我将心思贴上秋天的邮票，寄去思念的远方……

# 九十一

那一年春天，是1997年的春天，父亲永远地离开了我们。之后不多年，我离开了内蒙古，来到了北京，工作和生活在首都。生活中多少故旧成了故事，多少新愁跃上心头。然而，父亲的音容笑貌永远留在我的记忆里。尤其是在整理父亲写给我的那些信笺时，禁不住潸然泪流……

忘不了父亲的恩情，更懂得父亲的艰辛。在他短暂的66年人生漂泊中，他把爱全部给了我们。想一想，我能为他做些什么，真的感到惭愧万分。只有在暗暗的静夜里，把那些充满深情的信笺，一一品味，来寄托我的哀思。

那是1983年11月8日，我上大二的时候，由于家境贫寒，国庆节没能回家。父亲不放心，给我写了这封信：

建平：

自你开学以来，先后收到你的两封来信，内情皆知。悉你一切顺利，我们看了非常高兴，希你今后继续前进。

现在秋收完毕，糖菜就于近日卖掉，新房工程全部完工。现在已经搬进新居。至于房屋的整修，全部都是雇人做的。

另外，全家诸事顺利，大人小孩健康。希你放心。

今日即11月5日，给你汇款60元。

今后来信希写成：寄包兰线头道桥火车站清南管理所转清惠段我收。

父名不具

1983年11月8日

看得出，秋收完毕，乔迁新居。父亲是喜悦的。字里行间都有流露。那60元汇款，更是寄托了对我的一片厚望啊。

还有一封信，父亲是这么写的：

建平：

今年春节你不在家，好像全家缺了什么的，感到甚为想念你。全家都有这样感觉。但我们知道，你是为了学习，为提高各方面的水平而不得不这样做。想你在校一切都好吧，身体健康，争取有个更好成绩。

过年一切东西都较往年丰盛，特别酒肉比往年更多。还买了些好机粉（机制粉条），大米什么的，可惜你没有尝到。

再者全家过年都很健康，特别是你七爹（七叔）回来，全家在初一都汇集在一起，欢聚一堂。他们可能在初四五回呼市。

你的学习可能很忙，要注意身体。总之，全家人都很好，希你不要惦记。

关于利利的工作问题，在年前我又去了一趟，老华答复，在春节后采取退休补员加以解决。据说把握很大。待前旗办完之后，工作安排，老华给予解决。

父：赵海生

1986年2月19日

1986年我报名参加中国社会科学院的研究生考试，春节没有回家。据说母亲年夜饭时掉了泪，父亲的感觉也可想而知。这封信中，父亲丝毫没有怪我，而且还在鼓励我。这种感情，至今我也能感受到。只可惜，那一年我没有考上，早知如此，哪如回家与父母过年，却给我留下那么多的遗憾。

父亲给我的信比较多，只可惜留下的不多。下面这封信是写于1993年的，那时候我已经调到内蒙古党委了。弟弟进了城，三姐离家在外，二姐一家也想离开，沉重的负担压得他们无法生活，都在寻找出路。父亲的信，字里行间，依稀看出他对儿女的担忧。

建平、秀华：

2月9日来信刚刚收到，近一个时期忙忙碌碌，回顾也没有做什么事。

首先给你们说的，全家老小，身体非常健康，希你们放心。

三三的家于3月4日，已经搬到陕坝，买了个旧房子，价格4200元，目前已付现款1000余元。其余款项正在筹措，卖凉粉一事，现在还未动手。看来将来究竟干什么，往后再说……

你三姐于3月18日全家搬往二连浩特市。资金筹备3000余元，打算到那里首先做凉粉，蹬三轮儿，还可能开面馆，其中选择1—2项专营或兼营，最大的帮手就是陕坝王玉兰的女婿。据说子女入学有困难，只能解决一个，另一个待后再做安排。搬往确切地址是：二连浩特市消防队即可。希你看此地是否有熟人，尽可能给予帮助。

你二姐夫，也对种地不感兴趣。但是地包不出去，故决定暂且不走。

为什么他们要远离家乡呢？你们可能知道农民负担太重，故而走之。

自从你们走后，全家人非常想念你们，特别想赵桦。希望你们在外，全家快快乐乐过日子，时时注意自己身体，顺顺利利地工作。

3月10日，我亲自到临河民政局，问我的退休费补助问题，人家答复的是你享受的是救济金，故而不能解决，究竟怎样，不知所措。

你的父母

1993年3月13日

生活的艰辛折磨着父亲，使得他总是那么消沉。的确，在他的一生当中，一直是那么的穷困潦倒。全家 8 口人，既要工作，又要养家糊口。在我的印象中，他从来没有生活宽裕过。看到的只是他越来越深的皱纹和越来越焦躁的脾气。但是，对儿女，他总是那么慈祥，那么充满厚爱。

建平、秀华：

你们好，工作顺利。

就是有点不放心的，就是你们要多注意身体，有病宜早治。人活在世界上，一定要精神愉快，剪除一切思虑。长此下去，可能要生病，希望切记。

咱们这个家，人多事多，给你们造成很多麻烦，这是我们很对不起你们，希望谅解。

在你们刚走 1—2 天之际，接到你三姐来信，说他们那里气候不好，收入欠佳，每天能增收 20—30 元。加上高消费，生活更不好过。这个问题我已经写信告诉他们，安下心来增加收入。

他们听人说，呼市粉皮收入好，想到呼市经营。麻烦你们帮助其租上间房子，他们自己经营。此事能否办到，请你们打听一下，希来信说明。

其次你二姐夫来了说，西安桃子再有 20 多天即可成熟，能否销售，给你点优惠，希了解一下，来信。也可能你姐夫亲去一趟面议。

父亲

1993 年 5 月 26 日

父亲对子女的关爱，可以说是丝丝入扣。每个儿女他都放心不下，百般牵挂。读到这里，的确叫人潸然泪下。

1994 年秋天，父亲在忙碌了一年之后，给我写了一封信。

建平、秀华：

你们好，全家快乐，身体好？国庆节来信收到了。内情明白。目前农活基本结束，冬季生活已经准备就绪。我们全家十分想念你们。特别是桦桦。今年又长了多少？想他一定活泼可爱。

二老身体非常健康。眼下你母亲专心喂养着一口猪。父亲每天还是捡柴火。日子过得倒也可以。希望你们放心。

今年春节又快到了。能否回来？希望你们及早给个答复。

随信寄去桦桦棉裤一条，希查收。寄信时间是 1994 年 11 月 2 日。

你三姐从五月份来过一封信，以后再无来信。究竟怎样？情况不明。如果你知道情况，请写给我们。

1994 年 11 月 1 日

这封信的落款只有时间。以前父亲要署“父名不具”的。不知道为什么这次没有，大概是忘记了。

从父亲写给我的信件中可以看出，我没有结婚时，他的信是写给我一个人的。结婚后，在开头他总要专门写上我和爱人的名字。表达了他对我们的真切关爱。

1995 年 7 月初，孩子下巴被碰伤，事后我把情况告诉了父亲。他放心不下，千叮咛万嘱咐，让我十分愧疚并自责。

建平、秀华：

想你们工作忙。全家愉快，工作顺利。特别是小桦，现在还小，要时刻注意孩子安全。这是我们全家最不放心的事。今后希望时刻注意！

今年家里一切都好，希望你们放心。今年共打小麦 2000 多斤，玉米可收 2000 斤。粮食够吃用的。

收入虽说不如村里人，但是卖瓜收入800—900元，如果以前早卖一个时期，大约可收入3000多元。（因雨造成损失。）

目前正准备过冬，水暖安装好，一切顺利，希望你们放心。

10月2日，我去进货，不慎将车与货全丢，主要是疏忽造成。到10月5日找到，损失近400多元，其中广告费30元，酬谢费300多元。被五星中心三队李二全骗走100元。他说人货车他见到过，非他找不到。咱们信以为真，结果不是这样，而是电视台播出来。他始终没有找到。据你六爹说，过几天他帮助要回此款。我看可能性不大，因为此人是个骗子，公安人员也无法要回。

今后进货要与你母二人同行，提高警惕，保证今后再不出现类似教训。

杜书记对咱们很好，来过咱们家。希望你们在外放心。

父：赵海生

1995年11月5日

这就是父亲，生活中遇到困难，丝毫没有抱怨，而总是叫我们放心。有谁知道，他生活的是多么艰难啊！信中提到的杜书记，就是我的朋友杜存，当时在我们乡里担任党委书记，对父母多有关照。

1996年， 这是我大学毕业近10年的时候。而我愧对父亲的是，我依然什么也帮不了父亲。因我自己的生活也难以为继。4月21日，父亲给我写下了这封信。

建平、秀华：

小桦、全家好。工作顺利，去冬今春接到你们来信数封，没有时间回信，很抱歉。

感到人上年纪，懒得很，希望原谅。

你们离开家，远隔千里，时时惦记着我们。我们觉得很满意了。儿媳们能做到此点，确实不容易。父与母很感谢你们。

我们感到你们生活水平不太高，在重重困难情况下顾及老人，非常不容易。

今年春种，小麦3—4亩，以解决口粮及养猪。花钱方面，考虑种大青椒9分多。西红柿3—4分，靠双手获取收入。小麦地内套间玉米，以解决骡子、羊的饲料。

二老的精神状态比前几年差多了。比如父亲的肺气肿病，比往年有所好转，但气短的毛病依旧存在。吸烟毛病于4月份已经戒烟，健康程度有所好转。但是新得疝气病（下坠厉害）对劳动、排尿增加困难。总之没办法，为了生活只好如此。

你母，陕坝医院检查，血压正常。在1995年10月新得肩周炎，虽经治疗，效果不佳，吃药打针，效果不显著。以前打算到你处诊断，但由于季节繁忙，暂不能去了。总之老一辈人给后人带来很多麻烦。

古人说；“人无远虑，必有近忧”，在不同岗位上，克服着一切困难，奋斗吧！美好明天，就可得到。盼望大家都好起来，生活得更愉快！

小桦更进步、活泼。

父母

1996年4月21日

父母生活得的确不容易。可在当时我们只能管好自己，无力照顾他们。这是让我终身遗憾的事。父亲在世时，我没有让他做到衣食无忧，这是儿子的不敬与不孝。1997年春节，我抽空回家过年。父亲是高兴的，但是看得出他的愁容不消。我没有更多的时间安慰他。但是怎么也不能相信，他2月28日写给我的信，竟然成为绝笔。

建平、秀华：

你们好，全家愉快。

2月25日来信收到了，一切顺利。愉快回到工作岗位，我们很高兴。

春种开始，一年一度的忙又开始了。家中一切顺利，地打算今年还要种下去。今年试种盼望坚持下来，打算有个好收成！小麦种5亩，大辣子1亩，（还有）油葵籽瓜等。打算以粮为主，辅以其他微量收入维持家需。

请你放心，从父病情况来看，目前有所好转，只要能好转后，今年定有好的收成。

今年你们全家回来，使我们全家很高兴。但你们住的时间太短了，走得太早了。二老有些话始终没有说完。离别后你母又掉泪了。希望以后再做补偿吧。绝对没有厌烦可能。

近年来生活方面，目前有所好转，吃穿不缺。你们对二老帮助太大了。我们很感激。希望你们放宽心工作吧！目前不要为我们分心！

最后，今冬再过春节，二老乘能自行的条件下，再度一春！

1997年2月28日

父亲啊，我苦命的父亲。

树欲静而风不止，子欲养而亲不待。您一生扑腾在苦难的泥淖中，永远是坚强的，即使泰山压顶也不弯腰。病了，没跟儿女们吭一声，就像生前有许多苦难，不愿和儿女倾诉一样，再苦再难自己挑。你为儿女孜孜奋斗，可总觉得对儿女照顾不够，不愿连累他们。你在儿女面前只有快乐。而儿女们有一点进步，你会揉进自己的幸福，像拌着蜜糖品尝。儿女们处境稍有不顺，落在你身上加倍的痛苦会让你心头忧焚交加，而你丝毫不会向儿女们倾诉只言片语。

父亲啊，给我生命的父亲，十几年来漫长的岁月，我每时每刻都会沉浸在对您的回忆之中。您的平凡形象永远留在我记忆的长河里。虽然您离开了您的亲人们，但相信有灵魂的我，总觉得您没有走；您的灵魂在天国里依然还在关爱着您的妻子儿女们。父亲啊，生时平凡的像一根小草、一片树叶、一颗沙粒，但您在我的心中，却永远像大山一样巍峨，像蓝天一样深邃，像大海一样广阔。

# 九十二

再回首，背影远走；

再回首，泪眼蒙胧……

敬爱的父亲离开我们20年了。光阴如梭，音容犹在，我只有在梦中见到。梦醒时分，笑意犹存。而今的我已是知天命之年，成熟稳重了许多，但每逢父亲的生日、忌日，遇到自己解不开的问题，都会触景伤情，感叹物是人非，岁月无情，油然而生的想念不由自主地充涨着。我多想搀扶着鬓发斑白、精神矍铄的老父亲散散步遛遛弯儿；我多想帮老父亲搓搓背揉揉肩；我多想再听听老父亲讲述坎坷经历、逸闻趣事；我多想在面临急难困苦及重要抉择时，能得到老父亲的开导、帮助和指点；我多想闲暇时能热一壶老酒，备几碟小菜与老父亲对饮……

每当想到老父亲，心中总会涌起一阵隐隐的痛，是难过，是思念，但更多的是内疚。父亲在世时，即使相隔再远，也总想着有一天能够重聚，可以重温童年的幸福。父亲去了，许多美好的时光只能永远地留在梦里了。旧事填膺，思之凄梗，如影历历。从前的每一件事，后来的每一个感悟，觭梦幻想，憬然赴目，凡此琐琐，虽为陈迹，难以忘怀，于是便以书信的形式写给父亲，林林总总，一共有21封。重新翻看这些信件，过往的岁月一一从眼前掠过，那些艰难的却是快乐的日子，那些忙碌的却是充实的日子，铺成了我的路。

## 第一封信

敬爱的父亲：

这是您去世以后，我给您写的第一封信。

从您1997年3月31日（农历二月二十三日）凌晨2时30分去世，到今天下葬，已经过去了5天。5天来，天塌了，地陷了，五雷轰顶，我的眼里只有眼泪，仿佛心如死灰。冥冥中以为您只是太累了睡着了，不曾想您已经永远地离开了我们。几天来，我抚着您的灵柩，不知道以后的日子该怎样度过，不知道以后的路到底该怎么走。

纸灰飞扬，朔风野大。此时，沙尘弥漫，寒风凛冽的院落，似乎隐隐听见亲人的哭泣声，字字血、声声泪，似乎大自然也为失去了我的父亲而哀痛悲鸣。一丝莫名的惆怅，掺杂着深深的悲戚，内心深处飘落的是一阵阵的心雨……

相思漫漫泪点点，落雨成珠爱涓涓。您的辞世，在我身心中形成的空白是永远无法弥补的。正像母亲常说的一样，父母是家。父母在哪里，家就在哪里。如今您走了，家只有一半了。如果说家是生命的驿站，漂泊的归所，亲情的纽带，温暖的所在，心灵的港湾，力量的源泉，那么所有这些，就只有一半了。以往，无论我身在何方，心永远朝着家的方向。可是如今，随着您的离开，我的心迷失了方向。

父亲，艰难的岁月，凄风苦雨，我们一起走过。饥饿的年代，我们吃糠咽菜，一起度过。你大把大把的汗水，换来的依然是吃不饱、穿不暖的日子。借钱、借粮、借生活、借希望，我不知道那些年，你是如何噙着苦泪，放下自尊，为我们借着光阴，借着幸福；我不知道那些年，你是如何与母亲，勒紧腰带，缝缝补补，拉扯着全家人的贫困。父亲，你在世的时候，我们忙着各自的生活，忙着各自的爱情，没有用更温暖的怀抱，给你给养，让你的晚年生活有人照料，得到滋润。

儿子不孝，不能在您生前嘘寒问暖，只能在您死后尽一点绵薄之力。趁着这几天您的兄弟姐妹们都在，三舅和二姨也来了，我抓紧跟他们商量；第一件事，就是丧事从简，这是您的意愿，决不能违背。关于这一点，没有多少人反对，我们完全可以遵照您的意愿办。第二件事，就是墓地选择，这是个棘手的问题。之前的墓地有些乱，没有严格的长序排列。然而，祖坟的搬迁又不能由我们小辈来决定。而这一次，长辈们都来了，我们可以在征得村长的同意后，充分听取他们的意见。好在村长正好是您的侄子，他也有与我们一样的想法。于是，我们先把爷爷的坟迁出来，这样便顺理成章，问题就自然而然解决了，整个迁厝过程都很顺利。新的墓地，就在桥头西北角那块高地上。南面是潺潺流水，北面可见巍巍阴山。阴山旷渺，南望河川。风雨晨昏，黄河有伴。

父亲啊，您一生谨慎万古清高，月色如故江流有声。

敬爱的父亲安息吧。

儿子

1997 年 4 月 5 日于临河

## 第二封信

敬爱的父亲：

转眼已是深秋。莽莽苍苍秋尽野，情难分，意难忘；巍巍峨峨天已老，爱渐逝，心依旧。

从春天您的去世，到如今秋意绵绵，您知道，这几个季节我们是怎么走过来的吗？

您走后，我的心扉深藏一卷沧桑，反复翻阅，始终不减悲凉。股股伤感，丝丝惆怅。用心感受痛苦，以泪化尽思念。再多的语言已是枉然，人走了，就算寻觅，也是一片泪海愁风啊。于是，恨离别，念远行，唯有泪千行。

苦日子过完了，您已经老了；好日子开始了，您却走了。这就是我苦命的父亲。在此之前，我似乎一直享用着父亲的恩德，觉得是那样理所当然，那样心安理得。从来没有想过父亲会离我而去，甚至没有任何思想准备，以至于当父亲真的离我而去的时候，我一下子变得手足无措，感觉天昏地陷。父亲的离去，没有给我们留下一句话，却给我们留下了今生无法弥补的遗憾。

仿佛一夜之间，我从天上跌落到深渊。如今，尽管我依然能梦见您，常常倚在您的身边，聆听您的教诲和嘱咐。只是梦醒后，再也找不回您的踪影。我知道您最不放心的就是母亲，您会担心母亲柔弱的肩膀能不能担负全家的担子。放心吧，母亲现在好好的，身体很健康，很幸福，生活完全有保障。我们会一直遵从您的教诲：做人做事有担当，好学勤奋更善良。

多年来，我遵从您的教诲，内心坚强，忍辱负重，有“冷眼向洋看世界”的气度；却又有“打落牙齿和血吞”的懦弱。平素，任情而又拘礼，简傲而又谦卑。狷介而又随俗，敏捷而又愚钝。总体上，我是一个守原则讲规矩而又恪守职责的人，从不虚与委蛇，没有废话，不会客套，不谙人情世故，不善外交辞令，不会两面行事，不分人前人后。这些年，真正使我痛苦的是对封建残余的无能为力。我时时面临的是如何做一个正直的人，乃至于一点一滴地把奴性从自己的血液中尽量挤出去，尽可能恢复独立思考的本能，进而获得一份纯洁而高尚的灵魂。

当生命走过，细细聆听岁月的流转，或许我会掩埋些许心事。时光清浅，留一份对生命的感知。几经沉浮，尖锐的棱角终究会被时光磨圆。怀一份对生命的感恩，就多几分欢颜。繁华几度，苍白的是过往，丰盈的是经年。阴晴圆缺，挽留不住的是岁月，却厚重了心声。

儿子

1997 年 10 月 22 日于呼和浩特

## 第三封信

敬爱的父亲：

每个人的一生，其实都是一次许愿与兑愿的过程。一般人的愿望，离不开自己理想中的幸福人生。或许是富裕的环境，或许是事业、感情与人际关系的成功圆满，或许是家人的健康和无忧无虑的笑容。

今天给您写这封信，是要告诉您，我就要调往北京工作了。尽管不知前路到底会怎么样，但是我的内心充满无限的希望。进入内蒙古自治区党委八年来，我一直遵从您的教诲，低调做人，严谨做事。八年来，在领导和同志们的支持和帮助下，思想的空间得以充实，工作的热情得到激发，艰难的任务一个接一个完成。很多时候，没有什么可以向最亲的人倾诉，相反小小的快乐却可以成为我们的分享。

长期以来，有一些天真、有一些无知、有一些理想，以此来看待周遭的世界。天真、无知、理想，自有它们的妙处。但是，用这样的姿态在社会中前行，显然是幼稚可笑的。您知道我的天真与幼稚，甚至不希望我有丝毫的改变。您总是希望我活得轻松一些，不要那么世故圆滑，事实上我却学不会。就这样随着时间前行，有一些我行我素。您对我说，“物来则应，物去皆静”。毕竟，生命就是一个游戏，表演者必然会是滑稽的，那就不如做一个理想主义者吧。事实也是如此，我在不断的接纳自我中，看到自身的长处与不足。经历过才会成长，梦想幻灭，反而更能看清楚自己要的是什么。不过，就算天空再黑，雷声再沉，我依然会挣扎着爬起来向前走。

好在天无绝人之路，千山万水的遇见，万水千山的分别。也许是看透了凡尘的庸俗。索性，看着红花热闹，想着绿叶的低调。那就做一片不为人知的叶，风起时飞扬，伤感时飘落。去做自己想做的事。

您说过，时光太浅，路途不长。人与人的相遇，是一种缘。能在茫茫人海中，遇见自己喜欢的人和事，是一份幸运。一路上我遇到了不少好人、恩人。人在幼年时总是觉得长大需要很长时间，到了真的成熟的年纪，却发现时间过得太快，想回到年少时的单纯，已经很难。唯有挽着岁月的手，慢慢老去。

或许，明知征途有艰险，越是艰险越向前。今晚我就要出发了，临行前，给您写了这封信，一方面算是分享喜悦。另一方面，更主要的还是盼望得到您的指点。

儿子

1999 年 3 月 18 日于呼和浩特

## 第四封信

敬爱的父亲：

今夜静下心来，写信是要告诉您，再过几天，我就要离开北京，到张家港工作了。

我总是喜欢在如此孤独的夜里，翻起过去，那些被自己深埋心底的往事，得到的，拥有的，失去的，有种恍然如梦的感觉。一直都很明白，自己是不该沉迷于过去的。您知道，我是害怕深夜的，似乎会有一种无尽的寂寞袭向我。然而，如今我似乎又喜欢深夜，因为只有周围漆黑一片，我才能安心地把话说给您听。

您曾经对我说，人生有合亦有别，遇时珍视，别前祝福。经历了这么多，我也觉得，其实凡人凡事终是尘，无论如何莫让过往云烟迷惑了行程。还有，生活里本没有绝对的是与非，得到勿窃喜，失去毋伤悲，得失只是一种状态，保持灵魂的安静才是真正的大心境。

有人说，过去的事，要交给岁月去处理；将来的事，要留给时间去证明。大体上是对的。不过那是大事，对于居家小事来说，有时是需要事必躬亲的。这一次，跟您知道的 1994 年那一次不同，机会对我而言，不是太多。更何况现在还说明不了什么。不管怎样，我真正要做的，恐怕就是需要牢牢地抓住这次机会，目的是让今天的自己胜过昨天的自己，让今天的自己塑造明天的自己。

我们每个人，都在争取一个完满的人生。然而，世界上没有绝对完满的东西。太阳一到中间，马上就会偏西；月圆了，马上就会月亏。所以，有缺憾才是恒久，不完满才叫人生。其实，最好的境界就是花未开全月未圆。肯低头，就永远不会撞门；肯让步，就永远不会退步。世上有一些东西，是我们自己支配不了的，比如运气和机会，舆论和毁誉。既如此，那就不去管它们，顺其自然吧。

记得您曾经对我说，个人的实力未必表现为在名利山上攀登，真有实力的人还能支配自己的人生走向，适时地退出竞赛，省下时间来做自己喜欢做的事，享受生命的乐趣。如今我人过中年，是应该戒除功利心、贪心、野心，是时候给善心、闲心、平常心让出地盘了，它们都源自一种看破红尘名利、回归生命本质的觉悟。生命中的一切花朵都会凋谢，一切凋谢都不可挽回。认识到了这一点，心中就会产生一种坦然。无奈本身包含不甘心的成分，可是，当我们甘心于不甘心，坦然于无奈，对无能为力的事情学会了无所谓，无奈就成了一种境界。财富只是数字问题，名利只是短暂虚荣，生活才是人生的全部。水墨丹青，素锦年华，拢一袖清风入耳，盈一怀碧月濯目，沐一身清辉入梦，捧一盏诗酒入禅，披一蓑烟雨，钓几缕闲情。

一转眼，离开您已经3年多了。每一次工作环境的转变，我都想听听您的意见。如今再想听，已经听不到了。您曾经对我说过一句话：不怕有缺点，就怕没特点。我也想不出来自己到底有什么特点。我知道，几乎所有的成功者，都是优点和缺点都非常突出的人。这些年来，我自己的感觉是这样的，人活一张脸，树活一张皮，自卑甚至自轻自贱是丧失人格的起点，做人做事的底线没了，输掉的不光是一个人、一件事，更是立世之本。当然，也不能太把自己当回事。不可孤芳自赏，不能恃才傲物，还是要不卑不亢。

人在世上闯江湖，的确很难啊。我现在才懂得您当初的艰难。尤其是像我们这样的平民百姓，没有靠山，没有背景，又不会圆滑处世，逢迎拍马。不过，我知道除了这些，还有情分。

情分由浅而深在于相惜；情分由深而浅在于相负。彼此间的辜负，往往不是心的背叛，而是轻信或轻诺。朋友之间，互相帮助的初衷是好的，但是也要量力而行。感情归感情，事情归事情，彼此能力以外的承诺，信了是勉强，许了是欺骗。没有无缘无故的爱，没有无缘无故的恨，人与人相交多多少少都存在着一些利益关系。

另外，还有一个问题，这么些年来，我觉得勤奋都是逼出来的。大雁不远万里地迁徙，如同我这样；蜜蜂一天到晚辛勤地劳作，就像桦桦他们。优秀的人，都能深知自己想得到的一切没有一样会自己长脚跑来找他们，强烈的欲望使他们不停地追求，时间久了，就成了习惯。所以，缰绳只能拴住被驯服的马，命运之神只能主宰乖乖听从命运摆布的人。如果一个人够坚强，够勇敢，就一定能挣脱厄运的枷锁，获得新生的自由。

好了，时间不早了，明天还要早起。下次再给您禀报吧。

儿子

2000 年 2 月 15 日晚于北京万寿路

## 第五封信

敬爱的父亲：

桦今年小学毕业，就要升初中了。小学这六年，一直在东街小学，主要考虑离家近一些，孩子可以自己走着上下学。尽管后来搬到了长乐宫，不过很快又回到了党委大院。还是很方便。只是这次初中考试，我在北京，鞭长莫及，我对孩子能不能考好没有把握。不过，会有解决办法的。这一点，请您放心。

人生如大海。只有付出了点滴努力，才能汇集成一片浩瀚的海洋。不过，人生不如意常八九，想成为一轮明月，最后却成了星辰；想成为一棵大树，最后却变为一棵小草。但是，我相信，虽为星辰，可以璀璨星空；虽为小草，可以盎然大地。

没有艰辛的努力，哪有最后的成功？记得这些话，曾经是您讲给我们听的，如今我把它们搬过来，开始用来训导桦桦了。似乎有点可笑，但是道理就是这个道理。

道理就是这么个道理，不要把眼睛睁起，眼睛睁起，不解决问题。要解决问题，还是要透过现象看本质。岁月匆匆，几十载倏忽急逝，而流云彩霞、绿野平畴，却似乎没有太多变化。叹人生之须臾，羡大化之无穷。我把视线归向那几分熟悉又几分陌生的村落，想从中辨识出一点点当年的陈迹。不料，似乎一转身工夫，血红的夕阳已经滚落到阴山的背后，天色渐渐地暗淡下来，只有我独自行进在故乡的暮霭里。荒草萋萋的小径上，一群羊慢条斯理地走了过来，后面尾随着一个憨态可掬的小羊倌，他不认识我，我也不认识他，但是我知道他必定是这个村里的孩子。村子的广播里，一支跑了调的歌曲弥漫在村野，恍惚当中，感觉那个小男孩，就是我自己，而您又在哪里？

有人说，季节是我们心中的年轮，一日一日流动的光芒里，人们浑然不觉，只是当某一天惊讶地看到镜中自己褶皱的容颜时，抬头发现，原来沧桑年轮，年年有痕迹。走过人生一程，留下记忆一段。蹚过岁月的年轮，独自静静去寻觅，往事幕幕在心间格外清晰。岁月的长河，流转的故事，曾经的那些斑驳记忆，闪烁在我的心灵。

茫茫人生，挫折难免会有的，但这些阻碍，也是茫茫大海中的一滴水珠，数不尽的酸甜苦辣咸全都融入到了海中。人生如鲜花，绽放出无与伦比的美丽，释放出沁人心脾的芳香，使人迷恋，使人陶醉。但这美丽的背后，是经过多少次的努力，多少次的挫折才换来的。每朵艳丽的鲜花上，都会有棘手的刺。这些美中不足的刺，就好像是人生路上的坎坷，要经历多少次，才能造就一段有意义的人生。我希望桦桦能够读懂。

每个人，都是一道独特的风景。前几天，桦桦拿着一首诗：你站在桥上看风景时，看风景的人在楼上看你。他问我这是什么意思，我告诉他，不必艳羡他人，学会相信自己，学会欣赏自己，试着把自己最亮丽的一面找出来，并呈现在阳光下。人生的路上，不是每轮艳阳都暖人，不是每片云彩都下雨，我们掌控不了命运的走向，只有踏实从容地走过每一天。在单调的生活中寻觅风景，你会收获美好；在繁杂的生活中追求简单，你会收获思想；在苦涩的生活中品味感动，你会收获幸福。

学会感恩每一天，就会发现世界美丽非常，心存感恩心才温暖，这种暖意才会带给家人、朋友和自己。孩子还小，能不能理解还真不好说。我原本想教育孩子，可在您面前，我依然是个孩子。

儿子

2001 年 6 月 17 日于北京万寿路

## 第六封信

敬爱的父亲：

经过一番周折，我们在北京终于有个家了。秀华和桦桦随我来京。秀华的工作还没有着落，恐怕还需要等一段时间。桦桦已经确定在 35 中上初二。

不过，有了家，暂时还住不进去，正在做简单的装修，我们还需要在前门这边的招待所住一阵子。我和秀华决定今年 8 月 18 日正式入住。目前情况就是这样，桦桦上学还需要坐地铁，起早贪黑，很辛苦。等搬过去以后，学校离家近，桦桦上学就方便了。

“把握生命里的每一分钟，全力以赴我们心中的梦，不经历风雨，怎么见彩虹，没有谁能随随便便成功……”这首名叫《真心英雄》的歌告诉我们：做成一件事，首先得经历风雨，要不怎么会成功？

是啊，一分耕耘，一分收获，每一份的成功是经历了多少次的失败才换得，每一份的成功都是来之不易。

父亲啊，能来北京工作，安家北京，实在是太不容易的事情，也是我从来不敢想或者说从来没有想过的事情，绝对是意料之外的事。而今我居然在首都之中，实在无以言表。如果此前有谁对我说我能够到北京，那我定然会觉得这跟登上月球的概率差不多吧。我把自己的大腿使劲掐了一下，没错，的确是我，我就这样变成了首都的一员，我何德何能啊？所以我一定要把这份喜悦告诉您，与您分享。

我经常给桦桦说，命运不能复制，人生不能重来，需要放松心情走，懂得平淡是福。其实，幸福的别名就叫满足。懂得什么是平平淡淡才是真，懂得风雨过后见彩虹，懂得幸福来之不易，才容易满足。生活永远都是一个很广义的词，它的范畴如海，它的层次如山，表里意义如一。表面，为了生存而活着；内在，就是柴米油盐酱醋茶和衣食住行的需求。生永远是一首唱不完的歌，每个人的生活就是一部传奇。黎明之光，注定会为那些有目标和信心的人开路，去穿透黑暗。

也许，为了生存，许多人跟我一样，远走他乡，带着依依不舍的眷恋，聆听慈父慈母离别时的嘱咐，在陌生的城市寻找新的出路。背井离乡的那一刻，说不出心中那落寞的凄凉，一座站台，一处天涯，送走的是天涯离人，留下的是记忆伤痕。晚风劲吹，落叶纷飞，拾取的是残叶，捧起的则是对往事的眷恋。异乡的天空是我们寻梦的地方，蹉跎的岁月留下了斑斑痕迹，带着艰辛和困苦在城市中驻足，寻找着希望，其中的酸甜苦辣，只有自己最清楚。我知道这个城市不属于我，我们只是一群过客，来到一个陌生的地方。繁华的街头，穿越无数的小巷，留下搜寻的印迹，编织着美丽的梦想。当繁华落尽时，也许画下的不是我们心中那一份宏伟蓝图，但是，我们毕竟用奋斗的汗水浇灌过。

父亲，我本平凡，旅途孤单，但有沿途的风景陪伴，在四季的转换中默默地改变我们的容颜。

儿子

2002 年 6 月 5 日于北京航天桥

## 第七封信

敬爱的父亲：

京城阔大，行走在来来往往的人群中，我总是感觉有无数穿心掠肺的目光，有很多飞短流长的冷言，最终让我乱了心神，渐渐被缚于自己编织的一团乱麻中。

有时候，我们做错事，是因为该用脑子的时候却动用了感情。脾气泄露了我们的修养，沉默道出了我们的品位。当感觉天快塌下来的时候，实际上是自己站歪了。有一句话说得好：不要把自己看得太强，以致无视外因的成就；不要把自己看得太轻，以致成为他人的踏板。然而，在人群中生活，总会让人迷失方向，否则真理的路上将人满为患。有棱有角的害处是，别人啃起你来十分方便。

中国两千多年的封建文化思想，封建君主专制造就了懦弱和奴性，传统文化的糟粕，对人们心灵造成了极大侵蚀。“人不为己，天诛地灭”的利己主义思想、“识时务者为俊杰”的处世哲学，忍气吞声、随遇而安、逆来顺受等传统心理，使得一些人在该坚持原则的时候畏畏缩缩，明哲保身。如此，真相难以显现，正义难以伸张，丑恶四处横行。

走了一程又一程，才真正懂得，人最大的敌人不是别人，而是自己，只有战胜自己，才能战胜困难。只有看清楚你笑容背后的悲伤、你怒火里掩藏的爱意、你沉默之下的原因，才能奋发有为。我们无法改变别人，但是可以改变我们的想法；我们无法改变风向，但是我们可以调整风帆。如果整个事情无法改变，那就去改变我们的观念。人事千变万化，都是由离心力和向心力生出来的。离心力，就是力量向外发展；向心力，就是力量太向内收敛。人世间万事万物，发展到极点，就会收敛；收敛到极点，就再去发展。这就是古人说的盈虚消长、物极必反，循环往复吧。

写这封短信，其实是向您吐露一种心绪，缓解我的心情。

儿子

2002年11月1日于北京三里河

## 第八封信

敬爱的父亲：

您是否知道，桃花杏雨，春天又来了。

春天来了，而我所在的金融工委却要撤销了，一个新的机构——银监会就要成立。今后，我将在这里工作。站在十字路口，我深感无助。

记得送走您的时候也是在一个桃花盛开的时节，伴着淅淅沥沥的清明雨，我只有泪水。啊，父亲，整整6年了，我独自在茫茫人海之中寻觅，找不到方向，找不到结局；我独自在湛蓝星河中寻觅，找不到繁星，找不到皈依。离开了您，我失去了敞开情怀的天地。我不快乐，我很忧郁，我苦苦地凝视着你的头像发呆，你去了哪里？你就像飘逝的雪花儿，迷离地消失了。多少个日夜的不眠思念，多少次徒劳的追问，都悄无声息。你去了哪里？我在苦苦地寻觅。

窗外，淅淅沥沥的清明雨，牵引着我的思念。我伫立窗前，凝视那春的新绿。花落花又开，撩拨着我的企盼。曾几何时，快乐的我，怀揣着一颗赤诚的心，带着好奇，带着渴盼，带着自信，带着希望，像个背负着重任的跋涉者，开始行进在漫漫的人生路上，从河套到呼和浩特，又从呼和浩特来到北京。尽管，冬天的寒意还在侵袭着我，可我的心里已经揣满了暖融融的阳光。因为，我的心中有您。

1997年那个春天，我失去了您。行走在路上，不知不觉迷失了方向。在莽莽的人海中，从早到晚，我就像只忙碌的雏燕，一刻不停地去垒筑着我衣食住行的小巢。有时，我又像只焦虑的麻雀，在喧嚣中叽叽喳喳地呻吟；有时，我却像只耐不住寂寞的青蛙，在寂寞的黑夜里，呱呱鸣叫。有时，我又像只离群的孤雁，在茫茫的云海里苦苦寻觅。伴随着岁月的更迭，隐藏着心中多少辛酸苦涩。夜里，我常睁开眼睛，去追寻那远去的彩云。蒙眬中，我迷离的眼光却总被一片淡然的流云遮挡。那个曾经憧憬的绚丽梦萦，已被时代的速度淡漠，那摇曳了我多少自信和依恋的绿色，也落满了岁月的尘埃，曾经天真烂漫的纯真，如今已被沉重的压力和沧桑的成熟包裹了。

面对重重阻力，我睁大了迷惘的眼睛，企图把这纷乱的世界看个究竟。我大声呼唤着那远去的鸟儿，“哦，请你停留吧，把我的思念，捎回到那片曾经给了我多少快乐的父亲吧”。金子还可以寻找，而您却已经永诀。我的道路艰辛而漫长，环境峥嵘而险峻。一会儿尘土飞扬，我干渴难挨；一会儿大雨滂沱，我湿冷透心。不过，敬爱的父亲，我知道不能却步，必须冲出重围。此时此刻，清醒的理智像闪电一样照耀着我昏暗中的前程。难道这就是我想要的人生？

儿子

2003年4月7日于北京工体北路

## 第九封信

敬爱的父亲：

我们来北京已经3年了。今年6月，经过中考，桦桦考入北京十三中，那个学校也很不错，只是离家太远了。我有些不放心，于是托人转入了离家较近、师资力量又比较好的八中。现在，一切已经安定下来，只是桦的学习十分辛苦，每天写作业要到晚上12点左右。我和秀华很焦虑。

最近我一直出差。今天早上，我走在江南水乡，看见路边的树与桥在晨曦里的剪影，滴落在水面，轻如涟漪。在我行经的拐角处，恍若看见如你当年立悬在那扇小小的半掩的门扉后面，探出头来，对我展颜一笑，从千里之外，为我送来温暖。那一刻，又让我想起了，那年初秋的雨帘里，你打开门扉的声音。在你眉头舒展的瞬间，我感觉到了我的心疼。多么想，每一个日子，每一个季节都能与您有一个美妙的邂逅。是啊，在这样一个盛夏的早晨，我试图用年少时的执着，去找寻您的足音。

父亲啊，我知道在这个世界上，凡事不可能一帆风顺，事事如意，总会有烦恼和忧愁。那么如何来解决这些烦恼和忧愁呢？佛家有一种办法叫作随缘。随缘不是跟随，是顺其自然；不是随便，是把握机缘。我不懂佛，只是觉得他们说得有一定道理。世间万事万物皆有相遇、相随、相乐的可能性。有可能即有缘，没可能即无缘。缘，无处不有，无时不在。有缘千里来相会，无缘对面不相识。缘，有聚有散，有始有终。缘是一种存在，是一个过程。按照这种说法，那我们就遂孩子的意愿吧。反正学好学坏，现在也看不出来。

人生有所求，求而得之，我之所喜；求而不得，我亦无忧。苦乐随缘，得失随缘。拥有一份随缘之心，就会发现，天空中无论是阴云密布，还是阳光灿烂；无论是坎坷还是畅达，心中总是会拥有一份平静和恬淡。萍水相逢是缘，邂逅也是缘。每一个照面都是千年修来的缘。人的一生是因缘而来，随缘而合。缘起缘落，缘生缘灭，错过的机缘不会再来，来的机缘不会重复。因为机缘错过，美好的机缘也只能是有缘无分；因为错过机缘，美丽的风景也会黯然失色。

宠辱不惊，闲看庭前花开花落；去留无意，漫随天外云卷云舒。大概这就是古人对随缘的一种很好的阐释。要求我们放得下宠辱，放得下得失，即是闲适自在。该吃饭时吃饭，该睡觉时睡觉，该做事时踏实做事，不妄求于前，不追念于后，从容平淡，豁达乐观，择善而行。必是智慧的人生，必是有意义的人生。

不知道我的理解对不对，今天就写到这里。

儿子

2004年7月15日于江西南昌

## 第十封信

敬爱的父亲：

在一个地方多年，找不到感觉，看不清方向。这是很可怕的。前几天，领导跟我说，有一家机构，想让我到那里去。环视周围，去好，还是不去好，我也拿不准。但是，我和秀华商量后，还是决定去。就算是赌一次吧。

有时候不知道是向左还是向右，在外流浪的我们不知何处才是尽头，不知何时是归宿。茫茫人生，人海茫茫，心如浮萍。这种感觉，其实已经有一段时间了。不知是何时，不知是何地，自己犹如大海上的一叶孤舟，飘飘荡荡，心神不定。而更多的时候，反思，自查，找不到答案，于是只能义无反顾地向前走。

从人品人格上讲，我诚实守信，爱憎分明，是一个精神气质十分鲜明的人。时刻铭记父亲的教导：士不必求进，禄不必求丰。万钟之禄，不以为泰；不得行其志而退，走向淡泊。常常言语谦谨，举止收敛，对言语过高、行为不羁、胆大妄为者不屑。平素不甚多言，不说大话，不好虚名，不行架空之事，不谈过高之理。当然，有时候特立独行，自拔流俗，这种气质不是每个人都喜欢的，因而会引起别人的警觉或反感。所以，得罪人的事便在有意无意中发生了，尤其是在遇到小人的时候。经过挫折、内心反省、修炼，渐渐养成了克己、畏惧、谦和、平淡的气质。有时候也会动心忍性，委曲求全，困心衡虑、一味忍耐、徐图自强。

时隔多年，我终于相信，好些东西不是靠个人的能力和水平可以完成的，出发与回归，都不过是虚妄的表象。尘世动荡，价值位移，一只鸟无论栖息在哪个枝头，都无法获得庇护。如此，诸多个夜晚，我梦境连绵，故人旧事如烟似雾，梦的远路上，我在奔跑，游荡，又被梦境唤醒，恍惚在现实的灯前，不知归路。

在这条路上，我曾逃离了贫穷、饥饿、胆怯、恐惧、耻辱，却远远没有逃脱内心的动荡不居。我所能逃离的，是逃离本身，只是身体的某种迁徙。我所知道的社会的、现实的、历史的、群体的、个体的，所有迹象表明，尘世其实从未有过真正的安宁，我所知道的眼前，其内部特征也仅仅是历史的重复。我总是怀着有所改变的美好幻想，打起精神走进新的一天，到日暮黄昏却发现，一切都是昨天的重复。也就是说，我并不比你有多么高明。时至今日，蓦然回首，错失的美好时光难以尽述，而内心的安宁却从未来临。

美国作家雅克·巴尔赞在《从黎明到衰落》中写道："当人们把无益的和荒谬的东西当作正常东西接受时，一个文化就衰落了。在一个衰落的文化中，最能发挥才能的是讽刺家。"最近几年，我对保持身心安宁，有着愈加强烈的渴求。实际上，我所苦闷的，恰好是时日的逐渐空泛，那种无助之感，在我身边暗暗滋生，让我在时间的遗址上，凭吊伤神。我无力自拔于铺天盖地的喧嚣与琐碎，不愿去仰人鼻息，寄人篱下，乞求他人，奔走的身躯与动荡之心相互指责。我的黑夜比白天多，我的懊恼比感愤深。也许是经历了，懂得了，成熟了，知晓了。每一次的懂得，都要支付所谓的学费的缘故吧，看着他人的成功，看着他人的人生，似乎都是精彩的，而自己暗淡无光，心如浮萍。谁不想自己的人生出彩，谁不想自己的人生精彩，可是世事艰难啊。少年时的冲动，青年时的激进，到如今渐趋平和。

多一点感恩，多一点自足，多一点自信，明白自己能干什么，明白自己能做什么，明白自己能创造什么。要让自己的坏习惯、坏脾气得到消减，只有踏踏实实、认认真真把工作做好，做出成绩，让浮躁的心得到沉淀，冲动的心才能得以宁静。

然而，心应该放在何处？心应该飘向何方？人应该走到哪里？静下心来想一想，或许多一些沉稳，多一些安定，给自己心灵及时放个假，不要冲动，不要急躁，不要心急，这样，一步一步地做，一步一步地找，一步一步地寻。或许时间是最好的良药，终会找到属于自己的一片天地。

儿子

2006年3月8日于北京三里河

## 第十一封信

敬爱的父亲：

经过一番苦战，桦桦从八中考入北方工业大学，尽管不够理想，也只能如此了。专业是他喜欢的。作为父母，我们只能支持他。

眼瞅着，桦桦长大了，懂事了，翅膀硬了，想飞翔了，这是件好事。不论情感，还是心智，都不同程度地得到成长，令人欣慰。

直到如今，我还是常记得桦桦小时候的一些事情。然而猛然之间，他已经长大了。开学我们去送他，分开的时候，心里很不是滋味。有时候，你想留住的，总要到最后才明白那一切仅仅是一个瞬间；你没想过去争得的，却如空气般不经意间被吸进肺里，是那般离不开，舍不下。有时候想想，情感亦如时光一样，它只能带我们走向未来，却没有办法让我们延续过去。不论当时，是谁先转身，再回首，已不再是原来的地方。生活中，每个人都脱离不了情感纠葛。不论是友情，还是爱情。只是很多时候，那些走过的岁月，有过的相守，终究是耐不过时光流逝，岁月消磨。花开一季，来不及守望，便已匆匆凋零。人生这一程，大抵如此。

我不知道桦桦的选择到底怎样，我只知道这是他喜欢的专业，不需要太多功利性的理由。我们不害怕做错什么，即使错了，也不必懊恼，人生本来就是对对错错。何况许多事，回首相望，对错早已变得无所谓。因为走过，所以懂得；因为错过，所以淡然。我曾对桦桦说，这个世界上，百药齐全，却唯独没有后悔药，所以我们永远都不要对任何事情感到后悔，因为它曾经一度就是你极力想要的。哪怕结局不尽人意，也至少曾经美丽了心情，丰盈了岁月。

人生最难懂的就是情感，纵然阅尽沧桑，又有几人能懂得真情。人生不过几十载，只要舒心，就是美好。人这一生的很多际遇，不是每个人都会拥有；情感的纷繁纠错，也不尽相同。人活一世，总是要纵情一次，哪怕就当是青春的最后任性。让我们把所有繁复的过程，都当作是一种简单的回归；把一切凡尘的伤情落寞，都当作是云烟过眼。所以，天涯海角，只要幸福安好，就不要念我相思，顾我忧伤。纵是落泪两行，也是笑靥相随，柔情相携。

不论如何，让我们一起祝福桦桦吧。

儿子

2007 年 8 月 12 日于北京三里河

## 第十二封信

敬爱的父亲：

2008 年 8 月 8 日，奥运会成功开幕了。

今天，我陪母亲来到丰台体育场看垒球比赛。我们的座位在看台正中间位置。看球赛的人很多，人山人海，红火热闹。母亲很高兴，她说做梦都没有想过这一天。如果您在世，这看台上肯定少不了您。

也不为什么，就在那一刻，我忽然就想起了您，要是您在，那该有多好啊。我们的身上，承受了父母太多恋恋不舍的目光，牵挂了父母太多放心不下的叮嘱，背负了父母太多殷切的期望。人生在世，再也没有任何人，可以像父母一样，爱我们胜于爱他们自己的生命。

如果您还健在，也才77岁。您看人家70—80岁的老人，有很多呢。你走了，留下母亲孤单的身影。尽管我们也会想方设法照顾母亲，毕竟不如你们夫妻之间的相互关心与照顾。尽管我们也会经常捎去书信与电话的问候，然而，相对于你们老两口之间，我们所能做的这些却是那么微不足道，那么苍白无力。

担心母亲渴，我给她准备了热水。比赛很快就开始了，场面很激烈。母亲说她不懂垒球，觉得像孩子们打沙包那种游戏。我告诉母亲，您就把它当作打沙包吧，虽然内容不一样，比赛规则也不同，但是，运动员积极奔跑的精神是一样的。

好了，不多说了。母亲很好的，您放心吧。

儿子

2008年8月20日于北京

## 第十三封信

敬爱的父亲：

左手的流年，倒映了右手的时光；左岸的流光，倒映了右岸的风景。秀华回来了，生活渐渐安定下来，缥缈中少了几分喧嚣，多了几分清静。岁月流淌，时光交织，斑斓的梦总被现实的残酷碾碎。曾记得，拥着快乐走过人生的那一段。曾记得，酩酊大醉然后躺在青春的路上。也曾记得，忧伤和痛苦被深埋在时光的转角。时光，似乎很快，来不及思考，也看不到结果，也只有在时光的倒影里，将自己失去的，拥有的，珍惜的，遗憾的，一一珍藏。

就这样，静静的时光，淡淡的日子，一晃，一天过去了，仔细想想，充其量也只是人生长河中被投进了一颗小小的石子，涟漪过后，依然是平静。一个季节，一晃，也就过去了，花开花落，相望与决绝，充其量也只是人生风景里的春花秋月，也只是人生篇章里的几页恬静。

人生就是这样，繁华过后，让心感悟的总是捻落的香泥。阳光背后，总是蛰伏着泥泞，肥红瘦绿之后，总是低吟浅唱，谁也不会在时光里永远美丽。我知道，时光需要我们一步一步走过。或许，我们会在时光里成长，也会在时光倒影里坠落。

不论如何，秀华回京，还是一件可喜可贺的事情。

儿子

2010 年 11 月 25 日于北京复地

## 第十四封信

敬爱的父亲：

今年春夏之间，我有幸去英国学习了两个月。两个月的学习，开阔了视野，也开阔了心胸。

记住了一个地名、一个人名，是一辈子也不会忘记的。有些时候，我觉得我的灵魂似乎被英伦这块美丽的土地所摄去了。每当提起这一块土地，我总有一种说不清、道不明的情愫。因为毕竟在那里生活过、学习过。有时候一闭上眼睛，就会想起湖区、高地，就会想到卡迪夫、爱丁堡，就会想到伦敦、贝尔法斯特，那蓝盈盈的天空、那一望无际的北海、那怀特岛上翱翔的海鸥，还有那彬彬有礼的卡斯教授……那里的一切，将会成为我人生中最美好的一段追忆。于我来说，遥远的英伦已经不是地域上的一个名称了，而是一种精神领域的烙印。眼界开阔了，才懂得原来追求的那些东西的虚妄。

人们常常用“井底之蛙”来比喻眼界狭窄，用追求“蝇头小利”来比喻境界低微，用翱翔的雄鹰比喻目光远大、志向高远，所表达的正是眼界对境界的意义。没有开阔的眼界，难以有崇高的境界。眼界是境界的前提。“夜郎自大”，也是因为崇山峻岭阻碍了夜郎国君的视线，不知丛山之外的辽阔。视野所及，心之所至，行之所为，体现出的是眼界与境界的统一。思路决定出路，眼界影响境界。放开眼界对于升华境界有着极为重要的意义。有价值的人生就是不断追求高境界的人生。通过加强学习来拓宽视野，超越自我，是当今时代对我们每一个人的必然要求。

即使在异国他乡，我也会想起您，想起您对我的种种教诲。而今，在我引发感悟时想起您，想起您对我说的话，感觉弥足珍贵。今夜，有静美的时光，习惯了在浮世喧嚣里将心沉淀，习惯了在彼岸花开的嫣然里看人事更迭，我依旧在心房里修篱种菊，只为想你。

儿子

2011 年 11 月 17 日于北京紫台

## 第十五封信

敬爱的父亲：

接连给您写下两封信，前面一封，是向您汇报我去英国的。这一封则是向您汇报桦桦去美国的。

今天是桦桦的 23 岁生日。就在我去英国期间，7 月 2 号，桦桦去了美国洛杉矶。按照他所学专业，需要先在 PPC 过一下语言关，同时学习相关课程，然后才能申请进入 ACCD。这所学校在设计类专业中属于顶尖位置。桦桦说，想必每一个工业设计的学生都想去 ACCD，但是大多可能都会认为那是一个梦。

人是应该有梦想的，桦桦热爱工业设计这门专业，一心想把它学好。从大二开始练习汽车手绘起，便逐渐对汽车设计产生了浓厚的兴趣，每天都梦想着未来能成为一名出色的汽车造型设计师。桦桦曾一度对我说，如果能去CCS（底特律的一所设计学校）就很满意了，不敢奢想ACCD。但是我想，要去就去最好的。对于桦桦这个梦，我和秀华决定倾全力支持。如今，迈开了步伐，先上PCC，然后再上ACCD。

父亲啊，四十多岁的我，经年易数，流水无痕。在我的终日忙碌中，在我的遥遥期盼中，在我的不知不觉中，桦桦悄无声息地成长着。如今他已经展开翅膀飞翔了。不过，他走以后，当我走在依旧车水马龙的街巷，看着周围被夕阳渲染的一切，心中偶尔也会突生淡淡惆怅和无缘无故的彷徨，同时也免不了对他的担心。更多的时候，望着满山叠翠，草长莺飞，隔着浅浅的玻璃车窗，那些变换的色彩，那些清清浅浅的时光，就这样，在我的默然沉思中，在我的淡然回味中走远了。无需在意那些熟悉的、陌生的、阴暗的、明丽的、虚假的、真实的面孔，我可以在纷飞的流年里低吟浅唱，在混浊的世俗中两袖清风。

如今的我，不会为衣食而犯愁，只会坦然面对生活，重复昨天的程序而已。生活的激情早已褪色，再也不会去追逐阳光午后睡懒了的青草，也不会在逃离细雨的花伞下迷离双眸。书读多了、久了，任思绪在文字间徜徉，总有一份心动让我心怀欣喜，总有一份真挚让我邂逅美丽。我愿行走在这场字墨飘香的诗意里，依然笑语如昨。

这就是如今我的状态，一个无奈又无悔的阶段。我不知道您对于这样的我，是批评呢，还是鼓励呢？

儿子

2011年11月18日于北京紫台

## 第十六封信

敬爱的父亲：

记得您在世时，曾经批评我不懂人情世故。这封信，我想跟您专门谈谈这方面的问题。

在一个社会中生活，如果不懂得人情世故，一个人出来混往往很难。因为从一开始就注定了没有成功的可能，这样折腾下去也只是白白浪费精力。而一个对人情世故运用纯熟的人，哪怕刚开始能力差一些，出来混还是大有希望的，因为只要他掌握了这一独门绝技，就迟早能够迎来命运的转机。

只要看看我们身边的现实就会发现，真正的聪明人做人做事恰到好处、滴水不漏，不仅收获了实利，也留下了美名；而有的人刀子嘴豆腐心，不少帮别人的忙，却没有一个说他好，甚至培养了不少敌人在身边。这大都是不懂人情世故的缘故。

记得您曾经对我们说过，生容易，活容易，生活不容易。每个人都必须面对残酷的竞争。因为不懂人情世故，历史上很多立下汗马功劳的功臣名将，最后落了个被诛杀的下场——他们没有倒在敌人的剑下，却冤死在自己人手中。鲜血横溅、肝脑涂地，世上无处可售后悔药。即使有，后悔也已经来不及了。他们光辉灿烂的一生，就这样草草收场。如此写下的沉痛忠告，我们怎可不懂？

人生就是如此奇妙。做人就像种田，最后的收成才是评定的标准。我常常给桦桦说，“取乎其上，得乎其中；取乎其中，得乎其下；取乎其下，则无所得矣。”意思就是说，如果一开始的期望是上流，最后达到的效果可能只是中流；如果一开始期望的只是中流，最后达到的效果只能是末流；如果期望只是末流，最后可能什么都得不到。在一些特别场合中，有些聪明人，主动将主角的位置让给别人，而自己心甘情愿当配角。这并不是失败，甚至可以说这是一种策略性的胜出，他让出的只是一个主角的虚名，而赢得的却是真正的实惠。有句话说："呼唤什么缺什么"。一些人虽然呼唤中庸，但在实际生活中却处处走极端。

小时候，您经常告诫我们："好吃的东西不要一个人独吞，要适当分给大家一些，否则小伙伴就不跟你一起玩，别人就嫉恨你，有了好处也会把你挤到一边。"那个时候，我对这些话似懂非懂、半信半疑，所以总因小事与人争个你死我活。等我长大踏入社会，现实的磨砺和复杂的人际关系，让我彻底明白了这句话的深刻含义。

才华是一个人成功的基础，一个有才华的人能得到大把的表现机会，一个无能的人，即使再张扬表现自己也不可能成功。但一个有才华的人过于炫耀自我，压制了他人的表现空间，损害了他人的利益，就必然招致众人的一致嫉恨。如果发展到这一步，他的前途和事业就非常危险，随时可能被人拉下马来。在这个世界上，才华出众却被排挤的人随处可见。他们才华在手，就像拥有一把传世名剑，逢人就要吹嘘一番，拿在手中四处挥舞，生怕别人不知道他有的惊世之才，傻乎乎地把自己树成人人想打的活靶子。他们看不见自己脚下的火坑，就这样不知不觉掉了进去。因此，才华犹如一把双刃剑，可以刺伤别人，也会刺伤自己，所以运用起来应当小心翼翼，平时应插在剑鞘里。

翻开《二十四史》，我们可以轻易地发现被小人运用阴谋诡计杀害的忠臣良将不计其数。一方面是因为小人过于奸诈残忍，另一方面又何尝不是因为被害者不懂玉韫珠藏的智慧呢？风头过于张扬，才华过于横溢，同时又目空一切，不把身边的同僚放在眼里，这样的人不栽倒才怪。

以上这些，都是现实与经历的感受，跟您说出来，心里会畅快一些。

儿子

2013 年元旦于北京安贞

## 第十七封信

敬爱的父亲：

一路走来，总感觉自己一事无成。于是，常常愧从心起，悲从中来。

虽然，红尘若梦，最终总成空。我也在劝勉自己要看淡一切，但是一旦遇到问题，似乎就静不下来了。性格不同，观点也不相同。人与人的生活方式也是不一样的。所处的环境不同，经历不同。面临的人也各不相同。性格决定心态。智慧之人考虑问题比较全面。聪明之人思想事物会比较周全。一个人仅有知识是不够的，还要拥有一份良好的素质和高贵的品德。

人生如梦，短暂虚空。一个人从婴儿到幼儿，从幼儿到少年，从少年到青年，从青年到中年。然后消失于人世。无人能够长生不老，无人能够去根本改变现实。只能无奈地顺服，伤心地面对。生命中也总是没有完美之事，不论在什么方面，没有一帆风顺。好像什么都是命运在安排人世，而不是我们在去创造未来。理想和现实相距太远。梦想和希望遥不可及。让人心生凄凉。谁不想淡然而快乐？谁不愿幸福而顺心？但是当自己面对现实时，却很难去承受失败。也许得与失并不是很重要，但是对于某些事情，失败的结局将要消耗多少好时光。生活中钩心斗角，你嫉我妒，你争我吵，都是为了一些自私的物质生活吗？争来争去又能如何？拥有再多的金钱能随着生命离开而伴随吗？而人际关系闹得如此不和谐，值得吗？倒不如彼此忍让些。多些友爱，多些宽容，多些爱心。这样的生活或许又是一番滋味了。

生活本无情。所谓的淡观红尘事，笑看人间情。其实都是安慰自己的一种方式罢了。无法去改变的现实，只能去默默忍受。难以实现的梦想，只能默默哀叹。别无他法。用泪水也许可以倾诉一些心痛，之后还是要去面对。但是，不论世道如何改变，我依然觉得，一生之中，只要做到无愧于人，无愧于心，就可以了。对父母有一颗孝顺之心，对朋友有颗真挚之心，对家人有颗宽容心，对同事有颗大度心，就足够了，无须去和任何人攀比。

儿子

2013 年春节于新西兰奥克兰

## 第十八封信

敬爱的父亲：

时光，如流水般潺潺而过，新春的脚步带着一路的风尘姗姗而来。这些年来，随着年龄的增加，梦里梦外对于故乡的渴望也越来越强烈了。

喜欢听费翔的《故乡的云》：“天边飘来故乡的云，它在轻轻向我呼唤……”对于漂泊的游子来说，故乡，永远是一帧珍贵的水墨丹青画，永远是心灵依靠的温馨港湾。

走过山山水水，游子的跫音无论落在何处，那一缕心头萦绕的乡思不曾有半分的衰减。故乡这根无形的线，不管我走多远，终究离不开它的牵绊，躲不掉它的牵引。当霜晨雁叫，或者月上柳梢，我的心啊，总是面对着故乡的方向……

记忆中的童谣随着时间的推移渐行渐远，而故乡的方向总有个声音在深情呼唤。纵使走南闯北，一路风尘，故乡，很远，也很近。春、夏、秋、冬，无论哪一季，只要我撷一缕故乡晚风的轻柔，牵一缕故乡月亮的清辉，便能守得心中乡音迂回，调动幸福的节奏，让心灵温暖次第。也许，故乡没有山珍海味，但永远有热菜，热饭。不管是衣锦还乡，还是空空行囊，故乡永远会张开双臂，迎接我的归来。无论何时何地，我习惯把故乡默念成诵。在心里，在梦里，早已把故乡定格成永恒，任岁月怎样流逝，任时间怎样变迁，那一份乡情，那一份乡恋，永不会淡去。

当缆绳轻解，荡舟离岸时，身后留下的又何止是一串串涟漪？当汽笛长鸣，车轮滚动时，身后留下的又何止是一声声呼唤？或许，强颜的欢笑在转身后化成热泪暗涌，思念便已成灾。原来，故乡的鸡啼、犬吠、蛙叫都是歌；原来，故乡的一山一石、一草一木、一人一物皆是情。原来，母亲的唠叨里全是温暖的情愫，父亲的沉默里尽是无声的挚爱啊。

无论走向何方，故乡那青青的麦苗、红红的辣椒、高高的草垛、矮矮的篱笆、袅袅的炊烟，以及农人的烟袋、放牛娃的牧笛、和蔼的乡亲、儿时的玩伴总飘忽在游子的眼眸里、思绪里，挥之不去。

世上，还有什么能比父母的根根白发有着更多对游子的牵挂？还有什么能比亲人的声声“保重”有着更多对游子的祝福？电波传音，微信寄情，遥遥相望间，我的心早已插上了翅膀，飞在了故乡的原野上。当故乡的爱如舟楫划过异乡的暗夜和黎明时，我便感觉到了风也柔柔，情也暖暖。

故乡，是一首吟不完的诗，填不完的词，谱不完的曲，唱不完的歌。人世间，任何地方都无法与之媲美，任何东西都无法将其替代，任何距离都无法将其取舍。

儿子

2013 年五一于北京紫台

## 第十九封信

敬爱的父亲：

老子的《道德经》第五十六章：“挫其锐，解其纷，和其光，同其尘，是谓玄同。”解释为挫去锋芒，解脱纷争，收敛光芒，混同尘世，这就是深奥玄妙的“同一”境界。后来，人们用“和光同尘”指不露锋芒，一种与世无争的平和处世方法。现如今，我越来越感觉似乎只能如此了。

您知道，我是极力反对随波逐流，同流合污的。我始终想用似水的青春年华，换取一段如水而壮丽的过往。走过万缕红尘，品过浮世清欢，才察觉，人生苦短，人事如梦亦如幻。很多时候，夜出奇的静，柔和的灯光弥漫整个房间。灯光下飞舞着抖落的微尘，看尘埃落定。天高地阔，思绪无疆。在闲散的日子里，放牧一些诗意的文字，揽一怀紫韵悠然的暗香。风是呼吸的气息，云是帆影瘦瘦长长。雨是迎眸的清泪，雪是花朵的轻舞飞扬。

如此，常常站在绿影斑驳的一角，挽一抹夏风的微凉，或者看一朵夏花的妖娆，感受时光的静好。静静地享受一个人的天荒地老。这样的日子，虽安静而美好，却依然抵不过四季风霜的侵蚀。或许这世界总是孤独的。无言独上西楼，梧桐细雨点点愁。总希望自己活成一朵花的娴静，或者一株草的清欢。不需要太多的人来欣赏，不需要别人来赞扬，默默无声，不言的深情，无悔绽放。看光阴一分一秒从眼里穿过，一种高不可攀的寂寞，在月拢轻纱的夜色里，轻舞着，曼妙着。空灵的乐声，仿佛从远古穿越到了今宵，想象着几千年前的这样一个月白风清的夜晚，一个人的清欢，一个人的寂寞，将心事温婉成一阕词，谱写成一首歌，自娱自乐。

和光同尘，一切现实中无法承载的梦想，都可以在这里放逐，飞扬。没有了世俗的烦扰，远离了蜚短流长，泛一叶轻舟，折一枝翠柳。浮云飘散，一片蔚蓝，风轻云淡。转眼几十年，弹指一挥间。任凭有些过往，总是念念不忘，任凭有些曾经，依然留在心上。那些被青苔覆盖的记忆，一半明媚，一半薄凉，一些人，渐行渐远；一些缘，情深缘浅，一些念，执迷不悟；一些爱，风轻云淡。

以上这些，都是个人心绪，怯懦也好，无奈也罢，就算是一种和光同尘。

另外，桦桦 4 月份从美国回来，8 月底再回去。学习已经渐渐步入正轨。桦桦回来以后，家里有了些活跃的气氛。这个端午，我们来到乌兰浩特看岳母。老人的情况很不好，我们的心情也很沉重。

儿子

2014年端午节于乌兰浩特

## 第二十封信

敬爱的父亲：

这个国庆，决定两头飞，一边去河套看母亲，一边到东北看岳母。母亲身体好，通情达理，理解我如此颠簸很不容易。岳母病入膏肓，奄奄一息，不去看我真不安心。

人到中年的我，身上满是责任，沉甸甸让人喘不过气来。静心看自己，体态、面容、心境都明显地被盖上了中年的烙印。来路一览无余，前路风景无多。上有老下有小，家人生病你担心，孩子不听话你生气，工作不如意你沮丧，未来何处去你发愁……你需要学会自我疏通和修补，你需要大大咧咧，乐乐呵呵。水来土掩，兵来将挡。有人说得好，说你受到岁月和生活的双重镂刻，内心也在不停地改变。沧海桑田，有的地方已经变硬了，有的地方却柔软了。从前你是树叶，环境是风，它一吹你就动。你跟着别人赶东赶西，你在外边温文尔雅，在家里龇牙咧嘴。你对过往心存怀念，后悔自己错过了太多。因为生命里的每一片草地、每一条溪流、每一块山丘都是只此一次的相遇。如此，你开始放慢脚步，注意聆听，不再想通过变换外形修改自己。不像以前那样蚂蚱似地在各个行当里乱跳了。因为你明白了无论什么工作，都像一块布，各有其细致明艳的正面，也有粗糙暗淡的背面。到了中年，生命已经流过了青春湍急的峡谷，来到了相对开阔之地。

这一切，虽说是自然使然，可对生命之旅这么快进入中年，毕竟少了一些精神准备。当发现几缕华发过早地夹杂于青丝之中，心中便涌起几许悲凉。意味着少年的气盛、青春的张扬已经消失，那份曾经的血性、那份曾经的壮怀激烈被生活碾轧之后，剩下的只有世故与圆滑，那份执着、那份热爱在饱经沧桑之后，心灵的蚌壳再也孕育不出希望的珍珠。

是啊，世事沧桑，生命无多。面对生命中每一个匆匆来去的日子，抽去其中过于诗意的成分，或许会从中感悟什么。一旦告别刻意粉饰的年龄，面对的只能是一个真切质朴的自我。这个年龄办事情想问题已经没有了年轻时的激情与冲动。在我眼中，责任、稳重、成熟已成为自己的人生主题。

到了这时候才发现，谁也赢不了和时间的比赛。“人生苦短”不是一句空泛的话。于是，平和淡然地面对一切，活出自我，活出自信，该想的就想，该做的就做，爱自己，更要爱他人。不论何时何地，要特别珍惜缘分，不论是你生命的过客，还是长久的知己，都是一生精彩的回忆。

儿子

2014 年 10 月 8 日于北京安贞

## 第二十一封信

敬爱的父亲：

最近一段时间，送走了病逝的岳母，又参加了一对儿新人的婚礼。悲伤的眼泪刚刚止住，激动的泪花又夺眶而出。不免感慨，人啊，怎么会是这样？走着，走着，就老了；走着，走着，新人来了。生老病死，人生就这么无奈，所谓“最是人间留不住，朱颜辞镜花辞树”。

是啊，容颜是最容易背叛人类的东西，走得绝情，不仅改变你的容颜，还要带走你平稳的心态。在慢慢变老的过程中，似乎无怨无悔，似乎无可奈何，只能被动接受，就这样慢慢老去。花自飘零水自流，一份情，两样愁。

想想小的时候，我们整天盼望着快点长大。襁褓中，爸爸妈妈盼望我们会走路多好，等我们走路稳当了，又盼望我们能尽快和他们交流，等我们会和他们争辩了，他们又盼望着我们能独立多好。等我们终于可以独立了，这时，父母又猛然发现，感觉身边太清静了，以往那个怕黑、调皮的宝贝不见了，而他们自己已经慢慢变老了，头上渐染霜雪，脸上皱纹如麻，皮肤干瘪……

我常常想，所谓似水年华，一去不复返。其实就是阴晴圆缺，冬去春来。人的一生中，往往来不及好好端详一下自己，时光便被每道皱纹占满，每块色斑沉淀，直到苍老不堪，到了叶落归根的时候，那些无悔的、已错的，脑海中依然清晰可鉴，却不可重来。那些得意的、快乐的，心目中时常泛起，却只能回忆。亲人走了，朋友散了，一路上的相伴，渐渐零落，最终没有几个人了。于是常常温习，一遍一遍地回味，反复念叨着的不是现在，而是已经过去的时光；能原谅的不是当前，而是曾伤怀的旧事。而一旦错过，回忆就是一片苦涩，彼此的感受才是重要的黏合。

想想人生只是稍纵即逝的一种生命过程，又何必去苛求事事都完美呢？人生，谁又有办法留住生命不归？人与人的缘分是如此奇妙，想想看，人的一生，往往是惊鸿一瞥，擦肩而过，更多的是美丽邂逅，真情厮守，直至曲终人散，相忘于江湖……

在曾经的青葱岁月里，在生命的过程中，亲密与疏远，温暖与冷漠，高潮与低谷，顺境与逆境，正直与奸佞，廉洁与贪腐，重用与闲置，严谨与散淡，竞相出现，让我们应接不暇，让我们惯看春风秋月。多少人，亲密无间变成路人，渐行渐远；多少人，由素不相识变成人生伴侣。或相濡以沫，或相忘于江湖。年华如沙漏般流逝，总有些朋友慢慢淡出我们的世界，走着走着就散了。曾经认为万分重要的，最后认为都不重要，曾经以为是原则问题不可让步，到后来都变成枝节问题，可以忽略不计。曾经的死对头，可以握手言和，曾经的针锋相对、水火不容，都会随着时间和环境的变化，化干戈为玉帛，都不计较他们了。只有回忆，是长在心中的一根长藤，清晰地记录着曾经一起经历过的风风雨雨。

父亲，敬爱的父亲，当我涉事更深，更加懂得人生的意义，也更加觉得您当初对我的教导是多么深刻。

儿子

2014 年 11 月 20 日于北京金融街

# 九十三

几次经过黄河，无论是山东的东营，还是河南的三门峡，无论是山西的壶口，还是宁夏的青铜峡，直至青海的三河源、甘肃的兰州、内蒙古的河口，听滔滔而过的河水，给我一种震撼，一种生命的呼唤，一种故乡的追忆。

为什么会有如此感受？后来我才意识到，我所审视社会的角度大都在黄河流域，包括我的童年乃至参加工作很长一段时间。这完全成了一种潜意识。

小时候，我生活在河套农村。谁都知道“黄河百害唯富一套”，这一套就是指河套。但是，我在那时候就知道父母生活之不易，一家八口全指望生产队用磅秤分配的那一点点返销粮来决定锅里的稀稠。那是一种无法形容的贫困，父母靠节俭已经无法生存，只能向亲戚借，直到亲朋好友也无能为力。那时的父亲整天东奔西走，着急上火，有时真的顾不上借来的玉米面已经变质。

我的小学、初中的大部分时间都是在这种穷困潦倒中度过的，居住的房子可以说是椽朽瓦破，院子里长满了杂草。这 10 多年时间，我从孩童长大成人。穷人的孩子早当家，这话一点不假。我是真切地感受过那种极度贫穷的。

再后来，我上了大学，参加了工作，直至离开内蒙古来到北京，我都在一直关注河套。可以说，我 40 年里所看到的世界，大多是在河套；我 40 年里所感知的人生，大多是河套各色男女的人生；我 40 年里感受河套生活的变迁，都是在河套的乡间小路和乡村男女之间的。我 40 多年里反反复复多次进出河套，形成了萦绕在我耳边的一个声音，思考的时候，会顺理成章地想起，写文章的时候，会顺理成章地添上一笔。我在初中一年级的第一篇文章就是《河套的早晨》，完全是从河套农村生发的。即使现在回头看，依然是那么纯朴自然。尽管后来的成长转变了我的初衷，我还是尽一切可能专心致力于河套生活的研究与思考。很明确也很单纯，常常在快乐和焦虑中感受着河套的变迁。

河套的乡间生活存在于我的潜意识里，那是一方狭窄的天地。父亲的一生，致力于河套水利工作。我常常记得随父亲在黄河边漫游，或者沿着河套沟渠纵横的田野巡察。三盛公水利枢纽工程，杨家河、园子渠、总排干，还有我家附近的三排干……即使腹饥口渴，依然执着地前行。

# 九十四

强大的阵容，整齐的队形，矫健的步伐，雄伟的气势，精良的装备，高昂的士气……每一次大阅兵，无不给人留下难以忘怀的印象。

阅兵是对武装力量进行检阅的一种仪式。古代中国和古埃及、波斯、罗马等国就有阅兵活动并一直延续，以示庆祝、致敬或者展现军队建设成就，达到壮观瞻、振军威、鼓士气的目的。

## 1

新中国成立以来，我国多次举行盛大的阅兵仪式。

1949 年的开国大典阅兵，场面恢宏，气势雄壮。这次阅兵，听父亲讲过，在画册上看过，但印象不是很深，只知道朱德总司令亲自检阅三军。

这次盛大阅兵，扬威天下，昭告世人，进一步彰显了“中国人民从此站立起来了”的豪迈气概。同时，也提醒人们，务必时刻挽紧和平的臂膀，阻止历史的悲剧重演。因为死神并未走远，战争之门也还没有真正关闭。

## 2

秋高气爽，我们沐浴在初秋的季节里，迷醉于自然的盛景中，尽情地嗅吸着累累硕果飘溢而出的浓郁馨香。

沉甸甸的稻谷，垂挂着金色的谷穗；丰盈挺拔的高粱，摇曳着火红炽烈的情感；四季常青的松柏，烂漫着四季的本色。它们以饱满殷实的丰厚，和人们一起，畅想着美好的明天，收获着金灿灿的希望。

这是 1981 年的金秋，正值我的高中阶段，就在我们迎接高考的关键时刻。那一年的 9 月 19 日，传来了我军在华北大阅兵的消息。那时候，电视还没有完全普及，我们看不到电视实况转播，只能通过报纸得知一些阅兵的新闻报道，无法得知更多的细节。但是，这次大阅兵，已成为我们时事政治的重要内容。

人是需要一点精神的，这种精神，是引人奋进的力量，是自强不息的动力。浸染在这样的气息当中，我们在不经意间就受到感染，从而心灵澄静，志存高远。

大阅兵，吹响了我们向高考进发的号角，鼓舞着我们的斗志。

## 3

金秋的内蒙古，广袤的森林、草原五彩斑斓，到处呈现一派祥和的丰收图景。那忙碌的牧人、迎风信步的畜群、麦浪的曲线、碧水倒映的雁阵，构成一幅壮阔的草原金秋图。

1984 年，我大二，得知国庆即将大阅兵的喜讯，我们守候在电视机前。当检阅进行曲的旋律响起，邓小平乘坐红旗牌轿车，在阅兵总指挥秦基伟的陪同下开始检阅。

这次阅兵中，邓小平喊出了“同志们好！”“同志们辛苦了！”随后，他又在天安门城楼上发表重要讲话，鼓舞全军将士“务必时刻保持警惕，不断提高自己的军事政治素质，努力掌握和提高应付现代战争的知识与能力。”就是在这次阅兵后，北大游行队伍里打出了“小平您好”的横标，那一幕长久地印在脑海里，不肯退去。

在这次大阅兵中，受阅武器装备的科技含量大大提升，28 种武器中有 19 种是新装备，有的装备已具有世界先进水平。中国战略导弹部队首次参加阅兵，更是震撼了世界。

## 4

十月金秋，伟大的首都北京，如墨彩涌动的花万般妖娆，落笔栩栩如生，烟如飘云，片片秋叶如霞丝，款款秋情落幕于山间、亭阁、长街的苍翠松柏，道道秋丝在风中舞蹈，红染清秋，瓣落无痕。秋风吟唱，片片碎叶摇曳。流灯溢彩，渲染着天安门广场，曲曲衷情，歌唱着伟大祖国。

1999年秋天，我刚好调入北京，并且有幸登上了天安门东侧观礼台，亲临了这场盛大的国庆阅兵仪式。这次大阅兵号称“世纪大阅兵”。

## 5

60年，一个甲子的轮回。国岁还甲子，河山正秋时。极目草原，牛羊肥硕；放眼田野，五谷正熟。山川略披黄纱，江河奔流不息。千古兴亡，一时感慨；万千故事，涌上心头。

2009年甲子大阅兵。是在10月1日，有14个徒步方队、30个装备方队和151架战鹰编成的12个空中梯队。这次阅兵展示的主要装备，全部是国产装备，近90%是首次参阅。参阅飞机涵盖空军、海军和陆军航空兵现役主战机型。

60年的风雨兼程，在历史的长河中，只是短短一瞬。但回首这不平凡的60年，从新中国成立到2009年，从贫穷落后到发家致富……不可计数的辉煌，中国进步的航标，见证了华夏儿女用勤劳的双手开创的光辉灿烂的新时代。

抚今追昔，回望60年来所披上的辉煌，令人振奋，催人奋进。

## 6

如果枪膛对战火说：“我要长出玫瑰。”

还需要多少人去再次牺牲？

如果万物都要求和平地生长，

还需要多少人，从仇恨和掠夺的欲望中觉醒？

如果所有的人，都祈望远离战争的阴影，

还需要多少人，去把这段蹉跎的年月填平？

前事不忘，后事之师。靡不有初，鲜克有终。

2015年，国际形势和世界格局都在发生深刻、复杂的变化，我国举行大阅兵来隆重纪念中国人民抗日战争暨世界反法西斯战争胜利70周年，不要忘记70年前的那场战争，不让历史悲剧重演，不断增强中华儿女对中国国防的信心，具有特殊的历史和现实意义。

这一天，2015年9月3日，我早早起床，好一个丽日蓝天。抬头望，西天是一弯明月，东方是一轮红日。啊，日月同辉啊。

“9·3”胜利日大阅兵。“70”是每件纪念器物上最显著的标识，无论在空中，还是在地面，到处可以看见这个“70”的阿拉伯数字。它浓缩了1945—2015年70年的光阴，也证实着中华民族从那场抵御外侮的殊死战斗中终于取得胜利的那一刻。

从70年前到今天，从小米加步枪到坦克飞机战略导弹，从狼牙山五壮士到如今整齐的陆海空三军队伍。共和国的战机骄傲地飞翔在蓝天，七彩云霞点缀在它们身后，这是一种何等的绚烂与美丽。天空中的七彩云霞，弥漫着一种祥和之气，而当这云霞转换成成千上万的和平鸽时，天空顿时布满了翅膀，每朵云都发出了爱好和平的声音。

祖国在腾飞，民族在兴旺。世界反法西斯战争是人类历史上伟大的正义战争，它给全人类留下的历史启迪极为珍贵。今天，我们回顾这段历史，纪念战争的胜利，就是要总结经验，吸取教训，大力弘扬以爱国主义为核心的民族精神和以改革创新为核心的时代精神，共同创造人类的幸福生活和美好未来。

# 九十五

八百里河套，我的故乡，无疑是葵花的海洋。走遍世界，再也找不出第二个这样的海洋。

从小，看惯了故乡的葵花，以为它是最高大最美的花。以至于长大以后，看到凡·高所作的《向日葵》，并不以为然。尽管专业人士说凡·高是以简练的笔法表现出植物形貌，充满了律动感及生命力，如此这般，但在我心里，故乡的葵花不知比凡·高的画好了多少倍。

向日葵（葵花）是河套种植面积最大、范围最广的油料作物。河套种植的向日葵有食用型和油用型两种，乡亲们称食用的为花葵，榨油用的为油葵。花葵的壳大实肥，在干货市场上早已驰名中外。油葵皮薄、籽粒饱满，含油量高，在期货市场也十分走俏。

在故乡，葵花，不仅被赋予了太阳的颜色，也被赋予了财富的内涵。八百里河套，八百里葵花，一眼望不到边。一朵朵，笑容里蕴藏着一种温馨可爱的味道，果实里酝酿着一份丰盈柔和的温暖。

盛夏的八百里河套，到处是庄稼，遍地是葵花。那绚烂夺目的金黄在阳光下闪耀着，那是金色的花海，在蓝天下蔚为壮观。凡·高的画，只能挂在室内，而故乡的画，挂在天地间，绝对是绝无仅有。你看，一朵朵灿烂的葵花，无拘无束、大大方方地绽放着，盈盈地向着太阳微笑着。你听，风声和雨声，还有各类鸟儿的叫声，还有蛙声虫鸣，不绝于耳。它们陪伴着葵花。有时，细雨滋润着葵花的脸颊，风儿摇曳着葵花的腰肢。你会看到，葵花的腰身虽然纤细，却永远是那样的高傲和挺拔，她承接着太阳的感召和温暖，托举着父老乡亲沉甸甸的希望和幸福。

有人说，信念、光辉、高傲、忠诚、爱慕，是葵花的花语。这无疑是一种寓意，寓意着沉默的爱，代表着勇敢地追求自己想要的幸福。是啊，这样的寓意和表征，正如同一个个勤劳质朴的河套儿女。那一根根细细的身杆，支撑起一朵朵微笑的脸庞，拥有太阳一般的热度与光芒，为爱她的人绽放着最美丽动人的笑容。太阳一出来，它的脸庞便温柔地跟着转，用一份热忱的微笑，把大地上每一个冷寂的角落照耀得光明与温暖。二百万河套儿女，他们与无数葵花一样，拥有着简单快活的心和一种积极向上的力量，无论在什么环境下，他们对生活都充满了热爱与期待。

的确，葵花不择土壤的贫瘠，也不苛求水肥的多少，它们只要走进土壤，就会生根发芽开花结果，站立成一种蓬勃向上的姿态；它们从不抱怨和嫉恨周边环境，也不刻意喧嚣和张扬自己，始终向着太阳微笑，那高高昂起的花盘和向外舒展的叶片，总会展现出特有的艳丽，无声地折射着太阳的辉煌。

当然，在金色的秋天里，葵花不如红叶那样耀眼美丽，也没有菊花那样冷艳动人，但它那斑斓浓烈的色彩，已成为我生命里永远的渴望。它坦率、真诚、坚持、昂然，总是用自己宝贵的生命、旺盛的热情、连同蓬勃生长的过程，倾注着对太阳无限的忠诚和对阳光执着的追求。它带着太阳的热度，傲然地生活在这个金色季节里，不卑不亢，不屈不挠。它从不辜负土地的孕育，也不亏待太阳的光照，像战士保卫家国一样，默默地生根开花结果。然后，脱下金黄色的外套，以饱满的成熟，低头与大地共绘秋图，哪怕霜袭冻扰，依然挺拔起岁月最动人的丰韵，把生命的永恒，苦涩的汗水，连同故乡的秋色，以一种最朴素的表达，给人们以真实的支撑。

我常常喜欢站在秋天的边缘，走向向日葵汇成的花海。极目远眺，一望无际。这花海与大地一起，毫无顾忌地延展，在秋风中摇曳着，如此壮观，如此绚烂，如此夺目。向日葵所激起我的想象，不只是空旷、悠远、宽广，更多的是虚怀若谷，博大坦荡，厚重从容。当我直面端详它们的一举一动时，从内心深处，涌起一种冲动，一种难以抑制的感动。我越来越感到：这葵花，不就是我的父亲母亲，不就是故乡的那些父老乡亲吗？无论是烈日炎炎，还是细雨蒙蒙，他们总是默默无闻地劳作在田间，与大地对话，同禾苗私语，那面朝黄土背朝天的姿态，永远定格在我的目光里。他们实在、憨厚、热情，也不缺少温顺和善良，用最灿烂的笑容展示着火热的生命，也让我的一切情感，在那一片妖娆里永久存放。

有时候，我从外地回到故乡，总愿意走近田野，和一朵朵向日葵约会。那一张张丰满微笑的脸庞，仿佛一个个孩童，永远不知道愁苦，并且在绿色的田野里酝酿着一个个神秘的梦。面对着一朵朵向日葵，我总在想，在最平凡的土壤里，平凡的生命同样可以活得精彩辉煌。懂得在风雨里低头承受，懂得在晴天里放歌心灵。这种精神，无形中感动了我。注视着这一朵朵美丽的向日葵，人生就没有了懈怠和沮丧的理由。不是吗？我们每个人都应该在心中培植这样一株美丽的向日葵。只要有她金黄色的身影在，我们的心就会永远向着阳光生长。

更多的时候，我看到的葵花是沉默的。不过，这沉默，是爱的烈焰。她熏烤着我记忆的微波，荡漾着我的素心，向心海更深处漫游。爱，依然如故。那如雨的叮咛，那如烟的温软，还有那原野的爽朗，那耳畔的轻唱，无时无刻不在我的心上绽放。

故乡的葵花，爱你，不需要言语，只需要一心向阳，默默地跟随你铿锵的脚步，不因风雨而挪移，不因世故而畏缩；爱你，只需要一点一滴，把梦植根大地，然后长出一棵棵向阳花，让人们拥抱这美好，拥抱这世界。

# 九十六

故乡在北部边陲，有山有河，有草原有平川，有长城有边关，原本应该是有风雅的。但是，很长一段时间，我发现在众多文学作品中，少有土生土长的本地人的作品。《诗经》305篇，有《风》有《雅》有《颂》，有“昔我往矣，杨柳依依；今我来思，雨雪霏霏”的绝妙佳句，但是，这样的景色，并非我的故乡专属。

我的故乡在古代属于边塞是确定无疑的。所以边塞诗反映故乡的状况是理所当然的。一般认为，边塞诗初步发展于汉魏六朝时代，隋代开始兴盛，唐即进入发展的黄金时代。据统计，唐以前的边塞诗，现存不到二百首，而《全唐诗》中所收的边塞诗就达两千余首。但是在这两千多首诗中，没有一位是属于当地的诗人，着实让人遗憾。

照理说，我的故乡不缺文人。我曾见过思乡的汉子对着月光，拍着阑干，长吁短叹；即使是放羊的汉子，他们看着坡上的牛羊，甩着鞭子，唱着山曲儿；打工在外的，想起故乡的田园，怀念着自家的小院，泪眼里仿佛出现了龙钟的父老蹒跚行走的影子。无论是天南地北，无论是国际国内，人们始终惦记着一个花一般的故乡，那实际上就是生平理想的结晶，蕴在心头的诗情。不管这个异地的环境是多么残酷，不管对这个他乡的水土是多么不服，都能够默默忍受。能够多情，也易于感伤。想想看，我这样的故乡怎么会没有文人呢？

还是让我们回到唐朝。盛唐是边塞诗创作的鼎盛时期，涌现出一大批著名的边塞诗人，代表人有高适、王维、岑参、王昌龄、李颀等。高适的《燕歌行》，岑参的《白雪歌送武判官归京》《走马川行奉送封大夫出师西征》等作品，代表了盛唐边塞诗雄浑、磅礴、豪放、浪漫、悲壮、瑰丽的美学风格。除此之外，盛唐大诗人李白、杜甫都写过边塞诗，这些边塞诗成为他们的代表作的一部分。比如，李白的《关山月》

《塞下曲》《战城南》《北风行》等，杜甫的《兵车行》《前出塞九首》《后出塞六首》等。另外一些诗人也有边塞诗的名篇传世，如王昌龄的《出塞》《从军行》，王之涣的《出塞》，王翰的《凉州词》。盛唐诗成为边塞诗创作的顶点。

从作者情况看，在最有名的边塞诗当中，有好大一部分是朝廷官员巡幸视察或者被贬谪到这里的落魄文人所为。《古诗十九首》有“胡马依北风，越鸟巢南枝”，算是写我们故乡的；王维的“大漠孤烟直，黄河落日圆”，跟我们故乡的风景最相似。但为了文化搭台、经贸唱戏，好多地方争来争去，从陕北、宁夏、甘肃，一直到新疆。

武威人李益（746—829），到过我的故乡。他的《塞下曲·其一》：“蕃州部落能结束，朝暮驰猎黄河曲。燕歌未断塞鸿飞，牧马群嘶边草绿。”让人一下子就会被那天地空阔、人欢马叫的壮丽图景吸引住。它在表现将士生活的满怀豪情和反映西北风光的壮丽动人方面，是比较突出的。这里的“蕃州部落”就是指驻守在我的故乡黄河河套一带的边防部队。军中将士过着“岁岁金河复玉关，朝朝马策与刀环”的生活，十分艰苦，但又被磨炼得十分坚强骁勇。

那么，当地的文人都干什么去了？他们为什么会缺席？这让我感到很失望、很冷落。

且看边塞诗人的状况。边塞诗人大都是一群具有北方豪侠气概的天才型诗人。总体上看，他们的身世地位卑下。王昌龄、王之涣、李颀、常建，做官都是做到县尉即止。论其诗则光焰万丈，论其官则不过八品九品，在当时是极其微不足道的。尽管他们动辄以公侯卿自许，抒发了大唐盛世所特有的气势，但是只有高适一人在“安史之乱”后因功封侯，其余诸人多担任一些微末官吏。贾谊说：“吾闻古之圣人，不居朝廷，必在卜医之中。”后世的英雄豪杰，又何尝不是如此？高渐离、朱亥隐于市屠，侯生、张耳抱关守门，后来都名扬天下，令有志之士击节扼腕。天宝八年（749 年），宋州刺史张九皋荐举高适应制举有道科，高适终于诗名半天下，黄绶翻在身，一举跃登龙门。

由此不难看出，为什么故乡当地文人没有文学作品留世，原因有三：

一是地位卑下，作品难以传播。想想看，连王昌龄、王之涣、李颀、常建这些人只做到县尉，当地人又能做什么官呢？

二是不思进取，没有吟诗作文的风气。故乡河套号称塞外江南，衣食无忧。承平日久，并且员位已满，官吏滞壅，当地人想要做官难上加难。加之农耕社会的百姓易于满足。所谓“三十亩地一头牛，老婆孩子热炕头”，小富即安，没有吟诗作文的积极性。虽然有人也参加科举考试，但仅把它看作是一种形式，一种智力标志。

三是吟诗作文皆下品，没有政府方面的引导。早先朝廷考试，考的虽是诗赋，选出来的却都是深明吏治的人物。这些人出将入相，具有很高的政治才能。到后来世风日下，浮华不实，口上说有青云之志，实际上缺乏才干，眼高手低。以李白、杜甫二人而论，其诗歌上的成就举世瞩目，但论其政治才能，像李白的终日沉饮傲放，引足令大臣脱靴，有伤大雅，自然要遭斥退；杜甫性情褊躁傲诞，自以为纯儒，而妻子不保，儿女至饿死。想想，连李杜这样的顶级诗人尚且如此，当地人就不觉得诗人、文学家有什么了不得了。正应了司马迁那句话：“无岩处奇士之行而长贫贱，好语仁义，亦足羞也”。

# 九十七

走近，再走近，便走进了我的故乡——乌拉特草原。如果从乌拉特前旗开始，一路往西，经过五原的北部，乌拉特中旗，杭锦后旗北部，一直到乌拉特后旗。偌大的乌拉特草原，如一块超级巨大的锦绣地毯，铺开在阴山的脚下。

绿，不只是一种颜色，在游子的心里，沿着血脉偾张的还有极度的兴奋与狂热。骑着马，唱着歌，挥动着马鞭，让身子跃起来，让帽子抛起来，让衣衫飘起来，打马而过，下落到蒙古包前。然后，在草地上打几个滚。泪，肆无忌惮地流；梦，漫无边际地做。自由自在，无拘无束，整个草原都是属于你的。

在乌拉特草原，你不必分清哪是羊群，哪是星星，因为羊群与星星一样多，白云似唾手可得，而沿着蒙古包绵延的，是一望无际飞翔的曼妙心情。你可以坐下来或躺下去，都是一首诗，最差的也是一首抒情散文。你可以怀抱一缕马头琴的音韵，闭上眼，便可抵达梦的天堂，而那多情的歌声，总会美丽了心情。在这里的日日夜夜，每一种意向都是一种表达，一种虔诚。你可以让洁白的手臂开满花的馨香，或者沿一脉葱茏，走进岩画的天地，任你想，任你说，任你吼，随便你。

在乌拉特草原，你可以安心地依偎在草原的怀里，阴山作证，黄河作证，乌梁素海作证。阴山，古老而多情；黄河，浑浊而激荡，万顷碧波，一桨狂野，你挑逗了她所有的欲望，让压抑已久的激情，随波荡漾。

在乌拉特草原，我用力喊出一个名字，那泊在歌词里的亲切，如蒲公英般纷纷绽放，又纷纷飘落。伸手挽住一帘清风，谁的梦，湿漉漉随心漂流。或者，沿着黄河顺流而下的，不仅仅是小舟，随浪花跃动的，还有河水一样深沉的思想。而我所向往的，是一幅画，一个梦。

在乌拉特草原，我仔细端详着那些古岩画，分明是岩石上的梦啊。我想象远古，在成吉思汗的弯弓里，我体验一代枭雄的赞歌。我觉得每一幅岩画就是一个传说，山风呢喃，穿过历史的厚重，我看到的不仅仅是风景。它们被阳光翻晒着，展示着千百年来人们的向往。而我燃烧的目光，也穿过了千回百转的渴望。我听见有驼铃声自远处飘来，缓缓的，悠扬的，天籁就在身旁。我想到那个在沙漠中寻找生活的女子，那个在沙漠中灵感飞扬的女子，那个在沙漠中享受爱情的女子，蓦然，听到了生命的歌唱。

# 九十八

在我们老家河套，很早的时候就实行自流灌溉。每年秋天都要搞一次深浇漫灌，当地人叫“老秋水”。因为气候干旱，浇老秋水的唯一好处是可以保墒，对第二年耕作有利。但是这种灌溉方式严重浪费水资源，后来就被禁止了。不过，老秋水还是给我留下了深刻印记。

小时候，每到秋天，举目四望，天地苍茫。放眼望去，碧波万顷，波平如镜。波光粼粼的水面在夕阳余晖的映射下仿佛镀上了一层金色的油彩，焕发着朦胧、温馨、迷离的光。远眺，北边阴山环绕，连绵起伏，宛如野马在天地间驰骋。那时候，我觉得秋日的天空特别美，因为老秋水形成的水面也特别美。有老秋水的天空，没有白云的低垂与遮隐，显得异常的深邃与湛蓝，而这种深邃与湛蓝又倒映在平静的水面上。

后来我进了中学，尤其是读了庄子的《秋水》，我才知道秋水是怎么一回事。老师说，秋水就是秋天的雨水，并不是我们老家的“老秋水”。对此我保留意见。我不太同意老师的解释。庄子在《秋水篇》中写道：“秋水时至，百川灌河。泾流之大，两涘渚崖之间，不辨牛马。”你看，庄子所说的秋水，不就是我们家乡的“老秋水”吗？倘若是秋雨，烟雨蒙蒙，那景色就差多了。

秋水无尘，秋云无心。背倚阴山，怀抱黄河，那一片秋水，那温暖的秋阳，那一束束金色的波光，折射着过往的沉香。我十分留恋故乡那叠翠流金的秋色，感受那一份深沉高远的旷达。我们的光阴是什么时候缩短的？暮鼓的声音顺着秋水跑了很远很远，还是没有将那些日子的颜色澄清。秋风是最懂得人内心的脆弱的，所以，她坚持将夕阳延伸，推迟了霜雪的日期。

唐代诗人王勃的一句“落霞与孤鹜齐飞，秋水共长天一色”，堪称千古绝唱。这里的秋水，应该才是秋雨。秋水长天，这是一幅画，一幅宁静致远的画，充满了生机。我想，如果没有怡然明净的心灵，怎么能够写出这般天然和谐的景色？

我以为，落霞的美丽，在于它能够渲染整个天空，它的火红点燃了生命的所有。美丽的落霞不只是点缀了天空，它也渲染了整个秋水。天水一色，在美丽天空的刹那，也美丽了所有人的心。落霞的美丽虽然是短暂的，但它留给人们的向往则是永恒的。生活是一双粗糙的大手，忙碌于理想之间的奔波。不同的时段，相同的欲望；相同的等待，不一样的心情。孤鹜为秋水赢得了白云的支持，秋水为孤鹜的归来准备了栖息的场所。

秋水长天，我们相知在人生的旅途中。不论是跋涉过沼泽泥泞，还是遭遇过狂风巨浪，都不曾气馁，不曾落魄。尽管人生不如意常八九，我们没有颓废，也不曾动摇过心中最美的理想。我们幻想着，黑暗之后那灿然的黎明，幻想着前方不远处那美丽的秋水。

秋水长天，这样的一份美丽，让人如痴如狂。碧水和长天相交接的地方，融合得是那样天衣无缝，让人不禁去赞叹大自然的神奇。这样的一份美丽，带给人们朦胧感的同时，也带给人们更多的向往。

# 九十九

“洛阳城里见秋风，欲作家书意万重”“往来一万三千里，写得家书空满纸”“家书千里异乡来，携子傍牛慢展开”。千百年来，家书都是思亲寄情、连接亲友的纽带。

一封封家书，比如《狱中家书》《诫子书》《曾国藩家书》《傅雷家书》等等，既充分反映了中华传统美德，又映照出高尚的生活情操、优良的德行，蕴含着丰富的文化内涵。用家书告事议事、诉情寄情，是一种很真切、很温暖、很亲密的交流方式。

一纸家书，数十言或不足千言，却承载着亲友之间深厚的亲情和友情。

拉开岁月的帷幕，思念犹如埋在土里的种子，经过风吹雨润，经过才下眉头、又上心头的挂念，纵然天遥地远，依然用思念的心绳连接。尽管山隐隐、水迢迢，依然能够穿山越岭，跨河跨海，架设起一道无形的桥梁。

20 世纪 50 年代初期，父亲离家到千里之外的通辽学习。与他的父母联系的唯一方式就是写信。在那一灯如豆的宁静夜晚，提笔若见人的喜悦与亲切；发自肺腑的牵挂与问询，都寄托在父亲小小的笔尖上，所有的情感都融入字里行间之中。

一封信一般要走十天半月。来信收到了，真有见字如面的亲切。而爷爷奶奶不识字，需要找村里的读书人念给他们听。

见字如面，父母好吗？很想很想你们了，家里好吗？勿要牵挂，我在外面一切很好，放心啊……

爷爷奶奶听到这里，一颗悬着的心顷刻就放下了。他们知道，远隔千里的儿子一切安好，而且同样在思念着他们。

我上大学的时候，学校与故乡山水远隔。我与父母联系的方式依然是书信。一般半月一封，或者一月一封。父亲写信大都给我讲述家里的近况。我写信主要是汇报我的读书情况。当然，更多的是要生活费，尽管那时的学费和生活费不高，却也是父母的一项重要负担。我们父子之间的通信，四年间接近有70封。我把父亲给我的信如宝物一般全部保留着。

后来父亲走了，我对父亲的思念自然生长在褪了色的光阴里。每次拉开书柜的抽屉，那幽深的角落里，沉睡着父亲给我的信。偶尔撇开周遭琐事，几度与它咫尺观望，不禁默默叹息，有时甚至可以感觉到自己的心跳和战栗。

我知道，这一叠尘封了30多年的家书是父亲生前给我留下的墨宝。那端正遒劲的笔迹，一笔一画不仅深深地印刻在稿纸上，也深深地印刻在我的脑海里。父亲的信开头有一句：见字如面。我便仿佛看见父亲那张沟壑纵横般沧桑的脸，就在这些信纸后面向我微笑着。每一个字，便也都笑着，像一朵朵灿烂的玉兰花。横竖撇捺，每一笔都浸注着他的关爱和呵护。尽管信纸上沾上了尘埃，信笺也有些泛黄，但那清晰的字迹早已跃进我的眼底，仿佛父亲那双深邃的眼睛，在默默地注视着我。

父亲的书信，像一首无言的诗，更像一根连接父子情感的红线。这些书信里既包含着无数的情和爱，也倾注着父亲对我的教诲与期盼。

看着父亲的书信，就像守望一场似水年华的旧梦，花开了又落，落了又开，时光的轮回如同秋千一般在我的心头荡来荡去，泪水禁不住扑簌簌流了下来。

儿子上大学去了异国他乡。思念是必不可免的。不过，我们之间联络的方式却发生了翻天覆地的变化。

书信，已经退出了舞台，被短信、E-mail、微信等方式所取代。起初，对我来说有些不适应，而对儿子来说，他适应得很快。这种变化，一方面证实了科技信息的飞速发展。另一方面，也适应了这个时代的节奏。

不可否认，现代通信在不断改变着我们的生活，让时间缩短，让空间不再。应当说，这种发展是我们的幸事。事实上，遗忘家书的是我们自己，而我们所遗忘的不仅仅是家书。我以为，我们在遗忘家书中丢失的不但是一种情怀，一种珍贵的艺术，还丢失了对家人、对朋友的那份醇厚的情感。

如今，阅览书信成了我的爱好。记得清华大学举办了一次家书展览，我欣然前往。望着那一封封家书，信纸上的字迹或娟秀挺拔，或狷介狂放，或稚嫩朴素，凝结着写信人的多少情感。

读这些家书，有长辈对晚辈的殷切期望，有朋友相知相解的牵挂，有游子对故乡亲人的思念，有情人间刻骨铭心的相思，有诀别时恋恋不舍的话语……读家书，是对情感记忆的一种缅怀，也是对那份永恒情感的体验。它的魅力绝对是电话、手机、电脑这些现代设备所无法比拟的。

是啊，家书不仅是一个信封、一张信纸、一张邮票，而是一片恩情、一段友情、一段眷恋。或喜或悲，或问候或忠告，或叮咛与唠叨，或安慰与鼓励，或期盼与牵念，或挚爱与相思。字字句句，令人心动。

家书不但蕴含着亲情、友情、爱情，而且集文学、美学、书法、集邮于一体。让人怀念它的纯真，怀念它的醇厚，怀念它的期盼，怀念它的温存。再三吟诵，沉吟至今。

如今的家书，大多默默深藏在角落里，安静地回忆着辉煌的曾经。

家书，曾经给我们带来多少温暖。每每谈起家书，我们就会想起那锈迹斑斑的绿皮车，静静地守在小站；那一个个邮递员穿街走巷的身影，还有那经久不息的车铃声；还有那伫立在大街小巷，迎着每个朝阳和晚霞的绿色邮筒……

“烽火连三月，家书抵万金”。当下，利用现代化的通信手段，我们可以在极短的时间内，穿越千山万水与亲朋好友联络。无需灯下伏案，无需秉笔夜书，只需轻动手指便可快捷地将心声传送给对方。然而，也许正是因为这份便捷，使得人们的情感似乎远不如书信来的那样凝重和幽远。

# 一〇〇

世上总有一颗心在期待、呼唤着另一颗心。

——塞万提斯

时序进入鸡年，有一种声音隐隐间入耳畔，像是在提醒，到了这个春天，父亲去世已经整整20周年了。20周年，我不能无动于衷，总得有所执念，有所表达，有所感悟，总得有所告慰那“拊我蓄我，长我育我，顾我复我，出入腹我”（《诗经》）的父亲。

莫泊桑说过：“我们几乎是在不知不觉地爱自己的父母，因为这种爱像人活着一样自然，只有到了最后分别的时刻才能看到这种感情的根扎得多深。”

我对父亲的突出印象，是萦绕于我脑海的一幅真实的画面，它定格在父亲去世前那一年春节的除夕里。

父亲身形健硕，秃顶，略有忧愁。脑门上布满了抬头纹。那天他身穿一套簇新的衣服，就端坐在靠近门口的一个绿色沙发上，若有所思，只有我给他递杯水，招呼他说话，他才慢慢抬起头来。好像这节日的喜庆与他无关似的。

这一画面是如此的硬朗和深刻，像刻刀一样植入我脑海。以至于20年过后，他的形象一点也没有改变，而且在很长一段时间，我记忆的内存里，再也调不出他别的什么影像。我只能从过往的岁月的皱褶当中仔细地从头寻找。

## 1

爱默生说：“家庭是父亲的王国，母亲的世界，儿童的乐园”。庆幸的是，我就生活在这样的王国，这样的世界，这样的乐园。虽然小时候，我们的确很贫困，但是我们从不缺少快乐。

我和父亲的故事，必须从头说起。我父亲是拥有 7 男 5 女 12 个兄弟姊妹的老赵家的长子。在那样一个大家庭当中做长子，其地位之尊，寄望之高，责任之大，这在传统的中国家庭中是可想而知的。无独有偶，我也是父亲创造的这个家庭的长子，不过，与父亲相比，我这个长子的分量和责任并不足道。但是，父亲之爱我疼我，并对我寄予厚望，是有过之而无不及。

小时候，从我产生印象算起，似乎一切都好，可圈可点。唯一的不良记忆就是穷。当然，这穷不是因为我父亲本人和家庭的问题，而是那个时代整个国家的状况。对我而言，穷，似乎是整个少年时代给我留下的一个异常顽强的记忆，怎么也抹刷不掉。

但是，即使再穷，我们也拥有父亲的天空。我们在父亲天空的庇佑下，茁壮成长。那时候，有蓝天陪伴，有白云护送；有春雨氤氲，有夏日随从。我们就在这样的天空下蒙受恩泽，享用甘霖。

父亲为我们制作的玩具，虽然简单原始，却是简便实用。一根木棍、一个弹弓、一根皮筋、一个沙包、一根跳绳……我们玩啊玩，其乐无穷。

或者，我们可以什么玩具都不要，只要跟着父亲和母亲，走沟渠，下麦垄，扶犁耙，或者拉土送粪，春种秋收。虽然帮不上父母什么忙，却可以让父母保持快乐的心情。更多的时候，父母在劳作，我们则顺着田埂跑啊跑，看大水漫灌时植物拔节生长，钻进玉米地捉迷藏，跳到小河里捉泥鳅，或者在树下捕鸟。经常光着脚丫四处跑，或者赤条条躺在河岸上，尽管最终免不了挨训，然而快乐一直伴随着我们。

小时候，幸福是很简单的事；长大了，却发现简单才是最幸福的事。

## 2

天空澄碧，纤云不染，远山含黛，天空永远在，山永远在，而我们只能仰望它。

列夫·托尔斯泰在描述天空时说："太阳已落了，天空中有几颗明亮的星星开始闪烁；刚升起的满月在天际洒下一片绯红的火光，一个巨大的火球在灰蒙蒙的暮霭中神奇地荡悠着，天色发亮，暮色浓了，可是夜还未降临。”

父亲营造的天空，是一个温馨的天空。母亲心灵手巧，经营着全家的幸福，而当时我的三个姐姐已经成为母亲的重要帮手。只有两个弟弟还在咿呀学语，嗷嗷待哺。

父亲工作期间，除了有一段时间母亲随他在城里居住外，绝大多数时间，他纵横于阴山南麓，行走于黄河两岸，足迹遍布于整个河套地区。父亲与我们聚少离多，母亲和我们绝大多数时候都是在乡村度过的。所以，乡村给我们烙上了深刻的印记。

记得我们的房子虽小，院落却很大。父亲在家的日子里，常常起早贪黑，总是把院落收拾得特别干净。春天，它是我们游戏的好战场；夏天，它是我们晒太阳的绝佳处；秋天，它是我们农作物的晾晒场；冬天，扫开积雪，它又成为鸡羊猪狗乃至麻雀们的聚居点。

我们家后院，父亲靠一人之力，开挖出一片园子，种上了红柳和沙枣，也几次种植了果树和别的农作物。不过，只有向日葵最理解他，也最富有活力，其他植物总是不愿配合，我行我素，半途夭折，让父亲的汗水付诸东流，也让父亲和我们徒唤奈何。

园子里最有意思的是浇水的时候，水过地皮，那些蝲蝲蛄啊蚯蚓们纷纷跑了出来，鸡以及各种鸟儿汇集到这里争抢啄食。秋水过后，水深处还会有小鱼出现，我们就脱了裤子，在这里捉鱼，好不快乐。

从物质条件来讲，那时候全家 8 口，完全仰仗父亲每月几十元的微薄工资生活。尽管粗茶淡饭，尽管清汤寡水，我们依然其乐融融。尽管破衣烂衫，尽管缝缝补补，我们对未来都有美好的憧憬。

这些印记之所以如此清晰，大多是因为物质的匮乏和精神的单纯。然而生命中这些小小的惊喜和点缀，陈列在漫长的岁月里，却会成为我们永久的记号和回忆的路标。

父亲远离我们 20 周年了，每念及此，我只能对着天空说话。天空中那些闪亮的星，可以带给我们光明，可以为我们开悟引领；天空中的光和亮，带给我们多少幸福与温馨。

## 3

泰戈尔说，生命如横越大海，我们都相聚在这小船上。

回想过往，我们一家就生活在这只快乐的小船上。20世纪70年代，那时的暑假很长，寒假也很长。假期里，我们会尽其可能地帮助父母做家务、干农活。开渠筑路，挑水和泥，砌墙垒圈，锄地割麦，都有我们的身影。

农村的天空蓝，农村的月亮大，农村的瓜果甜。但是，许多人不曾知道农村生活的艰难。尤其是农村孩子上学异常艰难，半工半读是常态。应当说，我就是在这样的环境下读完了小学和初中。

我的小学是在邻村的一所完全小学度过的。每天我和几个同村的小伙伴结伴而行，一路笑着、闹着，书包敲打着屁股，奔向学校。我熟稔于田埂边的每一朵野花，河渠边的每一棵树苗。或者制作一枚柳笛，一路上呜呜地吹着。或者折一捆杨柳的枝条，编成帽子，在头上颤颤地戴着，美滋滋的。每天上学和放学都是这样有声有色。当然，只要有时间，父亲也会骑着自行车送我们的。

那时的校园不大，但似乎处处都是乐园。草，想长在哪里就长在哪里；树，想长多高就长多高。在野草的掩映下，杨树、柳树、红柳树、沙枣树竞相呈现着自己的生命力。下课了，我们三五成群地坐在墙角，围观一本连环画或翻得起卷的故事书；或捉来蚂蚱喂蚂蚁，趣味无穷。

初中，就在小学校的旁边。那时的应试氛围完全没有现在这么沉重。学校除教室外最有趣的是两个地方，一处是操场，一个是戏台。操场上，我们练队列，搞径赛；戏台上，我们排剧目，唱小曲。记忆中，那时的老师从没有喊出过“给我玩命的学”的口号。我的语文老师夹着一本书，从头讲到尾，书都不打开一下，旁征博引，自由自在，让我听得入神。

放学了，很多同学风一般沿着学校前面的三大股渠，在堤坝上狂奔。跑累了，坐在满堤的沙枣树下聊天，或者望着波光粼粼的河水出神。最有趣的是在炎炎的夏日，我们三下五除二地褪下衣服，直接跳进渠里，狠狠地扎几个猛子。有时候，正好父亲骑车走来，他会招呼我们赶紧上岸，然后带着我们一起回家。

不过，那时的支农劳动特别多，几乎每个星期都有一两次。父亲对这样的学校教育非常反感，却无力抵制。他不忍心我们的学业就这样被荒废，只好在每天晚上，督促我们学好课本，还有意识地就课本中的知识点向我们提问。有一次，父亲专门找我们班主任谈话，说明他反对支农劳动的态度，得到了班主任老师的认可。从那以后，遇到支农的时候，老师就有意识地把我留下，帮助他批改作业，或者给我布置别的作业。那一段时间，我读了大量的书。

值得一提的是，那时由我负责的学校的黑板报，从主题策划、内容编排、版面设计，到图案花边，都是我一个人搞。图文并茂的黑板报，自然会让老师和同学们交口称赞。

记得有一次我正站在台子上制作黑板报，回头一看，父亲就站在我身后。他不走动，也不出声，却要一眼一眼地看着我写。直到我看见他，他一会儿给我递黑板擦，一会儿给我递彩笔，耐心等我把板报做完，才带着我离开学校。

从小学到大学，乃至于我参加工作以后，父亲从不面对面表扬我，但是那种满足感是溢于言表的。据母亲说，每每在我缺席的场合，在他的“朋友圈”里，父亲常常为我点赞，为有这样的儿子而陶醉不已，自豪不已。

## 4

父亲是国王，儿子是他的继承人。时间让这种关系迅速逆转。事实上，几乎所有的儿子在最初都是惧怕父亲的。后来，儿子们似乎都是父亲的叛逆者，抑或都有对父亲抗拒和不服的成分。父亲的威猛和余威渐渐失落，也让儿子渐渐锋芒毕露，成为父亲的对手，甚至让父亲甘拜下风。父亲的不幸之幸运，在于甘心顺服儿子并且以儿子的荣耀为荣耀。

我的父亲也不例外。他留给我的记忆就是：平素没事的时候，总是乐呵呵的，或者给我们讲故事，或者教我们唱他喜欢的歌。弟弟们或躺在他怀里，或在他背上“骑大马”，其乐融融。

但是，一旦遇到事情，特别是比较难办的事情，父亲便全然不是这样，他的好脾气骤然不见了，有时跟妈妈吵，有时对我们凶。每当这时，我们就只能陪着母亲哭，拼命地哭，也不知道是为什么，我那时总是哭得最伤心。这让母亲都感到意外。如果说父亲的慈爱招人喜欢，那么父亲的坏脾气，则是我难以接受的。

每次遇到父亲发火的时候，我就有一种想要挣脱父亲的束缚去自由翱翔的冲动，甚至在内心里埋怨父亲的“独裁统治”。多少次，我埋怨过父亲，我愤恨过父亲，发誓绝不当这样的父亲。可谁知后来真正做了父亲，有时又成了父亲的翻版，让妻子和儿子很是不以为然。

## 5

雨果说过：“语言在人的心里，从思想到良心，又从良心回到思想是一种烂漫无比的神秘。”

家信，就具有这样的神秘。它谱写着对家的眷恋与对亲情的感悟，它不仅是人们思亲寄情的纽带，更真挚展现并传承着中国人心底最深沉的家国情怀。

如今在互联网的冲击之下，书信早已被邮件、社交软件所替代。静下心坐在书桌前执笔遣词造句似乎已经很落伍甚至不可行了。然而在我上大学乃至参加工作以后，父亲在老家，我在首府，我与父亲的交流大都是通过书信来完成的。家信是我们那时最为平常也是最为喜爱的交流方式。那时候一封家书抵万金，一封家书深似海，就连最平常的好友往来书信，也能让后人洞悉外界，获益良多。

父亲的信，大多是家长里短，比如黄河汛期，流量大小；小麦下种，白菜歉收；母亲健康，弟弟们学习情况等等。有时也有对社会风俗的评论，或者为人处世的道理，还有一些是愤世嫉俗的。父亲曾经在信中对我说：“凡事不必苛求，来了就来了；遇事不要皱眉；结果不要强求，做了就对了。”这么些年来，我遵从父亲的教诲，沿着一条路，不断遇见，不断错过，不断摔倒，不断爬起，不断记起，不断遗忘。如今，20 年过去了，重新翻阅父亲写给我的这些信件，字字句句振聋发聩，点点滴滴溅落心田，让我在获得安慰的同时，也触摸到一种永久的寂寞和悲凉。

20 年来，多少次，我产生过要给父亲写信的冲动。我知道寄信的地址一定是天堂的某一个地方，也许天堂就是一个没有地址的地方，就在我仰望的白云深处。母亲说，天堂就在纸钱焚化的上空，在缕缕青烟上升的地方。真的吗？或许是吧。人的内心世界是极为复杂的，有时金戈铁马，气吞山河；有时又浅斟低吟，九曲回肠……然而，一切内心的本质都是孤独的，纵使拥有再多的亲人和朋友，也不会有谁能真正分担你心灵上的寂寞孤独。

每当我想念父亲的时候，我就会仰望星空，我的思念可以飞跃千山万水。父亲啊，你可知道，没有你的故乡，我成了一个无家可归的游子，抑或一朵漂浮水面的浮萍。湍急的水流一年比一年来势迅猛，我已经无法靠岸，流离颠沛。没有你的地方，我的呼唤无法抵达；没有你的地方，我的忧伤无处倾诉：没有你的地方，我的欢乐无法分享。

## 6

《艺概》的作者刘熙载说：“学书者有两观：曰观物，曰观我。观物以类情，观我以通德。”

书法是父亲的至爱，也是我们父子之间交流的一项重要内容。父亲的一生尽管充满坎坷与曲折，人生的道路也留下太多太多的遗憾与感伤。然而，他对书法情感最真，对书法情结最浓，对书法的痴迷最深。

父亲自幼酷爱书法，从小尽心投入，潜心书写。他早先从碑帖入手，继而练习草、隶、篆书。他习惯于在沙地上、旧报纸上、玻璃板上书写，这样不仅方便，而且可省一大笔开销。记得每年写春联，是父亲实战的时候，也是父亲大展才华的时候。机关单位、十里八乡，成百上千副春联，都出自他一人之手。

父亲的书法古朴而富有新意，栩栩如生而不呆板，飘逸潇洒，恣肆奇险，犹在纤细枯涩笔画之处，显出一发千钧之感，给人有力的美意。只可惜留给我们的墨宝屈指可数。有一次在父亲老同事的家中看到了父亲的一幅字，本想索回，最终没好意思启齿。

父亲不仅自己写，还经常督促我们学习书法。他曾经对我说：“学习书法，不仅是要你成为一个字写得比别人好看的人，而是要在一遍一遍与古人的揣摩交流中，学到教养、风骨、耐心和趣味。最珍贵的是，学到欣赏万千笔墨，欣赏这功利世界里难得的抽象之美。书法是有灵魂的，他需要真诚的投入，不允许有任何的矫情。急功近利的人不会为书法所亲昵的。淡泊名利，修身养性是书法灵魂的精髓。”

我在后来学书法的过程中，也深深感到，纷繁红尘中，我们更需要剔除所有的张扬与浮躁，静下心来，踏踏实实地修炼。在父亲的传承下，我感受到了毛笔、宣纸给我以自娱的快意，深入琢磨古人的笔意，感应古人书写时的心绪，于点线交错，虚实掩映，有疾有缓之中飘逸的那份生命的禅意。

## 7

星光闪闪，风声吟吟。我看着星河在面前静静流淌，任星光熠熠绽放。忽明忽暗，恍惚不定。仿佛父亲的祝福，让我念念不忘。

心若向阳，生活才能灿烂。父亲在世时总是教导我们做人要厚道，做事要踏实，切不可夸夸其谈，华而不实。他常说人这一辈子，不在于取得多少成功，或者获得多少荣耀。失败虽然可惜，跌倒了还可以爬起来……父亲还说，我不能陪你们一辈子，你们要懂得自立，自己的路自己走……

记得有一年暑假，母亲在父亲单位所属的苗圃松土。一望无边的河滩地上，密密麻麻的杨树苗蓊蓊郁郁。母亲挥舞着一把锄头，穿行在这些树苗当中。烈日炎炎，骄阳似火。不几天，母亲就中暑了，发烧，呕吐不止。正在大家不知所措的时候，父亲拿出了看家本领，从随身携带的公文包中取出银针，按穴位给母亲扎针，不一会儿，母亲的症状缓解了，让我也紧张得出了一身冷汗。同时也十分钦佩父亲自立自强的这门手艺。

也是在小时候，有一次我生病了，父亲搂着我，拍着我。我哭闹不停。父亲忽然说："你安静一下，你闻闻什么味道。"我安静下来，使劲闻，闻见了一种美妙的味道，甜甜的，香香的。父亲像变魔术一般，拿出了一根麻花。一节一节给我吃。那种香脆，简直无与伦比。以至于后来我吃了那么多麻花，再也没有吃到这么香脆的。那一刻，让我感觉到父亲的神奇。

老年的父亲，让我慢慢读懂了。这时候的他，没有了盛气凌人的高高在上，也没有了气急败坏的恶语伤人，更没有了打抱不平的赫赫威风。我感受着父亲天翻地覆的巨大改变。我很好奇是什么原因改变了曾经的父亲？也许生活是最好的答案，父亲看透了生活，他或许在晚年闲暇的时光里，也读懂了生命的意义。

所思隔山海，山海不能平。有时候我想，天是清澈的溪流，云是我不经意间的人世一游。身后，狂风暴雨挽着我的年华，痴狂奔走。守一片天空，将湛蓝用生命牢记。如果，一双翅膀的飞翔，难以抵达白云深处，那么，就让我静静地站在天空下，仰望星空的灿烂与暗淡。

水流原在海，月落不离天。我望了望天空，感觉相隔愈远，怀念愈深；历时愈久，思念愈切。父亲啊，离开你的20年，一路风风雨雨。我曾经痴情地等待着无望的未来，等待着消散的云烟。离开了你，我知道时间会照样转动，而命运的齿轮咬合当中，挥之不去的，全是你的影子。这一次，我把这些影子连接起来，不做作，不唯美，不缠绵，一一展示出来。当然会挂一漏万，但充斥全篇的，是执着，是留恋，是惋惜，是遗憾，我承认，这是我对你的切切思念。因为我相信普希金的那句诗："一切过去了的都会变成亲切的怀念。"

## 一〇一

父亲在世时，有一样手艺让我很佩服，那便是他的书法。我最欣赏的是他的楷书，下笔严整有度，苍劲峻拔，遒劲力道，颇显欧体风范。

至于父亲怎么练成一手好字，我开始不大明白。记得上小学的时候，我们放学写作业的时候，父亲就在旁边读碑帖，翻来覆去，品形散神凝，一碑一世界，一帖一精神，沉吟其中，时间就悄悄过去一大截了。然后，他就开始在旧报纸上书写，一笔一画，体验、感悟，古风朗畅，古意氤氲，一个个大字跃然纸上。

父亲对书法的爱好，使得我们家文化气息渐浓，墙壁上处处贴着父亲的字画，老杜的“舍南舍北皆春水，但见群鸥日日来”，陈与义的“忆昔午桥桥上饮，座中多是豪英”等等。每年春节前是父亲最繁忙的日子，请父亲写春联的人络绎不绝。老家那边的习俗，春节中堂上要贴一整张白纸书写的诗词，两边伴以喜庆的红色对联。中堂需用大字，父亲蘸饱浓墨，从容运笔，犹大匠之挥钝铁。来求春联的人总是买一支笔或一瓶墨汁送来，算是笔润。在我很小的时候，那时没有印刷好的对联卖，所以每当逢年过节，村里拎着红纸和墨汁来请父亲写对联的，总是一个接一个。看着字迹潇洒的对联从父亲的笔下挥洒出来，看着别人临走时那感谢的神情，我又羡慕又崇拜。于是我便偷偷地跟在父亲身边涂鸦，父亲见我那么喜欢，开始教我书法。而我呢，则成了父亲的帮工，他写字的时候我帮他把纸抻平。

父亲日常除了临帖和书法创作以外，拿起一本碑帖随手读帖和赏析，就是他放松和休息的最佳方式，这时他的右手指也会不停地划动，意在模拟碑帖中的字形和气息。他的右手大拇指格外粗壮，有时父亲自己反复比较，也伸手给我们看：他的左右手两个大拇指确实粗细悬殊，父亲百思不得其解——而作为他的家人，我们都明白，他自幼习书，在多年中无一日离开毛笔，右手指上的功夫自然深湛，所谓“用进废退”，手指的粗细变化也在情理之中。说到他书法笔力的雄强和精微，可举一例：父亲写六尺或八尺对开的长对时，常让我拎起对联条幅的顶端，纸张凌空离开桌面，他奋笔着纸、银钩铁画，而纸张在湿墨状态下也不会被毛笔顶破。上乘书法是心手相应，心智固然要紧，但这手指上的功夫也必须是扎实深厚的。父亲对汉字的字形结构有过人的领悟力。

书法，是一门很私人的雅好，是面对自己内心世界的。所以，如何表达，是以心灵为主宰的。那时候，写完作业，我就凑近父亲观摩，每当这时，父亲就会停下来，教我如何握笔，如何研墨，如何下笔。记得父亲对我说，学书法，不可急于动笔，要学会观察，思考，看碑帖的笔势、造型，揣摩它的力道和速度。远远近近，反反复复，烂熟于心。

就这样，我开始跟随父亲学习书法。父亲当时每天在《人民日报》《内蒙古日报》这些报纸上练笔，他写一张，我也写一张。一开始主要练笔画，偏旁，点横竖撇捺，很少写完整的字。后来，逐步开始写完整的字，大部分都是写毛主席语录，有时候也写我们课本上的唐诗。一本《九成宫醴泉铭》，再加上《兰亭集序》，这些就是我最早的书法启蒙教材。常常，我和父亲围坐在一张小饭桌上，练毛笔字，就听到父亲身后的声音：“头抬起来”“笔拿正”“笔拿上一点”“字要写端正……父亲对每个字都有点评，什么地方写得好，什么地方力道不够，什么地方需要继续练习等等。父亲肯定的时候，往往很兴奋，但不轻易表现出来。经过一年多时间的练习，渐渐开始对书法有了乐趣，尤其是在学校里，老师让我抄写标语、大字报，这样很快让我在学校里出名了，大家都说我是小书法家了。这样一路写来一直到初中、高中、到大学，一直到现在，从来没有间断过。我与书法结缘较早，到如今可以说书法已成为我日常生活的一个重要组成部分了。几十年过去了，老父亲早已作古，而那个学习场景却一直萦绕在心头。

父亲学书法坚持默默无闻，潜心钻研，从不计较名利。他常教育我摒除名利思想。每当得到好的书帖，他基本上是从头到尾一字不落地临，不是选临，更不是意临。大家写字都有经验，起笔好基本上今天晚上就没问题了，起笔不好我一般就停下来，就不要写了。所以我写长卷的时候，周末我先回家睡会儿觉，睡足觉了晚上十点多起床，起床以后感觉好，一气呵成，有的时候能写两个小时，这样争取把一通碑临完。临完以后就感觉墨色、气息、气韵都是合的，而且尤其是在夜深人静的时候，在临到几百字甚至上千字的时候某一个时刻突然有一些心得是平时单临几个字、几十个字所感觉不到的，所以在夜晚找到这种有新的感悟和体悟的时候，真叫手舞之，足蹈之，那种愉悦、愉快是难以言喻的。

多年来，我爱书法，爱看那模铸在青铜器上的金文，爱看那古代碑刻上拓下来的整块碑帖，爱看那流传千年的书法名家的法帖，爱看风景区里的碑林，爱看那高悬在名楼重檐下的匾额上的榜书，爱看那镌刻在名山大川之中的岩石上的摩崖石刻，甚至是街头商店大门两旁的对联，商店学校的招牌题名……总之，我爱那由毛笔所书写的中文字中的美感，那或庄严肃穆，或灵动飘逸，或大气磅礴，或娟秀俊美，可以使人驻足流连半天也舍不得离去。

有时候，我按照父亲的要求，尽力克服一些功利的东西，坚持在喧嚣的环境下，寻求一份内心的安静，写散文，写诗，写书法，内心充满虔诚和敬畏。我不能说自己与众不同，以我一人之力无法改变当下的书法界、文化界的浮躁现象。我只想用自己的行动来展现我的一份心意或者是心愿，我愿意大家重新回到经典，重新回到传统文化。我感觉我根本不是在临摹，甚至不是在写字，而是用这种厮守和长久的磨砺，在纸张和笔墨中间纠缠，要把自己的心磨平了。我想这对于我的工作也好，对我从事书法艺术也好，还是读书生活也好，我想书法是跟身份相融的，跟我的意愿是符合的。我想通过这种打磨修炼，使得自己在生活、事业或者艺术道路都会走得更深更远。

人生在世，一切功名利禄都是过眼云烟，就像书法拒绝一切功利一样，人生也拒绝功利，那绝对不是一种消极的想法，那是一种豁达的人生，因为只有这样，你才能体味什么是真正人生。在书法的世界里，是那样的宁静，舒恬；在书法的世界里，是那样的纯粹，容不得你有半点的杂念。当你手中的毛笔在那洁白的宣纸上倾泻龙蛇般飞舞的心迹时，一切的烦恼，一切的凡尘俗事都被抛得远远的，灵魂同时得到升华。徜徉在书法的世界里，与先贤对话，向高手请教，让思绪随笔尖飞扬，在充满墨香的世界里体验生活，谁敢说这不是一种快意人生呢？

# 一〇二

人这一生，从时间上说，幼年、少年、青年、中年、老年；从阅历上说，天真、幼稚、懵懂、知行、明了、看破、彻悟。年轻的时候，对一切充满向往。慢慢地，没有了曾经的炽热与癫狂。后来，只想淡淡地、平凡地、与世无争地过好每一天。

渔民的经验告诉我们，因触礁倾覆的船远远要比被飓风掀翻的船多。因此，人生的许多关头，不在于抗风雨，而在于补漏洞。园丁的经验告诉我们，不是所有的花都适于肥沃的土壤，沙漠就是仙人掌的乐园。因此，人生的许多成败，不在于环境的优劣，而在于是否选对自己的位置。牧羊人的经验告诉我们，他很快活，因为他可以与野花攀谈、与飞鸟对话，随白云飘荡、随绿草起舞。因此，人生的许多空虚，不在于人的孤独，而在于心的寂寞。厨师的经验告诉我们，真正的好汤从不添加味精，而是慢慢熬成的原汁。因此，人生的档次，不在于外在的包装，而在于内在的品质。山民的经验告诉我们，艳丽好看的蘑菇往往有毒，苦涩的野菜常常败火。因此，人生的许多智慧，不在于观察，而在于分辨。钢铁工人的经验告诉我们，铸钢有一道重要的工序叫"淬火"，需要把滚烫的钢锭放到冷水里急骤降温。因此，人生的许多辉煌，不在于狂热地宣泄，而在于冷静地凝结。教师的经验告诉我们，上课积极提问的学生比认真听讲的学生进入社会后有更强的适应能力。因此，人生的许多境界，不在于跟随，而在于自我探求。画家的经验告诉我们，大师的作品常常"留白"，太满太挤容易使人失去想象的空间。因此，人生的许多魅力，不在于完美，而在于对缺憾的回味。高僧的经验告诉我们，如来并不住在西天，他就住在我们每一个人的心里，拜佛不如拜己，因此，人生的许多寻找，不在于千山万水，而在于咫尺之间……

人的一生，看着秋风扫落叶，等着白雪纷飞，盼着春暖又花开，却在感伤年华渐渐老去的同时，也在为拥有当下的生活而欣慰。回想自己的人生旅程，从父母呵护的家庭走向学校，再从本地学校走向外地学校，从高校到地区首府，再从首府走向首都北京，认识、感悟、彷徨、执着。然而，到如今，可能所有的机会都没能抓住，不少的努力都没有回报。所以，一直保持平凡、简单的生活信条，从不奢望天上会掉下个大馅饼。因为简单，身边相交的都是淡静、纯洁的好友，没有钩心斗角，不会尔虞我诈，更不会人心两面。深夜，往床上一躺便呼呼而睡。生活简单，身心轻松，心灵宁静。

一路走来，既不是想象中的那么好，也不是想象中的那么坏。尽管背后也会有心酸，也会有无法言说的艰难。只要记得，冷了给自己加件外衣；饿了给自己买个面包；痛了给自己一份坚强；失败了给自己一个目标；跌倒了在伤痛中爬起，或者给自己一个宽容的微笑。或许不同阶段有不同的价值评判标准，不同的人有不同的认知。所以，从不以自己的标准来衡量别人，也不戴着有色眼镜看人。因为每个人都有自己的喜好和个性以及价值。看不惯的事情，并不一定就是不好。对幸福的理解有千万种，每个人的诠释也不同，人生最大的幸福就是可以做自己。相信自己，跟随自己的心灵和直觉。

爱就是相互忍让，彼此真诚。当一切拥有和执着成为一种伤害时，放弃便是最好的归宿。谁又能理解谁的多少痛苦；谁又能懂得谁的多少伤痛。泪，没挂在脸上，就不知道它的冰凉；伤，不在身上，就不知道它的分量。或许，你能看到眼中的泪花，却不一定能读懂心中的悲凉。或许，你能看到身上的伤疤，却不一定能理解心中的忧伤。在落泪以前转身离去，留下华丽的背影，让心灵轻松地上路。

人的一生，往往不注重当下，却喜欢展望或回忆，更喜欢比较。已经不年轻了，会说年轻真好；看到死亡，会说活着真好。伤心失意的时候，却又在抱怨活着有什么好。然而，要是没有活下去，也就看不到人生的百转千回，也不会知道曾经认为无法承受的痛苦最终是会过去的。当你以为心已荒芜，它却会出其不意地开出花来。那一刻，所有的荒芜都成了往事。活着就是君王。此时此刻，树在，山在，大地在，岁月在，我在，你还要怎样的世界？

人生不如意事常八九。必须接受失望，因为它是有限的，但千万不可失去希望，因为它是无穷的。因此，一些该拿起的要拿起，一些该舍弃的要舍弃。让该结束的结束，该开始的才能开始。其实，快乐很简单，快乐就是要有目标、有追求，保持童心童趣，发自内心地微笑，学会善待自己，懂得宽容他人，看淡物质诱惑，乐于帮助他人。

人生的幸福，分成两种，一种是看得见的幸福，一种是看不见的幸福。前者是物质的感观，后者是精神的感受。你选择了何种幸福，就决定了何种人生。树不可长得太快。一年生当柴，三年五年生当桌椅，十年百年的才有可能成栋梁。故要厚积薄发，等待时间。实在放不下的时候，去趟重症病房或者墓地，你容易明白，你已经得到太多，再要就是贪婪。时间太少，好玩儿的事儿太多，从尊重生命的角度，不必纠缠。如此，顺，不妄喜；逆，不惶馁；安，不奢逸；危，不惊惧。要相信，这个世界里美好总要多过阴暗，欢乐总要多过苦难。

人生最精彩的不是实现梦想的瞬间，而是坚持梦想的过程。生活安静就好，何必自寻烦恼。生命不论走到哪一个阶段，都该喜欢那一段时光，完成那一阶段该完成的职责，顺生而行，不沉迷过去，不狂热地期待着未来。

人字好写，却难做；心字简单，却难懂。本质不一样，结果也不一样。因此，我们应当有度量去容忍那些不能改变的事，有毅力去改变那些可能改变的事，有能力去发现那些可有可无的事，有智慧去分辨那些非此即彼的事，有恒心去完成那些看似无望的事，有勇气去面对那些已经做错的事。在逆境中看到希望，快乐便是一种心情；在磨难中感悟快乐，快乐便是一种宽容；在平凡中发现快乐，快乐便是一种涵养；在曲折中找寻快乐，快乐便是一种气质。

# 后记

时间在浑黄的黄河中流逝，空间在阴山的映衬下绵延。河与山之间，是一条弯弯曲曲的路，从阴山山麓、黄河两岸，向远处延伸。

路是那么远，回望的目光时常迷茫。沿着这条路，我会经常回到故乡，然后再离开故乡。几乎每一次，我都要为故乡点赞，为故乡感叹，为故乡呐喊。多少年了，我与故乡心贴心，梦相随。尽管青春不再，我依然愿意在这条路上奔波。尽管故乡的人，故乡的树，故乡的明月和四季都在变化，我依然熟悉那个我心中的故乡。就算隔着千里万里，故乡依然挂在我纯净的窗口，乳名依然烙在我透明的心头。无论多久，无论何时，我依然能听懂它的呼吸，描摹它的轮廓。只要说起故乡，我就会想起村庄上空缭绕的炊烟，我的泪光就会一圈圈湿润眼眶。

每一次回故乡，黄河阴山不嫌我陌生，自会迎我；天高地阔不嫌我弱小，自会容我；大道河渠不嫌我扎眼，自会留我；薯麦瓜田不嫌我嘴馋，自会奉我；草木土石不嫌我啰唆，自会听我。只是那些曾经与我一同长大的旧人却不见了踪影。“儿童相见不相识，笑问客从何处来”。尽管如此，那些笑容、目光、语言，依然清澈纯净。递烟、敬酒、拉家常，依然坦率真挚……

来来往往回故乡，一不留神，我已经过 50 了。

“人生不满百，长怀千岁忧”。50过了，忧将几何？是不是恰似一江春水？想一想，那一个个异常落寞的春夏秋冬，操劳与忙碌，忧思与回顾，听市井的嘈嘈切切，看人间的炎凉冷暖。欲说理想，恍然若梦。只有回眸桑梓，总是看见父老乡亲笑眯眯的样子。即使走在村里的三排干桥上，仿佛看得见他们的身影。

父母生养了六个儿女，我上面有三个姐姐，下面有两个弟弟。在教育方面，父母无疑是尽心尽力了。三个姐姐学习都好，两个弟弟学习也不错。因为“文革”，三个姐姐没有更好的升学机会，两个弟弟也因家境困难中途辍学，只有我赶上了好机会，一路顺风顺水考上了大学。所以和姐弟们相比较，我应当是一个幸运者。

上小学同村有50多个同龄者与我同校，上初中有30多个与我同年级，上高中有10个与我同路，有家境富裕者，有娇生惯养者，有家学有源者，而到最后竟然只有我考上了大学。这无论是从当时还是现在来看，我应当是这些人里面的佼佼者。

暑期回乡，我的体力和技巧不如别人。在村长面前，自然是灰头土脸，毫无优势。村长于是安排我放马。谁知放马归来，我骑在马上，马受了惊吓，飞奔起来，我从马上落下，惊魂未定，满以为会伤筋动骨，然而却毫发无损，只是脸上擦破了皮，大难不死，我成了灾难下的侥幸者。

上大学的时候，我们班三十八个同学，来自十二个盟市，书香门第有之，干部子女有之，大城市市民有之，仪表堂堂有之，能说会道有之，处事老练有之，我是一身土布装，满脸黝黑相，农家子弟一个。谁知道四年下来，留校的两个名额中就有我一个。谁能说这不是我的幸运？

大学毕业后，许多同学都去搞专业，不是到企业当会计，就是当老师。因为我对会计这个专业不感冒，选择了留校，并从事高等教育研究，写出的论文还小有名堂，一时间在内蒙古高校疯传，颇受领导赏识。再往后，学校领导的大小材料包括领导讲话都离不开我，我成了又懂专业文笔又好的人才。

20 世纪 90 年代初，党委公开招录懂经济会管理的干部，我报了名。结果三十多人当中，我考了头名。组织选人，学校只好放人，让我实现了事业的转换，从此走上从政之路。到后来，又来到了北京。

我因为个性憨厚，为人诚实，农家子弟背景，虽不能平步青云，却也无多瑕疵。当过领导秘书，当过干部，也算顺风顺水。后来到了国企，也算是一种“塞翁失马焉知非福”，钱多钱少、官大官小不是衡量人生的标尺。我在变换的工作岗位上，积极探求适合自己的生活轨迹。

在日常生活当中，我绝不是一个行侠仗义、爱打抱不平的人。遇到问题，我也不像有的人那样挺身而出，甚至大打出手。遇到不平或委屈，往往自己痛苦一阵也就过去了。我与人为善，从来没有侵犯他人之心。我常常因恻隐之心太重怕伤了别人，事情过去以后，反倒让多数人觉得我这人特别能忍，于是无意当中，我成了不以一时言语长短并能容忍而取胜的智者。

平心而论，我属于生性懦弱、又很倔强且执着的人。我对人充满了无限的爱，也对历史和现实当中许多人性的丑恶充满了恨。我对朋友是绝对忠诚的，受人之托，代人履约，朋友的事情常常记挂在心上。我对家庭是有责任感的，对父母、对兄弟姐妹乃至于对家族亲朋都有一种义不容辞的责任。常常是“哀其不幸，怒其不争”。妻子常常说我是“农民领袖”，似乎想把家族里的事情都包揽下来，扛在自己肩上，所以我有时感觉很累。

我的爱人与我大学同班，说不上绝对的月貌花容，说不上真正的白富美，不能陪我谈文学、论政治，但为人朴实，说话直率，具备扎实的专业知识和技能，在专业岗位上是佼佼者。她为人光明磊落，从不二心于我。在我看来，她任何时候都是让我感觉放心的人。所以，家是安全的港湾，是流露真情的场所。虽然有时也免不了磕磕绊绊，但总体上没有什么过不去的。所以，在这个家庭当中，我既然不是一个失败者，显然就是成功者了。

我自觉对人类和世界充满关怀，我对社会和民族深表关切。但是，在我心灵深处也有许多负面的东西，我有时过于敏感，想有很大权力或者有很多钱，去解救那些穷困而可怜的人们。我永远同情弱者。我的内心世界很美，喜欢走遍名山大川、各地风景。有时候看到社会的阴暗面，却又感觉社会太黑，自己无能为力，只好去呐喊、谴责或者诅咒。

知子者莫如父，怜子者莫如母。父亲生前对人说，他最不放心的就是我，我不会跟人斗心眼，不敢跟人打架，也不掌握一套谋生的绝活。我的母亲却不这样认为，她觉得人品好、走得正、站得端，才是一个人勇闯一生的法宝。她觉得这些我都具备，不必担心。如今，走过了 50 岁，我完全可以告慰先人和父母，我上述的种种，虽不能光宗耀祖，却也没有让他们蒙羞。我，俨然是一个生命、人生、生活的胜利者。

值此《回眸桑梓》出版之际，衷心感谢生我养我的故土，衷心感谢与我一路同行的各位领导、亲人、同事、同学、朋友，衷心感谢中国言实出版社王昕朋社长的鼎力支持。

2018 年 6 月 25 日于巴彦淖尔

華枝春滿
天心月圓

# 明月松间

平凡◎著

中国言实出版社

图书在版编目（CIP）数据

明月松间 / 平凡著．-- 北京：中国言实出版社，2018.2

（平凡文学作品选）

ISBN 978-7-5171-2654-6

Ⅰ．①明…　Ⅱ．①平…　Ⅲ．①诗集－中国－当代　Ⅳ．①I227

中国版本图书馆 CIP 数据核字（2018）第 015621 号

出 版 人：王昕朋
总 监 制：朱艳华
责任编辑：胡　明
责任印制：佟贵兆
装帧设计：水岸风创意文化

出版发行　中国言实出版社
地　址：北京市朝阳区北苑路 180 号加利大厦 5 号楼 105 室
邮　编：100101
编辑部：北京市海淀区北太平庄路甲 1 号
邮　编：100088
电　话：64924853（总编室）　64924716（发行部）
网　址：www.zgyscbs.cn
E-mail：zgyscbs@263.net

经　　销　新华书店
印　　刷　北京虎彩文化传播有限公司
版　　次　2018 年 8 月第 1 版　　2018 年 8 月第 1 次印刷
规　　格　710 毫米 ×1000 毫米　1/16　182.25 印张
字　　数　1500 千字
定　　价　598.00 元（全 8 册）　ISBN 978-7-5171-2654-6

# 自 序

诗人艾青说过，诗歌乃“文学之文学”“文学之顶峰”。的确，在中国各种文学体裁中，唯有诗词影响最深、流传最远。就其本质而言，诗歌乃是一种精神存在，包含了人类一切之善。其长盛不衰的生命力，乃与“奉善”不可分，正好与佛家所谓“诸善奉行，众恶莫为”之念相通。因此，有人说，若无诗歌之人类，殊非文明之人类；若无诗歌之时代，殊非光明之时代；若无诗歌之民族，殊非伟大之民族；若无诗歌之人生，殊非辉煌之人生。

这本诗集，取名《明月松间》，源自于唐代诗人王维的《山居秋暝》：

空山新雨后，天气晚来秋。
明月松间照，清泉石上流。
竹喧归浣女，莲动下渔舟。
随意春芳歇，王孙自可留。

这首诗写出了清新、幽静、恬淡、优美的山中秋景。一场秋雨过后，秋山如洗，清爽宜人。时近黄昏，日落月出，松林静而溪水清，浣女归而渔舟从。如此清秋佳景，风雅情趣，自可令王孙公子流连陶醉，忘怀世事。此诗以“空”字领起，格韵高洁，写感觉、视觉、听觉、感受，因象得趣，因景生情。为全诗定下一个空灵澄净的基调。月照松林是静态，清泉流溢是动态。于诗情画意之中寄托着诗人高洁的情怀和对理想境界的追求。

写到这里，我又想起了程颢的那首《秋月》：

清溪流过碧山头，空水澄鲜一色秋。
隔断红尘三十里，白云红叶两悠悠。

我喜欢这样的景色，喜欢有月的夜晚。

明月松间，月下疏影，满目空灵，斑驳倩影。池水涓涓细流，蝉声一片。起身徐徐而行，尘世古道曲曲。我行，月也行；我停，月也停。没有瑟瑟寒意，也未邀友人。或盘膝而坐，叹清风引来愁绪，若白发飘在两鬓，深恨岁月无情。月儿皎洁如水色，松风淡淡，捧起一杯浊酒，对月一饮而尽。琴音瑟瑟，箫笛声声，月白风轻，适合浅唱低吟。

直到北雁飞过长空，耳边渐少蝉鸣。往事不可寻，金樽伴月明。无悔青春，临风梦醒。问苍天，柔情几许，换得今生。

一聚一散两相离，
一悲一喜一画屏。

作者

2018年春节于洛杉矶

# 目录

# 明月松间

带着光阴上路
看山峦原野四季的风骨
明月在天上笑我
苍松和着月光的脚步

一幅画如此曼妙
枝叶怀着淡远的柔情固守
轻轻扶起岁月的过往
豁达、飘逸、飞翔

生命的叶片里充满时光的褶皱
苍松托着明月站在高处
岩石心甘情愿地裸露
贫瘠、酷热、骤雨

没有什么能掩饰内心的孤独
梅影只恋竹风松语
兰香抚慰着明月的执着
花事飞掠于红尘漫卷之处

落日与黄昏携手
松风在耳，明月无痕
清幽来自心中，移步换景
渐入久违的长梦

# 明月松间

曾经的记忆
抚摸着明月的清冷
松声中的呓语
守候在孤独的天空

一朵莲花开在无边的月夜
向着冰轮吐露真情
我静静地凝望
星河若水生命如松

一声声细语呢喃
一抹抹寒烟如云
凝绕成一道凄美的彩虹
定格成千年难忘的风景

松已沧桑月转时光
仿佛前世约定念念不忘
美丽成为曾经
忧伤成为永恒

一世的情缘
演绎成一场千古绝唱

# 风的吟唱

是谁第一次把我歌唱
那是汉家高祖刘邦
一首大风歌
让我魂兮飞扬

是谁悄悄推开我的窗
想起了温柔美丽的姑娘
陪我走过辽阔碧绿的草地
伴我爬过巍峨蜿蜒的山岗

是谁轻轻为我送来清凉
是自由自在的歌唱
还是无拘无束的徜徉
生命之火随之而点亮

是谁偷偷带着及时雨
又把它们撒遍城镇与村庄
是谁暗暗架起一道彩虹
又为西山增加一抹带血的残阳

# 霜的呓语

寂静的街巷
弥漫起氤氲的倦意
风将秋雨带入梦里
轻霜如约而至

从立秋到霜降
霜轻轻地附着大地
我似乎听到了一种声音
那便是霜的呓语

月夜的白霜
给了大地一次机遇
那是春天蛰伏的希望
那是田野满怀的心事

也许被春风破译
也许被草尖轻轻托起
在爱河的流域
或许被删除或许被铭记

# 雨的欢歌

声音自天际传来
雨是歌者
细雨曼妙把心触摸
河水中的鱼儿也在欢乐

斜云朵朵
聚集成黑色穹庐
寂静的天宫一声令下
雷电交加犹如锣鼓

天空有了声色
冷落的心不再孤独
这风与雨的交响过后
一道彩虹挂在天幕

这里有私语窃窃
这里有莺歌燕舞
这里有温婉的述说
这里有豪放的倾诉

# 雪的轻舞

风的脚步
随着轻盈的雪花漫舞
舞姿优雅
掀开天国的大幕

走在雪花弥漫的国度
飘飘欲仙的回眸
寒风中的倩影
展示在冬梅初绽的时候

雪花悄悄掠过逝水
踩着风的节奏
水仙开出单薄的思念
一步一步走向最动心的角落

我知道有些鼓点
就这样飘落江河
宛如过夜的流星
沉醉在追忆往昔的深处

在素白的岁月
舞出万千的心路
沉寂雪藏
或许可以收获某种幸福

一步一步
舞上春天的路
道路伸向四面八方
连接着变幻莫测的天幕

风停雪霁
依然在雪光中回眸
那梦幻般重现的身影
又唤起尘封的往事无数

所有蓝色的诗行
都是夜晚星星的驻足
群星受到灵魂的邀请
馈赠我一个完整的宇宙

# 乡间那条路

乡间那条路
长满了记忆的杂草
从头走到尾
我找到了童年的小桥
旁边的小树已经长高

乡间那条路
是一把岁月的转笔刀
一圈又一圈
飞卷出的是飞扬的希望
留下的是笔尖下的思考

乡间那条路
是生命旅途的一段舞蹈
起起又落落
车辙里沉积着辛劳的血汗
车轮上洋溢着幸福的自豪

乡间那条路
永远都比地厚比天高
爷爷奶奶走过，我陪父亲母亲走过
祖祖辈辈，一步一步
慢慢地走到天荒地老

# 心灵的花儿

一树花的富有，一声雷的倔强
一路云雨，洒落在莫名的远方

曾经的荒漠，占据在我心房
所有的灌溉，形不成什么流量

今夜，心灵的花朵不再沉默
纵是在星夜里，也要自由地开放

闭上眼睛，我看见心灵的花
姹紫嫣红，开在了圣洁的地方

一滴滴露珠，都是醇厚的酒
美丽地浸润着，生命的玉液与琼浆

左手一弯皓月，右手一缕阳光
娇嫩的花蕊，是岁月溢出的香

把它捧在手里，仔细端详
我发现，里面有我所有的成长

白天有白天的主张
黑夜有黑夜的忧伤

我是多情的船，随梦起航
就算在星河里，也不彷徨

昨日的烦恼，锻造了今日的坚强
我想做一朵云，行走在无边的蓝天上

# 槐花坠落的下午

太阳一打盹儿，槐花就开了
风乍起，槐花落，老鹰当空飞过
城市空荡荡的，内心空荡荡的
所有的日子，聚在沉默中独坐

同行的人，渐渐走散了
站立者的狂欢，爬行者的悲歌
所有的雄关，被一一突破
只有孤独的纲纪，仍在吟哦

是天总有穹顶，是地总有江河
饕餮的大嘴，只怀念饥饿
刀锋上贪婪，钢丝上行走
事做绝了，总有尝不完的恶果

黑夜说着无与伦比的醉话
没有人懂得，什么才是生活
肉体和灵魂，不再责备我
狂妄的手，关闭颤动的脉搏

# 苏格拉底的守望

灵魂的落寞，宇宙无法声张
思想被赶进角落，依然嗡嗡作响
一片羽毛旋转着，正在向上飞扬

虚掩的大门，走出一位雕刻匠
一枝干枯的芦苇，触痛他的心房
时间踏进河流，抵达生命的远方

天地苍茫，守望在心灵纯净的故乡
偏见从雅典的斜坡上走过，回望
飞蛾扑火，看见一泓秋水的怅惘

把哲学带回人间，如神驹穿越森林一样
真理是万物的尺度，无法独自去衡量
德尔菲神庙的铭文，寻找独特的光芒

风吹灭了燃烧的火把，也吹灭了希望
神殿已经碎裂，知与行没有连结的桥梁
那坚实的脚步，走向真理的方向

月光如水，无须什么工匠
内心的精灵，总是在观望
有时良心的谴责，也会变成一种力量

日子岌岌可危 洪流势不可挡
惊涛拍岸，只能逆流而上
夏天的火，让一切变得更加滚烫

从自然到自我，并不空阔通畅
从物质到精神，无须跨越时尚
无知和困惑，站在面向真理的地方

不说日子，也不说云水苍茫
真理的尘埃，被洗得清清爽爽
认识自己，成为惊世的绝响

天将黑未黑，乌鸦伸展开翅膀
善是一切之源，占据着正义的城邦
所有的争斗，掏不空真理的宝藏

当沉默的泥土，有了春天的芳香
灵魂的病痛，可以被某种咒符来抵挡
人是一棵树，根基无比健壮

世界闭上眼睛，把星辰点亮
活着的战神，死去的皮囊
在理想的国度，让他变成了国王

## 敦煌一瞬

玉门关外，一抹秋风拂面而过
阳关之下，天空和大地一片火红

顺着三危山，沿着党河，来到敦煌
分明是在穿越，穿越一段历史时空

千佛洞，九十六号的弥勒佛
虚幻雍容，引来许多人憧憬

钟鼓之声，穿越人们饥渴的心灵
虔诚祷告，回响在长天大漠之中

往事之因缘，导致今生之状况
现世之行为，决定未来之方向

千年的黄沙古道，千年的岁月流逝
朝代更迭，淹没了多少英雄的梦想

鸣沙山，敦煌的中枢
月牙泉，敦煌的月亮

藏经洞，是谁留下了五万经卷
四十锭马蹄银，可以易落他乡

看护千佛洞，倾尽半生的王道士
徒留一双，无助且又无奈的目光

那是斯坦因，让装满箱子的牛车
公然地离开了敦煌

凄艳的晚霞，那是一个古老民族
正在滴血不止的伤

王朝的昏聩，民族的悲哀
凭什么，要让一个王道士去担当

## 独龙江边的纹面女

滇西北的深山里，就是林海雪原
独龙江日夜奔流，不知道有昨天

刀耕火种和结绳记事，已经渐行渐远
蝴蝶飞舞，在高黎贡和担当力卡之间

那振翅欲飞的蝴蝶，成为美丽的心愿
刺痛人心的瞬间，留在了削尖的竹签

这里的女人，被画上纹样，刺破纹点
一张清秀的脸上，一只蝴蝶活灵活现

积雪照亮山前，火塘里燃起浓浓黑烟
女人纹了面，灵魂才回到纯洁的原点

嗜酒的纹面女，采撷，捕鱼，狩猎
灵芝长在身边的树上，贝母伸手可捡

熏黑的墙面旁，腊肉挂在布袋中风干
古朴的饭桌上，那一碗腌菜最为抢眼

随着一个掌握纹面技术的老人去世
关于蝴蝶的记忆，写进了历史词典

# 家门口走过的斯文·赫定

那时的家门口，绿野仙踪
商队，香客，还有隐隐的驼铃
那时没有我。那时的天空
和现在的天空，没有什么不同
那时没有大路，需要走走停停

探险队与狗，总是情有独钟
他们没有喧哗，从我爷爷的家门口
自东向西缓缓而行。爷爷还年轻
望着这帮人和这群狗，好生纳闷
不知所以，迷迷糊糊度过半夜三更

我从史书上知道，这是一次穿越
亚洲腹地的旅行。领头的就叫斯文
他们沿着阴山，沿着黄河行进
看上去很文明，他们走过阿贵庙
走过了居延海，还有红城与黑城

他们抢劫了敦煌，盗走了无数典籍
却发现了楼兰古城，显得充满温情
强盗有强盗的逻辑，野蛮却装作文明
在家门口，我无法去准确清点
也无法辨别，那绝尘而去的行踪

几百年过去了，往事忽远忽近
西出阳关，我像一只大雁丢了
飞进西域，飞在丝绸之路上
内心很孤独，无法掂量今和古的轻重
只有那支驼队，在夕阳下消失的叠影

## 千里江陵还不还

轻舟缓慢，看到的都是山
两岸没有猿声，必是诗人误判
千里江陵，沉没了多少故事
历史的彩云，并不比如今璀璨

东逝的江水，如李白的泪光闪闪
静美的三峡，让人不解蜀道之难
半江瑟瑟的潮流，被大坝拦腰折断
打捞出来的史话，像牛羊一般出栏

风雨沧桑的白帝城，城头变幻
贪婪的过客，拽动着岁月的风帆
是非与功过，纷繁而杂乱
一本资治通鉴，找不到天方夜谭

阴谋，暗算，江水，行船
记忆拧出了水分，比时光暗淡
那些繁华，都将漂流入海
不再投石问路，只想面对青山

还或者不还，都依照自己的判断
追赶还是等待，落在时间的彼岸
伤口流出的，绝不是苦涩的眼泪
心口滴血，常嗟民族的多灾多难

# 李 庄

李庄，依偎着长江
宽街、窄巷，布满沧桑
历史的记忆，重新回放
所有的功绩，如何来衡量

同济大学，终于可以面对长江
灵魂的尺度，铭刻在李庄
营造学社，传播一种信仰
灵魂深处，是无限的向往

江风浩荡，烟雨茫茫
水面辽阔，好似固有的模样
多少人多少事，打造了江防
因为李庄，才有后来的辉煌

纷至沓来的人们，汇聚在李庄
不同的起点，相同的渴望
无尽的箴言，无声的力量
心扉大敞，倾听大江的千古绝唱

# 夏天的那朵莲

到处都在发高烧，神州大地
终于实现了，大范围的集中供暖
人们的抱怨，化作一股股热浪翻卷
我却忘不了，淤泥之中的那朵莲

梵音中苦苦守望的，是一本经卷
幻想中依然坚守的，是我的执念
没有什么预期，也没有什么宏愿
就这样不癫不诳，就这样不嗔不怨

曾经的故事不想，过往的誓言不念
捧一缕迷茫，寄一卷箴言
那一抹红尘之缘，浸透着尘世的祈愿
那一朵芳香之莲，氤氲着净土的怀恋

几株绿萝，摇曳着她的蕾丝花边
如果我是从前，你就是那句许愿
凋零的岁月，其实并不那么遥远
我愿默默地望着你，开成一朵莲

## 写给自己的素描

想给自己写一幅素描，构思
尚未开始，文章已上了头条
街谈巷议，一波一波推向高潮

专家说，你素描的基础很好
朋友说，真相不在有无素描
同事说，何必让人人都知晓

我就是我，有着不一样的情操
缺点和优点并存，我无从讨巧
我端详着一张白纸，无处可逃

优点被放大，看谁都渺小
缺点被缩小，看谁都很好
我的笔触，就是让真理回巢

优点被缩小，看清自己的孤傲
缺点被放大，讨厌自己的清高
过往的淡写轻描，改为真实的线条

我的画板，开启缜密的思考
我的画笔，行走从容的笔调
却原来，真实的我比从前更好

我的线条，勾勒起一座心灵的桥
我的素描，让我学会了深刻解剖
我把她轻轻悬挂起来，看着她微笑

# 宝音巴格西的目光

世上的眼睛，有千双万双
最难忘的，还是宝音老师的目光
有太阳的热情，有月亮的柔肠
聚集日月之光，点亮我的心房

啊，巴格西的目光
一道心灵的春光，在世间荡漾
满地吉祥，我寻觅着他的方向
回首昨日的校园，我思绪飞扬

那初夏的晨曦，在海拉尔路飘扬
那深秋的晚霞，在大青山上绽放
忘怀的情思，仰慕的殿堂
从单纯幼稚，一直走到从容大方

你无怨无悔，甘当辛勤的园丁
你无私奉献，执着事业的永恒
你的心声，就是我前进的明灯
你的憧憬，就是我生命的黎明

你承载着，多少代莘莘学子的美梦
你创造着，无法用价值来估量的丰功
你担当着，是太阳底下最崇高的使命
你闪烁着，灵魂工程师最耀眼的彩虹

# 我把自己写成一本书

路是自己选择的，无关心路
记不清了，那时到底怎么走
再美好的相聚，总是有分手

崎岖的路，承载着我的脚步
我不知道，到底错在哪个路口
有时候，回归比出发更难左右

所有的经历，不可能全记住
所有的失败，都会变成伤口
我无所畏惧，绝不称臣归附

执着的夜里，我把自己写成一本书
没有人懂得，我那《三国演义》的字符
心口滴着血，书中有我的血泪控诉

打开自己，打开了没有目录的书
没有金句，没有好为人师的表述
故事情节，都是有意描写的虚无

每一次阅读，都是伤心的回顾
每一次合上，心率仿佛在打鼓
上了船啊，我无须再瞻前顾后

# 琴台故径

一条琴台故径，挑起
灯红酒绿的街灯。跨越
熙来攘往的时空。此时此刻
你是我灯火璀璨的皇宫

秋冬之交，往事依然如风
浣花溪畔，锦江两岸
飘来悠悠的琴声。凤求凰
吟醉一个个爱恋的人

壮阔的邛崃，当垆的文君
涤器的司马，曼妙的文心
今夜，我在琴台路上
寻寻觅觅，依然是一片虔诚

# 高黎贡：最后的诺亚方舟

一个梦，可以做到天长地久
一首歌，可以唱遍冬夏春秋
这是我，对高黎贡的丝丝眷顾

为了这次邂逅，我奉上了所有
为了一睹芳容，我已别无他求
高黎贡啊，你这最后的诺亚方舟

这不是寓言里的方舟，我看见
曾经栖息的星球，已经疮痍满目
洪水浊浪滔天，正是千万年之后

我一溜烟跑到山顶，有点惊心触目
珍稀动物的山野，猿猴攀爬的树木
我得到了远方，却全然放不下乡愁

终年积雪的北部，暖湿温润的西麓
热带丛林的南坡，干热少雨的河谷
珍贵出于天然，一座动植物基因库

白眉长臂猿，凤头鹦嘴鹎， 鸥鹭
秃杉、桫椤、白菊木、长喙厚朴
空谷流水，自由自在的飞禽走兽

为了看你，我已在路途耽搁许久
我用前世的诺言，兑现你一滴露珠
蜻蜓静默，摇曳我最艳一抹的领悟

千年太短，谁在菩提树下守候
梦轻舞飞扬，莲花只开一度
回眸，只为那含苞待放时的娇羞

# 风陵渡

中条山，默默地守护河水
风陵渡，就在前方的云里

沿着黄河，沐着古老的云雨
不在乎山高，也不在乎云低

一手挽着秦晋，一手指着鲁豫
逐鹿中原的人们，曾经觅渡在此

哀怨的琴弦上，谁歌谁舞
历史的风云里，谁悲谁喜

一场花事，有过山盟海誓
风陵渡，少女对他心向往之

谁是蚩尤，谁是黄帝
油尽灯残的岁月，无须寻觅

群鸟依次落栖，腾云轰然而起
过往的尘烟散尽，古渡还在这里

黄河无言，传说依旧，桥头伫立
听风陵古曲，没有前言，没有后记

有人说，大地的骨骼里凝结着哲学
有人说，时间的血管里流淌着真理

是金庸的臆断，端木蕻良的构思
眼前的风陵渡，笑我太痴，太痴

# 岁末的黄昏

岁月梳理着树梢的往事
在年底的傍晚托出一轮火红
翻阅小径寻找一年的脚步
日复一日都成为冰冷的曾经

我用不舍珍存那些过程
拨开云雾细数一路风尘
汗水在前，泪水在后
从空洞的白日走向血染的黄昏

是谁试图接近夕阳深红的暖唇
是谁正在张开天边渲染的彤云
此时我就坐在廊坊的窗前
仿佛一枚折断翅膀的昆虫

霞光散落在凸出的果岭上
那落魄的球洞窥探我的心
一颗颗零落的高尔夫球
从喧闹的黄昏走向冷落的黄昏

我看见绝望的老虎和垂死的苍蝇
但是深空似乎还是那个深空
有所收敛，或者弹冠相庆
从放肆的黄昏变成沉默的黄昏

岁末的黄昏毕竟是黄昏
尽管冬日给它镀上了黄金
梦幻的泡影渐渐消失殆尽
只留下一段意犹未尽的尾声

我踏着黄昏渐渐入梦
而梦影却游离于长空
尽管四周还是茫茫的荒野
心头却萌动着温馨的春风

# 审　视

一路走来，你以为处处春暖花开
经过摸爬滚打，你渐渐成长起来

童真不在，天真不再，纯真不再
善恶难分，美丑难辨，真假难裁

你有理想的状态，总是被他人涂改
你有长远的规划，总是被他人出卖

别人顺风顺水，你却颇多无奈
别人颠倒黑白，你会泪满双腮

爬过三座大山，还有三座小山
没有什么道理，你必须站立起来

世事纷繁，你需要心如大海
无欲无求，这是最好的姿态

# 冬的素描

冬天把一个梦吓跑
让风给自己鸣锣开道
它赤裸着浑身的自豪
留给大地一片苍老

已经荒芜的山坳
承载不了彩虹的微笑
布满思念的孤岛
没有连接出口的小桥

冬日经络里呈现的孤傲
分明是枯萎的落寞萧条
雾霾虽然把阳光几番嬉闹
却遮不住柳浪闻莺的春潮

小鸟依恋着冬日的树梢
寒枝托举着孤高的鸟巢
放下曾经无奈的祈祷
除去内心的锈迹与荒草

# 蜀国梦

天府之国，在一个盆地里生成
盆檐上，长满了一座座山峰
涓涓流水，从四面八方汇集
血脉一般，酝酿着一场蜀国梦

成都，长久地睡在河流的彼岸
邛崃山，莽莽苍苍，也只是
蜀国山海的一根神经。剑门关
张着血盆大口，审阅往来的飞鹰

卓文君与司马相如，一起走过
琴台路上，曾经词赋盛行
在麻辣烫的料汁当中，钩沉
找寻，那条流水环绕的锦官城

不知，谁在望江楼瞭望
薛涛笺，粉红一张。上面
写满了陈情表、出师表，此刻
南来北往的梦，汇聚在杜甫草堂

一场梦，做了几个世纪
先有蜀道难，还是先有凤求凰
青天之上，剑门关前
多少英雄，比得过刘关张

# 月　缘

寂静的夜，明月高悬
从山这边起，落在了城那边
星星为你含羞，云影为你缠绵
这么近，又那么远
月华流转，留下了圆圆的思念

清冷的夜，与你相约
你如约而至，我心怀执念
你缺了又圆，我不变诺言
我有老歌一曲，你有清词一阕
望眼欲穿，演绎一段深深的眷恋

# 霸气是北京裸露的灵魂

海水依偎着瀛洲，城楼暗度着光阴
谁在潭柘寺里打坐，谁在雍和宫中诵经
小花狗摇着尾巴，好像侧耳聆听

谁在历史的长河里洗澡，无从干净
谁在岁月的征途上开弓，不计输赢
一株芦苇，就是一阕婉约又豪放的小令

明朝的大梦，从这里启程
多少帝王将相，换得像走马灯
四九城门，游荡着多少魂灵

紫荆城，一座帝王的城
走遍世界，找不到第二名
没有一座城市，可以比得上北京

宽阔平直的大道，金碧辉煌的皇宫
中轴路，改写了庄稼和村庄的命运
华表默默无语，行走于你我的内心

寻着京杭运河，与明月对话
面对燕赵大地，与长城争锋
首都北京，一根悲悯的神经

城楼高大，院落深沉
森严的高墙，明亮的宫灯
一座宫廷，写满了正大光明

北京的内心，充满学问的纵横
北京的外观，中规中矩的方正
霸气是北京裸露的灵魂

无须合纵，也无须连横
大幕拉开，消逝的是生命
帝国舞台上，一次次打破平衡

一炷香明明暗暗，爱与恨的因果回轮
看四季的枯枯荣荣，看人间的色色空空
走近与离开之间，都是永恒的风景

人世纷争，时光万马奔腾
天空多么澄澈，大地多少征程
班师或者凯旋，一股吹来吹去的风

# 珞珈山

一座山，可以有风雅颂一般的分量
一本书，可以像珞珈山一样来收藏

没有什么，能够抵挡这蒸腾的热浪
忘了热浪，去品味樱花盛开的时光

没有什么，能够超越一多[①]先生的想象
不再想象，开始清赏武大的鸟语花香

每一片草地，都是我心灵的操场
每一间教室，都是我修炼的书房

撒开落日的巨网，捕捞东湖的霞光
呼唤黄鹤归来，飞跃龟蛇挟持的大江

自强是一条诗意的河流，逶迤在我心上
我与珞珈山之间，隔着一堵历史的高墙

① 一多：这里指闻一多。

# 函谷关

五岳与中原对视的时候
天昏地暗。大地赤裸着，捧出了
一座都城，取名叫长安。如此
战国七雄，合纵连横，掀起了
重重波澜。大秦帝国，虎视眈眈

明修栈道也好，暗度陈仓也罢
聚焦函谷关。楚汉相争，殷鉴不远
风萧萧兮易水寒。燕赵悲歌
何止是图穷匕见。那个哭泣的赵氏孤儿
穿过时空隧道，成为历史的焦点

似亮非亮的星空，知晓问题的关键
艳阳高照的日子，也汇集在关门前
有硝烟的味道，有烽火烧过的斑点
有出征时的号令，也有班师的凯旋
巍巍雄关，是一部凝固的资治通鉴

夜黑，不是自己的意愿。白昼
也不是无辜的白天。函谷关
时刻都在安检。政治、经济、文化
无不经受检验。肉身守不住的
交给灵魂，承载一个时代的变迁

历史一身的轻松，荒芜的是时间
当前朝的幸福，滑过当朝的边缘
最后露出的微笑，才是胜利者的词典
函谷关，捧着天时地利的奖杯出现
黎明的地平线上，输赢都是诗篇

函谷关，在自然的风雨中飘摇
生生死死，都是一种虚幻。或是泡影
当中闪烁的一条虚线。文与武的界面
在苏醒的早晨，被时间蚕食的树叶
我低吟沉默，那些流经远古的誓言

整座城墙静默，道德经的文字很抢眼
老子与青牛，终南山上雁阵绵延
历史的河里没有鱼，有的是经典
或许，城门上的铁钉，最有远见
懂得大道无形，道法自然，玄之又玄

# 诗意的追逐

碧绿的草地，迷人的春光
摇曳的花朵，诱人的芬芳
我知道，所有的人都在忙
没有谁，停下来静心欣赏

人生没了信仰，前进就没了方向
钻在钱眼儿里，灵魂就没了依傍
有人提醒：人生路上
不只眼前的苟且，还有诗和远方

多少人轻蔑，投以不屑的目光
多少人鄙薄，我行我素的模样
焦虑的心，不知在何处安放
浮躁的日子，成了欲望的库房

远方，是一种诗意的流浪
诗意，时刻伴随我们身旁
远方，不只是距离，更是希望
诗意，不只在云朵，更在心房

看不到诗意，并不是诗歌的消亡
沉湎于世故，注定是心灵的枯荒
生命的存在，是一种前行的理想
不只是双脚，还需要灵魂的翅膀

# 母亲的路

只有在物质极度匮乏的日子里
饥饿，才会彰显出自己的强大
有时忘了尊严，不再计较尴尬

贫穷让苦难浸透在纯朴的心里
一路上，熬煎或者无奈地挣扎
心甘情愿地接受着命运的碾轧

苦难和艰辛成了一种家常便饭
勤劳和节俭侵占了最美的年华
让孩子们吃饱饭成了经常的对话

发家致富只是一个怪异的念头
战天斗地流汗流血却不论冬夏
日出而作日落而息若一抔泥沙

多年以前，那乡村的田间地头
有开春的犁牛，有父母的汗珠
多少希望，在这里萌动着春秋

小的时候，母亲牵着我的小手
走过田坎、土坡、沟渠、河流
母亲是一座爱的桥，营造幸福

岁月渐渐流逝，让我变得高大英武
母亲在路上，柳暗花明般将我呵护
尽管矮小干瘦，总给我需要的温度

忙碌奔波的岁月，伴随她走过迟暮
行走已不再自如，一句话反反复复
我端详着她，禁不住泪水涌上心头

父亲走了以后，母亲才放下了锄头
离家的时候，她与自留地挥了挥手
大铁门紧锁，我带她进城安家落户

和着春天的节律，迎春花出尽风头
母亲的脚步，并不遵循固定的乐符
她不追求套路，只记着走过的圈数

母亲老了，她说她已走不了太长的路
她在院子里走，甚至只是在家里面走
一圈又一圈，记录着她的欢欣与悲苦

# 二月二，写给母亲

（1）

日子离开了年的氤氲
辗转到二月二，就是母亲的生辰
母亲不识字，也不会看微信
我只好把思念和祝福，写给苍穹

（2）

春天在窗外动情歌唱
母亲的节日灯火辉煌
儿时的故事已经难寻去向
给我留下一个温情的远方

（3）

打电话，是我与母亲的资讯
哪怕三言五语，母亲也高兴
母亲惦念我，从来都是她的天分
而我记挂母亲，却变成了一种孝敬

（4）

离家越来越远，很少侍奉
工作太忙，有时忘了母亲
年节公休，总有忙碌的理由
工作重要，是母亲不变的叮咛

（5）

人事如走马灯，日夜奔忙
天空的雾霾，越来越肮脏
天底下，多少母亲万分迷惘
救救孩子，依然孱弱而凄凉

（6）

母亲的手，擦拭我沾满污垢的理想
母亲的针，缝补我日益破碎的心灵
母亲的爱，托举我屡经挫折的志向
母亲的情，打捞我零落成泥的精神

（7）

母亲是我天空的红太阳
时刻照亮我阴暗的心房
母亲是我生命的航标灯
总会矫正我迷失的航向
母亲是我智慧的百宝箱
为我蕴藏着无尽的力量
母亲是我生命的杨柳风
让我的诗意春天般绽放……

# 二十年，我拿什么怀念你

（1）

2017 年的春天，毕竟是春天
心头回泛着，却是不老的九七年
二十年，日月匆匆恍然若梦
二十年，无法再见你的容颜
多少次纷纷的细雨，绞断了我的魂
多少个清明节，寄托我无尽的思念

（2）

时常记起，九七年的那个春天
绵亘在阴山南麓，黄河北面
你眺望着满山的雪，走回乡间
一顿饭的工夫，便是天壤之别
你走完了最后一段路，你累了
就像一盏灯，渐渐燃尽了残年

（3）

多少回，多少遍
阴山落雪，黄河凝咽
八百里河套，所有的交响
执手相看，还是一双泪眼
多少次，多少年
那种心痛，电击着我的心尖

（4）

每一次，开启我记忆的闸门
总不愿放过，那一个个瞬间
听得见你的呼吸，你的心跳
却无法唤醒，你对我的爱恋
我知道，我们早已天上人间
惟有泪水，是最难渡过的河面

（5）

故乡，雪地的脚印清晰可见
小路，长久的挂念连接天边
走过了万水千山，看惯了人生百态
走不出的是自己，忘不了的是挂牵
是啊，山在变水在变人也在变
我却永远无法改变这一场聚散情缘

（6）

你是我最深爱的人，我的国王
没你的日子，月亮也会孤独彷徨
多少磨难，高悬在孱弱的心头上
岁月无情，把思恋晾晒成坚强
20 年真的很漫长，痛过哭过走过
我忘了欢喜，醉了忧伤

（7）

经常听见夏蝉在低吟浅唱
时常氤氲于微弱的台灯旁
万千思绪，裹着浓浓的夜色流浪
不论在何方，依然记得你的模样
20 年啊，我把泪水汇集成雨
点点滴滴，形成无限思念的海洋

（8）

故居的墙上，你的照片早已泛黄
庭院里，我的心绪和野草一样疯长
今夜，我的祈祷一遍又一遍
今夜，我的思念一章接一章
今夜，我的呼唤一句又一句啊
今夜，我的话语一行连一行

（9）

我看见，每一头白发都似你
我遇见，每一个蹒跚都像你
我路过，每一朵葵花都想你
我走过，每一条马路都随你
我行过，每一座大山都盼你
我听过，每一湾小河都唱你

（10）

我用无数个夜晚怀念你
我用无数阕长歌咏叹你
我用无数篇悲伤书写你
我用无数首哀思记叙你
我用无数座高山簇拥你
我用无数枚花瓣依偎你

（11）

月如钩，五更残
梦中又见，广寒渺茫天涯远
好似故乡的风，拨开梦魂拨心弦
如同天宫的月，不沾尘埃不沾烟
尽管，这辈子已经风流云散
静观岁月流变，依然心脉相连

# 迎春花是春天的快讯

一场雪，外加几阵风
翻过了山，突破了城
苏醒了树木，萌动了花心
姑娘与小伙，笑靥与羞红

一丛丛，一枝枝舞动
嫩绿，注定是报春的快讯
一簇簇，一朵朵辉映
鹅黄，依然是催春的颜容

或许，乍暖还寒还有些阴冷
无疑，鹅黄的前方便是火红
多想，那遮天的阴霾全部扯去
期盼，春天成为每个人的心境

# 西拉木伦河

一条河，本来是条黄色的河
却不叫黄河，而是叫西拉木伦河
我沿着红山张罗，唱着最美的歌
时光过得好慢，蝴蝶追赶着云朵
草原的风懒散，像是对我诉说

梦想乘着马鞍的翅膀，走过草垛
河水擦着草原的皮肤，声音萧瑟
悠扬的马头琴声，离我们太远
马踏长河，耳边飞过故乡的天鹅
那些年的盛夏，失了声的陀螺

西拉木伦河，故乡的河
大大小小的山，生动着你的传说
打马走过草原，我是孤独的一个
晚霞掠过我的胸口，涌起了层层的波
西拉木伦，你是一串脚印上的蹉跎

沉醉的夕阳，弹着命运的杰作
犹如风暴驱赶浮云，雨过山坡
西拉木伦的激流，冲刷着冷漠
浪花里的理想，依然朝气蓬勃
我看见风卷着大漠，流沙如蛇

# 花

一个寻常的日子：三八
我愿为你描绘漫天的彩霞
摊开画纸，精心地泼洒
你会看到，五颜六色的花

面包和玫瑰，是最原始的表达
曾经的心愿，或许已经抵达
承载社会的责任，播撒人性的芳华
这中间，无疑是一段段动人的佳话

春风，用绿色装扮你
你是随风摇曳的花
夏雨，用水滴滋润你
你是婀娜多姿的花
秋霜，用冷酷考验你
你是忠贞不渝的花
冬雪，用严寒打击你
你是清纯高雅的花

祝福的日子里，关爱你的繁华
让爱，赋予所有的姐妹和妈妈
若世间的男子，谙熟半边的天下
走遍天涯海角，都有温暖的家……

# 继续寻找

三十多年前的一首诗
成了朦胧诗的代表

为了那把开启心扉的钥匙
让他曾经一路艰难地奔跑

他一次次呼唤
他一遍遍祈祷

剖开风雨锈蚀
走遍野外荒郊

期盼温暖的阳光
为它熠熠照耀

后来，那翠绿的三叶草已经含苞
那珍爱的《海涅歌谣》人人称道

只是那把遗失多年的钥匙
那把开启人们心灵的钥匙

多少年了，还没有找到
需要你我他，继续寻找

# 人生如戏

有人说，人生如戏
仔细琢磨，还真是这个道理
一声声啼哭，大幕开启
生旦净末丑，各有各的招式

从小到大，一座座供你攀爬的梯
一声高腔，长江破浪会有时
锣鼓喧天，各就各位
苦学，苦练，竞争，才可以入戏

从帝王到将相，从佳人到才子
从台前到幕后，从演义到历史
可以做主角，也可以跑龙套
真真假假，都不过是一场游戏

或者唱念做打，或者水袖羽衣
或者欢欢喜喜，或者哭哭啼啼
各种角色互换，各种人物来去
大幕合上，一切不过烟云而已

# 看戏人生

从最偏僻最孤寂的地方走入城市
开始了一场乔装打扮的生命之旅
看别人出演或是已经入戏的自己
整个岁月就这样一幕幕世异时移

戏是整体只是每个角色不同而已
主角还是配角任由别人左右驱驰
社会是一桶非常滥情的大众佐料
多少爱恨情仇就这样搅拌在一起

每个人的梦想都是不一样的东西
从春天入口到严冬，一脉的轨迹
生命会渐渐枯萎而大幕刚刚开启
没有人计较这场大戏的真正秘密

大幕拉开多少人争抢着爬向天梯
没有期待的渴望，被写成了无题
抱着自信苟延残喘，等待着晨曦
举起悲哀的石头放下陈旧的武器

感情或许并不纯洁而全凭技艺
故事或许并不完整而无须记忆
云飘飘兮欲雨啊水淡淡兮生烟
只留下一帧帧残缺不全的花絮

太阳悠悠地挂在那里消磨着自己
自身无辜的存在常常感觉在梦里
历史的长剧定格一场不变的悲剧
一脚刚踏进人间，一脚踏进地狱

在挂满了奇葩的伊甸园里
有谁会因那些枝头而压抑
所有的期待已演变成落寞
一阵风是最不靠谱的皈依

不必顾影自怜不必沾沾自喜
大幕合上舞台冷清留在那里
空气里弥漫着宿命论的味道
时间将我们当成了一件行李

未来的很迷茫过去的未必坚持
起始与终了失去了相交的机会
无所谓成功也无所谓什么失败
剧终人散只留下石碑上的名字

剧本里的文字都在结局里消失
最悲催的关头改写欢欣的历史
所有的表演都有着不同的戏份
台上的哭喊与台下的没有关系

# 胡马：秦时明月之下

今夜，我站在黄河北岸
一轮秦时明月，高悬在阴山
告诉你，我真的找到了汉时关
鸡鹿塞在左，高阙塞在右
沙石上，昭君的泪迹斑斑

大漠迎着风，不住地长吁短叹
一位羊倌，走过岩画举着羊铲
大峡谷那个红啊，红得像流血
那啼血的歌者，是归来的鸿雁
阿贵庙的老和尚，却不以为然

大诗人，找不出河套的籍贯
官宦，都来自于繁华的中原
龙城飞将，走进了唐诗里
胡马，最终还是度过了阴山
一望无边的葵花，笑红了八百里金川

岁月的流水，被我的日记截断
秦时的星光，与今夜一样璀璨
千秋万代，总想拥有不变的江山
黄河静静地，静静地走进梦乡
我在她的身旁，听见她轻声的呼唤

铁马金戈得来的，不一定平安
每一个君王，都是那样不凡
胡马不言，人静夜阑
拴马桩还在，你可以故地重游
所有的故事，有赖后人评判

秦时明月，映照着胡马的家园
先祖，就在天上或者黄河两岸
流水的日子，被月亮走成孤单
那温柔的目光，聚焦然后转换
这就是阴山，一幅历史的长卷

怀念黄河，常常回眸阴山
品溪畔清风，听燕子呢喃
世事，绝不可黑白两断
我紧握着时光，流年向晚
阳关之外的路啊，渐行渐远

# 树　蔓

这里的大树，有日益发达的树蔓
自在多幅，才有这样的枝叶茂繁
麻雀在这里聚会，有的长吁短叹
它们辛酸，让历史成为一只海碗

阳光吐出舌头，横扫天半
斑驳的树影，映红了地面
万念俱霾的清晨，被迷乱
一系列问题，谁来给它评判

往事并不遥远，不知是唐是汉
枝枝叶叶，却是最专业的客串
一颗空荡荡的头颅，或一阵风
一群飞翔的白骨，让乌鸦们自满

大树下面，有一个不大的花坛
来往的女神，都时不时地窥探
世界与我，完全冻结在冷漠里
纵横交错的树蔓，让公平瘫痪

# 麻花板的故事

大青山敞开庄严的怀抱
土默特展现古朴的风姿
那么多难以释怀的故事
还须从麻花板开始说起

海西路若银河把校园分割成南北两半
几百人如沙丁鱼共享着那个阶梯教室
大操场放飞过五彩斑斓的梦想
麻花板烘托着八一市场的记忆

那时的你我走得踉踉跄跄
不熟悉金融不太明白会计
不管什么管理或计划统计
老师卖力学生却一头雾水

八十年代也曾经历风风雨雨
改革的春潮开始波澜四起
从乡村啊一直蔓延到城市
几多狂想也曾诱导着我和你

挥斥方遒阔论过许多大问题
气吞山河浪费了不少草稿纸
思潮中一些人呐喊高举着旗
热血膨胀过后感觉扑朔迷离

上课下课一次次循规蹈矩
考试考研一回回春风得意
排队少不了加塞儿的兄弟
谈情说爱也开始出双入对

四年过后大家纷纷各奔东西
麻花板也已成为一首散文诗
倘若不是你一而再再而三提起
我已经忘记了如何去寻寻觅觅

海西路依然那样平坦笔直
路上那些行人匆忙而无序
依稀听见校园里书声朗朗
没有人能辨认出曾经的你

远方的那些风景还在继续
蒙财饭店依然亲切依然熟悉
也许你饱经风霜功成名就
麻花板的故事却让我别梦依稀……

# 黄河的感悟

那一朝，你是词话
悄然把我撇下。从此以后
一脉壮阔的阴山，留下一幅
神奇的岩画

那一代，我离藏穿峡
箭一般向高原迸发。清水变成浊水
血一把啊泪一把，我哭闹着
喊着要回家

我反复考证，那时的家
尧舜禹的天下。云和大雁在天上
燕子和鸡在茅棚下，一群炎黄儿女
叫着爸啊喊着妈

山蓝蓝，飘起云霞
一段光阴很典雅。草创的年代
蜂蝶飞舞的堤坝，原始纯真
两岸尽是春华

水黄黄，太多泥沙
一部历史的佳话。一首清词
婉约成颗颗红豆，大河奔流
唐宋元明清都是相思的描画

原谅我，那时很傻
看秋月河岸的蒹葭。余晖笼罩
一个梦境的华夏，这一路走来
铭记那九曲回肠的挣扎

# 西山思绪

西五环外，帝都的紫气升腾
一抹霞光，刺痛了我的眼睛

蚂蚁的繁忙，凝成山的重影
蟋蟀的恋歌，伴着远寺的钟声

乌鸦飞过，还是最本真的声音
循声北望，大觉寺挺直了腰身

没有了梨白桃红，蚊虫更精神
汗水太欺人，只能走到半山亭

笑与哭，爱与恨，如过眼烟云
最好沉默是金，一生都要修行

月亮慢慢升空，我已无心登顶
一路爬坡，把晴朗的下午喘成了黄昏

# 伯罗奔尼撒

使战争不可避免的真正原因，是雅典势力的日益增长并由此引起斯巴达人的恐惧

——修昔底德《伯罗奔尼撒战争史》

这是希腊，这是在伯罗奔尼撒
阿伽门农的一片海，或者一块岩石
都铭记着永恒的斯巴达

一场 27 年的战争，一幅历史的油画
从公主希波达米亚，到王子吕底亚
修昔底德的故事，传遍埃利斯的比萨

半岛、城堡、战车与木马
走过的人比留下的多，死者与影子对话
每个人不在意的，是树下的小花

月亮躲进云朵里，像一盏乌龙茶
几千年的恩恩怨怨，没有人惊讶
古老的教堂，没有被咒语摧垮

半岛上飘浮着，历史的烟霞
岁月叫不醒的，被贪欲死死绑架
谁是最清醒的，能否站出来说话

雁阵坦然飞过，云霓载不动它
上帝的美意，开启了另一部船闸
城市灯火通明，仿佛不需要表达

一场恶战，无法开启和平的密码
历史大幕展开，人类渐渐开化
牙齿咬破舌头，像烈马一般挣扎

# 马道桥

从陕坝到临河，散落着几座村庄
有平直的大道，更有笔直的白杨
希望的村子里，孕育着城市梦想
少年的自行车，发出清脆的铃响

夏夜的路上，月光穿过树梢探望
村里走出的车队，摇落一路瓜香
马道桥越来越近，城市初露曙光
把瓜换成钱，这是村民们的神往

整个暑假，我体味在香瓜的身旁
马道桥上，往返着多少远大志向
大桥腾空而起，多么神奇的力量
一颗稚嫩的心，在河山之间荡漾

生命中，多少次行走在马道桥上
悠悠渠水，流走了多少美好时光
水中的月亮，与天上的一样明澈
水面的倒影中，我已是两鬓秋霜

# 我在满天星光中找你

当戴哨的鸽子飞入夜幕
满天星光送来你的问候
我的目光在漫游，我知道
又一个春天陪伴在我左右

昨夜我们彻夜未眠，谈起你
春风化雨的 20 个年头，炉火
在我的心里煮着一锅浓汤
多少年过去，依然香浓如旧

思念一天天长大，满天星光
变幻着，岁月绿了又黄
光写在夜里，春风跌跌撞撞
倒在桃花的怀抱，不再迷茫

20 年了，天空变得小心翼翼
前有虎豹豺狼，后有魑魅魍魉
我耻于人云亦云，一路北上
被湿漉漉的风，堵在了空巷

星光有些语无伦次，欲说还休
沦陷的地方，冰雪苍凉
穿过驿站，不去无味张望
风雨飘摇，敲打着夜半惆怅

大漠的风声，夹杂着驼铃
安定门外，停止了等待与守望
泪滴浸湿长路，种下希望
空灵遥远的梦，开始发芽生长

回望的瞬间，迷茫而彷徨
20 年的寻找，关注返乡的夕阳
父子情深，岁月缘浅
颤抖的手指间，有一束不灭的光亮

# 依然在风中

世事就是走马灯。看客心情
绿野仙踪。如果十二年是
一部长篇。每一章节都有惊悚

生命，忘了季节的点缀
误入空门，没有自己的歌声
即使闲暇的时候，也无意仰望天空

目标越来越遥远，延误了回家的里程
路上杀气腾腾，冷漠无情的眼睛
伤害猝不及防，还有落井下石的风景

三年，六年，九年，无奈的严冬
内心写满规划，盘算全部落空
白雪不解春意，红枫难懂人心

# 空　洞

城市，大都是水泥与钢筋的丛林
多少人，都在循着各自路线流动

所有的日子，被所有人们随意享用
黄昏成了空洞，一只鸟飞进了黄昏

大街上走着行人，高楼上闪烁霓虹
我不认识他们，不关心他们的行踪

房子太大是空洞，文章太长是空洞
日子从额头爬过，岁月被零落成空

寂寞的城市，每一个人都在摇滚
落日坐在远方，聆听一场又一场虚空

# 在时光转角处

当青春一天天消逝
当道路一处处迷失
苦难和哀怨从心而起

当理想折断了巨翅
当希望遭受了袭击
寒冷和孤寂由表及里

所有的危险都过来尝试
良心越跑越快
不知该怎样追忆

水越来越深
许多人都在他人后面追随
麻木地拍自己的手
成为良莠不分的秘密

生活中到处充满了泡沫
没有人能找到真实的自己
前方的路已经被他们垄断了
你不知道该往哪里挤

在漫长的夜间不知道何时开端
也不知道在何处换位

孔雀南飞大雁的歌
一切都被搞得支离破碎

所有的目光
集中在时光转换的梦里

# 驻 足

生命的道路上
为了追求幸福
多少人不愿意驻足

为了名利财富
却舍弃了幸福的光顾
功成名就依然长远
回头观望还是孤独

道路穿过大地的耳朵
多少腥风血雨轻轻吹过
多少尔虞我诈裹挟着我们
真诚在酸甜苦辣中蹉跎

信念的高楼已经坠落
利益的大刀肆意挥霍
现实更加严酷
让跳跃的音符切入缄默

用理想的翅膀延伸魂魄
就像在视野中燃烧的火
远去的只有承诺
在时空上变得越发模糊

那匹驰骋的骏马
已经在风霜雪雨中苍老
轻抚季节的无奈
在距离与距离之间
凝成一尊永恒的雕塑

# 内蒙古：七十岁的祝福

四季更迭，我沿着你的岁月走来
猜想你年轻的模样，充满了期待
百余万平方公里的土地，还有那
十二个盟市，是你温存永驻的情怀

小羊咩咩，我是你如梦如幻的童孩
十岁到四十岁，是你花枝招展的年代
五十年大庆，我坐在人山人海的看台
六十年大庆，我把青春献给你的风采

草原，骏马，湖泊，兴安岭
山山水水，孕育着对你的关怀
歌舞，长调，山曲，二人台
载歌载舞，抒发着对你的热爱

马头琴声悠扬，人们跳起了安代
生活在天堂草原，多么自由自在
七十年的祝福，天南地北的喝彩
美丽的内蒙古，我们为你而豪迈

七十年前，你开启春光明媚的希望
七十年，你带给我百花盛开的未来
你是一本宝书，慢慢地为我们翻开
不论我身在何处，要继续与你恋爱

# 河套情

——献给故乡巴彦淖尔

（1）

二黄河的血脉
流不尽先辈的柔情
阴山上鸿雁飞来的时候
在外的游子
牵挂着老家的亲人
哎……哎嗨哟
哎……哎嗨哟
大黄风吹来了故乡的沙尘
吹乱了归程吹不乱我思乡的心

（2）

大烩菜的神韵
演绎了倔强的个性
华莱士遍地飘香的时候
父老的汗水浇灌出金色的收成
哎……哎嗨哟
哎……哎嗨哟
金葵花辉映着绿色的家园
腾飞的梦啊回荡在儿女的心中

# 北京街头

独自徘徊在北京街头
一抹暖阳紧贴在身后
路边是奇装异服的高楼
前方是风驰电掣的路口
在这个繁杂而清冷的街头
脑海里空空荡荡一无所有

一手携着西四的风流，一手
把寒冬的懒散一点一点驱除
不知不觉间，来到了六部口
沿着长街，走向前门楼
广场，俨然就是一扇窗户
多少人自觉自愿接受引渡

大栅栏还是那副窈窕的身板
足以迷了冬夏，醉了春秋
天桥的把式所剩无几
那些招牌，没有谁能解释清楚
八大胡同都已经打烊了
门前走过的都是快递小哥

打磨厂，品茗过胡同的酽香
王府井，丈量过步行街的宽度
红墙黛瓦间的月光很静

天安门敞开的门扉没有典故
故宫张望着曾经的细碎光阴
是谁的一嗓子，惊醒了唐宗宋祖

本想在琉璃厂买几块墨
店主建议我最好使用一得阁
我要的那种，早已没有了货
现如今，谁还会用它研磨
高仿的书画琳琅满目
都是名人字画，可以随便评述

走过南菜园、白纸坊
大观园内传来锣鼓
还有鸟鸣声、犬吠声
久违的乡愁化为一碗醇香美酒
轻轻地抿一口，再抿一口
从怡红院醉到了缀锦楼

玉渊潭水静幽幽
航天桥畔夕阳收
我从闹处来到静处
无意中牵起华融大厦的手
岁月唱着歌儿奔向了远方
给我留下一段撇不开的情愫

想想，我们没有分手的理由
怀念，我沿着昆玉河到处游走
也许，命运的颠沛早已注定
时光有限，阳光成了赌注
晃晃悠悠或许就是所有
摇摇摆摆或许就是幸福

三里河枕着樱花的梦
让木樨地的晚风卸下包袱
乘一瓢月色，写下鹿鸣斋夜话
还有那，流思不断的空谷
那行银杏，把钓鱼台的惆怅点燃
我在月坛自斟自饮着一杯浊酒

东四十条微醉，工体笑而含羞
抖落一路霜花，我把自己写成书
梦想已死，蝴蝶已亡
我裹紧单衣，看那些青山和水流
有时候真有些惊心动魄
我无法发出声音，回音留在心头

内心的雪崩，漫延在安定门外
阴雨随时来，啸啸如虎
暖风中它们很少打盹的时候
狂躁的声音从安贞桥下止步

来的来，去的去
我想起走马灯，循环如故

我凝视着紫台，追寻着青塔
繁华的都市里，有我疲惫的脚步
一个人，当他再求无所求
就不会在意那些繁华的世俗
一首诗，或者一缕阳光的背后
所有人，都无法阻挡历史的洪流

我在北京悠长的梦中，不再期待
期待欲望的拔节，精神的贿赂
我仰慕的那些名字，都在书里
高贵与卑鄙，不再是简单的字符
只有亘古不灭的星星，为我动容
在历史的深处，我们一见如故

# 未睡午觉的黄昏

一个清醒的早晨，把一切搞定
整个上午很苍白，还是看不清
梦已经交给别人，自己很安静
朦朦胧胧，是未睡午觉的黄昏

读书，写字，一直都竭力尽心
对事，对人，没必要事事坚挺
谁是谁的人，谁又是谁的灵魂
流水不腐，此刻让我扪心自问

一只蚊虫飞进车里，狗苟蝇营
橘色的晚霞，叫板老迈的黄昏
无法做到四平八稳，毛毛棱棱
喜忧参半，总有一端失去平衡

未睡午觉的黄昏，跌入骗局中
一切终成笑料，只好服输认命
所有风云，都是蚂蚁们的行径
人性一旦失灵，道德便是虚空

雷声很愚蠢，闪电也很愚蠢
它们相互结合，生成了精灵
一弯残月，钻出冰冷的云层
心中油然，抱着妩媚的黄昏

## 我拿什么给你

我本来和你素不相识，某种缘源
让我和你共度朝夕。我是真诚地
说实话，我真的想和你步调如一

我给你尊严，给你面子，给你
不是贫穷的街道，绝望的落日
而是精神皈依，不须猜的秘密

我记着你的叮嘱，展示我的心迹
除了为你，从未有过第二个目的
在你面前，我从不把它当成交易

时间和逆境无法左右，我的记忆
你的真实与纯洁，不再需要诠释
如此，我们不再寂寞困惑和警惕

# 飞扬的泪珠

云朵飘移，营造一场聚会
电闪雷鸣，万物在此刻沉睡
而我坐在车里，注视着窗外
车窗上，落满飞扬的雨滴

你是我的过客，我是你的秘密
爱是美的伴侣，美是爱的追随
孤独是个魔鬼，让心支离破碎
云是雨的异体，雨是云的泪滴

飞扬的泪珠，带着悲哀的气息
一滴滴划过，一滴滴破碎
什么样的心思，什么样的情绪
我默默地凝视，扑朔迷离

团聚的惊喜，分别的叹息
一颗流星划过，不留任何痕迹
远在天涯，或者近在咫尺
忧郁的花，经不起雨打风吹

明月隐匿，谁来给我安慰
心灵的徜徉，停在漆黑的云际
泪已经飞扬，把悲伤忘记
太阳的笑靥，总是披着一缕晨曦

# 在长春

长春是一首赞美诗，活跃在
每个人的记忆。南湖和北湖
是一对儿恋人，把春天定格在心里

世界在纷争中离散，关东的寒夜
没有主权的话题。皇帝是一尊木偶
不知道为谁操持

谁的春药，丰盈了白山黑水
让日寇为它心仪。不只为那一片
壮阔的森林，或者玉米

无奈是一场病，病到无期
长春只是个插曲，风花一时
岁月兜兜转转，没有返航的日子

在长春，我爱上俊朗的天气
黑土地，总是含情脉脉
长影，记录了一个时代的风云际会

净月潭，用它澄澈的眸子
看清了多少掩饰。包括伪满皇帝
所有的文物上，写满了委屈

岁月的风，让九一八时刻警示
长春的大街上，悬挂着警醒的标语
各种自信，不是供人操控的游戏

长春不只是一个名字，在人们心里
有过傀儡的统治，有过今日的腾飞
一半过于虚假，一半过于真实

# 长白山

携着秋风的衣角，走近天池
听她窃窃私语。这样的夜晚
才像夜晚的样子。二道白河
从流浪中，找回本真的自己

昨日和明日，就是一棵人参
辗转的记忆。长发的过去
白头偕老的今夕。云雾缭绕
的湖面，有激情燃烧的历史

十六座山峰，就是十六个金刚兄弟
古朴厚道的森林，承接着全部雨季
峡谷幽深的版图，畅快淋漓的呼吸
月亮闻声而来，它是一条鱼的妻子

三江之源，三条深刻绵长的印记
带着神圣使命从高处下移。瀑布
提醒我，一声声，都是痛哭流涕
盈盈的天池，是一潭留守的秘密

秋天舒爽来了，夏天已经侧身离去
从北坡到西坡，留下我相同的足迹
告别时刻，沿着环山步道寻寻觅觅
长白山，一只大地母亲挥动的手臂

# 安集海

（1）

太阳一转身，整个世界就变了
天悄悄地黑下来，希望很远
我呆呆地望着安集海的那抹落日

（2）

都说唐僧取经，曾经走过这里
人们责怪悟空，吸干了这里的海水
又有谁，在这里采药济世

（3）

花生与辣椒，丰盈了农家的天地
沧海桑田，总会有烽火传递
金沙湾，弯过一段不平凡的历史

（4）

安集海不是海，却分明有海的真意
穿过千年，在这茫茫的隔壁上
我看见了它那天池一般的眼泪

（5）

远望是深不见底的峡谷，蛙声如鼓
我睡在星辰里，看见一匹马
敲击心率般的马蹄

（6）

在天山的北坡，我目睹了一朵云
变成鸣叫的鸟，那舞动的双翅
把梦改写成一行诗

（7）

一滴泪落在手臂，有了故土的气息
我痴痴寻找，那个熟悉的地址
一种滋味，嵌在思念的缝隙

（8）

放弃最高的山峰，倾听安集海的呼吸
蚂蚁有一位头领，人间有一个大帝
青山遮不住，流水太凄迷

（9）

我什么也没有，只有一支笔
历史让我清闲，时间让我清晰
不去管谁在沉默的高处，谁在热闹的洼地

# 街 景

宫殿渐渐老去，大风攀过红墙
快递小哥一路奔忙。大街小巷
共享单车成了新的风光

城市的老街上，建筑物古色古香
广告牌闪闪发亮。模特儿占据着橱窗
几家老字号还在打烊

部委的高楼里，走出的人几分官样
他们大摇大摆。然后侧目观望
黑色的奥迪车载他一路扬长

佝偻的老妇人，蹒跚于街角的商场
她白发苍苍。一只破旧的拉杆箱
歪斜地随她流浪

拾荒的老汉，草帽无法把风雨遮挡
双手像枯藤一样。捡遍了破烂
却捡不来生活的希望

拐角的咖啡店，几位散客对桌惆怅
自带的汉堡放在桌上。咖啡冒着热气
身边是一叠画满 K 线的纸张

红灯已亮，总有人敢于违章
有人比他还匆忙。轿车有缘相撞
两个人吵得头红脸涨

银行前面，几辆汽车停靠在路旁
队一定排得很长。一个个神情异常
处罚的纸条已经贴在车上

公交车一辆接一辆，乘客鱼贯而上
他们都有自己的去向。每个人
似乎都有自己的远方

# 我真的这样以为

每一段岁月都有它存在的价值，都不应该被辜负。人这一生能做的最愚蠢的事情，就是把全部希望都孤注一掷到未来的某个节点上，而忽略了生活本身应有的乐趣。

大风从西边徐徐刮起
启程时并非坚定不移
一路上多少颠沛流离
常常忘了当初的自己

面对阴山我放纵无忌
面对黄河我赤身裸体
面对陷阱我不知防备
面对前程我无所归依

也曾为了你心醉而神迷
也曾觉得你是人生最美
也曾认定你是今生唯一
也曾为你走过千山万水
我真的这样以为
即使再苦再难我也不后退
那虚幻的目标是我的安慰

多少次为你而悲催
多少次为你流眼泪
多少次呼天又抢地
多少次为你而心碎
我真的这样以为
从此，不再暗夜里追随
是花，总有盛开的机会

这辈子，不能一条路走到黑
无谓的付出，总是令人心碎
梦短忆长，情热心冷
每一个日子都需要仔细品味
我真的这样以为

# 原　乡

是什么东西
在这纷纷细雨的清明
在春季
在这向晚的黄昏

将悲伤带给心
还有温存
或许一切都毫无意义
包括我们忙碌的一生

那些爱着我和我爱的人
变成了曾经
我们只有默念与祈祷
到底谁才是实意真心

点燃的纸钱化为灰烬
然后交给徐徐而来的风
这一刻，心已经熔化在火焰里
就像天空中那闪亮的北斗星

# 婚姻是一本书

当骄阳普照爱的旅途
便开始了一路相伴的陪护

多少人，许下天长地久的承诺
多少人，享受心心相印的幸福

有人说，婚姻是一本书
封面是圣经，内容是流水的账簿

也有人说，人生是一场戏
喜剧在序幕，其余是悲喜的互补

希望嫁给一首诗，得到的是小说一部
不必让所有的浪漫，都集中在开头

是否记住：无论疾病、贫富
都要患难与共，彼此搀扶
婚姻不是诗歌，只能耐心呵护
平凡中的厮守，才是爱的全部

# 秋雨漫漫

秋雨走过的街道，开出伞的花朵
秋雨跌落的湖泊，水波不兴
我们没有带雨伞，雨下个不停
脚下的岁月，早已波澜不惊

我所面对的，是一双疑惑的眼神
心头的伞撑开，心与心难以接近
池塘里的水已经搅浑了，鱼龙混杂
池塘之外，或许会有短暂的爱情

生命中的美丽，几句话难以说清
世界骨瘦如柴，四处纷争
和平被秋雨弄脏了，烘不干净
种种傲慢，充斥在人类心中

道德的头上生了白发，良心的牙齿开始松动
秋雨在慢慢变瘦，我望着窗外无动于衷
闭上眼睛再堵塞耳朵，数自己的心跳
睡去的是窗帘，不知道鸟儿飞过的寂静

脑海里全是往事，秋雨清爽了我的眼睛
爱意飞流直下，这世间还有多少清纯
坐在沙发上独自发呆，房间里似乎孤零零
炎热的夏走进了秋，后面必定是光秃秃的冬

# 塞伦盖蒂

疯长了几十年的挂念，愈加诚挚
接近大峡谷的渴望，越来越清晰
那是一个人，心目中不老的东非

心中弹奏的竖琴，声行万里
食草的角马，对食肉的狮子
我是一只蝴蝶，随它们迁徙

神圣的使命，行动的统一
生命的希冀，准时的雨季
抵达，无疑是一个纪念日

在塞伦盖蒂，本想欣赏黄昏的气息
有一点阳光的味道，或月亮的记忆
还有我们在一起，相伴的所有秘密

我看到了狮子与角马，猎豹与鳄鱼
在爱情中生长着，也有落魄的唏嘘
大迁徙是个短暂的约会，我很珍惜

我站于金色的草原上，听庄严的河水
从不远的地方响起。追逐然后被抛弃
一朵花的信息，我竟猜不透她的意义

灵魂变得石头般坚硬，必须重新学习
我不知道，今夜我能不能与它们私语
没有守护好自己的心，竟然被人偷袭

来人都是疯子，长枪短炮般的威仪
看热闹的心迹，多么粗野而又固执
把我和他们连在一起，我真的后悔

我停止了微笑，我想转身回去
这是它们的节日，人最好缺席
就像我们的理想，诗意地栖息

我看见枯萎的草原上，蜜蜂在飞
盛满了泥浆的河水，已悄无声息
默默落泪，无助的灵魂茕茕孑立

## 马赛马拉

梦离开了本土，走向马赛马拉
一夜之间，心里跑满了狮子和角马
闪光的赤道，脚步跨过天涯
季风刮过，开启一段异国的佳话

东非大裂谷，一个热闹的街市
一年一度的大迁徙，必定忘不了它
梦遥远，路遥远，心很遥远
过河，是一幅惊心动魄的画

夕阳渐渐离去，没留下一句话
似曾相识的牧场，几朵垂死的花
天上的星星不比灯火，看不清它
我四处张望，把裂谷看成了悬崖

面包树像勇敢的哨兵，手捧朝霞
马赛人用野花和头盖骨，筑成篱笆
丛林法则，站在不可一世的裂谷之上
马赛马拉河，看惯了这样的自相残杀

# 梨花雨

目送着，一场盛大的花季
花开花谢，以梨花雨为期
枝枝随风舞，片片落满地
飘飘似白玉，摇摇如凝脂
没有欣喜，没有伤悲
梨花化雨为谁痴

红杏出墙，月季不甘沉寂
花园中，梨树伫立在那里
好似要别离，绝妙有伏笔
落下了花雨，遗落了相思
不再沉吟，不再迟疑
梨花落尽月又西

# 秋雨下了一整天

窗外的世界，是一张朦胧的脸
细雨斜斜，脚下是积水一片
清新的空气，在整个京都蔓延

秋雨下了一整天，草树欢颜
海棠果汗津津的，石榴果荡着秋千
黄昏的八角街，街灯渐行渐远

秋雨下了一整天，思绪成帘
蝉已收声，鸟儿躲在了屋檐
从西城到海淀，一滴滴泪花儿飞溅

一颗颗相思，那是霏霏的隽语
一片片落叶，那是绵绵的思念
青塔的钟声，敲打着一泓湖心的莲

秋雨冷落了夜，秋声隔离了月
物是人非，或者时过境迁
心若宽广了，就能看清秋的底线

# 红　柳

种下它，只是为了一种守候
把思念熬成故事，让眼泪凝成春秋
20 年过去，我已经站成了一株红柳

无形的责任，总是让我牵肠挂肚
无论我怎么修剪，他们习惯了等候
我想告慰你，却没有东西可以拿得出手

脑海里全是旧时光，却迈不开新脚步
无奈枝条漫舞，根却隐藏在沃土
是的，看那树干黝黑直指天幕

它们停留在你的门前，朝朝暮暮
枯叶或是落花，总是那么铭心刻骨
四季流转在梦里，光阴随时光顾

风依然吹着红柳花，河水悠悠
或许可以收纳风雨，不再秋霜夏雾
父亲爱吃的下酒菜呢，初心依旧

老房子犹在，那日夜苦读的少年
毕竟，春种以后还有秋收
毕竟，明白了它一生火红的理由

# 大理的味道

一座山，一片海，一处蝴蝶泉
一个人，一场梦，于山海之间
雾中花，水中月，谁将它看破
天之涯，海之角，总有人挂牵

孤孤单单行走在世俗的边缘
静观那来来去去的热络场面
希望回到那混沌初开的年代
有人说太阳底下没什么新鲜

我感觉建筑是路上的观察学
它也是欲望和智慧的风景线
翻看那些藏在心底的老照片
享受那一种近乎消失的休闲

咀嚼着苦尽甘来的那些雨点
如同自己给自己写下的诗篇
美丽成为远景，雄心已经断电
大理，是一幅囊括洱海的老画卷

# 清 明

心已经老了，许多故事却是那样青春
路已经变了，没有什么可以阻挡归程
一条大河流在血脉里，一代代去传承
那纷纷的细雨，不需要附加任何说明

从观自在的心经，到入天堂的圣经
多少人离开了，日子依然次第翻新
断魂与不忍，渐渐化作一缕缕烟云
杏花村犹在，却不见了指路的牧童

清明是被泪水洗过的，布满怀念的天空
是向灵魂追寻的，一个永远不老的残梦
现在，那些走远的面容一幕幕浮现眼前
一起走过的路，都可以在心里渐渐夷平

# 谁把正义弄丢了

谁把青春赌输了
我在寻找青春的赢者
只要有一线希望，也要把它赎回来

谁把希望搞瞎了
人们都在黑暗中挣扎
只要有一线希望，也要让光明重来

谁把诚信出卖了
在尔虞我诈的博弈中
只要有一线希望，也要把它竖起来

谁把良知踩碎了
在日益冷漠的情感里
只要有一线希望，也要把它拼起来

谁把婚姻破坏了
在朝三暮四的游戏中
只要有一线希望，也要让它喜出望外

谁把真相混淆了
在是非混淆的环境下
只要有一线希望，也要把它弄明白

谁把正义弄丢了
面对虚假与邪恶
哪怕有一线希望，也要把它找回来

# 十年回望

从曙光初照到夕阳落幕
从信誓旦旦再到霜冷心湖
年复一年的期待，日复一日的荒芜
十年啊，一场久久不散的迷雾

就这样春变成夏，夏变成秋
难以想象的煎熬，十个年头
遇到的花谢了又开开了又谢
遭受的风雨已经凝成沙丘

向着安定门外走啊走
从城外的月光走进城里的楼
多少委屈被打包上路
然后装订成厚厚的一本书

十年，仿佛总是原地踏步
十年，有血与泪交织的酸楚
夏是热恋，秋是孤独
故事依然纯美，心地依然纯朴

# 小夜曲

望着阴郁的天空，踏着大地的伤口
游走的长夜，接近了海平面的高度
天籁之音，已经传达到离岸的心湖
一山之隔的父亲啊，今夜你在何处

我看见，你身披月光我行我素
蛙声一遍一遍，穿透我的耳鼓
那时你住在乡下，我住在首府
两个地方之间，我是你的信徒

寂静的夜晚，有你踏着晚风的脚步
喧嚣是人世的垃圾，你是清风两袖
达官贵人顺流而下，你是中流砥柱
月色染遍空旷大地，留下万物起伏

我是冷冷的月吗，无置可否
今夜，远离一场盛大的杀戮
委婉、缠绵，随曼陀林伴奏
相爱相知，只有在这个时候

静默，是星空下最常用的一本书
遥望家乡，今夜我绝不主动开口
我用真心，击打那些闪烁的音符
天使的翅膀下面，是宝石和花朵

谁都需要忍受，尘世的痛苦
给爱和理解，让出一条新路
大钟寺的钟声，从远方而来
我还是我，从天宁寺旁经过

桃花刚刚开过，梨花刚刚开过
我静静倾听，站成了一棵橡树
树欲静，而风却总是摇曳不定
我知道，我已经陷入梦的深处

# 迟来的觉悟

走过冬的冷峻，走进夏的欢喜
一场风，不懂阴晴变化的四季

真正读懂了父亲，有些惺惺相惜
饱经风霜，已到了爷爷的年纪

看得见的乡愁，无法回收的故地
身体里流淌着，贫困交加的记忆

忠诚，是因为背叛的筹码不够大
正派，是因为受到的诱惑不密集

一切烦恼，其实都是自虐游戏
一切问题，最终都是时间问题

所谓成熟，都是在着意隐藏自己
所谓沧桑，都是内心流出的泪滴

生活中，没有人喜欢让你去代替
生命里，每个人都有自己的秘密

切肤之痛，需要时间来慢慢愈合
战争创伤，需要和平去慢慢消弭

人生一辈子，莫要做欲望的奴隶
更多的时候，要学会去欣赏自己

幸福如人饮水，往往冷暖自知
不在别人眼里，而在自己心底

# 望着你消失在人海

望着你，背着书包消失在人海
心里头，还拎着几句话忘了交代
捧着你喝剩的半瓶水，慢慢离开

三个月的共处，无法一笔写出来
如果你听不明白，我该对谁表白
不能守护左右，你是我欠下的债

曾经的一幅图画，让你顶礼膜拜
六年了，这条长路你走了又来
不要怪老爸，没有无蔓而果的未来

你无所谓的样子，让我感觉很失败
对你的一番训斥，我脑海里一片空白
我知道，我的担心是不想让你受伤害

看你沉默不语的样子，我很期待
一场彻夜长谈，陪你走过成长的年代
而今我默默凝望，内心已翻江倒海

# 看着太阳钻出云层

云翳布满了天空，没有一丝风
思绪没有指引，空气很沉闷
守着深深的庭院，共有晨昏
等待，等待一场梨花带雨的相逢

月季花排列成哨兵，各有心声
前世为雪，今生为梨，只为新春
掂量着，那些生命中的所有感动
拽住岁月的船，把春光当作缆绳

一朵花入梦，一滴水成云
梦，从我的手掌里衍化成真
云，在我的头顶上唤雨呼风
远方的田野，等待着光的来临

在已知的过去追问，在未知的未来搜寻
多少次仰天长叹，对着长空海誓山盟
风终于起了，我看着太阳钻出了云层
蔚蓝色的天空下，有一枚美丽的风筝

# 我的心里只剩下一片草原

（1）

岁月的尘埃一层又一层
迁徙的脚步一程又一程
曾经，为了理想
洒了多少汗水，费了多少艰辛

离开了千里之外的阴山
离开了心心念念的乡亲
懂得一条河饱含的泪水
知道一座山指引的晴空

我一直在想
故乡就是让人安心的地方
一抔黄土，一阵清风
比纯真还纯真，比甜蜜还甜蜜
比高尚还高尚，比雅致还雅致

多少年以后
走遍了中国，走遍了世界
最后才发现，在我的心里
只剩下一片草原

（2）

走过喧嚣的岁月
渐渐地，开始厌烦城里的风情
那些冷冰冰的钢筋水泥丛林
显耀着财富与资本的厚重

那些看似宽阔却并不通畅的街道
阻塞着多少痛苦的心灵
那一双双自视清高冷漠无情的眼神
隔离了普罗大众的感情

那一盏盏花花绿绿的灯火
闪烁着虚幻的繁荣
那些好作风好传统渐行渐远
不知道从何谈起，也不知道如何传承

是鱼与水？还是水与火？
是公仆？还是主人？
谁能说得清
高楼就是让人烦心的地方
一些人，一些事
比肮脏还肮脏，比卑鄙还卑鄙
比强盗还强盗，比无耻还无耻
够了，必须

把人民赋予的权力还给人民
把人民应得的利益还给人民

多少年以后
走遍了中国，走遍了世界
最后才发现，在我的心里
只剩下一片草原

# 月上西楼

我把春天丢失了
没有一点花开的消息
走遍整座城市
我四处寻觅
主干道直贯东西
我却找不到想要的暖意
中轴线不偏不倚
我却找不到想要的兄弟

人生就是城市的桥
我在高楼上跋山涉水
即使再苦再累
一弯明月已经从桥上升起
西楼的夜色似乎很温暖
月亮本身无可非议
正义与邪恶各执一端
续写着帝都历史的三侠五义

月儿弯弯笑对苍天
更笑百态人生的滑稽
楼是鼓楼，月是古月
人是今人，苦乐悲喜

朝代渐渐老去
只留下并不全面的历史
一辈辈白了少年头
拍断栏杆，面对明月空唏嘘

# 土地的传承

爷爷很艰辛，把自己的一生
种进了希望的土地。两手空空
他没有成功，也没有收获感动

父亲很忠诚，把自己的一生
交给公家来经营。始终相信
社会主义最好，共产主义最真

我很上进，期盼自己的一生
有不一样的使命。毫无疑问
我离开了土地，已经无处扎根

儿子很聪明，描摹着自己的人生
踏上了异域的土地。他想弄清
月真的很圆？花真的很红？

想当年，爷爷流尽血汗
无法改变命运。命中注定
黄天厚土，红尘滚滚

世事如风，惯看潮流涌动
土地成了圈钱的聚宝盆。高楼入云
多少人买房置地，多少人深陷其中

现如今，几代人的奋斗
改写了清贫。土地的风雅颂
唤醒了灵魂，回荡着歌声

# 走　心

多年来不见你
我知道永别了你
却原来你就住在我心底
让我永远挥之不去

心与心的距离
生与死的距离
永远无法阻隔你的气息
我活在你的影子里
我是否重复着先辈的足迹

饥饿的灵魂
饥饿的勇气
饥饿的良心
饥饿的正义

让一切归于孤寂
让一切随风而去
让心不再麻木
让风留下印记

感动是我们的权利
善良也是我们的权利

# 天空的理想

大雨把夙愿淋湿了，不可想象
雷电是最后通牒，送错了地方
人类太有趣了，借此而停航
我知道，我应该送他们一双翅膀

不要说天之大地之广，我想说
我是天空，我也有自己的理想
我在广寒宫品尝过一坛桂花酒
嫦娥说，天宫的岁月注定寒凉

我决定，投奔人间的华堂
我修桥铺路，连接在鹊桥上
下辈子就在凡间，那又怎样
即使游走江湖，四处流浪

苛政与杂税，灾害与人祸
我问诊人间，把着社会的脉象
解百毒，除四害，斩豺狼
或许可以开具一剂治病的良方

风声，接近太空，接近月亮
思想的芦苇，跌落在河床
顾影自怜，我不需要银行
我就是我，不要工农兵学商

月亮的牙关，撕咬着天堂
星星的蛛丝马迹，送我慈航
那里没有历史，也没有真相
我耸起耳朵，打探故事的痴狂

雄鹰摸清了蓝天的动向
萤火虫甘愿做我的导航
什么玉皇大帝，什么天兵天将
我只知道一些短剧与花腔

一粒沙腾空而起，为我鼓掌
大地的眼里，接纳了我的张扬
时光的耳朵里，都是交响
整个宇宙，都在谈论我的痴狂

那一刻，我分不清城市与村庄
文明与愚昧，都落在了沙粒上
我说，天堂不过是一个小作坊
返璞归真，所有的华丽都是伪装

沧桑的谎言，走进宗教的村庄
上帝哼着神曲，把众生打量
地球并不安宁，是谁赖下的账
高洁，就是没有利益诉求和主张

风清月朗，不必小心不必提防
政通人和，无须示弱无须逞强
四月的桃红，已经坠入情网
我的梦里，排满了错乱的故乡

# 我用所有报答你

落叶飞扬的诗行
是树木对大地的滋养
轻风飘荡的晴空
是白云对蓝天的行藏

长江边的夜晚承载着我的理想
万寿路的黄昏托举着我的太阳
我愿意用我的所有
祝你幸福安康
我愿意用我的所有
颂你万寿无疆

不管风吹雨打
绝不沮丧彷徨
只为那一段承诺
我愿你百年无恙
只为那一句话
我愿山河相让

只为那一个故事
我愿爱你到地老天荒
我用所有报答你
这是我一生不变的主张

# 爱在旅途

人生是一条孤独的小道
有风风雨雨，也有花花草草
烦恼的滋长，阴霾的浮现
一笔一画，都是白描

付出，是行船的双桨
支撑，是奔跑的双脚
世界充满了苦涩
天空下都是鸣叫的鸟

城市与乡村，或者贫穷与富贵
在灰色的天空下无处遁逃
爱是迟到的彩虹
人们在它面前更显渺小

站在人生的十字路口
迎着风雨我们把十指套牢
面对困难不再躲闪
即使再孤寂也毫无牢骚

## 进城的母亲

母亲，本来是个闲不住的人
自从父亲离开她，向天国而去
她很不情愿，从农田会战中撤下来
走进城市，对生命开始有了新的感知

生长高楼的城市，比乡村拥挤
红绿灯只是摆设，却让走路成了问题
担惊受怕的母亲，过街成了一个奇迹
她觉得乡村，似乎更适合自己

在城市，母亲不再为无米下锅而哭泣
衣食无忧，她想起与父亲争吵的日子
整天在院子里散步，看不到什么农具
有时闲得不自在，关注着满院的零碎

暖冬的第一场雪过后，母亲总在回味
偶然也会回到村里，看望曾经的姐妹
那是一段妙不可言的日子，走进村里
家家户户宰猪杀羊，男人们喝得大醉

乡村对她，就像她对鸡鸭那么熟悉
村里的歌，她不经意也会哼上几句
南瓜，白菜，豆荚，还有几声鸟叫
母亲坐在屋檐下，感觉自己无所事事

有一天，母亲意外地有些生气
她佝偻着身子，踟蹰着身躯
一个潜伏的沮丧，从暗处走向自己
城市的小，农村的大，生命的机密

母亲的习惯，开始日益靠近城市
一圈又一圈的晨练，唤醒自己
定时吃药，有了一套固定的模式
在电视机前歪着头，打着瞌睡……

## 爱与恨

昨夜好大的风
我站在那里，你无动于衷
你似乎好开心
我在零丁洋里叹零丁

理想的梦已空
夕阳西下看落红
城市愈加冰冷
整个街道没有路灯

拥堵的道路拥堵了爱
不平的争执纠结着恨
岁月哭了又笑
时光破碎了又趋完整

千年的委曲遗落风尘
没有几个人完全读懂
黑夜漫长的让人痛
朋友四散怎么也聚不拢

不如意，不称心
注定过路人皆陌生
信誓旦旦不一定都是真
顶礼膜拜不一定都虔诚

# 安贞桥，一条环线的记忆

北京的环线，像水面上的层层波纹
也像贵妇人，颈上环环缠绕的项链
环环紧扣，分不清城市与乡村
环环蔓延，连接着大庙与宫殿

沿着环线，由近而远
穿过环线，渐次向前
百十年人生，从头说起
几千年往事，犹在耳边

一条环线穿过了安贞桥
从没想过会跟这个地方打交道
从西城辗转到了东城
也没想过安定门外的十年煎熬

黑夜总是比想象来得早
阳光却傻傻的不知晓
与文字缠绵了一辈子
在别人的盘算中应声而倒

生活并不总是航天的桥
像虫子一样寄居在别人的怀抱
多少个夜晚与星星一起祈祷
没有谁让我感觉可以依靠

玉渊潭这片开阔的水面
我不知道走过多少遍
三里河水流过家门前
也流走了我多少年的心愿

披着羊皮的狼我没见过
披着人皮的狼随处可见
敌不过它们只有退让
让步换来的是更加的猖獗

黑夜比我想象的更黑
西三环很快就成了过去
每一天都在期盼中度过
从来没有过这样的小心翼翼

台上与台下，人前与人后
发出了不一样的声音
我无法准确做出判断
像网中的鱼，无路可寻

总是在幸福的时候感到悲伤
来不及兴奋便又开始奔忙
一门心事地做着自己的事
不懂得经营也不善于大肆张扬

我的内心是一块易碎的玻璃
不知不觉间总是受伤
不要说没有一点机会
总是把自己该得的拱手相让

环境不同了，行事像往常
知白守黑，不会说谎
萤火虫一眨一眨闪耀着光
该来的就来，该往的就往

日子像一群幸福的麻雀
穿梭于来来往往的广场
很多时候，我会收起目光
低着头，高扬着自己的理想

望着那些蹦蹦跳跳的岁月
再多的钱也填不饱贪婪
自私和卑鄙是孪生子
在深深的罪孽里推波助澜

安贞桥的黎明被阴云遮满
我沉默在别人的凶险中间
望着环贸中心那棵大树
我的善良是一种忠心赤胆

我在环线上奔跑，像一片落叶
安贞桥就是归宿，我不辞而别
雾了，雨了，雪了，冻了
像蚂蚁一样忙忙碌碌地咀嚼
我知道，星星还在与黑夜缠绵

# 燕山采风

燕云十六州，宛若点缀一朵朵奇葩
一条条环线，就像美人遗落的长发
飘过了居庸关，飘落在雍和古刹

故事发生在年轻又古老的京华
一册归于史记，一册归于词话
小心翼翼地行走，看见遍地落花

前世，我在周口店与猿人对话
是人太执着，还是猿太潇洒
千万年以来，没有人能够回答

后来，我在燕山牧马
一曲慷慨悲歌，百年殊死挣扎
燕赵大地，飘荡着不老的蒹葭

如今，我行走在皇城根下
看透了荣华富贵，看不透老树昏鸦
任雨随便下，任风随便刮

# 给我一个理由

风停了，雨歇了
我大步离去
在杂沓的脚步声里
踩着所有不快的秘密
不伪装，也不虚情假意
我已经完全放弃
最好给我一个理由
让我能不恨你

狂欢过后，亲热散去
不知道所有这些有什么意义
言辞的热辣，甜蜜的话语
像三伏天一样充满暖意
是谁让整座城市狂躁起来
是谁让我生发绵绵情意
最好给我一个理由
让我能不爱你

走过无人的大街
跨过山野的小溪
我嘲笑着成年的嘲笑
我伤悲着千古的伤悲
多少人趋之若鹜
多少人匆忙躲避

最好给我一个理由
让我不能把你忘记

事情很复杂，过程不清晰
最远的距离是心与心的距离
成与败都在风里
爱与恨都在心里
一辈子走到底
总有终点在等你
最好给我一个理由
让我不能把你遗弃

## 春江花月夜

早春的风
暖透了一泓江水

明月高悬
远处灯火闪烁

悠长的曲调
撩拨着谁家的渔火

唱晚的渔歌
穿行在五千年的长河

粼粼的波光
折射内心的涛声

跨越沧桑岁月
留下千古的怅惘

# 岁月的脚步

（1）

时光藏在岁月深处
岁月迈开历史的脚步
在通衢的大道
在崎岖的小路
在磨损的石阶
在斑驳的老树
在发黄的相册
在残缺的古书
在故乡的小河边
寻找儿时的纯真和童趣
在校园的小径上
寻觅青春的躁动与失误
在饱经沧桑的容颜里
找寻成长的困顿和投入
在大漠边关
寻找金戈铁马的爱恨情仇
在六朝古都的深宫中
寻找千古难解的浓情蜜雾

（2）

一程山，一程水
岁月匆匆走过

一路的风景描摹
满手的老茧一层层垫厚
一圈一圈的纹路
都是血与泪凝成的结果
一半清醒，一半沉醉
不管在哪里，也不管是在何处
有时不容我们多想
有时让我们别无选择
时光中的流沙
红尘中的过客
所有的热闹终归平静
所有的繁华终将落幕

（3）

岁月与我们同行
我们与岁月擦肩而走
怀念过往的岁月
不惜登上高楼
纵然磨破了双脚，呆滞了目光
还是要默默为自己祝福
茫茫的人海当中
从少年走向老年
沙沙的落叶声中
从播种走向秋收
在潺潺的流水当中

时光无情地带走了岁月
在烟波浩渺的风里
岁月消逝得毫无半点理由
严冬尽了，冰雪消了
大地暖了，新绿挂满苍虬
我们的岁月
围着四季匆匆挥手

（4）

或许有一天
那些陈年往事还会梦中相逢
睁开眼，梦已成空
岁月坐在时光的船上
风采依旧，自然从容
我们走在岁月的路上
留下抹不去的曾经
说什么永恒
说什么宿命
从终点又回到起点
只有一串串脚印
揉一把薄雾，酿一杯沧桑
弹一曲阑珊夜色的钢琴

（5）

岁月的脚步轻盈

日月在星际间交替转动
岁月的脚步沉重
走不出陆地和大海的时空
把一寸寸光阴装满抱负
抬头低眉间浮动暗香
从单纯走向成熟
谱写一篇雄浑的乐章
在岁月的薄暮下悄悄赶路
当春意还在前方酝酿
不管操作了多少无知
也不管张扬了多少荒唐
每一次都是勇往直前的探路
每一步都是义无反顾的开荒

（6）

每个人都有自己的路子
路子是日子的影子
日子是路子的框子
日子走了又来
路子走过风景不再
蜿蜒曲折的车辙
茫然前行的记忆
夜幕的星星闪烁
延伸无限的孤寂
长山辽远的守望

打乱抗争的喘息
赶牛的父亲
织布的母亲
向田野投入无限的希冀
这一片是高粱
那一块是玉米
把全部幸福堆放在这里

（7）

阳光把麻木的神经激活
黑夜让多彩的梦想出现
时光是独具匠心的画面
岁月是精心打造的图案
资本把人群划分成富人与穷人
贪婪把梦想描成不同的片段
望子成龙，望女成凤
围绕金钱天天转战
一片片森林已经变成没有驼铃的荒漠
一座座城市已经成为高楼林立的绝岸
人们站在雾霾里
找不到呼吸的空间
欲望是张着大口的陷阱
所有的道德良心哑口无言
我终于成为沉默的父亲
只能绝望地看着苍天

（8）

公理从秘密的通道探出头来
偷偷地撬动岁月
南飞的大雁
北归的紫燕
在天地相接的地方
酝酿着一场新的变幻
苍茫无际处
不见风帆
脚下草丛间
传来民间的脉脉幽怨
高粱们在风中匍匐着抵抗
棵棵良心的火炬已经点燃
向昨天挥挥手
昭示千年的告别

# 入口与出口

每个人都有一条路
每条路都有各自的入口和出口
有花团锦簇的时候
也有荆棘密布的时候
有顺风顺水的时候
也有坎坎坷坷的时候

一旦走进入口
便踏上了人生之路
向前看红尘滚滚
于是便忙忙碌碌
天下熙熙皆为利来
天下攘攘皆为利走

为了理想不懈奋斗
只好把青春作为人生的首付
或许举步维艰寸步难行
或许一往无前义无反顾
或者变身官宦名利双收
或者满身污垢全不在乎

遥遥路途
热血铸就
走了一辈子啊

没有人为你而关注
或者成为斗士
或者成为阿 Q
或者直面人生
或者只是玩偶

一条路可以分出两个世界
一念之差可以导致两种结果
一直到穷途末路
往事不堪回首
人生总有最后
注定还有出口

进退留转是出口
下海冲浪也是出口
此时，有人已经名垂青史
此刻，有人或许声名不留
抬起头直视苍天
问大地浑身发抖

即使蜡炬成灰
还要保存自己的温度
生命归于沉寂
太阳必定有升起的时候
秋虫的哀鸣

树叶的低语
心碎的忧伤
最终将跌落尘土
抛开最沉痛的悲伤
铭记最真情的祝福

# 远　行

人生，本是一次远行
从出生的那天起，就展开旅程
日复一日，年复一年
不变的是对目标的执着与憧憬

金钱的上浮，人心的下沉
难以动摇理想、良知和使命
或关注现实，或考问灵魂
擦肩而过的，是历史的天空

走过一座座山，迈过一道道坎儿
前方，或许还是一座险峰
在春夏里耕耘，在旷野里驰骋
只要目标还在，生命力依然旺盛

# 白家大院的灯笼

一缕风，走进了亲王的园林
一杯酒，沉醉了你我的相逢
苏州街，不知道曾经的繁盛
丹棱道，忘记把万泉河唤醒

红红的，白家大院的灯笼
大青山，依然是熟悉的面容
土默川，送我们一路东行
离开了麻花板，白塔站成一棵古松
那些当年的书声，珍藏着
一份朦胧，一幅春景

大都市，冷落了白家大院的红灯笼
我在凝思中，生长出一缕感动
曾经熟悉的，已经找不见踪影
如今陌生的，或许是熟悉的曾经
灯笼转动，如般若一般空灵
是一朵莲花，还是一本圣经

岁月不仅研磨自信，还有生命
白家大院，说不清它的前世今生
源远流长，谁能为它作证
灯笼的阴影，是谁的一袭惊鸿
饭菜吃不出韵味，血管里全是酒精

谁说的，大红灯笼宛若哲人的眼睛
它说它能读懂，我此刻驿动的心情
亭台楼阁，总是一副满不在乎的样子
只有一泓湖水，摇晃着千年的感动

# 等　待

谁在冬日静止的河旁等待
虽然无奈，却看见阳光的刀
肆意挥洒，冰雪融化
一泓清水唱起歌来

拉开窗帘，天空雾霾徘徊
晴天的期待，藏在心里
隐忍汇集，多少日月星辰
溅落了五湖四海

细数着旧梦，仿佛千里之外
河越来越瘦了，天越来越矮
所有的渴望，在大风中扎寨
在一弯残月下寻求风采

冷风吹过，梦想方兴未艾
渐绿的枯枝上，芳华可待
思想的荒原，何时百卉盛开
古老的情歌，向谁对白

月亮的传说太美，没有更改
目光从天空掠过，谁在铺排
风吹日落，远方被黄昏阻塞
任其自然，都是最好的存在

# 母　亲

出生在民国的母亲
过惯了苦日子
比苦日子还苦的
是没有文化的履历
她用一辈子的省吃俭用
来为儿女操心费力
直到五十岁以前
没有离开过故乡的山水

曾经为一块布叹息
为一碗米流泪
更为那难熬的五黄六月
夜不成寐
无数次
她捧着一颗心对天呼吁
苍天无语
生活并没有给她太多宽慰

没有鲜花没有掌声
是她紧巴巴的一辈子
贫穷是一场凶险
破坏了她的纯真美丽
年好过日子难过
成了母亲常讲常新的说辞

每天的第一缕阳光
让她的内心稍有慰藉

尘世的希望
总是被漫长的暗夜拉黑
母亲静静地倾听
搜寻那些关于温饱的秘密
她的丝丝呼吸
在灵魂的深处战栗
岁月到底有多长
像她那本残缺不全的日历

母亲的眼中
有拔节生长的期许
母亲的胸中
有汹涌而来的爱意
在无米之炊的重压下
它们统统销声匿迹
只留下母亲
那声泪俱下的唏嘘

父亲手持铜壶
烫暖一河热泪
母亲的唠唠叨叨
被灶火熏成奇迹

揭不开锅
是经常翻新的故事
儿女的一张张嘴
是嗷嗷待哺的讯息

母亲一会儿牵着牲口
一会儿扶着铁犁
经常拖儿带女
手捧着昏暗油灯下的那碗小米
饥寒交迫
挡不住西天的落日
青黄不接
从不放过乡穷壤僻

一道道车辙
连接着血汗凝结的泪水
一声声呼唤
穿过了没有炊烟的记忆
母亲啊母亲
你是我们生存下去的希冀
你带领我们
一路上披荆斩棘

母亲的背弯了
那是为了我们脊梁的挺直

母亲的发白了
那是为了衬托我们的刚毅
母亲的话语简单
时刻回旋在我的心际
五月的暖风
为母亲催开了满园的奇花异卉

# 白　发

光阴浸染了我的鬓角
岁月梳理着我的发梢
一丝丝银白尽显苍老
我顶着他们一路飘摇

漫天黄叶纷纷蓑草
红红的果实一次次被树枝套牢
我像果子一样忠诚坚守
接受着霜雪严寒的熏陶

理发师看着扎眼，亲人们看着心焦
一次次长出来，一次次被剪掉
有时如一只狮子，有时像一头大象
在无人理解的荒野中，肆意咆哮

与黑发在一起，共同迎接剃刀
黑发知我心，会把我紧紧拥抱
年岁大了才知道，知音最好
那种感觉，像咀嚼着一颗蜜枣

主人的心意我知道
她不喜欢我的风华正茂
我的日子有些寒酸
她总是把黑发夸得那么好

尽管与黑发同处于一个世界
我却比黑发经受了更多的操劳
尽管我与黑发拥有同样的根系
只有我一次次忍受着命运的煎熬

死也要死在枝头，烂也要烂在树上
风吹我不离弃，雨打我不动摇
春风观望我的动机，秋雨妒忌我的风骚
眉毛不懂我的信念，秃顶难解我的孤高

# 晚　霞

是谁羞红的脸
是谁的婚纱遗落在西天
问过夕阳，问过杜鹃
遥村、红树、傍河悬

高楼是一艘出征的战舰
硕大的旗帜在大风中漫卷
太阳把祈祷留给大地
扯一片晚霞作为忘却的纪念

念与不念，见或不见
都被遗弃在天地之间
梦有时就是个句点
标记着一生一世的那句诺言

得胜而归的有沉鱼落雁
落魄潦倒的与富贵无缘
一场大雨熬制的染料
白与黑的世界没有界线

# 洞　察

这些年来
走过了许多大街小巷
热闹的早已静寂
安静的开始疯狂
生命看上去孤单脆弱
总会有许多讶异与恐慌

更多的不是语言交流上的阻隔
而是一种丛林中走过的坚强
我对命运的误解根深蒂固
面对痛苦我不知如何书写理想
走过的路有如奔跑的云朵
总想着人心应当善良

人生像一出没有编排好的戏剧
看起来总是杂乱无章

# 嘴脸

猴子老了
望着日出日落
不觉悲从中来
曾经的权威不再
也没有老友重来
门可罗雀

这是猴子的悲哀
只有那些绿头苍蝇
还在围着它，驱离不开
昏黄的目光里
都是曾经的横蛮和专断
不觉好笑，猴子还是猴子
今天与昨天却是两重天外

曾经的不可一世
变成了某种特定的安排
猴子就这样老了
只是生活还要日复一日地存在
青春沿着拔节的长势
走过了一代又一代

日子似乎依然流光溢彩
孤寂的河岸上长满绿色的青苔
落井下石或者背后黑枪
曾经的拥戴变成今日的陷害
口蜜腹剑或者笑里藏刀
认贼作父或者卑躬屈膝
逐渐膨胀的欲望
让狼群一步步逼来

阴险、冷酷、残忍、毒辣
各种手法轮番采摘
谄媚的后面
隐藏着迫害者的姿态
图财害命说成身不由己
忘恩负义说成应变随机
猴子老了
望着日出日落
不觉悲从中来

# 雨　夜

天是善于改变的岁月
晴了就晒，阴了就雨
雨淅淅沥沥，把心淋湿
轻柔的曲调，俨如昆曲

听雨的时候，心在读诗
所有的音韵，化作池塘的涟漪
初心就是原点，从绝处奋起
水中的灯影，是谁遗忘的宝石

大幕落下，一切才刚刚开始
夜晚，终于被一场失眠放弃
说海枯石烂的，才相爱了一整夜
说有怨有悔的，却相守了一辈子

杨柳依依，黄昏倚在天西
雨依然唱着歌，出发已来不及
世界正发着高烧，没有合适的药
不要怪我听不懂，也不必责怪我的无知

# 一粒沙

宇宙之大
我只是一粒沙

无足轻重也微不足道
任风吹任雨洒

一粒沙的天空阔大
无异于一棵树一朵花

沙海淘金
我在苦苦挣扎

大浪淘沙
我会浪迹天涯

常常不被看重
却可以成为砖瓦

砖瓦中的一粒粒沙
高楼大厦离不开它

我是一粒沙
经常任人践踏

我是一粒沙
沙漠就是我的家

跟着狂风奔跑
沙尘暴是我的异化

跟着绿草结伴
化作春泥更护花

# 所有坎坷都是路

风太大，雨太寒
没能把这条路走完

当夜风呼啸而过
才知道自己反应太慢

只有热情是不够的
只有努力是不够的
只有本领是不够的
最难熬的日子就是喜忧参半

成长的路比成仙的路难
抱定的理想不可相传
所有的事情都难办
所有的人脉都切断
所有的呼唤都困难
不知道世界何时才会有圆满

所有的坎坷都是路
所有的梦境都迷幻
所有的风波都消散
只好登上长城望燕山
时间一片混乱
唯有这里没有谎言

## 狂放的心

我已经睡了
已经不在乎名分
你何时闯进我的梦里
一步一步把我叫醒
没有刻意去追寻
就这样人云亦云
把文章做成了赝品
又有几人真正能懂
即使是十二分的虔诚
依然无法靠近
走过雨走过风
或许一路都在看风景
退的退升的升
各有各的路径
我只是不闻不问
也没有人来问津
携手红尘
一起看雨滴檐下的情韵

# 打开的日记

一本日记
站在飘雨的书架
那一滴滴雨水
分明都是泪花

打开的日记
记载着一段故事
有养育的情，有生死的爱
还有每一次悲欢离合的对话

往事历历都在这里
从朝霞看到晚霞
从最初的等我长大
到后来的世界应接不暇

一回比一回遥远
一次比一次更傻
原来感恩的岁月里
不需要制订完美的计划

打开的日记
每一行都让心发抖
发黄的页码
每个字都催人泪下

# 我的全部

那时的我别无所求
做人做事用尽浑身解数
一辆破旧的红旗自行车
常常碾过海拉尔西路
知识填不满我空缺的头颅

脚踏实地我专心刻苦
不想证明什么
只想心甘情愿地付出

爬过一座座高山
走过坎坷的道路
我已经献出我的全部

我已经一无所有
没有人再牵系我的手
让我亡顾左右

世界从来没有如此丑恶
是非已经看不清楚
我只有保持沉默

# 窈窕淑女

多少次倾慕窈窕淑女
多少次心怀滚烫的心事
坐穿冬夜寻寻觅觅
冷冷清清守着天黑

蝴蝶飞在天边
蜜蜂萦绕花际
一次次世俗的折磨
从冷漠开始到无情的告别
直等到淑女已老
从满目繁华到飘飘落叶

盯着激情的碧浪
双手攥紧了相思
心中暗藏的火焰
赶赴一场春的聚会
曾经的君子分崩离析
曾经的淑女不再美丽
一切都已经遥远
就像昨日的梦呓

# 《诗经》

曾经的诗歌
如日月经天似江河行地
当它们被尊崇为“经”的时候
吟诵就成为教化的秘密

或者颂美讽谏
或者献诗陈志
透过 305 篇隽永的文字
看到了它的古老、神秘与深邃

是青石板上的涓涓细流
也是江河中的朵朵涟漪
是纤纤素手中的缕缕琴音
没有太多华丽辞藻的点缀

就像走进了竹林深处
看到霞光点点金祥玉醉
昔我往矣杨柳依依
今我来思雨雪霏霏

行道迟迟载渴载饥
我心伤悲莫知我哀
所有的景色里都有赤诚的血
所有的泪光都可以痛彻心扉

风雅颂都是亢世高古的曲调
赋比兴都是真情实感的交集

如今，《诗经》只是一本书
就算所有的诗词歌赋都被闲置

就算道德只剩一扇虚掩的门
就算浮躁的心找不到皈依
就算金钱地位摧毁了身边的一切
就算追名逐利附庸风雅成了唯一

就算真品性真情感缕遭挫折
也不愿从没有诗意的世界中逃离
唯愿捧一本《诗经》
在一片喧嚣中看草长莺飞

## 就让往事随风

多少年过去了
一些人一些事依然萦绕在怀
人生在世宛若尘埃
落在过去，飘向未来
曾经沧海万般感慨
有时孤单比群聚可爱

心若春华，梦若叆叇
念念不忘的一切
都可以抛却脑海
就让往事随风
开始进入社会的新常态

爱恨情仇无所不在
喜怒哀乐只是一碟小菜
回首过去，招手未来
每念及此便日出云开
曾经沧海万般感慨

有时孤寂是热闹的彩排
让爱疯长，让梦重来
念念不忘的一切
都可以抛却心海
就让往事随风
开始进入社会的新常态

# 灯　塔

在黑暗中大放光彩
在混沌里剥开云翳
长夜中期盼许久
高高地释放着某种寓意

可我不是夜行船
每天都在困顿中整理思维
扬帆是寻找的手段
远行是探路的目的

在迷途的时候
或者在浪里惊魂的瞬息
也曾风调雨顺
也曾有风声鹤唳

浪涛里我们平安走过
却不知道其中的秘密
孤独陪着我守望
那道光可以皈依
披星戴月夜夜追随

即使一无所获
也不能半途而废
知道没有依靠

只是坐标发生了偏离
就算没有支持
理想也不会消逝

# 如果时光可以倒流

如果时光可以倒流
你还会在原处
捧一掬山泉
邀一群孤独
还会静静听我的倾诉
然后用笑容和眼神
为我留下你的关注

如果时光可以倒流
我还会嗜好读书
捧一本本经卷
查找那段掌故
然后再一字一句给你复述

如果时光可以倒流
我们还会像那样追求
就那样并排坐着
你一句我一句
用不着四目相视
用眼神就可以尽情交流

如果时光可以倒流
你还会走那条路
左边是云飘

右边是雨露
一切都不重要
只有忘情的自由

如果时光可以倒流
没有伤心的脚步
不用怀疑
也不用嫉妒
在忘却的河流中
我们一起回到小时候

如果时光可以倒流
不需要任何理由
真心对真心
一路手牵手
不求结果不求回报
只求内心的富有

累了，就去看清风白云
苦了，就让那泪水奔流
伤了，就听着歌一起回味
笑了，就把欢乐融进山谷
让愿望之手扳开欲望
让真诚厚德扪在胸口

# 白云苍狗

曾经的理想飘在脑后
曾经的愿望留在心头
曾经的美好潺潺流走
曾经的苦痛依然刻骨

天时人事
白云苍狗
面对这一切
我已经缄默

一片炽热
哪怕换不回一颗红豆
只因我的寂寞太久
我的回忆犹如困兽

或许放开了拳头
反而更自由
我的诗歌
已经写了数千首

谁在与我十指紧扣
没有序曲，也没有前奏
我只有哭着笑着，在门外等候
原来的路，只是一个长镜头

人间却很难看透
说什么天长地久
歌唱到最后
到底最好的是哪一首

# 曾经的誓言

曾经的誓言
存放在天色破晓之前
爬上山巅
一边回味一边泣涕涟涟
星辰已经疲倦
我却向它们祈求永远

当晨曦赶走黑夜
我还没有找到起点
曾经的誓言可否改变
前方的道路可否重选
我听见豺狼的嚎叫
也想到酣睡的鸡犬

我知道心不会颤抖
再大的风雨也要向前
威逼与利诱，巧语与花言
忧伤和寂寞，愤怒与呐喊
还是那句誓言
还是那样一往无前

# 繁华过后

花已经开败了
酒醉人散了
舞台上空空荡荡
一切归于平凡
歌舞的余音还能想起
聚会的烟云袅袅飘散
那些海誓山盟
宛如一阵风
那些豪言壮语
飘入旧梦中

繁华过后
只有孤苦的熬煎
一身憔悴到黄昏
回头看雕梁画栋
只有燕子声声
或许意犹未尽，或许残梦未醒
不必叹长路漫漫起伏不平
不必说人海漂泊冷漠人情
历朝历代，你方唱罢我登场
今生今世，花开花落几相同

# 遥远的加拉帕戈斯

在苍茫的大海上，有一个加拉帕戈斯
有飞行的鸟，也有爬行的各种虫豸
当“魔鬼的圣经”代替了“基督的圣经”
“神学的婢女”，终于被科学而代替

从进化论到适者生存，从遗传到变异
从贝格尔号旅行，到物种起源的创立
是自然的法则，还是上帝的意志
是谁的主宰，又是谁的秘密

根深蒂固的观念，无法根究的哲理
固守是一种方式，进化也是一种方式
丢了最美的季节，遇见了迟到的影子
世俗是一场游戏，深宫也是一场游戏

文明的源头，据说是一段漆黑
今夜的你，是一杯苦茶酿成的奇迹
乌鸦的怒号，被撕开一道口子
灯的愿望，是一幕晨昏颠倒的记忆

生命的旋律，遇见大自然的智慧
一滴水中的太阳，宇宙与我的意义
如果我不是我，那我到底又是谁
我捧着一堆疑惑，走进加拉帕戈斯

# 回到你怀抱

走过太远的路
见过太多的人
想来想去逐个比较
还是你最温馨

长江隔不断
黄河已澄清
每当想到你啊
我就情不自禁
每当想到你啊
我仿佛变成一只蜻蜓

地上的野花
天上的云彩
都是我的最爱
都让我愉悦开怀
回到你的怀抱
我的能量便可以激发出来

# 天的距离

你与我之间没有距离
就像透明的玻璃
我的喜怒哀乐
你的冷暖寒饥
在一起风生水起
在一起生生不息

渐渐地不知为什么
我们之间有了间隙
我问天问地问自己
盼春风盼温暖盼望你的讯息
没有春风没有夏雨
没有电话没有信息
所有的困惑与苦痛
无法缓释

多想默默地听你倾诉
却只能自言自语
不希望能感天动地
只希望有一个真心的你
我思忖我回忆
我总是考问我自己
为什么我们之间的距离
变成了天的距离

# 迷　路

在夏天的午后
我迷失在路口
天上的银河闪烁
我已经没有退路

就这样一直往前走
我听见有人念魔咒
恍惚中猛然醒过来
才发觉不能再回头

想过等过期待过
三年春风九年秋
我依然在那里守候
或许有一个坚持的理由

我遇见的人，走了又来了
我等待的事，沉睡在燕山后
我感觉已经跌落深涧里
我抓住崖壁的藤草无法呼救

不用排队，也不必强求
我慢慢沉淀下来，不在等候
路标还在，其实未来并未走远
揭开的谜底让我欲哭还休

# 乌兰布和

每一粒沙
都是前世的乡愁

每一阵风
都是今生的顿悟

啊，乌兰布和
一匹金色的绸缎
把我的思念牢牢裹住

孤独的心
与黄沙伤心刻骨
晚来的风
迷失了归去的路

天上有一双眼
看遍这人间无数
沙漠中的一棵红柳
把千年万年的秘密固守

# 聚散情缘

有人说情义无价
有人说情薄如纸
曾经的那些山盟海誓
是否经得起雨打风吹

心与心的碰撞
手与手的握起
一句话一件事
可以看出天与地

不经世事的我
赤子之心的你
偶然的一段的情缘
可否经受契阔生死

# 行千里

夜幕悄悄笼罩了人世
只有天籁的讯息

风总是追随着我们
天空冷酷到底

我们的脚步
踏破山踏破水

尽管一路向前
我们还是被山水包围

千里行啊行千里
名锁利缰裹挟着你

行千里啊千里行
人生的答案没有唯一

# 安　慰

这一杯我自斟自饮
任性便是沉醉
这是我对自己的安慰
没有什么错对

左边是悬崖
右边是火海
我就这样小心翼翼
我就这样远走高飞

前方的路上有陷阱也有地雷
山依旧，水迢迢，夜已黑
我已经无可奈何
我不能就此放弃

我的心懂得我的路
我的路留下我的汗水
此生或许并不完美
此生有时也辨不清真伪

# 无法挽回

人世间的苦与累
只是在一时
人世间的乐与福
感觉第一位
苦辣酸甜过后
一切若风吹

不如放下心中的负累
否则一切将无法挽回
不要让内心受罪
不要总是追悔
不如意事常八九
只有一二顺遂

与其在苦闷中计较
如意将无法挽回
不要总是自责流泪
也不要总是独自伤悲
爱就大胆去爱
别再让爱独自沉睡

# 输　赢

人世间没有绝对的输赢
不信，你就看那些王侯将相
或者那些才子佳人
你到哪里去寻找他们的踪影

因为权力地位名利引起纷争
到处便有刀光剑影
人与人之间
就为了那点权利美色愤愤不平

千百年来只是换了花样
明争暗斗从来没有停
花谢花开，潮起潮落
不愿输，只想赢

和平成了古今中外一场梦
一梦醒来还是战争
硝烟过后，
死了谁，留下谁
死去的未必输
留下的未必赢

# 所有的日子都无关阴晴

北方高温，天如此冲动
我饱含泪水，一往情深
母亲牙痛，诊所已经打烊
牵着母亲的手，走走停停

我的故事，让母亲有了爽朗的笑声
母亲的故事，让我的日记落笔成文
夜总是很沉默，知道明天的日程
我在帮母亲收拾行李，如数家珍

夜已深，月亮悬在半空
好像在对我述说，又好像无动于衷
猫走来走去，似懂非懂
我是无助的迷失者，只能苦苦寻问

所有的日子，其实无关阴晴
引领或者跟踪，任其传动
凝思是一种力量，石破天惊
忘了自己，曾经是自由的风

# 岁　月

白与黑交替，构成你的全部
分与秒连接，组成你的长度
有你的出现，才有了年轮
有你的存在，才有了人伦

你是光明的使者，你是黑暗的见证
你让太阳更执着，你让月亮更痴情
你把人生变成游戏，驱使四季交替
你让我心心念念，醉心于春夏秋冬

每一个日子，都是来来往往
每一次心动，都是爽爽朗朗
即使在孤灯下，看着一朵花
悠远的梦啊，一天天在长大

因了你的陪伴，植物根深叶茂
因了你的滋养，人生几度沧桑
拍摄你的日出，观看你的日落
却说不清你，到底是何等模样

等待，在你的怀抱下等待
畅想，在你的指点下畅想
你总是你，总是周而复始
凝望与缱绻，给我生命的怀想

# 无关当代

## ——读小说而想到的

南派三叔的《盗墓笔记》
遇见未知的自己，正在都市修行[①]
酒桌上都是阴谋高手[②]
活着[③]，便走入了围城[④]

看着那些人，我想起了狼图腾[⑤]
李微漪的那本《重返狼群》
不谈北京大妞的贫嘴爱情[⑥]
也不谈《红领：玻璃城》[⑦]

传世其人[⑧]，一句顶一万句[⑨]
谁对我撒谎[⑩]，就让他无处安魂[⑪]
孔二狗写了一本《赌球记》
我不是潘金莲[⑫]，只是通俗爱情[⑬]

---

①《遇见未知的自己：都市身心灵修行课》，作者：张德芬。
②《阴谋高手》，作者：黄晓阳。
③《活着》，作者：余华。
④《围城》，作者：钱锺书。
⑤《狼图腾》，作者：姜戎。
⑥《北京大妞的贫嘴爱情》，作者：文怡。
⑦《红领：玻璃城》，作者：叶萱。
⑧《传世其人》，作者：冯骥才。
⑨《一句顶一万句》，作者：刘震云。
⑩《请对我撒谎》，作者：连谏。
⑪《安魂》：作者：周大新。
⑫《我不是潘金莲》，作者：刘震云。
⑬《通俗爱情》，作者：叶扬。

# 一场游戏的人生

不论是黄皮肤，黑眼睛
不论是白皮肤，蓝眼睛
或者轰轰烈烈，或者惨淡经营
滚滚红尘，是一场游戏的人生

一场游戏，总要规则确定
一场游戏，总是有输有赢
生活，从来就没有公平
游戏，也不曾有过公平

每个人都有各自的命运
总有一只手在暗地操纵
技艺高超，或者技艺平庸
注定只是一段短暂的人生

时间会带走一切纷争
也会带走所有的输赢
恩恩怨怨总会流淌干净
是是非非总会转瞬成空

手，放开了才知道珍贵
泪，落下了才知道心痛
心，撕碎了才知道苦涩
爱，离开了才知道情浓

# 苏武的贝加尔湖畔

北海晴天，写在湖水的上面
那些云彩，辉映着苏武的长鞭
胡马依然逡巡，鹰飞飘过四野
一声声长调，如丝似弦

松林滚过落日，草地打理炊烟
节旄已经尽落，毛旃与毛皮并咽
春天远走高飞，雪海绵延
只有那几只羊，陪伴在身边

贝加尔湖的风景，不比今天
白桦树上，睁开了期盼的眼
墨染的天空，总是繁星点点
南飞的大雁，带着不屈的信念

遥远的贝加尔湖，不相信春天
六月的飞雪，下了整整十九年
何时归去：等待公羊的繁育
冬雷阵阵：莫非真的有神仙

波光粼粼，激荡在天水之间
胡汉和亲，一时的即兴表演
往来的候鸟，蜷缩在水面
多年的执念，等来归汉的瞬间

操守与气节，似乎早已走远
飞虫的萤火，难以照亮湖岸
单于难寻，穹庐犹在
牧羊的故事，千古流传

我想借一滴水，一缕风或一捆经卷
献给春天，献给苏武的贝加尔湖畔
信念的烈火，可以战胜风光雷电
十九年的等待啊，就因为初心不变

# 乌江之水

黑夜屏蔽了喧嚣的空气
江水细述着楚汉的故事
大地拥抱着乌江睡着了
一轮明月已停止了呼吸

我乘着木船来，轻声叹息
谁的前生，谁的来世
汉王赢了，楚王败了
有谁留下卓尔不群的风姿

绿油油的乌江已经失忆
千仞的崖岸，无从说起
老船工把乌江踩在了足底
没有人去理会江东与江西

所有的过往，都已沉入江底
我看见悬崖上，那伟岸的脊背
慕名而来的人，透过风风雨雨
只有乌江知道其中的秘密

山总是沉默，水总是流急
历史不因江中的漩涡而停滞
逆流而上，看过了周郎赤壁
乌江盛满了太多的是是非非

一条江收藏了乌江号子
没有人可以让河流倒立
江水总是那样不可逆转
正义不是难以攀爬的天梯

四面楚歌，悲歌慷慨
斩将刈旗，泪别乌骓
一匹马，一虞姬，一首诗
数十万江东父老，无意相随

猜不透的前朝往事
剪不断的乱世情迷
乌江咆哮，用它坚硬的部位
将那河流的阴谋，完全破碎

如果有歌唱起，我会留下回味
如果有酒高举，我会让他沉醉
如果有风吹过，我会唤醒江水
如果有月滑过，我会洒落银辉

# 印 迹

爷爷说过的一句话，我无法还原
父亲的心事，我也说不完全
连接故园的那条路，依然还在
还有那座桥，承载着我落幕的童年

我沿着那条路，渐行渐远
桥下的河水，向天边蜿蜒
曾经的小学校，早已杂草丛生
作文本上的故事，让我想起从前

脚下的路，是坚实的印迹
心中的爱，是柔软的回忆
过往已残垣断壁，只有那块黑板
那组方程式，还是那么清晰

曾经的同桌，在照片中相见
曾经的同事，在谈论时出现
在所有记忆的深处
一首老歌，依然在耳边回旋

# 壳

在艰难跋涉中生长了老腦
在世事纷争中消磨了时光
身上的壳越长越硬
满身的刺防不胜防

也曾怀抱着赤诚的愿望
也曾高擎着理想的光芒
一路坎坷跌跌撞撞
是是非非迷迷茫茫

友善是阴险的壳
诚实是虚伪的壳
市场是计划的壳
国家是民族的壳

壳总是承载着无穷的重量
壳总是被挤压着百炼成钢
岁月的转盘无法冷落时光
苦难的泪水是沸腾的长江

一叶扁舟在心口里飞翔
深宅大院里嗅不到荷香
强权与贪腐结伴而歌
满身的污浊搅浑了沧浪

几千年前的老庄
带领人们走在山阴道上
道旁是诗意的田园
沉重的壳已经跌落在故乡

## 家在草肥水美的地方

吕布打马走过的地方
画戟已经没有了昔日的光芒
阴山脚下，八百里后套
没有人画出鸡鹿塞的模样
胡马和山羊趴在山坡上
一湾湖水映照着旁边的小村庄

白雾茫茫中走来骆驼的铃铛
一座座沙丘宛若烤红的太阳
匈奴的车骑留在沙尘里
威猛的将士已经站立成胡杨
马头琴明察秋毫，如泣如诉
长调宛转，打动了我孤寂的心房

就这样一个人在外闯荡
把相思留在闭塞的远方
看着城里的妹子望梅止渴
痴情的还是远在天边的姑娘
那里还有孤独守望的老屋
那里留守着白发苍苍的爹娘

如今身居车水马龙的城市
看惯了纸醉金迷的勾当
卖苦力，只需要年轻力壮

到老了，总是要回到家乡
那是一个可以疗伤的地方
那里才是可以安放精神的天堂

# 青　城

在草原，不是随便什么地方
都可以叫作浩特的。无关牛羊
绥远和归化，源于三娘
阿拉坦汗，蒙古人的气宇轩昂

大青山是一位恋人，紧紧地依偎着
土默川的风光。车马都循着它的方向
八旗子弟，曾经在这里独霸一方
大黑河腾跃着，龙一般匍匐在平原之上

昭君的美丽，从皇宫下嫁毡房
胡汉和亲，宛若游戏一场
朝廷的威仪，马奶酒的芳香
过了黄河，最留恋的是青城的月光

有人说，青城是呼市人的心脏
它把五川与和林斜挎在身旁
大召小召，还有席力图召
让五塔寺的晨钟，敲碎了一抹残阳

白塔上的风铃啊，意韵悠长
云中的旗帜，曾在这里高扬
手扒肉也可以改成麻辣烫
将军衙署，还有谁在这里驻防

# 和母亲在一起

黎明点亮了窗
告诉我，今天天气晴朗
母亲，酣睡的模样
她的笑容，是第一缕阳光
照射在我的心上

母亲的双手，捧着爱的光芒
拉着我的手，充满期望
母亲有温润的脸，有朴素的思想
多少次不舍，多少回凝望
多少爱意充满我胸膛

母亲眼里，我一直在成长
母亲的黑发，让岁月涂满白霜
岁月改变了容颜，没有改变慈祥
人世沧桑，谁也走不出这张网
母亲的陪伴是人生最美的时光

母亲走不动了，我想陪在她的身旁
我们一起走过的岁月，不会来日方长
我珍惜我们每一次出行的记忆
因为母亲的陪伴日子才回味悠长
我不愿做那只迷路的羔羊

# 屈原·端午·龙舟

屈原，端午，龙舟
本来没有什么束缚
时间总在丈量
却量不出良心的刻度

悠悠的汨罗江不懂端午
它只知道载着龙舟竞渡
一首洋洋洒洒的《离骚》
那是千年不变的警醒或诅咒

如果说《离骚》的意境高古
那么《天问》是否在倾诉抱负
端午节变成了吃粽子龙舟赛
有谁能逃脱这场经典的世俗

呵呵，好大的官啊三闾大夫
有人说你本来可以同流合污
你却只喜欢清澈的沧浪之水
有谁才能理解你的君子慎独

职位的高度，连着伸出的双手
贪腐的身躯，穿着清廉的衣服
完美的算盘，难过打错的当口
欲望的气球，总有涨破的时候

历史永远记住了五月端午
忠君爱国成了某些人的休止符
口头上总是那样信誓旦旦
背地里却是随机应变朝秦暮楚

没有屈子的汨罗江无缘风骨
没有楚辞的端午节有些恍惚
没有九歌的龙舟赛偃旗息鼓
没有离骚的诗朗诵早已落幕

那是千年的艾蒿与菖蒲
那是时代的精神和功夫
竞渡的人换了一茬又一茬
离骚也悄然走进了教科书

# 一言难尽

走过人生一段路程
苦辣酸甜一言难尽
理想是一盏点亮的灯
深一脚浅一脚走向光明
手上的老茧已经说明
脚下的步伐异常坚定

走过春夏秋冬
品味血浓于水的感情
痛苦已经结晶
酸楚和笑容水乳交融
人生这么远，那么近
信誓旦旦，海誓山盟

呼天抢地，却一言难尽
人心与人心如何均衡
从哪里开始，从哪里结局
到哪里完结，到哪里启程
人生是一片海
不要匆匆忙忙做出决定

# 时　光

时光是过客
在斑斑驳驳的树影间流走

时光是神灵
在影影绰绰的暗夜里飘游

时光抓不住
或者随风而散
或者滑落双手

时光留不住
今天的相聚
到明天已成陌路

记忆藏在心底
还有最后一丝的温度

时光不会老
在指尖隐隐约约。
总有心甘情愿的守候

那童言无忌的微笑
让我们的世界永不荒芜

在时光的彼岸
我们都是名利的俘虏

是谁时刻把我们的命运左右
是谁掌控我们的爱恨离愁

# 梦从这里开始

仰望浩瀚星空
一颗蓝色星球缓缓转动
春夏秋冬从这里开始
一切意象随风
一切又好像命中注定
最美好的希望已经失落
浮云拒绝了阳光的风景

温暖在心头氤氲
星星正闪烁在夜空
生命是蜿蜒的江河
湍急而来一路向东
大海是它的终点
奔波就是梦中的使命
夜深人静的时候
离美好的梦想还有几个点钟

人与人相处
能不能更加透明
岁月在天空下吟唱
我在把岁月吟诵
梦离我们其实不远
我在星光里大喝一声

# 风 云

是谁把云朵挂在天边
自由自在，舒适悠闲
星河在目，明月如钩
清风簇拥着痴情流连

风将满腹的心事溶入云的眷恋
云让满怀的激情洒向风的缱绻
云的飘动是风的向往
风的执着是云的缠绵
风动了，云在聚集
云开了，风在挂念

是谁把云朵精心裁剪
春风蝴蝶，秋风大雁
扶摇直上，浮游蓝天
身姿轻盈起舞翩翩

风寻着云的梦而来
云挽着风的手向前
风与云在欢愉里重做旧梦
云与风在憧憬中再次团圆
风大了，手卷残云
云厚了，口吐雷电

# 三回首

一回首，走出小村口
杨柳轻轻摆，父老勤挥手
乡间小路细又长
炊烟袅袅不见头
我用青春走过了这条路
才知道那缕炊烟缠绕着乡愁

二回首，跟着月亮走
小荷方出水，桂花香盈袖
篝火点亮草原夜
窃窃私语也娇羞
当同窗最终成为伉俪
才懂得那份痴情值得拥有

三回首，不再随大流
山外有青山，楼外有高楼
鸟儿常向高处飞
鱼儿多往深处游
逝去的都是一幕幕风景
执着的才是不懈的追求

# 那 时

那时天很冷
漫长的冬天感觉过不完

那时的衣服没有色彩
男女老少都是蓝

那时的家境很贫寒
想吃一顿饺子就得盼着过年

那时住的是矮房子
四面透风找不到温暖

那时路上的小汽车很少
几辆卡车过后便是尘土一片

那时的我们还是少年
单纯无知没见过什么世面

上学读书
放学种田
吃不饱穿不暖的生活
让人们攥紧了生存的信念

那时的集市很火
赶交流是十里八乡的亮点

那时的街道冷冷清清
市民和村民没有大的区别

那时没有电话、手机
遥远的沟通完全依靠信件

那时的日月都很慢
日子慢，长夜漫漫

那时道不拾遗，夜不闭户
人与人之间没有提防和欺骗

# 心中的姑娘

在纵横巍峨的阴山脚下
在八百里河套平原上
有一个叫鸡鹿塞的村庄
村里有个叫阿桂的姑娘

那是个美丽的姑娘
是我心中的姑娘
我们曾经一起去狼山、去召庙
我们曾经一起唱牧歌、看月亮

我们一起嗅着沙枣花香
我们一起走进金色麦浪
多少年过去了
那时的月光依然是最美的月光

多少年过去了
阿桂的模样依然留在我心上
时间的记忆依然清晰
如今的我已经遍体鳞伤

# 寻 觅

走过日，走过月，走过春秋
走过风，走过雨，走向丰收
爬过山，涉过水，艰辛跋涉
为了你，再苦再难也值得

有过疑，有过惑，有过落魄
有过怨，有过悔，依然执着
盼星星，盼月亮，独上高楼
为了你，心甘情愿受折磨

跌过跤，迷过眼，手足无措
躲过劫，避过险，绝不退缩
捧着花，怀着爱，朝气蓬勃
为了你，心中总有一首歌

## 梦中的杭盖

轻轻地走出毡房
骑马走进梦幻的故乡
一望无际是绿色的草原
奔腾的河水跳动在我的心房
森林的树叶闪烁着耀眼的光芒
我飞扬的思绪
牵着马奶酒甘甜纯美的芳香
千年的大漠黄沙
再也听不见那风的悲怆

历史的车轮
碾过了昔日古道的荒凉
茵茵绿草铺满了浑雄的大地
套马杆挥舞着长调的悠扬
天边翩翩而来的是牧羊姑娘
迎风飘舞着紫色的裙摆
摇摆出爱的渴望
心灵在梦里相遇
那是我牧歌声中的霓裳

啊，梦中的杭盖
你在我诗的韵律里自由飞翔

# 至少还有我

风太急，雨也太急
人们匆匆忙忙自强不息
没有安全，没有记忆
灾难过后依然重复着往昔
贪婪张着大嘴
欲望助长自私
一重又一重的苦难
一波又一波的危机
即使地球将要毁灭
你也不要着急
至少还有我
我会带你远离

没有想不到，只恐来不及
所有的皱纹里刻满岁月的痕迹
真心的付出，执着的勇气
风雨过后，大难不死
除却功利的目的
只想诗意地栖息
伦理道德越来越模糊
价值观念越来越悖离
即使地球将要毁灭
你也不要着急
至少还有我
我会带你远离

# 冬日斜阳

望着冬日里的那抹斜阳
我开始心潮激荡
斜阳染红了我的心事
从前太远，过往太杂
一幕幕悄悄滑过我的心窗

追着斜阳的脚步
一转身已是暮色苍茫
不知不觉两鬓成霜
昨天太快，今天太忙
一丝丝风雨足够我日夜品尝

一抹斜阳恍若梦里
旧时的信笺都已泛黄
酸甜苦辣都是标点符号
理想太美，现实太瘪
一页页整合起来才是好文章

我坐在斜阳的余韵里
向塞外而来的风打探故乡
远在他乡望故乡啊
传说太久，描画太工
一次次地让我挂肚牵肠

雪花在斜阳的余晖里纷纷扬扬
飞舞的美丽令人神怡心旷
所有的风景都变得绚烂辉煌
字里太难，行间太密
一首首诗行里栖息着希望

## 天各一方

自从你走后
我们天各一方
你在天上
我在异乡
我像一朵开败的花
萎缩、凋谢、散尽芬芳

多想告诉你
我在路上看到的风景
多想听你说
那一世繁华落尽的悲凉

我像一只大雁
随着季节变换改动方向
路永远在远方
需要一生来丈量

比眼泪更长的不只是河流
比瞳孔更深的不只是海洋
比背影更大的不只是天空
比胸怀更圆的不只是月亮

你是否已把我遗忘
不然为何天各一方

思念让我肝肠寸断
我只好在内心把你珍藏

忙碌装饰我的梦
每一天都能留下绮丽的幻想
人生好景不长
终究要天各一方

## 我用真心度量人心

世事风云
最难盘点是人心
山一程，水一程
风雨过后是否留下印痕
我用真心度量人心
尺太旧，寸太新
将心比心太难行
为什么受伤的总是我一人

叵测人心
恍如隔世看乾坤
入虎穴，闯森林
吹尽了黄沙才看到真金
我用真心度量人心
临深渊，履薄冰
真心难以换真心
才懂得世事练达皆学问

# 京城春夜

月亮坐着春风而来
高楼挡不住冰轮初上

树在月光里摇曳
我对着它们苦思冥想

夜空装不下一大碗绵绸的思盼
心湖却溢满千古惆怅

这里有许多尘封话题
还有那孤魂野鬼的行藏
或者让肆意的风
晶莹的月
风化为褶痕里的时光
在树枝间低垂
在人海间徜徉

那些被风吹乱了的前朝往事
落幕后是否还有自由的芬芳
当夜的影子演绎着生命的光辉
真实与虚幻时常穿帮

每一个粼粼的夜晚
每一盏粼粼的月光

都是一篇篇绝妙华章
历史若一条河陷入故宫的掌纹
左手是黄河
右手是长江

大梦穿过了秦汉隋唐
宋元明清还在一溜烟儿赶场
一江春水拍打着两岸
人去楼空事过境迁
不变的依然是那轮孤傲的月亮

# 忘 情

外面有点冷
风中有一双眼睛
无法靠近
却可以默默引领魂灵

总以为可以靠本领
即使失败也可以从容
深不见底的黑暗
遮不住我的豪情

一步一步吃力前行
跋山涉水或者天马行空
一路坎坷不顺
讨厌他们的小聪明

正襟危坐想打消我的自信
陷阱暗算想阻挡我的成功
我只有沿着小径
从绝望走向新生

# 邂　逅

这一次的分别，有多长，有多久
我不知道，你不清楚
我站在此岸，你站在彼岸
我对你笑笑，你向我挥手
介意，在乎
一条寂寞的长线，系挂在我们心头
经风，经雨，我心依旧
而你呢，此时此刻在哪里停留

经过许多年，时光渐入秋
相册中的老照片，看了许久
那时的长发，如今是否保留
明亮的眸子，能否回到当初的守候
而我还在路上，风雨悠悠
山躲得老远，河绕过土丘
我们曾经走过的路，早已经荒芜

哎，这世界，黑夜太长太久
暗夜里，我们终于邂逅
你说，你真傻，当初为什么轻易放手
我说，这么多年你也很辛苦
就像那河水流啊流，何处是尽头
寻着堤岸，划着小舟
流水逝去，一段眷顾

智慧太浅，难敌宇宙
人生易老，书本太厚
一切都已经过去，一切或许刚刚开头

## 那时的月亮

那时的人们直来直去开门见山
天很长夜很静人们活得很坦然
那时的离愁别绪都是故事
不像现在说聚就聚说散就散

那时的兄弟姐妹有很多
大的照顾小的长幼井然
那时候吃不饱穿不暖
大家心里都有美好明天

那时的眼里到处是风景
春夏秋冬都有不一样的意境
那时的时间很漫长
一封信几十天才能转到手上

那时的民风很淳朴
离得开的村口离不开的村庄
那时我们有许多美好想象
再怎么贫困都无法阻碍理想

那时的月亮是真正的月亮
不论你看地上霜还是思故乡

# 门 锁

我已千锤百炼
不需要精雕细刻
一夫当关
把守豪门院落
有家的地方就有我
有我的地方就有嘱托
坚守是我的职责
防范是绝对的承诺
爱岗敬业忠于职守
是我不变的奉献
兢兢业业矢志不渝
是我永远的职责

# 酒

醇厚，绵长
思豪饮，爱芳香
西蜀茅台，中原杜康
花间留晚照，持酒劝斜阳
可惜一溪风月，莫教踏碎琼浆
白日放歌须纵酒，青春作伴好还乡

# 写给唐宋

我捧着一卷古文字
叩问唐宋
唐诗向左，宋词向右
无人作证

面朝未来，不计先秦
无关三国，无论魏晋
每一首律诗里
每一阕词韵后
分明写满了风雅颂

时间跳过远方
父亲的一笔狂草
舞动了黄河长江
岁月折射光芒
多少人低吟浅唱
描摹着山岳苍茫

平仄太苦，对仗太烦
婉约太凄婉，豪放太张扬
不偏不倚的学问
流布在大街小巷
一辈子的修炼
就为了这篇道德文章

没有李杜，失色了大唐
没有苏辛，冷落了朝纲
不只是蝶恋花，不只是念奴娇
还有浪淘沙，还有满庭芳

是谁在朱砂刻章
是谁在画栋雕梁
念只念大江东去
唱只唱白发高堂

一首首，五绝七律
一阕阕，长短乐章
平仄的发展没有条框
合韵的繁荣制约欲望
大梦已经登场
神州重归宋唐

# 关于父亲

父亲活着的时候
他是我生活的样板
父亲死去的日子
他是我梦中的呼唤

小时候
父亲是个神仙
总会把好吃好穿放在我们面前
再后来
父亲是个独裁者
所有的一切都要他来决断

更多的时候
父亲会穿上伦常的外衣
把我们之间的距离越隔越远
我们之间很少交流
有时甚至会看到父亲的沉默寡言
在我心中树立起他的强悍与尊严

不知在哪一天
我看见他布满皱纹的老脸
如同凋零的花枯萎的树伫立在山巅

忘不了
多少个雷电交加的时候
是他为我遮风挡雨
多少个饥寒交迫的时候
是他为我生火造饭
多少个遍体鳞伤的时候
是他为我包扎伤口
多少个寂寞无聊的时候
是他为我排遣孤单

这就是父亲
一个将领
一个卫士
一个灵魂
一个楷模
一个源泉

# 酒　歌

风行水上
模样和祖先一样
沉迷于酒乡
在酒香中叙述和想象

男人和女人
在推杯换盏之中
激发绵长的乡愁和绵长的悲伤

壮士
可以托起酒樽
却无法托起酒意的重量

酒瓶是酒的故乡
酒水从杯中流入酒杯
酒香散尽
内心如同大海般苦涩
酒和梦又交织在一个新的地方

# 母　亲

常常手抚长松
静静仰视白云
我的无限遐想
永远走不出你的掌心

你把心事种到地里
长出希望
你把嘱咐用牙磨碎
祈求安平

一段世情
全凭冷眼看破
几番闲趣
让半壶清茶煮浓

# 七月的北京

七月的北京
如同摆放着一屉又一屉蒸龙
许多人在里面蒸腾
飘忽着一双双忧伤的眼睛

七月的北京
朦朦胧胧的天空
风扯开了漫漫阴霾
露出一个蛋黄似的小饼

在七月的北京穿行
把残存的理想抽干为真空
在困惑的河流深处
打捞那一弯鲜亮的彩虹

在七月的濡湿中
钩沉那星星点点的往事
在知了扯开的嗓门里
寻找那丝丝缕缕的春风

## 无助的呐喊

无处不是寒夜
内心经历一场浩劫
赤裸的心
无处对接
温暖滑落手指尖
如同一只孤雁
在夜的苍穹下熬煎

双手握不成拳
落花流水停泊在心间
回眸曾经的春天
从闹市中走远
这个世界已经毫无遮掩
只有权力和金钱
始终在不动声色地繁衍

洪水一样翻卷
只保留下稚童的笑脸
一路跌跌撞撞
被推挤着趔趄
救救我们啊
在死寂中呼喊
声音被无辜地摧残

良知都已被涂抹
良心被掩埋进坟茔
只有孤独守候着无奈的心灵
沿着山一样的寂寞
无助地呐喊
依然坚强地攀爬
直到山巅

# 献给母亲

孩提时
我是家门口那苗稚嫩的红柳
看着你远去
看着你向田间走去
盼着你从村口归来
那颗闪亮的星星
就是我祈盼你的双眼

上学的时候
你是校门口那盏金黄的路灯
看着我走进校园
又惦着我放学回家
村头那轮皎洁的月亮
是你迎送我的笑脸

人海漂泊中
你是那根细细的风筝线
放飞我到远方
又牵着我回到故乡
村口那一阵阵微风
是你的叮咛回荡在我的耳边

现如今
你是一串引我思乡的彩铃

发出的是问候
收到的是乡情
那滴晶莹的泪珠
是我总也诉不完的乡愁

# 愁

愁
是脑海的一朵云
飘摇而轻柔
一会儿合围
一会儿分流

愁
是思绪的一片海
浩渺而碧透
轻舟一叶
永不回头

愁
是记忆的丝丝细雨
浓密而深厚
风也不休
雨也不休

愁
是心灵的一片沙
干旱而清幽
荆棘无数
扎刺在喉

愁
是梦幻中的一眼井
无夜也无昼
希望是一根井绳
失望是无声的井口

愁
是思想的一张大幕
沉重而扑簌
吞噬了光明
收藏着无助

愁
是情感的一条虫子
弯曲而轻蠕
蚕食了睡眠
播散了迷雾

愁
是一粒发芽的种子
执着而奋斗
一寸寸生长
一点点收获

# 蝴蝶的困惑

我知道，蝴蝶的使命是飞
我不知道，蝴蝶为什么飞
有人说，空气动力学原理
我知道这个原理，却不会飞
蝴蝶不知道这个原理，却会飞

蝴蝶迷恋的花草
开了又败
我迷恋的蝴蝶走了又回
蝴蝶飞在夜空
美梦留在我心底

我的心事慢慢发芽
蝴蝶却变幻成另一种色彩
会飞的蝴蝶飞啊飞
不会飞的我呀，追啊追
就像一首苍凉的夜歌
把我心头的重压击退

蝴蝶有没有它的未来
蝴蝶不知
我的未来是什么
蝴蝶与树叶一起翻飞

梦中的蝴蝶
依然飞来飞去
那美丽的花衣为了谁
我无悔的追求为了谁

## 金融街初冬

左手挽着秋意
右手抱着初冬
金融街是一个窗口
满眼是金色的银杏和红色的枫

无法挽留那一片片落叶
伤感离愁演绎着缤纷落英
叶子追随着经济下行
金融街感受着寒冷

失望是因为有希望支撑
期待是因为有太多憧憬
初冬的风还荡漾在枝头
一地的残叶沾满了谁的泪痕

姑娘驾着高跟鞋身姿轻盈
先生们潇洒着惯看秋月春风
往事如昨夜一样安静
冬日的黄昏正漫过窗棂

# 风　采

我从草原走来
诚实是我的风采
我向京城走去
本分是我的气概
守着平凡的生活
无愧于面对的时代

一幕一幕的往事
一次一次的伤害
一刀一刀的剜割
一滴一滴的血债
一番一番的暗算
一回一回的期待

痛苦和悔恨慢慢淡去
曾经的爱恨情仇不复存在
飘落枯寂的荒原
滋润过我生命的胚胎
黄河母亲的激荡
让我懂得过去不能重来
阴山父亲的巍峨
让我知道比苍天还高的大爱

人生的追求丰富多彩
一技在手将无处不在
不管是被重用还是被疏远
一样享有真正的未来
人生如意与不如意难以分开
即使大难来袭
也要活出自己的精彩

经过了才懂里面的无奈
面对了就不要随意表白
即使只有我一个人
也绝不在各种引诱中徘徊

# 懂 你

懂你
懂你匆匆远去的背影
还有那张渐渐苍老的脸庞

你越走越远
把我雕塑成一抹残阳
时常会想
那些已经远去的时光

那些失去的青春
还有那些悲苦的成长
那些幸福的欢笑
那些凄婉的惆怅
化作密细的纹路
镌刻在我们的心上

不知从何时起
我开始变得越来越沉默
开始远离热闹
开始喜欢清静的一方

开始喜欢回忆
开始演绎过往
开始变得简单

开始喜欢简约大方
不再埋怨
不再彷徨

静坐的时光里
独享书香
无须给自己灌输烦忧
懂得体会世间百味沧桑

让花开花谢
让草青草黄
一切因果
都依着自然生长
失去的，不喟叹
得到的，不张扬

# 岳母走了

霜降来了
岳母走了
季节挥动着衣袖
牵扯着她的爱
选择与秋天作别
因为她喜欢高阳的风采

岳母走了
霜降来了
整个红城一片洁白
那枚经霜的落叶
飞舞着我不忍凝视的光彩
秋霜轻封了一扇窗
也终止了对她最后的伤害

岳母走了
化作了尘埃
青云直上
一朵朵霜花任风摇摆
静守着岁月的暴晒
她与众神一样
若天仙飞舞在云台

## 就在那天晚上

就在那天晚上
没有星光
心事深藏
谁曾想会不可收场
水云之间
早已是烟波浩荡

空山鸟语
助推我的向往
清浅溪水
濯洗我的心房
红尘如梦多聚散
终是一枕黄粱

人在千里
心在抓狂
一遍遍回眸
一次次苍茫
就在那天晚上
手捧白纸一张

几次无从下笔
徜徉在心绪的海洋
失落的全是风雨

幽静的语句滚烫
飞出的是心灵的歌
美妙得让我没有主张

漫无边际的遐思
毫不迟疑地相让
一颗善良的心
栖居在人烟稀少的地方
与自然亲近
同百鸟欢唱

## 星星知我心

满天星斗的夜晚
我把思念交给星星
星星闪闪烁烁
如同我诉不完的深情
星星啊星星
我相信你能知我心

牵着思念的长线
披着爱架设起的彩虹
一如生命的单纯
我们相遇在遥远的梦境
让那烦恼被风吹散
让那雾霾远离天空
星星啊星星
我相信你能知我心

遥远的夜空
时间与空间的光与影
风轻轻摆动
生命永续不停
星星啊星星
我相信你能知我心

每一粒种子就是一季春
每一句话语就是一段情
你美丽的笑容
即使我的憧憬
让那屈辱高飞远走
让那不平荡涤无存
星星啊星星
我相信你能知我心

# 如果来得及

种子的脚步
感动于季节耐心地等候
不再不切实际地期待
时光其实就是这样温柔
所有的心计
终究都有可能被辜负
所有的花草
包括生命里的一草一木

如果来得及
就乘年轻的时候
该拼搏时拼搏
尽管有不明白的时候
该奉献就奉献
尽管有看不开的时候

玫瑰和青草
各有自己的等候
只是表象不同
爱被延迟了终究是错误
光阴的贡献最多
却无法找到鲜活的理由

无限悲怆和隐痛
如一枚种子的破土
如果来得及
就乘花开的时候

# 大雨后的白塔

大雨冲刷满城的晦气，不必西风
禅意自然放飞，布道着虔诚
白塔像定盘星，安放在西城
站立的姿态，辉映着历史的天空

人们在这里仰望，回眸阜成门
白塔让故宫错愕，城墙远无踪
所有的人都是过客，无论聪明愚钝
从元朝到现在，你是一盏孤逸的灯

白塔上写着，般若蜜多心经
从古走到今，谁不需要光明
七级浮屠，汇聚了多少灵性
法轮转过了，多少高僧与真经

一些人走了，白塔可以作证
一些人来了，白塔默不作声
当风雨过后，阳光开始歌唱
我看见白塔之上，塔尖更加空灵

# 狼，从犬良声

我没见过狼，那种真正的狼
在锡林郭勒深处，或者别的什么山梁
在幽幽的暗夜里，狼的嗥叫悲怆

狼图腾的故事，曾经让我心伤
若尔盖，是个牦牛喜欢的地方
重返狼群的路，是那样的漫长

是狼侵害了安定的村庄
还是人逼走了悠闲的狼
哲学和社会学，还没有给出方向

人比狼高等，这是自命不凡的狂妄
狼与人一样高贵，这是万物平等的主张
现实，分不清狼中之人或人中之狼

如今的草原沙化，盗猎猖狂
所有的动物在苟延残喘，东张西望
或许，人来到世间就是为了遗忘

# 走进仙西山

打开城市的束缚
把心放在仙西山
看青山打盹，随十渡歌唱

梦入幽谷，拾级而上
脚步惊动花丛里的蜂蝶
我坐在亭子里放飞想象

山音变成动听的夜曲
小溪躺在山坳的身旁
摆渡或者漂流
顺着十八渡的方向

房山，从历史的沟壑处绽开
周口，推开人类文明的一扇窗
我在浮躁的世界里淘金
我在功利的红尘中冲浪

仙西山，我以为你很遥远
山外青山，我以为我最荒凉
拒马和佛寺侧耳太行

云朵与花树举目凝望
今日我携着群山满载而归
让未来的岁月里充满阳光

# 坚守与突围

就这样一路坎坷
摔倒了然后爬起来
跌跌撞撞地摸爬滚打
兢兢业业地鞠躬尽瘁

一个人行走，一个人负累
一个人思索，一个人沉醉
一个人烦躁，一个人体会
一个人心酸，一个人回味

苟且是无奈的心头血
偷生是伤感的眼角泪
坚守是孤单的变奏曲
突围是枯燥的哲理诗

坚守，听风对远山的宣誓
坚守，看雨对大地的质疑
就这样我完成了一次心灵的转换
就这样我践行了一回命运的推移

尽管远山之后还是远山
尽管大地之下还是大地
当钟声变成号角
当宣誓变成突围

# 多么痛的领悟

走过多少路
从来没有辜负
流过多少泪
从来没有哭诉
我只是怔怔望着天地
祈求给我一点点祝福

不是我没有记住
也不是我没有领悟
我自己很清楚
没有人分担你的苦
把伤痛埋在灵魂最深处
等待机会我会回复
可惜没有人在乎
此生的愿望很可能如此结束

满眼的荒芜
我的选择是不是错误
这么多年的真心付出
没有什么可以满足
回首来时的每一步
我走得真的好孤独

# 脚　步

我在岸边驻足了整个夏季
看夕阳慢慢拉长了影子

我在自己的座位上来回踱步
看不见光也想不出如何抓住

策略往往出于逼迫
绸缪往往来自缄默

曼陀罗开了
我数着花期

就这么无缘无故
我知道接下来的风高雨骤

烟花寂灭了一场又一场
无法停止它的落幕

# 周口店·山顶洞

在我心灵的每一个房间
一个梦已经藏了许久许久
它来自历史课本的描摹
演绎着祖先繁衍生息的春秋
龙骨山上悠闲的云朵
用原始的呼唤牵引着我的手
那些残缺的牙齿和头盖骨
牢牢镌刻在我的心头
从几千年前的山顶洞走过
思绪却停靠在风雨飘摇的周口
那些茹毛饮血的山顶洞人
捕鱼狩猎或者钻燧取火
他们用石块木棒和树枝
寻求着自以为理想的归宿
山顶洞人——北京人
让漫长的历史定格了脚步
炙热的日头
瘦弱的身躯
生存的煎熬
自然的风雨
共同拧成一条粗粗的绳索
变成一部生生不息的长篇评书
头枕一方水土
把身体固化成文物

远方是连绵的锦绣
脚下是缓缓的河流
我看着天边的晚霞透着微醺的红
然后载着太阳进入了金秋

# 高　处

一个个无序的季节
月亮穿过雨丝
一行大雁从天边飞过
许多人爬向欲望的天梯
我从这里走进黄昏
与我一同沦为过客的还有日子

来不及思考
也来不及叹息
转瞬之间
大门已经关闭
梦行走在路上，被风嘲笑着
像一个孤儿，站在风雪里

从立志那天开始
就有高空作业的心悸
如同麻雀在一根电线上
除了高压，还有万丈深渊的紧逼
身居高处
渐渐开始不接地气

位置固定、表情固定、腔调固定
似乎每一个座位都具有魔力
就连那些清白无辜的汉字

也变成八股气息，毫无生机
高高在上的不只是位子
还有头颅、眼神和鼻子

# 光　明

欲望沿着一条河流淌
信息已经被封存
太阳和温暖背过身去
只留下我受伤的青春
前方的道路
没有一行清楚的脚印
岁月被枯叶片片凋零
我只有面对黄昏
一个怀孕的子夜
繁殖黎明的浮云
黑夜是一个尽头
我用海的双手托起一片光明
到处是霓虹的碎片
折射出太阳逝去的光芒
我的歌因此不停落泪
渐渐汇成一首黑色的乐章
到处都是独立王国
到处都在称霸称王
痛苦是唯一的发光体
一只垂死的小鸟落入我的目光
一切都已经凝固
希望与失望互不相让
我的身上落满黑夜的尘土

# 人间烟火

（1）

人间有了炉灶
柴火就开始短缺
一缕炊烟
成了游子望不断的乡愁

（2）

一根白发，凸显于黑发
让梳子讶异，让摩丝惊悸
日子重复着酸甜苦辣的滋味
生活煎熬着白发的履历
如同命的履历是命运
人的履历是记忆
一根白发
说明人生的黑暗终将褪去

（3）

一根鞭子
划过时空
声音惊天动地
命运却掌握在别人手里
如果鞭子的疼痛便是牛羊的疼痛
那么，有谁知道
鞭子也是皮肉做成的

（4）

黑夜太长太暗
需要一盏灯
灯的光芒有限
必须增加耐心和时间
灯光亮着
希望也就亮着

（5）

傍晚，我静静地坐着
把西山坐成一块儿石头
夕阳就在不远的树杈上
我看着它下沉
一群白鸽渐渐飞远
我牵着夕阳的手
一城灯火星星点点
我的心中却升起了黑暗

（6）

一只鼙鼓的诞生
是一张羊皮的宿命
命运的鼓槌敲碎了历史
生命的奔突只是一种暗示
风雨雷电是鼓的节奏
悲欢离合才是鼓点

（7）

你信不信
一首诗就是一个朝代
一个诗人，往往比一个盛世
更令人向往
如果没有诗人
春山只能是一座空谷
花朵也仅仅是一个名词

（8）

一块土地
960 万平方
有一抹天空的蔚蓝
有一缕炊烟的温暖
养育了 56 个民族
一块土地，多灾多难
五千年的文明和磨难
是流下的两行热泪
一行是黄河
一行是长江

# 居延海

我的家在阴山
门前就是居延海
左手牵着山的衣袂
右手拒着大漠的侵袭
山是凝望的天堂
海是收藏的智慧
居延海是历史的标点
把农耕的祖先让位于游牧的单于

飞鸟曾经游弋海面
驼队曾经蜿蜒岸边
胡杨从蓊蓊郁郁到金灿灿一片
祁连一派，弱水三千
居延海啊居延海
历史模糊了你
故乡荒芜了你

海渐渐空了，沙漠渐渐涨了
汗血马一声嘶鸣
一场雨洒不满夜光杯
征战的马队已经走远
边关到烽隧已经熄灭
人类太容易仓促或失忆
只留下凌乱的城垛和汉简……

# 过 节

记不清从何时开始，我们用节庆
燃起爆竹，或者用焰火
点亮夜晚。用对联，还有
红如花火的中国结
欢愉从民间兴起。渐渐地
蔓延成一种约定俗成的生活方式
从长城内外到大江南北
从喜马拉雅到东海村落
不分高低贵贱也不管什么民族
只不过，各自过各自的节
母亲说：节好过，日子难过
小孩子是不懂这句话的意义的
过节，就要挂起灯笼
过节，就要燃起火把
打上红脸蛋儿，系上红腰带
激情舞出狮子或者龙一样的姿态
用全新艳美的衣服，还有
雪白的，上面有红点点
的馒头。从腊月张罗到正月
丰盛的菜肴，大年夜的饺子
加上中秋的月饼，端午的粽子
挤在回家过节的路上
汇聚在电视晚会的前面

# 金色麦浪

这是一个终生难忘的景象
永远定格在我记忆的天堂
万里无云的蓝天
一望无际的金色麦浪
风儿轻轻吹动我对你的思念
熟悉的大树下有我们美好的向往
我们手拉手走进麦田
我们肩并肩放声歌唱
我们手捧着金色的麦穗
让银色的镰刀变成麦田下的守望

这是一个终生难忘的景象
一个多少次让我回想起的地方
万里无云的蓝天
一望无际的金色麦浪
飞鸟鸣叫着我对你的思念
蝴蝶舞动着我们美好的向往
我们手拉手走进麦田
我们肩并肩放声歌唱
我们手捧着金色的麦穗
让金色麦浪变成我们一生的希望

# 零点的眼睛

零点的眼睛
有一点点迷茫
风，生怕人不知道
让树叶发出声响
夜不再温柔
神秘的面纱却难掩凶相
梦中的猫儿听不见
水中的鱼儿在游荡
我是一只小船
在黑色的河里迷航
寻觅着，寻觅着
北极星的方向

一年很长，一眨眼就过了
故事很短，却没有最后一章
那些熟悉的面孔都模糊了
唯有我还在叮嘱那不圆的月亮
一支笛子有它匹配的曲子
一声鸽哨却散落在过往的天空上
我傻坐在客厅的一角
手捧的那本书变成了太阳
小河，流水，眨眨眼
它们似乎更明白我的渴望

# 对　岸

你匆忙追赶着行程
一路风尘
把我闲置在冰冷的严冬
一夜醒来
你在大洋彼岸
我还在此岸屈指你的里程

秋天的阳光让午后慢慢落泪
不是哭，而是星星知我心
面对面，我知道你心里很堵
手牵手，我的话是否成了耳旁风

笔，写不出梦的形态
就像你妈用农民领袖来解读我
钱，铺不平心的沟壑
就像社会用强权和冷漠来行凶
我只能给无助打上包裹
写下查无此人的地址
向着天地诉说一片真诚

我在此岸
想念彼岸的你
我的精神挂在北京大槐树枝头
我的眼神落在帕萨迪纳的长空

我的手托着你明天的肩膀
我的心紧盯你难言的心胸

渴盼一盏清茶
缓解你沙漠般的心境
我用平静解构虚无
我用失意回应从容
我用沮丧衬托完美
我用不舍迷乱神经
时光流转，月亮又快圆了
天风海潮，那是我送给你的心声

# 阴山若梦

一直以来
我以为阴山就是故乡
东西走向，横亘绵长
自然风物
都是我熟悉的模样
我在这里生这里长
我童年的欢乐在阴山回荡

长大后，走近阴山
才发现，阴山是一部无言的历史
从大漠深处突兀而起
用岩画雕刻着绿色的印记
套马杆划破时空
长调接过了历史的叹息
阴山无言
让草地一样的思念随风而逝
阴山默然地坐在那里
静静地守着胡汉民族共同的福祉

渐渐地，品味阴山
感觉自己已成为山里的汉子
彤云是热被窝
歌是河套王
大桦背是思念的情人

山路悠悠
思绪悠悠
酡红的岁月酿造酡红的梦
只有思念捧着月亮发抖

阴山汉子也是一座山
阴山女子是云一般飘柔
热血和着咸涩的汗珠
山溪遵循阴山的脚步
黄河沿着沟壑奔涌而来
在历史的断裂处刚烈成瀑布
徜徉阴山
心灵在这里驻足
人生清浅
如梦的阴山收藏着生命的雨露

# 欲望之河

每个人的内心深处
总有一条欲望之河
河水从欲望的高处落下
跌入谷底
摔成粉碎
河流星罗棋布

欲望瞻前顾后
城市无限放大
坐标渐渐移游
各种贪欲在暴风雨中呻吟
行窃者等到了最佳的时机
清规戒律约束不了自己

黑暗和雨水助长了他们的勇气
有了权力助长了私欲
没有信仰也就无从救赎
贪心不足的人啊
听不见历史的霹雳
霓虹隐含了猎奇

贪婪的伤口鲜血淋漓
睡眠的大地把良心搁起
河的胸脯上藏不住秘密

鱼鳖虾蟹繁衍在各个角落
岸旁站立的人们垂涎欲滴
深谷丰饶，津液恣肆

低语着由蜂房供奉的花
疼痛可以化作喜极之泪
放纵成为社会的疾患
灵魂向深处抵达，涌动，战栗
一切机会交给赌徒
一切话语交给权力

嗜血的牙齿制作一个狞笑
彻夜不熄的灯不知地狱的气息
灵魂披上一件沉重的外衣
与尘世喧嚣睡在一起
让肮脏的思想恣意妄为
欲望之河
用道德截流
以伦理筑堤

# 雪与霜

六月雪与霜
心若要疯狂
一切似乎像模像样
一切似乎顺理成章
天地死了一样
正义乱了伦常
呐喊又无奈
教我如何不心伤

天是这样的黑啊
长夜里我看不清方向
曾经的向往
如今没有主张
心折叠了难以舒畅
花折叠了难以开放
麻木自己就让精神受伤
六月的雪与霜
是天数已尽，还是势不可挡

# 一起走过的日子

## ——写给父亲

离开你，整整十八年了
十八年，我在故乡与他乡辗转
脑海里，始终有你的陪伴
还有故乡的老屋、门扉、小院

笑过、哭过、喊过、怨过
都藏在，我的童年少年与青年
这里是我心目中最圣洁的地方
这里啊，有我野花攀爬的信念

多少次，你就在我面前
一转眼，你已远离我的视线
你，带着我们的光阴走了
留给我，一座空空的庭院
十八年，我空守着寂寞的日子
也空守着，我们相见的心愿
如饥似渴的我，用意象和文字
在寒冷的洁白上，写下了诗篇

故园，有我们一起走过的日子
回眸、驻足、凝视、寻遍
只有你明白，那塞外的风
沧桑的岁月， 与贫瘠的流年

所有的好日子，你都没赶上
所有的苦日子，都把你熬煎
离离的乡愁，不敢写到落日
写着写着，就写成我的梦魇

我知道，每一片云里
都有你的呼吸
我知道，每一片流水
都有你的眷念

我想象着，你抱着我的姿态
我模仿者，你教训我的威严
你的高兴与落寞
你的不快与欢言

转瞬即逝的情景
无法复制的片段
每一时，每一刻
让我感觉无比的温暖

是啊，你怕我太热
就用你自己撑起了一把伞
你怕我太冷
就把整个夏天留在我身边

我们，也曾有过争吵
我们，也曾有过红脸
而那些所有的争吵与红脸
如今全都成为永恒的眷恋

六十六岁，是你感知的世界
我们一起的日子，却渐行渐远
你走后的十八年，一切皆虚妄
无缘与你面对，诉说当年

春天的风，或许可以再来
昨夜的雨，已经千寻不见
有时候，突然想起你
泪水盈睫，我是如此的缱绻

# 秋老虎

秋老虎，迈着沉稳的脚步
张开大嘴，如烈焰出炉
所有的物种，小心翼翼
忍受、煎熬、等待、无助

在每一个细胞里观望绸缪
喷出一片火海
烧黄一路彩树
一场又一场秋雨
冷落了秋老虎

悄悄推开门窗
秋雁转瞬飞过天幕
高远的天空下
我成了一只失魂落魄的沙鸥

流水落花
追寻着远逝的眷顾
轻拈一枝残荷
抖落些许朝露

将一泓心事摊开
那便是我无言的倾诉
高树的鸣蝉，依然很辛苦
秋老虎远去，一年一度

# 这条路

这条路走得很费力
当初并不懂得它的真谛
崎崎岖岖沟沟坎坎
汗水泪水点点滴滴
是是非非风风雨雨
一路走来百感交集

这条路走得很凄迷
走了许久不知道目的
把过往慢慢沉淀
把自己认真清洗
埋藏了所有的幻想
回归到原本的自己

这条路无法走下去
黑白真假混杂在一起
就为了那些利益
满天下都在攘攘熙熙
见过了太多才知道凶险
还是要做真实的自己

这条路并不是唯一
山的那边一定还有新天地

## 享受孤寂

山的孤寂，水的孤寂
我也孤寂，静静地
只好静静地喘息

对面热恋的一对
这时已经谁也不理谁
无数个热的吻，已凉成冰水
曾经的小草，正在扬眉吐气

沉默已成自然
思想之花已经落地
无论是阳光下的花朵
还是暗夜里的一声叹息
早已漫游在涯际

享受这种孤寂
不问花香也不问富贵
多少豪杰已经陨落
没有谁懂得永恒的意义

亲近自然便融入自然
耳边总有清泉流水
半山闲云或者空谷流思
在季节的草丛里
看到鸿雁于飞

# 东方之星

你就这样走进长江
让一场送别成为绝望
翻船的噩梦惊天动地
三峡只是梦中向往

你就这样葬身长江
把一场旅游铸成永诀
儿童节还惦念着孙儿
不知道前方是如此的凶险

东方之星啊
你怎么没有预警演练
为什么不留给逃生的瞬间
你这无血无灵的机械
让多少人命陨饕餮

你不配这样的称誉
你辜负了所有人对你的信念
你不懂的迷途知返
你把所有的托付完全毁灭

罹难，谁不悲痛啊
泪水，与江水一起呜咽
风走过，雨走过
长江，永远铭记着这一天

# 一封信

本想给你写一封信
想了许久，却没有写成
不想一本正经
想得太多，却不知所云

坚持，未必一路鹏程
松懈，有可能迷失眼睛
牵挂，是我心底的风筝
希望，还是在攀爬上升
未来，注定在你手中

你要有花一样的心境
你要有蓝天白云的天空
时刻，有我长挽的手臂
放心，我会守护在你的头顶
开心，我会静静地为你倾听
郁闷，我会溶解你的苦痛

我会给你水一样的柔情
不让天风把你搅动
我会给你晨露的淡定
期许着在夜的孤单中生成
你的成功，有我的注目相送
你的快乐，有我浪漫的琴声
没有坦途，只要迈开踏实的脚步
幸福，就会悄悄爬满你的窗棂

# 十四行诗（三首）

（1）

生存的理论，辩证的思想
贯穿我的路，乃至经历
生活改变了模样
或谨慎而行，或身不由己

每一次夜雾弥漫的时候
相信一切终将过去
面对所有的不快与歧路
坚信彩虹可以赶走风雨

一路耕耘，一路艰辛
只有内心知道其中的秘密
一路阴晴，一路欢欣
渴望与期盼都走进回忆

童年的天真烂漫并不注定
未来可以比现在更加光明

（2）

老师，一个永恒的记忆
沿着你，开启的那扇智慧之窗
知道了，路漫漫其修远兮
深深浅浅的脚步，走向辉煌

所有的烦恼里没有笑
所有的真诚里都有阳光
我在等待中默默祈祷
在岁月里继承先辈的希望

人生的童年不知不觉
中年在忙碌中赶路
理想的天空总是下雪
世界依然一切如故

终于听到世纪的呼唤
或期待，或绝望，或梦幻

（3）

自由依附于民主的分量
改革总是为传统让步
命运折射历史的光芒
在前行的路上落下大幕

时间是洪水猛兽
长辈们一个个被它耽误
我的迷惘孤立无助
在一片天真中慢慢成熟

夜太深，路太远
我站在一弯冷月之下
情太真，月难圆
半空中突兀来一朵晚霞

这一切让我忘记身在何处
只好登上山顶去远眺去回眸

# 心灵的眼睛

我看见一群鸟掠过
影子留在心里
还有不知深浅的黄昏

我走在梦里
活生生的人和事
似乎都不属于我

而我却被牢牢地禁锢
一辈子无法逃脱
整个世界都被带走了

沉入夜雾的花园
不知被人还是兽独占着
我凝视着他们狰狞的面孔

这是仲夏的夜晚
大雨滂沱
我惦记着远方的孩子
呼唤着他的名字

仿佛我成了远古的白鹤
我看见这世界很陌生
就像溃烂的苹果

到处是虚幻的符号
是人是鬼还是妖魔
它们在这世上毫无节制地挥霍

他们青面獠牙向我飞来
我说不出话
呼唤被限制在黑暗深处
我只有躲啊，却无处躲

# 艰苦的向往

曾经的向往
深信不疑
所有的热情
都化作动力
冥冥之间
依然觉得美丽

后来
为什么做了改变
是残酷的结局
或许是那不良的现实
是它们，碾碎了纯真
戕害了想象力
过分的专制与自私
践踏了真理
天衣无缝的依附
忘却了身后尾巴的秘密

或许有很高的地位
或许有资本有实力
可他们的德行很卑鄙
有意阻隔我们的联系
却凸显了美与丑的距离

# 素 描

黑夜是一堵墙
没有门窗
一块又一块砖头
在本应所在的地方
每一个墙角都留存着秘密
历史只是大梦一场
朝代一幕一幕更替
人们一辈一辈奔忙
欲望完全没有节制
所有人都在奔忙的路上
多少年以后
回味、静默、疗疾、养伤
警觉、徘徊、挣扎、吟哦
那是一扇不完美的世界门廊
道德，只剩一扇虚掩的门
法纪，鞭子高举而又轻放
高尚，粗糙成一座纪念碑
卑鄙，让一条河变成泪眼两行

# 梦　见

当我用心走过人生的四季
我看见有朵花
开在朝阳里
我开始寻找你的足迹
从花开的清晨到花落的黄昏
我不知道路途是否遥远
要经历多少的血色浪漫
才能，找到你
沿途的风景，风吹着流云
那朵花又开了
那枯萎的枝干上还有
昨天的泪痕
可是，她开了
开成一片雪白，还有
悦目的血红
蓦然想起远方的守候
我哭了，哭的梨花带雨
我不怕路途遥远，山高水长
我怕自己迷失在梦里
直到藤蔓缠绕了目光
我开始坐在黄色的土地上
等你。那时
你会记得我，对吗？
身边的花开花落

是一种生命的繁华与苍凉
是我的想念
和遗落了一地的相思
只是，从此后
咫尺天涯
我再也没有
我不知道
时光的前行与踏步
是忘了我的情深
还是希望，我忘记你
还是，我从来
都不在你的心里

# 梦　里

小时候的你。梦里
大冷的天，你的小手你的脸
写着我和你走过的四季

我看见春花和雪花
开在春风里，而你
伸出你的小手，喊着我
我抓不住。因为中间有很远的距离

似乎那么真切，近在咫尺
而我开始寻找你，从花开的清晨
走到花落的黄昏。我知道
我好想你，于是梦见了你

今夜，我又梦见了你
梦见了，风尘仆仆的你
当时的风景，风吹开黑夜
有一钩明月。启明星升起

枯萎的枝干上，花又开了
作业太多，一张又一张纸
漫漶着汗水和泪水。那些车
一个个摆着 pose，充满创意

你的眼睛，殷红了血丝
虽然山高水长，依然蓦然想起
我哭了，我已迷失在梦里
黎明即起，我仿佛开始等你
分明知道，我们中间的距离
我知道，我是在想你

# 委　屈

太阳下山了
把委屈留给了我
满腹的心事
不知该对谁说

天与地或许是我的读者
世上的事情从来没有对错
花开了还要落
云卷了还有云舒

每一个命运都有一个结果
那点委屈真的不算什么
神话一个个竖起
泡沫一个个点破

人物像走马灯般转过
也许委屈不只是泪水
也许成功并不是肥沃
也许我们走在黑暗里
但是信念会执着成巍峨

# 暮　年

晚霞殷红
烈士暮年
所有的爱恨情仇成为追忆
所有的壮怀激烈变成云烟

目光深邃而迟暮
谈吐儒雅而逊谦
像粒粒茶叶在沉淀
如艳艳红酒在身前

细细品茗回味
淡淡咀嚼香甜
岁月流转，情爱缱绻
白了头发，老了容颜

一段逸闻无限展开
一曲歌舞婉转翩跹
曾经的主角变成看客
曾经的舞台常怀留恋

大幕正在徐徐落下
多少宏大叙事正成为昨天
大雁南飞、灯火熄灭
哭声乍起，或者欢声一片
航船已渐行渐远
一座石碑挡住了视线

# 一盏灯

一辈子
不论走多远
都是在寻找一盏灯
攀山涉水
踏破艰险
把黑暗甩在后面
让光明点亮人间

一盏灯
让黑暗走远
将所有的不快改变
在一个历史的转角
注视着道德的废墟
让崇高的列车缓缓驶过
唤醒温馨的记忆

# 海风吹

我感觉海风吹
闻见大洋的滋味
苦痛都是比较的结果
心等待着休憩

不惧风暴，也不怕海浪
上帝已经安睡
公理的森林变成秃顶
没有屏障阻挡鬼魅

一次又一次的大风
没有留下任何涟漪
而人们欢呼雀跃
把一个个蛋糕鲸吞蚕食

大船转了一个圈
一切回到了初始
耳听着海风呼啸
还有泛滥的情谊

在快感的迷狂中痴人说梦
未来的岁月已经枯萎
伤害铭心刻骨
不管话说得多么艳丽

那些丧失天性的善良
就在我们眼前公然的鸣啼
受宠或者被冷落
一切交给天理

相信每一张面孔都会恼怒
天风海啸般将邪恶摧毁
咆哮只是时间问题
还有私底下所有的秘密

# 远处的风景

世界很热闹
我们只能在远处看风景

权利、金钱、美色
一波又一波闪现流行

我就站在远处
看云飘过，看雨朦胧

有时候，我在渴望中沉思
那风景到底是谁的风景

我看到趋之若鹜的人
排着长队趴着云梯在攀登

我已经筋疲力尽
主动退出这场虚妄的纷争

终于看清了一张张嘴脸
无穷的欲望让他们丧失本真

面对丑恶我只想放弃
我只想站在远处或者远离丛林

或许这个世界得了绝症
我们有必要动用手术才能大功告成

# 致同学

我们从学校里走出来
走了二十或者三十年

记忆在时光中穿梭
友情在忙碌中缱绻
故事在校园里婆娑
年华在风雨里翩跹

曾经的爱恨情仇已不再流连
曾经的风花雪月已成为经典
不论相隔多远
心中依然弥漫着挂念
无论见与不见
脑海里还是原来的画面

亢奋的泪花依然晶莹
内心的潮水偶有波澜
真情的温度如昨
逝去的光阴虚幻

昨夜与今晨
或许只是一个梦的距离
相聚与分别
或许还将在小路上盘桓

# 羚羊梦幻

一条红色峡谷
羚羊曾经从这里穿过
风雨，盈满了鲍威尔湖
山洪，成就了科罗拉多

时光，掩盖了印第安人的记忆
梦幻，呈现给熙来攘往的你我

马蹄湾的瑰丽
格兰水坝的壮阔
还有那纪念碑峡谷
都无法为你评说

虹霞碎了，留下滴滴泪
人心醉了，回看星星索

心澈天蓝，长存梦里
无缘相守，仔细搜罗
飞沙落下三千尺
云愁雾散万里路
披着灿霞，神光闪烁

天宇飘来，嫦娥恍惚
似瑶池，若云河
你我之间
肉身与岩石的契阔

# 五月的黄昏

五月的一个傍晚
清风与树枝一起摇摆
我坐在大街的一角
品味孤老黄昏的风采

西山风情万种
八大处的蔷薇花正在盛开
石景山的月季花耀眼
让这个黄昏充满了期待

西五环，流年有梦
熙来攘往的车海
送走岁月，带走希望
韶华，变成无声的感慨

夜阑、人静、狗吠
微信上的照片扑面而来
群主不邀，我却无语
似乎一切都是最好的安排

情谊未必随岁月而变浓
疏与密难分好坏
无奈，都是一江春水
最好的莫过于可以释怀

# 如果可以重来

走过长长的路
知道了是非曲直
说过许多的话
懂得了缄默如金
做过太多的事
越来越茫然和无奈
想过此生的意义
不如从头再来

盛开的野花
为什么而芬芳
清澈的小溪
为什么静静流淌
如果可以重来
是否依然奔忙
真心的梦
依然躺在高高的谷堆上

# 梦想的种子

梦想如同金色的琉璃
攥在我的手里
紧紧地攥着
无怨无悔或者无畏无惧

梦想超然无敌
种子从不懂事开始
当梦想与我保持着距离
再回头，梦想已蜿蜒成足迹

梦想的色彩浓淡不一
许多人消失在纷争的崎岖里
我依然在或远或近的路上走着
梦想抽象成一颗泪滴

# 血脉里的回望

生命的滋味
被陌生包围
一条少年的街道
写满了清明的日记

月光偷饮了青春的美酒
我们都是愚钝的孩子
那些云中的秘密
成为我们旅途的天使

日暮乡关
院落里满是荒草和荆棘
思想长满了灰尘
我成了家门外的浪子

常记的，父亲的汗流浃背
永不忘，母亲那殷殷的泪
远去的乡村
回乡成为快乐的唯一

# 追不回的村庄

（1）

公路尚未铺到村口
前方，一条排干流过
路边长满了红柳
村民的房子七零八落

鞭炮放得鸡飞狗跳
残垣断壁下走出一位老婆婆
向日葵的秸秆堆放满院
苞米棒子码成一摞

饭菜还是记忆中的饭菜
酒还是三十年前的老酒
乡亲们绝大多数已经不认识了
传下来的民风依然古朴

不用在古老的民俗中称一称
就可以知道它的分量与刻度

（2）

陕坝是一个方格本
每一个格子里都写满了福分
一条条街道通往外界
高高的蓝天上飘着朵朵白云

这里虽没有童话
太阳依然照出童年的风景
这些年我的内心多了空白
曾几何时深感世事的寒冷

在这里我披着七彩的阳光
与春天一起把田园歌颂

（3）

我再一次回到故乡
仿佛每条路都充满阳光
乡音从飞机上延伸
陪我度过了一个春节的欢畅

我是故乡的影子
流浪归来又成了期望
用积蓄已久的泪水洗去黑夜
燃烧起瞬间的渴望

（4）

熟悉的街巷
熟悉的村庄
散乱的住户
高高的院墙

这就是我的故乡
房前屋后的炊烟
一个正月绵长的酒香
在游子的心中飘荡

（5）

那一张张脸，轮廓了岁月
是蹉跎少年
还是那位美丽姑娘

汽车和火车的笛音将我带走
也带走了她的向往
她只能把希望珍藏
藏在她日夜艰辛的田垄上

我沉浸于大都市的短平快捷
却失落了自由快乐的天堂
所有的一切都太晚了
我已经走不出这人来人往
走不回那麦田里的春韵秋香

# 纷纷的思念

又到清明
又是雨纷纷
怀念依然是那样坚定和从容

谁能阻隔这种风雨兼程
谁能读懂断魂的意蕴
湿漉漉的小径上都是断肠人

无须来安慰
也无须去提醒
烟雨蒙蒙就是最好的证明

心托起了灰色云层
眼泪聚拢起太多的感情
每一种都是不能承受之重

杨柳岸
一团团垂柳拂动
心波堤
一泓泓思念入侵

纷纷雨啊雨纷纷
没有酒家也没有牧童
杏花村依旧
那是生死契阔的又一次联通

雨过天晴
风更紧啊天更冷
到底是谁的节日谁的清明

# 长镜头与短镜头

人生都是长镜头
看得见冬夏也看得见春秋
每一程每一步
坎坷过后是坦途

生活都是短镜头
柴米茶盐酱醋油
看得见风采看不见辛苦
焦点中只是一朝朝一暮暮

长镜头和短镜头
记录着我们的所有
驻足好奇的瞬间
演绎每一个春秋

长镜头和短镜头
拍下了太多的泪流
还有蓝海和沙丘
不知道在哪里碰头
或许会在未来等候

# 清明雨

（1）

一场又一场清明雨
洒在我的心里
润泽我的血管
澎湃我的情绪

雨滴洒在墓地
生命仿佛又一次碧绿
天光云影的演绎
编织着人们的心事

多想看清关于您的音容
檐下风铃摇晃着曾经
回忆是一行行无须剪接的风景

我们的爱始终年轻
原来思念也可以很平静
总担心您的世界被雨吵醒

（2）

每一滴清明雨都是泪
哭红了我们的眼睛
爱在加重怀念不停
让爱的荒漠变成绿荫

天空阴沉
内心却很透明
每一颗滴落的雨滴
很凄美也很动听
我们之间恍若乾坤
我们的心却可以靠得很近

# 想起父亲的生日

今天是我的生日
我却想起了父亲的生日
多少次他精心地给我们过
而我们也以为自己才是唯一

父亲也有生日
他自己从来不是很积极
很多时候我们没有在意
只快乐在自己的天地里

长大了我们各奔东西
父亲会老早向我们提起
而父亲的生日
我们似乎早已忘记

不知不觉
我们都有了自己的孩子
祝你生日快乐的歌声
一年一度都会响起

而父亲渐渐老去
他与他的生日一样孤寂
终于有一天父亲不辞而别
悲痛让我们唤醒记忆

父亲啊，今天是你的生日
我要把快乐送给你
我知道歌声已飘向了远方
这是我送给你的第一份贺礼

请接受我的祝福吧
只代表我一点点心意
我要看着你的幸福慢慢长大
您的恩情永远住在我的心里

## 生活的滋味

生命，是一种味道
由淡而浓
或清纯或甘冽
或浓郁或绵长
日子，也是一种味道
在岁月的年轮中煎熬
由稀变稠
或寡淡或浑厚
或纯正或轻悠
酸甜苦辣
可以沉思良久
在繁华与喧嚣中
深深浅浅都是一种感受

红尘三千丈
味在山水间
生活，不总是一帆风顺
味道，也会千差万别
因为爱，所以放手
因为放手，所以沉默
因为一份谙熟
所以期待着一个回眸

喜欢那种淡到极致的味道
不咸不辣不甘不苦
一口浅酌万千体味
浓淡有致酸甜可口
尘烟几许慢慢咀嚼
虽历尽沧桑
仍温暖如初

生活的味道
完全由自己调配
清新，是生活的滋味
甘醇，是生活的滋味
苦涩，是生活的滋味
甜美，是生活的滋味
酸楚，是生活的滋味
辛辣，也是生活的滋味

生活的滋味
自己最懂
你感觉到的
别人无法感觉
别人感觉到的
你却无法体会

## 致青城

青城，大青山脚下的一座古城
青城，大黑河岸边的一个古镇

走近你，会想起王昭君
离开你，忘不了归绥城

而今我离去，我会想念你
我会想念你的春夏秋冬

从麻花板到青城巷
从护城河到长乐宫

你的形象宛若风的吟唱
我们是你的粉丝，随着你西走东奔

还有你四季分明的爱
不论在何处都有新的感动

而今我将离去
面对着你我泪如泉涌

我知道我会想念你
停下了脚步却感慨万分

我的快乐也将会为你而改变
因为我的离去让你孤苦伶仃

# 探　路

十九岁的那年春天
我考上大学去了首府
黄河为我送行
阴山为我瞩目
我把它们折叠好放在心底
开始了一段人生的探路

我记着黄河的话语
我懂得阴山的嘱咐
一本书就是一个世界
我去寻找其中的每一条河流
那条河静静地流淌
滋润着我的冬夏春秋

大青山或许是我的前生
土默特或许是我的圣母
呼和浩特的日出日落
为我指明了前方的道路
从海拉尔路到青城巷
我熟悉那里的所有

人生恍惚
几十年只是瞬间的奋斗
所有的故事都在梦中

包括所有的忧伤、痛苦和感悟
博物馆、赛马场、白石桥以及旧城的大牌楼
我把它们留在记忆深处
然后悄悄消失在一片晨雾

我从西客站慢慢走出
西三环、西二环都在拥堵
好不容易来到灵境胡同
中南海才让我终于搞清楚
万寿路的简约
翠明庄的朴素
开会成了习惯
熬夜经常会有
常常穿行于一条长街
习惯了京城的茶余饭后

天天从“前三门”经过
汽车像一条孤独的河流
打磨场的夜晚
华融大厦的伤心刻苦
三里河的春风化雨
玉渊潭的落日归舟
东四十条的日夜奔波
工体西路的寄居生活
那些月夜与白天

那些高官与厚禄
那一本本带血的文稿
那一次次无助的诉说

沿着那条消失的河流
我来到安外守候
记得那年春天
我如同一叶孤舟
在没有河岸的地方
期盼一处有人的港口
从前都已逝去
眼前只有黑暗与孤独

# 父　亲

多少次跟着你
即使跋山涉水
也不觉得山路逶迤

多少次面对你
纵然天高海阔
仿佛白云飘的那么低
那时不明白这一切
以为会永远和你在一起

多少回向你索取
后来才知道你也不容易
多少次离别后
转身却看见你在偷偷抹眼泪

就在那个春天你走了
走得那么快啊那么急
从此后再也无法见到你
才懂得你是我的唯一

啊，多想像从前一样
牵着你温暖的手
而眼前只有你的遗照无声无息
多想让时光回到从前
和你聊聊天叙叙旧
不再让你我有片刻分离

# 桃花开了

度尽一冬的劫波
春天不远了
梦中的故乡
桃花儿开了
绿了城郭，红了枝头
蜂飞蝶舞，欢畅了小河

故乡的小村庄
如画如歌
成群的牛羊
走过东边的大土坡
片片的麦田
与西面的小河一起欢乐

村民们坐在大树下
对比着今昔的生活
清风摆动树枝
花香飘向整个村落
蛙声阵阵
花雨漫天飞舞

## 怀念故乡

回乡啊回乡，伴着月光
让我再看一眼，记忆的村庄
尽管我是多么向往
可如今的故乡已变成一座工厂
小河被挤得头晕脑涨
麻雀被惊吓得慌慌张张
只有雄伟的烟囱，随风飘荡
只听见犬吠，没有了牛羊
唯有那一行行老玉米
满足了我的守望

今夜的我在繁华中迷茫
记忆在村庄与高楼之间游荡
岁月是一块石头
上面刻满了缕缕沧桑
时光磨去棱角
变成晶莹多彩的梦想
或者成为一件青铜
等待后人鉴赏

# 怀念的总是那些过往

年岁渐渐大了
心情开始老了
眼前的事情记不住了
怀念的总是那些过往

突然喜欢安静了
突然喜欢孤独了
厌恶了纵情的热闹
怀念的总是那些过往

怀念总是默默的
回忆总是真情的
愚钝的脑海
怀念的总是那些过往

曾经那么甜美
曾经那么伤痛
尽管有那么热烈的曾经
怀念的总是那些过往

失败了不用怕
成功了也没什么
最终都是一无所有
怀念的总是那些过往

## 离 骚

命运是一把剪刀
剪断了翅膀也剪断了脚
不被理解的心痛
只好沉在汨罗江的怀抱

清浊有致的沧浪之水
无法看得清历史的分晓
刺痛的心溅落长江
留下一首千古传颂的离骚

是非中的每一刻
心碎前的每一秒
只有无尽的愤怒
没有媚俗的祈祷

# 当所有人变成了模特

社会在变，环境在变
虚伪躲藏在人与人之间
华丽的服饰
冷冰冰的笑脸
当所有人变成了模特
身心也被装扮成正反两面
内心是原始的渴望
外表是完美的光鲜

世道在变，人心在变
富足的生活并没有加固安全
香车与豪宅
掩饰不住空虚的意念
当所有人变成了模特
纯真有谁能看见
是非善恶无人去评判
喜怒哀乐都是一种表演

## 我用双脚丈量人生

我用双脚丈量人生
一步是真诚，一步是虚空
牵着灵魂的衣袖
从混沌走向光明
失望、被动、努力、打拼
走出失败的光影
转身，停顿，思慕，憧憬
从别人的风景里寻找春风

花开在异乡的梦里
我用怀旧打发浮躁的征程
世风日下无法改变我的忠诚
人心不古无法撼动我的初衷

尺有所短寸有所长
夜正长路也正长
十字路口留下我的无助
里程碑上写下我的坚强

苦辣酸甜都是路上的沙砾
爱恨情仇都是途中的胡杨
我从溢满花香的枝头走来
又向满是荆棘的沙漠走去
让春夏秋冬变成一首交响

## 同窗的守望

### ——纪念大学同窗 30 周年

同窗，同学
同学，同窗

还记得
刚入校园时
那份矜持抑或激昂

曾迷恋
为中华崛起时
那种发愤读书
那种生龙活虎的模样

后来
我们天各一方
姑娘，纵容过柔情
小伙，激荡过梦想
在各自的田园上自由歌唱

再后来
音信全无
却时有念想
十年相聚
然后再东奔西忙
总以为还是当年那样

如今
似乎有些自满
似乎有些迷茫
虽然大梦改变了长相
虽然个性不再去张狂
我们依然要振翅飞翔

当理想破碎了
洒落满地
有一种无法重拾的惆怅
却不甘随意地捧起
或者轻易地把它埋葬
我们只是静静地
清理那些挂满尘埃的信仰

有时候
我们也很纠结
刷刷微信或者上上网
想知道同窗的点滴动向
哪怕是随意自拍的某一张
然后便是回忆
让黑夜一口一口吞噬
那些曾经的年少轻狂

更多的守候
我们会骄傲地说起
我们之间的某某同窗
有时又想
倘若能重返光阴的渡口
你是否还愿与我再做同窗

## 突然想起

突然想起
你是我的唯一
这昏暗的夜里
在白昼的雨里
你只留在我的记忆

突然想起
生命中的多少考试
成功在哪里
失败在哪里
所有的答案都很凄迷

突然想起
人生的全部意义
是非成败也好
风霜雪雨也罢
爱恨情仇最终都会消失

突然想起
所有的事情都会过去
幸福的欢天喜地
痛苦的声声叹息
都是感觉发出的信息

突然想起
全世界都拥挤在人群里
疯狂的摇滚
凄婉的讶异
每个人都是一首歌曲

# 赵家的狗

我一直想有一片森林
里面有我喜欢的风景
一匹马从我的心底腾飞而去
我看见满天的星光与我共鸣

我沉湎于这样有趣的森林
看到整个世界和谐的律动
我用心在这个孟夏煎熬自己
一段生命就是一盏点亮的灯

有多少光芒就有多少眼睛
正义正在塌陷，桃花已经凋零
整个下午我被火烧火燎
我只能望着它烈焰熊熊

因为不小心，碰撞了幽灵
时间永是流逝，天下总不太平
赵家的狗，依然乜斜着眼睛
它撕咬着骨头，不肯丝毫放松

有限的几个蛀虫，一路逡巡
无心过问，也不愿意停顿
内心的挣扎，徒手的抗争
前行的历史，正如煤的形成

# 夏雨疗伤

时光的脚步踉踉跄跄
是谁打磨了你的青涩
是谁锻造了你的刚强

生活的酒，需要慢慢品尝
人生的路，需要独自度量
总有一些思想在四处流浪
总有一些感悟在夹缝生长

太阳在上，大雨猖狂
有时会温暖，有时却寒凉
风雨交加，何处躲藏
善变的人啊，总有些小伎俩

我曾经寄望有一棵树
不仅长满绿叶，也能长满善良
我曾期盼有一场夏雨
既能消除炎热，又能消除惆怅

## 你就是我的童话

总想去追求那片繁华
却不知如何去表达
曾记得那只是雪月风花
从未把那抹风景摹画
你微笑着向我走来
或者藏在月亮之下
你说你送给我的
是那片殷红绚丽的朝霞

我拉着你的手回家
你的短裙像一朵喇叭
你的影子徐徐摇动
踩着那些斑驳的月华
我知道你是公主
你却闪烁作答
一条路曲曲弯弯
我们的誓言在这里长大

你是一朵东北的雪花
整个冬季都没有明显变化
你不在乎世俗的温差
该盛开时盛开该融化时融化
不论人情冷暖世态炎凉
你总有自己的独到想法

你不在意热闹的喧哗
你只在意人心的牵挂
当岁月流过美丽的脸颊
你依然故我地走过一个个冬夏

走过那条长长的海拉尔路
往事随风
我们也曾浪迹天涯
青山隐隐旧地重游
依然不忘原来说过的话
风景依然
我们都有了不少变化
路边的街灯闪烁着
原来啊你就是我的童话

# 春天的脚步

春天，从深深的冰雪中悄然而起
让燕子，穿过柳枝激活一泓湖水

村庄，沉睡在淡淡的水墨中间
让远山，轻轻托起一缕缕炊烟

春天来了，可以听见她的脚步
裹着彩衣，舞动着杨柳

唤醒了冬眠的小草
香薰了翘首的花蕊
把一片一片的大地爱成最美

春天的脚步，烂漫了山野
催促着小溪，染绿了田间
鸟儿伴着她鸣唱，花儿随着她绽放

我的思念，连接着云端
我的缅怀，叩击着大地
我追寻着春天的脚步，如痴如醉

我知道，春天且行且止
从我的眼前经过，从我的嘴边唱起

我望着，春天的脚步一路蜿蜒
天风阵阵，构建一场又一场宿命的轮回

# 远　方

远方，一个撩人而纠结的所在
远方，一个确定又缥缈的地方

年少时，满以为远方是一座天堂
长大后，才懂得远方是一路奔忙

远方，促使人放下名缰利锁
远方，激励人跋涉山高水长

生活，把远方与诗连接在一起
情怀，让远方与爱珍藏在心房

世界，没有比心更远的长路
生命，没有比梦更美的向往

别人的远方，或许是你的所在
你的远方，或许是别人的逃亡

尽管，月落乌啼不解人间百态
尽管，爱恨情仇浸染岁月沧桑

不在乎，一辈又一辈的长夜梦断
也不在乎，一茬又一茬的凄迷彷徨

挫折与苦难，也许会裹挟命运
理想与信仰，可以等同于远方

纵然，岁月关上了征途的记忆
相信，黑暗遮不住天空的星光

# 我在冬天守候你的春天

我是野花
你是雪花
此时此刻
相逢在深冬的檐下

我被风击打
你飘飘洒洒
一瞬间
不知你去了哪

我落地生根
你早已融化
或许汲取了你的营养
却始终无法和你对话

我在雍容华丽的檐下想象
你的美貌让我仔细描画
我在冬天守候你的春天
向粉丝一样等待你的到达

漫长的期待凝固成大山
激情的守候摇曳着蒹葭
一行大雁飞过清晨
我的双脚已开始出发

# 思想的旷野

（1）

我走在童年的旷野
总听见牛羊的叫声

我沉睡在牧歌的春天里
被期待的那缕春风唤醒

世界遥远又无限
我却无知而多问

理想的花开了又谢
希望依然含苞镇定

纵然前方长满了荆棘
没有什么能阻遏前行

时间是一把锋利刻刀
把我的思想雕刻成型

每一个纹络都变成守旧
每一种步态都展示因循

（2）

我站在故乡的黄昏
心中已经春意萌动

我睡在老屋的黑夜里
纠结着一个偏狭的梦

狂野的心没有羁绊
孤独却如飞舞的鹰

冷漠好似寒光照射着我
无助为什么总伴随无情

一阵电话铃声把我从梦中惊醒
一只鸟轻捷飞过我眼前的天空

时间是一把锋利刻刀
把我的思想雕刻成棱

每一个造型都变成独有
每一次冲刺都展示从容

# 青岛，不只是一个地方

来小城，出车站，走街巷
访崂山，吃蛤蜊，观海浪
是谁，把岁月的灰尘洒落在栈桥上

太清宫的古树
华严寺的莲花
又一次把我的眼睛擦亮

八大关的风
八大峡的雨
永远改变不了历史的方向

谁的心花怒放
谁是迷途羔羊
谁在抬头张望
谁在低头怀乡

内心的青，成为一扇窗
内心的岛，变成另一扇窗
山环水绕，咀嚼着我的目光

生命从这里走过
青岛，不只是一个地方

# 人生之路

每个人都在苦苦寻找
却不知人生只是单行道
起点与终点之间
充满了无数的问号

有的行程长
耄耋之年不算老
有的行程短
英年早逝把命了
无缘欣赏路上景
宏大志愿落空了

有的一路坎坷无依无靠
有的颠沛流离无尽烦恼
有的有靠山有背景横行霸道
有的无所畏无底线一路逍遥

有的衣食无忧轻松自在
有的宵衣旰食争分夺秒
有的轰轰烈烈风云叱咤
有的默默无闻孤苦寂寥
有的漠视良心伤害无辜
有的悲天悯人伤心痛悼

世上的路有千万条
天下的事值得反复思考
熙熙攘攘的街角
来来去去的人潮
匆匆忙忙地赶路
日日夜夜地祈祷

# 送　别

在五月仅存的春风里
为你送别
在夏天最近的入口处
看你走远

T3 的人海之中
是谁扰乱了我的远望
杨林大道上
是谁牵引着我的挂念

相聚的日子总是短暂
分别的一刻如在瞬间
目送你走过那座无情的闸口
拍着你的肩膀看你离开视线

三更半夜里惊醒
本是期待你抵达后的回电
望着半空的残月
却在慨叹我守不住的流年

脑海里都是你的片断
随意捧起一本书翻翻
不是所有的日子都可以重来
不是所有的错过都可以置换

愿你不要一味儿女情长
不要让你的意志左右为难
愿你的学习按计划行进
不要忘却初心左顾右盼

# 我的预言

我的预言没有色彩
总是与阳光和夜色在一起
总是应验在善良的歌声里

或许你可以遗忘，也可以无视
预言无所顾忌，它是一个定理
像静穆的微风飘在每一个日子里

生命的每一个日子都是预言
预言生，也预言死
预言春的来临与冬的叹息

我的预言不是季节对岁月的私语
而是对强权和野蛮的痛击
预言准确无误，规律无法规避

# 塞外书

（1）

塞外，依傍着现代
出塞是锦旗，入塞是锣鼓
铁马冰河，狼烟四起
还有身负和亲使命的公主
看热闹的人群渐渐散去
留下关塞的废墟和堆积的尘土
如今我走过高阙，登上鸡鹿
几多感慨，内心无助

（2）

阴山，多么悠远
曾经，不让胡马南过
雄关，春风不度
烽火，困顿成幽怨的歌
边地的阴山，巍峨在塞外
勾画成历史的轮廓
眺望，已成为一种习惯
触摸，酿成酒、礼成佛

（3）

激情澎湃的时候
人世在寂寞中轮回
可以割断历史

却无法摆脱命运的轨迹
不知是理想变成了岩画
还是岩画宣泄了真理
马车碾过狂野
繁华凋零成一首落寞的诗

（4）

如果阴山是弓
那么黄河便是弦
十八弯是如泣如诉
我在弓弦之间整理华年
时光的村落里
谁能避开喧嚣侵染
而黄河的“几”字形状
告诉我世事的曲折蜿蜒

（5）

丰收的季节
不知我的归来
靠近大片大片的农田
我看见日出云开
岁月走过河畔
我望着河水感怀
污染已经无处不在
我该向谁去表白

（6）

无奈的荒原之上
只有我苍白的叹息
不想让别人操控自由
只好让内心荒芜
我辗转的身世
婉转在灵魂迷途
多少梦想
像胡杨树一般干枯

（7）

枯槁的关塞
守望着一方风景
就像我在风中屹立
眼睁睁看着希望变成魅影
碎石累累，夹杂着我的泪
我的衣冕，履历了岁月的风程
站在城堞之上
任由岩石雕刻心灵

（8）

三盛公，我想起王维的诗
孤烟大漠，落日长河
黄沙依旧漫漫

我不再怀恋那些传说
诚服于命运的安排
如何行走没有对错
当一切虚无渐渐散去
内心才有了饱满的收获

（9）

从故乡的眼睛里
我真正懂得四季的流转
一切都是过程
没有必要长吁短叹
人生有如初恋
仔细品读每一个成败的字眼
忽然发现，爱情温暖，犹如诗篇

# 你们俩

——致新婚

你们俩
是一座山上的两个山峰
峰回路转
越来越靠近

你们俩
是一条河里的两条小鱼
相濡以沫
齐头并进

你们俩
是一朵花中的两支花蕊
并蒂怒放
迎接新春

你们俩
是一棵大树的两根枝杈
遮风挡雨
泽被人生

你们俩
是比翼鸟，连理枝
你们俩
是同根兰，并蒂莲

你们是大海中的航标灯
两相呼应
点亮航程

你们是暗夜中的两团火
激情闪烁
温暖人心

人生的路上
相依相伴
生命的旅途
携手并肩

我们
也曾有过与你们一样的华年
也曾是水，也曾是山
也曾是橡树，也曾是木棉
根，紧握在地上
叶，相挽在云天

走过的路，仿佛昨天
心中的爱，永恒的挂牵
而今唯愿
珠联璧合情如蜜
海誓山盟比石坚

# 走在冷风中

走在冷风中
徘徊在自己的风景
不想更改轨迹
不再怨天尤人

季节依次变换
不外乎春夏秋冬
走散了一些故旧
结识了许多新朋

路过的景致不再
说过的话早已随风
多少狰狞的面孔
定格在凌乱的画面中

我知道，我的愿望
一直常绿常新
我期盼，我的诅咒
能够百发百中

是谁误我太深
让我暗夜重重
外面已是风生水起
内心叶落纷纷

封锁成为常态
讯息阻隔于纷争
低头依然很难很难
祈祷总是那么虔诚

我并不怨恨
也无从去愤懑
我甚至可以想象
一切都会无动于衷

许多事情不是没有想到
只是步伐过于沉重
低语或者大笑
戏分太浅情分太浓

我甚至认定
我已被幻象洗劫一空
尽管有多种理由
还是留恋那一场梦

我并不看重我自己
看重的是自己肩负的使命
不论理由多么神圣
我的内心总是无法遵从

我对大地的炽恋
让我平凡一生
我对纯洁的追求
比草更绿比水更清

# 岁月的转角

原本四季分明的地方
被霾搅和成异样
三九不冷，三伏转凉
无精打采，放浪时光
二环三环，环环外扩
天坛地坛，坛坛相望

轻轻地穿越在岁月的皱褶里
只看见浪花，看不见海洋
朝代像一季季的花朵
开了谢了，静静绽放
文字可以随意修改
历史不是随意裁剪的衣裳

故宫的大殿
枕在王朝的琴弦上
在岁月的转角处
看过凄风苦雨世态炎凉
景山与白塔
见过多少改弦更张

我们曾经荡起过双桨
我们也曾企盼过幸福从天而降
口号一个比一个美丽

许诺堪比悠悠清唱
多少日子过去了
看到的只有落满残荷的池塘

也曾驻足心灵的故乡
也曾写过温婉的诗行
走过岁月的转角
从晨光到夕阳的守望
然后一直等到
把荒凉换成辉煌的月亮

# 心的故园

灵魂深处的一个梦
埋在了故园
对了，那是我永久的依恋

梦难醒，醒又梦
乃至于离开多年
依然可以把一个个碎片
拼接成一幅长卷

不期望有谁还会把我想起
也不刻意去专注某种怀念
那只是一种心灵的直觉
让曾经在曾经的路上回到从前

啊，如今我再次回来
听黄河对阴山慢慢诉说
我只能执手相看泪眼

我守着多年的一壶老酒
而盼我等我的那个人已经离去
我在田野上多情瞭望
我在河岸边窃窃私语
我在童年的记忆里叱咤风云
我在故乡的梦境里细做深耕

或者月冷大漠
抑或星垂沃野
即使我们曾在风雨中走散
也只是去寻找各自的心灯一盏

# 看　天

雪花飘飘，飞过眼前
我细心观望，泪盈双眼
天时人事裹挟着我
走过波澜不惊的十年
北三环连接着安外大街
从楼的冷漠到一个人的无言
斗室有边而天无边
眼界有限而想象无限
思想长满了杂草
每一夜忧思都化作翻飞的蝴蝶
走马灯般交替变换的人影
喜剧与悲剧不停地上演
遇到的几近培娄[1]
失望比希望加倍地繁衍
低头可以擦掉额头的汗
仰面却看不清雾霾的凶险
这几天多有失眠
只好向一波又一波的心思许愿
独对苍茫
我想过后羿射日，盘古开天
而我的身边
却没有必备的弓箭

---

① 培娄，本作“部娄”。小土丘。

# 三十年

三十年，本来是一个时间概念
三十年之后，却变成了一种怀念
三十年前，我们期待全新的开始
三十年之后，我们期盼曾经重现

曾经的四年，从稚嫩走向成熟
四年以后，我们随着心愿走远
三十年，我们用心血和汗水写书
每一页，写满了用心编织的赠言

如今一页页翻阅，一万九百五十个日子
一步步，将我们推向知天命的壮年
我们曾有过，充满激情的岁月
我们也曾有过，辗转反侧的无眠

三十年的岁月面向田野
我们的内心长满了狂野
走南闯北，装上了面具和脸谱
戏里戏外，笑了哭了哭了又怨

我们经历过，夜晚落幕时的无奈
我们也曾经历过，暴雨与雷电
再怎么躲都躲不过岁月的涂改
再怎么逃都逃不过时光的改变

# 旷野里的呐喊

记不清多少年了
我习惯于赞美
不习惯去呐喊

虽然不是到处莺歌燕舞
至少也有风花雪月
甚至是千古绝恋

物质满足了衣食住行
精神缺乏到饮食难安
走向寺庙去寻求支柱
接近山水却少有愉欢
难道，真是贫穷得只剩下钱了吗
不对，还有那至高无上的特权

那些至纯至净的人
朝着善良的方向
像水一样蒸发了
优良的传统丢弃了
一些人，只认权钱不认良心
诚信变成了标语
欺诈变成了学问
霸道变成了强势
愚蛮变成了纯真

无知与贪婪
扩张了每一根神经
让千疮百孔的道德
更加弱不禁风

我站在旷野里，那么孤苦伶仃
手捧一本《论语》
所有的文字都变成呐喊
一边面对唐宋
一边面对明清
我的呐喊留在旷野
我看着它们零落成风

# 金色的毡房

在我遥远的家乡
有一座金色的毡房
就在那阴山脚下
依偎在九曲黄河岸旁
那八百里河套平原
也在为她打扮梳妆
百灵鸟为她婉转鸣叫
黄骠马为她飞腾痴狂
世面太脏，唯有这里洁净
因为有不说谎言的阳光
城府太深，唯有这里纯情
这里是不讲交易的地方
或许，一天很短
来不及告别清晨，就已经挥手黄昏
或许，四季如剑
才见过初春，便迎来隆冬
唯有，金色的毡房
可以享用一世的美好风景

## 草原四季

当春天到来的时候
草原心动了，开始冰雪融化

当夏天到来的时候
草原开心了，草木繁茂开花

当秋天到来的时候
草原空阔了，车辙通向天涯

当冬天到来的时候
草原雪封了，千里舞动白纱

尽管家遥路远
也要扬鞭催马

尽管外面的世界很精彩
只有草原才会四季如画

# 思　忖

不知道春秋如何转换
不懂得故园何以沧桑
青葱年少已成翻过的一页
耳鬓白发闪耀着岁月的光芒
对于自然
大地是享受的占有
而天空则是冲动的欲望
对于自己
真情总是无限的伤感
而爱恋则是一生的痴狂
曾经坚信美好不犹豫
曾经确信真理不彷徨
原谅过荒谬欺骗真理
原谅过魑魅挑战魍魉
原谅过水对山的诺言
原谅过情对爱的痴狂
满以为寒流过去春天不远
却发现人心比寒流还要荒凉
心躲藏在寂寞里
说不出自己的忧伤
遗憾洒落得满山遍野
幽怨却竞相开放
独自坐在理想的彼岸
看着一弯冷月沉醉在河床

## 残月遐思

夜已深，捧着一弯残月的心情
十里长街，纠结着凛冽的风

四十年，怀念如此笼统
还有谁，铭记着你的英名

海棠花记得，还有西花厅
永远的总理，音容依然浮现夜空

找寻，仰望，我泪眼蒙眬
四十年，你把满满的爱培植成绿荫

折叠河山，描图造梦
幸亏有你，可以安抚所有浮躁的心

一船渔火，开启了“一带一路”征程
亿万民众，承接了你的雨露滋润

奔腾的江河，遗愿伴奏龙行
孤寂的云朵，吉祥昭示长空

一弯月，点亮民族的苍穹
万颗心，成就华夏的图腾

# 追　求

许多梦，大半烟消云散
留下的，时时依偎脑海
不知何时，我与她不期而遇
全身心投入，而且步调一致
漫长的路，尽管总是沟沟坎坎
缤纷的色彩，更加扑朔迷离

一路走来，来不及盘点
纷纷扰扰，迷失了自己
或者，像两条平行的直线
没有交集，也没有消息
漫长的时光，陪我行走在异乡
那些光芒，已经爬上了天梯

蓦然回首，有一丝惊喜
仔细盘点，却不再真实
几多感慨，随喧嚣而起
你在这里，我又在哪里
四季不变，却徒增了冬季
霜雪严寒，我不再轻信神奇

空间很窄，头可以抬起
世事混沌，却难辨真伪
人与人，离得很近

目光之间，延长了距离
是谁，在错过的时段恋恋不舍
无奈，依旧如同背影般失忆

追寻，曾经高扬的旗帜
心无杂念，全是动力
信念的花瓣，纷纷飘落
所有的慨叹，我听到杜鹃的鸣叫
我看见风正把朵朵白云
刺绣在我的心里

# 洗　心

寂寞成画，在暮色中悬挂
身在谷底，谁说势必是一路向上
曲折攀爬，或许会迷失了自我
拂尘掠影，留一份纯真体悟苍茫

朝代如同走马灯一样
我们只不过晚一些出场
花不是永远都要开放
人不是个个都能善良

风从盘古开天时刮起
雨自仓颉造字中飘坠
当黑夜变成一张纸
是谁把正义推向黑暗
又是谁把邪恶嫁祸于良知

蚂蚁忙碌于洞口
人群奔走于利益
地球变了，水陆还在
环境变了，四季还在
世道变了，是非还在
人心变了，善恶还在

一条泥泞的小路蜿蜒而去

阴山作词，黄河作曲
故乡是永不落伍的韵
护送着我百感交集的心语

在青蛙和夜阑的对叫声中
唤醒了我的童年
在黑板和书桌的对视当中
检阅了我的青年
在世俗和清雅的对峙之中
流放了我的中年

我从西周列国中走来
又从合纵连横里走去
双手合十
只是一本经卷的距离
泉声洗心
却是一个地老天荒的记忆

我冲着北斗扣问
什么是成功
什么是败北

一穗穗麦芒向天呐喊
一杆杆玉米顶天立地
陪伴我并不孤独的相思

# 冰雪深情

我心透明，你身轻盈
穿越千年的迷雾，历经百般凄苦
有种离开，没有悲苦
淡淡情绪犹如冰飞雪舞

有种思念，似哭未哭
离离浮生犹如晨露
在繁华散尽之后
把所有的情节凝固

有种信仰，演绎幸福
一米阳光拥抱一寸甘苦
紧握着季节的冷
踏上春华秋实的旅途

梦境完美，现实残酷
三十年光阴转眼虚度
即便是用尽所有的力气
也画不出我想要的蓝图

笑中有泪，谁会在乎
我不过是被生活驾驭的一叶小舟
在日月翻转之后
总是在设想着最初的最初

# 传　承

传承，是一门功课
从远古流传至今

远祖，我们无法回眸
未来，飘成一朵云

多少相思与离愁
萦回在生命的乾坤

精粹，还是糟粕
智者见智，仁者见仁

每一棵古树，都有新的叶片
每一条道路，都有新的征程

是什么在驱使，一路远走
永不懈怠，就是永生的传承

今生，跋山涉水
寻觅，前辈失落的精神

多少次，忐忐忑忑追问
多少回，寻寻觅觅行踪

# 山水情

牵着南国的秀水
挽着北国的轻风
这一派壮美的山水啊
就是我的脉脉温情
春风知道
夏雨知道
我心里装着，珠穆朗玛的月
我眼里沃着，东海之滨的灯

迎着泰山的红日
追着昆仑的祥云
这一幅锦绣的江山啊
就是我的款款真情
长江知道
黄河知道
我始终眷恋，九州那不老的绿
我无限向往，五岳那永久的红

# 望 月

月光在屋顶上舞蹈
激活了我记忆的鸟巢
衔着梦的缥缈
不知该向谁来祈祷

雾霾让我忧郁般苍老
抑或在我的心头笼罩
那久久不散的表白与聒噪
一声比一声清高

唯一无虞的预料
就是等待风来时的远眺
廓清思绪的野草
如若倾听一场冗长的报告

岁月装点了容貌
就像一次次耐心的白描
内容空泛而无聊
像浓厚的尘雾也像急遽的风暴

未来是时间埋下的腹稿
总有倾吐时的高妙
人与人之间的无限纷扰
都要交给历史去打包

# 冲破牢笼

生活在思想的牢笼
到哪里去找暖人的春风
就这样亦步亦趋地耕耘
习惯了百年不变的温顺

黑夜悄悄吞噬了光明
思想却在黑暗中搜寻
没有了白天的车水马龙
一瞬间开始了万马奔腾

傍晚像恋人一样多情
刻意把天边抹成殷红
我爱这青瓷一般的夜空
还有那动若眼睛的星星

不必去旷野觅踪
不需要日夜兼程
冲破那思想的牢笼
就会创造新的生命

# 爱的呓语（二首）

**其一**

生活的七彩
描摹着我们的青春
时光的脚步
围绕着生命的年轮

你和我
从不同的方向聚拢
心与脚步合律
像名曲般委婉动听

飞翔，是我们追逐的梦
跨越，是我们牵手的风
情用心铸，爱用梦工
为爱而行，永不雷同

如果生命是一张素白的纸
那么爱便是一方绝美的风景

**其二**

初恋，给了我们玄妙的天空
随后的结合，让我们扎寨安营
当我们融入了彼此的世界
还会有几多风雨几多晴

走过了，梦醒了
各种画面伴随着旅程
桃花开了，梨花白了
河水汤汤，绿树红粉

手捧着滚烫的心
继续开启爱的远征
沐浴着夏雨春风
感受过寒霜与秋冬

# 回　眸

你鼓动风云离我而去
你折叠山河了无牵挂
你就这样走了吗?
我守着孤独，望断天涯

我爱天地，你说是天大地大
我恋山水，你说是景色如画
我愿行走，你要我写好一撇一捺
我要退却，你要我感悟秋实春华

我在别人的指掌中饱受惊吓
我在人世的怀抱中苦苦挣扎
山无棱， 江水干了
夏雨雪， 天地合， 一路风沙
睁开眼，回头望
人迹罕至，已是夕阳西下

# 小　路

一条小路，在脚下延伸
回头看，已经弯曲成绳
一头在我心里，一头在苍穹

挽着小路，我五味杂陈
多少往事如梦，多少好梦成空
唯有小路，处处含情

故国，被剪成碎片
人情，或已冻结成冰
落后与愚昧，媾和成一种痛

所有的难题，被历史解构
所有的英雄，被大浪淘尽
小路变成大道，从天黑走到天明

# 河　流

河流是一条又一条弯弯的曲线
生命总是依附在她的身边
河水是她赖以存在的根源

从大河出走，又回归大河
河水汤汤，穿心而过
没有人可以离开水而生活

河水欢唱，川流不息
生命中，总要珍藏水的记忆
总有一片月光，映照在河的心底

傍水而居，是河流的魅力
上善若水，是生命的皈依
河水的流动，演绎着许多哲理

敬畏她，总喜欢向河流敬礼
因为在河流的尽头
总可以闻到大海的气息

河流总有相似的面孔，却没人读懂
自由、放纵，还有温存
可以把英雄淘尽，也可以丈量人生

# 过年断想

过年，不只是汇聚亲情
更重要的，在于安放心灵

过年，所有回家的脚步
永远赶不上归心的速度

过年，可以把时间和记忆拉长
难以割舍的，除了爹娘，还是爹娘

过年，就是让远方打拼的游子归来
歇一歇，缓一缓，让一切重新开始

乡音，似川流不息的小溪
随着过年，从四面八方向故乡汇集

是谁，选择在春天过年
仅仅是因为一年之计在于春吗

如果说，生命是用来浪费的
那么，过年也是这样的

一年又一年，眼瞅着
母亲的头发，渐渐飘成了雪

在爆竹迸裂的那一刻，捂着耳朵
恍惚看见了，那个从小护佑我的影像

围着一座坟茔，其实并不陌生
而此刻只有哭泣，没有心灵

贴春联的时候，忽然想起
那个最早教我写春联的人，只能回忆

每一个除夕，都被焰火与晚会燃烧
每一个春节，都让亲情和友情沸腾

爆竹炸响的，是春联的意象
红灯闪烁的，是报春的梅花

每一句话，饱含着新年的祝福
每一杯酒，盛载着新春的阳光

归来或者离开，都是以家的名义
告别或者欢送，构成春节的全部

过年，在一句句祝福声里开启
过年，在一阵阵送别声中落幕

# 拜年随想

一晚上狂轰滥炸之后
让拜年来收拾残局

拜年，是国人独创的游戏
如今，已经开始感动寰宇

拜年，其实就是新年礼赞
频频传递的，依然是一种正能量

拜年，是一种喜庆的交流与分享
不怕重复，也不厌其烦

拜年，就是在“过年好”的道贺声中
拉近彼此心距，增进相互感情

守岁，是保存量，真正的意义是惜福
拜年，是求增量，终极的目的是祈福

谁都明白，拜年的形式重于内容
不问结果，更不求兑现

拜年，本是聊以自慰的
好话讲给人听，希冀留给自己

因为人生在总体上是一场悲剧
拜年，就是通过祈愿来改善人生

# 老 师

是你，开启我寻求光明的双目
世事变迁，人生短苦
方才懂得真理的朴素

是你，潜心在学子的作业上匍匐
既改文词，又标句读
每一行评语，都有你的微笑与沉默

是你，牵引着我们青春的脚步
像春蚕，更似红烛
一路上，你总是义无反顾

是你，精心酿造着清泉与母乳
循循善诱，丝丝入扣
多年以后，依然不忘你的叮嘱

老师，永远在我的内心深处
春风夏雨，道疏德芜
名利之下，永远不改我的情愫

# 饥　饿

饥饿的感觉
陪伴着我的童年
那是一种锥心刺骨的痛
铭刻在我幼小的心田

父亲的汗水
无法抗拒饥饿的频繁
母亲的辛劳
无法抵御饥饿的摧残

吃糠咽菜
多么平常的日子
狼吞虎咽
永远吃不饱的遗憾

饥饿让日子的脚步变慢
饥饿让生活的希望阻断
黑暗的影子掉下来
食物的芳香氤氲一片
肠胃在慢慢蠕动
咀嚼着岁月的苦辣酸甜

小鸟飞过我的头顶
我羡慕它自由如闪电

而我毕竟不是小鸟
饥饿依然是我的梦魇

饥饿是母语中最直接的字眼
在一次次的忍饥挨饿中判断
即使因饥饿而昏迷不醒
吃饭，依然是我最大的心愿

阳光不在的天空
街头是满目的迷茫
来来往往的人群
你不知道他们有多忙

生存变成了枷锁
生活不知道方向
满街林立的高楼里
无处不有饥饿的理想

追悔的全是破碎的昨天
抬头强颜欢笑
低头只是黯然神伤
快乐都变老了
不再是从心到眼的明朗

繁华都在镜子里

失去的却是昨天的希望
甚至没有时间收拾
只盯着资产负债表的进项
收入里没有爱
到头来还须把欠债补上
而明天依然贫穷
可怜的追求像空虚一样

寻寻觅觅
全都是扭曲破碎的伤
命运给人们安排了坎坷
现实却总是缺斤少两

叹息，白了少年头
消沉，却要枉过一生
用瘦弱的身躯攀缘葛藤
却无法把握命运的前程
凄风苦雨中听我的声音
死得比那湖水还要更加平静

我赤着双脚前行
征途上有顽石一般的坚硬
还有一丛丛拦路的荆棘
没有人怜惜我哪怕一丝丝温情

我有向恶势力挑战的个性
哪怕历经挫败，绝不轻从
当饥饿化作无名的饕餮
用什么去迎接理想的光明

当心里只有自己
结局就只有孤独
当无法自拔于怀念
自然就不会有前途

生命假借世界激情吟诵
人生凭借信仰斩获丰收
岁月半掩于古老的空城
思想捅破哑剧与景色共有

历史在陶器中辨别朝代
鲜花在摇曳中遭遇寒秋
算命、占卜，还有巫术
青天顶在头
尽管花样百出
都是乱象丛生的时候

物质折磨着精神
饥饿惩罚着我们的神经
理想在大地上碰壁

却为生命原野的绿洲而感动

在生活的荆棘中穿梭
感觉孤独而空灵
同行者寥寥无几
卑微的心在乱闯红灯

精神的田地已经穷山恶水
精神的孤独已经山残水剩
从草根的乡村
走向上流的城市

从庙堂之上
回复现实的种种
理想越高欲望就越大吗
用什么来承载自身的沉重

多少人
为了自我理想与孤独精神
坚守着独自的天空
多少人
忍受着绵绵无尽的挫折
在孤苦中默默前行

时光滋生了无边的郁闷

痛苦中滋养着思考的人生
尽管脸上是受尽饥饿的面容
眼里却饱含着滴滴赤诚

欲望布满天空
饥饿却存在人心
公道在他乡飘摇着
理想似乎无法找寻

梦想没有灵魂
霸道都有理论
歌舞袅袅的女子
那是夜空中的萤火
放荡不羁的男子
那是无赖国的公民

饥饿的天空
只有委屈的星群
闪烁跳动的都是眼泪
还有文字无法形容的呻吟

血淋淋的面容
刀尖上的歌舞
扭曲着道义的乾坤
想在春天播种

节令过去了
却无法耕耘

我是一个饱尝饥饿的人
知道饥寒交迫的苦痛
深陷在食物的欲望里
就像在黑暗中祈求光明

饥饿紧盯着现实
大地生长着希望
有了上顿没有下顿
汤汤水水，瓜菜半年粮

北风啸鸣出它的最高音
常听见风声与肚子叫的交响
贫瘠的土地只剩下荒草
巧妇难为无米之炊的心伤

忘不了母亲那把呼呼的风箱
是她用粗糙的双手把苦难阻挡
破手绢包裹的糖块
拯救着曾经萌生的梦想

那种甜蜜
至今还在嘴边回味，念念不忘

对着麦田
我喊出另一个自己
对着幸福
我却忘不掉扶着犁锄的老乡

一弯月亮横空而出
今夜的头顶十分清朗
幽冷的光辉照彻大地
却看不清人心的模样
相处多年却不知冷暖
相伴在身却冷若冰霜

人心的饥饿爬着
是非的商铺已经全部打烊
回家的路途面目全非
只能在黑夜与黄昏间彷徨
天空似乎低垂下来
低到了我们无法想象

幽暗的角落
人心的灯火照不亮
欲望熄灭了火把
私利让自我无限膨胀
正义的脚步姗姗来迟
公道也变得慌里慌张

# 致夏天

夏天的无私
在于普惠众生的温暖
夏天的威严
在于避之不及的躲闪

夏天的艳阳
招致锄禾日当午的诅咒
滴滴汗水滚落成禾下的泥丸

夏天的风在呢喃
夏天的雨在呢喃
多少行麦垄在风中轻轻摇曳
多少块园子在雨中伸出瓜蔓

农人的希望
被年复一年地埋葬
那些祈祷，那些悲伤
那些乞求，那些善良
让夏天成为最关键的一场

农人的苦难
变成了无边无际的海洋
冰雹的不可抗拒，洪水的不可阻挡
虫害的恣意肆虐，盘剥的百变花样

啊，夏天
就算你的熏风
能把麦穗烤熟
就算你的热浪
能让英雄止步
而丰收
如夏夜的星星
它是农人期盼的眼睛

呵，这样的生活
让年轻人不敢继承
无数纯洁的梦
开始走向大大小小的城

城市没有可耕种的土地
只有一双双冷漠的眼睛
霓虹与灯火
似乎没有什么感情
城市的夏天更加燥热
浓烈如火
四处烧灼着农民工
他们是城市的补充
他们是街巷的缩影
从黄昏到夜阑
跳动着苍白无助的心

任凭市场的喧嚣
任凭城管的围堵
在一个又一个夏天
他们有生存的痛苦
也有哼着小调的欢欣

# 河　岸

河对岸，阴霾
朦胧中，有我既往的情怀
山水间，埋下多少历史
挖掘出来的，说是文物
其实是一个时代。有谁
能够独往独来
河面上，风吹
小船悠悠，载着我的沉思
来来去去，是是非非
谁可怜，谁可悲
冷暖自知。不如
把所有的成见撕碎
河堤上，徘徊
岸柳，轻拂着我的迷思
咀嚼着，
梦想的滋味
哗哗流淌的，不是河水
而是我的眼泪。转身
看见云雀在飞

# 雾霾天及其他

雾霾封锁，天空已经失控
没有风，空气异常沉闷
最大的孤独是一场晚会，鼓乐声声
我是掉落的一根针，无处搜寻

雾霾是一棵遮天大树，它没有根
有时一片狼藉，有时飘忽不定
兹事体大，有时只待一场风
巡天而飞的鸽子，敲响了警钟

太阳是一个橘色烧饼，笑对辰星
人心变得晦暗，扩张了瞳孔
灰扑扑的旷野，毫无生动
我用双手掂量生活，五蕴皆空

雾霾以毒吻我，我却无动于衷
月亮藏在乌云里，与黑暗同宗
孩子们一动不动，等待天晴
我只有痛斥自己，深感无能

愤怒，只有皮下的青筋
恐惧，一波才起一波未平
世界屏住呼吸，静观其变
风还没有到来，只有期待的眼神

# 转　角

一路上奔跑，拐过了转角
浮躁的心，输给了焦躁
浮华装扮的世界，许多人
算计着多少。成功
靠失败积累。欢乐
用泪水燃烧。光明
是黑夜里，我
用星星
点亮的灯泡
人这一辈子
有很多遗憾
过了这一关
却发现，浅薄而可笑
苦的时候
不必沮丧
乐的时候
不要喧嚣
世界太远了，我们追不上
世界太大了，我们却很小

## 都市里的春天

欲望在都市里激情澎湃
季节在都市里悄然走开
脱了皮的老树，掉了漆的门牌
拥堵的车流，掩盖了四季的色彩

宽阔笔直的街道，不领会春的风采
直刺云天的大厦，不懂得春的关爱
偷偷发芽的草树，不管匆忙的脚步
缓缓流淌的河流，不知道春的到来

飞翔的白鸽，飞出青砖碧瓦的拥戴
耸立的白塔，铭记双桨荡起的豪迈
太庙的香火，点燃一个季节的无奈
高楼的钟摆，摇落生死轮回的竞猜

都市里的春天，没有春的 Wi-Fi
都市里的春天，没有春的姿态
都市里的春天，没有春的气概
都市里的春天，没有春的情怀

都市里没有春天——被钢筋水泥取代
都市里需要春天——不再为名利徘徊
都市里呼唤春天——唤醒人们的挚爱
都市里讴歌春天——让人人欢乐开怀

# 我与秋天的距离

秋天总是来来去去
我却与它保持着距离
听着它走过一片片落叶
望着它涂抹一层层霜衣
肃杀，无情，冷漠
秋风过处，尽扫芳菲

是谁唱着春华秋实的故事
我却与秋天保持着距离
一场秋雨一场寒
我从秋雨中寻找生命的意义
春天听不到秋天的细语
冬天不懂得夏天的皈依

都说是望穿秋水
我却与秋天保持着距离
一群鸿雁从天边飞过
一泓秋水坚守着历史的秘密
夏天把激动的泪花挂在草尖上
挂果的枝头在那里沾沾自喜

即使站在秋天的身边
我依然与秋天保持着距离
不是所有的秋高都会气爽
不是所有的付出都有回馈

# 山楂红了

看着你，从春走到秋
坚守，一直挂在枝头
孤寂落寞的岁月
有谁在这里停留
乌发悲情的时候
有谁为它伸出援手

就这样素心向善
就这样静静守候
青涩，可以纵情恣肆
成熟，也不能忘乎所有
酸酸甜甜，是世事沧桑的体验
高高低低，是春花秋月的行走
或许，红是绿的报酬
或许，风是雨的绸缪

# 回到陕坝

题记：故乡，是每一个游子最为思念的地方。在故乡，有至为快乐与珍贵的回忆。

洗去俗世的尘嚣，褪下沉重的铠甲
回到陕坝，回到黄河绕阴山的陕坝
回到陕坝，方才感悟：悔走天涯

曾是大漠风尘的陕坝
曾是胡雁哀鸣的陕坝
曾是胡马度阴山的陕坝
曾是绝塞谁相忆的陕坝
回到陕坝，回不到铁马秋风的陕坝
回到陕坝，回不到傍田学种瓜的陕坝

鸿雁南飞，园子渠北走
京新高速，燕子一般侧身而过
古城陕坝，酿出了新酒
再次重逢，有清风明月陪护
大转盘、小转盘，徘徊在游子的心头

陕坝周边的庄稼地，映衬了我的童年
多少离合与悲欢，汇合成一股股清泉
朗朗书声不绝，麦浪还在脑海中翻卷
风吹草低的牧场，是我想象驰骋的旷野
纵横阡陌的田园，是我思绪缠绵的空间

# 四大美人

## ——读画偶寄

### （1）西施

西施不属于范蠡，她属于西湖
不信，你走过断桥，让三潭问月
烟波深处走出来的人，风姿绰约
沿着湖水击打的，肯定还有白蛇

雷峰塔高耸入云，略显高冷
湖岸上烟火红尘，无问西东
西湖派遣的特使，是她真实的背景
后人不知，处于恍惚和迷茫之中

多少人渴望的女人，藏在湖心亭
或许花港观鱼，或许柳浪闻莺
西施的目光平静如水，精神自然从容
在西湖，她随心所欲，幸福随心

就如同激情澎湃后的波涛汹涌
波光宁静，只能领悟她的背影
平湖秋月里，或者死亡或者重生
湖水可以吞噬渐行渐远的南屏晚钟

### （2）貂蝉

谁能读懂吕布心里的刻度
方天画戟反复擦拭着爱情
连环美人计是开刃的最佳方式
貂蝉知道，所有故事的脉络行踪

历史总是见证社会的阵痛
美人总是伴随威武的英雄
整个三国的分分合合
貂蝉和吕布的故事最为动人
画戟或许还在，美人早已化为烟云
打打杀杀犹在，弯弓已经弃之不用

### （3）昭君

一行马蹄的踪迹，从长江连接到草原
草原上已经没有多少人记得昭君
如果提起美人，只能用图画来辨认
呼市人吵吵嚷嚷，直指黑河畔的坟茔

单于他不懂爱，把蒙古包变成了军营
马队厮杀往来，席卷着匈奴的威风
美不是用来炫耀的，往往不战而胜
阴山告诉我，无奈之下才会有和亲

昭君不知道，为了国家她得到永生
昭君也不知道，毛延寿当初的良苦用心
草原空旷无比，大漠丘壑纵横
反弹琵琶的，已经成为美的化身

## （4）玉环

多年了，有多少人不忘这个女人
一波又一波改朝换代，却改不掉
贵妃的芳容。历史是一张纸
可以随意涂改，可以张冠李戴
如同贵妃醉酒，醉得无论西东

玉环没有身份证，也不需要身份证
就像马嵬坡不需要当作历史来考证
长安城灰头土脸，寻不见贵妃的芳踪
华清池明目张胆摆在山上，谁在伤心

城市与乡村之间，我看见历史的天空
在书本与书本之间，再也找不到美人
整个大唐盛世，已经查无实据
事实、真相乃至于良知，无所适从

灵魂与灵魂无法碰撞，五内俱焚
石头与石头无法沟通，六主无神
贵妃的记忆里，只有树叶和云朵
望着悠闲的鸽群，她只能目不转睛

# 洛阳，牡丹及其他

为了一件放不下的心事，专程前往洛阳
思索从诗经开启，到洛神赋关上
车到龙门，穿越了所有的历史高墙
那些唐宋诗词，引领着整个社会的风尚

洛阳是一位龙门壮士，是牡丹让他心旌荡漾
他以仰望的姿态，注视着牡丹的绝代霓裳
馨香花语，凝结成石窟的万千造像
伊水悠悠，记载着牡丹与洛城的盛世华章

洛阳，你是李白经常俯视的洛阳
洛阳，你是杜甫青春作伴好还乡的洛阳
洛阳，你是王湾默默看归燕的洛阳
洛阳，你是王维折柳相见的洛阳

如今，那个不可一世的都城不见了
复兴的大梦还在，牡丹花还在
一龛龛虔诚的石窟，不见了藏身的诸相
一朵朵艳丽的牡丹，见证过家国盛衰的那段时光
不息的河水，依然把历朝历代的风云传唱
洛阳，你用创新与腾飞彰显你的现代形象
牡丹，你用花瓣和叶脉书写你的国色天香

# 胡　同

开疆拓土的一代代先人
驻足于一片片水草丰盈的地方
安营扎寨的一座座敖包
分布在一口口甜美的水井身旁

牛羊遍野，曾经传来牧歌高亢
骏马嘶鸣，曾经伴着雄鹰翱翔
一眼眼水井，盈满生生不息的乳液
一眼眼水井，构成五谷丰登的兴旺

胡同是城镇的鼻祖，造就了繁荣的模样
胡同的记忆，走遍天涯海角也不能相忘
走进一条条胡同，不由得你会泪流如雨
在外漂泊的孩子，总会把你一声声传唱

胡同是一道世俗风景
有多少人物在市井存档
胡同是一曲绝世交响
有多少故事在岁月传扬
胡同是一帧独特剪影
有多少呐喊在空中回荡
胡同穿越古今见证历史
有多少黑暗在夜空消亡

# 游走毛伊岛

月亮从东方到西方游走
带着梦的追求，永不停留
走过高山，也走过大海
一串串脚步，像星星一样无助
日子回到了原始的部落，让心情跳舞
动人的曲调，悬挂在历史的长路

海水，海湾，海港，海鸥
穿过心底，梦境曾印在春秋
中世纪的苦难，文艺复兴的宏图
同样的梦想，不同的鸿沟
西方人唱罢，宣扬着普世的民主
东方人继起，大梦一次次潮起潮落

游走，只在变换视野的空缺
感情的风，唤醒了沉默的那首歌
被风吹远的舰船，消失成浪花一朵
没有什么，能够把我们阻隔
没有人注意，也没有人在意
两座火山之间，会藏着一团烈火

孤岛呼啸，带领我们转向迟暮
大风口那一场激战，已变成一尊雕塑
沿着海岸线兜风，或者在老城访古

望着湛蓝的大海，思想已经落伍
借助了海水的力量，走过了硅谷
倾听一座城的历史，击打着钻石头

洛杉矶是人类无心种下的憧憬
夏威夷是在太平洋收获的一捧星火
在春暖花开的时候，我们追赶温暖
好想把所有的故事都演绎成祝福
在异国他乡，一个刺骨的词扎入心底
我知道，海风已弥漫了资本的国度

面对世界，我们总是乔装打扮
无法揭开那些常常被 PS 的美图
民主已不再硝烟弥漫，而是图谋已久
按照规则行事，表面上似乎准确无误
秉持战斗的铁锤早已落下，和平发展
开启了一道门，通往理想的内心深处

# 清　明

翻过燕山的傍晚，走进阴山的清晨
把清明藏在怀里，开启了一段解锁的里程
泪水掺着雨水，书写归乡路上的伤痛
千里归来，整理断魂又断肠的心情

荒芜的往事，生长出故乡的春汛
风与火不期而遇，点燃了烈焰的虔诚
故人总是占据着心中的高地，一再追问
一张张纸钱，是否飘散起袅袅的灵性

岁月不居，一代人牵着一代人的心
难以愈合的伤口，流着殷红的赤诚
生与死的断裂，让阴阳两隔成为一场梦
慎终追远，就是一册家谱的血脉传承

# 思想的拐角

## （1）簋街印象

夜晚，我在昏暗中猛醒
执念，在拐角处等我
满条街都是酒味儿
我的味觉被彻底麻醉了

平安大道是一条河
簋街成了一座孤岛
整座山都被吃空了
只剩下一堆碎骨头和鱼翅
还有满地骨碌碌转的酒瓶子

我不知道，每个包间的座位上
有多少豪言壮语，我敢肯定
他们都有独特的主题
吃喝，依然排山倒海
天有多大，百姓的胃口都能装下

从东直门内到交道口
我看见不同的店面相同的灯火
我从南锣鼓巷过来
跟历史没有关系
跟青铜器“簋”也没有关系

火红的灯笼盛满了热情
让我想起好久不见的老友

多年了，不再听到倪萍式的煽情
每走一步，一味地中规中矩
夜风固然很冷很冷，再冷
也比不过一些人的冷漠无情
春天的脚步姗姗来迟
我的愿望，早已经万马奔腾

**（2）遇见贵人**

流离颠沛的日子，有人说是逆境
我咀嚼着颠沛的苦，思念流离的春风
春风里，忘不了那些知遇之恩
他们的无私，像绵绵的流水不尽

好久不见了，我的那些贵人
我一个字一个字记录我的感动
一把钥匙，或者闯开一扇大门
让我默默地享受着他们的恩宠

遇见贵人，他们行走在我的心中
他们没有天女散花的随意
没有心栽花花不活的躁动
他们为我的黑暗点亮了一盏灯

真的，不是谁都可以成为贵人
三年以后，我固执地等待另一位贵人
五年，十年，我等啊等
就像起跑时等待那一刻的发令枪声
我的痴心，有谁能懂？明知道
所有的是非都无从公证
所有的成败都不足为凭

**（3）初心与真心**

天冷了，人心也越来越冷
就像鲜活的肉被冷冻
冷漠与虚妄，成双结对
没有谁能评判输输赢赢

人们如临深渊，小心谨慎
人们如履薄冰，顾虑重重
忘了初心，没了真心
就像一朵花，没有了生命

老谋深算的套路，泯灭了初心
世故圆滑的手腕，猎杀了真心
我在泯灭和猎杀的困境里发现
一个人的花言巧语不是初心
一个人的信誓旦旦不是真心

### （4）下雪了

一场雪遮盖了不平的世界
我喜欢雪的洁白与纯净
多少黑幕，雪过无痕
我期盼人间真的毫无纤尘

久旱不雨的土地，没有良心
阴沉黑暗的地狱，没有光明
六角形的雪花威力无比
它能把污浊的俗世化为仙境

雪是世间的精灵
敢于承担长生天的责任
需要给干枯的人心下场雪
人性缺钙，也会飘忽不定
万物俱静，只爱听飘雪的声音

### （5）寄养的猫

娜娜是一只猫，走在四环上
她一声接一声地叫着，很单纯
我问她，你还记得来时的路吗
她张着大嘴，懵懵懂懂

一座座大桥被朝阳映红

娜娜将要被寄养在昌平
她的叫声像疯长的野草
一声声扎破我略显脆弱的心

广播里的高谈阔论，不在乎外面的风
一首诗歌的摆放，感动了四季青
娜娜是一位诗人，如泣如诉
我开着车，不敢有丝毫的分心

万泉河早已寂静无声
海淀过后可以听到大钟寺的钟声
我在心里默默为娜娜祝福
你总得迈开脚步开启不一样的猫生

没有人知晓娜娜的身份
她会躲在笼子里不敢出声
春天已经来临，你要抓紧熟悉环境
重逢时，你是否用一双陌生的眼睛

## 一座桥的诉说

一群鸽子在有序地飞翔
鸽哨一阵阵在耳边回响
大桥的身体被阳光擦亮
一座大厦雄踞在东南一方

那个地方原本是一个工厂
天坛家具曾经名传四方
如今的它卷缩在一角
环贸中心占据了它的心脏

一座桥筑就了一道风光
她的名字纯贞而吉祥
固守着三环从无改变
秋月春风浸染了她的模样

曾经听过一首首赞歌高亢
曾经看到一面面旗帜飘扬
曾经的人物都是气宇轩昂
曾经的故事都有三国迹象
曾经的舞台上你方唱罢我来登场
曾经的大桥见证一张张熟悉的脸庞

理想的鸟儿在这里折断了翅膀
蜗行的脚步在黑暗中摸索飞翔

梁柱支撑，依然恪守职责不忘
世事如昨，桥身已经满目沧桑

默默地静卧在首都中轴线上
几十年来保持着不老的模样
时间锁不住来来往往的人们
桥梁拽不回渐渐西沉的夕阳

不管它明天到底有没有希望
东升的太阳注定是新的理想
冰冷的夜晚总有一盏街灯点亮
受伤的阳光依然洒落在桥面上

鸽子继续在往复地飞翔
鸽哨声唤起了阵阵忧伤
大桥再次沉思不语
一座大厦已经阅尽寒凉

## 那一轮血月

今夜，月全食在星空播放
每个人的相机里，都有一轮月亮
月圆，然后月食。人们的喧嚣
挡不住悄然顿失的月光

星星在激动地眨着眼睛
夜风在裹着寒气一路徜徉
人心也有如同月食的时候
一轮血月就是最痛的悲伤

是谁看到了皇帝的新装
这世界到底谁在撒谎
谎话说过千遍就跟真的一样

今夜的天空默默吟唱
世上有多少真诚培育善良
邪恶的流言淹没不了麦浪

守望童贞能一幕幕回放
无问西东只是银幕上的理想
夜幕收留了俗世里的悲怆

不去管它是吉兆还是凶兆
血月的背后到底有多少迷藏

大地回响着祖先的喟叹
无奈总是轻轻抚摸着两鬓的沧桑

手捧血月我在仔细地端详
是否是羊群和牧歌的草场
是是非非终究会水落石出
静候着，那一轮替代血月的朝阳

# 后记

《明月松间》付梓之际，想多说几句。

何谓诗意？这是长期以来困扰我的一个问题。为此，我曾经寻寻觅觅，反复咀嚼，反复品味。后来，我觉得诗意就是灵魂深处的一丝感动、一些悲悯、一点纯真、一种美好。陆机在《文赋》中说“观古今于须臾，抚四海于一瞬”，壮观的天地和辽远的时空，一起涌进人的心灵，此刻，我们的感动便是诗意，把它表达出来就是诗歌，所谓“笼天地于形内，挫万物于笔端”，于是便有了《明月松间》。

## 1

小时候，我们跟着李白看“床前明月光”，跟着孟浩然背“春眠不觉晓”；长大以后，忙碌、烦恼纷至沓来，想安静，想放松时，便情不自禁地怀想起陶渊明的“采菊东篱下，悠然见南山”。日渐成熟，我们生发了更多的心事、更复杂的焦虑、更深沉的忧伤，于是便会想起“问君能有几多愁，恰似一江春水向东流”。当年华老去的时候，或许会喟叹“流光容易把人抛，红了樱桃，绿了芭蕉”……

由此可见，诗意于我而言，不是拿来混饭吃的文凭，不是点缀门面的装饰，更不是风花雪月的矫情，而是一种精神的寄托。它蛰伏在我的心灵深处，如影随形。春花、夏蝉、秋叶、冬雪，分别只是一种风景吗？不，在诗意之下，它们已转变成为一个个意象，成为人们的寄托。王国维曾经说过：“一切景语，皆情语也。”一花一叶，一丘一壑，原本是安静的风景，在我的眼中、心里、笔下，它们统统活跃起来，流动起来，寄托着我的诗情。

有了风景，有了诗情，有了意象，还必须有意境。林语堂说:“精神和自然融为一体”。景物与人心，一静一动，互相映衬、互相呼应乃至融合，主观情意和客观物境构成一个流动的空间，这种艺术境界就是意境，让人品味，让人沉湎。

王国维在《人间词话》中写道:“能写真景物、真感情者，谓之有境界，否则谓之无境界。”王国维先生特别推崇这个“真”字。这里的“真”，是一种性情，用林语堂先生的话说就是“一种悲天悯人的意识，对大自然寄予无限的深情，并用一种艺术的眼光来看待人生”。我用眼睛看见风景，我用心灵产生波动，我将心灵的感动和天地万物融为一体，从而更深刻地认识自己，唤醒自己，抵达最真实的自己。勇敢、坦率、真诚、天真，正因为如此，诗歌让我触摸到内心不敢作假的人性。

## 2

在作诗的过程中，我慢慢领悟到，诗意是一种浪漫。因为浪漫，所以纵情；因为浪漫，所以幻想。浪漫的行为不是刻意追求所能得到的。这是一种美好的心境，一种美好的形象，只有对诗情画意敏感的人才能体会到。

对自然、对人、对事物深深地喜欢，并且用心爱着的时候，往往会悄然升起这种感受。刻意模仿别人，那不是源于自然，所以很难体会到这种心境。浪漫纯乎是一种灵性的浮现。喜欢静静地看花开花落，淡淡地笑看云卷云舒，悠闲地品着香茗，听着舒缓的音乐流淌，随意地翻阅唐诗宋词。

站在岁月的肩头，聆听从远古传来的锦瑟绝唱，或者独坐星空下，倾听岁月的风铃流泻出一串串音符，与身旁的古树的年轮一同旋转，在一方静夜中感受生活的美好，享受生活的诗意，无疑是一种美妙。

## 3

只要生命存在，诗意就不会消失。

从这个意义上说，诗意是一种精神，是一种崇尚美的精神，是自由的心灵在广阔世界飞翔时撞击的美丽火花。

诗意的境界是追求自由的境界。人是神的影子，人与动物的根本区别是，人富有诗意，有自由选择的权利。德国诗人、大哲学家荷尔德林说：“人诗意地栖居在这片大地上。”诗意如一杯香茗，一池清水，一缕花香，它让我们拂尽世俗尘埃，清静红尘纷扰，保持内心的和谐，在心灵的草原上放牧我们的心情，让心情生长成四季花开。

## 4

明月松间，说白了就是一种蓝天之美、白云之美、自然之美。生命的博大裸露在这样的一个境界里，亦是字字真淳。

对于诗歌生命的追求，又何尝不是表现这样的“大人生”。回归自然，使自己的生命完全与自然融为一体，以心灵的修炼而获得内在的空明、热烈，进而抵达远方的光明。以富有血脉感的意象振动高处的蓝色空间，让蓝天和白云交融互渗，一层比一层更幽深，一层比一层更晶莹；景中全是情，情具象而为景，因而涌现了一个独特的宇宙，这个崭新的意象为我增加了丰富的想象。

在我心中，情思起伏，波澜变化，仪态万千，不是一个固定的物象就可以描摹出来的，只有全幅生动的明月松间，才足以表达我胸襟里蓬勃无尽的灵感气韵。可谓是：明月高悬，松风逐意，云山绵邈，代致相思。

## 5

诗和哲学都是对宇宙和人生的一种整体的了悟，是殊途同归的。

诗走的是意象之路，哲学走的是理念之路。最后都是要完成人对客观的了悟，都在不断地叩问宇宙是什么?

当今社会，诗意的生活成了理想的极限，似乎可望而不可即。哲人说得好，在物质丰富的时候千万不要亏待自己的精神，在生活急速变化的现实社会中，我们更要在平凡生活中寻找美、寻找诗意。科技的发达，资讯的浩繁，并不能成为远离诗意的借口。

有一首诗这样写道：

> 诗人是世上唯一的君主／他的节杖可伸及最遥远的地方／当帝王在被遗忘的王座边变为尘土／诗人的感情却依然被人们缅怀／即便是在风沙弥漫的荒漠／他的诗也会长成一排翠绿的白杨

诗歌是花园，是心灵的寄托。有了诗歌，才能使精神彰显高贵。而诗歌来源于生活，但又高于生活。一个人不仅要生存，更要生活，而且生活比生存更有层次，需要用艺术的底蕴开掘生活的底蕴。若将自己的生活赋予诗意，那我们的生活就会更加绚丽多彩。

作 者

2018 年 4 月于洛阳龙门

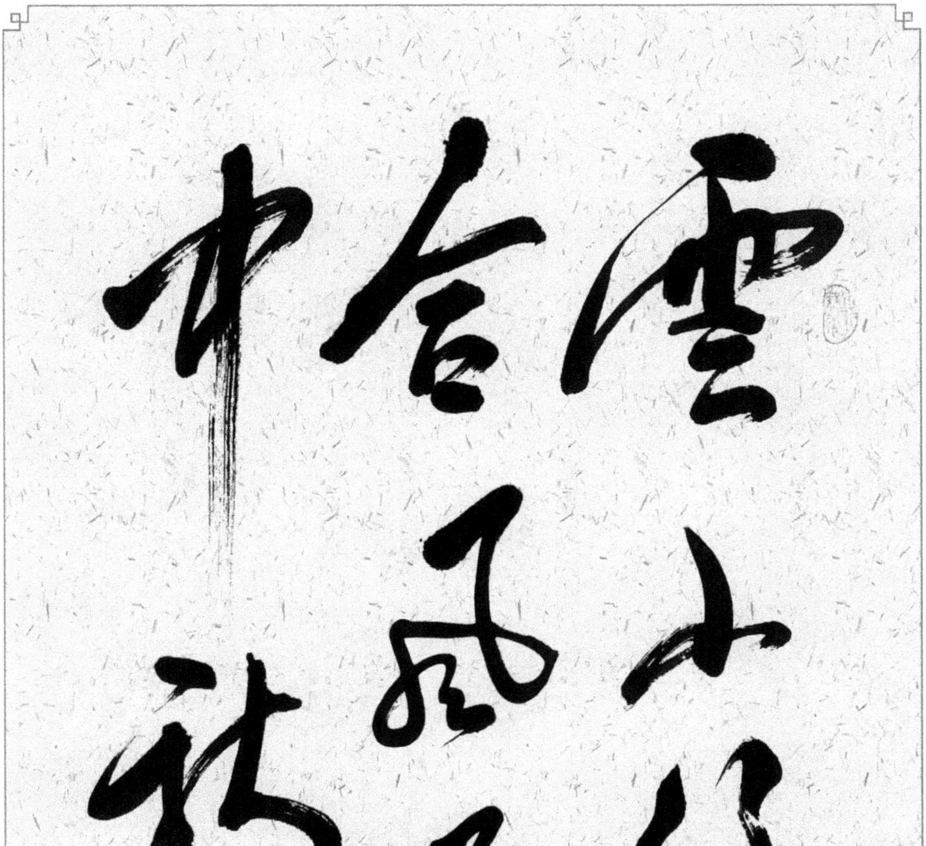

# 山居江湖

平凡◎著

中国言实出版社

**图书在版编目（CIP）数据**

山月江烟 / 平凡著 . -- 北京：中国言实出版社，2018.2

（平凡文学作品选）

ISBN 978-7-5171-2654-6

Ⅰ . ①山… Ⅱ . ①平… Ⅲ . ①格律诗－诗集－中国－当代 Ⅳ . ① I227.7

中国版本图书馆 CIP 数据核字（2018）第 016014 号

**出 版 人：**王昕朋
**总 监 制：**朱艳华
**责任编辑：**胡　明
**责任印制：**佟贵兆
**装帧设计：**水岸风创意文化

**出版发行**　中国言实出版社
地　址：北京市朝阳区北苑路 180 号加利大厦 5 号楼 105 室
邮　编：100101
编辑部：北京市海淀区北太平庄路甲 1 号
邮　编：100088
电　话：64924853（总编室）　64924716（发行部）
网　址：www.zgyscbs.cn
E-mail：zgyscbs@263.net
**经　　销**　新华书店
**印　　刷**　北京虎彩文化传播有限公司
**版　　次**　2018 年 8 月第 1 版　2018 年 8 月第 1 次印刷
**规　　格**　710 毫米 ×1000 毫米　1/16　182.25 印张
**字　　数**　1500 千字
**定　　价**　598.00 元（全 8 册）　ISBN 978-7-5171-2654-6

# 序 言

潘涌

甫为《闲唱集》完序不久，又欣然接受邀请，为在岗视事的弟子平凡的《山月江烟》作序，这是我的荣幸，因为我乐于“逢人说项斯”（唐·杨敬之《赠项斯》）。

联语：“好山一窗足，佳水四时宜”，“相于明月清风际，只在高山流水间”。唐人姚合《过杜氏江亭》：“野色吞山尽，江烟衬水流”。明人陈继儒《小窗幽记》：“山月江烟，铁笛数声，便成清赏；天风海涛，扁舟一叶，大是奇观”。你看，将诗集命名为《山月江烟》，多有诗情画意。

平凡是我的学生。二十世纪八十年代初，他正在读高中，我任他们的班主任兼语文老师。那时候，他便是我钟爱的学生之一。他卷不释手，秉烛夜读，孜孜矻矻。他发奋忘食，乐以忘忧，是孔子所说的“知学”“好学”“乐学”者。记得有一年元旦之际，我讲完对联知识之后，要求全班每一位同学写一副对联。上百副对联交上来后，我一一筛选，最后他的一副长联脱颖而出，被评为第一。然后由他书写，张贴在教室门侧，引起了轰动，招来众多师生观赏。还记得高考前夕，他的一篇习作荣获全国中学生作文比赛二等奖，我的欢喜程度甚至不亚于他。后来，他经过高考，学了财经，先在高校任教，后在机关任职，然后调离内蒙古，一路艰辛，饱经历练，最终在首都落脚，仍从事本职工作。工作之余，他始终没有停下文学创作的脚步。于是乎，《半山闲云》《空谷流思》《域外情思》《怀念黄河》

《回眸阴山》《溪畔清风》《鹿鸣斋夜话》《三里河畅想曲》等诗文作品集相继问世。洋洋洒洒，数百万言，意深而情真，境美而言质。我就读过他的六本诗词集和散文集，真为他的荦荦大著而欣喜。这次他又将多年创作的旧体诗结集出版，邀我作序，我更为他击节喝彩。

我与平凡相交有年。初惟知其精于散文，不知其于诗词一途亦有研磨。丁酉岁杪，以诸什见示，比读其作，讶其不凡，于是抚卷而叹曰："情既至此，超拔若是。"其后更知其扬风扢雅之心益盛，操觚染翰之力愈进，朝暮伸纸执笔，日夕吟咏赓和。他学习"无息"（孔子语），写作"无息"，乐在其中，喜在心里，锤炼磨砺，靡或有间。于是洪才河泻，逸藻云翔；于是日进月化，鸿作累积，而成《山月江烟》。

文章之为用，浩浩汤汤，如江如河如湖如海；而诗词之为用，则如醴泉之体，束万顷于一泓。于曲折回环之中，自成波澜丘壑。平凡研习诗词有年，深得个中况味。其作意境高远，闲雅清逸，语言凝练，声韵和谐，写境而境空，写心而心活。无论抒情寄志，还是咏物述事，有冲融自洽之气贯乎其中，可见其格律诗的深厚功底。诚如晋之葛洪在《抱朴子》中所言："崇琬琰於怀抱之内，吐琳琅于毛墨之端。"于是名响于边隅，诗范于文人。

平凡之文风朴实，饱含真情，因遇得题，因题述情，因情研句，因句炼字。写景赋情，直书胸臆。他窥天地堂奥于万一，往往能成一段独得之思，独到之情。他写松："虬枝铁干叶青青，绝壁凌霄傲碧空。五岳三山怀敬意，八方四面念从容。狂风暴雨摧新绿，雪沃霜缠铸古铜。历览人间身不改，凡尘荡尽笑长风"；他写竹："虚怀不惧千重浪，常念直节老若刚。曾与松柏同傲雪，又随梅蕊共芬芳。七贤林下斟浊酒，八怪毫端绘彩章。不与名花争异色，岂同秋草话寂凉”；他写梅：“几枝疏影临风立，一缕香魂借雪媚。淡点朱毫青峰玉，裁成绿绣素雪诗。铮铮瘦骨羞华贵，袅袅柔花笑锦衣。宁与松筠相作伴，不同芍药互邻里”；他写兰：“纤枝弄影常迷月，嫩蕾含羞正待春。碧叶年年添绿意，仙枝岁岁浥红尘。乘风踏韵词三阕，舞剑凌空曲五音。常忆松涛时伴我，犹思竹影共迎风”。四首七律写形传神，尽著风流，秀句丽字，俯拾皆是。你看，“历览人间身不改，凡尘荡尽笑长风”，“曾与松柏同傲雪，又随梅蕊共芬芳”，“宁与松筠相作伴，不同芍药互邻里”，“乘风踏韵词三阕，舞剑凌空曲五音”这些诗句何等深刻，可视为诗眼；你看，说梅是“铮铮瘦骨”、“袅袅柔花”，说兰是“纤枝弄影”、“嫩蕾含羞”，这些语词何等形象，可视为丽词；你看，“虬”“疏”“香”“瘦”等形容词，“凌”“傲” “弄”“浥”等动词何等精确，可视为炼字。诚如刘勰在《文心雕龙·章句篇》所言：“因字而生句，积句而为章，积章而成篇。篇之彪炳，章无疵也；章之明靡，句无玷也；句之清音，字不妄也。振本而末从，知一而万毕矣”。这段话虽然是泛指一般文体而言的，但似乎更适合于诗词。由此我想，诗人们在艺术构思、刻画形象的同时，更应当在语言上狠下功夫，寻求恰到好处的词语，苦思妙绝传神的字句，方能铭记人心，传之久远。这不仅是我对平凡的期许，也是我对所有诗人的期盼。

平凡不仅写松、竹、梅、兰，也写春、夏、秋、冬，还写风、花、雪、月，往往合成组诗，联袂而吟。再如《兴安秋色美》（三首）其一吟道“兴安秋色美，锦绣自成堆。草上牵霜意，森林顾影时”。其二吟道“兴安秋色美，原野洒金晖。满地牛羊壮，天黑不忍归”。其三吟道“兴安秋色美，天阔任鸟飞。山水披丹翠，游人带梦回”。三首五绝均以“兴安秋色美”作领句，然后由景到人，由牧人到游人，层层深入，充满诗意，山水之情，秋色之美，尽在字里行间。

古希腊哲学家有“三个世界”理论，即理念的世界，现实的世界，艺术的世界。艺术世界是对现实世界的模仿，当然这个“模仿”超越了现实世界，高出了现实世界。所以，人们喜欢艺术世界，喜欢艺术，也喜欢超越了现实的诗歌。你欣赏“锦绣自成堆”、“游人带梦回”等诗句，进而琢磨什么叫“超越了现实世界，高出了现实世界”，这就是诗歌的艺术魅力。

平凡之诗词，善于抓住时空给予他的感受，留下一页页感人的诗篇，像甘冽清澈的泉水，滋润着人们的心田。写景抒情，运笔敏锐，咏史怀古，切中肯綮。他的《挽父歌》写道：“阴山雨亦狂，河套又冰霜。地下清棺冷，黄泉鬼蜮忙。此生常放眼，功过堪担当。为报乡梓愿，流光万代长。”亲人之念，桑梓之愿，令人喟叹，催人泪下。他的《读〈元白诗笺证稿〉有感》写道：“一生长恨向奸佞，十首秦吟为忠诚”，“此身显贵似无分，笔下文章当有名”。怀古之思，感今之慨，令人赞赏，催人奋进。

写好格律诗词，须有精深的国学基础和丰富的思想激情。综观《山月江烟》，内容广泛，穿越时空，与古人对话，与哲人交流，让想象驰骋，任思路飞翔；涉猎的每个领域，歌吟的一事一物，视野宽广，心灵净化，审视全局，豁然大度，与时代潮流紧密结合，充分表达了作者的思维深度和心灵情愫。

平凡博学多才，为人儒雅。他“见素抱朴，少私寡欲”（《老子》），他“泊乎无为，淡乎自持”（司马相如《子虚赋》），他“正身范物，修己安人”（唐·李恕《戒子拾遗》），他“抱道不曲，拥书自雄”。他立身处世正直，断无虚伪做派；他迎送往还，有古君子风。在今天过分物质化的时代，平凡给我们留下了精神的东西——《山月江烟》。读者吟诵其诗作，“想见其为人”（司马迁《屈原贾生列传》）。诚如其本人所言：“义不逃责，事不避难，素位而行，随遇而安，固守立身行己之大要。”这就是真实的平凡，这就是诗人平凡。

《山月江烟》付梓之际，聊草数语，只为相贺之意云。

2017 年 9 月 28 日于古城陕坝

# 自 序

“序以建言，首引情本”（《文心雕龙·诠赋第八》）。文明的脚步走向今天，各类书籍浩如烟海，其中的序言也是恒河沙数。实际上，最初的书籍并没有序这个环节，人们也没有作序的意识，序言大都出自后人之手。

序文的篇幅不可太长，短则百字，长则千言。比如，我们看到的曹操给《孙子兵法》写的序，区区百余字，蕴意深刻，回味无穷，确是大家手笔，非同凡响。比如，《金刚经功德颂序》，印光法师劈头一句：“六度者，菩萨上求佛道，下化众生之要法也。”旋即总结：“金刚一经，乃发菩提心，行菩萨道者，遍修六度万行之轨范也。”同样言简意赅，提纲挈领，如此气概，非深通佛法者莫为。再比如，谭嗣同的《仁学·自叙》，不长，却极有气势，连用十数个“冲决网罗”，真正势如破竹、侠气铿然，令人激赏不已。堪称精品。胡适的那篇《介绍我自己的思想》自序，相当出色，成为我们了解胡适思想的“联络图”。孙越生先生为其恩师王亚南的《中国官僚政治研究》所作的序，立意之高、风格之俊朗，非但感情寓于字里行间，本身便是一篇见解独到而深刻的政治学论文。再有，鲁迅的序言，向来颇具特色，篇篇精彩，自成佳作，令人印象深刻，《朝花夕拾·小引》的娓娓道来，《华盖集·题记》的自嘲自哂，《呐喊·自序》的夹叙夹议，《南腔北调集·题记》的幽默调侃，《而已集·题辞》虽只有八句话，却蕴含了无限的愤懑，《野草·题辞》本身就是一篇意蕴深邃的散文。

我仰慕先贤序言的玄妙高超，却自愧没有作序的本事。《山月江烟》即将付梓，回眸诗中每一个平仄，都是我前行的脚步；每一个韵脚，都是我辛劳的慰藉。随着一行行诗句从眼前滑过，默念着前尘往事，太多的相知，太多的记忆，写瘦了一方风月；怀揣着未来梦想，太多的坎坷，太多的失意，承载着千古况味。

诗词是精神的飞跃、灵感的火焰、激情的燃烧、暗夜的曙光、润物的春雨、拂面的春风。其情感之真切、音韵之完美，语言之精炼，是其他文学载体难以比拟的。格律诗最本质的三个要素——声律（平仄）、联律（对仗）、韵律（押韵），反映了自古以来人们的审美习惯和审美要求，具有永恒的魅力。于我而言，虽不能至，心向往之。自高中以来，特别是入职以来，穷年矻矻，劳于正事，可谓无一息之安。如今虽达天命，宦不足以立业，学不足以成名。然一直以来，义不逃责，事不避难，素位而行，随遇而安，固守立身行己之大要。生活的经验告诉我：情义太重，思念太多，责任太满。而散文太长，律诗正好。于是，夜梦里，行走间，捕捉诗意；雾里花，镜中月，觅句寻词。诗情越积越厚，诗行越写越多，路途越走越远，脚步越来越重。

十九世纪英国文艺评论家、散文家赫兹里特在《泛论诗歌》中说过："诗歌是想象和激情的语言，它与任何能使人的心灵感到快乐或痛苦的事物有关……"袁枚《随园诗话》有言："其言动心，其色夺目，其味适口，其音悦耳，便是佳诗。"我把目光聚焦于人生道路之种种：烦恼、忧伤、快乐，美好的情思以及生命的沉重、坦荡和向往。不求夺目，但求动心适口悦耳而已。

岁月不居，时节如流。五十之年，忽焉而来。执笔经年，饱含醉意。任流水无情，落花有意，唯愿以最简约凝练的文字，写就我浓浓淡淡的情思。或星斗为字，月夜为纸，挥洒心语梦呓；或醉卧青石，苍穹为寄，抒发一腔胸臆。奔走于斯，行吟于斯。或许文字的魅力正是这样，在私下酝酿了很久很久，真正见光的功夫恐怕是瞬间的美好。修行者在黑夜走得久了，仰慕神光，敬仰神灵，光的方向便是梦想花开的方向。写诗的人是幸福的，更是孤独的。幸福的密码在于心灵的宽度，也是生命探索修养的深度和广度。孤独的密码在于长路漫漫，皓月当空，偌大的世界就成了一个人的狂欢，所以我说诗歌与我而言是宗教，是信仰，亦是理想。

是为序。

2018 年春节于火奴鲁鲁

# 目 录

# 登　山

何事离怀入梦频，
常随寂寞对山林。
诗因韵险难成律，
酒为愁多不顾身。
脚下顽石铺小路，
满头华发度纯真。
十年跋涉如萍过，
几度登临怅古今。

# 东　岳

五岳独尊泰岱红，
峰峦叠嶂势如龙。
汉唐天子封禅地，
历代鸿儒寄墨踪。
毓秀钟灵三界境，
天神造化五行功。
登临绝顶归何处，
身在云霄第几重。

# 黄　山

黄山古道入苍穹，
次第行人兴正浓。
一线云梯称鬼斧，
半山栈道赞神工。
天宫云海浮崖际，
莲蕊清泉隐涧中。
千里徽州皆是画，
人间仙境眼前生。

## 飞来峰

天上飞来一座峰，
立身此处雨蒙蒙。
流泉漫漫青龙舞，
雷电苍苍紫雀鸣。
如梦伽蓝随暮鼓，
随形禅寺盼晨钟。
万法归一人自异，
回头咫尺向云中。

# 飞来石

一身功过只由天，
落入红尘已万年。
听瀑观山心谷壑，
携云带海梦桑田。
三千风雨闻禅过，
八万冰霜阅大仙。
愿与女娲重炼石，
痴心不改补青天。

# 西 岳

华岳揽长空，
霜枫远影红。
拍山传岳北，
作曲响河东。
崖畔惊魂定，
峰前跨涧通。
人生无退处，
绝路上高峰。

# 南 岳

凌云壮志两依依，
五岳三山世所知。
松雨漫山龙骨瘦，
竹风铺路凤翎稀。
七十二座[①]山奕奕，
二十八星[②]水迷离。
梦里花开秋雨降，
谁人正步向天梯。

---

① 七十二座：指衡山七十二群峰，层峦叠嶂，气势磅礴，素以“五岳独秀”“宗教圣地”“文明奥区”“中华寿岳”著称于世。清人魏源《衡岳吟》中说：“恒山如行，岱山如坐，华山如立，嵩山如卧，惟有南岳独如飞。”

② 二十八星：《星经》载，衡山对应星宿二十八宿之轸星，轸星主管人间苍生寿命，衡山就是寿比南山中的南山，也名寿岳。

# 北岳（二首）

## 其一

凡是鸣声总不平，
发乎身而动乎情。
赏罚不兑婴儿戏，
粥少僧多竖子争。
岂有英雄安此道，
惟闻羁旅困斯程。
清风两袖回头望，
成败如云转头空。

## 其二

北望恒山未到家，
秋蝉声里日西斜。
几多无奈飞如雨，
一半相思落似花。
渐远流离官宦路，
悬空古寺水云槎。
南归社燕寻无影，
掷地新愁向古崖。

# 武夷山

千里闽江万里溪，
峰峦叠翠翠武夷。
丹岩绝壁悬诗意，
玉女逶迤带梦归。
烟漫桃源怀墨子，
抚今思古拜朱熹[①]。
总因纷扰功名累，
剑断私情最堪疑。

---

① 朱熹：朱熹（1130—1200），字元晦，又字仲晦，号晦庵，晚称晦翁，谥文，世称朱文公。祖籍江南东路徽州府婺源县（今江西省婺源），出生于南剑州尤溪（今属福建省尤溪县）。宋朝著名的理学家、思想家、哲学家、教育家、诗人，闽学派的代表人物，儒学集大成者，世尊称为朱子。朱熹是唯一非孔子亲传弟子而享祀孔庙，位列大成殿十二哲者中。 朱熹是程颢、程颐的三传弟子李侗的学生，任江西南康、福建漳州知府、浙东巡抚，做官清正有为，振举书院建设。官拜焕章阁侍制兼侍讲，为宋宁宗皇帝讲学。

朱熹著述甚多，有《四书章句集注》《太极图说解》《通书解说》《周易读本》《楚辞集注》，后人辑有《朱子大全》《朱子集语象》等。其中《四书章句集注》成为钦定的教科书和科举考试的标准。

# 庐　山

群峰耸峙正空前，
叠嶂嵯峨势万千。
雨染葱茏新景象，
云描峻峭旧烽烟。
鄱阳湖上浮灵秀，
五老峰中显圣颜。
旭日东方来紫气，
江山万里在心田。

# 庐山会议旧址

庐山面目本无常[①]，
睹物怀人恋故乡。
赤胆何须万字诉，
忠心难对一言堂。

① 庐山面目：比喻事物的真相或本来面目。

## 日月山

大漠孤烟绿草衰，
长安公主自东来①。
悲歌千古怀明镜，
长剧万出唱复哀。
画境朱楼城相望，
繁华早被荡尘埋。
和亲本是伤心事，
一路悲声雪域来。

---

① 长安公主：这里指文成公主（625—680）。

# 三清山

三清峻峭仞千重，
山色空蒙雨后行。
绝美风光开八面，
缤纷胜景缀双峰。
摩崖古句咏多遍，
曼妙文章诵三清；
脚下茫茫浮四海，
琼花绕岭戏苍龙。

# 紫荆山

山水倾心炼字缘，
一生遍览九州烟。
汪洋歧路谁相助，
空叹人生五十年。

# 石公山

洞庭浮玉是石公[①]，
万绿丛中有画亭。
来鹤[②]碑书留御墨，
归云[③]壁画看云龙。
三秋日月成双照，
一线[④]阶梯落半空。
我是蓬莱山下客，
寻幽览胜看长风。

---

①石公：指石公山，位于太湖中的岛屿，属于苏州的吴中区。因山前有巨石，状若老翁而得名“石公”。每年的农历九月十三傍晚，可观“日月双照”奇观。

②来鹤：指来鹤亭。

③归云：指归云洞。

④一线：指石公山上的一线天。

## 太湖东山

绛云楼上绿翻新，
山色湖光满目春。
唱晚渔舟方入画，
花香做伴又梦临。
洞庭饮罢新茗碧，
大道环湖旧草馨。
身在此中多顾盼，
堪将美景馈友人。

# 望祁连

祁连隐隐向西天，
国道茫茫大漠边。
嘉峪雄关逼肃北，
五威张掖话瓜甜。

# 过贺兰

风过看沙湖[①]，
葱茏入画图。
胡杨存大漠，
荒草伴沙丘。
弱水[②]三千里，
居延[③]一瓢收。
驼铃摇梦断，
犬吠五更忧。

① 沙湖：地处贺兰山下、黄河岸边，距宁夏回族自治区首府银川市不远。沙漠与水域毗邻而居，既有大漠戈壁之雄浑，又有江南水乡之秀美，被誉为“世间少有”的文化旅游胜地。

② 弱水：这里指黑河。该河自金塔县的鼎新以下到额济纳旗湖西新村段的别称，又称额济纳河。位于甘肃省西北部和内蒙古自治区西部。

③ 居延：是我国第二大内陆河黑河的尾闾湖。

# 佘　山

风暖日暾暾，
黄鹂飞近村。
花明佘山静，
柳暗艾美清。
餐后寻山影，
醒来阅水痕。
茶香迎顾客，
酒美会嘉宾。

## 佘山早望

终岁不得意，
春风始复来。
自怜蓬鬓改，
羞见李花开。
世苑诚可恋，
佘山思早回。
常怀忧国梦，
独向故人白。

# 三明麒麟山庄

一个山庄卧谷中，
碑文深刻字三明。
高楼远眺长天静，
孤鹜近鸣绿水清。
如画松枝虬龙雨，
传神驿道翼虎风。
黄村隐隐邻古寺，
青鸟啁啾入碧空。

# 过燕山（二首）

## 其一

帝都西北望燕山，
峻岭高悬不可攀。
迁客北行趋塞外，
家书南寄遇重关。
长闻阴险宫廷乱，
但见鼯貂市井翻。
圣代岂将才子弃，
英雄可叹鬓成斑。

## 其二

才过燕山归路遥，
风烟漠漠跨天桥。
黄莺不在昌平唱，
青竹方从延庆消。
君子无缘革旧弊，
奸佞有计附新僚。
怀来夜雨潇潇下，
宣化醒来倍寂寥。

# 香山行

通幽曲径至峰顶，
遍览香山染醉红。
霜染菊花桃照水，
霞临翠带柳摇风。
斑竹入地千竿瘦，
北雁巡天三两声。
好似流云牵万绪，
诗情暗渡玉华宫。

# 望西山

红亭绿酒伴君还，
细柳娇莺草又繁。
北往南来愁日月，
夙兴夜寐梦河山。
帘前春色留容易，
世上浮名忘太难。
望断西山肠欲断，
收回衫袖泪苍然。

# 西山踏春

雾去西山秀，
风来柳色新。
飞情思鹤舞，
健步踏阳春。
曲径通幽处，
平湖赏画人。
烦愁应尽去，
莫误此良辰。

## 上房山

出城便是自由身，
绿水青山景色新。
缓步登临寻古寺，
徐行小憩听梵音。
溪流纵落曾掬饮，
古木横前又逢春。
野果采撷无限乐，
缆车遍看小山村。

# 蟒　山

京外苍苍一蟒山，
皇陵隐隐有十三[①]。
三千步道石铺路，
一顷天池水映天。
观蟒长廊花不艳，
天波浩荡月才圆。
壮志哪得随机起，
绝美风光在上边。

① 十三：这里指十三陵。

# 阴山怀古（十首）

题记：阴山，西起故乡河套，绵亘于内蒙古北部。汉时匈奴常由此入侵中原。每一次回到故乡，面对阴山，总是浮想联翩。想到著名的《敕勒川》：“敕勒川，阴山下……”；想到王昌龄的《出塞》：“但使龙城飞将在，不教胡马度阴山”；想起唐太宗李世民的《饮马长城窟行》：“塞外悲风切，交河冰已结。瀚海百重波，阴山千里雪”；想到王安石的《阴山画虎图》：“阴山健儿鞭鞚急，走势能追北风及。逶迤一虎出马前，白羽横穿更人立”；想到元代耶律楚材的《过阴山和人韵》：“阴山千里横东西，秋声浩浩鸣秋溪。猿猱鸿鹄不能过，天兵百万驰霜蹄”；想到金代诗人元好问：“慷慨歌谣绝不传，穹庐一曲本天然。中州万古英雄气，也到阴山敕勒川”……面对阴山，绵延浩荡，万古空前，更激起了我的无限诗情。

## 其一

一山[1]绵亘在边疆，
万马奔腾古塞[2]旁。
胡汉相争千百怨，
烽烟过后又高阳。

---

① 一山：这里指阴山山脉。

② 古塞：这里指鸡鹿塞、高阙塞等。

## 其二

高阳烨烨草才黄，
岩画[1]迷蒙论短长。
直道[2]秦骑驰塞外，
长安宫殿酒飘香。

## 其三

酒香不念皓君[3]愁，
哪管沉鱼落雁[4]忧。
一路胡笳声细细，
萋萋芳草诉清秋。

## 其四

清秋圆月望京华，
除却敖包哪有家。
平素无端思秭水[5]，
相思点点一胡茶[6]。

---

①岩画：这里指阴山岩画。

②直道：这里指秦直道。

③皓君：这里王昭君。

④沉鱼落雁：中国传统上把沉鱼落雁和闭月羞花连读，并分别指代中国历史上的四大美人，沉鱼是春秋的西施，落雁是西汉的王昭君，闭月是后汉末的貂蝉，羞花是唐代的杨贵妃。

⑤秭水：这里指秭归的水，故乡的水。

⑥胡茶：这里指奶茶。

### 其五

胡茶香气过平原，
大漠无边岁月迁。
戈壁难移胡汉梦，
阴山高耸对长天。

### 其六

长天难解战无休，
胡骑排山侵九州。
秦汉太平花落去，
商家犹喜后庭[1]柔。

### 其七

后庭唱罢后庭花，
代代朝朝又一茬。
万古阴山今又笑，
在朝在野赏胡笳。

---

① 后庭：这里指后庭花。

### 其八

胡笳哀怨若唏嘘，
夜夜花都燕舞时。
楼市牵连天下事，
位卑未敢忘忧悲。

### 其九

忧悲又见草全黄，
我辈登临念故乡。
紫气深潜谁误我，
尘埃浩荡我彷徨。

### 其十

彷徨缚手不随意，
忐忑揪心弃主张。
纵愿江东学子布[①]，
先归漠北吊冯唐[②]。

①子布：张昭，字子布，三国时期的治世之才，善丹青，被孙策、孙权倚重。

②冯唐：西汉人，祖籍赵国，后移居安陵。因行孝出名，年老时方任中郎署长，事奉汉文帝。汉朝冯唐身历三朝，到汉武帝时，举为贤良，但年事已高不能为官。

## 走阴山

白草伴黄沙，
高原不见花。
山中观壁画，
庙上看寒鸦。
马壮多腾跃，
天穷少晚霞。
卵石随水落，
旷野若天涯。

# 过阴山

画戟雕戈映满天，
辕门尽日鼓声喧。
塞前枯草冰生砚，
帐下诗情雪漫檐。
鸡鹿星空开朔漠，
朔方北斗锁烽烟。
六军胡马均难见，
唯有阴山壁画传。

# 阴山忆往

月照阴山外，
秋行纳水[1]边。
才行阿贵庙[2]，
又到鹿关[3]前。
相距千里远，
长征几度圆。
望乡思万绪，
耿耿梦中牵。

---

①纳水：这里指纳林湖。

②阿贵庙：阿贵为蒙古语，意为“山洞”。在内蒙古有两个阿贵庙，一个位于鄂尔多斯市准旗境西南的纳日松镇，另一个就是这里所指的位于巴彦淖尔市磴口县境内的纳林湖。

③鹿关：这里指鸡鹿塞。

# 阴山落日

故乡人已远，
山色暗如秋。
大漠风追草，
茫茫一叶舟。
落霞红似酒，
天际月如钩。
观赏阴山画，
描摹细水流。

## 阴山行

昨夜临河宿，
晨从陕坝来。
不闻林间鸟，
微雨几重埃。
峰险皆秃顶，
崖关鸡鹿塞，
北方寻古道，
胡马在何哉？

# 阴山雨

骤雨鸣淅沥，
溪流汇碧潭。
石门吞众水，
裂涧压层峦。
幽趣倏千变，
奇观不一端。
书生行世界，
到此阅山岚。

## 阴山家训

家住阴山下，
门前走大河。
风吹陕北曲，
雨唱漠南歌。
前路无风趣，
后程堪戏说。
豁达识大体，
何计小挫折。

# 阴山秋景

西北彤云暮，
青岩古庙幽。
阴山昨夜雨，
河套四方秋。
大雁经天过，
黄河日夜流。
何时驱冷瑟，
不见万千愁。

# 人根峰①

西行磴口日将曛，
横亘阴山若友人。
雾起长峡遮古寺，
云行大漠掩荒村。
苍峰直指青天碧，
戈壁迎接紫陌金。
河套芳辰星渐满，
平原夜晚月初新。

---

① 人根峰：位于内蒙古阿拉善盟的西部梦幻大峡谷，是一块红色酷似男性生殖器的“擎天”石柱。

# 兴安秋色美（三首）

## 其一

兴安秋色美，
锦绣自成堆。
草上牵霜意，
森林顾影时。

## 其二

兴安秋色美，
原野洒金晖。
满地牛羊壮，
天黑不忍归。

## 其三

兴安秋色美，
天阔任鸟飞。
山水披丹翠，
游人带梦回。

# 沧 海

年近四秩任飘零，
人经五岳总关情。
京华一去归沧海，
起落浮沉日月中。

# 黄 河

惊涛骇浪写春秋，
澎湃汹涌阅风流。
演绎炎黄多少事，
沉浮华夏古今愁。
犹记先辈心酸苦，
莫忘家国血泪仇。
点点滴滴行国脉，
弯弯曲曲壮神州。

# 黄河远眺

淡烟荒草常瞭望，
望断苍茫几字[1]行。
行与子孙情九曲[2]，
曲牵华夏爱千重。
重流一挂壶[3]边月，
月带三原[4]塞外风。
风正方觉两岸阔，
阔屋广厦[5]满天红。

---

①几字：指黄河在流经宁夏和内蒙古巴彦淖尔时形成的“几字”形图案。

②九曲：九在古代代表最多的意思，表示黄河弯曲很多。素有“九曲十八弯”之说。

③壶：这里指壶口瀑布。

④三原：这里是指黄河流经的青藏高原、内蒙古草原和黄土高原。

⑤广厦：即广厦阔屋。《淮南子·齐俗训》：“广厦阔屋，连闼通房，人之所以安也，鸟人之而忧。”

# 黄河遐想

莽莽黄龙几度清，
栉风沐雨向前冲。
奔突九曲云龙吼，
转折三原火凤鸣。
云过兰州成雨意，
春来壶口启流冰。
排山腾越花园口，
倒海翻江向海平。

## 黄河北望（二首）

### 其一

阴山隐隐眼前飘。
古地空余草木凋。
漫漫黄沙无尽处，
茫茫戈壁有风啸。
抚琴浩叹朝天吼，
折柳轻吟向漠瞧。
断壁残垣伤怀抱，
往来唯见水萧条。

### 其二

阴山屹立碧水欢，
立志河渠渡千帆。
半世操劳尤勤俭，
一生穷困不畏难。
薄田数亩能果腹，
陋室三间御严寒。
话语殷殷犹在耳，
伤情默默倚阑干。

# 黄河古渡

黄河古渡在前堤，
行过五原路渐低。
犬吠鸡鸣知远近，
牛耕马走遍东西。
纷纷细雨迎来客，
浩浩行船到岸齐。
攘攘熙熙频贸易，
春风处处走铧犁。

# 黄河曲处是故乡

东来西去不轻狂，
九曲黄河是故乡。
先祖开荒流血泪，
父兄拓土戍边疆。
披荆斩棘成三代，
图治励精震四方。
勤勉儿孙求奋发，
一心一意作钢梁。

# 长 江

昆仑巍峨抱炎黄，
澎湃汹涌向东方。
国恨家仇千万卷，
情风爱雨九回肠。
春秋漫漫皆日月，
南北悠悠尽沧桑。
曲曲弯弯天路远，
山山水水地无疆。

## 金鞭溪

一挂金鞭绕碧峰，
天门脚下景无穷。
飞流直下云遮雨，
迷雾平行月隐风。
半壁红霞衔紫鹤，
三潭绿水锁白龙。
画廊十里描春梦，
置笔九霄绘丹青。

# 春风又绿三里河

怀抱西城月，
旗翻玉渊冰。
岸边柳色动，
窗下梦随风。
春雨船泊岸，
湖水过客情。
尖尖央视塔，
诗酒话题中。

## 十渡情

春来幽谷草峥嵘，
时有山鸡叫几声。
四望群峰环古渡，
一泓明镜照西京。
放歌湖水惊鸿雁，
吟诵房山惹蜜蜂。
瞰秀亭前说世界，
苍天无负我平生。

# 三亚湾远望

一路风尘染鬓华，
扬帆四海乘浮槎。
长嗟忧患心头过，
短叹悲催肺腑发。
钟启晨曦忙御马，
鼓催日暮乱涂鸦。
时机不济囚南海，
水起风生到此涯。

## 连云港

风雨飘飘陆海连，
登高远望水云天。
昏晨草树依黄鹤，
向晚渔舟伴紫烟。
欧亚交通桥头堡，
雨花丝路港东边。
连云尤爱西游记，
板铺喜读镜花缘。

# 北海公园

夜半风停雨脚收，
万家灯火与云浮。
萧条南巷趋三径，
突兀晴空耸二楼。
盛日登临白塔醉，
平心惯看团城忧。
歌台水榭鱼龙过，
瀛岛故宫已入秋。

# 燕子矶杂咏（三首）

## 其一

英雄淘尽长江水，
千古伤心酒一杯。
燕子翩翩飞上岸，
秦淮明月几时归。

## 其二

御碑亭下大江奇，
千朵芦花与燕飞。
碣断碑残谁之过，
六朝荒草未存遗。

## 其三

对酒高歌燕子矶，
长风破浪在几时。
晴江静练飞天外，
何必追寻是与非。

# 采石矶

江左名胜采石矶[1]，
绝壁摩崖见古诗。
浩浩楚风藏霸气，
款款唐韵隐仙衣。
云衔古乐清音远，
山抱遗风老梦稀。
放眼世间皆过客，
功名虚幻把人欺。

①采石矶：位于安徽省马鞍山市西南的长江东岸，与南京燕子矶、岳阳城陵矶并称“长江三大名矶”。

## 博斯腾湖[①]

浩荡无边碧水平，
远衔山色气从容。
芦荻隐隐诗情阔，
菡萏灼灼禅意浓。
风雨横袭沙暴起，
红尘卷地水波冲。
胸怀若比博湖广，
万里江山尽大同。

①博斯腾湖：位于新疆维吾尔自治区焉耆盆地东南的博湖县境内，是中国最大的内陆淡水湖。博斯腾，维吾尔语，意为“绿洲”。

# 趵突泉

柳映池塘水，
花摇小径斑。
晴明吟《夏日》①，
夜半诵《春残》②。
水榭迎松鹤，
石坊伴古庵。
粼粼何所似？
堪比《梅雨潭》③。

①《夏日》：指李清照的诗《夏日绝句》：生当作人杰，死亦为鬼雄。至今思项羽，不肯过江东。

②《春残》：指李清照的诗《春残》：春残何事苦思乡，病里梳头恨发长。 梁燕语多终日在，蔷薇风细一帘香。

③ 梅雨潭：位于浙江省温州市瓯海区仙岩街。这里指朱自清的散文名篇《梅雨潭》。

## 三　峡

雨后过三峡，
峰峦美若葩。
夔门云吐雾，
白帝浪淘沙。
满月江声远，
残阳落影斜。
屈平空怅惘，
神女颂中华。

# 三峡杂咏

（1）

万里长江万仞山，
夔门绝壁少路还。
三峡杰作人人叹，
蜀道诗篇代代传。

（2）

银花铁树绣奇葩，
仰望神女在天涯。
江水涛声犹在耳，
高唐赋里赞巫峡。

（3）

秭归城里鸟猿悲，
城下三峡恶浪飞。
屈子离骚经日月，
淮南淮北颂橘时。

（4）

昭君故里叹明妃，
河畔桃花落香溪。
史册浩繁频祝颂，
和亲大事耀国威。

# 过三峡

船经大坝意何如，
山色波光入眼窝。
峡畔猿啼催眼泪，
天边雁叫动心河。
嘉陵江上秋声远，
白帝城前古木歌。
沿岸年年花谢落，
飘零辗转任蹉跎。

## 浦东夜色

一江东下到天边，
船舰交织水浪旋。
画意诗情归四部，
瑶林琼树映三天。
陆家大厦白云绕，
杨浦高楼绿水间。
一夜轻狂还起早，
江流默默话从前。

# 千岛湖

四月光临千岛湖，
水天寥廓远山孤。
渔帆玉润云烟过，
绿岛金缠碧玉浮。
观海听涛风引路，
峰回路转画中游。
天清梦断如迷雾，
长宜心怀望扁舟。

## 乌梁素海

一湖碧水似可餐，
到我故乡不愿还。
夜半阴山风才起，
晴明芦荡水犹寒。
可怜落霞盈天远，
却爱秋水照峭帆[1]。
荷谢芦黄青鸟舞，
余晖做伴牧歌传。

① 峭帆：指耸立的船帆。

# 逆水行舟

逆水行舟逆水游，
迎风斗浪正风流。
诗书只叹无穷尽，
画卷常惊有看头。
变幻风云皆角落，
云谲波诡借方舟。
何需后顾回归路，
志不归绥梦不休。

# 九溪十八涧[1]

山路崎岖绿正浓，
楠竹摇曳酒旗红。
理安寺下蒙蒙雨，
法雨台前暖暖风。
雨霁空山频闭气[2]，
餐余旧盏品新茗。
沧桑世事为倏瞬，
香火青烟叹一生。

---

① 九溪十八涧：九溪是一幅以“溪水”为主题，以山和树为依托的一处幽雅宁静的山涧美景，位于龙井南面，距西湖 10 余公里。起源于杨梅岭的杨家坞，次第汇合青湾、弘法、方家、百丈、唐家、佛石、云栖、渚头、小康等 9 个山坞的细流成溪，再经徐村注入钱塘江；十八涧在烟霞洞西南，起源龙井的龙井村，穿绕林麓，次第汇合诗人屿、孙文泷、鸡冠泷等许多细流而成涧，九溪十八涧因而得名。清末学者俞樾游九溪诗曰：“九溪十八涧，山中最胜处。昔久闻其名，今始穷其趣。重重叠叠山，曲曲环环路。咚咚叮叮泉，高高下下树。”

② 闭气：古代道家的修炼术。用特殊的呼吸方法达到养生的目的。

# 万绿湖

客路罗浮[①]外，
行舟碧水间。
湖平山更远，
水净倍觉甜。
长路何其漫，
搜寻已经年。
迷津何处渡，
孤雁问河源[②]。

①罗浮：广东博罗的罗浮山，是罗山与浮山的合体，在博罗县西北境内东江之滨，距博罗县城35公里。

②河源：别称槎城，为广东省地级市。

## 玉渊潭冬雪

腊月天飘雪，
街衢满地白。
冰封云梦谷，
雾锁钓鱼台。
众鸟何所似，
舟楫不见来，
远观冬泳者，
落水溅花开。

# 玉渊潭春色

樱红竹翠草青青，
燕子呢喃伴鹂莺。
带露鲜花争俊俏，
衔泥绿鸟比空灵。
闲人健步心中劲，
老者太极脚下功。
且看前方歌又起，
情歌婉转醉湖东。

# 太湖冷月

仲春五月下湖州，
水色山寒眼底收。
一朵豪情随脚下，
堪将往事弃渔舟。
潮来潮去心无惧，
云卷云舒爱不休。
冷月一弯呈水面，
人间苦闷几波愁。

# 松

虬枝铁干叶青青，
绝壁凌霄傲碧空。
五岳三山怀敬意，
八方四面念从容。
狂风暴雨摧新绿，
雪沃霜缠铸古铜。
历览人间身不改，
凡尘荡尽笑长风。

# 竹

虚怀不惧千重浪，
常念直节老若刚。
曾与松柏同傲雪，
又随梅蕊共芬芳。
七贤①林下斟浊酒，
八怪②毫端绘彩章。
不与名花争异色，
岂同秋草话寂凉。

① 七贤：即竹林七贤。
② 八怪：即扬州八怪。

# 梅

几枝疏影临风立，
一缕香魂借雪媚。
淡点朱毫青峰玉，
裁成绿绣素雪诗。
铮铮瘦骨羞华贵，
袅袅柔花笑锦衣。
宁与松筠相作伴，
不同芍药互邻里。

# 兰

纤枝弄影常迷月，
嫩蕾含羞正待春。
碧叶年年添绿意，
仙枝岁岁浥红尘。
乘风踏韵词三阕，
舞剑凌空曲五音。
常忆松涛时伴我，
犹思竹影共迎风。

# 春

山崖雪化涧融冰，
四野茫茫水色青。
霞抹桃腮飞蝶舞，
风梳柳鬓卧波横。
繁花似锦千村秀，
芳草如茵万户明。
燕语莺歌新世界，
光风霁月好时空。

# 夏

万木争荣百卉芳，
一帘修竹掩骄阳。
田畴风吟调新色，
山野莺啼发古香。
老树蝉鸣侵碧野，
新荷月照泛银光。
蛙声鼓噪心还静，
夜半钟声好梦长。

# 秋

月冷天晴转玉盘，
山寒水瘦落红残。
近观枫叶丹霞照，
远眺苍天鸿雁迁。
金桂有请呼飞鸟，
黄花无事吐寒烟。
风欺蓑草泉声怨，
寥落晨星夜不眠。

# 冬

深山幽静陌无垠，
月冷冰封莫问津。
雪沃家门风舞絮，
寒凝大地夜归人。
百花凋谢凄清梦，
万木萧疏落魄心。
炉暖万家嫌日短，
梅花一朵又迎春。

# 风

喜怒无常力不匀，
来无踪影去无因。
横行霸道频欺客，
跋扈飞扬枉陷人。
为所欲为为盗寇，
傍花随柳傍姻亲。
应知造化非君力，
一味吹嘘必损身。

# 花

天生丽质美人坯，
多少须眉为汝痴。
姚黄魏紫[①]人间醉，
梅雅兰幽世上奇。
百卉园中尊幸客，
千秋国里宠娇妃。
花开一季呈红艳，
莫忘身边绿叶持。

① 姚黄魏紫：原指宋代洛阳两种名贵的牡丹品种，后泛指名贵的花卉。

# 雪

飘飘洒洒到人间，
携手同欢舞满天。
默默无声松柏志，
霏霏有韵玉兰篇。
梨花驿路欺桂树，
梅韵天涯护红颜。
日暖冰消催我瘦，
夜寒风冷泪涟涟。

# 月

捻遍相思夜未寒，
冰轮辗转照阑干。
诗仙对影三杯舞，
词圣携行万里船。
满地清霜明院落，
一时兴起纵管弦。
天涯有梦多行旅，
岁月无凭少漫谈。

# 琴

心音一曲与天听，
历尽劫波患难情。
雁落平沙歌义气，
鱼樵白发颂春风。
阳春白雪三分韵，
下里巴人几处工？
纵是高山流水意，
子期[①]不在对谁鸣。

① 子期：这里指钟子期。

# 棋

楚河汉界起烽烟，
略地攻城意志坚。
帷幄运筹凭战略，
千里决胜靠周旋。
山穷水尽疑无路，
柳暗花明似有天。
昔日风光难再现，
马车象炮一挥间。

# 书

无花无草墨飘香，
字里行间妙趣藏。
舞鹤游天凌九曲，
群鸿戏海落三江。
峰回深涧书千古，
云敛苍山著万章。
笔走龙蛇行顿处，
思飞大象[1]意满堂。

①大象：出自《道德经》“大方无隅，大器晚成。大音希声，大象无形”。

# 画

残月轻风翰墨香，
山川花鸟入华章。
烟岚漫漶千般韵，
雨雾氤氲几度狂。
山涧松涛充耳目，
歌台水榭写琳琅。
诗中有画唯佳境，
画里有诗总益彰。

# 诗

情仇爱恨总关联，
雪月风花有异篇。
朝赋高山描壮烈，
暮吟大海奏凯旋。
人生顺逆皆成韵，
世代兴亡可再编。
常有佳句吟诵处，
忘情山水不言钱。

# 酒

酒过三巡句句狂，
千言万语透灵光。
推杯换盏情常溢，
交错觥筹爱满堂。
才伴骚人歌月影，
又随墨客赋霓裳。
劝君莫怪东流水，
何必与其论短长。

# 花

枯枝叶叶待春阳，
情窦初开溢暗香。
红脸含羞蝶曼舞，
朱唇欲笑蜜轻狂。
邀来秀色满园放，
撷取清风遍地扬。
零落尘泥无怨悔，
来年春上再芬芳。

# 茶

蔟蔟新芽带露光，
一杯一盏溢芬芳。
新朋漫论茶园好，
老友频夸涧水长。
日月精华壶底蕴，
沉浮静默腹中藏。
悄融四海千秋色，
暗浸八方四季香。

# 乌兰浩特

羁身回看水长流，
此地情仇借酒收。
挥泪唏嘘新冢下，
扬眉顾盼旧桥头。
风云有梦当怜腼，
燕雀无心只自筹。
道是长别能不忆，
红城[1]从此若孤舟。

①红城：这里指内蒙古乌兰浩特市。

# 青岛纪行（九首）

## 车站

城上高悬碧塔尖，
栈桥回看柳如烟。
车多客至三更闹，
商满人来九域连。
黛瓦红墙犹在目，
疾行高速又争先。
纵观云起风生处，
宾主抒怀话大千。

## 临海

当年问事向崂山，
古老清宫紫气盘。
一半行程归骤雨，
三生命运作浮帆。
曾经笑面尊容冷，
几度孤身赤胆寒。
怅望花灯多变幻，
星空唯见月钩残。

## 观雨

红龙浴海未成篇，
碧浪声声向岸边。
崖上行吟知苦雨，
关前静思大雪天。
千帆过尽苍茫远，
万世流连缥缈仙。
独立枝旁孤影瘦，
浮生无奈又经年。

## 栈桥

相携徐行栈桥春，
茫茫海上大潮吟。
霾飞帝苑花失色，
官至朝堂位显尊。
盛世花灯迷人眼，
穷乡僻壤庶民魂。
旧时胡燕横梁上，
却把相思柳岸寻。

## 广场

打鼓敲锣共管弦，
摇尽凡尘事如烟。
白梨羞涩春来后，
红杏出墙玉阶前。
旧曲新编歌曼舞，
红男绿女更缠绵。
须知夜阑收音色，
勿让学生乱心田。

## 鲁迅公园

故事新编总挂肠，
彷徨呐喊置轩窗。
明明灭灭八乡火，
远远近近九重光。
野草难成华盖梦，
朝花不顾介亭伤。
回身坐看狂人怒，
四顾无言诧友邦。

## 八大关

世事宛如暮雨天，
关街依旧事如烟。
空巢徒有谁纪念，
大院仅存未流连。
几次三番寻故地，
凄风苦雨话从前。
东风又送清明过，
慎终追远莫究研。

## 崂山远眺

青峰突兀绕云闲，
翠鸟轻鸣过此山。
石老人前寻北斗，
仙人洞里觅古泉。
孔家思海藏古韵，
齐鲁文峰圣道攀。
涓水有源常叠出，
一身浩气望宇寰。

## 仰口回眸

每见风清四月长，
慕名而来入华藏。
那罗岩洞多仙境，
塔古龙钟少圣光。
漫卷海涛偎新港，
轻浮紫气醉船舱。
驱车欲往犹回目，
却见群峰抱暖阳。

# 青岛记游（二首）

## 其一

闭户京都念旧游，
闲来青岛望渔舟。
茫茫黄海天灰色，
酽酽琅琊酒上头。
好客主人仙界美，
转身一笑是胶州。
而今哪里寻高手，
画我崂山觅句图。

## 其二

浮云尽处水苍茫，
夜月高悬梦未央。
世事乘除天已定，
人生劳役念中忙。
烦愁万事随风去，
坦荡襟怀抱艳阳。
宇宙千秋千古事，
江山万里万年长。

# 大理

苍山叠翠伴云烟，
耳海幽蓝拥巨澜。
风里浪花堆瑞雪，
雨中松柏映祥天。
歌声托起开屏舞①，
笑语引来草帽旋②。
大理风光三月好，
莺飞草长在蝶泉③。

---

① 开屏舞：即孔雀舞。
② 草帽旋：即草帽舞。
③ 蝶泉：即蝴蝶泉。

# 至屯溪

上河古镇宋城楼，
探源寻根到歙州。
黛瓦白墙藏密语，
程朱阙里展新图。
名砚传世书坛秀，
宣纸融情古画收。
深巷老街都一处，
鲜明古韵赞徽州。

## 赣州行

秋雨纷纷曙色清，
两江交会绕古榕。
舟经渡口炊烟下，
鸟过孤台①柳棹停。
山居冷寺钟声远，
水榭楼阁倒影轻。
翰墨开张书锦卷，
难抒空阔海天情。

① 孤台：指郁孤台。郁孤台位于赣州城区西北部贺兰山顶。

# 到重庆

岁暮过成都，
山城小雨疏。
广安临胜地，
一路抵大足[①]。
渣洞[②]谈英烈，
红岩[③]诵故书。
长江风乍起，
重庆起宏图。

① 大足：即重庆大足。
② 渣洞：即渣滓洞。
③ 红岩：指者罗广斌、杨益言创作的小说《红岩》。

# 绍兴行吟（十首）

## 绍兴城

青青如画会稽山，
座座新桥固水端。
毡帽徐行非过客，
鉴湖游走乌篷船。

## 柯岩

古越龙山依古越，
风光绝处是柯岩。
镜中湾里多名士，
圆善香林胜景缘。

## 东湖

山水风光一水牵，
瑶池仙境在身边。
境中有我心如镜，
踏月轻歌梦里旋。

## 大佛寺

大佛一笑笑乾坤，
自古江南溢梵音。
做事岂能全切意，
做人不必总求人。

## 大禹陵

大禹行空漫九州，
功德圆满照千秋。
家门不入黎民计，
四海安澜岁月稠。

## 吼山

传奇山石趣横生，
顶上棋盘鹿正鸣。
山吼本为天然物，
攸关民瘼几相同。

## 兰亭

曲水流觞伴圣亭，
右军集序览芳容。
鹅池水畔声声唤，
蛇舞龙飞默默情。

**沈园**

葫芦池上话春秋，
凤里钗头忆陆游。
错莫人生千古事，
钟爱常使泪双流。

**秋瑾故居**

鉴湖如碧似深情，
侠女德高赋古风。
生死置之霄九外，
巾帼园里杜鹃红。

**宋六陵**①

清风阵阵显遗灵，
黯黯松涛祭祖宗。
故地神游多喟叹，
江山社稷恐萍踪。

① 宋六陵：因这里埋葬着南宋高宗赵构至度宗赵基六位皇帝而得名。

# 上京城（二首）

## 其一

几番期盼总可圆，
别却阴山路蜿蜒。
欲为金融出大力，
肯将才智付完全。
漫天云雾家何在，
遍地荆棘马不前。
长路遥遥何堪虑，
拨云见雾又晴天。

## 其二

家贫年少且无知，
敢向堂前告远离。
风雨八方凋草木，
河山一幅共白眉。
捉鞭不计征途险，
仗剑只为家国驱。
一纸通知京上走，
抛妻别子忘忧思。

# 出京城

飞车过居庸，
云多不见晴。
云接延庆雾。
雨共顺义风。
杯酒吟张北。
高歌唱集宁。
阴山挡不住，
手挽大河[1]情。

① 大河：这里指黄河。

# 京华漫笔

新到京华远吾乡，
时缘无意入他行。
三年苦渡非刻意，
五载难平是迷茫。
坦荡襟怀思屈辱，
深情厚谊看炎凉。
堪得忠勇敌鬼域，
把酒同欢又一方。

# 京城雪

京城白雪飞，
风影几时归。
后海琼花树，
前门更相思。
落花常寂寞，
流水也低眉。
日短天黑早，
有谁可相随。

# 京华咏

喜鹊登枝映雪梅，
仰天凝目云海时。
挥别过往三仙过，
再拜而今九圣归。
放纵不为天下计，
矜持却把社稷随。
尽心竭智才起步，
意气风发又开始。

## 北京春景

雨洗景山柳，
风吹北海杨。
飞花石上过，
晓雾翠城皇。
野趣昌平觅，
闲情顺义长。
京都观此景，
疑似我故乡。

# 青城深冬

独步海西①胜悟禅，
八一②雪影弄冰寒。
闲云漫卷萦白塔③，
野鹤翩跹到武川④。
期末诸生忙迎考，
年关车站载客还。
依依财院麻花板⑤，
广场⑥银辉皓月残。

---

① 海西：这里指呼和浩特市海拉尔西路，时内蒙古财院就位于海西路。

② 八一：这里指位于海西路的八一街心花园。

③ 白塔：这里指位于呼和浩特东郊的白塔。全称万部华严经塔，因塔身通体洁白又称白塔，位于呼和浩特市东郊 18 公里的白塔村，据传为辽圣宗时所建。该塔为楼阁式砖木结构，雄伟壮观，塔内有旋转式楼梯，还有多层交错搭接的木梁，攀至塔顶可远眺山川景色。

④ 武川：这里指呼和浩特北部的武川县。

⑤ 麻花板：这里指位于呼和浩特北郊的麻花板村，时内蒙古财院就坐落在这里。

⑥ 广场：这里指呼和浩特新华广场。

## 醉卧青城

今夜酒芬芳，
推杯换盏忙。
不知谁作主，
酒菜俱争光。
曲送星光乱，
歌迎月色长。
胸怀连四海，
醉卧待朝阳。

# 河口南望

夕阳西下照耕牛，
露气寒光点点愁。
鹰过默川惊草树，
人行河口过兰舟。
云中[①]一夜追明月，
阳寿[②]三秋聚小楼。
碧水一湾渔村小，
青山千里佛寺幽。

① 云中：即云中郡。
② 阳寿：即阳寿古城，在今托克托县境内。

## 杜甫草堂

草堂寂静不虚空，
秋水茅屋市井中。
清夜清茶诗万首，
孤灯孤鹜梦千宗。
青莲高古清廉在，
兰蕙流芳不染尘。
名利关前人难过，
可怜吾辈几能明。

# 曲　靖[1]

滇东古镇锁咽喉，
仙女麒麟镇北头。
盟下爨龙谁指定，
大觉佛塔顶尖收。
滔滔白水诚如练，
烈烈烽烟恰似绸。
八色石林天然境，
七擒孟获定国忧。

① 曲靖：云南省下辖地级市。曲靖人文古迹众多，自然景观幽美，民风古朴。

## 日喀则

西旅日喀则，
峡深险路多。
飞云缠峭壁，
静水淼劫波。
轮转僧人坐，
经幡庙宇歌。
众生神庇佑，
康乐颂佛陀。

# 瑞 金

乙酉岁末拜红都，
澎湃激情顷刻抒。
红井①旁边观樟树，
叶坪②故地忆毛朱。
沙洲坝③里人何在，
云石山④前水漫流。
万里长征重起步，
红旗猎猎遍神州。

---

①红井：瑞金沙洲坝曾流传一首民谣："有女莫嫁沙洲坝，天旱无水洗头帕。"说的是沙洲坝没有干净水吃。古时风水先生说沙洲坝不能打井，打井会坏龙脉，于是沙洲坝的人也只得祖祖辈辈到塘里去挑水喝。一九三一年，瑞金成立了中华苏维埃中央政府。毛泽东主席便住在沙洲坝。毛主席组织大家在此挖井，从此，沙洲坝的乡亲结束了祖祖辈辈挑塘水喝的历史。因为是红军来了以后毛主席亲手挖的，所以乡亲们给这井起了个名字叫"红井"。井边有一块木牌，上有十四个大字：吃水不忘挖井人，时刻想念毛主席。

②叶坪：位于赣南东部，距瑞金市城3公里，与福建长汀县毗邻。是中华苏维埃共和国临时中央政府所在地，是毛泽东等老一辈无产阶级革命家曾经生活过的地方，留下了众多的旧居旧址群，是海内外人士神往的"红色旅游景点"。

③沙洲坝：位于瑞金市西郊，距市区3公里，以自然村沙洲坝而命名。1934年1月21日至2月1日在此召开第二次工农兵代表会，有中华苏维埃中央临时政府所在地旧址。

④云石山：云石山地处瑞金市境内西部，紫华山东麓，东邻沙洲坝、南毗武阳、西连万田及会昌西江、北接九堡，是红军长征第一山。

# 梅州三题

## 叶帅故居

梅江之水浪连波，
地美人杰故事多。
立志迎接新世界，
一心改变旧山河。
故居犹在人离去，
新馆门前吟颂歌。
一代军魂谁抚慰，
神州遍地爱谐和。

## 雁南飞

山庄清秀苑中幽，
绿树红花掩映楼。
天入梅江生碧浪，
地生落木报清秋。
山川胜景应观揽，
壮志豪情任远游。
无限雄才须一展，
南飞雁落梦难休。

## 灵光寺[1]

灵光禅寺半山中，
一树归天一树生。
览卷徘徊涉世浅，
登楼俯仰论人生。
香烟袅袅空名士，
古刹幽幽是梵声。
鞭炮齐鸣犹在耳，
落花飞尽剩残红。

①灵光寺：即梅州灵光寺，坐落于梅州市梅县区雁洋镇阴那山腰，是广东省四大名寺之一。

## 梅州千佛塔寺

梅州光景数东郊，
丽日蓝天绿水娇。
宝塔擎天开胜境，
油岩题壁入云霄。
佛风洗面灵根净，
法雨清心万虑消。
游后轻吟徒喟叹，
行识受想细推敲。

# 延安印象

三山耸峙两河弯，
宝塔巍巍矗云端。
初祖陵前说往事，
毛公岭下论共产。
老歌犹唱南泥曲，
新调还听府谷弦。
早拜黄陵风水异，
午观壶口浪滔天。

## 登黄鹤楼

红日一轮照鹤楼，
茫茫天下几多愁。
人间已改新天地，
江上难寻旧春秋。
江汉合流舟似箭，
龟蛇交臂客如流。
凭栏不尽心中意，
独自抒怀赋此游。

# 廊坊即景（二首）

## 其一

一纸通知下廊坊，
轻车飞上京津塘。
高朋满座声声好，
阔论冗文页页长。
熟视无痕风过耳，
铭心刻骨酒穿肠。
撇开当下风光事，
回到京西看太阳。

## 其二

长夜无声自倚栏，
霾雾无尽又天寒。
缘逢天意和为贵，
份遇知音品更专。
惆怅东园花烂漫，
迷惘西寺草悠闲。
廊坊远望京津远，
小岛浮萍是北山。

## 走大兴

车到大兴碧水亲，
晴川绿野觅仙人。
开屏孔雀群芳妒，
对吻鸳鸯枯木欣。
栖鸟争鸣多阔论，
游鱼戏水少昔今。
可怜那个笼中虎，
单恋丛林不二心。

# 大兴野生动物园

端阳上路觅芳踪，
绿野晴川在大兴。
虎豹面前痴情侣，
狼虫身后老顽童。
咄咄霸气终究尽，
蠢蠢凶光毕竟空。
一世英名从此了，
闲来岂敢再横行。

## 额济纳风情

祁连白雪入云天，
驿路驼铃过耳边。
赤地千里无恋鸟，
黄尘两道入酒泉。
风来大漠孤烟起，
水到黑河碧浪旋。
弱水三千归旧梦，
胡杨风韵比天仙。

# 南充感怀

沦落江湖载酒行，
依稀难忘是南充[①]。
京华八载恍如梦，
秋水银烛冷画屏。

① 南充：在四川省东北部、嘉陵江中游，由于处在充国南部得名。

## 扎龙保护区

松嫩江河万古流，
奔雷喷雪九重幽。
天间牧场寻花径，
碧水扎龙有鹤洲。
韵向李唐诗上借，
心随禅海境中游。
真诚不为凡俗减，
哲理总缘事里求。

# 过包头

暑气浸城乡，
包头酷热长。
钢城烟若柱，
麋鹿在何方。
落日青山隐，
晴天万里疆。
主人留不住，
东去送迷茫。

## 题豫园

潘家有豫园，
九曲假山前。
水榭盘幽道，
亭台绕绿轩。
庭前观燕舞，
园后采青莲。
独坐台阶上，
白云碧水间。

# 鹿回头

南国此处最神奇，
麋鹿回头路欲迷。
海角浪高云乍起，
天涯水阔日偏西。
船泊就在琼花外，
白浪滔天鸟自栖。
三面观音多祈愿，
千帆竟进正当时。

# 罗布人村寨

罗布人家在水旁，
捕鱼狩猎把麻纺。
恬安悠然龙福地，
颐养天年鹤故乡。
赫定①当年来西域，
奥公②此地力无双。
楼兰古道传佳话，
塔里流波话沧桑。

① 赫定：这里指斯文·赫定（1865—1952），瑞典籍的世界著名探险家。
② 奥公：这里指奥尔德克。

# 南浔古镇

浙西古镇数南浔，
九里三阁[①]最崇文。
嘉业藏书传后世，
小莲庄上吊故人。

① 九里三阁：出自明代谚语："九里三阁老，十里两尚书。"

# 那拉提草原

天国牧场彩云边，
草美羊肥入画间。
点点毡房花万朵，
群群牛马月千年。
伊犁河谷思前辈，
霍尔果斯两岸连。
岁月苍苍长调远，
马蹄踏踏谱新篇。

# 那曲草原

铁路高悬入远天，
花鲜草绿拥湖边。
白云默默鹰回望，
碧水湝湝雁正迁。
腾跃列车如骏马，
毡包飞动似蝉旋。
最佳一页风景画，
童子骑牛掌牧鞭。

# 过南昌

把酒问年光，
三年聚豫章[①]。
楼台存古意，
人事换杯觞。
日月循环变，
阴晴次第忙。
滕王阁[②]上望，
幽梦愈疏狂。

---

① 豫章：豫章指南昌地区，为南昌的别称、古称。

② 滕王阁：江南三大名楼之一，位于江西省南昌市西北部沿江路赣江东岸。

# 过安西

黄沙漫漫客行迷，
四望云天若地衣。
道是天边天不尽，
车经双塔过安西[1]。

① 双塔：这里指瓜州县双塔乡，该乡境内有双塔湖。安西：即今瓜州县。

## 过酒泉

昨夜来张掖，
今朝过酒泉。
黄沙嘉峪过，
白草北连天。
愁处难消日，
归期似不远。
阳关千里梦，
丝路话从前。

# 海拉尔远眺

原阔鸟飞急，
山高雨过迟。
桥头连陆地，
路上挂红旗。
绿柳垂丝处，
红鱼落水时。
羊从山脚过，
马随季节移。

## 海南

椰岛若琼瑶，
冬来最富饶。
天涯迎贵客，
海角报春潮。
麋鹿邀明月，
苍龙戏怒涛。
殷情说海瑞，
高论看博鳌。

# 安庆纪行

戏曲说安庆，
黄梅早有名。
无云花自语，
不夜月传情。
热血心难冷，
精思气可平。
空嗟浮世乱，
一饮醉无声。

## 句容行

茅山地势在东南，
五观三宫各自安。
弘景[①]遗风今不在，
清风瘗鹤[②]最陶然，
爆竹阵阵频繁炸，
军号声声次第传。[③]
事业未成当努力，
先觉大梦忆江南。

---

①弘景：指陶弘景（456—536），字通明，南朝梁时丹阳秣陵（今江苏南京）人，号华阳隐居（自号华阳隐居）。著名的医药家、炼丹家、文学家，人称“山中宰相”。作品有《本草经注》《集金丹黄白方》《二牛图》《华阳陶隐居集》等。

②瘗鹤：指《瘗鹤铭》，原刻在镇江焦山西麓石壁上，中唐以后始有著录。自宋代《瘗鹤铭》残石被发现以来，历代书法家均给予其高度评价。

③爆竹阵阵频繁炸，军号声声次第传：茅山是新四军当年在全国开辟最早的苏南抗日根据地之一，记录着陈毅和粟裕等老一辈革命家奉命率新四军挺进茅山，开展抗日战争，打击日寇的英勇业绩。在茅山，有一种“纪念碑前放鞭炮，万里晴空响军号”的奇观，就是伴随着鞭炮的炸响，“嘀嘀哒，嘀嘀哒…… ”的军号声便响了起来。

# 鹿城赋

鹿城二月草色衰，
天鹅伴我看云白。
登楼长望湖光暖，
折柳与人独徘徊。
揽月无从好无奈，
捉鳖有意叹有鼋。
箫长笛短声声诉，
求疵吹毛觅人才。

# 故乡诗韵

五原[1]春盛树婆娑，
麦垄青葱遍北国。
峻岭有时呈壁画[2]，
长桥落日照临河[3]。
风吹碧海[4]鱼龙近，
天入黄沙雁鹜多。
我亦远随青羊去，
阴山重唱二人歌[5]。

---

① 五原：内蒙古巴彦淖尔市五原县。

② 壁画：这里指阴山岩画。

③ 临河：内蒙古巴彦淖尔市临河区。

④ 碧海：这里指乌梁素海。

⑤ 二人歌：这里指地方舞台戏“二人台”。

# 八百里河套（二首）

## 其一

阴山叠嶂若画廊，
澎湃黄河似放缰。
点点牛羊胡马地，
茵茵沃野米粮乡。
绵绵草甸风光异，
漫漫嘉禾薯麦香。
云海茫茫回首望，
梦魂归处路悠长。

## 其二

达兰喀喇[①]若画廊，
黄河浩荡向前方。
风吹麦浪八百里，
水聚牛羊九万双。
瓜果绵绵香赤骨，
葵花漫漫气芬芳。
茫茫云海回头望，
山水相依是故乡。

---

① 达兰喀喇：阴山蒙古语，意思为“70 个黑山头”。

# 河套春

春来村上暖，
谷雨柳丝绦。
处处呈新绿，
村村架彩桥。
河流鱼浅浅，
田野麦娇娇。
父母田头瞭，
蓝图细细描。

# 河套咏（七首）

## 潮格[①]

阴山矗立落霞愁，
绝特山岩古镇秋。
袅袅牧歌白马绕，
萋萋芳草碧波柔。

## 陕坝

平畴闹处归陕坝，
园子渠边览物华。
杨柳烟云频入画，
一杯一盏醉流霞。

## 磴口

乌兰布和风沙大，
沃野千里蜜果香。
朗月清风临水岸，
红花绿树映池塘。

---

①潮格：意为兴旺、数量很多的意思。原为内蒙古巴彦淖尔盟下辖旗，后改名乌拉特后旗。位于内蒙古自治区西北部，北与蒙古国接壤。

### 临河

河套首府在河旁，
渠堰成行水成网。
万古狼山苍如旧，
百年乡镇壮斜阳。

### 五原

当年故郡在山前，
烽火连天战五原。
一代名人称吕布，
扬鞭催马越千年。

### 海流图

阴山莽莽树苍苍，
点点牛羊向北方。
烂漫草原鸿雁舞，
轻歌曼舞奶茶香。

### 西山咀

乌拉山下白云低，
长调悠扬是牧骑。
槐木东寻来故地，
乌梁素海觅新奇。

# 鸡鹿塞随笔

霜落水花斑，
西征马未还。
胡鹰逐塞马，
苍狗猎秋田。
宿鸟冲残照，
阴山落晚烟。
长行多寂寞，
不敢忆从前。

## 上海世博园

晨自佘山起，
暮从世苑归。
家家真创意，
队队似蛇围。
细雨悬天际，
彤云映碧水，
往来黄埔上，
拍浪叹惊奇。

# 上海城隍庙

往来南北客，
游乐古庙间。
朗月清波照，
明光洒豫园。
水痕侵岸柳，
山翠借云烟。
调笑身边友，
匆忙为谁焉。

# 上海暮春

阵雨过城头，
洗涤世苑楼。
玉兰迎客泪，
河柳挂乡愁。
黄浦长流水，
外滩情可讴。
君将从此去，
身后自千秋。

# 上海丁香花园[1]

富士鸿章置此园，
亭台水榭落人间。
云屏如带风吹雾，
花影如歌雨带烟。
佳树百年诚祈愿，
芳花万世供缠绵。
天时人事催人老，
何苦凄清引自怜。

---

①上海丁香花园位于上海市徐汇区，原为淮军领袖、晚清重臣李鸿章的私人花园。是一个由假山、水景、观景的亭廊和别墅等组成的园林景观。丁香花园改建后的亭廊建筑主要有八角形的凤凰亭、方形的葫芦亭和扇形的听雨轩等。

## 东方明珠

明珠近午天，
远眺外滩边。
车引白桥渡，
船牵浦水烟。
苍苍云烂漫，
莽莽月婵娟。
龙舞呈祥兆，
鸿飞现世间。

# 到林芝

人间圣境最难寻，
两度光临景更新。
云过林芝无恶岁，
雨行八一[①]不染尘。
新竹摇曳传凉意，
古柏扶疏长精神。
览毕风华何处去，
今宵煮酒鲁朗[②]人。

---

① 八一：这里指林芝所在地八一镇。

② 鲁朗：位于林芝市巴宜区鲁朗镇，距八一镇以东70公里。鲁朗意为“龙王谷”“神仙居住的地方”，素有“天然氧吧”“生物基因库”之美誉。至今民间流传着“到了工布鲁朗，会忘记自己的家乡”的赞誉。

## 齐齐哈尔

寻芳览胜兴未休，
再作森林深度游。
春谷云低花烂漫，
秋江浪软草温柔。
天生湿地真幽境，
圣地扎龙[①]是鹤洲。
韵在唐宋诗里借，
歌为松嫩水边讴。

① 扎龙：扎龙湿地生态保护区位于黑龙江省齐齐哈尔市境内。

# 欧洲记游（组诗）

## 巴黎

塞纳清流日夜行，
高悬铁塔月华明。
卢凡[①]宫殿藏珍宝，
浪漫巴黎最动情。

## 布鲁塞尔

晶莹球体向天悬，
华会嘉年半月喧。
熙攘街衢何所忆，
都说转角小于连[②]。

## 卢森堡

卢国花好是玫瑰，
燕燕相逐向戴菊[③]。
无事闲来城上看，
满街古堡叹孤旅。

---

① 卢凡：这里指位于法国巴黎的卢浮宫和凡尔赛宫。

② 小于连：是比利时首都布鲁塞尔的市标，是一座坐落于市中心步行区的男孩铜像及喷水池。

③ 戴菊：小型鸟类，为卢森堡国国鸟。

## 海德堡

海德古堡[1]忆从前，
莱卡河[2]边看大千。
孤鹜翱翔云水外，
浮云越过老山岩。

## 慕尼黑

殷殷记忆上心头，
莫忘当年老计谋[3]。
宝马美酒尝一口，
立人刀具[4]赞无休。

## 萨尔茨堡

曲调悠扬赞莫公[5]，
乐坛圣地若空灵。
文章不治莱茵[6]癖，
此处身心最放松。

---

① 海德古堡：即海德堡，位于法兰克福南约 80 公里处。

② 莱卡河：位于德国海德堡城市附近的一条河流。

③ 计谋：指历史上发生的“慕尼黑阴谋”。

④ 立人刀具：指产于德国慕尼黑的双立人牌刀具。

⑤ 莫公：指莫扎特。

⑥ 莱茵：指莱茵河。

## 维也纳

远上维城[①]不品茶，
心中只爱雪绒花[②]。
多少梦呓传心愿，
叫我如何不想她。

## 克拉根福

却话根福[③]梦里追，
湖边沃特[④]放诗飞。
松枝自是幽人笔，
竹叶飘飘古画随。

## 威尼斯

群鸿戏海鹤游天，
一任船帆在水间。
万道霞光白若雪，
任由浪卷心自闲。

① 维城：指奥地利首都维也纳。

② 雪绒花：《指雪绒花》，是美国电影和音乐剧《音乐之声》中的著名歌曲。

③ 根福：指克拉根福。

④ 沃特：这里指奥地利克拉根福的沃特湖。

## 翡冷翠[1]

佛罗伦萨雨萧萧，
文艺复兴起浪潮。
名利场中难制胜，
死生路上看云霄。

## 罗马

条条大路通罗马，
角斗厮杀引万家。
十载一行千觞下，
满天星月浪淘沙。

① 翡冷翠：佛罗伦萨。

# 澳洲即景

豪宅美味奈何求，
把酒临风入澳洲。
绿岛松菊多异色，
黄沙圣果壮金秋。
物随人意添锦绣，
身在悉尼转画楼。
面对蓝山天上月，
一头华发镜中忧。

# 环岛诗丛

## 初入桃园

秋过桃园落雨时，
天低花影绕澄溪。
水长路远飞鹰叫，
山渺楼高鹭鸟啼。
台北风来青雾断，
基隆松偃绿萝堆。
谁为世上迷途客，
夜半霓虹已不奇。

## 观日月潭

日月天成日月潭，
台南台北好河山。
身边庙宇遥遥望，
湖上潋滟点点船。
莲叶田田水澹澹，
蒹葭采采泪潸潸。
鸳鸯交颈期千岁，
琴瑟和谐佑碧涵。

## 嘉义秋夜

嘉义[1]桃城往事多，
君来此地意如何？
青山欲暮惜别酒，
碧草才黄爱挽歌。
大陆冠带缠金谷，
民国花月忆经国[2]。
情人正苦将分手，
日落西山起碧波。

## 阿里山上

溪下深潭古木奇，
鲜花异草小虫悲。
愁连大海波涛后，
梦断长峡暴雨时。
宝岛故园霜满地，
纷争蓝绿乱云飞。
统一大业人民意，
盼是归期必可期。

① 嘉义：指嘉义市，位于台湾省西南部嘉南平原北端，北回归线经过本市。
② 经国：这里指蒋经国。

## 中台禅寺

庭前茉莉手中栽，
善恶悲欢勿两开。
巢鸟恋雏惊不起，
游鱼戏子去还来。
轻抛俗世苍山近，
枉入凡尘鬓发催。
门外往常行乐处，
重重履迹走青苔。

## 高雄览胜

台海云帆正遇秋，
西子湾[①]前落照收。
岁月方经离乱苦，
烟波常驻古今愁。
云盈旧地高雄[②]在，
潮落海湾打狗[③]州。
还有黄鸭[④]歌水上，
人来夜市几重楼。

---

① 西子湾：西子湾位于台湾省高雄市西侧。

② 高雄：即高雄市。

③ 打狗：高雄旧称。

④ 黄鸭：这里指大黄鸭，是由荷兰艺术家 Florentijn Hofman 设计的世界上最大的吹气橡皮鸭，已经在多个国家和地区下水畅游，此时正在高雄。

## 垦丁[①]公园

惊涛汹涌雪成堆，
倒海排山入翠微。
海陆摩擦曾破碎，
水云相济盼回归。
鹅銮猫鼻[②]唯鹭宿，
碧海微澜草木稀。
救世兴国凭长策，
不能骨肉再分离。

## 台东之夜

海上生涯一木舟，
常因风雨起烦忧。
漂泊海角时青眼[③]，
零落天涯变老头。
霁色满川云水驿，
蝉声落日隐城楼。
如何未尽多行役，
沐雨栉风又一秋。

---

① 垦丁：垦丁位于台湾省屏东县。
② 鹅銮猫鼻：指鹅銮鼻和猫鼻头。
③ 青眼：指对人喜爱或器重。

## 水往上流[1]

此地盘缘景色幽，
澄清空气晚来秋。
水山颠倒归人祸，
一线清泉往上流。
心碎情随心可测，
梦留烟灭梦难求。
个中缘故谁能解，
寒雁经天可解忧。

## 北回归线[2]

海岸徐行已半天，
涛声依旧住潺湲[3]。
后人问罢来时路，
回首原来在眼前。
月上花莲哪有意，
三山五岳若无缘。
夜来忽梦游沧海，
万里回归在这边。

---

① 水往上流：水往上流是台湾省的一个景点，位于台东县东河乡都兰村的渔桥附近。这里是一条农田灌溉沟渠，乍一看，潺潺水流顺着水沟由低处蜿蜒往高处流去，令人啧啧称奇。其实是因为这里两旁的景物因倾斜度大于路面，故而造成水往上流的错觉。

② 北回归线：是太阳在北半球能够直射到的离赤道最远的位置，是一条纬线。

③ 潺湲：形容流水如同寂静角落的落寞女子，缓缓流动。

## 游太鲁阁[①]

车入山中太鲁阁，
风花雪月意如何？
山腰坐落长春祠[②]，
谷底流泉不老歌。
草木无情生巷陌，
流言有意任评说。
而今阁下几回望，
云海茫茫似所得。

## 望三仙台[③]

波涛汹涌山峰隐，
浪静风云梦里闲。
如若三仙天宫聚，
恰似八拱彩虹牵。
雪堆雾绕飞龙过，
鸥吟人夸碧露甜。
多少明贤来守岛，
金波碧浪是福田。

---

① 太鲁阁：位于台湾岛东部，地跨花莲县、台中县、南投县三个行政区。

② 长春祠：位于太鲁阁公园，为纪念因筑路而殉难的工人所建。

③ 三仙台：为台湾台东县知名旅游景点，位于成功镇市区东北方，由离岸小岛、珊瑚礁海岸及碎石海岸所构成。

## 九份[1]瞭望

三面环山向海波，
一山弯过一斜坡。
悲情城市[2]悲情过，
九份街区唱九歌。
愁泛基隆嗟浩渺，
爱凭旧矿梦嵯峨。
贫居不忘金瓜好，
水上游船系绿萝。

## 野柳[3]观景

水墨山寒景色浓，
自疑身在画屏中。
孤舟轻若一镰月，
人物常披玉树风。
傲立女王[4]颇有韵，
圣楼林立似山城。
台南台北皆成画，
华夏长廊又一屏。

---

① 九份：九份位于台湾省新北市瑞芳区，早期因为盛产金矿而兴盛，矿藏挖掘殆尽后从而没落。

② 悲情城市：即《悲情城市》，是由侯孝贤执导，陈松勇、梁朝伟、辛树芬等主演的剧情片。

③ 野柳：位于台湾省台北县万里乡野柳村，是一伸入海中的山岬。

④ 女王：这里是指野柳地质公园内一处造型颇似女王头像的岩石。

# 六和塔

八百罗汉立潮头，
唤起青峰脚下收。
际会四方寻古刹，
风云几处照千秋。
邀来钱塘江心月，
醉入青山画里楼。
古往今来多少客，
一江春水共风流。

## 雁门关

塞外雄关锁雁门，
金戈铁马已惊魂。
山连大漠闻鼙鼓，
血染金沙抹旧痕。
李牧挺抢迎战马，
杨家横槊保皇亲。
秦时明月皆流逝，
淘尽英雄看到今。

# 铁门关

天山远望铁门关，
投笔从戎忆老班[1]。
一剑横空飞鸟过，
两峰戴月度云残。
题诗才掷封侯笔，
对酒又怀御马杆。
关上惟余门似铁，
依稀风送牧歌还。

① 老班：指班固。

## 南华寺[①]

流水诗成曲，
曹溪似有情。
一花生五叶，
六祖法三宗。
望塔思仙鹤，
诵经悟上乘。
一窗风月好。
夜夜伴天明。

① 南华寺位于广东省韶关市曲江区马坝镇以东 7 公里曹溪河畔。

# 塔尔寺①

古寺有蝉鸣，
经幡转世风。
往来香盈客，
因果色成空。
佛界千寻眼，
红尘万卷经。
凌晨鸡又晓，
铁马逐飞鸿。

① 塔尔寺坐落在青海省湟中县鲁沙尔镇莲花山。

## 大觉寺[①]

老树寒鸦一寺中，
禅心诗意两相亲。
思今思古思风化，
阅水阅山阅圣神。
百尺高楼风四面，
万千庙宇洗人心。
燕山不过寻常物，
香火缭绕旷野新。

① 大觉寺又称西山大觉寺，大觉禅寺，位于北京市海淀区阳台山麓。

# 悬空寺①

谁家宫殿半空中，
却是莲花古寺风。
三教和谐分左右，
九流列队上苍穹。
恒山断壁藏智慧，
北岳飞檐济世穷。
出世横空千百载，
包罗万象祈和平。

① 悬空寺：悬空寺位于山西省大同市浑源县恒山金龙峡西侧翠屏峰的峭壁间，素有“悬空寺，半天高，三根马尾空中吊”的俚语，以如临深渊的险峻而著称。

# 夫子庙

文德桥畔半银钩，
古柳迷烟映画舟。
几次堂前飞旧燕，
三番殿上拜师俦[1]。
兰心蕙质双盈雪，
琴韵诗书一并柔。
遗恨栖霞多少事。
秦淮依旧万古流。

① 师俦：师，指老师；俦，指伴侣。师俦，这里泛指老师。

# 天宁寺

香漫天宁寺，
车行西二环。
高楼如壁立，
宝塔似云缠。
数载难得意，
一心还自持。
花开如梦见，
花落有谁知。

# 故 宫

大院深宫宝物残，
百年岁月有奇谈。
朝规夕改风难静，
暴敛横征课税繁。
夺利争权金若土，
繁华散尽民涂炭。
乌纱尽坠成过客，
白羽频挥几代传。

# 潭柘寺

晨赴潭柘寺，
暮来不忍离。
庙台迎烈日，
佛殿照丹席。
寺老香火旺，
心诚志不移。
登高回首望，
天半挂尘泥。

## 红螺寺

山野无人绿涧深，
峰峦隐见有晨钟。
径飞黄叶飘高塔，
蝉唱红螺落紫云。
世事有情空白发，
人间无意了终生。
燕山与我皆成梦，
自有西风入梦痕。

# 阿贵庙

世事悠悠一转头，
段云荒草古今愁。
阴山北踞黄河让，
大雁南飞水自流。
秦有先人开驿道，
汉来胡马战方舟。
逡巡阿贵幡前月，
鹧鸪声声泣半楼。

# 五塔寺①

五塔之上水波横，
八大金刚各显灵。
晋陕乡音随处现，
青城巷陌几雷同。
一弯明月晴天外，
半座城池烟色空。
魏晋一朝随流水，
归绥故地有新声。

① 五塔寺位于呼和浩特市旧城东南部，原名金刚座舍利宝塔，因塔座上有五座方形舍利塔，故名为五塔寺。

# 过安贞桥

孤身八载客安贞，
酒绿灯红俱拜金。
欲为国脉除弊事，
肯将忠魂正邪门。
林湖碧浪多平静，
坠鸟枯枝少残痕。
喜剧人生连昼夜，
亦真亦假费精神。

# 登安贞楼

安定门前百幢楼，
地坛墙外几春秋。
马光汲古成通鉴[①]，
商隐嘘今锦瑟留[②]。
长忆江湖悲白发，
滞留此地叹穷途。
冯唐易老声声叹，
李广难封岁岁忧。

---

① 马光汲古成通鉴：指司马光编纂《资治通鉴》。

② 商隐嘘今锦瑟留：指李商隐《锦瑟》锦瑟无端五十弦，一弦一柱思华年。

# 安外随笔

安贞一去满八年，
进退维艰又一篇。
匹马冲锋临深涧，
单枪陷阵对贪泉。
个中滋味谁知晓，
世态炎凉与酸甜。
万类霜天多病树，
沉舟侧畔另有天。

## 安外春晓

后海小雨过，
安外柳生娇。
环贸随新厦，
安贞倚旧桥。
柳荫麻雀叫，
宅口野狼嚎。[①]
公平行直道，
云残紫燕高。

① 野狼：这里指野狗。

# 安贞道上

一上安贞万里愁，
春深已过蒋宅楼。
雍和北望天涯路，
环线巡行海角收。
安定门前星寥廓，
和平桥下月如钩。
行人不解当年事，
总把新愁比旧愁。

## 安贞道情

欲寄真情满纸涂，
鱼传尺素语还休。
分明此去无多益。
身在笼中不自由。

# 安贞桥

十载安贞雁影南，
人来人去好频繁。
难将实意盛杯盏，
只有真心对天谈。
府院笑纳花似霰，
家门愁锁日如龛。
书当无意开孤愤，
待与何人绾合欢。

## 家园

敕勒阴山下，
平川百里延。
苗黄求多雨，
果绿盼阳天。
户户精耕地，
家家细作田。
杨花伴雾柳，
丰稔过新年。

## 故园一瞥

目尽飞鸿远，
乡村隐树间。
盈盈排干水，
改善万顷田。

## 思故乡

大漠沙尘暴，
平原碧水横。
房檐飞紫燕。
庭院起歌声。
犬吠村中夜，
莺啼陕坝城。
归来春又去，
思念更分明。

# 望故乡

黄河水浪低，
大漠与天齐。
地阔千村小，
天围万木稀。
残云挂淖尔，
急雨过河西。
唯有乡园处，
依依梦不移。

## 回故乡

城中春已老，
河套北风吹。
不见青苗长，
只有落叶飞。
别来多旧梦，
樽酒慰新思。
秋月随人影，
菊花御马归。

# 故乡吟

故地在巴盟，
河流几字中。
平原八百里，
阡陌四方通。
北望阴山阔，
南巡后套浓。
消息传漠北，
又报米粮丰。

# 放　马

暑假回村去，
连天草木齐。
花飞香满径，
水漫绿盈溪。
枕石看云起，
临风听鸟啼。
缰放林中马，
不觉日偏西。

# 负 笈

校舍在郊野，
北风路上寒。
朝来棉袜破，
暮去布衣单。
瀚海行车苦，
书山登顶难。
一轮残月冷，
两眼共愁眠。

## 风自故乡来

风自故乡来，
家书入我怀。
天寒沙更猛，
地涝水成灾。
老父心伤感，
乡亲泪满腮。
归期尤渺渺，
一夜盼云开。

# 别 梦

一离故地少还家，
别梦依稀两地花。
心痛有时非病酒，
情伤无处可弹铗。①
西风昨夜池塘过，
秋雨今晨大漠发。
偏是乡遥嫌日短，
多因歧路费年华。

① 弹铗：即“冯谖弹铗”，比喻有才华的人暂时处于困境，有求于人；或者形容怀才却受到冷遇，心有不平。

# 离　愁

朝发陕坝前，
友送小河边。
麦有清明绿，
村无谷雨鲜。
黄河浑不见，
大漠土尘旋。
思念阴山下，
离愁千万年。

# 炊 烟

行车过小蹊，

几度马儿嘶。

父母门前望，

鸡鸭院里啼。

白云推日月，

冬夏算别离。

惆怅西村暮，

炊烟让我迷。

## 忆往（二首）

### 其一

朝来暮去过邻村，
犹记清廉一个人。
常使家园生娱乐，
任由儿女淡泊心。
晚霞似火斜阳下，
红柳如廊野草深。
轻唤乳名声已远，
问心有愧对孤坟。

### 其二

十二春秋天各方，
人经烟雨梦彷徨。
茫茫四顾余一隅，
默默八荒我九伤。
多少是非先辈已，
从来功过后人详。
只期天下无弊政，
愿为真理作担当。

# 儿 时

小小童心不系愁，
爬墙上树少年游。
舞枪弄棒疯还野，
燕语莺声嗲亦柔。
游戏三更还不够，
花摘两朵倒簪头。
青梅竹马今何处，
雀跃欢呼梦里收。

## 夜 读

天高沃野平，
寒峭百花休。
校外沿堤岸，
回家趟水沟。
云排山后雨，
风送漠南秋。
寒夜勤读诵，
孤灯寄春愁。

# 故园之歌

平明乍起朔风哀，
薄暮浑随大雪来。
广厦联排砖瓦盖，
残垣断壁暴尘埋。
朝行陕坝人催马，
暮下乌兰酒入怀。
雪压三尺粮囤满，
鸟飞千里任你猜。

## 故园咏怀

门前有水塘，
红柳若经霜。
牧马观秋草，
农耕种太阳。
孤烟垂瓦舍，
飞燕下斜梁。
唯有田家子，
依偎此故乡。

# 老屋杂感

京华绝顶好望乡，
起伏阴山系迷茫。
坐看风云多变幻，
行思天地少琳琅。
穷村落寞饥寒苦，
旧院凄凉野草长。
屋破谁怜无住处，
我家兄弟可担当。

## 故居题壁

故园一去几十年，
山水人情在眼前。
院草泥墙犹可恋，
猪栏马厩剩残垣。
平房一栋开间二，
砖地三花四角连。
把酒长嗟空对月，
两行泪水洒窗帘。

# 故乡雪景

阴山雪后似春归，
积素凝华遍地堆。
网鸟铁筛筛满鸟，
雪衣冰裹裹花衣。
村边落月临天挂，
屋后晴云倚巷栖。
大雪纷飞平安夜，
围炉夜话拜年时。

## 童趣（六首）

### 扫帚马

冬去春来乍暖寒，
棉袄飞絮正衣单；
鼻涕尘土粘双袖，
扫帚斜拉作马玩。

### 捕鸟

三五萌童野外玩，
网夹巧设有玄关。
飞鸟落网声声叫，
走狗汪汪满院欢。

### 磨镰刀

窄窄石条霍霍声，
弯弯月亮照天晴。
惊来星宿齐相问，
今夜收割麦几成。

## 捉泥鳅

小河淌水水花开，
溅落夕阳满地裁。
赤裸身姿摸水下，
羞得月亮不出来。

## 挖野菜

春风几缕过身边，
苦菜花黄仔细捡。
胯下柳筐春色满，
爷娘唤处没炊烟。

## 走读

农家子弟若寒鸭，
草叶泥团磊个家。
或走或停诗句里，
飞来一树叫喳喳。

## 饥荒记忆

鸡鸣村舍曙光寒，
狗吠猪欢暮色残。
万众饥贫情如醉，
千家孤寂气若烟。
青苗遍野皆不秀，
囤库空缺少粮棉。
一口铁锅无米下，
愁云惨淡又逢年。

# 农 家

黄泥院子亮明灯，
老父连枷握手中。
一曲秦腔声常叹，
万千黄豆聚成峰。

## 故乡即景

晨起满天星，
晴明在五更。
轻霜生寒意，
秋气笑贫穷。
断壁留清影，
残垣感吾情。
马车身后过，
小院起黄风。

# 乡村记事

农家四月闹春荒，
十里八乡念酒香。
地上三鲜思春短，
田间五谷怨秋长。
常怀温饱求生计，
总忆饥寒梦感伤。
追思往事东流去，
患难之情置我肠。

# 牧 归

斜阳渐远有西风，
原上骑来小牧童。
归路弯弯闻鸟静，
敖包点点看羊行。
歌声婉转长裙舞，
美酒飘香大碗青。
醉卧兴安明月夜，
根河默默绕边城。

# 故乡春

春风又到柳开初，
唤醒坚冰草木苏，
朴素乡音村上问，
寻常爱意手间扶。
推心置腹人心暖，
吐故纳新景物殊。
白鹭多情吟不尽，
阴山横亘展宏图。

## 念故人

去年今日赴华融，
立定航天泪满城。
入眼樱花悲故地，
侧身馨苑唤新春。
似曾相识张家港，
未免有情万寿人。
多谢当时东道主，
音尘愈久愈感恩。

# 田园赋

屋陋两三间，
房前有菜园。
人人勤劳作，
度日比熬年。
红柳敌盐碱，
沙堆改沃田。
羁鸟思乡曲，
池鱼恋故渊。

## 薯乡欢歌

金风送爽到武川，
薯麦飘香暖后山。
鼓乐声声歌盛世，
彩旗猎猎庆丰年。
从来白道连塞外，
自古可镇有红颜。
薯乡经略蓝图绘，
农业开发拓财源。

# 乡 思

青山绿水梦魂飘，
秋月春风一觉晓。
隐隐兰香思《绝唱》①，
悠悠枣叶醉《良宵》②。
竹竿垂钓岸边坐，
木桨撑船红影摇。
窗外鸡鸣催早起，
且将懊恼一笔销。

①《绝唱》：这里指1975年由山口百惠、三浦友和主演的电影《绝唱》。
②《良宵》：这里指二胡曲《良宵》。

## 读 书

一卷捧读有所思，
穷经皓首未足奇。
功名利禄随时测，
荣辱是非入史诗，
天做阴晴说不定，
地施云雨论无期。
南窗一夜辛酸泪，
写进春秋万古词。

# 咏史札记

断简残编可一寻，
寂寥前事本如今。
史公笔砚珊瑚架，
门下宾朋玳瑁薰。
未必片言资国计，
只缘邪说惑人心。
秦皇汉武皆由此，
唐宋元明几代人。

## 读书感世

读到辛酸泪已潸，
平生最感做人难。
悲欢聚散三生梦，
苦辣酸甜五味餐。
道路不平须立志，
心情开朗免忧烦。
善由心生非俗语，
祸自口出是锦言。

# 读《塔木德》

箴言廿卷众口传，
第二圣经又一编。
叙事翔实留作史，
良谋深算可比禅。

## 读《元白诗笺证稿》

一生长恨向奸佞，
十首秦吟为忠诚。
每与新朋谈究竟，
休教老友说公平。
此身显贵似无分，
笔下文章当有名。
莫怨雾霾危害大，
心无怨谤酿诗成。

# 学书偶记（二首）

## 其一

寻词觅句辨精粗，
又品草乱与行孤。
不落前人陈窠臼，
立身当下展宏图。
辞奇何必尝老酒，
韵好无须做梦求。
半岭白云犹可见，
一弯明月笑春秋。

## 其二

雾霾昏暗隐月痕，
挥毫弄墨戏星辰。
春风日夜来无限，
却见桃李媚红尘。
转瞬平头五十过，
多少梦想忆如新。
学书最爱难长坐，
浩叹虚空百半身。

## 人生笔记

人生漫漫度春秋，
半辈年华付水流。
唐宋诗词皆有韵，
长江大海可行舟。
从来社稷趋虚幻，
历代江山化土丘。
看淡沉浮多少事，
功名利禄不强求。

## 观舞剧《阿炳》

坎坷遭逢一世难，
交加爱恨往来还。
樊篱四处八方走，
屏障三重九道关。
独奏二胡心路史，
凄凉半世一身残。
生涯苦在多情处，
肝胆悬于天地间。

## 新书付梓

素笺一叠孕万辛，
清风明月照我身。
付梓在即诚须贺，
洗净铅华阅古今。
空谷流思诚沥血，
半山观景正呕心。
几经书斋三更月，
宋雨唐风沐俗尘。

# 安外读史

星疏月朗又风高，
安外孤灯照大桥。
指鹿为马官场戏，
朝秦暮楚小人刁。
文章八斗方知妙，
碎米五斛不动摇。
自信平生求高尚，
青莲禅意入碧霄。

## 二十四史

二十四史续成今，
话罢英雄话妄佞。
败寇成王千古恨，
是非功过化烟云。

# 读《老报人的故事》[①]

万水千山脚下移，
蜿蜒曲折绕指持。
螭魔魍魉兴风处，
虾蟹鱼鳖作浪时。
风雨飘摇知板荡，
道德沦丧忘崩摧。
一腔热血犹在手，
几度豪情被风吹。

①《老报人的故事》：夏和顺著，花城出版社出版。讲述了储安平、王芸生、罗隆基、浦熙修、徐铸成、聂绀弩、赵超构、萧乾、杨刚、范长江、邓拓、恽逸群等十二位老报人的悲情人生。

## 三国笔记

独在安贞岁月长，
闲来暗度细思量。
黄忠虽老投刘备，
姜尚暮年遇武王。
十载寒窗题榜日，
一朝登第状元郎。
当下有意难为主，
奔走无门泪两行。

# 怀父诗丛（九首）

## 其一

皑皑白雪朔风吼，
子夜寒窗夜夜忧。
冬雪铺开一片纸，
新词幽怨赋春秋。

## 其二

临河西北有新村，
放牛赶猪红柳丛。
学校私塾虽高小，
文章书法使人惊。

## 其三

落得学业难存续，
只为家贫弃置情。
声势磅礴来土改，
无心别却红柳风。

**其四**

侧身水利留足迹，
百里金川渠纵横。
话语耿直唯正派，
三年困难[1]返乡中。

**其五**

三十余岁何谈病，
只为年轻可纵情。
乡下艰辛都尝遍，
方知世事路难行。

**其六**

重新归队心难老，
守法奉公尽赤诚。
河岸巡行三万里，
水闸观测九天风。

① 三年困难：即三年困难时期。

## 其七

家中老少诸多事，
吾父时时操碎心。
一夜惊雷离我去，
五年残梦伴飞魂。

## 其八

父离兹世三年整，
我忆鸿恩万丈深。
无奈不能常祭祀，
只凭长泪寄清风。

## 其九

有家无父心身单，
浊酒一杯和泪掺。
骨肉分离空日月，
炎凉世态梦河山。

## 致潘涌老师

2017年教师节到来之际，献上七律二首，衷心祝愿敬爱的潘老师春秋不老，松鹤长春。

### 其一

天赋晴空碧玉姿，
杏坛光景正其时。
栽桃种李园无限，
培树育材花满枝。
三尺讲台容恬淡，
五更灯火恋荣熙。
潇潇春雨浑非识，
耿耿丹心最可期。

### 其二

阴山如画客初归，
河套瓜甜玉米肥。
委地黄花蜂蝶去，
接天衰草紫燕回。
舞墨吟诗开笔画，
高山流水颂恩师。
春风桃李三千万，
天南地北报春晖。

## 挽父歌

阴山雨亦狂，
河套又冰霜。
地下清棺冷，
黄泉鬼蜮忙。
此生常放眼，
功过堪担当。
为报乡梓愿，
流光万代长。

## 怀父词

相送泪沾衣，
不能永久陪。
此生不如意，
还待未来时。
梦去青山泪，
魂牵柳叶悲。
何能排郁闷，
不肯对柴扉。

# 念岳母

兴安岭下乱鸦栖，
飞去飞来枝上啼。
可罕风流烟草在，
王爷春恨艳阳知。
近来每诵淮阴传[1]，
此去常记漂母祠[2]。
水色山光频顾首，
凭栏无处理伤悲。

---

①淮阴传：即《淮阴侯列传》。

②漂母祠：位于江苏淮安市楚州区城西。

# 悼岳母（五首）

### 其一

昨日清晨昨夜风，
碧园东畔墓园中。
身归灵柩魂飞宇，
心有余愿梦成空。
隔坐笑谈嘘寒暖，
我来泪眼望遗容。
人生纷扰都移去，
一任青烟向天庭。

### 其二

半世辛劳半清贫，
好强为本爱为真。
风寒梅蕊三九艳，
云淡秋菊一片心。
月暗天低频痛悼，
天长日久病缠身。
悲情默默同谁诉，
倦看红城草木昏。

## 其三

对面无声最可怜，
魂归有路正苍天。
不离人世频回首，
只为天宫号令严。
金盏明灯随主配，
琼花贡果伴裙边。
昏黄怅惘城中夜，
我辈焚香到灵前。

## 其四

流水潺潺天地回，
罕山默默晚来迟。
一生梦雨全飘瓦，
尽日辛劳无所遗。
辗转漂泊无定所，
全仗烟酒去移时。
而今到此通仙去，
忆向天阶问翠微。

### 其五

往事风云岂可追，
车前安坐北风吹。
持钱撒落金铺地，
揽镜顿疑我是谁。
一路情牵原是梦，
三呼走好却成灰。
更兼沦落天涯远，
柳絮年年作雪飞。

# 送别

河套阴山觅旧踪，
神州踏遍路千重。
南湖难照儿时影，
北寺犹闻夜半钟。
相聚千言无话冷，
离别一首寄情浓。
一心期盼重携手，
反转京都几度逢。

# 清明祭

十年生死不相知，
百字祭文寄哀思。
红柳难寻人去后，
绿茵空览日斜时。
阴山有道恩如柱，
黄水无情爱永依。
寂寂坟冢河湾处，
潸潸泪水洒石碑。

# 清明节感赋

清风明月柳丝长，
沃野荒郊野草香。
泪水盈盈迷归路，
残书页页慰愁肠。
身于异乡多落寞，
心记洪恩最彷徨。
看遍神州千帆渡，
情同华夏万年芳。

# 清明图

坟冢点点乱飞鸦，
袅袅炊烟三两家。
杨柳不知人已殁，
春来还放旧时花。
风和日丽春光下，
蝶舞蜂飞醉鸣蛙。
一朵白云天上挂，
数枝垂柳绕红霞。

# 赠陈寿朋[①]先生

攘攘熙熙脚步匆，
苍茫人海遇北京。
声名威震内蒙古，
念念心心高尔翁[②]。
育人常如杨柳雨，
教书犹似支荷风。
纵观中外多少事，
挥洒笔墨染碧空。

① 陈寿朋：江苏泰州人。中共党员。1952 年毕业于上海化东大学俄语专业。1948 年参加革命工作，1949 年参加渡江战役，1964 年后历任北京《人民中国》俄文版编辑部编辑，内蒙古大学教授，内蒙古教育学院系主任、院长、教授，苏联伊尔库茨克国立大学、列宁格勒国立大学留学生，全国人大教科文卫委员会委员，全国第八、九届人大代表。1963 年开始发表作品。1984 年加入中国作家协会。

② 高尔翁：即高尔基。

## 赠王绶青[①]先生

寒林霜染瘦丹枫，
天色空蒙遇京城。
遥想当年着鞭事，
耳畔又起读书声。
金石书画皆成韵，
碧水丹青俱春风。
漫漫边关诗还在，
悠悠豫剧唱空灵。

① 王绶青：原名王尔玺，笔名辛梓。诗人，书法家，国家一级作家。

# 赠故乡县长

人海漂泊各东西，
你来我往两由之。
常将快意盈眼角，
却怕悲催乱心扉。
雨打风吹寻常事，
沉浮荣辱等闲期。
多留人性藏身上，
少把专横对人施。

## 赠葛玉修同志

对角羚羊原上驰，
啁啾群鸟海天飞。
长焦一聚皆灵性，
短歌三声唤春归。
十六从军成卫士，
转来监管壮国威。
黄河源上多寥廓，
生态和谐最可期。

# 赠张老师

亦忧亦乐好随性，
思古思今阅圣明。
未富未官真神采，
直来直去免奉承。
识人总系名和利，
交友唯关品与行。
常忆橡筋直线[①]美，
总凭杯酒颂神功。

---

①橡筋直线：橡皮筋有较好的弹性，橡皮筋动力车就是利用橡皮筋的弹性，将橡皮筋绕在车轴上，由于橡皮筋产生形变，松手时弹性势能转化为动能，小车会向前前进。当时张老师在东城区青少年宫担任橡筋直线动力车比赛教练。

# 答友人

自叙家贫少壮时，
负笈呼市拜恩师。
临池不辍钟研墨，
斋主炼心最可思。
竹瘦梅寒成古韵，
开来既往再研诗。
听涛观海书绥远，
舞鹤赏花再秉持。

# 致友人

岁晚身何系，
门前故客空。
半生忧患里，
一梦有无中。
发染愁如水，
颜衰酒借红。
我歌君起舞，
此生略相同。

# 致领导（二首）

## 其一

刚直严谨为人重，
浩气一身不自悲。
尽日笙歌人散后，
满城风雨慎独时。
心超几地行无处，
云到何天约有期。
顿见廉光身上照，
已随两袖正风吹。

## 其二

亲人送我上京华，
遥看东方起瑞霞。
把酒江山说燕赵，
临风天地话浮槎。
渔阳敢赴情和爱，
幽州共筑国与家。
且把辛劳留塞北，
满腔热血再出发。

# 赠潘涌老师

春去秋来两袖风，
书香卷帙一肩承。
诗魂词魄驰文野，
铁干虬枝驻墨丛。
妙笔生花辉五彩，
行云流水映双瞳。
任随两鬓青丝少，
笑看江山桃李红。

# 与兄弟书

此心曾与弟相忧，
直到村南镇北休。
先父遗言常盈耳，
故乡书信系手足。
风催雪落残云断，
雨侵花伤老树收。
冷雨滴滴伤心透，
无端寂寞上高楼。

# 赠兄弟

逢花留步尚多情，
天不违人旋作晴。
不使是非增懊恼。
须知功过去无声。
凭窗远眺春秋换，
坐地静思日月行。
做事谦恭须仔细，
做人谨慎要忠诚。

## 赠别组织部同仁

笔走龙蛇近九年，
行云流水作轻烟。
文章累案书生泪，
道义沉积壮士肩。
兴替方知功与过，
沉浮却道姻和缘。
从来大树生沃土，
须留清白在云天。

# 重阳登高录

多年不见桂花开，
几度悲秋上高台。
半岭残阳衔树落，
一行秋雁向南来。
落花已灭黄巢梦，
流水偏伤宋玉怀。
歌馆楼台宾客换，
重阳几度对谁白。

## 送秀华之深圳（九首）

### 其一

远隔山水未穷期，
从此全凭短信息。
前段不平民生寿，
后来坎坷大鹏时。
四方哪有容足地，
百业偏无可心池。
深圳京城几千里，
堪将孤苦诉与谁？

### 其二

犹记当年呼市时，
门开大院护城西。
三间陋舍砖墙垒，
一米锅台防火泥。
风掠楼头人相扰，
雨湿街巷鸟来栖。
不随无味消时日，
只为生民架云梯。

## 其三

少见修持得我师，
唯其行善亦随时。
毛衣件件云缠线，
账本堆堆雪染眉。
尊老孝结连心锁，
相夫教子筑巢枝。
有时问过朝中事，
却若村姑不想知。

## 其四

大漠寒风西北吹，
马蹄塞上伴征衣。
虽然福禄无明意，
怎奈趋时不见机。
情意乘云如河涌，
乡心随雁绕山飞。
不堪骨肉离别恨，
得遇真人似可归。

## 其五

此去堪怜力壮时，
往来人事宜详知。
闲来莫语人长短，
恙后只须觅慧医。
执意强行伴泪眼，
只身披挂戴征衣。
只须生命浑全在，
春暖花开莫忘归。

## 其六

一程山水几来回，
默默槐花在后追。
暮雨常湿花树晚，
朝云时盼倦鸟归。
玉泉风雪催离抱，
紫苑秋霜换厚衣。
香蜜水明白露过，
莲花山下冷风吹。

## 其七

一月双飞情若丝，
三番五次少年时。
几逢乱世常如此，
你我而今不足悲。
妙药灵丹哪胜酒，
山珍海味莫如诗。
家山苍翠容身处，
遥盼亲人早日归。

## 其八

三秋还系旧时衣，
安外花前把泪垂。
每叹春光九十日，
一嗟年少几多时。
金融寸禄春耕早，
保险尺福芒种迟。
不为感恩酬未几，
帝都闲坐有归期。

## 其九

平生品位有天知，
长恨谋生与志违。
身边不淑嗟不遇，
故园零落又空归。
红城欲暮人烟敛，
苍月初寒几岁归。
且把清寒作闲事，
权当南苑唤春回。

# 送福龙之青城

花开花谢两年期，
顾后瞻前最迷离。
辗转今生伤心事，
迷离景致痛无期。
人生无计韶华过，
草木知秋日月稀。
桃李明朝能再见，
好风凭力任君依。

# 送广德之青城

一年辛苦到于今，
立志环卫遂此心。
常遇京城频把盏，
寄情幽燕欲抚琴。
骄阳艳丽两端走，
朗月凄清九衢巡。
一片真情携赤胆，
清风两袖鉴乾坤。

# 自广州赴大洋洲

独立苍茫望广州，
更添羁旅异乡愁。
晚潮未至新潮又，
碧浪先行旧码头。
毛利羊驼[1]来解闷，
罗托[2]水景可排忧。
身边四顾藏残梦，
眼下何须望故秋。

①羊驼：为偶蹄目、骆驼科的动物。
②罗托：这里指新西兰罗托鲁阿。

# 从青城到银川

一片残阳一阵风，
两条铁轨向西行。
贺兰山外平罗夜，
明月高悬党项城。
大漠倒映沙湖景，
孤烟难阻固原情。
开发西部春风暖，
万象生机竟大同。

# 半字诀

半盏清茶半日闲，
半条酒肆半卷帘。
半空掠过半飞燕，
半赋半词半晌眠。
半信半疑半封建，
半真半假半疯癫。
半山腰上半方庙。
半路出家半思禅。

## 无题（七首）

### 其一

锦绣河山枕碧流，
千朝历史卷中收。
神州犹赖昆仑雪，
华夏谁寻黄鹤楼。
读史曾怜司马恨，
赋词同感易安愁。
半扇白云窗前挂，
一弯明月尚空留。

### 其二

心揣往事忆从前，
手把残秋论百年。
纵然孤零荒野外，
无非冷落寺庙前。
前朝明日循环路，
旧俗新风两重天。
浩大乾坤藏秘密，
谁曾有意做神仙。

## 其三

梦残酒醒话当时，
新鬓无端著白丝。
门外曾遭翻手雨，
心中又起顺风旗。
逡巡岁月成孤鹜，
检点青春觅小诗。
遥向故园寻故旧，
阴山沉寂朔风吹。

## 其四

帝苑路狭误此生，
魂牵幽梦最心诚。
忠心拒染纤尘色，
赤胆长含淡墨情。
凝立一枝常傲雪，
闲由百卉竞沽名。
经年未寄春风意，
独爱新年落雪声。

### 其五

世态炎凉本自知，
孤高傲雪正当时。
伤风源自品德劣，
败俗只因教养低。
曾捧真心问天地，
又持实意笑愚痴。
此时未必合时宜，
万里长征有几回。

### 其六

京城有会大兴开，
疑是严霜又到来。
雾阻亲朋呼感愤，
霾逼宾客唤怜哀。
燕山野果今朝落，
佛寺沉香古色衰。
厚禄高官终难附，
蛰居安外看云白。

## 其七

苦乐年华五十牵，
是非成败几完全。
一腔宏愿空怀抱，
万里神州觅圣贤。
尽瘁鞠躬成风范，
清风两袖为民权。
半生进退常追忆，
如意人生一二甜。

## 抒怀（十首）

### 其一

老树无春绽绿枝，
黄鹂不落近邻祠。
空余朽木拴瘸马，
实在虚根颤病肢。
才叫清风吹得意，
又贪细雨润遐思。
生逢甲午牵烈骏，
世上男人我最痴。

### 其二

常回梦境少年时，
故里惟留翠岭姿。
老树深根皆不在，
近邻旧貌已迷离。
意中女子形先碎，
世上男儿我最痴。
小路谁知何处去，
浮云一片似黄泥。

### 其三

快马何曾问早迟？
无须鞭影自飞骑。
山间曲径峰犹险，
世上男人我最痴。
踏碎春秋多少梦，
蹚开肺腑几相知。
狂于酒后醉于赋，
愧在花前叹在诗。

### 其四

天边月色正浓时，
世上男儿我最痴。
曾遇琼浆无醉意，
常贪玉盏愧清词。
凡心不解高低座，
重负难移左右肢。
一路艰辛勤跋涉，
回眸自叹几相知。

## 其五

世上男儿我最痴，
花间美酒月光诗。
偶然凑得风流句，
顷刻融成浪漫词。
一片诚心悬昼夜，
满腔热血奉公时。
桃园仿效三结义，
一片丹心志不移。

## 其六

千年旧事讲还新，
唯有清名照乾坤。
五圣[1]抚勤留墨史，
四王[2]树德济民恩。
墓题忠烈容凝壁，
碑指沧桑位显尊。
眼底烟花空一炬，
长江逐浪也淘金。

---

① 五圣：历史上对儒家学派的五位圣人的合称，五圣分别为：至圣孔子、复圣颜回、宗圣曾子、述圣子思、亚圣孟子。

② 四王：指古代四位帝王 夏禹 、商汤 、周文王 、周武王 。

## 其七

四月京都气象新，
寻章择句到前门。
娇莺婉转新桃贵，
乳燕清啼古柳尊。
打磨厂前流过客，
天安门下往来人。
年年四季频繁过，
社会清明又一春。

## 其八

隔山岔海总无言，
且把诗书对酒眠。
宋玉巧排神女赋，
汉卿演绎窦娥冤。
牡丹亭下痴梅放，
望鹤楼前醉月旋。
一看一回长叹息，
多情风月总无边。

## 其九

闲居闹市无人问，
幸有清风沐我心。
流水临窗书作伴，
行云笔墨画传神，
情歌常对湖山唱，
蜜语默随瀑布吟，
市井喧嚣心止水，
且将诗意度晨昏。

## 其十

五十年来是与非，
循规蹈矩不相违。
待人总被多情误，
接物常缘耿直亏。
赖有良知识真伪，
不随俗世论尊卑。
平凡厚道寻常事，
快马加鞭尚可追。

# 五十有感

五十年来世上行，
几多辛苦为浮名。
大鹏展翅期千里，
飞马腾空跃万程。
安定门前无常事，
京都府内有华宫。
气蒸山腹初来日，
光动泉心总沐风。

# 寄　远

愁眉两叶展不开，
惆怅驱身上北台。
岁暮题诗离鸿断，
天涯望罢彩云来。
举杯温故先下泪，
品味知新又感怀。
碧水沉沉魂魄舞，
燕山默默有谁哀。

# 忆 旧

终日勤劳作，
连年饿肚皮。
故乡归塞外，
心梦有皈依。
小路挥别泪，
长街忆旧时。
火车徐启动，
父立站台西。

## 随感录（五首）

### 其一

天上阴霾向下沉，
人间贪腐非一人。
拍蝇风动千官肃，
打虎声来万众钦。
号令严明高处落，
规程整饬眼前新。
神州才俊皆催马，
壮志难酬愧老身。

### 其二

天地茫茫两未成，
只知独处爱争鸣。
风吹跌落牛脾气，
雨打飞来马性情。
九稳十拿双手握，
千回百转俱成空。
莫因春梦愁成恨，
且让秋辞怨无穷。

### 其三

为求大道入迷途，
满腹经纶堪丈夫。
岁岁光阴石冶炼，
茫茫身世水沉浮。
不贪名利求荣显，
岂愿形容变媚俗。
若是真金何所惧，
一心报国早绸缪。

### 其四

人间堪比一锅粥，
夺利争权不见休。
亲信罗织多严密，
营私结党细筹谋。
粗茶淡饭真滋味，
富贵闲暇亦烦忧。
多少英雄多少恨，
只因权色对牢头。

### 其五

除却伪装更自由，
本来面目免烦忧。
不追功利当棋子，
何羡浮名做马牛。
处世何须风摇草，
做人把舵浪行舟。
空来一物无所惧，
四季清明上高楼。

# 感怀（四首）

## 其一

阅件轻声字句吟，
须知此事快人心。
远离工体随人意，
近靠安贞傍率真。
泼墨凝成花万朵，
挥毫漾起浪千寻。
人生路远身须健，
一意从容看古今。

## 其二

未有丝毫系万钧，
京城无助更无亲。
曾闻鸷鸟高鸣烈，
又见土豪乱吠频。
签字狐疑犹腻味，
发言妄陷更脏人。
后人犹怨学识浅，
不赖真才只赖混。

### 其三

蒙眬往事二三分，
多少伤怀在利根[①]。
千行秋雁千行泪，
万里燕山万里心。
谁人独自愁闻赋，
何处空楼苦作文。
五更梦破惊长睡，
冷雨无情葬寸阴。

### 其四

明月中秋安外人，
庙堂难续自由身。
山川暗淡初心旺，
须发稀疏老酒醇。
浓裹京风兰草丽，
密沾仙气古藤新。
儿孙继世天难阻，
拾取流芳却到今。

---

① 利根：佛教语，犹言慧性。

# 怀 旧

阴山积雪化春妆，
流水漫漫绕九乡。
五月春花花盈径，
三秋瓜果果正香。
千村玉米青纱帐，
万朵葵花总向阳。
苹果梨桃桌上放，
主宾共醉话沧桑。

# 偶成（四首）

## 其一

炎炎夏日雨痴痴，
忧患潜来不自知。
悄立安外何所事，
一星如月看多时。

## 其二

年年春夏费精神，
蝉语萤飞入画新。
汝辈何知吾自悔，
违心刻意作顺民。

## 其三

一夜醒来梦已空，
回头罔顾黯愁生。
车行安外思飞日，
游子离乡可纵情。

### 其四

八年壮志悲伏枥，
此刻无计负一生。
慷慨悲歌说燕赵[1]，
迎风热泪赋长平[2]。

---

① 燕赵：指今河北省。
② 长平：指长平之战。

## 随感（二首）

### 其一

半载迷蒙悔断肠，
返回如梦一黄粱。
唯心唯物皆申理，
自灭自生不寿康。
青眼羞居麻花板，
花白忝入帝王乡。
三山五岳归何处，
云卷云舒日月忙。

### 其二

落魄无颜见故乡，
失魂有梦更凄凉。
大庭广众评孝顺，
巷议街谈论恓惶。
近岸琳琅成画境，
远方满目俱荒唐。
贫穷富贵身一世，
生死离别泪两行。

# 感事录（二首）

## 其一

亦真亦幻了无痕，
趋利逐名聚一身。
着意殷勤求显贵，
无心赤胆对黎民。
征途漫漫新规在，
沧海茫茫戏成真。
欲壑难填根本忘，
苍天有眼不饶人。

## 其二

忙里偷闲数十春，
心心念念在诗文。
咬文嚼字尤觉浅，
妙想精思不厌深。
可待无中寻有处，
却知心地净无尘。
迁飞大雁离故土，
花谢花开也归真。

# 即 兴

才欲求闲未有闲，
又劳行役跨银监。
逢人道是安贞外，
却恨雾霾满市悬。
从此繁华离工体，
别来安定信无边。
何当苟且为颜面，
却话三环冷雨绵。

# 思 念

满目苍山碧水寒，
斜阳西下照阑干。
空怜吾父埋黄土，
谁管哀鸿傍阴山。
话到无言情不寐，
恩缘有义爱无单。
一回相忆千回老，
凤舞龙腾泪眼斑。

# 思古三章

## 其一

秦亡责二世①，
兴汉赞刘邦②。
今古频交替，
谁人记灭亡。

## 其二

胡寅陈密策③，
司马进良规④。
惜古当谋远，
谦恭亦慎微。

---

① 秦亡责二世：秦始皇死后，胡亥继位，为秦二世，施行暴政，刘邦、项羽起兵后，被迫自杀。二世而亡。胡亥侄子婴继位，后被项羽杀掉，秦朝灭亡。后人总以“二世而亡”来责备。

② 兴汉有刘邦：楚汉战争中，刘邦战胜项羽后，建立汉朝，国家逐步兴盛起来。后人以此来赞叹刘邦的功勋。

③ 胡寅陈密策：宋代进士胡寅，曾上书高宗，提出了罢议和修战略的七项策略。

④ 司马进良规：宋代司马光在仁宗朝知谏院，曾提出保业、惜时、远谋、谨微、务实五规。

## 其三

伯俞泣杖时[①]，
翟墨堪唏嘘[②]。
知母伤心泣，
家国总伴随。

① 伯俞泣杖时：汉朝的韩伯俞至孝，尝有过，母亲杖打他，他哭泣说："往者杖尝痛，知母健康；今杖不痛，知母力衰，是以悲泣。"

② 墨翟堪唏嘘：墨翟是春秋战国时期的思想家，人称墨子。墨子见染丝者而叹曰："染于苍则苍，染于黄则黄。五人为五色，不可不慎也。非独染丝，治国亦然。"

# 古 塞

梨花落尽杏花空，
开谢年年交替中。
每遇时节三春暮，
何其人怨五更风。
飞檐直挂窗帘碧，
宫殿横铺地毯红。
忍看马蹄车轮下，
一片西来一片东。

## 相隔万里长

相隔万里长。
游子恋家乡。
旧愁春草绿，
新喜薯花香。
朗月迎游子，
清风送感伤。
白云牵日月，
馥郁更芬芳。

## 鸿　雁

囊中羞涩自曾怜，
饱阅诗书十数年。
父老村前来相送，
恩师镇上赠留言。
阴山土地皆肥沃，
大漠边关鸿雁旋。
莫畏书山穷阻路，
通幽曲径可通天。

# 备　考

家住乡下五星南，
小道悠长行却难。
手捧教材长夜诵，
心寻答案每时勘。
寒窗十载研秋草，
破壁冬春兀自寒。
谷雨清明行默默，
三天高考是难关。

# 学会计

四载寒窗日月知，
海西小院我驱驰。
财经浩瀚词如海，
会计庞杂账似堆。
大数难遮千里目，
表单易错九肠回。
往来借贷终成序，
收付权责两便宜。

# 初 心

耿耿叮嘱酒樽前，
鸿雁飞愁入梦旋。
十载同窗常忘坐，
几人共度坠秋千。
曾随明月浮沧海，
又见晨星落九天。
何意疾风知劲草，
劫波历尽志犹坚。

## 春 吟

东风带剪入花村，
紫燕凝眸觅旧痕。
大雁北飞怀故土，
青峰南峙悯凡春。
冉冉旭日迎紫气，
冷冷清风挹新尘。
雾锁云牵释旧梦，
红梅沃雪到更深。

# 早 春

小径疏枝衬日西，
阶前俯首太沉迷。
碎红风里坚心守，
寒绿檐头带血啼。
放大格局方禀气，
居身境界辟新蹊。
古今代谢歌成韵，
辩证思维纵奉依。

# 颂　春

纷纷白絮起纷纭，
梅雪松风俱爱春。
柳绿桃红乡野路，
清明细雨断肠人。
垄中署麦摇新绿，
河里鱼虾戏水浑。
洒墨挥毫随新韵，
金川百里报佳音。

# 春 望

又是一年春，
无须辨伪真。
花风巡故道，
柳雨洗新尘。
湖畔听波笑，
林间赏雀吟。
春来愁几许？
回首看流云。

# 春日感赋（二首）

## 其一

草长莺飞四月天，
春风堪与旧时延？
桃园不见飞蛾影，
柳岸偏听墨客喧。
日月如梭何寂寂，
前程似梦太翩翩。
临窗把盏轻嗟叹，
万事依稀绮梦空。

## 其二

辰时梦醒笑嘻嘻，
展卷研磨览鸿辞。
两手空空无所驭，
清风暖暖在心机。
人逢老衲常迟暮，
路到苍茫又开始。
忠若无心诚何取，
言来不信可依谁？

# 新春即兴（五首）

## 过年

户户楹联岁又新，
满城俱是贺年人。
春回大地繁花艳，
笔落豪情满目春。
日月一壶杯底浅，
祥云几朵画中真。
但从天地纳神力，
清梦半壶藏月轮。

## 拜年

庭前春未暖，
山后雪还寒。
门口灯笼艳，
枝头晓月残。
爆竹声不断，
福禧祝团圆。
祈望年年好，
多求事事安。

## 潭柘寺

初二看山向西行，
一家三口沐晨风。
白云横谷山沟走，
黄叶摇身静无声。
叠嶂峰峦呈耳目，
岚雾翠滴山寺中。
敬香道上车如水，
远望西山挂彩虹。

## 戒台寺

戒台寺外古树动，
远望山庄雾绕门。
艳艳斜阳盈山色，
习习禅香照佛身。
手持三柱频祈祷，
风动五根①庙宇新。
不二法门②真无量，
四弘誓愿③万年春。

① 五根：信根、进根、念根、定根、慧根。
② 不二法门：佛家用语，指平等而无差异之至道，今用以称独一无二的门径、方法。
③ 四弘誓愿：众生无边誓愿度，烦恼无尽誓愿断，法门无量誓愿学，无上佛道誓愿成。

## 大成路上

乾坤空落落，
岁月去堂堂。
大成随天命，
平安入小康。
人生多逆旅，
世事已苍黄。
明日应归去，
清风快意长。

## 迎春花

无须哺育自生存，
未尽残冬已报春。
日照苍穹霞璀璨，
花开桃李彩缤纷。
堆堆靓丽陈情爱，
点点金黄示意真。
若有佳人相媲美，
嫣红姹紫壮乾坤。

# 玉兰（四首）

## 其一

淡雅清新寂寞裁，
闲云野鹤正颜开。
空灵未必离尘世，
大气从来在情怀。
如泣如诉诗笺里，
如醉如痴不须猜。
从此身存辛夷爱，
桃花仙子梦中来。

## 其二

临风玉树挂虬枝，
宛若白云绕翠微。
黛色不争春色晚，
芳姿却笑牡丹迟。
常将身立闲云外，
犹寄神行逆旅时。
却道善解清莲梦，
才知天高不羡梅。

**其三**

春来帝苑哪最香，
兰玉满枝竟吐芳。
静若白云云漫卷，
动如瑞雪雪苍茫。
金杯银盏盛花露，
意气风发走四方。
梅蕊争先枝上立，
丹心一片对斜阳。

**其四**

沦落风尘爱素装，
非同群卉论芬芳。
窗前静吟三更月，
亭下风吹子夜霜。
白玉无瑕因艳冷，
红尘不染是兰装。
今生素有清幽趣，
岁岁辛夷泛草香。

# 甲午春（二首）

## 其一

三冬已尽看皇城，
天色行藏大雾中。
千朵雪花迎晓日，
万株槐柳唱和风。
不知高位皆相似，
且看年增岁不同。
独喜冥心无外慕，
自怜知命不求荣。

## 其二

满院春光照我家，
紫台水暖育鹅鸭。
诗裁锦绣传胸臆，
文弄缤纷耀天涯。
只知安外兵仗走，
不意安贞环贸发。
而今只欲关门睡，
一任东风乱草花。

## 金融街春晓

风旋云散日初红，
普照通衢紫气浓。
百盛碎红长安雪，
央行寒翠月坛风。
空中黑雁飞天重，
各色黄鹂唤民生。
回望长街春来早，
高楼大厦尽神通。

# 夏　日

紫燕翩翩杨柳垂，
春风暖暖入翠微。
家书来自青山外，
正是单科结业时。
云映湖海孤鹜远，
路开草甸驷骢追，
好读经典非乘兴，
多诵好诗品自绥。

## 夏日怀想

入夜登高赏月光，
银辉满地好乘凉。
情迷小伙村头望，
有爱姑娘树下藏。
歌唱乡间人醉景，
风吹田野麦飘香。
农家孩子真乖巧，
遍数天星入梦乡。

# 秋 夜

半世痴迷与梦诠，
至今不解是根源。
也曾着意寻答案，
非是无情避暑寒。
漫漫熏风诚迷醉，
冷冷秋夜燥无眠。
门前怅然临霜露，
幸有菊花在眼前。

## 秋意浓

金水桥边宫殿幽，
京华环线几重楼。
风凉才尽琼花落，
雨冷德薄碧水流。
行行诗情随闲绪，
页页画意赋余愁。
层层霜白随心梦，
阵阵雁叫已到秋。

# 秋风明月（二首）

## 其一

秋风秋水共秋声，
天上冰轮伴紫宸。
气爽天高晴万里，
鸟林雁过月朦胧。
梦中白露悬枝桠，
醒来细雨润池中。
阵阵松涛还大地，
东方曙色启光明。

## 其二

湖畔何人不见月，
湖光山色照征程。
人生处处沉浮境，
秋月年年起落同。
弯月不知天下事，
嫦娥起舞荡闲情。
白云片片情默默，
红叶飘飘爱浓浓。

## 秋夜独酌

月色凄清北斗齐，
几多烦忧恋酒杯。
花开叶落随风走，
秋色梧桐老树枝。
寒雁南飞觉秋至，
金鸡报晓为世催。
风吹白露有寒意，
霜冷长河雪后奇。

# 秋日杂兴

身轻去任似闲居，
弄笔题诗兴有余。
对酒最宜神情雅，
当歌不厌曲调徐。
飞觥交错从容饮，
赋咏寻词可骑驴。
醉舞低腰垂长袖，
讴歌击缶到清虚。

## 游园冬语

闲情逸致任操劳，
老树寒枝引呼啸。
央视明珠高万丈，
玉渊潭水冻三桥。
僧求正果心如水，
人到无私品位高。
人海茫茫才竞渡，
扬鞭催马自情豪。

# 冬日即景

冬到京城万木凋，
皑皑白雪挂林梢。
寒鸦死去无明日，
铁马长街堵未消。

# 雪 夜

雪夜琼花落五更，
银鳞碎屑叩窗棂。
严寒冷气争相拥，
冰裂霜残叹寡情。
蔽日盈天遮世界，
光风霁月漫苍穹。
顽童对峙怡人乐，
野鸟翻飞叫几声。

# 雪 霁

今春有雪若花开，
遍野盈山只剩白。
夜卷北风麻花板，
一轮朗月照窗台，
平川土默无飞鸟，
大漠昭君有余哀。
雪后景观人莫笑，
且凭雪松树情怀。

# 紫台咏雪

皑皑银世界，
处处雪为衣。
街角来仙客，
群鸿近地飞。
紫台风瑟瑟，
青塔雪霏霏。
老树开新蕊，
新春再次回。

## 登德胜门城楼

城上高楼德胜门，
风流千载入凡尘。
水流环绕浮天阔，
人走皇宫立乾坤。
落叶纷纷思故地，
北风瑟瑟怨天神。
须知富贵今谁见，
也上城头看卷云。

## 月 色

婆娑树影最朦胧，
掌故传说引幼童。
天上人间神浪漫，
风光山水色迷蒙。
无忧无畏心无愧，
沥胆披肝事未成。
不解嫦娥多少恨，
桂花零落在天宫。

# 金融街望月

金融街畔月坛东，
人在楼前月在空。
五色天书[①]词烂漫，
九华春殿[②]语从容。
诚知远近三番话，
冷落阴晴两样情。
月色满天花满地，
车流如水梦如风。

① 五色天书：这里用来指各种文书。
② 九华春殿：这里用来指一座座高大的楼宇。

## 京西望月

一轮冰玉挂南窗，
仰天犹念是故乡。
日里操劳嫌日短，
夜间思恋盼夜长。
疏影亭台皆是客，
清歌丽韵会一堂。
羁旅经年浑若梦，
离愁别绪堪杯量。

# 咏 石

天公开物自然中，
大小方圆色不同。
先有刑天磨利器，
后来夸父采火种。
高楼万丈三番起，
铺路修桥四海通。
无怨无悔皆奉献，
立身大坝锁蛟龙。

## 人　海

侧身人海闹唏唏，
千万伤悲寂寞随。
厚禄森严谁买赋，
高官岸然不谈诗。
一朝霜冷遭发遣，
半世坎坷遇冷时。
为此逡巡走小径，
何须着意傍高枝。

# 过晋元桥

披星戴月未徒劳，
过罢五环晋元桥。
时尚青春因设计，
象牙塔里可熏陶。

# 贺新婚

男神恋梦已成真，
女子诚心奉己心。
戏水鸳鸯同龄鸟，
翔云鸾凤比翼身。
一生怜爱经风雨，
四季相亲共富贫。
凤若桃仙天上月，
凰如碧玉掌中珍。

# 世 相

时光不阻已冬阳，
草木萋萋易感伤。
雁叫长空悲故土，
僧栖古寺忘他乡。
宝书徒背三千句，
闹剧闲观一万张。
回望儿时分手处，
江山依旧更沧桑。

## 僧　人

古寺老僧似曾识，
盘腿诵经日月知，
流水落花无爱恨，
云舒云卷俱成泥。

# 小鸟天堂（二首）

## 其一

裁云剪画鸟纷飞，
水暖榕肥小船追。
湖面绿荷舒广袖，
堤旁细柳舞长衣。
巴金笔下天堂好[①]，
任甫[②]文章世上奇。
新会乡音掏肺腑，
天马河心[③]醉迷思。

---

①巴金笔下天堂好：小鸟天堂的主体实际上是一棵长于明末清初水榕树，水榕树的树枝垂到地上，扎入土中，成为新的树干，随着时间的推移，大榕树独木成林，林中栖息着成千上万只鸟雀，鸟树相依。1933年，作家巴金来到这里游览后，有感而发，写出了散文名篇《鸟的天堂》。

②任甫：即梁启超（1873—1929），字卓如，一字任甫，号任公，又号饮冰室主人、饮冰子、哀时客、中国之新民、自由斋主人。

③天马河心：小鸟天堂位于距广州市100公里外的江门市新会区天马村天马河的河心沙洲上，是全国最大的天然赏鸟乐园之一。

## 其二

东君[1]明艳画春堂，
莺喜鱼欢碧水长。
蝶乱蜂忙寻玉蕊，
蛙鸣鸭唱戏鸳鸯。
桃红李绿天然俏，
荔枝木瓜换季香。
榕树沙洲萍水浅，
停车坐爱钓鱼郎。

---

① 东君：指太阳。

# 信 步

鸿雁高飞不落单，
扁舟轻度倚长帆。
屡经风雨同信步，
踏遍山川共笑谈。
国事常忧成抑郁，
家人怀念忘贪欢。
一弯小径思前路，
满目杏花引观山。

# 樱　花

蟾宫一夜几重辉，
宛若京都雪打帷。
玲珑半掩杨花面，
剔透全藏柳叶眉。
本来东瀛称娇贵，
好似西天美女胚。
却道杜鹃悲啼血，
方知此物逊子规。

# 月　季

恰似美人沐浴时，
风流常在裹纱衣。
娇颜映日含香暖，
媚影临窗漱玉迷。
四季花开天地解，
八方叶落问秋迟。
文章不治山水癖，
烂漫常遭野兽欺。

# 杨 梅

苏州有信不平常，
快递杨梅整两筐。
鹤顶红湿驱酷暑，
龙睛绿透显清凉。
夜阑思恋无相忘，
人静徇情细品尝。
人海苍茫观雨雾，
题诗一首话余香。

# 咏银杏

寂寞冰花也自开，
长街银杏漫天来。
云昏雾湿秋冬转，
雨过天晴夏春裁。
黄叶未随浮世改，
虬枝犹是旧时栽。
国是不嫌天宇异，
近平英九会高台。

## 古迹

春去秋来放任飞，
天南地北可驱驰。
风吹海角谈天远，
雨打天涯论地微。
物竞天择多俊逸，
人心不古少情思。
中华异宝常殷鉴，
世间奇珍书第一。

# 元旦（二首）

## 其一

流年若水太匆匆，
秋雨春风又一冬。
四季轮回天正午，
一元复始日初红。
思人频忆残云断，
睹物常怀旧梦[1]空。
得遇知音轻万贯，
无悔无怨念心同。

## 其二

香山红叶落缤纷，
元旦来临又岁新。
日月情如白骏[2]过，
江河酷似游龙巡。
昔人何在山还在，
旧事已非梦不存。
回望来时情漫漫，
相思明月照征人。[3]

---

① 旧梦：隐约的梦境。
② 白骏：白驹，“白驹过隙”之义。
③ 征人：远行的人。

## 赤 夜

道路迷蒙赤夜思，
鬓边黑发染白丝。
飘蓬辗转疑无路，
柳暗花明有新奇。
峰面专横称霸道，
四方沉默避风吹。
世间万事缘未尽，
安外春残叶子稀。

# 京郊游

酒肆茶坊两路围，
春风信步数枝梅。
松针摇曳山迷路，
石径泉叠水沫飞。
岭上流云缠陌雪，
山间翠黛绕崔嵬。
一声长叹惊群雀，
携手苍天到晚归。

## 林中行

斜阳水照半江红，
又起渔歌碧浪中。
宿鸟呢喃经水过，
飞虫萦绕小船轻。
林间自有闲情在，
生计却无百代同。
白桦眼睛谁解意，
堪将惆怅寄晚风。

# 刘庄寄语

西湖冷月映刘庄①，
碧水平湖阵阵苍。
举事中山有暗助②，
维新南海暗神伤③。
断桥两岸浮萍绿，
夕照三潭月色黄。
谁见毛公曾远望，
春光一派杜鹃忙。

---

① 刘庄：位于杭州西湖西南西里湖畔。

②举事中山有暗助：据说，刘学询由于为孙中山革命筹款，发生债务问题，水竹居曾被查封拍卖，标价高达两千万两白银，始终无人敢以问津。

③ 维新南海暗神伤：维新派代表、戊戌六君子之一的康有为在变法失败以后，于1916年由浙江督军安排到水竹居避暑。康有为在水竹居住了一个月。期间，他越住越觉得那一带是风水宝地，索性自己买下了水竹居北面丁家山下的大片土地，建造了一个自己的园子——一天园（康庄）。康有为郁郁寡欢，还模仿《醉翁亭记》《喜雨亭记》，写了篇《一天园记》。1927年，康有为在这里去世。

## 留学议事

紫台住户已熄灯，
青塔难寻色性空。
家事全凭人计划，
国情理应记心中。
北方学业已成就，
欧美艺苑寄晚风。
此去经年终有道，
一心筹措话前程。

## 龙文鞭影

绝世清廉不染尘，
心中苦涩向谁陈。
红花入眼随鞭影，
绿叶遮天潛龙文。
唱晚渔歌留静客，
平湖秋月照佳人。
晨钟暮鼓空无物，
般若传经总利根。

# 晚 眺

日暮层云厚，
余霞岭外帔。
炊烟行野墅，
山色向天低。
光落斜街暗，
胡同老树围。
闲愁无所寄，
只影向京西。

# 皇泽[1]感赋

落木剑门关，
广元碧水寒。
皇恩随武曌，
浩荡是秦川。
孤寺云边立，
长桥天际南。
残云连蜀魏，
千古话长安。

①皇泽：指皇泽寺，位于四川广元城西嘉陵江畔，是女皇武则天的寺庙。

## 静夜思

为谁劳作为谁忙，
春去秋来鬓染霜。
常守孤灯清夜坐，
形单影只对苍茫。
云舒云卷知风雨，
花谢花开叹兴亡。
伏案深思时序转，
冰河铁马几华章。

# 窗 前

环贸新楼置眼前，
绿帷舞动共窗帘。
新愁缭乱听无尽，
残月高悬挂一边。
送往迎来如走马，
循环往复两头牵。
才经南苑烟雨色，
悔教夫人做保险。

# 旷 野

千里荒原草未黄，
万般无奈更凄凉。
周天暮色鸦鸣树，
四处狼烟狗吠狂。
旷野无情草不旺，
隐霾肆虐马无疆。
未知捷报传何处，
只有春心怕夜长。

# 转 折

欲别工体总缘愁，
安外春秋梦里忧。
月色迷蒙宫殿冷，
禅院清幽方丈留。
落花有意江山暮，
流水无情日月休。
谨小慎微多少事，
从今执意觅自由。

## 一念间

是非善恶一念间，
从来三界本同源。
天如作孽犹能解，
人若愚蛮诚可怜。
心事均由抑郁起，
忧愁总被烦愁牵。
悲欢应是双关语，
取舍皆因两字连。

# 闲情赋

夜阑窗前皓月明，
欣闻檐下鸟声声。
扫除杂念期明月，
收定闲心沐清风。
一意辞别离故地，
八年怅惘走新城。
何须妄作功名梦，
且赋闲情看流萤。

## 红叶情

香山漫步寄相思，
红叶柔情绕满枝。
绽蕊金菊盈熠熠，
摇风杨柳韵依依。
抬头难阻鸿飞去，
俯首常怨雁悲啼。
古寺悠悠秋水夜，
半帘风月照柴扉。

# 孤 鹰

塞外孤鹰北地飞，
山前荒草正萋萋。
添花锦上方为妙，
送炭雪中恰好时。
道义秉持情不弃，
目标坚守理常依。
唯期寰宇风云定，
驾雾腾云志不移。

# 黄 昏

二环北望月黄昏，
春去长街梦有痕。
八载倾心如吐哺，
万般失意似归心。
劬劳勤勉无嘉奖，
尽瘁鞠躬有基因。
不可久留须审慎，
安外也是小乾坤。

# 初心犹记

八载归京入帝乡，
陈情难表话凄凉。
孤云落日渡赤水，
匹马西风过乌江。
心气尚留随灵境，
初心犹记伴星光。
而今独步无人爱，
千古皇城笑我忙。

## 入院六题

### 其一

年节过罢感事发，
病来倦怠乱如麻。
云横安外无情义，
雪涌四环有落霞。
车过西城何处去，
风尘一路到安华。
绵绵此恨绵绵恨，
缕缕情丝缕缕纱。

### 其二

此去安贞意如何？
染疾就医莫踟蹰。
头晕眼木全身散，
亦幻亦真四体苏。
每看三环车密密，
更思九曲路浮浮。
一路蜿蜒经风雨，
多少豪杰论有无。

## 其三

人生处处可研磨，
山色空蒙水调歌。
不是苦咸才有味，
只缘辛辣作信托。
漫天风雨评辽阔，
一地蹉跎话舍得。
且让心仪都放下，
一身苦闷又如何。

## 其四

独立安贞为异客，
百无聊赖吟诗歌。
楼前明月云烟过，
心底清风鼓浪波。
谨小朝夕心翼翼，
慎微一世乐呵呵。
啁啾绿鸟居檐下，
着意倾心诉曲折。

### 其五

新春十五看花灯，
夜半传来饮泣声，
术后心情难入静，
血喷口际止还盈。
悠悠万里方才半，
漫漫长夜盼天明。
革面洗心撕旧历，
山河重振待新生。

### 其六

半百人生始到今，
一身夙愿望知人。
大梦觉醒长须静，
坎坷遭逢可鉴心。
十载京城如转瞬，
流离颠沛若浮云。
此心无意攀权贵，
冷落门庭守清贫。

# 高　楼

独上高楼望故国，
诗心如水不嫌多。
繁星装点首都夜，
皓月交辉永定河。
国若无缘皆板荡，
人因有意不蹉跎。
今生起落随他去，
点点热血化酒歌。

# 捕龟记

凤凰岭下遇紫貂，
玉带一点若藏獒。
稻浪湖中风不静，
微波河上水曾摇。
潇潇风雨如熬煎，
炎炎烈日似火烧。
瞭望西山红霞满，
回听心际起波涛。

# 经 幡

西风猎猎舞经幡，
大庙参差在北端。
梵颂悠悠音如乐，
忧思冥冥苦似禅。
从来雪寺心皈义，
既受如来身化缘。
风雨同行三界走，
行识受想一航船。

## 青山人语

风雨如晦世事难，
青山绿水去复还。
身修不惧天凶险，
养性须容地凄惨。
往事已随时序逝，
今生尚为梦中贪。
常怀雅趣寻泉水，
一路欢歌向远山。

# 马航客机失联（二首）

## 其一

飞行夜半遇失联，
从此音容已杳然。
落魄遥从马来起，
惊魂高与七星悬。
梦收断雨烟迷树，
风卷残阳浪滔天。
北望乡关何处是？
晨星摇落海水间。

## 其二

深海汪洋戾气浮，
空中不意命将休。
迷离烟雨疑三岛，
缥缈流光若五洲。
雁唳西风犹盈耳，
鸥鸣浊泪若惊秋。
琴弹流水音谁识？
笛奏悲歌日月愁。

## 岁末杂兴

暮色苍茫罩北京，
从生乱象几从容。
山西柳苑有振富，
蓟北桃园妄太平。
立志金城千钧力，
秉持诚信事竟成。
厚德载物皆天意，
德不浮人总有终。

# 秋日杂兴

身轻去任似闲居，
弄笔吟诗兴有余。
对酒最宜神情缓，
当歌不厌曲调徐。
飞觥酒烈三龙舞，
瞬咏诗成九马驱。
山水相依垂长袖，
花明柳暗几岁菊。

## 采　摘

京郊假日好心情。
老树新村任觅踪。
顺义蘑菇夸白嫩，
怀柔荠菜捧青葱。
大兴木耳羞颜黛，
平谷石榴笑齿红。
莫负苍天勤采摘，
竹篮满载忘秋风。

# 走卢沟（二首）

## 其一

流星大步至卢沟，
此夜层云戏仲秋。
百态神狮停玉柱，
千姿圣火起琼楼。
能工巧匠中国梦，
志士仁人万古愁。
发誓一心同愤忾，
开足马力铸神州。

## 其二

去年今夜访卢沟，
一轮明月照当头。
石狮犹记心间恨，
碧水难消华夏愁。
修宪图谋兴恶浪，
参神闹剧几曾休。
警钟长鸣总在耳，
殷鉴不远写春秋。

## 柳 岸

垂钓小河滨，
春深杏花纷。
池清疑水浅，
荷动窥鱼深。
隔亭观树色，
沿岸拟诗文。
平生何所恨，
天地了无心。

# 纪念长征

神州各地颂长征，
大梦先觉震宇中。
打虎先行掀巨浪，
拍蝇继起树清风。
初心不忘平生志，
信念永恒毕世功。
常记当年征战史，
再凭“带”“路”① 拓新程。

①“带”“路”：这里指“一带一路”。

# 后 记

余幼家贫，好诗词。得益于启蒙老师的一句话：诗是文学的灵魂。于是，一门心思深入下去，想探究文学的灵魂到底是个什么样子。不曾想，一旦跌落便不能自拔，稍有空闲，即涉入诗海，甘之如饴，如醉如痴。渐渐地，不知天高地厚，开始尝试依韵写诗，倚声填词。写得多一点的是大学及参加工作以后的那段时间，遗憾的是有不少诗作都散佚了。

后来，环境几经改变，但写诗作词，从未间断。有人说，写诗是一方寂寞的天地，它在精神上有多富有，在物质上就有多清贫；它在心灵世界里有多喧闹，在现实世界里就有多冷清。写诗的确不易，它不只要有锲而不舍的精神和恬淡严谨的态度，还要有任人评说的勇气。几十年来，我的生活越来越简单，出门上班，回家写作。但是，我的内心世界从未有过孤寂、厌倦，反而沉浸其中，其乐融融。每天研磨平仄、对仗、押韵，与先贤对话、交流，感悟他们的艺术境界，体察他们的艺术品位；感动时落泪，惬意时陶醉，不满时遗憾……就这样，在阅读与写作中，一点点提升人生境界、加深生命感悟、陶冶渐钝的性情，度过属于自己的时光，感到充实而惬意。

诗言志，总想表达一种心境。能够在纷繁复杂的世界中静下心来，排除各种诱惑，看人、看事、看风景、看世理。漠北旌旗，黄沙万里。秦关汴水，江南情怀。玉树琼楼，梨云梅海。

折尽梅花，都付新诗。酒醒月冻，难寄相思。看一骑红尘，韶华一去，青烟水寒，问繁华谁解，剔残红烛，灯火阑珊。自顾孤影，云淡天远。白云千载，寂寞京华。如此，花花草草，天时人事，尽付新词。无奈俗心难去，境界未达，格调难高。

我在长期的写诗实践中感悟到，诗有三难：一是难在感情真挚；二是难在格调高古，不落俗套；三是难在必须符合平仄格律。我自己感觉，这“三难”始终没有解决好。然而，是好是坏，丑媳妇迟早是要见公婆的。我把作品汇集之后，想请一位德高望重的先生作序，一下子便想到了我的中学老师潘涌先生。或许有人会说，偌大京城，学府遍地，高人如林，为什么偏要请一位中学老师？我要说，潘涌先生可不是一般意义上的中学老师，他是全国著名的语文教学专家，特级教师，有40多年教龄。他学养深厚，讲课风雅，好评如潮。我曾忝列先生门下，幸侍讲席，如沐春风。如今，先生虽已八秩高龄，依然神解聪察，精力过人，每天坚持阅读三万字。平素请教先生，他总会耐心讲解，滔滔不绝。或则阐明语源，或则推见文字，或则旁征博引，新义创见，层出不穷。即使随便谈天，亦是诙谐间作，妙语解颐。更为主要的是，他精于吟诗炼字，熟稔各类人文掌故，由他来为《山月江烟》作序，自然是不二人选。我以这个想法来邀请先生，先生欣然接受，并且在一周之内就把写好的序言邮寄过来，叫我好生感动。

先生的序言，一则让我动情。先生做事认真，字迹工整，叙事有据，讲评在理，富有学者风度和专家风范。洋洋三千余字，整整十篇稿纸，一律钢笔书写。让我顿生自责，悔不该把如此繁重的任务交给一位八十多岁的长者来完成，真是罪莫大焉。二则让我愧疚。先生对我的诗作评价甚高，多有溢美。这自然有先生的道理。当然也有我们师生之间才能感悟到的那种心灵默契。诚然，我深知自己的作品境界尚待提升，情感尚需丰沛，文字尚待提炼，功底尚待进一步巩固。正如先生所说的那样：“诗人们在艺术构思、刻画形象的同时，更应当在语言上狠下功夫，寻求恰到好处的词语，苦思妙绝传神的字句，方能铭记人心，传之久远。”我一定会遵循先生的教诲，在诗词创作的道路上，继续谦虚谨慎，戒骄戒躁，不断取得新的进步。

付梓之际，衷心感谢恩师潘涌先生为本书作序，衷心感谢中国言实出版社社长王昕朋先生的鼎力支持，同时感谢所有关心支持我的人。

2018 年春节于洛杉矶帕萨迪纳